Verzauberte Weihnachten

DANIELA FELBERMAYR

ISBN: 1539708500
ISBN-13: 978-1539708506

Text & Titel: Daniela Felbermayr
Cover: www.rausch-gold.com, Catrin Sommer unter Verwendung von shutterstock 159638744
Korrektorat: S.W. Korrekturen e.U.

www.pink-powderpuff-books.com
dany@pink-powderpuff-books.com

PROLOG

Es war ein Tag in der Vorweihnachtszeit, wie er perfekter nicht hätte sein können. Manhattan war mit pudrigem Schnee bedeckt, an jeder Straßenecke stand ein fröhlicher Weihnachtsmann und aus den Lautsprechern in den Einkaufszentren hörte man Weihnachtslieder. Geschäftig eilten Menschen durch die Straßen, die ihre Weihnachtseinkäufe erledigten und alle gemeinsam auf das Fest der Feste warteten.

Quinn und Christopher hatten den Tag ebenfalls damit verbracht, unzählige Geschenke für Familie und Freunde auszusuchen und durch die verschneiten Straßen Manhattans zu flanieren. Sie hatten sich eine

Tasse Kakao mit Marshmallows in Trudys Café gegönnt und Deko für die Tanne gekauft, die sie am Tag zuvor in Dereks Winterwonderland besorgt hatten und die jetzt zu Hause darauf wartete, aufgeputzt zu werden. Dicke Schneeflocken rieselten sanft vom Himmel, während die Fifth Avenue von überallher mit Weihnachtssongs beschallt wurde.

Der Trip nach Manhattan wenige Tage vor Heiligabend hatte bei Quinn und Chris schon Tradition. Bereits im ersten Jahr, als sie sich kennengelernt hatten – fünf Jahre war das nun her –, hatten sie ein Wochenende in der Stadt verbracht, um die letzten Vorbereitungen für den schönsten Tag im Jahr zu treffen. Sie beide liebten die Weihnachtsfeiertage und genossen diese letzten paar ruhigen gemeinsamen Stunden, bevor der Weihnachtstrubel so richtig losging.

Dieses Jahr hatte Quinn eine besondere Überraschung für Chris. Seit sie beide vor drei Jahren von der Columbia abgegangen waren – er hatte Architektur studiert, sie Betriebswirtschaft –, hatten sie beide für kleine Firmen in Haven Hill, einer Kleinstadt unweit von Hartford, Connecticut, gearbeitet. Quinn hatte einen Job als Marketingassistentin bei der einzigen Werbeagentur Haven Hills ergattert, die von zwei alten Ladys geleitet wurde und die erst seit Quinns Eintritt über einen Computer verfügte. Chris hatte einen Job bei Luke Brower, dem hiesigen Bauunternehmer, angenommen und setzte das Wissen, das er sich an der Uni angeeignet hatte, nun dafür ein, um Zimmer über Garagen auszubauen, ein Vordach zu gestalten oder – wenn es sich um einen gigantischen Auftrag handelte – ein kleines Einfamilienhaus aufzustellen.

Ohne dass sie Chris etwas davon gesagt hatte, hatte Quinn sich vor zwei Monaten bei Cooper, Henlyn & Walters beworben, einem Big Player in der Werbung, in dessen Headquarter in der Madison Avenue eine Junior-Kontakterin gesucht wurde. Quinn hatte zu dem Zeitpunkt, als sie ihren Lebenslauf und ihre Zeugnisse absandte, noch nicht einmal damit gerechnet, überhaupt wahrgenommen zu werden. Ihr war bewusst, welche Kaliber auf eine Stelle bei einer der größten Agenturen New Yorks scharf waren, und ihr war klar, dass sie vermutlich als Landei in irgendeinem virtuellen Mülleimer landen würde, ohne dass irgendjemand von ihr Notiz nahm. Außerdem hatte sie kaum Erfahrung als Kontakterin. Okay, sie sprach ab und zu Neukunden an und telefonierte mit Unternehmen, die eine Schaltung in der Ausschreibungsdatenbank von Haven Hill genutzt hatten, um einen Werbebanner oder einen Radiospot gestalten zu lassen, doch ihr war bewusst, dass ein richtiger Kontakter eigentlich ganz andere Aufgaben zu erledigen hatte. Und trotzdem zog die Stellenanzeige sie fast magisch an. Sie war nicht mehr davon losgekommen, als sie sie durch Zufall in der New York Times gelesen hatte, als sie – wie jeden Morgen –

einige Zeitungen nach neuen Werbeschaltungen der Konkurrenz durchblätterte. Die Anzeige hatte sie den ganzen Tag über verfolgt und war ihr auch die ganze nächste Woche nicht aus dem Kopf gegangen. Schließlich hatte sie ein Anschreiben formuliert, ihre Zeugnisse und ein Foto angehängt und die Bewerbung abgesendet. Unmittelbar danach war ihr klar geworden, dass sie bei CHW vermutlich zur Lachnummer werden würde, wenn man ihre Bewerbung neben die ihrer Konkurrenten legen würde. Als ihr einen Monat, nachdem sie ihre Unterlagen eingereicht hatte, schließlich eine ziemlich überspitzt klingende Assistentin mitteilte, dass man sie gerne kennenlernen würde und ob sie es wohl einrichten könnte, in den nächsten Tagen nach Manhattan zu kommen, staunte sie nicht schlecht. Als man ihr die Stelle tatsächlich anbot – mit dem dreifachen Jahresgehalt ihres Jobs in Haven Hill, einem Appartement in der City, verschiedenen Boni und einem eigenen Spesenkonto –, zögerte sie keine Sekunde, ehe sie den Arbeitsvertrag unterzeichnete. Es war nicht nur für Quinn alleine eine großartige Chance, sondern auch für Chris. Er hatte sein Studium damals summa cum laude abgeschlossen, war der Jahrgangsbeste gewesen und viele große Architekten hatten ihn damals haben wollen. Quinn wusste, dass er ihretwegen in Haven Hill geblieben war. Sie hatte sich damals in den Job bei den Lieberman-Schwestern in Haven Hill verliebt und konnte sich nichts Besseres vorstellen, als für die kleine Agentur zu arbeiten. Außerdem konnten sie das Haus renovieren, das Chris von seinen Großeltern geerbt hatte, und Quinns Eltern wohnten nur einen Steinwurf entfernt. Damals schien Haven Hill der perfekte Ort zu sein, um ins Berufsleben zu starten. Drei Jahre später sah die Sache anders aus. Quinn wollte Karriere machen und in die weite Welt hinaus – mit dem Job bei CHW würde auch für Chris die Möglichkeit bestehen, sein Wissen endlich so einzusetzen, wie es gedacht war, und damit aufzuhören, Vordächer und Garagenanbauten zu planen. Er könnte mit ihr nach New York gehen und sich genau den Job suchen, den er sich gewünscht hatte, als er sein Studium so erstklassig abschloss. Ihr neues Gehalt reichte locker erst mal für sie beide und das Appartement stellte CHW ihr kostenlos zur Verfügung. Es würde einfach perfekt werden.

„Was ist los mit dir?“
Chris sah Quinn liebevoll an, als sie wenige Stunden später im „Westend“, ihrem Lieblingsrestaurant, saßen und die Abendkarte studierten. Ebenso wie ihr alljährlicher Weihnachtstrip nach New York gehörte der Besuch des Westend – trotz der stolzen Preise – fest zur Vorweihnachtszeit dazu.

Quinn legte ihre Speisekarte vor sich auf den Tisch.
„Ich muss dir etwas sagen.“
Chris’ Augen begannen zu leuchten. Sie liebte diesen Mann. Seit sie ihn damals aus der Uni-Cafeteria

kommen sah, an ihrem ersten Tag an der Columbia, hatte sie nur noch Augen für ihn gehabt. Einen Mann wie Chris würde sie nie wieder finden. Er sah mit seinem sportlichen Körper, den blauen Augen und den dunkelbraunen Haaren, den feinen Gesichtszügen und der kleinen Bartumrandung, die seinen Mund zierte, nicht nur sensationell gut aus, er war auch ihr Seelenverwandter. Noch nie zuvor hatte Quinn einen besseren, ehrlicheren, liebevolleren und aufrichtigeren Menschen kennengelernt als Chris Porter. Umso mehr freute sie sich, ihm nun endlich die Nachricht mit dem Job überbringen zu können.

„So? Ich muss dir nämlich auch was sagen."

Er blitzte sie aus diesen Augen, die sie vom ersten Moment an geliebt hatte, an.

„Tatsächlich?"

Ein Kribbeln breitete sich in ihrer Magengegend aus.

„Ja. Aber … Ladys first. Mir ist heute schon den ganzen Tag über aufgefallen, dass du ziemlich hibbelig bist."

Er nahm ihre Hände in die seinen und sie grinsten um die Wette. Sie mussten für einen Außenstehenden wie zwei vollkommene Idioten ausgesehen haben. Doch die Verbindung zwischen ihnen, diese Liebe, die nach fünf Jahren so unbändig und stark war, löste in den beiden ein Gefühl aus, das unbeschreiblich war. Quinn überlegte, wie sie von ihrem neuen Job erzählen sollte. Sollte sie erst weit ausholen, vom Bewerbungsvorgang und dem Vorstellungsgespräch erzählen, von ihrem heimlichen Trip nach Manhattan vor zwei Wochen und davon, wie schwer es ihr gefallen war, ihm nur ja nicht zu früh etwas zu verraten, oder sollte sie die Bombe direkt platzen lassen? Über das Rundherum konnten sie schließlich später – im Bett – auch noch reden.

Sie wartete einige Sekunden, wie um die Spannung etwas zu erhöhen, und platzte dann heraus:
„Wir gehen nach New York. Ich habe einen Job als Kontakterin bei einem Big Player in der Madison Avenue angenommen. Die zahlen mir dreimal so viel wie die Lieberman-Schwestern und wir bekommen ein Appartement hier in der City. Was sagst du? Wir werden ein richtiges Manhattan-Pärchen, mit Coffee to go, U-Bahn-Monatskarten und einem Ausblick auf den Central Park."
Chris' Miene erstarrte. Der liebevolle Ausdruck in seinen Augen wich Verwirrtheit.
„Bitte was?"
Er sah sie an.
„Wir gehen nach New York. Ich habe einen Job hier angenommen. Und du kommst mit. Ich verdiene genug für uns beide, du kannst dir also in aller Ruhe genau die Stelle suchen, die perfekt zu dir passt."
„Aber … Quinn … ich … wie … warum … wie kommst du darauf, dass ich nach New York gehen will?"
Chris sah sie unverständlich, fast fassungslos an.
„Das ist doch keine Frage des Wollens, oder? Ich

meine, das ist eine unglaubliche Gelegenheit für uns beide. Cooper, Henlyn und Walters bieten *mir* eine Stelle als Kontakterin an. Das ist eine Gelegenheit, die man beim Schopf packen muss. Für uns beide. Du willst doch nicht ewig Vordächer und Garagenanbauten planen, oder?“

Jetzt verwandelte sich Chris’ Blick. Von fassungslos zu verärgert.

„Wer sagt dir das? Bist du etwa in Haven Hill unglücklich? Reicht es dir nicht, was wir uns dort aufgebaut haben?“

„Was wir uns aufgebaut haben?“

Quinn konnte gar nicht glauben, dass sie diese Diskussion hier tatsächlich führte. Sie hatte angenommen, dass Chris sich genauso wie sie selbst über den Umzug nach Manhattan freuen würde.

„Wir leben im Haus deiner verstorbenen Großmutter und arbeiten für Minifirmen. Weder du noch ich haben irgendwelche Entfaltungsmöglichkeiten in Haven Hill. Wenn wir jetzt nicht nach New York gehen, werden wir für immer in einer Kleinstadt festsitzen. Wir haben beide summa cum laude abgeschlossen und vergeuden unser Talent in einem Kaff ohne Perspektive. Versteh mich nicht falsch, ich liebe Haven Hill. Ich bin dort aufgewachsen und meine Familie lebt dort, aber ich denke, es ist an der Zeit, den nächsten Schritt zu wagen.“

„Ja. Den nächsten Schritt wagen. Das wollte ich auch.“

Jetzt war Quinn es, die Chris fragend ansah.

„Was?“
Ihr dämmerte, was jetzt kam.
„Ich wollte dich heute Abend bitten, mich zu heiraten, Quinn.“
Er zog zerknirscht und ziemlich unromantisch eine kleine Schachtel aus seinem Jackett und öffnete sie. Ein funkelnder, filigraner Brillantring glitzerte ihr entgegen und entlockte ihr ein Lächeln. Sie wusste, dass er sie bitten würde, seine Frau zu werden. Die letzten Tage über war er ziemlich hibbelig und zerstreut gewesen, hatte heimliche Gespräche am Telefon geführt, und seine Mutter hatte beim letzten Familienessen mehrfach wissen wollen, „ob er denn schon gefragt habe.“
Am liebsten hätte sie den Ring eigenhändig aus seinem samtenen Bett geholt und ihn sich an den Finger gesteckt. Aber das war Sache des Bräutigams.
„Fragst du mich wirklich, ob ich deine Frau werden will?“
Quinn schaffte es nicht, ihr Grinsen zu unterdrücken. Chris würde sie zur glücklichsten Frau der Welt machen.
„Ja, natürlich. Mir war von der ersten Sekunde an, als ich dich sah, klar, dass du die Richtige für mich bist. Ich will mein Leben mit dir verbringen, Quinn. Ich will mit dir alt werden und immer an deiner Seite sein. Aber … wir können nicht nach Manhattan. Wir gehören nach Haven Hill.“

Quinns Lächeln erstarb. Dieser Heiratsantrag hörte sich

verdammt nach einem Ultimatum an. Wenn sie nach Manhattan ging und den Job bei CHW annahm, würde Chris sie nicht heiraten. Und wenn sie und Chris heirateten, würde sie nicht nach Manhattan gehen und ihren Traum von einer richtigen Karriere in der Werbung verwirklichen können. Sie liebte Chris. Mehr als ihr eigenes Leben. Und sie wollte diesen Job. Wollte sich beweisen, dass sie aus dem richtigen Holz geschnitzt war, um eine solche Herausforderung annehmen zu können. Doch so wie es aussah, konnte sie beides nicht haben. Sie atmete einmal tief durch und sah Chris an. Die Liebe ihres Lebens. Den Mann, von dem sie wusste, dass sie mit ihm alt werden wollte. Sie sah in seine Augen und fällte ihre Entscheidung.

1

„Sie müssen sich jetzt anschnallen, Miss Bradley, wir landen gleich."
Die Stewardess, die den Privatflug von Santa Monica nach New York begleitete, sah Quinn freundlich lächelnd an.
„Oh, verzeihen Sie, ich war in Gedanken."
Sie schloss den Sicherheitsgurt um ihre Taille und lächelte die Stewardess ebenso höflich an. Es war ein merkwürdiges Gefühl, von fast dreißig Grad Außentemperatur in ein Winterwunderland zu kommen, in dem es laut ihrer Wetter-App drei Grad unter null hatte und stark schneite.
„Sie sollten nicht so viel arbeiten, Miss Bradley, die Feiertage stehen vor der Tür."
„Ich werds mir merken."
Quinn sah zum Fenster hinaus, wo die ersten Ausläufer New Yorks bereits am Horizont zu erkennen waren.

Diesmal war ausnahmsweise einmal nicht ihr Job schuld daran gewesen, dass sie in Gedanken war. Dieses Mal war es ihre Rückkehr nach Haven Hill, ihrer einstigen Heimat, und der Auftrag, den sie dort abzuwickeln hatte.

Es war jetzt genau fünf Jahre her, dass sie und Chris Schluss gemacht hatten. Dass sie ihre Brücken in der Kleinstadt abgebrochen und sich nach Manhattan aufgemacht hatte, wo sie sich mittlerweile zur Seniorkontakterin hochgearbeitet hatte. Sie betreute nur noch die großen Fische im Teich. Coca Cola, Apple, Louis Vuitton. An Thanksgiving hatte Walt Cooper, der Eigentümer der Agentur, anklingen lassen, dass er sich demnächst zur Ruhe setzte und auf der Suche nach einem Nachfolger war und dass sie, Quinn, in der engeren Auswahl für den Job stand. Eine Woche später bat man sie, eine kleine Werbeagentur in Connecticut aufzukaufen. Die Eigentümer standen kurz vor der Pensionierung, hatten zwar versucht, die Agentur weiterleben zu lassen, doch es hatte sich niemand gefunden, der sie übernahm. Obwohl diese Agentur keine hundert Klienten verzeichnete, so war es gerade diese feine Auswahl an kleinen, alteingesessenen Unternehmen, die CHW an Land ziehen wollte, um einen weiteren Bereich potenzieller Kunden abzudecken. Jene, die niemals von selbst auf die Idee gekommen wären, einen Branchenriesen anzuheuern. Jene, die den persönlichen Kontakt schätzten, wussten, wann ihr Geschäftspartner Geburtstag hatte, und mit denen man sich nicht nur in den Geschäftsräumen, sondern an den Wochenenden zufällig beim Einkaufen traf. CHW war zwar die Nummer eins in allen Großstädten quer durch die Staaten, doch mittlerweile hatte man erkannt, dass auch Kleinvieh Mist machte und gerade kleine Agenturen auf dem Land oft großes Potenzial besaßen. Potenzial, das laut einer internen Studie im Jahr mehrere Millionen Dollar in die Kassen von CHW spülen könnte. So saß Quinn Bradley nun im Privatjet der Firma und war von einem Meeting mit Apple abkommandiert, um in der Kleinstadt Haven Hill die Agentur der Lieberman-Schwestern zu übernehmen.

Eine gute Stunde später saß sie am Steuer eines Audi A4 und fuhr die verschneite Interstate 91 Richtung Connecticut entlang.

Es war ein merkwürdiges Gefühl, nach so langer Zeit in ihre Heimatstadt zurückzukehren. Um Chris nicht über den Weg zu laufen, hatte Quinn es bislang vermieden, nach Haven Hill zu kommen. Ihre Eltern hatten sie des Öfteren in Manhattan besucht und Familienfeste wie Weihnachten und Thanksgiving wurden bei Tanten oder Onkeln gefeiert. Unter anderen Umständen hätte sie versucht, sich bei diesem Auftrag aus der Affäre zu ziehen, aber nachdem Walt Cooper ihr seine Nachfolge schmackhaft gemacht hatte, wäre es eine denkbar unkluge Entscheidung gewesen, abzusagen – noch dazu aus privaten Kinkerlitzchen-Gründen. Sie hatte also die Zähne zusammengebissen und ihre Mutter gefragt, ob sie für ein paar Tage wieder in ihr altes Kinderzimmer ziehen könnte. Sie war nicht scharf darauf, lange in Haven Hill zu bleiben, doch sie hatte ihrer Mutter versprochen, zumindest das Wochenende über bei ihren Eltern zu verbringen. Kate würde Quinns Lieblingsessen und ihren Lieblingskuchen backen, und die Bradleys hatten endlich etwas Gelegenheit, ihre Tochter um sich zu haben. Quinn beschloss, das Haus so gut wie nicht zu verlassen. Ein paar freie Tage konnte sie ebenfalls gut gebrauchen, und wo ließ es sich besser abschalten als in ihrem Elternhaus, wo sie ausschlafen und im Pyjama herumlaufen konnte, bis es Mittag war. Montagfrüh würde sie noch vor Tagesanbruch wieder zurück auf dem Weg nach Manhattan sein. Es musste schon ein großer Zufall sein, wenn sie in der kurzen Zeit, in der sie sich in Haven Hill aufhielt, auch noch Chris über den Weg lief.

Als sie die Stadtgrenze der Kleinstadt passierte, breitete sich ein warmes Gefühl in ihr aus. Es war nicht so, dass sie Haven Hill nicht mochte. Sie hatte eine wunderschöne Kindheit und Jugend hier verbracht und einige ihrer liebsten Erinnerungen hatten hier stattgefunden. Sie hatte lange Zeit geglaubt, hier alt zu werden, und trotzdem war ihr schon als junge Frau bewusst gewesen, dass sie in Haven Hill keine Chance auf die Karriere hatte, die sie sich wünschte.

Wie immer um diese Jahreszeit hatte man Haven Hill in ein Weihnachtswunderland verwandelt. Die Weihnachtszeit in Haven Hill hatte sie am allermeisten geliebt. Die Einwohner waren allesamt Weihnachtsnarren, es gab Weihnachtsparaden, Weihnachtsmärkte, Weihnachtsbasare und Weihnachtskuchenverkäufe. Pünktlich am Tag nach Thanksgiving wurde im Stadtzentrum ein riesiger Weihnachtsbaum aufgestellt und überall wurde Beleuchtung und Dekoration angebracht. Die Vorgärten der Häuser waren festlich geschmückt, Lichter brannten überall und selbst an den Briefkästen vor so manchen Häusern waren Zuckerstangen und kleine Weihnachtsmänner drapiert worden. Der Tante-Emma-Laden an der Pinestreet bot selbst gemachte Weihnachtskekse an, und an den Litfaßsäulen der Stadt wurde für den großen Weihnachtsmarkt geworben, der in Kürze stattfinden sollte. Quinn war früher immer mit ihren Eltern und später mit Chris hierhergekommen. Sie erinnerte sich an die verschneiten Straßen, die vielen Stände, die ihr Kunsthandwerk oder ihre Backwaren feilboten, und an das Gefühl der absoluten Glückseligkeit, das Quinn hier verspürt hatte. Der Weihnachtsmarkt war das Highlight in der Vorweihnachtszeit in Haven Hill, und sie bereute es fast ein bisschen, dass sie auch in diesem Jahr keine Gelegenheit hatte, ihn zu besuchen.

Sie sagte sich selbst, nur nicht zu wehmütig zu werden. Natürlich war Haven Hill eine süße kleine Stadt, in der es sich nett leben ließ. Das war vermutlich jede adrette Kleinstadt in den USA, in der es kaum Kriminalität, dafür aber einen Siedlerverein und ein Hausfrauenkränzchen gab. Aber es war auch die Stadt, die sie von ihrer Karriere abgehalten hätte. Die Stadt, in der sie bis zu ihrer Rente in einer kleinen, nichtssagenden Werbeagentur vergammelt wäre, die jetzt von CHW übernommen wurde. Hätte sie den Job in Manhattan damals nicht angenommen, würde sie darum bangen müssen, ob sie ihren Assistentinnenposten auch nach der Übernahme noch ausüben konnte oder ob sie versuchen musste, eine Teilzeitstelle bei Walmart oder in der Drogerie zu ergattern.

Sie fuhr langsam durch die Straßen der Stadt und sah sich an, was alles noch genauso war wie vor fünf Jahren. Was sich verändert hatte und welche Menschen sie auf den Straßen erkannte. Dann stand sie vor dem Gebäude, in dem die Lieberman-Schwestern ihre Werbeagentur „Two Ways“ eingemietet hatten. Ein ziemlich seltsamer Name für eine Werbeagentur, aber Polly Lieberman hatte ihr einmal erklärt, der Name kam daher, weil sie und ihre Schwester immer jeweils eine einzelne Kampagne für jeden Kunden vorbereiteten. Beide Kampagnen wurden dem Kunden dann präsentiert und für eine davon entschied man sich immer.

Quinn blieb einige Augenblicke vor dem großen, weißen Stadthaus, in dessen vierter Etage die Agentur residierte, stehen. Es war ein merkwürdiges Gefühl, wieder hier zu sein. Direkt gegenüber befand sich der Firmensitz der Brower Company. Sie ertappte sich dabei, wie sie zu den Fenstern hochsah, hinter denen Chris zweifellos sitzen würde, wenn er noch für das Unternehmen arbeitete. Dann holte sie ihre Birkin Bag vom Rücksitz und marschierte auf ihren hohen Louboutin-Hacken zum Eingang der Agentur.

„Quinn, richtig?"
Sie blieb stehen und drehte sich um. Ein Weihnachtsmann stand vor ihr und lächelte sie freundlich an.
„Ja?", fragte sie zaghaft. War es möglich, dass dieser Weihnachtsmann sie erkannt hatte? Dass es jemand war, mit dem sie früher zu tun hatte? Oder hatte ihre Mutter die halbe Stadt informiert, dass die verlorene Tochter wieder zurückkam, die im Chanel-Outfit und mit Louboutins auffiel wie ein bunter Hund.
„Das ist ja schön, dass du wieder einmal hier bist", sagte der Weihnachtsmann. Quinn war es bislang nicht gelungen, ihn irgendwie einzuordnen. Was auch nicht gerade einfach war, immerhin stand er in voller Montur hier vor ihr. Neben sich hatte der Weihnachtsmann

einen Spendentopf, in dem er Geld für das Haven Hill Memorial sammelte. Quinn holte ihr Portemonnaie heraus und warf zehn Dollar hinein.
„Ja, es ist sehr nett. Wie eine kleine Reise in die Vergangenheit."
„Hast du dich schon einmal gefragt, was passiert wäre, wenn du damals nicht weggegangen wärst?"
Quinn kniff die Augen zusammen und sah den Weihnachtsmann an. Es musste also tatsächlich jemand sein, der sie kannte.
„Ich hatte bislang leider nicht die Zeit dazu, mir solche Fragen zu stellen", sagte sie lächelnd und log. Sie hatte oft genug darüber nachgedacht, was wohl aus ihr geworden wäre, hätte sie CHW damals abgesagt und Chris' Heiratsantrag angenommen. Meist kamen ihr diese Gedanken, wenn sie in rührseligen Momenten in ihrem Appartement saß und sich allein fühlte.
„Weißt du, manchmal, gerade zur Weihnachtszeit, kann es vorkommen, dass besondere Menschen die Chance bekommen, Fehler wiedergutzumachen, die sie einmal begangen haben."
„Okay", sagte Quinn und fühlte sich etwas unbehaglich. War dieser Weihnachtsmann vielleicht jemand, der Chris nahestand? Warum sonst bezeichnete er ihren Weggang indirekt als Fehler?
„Manchmal brauchen wir einige Zeit, um zu erkennen, was für uns der richtige Weg ist, weißt du?", sagte er. „Aber in wenigen Fällen bekommen wir die Chance, solche Fehler rückgängig zu machen."

„Das ist toll“, sagte Quinn. „Ich muss dann leider los, ich hab da drin einen Termin.“
Der Weihnachtsmann nickte wissend, und Quinn fragte sich, ob er aus einem Irrenhaus entlaufen war. Was für ein schräger Kerl.
„Mach’s gut, Quinn. Und denk dran, manchmal bekommen wir eine zweite Chance. Nutzen musst du sie selber.“
Er zwinkerte ihr zu und Quinn betrat das Bürogebäude.

Die Werbeagentur sah noch genauso aus wie an dem Tag, an dem Quinn sie verlassen hatte. Sie erinnerte sich daran, wie untröstlich Gene und Polly damals gewesen waren, doch sie hatten verstanden, dass es Quinn in die Welt hinauszog. Über die Jahre hatte sie mit den alten Ladys hin und wieder Kontakt gehabt, sie hatte ihnen zu Weihnachten und zu ihren Geburtstagen geschrieben und hin und wieder mit ihnen telefoniert, wenn sie einen fachmännischen, aber liebevollen Rat gebraucht hatte. Nun stand sie wieder hier im Vorzimmer von „Two Ways“. Mit dem Unterschied, dass jetzt ein Kalender von 2016 über dem Empfangspult hing und nicht mehr einer von 2011.
Eine dunkelblonde Frau mit Pferdeschwanz, einer Nerdbrille und einem nicht gerade freundlichen Blick sah zu ihr auf, als sie eintrat.
„Hallo, mein Name ist …“, begann sie, doch die Empfangsdame fiel ihr ins Wort.

„Ich weiß schon, wer Sie sind. Die Ladys erwarten Sie bereits. Sie Jobzerstörerin."
Die Frau stand auf und eilte an Quinn vorbei in das Büro der Lieberman-Schwestern, das immer noch im letzten Zimmer am Ende des Ganges war. Quinn sah die Empfangsdame argwöhnisch an und folgte ihr. Sie hatte diese Frau noch nie zuvor gesehen. Sie kam ihr kein bisschen bekannt vor, nicht von der Schule oder einem Sportklub. Bestimmt musste es sich um jemanden handeln, der erst seit Kurzem hier lebte. Die Empfangsdame – Quinn hatte beim Hereinkommen das Namensschild gelesen, das auf dem Pult stand –, ihr Name war Sally Brady, riss die Tür auf und drehte sich, ohne ein Wort zu sagen, um. Quinn trat in das Büro, und die Schwestern, Polly und Gene, erhoben sich.
„Quinn, meine Güte, sieh dich doch nur an", rief Polly voller Freude. „Du siehst wunderschön aus. Als wärst du ein Fotomodell."
„Ich denke, Sie brauchen eine Brille, Polly." Quinn lachte. Sie mochte die beiden alten Damen.
„Sie hat recht", sagte Gene. „Du siehst aus wie Brigitte Bardot zu ihren besten Zeiten."
„Ich glaube, das stimmt nicht", sagte Quinn lächelnd und schloss die Tür hinter sich. Ein warmes Gefühl hatte sich in ihr ausgebreitet. Sie hatte die beiden Schwestern immer gern gemocht und für sie zu arbeiten war immer nett gewesen. Es war nie ein Problem, mal einen Tag freizubekommen oder früher nach Hause zu gehen. Als Quinn noch für die Liebermans gearbeitet

hatte, war sie tatsächlich jeden Tag um fünf zu Hause gewesen. Ein Umstand, der jetzt kaum möglich war. Fünf Uhr schaffte sie höchstens an Freitagen, wenn gerade nicht viel los war oder wenn sie krank war und sich halb tot ins Büro schleppte, um die eine oder andere wichtige Sache noch zu erledigen.

Die Vertragsunterzeichnung lief gut. Quinn hatte bereits im Vorfeld alles abgeklärt und dafür gesorgt, dass die Liebermans gutes Geld für die Agentur bekamen. Sie hatte den Vertrag für die beiden selbst aufgesetzt und war ihn mit der Rechtsabteilung von CHW noch einmal durchgegangen, damit die beiden wirklich kein Nachsehen im Verkauf hatten. Sie hatte es sogar geschafft, eine kleine Provisionsvereinbarung mit im Vertrag aufzunehmen. Von jedem Abschluss, der über die Lieberman-Kunden bei CHW hereinkam, erhielten die Schwestern zwei Prozent.

„Sally, Kindchen, bist du so lieb und bringst uns etwas Wasser?“, fragte Polly Lieberman durch ihren vorsintflutlichen Sprechapparat, der aussah, als wäre er eine Requisite aus „Mad Men“ gewesen. „Unsere arme Quinn hat schon einen ganz trockenen Hals vom vielen Reden.“

„Das trifft sich gut“, sagte Quinn. „Ich habe mit meinen Vorgesetzten gesprochen, wir möchten Ihrer Sekretärin gerne ein Angebot machen – wir könnten uns vorstellen, hier eine kleine Außenstelle zu halten. Ihre

Sekretärin könnte möglicherweise von zu Hause aus arbeiten, Mails weiterleiten, die Bestandskunden betreuen und all so was."
„Oh, das klingt großartig. Sally hat sich schon Sorgen darum gemacht, bald keinen Job mehr zu haben", sagte Gene. „Sie will bald heiraten, da kannst du dir vorstellen, wie ungelegen es kommt, wenn man auch noch seine Arbeitsstelle verliert."
Polly stieß ihre Schwester fast unsanft in die Seite, rollte mit den Augen und schüttelte den Kopf. Verwirrt sah Quinn sie an, widmete sich dann aber wieder dem Papierkram.

Die Tür öffnete sich und Sally kam herein. Dass die Liebermans eine solche unhöfliche Person eingestellt hatten, passte gar nicht zu ihnen. Sally hatte ein Tablett auf dem Arm, auf dem eine Flasche Wasser und drei Gläser standen, von denen aber nur eines gefüllt war. Sie stellte das Tablett ab und sah Quinn für einige Augenblicke an.
„Sie sollten den Vertrag nicht unterschreiben", sagte sie schließlich.
Polly und Gene sahen sie an.
„Aber Kindchen, darüber haben wir doch schon gesprochen. Wir haben ein großartiges Angebot von Quinns Agentur erhalten. Wir würden es zutiefst bereuen, würden wir es jetzt ausschlagen. Und Quinn hat sich sehr für uns eingesetzt. Sehen Sie, wir bekommen pro abgeschlossenem Auftrag sogar noch

Provision.“
Polly zeigte mit ihrem Finger auf die entsprechende Stelle im Vertrag.
„Aber … sehen Sie denn nicht, dass diese Person Ihnen alles nehmen will, was Sie sich geschaffen haben? Tun Sie’s nicht. Sie können es noch rückgängig machen.“
Quinn seufzte.
„Miss, ich kann ja verstehen, dass Sie Angst haben, Ihren Job zu verlieren. Aber ich kann Ihnen versichern, dass auch für Sie gesorgt ist. Ich habe mit meinem Vorstand gesprochen, und es gibt die Möglichkeit, Sie weiterhin hier zu beschäftigen. Es wird sich nicht viel ändern. Und für Polly und Gene habe ich wirklich einen großartigen Deal ausgehandelt, wie er in unserer Agentur einzigartig ist. Glauben Sie mir, hierbei gewinnen alle Beteiligten.“
Es kostete sie einiges an Überwindung, so freundlich zu Sally zu sein.
„Natürlich, Sie kommen sich großartig vor, wie Sie hier in Ihren Designerklamotten hereinstolzieren. Dabei geht es nur darum, Polly und Gene das wegzunehmen, was sie sich all die Jahre geschaffen haben.“
„Ich weiß, ich wiederhole mich“, sagte Quinn genervt, „aber niemand wird hier jemandem etwas wegnehmen. Polly und Gene haben unser Angebot bekommen, es durchgearbeitet und sich dazu entschlossen, es anzunehmen. Und es ist ein großartiger Deal. Jeder, der auch nur halbwegs bei Verstand ist, würde ihn annehmen.“

„Sie lügen wie gedruckt. Das passt zu Ihnen. Das rundet das Bild ab, das ich die ganze Zeit über von Ihnen hatte."
Sally sah Quinn einige Augenblicke lang an. Hass spiegelte sich in ihren Augen, und Quinn fragte sich, was sie dieser Frau getan hatte, dass sie ihren Unmut so derartig auf sie projizierte. Sie selbst konnte sich noch nicht einmal an Sally erinnern, Sally aber musste unsagbare Gefühle der Abneigung gegen Quinn hegen.
„Beruhigen Sie sich, Sally", versuchte es Quinn. „Sehen Sie, meine Agentur hat auch für Sie ein tolles Angebot vorbereitet. Wir übernehmen Sie zu denselben Bedingungen, wie Sie bei den Liebermans haben. Sie erhalten einen großzügigen Sommer- und einen Weihnachtsbonus, die Büroräumlichkeiten werden bestehen bleiben, aber zusätzlich dazu haben Sie die Möglichkeit, von zu Hause aus zu arbeiten. CHW würde Ihnen alles für ein Homeoffice zur Verfügung stellen. So können Sie flexibel sein und entscheiden, wann Sie wo arbeiten."
Sally nahm das Glas mit dem Wasser darin vom Tablett, sah Quinn noch einmal abfällig an und schüttete es ihr dann ins Gesicht.
„Das ist dafür, dass Sie zwei alten Damen die Existenz wegnehmen. Und mir den Job", rief sie und stürmte aus dem Büro.
„O mein Gott, Quinn, ist alles in Ordnung?"
Quinn wischte sich das Wasser aus ihrem Gesicht, kramte aus ihrer Birkin eine Packung Taschentücher

hervor und begann, sich damit die Hände zu trocknen. Sie hatte im Laufe der Jahre ein paar seltsame Kundentermine und Meetings gehabt. Doch dass jemand ihr in alter Achtziger-Jahre-Dramaserien-Manier ein Glas Wasser ins Gesicht schüttete wie bei Dallas oder dem Denver-Clan, war ihr bisher noch nie passiert.

Polly eilte um den Schreibtisch herum und zog eine Reihe Kosmetiktücher aus einer Box.

„Ja, alles okay. Ist ja nur Wasser", sagte Quinn, die sich darüber ärgerte, dass diese Person so einfach auf sie losgegangen war und ihr neues Chanel-Kostüm nassgespritzt hatte. Sie würde dem Vorstand nahelegen, diese Frau nicht weiterhin zu beschäftigen. Eher würde sie noch selbst jeden Tag von Manhattan nach Haven Hill fahren, um hier Telefondienst zu tun.

„Ich sollte mit Sally sprechen", meinte Gene und stand auf. „Quinn, wenn du noch irgendetwas brauchst, du weißt ja, wie du uns erreichen kannst."

2

Quinn kam aus dem Gebäude und seufzte. Obwohl es schneite und die Temperaturen deutlich unter dem Gefrierpunkt lagen, war ihr heiß. Diese Sally hatte doch einen an der Waffel. Wieso mischte sie sich in die Angelegenheiten der Schwestern ein? Sie selbst hätte es niemals gewagt, eine Entscheidung der beiden derart infrage zu stellen, als sie noch für sie gearbeitet hatte. Sally war eine nichtssagende Angestellte, die vermutlich Angst um ihren Job hatte, würde die Agentur erst von CHW übernommen werden. Und so, wie es gelaufen war, konnte sie auch gleich beginnen, Bewerbungen abzuschicken. Quinn würde alles in ihrer Macht Stehende tun, um dieser Ziege den Job wegzunehmen. Sie überlegte, ob sie ihr die Rechnung für die Reinigung ihres Kostüms schicken sollte. Wie sie die beiden alten Damen dazu gedrängt hatte, den Vertrag nicht zu unterschreiben, weil die Agentur eine Institution für Haven Hill wäre. Und wie sie versucht hatte, ihnen ein schlechtes Gewissen einzureden. Sollten die Ladys etwa arbeiten, bis sie umfielen, nur damit Sally einen sicheren Job hatte? Wie gut, dass die beiden sich nicht von ihr beeinflussen ließen. Sie würden es nicht bereuen. Die Klienten würden von CHW erstklassig betreut werden und der Kaufpreis für die kleine Agentur war fürstlich. Die Lieberman-Schwestern konnten ihren Lebensabend in Saus und Braus genießen und mussten sich keine Gedanken über finanzielle Engpässe machen, selbst wenn sie hundertfünfzig Jahre alt werden würden. Was aus dieser Sally wurde, war Quinn hingegen herzlich egal. Wie sie sie giftig angesehen hatte. Als sie gegangen war, hatte Sally sie gefragt, ob sie noch in den Spiegel sehen konnte, wenn sie ein alteingesessenes Unternehmen Haven Hills dem Erdboden gleichmachte. Dem Erdboden gleichmachte. Wie lächerlich. Es ging hierbei um eine stinknormale Übernahme, wie sie jeden Tag tausendfach in den Staaten über die Bühne ging. Es schien fast so, als hätte diese Frau mit Quinn persönlich ein Problem. Quinn schüttelte kurz den Kopf und ging dann in den Minimarkt, der sich neben der Agentur befand, nur um kurze Zeit später mit einem Red Bull in der Hand herauszukommen.

Sie wollte eigentlich nichts wie zurück nach Manhattan. Lane, ihre Sekretärin, hatte gemeint, sie würde bestimmt nostalgische Gefühle entwickeln, wenn sie nach so langer Zeit wieder zurück in ihrer Heimat war, doch wenn sie die Wahl gehabt hätte, wäre sie am liebsten postwendend zurück nach Manhattan und ab in ihr Appartement gedüst. Der Vorfall in der Agentur hatte ihr die Laune auf ihr Elternhaus und das Leben in Haven Hill gehörig verdorben. Doch sie hatte ihren Eltern versprochen, sie zu besuchen und das Wochenende mit ihnen zu verbringen, immerhin war sie seit fast fünf Jahren nicht mehr hier gewesen.

Ihr Blick fiel fast wie zufällig auf das Gebäude gegenüber der Agentur, die einmal den Lieberman-Schwestern gehört hatte. Dort befand sich immer noch das Büro der Brower Company. Durch die Fenster im dritten Stock konnte man einen jungen Mann über einen Tisch gebeugt arbeiten sehen, doch Quinn bemerkte sofort, dass es nicht Chris war. Chris hätte sie zu jeder Zeit und überall wiedererkannt. Bestimmt war er auch gar nicht im Büro. Er hatte sich in den letzten Jahren sicherlich weiterentwickelt, war zum Bauleiter aufgestiegen, hatte Baubesprechungen und Planungsmeetings und … Sie bog um die Ecke und prallte mit jemandem zusammen, sodass das Red Bull sich über ihre Bluse und ihre Hände ergoss. Wunderbar. Sie würde ihr heiß geliebtes Chanelkostüm in den Müll

werfen können. Zuerst hatte diese verrückte Sally sie mit Wasser übergossen und jetzt waren ihre Bluse und ein Teil des Blazers auch noch mit Red Bull voll. Außerdem tat ihr Schädel vom Zusammenprall mit dem Mann weh, der ihr vor die Nase gelaufen war.
„Können Sie nicht aufpassen? Diese Bluse ist von Chanel."
Böse sah sie den Mann an, der in sie hineingelaufen war, und im nächsten Augenblick hatte sie Mühe, sich auf den Beinen zu halten.
„Quinn?"
Chris sah sie fragend an, fast so, als wäre er sich nicht sicher, ob sie tatsächlich vor ihm stand.
„Chris. O mein Gott."
Ein warmes Kribbeln breitete sich in ihrem Bauch aus. Seit sie sich von Chris getrennt hatte, hatte sie keine Beziehung mehr gehabt, die über zwei Wochen hinausging. Meist hatte sie Kerle mit Designermuskeln aus irgendeiner Bar abgeschleppt und ihnen am Tag darauf erklärt, dass sie keine Zeit fürs gemeinsame Frühstück hatte. Waren die Typen doch so aufdringlich, dass sie ihr eine Telefonnummer entlockten, so landeten sie bei einer Trockenreinigung in der Bronx, deren Mitarbeiter sich bestimmt wunderten, wer diese sonderbare Quinn war, nach der ständig gefragt wurde. Und jetzt stand sie vor Chris. Ihrem Chris. Chris, den sie so sehr geliebt hatte und der die Messlatte für jeden anderen Mann gewesen war, der ihr seither begegnete. Er sah immer noch einfach perfekt aus. Groß und

sportlich, ein richtiger Mann. Trotzdem formten weiche Gesichtszüge sein Aussehen. Sanft geschwungene Lippen, ein Bartschatten, unglaublich strahlende Augen. Ihr Herz begann zu klopfen, und sie spürte ihr Blut, wie es in den Ohren rauschte. Ein seltsames Gefühl stieg in ihr auf. So, als wäre es Bestimmung, dass sie sich wiedersahen. So, als wäre eine lange Reise zu Ende, deren Ziel Chris war.

Quinn und Chris standen sich gegenüber und starrten sich wie Ölgötzen an, ehe Chris das Wort ergriff.
„Du siehst … gut aus. Anders. Aber gut.“
Quinn lächelte.
„Danke. Du aber auch. Du … hast dich kaum verändert.“
Sie blickte zu Boden wie ein verschämtes junges Mädchen.
„Was … machst du hier?“
„Ich hatte geschäftlich in der Stadt zu tun.“
„Geschäftlich?“
Chris grinste und kleine Grübchen bildeten sich an seinen Mundwinkeln.
„Hast du einen Flyer für Eds Hotdogstand entworfen? Best Hot Dogs in Town?“
„Nicht ganz.“
Quinn erwiderte sein Lächeln.
„Ich habe die Agentur der Lieberman-Schwestern gekauft. Also … nicht ich, meine Agentur. Also … die Agentur, für die ich arbeite.“

Chris' Gesichtszüge verhärteten sich unmerklich, und Quinn fragte sich, ob sie etwas Falsches gesagt hatte.

„Baby!"
Chris sah an Quinn vorbei über ihre Schulter und hob winkend die Hand.
Baby? Quinn sah sich fragend um und entdeckte eine Frau, die auf die beiden zukam. Chris ließ sie stehen und lief auf die Frau zu. Er schloss sie in die Arme und küsste sie. Es war ein grauenhaftes Gefühl, ihn mit einer anderen zu sehen. Es fühlte sich an, als würde ihr jemand fest in den Magen boxen. Es fühlte sich falsch an, fast so, als würde er sie vor ihren Augen betrügen.
„Na, alles klar mit dir?"
Die Frau schmiegte sich an Chris' Brust und Quinn war der nächsten Ohnmacht nahe. Erst jetzt bemerkte sie, wer Chris' „Baby" überhaupt war. Die Frau, die er in seinen Armen hielt, war niemand Geringeres als Sally Brady, die Sekretärin der Liebermans. Quinn musste sich zusammenreißen, um die Fassung nicht zu verlieren. Am liebsten hätte sie Chris gefragt, was in ihn gefahren war. Wie er mit so einer … lieblosen, unfreundlichen und eingebildeten Person überhaupt zusammen sein konnte. Er nahm Sallys Hand und kam mit ihr auf Quinn zu.
„Ich schätze, ihr beide kennt euch schon. Quinn, das ist Sally, meine Freundin. Meine große Liebe."
„Deine …"
Entgeistert blickte Quinn erst zu Chris, dann zu Sally

und wieder zurück zu Chris. Ein dumpfer Schmerz machte sich in ihr breit. Er hatte Sally seine große Liebe genannt, obwohl er sich denken konnte, was das in ihr auslöste.

„Sie Miststück. Fühlen Sie sich gut, nachdem Sie zwei alten Damen ihr gesamtes Hab und Gut abgenommen haben?"

„Ihr gesamtes Hab und Gut abgenommen? Schätzchen, die Liebermans haben einen ordentlichen Batzen Geld für die Agentur bekommen. Sie brauchen sich um ihre Zukunft keine Sorgen mehr machen, selbst wenn jede von ihnen zweihundert Jahre alt wird. Außerdem stand die Agentur zum Verkauf. Wenn wir sie nicht aufgekauft hätten, dann hätte das jemand anderes getan. Zu vermutlich nicht ganz so optimalen Konditionen."

„Aber, Quinn, musste das wirklich sein? Die Liebermans hängen doch so an ihrer Agentur", mischte Chris sich ein.

„Die Liebermans sind beide über achtzig Jahre alt und wollten von sich aus verkaufen. Ich verstehe nicht, wieso das hier so ausgelegt wird, als hätte man sie mit vorgehaltener Waffe zu diesem Verkauf gezwungen. Sollen sie die Agentur betreiben, bis sie den Löffel abgeben? Die beiden haben es sich verdient, ihren Ruhestand zu genießen. Und nicht arbeiten zu müssen, bis sie die Augen schließen."

„Es hätte andere Möglichkeiten gegeben", keifte Sally. „Ich hätte die beiden tatkräftig unterstützen können …"

„Jaja. Und Diktate aufnehmen und das Briefporto

hätten Sie mit Sicherheit auch auswendig gewusst", vollendete Quinn gelangweilt den Satz ihrer Kontrahentin. „Hören Sie, es tut mir ja leid, dass Sie Ihren Job verlieren, aber so ist das Leben. So läuft das Geschäft. Ich bin mir sicher, Sie finden was Neues. Die Bedienung da im Minimarkt ist ziemlich lahm. Wenn Sie Ihre große Klappe dort genauso aufreißen wie hier bei mir, dann haben Sie den Job schon so gut wie in der Tasche."
Sally und Chris starrten Quinn an.
„Das war jetzt bestimmt nicht nötig, Quinn", sagte Chris und zog Sally schützend in seine Arme.
„Wie gut, dass du sie abgeschossen hast, Liebling", sagte Sally. „Die hat doch nicht alle Tassen im Schrank."
Sally verdrehte die Augen.
„So läuft das Geschäft", äffte sie Quinn nach.
„Okay, das muss ich mir wirklich nicht anhören. Schätzchen, betrachten Sie sich als entlassen. Eigentlich wäre geplant gewesen, dass Sie Ihren Job behalten und in einiger Zeit zur Niederlassungsleiterin aufsteigen. Vergessen Sie's. Ab heute sind Sie nicht mehr für die Agentur der Lieberman-Schwestern tätig. Sie bekommen Ihren letzten Gehaltsscheck mit der Post und setzen bitte keinen Fuß mehr in die Agentur. Mach's gut, Chris."

Schockiert sah Sally sie an. Damit hätte sie wohl nicht gerechnet. Quinn drehte auf dem Absatz um und ging davon. Sie kochte vor Wut, hätte Chris am liebsten angeschrien und gefragt, was er von einer Ziege wie Sally wollte und dass sie ihn eigentlich immer noch liebte. Und gleichzeitig durchströmte sie ein Gefühl der Genugtuung. Sie hatte Sally gezeigt, was eine Harke war. Hatte ihr den Job aberkannt, den sie sich nicht verdiente. Letztendlich hatte Quinn doch am längeren Ast gesessen, auch wenn es ein schwacher Trost im Hinblick auf Chris' neue Freundin war.

„Was ist nur aus dir geworden, Quinn?“, rief Chris ihr nach. „Ich bin fassungslos.“

Quinn beachtete ihn nicht weiter. Sie überquerte die Straße, und ihr Blick kreuzte den des Weihnachtsmannes, mit dem sie sich unterhalten hatte, bevor sie sich zu den Liebermans aufgemacht hatte. Er winkte ihr zu, und es schien, als würde er ihr auch zuzwinkern. Hatte er den Streit mit Chris und seiner verrückten Sally mitbekommen? Auch egal. Sie befand sich in einer verrückten Kleinstadt voller Landeier. In einigen Stunden würde sie wieder in Manhattan sein und Haven Hill endgültig hinter sich lassen.

Im nächsten Moment fuhr ein stechender Schmerz durch ihre Hüften. Sie wurde von den Beinen gerissen und durch die Luft geschleudert. Ihre Tasche – eine nagelneue Birkin Bag – flog ihr aus den Händen und landete einige Meter weiter weg. Für wenige Sekunden schien sie zu fliegen. Sie hörte Chris ihren Namen brüllen, glaubte, Panik darin zu hören, dann prallte sie unsanft auf der Straße auf. Sie hörte, wie ihr Chanel-Kostüm aufriss, und der wirre Gedanke, dass es nun völlig im Eimer war, blitzte durch ihren Kopf. Die Red-Bull-Dose flog ihr aus der Hand und zu dem Schmerz an ihrer Hüfte begann nun ihr ganzer Körper höllisch wehzutun. Dann wurde alles um sie herum schwarz.

3

Noch bevor Quinn ihre Augen öffnete, hörte sie ein stetiges Piepen, das in gleichem Abstand nahezu jede Sekunde zu vernehmen war und ziemlich hypnotisch klang. Ungefähr im selben Moment kamen die Schmerzen zurück, und als sie ihre Augen langsam öffnete, war es, als würde sie in gleißendes Licht sehen.

„Sie kommt zu sich."
Eine Stimme, die sie kannte. Sie gehörte Kate, ihrer Mutter.
„Mum?"
Es fiel ihr schwer, zu sprechen, ihre Stimme klang kratzig und ihr Mund war unglaublich trocken.
„O Quinn, Gott sei Dank. Wir sind so froh. Geht es dir gut?"

„Mir … mir tut alles weh“, brachte Quinn hervor, „und ich habe Durst.“
„Hier, trink etwas Wasser, Liebes.“
Ihre Mutter eilte mit einem Becher ans Bett und half ihr beim Trinken. Es war angenehm, als das kalte Wasser ihre trockene Kehle hinunterlief und sie anfeuchtete.
Sie sah sich um. Das hier musste ein Krankenzimmer sein. Sie lag in einem Krankenhausbett mit weißer Bettwäsche, neben ihr ein Infusionsständer und dahinter ein Herzmonitor. Großer Gott … was war hier los? Ihr Kopf dröhnte immer noch und tat unglaublich weh.
„Was ist passiert?“
Sie sah ihre Mutter an.
„Du hattest einen Unfall, Schatz.“
Das war ihr Vater.
„Als du aus dem Büro gekommen bist, bist du in ein Auto gelaufen. Warst du so in Gedanken?“
„Ich … weiß nicht.“
Quinn erinnerte sich dumpf an den Unfall. Sie hatte Streit mit Chris gehabt. Und seiner neuen Flamme, dieser verrückten Sally, die sie bei den Liebermans blöd angemacht hatte.
„Chris müsste gleich hier sein, Schatz.“
Wieder ihre Mutter.
„Warum?“
Quinns Herz begann zu klopfen, was sich in dem schnelleren Piepen des Herzmonitors bemerkbar machte. Ihre Mutter sah sie fragend an.
„Was, warum?“

„Warum Chris kommt?“
„Meinst du, er lässt dich in diesem Zustand allein?“
Kate schüttelte den Kopf, und Quinn fragte sich, was hier los war. Warum sollte Chris nach ihr sehen? Sie waren seit Jahren getrennt und nicht gerade im Guten auseinandergegangen. Er hatte eine neue Freundin und sie beide hatten absolut nichts miteinander zu schaffen. Außerdem hatten sie unmittelbar vor ihrem Unfall einen Streit gehabt.
Eine dickliche Krankenschwester betrat den Raum und prüfte das EKG.
„Es ist alles in Ordnung, Mrs. Porter“, sagte sie. „Wir warten nur noch das endgültige Ergebnis vom Röntgen ab, dann können Sie in häusliche Obhut entlassen werden. Ihr Kopf wird Ihnen noch etwas wehtun, aber in ein paar Tagen sind Sie wieder so gut wie neu. Gott sei Dank haben Sie sich nicht ernsthaft verletzt. Dieser Unfall hätte ganz, ganz böse für Sie enden können.“
„Danke, das ist gut.“
Quinn sah die Krankenschwester im nächsten Moment mit aufgerissenen Augen an. Hatte sie sie „Mrs. Porter“ genannt? Nein, bestimmt nicht. Vermutlich spielte ihr Unterbewusstsein ihr einen Streich. Und weil ihre Mutter vorhin erwähnt hatte, dass Chris auch kommen wollte, war ihr sein Nachname in den Sinn gekommen. Warum Chris hier im Krankenhaus auftauchte, verstand sie aber immer noch nicht. Hatte er vor, sie hier weiter zur Schnecke zu machen? Oder wollte er ihr von Sallys Vorzügen als Liebhaberin berichten? Wollte er sich bei

ihr bedanken, dass sie sich seinerzeit für den Job und gegen ihn entschieden hatte, weil er Sally sonst nie begegnet wäre? Diese blöde Kuh. Wäre sie nicht gewesen, hätte Quinn den Unfall nicht gehabt.

Die Tür öffnete sich und Chris kam herein.
„Quinn, Baby, großer Gott."
Er stürzte um das Bett herum und riss Quinn in seine Arme, die nicht wusste, ob es sich hier um einen schlechten Scherz handelte.
„Was …", begann sie, doch Chris sah sie sorgenvoll an.
„Ich bin fast gestorben vor Angst, als ich den Anruf erhielt. Was machst du denn für Sachen? Seit wann läufst du vor Autos?"
„Aber … ich …"
Waren denn alle hier drin verrückt geworden? Chris war dabei, als Quinn den Unfall hatte, er hatte mit eigenen Augen gesehen, was passiert war. Ha. Er wollte bestimmt den Hals aus der Schlinge ziehen und so tun, als hätte er mit der Sache nichts zu schaffen. Sich selbst und seiner verrückten Sally den Arsch retten. So ein Mistkerl. Bestimmt hatte Sally ihn dazu angestiftet.
„Ihre Frau hatte Glück, Mr. Porter", sagte die Krankenschwester, „bis auf ein paar Abschürfungen und Schrammen hat sie keine Schäden davongetragen. Sie hatte wohl einen Schutzengel. Sobald die Röntgenergebnisse da sind, können Sie sie mit nach Hause nehmen. Ihr Kopf wird noch ein bisschen brummen, aber auch das sollte morgen vergangen sein."

Liebevoll sah Chris sie an und strich eine Haarsträhne aus ihrem Gesicht.
„Keine Sorge. Ich kümmere mich um sie“, sagte er zu der Schwester.
„Ihre … Frau?“
Quinn sah ihre Mutter an.
„Mum, warum sagt sie ‚Ihre Frau‘? Und warum nennt sie mich Mrs. Porter?“
„Aber Liebes, was ist denn nur mit dir? Schwester, kann es sein, dass meine Tochter ihr Gedächtnis verloren hat?“
„Das CT gibt keine Hinweise darauf“, sagte die Schwester, „aber es ist natürlich möglich, dass sie nach dem Unfall etwas verwirrt ist. Wir konnten zwar keine Hinweise auf eine Gehirnerschütterung feststellen, aber es ist natürlich gut möglich, dass sie etwas neben sich steht. Das ist völlig normal und sollte sich in den nächsten Tagen legen. Schon bald sind Sie wieder imstande, die Werbung für jeden Laden hier in der Stadt zu machen, Mrs. Porter.“
Sie zwinkerte Quinn zu.
„Ach ja, das ist Ihrer, wir haben ihn abgenommen, als Sie beim Röntgen waren.“
Sie reichte Chris einen kleinen Gegenstand, den er lächelnd betrachtete.
„Gib mir deine Hand, Baby“, sagte er und nahm sanft ihre linke. Dann steckte er einen Brillantring an den Ringfinger.
„Ich liebe dich, Quinn. Ich danke Gott, dass es dir gut

geht.“

Entgeistert starrte Quinn auf den Ring. Auf Chris, auf ihre Mutter, ihren Vater und die Krankenschwester. Sie wartete darauf, dass die vier in Gelächter ausbrachen und ihr erzählten, sie hätten ihr einen Streich gespielt.
„Ist alles in Ordnung mit dir, Schätzchen?“
Ihre Mutter sah besorgt aus.
„Mum? Kann ich bitte mal unter vier Augen mit dir reden?“
„Natürlich.“
„Los, Chris, lass uns Kaffee holen, ich könnte etwas Koffein vertragen“, sagte Jack, Quinns Vater, zu seinem Schwiegersohn. „Kate, willst du auch etwas?“
„Kaffee wäre toll“, sagte Quinns Mutter zu ihrem Mann. Dann verließen er und Chris das Zimmer.
„Was ist los mit dir?“
Kate setzte sich ans Bett ihrer Tochter und sah sie an.
„Ich … ich kann mich irgendwie nicht daran erinnern, verheiratet zu sein.“
Mit einem mulmigen Gefühl blickte Quinn auf den Ring an ihrem Finger. Das hier musste ein Traum sein. Ein unglaublich realer Traum.
„O Liebling, die Schwester sagte schon, dass du etwas verwirrt sein könntest. Das gibt sich wieder. Du und Chris, ihr hattet die schönste Hochzeit, die du dir vorstellen kannst. Er hat dir vor fünf Jahren den Antrag gemacht und ihr habt im Mai vor viereinhalb Jahren geheiratet. Du hast ausgesehen wie eine Prinzessin. Ihr

hattet ein Anwesen auf den Hamptons gemietet, eure sämtlichen Ersparnisse sind für dieses Herrenhaus draufgegangen, aber es war der schönste Tag eures Lebens. Chris soll dir zu Hause euer Hochzeitsalbum zeigen. Dann kommt die Erinnerung bestimmt ganz schnell wieder.“
Kate Bradley lächelte ihre Tochter warmherzig an.

Vor fünf Jahren hatte er ihr einen Antrag gemacht? Vor fünf Jahren hatten sie ihre Beziehung beendet, weil Quinn den Job in Manhattan angenommen hatte. Sie hatten noch in dem Hotel in der City übernachtet, Quinn im Bett, Chris auf dem Sofa, und waren am nächsten Tag, ohne ein Wort miteinander zu reden, zurück nach Haven Hill gefahren. Nach den Feiertagen war Quinn nach Manhattan gezogen und hatte ihre Heimatstadt seither hinter sich gelassen. Oder war sie so verrückt, dass sie sich den Job nur einbildete? Vielleicht hatte sie ihr Gedächtnis verloren und sich den Job, ihre Karriere und das Appartement in Manhattan nur eingebildet. Wie John Nash, dieser Typ aus „A beautiful Mind“, der sich seine komplettes Leben nur erdacht hatte. Vielleicht war sie wirklich mit Chris verheiratet. Wieder warf sie einen skeptischen Blick auf ihren Ehering. Oder vielleicht lag sie im Koma und das hier war ein ziemlich realistischer Traum. Ein Realtraum. Gab es so etwas überhaupt? Was war mit Tom Cruise? Der hatte in „Vanilla Sky“ doch auch so etwas Ähnliches erlebt, oder? Lucides Träumen nannte sich das. Quinn wurde aus ihren Gedanken gerissen.

„Hat hier jemand heißen Kakao bestellt?“
Chris kam durch die Tür herein. In seinen Händen hielt er zwei Becher mit dem Logo des Krankenhauses darauf.
„Automatenkakao.“
Quinns Miene hellte sich auf. Seit sie ein kleines Mädchen war und ihr Großvater sie einmal zu einem seiner Auftraggeber, einem großen Industrieunternehmen, für das er als Anwalt tätig war, mitgenommen hatte, wo die Sekretärin sie mit einem Becher Automatenkakao versorgt hatte, liebte sie dieses Getränk. Und war somit vermutlich der einzige Mensch auf der Welt, der sich Automatenkakao literweise in die Kehle schütten konnte.

Chris setzte sich zu Quinn aufs Bett und reichte ihr den Becher. Dann sah er sie liebevoll an. Der Kakao schmeckte göttlich. Der künstliche Geschmack von Schokolade, den die meisten nicht leiden konnten, löste in Quinn eine nostalgische Erinnerung an ihren Großvater aus, die Unbeschwertheit der vergangenen Jahre, als sie ein kleines Mädchen war und sich nicht mit neuen Ehemännern, Amnesien und zickigen neuen Freundinnen herumschlagen musste. Ihr Blick fiel auf das Logo, das vorne und hinten auf den Becher aufgedruckt worden war. „Haven Hill Memorial Hospital“ stand da in weißen Buchstaben auf einer blauen, kreisförmigen Fläche. Ein mulmiges Gefühl beschlich Quinn. Das Krankenhaus von Haven Hill hieß doch seit Jahr und Tag „Haven Hill Medical Center“, und sein Logo befand sich nicht in einem hellblauen Kreis, sondern in einer hellblauen Ellipse. Ihre Mutter hatte auch bei keinem Telefonat erwähnt, dass das Krankenhaus umbenannt worden war, und das, obwohl Kate ihr jeglichen unwichtigen Haven-Hill-Klatsch auf die Nase band. Selbst wenn es sich dabei nur um die Info handelte, dass Mrs. Wilkes von gegenüber eine halbe Stunde früher als sonst mit ihrem Hund spazieren gegangen war. Eine Neuigkeit wie die Umbenennung des Krankenhauses hätte Kate Bradley niemals zu erwähnen vergessen.

„Ist alles in Ordnung?“, fragte Chris. „Du siehst plötzlich so bleich aus.“
Er sah sie besorgt und gleichzeitig dankbar an.
„Ja. Ich … Wurde das Krankenhaus irgendwann umbenannt?“
Sie sah ihren „Ehemann“ an.
Chris erwiderte ihren Blick fragend.
„Das Krankenhaus? Nicht, dass ich wüsste. Es ist das Haven Hill Memorial Hospital, seit ich denken kann. Seit meine Urgroßeltern denken konnten.“
Liebevoll lächelte er sie an und löste wieder dieses warme Gefühl in ihr aus. Trotz der merkwürdigen Umstände fühlte sie sich in Chris’ Nähe wohl.

Die Tür ging auf und die Krankenschwester betrat den Raum.
„Gute Nachrichten – die Röntgenaufnahmen sind ebenfalls ohne Befund, Mr. Porter, Sie können Ihre Frau mit nach Hause nehmen. Und, Schätzchen …“ Sie wandte sich an Quinn. „Lassen Sie sich von diesem Prachtstück ordentlich verwöhnen.“
Sie zwinkerte Quinn zu.

Eine Stunde später parkte Chris’ Pick-up vor einem Haus, das Quinn nur zu gut kannte. Es war das Haus, in dem sie beide lebten, bevor sie sich getrennt hatten. Das ehemalige Haus seiner Großeltern. Quinn hatte das Haus anders in Erinnerung, doch dieser Tag war bereits so verrückt, dass es sie nicht weiter störte, dass das Haus scheinbar umgebaut und renoviert worden war. Große, breite Steinstufen führten hinauf zu einer weißen Tür, die hinter einer einladenden Veranda lag. Das Haus selbst war aus roten Klinkern und die Fenster hatten weiße Rahmen. Ein großer Kranz aus Tannenzweigen, geschmückt mit Kugeln und einem Weihnachtsmann in der Mitte, prangte darauf. Quinn war in der Zwischenzeit zu dem Entschluss gekommen, dass dies alles tatsächlich ein unglaublich realistischer Traum sein musste. Bestimmt. Anders konnte es gar nicht sein. Sie war von einem Auto angefahren worden und im Krankenhaus kurz zu sich gekommen. Doch anstatt wirklich aufzuwachen, war sie wieder eingeschlafen und hatte sich all diesen Kram mit der Hochzeit, dem renovierten Haus und dem neuen Krankenhausnamen erträumt. Das musste die Lösung sein und so war es bestimmt auch. In ein paar Stunden würde sie aufwachen und dem Leben, das sie in diesem Traum geführt hatte, vermutlich sogar ein bisschen nachweinen. Sie und Chris – endlich verheiratet. Sie schmunzelte. Also hatte sie auf der Fahrt vom Krankenhaus „nach Hause“ beschlossen, den Traum zu genießen, solange er eben dauerte. Insgeheim hatte sie sich schon oft gefragt, wie es wohl gewesen wäre, wenn sie sich damals gegen den Job und für Chris entschieden hätte – das war nun genau die Gelegenheit, auf die sie schon immer gewartet hatte.

Chris steckte den Schlüssel ins Schloss und öffnete die Tür. Quinn trat ein und erinnerte sich an das Haus, wie es früher gewesen war. Es hatte absolut keine Ähnlichkeit mehr mit damals. Der Traum-Chris hatte hier ganze Arbeit geleistet. Das alte Haus seiner Großeltern erstrahlte in neuem, modernem Glanz. Als sie hier noch vor einigen Jahren – und in der Realität – gewohnt hatten, hatten sie kaum Geld gehabt, um großartige Renovierungsarbeiten durchzuführen. Hier in ihrem Traum war es offenbar anders. Chris hatte Wände durchgebrochen, um die Räume offener erscheinen zu lassen, die Fenster ausgetauscht und die Treppe neu gestaltet. Helle, moderne Farbe hatte die altbackenen Tapeten und Paneele abgelöst, die das

Haus dominiert hatten. Anstatt der kleinen Räume oben hatte er eine große Galerie mit einer Glas- und Edelstahlbrüstung gebaut, die Quinn sich nachher unbedingt genauer ansehen wollte. Sie entdeckte eine Leseecke, so wie sie sich schon immer eine gewünscht hatte. Im ersten Stock neben einem großen Fenster, mitten auf der Galerie und dennoch ruhig und entspannend. Vom Eingangsbereich aus konnte sie in ein großes, offenes Wohnzimmer blicken, dessen Panoramafenster den Ausblick auf einen weitläufigen Garten gewährte. Sie vernahm Pfotengetrappel und kurze Zeit später kamen zwei Hunde aus dem Wohnzimmer schwanzwedelnd auf sie zugeschossen. Ein dunkelbrauner und ein hellbrauner – sie sahen aus wie Labradors.

„Bandit, Dodger, na, habt ihr es euch wieder mal auf der Couch gemütlich gemacht?“

Chris begrüßte die beiden Hunde überschwänglich, ehe sie sich ihre Streicheleinheiten von Quinn holten. Sie hatten Hunde. In ihrem Traum hatten sie zwei Hunde. Sie liebte Hunde, Tiere im Allgemeinen, doch in ihrem Appartement in Manhattan waren Haustiere nicht erlaubt. Und außerdem hätte sie ohnehin keine Zeit, mit ihnen Gassi zu gehen oder sich um sie zu kümmern.

„Hey, ihr beiden, na, wie geht’s euch?“, fragte sie, während sie in die Hocke ging und die beiden Hunde sie überschwänglich begrüßten.

„Passt gut auf euer Frauchen auf, sie neigt dazu, vor Autos zu laufen“, scherzte Chris.

„Wie witzig“, entgegnete Quinn.
Sie stand auf und streichelte den Hunden noch einmal über die Köpfe.
„Chris?“
„Ja?“
Er sah sie an.
„Wann haben wir uns die Hunde geholt?“
Sie schämte sich fast, diese Frage zu stellen, doch die beiden hübschen Kerle hatten es ihr vom ersten Augenblick angetan.
„Wir haben sie bei der Rückfahrt unseres New-York-Trips aufgelesen, in dem Jahr, als wir uns verlobt haben. Jemand hatte die Welpen in einem Karton am Straßenrand abgestellt. Du hast ihn entdeckt und darauf bestanden, dass ich stehen bleibe und wir die Hunde mitnehmen.“
Tränen traten in Quinns Augen.
„Tut mir leid, dass ich mich nicht daran erinnern kann“, sagte sie betrübt.
Chris zog sie in seine Arme, strich ihr eine Haarsträhne aus dem Gesicht und küsste sie sanft. Es war wie ein elektrischer Schlag, als seine Lippen die ihren trafen. Ein Gefühl, das so vertraut und gleichzeitig so neu für sie war. Sie fühlte sich wie ein verliebter Teenager und hätte am liebsten laut losgekichert. Sie war mit ihrem Traummann verheiratet, lebte in diesem wunderschönen Haus und sie hatten zwei süße Hunde adoptiert.
„Schon okay, Baby, die Schwester sagte, das ist normal. Wir vier machen uns heute einfach einen entspannten

Tag, vielleicht kommt deine verlorene Erinnerung ja zurück."

„Musst du nicht zurück ins Büro?"

„Meine Frau ist wichtiger als das Büro."

Er sah in ihre Augen. Es fühlte sich großartig an, wenn er sie „seine Frau" nannte.

„Und außerdem können die Jungs auch mal einen Nachmittag ohne mich. Den Zuschlag für den Neubau des Communitycenters habe ich heute Vormittag erhalten, ich habe also alle Zeit der Welt für dich."

„Du bist dort also …"

„Geschäftsführender Gesellschafter, richtig. Seit drei Jahren."

„Wow, du bist ein Karrieretyp, wie heiß."

Quinn spürte dieses alte Gefühl in sich, das immer schon zwischen ihr und Chris existiert hatte. Dieses Einander-Necken, das auf wahrer Liebe basierte.

„Der Kerl, der die Inhaberin der größten Werbeagentur in Haven Hill geheiratet hat, muss doch ein Karrieretyp sein, oder etwa nicht?"

Quinn spürte, wie Chris' Umarmung fester wurde. Und registrierte eine neue Info. Sie war also die Inhaberin der „größten Werbeagentur in Haven Hill"? Vermutlich die Inhaberin der einzigen Werbeagentur in Haven Hill und höchstwahrscheinlich hatte sie in ihrem Traum die Agentur von den Lieberman-Schwestern anstelle von CHW übernommen. Sie begann, dieses Traumleben gernzuhaben, verlor sich in Chris' Augen und küsste ihn.

4

In all den Jahren, in denen Quinn in Manhattan gelebt, Karriere gemacht und sich fast an die Spitze einer der führenden Werbeagenturen der Stadt gearbeitet hatte, hatte sie keinen Abend mehr so genossen wie den Abend mit Chris, den sie in ihrem immer noch anhaltenden Traum verlebte. Sie hatten es sich mit den Hunden auf der Couch gemütlich gemacht und in alten Fotoalben und Erinnerungsstücken gestöbert. Mittlerweile war sie sich auch ganz sicher, dass sie sich in einem Traum befand. All die Fotos, die Videofilme und das Hochzeitskleid, das Quinn bei ihrer Hochzeit getragen hatte und das eingemottet in ihrem Schrank lag, konnte Chris nicht wegen eines Streiches organisiert haben. Vielleicht lag sie wirklich im Koma, sinnierte sie, oder sie hatte tatsächlich einen dieser luziden Träume, in denen man steuern konnte, wovon man träumte. Sie dachte nicht weiter darüber nach, sondern genoss den Abend mit ihrem Mann und ihren Hunden an ihrer Seite.

Es war schon ziemlich spät, als die beiden den Fernseher ausmachten und alle Zeichen darauf hindeuteten, dass es nun Schlafenszeit war. Quinn hatte sich bis zu diesem Augenblick keine Gedanken darüber gemacht, was passieren würde, wenn sie beide – gemeinsam – zu Bett gingen.
„Ich bin müde", sagte Chris, „morgen wird ein anstrengender Tag, ich werde besser ins Bett gehen. Kommst du? Oder willst du noch etwas fernsehen?"
„Ich …"
Quinn überlegte. Chris war nicht nur ein warmherziger, gut aussehender Traummann gewesen, sondern auch ein großartiger Liebhaber. Und wen juckte es schon, wenn sie in ihrem Traum heißen Sex mit ihrem Ex hatte?
„Ich komme mit", sagte sie und lächelte ihm zu.
Er streckte seine beiden Hände aus und zog Quinn zu sich.

Im ersten Stock befand sich ihr Schlafzimmer. Als Quinn noch im echten Leben mit Chris zusammen gewesen war, war es ein kleiner, muffiger Raum gewesen, der nicht sehr einladend war. Er hatte gerade mal ihrem Bett Platz geboten, und der kleine Wandschrank, den sie sich teilen mussten, war aus allen Nähten geplatzt. Jetzt hatte Chris auch hier eine Wand entfernt und den Raum vergrößert. Außerdem gab es einen Zugang zu einem großen begehbaren Kleiderschrank, der den kleinen Wandschrank abgelöst hatte. Das Schlafzimmer hatte außerdem einen Balkon bekommen und ein großes Badezimmer mit Wanne und Dusche.

„Du hast das Innendesign übernommen, Baby", sagte Chris, als habe er ihren überraschten Blick bemerkt. „Willst du zuerst unter die Dusche? Ich checke noch kurz die Mails, die die Firma heute geschickt hat. Die schriftliche Beauftragung für das Communitycenter müsste gekommen sein – damit wir sie schwarz auf weiß haben."

„Klar", sagte Quinn und war etwas enttäuscht, dass Chris ihr nicht anbot, gemeinsam duschen zu gehen.

Es war ein angenehmes Gefühl, das heiße Wasser über ihren Körper prasseln zu spüren. Ihre immer noch schmerzenden Muskeln entspannten sich langsam und wurden locker, als der heiße Wasserdampf sie einhüllte. Das Duschgel, das in dem Regal in der Dusche stand, war zwar nicht so luxuriös wie die Artikel von Kiehls und La Prairie, die sie zu Hause verwendete, doch sie dufteten wunderbar. Sie stammten aus Emmas

Kosmetikladen. Quinn wusste, dass Emma alle Duschgels, Badezusätze und Seifen selbst herstellte – nach einem alten Rezept ihrer Urgroßmutter. Die Handtücher waren wunderbar weich, und sie fühlte sich unglaublich geborgen, als sie sich in eines davon einwickelte und das andere um ihre Haare band. Als sie aus dem Badezimmer trat, kam Chris gerade wieder zurück ins Schlafzimmer. Er sah sie an und hielt inne.
„Wow. Ich meine … Wow. Du … wow“, sagte er.
„O Gott, übertreib nicht so.“ Quinn lachte. „Wir sind seit vier Jahren verheiratet. Sollte nicht irgendwann die Zeit kommen, in der du deine Frau langweilig, blöd und faltig findest? Und den jungen Mädchen auf der Straße nachgierst?“
Sie lachte. Chris zog sie wieder an sich.
„Du weißt genau, dass diese Zeit niemals kommen wird“, sagte er und küsste sie.
„Ist deine Beauftragung angekommen?“
Chris hatte von ihr abgelassen und öffnete die Knöpfe seines Hemdes. Er tat es, als wäre es das Normalste der Welt. War es vermutlich auch. Immerhin waren sie verheiratet. Er hatte keine Ahnung, dass Quinn sich ziemlich zusammennehmen musste, um nicht über ihn herzufallen.
„Ja, Tim hat sie mir heute Nachmittag gemailt. Wahnsinn. Kannst du dir vorstellen, dass wir den Zuschlag wirklich bekommen haben? Bei all den anderen Bewerbern? Es waren Unternehmen aus Manhattan dabei. Eines sogar aus Florida und eines aus

Seattle."
„Hast du daran wirklich jemals gezweifelt?", fragte Quinn. „Du bist der Beste, Chris, und das haben auch die Auftraggeber gewusst. Und warum sollte man ein Unternehmen beauftragen, das am anderen Ende der Staaten sitzt, wenn der beste Bauunternehmer ein Einwohner Haven Hills ist? Ich habe nie daran gezweifelt, dass ihr den Auftrag bekommt."
„Ich liebe dich, Quinn", sagte Chris, während er sein Hemd auszog, es über die Stuhllehne hängte und seinen Gürtel öffnete. Quinn beobachtete ihn dabei mit Argusaugen und biss sich auf die Unterlippe. Sie hatte ganz vergessen, wie heiß Chris aussah. Seine gestählte Brust, die muskulösen Arme, das Sixpack. All die Kerle mit den Designermuskeln, die sie in New York kennengelernt hatte, konnten Chris nicht annähernd das Wasser reichen. Ein Kribbeln und unsagbares Verlangen machten sich in ihr breit.
„Ich bin gleich wieder da, geh nicht weg", sagte er, als er im Bad verschwand, und zwinkerte Quinn zu.

Eine Viertelstunde später kam Chris zurück aus dem Badezimmer. Quinn blieb fast die Luft weg, als er aus der Tür trat. Er hatte schwarze, enge Boxershorts an, sein heißer Körper dampfte und seine Haare waren nass.
„Es war der größte Fehler deines Lebens, ihn zu verlassen", sagte sie sich in dem Augenblick, als er zu ihr ins Bett kletterte.

„Na, alles klar bei dir?"
Er küsste sie sanft auf die Stirn.
„Ja. Ich … ich habe grad darüber nachgedacht, was für großes Glück ich habe. Hier mit dir zu leben. In diesem Haus, mit den Hunden. Und unseren Jobs …"
„Es geht uns ziemlich gut, Baby, das stimmt."
Chris küsste sie.
„Kennst du eine Frau namens Sally?", platzte Quinn heraus. Sie hatte in den vergangenen Stunden darüber nachgegrübelt, ob und wie sie ihn auf Sally ansprechen sollte. Dann hatte sie sich dafür entschieden, es einfach geradeheraus zu tun.
„Sally? Nein, ich kenne keine Sally. Eine meiner Großtanten hieß Sally, aber die ist vor fünfzehn Jahren verstorben. Und dann ist da noch die fiese Bedienung im Minimarkt neben der Agentur, die, die immer so böse guckt, die heißt, glaub ich, auch Sally. Aber sonst kenne ich niemanden mit diesem Namen. Die einzige Frau, die für mich wichtig ist, bist ohnehin du."
Er zog sie an sich, und sie schlief, ihren Kopf an seine Brust gelehnt und in seinen starken Armen geborgen, ein.

„Guten Morgen, Schlafmütze."
Quinn streckte sich im Bett aus und öffnete die Augen. Es war heller Tag und Chris war bereits angezogen – bis auf sein Hemd.
„Du gehst schon ins Büro?"

„Ich muss. Wir haben heute das Meeting mit dem Bürgermeister wegen dem Communitycenter, da muss ich dabei sein. Aber vielleicht kann ich mich früher davonstehlen und …“

„Wir könnten gemeinsam mittagessen, wenn du möchtest. Ich muss ohnehin auch gleich los.“

Sie hatte beschlossen, sich „ihre“ Agentur einmal genauer anzusehen. Wenn sie schon die Eigentümerin davon war, konnte sie sich auch ansehen, was sie in den letzten Jahren so geschafft hatte.

„Du gehst in die Agentur? Heute schon? Fühlst du dich auch stark genug?“

Chris sah sie besorgt an.

„Aber ja. Außerdem muss ich ja keine Operationen am offenen Herzen durchführen oder Zementsäcke auf einer Baustelle herumschleppen. Ich sehe nach dem Rechten, nerve ein paar Kunden und vielleicht können wir beide ja tatsächlich etwas früher Schluss machen und … es uns gemütlich machen.“

Vielsagend zwinkerte sie ihm zu.

„Ach, Mrs. Porter, Sie wissen, wie man einen Mann von seiner Arbeit abhält.“

Chris kam zu ihr ins Bett, zog sie an sich und küsste sie.

„Tja, schade, dass Sie keine Zeit haben, Mr. Porter. Jetzt aber husch, husch, der Bürgermeister wartet.“

Sie gab ihm einen Klaps auf den Hintern, als er aufstand.

„Ich liebe dich, Quinn“, sagte Chris, bevor er das Schlafzimmer verließ.

„Ich liebe dich auch", erwiderte sie, und ein bitteres Gefühl überkam sie, als ihr klar wurde, dass das alles nur ein Traum war.

5

Etwa eine Stunde später stand Quinn vor dem Gebäude, aus dem sie am Vortag gestürzt war, als sie den Kaufvertrag von den Lieberman-Schwestern unterschreiben hatte lassen. Sie hatte geduscht, gefrühstückt, war mit den Hunden eine kleine Runde spazieren gegangen und hatte sich dabei ihre Nachbarschaft angesehen. Sie hatte kurz mit Rose McGinley gesprochen, mit der sie auf der Highschool gewesen war und die zwei Häuser weiter wohnte. Ins Büro war sie mit dem roten Mustang gefahren, der in der Garage gestanden hatte. Sie war wie selbstverständlich davon ausgegangen, dass es sich dabei um ihr Auto handelte. Die Tatsache, dass der

Wagenschlüssel sich in ihrer Handtasche befand, untermauerte ihre Annahme diesbezüglich. Ein roter Mustang. Sie hatte von jeher von so einem Wagen geträumt, in Manhattan allerdings war es fast sinnlos, ein eigenes Auto zu besitzen, wenn man mitten in Uptown lebte und überall mit der U-Bahn oder dem Taxi hinkam, ohne sich dabei Gedanken um Parkmöglichkeiten machen zu müssen.

Alles fühlte sich unglaublich richtig an, als Quinn die Straße Richtung Innenstadt entlangfuhr. Es war alles so … gewohnt, so bestimmt. Sie war sich immer noch nicht darüber im Klaren, was eigentlich mit ihr passiert war, und hielt die Koma-Theorie im Moment noch für die wahrscheinlichste. Hatte sie nicht einmal einen Artikel darüber gelesen, dass Komapatienten „wussten", dass sie im Koma lagen, während sie im Koma lagen? Es musste einfach so sein. Sie passierte die ersten Ausläufer der Stadt und sah in der Ferne das Wendy's, das sie als Mädchen immer gern besucht hatte. Sie hielt inne. Der Laden hatte sich seit Jahr und Tag auf der linken Straßenseite befunden. Doch … jetzt war er auf der rechten Seite der Straße. Sie überlegte. Es war nicht völlig unmöglich, dass ein Laden umzog. In den Shoppingmalls in Manhattan passierte das alle naselang. Und der McDonalds, der in der Mainstreet lag, war vor einigen Jahren ebenfalls knapp 200 Meter weitergezogen. Hatte dort ein völlig neues Ladenlokal eröffnet und einfach den Standort gewechselt? Warum sollte Wendy's das nicht auch tun? Sie kam ein Stück näher und besah sich das Werbeschild. Das hier war kein Wendy's. Der Laden hieß „Winnie's“ und sah den Wendy's, die die Vereinigten Staaten säumten, nur zum Verwechseln ähnlich. Das Logo stellte ebenfalls ein Mädchen mit Zöpfen dar, allerdings war Winnie – im Gegensatz zu Wendy – dunkelhaarig. Die Speisekarte, die groß und präsent in einem der Fenster des Ladens prangte, war der Karte eines Wendy's zum Verwechseln ähnlich. Quinns Herz begann zu klopfen, und dieser unscheinbare Burgerladen löste in ihr das Gefühl aus, dass hier irgendetwas nicht stimmte. Sie hatte noch nie von einem Laden namens Winnie's, der offensichtlich auch noch eine Kette war, gehört. Und wenn jemand von solchen Ketten hörte, sobald sie neu aus dem Boden gestampft wurden, dann war das Quinn Bradley … ähm … Quinn Porter.

Überhaupt fielen ihr weitere Ungereimtheiten in der Stadt auf, je näher sie ihr kam. Die Häuser hatten zum Teil einen anderen Anstrich, als sie es in Erinnerung hatte, was aber nichts zu sagen hatte. Häuser und Geschäftslokale wurden eben hin und wieder neu angestrichen. Allerdings hatte sie einen Dunkin'-Donuts-Laden entdeckt, der „Slammin' Donuts“ hieß und ein Werbeplakat vor dem Movieplexx (hier „Cinemaplexx“) warb für einen Film namens „Star Fights – Der Aufstieg der Macht“. All diese Dinge waren ein Indiz dafür, dass sie sich in einem komatösen

Traum befinden musste. Sie schob das mulmige Gefühl beiseite und fuhr die Mainstreet entlang, wo etwa eineinhalb Meilen weiter das Bürogebäude lag, in dem sich ihre Agentur befand.

Sie parkte den Wagen wenige Minuten später auf der Parkfläche, die für Double-L-Commercials reserviert war. Es war verrückt. Sie hatte früher, als sie noch für die Lieberman-Schwestern gearbeitet hatte, öfter darüber nachgedacht, dass dieser Name der Agentur etwas mehr Pepp geben würde. Allerdings waren die Damen nie darauf eingestiegen und nannten ihre Agentur seit jeher „Two Ways“. Als sie vor der Agentur stand, staunte sie nicht schlecht. Auch das Bürogebäude, das die Agentur beherbergte, hatte einen anderen Anstrich als noch am Vortag. Keine vierundzwanzig Stunden zuvor hatte das Haus in sattem Rot mit braunen Fenstern gestrahlt. Jetzt war es in frischem Taubenblau gestrichen. Dunkelblaue Fensterrahmen hoben sich davon ab. Quinn schüttelte kurz den Kopf. Sie wusste ja, dass das alles nur ein Traum war, und dachte daher gar nicht weiter über Winnie’s, Slammin’ Donuts und den Aufstieg der Macht nach. Sie hatte die einmalige Gelegenheit, ihr Unterbewusstsein zu bereinigen. Offenbar war genau das der Grund, warum sie diesen seltsamen Traum hatte. Unterbewusst machte es ihr noch stark zu schaffen, dass sie Chris und Haven Hill seinerzeit verlassen hatte, sodass sie jetzt in diesem Traum ein für alle Mal damit aufräumen konnte. Sie schloss ihren Wagen ab und betrat die Agentur.

Wie zu erwarten war, sah auch das Innere von Double-L-Commercials völlig anders aus als noch am Vortag. Die altbackene Einrichtung war einem stylischen, modernen Look gewichen. An den Wänden hingen Kampagnen, die Double-L abgewickelt hatte. Ein gerahmter Zeitungsbericht erzählte davon, dass Double-L die weltweite Vermarktung von Popsi-Cola (eigentlich Pepsi) übernommen und somit einen ganz großen Fisch an Land gezogen hatte. Weitere Werbeplakate wiesen darauf hin, dass Double-L sich auch für die Werbung von Winnie's, Slammin' Donuts und Cadilloc (eigentlich Cadillac) verantwortlich zeichnete.

Langsam schritt sie durch die Agentur – ihre Agentur – und besah sich die Kunden, die sie offenbar betreute. Sie fühlte sich wohl in den hellen Räumlichkeiten. Weiter vorne gab es einen einladenden Wartebereich mit hellen, weichen Sofas, Pflanzen und einem Retro-Popsiautomaten, aus dem die Kunden Erfrischungen ziehen konnten. Leise Popmusik beschallte den Raum und auf dem Pult am Empfang stand ein Rechner mit einem Apple-Logo, dessen „Biss“ aber auf der linken anstatt der rechten Seite war.

„Oh, Quinn, Gott sei Dank!“

Ehe sie sichs versah, flog eine zierliche dunkelhaarige Frau, ungefähr in ihrem Alter, in ihre Arme.
„Gehts dir gut? Wie geht's dir? Ist alles in Ordnung? Ich war ganz krank vor Sorge um dich. Was ist denn nur passiert? Seit wann läufst du vor Autos? Deine Mum war gestern Abend noch hier und sagte mir, dass du aufgewacht bist und Chris dich mit nach Hause genommen hat. Aber dass dein Gedächtnis noch nicht ganz wiederhergestellt ist. Stimmt das?"
„Ich … Ja, es geht mir gut. Und ja, ich habe noch die eine oder andere Gedächtnislücke, aber der Arzt meinte, das würde sich im Laufe der nächsten Tage legen."
„Gott sei Dank. Ich bin Amy, deine Assistentin", sagte die Frau scherzhaft und ahnte dabei nicht, wie dankbar Quinn ihr für diese Information war.
„Wir waren zusammen auf der Highschool, und du hast mich eingestellt, als du die Agentur übernommen hast – 2012. Aber das weißt du bestimmt alles noch."
„Natürlich", log Quinn. „Habe ich etwas verpasst?"
„Nein, alles beim Alten. Die Sommerkampagne für Popsi steht an, und wir müssen nächste Woche nach Manhattan, um die Details zu klären. Ach ja, und jemand von Macrosoft hat angerufen. Sie haben deine Popsi-Kampagne gesehen und wollen dich wegen einer möglichen Zusammenarbeit sprechen. Sie kommen nach den Feiertagen mit Terminvorschlägen auf uns zu."
Amy nahm Quinn bei den Händen und begann, sich mit

ihr hüpfend im Kreis zu bewegen.
„Macrosoft?“, fragte Quinn und konnte sich schon denken, dass es sich dabei in ihrer Welt wohl um Microsoft handeln würde.
„Ja. Unglaublich, oder? Dieser Branchengigant will sein Marketing an eine kleine Agentur wie uns abgeben.“
„Sollten wir Micro… ich meine Macrosoft wirklich bekommen, so müssen wir ausbauen“, sinnierte Quinn und spürte ein kribbeliges Gefühl in ihrem Bauch. Wenn Macrosoft genauso war wie Microsoft, dann war das so etwas wie ihr Durchbruch – nach dem Erfolg, den sie mit Popsi bereits gefeiert haben musste. Sie konnte es kaum glauben.
„Dein Büro ist dort vorne“, sagte Amy scherzhaft und wieder dankte Quinn ihr still.
„Weiß ich doch“, schwindelte sie und verschwand hinter der Glastür, die zu ihrem Büro führte.

Quinn atmete tief durch. Ihr Büro sah genauso aus, wie sie es sich eingerichtet hätte, hätte es sich um die Realität gehandelt. Teppichboden befand sich unter ihren Füßen und an den Wänden hingen Bilder von vergangenen Kampagnen. Es gab einen Besprechungstisch mit vier Stühlen, einen Flatscreen von Sumsang an der Wand und auf ihrem Schreibtisch Bilder von sich und Chris und von ihrer Familie. Eines davon zeigte sie bei ihrer Hochzeit mit der gesamten Gesellschaft. Chris hatte sie in die Arme genommen und hochgehoben. Sie sahen unendlich glücklich aus. Quinn setzte sich an ihren Schreibtisch und nahm das Bild in die Hand. Behutsam fuhr sie mit ihren Fingern darüber, betrachtete das Lachen auf ihren und Chris' Lippen. Die pure Glückseligkeit. Sie würde sich selbst belügen, würde sie behaupten, dass sie in ihrer Zeit in Manhattan jemals auch nur annähernd so glücklich gewesen war wie mit Chris. Doch diese Zeiten waren vorbei. Sobald sie aus diesem Komatraum aufwachte, würde sie wieder in der Realität angekommen sein. Chris würde diese merkwürdige Sally an seiner Seite haben und sie vermutlich zum Teufel wünschen, weil sie den Lieberman-Schwestern die Agentur abgeluchst hatte. Sie stellte das Bild wieder an seinen Platz und fuhr ihren Computer hoch. Sie tat die Dinge mit einer Routine, als würde sie sie jeden Tag tun, und das, obwohl sie zum ersten Mal hier war. Ein weiteres Indiz dafür, dass sie träumte. Sie fragte ihre E-Mails ab und verschaffte sich einen Überblick über die Geschäfte von Double-L. Es war bemerkenswert. Die Traumversion von ihr hatte aus der kleinen, unscheinbaren Agentur ein Unternehmen gemacht, das locker bei den großen mithalten konnte. Sie hatte Anfragen von großen, bekannten Marken und kleinen, luxuriösen Labels, die alle wünschten, dass Double-L die Werbung für sie machte. Ein Computerkonzern namens Macrosoft, der den Markt mit Betriebssystemen in dieser Welt dominierte, hatte tatsächlich eine Anfrage an Double-L gerichtet und lud zum Erstgespräch. Sie war gerade dabei, die Macrosoft-Mail zu schließen, als eine neue Nachricht hereinflatterte. Von Polly und Gene Lieberman. Quinn schmunzelte, als sie die Mail öffnete, und während sie sie las, wurde ihr Grinsen immer breiter:

Liebe Quinn,

wie geht es dir? Uns geht es gut. Wir kommen gerade von einem Seniorentrip nach Atlantic City zurück und sind wieder heil in Miami gelandet. Gene hat den einarmigen Banditen in den Kasinos den letzten Cent aus der Tasche gezogen. Polly hat vor zwei Wochen mit deiner Mutter telefoniert, Engelchen, und es freut uns beide sehr zu hören, dass die Agentur floriert. Seit du die Werbung dafür machst, trinken wir nur noch Popsi Cola. Es macht uns unglaublich glücklich und auch stolz, dass du die Agentur so aufgebaut hast, wie du es getan hast. Das bestätigt uns, dass wir seinerzeit die richtige Wahl getroffen haben, als wir sie dir überlassen haben. Übrigens – nimm dir in nächster Zeit nichts vor. Wir haben beide Kavaliere gefunden, die uns den Hof machen. Es könnte sein, dass wir dich und deinen charmanten Ehemann bald zu einer Doppelhochzeit einladen. :)

Lass von dir hören, Liebes,

Polly und Gene Lieberman

Quinn las die Nachricht noch zweimal, ehe sie sie schloss. Als sie damals noch – in der realen Welt – für die beiden Ladys gearbeitet hatte, waren die nicht einmal in der Lage gewesen, ein Faxgerät zu bedienen. Von E-Mails und elektronischem Datenverkehr hielten sie überhaupt nichts. Heute tippten sie in Quinns verrückter Komatraumwelt E-Mails wie die Weltmeister. Es wirkte in dieser Traumwelt so, als hätte alles sich von selbst gefügt, so wie es sein sollte. Die Lieberman-Schwestern waren glücklich in Florida, sie und Chris waren verheiratet, sie führte die Agentur und Chris das Bauunternehmen. Ob es wohl so gekommen wäre, wenn sie damals nicht nach Manhattan gegangen wäre? Ob dies der ihr vorgeschriebene Weg gewesen wäre? Vermutlich nicht. Das alles hier war doch nur ein Traum. In der Realität wäre sie wohl längst geschieden, sie und Chris wären sich spinnefeind, und sie wäre unglücklich in dieser hinterwäldlerischen Kleinstadt, während irgendjemand ihr ihren Traumjob bei CHW weggeschnappt hätte und ihr Leben in Manhattan lebte.

Nachdem sie den Vormittag über im Büro verbracht, einige E-Mails beantwortet und einige Telefonate geführt hatte, beschloss sie, für diesen Tag Schluss zu machen. Dr. Faber aus dem Haven Hill Memorial hatte ihr geraten, sich noch einige Tage zu schonen. Da kam es ihr gerade recht, einen Nachmittag blauzumachen. Sie hatte sich daran erinnert, wie sehr Chris auf

vanillegefüllte Donuts von Dunkin … ähm … Slammin' Donuts stand. Und verspürte außerdem das unbeschreibliche Verlangen, ihrem Mann etwas zu essen zu kochen.
„Amy, ich mach Schluss für heute, wenn was ist …"
„Ich weiß, dann bist du unter deiner Handynummer erreichbar."
Quinn zwinkerte Amy zu. Sie war sich sicher, dass sie und ihre Assistentin in ihrer Traumwelt gute Freundinnen waren.
„Du bist die Beste", sagte Quinn.
„Erzähl mir was, was ich nicht weiß."
Amy lächelte.

Beschwingt verließ Quinn die Agentur und trat hinaus auf die Straße. Ein Stück weiter die Straße runter gab es einen Walmart, der sich exakt an jener Stelle befand, an der Quinn ihn von früher kannte. Nur hieß der Supermarkt hier Welmart. Auch okay. Sie schnappte sich einen Einkaufswagen und schob ihn durch die Gänge. Ein Gefühl der Zufriedenheit hüllte sie ein, als sie sich daran erinnerte, wie sehr Chris Pasta mochte. Sie kaufte alles für ein opulentes Abendessen ein, suchte eine sündhaft teure Flasche Rotwein aus und konnte es gar nicht mehr erwarten, bis es Abend wurde.

Ein großer Weihnachtsbaum stand in der Vorhalle des Supermarktes, der Laden wurde mit Weihnachtsmusik beschallt und von überallher lachten sie

Weihnachtsmänner an. Sie geriet in Weihnachtsstimmung und fragte sich, ob sie und Chris wohl schon damit begonnen hatten, Weihnachtsgeschenke einzukaufen. Ob sie wohl immer noch nach Manhattan fuhren, so wie damals?

Eine Stunde später stellte Quinn ihren Mustang vor dem Haus ab. Sie stieg aus, lud die Tüten aus dem Wagen und machte sich auf den Weg zur Tür, als sie bemerkte, dass es kein Schlüsselloch gab. Stattdessen befand sich ein Tastenfeld neben der Tür auf Augenhöhe. Quinn kannte das Produkt. Es verhinderte, dass man seine Schlüssel verlor, verlegte oder sich selbst aussperrte. Man gab einen vierstelligen Code ein und schon öffnete das Schloss. Nur … welcher Code wurde hier abgefragt? Chris hatte ihn ihr nicht verraten, warum denn auch? Er war bestimmt der Ansicht, dass sie ihn wusste, immerhin lebten sie seit mehreren Jahren gemeinsam hier und hatten den Code vermutlich auch gemeinsam festgelegt. Doch Quinn hatte keine Idee. Sie versuchte ihren Geburtstag, dann den von Chris und ihren Jahrestag, doch immer, wenn sie die Entertaste drückte, quittierte diese ihre Eingabe mit einem roten Blinken, ohne dass die Tür sich öffnete. Ihr würde nichts anderes übrig bleiben, als Chris anzurufen und ihn zu bitten, ihr die Kombination zu geben. Das hier war eben auch eines der vielen Dinge, die sie vergessen hatte. Sie stellte ihre Tüten vor der Tür ab und lief zum Wagen. Mittlerweile hatte es zu schneien begonnen. Ihr war kalt, und sie freute sich, ins Warme zu kommen, doch als sie an der Wagentür zog, ereilte sie das blanke Entsetzen. Sie hatte ihren Schlüssel samt Handtasche und Mantel im Wagen vergessen und das Sicherheitssystem des Autos hatte es nach einigen Minuten verriegelt. Da lag er nun, der Schlüssel, mitten auf dem Beifahrersitz und sah so aus, als würde er sie auslachen. Sie kam weder an ihren Autoschlüssel noch an ihr Handy noch an ihren Mantel heran.

Sie hatte mehrfach versucht, den Wagen aufzubekommen. Hatte an allen Türen gezogen und den Kofferraum probiert, doch sie alle waren verschlossen. Sie hatte versucht, mit einem Stück Blech eines der Fenster hinunterzudrücken, was natürlich kläglich misslang. Dann hatte sie mit einem Nagel, den sie vor dem Schuppen hinter dem Haus gefunden hatte, versucht, das Autoschloss zu öffnen, doch nichts tat sich. Ihre Finger waren mittlerweile zu tiefgefrorenen Fischstäbchen erstarrt, als sie endlich registrierte, dass sie es nicht schaffen würde, das Auto zu öffnen. All die Filme, die sie gesehen hatte, in denen irgendwelche Gangster im Vorbeigehen ein Auto knackten, waren unrealistisch. In Wahrheit müssten diese Kerle schon Scheiben einschlagen, anstatt kurz mit einem Stück Draht am Fenster herumzufummeln. So ein Wagen war besser gesichert als Fort Knox. Resigniert ließ Quinn den Nagel sinken, mit dem sie sich lächerlich am Wagenschloss zu schaffen gemacht hatte, und trat ein paar Schritte zurück. Sie drehte sich um und sah das Haus an, das ihr so fremd und doch so vertraut war. Wie viele schöne Stunden sie auch im wahren Leben mit Chris hinter diesen vier Wänden verbracht hatte. Ihr fiel etwas ein. Das Haus hatte einen Hintereingang und diese Tür war niemals verschlossen. Das lag zum einen daran, dass in Haven Hill niemand einbrach und sich höchstens einmal der Hund des Nachbarn hereinverirrte, und zum anderen daran, dass die Kriminalitätsrate im Ort ohnehin bei null Prozent lag. Bestimmt war die Tür auch heute nicht abgeschlossen. Sie hätte früher daran denken können, dann hätte sie sich fast eine ganze Stunde im Schnee erspart.

Quinn sprang um die Hausecke herum und ja … da war sie, die Tür. Sie würde hineinschlüpfen, die Vordertür von innen öffnen, sich den Reserveschlüssel für den Mustang schnappen und rechtzeitig mit dem Kochen beginnen können, ehe Chris nach Hause kam. Die Hintertür war durch eine neue ersetzt worden, wahrscheinlich im Zuge der Renovierungsarbeiten, doch sie war bestimmt offen. Quinn drehte den Türknauf und fühlte im nächsten Moment etwas wie einen Schlag in die Magengrube. Noch bevor sie bemerkte, dass auch diese Tür abgeschlossen war, entdeckte sie das digitale Ziffernfeld, das auf Augenhöhe angebracht war. Auch diese Tür hier war elektronisch abgesichert und es gab kein Hineinkommen. Quinn spürte, wie Tränen sich ihren

Weg in ihre Augenwinkel bahnten. Sie hatte an diesem Tag versucht, ihr „Leben“ hier zu genießen, solange es eben dauerte. Festzustellen, wie es gewesen wäre, Mrs. Christopher Porter zu sein, eine liebende Ehefrau zu sein, anstatt des Karrierevamps, doch … sie war eine so schlechte Hausfrau, dass sie es noch nicht einmal schaffte, in ihr eigenes Haus hineinzukommen.

Tränenüberströmt ging sie wieder ums Haus herum und setzte sich auf die Treppe. Es war ihr egal, ob sie nass wurde, ob sie einschneite oder ob sie sich erkältete. Es war damals die richtige Entscheidung gewesen, den Job anzunehmen. In Manhattan schaffte sie es wenigstens, ihr Büro zu betreten. Quinn weinte bitterlich und wusste noch nicht einmal, wieso. Das hier war ein Traum. Sie lag im Koma, weil sie von einem Wagen angefahren wurde, und alles, was hier ablief, spielte sich nur in ihrer Fantasie ab. Der richtige Chris würde sich vermutlich gerade mit seiner Sally vergnügen, wobei auch immer. Bei dem Gedanken daran begann Quinn noch heftiger zu weinen.

6

Sie wusste nicht, wie viel Zeit vergangen war, während sie auf den Treppen vor ihrem Haus saß und weinte. Irgendwann hatte sie aufgehört, die Kälte zu empfinden, doch das Zittern war ihr geblieben und sogar stärker geworden.

Ein Wagen hielt vor ihrem Haus und Quinn sah auf. Chris' Pick-up hielt hinter ihrem Mustang. Als er sie sah, sprang er aus dem Wagen und kam auf sie zugelaufen.
„Quinn, Baby, was ist los mit dir, warum sitzt du hier im Schnee?"
Entgeistert sah er sie an.
„Ich …" Quinn schniefte. „Ich konnte nicht rein. Ich

weiß den Code für die Eingangssteuerung nicht und habe meinen Autoschlüssel mit meinem Mantel und meinem Handy im Wagen eingeschlossen. Ich … bin so ein Versager."

Wieder brach sie in Tränen aus. Sie hasste sich dafür, sich so schwach zu zeigen, doch diese Tränen, die über ihre Wangen liefen, waren wie Sturzbäche, so, als würde sie alle Tränen, die sie in Bezug auf Chris jemals zurückgehalten hatte, jetzt weinen.

„Ich Idiot, ich hätte wissen müssen, dass du den Code nicht kennst", sagte Chris. Er zog Quinn auf die Beine und in seine Arme, rieb sanft über ihren Rücken und küsste ihre eiskalte Nasenspitze. Er zog seine Jacke aus und hüllte sie darin ein.

„Lass uns erst mal reingehen", sagte er und ging mit ihr zur Haustür. Er tippte vier Ziffern in das Tastenfeld ein. „Der Code lautet übrigens 1505, das ist …"

„… unser Hochzeitsdatum", vollendete Quinn seinen Satz.

„Siehst du, es fällt dir alles wieder ein, Baby", sagte Chris und schob Quinn sanft in die Eingangshalle. Die Hunde kamen angerannt und sprangen freudig an den beiden hoch.

„Wir bringen dich erst mal hoch und du nimmst eine heiße Dusche, okay? Dann sehen wir, was wir zu essen finden. Oder sollen wir uns was vom Chinesen bestellen?"

„Eigentlich … hatte ich vor, heute Abend für dich zu

kochen, Chris“, sagte Quinn tapfer. Sie war kurz davor, erneut in Tränen auszubrechen. Wie hatte sie diesen Mann jemals verlassen können.
„Klingt gut. Du weißt ja, dass ich für einen Teller deiner Spaghetti alles tun würde.“ Er lachte. „Ich würde sogar einen Mord begehen“, setzte er gespielt ernst hinzu und versuchte dabei, wie ein Mafioso zu klingen.

Sie waren im Badezimmer angekommen und standen einander gegenüber. Quinn fühlte sich etwas unbehaglich. Sollte sie sich jetzt einfach so ausziehen und unter die Dusche springen? So, wie sie es früher immer gemacht hatte? Es war ihr unglaublich peinlich, dass sie sich ausgesperrt und den Zugangscode vergessen hatte. Wie ein Häufchen Elend stand sie da. Erst jetzt bemerkte sie, dass Chris ihr in die Augen sah. Seine linke Hand glitt sanft an ihre Wange und strich zart darüber. Ein Kribbeln breitete sich in Quinn aus und die Kälte wich Hitze. Chris kam näher, zog sie an sich und sah in ihre Augen. Er strich eine Strähne aus ihrem Gesicht, ehe seine Lippen sich den ihren näherten und sie sich küssten.

Es war wie eine Explosion, nach so vielen Jahren wieder auf diese spezielle Art und Weise von Chris geküsst zu werden. Es fühlte sich an, wie es sich für einen Süchtigen anfühlen musste, wenn er endlich seine Droge bekam. Quinn presste sich an Chris, der sie fester an sich zog und seine Küsse intensivierte. Seine

Finger glitten an den Saum ihres Pullovers und zogen ihn ihr über den Kopf. Seine Hände fühlten sich heiß an ihrem Körper an, der ohnehin schon ausgekühlt war. Quinn hatte indes begonnen, Chris' Hemd aufzuknöpfen. Sie konnte nicht glauben, was hier gerade passierte, und ihr Atem stockte, als sie seine sportliche Brust und die Bauchmuskeln darunter sah. Sie liebte diesen Mann. Sie liebte ihn von ganzem Herzen und mit jeder Faser ihres Körpers und hatte den größten Fehler ihres Lebens begangen, ihn gehen zu lassen. Chris hatte den Reißverschluss ihrer Jeans geöffnet und bedeckte ihren Körper mit Küssen, als sie es ihm gleichtat und seine Jeans um seine Knöchel landeten. Unter Küssen hob Chris Quinn in die Dusche.

Mit Chris zu schlafen war wie eine Offenbarung. Es war, wie es immer hätte sein müssen, in seiner Nähe fühlte sie sich geborgen, alles fühlte sich richtig an. Mit ihm eins zu sein, das war, als wäre es ihre Bestimmung, und alles andere wäre unwichtig.
„Ich liebe dich", sagte sie, als sie beide gemeinsam erbebten und Chris sie so glücklich machte, wie sie es seit Jahren nicht mehr gewesen war.

„Vergiss nicht, wir sind heute Abend zum Essen bei meinen Eltern eingeladen", sagte Chris, während er sein Hemd zuknöpfte und in sein Sakko schlüpfte. Quinn

liebte es, ihn einfach nur anzusehen. Die vergangene Nacht war die schönste seit Jahren gewesen. Chris endlich wieder so nahe zu sein, ihn zu spüren und zu schmecken, die ganze Welt auszublenden und nur füreinander existent zu sein, war das Schönste, was ihr in den letzten Jahren passiert war.
„Natürlich nicht." Quinn grinste. Das Essen bei Chris' Eltern in der zweiten Dezemberwoche war so etwas wie eine Tradition. Die Porters luden alle möglichen Verwandten ein und kochten ganz groß auf. Üblicherweise verließ man das Essen mit fünf Pfund mehr auf den Rippen, als man es angetreten hatte.
„Soll ich dich vom Büro abholen? Oder bleibst du zu Hause?"
„Mein geliebter Ehemann", sagte Quinn, und ein wohliger Schauer durchzuckte sie, als sie diese Worte aussprach. „Ich hab heut ziemlich viel zu tun. Es wäre toll, wenn du mich abholst."
„Wird erledigt."
Chris beugte sich zu Quinn hinunter und küsste sie.

Nach einigen erfolgreichen Stunden in der Agentur klopfte Chris an ihre Bürotür. Sie beendete die E-Mail, die sie gerade an den Vorstand von Cadilloc geschrieben hatte, und drückte den Senden-Button.
„Bist du so weit?"
Chris steckte seinen Kopf zur Tür herein.
„Ich bin startklar."
Er kam in ihr Büro und zog eine Kette mit einem

kleinen Rentier-Anhänger hinter seinem Rücken hervor. „Sieh mal – hab ich bei Davidsons Jewels entdeckt. Die planen, ganz groß auszubauen. Ich dachte, der kleine Mann könnte dir gefallen?"
„Er ist wunderbar."
Quinn fiel Chris in die Arme und küsste ihn. Sie hatte eine besondere Leidenschaft für Rentiere und konnte gerade in der Vorweihnachtszeit gar nicht genug von ihnen bekommen. Das Rentier, das an der Kette baumelte, war aus Silber. Es war braun bemalt, trug einen roten Schal, sein Geweih war aufwendig gezeichnet und es hatte ein freundliches Gesicht. Quinn fand, dass es Bambi ein wenig ähnlich sah. Die rote Nase des Rentiers – es handelte sich augenscheinlich um Rudoph – war mit einem kleinen Rubin besetzt.
„Legst du sie mir an?"
„Mit dem größten Vergnügen."
Chris trat hinter Quinn und legte ihr die Kette sanft um den Hals. Seine Finger verursachten wohlige Schauer, als er den Verschluss zumachte.
„Steht dir großartig."
Er drehte sie zu sich um und küsste sie.
„Ich liebe dich", hauchte sie, bevor ihre Lippen sich trafen.

Kaum eine halbe Stunde später hielt Chris' Pick-up vor dem Haus seiner Eltern. Die Porters lebten in einem hübschen Einfamilienhaus am Stadtrand von Haven Hill. Im Vorgarten war bereits ein Winterwunderland entstanden. So wie es aussah, lieferten sich Chris und sein Vater auch in dieser Welt jedes Jahr aufs Neue einen Wettkampf, wer sein Haus am weihnachtlichsten dekorierte. Auf dem Weg zu den Porters waren Quinn und Chris noch bei Trudys Bakery – die in der realen Welt eigentlich Tracys Bakery hieß – stehen geblieben, um eine große Schokoladentorte, die sie bereits vor einer Woche in Auftrag gegeben hatten, abzuholen.

Als sie das Haus betraten, wurden sie von weihnachtlicher Musik, Stimmengewirr und dem Duft nach Truthahn empfangen. Chris half Quinn aus dem Mantel, und sie betraten das Esszimmer, wo sich halb Haven Hill versammelt hatte.
„Quinn, Liebes, wie geht es dir?“
Kate Bradley kam auf ihre Tochter zu.
„Du siehst schon viel besser aus.“
„Es geht mir auch großartig“, sagte Quinn wahrheitsgemäß. Seit Langem hatte sie sich nicht mehr so gut gefühlt wie an diesem Tag.
„O Quinn, wie geht es dir?“
Marie Porter, ihre Schwiegermutter, kam auf sie zu und schloss sie in die Arme.
„Hat Chris sich auch anständig um dich gekümmert? Was ist denn passiert? Warst du schon so in Weihnachtsstimmung, dass du in ein Auto gelaufen bist?“
„Sieht ganz so aus“, sagte Quinn lächelnd.
„Nächste Woche geht’s wieder nach Manhattan zum

Weihnachtsshopping, richtig?“, fragte Kate.
„Genau.“
„Ich finde es so wunderbar, dass ihr beide euch eure eigenen kleinen Traditionen schafft“, sagte Marie. „Das ist bestimmt auch der Grund, warum ihr immer noch so verliebt seid wie am ersten Tag.“
„Um ehrlich zu sein bin ich jetzt noch stärker in Chris verliebt als am ersten Tag“, sagte sie zu sich selbst.
„Baby, was hältst du von einem Glas Eggnogg?“
Chris tauchte hinter ihr auf und reichte ihr ein Glas mit der hellgelben Flüssigkeit, die mit Zimt dekoriert war und herrlich duftete. Quinn nahm einen Schluck davon und lächelte Chris glücklich an.
„Vielleicht bin ich tot und im Himmel“, dachte sie bei sich in diesem Moment der völligen Glückseligkeit.

Keine Frage, sie mochte ihr Leben in Manhattan. Sie liebte ihren Job, den Jet-Set, die Annehmlichkeiten, die es mit sich brachte, wenn man jemand Großes bei einem der Größten der Branche war. Sie liebte ihr Appartement mit Blick auf den Centralpark, die Champagnerfrühstücke mit ihren Freundinnen und das großartige Gefühl, wenn sie einen großen Werbeetat an Land gezogen hatte. Und dennoch konnte sie sich an keine Zeit in Manhattan erinnern, in der sie jemals so lange so glücklich gewesen war wie hier in Haven Hill.

Der Abend bei den Porters war für Quinn einer der schönsten Abende, die sie jemals verbracht hatte. Sie saß im Kreise ihrer Familie und gemeinsam mit Freunden um den großen, gedeckten Tisch im Esszimmer der Porters, es wurde gegessen, gelacht und in Erinnerungen geschwelgt, und von Zeit zu Zeit kam es Quinn fast zu vor, als würde sie sich tatsächlich an einzelne Begebenheiten erinnern, von denen gesprochen wurde. Der Truthahn von Marie Porter schmeckte erstklassig, und die Torte aus Trudys Bäckerei war so lecker, dass Quinn zwei ganze und ein halbes Stück verschlang. Sie fühlte sich so locker und von allen Lasten befreit, wie sie es seit Langem nicht gekannt hatte. Die ganze Zeit über in Chris' Nähe zu sein gab ihr ein Gefühl, angekommen zu sein.

Einige der Gäste hatten sich bereits verabschiedet, und Quinn unterhielt sich angeregt mit Thelma Watson, die sie ebenfalls von der Highschool kannte. Thelma arbeitete bei der Post und war mit ihrem Mann Gerald seit drei Monaten verheiratet. Im Augenblick versuchten die beiden alles, um Eltern zu werden.
„Na, amüsierst du dich?“
Chris war zu den beiden aufgeschlossen und legte wie selbstverständlich einen Arm um Quinn. Sie liebte das Gefühl, von ihm berührt zu werden.
„Königlich. Ich war noch nie so sehr in Weihnachtsstimmung wie in diesem Jahr“, sagte sie und küsste ihn kurz auf die Wange.
„Hey, ihr steht unter einem Mistelzweig“, rief Thelma. „Da werdet ihr es doch wohl nicht bei so einem

mickrigen Kuss belassen.“
Quinn und Chris sahen im selben Moment hoch. Tatsächlich – Marie hatte einen Mistelzweig direkt von einem Lampenschirm baumeln lassen. Die beiden lächelten sich verliebt an und versanken schließlich in einem Kuss, der ihnen den Beifall der anderen einbrachte.

Es war schon nach Mitternacht, als sie endlich nach Hause kamen. Bandit und Dodger, die die ganze Rückfahrt über auf dem Rücksitz geschlafen hatten, rasten wie vom wilden Affen gebissen durch den Vorgarten, stoben den frisch gefallenen Schnee auf und jagten einander zwischen den Rentieren, den Weihnachtsmännern und den Schneemännern, die Chris dort aufgestellt hatte. Es hatte wieder zu schneien angefangen und dicke Flocken segelten sanft auf die Erde.

Wie so oft in den letzten Tagen durchströmte Quinn ein Gefühl der Wärme. Des Angekommenseins und der absoluten Glückseligkeit. Es war ein Fehler gewesen, damals nach Manhattan zu gehen und all das hier zurückzulassen. Selbst wenn es sich in der Realität nicht so entwickelt hatte wie hier in diesem … Traum … im Koma … in Wo-immer-sie-sich-jetzt-auch-befand, so hätte sie Chris niemals wegen eines Jobs verlassen dürfen.

Sie stand in ihrem Vorgarten, die Hunde tollten um diese nachtschlafende Zeit herum, und ihr wurde klar, dass sie vor fünf Jahren den größten Fehler ihres Lebens gemacht hatte. Dieser Traum – oder was immer es war – war nicht dazu da, um mit der Vergangenheit abzuschließen, wie sie zunächst angenommen hatte, er war dazu da, um ihr bewusst zu machen, was sie damals aufgegeben hatte.

Chris tauchte hinter Quinn auf. Er schlang seine Arme um sie, drückte sie an sich und küsste sie sanft.
„Was machst du hier draußen, willst du nicht reinkommen? Es ist schweinekalt."
„Aber es ist so wunderschön", sagte Quinn und betrachtete das Haus, die Hunde, die Weihnachtsdeko und die Lichter, die den Vorgarten in ein Meer aus Glanz tauchten.
„Ich kann mir keinen Ort auf der Welt vorstellen, der perfekter ist als dieses Haus. Und ich kann mir keinen Menschen auf der Welt vorstellen, mit dem ich mein Leben lieber teilen würde als mit dir", sagte Quinn leise.
„Da geht es uns beiden ja zum Glück ähnlich", sagte Chris und drückte sie noch etwas fester an sich, so, als wolle er sie nie mehr loslassen. Gemeinsam standen sie schließlich mitten in der Nacht in ihrem Vorgarten und sahen den Schneeflocken beim Herabsegeln zu. Eingehüllt in die dunkle Stille der Nacht waren sie sich so nah, wie sie es noch nie gewesen waren.

7

Beschwingt kam Quinn aus dem Welmart und prüfte in Gedanken noch einmal die Dinge, die sie besorgt hatte. Eggnogg in rauen Mengen, Geschenkband, Hunde-Nassfutter, Hunde-Trockenfutter in Weihnachtsmann-Form, Geschenkanhänger und etwas Geschenkpapier. Und einen kleinen Weihnachtsmann, den sie in der Dekoabteilung entdeckt hatte und von dem sie dachte, er würde sich toll auf dem Kaminsims machen. Sie war bester Laune. Am nächsten Tag würden sie ihr jährliches Wochenende in Manhattan verbringen und Weihnachtsgeschenke für ihre Familien und Freunde einkaufen.

Quinn befand sich jetzt knappe zwei Wochen in dieser seltsamen Version von Haven Hill, in die sie irgendwie geraten war. Sie konnte sich immer noch nicht erklären, was mit ihr passiert war, aber nach wie vor ging sie von der Variante aus, sie würde im Koma liegen. Kurz hatte sie darüber nachgedacht, sich vielleicht in einem parallel verlaufenden Universum zu befinden, doch das war ihr dann doch etwas zu weit hergeholt. Das Leben in Haven Hill war für sie der Himmel auf Erden, und wenn sie für den Rest ihrer Tage hierbleiben musste, dann war ihr das nur recht. Sie vermisste weder ihren Job noch Manhattan noch irgendetwas aus der Großstadt. Vor drei Tagen hatte sie CHW gegoogelt. Und die Agentur nicht gefunden. Sie existierte zwar, allerdings unter dem Namen WCH. Sie wurde von denselben Vorständen geleitet wie in der Version, in der Quinn die Agentur kannte, und als sie auf den Button „Art Director A+ USA“ klickte – hinter diesem Button versteckte sich eigentlich Quinns Lebenslauf, ein Foto von ihr und die wichtigsten Meilensteine, die sie für CHW umgesetzt hatte –, fand sie dort die Daten eines Mannes namens Kevin Wright vor. Sie hatte Kevin Wright noch nie zuvor in ihrem Leben gesehen oder von ihm gehört, aber in dieser Welt, in der sie jetzt lebte, machte er ihren Job. Und so wie es aussah, machte er ihn ziemlich gut.

Quinn war das egal. Sie hatte sich in ihr neues Leben in

Haven Hill wunderbar eingefügt und schob die Gedanken, wo sie sich nun wirklich befand und was mit ihr geschehen war, vehement von sich weg.

Vor dem Markt stand ein Weihnachtsmann, der für Spenden für das St.-Josephs-Kinderheim bat. Quinn hielt bei ihm an und kramte ihr Portemonnaie hervor.

„Hallo, Quinn", sagte der Weihnachtsmann.
Stutzig sah Quinn ihn, einen Zwanzig-Dollar-Schein in der Hand, an. Konnte es sein, dass sie diesen Mann kannte? Er sah dem echten Weihnachtsmann zum Verwechseln ähnlich und wäre genau einer dieser Weihnachtsmänner gewesen, von denen man sich wünscht, dass sie im Supermarkt sitzen und sich mit dem eigenen Nachwuchs fotografieren lassen.
„Hallo … Weihnachtsmann." Quinn lächelte.
„Und, gefällt dir dein Leben hier?"
Wieder sah Quinn den Weihnachtsmann argwöhnisch an. Das waren üblicherweise nicht die typischen Fragen, die ein Kaufhausweihnachtsmann stellte. Quinn bemerkte, dass sich ein mulmiges Gefühl in ihr ausbreitete.
„Wie … meinen Sie das?"
„Deine Reise ist nun bald zu Ende, Quinn, es wird Zeit, dass du zurückgehst."
„Zurück?"
Sie ließ die zwanzig Dollar in seinen Spendentopf fallen und wollte nichts wie weg. Zurück nach Haus, zu

Chris und den Hunden.
„Du warst nur zu Besuch hier, weißt du?“
„Ich verstehe nicht ganz …“, sagte Quinn und versuchte, die kryptischen Aussagen des Weihnachtsmannes zu entziffern. Er machte ihr Angst und das mulmige Gefühl in ihr nahm sie vollständig gefangen.
„Du hast dich doch so oft in den letzten Jahren gefragt, wie dein Leben wohl verlaufen wäre, hättest du dich damals nicht für den Job bei CHW entschieden. Das, was du gerade erlebst, ist dein Leben. In einer anderen Realität. In dieser Welt hier hast du dich gegen den Job und für Chris entschieden. Das, was du die letzten Tage über gesehen und erlebt hast, war euer Leben hier.“
„Was?“
Quinn wurde schwindelig. Ihre Knie wurden weich und vor ihren Augen tanzten schwarze Punkte auf und ab. Konnte es sein, dass sie den Verstand verlor? Was redete dieser Mann hier eigentlich? War es möglicherweise ein Verrückter? Gar kein richtiger Weihnachtsmann, den die Stadt eingestellt hatte, sondern einfach irgendein Spinner? Hatte er es geschafft, sie irgendwie unter Drogen zu setzen, weil sie sich jetzt so benommen fühlte?
„Du musst zurück in deine Welt gehen, Quinn. Du hast hier keine Zeit mehr“, sagte der Weihnachtsmann wieder. Seine Stimme klang unglaublich intensiv, so, als würde er durch ein Megafon sprechen. Es fühlte sich an, als wäre die Zeit angehalten worden. Die Worte des

Weihnachtsmannes hallten in ihren Ohren und blendeten alles andere aus. Quinn sah sich um. Die Menschen rund um sie herum schienen keine Notiz von ihr zu nehmen, und das, obwohl der Weihnachtsmann richtig laut sprach, ja, fast polterte. Sie wollte nur noch weg. Zurück zu ihrem Wagen, nach Hause fahren, Bandit und Dodger herzen und in Chris' Arme fallen. Sie lief einige Schritte rückwärts und bemerkte, dass der Weihnachtsmann sie anstarrte.
„Du musst wieder zurück", konnte sie von seinen Lippen lesen. Diesmal sagte er jedoch keinen Ton. Panik stieg in ihr auf. Sie drehte sich um und sah ihren Wagen auf der anderen Straßenseite. Dieser Irre. Hoffentlich folgte er ihr nicht. Vielleicht sollte sie zur Polizei gehen. Nicht auszudenken, was für eine Angst dieser Kerl kleinen Kindern oder alten Menschen machen konnte. Sie lief auf die Straße. Plötzlich spürte sie einen stechenden Schmerz in ihrer linken Hüfte. Sie hörte das Geräusch von quietschenden Bremsen, wurde durch die Luft geschleudert und erwartete, dass sie demnächst hart auf den Boden aufprallte, doch nichts passierte. Kein Schmerz. Keine Menschen, die auf sie zugelaufen kamen und sie fragten, ob alles mit ihr in Ordnung sei. Stattdessen …

… Piepen. Stetiges Piepen in gleichmäßigen Abständen. Sie befand sich nicht mehr auf der Straße vor dem Welmart, sondern fühlte, dass ihr Körper in einem Bett lag. Sie versuchte, die Augen zu öffnen, und alles, was sie zunächst sah, war ein verschwommener Raum. Sie blinzelte. Das hier war ein Krankenzimmer. War sie wieder im Haven Hill Medical gelandet? Das stetige Piepen kam von dem EKG, das bei ihr angeschlossen worden war. Neben ihrem Bett stand ein Metallständer mit einer Infusion, die etwas Durchsichtiges enthielt, das in ihren Arm gepumpt wurde. Sie versuchte, sich zu bewegen, und stellte fest, dass jeder einzelne Muskel ihres Körpers grauenhaft schmerzte. Ihre Mutter saß in dem Stuhl neben dem Fenster und las in einem Buch. Sie war wieder angefahren worden. Ein zweites Mal. Chris musste krank vor Sorge um sie sein. Und sich ernsthafte Gedanken um ihre geistige Gesundheit machen. Innerhalb von zwei Wochen war sie jetzt zweimal von einem Auto erfasst worden.

„Quinn, Liebes, Gott sei Dank."
Ihre Mutter hatte das Buch zur Seite gelegt und war an ihr Bett gekommen.
„Wie geht es dir?"
„Ich … Schmerzen", brachte sie hervor. Ihre Zunge klebte am Gaumen fest. Es war, als erlebte sie ein Déjà-vu.
„Warte, ich bringe dir etwas zu trinken."
Kate goss etwas Wasser aus einer Karaffe in einen Becher und reichte ihn ihrer Tochter.
„Was … ist passiert?", fragte sie.

„Du wurdest von einem Auto angefahren, als du die Straße überqueren wolltest. Gott sei Dank ist nichts Schlimmeres geschehen. Die Ärzte sagen, du wirst wieder ganz gesund. Du hattest großes Glück und nur ein paar Schrammen und Abschürfungen. Aber du warst zehn Tage lang bewusstlos. Wir haben uns große Sorgen um dich gemacht, Quinn. Es fehlt dir nichts bis auf die Prellungen und Schürfwunden, aber es war, als wärst du in einer anderen Welt. Du hast unglaublich tief geschlafen, und es war nicht einmal den Ärzten möglich, dich zu wecken."

„Ich … Was?"

Es war ein Schock, als Kate ihr erzählte, sie sei zehn Tage ohne Bewusstsein gewesen. Quinn versuchte, sich aufzusetzen. Erst jetzt fiel ihr der Trip nach New York ein. Sie hatten ihn ihretwegen verpasst. Es tat ihr so leid. Dieser Trip war das Highlight eines jeden Jahres, und nur weil Quinn so ein Tollpatsch war und sich zweimal innerhalb weniger Tage von einem Auto anfahren ließ, hatten sie darauf verzichten müssen. Sie würde Chris stattdessen mit einem New-York-Trip zum Valentinstag überraschen. Damit brachen sie zwar eine Tradition, aber wenigstens konnten sie ihr romantisches Wochenende nachholen – und vielleicht eine neue schaffen.

„Ja, du warst zehn Tage ohne Bewusstsein. Wir haben uns solche Sorgen um dich gemacht. Dein Vater kommt auch gleich, er hatte noch einen Geschäftstermin in der Stadt."

„Wo ist Chris?“, fragte Quinn. Sie wollte in diesem Augenblick nur in der Nähe ihres Mannes sein. Bestimmt war auch er geschäftlich unterwegs. Es reichte ja, wenn Kate an ihrem Bett Wache hielt.
„Was?“
Kate sah sie fragend an.
„Ist er noch im Büro? Wann kommt er?“
Ihre Mutter schenkte ihr einen mitleidigen Blick.
„Kindchen, Chris kommt nicht.“
Quinn riss die Augen auf.
„Warum kommt er nicht?“
Ihre Augen füllten sich mit Tränen und ein unsagbares Gefühl des Verlustes machte sich in ihr breit.
„Weil nur deine Familie hier sein darf, erst recht, während du bewusstlos warst. Und ich weiß auch nicht, ob Chris … Ich meine, ihr beide seid nicht gerade im Guten auseinandergegangen, und seine neue Freundin wäre bestimmt auch nicht sehr begeistert davon, wenn er seine Zeit hier mit dir im Krankenhaus verbringen würde. Ich habe gehört, was bei den Lieberman-Schwestern vorgefallen ist.“
Weitere Tränen traten in Quinns Augenwinkel. Sie hatte also recht gehabt. Alles, was sie in den vergangenen Tagen erlebt hatte, war ein Traum gewesen. Ein Gespinst ihrer Komaerfahrung. Und obwohl sie es sich immer wieder vorgesagt hatte, obwohl sie sich darüber im Klaren gewesen war, dass diese Ehe mit Chris nur ihrem Kopf entstiegen war, fühlte es sich jetzt wieder genauso an wie in der Zeit,

nachdem sie sich von ihm getrennt hatte.
„Gehts dir gut, Liebling? Du siehst so aus, als hättest du erwartet, Chris hier zu sehen? Die Schwester meinte, du könntest eine leichte Form der Amnesie haben, immerhin war Mr. Jennings, der dich angefahren hat, mit fast fünfzig Sachen unterwegs. Es hätte … viel schlimmer ausgehen können. Wir sollten dankbar sein, dass es dir den Umständen entsprechend gut geht. Der Arzt meinte, du könntest schon bald mit nach Hause kommen, sollst dich aber die nächsten Tage über schonen. Das heißt: Du verbringst die Feiertage endlich wieder einmal im Kreise deiner Familie."
Kate strahlte ihre Tochter an, und Quinn war sich nicht sicher, ob ihr zum Weinen oder zum Lachen zumute sein sollte.

„Na, wie geht es uns heute?"
Ein Mann mit Halbglatze, einer randlosen Brille auf der Nase und einem schreiend blauen Hemd unter seinem weißen Kittel kam ins Zimmer.
„Dr. Faber. Quinn ist soeben aufgewacht."
Kate sprang auf, als sie den Arzt sah.
„Das freut mich zu hören. Sie waren zehn Tage lang kaum bei Bewusstsein, Quinn. Manchmal, nachts, waren Sie ganz kurz da, aber sonst schien es, als wären Sie in eine andere Welt abgedriftet."
„Ich … ja, das hab ich gehört", sagte Quinn kleinlaut. Sie hatte resigniert. Es war ihr völlig egal, was der Arzt

oder ihre Mutter ihr zu sagen hatten. Das, was ihr am allerwichtigsten war, hatte sie verloren. Chris.

„Sie wirken unglaublich fit dafür, dass sie die letzten Tage flachgelegen sind“, sagte der Arzt und leuchtete Quinn mit seiner kleinen Lampe in die Augen. „Sie sehen aus, als kämen Sie gerade von einem Spaziergang durch den Schnee. Sehen Sie sich nur Ihre roten Bäckchen an. Sie zeigen keinerlei Anzeichen einer Bewusstlosigkeit. Das ist … fast schon ein medizinisches Wunder.“

Er sah sie an.

„Das ist wirklich seltsam, so etwas habe ich noch nie erlebt. Normalerweise sind Patienten nach so einer langen Phase der Bewusstlosigkeit, wenn sie aufwachen, ziemlich benommen, können schlecht sprechen, sich kaum bewegen. Ihr Kreislauf ist im Ruhemodus und alles geht sehr langsam. Sie sehen aus, als könnten Sie Bäume ausreißen. Würde mir jemand sagen, Sie wären kerngesund und hätten sich hier in dieses Bett gelegt, um mir einen Streich zu spielen, würde ich das sofort glauben.“

„Sie sieht tatsächlich sehr gut aus“, stellte Kate fest.

„Ist das ein schlechtes Zeichen, Doktor?“

„Mrs. Bradley, war es jemals ein schlechtes Zeichen, wenn ein Patient fit ausgesehen hat?“

Dr. Faber lächelte Quinns Mutter zu.

„Sie sieht tatsächlich aus, als hätte sie einen Spaziergang durch den Schnee gemacht“, murmelte die und sah Quinn ungläubig an.

„Eigentlich stimmt das auch“, sagte Quinn leise und erinnerte sich daran, dass sie vor einer Stunde noch im Welmart von Haven Hill Geschenkpapier und Schleifen gekauft hatte. Erinnerte sich an die Liste mit Geschenken, die sie sich am Vorabend notiert hatte und die sie alle am kommenden Wochenende besorgen wollte. Erinnerte sich an den Tisch im Westend, den sie reserviert hatte. An das Hotelzimmer im Waldorf. Und daran, dass sie das alles mit Chris hatte erleben wollen. Das Ganze war so unglaublich real gewesen, dass es sie fast schockierte, als sie realisierte, dass es sich dabei nur um einen Traum gehandelt hatte.

„Was sagten Sie?“

Dr. Faber sah sie an.

„Ach, gar nichts.“

„Nun, wenn das so ist, werden wir Sie noch eine Nacht hierbehalten, und wenn nichts weiter passiert, können Sie morgen nach Hause.“

Er lächelte sie breit an, und Quinn versuchte ebenfalls, zu lächeln, was ihr misslang. „Nach Hause.“ Das war die letzten Tage das wunderbare Haus von Chris gewesen, von dem sie nicht einmal wusste, ob es in ihrer Welt überhaupt noch existierte. Vielleicht hatte er es verkauft oder dem Erdboden gleichgemacht oder Gott weiß was …

„Das ist dann ein wahres Weihnachtswunder, finden Sie nicht, Doktor?“, fragte Kate euphorisch und hatte Tränen in den Augen.

„Ja, sieht ganz so aus“, pflichtete der Arzt ihr bei.

„Also, Quinn, dann ruhen Sie sich noch aus und morgen geht's ab nach Hause."

Er zwinkerte ihr zu und ging zur Tür.

„Ach, bevor ich's vergesse …"

Er blieb stehen und drehte sich noch einmal um. Kam wieder zurück zu Quinns Krankenbett.

„Die Schwester hat mir das hier gegeben. Das haben wir Ihnen abgenommen, als wir das CT gemacht haben. Ich denke, das möchten Sie bestimmt gerne wiederhaben."

Er legte ihr einen kleinen Gegenstand in die Hand und verließ dann das Zimmer. Als Quinn den Gegenstand ansah, blieb fast ihr Herz stehen. Es war ein silbernes Kettchen mit einem Rentieranhänger, der ebenfalls aus Silber was. Mit einem detailgetreuen Geweih und einem freundlichen Gesicht, das Quinn ein bisschen an Bambi erinnerte. Die Nase des Rentiers – es dürfte sich wohl um Rudolph handeln – war mit einem kleinen Rubin besetzt.

8

„Vorsichtig, Quinn, ganz vorsichtig."
Kate und Jack führten ihre Tochter wie eine Gehbehinderte ins Haus.
„Mum, Dad, ich kann alleine laufen, ihr müsst mich nicht führen." Quinn versuchte genervt, ihre Eltern loszuwerden, doch die ließen sich nicht abwimmeln.
„Du könntest umkippen und dir den Kopf stoßen. Dr. Faber meinte, du sollst schwere Arbeit und körperliche Anstrengung vermeiden."
„Okay, ich soll also nicht anfangen, auf dem Bau zu arbeiten", sagte Quinn und wurde dabei schmerzlich an Chris erinnert. „Ich denke aber, dass ich es schaffe,

alleine das Haus zu betreten."
„Das ist nicht witzig, junge Dame. Ich habe dein Zimmer für dich vorbereitet. Es wird wunderbar werden, dich an Weihnachten im Haus zu haben, Quinn."
Kate und Jack ließen es sich nicht nehmen, ihre Tochter auch noch in den ersten Stock in ihr ehemaliges Kinderzimmer zu begleiten. Sie brauchten dafür ungefähr so lang, wie eine Sechsundachtzigjährige mit künstlicher Hüfte gebraucht hätte.
„Ruh dich ein wenig aus. Dad hat den Fernseher vom Gästezimmer hier hereingestellt, wie du siehst. Du kannst dich ins Bett legen und fernsehen. Wenn du etwas zu essen möchtest, sag einfach Bescheid. Oder Kakao. Oder wenn dir nach Gesellschaft ist. Oder am besten kommst du einfach runter oder … Ach, Quinn, ich kann dir gar nicht sagen, wie sehr ich mich freue, dass du hier bist. Auch, wenn die Umstände so unglücklich sind."
Kate nahm ihre Tochter in den Arm und drückte sie an sich. Quinn erkannte, dass ihre Mutter sich einige Tränen verdrückte und auch ihr Vater um seine Fassung rang. Sie war die letzten Jahre über nicht zu Hause gewesen. Nicht an Thanksgiving, nicht an Weihnachten, nicht am Hochzeitstag ihrer Eltern oder an ihren Geburtstagen und auch unterm Jahr nicht. Und das, obwohl sie nur etwa eineinhalb Stunden von Manhattan nach Haven Hill brauchte. Sie war eine schlechte Tochter, und das wurde ihr jetzt bewusst. All

die Geschenke, die Wellnesstrips, die Designerklamotten und hochwertigen Elektrogeräte, die sie ihren Eltern geschickt hatte, waren nicht annähernd das wert, was ihre Anwesenheit hier bewirkte.
„Danke, Mum, Danke, Dad. Danke, dass ihr das alles hier für mich tut, obwohl ich in den letzten Jahren … so eine blöde Kuh war.“
„Du hattest viel zu tun“, wiegelte Kate ab.
„Ich habe es in fünf Jahren nicht ein Mal geschafft, ein Wochenende bei meiner Familie zu verbringen, die knapp eine Stunde von mir entfernt lebt. Was für eine Tochter bin ich überhaupt?“
„Eine großartige. Wir lieben dich, Quinn, und wir hatten immer Verständnis dafür, dass du uns nicht besuchen konntest. Du musstest die Werbefuzzis auf der ganzen Welt im Zaum halten.“
Jack lachte.
„Und jetzt bist du ja hier“, sagte Kate. „Es wird ein großartiges Weihnachtsfest.“
„Ruh dich erst mal aus, Liebes“, sagte Jack. „Vielleicht solltest du dich wirklich ein bisschen hinlegen, ankommen, und später, wenn dir danach ist, kommst du runter. Deine Mum hat deine Lieblingsplätzchen gebacken, als sie gehört hat, dass du die Feiertage bei uns verbringst.“
„O mein Gott, ich sehe mich schon durch Haven Hill rollen.“ Quinn grinste und dachte dabei an die leckere Weihnachtsbäckerei, die ihre Mutter jedes Jahr zauberte. Die Ladung, die sie bisweilen immer nach

Manhattan geschickt hatte, hatte Quinn zum großen Teil im Büro verteilt. Dieses Jahr würde sie nicht umhinkommen, die Plätzchen selbst zu verdrücken.

Wenige Minuten später war sie allein auf ihrem Zimmer. Sie konnte kaum glauben, dass sie nach all den Jahren tatsächlich hier war. Ein wohliges, angenehmes Gefühl breitete sich in ihr aus. Es war noch genauso wie früher, und das, obwohl sie seit vierzehn Jahren nicht mehr hier geschlafen hatte. Sie fühlte sich, als wäre sie in die Vergangenheit gereist, und es hätte sie nicht gewundert, wenn Hillary Cassidy, ihre beste Freundin aus Kindertagen, die mittlerweile in Miami als Kinderärztin tätig war, zur Tür hereingekommen wäre.

Sie ging zum Fenster und sah hinunter in den Garten. Ein Ausblick, den sie die ersten achtzehn Jahre ihres Lebens genossen – aber niemals so wahrgenommen hatte wie in diesem Moment. Schnee bedeckte die Rasenflächen, die Pflanzen und Bäume und dicke, weiße Flocken rieselten immer noch vom Himmel herab. Sie musste an die Nacht denken, in der sie mit Chris nach Mitternacht im Vorgarten seines Hauses gestanden hatte und den Schneeflocken ebenfalls beim Fallen zugesehen hatte. Ihr Vater hatte die Weihnachtsdekoration schon angebracht, und obwohl der Großteil im Vorgarten stand, hatte er auch im hinteren Bereich Lichterketten und einen überlebensgroßen Santa mit Rentierschlitten aufgestellt.

Die Tanne, die fast in der Mitte des Gartens stand und unter der sie als kleines Mädchen immer mit ihren Puppen gespielt hatte, war ebenfalls festlich beleuchtet.

Ihr Blick fiel auf den gemütlichen Polstersessel in der Ecke des Zimmers, den sie früher immer genutzt hatte, um darin zu lesen. Etwas lag darauf und sie konnte es kaum glauben. Ein Lächeln schlich sich auf ihre Lippen. Ihre Mutter hatte tatsächlich daran gedacht und einen Jogginganzug für sie besorgt.

Die Bradleys hatten eine ziemlich schräge Familientradition. An den Feiertagen liefen sie alle in weihnachtlichen Jogginganzügen herum, deren Motive nicht nur überaus kitschig, sondern richtig peinlich waren. Früher hatte Quinn diese Anzüge gehasst und sich geniert, sobald jemand vor der Tür stand und sie darin sah. Doch jetzt war sie überglücklich, dass ihre Mutter diesen Brauch nicht vergessen hatte. Sie faltete die rote, weiche Hose auseinander und entdeckte, dass sie über und über mit Zuckerstangen bedruckt war. Auf dem Oberteil war ein Weihnachtsmann mit seinem Rentier zu sehen und selbst die Ärmel und der Rücken waren mit Weihnachtskränzen und Zuckerstangen bedruckt. Quinn schmunzelte. Dass jemand so etwas Hässliches überhaupt herstellte, war ein Wunder. Sie schlüpfte in den Jogginganzug und genoss den weichen, fließenden Stoff auf ihrer Haut, der sie angenehm wärmte. Zusätzlich zum Jogginganzug hatte Kate ihr ein Paar dicker, selbst gestrickter Socken bereitgelegt, die sie ebenfalls überstreifte, und dann begab sie sich unter die Decken ihres Bettes. Sie hüllte sich ein, und es war fast so, als würde sie die Welt da draußen aussperren. Sie schaltete den Fernseher ein, und fast so, als hätte das Schicksal ihr einen kleinen Wink geben wollen, entdeckte sie einen Weihnachtsfilm, den sie laufen ließ.

Keine Frage, sie mochte ihr aufregendes Leben in Manhattan, liebte es, von einem Termin zum nächsten zu hetzen, mit den Großen und Reichen der Welt auf Du und Du zu sein und sich in ihrer Branche den Ruf einer erstklassigen Kontakterin erarbeitet zu haben. Doch … sie stellte fest, dass all das, was ihre Karriere ihr in den letzten Jahren beschert hatte, sie nicht annähernd so glücklich machen konnte wie ein paar ruhige Tage im Kreise ihrer Familie.

Einige Stunden später stand Quinn gemeinsam mit ihrer Mutter in der Küche und bereitete das Abendessen vor. Kate war zwar mehr als ängstlich und hätte ihre Tochter am liebsten postwendend zurück ins Bett geschickt und sie parallel dazu in Watte gepackt, doch nachdem Quinn ihr versichert hatte, dass es ihrer Gesundheit bestimmt nicht schaden würde, wenn sie Kartoffeln schälte oder Gemüse putzte, hatte sie sich schließlich dazu überreden lassen, gemeinsam mit ihr zu kochen.

Ihr Vater saß im Arbeitszimmer an seinem Schreibtisch und Quinn fühlte sich in ihre Kindheit zurückversetzt. Aus dem Radio kamen Weihnachtslieder und sie und ihre Mutter sangen bei jedem – zwar unglaublich falsch, aber dafür mit Inbrunst – mit.

„Jack, gehst du zur Tür?"
Es hatte geklingelt. Kate und Quinn waren voll damit beschäftigt, Hackbraten und Kartoffelbrei zuzubereiten, als die Türklingel sich bemerkbar machte.
„Bin schon unterwegs."
Beschwingt lief Jack durch die Küche und durch das Haus zur Eingangstür und hauchte seiner Frau im Vorbeigehen einen Kuss auf die Wange.
„Wer kommt denn um diese Zeit noch?"
Quinn sah auf die Uhr und stellte fest, dass es nach sechs war.
„Bestimmt jemand aus Dads Büro. Sie lassen ihn einfach nicht in Ruhe und decken ihn auch zu Hause mit Arbeit ein."
Kate seufzte.
„Er ist vermutlich der Nächste, den wir im Krankenhaus besuchen können – mit einem Burn-out. Immer und immer wieder sage ich ihm, er soll kürzertreten, immerhin geht er auf die sechzig zu. Aber er hört einfach nicht auf mich."
Kate rollte mit den Augen.

„Tut mir leid, dich um diese Uhrzeit noch zu stören, Jack."
Quinn hielt den Atem an. Diese Stimme hätte sie unter Tausenden wiedererkannt. Sie legte das Messer auf die Anrichte und hoffte inständig, dass sie sich getäuscht hatte.
„Kein Problem, Chris. Was kann ich für dich tun? Komm doch herein."
„Ist das … Mum, ist das … Chris?"
Kate sah ihre Tochter ratlos an. Chris Porter kam des Öfteren nach Büroschluss zu Jack Bradley, der als Architekt von Haven Hill bei fast fünfundneunzig Prozent der Bauprojekte mitwirkte. Er hatte bestimmt nicht lange darüber nachgedacht, dass Quinn im Hause sein könnte, immerhin hatte man sie die letzten fünf Jahre hier nicht angetroffen.

Quinns Bauch begann zu kribbeln und ihr Gesicht wurde heiß. Das war Chris. Ihr Chris. Sie würde Chris wiedersehen. Das letzte Mal hatte sie ihn gesehen, als … er sich mit einem langen Kuss von ihr verabschiedet hatte und ihr verboten hatte, wieder nur rosafarbenes Weihnachtspapier zu kaufen, weil sie über dreißig waren und endlich erwachsen werden mussten. Er hatte ihr gesagt, dass er sie liebte und es nicht erwarten konnte, bis es Abend war und sie sich wiedersahen. Ihr Herz klopfte, als hätte sie gerade einen Marathon absolviert. Sie würde Chris wiedersehen, Chris, den sie liebte und von dem sie wusste, dass nur er der Richtige

für sie war.
„Seht mal, wer hier ist."
Jack kam um die Ecke – und tatsächlich, er hatte Chris im Schlepptau. Quinn wäre ihm am liebsten um den Hals gefallen, hätte ihm gesagt, wie sehr sie ihn vermisst hatte und dass sie ihn nie wieder verlieren wollte.
„Kate, hallo."
Chris schüttelte ihrer Mutter die Hand.
„Hey, Chris, schön, dich zu sehen."
Quinn strahlte ihn förmlich an und fühlte sich wie eine verliebte Vierzehnjährige.
„Quinn",
sagte Chris trocken und desinteressiert.
„Quinn ist heute aus dem Krankenhaus gekommen. Es geht ihr gut – Gott sei Dank", sprudelte Kate heraus. „Sie wird die Weihnachtsfeiertage bei uns in Haven Hill verbringen, ist das nicht toll?"
„Ja, wunderbar", sagte Chris, immer noch uninteressiert, dann wandte er sich an Jack: „Können wir uns den Plan von Bauteil A noch mal ansehen? Meine Leute haben einige Fragen zu den Platzierungen der Fenster in den oberen drei Stockwerken."
„Natürlich, lass uns in mein Büro gehen."
Jack und Chris verschwanden in Jacks Arbeitszimmer und Quinn fühlte sich einer Ohnmacht nah. Tränen waren in ihre Augen gestiegen. Das letzte Mal, als sie Chris gesehen hatte, hatte er sie geküsst, ihr gesagt, dass er sie liebte, und sie mit dem rosafarbenen

Weihnachtspapier geneckt und jetzt … tat er so, als wäre sie der Grinch, der gerade das Weihnachtsfest gestohlen hatte. Er hatte sich noch nicht einmal nach ihrem Befinden erkundigt, es war ihm scheißegal, wie es ihr ging. Er musste sie hassen.
„O Quinn, ist alles in Ordnung mit dir?“
Kate hatte die Tränen ihrer Tochter bemerkt.
„Oh … ja … klar“, versuchte es Quinn. „Ich habe nur vergessen, wie höllisch es brennt, wenn man erst Zwiebeln schneidet und dann mit den Fingern über die Augen wischt.“
Sie lächelte.
„Chris meint es nicht so“, sagte Kate, die die Lunte natürlich gerochen hatte, während sie die gekochten Kartoffeln zu Brei stampfte. „Er hat damals sehr darunter gelitten, als du gegangen bist. Hat sich monatelang verkrochen, ging nicht mehr unter die Leute. Eine Welt ist damals für ihn zusammengebrochen. Vermutlich schmerzt es ihn heute noch, wenn du ihm hier über den Weg läufst.“
„So sieht er aus“, murmelte Quinn tapfer und schnippelte Karotten klein.

Sie hätte wissen müssen, wie hart es wäre, wenn sie ihn das erste Mal wieder „live“ vor sich sah – nach ihrem Komatraum. Diesen echten Chris, der nichts mehr mit ihr zu tun haben wollte.
„Los, bring ihnen das rein, Liebling.“
„Was?“

Quinn sah ihre Mutter an, die mit einem Tablett vor ihr stand. Zwei Gläser Eggnogg und ein Teller selbst gebackener Kekse befanden sich darauf.
„Bring das deinem Vater und Chris. Und frag ihn bei der Gelegenheit gleich, ob er mit uns essen möchte. Es ist genug da."
„Aber Mum, Chris wird bestimmt nicht mit uns essen wollen, ich …"
„Papperlapapp. Er isst öfters mit uns, bestimmt freut er sich, wenn du ihn fragst."
Die Logik der Kate Bradley. Der Mann, der ihre Tochter vor einer halben Stunde gegenübergetreten war wie dem Antichristen, würde sich bestimmt freuen, wenn sie ihn fragte, ob er mit ihr zusammen zu Abend essen wollte.
„Ich will aber wirklich nicht … und ich kann mir auch nicht vorstellen, dass er sich darüber freut, wenn ich ihn frage. Bestimmt kommt ihm alles hoch, wenn er in meiner Anwesenheit essen muss."
„Geh rein und frag ihn. Hab dich nicht so."
Kate machte Scheuchbewegungen in Richtung ihrer Tochter, die widerwillig das Tablett nahm und zum Arbeitszimmer ihres Vaters ging. Sie klopfte an und öffnete die Tür. Chris und ihr Vater standen um den Schreibtisch herum und sahen auf einen Bauplan.
„Dann sind wir uns ja einig, die Notausgänge kommen auf B 23, D 12 und G 2", sagte Chris. „Sie werden etwas größer als ursprünglich. Das geht zwar etwas zu Lasten der Optik, aber dafür sind wir auf der sicheren

Seite, wenn irgendwann mal etwas passiert."
Die Männer bemerkten gar nicht, dass Quinn eingetreten war, bis sie sich räusperte.
„Oh, wunderbar, eine Erfrischung. Gerade richtig, was, Chris?" Jack lachte und nahm seiner Tochter das Tablett ab.
Quinn stand da wie bestellt und nicht abgeholt und versuchte, Chris nicht zu sehr anzustarren.
„Können wir noch etwas für dich tun, Liebes?"
Quinn sagte einige Augenblicke lang nichts. Sie war so überwältigt davon, Chris vor sich zu sehen, dass es eine Weile dauerte, bis sie ihre Worte wiederfand.
„Essen", sagte sie.
Die beiden Männer sahen sie an.
„Meine Mum lässt fragen, ob du gerne mit uns essen möchtest, Chris", sagte sie schließlich und setzte ihrer Frage ein charmantes Lächeln nach, das an Chris abzuperlen schien wie Regen von einer Fensterscheibe. „Es gibt Hackbraten mit Kartoffelbrei und wir haben wieder einmal viel zu viel davon zubereitet."
Sie lächelte. Er sah sie an. Eiskalt und uninteressiert. So, als wäre sie eine Schwerstverbrecherin, die durch einen Verfahrensfehler wieder auf freien Fuß gekommen war. Der schlechteste Mensch der Welt.
„Nein. Ich bin mit meiner Freundin verabredet. Richte Kate meinen schönen Dank aus. Aber heute wirklich nicht. Der heutige Abend gehört Sally und mir."
Es fühlte sich wie eine Ohrfeige an, ihn von „seiner Freundin" sprechen zu hören. Sie wusste genau, dass

sie der Hauptgrund dafür war, warum er nicht mit ihnen essen wollte. Und dass er seine „Freundin“ so präsent erwähnt hatte, hatte er ebenfalls ihretwegen getan. Er hasste sie. Und sie verstand auch, warum.
„Okay, dann vielleicht ein anderes Mal“, sagte sie, doch Chris hatte sich längst wieder dem Bauplan gewidmet. Mitleidig sah ihr Vater sie an.

An diesem Abend sah Quinn Chris nur noch, als er das Arbeitszimmer ihres Vaters verließ und sich von ihrer Mutter verabschiedete. Ihr warf er einen abschätzigen Blick zu und murmelte ein „Wiedersehen“.

Als sie einige Zeit später auf ihrem Zimmer war, schaffte sie es nicht länger, die Tränen zurückzuhalten. Sie hatte Chris die ganze Zeit über, die sie in Manhattan gewesen war, vermisst. Der seltsame Traum, in dem sie mit ihm verheiratet gewesen war, hatte diese Gefühle noch intensiviert. Es war wie ein Schock gewesen, ihn heute in ihrem Elternhaus zu sehen und die Ablehnung zu spüren, die er für sie übrig hatte. Sie zog ihre Tasche heran und wühlte darin herum. Sie wusste genau, wonach sie suchte, und sie wusste, dass das, was sie unbedingt haben wollte, sich in der Seitentasche ihrer Birkin Bag befand, die nach dem Unfall einige hässliche Kratzer abbekommen hatte. Ihr Herz klopfte, als ihre Finger über die filigrane Kette glitten und sie die Linien des Rentiers nachzeichnete, das ihr ein völlig anderer Chris geschenkt hatte. Sie zog die Kette heraus und ihr stockte der Atem. Sie erinnerte sich daran, wie Chris sie ihr an jenem Abend angelegt hatte, wie seine Finger an ihrem Nacken eine Gänsehaut auslösten und sie sich geküsst hatten. Er hatte gewusst, dass sie ein Faible für Rentiere und alles Weihnachtliche hatte. Sie betrachtete den Anhänger. Rudolph, the rednosed Reindeer, dessen Nase mit einem kleinen Rubin besetzt war. Seine großen Augen funkelten freundlich und er hatte ein Lächeln aufgesetzt. Wie war sie an diesen Anhänger gekommen? Wie war es möglich, dass dieser Anhänger jetzt in ihren Händen lag, wo sie ihn doch nur im Traum überreicht bekommen hatte? Hatte sie ihn sich selbst gekauft und es vielleicht nur vergessen? Nein. In Manhattan hätte es so ein kitschiges Stück bestimmt nirgendwo zu kaufen gegeben, und wenn sie sich nach Schmuck umsah, dann tat sie dies ohnehin nur bei *Tiffany*. Außerdem war sie direkt von L. A. nach Haven Hill gekommen. Sie hatte überhaupt keine Zeit gehabt, weder dort noch hier zu bummeln und den Anhänger für sich selbst zu kaufen. Chris hatte ihn ihr in ihrem Traum geschenkt und jetzt war er hier in der realen Welt. Sie erinnerte sich daran, dass dieser verrückte Weihnachtsmann ihr gesagt hatte, sie sei nur zu Gast – in einem parallel verlaufenden Universum. Um zu sehen, wie ihr Leben verlaufen wäre, hätte sie sich damals für Chris und gegen CHW entschieden. Was für eine verrückte Vorstellung. Es war gar nicht möglich, in irgendwelche parallel verlaufenden Universen zu reisen, *wenn* es überhaupt welche gab.

Dieses Rentier sollte nicht hier sein und doch … war es hier. Ihre Finger glitten darüber und ein warmes Gefühl breitete sich in ihr aus. Geborgenheit. Das Rentier löste Geborgenheit und Sehnsucht in ihr aus – und so etwas wie Bestimmung. Ihre Finger öffneten den Verschluss der Kette und sie legte sie sich an. Es war ein schönes Gefühl, den Rentier-Anhänger zu tragen, und gleichzeitig auch ein schreckliches. Dieser Anhänger war das Einzige, was von ihrer Liebe zu Chris noch übrig geblieben war.

Sie hatte einen Fehler gemacht, das wusste sie jetzt. Es war ein Fehler gewesen, ihn für den Job bei CHW zu verlassen. Haven Hill zu verlassen. Und jetzt hatte sie keine Möglichkeit mehr, diese Fehler wiedergutzumachen.

9

„Quinn, Schätzchen, aufwachen. Es ist schon fast Mittag!“
Kate riss die Vorhänge in Quinns Zimmer zur Seite und helles Tageslicht flutete den Raum.
„Was?“
Quinn setzte sich kerzengerade im Bett auf.
„Es ist fast elf Uhr. Du hast geschlafen wie ein Stein.“
„Warum hast du mich nicht geweckt?“
Sie rieb sich ihre Augen.
„Weil du in den Ferien bist. Und einen Unfall hattest. Da hast du es dir verdient, auszuschlafen. Aber jetzt

ziehst du dich an. Wir haben einiges vor."
Ihre Mutter lächelte verschwörerisch.
„Wir haben einiges vor?"
Quinn sah sie fragend an.
„Der jährliche Weihnachtsmarkt. Gemeinsam mit den anderen Frauen des Siedlervereins backe ich Kekse, wie jedes Jahr. Und du kannst mir dieses Jahr dabei helfen. Als Kind hast du es geliebt, die Kekse auszustechen und zu verzieren."
Quinn lächelte. Ihre Mutter hatte recht, sie hatte schon im Sommer davon gesprochen, wie sehr sie sich darauf freute, mit ihrer Mutter gemeinsam zu backen. Eigentlich freute Quinn sich das ganze Jahr über auf Weihnachten und begann schon am 26. Dezember damit, sich auf das nächste Fest zu freuen.
„Klingt großartig. Ich komme gleich runter."

Wenig später schoben Quinn und ihre Mutter einen Einkaufswagen durch den Walmart, der an genau der gleichen Stelle wie der Welmart lag, vor dem Quinn vor einigen Tagen zum zweiten Mal innerhalb einer Woche angefahren worden war. Es war ein merkwürdiges Gefühl, hier zu sein, und doch fühlte sie sich in ihre Kindheit zurückversetzt. Die beiden Frauen waren gerade dabei, Unmengen an Keksdekoration – wie bunte Streusel, Zuckerguss, kleine Weihnachtsmänner und Tannenbäume aus Schokolade – in ihren Einkaufswagen zu laden, als sie jemand ansprach.

„Unglaublich. Ich habe ja schon gehört, dass du wieder in der Stadt bist, Quinn, aber glauben konnte ich es nicht. Lass dich ansehen."

Quinn drehte sich um und sah von den Mini-Grinches, die man über Kekse und Kuchen streuen konnte, auf in das Gesicht einer Frau Ende fünfzig, die sie freundlich anlächelte.

„Marie", rief Quinn und schloss die Frau in ihre Arme. Sie erinnerte sich an das Essen in ihrem Traum, zu dem sie gemeinsam mit Chris gewesen war. Und an den Kuss unter dem Mistelzweig, zu dem die anderen Gäste applaudiert hatten.

„Du siehst wunderschön aus, Kindchen, aber viel zu dünn."

„Das habe ich ihr auch schon gesagt", mischte sich Kate ein. Dann umarmte auch sie die Frau. Marie Porter war Chris' Mutter – die natürlich keine Ahnung davon hatte, dass Quinn und Chris erst vor fünf Tagen bei ihr und ihrem Mann zum Essen gewesen waren und sie sich verabredet hatten, an Neujahr gemeinsam zu Chris' Großeltern zu fahren.

„Ich esse wie ein Pferd", sagte Quinn.

„Du siehst einfach wunderschön aus, Liebes." Marie kam nicht aus dem Schwärmen heraus. „Hast du Chris schon gesehen, seit du hier bist? Wie geht es dir überhaupt? Ich hörte, du wurdest angefahren?"

„Ja, zwei Mal", schoss Quinn aus der Pistole, als ihr einfiel, dass das so nicht stimmte.

„Was?", fragten die beiden Frauen wie aus einem

Mund.
„Ich … meine natürlich nicht zweimal, ich … Sorry“, sagte Quinn. „Und ja, Chris habe ich schon gesehen“, fügte sie hinzu und erinnerte sich an die beiden Begegnungen mit ihrem Exfreund.
„Du musst uns unbedingt besuchen kommen, Quinn, du bist ja bestimmt länger in der Stadt, oder? Ed würde dich liebend gerne wiedersehen.“
„Mal sehen, was sich machen lässt“, entgegnete Quinn. Sie konnte sich nicht vorstellen, dass Chris sonderlich begeistert wäre, wenn sie bei seinen Eltern zum Essen aufkreuzte.
„Was sich machen lässt? Warum kommt ihr nicht morgen Abend zum Essen zu uns vorbei? Und nehmt Chris mit. Und seine neue Freundin. Es wird bestimmt toll, alle mal wieder an einem Tisch zu haben.“
Quinn traute ihren Ohren nicht. Hatte ihre Mutter tatsächlich soeben ihre Ex-Schwiegereltern, ihren Exfreund und dessen neue Flamme zum Abendessen eingeladen?
„O Kate, das ist eine wunderbare Idee“, sagte Marie. „Ich werde diesen Kürbiskuchen mit Schokoglasur backen, den du immer so gern gegessen hast, Quinn. Das wird bestimmt ein schöner Abend. Ist es euch recht, wenn wir gegen sieben da sind?“
„Sieben klingt perfekt“, sagte Kate, und Marie verabschiedete sich, während Quinns Mutter schon dabei war, in Gedanken die Einkaufsliste für das Abendessen am nächsten Tag zu erstellen.

„Quinn, komm mit, wir haben ein Abendessen auszurichten“, sagte Kate, so als wäre es das Normalste der Welt, dass sie ihren Exfreund samt Anhang für den kommenden Abend eingeladen hatte.
„Mom, ist das dein Ernst?“
Quinn sah ihre Mutter entgeistert an, während sie den Einkaufswagen durch die Gänge schoben.
„Natürlich. Die Porters lieben dich. Du hast doch gesehen, wie sehr Marie sich gefreut hat, dich zu sehen.“
„Toll. Aber Chris hasst mich. Und seine neue Freundin würde mich wohl am liebsten bei einem satanischen Ritual opfern.“
„Du redest Blödsinn. Chris hasst dich nicht. Und seine neue Freundin ist bestimmt auch sehr nett. Ihr habt einfach auf dem falschen Fuß angefangen.“
Quinn fuhr sich fassungslos durch ihre Haare. Ihre Zeit in Haven Hill hatte den Umständen entsprechend wirklich toll begonnen. Bis ihre Mutter wie immer einen Schritt zu weit gegangen war.

Die Zeit bis zum nächsten Abend verging für Quinn einmal viel zu schnell und dann wieder überhaupt nicht. Gemeinsam mit ihrer Mutter stellte sie am Mittwoch ungefähr eine Tonne verschiedenster Plätzchen und Kuchen für den Weihnachtsmarkt am Freitag her. Der Mittwoch stand dann ganz im Zeichen des Abendessens mit den Porters. Quinn war zwiegespalten. Auf der einen Seite konnte sie es kaum erwarten, Chris wiederzusehen. Allein die Vorstellung, er würde den ganzen Abend über in ihrer Nähe sein, sie würde ihn ansehen können, ihm zuhören, möglicherweise ein Gespräch mit ihm führen, machte sie völlig verrückt. Der Gedanke an Sally hingegen vertrieb ihre gute Laune. Sie hatte die Frau vom ersten Augenblick an nicht leiden können. Jetzt musste sie einen ganzen Abend mit ihr verbringen und dabei zusehen, wie sie und Chris ein Liebespaar waren. Nicht nur dass sie ihren alten Job übernommen hatte, sie hatte sich auch ihren Exfreund geschnappt. Das war fast so, als hätte Sally sie nach ihrem Weggang in Haven Hill ersetzt. Ein Abend mit ihr stand nicht gerade ganz oben auf Quinns Wunschliste.

Den ganzen Tag über hatten Quinn und Kate gekocht, die letzte halbe Stunde hatte Quinn damit verbracht, den Tisch zu decken und eine Flasche Wein aus dem Weinkeller ihres Vaters zu holen. Sie war zuerst in ein Kleid von Gucci geschlüpft, hatte es dann aber für zu aufgebrezelt gehalten und es gegen eines der Kleider getauscht, das sie in ihrem Schrank gefunden hatte. Es war ein dunkelblaues in A-Linie mit Wasserfallausschnitt, und sie erinnerte sich daran, dass sie es von Chris zum Geburtstag bekommen hatte. Er hatte das Kleid an ihr geliebt, und vielleicht steckte ein kleines bisschen Provokation dahinter, dass sie sich ausgerechnet dafür entschied. Als sie die Treppe hinunterlief, klingelte es an der Tür. Ihre Mutter hatte Weihnachtsmusik angemacht und aus der Küche duftete es bereits unglaublich lecker.

Quinn öffnete.
„Liebes, du siehst wunderbar aus!“
Marie schloss Quinn in ihre Arme und Ed Porter, Chris’ Vater, tat es ihr gleich.
„Sieht sie nicht wunderbar aus, Chris? Was sagst du? Es ist doch großartig, dass Quinn wieder zurück in Haven Hill ist, nicht?“
Chris stand hinter seinen Eltern, von Sally keine Spur. Er sagte nichts.
„Du bist wirklich viel zu dünn, Quinn“, stellte Ed fest und Quinn rollte mit den Augen.
„Kommt doch herein, meine Mum hat Essen für eine ganze Kompanie gekocht. Ich hoffe, ihr habt Hunger.“
Die Porters traten ein und Quinn nahm ihnen die Mäntel ab.
„Kommt deine Freundin auch noch?“, fragte sie Chris, als er an ihr vorbeiging.
Er sah sie an.
„Nein. Sie kann sich etwas Besseres vorstellen, als einen Abend mit dir zu verbringen“, sagte er provokant.
Quinn fühlte sich wie nach einer Ohrfeige. Chris musste sie förmlich hassen. Dieser Blick. Und diese Aussage.
„Schönen Dank auch“, entgegnete sie und folgte den

Porters ins Esszimmer.

„Nun erzähl schon, Quinn, wie ist es in der Stadt?“, wollte Ed Porter wissen. „Man hört ja, dass du die Wallstreet ordentlich aufmischst.“
Sie saßen um den Esstisch der Bradleys herum, aßen Kates hervorragenden Truthahn und unterhielten sich wie in alten Tagen.
„Madison Avenue“, sagte Quinn.
„Was?“
Ed Porter sah sie fragend an.
„Die meisten Werbeagenturen befinden sich in der Madison Avenue. Die Broker und Finanzleute sind an der Wallstreet.“
„Ach so.“
„Wie Don Draper in Mad Men, richtig?“, fragte Marie.
„Wer?“
Ihr Mann sah sie fragend an. Quinn lächelte.
„Genau, wie Don Draper.“
Quinn lächelte. Seit die Serie „Mad Men“ über die Bildschirme flimmerte, war sie schon öfter darauf angesprochen worden.
„Quinn wird zur Juniorpartnerin ihrer Agentur aufsteigen, wisst ihr das schon?“
Kate war immer schon vor Stolz geplatzt, wenn ihre Tochter etwas geschafft hatte. Selbst dann, wenn es nur das Freischwimmerabzeichen im Schwimmkurs war.
„Mum, das ist doch noch überhaupt nicht sicher“, sagte Quinn abwehrend.

„Tatsächlich?“
Marie sah Quinn fragend an.
„Es … es ist im Gespräch.“
Es war ihr unbehaglich, so im Mittelpunkt zu stehen, zumal Chris absolut keine Notiz von ihr nahm und lustlos in seinem Salat herumstocherte. Vermutlich hätte sie den Friedensnobelpreis dafür erhalten können, dass sie den Weltfrieden umgesetzt hatte, es wäre ihm noch egal gewesen.
„Wow, Quinn, das ist großartig“, sagte Ed. „Chris, du hättest dir Quinn behalten sollen. Sie ist eine gute Partie.“
Der große Mann schlug sich lachend auf die Oberschenkel, während es im Raum still wurde. Eigentlich hatte Quinn sich damals von Chris getrennt. Um die betretene Stille zu durchbrechen, wandte sie sich an Chris und ergriff die Möglichkeit, mit ihm ins Gespräch zu kommen.
„Und … wie ist es dir in der Zwischenzeit ergangen? Du leitest die Firma vom alten Brower, richtig?“
„Ja“, knurrte Chris. Er machte absolut keinen Hehl daraus, dass er auf Quinns Gegenwart verzichten konnte.
„Das ist großartig, das ist bestimmt eine ganz tolle Gelegenheit für dich.“
„Wenn du meinst.“
Chris holte sein Handy hervor, wählte eine Nummer und wartete einen Augenblick. Quinn war wie vor den Kopf gestoßen, dass er sie so dermaßen abwürgte.

„Baby, wie geht's dir?"
Seine Stimme hatte einen völlig anderen Ton angenommen, als er zu sprechen begann. Er musste Sally angerufen haben. Es sei denn, es gab in Haven Hill noch andere Frauen, die er mit „Baby" ansprach.
„Du fehlst mir auch. Das Essen ist ganz gut, Kate Bradley ist eine gute Köchin. Nur die Gesellschaft könnte eine andere sein."
Quinn verspürte einen unsichtbaren Schlag ins Gesicht. Diese Spitze hatte ihr gegolten. Ihre und Chris' Eltern sahen ziemlich betreten aus. Es war keine gute Idee gewesen, Chris und Quinn an einen Tisch zu setzen.
„Ich bleibe nicht mehr lange, versprochen. Und dann machen wir beide es uns gemütlich. Ich liebe dich, Baby."
Er legte auf.
„Christopher, musste das jetzt sein?"
„Was denn?"
„Dass du telefonierst während des Essens. Es ist unhöflich unseren Gastgebern gegenüber."
Seine Mutter sah ihn unverständlich an und Quinn fand sein Verhalten relativ kindisch. Mittlerweile hatte auch schon der letzte Hinterwäldler verstanden, dass er Quinn nicht leiden konnte und den Abend lieber bei Sally verbracht hätte.
„Mir fehlt die Frau, die ich liebe. Ich vermisse sie jede Sekunde, die ich nicht bei ihr sein kann. Da wird es doch wohl genehm sein, wenn ich mich erkundige, wie es ihr geht. Kate, Jack, vielen Dank für das Essen. Ich

bin mir sicher, ihr versteht, dass ich meine Freundin kurz angerufen habe. Sie ist … die Liebe meines Lebens. Ich wünschte, ich wäre ihr schon viel früher begegnet und hätte meine Zeit nicht mit anderen Frauen verschwendet. Und dich wird es doch auch nicht stören, dass ich meine Traumfrau anrufe, oder, Quinn?"
Streitlustig blickte er Quinn an. Die tupfte sich den Mund mit der Serviette ab, räusperte sich und stand auf.
„Mir egal. Und wenn du den Papst anrufst und ihm Liebesschwüre ins Ohr säuselst. Ich geh jetzt, dann kannst du dein Essen vielleicht etwas mehr genießen. Marie, Ed, es hat mich sehr gefreut, euch wiederzusehen."
„Aber, Quinn, du kannst doch nicht …"
Kate sah ihre Tochter an.
„Ich wünsche allseits noch einen schönen Abend."

Die kalte Winterluft nahm Quinn gefangen, als sie vor die Tür trat. Sie schlang sich den Mantel enger um ihren Körper, setzte ihre Mütze im Gehen auf und schlüpfte in ihre Handschuhe. Ihr Gesicht war gerötet und fühlte sich heiß an, die Kälte auf ihrer Haut war angenehm. Sie war Chris noch nicht einmal böse. Sie selbst hatte es verbockt, damals, vor fünf Jahren, als sie geglaubt hatte, sie müsse groß Karriere machen und würde ihre Familie und den Mann, den sie liebte, einfach so hinter sich lassen können. Dass er da immer noch verletzt war und sich mit dem Telefonat und seinen Aussagen ein kleines bisschen rächen wollte, war klar. Sie spazierte ein Stück den Gehweg entlang und wünschte sich nichts sehnlicher, als die Zeit zurückdrehen zu können. Bestimmt hing das alles auch mit dem Komatraum zusammen, den sie gehabt hatte. Immerhin war es auch gut möglich, dass sie und Chris sich ebenfalls getrennt hätten, wenn sie nicht nach Manhattan gegangen wäre. Vielleicht hätte es nach einer Weile einfach so nicht mehr zwischen ihnen hingehauen. Der Traum hatte alles noch viel komplizierter gemacht. Hatte in ihr all die Gefühle wieder hochgebracht, die sie einst für Chris empfunden hatte. Ihn jetzt so zu sehen, mit einer anderen – und dem Unmut, den er für sie übrig hatte … das war es, was sie schmerzte.

Sie war am „Jimbos" angekommen, einer kleinen Bar vor den Toren der Stadt, in der es nicht nur gute Drinks, sondern ebenso gute Burger gab. Ihr Magen knurrte. Von dem großartigen Braten, den ihre Mutter zubereitet hatte, hatte sie nur ein Stück abbekommen, und sie verspürte ein Hungergefühl in sich aufsteigen. Seit sie zurück in Haven Hill war, war auch ihr unbändiger Appetit zurückgekehrt. Sie hatte immer schon gern gegessen, nur hatte sie sich in Manhattan an den gängigen Lifestyle angepasst. Keine Burger, keine Pizzen, nur kleine Salate mit fettfreien Dressings oder eine kleine Sushiplatte zu Mittag. Die Porters würden bestimmt noch eine ganze Weile bei ihren Eltern sein, und sie hatte keine große Lust, Chris noch einmal über den Weg zu laufen. Also trat sie ein.

Quinn fühlte sich neuerlich wie in die Vergangenheit zurückversetzt, als sie das Jimbos betrat. Wie immer um diese Jahreszeit war die Bar festlich geschmückt, überall hingen Girlanden, Zuckerstangen und Weihnachtsmänner aus Pappkarton herum. Aus der Jukebox kamen Weihnachtslieder von Dean Martin, Frank Sinatra und Dolly Parton. Es duftete herrlich nach frischem Burger mit Speck und Fritten mit Käsesoße. Sie setzte sich auf einen der Barhocker, und es dauerte nicht lang, bis eine Kellnerin auf sie zukam.
„Was kann ich für Sie tun?“
Quinn erkannte die Kellnerin. Es war Suzie Moss, mit der sie gemeinsam auf der Highschool gewesen war. Sie überlegte, ob sie sie darauf ansprechen sollte, doch an diesem Abend hatte sie genug von alten Bekanntschaften. Gut, dass Suzie sie nicht wiedererkannte.
„Ich hätte gerne einen Cheeseburger mit Speck und Käsefritten. Dazu eine Cola.“
„Kommt sofort.“
Suzie verschwand in der Küche, und Quinn fragte sich, wann sie das letzte Mal einen Cheeseburger mit Speck und Käsefritten gegessen hatte. In Haven Hill hatte sie es geliebt, zu essen. Chris liebte Barbecues, und es verging kaum ein Wochenende, an dem er seinen Propangasgrill nicht anwarf und Steaks, Burger oder

Hotdogs grillte. In Haven Hill hatte Quinn sich niemals Sorgen um ihr Gewicht gemacht, sondern einfach drauflos gelebt. Sie war glücklich gewesen. Jetzt, in New York, ernährte sie sich meistens Low-Carb und Low-Taste. Und gab vor, sich für Clean Eating zu interessieren, obwohl die Gerichte, die man ihr in den jeweiligen Restaurants vorsetzte, aussahen und schmeckten wie Styropor.

Suzie kam aus der Küche zurück und hatte einen überladenen Teller mit einem riesig großen Burger und Fritten darauf, die in gelber Käsesoße schwammen. Glücksgefühle kamen in Quinn hoch. Allein die Pfütze Käsesoße musste so viele Kalorien haben wie alles, was sie in Manhattan an einem Tag zu sich nahm. Wenn nicht noch mehr.
„Bitte schön, Miss."
Sie stellte den Teller vor Quinn ab.
„Ich war schon seit Jahren nicht mehr so glücklich wie jetzt", sagte Quinn, als sie den Burger vor sich ansah und ihr klar wurde, dass sie ihr Zuhause vermisste.
„Freut mich, Miss. Ich habe Joe hinten in der Küche gesagt, dass er Ihnen etwas mehr Fritten geben soll. Sie sehen so mager aus."
Quinn lächelte Suzie an und begann zu essen.

Sie genoss es, in ihrer Heimat zu sein, die alten Weihnachtslieder zu hören und dem Tratsch zu lauschen, den sie von allen Seiten vernahm. Das war

Haven Hill. Das war ihre Heimat. Sie wollte Suzie gerade um die Rechnung bitten. Mittlerweile war es nach zehn Uhr abends geworden. Die Porters waren bestimmt längst aufgebrochen, und die Chance, Chris noch einmal über den Weg zu laufen, bestand nicht mehr, als die beiden Männer, die schon eine ganze Weile neben ihr saßen, plötzlich ein Thema zur Sprache brachten, das sie aufhorchen ließ.

„Hast du das mit den Lieberman-Schwestern gehört?“, fragte einer der beiden. Er sah mit seinen überlangen, buschigen Koteletten und seinem fülligen Gesicht aus wie eine Neuauflage von Elvis Presley in seinen späten Jahren.
„Nein, was?“, fragte der andere, ein Blondschopf mit Schnauzbart und Baseballkappe auf dem Kopf.
„Die haben doch die Agentur verkauft“, sagte Elvis.
„Das weiß ich. Sollen ganz schön Kohle dafür bekommen haben.“
„Denkste.“
Elvis hob sein Bierglas und nahm einen großen Schluck daraus.
„Heute war ein Anwalt der Werbeagentur in der Stadt. Er hat ihnen einen Zusatz zum Vertrag unter die Nase gerieben. Scheinbar war der Vertrag, den die beiden letzte Woche unterschrieben haben, nur ein Vorvertrag, ein ‚nicht bindendes Angebot‘.“
Elvis machte Gänsefüßchen mit seinen Fingern.
„Sie bekommen dreißig Prozent des vereinbarten

Kaufpreises. Und erst, wenn der Kundenstock der beiden den doppelten Wert des Restes eingebracht hat, erhalten sie die restlichen siebzig Prozent. Wenn das innerhalb eines Jahres nicht passiert, bekommen sie gar nichts. Außerdem haben sie Sally Brady gefeuert. Es heißt, alle Kunden werden von jetzt an von New York betreut. Was wiederum eine üble Sache ist. Niemand hier will eine Werbeagentur in New York. Viele Kunden, die ich kenne, haben mir gesagt, sie würden den Vertrag kündigen und die Agentur drüben in Silent Hollow beauftragen."

„Großer Gott, das ist ja furchtbar", sagte der Typ mit dem Schnauzbart. „Das bedeutet, die beiden werden den Rest ihres Geldes nicht sehen. Wenn sie darauf warten müssen, bis der Kundenstock das Doppelte der restlichen Kaufsumme abwirft, die Kunden aber abwandern, sehen sie ihre Kohle doch nie."

„Du sagst es, Mann", sagte Elvis und trank wieder von seinem Bier. „Und weißt du, was das Schlimmste daran ist?"

„Was?"

Der mit dem Schnauzbart trank ebenfalls von seinem Bier.

„Diese ganze Scheiße ist von Quinn Bradley eingefädelt worden."

„Der Tochter von Kate und Jack?"

„Ganz genau."

„Unfassbar. Sie hat doch für die Schwestern gearbeitet, bevor sie …"

„Größenwahnsinnig geworden und abgehoben ist“, sprach Elvis den Satz zu Ende.

Quinn rutschte von ihrem Barhocker. Sie legte zwanzig Dollar auf den Tresen neben ihrem Teller und versuchte, niemandem in der Bar in die Augen zu sehen. Sie hatte keine große Lust, erkannt und auf die Sache mit den Schwestern angesprochen zu werden. Ihr war schwindelig. Das hier musste ein Missverständnis sein. Sie hatte den Vertrag selbst aufgesetzt und den Liebermans zwanzig Prozent mehr Ertrag herausgehandelt, als die Agentur eigentlich bezahlen wollte. Es musste hier irgendeine Verwechslung vorliegen, die es galt, aufzuklären. Dass die Liebermans beim Verkauf ihrer Agentur nicht über den Tisch gezogen werden würden, wollte sie unbedingt vermeiden. Hätte sie gewusst, dass diese Vertragsart zur Anwendung kommen sollte, hätte sie die Schwestern niemals kontaktiert, als Gerüchte laut wurden, sie würden einen Verkauf in Erwägung ziehen. Bestimmt hatte die Rechtsabteilung von CHW einen Fehler gemacht. Es war üblich, Agenturübernahmen erst mittels eines Vorvertrages abzusichern und den dann mittels eines richtigen Vertrages aufzulösen, doch gerade bei den Schwestern hatte Quinn darauf bestanden, diesen Vorgang wegzulassen. Die beiden Damen waren alt und hätten den Sinn eines solchen Vorvertrages vielleicht nicht verstanden. Das, was sie unterschrieben hatten, war ihr gültiger Vertrag – und nichts anderes.

Völlig durch den Wind lief sie die verschneiten Straßen zurück zu ihrem Elternhaus.

10

Es war schon fast Mitternacht, als Quinn fuchsteufelswild die Nummer von Joel White, dem Juristen von CHW, wählte, der auch den Lieberman-Vertrag aufgesetzt hatte. Sie hatte die halbe Nacht damit zugebracht, den Vertrag zu prüfen, und hatte die neue Version schließlich auf dem Server von CHW gefunden. Diese Mistkerle hatten die Schwestern tatsächlich über den Tisch gezogen. Und zwar ordentlich. Es gab in dem neuen Vertrag sogar eine Klausel, die den Ertrag aus dem Verkauf um jeweils ein halbes Prozent schmälerte, wenn ein Klient die Agentur wechselte. Jemand hatte ganze Arbeit geleistet. Würden die Kunden tatsächlich abwandern, würden die Schwestern bald mittellos sein. Über die Aufregung hatte sie wenigstens Chris vergessen. Und sie hatte recht behalten. Als sie zurück nach Hause kam, waren die Porters bereits verschwunden. Ihre Mutter schlief bereits, und nur ihr Vater saß mit einer Zigarre im Wohnzimmer und las einen Geschäftsbericht, so wie er es bereits getan hatte, als Quinn ein kleines Mädchen war.

„Hallo?“
Eine schläfrige Stimme meldete sich am anderen Ende der Leitung.
„Joel? Was zum Teufel habt ihr mit den Lieberman-Schwestern abgezogen?“
Quinn konnte sich kaum zusammenreißen.
„Was? Wer ist denn da?“
„Ich bin’s, Quinn.“
„Quinn? Was willst du denn von mir? Hast du Sehnsucht nach mir?“
Der Jurist versuchte, witzig zu sein.
„Ich würde dir am liebsten eine reinhauen“, sagte Quinn sauer. „Was habt ihr den Liebermans für einen Scheißvertrag aufgeschwatzt?“
„Großer Gott, beruhige dich. Hat das nicht Zeit bis morgen? Hier in New York ist es mitten in der Nacht. Keine Ahnung, was für eine Zeitzone du in deinem Nest hast.“
„Nein, das hat keine Zeit“, zischte Quinn böse. „Ihr habt die Schwestern über den Tisch gezogen. Und mich verarscht. Wozu sollte ich den ersten Vertrag unterzeichnen lassen, wenn ihr ihnen dann einen neuen unterjubelt?“

Sie versuchte, nicht zu laut zu sein, damit ihre Mutter nicht aufwachte und ihr Vater den Lärm nicht mitbekam.
„Großer Gott, reiß dich zusammen, Bradley, du kennst die Verträge für Übernahmen kleinerer Agenturen. Wir müssen uns auch absichern. Immerhin willst du zukünftig doch auch noch dein Gehalt überwiesen bekommen, oder etwa nicht?“
„Ihr habt zwei alte Ladys abgezockt. Mach das rückgängig.“
„Wir haben sie nicht abgezockt, wenn diese kleine Agentur so viel abwirft, wie wir uns das vorstellen, haben sie ihre Kohle in zwei, drei Jahren.“
„Diese Frauen sind fast achtzig Jahre alt. Sie brauchen ihr Geld jetzt und nicht in drei Jahren.“
„Mein Gott, Bradley, ich weiß nicht, was du willst.“
„Ich will, dass ihr zwei alten Damen den Ruhestand nicht versaut, zur Hölle.“
Quinn schrie fast, und mittlerweile war es ihr egal, ob die halbe Welt ihretwegen aufwachte.
„Wenn du beim Vorstand genauso herumgiftest, dann kannst du dir einen neuen Job suchen“, sagte Joel, der mittlerweile ziemlich wach klang. „Hör zu. Die Schwestern haben den Vertrag unterzeichnet, den jede andere kleine Agentur ebenfalls zu unterzeichnen hat, wenn sie in CHW eingegliedert wird. Was kann ich dafür, wenn die zu blöd sind, die Klauseln zu lesen und sie zu verstehen?“
„Du bist ein Arschloch, Joel“, sagte Quinn und legte

auf.

Sie war auf hundertachtzig. Die Agentur hatte nicht nur die Lieberman-Schwestern übervorteilt, man hatte sie, Quinn, auch noch für dumm verkauft. Der Vorstand hatte ihr versichert, dass die beiden Schwestern nicht den herkömmlichen Vertrag unterzeichnen würden, sondern einen erhalten, der einige Vorteile für sie birgt. Jetzt würden die beiden alten Damen sehen können, wie sie in den nächsten Jahren ihre Rechnungen bezahlten. Die dreißig Prozent, die sie bekommen sollten, würden noch nicht einmal lange für den Lebensunterhalt der beiden reichen. Erst recht nicht, wenn sie Strafzahlungen aufgebrummt bekamen, sollten Kunden abwandern. Der Umzug nach Florida, den die beiden geplant hatten, konnten sie sich so auch aufmalen.

Es war eine schlaflose Nacht, die Quinn verbrachte. Bis in die frühen Morgenstunden suchte sie im Internet nach ähnlichen Fällen, bei denen die Verkäufer aus dem Vertrag herausgekommen waren. Sie suchte nach Urteilen im gängigen Vertragsrecht, überlegte, ob es Sinn machte, an den gesunden Menschenverstand des Vorstandes zu plädieren, und fragte sich immer und immer wieder, wie CHW so hinterlistig hatte sein können, um sie derart auflaufen zu lassen. Vor allem – war das bereits früher so gewesen und war sie selbst schlicht und einfach nur zu blauäugig gewesen, um es zu erkennen?

Als sie am nächsten Morgen in die Küche kam, sah sie wie gerädert aus.
„Großer Gott, Quinn, was ist denn mit dir los?“
Kate sah ihre Tochter besorgt an.
„Fühlst du dich nicht wohl? Willst du wieder ins Krankenhaus? Sind das die Nachwirkungen deines Unfalls? Soll ich Dr. Faber anrufen?“
„Nein, alles bestens. Ich habe nur schlecht geschlafen.“
Quinn füllte einen Becher randvoll mit schwarzem Kaffee und trank einen Schluck davon. Sie hasste Kaffee und trank für gewöhnlich keinen. Doch an diesem Tag musste sie wach sein. Sie hatte keine Lösung für die Lieberman-Schwestern gefunden und sich vorgenommen, die beiden Damen in der Agentur aufzusuchen. Auch wenn sie dabei Gefahr lief, der verrückten Sally zu begegnen, die aber eigentlich gar nichts mehr dort zu suchen hatte. Sie musste den Vertrag, den die Schwestern unterzeichnet hatten, sehen. Vielleicht gab es irgendein Schlupfloch, eine Möglichkeit, herauszukommen.
„Dad, fährst du später ins Büro?“
„Natürlich. Ich muss aber gleich los, ich treffe Chris heute Morgen wegen des neuen Communitycenters.“
Ein merkwürdiges Gefühl keimte in ihr auf, als ihr Vater den Namen ihres Ex sagte. Und er hatte auch in dieser „Welt“ den Auftrag mit dem Communitycenter erhalten.
„Kann ich mitkommen?“

„In die Besprechung? Was willst du denn da?“
„Nicht in die Besprechung. Ich muss in die Stadt.“
„Natürlich. Ich werde aber vor vier Uhr nachmittags nicht zurückfahren. Es wird ein anstrengender Tag heute, so kurz vor Weihnachten geht’s immer hoch her.“
„Ich nehme sonst einfach den Bus.“
„Soll das heißen, ich habe umsonst Frühstück gemacht?“
Kate sah ihre Tochter fragend an.
„Es tut mir leid, Mum. Ich frühstücke morgen mit dir, versprochen. Aber heute muss ich etwas Wichtiges erledigen.“
Kate schüttelte den Kopf, als Quinn sich zwei Muffins von dem Tablett auf der Anrichte nahm und ihrem Vater aus der Küche folgte.

Sie überlegte eine Weile, als sie vor dem Bürogebäude stand, in dem sich die Räumlichkeiten der Liebermans befanden. Sie hatte die beiden netten alten Damen hinters Licht geführt und ihnen schlimmstenfalls den Lebensabend verdorben. Bestimmt waren sie fuchsteufelswild, wenn sie jetzt auftauchte. Aber es blieb ihr keine andere Wahl. Sie musste sich ihren Dämonen stellen und retten, was noch zu retten war. Ein flüchtiger Blick fiel auf das Gebäude gegenüber, in dem sich Chris’ Büro befand. Wie gerne hätte sie jetzt kurz bei ihm vorbeigesehen, gefragt, wie es ihm geht, und sich moralische Unterstützung bei ihm abgeholt. Sein roter Pick-up stand vor dem Büro am Bürgersteig, er war also ganz in der Nähe … Sie schluckte ihren Liebeskummer hinunter und betrat bestimmt das Gebäude.

Die Lieberman-Agentur befand sich im vierten Stockwerk, und als die Lifttüren sich öffneten, breitete sich ein mulmiges Gefühl aus. Eine Mischung aus Scham, Angst und Reue hatte Besitz von ihr ergriffen. Die Eingangstür des Büros war nur angelehnt, und als sie eintrat, kam ihr die Version des Büros in den Sinn, die in der anderen Welt vorgekommen war. Es waren dieselben Räumlichkeiten gewesen, nur viel moderner. An den Wänden hingen Fotos von alten Kampagnen, die die beiden Schwestern in den Sechzigern und Siebzigern entwickelt hatten. Das alte Firmenlogo, das ebenfalls seit dieser Zeit nicht mehr erneuert worden war, prangte über dem Schreibtisch am Empfang. Es duftete nach Lavendel, dem Lieblingsduft von Polly Lieberman. Schon als Quinn noch hier gearbeitet hatte, hatte Polly überall Lavendelduftsäcke hingelegt und ein ziemlich aufdringliches Lavendelparfum benutzt, das einem den Verstand einnebelte.

„Gene? Polly?“
Sie bewegte sich durchs Büro, als wäre sie ein Einbrecher.
„Hallo? Ist da jemand?“

Die Tür zum Besprechungsraum war geschlossen und sie hörte Stimmen darin.
„Es tut uns wirklich sehr leid, Sally, aber wir haben nicht, wie erwartet, die Möglichkeit, Sie weiter hier zu beschäftigen. Die Agentur in Manhattan wird die Kunden hier direkt betreuen.“
Das war Gene Lieberman. Sie war immer schon diejenige der beiden Schwestern gewesen, die das Geschäftliche innehatte.
„Aufgrund der neuen Situation können wir Ihnen auch keine so große Abfindung geben, wie wir es gerne tun würden“, fuhr sie fort. „Wir wissen selber nicht, wie es weitergehen soll.“
Quinn spähte durch das Fenster in den Besprechungsraum. Polly und Gene saßen mit Sally am Tisch. Gene versuchte, die Fassung zu bewahren, während Polly ihren Kopf auf ihre Hände gestützt hatte. Sally sah enttäuscht und erschrocken aus. Verständlich. Immerhin hatte sie ihren Job verloren und die Info erhalten, dass sie auch keine sehr große Abfindung bekommen würde. Ohne lange darüber nachzudenken, klopfte Quinn an und trat dann ein.

„Quinn?“
Die Schwestern sagten ihren Namen wie aus einem Mund.
„Was will die denn hier?“, rief Sally aufgebracht und warf Quinn einen Blick zu, der sie hätte töten sollen, wären Blicke dazu in der Lage gewesen.

„Polly, Gene, bitte. Ich wusste nicht, dass die Agentur Ihnen einen zweiten Vertrag vorlegt."
„Es ist jetzt nicht der richtige Zeitpunkt, Quinn", sagte Polly. „Wir wissen nicht, wie es mit uns weitergehen soll, vielleicht solltest du ein anderes Mal wiederkommen."
Das war die nette Art der Polly Lieberman, jemanden hinauszukomplimentieren.
„Nein. Polly, Gene, bitte. Ich möchte Ihnen helfen. Ich habe erst gestern Abend zufällig erfahren, dass Sie über den Tisch gezogen wurden. Ich habe bereits mit unserem Hausjuristen gesprochen, allerdings ist er im Augenblick nicht dazu bereit, Sie aus dem Vertrag zu entlassen. Aber ich verspreche, ich werde mir etwas einfallen lassen."
„Sehen Sie zu, dass Sie Land gewinnen, Lady. Seit Sie in Haven Hill aufgetaucht sind, haben Sie nichts als Ärger gebracht."
Sally war aufgestanden und auf Quinn zugekommen. Vermutlich wollte sie bedrohlich wirken, doch sie kam nur lächerlich rüber. Was Chris an dieser Frau fand, war Quinn nicht klar.
„Ich habe Sie nicht nach Ihrer Meinung gefragt", sagte Quinn und ignorierte sie.
„Polly, Gene, bitte lassen Sie mich helfen. Irgendeine Möglichkeit finde ich bestimmt."
Polly sah sie hoffnungsvoll an.
„Meinst du?"
„Es tut mir so leid, was passiert ist, das müssen Sie mir

glauben. Ich hatte ein großartiges Angebot für Sie vorbereitet und von der Geschäftsführung in Manhattan wurde es mir genauso bestätigt. Man hat nicht nur Sie angelogen, man hat auch mich hinters Licht geführt. Bitte, lassen Sie mich helfen."

„Sie glauben dieser Schnepfe doch nicht. Wäre sie nicht hier, wäre alles beim Alten."

Sally wieder.

„Sally, Liebes. Warum gehst du nicht raus und lässt das Ganze erst mal auf dich wirken?", fragte Gene ruhig.

„Ist das Ihr Ernst? Sie glauben dieser … dummen Ziege?"

„Quinn ist ein liebes Mädchen", sagte Polly. „Wenn sie sagt, dass sie das nicht mit Absicht gemacht hat, dann glaube ich ihr."

„Ich auch", bestätigte Gene. „Sally, geh bitte raus und beruhige dich. Es bringt nichts, wenn wir in dieser Situation böses Blut haben."

Sally schnaubte, ging an Quinn vorbei und warf die Tür ins Schloss.

Den ganzen Vormittag über brütete Quinn mit den beiden alten Damen über den Verträgen, den Vorverträgen und den E-Mails, die im Vorfeld ausgetauscht worden waren. Sie telefonierte mit einem befreundeten Anwalt in New York – einer der Typen mit den Designermuskeln –, der aber auch keinen Rat wusste. Auf den ersten Blick war der neue Vertrag wasserdicht. Auch deswegen, weil die Schwestern ihn gutgläubig unterzeichnet hatten, ohne ihn sich durchzulesen. Es schien, als würde es aus dieser Situation keinen Ausweg geben, doch Quinn schwor den Schwestern, sie würde tun, was in ihrer Macht stand.

Gegen Mittag verließ sie das Büro mit einem Stapel Unterlagen, die alle den Verkauf an CHW betrafen. Sie war froh, dass Sally verschwunden war und sie ihr nicht noch einmal begegnete. Ihr rauchte der Kopf. Wie hatte CHW es so weit kommen lassen können, dass man sie derart ausspielte? Sie empfand Wut, dem Vorstand und Joel White gegenüber.

„Du … du bist so ein Arschloch, Chris."
Als Quinn auf die Straße trat, hörte sie eine schrille Stimme. Chris stand mit Sally vor seinem Truck und hatte offenbar eine Meinungsverschiedenheit mit der Liebe seines Lebens.
„Aber … Baby, ich habe ihr nichts gesagt."
Chris warf die Arme hoch.
„Und woher weiß sie dann alles? Du steckst mit ihr unter einer Decke, weil du sie immer noch liebst, gib es zu."
Quinns Herz schlug einen Takt höher, als sie hörte, wie Sally Chris vorwarf, Quinn immer noch zu lieben.
„Sally, du redest Blödsinn. Ich habe ihr nichts gesagt. Und ich liebe sie auch nicht mehr."
In diesem Augenblick trafen sich Chris' und Quinns

Blick. Quinn sah zu Boden und ging den Bürgersteig entlang.
„Du kannst mich mal“, hörte sie Sally schreien, ehe sie um die Ecke bog und den Burger King betrat, der sich hier befand.

Wenig später saß Quinn an einem der Tische bei Burger King, brütete über den Verträgen, die die Schwestern ihr mitgegeben hatten, und genoss ihren zweiten Burger innerhalb von vierundzwanzig Stunden.
„Ist hier noch frei?“
Sie sah auf und der Burger fiel ihr fast aus der Hand. Chris stand vor ihr.
„Willst du mich wieder beleidigen oder möchtest du hier nur sitzen und mich zu Tode ignorieren?“, fragte sie.
„Quinn, ich … ich habe gehört, was passiert ist.“
„Klar hast du. Immerhin hast du mir ja alles erzählt.“
Sie grinste, während Chris seine Jacke auszog und sich setzte.
„Tut mir leid, dass du den Streit vorhin mitbekommen hast. Sally ist … etwas durch den Wind, immerhin hat sie ihren Job gerade verloren.“
„Die Arme. Mein Mitleid ist grenzenlos.“
Quinn konnte sich einen bissigen Unterton nicht verkneifen.
„Quinn, bitte.“
„Schon gut.“
„Ich habe vorhin Polly und Gene getroffen. Sie haben

mir erzählt, was passiert ist und dass du ihnen helfen willst."
„Das ist das Mindeste, was ich tun kann", sagte Quinn. „Allerdings habe ich keine Ahnung, wie ich die Sache am besten angehe. Diese Mistkerle von CHW haben sie total über den Tisch gezogen. Und mich ebenfalls hintergangen. Sie haben mich für dumm verkauft. Ich könnte mich ohrfeigen, dass ich das Ganze eingefädelt habe."
„Du hast es ja nicht mit Absicht gemacht."
„Trotzdem. Es ist zum Kotzen."
„Kann ich vielleicht etwas tun?"
„Kannst du die Zeit zurückdrehen?"
„Klar. Welches Datum hättest du gerne? Letzte Woche? Dann könntest du beim Überqueren der Straße auch ein bisschen aufmerksamer sein."
Er zwinkerte ihr zu.
„Wie wär's mit fünf Jahren", sagte Quinn leise und erschrak, als ihr klar wurde, dass sie diesen Satz nicht nur in ihren Gedanken gesprochen hatte.
„Was?"
Chris sah sie an.
„Nichts. Gar nichts. Und ja, ich weiß, ich bin ein Tollpatsch. Immer noch."
„Wenn ich irgendwie helfen kann, Quinn, dann … sag mir Bescheid, ja?"
„Mach ich. Wenn ich nur wissen würde, wie ich die beiden aus diesem blöden Vertrag herausbekomme."
„Gibt's nicht so etwas wie ein Rücktrittsrecht?"

„Eigentlich schon. Aber in dem Fall hier ist das Rücktrittsrecht nur für CHW gültig. Die Schwestern haben keines, sie haben mit der Unterschrift ausdrücklich darauf verzichtet."

„Verdammt. Was für miese Kerle sind deine Bosse eigentlich?"

„Wie mies sie sind, wusste ich bis gestern selber nicht. Die Schwestern hätten den Vertrag nicht einfach so unterzeichnen dürfen. Aber ich habe ihn mir angesehen. Die neue Version ist fast einhundert Seiten stark und das Kleingedruckte ist in derartigem Fachchinesisch formuliert, dass du einen Doktortitel brauchst, um da überhaupt durchzublicken", sagte sie resigniert.

„Das machen die doch mit Absicht. Alles so aufzublasen und so kompliziert zu formulieren, dass keiner durchblickt."

„Wo ist Sally?"

Chris sah Quinn an. Offensichtlich war er überrascht über den plötzlichen Themenwechsel.

„Ich denke, sie ist nach Hause gefahren und wird ihre Wut etwas verrauchen lassen."

„Wohnt ihr …"

Ihr Herz setzte einen Schlag aus, aus sie ihn danach fragte.

„Nein. Nein, noch nicht. Aber wir sprechen darüber."

Quinn nickte.

„Okay."

„Und du? Gibt es jemanden in New York?"

Quinn lächelte.

„Nein. Es gibt niemanden. Die Großstadtkerle haben alle einen an der Klatsche."
Sie lachte, und ihr Bauch kribbelte, als Chris ihr Lächeln erwiderte.
„Alle hier sind echt froh, dass du wieder da bist, weißt du das? Meine Mum und mein Dad haben gestern Abend nur noch davon gesprochen, wie großartig du bist."
„Ach, hör auf, du weißt, dass mich solche Dinge verlegen machen. Und alle freuen sich bestimmt nicht. Du und Sally, ihr könntet ganz gut ohne mich hier leben."
Sie zwinkerte ihm zu.
„Quinn, du weißt, dass das nicht so …"
„Schon gut, schon gut, Themenwechsel", sagte Quinn, als sie bemerkte, dass Chris das Thema unbehaglich war.
„Hast du schon einen Plan, wie du die Liebermans aus dieser Sache rausbekommst?"
Er deutete auf die Verträge.
„Ich habe nicht einmal den Schimmer eines Plans. Es ist echt übel. Ich meine, der Vertrag ist wasserdicht und sie haben ihn unterzeichnet. Sie dachten, es wäre in Ordnung, weil ich mit drinstecke. Ich müsste CHW dazu bekommen, auszusteigen, das wäre der einzige Weg. Die Agentur hat nämlich die Möglichkeit, den Vertrag innerhalb eines gewissen Zeitraums zu kündigen. Nur, das werden sie bestimmt nicht tun. Die Liebermans haben zwar eine kleine Agentur, aber ihr

Kundenstock gibt so einiges her, gerade was Kleinstadtkunden betrifft. Ein Geschäftsfeld, auf das das Management sich demnächst konzentrieren will. Frei nach dem Motto ‚Kleinvieh macht auch Mist'. Und CHW muss erst den vollen Kaufpreis bezahlen, wenn die Lieberman-Kunden innerhalb eines Jahres das Doppelte des Restwertes eingebracht haben – sie können also nur gewinnen und wären strohdumm, wenn sie aus diesem Vertrag aussteigen würden."

„Scheiße", sagte Chris. „Aber ist das rechtlich überhaupt haltbar? Ich meine, mit diesen merkwürdigen Klauseln, die der Agentur nur Vor- und den Liebermans nur Nachteile verschaffen."

„Eigentlich nicht. Aber das Problem ist wie gesagt, dass die Schwestern ihn bereits unterzeichnet und somit akzeptiert haben. Sie hätten im Vorfeld dagegen vorgehen müssen."

Chris sah geknickt aus. Dann sah er auf die Uhr.

„Oh, Quinn, ich muss los, ich treffe deinen Vater heute Nachmittag, die Planung für das neue Communitycenter läuft auf Hochtouren."

„Hab ich schon gehört."

„War nett, mit dir zu reden."

Chris stand auf.

„Kann ich nur zurückgeben."

„Halt mich auf dem Laufenden, und lass mich wissen, wenn dir eingefallen ist, wie wir die Ladys aus dem Vertrag bekommen."

„Zu Befehl."

Chris zwinkerte ihr zu und verließ den Laden.

Den Nachmittag verbrachte Quinn gemeinsam mit ihrer Mutter beim Weihnachtseinkäufe-Machen. Sie genoss es, mit Kate durch die Läden zu flanieren und Geschenke für diejenigen auszusuchen, die ihr wichtig waren. Abends half sie ihrer Mutter beim Kochen und setzte sich anschließend ins Wohnzimmer, um darüber nachzudenken, wie sie den Liebermans helfen konnte.

Es war kurz vor acht, als es an der Tür klingelte. Ihre Eltern saßen im Esszimmer bei einem Pokerspiel – Jim und Kate hatten mit den Jahren eine Leidenschaft fürs gemeinsame Kartenspiel entwickelt und verbrachten mindestens zwei Abende die Woche damit. Einsatz war meist eine Einladung zum Essen oder der Küchendienst.
„Ich geh schon“, rief Quinn und fragte sich, wer um diese Zeit wohl noch vorbeikommen sollte. Sie staunte nicht schlecht, als sie die Tür öffnete.
„Chris?“
„Hey.“
Fast verlegen stand Chris vor der Tür und sah Quinn an. Am liebsten wäre sie in seine Arme gefallen und hätte ihn abgeknutscht.
„Was machst du hier? Brauchst du meinen Dad?“
„Nein. Ich … wollte eigentlich zu dir.“
Ein Kribbeln machte sich in ihrem Bauch bemerkbar.

„Zu mir?“
„Genau. Ich wollte fragen, ob du in der Lieberman-Sache schon weitergekommen bist.“
„Leider noch nicht.“
Quinn trat zur Seite und ließ Chris herein.
„Aber zwei Gehirne leisten mehr als eines, vielleicht kommen wir ja gemeinsam auf die Lösung.“
Chris zog seinen Mantel aus und hängte ihn an seine Garderobe, dann folgte er Quinn ins Wohnzimmer.
„Chris, was für eine Überraschung. Kann ich etwas für dich tun?“
Jack stand auf und reichte Chris die Hand.
„Diesmal nicht, Jack, ich bin wegen Quinn hier.“
Quinn bemerkte, wie ihr Herz etwas höher schlug und wie ein Lächeln sich auf den Lippen ihrer Mutter abzeichnete.
„Ich wollte ihr helfen, eine Lösung in der Lieberman-Sache zu finden“, setzte er erklärend hinzu.
„Oh, alles klar. Na, dann zerbrecht euch mal die Köpfe“, sagte Jack und widmete sich wieder seinen Karten.

„Also, wie weit bist du?“
Chris setzte sich Quinn gegenüber in einen der beiden Lesesessel am Fenster. Vor ihnen auf dem kleinen Beistelltisch lagen alle Unterlagen, die Quinn von den Schwestern bekommen hatte.
„Nicht weiter als heute Mittag.“ Quinn seufzte. „Ich habe mir die Verträge bestimmt schon hundertmal

durchgelesen, doch sie sind wasserdicht. Hätte ich wissen müssen, immerhin stammen sie von Joel White. Der lässt sich auf dem Gebiet nichts vormachen."
„Das ist übel. Die Schwestern werden von dem bisschen Geld, das deine Agentur ihnen zahlt, nicht leben können."
„Das weiß ich. Ich habe schon überlegt, morgen früh nach Manhattan zu fahren und den Vorstand persönlich zu bitten, vom Vertrag zurückzutreten."
Chris zog eine Augenbraue hoch.
„Meinst du, tun sie das?"
„Ich kann es mir nicht vorstellen. Aber es ist die einzige Idee, die ich habe. Ich kann nur an ihren gesunden Menschenverstand und an ihr Herz plädieren und sie bitten, zwei alte Damen nicht so im Regen stehen zu lassen. Vielleicht sind sie friedvoll gestimmt, immerhin haben wir bald Weihnachten. Wenn sie nicht dazu bereit sind, zurückzutreten, dann habe ich auch keine Idee, was wir machen könnten."
Chris sah Quinn an.
„Soll ich dich begleiten? Brauchst du Schützenhilfe?"
Quinn erwiderte Chris' Blick. War das sein Ernst? Sie lächelte. Das Gespräch mit ihren Vorgesetzten würde sie auch ohne Chris hinbekommen, aber das Angebot, das er ihr gerade machte, war doch eindeutig ein Zeichen dafür, dass er Zeit mit ihr verbringen wollte.
„Na ja, die Fahrt nach New York ist allein ganz schön langweilig." Sie lächelte.

Es war kurz vor Mitternacht, als Chris sich an diesem Abend verabschiedete. Sie hatten noch eine Weile darüber gesprochen, wie die Liebermans aus ihrer misslichen Lage herauskommen könnten, dann hatten sie das Thema gewechselt und waren zu allem Möglichen übergegangen. Jetzt standen sie beide sich vor Quinns Elternhaus gegenüber und brachten es kaum übers Herz, sich zu verabschieden.
„Also … ich hol dich morgen um acht ab, okay?“, sagte Chris.
Quinn verlor sich in seinen Augen und fragte sich, was er wohl sagen würde, würde sie ihn bitten, mit auf ihr Zimmer zu kommen.
„Klar“, sagte sie mit kratziger Stimme.
Ihr Bauch kribbelte, und sie fragte sich, ob er sie küssen würde.
„Quinn, kann ich dich was fragen?“
Sie sah ihn an.
„Natürlich.“
Er sagte für einige Augenblicke nichts, stand einfach vor ihr und sah sie an.
„Dieser Anhänger, den du trägst, mit dem Rentier. Wo hast du den her?“
Er sah auf den kleinen Rudolph mit seiner Rubinnase, der um Quinns Hals baumelte. Quinn berührte den Anhänger sanft, und es schien, als würde er Wärme ausstrahlen. Ihr Herz begann zu klopfen. Konnte es sein, dass Chris sich ebenfalls an ihre Zeit … damals …

erinnerte? Warum sonst sollte er sie fragen, woher sie den Rudolph-Anhänger hatte?
„Ich …“ Sie überlegte und war für einen Moment drauf und dran, ihm von ihrem Erlebnis zu erzählen. Davon, wie glücklich sie waren, und von dem Abend, an dem er ihr den Anhänger geschenkt hatte.
„Ich habe ihn kürzlich geschenkt bekommen“, sagte sie stattdessen. „Ich weiß nicht, woher er kommt. Er war ein Geschenk.“
„Von einem ganz besonderen Menschen“, setzte sie in Gedanken hinzu.
„Er erinnert mich irgendwie an irgendwas“, sagte Chris.
Quinns Herz schlug noch etwas schneller. War das die Möglichkeit? Am liebsten hätte sie ihm gesagt, dass er es war, der ihr den Anhänger geschenkt hatte. Wie liebevoll er ihn ihr angelegt hatte und wie sie sich danach geküsst hatten. Wie wunderschön diese Zeit gewesen war, die sie mit ihm verbracht hatte, und dass sie sie jeden Tag aufs Neue jede Sekunde schmerzlich vermisste.
„Tatsächlich? Woran?“
„Ich weiß es nicht. Es ist, als hätte ich ihn schon einmal gesehen, aber ich weiß nicht, wo und wann. Aber als ich vorhin entdeckt habe, dass du ihn trägst, war das, als würde dieser Anhänger irgendwie eine große Rolle spielen. Auch wenn ich keine Ahnung habe, was für eine. Du musst mich für verrückt halten.“ Er schüttelte den Kopf. „Aber dieser Anhänger … löst etwas in mir aus.“

„Für mich ist der Anhänger auch etwas ganz Besonderes“, sagte Quinn leise.
Er sah sie an und sie erwiderte seinen Blick. Für einen Moment schien die Welt um sie herum stillzustehen.
„Okay. Ich fahr dann nach Hause.“
Die romantische Stimmung war verflogen.
„Klar. Komm gut heim. Und vergiss nicht – morgen früh um acht.“
Quinn war geknickt. Sie hatte erwartet, dass Chris ihr nach diesem Abend doch etwas näherkam.
„Dann bis morgen. Und bloß nicht verschlafen. Ich weiß, dass du eine Schlafmütze bist und morgens nicht aus dem Bett kommst.“
„Ich bin keine Schlafmütze“, entgegnete sie. „Ich brauche eben nur meinen Schönheitsschlaf.“
„Verrückte. Du bist auch ohne Schönheitsschlaf wunderschön.“
„Schleimer.“
„Bis morgen, Quinn.“
„Bis morgen, Chris.“
Er sah in ihre Augen und schenkte ihr ein Lächeln. Dann drehte er sich um, lief zu seinem Auto und fuhr in die Nacht.

11

Es war kurz vor acht Uhr am nächsten Morgen, als sich Chris' Pick-up seinen Weg in die Woodbridge-Lane bahnte und vor dem Haus der Bradleys hielt. In der Nacht hatte es zu schneien begonnen und immer noch rieselten dicke Flocken vom Himmel. Quinn wartete auf den Stufen vor dem Haus, und das ihr altbekannte Kribbeln machte sich bemerkbar, als der Wagen in der Auffahrt hielt.

„Na, gut geschlafen?", fragte Chris, als sie in den Pick-up stieg. Sie bemerkte, wie sein Blick kurz auf den Rudolph-Anhänger fiel, der um ihren Hals hing.
„Bestens", sagte Quinn und legte den Sicherheitsgurt an. „Ich glaube, ich kann den Vorstand dazu überreden, vom Vertrag zurückzutreten."
„Meinst du?"

„Ja. Das sind keine Unmenschen, Chris. Es sind eben Geschäftsleute, und der Vertrag, den die beiden bekommen haben, ist tatsächlich der, den jeder andere Verkäufer auch bekommt. Die Klauseln sind knallhart, ja, aber ich bin mir sicher, wenn ich die Situation darlege, dann kann ich sie dazu überreden, für die beiden eine Ausnahme zu machen."
„Das wäre großartig. Ich möchte nicht in der Haut der beiden Ladys stecken. In dem Alter noch mit Existenzängsten konfrontiert zu werden ist keine schöne Sache."
„Du sagst es. Und es tut mir so unendlich leid, dass ich diese ganze Sache eingefädelt habe. Hätte ich gewusst, wie es endet, hätte ich nie …"
„Quinn, jeder hier weiß, dass du das nicht mit Absicht getan hast", beschwichtigte Chris. „Ich hab uns übrigens Frühstück mitgebracht."
„Was?"
Fragend sah Quinn Chris an.
„Ich hab mich daran erinnert, wie sehr du auf alles stehst, was mit Schokolade zu tun hat, darum hab ich dir deine heiß geliebten Schokomuffins mit Nugatfüllung aus Tracys Bäckerei gekauft. Liegen auf dem Rücksitz."
Quinn strahlte Chris an. Doch gleichzeitig sagte sie sich, ihn nicht zu sehr zu idealisieren. Da war immer noch Sally, und auch, wenn keiner der beiden sie bislang erwähnt hatte, so war sie dennoch die Frau an Chris' Seite und nicht mehr Quinn. Sie war diejenige,

die er liebte, und er würde ihretwegen bestimmt nicht mit Sally Schluss machen. Es war lächerlich von Quinn, zu glauben, Chris würde alles liegen und stehen lassen, sobald sie in Haven Hill auftauchte, und sie könnten dort weitermachen, wo sie vor fünf Jahren aufgehört hatten.

„Danke“, sagte sie und versuchte, wegen ihrer eigenen Gedanken nicht allzu enttäuscht zu klingen. „Willst du auch einen?“

Die eineinhalb Stunden Fahrt vergingen fast wie im Flug. Die Gesprächsthemen gingen Quinn und Chris nicht aus, und als sie die Brooklyn Bridge passierten, neckten sie sich bereits wieder gegenseitig, so wie sie es auch vor Jahren schon getan hatten.

„Da vorne ist es“, sagte Quinn, nachdem sie die Madison Avenue entlanggefahren waren, und deutete auf einen großen, dunklen Wolkenkratzer.

„Wow, sieht irgendwie Ehrfurcht gebietend aus“, sagte Chris.

„Du hast recht. Als ich zum ersten Mal hier war, habe ich vor dem Gebäude auf der Straße gestanden und es angeglotzt. Die Leute haben mich bestimmt für verrückt gehalten. Oder für ein Mega-Landei. Aber daran gewöhnt man sich – an die Gebäude und die Leute, die einen für ein Landei halten.“

Sie kicherte.

„Du kannst in die Tiefgarage fahren, ich habe meinen Parkausweis dabei."
„Ich dachte, du hast kein Auto hier in der Stadt, weil Stadtmenschen nur Taxi und U-Bahn fahren?"
„Stimmt. Aber ich habe einen Parkausweis."
Quinn grinste und wedelte mit einer Magnetkarte vor Chris' Nase herum.

Sie fuhren, nachdem sie den Wagen geparkt hatten, in die 78. Etage, wo sich die Räumlichkeiten von CHW befanden. Quinn öffnete eine massive, anthrazitfarbene Tür mit ihrem Zeigefinger, den sie über ein Scannerfeld hielt, und Chris folgte ihr. Sie betraten das Büro der Agentur und fanden sich in einem Gewusel aus Menschen wieder. Telefone klingelten, Sekretärinnen schoben sich zwischen ihnen durch und ein grauhaariger Mann stand auf einer in den Raum integrierten Treppe und unterhielt sich mit einem anderen Mann auf der Galerie, auf die die Treppe führte. Während Chris etwas abgeschreckt von der Szene war, ging Quinn selbstbewusst zwischen den Menschen durch, grüßte den einen oder anderen und winkte anderen zu.
„Quinn, hey."
Eine Frau war hinter ihnen aufgetaucht.
„Liz, hallo."
„Ich dachte, du bist in den Ferien, weil du überfahren wurdest?"
„Ich wurde angefahren, nicht überfahren. Und ja,

eigentlich bin ich in den Ferien, aber ich habe etwas Dringendes mit dem Vorstand zu besprechen. Am liebsten wäre mir Ben Henlyn."
„Ich fürchte, alle drei sind im Moment unabkömmlich, Quinn", sagte die Frau. Dann wandte sie sich Chris zu. „Aber sag mal, wen hast du denn da mitgebracht? Sie sind bestimmt auf der Suche nach dem Castingbüro für den Hugo-Boss-Spot, den wir drehen, richtig?"
„Liz, das ist Chris, mein … ein guter Freund", stellte Quinn vor. „Chris, das ist Liz Lewis, eine der Artdirektorinnen im Haus."
Chris begrüßte Liz, die sichtlich angetan von ihm war.
„Ich muss aber trotzdem mit ihnen reden", sagte Quinn. Sie wusste, dass Art Cooper, Ben Henlyn und Dave Walters zu dieser Zeit nicht unabkömmlich waren, sie frönten nur einem zweiten Frühstück, bei dem sie nicht gestört werden wollten.
„Aber, Quinn, du weißt, dass das jetzt nicht geht", sagte Liz, als wäre sie die Sekretärin der drei. „Warum bist du überhaupt so aufgebracht? Ist etwas passiert?"
„Das ist mir egal. Und ja, es ist etwas passiert."
Quinn marschierte bestimmt durch das Büro und hielt vor einer großen, weißen Bürotür.
„Hallo, Susan, sind die drei da drin?"
„Ja, aber, Quinn, Sie wissen doch, dass Sie da nicht reinkönnen."
Ohne auf die Sekretärin zu achten, öffnete sie die Tür und trat in ein geräumiges, helles Büro ein. Chris folgte ihr.

„Miss Bradley“, sagte einer der Männer, die dort vor einem opulent gedeckten Tisch standen und gerade dabei waren, die Teller vollzuladen, die sie in den Händen hielten.
„Mr. Henlyn, Mr. Cooper, Mr. Walters, es tut mir leid, dass ich einfach so hereinplatze, aber ich muss dringend etwas mit Ihnen besprechen.“
Die drei Männer stellten ihre Teller beiseite und standen vom Esstisch auf.
„Ich dachte, Sie hatten einen Unfall?“, sagte einer der drei.
„Ich wurde angefahren, mir geht’s gut. Aber … deswegen bin ich nicht hier. Ich bin wegen des Lieberman-Vertrages gekommen.“
„Diese kleine Agentur in Ihrer Heimatstadt? Ich denke, da ist alles glatt gelaufen“, sagte ein kleiner, dicker Mann, Art Cooper. „Sie müssen sich deswegen keine Sorgen machen, alles in Ordnung. Sie haben sehr gute Arbeit geleistet.“
„Wir hatten vereinbart, dass die Verkäufer nicht den Standardvertrag bekommen“, sagte Quinn.
„Der kleine Dicke räusperte sich.
„Nun, Miss Bradley, wir haben uns umentschieden. Wenn wir für jede kleine Agentur, die wir irgendwo aufkaufen, Ausnahmen machen, können wir den Laden genauso gut schließen.“
„Aber, Mr. Cooper, die dreißig Prozent, die Sie den Liebermans bezahlen, reichen nicht. Die beiden wollten ihre Rente von dem Geld finanzieren. Außerdem hat die

Agentur unglaublich viel Potenzial. Diese dreißig Prozent sind … lächerlich."
„Wer sagt denn, dass wir ihnen den Rest nicht geben wollen? Sie wissen, wie die Sache läuft."
„Diese beiden Damen sind fast achtzig Jahre alt und haben einen ganz kleinen Kundenstamm. Was meinen Sie, wie lange es dauern wird, bis diese Handvoll Kunden die doppelte Summe vom Restbetrag eingespielt haben?"
„Nun, Miss Bradley, das ist nicht unser Problem", sagte ein großer, schlanker grauhaariger Mann – Ben Henlyn. „Und überhaupt, wenn diese Damen nicht in der Lage sind, einen Vertrag korrekt zu lesen und zu interpretieren, dann haben sie eben Pech gehabt. So läuft das nun mal. Niemand hat sie gezwungen, etwas zu unterschreiben, was ihnen nicht zusagt."
„Ich glaube, Sie verstehen nicht", versuchte Quinn es noch einmal. „Diese beiden Frauen sind davon ausgegangen, dass der erste Vertrag greift. Sie haben nicht nur die beiden über den Tisch gezogen, Sie haben mich verarscht, mich belogen und in meiner Heimatstadt in Verruf gebracht."
Der dritte der Männer, Walt Cooper, meldete sich zu Wort. „Miss Bradley, ich bitte Sie, zügeln Sie Ihre Worte."
„Ich zügle meine Worte bestimmt nicht. Sie bringen zwei alte Damen um ihre Rente, nur um sich an ihnen zu bereichern, und es ist Ihnen scheißegal, was mit den beiden passiert. Und Sie haben mich für dumm

verkauft. Sie hatten mir zugesagt, dass der Vertrag, den ich aufgesetzt habe, greifen wird, weil Sie wussten, dass ich die Liebermans nicht ins offene Messer hätte laufen lassen. Und jetzt drehen Sie alles um? Können Sie sich morgens überhaupt noch in den Spiegel sehen, ohne kotzen zu müssen?“
Chris grinste. Genau so kannte er seine Quinn.
„Miss Bradley, das reicht nun wirklich. Es ist ungeheuerlich, was Sie uns hier vorwerfen. Sie bewegen sich gerade auf ziemlich dünnem Eis, was Ihren Job betrifft. Der Vertrag ist unterschrieben und somit gültig. Ende der Diskussion.“
„Wissen Sie was, stecken Sie sich Ihren Job doch einfach an den Hut“, platzte Quinn heraus, ohne überhaupt zu realisieren, was sie gerade tat. „Ich verzichte darauf, für ein Unternehmen zu arbeiten, das alte Ladys ausnutzt und denen es egal ist, was mit den Menschen hinter der Fassade passiert. Ich kündige.“
„Sie … Sie können nicht kündigen“, sagte der kleine Dicke. „Sie stecken mitten in einigen Projekten. Die Firma zählt auf Sie.“
Quinn ging einige Schritte auf die Männer zu.
„Das ist mir egal“, sagte sie langsam. Dann drehte sie um und verließ das Büro.

„Habe ich das wirklich gerade getan?“
Sie schoben sich durch den Mittagsverkehr Manhattans und langsam fand sie ihre Fassung wieder. Es war ein

mulmiges Gefühl, das sich in ihr ausgebreitet hatte, seit sie die Agentur verlassen hatten. Sie hatte ihren Job einfach so mir nichts, dir nichts hingeschmissen und realisierte erst ganz langsam das Ausmaß des Ganzen.
„Sieht so aus."
Chris sah sie von der Seite an.
„Ich … habe meinen Job gekündigt", sagte sie, so als hätte sie es doch noch nicht so ganz verstanden.
„Du warst großartig da drin, Quinn. Hast ihnen gezeigt, was eine Harke ist, und dich nicht unterkriegen lassen."
„Aber den Liebermans ist nicht geholfen", sagte sie leise, „und ich bin jetzt arbeitslos."
„Du findest etwas Besseres. Die verdammte Madison Avenue ist vollgestopft mit Werbeagenturen, die dir den roten Teppich ausrollen."
„Stimmt doch gar nicht", sagte Quinn.
„Stimmt sehr wohl. Ich habe einen Artikel im Forbes über dich gelesen. Die wollen dich alle haben. Ich habe gelesen, wie viel man dir bereits für einen Wechsel angeboten hat. Aber du warst CHW loyal und hast dich nicht kaufen lassen. Wenn erst bekannt wird, dass du bei denen raus bist, werden dir die anderen die Bude einrennen."
„Du liest Artikel über mich?"
„Meine Mum hat ihn irgendwie in die Finger bekommen und mir gezeigt."
Quinn nickte.
„Kannst du dort vorne bitte links abbiegen?"
Sie deutete mit dem Finger auf die nächste Querstraße.

„Was ist da?"
„Mein Appartement. Es sieht so aus, als würde ich ein Weilchen länger in Haven Hill bleiben, als ich gedacht habe. Da kann ich genauso gut einige Sachen zusammenpacken."

Sie betraten den Appartementkomplex und fuhren in die 36. Etage.
„Wow, das ist ja riesig", sagte Chris, als Quinn ihre Tür aufschloss und sie eintraten. Sie fanden sich in einem großen, offenen Wohnzimmer wieder, das mit weißem Marmor ausgelegt war. Die Möbel waren in freundlichem Weiß gehalten und bunte Kissen sorgten zwischendrin für Farbkleckse.
„Ja, es ist ganz nett", sagte sie. „Mach's dir bequem, im Kühlschrank ist was zu trinken. Ich bin gleich wieder da."
„Halb Haven Hill würde in deinem Appartement Platz finden." Chris grinste.
„Übertreib mal nicht. Das würde nur funktionieren, wenn Haven Hill lauter dünne Einwohner hätte."
Sie zwinkerte ihm zu und ging ins Schlafzimmer, wo sie ihren großen Koffer aus dem Wandschrank holte. Sie hielt einen Moment inne, um auch nur annähernd zu realisieren, was sie eben getan hatte. Sie hatte den Job gekündigt, der sie damals von der Liebe ihres Lebens entfremdet hatte. Sie hatte immer gedacht, ihr Job wäre ihr das Wichtigste im Leben. Umso erstaunlicher, wie

leicht es ihr gefallen war, ihn aufzugeben. Sie schüttelte den Kopf. Dann begann sie, Jeans, Kleider, Pullis und T-Shirts hineinzupacken, als würde sie nie wieder zurückkehren.

Chris sah sich in Quinns Wohnzimmer um, nachdem er sich eine Coke aus dem hochmodernen Kühlschrank aus einer Küche geholt hatte, die größer war als die Küche im Jimbos. Es war ein großes, helles Wohnzimmer, dessen Mitte eine gigantische Couch dominierte. Über dem Kamin hatte Quinn einige Fotos auf den Sims gestellt, von sich, ihren Eltern und ihren Großeltern. Auf einem der Bilder war sie unglaublicherweise mit Leonardo DiCaprio zu sehen. Sie trug ein wunderschönes, rotes Abendkleid, Leonardo einen Smoking und er hatte freundschaftlich einen Arm um sie gelegt. Wann hatte Quinn Leonardo DiCaprio kennengelernt? Und lief da etwas zwischen den beiden? Hinter dem Bild mit Leo, etwas versteckt, stand ein weiteres gerahmtes Foto. Sein Herz setzte für einen Schlag aus, als er es sah. Dann nahm er es vorsichtig in die Hände und betrachtete es. Es zeigte sie beide, Quinn und ihn, beim Abschlussball an der Highschool. Er erinnerte sich an den Tag, als wäre es gestern gewesen. Wie jung sie damals gewesen waren. Und wie verliebt. Mit einem Mal kamen all die Gefühle wieder hoch, die er für sie empfunden hatte und augenscheinlich noch immer empfand. Sie hatte dieses Foto hier stehen, von ihnen beiden, also musste sie doch auch noch etwas für ihn empfinden, oder? Er stellte das Bild wieder an seinen Platz und ging ins Schlafzimmer.

Quinn war gerade dabei, einen Pullover mit Weihnachtsmotiv zusammenzulegen und ihn in den Koffer zu packen. Chris blieb im Türrahmen stehen und sah sie an. Sie war so wunderschön. So perfekt und so makellos, wie sie es immer gewesen war. Und sie scheute nicht davor zurück, ihren Job einfach so zu kündigen, weil ihr Arbeitgeber zwei alten Damen übel mitgespielt hatte. Nie zuvor hatte er sie mehr geliebt.
Quinn drehte sich zu ihm um und lächelte.
„Ich brauch nicht mehr lange“, sagte sie.
Chris ging auf sie zu, sah sie noch einen Augenblick an und riss sie dann in seine Arme. Sie versanken in einem Kuss, der für Quinn die Welt stillstehen ließ.

12

Quinn strahlte von ganzem Herzen, als Chris sie vor ihrem Elternhaus absetzte. Er hievte ihren Koffer aus dem Kofferraum, trug ihn ihr die Stufen hinauf bis vor die Tür und lächelte sie an.
„Wir sehen uns dann beim Weihnachtsmarkt, oder?“, fragte er so schüchtern wie ein verliebter Schuljunge. Auch ihm war das Grinsen nicht mehr aus dem Gesicht gewichen, seit sie sich in Quinns Appartement geküsst hatten. Sally hatten beide mit keinem Wort erwähnt, obwohl der Gedanke an sie Quinn manchmal einen Dämpfer versetzte. Andererseits – Chris war kein Mann, der eine Frau einfach so küsste. Er hatte

bestimmt ebenfalls bemerkt, dass die Gefühle zwischen ihnen beiden immer noch nicht erloschen waren. Dass sie beide einfach zusammengehörten und die Zukunft ihnen offen stand.

„Ja. Mum und ich haben ungefähr eine Tonne Kekse gebacken."

„Klingt großartig. Ich habe einen Bärenappetit auf Bradley-Kekse und -Kuchen."

Er zwinkerte ihr zu.

„Ich freu mich auf später."

Er sah Quinn noch einen Augenblick an, in dem sie auf einen neuerlichen Kuss hoffte, und verschwand dann in seinem Wagen.

„Kind, was ist denn mit dir los, du strahlst wie ein Honigkuchenpferd", fragte Kate, als ihre Tochter zur Tür hereinkam.

„Mom, Dad, ich habe heute gekündigt", eröffnete Quinn und lächelte dabei so strahlend, als hätte sie gerade den Weltfrieden verkündet. Es war bemerkenswert, wie gut sie sich seit ihrer Kündigung fühlte – oder seit dem Kuss. Das wusste sie nicht so genau.

„Du hast … was?"

Jack Bradley sah seine Tochter an.

„Ich habe gekündigt. Ich habe festgestellt, dass CHW nicht der Arbeitgeber ist, für den ich den Rest meines Lebens arbeiten will. Und dass ich mich mit ihrer Firmenkultur nicht mehr identifizieren kann. Ich werde

etwas anderes machen. Nach den Feiertagen."
Sie grinste.
„Das heißt, sie wollten den Vertrag nicht lösen?", fragte Jack.
„Nein."
Quinn setzte ein besorgtes Gesicht auf.
„Ich habe mir den Mund fusselig geredet, aber sie haben nicht eingelenkt. Sie haben von vornherein abgeblockt. Da habe ich bemerkt, dass ich für dieses Unternehmen nicht länger arbeiten kann. Es ist ihnen scheißegal, ob zwei alte Damen um ihr sauer verdientes Geld gebracht werden oder nicht. Sie haben nicht einmal darüber nachgedacht, einzulenken."
„Meinen Respekt vor dieser Entscheidung, Quinn. Die wollten dich zur Juniorpartnerin machen."
„Ich will nirgendwo Juniorpartnerin sein, wo der Mensch nicht mehr zählt", sagte Quinn und nahm sich eines der Plätzchen vom Teller, das auf dem Wohnzimmer stand.
„Du findest bestimmt was Neues. Die Leute reißen sich um dich", meinte Kate.
„Das hat Chris auch gesagt", sagte Quinn.
„Chris?"
„Ja, er hat mich nach New York begleitet."
„Ihr wart zusammen in New York?"
Ihre Mutter setzte ein breites Lächeln auf. Auch Jack grinste.
„Ist da was zwischen euch?"
Das Telefon rettete Quinn vor einer Erklärung. Ihr

Handy bimmelte. Sie holte es aus ihrer Handtasche.
„Hallo?“
„Quinn Bradley?“
„Ja. Wer ist da?“
„Hey, hier ist Luke Denton von Denton Motors. Ich habe gerade gehört, dass du bei CHW gekündigt hast?“
„Das stimmt.“
Quinn setzte sich an den Küchentisch. Der Flurfunk hatte offenbar bereits begonnen, seine Kreise zu ziehen.
„Und … wo bist du jetzt?“
„Ich habe noch keine neue Stelle.“
„Nein?“
„Nein. Ich habe gerade mal vor fünf Stunden gekündigt.“
„Okay. Weißt du, die Sache ist die, wir überlegen hier schon lange, die Agentur zu wechseln. Ich meine, CHW ist großartig, die haben einen guten Namen und einen tollen Ruf, aber wir haben das Gefühl, dass zu wenig auf den Kunden eingegangen wird. Wären wir Ford, General Motors oder Porsche, würde die Sache wohl anders aussehen. Sind wir aber nicht. Mein Marketingmanager hat mich bereits vor einem halben Jahr darauf hingewiesen, dass CHW uns manchmal wie einen lästigen Klotz am Bein behandelt. Jetzt, wo du auch noch weg bist, hat die ganze Angelegenheit einen bitteren Beigeschmack für uns. Wir werden uns wohl von CHW trennen und sind auf der Suche nach einer etwas familiäreren Agentur, die unseren Input aufnimmt und uns nicht abspeist wie am Fließband.“

„Ich verstehe“, sagte Quinn, und noch bevor sie es überhaupt realisierte, kam ihr ein Gedanke.
„Na ja, wenn du noch keine neue Stelle hast, dann ist mein Anruf jetzt ohnehin umsonst. Aber vielleicht denkst du an uns, wenn du wechselst, und ziehst uns mit, ja?“
„Luke?“
„Ja?“
„Ich wüsste da eine kleine Agentur, die perfekt für Denton Motors wäre.“
Ein Lächeln hatte sich auf ihren Lippen abgesetzt.

Der Weihnachtsmarkt von Haven Hill war eine lang gehegte und beliebte Tradition in der kleinen Gemeinde. Quinn stellte fest, wie sehr ihr ihre Heimat gefehlt hatte, als sie an der Seite ihrer Eltern durch die kleinen Buden marschierte, die bunt bemalte Glaskugeln und Christbaumschmuck, Kekse, Glühwein und Orangenpunsch feilboten. Etwas weiter vorne am Stadtplatz von Haven Hill wurden im Stundentakt Aufführungen abgehalten. Einmal eine Interpretation der Weihnachtsgeschichte, dann gab ein Chor Weihnachtslieder zum Besten. Von überallher duftete es nach gebrannten Mandeln, frischen Keksen und Zimt – schlichtweg nach Weihnachten. Weihnachtslieder hallten aus den Lautsprechern, die überall aufgestellt worden waren. Neben dem Rathaus gab es einen großen, goldenen Thron, auf dem der Weihnachtsmann saß und dem die Kinder ihre Weihnachtswünsche offenbarten. Jedes Kind erhielt sein persönliches Foto mit Santa. Sogar einen künstlich angelegten Eislaufplatz gab es, auf dem die Einwohner sich – mal mehr, mal weniger geschickt – bewegten.

„Ich habe dort drüben Trudy McKenzie gesehen“, sagte Kate. „Ich sage ihr kurz mal Hallo.“
„Gute Idee. Ich komme mit“, meinte Jack.
„Ich seh mich ein bisschen um“, sagte Quinn, doch insgeheim war ihr bewusst, dass sie nach Chris Ausschau hielt. Nachdem sie sich am Vormittag in ihrem Appartement in Manhattan geküsst hatten, war er ihr nicht mehr aus dem Kopf gegangen. Immer und immer wieder hatte sie sämtliche Möglichkeiten durchgespielt, wie es mit den beiden weitergehen konnte. Es musste eine zweite Chance für sie geben, sonst hätte Chris sie nicht geküsst. Sally war von vornherein nicht die Richtige für ihn gewesen, das hatte sie gewusst, als sie sie zum ersten Mal gesehen hatte. Allein an dem Tag, als sie Chris angeschrien und beschuldigt hatte, er habe Quinn von der Sache mit den Liebermans und dem zweiten Vertrag erzählt. Und selbst wenn – hatte er kein Recht dazu? Nein, Sally Brady war in keinem Fall die Richtige für Chris, und sie war sich sicher, dass er das auch längst erkannt hatte.

Quinn schlenderte durch die weihnachtlich dekorierten Buden, hielt an einer an, um sich Zuckerwatte zu kaufen, und blieb einen Moment vor der großen Weihnachtskrippe stehen, die im Zentrum des Marktes aufgebaut worden war, als sie ein Stück weiter hinten Chris entdeckte. Er stand mit dem Rücken zu ihr beim Eislaufplatz. Seine karierte Jacke hätte sie überall wiedererkannt. Eiligen Schrittes lief sie zwischen den Gästen hindurch auf Chris zu. Sie würde ihm von ihrer genialen Idee erzählen, wie die Liebermans doch noch an ihr Geld kommen, und dass sie keine finanziellen Zukunftssorgen plagen würden.

„Chris?“
Sie tippte ihm zaghaft auf die Schulter und bemerkte, wie ihr Herz raste. Er drehte sich um.
„Quinn, hallo.“
Seine Begeisterung hielt sich in Grenzen, was Quinn zunächst gar nicht wahrnahm. Sie war nur so heilfroh und überglücklich, ihn wiederzusehen, und fühlte sich wie eine verliebte Zwölfjährige.
„Ich hatte heute eine wunderbare Idee, wie wir den Liebermans helfen können“, sprudelte sie heraus. „Die beiden müssen nicht fürchten, ihr Geld zu verlieren. Mir ist *die* Idee gekommen, als einer meiner Geschäftspartner von CHW bei mir angerufen und sich nach meiner Kündigung erkundigt hat. Er meinte, er sei mit der Betreuung bei CHW schon länger nicht mehr zufrieden, und fragte mich, ob ich eine Empfehlung für

ihn hätte. Ich werde einfach …"
„Was will die denn hier?"
Quinn wurde unterbrochen. Eine Hand legte sich um Chris' Schultern, und Sally tauchte auf, die sich an ihn drückte. Ein brennender Schmerz fuhr durch Quinns Körper. Es fühlte sich an wie eine Ohrfeige. Er hatte nicht mit Sally Schluss gemacht. Natürlich nicht. Wie hatte sie nur so dumm sein können, anzunehmen, er würde Sally wegen eines einzigen, lächerlichen Kusses sitzen lassen. Wegen eines Kusses, der ohnehin nichts zu bedeuten hatte.
„Bist du immer noch hier? Hast du nicht schon genug Schaden angerichtet?"
Quinn spürte ein dumpfes Gefühl in ihrer Magengegend.
„Ich wollte gerade …", begann sie resigniert, doch diesmal behielt Sally die Oberhand.
„Es interessiert keinen, was du wolltest. Zieh ab, Schwester."
Quinn warf Chris einen Blick zu, der ihn jedoch nur kurz erwiderte. Dann sah er zu Boden und legte seinen Arm demonstrativ um Sally, was Quinn mehr verletzte als der Unfall, den sie vor wenigen Tagen gehabt hatte.
„Ich … wünsch euch dann noch einen schönen Abend", sagte Quinn und drehte um.

Ein Gefühl von Enttäuschung und Wut hatte sich in ihr ausgebreitet. Sie war tatsächlich so dumm gewesen, anzunehmen, für sie und Chris gäbe es eine zweite

Chance. Sie hatte sich in all ihrer Naivität der Annahme hingegeben, Chris würde einfach so mir nichts, dir nichts seine neue Freundin sitzen lassen. Wegen einer Frau, die ihn vor fünf Jahren wegen eines Jobs verlassen hatte. Die Welt hatte sich in der Zwischenzeit weitergedreht und Chris hatte sein Leben weitergelebt. Sie selbst hatte ihn damals aus freien Stücken abgewiesen. Da war es idiotisch, zu erwarten, er würde nach fünf Jahren alles stehen und liegen lassen, sich von seiner Freundin trennen und zu ihr zurückkommen.

Sie hatte keine Lust mehr auf den Weihnachtsmarkt und wollte sich nur noch in ihrem Bett verkriechen. Also schrieb sie ihrer Mutter eine SMS, dass sie müde war und zurück nach Hause ging. Dann verließ sie den Weihnachtsmarkt. Sie bemerkte den Weihnachtsmann gar nicht, der am Eingang des Marktes stand und ihr nachsah.

13

Die Weihnachtswoche begann für Quinn stressig. Das vergangene Wochenende hatte sie damit zugebracht, sich im Selbstmitleid zu suhlen und Chris ein weiteres Mal hinterherzutrauern. Der hatte sich nicht mehr bei ihr gemeldet, und sie hatte sich ganz dem Selbstmitleid und einigen Eimern „Ben & Jerry's"-Eiscreme hingegeben. Sonntagnachmittag hatte sie damit begonnen, ihr Adressbuch nach Interessenten zu durchforsten, die sie in den letzten Wochen lukriert hatte und zu denen sie einen so guten Draht hatte, dass sie ihnen einen Wechsel zu den Liebermans vorschlagen konnte, ohne dabei ins Kreuzfeuer von CHW zu geraten.

In den Wochen vor Weihnachten und Neujahr tat sich immer eine Menge neuer potenzieller Kunden auf. Die Budgetverhandlungen in den jeweiligen Unternehmen liefen auf Hochtouren und Kündigungsfristen bei anderen Agenturen standen bevor. Würde es ihr gelingen, einige Kunden zum ersten Januar zu den Liebermans zu ziehen, so würden die Ladys zu ihrem Geld kommen und CHW hatte ebenfalls keinen finanziellen Schaden. Nachdem die ohnehin Eigentümer der Lieberman-Agentur waren, war es einerlei, ob ein Kunde direkt bei CHW oder bei einer seiner Tochterfirmen unter Vertrag stand. Sie würde den Schwestern also ganz legal zu ihrem Geld verhelfen und CHW hatte keinerlei Handhabe gegen sie. Es war der beste Zeitpunkt für sie, um die Fühler auszustrecken und neue Kunden an Bord zu holen. Für den Januar hatte Quinn bereits einige Termine mit Interessenten vereinbart, die ihren Etat möglicherweise zu CHW geben wollten. Und genau die listete sie auf und telefonierte sie am Montag ab.

Es war etwas knifflig, den Interessenten den Grund ihres Anrufs zu erklären. Immerhin konnte sie ihnen nicht einfach auf die Nase binden, dass CHW eine hinterhältige Bande war, die alte Damen um ihre Rente bringen wollte. Daher musste sie den vielen Interessenten und Neukunden die Vorteile einer kleinen, ländlichen Werbeagentur schmackhaft machen.

Attribute wie persönliche Betreuung, die Möglichkeit, „on the project" zu arbeiten, fixe Ansprechpartner, flache Hierarchien und schnellere Entscheidungswege waren einige ihrer wichtigsten Argumente. Überdies noch die Möglichkeit, einiges an Geld pro Projekt einzusparen und somit mehrere Kampagnen pro Jahr durchzuführen als geplant. Dies hatte zum Ergebnis, dass der Kunde durch mehrere Kampagnen am Markt dauerhaft präsent war und viel öfter gesehen wurde als durch zwei, drei Kampagnen bei einer großen Agentur im Jahr.

Ihr Kopf rauchte, als sie am späten Montagnachmittag mit der Liste durch war. Sie hatte mit vierzig potenziellen Neukunden für die Liebermans telefoniert und fast alle davon überzeugen können, der kleinen Agentur zumindest eine Chance zu geben. Einige davon hatte sie sogar überzeugen können, direkt eine Kampagne darüber abzuwickeln. Für den kommenden Tag hatte sie drei Termine im Büro der Liebermans vereinbart und die beiden alten Ladys darum gebeten, bei den Gesprächen dabei sein zu dürfen.

Den Abend verbrachte sie damit, gemeinsam mit ihrer Mutter die Weihnachtsgeschenke zu verpacken, Eggnogg zu trinken und den gemütlichen Teil der Vorweihnachtszeit zu genießen.

Am nächsten Morgen machte sie sich in aller Frühe auf in die Agentur der Liebermans. Sally war Gott sei Dank noch nicht da und sie konnte sich in aller Ruhe auf den ersten Termin vorbereiten. Polly und Gene waren völlig aus dem Häuschen, als sie Quinn über die Schulter schauten und die geplanten Projekte kennenlernten.
„Du hast in ein paar Tagen fast vierzig neue Kunden für uns an Land gezogen.“ Polly konnte es gar nicht glauben. „So viele hatten wir noch nicht einmal zu unseren besten Zeiten pro Jahr.“
Der alten Dame standen Tränen in den Augen.
„Es sind erst einmal nur Probekampagnen und Erstgesprächstermine, aber ja, wenn wir sie gut abwickeln, dann kann eure Agentur gleich expandieren.“ Quinn lachte.
„Das wird die Männer von CHW aber freuen“, sagte Gene. „O Quinn, wir sind dir so dankbar. Wir beide hätten es niemals geschafft, so viele neue Kunden anzuwerben. Wir haben schon mit dem Gedanken gespielt, unser Haus zu verkaufen und uns irgendwo ein kleines Appartement zu suchen. Wir haben wirklich nicht mehr weitergewusst.“
„Nichts zu danken“, sagte Quinn. „Es hat mir viel Freude gemacht und es war auch kein allzu großer Aufwand. Ich musste nur ein paar Telefonate führen. Und den Kerlen bei CHW nehmen wir ganz einfach den Wind aus den Segeln. Nachdem sie sich bereits als die Eigentümer eurer Agentur sehen, ist es nichts Verwerfliches, Kunden von CHW hierher zu

transferieren. Es ist völlig egal, durch welchen Eingang die Einnahmen kommen, am Ende landen sie ohnehin bei CHW – ihr setzt dafür aber über eure kleine Agentur sehr schnell genau so viel um, wie ihr braucht, um an euer Geld zu kommen. Keine große Sache."
„Spiel die Angelegenheit nicht herunter, Quinn", sagte Polly. „Du hast etwas ganz Großartiges für uns getan. Andere hätten sich niemals so für uns eingesetzt und sich in die Sache hineingehängt. Und obendrein hast du deinen Job noch gekündigt."
„Im Moment hab ich nur ein paar Termine vereinbart", entgegnete Quinn, der es etwas peinlich war, dass die Schwestern sie so über den grünen Klee lobten. „Die eigentliche Arbeit liegt noch vor uns."

Der Tag verging wie im Flug, und die Termine mit den Kunden, die Quinn vereinbart hatte, liefen wie geschmiert. Zwei der drei hatten vom Fleck weg einen Vertrag unterschrieben, und der Dritte wollte sich am Tag darauf melden, weil er nur noch das Okay des Vorstandes einholen wollte. Alles in allem war es ein erfolgreicher, produktiver Tag, und Quinn mochte das Gefühl, für eine kleine Agentur zu arbeiten. Es war seltsam, denn genau dieser Umstand war es seinerzeit gewesen, der sie in die weite Welt hinausgetrieben hatte. Eine kleine Agentur, kleine Kampagnen und diese flachen Hierarchien. Es gefiel ihr, in allen Bereichen vom Erstkontakt über die

Projektbesprechung bis hin zum Vertragsabschluss mit von der Partie zu sein. Bei CHW hatte sie immer nur einen gewissen Aufgabenbereich ausgeführt. Sie als Kontakterin war dafür zuständig, neue Kunden ins Boot zu holen und die Agentur zu repräsentieren. Die Kampagnen entwickelt, die Kunden betreut und den eigentlich kreativen Part in Sachen Werbung, der ihr schon immer am wichtigsten gewesen war, hatten andere für sie übernommen. Sie erinnerte sich daran, wie sehr es sich damals, bevor sie nach Manhattan ging, genervt hatte, in alle Arbeitsschritte eingebunden zu sein. Ihr oberstes Argument damals war gewesen, dass sie sich lieber auf einen Part konzentrieren wollte, den sie gut machte, anstatt ein Mädchen für alles zu sein. Doch jetzt, an diesem Tag, hatte sie festgestellt, dass es ihr viel mehr lag, in all die vielen kleinen Schritte involviert zu sein, als nur einen Teil des Ganzen zu übernehmen.

„Ich frage mich, wo Sally heute steckt“, sagte Gene, als sie für diesen Tag zusammenpackten. „Ich habe schon dreimal versucht, sie zu erreichen, aber sie geht nicht ans Telefon. Hoffentlich ist ihr nichts zugestoßen.“
„Wenn ihr etwas zugestoßen wäre, hätte Chris uns bestimmt Bescheid gesagt“, meinte Polly. „Wielleicht hat sie heute einen freien Tag und hat einfach vergessen, uns etwas zu sagen. Halb so wild. Das arme Mädchen ist bestimmt völlig fertig mit den Nerven, weil sie ihren Job verloren hat. Wir sollten ihr nicht

auch noch Steine in den Weg legen, wenn sie einmal vergisst, zur Arbeit zu kommen."
Quinn grinste. Die Liebermans waren wohl die einzigen Arbeitgeber, die in Bezug auf Fehltage so dachten.
„Du kannst ja nicht dafür sorgen, dass deine Agentur Sally doch noch übernimmt, oder, Quinn?", fragte Polly.
Quinn schüttelte bestimmt den Kopf.
„Ich habe dort gekündigt. Und nach allem, was ich mir dort geleistet habe, würden sie mir bestimmt keinen Gefallen mehr tun."
„Ich fühle mich überhaupt nicht wohl bei der Sache, dass du unseretwegen deinen Job aufgegeben hast, Liebes", sagte Gene.
„Ich habe ihn ja nicht nur euretwegen aufgegeben", erwiderte Quinn. „Ich habe festgestellt, dass ich für kein Unternehmen arbeiten möchte, das Menschen so schlecht behandelt. Für das nur Geld und Umsatz zählt, und die sogar in Kauf nehmen, alten Damen ihr Hab und Gut wegzunehmen, nur für ein paar Dollar mehr in der Kasse. Es war die richtige Entscheidung und der richtige Zeitpunkt, zu gehen."
„Vermutlich hast du recht. Wir sind dir auf alle Fälle sehr dankbar", erwiderte Gene. „Was haltet ihr davon, wollen wir zu Jimbo gehen und etwas essen? Ich denke, wir haben uns heute Abend etwas Leckeres verdient."

Wenig später betrat Quinn gemeinsam mit den Liebermans das Jimbos. Das Diner war wie immer gut

besucht, und an den Tischen saßen zahlreiche Menschen, die ihren Feierabend genossen. Quinn und die Liebermans ergatterten gerade noch einen freien Tisch und nahmen ebenfalls Platz.
„Ich sterbe vor Hunger“, meinte Polly und nahm die Speisekarte. „Ich denke, heute werde ich mal über die Stränge schlagen und mir einen großen Burger gönnen.“
Sie lachte. Quinn war froh, dass die beiden alten Damen ihre gute Laune wiedergefunden hatten. Sie so deprimiert und vor den Scherben ihrer Existenz zu sehen, hatte Quinn geschmerzt – auch im Hinblick darauf, dass sie selbst nicht unschuldig an der Situation war.

Gemeinsam mit den beiden Schwestern verbrachte sie einen gemütlichen Abend. Sie sprachen über die neuen Kunden, die Kampagnen, die auf sie zukamen, und schürten einige Ideen für kommende Projekte. Es freute Quinn unsagbar, dass sie das Ruder noch hatte herumreißen können und dass die beiden Ladys wieder zu alter Form aufgeblüht waren. Es hatte beinahe den Anschein, als würden sie die Agentur gar nicht verkaufen wollen.

Es war kurz vor neun, als Quinn sich verabschiedete. Die beiden Schwestern wollten noch bleiben und sich ein Bier gönnen, doch Quinn war müde und sehnte sich nach ihrem Bett. Sie ging an der Bar vorbei und bemerkte einen Mann, der etwas abseits von den anderen saß und resigniert Löcher in die Luft starrte. Chris. Sie überlegte kurz, ob sie ihn ansprechen sollte, war versucht, zu gehen, und entschied sich dann, ihm doch von der Wendung zu erzählen, die sich bei den Liebermans vollzogen hatte. Immerhin hatte auch er seinen Teil dazu beigetragen, mit ihr darüber gebrütet, wie die Schwestern aus dem Vertrag herauskamen, und sie nach Manhattan begleitet. Außerdem sah es nicht so aus, als wäre Sally in der Nähe und würde wieder auf sie losgehen. Sie setzte sich auf den Barhocker neben ihn.

„Hey“, sagte sie.

Chris sah sie aus unverwandten Augen an, und Quinn bemerkte, dass etwas mit ihm nicht stimmte. Hatte er getrunken?

„Chris, ist alles in Ordnung? Du siehst schrecklich aus.“

„Alles bestens“, sagte Chris und nahm einen demonstrativen Schluck seines Bieres. „Ich bin verlobt.“

Quinn fiel fast vom Stuhl. Ihr Herz setzte einen Schlag lang aus und ihr blieb die Luft weg. Am liebsten wäre es ihr in diesem Augenblick gewesen, wenn ein Loch sich aufgetan hätte, in das sie sich hätte stürzen können. Sie überlegte, aus der Bar zu stürzen, doch sie blieb sitzen.

„Gratuliere“, sagte sie stattdessen. Jetzt war ihr auch klar, warum Sally an diesem Tag nicht zur Arbeit erschienen war. Bestimmt hatten sie und Chris ihre

Verlobung gebührend gefeiert. Warum er jetzt aber hier saß und so unglücklich war, konnte Quinn nicht nachvollziehen.
„Ich werde weggehen“, sagte Chris und trank noch einmal von seinem Bier.
„Du wirst … was?“, rief Quinn fast etwas zu laut. „Wohin – und wann? Und warum?“
Sie war aufgebracht.
„Sally hat einen Job in New York angenommen. Und ich werde sie begleiten. Die Geschichte wiederholt sich. Ich werde nicht noch einmal den Fehler begehen, meine große Liebe gehen zu lassen.“
„Das … ist schön zu hören“, sagte Quinn und Wut keimte in ihr auf. Damals hatte Chris sie dazu getrieben, sich von ihm zu trennen, und es gar nicht erst in Erwägung gezogen, keine einzige Sekunde darüber nachgedacht, mit ihr zu gehen. Dieser grauenhaften Sally folgte er wie ein artiges Schoßhündchen nach Manhattan. Chris sah Quinn an und sie hielt seinen Blick. Der Rudolph-Anhänger um ihren Hals fühlte sich heiß an. Für einen Moment war es so, als würde die Welt stehen bleiben, und nur sie beide würden noch existieren.
„Fragst du dich manchmal, was passiert wäre, wenn wir uns damals nicht getrennt hätten?“, fragte er plötzlich, und Quinn musste an den Weihnachtsmann denken, der ihr dieselbe Frage gestellt hatte, bevor sie seinerzeit ins Koma gefallen – oder in dieses andere Universum gewechselt – war, was ihr immer wahrscheinlicher

erschien.
„Ich würde lügen, würde ich Nein sagen“, sagte Quinn, dann schwieg sie eine Weile. Sie beide starrten Luftlöcher in die Gegend.
„Ich denke, wir beide wären ziemlich glücklich geworden“, setzte sie dann hinzu. Dann brach es aus ihr heraus.
„Wir hätten im Haus deiner Großeltern gelebt und es nach unseren Vorstellungen umgebaut. Wir hätten zwei Hunde namens Bandit und Dodger, die unser Leben total auf den Kopf stellen. Wir hätten es hier in Haven Hill richtig zu was gebracht. Du als Bauunternehmer und ich in der Werbeagentur der Liebermans. Unsere Liebe wäre grenzenlos und wahrscheinlich wären wir die glücklichsten Menschen der Welt. Es wäre ein perfektes Leben, das uns erwartet hätte.“
Tränen standen in ihren Augen. Chris sah sie an, und sie war versucht, ihm zu sagen, dass sie ihn immer noch liebte. Ihm von dem merkwürdigen Komatraum zu erzählen, von dem Weihnachtsmann, der ihr gesagt hatte, sie sei in einem anderen Universum gewesen, in dem sie mit ihm verheiratet gewesen war, und der sich so echt angefühlt hatte. Sie wollte ihm von dem Abend erzählen, als er ihr den Rudolph-Anhänger geschenkt hatte, der ihm so bekannt vorkam, von dem Essen bei seinen Eltern und von den vielen glücklichen Momenten, die sie beide verlebt hatten. Sie wollte ihn bitten, Sally zu verlassen und ihr noch eine Chance zu geben. Doch sie schaffte es nicht. Sie saß einfach da,

dachte an ihren Traum und war unfähig, ein Wort zu sagen.
„Ich muss jetzt los“, sagte sie einige Augenblicke später. Ihre Stimme klang gebrochen, resigniert. Sie wollte nach Hause und die Welt aussperren.
„Bis bald.“
„Quinn?“
„Ja?“
Sie drehte sich um.
„Sally und ich verlassen die Stadt schon morgen. Wir verbringen Weihnachten bereits in Manhattan.“
Noch so ein Schlag in die Magengrube. Das Schicksal wollte ihr wohl mit voller Breitseite heimzahlen, dass sie ihrer Heimat damals den Rücken gekehrt hatte.
„Oh. Okay. Dann alles Gute für euren neuen … Lebensabschnitt.“
Chris sah sie an.
„Danke. Es war toll, dich wiederzusehen.“
„Ja. Es war auch toll, dich wiederzusehen.“
Sie sahen sich noch einen Augenblick an, dann drehte Quinn um und verließ das Jimbos.

14

Die nächsten Tage über fühlte Quinn sich wie im Koma. Chris hatte die Stadt tatsächlich verlassen und war nach Manhattan gegangen. Mit Sally. Die Lust auf Weihnachten war Quinn vergangen. Sie verkroch sich in Arbeit, hatte noch weitere Termine mit potenziellen Neukunden vereinbart und konnte einen Tag vor Heiligabend sieben neue Kunden für die kleine Agentur verzeichnen, die bereits die Verträge unterschrieben hatten. An diesem Tag stand ein Termin mit Walt Cooper und zwei Rechtsvertretern von CHW an. Natürlich hatte man in Manhattan davon Wind bekommen, dass eine Menge Interessenten von CHW zur Agentur nach Haven Hill gewechselt hatten, und natürlich nahm man an, dass Quinn Bradley ihre Finger mit im Spiel hatte.

Walt Cooper und seine Mannen wirkten angespannt, als sie im Besprechungsraum der kleinen Lieberman-Agentur saßen. Es hatte den Anschein, als würde er gleich platzen, als Quinn ihm gegenüber Platz nahm. Sie hatte die Räumlichkeiten in den letzten Tagen etwas aufgehübscht, neue Kampagnen angebracht, frische Blumen hingestellt und einen perfekten Mix aus alt und neu geschaffen. Mit jedem Mal, wenn sie die Agentur betrat, wurde ihr klar, wie viel Potenzial darin steckte.
„Miss Bradley, was denken Sie sich dabei, Interessenten von CHW hierher abzuwerben?“, fragte er in polterndem Ton. Er wollte wohl einschüchternd klingen, doch damit war er bei Quinn an der falschen Adresse. Es gab rein gar nichts, was sie jetzt noch hätte aus der Fassung bringen können. Sie war an einem Punkt in ihrem Leben angelangt, an dem sie vor nichts mehr Angst hatte. Und an dem sie nichts einschüchtern konnte.
„Nun, Mr. Cooper, zuerst einmal habe ich niemanden abgeworben, die Unternehmen waren noch keine festen Kunden von CHW und haben sich lediglich Alternativen angesehen. Dass so viele sich für die Agentur der Liebermans entschieden haben, ist wohl Zufall. Und außerdem ist die Lieberman-Agentur doch im Besitz von CHW, was macht es also, durch welche Tür die Einnahmen hereinkommen, wenn sie am Ende

doch auf den Konten von CHW landen?“
Sie lächelte und wusste genau, dass Cooper wusste, dass es sich hierbei nicht um Zufall handelte.
„Nun, Miss Bradley, wie auch immer, aber nachdem die Lieberman-Agentur nun so viele unserer Kunden an Bord hat, können wir den vereinbarten Kaufpreis nicht mehr bezahlen. Es ging beim ursprünglichen Kauf um einen Pool aus Kunden, die CHW noch nicht kennt. Nachdem jetzt so viele CHW-Interessenten Kunden geworden sind, reduziert sich der Prozentsatz der für uns interessanten Klienten. Wir kennen viele von ihnen bereits und haben einschlägige Kontakte.“
Quinn sah Cooper an. Dieser Mistkerl wollte den Preis drücken. Immer noch. Obwohl er ihn ohnehin schon massiv heruntergeschraubt hatte.
„Darum sehen wir uns veranlasst, einen neuen Vertrag aufzusetzen. Mit einem reduzierten Kaufpreis. Wir denken, das Angebot, das wir Ihnen machen können, ist zwar etwas weniger als erwartet, aber dennoch angemessen.“
Er schob Quinn einen neuen Vertrag und eine Aufhebungsvereinbarung für den ursprünglich unterzeichneten Vertrag hin.
„Ich würde die Angelegenheit gerne mit Polly und Gene durchbesprechen“, sagte Quinn. Ihr war eine Idee gekommen, wie sie die Agentur doch noch vor CHW bewahren konnte. Ihr Herz raste, und sie hoffte, Cooper bemerkte nicht, was sie vorhatte.
„Selbstverständlich. Lassen Sie sich ruhig Zeit.“

Walt Cooper stand selbstzufrieden auf und seine Anwälte verließen gemeinsam mit ihm den Raum.
„O Quinn, das ist jetzt aber gar nicht gut“, sagte Polly zaghaft. „Sie wollen den Kaufpreis noch einmal reduzieren? Obwohl wir ohnehin schon viel weniger bekommen als vereinbart? Wir haben nachgerechnet, mit dem jetzigen Preis kommen wir gerade so über die Runden. Wenn es jetzt noch weniger wird …“
Die alte Dame schüttelte den Kopf und legte ihn in ihre Arme.
„Ich weiß gar nicht, ob ich die Agentur überhaupt aufgeben möchte“, sagte Gene resolut. „Wir haben so hart dafür gearbeitet, dass sie dort ist, wo sie jetzt ist. Sie jetzt jemandem zu überlassen, der in ihr nur einen Pool aus Kunden sieht, schmerzt mich. Noch dazu, wo wir gerade mal einen Apfel und ein Ei dafür bekommen. Und ich weiß auch gar nicht, ob ich mich überhaupt zur Ruhe setzen möchte. Mir hat es gefallen, in den letzten Wochen wieder so aktiv zu sein wie mit dir, Quinn.“
„Ach, Quinn, wenn du doch nur in Haven Hill bleiben würdest, dann könntest du die Agentur für uns leiten“, sagte Polly. „Bei dir hätte ich absolut keine Bedenken, sie dir zu überlassen. Polly und ich würden uns nach Florida verziehen und dir die Geschäfte überlassen. Aber das sind Wunschträume. Gene, wir müssen eine Einigung finden. Und zwar schnell.“

„Nun, haben Sie sich geeinigt?“, fragte Walt Cooper,

als er nach einer halben Stunde mit seinen Anwälten wieder in den Besprechungsraum kam. Sie hatten alle drei Becher mit einem Slushee aus dem Minimarkt nebenan in den Händen und sahen damit komisch aus.
„Wir werden den Aufhebungsvertrag des ursprünglichen Kaufvertrages unterschreiben, wir sind einverstanden, ihn aufzulösen", sagte Gene Lieberman mit fester Stimme. Demonstrativ setzte sie ihre Unterschrift unter den Vertrag, der immer noch auf dem Tisch lag. Polly tat es ihr gleich.
„Sehr gut. Ich wusste doch, dass Sie zur Vernunft kommen", sagte Walt Cooper selbstgefällig grinsend, während einer seiner Anwälte ein anderes Dokument aus seiner Aktentasche holte.
„Das hier wäre nun das Original des neuen Kaufvertrages", sagte er und schob ihn den Schwestern zur Gegenzeichnung hin.
Polly und Gene begannen zu lächeln, als Gene den Vertrag wieder zu dem Anwalt zurückschob.
„Es tut mir leid, aber die Agentur steht nicht mehr zum Verkauf", sagte Polly.
„Was?"
Walt Cooper polterte los.
„Was soll das heißen?"
„Das heißt, dass die Agentur nicht mehr zum Verkauf steht", sagte Quinn und genoss es, Walt Cooper zur Weißglut zu treiben. Er hatte tatsächlich gedacht, die Liebermans noch einmal um ihr Geld bringen zu können. Er hatte tatsächlich in Kauf genommen, dass

die beiden alten Damen Bankrott gingen. Jetzt mit den eigenen Waffen geschlagen zu werden, musste furchtbar schmerzhaft für ihn sein.
„Aber … Sie haben den Vertrag bereits unterzeichnet. Die Agentur geht zum ersten Januar zu CHW über."
„Tut sie nicht. Sie haben doch gesehen, wie vor zwei Minuten der Aufhebungsvertrag unterzeichnet wurde, der von CHW ausgefertigt worden ist." Quinn grinste. „Außerdem haben wir vorsichtshalber bereits eine Kopie mit Ihrer Unterschrift darauf gemacht. Tut mir leid, Mr. Cooper, aber die Agentur bleibt im Besitz von Gene und Polly Lieberman.
„Miss Bradley, Sie sollten sich etwas zusammennehmen", sagte Walt Cooper. „Ich kann dafür sorgen, dass Sie keinen Fuß mehr in die Tür bekommen in der Werbewelt. Und wenn Sie noch so eine gute Kontakterin sind, ich habe meinerseits Kontakte, die Sie vernichten können. Sie können sich einen Job als Reinigungskraft suchen, wenn ich es darauf anlege."
„Nun, Mr. Cooper, wenn es Ihnen dann besser geht, tun Sie, was Sie nicht lassen können", sagte Quinn gelassen. „Ihre Arbeit hier ist erledigt, Sie haben versucht, die Liebermans übers Ohr zu hauen, und sind damit gescheitert. Ihr Pech.
„Sind Sie wirklich so dumm, Quinn? Sind Sie wirklich so verrückt? Sie hatten die Chance, Juniorpartnerin bei CHW zu werden, und werfen das alles jetzt weg, weil Sie hier die gütige Samariterin spielen möchten? Die

Werbewelt stand Ihnen offen. Diese Agentur ist ohnehin dem Untergang geweiht. Diese beiden alten Damen sind ja sehr nett, aber – mit Verlaub – sie sind alt. Kein Unternehmen, das etwas auf sich hält, wird seine Etats einer Agentur geben, deren Geschäftsführer so alt sind wie Methusalem."
„Mr. Cooper", sagte Quinn aufgebracht, „ich denke, es ist an der Zeit, dass Sie die Agentur verlassen."
„So? Werfen Sie mich etwa raus? Haben diese alten Ladys Sie als Wache angestellt? Gute Idee, in der Werbung haben Sie ausgedient."
Cooper erhob sich.
„Sie haben recht", sagte Polly Lieberman nun an Walt Cooper gewandt. „Wir haben Quinn tatsächlich eingestellt. Aber nicht als Wache. Darf ich Ihnen unsere neue Geschäftsführerin vorstellen?"

15

Es war das schönste Weihnachtsfest, das Quinn seit Langem verbrachte. In diesem Jahr wurde nicht in Manhattan oder bei einer Tante irgendwo im mittleren Westen gefeiert, sondern endlich wieder im Haus der Bradleys in Haven Hill.

Quinn erinnerte sich nicht, wann zuletzt so viele Familienmitglieder unter einem Dach zusammengekommen waren, doch Kate Bradley hatte nichts unversucht gelassen und die ganze Familie in Haven Hill versammelt. Eine unglaubliche Last war von ihr abgefallen, als die Lieberman-Schwestern ihr anboten, die Agentur für sie zu übernehmen und fortan zu leiten. Eigentlich hatte sie sich noch gar keine Gedanken darüber gemacht, wie es nach ihrer Kündigung bei CHW weitergehen sollte. Damit, dass die Liebermans ihr ihre Agentur anboten, hätte sie nicht im Geringsten gerechnet. Doch als Polly dann erwähnte, dass es ihr am liebsten wäre, wenn Quinn die Agentur übernahm, und Gene ihr das Angebot unterbreitete, hatte sie nicht lange überlegen müssen. Sie würde die Lieberman-Agentur leiten und wieder dorthin zurückkehren, wo sie hingehörte. Nur Chris fehlte zu ihrem Glück. Der hatte seit seinem Weggang vor etwas mehr als einer Woche nichts mehr von sich hören lassen. Offenbar gefiel es ihm gut in Manhattan und er und Sally starteten in ihr Leben in der Großstadt.

„Wo wirst du denn jetzt wohnen, Quinn?“, fragte Tante Sharon, während sie ein großes Stück des Truthahns in den Mund schob, den Kate zubereitet hatte. Es war ein wunderbarer Heiligabend. Es duftete nach leckerem Essen, die ganze Familie war versammelt und Quinn fühlte sich geborgen und angekommen. Die Tatsache, dass sich alles – bis auf die Sache mit Chris – gefügt hatte, schob sie beiseite.

„Ich werde mir hier irgendwo ein nettes kleines Häuschen suchen“, sagte Quinn. „Aber vorerst werde ich Mum und Dad eine Weile erhalten bleiben.“

„Du kannst meinetwegen für immer bei uns einziehen, Liebes. Es ist großartig, dich hier zu haben“, sagte Kate.

Sie zwinkerte ihren Eltern zu und stellte fest, dass sie auch die beiden lange nicht mehr so glücklich gesehen hatte. Während die Familie aß und sich unterhielt, klingelte es an der Tür.
„Hast du noch jemanden eingeladen, Mum?“, fragte Quinn, während sie aufstand.
„Nicht, dass ich wüsste, aber ich habe in den letzten Tagen so viele Einladungen ausgesprochen, dass es gut möglich ist, dass noch ein weiterer Gast auftaucht.“ Kate lachte.
„Na, wie gut, dass wir genug Essen für die Apokalypse in unserer Küche haben.“ Jack lachte.
„Vielleicht ist das der Weihnachtsmann?“, fragte Kimberly, die Tochter von Quinns Cousine Patricia, aufgeregt.
„Der kommt doch erst heute Nacht, wenn du schläfst, Kimmy“, sagte Quinn, strich dem kleinen Mädchen über den Kopf und lief zur Tür. Mit einem Lächeln auf den Lippen öffnete sie. Im nächsten Moment traute sie ihren Augen nicht. Sie hätte wirklich mit jedem gerechnet, der da vor der Tür stand. In Haven Hill war es durchaus üblich, dass man auch an Heiligabend einfach unangemeldet seine Nachbarn besuchte oder auf ein Glas Wein vorbeikam. Doch den Besucher, der vor der Tür stand, hätte Quinn im Leben nicht erwartet.

„Chris?“
Chris stand vor der Tür und sah sie an.
„Was machst du hier? Ich dachte, du bist in

Manhattan."
„Ich … ich konnte nicht", sagte Chris und hielt ihren Blick mit seinem fest.
Quinn trat vor die Tür und zog sie hinter sich zu. Es war kalt draußen, schneite wie verrückt, aber das war ihr egal.
„Was meinst du mit … du konntest nicht?", fragte Quinn.
„Es war so verrückt, ich kann es immer noch nicht glauben", sagte Chris. „An dem Abend, an dem wir uns bei Jimbo getroffen haben, habe ich auf dem Heimweg diesen schrägen Weihnachtsmann getroffen, der mit seinem Spendentopf vor dem Walmart steht. Mitten in der Nacht. Ich habe mich gefragt, was er um diese Zeit dort will, ich meine, es waren keine Kunden da, die spendeten, und der Markt hatte geschlossen. Und mal ehrlich, welcher Weihnachtsmann sammelt mitten in der Nacht Spenden. Er sagte mir, ich dürfe jetzt auf gar keinen Fall einen Fehler machen, weil ich eine Chance bekomme, wie sie vielen anderen verwehrt bleibt. Ich dachte, der Alte ist verrückt, bin nach Hause gegangen und … auf einmal überkam mich eine unglaubliche Müdigkeit."

Sie setzten sich auf die oberste Treppe und Chris fuhr mit seiner Geschichte fort.
„Ich wollte eigentlich noch einige Kartons packen und in meinen Wagen laden, doch als ich die Türschwelle überquert hatte, habe ich es gerade noch ins Bett

geschafft. Ich konnte mich noch nicht einmal ausziehen; noch bevor mein Kopf das Kissen berührte, war ich eingeschlafen. Und … Quinn, ich hatte einen so merkwürdigen Traum, einen so seltsamen, so realen Traum."

„Einen Traum?", fragte Quinn und erinnerte sich daran, was sie geträumt hatte, als sie ihr Bewusstsein verloren hatte.

„Ich … wir beide waren verheiratet. Ich habe dich aus dem Krankenhaus abgeholt, weil du angefahren wurdest. Du hattest Gedächtnislücken, und ich musste dir zeigen, wo wir wohnen. Wir haben unsere Hochzeitfotos durchgesehen, wir haben zusammen gekocht und waren beim Weihnachtsessen bei meinen Eltern. Quinn, du hast die Agentur der Liebermans geleitet, dabei konnte ich das doch noch gar nicht wissen. Und alle Dinge hatten so eigenartige Namen. Pepsi war Popsi Cola, es gab eine Burger Queen statt eines Burger King und der Walmart hieß Welmart. Wir hatten zwei Hunde namens Bandit und Dodger, die wir seinerzeit aufgelesen hatten, als wir aus Manhattan zurückfuhren. Es war so unglaublich real, dass ich am nächsten Morgen nicht wusste, was ich tun sollte. Ich war völlig neben mir, so einen Traum hatte ich in meinem ganzen Leben noch nicht. Ich versuchte, ihn zu vergessen, und bin dann nach Manhattan aufgebrochen, wo Sally auf mich wartete. Als ich die Stadt verließ, habe ich einen Weihnachtsmann getroffen, der eine Autopanne hatte. Er meinte, er müsse nach New York, weil dort jemand ebenso ein Wunder bräuchte, wie ich eines bekommen hatte, also nahm ich ihn mit. Die Fahrt mit ihm war wirklich seltsam. Er redete davon, dass er jedes Jahr einem besonderen Pärchen helfen würde, das in Sachen Liebe Unterstützung braucht. So habe er etwa vor zwei Jahren einem Pärchen in einer kleinen Pension namens „Four Reasons" irgendwo im mittleren Westen geholfen, zusammenzufinden, und im letzten Jahr hat er dazu beigetragen, dass ein Pärchen in einer Ortschaft namens Silent Hollow zusammenfindet. Er meinte dann, dieses Jahr seien wir an der Reihe, und ich sagte ihm, Sally und ich hätten keine Probleme, wir bräuchten keine Hilfe."

Quinn fühlte einen kleinen Stich in ihrer Herzgegend.

„Dann sagte der Weihnachtsmann, dass ich die Augen öffnen sollte. Und dass ich der schwerste Fall sei, den er in den letzten Jahren ‚betreut' hat, denn nachdem er mir die wahre Liebe schon quasi vor die Füße wirft und mich sogar in ein anderes Universum schickt, um mir zu zeigen, wie es eigentlich sein müsste, könnte ich langsam erkennen, wer für mich bestimmt ist."

Quinns Herz begann zu schlagen.

„Wir haben dann an einer Raststation Halt gemacht, weil ich tanken musste. Der Weihnachtmann meinte, er würde sich die Füße vertreten, aber, Quinn, er ist verschwunden. Er war … einfach vom Erdboden verschluckt. Ich habe ihn gesucht, habe in dem kleinen Diner nachgefragt, ob man ihn gesehen hatte, ich meine, so einen Kerl übersieht man doch nicht einfach, der Typ war riesig. Aber er war einfach weg. Als ich zum Wagen zurückkam und beschloss, weiterzufahren, nachdem ich fast eine halbe Stunde nach ihm gesucht hatte, habe ich das hier auf dem Beifahrersitz gefunden.“

Er zog etwas aus seiner Jackentasche und reichte es ihr. Sie faltete das Blatt Papier auseinander und nahm ein Foto heraus, das sie beide zeigte. Sie saßen auf der Couch im Wohnzimmer von Chris’ Elternhaus. Chris hatte seinen Arm um Quinn gelegt und sie beide sahen unglaublich glücklich aus. Quinn erinnerte sich an unzählige solcher Fotos. Chris’ Vater hielt alle möglichen Augenblicke auf seiner Kamera fest, und als sie und Chris noch ein Paar gewesen waren, hatte es unzählige solcher Schnappschüsse der beiden gegeben.

„Woher hatte er das Bild?“, fragte Quinn.

„Sieh es dir doch mal genauer an“, sagte Chris, ohne auf ihre Frage einzugehen.

Sie warf einen zweiten Blick auf das Bild und erkannte, was Chris gemeint hatte.

„Aber … das ist doch gar nicht möglich“, sagte sie langsam.

Das Bild zeigte sie beide beim Essen im Hause der Porters, doch das Besondere daran war, dass es sich dabei nicht um ein altes Bild handelte. Es war ein Bild, das bei jenem Essen aufgenommen worden war, an dem Quinn und Chris vor zwei Wochen teilgenommen hatten. Zu ihren Füßen lagen zwei Hunde, einer hellbraun, einer dunkelbraun, die aussahen wie

Labradors. Und sie beide trugen Eheringe. Um Quinns Hals baumelte – kaum erkennbar, aber doch auffällig – die silberne Kette mit dem Rudolph-Anhänger.

„Ich weiß nicht, wie er das geschafft hat und was hier überhaupt los ist, aber, Quinn, ich erinnere mich, wann dieses Bild aufgenommen wurde. Und an die Hunde. Das sind Bandit und Dodger, unsere Hunde aus meinem Traum. Und ich erinnere mich an diesen Tag. Es …“

„… war vor zwei Wochen im Haus deiner Eltern. Das jährliche Weihnachtsessen. Wir haben getanzt und uns unter dem Mistelzweig geküsst, bis die anderen applaudiert haben“, vollendete Quinn seinen Satz.

„Woher …?“

Chris sah Quinn entgeistert an.

„Ich hatte diesen Traum auch“, sagte sie. „Nachdem ich von dem Auto angefahren wurde, wachte ich im Krankenhaus auf, und man sagte mir, wir beide wären verheiratet. Ich dachte, das alles wäre ein Traum, aber es war auch bei mir so unglaublich real. Und … ich habe den Weihnachtsmann auch gesehen. Das erste Mal, bevor ich zu den Liebermans gegangen bin, um sie den Vertrag unterschreiben zu lassen. Da hat er ständig was von zweiter Chance gefaselt und gemeint, dass man manchmal die Chance bekommt, einen Fehler wiedergutzumachen. Ich dachte, der Typ wäre nicht ganz sauber. Als ich von dem Auto erfasst wurde, habe ich ihn ebenfalls gesehen. Er hat mir zugewinkt. Und … als dieser Traum vorbei war, da habe ich ihn noch einmal gesehen. Da sagte er mir, ich müsse jetzt zurück. Daraufhin wurde ich neuerlich angefahren und wachte in dieser Welt auf. Ohne dich."

Quinn sah zu Boden. Sie war mit der Situation und dem Bild völlig überfordert. Bislang hatte sie gedacht, das alles wäre ein Traum gewesen, der durch ihren Unfall ausgelöst worden war. Die Verletzungen, die sie bei ihrem Unfall erlitten hatte, hatten ihr einfach diesen Streich gespielt, und eigentlich wäre alles in bester Ordnung. Doch das, was Chris ihr jetzt erzählte, stellte alles in ein völlig anderes Licht. Und dieses Foto brachte sie völlig aus der Fassung. Wie war es möglich, dass ein Foto, das in ihrem Traum aufgenommen worden war, jetzt plötzlich hier vor ihr lag? Und wie konnte es sein, dass Chris denselben Traum gehabt hatte wie sie? Sie sah Chris an. Ihr fiel ihr Anhänger ein.
„Chris … diesen Anhänger …", begann sie.
„Ich habe ihn dir geschenkt. Ich habe den Auftrag für die Ladenerweiterung des Juweliers in der Elmstreet bekommen und ihn in einem seiner Schaukästen entdeckt. Ich habe ihn gesehen und gewusst, dass er dir gefällt. Ich habe ihn dir am selben Abend angelegt und wir haben uns danach geküsst … ich …"
Er brach ab.
„Kannst du es dir erklären?", fragte sie langsam.
Sie wollte zu gerne wissen, was nun los war. Ob er die Sache mit Sally geklärt hatte oder ob er seinem Traum

nicht allzu viel Beachtung beimaß. Warum er an Heiligabend in Haven Hill war und nicht bei seiner Freundin/Verlobten in Manhattan, doch sie wagte nicht, ihm diese Frage zu stellen. Zu groß war ihre Angst vor einer Wahrheit, die sie vielleicht nicht hören wollte.
„Ich habe die letzten Tage immer und immer wieder darüber nachgedacht“, sagte Chris. „Ich habe überlegt, ob ich vielleicht zu viel getrunken hatte, ob ich zu sehr unter Stress stand und mir mein Unterbewusstsein diesen Streich spielt, aber, Quinn, dieses Foto hier liegt real vor uns. Ich denke, wir sind an einem Punkt angelangt, an dem es keine Erklärung gibt für das, was uns da passiert ist.“
Sie glitt sanft mit ihren Fingern über das Bild. Der Abend, an dem es aufgenommen wurde, kam wieder in ihr Gedächtnis. Sie hatte sich so leicht, so unbeschwert und so glücklich gefühlt. Nachdem sie in die Realität zurückgekehrt war, hätte sie niemals zu träumen gewagt, dass dieser Abend einmal so real sein würde, wie er es jetzt war.
„Wir sehen ziemlich glücklich aus“, sagte sie leise.
„Wir waren ziemlich glücklich, wo immer wir damals auch gewesen sind“, sagte Chris sanft.
„Ich würde zu gerne eine reale Erklärung für dieses Bild haben“, sagte Quinn und strich noch einmal über ihre und Chris’ Konturen.
„Vielleicht … habe ich auch eine Erklärung“, meinte Chris.
Quinn sah ihn an. Sein Blick hatte sich verändert.

Etwas Warmes, Liebevolles war zurückgekehrt, er sah sie an, wie er sie früher immer angesehen hatte und wie er sie angesehen hatte, als sie ihren „Traum“ gehabt hatte. Erwartungsvoll erwiderte Quinn seinen Blick.
„Weißt du, der Weihnachtsmann sagte doch, dass manche Menschen die Chance bekommen, einen Fehler wiedergutzumachen. Vielleicht sollten wir beide uns einfach als solche Glückspilze sehen. Irgendetwas, der Weihnachtsmann, ein Wunder, was auch immer hat uns die Chance gegeben, unsere Beziehung noch einmal neu zu beginnen. Und wir wissen beide, dass wir füreinander bestimmt sind. Ich liebe dich, Quinn, ich habe dich immer geliebt. Und ich wünsche mir nichts sehnlicher, als dass du uns beiden noch einmal eine Chance gibst. Ich war heute in Manhattan und habe mich von Sally getrennt. Seit du wieder hier aufgetaucht bist, bist du mir nicht mehr aus dem Kopf gegangen. Lass uns von vorne anfangen.“
Quinn blickte zu Chris’ Pick-up, wo sie eine Bewegung wahrnahm. Er folgte ihrem Blick und begann zu lächeln.
„Ich muss dir übrigens noch jemanden vorstellen“, sagte er und lief zu seinem Wagen. Er öffnete eine der beiden hinteren Türen und zwei Hundewelpen kamen herausgeschossen. Sie sahen aus wie Labradorwelpen, einer hellbraun, einer dunkelbraun. Wie vom wilden Affen gebissen rasten die beiden auf Quinn zu und sprangen an ihr hoch. Sie wedelten mit ihren Schwänzen und ihre schwarzen Augen funkelten

aufgeregt.
„Darf ich vorstellen, Bandit und Dodger“, sagte Chris. „Ich habe sie auf meinem Rückweg von Manhattan gefunden, jemand hat sie am Straßenrand in einem Karton ausgesetzt. Sie waren völlig unterkühlt und unglaublich hungrig, aber ich denke, jetzt geht es ihnen gut.“
Er sah sie an. Sie hatte Tränen in den Augen.
„Was sagst du zu meinem Vorschlag?“, sagte er, während Bandit und Dodger im Vorgarten der Bradleys herumwuselten und zwischen Santa und seinen Rentieren herumtollten. Ein unglaubliches Glücksgefühl breitete sich in ihr aus, und sie konnte nicht fassen, was gerade passierte. Noch nie hatte sie sich so vollkommen, so zufrieden und so perfekt gefühlt wie an diesem Heiligen Abend.
„Aber nur unter einer Bedingung“, sagte sie und blitzte ihn liebevoll an.
„Lass hören.“
„Ich wünsche mir so einen Ring, wie die Frau auf dem Bild ihn trägt“, sagte Quinn.
Chris zog sie in seine Arme und küsste sie. Um sie herum rieselte der Schnee in dicken Flocken vom Himmel und die Stille der Heiligen Nacht hüllte sie ein. Aus der Ferne konnte man leise Schlittenglocken hören. Und das sonore „Ho, ho, ho“ eines Weihnachtsmannes, fast so, als habe er sich gerade auf den Weg gemacht, um den Menschen auf der Welt Weihnachten nahezubringen.

EPILOG

Quinn sah nach draußen, als sie ihren Schreibtisch aufräumte. Es schneite dicke Flocken vom Himmel, und sie konnte es kaum glauben, dass wieder ein Jahr vergangen war. Bandit und Dodger schliefen in ihrem Korb in der Ecke ihres Büros. In den vergangenen zwölf Monaten hatte sich viel getan. Sie war zurück nach Haven Hill gekommen und hatte ihre Brücken in Manhattan endgültig abgebrochen. Die Agentur der Lieberman-Schwestern hatte im vergangenen Jahr so sehr an Kunden zugewonnen, dass sie expandiert und bereits einige Nebenstellen in anderen Städten eröffnet hatte. Polly und Gene waren nach Miami gezogen und hatten dort tatsächlich zwei Brüder kennengelernt, die sie um ihre Hand gebeten hatten. Im Mai sollte groß eine Doppelhochzeit gefeiert werden. Quinn warf einen Blick auf den Ehering an ihrem Ringfinger und dachte mit Bauchkribbeln an den schönsten Tag in ihrem Leben zurück. Sie und Chris hatten sich im Juni das Jawort bei einer wunderbaren Sommerhochzeit gegeben und waren nun schon seit über einem halben Jahr ein Ehepaar. Bandit und Dodger hatten dabei als herzallerliebste Ringträger fungiert und dem Brautpaar die Show gestohlen.

„Fröhliche Weihnachten, Quinn“, sagte Lane, ihre Sekretärin, die ihr aus Manhattan nach Haven Hill gefolgt war und die Agentur schmiss, wie es keine andere Sekretärin vermocht hätte.
„Dir auch, Lane“, sagte Quinn. Sie freute sich für Lane, die das erste Mal Weihnachten in Haven Hill mit ihrem Freund Jason Trepper verbrachte, einem von Chris' Angestellten.
„Bevor du gehst – habe ich noch ein kleines Weihnachtsgeschenk für dich“, sagte Lane und wedelte mit einem leuchtgelben Post-it vor Quinns Nase.
„Was ist das?“, fragte Quinn und sah eine Telefonnummer auf dem Post-it stehen.
„Das ist die Telefonnummer des Marketingleiters von Microsoft. Sie wollen im nächsten Jahr eine neue Werbeagentur an Bord holen und haben sich für uns entschieden. Du sollst ihn nach den Feiertagen

kontaktieren, damit ihr einen Termin vereinbaren könnt.“
Lane grinste Quinn freudig an.
Quinn konnte gar nicht glauben, wie wunderbar ihr Leben sich entwickelt hatte, als sie sich von ihren Mitarbeitern verabschiedete und, flankiert von ihren beiden Hunden, in die verschneiten Straßen von Haven Hill hinaustrat, wo gerade Chris aus dem Gebäude gegenüber kam.
„Fröhliche Weihnachten, Mrs. Porter“, sagte er, als er zu ihr aufgeschlossen hatte. „Wir haben nun offiziell Weihnachtsferien.“
„Sie sagen es, Mr. Porter.“
Hand in Hand marschierten sie die Straße entlang, um die letzten Geschenke für das große Fest zu besorgen, das wieder im Haus der Bradleys stattfinden sollte.

An der Straßenecke Elm- und Pinestreet stand ein Weihnachtsmann mit seinem Spendentopf.
„Warte“, sagte Quinn und kramte ihr Portemonnaie hervor. Sie blieb bei dem Weihnachtsmann stehen und warf zwanzig Dollar in den Topf. Dann wagte sie einen Blick in das Gesicht des Weihnachtsmannes und war sich nicht mehr sicher, ob er derjenige war, der ihnen im vergangenen Jahr zu ihrem Glück verholfen hatte, oder doch nicht. Der Weihnachtsmann reagierte nicht. Vermutlich hatte sie sich getäuscht. Vielleicht … war das alles auch nur Zufall gewesen. Chris nahm ihre Hand, und sie beide wollten gerade weitergehen, als der

Weihnachtsmann sie ansprach.
„Chris“, sagte er.
Chris und Quinn drehten sich um, und selbst Bandit und Dodger sahen den Weihnachtsmann gespannt an.
„Wie ich sehe, hast du mein Foto gefunden.“
Er zwinkerte ihnen zu und drehte sich dann in die andere Richtung, um sich mit einer Frau zu unterhalten, die soeben eine Spende in seinen Topf geworfen hatte.

Chris und Quinn sahen sich an. Ein Gefühl der Liebe machte sich in ihr breit, und sie gingen Hand in Hand durch die verschneiten Straßen von Haven Hill, um sich auf das Fest der Feste vorzubereiten.

LESEPROBE

Der nächste Roman von Daniela Felbermayr erscheint im März und trägt den Titel „Love on Stage“ - es handelt sich dabei um den 3. Band der Glamerica-Girls-Reihe. Eine exklusive Vorab-Leseprobe finden Sie auf den folgenden Seiten:

1

„*Süffisantes Grinsen. Der Charlie Sheen der Theaterszene. Die Arroganz sieht ihm zu den Augen heraus.* Ich kann es einfach nicht fassen.“
Die aktuelle Ausgabe von Glamerica landete mit einem lauten Klatsch vor Madison auf dem Schreibtisch, gleich darauf tauchte das wütende, dunkelrote und mit hektischen Flecken übersäte Gesicht ihres Chefredakteurs, Dean Maddox, vor ihr auf.
„Es ist eine der auflagenstärksten Ausgaben, seit fünf Jahren. Heute Morgen war es an fast allen Zeitungsständen ausverkauft und online hat es bereits

jetzt über zwei Millionen Klicks. Die Resonanz ist einfach überwältigend. Ich weiß gar nicht, worüber du dich so aufregst", sagte Maddie entspannt, obwohl sie wusste, dass Dean ihr die Leviten gleich im ganz großen Stil lesen würde und sie sich auf waffeldünnem Eis befand, was ihren Job anging. Ihr war klar gewesen, dass der Artikel über Mark Spelling, eine ganz große Nummer am Theaterhimmel und draufgängertechnisch etwa mit James Dean zu vergleichen, eine Gratwanderung werden würde. Spelling, der nicht viel von Interviews und ihn hofierenden Reportern hielt, hatte sich nach langem hin und her darauf eingelassen, dass Glamerica ein Portrait über ihn brachte – Madison Blackstone, die in der Redaktion für Stars und Promis zuständig war und bereits einige landesweite Interviews mit Hollywoodstars wie Bradley Copper, Mel Gibson oder George Clooney hinter sich hatte, war dazu auserkoren worden, den James Dean der Theaterwelt zu interviewen und der Menschheit ihre persönlichen Eindrücke über ihn zu schildern. Tausende begeisterte Fans sollten an Maddies gedruckten Lippen hängen und aus erster Hand erfahren, was den Musical-Sonnyboy bewegte, was er liebte, was er hasste, und wie er sich seine Traumfrau vorstellte. Bevor sie sich dazu entschlossen hatte, die Wahrheit über Mark zu schreiben, hatte Maddie tatsächlich einen Zweiseiter gehabt, der Dean Maddox, Mark Spelling, Marks Agenten und seinen zahlreichen weiblichen Fans ein Lächeln auf die Lippen gezaubert hätte. Der tolle Kerl, der nach der Highschool nach Yale geht um dort Wirtschaft zu studieren, aber bei einer Theater-AG seine Leidenschaft für die Bühne entdeckt. Der dann umsattelt und innerhalb weniger Jahre ein ganz großer Stern am Theaterhimmel wird, seinen Hochschulabschluss aber dennoch summa cum laude besteht. Der schon alle großen Rollen inne hatte. Von Rum-Tum-Tugger in Cats über das Phantom im Phantom der Oper bis hin zum Tod in „Elizabeth“ - dem Musical über die österreichische Kaiserin. Der Menschenfreund, der sich nach seinen Auftritten Zeit für seine Fans nimmt, Fotos mit ihnen macht und Autogramme schreibt, der nicht vergessen hat, woher er kommt und wer er ist, obwohl die Welt ihm zu Füßen liegt. Ja, der Artikel, den sie über Mark geschrieben hatte, und der dann doch im Papierkorb gelandet war, hätte sie alle zufrieden gestellt. Nur Maddie selbst hätte es sich nicht vergeben, ihn zu veröffentlichen. Das Interview mit Mark war ein Desaster gewesen. Er war hochnäsig und eingebildet, völlig abgehoben. Er hatte auf mehrere Fragen ziemlich patzige Antworten parat gehabt und das Desinteresse an dem Interview hatte er nicht leugnen können. Maddie hatte schon des Öfteren schwierige Interviewpartner gehabt doch es hatte immer ein gewisses Niveau, eine gewisse Professionalität geherrscht. Bei Mark Spelling war das anders. Er hatte Maddie von oben herab behandelt und bisweilen war sie sich wie ein Mensch zweiter Klasse vorgekommen. Außerdem hatte er über ihre Klamotten gelästert und sie gefragt, ob ihre Mutter die noch für sie herauslegte. Und er hatte schamlos mit der Fotografin Carlie Jennings geflirtet, die sich von seinen Avancen aber nicht hatte irritieren lassen. Zum einen war Carlie ziemlich professionell, zum anderen hatte sie vor kurzem den Softwaremagnaten Troy Jennings geheiratet, der so heiß war, dass einem ganz schwindelig wurde, wenn er irgendwo auftauchte.

Alles in allem war Maddie zu der Entscheidung gelangt, dass es an der Zeit war, Klartext zu sprechen. Dass die Welt da draußen und all die verliebten Mark-Spelling-Fans ruhig wissen konnten, was für ein Arschloch sie da eigentlich anbeteten. Okay. Mark Spelling sah gut aus. Nein, heiß. Um ehrlich zu sein war er rein optisch so ziemlich der schärfste Typ, den sie jemals gesehen hatte. Er war groß und sportlich, muskulös, sah aber nicht aufgepumpt aus. Er hatte blondes, längeres Haar das dazu neigte, aber einer gewissen Länge lockig zu werden und … großer Gott, diese grünen Augen, mit denen er einen ansah, ließen die Sonne aufgehen. Das erste Bedürfnis, das man verspürte, wenn man Mark Spelling gegenübertrat war, dass man sich an seine starke Brust schmiegen und von seinen Armen festgehalten werden wollte, egal was kam. Dass man als glückliche Frau sterben konnte, solange man sich nur in den Armen dieses Traummannes befand. Zumindest so lange, bis er den Mund öffnete. Bis auf das nette Äußere konnte er mit nicht sehr viel mehr punkten und Maddie war der Meinung, seine Fans hätten verdient, zu wissen, was für ein Mensch wirklich hinter dem hübschen Gesicht steckte.

Sie hatte die halbe Nacht lang an dem Artikel gearbeitet, dann doch wieder mit sich gehadert und überlegt, ihn zu veröffentlichen. Sie war kurz davor gewesen, die Lobpreisung auf Mark wieder aus dem Papierkorb zu holen doch dann hatte sie sich doch für die Wahrheit entschieden und den realistischen Artikel kurz vor Redaktionsschluss abgegeben. Dean, der gerade auf dem Sprung zu einer Partie Golf war, hatte sie gefragt, ob es etwas gäbe, was er zu dem Artikel wissen müsse und sie sagte ihm, es wäre die beste Arbeit, die sie jemals abgeliefert hatte. War es ja auch. Der Artikel war gnadenlos. Er war authentisch und ehrlich und ließ hinter die Kulissen sehen, wirkte aber weder unfair noch unseriös. Ohne auch nur einen Blick auf den Artikel zu werfen, hatte Dean ihn abgesegnet und war zum Golfplatz aufgebrochen – ein Umstand, den er jetzt wohl zutiefst bereute.
„Was hast du dir dabei nur gedacht?“, rief Dean jetzt aufgebracht, „was ist nur in deinem blonden Köpfchen vor sich gegangen, dass du so etwas schreibst und auch noch veröffentlichst?“
„Ich weiß überhaupt nicht, was du hast. Du predigst doch permanent, wir müssten gnadenlos sein. Du impfst uns ein, nur ja nicht zu blauäugig zu sein, wenn uns

jemand Honig ums Maul zu schmieren versucht. Und du hast selbst zu mir gesagt, dass die Leser lieber von Schmutzwäsche lesen möchten, als von Friede-Freude-Eierkuchen. Dass es sie eher interessiert, ob Brad Pitt in dreckigen Unterhosen rumläuft und das Hausmädchen begrapscht, als ob er ein weiteres Waisenkind aus Somalia adoptiert."

„Wir haben es hier aber nicht mit irgendeinem C-Promi aus einer Castingshow zu tun, Madison, sondern mit DEM Idol der klassischen Bühne. Wenn du schreibst, der Typ, der bei American Idol vorletzter geworden ist, hat vorgestern einen Supermarkt ausgeraubt, ist das eine Top-Story. Wenn du einen internationalen Musicalstar zerreißt, weil du nicht mit ihm zurecht gekommen bist, ist das nicht nur kindisch sondern verdammt nochmal ganz große Scheiße was unseren Ruf betrifft. Herrgott nochmal, Maddie. Mark Spelling ist so etwas wie der Gott des Musicals. Der Broadway streut ihm Rosen, Stage hat ihn fix unter Vertrag und er wird jede große Rolle spielen, die es in den nächsten Jahren geben wird. Es ist eine Sache, wenn du erzählst, dass Justin Bieber popelt, wenn er sich unbeobachtet fühlt, aber eine andere, wenn du behauptest, Mark Spelling wäre ein eingebildeter, oberflächlicher Schnösel mit einem Minderwertigkeitskomplex. Sein Management kann uns verklagen."

„Erst einmal zerreißt dieser Artikel niemanden. Er ist sachlich, realistisch und authentisch. Und außerdem hat er hat mich in einem Durch beleidigt", verteidigte sich

Maddie, „er hat mich nicht ernst genommen und das Interview sowie Glamerica selbst ins Lächerliche gezogen. Er hat sich über meine Klamotten mokiert und darüber, wie mein Haar sitzt. Er war gar nicht daran interessiert, seine Fans hinter die Fassade blicke zu lassen. Während wir gearbeitet haben, hat er Carlie Jennings immer und immer wieder angebaggert und als das Interview vorbei war, sagte er „Gottseidank – sie sind eine unglaublich unangenehme Person, wissen Sie?“ zu mir. Ich hatte kaum genügend Stoff um überhaupt etwas zu schreiben. Die meisten Infos über ihn haben ich mir aus dem Internet in Fanforen und aus Facebookseiten zusammensuchen müssen, die man ihm zu Ehren eröffnet hat. Du kannst dir also vorstellen, dass dieses Zeug ziemlich einseitig recherchiert war. Und das Material aus dem Interview war unbrauchbar.“
Dean sah Maddie an, ohne ein Wort zu sagen. Er war immer noch rot wie eine überreife Tomate und die hektischen Flecken hatten sich bereits von seinem Gesicht zu seinem Hals ausgebreitet.
„Ja, ich weiß, er ist nicht gerade umgänglich, aber der Grund, warum ich dich gebeten hatte, dieses Interview zu führen, war jener, dass du eine dicke Haut hast. Dir ist es egal, wenn dich jemand anschnauzt, du gibst da nichts drauf. Ich hätte auch Julie von der Klassikredaktion hinschicken können. Dummerweise hat die ein lebensgroßes Poster von Mark hinter ihrem Schreibtisch kleben. Ich wollte, dass diese Arbeit gut wird. Du hast es versaut, Blackstone.“

Maddie sprang auf.
„Dieser Artikel ist das Beste, was ich jemals geschrieben habe. Den lasse ich mir von dir nicht miesmachen."
„Vergiss den Artikel", sagte Dean, „wir müssen zusehen, dass wir die Sache wieder geradebiegen. Du kannst dir vorstellen, wie aufgebracht Mark und sein Management sind. Man hat uns bereits mit einer Rufschädigungsklage gedroht. Du wirst die Sache noch heute richtigstellen."
„Ich schreibe keine Entschuldigung, Dean. Und hier gibt es auch nichts richtigzustellen. Was kann ich dafür, dass dieser Typ ein Mistkerl ohne Manieren ist. Ich würde die Leser anlügen, würde ich revidieren und als gute Journalistin ist das ein No-Go. Lass dir mal Eier wachsen."
Sie sog die Luft ein. Hatte sie das gerade wirklich laut gesagt? Zu ihrem Chef?
„Heute Abend gibt es eine Pressekonferenz zu der Biografie, die in Kürze über Mark erscheinen wird. Du kannst von Glück sagen, dass wir dich dort unterbringen konnten. Du hast also die Gelegenheit, diese Sache wieder geradezurücken. Heute Abend um acht wirst du auf Kanal 9 bekanntgeben, dass das alles ein unglückliches Missverständnis war. Wie du das machst, ist mir egal. Aber ich will, dass du aus dem Sender gehst und die Welt weiß, dass alles, was in deinem Artikel über Mark steht, nicht der Wahrheit entspricht und du eigentlich das Gegenteil meintest.

Meinetwegen sagst du, du hast Alkoholprobleme. Oder eine gespaltene Persönlichkeit. Von mir aus kannst du auch erzählen, du wärst von Außerirdischen entführt worden und die hätten eine Lobotomie an dir durchgeführt. Völlig gleichgültig. Hauptsache, du biegst diese Sache gerade. Und entschuldige dich in aller Öffentlichkeit bei Mark Spelling."
„Das kann doch nicht dein Ernst sein."
Maddie traute ihren Augen nicht. Sie hatte wirklich einige erstklassige Artikel abgeliefert. Sie war immer mit Herzblut bei der Sache und versuchte, jedes Wort, jede Geste zu analysieren, die ihr Interviewpartner ihr entgegenbrachte. Der Artikel über Mark war das beste, was sie jemals hervorgebracht hatte. Ja, er war hart. Und er ließ den Sonnyboy des Musicals – wie andere Magazine Mark mit Vorliebe nannten – in einem ganz anderen Licht stehen, als man bisher von ihm gewöhnt war. Aber er war authentisch und ehrlich und gnadenlos. Genau das, was gute Arbeit bei einer Reporterin ausmachte.
„Du kannst deinen Arsch darauf verwetten, dass das mein Ernst ist. Heute Abend bist du in der Show und kriechst vor Spelling, seinem Management und seinen Fans zu Kreuze."
„Aber Dean, ich will das nicht tun. Ich stehe zu meinem Artikel ..." Maddie sah den Chefredakteur eindringlich an.
„Von mir aus, aber dann steh auf der Straße zu ihm. Willst du weiterhin für Glamerica arbeiten, dann setzt

du dich am besten schleunigst an eine glaubwürdige Geschichte, wie dieser Artikel gedruckt werden konnte, die du heute Abend preisgibst. Wenn nicht – in der Versandabteilung haben sie bestimmt einen passenden Karton für deine Habseligkeiten hier."

Er machte eine ausladende Bewegung um Maddies Schreibtisch. Dann drehte er um und verschwand aus ihrem Büro.

2

Maddie konnte gar nicht glauben, dass sie einige Stunden später tatsächlich in einem der Aufnahmestudios von Kanal 9 saß und darauf wartete, der Welt eine Lüge aufzutischen, die das Ansehen eines Mannes wiederherstellen sollte, der ein Synonym für einen Mistkerl war. Doch nachdem die Alternative war, sich einen neuen Job zu suchen – diese Drohung nahm sie Dean definitv ab, so stocksauer, wie er gewesen war – blieb ihr gar nichts anderes übrig, als in den sauren Apfel zu beißen.

„Miss Blackstone, sie können jetzt in die Maske", sagte eine steif wirkende Assistentin, die mit einem Klemmbrett im Arm durch das Studio wuselte und jedem, der ihr über den Weg lief, irgendwelche Anweisungen gab. Sie trug einen gerade geschnittenen Pony, eine dicke Nerdbrille und ihre Lippen waren knallrot geschminkt. Sie wirkte wie jemand, der alles im Griff hatte und keine Ausreden duldete.
„Klar."
Maddie erhob sich und folgte ihr in einen Raum, in dem einige Stylistinnen bereits dabei waren, die anderen Teilnehmer der Aufzeichnung kameratauglich zu machen.
„Setzen Sie sich, Miss Blackstone", sagte die Assistentin und deutete auf einen freien Stuhl. Maddie ging darauf zu und ließ sich in die Polster fallen. Sie sah sich um und hoffte, dass niemand die Assistentin gehört hatte, wie sie Maddies Namen aussprach. Hier mit einer Horde Mark-Spelling-Fans auf engstem Raum eingesperrt zu sein, konnte böse für sie enden. Sie erinnerte sich an ein Interview mit dem Extremsportler Colin Riley, der ihr erzählt hatte, er habe einmal dazwischen gehen müssen, als eine Horde seiner Fans auf eine Frau losging, die behauptete, seine Sportstunts wären alle gefaket. Bei der Gelegenheit erzählte er ihr noch, dass er diesen „Nicht-Fan" im Anschluss daran flachgelegt hatte, was seine Frau, die Autorin Summer Kennedy-Riley nur ein Augenrollen kostete. Es musste anstrengend sein, mit so einem Frauenliebling

verheiratet zu sein. Genau so einer, wie Mark Spelling einer war. Neben ihr saß etwas – jemand – in einem Liegestuhl. Die Person war eingehüllt in eine dicke Decke, trug eine Gesichtsmaske und Ihre Haare befanden sich unter einem schwarzen Handtuch. Die Hände der Person waren in dicke Handschuhe gehüllt. Maddie mutmaßte, dass es sich bei dieser modernen Mumie um die Moderatorin der Show handeln musste.
„Hallo", sagte sie, doch sie erhielt keine Antwort.
Hinter ihr tauchte eine junge Frau, etwa Mitte zwanzig, auf.
„Hey, ich Lynn, ihre heutige Stylistin. Haben Sie irgendwelche Stylingwünsche?"
„Ich … ähm, nein, nicht wirklich. Oder ja, doch. Ich finde meine Nase zu dick. Könnten Sie die wohl etwas dünner schminken?"
Maddie hatte Zeit ihres Lebens Probleme mit ihrer Nase gehabt, die – für ihren persönlichen Geschmack – zu groß war. Hätte sie nicht so große Angst vor den Schmerzen, die so eine Nasenkorrektur zweifelsohne mit sich zog, hätte sie sich schon längst ihre Traumnase machen lassen. Doch bislang schob sie das Projekt Nase immer von einem Winter zum nächsten auf. Ein Außenstehender hätte ihre Nase für absolut perfekt halten mögen doch Maddie selbst sah immer, wenn sie in den Spiegel blickte, eine große, auffällige Kartoffel mitten in ihrem Gesicht.
„Etwas Contouring? Kommt sofort", grinste Lynn und kramte in dem Kosmetikkoffer herum, den sie

mitgebracht hatte.
„Sind Sie schon aufgeregt?“, fragte Lynn nach einer Weile. Sie hatte Maddies Gesicht gereinigt, mit einem Tonikum versorgt und Grundierung aufgetragen. Bereits jetzt erstrahlte sie in völlig neuem Glanz. Vor ihr standen verschiedene Paletten mit Farbe, Döschen, Tiegel und Fläschchen.
„Weswegen?“
„Naja, sie werden mit Mark Spelling in der Show sein. Ich würde durchdrehen. Er ist so unglaublich … heiß und scharf und … dieses lüsterne Grinsen, dass er einem schenkt. Wissen Sie, ich habe mit Theater und Musicals überhaupt nichts am Hut. Ich bin eher bei der elektronischen Musik zuhause, aber wegen Mark habe ich mir bereits vier verschiedene Stücke angesehen. Können Sie sich das vorstellen?“
„Tatsächlich?“, sagte Maddie und versuchte, nicht zu desinteressiert zu klingen.
„Haben Sie übrigens diesen Artikel in der Glamerica gelesen? Von dieser Schnepfe, die Mark als Idioten hingestellt hat? Sie kommt heute auch. Die kann froh sein, dass ich nicht ihre Stylistin bin. Ich hätte sie in das Monster von Loch Ness verwandelt, das können Sie mir glauben. Einen so talentierten, liebenswürdigen und perfekten Mann wie Mark so zu denunzieren. Können sie sich das vorstellen? Wahrscheinlich hat sie ihn angebaggert und er hat sie abblitzen lassen. Deshalb wollte sie sich rächen.“
„Wie kann sie nur“, sagte Maddie teilnahmslos und war

froh, dass Lynn das kleine Foto von ihr, das dem Artikel in der Glamerica beigeschlossen gewesen war, nicht erkannt hatte.

„Haben Sie Mark schon einmal live gesehen?“, fragte Lynn.

„Ich war in mehreren seiner Stücke, ja“, sagte Maddie. Im Gegensatz zu Lynn liebte sie das Theater und hatte Mark schon in zwei seiner Paraderollen (einmal als Tod und einmal als Galileo in „We will Rock you“) gesehen. Außerdem hatte sie mehrere seiner Konzerte besucht. Dass er ein großartiger Schauspieler und ein ebenso grandioser Sänger war, musste sie neidlos zugeben. Aber das eine hatte mit ihm als Mensch wohl sehr wenig zu tun.

„Stehen Sie auch auf ihn?“

Lynn grinste, während sie dunkle Kleckse auf Maddies Gesicht im Bereich der Wangen, der Stirn und dem Kinn aufmalte, die sie aussehen ließen, wie eine überkandidelte Raggedy-Anne-Puppe.

„Ich stehe eher aufs Theater“, sagte Maddie uns sah Lynn dabei zu, wie sie die Kleckse verwischte und ihr Gesicht konturiert wirkte. Sie selbst bekam Contouring nicht hin, und wenn sie es noch so oft versuchte und sich eine Million Tutorials auf Youtube darüber ansah. Ihre Eigenversuche endeten meist damit, dass sie aussah wie ein Clown, dessen Make up explodiert war. Doch Lynn hatte ganze Arbeit geleistet.

„Aber … finden Sie Mark überhaupt nicht heiß?“

„Er sieht ganz gut aus.“

„Ganz gut? Ich bitte Sie. Bradley Cooper sieht ganz gut aus. Oder Jensen Ackles. Aber Mark Spelling … ist so ziemlich der heißeste Typ, der auf dem Erdboden wandelt."
Maddie seufzte.
„Oder stehen Sie auf Frauen?"
„Was?"
„Na, wenn sie Mark nicht heiß finden ..."
„Ich stehe nicht auf Frauen. Und ja, Mark sieht gut aus."
„Haben Sie ihn schonmal oben ohne gesehen? Dieses Sixpack? Ist das nicht unglaublich?"
„Ja, ich habe ihn schon oben ohne gesehen. Und ja, sein Sixpack ist nicht übel."
„Man wünscht sich nichts sehnlicher, als seinen Kopf an diese Brustmuskeln zu drücken und seine Arme um einen zu spüren, oder?"
Maddie grinste. Genau dieser Gedanke war ihr auch gekommen, als Mark in Mozart oben ohne auf der Bühne aufgetaucht war.
„Er ist bestimmt eine Kanone im Bett", sinnierte Lynn.
„Oder eine Niete", kicherte Maddie, „man sagt doch, dass gerade Kerle, die einen solch übertriebenen Körperwahn pflegen, die muskulös und stark sind, oft die größten Versager in der Kiste sein sollen."
„Mark sicher nicht. Das weiß ich aus verlässlicher Quelle."
Lynn kicherte.
„So?"

Maddie zog eine Augenbraue hoch. Vielleicht hätte sie sich mit dieser Stylistin unterhalten sollen, als mit einer Horde Fans in Internetforen, die ihr immer wieder ein und dieselben Infos über ihn gaben.
„Ja. Eine meiner besten Freundinnen arbeitet am Broadway und schminkt dort oft für die großen Produktionen. Vor einigen Wochen hatte sie das Glück, Mark zu schminken. Und ihn danach wieder „abzuschminken“, wenn Sie verstehen, was ich meine.“ Lynn setzte das Wort „abzuschminken“ in Gänsefüßchen.
„Leider hat er sie nach dieser gemeinsamen Nacht nicht wie versprochen angerufen und als sie sich bei ihm melden wollte, ist sie in einer Pizzeria auf Long Island gelandet. Er hat ihr offenbar die falsche Nummer gegeben, ob bewusst oder unbewusst, wer weiß das schon. Aber seither spricht sie nur noch von der Nacht mit ihm. Und seinen Qualitäten als Liebhaber.“
„Was für ein charmanter Kerl“, sagte Maddie sarkastisch und rollte mit den Augen. Ihr Artikel hatte zweifellos ins Schwarze getroffen.

„So, sie sind fertig. Und Sie sehen wunderbar aus.“ Lynn sprühte eine Nebelwolke Haarspray über Maddies blonde Mähne und betrachtete ihr Werk.
„Wow, das ist wirklich großartig geworden. Ich sollte Sie einstellen“, lachte Maddie und fand sich attraktiv. Lynn hatte wirklich ganze Arbeit geleistet. Maddie, die grundsätzlich jemand war, der sich oft etwas fehl am

Platz fühlte und mit wenig Selbstbewusstsein zu kämpfen hatte, hatte durch ihr perfektes Make up etwas Selbstvertrauen hinzugewonnen. So gestylt würde Sie Mark selbstischer und bestimmt unter die Augen treten können.

„Na, geht es Ihnen gut?“
Eine weitere Stylistin war zu der Gestalt getreten, die neben Maddie in dem Kosmetikstuhl lag und hatte ihr bereits die Gesichtsmaske sowie die Handschuhe abgenommen. Zärtlich wischte sie Maskenreste von der Haut, lächelte die Person so liebevoll an, wie man es für gewöhnlich von einer Mutter kennt, die ihr Kind anlächelt und stellte den Stuhl dann in eine aufrechte Position zurück.
„Alles bestens, danke Schätzchen“, sagte eine Männerstimme.
Maddie sah nach links und wäre am liebsten im Erdboden versunken. Sie war fest davon ausgegangen, dass es sich bei der Person um eine Frau handelte. Wer sonst sollte solchen Aufwand für eine kurze Konferenz auf Kanal 9 treiben, als eine überpenible Frau, vielleicht gar die Moderatorin, der viel an ihrem Aussehen lag. Doch die Gestalt, die neben ihr auf dem Stuhl saß und der gerade die Decke abgenommen wurde, war niemand anderes als Mark Spelling höchstpersönlich, der sie mit diesem süffisanten Grinsen bedachte, das ihr bereits bei ihrer ersten Begegnung aufgefallen war. Er hatte die ganze Zeit über neben ihr gesessen. Selbst

dann, als sie Lynn zugestimmt hatte, dass er heiß aussah und als sie gemutmaßt hatte, dass er möglicherweise eine Niete im Bett war.

„Hoffentlich hat er geschlafen, hoffentlich hat er geschlafen", sagte sie in Gedanken zu sich selbst, doch sie wagte nicht, zu hoffen, das Fortuna ihr in dem Punkt wohlgesonnen war.

„Miss Blackstone, was für eine Überraschung", sagte er und grinste immer noch. Er wusste ganz genau, dass er am längeren Ast saß.

„Hallo", sagte Maddie und begann, sich unwohl zu fühlen. Dieser Typ hatte eine ganz spezielle Eigenwirkung auf sie.

„Ist es eigentlich sehr peinlich, in das größte Fettnäpfchen ihres Lebens zu treten, Maddie? Ich darf Sie doch Maddie nennen, oder? Ich meine, Sie dachten, sie würden den großen Wurf landen, indem sie diesen lächerlichen Artikel über mich bringen und jetzt sind Sie hier und müssen vor der ganzen Welt klein beigeben."

„Sie sollten ihre Dimensionen etwas überdenken, Mr. Spelling", sagte Maddie selbstbewusst und versuchte inständig, ihre Fassung zu behalten, „Sie sind nicht so wichtig, dass diese Sendung weltweit ausgestrahlt wird. Vermutlich sieht sie nur eine Handvoll Theaterfans und ein paar Ihrer Groupies und das wars dann."

„Und trotzdem werden Sie vor mir zu Kreuze kriechen und sich entschuldigen. Und glauben Sie mir Maddie, wir beide sind noch lange nicht miteinander fertig."

Mark stand auf, blieb kurz hinter Maddie stehen, sah ihr einen Moment lang durch den Spiegel direkt in die Augen und zwinkerte ihr zu, bevor er den Raum verließ. Ihr Herz war stehen geblieben. Sie hassten diesen präpotenten Typ. Und sie hasste sich selbst dafür, dass es in ihrem Bauch gekribbelt hatte, als er in ihre Augen gesehen hatte. Sie war froh, diese dicke Schicht Make up aufgetragen bekommen zu haben. Unter all der Schminke musste sie so tiefrot angelaufen sein, wie eine überreife Tomate.

Der Fernsehbericht über Mark Spelling zog sich in die Länge. Die Moderatorin – zweifellos ein Fan – streute ihm Rosen, wo es nur ging und lobte ihn über den grünen Klee. Dass sie noch niemals jemaden singen gehört habe, dessen Stimme so engelsgleich war, wie die von Mark. Dass man ihm förmlich verfallen musste, wenn man ihn ansah und dass er alle anderen seiner Zunft weit hinter sich gelassen hatte. Es ging um Marks Werdegang, um seine ersten Erfahrungen im Theater und um seine Zukunftspläne. Maddie wurde von allen Teilnehmern der Gesprächsrunde geflissentlich ignoriert, man würdigte sie keines Blickes und als die Sendezeit nahezu vorbei war, glaubte sie, sie wäre vielleicht nur als Statistin gebucht worden. Vielleicht hatte man auch – über all den Lobgesängen auf Mark – vergessen, sie anzusprechen. Sie war nicht scharf darauf, sich vor laufender Kamera für den besten

Artikel, der jemals aus ihrer Feder gekommen war, zu entschuldigen und eine fadenscheinige Lüge aufzutischen, warum ein Artikel erschienen war, der niemals das Licht der Öffentlichkeit hätte erblicken dürfen. Dean hatte vorgeschlagen, sie solle es auf eine Praktikantin im Layouting schieben, die den Originalartikel verloren und nicht den Mut aufgebracht hatte, ihren Fehler einzugestehen. Aus diesem Grund hatte sie einen Übungstext mit einigen Details über Mark gespickt und in den Druck gegeben. Maddies Einwände, dass niemand ihre eine solche Geschichte abkaufen würde, tat Dean als Blödsinn ab. Die Leser wollten nur, dass ihr Held in strahlender Rüstung auch als solcher dargestellt wurde. Es wäre ihnen egal, warum ein falscher Artikel veröffentlicht wurde. Selbst, wenn Maddie behaupten würde, dass Außerirdische über Nacht in der Redaktion eingebrochen waren und den Artikel eigenhändig abgeändert hätten, so hätte es Marks Fans gereicht. Sie warf einen Blick auf die Wanduhr gegenüber, die der Fernsehzuschauer nicht sehen konnte. Es waren nur noch sieben Minuten, bis die Show vorbei war und Maddie entspannte sich ein kleines bisschen. Wenn sie tatsächlich zu diesem Artikel Stellung beziehen sollte, so blieb kaum noch Zeit dafür. Im Augenblick lamentierte eine dicke Dame, die die Vorsitzende seines offiziellen Fanclubs war, darüber, dass man zu seinem Geburtstag ein besonderes Galadinner plane und sich wünsche, dass Mark persönlich daran teilnahm, was dem aber nicht zu gefallen schien. Er druckste herum, er müsse das erst mit seinem Management besprechen, wäre aber so eingespannt mit Probeterminen und Auftritten, dass es bedauerlicherweise wohl nicht klappen würde. Aber selbstverständlich würde er alles daran setzen, den Abend mit seinen Fans verbringen zu können. Maddie bemerkte, wie seine Augenpartie sich verkrampfte. Zweifellos ein Hinweis darauf, dass ihm etwas nicht schmeckte. In dem Fall der Abend mit seinen Fans. Maddie lehnte sich in ihrem Stuhl zurück und entspannte sich etwas. Noch knapp sechs Minuten bis zum Ende der Show. Die Sache schien gelaufen zu sein, immerhin würde Mark selbst noch einmal zu seinen Fans sprechen und die Moderatorin würde die Show abmoderieren und vermutlich noch etwas zur nächsten Sendung sagen. Wie das alles in weniger als sechs Minuten klappen sollte, konnte Maddie sich nicht vorstellen.

Im nächsten Augenblick wurde düstere Musik eingespielt. Tiefe Violinentöne mischten sich mit dunklen E-Gitarren-Riffs.
„Liebe Zuschauer, unser letztes Thema für heute ist eine ziemlich üble Kampagne gegen Mark Spelling“, sagte die Moderatorin, die ihre Stimme ebenfalls etwas gesenkt hatte.
Maddie bemerkte, wie eine Kamera auf sie gerichtet wurde, während ihr Herz in ihre Hose sank.
„Madeline Blackstone von Glamerica schreibt in ihrem

Artikel über Mark Spelling, er wäre ein arroganter, oberflächlicher Schnösel mit süffisantem Grinsen und so etwas wie der Charlie Sheen der Theaterszene. Miss Blackstone vergleicht Mark also mit einem drogensüchtigen Herumtreiber, der Frauen schlägt, der Prostitution zugetan ist und lässt kein gutes Haar an ihm."

Buhrufe aus dem Publikum wurden laut, eine füllige Frau um die fünfzig, die ein T-Shirt trug, auf dessen Front Marks Antlitz übergroß prangte und verzerrt über ihrem Busen spannte, rief „Du blöde Bitch, sieh dich doch selber an" in Maddies Richtung. Unmerklich machte Maddie sich klein in ihrem Stuhl.

„Vom Glamerica-Magazin werden nun Informationen bekannt, dass es sich bei dem Artikel um ein Missverständnis handelt. Dass gar nicht geplant war, diesen Artikel zu veröffentlichen und dass er absolut nicht das widerspiegelt, was Miss Blackstone in dem Interview mit Mark Spelling ausgearbeitet hat. Miss Blackstone, wie kann es also sein, dass Sie Mark als angeberischen Schwerenöter diffamieren, ihm unterstellen, ein Weiberheld zu sein und ihn mit einem Junkie vergleichen? Und wenn es in dem Artikel gar nicht um Mark ging, wen sehen Sie dann in solch schlechtem Licht? Es wäre für uns alle bestimmt sehr interessant, wer sich Ihren Unmut auf sich gezogen hat."

Die Moderatorin sah Maddie böse an. Sie war definitiv ein Fan von Mark Spelling.

„Ich … also … es war nicht… lassen Sie mich erklären“, begann Maddie und im selben Moment schoss ihr die Schamesröte trotz Make up ins Gesicht. Sie war noch nie jemand gewesen, der gut vor Publikum sprechen konnte und hatte bereits in der Schule bei Referaten so ihre Probleme gehabt. Als ihr bewusst wurde, dass diese Show zwar bestimmt nicht welt- oder landesweit ausgestrahlt wurde, dass aber trotzdem mehrere tausend Zuschauer vor ihren Fernsehern saßen und ihr zuhörten, verlor sie fast die Fassung.
„Wie meinen Sie, Miss Blackstone“, fragte die Moderatorin herausfordernd. Sie grinste breit und offenbar machte es ihr große Freude, Maddie so in Bedrängnis zu sehen.
„Ich … wollte sagen, ich meine … wir, das heißt, Glamerica …“
Maddie war nicht in der Lage, einen klaren Gedanken zu fassen und erst recht nicht, einen anständigen Satz zu formulieren.
„Darf ich diese Sache klären?“
Überrascht sah Maddie – ebenso wie die Moderatorin und das Publikum Mark an.
„Ich denke, Miss Blackstone ist etwas nervös, hier vor Ihnen allen sprechen zu müssen.“
Mark hatte eine unglaublich männliche, aber dennoch weiche Stimme. Das war ihr schon aufgefallen, als sie ihn interviewt hatte. Obwohl man Theaterschauspielern ja immer eine etwas weibliche Seite andichtete, war

Mark Spelling ein Mann durch und durch. Aber was bezweckte er jetzt? Was hatte er zu sagen? Wollte er Maddie tatsächlich aus der Patsche helfen? Sah er die Sache möglicherweise gar nicht so eng, wie der Rest der Welt?

„Wissen Sie etwa, was es mit dem Artikel auf sich hat, Mr. Spelling?“, fragte die Moderatorin und grinste Mark an, als wäre er ein Ölgötze.

„Sehen Sie“, begann Mark und sah mit seinem Strahlemann-Gesicht direkt in die Kamera, „Miss Blackstone wollte mich anmachen. Sie hat mir einige deutliche Signale gesendet und mir ein eindeutiges Angebot gemacht.“

Bei Maddie begannen, die Alarmglocken zu schrillen.

„Was? Aber das stimmt doch überhaupt nicht. Sind Sie von allen guten Geistern verlassen?“, rief sie aufgebracht.

Das Publikum begann zu lachen.

„Miss Blackstone meinte, sie würde mir jeden Wunsch im Bett erfüllen und kenne keinerlei Tabus. Als ich ihr sagte, dass ich nicht so ein Mann wäre und ich dieses Interview professionell abwickeln wolle, ist sie wohl ausgetickt. Sie sagte mir, sie würde sich für diesen Korb schon rächen, was ich aber zu diesem Zeitpunkt nicht ernst genommen habe.“

Alle Blicke richteten sich auf Madison.

„Sie lügen wie gedruckt“, rief sie und zeigte auf Mark, „ich habe sie nicht im entferntesten angemacht. ICH bin professionell, nicht Sie. Los, sagen Sie, wie es wirklich

war. Ich hatte sogar eine Fotografin mit dabei."
„Ach ja, die heiße Blondine? Miss Blackstone meinte, sie könnte die Fotografin bestimmt zu einem Dreier überreden und wollte sich für mich damit wohl noch interessanter machen."
„Das ist doch völliger Bullshit", rief Maddie, doch niemand nahm noch Notiz von ihr. Während der eine Teil der Zuschauer wie süchtig an Marks Lippen hing, kringelte sich der andere vor Lachen.
„Ich habe in den letzten Jahren damit gelebt, viele vor allem weibliche Fans zu haben, die mich ins Bett bekommen wollen. Doch ich bin niemand für nur eine Nacht. Ich habe Miss Blackstone gebeten, das Interview professionell zu führen und bin ihr Rede und Antwort gestanden. Offenbar hat sie ihre Rache in diesem lächerlichen Artikel genommen, der in der Glamerica erschienen ist."
„Miss Blackstone? Haben Sie dazu etwas zu sagen? Wir haben zwar nur mehr eine knappe Minute, aber …" Die Moderatorin wandte sich an Maddie.
„Ich … das ist alles nicht wahr. Ich habe ihn nicht angebaggert. Er ist gar nicht mein Typ", sagte Maddie. Sie war aufgewühlt und wollte losheulen, dieser Mistkerl hatte sie im Fernsehen bis auf die Knochen blamiert. Und was würde Carlie Jennings wohl denken, wenn Mark herumposaunte, sie hätte ihm einen dreier mit ihnen beiden versprochen. Maddies Gesicht fühlte sich heiß an und aus Erfahrung wusste sie, dass sie aussehen musste, wie eine überreife Tomate.

„Madison?“
Mark sprach sie an und sie sah auf.
„Hören Sie, Sie sind bestimmt ein nettes Mädchen, und wie ich Ihnen bereits beim Interview gesagt habe, es gibt eine Menge Kerle, die auf fülligere Frauen wie sie stehen, und die diese Charakternasen super finden, wie Sie eine haben. Sie sind bestimmt toll, aber einfach nicht mein Typ. Sie müssen lernen, damit zu leben, dass nicht jeder sie heiraten möchte. Jedes Mal einen derartigen Wutanfall zu bekommen und einen Rachefeldzug wie diesen Artikel zu starten ist doch ziemlich armselig, finden sie nicht? Ich wünsche Ihnen alles Gute.“
Die Kamera schwenkte zurück auf die Moderatorin, die einige Abschlussworte fand, die Maddie aber gar nicht mehr mitbekam. Sobald der Regieassistent „wir sind raus“, rief, war auch Madison raus – aus dem Studio. Sie lief verwirrt durch die Gänge, zwischen Menschen hindurch und auf den Hinterausgang zu hinaus ins Freie. Tausend Gedanken prasselten auf sie ein.

Sie konnte kaum glauben, was da drin eben passiert war. Jetzt ließ sie ihren Tränen freien Lauf. Für gewöhnlich war sie nicht der Typ, der sehr nah am Wasser gebaut war, aber Mark Spelling hatte sie bis auf die Knochen blamiert. Sie mochte sich gar nicht vorstellen, wer diese Sendung wohl gesehen hatte. Angefangen von ihrer Großmutter über ihre Eltern, ihre Kollegen. Schlimmstenfalls konnte diese Sache sie den

Job kosten. Was, wenn es die Runde machte, dass Madison Blackstone Männer herumzukriegen versuchte und miese Artikel über sie verfasste, wenn sie einen Korb bekam? Niemand würde ihr wohl noch ein Interview geben wollen, wenn man sie für ein hysterisches Groupie hielt, das unwahre Artikel verfasste, wenn etwas nicht so lief, wie sie es sich vorstellte. Und was war mit Glamerica? Im weitesten Sinne könnte es auch das Magazin treffen, wenn laut wurde, dass es eine Reporterin beschäftigte, sie sich derartiger Mittel bediente. Dieser Mistkerl. Er saß am längeren Ast und sie hatte in den ersten Sekunden seines Statements tatsächlich geglaubt, er würde eine Lanze für sie brechen. Sie wischte ihre Tränen fort und atmete einmal tief durch. Sie fühlte sich unbehaglich, als Passanten an ihr vorübergingen. Obwohl es ziemlich unwahrscheinlich war, dass ein paar Jugendliche auf Skateboards, die an ihr vorbeirollten und laute Hiphop-Musik hörten, die Show soeben gesehen hatten, glaubte sie, sie erkanten sie und würden sich über sie lustig machen.

Dieser ganze Abend war ein Desaster gewesen. Ihr war ja klar gewesen, dass es sich dabei nicht um ein nettes Teekränzchen handeln würde, aber dass es so eskalieren würde … Und er hatte sie auf ihre Nase angesprochen. Das hatte sie am allermeisten getroffen. Er hatte sie füllig und ihre Nase „Charakternase“ genannt. Klar, er hatte wohl mitbekommen, wie sie die Stylistin gebeten hatte, ihre Nase schmaler zu schminken aber … er hatte sie vor der halben Welt lächerlich gemacht. Das Handy in ihrer Handtasche begann zu klingeln und zu vibrieren und als sie es aus der Tasche zog, vermeldete es einen Anruf von Meg, ihrer besten Freundin.

„Hallo?“

Maddie klang wie ein geschlagener Hund.

„Dieses Arschgesicht“, rief Meg und war mindestens genauso aufgebracht wie Maddie, „der hat dich total auflaufen lassen.“„Ich weiß.“

Maddie fühlte sich kraftlos und es war anstrengend, zu sprechen.

„Wie geht’s dir jetzt? Soll ich dich von irgendwo abholen?“

„Ich bin schon auf dem Nachhauseweg, die nächste U-Bahnstation ist keine zwei Minuten entfernt. Ich will nur noch nach Hause, mich in meinem Appartement einschließen und diesen grauenhaften Abend vergessen.“

„Du hattest mit dem Artikel völlig Recht. Dieser eingebildete Schnösel. Und dieses schiefe Grinsen. Denkt wohl, er wäre ein Gottesgeschenk an die Weiblichkeit.“

„Tja, genaugenommen ist er das auch. Das ganze Fernsehstudio war voll von seinen Fans und ich glaube, sogar der Aufnahmeleiter hatte ein Auge auf ihn geworfen.“

Maddie ging inzwischen den Bürgersteig entlang und sah auf den Boden. Sie schämte sich immer noch für

die Show und hatte Panik, man könnte sie erkennen. Bei jedem Passanten, der an ihr vorbeiging, erwartete sie lautes Gelächter und die Frage „Sind sie nicht die, die bei Mark Spelling abgeblitzt ist?“
„Er hat mich fett genannt“, sagte Maddie hilflos. Diese Aussage hatte sie fast am härtesten getroffen. Gleich nach der Aussage mit der „Charakternase“.
„Er ist ein Arschgesicht“, sagte Meg, „du bist nicht fett, das weißt du genauso gut wie ich.“
„Und er hat an meiner Nase rumgemäkelt.“
Meg seufzte. Maddie hatte seit Menschengedenken die irrsinnige Vorstellung, ihre Nase wäre zu groß, obwohl sie perfekt aussah. Dass Mark Spelling ihre Nase jetzt angesprochen hatte, war ziemlich unglücklich. Wie er überhaupt darauf kam, ihre Nase, die völlig normal und weder zu groß noch schief oder sonst irgendwie nicht in Ordnung war, „Charakternase“ zu nennen, war ihr ein Rätsel.
„Er hat mich vor den ganzen Zuschauern, die diese Sendung gesehen haben, lächerlich gemacht. Ich hatte von vorn herein keine Chance, irgendetwas zu klären.“
„Wie denn auch, das war eine Veranstaltung für seine Fans. Oder meinst du, jemand, der nichts mit ihm zu schaffen hat, schaltet ein Programm ein, das eine Pressekonferenz zeigt, in der es um seine Biografie geht?“
„Trotzdem. Es könnte gut sein, dass diese Sendung einen unglaublichen Einfluss auf mein Leben nimmt.“
„Ich würde nichts auf die Aussagen von einem Typen

geben, der nur rechtsseitig grinsen kann", sagte Meg und versuchte, ihre Freundin aufzuheitern. Dass es für Maddie im Büro tatsächlich etwas unangenehm werden könnte, verschwieg sie ihr aber. Auch, wenn Madison absolut professionell war und bislang jedes Angebot eines Stars abgeschlagen hatte, hielten sich solche Gerüchte oft hartnäckig. Wie Dean Maddox darauf reagieren würde, dass man Maddie nachsagte, sie würde Hollywoodstars anbaggern und sich in Artikeln rächen, wenn sie nicht bekam, was sie wollte, wollte sie lieber auch nicht wissen. Letztendlich hatte dieser Fernsehauftritt die ganze Sache mit dem Artikel noch verschlimmert, als dass er sie verbessert hätte.

„Ich mag gar nicht daran denken …", begann Maddie. Im nächsten Moment hörte Meg, wie Reifen quietschten, dann so etwas wie einen dumpfen Aufschlag. Ihr Herz begann zu rasen.

„Maddie? Madison? Hallo?", rief sie in ihr Telefon, doch sie bekam keine Antwort mehr. Die Leitung war tot.

LESEPROBE

1

„*Süffisantes Grinsen. Der Charlie Sheen der Theaterszene. Die Arroganz sieht ihm zu den Augen heraus.* Ich kann es einfach nicht fassen.“
Die aktuelle Ausgabe von Glamerica landete mit einem lauten Klatsch vor Madison auf dem Schreibtisch, gleich darauf tauchte das wütende, dunkelrote und mit hektischen Flecken übersäte Gesicht ihres Chefredakteurs, Dean Maddox, vor ihr auf.
„Es ist eine der auflagenstärksten Ausgaben, seit fünf Jahren. Heute Morgen war es an fast allen Zeitungsständen ausverkauft und online hat es bereits jetzt über zwei Millionen Klicks. Die Resonanz ist einfach überwältigend. Ich weiß gar nicht, worüber du dich so aufregst“, sagte Maddie entspannt, obwohl sie wusste, dass Dean ihr die Leviten gleich im ganz großen Stil lesen würde und sie sich auf waffeldünnem Eis befand, was ihren Job anging. Ihr war klar gewesen, dass der Artikel über Mark Spelling, eine ganz große Nummer am Theaterhimmel und draufgängertechnisch etwa mit James Dean zu vergleichen, eine Gratwanderung werden würde. Spelling, der nicht viel von Interviews und ihn hofierenden Reportern hielt, hatte sich nach langem hin und her darauf eingelassen, dass Glamerica ein Portrait über ihn brachte – Madison Blackstone, die in der Redaktion für Stars und Promis zuständig war und bereits einige landesweite Interviews mit Hollywoodstars wie Bradley Copper, Mel Gibson oder George Clooney hinter sich hatte, war dazu auserkoren worden, den James Dean der

Theaterwelt zu interviewen und der Menschheit ihre persönlichen Eindrücke über ihn zu schildern. Tausende begeisterte Fans sollten an Maddies gedruckten Lippen hängen und aus erster Hand erfahren, was den Musical-Sonnyboy bewegte, was er liebte, was er hasste, und wie er sich seine Traumfrau vorstellte. Bevor sie sich dazu entschlossen hatte, die Wahrheit über Mark zu schreiben, hatte Maddie tatsächlich einen Zweiseiter gehabt, der Dean Maddox, Mark Spelling, Marks Agenten und seinen zahlreichen weiblichen Fans ein Lächeln auf die Lippen gezaubert hätte. Der tolle Kerl, der nach der Highschool nach Yale geht um dort Wirtschaft zu studieren, aber bei einer Theater-AG seine Leidenschaft für die Bühne entdeckt. Der dann umsattelt und innerhalb weniger Jahre ein ganz großer Stern am Theaterhimmel wird, seinen Hochschulabschluss aber dennoch summa cum laude besteht. Der schon alle großen Rollen inne hatte. Von Rum-Tum-Tugger in Cats über das Phantom im Phantom der Oper bis hin zum Tod in „Elizabeth“ - dem Musical über die österreichische Kaiserin. Der Menschenfreund, der sich nach seinen Auftritten Zeit für seine Fans nimmt, Fotos mit ihnen macht und Autogramme schreibt, der nicht vergessen hat, woher er kommt und wer er ist, obwohl die Welt ihm zu Füßen liegt. Ja, der Artikel, den sie über Mark geschrieben hatte, und der dann doch im Papierkorb gelandet war, hätte sie alle zufrieden gestellt. Nur Maddie selbst hätte es sich nicht vergeben, ihn zu veröffentlichen. Das Interview mit Mark war ein Desaster gewesen. Er war hochnäsig und eingebildet, völlig abgehoben. Er hatte auf mehrere Fragen ziemlich patzige Antworten parat gehabt und das Desinteresse an dem Interview hatte er nicht leugnen können. Maddie hatte schon des Öfteren schwierige

Interviewpartner gehabt doch es hatte immer ein gewisses Niveau, eine gewisse Professionalität geherrscht. Bei Mark Spelling war das anders. Er hatte Maddie von oben herab behandelt und bisweilen war sie sich wie ein Mensch zweiter Klasse vorgekommen. Außerdem hatte er über ihre Klamotten gelästert und sie gefragt, ob ihre Mutter die noch für sie herauslegte. Und er hatte schamlos mit der Fotografin Carlie Jennings geflirtet, die sich von seinen Avancen aber nicht hatte irritieren lassen. Zum einen war Carlie ziemlich professionell, zum anderen hatte sie vor kurzem den Softwaremagnaten Troy Jennings geheiratet, der so heiß war, dass einem ganz schwindelig wurde, wenn er irgendwo auftauchte.

Alles in allem war Maddie zu der Entscheidung gelangt, dass es an der Zeit war, Klartext zu sprechen. Dass die Welt da draußen und all die verliebten Mark-Spelling-Fans ruhig wissen konnten, was für ein Arschloch sie da eigentlich anbeteten. Okay. Mark Spelling sah gut aus. Nein, heiß. Um ehrlich zu sein war er rein optisch so ziemlich der schärfste Typ, den sie jemals gesehen hatte. Er war groß und sportlich, muskulös, sah aber nicht aufgepumpt aus. Er hatte blondes, längeres Haar das dazu neigte, aber einer gewissen Länge lockig zu werden und … großer Gott, diese grünen Augen, mit denen er einen ansah, ließen die Sonne aufgehen. Das erste Bedürfnis, das man verspürte, wenn man Mark Spelling gegenübertrat war, dass man sich an seine starke Brust schmiegen und von seinen Armen festgehalten werden wollte, egal was kam. Dass man als glückliche Frau sterben konnte, solange man sich nur in den Armen dieses Traummannes befand. Zumindest so lange, bis er den Mund öffnete. Bis auf das nette Äußere konnte er mit nicht sehr viel mehr punkten und Maddie war der Meinung, seine Fans hätten verdient, zu wissen, was für ein Mensch wirklich hinter dem hübschen Gesicht steckte.

Sie hatte die halbe Nacht lang an dem Artikel gearbeitet, dann doch wieder mit sich gehadert und überlegt, ihn zu veröffentlichen. Sie war kurz davor gewesen, die Lobpreisung auf Mark wieder aus dem Papierkorb zu holen doch dann hatte sie sich doch für die Wahrheit entschieden und den realistischen Artikel kurz vor Redaktionsschluss abgegeben. Dean, der gerade auf dem Sprung zu einer Partie Golf war, hatte sie gefragt, ob es etwas gäbe, was er zu dem Artikel wissen müsse und sie sagte ihm, es wäre die beste Arbeit, die sie jemals abgeliefert hatte. War es ja auch. Der Artikel war gnadenlos. Er war authentisch und ehrlich und ließ hinter die Kulissen sehen, wirkte aber weder unfair noch unseriös. Ohne auch nur einen Blick auf den Artikel zu werfen, hatte Dean ihn abgesegnet und war zum Golfplatz aufgebrochen – ein Umstand, den er jetzt wohl zutiefst bereute.
„Was hast du dir dabei nur gedacht?“, rief Dean jetzt aufgebracht, „was ist nur in deinem blonden Köpfchen vor sich gegangen, dass du so etwas schreibst und auch noch veröffentlichst?“
„Ich weiß überhaupt nicht, was du hast. Du predigst doch permanent, wir müssten gnadenlos sein. Du impfst uns ein, nur ja nicht zu blauäugig zu sein, wenn uns jemand Honig ums Maul zu schmieren versucht. Und du hast selbst zu mir gesagt, dass die Leser lieber von Schmutzwäsche lesen möchten, als von Friede-Freude-Eierkuchen. Dass es sie eher interessiert, ob Brad Pitt in dreckigen Unterhosen rumläuft und das Hausmädchen begrapscht, als ob er ein weiteres

Waisenkind aus Somalia adoptiert."
„Wir haben es hier aber nicht mit irgendeinem C-Promi aus einer Castingshow zu tun, Madison, sondern mit DEM Idol der klassischen Bühne. Wenn du schreibst, der Typ, der bei American Idol vorletzter geworden ist, hat vorgestern einen Supermarkt ausgeraubt, ist das eine Top-Story. Wenn du einen internationalen Musicalstar zerreißt, weil du nicht mit ihm zurecht gekommen bist, ist das nicht nur kindisch sondern verdammt nochmal ganz große Scheiße was unseren Ruf betrifft. Herrgott nochmal, Maddie. Mark Spelling ist so etwas wie der Gott des Musicals. Der Broadway streut ihm Rosen, Stage hat ihn fix unter Vertrag und er wird jede große Rolle spielen, die es in den nächsten Jahren geben wird. Es ist eine Sache, wenn du erzählst, dass Justin Bieber popelt, wenn er sich unbeobachtet fühlt, aber eine andere, wenn du behauptest, Mark Spelling wäre ein eingebildeter, oberflächlicher Schnösel mit einem Minderwertigkeitskomplex. Sein Management kann uns verklagen."
„Erst einmal zerreißt dieser Artikel niemanden. Er ist sachlich, realistisch und authentisch. Und außerdem hat er hat mich in einem Durch beleidigt", verteidigte sich Maddie, „er hat mich nicht ernst genommen und das Interview sowie Glamerica selbst ins Lächerliche gezogen. Er hat sich über meine Klamotten mokiert und darüber, wie mein Haar sitzt. Er war gar nicht daran interessiert, seine Fans hinter die Fassade blicke zu lassen. Während wir gearbeitet haben, hat er Carlie Jennings immer und immer wieder angebaggert und als das Interview vorbei war, sagte er „Gottseidank – sie sind eine unglaublich unangenehme Person, wissen Sie?" zu mir. Ich hatte kaum genügend Stoff um überhaupt etwas zu schreiben. Die meisten Infos über ihn haben ich mir aus dem

Internet in Fanforen und aus Facebookseiten zusammensuchen müssen, die man ihm zu Ehren eröffnet hat. Du kannst dir also vorstellen, dass dieses Zeug ziemlich einseitig recherchiert war. Und das Material aus dem Interview war unbrauchbar."

Dean sah Maddie an, ohne ein Wort zu sagen. Er war immer noch rot wie eine überreife Tomate und die hektischen Flecken hatten sich bereits von seinem Gesicht zu seinem Hals ausgebreitet.

„Ja, ich weiß, er ist nicht gerade umgänglich, aber der Grund, warum ich dich gebeten hatte, dieses Interview zu führen, war jener, dass du eine dicke Haut hast. Dir ist es egal, wenn dich jemand anschnauzt, du gibst da nichts drauf. Ich hätte auch Julie von der Klassikredaktion hinschicken können. Dummerweise hat die ein lebensgroßes Poster von Mark hinter ihrem Schreibtisch kleben. Ich wollte, dass diese Arbeit gut wird. Du hast es versaut, Blackstone."

Maddie sprang auf.

„Dieser Artikel ist das Beste, was ich jemals geschrieben habe. Den lasse ich mir von dir nicht miesmachen."

„Vergiss den Artikel", sagte Dean, „wir müssen zusehen, dass wir die Sache wieder geradebiegen. Du kannst dir vorstellen, wie aufgebracht Mark und sein Management sind. Man hat uns bereits mit einer Rufschädigungsklage gedroht. Du wirst die Sache noch heute richtigstellen."

„Ich schreibe keine Entschuldigung, Dean. Und hier gibt es auch nichts richtigzustellen. Was kann ich dafür, dass dieser Typ ein Mistkerl ohne Manieren ist. Ich würde die Leser anlügen, würde ich revidieren und als gute Journalistin ist das ein No-Go. Lass dir mal Eier wachsen."

Sie sog die Luft ein. Hatte sie das gerade wirklich laut gesagt? Zu ihrem Chef?

„Heute Abend gibt es eine Pressekonferenz zu der Biografie, die in Kürze über Mark erscheinen wird. Du kannst von Glück sagen, dass wir dich dort unterbringen konnten. Du hast also die Gelegenheit, diese Sache wieder geradezurücken. Heute Abend um acht wirst du auf Kanal 9 bekanntgeben, dass das alles ein unglückliches Missverständnis war. Wie du das machst, ist mir egal. Aber ich will, dass du aus dem Sender gehst und die Welt weiß, dass alles, was in deinem Artikel über Mark steht, nicht der Wahrheit entspricht und du eigentlich das Gegenteil meintest. Meinetwegen sagst du, du hast Alkoholprobleme. Oder eine gespaltene Persönlichkeit. Von mir aus kannst du auch erzählen, du wärst von Außerirdischen entführt worden und die hätten eine Lobotomie an dir durchgeführt. Völlig gleichgültig. Hauptsache, du biegst diese Sache gerade. Und entschuldige dich in aller Öffentlichkeit bei Mark Spelling."
„Das kann doch nicht dein Ernst sein."
Maddie traute ihren Augen nicht. Sie hatte wirklich einige erstklassige Artikel abgeliefert. Sie war immer mit Herzblut bei der Sache und versuchte, jedes Wort, jede Geste zu analysieren, die ihr Interviewpartner ihr entgegenbrachte. Der Artikel über Mark war das beste, was sie jemals hervorgebracht hatte. Ja, er war hart. Und er ließ den Sonnyboy des Musicals – wie andere Magazine Mark mit Vorliebe nannten – in einem ganz anderen Licht stehen, als man bisher von ihm gewöhnt war. Aber er war authentisch und ehrlich und gnadenlos. Genau das, was gute Arbeit bei einer Reporterin ausmachte.
„Du kannst deinen Arsch darauf verwetten, dass das mein Ernst ist. Heute Abend bist du in der Show und kriechst vor Spelling, seinem Management und seinen Fans zu Kreuze."
„Aber Dean, ich will das nicht tun. Ich stehe zu meinem

Artikel ...“ Maddie sah den Chefredakteur eindringlich an.
„Von mir aus, aber dann steh auf der Straße zu ihm. Willst du weiterhin für Glamerica arbeiten, dann setzt du dich am besten schleunigst an eine glaubwürdige Geschichte, wie dieser Artikel gedruckt werden konnte, die du heute Abend preisgibst. Wenn nicht – in der Versandabteilung haben sie bestimmt einen passenden Karton für deine Habseligkeiten hier.“
Er machte eine ausladende Bewegung um Maddies Schreibtisch. Dann drehte er um und verschwand aus ihrem Büro.

2

Maddie konnte gar nicht glauben, dass sie einige Stunden später tatsächlich in einem der Aufnahmestudios von Kanal 9 saß und darauf wartete, der Welt eine Lüge aufzutischen, die das Ansehen eines Mannes wiederherstellen sollte, der ein Synonym für einen Mistkerl war.

„Miss Blackstone, sie können jetzt in die Maske", sagte eine steif wirkende Assistentin, die mit einem Klemmbrett im Arm durch das Studio wuselte. Sie trug einen gerade geschnittenen Pony, eine dicke Nerdbrille und ihre Lippen waren knallrot geschminkt. Sie wirkte wie jemand, der alles im Griff hatte und keine Ausreden duldete.

„Klar."
Maddie erhob sich und folgte ihr in einen Raum, in dem einige Stylistinnen bereits dabei waren, die anderen

Teilnehmer der Aufzeichnung kameratauglich zu machen.

„Setzen Sie sich, Miss Blackstone“, sagte die Assistentin und deutete auf einen freien Stuhl. Maddie ging darauf zu und ließ sich in die Polster fallen. Neben ihr saß etwas – jemand – in einem Liegestuhl. Die Person war eingehüllt in eine dicke Decke, trug eine Gesichtsmaske und Ihre Haare befanden sich unter einem schwarzen Handtuch. Die Hände der Person waren in dicke Handschuhe gehüllt.

„Hallo“, sagte Maddie, doch sie erhielt keine Antwort. Hinter ihr tauchte eine junge Frau, etwa Mitte zwanzig, auf.

„Hey, ich Lynn, ihre heutige Stylistin. Haben Sie irgendwelche Stylingwünsche?“
„Ich … ähm, nein, nicht wirklich. Oder ja, doch. Ich finde meine Nase zu dick. Könnten Sie die wohl etwas dünner schminken?“

Maddie hatte Zeit ihres Lebens Probleme mit ihrer Nase gehabt, die – für ihren persönlichen Geschmack – zu groß war. Ein Außenstehender hätte ihre Nase für absolut perfekt halten mögen doch Maddie selbst sah immer, wenn sie in den Spiegel blickte, eine große, auffällige Kartoffel mitten in ihrem Gesicht.
„Etwas Contouring? Kommt sofort“, grinste Lynn und kramte in dem Kosmetikkoffer herum, den sie mitgebracht hatte.

„Sind Sie schon aufgeregt?“, fragte Lynn nach einer Weile. Sie hatte Maddies Gesicht gereinigt, mit einem Tonikum versorgt und Grundierung aufgetragen. Bereits jetzt erstrahlte sie in völlig neuem Glanz.

„Weswegen?“
„Naja, sie werden mit Mark Spelling in der Show sein. Ich würde durchdrehen. Er ist so unglaublich … heiß und scharf und … dieses lüsterne Grinsen, dass er einem schenkt. Wissen Sie, ich habe mit Theater und Musicals überhaupt nichts am Hut. Ich bin eher in der Raverszene zuhause, aber wegen Mark habe ich mir bereits vier verschiedene Stücke angesehen. Können Sie sich das vorstellen?“
„Tatsächlich“, sagte Maddie und versuchte, nicht zu desinteressiert zu klingen.

„Haben Sie übrigens diesen Artikel in der Glamerica gelesen? Von dieser Schnepfe, die Mark als Idioten hingestellt hat? Sie kommt heute auch. Die kann froh sein, dass ich nicht ihre Stylistin bin. Ich hätte sie in Miss Piggy verwandelt, das können Sie mir glauben. Einen so talentierten, liebenswürdigen und perfekten Mann wie Mark so zu denunzieren. Können sie sich das vorstellen? Wahrscheinlich hat sie ihn angebaggert und er hat sie abblitzen lassen. Deshalb wollte sie sich rächen.“
„Wie kann sie nur“, sagte Maddie teilnahmslos und war froh, dass Lynn das kleine Foto von ihr, das dem Artikel in der Glamerica beigeschlossen gewesen war, nicht erkannt hatte.

„Haben Sie Mark schon einmal live gesehen?“, fragte Lynn.

„Ich war in mehreren seiner Stücke, ja“, sagte Maddie. Im Gegensatz zu Lynn liebte sie das Theater und hatte Mark schon in zwei seiner Paraderollen (einmal als Tod und einmal als Erzbischof in Mozart) gesehen. Dass er ein großartiger Schauspieler und ein ebenso grandioser Sänger war, musste sie neidlos zugeben. Aber das eine hatte mit ihm als Mensch wohl sehr wenig zu tun.

„Stehen Sie auch auf ihn?“

Lynn grinste, während sie dunkle Kleckse auf Maddies Gesicht im Bereich der Wangen, der Stirn und dem Kinn aufmalte.

„Ich stehe eher aufs Theater“, sagte Maddie uns sah Lynn dabei zu, wie sie die Kleckse verwischte und ihr Gesicht konturiert wirkte. Sie selbst bekam Contouring nicht hin, und wenn sie es noch so oft versuchte und sich eine Million Tutorials auf Youtube ansah. Ihre Eigenversuche endeten meist damit, dass sie aussah wie ein Clown, dessen Make up explodiert war. Doch Lynn hatte ganze Arbeit geleistet.

„Aber … finden Sie Mark überhaupt nicht heiß?“

„Er sieht ganz gut aus.“
„Ganz gut? Ich bitte Sie. Bradley Cooper sieht ganz gut aus. Oder Jensen Ackles. Aber Mark Spelling … ist so ziemlich der heißeste Typ, der auf dem Erdboden wandelt.“
Maddie seufzte.

„Oder stehen Sie auf Frauen?“

„Was?“

„Na, wenn sie Mark nicht heiß finden ...“
„Ich stehe nicht auf Frauen. Und ja, Mark sieht gut aus.“
„Haben Sie ihn schonmal oben ohne gesehen? Dieses Sixpack? Ist das nicht unglaublich?“
„Ja, ich habe ihn schon oben ohne gesehen. Und ja, sein Sixpack ist nicht übel.“

„Man wünscht sich nichts sehnlicher, als seinen Kopf an

diese Brustmuskeln zu drücken und seine Arme um einen zu spüren, oder?“
Maddie grinste. Genau dieser Gedanke war ihr auch gekommen, als Mark als „Colloredo“ in Mozart oben ohne auf der Bühne aufgetaucht war.
„Er ist bestimmt eine Kanone im Bett“, sinnierte Lynn.

„Oder eine Niete“, kicherte Maddie, „man sagt doch, dass gerade Kerle, die einen solch übertriebenen Körperwahn pflegen, die muskulös und stark sind, oft die größten Versager in der Kiste sein sollen.“
„Mark sicher nicht. Das weiß ich aus verlässlicher Quelle.“
Lynn kicherte.

„So?“
Maddie zog eine Augenbraue hoch.

„Ja. Eine meiner besten Freundinnen arbeitet am Broadway und schminkt dort oft für die großen Produktionen. Vor einigen Wochen hatte sie das Glück, Mark zu schminken. Und ihn danach wieder „abzuschminken“, wenn Sie verstehen, was ich meine.“

Lynn setzte das Wort „abzuschminken“ in Gänsefüßchen.

„Leider hat er sie nach dieser gemeinsamen Nacht nicht wie versprochen angerufen und als sie sich bei ihm melden wollte, ist sie in einer Pizzeria auf Long Island gelandet. Er hat ihr offenbar die falsche Nummer gegeben, ob bewusst oder unbewusst, wer weiß das schon. Aber seither spricht sie nur noch von der Nacht mit ihm. Und seinen Qualitäten als Liebhaber.“
„Was für ein charmanter Kerl“, sagte Maddie sarkastisch.

„So, sie sind fertig. Und Sie sehen wunderbar aus.“
Lynn sprühte eine Nebelwolke Haarspray über Maddies blonde Mähne und betrachtete ihr Werk.

„Wow, das ist großartig geworden. Ich sollte Sie einstellen“, lachte Maddie und fand sich attraktiv. Lynn hatte wirklich ganze Arbeit geleistet. Maddie, die grundsätzlich jemand war, der sich oft etwas fehl am Platz fühlte und mit wenig Selbstbewusstsein zu kämpfen hatte, hatte durch ihr perfektes Make up etwas Selbstvertrauen hinzugewonnen. So gestylt würde Sie Mark selbstischer und bestimmt unter die Augen treten können.

„Na, geht es Ihnen gut?“

Eine weitere Stylistin war zu der Gestalt getreten, die neben Maddie in dem Kosmetikstuhl lag und hatte ihr bereits die Gesichtsmaske sowie die Handschuhe abgenommen. Zärtlich wischte sie Maskenreste von der Haut, lächelte die Person so liebevoll an, wie man es für gewöhnlich von einer Mutter kennt, die ihr Kind anlächelt und stellte den Stuhl dann in eine aufrechte Position zurück.

„Alles bestens, danke Schätzchen“, sagte eine Männerstimme.

Maddie sah nach links und wäre am liebsten im Erdboden versunken. Sie war fest davon ausgegangen, dass es sich bei der Person um eine Frau handelte. Wer sonst sollte solchen Aufwand für eine kurze Konferenz auf Kanal 9 treiben, als eine überpenible Frau, vielleicht gar die Moderatorin, der viel an ihrem Aussehen lag. Doch die Gestalt, die neben ihr auf dem Stuhl saß und der gerade die Decke abgenommen wurde, war niemand anderes als Mark Spelling höchstpersönlich, der sie mit diesem süffisanten Grinsen bedachte, das ihr bereits bei ihrer ersten Begegnung aufgefallen war.

„Miss Blackstone, was für eine Überraschung“, sagte er und grinste immer noch. Er wusste ganz genau, dass er am längeren Ast saß.

„Hallo“, sagte Maddie und begann, sich unwohl zu fühlen. Dieser Typ hatte eine ganz spezielle Eigenwirkung auf sie.

„Ist es eigentlich sehr peinlich, in das größte Fettnäpfchen ihres Lebens zu treten, Maddie? Ich darf Sie doch Maddie nennen, oder? Ich meine, Sie dachten, sie würden den großen Wurf landen, indem sie diesen lächerlichen Artikel über mich bringen und jetzt sind Sie hier und müssen vor der ganzen Welt klein beigeben.“
„Sie sollten ihre Dimensionen etwas überdenken, Mr. Spelling“, sagte Maddie und versuchte inständig, ihre Fassung zu behalten, „Sie sind nicht so wichtig, dass diese Sendung weltweit ausgestrahlt wird. Vermutlich sieht sie nur eine Handvoll Theaterfans und das wars dann.“
„Und trotzdem werden Sie vor mir zu Kreuze kriechen und sich entschuldigen. Und glauben Sie mir Maddie, wir beide sind noch lange nicht miteinander fertig.“

Mark stand auf, blieb kurz hinter Maddie stehen und zwinkerte ihr zu, bevor er den Raum verließ. Sie war froh, diese dicke Schicht Make up aufgetragen bekommen zu haben. Unter all der Schminke musste sie so tiefrot angelaufen sein, wie eine überreife Tomate.

Der Fernsehbericht über Mark Spelling zog sich in die Länge. Die Moderatorin – zweifellos ein Fan – streute ihm Rosen, wo es nur ging und lobte ihn über den grünen Klee. Es ging um Marks Werdegang, um seine ersten Erfahrungen im Theater und um seine Zukunftspläne. Maddie wurde von allen Teilnehmern der Gesprächsrunde geflissentlich ignoriert, man würdigte sie keines Blickes und als die Sendezeit nahezu vorbei war, glaubte sie, sie wäre vielleicht nur als Statistin gebucht worden. Vielleicht hatte man auch – über all den Lobgesängen auf Mark – vergessen, sie anzusprechen. Sie war nicht scharf darauf, sich vor laufender Kamera für den besten Artikel, der jemals aus ihrer Feder gekommen war, zu entschuldigen und eine fadenscheinige Lüge aufzutischen, warum ein Artikel erschienen war, der niemals das Licht der Öffentlichkeit hätte erblicken dürfen. Dean hatte vorgeschlagen, sie solle es auf eine Praktikantin im Layouting schieben, die den Originalartikel verloren und nicht den Mut aufgebracht hatte, ihren Fehler einzugestehen. Aus diesem Grund hatte sie einen Übungstext mit einigen Details über Mark gespickt und in den Druck gegeben. Maddies Einwände, dass niemand ihre eine solche Geschichte abkaufen würde, tat Dean als Blödsinn ab. Die Leser wollten nur, dass ihr Held in strahlender Rüstung auch als solcher dargestellt wurde. Es wäre ihnen egal, warum ein falscher Artikel veröffentlicht wurde. Selbst, wenn Maddie behaupten würde, dass Außerirdische über Nacht in der

Redaktion eingebrochen waren und den Artikel eigenhändig abgeändert hätten, so hätte es Marks Fans gereicht. Sie warf einen Blick auf die Wanduhr gegenüber, die der Fernsehzuschauer nicht sehen konnte. Es waren nur noch sieben Minuten, bis die Show vorbei war und Maddie entspannte sich ein kleines bisschen. Wenn sie tatsächlich zu diesem Artikel Stellung beziehen sollte, so blieb kaum noch Zeit dafür. Im Augenblick lamentierte eine dicke Dame, die die Vorsitzende seines offiziellen Fanclubs war, darüber, dass man zu seinem Geburtstag ein besonderes Galadinner plane und sich wünsche, dass Mark persönlich daran teilnahm, was dem aber nicht zu gefallen schien. Er druckste herum, er müsse das erst mit seinem Management besprechen, wäre aber so eingespannt mit Probeterminen und Auftritten, dass es bedauerlicherweise wohl nicht klappen würde. Maddie bemerkte, wie seine Augenpartie sich verkrampfte. Zweifellos ein Hinweis darauf, dass ihm etwas nicht schmeckte. In dem Fall der Abend mit seinen Fans. Maddie lehnte sich in ihrem Stuhl zurück und entspannte sich etwas. Noch knapp sechs Minuten bis zum Ende der Show. Die Sache schien gelaufen zu sein.

Im nächsten Augenblick wurde düstere Musik eingespielt. Tiefe Violinentöne mischten sich mit dunklen E-Gitarren-Riffs.

„Liebe Zuschauer, unser letztes Thema für heute ist eine ziemlich üble Kampagne gegen Mark Spelling“, sagte die Moderatorin, die ihre Stimme ebenfalls etwas gesenkt hatte.

Maddie bemerkte, wie eine Kamera auf sie gerichtet wurde,

während ihr Herz in ihre Hose sank.

„Madeline Blackstone von Glamerica schreibt in ihrem Artikel über Mark Spelling, er wäre ein arroganter, oberflächlicher Schnösel mit süffisantem Grinsen und so etwas wie der Charlie Sheen der Theaterszene. Miss Blackstone vergleicht Mark also mit einem drogensüchtigen Herumtreiber, der Frauen schlägt, der Prostitution zugetan ist und lässt kein gutes Haar an ihm.“

Buhrufe aus dem Publikum wurden laut, eine füllige Frau um die fünfzig, die ein T-Shirt trug, auf dessen Front Marks Antlitz übergroß prangte und verzerrt über ihrem Busen spannte, rief „Du blöde Bitch, sieh dich doch selber an“ in Maddies Richtung. Unmerklich machte Maddie sich klein in ihrem Stuhl.

„Vom Glamerica-Magazin werden nun Informationen bekannt, dass es sich bei dem Artikel um ein Missverständnis handelt. Dass gar nicht geplant war, diesen Artikel zu veröffentlichen und dass er absolut nicht das widerspiegelt, was Miss Blackstone in dem Interview mit Mark Spelling ausgearbeitet hat. Miss Blackstone, wie kann es also sein, dass Sie Mark als angeberischen Schwerenöter diffamieren, ihm unterstellen, ein Weiberheld zu sein und ihn mit einem Junkie vergleichen? Und wenn es in dem Artikel gar nicht um Mark ging, wen sehen Sie dann in solch schlechtem Licht? Es wäre für uns alle bestimmt sehr interessant, wer sich Ihren Unmut auf sich gezogen hat.“

Die Moderatorin sah Maddie böse an. Sie war definitiv ein Fan von Mark Spelling.

„Ich … also … es war nicht… lassen Sie mich erklären“, begann Maddie und im selben Moment schoss ihr die Schamesröte trotz Make up ins Gesicht. Sie war noch nie jemand gewesen, der gut vor Publikum sprechen konnte. Als ihr bewusst wurde, dass diese Show zwar bestimmt nicht welt- oder landesweit ausgestrahlt wurde, dass aber trotzdem mehrere tausend Zuschauer vor ihren Fernsehern saßen und ihr zuhörten, verlor sie fast die Fassung.

„Wie meinen Sie, Miss Blackstone“, fragte die Moderatorin herausfordernd. Sie grinste breit und offenbar machte es ihr große Freude, Maddie so in Bedrängnis zu sehen.

„Ich … wollte sagen, ich meine … wir, das heißt, Glamerica …“

Maddie war nicht in der Lage, einen klaren Gedanken zu fassen und erst recht nicht, einen anständigen Satz zu formulieren.

„Darf ich diese Sache klären?“

Überrascht sah Maddie – ebenso wie die Moderatorin und das Publikum Mark an.

„Ich denke, Miss Blackstone ist etwas nervös, hier vor Ihnen allen sprechen zu müssen.“

Mark hatte eine unglaublich männliche, aber dennoch weiche Stimme. Das war ihr schon aufgefallen, als sie ihn interviewt hatte. Obwohl man Theaterschauspielern ja immer eine etwas weibliche Seite andichtete, war Mark Spelling ein Mann durch und durch. Aber was bezweckte er jetzt? Was hatte er zu sagen? Wollte er Maddie tatsächlich aus der

Patsche helfen? Sah er die Sache möglicherweise gar nicht so eng, wie der Rest der Welt?

„Wissen Sie etwa, was es mit dem Artikel auf sich hat, Mr. Spelling?“, fragte die Moderatorin und grinste Mark an, als wäre er ein Ölgötze.

„Sehen Sie“, begann Mark und sah mit seinem Strahlemann-Gesicht direkt in die Kamera, „Miss Blackstone wollte mich anmachen. Sie hat mir einige deutliche Signale gesendet und mir ein eindeutiges Angebot gemacht.“

Bei Maddie begannen, die Alarmglocken zu schrillen.

„Was? Aber das stimmt doch überhaupt nicht. Sind Sie von allen guten Geistern verlassen?“, rief sie.

Das Publikum begann zu lachen.

„Miss Blackstone meinte, sie würde mir jeden Wunsch im Bett erfüllen und kenne keinerlei Tabus. Als ich ihr sagte, dass ich nicht so ein Mann wäre und ich dieses Interview professionell abwickeln wolle, ist sie wohl ausgetickt.“

Alle Blicke richteten sich auf Madison.

„Sie lügen wie gedruckt“, rief sie und zeigte auf Mark, „ich habe sie nicht im entferntesten angemacht. ICH bin professionell, nicht Sie. Los, sagen Sie, wie es wirklich war. Ich hatte sogar eine Fotografin mit dabei.“

„Ach ja, die heiße Blondine? Miss Blackstone meinte, sie könnte die Fotografin bestimmt zu einem Dreier überreden und wollte sich für mich damit wohl noch interessanter machen."

„Das ist doch völliger Bullshit", rief Maddie, doch niemand nahm noch Notiz von ihr.

„Ich habe in den letzten Jahren damit gelebt, viele vor allem weibliche Fans zu haben, die mich ins Bett bekommen wollen. Doch ich bin niemand für nur eine Nacht. Ich habe Miss Blackstone gebeten, das Interview professionell zu führen und bin ihr Rede und Antwort gestanden. Offenbar hat sie ihre Rache in diesem lächerlichen Artikel genommen, der in der Glamerica erschienen ist."

„Miss Blackstone? Haben Sie dazu etwas zu sagen? Wir haben zwar nur mehr eine knappe Minute, aber …"

Die Moderatorin wandte sich an Maddie.

„Ich … das ist alles nicht wahr. Ich habe ihn nicht angebaggert", sagte Maddie. Sie war aufgewühlt und wollte losheulen, dieser Mistkerl hatte sie im Fernsehen bis auf die Knochen blamiert. Und was würde Carlie Jennings wohl denken, wenn Mark herumposaunte, sie hätte ihm einen dreier mit ihnen beiden versprochen. Maddies Gesicht fühlte sich heiß an und aus Erfahrung wusste sie, dass sie aussehen musste, wie eine überreife Tomate.

„Madison?"

Mark sprach sie an und sie sah auf.

„Hören Sie, Sie sind bestimmt ein nettes Mädchen, und wie ich Ihnen bereits beim Interview gesagt habe, es gibt eine Menge Kerle, die auf fülligere Frauen wie sie stehen, und die diese Charakternasen super finden, wie Sie eine haben. Sie sind bestimmt toll, aber einfach nicht mein Typ. Sie müssen lernen, damit zu leben, dass nicht jeder sie heiraten möchte. Jedes Mal einen derartigen Wutanfall zu bekommen und einen Rachefeldzug wie diesen Artikel zu starten ist doch ziemlich armselig, finden sie nicht? Ich wünsche Ihnen alles Gute.“

Die Kamera schwenkte zurück auf die Moderatorin, die einige Abschlussworte fand, die Maddie aber gar nicht mehr mitbekam. Sobald der Regieassistent „wir sind raus“, rief, war auch Madison raus – aus dem Studio. Sie lief verwirrt durch die Gänge, zwischen Menschen hindurch und auf den Hinterausgang zu hinaus ins Freie. Tausend Gedanken prasselten auf sie ein.

Sie konnte kaum glauben, was da drin passiert war. Jetzt ließ sie ihren Tränen freien Lauf. Für gewöhnlich war sie nicht der Typ, der sehr nah am Wasser gebaut war, aber Mark Spelling hatte sie bis auf die Knochen blamiert. Schlimmstenfalls konnte diese Sache sie den Job kosten. Was, wenn es die Runde machte, dass Madison Blackstone Männer herumzukriegen versuchte und miese Artikel über sie verfasste, wenn sie einen Korb bekam? Niemand würde ihr wohl noch ein Interview geben wollen, wenn man sie für ein hysterisches Groupie hielt, das unwahre Artikel verfasste, wenn etwas nicht so lief, wie sie es sich vorstellte. Und was war mit Glamerica? Im weitesten Sinne könnte es auch das Magazin treffen, wenn laut wurde, dass es eine Reporterin beschäftigte, sie sich derartiger Mittel bediente. Dieser Mistkerl. Er saß am längeren Ast und sie hatte in den ersten Sekunden seines Statements tatsächlich geglaubt, er würde eine Lanze für sie brechen. Sie wischte ihre Tränen fort und atmete einmal tief durch. Und er hatte sie auf ihre Nase angesprochen. Das hatte sie am allermeisten getroffen. Er hatte sie füllig und ihre Nase „Charakternase“ genannt. Klar, er hatte wohl mitbekommen, wie sie die Stylistin gebeten hatte, ihre Nase schmaler zu schminken aber … er hatte sie vor der halben Welt lächerlich gemacht. Das Handy in ihrer Handtasche begann zu klingeln und zu vibrieren und als sie es aus der Tasche zog, vermeldete es einen Anruf von Meg, ihrer besten Freundin.

„Hallo?“

Maddie klang wie ein geschlagener Hund.

„Dieses Arschgesicht“, rief Meg und war mindestens genauso aufgebracht wie Maddie, „der hat dich total auflaufen lassen.“

„Ich weiß.“

„Wie geht’s dir jetzt? Soll ich dich von irgendwo abholen?“

„Ich bin schon auf dem Nachhauseweg, die nächste U-Bahnstation ist keine zwei Minuten entfernt. Ich will nur noch nach Hause, mich in meinem Appartement einschließen und diesen grauenhaften Abend vergessen.“

„Du hattest mit dem Artikel völlig Recht. Dieser eingebildete Schnösel. Und dieses schiefe Grinsen. Denkt wohl, er wäre ein Gottesgeschenk an die Weiblichkeit.“

Maddie ging inzwischen den Bürgersteig entlang und sah auf

den Boden. Sie schämte sich immer noch für die Show und hatte Panik, man könnte sie erkennen. Bei jedem Passanten, der an ihr vorbeiging, erwartete sie lautes Gelächter und die Frage „Sind sie nicht die, die bei Mark Spelling abgeblitzt ist?"

„Er hat mich fett genannt", sagte Maddie hilflos. Diese Aussage hatte sie fast am härtesten getroffen. Gleich nach der Aussage mit der „Charakternase".

„Er ist ein Arschgesicht", sagte Meg, „du bist nicht fett, das weißt du genauso gut wie ich."

„Und er hat an meiner Nase rumgemäkelt."

Meg seufzte. Maddie hatte seit Menschengedenken die irrsinnige Vorstellung, ihre Nase wäre zu groß, obwohl sie perfekt aussah. Dass Mark Spelling ihre Nase jetzt angesprochen hatte, war ziemlich unglücklich.

„Er hat mich vor den ganzen Zuschauern, die diese Sendung gesehen haben, lächerlich gemacht. Ich hatte von vorn herein keine Chance, irgendetwas zu klären."

„Wie denn auch, das war eine Veranstaltung für seine Fans. Oder meinst du, jemand, er nichts mit ihm zu schaffen hat, schaltet ein Programm ein, das eine Pressekonferenz zeigt, in der es um seine Biografie geht?"

„Trotzdem. Es könnte gut sein, dass diese Sendung einen unglaublichen Einfluss auf mein Leben nimmt."

„Ich würde nichts auf die Aussagen von einem Typen geben, der nur rechtsseitig grinsen kann", sagte Meg und versuchte, ihre Freundin aufzuheitern. Dass es für Maddie im Büro tatsächlich etwas unangenehm werden könnte, verschwieg sie ihr aber. Auch, wenn Madison absolut professionell war und bislang jedes Angebot eines Stars abgeschlagen hatte, hielten sich solche Gerüchte oft hartnäckig. Wie Dean Maddox darauf reagieren würde, dass man Maddie nachsagte, sie würde Hollywoodstars anbaggern und sich in Artikeln rächen, wenn sie nicht bekam, was sie wollte, wollte sie lieber auch nicht wissen.

„Ich mag gar nicht daran denken …“, begann Maddie.

Im nächsten Moment hörte Meg, wie Reifen quietschten, dann so etwas wie einen dumpfen Aufschlag. Ihr Herz begann zu rasen.

„Maddie? Madison? Hallo?“, rief sie in ihr Telefon, doch sie bekam keine Antwort mehr. Die Leitung war tot.

Schon fertig mit Lesen? Mehr erwünscht? Von Daniela Felbermayr sind bisher folgende Titel als eBook und Taschenbuch erschienen:

Bis wir uns wiedersehen (nur eBook)
Hollywood & Bücherwurm
Home at Heart – Liebe auf Umwegen
Bride on Time – Die geborgte Braut
Love Extreme – Mit Vollgas ins Glück
Dear Robin – Auf Irrwegen ins Herz
Ways of Life – An Deiner Seite
Ways of Life 2 – Lifethieves
Zauberhafte Weihnachten
That Kiss next Door (nur eBook)
Serenity Hill – Die Liebe Deines Lebens
Smalltowngirl
Das Wunder von Silent Hollow
Time for Candy – Pink Powderpuff Classics – Band 1
Sugarbaby
Time for Kisses – Pink Powderpuff Classics – Band 2
Herzensbrecher küssen besser
Time for Romance – Pink Powderpuff Classics – Band 3

Ende November 2016 erscheint der neue Sammelband der Autorin „Time for Christmas“ mit drei romantischen, weihnachtlichen und wunderschönen Geschichten rund um die schönste Zeit im Jahr als eBook und Taschenbuch exklusiv auf Amazon

Im März 2017 erscheint der neue Roman der Glamerica-Girls-Reihe mit dem Titel „Love on Stage“.

Für weitere Infos zur Autorin, deren Bücher sowie News und Gewinnspiele besuchen Sie www.pink-powderpuff-books.com oder werden Sie Fan von Pink Powderpuff Books auf Facebook

VERZAUBERTE WEIHNACHTEN

15555760R00162

Printed in Poland
by Amazon Fulfillment
Poland Sp. z o.o., Wrocław

MICHEL®

Seit über 100 Jahren

MICHEL®

Europa 2022

Band 7: Südlicher Balkan

SCHWANEBERGER VERLAG GMBH

Bewertungshinweise

Für ungebrauchte Marken bis zum Ausgabejahr 1919 gelten die Bewertungen, sofern nichts anderes vermerkt, für Marken mit Falz ✶. Postfrische Qualität ✶✶ rechtfertigt zum Teil erhebliche Preisaufschläge. Vorsicht vor nachgummierten oder entfalzten Marken. Auch auf Reparaturen achten.

Ab dem Ausgabejahr 1920 gelten für ungebrauchte Marken Postfrisch-Notierungen ✶✶, Marken mit Falz ✶ bedingen Preisermäßigungen.

Alle Preisnotierungen sind Richtwerte auf Euro-Basis (€) und beinhalten die deutschen Steuern und Abgaben. Sie gelten, sofern bei einzelnen Sammelgebieten oder Ausgaben nicht ausdrücklich anders angegeben, für Marken in einwandfreier Qualität. Sie geben auch das ungefähre Wertverhältnis der Briefmarken untereinander wieder. Einzelheiten und Ausnahmen sind am Beginn der jeweiligen Kapitel bzw. bei einzelnen Ausgaben dargestellt. Einzelne Marken aus Sätzen können teurer sein als ihre Notierung. Gravierende Preisänderungen nach Redaktionsschluss werden in der MICHEL®-Rundschau angezeigt.

Als Grundlage für die Ermittlung der Preisnotierungen dienten Verkaufspreislisten des Briefmarkenhandels und Arbeitsvorlagen von Sammlern sowie (Bundes-)Arbeitsgemeinschaften im In- und Ausland.

BPP MICHEL – vom Bund Philatelistischer Prüfer e.V. empfohlen

ISBN 978-3-95402-387-5

E-Mail: europa@michel.de
Internet: http://www.michel.de oder
http://www.briefmarken.de

Automatischer Satz durch metiTEC-Software. DocAlign GmbH, Lindenthaler Allee 6, 14163 Berlin

Druck: Parzeller print & media GmbH & Co. KG, Frankfurter Str. 8, 36043 Fulda

Vorwort

MICHEL Südlicher Balkan 2022 ist der siebte unserer sechzehn Bände der Europa-Reihe. Er umfasst die beliebten Sammelgebiete Albanien, Bulgarien mit Ostrumelien sowie Griechenland mit den vielen ehemals autonomen Regionen und Kleinstaaten Ägäische Inseln, Athos, Epirus, Ikarien, Ionische Inseln, Kreta, Samos und Thrakien.

Die Freunde der klassischen Philatelie finden hier ein reiches Betätigungsfeld mit den Marken des 19. und frühen 20. Jahrhunderts. Und für Motivsammler sind diese Länder ebenfalls eine wahre Fundgrube. Praktisch alle beliebten Themen und Motive sind bestens vertreten. Aber die Briefmarke ist längst nicht mehr nur ein rechteckiges Stück Papier zur Vorausbezahlung einer Dienstleistung. Seit einigen Jahren bringen die Postverwaltungen mit ausgefallenen Formaten, ungewöhnlichen Druckverfahren und neuen Materialien frischen Wind in die Philatelie.

Die redaktionellen Verbesserungen verteilen sich über das gesamte Werk. So ergänzten wir beispielsweise mehrere Bogenformate und Auflagenzahlen in Albanien. Zudem entdeckten wir dort einige bisher unbekannte Marken, die nun unter neuen Hauptnummern gelistet werden. Doch auch ein paar Abarten kommen hinzu, ebenso in Bulgarien. Neben zwei Hinweisen auf Gummibüge helfen 13 neue Abbildungen dem Sammler bei der Arbeit mit seinen Schätzen. Hinweise auf Bogengrößen und mehrere Papiersorten kamen bei den bulgarischen Paketmarken hinzu.

Ein Schwerpunkt lag in der Überprüfung und Aktualisierung der Preisnotierungen. Anhebungen finden sich bei den griechischen Hermesköpfen sowie modernen Marken mit niedriger Auflage innerhalb eines Satzes. Auffällig ist die Nachfrage nach gestempelten Stücken Griechenlands. Die Auflösung einer umfangreichen Ostrumelien-Sammlung brachte viel Bewegung in die Preisbewertungen der Aufdruckausgabe von 1885. Auch drei neu entdeckte Varianten haben wir aufgenommen. Zudem ging es bei einigen albanischen FDC-Bewertungen aufwärts.

Der vorliegende Band enthält alle bis einschließlich Heft 5/2022 der MICHEL-Rundschau erfassten Neuheiten. Um weiterhin aktuell zu bleiben, empfehlen wir ein Abonnement ab Heft 6/2022 oder den MICHEL-Online. Über die Neuheitenkatalogisierungen hinaus informiert die MICHEL-Rundschau über alles Wichtige in der Philatelie.

An die vielen Sammler, Prüfer und Händler, die zum Gelingen dieses Nachschlagewerkes mit Rat und Tat beigetragen haben, geht ein herzliches Dankeschön der Redaktion.

Wir wünschen allen Lesern viel Freude und Entspannung bei der Beschäftigung mit ihrer Sammlung und dem neuen MICHEL Südlicher Balkan 2022.

Schwaneberger Verlag
Redaktion

Hinweise für den Sammler

Prüfungen und Begutachtungen von Briefmarken oder Feststellungen, ob es sich eventuell um Abarten handelt, sowie Recherche von MICHEL-Nummern auf Sammlerwunsch etc. sind der Redaktion aus Zuständigkeits- bzw. Zeitgründen nicht möglich.

Zur **Bestimmung von unbekannten Briefmarken** können Sie als Hilfestellung über unsere Homepage www.michel.de oder telefonisch (+49 89 32393 02) die **MICHEL-Recherchebroschüre** anfordern. Diese wurde eigens für Sie entwickelt und gibt Ihnen wertvolle Tipps zur philatelistischen Recherche. Dort finden Sie auch wichtige Hinweise zur Aufnahme von Abarten, Plattenfehlern usw. im MICHEL. Aufwändige Recherchen im Kundenauftrag können nur gegen Entgelt durchgeführt werden.

Alle Zuschriften im Zusammenhang mit der MICHEL-Recherchebroschüre werden aufmerksam gelesen, aber nicht immer beantwortet. Nur Anfragen, die mittels **ausgefüllter** MICHEL-Recherchebroschüre im Verlag eingehen, werden bearbeitet. Denken Sie bitte in Ihrem eigenen Interesse daran, in der MICHEL-Recherchebroschüre deutlich Ihren Namen und Ihre genaue Anschrift, nach Möglichkeit auch Ihre telefonische Erreichbarkeit anzugeben.

Vor Einsendung von (geprüften) Markenvorlagen oder Belegen nehmen Sie bitte postalisch oder per E-Mail unter recherche@michel.de Kontakt mit der Redaktion auf. Telefonische Auskünfte dazu sind leider nicht möglich. Für **unverlangt eingesandte Briefsendungen und Markenvorlagen** wird keinerlei Haftung übernommen.

Sollten Sie **Irrtümer, Satz- oder Druckfehler** entdecken, bitten wir Sie, uns diese unter Verwendung des MICHEL-Korrekturvorschlags entweder auf dem Postweg an die Verlagsadresse oder per E-Mail an recherche@michel.de mitzuteilen. Der Vordruck MICHEL-Korrekturvorschlag findet sich im Anhang, in der MICHEL-Recherchebroschüre und kann auch telefonisch (+49 89 32393 02) angefordert werden.

Sie tragen so dazu bei, dass wir diese Fehler für die nächste Auflage korrigieren können. Für Ihre Mithilfe bedanken wir uns bereits an dieser Stelle.

Einführung in den MICHEL-Europa

Allgemeine Hinweise zur Benutzung

Aufbau und Inhalt

Die europäischen Länder (ohne Deutschland) sind nach geographischen und historischen Gesichtspunkten in den Europa-Bänden 1 bis 16 aufgeführt.

Erfasst werden auch die nur zum Teil in Europa liegenden Staaten Russland, Türkei und die im Ostteil des Ägäischen Meeres gelegenen, geographisch zu Asien, staatlich jedoch zu Griechenland oder zeitweise zu Italien gehörenden Inseln, dazu Zypern, ebenso die Kanarischen Inseln, welche zeitweise vom Mutterland unabhängig eigene Flugpostmarken verausgabten, sonst aber die allgemeinen spanischen Marken benützen.

Die Marken der von einem Staat im Gebiet eines andern errichteten Auslands- und Militär-(Feld-)Postämter sind hinter den Marken des ausgebenden Staates aufgeführt.

Begrifflich zusammenhängende Postgebiete sind in Gruppen zusammengefasst. Marken, die nur für einzelne Landesteile oder Orte eines Postgebietes ausgegeben worden sind, stehen bei größerer Zahl, welche die Übersichtlichkeit stören würde, zusammengefasst am Schluss aller Marken dieses Postgebietes als „Bezirks- und Lokalausgaben".

Am Anfang der einzelnen Sammelgebiete stehen allgemeingültige Bemerkungen zu nachfolgenden Katalogisierungen. Auch die Wasserzeichenaufstellungen sind dort zu finden. Es empfiehlt sich daher grundsätzlich, auch den Einleitungstexten Aufmerksamkeit zu schenken.

Block- und Markenheftchenaufstellung sind meistens im driekten Anschluss an die Hauptkatalogisierung und vor den Katalogisierungen von Dienstmarken usw. eingefügt.

Das am Schluss des Kataloges befindliche Stichwortverzeichnis bietet eine große Hilfe bei der Auffindung von einzelnen Gebieten oder Marken.

Gliederung der Markengattungen

Innerhalb eines Landes sind ohne besondere Überschriften die Marken in chronologischer Reihenfolge numeriert, die der Vorauszahlung der Postgebühren durch den Absender dienen; dazu gehören auch Eilmarken, Flugpostmarken (gekennzeichnet durch ✈), Einschreibmarken, Zeitungsmarken usw.

Anschließend folgen jeweils mit eigener Überschrift und Numerierung die Gattungen besonderer Postwertzeichen, z.B. Automatenmarken, Dienstmarken, Paketmarken, Portomarken, Zwangszuschlagsmarken usw.

MICHEL-Numerierung

Die Marken sind innerhalb ihrer Gattungen chronologisch numeriert, einzelne Nachzügler mit Angabe ihres Ausgabejahres eingefügt. Wo nötig, sind Übersichtstabellen oder Hinweise in kursiv eingefügt. Nachträglich eingefügte Hauptarten erhalten in Ausnahmefällen die Nummern der vorangegangenen Marken mit den Buchstaben A, B, C usw. vor der Nummer.

Innerhalb eines Sammelgebietes erhalten bestimmte Markengattungen zur Unterscheidung zu den Normalausgaben eigene chronologische Numerierungen mit vorangestellten Buchstaben(-kombinationen).

Die wichtigsten sind:

H-Bl. = Markenheftchenblatt
Hz = Herzstück
K = Kehrdruck (aus Markenheftchen[-bogen])
KZ = Kehrdruck mit Zwischensteg (aus Markenheftchen[-bogen])
MH = Markenheftchen
MHB = Markenheftchenbogen
S = senkrechter Zusammendruck (aus Markenheftchen[-bogen])
SZ = senkrechter Zusammendruck mit Zwischensteg (aus Markenheftchen[-bogen])
SZd = senkrechter Zusammendruck (aus Schalterbogen)
W = waagerechter Zusammendruck (aus Markenheftchen[-bogen])
WZ = waagerechter Zusammendruck mit Zwischensteg (aus Markenheftchen[-bogen])
WZd = waagerechter Zusammendruck (aus Schalterbogen)

Nachgestellte Buchstaben(-kombinationen) bei Unterarten

A, B, C, D, E ... (die ersten Großbuchstaben des Alphabetes) hinter der Nummer bezeichnen Trennungsarten der Marken.

In neuerer Zeit stehen dabei die Buchstaben B stets für ungezähnt oder gestanzt, D für dreiseitig, E für zweiseitig gezähnt. Dl steht für links ungezähnt, Eru für rechts unten ungezähnt usw.

a, b, c, d, e ... (die ersten Kleinbuchstaben des Alphabetes) hinter der Nummer bezeichnen wichtige Farbtönungsunterschiede.

... V, W, X, Y, Z (die letzten Großbuchstaben des Alphabetes) hinter der Nummer bezeichnen Wasserzeichenarten.

... v, w, x, y, z (die letzten Kleinbuchstaben des Alphabetes) hinter der Nummer bezeichnen Papier- und Gummierungsunterschiede.

I, II, III, IV, V ... (römische hinter arabischen Ziffern) bezeichnen Druckarten und Typenunterschiede.

L = Leerfeld in Markengröße
R = Rollenmarke
Zf = Zierfeld in Markengröße
ZS = senkrechtes Zwischenstegpaar
ZW = waagrechtes Zwischenstegpaar

Nachgestellte Buchstaben(-kombinationen) bei Abarten

DD = Doppel(-bild)-druck oder doppelter Aufdruck
DK = doppelter Aufdruck, einer kopfstehend
F = Fehldruck oder Fehlfarbe
G = Druck auf der Gummiseite
K = Kehrdruckpaar oder kopfstehender Aufdruck
Pa = auf geklebter Papierbahn
U = ungezähnt (Uo usw. siehe Abkürzungsverzeichnis)

I, II, III, IV, V ... (römische Ziffern am Ende der MICHEL-Nr.) numerieren die Plattenfehler.

Aus irgendwelchen Gründen nicht zur Ausgabe gelangte Marken erhalten römische Ziffern ohne weitere Zusätze.

Reihenfolge der Unternummern

Die Reihenfolge der Unternummern kann von Ausgabe zu Ausgabe verschieden sein, da die Aufteilungen bei den Katalogisierungen so gewählt werden, wie sie sich am übersichtlichsten darstellen lassen. Abartenbezeichnungen werden grundsätzlich zuletzt genannt.

Wertangaben

Die Wertbezeichnungen (Nominalen) der Marken werden in der Regel in Ziffern angegeben. Währungsbezeichnungen sind innerhalb der Sammelgebiete einheitlich abgekürzt, ohne Berücksichtigung der Schreibweise auf den betreffenden Postwertzeichen. Stehen Währungsbezeichnungen in Klammern, ist auf der Marke selbst keine Bezeichnung angegeben. Wertaufdrucke sind durch fette Schrift gekennzeichnet.

Abbildungen

Briefmarken sind, soweit nichts anderes vermerkt, in ½ Größe wiedergegeben, Blocks in unterschiedlichen Verkleinerungen abgebildet. Die Größenangaben der Blocks sind Durchschnittsmaße, da die Größen der Blocks nicht einheitlich sind. Die Maßangaben erfolgen immer in Breite × Höhe. Bei Abarten und Besonderheiten ist der Vergrößerungsmaßstab so gewählt, dass eine möglichst große Aussagekraft erreicht werden kann.

Die Abbildungen entstehen in einem aufwendigen und vielstufigen Prozess, in dem die Marken und Blocks gescannt und für die verschiedenen Verwendungsarten aufbereitet werden. Das sind unter anderem Analyse des Farbspektrums, Farbabgleich, Wahl des Bildausschnittes sowie Speicherung und Archivierung in unterschiedlichen Ausgabeformaten.

Die Abbildungen können nicht als Vergleichsmaterial zu Prüfungen herangezogen werden.

Klischeezeichen

Fortlaufende Buchstabenangaben (= Klischeezeichen) vor den Bildlegenden sowie vor den Preisspalten in den Katalogisierungszeilen ermöglichen eine problemlose Zuordnung der Markenabbildungen zu den MICHEL-Nummern.

Bildbeschreibungen

Die Bildbeschreibungen sind so informativ wie möglich gehalten, können und wollen jedoch kein Lexikon ersetzen.

In der Philatelie bezieht sich die Bildbeschreibung „rechts“ oder „links“ immer auf die Vorderseite der vor dem Betrachter liegenden Marke. Dies geschieht auch, wenn es dem eigentlichen Sachverhalt widerspricht; so ist z. B. das auf einer Marke abgebildete linke Auge eines Menschen körperlich dessen rechtes Auge.

Preisspalten

Die Notierungen gelten in den linken Spalten für ungebrauchte (✶, (✶), ✶✶), in den rechten für gebrauchte (⊙, ⁓, ⊠) Stücke. Bei Marken mit Vorausentwertung gilt die rechte Spalte für ungestempelte oder mit „Zurück“-Stempel entwertete Marken ohne Gummi.

In besonderen Fällen sind noch weitere Preisspalten, z. B. für Einheiten eingefügt. Sie sind durch die im Abkürzungsverzeichnis näher erläuterten Zeichen gekennzeichnet. Im übrigen sind im Vortext jedes Landes die Bewertungsgrundlagen für ungebrauchte Marken angegeben.

Preisnotierungen

Alle Preisnotierungen sind Richtwerte auf Euro-Basis (€) und beinhalten die deutschen Steuern und Abgaben. Sie gelten für Marken in einwandfreier Qualität. Mängel bewirken in der Regel Abschläge. Einzelheiten und Ausnahmen sind am Beginn der jeweiligen Kapitel bzw. bei einzelnen Ausgaben dargestellt. Satzpreise sind, wenn nicht anders angegeben, nach den niedrigsten Preisen der Einzelmarken errechnet. Einzelne Marken aus Sätzen können teurer sein als ihre Notierung. Satzpreise können niedriger sein als die Summe der Einzelpreise. Preisbewegungen nach oben und unten sind auf Grund von Angebot und Nachfrage die Regel. Da immer nur die Marktlage zum Zeitpunkt der Bearbeitung berücksichtigt werden kann, werden gravierende Preisänderungen nach Redaktionsschluss in der monatlich erscheinenden MICHEL-Rundschau angezeigt.

Eine Notierung in Schrägschrift bedeutet, dass die Bewertungsunterlagen für eine eindeutige Preisfestsetzung nicht ausreichen.

Die Bezeichnung „—,—" innerhalb der Preisspalten besagt: Diese Marke gibt es, eine Notierung ist jedoch nicht möglich, weil Bewertungsunterlagen fehlen. Dies muss nicht zwangsläufig bedeuten, dass die Marke sehr teuer ist.

Ist weder „—,—" noch ein Preis eingesetzt, gibt es diese Marke nicht bzw. wurde sie noch nicht vorgelegt.

Grundlage für die Ermittlung der Preisnotierungen sind Unterlagen des Briefmarken-Groß- und Einzelhandels, Arbeitsvorlagen von Sammlern sowie Arbeitsgemeinschaften im In- und Ausland.

FDCs

Die FDC-Bewertungen gelten für Belege mit Abstempelung vom 1. Gültigkeitstag, ohne Rücksicht auf die Portogerechtheit der Frankatur.

Portogerechte, echt gelaufene Belege vom 1. Gültigkeitstag verdienen oft zum Teil erhebliche Aufschläge.

Erhaltung der Marken

Bei der Beurteilung der Qualität wird der einsichtsvolle Philatelist immer von dem Zustand der Marke bei der Ausgabe ausgehen und die Eigenarten ihrer Grundstoffe (Papier, Farben, Gummi), der Herstellung, ihre Widerstandsmöglichkeiten gegen äußere Einflüsse und die übliche Behandlung im Postverkehr (Zähnung, Abstempelung usw.) berücksichtigen; der Qualitätsanspruch ist diesen Voraussetzungen unterzuordnen. Man kann z. B. von geschnittenen Marken, die nahezu ohne Ränder oder mit sehr kleinen Zwischenräumen hergestellt wurden, keine vollrandigen Stücke, bei reißschlechten Papiersorten keine vollständigen Durchstiche oder Zähnungen verlangen.

Wenn bei einzelnen Ausgaben nicht anders vermerkt, muss bei gezähnten Marken die Zähnung allseits vollständig sein, bei geschnittenen Marken darf der Schnitt das Markenbild nicht berühren, postfrische Qualität setzt vollkommen unberührte Gummierung voraus, Marken mit Falz dürfen nur einen sauberen Erstfalz haben und gestempelte Marken sollten eine saubere und möglichst lesbare Abstempelung aufweisen; allerdings ist zu berücksichtigen, dass es zeit- und ortsbedingt Qualitätsunterschiede der Stempel sowie der Stempelfarbe gibt. So sind zu bestimmten Zeiten und/oder in einigen Gebieten verschwommene, leicht verschmierte Abstempelungen durchaus als vollwertig zu betrachten. Alle Marken, denen vorgenannte Qualitätsmerkmale fehlen, erfordern je nach Erhaltungsgrad mehr oder weniger Preisabschläge. Überdurchschnittliche, selten anzutreffende Erhaltung bedingt höhere Preise.

Ausbesserungen (Reparaturen) haben den Zweck, den weiteren Verfall einer beschädigten, noch sammelwürdigen Marke aufzuhalten. Reparierte Marken sind darum den philatelistischen Begriffsbestimmungen entsprechend eine bestimmte, durchaus sammelwürdige Art der Erhaltung, wenn der Zweck der Reparatur nicht eine betrügerische Veränderung der Katalognummer ist (z. B. falsch eingesetzte Mittelstücke). Da die Werteinbuße nach dem Grad der Verschönerung bzw. Ausbesserung schwankt, sollten in Zweifelsfällen anerkannte Prüfer zu Rate gezogen werden.

Markentechnische und wichtige philatelistische Begriffe von A bis Z

Abarten

Abweichungen vom gewollten Erscheinungsbild der Marken in Form von Druckfehlern, Fehldrucken, Plattenfehlern, Zähnungsausfällen usw. treten zuweilen auf. Sie werden als Abarten bezeichnet. **Genaue Beschreibungen und Abbildungen siehe MICHEL-Abartenführer.**

Aufdruckfehler

Gerade bei Aufdrucken kann es herstellungsbedingt eine Unzahl von Abarten geben: Aufdruck auf einem anderen als dem bestimmten Wert oder in falscher Farbe. Ausgefallene Aufdrucke (Paar mit und ohne Aufdruck). Setz- oder Plattenfehler in Aufdrucken. Kopfstehende und seitliche, mehrfache und rückseitige Aufdrucke und vieles mehr.

Ausgefallener Druckgang

Marken, bei deren Fertigung ein Druckgang ausgefallen ist, zeigen eine Farbe zu wenig, es fehlt also ein Teil der Zeichnung. Dies kann auch bei einfarbigen Marken auftreten, wenn sie in mindestens zwei Druckgängen gedruckt wurden.

Doppeldrucke

Doppeldrucke entstehen, wenn ein Druckbogen zweimal die Druckmaschine durchläuft. Das Markenbild oder ein Aufdruck ist dadurch doppelt zu sehen, da es unmöglich ist, die Bogen genau deckungsgleich einzulegen.

Farbfehldruck

Wird eine Marke oder Teile davon in der falschen Farbe oder auf falschfarbigem Papier gedruckt, spricht man von Farbfehldruck.

Geklebte Papierbahn

Diese Abart entsteht durch das Zusammenkleben des Endes einer Papierbahn mit dem Beginn der nächsten oder durch das Kleben einer gerissenen Papierbahn während des Druckvorganges.

Kopfstehende Bildteile

Dieser Fehler entsteht, wenn ein Markenbild aus mehreren Klischees zusammengesetzt ist und eines davon kopfstehend einmontiert wurde.

Druck auf der Gummiseite

Er entsteht, wenn der schon gummierte Bogen oder die Papierbahn falsch in die Druckmaschine eingelegt wird.

Plattenfehler

Dies sind Schäden, die entweder schon bei der Vervielfältigung des Urklischees oder durch Abnutzung während des Drucks in der Druckform auftreten. Sie ziehen sich über ganze Auflagen oder größere Teilauflagen unverändert hin. Katalogisiert werden Plattenfehler nur, wenn eine amtliche Bestätigung vorliegt, dass es sich wirklich um einen Plattenfehler und nicht nur um einen Druckzufall handelt. Außerdem muss die Abweichung für einen normalsichtigen Menschen ohne Lupe oder sonstige Hilfsmittel gut erkennbar sein.

Wasserzeichenabart

Wenn der Druck einer Marke auf einem Wasserzeichenpapier erfolgte, das für diese Marke nicht vorgesehen war, so handelt es sich um eine Wasserzeichenabart. Als Abarten werden auch versehentlich falsche Stellungen des Wasserzeichens anerkannt.

Zähnungsabarten

Versagen die Zähnungsmaschinen ganz oder teilweise, so entstehen ganz oder teilweise ungezähnte Bogenreihen. Wegen Fälschungsgefahr sollten solche Stücke nur als Randstücke oder in Paaren gesammelt werden.

Aufdruck

Marken werden aus den unterschiedlichsten Gründen mit Aufdrucken versehen:

Änderung der Markengattung (z.B. Freimarke wird Dienst- oder Portomarke), Änderung der Wertstufe oder der Währungsbezeichnung, Änderung des Ausgabeanlasses oder Zuweisung eines neuen Verwendungsbezirkes.

Klammerzahlen vor den Preisspalten weisen bei Aufdruckmarken auf die Katalognummern der betreffenden Urmarken hin, Kleinbuchstaben auf die entsprechenden Abbildungen. Die danach eingesetzten Großbuchstaben sind die Farbabkürzungen der Aufdruckfarben. Sind keine angegeben, so ist die Aufdruckfarbe immer schwarz.

Aufheller

Dem Papierbrei werden chemische Mittel beigefügt, die das Papier weißer erscheinen lassen und damit die Farben leuchtender machen. Unter der UV-Lampe leuchten diese Marken bläulich auf. Eine katalogmäßige Erfassung muss unterbleiben.

Bogenplatz einer Marke (Feld)

Im Normalfall besteht beim Bogendruck ein Druckbogen aus mehreren (meist vier) Schalterbogen.

Die Basis für die philatelistische Zählweise ist, unabhängig von Bogenrandbeschriftungen, das normalstehende Markenbild. Der Philatelist zählt in waagerechter Richtung von links nach rechts, abweichend von der postalischen Zählweise (von oben nach unten).

Drucker(ei)zeichen

Am Bogenrand befinden sich Buchstaben, Zahlen oder Zeichen, die Hinweise auf den verantwortlichen Drucker oder die Druckerei geben.

Druckprobe

Zur Überprüfung der Druckmaschine auf ordnungsgemäße Funktion werden während der Herstellung Druckproben vorgenommen.

Druckverfahren

Grundsätzlich unterscheidet man: Hochdruck (Buchdruck, Flexodruck, Prägedruck), indirekter Hochdruck (Letterset), Flachdruck (Steindruck, Offsetdruck, Lichtdruck), Tiefdruck (Stichtiefdruck, Rastertiefdruck) und Siebdruck.

Relativ häufig findet man Kombinationen aus zwei verschiedenen Druckverfahren.

Buchdruck

Letterset

Hochdruck

Buchdruck (Bdr.)

Die Hochdruckform hat erhabene (das sind die drukkenden) und tieferliegende (nichtdruckende) Teile. Die erhabenen Druckelemente werden gleichmäßig eingefärbt, anschließend mit verhältnismäßig großem Druck gegen das Papier gepresst. Daraus ergeben sich folgende Erkennungsmerkmale:

Quetschränder an Schrift und Linien
Farbflächen erscheinen unter der Lupe unruhig
rückseitig meist leichte Prägung sichtbar

Prägedruck (Pdr.)

Für das herzustellende Markenbild werden zwei übereinstimmende Druckformen angefertigt, bei der einen ist das Prägebild erhaben, bei der anderen vertieft. Beim Druckvorgang liegt das Papier zwischen den beiden Formen, die mit hohem Druck gegeneinander gepresst werden und dadurch die Prägung auf das Papier übertragen.

Der Prägedruck tritt fast immer in Kombination mit anderen Druckverfahren auf. Erkennungsmerkmal: vorderseitig positives, rückseitig negatives Relief.

Heißfoliendruck (Hfdr.)

Eine mehrschichtige Folie wird unter Hitze und Druck aufgeprägt. Der Heißfoliendruck wird in der Regel angewendet, um hochglänzende, metallische Oberflächen zu erzeugen, da er nicht mit flüssigen Druckfarben arbeitet. Auch Hologramme werden so appliziert. Aufgrund des besonderen Interesses für Hologramme sind diese besonders erwähnt.

Indirekter Hochdruck

Letterset

Der indirekte Hochdruck wird auch Letterset oder Trockenoffset genannt. Der Unterschied zum konventionellen Hochdruck besteht darin, dass hier nicht direkt von der Druckform auf das Papier gedruckt wird. Die Hochdruck-Platte druckt auf einen mit einem Gummituch bespannten Zylinder. Von dort wird das Druckmotiv auf das Papier übertragen. Das Schriftbild der Druckplatte muss seitenrichtig sein. Dieser Übertragungsvorgang ist auch im Offsetverfahren üblich. Erkennungsmerkmale:
wie bei Offsetdruck.

Flachdruck

Beim Flachdruck befinden sich druckende und nichtdruckende Flächen nahezu auf einer Ebene. Die druckenden Stellen sind so präpariert, dass sie Wasser abstoßen und dadurch die fettige Druckfarbe annehmen, während die nichtdruckenden Stellen wasserfreundlich sind und Farbe abstoßen. Auf diesem Gegensatz zwischen Fett und Wasser beruht das Wesen des Flachdruckverfahrens. Je mehr es dabei möglich ist, diesen Gegensatz zu steigern, desto leichter und besser gestaltet sich der spätere Druckvorgang.

Lichtdruck (Lichtdr.)

Die Druckform besteht beim Lichtdruck (auch Phototypie) aus einer mit einer Gelatine-Chromschicht beschichteten Glasplatte, die mit einem (seitenrichtigen) Halbtonnegativ belichtet wird. Die Gelatine wird entsprechend den Tonwerten unterschiedlich stark gehärtet und anschließend gefeuchtet, es bildet sich ein Relief auf der Platte. Die unbelichteten Stellen stoßen die Druckfarbe ab, belichtete nehmen sie an.

Charakteristisch für den Lichtdruck ist das unter der Lupe erkennbare sogen. Runzelkorn, das den Raster ersetzt, in der Vergrößerung ergibt sich ein unscharfes Bild.

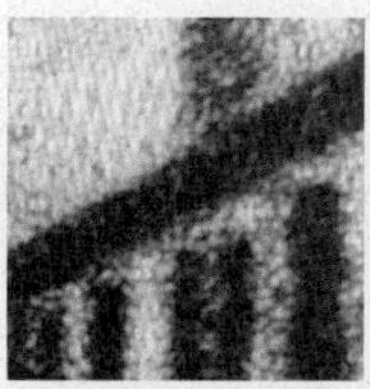
Lichtdruck

Steindruck

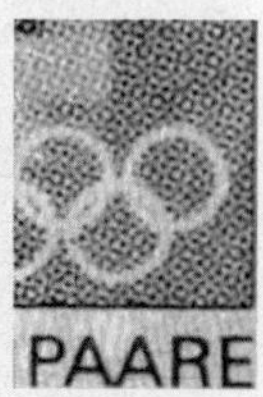

Offsetdruck

Steindruck (Stdr.)

Der Steindruck oder die Lithografie ist das älteste Flachdruckverfahren, das heute für den Druck von Briefmarken nicht mehr gebräuchlich ist. Als Druckträger dienen Kalkstein- oder Schieferplatten, auf die die Zeichnungen manuell oder fotolithografisch, in beiden Fällen seitenverkehrt, übertragen werden. Der Druck erfolgt direkt vom Stein auf das Papier, es handelt sich also im Gegensatz zum Offsetdruck um ein direktes Druckverfahren. Für den Steindruck ergeben sich folgende Erkennungsmerkmale:

unscharfe, in der Linienführung oft unterbrochene Bilder

matte, weiche Farben (dünner Farbauftrag)
Konturen undeutlich

Offsetdruck (Odr.)

Als Druckträger werden biegsame Metallplatten verwendet, welche um die Druckzylinder gespannt werden. Der Druck erfolgt über Gummituchzylinder auf das Papier. Der Offsetdruck ist also ein indirektes Druckverfahren, die Zeichnung auf der Platte muss seitenrichtig sein.

Halbtöne müssen gerastert werden. Der Raster täuscht durch verschieden große Punkte verschiedene Tonwerte vor. Helle Bildstellen (helle Tonwerte) werden von kleinen Punkten gebildet, dunkle von großen.

Da das Offsetverfahren keine großen Anforderungen an die Papierqualität stellt und eine sehr schnelle Arbeitsweise gestattet, verdrängte es bei Massenauflagen, besonders auch im Mehrfarbendruck, den Buchdruck. Erkennungsmerkmale des Offsetdrucks:

In jüngster Zeit trat neben die regelmäßige Rasterung des Bildes (Anordnung der Bildpunkte in Linien) der sogenannte stochastische Raster mit zufälliger Streuung der Bildpunkte.

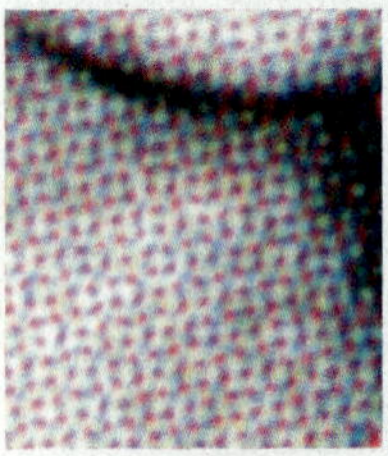

Regelmäßiger Raster

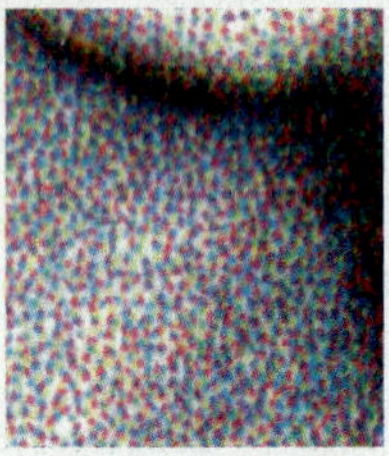

Stochastischer Raster

Erkennungsmerkmale des Offsetdrucks:

Farbflächen gleichmäßig eingefärbt
saubere, nicht ausgefranste, nicht gequetschte Ränder
rückseitig keine Prägung sichtbar
Tonwertabstufung durch Aufrasterung
Rasterpunkte unterschiedlich groß aber mit gleicher Farbintensität

Laserdruck

Der Laserdruck arbeitet im Unterschied zum Offsetdruck mit pulverförmigen Farbpartikeln (ähnlich wie Kopiergeräte). Auf glatten Oberflächen erzeugt er eine erhabene Farbschicht, wie unter kleinem Blickwinkel erkennbar ist.

Bilder erscheinen mehr oder weniger grob gerastert.

Siebdruck

Beim Siebdruck wird die Farbe durch ein feinmaschiges Gewebe hindurchgedrückt. An Stellen, die keine Farbe erhalten sollen, wurde das Gewebe zuvor versiegelt. Für den Briefmarkendruck wird der Siebdruck selten verwendet.

Tiefdruck

Beim Tiefdruck wird die Druckfarbe über Einfärbewalzen in die tiefliegenden Bildteile übertragen, wobei die auf der Oberfläche des Zylinders haftende Farbe durch eine Wischeinrichtung (Rakel) entfernt wird. Die Papierbahn übernimmt die Farbe aus den Vertiefungen des Druckzylinders.

Stichtiefdruck (StTdr.)

Beim Kupferstich – der ältesten Technik des Tiefdrucks – wird die Zeichnung mit Stichel in eine Kupferplatte eingraviert, beim Stahlstich in eine Stahlplatte.

Nach dem Härten der Platte wird das vertieft liegende Markenbild auf ein Stück Rundstahl (Molette) übertragen. Dabei wird das Markenbild reliefartig geprägt. Von der gehärteten Molette erfolgt die Übertragung auf den mit einer Kupferschicht (weich) überzogenen Druckzylinder, der durch Verchromung gehärtet wird. Das Bild erscheint auf dem Druckzylinder vertieft und seitenverkehrt.

Beim Druckvorgang wird die zähflüssige Farbe von dem angepressten feuchten saugfähigen Papier aufgenommen und trocknet leicht erhaben auf. Durch das Zusammenziehen des trocknenden Papieres ergeben sich häufig messbare Größenunterschiede des Markenbildes.

Die Schabetechnik – Mezzotinto genannt – bedient sich des Gravierstahles und bringt zusätzlich kleine Vertiefungen in die Platte; dies war die erste Technik mit Halbton-Wiedergabe.

Das Stichtiefdruckverfahren wird bevorzugt für Markenbilder, die eine besonders sorgfältige Ausarbeitung jeder Bildeinzelheit erfordern; wegen seiner Kostspieligkeit kommt es meist für die höheren Nennwerte in Frage, bietet allerdings auch den größtmöglichen Schutz gegen Fälschungen zum Schaden der Post.

Die Erkennungsmerkmale sind:

Farbauftrag als Relief spürbar
Zeichnung besteht aus feinen Linien und Punkten
Farbflächen werden durch eng nebeneinanderliegende und/oder kreuzende Linien erzielt
klares, detailreiches Markenbild

Stichtiefdruck

Rastertiefdruck

Rastertiefdruck (RaTdr.)

Der Rastertiefdruck wird auch Ätztiefdruck oder Rakeltiefdruck genannt. Im Gegensatz zum StTdr. wird die Zeichnung auf fotografischem Wege auf eine Kupferplatte übertragen. Die älteste Form des Ätztiefdrucks ist die Heliogravüre oder Fotogravüre.

Vor dem Aufbringen der Negativ-Zeichnung mittels Pigmentpapier wird der Kupferplatte eine Asphalt- oder Harzstaubschicht als Kornraster aufgeschmolzen. Durch das Pigmentpapier hindurch wird die Platte in mehreren Schritten geätzt, dadurch bilden sich Vertiefungen.

Der heute gebräuchliche Rastertiefdruck ist eine Weiterentwicklung der Heliogravüre. Hier wird in zwei Arbeitsgängen der Raster und die Zeichnung durch Belichtung auf das Pigmentpapier übertragen. Dieses wird auf dem Druckzylinder entwickelt. Beim nachfolgenden Ätzen entstehen die Vertiefungen.

Der eigentliche Druckvorgang ist bei Heliogravüre und Rastertiefdruck identisch: die Vertiefungen werden mit dünnflüssiger Farbe aufgefüllt, überflüssige Farbe wird mittels Rakel abgestreift. Die Farbe wird von dem angepressten Papier aufgenommen und trocknet im Gegensatz zum StTdr. eben auf.

Da das Papier nicht so feucht ist wie beim StTdr., sind Größenunterschiede des Markenbildes kaum feststellbar.

Erkennungsmerkmale des Rastertiefdrucks:
Sägezahneffekt bei Linien, Schriften und Bildrändern
Rasterpunkte in etwa gleich groß mit häufiger Farbabschwächung zur Rasterpunktmitte („Näpfchen")
Markenbild wirkt in der Vergrößerung unscharf
hohe Farbintensität möglich, großer Tonwertumfang
perliger Ausdruck an vielen Stellen (Farben-Fließstruktur)

Entwertung

Die Entwertung erfolgt durch Stempel, Feder- oder Farbstiftzug, seltener durch Aufdruck, Lochung, Scherenschnitt, Dienstsiegel oder ähnliche Maßnahmen. Postalisch gebraucht bedeutet mit Poststempel entwertet (im Gegensatz zur fiskalischen, steuerlichen Verwendung).

Seltene Entwertungen. Seltene, in Form und Farbe abweichende oder aus sonstigen Gründen wenig vorkommende Entwertungen bedingen je nach Seltenheit, besonders bei älteren Ausgaben, oft sehr hohe Preiszuschläge.

Entwertungen zu philatelistischen Zwecken erfolgen von Postbehörden mit unveränderten oder auch besonderen, eigens dafür vorgesehenen Stempeln. Zum Teil wurden auch während oder nach der Kurszeit aufgedruckte, spezielle Stempel verwendet. Beide Arten werden mit ◍ bezeichnet.

Falschstempel sind solche Abstempelungen, welche mit betrügerischer Absicht mittels von unbefugter Seite hergestellter, also falscher Stempel vorgenommen wurden, um dadurch den Wert der ungebraucht billigeren Marken zu erhöhen. Auf das Vorkommen von Falschstempeln wird mit dem Zeichen ⊜ hingewiesen.

Unter **verfälschten Stempeln** versteht man Abstempelungen, die nach der Kurszeit von privater, bzw. unbefugter Seite mit echten, aber rückdatierten, veränderten Stempeln vorgenommen wurden.

Die Formulierung „ohne Obligo" bedeutet, dass der Stempel nicht prüfbar, verfälscht oder falsch ist.

Ersttagsbrief (FDC) (First Day Cover)

Umschläge oder Karten, die am ersten Gültigkeitstag der aufgeklebten Marke(n) abgestempelt werden. Einige Postverwaltungen geben besondere (Schmuck-) Umschläge, oft mit ausgabeanlassbezogenen Sonderstempeln, heraus. Zwischen amtlichen oder privaten (Schmuck-)Belegen wird nur in Ausnahmefällen unterschieden (vgl. Landeseinleitung).

Essay

Um für eine Markenausgabe die geeignetste Gestaltung hinsichtlich Entwurf, Druck, Farbe etc. zu finden, werden von der Post Vorlagen angefordert. Solche nicht angenommenen Proben gelangen in den Handel. Sie werden Essays genannt.

Faksimile

Von privater Seite hergestellte Nachahmung seltener Marken, die in Farbe, Papier und/oder Druckverfahren vom Original abweicht.

Fälschungen

Es gibt verschiedene Arten von Fälschungen:

1. Fälschungen zum Schaden der Sammler und Händler [FALSCH]

Es kann sich um Ganz- oder Teilfälschungen handeln, z.B. falscher Durchstich, falsche, verfälschte oder entfernte Zähnung, falsche Abstempelung, falscher Aufdruck, chemische Veränderung von Papier und Druckfarbe, im Wege der Reparatur verkehrt eingesetzte Mittelstücke etc. Ferner chemisch oder mechanisch entfernte Aufdrucke, Stempel und dgl.

2. Fälschungen zum Schaden der Post [PFä]

Hierunter fallen nur solche Fälschungen, die während der Kurszeit der Marken zum Schaden der Post hergestellt wurden.

3. Fälschungen als Kriegsmaßnahmen [PFä] sind Fälschungen, die von kriegführenden Staaten zur Schädigung des Gegners hergestellt wurden. Man unterscheidet Kriegs-Postfälschungen, die den Originalen täuschend nachgebildet sind und Propagandafälschungen, deren ursprüngliches Bild originalähnlich umgezeichnet wurde.

Feldbestimmung

Die Feldbestimmung kann wichtig sein für das Auffinden von katalogisierten Typen oder Plattenfehlern im Bogen. Feld 27 bedeutet also im Beispiel eines 50er-Bogens der Anordnung 10×5 (10 Marken waagerecht und 5 Marken senkrecht), dass die gesuchte Marke die 7. von links in der 3. Reihe von oben ist.

Fluoreszenz, Phosphoreszenz

Zur Erleichterung der Postautomation werden den Markenpapieren chemische Verbindungen beigemischt, seltener nachträglich aufgedruckt. Fluoreszierende Stoffe leuchten unter der Prüflampe gelblich bis grünlich auf, phosphoreszierende leuchten nach dem Ausschalten der Lampe kurz nach. Unterschiede der Fluoreszenz- oder Phosphoreszenzstoffe werden nur in eng umgrenzten Ausnahmefällen erfasst.

Ganzsache

Ganzsachen sind mit vorauszubezahlenden Wertzeichen oder Wertstempeln bedruckte, für einen postalischen Verwendungszweck bestimmte Umschläge, Kartenbriefe, Postkarten o.ä. Alle Ganzsachen sind Postwertzeichen wie Briefmarken. Sofern es offizielle

Ganzsachen mit (eingedrucktem) bildgleichem Wertstempel gibt, ist nach der Farbangabe der entsprechenden Marke das Zeichen [GA] eingefügt.

Gummierung

In aller Regel wurden und werden die Papierbogen und -Bahnen für den Briefmarkendruck aus technischen Gründen vor dem Druck maschinell mit einer Gummierung versehen, früher manchmal auch per Hand mit Pinsel. Bei einigen klassischen geschnittenen Marken wurde die Gummierung erst nach dem Druck aufgetragen, vereinzelt wurden Marken auch ungummiert ausgegeben.

Hauptbestandteile waren früher tierische Leime, dann pflanzliche Stoffe (z.B. Dextrin und Gummi arabicum), seit geraumer Zeit werden hauptsächlich Kunststoffe (z.B. PVA) verwendet. Struktur und Erscheinungsbild können sehr unterschiedlich sein: glatt, brüchig, körnig, gestreift, borkig, matt oder glänzend, weiß, gelblich, bräunlich, rötlich, bläulich oder fast unsichtbar (sogen. Trockengummi). Beim auch vorkommenden sogenannten Spargummi wurden, um Rohstoff zu sparen, kreisförmige Stellen nicht gummiert.

körniger Gummi

senkr. geriffelt

waager. geriffelt

Borkengummi

Spargummi

Es gibt auch Marken mit schwefelsäurehaltiger Gummierung, die die Marken rasch zu beschädigen droht. Es empfiehlt sich, bei solchen Marken den Gummi sofort zu entfernen. Auch bei älteren Marken kann die Beschaffenheit des Gummis (gefährliche chemische Zusammensetzung oder Bruchgefahr) zur Ablösung zwingen.

Unter **Gummiriffelung** wird das Brechen des Gummis nach dem Trocknen durch Walzen verstanden. Das Brechen erfolgt in verschiedene Richtungen (waagerechte oder senkrechte Riffelung) und soll dem Rollen des Papiers entgegenwirken.

Auf die Bedeutung, die der Originalgummi heute bei der Bewertung spielt, wird an anderer Stelle („Ungebraucht“) noch eingegangen.

Kehrdruck (tête-bêche)

Unter Kehrdrucken versteht der Philatelist waagerechte oder senkrechte Paare, die vom Markenbild aus gesehen kopfstehend unmittelbar oder durch Zwischenstege getrennt zusammenhängen. Das Kurzzeichen lautet ⊔⊓. Die meisten Kehrdrucke stammen aus Markenheftchenbogen.

Literatur

Die Möglichkeit, die geradezu unerschöpflichen, sich ständig ergänzenden Informationsquellen des philatelistischen Schrifttums Sammlern und Händlern in gedruckter Form zugänglich zu machen, beschränkt sich heute auf nur wenige zentrale Fachbüchereien. Die Münchner Stadtbibliothek, Philatelistische Bibliothek (www.muenchner-stadtbibliothek.de/philatelistische-bibliothek) und die Philatelistische Bibliothek Hamburg (www.philatelistische-bibliothek.de) bieten Zugang zu ihren umfangreichen Buch- und Zeitschriftenbeständen, deren Titel in den jeweiligen Online-Katalogen veröffentlicht sind und in ihren Lesesälen, aber auch für die Fernleihe, zur Verfügung stehen. Aus der Münchner Stadtbibliothek können BdPh-Mitglieder direkt ausleihen. Alle übrigen Personen erhalten im Rahmen des nationalen und internationalen Leihverkehrs durch Vermittlung einer öffentlichen Bibliothek Fachbücher und Fotokopien unter Beachtung der Nutzungsbedingungen der jeweiligen Bibliothek.

Lochungen

Amtliche Lochungen verändern meist den Charakter der Marke oder beschränken ihren Verwendungsbereich. Durch E-Lochung wurden z.B. Marken von Bayern 1911 in Dienstmarken umgewandelt.

Nur diese amtlichen Lochungen werden katalogisiert.

Nichtamtliche Einlochungen von Buchstaben oder Firmenzeichen wurden zum Schutz vor Diebstählen und unberechtigter Verwendung durch Dritte meist von privaten Stellen, die einen größeren Markenbestand vorrätig halten, angewandt. Amtliche Stellen kennzeichnen vereinzelt die Marken auf aufbewahrten Postformularen ebenfalls durch eine Einlochung als Schutz gegen Diebstähle.

Marken mit Firmenlochung gelten echt gebraucht auf Ganzstücken als vollwertig.

Makulatur

Unter Makulatur versteht man die durch unsauberen Druck, durch Material- oder Zähnungsfehler oder aus anderen Gründen unbrauchbar gewordenen, vor der Ausgabe an den Postschaltern ausgeschiedenen Druckbogen, die zur Vernichtung bestimmt sind. Solche Stücke kommen vereinzelt illegal in den Handel, sind aber philatelistisch wertlos.

Markenanordnung im Bogen

In der Regel werden die Klischees in gleicher Lage und in regelmäßigen Zwischenräumen zusammengestellt. Die Abstände lassen im allgemeinen auch genügend Raum für die Anbringung einer Trennungsart (Durchstich oder Zähnung), doch gibt es auch oft eine zu enge Bogenzusammenstellung; in solchen Fällen reicht der Durchstich oder die Zähnung in das Markenbild hinein, und man spricht von schlechter Zentrierung. Bei geschnittenen, im Bogen zu eng zusammenstehenden Marken stellen im Schnitt leicht berührte Ränder die einwandfreie Durchschnittsqualität dar.

Marken auf Brief

Alle mit Briefmarken frankierte Poststücke, welche auf dem üblichen Wege durch die Post befördert wurden, erhalten das Symbol ⊠, wenn es sich um, nach den jeweils gültigen Portosätzen frankierte Bedarfspost handelt, im Gegensatz zu Sammlerbriefen, die zu Sammelzwecken der Post zur Beförderung übergeben wurden. Besonders Briefe mit älteren Ausgaben und viele mit Flugpost richtig beförderte Briefe werten oft das Vielfache der gleichen losen Marken. Die Bewertung für Briefstücke (⊵) bewegt sich zwischen dem Preis für die gestempelte Marke und dem Briefpreis, je nach Größe und Aussagekraft des Briefstücks. Briefstücke, die außer dem kompletten Stempel keine weiteren Informationen enthalten, werden kaum teurer als die gestempelte Marke gehandelt, wohingegen beispielsweise eine komplett erhaltene Briefvorderseite dem Briefpreis schon ziemlich nahekommen kann. Eine Bewertung von Briefstücken muss also stets individuell vorgenommen werden.

Ersttagsstempel (First day), oft auf zu diesem Zweck eigens von der Postverwaltung oder von privater Seite hergestellten Sonderumschlägen oder Karten, benutzen manche Postverwaltungen am ersten Verwendungstag neuer Postwertzeichen-Ausgaben.

Die Bewertung „Ersttag" bzw. „FDC" bezieht sich auf alle Belege, die mit dem Datum des ersten Tages der Gültigkeit der aufgeklebten Marke(n) abgestempelt wurden, nicht aber auf lose gestempelte Marken. Dabei ist es gleichgültig, ob die Belege einen Sonderstempel oder den Tagesstempel irgendeines Postamtes aufweisen, ob es sich um gefälligkeitsgestempelte Belege oder um echt gelaufene Sendungen handelt (Ausnahmen siehe Landeseinleitung).

Sonderstempel, die in einer Beziehung zu dem Postwertzeichen stehen, auf dem sie angebracht sind, sind nur dann gesondert bewertet, wenn der Sonderstempel einen vom gewöhnlichen Poststempel erheblich abweichenden Mehrwert hat.

Markenfarben

Die verschiedenen Tönungen sind eine technisch bedingte Begleiterscheinung des Markendrucks. Besonders häufig sind sie zu beobachten, wenn der Druck in mehreren Auflagen erfolgt. Solche Farbunterschiede werden nur dann berücksichtigt, wenn sie verschiedenen Auflagen zugeordnet werden können bzw. mit ihnen Preisdifferenzen verbunden sind.

Farbbenennungen. Die Farbbenennungen richten sich im wesentlichen nach der Ostwaldschen Farbenlehre. Phantasienamen, wie sämisch, rahmfarben oder Zusammensetzungen mit anderen Wörtern wie ziegelrot, kornblumenblau, lichtblau, wasserblau, maigrün, seegrün usw., dienten in früherer Zeit der Erweiterung der Farbnamen-Palette. Um falsche Assoziationen zu vermeiden, wird seit geraumer Zeit auf derartige unpräzise Angaben verzichtet.

Unverzichtbar als Anhaltspunkt zum Bestimmen der Markenfarben ist der **MICHEL-Farbenführer,** nach dem seit Anfang der 1980er-Jahre alle Farbbenennungen von Neuaufnahmen durchgeführt werden. Die Farben älterer Ausgaben werden in den nächsten Jahren Schritt für Schritt ausschließlich nach der ab 1991 erweiterten Ausgabe des MICHEL-Farbenführers benannt.

Ausdrücklich sei darauf hingewiesen, dass der MICHEL-Farbenführer gerade bei teuren Farbvarianten eine Prüfung durch anerkannte Verbandsprüfer nicht ersetzen kann!

Zu beachten ist, dass für den Druck von Briefmarken viel mehr Farben bzw. Farbtönungen verwendet werden als abgebildet und durch Namen oder Bezeichnungen sinnvoll ausgedrückt werden können. Zu wählen ist also die Farbbezeichnung im Farbenführer, die der Markenfarbe am nächsten kommt.

Bei mehrfarbigen Marken beginnt die Farbenbezeichnung in der Regel bei der Umrahmung und setzt sich danach bis zur Markenmitte fort; weist eine Marke mehr als zwei Farben auf, wird sie als „mehrfarbig" geführt.

Maximumkarte

Voraussetzung für eine Maximumkarte ist, dass das Markenmotiv und das Bild der Karte weitgehend übereinstimmen. Die Marke wird auf die Bildseite der Karte geklebt und mit Sonderstempel oder Ortsdatumstempel entwertet. Maximumkarten werden im MICHEL-Europa nicht katalogisiert.

Nachdrucke

sind in staatlichem Auftrag hergestellte Drucke, zu deren Herstellung ein mehr oder weniger abgeänderter bzw. erneuerter Originaldruckstock verwendet wurde, und zwar nachdem die Frankaturgültigkeit gleichwertiger Postwertzeichen beendet war. Nachdrucke, die nicht in staatlichem Auftrag hergestellt wurden, werden Fälschungen gleichgestellt.

Neuauflage

Frankaturgültige neue Ausgaben eines Postwertzeichens, die sich von den ursprünglichen Erstauflagen durch irgendwelche Merkmale unterscheiden, nennt man Neuauflagen. Sie werden entsprechend dieser Unterschiede als Unterarten katalogisiert und numeriert.

Neudruck

Begriff für alle „neuen Drucke" eines Postwertzeichens, welche von einer staatlichen Postverwaltung mit unveränderten (Original-) Druckstöcken oder Druckplatten hergestellt wurden, nachdem die Frankaturgültigkeit solcher Marken beendet war. Neudrucke sind mit dem Zeichen ND gekennzeichnet. Da sie vielfach von den Originalen nur schwer zu unterscheiden sind, wird absichtlich von der leicht irreführenden Angabe der Unterscheidungsmerkmale meist abgesehen. Neudrucke werden häufig zu Studienzwecken gesammelt, den Spezialisten sind sie unentbehrlich. Wenn es sich um Neudrucke handelt, die nicht von (beziehungsweise im Auftrag) der betreffenden staatlichen Postverwaltung hergestellt wurden, so muss die Bezeichnung „privater Neudruck" lauten.

Die Bezeichnung „Neudruck" ist für Fälschungen, Phantasiedrucke, Nachdrucke oder dergleichen nicht zu verwenden.

Postwertzeichenpapier

In der Regel werden für den Markendruck Papiersorten gewählt, die den besonderen drucktechnischen Anforderungen qualitativ entsprechen und oft noch mit besonderen Sicherungen gegen Fälschungen (Seidenfaden, Wasserzeichen) versehen werden. In Zeiten wirtschaftlicher Not kommen natürlich auch Papiere minderer Qualität zur Verwendung.

Häufig verwendete Papiersorten sind Glanz- und Kunstdruckpapiere, maschinenglatte, satinierte (geglättete), gestrichene (Kreide-)Papiere mit und ohne Fasern. Weitere Unterscheidungsmerkmale sind dünnes, dickes, kartonartiges, durchscheinendes, rauhes, gestreiftes oder geripptes Papier.

Bei farbigem Papier enthält die Papiermasse selbst den Farbstoff, bei gefärbtem Papier ist er nur auf der Oberfläche aufgetragen.

Heute wird für Postwertzeichen auch ein Papier benutzt, welchem bei der Herstellung ein Fluoreszenz- oder Phosphoreszenzkörper beigemischt oder aufgetragen ist, der bei Bestrahlung mit ultraviolettem Licht hell aufleuchtet (Fluoreszenz) oder kurz nachleuchtet (Phosphoreszenz). Eine UV-Lampe ist hier eine unentbehrliche Hilfe. Mit ihr sind auch der Papiermasse beigegebene optische Aufheller zu erkennen, die unter der Lampe bläulich-weiß aufleuchten; diese können jedoch nicht gesondert katalogisiert werden.

Der Hinweis auf Papiersorten in der Katalogisierung erfolgt meist nur dann, wenn eine Ausgabe in verschiedenen Sorten existiert.

Probedruck

Der Probedruck ist der letzte Versuchsdruck vor Annahme der Zeichnung und Ausführung zur Überprüfung von Druckform, Druckfarbe und Druckverfahren.

Prüfungen und Prüfordnung

Der beste Schutz gegen den Erwerb falscher oder minderwertiger Marken ist der Einkauf im gutberufenen Fachgeschäft. In Zweifelsfällen ist die Hinzuziehung eines Experten angebracht.

Prüfordnung: Die von den Spitzenverbänden der Sammler und Händler anerkannten Experten für Marken, Abstempelungen und Erhaltung prüfen nach einheitlichen Richtlinien, die jeder Philatelist kennen sollte.
Prüfordnung und Prüferliste finden Sie entweder im Anhang oder im Internet unter http://www.bpp.de.

Ergänzend wird darauf hingewiesen, dass die MICHEL-Redaktion keine Markenprüfungen vornimmt.

Retusche

Nachgravierungen oder Ausbesserungen einer ganzen Druckplatte oder einzelner Klischees werden oft vorgenommen, wenn der Stecher durch Überarbeitung eine bessere Bildwirkung erzielen oder ursprüngliche Gravurfehler sowie Abnutzungserscheinungen und Druckschäden beseitigen will.

Schriftarten

Der Umfang der Schriftarten und -formen auf Briefmarken ist derart groß, dass an dieser Stelle nur auf die wichtigsten Hauptgruppen eingegangen wird. Am meisten verwendet wird die aus der römischen Kapitalschrift hervorgegangene Antiqua mit ihren verschiedenen Unterarten, z.B. Mediaeval (Linearantiqua), Egyptienne (serifenbetonte Antiqua) und Grotesk oder Blockschrift (ohne Serifen, also ohne Abschlussstriche an Kopf und/oder Fuß der Buchstaben = Schrift dieser Einführung). Eine Nebenform ist die Kursivschrift (Schrägschrift), die als Druckschrift die altrömische, handgeschriebene Kursiv nachbildet. Weitere häufig vorkommende Schriftarten sind Schreibschriften (z.B. Englische Schreibschrift) und besonders bei älteren Marken Frakturschriften wie z.B. Gotisch und Schwabacher. Außerdem findet man vereinzelt auch nichtlateinische Schriften wie z.B. Kyrillisch. Alle diese Schriften kommen natürlich in den verschiedensten Größen (Graden) und Erscheinungsformen (mager bis fett, schmal bis breit usw.) vor.

Specimen

Der Aufdruck oder Stempel „SPECIMEN“ oder „MUSTER“ auf Originalmarken besagt, dass diese Stücke als amtliche Orientierungsmuster, meist bei Neuausgabe der betreffenden Serie, gedient haben; der Aufdruck soll die Verwendung dieser Marken zu Frankaturzwecken verhindern. Nicht immer sind Specimen-Marken billiger als die gleichen Marken ohne Aufdruck, weil Spezialsammler ihnen besondere Beachtung schenken und die Auflagen meist gering sind.

Trennungsarten

Die vier bei Postwertzeichen vorkommenden Trennungsarten sind mit geschnitten, gestanzt, durchstochen und gezähnt bezeichnet. Die verwendeten Abkürzungen lauten für geschnitten □, für gestanzt gest., für durchstochen ⁞⁞ und für gezähnt gez.

Geschnitten

Anfangs wurden die Markenbogen häufig ohne Trennungshilfen hergestellt, so dass die Marken mit der Schere herausgeschnitten werden mussten, später geschah dies meist nur noch in Notzeiten oder für Sammlerzwecke.

In der Philatelie werden als geschnitten nur solche Marken bezeichnet, die amtlich und regulär ohne Durchstich bzw. ohne Zähnung ausgegeben wurden.

Versehentlich nicht gezähnte Marken werden als ungezähnt (U) bezeichnet und als Abarten katalogisiert.

Gestanzt

Üblicherweise werden selbstklebende Marken schon bei der Herstellung vereinzelt und können nur mittels der gemeinsamen Trägerfolie größere Einheiten bilden.

Durchstochen

Schon bald bemühte man sich, Hilfen für das Heraustrennen der Marken aus den Bogen zu finden: mittels feiner Messer wurde das Papier zwischen den Markenreihen teilweise eingeschnitten, so dass Papierbrücken zwischen den einzelnen Schnitten stehenblieben. Die häufigsten Durchsticharten sind Linien-, Punkt-, Zickzack-, Sägezahn- und Bogendurchstiche, vereinzelt farbig unterlegt.

Zickzack-Durchstich

Sägezahnartiger Durchstich

Linien-Durchstich

Bedingt durch die Herstellungsart bringt der Reißvorgang mit sich, dass an die Randbeschaffenheit bei durchstochenen Marken nicht die gleichen Ansprüche wie an gezähnte gestellt werden können. Die Trennung wird immer unsauber und ungenau sein.

In Notzeiten, vor allem nach dem Zweiten Weltkrieg, wurden in größerer Zahl private Durchstiche hergestellt, die im Gegensatz zu den auf Veranlassung unterer Dienststellen entstandenen Postmeistertrennungen nicht katalogisiert werden.

Versehentlich nicht durchstochene Marken werden als undurchstochen (U) bezeichnet und als Abarten katalogisiert.

Gezähnt

Die heute gebräuchlichste Trennungsart ist die Zähnung. Die Philatelie bezeichnet je nach Herstellungsmethode die Zähnung als Linien-, Kamm- oder Kastenzähnung.

Bei der Linienzähnung erfolgt erst die Zähnung der einen, dann die der anderen Richtung, wodurch die Eckzähne der einzelnen Marken meistens unregelmäßig ausfallen. Verschiedene Markengrößen bei Linienzähnungsmarken entstehen dadurch, dass die Lochleisten nicht immer im gleichen Abstand eingestellt sind.

Linienzähnung

Bei Kammzähnung werden Breiten- und Höhenzähnung einer Bogenreihe, bei Kastenzähnung die des ganzen Bogens in einem Arbeitsgang der Zähnungsmaschine ausgeführt; bei diesen Zähnungsvarianten sind die Eckzähne der einzelnen Marken daher gleichmäßig.

Bei der einfachen Kammzähnung werden alle Marken einer waagerechten Reihe auf drei Seiten (oben oder unten und links und rechts) gezähnt. Bei der Kreuzkammzähnung ist der Kamm H-förmig, so dass in einem Arbeitsgang eine waagerechte Reihe und je zur Hälfte der Markenhöhe die linken und rechten senkrechten Reihen gezähnt werden.

Kammzähnung

Doppelkammzähnung

Bei Doppelkamm- und Doppelkreuzkammzähnung werden je 2 waagerechte Reihen gleichzeitig gezähnt.

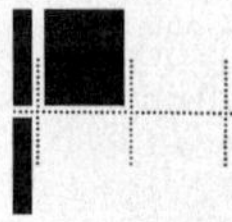
Kreuzkammzähnung

Doppelkreuzkammzähnung

Besondere Zähnungen. Erstmals 1992 in Großbritannien wurden Briefmarken mit einer **Sicherheitszähnung** versehen, bei der die durchgehende Zahnreihe an zwei gegenüberliegenden Seiten durch ovale Ausbuchtungen unterbrochen wurde.

Sicherheitszähnung

Gelegentlich werden besondere Zähnungsformen auch als gestalterisches Element eingesetzt, z. B. sternförmige Zähnungslöcher an den Markenecken bei USA MiNr. 2745.

Zähnungszahl. Die Zähnungslöcher werden international auf 2 cm berechnet, z. B. gez.12 heißt: auf 2 cm gehen 12 Zähnungslöcher. Bei Zähnungsverschiedenheiten einer Marke (gemischte Zähnung) ist die erste Zahl die (waagerechte) **Breiten-,** die zweite aber die (senkrechte) **Höhenzähnung.** So kommen z. B. bei gez.14½ :15 in der Breite auf 2 cm 14½ , in der Höhe 15 Zähnungslöcher.

Bei Mischzähnungen (unterschiedliche Zähnungen auf mindestens drei Seiten) wird die Zähnung – von der Markenvorderseite aus betrachtet – zuerst oben, dann rechts, dann unten und zuletzt links gemessen. Steht zwischen den Zähnungsangaben ein Bindestrich (z. B. 9–11), so zeigt das an, dass die Marken in verschiedenen Zähnungen von 9 bis 11 vorkommen.

Ein genaues Bestimmen der Zähnung ist nur mit Hilfe eines zuverlässigen Zähnungsschlüssels möglich, der zu den notwendigsten Bedarfsartikeln eines Sammlers gehört. Die Zähnungsspitzen müssen mit den senkrechten Einteilungsstrichen von links bis rechts übereinstimmen.

Ganz neu auf dem Markt ist das MICHELperfoscope. Diese auch vom Bund der Philatelistischen Prüfer (BPP) empfohlene Computer-Software ermöglicht eine exakte Zähnungsmessung auch von Bogenteilen, Blocks oder Marken auf Brief. Zu beachten ist, dass auch die beste Zähnungsmessung gerade bei teuren Zähnungsvarianten eine Prüfung durch Verbandsprüfer nicht ersetzen kann.

Zähnungsgüte. Wenn die Zähnung gleichmäßige Abstände vom Markenbild hat, bezeichnet man die Marke als gut zentriert; schlechte Zentrierung entsteht bei ungenauem Einlegen des Bogens oder bei nicht ausreichendem Zähnungszwischenraum im Bogen.

Von unvollkommener Zähnung spricht man, wenn die Beschaffenheit des Papiers (zu weich, wollig, dick) eine reine Zähnung unmöglich machte.

Ist die Dezentrierung sehr stark oder verläuft die Zähnung an anderer Stelle oder in andere Richtung als vorgesehen, so spricht man von Verzähnung.

Ganz oder teilweise ungezähnte Marken siehe unter Abarten.

Ungebraucht

Bezeichnung für alle nicht entwerteten Marken. Man unterscheidet:

Postfrisch = ✶✶: Alle gummiert verausgabten Postwertzeichen, die in dem Zustand sind, in dem sie am Postschalter erhältlich waren.

Bei einigen – insbesondere älteren – Markenausgaben musste die Gummierung entfernt werden, da sie auf Grund ihrer Zusammensetzung die Marken zerstörte. **Vorsicht vor Teil- bzw. Ganzfälschungen der Gummierung (Nachgummierungen).**

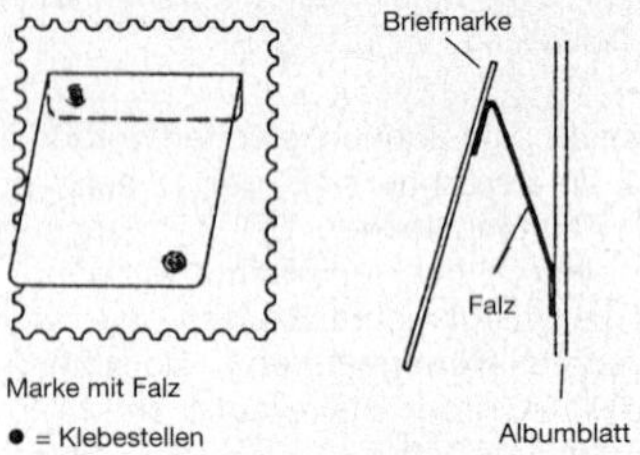

Ungebraucht mit Falz = ✶: Ungestempelte Postwertzeichen, die mit Falz(resten) behaftet sind. Diese sind in jedem Falle „postfrisch gemachten" Marken vorzuziehen. Vorsicht: Formulierungen wie „ungebraucht ohne Falz mit Gummierung" sind oft Umschreibungen für nachgummierte Marken.

Ungebraucht ohne Gummi = (✶): Damit sind alle Marken bezeichnet, die entweder so verausgabt wurden oder deren Originalgummi aus bestimmten Gründen entfernt wurde.

Wasserzeichen

Sie werden bei der Herstellung der Postwertzeichen in die noch nicht trockene Papiermasse mit Formen eingepresst. Man unterscheidet einfaches und mehrfaches Wasserzeichen, stehendes, liegendes (gegebenenfalls linksliegendes und rechtsliegendes), steigendes und fallendes, kopfstehendes und seitenvertauschtes Wasserzeichen. Das Wasserzeichenbild befindet sich entweder auf jeder Marke, auf mehreren Marken, als Bogenwasserzeichen über den ganzen Markenbogen verteilt oder zusätzlich am Bogenrand.

Die Wasserzeichen, abgekürzt Wz., sind von der Rückseite der Marke aus gesehen wiedergegeben. Fehlen Wz.-Angaben, so sind die Marken auf Papier ohne Wasserzeichen gedruckt.

Das Wasserzeichen ist meist zu erkennen, wenn man die Marke rückseitig gegen das Licht hält. Versagt diese Methode, gibt es zwei Möglichkeiten: Einmal in der herkömmlichen Art mit Benzin und dem in jedem Fachgeschäft erhältlichen Wasserzeichensucher. Hier wird die zu untersuchende Marke mit der Bildseite auf die schwarze Platte gelegt und einige Tropfen chemisch reines (sehr wichtig!) Benzin auf die Marke geträufelt. Bei Marken auf gestrichenem Papier kann es u. U. erforderlich sein, die Marken mehrere Minuten im Benzinbad zu belassen, bis das Wasserzeichen erkennbar wird. Benzinempfindliche Marken dürfen jedoch so nicht untersucht werden. Dem Gummi schadet im allgemeinen ein Benzinbad nicht. Eine andere, sehr gute Möglichkeit bieten Geräte, die auf optisch-elektrischer Basis unter Druck und ohne jegliche chemische Hilfsmittel arbeiten. Bei Marken auf Briefen lässt sich das Wasserzeichen manchmal bei schräg auf die Marke auffallendem Licht und seitlicher Betrachtungsweise erkennen.

Zufälligkeiten

Mit katalogwürdigen Abarten sollten folgende Zufälligkeiten nicht verwechselt werden: Abklatsch, abspringende Farbe (bei StTdr.), Aufdruckverstümmelungen, Bogenumschlag (teilweise fehlendes Markenbild), Doppelbilddruck, Farbbläschen, Farbstreifen, Papierfalten, Passerverschiebungen und andere Druckmängel, verschnittene und verzähnte Marken.

Abkürzungen und Zeichenerklärungen

Abkürzungen der Druckverfahren:

Bdr. = Buchdruck
Hfdr. = Heißfoliendruck
Odr. = Offsetdruck
Pdr. = Prägedruck
RaTdr. = Rastertiefdruck
Rdr. = Reliefdruck
Stdr. = Steindruck
StTdr. = Stichtiefdruck

Abkürzungen der Farbenbezeichnungen:

dkl' = dunkel-
lebh' = lebhaft-
mfg. = mehrfarbig
schwärzl' = schwärzlich

Bl = blauer Aufdruck
Br = brauner Aufdruck
Bz = bronzener Aufdruck
G = goldener Aufdruck
Gb = gelber Aufdruck
Gr = grüner Aufdruck
Gra = grauer Aufdruck
K = karminer Aufdruck
Ku = kupferner Aufdruck
L = lila Aufdruck
Or = oranger Aufdruck
R = roter Aufdruck
S = schwarzer Aufdruck*)
Si = silberner Aufdruck
V = violetter Aufdruck

*) Wenn nicht anders angegeben, ist die Aufdruckfarbe immer schwarz.

Andere Abkürzungen und Abkürzungszeichen:

Platten, Typen und Trennungsarten:

Pl = Platte
T = Type
gez. = gezähnt
gest. = gestanzt
K = Kammzähnung
Ks = Kastenzähnung
L = Linienzähnung
Shz. = Sicherheitszähnung
~ = Zähnung richtungsvertauscht
⬚ = durchstochen
□ = geschnitten
U = ungezähnt
Ul = links ungezähnt
Ur = rechts ungezähnt
Uo = oben ungezähnt
Uu = unten ungezähnt
Us = senkrecht ungezähnt
Uw = waagerecht ungezähnt
Udr = dreiseitig ungezähnt
Uzw = zweiseitig ungezähnt
UMs = waagerechtes Paar, Mitte ungezähnt
UMw = senkrechtes Paar, Mitte ungezähnt

Wasserzeichen:

oWz. = ohne Wasserzeichen (Bezeichnung nur in Sonderfällen)
Wz. = Wasserzeichen

Gummierung:

(✱) = ungebraucht ohne Gummi oder mit Teilgummi
✱ = ungebraucht mit Originalgummi (Falz)
✱✱ = ungebraucht mit Originalgummi (postfrisch)
o. G. = ohne Gummi

Entwertungen:

⊙ = mit Poststempel entwertet
〰 = Federzugentwertung
⊗ = fiskalische Entwertung
◍ = Abstempelung zu philatelistischen Zwecken
○ = Lochentwertung
Ⓢ = (ausgabebezogener) Sonderstempel
Ⓣ = Tagesstempel

Fälschungen:

[FALSCH] = Fälschungen (Teilfälschungen) vorkommend (zum Schaden der Sammler)
Ⓕ = Falschstempel vorkommend, Stempelprüfung erforderlich
[PFä] = Fälschungen zum Schaden der Post

Aufdrucke:

↑ = Aufdruck normalstehend
↑↑ (DD) = doppelter Aufdruck bzw. auch Doppeldruck
↑↓ (DK) = doppelter Aufdruck, davon einer kopfstehend
↓ (K) = kopfstehender Aufdruck
↖ = schräger Aufdruck nach links oben
↙ = schräger Aufdruck nach links unten
↗ = schräger Aufdruck nach rechts oben
↘ = schräger Aufdruck nach rechts unten

Briefe und Briefstücke:

✉ = Marke auf Bedarfsbrief, -Postkarte, Paketkarte oder Drucksache, bei Flugpostmarken auf Flugpostbrief oder -karte
▷ = Marke auf Briefstück
◩ = schräg halbiert vorkommend
◧ = senkrecht halbiert vorkommend
⬓ = waagerecht halbiert vorkommend
FDC = Ersttagsbrief

Verschiedenes:

Ak = Ankündigungskarton
AkB = Ankündigungsblatt mit Druckvermerk
Bl. = Block
Br l/u = Bogenrand links/unten
DD = doppelter (Auf-)Druck bzw. Doppelprägung
DDD = Dreifachaufdruck bzw. Dreifachdruck
DZ = Drucker(ei)zeichen
EB = Erinnerungsblatt
ETB = Ersttagsblatt
F = Fehldruck, Fehlfarbe oder Fehlverwendung
G = Druck auf der Gummiseite
HAN = Hausauftragsnummer
H-Bl. = Heftchenblatt
Hz = Herzstück
K (⊔⊓) = Kehrdruckpaar
KZ = Kehrdruckpaar mit Zwischensteg
L = Leerfeld bzw. anhängendes gez. Feld mit Bogenrandbedruckung
MH = Markenheftchen
MHB = Markenheftchenbogen
MK = Maximumkarte
NA = Neuauflage
ND = amtlicher Neudruck
Nachdr. (N) = Nachdruck
Neudr. (N) = privater Neudruck
P = Plattendruck oder Probedruck
Pa = auf geklebter Papierbahn
Papier fl. = fluoreszierendes Papier
Papier ph. = phosphoreszierendes Papier
PF = Plattenfehler
PH = Phasendruck
Pl.-Nr. = Plattennummer
POL = POL-Lochung
R = Rollendruck oder Rollenmarke
RWZ = Reihenwertzahl
S = Seite, Sonderdruck oder Schwarzdruck
s. = siehe
SD = Schwarzdruck
SZ = senkrechter Zusammendruck mit Zwischensteg
VE = Vorausentwertung
W = Walzendruck oder waager. Zusammendruck
WSt. = Wertstempel
WZ = waagerechter Zusammendruck mit Zwischensteg
Zd = Zusammendruck
Zf = Zierfeld
ZS = Zwischenstegpaar (senkrecht)
ZW = Zwischenstegpaar (waagerecht)
[E] = Entwurf
[GA] = es gibt Ganzsache mit bildgleichem Wertstempel
[S] = Stich
[UV] = Marke erscheint unter der UV-Lampe …
□□ = Doppelstück (2 Marken zusammenhängend)
□□□ = Dreierstreifen (3 Marken zusammenhängend)
□□/□□, ⊞ = Viererblock
–,– = kein Preisansatz möglich
✈ = Flugpostmarke
~ = Bogenkonfiguration richtungsvertauscht

EUROPA

Die Länder in Band 7 (Südlicher Balkan)

Historische Länder und Teilgebiete siehe MICHEL-Weltatlas zur Philatelie

Neueinteilung der Europa-Bände seit 2020

Früher in Band:

Band 1: Alpenländer

Liechtenstein	1
Österreich	1
Schweiz	1
Vereinte Nationen – Genf	1
Vereinte Nationen – Wien	1

Band 2: Mitteleuropa

Slowakei	1
Tschechische Republik	1
Tschechoslowakei	1
Ungarn	1
Westungarn	1

Band 3: Westeuropa

Andorra (franz.)	2
Frankreich	2
Monaco	2

Band 4: Iberische Halbinsel

Andorra (span.)	2
Portugal	2
Spanien	2

Band 5: Apenninen-Halbinsel

Fiume	3
Italien	3
San Marino	3
Triest – Zone A	3
Vatikanstadt	3

Band 6: Westlicher Balkan

Bosnien und Herzegowina	3
Jugoslawien	3
Kosovo	3
Kroatien	3
Montenegro	3
Nordmazedonien	3
Serbien	3
Slowenien	3
Triest – Zone B	3

Band 7: Südlicher Balkan

Ägäische Inseln	4
Albanien	3
Bulgarien	4
Epirus	4
Griechenland	4
Ikarien	4
Ionische Inseln	4
Kreta	4
Ostrumelien	4
Samos	4
Thrakien	4

Früher in Band:

Band 8: Südosteuropa

Moldawien	7
Rumänien	4

Band 9: Mittelmeerländer

Gibraltar	2
Malta	3
Türkei	4
Türkisch-Zypern	4
Zypern	4

Band 10: Skandinavien

Dänemark	5
Island	5
Norwegen	5
Schweden	5

Band 11: Baltikum und Finnland

Estland	5
Finnland	5
Karelien	5
Lettland	5
Litauen	5
Mittellitauen	5
Nordingermanland	5

Band 12: Benelux

Belgien	6
Luxemburg	6
Niederlande	6

Band 13: Britische Inseln

Großbritannien	6
Irland	6

Band 14: Kanalinseln und Man

Guernsey	6
Isle of Man	6
Jersey	6

Band 15: Osteuropa

Karpaten-Ukraine	7
Polen	7
Ukraine	7
Weißrussland	7
Westukraine	7

Band 16: Russland und Sowjetunion

Russland	7
Sowjetunion	7

Ägäische Inseln

Dodekanes

Die im Südostteil des Ägäischen Meeres gelegene Inselgruppe mit der Hauptinsel Rhodos erklärte sich 1912 selbständig, wurde jedoch im April und Mai 1912 von Italien im Krieg gegen die Türkei besetzt und am 24. Juli 1923 im Friedensvertrag von Lausanne von der Türkei an Italien abgetreten. 1943 von deutschen Truppen besetzt (s. Deutschland – Feldpostmarken Zweiter Weltkrieg), 1945 von britischen Truppen vorübergehend besetzt (siehe Großbritannien – Britische Militärpost im Zweiten Weltkrieg) und 1947 von Italien an Griechenland abgetreten.

Währung: MiNr. I–III: 1 Drachme (Dr) = 100 Lepta (L); ab MiNr. 1: 1 Lira (L) = 100 Centesimi (C)

Preise ungebraucht bis MiNr. 13 ✶, ab MiNr. 14 ✶✶ (MiNr. 14 bis 226 mit Falz ✶ ca. 20–40% der ✶✶-Preise, sofern nichts anderes angegeben).

MiNr. I–III siehe vor MiNr. 1, MiNr. IV siehe nach MiNr. 172.

Bund der Inseln im Ägäischen Meer

1912. Freimarken: Sonnengott Apollo. Stdr.; ⌷ 13½.

a) Kopf der Statue des Kolosses von Rhodos

					✶	⊙
I	1 L	blaugrün	a		10,—	*40,—*
II	5 L	dunkelblau	a		10,—	*40,—*
III	10 L	ziegelrot	a		10,—	*40,—*
				Satzpreis (3 W.)	30,—	*120,—*

Diese vorbereitete Ausgabe wurde von der italienischen Militärbehörde in Rhodos nach dem Erscheinen verboten und nur in Kalymnos ab 21.5.1912 für einige Tage postalisch verwendet. Andere Stempel von Kassos, Leros, Patmos, Symi und Astypalia sind ⊘ und sind ca. 60% billiger.

Auflage: 10.000 Sätze

Italienische Besetzung

Wz.: Soweit die Ausgaben mit Wz. sind, haben sie alle das italienische Wz. 1 (Krone), bei großformatigen Marken zweifach.

1912, 22. Sept. Freimarken. Italien MiNr. 90 und 92 mit lokalem Aufdruck „EGEO".

1

1	25 C	blau		(90)	45,—	25,—
2	50 C	hellviolett		(92)	45,—	25,—
			Satzpreis (2 W.)		90,—	50,—

Diese Marken wurden auf den Inseln Calimno, Caso, Cos, Karki, Leros, Lipso, Nisiros, Patmos, Piscopi, Rodi, Scarpanto, Simi und Stampalia benutzt.

1912, 1. Dez. Freimarken. Marken von Italien mit waagerechtem Aufdruck des Inselnamens in italienischer Schreibweise I = Calimno, II = Caso, III = Cos, IV = Karki, V = Leros, VI = Lipso, VII = Nisiros, VIII = Patmos, IX = Piscopi, X = Rodi, XI = Scarpanto, XII = Simi, XIII = Stampalia in Groß- und Kleinbuchstaben oder nur Großbuchstaben.

3

I = Calimno

3 I	2 C	orangebraun (1.12.1912)	(75)	7,—	6,—
4 I	5 C	grün (1.12.1912)	(88)	2,—	6,—
5 I	10 C	braunrosa (1.12.1912)	(89)	0,50	6,—
6 I	15 C	schiefer, oWz. (1.12.1912)	(104)	40,—	12,—
7 I	25 C	blau (1.12.1912)	(90)	7,—	6,—
8 I	40 C	braun (1.12.1912)	(91)	0,50	6,—
9 I	50 C	hellviolett (1.12.1912)	(92)	0,50	10,—

Ergänzungswerte 1916/1922

10 I	**20 C**	auf 15 C schiefer	(124)	15,—	22,—
11 I	20 C	braunorange, oWz.	(125)	100,—	120,—
12 I	15 C	schiefer, mit Wz.	(130)	4,—	35,—
13 I	20 C	braunorange, mit Wz.	(129)	4,—	35,—
		Satzpreis I (11 W.)		180,—	260,—

II = Caso

3 II	2 C	orangebraun (1.12.1912)	(75)	7,—	6,—
4 II	5 C	grün (1.12.1912)	(88)	2,—	6,—
5 II	10 C	braunrosa (1.12.1912)	(89)	0,50	6,—
6 II	15 C	schiefer, oWz. (1.12.1912)	(104)	50,—	12,—
7 II	25 C	blau (1.12.1912)	(90)	0,50	6,—
8 II	40 C	braun (1.12.1912)	(91)	0,50	6,—
9 II	50 C	hellviolett (1.12.1912)	(92)	0,50	10,—

Ergänzungswerte 1916/1922

10 II	**20 C**	auf 15 C schiefer	(124)	2,—	20,—
11 II	20 C	braunorange, oWz.	(125)	140,—	120,—
12 II	15 C	schiefer, mit Wz.	(130)	4,—	35,—
13 II	20 C	braunorange, mit Wz.	(129)	4,—	35,—
		Satzpreis II (11 W.)		200,—	260,—

III = Cos

3 III	2 C	orangebraun (1.12.1912)	(75)	7,—	6,—
4 III	5 C	grün (1.12.1912)	(88)	70,—	6,—
5 III	10 C	braunrosa (1.12.1912)	(89)	3,—	6,—
6 III	15 C	schiefer, oWz. (1.12.1912)	(104)	50,—	12,—
7 III	25 C	blau (1.12.1912)	(90)	40,—	6,—
8 III	40 C	braun (1.12.1912)	(91)	0,50	6,—
9 III	50 C	hellviolett (1.12.1912)	(92)	0,50	10,—

Ergänzungswerte 1916/1922

10 III	**20 C**	auf 15 C schiefer	(124)	20,—	25,—
11 III	20 C	braunorange, oWz.	(125)	60,—	120,—
12 III	15 C	schiefer, mit Wz.	(130)	4,—	35,—
13 III	20 C	braunorange, mit Wz.	(129)	2,50	35,—
		Satzpreis III (11 W.)		250,—	260,—

IV = Karki

3 IV	2 C	orangebraun (1.12.1912)	(75)	7,—	6,—
4 IV	5 C	grün (1.12.1912)	(88)	2,—	6,—
5 IV	10 C	braunrosa (1.12.1912)	(89)	0,50	6,—
6 IV	15 C	schiefer, oWz. (1.12.1912)	(104)	50,—	12,—
7 IV	25 C	blau (1.12.1912)	(90)	0,50	6,—
8 IV	40 C	braun (1.12.1912)	(91)	0,50	6,—
9 IV	50 C	hellviolett (1.12.1912)	(92)	0,50	10,—

Ergänzungswerte 1916/1922

10 IV	**20 C**	auf 15 C schiefer	(124)	2,—	20,—
11 IV	20 C	braunorange, oWz.	(125)	140,—	120,—
12 IV	15 C	schiefer, mit Wz.	(130)	4,—	35,—
13 IV	20 C	braunorange, mit Wz.	(129)	4,—	35,—
		Satzpreis IV (11 W.)		200,—	260,—

V = Leros

3 V	2 C	orangebraun (1.12.1912)	(75)	7,—	6,—
4 V	5 C	grün (1.12.1912)	(88)	4,50	6,—
5 V	10 C	braunrosa (1.12.1912)	(89)	1,—	6,—
6 V	15 C	schiefer, oWz. (1.12.1912)	(104)	70,—	12,—
7 V	25 C	blau (1.12.1912)	(90)	40,—	6,—
8 V	40 C	braun (1.12.1912)	(91)	3,50	6,—
9 V	50 C	hellviolett (1.12.1912)	(92)	0,50	10,—

Ergänzungswerte 1916/1922

10 V	**20 C**	auf 15 C schiefer	(124)	20,—	25,—
11 V	20 C	braunorange, oWz	(125)	60,—	130,—
12 V	15 C	schiefer, mit Wz.	(130)	4,—	35,—
13 V	20 C	braunorange, mit Wz.	(129)	150,—	90,—
		Satzpreis V (11 W.)		320,—	320,—

VI = Lipso

3 VI	2 C	orangebraun (1.12.1912)	(75)	7,—	6,—
4 VI	5 C	grün (1.12.1912)	(88)	2,50	6,—
5 VI	10 C	braunrosa (1.12.1912)	(89)	1,—	6,—
6 VI	15 C	schiefer, oWz. (1.12.1912)	(104)	50,—	12,—
7 VI	25 C	blau (1.12.1912)	(90)	0,50	6,—
8 VI	40 C	braun (1.12.1912)	(91)	0,50	6,—
9 VI	50 C	hellviolett (1.12.1912)	(92)	0,50	10,—

Ergänzungswerte 1916/1922

10 VI	**20 C**	auf 15 C schiefer	(124)	1,—	25,—
11 VI	20 C	braunorange, oWz.	(125)	80,—	130,—
12 VI	15 C	schiefer, mit Wz.	(130)	4,—	35,—
13 VI	20 C	braunorange, mit Wz.	(129)	4,—	35,—
		Satzpreis VI (11 W.)		150,—	260,—

VII = Nisiros

3 VII	2 C	orangebraun (1.12.1912)	(75)	7,—	6,—
4 VII	5 C	grün (1.12.1912)	(88)	2,—	6,—
5 VII	10 C	braunrosa (1.12.1912)	(89)	0,50	6,—
6 VII	15 C	schiefer, oWz. (1.12.1912)	(104)	40,—	12,—
7 VII	25 C	blau (1.12.1912)	(90)	2,—	6,—
8 VII	40 C	braun (1.12.1912)	(91)	0,50	6,—
9 VII	50 C	hellviolett (1.12.1912)	(92)	4,—	10,—

Ergänzungswerte 1916/1922

10 VII	**20 C**	auf 15 C schiefer	(124)	1,—	25,—
11 VII	20 C	braunorange, oWz.	(125)	150,—	130,—
12 VII	15 C	schiefer, mit Wz.	(130)	20,—	35,—
13 VII	20 C	braunorange, mit Wz.	(129)	85,—	75,—
		Satzpreis VII (11 W.)		300,—	300,—

VIII = Patmos

3 VIII	2 C	orangebraun (1.12.1912)	(75)	7,—	6,—
4 VIII	5 C	grün (1.12.1912)	(88)	2,—	6,—
5 VIII	10 C	braunrosa (1.12.1912)	(89)	2,—	6,—
6 VIII	15 C	schiefer, oWz. (1.12.1912)	(104)	40,—	12,—
7 VIII	25 C	blau (1.12.1912)	(90)	1,—	6,—
8 VIII	40 C	braun (1.12.1912)	(91)	3,50	6,—
9 VIII	50 C	hellviolett (1.12.1912)	(92)	0,50	10,—

Ergänzungswerte 1916/1922

10 VIII	**20 C**	auf 15 C schiefer	(124)	15,—	30,—
11 VIII	20 C	braunorange, oWz.	(125)	80,—	120,—
12 VIII	15 C	schiefer, mit Wz.	(130)	4,—	35,—
13 VIII	20 C	braunorange, mit Wz.	(129)	150,—	120,—
		Satzpreis VIII (11 W.)		300,—	350,—

IX = Piscopi

3 IX	2 C	orangebraun (1.12.1912)	(75)	7,—	6,—
4 IX	5 C	grün (1.12.1912)	(88)	2,—	6,—
5 IX	10 C	braunrosa (1.12.1912)	(89)	0,50	6,—
6 IX	15 C	schiefer, oWz. (1.12.1912)	(104)	50,—	12,—
7 IX	25 C	blau (1.12.1912)	(90)	0,50	6,—
8 IX	40 C	braun (1.12.1912)	(91)	0,50	6,—
9 IX	50 C	hellviolett (1.12.1912)	(92)	0,50	10,—

Ergänzungswerte 1916/1922

10 IX	**20 C**	auf 15 C schiefer	(124)	1,—	25,—
11 IX	20 C	braunorange, oWz.	(125)	80,—	120,—
12 IX	15 C	schiefer, mit Wz.	(130)	12,—	36,—
13 IX	20 C	braunorange, mit Wz.	(129)	40,—	55,—
		Satzpreis IX (11 W.)		190,—	280,—

X = Rodi

3 X	2 C	orangebraun (1.12.1912)	(75)	0,50	6,—
4 X	5 C	grün (1.12.1912)	(88)	2,—	6,—
5 X	10 C	braunrosa (1.12.1912)	(89)	0,50	6,—
6 X	15 C	schiefer, oWz. (1.12.1912)	(104)	50,—	12,—
7 X	25 C	blau (1.12.1912)	(90)	2,—	6,—
8 X	40 C	braun (1.12.1912)	(91)	3,50	6,—
9 X	50 C	hellviolett (1.12.1912)	(92)	0,50	10,—

Ergänzungswerte 1916/1922

10 X	**20 C**	auf 15 C schiefer	(124)	150,—	120,—
11 X	20 C	braunorange, oWz.	(125)	200,—	120,—
12 X	15 C	schiefer, mit Wz.	(130)	190,—	55,—
13 X	20 C	braunorange, mit Wz.	(129)	6,—	15,—
		Satzpreis X (11 W.)		600,—	350,—

XI = Scarpanto

3 XI	2 C	orangebraun (1.12.1912)	(75)	7,—	6,—
4 XI	5 C	grün (1.12.1912)	(88)	2,—	6,—
5 XI	10 C	braunrosa (1.12.1912)	(89)	0,50	6,—
6 XI	15 C	schiefer, oWz. (1.12.1912)	(104)	40,—	12,—
7 XI	25 C	blau (1.12.1912)	(90)	7,—	6,—
8 XI	40 C	braun (1.12.1912)	(91)	0,50	6,—
9 XI	50 C	hellviolett (1.12.1912)	(92)	2,—	10,—

Ergänzungswerte 1916/1922

10 XI	**20 C**	auf 15 C schiefer	(124)	1,—	35,—
11 XI	20 C	braunorange, oWz.	(125)	140,—	120,—
12 XI	15 C	schiefer, mit Wz.	(130)	12,—	35,—
13 XI	20 C	braunorange, mit Wz.	(129)	40,—	40,—
		Satzpreis XI (11 W.)		250,—	280,—

XII = Simi

3 XII	2 C	orangebraun (1.12.1912)	(75)	7,—	6,—
4 XII	5 C	grün (1.12.1912)	(88)	18,—	6,—
5 XII	10 C	braunrosa (1.12.1912)	(89)	0,50	6,—
6 XII	15 C	schiefer, oWz. (1.12.1912)	(104)	60,—	12,—
7 XII	25 C	blau (1.12.1912)	(90)	3,—	6,—
8 XII	40 C	braun (1.12.1912)	(91)	0,50	6,—
9 XII	50 C	hellviolett (1.12.1912)	(92)	0,50	10,—

Ergänzungswerte 1916/1922

10 XII	**20 C**	auf 15 C schiefer	(124)	10,—	20,—
11 XII	20 C	braunorange, oWz.	(125)	80,—	90,—
12 XII	15 C	schiefer, mit Wz.	(130)	150,—	55,—
13 XII	20 C	braunorange, mit Wz.	(129)	80,—	35,—
		Satzpreis XII (11 W.)		400,—	250,—

XIII = Stampalia

3 XIII	2 C	orangebraun (1.12.1912	(75)	7,—	6,—
4 XIII	5 C	grün (1.12.1912)	(88)	0,50	6,—
5 XIII	10 C	braunrosa (1.12.1912)	(89)	0,50	6,—
6 XIII	15 C	schiefer, oWz. (1.12.1912)	(104)	50,—	12,—
7 XIII	25 C	blau (1.12.1912)	(90)	1,—	6,—
8 XIII	40 C	braun (1.12.1912)	(91)	3,50	6,—
9 XIII	50 C	hellviolett (1.12.1912)	(92)	0,50	10,—

Ergänzungswerte 1916/1922

10 XIII	**20 C**	auf 15 C schiefer	(124)	1,—	20,—
11 XIII	20 C	braunorange, oWz.	(125)	90,—	90,—
12 XIII	15 C	schiefer, mit Wz.	(130)	10,—	35,—
13 XIII	20 C	braunorange, mit Wz.	(129)	50,—	40,—
		Satzpreis XIII (11 W.)		200,—	220,—

14

1922. Freimarken. Marken von Italien mit Aufdruck „Rodi".

				**	⊙
14	20 C	braunorange	(78)	6,—	8,—
15	1 L	braun/hellgrün	(83)	5,—	—,—
16	85 C	rotbraun	(135)	120,—	85,—
		Satzpreis (3 W.)		130,—	—,—

Diese Marken sind nur mit dem Aufdruck „RODI" erschienen.

Ab 1929 wurden auf allen Inseln die Marken mit Inschrift „RODI" benutzt bzw. Sonderausgaben mit Aufdruck „ISOLE ITALIANE DELL'EGEO". Nur die Ferrucci- (MiNr. 26–30) und Garibaldi- (MiNr.

88–97) Sondermarken gelangten in geänderten Farben nochmals mit den Insel-Namen zur Ausgabe.

Italienische Besitzung

1929, 19. Mai. Freimarken. Inschrift „RODI". Stdr.; ohne Druckvermerk; oWz.; gez. 11.

b) Windmühle in Rhodos

c) Galeere

d) Ritter

e) Betender Ritter

f) Rittergrab

17	5 C	lilarosa	b	15,—	2,—
18	10 C	graubraun	c	15,—	1,50
19	20 C	rot	d	15,—	1,—
20	25 C	grün	d	15,—	1,50
21	30 C	blau	e	15,—	1,50
22	50 C	dunkelbraun	f	15,—	1,—
23	1.25 L	blau	f	15,—	1,50
24	5 L	rotlila	e	150,—	90,—
25	10 L	braunoliv	e	350,—	200,—
		Satzpreis (9 W.)		600,—	300,—

		✱✱
20 U	ungezähnt	90,—
22 U	ungezähnt	90,—
23 U	ungezähnt	90,—

Mit Aufdruck: MiNr. 34–42, 56–62
In gleichen Zeichnungen: MiNr. 105–113 (Wz. 1)

1930, 20. Okt. 400. Todestag von Francesco Ferrucci. Italien MiNr. 337–341 in geänderten Farben mit waagerechtem Aufdruck der Inselnamen: I = Calino, II = Caso, III = Coo, IV = Calchi, V = Lero, VI = Lisso, VII = Nisiro, VIII = Patmo, IX = Piscopi, X = Rodi, XI = Scarpanto, XII = Simi, XIII = Stampalia.

ds) Ermordung Ferruccis durch Maramaldo

dt) Francesco Ferrucci (1489–1530), florentinischer Heerführer

				✱✱	⊙
26	20 C	violett	(dr) R	6,—	5,—
27	25 C	dunkelgrün	(ds) R	6,—	5,—
28	50 C	schwarzgrau	(ds) S	7,—	10,—
29	1.25 L	blau	(ds) B	7,—	10,—
30	5 L	+ 2 L karmin	(dt) Bl	10,—	20,—
		Satzpreis (5 W.)		35,—	50,—

Preise für I–XIII gleich.

Auflage: 12.000 Sätze für jede Insel

✈ 1930, 20. Okt. 400. Todestag von Francesco Ferruci. Italien MiNr. 342–344 in geänderten Farben mit Aufdruck „ISOLE ITALIANE DELL'EGEO".

Ff) Francesco Ferrucci; Statue von Raffaello Romanelli (1856–1928)

31	50 C	braunlila	(Ff) Bl	15,—	15,—
32	1 L	dunkelblau	(Ff) R	15,—	15,—
33	5 L	+ 2 (L) karmin	(Ff) Bl	40,—	50,—
		Satzpreis (3 W.)		70,—	80,—

Auflage: 12.000 Sätze

1930, 25. Sept. 21. Hydrologenkongress, Rhodos. MiNr. 17–25 mit Aufdruck „XXI / Congresso / Idrologico".

36

34	5 C	lilarosa	(17)	20,—	15,—
35	10 C	graubraun	(18)	20,—	15,—
36	20 C	rot	(19)	40,—	15,—
37	25 C	grün	(20)	50,—	15,—
38	30 C	blau	(21)	20,—	15,—
39	50 C	dunkelbraun	(22)	1100,—	40,—
40	1.25 L	blau	(23)	850,—	60,—
41	5 L	rotlila	(24)	450,—	280,—
42	10 L	braunoliv	(25)	450,—	400,—
		Satzpreis (9 W.)		3000,—	850,—

MiNr. 34 und 40 ein- oder zweiseitig ☐ bekannt. FALSCH

1930, 1. Dez. 2000. Geburtstag von Vergil. Italien MiNr. 345–357 in geänderten Farben mit einzeiligem, farbigem Aufdruck „ISOLE ITALIANE DELL'EGEO".

ec) Turnus, König der Rutulen

Fg) Äneas mit dem Vogel

43	15 C	violettschwarz	(du) R	2,50	7,50
44	20 C	rotbraun	(dv) Bl	2,50	7,50
45	25 C	grün	(dw) R	2,50	3,50
46	30 C	dunkelbraun	(dx) Bl	2,50	3,50
47	50 C	violett	(dy) R	2,50	3,50
48	75 C	karmin	(dz) Bl	2,50	7,50
49	1.25 L	grünblau	(ea) R	2,50	12,—
50	5 L	+ 1.50 (L) dunkellila	(eb) R	8,—	25,—
51	10 L	+ 2.50 (L) braun	(ec) Bl	8,—	25,—

✈ Flugpostmarken

52	50 C	grün	(Fg) R	4,—	17,—
53	1 L	karmin	(Fg) Bl	4,—	20,—
54	7.70 L	+ 1.30 (L) dunkelbraun	(Fg) R	7,50	30,—
55	9 L	+ 2 (L) blauschwarz	(Fg) R	7,50	40,—
		Satzpreis (13 W.)		55,—	200,—

Auflagen: MiNr. 52–55 je 20.000 Stück

1931, 16. Sept. Eucharistischer Kongress, Rhodos. MiNr. 17–23 mit vierzeiligem, farbigem Aufdruck „1931 / CONGRESSO / EUCARISTICO / ITALIANO".

56

56	5 C	lilarosa	(17) Bl	8,—	5,—
57	10 C	graubraun	(18) R	8,—	5,—
58	20 C	rot	(19) Bl	8,—	15,—
59	25 C	grün	(20) R	8,—	20,—

60	30 C	blau	(21) R	8,—	20,—
61	50 C	dunkelbraun	(22) R	90,—	35,—
62	1.25 L	blau	(23) R	80,—	80,—
			Satzpreis (7 W.)	200,—	180,—

FALSCH

1931, 21. Febr. 700. Todestag des hl. Antonius von Padua. Italien MiNr. 362–368 in geänderten Farben mit zweizeiligem, farbigem Aufdruck „ISOLE ITALIANE / DELL'EGEO“.

69

63	20 C	braun	(ee) Bl	45,—	12,—
64	25 C	grün	(ef) R	45,—	12,—
65	30 C	hellbraun	(eg) Bl	45,—	15,—
66	50 C	lila	(eh) Bl	45,—	12,—
67	75 C	karminrosa	(ei) Bl	45,—	20,—
68	1.25 L	graublau	(ek) R	45,—	30,—
69	5 L	+ 2.50 (L) braunorange	(el) Bl	45,—	100,—
			Satzpreis (7 W.)	300,—	200,—

Auflage: 10.000 Sätze

1932, 14. April. Dante-Gesellschaft: Dichter und Schriftsteller. Italien MiNr. 373–390 in geänderten Farben mit zweizeiligem Aufdruck „ISOLE ITALIANE / DELL' EGEO“.

es) Fra Paolo Sarpi (1562–1623)

Fk) Leonardo da Vinci (1452–1519)

70	10 C	dunkelolivgrün	(ep)	2,60	3,—
71	15 C	graulila	(er)	2,60	3,—
72	20 C	braunorange	(es)	2,60	3,—
73	25 C	grün	(et)	2,60	3,—
74	30 C	dunkelorange	(eu)	2,60	3,—
75	50 C	dunkellila	(ev)	2,60	1,50
76	75 C	karminrosa	(ew)	2,60	3,50
77	1.25 L	dunkelblau	(ex)	2,60	3,—
78	1.75 L	sepia	(ey)	3,20	4,—
79	2.75 L	hellrosa	(ez)	3,20	4,—
80	5 L	+ 2 (L) dunkelviolett	(fa)	4,20	20,—
81	10 L	+ 2.50 (L) lilabraun	(fb)	4,20	25,—

✈ Flugpostmarken

82	50 C	rosa	(Fi)	2,60	3,—
83	1 L	dunkelgrün	(Fk)	2,60	3,—
84	3 L	lila	(Fk)	2,60	4,—
85	5 L	orange	(Fk)	2,60	4,—
86	7.70 L	+ 2 (L) braun	(Fi)	5,50	15,—
87	10 L	+ 2.50 (L) schiefer	(Fk)	5,50	20,—
			Satzpreis (18 W.)	55,—	120,—

Auflage: 60.000 Sätze

1932, 28. Aug. 50. Todestag von Giuseppe Garibaldi. Italien MiNr. 391–400 in geänderten Farben mit waagerechtem Aufdruck der Inselnamen: I = Calino, II = Caso, III = Coo, IV = Carchi, V = Lero, VI = Lipso, VII = Nisiro, VIII = Patmo, IX = Piscopi, X = Rodi, XI = Scarpanto, XII = Simi, XIII = Stampalia.

ff) Der Tod von Anita Garibaldi

88	10 C	braun	(fc) R	18,—	20,—
89	20 C	violettbraun	(fd) Bl	18,—	20,—
90	25 C	grün	(fe) R	18,—	20,—
91	30 C	blauschwarz	(fd) R	18,—	20,—
92	50 C	violett	(fe) Bl	18,—	20,—
93	75 C	rot	(ff) Bl	18,—	20,—
94	1.25 L	blau	(fg) R	18,—	20,—
95	1.75 L	+ 25 (C) braun	(fh) R	18,—	20,—
96	2.55 L	+ 50 (C) rotorange	(fi) Bl	18,—	20,—
97	5 L	+ 1 (L) violett	(fk) R	18,—	20,—
			Satzpreis (10 W.)	180,—	200,—

Preise für I–XIII gleich.

Auflage: 10.000 Sätze für jede Insel

✈ 1932, 28. Aug. 50. Todestag von Giuseppe Garibaldi. Italien MiNr. 401–405 in geänderten Farben mit waagerechtem, zweizeiligem, farbigem Aufdruck „ISOLE ITALIANE / DELL'EGEO“.

Fm) Garibaldis Haus auf Caprera

F.-Ea) Garibaldi, Flugzeug Savola Marchetti S-55 und Reiterstandbild

98	50 C	grün	(Fm) R	75,—	75,—
99	80 C	braunrot	(Fl) Bl	75,—	75,—
100	1 L	+ 25 (C) dunkelblau	(Fm) R	75,—	75,—
101	2 L	+ 50 (C) rotbraun	(Fn) Bl	75,—	75,—
102	5 L	+ 1 (L) schwarzblau	(Fo) R	75,—	75,—

✈ Flugpost-Eilmarken

103	2.25 L	+ 1 (L) blau/rot	(F.-Ea) Bl	120,—	120,—
104	4.50 L	+ 1.50 (L) gelb/grau	(F.-Ea)	120,—	120,—
			Satzpreis (7 W.)	600,—	600,—

Auflagen: MiNr. 98–102 je 15.000, MiNr. 103–104 je 10.000 Stück

1932, Aug./Dez. Freimarken. Stdr.; Druckvermerk „OFFICINA CARTE VALORI ROMA“; Wz. 1; gez. 14.

b) Windmühle in Rhodos

105	5 C	lilarosa (Dez. 1932)	b	2,—	0,30
106	10 C	graubraun (Dez. 1932)	c	2,—	0,30
107	20 C	rot	d	2,—	0,30
108	25 C	grün	d	2,—	0,30
109	30 C	blau (Dez. 1932)	e	2,—	0,30
110	50 C	dunkelbraun	f	2,—	0,30
111	1.25 L	blau	f	2,—	0,30
112	5 L	rotlila (Dez. 1932)	e	2,—	1,40
113	10 L	braunoliv (Dez. 1932)	e	4,—	3,50
			Satzpreis (9 W.)	20,—	7,—

Marken dieser Ausgabe wurden während der italienischen Besetzung des östlichen Teiles Kretas 1941–1942 auch dort gebraucht (Stempel der griechischen Post).

MiNr. 105 mit Aufdruck „WEIHNACHTEN 1944“ siehe Deutschland-Katalog (Inselpost MiNr. 12)
In gleichen Zeichnungen: MiNr. 17–25 (oWz.)

✈ 1932, 9. Nov. Dante-Gesellschaft. Italien MiNr. 413 mit zusätzlicher Inschrift „ISOLE ITALIANE DELL'EGEO“. StTdr.; Wz. 1; gez. 14.

Fp) Leonardo da Vinci (1452–1519), Maler, Ingenieur und Erfinder

114 100 L ultramarin/oliv . . . . (Fp) 45,— 100,—

✈ 1933, 12. Mai. Italienfahrt des Luftschiffs „Graf Zeppelin". RaTdr.; Wz. 1; gez. 14.

Fa) Luftschiff „Graf Zeppelin" LZ-127 über Rhodos

115 3 L dunkelbraun . . . . Fa 130,— 180,—
116 5 L lila . . . . Fa 130,— 220,—
117 10 L grünoliv . . . . Fa 130,— 250,—
118 12 L blauschwarz . . . . Fa 130,— 350,—
119 15 L rot . . . . Fa 130,— 350,—
120 20 L grauschwarz . . . . Fa 130,— 350,—
Satzpreis (6 W.) 750,— 1700,—

Auflage: 10.000 Sätze

✈ 1933, 20. Mai. Geschwaderflug Rom–Chicago. Italien MiNr. 445–446 in geänderten Farben mit Aufdruck „ISOLE ITALIANE DELL'EGEO".

Faa) Italienische Flagge; König Viktor Emanuel III.; Flugzeuge Savoia-Marchetti S-55 im Geschwaderflug

121 5.25 L + 19.75 L mehrfarbig . . . . (Fz) 100,— 120,—
122 5.25 L + 44.75 L mehrfarbig . . . . (Faa) 100,— 120,—
Satzpreis (2 W.) 200,— 240,—

Auflage: 20.000 Sätze

1932, Okt. 20. Jahrestag der italienischen Besetzung. Bdr.; Wz. 1; gez. 11.

g

h

123 5 C mehrfarbig . . . . g 5,— 10,—
124 10 C mehrfarbig . . . . g 5,— 5,—
125 20 C mehrfarbig . . . . g 5,— 5,—
126 25 C mehrfarbig . . . . g 5,— 5,—
127 30 C mehrfarbig . . . . g 5,— 5,—
128 50 C mehrfarbig . . . . h 5,— 5,—
129 1.25 L mehrfarbig . . . . h 5,— 15,—
130 5 L mehrfarbig . . . . h 20,— 35,—
131 10 L mehrfarbig . . . . h 45,— 65,—
132 25 L mehrfarbig . . . . h 700,— 850,—
Satzpreis (10 W.) 800,— 1000,—

FALSCH

Auflage: 2.960 vollständige Sätze

✈ 1933, 15. Dez. Flugpostmarken. Stdr.; Wz. 1 liegend oder stehend; gez. 14.

Fb) Schwinge vom Wappen des Francesco Sans

133 50 C gelb/schwarz (□) . . . . Fb 0,50 0,30
134 80 C karmin/schwarz . . . . Fb 2,— 3,—
135 1 L grün/schwarz . . . . Fb 1,50 0,30
136 5 L violett/schwarz . . . . Fb 3,50 4,40
Satzpreis (4 W.) 7,50 8,—

1934, 15. Juni. Fußball-Weltmeisterschaft, Italien. Italien MiNr. 479–483 in teilweise geänderten Farben mit farbigem Aufdruck „ISOLE ITALIANE DELL'EGEO".

gp) Fußballspieler

Fai) Flugzeug Dornier-Wal 8t über dem Stadion in Rom

137 20 C violettbraun . . . . (go) S 120,— 80,—
138 25 C grün . . . . (gp) R 120,— 80,—
139 50 C violett . . . . (gp) R 500,— 40,—
140 1.25 L blau . . . . (gp) R 120,— 120,—
141 5 L + 2.50 (L) dunkelblau . . . . (gr) R 120,— 300,—

✈ Flugpostmarken

142 50 C braun . . . . (Fag) R 12,— 40,—
143 75 C karmin . . . . (Fah) S 12,— 40,—
144 5 L + 2.50 (L) rotorange . . . . (Fai) S 36,— 80,—
145 10 L + 5 (L) grün . . . . (Fak) R 36,— 120,—
Satzpreis (9 W.) 1000,— 900,—

1935, 1. Jan. 100 Jahre Tapferkeitsmedaille. Italien MiNr. 494–513 in geänderten Farben mit farbigem Aufdruck „ISOLE ITALIANE DELL'EGEO".

gw) Handgranatenwerfer und alter sardischer Grenadier

Fap) Grabmal des Unbekannten Soldaten

F.-Ed) Triumphbogen in Rom

146 10 C grauschwarz . . . . (gu) R 80,— 60,—
147 15 C sepia . . . . (gv) S 80,— 60,—
148 20 C orangerot . . . . (gw) S 80,— 60,—
149 25 C grün . . . . (gx) R 80,— 60,—
150 30 C lila . . . . (gy) S 80,— 60,—
151 50 C dunkelgrün . . . . (gv) S 80,— 60,—
152 75 C karmin . . . . (gz) S 80,— 60,—
153 1.25 L blau . . . . (ha) R 80,— 60,—
154 1.75 L + 1 (L) violett . . . . (hb) S 55,— 60,—
155 2.55 L + 2 (L) braunrot . . . . (hc) S 55,— 60,—
156 2.75 L + 2 (L) gelbbraun . . . . (hd) S 55,— 60,—

✈ Flugpostmarken

157 25 C grün . . . . (Fal) S 100,— 80,—
158 50 C schwarzbraun . . . . (Fam) R 100,— 80,—
159 75 C rosa . . . . (Fam) S 100,— 80,—
160 80 C sepia . . . . (Fal) S 100,— 80,—
161 1 L + 0.50 (L) dunkelgrün . . . . (Fan) S 80,— 80,—
162 2 L + 1 (L) dunkelblau . . . . (Fao) R 80,— 80,—
163 3 L + 2 (L) violett . . . . (Fap) R 80,— 80,—

✈ Flugpost-Eilmarken

164 2 L + 1.25 (L) blau . . . . (F.-Ed) 80,— 90,—
165 4.50 L + 2 (L) grün . . . . (F.-Ed) 80,— 90,—
Satzpreis (20 W.) 1500,— 1400,—

1935, April. Heiliges Jahr 1934. RaTdr.; Wz. 1; gez. 14.

i) Hirsch und Dattelpalme

166 5 C orange . . . . i 18,— 18,—
167 10 C dunkelbraun . . . . i 18,— 18,—

168	20 C	karmin	i	18,—	18,—
169	25 C	grün	i	18,—	18,—
170	30 C	violett	i	18,—	18,—
171	50 C	braun	i	18,—	18,—
172	1.25 L	blau	i	18,—	60,—
			Satzpreis (7 W.)	120,—	160,—

Auflage: 10.000 Sätze

Nicht ausgegeben:

IV	5 L	gelb	i	300,—	250,—

Auflage: 5.000 Stück

1936, 6. Dez. Eilmarken. RaTdr.; Wz. 1; gez. 14.

Ea) Damhirsch im Sprung und Ritterburg

173	1.25 L	grün	Ea	4,—	1,50
174	2.50 L	orangerot	Ea	8,—	3,50
			Satzpreis (2 W.)	12,—	5,—

Auflage: 60.000 Sätze

1938, 10. Mai. 2000. Geburtstag von Kaiser Augustus. Italien MiNr. 576–590 in geänderten Farben mit farbigem Aufdruck „ISOLE / ITALIANE / DELL'EGEO".

if) Schiffsschnäbel

Fbg) Gaius Octavianus Augustus (63 v. Chr. bis 14 n. Chr.), röm. Kaiser

175	10 C	braun	(if) Bl	6,—	4,—
176	15 C	violett	(ig) R	6,—	4,—
177	20 C	rotbraun	(ih) Bl	6,—	4,—
178	25 C	graugrün	(ii) R	6,—	4,—
179	30 C	lila	(ik) Bl	6,—	4,—
180	50 C	dunkelgrün	(il) R	6,—	7,—
181	75 C	karminrot	(im) Bl	6,—	7,—
182	1.25 L	blau	(in) R	6,—	7,—
183	1.75 L	+ 1 (L) orangerot	(io) Bl	9,—	16,—
184	2.55 L	+ 2 (L) olivbraun	(ip) R	9,—	16,—

✈ Flugpostmarken

185	25 C	schwarzviolett	(Fbc) R	6,—	6,—
186	50 C	grün	(Fbd) R	6,—	6,—
187	80 C	blau	(Fbe) R	6,—	15,—
188	1 L	+ 1 (L) lila	(Fbf) Bl	10,—	25,—
189	5 L	+ 1 (L) rot	(Fbg) Bl	16,—	45,—
			Satzpreis (15 W.)	110,—	170,—

176 I ohne Aufdruck .... *50000,—* —,—

Auflagen: MiNr. 185–189 je 25.000 Stück

190

1938, 20. Aug. Große italienische Künstler (Giotto). Italien MiNr. 597 und 600 mit dreizeiligem rotem Bdr.-Aufdruck „ISOLE / ITALIANE / DELL'EGEO".

190	1.25 L	blau	(597)	3,—	2,50
191	2.75 L	+ 2 (L) rotbraun	(600)	3,—	10,—
			Satzpreis (2 W.)	6,—	12,—

1940, 3. Juni. Triennale der italienischen Überseeländer, Neapel. RaTdr. Wz. 1; gez. 14.

k) Säule mit römischer Wölfin

l) Kreuz der Ordensritter auf Rhodos

m) Dantehaus in Rhodos

Fd) Flugzeug über Regierungspalast auf Rhodos

Fc) Flugzeug über Säulen mit römischer Wölfin und Hirschkuh

192	5 C	braun	k	0,50	0,70
193	10 C	rotorange	l	0,50	0,70
194	25 C	blaugrün	m	1,50	1,—
195	50 C	dunkellila	k	1,50	1,—
196	75 C	rot	l	1,50	2,—
197	1.25 L	blau	m	1,50	2,—
198	2 L	+ 0.75 (L) karmin	l	1,50	12,—

✈ Flugpostmarken

199	50 C	schwarzoliv	Fc	2,50	2,50
200	1 L	dunkelbräunlichlila	Fd	2,50	2,50
201	2 L	+ 0.75 (L) schwarzblau	Fc	2,50	5,—
202	5 L	+ 2.50 (L) karminbraun	Fd	2,50	12,—
			Satzpreis (11 W.)	17,—	40,—

Auflage: 50.000 Sätze

Deutsch-Italienische Verwaltung

203

1943, 15. Nov. Nothilfe. Freimarken MiNr. 105–112 mit schwarzem bzw. rotem Aufdruck der neuen Wertstufe und „PRO / ASSISTENZA / EGEO".

203	5 C	**+ 5 C** lilarosa	(105) S	2,—	1,—
204	10 C	**+ 10 C** graubraun	(106) S	2,—	1,—
205	20 C	**+ 20 C** rot	(107) S	2,—	1,—
206	25 C	**+ 25 C** grün	(108) S	2,—	1,—
207	30 C	**+ 30 C** blau	(109) R	3,—	1,50
208	50 C	**+ 50 C** dunkelbraun	(110) S	3,—	2,—
209	1.25 L	**+ 1.25 L** blau	(111) R	6,—	4,50
210	5 L	**+ 5 L** rotlila	(112) S	220,—	120,—
			Satzpreis (8 W.)	240,—	130,—

Auflage: 5.000 Sätze

211

1943, 15. Nov. Nothilfe. Eilmarken MiNr. 173–174 mit zweizeiligem Aufdruck.

211	1.25 L	**+ 1.25 L** grün	(173) R	80,—	40,—
212	2.50 L	**+ 2.50 L** orangerot	(174) S	120,—	60,—
			Satzpreis (2 W.)	200,—	100,—

Auflage: 6.000 Sätze

1944, 16. Juli. Eilmarken. Freimarken mit zweizeiligem Aufdruck.

214

213	25 C	**+ 1.25 L** grün	(108)	1,—	1,80
214	20 C	**+ 2.50 L** rot	(107)	1,—	1,80
			Satzpreis (2 W.)	2,—	3,50

1944, 16. Juli. Kriegsgeschädigte. MiNr. 105–111 mit Aufdruck der neuen Wertstufe und „PRO SINISTRATI/DI GUERRA".

215

215	5 C	**+ 3 L** lilarosa	(105) S	3,—	3,—
216	10 C	**+ 3 L** graubraun	(106) R	3,—	3,—
217	20 C	**+ 3 L** rot	(107) S	3,—	3,—
218	25 C	**+ 3 L** grün	(108) R	3,—	3,—
219	50 C	**+ 3 L** dunkelbraun	(110) R	3,—	3,—
220	1.25 L	**+ 5 L** blau	(111) R	55,—	45,—
			Satzpreis (6 W.)	70,—	60,—

Auflage: 10.000 Sätze

✈ 1944, 11. Okt. Kriegsgeschädigte. MiNr. 133–136 mit ähnlichem silbernem Aufdruck.

222

221	50 C	**+ 2 L** gelb/schwarz	(133) Si	20,—	5,—
222	80 C	**+ 2 L** karmin/schwarz	(134) Si	25,—	7,50
223	1 L	**+ 2 L** grün/schwarz	(135) Si	30,—	7,50
224	5 L	**+ 2 L** violett/schwarz	(136) Si	150,—	80,—
			Satzpreis (4 W.)	220,—	100,—

Auflage: 7.000 Sätze

1945, 18. Febr. Rotes Kreuz. MiNr. 112–113 mit dreizeiligem rotem Aufdruck.

226

225	5 L	**+ 10 (L)** rotlila	(112)	20,—	18,—
226	10 L	**+ 10 (L)** braunoliv	(113)	20,—	18,—
			Satzpreis (2 W.)	40,—	36,—

FALSCH

Während der britischen Besetzung vom 8. Mai 1945 bis 31. März 1947 wurden britische Marken mit Aufdruck M. E. F. (siehe Großbritannien – Britische Militärpost im 2. Weltkrieg) und Poststempel mit Inschrift „DODECANESE" benutzt.

Paketmarken

1934, 1. Juli. Paketmarken. RaTdr.; Wz. 1; gez. 14.

Pk-a) Segelschiff und Rose

Pk-b) Springender Damhirsch und Ritterburg

					✱✱	⊙	◍
1	5 C	orangerot	Pk-a	4,20	2,—	1,—
2	10 C	karminrosa	Pk-a	4,20	2,—	1,—
3	20 C	grün	Pk-a	4,20	2,—	1,—
4	25 C	violett	Pk-a	4,20	2,—	1,—
5	50 C	blau	Pk-a	4,20	2,—	1,—
6	60 C	schwarz	Pk-a	4,20	2,—	1,—
7	1 L	orangerot	Pk-b	4,20	2,—	1,—
8	2 L	karminrosa	Pk-b	4,20	2,—	1,—
9	3 L	grün	Pk-b	4,20	2,—	1,—
10	4 L	violett	Pk-b	4,20	2,—	1,—
11	10 L	blau	Pk-b	4,20	2,—	1,—
			Satzpreis (11 W.)	45,—	22,—	11,—

Die linke Markenhälfte wurde auf das Paket, die rechte auf die Paketkarte geklebt. Der Preis der dritten Kolonne gilt für rechte oder linke Hälften. Zu Sammelzwecken wurden die Paketmarken auch ungeteilt gestempelt (2. Spalte) abgegeben.

✱✱- und ⊙-Preise gelten für Doppelstücke.

Portomarken

1934, 1. Juli. Portomarken. RaTdr.; Wz. 1; gez. 14.

Pa) Malteserkreuz

Pb) Immortelle

				✱✱	⊙
1	5 C	orangerot	Pa	3,—	4,—
2	10 C	karminrosa	Pa	3,—	4,—
3	20 C	grün	Pa	3,—	3,—
4	30 C	violett	Pa	3,—	3,—
5	40 C	blau	Pa	3,—	10,—
6	50 C	orangerot	Pb	3,—	3,—
7	60 C	karminrosa	Pb	3,—	8,—
8	1 L	grün	Pb	3,—	8,—
9	2 L	violett	Pb	3,—	8,—
			Satzpreis (9 W.)	27,—	50,—

Kastellorizo

Die vor Kleinasiens Südküste liegende und seit 1915 von Frankreich (s. Französ. Besetzungsgebiete im 1. Weltkrieg) besetzte Insel Kastellorizo wurde It. Friedensvertrag von Sèvres am 1.3.1921 an Italien abgetreten und den Ägäischen Inseln zugeteilt.
Vor und nach der Ausgabe eigener Marken wurden Marken der Ägäischen Inseln verwendet.

1922, 11. Juli. Freimarken. Italien MiNr. 88–92, 129–131 und 135 mit waagerechtem Aufdruck „CASTELROSSO“.

1

				★★	⊙
1	5 C	grün	(88)	8,—	18,—
2	10 C	braunrosa	(89)	3,—	18,—
3	15 C	schiefer	(130)	6,—	18,—
4	20 C	braunorange	(129)	3,—	18,—
5	25 C	blau	(90)	3,—	18,—
6	40 C	braun	(91)	90,—	22,—
7	50 C	hellviolett	(92)	90,—	22,—
8	60 C	braunkarmin	(131)	90,—	22,—
9	85 C	rotbraun	(135)	8,—	35,—
			Satzpreis (9 W.)	300,—	190,—

1923, März. 2 Jahre italienische Besetzung. Bdr.; Wz. 1; gez. 14.

a) Landkarte von Kastellorizo und italienische Flagge

10	5 C	grün	a	5,—	14,—
11	10 C	karmin	a	5,—	14,—
12	25 C	blau	a	5,—	14,—
13	50 C	violett	a	5,—	14,—
14	1 L	braun	a	5,—	14,—
			Satzpreis (5 W.)	25,—	70,—

Auflage: 100.000 Sätze

1924, April. Freimarken. Italien MiNr. 83, 88–92, 129–131 und 135 mit schrägem Aufdruck „CASTELROSSO“.

15

15	5 C	grün	(88)	3,—	20,—
16	10 C	braunrosa	(89)	3,—	20,—
17	15 C	schiefer	(130)	3,—	30,—
18	20 C	braunorange	(129)	3,—	30,—
19	25 C	blau	(90)	3,—	25,—
20	40 C	braun	(91)	3,—	25,—
21	50 C	hellviolett	(92)	3,—	25,—
22	60 C	braunkarmin	(131)	3,—	30,—
23	85 C	rotbraun	(135)	3,—	40,—
24	1 L	braun/hellgrün	(83)	3,—	40,—
			Satzpreis (10 W.)	30,—	280,—

1930. 20. Okt. 400. Todestag von Francesco Ferrucci. Italien MiNr. 337–341 in geänderten Farben mit waagerechtem Aufdruck „CASTELROSSO“.

dr) Ferrucci zu Pferde

25	20 C	violett	(dr) R	10,—	8,—
26	25 C	dunkelgrün	(ds) R	10,—	12,—
27	50 C	schwarzgrün	(ds) R	10,—	8,—
28	1.25 L	blau	(ds) R	10,—	12,—
29	5 L	+ 2 L karmin	(dt) Bl	50,—	60,—
			Satzpreis (5 W.)	90,—	100,—

Auflagen: 12.000 Sätze

1932, 28. Aug. 50. Todestag von Guiseppe Garibaldi. Italien MiNr. 391–400 in geänderten Farben mit waagerechtem Aufdruck „CASTELROSSO“.

fc) Geburtshaus in Nizza

30	10 C	braun	(fc) R	35,—	30,—
31	20 C	violettbraun	(fd) Bl	35,—	30,—
32	25 C	grün	(fe) R	35,—	30,—
33	30 C	blauschwarz	(fd) R	35,—	30,—
34	50 C	violett	(fe) Bl	35,—	30,—
35	75 C	rot	(ff) Bl	35,—	30,—
36	1.25 L	blau	(fg) R	35,—	30,—
37	1.75 L	+ 0.25 (L) braun	(fh) R	35,—	30,—
38	2.55 L	+ 0.50 (L) rotorange	(fi) Bl	35,—	30,—
39	5 L	+ 1 (L) violett	(fk) R	35,—	30,—
			Satzpreis (10 W.)	350,—	300,—

Auflagen: 10.000 Sätze

Griechische Ausgaben für den Dodekanes

1 Drachme (Dr) = 100 Lepta

1947, 1. April. Freimarke. Griechenland MiNr. 517 mit waagerechtem Bdr.-Aufdruck „Σ.Δ.Δ.“ (= Militär-Verwaltung des Dodekanes).

1 b

				★★	⊙
1	10 Dr	auf 2000 Dr ultramarin	(517)		
a		Aufdruck silber (1. April)		3,—	3,—
b		Aufdruck rot (2. April)		3,—	3,—

Auflagen: MiNr. 1 a = 274.307, MiNr. 1 b = 380.661 Stück

1947, 30. April. Rückkehr von König Georg II. Griechenland MiNr. 532–533 mit senkrechtem Bdr.-Aufdruck „Σ Δ Δ“ (= Militär-Verwaltung des Dodekanes).

3

2	50 (Dr)	auf 1 Dr dunkelgrün	(532)	2,—	2,—
3	250 (Dr)	auf 3 Dr rotbraun	(533)	2,—	2,—

Auflagen: MiNr. 2 = 394.264, MiNr. 3 = 392.594 Stück

1947, 21. Sept. Freimarken. Griechenland MiNr. 405–406, 464, 472, 518 und 520 mit rotem Bdr.-Aufdruck „Σ.Δ.Δ.“ (= Militär-Verwaltung des Dodekanes), MiNr. 6–9 zusätzlich mit neuer Wertstufe im Zierrahmen.

4	20 Dr	auf 500 Dr sepia	(518)	3,—	3,—
5	30 Dr	auf 5 Dr hellbläulichgrün	(520)	3,—	3,—
6	**50 Dr**	auf 2 Dr karminbraun	(464)	3,—	3,—
7	**250 Dr**	auf 10 Dr karminbraun	(405)	12,—	12,—
8	**400 Dr**	auf 15 Dr dunkelgrün	(406)	16,—	16,—
9	**1000 Dr**	auf 200 Dr hellultramarin	(472)	9,—	9,—
			Satzpreis MiNr. 1 a/b–9 (10 W.)	55,—	55,—

Auflagen: MiNr. 4 = 88.991, MiNr. 5 = 71.577, MiNr. 6 = 100.816, MiNr. 7 = 76.348, MiNr. 8 = 55.856, MiNr. 9 = 40.478 Stück

Gültig bis 20.11.1947. Seitdem griechische Marken ohne Aufdruck.

Albanien (Shqipëria)

Früher türkisch besetzt; Unabhängigkeitserklärung am 28.11.1912; ab 1916 der Norden von den Mittelmächten, der Süden von den Alliierten besetzt bis Anfang 1919; ab 20.1.1920 Regentschaftsrat, ab 21.1.1925 Republik, ab 1.9.1928 Königreich unter dem bisherigen Präsidenten Achmed Zogu, ab 12.4.1939 in Personalunion mit Italien, ab 10.9.1943 von Deutschland besetzt, ab 29.11.1944 wieder unabhängig, ab 11.1.1946 Volksrepublik, ab 29.4.1991 Republik.

Währung: 1 Piaster (Pia) = 1 Grosh (Gr) = 40 Paras (Pa); ab 1913: 1 Franc (Fr) = 100 Qint (Quind, Qintar) (Q); ab Sept. 1947: Lek (L) ; ab Aug. 1965: 1 neuer Lek (L) = 100 Qindarka (Q)

Eintritt in den Weltpostverein: 1.3.1922

Die postamtlichen Ausgabedaten der Neuheiten Albaniens liegen oftmals weit vor ihrer Verfügbarkeit. Sie werden auch nicht selten im Nachhinein geändert, so dass sich nicht immer eine chronologische Reihenfolge der Katalogisierung ergibt.

Von Ausgaben, die als Kleinbogen, Viererblock oder in anderen Zusammendruckformen ausgegeben werden, sind oftmals waagerechte und senkrechte Streifen einzelner Wertstufen bekannt.

Alle Ausgaben ab MiNr. 967 sind frankaturgültig, sofern nichts anderes angegeben.

Preise ungebraucht: MiNr. 1–2 (✶), MiNr. 3–66 ✶, ab MiNr. 67 ✶✶ (MiNr. 67–337 mit Falz ✶ ca. 20–40% der ✶✶-Preise, sofern nichts anderes angegeben).

MiNr. I entfällt. MiNr. II–VIII siehe nach MiNr. 46, MiNr. IX–X siehe nach MiNr. 110, MiNr. XI–XII siehe nach MiNr. 125.

Wz. 1 Rauten

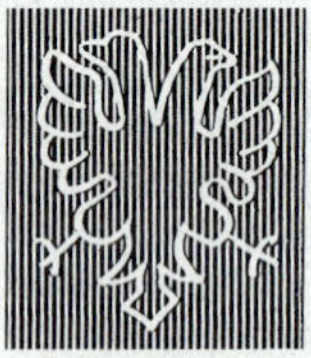
Wz. 2 Doppeladler

Unabhängiger Staat

a

1913, 5. Mai. Freimarke: Dienststempel des Postministeriums mit Wappen, ohne Wertangabe. Kuvertausschnitte (verschiedenfarbige Papiere) als Freimarke verwendet. □; o.G.

			(✶)	⊙
1	1 Pia schwarz	a	500,—	700,—

Preise gelten für rund geschnittene Stücke. Viereckig geschnittene Stücke ca. 60% Aufschlag.

FALSCH

Auflage: 2.232 Stück

Gültig bis 30.6.1913

b

1913, 1. Juni/14. Okt. Freimarken: Dienststempel der Post ohne Wappen und ohne Wertangabe. Kuvertausschnitte (verschiedenfarbige Papiere) als Freimarke verwendet (1. Auflage) bzw. aus Bogen zu 45 Marken (2. Auflage). A = □, B = Nähmaschinen-□, Trennungslinien mit Bleistift vorgezeichnet; o.G.

2	1 Pia schwarz (auch blau)	b		
A	geschnitten (1. Auflage, 1. Juni)		350,—	600,—
B	durchstochen (2. Auflage, 14. Okt.)		650,—	800,—

Preise der MiNr. 2 A gelten für rund geschnittene Stücke, viereckig geschnittene Stücke ca. 60% Aufschlag.

FALSCH

Auflagen: MiNr. 2 A = 1.643, MiNr. 2 B = ca. 800 Stück

Gültig bis 30.6.1913

4

1913, 16. Juni. Türkische Marken der Ausgaben 1908 und 1909/11 mit Handstempelaufdruck Doppeladler und SHQIPËNIA.

				✶	⊙
3	2 Pa	oliv	(180)	500,—	500,—
A 3	**2 Pa**	auf 5 Pa ockergelb	(179)	2200,—	2000,—
4	5 Pa	ockergelb	(159)	500,—	500,—
5	10 Pa	blaugrün	(160)	360,—	250,—
6	20 Pa	rosa	(161)		
x		gewöhnliches Papier		350,—	250,—
y		öliges Papier (ohne Gummi)		420,—	600,—
A 6	20 Pa	rosa	(136)	900,—	1200,—
7	1 Pia	blau, ultramarin	(162a)	300,—	280,—
8	2 Pia	schwarzblau	(163)	500,—	500,—
9	2½ Pia	dunkelsepia	(139)	900,—	800,—
10	5 Pia	dunkellila	(165)	1300,—	1100,—
A 10	5 Pia	dunkellila	(140)	2500,—	2800,—
11	10 Pia	ziegelrot	(166)	4500,—	5000,—
A 11	25 Pia	russischgrün	(142)	10000,—	10000,—
B 11	50 Pia	orangebraun	(143)	22000,—	20000,—

Amtliche Neudrucke (sog. Minister-Drucke, Okt./Nov. 1913):

		✶
3 ND	(180)	60,—
A 3 ND	(179)	—,—
4 ND	(159)	60,—
5 ND	(160)	60,—
6 ND	(161)	60,—
7 ND	(162)	220,—
8 ND	(163)	60,—
9 ND	(139)	60,—
10 ND	(165)	60,—
11 ND	(166)	120,—
A 11 ND	(142)	260,—
B 11 ND	(143)	200,—

Ölig ausfließender, rückseitig durchschlagender, meist verschmierter Aufdruck bei Neudrucken. Alle ND sind auch ▨ bekannt.

Gute Zähnungen sowie klare (oder blaue, rote, violette) Aufdrucke bei Erstauflage 70% Aufschlag.

FALSCH

1913. Freimarken: Gleicher Aufdruck auf Türkei-Marken mit Beyiye-Aufdruck.

				✶	⊙
12	10 Pa	blaugrün	(150) R	850,—	800,—
A 12	10 Pa	blaugrün	(175) R	750,—	800,—
13	20 Pa	rosa	(176) Bl	900,—	950,—
14	1 Pia	blau, ultramarin	(177) R	1800,—	1700,—
A 14	2 Pia	schwarzblau	(178)	3200,—	3000,—

Amtliche Neudrucke (sog. Minister-Drucke, Okt./Nov. 1913):

		✶
12 ND	(150)	60,—
A 12 ND	(175)	200,—
13 ND	(176)	60,—
14 ND	(177)	60,—
A 14 ND	(178)	180,—

Ölig ausfließender, rückseitig durchschlagender, meist verschmierter Aufdruck bei Neudrucken. Alle ND sind auch ◍ bekannt.

FALSCH

Auflagen: MiNr. 3 und A 3 zusammen 1.909, MiNr. 4 = 1.983, MiNr. 5, 12 und A 12 zusammen 4.252, MiNr. 6, A 6 und 13 zusammen 1.0167, MiNr. 7 und 14 zusammen 11.375, MiNr. 8 und A 14 zusammen 3.758, MiNr. 9 = 1.137, MiNr. 10 = 650, MiNr. 11 = 241, MiNr. A 11 = 35, MiNr. B 11 = 16 Stück

1913. Freimarke: Aufdruck auf türkischen Portomarken von 1908 als Freimarken ausgegeben.

				✶	⊙
15	1 Pia	schwarz auf rosa	(P 29, 31)	3000,—	2600,—
A 15	2 Pia	schwarz auf rosa	(P 30)	1000,—	1000,—

Amtlicher Neudruck (Okt./Nov. 1913):

		✶
15 ND	(P 31)	180,—

FALSCH

MiNr. 15 = 345 Stück

1913, 13. Aug. Freimarken: MiNr. 6 x und 13 mit Paginierstempel-Aufdruck.

				✶	⊙
16	**10 (Pa)**	auf 20 Pa rosa	(6 x)	1200,—	1200,—
17	**10 (Pa)**	auf 20 Pa rosa	(13)	2600,—	2600,—

Amtlicher Neudruck (Okt./Nov. 1913):

	✶
16 ND	120,—

Aufdruckfehler (kopfstehende Aufdrucke, Doppelaufdrucke) bekannt.

Auflage: MiNr. 16 und 17 zusammen 1.440 Stück

MiNr. 3–17 gültig bis 24.10.1913

c

1913, 25. Okt. Dienststempel der Postverwaltung wie MiNr. 2. Adler farbig eingestempelt. Wert in Schreibmaschinenschrift violett eingefügt; verschiedene Papiersorten; o.G.; □.

				(✶)	⊙
18	10 Pa	violett, Adler violett	c	15,—	15,—
19	20 Pa	rot, Adler schwarz	c	20,—	17,—
20	1 Gr	schwarz, Adler schwarz	c	20,—	20,—
21	2 Gr	blau, Adler violett	c	25,—	20,—
22	5 Gr	violett, Adler blau	c	30,—	26,—
23	10 Gr	blau, Adler blau	c	30,—	26,—
		Satzpreis (6 W.)		140,—	120,—

Zahlreiche Schreibmaschinenfehler - MiNr. 22 auch mit schwarzem und MiNr. 23 mit violettem Adler, ♆

FALSCH

Gültig bis 28.13.1913

d

1913, 28. Nov. 1. Jahrestag der Unabhängigkeitserklärung. Handstempel mit nachträglichem Adlereindruck; gestreiftes Papier; gez. L 11½; o.G.

24	10 Pa		d		
a		hellgrün/grau		5,—	4,—
b		hellgrün		*2200,—*	*2200,—*
25	20 Pa	zinnober/grau	d	7,50	6,—
26	30 Pa	bläulichviolett/grau	d	7,50	6,—
27	1 Gr	blau/grau	d	10,—	9,—
28	2 Gr	schwarz/grau	d	15,—	10,—
		Satzpreis (5 W.)		45,—	38,—

MiNr. 24–28 existieren mit kopfstehendem Adler, kopfstehender Wertzahl oder mit kopfstehendem Adler und kopfstehender Wertzahl.

FALSCH

Auflagen: MiNr. 24 a = 40.217, MiNr. 24 b = 100, MiNr. 25 = 39.339, MiNr. 26 = 38.064, MiNr. 27 = 45.461, MiNr. 28 = 36.129 Stück

Gültig bis 30.12.1913

1913, 1. Dez. Freimarken: Skanderberg. Bdr. IPS, auf gestrichenem Papier mit farbigem Linien-Unterdruck; gez. L 14½:14.

e) Gjergj Kastrioti, genannt Skanderbeg (1405–1468), Feldherr und Nationalheld

				✶	⊙
29	2 Q	rotbraun/gelb	e	5,—	2,50
30	5 Q	blaugrün/grün	e	5,—	2,50
31	10 Q	rosa/rot	e	5,—	2,50
32	25 Q	blau/ultramarin	e	5,—	2,50
33	50 Q	violett/braunrot	e	12,—	5,—
34	1 Fr	dunkelbraun/braun	e	28,—	15,—
		Satzpreis (6 W.)		60,—	30,—

MiNr. 29–34 mit Abstempelung „Shkodër" in Gold (7.3.1914) (Auflage: 50 Sätze): Satzpreis (6 W.) ⊙ *1000,—*

Die Marken tragen die fehlerhafte Inschrift „Skanderbergu" statt „Skanderbegu". Spezialisten unterscheiden bei MiNr. 29–34 zwei Auflagen (hellere oder dunklere Tönung der Markenfarben).

Auflagen: MiNr. 29–33 je 500.000, MiNr. 34 = 100.000 Stück

MiNr. 29–33 mit Aufdruck: Portomarken MiNr. 1–5; Lokalausgabe Mittelalbanien MiNr. 1–B 3; Lokalausgabe Shkodra Portomarken MiNr. 1–3; Lokalausgabe Vlora MiNr. 7–12

Fürstentum

39

1914, 7. März. Ankunft des Königs (Mbret) Wilhelm von Wied. MiNr. 29–34 mit Handstempelaufdruck.

35	2 Q	rotbraun/gelb	(29)	70,—	90,—
36	5 Q	blaugrün/grün	(30) V	70,—	90,—
37	10 Q	rosa/rot	(31)	70,—	90,—
38	25 Q	blau/ultramarin	(32) V	70,—	90,—
39	50 Q	violett/braunrot	(33)	70,—	90,—
40	1 Fr	dunkelbraun/braun	(34)	70,—	90,—
		Satzpreis (6 W.)		400,—	500,—

Aufdrucke ohne „7. Mars" sind bekannt (100% Aufschlag); verschiedene Papiersorten.

MiNr. 35–40 mit Abstempelung „Lezhe" in Gold (7.3.1914) (Auflage 50 Sätze): Satzpreis (6 W.) ⊙ *1800,—*

Auflage: 8.500 Sätze

Gültig bis 15.3.1914

1914, 2. April. Freimarken. MiNr. 29–34 mit Bdr.-Aufdruck der türkischen Währung.

41

44

41	**5 Pa**	auf 2 Q mehrfarbig	(29)	3,—	3,—
42	**10 Pa**	auf 5 Q mehrfarbig	(30)	3,—	3,—
43	**20 Pa**	auf 10 Q mehrfarbig	(31)	6,—	4,50
44	**1 Gr**	auf 25 Q mehrfarbig	(32)	6,—	6,—
45	**2 Gr**	auf 50 Q mehrfarbig	(33)	6,—	6,—
46	**5 Gr**	auf 1 Fr mehrfarbig	(34)	20,—	15,—
			Satzpreis (6 W.)	44,—	37,—

MiNr. 41–46 sind mit stark verschobenem oder kopfstehendem Aufdruck bekannt, ebenso Paare mit und ohne Aufdruck.

Mit weiterem Aufdruck: Portomarken MiNr. 6–9; Lokalausgaben Mittelalbanien MiNr. 4–9; Shkodra MiNr. 1–6, 7; Vlora MiNr. 1–6

Nicht ausgegeben:

1914, Sept. Fürst Wilhelm von Wied. Bdr.; gez. L 13:12 ½.

f) Fürst Wilhelm von Wied (1876–1945)

					✶	◍
II	1 Q	grau	f	4,—	2,50
III	5 Q	grün	f	2,—	2,50
IV	10 Q	rosa	f	0,50	2,50
V	20 Q	braun	f	8,—	2,50
VI	25 Q	blau	f	6,—	2,50
VII	50 Q	lila	f	8,—	15,—
VIII	1 Fr	graublau	f	45,—	40,—
			Satzpreis (7 W.)	70,—	65,—

Probedrucke ☐ in gleichen Farben je 300,—, ein Wert zu 2 Fr orange *1500,—*.

◍ Am 4. Sept. 1914 verließ Fürst Wilhelm von Wied Albanien, so dass die Marken MiNr. II–VIII nicht mehr in den Verkehr gekommen sind; ein Teil der Marken war jedoch bereits im voraus gestempelt, so mit dem Stempel DURAZZO/ 4 Septembre 1914.

MiNr. II–VIII wurden früher als II a–II g katalogisiert.

MiNr. II und IV–VII mit Aufdruck: MiNr. 67–75

Marken in nebenstehender Zeichnung gez. und ☐ in den Wertstufen 5, 10, 25, 50 Cts und 1 Fr wurden im Oktober 1914 von der Druckerei S. Modiano in Triest im Auftrag des 3. Albaner-Kongresses hergestellt, gelangten aber wegen des fehlerhaften Wappenadlers (ein- statt zweiköpfig) nicht zur Ausgabe.

Während des 1. Weltkrieges waren in Albanien fremde Besatzungen: Österreich K. K. Feldpost führte eine notdürftige Zivilverwaltung ein.

Postalische Ausgaben nach dieser Zeit siehe unter Italien, Epirus und Griechenland.

Vorläufige Verwaltung

1919, 15. Jan./bis März. Freimarken: Stempelmarken der österreichischen Landesverwaltung in 2 verschienen Adlerzeichnungen mit Bdr.-Aufdruck „POSTA / e Shkodres / SHQYPNIS“ und neuer Wertangabe sowie Kontrollaufdruck I in Rot, auf MiNr. 47 b und 49 in Blau; gez. L 12½.

Adler Type I

Adler Type II

47 I a

50 I b

52 I

Kontrollaufdruck I

				✶	⊙
47 I	**(2) Q**	auf 2 H braun		
	a	Aufdruck rot	10,—	10,—
	b	Aufdruck blau	42,—	50,—
48 I	**05 Q**	auf 16 H grün	10,—	10,—
49 I	**10 Q**	auf 8 H rosa	10,—	10,—
50 I	**25 Q**	auf 64 H		
	a	Adler Type I, blau	12,—	12,—
	b	Adler Type II, dunkelblau	500,—	500,—
51 I	**50 Q**	auf 32 H violett	10,—	10,—
52 I	**1 Fr**	auf 1.28 Kr ocker auf blau	13,—	15,—
		Satzpreis (6 W.)	65,—	65,—

Bei allen Werten sind geringfügige Abweichungen des Aufdrucks bekannt, außerdem kopfstehende Aufdrucke bei MiNr. 47 I–49 I, 51 I und 52 I.

1919, 16. Jan. Freimarken: Stempelmarken der österreichischen Landesverwaltung mit Kontrollaufdruck II in Rot, Blau oder Grün; gez. L 12½.

47 II a

52 II

Kontrollaufdruck II

47 II	**(2) Q**	auf 2 H braun		
	a	Aufdruck rot	20,—	20,—
	b	Aufdruck blau	85,—	25,—
48 II	**05 Q**	auf 16 H grün	15,—	15,—
49 II	**10 Q**	auf 8 H rosa	15,—	15,—
50 II	**25 Q**	auf 64 H		
	a	Adler Type I, blau	200,—	250,—
	b	Adler Type II, dunkelblau	65,—	90,—
51 II	**50 Q**	auf 32 H violett	20,—	20,—
52 II	**1 Fr**	auf 1.28 Kr ocker auf blau	20,—	20,—
		Satzpreis (6 W.)	150,—	180,—

1919, 7. März. Freimarken: Stempelmarken der österreichischen Landesverwaltung mit Kontrollaufdruck III; gez. L 12 ½.

47 III

Kontrollaufdruck III

47 III	**(2) Q**	auf 2 H braun		25,—	25,—
48 III	**05 Q**	auf 16 H grün		25,—	25,—
49 III	**10 Q**	auf 8 H rosa		25,—	25,—
50 III	**25 Q**	auf 64 H			
a		Adler Type I, blau		25,—	25,—
b		Adler Type II, dunkelblau		200,—	250,—
51 III	**50 Q**	auf 32 H violett		25,—	25,—
52 III	**1 Fr**	auf 1.28 Kr ocker auf blau		25,—	25,—
			Satzpreis (6 W.)	150,—	150,—

1919, 5. Juni. Freimarken: Stempelmarken der österreichischen Landesverwaltung mit Aufdruck „POSTAT / SHQIPTARE" und einer Reihe senkrechter Striche (Durrës); gez. L 12½.

Kontrollaufdruck IV

53	**10 Q**	auf 2 H braun		10,—	10,—
54	**15 Q**	auf 8 H rosa			
I		Adler Type I		10,—	10,—
II		Adler Type II		300,—	300,—
55	**20 Q**	auf 16 H grün		10,—	10,—
56	**25 Q**	auf 64 H dunkelblau		10,—	10,—
57	**50 Q**	auf 32 H violett		10,—	10,—
58	**1 Fr**	auf 96 H orange			
I		Adler Type I		10,—	10,—
II		Adler Type II		260,—	250,—
59	**2 Fr**	auf 160 H violett auf sämisch		35,—	30,—
			Satzpreis (7 W.)	95,—	90,—

Bei allen Werten sind geringfügige Abweichungen des Aufdrucks und kopfstehende Kontrollaufdrucke bekannt.

1919. Freimarken. Stempelmarken der österreichischen Landesverwaltung mit schwarzem bzw. violettem Aufdruck, schräge Striche unter SHQIPTARE (Durrës); gez. L 12½.

Kontrollaufdruck V

60	**10 Q**	auf 8 H rosa	S		
I		Adler Type I		320,—	300,—
II		Adler Type II		10,—	10,—
61	**15 Q**	auf 8 H rosa	V		
I		Adler Type I		1000,—	600,—
II		Adler Type II		10,—	10,—
62	**20 Q**	auf 16 H grün	S	10,—	10,—
63	**25 Q**	auf 32 H violett	S	10,—	10,—
64	**50 Q**	auf 64 H blau	S	28,—	20,—
65	**1 Fr**	auf 96 H orange	S	12,—	10,—
66	**2 Fr**	auf 160 H violett auf sämisch	S	20,—	15,—
			Satzpreis (7 W.)	100,—	85,—

Bei allen Werten sind geringfügige Abweichungen des Aufdrucks und kopfstehende Kontrollaufdrucke bekannt.

Regentschaftsrat

1920, 16. Febr. Freimarken: MiNr. II und IV–VII mit Aufdruck.

72

				✶✶	⊙
67	1 Q	grau	(II) Bl	150,—	120,—
68	**2 (Q)**	auf 10 Q rosa	(IV) R	25,—	30,—
69	**5 (Q)**	auf 10 Q rosa	(IV) Gr	25,—	25,—
70	10 Q	rosa	(IV) S	25,—	40,—
71	20 Q	braun	(V) Bl	65,—	50,—
72	**25 (Q)**	auf 10 Q rosa	(II) Bl	25,—	30,—
73	25 Q	blau	(VI) S	750,—	800,—
74	**50 (Q)**	auf 10 Q rosa	(IV) Br	25,—	50,—
75	50 Q	lila	(VII) S	85,—	100,—
			Satzpreis (9 W.)	1100,—	1200,—

FALSCH

1920, 1. April/1922. Freimarken: Skanderbeg und Doppeladler. Bdr.; Kontrollaufdruck in 3 Typen; gez. K 14:13½.

h) Skanderbeg und Doppeladler

Aufdruck I

Aufdruck II

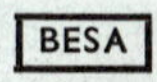

Aufdruck III

76	2 Q	orange	h		
I		Aufdruck I (1920)		15,—	12,—
II		Aufdruck II (1922)		10,—	10,—
77	5 Q	dunkelgrün	h		
I		Aufdruck I (1920)		25,—	22,—
II		Aufdruck II (1922)		12,—	10,—
III		Aufdruck III (Okt. 1922)		12,—	10,—
78	10 Q	ziegelrot	h		
I		Aufdruck I (1920)		45,—	45,—
II		Aufdruck II (1922)		20,—	17,—
III		Aufdruck III (Aug. 1922)		10,—	10,—
79	25 Q	blau	h		
I		Aufdruck I (1920)		80,—	42,—
II		Aufdruck II (1922)		35,—	30,—
80	50 Q	grün	h		
I		Aufdruck I (1920)		18,—	15,—
II		Aufdruck II (1922)		30,—	17,—
81	1 Fr	rotlila	h		
I		Aufdruck I (1920)		20,—	15,—
II		Aufdruck II (1922)		30,—	17,—
			Satzpreis I (6 W.)	200,—	150,—
			Satzpreis II (6 W.)	130,—	100,—

MiNr. 76–81 waren ohne Aufdruck ursprünglich nur für das Skutari-Gebiet bestimmt (Inschrift Shkoder), wurden aber ohne Aufdruck amtlich nicht verwendet.

□ ohne Aufdruck: Probedrucke

1922. Zeitungsmarke. MiNr. 76 II mit Bdr.-Aufdruck der neuen Wertstufe.

82

82	**1 Q**	auf 2 Q orange	(76 II)	10,—	12,—

1922. Freimarken: Städte und Bauwerke. Bdr.; gez. L 12½, MiNr. 84, 86–89 auch gez. L 11½

i) Festung Gjirokastër

k) Festung Kanina

l) Festung Berat

m) Vezirsbrücke über den Drin

n) Shkodra

o) Korça

p) Festung Durrës

83	2 Q	orange	i	1,50	2,—
84	5 Q	hellgrün	k	1,50	1,50
85	10 Q	karminrosa	l	1,50	1,50
86	25 Q	blau	m	3,—	1,50
87	50 Q	blaugrün	n	3,—	1,50
88	1 Fr	violett	o	3,—	4,—
89	2 Fr	dunkeloliv	p	7,—	10,—
			Satzpreis (7 W.)	20,—	22,—

		✱✱
83 U-89 U	ungezähnt	500,—

Mit Aufdruck: MiNr. 90–94, 95, 96–99, 105–110, 112–117, 119–125
Ganzsachenausschnitte in Zeichnungen l und m: MiNr. IX–X (nach MiNr. 110)

90

1924, 21. Jan. Eröffnung der Nationalversammlung. MiNr. 83–87 mit Aufdruck „Mbledhje Kushtetuese", darunter violetter Handstempelaufdruck.

				✱✱	⊙
90	2 Q	orange	(83)	25,—	25,—
91	5 Q	hellgrün	(84)	25,—	25,—
92	10 Q	karminrosa	(85)	18,—	20,—
93	25 Q	blau	(86)	18,—	20,—
94	50 Q	blaugrün	(87)	25,—	25,—
			Satzpreis (5 W.)	110,—	110,—

FALSCH

Auflagen: MiNr. 90–91 und 94 je 3.500, MiNr. 92–93 je 7.500 Stück

95

1924, April. Freimarke. MiNr. 83 mit Bdr.-Aufdruck der neuen Wertstufe.

95	**1 (Q)**	auf 2 Q orange	(83)	9,—	10,—

Mit weiterem Aufdruck: MiNr. 104, 111, 118

96

1924, Nov. Rotes Kreuz (I). MiNr. 84–87 mit Bdr.-Aufdruck in Rot und Schwarz.

96	5 Q	**+ 5 Q** hellgrün	(84)	25,—	34,—
97	10 Q	**+ 5 Q** karminrosa	(85)	25,—	34,—
98	25 Q	**+ 5 Q** blau	(86)	25,—	34,—
99	50 Q	**+ 5 Q** blaugrün	(87)	25,—	34,—
			Satzpreis (4 W.)	100,—	130,—

Auflage: 22.000 Sätze

Mit weiterem Aufdruck: MiNr. 100–103

100

1924. Rotes Kreuz (II). MiNr. 96–99 mit weiterem Bdr.-Aufdruck in Rot und Schwarz.

100	5 Q	+ 5 Q **+ 5 Q** hellgrün	(96)	25,—	20,—
101	10 Q	+ 5 Q **+ 5 Q** karminrosa	(97)	25,—	20,—
102	25 Q	+ 5 Q **+ 5 Q** blau	(98)	25,—	20,—
103	50 Q	+ 5 Q **+ 5 Q** blaugrün	(99)	25,—	20,—
			Satzpreis (4 W.)	100,—	80,—

Auflage: 28.000 Sätze

Republik

104

1925, 5. März. Sturz der Regierung Fan Noli. MiNr. 83–88 und 95 mit Aufdruck.

104	**1 (Q)**	auf 2 Q orange	(95)	12,—	9,—
105	2 Q	orange	(83)	7,50	9,—
106	5 Q	hellgrün	(84)	7,50	9,—
107	10 Q	karminrosa	(85)	7,50	9,—
108	25 Q	blau	(86)	7,50	9,—
109	50 Q	blaugrün	(87)	20,—	17,—
110	1 Fr	violett	(88)	15,—	22,—
			Satzpreis (7 W.)	75,—	84,—

Bei allen Werten sind geringfügige Abweichungen des Aufdrucks bekannt.

1925. Ganzsachenausschnitte aus Briefumschlägen in Zeichnungen von MiNr. 85–86 in Stdr. auf weißem Kartonpapier; ☐; o.G. als Frankatur verwendet.

				✉
IX	10 Q	karminrosa	l	550,—
X	25 Q	blau	m	550,—

MiNr. IX–X wurden früher als III a–III b katalogisiert.

111

1925, 11. April. Proklamierung der Republik. MiNr. 83–88 und 95 mit Aufdruck.

				✱✱	⊙
111	**1 (Q)**	auf 2 Q orange	(95)	8,—	10,—
112	2 Q	orange	(83)	8,—	10,—
113	5 Q	hellgrün	(84)	8,—	10,—
114	10 Q	karminrosa	(85)	8,—	10,—
115	25 Q	blau	(86)	8,—	10,—
116	50 Q	blaugrün	(87)	8,—	15,—
117	1 Fr	violett	(88)	12,—	20,—
			Satzpreis (7 W.)	60,—	85,—

Bei allen Werten sind Aufdruckfehler bekannt.

1925. Freimarken. MiNr. 83–89 und 95 mit diagonalem Aufdruck von links oben nach rechts unten.

118

119

118	**1 (Q)**	auf 2 Q orange	(95)	2,—	2,—
119	2 Q	orange	(83)	2,—	2,—
120	5 Q	hellgrün	(84)	2,—	2,—
121	10 Q	karminrosa	(85)	2,—	2,—
122	25 Q	blau	(86)	2,—	2,—
123	50 Q	blaugrün	(87)	2,—	2,—
124	1 Fr	violett	(88)	12,—	5,—

125	2 Fr	dunkeloliv	(89)	16,—	6,—
			Satzpreis (8 W.)	40,—	22,—

Der Aufdruck zeigt viele Unregelmäßigkeiten, die aber nicht gleichmäßig auf allen Werten vorkommen, z. B. Aufdruck kopfstehend „Republiua“, „Repuqlika“.

1925. Kuvertausschnitte in Zeichnungen von MiNr. 121–122 auf Kartonpapier; □; o.G., noch mit einzeiligem Aufdruck Republika Shqiptare; als Briefmarken verwendet.

				✉
XI	10 Q	karminrosa	l	650,—
XII	25 Q	blau	m	650,—

MiNr. XI–XII wurden früher als IV a–IV b katalogisiert.

✈ 1925, 30. Mai. Adria Aero-Lloyd. Wertangabe in Goldfranken. Bdr. (5×10); Wz. 1; gez. L 14.

Fa) Flugzeug und Adler über Tirana

Wz. 1 Rauten

				✱✱	⊙
126	5 Q	grün	Fa	4,—	6,—
127	10 Q	karmin	Fa	4,—	4,—
128	25 Q	blau	Fa	4,—	4,—
129	50 Q	dunkelgrün	Fa	4,—	7,—
130	1 Fr	violett/schwarz	Fa	12,—	12,—
131	2 Fr	dunkeloliv/lila	Fa	20,—	20,—
132	3 Fr	orange/dunkelgrün	Fa	25,—	20,—
			Satzpreis (7 W.)	73,—	73,—

	✱✱
126 U-132 U ungezähnt	*3500,—*

Auflagen: MiNr. 126 = 70.631, MiNr. 127 = 72.444, MiNr. 128 = 59.661, MiNr. 129 = 62.296, MiNr. 130 = 21.462, MiNr. 131 = 20.197, MiNr. 132 = 21.436 Stück

Mit Aufdruck: MiNr. 144–150, 162–168, 210–216

1925, 24. Dez. Freimarken: Achmed Zogu. Stdr.; A = gez. L 13½, B = gez. L 11½.

r

s

r–s) Achmed Zogu (1895–1961), Staatspräsident

					✱✱	⊙
133	**A**	1 Q	orange	r	0,40	0,30
134	**A**	2 Q	rotbraun	r	0,40	0,30
135	**A**	5 Q	grün	r	0,30	0,30
136		10 Q	karmin	r		
	A		gez. L 13½		0,30	0,30
	B		gez. L 11½		*75,—*	*35,—*
137	**A**	15 Q	dunkellilabraun	r	2,—	2,50
138	**A**	25 Q	blau	r	0,50	0,30
139	**A**	50 Q	graugrün	r	2,—	1,80
140	**A**	1 Fr	rot/blau	s	6,—	2,50
141	**A**	2 Fr	grün/gelb	s	6,—	2,50
142	**A**	3 Fr	braun/violett	s	12,—	6,—
143	**A**	5 Fr	violett/schwarz	s	12,—	8,50
				Satzpreis A (11 W.)	40,—	25,—

	✱✱
133 U-143 U ungezähnt	*200,—*

Mit Aufdruck: MiNr. 151–161, 202–209

Nicht ausgegeben:

1925, 24. Dez. Freimarken: Achmed Zogu. Stdr.; gez. L 13½.

				✱✱	⊙
XIII	1 Fr	grauultramarin/dunkelbraun	s	*15,—*	—,—
XIV	2 Fr	graugrün/rotbraun	s	*15,—*	—,—

XIII U-XIV U ungezähnt	40,—	—,—

146

✈ 1927, 18. Jan. MiNr. 126–132 mit schrägem Aufdruck „Rep. Shqiptare“.

144	5 Q	grün	(126)	15,—	12,—
145	10 Q	karmin	(127)	15,—	12,—
146	25 Q	blau	(128)	12,—	12,—
147	50 Q	dunkelgrün	(129)	10,—	10,—
148	1 Fr	violett/schwarz	(130)	10,—	10,—
149	2 Fr	dunkeloliv/lila	(131)	20,—	12,—
150	3 Fr	orange/dunkelgrün	(132)	20,—	17,—
			Satzpreis (7 W.)	100,—	85,—

MiNr. 144–150 sind auch mit dünnem „R“ in „Rep.“ bekannt.

Auflagen: MiNr. 144–145 je 55.000, MiNr. 146 = 58.000, MiNr. 147 = 78.000, MiNr. 148 = 72.000, MiNr. 149 = 48.450, MiNr. 150 = 22.200 Stück

151

1927, 1. Febr. Zweijähriges Regierungsjubiläum des Präsidenten. MiNr. 133–143 mit Aufdruck in verschiedenen Farben.

151	**A**	1 Q	orange	(133) V	2,—	1,50
152	**A**	2 Q	rotbraun	(134) Gr	2,—	1,—
153	**A**	5 Q	grün	(135) R	3,50	1,—
154		10 Q	karmin	(136) Bl		
	A		gez. L 13½		1,—	1,—
	B		gez. L 11½		60,—	30,—
155	**A**	15 Q	dunkellilabraun	(137) Gr	23,—	18,—
156	**A**	25 Q	blau	(138) R	1,50	1,—
157	**A**	50 Q	graugrün	(139) Bl	1,50	1,—
158	**A**	1 Fr	rot/blau	(140) S	4,—	1,—
159	**A**	2 Fr	grün/gelb	(141) S	6,—	1,50
160	**A**	3 Fr	braun/violett	(142) S	8,—	2,—
161	**A**	5 Fr	violett/schwarz	(143) S	14,—	3,50
				Satzpreis A (11 W.)	66,—	32,—

Verschiedene Werte in anderen Aufdruckfarben wurden auch zur Frankatur verwendet:

153 I	mit blauem Aufdruck	25,—	80,—
151 II	mit gelbem Aufdruck	20,—	50,—
152 II	mit gelbem Aufdruck	20,—	50,—
153 II	mit gelbem Aufdruck	20,—	50,—
154 II	mit gelbem Aufdruck	20,—	50,—
155 II	mit gelbem Aufdruck	20,—	50,—
151 I	mit rotem Aufdruck	25,—	70,—
152 I	mit rotem Aufdruck	25,—	70,—
154 I	mit rotem Aufdruck	25,—	70,—
155 I	mit rotem Aufdruck	25,—	70,—

MiNr. 154 und 156–157 mit Aufdruck: MiNr. 169–170, 199–201

1928, 24. April. Eröffnung der Fluglinie der italienischen staatlichen Gesellschaft. MiNr. 126–132 mit Aufdruck.

162

162	5	Q	grün	(126)	15,—	12,—
163	10	Q	karmin	(127)	15,—	12,—
164	25	Q	blau	(128)	15,—	12,—
165	50	Q	dunkelgrün	(129)	25,—	20,—
166	1	Fr	violett/schwarz	(130)	130,—	120,—
167	2	Fr	dunkeloliv/lila	(131)	130,—	120,—
168	3	Fr	orange/dunkelgrün	(132)	130,—	120,—
				Satzpreis (7 W.)	460,—	410,—

Mit fehlerhaftem Aufdruck „Shqyrtare" bzw. Komma statt Punkt nach der „21" jeweils fünffacher Preis.

Auflagen: MiNr. 162 = 16.372, MiNr. 163 = 14.600, MiNr. 164 = 23.975, MiNr. 165 = 13.930, MiNr. 166 = 5.500, MiNr. 167 = 5.340, MiNr. 168 = 5.350 Stück

1928, Freimarken. MiNr. 154 und 156 mit Aufdruck.

169

169	**1 (Q)**	auf 10 Q karmin	(154) S		
A		gez. L 13½		2,—	0,70
B		gez. L 11½		30,—	20,—
170	**5 (Q)**	auf 25 Q blau	(156) R	2,—	0,70
			Satzpreis (2 W.)	4,—	1,40

Mit ähnlichem Kranzaufdruck: MiNr. 199–201

1928, 25. Aug. Verfassunggebende Versammlung. Nicht ausgegebene Marken in Zeichnung t und u mit Bdr.-Aufdruck in Schwarz, bei MiNr. 178 in Rot. Bdr.; gez. K 14:13½, MiNr. 178 gez. K 13½:14.

t

u

171	1	Q	rotbraun	(t)	10,—	15,—
172	2	Q	dunkelgrau	(t)	10,—	15,—
173	5	Q	dunkelgrün	(t)	10,—	15,—
174	10	Q	rot	(t)	10,—	15,—
175	15	Q	graubraun	(t)	30,—	60,—
176	25	Q	blau	(t)	12,—	15,—
177	50	Q	lilarosa	(t)	20,—	20,—
178	1	Fr	hellblau/dunkelgrau	(u)	18,—	15,—
				Satzpreis (8 W.)	120,—	170,—

Auflage: 20.000 Sätze

Königreich

1928, 1. Sept. Krönung von Ahmet Zogu. Nicht ausgegebene Marken in Zeichnung t und u mit Bdr.-Aufdruck in Schwarz, bei MiNr. 186–187 in Rot. Bdr.; gez. K 14:13½, MiNr. 186–187 gez. K 13½:14.

t

u

179	1	Q	(+ 1 Q) rotbraun	(t)	25,—	30,—
180	2	Q	(+ 2 Q) dunkelgrau	(t)	25,—	30,—
181	5	Q	(+ 5 Q) dunkelgrün	(t)	20,—	25,—
182	10	Q	(+ 10 Q) rot	(t)	20,—	20,—
183	15	Q	(+ 15 Q) graubraun	(t)	30,—	35,—
184	25	Q	(+ 25 Q) blau	(t)	30,—	20,—
185	50	Q	(+ 50 Q) lilarosa	(t)	20,—	20,—
186	1	Fr	(+ 1 Fr) hellblau/dunkelgrau	(u)	30,—	25,—
187	2	Fr	(+ 2 Fr) grün/dunkelgrau	(u)	25,—	25,—
				Satzpreis (9 W.)	220,—	230,—

MiNr. 179–187 wurden zum doppelten Nennwert verkauft.

Auflage: 5.000 Sätze

1928. Freimarken. Nicht ausgegebene Marken in Zeichnungen t und u mit Bdr.-Aufdruck in Schwarz. Bdr.; gez. K 14:13½, MiNr. 195–198 gez. K 13½:14.

t

u

188	1	Q	rotbraun	(t)	1,—	1,50
189	2	Q	dunkelgrau	(t)	1,—	1,50
190	5	Q	dunkelgrün	(t)	7,—	4,50
191	10	Q	rot	(t)	1,—	1,50
192	15	Q	graubraun	(t)	40,—	30,—
193	25	Q	blau	(t)	3,—	1,50
194	50	Q	lilarosa	(t)	5,—	2,50
195	1	Fr	hellblau/dunkelgrau	(u)	6,—	3,—
196	2	Fr	grün/dunkelgrau	(u)	6,—	5,—
197	3	Fr	karmin/olivbraun	(u)	20,—	15,—
198	5	Fr	hellviolett/blaugrau	(u)	25,—	20,—
				Satzpreis (11 W.)	110,—	85,—

Stark verschobene Aufdrucke sind häufig.

Auflagen: MiNr. 188 = 469.050, MiNr. 189 = 473.000, MiNr. 190 = 970.200, MiNr. 191 = 1.947.300, MiNr. 192 = 102.350, MiNr. 193 = 1.928.700, MiNr. 194 = 473.750, MiNr. 195 = 118.850, MiNr. 196 = 139.900, MiNr. 197–198 je 144.675 Stück

1929. Freimarken. MiNr. 154 und 156–157 mit Aufdruck.

199

199	**1 (Q)**	auf 50 Q graugrün	(157)	1,—	0,70
200	**5 (Q)**	auf 25 Q blau	(156)	1,—	0,70
201	**15 (Q)**	auf 10 Q karmin	(154)		
A		gez. L 13½		1,50	1,20
B		gez. L 11½		1,50	1,20
			Satzpreis (3 W.)	3,50	2,60

Auflagen: MiNr. 199 = 235.000, MiNr. 200 = 1.210.000, MiNr. 201 = 590.000 Stück

1929, 8. Okt. 34. Geburtstag von König Zogu I. MiNr. 133–136 und 138–141 mit Stdr.-Aufdruck.

202

208

202	1	Q	orange	(133)	15,—	25,—
203	2	Q	rotbraun	(134)	15,—	25,—
204	5	Q	grün	(135)	15,—	25,—
205	10	Q	karmin	(136)	15,—	25,—
206	25	Q	blau	(138)	20,—	25,—
207	50	Q	graugrün	(139) R	20,—	30,—
208	1	Fr	rot/blau	(140)	28,—	45,—
209	2	Fr	grün/gelb	(141)	28,—	45,—
				Satzpreis (8 W.)	150,—	240,—

Auflage: 5.000 Sätze

✈ **1929, 1. Dez. MiNr. 126–132 mit rotbraunem Aufdruck.**

210

210	5	Q	grün	(126)	15,—	15,—
211	10	Q	karmin	(127)	15,—	15,—
212	25	Q	blau	(128)	15,—	15,—
213	50	Q	dunkelgrün	(129)	280,—	200,—
214	1	Fr	violett/schwarz	(130)	500,—	400,—
215	2	Fr	dunkeloliv/lila	(131)	500,—	400,—
216	3	Fr	orange/dunkelgrün	(132)	500,—	400,—
				Satzpreis (7 W.)	1800,—	1400,—

FALSCH

Auflagen: MiNr. 210 = 7.794, MiNr. 211 = 7.556, MiNr. 212 = 9.264, MiNr. 213 = 2.754, MiNr. 214 = 1.038, MiNr. 215 = 1.003, MiNr. 216 = 1.014 Stück

1930, 1. Sept. Freimarken. RaTdr.; Wz. 2; gez. K 14.

v) Lagune von Butrint

w) König Zogu I.

x) Ahmet-Zogu-Brücke über den Mat

y) Ruinen der Burg Burgajet, Burrel

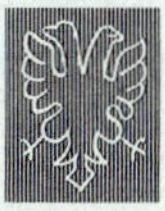

Wz. 2 Albanischer Doppeladler

217	1	Q	schwarz	v	0,50	0,30
218	2	Q	rotorange	v	0,50	0,30
219	5	Q	grün	w	0,50	0,30
220	10	Q	karmin	w	0,50	0,50
221	15	Q	dunkelbraun	w	0,50	0,50
222	25	Q	blau	w	0,50	0,50
223	50	Q	dunkelgrün	v	1,—	0,70
224	1	Fr	violett	x	2,—	1,20
225	2	Fr	indigo	x	2,50	1,20
226	3	Fr	oliv	y	7,50	2,—
227	5	Fr	rotbraun	y	12,—	5,—
				Satzpreis (11 W.)	28,—	12,—

MiNr. 217–226 mit Aufdruck: MiNr. 242–251, 368–374; Portomarke MiNr. 34

✈ **1930, 8. Okt. König Zogu I. RaTdr.; gez. K 14:14½.**

Fb

Fc

Fb–Fc) König Zogu I. und Flugzeug Savoya-Marchetti S 73 über Tirana

228	5	Q	grün	Fb	4,—	3,—
229	15	Q	karmin	Fb	4,—	3,—
230	20	Q	dunkelblau	Fb	4,—	3,—
231	50	Q	dunkeloliv	Fb	5,—	3,—
232	1	Fr	blau	Fc	7,50	6,—
233	2	Fr	braun	Fc	25,—	20,—
234	3	Fr	violett	Fc	30,—	20,—
				Satzpreis (7 W.)	75,—	55,—

Auflagen: MiNr. 228 = 147.800, MiNr. 229 = 147.000, MiNr. 230 = 187.000, MiNr. 231 = 47.000, MiNr. 232 = 20.000, MiNr. 233 = 15.000, 234 = 15.050 Stück

Mit Aufdruck: MiNr. 235–241, 295–297

✈ **1931, 10. Juli. Erstflug Tirana–Rom. MiNr. 228–234 mit Aufdruck.**

236

235	5	Q	grün	(228)	20,—	12,—
236	15	Q	karmin	(229)	20,—	12,—
237	20	Q	dunkelblau	(230)	20,—	12,—
238	50	Q	dunkeloliv	(231)	20,—	12,—
239	1	Fr	blau	(232)	70,—	70,—
240	2	Fr	braun	(233)	70,—	70,—
241	3	Fr	violett	(234)	70,—	70,—
				Satzpreis (7 W.)	290,—	250,—

MiNr. 235–241 wurden zum vierfachen Nennwert verkauft

Auflagen: MiNr. 235 = 12.200, MiNr. 236–238 je 13.000, MiNr. 239–240 je 5.000, MiNr. 241 = 4.950 Stück

1934, 24. Dez. 10 Jahre Verfassung. MiNr. 217–226 mit Aufdruck.

242

249

242	1	Q	schwarz	(217)	12,—	15,—
243	2	Q	rotorange	(218)	12,—	15,—
244	5	Q	grün	(219)	12,—	12,—
245	10	Q	karmin	(220)	15,—	15,—
246	15	Q	dunkelbraun	(221)	15,—	15,—
247	25	Q	blau	(222)	15,—	15,—
248	50	Q	dunkelgrün	(223)	20,—	20,—
249	1	Fr	violett	(224)	25,—	25,—
250	2	Fr	indigo	(225)	38,—	30,—
251	3	Fr	oliv	(226)	50,—	45,—
				Satzpreis (10 W.)	200,—	200,—

Auflagen: MiNr. 242 = 3.614, MiNr. 243 = 3.624, MiNr. 244 = 3.691, MiNr. 245 = 3.700, MiNr. 246 = 3.669, MiNr. 247 = 3.634, MiNr. 248 = 3.578, MiNr. 249 = 3.394, MiNr. 250 = 3.000, MiNr. 251 = 2.952 Stück

1937, 20. Nov. 25 Jahre Unabhängigkeit. RaTdr.; gez. K 14.

z) Skanderbegs Pferd

aa) Das geknebelte Albanien

ab) Das freie Albanien

252	1	Q	violettschwarz	z	0,50	0,50
253	2	Q	dunkelbraun	aa	0,50	0,50
254	5	Q	grün	ab	1,—	0,70
255	10	Q	sepia	z	1,—	1,—
256	15	Q	karmin	aa	1,50	1,20
257	25	Q	hellblau	ab	3,—	2,50
258	50	Q	dunkelblaugrün	z	7,50	4,20
259	1	Fr	violett	aa	20,—	7,50
260	2	Fr	rotbraun	ab	25,—	12,—
				Satzpreis (9 W.)	60,—	30,—

Blockausgabe

261	20	Q	bräunlichlila	z	7,50	10,—
262	30	Q	olivbraun	aa	7,50	10,—
263	40	Q	rot	ab	7,50	10,—
Block 1			(140×140 mm)	ab I	50,—	*200,—*

Auflagen: MiNr. 252 = 129.008, MiNr. 253 = 86.918, MiNr. 254 = 82.517, MiNr. 255 = 45.624, MiNr. 256 = 50.093, MiNr. 257 = 24.913, MiNr. 258 = 12.292, MiNr. 259 = 9.957, MiNr. 260 = 9.507 Stück, Bl. 1 = 31.364 Blocks

1938, 25. April. Hochzeit von König Zogu I. mit der Gräfin Geraldine Apponyi. RaTdr.; gez. 14.

ac) Das Hochzeitspaar

264	1	Q	schwarzviolett	ac	0,50	1,—
265	2	Q	rotbraun	ac	0,50	1,—
266	5	Q	dunkelgrün	ac	0,50	1,—
267	10	Q	dunkelolivbraun	ac	2,—	2,—
268	15	Q	karminrot	ac	2,—	2,—
269	25	Q	blau	ac	5,—	3,—
270	50	Q	blaugrün	ac	10,—	8,—
271	1	Fr	violett	ac	26,—	15,—
				Satzpreis (8 W.)	46,—	33,—

Blockausgabe mit 2 × MiNr. 272–273

272	20 Q dunkellila	ac	15,—	15,—
273	30 Q dunkeloliv	ac	15,—	15,—
Block 2	(110×140 mm)	ac I	65,—	*230,—*

Auflagen: MiNr. 264 = 118.775, MiNr. 265 = 93.775, MiNr. 266 = 68.775, MiNr. 267 = 41.590, MiNr. 268 = 38.775, MiNr. 269 = 27.706, MiNr. 270 = 20.775, MiNr. 271 = 19.775 Stück, Bl. 2 = 12.030 Blocks

Gültig bis 27.6.1938

1938, 30. Aug. 10jähriges Regierungsjubiläum von König Zogu I. RaTdr.; A = gez. L 14.

ad) Königin Geraldine

ae) Albanischer Adler mit Fahnen

af) König Zogu I.

274 A	1 Q dunkelviolett	ad	0,50	0,70
275 A	2 Q orangerot	ae	0,50	0,70
276 A	5 Q dunkelgrün	ad	1,—	0,70
277 A	10 Q braun	af	1,—	1,20
278 A	15 Q karminrot	ad	2,—	1,50
279 A	25 Q dunkelblau	af	2,50	1,70
280 A	50 Q schwarz	ae	18,—	7,50
281 A	1 Fr dunkeloliv	af	25,—	11,—
	Satzpreis (8 W.)		50,—	25,—

Blockausgabe, B = gez. K 14

278 B	15 Q karminrot	ad	12,—	15,—
282 B	20 Q dunkelgrünblau	ae	12,—	15,—
283 B	30 Q blauviolett	af	12,—	15,—
Block 3	(110×66 mm)	af I	50,—	190,—

Auflagen: MiNr. 274 = 110.089, MiNr. 275 = 84.552, MiNr. 276 = 61.218, MiNr. 277 = 21.606, MiNr. 278 = 21.606, MiNr. 279 = 16.606, MiNr. 280 = 12.606, MiNr. 281 = 12.106 Stück, Bl. 3 = 17.429 Blocks

Gültig bis 1.12.1938

Königreich in Personalunion mit Italien

285

1939, 12. April. Verfassunggebende Versammlung. Freimarken MiNr. 217–227 und 231 mit Aufdruck.

286

291

293

295

284	1 Q schwarz	(217)	2,—	1,50
285	2 Q rotorange	(218)	2,—	1,50
286	5 Q grün	(219)	1,50	1,—
287	10 Q karmin	(220)	1,50	1,—
288	15 Q dunkelbraun	(221)	4,—	3,—
289	25 Q blau	(222)	4,—	3,—
290	50 Q dunkelgrün	(223)	5,—	4,—
291	1 Fr violett	(224)	8,—	5,—
292	2 Fr indigo	(225)	10,—	7,—
293	3 Fr oliv	(226)	20,—	18,—
294	5 Fr rotbraun	(227)	30,—	25,—

✈ Flugpostmarken (28. April)

295	5 Q grün	(228)	10,—	8,—
296	15 Q karmin	(229)	10,—	8,—
297	20 Q auf 50 Q dunkeloliv	(231)	16,—	14,—
	Satzpreis (14 W.)		120,—	100,—

Auflage: 40.000 Sätze

1939, 18. Juli/19. Dez. Freimarken. RaTdr.; gez. 14:14¼.

ag) Gegische Männertracht

ah) Toskische Männertracht

ai) Gegische Frauentracht

ak) König Victor Emanuel III.

al) König Victor Emanuel III.

am) Toskische Frauentracht

an) Festung Kruja

ao) Vezirsbrücke über den Drin

ap) Frühchristliche Taufkirche in Butrint (6. Jh.)

ar) Amphitheater in Butrint, (3. Jh. v. Chr.)

Fd) König Victor Emanuel III., Flugzeug Savoya-Marchetti S 73 über den albanischen Bergen

298	1 Q dunkelgraublau (19. Dez.)	ag	1,—	0,30
299	2 Q bräunlicholiv (19. Dez.)	ah	1,—	0,30
300	3 Q braun (19. Dez.)	ai	1,—	0,30
301	5 Q grün (24. Sept.)	ak	1,50	0,30
302	10 Q dunkelbraun (2. Aug.)	al	1,50	0,30
303	15 Q rot (2. Aug.)	al	1,50	0,30
304	25 Q blau (2. Aug.)	al	1,50	1,50
305	30 Q violett (2. Aug.)	al	2,—	3,—
306	50 Q dkl´bläulichviol. (19. Dez.)	am	5,—	2,—
307	65 Q karminbraun (24. Sept.)	ak	12,—	10,—
308	1 Fr schwarzgrün (22. Nov.)	an	12,—	7,—
309	2 Fr braunkarmin (22. Nov.)	ao	30,—	25,—
310	3 Fr dunkelbraun (22. Nov.)	ap	50,—	45,—
311	5 Fr braunviolett (22. Nov.)	ar	60,—	60,—

✈ Flugpostmarke

312	20 Q dunkelbraun (18. Juli)	Fd	150,—	15,—
	Satzpreis (15 W.)		330,—	170,—

Auflage: MiNr. 298–311 je 40.000 Stück

MiNr. 299–309 mit Aufdruck: MiNr. 329, 359–367

✈ 1940, 20. März. Flugpostmarken. RaTdr.; gez. 14:14¼, Hochformate ~.

Fe) Hirten mit Schafherde

Ff) Karte von Albanien mit Flugnetz

Fg) König Victor Emanuel III., Hafen

Fh) Albanerin, Flusstal

Fi) Vezirsbrücke

Fk) Flugzeug, Ruinen

Fl) Bäuerinnen

Ea) König Victor Emanuel III. und Wappen

Fe–Fl) Flugzeug Savoya S-82

313	5 Q	grün	Fe	3,—	2,—
314	15 Q	karminrot	Ff	3,—	2,—
315	20 Q	blau	Fg	7,—	6,—
316	50 Q	dunkelbraun	Fh	11,—	7,—
317	1 Fr	dunkelgrüngrau	Fi	11,—	11,—
318	2 Fr	schwarz	Fk	25,—	22,—
319	3 Fr	dunkelviolettpurpur	Fl	40,—	38,—

Eilmarken

320	25 Q	violett	Ea	15,—	12,—
321	50 Q	orangerot	Ea	25,—	22,—
			Satzpreis (9 W.)	140,—	120,—

Auflagen: MiNr. 313–319 je 20.000, MiNr. 320 = ca. 40.000, MiNr. 321 = 50.000 Stück

1942, April. Drei Jahre Königreich in Personalunion mit Italien. RaTdr.; gez. K 14:14¼.

as) König Victor Emanuel III.

322	5 Q	dunkelgrün	as	3,50	2,50
323	10 Q	dunkelbraun	as	3,50	3,—
324	15 Q	karminrot	as	3,50	2,50
325	25 Q	dunkelultramarin	as	3,50	2,50
326	65 Q	dunkelrotbraun	as	12,—	10,—
327	1 Fr	schwarzgrün	as	12,—	10,—
328	2 Fr	schwarzlila	as	12,—	10,—
			Satzpreis (7 W.)	50,—	40,—

Auflage: 25.000 Sätze

1942, Aug. Freimarke. MiNr. 299 mit Aufdruck.

329

329	**1 Q**	auf 2 Q bräunlicholiv	(299)	4,—	3,—

1943, 1. April. Tuberkulosebekämpfung. RaTdr.; gez. K 14.

at) Mutter an der Wiege ihres Kindes

330	5 Q	+ 5 Q dunkelgrün	at	3,—	3,—
331	10 Q	+ 10 Q olivbraun	at	3,—	3,—
332	15 Q	+ 10 Q karmin	at	3,—	3,—
333	25 Q	+ 15 Q dunkelultramarin	at	3,—	3,—
334	30 Q	+ 20 Q blauviolett	at	3,—	3,—
335	50 Q	+ 25 Q orangerot	at	3,—	3,—
336	65 Q	+ 30 Q schwarz	at	4,—	4,—
337	1 Fr	+ 40 Q braun	at	8,—	8,—
			Satzpreis (8 W.)	30,—	30,—

Auflagen: MiNr. 330 = 320.000, MiNr. 331 = 220.000, MiNr. 332 = 120.000, MiNr. 333 = 70.000, MiNr. 334 = 60.000, MiNr. 335 = 50.000, MiNr. 336 = 45.000, MiNr. 337 = 40.000 Stück

MiNr. 330–333 mit Aufdruck: MiNr. 375–378

MiNr. 338–358 entfallen.

Ausgaben während der Zeit unter deutscher Besetzung siehe MICHEL-Deutschland.

Selbständige Republik

1945, 10. Jan. Freimarken. MiNr. 300–309 mit schwarzem bzw. rotem Bdr.-Aufdruck „QEVERIJA / DEMOKRAT. / E SHQIPERISE / 22–X–1944“ und neuer Wertstufe.

362

359	**0.30 (Fr)**	auf 3 Q braun	(300) S	7,50	15,—
360	**0.40 (Fr)**	auf 5 Q grün	(301) S	7,50	15,—
361	**0.50 (Fr)**	auf 10 Q dunkelbraun	(302) S	7,50	15,—
362	**0.60 (Fr)**	auf 15 Q rot	(303) S	7,50	15,—
363	**0.80 (Fr)**	auf 25 Q blau	(304) R	7,50	15,—
364	**1 Fr**	auf 30 Q violett	(305) R	7,50	15,—
365	**2 Fr**	auf 65 Q karminbraun	(307) S	7,50	15,—
366	**3 Fr**	auf 1 Fr schwarzgrün	(308) S	7,50	15,—
367	**5 Fr**	auf 2 Fr braunkarm	(309) S	7,50	15,—
			Satzpreis (9 W.)	65,—	130,—

Bei MiNr. 366–367 lautet die 2. Zeile des Aufdrucks: DEMOKRATIKE

1945, 10. Juli. 2 Jahre Volksarmee. MiNr. 217–218, 223 und 225 mit zweifarbigem Bdr.-Aufdruck (roter Stern, schwarze Inschrift „1943 1945 / U.N.ÇL.SHQ. / 10 KORRIK“ und neue Wertstufe).

372

374

368	**0.30 Fr**	auf 1 Q schwarz	(217)	5,—	7,50
369	**0.60 Fr**	auf 1 Q schwarz	(217)	5,—	7,50
370	**0.80 Fr**	auf 1 Q schwarz	(217)	5,—	7,50
371	**1 Fr**	auf 1 Q schwarz	(217)	10,—	15,—
372	**2 Fr**	auf 2 Q rotorange	(218)	12,—	17,—
373	**3 Fr**	auf 50 Q dunkelgrün	(223)	25,—	32,—
374	**5 Fr**	auf 2 Fr indigo	(225)	30,—	50,—
			Satzpreis (7 W.)	90,—	130,—
			FDC		160,—

1945, 4. Mai. Rotes Kreuz. MiNr. 330–333 mit rotem Bdr.-Aufdruck „QEVERIJA DEMOK. E SHQIPERIS / JAVA E K.K.SHQIPTAR / 4–11 MAJ 1945“ und der neuen Wertstufe.

375

375	**0.30 Fr**	**+ 0.15 (Fr)** auf 5 Q + 5 Q dunkelgrün	(330)	10,—	15,—
376	**0.50 Fr**	**+ 0.25 (Fr)** auf 10 Q + 10 Q olivbraun	(331)	10,—	15,—
377	**1 Fr**	**+ 0.50 (Fr)** auf 15 Q + 10 Q karmin	(332)	25,—	32,—
378	**2 Fr**	**+ 1 (Fr)** auf 25 Q + 15 Q dunkelultramarin	(333)	35,—	45,—
			Satzpreis (4 W.)	75,—	100,—

1945, 28. Nov./1946, April. Freimarken: Ereignisse. Bdr.; A = gez. L 11½, C = gez. L 11¼.

av) Labinot (1.9.1943)

aw) Berat (22.10.1943)

ax) Përmet (Mai 1944)

A = gez. L 11½ (28.11.1945)

379	**A**	0.20 Fr	blaugrün	av	0,70	1,70
380	**A**	0.30 Fr	orange	av	1,—	2,50
381	**A**	0.40 Fr	sepia	aw	1,—	2,50
382	**A**	0.60 Fr	rotviolett	aw	1,50	3,50
383	**A**	1 Fr	rot	ax	3,50	7,50

384 A	3 Fr	schwarzblau	ax	30,—	30,—
		Satzpreis A (6 W.)		37,—	46,—

C = gez. L 11¼ (April 1946)

379 C	0.20 Fr	blaugrün	av	0,70	1,70
380 C	0.30 Fr	orange	av	1,—	2,50
381 C	0.40 Fr	sepia	aw	1,—	2,50
382 C	0.60 Fr	rotviolett	aw	1,50	3,50
383 C	1 Fr	rot	ax	3,50	7,50
384 C	3 Fr	schwarzblau	ax	30,—	30,—
		Satzpreis C (6 W.)		37,—	46,—

MiNr. 379 A–384 A wurden in Belgrad gedruckt, MiNr. 379 C–384 C in Durrës. Die Zähnung von MiNr. 379 C–384 C ist von deutlich minderer Qualität.

Mit Aufdruck: MiNr. 385–390, 396–401, 402–407

Volksrepublik

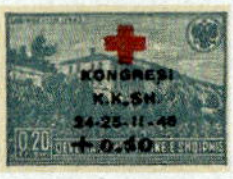

1946, 16. Juli. Kongress des Roten Kreuzes. MiNr. 379–384 mit Bdr.-Aufdruck eines roten Kreuzes und schwarzer Inschrift „KONGRESI / K.K.SH. / 24–25-II-46“ und dem Zuschlagswert.

385

385	0.20 Fr **+ 0.10 (Fr)** blaugrün	(379 C)	22,—	35,—
386	0.30 Fr **+ 0.15 (Fr)** orange	(380 C)	22,—	35,—
387	0.40 Fr **+ 0.20 (Fr)** sepia	(381 C)	22,—	35,—
388	0.60 Fr **+ 0.30 (Fr)** rotviolett	(382 C)	22,—	35,—
389	1 Fr **+ 0.50 (Fr)** rot	(383 C)	22,—	35,—
390	3 Fr **+ 1.50 (Fr)** schwarzblau	(384 C)	22,—	35,—
		Satzpreis (6 W.)	120,—	200,—

1946, 8. März. Internationaler Frauenkongress. Bdr. A = gez. L 11½, B = □; o.G.

ay) Globus, Friedenstaube

A = gez. L 11½

391 A	0.20 Fr	rotlila/rot	ay	0,90	1,50
392 A	0.40 Fr	dunkelrotlila/rot	ay	1,70	2,—
393 A	0.50 Fr	violett/rot	ay	3,40	3,—
394 A	1 Fr	hellblau/rot	ay	7,—	6,—
395 A	2 Fr	dunkelblau/rot	ay	8,50	10,—
		Satzpreis A (5 W.)		20,—	22,—

B = □

391 B	0.20 Fr	rotlila/rot	ay	0,50	1,50
392 B	0.40 Fr	dunkelrotlila/rot	ay	1,—	2,—
393 B	0.50 Fr	violett/rot	ay	2,—	3,—
394 B	1 Fr	hellblau/rot	ay	4,—	6,—
395 B	2 Fr	dunkelblau/rot	ay	5,—	10,—
		Satzpreis B (5 W.)		12,—	22,—

FALSCH

1946, 10. Jan. Verfassunggebende Nationalversammlung. MiNr. 379–384 mit Bdr.-Aufdruck „ASAMBLEJA / KUSHTETUESE / 10 KALLNUER 1946“.

400

396	0.20 Fr	blaugrün	(379 A)	1,50	2,—
397	0.30 Fr	orange	(380 A)	2,—	2,50
398	0.40 Fr	sepia	(381 A)	2,50	3,—
399	0.60 Fr	rotviolett	(382 A)	4,—	5,—
400	1 Fr	rot	(383 A)	15,—	18,—
401	3 Fr	schwarzblau	(384 A)	25,—	30,—
		Satzpreis (6 W.)		50,—	60,—

FALSCH

1946, 1. Juli. Ausrufung der Volksrepublik. MiNr. 379–384 mit Bdr.-Aufdruck „REPUBLIKA POPULLORE / E / SHQIPËRISË“.

402

402	0.20 Fr	blaugrün	(379 C)	1,—	1,50
403	0.30 Fr	orange	(380 C)	1,50	2,—
404	0.40 Fr	sepia	(381 C)	2,50	4,—
405	0.60 Fr	violett	(382 C)	5,—	7,50
406	1 Fr	rot	(383 C)	15,—	20,—
407	3 Fr	schwarzblau	(384 C)	25,—	30,—
		Satzpreis (6 W.)		50,—	65,—

Mit weiterem Aufdruck: MiNr. 442–447

1946, 6. Okt. Balkanspiele, Tirana. RaTdr.; gez. K 11½.

az) Leichtathleten

408	1 Q	schwarzblaugrün	az	15,—	12,—
409	2 Q	hellgrün	az	15,—	12,—
410	5 Q	braun	az	15,—	12,—
411	10 Q	lilakarmin	az	15,—	12,—
412	20 Q	blau	az	15,—	12,—
413	40 Q	lila	az	15,—	12,—
414	1 Fr	rotorange	az	35,—	35,—
		Satzpreis (7 W.)		120,—	110,—

1947, 5. Mai. 5. Todestag von Qemal Stafa. Stdr.; A = gez. 12¾:11½.

ba) Qemal Stafa (1920–1942), Freiheitskämpfer

415 A	20 Q	dunkellilabraun/bräunlichgelb	ba	12,—	15,—
416 A	28 Q	dunkelblau/hellblau	ba	12,—	15,—
417 A	40 Q	schwarz/grau	ba	12,—	15,—
		Satzpreis (3 W.)		35,—	45,—
		FDC			70,—

Blockausgabe, B = □ mit aufgedruckter Zähnung, o.G.

				(✶)	⊙
415 B	20 Q	dunkellilabraun/bräunlichgelb	ba	—,—	—,—
416 B	28 Q	dunkelblau/hellblau	ba	—,—	—,—
417 B	40 Q	schwarz/grau	ba	—,—	—,—
Block 4		(179×209 mm)	bb	130,—	150,—
		FDC			160,—

1947, 16. Mai. Bau der Eisenbahnlinie Durrës–Elbasan. Stdr.; A = gez. K 11½, C = gez. K 12½, D = gez. K 13:12½.

bc) Albanische Jugend beim Bahnbau

				✶✶	⊙
418 A	1 Q	schwarz/graubraun	bc	5,—	1,70
419	4 Q	dunkelgrün/grün	bc		
A		gez. K 11½		5,—	1,70
C		gez. K 12½		—,—	—,—
D		gez. K 13:12½		—,—	
420 A	10 Q	braunschwarz/hellbraun	bc	5,—	2,—
421 A	15 Q	dunkelrot/rot	bc	5,—	2,—
422	20 Q	blaugrau/grau	bc		
A		gez. K 11½		10,—	2,50
C		gez. K 12½		—,—	—,—
D		gez. K 13:12½		—,—	
423	28 Q	dunkelblau/blau	bc		
A		gez. K 11½		15,—	3,—
C		gez. K 12½		—,—	—,—
424	40 Q	braunviolett/lila	bc		
A		gez. K 11½		40,—	18,—
C		gez. K 12½		—,—	—,—
D		gez. K 13:12½		—,—	

425	68 Q dunkelrotbraun/orangebraun	bc		
A	gez. K 11½		36,—	30,—
C	gez. K 12½		—,—	—,—
		Satzpreis A (8 W.)	120,—	60,—

1947, 10. Juli. 4. Jahrestag der Gründung der albanischen Volksarmee. Stdr.; gez. L 11½.

bd) Partisanenkongress Hashim Zenelis (1942)

be) Enver Hoxha und Vasil Shanto (1942) bf) Brigade Vithkuq (1943) bg) Vojo Kushi (1942)

426	16 Q orangebraun/dunkelbraun	bd	10,—	10,—
427	20 Q hellbraun/schwarzbraun	be	10,—	10,—
428	28 Q hellblau/dunkelblau	bf	10,—	10,—
429	40 Q hellviolett/dunkelviolett	bg	10,—	10,—
		Satzpreis (4 W.)	40,—	40,—

Neue Währung: Lek

1947, 16. Sept. Konferenz von Peza. RaTdr.; gez. L 11 ½.

bh) Ruinen des Konferenzgebäudes

430	2 L lila	bh	6,50	7,50
431	2.50 L blau	bh	8,—	7,50
		Satzpreis (2 W.)	14,—	15,—

1947, 7. Nov. Kongress der Kriegsinvaliden. RaTdr.; gez. K 12¾:11½.

bi) Kämpfer und Invalide

432	1 L rot	bi	17,—	15,—

1947, 17. Nov. Einführung der Bodenreform. RaTdr.; gez. K 11½:12¾.

bk

bl bm bn

bk–bn) Einführung der Bodenreform

433	1.50 L braunviolett	bk	9,—	10,—
434	2 L sepia	bl	9,—	10,—
435	2.50 L graublau	bm	9,—	10,—
436	3 L karminrot	bn	9,—	10,—
		Satzpreis (4 W.)	35,—	40,—

		✱✱
433 U–436 U	ungezähnt	300,—

1947, 29. Nov. Dritter Jahrestag der Befreiung. RaTdr.; gez. K 11½:12¾.

bo bp bq

br bs

bo–bs) Befreiungskämpfe

			✱✱	⊙
437	1.50 L rot	bo	5,—	5,—
438	2.50 L braunlila	bp	5,—	5,—
439	5 L graublau	bq	10,—	8,—
440	8 L violett	br	15,—	12,—
441	12 L sepia	bs	25,—	20,—
		Satzpreis (5 W.)	60,—	50,—

		✱✱
437 U–441 U	ungezähnt	360,—

1948, 22. Febr. Freimarken. MiNr. 402–407 mit Bdr.-Aufdruck der neuen Wertstufe in Lek-Währung.

442

			✱✱	⊙
442	**0.50 L** auf 0.30 Fr orange	(403)	0,50	0,70
443	**1 L** auf 0.20 Fr blaugrün	(402)	1,—	1,20
444	**2.50 L** auf 0.60 Fr rotviolett	(405)	2,50	3,50
445	**3 L** auf 1 Fr rot	(406)	3,50	4,50
446	**5 L** auf 3 Fr schwarzblau	(407)	7,50	7,50
447	**12 L** auf 0.40 Fr sepia	(404)	20,—	20,—
		Satzpreis (6 W.)	35,—	36,—

1948, 1. Juni. Bau der Eisenbahnlinie Durrës–Tirana. Odr. gez. L 11½.

bt) Zug, Landkarte und Bahnarbeiter

448	0.50 L weinrot/braunkarmin	bt	2,50	1,50
449	1 L grün/grünlichschwarz	bt	2,50	1,70
450	1.50 L rosa/dunkelrot	bt	4,—	2,50
451	2.50 L hellbraun/schwarzbraun	bt	6,—	3,20
452	5 L blau/schwarzblau	bt	10,—	6,—
453	8 L bräunlichorange/ schwarzbraun	bt	17,—	10,—
454	12 L purpur/schwarzlila	bt	20,—	12,—
455	20 L olivgrau/schwarz	bt	40,—	25,—
		Satzpreis (8 W.)	100,—	60,—

1948, 10. Juli. 5. Jahrestag der Gründung der albanischen Volksarmee. Odr.; gez. L 11½.

bu) Enver Hoxha und Kämpfer auf dem Marsch bv) Kampfszene

456	2.50 L rötlichbraun	bu	5,—	5,—
457	5 L dunkelblau	bu	7,—	7,—

458	8 L	schwarzviolett	bv	13,—	10,—
		Satzpreis (3 W.)		25,—	22,—

	★★
456 U-458 U ungezähnt	220,—

1949, 1. Mai. Tag der Arbeit. RaTdr.; gez. 12½:12.

bw) Maurer, Welktkugel und Fahne

				★★	⊙
459	2.50 L	dunkelbraun	bw	1,50	2,50
460	5 L	blau	bw	3,—	4,—
461	8 L	braunkarmin	bw	5,50	6,50
		Satzpreis (3 W.)		10,—	12,—
		FDC			17,—

1949, 10. Juli. 6. Jahrestag der Gründung der albanischen Volksarmee. RaTdr.; gez. 12½:12.

bx) Soldat und Karte Albaniens

462	2.50 L	braun	bx	1,50	2,50
463	5 L	blau	bx	3,—	4,—
464	8 L	gelbbraun	bx	5,50	7,50
		Satzpreis (3 W.)		10,—	14,—

1949, 10. Sept. Monat der albanisch-sowjetischen Freundschaft. RaTdr.; gez. 12½:12.

by) Albaner in Nationaltracht und Kreml in Moskau, Inschrifttafel

465	2.50 L	braunkarmin	by	1,50	2,50
466	5 L	ultramarin	by	3,50	5,—
		Satzpreis (2 W.)		5,—	7,50

1949, 16. Okt. Freimarken: Staatspräsident Enver Hoxha. StTdr.; gez. 12½.

bz) Enver Hoxha (1908–1985)

467	0.50 L	dunkellila	bz	0,50	0,30
468	1 L	russischgün	bz	0,50	0,30
469	1.50 L	karmin	bz	0,90	0,30
470	2.50 L	braun	bz	1,70	0,30
471	5 L	ultramarin	bz	3,40	1,—
472	8 L	grauschwarz	bz	7,—	3,—
473	12 L	rotlila	bz	17,—	5,—
474	20 L	graublau	bz	20,—	7,—
		Satzpreis (8 W.)		50,—	17,—

	★★
467 U-474 U ungezähnt	450,—

1949, 29. Nov. 5. Jahrestag der Befreiung. RaTdr.; gez. 12½:12.

ca) Soldat mit Freiheitsfahne

cb) Straßenkampf

				★★	⊙
475	2.50 L	braun	ca	1,—	1,50
476	3 L	braunrot	cb	6,—	3,—
477	5 L	violett	ca	3,—	4,—
478	8 L	schwarz	cb	6,—	7,50
		Satzpreis (4 W.)		16,—	16,—

1949, 21. Dez. 70. Geburtstag von Jossif Stalin. RaTdr.; gez. 12½:12.

cc) Jossif Stalin (1879–1953), sowjetischer Revolutionär und Politiker

479	2.50 L	braun	cc	1,—	2,—
480	5 L	ultramarin	cc	2,50	3,50
481	8 L	lilarot	cc	6,50	8,50
		Satzpreis (3 W.)		10,—	14,—

1950, 1. Juli. 75 Jahre Weltpostverein (UPU). RaTdr.; gez. K 12½:12.

cd) Postbote, Flugzeug, Globus, Eisenbahn

482	5 L	blau	cd	2,50	6,50
483	8 L	braunkarmin	cd	5,—	9,—
484	12 L	braunschwarz	cd	10,—	17,—
		Satzpreis (3 W.)		17,—	32,—

1950, 5. Nov. Albanische Schriftsteller und Dichter. RaTdr.; gez. 14.

ce) Sami Frashëri (1850–1904)

cf) Andon Zako Çajupi (1866–1930)

cg) Naim Frashëri (1846–1900)

ch) Kostandin Kristoforidhi (1830–1895)

485	2 L	dunkelgrün	ce	1,50	1,50
486	2.50 L	rotbraun	cf	2,—	2,50
487	3 L	rot	cg	4,—	5,—
488	5 L	blau	ch	5,—	6,—
		Satzpreis (4 W.)		12,—	15,—

✈ **1950, 15. Dez. Landschaften.** StTdr.; gez. 12¼.

ci) Vuno (Südalbanien)

ck) Festung Rozafa (in Shkodra)

cl) Festung Butrint

ci–cl) Flugzeug Douglas DC-3 „Dakota"

489	0.50 L	schwarz	ci	0,70	1,—
490	1 L	lilabraun	ck	3,—	1,—
491	2 L	ultramarin	cl	1,50	2,—

492	5	L	dunkelgrün	ci	6,—	4,—
493	10	L	trübblau	ck	15,—	12,—
494	20	L	tiefviolett	cl	30,—	22,—
			Satzpreis (6 W.)		55,—	42,—

MiNr. 491–493 mit Aufdruck: MiNr. 521–522, 523–524

1950, 25. Dez. 6. Jahrestag der Befreiung: Im Kampf gefallene Volkshelden. StTdr.; gez. 13½.

cm) Haxhija, Lezhe, Gjybegej, Mezi, Dedej

cn) Zeneli, Demi, Karafili, Hakali, Vokshi

co) Shenu, Faja, Curre, Hatohiti, Doci

cp) Rexhepi, Bako, Kushi, Collaku, Mame

cr) Qemal Stafa, Vasil Shanto

495	2	L	dunkelgrün	cm	1,—	1,—
496	2.50	L	violett	cn	1,50	1,50
497	3	L	lebhaftrot	co	3,—	3,—
498	5	L	blau	cp	5,—	5,—
499	8	L	braun	cr	10,—	10,—
			Satzpreis (5 W.)		20,—	20,—

1951, 11. Jan. 5 Jahre Sozialistische Republik. StTdr.; gez. 14.

cs) Wappen und Fahnen

500	2.50	L	lilarot	cs	2,—	3,—
501	5	L	blau	cs	4,—	6,—
502	8	L	violettschwarz	cs	6,50	9,—
			Satzpreis (3 W.)		12,—	17,—

1951, 1. März. 483. Todestag von Skanderbeg. StTdr.; gez. 14.

ct) Gjergj Kastrioti, genannt Skanderbeg (1405–1468), Feldherr und Nationalheld

503	2.50	L	braun	ct	2,—	2,50
504	5	L	blauviolett	ct	4,—	5,—
505	8	L	gelboliv	ct	6,50	7,50
			Satzpreis (3 W.)		12,—	15,—

1951, 24. Mai. 7. Jahrestag des Unabhängigkeits-Kongresses von Permet. RaTdr.; gez. 12.

cu) Enver Hoxha bei einer Rede

506	2.50	L	sepia	cu	1,—	1,50
507	3	L	braunkarmin	cu	1,—	2,—
508	5	L	blau	cu	2,50	3,50
509	8	L	lilaviolett	cu	4,50	6,—
			Satzpreis (4 W.)		9,—	12,—
			FDC			17,—

1951, 16. Juli. Internationaler Tag des Kindes. RaTdr.; gez. 12.

cv) Kind und Weltkugel

cw) Kleinkind auf der Waage

510	2	L	grün	cv	2,50	2,—
511	2.50	L	braun	cw	3,50	2,50
512	3	L	rot	cw	4,50	3,—
513	5	L	graublau	cv	7,—	3,50
			Satzpreis (4 W.)		17,—	11,—

1951, 8. Nov. 10 Jahre Kommunistische Partei Albaniens. RaTdr.; gez. 14.

cx) Parteigründer Enver Hoxha und Gründungshaus

514	2.50	L	gelbbraun	cx	0,70	1,—
515	3	L	karminbraun	cx	0,70	1,30
516	5	L	dunkelblau	cx	1,60	2,—
517	8	L	grauschwarz	cx	3,—	3,20
			Satzpreis (4 W.)		6,—	7,50

1951, 28. Nov. 10 Jahre Albanische Kommunistische Jugendorganisation. RaTdr.; gez. 14.

cy) Partisanenjugend im Kampf

cz) Arbeitende Jugend

da) Qemal Stafa (1920 bis 1942), Nako Spiru (1918–1947), Misto Mame (1921–1942), Alqi Kondi (1925–1945)

518	2.50	L	sepia	cy	1,—	1,50
519	5	L	blau	cz	2,—	2,50
520	8	L	rosalila	da	4,50	5,—
			Satzpreis (3 W.)		7,50	9,—

✈ 1952, 26. Dez. Flugpostmarken. MiNr. 491–492 mit rotem Aufdruck.

521

521	**0.50 (L)** auf 2 L ultramarin	(491)	220,—	180,—
522	**2.50 (L)** auf 5 L dunkelgrün	(492)	340,—	190,—
	Satzpreis (2 W.)		550,—	360,—

FALSCH

✈ 1953, 14. März. MiNr. 492–493 mit schwarzem Aufdruck.

523

523	**0.50 (L)** auf 5 L dunkelgrün	(492)	45,—	34,—
524	**2.50 (L)** auf 10 L trübblau	(493)	55,—	42,—
	Satzpreis (2 W.)		100,—	75,—

FALSCH

1953, 1. Aug. Freimarken: Wiederaufbau. RaTdr.; gez. K 11¾:12¼, Hochformat ~.

db) Tabakwerk in Shkodra, Tabakpflanze

dc) Kavaje-Kanal

dd) Mädchen mit Baumwolle; Textilfabrik, Fier

de) Mädchen mit Zuckerrüben, Zuckerraffinerie, Maliq

df) Filmstudio Tirana

dg) Mädchen vor Spinnmaschine im Textilwerk „Stalin", Tirana

dh) Wasserkraftwerk „Lenin", Tirana

di) Staudamm eines Wasserkraftwerkes

525	0.50 L	rotbraun	db	0,50	0,30
526	1 L	russischgrün	dc	2,—	0,30
527	2.50 L	dunkelbraun	dd	1,—	0,50
528	3 L	braunkarmin	de	1,50	1,—
529	5 L	grauultramarin	df	4,50	1,50
530	8 L	schwarzoliv	dg	5,—	2,—
531	12 L	dunkelrötlichlila	dh	7,50	3,—
532	20 L	schiefer	di	7,—	6,50
			Satzpreis (8 W.)	28,—	15,—

			✶✶
529 Uu	unten ungezähnt		—,—

1954, 29. Nov. 10. Jahrestag der Befreiung. RaTdr.; gez. K 12:12½.

dk) Jubelnde Soldaten und Zivilisten zwischen Fahnen

				✶✶	⊙
533	0.50 L	purpurviolett	dk	0,30	0,30
534	1 L	dunkelolivgrün	dk	0,70	0,70
535	2.50 L	dunkelgelbbraun	dk	1,—	1,—
536	3 L	karmin	dk	2,—	2,—
537	5 L	schwarzblau	dk	3,—	3,—
538	8 L	karminbraun	dk	5,—	5,—
			Satzpreis (6 W.)	12,—	12,—

1956, 23. Febr. 70. Jahrestag der Eröffnung der 1. albanischen Schule. RaTdr.; gez. K 12:12½.

dl) Schulgebäude, Korçë

dm) Pandeli Sotiri (1843–1892), Petro Nini Luarasi (1864–1911), Nuçi Naçi (1870–1927)

539	2 L	purpur	dl	0,50	0,50
540	2.50 L	dunkelolivgrün	dm	0,70	1,—
541	5 L	hellkobalt	dm	2,—	2,—
542	10 L	grünblau	dl	7,—	3,50
			Satzpreis (4 W.)	10,—	7,—

1957, 1. Juni. 15 Jahre Albanische Arbeiterpartei. StTdr.; gez. K 11½.

dn) Zahl 15 umgeben von Fahnen und Schriftband

do) Gebäude des Zentralkomitees der Albanischen Arbeiterpartei

dp) Karl Marx (1818 bis 1883) und Wladimir Lenin (1870–1924)

543	2.50 L	dunkelbraun	dn	0,50	0,50
544	5 L	violettultramarin	do	1,50	0,70
545	8 L	purpur	dp	2,—	2,80
			Satzpreis (3 W.)	4,—	4,—

1957, 4. Okt. 4. Weltgewerkschaftskongress, Leipzig. StTdr.; gez. K 11¾:11½.

dr) Kongressemblem

546	2.50 L	braunviolett	dr	0,50	0,30
547	3 L	karminrot	dr	0,50	0,30
548	5 L	indigo	dr	0,50	0,40
549	8 L	dunkelgrün	dr	2,50	3,—
			Satzpreis (4 W.)	4,—	4,—

1957, 7. Nov. 40. Jahrestag der Oktoberrevolution. RaTdr.; gez. L 10¾.

ds) Lenin, Fahnen und Kreuzer „Aurora"

550	2.50 (L)	karminbraun	ds	1,—	0,50
551	5 (L)	blauviolett	ds	2,50	1,50
552	8 (L)	schwarzgrau	ds	2,50	2,—
			Satzpreis (3 W.)	6,—	4,—

		✶✶
551 Uo	oben ungezähnt	—,—
551 Ur	rechts ungezähnt	—,—
551 Uu	unten ungezähnt	—,—
551 Ul	links ungezähnt	—,—

1957, 28. Nov. 45. Jahrestag der Unabhängigkeit. Odr.; gez. K 10¾.

dt) Soldat mit Fahne in Eichenkranz

				✶✶	⊙
553	1.50 (L)	lilapurpur	dt	0,50	0,50
554	2.50 (L)	dunkelbraun	dt	1,—	0,50
555	5 (L)	dunkelblau	dt	1,50	1,50
556	8 (L)	grün	dt	4,—	2,—
			Satzpreis (4 W.)	7,—	4,50

1958, 1. Febr. Naum Veqilharxhi. Odr.; gez. L 10¾.

du) Naum Veqilharxhi (1767–1846), Rechtsanwalt und Erfinder eines eigenen albanischen Alphabets

557	2.50 L	lilabraun	du	0,50	0,50
558	5 L	dunkelviolettblau	du	1,50	0,50
559	8 L	purpur	du	4,—	2,—
			Satzpreis (3 W.)	6,—	3,—

1958, 15. April. Luigi Gurakuqi. Odr.; gez. L 10¾.

dv) Luigj Gurakuqi (1879–1925), Schriftsteller und Politiker

560	1.50	L	schwarzblaugrün	dv	0,50	0,30
561	2.50	L	dunkelbraun	dv	0,50	0,40
562	5	L	blau	dv	0,50	0,50
563	8	L	violettbraun	dv	3,—	1,30
			Satzpreis (4 W.)		4,50	2,50

Gültig bis 15.6.1958

1958, 1. Juli. 50. Jahrestag des Kampfes in Mashkullorë. Odr.; gez. L 10¾.

dw) Cerciz Topulli (1880–1915) und Mihal Grameno (1871–1931), Freiheitskämpfer

dx) Dorf Mashkullorë

564	2.50	L	olivbraun	dw	0,50	0,30
565	3	L	dunkelgrün	dx	0,50	0,30
566	5	L	grünlichblau	dw	1,50	1,—
567	8	L	rotbraun	dx	2,50	1,50
			Satzpreis (4 W.)		5,—	3,—

Gültig bis 31.8.1958

1958, 10. Juli. 15 Jahre albanische Volksarmee. Odr.; gez. L 10¾.

dy) Kampfszene

dz) Soldaten von Luftwaffe, Marine und Heer vor Panzer und Flugzeugen

568	1.50	L	dunkelblaugrün	dy	0,30	0,30
569	2.50	L	lilabraun	dz	0,30	0,30
570	8	L	karminrot	dy	1,—	0,90
571	11	L	lebhaftgrünlichblau	dz	2,50	2,—
			Satzpreis (4 W.)		4,—	3,50

Gültig bis 10.9.1958

1959, 25. Jan. Kulturwoche. Odr.; gez. L 10¾.

ea) Apollo-Kopf (4. Jh. v. Chr.); Amphitheater in Butrint (3. Jh. v. Chr.)

572	2.50	L	lilabraun	ea	0,60	0,50
573	6.50	K	blaugrün	ea	1,80	1,—
574	11	L	ultramarin	ea	3,60	2,—
			Satzpreis (3 W.)		6,—	3,50

Gültig bis 25.3.1959

1959, 1. Juli. 10 Jahre Weltfriedensbewegung. Odr.; gez. L 10¾.

eb) Frédéric Joliot-Curie (1900–1958), französischer Physiker; Atommodell und Friedenstaube

575	1.50	L	lebhaftrot	eb	2,—	0,80
576	2.50	L	bläulichviolett	eb	4,—	2,20
577	11	L	kobalt	eb	10,—	7,50
			Satzpreis (3 W.)		16,—	10,—

1959, 20. Nov. 1. Nationale Spartakiade. Odr.; gez. L 10¾.

ec) Basketballspieler

ed) Fußballspieler

ee) Läufer

ef) Läuferpaar mit Fackel

578	1.50	L	bläulichviolett	ec	1,—	0,50
579	2.50	L	smaragdgrün	ed	1,—	0,50
580	5	L	lilarot	ee	2,—	1,40
581	11	L	lebhaftviolettultramarin	ef	6,—	5,50
			Satzpreis (4 W.)		10,—	7,50

Gültig bis 31.1.1960

1959, 29. Nov. 15. Jahrestag der Befreiung. Odr.; A = gez. L 10¾.

eg) Soldat mit Gewehr und Fahne

eh) Bergmann mit Presslufthammer vor Industriewerk

ei) Bäuerin mit Getreidegarbe

ek) Wissenschaftler mit Messinstrument und Mikroskop

582	**A**	1.50	L	karmin	eg	1,—	1,50
583	**A**	2.50	L	karminbraun	eh	1,50	2,40
584	**A**	3	L	blaugrün	ei	2,—	3,—
585	**A**	6.50	L	bräunlichrot	ek	3,50	5,50
				Satzpreis A (4 W.)		8,—	12,—

Blockausgabe, B = ☐

582	**B**	1.50	L	karmin	eg	—,—	—,—
587	**B**	2.50	L	karmin	eh	—,—	—,—
588	**B**	3	L	karmin	ei	—,—	—,—
589	**B**	6.50	L	karmin	ek	—,—	—,—
Block 5				(141×96 mm)	el	10,—	15,—

Gültig bis 31.12.1959

MiNr. 586 entfällt.

1959, 5. Dez. 10. Jahrestag der Allgemeinen Erklärung der Menschenrechte. Odr.; A = gez. L 10¾.

em) Mutter mit Kind, aufgeschlagenes Buch und UNO-Emblem

590	**A**	5	L	hellgrünlichblau/grünlichblau	em	5,—	3,—
					FDC		9,—

Blockausgabe, B = ☐

590	**B**	5	L	hellgrünlichblau/grünlichblau	em	—,—	—,—
Block 6				(72×65 mm)	en	7,—	11,—
					FDC		15,—

Gültig bis 15.1.1960

1960, 8. März. Internationaler Frauentag. Odr.; gez. L 10¾.

eo) Grüßende Frau

591	2.50	L	lilabraun	eo	1,—	0,50
592	11	L	lilapurpur	eo	3,50	1,50
			Satzpreis (2 W.)		4,50	2,—
				FDC		6,50

Gültig bis 8.5.1960

1960, 25. März. 40. Jahrestag des Kongresses von Lushnjë. Odr.; gez. L 10¾.

ep) Kongressgebäude

593 2.50 L sepia .... ep 0,70 0,50
594 7.50 L dunkelblau .... ep 1,80 1,50
Satzpreis (2 W.) 2,50 2,—
FDC 4,—

Gültig bis 31.5.1960

1960, 20. April. 80. Geburtstag von Alexander Moissi. Odr. (10×10); gez. L 10¾.

er) Alexander Moissi (1880–1935), Schauspieler

595 3 L lilabraun .... er 0,50 0,50
596 11 L schwarzblaugrün .... er 2,— 1,—
Satzpreis (2 W.) 2,50 1,50
FDC 3,50

Gültig bis 20.6.1960

1960, 22. April. 90. Geburtstag von Wladimir Lenin. Odr.; gez. L 10¾.

es) Wladimir Lenin (1870–1924), russischer Revolutionär und Politiker

597 4 L grünlichblau .... es 2,— 0,70
598 11 L rotlila .... es 4,50 2,40
Satzpreis (2 W.) 6,50 3,—
FDC 17,—

Gültig bis 23.6.1960

1960, 5. Mai. 80 Jahre Gesellschaft zur Erforschung der albanischen Sprache. Odr.; gez. L 10¾.

et) Pashko Vasa (1825–1892)

eu) Jani Vreto (1822–1900)

ev) Sami Frashëri (1850–1904)

ew) Statut der Gesellschaft

599 1 L dunkeloliv .... et 0,50 0,50
600 1.50 L braun .... eu 0,50 0,50
601 6.50 K hellblau .... ev 1,50 0,70
602 11 L hellrot .... ew 4,50 3,—
Satzpreis (4 W.) 7,— 4,50
FDC 11,—

Gültig bis 30.6.1960

1960, 12. Mai. 15 Jahre Grenzwache. Odr.; gez. L 10¾.

ex) Soldat auf Posten

603 1.50 L karmin .... ex 0,50 0,80
604 11 L grünlichblau .... ex 2,50 2,40
Satzpreis (2 W.) 3,— 3,—

Gültig bis 15.7.1960

1960, 14. Mai. 15 Jahre Volkspolizei. Odr.; gez. L 10¾.

ey) Volkspolizist und Familie vor Freiheitsdenkmal, Tirana

605 1.50 L dunkelgrün .... ey 0,50 0,80
606 8.50 L dunkelbraun .... ey 3,50 2,40
Satzpreis (2 W.) 4,— 3,—
FDC 5,50

Gültig bis 15.7.1960

1960, 30. Mai. 50. Jahrestag der Gründung der ersten albanischen Normalschule in Elbasan. Odr.; gez. L 10¾.

ez) Schule in Elbasan

607 5 L dunkelsmaragdgrün .... ez 2,— 1,50
608 6.50 L violett .... ez 2,— 1,50
Satzpreis (2 W.) 4,— 3,—

Gültig bis 31.7.1960

1960, 2. Aug. 40. Jahrestag der Schlacht von Vlora. Odr.; gez. L 10¾.

fa) Soldat, Geschütz

609 1.50 L dunkelolivbraun .... fa 0,50 0,50
610 2.50 L braunlila .... fa 1,— 1,—
611 5 L preußischblau .... fa 2,— 1,—
Satzpreis (3 W.) 3,50 2,50
FDC 6,50

★★
610 Uu unten ungezähnt .... —,—

Gültig bis 30.9.1960

1960, 18. Aug. 2. Jahrestag des Düsenluftverkehrs Tirana–Moskau. Odr.; gez. L 10¾.

fb) Düsenflugzeug TU 104 über Uhrenturm von Tirana und Kreml-Turm, Moskau

★★ ⊙
612 1 L lilabraun .... fb 1,— 0,40
613 7.50 L grünblau .... fb 3,50 2,—
614 11.50 L hellgrau .... fb 7,50 3,60
Satzpreis (3 W.) 12,— 6,—
FDC 16,—

Gültig bis 18.10.1960

1960, 11. Nov. 15 Jahre Weltvereinigung der Demokratischen Jugend. Odr.; gez. L 10¾.

fc) Emblem

615 1.50 L ultramarin .... fc 0,50 0,50
616 8.50 L bräunlichrot .... fc 2,— 1,50
Satzpreis (2 W.) 2,50 2,—

Gültig bis 10.1.1961

1960, 5. Dez. 60. Geburtstag von Ali Kelmendi. Odr.; gez. L 10¾.

fd) Ali Kelmendi (1900–1936), Politiker

617	1.50 L	braunoliv	fd	0,50	0,50
618	11 L	graulila	fd	2,—	1,50
			Satzpreis (2 W.)	2,50	2,—
			FDC		3,50

Gültig bis 5.2.1961

1961, 10. Jan. 15 Jahre albanisch-sowjetische Freundschaft. Odr.; gez. L 10¾.

fe) Händedruck vor albanischer und sowjetischer Fahne

619	2 L	blauviolett	fe	0,50	0,50
620	8 L	karminbraun	fe	2,—	1,50
			Satzpreis (2 W.)	2,50	2,—

Gültig bis 10.3.1961

1961, 13. Febr. 4. Kongress der albanischen Arbeiterpartei. Odr.; gez. L 10¾.

ff) Marx und Lenin

621	2 L	karminrot	ff	0,50	0,50
622	8 L	lebhaftviolettultramarin	ff	2,—	1,50
			Satzpreis (2 W.)	2,50	2,—

Gültig bis 13.4.1961

1961, 28. April. Volkstrachten. Odr.; gez. L 10¾.

fg) Shkodër

fh) Shkodër

fi) Lume

fj) Mirdite

623	1 L	grünlichschwarz	fg	1,—	0,50
624	1.50 L	karminbraun	fh	1,—	0,70
625	6.50 L	lebhaftviolettultramarin	fi	4,—	1,80
626	11 L	hellrot	fj	7,—	4,50
			Satzpreis (4 W.)	13,—	7,50

1961, 25. Juni. Einheimische Tiere. Odr.; gez. L 10¾.

fk) Fischotter (Lutra lutra)

fl) Dachs (Meles meles)

fm) Braunbär (Ursus arctos)

627	2.50 (L)	indigo	fk	4,—	1,—
628	6.50 (L)	dunkelblaugrün	fl	8,—	2,—
629	11 (L)	lilabraun	fm	18,—	8,—
			Satzpreis (3 W.)	30,—	11,—
			FDC		45,—

1961, 30. Sept. Vögel. Odr. auf gefärbtem Papier; gez. K 14.

fn) Krauskopfpelikan (Pelecanus crispus)

fo) Graureiher (Ardea cinerea)

fp) Seidenreiher (Egretta garzetta)

630	1.50 (L)	karmin auf hellrosa	fn	5,—	1,—
631	7.50 (L)	blauviolett auf hellgrünlichblau	fo	7,—	3,—
632	11 (L)	karminbraun auf hellrosa	fp	13,—	3,50
			Satzpreis (3 W.)	25,—	7,50
			FDC		26,—

1961, 27. Okt. Blumen. Odr.; gez. K 14.

fq) Alpenveilchen (Cyclamen persicum)

fr) Forsythie (Forsythia europaea)

fs) Türkenbundlilie (Lilium martagon)

633	1.50 (L)	lebhaftgrünlichblau/lila	fq	2,—	0,50
634	8 (L)	lebhaftviolett/rotorange	fr	7,—	2,50
635	11 (L)	smaragdgrün/karmin	fs	9,—	3,—
			Satzpreis (3 W.)	18,—	6,—

1961, 30. Okt. 50. Geburtstag von Millosh Gjergj Nikolla. Odr.; gez. K 14.

ft) Millosh Gjergj Nikolla (1911–1938), Dichter

636	0.50 (L)	dunkelkarminbraun	ft	0,50	0,50
637	8.50 (L)	schwarzgrün	ft	3,50	1,50
			Satzpreis (2 W.)	4,—	2,—

1961, 8. Nov. 20 Jahre Albanische Kommunistische Jugendorganisation. Odr.; gez. K 14.

fu) Fahne mit Marx und Lenin vor XX; Menschenansammlung

638	2.50 (L)	hellrot	fu	1,—	0,50
639	7.50 (L)	braunlila	fu	4,—	1,50
			Satzpreis (2 W.)	5,—	2,—

1961, 23. Nov. 20 Jahre Partei der Arbeit Albaniens. Odr.; gez. K 14.

fv) Arbeiter und Bäuerin mit Fahne auf Zahl „XX“, aufgehende Sonne

640	2.50 (L)	violettblau	fv	1,—	0,50
641	7.50 (L)	mattpurpur	fv	3,—	2,—
			Satzpreis (2 W.)	4,—	2,50

1962, 15. Febr. 1. bemannter sowjetischer Raumflug mit „Wostok 1“. Odr.; gez. K 14.

fw) Jurij Gagarin (1934–1968)

642	0.50 (L)	kobalt	fw	1,—	1,50
643	4 (L)	lila	fw	4,—	4,50
644	11 (L)	schwarzoliv	fw	10,—	11,—
		Satzpreis (3 W.)		15,—	17,—

Mit Aufdruck: MiNr. 647–649

1962, 28. Febr. 50. Todestag von Petro Nini Luarasi. Odr.; gez. K 14.

fx) Petro Nini Luarasi (1865–1911), Pädagoge und Publizist

645	0.50 (L)	dunkelgrünblau	fx	0,50	0,50
646	8.50 (L)	braunoliv	fx	4,50	1,50
		Satzpreis (2 W.)		5,—	2,—

✈ 1962, 20. März. MiNr. 642–644 mit Rasterpunktaufdruck in Gelb über das ganze Markenbild und Aufdruck „POSTA AJRORE“ in Violettpurpur oder Schwarz.

647

a = Aufdruck violettpurpur

647 a	0.50 (L)	kobalt/gelb	(642)	*20,—*	*50,—*
648 a	4 (L)	lila/gelb	(643)	*20,—*	*50,—*
649 a	11 (L)	schwarzoliv/gelb	(644)	*20,—*	*50,—*
		Satzpreis a (3 W.)		*60,—*	*150,—*

b = Aufdruck schwarz

647 b	0.50 (L)	kobalt/gelb	(642)	*100,—*	*170,—*
648 b	4 (L)	lila/gelb	(643)	*100,—*	*170,—*
649 b	11 (L)	schwarzoliv/gelb	(644)	*100,—*	*170,—*
		Satzpreis b (3 W.)		*300,—*	*500,—*

Auflagen: MiNr. 647 a–649 a = 16.000, MiNr. 647 b–649 b = 1.000 Sätze

1962, 30. April. Kampf gegen die Malaria. Odr.; A = gez. K 14, B = ☐.

fy) WHO-Emblem, Stechmücke

650 A	1.50 L	dunkelblaugrün	fy	0,50	0,30
651 A	2.50 L	bräunlichkarmin	fy	0,50	0,30
652 A	10 L	lebhaftviolett	fy	1,50	1,—
653 A	11 L	preußischblau	fy	1,50	1,—
		Satzpreis A (4 W.)		4,—	2,50
		FDC A			4,—
		Satzpreis B (4 W.)		35,—	25,—
		FDC B			30,—

Blockausgabe mit MiNr. 650–653

Block 7 A	(90×106 mm), gez.	fz	30,—	*100,—*
Block 7 B	(90×106 mm), ☐	fz	30,—	*100,—*
	2 FDC			*130,—*

	✶✶
Block 7 Ur rechts ungezähnt (MiNr. 651 und 653)	—,—

1962, 10. Mai. Heilpflanzen. Odr.; A = gez. K 14, B = ☐.

ga) Echte Kamille (Matricaria chamomilla)
gb) Silberlinde (Tilia tomentosa)
gc) Salbei (Salvia officinalis)

					✶✶	⊙
654 A	0.50 L	mehrfarbig	ga	0,50	0,50
655 A	8 L	mehrfarbig	gb	2,—	1,—
656 A	11.50 L	mehrfarbig	gc	3,50	1,50
		Satzpreis A (3 W.)		6,—	3,—
		Satzpreis B (3 W.)		45,—	50,—

1962, 31. Mai. Olympische Sommerspiele 1964, Tokio (I). Odr.; A = gez. K 14, B = ☐.

gd) Wasserspringen

ge) Stabhochsprung
gf) Olympische Fackel, Berg Fuji
gg) Speerwerfen
gh) Kugelstoßen

657 A	0.50 L	grünblau/grauschwarz	gd	0,30	0,30
658 A	2.50 L	braunocker/dunkelbraun	ge	0,30	0,30
659 A	3 L	türkisblau/grauschwarz	gf	0,40	0,30
660 A	9 L	lilapurpur/violettpurpur	gg	2,—	1,30
661 A	10 L	dunkeloliv/grauschwarz	gh	2,—	1,30
		Satzpreis A (5 W.)		5,—	3,50
		Satzpreis B (5 W.)		50,—	85,—

Blockausgabe

gj

gi) Olympische Fackel, Berg Fuji

662	15 L	türkisblau/dunkelbraun	gi	—,—	—,—
Block 8 A		(81×63 mm), gez.	gj	35,—	55,—
Block 8 B		(81×63 mm), ☐	gj	35,—	55,—

Auflagen: MiNr. 657 A–661 A = 80.000, MiNr. 657 B–661 B = 10.000 Sätze, Bl. 8 A und B je 10.000 Blocks

1962, 28. Juni. Weltraumforschung (I). Odr.; gez. K 14.

gk) Weltkugel, „Sputnik 1“ auf Erdumlaufbahn

gl) Weltraumhund „Laika“, „Sputnik 2“

gm) Raketenflugzeug, Sonne

gn) Mond-Foto-Sonde „Lunik 3“ über Mond

663	0.50	(L)	blauviolett/gelborange	gk	0,50	1,—
664	1	(L)	dunkelblaugrün/braun	gl	1,—	1,50
665	1.50	(L)	karminrosa/chromgelb	gm	1,50	4,—
666	20	(L)	purpur/kobalt	gn	10,—	16,—
			Satzpreis (4 W.)		13,—	22,—
			FDC			26,—

Blockausgabe

gp

go) Phantasie-Rakete vor Teil der Weltkugel

667	14 (L)	chromgelb/ockerbraun	go	—,—	—,—
Block 9		(101×76 mm)	gp	60,—	75,—
		FDC			90,—

Postpreis von Bl. 9: 20 L

1962, 28. Juni. Weltraumforschung (II). MiNr. 663–667/Bl. 9 in geänderten Farben. Odr.; □.

gk) Weltkugel, „Sputnik 1“ auf Erdumlaufbahn

gl) Weltraumhund „Laika“, „Sputnik 2“

gm) Raketenflugzeug, Sonne

gn) Mond-Foto-Sonde „Lunik 3“ über Mond

668	0.50	(L)	blauviolett/hellorangerot	gk	—,—	—,—
669	1	(L)	dunkelolivgrün/braun	gl	—,—	—,—
670	1.50	(L)	karmin/orangegelb	gm	—,—	—,—
671	20	(L)	orangerot/blau	gn	—,—	—,—
			Satzpreis (4 W.)		65,—	75,—
			FDC			90,—

Blockausgabe

gp

go) Phantasie-Rakete vor Teil der Weltkugel

672	14 (L)	rot/braun	go	—,—	—,—
Block 10		(101×76 mm)	gp	60,—	75,—
		FDC			90,—

Postpreis von Bl. 10: 20 L

1962, 31. Juli. Fußballweltmeisterschaft, Chile (I). Odr.; gez. K 14.

gq) Fußballspieler, Ball im Tornetz

gr) Fußballspieler, Fußball als Erdkugel

673	1	(L)	orange/bräunlichviolett	gq	0,50	0,50
674	2.50	(L)	gelblichgrün/dunkelblaugrün	gr	1,—	1,50
675	6.50	(L)	hellbraun/mattpurpur	gq	1,—	2,—
676	15	(L)	dunkelblaugrün/karminbraun	gr	2,50	3,—
			Satzpreis (4 W.)		5,—	7,—

Blockausgabe

gt

gs) Fußballspieler, Fußball als Erdkugel

677	20 L	mehrfarbig	gs	—,—	—,—
Block 11		(82×66 mm)	gt	60,—	75,—

Auflage: 50.000 Sätze

1962, 31. Juli. Fußballweltmeisterschaft, Chile (II). MiNr. 673–677/Bl. 11 in geänderten Farben. Odr.; □.

gq) Fußballspieler, Ball im Tornetz

gr) Fußballspieler, Fußball als Erdkugel

678	1	(L)	violettblau/violett	gq	3,—	6,—
679	2.50	(L)	braun/dunkelblaugrün	gr	7,—	13,—
680	6.50	(L)	violett/dunkelkarminbraun	gq	10,—	19,—

681	15 (L) ocker/braunkarmin	gr	20,—	38,—
	Satzpreis (4 W.)		40,—	75,—

Blockausgabe

gt

gs) Fußballspieler, Fußball als Erdkugel

682 20 L	hellachsfarben/rotbraun	gs	—,—	—,—
Block 12	(82×66 mm)	gt	60,—	75,—

1962, 29. Aug. Europa (I). Odr.; gez. K 14.

gu) Europakarte mit Albanien

gv) Göttin von Butrint (Marmorstatue, 4. Jh. v. Chr.); Adriakarte mit Albanien

683	0.50 (L) mehrfarbig	gu	0,50	1,—
684	1 (L) hellblau/dunkelviolett/karmin	gv	1,—	2,50
685	2.50 (L) hellkobalt/bräunlichviolett/karmin	gv	8,—	14,—
686	11 (L) mehrfarbig	gu	11,—	28,—
	Satzpreis (4 W.)		20,—	45,—
	FDC			50,—

Blockausgabe

687 7 (L)	mehrfarbig	gu	—,—	—,—
688 8 (L)	hellblau/dunkelviolett/karmin	gv	—,—	—,—
Block 13	(82×63 mm)	gw	40,—	75,—
	FDC			80,—

Auflagen: MiNr. 683–686 = 50.000 Sätze, Bl. 13 = 10.000 Blocks

1962, 29. Aug. Europa (II). MiNr. 683–688/Bl. 13 in geänderten Farben. Odr.; □.

gu) Europakarte mit Albanien

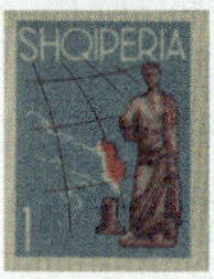

gv) Göttin von Butrint (Marmorstatue, 4. Jh. v. Chr.); Adriakarte mit Albanien

689	0.50 (L) lilagrau/dunkelkarmin/gelb	gu	1,—	1,50
690	1 (L) grünblau/dunkelviolett/karmin	gv	3,—	5,—
691	2.50 (L) hellblauviolett/bräunlichviolett/karmin	gv	10,—	20,—
692	11 (L) hellgrau/dunkelkarmin/gelb	gu	16,—	50,—
	Satzpreis (4 W.)		30,—	75,—
	FDC			80,—

Blockausgabe

693 7 (L)	violettgrau/karmin/gelb	gu	—,—	—,—
694 8 (L)	violettgrau/karmin	gv	—,—	—,—
Block 14	(81×62 mm)	gw	40,—	75,—
	FDC			80,—

Auflagen: MiNr. 689–692 = 10.000 Sätze, Bl. 14 = 10.000 Blocks

1962, Sept. Trachten. Odr.; A = gez. L 14, B = □.

gx) Dardhe

gy) Devoll

gz) Lunxheri

ha) Gjirokaster

695 A	0.50 L türkisblau/karminrot	gx	0,50	0,30
696 A	1 L dunkelchrom/karminbraun	gy	0,50	0,50
697 A	2.50 L gelboliv/blauviolett	gz	1,50	1,20
698 A	14 L hellbläulichgrün/orangebraun	ha	7,50	3,50
	Satzpreis A (4 W.)		10,—	5,50
	Satzpreis B (4 W.)		60,—	60,—

1962, 24. Okt. Tiere (I). Odr.; gez. K 14.

hb) Gämse (Rupicapra rupicapra)

hc) Luchs (Lynx lynx)

hd) Wildschwein (Sus scrofa)

he) Reh (Capreolus capreolus)

699	0.50 (L) dunkelgrüngrau/dunkelviolett	hb	0,50	0,50
700	1 (L) hellorange/schwarz	hc	2,—	1,—
701	1.50 (L) lilabraun/braunschwarz	hd	2,50	1,50
702	15 (L) helloliv/karminbraun	he	22,—	5,—
	Satzpreis (4 W.)		27,—	7,50

Blockausgabe

hg

hf) Reh (Capreolus capreolus)

703 20 (L)	helloliv/rotbraun	hf	—,—	—,—
Block 15	(73×88 mm)	hg	*250,—*	*250,—*

1962, 24. Okt. Tiere (II). MiNr. 699–703/Bl. 15 in geänderten Farben. Odr.; □.

hb) Gämse (Rupicapra rupicapra)

hc) Luchs (Lynx lynx)

hd) Wildschwein (Sus scrofa)

he) Reh (Capreolus capreolus)

704	0.50 (L)	braunoliv/dunkelkarminbraun	hb	–,–	–,–
705	1 (L)	orange/schwarz	hc	–,–	–,–
706	1.50 (L)	hellorangebraun/braunschwarz	hd	–,–	–,–
707	15 (L)	smaragdgrün/violettpurpur	he	–,–	–,–
		Satzpreis (4 W.)		110,–	110,–

Blockausgabe

hg

hf) Reh (Capreolus capreolus)

708	20 (L) maigrün/rotbraun	hf	–,–	–,–
Block 16	(73×88 mm)	hg	*250,–*	*300,–*

1962, 28. Nov. 50 Jahre Unabhängigkeit (I). Odr.; gez. K 14.

hh) Steinadler (Aquila chrysaetos)

hi) Ismail Qemali (1844–1919)

hj) Steinadler über Buchstaben „RPSH“

709	1 L	bräunlichrot/rotbraun	hh	0,50	0,50
710	3 L	orangebraun/schwarz	hi	2,50	1,–
711	16 (L)	rotlila/schwarz/grau	hj	4,–	3,50
		Satzpreis (3 W.)		7,–	5,–

1962, 28. Nov. 50 Jahre Unabhängigkeit (II). MiNr. 709–711 in geänderten Farben. Odr.; ☐.

hh) Steinadler (Aquila chrysaetos)

hi) Ismail Qemali (1844–1919)

hj) Steinadler über Buchstaben „RPSH“

712	1 L	lila/rotbraun	hh	18,–	20,–
713	3 L	lebhaftviolett/schwarz	hi	18,–	20,–
714	16 (L)	karmin/schwarz/grau	hj	20,–	20,–
		Satzpreis (3 W.)		55,–	60,–

1963, 5. Jan. 45. Jahrestag der Oktoberrevolution. Odr.; gez. K 14.

hk) Revolutionsdenkmal

hl) Lenindenkmal

715	5 (L)	gelborange/dunkelgrauviolett	hk	1,20	0,70
716	10 (L)	ziegelrot/braunschwarz	hl	2,80	1,80
		Satzpreis (2 W.)		4,–	2,50

1963, 25. Jan. 100 Jahre Rotes Kreuz (I). Odr.; gez. K 14.

hm) Henri Dunant (1828–1910), Gründer des Roten Kreuzes; Globus mit rotem Kreuz; Krankenschwester

717	1.50 L	purpur/schwarz/rot	hm	0,50	0,50
718	2.50 L	lebhaftgrünlichblau/schwarz/rot	hm	1,–	0,50
719	6 L	gelbgrün/schwarz/rot	hm	2,50	1,–
720	10 L	gelbocker/schwarz/rot	hm	4,–	2,50
		Satzpreis (4 W.)		8,–	4,50

1963, 25. Jan. 100 Jahre Rotes Kreuz (II). MiNr. 717–720 in geänderten Farben. Odr.; ☐.

hm) Henri Dunant (1828–1910), Gründer des Roten Kreuzes; Globus mit rotem Kreuz; Krankenschwester

721	1.50 L	hellblauviolett/schwarz/rot	hm	–,–	–,–
722	2.50 L	blaugrün/schwarz/rot	hm	–,–	–,–
723	6 L	gelblichgrün/schwarz/rot	hm	–,–	–,–
724	10 L	hellblau/schwarz/rot	hm	–,–	–,–
		Satzpreis (4 W.)		60,–	60,–

1963, 2. Febr. 20. Jahrestag der Schlacht von Stalingrad. Odr.; gez. K 14.

hn) Kampfszene, Stalin im Medaillon

ho) Flugzeuge, Soldat, Panzer mit Leninfahne, militärische Karte

725	8 (L)	schwarzblaugrün/grünlichschwarz	hn	10,–	4,–

✈ Flugpostmarke

726	7 (L)	dunkelbläulichgrün/lilapurpur	ho	10,–	4,–
		Satzpreis (2 W.)		20,–	8,–

1963, 28. Febr. Gruppenflug der Raumkapseln „Wostok 3“ und „Wostok 4“ (I). Odr.; gez. K 14.

hp) Andrijan Nikolajew (1929–2004), Kosmonaut; Trägerrakete

hq) „Wostok 3“ und „Wostok 4“, Erdkugel mit Flugbahnen

hr) Pawel Popowitsch (1930–2009), Kosmonaut; Raumkapseln

727	2.50 (L)	violettblau/dunkellilabraun	hp	0,50	0,50
728	7.50 (L)	türkisblau/braunschwarz	hq	1,50	1,–
729	20 (L)	blauviolett/dunkellilabraun	hr	4,–	3,50
		Satzpreis (3 W.)		6,–	5,–

Blockausgabe

ht

hs) Andrijan Nikolajew und Pawel Popowitsch, Raumkapseln „Wostok 3“ und „Wostok 4“ im Orbit

730	25	(L)	violettblau/dunkellilabraun	hs	–,–	–,–
Block 17			(88×73 mm)	ht	40,–	40,–

1963, 28. Febr. Gruppenflug der Raumkapseln „Wostok 3“ und „Wostok 4“ (II). MiNr. 727–730/Bl. 17 in geänderten Farben. Odr.; ☐.

hp) Andrijan Nikolajew (1929–2004), Kosmonaut; Trägerrakete

hq) „Wostok 3“ und „Wostok 4“, Erdkugel mit Flugbahnen

hr) Pawel Popowitsch (1930–2009), Kosmonaut; Raumkapseln

731	2.50	(L)	violettultramarin/dunkellilabraun ..	hp	–,–	–,–
732	7.50	(L)	schwarzblaugrün/braunschwarz ..	hq	–,–	–,–
733	20	(L)	lebhaftviolettultramarin/dunkellilabraun	hr	–,–	–,–
			Satzpreis (3 W.)		40,–	40,–
			FDC			50,–

Blockausgabe

ht

hs) Andrijan Nikolajew und Pawel Popowitsch, Raumkapseln „Wostok 3“ und „Wostok 4“ im Orbit

734	25	(L)	lebhaftviolettultramarin/dunkellilabraun	hs	–,–	–,–
Block 18			(88×73 mm)	ht	40,–	45,–

1963, 20. März. Insekten. Odr.; gez. K 14.

hu) Walker (Polyphylla fullo)

hv) Hirschkäfer (Lucanus cervus)

hw) Riesen-Laufkäfer (Carabus gigas)

hx) Albanischer Sandlaufkäfer (Cicindela hybrida albanica)

735	0.50	(L)	grauoliv/dunkelbraun	hu	1,20	0,50
736	1.50	(L)	blau/lilabraun	hv	2,–	1,–
737	8	(L)	braunrot/dunkelviolett	hw	8,50	2,50
738	10	(L)	grünlichgelb/schwarz	hx	11,–	3,60
			Satzpreis (4 W.)		22,–	7,50

1963, 20. März. 20 Jahre Staatsicherheitsdienst. Odr.; gez. K 14.

hy) Frauengestalt mit Staatswappen dekoriert Soldaten

739	2.50	(L)	mehrfarbig	hy	1,–	1,–
740	7.50	(L)	mehrfarbig	hy	3,50	2,50
			Satzpreis (2 W.)		4,50	3,50

1963, 20. April. Vögel. Odr.; gez. K 14.

hz) Haubentaucher (Podiceps cristatus)

ia) Steinadler (Aquila chrysaetos)

ib) Rebhuhn (Perdix perdix)

ic) Auerhuhn (Tetrao urogallus)

741	0.50	(L)	mehrfarbig	hz	1,50	0,30
742	3	(L)	mehrfarbig	ia	3,–	0,60
743	6.50	(L)	mehrfarbig	ib	7,50	1,60
744	11	(L)	mehrfarbig	ic	10,–	2,50
			Satzpreis (4 W.)		22,–	5,–

1963, 5. Mai. 50 Jahre albanische Briefmarken. Odr.; gez. K 14.

id) Marke MiNr. 1

ie) Marken MiNr. 24, 254 und 711

745	5	(L)	mehrfarbig	id	2,–	0,50
746	10	(L)	mehrfarbig	ie	3,50	2,–
			Satzpreis (2 W.)		5,50	2,50

Auflage: 40.000 Sätze

1963, 25. Mai. Olympische Sommerspiele 1964, Tokio (II). Odr.; A = gez. K 12½:12, B = ☐.

if) Boxer, Boxhandschuhe

ig) Basketballkörbe, Ball

ih) Volleyball, Spielszene

ii) Radrennfahrer, Teil eines Rades

ik) Turner am Reck

747	**A**	2 (L)	hellorangegelb/dkl'blaugrau/orangebraun	if	0,60	*1,—*
748	**A**	3 (L)	dkl'chrom/preußischblau/hellbraun	ig	0,70	*2,—*
749	**A**	5 (L)	mattkobalt/schwarzlila/braun	ih	1,20	*3,—*
750	**A**	6 (L)	dkl'violettbraun/dkl'grün/braunschwarz	ii	1,50	*5,—*
751	**A**	9 (L)	gelboliv/blauviolett	ik	2,50	*8,—*
			Satzpreis A (5 W.)		6,50	*19,—*
			Satzpreis B (5 W.)		15,—	*45,—*

Blockausgabe

im

752 A	15 (L)	mehrfarbig	il	—,—	—,—
Block 19 A		(61×82 mm)	im	15,—	26,—
752 B	15 (L)	mehrfarbig	il	—,—	—,—
Block 19 B		(61×82 mm)	im	15,—	26,—

Auflagen: MiNr. 747 A–751 A = 80.000, MiNr. 747 B–751 B = 17.000 Sätze, Bl. 19 A und B je 17.000 Blocks

1963, 10. Juli. 20 Jahre Volksarmee. Odr.; gez. K 12½:11¾.

in) Enver Hoxha (1908–1985); Gebäude

io) Soldat mit Gewehr, Wachboot, Flugzeuge

ip) Soldaten im Angriff

ir) Soldat mit Gewehr, Industriebetrieb, Bulldog

753	1.50 (L)	braunrot/braunschwarz/hellorangegelb	in	0,50	0,50
754	2.50 (L)	grauultramarin/ockerbraun/lilabraun	io	1,—	1,—
755	5 (L)	blaugrün/schwarz/olivgrau	ip	1,50	1,50
756	6 (L)	orangebraun/dunkelblau/mattbraun	ir	2,—	2,—
		Satzpreis (4 W.)		5,—	5,—

Auflage: 30.000 Sätze

1963, 30. Juli. Sowjetische Kosmonauten. Odr.; A = gez. K 12¼:11¾, B = □.

is) Jurij Gagarin (1934–1968)

it) German Titow (1935–2000)

iu) Andrijan Nikolajew (1929–2004)

iv) Pawel Popowitsch (1930–2009)

iw) Walerij Bykowskij (*1934)

ix) Walentina Tereschkowa (*1937)

757	**A**	3 L	mehrfarbig	is	1,—	0,40
758	**A**	5 L	mehrfarbig	it	1,—	0,50
759	**A**	7 L	mehrfarbig	iu	1,50	0,50
760	**A**	11 L	mehrfarbig	iv	3,—	1,—
761	**A**	14 L	mehrfarbig	iw	4,50	1,50
762	**A**	20 L	mehrfarbig	ix	7,—	3,60
			Satzpreis A (6 W.)		18,—	7,50
			Satzpreis B (6 W.)		50,—	60,—
			FDC B			120,—

Auflagen: MiNr. 757 A–762 A = 90.000, MiNr. 757 B–762 B = 30.000 Sätze

1963, 31. Aug. Europameisterschaften (I). Odr.; gez. K 12¼:12½.

iy) Volleyball

iz) Gewichtheben

ka) Fußball

kb) Boxen

kc) Rudern

763	2 (L)	gelboliv/schwarz/orangerot	iy	0,50	0,30
764	3 (L)	karmin/schwarz/gelbbraun	iz	0,50	0,50
765	5 (L)	gelblichgrün/schwarz/gelblichorange	ka	1,—	1,—
766	7 (L)	mittelpurpur/schwarz/gelbgrün	kb	2,—	1,20
767	8 (L)	blau/schwarz/lilarosa	kc	4,—	1,50
		Satzpreis (5 W.)		8,—	4,50

Auflage: 100.000 Sätze

1963, 31. Aug. Europameisterschaften (II). MiNr. 763–767 in geänderten Farben. Odr.; □.

iy) Volleyball

iz) Gewichtheben

ka) Fußball

kb) Boxen

kc) Rudern

768	2 (L)	dunkelolivgrün/schwarz/orangerot	iy	—,—	—,—
769	3 (L)	karminlila/schwarz/gelbbraun	iz	—,—	—,—
770	5 (L)	gelbgrün/schwarz/gelborange	ka	—,—	—,—
771	7 (L)	karminlila/schwarz/gelbgrün	kb	—,—	—,—

772	8 (L)	hellblauviolett/schwarz/lilarosa	kc	—,—	—,—
		Satzpreis (5 W.)		35,—	55,—

Auflage: 30.000 Sätze

1963, 29. Sept. Schmetterlinge. Odr.; gez. K 12¼:12½.

kd) Segelfalter (Iphiclides podalirius)

ke) Russischer Bär (Callimorpha quadripunctaria)

kf) Zitronenfalter (Gonepteryx rhamni)

kg) Totenkopf (Acherontia atropos)

kh) Aurorafalter (Anthocaris cardamines)

ki) Tagpfauenauge (Aglais io)

773	1 (L)	rot/grauschwarz/gelb	kd	0,50	0,30
774	2 (L)	blau/grauschwarz/rot	ke	1,—	0,30
775	4 (L)	lebhaftviolett/gelb/braunschwarz	kf	2,—	1,—
776	5 (L)	smaragd/lilabraun/gelb	kg	3,—	1,—
777	8 (L)	braunocker/braunschwarz/rot	kh	5,—	2,—
778	10 (L)	ultramaringrau/rotbraun	ki	6,50	3,—
		Satzpreis (6 W.)		18,—	7,50

Auflage: 100 000 Sätze

✈ 1963, 31. Okt. Lunare und interplanetare Flüge. Odr.; gez. K 12¼:11¾.

kk) Mondsonde „Lunik 1“ vor Sonne

kl) Trägerrakete der Mondsonde „Lunik 2“ fliegt Richtung Mond

km) Foto-Mondsonde „Lunik 3“, Mond-Erde-Flugbahn

kn) Stufentrennung der „Venus-Sonde“, Trägerrakete

ko) Stufentrennung der „Mars-Sonde“, Trägerrakete

779	2 (L)	mehrfarbig	kk	0,50	0,50
780	3 (L)	mehrfarbig	kl	1,—	0,50
781	5 (L)	mehrfarbig	km	1,50	0,50
782	8 (L)	mehrfarbig	kn	2,50	1,—
783	12 (L)	mehrfarbig	ko	5,—	3,50
		Satzpreis (5 W.)		10,—	6,—

Auflage: 100.000 Sätze

MiNr. 779 und 782 mit Aufdruck: MiNr. 857–858

1963, 15. Nov. Industriebauten. Odr. auf gefärbtem Papier; gez. K 14.

kp) Lebensmittelfabrik, Tirana

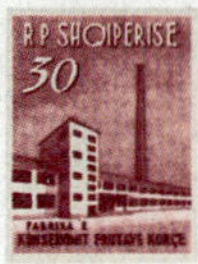

kr) Erdölraffinerie, Cërrik

ks) Konservenfabrik, Korça

kt) Kupferwerk, Kurbnesh

784	2.50 (L)	rot auf rosa	kp	1,—	0,50
785	20 (L)	russischgrün auf grünlich	kr	4,—	2,—
786	30 (L)	bräunlichlila auf bräulich	ks	10,—	5,—
787	50 (L)	braunocker auf mattgelb	kt	10,—	5,—
		Satzpreis (4 W.)		25,—	12,—

MiNr. 785–787 mit Aufdruck: MiNr. 967–972

1963, 24. Nov. 1. Kongress der SH.N.U.M. Odr.; gez. K 12¼.

ku) Emblem

788	2 L	mehrfarbig	ku	0,50	0,50
789	8 L	mehrfarbig	ku	2,—	1,50
		Satzpreis (2 W.)		2,50	2,—

1963, 10. Dez. 15. Jahrestag der Verkündung der Menschenrechte. Odr.; gez. K 12¼:11¾.

kv) Asiate, Europäer, Afrikaner

790	3 L	mattbraun/schwarz	kv	0,50	0,50
791	5 L	mattbraun/violettblau	kv	1,50	1,—
792	7 L	mattbraun/bläulichviolett	kv	2,50	2,—
		Satzpreis (3 W.)		4,50	3,50

Auflage: 20.000 Sätze

1963, 23. Dez. Olympische Winterspiele 1964, Innsbruck (I). Odr.; gez. K 14.

kw) Bobsport

kx) Skiläufer beim Aufstieg

ky) Eishockey

kz) Eiskunstlauf

793	0.50 (L)	grünblau/schwarz	kw	0,50	0,30
794	2.50 (L)	rot/grau/schwarz	kx	0,70	0,50
795	6.50 (L)	gelb/schwarz/dunkelblaugrau	ky	1,30	0,70
796	12.50 (L)	rot/gelbgrün/schwarz	kz	2,50	2,50
		Satzpreis (4 W.)		5,—	4,—
		FDC			6,50

Blockausgabe

Ib

Ia) Skispringen

797	12.50 (L)	hellblau/grüngrau/schwarz	Ia	–,–	–,–
Block 20		(56×75 mm)	Ib	28,–	50,–
			FDC		55,–

1963, 23. Dez. Olympische Winterspiele 1964, Innsbruck (II). MiNr. 793–797/Bl. 20 in etwas geänderten Farben. Odr.; □.

kw) Bobsport

kx) Skiläufer beim Aufstieg

ky) Eishockey

kz) Eiskunstlauf

798	0.50 (L)	blaugrün/schwarz	kw	–,–	–,–
799	2.50 (L)	rot/hellgrau/schwarz	kx	–,–	–,–
800	6.50 (L)	gelborange/schwarz/violettgrau	ky	–,–	–,–
801	12.50 (L)	rot/gelblichgrün/schwarz	kz	–,–	–,–
		Satzpreis (4 W.)		85,–	120,–
		FDC			130,–

Blockausgabe

Ib

Ia) Skispringen

802	12.50 (L)	blaugrün/grüngrau/schwarz	Ia	–,–	–,–
Block 21		(56×75 mm)	Ib	60,–	100,–
			FDC		120,–

1964, 21. Jan. 40. Todestag von Wladimir Lenin. Odr.; gez. K 12¼.

Ic) Wladimir Lenin (1870–1924), russischer Revolutionär und Politiker

803	5 (L)	olivschwarz/mattbraun	Ic	1,–	0,70
804	10 (L)	olivschwarz/ocker	Ic	2,20	1,30
		Satzpreis (2 W.)		3,20	2,–

1964, 21. Jan. GANEFO-Sportspiele, Djakarta (Indonesien). Odr.; gez. K 12¼.

Id) Hürdenläufer

Ie) Läufer

If) Schütze

Ig) Basketballspieler

805	2.50 (L)	grauviolett/lebhaftviolettultramarin	Id	0,50	0,30
806	3 (L)	dunkelgraugrün/orangebraun	Ie	1,–	0,50
807	6.50 (L)	kobalt/purpur	If	1,50	1,20
808	8 (L)	hellblau/braunocker	Ig	3,–	2,–
		Satzpreis (4 W.)		6,–	4,–

1964, 26. Febr. Fische. Odr. (10×10); gez. L 14.

Ih) Atlantischer Stör (Acipenser sturio)

Ii) Goldbrasse (Sparus auratus)

Ik) Gemeine Meeräsche (Mugil cephalus)

Il) Karpfen (Cyprinus carpio)

Im) Makrele (Scomber scomber)

In) Roter Koran (Salmo trutta letnica)

809	0.50 (L)	mehrfarbig	Ih	0,50	0,40
810	1 (L)	mehrfarbig	Ii	1,–	0,40
811	1.50 (L)	mehrfarbig	Ik	1,50	0,40
812	2.50 (L)	mehrfarbig	Il	2,–	1,–
813	6.50 (L)	mehrfarbig	Im	3,–	2,–
814	10 (L)	mehrfarbig	In	5,–	3,–
		Satzpreis (6 W.)		13,–	7,–

Auflage: 60.000 Sätze

1964, 28. März. Tiere. Odr.; gez. K 12½.

Io) Eichhörnchen (Sciurus vulgaris)

Ip) Steinmarder (Martes foina)

Iq) Rotfuchs (Vulpes vulpes)

Ir) Igel (Erinaceus europaeus)

ls) Feldhase (Lepus europaeus)

lt) Goldschakal (Canis aureus)

lu) Wildkatze (Felis silvestris)

lv) Wolf (Canis lupus)

815	1 L	mehrfarbig	lo	0,50	0,30
816	1.50 L	mehrfarbig	lp	1,—	0,30
817	2 L	mehrfarbig	lq	1,—	0,30
818	2.50 L	mehrfarbig	lr	1,50	0,50
819	3 L	mehrfarbig	ls	2,—	0,80
820	5 L	mehrfarbig	lt	2,—	0,80
821	7 L	mehrfarbig	lu	4,—	0,80
822	8 L	mehrfarbig	lv	5,—	1,20
			Satzpreis (8 W.)	17,—	5,—

Auflage: 60.000 Sätze

1964, 18. Mai. Olympische Sommerspiele, Tokio (III). Odr.; gez. K 12½.

lw) Weitergabe des olympischen Feuers, griechische Säule

lx) Fackel, Weltkugeln

ly) Olympische Fahne, Sonne über Mt. Fuji, jubelnde Menschen

lz) Olympiastadion, Tokio

823	3 (L)	grauoliv/strohgelb/zitrongelb	lw	0,50	0,70
824	5 (L)	hellrot/lebhaftultramarin	lx	0,70	1,—
825	7 (L)	graublau/zitrongelb/ultramarin	ly	1,—	1,50
826	10 (L)	hellachsfarben/bläulichviolett/kobalt	lz	2,—	2,50
			Satzpreis (4 W.)	4,—	5,50
			FDC		16,—

Blockausgabe

mb

ma) Olympische Fahne, Sonne über Mt. Fuji, jubelnde Menschen

827	15 (L)	hellblau/blauviolett/ocker	ma	—,—	—,—
Block 22		(81×91 mm)	mb	25,—	40,—
			FDC		50,—

Auflagen: MiNr. 823–826 = 100.000 Sätze, Bl. 22 = 17.000 Blocks

MiNr. 826 mit Aufdruck: MiNr. 838

1964, 18. Mai. Olympische Sommerspiele, Tokio (IV). MiNr. 823–827/Bl. 22 in etwas geänderten Farben. Odr.; □.

lw) Weitergabe des olympischen Feuers, griechische Säule

lx) Fackel, Weltkugeln

ly) Olympische Fahne, Sonne über Mt. Fuji, jubelnde Menschen

lz) Olympiastadion, Tokio

828	3 (L)	dunkellilagrau/hellorangegelb/hellgrünlichgelb	lw	—,—	—,—
829	5 (L)	karminlila/lebhaftultramarin	lx	—,—	—,—
830	7 (L)	blau/zitrongelb/ultramarin	ly	—,—	—,—
831	10 (L)	hellorangebraun/bläulichviolett/kobalt	lz	—,—	—,—
			Satzpreis (4 W.)	20,—	40,—
			FDC		55,—

Blockausgabe

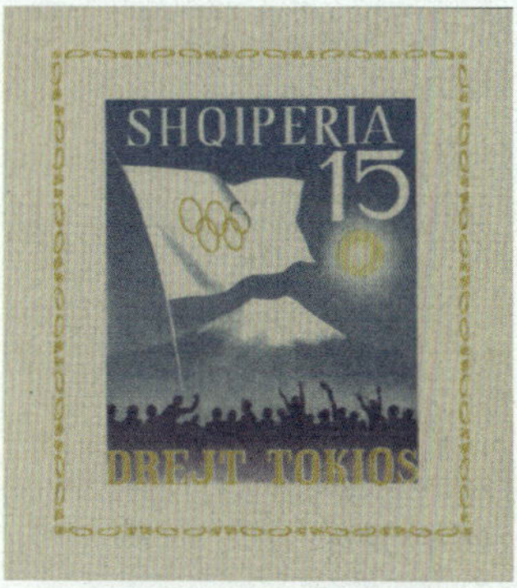

mb

ma) Olympische Fahne, Sonne über Mt. Fuji, jubelnde Menschen

832	15 (L)	blau/blauviolett/ocker	ma	–,–	–,–
Block 23		(83×94 mm)	mb	25,–	50,–
			FDC		55,–

Auflagen: MiNr. 828–831 = 17.000 Sätze, Bl. 23 = 17.000 Blocks

1964, 24. Mai. 20. Jahrestag des Unabhängigkeitskongresses von Permet. Odr.; gez. K 12½:12.

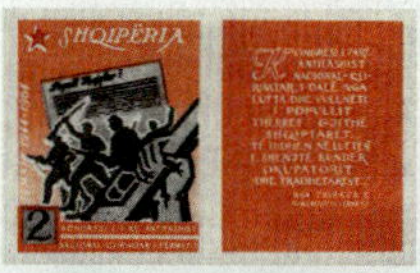

mc) Hand mit Gewehr, Partisanen, Kongressaufruf, Inschrift

md) Staatswappen Albaniens, Inschrift

me) Enver Hoxha (1908–1985), Militär und Politiker; Inschrift

833	2 (L)	lachs/braunschwarz/rot	mc	1,50	1,–
834	5 (L)	mehrfarbig	md	3,50	2,–
835	8 (L)	lilapurpur/violettschwarz/rot	me	7,50	6,–
			Satzpreis (3 W.)	12,–	9,–

Auflage: 10.000 Sätze

1964, 10. Juni. 40. Jahrestag der Revolution. Odr.; gez. K 12½:12.

mf) Revolutionäre mit Fahne, aufgehende Sonne

836	2.50 (L)	hellrot/dunkelviolettgrau	mf	0,50	0,50
837	7.50 (L)	karminlila/dunkelviolettgrau	mf	1,50	1,50
			Satzpreis (2 W.)	2,–	2,–

838

1964, 25. Juni. Internationale Sportbriefmarken-Ausstellung, Rimini. MiNr. 826 mit blauem Odr.-Aufdruck.

838	10 (L)	hellachsfarben/bläulichviolett/kobalt	(826)	9,–	8,–

Auflage: 80.000 Sück

1964, 27. Juni. Die vier Mondphasen (I). Odr.; gez. K 12½.

mg) Vollmond über Berglandschaft

mh) Zunehmender Mond über See

mi) Halbmond über Stadtsilhouette

mk) Abnehmender Mond, Wolken

839	1 (L)	violett/gelb	mg	0,30	*0,50*
840	5 (L)	hellblauviolett/gelb	mh	0,70	*1,–*
841	8 (L)	hellkobalt/gelb	mi	1,–	*2,50*
842	11 (L)	dunkelgrünblau/gelb	mk	4,–	*6,–*
			Satzpreis (4 W.)	6,–	*11,–*
			FDC		13,–

Blockausgabe, waagerecht gez. 12½

mm

ml) Neumond

843	15 (L)	lebhaftultramarin/hellorangegelb	ml	–,–	–,–
Block 24		(67×78 mm)	mm	17,–	35,–
			FDC		45,–

Auflagen: MiNr. 839–842 = 80.000 Sätze, Bl. 24 = 17.000 Blocks

1964, 27. Juni. Die vier Mondphasen (II). MiNr. 839–843/Bl. 24 in etwas geänderten Farben. Odr.; □.

mg) Vollmond über Berglandschaft

mh) Zunehmender Mond über See

mi) Halbmond über Stadtsilhouette

mk) Abnehmender Mond, Wolken

844	1 (L)	grauviolett/gelb	mg	–,–	–,–
845	5 (L)	blauviolett/gelb	mh	–,–	–,–
846	8 (L)	lebhaftviolettultramarin/gelb	mi	–,–	–,–
847	11 (L)	dunkelgraugrün/gelb	mk	–,–	–,–
			Satzpreis (4 W.)	18,–	35,–
			FDC		45,–

Blockausgabe

mm

ml) Neumond

848	15 (L)	hellblauviolett/hellorangegelb.	ml	–,–	–,–
Block 25		(67×79 mm)	mm	17,—	35,—
			FDC		45,—

Auflagen: MiNr. 844–847 = 17.000 Sätze, Bl. 25 = 17.000 Blocks

1964, 31. Juli. Vögel. Odr.; gez. K 12½.

mn) Zaunkönig (Troglodytes troglodytes)

mo) Beutelmeise (Remiz pendulinus)

mp) Grünspecht (Picus viridis)

mr) Waldbaumläufer (Certhia familiaris)

ms) Kleiber (Sitta europaea)

mt) Kohlmeise (Parus major)

mu) Stieglitz (Carduelis carduelis)

mv) Pirol (Oriolus oriolus)

849	0.5 (L)	mehrfarbig	mn	0,50	0,30
850	1 (L)	mehrfarbig	mo	1,—	0,30
851	2.5 (L)	mehrfarbig	mp	1,50	0,40
852	3 (L)	mehrfarbig	mr	2,—	0,50
853	4 (L)	mehrfarbig	ms	2,50	1,—
854	5 (L)	mehrfarbig	mt	3,—	1,—
855	6 (L)	mehrfarbig	mu	3,50	1,50
856	18 (L)	mehrfarbig	mv	8,—	3,50
			Satzpreis (8 W.)	22,—	8,50

Auflage: 60.000 Sätze

857

1964, 23. Aug. Internationale Briefmarkenausstellung, Riccione. MiNr. 779 und 782 mit violettem Odr.-Aufdruck „Riccione / 23–8-1964“.

857	2 (L)	mehrfarbig	(779)	10,—	20,—
858	8 (L)	mehrfarbig	(782)	22,—	30,—
			Satzpreis (2 W.)	32,—	50,—
			FDC		60,—

Auflage: 25.000 Sätze

1964, 25. Sept. Olympische Sommerspiele, Tokio (V). Odr.; gez. K 12½.

mw) Laufen, Kunstturnen

mx) Gewichtheben, Judo

my) Springreiten, Radrennen

mz) Fußball, Wasserball

na) Ringen, Boxen

nb) Moderner Fünfkampf, Feldhockey

nc) Schwimmen, Segeln

nd) Basketball, Volleyball

ne) Rudern, Kanusport

nf) Fechten, Schießen

859	1 (L)	gelbgrün/hellviolettblau/rosakarmin.	mw	0,30	0,30
860	2 (L)	bläulichviolett/orangebraun/ lebhaftgrünlichblau	mx	0,30	0,30
861	3 (L)	hellbraunoliv/bläulichviolett/ rotorange	my	0,30	0,30
862	4 (L)	violettblau/grünblau/braunoliv	mz	0,50	0,50
863	5 (L)	karmin/grünblau/braunlila	na	0,50	0,50
864	6 (L)	orange/ultramarin/lebhaftgrünlich-blau	nb	0,80	0,80
865	7 (L)	dunkelblau/orange/braunoliv	nc	0,80	0,80
866	8 (L)	hellgrünlichgelb/smaragd/ dunkellilagrau	nd	1,—	1,—
867	9 (L)	karminlila/kobalt/gelb	ne	1,—	1,—
868	10 (L)	blaugrün/smaragd/braunocker	nf	1,50	1,50
			Satzpreis (10 W.)	7,—	7,—

Blockausgabe; A = gez. Ks 12½, B = □

nh

ng) Siegerehrung

869 20 L dunkelgrünlichgelb/blauviolett. ng —,— —,—
Block 26 A (70×96 mm), gez. . . . . nh 18,— 30,—
Block 26 B (70×96 mm), □ . . . . nh 25,— 30,—

Auflagen: MiNr. 859–868 = 50.000 Sätze, Bl. 26 A und B je 17.000 Blocks

1964, 25. Sept. Olympische Sommerspiele, Tokio (VI). MiNr. 859–868 in etwas geänderten Farben. Odr.; □.

mw) Laufen, Kunstturnen

mx) Gewichtheben, Judo

my) Springreiten, Radrennen

mz) Fußball, Wasserball

na) Ringen, Boxen

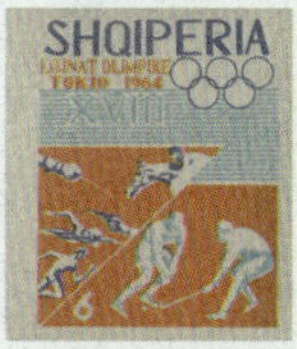

nb) Moderner Fünfkampf, Feldhockey

nc) Schwimmen, Segeln

nd) Basketball, Volleyball

ne) Rudern, Kanusport

nf) Fechten, Schießen

870 1 (L) gelbgrün/hellviolettblau/lebhaftviolett . . . . mw —,— —,—
871 2 (L) bläulichviolett/mattbraun/bläulichgrün . . . . mx —,— —,—
872 3 (L) dkl'chrom/bläulichviolett/rotorange . my —,— —,—
873 4 (L) violettblau/grünblau/hellbraunoliv . . mz —,— —,—
874 5 (L) rosakarmin/grünblau/lebhaftviolett . na —,— —,—
875 6 (L) dkl'orange/hellblauviolett/lebhaftgrünlichblau . . . . nb —,— —,—
876 7 (L) blau/rotorange/braunoliv . . . . nc —,— —,—
877 8 (L) gelb/smaragd/dkl'lilagrau . . . . nd —,— —,—
878 9 (L) rosalila/hellblauviolett/gelb . . . . ne —,— —,—
879 10 (L) blaugrün/smaragd/mattbraun . . . . . nf —,— —,—
Satzpreis (10 W.) 20,— 30,—

Auflage: 17.000 Sätze

1964, 1. Okt. 15. Jahre Volksrepublik China. Odr.; gez. K 12.

ni) Staatswappen der Volksrepublik China

nk) Mao Zedong (1893–1976), chinesischer Politiker

880 7 (L) mehrfarbig . . . . ni 5,— 3,—
881 8 (L) mehrfarbig . . . . nk 5,— 4,50
Satzpreis (2 W.) 10,— 7,50

Auflage: 12.000 Sätze

1964, 5. Nov. 100. Jahrestag der Ersten Internationale. Odr.; gez. K 12.

nl) Karl Marx (1818–1883)

nm) Gebäude, Inschrift

nn) Friedrich Engels (1820–1895)

882 2 (L) mehrfarbig . . . . nl 1,— 0,50
883 5 (L) hellgrünblau . . . . nm 3,— 1,50
884 8 (L) mehrfarbig . . . . nn 5,— 2,—
Satzpreis (3 W.) 9,— 4,—

Auflage: 20.000 Sätze

1964, 15. Nov. 150. Geburtstag von Jeronim de Rada. Odr.; gez. K 12½:12.

no) Jeronim de Rada (1814–1908), Schriftsteller

885 7 (L) schwarzgrün . . . . no 2,— 1,50
886 8 (L) dunkelviolett . . . . no 2,50 2,50
Satzpreis (2 W.) 4,50 4,—

Auflage: 20.000 Sätze

1964, 29. Nov. 20. Jahrestag der Sozialistischen Machtergreifung in Albanien. Odr.; gez. K 12.

np) Staatswappen, Blumen

nr) Fabrik

ns) Mähdrescher

nt) Chemikerin

nu) Hände mit Manifest, Hammer und Sichel

887	1 (L)	mfg.	np	0,50	*0,50*
888	2 (L)	karmin/ultramarin/hellgrünlichgelb	nr	1,—	*1,—*
889	3 (L)	karmin/karminbraun/hellgrünlichgelb	ns	1,50	*1,50*
890	4 (L)	karmin/dkl'graugrün/hellgrünlichgelb	nt	2,—	*2,—*
891	10 (L)	hellblau/hellrot/schwarz	nu	5,—	*5,—*
		Satzpreis (5 W.)		10,—	*10,—*

Auflage: 20.000 Sätze

1964, 25. Dez. Planeten im Sonnensystem (I). Odr.; gez. K 12¼.

nv) Merkur

nw) Venus

nx) Erde

ny) Mars

nz) Jupiter

oa) Saturn

ob) Uranus

oc) Neptun

od) Pluto

nv–od) Astrologisches Zeichen der Planeten

892	1 L	gelb/bläulichviolett	nv	0,30	0,30
893	2 L	karminrot/grünlichblau/gelb	nw	0,30	0,30
894	3 L	mehrfarbig	nx	0,50	0,50
895	4 L	mehrfarbig	ny	0,50	0,50
896	5 L	gelb/braunviolett/dunkelbraun	nz	1,—	1,—
897	6 L	grün/dunkelkarminbraun/gelb	oa	1,50	1,50
898	7 L	gelb/dunkelolivgrün	ob	1,70	1,70
899	8 L	gelb/blauviolett	oc	2,—	2,—
900	9 L	grün/lilaschwarz/gelb	od	2,20	2,20
		Satzpreis (9 W.)		10,—	10,—

Blockausgabe, waagerecht gez. 12¼

of

oe) Sonne mit Umlaufbahnen der Planeten, Rakete

901	15 L	mehrfarbig	oe	—,—	—,—
Block 27		(88×72 mm)	of	30,—	45,—

Auflagen: MiNr. 892–900 = 80.000 Sätze, Bl. 27 = 17.000 Blocks

1964, 25. Dez. Planeten im Sonnensystem (II). MiNr. 892–901/Bl. 27 in etwas geänderten Farben. Odr.; □.

nv) Merkur

nw) Venus

nx) Erde

ny) Mars

nz) Jupiter

oa) Saturn

ob) Uranus

oc) Neptun

od) Pluto

nv–od) Astrologisches Zeichen der Planeten

902	1 L	gelb/violett	nv	—,—	—,—
903	2 L	karminrot/dunkelgrünlichblau/gelb	nw	—,—	—,—
904	3 L	mehrfarbig	nx	—,—	—,—
905	4 L	mehrfarbig	ny	—,—	—,—
906	5 L	gelb/dunkelrötlichlila/rotbraun	nz	—,—	—,—
907	6 L	grün/karminbraun/gelb	oa	—,—	—,—
908	7 L	gelb/gelblichgrün	ob	—,—	—,—
909	8 L	gelb/hellblauviolett	oc	—,—	—,—
910	9 L	grün/dunkelbraunoliv/gelb	od	—,—	—,—
		Satzpreis (9 W.)		35,—	50,—
		FDC			90,—

Blockausgabe

of

oe) Sonne mit Umlaufbahnen der Planeten, Rakete

911	15 L	mehrfarbig	oe	—,—	—,—
Block 28		(88×72 mm)	of	30,—	45,—

Auflagen: MiNr. 902–910 = 17.000 Sätze, Bl. 28 = 17.000 Blocks

1965, 25. Jan. Früchte. Odr.; gez. K 12.

og) Esskastanie (Castanea sativa)

oh) Mispel (Mespilus germanica)

oi) Kakipflaume (Diospyros kaki)

ok) Granatapfel (Punica granatum)

ol) Quitte (Cydonia oblonga)

om) Apfelsine (Citrus sinensis)

912	1 (L)	mehrfarbig	og	0,30	0,30
913	2 (L)	mehrfarbig	oh	0,50	0,30
914	3 (L)	mehrfarbig	oi	0,70	0,30
915	4 (L)	mehrfarbig	ok	1,—	0,40
916	5 (L)	mehrfarbig	ol	2,—	0,70
917	10 (L)	mehrfarbig	om	4,—	1,20
			Satzpreis (6 W.)	8,50	3,20

Auflage: 80.000 Sätze

1965, 20. Febr. 20 Jahre Einheitsgewerkschaft. RaTdr.; gez. K 12.

on) Gerüst, Industriewerk, Emblem

oo) Winkel, Zirkel, Bücher, Emblem

op) Sonnenschirm, Wasser, Erholungsheim, Emblem

918	2 (L) schwarz/karmin/lilarosa	on	5,—	5,—
919	5 (L) braungelb/grauschwarz/violettgrau	oo	9,—	9,—
920	8 (L) schwarz/violettblau/lichtblau	op	11,—	11,—
		Satzpreis (3 W.)	25,—	25,—

Auflage: 10.000 Sätze

1965, Febr. Wasserbüffel. Odr.; gez. K 12.

or

os

ot

ou

ov

or–ov) Wasserbüffel (Bubalus arnee bubalis)

921	1 (L)	mehrfarbig	or	1,—	0,50
922	2 (L)	mehrfarbig	os	2,—	1,—
923	3 (L)	mehrfarbig	ot	3,—	1,50
924	7 (L)	mehrfarbig	ou	7,—	2,—
925	12 (L)	mehrfarbig	ov	12,—	2,50
			Satzpreis (5 W.)	25,—	7,50

Auflage: 80.000 Sätze

1965, März. Schönes Albanien. Odr.; gez. K 12½:12, Hochformate ~.

ow) Ali-Pascha-Festung bei Himara

ox) Schlangenhöhle bei Valbona

oy) Tal von Theth

oz) Weißwasserklamm bei Theth

pa) „Trockene Höhle“ von Valbona

pb) Blumensee bei Lura

926	1.50 (L)	mehrfarbig	ow	1,50	0,50
927	2.50 (L)	mehrfarbig	ox	3,50	1,—
928	3 (L)	mehrfarbig	oy	3,50	1,—
929	4 (L)	mehrfarbig	oz	4,50	1,50
930	5 (L)	mehrfarbig	pa	5,50	2,—
931	9 (L)	mehrfarbig	pb	15,—	4,—
			Satzpreis (6 W.)	32,—	10,—

Auflage: 80.000 Sätze

1965, 25. April. 20 Jahre Grenztruppen. Odr.; gez. K 11¾:12¼.

pc) Grenzsoldat mit Schäferhund, Adler

932	2.50 (L)	mehrfarbig	pc	2,—	1,—
933	12.50 (L)	mehrfarbig	pc	9,—	4,—
			Satzpreis (2 W.)	11,—	5,—

1965, 10. Mai. Europameisterschaften im Schießen, Bukarest. Odr.; gez. K 12¼.

pd) Gewehrschütze liegend

pe) Gewehrschütze stehend

pf) Schießscheibe über Europakarte

pg) Pistolenschütze

ph) Gewehrschütze kniend

934	1 (L)	mehrfarbig	pd	0,50	0,30
935	2 (L)	mehrfarbig	pe	0,50	0,30
936	3 (L)	rosalila/rosakarmin	pf	1,—	0,40
937	4 (L)	mehrfarbig	pg	2,—	0,50

938	15 (L) mehrfarbig	ph	6,—	2,50
		Satzpreis (5 W.)	10,—	4,—

1965, 17. Mai. 100 Jahre Internationale Fernmeldeunion (ITU) Odr.; gez. K 12¼:11¾

pi) Telegraphenmast, ITU-Emblem, Antennensystem

939	2.50 (L) mehrfarbig	pi	1,—	0,50
940	12.50 (L) mehrfarbig	pi	6,—	1,70
		Satzpreis (2 W.)	7,—	2,20

1965, 15. Juni. Sowjetische Kosmonauten (I). Odr.; gez. K 12¼.

pj) Pawel Beljajew (1925–1970)

pk) Raumschiff „Woschod 2“

pl) Aleksej Leonow (1934–2019)

pm) Aleksej Leonow im All

941	1.50 (L) hellkobalt/dunkelbraun	pj	0,30	0,30
942	2 (L) mehrfarbig	pk	0,30	0,30
943	6.50 (L) hellviolett/dunkelbraun	pl	0,40	0,40
944	20 (L) mehrfarbig	pm	4,—	2,50
		Satzpreis (4 W.)	5,—	3,50

Blockausgabe, waagerecht gez. K 12¼

po

pn) Aleksej Leonow im All

945	20 (L) hellblau/orangegelb/schwarz	pn	—,—	—,—
Block 29	(71×86 mm)	po	15,—	30,—

Auflagen: MiNr. 941–944 = 80.000 Sätze, Bl. 29 = 17.000 Blocks

1965, 15. Juni. Blockausgabe: Sowjetische Kosmonauten (II). MiNr. 945/Bl. 29 in etwas geänderter Farbe. Blockrandbedruckung in Gelborange. Odr.; □.

po

pn) Aleksej Leonow im All

946	20 (L) bläulichgrün/gelborange/schwarz	pn	—,—	—,—
Block 30	(71×86 mm)	po	15,—	30,—

Auflage: 17.000 Blocks

1965, 21. Juni. Postminister-Konferenz, Peking. Odr.; gez. K 12½:12.

pp) Marx und Lenin

947	2.50 (L) mehrfarbig	pp	0,80	0,50
948	7.50 (L) mehrfarbig	pp	3,20	2,—
		Satzpreis (2 W.)	4,—	2,50

Auflage: 25.000 Sätze

1965, 29. Juni. Internationaler Kindertag. Odr.; gez. K 12½:12.

pr) Mutter mit Kleinkind

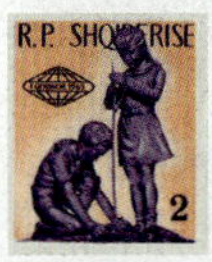

ps) Knabe und Mädchen pflanzen Bäume

pt) Knabe und Mädchen vor Bastelarbeit

pu) Kind im Sand

pv) Mädchen mit Buch

949	1 (L) mehrfarbig	pr	0,30	0,30
950	2 (L) orange/violett	ps	0,30	0,30
951	3 (L) mehrfarbig	pt	0,40	0,40
952	4 (L) mehrfarbig	pu	1,—	1,—
953	15 (L) mehrfarbig	pv	5,—	4,—
		Satzpreis (5 W.)	7,—	6,—

Auflage: 35.000 Sätze

1965, 20. Juli. Archäologie. Odr.; gez. K 12.

pw) Tongefäß (ca. 800 v. Chr.)

px) Eisenrüstung eines Kriegers (ca. 800–500 v. Chr.)

py) Chimäre aus Pferd und Drachen, Fußbodenmosaik aus Apollonia (um 300 n. Chr.)

pz) Skulptur aus Apollonia (ca. 100 n. Chr.)

ra) Apollonia (2.–3. Jhr. n. Chr.)

954	1 (L)	mehrfarbig	pw	0,30	0,30
955	2 (L)	mehrfarbig	px	0,30	0,30
956	3 (L)	mehrfarbig	py	0,40	0,40
957	4 (L)	dunkelgrün/grauoliv	pz	1,50	1,—
958	15 (L)	dunkelviolettgrau/braunlila	ra	3,50	2,—
		Satzpreis (5 W.)		6,—	4,—

1965, 11. Aug. Blumen. Odr.; gez. K 12¼.

rb) Scharlachfuchsie (Fuchsia magellanica)

rc) Alpenveilchen (Cyclamen persicum)

rd) Lilie (Lilium aurelianense)

re) Deutsche Schwertlilie (Iris germanica)

rf) Dahlie (Dahlia pinnata)

rg) Gartenhortensie (Hydrangea macrophylla)

rh) Edelrose (Rosa hybr.)

ri) Gartentulpe (Tulipa gesneriana)

959	1 (L)	mehrfarbig	rb	0,30	0,30
960	2 (L)	mehrfarbig	rc	0,70	0,30
961	3 (L)	mehrfarbig	rd	1,—	0,40
962	3.50 (L)	mehrfarbig	re	1,50	1,—
963	4 (L)	mehrfarbig	rf	1,50	1,—
964	4.50 (L)	mehrfarbig	rg	2,—	1,—
965	5 (L)	mehrfarbig	rh	2,—	1,—
966	7 (L)	mehrfarbig	ri	3,—	1,—
		Satzpreis (8 W.)		12,—	6,—

Neue Währung ab August 1965:
1 Lek (L) = 100 Qindarka (Q)
10 alte Lek = 1 neuer Lek

1965, 16. Aug. Freimarken. MiNr. 785–787 mit Bdr.-Aufdruck der neuen Wertstufe.

967

969

971

967	**0.05 (L)**	auf 30 (L) bräunlichlila auf bläulich	(786)	*1,—*	*1,—*
968	**0.15 (L)**	auf 30 (L) bräunlichlila auf bläulich	(786)	*1,—*	*1,—*
969	**0.25 (L)**	auf 50 (L) braunocker auf mattgelb	(787)	*1,50*	*1,50*
970	**0.80 (L)**	auf 50 (L) braunocker auf mattgelb	(787)	*4,50*	*4,50*
971	**1.10 (L)**	auf 20 (L) russischgrün auf grünlich	(785)	*7,—*	*7,—*
972	**2 (L)**	auf 20 (L) russischgrün auf grünlich	(785)	*10,—*	*10,—*
		Satzpreis (6 W.)		*25,—*	*25,—*

1965, 31. Aug. Zugvögel. Odr.; gez. K 12¼.

rk) Weißstorch (Ciconia ciconia)

rl) Kuckuck (Cuculus canorus)

rm) Wiedehopf (Upupa epops)

rn) Bienenfresser (Merops apiaster)

ro) Ziegenmelker (Caprimulgus europaeus)

rp) Wachtel (Coturnix coturnix)

973	10 Q	mehrfarbig	rk	0,50	0,50
974	20 Q	mehrfarbig	rl	1,—	0,50
975	30 Q	mehrfarbig	rm	1,50	0,80
976	40 Q	mehrfarbig	rn	2,—	1,—
977	50 Q	mehrfarbig	ro	2,50	1,20
978	1.50 L	mehrfarbig	rp	7,50	3,50
		Satzpreis (6 W.)		15,—	7,50

1965, 26. Sept. 2. Versammlung der Kriegsveteranen. Odr.; gez. K 12¼.

rr) Heimkehr; Gemälde von Bukurosh Sejdini (1916–1991)

979	25 Q	dunkelolivgrün	rr	2,50	0,50
980	65 Q	dunkelviolettblau	rr	7,50	2,—
981	1.10 L	braunschwarz	rr	10,—	4,—
		Satzpreis (3 W.)		20,—	6,50

1965, 6. Okt. Jagdszenen. Odr.; gez. K 12:12½.

rs) Auerhahnjagd

rt) Rehjagd

ru) Fasanenjagd

rv) Wildentenjagd

rw) Wildschweinjagd

rx) Hasenjagd

982	10 Q	mehrfarbig	rs	0,60	0,30
983	20 Q	mehrfarbig	rt	1,—	0,30
984	30 Q	mehrfarbig	ru	1,20	0,30
985	40 Q	schwarzlila/grün	rv	2,—	0,30
986	50 Q	mehrfarbig	rw	2,20	0,80
987	1 L	mehrfarbig	rx	5,—	1,50
		Satzpreis (6 W.)		12,—	3,50

1965, 26. Okt. Blütenpflanzen. Odr.; gez. K 12¼.

ry) Oleander (Nerium oleander)

rz) Alpen-Vergissmeinnicht (Myosotis alpestris)

sa) Gletschernelke (Dianthus glacialis)

sb) Weiße Seerose (Nymphaea alba)

sc) Hornklee (Lotus corniculatus)

sd) Klatschmohn (Papaver rhoeas)

988	10 Q	mehrfarbig	ry	0,30	0,30
989	20 Q	mehrfarbig	rz	0,50	0,30
990	30 Q	mehrfarbig	sa	0,70	0,30
991	40 Q	mehrfarbig	sb	1,—	0,40
992	50 Q	mehrfarbig	sc	1,50	0,70
993	1 L	mehrfarbig	sd	4,—	2,—
		Satzpreis (6 W.)		8,—	4,—

1965, 27. Okt. Freimarken: Kultur- und Sozialbauten. Odr.; gez. K 12¼.

se) Hotel „Turizmi“, Fier

sf) Hotel „Peshkopi“

sg) Sanatorium, Tirana

sh) Verwaltungsgebäude Pogradec

si) Sportstation „Partisan“, Tirana

sk) Verwaltungsgebäude „Mal i Dajtit“

sl) Kulturpalast, Tirana

sm) Hotel „Adriatik“, Durrës

sn) Theater „Migjeni“, Shkodra

so) Kulturpalast „A. Moissi“, Durrës

994	5 Q	hellgraukobalt/schwarz	se	0,30	0,30
995	10 Q	ocker/schwarzbraun	sf	0,30	0,30
996	15 Q	graugrün/violettschwarz	sg	0,30	0,30
997	25 Q	hellblauviolett/schwarz	sh	0,30	0,30
998	65 Q	lilabraun/violettschwarz	si	1,—	0,30
999	80 Q	gelbgrün/schwarz	sk	2,—	0,50
1000	1.10 L	hellviolett/schwarz	sl	2,80	0,50
1001	1.60 L	helllilablau/schwarz	sm	4,—	2,—
1002	2 L	hellrot/schwarz	sn	5,—	2,—
1003	3 L	bräunlichgrau/schwarz	so	9,—	3,50
		Satzpreis (10 W.)		25,—	10,—

1965, 16, Nov. Schiffe. Odr.; gez. K 12¼.

sp) Frachtschiff „Teuta“

sr) Kahn

ss) Segelschiff

st) Segelschiff

su) Frachtschiff „Vlora“

sv) Ruderboote

1004	10 Q	gelbgrün/dunkelgrün	sp	0,40	0,40
1005	20 Q	mehrfarbig	sr	0,40	0,40
1006	30 Q	kobalt/lebhaftviolettultramarin	ss	0,50	0,40
1007	40 Q	blauviolett	st	0,60	0,50
1008	50 Q	rosalila/purpur	su	1,70	0,80
1009	1 L	ocker/karminbraun	sv	4,40	1,30
		Satzpreis (6 W.)		7,50	3,20

1965, 7. Dez. Braunbär. Odr.; gez. K 11¾:12, Querformate ~.

sw

sx

sy

sz

ta

tb

tc

td

sw–td) Braunbär (Ursus arctos)

1010	10 Q	gelbbraun/dunkellilabraun	sw	0,50	0,30
1011	20 Q	fahlbraun/dunkellilabraun	sx	0,50	0,30
1012	30 Q	mehrfarbig	sy	1,—	0,30
1013	35 Q	fahlbraun/dunkellilabraun	sz	1,20	0,30
1014	40 Q	gelbbraun/dunkellilabraun	ta	1,50	0,30
1015	50 Q	gelbbraun/dunkellilabraun	tb	2,50	0,50
1016	55 Q	gelbbraun/dunkellilabraun	tc	3,—	0,70
1017	60 Q	mehrfarbig	td	5,50	2,60
		Satzpreis (8 W.)		15,—	5,—

1965, 15. Dez. Balkanmeisterschaften im Basketball, Tirana. Odr.; gez. K 12¼.

te) Emblem der Meisterschaften

tf tg th ti) Medaille

tf–th) Spielszenen

1018	10 Q	mehrfarbig	te	0,30	0,30
1019	20 Q	mehrfarbig	tf	0,30	0,30
1020	30 Q	mehrfarbig	tg	0,40	0,30
1021	50 Q	mehrfarbig	th	1,50	0,30
1022	1.40 L	mehrfarbig	ti	3,—	1,—
		Satzpreis (5 W.)		5,50	2,20

1966, 11. Jan. 20 Jahre Republik. Odr.; gez. K 12:12¼.

tk) Staatswappen auf Buch

tl) Rauchende Schornsteine, Staatswappen

tm) Kornähre, Staatswappen

tn) Hammer und Sichel auf Buch, Staatswappen

to) Fabrikgebäude, Staatswappen

1023	10 Q	mehrfarbig	tk	0,30	0,30
1024	20 Q	mehrfarbig	tl	0,30	0,30
1025	30 Q	mehrfarbig	tm	0,70	0,50
1026	60 Q	mehrfarbig	tn	1,70	1,—
1027	80 Q	mehrfarbig	to	2,—	1,50
		Satzpreis (5 W.)		5,—	3,50

1966, 25. Febr. Haustiere. Odr.; gez. K 12½.

tp) Hausrind (Bos primiganius taurus)

tr) Hausschwein (Sus scrofa domestica)

ts) Hausschaf (Ovis ammonavies)

tt) Hausziege (Capra aegagrus hircus)

tu) Istrianer Bracke

tv) Katze

tw) Pferd (Equus caballus)

tx) Esel (Equus asinus asinus)

1028	10 Q	mehrfarbig	tp	0,30	0,30
1029	20 Q	mehrfarbig	tr	0,50	0,30
1030	30 Q	mehrfarbig	ts	1,—	0,30
1031	35 Q	mehrfarbig	tt	1,50	0,40
1032	40 Q	mehrfarbig	tu	2,—	0,50
1033	50 Q	mehrfarbig	tv	2,20	0,50
1034	55 Q	mehrfarbig	tw	2,50	0,70
1035	60 Q	mehrfarbig	tx	5,—	1,—
		Satzpreis (8 W.)		15,—	4,—

1966, 20. März. Fußball-Weltmeisterschaft, England (I). Odr.; gez. K 12½:12¼.

ty) Weltkarte auf Fußball (London, 1966)

tz) Fußballspieler vor Landkarte von Uruguay (Montevideo, 1930)

ua) Fußballspieler vor Landkarte von Italien (Rom, 1934)

ub) Torwart vor Landkarte von Frankreich (Paris, 1938)

uc) Fußballspieler vor Landkarte von Brasilien (Rio de Janeiro, 1950)

ud) Fußballspieler vor Landkarte der Schweiz (Bern, 1954)

ue) Fußballspieler vor Landkarte von Schweden (Stockholm, 1958)

uf) Fußballspieler vor der Landkarte von Chile (Santiago, 1962)

ug) Fußballspieler vor Landkarte Großbritanniens (London, 1966)

uh) Jules-Rimet-Pokal und Fußball

1036	5 Q	mehrfarbig	ty	0,30	0,30
1037	10 Q	mehrfarbig	tz	0,30	0,30
1038	15 Q	mehrfarbig	ua	0,30	0,30
1039	20 Q	mehrfarbig	ub	0,30	0,30
1040	25 Q	mehrfarbig	uc	0,30	0,30
1041	30 Q	mehrfarbig	ud	0,50	0,30
1042	35 Q	mehrfarbig	ue	0,70	0,30
1043	40 Q	mehrfarbig	uf	0,80	0,30
1044	50 Q	mehrfarbig	ug	1,—	0,30
1045	70 Q	mehrfarbig	uh	1,50	0,80
		Satzpreis (10 W.)		6,—	3,50

1966, 28. März. 100. Geburtstag von Andon Zako Çajupi. Odr.; gez. K 12½:12.

ui) Andon Zako Çajupi (1866–1930), Schriftsteller und Übersetzer

1046	40 Q	blaugrau/schwarzblau	ui	1,—	0,50
1047	1.10 L	grüngrau/dunkelgrün	ui	3,—	2,—
		Satzpreis (2 W.)		4,—	2,50

1966, 21. April. Schmetterlinge und Libellen. Odr.; gez. K 12.

uk) Distelfalter (Vanessa cardui)

ul) Blaue Prachtilbelle (Calopteryx virgo)

um) Postillon (Colias hyale)

un) Glänzende Prachtlibelle (Calopteryx splendens) ♂

uo) Glänzende Prachtlibelle (Calopteryx splendens) ♀

up) Schwalbenschwanz (Papilio machaon)

ur) Orangeroter Heufalter (Colias myrmidone)

us) Schwarzer Trauerfalter (Neptis rivularis)

1048	10 Q	mehrfarbig	uk	0,50	0,30
1049	20 Q	mehrfarbig	ul	0,50	0,30
1050	30 Q	mehrfarbig	um	0,70	0,30
1051	35 Q	mehrfarbig	un	1,—	0,30
1052	40 Q	mehrfarbig	uo	1,50	0,50
1053	50 Q	mehrfarbig	up	2,—	0,50
1054	55 Q	mehrfarbig	ur	2,50	0,70
1055	60 Q	mehrfarbig	us	6,50	1,20
			Satzpreis (8 W.)	15,—	4,—

1966, 3. Mai. Einweihung des neuen Amtssitzes der Weltgesundheitsorganisation (WHO) in Genf. Odr.; gez. K 12¼.

ut) WHO-Gebäude, Genf

uu) Krankentransport

uv) Schwestern wiegen Kleinkind

uw) Krankenhaus, Bestrahlungsgerät

1056	25 Q	hellblau/schwarz	ut	0,50	0,30
1057	35 Q	mehrfarbig	uu	1,—	0,30
1058	60 Q	mehrfarbig	uv	1,50	0,70
1059	80 Q	mehrfarbig	uw	2,—	1,20
			Satzpreis (4 W.)	5,—	2,50

1966, 10. Mai. Stachelhäuter. Odr.; gez. K 12¼:12½.

ux) Gänsefuß-Seestern (Palmipes membranaceus)

uy) Warzenstern (Asterias glacialis)

uz) Zerbrechlicher Schlangenstern (Ophiothrix fragilis)

va) Mittelmeer-Kammstern (Astropecten aurantiacus)

vb) Purpurstern (Echinaster sepositus)

vc) Röhren-Holothurie (Holothuria tubulosa)

vd) Violetter Seeigel (Sphaerechinus granulatus)

1060	15 Q	mehrfarbig	ux	0,40	0,30
1061	25 Q	mehrfarbig	uy	0,70	0,40
1062	35 Q	mehrfarbig	uz	1,20	0,50
1063	45 Q	mehrfarbig	va	1,50	0,60
1064	50 Q	mehrfarbig	vb	1,70	0,70
1065	60 Q	mehrfarbig	vc	2,50	1,—
1066	70 Q	mehrfarbig	vd	3,—	2,50
			Satzpreis (7 W.)	11,—	6,—

1966, 10. Juni. Mondsonde „Luna 10". Odr.; gez. K 12.

ve) „Luna 10" über Mondoberfläche

vf) Flugbahn von „Luna 10"

1067	20 Q	mehrfarbig	ve	0,50	0,30
1068	30 Q	mehrfarbig	vf	1,—	0,50
1069	70 Q	mehrfarbig	ve	2,—	1,—
1070	80 Q	mehrfarbig	vf	3,50	2,20
			Satzpreis (4 W.)	7,—	4,—

1966, 12. Juli. Fußball-Weltmeisterschaft, England (II). Odr.; gez. K 12:11¾.

vg) Uruguay 1930

vh) Italien 1934

vi) Italien 1938

vk) Uruguay 1950

vl) Deutschland 1954

vm) Brasilien 1958

vn) Brasilien 1962

vo) Fußball, Namen der 16 WM-Teilnehmer in London 1966

vg–vn) Jules-Rimet-Pokal, Spielszenen, Namen der WM-Gewinner

1071	10 Q	mehrfarbig	vg	0,40	0,30
1072	20 Q	mehrfarbig	vh	0,50	0,30
1073	30 Q	mehrfarbig	vi	0,70	0,30
1074	35 Q	mehrfarbig	vk	1,—	0,30
1075	40 Q	mehrfarbig	vl	1,—	0,30
1076	50 Q	mehrfarbig	vm	1,20	0,30
1077	55 Q	mehrfarbig	vn	1,20	0,80
1078	60 Q	mehrfarbig	vo	2,50	1,40
			Satzpreis (8 W.)	8,50	4,—

1966, Juli. Internationales Jahrzehnt der Wasserwirtschaft. Odr.; gez. K 12:12¼.

vp) Wasserzyklus

vr) Pegelstandmesser und Dammbau

vs) Turbine und Elektromast

vt) Schaubild aus der Strömungstechnik

vp–vt) Symbolische Darstellungen aus der Hydrologie

1079	20 Q	mehrfarbig	vp	0,50	0,30
1080	30 Q	mehrfarbig	vr	0,50	0,50
1081	70 Q	hellviolett/schwarz	vs	1,50	1,20
1082	80 Q	mehrfarbig	vt	2,50	2,—
			Satzpreis (4 W.)	5,—	4,—

1966, 10. Aug. Reptilien. Odr.; gez. K 12½:12.

vu) Maurische Landschildkröte (Testudo graeca)

vv) Südöstliche Ringelnatter (Natrix natrix persa)

vw) Sumpfschildkröte (Emys orbicularis)

vx) Mauereidechse (Lacerta muralis)

vy) Mauergecko (Tarentola mauritanica)

vz) Smaragdeidechse (Lacerta viridis)

wa) Blindschleiche (Anguis fragilis)

wb) Sandotter (Vipera ammodytes)

1083	10 Q	mehrfarbig	vu	0,30	0,30
1084	15 Q	mehrfarbig	vv	0,40	0,30
1085	25 Q	mehrfarbig	vw	0,50	0,30
1086	30 Q	mehrfarbig	vx	0,60	0,30
1087	35 Q	mehrfarbig	vy	1,—	0,50
1088	45 Q	mehrfarbig	vz	1,20	0,50
1089	50 Q	mehrfarbig	wa	1,50	0,80
1090	90 Q	mehrfarbig	wb	2,50	1,50
			Satzpreis (8 W.)	8,—	4,50

1966, 20. Sept. Katzen. Odr.; gez. K 12½.

wc) Siamese

wd) Europäische Hauskatze

we) Europäische Hauskatze

wf) Perser-Katze

wg) Perser-Katze

wh) Perser-Katze

wi) Perser-Katze

1091	10 Q	mehrfarbig	wc	0,50	0,30
1092	15 Q	mehrfarbig	wd	0,50	0,30
1093	25 Q	schwarz/graubraun	we	1,—	0,30
1094	45 Q	mehrfarbig	wf	1,50	0,50
1095	60 Q	mehrfarbig	wg	2,50	0,80
1096	65 Q	mehrfarbig	wh	2,50	1,—
1097	80 Q	mehrfarbig	wi	4,—	2,—
			Satzpreis (7 W.)	12,50	5,—

1966, 5. Okt. 400. Geburtstag von Pjetër Budi. Odr.; gez. K 12½:12¼.

wk) Pjetër Budi (1566–1622), Bischof und Schriftsteller

1098	25 Q	beige/schwarzoliv	wk	1,—	0,50
1099	1.75 L	mehrfarbig	wk	3,—	3,—
			Satzpreis (2 W.)	4,—	3,50

1966, 20. Okt. 20 Jahre UNESCO. Odr.; gez. K 12.

wl) UNESCO-Emblem in Rahmenzeichnung

wm) Wissenschaft und Unterricht: aufgeschlagenes Buch und Rose

wn) Volks- und Brauchtum: Tänzer in Volkstracht

wo) Kultur: illyrischer Krug, griech.-röm. Säule, byzantinische Kirche

1100	5 Q	mehrfarbig	wl	0,30	0,30
1101	15 Q	mehrfarbig	wm	0,30	0,30
1102	25 Q	mehrfarbig	wn	0,40	0,40
1103	1.55 L	mehrfarbig	wo	3,—	2,—
		Satzpreis (4 W.)		4,—	3,—

1966, 30. Okt. Hunde. Odr.; gez. K 12¼:12.

wp) Barsoi

wr) Kuvasz

ws) Englischer Setter

wt) Cockerspaniel

wu) Englische Bulldogge

wv) Bernhardiner

ww) Kurzhaar-Dachshund

1104	10 Q	mehrfarbig	wp	0,50	0,30
1105	15 Q	mehrfarbig	wr	0,80	0,30
1106	25 Q	mehrfarbig	ws	1,—	0,30
1107	45 Q	mehrfarbig	wt	1,50	0,90
1108	60 Q	mehrfarbig	wu	2,—	1,20
1109	65 Q	mehrfarbig	wv	2,20	1,50
1110	80 Q	mehrfarbig	ww	4,—	2,—
		Satzpreis (7 W.)		12,—	6,50

1966, 1. Nov. Kongress der Albanischen Arbeiterpartei (PPSH), Tirana. Odr.; gez. K 12.

wx) Hand hält Buch mit den Porträts kommunistischer Führer im Strahlenkranz

wy) Karte Albaniens mit eingezeichneter Industrie; landwirtschaftliche Symbole

wz) Symbole der Industrie und der Landwirtschaft

xa) Symbole der Arbeit, der Landwirtschaft und des Soldatentums

1111	15 Q	mehrfarbig	wx	0,30	0,30
1112	25 Q	mehrfarbig	wy	0,30	0,30
1113	65 Q	mehrfarbig	wz	1,40	0,70
1114	95 Q	mehrfarbig	xa	2,—	1,20
		Satzpreis (4 W.)		4,—	2,50

1966, 8. Nov. 25 Jahre Arbeiterpartei. Odr.; gez. K 12.

xb) Hammer und Sichel

xc) Soldat

xd) Arbeiter, Industrieanlagen

xe) Symbole der Modernisierung

1115	15 Q	mehrfarbig	xb	0,50	0,30
1116	25 Q	mehrfarbig	xc	0,50	0,30
1117	65 Q	mehrfarbig	xd	1,50	0,70
1118	95 Q	mehrfarbig	xe	1,50	1,20
		Satzpreis (4 W.)		4,—	2,50

1966, Nov. 100. Geburtstag von Ndre Mjeda. Odr.; gez. K 12½.

xf) Ndre Mjeda (1866–1937), Geistlicher und Dichter

1119	25 Q	hellblau/violettbraun	xf	0,50	0,50
1120	1.75 L	dunkelblaugrün/violettbraun	xf	3,50	1,70
		Satzpreis (2 W.)		4,—	2,20

1966, Dez. 25 Jahre Verband der Albanischen Arbeiterjugend (BRPSH). Odr.; gez. K 12.

xg) Gründungsurkunde der Organisation BRPSH

xh) Junge Pioniere mit Hacke, Gewehr und Flagge

xi) Pionier mit Hacke und Flagge

1121	5 Q	mehrfarbig	xg	0,30	0,30
1122	10 Q	mehrfarbig	xh	0,50	0,30
1123	1.85 L	mehrfarbig	xi	3,20	1,90
		Satzpreis (3 W.)		4,—	2,50

1966, 20. Dez. Greifvögel. Odr.; gez. K 12.

xk) Steinadler (Aquila chrysaetos)

xl) Seeadler (Haliaeetus albicilla)

xm) Gänsegeier (Gyps fulvus)

xn) Sperber (Accipiter nisus)

xo) Fischadler (Pandion haliaetus)

xp) Schmutzgeier (Neophron percnopterus)

xr) Turmfalke (Falco tinnunculus)

1124	10 Q	mehrfarbig	xk	0,50	0,30
1125	15 Q	mehrfarbig	xl	0,50	0,30
1126	25 Q	mehrfarbig	xm	1,—	0,50
1127	40 Q	mehrfarbig	xn	1,50	0,50
1128	50 Q	orange/braunschwarz	xo	2,—	0,70
1129	70 Q	mehrfarbig	xp	3,—	1,20
1130	90 Q	mehrfarbig	xr	4,50	1,50
			Satzpreis (7 W.)	13,—	5,—

1967, 20. Jan. Fische. Odr.; gez. K 12.

xs) Seehecht (Merluccius merluccius)

xt) Streifenbarbe (Mullus surmuletus)

xu) Gotteslachs (Lampris guttulatus)

xv) Seewolf (Anarrhichas lupus)

xw) Seehase (Cyclopterus lumpus)

xx) Schwertfisch (Xiphias gladius)

xy) Seeskorpion (Myoxocephalus scorpius)

1131	10 Q	mehrfarbig	xs	0,50	0,30
1132	15 Q	mehrfarbig	xt	0,50	0,30
1133	25 Q	mehrfarbig	xu	1,—	0,50
1134	40 Q	mehrfarbig	xv	1,—	0,50
1135	65 Q	mehrfarbig	xw	1,50	0,70
1136	80 Q	mehrfarbig	xx	2,50	1,20
1137	1.15 L	mehrfarbig	xy	4,—	1,50
			Satzpreis (7 W.)	11,—	5,—

1967, 22. Febr. Krauskopfpelikan. Odr. (10×10); gez. K 12½.

xz

ya

yb

yc

yd

xz–yd) Krauskopfpelikan (Pelecanus crispus)

1138	10 Q	mehrfarbig	xz	0,30	0,30
1139	15 Q	mehrfarbig	ya	0,30	0,30
1140	25 Q	mehrfarbig	yb	1,40	0,60
1141	50 Q	mehrfarbig	yc	3,—	0,80
1142	2 L	mehrfarbig	yd	8,—	3,50
			Satzpreis (5 W.)	13,—	5,50

1967, 10. April. Blumen. Odr.; gez. K 12.

ye) Kamelie (Camellia williamsi)

yf) Chrysantheme (Chrysanthemum indicum)

yg) Stockmalve (Althaea rosea)

yh) Schönmalve (Abutilon striatum)

yi) Pfingstrose (Paeonia chinensis)

yk) Gladiole (Gladiolus gandavensis)

yl) Freesie (Freesia hybr.)

ym) Gartennelke (Dianthus caryophyllus)

1143	5 Q	mehrfarbig	ye	0,30	0,30
1144	10 Q	mehrfarbig	yf	0,30	0,30
1145	15 Q	mehrfarbig	yg	0,30	0,30
1146	25 Q	mehrfarbig	yh	0,60	0,30
1147	35 Q	mehrfarbig	yi	1,—	0,30
1148	65 Q	hellbläulichgrün/zinnober	yk	2,—	0,80
1149	80 Q	mehrfarbig	yl	2,50	1,20
1150	1.15 L	mehrfarbig	ym	3,—	1,50
			Satzpreis (8 W.)	10,—	5,—

1967, 24. April. Kongress der Albanischen Arbeiter-Vereinigung. Odr.; gez. K 12.

yn) Kongressemblem, Industrieanlagen

1151	25 Q	mehrfarbig	yn	1,—	0,50
1152	1.75 L	mehrfarbig	yn	3,—	2,—
			Satzpreis (2 W.)	4,—	2,50

1967, 15. Mai. Edelrosen. Odr.; gez. K 12:12½.

yo

yp

yr

ys

yt

yu

yv

yw

yo–yw) Edelrosen (Rosa hybr.)

1153	5	Q	mehrfarbig	yo	0,50	0,30
1154	10	Q	mehrfarbig	yp	0,50	0,30
1155	15	Q	mehrfarbig	yr	0,50	0,50
1156	25	Q	mehrfarbig	ys	0,50	0,50
1157	35	Q	mehrfarbig	yt	1,—	0,50
1158	65	Q	mehrfarbig	yu	1,50	0,50
1159	80	Q	mehrfarbig	yv	1,50	1,—
1160	1.65	L	mehrfarbig	yw	4,—	1,50
				Satzpreis (8 W.)	10,—	5,—

1967, 10. Juni. Albanische Riviera. Odr.; gez. K 12½:12.

yx) Antike Stadt Butrint

yy) Küste bei Borsh

yz) Dorf Piqeras

za) Meeresküste

zb) Küste bei Himara

zc) Hafenstadt Sarandë

zd) Dhërmi

ze) Sarandë

1161	15	Q	mehrfarbig	yx	0,60	0,30
1162	20	Q	mehrfarbig	yy	0,60	0,30
1163	25	Q	mehrfarbig	yz	1,10	0,40
1164	45	Q	mehrfarbig	za	1,10	0,40
1165	50	Q	mehrfarbig	zb	1,10	0,40
1166	65	Q	mehrfarbig	zc	2,20	0,70
1167	80	Q	mehrfarbig	zd	2,20	1,—
1168	1	L	mehrfarbig	ze	3,40	1,50
				Satzpreis (8 W.)	12,—	5,—

1967, 20. Juli. Rehwild. Odr.; gez. K 2 ½.

zf) Rehkitz

zg) Rehbock

zh) Ricke

zi) Rehe im Winterkleid

zk) Ricke mit Kitz

zl) Rehbock mit Bastgehörn

zm) Rehbock und Ricke

zn) Rehe im Sommerkleid

zf–zn) Reh (Capreolus capreolus)

1169	15	Q	mehrfarbig	zf	0,50	0,30
1170	20	Q	mehrfarbig	zg	0,50	0,30
1171	25	Q	mehrfarbig	zh	1,—	0,50
1172	30	Q	mehrfarbig	zi	1,—	0,50
1173	35	Q	mehrfarbig	zk	1,50	0,70
1174	40	Q	mehrfarbig	zl	1,50	0,70
1175	65	Q	mehrfarbig	zm	3,—	1,—
1176	70	Q	mehrfarbig	zn	4,—	1,50
				Satzpreis (8 W.)	13,—	5,50

Auflagen: MiNr. 1169 und 1171 je 500.000, MiNr. 1170 = 450.000, MiNr. 1172–1173 je 335.000, MiNr. 1174 = 270.000, MiNr. 1175 = 275.000, MiNr. 1176 = 140.000 Stück

1967, 20. Aug. Trachten. Odr.; gez. K 12¼.

zo) Malësia e Madhe

zp) Zadrima

zr) Kukës

zs) Dardha

zt) Myzeqeja

zu) Tirana

zv) Dropulli-Region

zw) Labëria

1177	15 Q	mehrfarbig	zo	0,50	0,30
1178	20 Q	mehrfarbig	zp	0,50	0,30
1179	25 Q	mehrfarbig	zr	0,50	0,30
1180	45 Q	mehrfarbig	zs	1,—	0,50
1181	50 Q	mehrfarbig	zt	1,—	0,70
1182	65 Q	mehrfarbig	zu	1,—	0,70
1183	80 Q	mehrfarbig	zv	2,—	1,—
1184	1 L	mehrfarbig	zw	2,50	1,20
			Satzpreis (8 W.)	9,50	5,—

Auflagen: MiNr. 1177 = 350.000, MiNr. 1178 = 340.000, MiNr. 1179 = 500.000, MiNr. 1180–1181 je 246.000, MiNr 1182–1183 je 205.000 MiNr. 1184 = 110.000 Stück

1967, 25. Aug. 25 Jahre albanische Presse. Odr.; gez. K 12½:12.

zx) Stürmende Freiheitskämpfer vor Zeitung

zy) Sendemast, Druckhaus und Druckerzeugnisse

zz) Zeitunglesende Werktätige

1185	25 Q	mehrfarbig	zx	0,50	0,50
1186	75 Q	mehrfarbig	zy	1,50	1,—
1187	2 L	mehrfarbig	zz	4,50	2,50
			Satzpreis (3 W.)	6,50	4,—

1967, 15. Sept. 10 Jahre Universität Tirana. Odr.; gez. K 12½:12¼.

aaa) Buch, Universitätsgebäude, Fackel

1188	25 Q	mehrfarbig	aaa	0,50	0,50
1189	1.75 L	mehrfarbig	aaa	3,20	1,70
			Satzpreis (2 W.)	3,50	2,20

1967, 16. Sept. 25 Jahre Volksdemokratische Partei. Odr.; gez. K 12.

aab) Freiheitskämpfer vor roter Flagge

aac) Symbole der Arbeit, Landwirtschaft, Industrie und des Militärs mit roter Flagge

aad) Fackel, Buch mit den Buchstaben PPSH und rotem Stern

aab–aad) Staatsemblem doppelköpfiger Adler mit Stern

1190	15 Q	mehrfarbig	aab	0,30	0,30
1191	65 Q	mehrfarbig	aac	1,—	0,50
1192	1.20 L	mehrfarbig	aad	2,20	1,20
			Satzpreis (3 W.)	3,50	2,—

1967, 30. Sept. Hasen und Kaninchen. Odr.; gez. K 12¼.

aae) Hauskaninchen (Oryctolagus cuniculus domesticus)

aaf) Hauskaninchen (Holländer Rasse)

aag) Feldhase (Lepus europaeus)

aah) Hauskaninchen

aai) Wildkaninchen (Oryctolagus cuniculus)

aak) Hauskaninchen

aal) Hauskaninchen (Hermelin-Rasse)

aam) Angorakaninchen

1193	15 Q	mehrfarbig	aae	0,30	0,30
1194	20 Q	mehrfarbig	aaf	0,50	0,30
1195	25 Q	mehrfarbig	aag	0,50	0,50
1196	35 Q	mehrfarbig	aah	1,—	0,50
1197	40 Q	mehrfarbig	aai	1,—	0,50
1198	50 Q	mehrfarbig	aak	3,—	0,70
1199	65 Q	mehrfarbig	aal	3,—	0,70
1200	1 L	mehrfarbig	aam	4,—	1,50
			Satzpreis (8 W.)	13,—	5,—

Auflagen: MiNr. 1193 und 1195 je 400.000, MiNr. 1194 = 390.000, MiNr. 1196–1197 je 280.000, MiNr. 1198–1199 je 215.000, MiNr. 1200 = 110.000 Stück

1967, 27. Okt. Kunst. Odr.; gez. K 12½.

aan) Shkodra-Hochzeit (Detail); Gemälde von Kolë Idromeno (1860–1939)

aao) Kopf des Propheten David; Fresko von Onufri in der Kirche von Shpat (16. Jh.)

aap) Vendetta-Bataillon; Gemälde von Sali Shijaku (*1933)

aar) Frauenkopf; antikes Mosaik

aas) Die Heiligen Drei Könige (Detail); Ikone (16. Jh.)

aat) Landarbeiterkollektiv; Gemälde von Zef Shoshi (*1939)

aau) Straße in der Stadt Korça; Gemälde von Vangjush Mio (1891–1957)

aav) Unsere Schwester; Gemälde von Kolë Idromeno (1860–1939)

1201	15 Q	mehrfarbig	aan	0,70	0,30
1202	20 Q	mehrfarbig	aao	0,70	0,30
1203	25 Q	mehrfarbig	aap	1,30	0,50
1204	45 Q	mehrfarbig	aar	1,30	0,50
1205	50 Q	mehrfarbig	aas	1,30	0,70
1206	65 Q	mehrfarbig	aat	2,40	1,—
1207	80 Q	mehrfarbig	aau	2,40	1,—
1208	1 L	mehrfarbig	aav	4,80	1,20
			Satzpreis (8 W.)	14,—	5,50

Auflagen: MiNr. 1201 und 1203 je 400.000, MiNr. 1202 = 390.000, MiNr. 1204–1205 je 280.000, MiNr. 1206–1207 je 215.000, MiNr. 1208 = 110.000 Stück

1967, 7. Nov. 50. Jahrestag der Oktoberrevolution. Odr.; gez. K 12.

aaw) Lenin und Stalin

aax) Lenin erteilt den Soldaten Befehle

aay) Lenin als Lehrmeister unter dem Volke

aaz) Sturm auf das Winterpalais in Sankt Petersburg

1209	15 Q	mehrfarbig	aaw	0,30	0,30
1210	25 Q	mehrfarbig	aax	0,70	0,50
1211	50 Q	mehrfarbig	aay	1,—	0,70
1212	1.10 L	mehrfarbig	aaz	2,—	1,—
			Satzpreis (4 W.)	4,—	2,50

Auflagen: MiNr. 1209–1210 je 500.000, MiNr. 1211 = 100.000, MiNr. 1212 = 20.000 Stück

1967, 25. Nov. Hausgeflügel. Odr.; gez. K 12:12½, Querformate ~.

aba) Haustruthuhn (Puter) (Meleagris gallopavo domesticus)

abb) Hausente (Anas platyrhynchos domestica)

abc) Haushuhn (Henne) (Gallus gallus domesticus)

abd) Haushuhn (Hahn) (Gallus gallus domesticus)

abe) Helmperlhuhn (Numida meleagris)

abf) Hausgans (Anser anser domestica)

abg) Hausente (Anas platyrhynchos domestica)

abh) Hühnerküken (Gallus gallus domesticus)

1213	15 Q	mehrfarbig	aba	0,30	0,30
1214	20 Q	mehrfarbig	abb	0,30	0,30
1215	25 Q	mehrfarbig	abc	0,50	0,30
1216	45 Q	mehrfarbig	abd	1,50	0,50
1217	50 Q	mehrfarbig	abe	1,50	0,70
1218	65 Q	mehrfarbig	abf	1,50	0,70
1219	80 Q	mehrfarbig	abg	3,—	1,—
1220	1 L	mehrfarbig	abh	4,50	1,20
			Satzpreis (8 W.)	13,—	5,—

Auflagen: MiNr. 1213–1215 je 200.000, MiNr. 1216–1219 je 150.000, MiNr. 1220 = 110.000 Stück

1967, 1. Dez. Kongress des albanischen Roten Kreuzes. Odr.; gez. K 12.

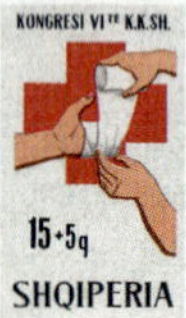

abi) Erste Hilfe

abk) Krankenpflege

abl) Blutspende

abm) Kinderpflege

1221	15 (Q)	+ 5 Q mehrfarbig	abi	1,—	0,50
1222	25 (Q)	+ 5 Q mehrfarbig	abk	2,—	1,—
1223	65 (Q)	+ 25 Q mehrfarbig	abl	7,—	3,50
1224	80 (Q)	+ 40 Q mehrfarbig	abm	10,—	5,—
			Satzpreis (4 W.)	20,—	10,—

Auflage: MiNr. 1221–1222 je 500.000, MiNr. 1223 = 50.000 MiNr. 1224 = 30.000 Stück

1967, 10. Dez. 500. Todestag von Gjergj Kastriota „Skanderbeg“ (I). Odr.; gez. K 12:12½.

abn) Wappen der Familie Kastrioti (Stern über doppelköpfigem Adler)

abo) Skanderbeg, eigentlich Gjergj Kastriota (um 1405–1468) Fürst und Nationalheld

abp) Helm mit Ziegenbockspitze und Schwert des Fürsten

abr) Bergfeste Kruja

abs) Bergfeste Petrela, Mittelalbanien

abt) Bergfeste Berati, Südwestalbanien

abu) Beratung alb. Fürsten in Lezha und Wahl Skanderbegs zum Führer

abv) Skanderbeg in der Schlacht von Albulena gegen die Türken

1225	10 (Q)	mehrfarbig	abn	0,30	0,30
1226	15 (Q)	mehrfarbig	abo	0,30	0,30
1227	25 (Q)	mehrfarbig	abp	0,40	0,30
1228	30 (Q)	mehrfarbig	abr	0,50	0,30
1229	35 (Q)	mehrfarbig	abs	0,50	0,30
1230	65 (Q)	mehrfarbig	abt	1,—	0,40
1231	80 (Q)	mehrfarbig	abu	2,—	0,60
1232	90 (Q)	mehrfarbig	abv	2,—	1,—
			Satzpreis (8 W.)	7,—	3,50

Auflagen: MiNr. 1225–1227 je 150.000, MiNr. 1228–1231 je 50.000, MiNr. 1232 = 25.000 Stück

1967, 29. Dez. Olympische Winterspiele 1968, Grenoble. Odr.; gez. K 12:12½.

abw) Emblem

abx) Eishockey

aby) Eiskunstlauf

abz) Slalom

aca) Skilanglauf

acb) Skispringen

1233	15 Q	mehrfarbig	abw	0,30	0,30
1234	25 Q	mehrfarbig	abx	0,30	0,30
1235	30 Q	mehrfarbig	aby	0,30	0,30
1236	50 Q	mehrfarbig	abz	0,40	0,30
1237	80 Q	mehrfarbig	aca	1,—	0,30
1238	1 L	mehrfarbig	acb	2,20	1,—
			Satzpreis (6 W.)	4,50	2,50

Blockausgabe, □

acc) Emblem der Olympischen Winterspiele 1968, Grenoble

Block 31 2 L mehrfarbig (58×74 mm) . . . . . . acc 6,— 10,—

Größenunterschiede sind bekannt

Auflagen: MiNr. 1233–1235 je 200.000, MiNr. 1236–1237 je 150.000, MiNr. 1238 = 800.000 Stück, Bl. 31 = 20.000 Blocks

1968, 17. Jan. 500. Todestag von Gjergj Kastriota „Skanderbeg" (II). Odr.; gez. K 12:12½, Querformate ∼.

acd) Skanderbeg-Reiterstandbild in Tirana

ace) Porträt des Skanderbeg; Gemälde eines unbekannten Meisters

acf) Bildnis des Tanush Topia, General unter Skanderbeg, Verteidiger der Bergfeste Kruja

acg) Skanderbeg-Reiterstandbild in der Stadt Kruja; von Janaq Paco (1914–1991)

ach) Porträt des Gjergj Arianiti, General unter Skanderbeg; Gemälde von Pandi Mele (1939–2015)

aci) Skanderbeg; Bronzebüste von Odhise Paskali (1903–1989)

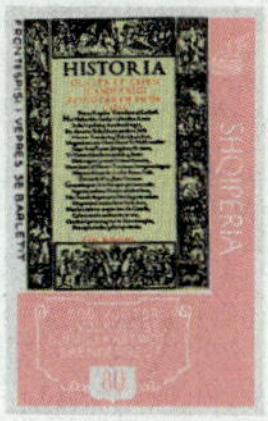

ack) Titelseite der Skanderberg-Biographie von Marin Barleti (um 1450–1512/13)

acl) Skanderbeg in einer Schlacht gegen die Türken; Gemälde von Simon Rrota (1887–1961)

acd–acl) Ziegenbock-Krone des Fürsten

1239	10 Q	mehrfarbig	acd	0,50	0,30
1240	15 Q	mehrfarbig	ace	0,50	0,30

1241	25 Q	mehrfarbig	acf	1,—	0,40
1242	30 Q	mehrfarbig	acg	1,—	0,40
1243	35 Q	mehrfarbig	ach	1,—	0,40
1244	65 Q	mehrfarbig	aci	2,—	0,70
1245	80 Q	mehrfarbig	ack	3,—	1,50
1246	90 Q	mehrfarbig	acl	3,—	2,—
			Satzpreis (8 W.)	12,—	6,—
			FDC		20,—

Auflagen: MiNr. 1239–1241 je 150.000, MiNr. 1242–1245 je 70.000, MiNr. 1246 = 25.000 Stück

1968, 15. Febr. Nelken. Odr.; gez. K 12

acm) Alpennelke (Dianthus alpinus)

acn) Chinesische Nelke (Dianthus chinensis)

aco

acp

acr

acs

aco–acs) Gartennelken (Dianthus caryophyllus)

1247	15 Q	mehrfarbig	acm	0,30	0,30
1248	20 Q	mehrfarbig	acn	0,30	0,30
1249	25 Q	mehrfarbig	aco	0,30	0,30
1250	50 Q	mehrfarbig	acp	0,90	0,30
1251	80 Q	mehrfarbig	acr	1,20	0,30
1252	1.10 L	mehrfarbig	acs	2,—	1,—
			Satzpreis (6 W.)	5,—	2,50

Auflage: 125.000 Sätze

1968, 15. März. Kongress der kooperativen Agrarwirtschaft. Odr.; gez. K 12.

act) Hand mit Ähre, Hochspannungsmasten

acu) Motorpflug

acv) Hochleistungs-Milchkuh

1253	25 Q	mehrfarbig	act	0,50	0,50
1254	65 Q	mehrfarbig	acu	1,50	1,—
1255	1.10 L	mehrfarbig	acv	2,—	1,50
			Satzpreis (3 W.)	4,—	3,—

1968, 25. März. Hausziegen. Odr.; gez. K 12:12½, Querformate ~.

acw) Saanenziege

acx

acy

acz

ada

adb

adc) Angora-Ziege

add

acw–add) Hausziegen (Capra aegagrus hircus)

1256	15 Q	mehrfarbig	acw	0,30	0,30
1257	20 Q	mehrfarbig	acx	0,30	0,30
1258	25 Q	mehrfarbig	acy	0,50	0,30
1259	30 Q	mehrfarbig	acz	0,50	0,30
1260	40 Q	mehrfarbig	ada	0,70	0,30
1261	50 Q	mehrfarbig	adb	0,70	0,30
1262	80 Q	mehrfarbig	adc	2,—	0,70
1263	1.40 L	mehrfarbig	add	3,—	1,50
			Satzpreis (8 W.)	8,—	4,—

Auflage: 125.000 Sätze

1968, 30. März. 150. Geburtstag von Zef Jubani. Odr.; gez. K 12.

ade) Zef Jubani (1818–1880), Sprachforscher und Schriftsteller

1264	25 Q	mehrfarbig	ade	0,50	0,50
1265	1.75 L	mehrfarbig	ade	2,50	1,50
			Satzpreis (2 W.)	3,—	2,—

1968, 7. April. 20 Jahre Weltgesundheitsorganisation (WHO). Odr.; gez. K 12½:12, Querformat ~.

adf) Arzt mit Stethoskop

adg) Klinik und Mikroskop

adh) Mutter und Kind

1266	25 Q	dunkelbläulichgrün/purpur	adf	0,30	0,30
1267	65 Q	mehrfarbig	adg	1,20	0,70
1268	1.10 L	schwarz/rotorange	adh	1,50	1,—
			Satzpreis (3 W.)	3,—	2,—

1968, 14. April. 25 Jahre Frauenorganisation. Odr.; gez. K 12.

adi) Angehörige der Frauenmiliz

adk) Laborantinnen

adl) Landwirtschaftsvorarbeiterin

adm) Industrievorarbeiterin

1269	15 Q	mehrfarbig	adi	0,50	0,30
1270	25 Q	mehrfarbig	adk	0,50	0,30
1271	60 Q	mehrfarbig	adl	1,50	0,70
1272	1 L	mehrfarbig	adm	2,50	1,20
		Satzpreis (4 W.)		5,—	2,50

Auflage: 15.000 Sätze

1968, 5. Mai. 150. Geburtstag von Karl Marx. Odr.; gez. K 12.

adn) Karl Marx (1818–1883), deutscher Philosoph, Historiker und Journalist; Namenszug

ado) Karl Marx am Rednerpult

adp) „Das Kapital“ und „Kommunistisches Manifest“ über Marschierenden

adr) Karl Marx

1273	15 (Q)	mehrfarbig	adn	0,70	*1,—*
1274	25 (Q)	mehrfarbig	ado	0,90	*1,50*
1275	65 (Q)	mehrfarbig	adp	1,90	*2,50*
1276	95 (Q)	mehrfarbig	adr	4,40	*4,—*
		Satzpreis (4 W.)		7,50	*9,—*
		FDC			50,—

Auflage: 15.000 Sätze

1968, 10. Mai. Blumen. Odr.; gez. K 12:12½.

ads) Sonnenauge (Heliopsis sp.)

adt) Roter Lein (Linum grandiflorum)

adu) Pracht-Orchidee (Cattleya dowiana var. aurea)

adv) Gloxinie (Sinningia hybr.)

adw) Feuerlilie (Lilium bulbiferum)

adx) Ritterstern (Hippeastrum sp.)

ady) Rote Magnolie (Magnolea soulangiana)

1277	15 Q	mehrfarbig	ads	0,30	0,30
1278	20 Q	mehrfarbig	adt	0,30	0,30
1279	25 Q	mehrfarbig	adu	0,40	0,30
1280	30 Q	mehrfarbig	adv	0,50	0,30
1281	40 Q	mehrfarbig	adw	0,50	0,30
1282	80 Q	mehrfarbig	adx	1,50	1,—
1283	1.40 L	mehrfarbig	ady	2,50	1,50
		Satzpreis (7 W.)		6,—	4,—

Auflage: 125.000 Sätze

1968, 10. Juni. 90 Jahre Liga von Prizren. Odr.; gez. K 12.

adz) Abdyl Frashëri (1839–1892)

aea) Sitzungsgebäude der Liga in Prizren

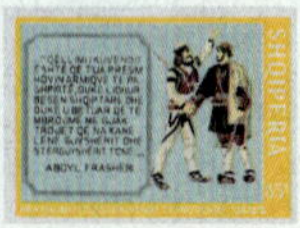

aeb) Text der Beratungsniederschrift

1284	25 Q	dunkelbraungrau/gelbgrün	adz	0,50	0,30
1285	40 Q	mehrfarbig	aea	1,—	0,50
1286	85 Q	mehrfarbig	aeb	1,50	1,20
		Satzpreis (3 W.)		3,—	2,—

1968, 20. Juni. Gemälde albanischer Maler. Odr.; gez. K 12:12½, Querformat ~.

aec) Schäfer mit Stock; von Andrea Kushi (1884–1959)

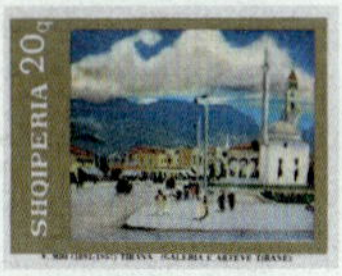

aed) Stadtansicht von Tirana; von Vangjush Mio (1891–1957)

aee) Bildnis eines Bergbauern; von Guri Madhi (1921–1988)

aef) Umsiedler; von Abdurrahim Buza (1905–1987)

aeg) Partisanen (Detail); von Spiro Xega (1863–1953)

aeh) Porträt eines alten Mannes; von Sofia Papadhimitri (1915–1976)

aei) Idyll aus Scutari; von Simon Rrota (1887–1961)

1287	15 Q	mehrfarbig	aec	0,30	0,30
1288	20 Q	mehrfarbig	aed	0,30	0,30
1289	25 Q	mehrfarbig	aee	0,30	0,30
1290	40 Q	mehrfarbig	aef	0,30	0,30
1291	80 Q	mehrfarbig	aeg	0,80	0,30
1292	1.50 L	mehrfarbig	aeh	2,—	0,50
1293	1.70 L	mehrfarbig	aei	3,—	1,—
		Satzpreis (7 W.)		7,—	3,—

Blockausgabe, waagerecht gez. 12½

ael

aek) Frauentracht von Scutari; Gemälde von Zef Kolombi (1907–1949)

1294	2.50 L	mehrfarbig	aek	3,—	2,—
Block 32		(90×113 mm)	ael	4,—	2,50

Auflagen: MiNr. 1287–1293 = 100.000 Sätze, Bl. 32 = 100.000 Blocks

1968, 10. Juli. 25 Jahre Volksarmee. Odr.; gez. K 12.

aem) Volksarmist, Geschütze und Panzer

aen) Matrose, Fregatte und Schnellboot Typ „P2"

aeo) Pilot, Jagdflugzeug

aep) Volksarmist, bewaffnete Zivilisten, Industrieanlagen

1295	15 Q	mehrfarbig	aem	0,50	0,30
1296	25 Q	mehrfarbig	aen	0,50	0,30
1297	65 Q	mehrfarbig	aeo	2,—	0,90
1298	95 Q	mehrfarbig	aep	3,—	2,—
			Satzpreis (4 W.)	6,—	3,50

Auflage: 15.000 Sätze

1968, 20. Aug. Meerestiere. Odr.; gez. K 12.

aer) Gemeiner Kalmar (Loligo vulgaris)

aes) Europäischer Hummer (Astacus gammarus)

aet) Wellhornschnecke (Buccinum undatum)

aeu) Taschenkrebs (Cancer pagurus)

aev) Europäische Languste (Palinurus elephas)

aew) Strandkrabbe (Carcinides maenas)

aex) Kaisergranat (Nephrops norvegicus)

1299	15 Q	mehrfarbig	aer	0,50	0,40
1300	20 Q	mehrfarbig	aes	0,50	0,40
1301	25 Q	mehrfarbig	aet	0,50	0,40
1302	50 Q	mehrfarbig	aeu	0,50	0,50
1303	70 Q	mehrfarbig	aev	1,—	1,—
1304	80 Q	mehrfarbig	aew	2,50	1,—
1305	90 Q	mehrfarbig	aex	2,50	1,50
			Satzpreis (7 W.)	8,—	5,—

Auflage: 100.000 Sätze

1968, 23. Sept. Olympische Sommerspiele, Mexiko-Stadt. Odr.; A = gez. K 12, B = □.

aey) Staffellauf

aez) Kurzstreckenlauf

afa) Diskuswerfen

afb) Springreiten

afc) Hochsprung

afd) Hürdenlauf

afe) Fußball

aff) Wasserspringen

1306 A	15 Q	mehrfarbig	aey	0,30	0,30
1307 A	20 Q	mehrfarbig	aez	0,30	0,30
1308 A	25 Q	mehrfarbig	afa	0,30	0,30
1309 A	30 Q	mehrfarbig	afb	0,30	0,30
1310 A	40 Q	mehrfarbig	afc	0,40	0,30
1311 A	50 Q	mehrfarbig	afd	0,40	0,30
1312 A	80 Q	mehrfarbig	afe	1,—	0,40
1313 A	1.40 L	mehrfarbig	aff	2,—	0,80
		Satzpreis A (8 W.)		5,—	3,—
		Satzpreis B (8 W.)		16,—	16,—

Blockausgabe; A = waagerecht gez. 12½, B = □ in geänderten Farben

afh

afg) Olympia-Stadion, Mexiko-Stadt

1314 A	2 L	mehrfarbig	afg	3,—	3,—
Block 33 A		(90×82 mm)	afh	3,50	2,50
1314 B	2 L	mehrfarbig	afg	7,50	7,50
Block 33 B		(90×82 mm)	afh	10,—	9,—

Auflagen: MiNr. 1306 A–1313 A = 85.000, MiNr. 1306 B–1313 B = 15.000 Sätze, Bl. 33 A = 85.000, Bl. 33 B = 15.000 Blocks

1968, 16. Okt. 60. Geburtstag von Enver Hoxha. Odr.; gez. K 12.

afi) Enver Hoxha (1908–1985), Militär und Politiker

1315	25 Q	dkl'blaugrau/hellgrau	afi	0,50	0,50
1316	35 Q	dkl'karminbraun/hellkarminbraun	afi	0,50	0,50
1317	80 Q	dkl'blauviolett/hellviolettgrau	afi	1,50	1,—
1318	1.10 L	dkl'braun/graubraun	afi	2,—	1,—
		Satzpreis (4 W.)		4,50	3,—

Blockausgabe, □

afk) Enver Hoxha (1908–1985)

Block 34	1.50 L	mehrfarbig (78×91 mm)	afk	100,—	170,—

Auflage: MiNr. 1315–1318 = 30.000 Sätze, Bl. 34 = 10.000 Blocks

1968. 14. Nov. 60. Jahrestag des Kongresses von Monastir. RaTdr.; gez. K 12.

afl) Aufgeschlagenes Buch mit Alphabet (Einführung der lateinischen Schrift)

1319	15 Q	braunkarmin/schwarzgrün	afl	0,50	0,50
1320	85 Q	graugrün/violettbraun	afl	3,—	2,—
		Satzpreis (2 W.)		3,50	2,50

Auflage: 15.000 Sätze

1968, 15. Nov. Vögel. Odr.; gez. K 12¼.

afm) Seidenschwanz (Bombycilla garrulus)

afn) Rosenstar (Sturnus roseus)

afo) Eisvogel (Alcedo atthis)

afp) Schwanzmeise (Aegithalos caudatus)

afr) Mauerläufer (Tichodroma muraria)

afs) Bartmeise (Panurus biarmicus)

1321	15 Q	mehrfarbig	afm	0,30	0,30
1322	20 Q	mehrfarbig	afn	0,30	0,30
1323	25 Q	mehrfarbig	afo	0,40	0,30
1324	50 Q	mehrfarbig	afp	1,—	0,30
1325	80 Q	mehrfarbig	afr	2,—	1,—
1326	1.10 L	mehrfarbig	afs	3,—	1,30
		Satzpreis (6 W.)		7,—	3,50

Auflage: 80.000 Sätze

1968, 26. Dez. 75. Geburtstag von Mao Zedong. Odr.; gez. K 12:12½.

aft) Mao Zedong (1893–1976), chinesischer Politiker

1327	25 Q	braunrot/schwarz/gold	aft	1,—	0,50
1328	1.75 L	braunrot/schwarzbraun/gold	aft	6,50	4,50
		Satzpreis (2 W.)		7,50	5,—

Auflage: 20.000 Sätze

1969, 10. Febr. Helden unserer Tage. Odr.; gez. K 12¼:12½.

afu) Adam Reka (1928–1966)

afv) Pjetër Lleshi (1923–1966)

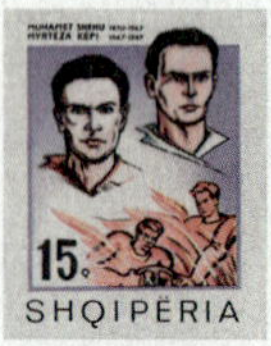

afw) Muhamet Shehu (1930–1967) und Myrteza Kepi (1947–1967)

afx) Shkurte Vata (1952–1967)

afy) Agron Elezi (1947–1967)

afz) Ismet Brucay (1949–1968)

aga) Fuat Çela (*1936), Blindenführer

afu–afz) Albanische Staatsangehörige, die bei Einsätzen in Katastrophen tödlich verunglückten

1329	5 Q	mehrfarbig	afu	0,50	0,50
1330	10 Q	mehrfarbig	afv	0,50	0,50
1331	15 Q	mehrfarbig	afw	1,—	1,—
1332	25 Q	mehrfarbig	afx	1,50	1,50
1333	65 Q	mehrfarbig	afy	2,—	2,—
1334	80 Q	mehrfarbig	afz	2,50	2,—
1335	1.30 L	mehrfarbig	aga	3,50	3,—
		Satzpreis (7 W.)		11,—	10,—

Auflage: 30.000 Sätze

1969, 25. Febr. 20 Jahre Hydrometeorologie in Albanien. Odr.; gez. K 12¼.

agb) Wetterstation, Regenwolke und Sonne

agc) Wetterfahne, Windböen

agd) Wetterkarte, Wetterballon und Antennen

1336	15 Q	mehrfarbig	agb	0,50	0,30
1337	25 Q	dunkelgrauultramarin/ orange/schwarz	agc	0,50	0,50
1338	1.60 L	hellgrauviolett/rotorange/ schwarz	agd	3,—	2,20
		Satzpreis (3 W.)		4,—	3,—

Auflage: 30.000 Sätze

1969, 25. April. 25. Jahrestag der Befreiung: Gemälde. Odr.; gez. K 12:12½, Querformate ~.

age) Soldaten der Revolution; von Pandi Mele (1939–2015)

agf) Skroske 1944; von Fatmir Haxhiu (1927–2001)

agg) Im Walzwerk; von Çlirim Ceka (*1945)

agh) Dezember 67; von Vilson Kilica (1932–2016)

agi) Ernte; von Nestor Jonuzi (*1944)

agk) Terrassen am Meer; von Sadik Kaceli (1914–2000)

1339	5 Q	mehrfarbig	age	0,30	0,30
1340	25 Q	mehrfarbig	agf	0,30	0,30
1341	65 Q	mehrfarbig	agg	0,40	0,30
1342	80 Q	mehrfarbig	agh	0,50	0,30
1343	1.10 L	mehrfarbig	agi	1,—	0,60
1344	1.15 L	mehrfarbig	agk	1,—	1,20
		Satzpreis (6 W.)		3,50	3,—

Blockausgabe, □

agm

agl) Geschichten des nationalen Befreiungskampfes; von Nexhmedin Zajmi (1916–1991)

1345	2 L mehrfarbig	agl	2,—	1,50
Block 35	(110×90 mm)	agm	2,50	2,—

Auflagen: MiNr. 1339–1344 = 82.000 Sätze, Bl. 35 = 62.000 Blocks

1969, 2. Mai. 450. Todestag von Leonardo da Vinci. Odr.; gez. K 12½:12, Querformat ∼.

agn) Selbstporträt ago) Lilie agp) Helikopter

agr) Porträt von Beatrice ags) Porträt einer adligen Dame

agn–ags) Gemälde und Zeichnungen von Leonardo da Vinci (1452–1519), italienischer Maler, Bildhauer, Naturforscher

1346	25 Q mehrfarbig	agn	0,30	0,30
1347	35 Q mehrfarbig	ago	0,50	0,30
1348	40 Q mehrfarbig	agp	0,70	0,40
1349	1 L mehrfarbig	agr	2,—	1,—
1350	2 L mehrfarbig	ags	4,—	1,50
		Satzpreis (5 W.)	7,50	3,50

Blockausgabe, □

agt) Mona Lisa

Block 36	2 L mehrfarbig (64×96 mm)	agt	6,—	3,50

Auflagen: MiNr. 1346–1350 = 92.000 Sätze, Bl. 36 = 62.000 Blocks

MiNr. 1351 entfällt.

1969, 24. Mai. 25. Jahrestag der Partisanenversammlung, Permet. Odr.; gez. K 12¼.

agv) Versammlungsgebäude von 1944 agw) Partisanen mit Fahne

1352	25 Q mehrfarbig	agv	0,50	0,30
1353	2.25 L mehrfarbig	agw	4,—	3,20
		Satzpreis (2 W.)	4,50	3,50

Blockausgabe, □ mit aufgedruckter Zähnung

agy

agx) Staatswappen

1354	1 L mehrfarbig	agx	30,—	50,—
Block 37	(95×100 mm)	agy	35,—	60,—

Auflagen: MiNr. 1352–1353 = 17.000 Sätze, Bl. 37 = 7.000 Blocks

1969, 30. Juni. Veilchen. Odr.; gez. K 12¼:12½.

agz) Albanisches Veilchen (Viola albanica)

aha) Gartenveilchen (Viola hortensis)

ahb) Ungleichblättriges Veilchen (Viola heterophylla)

ahc) Gartenveilchen (Viola hortensis)

ahd) Märzveilchen (Viola odorata)

ahe) Gartenveilchen (Viola hortensis)

ahf) Gartenveilchen (Viola hortensis)

1355	5	Q	mehrfarbig	agz	0,30	0,30
1356	10	Q	mehrfarbig	aha	0,30	0,30
1357	15	Q	mehrfarbig	ahb	0,40	0,30
1358	20	Q	mehrfarbig	ahc	0,50	0,30
1359	25	Q	mehrfarbig	ahd	0,50	0,30
1360	80	Q	mehrfarbig	ahe	1,50	0,50
1361	1.95	L	mehrfarbig	ahf	2,50	1,50
				Satzpreis (7 W.)	6,—	3,50

1969, 10. Aug. Baumblüten. RaTdr.; gez. K 12:12½.

ahg) Zwetschge (Prunus domestica)

ahh) Zitrone (Citrus medica)

ahi) Granatapfel (Punica granatum)

ahk) Süßkirsche (Prunus cerasius)

ahl) Pfirsich (Prunus persica)

ahm) Apfel (Malus domestica)

1362	10	Q	mehrfarbig	ahg	0,30	0,30
1363	15	Q	mehrfarbig	ahh	0,30	0,30
1364	25	Q	mehrfarbig	ahi	0,40	0,30
1365	50	Q	mehrfarbig	ahk	1,—	0,30
1366	80	Q	mehrfarbig	ahl	1,50	0,80
1367	1.20	L	mehrfarbig	ahm	2,50	1,50
				Satzpreis (6 W.)	6,—	3,50

1969, 15. Sept. Basketball-Europameisterschaft, Neapel und Caserta. Odr.; gez. K 12.

ahn

aho

ahp

ahr

ahs

ahn–ahs) Spielszenen

1368	10	Q	mehrfarbig	ahn	0,50	0,30
1369	15	Q	mehrfarbig	aho	0,50	0,30
1370	25	Q	mehrfarbig	ahp	0,50	0,30
1371	80	Q	mehrfarbig	ahr	1,50	0,30
1372	2.20	L	mehrfarbig	ahs	3,—	1,—
				Satzpreis (5 W.)	6,—	2,20

1969, 30. Sept. Nationale Spartakiade. Odr.; gez. K 12.

aht) Flagge, Pickel, Gewehr

ahu) Kunstturnen

ahv) Laufen

ahw) Schießen

ahx) Schwimmen

ahy) Radfahren

ahz) Fußball

aht–ahz) Grundriss eines Sportstadions

1373	5	Q	mehrfarbig	aht	0,30	0,30
1374	10	Q	mehrfarbig	ahu	0,30	0,30
1375	15	Q	mehrfarbig	ahv	0,40	0,30
1376	20	Q	mehrfarbig	ahw	0,50	0,30
1377	25	Q	mehrfarbig	ahx	0,50	0,30
1378	80	Q	mehrfarbig	ahy	1,50	0,40
1379	95	Q	mehrfarbig	ahz	2,—	0,60
				Satzpreis (7 W.)	5,50	2,50

1969, 1. Okt. 20 Jahre Volksrepublik China. MiNr. 1380 RaTdr., MiNr. 1381–1382 Odr.; gez. K 12:12¼, Querformat ~.

aia) Parteivorsitzender Mao Zedong

aib) Arbeiter am Schaltpult einer Hochofenanlage

aic) Demonstrierende Chinesen

1380	25	Q	mehrfarbig	aia	2,—	0,50
1381	85	Q	mehrfarbig	aib	5,50	2,—
1382	1.40	L	mehrfarbig	aic	10,—	3,50
			Satzpreis (3 W.)		17,50	6,—

1969, 20. Okt. 25. Jahrestag der antifaschistischen Versammlung zur nationalen Befreiung in Berat. Odr.; gez. K 12¼:12½.

aid) Enver Hoxha am Rednerpult

aie) Deklarationen, Sowjetstern

aif) Partisanen, Rote Fahne

1383	25	Q	mehrfarbig	aid	0,30	0,30
1384	80	Q	mehrfarbig	aie	0,70	0,50
1385	1.45	(L)	mehrfarbig	aif	2,—	1,20
			Satzpreis (3 W.)		3,—	2,—

1969, 29. Nov. 25 Jahre Befreiung und Triumph der Volksrevolution. Odr.; gez. K 12¼:12.

aig) Angehörige der albanischen Armee

aih) Industrieanlage

aii) Mähdrescher

aik) Stauwerk, Hochspannungsmast

ail) Junge Soldaten

aim) Volkstanzgruppe

1386	25	Q	mehrfarbig	aig	0,40	0,30
1387	30	Q	mehrfarbig	aih	0,50	0,30
1388	35	Q	mehrfarbig	aii	0,70	0,30
1389	45	Q	mehrfarbig	aik	1,20	0,40
1390	55	Q	mehrfarbig	ail	1,70	0,70
1391	1.10	L	mehrfarbig	aim	3,—	1,20
			Satzpreis (6 W.)		7,50	3,20

1969, 21. Dez. 90. Geburtstag von Jossif Stalin. Odr.; gez. K 12.

ain) Jossif Stalin (1879–1953), sowjetischer Revolutionär und Politiker

1392	15	Q	grauviolett	ain	0,30	0,30
1393	25	Q	dunkelgraublau	ain	0,50	0,30
1394	1	L	dunkelbraun	ain	1,70	0,40
1395	1.10	L	violettultramarin	ain	2,—	1,—
			Satzpreis (4 W.)		4,50	2,—

1969, 25. Dez. Antike Mosaiken. Odr.; gez. K 12:12½, Querformate ∼.

aio) Mädchenbild

aip) Wandmuster

air) Vogel und Baum

ais) Fußbodenmuster

ait) Unbestimmbares Fragment

1396	15	Q	mehrfarbig	aio	0,30	0,30
1397	25	Q	mehrfarbig	aip	0,30	0,30
1398	80	Q	mehrfarbig	air	1,—	0,40
1399	1.10	L	mehrfarbig	ais	1,70	0,60
1400	1.20	L	mehrfarbig	ait	2,20	0,60
			Satzpreis (5 W.)		5,50	2,20

1970, 21. Jan. 50. Jahrestag des Kongresses von Lushnja. Odr.; gez. K 12.

aiu) Kongressgebäude, Urkunden

aiv) Urkunde, Stempelabdruck

1401	25	(Q)	mehrfarbig	aiu	0,50	0,50
1402	1.25	(L)	mehrfarbig	aiv	3,—	2,—
			Satzpreis (2 W.)		3,50	2,50

1970, 11. Febr. 25 Jahre albanische Gewerkschaften. Odr.; gez. K 12½:12½.

aiw) Werktätige vor roter Fahne

1403	25 Q	mehrfarbig	aiw	0,50	0,50
1404	1.75 L	mehrfarbig	aiw	3,—	2,—
		Satzpreis (2 W.)		3,50	2,50

1970, 10. März. Lilien. RaTdr.; gez. K 12.

aix) Nickende Lilie (Lilium cernumm)

aiy) Weiße Lilie (Lilium candidum)

aiz) Königslilie (Lilium regale)

aka) Türkenbund (Lilium martagon)

akb) Tigerlilie (Lilium tigrinum)

akc) Balkanlilie (Lilium albanicum)

1405	5 Q	mehrfarbig	aix	0,30	0,30
1406	15 Q	mehrfarbig	aiy	0,30	0,30
1407	25 Q	mehrfarbig	aiz	1,—	0,50
1408	80 Q	mehrfarbig	aka	2,—	1,—
1409	1.10 L	mehrfarbig	akb	3,—	1,70
1410	1.15 L	mehrfarbig	akc	3,50	1,70
		Satzpreis (6 W.)		10,—	5,50

1970, 22. April. 100. Geburtstag von Wladimir Lenin. Odr.; gez. K 12.

akd

ake

akf

akg

akh

akd–akh) Wladimir Lenin (1870–1924), russischer Revolutionär und Politiker

1411	5 Q	mehrfarbig	akd	0,30	0,30
1412	15 Q	mehrfarbig	ake	0,30	0,30
1413	25 Q	mehrfarbig	akf	0,50	0,30
1414	95 Q	mehrfarbig	akg	1,20	0,60
1415	1.10 L	mehrfarbig	akh	2,20	1,—
		Satzpreis (5 W.)		4,50	2,50

1970, 25. April. 25 Jahre albanischer Grenzschutz. RaTdr. gez. K 12.

aki) Grenzer mit Wachhund, Grenzstein

1416	25 Q	mehrfarbig	aki	0,50	0,50
1417	1.25 L	mehrfarbig	aki	2,50	1,70
		Satzpreis (2 W.)		3,—	2,20

1970, 15. Mai. Fußball-Weltmeisterschaft, Mexiko. Odr.; A = gez. K 12½:12, B = ☐.

akk) Jules-Rimet-Pokal, Weltkugelhälften

akl) Azteken-Stadion, Mexiko

akm

akn

ako

akp

akr

akm–akr) Spielszenen

1418 A	5 Q	mehrfarbig	akk	0,30	0,30
1419 A	10 Q	mehrfarbig	akl	0,30	0,30
1420 A	15 Q	mehrfarbig	akm	0,30	0,30
1421 A	25 Q	mehrfarbig	akn	0,30	0,30
1422 A	65 Q	mehrfarbig	ako	0,30	0,30
1423 A	80 Q	mehrfarbig	akp	1,—	0,40
1424 A	2 L	mehrfarbig	akr	2,—	0,60
		Satzpreis A (7 W.)		4,50	2,50
		Satzpreis B (7 W.)		12,—	12,—

Blockausgabe; A = waagerecht gez. 12½, B = ☐

akt

aks) Mexikanischer Reiter am Vulkan Popocatepetl

1425 A	2 L	mehrfarbig	aks	3,—	2,—
Block 38 A		(75×81 mm)	akt	3,50	3,50
1425 B	2 L	mehrfarbig	aks	—,—	—,—
Block 38 B		(75×81 mm)	akt	10,—	10,—

1970, 30. Mai. Einweihung des neuen Amtssitzes des Weltpostvereins (UPU) in Bern. Odr.; gez. K 12½:12.

aku) UPU-Gebäude, Bern

1426	25 Q	mehrfarbig	aku	0,30	0,30
1427	1.10 L	mehrfarbig	aku	1,50	0,40

1428	1.15 L	mehrfarbig	aku	1,70	1,—
			Satzpreis (3 W.)	3,50	1,70

1970, 10. Juli. Frühchristliche Mosaikkunst. Odr.; gez. K 12½:12¼, Hochformat ~.

akv) Vogel und Weintraube

akw) Vogel, Weintraube und Kelch

akx) Vogel und Gefäß

aky) Ente in Rankenmuster

akz) Fische

ala) Pfau

akv–ala) Bodenmosaiken aus der Basilika Lin am Ohrid-See (6. Jh.)

1429	5 Q	mehrfarbig	akv	0,30	0,30
1430	10 Q	mehrfarbig	akw	0,30	0,30
1431	20 Q	mehrfarbig	akx	0,40	0,30
1432	25 Q	mehrfarbig	aky	0,50	0,30
1433	65 Q	mehrfarbig	akz	1,—	0,30
1434	2.25 L	mehrfarbig	ala	3,50	1,50
			Satzpreis (6 W.)	6,—	3,—

1970, 28. Aug. 25 Jahre Agrarreform. Odr.; gez. K 12¼:12.

alb) Ackerbau in den Bergen

alc) Anbau auf Bergterrassen

ald) Kühe

ale) Mähdrescher

1435	15 Q	grauviolett/schwarz	alb	0,50	0,30
1436	25 Q	blau/schwarz	alc	0,50	0,30
1437	80 Q	mehrfarbig	ald	1,50	0,40
1438	1.30 L	mehrfarbig	ale	2,—	1,—
			Satzpreis (4 W.)	4,50	2,—

1970, 3. Sept. 50. Jahrestag der Vlora-Kriege. Odr.; gez. K 12.

alf

alg

alh

alf–alh) Kampf- und Demonstrationsszenen

1439	15 Q	mehrfarbig	alf	0,30	0,30
1440	25 Q	mehrfarbig	alg	0,70	0,30
1441	1.60 L	mehrfarbig	alh	2,20	1,40
			Satzpreis (3 W.)	3,20	2,—

1970, 25. Sept. Moderne Gemälde aus der Nationalgalerie, Tirana. Odr.; gez. K 12:12½, Querformate ~.

ali) Ernte; von Isuf Sulovari (1934–2006)

alk) Volksrevolution; von Dhimitraq Trebicka (1936–2013)

all) Tag der Befreiung; von Nexhmedin Zajmi (1916–1991)

alm) Partisanen; von Hasan Nallbani (*1934)

aln) Arbeitsberatung; von Vilson Kilica (1932–2016)

alo) Arbeiterin; von Zef Shoshi (*1939)

1442	5 Q	mehrfarbig	ali	0,30	0,30
1443	15 Q	mehrfarbig	alk	0,30	0,30
1444	25 Q	mehrfarbig	all	0,30	0,30
1445	65 Q	mehrfarbig	alm	0,30	0,30
1446	95 Q	mehrfarbig	aln	1,30	0,80
1447	2 L	mehrfarbig	alo	2,50	1,50
			Satzpreis (6 W.)	5,—	3,50

Blockausgabe, ☐

alp) Partisan kämpft gegen Panzer; von Sali Shijaku (*1933)

Block 39	2 L mehrfarbig (66×97 mm)	alp	3,50	2,—

1970, 25. Okt. 25 Jahre Elektrifizierungsplan. RaTdr.; gez. K 12.

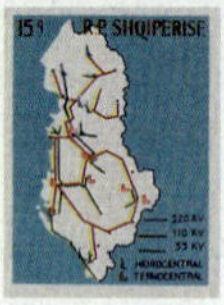
alr) Landkarte Albaniens mit Planeinzeichnungen

als) Landkarte Albaniens, Glühbirne, Statistik

alt) Verlegung elektrischer Leitungen

alu) Beleuchtetes Gut, verschiedene elektrische Geräte

1448	15 Q	mehrfarbig	alr	0,30	0,30
1449	25 Q	mehrfarbig	als	0,50	0,30
1450	80 Q	mehrfarbig	alt	1,50	0,40
1451	1.10 L	mehrfarbig	alu	1,70	1,—
			Satzpreis (4 W.)	4,—	2,—
			FDC		*160,—*

1970, 28. Nov. 150. Geburtstag von Friedrich Engels. Odr.; gez. K 12¼:12½.

alv

alw

alx

alv–alx) Friedrich Engels (1820–1895), deutscher Philosoph und Politiker

1452	25 Q	gold/blau	alv	0,50	0,30
1453	1.10 L	gold/karminbraun	alw	1,50	0,60
1454	1.15 L	gold/braunoliv	alx	2,—	0,80
			Satzpreis (3 W.)	4,—	1,70

1970, 16. Dez. 200. Geburtstag von Ludwig van Beethoven. Odr.; gez. K 12.

aly) Geburtshaus Beethovens

alz) Beethoven im Medaillon

ama) Beethoven, Jugendbildnis

amb) Ludwig van Beethoven (1770–1827), deutscher Komponist

amc) Beethoven

amd) Szene aus der Oper „Fidelio"

1455	5 Q	gold/braunviolett	aly	0,30	0,30
1456	15 Q	silber/violett	alz	0,30	0,30
1457	25 Q	gold/grün	ama	0,50	0,30
1458	65 Q	silber/rötlichviolett	amb	1,20	0,80
1459	1.10 L	gold/violettblau	amc	2,20	1,—
1460	1.80 L	silber/schwarz	amd	4,—	1,80
			Satzpreis (6 W.)	8,50	4,50

1970, 4. Dez./1971, 20. Jan. Industrieanlagen. Odr.; gez. K 12¼:11¾, Hochformat ~.

A amd) Traktorenwerk, Tirana

B amd) Düngemittelfabrik, Fier

C amd) Superphosphatwerk, Laç

D amd) Zementfabrik, Elbasan

E amd) Kokerei, Qyteti Stalin

A 1460	10 Q	mehrfarbig	A amd	250,—	150,—
B 1460	15 Q	mehrfarbig (4.12.1970)	B amd	250,—	150,—
C 1460	20 Q	mehrfarbig	C amd	250,—	150,—
D 1460	25 Q	mehrfarbig	D amd	250,—	150,—
E 1460	80 Q	mehrfarbig	E amd	250,—	150,—
			Satzpreis (5 W.)	1200,—	750,—

Auflagen: MiNr. A 1460 und C 1460 je 200.000, MiNr. B 1460 = 500.000, MiNr. D 1460 = 2.000.000, MiNr. E 1460 = 300.000 Stück

1971, 11. Jan. 25 Jahre Volksrepublik Albanien. Odr.; gez. K 12½:12.

ame) Staatswappen

amf) Staatsgebäude

amg) Parteiredner

amh) Jugendliche

1461	15 Q	mehrfarbig	ame	0,30	*0,50*
1462	25 Q	mehrfarbig	amf	0,30	*0,50*
1463	80 Q	mehrfarbig	amg	1,20	*1,20*
1464	1.30 L	mehrfarbig	amh	1,70	*1,80*
			Satzpreis (4 W.)	3,50	*4,—*

1971, 18. März. 100 Jahre Pariser Kommune. Odr.; gez. K 11¾:12½, Querformate ~.

ami) Aufständischer mit Fahne

amk) Aufständische Bevölkerung

aml) Kampfszene

amm) Erschießungsszene

1465	25 Q	indigo/blau	ami	0,50	0,30
1466	50 Q	olivgrau/grün	amk	0,70	0,40
1467	65 Q	orangebraun/violettbraun	aml	1,—	0,50
1468	1.10 L	grauviolett/purpurviolett	amm	1,80	1,—
			Satzpreis (4 W.)	4,—	2,20

1971, 21. März. Internationales Jahr gegen Rassendiskriminierung. Odr.; gez. K 12¼:12½.

amn) „Rassenkampf“

amo) Männerköpfe dreier Rassen

amp) Freiheitskämpfer

1469	25 Q	braunocker/schwarz	amn	0,30	0,30
1470	1.10 L	karmin/schwarz	amo	1,—	0,30
1471	1.15 L	zinnober/schwarz	amp	1,20	0,60
		Satzpreis (3 W.)		2,50	1,20

1971, 25. März. Tulpen. Odr.; gez. K 12:12½.

amr

ams

amt

amu

amv

amw

amx

amy

amr–amy) Verschiedene Gartentulpen (Tulipa hybrida)

1472	5 Q	mehrfarbig	amr	0,30	0,30
1473	10 Q	mehrfarbig	ams	0,30	0,30
1474	15 Q	mehrfarbig	amt	0,40	0,30
1475	20 Q	mehrfarbig	amu	0,50	0,30
1476	25 Q	mehrfarbig	amv	0,50	0,30
1477	80 Q	mehrfarbig	amw	1,50	0,30
1478	1 L	mehrfarbig	amx	2,50	0,70
1479	1.45 L	mehrfarbig	amy	4,—	1,50
		Satzpreis (8 W.)		10,—	4,—

1971, 15. Mai. 500. Geburtstag von Albrecht Dürer. Odr.; gez. K 12:12¼, Querformate ~.

amz) Postreiter

ana) Drei Bauern im Gespräch

anb) Tanzende Bauern

anc) Der Dudelsackpfeifer

and) Ansicht von Kalkreuth

ane) Ansicht von Trient

amz–ane) Arbeiten von Albrecht Dürer (1471–1528), deutscher Maler, Graphiker, Zeichner und Kunstschriftsteller

1480	10 Q	schwarz/oliv	amz	0,30	0,30
1481	15 Q	schwarz/blauviolett	ana	0,30	0,30
1482	25 Q	schwarz/graublau	anb	0,40	0,30
1483	45 Q	schwarz/orangebraun	anc	1,—	0,30
1484	65 Q	mehrfarbig	and	2,—	0,80
1485	2.40 L	mehrfarbig	ane	6,—	2,—
		Satzpreis (6 W.)		10,—	4,—

Blockausgabe, □

anf) Selbstbildnis

Block 40	2.50 L	mehrfarbig (66×97 mm)	anf	5,—	3,50

1971, 10. Juni. Weltraumerfolge Chinas. Odr.; gez. K 12¼:12½.

ang) Erdkugel, Satellitenbahn

anh) Regierungsgebäude Tirana

ani) Erdkugel, Satellitenbahn

1486	60 Q	mehrfarbig	ang	1,—	0,50
1487	1.20 L	mehrfarbig	anh	2,50	1,50
1488	2.20 L	mehrfarbig	ani	4,50	3,—
		Satzpreis (3 W.)		8,—	5,—

Blockausgabe, □

ank) Erdkugel, chinesische Fahne als Satellitenbahn

Block 41	2.50 L	mehrfarbig (64×112 mm)	ank	6,—	3,50

1971, 1. Juli. 50 Jahre Kommunistische Partei Chinas. Odr.; gez. K 12:12½, Querformate ~.

anl

anm

ann

anl–ann) Mao Zedong und Demonstration

1489	25 Q	mehrfarbig	anl	0,50	0,50
1490	1.05 L	mehrfarbig	anm	2,50	2,—
1491	1.20 L	mehrfarbig	ann	3,50	2,50
			Satzpreis (3. W.)	6,50	5,—

1971, 15. Aug. Vögel. Odr. (2×4); gez. K 12½:12

Zierfeld
ano) Haubenmeise (Lophophanes cristatus)

anp) Girlitz (Serinus serinus)
anr) Bluthänfling (Carduelis cannabina)

ans) Sommergoldhähnchen (Regulus ignicapillus)
ant) Steinrötel (Monticola saxatilis)

anu) Blaumeise (Parus caeruleus)
anv) Buchfink (Fringilla coelebs)

1492	5 Q	mehrfarbig	ano	0,30	0,30
1493	10 Q	mehrfarbig	anp	0,40	0,30
1494	15 Q	mehrfarbig	anr	0,60	0,30
1495	25 Q	mehrfarbig	ans	1,—	0,30
1496	45 Q	mehrfarbig	ant	1,50	0,30
1497	60 Q	mehrfarbig	anu	2,20	1,—
1498	2.40 L	mehrfarbig	anv	9,—	7,50
			Satzpreis (7 W.)	15,—	10,—
			Kleinbogen I (MiNr. 1492–1498)	25,—	20,—
			Kleinbogen II (MiNr. 1492–1497)	—,—	*50,—*

MiNr. 1492–1498 wurden mit 1 Zierfeld (Feld 1) zusammenhängend im Kleinbogen I gedruckt. Der Kleinbogen II enthält statt MiNr. 1498 ein zweites Zierfeld mit dem Hintergrundmotiv von MiNr. 1498, jedoch ohne Vogel und Beschriftung.

1971, 15. Sept. Olympische Sommerspiele, München (I). Odr.; gez. K 12¼:12.

anw) Kurzstreckenlauf

anx) Hürdenlauf

any) Zweierkanadier

anz) Kunstturnen

aoa) Fechten

aob) Fußball

aoc) Wasserspringen

1499	5 Q	mehrfarbig	anw	0,30	0,30
1500	10 Q	mehrfarbig	anx	0,30	0,30
1501	15 Q	mehrfarbig	any	0,30	0,30
1502	25 Q	mehrfarbig	anz	0,30	0,30
1503	80 Q	mehrfarbig	aoa	1,—	0,30
1504	1.05 L	mehrfarbig	aob	1,30	0,50
1505	3.60 L	mehrfarbig	aoc	4,—	1,—
		Satzpreis (7 W.)		7,50	3,—

Blockausgabe, □

aoe

aod) Laufen

1506	2 L	mehrfarbig	aod	3,—	2,—
Block 42		(69×82 mm)	aoe	3,50	2,50

	★★
Block 42 F fehlende Inschrift am unteren Blockrand	120,—

1971, 1. Nov. Kongress der Arbeiterpartei Albaniens. Odr.; gez. K 12.

aof) Demonstrationszug

aog) Kongressgebäude

aoh) Symbolik

				★★	⊙
1507	0.25 L	mehrfarbig	aof	0,50	0,30
1508	1.05 L	mehrfarbig	aog	1,50	1,30
1509	1.20 L	mehrfarbig	aoh	2,—	1,40
		Satzpreis (3 W.)		4,—	3,—

1971, 8. Nov. 30 Jahre Arbeiterpartei Albaniens. Odr.; gez. K 12.

aoi) Symbole der Wirtschaft

aok) Symbolik

aol) Enver Hoxha, Generalsekretär; Fahnen

1510	0.15 L	mehrfarbig	aoi	0,30	0,30
1511	0.80 L	mehrfarbig	aok	1,20	1,—
1512	1.55 L	mehrfarbig	aol	2,50	1,70
		Satzpreis (3 W.)		4,—	3,—

1971, 20. Nov. Nationale Gemälde. Odr.; gez. K 12:12½, Querformate ~.

aom) Jüngling; von Remzi Kuçi

aon) Bauarbeit; von Myrteza Fushëkati (*1942)

aoo) Partisan; von Danish Jukniu (1934–2003)

aop) Piloten; von Spiro Kristo (1936–2011)

aor) Mädchen mit Brief; von Avenir Sadikaj

aos) Bewaffnete Kämpfer; von Skënder Kamberi (*1939)

1513	5 Q	mehrfarbig	aom	0,30	0,30
1514	15 Q	mehrfarbig	aon	0,30	0,30
1515	25 Q	mehrfarbig	aoo	0,30	0,30
1516	80 Q	mehrfarbig	aop	0,90	0,30
1517	1.20 L	mehrfarbig	aor	1,20	0,80
1518	1.55 L	mehrfarbig	aos	1,50	1,—
		Satzpreis (6 W.)		4,50	3,—

Blockausgabe, □

aot) Freiheitskämpfer; von Ismail Lulani (1933–2002)

Block 43	2 L	mehrfarbig (90×70 mm)	aot	3,50	2,50

1971, 23. Nov. 30 Jahre Verband der Arbeiterjugend. Odr.; gez. K 12:12½.

aou) Fahnen, Spitzhacke und Gewehr

1519	0.15 L	mehrfarbig	aou	0,30	0,30
1520	1.35 L	mehrfarbig	aou	1,70	0,90
		Satzpreis (2 W.)		2,—	1,20

1971, 27. Dez. Albanisches Nationalballett. Odr.; gez. K 12½:12.

aov

aow

aox

aoy

aoz

apa

aov–apa) Albaniens Kampf gegen die Türken, verschiedene Ballettszenen

1521	5	Q	mehrfarbig	aov	0,30	0,30
1522	10	Q	mehrfarbig	aow	0,30	0,30
1523	15	Q	mehrfarbig	aox	0,30	0,30
1524	50	Q	mehrfarbig	aoy	0,60	0,30
1525	80	Q	mehrfarbig	aoz	1,—	0,60
1526	1.40	L	mehrfarbig	apa	2,—	1,20
			Satzpreis (6 W.)		4,50	3,—

		★★	⊘
1522 F	Farbe Silber (Landesname und Wertangabe) fehlend	—,—	
1524 F	Farbe Silber (Landesname und Wertangabe) fehlend	50,—	
1526 F	Farbe Silber (Landesname und Wertangabe) fehlend		—,—

1972, 10. Febr. Olympische Winterspiele, Sapporo. Odr.; gez. K 12½:12.

apb) Biathlon

apc) Rennrodeln

apd) Eishockey

ape) Zweierbob

apf) Eisschnelllauf

apg) Abfahrtslauf

aph) Skispringen

					★★	⊙
1527	5	Q	mehrfarbig	apb	0,30	0,30
1528	10	Q	mehrfarbig	apc	0,30	0,30
1529	15	Q	mehrfarbig	apd	0,30	0,30
1530	20	Q	mehrfarbig	ape	0,30	0,30
1531	50	Q	mehrfarbig	apf	0,60	0,30
1532	1	L	mehrfarbig	apg	1,—	0,80
1533	2	L	mehrfarbig	aph	2,20	1,70
			Satzpreis (7 W.)		5,—	4,—

Blockausgabe, ☐

api) Eislaufpaar

Block 44	2.50	L	mehrfarbig (71×90 mm)	api	3,50	2,50

MiNr. 1534 entfällt.

1972, 20. März. Waldfrüchte. Odr.; gez. K 12.

apl) Walderdbeere (Fragaria vesca)

apm) Brombeere (Rubus sp.)

apn) Haselnuss (Corylus avellana)

apo) Walnuss (Juglans regia)

app) Westlicher Erdbeerbaum (Arbutus unedo)

apr) Kornelkirsche (Cornus mas)

aps) Vogelbeere (Sorbus aucuparia)

1535	5	Q	mehrfarbig	apl	0,30	0,30
1536	10	Q	mehrfarbig	apm	0,30	0,30
1537	15	Q	mehrfarbig	apn	0,30	0,30
1538	20	Q	mehrfarbig	apo	0,30	0,30
1539	25	Q	mehrfarbig	app	0,30	0,30
1540	30	Q	mehrfarbig	apr	0,50	0,30
1541	2.40	L	mehrfarbig	aps	4,—	0,80
			Satzpreis (7 W.)		6,—	2,60

1972, 7. April. Welt-Herzmonat. MiNr. 1542 Odr., MiNr. 1543 RaTdr.; gez. K 12¼:12½.

apt) Menschliches Herz

apu) Herzstation in einer Klinik

1542	1.10 L	mehrfarbig	apt	1,70	1,20
1543	1.20 L	mehrfarbig	apu	1,80	1,30
		Satzpreis (2 W.)		3,50	2,50

1972, 24. April. Gewerkschaftskongress. Odr.; gez. K 12:12½.

apv) Werktätige mit Fahne

apw) Kulturpalast

1544	25 Q	mehrfarbig	apv	0,70	0,50
1545	2.05 L	mehrfarbig	apw	2,80	1,70
		Satzpreis (2 W.)		3,50	2,20

1972, 5. Mai. 30. Todestag von Qemal Stafa. Odr.; gez. K 12½.

apx) Opferschale

apy) Denkmal

apz) Qemal Stafa (1921–1942), Freiheitskämpfer

1546	15 Q	mehrfarbig	apx	0,30	0,30
1547	25 Q	mehrfarbig	apy	0,40	0,30
1548	1.90 L	orangegelb/schwarz	apz	2,50	0,90
		Satzpreis (3 W.)		3,20	1,50

1972, 10. Mai. Kamelien. Odr.; gez. K 12:12½.

ara

arb

arc

ard

are

arf

arg

ara–arg) Japanische Kamelien (Camellia japonica)

1549	5 Q	mehrfarbig	ara	0,30	0,30
1550	10 Q	mehrfarbig	arb	0,30	0,30
1551	15 Q	mehrfarbig	arc	0,30	0,30
1552	25 Q	mehrfarbig	ard	0,30	0,30
1553	45 Q	mehrfarbig	are	0,60	0,30
1554	50 Q	mehrfarbig	arf	1,20	0,30
1555	2.50 L	mehrfarbig	arg	4,50	2,20
		Satzpreis (7 W.)		7,50	4,—

1972, 30. Juni. Olympische Sommerspiele, München (II). Odr.; gez. K 12¼:12.

arh) Hochsprung

ari) Laufen

ark) Kugelstoßen

arl) Bahn-Radfahren

arm) Stabhochsprung

arn) Hürdenlauf

aro) Hockey

arp) Schwimmen

1556	5 Q	mehrfarbig	arh	0,30	0,30
1557	10 Q	mehrfarbig	ari	0,30	0,30
1558	15 Q	mehrfarbig	ark	0,30	0,30
1559	20 Q	mehrfarbig	arl	0,30	0,30
1560	25 Q	mehrfarbig	arm	0,30	0,30
1561	50 Q	mehrfarbig	arn	0,50	0,30
1562	75 Q	mehrfarbig	aro	1,—	0,30
1563	2 L	mehrfarbig	arp	3,—	0,40
		Satzpreis (8 W.)		6,—	2,50
		Kleinbogensatz (8 Klb.)		50,—	22,—

Blockausgabe, □

arr) Wasserspringen

Block 45	2.50 L mehrfarbig (71×90 mm)	arr	3,50	2,50

MiNr. 1556–1563 wurden jeweils im Kleinbogen zu 8 Marken und 1 Zierfeld gedruckt.

MiNr. 1564 entfällt.

1972, 25. Juli. Verkehrsmittel. Odr.; gez. K 12:11¾.

art) Stadt-Omnibus

aru) Eisenbahn

arv) Frachtschiff „Tirana"

arw) Personenwagen

arx) Lastwagen

1565	0.15 L	mehrfarbig	art	0,30	0,30
1566	0.25 L	mehrfarbig	aru	0,50	0,30
1567	0.80 L	mehrfarbig	arv	0,70	0,30
1568	1.05 L	mehrfarbig	arw	1,—	0,30
1569	1.20 L	mehrfarbig	arx	2,—	0,80
			Satzpreis (5 W.)	4,50	2,—

1972, 18. Aug. Volkssportfest. Odr.; gez. K 12.

ary

arz

asa

asb

asc

asd

ary–asd) Traditionelle Sportarten

1570	5 Q	mehrfarbig	ary	0,30	0,30
1571	10 Q	mehrfarbig	arz	0,30	0,30
1572	15 Q	mehrfarbig	asa	0,30	0,30
1573	25 Q	mehrfarbig	asb	0,30	0,30
1574	90 Q	mehrfarbig	asc	1,30	0,30
1575	2 L	mehrfarbig	asd	2,50	1,50
			Satzpreis (6 W.)	5,—	3,—

1972, 25. Aug. 30 Jahre „Tag der Presse". Odr.; gez. K 12½ (12¼):12.

ase) Titelseiten verschiedener Zeitungen

asf) Druckerpresse

asg) Arbeiter mit Zeitung

1576	15 Q	grünlichblau/schwarz	ase	0,30	0,30
1577	25 Q	mehrfarbig	asf	0,30	0,30
1578	1.90 L	blauviolett/schwarz	asg	1,90	1,10
			Satzpreis (3 W.)	2,50	1,70

1972, 16. Sept. 30. Jahrestag der Konferenz von Peza. Odr.; gez. K 12:11¾

ash) Landkartenausschnitt, Gedenktafel

asi) Sportstation „Partisan", Tirana

ask) Denkmal

1579	15 Q	mehrfarbig	ash	0,30	0,30
1580	25 Q	mehrfarbig	asi	0,50	0,40
1581	1.90 L	mehrfarbig	ask	2,70	1,80
			Satzpreis (3 W.)	3,50	2,50

1972, 25. Sept. Gemälde. Odr.; gez. K 12¼:12, Hochformate ~.

asl) Partisanentreffen; von Sotir Capo (1934–2012)

asm) Mädchenbildnis; von Ismail Lulani (1933–2002)

asn) Kommunisten; von Lec Shkreli (*1942)

aso) Ortschaft Nëndori; von Sali Shijaku (*1933)

asp) Frauen bei der Feldarbeit; von Zef Shoshi (*1939)

asr) Blick auf die Burg von Krujë; von Dhimitraq Trebicka (1936–2013)

ass) Radfahrende Mädchen; von Vilson Kilica (1932–2016)

1582	5 Q	mehrfarbig	asl	0,30	0,30
1583	10 Q	mehrfarbig	asm	0,30	0,30
1584	15 Q	mehrfarbig	asn	0,30	0,30
1585	20 Q	mehrfarbig	aso	0,30	0,30
1586	50 Q	mehrfarbig	asp	0,30	0,30
1587	1 L	mehrfarbig	asr	1,—	0,30
1588	2 L	mehrfarbig	ass	2,50	1,40
			Satzpreis (7 W.)	5,—	3,20

Blockausgabe, □

ast) Albanischer Volkstanz; von Abdurrahim Buza (1905–1987)

Block 46	2.30 L	mehrfarbig (55×82 mm)	ast	3,50	2,50

1972, 23. Okt. Kongress des Verbandes der Albanischen Arbeiterjugend. Odr.; gez. K 12.

asu) Kongressemblem, Fahnen

asv) Junger Arbeiter mit Fahne

1589	25 Q	mehrfarbig	asu	0,70	0,50
1590	2.05 L	mehrfarbig	asv	2,80	1,70
			Satzpreis (2 W.)	3,50	2,20

1972, 7. Nov. 55. Jahrestag der Oktoberrevolution. Odr.; gez. K 12.

asw) Hammer und Sichel

asx) Lenin bei einer Kundgebung

1591	1.10 L	mehrfarbig	asw	1,50	1,—
1592	1.20 L	mehrfarbig	asx	3,—	1,—
			Satzpreis (2 W.)	4,50	2,—

1972, 29. Nov. 60. Jahrestag der Unabhängigkeit. Odr.; gez. K 12.

asy) Befreiungskämpfer

asz) Ismail Qemali (1844–1919), Politiker

ata) Volksrede

atb) Staatswappen

1593	15 Q	mehrfarbig	asy	0,30	0,30
1594	25 Q	mehrfarbig	asz	0,30	0,30
1595	65 Q	mehrfarbig	ata	0,70	0,70
1596	1.25 L	rot/schwarz	atb	2,20	1,20
			Satzpreis (4 W.)	3,50	2,50

1972, 10. Dez. Mosaikkunst. Odr.; gez. K 12½:12¼, Hochformate ~.

atc

atd

ate

atf

atg

ath

ati

atc–ati) Klassische Mosaiken aus Apollonia und Butrint (2.–6. Jh.)

1597	5 Q	mehrfarbig	atc	0,30	0,30
1598	10 Q	mehrfarbig	atd	0,30	0,30
1599	15 Q	mehrfarbig	ate	0,30	0,30
1600	25 Q	mehrfarbig	atf	0,30	0,30
1601	45 Q	mehrfarbig	atg	0,50	0,30
1602	50 Q	mehrfarbig	ath	0,80	0,30
1603	2.50 L	mehrfarbig	ati	3,50	2,20
			Satzpreis (7 W.)	6,—	4,—

1973, 19. Febr. 500. Geburtstag von Nikolaus Kopernikus. Odr.; gez. K 12:12¼.

atk

atl

atm

atn

ato

atp) Astronomische Zeichen und Planeten

atk–ato) Nikolaus Kopernikus (1473–1543), Astronom

1604	0.5 Q mehrfarbig	atk	0,30	0,30
1605	10 Q mehrfarbig	atl	0,30	0,30
1606	25 Q mehrfarbig	atm	0,30	0,30
1607	80 Q mehrfarbig	atn	0,30	0,30
1608	1.20 L mehrfarbig	ato	1,80	0,80
1609	1.60 L mehrfarbig	atp	3,—	1,50
		Satzpreis (6 W.)	6,—	3,50

MiNr. 1604 trägt irrtümlich die Wertangabe „0.5“ statt „5“.

1973, 20. März. 30 Jahre staatliche Sicherheitskräfte. RaTdr.; gez. K 12½:12¼.

atr) Industrieanlage, Gesicht eines Sicherheitsbeamten

ats) Gefangenenabführung durch zwei Sicherheitsbeamte

1610	25 Q mehrfarbig	atr	0,50	0,50
1611	1.80 L mehrfarbig	ats	2,80	1,70
		Satzpreis (2 W.)	3,20	2,20

1973, 25. März. Kakteen. Odr.; gez. L 12¼.

att) Königin der Nacht (Selenicereus macdonaldiae)

atu) Feigenkaktus (Opuntia vulgaris)

atv) Laubkaktus (Pereskia vargedsii)

atw) Kugelkaktus (Neobesseya rosiflora)

atx) Igelkaktus (Malacocarpus erinaceus)

aty) Säulenkaktus (Carnegiea gigantea)

atz) Schlangenkaktus (Hylocereus sp.)

aua) Blattkaktus (Epiphyllum sp.)

1612	10 Q mehrfarbig	att	0,50	0,30
1613	15 Q mehrfarbig	atu	0,50	0,30
1614	20 Q mehrfarbig	atv	0,50	0,30
1615	25 Q mehrfarbig	atw	0,50	0,30
1616	30 Q mehrfarbig	atx	7,—	2,20
1617	65 Q mehrfarbig	aty	2,—	0,30
1618	80 Q mehrfarbig	atz	2,—	0,30
1619	2 L mehrfarbig	aua	4,—	1,—
		Satzpreis (8 W.)	16,—	5,—
		Achterblock I (1612–1619)	*20,—*	*10,—*
		Achterblock II (1612–1615, 1617–1619)	—,—	—,—

MiNr. 1612–1619 wurden zusammenhängend im Achterblock gedruckt. Achterblock II enthält statt MiNr. 1616 ein Zierfeld. MiNr. 1615 wurde auch einzeln im Bogen gedruckt.

1973, 30. April. Seevögel. Odr.; gez. K 12½:12¼, Hochformate ~.

aub) Flussseeschwalbe (Sterna hirundo)

auc) Weißflügel-Seeschwalbe (Chlidonias leucopterus)

aud) Schwarzkopfmöwe (Ichthyaetus melanocephalus)

aue) Schwarzkopfmöwe (Larus melanocephalus)

auf) Dünnschnabelmöwe (Larus genei)

aug) Brandseeschwalbe (Sterna sandvicensis)

1620	5 Q mehrfarbig	aub	0,30	0,30
1621	15 Q mehrfarbig	auc	0,30	0,30
1622	25 Q mehrfarbig	aud	0,40	0,30
1623	45 Q mehrfarbig	aue	1,—	0,60
1624	80 Q mehrfarbig	auf	2,50	1,50
1625	2.40 L mehrfarbig	aug	5,—	4,—
		Satzpreis (6 W.)	9,50	7,—

MiNr. 1622 trägt die falsche Inschrift „Larus ridibundus“ statt richtig „Ichthyaetus melanocephalus“.

1973, 5. Mai. 60 Jahre albanische Briefmarken. Odr.; gez. K 12.

auh) Briefe, Posthorn

aui) Postbote

1626	0.25 (L) mehrfarbig	auh	1,—	0,50
1627	1.80 L mehrfarbig	aui	4,—	2,—
		Satzpreis (2 W.)	5,—	2,50

1973, 4. Juni. Kongress der albanischen Frauenverbände. Odr.; gez. K 12.

auk) Frauenkopf, Fabrikanlagen

aul) Frauenköpfe, Fabrikanlagen

1628	25 Q	mehrfarbig	auk	0,50	0,30
1629	1.80 L	mehrfarbig	aul	3,—	2,20
		Satzpreis (2 W.)		3,50	2,50

1973, 10. Juli. 30 Jahre albanische Volksarmee. Odr.; gez. K 12¼ (12½):12, Hochformate ~.

aum) Generalstab; Gemälde von Guri Madhi (1921–1988)

aun) August 1949; Skulptur von Shaban Hadëri (1928–2010)

auo) Zwei Generationen; Skulptur von Hektor Dule (*1939)

aup) Revolutionäre Kämpfer siegen; Gemälde von Myrteza Fushëkati (*1942)

1630	25 Q	mehrfarbig	aum	10,—	15,—
1631	40 Q	mehrfarbig	aun	10,—	15,—
1632	60 Q	mehrfarbig	auo	10,—	15,—
1633	80 Q	mehrfarbig	aup	10,—	15,—
		Satzpreis (4 W.)		40,—	60,—
		FDC			75,—

1973, 10. Aug. Gemälde. Odr.; gez. K 12¼.

aur) Elektroarbeiter; von Shaban Hysa (1938–2005)

aus) Textilarbeiterin; von Hasan Nallbani (*1934)

aut) Gymnastikschule; von Myrteza Fushëkati (*1942)

auu) Flugzeugführer; von Foto Stamo (1916–1989)

auv) Die Vernichtung der Faschisten; von Andon Lakuriqi (1934–2004)

auw) Koci Bako; von Pandi Mele (1939–2015)

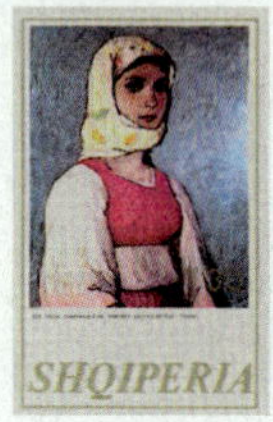

aux) Junges Bauernmädchen; von Zef Shoshi (*1939)

1634	5 Q	mehrfarbig	aur	0,30	0,30
1635	10 Q	mehrfarbig	aus	0,30	0,30
1636	15 Q	mehrfarbig	aut	0,30	0,30
1637	50 Q	mehrfarbig	auu	0,30	0,30
1638	80 Q	mehrfarbig	auv	0,30	0,30
1639	1.20 L	mehrfarbig	auw	1,—	0,80
1640	1.30 L	mehrfarbig	aux	2,—	1,70
		Satzpreis (7 W.)		4,50	4,—

Blockausgabe, ☐

auy) Die Schlacht bei Tenda e Qypit; von Fatmir Haxhiu (1927–2001)

Block 47	2.05 L	mehrfarbig (98×62 mm)	auy	3,50	2,50

1973, 28. Sept. 400. Geburtstag von Caravaggio. Odr.; gez. K 12:12½, Querformate ~.

auz) Maria Magdalena

ava) Der Gitarrespieler

avb) Porträt des Caravaggio; von Ottavio Leoni

avc) Junge mit Früchten

avd) Stilleben mit Früchten

ave) Spiegelbild im Wasser

avf) Junger Mann

auz–ava, avc–avg) Gemälde von Michelangelo Merisi, genannt Caravaggio (1571–1610)

1641	5	Q	mehrfarbig	auz	0,30	0,30
1642	10	Q	mehrfarbig	ava	0,30	0,30
1643	15	Q	mehrfarbig	avb	0,30	0,30
1644	50	Q	mehrfarbig	avc	0,30	0,30
1645	80	Q	mehrfarbig	avd	0,80	0,80
1646	1.20	L	mehrfarbig	ave	1,—	1,—
1647	1.30	L	mehrfarbig	avf	2,—	2,—
				Satzpreis (7 W.)	5,—	5,—

Blockausgabe, ☐

avg) Jüngling mit Federhut

Block 48	2.05 L	mehrfarbig (82×112 mm)	avg	5,50	5,—

			★★
1643 F	fehlende schwarze Wertangabe „15 q"		75,—
1647 F	fehlende schwarze Wertangabe „1.30 L"		110,—

1973, 15. Okt. Fußball-Weltmeisterschaft, Deutschland (1974) (I). Odr.; gez. K 12½:12.

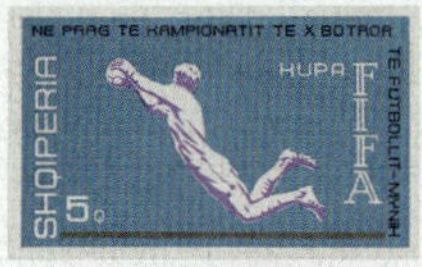

avh

avi

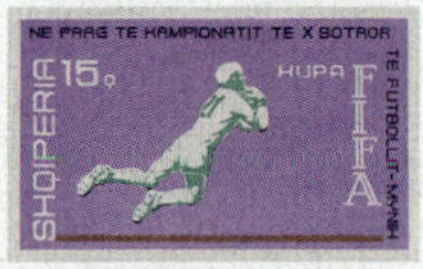

avk

avl

avm

avn

avo

avp

avh–avp) Torwartparaden

					★★	⊙
1648	5	Q	mehrfarbig	avh	0,30	0,30
1649	10	Q	mehrfarbig	avi	0,30	0,30
1650	15	Q	mehrfarbig	avk	0,30	0,30
1651	20	Q	mehrfarbig	avl	0,30	0,30
1652	25	Q	mehrfarbig	avm	0,30	0,30
1653	90	Q	mehrfarbig	avn	0,50	0,30
1654	1.20	L	mehrfarbig	avo	1,—	0,50
1655	1.25	L	mehrfarbig	avp	1,50	0,70
				Satzpreis (8 W.)	4,50	3,—

Blockausgabe, ☐

avr) Weltmeisterschaften von 1930–1974; Ball im Netz

Block 49	2.05 L	mehrfarbig (83×54 mm)	avr	3,50	2,50

1973, 30. Okt. Weltmeisterschaften im Gewichtheben, Kuba. Odr.; gez. K 12.

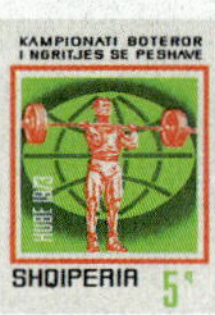

avs avt avu avv

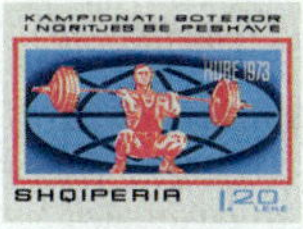

avw

avx

avs–avx) Gewichtheber mit Hantel vor stilisiertem Globus

1656	5 Q	mehrfarbig	avs	0,30	0,30
1657	10 Q	mehrfarbig	avt	0,30	0,30
1658	25 Q	mehrfarbig	avu	0,30	0,30
1659	90 Q	mehrfarbig	avv	0,30	0,30
1660	1.20 L	mehrfarbig	avw	0,80	0,40
1661	1.60 L	mehrfarbig	avx	2,—	1,—
			Satzpreis (6 W.)	4,—	2,60

1973, 5. Dez. Freimarken: Kultur, Technik, Landschaften. Odr.; gez. K 12½:12.

avy) Ballettszene

avz) Kommunikationsmittel

awa) Bergsee

awb) Reiterdenkmal

1662	15 Q	mehrfarbig	avy	0,50	0,30
1663	25 Q	mehrfarbig	avz	0,80	0,30
1664	80 Q	mehrfarbig	awa	1,70	0,30
1665	3 L	mehrfarbig	awb	4,50	2,10
			Satzpreis (4 W.)	7,50	3,—

Weitere Werte: MiNr. 1677–1681, 1714–1717

1973, 26. Dez. 80. Geburtstag von Mao Zedong. Odr.; gez. K 12.

awc

awd

awc–awd) Mao Zedong (1893–1976), chinesischer Politiker

1666	85 Q	mehrfarbig	awc	2,50	1,50
1667	1.20 L	mehrfarbig	awd	3,50	2,50
			Satzpreis (2 W.)	6,—	4,—

1974, 18. Jan. 150. Todestag von Théodore Géricault. Odr.; gez. K 12¼:12½, Querformat ~.

awe) Pferdekpof

awf) Porträt eines Mannes

awg) Mann mit Hund

awh) Negerkopf

awi) Selbstporträt

awk) Kampf der Riesen

awe–awk) Gemälde von Théodore Géricault (1791–1824), französischer Maler

1668	10 Q	mehrfarbig	awe	0,30	0,30
1669	15 Q	mehrfarbig	awf	0,30	0,30
1670	20 Q	mehrfarbig	awg	0,30	0,30
1671	25 Q	mehrfarbig	awh	0,30	0,30
1672	1.20 L	mehrfarbig	awi	1,80	0,30
1673	2.20 L	mehrfarbig	awk	3,50	1,70
			Satzpreis (6 W.)	6,50	3,20

Blockausgabe, □

awl) Floß der Medusa

Block 50	2.05 L	mehrfarbig (99×78 mm)	awl	3,50	2,50

1974, 21. Jan. 50. Todestag von Wladimir Lenin: Gemälde. Odr.; gez. K 12½:12, Hochformate ~.

awm) Kreuzer Aurora; von Dhimitraq Trebicka (1936–2013)

awn) Wladimir Iljitsch Lenin; von Pandi Mele (1939–2015)

awo) Wladimir Iljitsch Lenin; von Vilson Kilica (1932–2016)

1674	25 Q	mehrfarbig	awm	0,50	0,50
1675	60 Q	mehrfarbig	awn	1,—	0,50
1676	1.20 (L)	mehrfarbig	awo	3,—	2,—
			Satzpreis (3 W.)	4,50	3,—

1974, Febr. Freimarken: Kultur, Technik, Landschaften. Odr.; gez. K 12½:12, Querformate ~.

awp) Zementwerk Kavajë

awr) Ali Kelmendi-Kombinat, LKW-Fabrik, Tirana

aws) Wintersport und Erholung, Dajt

awt) Feriendorf Llogora

awu) Ruinen von Durrës

1677	5	Q	mehrfarbig	awp	0,30	0,30
1678	10	Q	mehrfarbig	awr	0,30	0,30
1679	35	Q	mehrfarbig	aws	0,40	0,30
1680	60	Q	mehrfarbig	awt	1,—	0,30
1681	5	L	mehrfarbig	awu	4,50	2,80
				Satzpreis (5 W.)	6,50	4,—

Weitere Werte: MiNr. 1662–1665, 1714–1717

1974, 20. Febr. Antike Mosaiken. Odr.; gez. K 12½:12.

awv

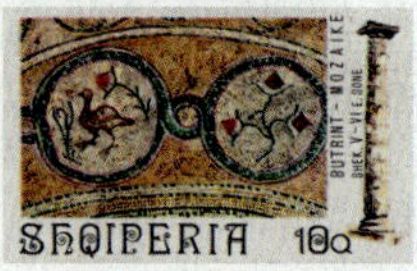

aww

awx

awy

awz

axa

awv–axa) Mosaiken aus Butrint, Pogradec und Apollonia (5.–6. Jh.)

1682	5	Q	mehrfarbig	awv	0,50	0,30
1683	10	Q	mehrfarbig	aww	0,50	0,30
1684	15	Q	mehrfarbig	awx	0,50	0,30
1685	25	Q	mehrfarbig	awy	0,50	0,30
1686	40	Q	mehrfarbig	awz	0,50	0,30
1687	2.50	L	mehrfarbig	axa	6,—	1,50
				Satzpreis (6 W.)	8,50	3,—

1974, 25. April, Fußball-Weltmeisterschaft, Deutschland (II). Odr.; A = gez. K 12½:12¼, B = ☐.

axb

axc

axd

axe

axf

axg

axh

axi

axb–axi) Fußballspielszenen

1688	**A**	10	Q	mehrfarbig	axb	0,30	0,30
1689	**A**	15	Q	mehrfarbig	axc	0,30	0,30
1690	**A**	20	Q	mehrfarbig	axd	0,30	0,30
1691	**A**	25	Q	mehrfarbig	axe	0,30	0,30
1692	**A**	40	Q	mehrfarbig	axf	0,30	0,30
1693	**A**	80	Q	mehrfarbig	axg	0,80	0,30
1694	**A**	1	L	mehrfarbig	axh	1,—	0,40
1695	**A**	1.20	L	mehrfarbig	axi	1,70	0,80
					Satzpreis A (8 W.)	5,—	3,—
					FDC A		7,—
					Satzpreis B (8 W.)	15,—	15,—
					FDC B		20,—

Blockausgabe; A = ☐ mit aufgedruckter Zähnung, B = ☐

axk) FIFA-Pokal, teilnehmende Länder

Block 51 A	2.05	L	mehrfarbig (71×75 mm)	axk	3,50	2,50
				FDC A		6,50
Block 51 B	2.05	L	mehrfarbig (71×75 mm)	axk	18,—	*30,—*
				FDC B		45,—

	★★
Block 51 F Farbe Grün fehlend	120,—

1974, 24. Mai. 30. Jahrestag des Kongresses von Përmet. Odr.; gez. K 12.

axl) Partisanendenkmal, Kongresshaus, Wappen

axm) Enver Hoxha; Kongressbericht in „Liri Popullit“

Nr.	Wert	Farbe	Type	✶✶	⊙
1696	25 Q	mehrfarbig	axl	0,50	0,50
1697	1.80 L	mehrfarbig	axm	2,—	1,50
		Satzpreis (2 W.)		2,50	2,—

1974, 25. Mai. Nutzpflanzen. Odr.; gez. K 12¼:12½, Querformate ~.

axn) Bittersüß (Solanum dulcamara)

axo) Bärentraube (Arbutus uva-ursi)

axp) Maiglöckchen (Convallaria majalis)

axr) Herbstzeitlose (Colchicum autumnale)

axs) Gurkenkraut (Borago officinalis)

axt) Gemeines Seifenkraut (Saponaria officinalis)

axu) Gelber Enzian (Gentiana lutea)

Nr.	Wert	Farbe	Type	✶✶	⊙
1698	10 Q	mehrfarbig	axn	0,30	0,30
1699	15 Q	mehrfarbig	axo	0,30	0,30
1700	20 Q	mehrfarbig	axp	0,30	0,30
1701	25 Q	mehrfarbig	axr	0,30	0,30
1702	40 Q	mehrfarbig	axs	0,60	0,30
1703	80 Q	mehrfarbig	axt	1,20	0,30
1704	2.20 L	mehrfarbig	axu	3,50	1,20
		Satzpreis (7 W.)		6,50	3,—

1974, 10. Juni. 50. Jahrestag der Revolution von 1924. Odr.; gez. K 12½:12¼, Hochformat ~.

axv) Bewaffnete Revolutionäre

axw) Revolutionsführer

Nr.	Wert	Farbe	Type	✶✶	⊙
1705	25 Q	mehrfarbig	axv	0,50	0,50
1706	1.80 L	mehrfarbig	axw	2,—	1,50
		Satzpreis (2 W.)		2,50	2,—

1974, 15. Juli. Singvögel. Odr.; gez. K 12½:12, Hochformate ~.

axx) Rotdrossel (Turdus iliacus)

axy) Rotkehlchen (Erithacus rubecula)

axz) Grünling (Carduelis chloris)

aya) Dompfaff (Pyrrhula pyrrhula)

ayb) Kernbeißer (Coccothraustes coccothraustes)

ayc) Mönchsgrasmücke (Sylvia atricapilla)

ayd) Nachtigall (Luscinia megarhynchos)

Nr.	Wert	Farbe	Type	✶✶	⊙
1707	10 Q	mehrfarbig	axx	0,30	0,30
1708	15 Q	mehrfarbig	axy	0,30	0,30
1709	20 Q	mehrfarbig	axz	0,30	0,30
1710	25 Q	mehrfarbig	aya	0,30	0,30
1711	40 Q	mehrfarbig	ayb	0,50	0,30
1712	80 Q	mehrfarbig	ayc	2,—	0,50
1713	2.20 L	mehrfarbig	ayd	7,—	1,50
		Satzpreis (7 W.)		8,50	3,50

1974, 12. Aug. Freimarken: Kultur, Technik, Landschaften. Odr.; gez. K 12:12½.

aye) Getreideernte mit Mähdrescher

ayf) Mao-Zedong-Kombinat

ayg) Hochofenarbeiter

ayh) Schweißer vor Industrieanlage

Nr.	Wert	Farbe	Type	✶✶	⊙
1714	20 Q	mehrfarbig	aye	0,30	0,30
1715	1 L	mehrfarbig	ayf	0,30	0,30
1716	1.20 L	mehrfarbig	ayg	1,20	0,30
1717	2.40 L	mehrfarbig	ayh	2,40	1,30
		Satzpreis (4 W.)		4,20	2,20

Weitere Werte: 1662–1665, 1677–1681

1974, 25. Aug. 100 Jahre Weltpostverein (UPU). Odr.; gez. K 12¼.

ayi) Globus, Postemblem

ayk) UPU-Emblem

1718	85 Q	mehrfarbig	ayi	1,70	0,80
1719	1.20 L	mehrfarbig	ayk	2,50	1,20
			Satzpreis (2 W.)	4,—	2,—

Blockausgabe, □

ayl) Flugzeug, Globus

Block 52	2.05 L mehrfarbig (78×78 mm)	ayl	15,—	*32,—*

	★★
Block 52 K Farbe Dunkelkobalt (Globus und Wertangabe) kopfstehend	—,—

1974, 25. Sept. Nationale Gemälde. Odr. (8×10, Hochformate ~); gez. K 12½:12, Hochformate ~.

aym) Witwen; von Sali Shijaku (*1933)

ayn) Arbeiter mit Bohrer; von Danish Jukniu (1934–2003)

ayo) Arbeiter; von Çlirim Ceka (*1945)

ayp) Aufruf zum Handeln; von Spiro Kristo (1936–2011)

ayr) Winterschlacht; von Sabaudin Xhaferi (1936–2015)

ays) Drei Kameraden; von Çlirim Ceka (*1945)

ayt) Schritt für Schritt Hilfe für die Partisanen; von Guri Madhi (1921–1988)

ayu) Lehrerin mit Schülern am Kriegerdenkmal; von Kleo Nini (*1943)

				★★	⊙
1720	10 Q	mehrfarbig	aym	0,30	0,30
1721	15 Q	mehrfarbig	ayn	0,30	0,30
1722	20 Q	mehrfarbig	ayo	0,30	0,30
1723	25 Q	mehrfarbig	ayp	0,30	0,30
1724	40 Q	mehrfarbig	ayr	0,30	0,30
1725	80 Q	mehrfarbig	ays	1,—	0,30
1726	1 L	mehrfarbig	ayt	1,50	0,50
1727	1.20 L	mehrfarbig	ayu	2,—	1,20
			Satzpreis (8 W.)	6,—	3,50

Blockausgabe, □

ayv) Kameraden; von Guri Madhi (1921–1988)

Block 53	2.05 L mehrfarbig (86×77 mm)	ayv	3,50	2,50

1974, 1. Okt. 25 Jahre Volksrepublik China. Odr.; gez. K 12.

ayw) Jubelnde Menschenmenge, Fahne der VR China

ayx) Mao Zedong (1893–1976), chinesischer Politiker

1728	85 Q	mehrfarbig	ayw	3,—	2,—
1729	1.20 Q	mehrfarbig	ayx	4,50	3,—
			Satzpreis (2 W.)	7,50	5,—

1974, 9. Okt. Nationale Spartakiade. Odr.; gez. K 12¼:12½.

ayy) Volleyball

ayz) Hürdenlauf

aza) Gymnastik

azb) Schauturnen im Sportstadion

azc) Gewichtheben

azd) Ringen

aze) Parade der Schützen

azf) Fußball

ayy–azf) Medaille der Spartakiade

1730	10 Q	mehrfarbig	ayy	0,30	0,30
1731	15 Q	mehrfarbig	ayz	0,30	0,30
1732	20 Q	mehrfarbig	aza	0,30	0,30
1733	25 Q	mehrfarbig	azb	0,30	0,30
1734	40 Q	mehrfarbig	azc	0,30	0,30
1735	80 Q	mehrfarbig	azd	0,50	0,30
1736	1 L	mehrfarbig	aze	1,—	0,30
1737	1.20 L	mehrfarbig	azf	1,50	0,30
		Satzpreis (8 W.)		4,50	2,20

1974, 20. Okt. 30. Jahrestag des Berat-Kongresses. Odr.; gez. K 12¼:12½, Querformat ∼.

azg) Stadt Berat

azh) Relief

azi) Soldaten und Zivilisten

1738	25 Q	mehrfarbig	azg	0,50	0,30
1739	80 Q	mehrfarbig	azh	1,50	0,70
1740	1 L	mehrfarbig	azi	3,—	1,50
		Satzpreis (3 W.)		5,—	2,50

1974, 29. Nov. 30. Jahrestag der Befreiung. Odr.; gez. K 12½:12¼.

azk) Bewaffnete Personen, Industrieanlagen

azl) Theodolit, Reagenzglas, Industrieanlagen

azm) Erzeugnisse, Landwirtschaft

azn) Kulturelle Symbole, Gebäude

azo) Computer, Lochstreifen, Atomsymbol, Hochhaus, Wasserkraftwerk

azp) Arbeitsgeräte, Gewehr, Buch, Pioniere beim Bahnstreckenbau

azk–azp) Jubiläumsemblem

1741	25 Q	mehrfarbig	azk	0,30	0,30
1742	35 Q	mehrfarbig	azl	0,30	0,30
1743	50 Q	mehrfarbig	azm	0,40	0,30
1744	80 Q	mehrfarbig	azn	0,60	0,30
1745	1 L	mehrfarbig	azo	1,50	0,30
1746	1.20 L	mehrfarbig	azp	2,—	1,—
		Satzpreis (6 W.)		5,—	2,50

Blockausgabe, ☐

azr) Jubiläumsemblem

Block 54	2.05 L	mehrfarbig (80×69 mm)	azr	3,50	3,—

1974, 25. Dez. Archäologische Funde. Odr.; gez. K 12:12½.

azs) Artemis, Jagdgöttin; Apollonia

azt) Zeus, Göttervater; Korça

azu) Poseidon, Meeresgott; Antigonea

azv) Illyrischer Kriegshelm; Mat

azw) Amphore; Durrës

azx) Agrippa, römischer Feldherr; Butrint

azy) Demosthenes, griechischer Redner und Staatsmann; Apollonia

azz) Bilia, Apollonia

1747	10 Q	mehrfarbig	azs	0,30	0,30
1748	15 Q	mehrfarbig	azt	0,30	0,30
1749	20 Q	mehrfarbig	azu	0,40	0,30
1750	25 Q	mehrfarbig	azv	0,50	0,30
1751	40 Q	mehrfarbig	azw	1,—	0,60
1752	80 Q	mehrfarbig	azx	1,50	1,20
1753	1 L	mehrfarbig	azy	2,—	1,50
1754	1.20 L	mehrfarbig	azz	3,—	2,—
			Satzpreis (8 W.)	9,—	6,50

Blockausgabe, □

baa) Artemis, Tongefäß

Block 55 2.05 L mehrfarbig (94×95 mm) ... baa 3,50 3,—

1975, 11. Febr. 30 Jahre Einheitsgewerkschaft. Odr.; gez. K 12.

bab) Händedruck als Zeichen der Einigkeit, Amboss

bac) Werktätige vor Wirtschaftssymbolen

1755	25 Q	mehrfarbig	bab	0,50	0,30
1756	1.80 L	mehrfarbig	bac	2,—	1,20
			Satzpreis (2 W.)	2,50	1,50

1975, 15. Febr. Blumen. Odr.; gez. K 12¼.

bad) Wegwarte (Cichorium intybus)

bae) Berghauswurz (Sempervivum montanum)

baf) Alpenakelei (Aquilegia alpina)

bag) Gartenanemone (Anemone hortensis)

bah) Stundeneibisch (Hibiscus trionum)

bai) Stengelloser Enzian (Gentiana kochiana)

bak) Strauchpappel (Lavatera arborea)

bal) Gras-Schwertlilie (Iris graminea)

1757	5 Q	mehrfarbig	bad	0,30	0,30
1758	10 Q	mehrfarbig	bae	0,30	0,30
1759	15 Q	mehrfarbig	baf	0,30	0,30
1760	20 Q	mehrfarbig	bag	0,30	0,30
1761	25 Q	mehrfarbig	bah	0,30	0,30
1762	30 Q	mehrfarbig	bai	0,50	0,30
1763	35 Q	mehrfarbig	bak	0,50	0,30
1764	2.70 L	mehrfarbig	bal	1,50	0,40
			Satzpreis (8 W.)	4,—	2,50

1975, 20. März. 500. Geburtstag von Michelangelo Buonarroti. Odr.; gez. K 12:12¼.

bam) Jesuskind,Detail aus dem Gemälde „Tondo Doni (Die Heillige Familie)"

ban) Rebellischer Sklave, Skulptur

bao) Detail aus Morgendämmerung, Skulptur Grab Florenz

bap) Sklave, Skulpturdetail

bar) Cumäische Sibylle, Fresko aus der Sixtinischen Kapelle (Detail)

bas) Lorenzo dei Medici, Skulptur

bat) David Skulpturdetail

bau) Delphische Sibylle, Fresko aus der Sixtinischen Kapelle (Detail)

1765	5 Q	mehrfarbig	bam	0,30	0,30
1766	10 Q	mehrfarbig	ban	0,30	0,30
1767	15 Q	mehrfarbig	bao	0,30	0,30
1768	20 Q	mehrfarbig	bap	0,30	0,30
1769	25 Q	mehrfarbig	bar	0,30	0,30
1770	30 Q	mehrfarbig	bas	0,30	0,30
1771	1.20 L	mehrfarbig	bat	0,70	0,40
1772	3.90 L	mehrfarbig	bau	2,—	0,80
			Satzpreis (8 W.)	4,50	3,—

Blockausgabe, □ mit aufgedruckter Zähnung

bav) Michelangelo Buonarroti (1475–1564), italienischer Bildhauer, Maler und Architekt

Block 56	2.05 L mehrfarbig (76×85 mm)	bav	3,50	2,50

1975, 15. April. Transportmittel. Odr.; gez. K 12½:12.

baw) Pferd

bax) Pferdekarren

bay) Fähre

baz) Segelschiff

bba) Droschke

bbb) Auto

1773	5 Q	mehrfarbig	baw	0,30	0,30
1774	10 Q	mehrfarbig	bax	0,30	0,30
1775	15 Q	mehrfarbig	bay	0,30	0,30
1776	20 Q	mehrfarbig	baz	0,30	0,30
1777	25 Q	mehrfarbig	bba	0,30	0,30
1778	3.35 L	mehrfarbig	bbb	2,50	0,50
			Satzpreis (6 W.)	4,—	2,—

1975, 25. April. 30 Jahre albanischer Grenzschutz. Odr.; gez. K 12.

bbc) Angehöriger des Grenzschutzes, Grenzstein, Landwirtschaftsbild

bbd) Grenzer, Soldat, Frau vor Industrieanlagen

1779	25 Q	mehrfarbig	bbc	0,50	0,50
1780	1.80 L	mehrfarbig	bbd	2,—	1,50
			Satzpreis (2 W.)	2,50	2,—

1975, 9. Mai. 30. Jahrestag des Sieges über den Faschismus. Odr.; gez. K 12½:12.

bbe) Ankleben eines illegalen Plakates

bbf) Partisanen im Kampf

bbg) Partisan und Soldat, Skulptur

1781	25 Q	mehrfarbig	bbe	0,30	0,30
1782	60 Q	mehrfarbig	bbf	0,70	0,40
1783	1.20 L	mehrfarbig	bbg	1,50	1,—
			Satzpreis (3 W.)	2,50	1,70

1975, 15. Juni. Wasservögel. Odr.; gez. K 12.

bbh) Pfeifente (Anas penelope)

bbi) Kolbenente (Netta rufina)

bbk) Blässgans (Anser albifrons)

bbl) Spießente (Anas acuta)

bbm) Mittelsäger (Mergus serrator)

bbn) Eiderente (Somateria mollissima)

bbo) Singschwan (Cygnus cygnus)

bbp) Löffelente (Spatula clypeata)

1784	5 Q	mehrfarbig	bbh	0,30	0,30
1785	10 Q	mehrfarbig	bbi	0,30	0,30
1786	15 Q	mehrfarbig	bbk	0,30	0,30
1787	20 Q	mehrfarbig	bbl	0,40	0,30
1788	25 Q	mehrfarbig	bbm	0,40	0,30
1789	30 Q	mehrfarbig	bbn	0,50	0,30
1790	35 Q	mehrfarbig	bbo	0,80	0,40
1791	2.70 L	mehrfarbig	bbp	4,—	0,80
			Satzpreis (8 W.)	7,—	3,—

1975, 15. Juli. Nationale Gemälde. Odr.; gez. K 12:12½, Querformate ∼.

bbr) Held der sozialistischen Arbeit „Shyqyri Konapari“; von Musa Qarri (*1943)

bbs) Rettet die Kinder; von Agim Faja (1939–2017)

bbt) 28. November 1912; von Petrit Ceno (*1941)

bbu) Einigkeit der Arbeiter; von Sali Shijaku (*1933)

bbv) Partisan Shote Galica; von Ismail Lulani (1933–2002)

bbw) Widerstandskämpfer von 1943; von Nestor Jonuzi (*1944)

bbx) Partisanen; von Vilson Halimi (1931–2002)

bby) Tag der Republik; von Fatmir Haxhiu (1927–2001)

1792	5 Q	mehrfarbig	bbr	0,30	0,30
1793	10 Q	mehrfarbig	bbs	0,30	0,30
1794	15 Q	mehrfarbig	bbt	0,30	0,30
1795	20 Q	mehrfarbig	bbu	0,30	0,30
1796	25 Q	mehrfarbig	bbv	0,30	0,30
1797	30 Q	mehrfarbig	bbw	0,30	0,30
1798	80 Q	mehrfarbig	bbx	0,40	0,40
1799	2.25 L	mehrfarbig	bby	1,80	0,80
			Satzpreis (8 W.)	4,—	3,—

Blockausgabe, □

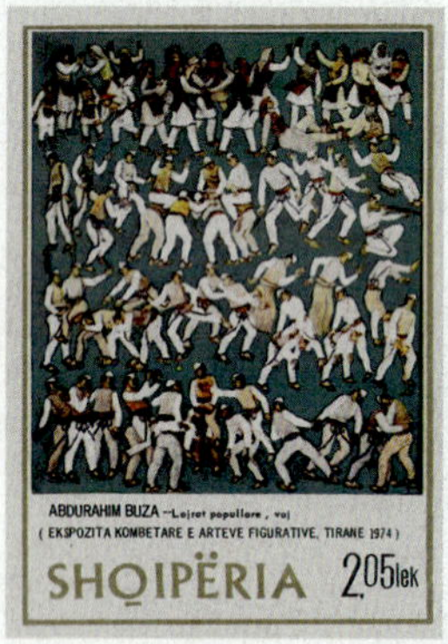

bbz) Volkstanz; von Abdurrahim Buza (1905–1987)

Block 57 2.05 L mehrfarbig (66×97 mm) .... bbz 3,— 2,—

MiNr. 1792–1799 wurden jeweils im Bogen zu 32 Marken und 4 Zierfeldern gedruckt.

1975, 28. Aug. 30 Jahre Agrarreform. Odr.; gez. K 12.

bca) Landwirt, tanzendes Volk

bcb) Landwirtschaftliche Fahrzeuge, Erzeugnisse

1800	0.15 L	mehrfarbig	bca	0,50	0,30
1801	2 L	mehrfarbig	bcb	2,50	1,70
			Satzpreis (2 W.)	3,—	2,—

1975, 25. Sept. Korallen. Odr.; gez. K 12:12¼.

bcc) Mittelmeer-Korkkoralle (Alcyonium palmatum)

bcd) Farbwechselnde Koralle (Paramuricea chamaeleon)

bce) Rote Edelkoralle (Coralltum rubrum)

bcf) Gelbe Hornkoralle (Eunicella cavolin)

bcg) Kissenkoralle (Cladocora caespitosa)

1802	5 Q	mehrfarbig	bcc	0,50	0,30
1803	10 Q	mehrfarbig	bcd	0,50	0,30
1804	20 Q	mehrfarbig	bce	0,50	0,30
1805	25 Q	mehrfarbig	bcf	0,50	0,30
1806	3.70 L	mehrfarbig	bcg	4,50	1,80
			Satzpreis (5 W.)	6,50	3,—

1975, 20. Okt. Olympische Sommerspiele 1976, Montreal. Odr.; A = gez. K 12¼:12½, B = ▢.

bch) Radfahren

bci) Kajak-Zweier

bck) Handball

bcl) Basketball

bcm) Wasserball

bcn) Hockey

bco) Stabhochsprung

bcp) Fechten

1807 A	5 Q	mehrfarbig	bch	0,30	0,30
1808 A	10 Q	mehrfarbig	bci	0,30	0,30
1809 A	15 Q	mehrfarbig	bck	0,30	0,30
1810 A	20 Q	mehrfarbig	bcl	0,30	0,30
1811 A	25 Q	mehrfarbig	bcm	0,50	0,30
1812 A	30 Q	mehrfarbig	bcn	0,50	0,30
1813 A	1.20 L	mehrfarbig	bco	1,30	0,40
1814 A	2.05 L	mehrfarbig	bcp	2,50	0,80
			Satzpreis A (8 W.)	6,—	3,—
			Satzpreis B (8 W.)	12,—	12,—

Blockausgabe, ▢

bcr) Emblem, olympische Sportarten

Block 58	2.15 L	mehrfarbig (73×75 mm)	bcr	6,—	6,—

1975, 25. Okt. 5 Jahre Elektrifizierung des Landes. Odr.; gez. K 12:12½.

bcs) Stromversorgung von Wohnanlagen

bct) Transformatoren, Isolatoren

bcu) Damm, Kraftwerk

bcv) Hochspannungsmast, Fernsehapparat, Zahnrad, Ähre

1815	15 Q	mehrfarbig	bcs	0,30	0,30
1816	25 Q	mehrfarbig	bct	0,30	0,30
1817	80 Q	mehrfarbig	bcu	0,90	0,30
1818	85 Q	mehrfarbig	bcv	2,—	1,60
			Satzpreis (4 W.)	3,50	2,50

✈ 1975, 25. Nov. Städtebilder. Odr.; gez. K 12.

bcw) Berat

bcx) Gjirokastër

bcy) Sarandë

bcz) Durrës

bda) Krujë

bdb) Boga

bdc) Tirana

1819	20 Q	mehrfarbig	bcw	0,30	0,30
1820	40 Q	mehrfarbig	bcx	0,40	0,30
1821	60 Q	mehrfarbig	bcy	0,80	0,40
1822	90 Q	mehrfarbig	bcz	1,50	0,50
1823	1.20 L	mehrfarbig	bda	2,—	1,—
1824	2.40 L	mehrfarbig	bdb	4,—	2,—
1825	4.05 L	mehrfarbig	bdc	6,—	3,—
			Satzpreis (7 W.)	15,—	7,50

1975, 25. Dez. 25 Jahre Puppentheater: Fabeln. Odr.; gez. K 12:12¼.

bdd) Die Auspflanzung der Bäume

bde) Felicia und Kunadines

bdf) Die Entenschule

bdg) Die Bären-Bauhandwerker

bdh) Das Fernsehtrio

bdi) Die Lichtmastsetzer

bdk) Die Grille und die Ameise

bdl) Der Wolf im Schafspelz

1826	5 Q	mehrfarbig	bdd	0,30	0,30
1827	10 Q	mehrfarbig	bde	0,30	0,30
1828	15 Q	mehrfarbig	bdf	0,30	0,30
1829	20 Q	mehrfarbig	bdg	0,30	0,30
1830	25 Q	mehrfarbig	bdh	0,30	0,30
1831	30 Q	mehrfarbig	bdi	0,50	0,30
1832	35 Q	mehrfarbig	bdk	0,50	0,30
1833	2.70 L	mehrfarbig	bdl	2,50	0,40
			Satzpreis (8 W.)	5,—	2,50

1976, 11. Jan. 30 Jahre Volksrepublik Albanien. Odr.; gez. K 12.

bdm) Menschenmenge vor Fabrik; Staatswappen

bdn) Volkstanz vor Parlamentsgebäude in Tirana; Staatswappen

1834	25 Q	mehrfarbig	bdm	0,50	0,50
1835	1.90 L	mehrfarbig	bdn	3,50	1,50
			Satzpreis (2 W.)	4,—	2,—

1976, 4. Febr. Olympische Winterspiele, Innsbruck. Odr.; gez. K 12:12¼.

bdo) Eishockey

bdp) Eisschnelllauf

bdr) Biathlon

bds) Skispringen

bdt) Alpiner Skilauf

bdu) Zweierbob

1836	5 Q	mehrfarbig	bdo	0,30	0,30
1837	10 Q	mehrfarbig	bdp	0,30	0,30
1838	15 Q	mehrfarbig	bdr	0,30	0,30
1839	50 Q	mehrfarbig	bds	0,30	0,30
1840	1.20 L	mehrfarbig	bdt	0,80	0,30
1841	2.30 L	mehrfarbig	bdu	1,—	0,30
			Satzpreis (6 W.)	3,—	1,70

Blockausgabe

bdv) Eiskunstlauf, Paare

Block 59	2.15 L	mehrfarbig (66×79 mm)	bdv	3,—	2,—

1976, 10. April. Heilpflanzen. Odr.; gez. K 12¼:12½.

bdw) Herbstzeitlose (Colchicum autumnale)

bdx) Tollkirsche (Atropa belladonna)

bdy) Gelber Enzian (Gentiana lutea)

bdz) Rosskastanie (Aesculus hippocastanum)

bea) Wurmfarn (Polistichum filix mas)

beb) Echter Eibisch (Althaea officinalis)

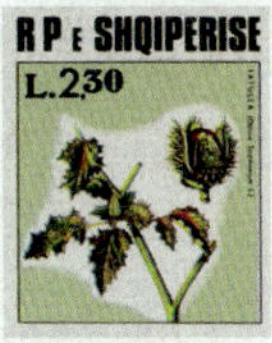

bec) Stechapfel (Datura stramonium)

1842	5	Q	mehrfarbig	bdw	0,30	0,30
1843	10	Q	mehrfarbig	bdx	0,30	0,30
1844	15	Q	mehrfarbig	bdy	0,30	0,30
1845	20	Q	mehrfarbig	bdz	0,30	0,30
1846	70	Q	mehrfarbig	bea	0,50	0,30
1847	80	Q	mehrfarbig	beb	0,80	0,30
1848	2.30	L	mehrfarbig	bec	2,50	1,20
				Satzpreis (7 W.)	5,—	3,—

1976, 20. Juli. Völkerkundliche Konferenz, Tirana. Odr.; gez. K 12½:12, Hochformate ~.

bed) Holzschale, Holzlöffel

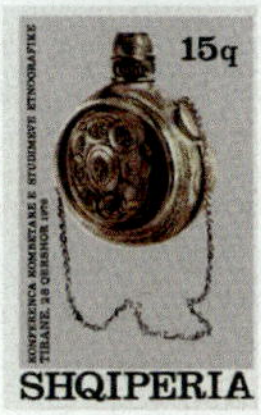

bee) Flasche

bef) Standarten

beg) Feuerwaffe, Stichwaffe

beh) Wandteppich

bei) Schmuck

bek) Krüge

1849	10	Q	mehrfarbig	bed	0,30	0,30
1850	15	Q	mehrfarbig	bee	0,30	0,30
1851	20	Q	mehrfarbig	bef	0,30	0,30
1852	25	Q	mehrfarbig	beg	0,30	0,30
1853	80	Q	mehrfarbig	beh	0,50	0,30
1854	1.20	L	mehrfarbig	bei	1,50	0,50
1855	1.40	L	mehrfarbig	bek	1,80	1,—
				Satzpreis (7 W.)	5,—	3,—

MiNr. 1852 mit Aufdruck: MiNr. 1983

1976, 8. Aug. Nationale Gemälde. Odr.; gez. K 12½:12¼, Hochformate ~.

bel) Zusammenarbeit; von Zef Shoshi (*1939)

bem) An die Arbeit!; von Agim Zajmi (1936–2013)

ben) Verkündigung des Warschauer Vertrages; von Vilson Kilica (1932–2016)

beo) Monteur; von Sabaudin Xhaferi (1936–2015)

bep) Metallarbeiter; von Isuf Sulovari (1934–2006)

ber) Demonstrierende Frauen; von Lec Shkreli (*1942)

bes) Straßenszene; von Agron Dine (*1948)

1856	5	Q	mehrfarbig	bel	0,30	0,30
1857	10	Q	mehrfarbig	bem	0,30	0,30
1858	25	Q	mehrfarbig	ben	0,30	0,30
1859	40	Q	mehrfarbig	beo	0,30	0,30
1860	50	Q	mehrfarbig	bep	0,30	0,30
1861	1.20	L	mehrfarbig	ber	1,—	1,—
1862	1.60	L	mehrfarbig	bes	1,50	1,—
				Satzpreis (7 W.)	4,—	3,50

Blockausgabe

bet) Kampfpause; von Andon Lakuriqi (1934–2004)

Block 60 2.05 L mehrfarbig (92×78 mm) .... bet 3,— 2,—

1976, 28. Okt. 35. Jahrestag der antifaschistischen Demonstrationen. Odr.; gez. K 12:12¼.

beu

bev

beu–bev) Demonstranten, Enver Hodscha

1863	25 Q	mehrfarbig	beu	0,50	0,30
1864	5 L	mehrfarbig	bev	3,—	1,90
		Satzpreis (2 W.)		3,50	2,20

1976, 1. Nov. Kongress der Albanischen Arbeiterpartei (PPSH). Odr.; gez. K 12.

bew) Symbole der Wirtschaft, Fahne

bex) Hand mit Pickel und Gewehr, Arbeiter und Soldaten, Fahne

1865	25 Q	mehrfarbig	bew	0,50	0,30
1866	1.20 L	mehrfarbig	bex	2,—	1,90
		Satzpreis (2 W.)		2,50	2,20

1976, 8. Nov. 35 Jahre Albanische Arbeiterpartei (PPSH). Odr.; gez. K 12¼:12½.

bey) Kriegsszene

bez) Hände mit Spitzhacke und Gewehr, Arbeiter und Soldaten

bfa) Industrieanlage, Schweißer, Spitzhacke Gewehr, Soldaten

bfb) Symbole der Wirtschaft

bfc) Ballettszene

1867	15 Q	mehrfarbig	bey	0,30	0,30
1868	25 Q	mehrfarbig	bez	0,30	0,30
1869	80 Q	mehrfarbig	bfa	1,—	0,40
1870	1.20 L	mehrfarbig	bfb	1,40	1,—
1871	1.70 L	mehrfarbig	bfc	2,—	1,50
		Satzpreis (5 W.)		5,—	3,50

1976, 23. Nov. 35 Jahre Verband der Arbeiterjugend Albaniens. Odr.; gez. K 12.

bfd) Arbeiter, Student, Soldat, Symbole der Wirtschaft

bfe) Soldaten, Fahne

1872	80 Q	mehrfarbig	bfd	1,50	1,—
1873	1.25 L	mehrfarbig	bfe	2,50	2,—
		Satzpreis (2 W.)		4,—	3,—

1976, Dez. Ballett. Odr.; gez. K 12.

bff

bfg

bfh

bfi

bfk

bfl

bfm

bff–bfm) Verschiedene Szenen aus dem Ballett „Das Gebirgsmädel“

1874	0.10 L	mehrfarbig	bff	0,30	*0,50*
1875	0.15 L	mehrfarbig	bfg	0,30	*0,50*
1876	0.20 L	mehrfarbig	bfh	0,30	*1,—*
1877	0.25 L	mehrfarbig	bfi	0,40	*2,—*
1878	0.80 L	mehrfarbig	bfk	1,20	*3,—*
1879	1.20 L	mehrfarbig	bfl	1,50	*4,—*
1880	1.40 L	mehrfarbig	bfm	2,—	*4,—*
		Satzpreis (7 W.)		6,—	*15,—*

Blockausgabe

bfn) Ballettszene

Block 61	2.05 L	mehrfarbig (77×67 mm)	bfn	4,—	4,—

1976, Dez. Festungen. Odr.; gez. K 12.

bfo) Festung von Bashtovë

bfp) Burg von Gjirokastër

bfr) Ali-Pash-Festung, Tepelenë

bfs) Festung von Petrel

bft) Burg von Berat

bfu) Burg von Durrës

bfv) Burg von Krujë

1881	10	Q	mehrfarbig	bfo	0,30	0,30
1882	15	Q	mehrfarbig	bfp	0,30	0,30
1883	20	Q	mehrfarbig	bfr	0,30	0,30
1884	25	Q	mehrfarbig	bfs	0,30	0,30
1885	80	Q	mehrfarbig	bft	0,80	0,40
1886	1.20	L	mehrfarbig	bfu	1,—	0,60
1887	1.40	L	mehrfarbig	bfv	1,50	0,80
				Satzpreis (7 W.)	4,50	3,—

1977, 28. Jan. Waffen der Skanderbeg-Armee. Odr.; gez. K 12¼.

bfw) Wappenschild, Lanze

bfx) Helm, Schwert, Schilde

bfy) Hellebarde, Lanze, Bogen, Köcher mit Pfeilen

1888	15	Q	mehrfarbig	bfw	2,—	0,50
1889	80	Q	mehrfarbig	bfx	7,—	3,50
1890	1	L	mehrfarbig	bfy	11,—	9,—
				Satzpreis (3 W.)	20,—	12,—

Auflage: 13 000 Sätze

1977, 28. Febr. Helden unserer Tage. Odr.; gez. K 12¼:12½.

bfz) Ilia Oiqi; junger Meldeläufer im Schneesturm

bga) Ilia Dashi; Seemann auf brennendem Schiff

bgb) Fran Ndue Ivanaj (1944–1975); erschossener Kapitän der „Islam Mustafa"

bgc) Zeliha Allmetaj; Rettung eines ertrinkenden Kindes

bgd) Ylli Zaimi; Rettung von Vieh aus Überschwemmungsgebiet

bge) Isuf Plloci († 1969); Waldbrandbekämpfung

bfz–bge) Albanische Staatsangehörige, die bei Einsätzen in Katastrophen Mut bewiesen haben

1891	5	Q	mehrfarbig	bfz	0,30	0,30
1892	10	Q	mehrfarbig	bga	0,30	0,30
1893	25	Q	mehrfarbig	bgb	0,50	0,30
1894	80	Q	mehrfarbig	bgc	1,20	0,30
1895	1	L	mehrfarbig	bgd	1,70	0,60
1896	1.90	L	mehrfarbig	bge	3,50	1,20
				Satzpreis (6 W.)	7,50	3,—

Auflage: 13.000 Sätze

1977, 29. März. Industrieanlagen. Odr.; gez. K 12½:12¼.

bgf) PVC-Kunststoffabrik, Vlorë

bgg) Erdölraffinerie, Ballsh

bgh) Wasserkraftwerk, Fier

bgi) Hüttenkombinat, Elbasan

1897	15	Q	mehrfarbig	bgf	0,30	0,50
1898	25	Q	mehrfarbig	bgg	0,50	0,50
1899	65	Q	mehrfarbig	bgh	1,50	1,—
1900	1	L	mehrfarbig	bgi	2,20	1,—
				Satzpreis (4 W.)	4,50	3,—

Auflage: 13.000 Sätze

1977, 20. April. 50. Todestag von Qerime Halil Galica. Odr.; gez. K 12½:12¼ .

bgk) Qerime Halil Galica (1895–1927)

bgl) Azem Galica (1889–1924) und Qerime Halil Galica

1901	80	Q	mehrfarbig	bgk	1,50	0,80
1902	1.25	L	mehrfarbig	bgl	2,20	1,40
				Satzpreis (2 W.)	3,50	2,20

Auflage: 13.000 Sätze

1977, 5. Mai. 35 Jahre Tag der Märtyrer. Odr.; gez. K 12.

bgm) Märtyrerdenkmal, Industrieanlagen, Mohnblumen

bgn) Faust mit Gewehrlauf, albanische Flagge

bgo) Büste von Qemal Stafa, Nationalheld; Mohnblumen

1903	25	Q	mehrfarbig	bgm	0,50	0,30
1904	80	Q	mehrfarbig	bgn	1,70	0,70
1905	1.20	L	mehrfarbig	bgo	3,—	1,50
				Satzpreis (3 W.)	5,—	2,50

Auflage: 13.000 Sätze

1977, 18. Juni. Sozialistische Entwicklung der Dörfer. Odr.; gez. K 12¼:12½.

bgp) Arztbesuch

bgr) Moderne Farm

bgs) Getreideernte

bgt) Modernes Dorf

bgu) Gewächshäuser, Traktor

1906	0.05	L	mehrfarbig	bgp	0,30	0,30
1907	0.10	L	mehrfarbig	bgr	0,30	0,30
1908	0.20	L	mehrfarbig	bgs	0,30	0,30
1909	0.80	L	mehrfarbig	bgt	1,60	0,40

1910	2.95 L	mehrfarbig	bgu	5,—	1,20
		Satzpreis (5 W.)		7,50	2,50

Auflagen: 13.000 Sätze

1977, 20. Juni. Gewerkschaftskongress. Odr.; gez. K 12¼:12½.

bgv) Arbeiter vor Industrieanlage, Kongressemblem

bgw) Arbeiter, Hochspannungsleitungen, Emblem

1911	25 Q	mehrfarbig	bgv	0,50	0,30
1912	1.80 L	mehrfarbig	bgw	4,50	2,70
		Satzpreis (2 W.)		5,—	3,—

Auflage: 13.000 Sätze

1977, 10. Juli. „Ein Volk – eine Armee". Odr.; gez. K 12¼.

bgx) Kampfszene aus dem 2. Weltkrieg

bgy) Enver Hoxha bei Truppenparade

bgz) Soldaten und Arbeiter

bha) Soldaten

bhb) Flagge, Soldaten

1913	0.15 L	mehrfarbig	bgx	0,50	0,30
1914	0.25 L	mehrfarbig	bgy	0,50	0,30
1915	0.80 L	mehrfarbig	bgz	1,50	1,—
1916	1 L	mehrfarbig	bha	2,50	2,—
1917	1.90 L	mehrfarbig	bhb	4,—	3,40
		Satzpreis (5 W.)		9,—	7,—

Auflage: 13.000 Sätze

1977, 20. Aug. Nationaltrachten und Volkstänze (I). Odr.; gez. K 12.

bhc

bhd

bhe

bhf

bhg

bhh

bhi

bhc–bhi) Volkstänze

1918	5 Q	mehrfarbig	bhc	0,30	0,30
1919	10 Q	mehrfarbig	bhd	0,30	0,30
1920	15 Q	mehrfarbig	bhe	0,30	0,30
1921	25 Q	mehrfarbig	bhf	0,30	0,30
1922	80 Q	mehrfarbig	bhg	0,30	0,30
1923	1.20 L	mehrfarbig	bhh	1,—	0,40
1924	1.55 L	mehrfarbig	bhi	1,50	0,60
		Satzpreis (7 W.)		4,—	2,50

Blockausgabe

bhk) Schwertertanz

Block 62	2.05 L mehrfarbig (56×74 mm)	bhk	3,50	3,—

Auflagen: MiNr. 1918–1924 = 25.000 Sätze, Bl. 62 = 20.000 Blocks

In ähnlicher Zeichnung wie Bl. 62: Bl. 81

1977, Okt. Neue Verfassung. Odr.; gez. K 12¼.

bhl) Werktätige vor Industrieanlage

bhm) Symbole der Wirtschaft, Hand mit Buch

1925	25 Q	mehrfarbig	bhl	0,50	0,30
1926	1.20 L	mehrfarbig	bhm	2,—	1,—
		Satzpreis (2 W.)		2,50	1,30

1977, 25. Okt. Albanischer Film. Odr.; gez. K 12¾:12.

bhn) Beni ecen vet

bho) Rruge të bardha

bhp) Rrugicat që kërkonin diell

bhr) Ne fillim te veres

bhs) Lulekuqet mbi mure

bht) Zonja nga Qytet

1927	10 Q	mehrfarbig	bhn	0,50	0,30
1928	15 Q	mehrfarbig	bho	0,50	0,30
1929	25 Q	mehrfarbig	bhp	0,50	0,30
1930	80 Q	mehrfarbig	bhr	2,50	1,60
1931	1.20 L	mehrfarbig	bhs	3,50	2,50
1932	1.60 L	mehrfarbig	bht	4,50	3,—
		Satzpreis (6 W.)		12,—	8,—

Auflage: 13.000 Sätze

1977, 28. Nov. 65. Jahrestag der Unabhängigkeit. Odr.; gez. K 12¼.

bhu) Unabhängigkeitsdenkmal, Nationalflagge

bhv) Marsch der Unabhängigkeitsbewegung

bhw) Tanz unter der Nationalflagge

1933	15 Q	mehrfarbig	bhu	0,50	0,30
1934	25 Q	mehrfarbig	bhv	0,50	0,30
1935	1.65 L	mehrfarbig	bhw	3,—	2,40
			Satzpreis (3 W.)	4,—	3,—

Auflage: 13.000 Sätze

1977, 25. Dez. 20. Todestag von Vangjush Mio. Odr.; gez. K 12¼.

bhx) Landarbeiter auf dem Feld

bhy) Schneelandschaft

bhz) Schafe unter Walnussbaum im Frühling

bia) Straße in Korçë

bib) Reiter in den Bergen

bic) Boote an der Küste

bid) Pflügende Traktoren

bhx–bid) Gemälde von Vangjush Mio (1891–1957)

1936	5 Q	mehrfarbig	bhx	0,30	0,30
1937	10 Q	mehrfarbig	bhy	0,30	0,30
1938	15 Q	mehrfarbig	bhz	0,30	0,30
1939	25 Q	mehrfarbig	bia	0,30	0,30
1940	80 Q	mehrfarbig	bib	0,50	0,30
1941	1 L	mehrfarbig	bic	0,80	0,50
1942	1.75 L	mehrfarbig	bid	1,50	1,—
			Satzpreis (7 W.)	4,—	3,—

Blockausgabe

bie) Selbstporträt

Block 63	2.05 L	mehrfarbig (67×101 mm)	bie	3,50	3,—

Auflagen: MiNr. 1936–1942 = 23.000 Sätze, Bl. 63 = 23.000 Blocks

1978. Freimarken: Industrie und Kultur. Odr.; gez. K 12½:12.

A bie) Schule, Lehrmittel

B bie) Telekommunikationsmittel

C bie) Eisenhüttenwerk

D bie) Tänzerinnen, Kunstsymbole

E bie) Zeitungen, Radio, Fernseher, Funkturm

F bie) Schneiderwerkstatt

G bie) Soldaten und Waffen der Streitkräfte

H bie) Symobole der Industriezweige

I bie) Personenzug, Lastkraftwagen

K bie) Bereiche der Landwirtschaft

L bie) Mikroskop

A 1942	5 Q	mehrfarbig	A bie	0,30	0,30
B 1942	10 Q	mehrfarbig	B bie	0,30	0,30
C 1942	15 Q	mehrfarbig	C bie	0,30	0,30
D 1942	20 Q	mehrfarbig	D bie	0,30	0,30
E 1942	25 Q	mehrfarbig	E bie	0,30	0,30
F 1942	60 Q	mehrfarbig	F bie	1,50	0,30
G 1942	80 Q	mehrfarbig	G bie	2,—	0,30
H 1942	1.20 L	mehrfarbig	H bie	3,—	0,40
I 1942	1.60 L	mehrfarbig	I bie	4,—	1,50
K 1942	2.40 L	mehrfarbig	K bie	6,—	3,—
L 1942	3 L	mehrfarbig	L bie	7,—	5,—
			Satzpreis (11 W.)	25,—	12,—

1978, 20. Jan. Musikinstrumente. Odr.; gez. K 11¾:12½.

bif) Doppelflöte

big) Einsaiten-Geißkopffiedel (Gusla)

bih) Schalmei

bii) Trommel

bik) Dudelsack

1943	15 Q	mehrfarbig	bif	0,50	0,50
1944	25 Q	mehrfarbig	big	1,—	0,50
1945	80 Q	mehrfarbig	bih	2,50	1,50
1946	1.20 L	mehrfarbig	bii	5,—	3,—
1947	1.70 L	mehrfarbig	bik	11,—	7,—
			Satzpreis (5 W.)	20,—	12,—

Auflage: 11.000 Sätze

1978, 15. Febr. Nationaltrachten und Volkstänze (II). Odr.; gez. K 12.

bil

bim bin bio bip

bil–bip) Volkstänze

1948	5 Q	mehrfarbig	bil	0,30	0,30
1949	25 Q	mehrfarbig	bim	0,30	0,30
1950	80 Q	mehrfarbig	bin	1,—	0,40
1951	1 L	mehrfarbig	bio	1,—	1,—
1952	2.30 L	mehrfarbig	bip	2,40	2,—
			Satzpreis (5 W.)	5,—	4,—

Auflage: 19.000 Sätze

1978, 25. März. Gemälde. Odr.; gez. K 12.

bir) Traktorfahrer bei der Mittagspause; von Dhimitraq Trebicka (1936–2013)

bis) Arbeiter am Turm; von Spiro Kristo (1936–2011)

bit) Diskussion; von Skënder Milori

biu) Arbeiter am Erdöl-Bohrturm; von Anesti Cini

biv) Arbeiter am Hochofen; von Ramadan Karanxha (*1934)

1953	25 Q	mehrfarbig	bir	0,30	0,30
1954	80 Q	mehrfarbig	bis	0,50	0,30
1955	85 Q	mehrfarbig	bit	0,60	0,30
1956	90 Q	mehrfarbig	biu	0,70	0,40
1957	1.60 L	mehrfarbig	biv	2,—	1,20
			Satzpreis (5 W.)	4,—	2,50

Blockausgabe

biw) Politische Diskussion; von Sotiraq Sholla

Block 64	2.20 L	mehrfarbig (72×97 mm)	biw	7,—	4,50

Auflagen: MiNr. 1953–1957 = 19.000 Sätze, Bl. 64 = 14.000 Blocks

1978, 1. Juni. Kongress der albanischen Frauenvereinigung (B.G.SH.). Odr.; gez. K 12.

bix) Frauenkopf, Gewehr, Spitzhacke

biy) Familie vor Fabrikanlage

1958	25 Q	mehrfarbig	bix	0,50	0,30
1959	1.95 L	mehrfarbig	biy	9,—	4,70
			Satzpreis (2 W.)	9,50	5,—

Auflage: 10.000 Sätze

1978, 1. Juni. Internationaler Tag des Kindes. Odr.; gez. K 12.

biz) Mädchen- und Jungengesicht

bka) Kinder mit Gewehr und Spitzhacke

bkb) Kinder beim Volkstanz

bkc) Kinder in der Schule

1960	5 Q	mehrfarbig	biz	0,30	0,30
1961	10 Q	mehrfarbig	bka	0,30	0,30
1962	25 Q	mehrfarbig	bkb	0,60	0,40
1963	1.80 L	mehrfarbig	bkc	3,80	3,—
			Satzpreis (4 W.)	5,—	4,—

Auflage: 13.000 Sätze

1978, 10. Juni. 100 Jahre Liga von Prizren. Odr.; gez. K 12.

bkd) Kampf um die Mosta-Brücke

bke) Geist von Skanderbeg

bkf) Kämpfer vor Landesflagge

bkg) Kampf im Winter

bkh) Abdyl Frasheri (1839–1892), Gründer der Liga

bki) Liga-Hauptquartier

1964	10 Q	mehrfarbig	bkd	0,30	0,30
1965	25 Q	mehrfarbig	bke	0,30	0,30
1966	80 Q	mehrfarbig	bkf	1,40	0,40
1967	1.20 L	mehrfarbig	bkg	2,—	1,—
1968	1.65 L	mehrfarbig	bkh	3,—	1,50
1969	2.60 L	mehrfarbig	bki	5,—	2,50
			Satzpreis (6 W.)	12,—	6,—

Blockausgabe

bkk) Gebäude

Block 65	2.20 L	mehrfarbig (75×69 mm)	bkk	4,—	3,—

Auflagen: MiNr. 1964–1969 = 11.000 Sätze, Bl. 65 = 15.000 Blocks

1978, 10. Juli. 35 Jahre albanische Volksarmee. Odr.; gez. K 12:12½, Querformat ~.

bkl) Volksarmisten, Flagge

bkm) Soldaten

bkn) Junge Pioniere

1970	5 Q	mehrfarbig	bkl	0,50	0,30
1971	25 Q	mehrfarbig	bkm	1,—	0,30
1972	1.90 L	mehrfarbig	bkn	6,50	5,90
			Satzpreis (3 W.)	8,—	6,50

Auflage: 9.000 Sätze

1978, 20. Sept. Nationale Meisterschaften im Schießen. Odr.; gez. K 12½:12, Hochformate ~.

bko) Kleinkalibergewehrschießen, kniend

bkp) KK-Gewehrschießen, stehend

bkr) KK-Gewehrschießen, liegend

bks) Pistolenschießen

1973	25 Q	schwarz/gelb	bko	0,30	0,30
1974	80 Q	rotorange/schwarz	bkp	0,70	0,50
1975	95 Q	rot/schwarz	bkr	1,—	0,80
1976	2.40 L	karminrot/schwarz	bks	2,50	2,40
			Satzpreis (4 W.)	4,50	4,—

Auflage: 18.000 Sätze

1978, 6. Okt. Nationales Folklore-Festival, Gjirokaster. Odr.; gez. K 12.

bkt) Tänzer

bku) Volksmusikgruppe

bkv) Musikant

bkw) Sänger

bkx) Säbeltänzer

bky) Tänzerinnen

1977	10 Q	mehrfarbig	bkt	0,30	0,30
1978	15 Q	mehrfarbig	bku	0,30	0,30
1979	25 Q	mehrfarbig	bkv	0,30	0,30
1980	80 Q	mehrfarbig	bkw	0,30	0,30
1981	1.20 L	mehrfarbig	bkx	0,80	0,60
1982	1.90 L	mehrfarbig	bky	2,—	1,70
			Satzpreis (6 W.)	4,—	3,50

Auflage: 24.000 Sätze

1983

1978, 26. Aug. Internationale Messe, Riccione. MiNr. 1852 mit blauem Odr.-Aufdruck „RICCIONE 78 / 26. 8. 1978“ und neuer Wertstufe.

1983	**3.30 L**	auf 25 Q mehrfarbig	(1852)	15,—	15,—
			FDC		20,—

Auflage: 8.100 Stück

1978, 16. Okt. 70. Geburtstag von Enver Hoxha. Odr.; gez. K 12¼:12½.

bkz) Enver Hoxha (1908–1985), Generalsekretär der Albanischen Arbeiterpartei und Oberbefehlshaber der Volksarmee

1984	80 Q	mehrfarbig	bkz I	0,50	0,50
1985	1.20 L	mehrfarbig	bkz II	1,—	0,50
1986	2.40 L	mehrfarbig	bkz III	2,—	1,50
			Satzpreis (3 W.)	3,50	2,50

Blockausgabe

bla) Enver Hoxha

Block 66 2.20 L (68×89 mm) mehrfarbig	bla	3,50	2,50

		★★
Block 66 F	Farbe Silber (Inschrift im Markenbild „ENVER HOXHA 1978") fehlend	150,—

Unterschiedliche Randverzierung: bkz I = Sterne ausgefüllt; bkz II = Sterne nicht ausgefüllt; bkz III = Sterne abwechselnd ausgefüllt und nicht ausgefüllt.

Auflagen: MiNr. 1984–1986 = 30.000 Sätze, Bl. 66 = 30.000 Blocks

1978, 15. Dez. Ackerbau und Viehzucht. Odr.; gez. K 12¼:12½.

blb) Getreideernte

blc) Obsternte

bld) Hirte, Schafherde

ble) Melkerin, Kuhherde

					★★	⊙
1987	15 Q	mehrfarbig	blb		0,50	0,50
1988	25 Q	mehrfarbig	blc		0,70	0,50
1989	80 Q	mehrfarbig	bld		2,50	2,—
1990	2.60 L	mehrfarbig	ble		9,—	7,—
				Satzpreis (4 W.)	12,—	10,—

Auflage: 9.500 Sätze

1979, 22. Jan. 150. Geburtstag von Dora D'Istria. Odr.; gez. K 12.

blf

blg

blf–blg) Dora D'Istria, eigentlich Elena Ghika (1829–1888), Schriftstellerin

1991	80 Q	grün/schwarz	blf		1,50	1,—
1992	1.10 L	lila/schwarz	blg		2,50	2,—
				Satzpreis (2 W.)	4,—	3,—

Auflage: 14.000 Sätze

1979, 25. Febr. Nationaltrachten und Volkstänze (III). Odr.; gez. K 12.

blh

bli

blk

bll

blm

blh–blm) Verschiedene Volkstänze

1993	15 Q	mehrfarbig	blh		0,50	0,30
1994	25 Q	mehrfarbig	bli		0,50	0,30
1995	80 Q	mehrfarbig	blk		2,—	1,—
1996	1.20 L	mehrfarbig	bll		3,—	1,40
1997	1.40 L	mehrfarbig	blm		3,50	2,—
				Satzpreis (5 W.)	9,50	5,—

Auflage: 14.000 Sätze

1979, 20. März. Charakteristische albanische Häuser (I). Odr.; gez. K 12:12½, Hochformate ~.

bln

blo

blp

blr

bls

bln–bls) Verschiedene Häuserformen

1998	15 Q	mehrfarbig	bln		0,30	0,30
1999	25 Q	mehrfarbig	blo		0,30	0,30
2000	80 Q	mehrfarbig	blp		1,—	0,30
2001	1.20 L	mehrfarbig	blr		2,—	0,70
2002	1.40 L	mehrfarbig	bls		2,50	1,—
				Satzpreis (5 W.)	6,—	2,60

Blockausgabe

blt) Befestigtes Turmhaus

Block 67 1.90 L mehrfarbig (62×75 mm)	blt	7,—	5,—

Auflagen: MiNr. 1998–2002 = 19.000 Sätze, Bl. 67 = 14.000 Blocks

1979, 2. April. 100. Geburtstag von Alexander Moissi. Odr.; gez. K 12.

blu

blv

blu–blv) Alexander Moissi (1879–1935), Schauspieler

2003	80 Q	mehrfarbig	blu	1,50	0,50
2004	1.10 L	mehrfarbig	blv	2,—	1,50
		Satzpreis (2 W.)		3,50	2,—

Auflage: 14.000 Sätze

1979, 5. Mai. Freiheitskämpfer (I). Odr.; gez. K 12.

blw) Vasil Shanto (1913–1944)

blx) Quemal Stafa (1921–1942)

2005	15 Q	mehrfarbig	blw	0,30	0,30
2006	25 Q	mehrfarbig	blx	0,50	0,30
2007	60 Q	mehrfarbig	blw	1,70	0,90
2008	90 Q	mehrfarbig	blx	3,—	2,—
		Satzpreis (4 W.)		5,50	3,60

Auflage: 11.000 Sätze

Weitere Werte: MiNr. 2051–2054, 2087–2090, 2121–2124, 2160 bis 2163, 2211–2214, 2260–2263, 2296–2298

1979, 24. Mai. 35. Jahrestag des Kongresses in Përmet. Odr.; gez. K 12.

bly) Soldat, Industrieanlagen

blz) Soldat, Volksaufmarsch

2009	25 Q	mehrfarbig	bly	1,—	0,50
2010	1.65 L	mehrfarbig	blz	4,50	2,50
		Satzpreis (2 W.)		5,50	3,—

Auflage: 11–000 Sätze

1979, 4. Juni. Kongress der Demokratischen Front Albaniens. Odr.; gez. K 12.

bma) Landesflagge

2011	25 Q	mehrfarbig	bma	1,—	0,50
2012	1.65 L	mehrfarbig	bma	5,—	3,—
		Satzpreis (2 W.		6,—	3,50

Auflage: 10.000 Sätze

1979, 15. Juli. Gemälde. Odr.; gez. K 12¼:12.

bmb) In Ausbildung; von Arben Basha (*1947)

bmc) Speer im Krieg; von Ismail Lulani (1933–2002)

bmd) Morgendämmerung; von Myrteza Fushëkati (*1942)

bme) Alles Volk ist Militär; von Muhamet Deliu († 2011)

bmf) Wir halten das Feuer immer gezündet; von Jorgji Gjikopulli (*1939)

2013	15 Q	mehrfarbig	bmb	0,30	0,30
2014	25 Q	mehrfarbig	bmc	0,30	0,30
2015	80 Q	mehrfarbig	bmd	1,—	0,30
2016	1.20 L	mehrfarbig	bme	1,40	0,60
2017	1.40 L	mehrfarbig	bmf	2,—	1,—
		Satzpreis (5 W.)		5,—	2,50

Blockausgabe

bmg) Den Kreis sprengen; von Fatmir Haxhiu (1927–2001)

Block 68	1.90 L	mehrfarbig (81 × 103 mm)	bmg	3,50	2,50

Auflagen: MiNr. 2013–2017 = 24.000 Sätze, Bl. 68 = 24.000 Blocks

1979, 1. Okt. Spartakiade zum 35. Jahrestag der Befreiung Albaniens. Odr.; gez. K 12.

bmh) Eröffnungsfeier

bmi) Nahkampfvorführung

bmk) Bodenturnen

bml) Fußball

bmm) Hochsprung

2018	15 Q	mehrfarbig	bmh	0,30	0,30
2019	25 Q	mehrfarbig	bmi	0,30	0,30
2020	80 Q	mehrfarbig	bmk	1,—	0,30
2021	1.20 L	mehrfarbig	bml	1,20	0,90
2022	1.40 L	mehrfarbig	bmm	1,70	1,20
		Satzpreis (5 W.)		4,50	3,—

Auflage: 19.000 Sätze

1979, 12. Okt. 100 Jahre Gesellschaft für albanische Literatur. Odr.; gez. K 12.

bmn) Gründungsurkunge und Siegel

bmo) Präsident der Gründungs-Versammlung

bmp) Haus der Gesellschaft (1979)

bmr) Haus der Gesellschaft (1879)

2023	25 Q	mehrfarbig	bmn	0,30	0,30
2024	80 Q	mehrfarbig	bmo	1,—	0,50
2025	1.20 L	mehrfarbig	bmp	1,40	1,—
2026	1.55 L	mehrfarbig	bmr	1,80	1,20
		Satzpreis (4 W.)		4,50	3,—

Blockausgabe

bms) Gründungsmitglieder

Block 69	1.90 L	mehrfarbig (77×64 mm)	bms	3,50	2,—

Auflagen: MiNr. 2023–2026 = 14.000 Sätze, Bl. 69 = 14.000 Blocks

1979, 20. Okt. 35. Jahrestag der 2. antifaschistischen Ratsversammlung in Berat. Odr.; gez. K 12:12½.

bmt) Versammlungsbeschluss (1944)

bmu) Versammlungsgebäude In Berat

2027	25 Q	mehrfarbig	bmt	1,—	1,—
2028	1.65 L	mehrfarbig	bmu	4,—	3,50
		Satzpreis (2 W.)		5,—	4,50

Auflage: 10.000 Sätze

1979, 29. Nov. 35. Jahrestag des Befreiung. Odr.; gez. K 12.

bmv) Arbeiter, Bauern und Soldaten, Industrieanlage

bmw) Symbole für Arbeit und Landesverteidigung

bmx) Symbole für Kunst und Kultur

bmy) Symbole für Wissenschaft und Technik

2029	25 Q	mehrfarbig	bmv	0,30	0,30
2030	80 Q	mehrfarbig	bmw	1,—	0,50
2031	1.20 L	mehrfarbig	bmx	1,20	1,—
2032	1.55 L	mehrfarbig	bmy	2,—	1,20
		Satzpreis (4 W.)		4,50	3,—

Auflage: 14.000 Sätze

1979, 21. Dez. 100. Geburtstag von Jossif Stalin. Odr.; gez. K 12.

bmz) Jossif Stalin (1879–1953)

bna) Jossif Stalin und Enver Hoxha (1908–1985)

2033	80 Q	lebhaftrot/schwarzblau	bmz	1,50	1,—
2034	1.10 L	hellrot/schwarzblau	bna	2,—	2,—
		Satzpreis (2 W.)		3,50	3,—

Auflage: 14.000 Sätze

1980, 27. Febr. Innenansichten charakteristischer albanischer Häuser (I). Odr.; gez. K 12.

bnb) Haus in Korçë

bnc) Haus in Shkodër

bnd) Haus in Mirditë

bne) Haus in Gjirokastër

2035	25 Q	mehrfarbig	bnb	0,30	0,30
2036	80 Q	mehrfarbig	bnc	0,70	0,70
2037	1.20 L	mehrfarbig	bnd	1,80	1,—
2038	1.35 L	mehrfarbig	bne	2,20	2,—
		Satzpreis (4 W.)		5,—	4,—

	★★
2035 F Farbe Schwarz fehlend	—,—

Auflage: 19.000 Sätze

1980, 4. März. Kunsthandwerk des Mittelalters. Odr.; gez. K 12.

bnf) Tabakspfeife, bemalte Flasche

bng) Bestickte Taschen

bnh) Teppich, Steinfigur

bni) Stickarbeiten

				★★	⊙
2039	25 Q	mehrfarbig	bnf	0,30	0,30
2040	80 Q	mehrfarbig	bng	0,70	0,70
2041	1.20 L	mehrfarbig	bnh	1,50	1,—
2042	1.35 L	mehrfarbig	bni	2,—	2,—
		Satzpreis (4 W.)		4,50	4,—

Auflage: 20.000 Sätze

1980, 14. März. 100. Geburtstag von Aleksander Xhuvani. Odr.; gez. K 12.

bnk) Aleksander Xhuvani (1880–1961), Sprachforscher

2043	80 Q	mehrfarbig	bnk	2,—	1,50
2044	1 L	mehrfarbig	bnk	2,50	2,50
		Satzpreis (2 W.)		4,50	4,—

Auflage: 13.000 Sätze

1980, 4. April. 70. Jahrestag des Aufstandes im Kosovo. Odr.; gez. K 12.

bnl) Aufständische

bnm) Kampfszene

2045	80 Q	orangerot/schwarz	bnl	2,—	1,50
2046	1 L	orangerot/schwarz	bnm	3,—	2,50
		Satzpreis (2 W.)		5,—	4,—

Auflage: 13.000 Sätze

1980, 15. April. Versorgung der Erdbebengeschädigten vom 15.4.1979 durch Volkspartei und Regierung. Odr.; gez. K 12½:12¼.

bnn) Vor uns bricht jedes Erdbeben zusammen; Gemälde von Danish Jukniu (1934–2003) und Ismail Lulani (1933–2002)

2047	80 Q	mehrfarbig	bnn	2,—	1,50
2048	1 L	mehrfarbig	bnn	3,—	2,50
		Satzpreis (2 W.)		5,—	4,—

Auflage: 12.000 Sätze

1980, 22. April. 110. Geburtstag von Wladimir Lenin. Odr.; gez. K 12.

bno) Wladimir Lenin (1870–1924), russischer Revolutionär und Politiker

2049	80 Q	mehrfarbig	bno	2,—	1,50
2050	1 L	mehrfarbig	bno	3,—	2,50
		Satzpreis (2 W.)		5,—	4,—

Auflage: 11.000 Sätze

1980, 5. Mai. Freiheitskämpfer (II). Odr.; gez. K 12.

bnp) Misto Mame (1921–1942), Ali Demi (1918–1943)

bnr) Sadik Stavaleci (1918–1942), Vojo Kushi (1918–1942), Xhoxhi Martini (1921–1942)

bns) Bule Naipi (1920–1944), Persefoni Kokedhima (1924–1944)

bnt) Ndoc Deda (1918 bis 1944), Hidajet Lezha (1920–1944), Naim Gyjlbegu (1920–1944), Naim Mazi (1920–1944), Ahmet Haxhia (1926–1944)

2051	25 Q	mehrfarbig	bnp	0,30	0,30
2052	80 Q	mehrfarbig	bnr	1,—	0,70
2053	1.20 L	mehrfarbig	bns	1,70	1,—
2054	1.35 L	mehrfarbig	bnt	2,—	2,—
		Satzpreis (4 W.)		5,—	4,—

Auflage: 12.000 Sätze

Weitere Werte siehe Fußnote nach MiNr. 2008.

1980, 7. Juni. Märchen. Odr.; gez. K 12.

bnu) „Mirela“

bnv) „Der Schmierfink“

bnw) „Der Zirkusbär“

bnx) „Der Wassertropfen“

2055	15 Q	mehrfarbig	bnu	0,30	0,30
2056	25 Q	mehrfarbig	bnv	0,30	0,30
2057	80 Q	mehrfarbig	bnw	1,—	1,—
2058	2.40 L	mehrfarbig	bnx	3,40	3,40
		Satzpreis (4 W.)		5,—	5,—

Auflage: 20.000 Sätze

1980, 22. Juli. Nationale Gemälde. Odr.; gez. K 12½:12¼.

bny) Im Traktorenkombinat „Enver Hodscha“; von Sali Shijaku (*1933) und Myrteza Fushëkati (*1942)

bnz) Das Werk unserer Hände; von Harilla Dhima (*1936)

boa) Der Monteur; von Petro Kokushta (*1943)

bob) Erntedankfest; von Pandeli Lena (*1954)

2059	25 Q	mehrfarbig	bny	0,30	0,30
2060	80 Q	mehrfarbig	bnz	1,—	1,—
2061	1.20 L	mehrfarbig	boa	1,70	1,70
2062	1.35 L	mehrfarbig	bob	2,—	2,—
		Satzpreis (4 W.)		5,—	5,—

Blockausgabe

boc) Kommunisten; von Vilson Kilica (1932–2016)

Block 70	1.80 L	mehrfarbig (66×82 mm)	boc	3,50	3,50

Auflagen: MiNr. 2059–2062 = 19.000 Sätze, Bl. 70 = 14.000 Blocks

Blockausgabe

bol) Llogara

Block 71	1.80 L	mehrfarbig (89×90 mm)	bol	5,—	5,—

Auflagen: MiNr. 2067–2069 = 18.000 Sätze, Bl. 71 = 14.000 Blocks

1980, 27. Sept. Kunstwerke des Mittelalters. Odr.; gez. K 12.

bod) Tor (Pergamentminiatur, 11.–12. Jh.)
boe) Adler (Relief, 13. Jh.)
bof) Wappenlöwe (Relief, 14. Jh.)
bog) Fasan (Relief, 14. Jh.)

2063	25	Q	gold/schwarz	bod	0,30	0,30
2064	80	Q	gold/schwarz	boe	0,70	0,70
2065	1.20	L	gold/schwarz	bof	1,50	1,50
2066	1.35	L	gold/schwarz	bog	1,50	1,50
				Satzpreis (4 W.)	4,—	4,—

Auflage: 21.000 Sätze

1980, 6. Nov. Nationalparks. Odr.; gez. K 12.

boh) Divjaka
boi) Lura
bok) Thethi

2067	80	Q	mehrfarbig	boh	1,—	0,80
2068	1.20	L	mehrfarbig	boi	1,50	1,50
2069	1.60	L	mehrfarbig	bok	2,50	2,20
				Satzpreis (3 W.)	5,—	4,50

1981, 11. Jan. 35 Jahre Volksrepublik Albanien. Odr.; gez. K 12.

bom) Vertreter verschiedener Berufsgruppen
bon) Kundgebung in Tirana

2070	80	Q	mehrfarbig	bom	1,50	1,—
2071	1	L	mehrfarbig	bon	2,—	1,—
				Satzpreis (2 W.)	3,50	2,—

Auflage: 18.000 Sätze

1981, 25. Febr. Innenansichten charakteristischer albanischer Häuser (II). Odr.; gez. K 12.

boo) Haus in Lábara

bop) Zelt in Lábara
bor) Haus in Mat
bos) Haus in Dibrës

2072	25	Q	mehrfarbig	boo	0,30	0,30
2073	80	Q	mehrfarbig	bop	0,50	0,30
2074	1.20	L	mehrfarbig	bor	1,20	0,60
2075	1.35	L	mehrfarbig	bos	1,50	1,30
				Satzpreis (4 W.)	3,50	2,50

Auflage: 20.000 Sätze

1981, 20. März. Kunsthandwerk. Odr.; gez. K 12.

bot) Kinderwiege

bou) Holzeimer, Flasche
bov) Bestickte Schuhe
bow) Krüge

2076	25 Q	mehrfarbig	bot	0,30	0,30
2077	80 Q	mehrfarbig	bou	0,70	0,60
2078	1.20 L	mehrfarbig	bov	1,10	1,—
2079	1.35 L	mehrfarbig	bow	1,40	1,30
			Satzpreis (4 W.)	3,50	3,20

Auflage: 24.000 Sätze

1981, 31. März. Fußball-Weltmeisterschaft, Spanien 1982. Odr.; gez. K 12.

box

boy boz bpa

box–bpa) Spielszenen

2080	25 Q	mehrfarbig	box	1,—	0,50
2081	80 Q	mehrfarbig	boy	3,50	2,—
2082	1.20 L	mehrfarbig	boz	5,—	3,50
2083	1.35 L	mehrfarbig	bpa	6,—	4,—
			Satzpreis (4 W.)	15,—	10,—

Auflage: 30.000 Sätze

1981, 20. April. 100. Jahrestag der Schlacht gegen die Türken. Odr.; gez. K 12.

bpb) Gewehrschützen bpc) Krieger mit Säbel

2084	80 Q	graulila/violettpurpur	bpb	1,—	1,—
2085	1 L	graulila/violettpurpur	bpc	1,20	1,—
			Satzpreis (2 W.)	2,20	2,—

Blockausgabe, nur senkrecht gez. 12¼

bpe

bpd) Soldat mit Pistole

2086	1.80 L	graulila/violettpurpur	bpd	2,—	2,—
Block 72		(85×65 mm)	bpe	4,50	3,50

Auflagen: MiNr. 2084–2085 = 19.000 Sätze, Bl. 72 = 14.000 Blocks

1981, 5. Mai. Freiheitskämpfer (III). Odr.; gez. K 12.

bpf) Perlat Rexhepi (1919–1942), Bramko Kadia (1921–1942)

bpg) Xheladin Beqiri (1908–1944), Hajdar Dushi (1916–1944)

bph) Koci Bako (1905–1941), Vasil Laci (1923–1941), Mujo Ulqinaku (1898–1939)

bpi) Mine Peza (1875–1942), Zoja Cure (1920–1944)

2087	25 Q	mehrfarbig	bpf	0,30	0,30
2088	80 Q	mehrfarbig	bpg	1,—	0,50
2089	1.20 L	mehrfarbig	bph	1,20	1,—
2090	1.35 L	mehrfarbig	bpi	2,—	1,20
			Satzpreis (4 W.)	4,50	3,—

Auflage: 16.000 Sätze

Weitere Werte siehe Fußnote nach MiNr. 2008.

1981, Juni. Kinderzirkus. Odr.; gez. K 12.

bpk) Hochradartisten

bpl) Menschenpyramide

bpm) Bodenakrobaten

bpn) Artisten unter Zirkuskuppel

2091	15 Q	mehrfarbig	bpk	0,30	0,30
2092	25 Q	mehrfarbig	bpl	0,30	0,30
2093	80 Q	mehrfarbig	bpm	0,40	0,40
2094	2.40 L	mehrfarbig	bpn	2,—	2,—
			Satzpreis (4 W.)	3,—	3,—

1981, 10. Juli. Nationale Gemälde. Odr.; gez. K 12½:12¼, Hochformate ~.

bpo) Treuebündnis; von Shaban Hysa (1938–2005)

bpp) Azem Galica hat den Ring der Türken gesprengt; von Abdurrahim Buza (1905–1987)

bpr) Hissen der albanischen Flagge, 1911; von Agim Zajmi (1936–2013)

bps) Mit der Fahne im Herzen; von Liljana Çefa (*1940)

2095	25 Q	mehrfarbig	bpo	0,50	0,30
2096	80 Q	mehrfarbig	bpp	0,80	0,40
2097	1.20 L	mehrfarbig	bpr	1,20	1,—
2098	1.35 L	mehrfarbig	bps	1,50	1,30
			Satzpreis (4 W.)	4,—	3,—

Blockausgabe

bpt) Vereinigt euch unter der Fahne; von Nikolet Vasia (*1947)

Block 73	1.80 L mehrfarbig (83×110 mm) . . .	bpt	4,50	4,50

Auflagen: MiNr. 2095–2098 = 22.000 Sätze, Bl. 73 = 16.000 Blocks

1981, 30. Aug. Sportliche Erfolge Albaniens im internationalen Leistungsvergleich. Odr.; gez. K 12.

bpu) Schießen

bpv) Gewichtheben

bpw) Volleyball

bpx) Fußball

2099	25 Q	mehrfarbig	bpu	0,30	0,30
2100	80 Q	mehrfarbig	bpv	0,60	0,40
2101	1.20 L	mehrfarbig	bpw	0,90	0,80
2102	1.35 L	mehrfarbig	bpx	1,20	1,—
			Satzpreis (4 W.)	3,—	2,50

Auflagen: 34.000 Sätze

1981, 1. Nov. Kongress der Partei der Arbeit Albaniens. Odr.; gez. K 12.

bpy) Hände mit Spitzhacke und Gewehr

bpz) Parteifahne, Hammer und Sichel

2103	80 Q	mehrfarbig	bpy	0,80	0,60
2104	1 L	rot/schwarz	bpz	1,20	1,10
			Satzpreis (2 W.)	2,—	1,70

Auflagen: 19.000 Sätze

1981, 8. Nov. 40 Jahre Partei der Arbeit Albaniens. Odr.; gez. K 12.

bra) Symbole für Industrie, Technik und Landwirtschaft

brb) Hand mit Spitzhacke und Gewehr, Landesflagge

2105	80 Q	mehrfarbig	bra	0,50	0,50
2106	2.80 L	mehrfarbig	brb	2,50	2,—
			Satzpreis (2 W.)	3,—	2,50

Blockausgabe

brc) Enver Hoxha (1908–1985); Buch über die Gründungsgeschichte der Partei der Arbeit Albaniens

Block 74	1.80 L mehrfarbig (80×100 mm) . . .	brc	5,—	5,—

Auflagen: MiNr. 2105–2106 = 19.000 Sätze, Bl. 74 = 14.000 Blocks

1981, 23. Nov. 40 Jahre Verband der Albanischen Arbeiterjugend. Odr.; gez. K 12.

brd) Spitzhacke, Gewehr, Fahne der Arbeiterjugend

bre) Parteifahnen, Symbole der Arbeiterjugend

2107	80 Q	mehrfarbig	brd	1,—	1,—
2108	1 L	mehrfarbig	bre	2,—	1,80
			Satzpreis (2 W.)	3,—	2,80

Auflage: 16.000 Sätze

1982, 6. Jan. 100. Geburtstag von Fan Noli. Odr.; gez. K 12.

brf) Fan Noli (1882–1965), Bischof und Politiker (Skulptur)

2109	80 Q	mehrfarbig	brf	1,30	0,70
2110	1.10 L	mehrfarbig	brf	1,70	1,—
			Satzpreis (2 W.)	3,—	1,70

Auflage: 19.000 Sätze

1982, 20. Febr. Charakteristische albanische Häuser (II). Odr.; gez. K 12½:12¼.

brg) Haus in Bulqizë

brh) Haus in Kosovë

bri) Haus in Bicaj

brk) Haus in Mat

2111	25 Q	mehrfarbig	brg	0,30	0,30
2112	80 Q	mehrfarbig	brh	1,40	1,—
2113	1.20 Q	mehrfarbig	bri	2,—	1,40
2114	1.55 L	mehrfarbig	brk	2,80	1,80
			Satzpreis (4 W.)	6,50	4,50

Auflage: 13.000 Sätze

1982, 24. März. 100. Jahrestag der Entdeckung des Tuberkulose-Erregers durch Robert Koch. Odr.; gez. K 12.

brl) Landkarte, Erdkugel, TBC-Erreger unter Mikroskop

brm) Robert Koch (1843–1910), Bakteriologe; Tuberkulose-Erreger unter Mikroskop

2115	80 Q	mehrfarbig	brl	4,—	2,—
2116	1.10 L	dunkelbraun/weißbraun	brm	6,—	3,—
			Satzpreis (2 W.)	10,—	5,—

Auflage: 11.000 Sätze

1982, 25. April. Gemälde: Landschaften im Kosovo. Odr.; gez. K 12¼:12½, Querformat ~.

brn) Burg von Prizren; von Guri Madhi (1921–1988)

bro) Stadtansicht von Prizren; von Kujtim Buza (*1937)

brp) Brücke von Rugovë; von Kujtim Buza

brr) Dorfstraße in Zekë; von Guri Madhi (1921–1988)

2117	25 Q	mehrfarbig	brn	0,50	0,30
2118	80 Q	mehrfarbig	bro	1,50	1,20
2119	1.20 L	mehrfarbig	brp	2,50	1,50
2120	1.55 L	mehrfarbig	brr	3,50	2,—
			Satzpreis (4 W.)	8,—	5,—

Auflage: 11.000 Sätze

1982, 5. Mai. Freiheitskämpfer (IV). Odr.; gez. K 12.

brs) Hibe Palikuqi (1927–1944), Liri Gero (1926–1944)

brt) Mihal Duri (1916–1942), Kajo Karafili (1921–1944)

bru) Fato Dudumi (1927–1944), Margarita Tutulani (1924–1943), Shejnaze Juka (1924–1944)

brv) Memo Meto (1911–1944), Gjok Doçi (1922–1943)

2121	25 Q	mehrfarbig	brs	0,50	0,30
2122	80 Q	mehrfarbig	brt	1,20	0,80
2123	1.20 L	mehrfarbig	bru	1,80	1,30
2124	1.55 L	mehrfarbig	brv	2,50	1,40
			Satzpreis (4 W.)	6,—	3,80

Auflage: 16.000 Sätze

Weitere Werte siehe Fußnote nach MiNr. 2008.

1982, Juni. Kinderzeichnungen. Odr.; gez. K 12½:12¼.

brw) Hafen

brx) Wald

bry) Stadt

brz) Denkmal

2125	15 Q	mehrfarbig	brw	0,50	0,30
2126	80 Q	mehrfarbig	brx	1,—	0,60
2127	1.20 L	mehrfarbig	bry	1,50	1,20
2128	1.65 L	mehrfarbig	brz	3,—	1,90
			Satzpreis (4 W.)	6,—	4,—

		⊙
2127 F	Wertziffer fehlend	50,—

Auflage: 13.000 Sätze

1982, 6. Juni. Gewerkschaftskongress. Odr.; gez. K 12.

bsa) Vertreter verschiedener Berufsgruppen, Industrieanlage

bsb) Landesflagge, Kongressemblem

				★★	⊙
2129	80 Q	mehrfarbig	bsa	2,50	1,50
2130	1.10 L	mehrfarbig	bsb	3,50	2,—
			Satzpreis (2 W.)	6,—	3,50

Auflage: 10.000 Sätze

1982, 30. Juli. Gemälde: Industrie und Handwerk. Odr.; gez. K 12½:12¼.

bsc) Das Bergfest; von Danish Jukniu (1934–2003)

bsd) Arbeiter des Kraftwerks „Komanit“; von Ali Miruku (1954–2014)

bse) Stahlarbeiter; von Çlirim Ceka (*1945)

bsf) Erdölförderung; von Pandeli Lena (*1954)

2131	25 Q	mehrfarbig	bsc	0,30	0,30
2132	80 Q	mehrfarbig	bsd	1,—	1,—
2133	1.20 L	mehrfarbig	bse	1,50	1,20
2134	1.55 L	mehrfarbig	bsf	2,20	1,50
			Satzpreis (4 W.)	5,—	4,—

Blockausgabe

bsg) Der erste Abstich; von Jorgji Gjikopulli (*1939)

Block 75	1.90 L	mehrfarbig (75×90 mm)	bsg	5,—	3,50

Auflagen: MiNr. 2131–2134 = 13.000 Sätze, Bl. 75 = 14.000 Blocks

1982, 25. Aug. 40 Jahre Parteiorgan „Zëri i popullit“. Odr.; gez. K 12.

bsh) Zeitung

bsi) Handdruckpresse

2135	80 Q	mehrfarbig	bsh	110,—	100,—
2136	1.10 L	mehrfarbig	bsi	110,—	100,—
			Satzpreis (2 W.)	220,—	200,—
			FDC		250,—

Auflage: 6.000 Sätze

1982, 16. Sept. 40 Jahrestag der Gründung der Demokratischen Front Albaniens. Odr.; gez. K 12.

bsk) Denkmal

bsl) Demonstration

2137	80 Q	mehrfarbig	bsk	7,50	3,50
2138	1.10 L	mehrfarbig	bsl	11,—	5,—
			Satzpreis (2 W.)	18,—	8,50
			FDC		11,—

Auflage: 8.000 Sätze

1982, 4. Okt. Kongress des Verbandes der Albanischen Arbeiterjugend (BRPSH). Odr.; gez. K 12.

bsm) Parteifahne, Gleis, Spitzhacke und Gewehr

2139	80 Q	mehrfarbig	bsm	6,—	4,—
2140	1.10 L	mehrfarbig	bsm	10,—	6,—
			Satzpreis (2 W.)	16,—	10,—
			FDC		14,—

Auflage: 8.000 Sätze

1982, 30. Okt. Kunsthandwerk. Odr.; gez. K 12.

bsn) Teppich

bso) Taschen

bsp) Butterfässer

bsr) Kanne

2141	25 Q	mehrfarbig	bsn	0,50	0,30
2142	80 Q	mehrfarbig	bso	1,20	0,70
2143	1.20 L	mehrfarbig	bsp	1,70	1,—
2144	1.55 L	mehrfarbig	bsr	2,60	1,50
			Satzpreis (4 W.)	6,—	3,50

Auflage: 12.000 Sätze

1982, 28. Nov. 70 Jahre Unabhängigkeit. Odr.; gez. K 12.

bss) Ishamil Qemali; Haus der Unterzeichnung der Unabhängigkeitserklärung

bst) Albanische Freiheitskämpfer, Landesflagge

bsu) Albanische Freiheitskämpfer, Landesflagge

2145	20 Q	mehrfarbig	bss	0,40	0,30
2146	1.20 L	mehrfarbig	bst	2,—	1,20

2147 2.40 L mehrfarbig . . . . bsu 3,60 2,50
Satzpreis (3 W.) 6,— 4,—

Blockausgabe

bsv) Unabhängigkeitsdenkmal, Tirana; Landesflagge

Block 76 1.90 L mehrfarbig (89×89 mm) . . . . bsv 6,— 4,—

Auflagen: MiNr. 2145–2147 = 12.000 Sätze, Bl. 76 = 12.000 Blocks

1982, 20. Dez. Ansichten der albanischen Adriaküste. Odr.; gez. K 12.

bsw) Dhërmi

bsx) Sarandë bsy) Ksamil bsz) Lukovë

2148 25 Q mehrfarbig . . . . bsw 0,30 0,30
2149 80 Q mehrfarbig . . . . bsx 1,— 0,60
2150 1.20 L mehrfarbig . . . . bsy 1,50 1,20
2151 1.55 L mehrfarbig . . . . bsz 2,20 1,50
Satzpreis (4 W.) 5,— 3,60

Auflage: 14.000 Sätze

1983, 20. Febr. Albanische Volkstanzgruppen im Ausland. Odr.; gez. K 12.

bta

btb btc btd

bta–btd) Folkloregruppen

2152 25 Q mehrfarbig . . . . bta 0,30 0,30
2153 80 Q mehrfarbig . . . . btb 0,60 0,30
2154 1.20 L mehrfarbig . . . . btc 1,10 1,—
2155 1.55 L mehrfarbig . . . . btd 1,50 1,40
Satzpreis (4 W.) 3,50 3,—

Auflage: 22.000 Sätze

1983, 14. März. 100. Todestag von Karl Marx. Odr.; gez. K 12.

bte) Karl Marx (1818–1883), deutscher Philosoph, Historiker und Journalist

2156 80 Q mehrfarbig . . . . bte 2,— 1,—
2157 1.10 L mehrfarbig . . . . bte 2,50 1,50
Satzpreis (2 W.) 4,50 2,50

Auflage: 13.000 Sätze

1983, 20. April. Energiegewinnung. Odr.; gez. K 12.

btf) Kraftwerke, Generator, Strommast btg) Raffinerie, Bohrturm, Pipeline

2158 80 Q violettblau/rotorange . . . . btf 1,30 0,80
2159 1.10 L rötlichlila/blaugrün . . . . btg 1,70 1,20
Satzpreis (2 W.) 3,— 2,—

Auflage: 15.000 Sätze

1983, 5. Mai. Freiheitskämpfer (V). Odr.; gez. K 12.

bth) Asim Zeneli (1916–1943), Nazmi Rushiti (1919–1942)

bti) Shyqyri Ishmi (1922–1942), Shyqyri Alimerka (1923–1943), Myzafer Asqeriu (1918–1942)

btk) Qybra Sokoli (1924–1944), Qeriba Derri (1905–1944), Ylbere Bilibashi (1928–1944)

btl) Themo Vasi (1915 bis 1943), Abaz Shehu (1905–1942)

2160 25 Q mehrfarbig . . . . bth 0,30 0,30
2161 80 Q mehrfarbig . . . . bti 1,— 0,40
2162 1.20 L mehrfarbig . . . . btk 1,70 1,—
2163 1.55 L mehrfarbig . . . . btl 2,50 1,50
Satzpreis (4 W.) 5,50 3,20

Auflage: 12.000 Sätze

Weitere Werte siehe Fußnote nach MiNr. 2008.

1983, 1. Juni. Kongress des Albanischen Frauenverbandes. Odr.; gez. K 12¼:12½.

btm) Kongressemblem

2164	80 Q	mehrfarbig	btm	1,40	1,—
2165	1.10 L	mehrfarbig	btm	1,80	1,50
		Satzpreis (2 W.)		3,—	2,50

Auflage: 12.000 Sätze

1983, 20. Juni. Sport. Odr.; gez. K 12.

btn) Radrennfahren

bto) Schach

btp) Kunstturnen

btr) Ringen

2166	25 Q	mehrfarbig	btn	0,30	0,30
2167	80 Q	mehrfarbig	bto	1,—	0,30
2168	1.20 L	mehrfarbig	btp	1,70	1,—
2169	1.55 L	mehrfarbig	btr	2,—	1,40
		Satzpreis (4 W.)		5,—	3,—

Auflage: 22.000 Sätze

1983, 10. Juli. 40 Jahre Albanische Volksarmee. Odr.; gez. K 12.

bts

btt

btu

bts–btu) Volksarmisten

2170	20 Q	orangerot/gold	bts	0,30	0,30
2171	1.20 L	purpur/gold	btt	1,70	1,—
2172	2.40 L	bräunlichrot/gold	btu	3,—	1,70
		Satzpreis (3 W.)		5,—	3,—

Auflage: 12.000 Sätze

1983, 28. Aug. Nationale Gemälde. Odr.; gez. K 12½:12¼.

btv) Tag der Sonne; von Myrteza Fushëkati (*1942)

btw) Morgenklatsch; von Niko Progri (*1934)

btx) 29. November 1944; von Harilla Dhimo (1936–2009)

bty) Rettung; von Pandi Mele (1939–2015)

2173	25 Q	mehrfarbig	btv	0,30	0,30
2174	80 Q	mehrfarbig	btw	1,20	0,60
2175	1.20 L	mehrfarbig	btx	1,50	1,—
2176	1.55 L	mehrfarbig	bty	2,—	1,30
		Satzpreis (4 W.)		5,—	3,20

Blockausgabe

btz) Partisanenangriff; von Sali Shijaku (*1933) und Myrteza Fushëkati (*1942)

Block 77	1.90 L mehrfarbig (112×76 mm)	btz	10,—	7,—

Auflagen: MiNr. 2173–2176 = 14.500 Sätze, Bl. 77 = 14.500 Blocks

1983, 6. Okt. Nationales Folklorefestival, Gjirokastër. Odr.; gez. K 12.

bua) Säbeltänzer

bub) Tanzpaar

buc) Volksmusikgruppe

bud) Tänzerinnen

2177	25 Q	mehrfarbig	bua	0,30	0,30
2178	80 Q	mehrfarbig	bub	1,70	1,—
2179	1.20 L	mehrfarbig	buc	2,—	1,30
2180	1.55 L	mehrfarbig	bud	3,50	2,40
		Satzpreis (4 W.)		7,50	5,—

Auflage: 13.000 Sätze

1983, 16. Okt. 75. Geburtstag von Enver Hoxha. Odr.; gez. K 12¼:12½.

bue) Enver Hoxha (1908–1985), Generalsekretär der Albanischen Arbeiterpartei und Oberbefehlshaber der Volksarmee

2181	80 Q	mehrfarbig	bue	0,70	0,70
2182	1.20 L	mehrfarbig	bue	1,20	1,—
2183	1.80 L	mehrfarbig	bue	1,70	1,30
		Satzpreis (3 W.)		3,50	3,—

Blockausgabe

buf) Enver Hoxha

Block 78	1.90 L mehrfarbig (76×100 mm) . . .	buf	4,—	4,—

	⊙
Block 78 Uo fehlende obere Zähnungsreihe	150,—

Auflagen: MiNr. 2181–2183 = 30.000 Sätze, Bl. 78 = 30.000 Blocks

1983, 10. Nov. Weltkommunikationsjahr. Odr.; gez. K 12.

bug) Weltkugel, Emblem

				★★	⊙
2184	60 Q	mehrfarbig	bug	0,70	0,50
2185	1.20 L	mehrfarbig	bug	1,80	1,50
		Satzpreis (2 W.)		2,50	2,—

Auflage: 24.000 Sätze

1983, 10. Dez. Die Epoche Skanderbegs in der Kunst: Gemälde. Odr.; gez. K 12½:12¼.

buh) Gemeinsamkeit führt zum Sieg; von Jakup Keraj (1933–1987)

bui) Der heldenhafte Widerstand in Krujë; von Naxhi Bakalli (*1937)

buk) Vereinigt sind wir unbesiegbar für unsere Feinde; von Niko Progri (*1934)

bul) Die Versammlung in Lezhë; von Bashkim Ahmeti (*1949)

2186	25 Q	mehrfarbig	buh	0,50	0,30
2187	80 Q	mehrfarbig	bui	1,50	1,—
2188	1.20 L	mehrfarbig	buk	2,—	1,20
2189	1.55 L	mehrfarbig	bul	3,—	1,50
		Satzpreis (4 W.)		7,—	4,—

Blockausgabe

bum) Der Sieg über die Türken; von Guri Madhi (1921–1988)

Block 79	1.90 L mehrfarbig (78×92 mm) . . .	bum	7,50	7,50

Auflagen: MiNr. 2186–2189 = 12.000 Sätze, Bl. 79 = 12.000 Blocks

1983, 28. Dez. Illyrische Bauwerke. Odr.; gez. K 12.

bun) Amphitheater, Butrint

buo) Kolonnaden, Apollonia

bup) Galerie des Amphitheaters, Dyrrhachium

2190	80 Q	mehrfarbig	bun	2,—	1,50
2191	1.20 L	mehrfarbig	buo	3,—	2,—
2192	1.80 L	mehrfarbig	bup	3,—	2,50
		Satzpreis (3 W.)		8,—	6,—

Auflage: 12.000 Sätze

1984, 25. Febr. Archäologische Funde. Odr.; gez. K 12:12¼.

bur) Männerkopf (3. Jh. v. Chr.) aus Apollonia

bus) Frühchristliches Relief (2./3. Jh.) aus Korça

but) Frauenkopf (1. Jh.) aus Apollonia

buu) Tongefäß (1. Jh.) aus Tren

buv) Männerkopf aus Dyrrhachium

buw) Eros mit Delphin (3. Jh.) aus Dyrrhachium

2193	15 Q	mehrfarbig	bur	0,30	0,30
2194	25 Q	mehrfarbig	bus	0,30	0,30
2195	80 Q	mehrfarbig	but	1,—	0,70
2196	1.10 L	mehrfarbig	buu	1,40	1,—
2197	1.20 L	mehrfarbig	buv	2,—	1,20
2198	2.20 L	mehrfarbig	buw	3,—	1,50
		Satzpreis (6 W.)		8,—	5,—

Auflage: 16.000 Sätze

1984, 30. März. Uhrtürme. Odr.; gez. K 12.

bux) Uhrturm in Gjirokastër

buy) Uhrturm in Kavajë

buz) Uhrturm in Elbasan

bva) Uhrturm in Tirana

bvb) Uhrturm in Peqin

bvc) Uhrturm in Krujë

2199	15 Q	schwarzviolettgrau	bux	0,30	0,30
2200	25 Q	dunkelbraun	buy	0,30	0,30
2201	80 Q	dunkelblaugrau	buz	1,—	0,60
2202	1.10 L	braunrot	bva	1,20	1,—
2203	1.20 L	schwarzolivgrün	bvb	1,70	1,30
2204	2.20 L	gelbbraun	bvc	3,50	2,—
		Satzpreis (6 W.)		8,—	5,50

Auflage: 16.000 Sätze

1984, 20. April. 40. Jahrestag der Befreiung. Odr.; gez. K 12.

bvd) Student mit Mikroskop, Symbole für Sport und Ausbildung

bve) Freiheitskämpfer mit Landesflagge

bvf) Jugendliche Mitglieder der Enver-Partei

bvg) Soldat, Symbole für die drei Waffengattungen

bvh) Arbeiter mit Landesflagge, Industrieanlage

bvi) Milizpatrouille bewacht Bau eines Wasserkraftwerks

2205	15 Q	mehrfarbig	bvd	0,30	0,30
2206	25 Q	mehrfarbig	bve	0,30	0,30
2207	80 Q	mehrfarbig	bvf	1,20	0,70
2208	1.10 L	mehrfarbig	bvg	1,40	1,—
2209	1.20 L	mehrfarbig	bvh	1,80	1,20
2210	2.20 L	mehrfarbig	bvi	3,—	1,50
		Satzpreis (6 W.)		8,—	5,—

Auflage: 11.000 Sätze

1984, 5. Mai. Freiheitskämpfer (VI). Odr.; gez. K 12.

bvk) Manush Alimani (1924–1944), Mustafa Matohiti (1912–1944), Kastriot Muço (1923–1943)

bvl) Zaho Koka (1920–1944), Reshit Çollaku (1914–1943), Maliq Muço (1922–1944)

bvm) Lefter Talo (1912–1944), Tom Kola (1921–1943), Fuat Babani (1918–1943)

bvn) Myslysm Shyri (1916–1944), Dervish Hekali (1915–1944), Skender Caçi (1916–1943)

2211	15 Q	mehrfarbig	bvk	0,60	0,30
2212	25 Q	mehrfarbig	bvl	1,20	0,30
2213	1.20 L	mehrfarbig	bvm	2,20	1,20
2214	2.20 L	mehrfarbig	bvn	4,—	2,40
		Satzpreis (4 W.)		8,—	4,20

Auflage: 11.000 Sätze

Weitere Werte siehe Fußnote nach MiNr. 2008.

1984, 24. Mai. 40. Jahrestag des Kongresses von Përmet. Odr.; gez. K 12.

bvo) Enver Hoxha; Landesflagge

bvp) Partisanendenkmal

2215	80 Q	mehrfarbig	bvo	3,—	2,—
2216	1.10 L	mehrfarbig	bvp	3,60	2,50
		Satzpreis (2 W.)		6,50	4,50

Auflage: 11.000 Sätze

1984, 1. Juni. Unsere Kinder. Odr.; gez. K 12.

bvr) Kinder lesen in der Fibel

bvs) Junge Pioniere, Gebäude aus Bauklötzchen

bvt) Kinder spielen im Garten

bvu) Kinder lassen Drachen steigen

2217	15 Q	mehrfarbig	bvr	0,50	0,30
2218	25 Q	mehrfarbig	bvs	1,—	0,40
2219	60 Q	mehrfarbig	bvt	2,—	1,—
2220	2.80 L	mehrfarbig	bvu	5,—	2,50
		Satzpreis (4 W.)		8,50	4,20

Auflage: 10.000 Sätze

1984, 12. Juni. Fußball-Europameisterschaft, Frankreich. Odr.; gez. K 12.

bvv) Fußball im Tornetz

bvw) Schiedsrichter, Fußball

bvx) Europakarte, Fußball

bvy) Spielfeld, Fußball

2221	15 Q	mehrfarbig	bvv	1,—	0,30
2222	25 Q	mehrfarbig	bvw	1,—	0,30
2223	1.20 L	mehrfarbig	bvx	3,—	1,—
2224	2.20 L	mehrfarbig	bvy	3,50	2,—
		Satzpreis (4 W.)		8,50	3,60

Auflage: 12.000 Sätze

1984, 12. Juli. Gemälde aus der Kunstgalerie, Tirana. Odr.; gez. K 12½:12¼, Hochformate ~.

bvz) Die Freiheit ist da; von Myrteza Fushëkati (*1942)

bwa) Morgen; von Zamir Mati (*1951)

bwb) Mein Liebling; von Agim Zajmi (1936–2013)

bwc) Für die Partisanen; von Arben Basha (*1947)

2225	15 Q	mehrfarbig	bvz	0,50	0,30
2226	25 Q	mehrfarbig	bwa	1,—	0,50
2227	80 Q	mehrfarbig	bwb	2,50	1,50
2228	2.60 L	mehrfarbig	bwc	4,—	2,20
			Satzpreis (4 W.)	8,—	4,50

Blockausgabe

bwd) Albania; von Zamir Mati (*1951)

Block 80	1.90 L	mehrfarbig (80×95 mm)	bwd	10,—	5,50

Auflagen: MiNr. 2225–2228 = 10.000 Sätze, Bl. 80 = 10.000 Blocks

1984, 20. Aug. Pflanzen. Odr.; gez. K 12.

bwe) Schwarzer Maulbeerbaum (Morus nigra)

bwf) Breit-Wegerich (Plantago major)

bwg) Kelchhartheu (Hypericum calycinum)

bwh) Edelweiß (Leontopodium alpinum)

2229	15 Q	mehrfarbig	bwe	2,80	0,80
2230	25 Q	mehrfarbig	bwf	3,60	1,20
2231	1.20 L	mehrfarbig	bwg	10,—	4,50
2232	2.20 L	mehrfarbig	bwh	20,—	8,50
			Satzpreis (4 W.)	36,—	15,—

Auflage: 11.000 Sätze

1984, 21. Sept. Blockausgabe: Internationale Briefmarkenausstellung AUSIPEX ’84, Melbourne. Odr.; nur waagerecht gez. 12.

bwi) Schwertertanz, Ausstellungssonderstempel

Block 81	1.90 L	mehrfarbig (73×100 mm)	bwi	4,—	4,—

Auflage: 20.000 Blocks

In ähnlicher Zeichnung: Bl. 62

1984, 25. Sept. Unsere Wälder. Odr.; gez. K 12.

bwk) Buchen; Lastkraftwagen

bwl) Tannen; Lastenaufzug

bwm) Fichten; Sägewerk

bwn) Föhren; Holzarbeiter

2233	15 Q	mehrfarbig	bwk	1,—	0,60
2234	25 Q	mehrfarbig	bwl	1,50	1,—
2235	1.20 L	mehrfarbig	bwm	5,—	3,20
2236	2.20 L	mehrfarbig	bwn	7,50	4,20
			Satzpreis (4 W.)	15,—	9,—

Auflage: 11.000 Sätze

1984, 13. Okt. Internationale Briefmarkenausstellung EURPHILA ’84, Rom. Odr.; gez. K 12.

bwo) Stadtansicht von Gjirokastër

2237	1.20 L	mehrfarbig	bwo	2,50	2,50
			FDC		*9,—*

Auflage: 16.000 Stück

1984, 19. Okt. Finalkämpfe der Nationalen Spartakiade, Tirana. Odr.; gez. K 12.

bwp) Fußball

bwr) Leichtathletik

bws) Gewichtheben

bwt) Pistolenschießen

2238	15 Q	mehrfarbig	bwp	0,30	0,30
2239	25 Q	mehrfarbig	bwr	0,40	0,30
2240	80 Q	mehrfarbig	bws	1,—	0,40
2241	2.20 L	mehrfarbig	bwt	2,80	2,—
			Satzpreis (4 W.)	4,50	3,—

Blockausgabe

bwu) Eröffnungsfeier

Block 82	1.90 L	mehrfarbig (70×90 mm)	bwu	4,—	3,—

Auflagen: MiNr. 2238–2241 = 16.000 Sätze, Bl. 82 = 16.000 Blocks

1984, 29. Nov. 40. Jahrestag der Befreiung. Odr.; gez. K 12.

bwv) Industrieanlagen, Parteiemblem

bww) Volksarmisten, Landesflagge

2242	80 Q	mehrfarbig	bwv	2,—	1,—
2243	1.10 L	mehrfarbig	bww	2,50	1,50
			Satzpreis (2 W.)	4,50	2,50

Blockausgabe

bwx) Enver Hoxha (1908–1985), Generalsekretär der Albanischen Arbeiterpartei und Oberbefehlshaber der Volksarmee

Block 83	1.90 L	mehrfarbig (67×89 mm)	bwx	4,50	3,50

Auflagen: MiNr. 2242–2243 = 12.000 Sätze, Bl. 83 = 12.000 Blocks

1985, 25. Febr. Archäologische Funde (Illyrische Kunst). Odr.; gez. K 12:12½.

bwy) Eiserne Henkelvase

bwz) Archaische Terrakotta-Skulptur (6. Jh. v. Chr.)

bxa) Aphrodite-Skulptur (3. Jh. v. Chr.)

bxb) Nike-Statuette (1.–2. Jh.)

2244	15 Q	mehrfarbig	bwy	0,50	0,30
2245	80 Q	mehrfarbig	bwz	2,—	1,—
2246	1.20 L	mehrfarbig	bxa	2,50	1,20
2247	1.70 L	mehrfarbig	bxb	4,—	2,—
			Satzpreis (4 W.)	9,—	4,50

Auflage: 19.000 Sätze

1985, 4. März. 70. Geburtstag von Hysni Kapo. Odr.; gez. K 12.

bxc) Hysni Kapo (1915–1979), Politiker

2248	90 Q	mehrfarbig	bxc	2,—	1,50
2249	1.10 L	mehrfarbig	bxc	2,50	2,—
			Satzpreis (2 W.)	4,50	3,50

Auflage: 12.000 Sätze

1985, 18. März. Sportaktivitäten in Albanien; Internationale Briefmarkenausstellung OLYMPHILEX '85, Lausanne. Odr.; gez. K 12.

bxd) Leichtathletik

bxe) Gewichtheben

bxf) Fußball

bxg) Pistolenschießen

2250	25 Q	mehrfarbig	bxd	0,30	0,30
2251	60 Q	mehrfarbig	bxe	0,80	0,50
2252	1.20 L	mehrfarbig	bxf	1,40	1,20
2253	1.50 L	mehrfarbig	bxg	2,50	1,50
			Satzpreis (4 W.)	5,—	3,50

Auflage: 30.000 Sätze

1985, 31. März. 300. Geburtstag von Johann Sebastian Bach. Odr.; gez. K 12.

bxh) Johann Sebastian Bach (1685–1750), deutscher Komponist

bxi) Geburtshaus, Eisenach

2254	80 Q	mehrfarbig	bxh	20,—	10,—
2255	1.20 L	mehrfarbig	bxi	25,—	12,—
			Satzpreis (2 W.)	45,—	22,—

Auflage: 11.000 Sätze

1985, 11. April. Tod von Enver Hoxha. Odr.; gez. K 12¼:12½.

bxk) Enver Hoxha (1908–1985), Generalsekretär der Albanischen Arbeiterparei und Oberbefehlshaber der Volksarmee

2256	80 Q	mehrfarbig	bxk	2,50	2,50
			FDC		6,—

Blockausgabe, ☐

2257	1.90 L	mehrfarbig	bxk	3,—	3,—
Block 84		(66×90 mm)	bxl	4,—	4,—
			FDC		10,—

Auflagen: MiNr. 2256 = 34.000 Stück, Bl. 84 = 34.000 Blocks

1985, 25. April. 40 Jahre Grenzschutz. Odr.; gez. K 12.

bxm) Soldaten, Familie

bxn) Soldat, Grenzstein

2258	25 Q	mehrfarbig	bxm	1,50	1,—
2259	80 Q	mehrfarbig	bxn	3,50	3,—
			Satzpreis (2 W.)	5,—	4,—

Auflage: 11.000 Sätze

1985, 5. Mai. Freiheitskämpfer (VII). Odr.; gez. K 12.

bxo) Mitro Xhani (1916–1944); Nimete Progonati (1929–1944); Kozma Nushi (1909–1944)

bxp) Ajet Xhindoli (1922–1943); Mustafa Kaçaçi (1903–1944); Estref Caka (Osoja) (1919–1944)

bxr) Çelo Sinani (1929–1944); Llambro Andoni (1920–1944); Meleg Gosnishti (1913–1944)

bxs) Thodhori Mastora (1920–1944); Fejzi Micoli (1919–1945); Hysen Cino (1920–1944)

2260	25 Q	mehrfarbig	bxo	0,80	0,50
2261	40 Q	mehrfarbig	bxp	1,20	1,—
2262	60 Q	mehrfarbig	bxr	2,—	1,20
2263	1.20 L	mehrfarbig	bxs	3,50	2,80
			Satzpreis (4 W.)	7,50	5,50

Auflage: 11.000 Sätze

Weitere Werte siehe Fußnote nach MiNr. 2008.

1985, 9. Mai. 40. Jahrestag des Sieges. Odr.; gez. K 12.

bxt) Gewehrlauf mit rotem Tuch

bxu) Hand mit Gewehrkolben, Erdkugel

2264	25 Q	mehrfarbig	bxt	110,—	40,—
2265	80 Q	mehrfarbig	bxu	110,—	40,—
			Satzpreis (2 W.)	220,—	80,—
			FDC		—,—

MiNr. 2265 trägt den fehlerhaften Landesnamen „SHQIEPRISE".

Auflage: 1.370 Sätze

Gültig bis 28.12.1985

1985, 25. Juni. Gemälde aus der Kunstgalerie, Tirana. Odr.; gez. K 12½:12¼, Hochformate ~.

bxv) Unsere Schule; von Thoma Malo

bxw) Helden mit Mutter; von Hysen Devolli (1924–2013)

bxx) Arbeitende Mutter; von Angjelin Dodmasej (*1929)

bxy) Morgendliche Feldarbeit; von Ksenofon Dilo (*1932)

2266	25 Q	mehrfarbig	bxv	0,30	0,30
2267	80 Q	mehrfarbig	bxw	1,20	1,—
2268	90 Q	mehrfarbig	bxx	1,50	1,50
2269	1.20 L	mehrfarbig	bxy	2,—	1,70
			Satzpreis (4 W.)	5,—	4,50

Blockausgabe

bxz) Gießereiarbeiter; von Mikel Gurashi (*1959)

Block 85	1.90 L	mehrfarbig (74×89 mm)	bxz	4,50	3,50

Auflagen: MiNr. 2266–2269 = 15.000 Sätze, Bl. 85 = 15.000 Blocks

1985, 20. Juli. Qualifikationsspiele zur Basketball-Weltmeisterschaft, Spanien 1986. Odr.; gez. K 12.

bya

byb

byc

byd

bya–byd) Spielszenen, WM-Emblem

2270	25 Q	mehrfarbig	bya	0,30	0,30
2271	80 Q	mehrfarbig	byb	1,20	0,50
2272	1.20 L	mehrfarbig	byc	1,50	1,20
2273	1.60 L	mehrfarbig	byd	2,50	2,—
		Satzpreis (4 W.)		5,50	4,—

		✶✶
2271 F	Farbe Schwarz fehlend	—,—

Auflage: 15.000 Sätze

1985, 20. Aug. Obstbäume. Odr.; gez. K 12.

bye) Orangen

byf) Zwetschgen

byg) Äpfel

byh) Kirschen

				✶✶	⊙
2274	25 Q	mehrfarbig	bye	0,50	0,30
2275	80 Q	mehrfarbig	byf	2,50	1,50
2276	1.20 L	mehrfarbig	byg	4,—	2,—
2277	1.60 L	mehrfarbig	byh	5,—	3,—
		Satzpreis (4 W.)		12,—	6,50

Auflage: 15.000 Sätze

1985, 20. Sept. Kostbarkeiten albanischer Architektur. Odr.; gez. K 12.

byi) Häuser in Krujë

byk) Häuser in Gjirokastër

byl) Häuser in Berat

bym) Häuser in Shkodër (Skutari)

2278	25 Q	schwarz/bräunlichrot	byi	0,50	0,50
2279	80 Q	mehrfarbig	byk	2,50	1,50
2280	1.20 L	mehrfarbig	byl	3,—	2,—
2281	1.60 L	mehrfarbig	bym	4,—	2,50
		Satzpreis (4 W.)		10,—	6,50
		FDC			8,50

		✶✶
2278 F I	Farbe Bräunlichrot fehlend	60,—
2278 F II	Farbe Schwarz fehlend	60,—

Auflage: 13.000 Sätze

1985, 6. Okt. Nationales Festival für volkstümliche Spiele. Odr.; gez. K 12.

byn

byo

byp

byr

byn–bys) Verschiedene volkstümliche Wettbewerbe

				✶✶	⊙
2282	25 Q	mehrfarbig	byn	0,50	0,30
2283	80 Q	mehrfarbig	byo	1,50	1,—
2284	1.20 L	mehrfarbig	byp	2,—	1,20
2285	1.60 L	mehrfarbig	byr	2,50	1,70
		Satzpreis (4 W.)		6,50	4,20
		FDC			7,50

Blockausgabe, ☐

bys

Block 86	1.90 L	mehrfarbig (56×82 mm)	bys	4,—	3,50
		FDC			4,—

		✶✶
Block 86 F	Farbe Bräunlichrot fehlend	90,—

Auflagen: MiNr. 2282–2285 = 15.000 Sätze, Bl. 86 = 15.000 Blocks

1986, 11. Jan. 40 Jahre Sozialistische Volksrepublik Albanien. Odr.; gez. K 12:12½, Querformat ∼.

byt) Staatswappen

byu) Ausrufung der Sozialistischen Republik (1946)

				✶✶	⊙
2286	25 Q	mehrfarbig	byt	1,50	1,—
2287	80 Q	mehrfarbig	byu	3,—	2,—
		Satzpreis (2 W.)		4,50	3,—
		FDC			5,—

Auflage: 12.000 Sätze

1986, 20. Febr. Inbetriebnahme des Wasserkraftwerkes „Enver Hoxha“ bei Koman. Odr.; gez. K 12.

byv) Bau der Staumauer in der Melgun-Schlucht

byw) Kontrollgebäude, Enver-Hoxha-Büste

2288	25 Q mehrfarbig	byv	5,—	2,—
2289	80 Q mehrfarbig	byw	11,—	7,—
		Satzpreis (2 W.)	16,—	9,—
		FDC		17,—

Auflage: 9.000 Sätze

1986, 20. März. Pflanzen. Odr.; A = gez. K 12, B = □.

byx) Gymnospermium shqipetarum
byy) Ionische Knotenblume (Leucojum valentinum subsp. vlorense)

2290 A	25 Q mehrfarbig	byx	2,—	1,—
2291 A	1.20 L mehrfarbig	byy	8,—	4,—
		Satzpreis A (2 W.)	10,—	5,—
		FDC A		8,50
		Satzpreis B (2 W.)	30,—	20,—
		FDC B		30,—

MiNr. 2290–2291 wurden schachbrettartig zusammenhängend gedruckt.

MiNr. 2290–2291 wurden auch im Markenheftchen ausgegeben (MH 1 A und B). Es gibt jeweils zwei Farbvarianten bezüglich der Innenseite des Heftchendeckels (grüne Schrift auf weißem Untergrund bzw. graue Schrift auf silbernem Untergrund).

Auflagen: MiNr. 2290 A–2291 A = 21.000, MiNr. 2290 B–2291 B = 9.000 Sätze

1986, 20. April. Bedeutende Persönlichkeiten. Odr.; gez. K 12.

byz) Maksim Gorkij (1868–1936), russischer Schriftsteller
bza) André-Marie Ampère (1775–1836), französischer Mathematiker und Physiker
bzb) James Watt (1736–1819), englischer Erfinder der Dampfmaschine
bzc) Franz Liszt (1811–1886), ungarischer Komponist und Pianist

2292	25 Q mittelrotbraun	byz	0,50	0,50
2293	80 Q mittelblauviolett	bza	2,—	1,20
2294	1.20 L dunkelgrünoliv	bzb	3,50	2,—
2295	2.40 L hellbraunviolett	bzc	7,—	4,50
		Satzpreis (4 W.)	12,—	8,—
		FDC		12,—

Blockausgabe, gez. Ks 12½:12¼

bzd) Maksim Gorkij, André-Marie Ampère, James Watt, Franz Liszt

Block 87	1.90 L mehrfarbig (88×72 mm)	bzd	4,50	4,—
		FDC		7,—

MiNr. 2292–2295 wurden zusammenhängend gedruckt.

MiNr. 2292–2295 wurden auch im Markenheftchen (MH 2) ausgegeben.

Es wurde auch ein Zusammendruckbogen zu 30 Marken (3×10) ausgegeben, in dem MiNr. 2295 nicht enthalten ist.

Auflagen: MiNr. 2292–2295 = 19.000 Sätze, Bl. 87 = 19.000 Blocks

1986, 5. Mai. Freiheitskämpfer (VIII). Odr.; gez. K 12.

bze) Ramiz Aranitasi (1923–1943); Inajete Dumi (1924–1944); Laze Nuro Ferraj (1897–1944)

bzf) Dine Kalenja (1919–1944); Kozma Naska (1921–1944); Met Hasa (1929–1944); Fahri Ramadani (1920–1944)

bzg) Hiqmet Buzi (1927–1944); Bajram Tusha (1922–1942); Mumin Selami (1923–1942); Hajrfdin Bylyshi (1923–1942)

2296	25 Q mehrfarbig	bze	2,—	1,50
2297	80 Q mehrfarbig	bzf	5,—	2,50
2298	1.20 L mehrfarbig	bzg	8,—	5,—
		Satzpreis (3 W.)	15,—	9,—
		FDC		—,—

Auflage: 8.500 Sätze

Weitere Werte siehe Fußnote nach MiNr. 2008.

1986, 31. Mai. Fußball-Weltmeisterschaft, Mexiko. Odr.; gez. K 12.

bzh) Weltkugel, FIFA-Pokal, WM-Emblem

bzi) Fußball, Torwart, WM-Emblem

2299	25 Q mehrfarbig	bzh	0,50	0,40
2300	1.20 L mehrfarbig	bzi	2,50	2,—
		Satzpreis (2 W.)	3,—	2,40
		FDC		3,60

Blockausgabe, gez. K 12½:12¼

bzk) Weltkugel, Fußball

Block 88	1.90 L	mehrfarbig (97×63 mm)	bzk		4,—	3,—
				FDC		4,50

Auflagen: MiNr. 2299–2300 = 24.000 Sätze, Bl. 88 = 24.000 Blocks

1986, 10. Aug. 40 Jahre Tag der Transportarbeiter. Odr.; gez. K 12.

bzl) Bahngleis, Schiffssteuerrad, Autoreifen, Zug, Industriegebiet

2301	1.20 L	mehrfarbig	bzl	13,—	7,50
			FDC		—,—

Auflage: 10.000 Stück

1986, 20. Sept. Bedeutende Persönlichkeiten. Odr.; gez. K 12.

bzm) Naim Frashëri (1846–1900), Dichter

bzn) Ndre Mjeda (1866–1937), Dichter

bzo) Petro Nini Luarasi (1865–1911), Dichter und Journalist

bzp) Andon Zako Çajupi (1866–1930), Dichter

bzr) Millosh Gjergj Nikolla „Migjeni“ (1911–1938), Schriftsteller

bzs) Krani Rumbo (1884–1936), Publizistin, Frauenrechtlerin

2302	30 Q	mehrfarbig	bzm	0,70	0,50
2303	60 Q	mehrfarbig	bzn	1,20	1,—
2304	90 Q	mehrfarbig	bzo	2,—	1,50
2305	1 L	mehrfarbig	bzp	2,50	1,80
2306	1.20 L	mehrfarbig	bzr	3,—	2,20
2307	2.60 L	mehrfarbig	bzs	8,—	4,—
			Satzpreis (6 W.)	17,—	11,—
			FDC		17,—

Auflage: 9.000 Sätze

1986, 3. Nov. Kongress der Albanischen Arbeiterpartei (PPSH), Tirana. Odr.; gez. K 12.

bzt) Kongressemblem

2308	30 Q	mehrfarbig	bzt		
	I	Landesname „SHQIPERISE“		10,—	7,50
	II	Landesname „SHQIPERSIE“		120,—	
			FDC I		10,—

Auflage: 9.000 Stück

1986, 8. Nov. 45 Jahre Albanische Arbeiterpartei (PPSH). Odr.; gez. K 12.

bzu) Stempel, Unterschrift von Enver Hoxha

bzv) Marx, Engels, Lenin und Stalin; Gebäude

2309	30 Q	mehrfarbig	bzu	3,—	1,50
2310	1.20 L	mehrfarbig	bzv	8,—	3,50
			Satzpreis (2 W.)	11,—	5,—
			FDC		10,—

Auflage: 9.500 Sätze

1986, 29. Nov. Freimarken: Statue der Mutter Albania. Odr.; gez. K 12:12½.

bzw) Statue der Mutter Albania

2311	10 Q	dunkelgrünlichblau	bzw	0,30	0,30
2312	20 Q	orangebraun	bzw	0,30	0,30
2313	30 Q	lebhaftrot	bzw	0,30	0,30
2314	50 Q	dunkelockerbraun	bzw	0,30	0,30
2315	60 Q	dunkelgrauoliv	bzw	0,30	0,30
2316	80 Q	rotlila	bzw	0,30	0,30
2317	90 Q	lebhaftviolettultramarin	bzw	0,50	0,30
2318	1.20 L	dunkelblaugrün	bzw	1,—	0,50
2319	1.60 L	violett	bzw	1,20	0,70
2320	2.20 L	grünschwarz	bzw	2,—	1,20
2321	3 L	hellorangebraun	bzw	2,50	2,—
2322	6 L	dunkelchromgelb	bzw	5,—	3,50
			Satzpreis (12 W.)	14,—	10,—
			FDC		15,—
			Markenheftchen	—,—	

MiNr. 2313 wurde auch im Markenheftchen zu 10 Marken ausgegeben.

MiNr. 2311–2314 und 2317 mit Aufdruck: MiNr. 2523–2527

1987, 20. Febr. Archäologische Funde. Odr.; gez. K 12:12½.

bzx) Äskulap, griechischer Gott der Heilkunde; Marmorkopf (1. Jh.)

bzy) Aphrodite, griechische Göttin der Liebe; Terrakottastatue (3. Jh. v. Chr.)

bzz) Pan, griechischer Hirtengott; Bronzestatue (3.–2. Jh. v. Chr.)

caa) Jupiter, römischer Gott des Himmels; Kalksteinkopf (2. Jh.)

2323	30 Q	mehrfarbig	bzx	1,—	0,60
2324	80 Q	mehrfarbig	bzy	2,—	1,—
2325	1 L	mehrfarbig	bzz	3,—	1,40
2326	1.20 L	mehrfarbig	caa	4,—	2,60
			Satzpreis (4 W.)	10,—	5,50
			FDC		8,—

Auflage: 16.000 Sätze

1987, 7. März. 100 Jahre Schulwesen in Albanien. Odr.; gez. K 12.

cab) Denkmal

cac) Schulgebäude

cad) Schüler, Soldat

2327	30 Q	mehrfarbig	cab	0,50	0,30
2328	80 Q	mehrfarbig	cac	1,50	0,70
2329	1.20 L	mehrfarbig	cad	2,—	1,50
			Satzpreis (3 W.)	4,—	2,50
			FDC		3,60

Auflage: 14.000 Sätze

1987, 20. April. Persönlichkeiten. Odr.; gez. K 12.

cae) Victor Hugo (1802–1885), französischer Dichter

caf) Galileo Galilei (1564–1642), italienischer Mathematiker und Astronom

cag) Charles Darwin (1808–1882), britischer Biologe

cah) Miguel Cervantes (1547 bis 1616), spanischer Dichter

2330	30 Q	mehrfarbig	cae	0,50	0,30
2331	80 Q	mehrfarbig	caf	1,20	0,70
2332	90 Q	mehrfarbig	cag	1,80	1,20
2333	1.30 L	mehrfarbig	cah	2,50	2,—
			Satzpreis (4 W.)	6,—	4,20
			FDC		6,—

Auflage: 19.000 Sätze

1987, 20. Mai. Pflanzen. Odr.; gez. K 12.

cai) Europäische Forsythie (Forsythia europaea)

cak) Albanische Moltkie (Moltkia doerfleri)

cal) Wulfenia baldaccii

2334	30 Q	mehrfarbig	cai	0,70	0,40
2335	90 Q	mehrfarbig	cak	1,30	1,—
2336	2.10 L	mehrfarbig	cal	3,—	2,60
			Satzpreis (3 W.)	5,—	4,—
			FDC		5,—

Auflage: 30.000 Sätze

1987, 25. Juni. Gewerkschaftskongress. Odr.; gez. K 12.

cam) Emblem

2337	1.20 L	mehrfarbig	cam	5,—	4,—
			FDC		5,—

Auflage: 12.000 Stück

1987, 20. Juli. Gemälde aus der Kunstgalerie, Tirana. Odr.; gez. K 12:12½, Querformate ~.

can) Brot und Industrie; von Myrteza Fushëkati (*1942)

cao) Geschenk des Partisanen; von Skënder Kokobobo (*1938)

cap) Aussaat; von Bujar Asllani (*1951)

car) Am Schmiedeblock; von Çlirim Ceka (*1945)

2338	30 Q	mehrfarbig	can	0,50	0,50
2339	80 Q	mehrfarbig	cao	1,—	1,—
2340	1 L	mehrfarbig	cap	1,50	1,20
2341	1.20 L	mehrfarbig	car	2,—	1,80
			Satzpreis (4 W.)	5,—	4,50
			FDC		5,50

Auflage: 18.000 Sätze

1987, 29. Aug. Leichtathletik-Weltmeisterschaften, Rom. Odr.; gez. K 12½:12¼.

cas) Hammerwerfen

cat) Laufen

cau) Kugelstoßen

2342	30 Q	mehrfarbig	cas	0,50	0,50
2343	90 Q	mehrfarbig	cat	1,50	1,—
2344	1.10 L	mehrfarbig	cau	1,50	1,20
		Satzpreis (3 W.)		3,50	2,60
		FDC			4,—

Blockausgabe, gez. Ks 12¼:12

caw

cav) Weltkugel, Siegerpodest, Läufer

2345	1.90 L	mehrfarbig	cav	2,50	2,50
Block 89		(85×60 mm)	caw	4,—	4,—
		FDC			4,50

Auflagen: MiNr. 2342–2344 = 17.000 Sätze, Bl. 89 = 17.000 Blocks

1987, 20. Sept. Bedeutende Persönlichkeiten. Odr.; gez. K 12.

cax) Themistokli Germenji (1871–1917), Schriftsteller und Politiker

cay) Bajram Curri (1862–1925), Politiker

caz) Aleks Stavre Drenova (1872–1947), Dichter

cba) Gjerasim D. Qiriazi (1861–1894), Lehrer und Publizist

2346	30 Q	mehrfarbig	cax	0,30	0,30
2347	80 Q	mehrfarbig	cay	1,20	0,40
2348	90 Q	mehrfarbig	caz	1,50	1,—
2349	1.30 L	mehrfarbig	cba	2,50	1,80
		Satzpreis (4 W.)		5,50	3,50
		FDC			6,—

Auflage: 14.000 Sätze

1987, 22. Okt. Kongress des Verbandes der Albanischen Arbeiterjugend (BRPSH). Odr.; gez. K 12.

cbb) Verbandsemblem

2350	1.20 L	mehrfarbig	cbb	6,—	5,—
		FDC			7,—

Auflage: 12.000 Stück

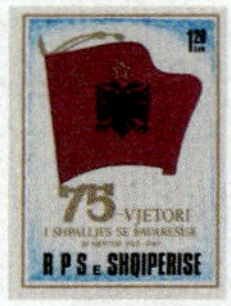

1987, 28. Nov. 75 Jahre Unabhängigkeit. Odr.; gez. K 12.

cbc) Staatsflagge

2351	1.20 L	mehrfarbig	cbc	7,—	5,—
		FDC			7,—

Auflage: 12.000 Stück

1987, 5. Dez. 75 Jahre Postverwaltung. Odr.; gez. K 12.

cbd) Postdienst

cbe) Staatswappen

2352	90 Q	mehrfarbig	cbd	7,—	5,—
2353	1.20 L	mehrfarbig	cbe	10,—	10,—
		Satzpreis (2 W.)		17,—	15,—
		FDC			22,—

Auflage: 12.000 Sätze

1988, 10. März. Bedeutende Persönlichkeiten. Odr.; gez. K 12.

cbf) Lord George Byron (1788–1824), englischer Dichter

cbg) Eugène Delacroix (1798–1863), französischer Maler und Graphiker

2354	30 Q	gelblichorange/schwarz	cbf	5,—	4,—
2355	1.20 L	rötlichlila/schwarz	cbg	20,—	16,—
		Satzpreis (2 W.)		25,—	20,—
		FDC			25,—

Auflage: 10.000 Sätze

1988, 7. April. 40 Jahre Weltgesundheitsorganisation (WHO). Odr.; gez. K 12.

cbh) Strommast, Wasserhahn, Ortschaft, Ähren, Emblem

2356	90 Q	mehrfarbig	cbh	28,—	24,—
2357	1.20 L	mehrfarbig	cbh	38,—	32,—
		Satzpreis (2 W.)		65,—	55,—
		FDC			65,—

Auflage: 6.000 Sätze

1988, 20. Mai. Pflanzen. Odr.; gez. K 12.

cbi) Sideritis raeseri
cbk) Lunaria telekiana
cbl) Sanguisorba albanica

2358 30 Q mehrfarbig . . . . cbi 10,— 6,—
2359 90 Q mehrfarbig . . . . cbk 20,— 14,—
2360 2.10 L mehrfarbig . . . . cbl 30,— 20,—
Satzpreis (3 W.) 60,— 40,—
FDC 50,—

MiNr. 2358–2360 wurden waagerecht zusammenhängend, MiNr. 2358 und 2359 auch einzeln in Bogen gedruckt. MiNr. 2358–2360 wurden auch im Markenheftchen (MH 3) ausgegeben.

Auflage: 12.000 Sätze, davon 7.850 im Markenheftchen

1988, 6. Juni. Kongress des Albanischen Frauenverbandes (BGSH), Tirana. Odr.; gez. K 12.

cbm) Frau mit Buch, Staatsflagge, Gebäude

2361 90 Q mehrfarbig . . . . cbm 12,— 10,—
FDC 16,—

Auflage: 8.000 Stück

1988, 10. Juni. Fußball-Europameisterschaft, Bundesrepublik Deutschland. Odr.; gez. K 12.

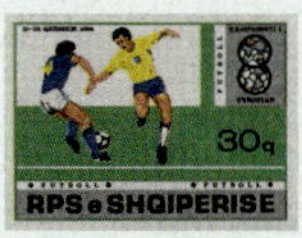

cbn cbo cbp
cbn–cbp) Spielszenen, Weltkugel

2362 30 Q mehrfarbig . . . . cbn 2,— 2,—
2363 80 Q mehrfarbig . . . . cbo 3,— 3,—
2364 1.20 L mehrfarbig . . . . cbp 5,— 5,—
Satzpreis (3 W.) 10,— 10,—
FDC 15,—

Blockausgabe, □

cbr) Torwart, Marken Albanien MiNr. 2362–2364, Weltkugeln

Block 90 1.90 L mehrfarbig (79×70 mm) . . . . cbr 12,— 12,—
FDC 15,—

Größentoleranzen sind bekannt.

Auflagen: MiNr. 2362–2364 = 12.000 Sätze, Bl. 90 = 12.000 Blocks

1988, 10. Juni. 110 Jahre Liga von Prizren. Odr.; gez. K 12.

cbs) Hände

cbt) Haus

2365 30 Q mehrfarbig . . . . cbs 40,— 40,—
2366 1.20 L mehrfarbig . . . . cbt 70,— 70,—
Satzpreis (2 W.) 110,— 110,—
FDC 130,—

Auflage: 4.000 Sätze

1988, 10. Juli. 45 Jahre Albanische Volksarmee. Odr.; gez. K 12.

cbu) Volksarmist, bewaffnete Frau, Staatsflagge
cbv) Volksarmee-Denkmal, Partisanen, Labinot-Haus

2367 60 Q mehrfarbig . . . . cbu 40,— 40,—
2368 90 Q mehrfarbig . . . . cbv 70,— 70,—
Satzpreis (2 W.) 110,— 110,—
FDC 120,—

Auflage: 4.000 Sätze

1988, 15. Aug. Bedeutende Persönlichkeiten. Odr.; gez. K 12.

cbw) Mihal Grameno (1871–1931), Schriftsteller und Freiheitskämpfer
cbx) Bajo Topulli (1868–1930), Freiheitskämpfer
cby) Murat Toptani (1868–1917), Bildhauer und Dichter
cbz) Jul Variboba (1725–1788), Dichter

2369 30 Q mehrfarbig . . . . cbw 15,— 15,—
2370 90 Q mehrfarbig . . . . cbx 25,— 25,—
2371 1 L mehrfarbig . . . . cby 30,— 30,—
2372 1.20 L mehrfarbig . . . . cbz 40,— 40,—
Satzpreis (4 W.) 110,— 110,—
FDC 140,—

Auflage: 4.000 Sätze

1988, 26. Aug. 50. Todestag von Migjeni. Odr.; gez. K 12.

cca) Migieni, eigentl. Millosh Gjergj Nikolla (1911–1938), Dichter und Schriftsteller

2373 90 Q silber/rotbraun . . . . cca 12,— 12,—
FDC 15,—

Auflage: 8.000 Stück

1988, 5. Sept. Balladen. Odr.; gez. K 12¼.

ccb) Dede Skurra ccc) Der junge Omer ccd) Gjergj Elez Alia

ccb–ccd) Szenen aus Kinderballaden

2374	30 Q	schwarz/grau	ccb	10,—	8,—
2375	90 Q	schwarz/grau	ccc	25,—	22,—
2376	1.20 L	schwarz/grau	ccd	30,—	25,—
			Satzpreis (3 W.)	65,—	55,—
			FDC		80,—

Auflage: 7.000 Sätze

1988, 6. Okt. Nationales Folklorefestival, Gjirokastër. Odr.; gez. K 12.

cce) Hochzeitszeremonie in der Mirditë ccf) Hochzeitszeremonie in Gjirokastër

2377	30 Q	mehrfarbig	cce	30,—	30,—
2378	1.20 L	mehrfarbig	ccf	110,—	90,—
			Satzpreis (2 W.)	140,—	120,—
			FDC		160,—

Auflage: 7.000 Sätze

1988, 16. Okt. 80. Geburtstag von Enver Hoxha. Odr.; gez. K 12¼:12½, Querformat ~.

ccg) Enver Hoxha (1908–1985), Generalsekretär der Albanischen Arbeiterpartei und Oberbefehlshaber der Volksarmee

cch) Enver-Hoxha-Museum

2379	90 Q	mehrfarbig	ccg	5,—	5,—
2380	1.20 L	mehrfarbig	cch	7,50	7,50
			Satzpreis (2 W.)	12,—	12,—
			FDC		17,—

Auflage: 10.000 Sätze

1988, 14. Nov. 80. Jahrestag des Kongresses von Monastir. Odr.; gez. K 12.

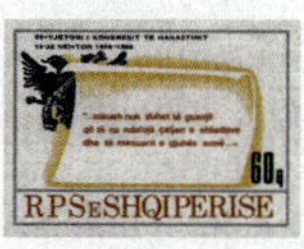

cci) Papierbogen mit Inschrift, Staatswappen

cck) Kongressgebäude, aufgeschlagenes Buch

2381	60 Q	mehrfarbig	cci	25,—	22,—
2382	90 Q	mehrfarbig	cck	40,—	35,—
			Satzpreis (2 W.)	65,—	55,—
			FDC		65,—

Auflage: 6.000 Sätze

1989, 28. Febr. Entwicklung des Eisenbahnwesens in Albanien. Odr.; gez. K 12½:12.

ccl

ccm

ccn

cco

ccp

ccl–ccp) Lokomotiven, Landkarte Albaniens mit Ausbau des Streckennetzes (seit 1947)

2383	30 Q	mehrfarbig	ccl	0,30	0,30
2384	90 Q	mehrfarbig	ccm	1,—	0,40
2385	1.20 L	mehrfarbig	ccn	1,20	0,80
2386	1.80 L	mehrfarbig	cco	2,—	1,—
2387	2.40 L	mehrfarbig	ccp	4,50	2,—
			Satzpreis (5 W.)	9,—	4,50
			FDC		5,50

Auflage: 40.000 Sätze

1989, 10. März. Archäologische Funde. Odr.; gez. K 12¼.

ccr) Illyrische Grabstätte (3. Jh. v. Chr.)

ccs) Krieger; Teil einer Gürtelschnalle (3. Jh. v. Chr.)

cct) Ring mit Kopf eines Farbigen (3. Jh. v. Chr.)

2388	30 Q	mehrfarbig	ccr	0,30	0,30
2389	90 Q	schwarz/grüngrau	ccs	1,20	1,—
2390	2.10 L	mehrfarbig	cct	2,—	1,70
			Satzpreis (3 W.)	3,50	3,—
			FDC		4,—

Auflage: 18.000 Sätze

1989, 5. April. Folklore. Odr.; gez. K 12:12½.

ccu

ccv

ccw

ccx

ccu–ccx) Szenen aus der Ballade „Kostandini und Doruntina“

2391	30 Q	mehrfarbig	ccu	0,50	0,30
2392	80 Q	mehrfarbig	ccv	1,—	0,70
2393	1 L	mehrfarbig	ccw	1,—	1,—
2394	1.20 L	mehrfarbig	ccx	1,50	1,50
			Satzpreis (4 W.)	4,—	3,50
			FDC		5,—

Auflage: 20.000 Sätze

1989, 10. Mai. Pflanzen. Odr. gez. K 12.

ccy) Aster albanicus

ccz) Orchis × paparistoi

cda) Orchis albanica

2395	30 Q	mehrfarbig	ccy	0,30	0,30
2396	90 Q	mehrfarbig	ccz	1,20	1,—
2397	2.10 L	mehrfarbig	cda	2,—	1,70
			Satzpreis (3 W.)	3,50	3,—
			FDC		4,—

Auflage: 30.000 Sätze

1989, 3. Juni. Persönlichkeiten. Odr.; gez. K 12.

cdb) Johann Strauß (Sohn) (1825–1899), österreichischer Komponist
cdc) Marie Curie (1867–1934), polnisch-französische Chemikerin, Nobelpreis 1903 und 1911
cdd) Federico García Lorca (1898–1936), spanischer Dichter
cde) Albert Einstein (1879–1955), deutsch-amerikanischer Physiker, Nobelpreis 1921

2398	30 Q	gold/schwarzbraun	cdb	0,50	0,30
2399	80 Q	gold/schwarzbraun	cdc	1,—	0,60
2400	1 L	gold/schwarzbraun	cdd	1,50	1,20
2401	1.20 L	gold/schwarzbraun	cde	2,—	1,70
			Satzpreis (4 W.)	5,—	3,80
			Viererblock	7,50	6,50
			FDC		9,—

MiNr. 2398–2401 wurden in Viererblockanordnung zusammenhängend, MiNr. 2398–2400 auch einzeln gedruckt.

Auflage: 18.000 Sätze

1989, 26. Juni. Kongress der Albanischen Demokratischen Front (FDSH). Odr.; gez. K 12.

cdf) Menschen, Nationalflagge

2402	1.20 L	mehrfarbig	cdf	9,—	5,—
			FDC		7,50

Auflage: 10.000 Stück

1989, 7. Juli. 200. Jahrestag der Französischen Revolution. Odr.; gez. K 12½:12¼.

cdg) Erstürmung der Bastille (1789)

cdh) Aufbruch der Freiwilligen im Krieg gegen Österreich (1792)

2403	90 Q	mehrfarbig	cdg	0,70	0,50
2404	1.20 L	mehrfarbig	cdh	1,30	0,80
			Satzpreis (2 W.)	2,—	1,30
			FDC		2,—

Auflage: 30.000 Sätze

1989, 25. Juli. Geschichte der Schifffahrt. Odr.; gez. K 12.

cdi) Illyrische Galeere

cdk) Zweimastschiff

cdl) Dreimastschoner

cdm) Frachtschiff

2405	30 Q	mehrfarbig	cdi	0,50	0,30
2406	80 Q	mehrfarbig	cdk	1,—	0,70
2407	90 Q	mehrfarbig	cdl	1,—	1,—
2408	1.30 L	mehrfarbig	cdm	1,50	1,50
			Satzpreis (4 W.)	4,—	3,50
			FDC		4,50

Auflage: 40.000 Sätze

1989, 30. Aug. Bedeutende Persönlichkeiten. Odr.; gez. K 12.

cdn) Pjetër Bogdani (1625–1689), Schriftsteller

cdo) Gavril Dara jr. (1826–1889), Dichter

cdp) Thimi Mitko (1820–1890), Schriftsteller

cdr) Kole Idromeno (1860–1939), Maler

2409	30 Q	mehrfarbig	cdn	0,30	0,30
2410	80 Q	mehrfarbig	cdo	0,70	0,40
2411	90 Q	mehrfarbig	cdp	1,20	0,80
2412	1.30 L	mehrfarbig	cdr	1,80	1,—
			Satzpreis (4 W.)	4,—	2,50
			FDC		4,—

Auflage: 20.000 Sätze

1989, 28. Sept. 125. Jahrestag der Gründung der Ersten Internationale. Odr.; gez. K 12.

cds) Karl Marx und Friedrich Engels, Demonstrierende

cdt) Arbeiterdenkmal, Menschen, Fabrik

2413	90 Q	mehrfarbig	cds	1,—	0,50
2414	1.20 L	mehrfarbig	cdt	1,50	0,70
			Satzpreis (2 W.)	2,50	1,20
			FDC		2,50

Auflage: 30.000 Sätze

1989, 27. Okt. Nationale Spartakiade. Odr.; gez. K 12¼:12½.

cdu) Kunstturnen

cdv) Fußball

cdw) Radrennfahren

cdx) Laufen

2415	30 Q	mehrfarbig	cdu	0,30	0,30
2416	80 Q	mehrfarbig	cdv	0,70	0,30
2417	1 L	mehrfarbig	cdw	0,80	0,60
2418	1.20 L	mehrfarbig	cdx	1,20	1,—
			Satzpreis (4 W.)	3,—	2,20
			FDC		3,20

Auflage: 40.000 Sätze

1989, 27. Nov. 45. Jahrestag der Befreiung. Odr.; gez. K 12¼:12½.

cdy) Volksarmist

cdz) Inschrift

cea) Staatswappen

ceb) Mann und Frau

2419	30 Q	mehrfarbig	cdy	0,50	0,30
2420	80 Q	mehrfarbig	cdz	1,—	0,40
2421	1 L	mehrfarbig	cea	1,—	0,70
2422	1.20 L	mehrfarbig	ceb	1,50	1,20
			Satzpreis (4 W.)	4,—	2,60
			FDC		4,—

		★★
2419 F I	Farbe Schwarz fehlend	50,—
2419 F II	Farbe Gold fehlend	50,—
2420 F I	Farbe Schwarz fehlend	50,—
2420 F II	Farbe Gold fehlend	50,—
2421 F I	Farbe Schwarz fehlend	50,—
2421 F II	Farbe Gold fehlend	50,—
2422 F I	Farbe Schwarz fehlend	50,—
2422 F II	Farbe Gold fehlend	50,—

MiNr. 2419–2422 wurden einzeln und MiNr. 2420–2422 auch waagerecht zusammenhängend gedruckt.

MiNr. 2419–2422 wurden auch im Markenheftchen (MH 4) ausgegeben.

Auflage: 30.000 Sätze

1990, 15. März. Weltweiter Naturschutz: Gämse. Odr.; gez. K 12.

cec–cef) Gemse (Rupicapra rupicapra)

				★★	⊙
2423	10 Q	mehrfarbig	cec	0,30	0,30
2424	30 Q	mehrfarbig	ced	0,70	0,30
2425	80 Q	mehrfarbig	cee	2,—	1,—
2426	90 Q	mehrfarbig	cef	2,—	1,40
			Satzpreis (4 W.)	5,—	3,—
			Viererblock	6,—	6,—
			FDC		7,—

		★★
2423 I	zusätzliche, verstümmelte Buchstaben „ge" oben rechts unter „L" (Feld 16, 17, 26, 27, 36, 37)	*10,—*

MiNr. 2423–2426 wurden in Viererblockanordnung zusammenhängend gedruckt.

MiNr. 2423–2425 wurden jeweils auch einzeln im 40er-Bogen gedruckt.

Auflage: 150.000 Sätze

1990, 4. April. Masken. Odr.; gez. K 12:12¼.

ceg) Adlerkopfmaske

ceh) Schafskopfmaske

cei) Ziegenkopfmaske

cek) Storchenkopfmaske

				★★	⊙
2427	30 Q	mehrfarbig	ceg	0,30	0,30
2428	90 Q	mehrfarbig	ceh	0,70	0,50
2429	1.20 L	mehrfarbig	cei	1,—	0,70

2430	1.80 L	mehrfarbig	cek	1,50	1,—
			Satzpreis (4 W.)	3,50	2,50
			FDC		6,—

Auflage: 50.000 Sätze

1990, 28. April. Pilze. Odr.; gez. K 12.

cel) Kaiserling (Amanita caesarea)

cem) Großer Schirmling (Macrolepiota procera)
cen) Steinpilz (Boletus edulis)
ceo) Gitterling (Clathrus cancellatus)

2431	30 Q	mehrfarbig	cel	0,30	0,30
2432	90 Q	mehrfarbig	cem	0,70	0,60
2433	1.20 L	mehrfarbig	cen	1,50	1,10
2434	1.80 L	mehrfarbig	ceo	2,—	1,50
			Satzpreis (4 W.)	4,50	3,50
			FDC		5,—

Auflage: 60.000 Sätze

1990, 6. Mai. 150 Jahre Briefmarken. Odr.; gez. K 12.

cep) Briefmarkensammler, Lupe
cer) Postreiter auf Brücke, Lupe
ces) Postkutsche in London, Lupe

2435	90 Q	mehrfarbig	cep	0,50	0,50
2436	1.20 L	mehrfarbig	cer	1,—	1,—
2437	1.80 L	mehrfarbig	ces	2,—	1,50
			Satzpreis (3 W.)	3,50	3,—
			FDC		*15,—*

MiNr. 2435–2436 wurden auch waagerecht zusammenhängend im Bogen gedruckt. MiNr. 2435–2437 wurden auch im Markenheftchen (MH 5) ausgegeben.

Auflage: 40.000 Sätze, davon 15.000 im Markenheftchen

1990, Juni. Fußball-Weltmeisterschaft, Italien. Odr.; gez. K 12.

cet ceu cev

cet–cew) WM-Maskottchen „Ciao“

2438	30 Q	mehrfarbig	cet	0,30	0,30
2439	90 Q	mehrfarbig	ceu	0,70	0,70
2440	1.20 L	mehrfarbig	cev	1,20	1,—
			Satzpreis (3 W.)	2,20	2,—
			FDC		*6,—*

Blockausgabe, □

cew

Block 91	3.30 L	mehrfarbig (80×61 mm)	cew	3,50	3,50
			FDC		*6,—*

Auflagen: MiNr. 2438–2440 = 40.000 Sätze, Bl. 91 = 40.000 Blocks

1990, 27. Juli. 100. Todestag von Vincent van Gogh. Odr.; gez. K 12.

cex cey cez

cex–cfa) Gemälde von Vincent van Gogh (1853–1890), niederländischer Maler

2441	30 Q	mehrfarbig	cex	0,40	0,40
2442	90 Q	mehrfarbig	cey	0,80	0,80
2443	2.10 L	mehrfarbig	cez	1,80	1,80
			Satzpreis (3 W.)	3,—	3,—
			FDC		*8,—*

Blockausgabe

cfa

Block 92	2.40 L	mehrfarbig (88×73 mm)	cfa	4,—	4,—
			FDC		*10,—*

Auflagen: MiNr. 2441–2443 = 45.000 Sätze, Bl. 92 = 45.000 Blocks

1990, 30. Aug. Folklore: Heldenepos „Gjergj Elez Alia“. Odr.; gez. K 12½:12.

cfb

cfc

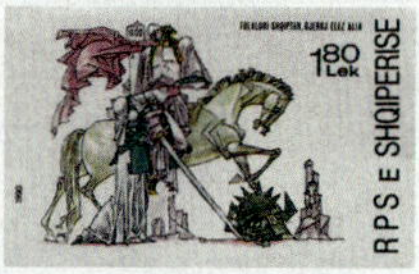

cfd cfe

cfb–cfe) Illustrationen zu dem Heldenepos „Gjergj Elez Alia"

2444	30 Q	mehrfarbig	cfb	0,30	0,30
2445	90 Q	mehrfarbig	cfc	0,70	0,40
2446	1.20 L	mehrfarbig	cfd	1,—	0,80
2447	1.80 L	mehrfarbig	cfe	1,50	1,—
			Satzpreis (4 W.)	3,50	2,50
			FDC		*8,—*

Auflage: 40.000 Sätze

1990, 20. Sept. 2400 Jahre Stadt Berat. Odr.; gez. K 12¼:12½.

cff Zierfeld cfg
Zierfeld cfh Zierfeld
cfi Zierfeld cfk

cff–cfk) Sehenswürdigkeiten der Stadt

2448	30 Q	mehrfarbig	cff	0,30	0,30
2449	90 Q	mehrfarbig	cfg	0,30	0,30
2450	1.20 L	mehrfarbig	cfh	0,60	0,60
2451	1.80 L	mehrfarbig	cfi	1,—	1,—
2452	2.40 L	mehrfarbig	cfk	1,20	1,20
			Satzpreis (5 W.)	3,40	3,40
			Neunerblock	5,—	5,—
			FDC		*10,—*
			Markenheftchen	22,—	22,—

	★★
2449 Ur	—,—
2452 Ur	—,—

MiNr. 2448–2452 wurden mit 4 Zierfeldern in Neunerblockanordnung zusammenhängend gedruckt. Dieser Neunerblock wurde auch im Markenheftchen ausgegeben.

MiNr. 2449 wurde auch im Bogen zu 42 Marken gedruckt.

Auflagen: 25.000 Sätze

1990, 20. Okt. Berühmte Illyrer. Odr.; gez. K 12.

cfl) Pirroja cfm) Teuta cfn) Bato cfo) Bardhyli

				★★	⊙
2453	30 Q	schwarz	cfl	0,30	0,30
2454	90 Q	schwarz	cfm	0,50	0,50
2455	1.20 L	schwarz	cfn	0,70	0,70
2456	1.80 L	schwarz	cfo	1,—	1,—
			Satzpreis (4 W.)	2,50	2,50
			FDC		3,—

Auflage: 40.000 Sätze

1990, 30. Okt. Internationales Jahr der Alphabetisierung. Odr.; gez. K 12.

cfp) Erdkugel aus Büchern, Schulgebäude

2457	90 Q	mehrfarbig	cfp	0,70	0,70
2458	1.20 L	mehrfarbig	cfp	1,—	1,—
			Satzpreis (2 W.)	1,70	1,70
			FDC		*5,—*

Auflage: 40.000 Sätze

1990, 30. Nov. Albanien und Albaner als Gegenstand der Kunst. Odr.; gez. K 12¼:12½.

cfr) Albanischer Reiter; Gemälde von Eugène Delacroix (1798–1863)

cfs) Albanerin; Gemälde von Jean-Baptiste Camille Corot (1796–1875)

cft) Skanderberg; Gemälde eines unbekannten Künstlers

2459	30 Q	mehrfarbig	cfr	0,30	0,30
2460	1.20 L	mehrfarbig	cfs	0,90	0,70
2461	1.80 L	mehrfarbig	cft	1,30	1,—
			Satzpreis (3 W.)	2,50	2,—
			FDC		*7,50*

Auflage: 40.000 Sätze

1991, 23. Jan. Bedeutende Persönlichkeiten. Odr. (40); gez. K 12:12½.

cfu

cfv

cfu–cfv) Isa Boletini (1864–1916), Freiheitskämpfer

2462	90 Q	mehrfarbig	cfu	0,60	0,50
2463	1.20 L	mehrfarbig	cfv	0,90	0,70
			Satzpreis (2 W.)	1,50	1,20
			FDC		*5,—*

1991, 30. Jan. 800. Jahrestag der Gründung des ersten albanischen Staates (1990). Odr. (40); gez. K 12.

cfw) Wappenadler

2464	90 Q	mehrfarbig	cfw	0,60	0,50
2465	1.20 L	mehrfarbig	cfw	0,90	0,70
			Satzpreis (2 W.)	1,50	1,20
			FDC		5,—

Auflage: 40.000 Sätze

1991, 25. Febr. 150. Geburtstag von Pierre-Auguste Renoir. Odr.; gez. K 12¼:12½, Querformate ~.

cfx) Lesendes Mädchen

cfy) Auf der Schaukel

cfz) Die Rudergesellschaft

cga) Stilleben

cfx–cgb) Gemälde von Pierre-Auguste Renoir (1841–1919), französischer Maler

2466	30 Q	mehrfarbig	cfx	0,50	0,30
2467	90 Q	mehrfarbig	cfy	0,80	0,60
2468	1.20 L	mehrfarbig	cfz	1,20	1,—
2469	1.80 L	mehrfarbig	cga	2,—	1,70
			Satzpreis (4 W.)	4,50	3,60
			FDC		5,—

Blockausgabe, □

cgb) Selbstporträt (1910)

Block 93	3 L mehrfarbig (95×75 mm)	cgb	4,—	4,—
		FDC		8,—

		★★
Block 93 F	Farbe Schwarz fehlend	—,—

1991, 15. März. Blühende Pflanzen. Odr.; gez. K 12:12¼.

cgc) Albanische Zistrose (Cistus albanicus)

cgd) Klee (Trifolium pilczii adam)

cge) Albanische Lilie (Lilium albanicum)

				★★	⊙
2470	30 Q	mehrfarbig	cgc	0,50	0,50
2471	90 Q	mehrfarbig	cgd	1,—	1,—
2472	1.80 L	mehrfarbig	cge	2,—	1,50
			Satzpreis (3 W.)	3,50	3,—
			FDC		8,—

Republik

cgf

1991, 30. Sept. Folklore. Odr. (72); gez. K 12:12¼.

cgg

cgh

cgi

cgf–cgi) Darstellungen zur Rozafa-Legende

2473	30 Q	mehrfarbig	cgf	0,30	0,30
2474	90 Q	mehrfarbig	cgg	0,50	0,30
2475	1.20 L	mehrfarbig	cgh	1,—	0,70
2476	1.80 L	mehrfarbig	cgi	1,40	1,20
			Satzpreis (4 W.)	3,20	2,50
			FDC		4,—

Auflage: 30.000 Sätze

MiNr. 2474–2475 mit Aufdruck: MiNr. 2682, 2708

1991, 5. Okt. 200. Todestag von Wolfgang Amadeus Mozart. Odr.; gez. K 12.

cgk

cgl

cgm

cgk–cgm) Wolfgang Amadeus Mozart (1756–1791), österreichischer Komponist; Partituren

2477	90 Q	mehrfarbig	cgk	0,70	0,50
2478	1.20 L	mehrfarbig	cgl	1,10	0,80
2479	1.80 L	mehrfarbig	cgm	1,90	1,40
			Satzpreis (3 W.)	3,60	2,60
			FDC		7,—

Blockausgabe, □

cgn) Mozartplakette, Partitur

Block 94	3 L mehrfarbig (89×69 mm)	cgn	6,—	6,—
		FDC		8,—

✈ **1991, 29. Nov. Entwicklung der Luftfahrt. Odr.; gez. K 12¼.**

cgo) Gleiter von Otto Lilienthal (1896)

cgp) Flugapparat „Avion III“ von Clément Ader (1897)

cgr) Motorflugzeug „Flyer I“ der Brüder Wright (1903)

cgs) Überschallflugzeug Concorde (1969)

cgt) Überschallflugzeug Tupolew TU 144 (1968)

cgu) Flugzeug Dornier DO-31 E

2480	30 Q	mehrfarbig	cgo	0,30	0,30
2481	80 Q	mehrfarbig	cgp	0,50	0,40
2482	90 Q	mehrfarbig	cgr	0,70	0,60
2483	1.20 L	mehrfarbig	cgs	1,—	0,70
2484	1.80 L	mehrfarbig	cgt	1,—	0,70
2485	2.40 L	mehrfarbig	cgu	1,50	1,50
			Satzpreis (6 W.)	5,—	4,20
			2 FDC		9,—

Auflage: 40.000 Sätze

1991, 25. Nov. Seefahrer. Odr.; gez. K 12½.

cgv) Vitus Bering (1680–1741), dänischer Marineoffizier in russischen Diensten

cgw) Christoph Kolumbus (1451–1506), italienischer Seefahrer in spanischen Diensten

cgx) Ferdinand Magellan (1480–1521), portugiesischer Seefahrer

2486	30 Q	mehrfarbig	cgv	0,30	0,30
2487	90 Q	mehrfarbig	cgw	0,70	0,30
2488	1.80 L	mehrfarbig	cgx	1,50	0,90
			Satzpreis (3 W.)	2,50	1,50
			FDC		2,—

Auflage: 35.000 Sätze

1992, 15. Febr. Olympische Winterspiele, Albertville. Odr.; gez. K 12¼:12½.

cgy) Skispringen

cgz) Skilaufen

cha) Eistanzen

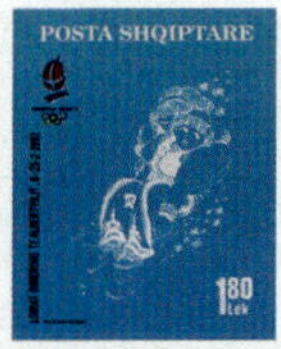

chb) Rodeln

2489	30 Q	mehrfarbig	cgy	0,30	0,30
2490	90 Q	mehrfarbig	cgz	0,70	0,60
2491	1.20 L	mehrfarbig	cha	1,—	0,80
2492	1.80 L	mehrfarbig	chb	1,50	1,30
			Satzpreis (4 W.)	3,50	3,—
			FDC		7,—

Auflage: 30 000 Sätze

MiNr. 2489 mit Aufdruck: MiNr. 2699

1992, 31. März. Aufnahme Albaniens in die Konferenz für Sicherheit und Zusammenarbeit in Europa (KSZE) (1991). Odr.; Kleinbogen (3×4), MiNr. 2493 auch Bogen (2×9); gez. K 12½:12¼.

chc) Europa als Friedensgöttin

chd) Europäischer Kontinent, albanische Flagge

2493	90 Q	mehrfarbig	chc	1,10	1,10
2494	1.20 L	mehrfarbig	chd	1,40	1,40
			Satzpreis (2 W.)	2,50	2,50
			FDC		3,50
			Kleinbogen	15,—	15,—

		✱✱
2493 F	Farbe Blau (Wertangabe und Kreis mit „91“) fehlend	—,—

Markenfolge im Kleinbogen: 2493–2493–2494, 2493-Zf1–2494, 2493-Zf2–2494, 2493–2494–2494

MiNr. 2493 wurde auch im Bogen zu 16 Marken und 2 Leerfeldern (Feld 9 und 10) gedruckt.

Auflage: 138.500 Sätze

1992, 15. April. Aufnahme Albaniens in die Europäische Konferenz der Verwaltungen für Post- und Fernmeldewesen (CEPT) (1991) Odr.; Kleinbogen (3×4), MiNr. 2495 auch Bogen (2×9); gez. K 12½:12¼.

che) CEPT-Emblem

chf) CEPT-Emblem

				✶✶	⊙
2495	90 Q	mehrfarbig	che	1,10	1,10
2496	1.20 L	mehrfarbig	chf	1,40	1,40
			Satzpreis (2 W.)	2,50	2,50
			FDC		2,50
			Kleinbogen	13,—	13,—

		✶✶
2495 F	Farbe Grau (Landesname) fehlend	40,—

Markenfolge im Kleinbogen: 2495–2495–2496, 2495-Zf1–2496, 2495-Zf2–2496, 2495–2496–2496

MiNr. 2495 wurde auch im Bogen zu 16 Marken und 2 Leerfeldern (Feld 9 und 10) gedruckt.

Auflage: 179.500 Sätze

1992, 5. Mai. Märtyrer-Tag. Odr. (9×3, Querformat ~); gez. K 12:12¼, Querformat ~.

chg) Freiheitsflamme

chh) Blumenstrauß

				✶✶	⊙
2497	90 Q	mehrfarbig	chg	0,50	0,50
2498	4.10 L	mehrfarbig	chh	2,50	2,—
			Satzpreis (2 W.)	3,—	2,50
			FDC		3,20

Auflage: 50.000 Sätze

1992, 10. Juni. Fußball-Europameisterschaft, Schweden. Odr. (40), gez. K 12.

chi

chk

chl

chi–chl) Spielszenen (Piktogramme)

2499	30 Q	mehrfarbig	chi	0,50	0,30
2500	90 Q	mehrfarbig	chk	1,—	0,70
2501	10.80 L	mehrfarbig	chl	6,—	5,—
			Satzpreis (3 W.)	7,50	6,—
			FDC		9,—

Blockausgabe, ☐

chm) Fußballspieler (Piktogramm)

Block 95	5 L	mehrfarbig (91×69 mm)	chm	3,50	3,50
			FDC		6,—

Auflagen: MiNr. 2499–2501 = 30.000 Sätze, Bl. 95 = 30.000 Blocks

1992, 14. Juni. Olympische Sommerspiele, Barcelona. Odr. (40); gez. K 12.

chn) Tennis

cho) Baseball

chp) Tischtennis

2502	30 Q	mehrfarbig	chn	0,40	0,30
2503	90 Q	mehrfarbig	cho	1,20	0,70
2504	1.80 L	mehrfarbig	chp	2,40	1,80
			Satzpreis (3 W.)	4,—	2,80
			FDC		6,—

Blockausgabe, ☐

chr) Fackellauf

Block 96	5 L	mehrfarbig (90×70 mm)	chr	4,—	4,—
			FDC		7,—

Auflagen: MiNr. 2502–2504 = 30.000 Sätze, Bl. 96 = 30.000 Blocks

1992, 10. Juli. „Europa entgegen". Odr. (40); gez. K 12:12¼.

chs) Landkarte Europas, Friedenstaube

2505	1.20 L	mehrfarbig	chs	1,20	1,—
			FDC		1,50

FDC tragen das Datum 5-7-1992.

Auflage: 30.000 Stück

1992, 10. Aug. Pferderassen in Albanien. Odr. (40); gez. K 12.

cht) Mysekaja-Pferd

chu) Nonius

chv) Araber

chw) Haflinger

2506	30 Q	mehrfarbig	cht	0,30	0,30
2507	90 Q	mehrfarbig	chu	0,50	0,50
2508	1.20 L	mehrfarbig	chv	0,70	0,70
2509	10.60 L	mehrfarbig	chw	6,50	5,50
		Satzpreis (4 W.)		8,—	7,—
		FDC			8,—

Auflage: 40.000 Sätze

MiNr. 2506 mit Aufdruck: MiNr. 3102

1992, 18. Sept. Europa: 500. Jahrestag der Entdeckung von Amerika. Odr. (3×3); gez. K 12.

chx) Kolumbus am Kai vor seinen Karavellen

chy) Kolumbus trifft auf Guanahani die ersten Eingeborenen

chx–chz) Amerikanischer Kontinent

2510	60 Q	mehrfarbig	chx	0,50	0,50
2511	3.20 L	mehrfarbig	chy	3,50	3,50
		Satzpreis (2 W.)		4,—	4,—
		FDC			*15,—*
		Kleinbogensatz (2 Klb.)		40,—	40,—

Blockausgabe, ☐

chz) Christoph Kolumbus (1451–1506), spanisch-italienischer Seefahrer

Block 97	5 L	mehrfarbig (90×69 mm)	chz	*60,—*	*60,—*
		FDC			*60,—*

MiNr. 2510–2511 wurden jeweils im Kleinbogen zu 8 Marken und 1 Zierfeld (Feld 5) gedruckt.

MiNr. 2510 wurde zusätzlich im Bogen zu 14 Marken und im ungummierten Bogen zu 100 Marken gedruckt.

FALSCH Bl. 97

Auflagen: MiNr. 2510–2511 = 30.000 Sätze, Bl. 97 = 50.000 Blocks

1992, 4. Okt. Freimarken: Mutter Teresa. Odr.; gez. K 12:12½.

cia) Mutter Teresa (1910–1997), katholische Ordensgründerin, Friedensnobelpreis 1979; mit Kleinkind

2512	40 Q	hellrötlichbraun	cia	0,30	0,30
2513	60 Q	hellgelbbraun	cia	0,30	0,30
2514	1 L	lebhaftviolettblau	cia	0,30	0,30
2515	1.80 L	grau	cia	0,30	0,30
2516	2 L	lebhaftlilarot	cia	0,30	0,30
2517	2.40 L	lebhaftgrün	cia	0,30	0,30
2518	3.20 L	hellblau	cia	0,40	0,40
2519	5.60 L	dunkelgraupurpur	cia	0,60	0,60
2520	7.20 L	lebhaftgrünlicholiv	cia	1,—	1,—
2521	10 L	orange (Töne)	cia	1,20	1,20
		Satzpreis (10 W.)		5,—	5,—
		FDC			6,—

		★★
2513 U	ungezähnt	—,—

Auflage: 20.000 Sätze

MiNr. 2521 mit Aufdruck: MiNr. 3103
In gleicher Zeichnung: MiNr. 2535–2537, 2542, 2555

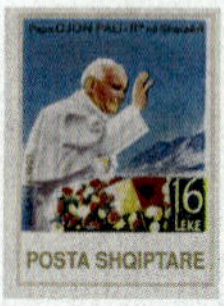

1993, 25. April. Papstbesuch. Odr.; gez. K 12.

cib) Papst Johannes Paul II. (1920–2005, reg. ab 1978)

				★★	⊙
2522	16 L	mehrfarbig	cib	2,50	2,50
		FDC			3,—

Auflage: 30.000 Stück

1993, 2. Mai. Freimarken: MiNr. 2311–2314 und 2317 mit Odr.-Aufdruck der neuen Wertstufe.

2523

2523	**3 L**	auf 10 Q dunkelgrünlichblau (2311)	0,30	0,30
2524	**6.50 L**	auf 20 Q orangebraun (2312)	0,70	0,70
2525	**13 L**	auf 30 Q lebhaftrot (2313)	2,—	2,—
2526	**20 L**	auf 90 Q lebhaftviolettultramarin (2317)	3,—	3,—
2527	**30 L**	auf 50 Q dunkelockerbraun (2314)	4,—	4,—
		Satzpreis (5 W.)	10,—	10,—
		FDC		12,—

Auflage: 20.000 Sätze

1993, 5. Mai. 80 Jahre albanische Briefmarken. Odr.; gez. K 12.

cic) Lef Nosi (1873–1945), erster Postminister Albaniens

2528	6.50 L	olivgelb/bräunlicholiv	cic	1,—	1,—
		FDC			1,50

Auflage: 40.000 Stück

1993, 28. Mai. Europa: Zeitgenössische Kunst. Odr. (3×2); gez. K 12.

cid) Der Stein wiegt schwer in seiner Lage; Gemälde von Agim Zajmi (1936–2013)

cie) Der grüne Stern; Gemälde von Edi Hila (*1949)

2529	3 L mehrfarbig	cid	1,—	1,—
2530	7 L mehrfarbig	cie	4,—	4,—
		Satzpreis (2 W.)	5,—	5,—
		FDC		9,—
		Kleinbogensatz (2 Klb.)	30,—	30,—

Blockausgabe, □

cif) Landschaft; Gemälde von Bashkim Ahmeti (*1949)

Block 98	20 L mehrfarbig (116×121 mm)	cif	7,—	7,—
		FDC		8,50

MiNr. 2529–2530 wurden jeweils im Kleinbogen zu 5 Marken und 1 Zierfeld (Feld 5) gedruckt.

MiNr. 2529 wurde auch im waagerechten 9er- und senkrechten 10er-Streifen mit allseitigem Bogenrand gedruckt.

Auflagen: MiNr. 2529–2530 = 50.000 Sätze, Bl. 98 = 90.000 Blocks

1993, 20. Juni. Mittelmeerspiele, Agde. Odr.; gez. K 12.

cig) Leichtathletik

cih) Kanurennsport

cii) Radsport

2531	3 L mehrfarbig	cig	0,30	0,30
2532	16 L mehrfarbig	cih	2,—	2,—
2533	21 L mehrfarbig	cii	2,70	2,70
		Satzpreis (3 W.)	5,—	5,—
		FDC		6,—

Blockausgabe, □

cik) Mittelmeerkarte

Block 99	20 L mehrfarbig (117×86 mm)	cik	3,50	3,50
		FDC		3,50

2533 F	Farbe Hellgraubraun fehlend		45,—
Block 99 F	Fehlfarbe Rot	—,—	

Auflagen: MiNr. 2531–2533 = 20.000 Sätze, Bl. 99 = 20.000 Blocks

MiNr. 2533 mit Aufdruck: MiNr. 3104

1993, 20. Aug. 350. Todestag von Frang Bardhi. Odr.; gez. K 12¼:12½.

cil) Frang Bardhi (1606–1643), Bischof und Verfasser des ersten lateinisch-albanischen Wörterbuches

2534	6.50 L braun/chromgelb	cil	1,20	1,20
		FDC		1,50

Blockausgabe, □

cim) Frang Bardhi am Schreibpult

Block 100	20 L mehrfarbig (95×107 mm)	cim	4,—	4,—
		FDC		5,—

Auflagen: MiNr. 2534 = 20.000 Stück, Bl. 100 = 20.000 Blocks

1994, Juli. Freimarken: Mutter Teresa. Odr.; gez. K 11¾:12½.

cia) Mutter Teresa (1910–1997), katholische Ordensgründerin, Friedensnobelpreis 1979; mit Kleinkind

2535	5 L	blauviolett	cia	0,30	0,30
2536	18 L	lebhaftorange	cia	1,20	1,20
2537	25 L	opalgrün	cia	2,—	2,—
			Satzpreis (3 W.)	3,50	3,50
			FDC		4,50

In gleicher Zeichnung: MiNr. 2512–2521, 2542, 2555

1994, 17. Juli. Fußball-Weltmeisterschaft, USA. Odr.; gez. K 12.

cin) Maskottchen vor WM-Stadion

cio) Maskottchen „Striker" beim Kopfball

2538	42 L	mehrfarbig	cin	1,20	1,20
2539	68 L	mehrfarbig	cio	1,80	1,80
			Satzpreis (2 W.)	3,—	3,—
			FDC		4,—

1994, 12, Dez. Europa: Entdeckungen und Erfindungen. Odr.; gez. K 14.

cip) Gjovalin Gjadri (1899 bis 1974), Ingenieur

cir) Karl von Ghega (1802–1860), österreichischer Ingenieur

2540	50 L	mehrfarbig	cip	2,—	2,—
2541	100 L	mehrfarbig	cir	3,—	3,—
			Satzpreis (2 W.)	5,—	5,—
			FDC		6,—

Blockausgabe, ☐

cis) Skizze von Verkehrsprojekten

Block 101	150 L	mehrfarbig (60×80 mm)	cis	5,—	5,—
			FDC		6,—

1994. Freimarke: Mutter Teresa. Odr.; gez. K 11¾:12½.

cia) Mutter Teresa (1910–1997), katholische Ordensgründerin, Friedensnobelpreis 1979; mit Kleinkind

2542	20 L	helllilapurpur	cia	0,50	0,50

In gleicher Zeichnung: MiNr. 2512–2521, 2535–2537, 2555

1995, 21. Jan. 150 Geburtstag von Carl Benz (1994). Odr.; gez. K 14.

cit) Carl Benz (1844–1929), deutscher Ingenieur und Automobilpionier

ciu) Moderne Mercedes-Limousine („C-Klasse")

civ) „Daimler-Motor-Kutsche" (1886)

ciw) Mercedes-Sport-Cabriolet Typ 540K

2543	5 L	mehrfarbig	cit	0,30	0,30
2544	10 L	mehrfarbig	ciu	0,30	0,30
2545	60 L	mehrfarbig	civ	1,—	1,—
2546	125 L	mehrfarbig	ciw	3,40	3,40
			Satzpreis (4 W.)	5,—	5,—
			FDC		7,—

1995, 26. Jan. Komponisten. Odr. (2×2); gez. K 12.

cix) Richard Wagner (1813–1883), deutscher Komponist
ciy) Edvard Grieg (1843–1907), norwegischer Komponist
ciz) Charles Gounod (1818–1893), französischer Komponist
cka) Peter Tschaikowsky (1840–1893); russischer Komponist

2547	3 L	gold/braunorange	cix	0,30	0,30
2548	6.50 L	gold/braunorange	ciy	0,30	0,30
2549	11 L	gold/braunorange	ciz	0,30	0,30
2550	20 L	gold/braunorange	cka	0,40	0,40
			Satzpreis (4 W.)	1,30	1,30
			FDC		2,50
			Kleinbogen	2,50	2,50

MiNr. 2550 ist auch im waagerechten 8er-Streifen mit allseitigem Bogenrand bekannt.

1995, 28. Jan. 50. Jahrestag der Befreiung (1994). Odr.; gez. K 14.

ckb) Ornament

2551 50 L mehrfarbig . . . . ckb 1,50 1,50
FDC 2,—

1995, 28. Jan. 250. Geburtstag von Ali Pascha Tepelena (1994). Odr.; gez. K 14.

ckc) Ali Tepelena, Pascha von Janina (1744–1822)

2552 60 L mehrfarbig . . . . ckc 1,70 1,70
FDC 2,50

Blockausgabe, □

ckd) Verwaltungszentrum Tepelenë

Block 102 100 L dunkelbraunorange
(80×60 mm) . . . . ckd 3,— 3,—
FDC 3,50

1995, 2. Febr. 250 Jahre Akademie von Voskopoje (1994). Odr.; gez. K 14.

cke–ckf) Voskopoje im Jahre 1744

2553 42 L mehrfarbig . . . . cke 1,— 1,—
2554 68 L mehrfarbig . . . . ckf 1,50 1,50
Satzpreis (2 W.) 2,50 2,50
Paar 3,— 3,—
FDC 3,50

MiNr. 2553–2554 wurden waagerecht zusammenhängend gedruckt.

1995, 2. Febr. Blockausgabe: 100 Jahre Internationales Olympisches Komitee (IOC) (1994). Odr.; □.

ckg) Erdteile, olympische Ringe und Farben

Block 103 80 L mehrfarbig (60×80 mm) . . . . ckg 2,20 2,20
FDC 3,20

1995. Freimarke: Mutter Teresa. Odr.; gez. K 11¾:12½.

cia) Mutter Teresa (1910–1997), katholische Ordensgründerin, Friedensnobelpreis 1979; mit Kleinkind

2555 60 L olivgrün . . . . cia 2,— 2,—

In gleicher Zeichnung: MiNr. 2512–2521, 2535–2537, 2542

1995, 10. Aug. Europa: Frieden und Freiheit. Odr. (5×2); gez. K 13¼:14.

ckh) Sieg des Friedens cki) Frieden

2556 50 L mehrfarbig . . . . ckh 2,— 2,—
2557 100 L mehrfarbig . . . . cki 4,— 4,—
Satzpreis (2 W.) 6,— 6,—
FDC 7,—
Kleinbogensatz (2 Klb.) 60,— 60,—

Blockausgabe, □

ckk) Fortschritt bei der Zivilisation und Demokratisierung

Block 104 150 L mehrfarbig (80×60 mm) . . . ckk 6,— 6,—
FDC 8,—

MiNr. 2556–2557 mit Aufdruck: MiNr. 2784–2785
In ähnlicher Zeichnung wie Bl. 104: MiNr. 3046

1995, 20. Aug. Bienen. Odr. (10×4); gez. K 12.

ckl

ckm

ckn

ckl–ckn) Honigbiene (Apis mellifica)

2558 5 L mehrfarbig . . . . ckl 0,30 0,30
2559 10 L mehrfarbig . . . . ckm
I Inschrift „Apicula" 0,30 0,30
II Inschrift „LAT. Apicula" . . . . 17,— 17,—
2560 25 L mehrfarbig . . . . ckn 1,40 1,40
Satzpreis (3 W.) 2,— 2,—
FDC 3,50

1995, 19. Aug. Entdecker. Odr.; gez. K 13¼:14.

cko) Fridtjof Nansen (1861–1930), norwegischer Polarforscher
ckp) James Cook (1728–1779), englischer Seefahrer
ckr) Roald Amundsen (1872–1928), norwegischer Polarforscher
cks) Robert F. Scott (1868–1912), britischer Polarforscher

2561	25 L mehrfarbig	cko	1,—	0,80
2562	25 L mehrfarbig	ckp	1,—	0,80
2563	25 L mehrfarbig	ckr	1,—	0,80
2564	25 L mehrfarbig	cks	1,—	0,80
		Satzpreis (4 W.)	4,—	3,—
		Viererblock	6,—	3,50
		FDC		4,50

MiNr. 2561–2564 wurden in Viererblockanordnung zusammenhängend gedruckt.

Mit Aufdruck: MiNr. 3105–3108

1995, 4. Aug. 50 Jahre Vereinte Nationen (UNO). Odr. (2×5); gez. K 14:13¼.

ckt

cku

ckt–cku) Jubiläumsemblem, UNO-Hauptquartier New York

2565	2 L mehrfarbig	ckt	0,30	0,30
2566	100 L mehrfarbig	cku	2,70	2,70
		Satzpreis (2 W.)	3,—	3,—
		FDC		3,60
		Kleinbogensatz (2 Klb.)	30,—	30,—

MiNr. 2565 mit Aufdruck: MiNr. 3109

1995, 29. Juni. Aufnahme Albaniens in den Europarat. Odr.; gez. K 14:13½.

ckv) Palais de l'Europe, Straßburg ckw) Albanisches Staatswappen

2567	25 L mehrfarbig	ckv	1,—	1,—
2568	85 L mehrfarbig	ckw	3,50	3,50
		Satzpreis (2 W.)	4,50	4,50
		FDC		5,—

MiNr. 2567 mit Aufdruck: MiNr. 2681

1995, 17. Okt. Bekannte Dichter. Odr.; gez. K 13¼:14.

ckx) Paul Eluard (1895–1952), französischer Schriftsteller
cky) Sergej Jessenin (1895–1925), russischer Lyriker

2569	25 L mehrfarbig	ckx	0,60	0,60
2570	50 L mehrfarbig	cky	1,40	1,40
		Satzpreis (2 W.)	2,—	2,—
		Paar	2,20	2,20
		FDC		3,20

MiNr. 2569–2570 wurden waagerecht zusammenhängend gedruckt.

1995, 17. Okt. Jan Kukuzeli. Odr.; gez. K 13¾.

ckz

cla

ckz–clb) Jan Kukuzeli (1280–1360), Komponist und Reformer der orthodoxen Kirchenmusik

2571	18 L mehrfarbig	ckz	0,60	0,60
2572	20 L mehrfarbig	cla	0,60	0,60
		Satzpreis (2 W.)	1,20	1,20
		FDC		2,50

Blockausgabe, □

clb

Block 105	100 L mehrfarbig (80×80 mm)	clb	3,—	3,—
		FDC		4,—

MiNr. 2571 mit Aufdruck: MiNr. 3110

1995, 17. Okt. 20 Jahre Internationale Tourismusorganisation (WTO): Siedlungsarchitektur. Odr.; gez. K 13½:14.

clc) Berat Kruja cld) Shkodra cle) Gjirokastra

2573	18 L mehrfarbig	clc	0,60	0,60
2574	20 L mehrfarbig	cld	0,70	0,70

2575 42 L mehrfarbig . . . . cle 1,70 1,70
Satzpreis (3 W.) 3,— 3,—
FDC 4,—

MiNr. 2573 mit Aufdruck: MiNr. 3111

1995, 20. Aug. 300. Todestag von Jean de la Fontaine. Odr.; gez. K 14:13¼.

clf

clg

clh

clf–cli) Illustrationen von Fabelwesen der Buchausgaben von 1668, 1678 und 1693

2576 2 L mehrfarbig . . . . clf 0,30 0,30
2577 3 L mehrfarbig . . . . clg 0,30 0,30
2578 25 L mehrfarbig . . . . clh 0,60 0,60
Satzpreis (3 W.) 1,20 1,20
FDC 1,50

Blockausgabe

cli) Jean de la Fontaine (1621–1695), französischer Schriftsteller

Block 106 60 L mehrfarbig (80×60 mm) . . . . . cli 2,50 2,50
FDC 3,50

MiNr. 2576–2578 mit Aufdruck: MiNr. 3112–3114

1995, 17. Okt. Folklore-Festival, Berat. Odr.; gez. K 13¼:14.

clk) Männerchor

cll) Schauspielerin

2579 5 L mehrfarbig . . . . clk 0,30 0,30
2580 50 L mehrfarbig . . . . cll 1,50 1,50
Satzpreis (2 W.) 1,80 1,80
FDC 2,20

1995, 17. Nov. 100 Jahre Kino. Odr.; gez. K 13¼:14.

clm) Louis Lumière (1864–1948)
cln) Auguste Lumière (1862–1954)
clm–cln) Filmvorführung

2581 10 L mehrfarbig . . . . clm 0,30 0,30
2582 85 L mehrfarbig . . . . cln 1,70 1,70
Satzpreis (2 W.) 2,— 2,—
Paar 2,50 2,50
FDC 3,—

MiNr. 2581–2582 wurden waagerecht zusammenhängend gedruckt.

1995, 20. Nov. 60. Geburtstag von Elvis Presley. Odr.; gez. K 14:13¼.

clo

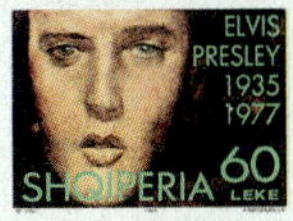

clp

clo–clp) Elvis Presley (1935–1977), amerikanischer Rocksänger

2583 3 L mehrfarbig . . . . clo 0,30 0,30
2584 60 L mehrfarbig . . . . clp 1,70 1,70
Satzpreis (2 W.) 2,— 2,—
FDC 2,50

MiNr. 2583 mit Aufdruck: MiNr. 3115

1995, 25. Nov. 70 Jahre Nationalbank. Odr.; gez. K 13¼:14.

clr) Banknoten von 1925
cls) Banknoten von 1995

2585 10 L mehrfarbig . . . . clr 0,30 0,30
2586 25 L mehrfarbig . . . . cls 0,80 0,80
Satzpreis (2 W.) 1,10 1,10
FDC 1,60

1995, 27. Nov. 5 Jahre Demokratiebewegung. Odr.; gez. K 13¼:14.

clt) Zahl „5“, zerberstender Sowjetstern, Friedenstaube
clu) Mädchen pflanzt einen Setzling

2587 5 L mehrfarbig . . . . clt 0,30 0,30
2588 50 L mehrfarbig . . . . clu 1,50 1,50
Satzpreis (2 W.) 1,80 1,80
FDC 2,20

1996, 5. Mai. Europa: Berühmte Frauen. Odr. (5×2); gez. K 13¼:14.

clv) Mutter Teresa (1910–1997), indische katholische Ordensgründerin albanischer Herkunft, Friedensnobelpreis 1979

2589 25 L mehrfarbig . . . . clv 1,— 1,20
2590 100 L mehrfarbig . . . . clv 3,50 4,—
Satzpreis (2 W.) 4,50 5,—
FDC 5,50
Kleinbogensatz (2 Klb.) 45,— 45,—

Blockausgabe, □

clw) Mutter Teresa

Block 107	150 L mehrfarbig (60×80 mm)	clw	7,—	7,—
		FDC		8,—

MiNr. 2590 mit Aufdruck: MiNr. 2636

1998, 23. Okt. Internationale Briefmarkenausstellung ITALIA '98, Mailand. Bl. 107 mit blauem Odr.-Aufdruck.

Block 107 I	150 L mfg. (60×80 mm)	(Bl. 107)	7,50	7,50

Postpreis: 265 L

1996, 4. Juni. Fußball-Europameisterschaft, England. Odr.; gez. K 14:13¾.

clx) Europakarte, Fußball, Spielfeld

cly) Europakarte, Spieler, Fußball

2591	25 L mehrfarbig	clx	0,80	0,80
2592	100 L mehrfarbig	cly	3,20	3,20
		Satzpreis (2 W.)	4,—	4,—
		FDC		5,—

MiNr. 2591 mit Aufdruck: MiNr. 3116

1996, 1. Aug. Inbetriebnahme des Mobiltelefonnetzes GSM. Odr. (5×5); gez. K 13¼.

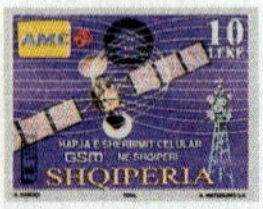

clz) Nachrichtensatellit

cma) Anwendungsbereiche, Handy

2593	10 L mehrfarbig	clz	0,30	0,30
2594	60 L mehrfarbig	cma	1,70	1,70
		Satzpreis (2 W.)	2,—	2,—
		FDC		3,20

1996, 3. Aug. Olympische Sommerspiele, Atlanta. Odr.; gez. K 13¼:14.

cmb) Laufen

cmc) Werfen

cmd) Springen

cmb–cmd) Veranstaltungsemblem, amerikanische Flagge

2595	5 L mehrfarbig	cmb	0,30	0,30
2596	25 L mehrfarbig	cmc	0,70	0,70
2597	60 L mehrfarbig	cmd	2,—	2,—
		Satzpreis (3 W.)	3,—	3,—
		FDC		4,—

Blockausgabe, □

cme) Olympiaemblem, amerikanische Flagge

Block 108	100 L mehrfarbig (60×80 mm)	cme	2,50	2,50
		FDC		3,80

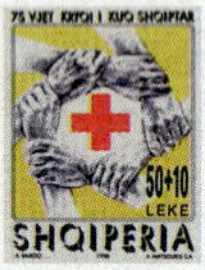

1996, 5. Aug. 75 Jahre Albanisches Rotes Kreuz. Odr.; gez. K 13¼.

cmf) Ineinander greifende Hände, Rotes Kreuz

2598	50 (L) + 10 L mehrfarbig	cmf	1,80	1,80
		FDC		3,—

1996, 20. Sept. Jahrestage. Odr.; gez. K 14¼:13¾.

cmg) Gottfried Wihelm Leibniz (1646–1716), deutscher Mathematiker

cmh) René Descartes (1596–1650), französischer Mathematiker

2599	10 L mehrfarbig	cmg	0,50	0,50
2600	85 L mehrfarbig	cmh	2,50	2,50
		Satzpreis (2 W.)	3,—	3,—
		FDC		4,—

1996, 25. Sept. 250. Geburtstag von Francisco de Goya. Odr.; gez. K 14:13½.

cmi) Die nackte Maja cmk) Doña Isabel Cobos de Porcel

cmi–cml) Gemälde von Francisco de Goya (1746–1828), spanischer Maler

2601	10 L	mehrfarbig	cmi	0,40	0,40
2602	60 L	mehrfarbig	cmk	1,80	1,80
			Satzpreis (2 W.)	2,20	2,20
			FDC		3,20

Blockausgabe

cmm

cml) Selbstporträt

2603	100 L	mehrfarbig	cml	2,50	2,50
Block 109		(80×60 mm)	cmm	2,50	2,50
			FDC		3,80

1996, 5. Nov. Christliche Darstellungen auf Evangelien-Codices. Odr.; MiNr. 2604 (2×4), MiNr. 2604–2606 (1×2 Zd); gez. K 12¾:13½.

cmp cmn
cmo Zierfeld

cmn) Bucheinband
cmo) Einbandbeschlag
cmp) Bucheinband

2604	5 L	mehrfarbig	cmn	0,30	0,30
2605	25 L	mehrfarbig	cmo	0,70	0,70
2606	85 L	mehrfarbig	cmp	2,50	2,50
			Satzpreis (3 W.)	3,50	3,50
			Viererblock	3,80	3,80
			FDC		5,—
			Kleinbogen I	2,—	2,—
			Kleinbogen II	8,—	8,—

MiNr. 2604 wurde auch im Kleinbogen I zu 8 Marken gedruckt.

MiNr. 2604–2606 wurden im Kleinbogen II zu 2 Viererblocks, bestehend aus MiNr. 2604–2606 und 1 Zierfeld, gedruckt.

1996, 11. Nov. 50 Jahre Kinderhilfswerk der Vereinten Nationen (UNICEF): Kindergemälde. Odr.; gez. K 13¼:13¾.

cmr) Prinzessin cms) Puppe cmt) See cmu) Hafen

2607	5 L	mehrfarbig	cmr	0,30	0,30
2608	10 L	mehrfarbig	cms	0,30	0,30
2609	25 L	mehrfarbig	cmt	1,—	1,—
2610	50 L	mehrfarbig	cmu	1,50	1,50
			Satzpreis (4 W.)	3,—	3,—
			FDC		4,—

1996, 20. Dez. 125. Geburtstag von Gjergj Fishta. Odr.; gez. K 13½:14.

cmv) Staatswappen, Buch, Federkiel cmw) Kampfszene

cmv–cmw) Gjergj Fishta (1871–1940), Dichter und Franziskanerpater

2611	10 L	mehrfarbig	cmv	0,30	0,30
2612	60 L	mehrfarbig	cmw	1,70	1,70
			Satzpreis (2 W.)	2,—	2,—
			FDC		3,—

1997, 6. März. 950. Geburtstag von Omar Khayyām. Odr. (5×5); gez. K 13¾:14¼.

cmx

cmy

cmx–cmy) Omar Khayyām (1048–1131), Universalgelehrter

2613	20 L	mehrfarbig	cmx	0,50	0,50
2614	50 L	mehrfarbig	cmy	1,20	1,20
			Satzpreis (2 W.)	1,70	1,70
			FDC		3,20

Auflage: 50.000 Sätze

1997, 20. März. 600. Geburtstag von Johannes Gutenberg. Odr. (3×4 Zd); gez. K 13¾:14¼.

cmz) Johannes Gutenberg (um 1397–1468), deutscher Buchdrucker
cna) Druckerpresse

2615	20 L	mehrfarbig	cmz	0,50	0,50
2616	60 L	mehrfarbig	cna	1,50	1,50
			Satzpreis (2 W.)	2,—	2,—
			Paar	2,—	2,—
			FDC		3,50

Auflage: 50.400 Sätze

1997, 10. April. Einheimische Vögel. Odr. (2×4 Zd); gez. K 13¾:14¼.

cnb–cnc) Krauskopfpelikan (Pelecanus crispus)

2617	10 L	mehrfarbig	cnb	0,30	0,30
2618	80 L	mehrfarbig	cnc	1,70	1,70
		Satzpreis (2 W.)		2,—	2,—
		Paar		2,20	2,20
		FDC			3,60

Auflage: 60.000 Sätze

1997, 5. Mai. Europa: Sagen und Legenden. Odr. (5×2); gez. K 13:13¾.

cnd) Drache, Bauer, Esel

cne) Trinkender Drache, Bauer

cnd–cne) „Das azurblaue Auge"

2619	30 L	mehrfarbig	cnd	1,—	1,—
2620	100 L	mehrfarbig	cne	3,50	3,50
		Satzpreis (2 W.)		4,50	4,50
		FDC			5,50
		Kleinbogensatz (2 Klb.)		45,—	45,—

Auflage: 120.000 Sätze

cnf

1997, 25. Juni. Bekannte Persönlichkeiten: Faik Konica. Odr. (5×5); gez. K 13¾:14¼.

cnf–cng) Faik Konica (1875–1942), Schriftsteller und Politiker

2621	10 L	dunkelrotbraun	cnf	0,30	0,30
2622	25 L	dunkelviolettultramarin	cnf	0,90	0,90
		Satzpreis (2 W.)		1,20	1,20
		FDC			2,50

Blockausgabe

cnh

cng

2623	80 L	schwärzlichbraun	cng	2,—	2,—
Block 110		(60×80 mm)	cnh	2,50	2,50
		FDC			3,60

1997, 17. Juli. Mittelmeerspiele, Bari. Odr.; gez. K 13¾:14¼.

cni) Laufen

cnk) Sprint

2624	20 L	mehrfarbig	cni	0,50	0,50
2625	30 L	mehrfarbig	cnk	1,—	1,—
		Satzpreis (2 W.)		1,50	1,50
		FDC			2,50

Blockausgabe, ☐

cnl) Sportler

Block 111	100 L	mehrfarbig (60×80 mm)	cnl	2,50	2,50
		FDC			3,50

1997, 25. Aug. Freimarken: Skanderbeg. Odr.; Kleinbogen (2×5), MiNr. 2626–2627, 2629 und 2632 auch Bogen (7×5), MiNr. 2628 und 2634 auch Bogen (10×5); gez. K 12¾:13.

cnm) Gjergi Kastrioti, genannt Skanderbeg (1405–1468), Feldherr und Nationalheld

2626	5 L	orangebraun/rot	cnm	0,30	0,30
2627	10 L	grünoliv/gelblichgrün	cnm	0,30	0,30
2628	20 L	schwarzgrün/grün	cnm	0,50	0,50
2629	25 L	purpurviolett/rotviolett	cnm	0,60	0,60
2630	30 L	schwarzblau/violettblau	cnm	0,70	0,70
2631	50 L	schwarz/grauschwarz	cnm	1,—	1,—
2632	60 L	braun/braunocker	cnm	1,20	1,20
2633	80 L	graubraun/ockerbraun	cnm	1,80	1,80
2634	100 L	rötlichbraun/rotkarmin	cnm	2,20	2,20
2635	110 L	schwarzblau/dunkelblau	cnm	2,40	2,40
		Satzpreis (10 W.)		11,—	11,—
		5 FDC			15,—
		Kleinbogensatz (10 Klb.)		110,—	110,—

2636

1997, 13. Sept. Tod von Mutter Teresa. MiNr. 2590 mit silbernem Odr.-Aufdruck „HOMAZH / 1910–1997".

2636	100 L	mehrfarbig	(2590)	3,50	3,50
		FDC			4,50
		Kleinbogen		35,—	35,—

1997, 15. Nov. Albanische Codices (I). Odr. (1×2 Zd); gez. K 13:13¾.

cnn cno
cnp Zierfeld

cnn–cno) Codex Purpureus Beratinus (6. Jh.)
cnp) Codex Aureus (11. Jh.)

2637	10 L mehrfarbig	cnn	0,30	0,30
2638	25 L mehrfarbig	cno	0,60	0,60
2639	60 L mehrfarbig	cnp	1,30	1,30
		Satzpreis (3 W.)	2,20	2,20
		FDC		3,20
		Viererblock	2,50	2,50
		Kleinbogen	5,—	5,—

1997, 4. Dez. 85 Jahre Albanische Post. Odr. (5×5); gez. K 13¾:13¼.

cnr

cns

cnr–cns) Allegorische Darstellungen von Doppeladler und Postsymbolen

2640	10 L mehrfarbig	cnr	0,30	0,30
2641	30 L mehrfarbig	cns	0,70	0,70
		Satzpreis (2 W.)	1,—	1,—
		FDC		2,50

1998, 25. März. Niceta von Remesiana. Odr. gez. (2×6 Zd); gez. K 13¾.

cnt) Niceta von Remesiana (335–414), Bischof, Musiker und Philosoph

2642	30 L mehrfarbig	cnt	0,60	0,60
2643	100 L mehrfarbig	cnt	1,90	1,90
		Satzpreis (2 W.)	2,50	2,50
		Paar	2,50	2,50
		FDC		3,60

MiNr. 2642–2643 wurden waagerecht zusammenhängend gedruckt.

1998, 15. April. Die Legende vom Ochridsee. Odr. (1×2 Zd); gez. K 13¾:14¼.

cnu) Mahlzeit
cnv) Drei Grazien
cnw) Frauen an der Quelle
cnx) Eismann

2644	30 L mehrfarbig	cnu	0,60	0,60
2645	50 L mehrfarbig	cnv	0,90	0,90
2646	60 L mehrfarbig	cnw	1,10	1,10
2647	80 L mehrfarbig	cnx	1,50	1,50
		Satzpreis (4 W.)	4,—	4,—
		FDC		5,50
		Viererblock	4,20	4,20
		Kleinbogen	8,50	8,50

1998, 5. Mai. Europa: Nationale Feste und Feiertage. Odr. (2×5); gez. K 13:13¾.

cny

cnz

cny–coa) Stilisierte Darstellung albanischer Tänze

2648	60 L mehrfarbig	cny	2,—	2,—
2649	100 L mehrfarbig	cnz	2,50	2,50
		Satzpreis (2 W.)	4,50	4,50
		FDC		5,50
		Kleinbogensatz (2 Klb.)	45,—	45,—

Blockausgabe, □

coa

Block 112	150 L mehrfarbig (60×80 mm)	coa	4,50	4,50
		FDC		5,50

In ähnlicher Zeichnung wie Bl. 112: MiNr. 3045

1998, 10. Juni. 120 Jahre Liga von Prizren. Odr. (1×2 Zd); gez. K 13¼:13.

cob) Abdyl Frashëri (1839–1892)
coc) Sulejman Vokshi (1815–1890)
cod) Iljaz Pashë Dibra (1812–1910)
coe) Ymer Prizreni (1820–1887)

2650	30 L mehrfarbig	cob	0,60	0,60
2651	50 L mehrfarbig	coc	0,90	0,90
2652	60 L mehrfarbig	cod	1,10	1,10
2653	80 L mehrfarbig	coe	1,50	1,50
		Satzpreis (4 W.)	4,—	4,—
		FDC		5,50
		Viererblock	4,20	4,20
		Kleinbogen	8,50	8,50

1998, 10. Juni. Fußball-Weltmeisterschaft, Frankreich. Odr. (4×4); gez. K 13¼:13¾.

cof

cog

cof–cog) Stilisierte Spieler in französischen Landesfarben

2654	60 L mehrfarbig	cof	1,10	1,10
2655	100 L mehrfarbig	cog	1,90	1,90
		Satzpreis (2 W.)	3,—	3,—
		FDC		4,20

Blockausgabe, □

coh) Maskottchen Footix

Block 113	120 L mehrfarbig (60×80 mm)	coh	2,50	2,50
		FDC		4,—

1998, 5. Juli. Jugend-Europameisterschaften im Ringen, griechisch-römischer Stil. Odr. (4×2 Zd); gez. K 13¾:13¼.

coi) Ringer in Landestracht
cok) Altgriechische Ringer

2656	30 L mehrfarbig	coi	0,50	0,50
2657	60 L mehrfarbig	cok	1,10	1,10
		Satzpreis (2 W.)	1,60	1,60
		Paar	1,80	1,80
		FDC		2,60

1998, 7. Aug. 90. Geburtstag von Eqerem Çabej. Odr. (3×4 Zd); gez. K 13¾:14¼.

col) Eqerem Çabej (1908–1980), Sprachwissenschaftler

2658	60 L mehrfarbig	col	1,—	1,—
2659	80 L mehrfarbig	col	1,50	1,50
		Satzpreis (2 W.)	2,50	2,50
		Paar	2,50	2,50
		FDC		3,—

MiNr. 2658–2659 wurden waagerecht zusammenhängend gedruckt.

1998, 31. Aug. 1. Todestag von Prinzessin Diana. Odr. (5×2); gez. K 13¼:13¾.

com

con) mit Mutter Teresa (1910–1997)

com–con) Prinzessin Diana (1961–1997)

2660	60 L mehrfarbig	com	3,—	2,—
2661	100 L mehrfarbig	con	5,—	3,—
		Satzpreis (2 W.)	8,—	5,—
		FDC		10,—
		Kleinbogensatz (2 Klb.)	80,—	50,—

1998, 5. Sept. 1. Todestag von Mutter Teresa. Odr. (5×4, Hochformat ~); gez. K 14:13¼, Hochformat ~.

coo

cop

coo–cop) Mutter Teresa (1910–1997), indische katholische Ordensgründerin albanischer Herkunft, Friedensnobelpreis 1979

2662	60 L mehrfarbig	coo	1,50	1,50
2663	100 L mehrfarbig	cop	2,50	2,50
		Satzpreis (2 W.)	4,—	4,—
		FDC		7,—

Parallelausgabe mit Italien MiNr. 2587–2588

1998, 10. Sept. 150. Geburtstag von Paul Gauguin. Odr. (4×3 Zd); gez. K 13¾:13¼.

cor–cot) Motive nach Paul Gauguin (1848–1903), französischer Maler

2664	60 L mehrfarbig	cor	1,—	1,—
2665	80 L mehrfarbig	cos	1,40	1,40
		Satzpreis (2 W.)	2,40	2,40
		Paar	2,50	2,50
		FDC		3,60

Blockausgabe, □

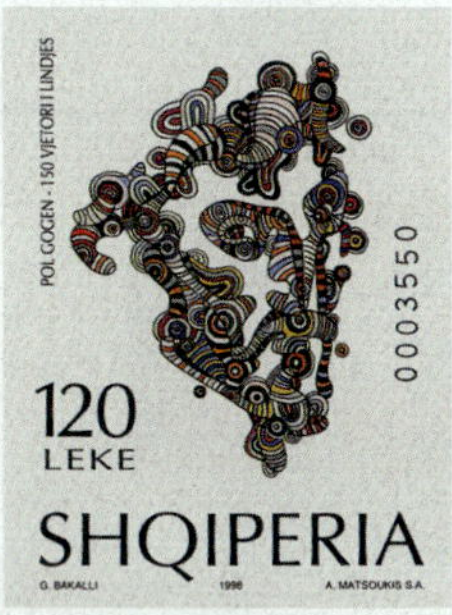

cot

Block 114	120 L mehrfarbig (60×80 mm)	cot	2,50	2,50
		FDC		4,—

1998, 5. Okt. Antimension von Gllavenica. Odr. (2×6); gez. K 14¼:14.

cou

cov

cou–cow) Antimension (Altartuch mit Darstellung der Grablegung Christi) von Gllavenica (1373)

2666	30 L mehrfarbig	cou	0,50	0,50
2667	80 L mehrfarbig	cov	1,50	1,50
		Satzpreis (2 W.)	2,—	2,—
		FDC		3,—

Blockausgabe, gez. Ks 12¾

cow cox

2668	100 L mehrfarbig	cow	1,70	1,70
Block 115	(80×60 mm)	cox	2,—	2,—
		FDC		3,—

1998, 15. Okt. Albanische Codices (II). Odr. (1×2 Zd); gez. K 13:13¾.

coy coz
cpa Zierfeld

coy–cpa) Kodex aus dem 11. Jh.

2669	30 L mehrfarbig	coy	0,50	0,50
2670	50 L mehrfarbig	coz	0,80	0,80
2671	80 L mehrfarbig	cpa	1,40	1,40
		Satzpreis (3 W.)	2,60	2,60
		Viererblock	2,80	2,80
		Kleinbogen	6,—	6,—
		FDC		4,—

1998, 28. Nov. 1. Todestag von Mikel Koliqi. Odr. (3×4 Zd); gez. K 13¾:14¼.

cpb–cpc) Mikel Koliqi (1902–1997), Kardinal

2672	30 L mehrfarbig	cpb	0,50	0,50
2673	100 L mehrfarbig	cpc	1,70	1,70
		Satzpreis (2 W.)	2,20	2,20
		Paar	2,50	2,50
		FDC		3,50

1999. 15. März. Amerikanische Persönlichkeiten. Odr. (2×2 Zd); gez. K 14¼:13¾.

cpd cpe
cpf Zierfeld

cpd) George Washington (1732–1799), 1. Präsident der USA
cpe) Abraham Lincoln (1809–1865), 16. Präsident der USA
cpf) Martin Luther King (1929–1968), amerikanischer Bürgerrechtler

2674	150 L mehrfarbig	cpd	3,—	3,—
2675	150 L mehrfarbig	cpe	3,—	3,—
2676	150 L mehrfarbig	cpf	3,—	3,—
		Satzpreis (3 W.)	9,—	9,—
		Viererblock	9,50	9,50
		FDC		11,—

1999, 10. April. Blockausgabe: Mönchsrobbe. Odr.; gez. K 14¼:14.

cpl

cpg cpi cph cpk

cpg–cpk) Mönchsrobbe (Monachus albiventris)

2677	110 L	mehrfarbig	cpg	2,20	2,20
2678	110 L	mehrfarbig	cph	2,20	2,20
2679	150 L	mehrfarbig	cpi	3,—	3,—
2680	150 L	mehrfarbig	cpk	3,—	3,—
Block 116		(169×51mm)	cpl	11,—	11,—
		FDC (Blockmarken)			12,—

MiNr. 2678 wurde auch im senkrechten Streifen ausgegeben.

1999, 20. April. 50 Jahre Europarat. MiNr. 2567 mit Odr.-Aufdruck der neuen Wertstufe.

2681

2681	150 L	auf 25 L mehrfarbig	(2567)	4,—	4,—
			FDC		5,—

1999, 27. April. Internationale Briefmarkenausstellung IBRA '99, Nürnberg. MiNr. 2474 mit Odr.-Aufdruck der neuen Wertstufe.

2682

2682	150 L	auf 90 L mehrfarbig	(2474)	3,20	3,20
			FDC		3,80

1999, 25. April. 50 Jahre NATO. Odr. (4×4); gez. K 13¼:13¾.

cpm) Friedenstaube, Jet, NATO-Emblem

2683	10 L	mehrfarbig	cpm	1,—	1,—
2684	100 L	mehrfarbig	cpm	5,—	5,—
		Satzpreis (2 W.)		6,—	6,—
		FDC			7,—

Blockausgabe, gez. Ks 13:12¾

cpo

cpn) Friedenstaube, Jet, NATO-Emblem

2685	250 L	mehrfarbig	cpn	5,—	5,—
Block 117		(70×85 mm)	cpo	6,—	6,—
		FDC			7,—

1999, 30. April. Zeichentrickfiguren (I): 70 Jahre Walt-Disney-Figur Micky Maus (1998). Odr. (4×4); gez. K 13:13¾.

cpr–cpu) Micky Maus

2686	60 L	mehrfarbig	cpr	1,20	1,10
2687	80 L	mehrfarbig	cps	1,80	1,50
2688	110 L	mehrfarbig	cpt	2,—	1,80
2689	150 L	mehrfarbig	cpu	3,—	3,—
		Satzpreis (4 W.)		8,—	8,—
		Viererstreifen		8,50	8,50
		FDC			10,—

Markenfolge im Zd-Bogen: 2686–2687–2688–2689, 2687–2688–2689–2686, 2688–2689–2686–2687, 2689–2686–2687–2688

1999, 1. Mai. Europa: Natur- und Nationalparks. Odr. (2×5); gez. K 13¾:13.

cpv) Naturpark Thethi

cpw) Naturpark Lura

2690	90 L	mehrfarbig	cpv	2,50	2,50
2691	310 L	mehrfarbig	cpw	6,50	6,50
		Satzpreis (2 W.)		9,—	9,—
		FDC			10,—
		Kleinbogensatz (2 Klb.)		90,—	90,—

Blockausgabe, □

cpx) Naturpark Divjaka

Block 118	350 L mehrfarbig (80×60 mm)	cpx	9,—	9,—
		FDC		10,—

1999, 1. Juni. Illyrische Münzen. Odr., (4×1 Zd); gez. K 13½:13¼.

cpx

cpy

cpz

cpx–cra) Münzen des 5.–1. Jh. v. Chr. aus verschiedenen Siedlungen

2692	10 L mehrfarbig	cpx	0,30	0,30
2693	20 L mehrfarbig	cpy	0,30	0,30
2694	200 L mehrfarbig	cpz	4,40	4,40
		Satzpreis (3 W.)	5,—	5,—
		FDC		6,—
		Dreierstreifen	5,—	5,—

Blockausgabe, gez. Ks 13:12¾

crb

cra

2695	310 L mehrfarbig	cra	6,50	6,50
Block 119	(80×60 mm)	crb	6,50	6,50
		FDC		8,—

MiNr. 2692–2694 wurden senkrecht zusammenhängend gedruckt.

1999, 20. Juni. 110. Geburtstag von Charlie Chaplin. Odr., Kleinbogen (Klb.) (5×2) und Markenheftchen (MH) (6×1); A = gez. K 14:14¼, C = senkrecht gez. 14¼.

crc

crd

cre

crc–cre) Charlie Chaplin (1889–1977), britischer Filmkomiker, -autor, -regisseur und -produzent

2696	30 L mehrfarbig	crc		
A	vierseitig gez. (Klb.)		0,60	0,60
C	senkrecht gez. (MH)		0,60	0,60
2697	50 L mehrfarbig	crd		
A	vierseitig gez. (Klb.)		1,—	1,—
C	senkrecht gez. (MH)		1,—	1,—
2698	250 L mehrfarbig	cre		
A	vierseitig gez. (Klb.)		5,50	5,50
C	senkrecht gez. (MH)		5,50	5,50
		Satzpreis A (3 W.)	7,—	7,—
		Kleinbogensatz (3 Klb.)	70,—	70,—
		FDC A		8,—

MiNr. 2696 C–2698 C stammen aus MH 6.

2699

1999, 2. Juli. Internationale Briefmarkenausstellung PHILEXFRANCE '99, Paris. MiNr. 2489 mit Odr.-Aufdruck.

2699	150 L auf 30 Q mehrfarbig	(2489)	3,20	3,20
		FDC		4,50

1999, 6. Juli. Holocaust. Odr. (4×4); gez. K 14:14¼.

crf) Durch eine Gittertür herausgereckter Arm und Fuß

2700	30 L mehrfarbig	crf	0,60	0,60
2701	150 L mehrfarbig	crf	3,20	3,20
		Satzpreis (2 W.)	3,80	3,80
		FDC		5,—

1999, 25. Juli. 30. Jahrestag der ersten bemannten Mondlandung. Odr. (1×4 Zd); gez. K 13¼:14.

crg-cri) Neil Armstrong und Buzz Aldrin auf dem Mond, Mondlandefähre

2702	30 L mehrfarbig	crg	0,60	0,60
2703	150 L mehrfarbig	crh	3,20	3,20
2704	300 L mehrfarbig	cri	6,50	6,50
		Satzpreis (3 W.)	10,—	10,—
		Dreierstreifen	11,—	11,—
		FDC		12,—

Blockausgabe, gez. Ks 12¾

crl

crk) Startende Rakete

2705	280 L mehrfarbig	crk	6,—	6,—
Block 120	(60×80 mm)	crl	6,—	6,—
		FDC		7,50

1999, 1. Aug. 125 Jahre Weltpostverein (UPU). Odr. (2×4 Zd); gez. K 14.

crm) UPU-Emblem

2706	20 L mehrfarbig	crm	0,40	0,40
2707	60 L mehrfarbig	crm	1,30	1,30
		Satzpreis (2 W.)	1,70	1,70
		Paar	2,—	2,—
		FDC		2,50

MiNr. 2706–2707 wurden waagerecht zusammenhängend gedruckt.

2708

1999, 20. Aug. Internationale Briefmarkenausstellung CHINA '99, Peking. MiNr. 2475 mit Odr.-Aufdruck der neuen Wertstufe.

2708	**150 L** auf 1.20 L mehrfarbig	(2475)	3,20	3,20
		FDC		4,50

1999, 2. Sept. 70. Jahrestag der ersten nationalen Leichtathletikmeisterschaften, Tirana. Odr. (1×3 Zd); gez. K 13¾:14¼.

crn) Speerwerfen
cro) Diskuswerfen
crp) Laufen
crn–crp) Speerwerfen

2709	10 L mehrfarbig	crn	0,30	0,30
2710	20 L mehrfarbig	cro	0,30	0,30
2711	200 L mehrfarbig	crp	4,20	4,20
		Satzpreis (3 W.)	4,80	4,80
		Dreierstreifen	5,—	5,—
		FDC		6,—
		Kleinbogen	15,—	15,—

1999, 30. Okt. Ikonen. Odr. (2×5); gez. K 14:13¾.

crr) Maria mit Kind

crs) Die Auferstehung

crr–crs) Ikonen von Onufri (16. Jh.), albanisch-byzantinischer Maler

2712	30 L mehrfarbig	crr	0,50	0,50
2713	300 L mehrfarbig	crs	6,—	6,—
		Satzpreis (2 W.)	6,50	6,50
		FDC		7,50
		Kleinbogensatz (2 Klb.)	65,—	65,—

Blockausgabe mit 2 × MiNr. 2712–2713

Block 121	(156×179 mm)	crt	13,—	13,—
		FDC		15,—

1999, 28. Nov. Persönlichkeiten. Odr. (2×2 Zd); gez. K 14¼:13¾.

cru) Bilal Golemi (1899–1955), Tierarzt
crv) Azem Galica (1889–1924), Politiker
crw) Viktor Eftimiu (1889–1972), Schriftsteller
crx) Lasgush Poradeci (1900–1987), Dichter

2714	10 L mehrfarbig	cru	0,30	0,30
2715	20 L mehrfarbig	crv	0,30	0,30
2716	50 L mehrfarbig	crw	0,90	0,90
2717	300 L mehrfarbig	crx	6,50	6,50
		Satzpreis (4 W.)	8,—	8,—
		Viererblock	8,—	8,—
		FDC		9,50

1999, 1. Dez. Karnevalsmasken. Odr. (5×2); gez. K 13¾.

cry) Stiermaske

crz) Pfauenmaske

2718	30 L mehrfarbig	cry	0,60	0,60
2719	300 L mehrfarbig	crz	6,50	6,50
		Satzpreis (2 W.)	7,—	7,—
		FDC		8,50
		Kleinbogensatz (2 Klb.)	70,—	70,—

2000, 27. März. Jahrtausendwende. Odr. (2×5); gez. K 13½:14.

csa) Friedensglocke der Kinder des Bistums Sapa

2720	40 L	mehrfarbig	csa		0,80	0,80
2721	90 L	mehrfarbig	csa		1,90	1,90
				Satzpreis (2 W.)	2,60	2,60
				FDC		4,—
				Kleinbogensatz	26,—	26,—

Auflage: 30.000 Sätze

Gültig bis 26.3.2002

2000, 28. März. Trachten der Regionen (I). Odr., Zd-Bogen (4×3), MiNr. 2726 auch Bogen; gez. K 13:13½.

csb) Librazhdi
csc) Malesia und Madhe
csd) Malesia und Madhe
cse) Tropoje

csf) Dumrea
csg) Tirana
csh) Tirana
csi) Arbereshe

csk) Gjirokastra
csl) Lunxheri
csm) Cameria
csn) Laberia

2722	5 L	mehrfarbig	csb		0,30	0,30
2723	10 L	mehrfarbig	csc		0,30	0,30
2724	15 L	mehrfarbig	csd		0,30	0,30
2725	20 L	mehrfarbig	cse		0,30	0,30
2726	30 L	mehrfarbig	csf		0,30	0,30
2727	35 L	mehrfarbig	csg		0,50	0,50
2728	40 L	mehrfarbig	csh		0,80	0,80
2729	45 L	mehrfarbig	csi		0,90	0,90
2730	50 L	mehrfarbig	csk		1,—	1,—
2731	55 L	mehrfarbig	csl		1,50	1,50
2732	70 L	mehrfarbig	csm		1,80	1,80
2733	90 L	mehrfarbig	csn		2,—	2,—
				Satzpreis (12 W.)	10,—	10,—
				8 FDC		19,—
				Zd-Bogen	12,—	12,—
				Markenheftchen	17,—	17,—

Der Zd-Bogen wurde auch in einen Deckel eingeklebt als Markenheftchen verkauft.

Auflage: 10.000 Sätze

Gültig bis 27.3.2002

2000, 30. März. 100. Todestag von Gustav Mayer. Odr. (1×5 Zd); gez. K 13½:14.

cso) Gustav Mayer (1850–1900), Albanologe

2734	50 L	mehrfarbig	cso		1,—	1,—
2735	130 L	mehrfarbig	cso		2,60	2,60
				Satzpreis (2 W.)	3,60	3,60
				Paar	3,60	3,60
				FDC		7,—
				Kleinbogen	18,—	18,—

MiNr. 2734–2735 wurden waagerecht zusammenhängend gedruckt.

Auflage: 10.000 Sätze

Gültig bis 28.3.2002

2000, 6. April. Zeichentrickfiguren (II): Donald und Daisy Duck. Odr. (4×4); gez. K 13:13½.

csp–csr, cst) Donald Duck
css) Daisy Duck

2736	10 L	mehrfarbig	csp		0,30	0,30
2737	30 L	mehrfarbig	csr		0,50	0,50
2738	90 L	mehrfarbig	css		1,70	1,70
2739	250 L	mehrfarbig	cst		5,—	5,—
				Satzpreis (4 W.)	7,50	7,50
				Viererstreifen	9,—	9,—
				FDC		10,—

Markenfolge im Zd-Bogen: 2736–2737–2738–2739, 2737–2738–2739–2736, 2738–2739–2736–2737, 2739–2736–2737–2738

Auflage: 15.000 Sätze

Gültig bis 5.4.2002

2000, 10. April. Rennwagen. Odr.; (4×3); gez. K 14¼:14.

csu	csv	csw	csx
csy	Zierfeld	Zierfeld	csz
cta	ctb	ctc	ctd

csu–ctd) Rennwagen

2740	30 L	grünoliv/schwarz	csu	0,80	0,80
2741	30 L	graupurpur/schwarz	csv	0,80	0,80
2742	30 L	violett/schwarz	csw	0,80	0,80
2743	30 L	graupurpur/schwarz	csx	0,80	0,80
2744	30 L	mehrfarbig	csy	0,80	0,80
2745	30 L	mehrfarbig	csz	0,80	0,80
2746	30 L	mehrfarbig	cta	0,80	0,80
2747	30 L	mehrfarbig	ctb	0,80	0,80
2748	30 L	mehrfarbig	ctc	0,80	0,80

2749 30 L mehrfarbig .... ctd 0,80 0,80
Satzpreis (10 W.) 8,— 8,—
FDC 10,—
Kleinbogen 10,— 10,—
Markenheftchen 14,— 14,—

MiNr. 2740–2749 wurden zusammenhängend im Kleinbogen zu 10 Marken und 2 Zierfeldern gedruckt.

Der Kleinbogen wurde auch in einen Deckel eingeklebt als Markenheftchen verkauft.

Auflage: 15.000 Sätze

Gültig bis 9.4.2002

2000, 22. April. 2000 Jahre Christentum. Odr. (5×2); gez. K 13¾:14.

cte) St.-Nikolaus-Kirche, Voskopojë

ctf) Christus-Kirche, Mborjë

ctg) Frühchristliche Kirchenruine, Kosovo (4. Jh.)

2750 15 L mehrfarbig .... cte 0,40 0,40
2751 40 L mehrfarbig .... ctf 1,10 1,10
2752 90 L mehrfarbig .... ctg 2,50 2,50
Satzpreis (3 W.) 4,— 4,—
FDC 7,—
Kleinbogensatz (3 Klb.) 40,— 40,—

Blockausgabe

cti

cth) Frühchristliches Brunnen-Mosaik, Shëngjin (5. Jh.)

2753 250 L mehrfarbig .... cth 4,60 4,60
Block 122 (80×60 mm) .... cti 4,60 4,60
FDC 7,—

Auflagen: MiNr. 2750–2752 = 20.000 Sätze, Bl. 122 = 15.000 numerierte Blocks

Gültig bis 21.4.2002

2000, 9. Mai. Europa. Odr. (2×5); gez. K 13:13¾.

ctk) Kinder bauen Sternenturm

2754 130 L mehrfarbig .... ctk 3,50 3,50
FDC 8,—
Kleinbogen 35,— 35,—

Blockausgabe, gez. Ks 13

ctk I

ctl) Kind mit Stern

2755 300 L mehrfarbig .... ctl 8,— 8,—
Block 123 (60×80 mm) .... ctk I 9,— 9,—
FDC 10,—

Auflagen: MiNr. 2754 = 70.000 Stück, Bl. 123 = 50.000 numerierte Blocks

Gültig bis 8.5.2002

2000, 17. Mai. Blockausgabe: Wildtiere. Odr.; gez. K 14¼:13¾.

ctr

ctm) Wolf (Canis lupus)
ctn) Braunbär (Ursus arctos)
cto) Wildschwein (Sus scrofa)
ctp) Fuchs (Vulpes vulpes)

2756 10 L mehrfarbig .... ctm 0,30 0,30
2757 40 L mehrfarbig .... ctn 0,70 0,70
2758 90 L mehrfarbig .... cto 2,— 2,—
2759 220 L mehrfarbig .... ctp 4,50 4,50
Block 124 (95×63 mm) .... ctr 7,50 7,50
FDC 8,50

MiNr. 2757 wurde auch alleine im Bogen gedruckt.

Auflage: 15.000 numerierte Blocks

Gültig bis 16.5.2002

2000, 30. Mai. Internationale Briefmarkenausstellung WIPA 2000, Wien. Odr. (2×5); gez. K 13¼:14.

cts) Gustav Mahler (1860–1911), österreichischer Komponist und Dirigent

2760 130 L mehrfarbig .... cts 2,60 2,60
FDC 4,20
Kleinbogen 26,— 26,—

Auflage: 8.000 Stück

Gültig bis 29.5.2002

2000, 1. Juni. Fußball-Europameisterschaft, Belgien und Niederlande. Odr. (4×3); gez. K 13¾:13¼.

ctt

ctu

ctt–ctv) Stilisierte Spielszenen

2761	10 L	mehrfarbig	ctt	0,30	0,30
2762	120 L	mehrfarbig	ctu	2,30	2,30
			Satzpreis (2 W.)	2,60	2,60
			FDC		*6,—*

Blockausgabe, ☐

ctv

Block 125	260 L	mehrfarbig (80×60 mm)	ctv	5,—	5,—
			FDC		7,50

Auflagen: MiNr. 2761–2762 = 10.000 Sätze, Bl. 125 = 8.000 numerierte Blocks

Gültig bis 31.5.2002

2000, 7. Juni. Gemälde. Odr. (4×4); gez. K 13¾.

ctw) Drei Musikanten I

ctx) Frau mit Birnen

cty) Laufende Frauen am Strand

ctw–ctz) Gemälde von Pablo Picasso (1881–1973), spanischer Maler, Graphiker und Bildhauer

2763	30 L	mehrfarbig	ctw	0,80	0,60
2764	40 L	mehrfarbig	ctx	1,20	0,90
2765	250 L	mehrfarbig	cty	5,50	5,—
			Satzpreis (3 W.)	7,50	6,50
			FDC		8,—

Blockausgabe, gez. Ks 13

cua

ctz) Selbstporträt

2766	400 L	mehrfarbig	ctz	8,—	8,—
Block 126		(60×80 mm)	cua	8,—	8,—
			FDC		9,50

Auflagen: MiNr. 2763–2765 = 15.000 Sätze, Bl. 126 = 10.000 numerierte Blocks

Gültig bis 6.6.2002

2000, 1. Juli. Olympische Sommerspiele, Sydney. Odr. (2×2 Zd); gez. K 14:14¼.

cub) Basketball
cuc) Fußball
cud) Laufen
cue) Radfahren

2767	10 L	mehrfarbig	cub	0,30	0,30
2768	40 L	mehrfarbig	cuc	0,70	0,70
2769	90 L	mehrfarbig	cud	1,50	1,50
2770	250 L	mehrfarbig	cue	5,—	5,—
			Satzpreis (4 W.)	7,50	7,50
			Viererblock	8,—	8,—
			FDC		9,50

Auflage: 15.000 Sätze

Gültig bis 30.6.2002

2000, 2. Juli. Blockausgabe: 100 Jahre Luftschiffe. Odr.; Bl. 127 gez. K 14:13, Bl. 128 gez. Ks 13.

cui

cuf) LZ-1 über Friedrichshafen (2.7.1900)
cug) Luftschiff Santos-Dumont No. 6 über Paris (19.10.1901)
cuh) R. 34 über New York (6.7.1919)

cul

cuk) Ferdinand Graf von Zeppelin (1838–1917), deutscher Luftschiffkonstrukteur

2771	15 L mehrfarbig	cuf	0,30	0,30
2772	30 L mehrfarbig	cug	0,60	0,60
2773	300 L mehrfarbig	cuh	5,50	5,50
Block 127	(80×120 mm)	cui	6,50	6,50
		FDC		8,—
2774	300 L mehrfarbig	cuk	6,50	6,50
Block 128	(80×60 mm)	cul	6,50	6,50
		FDC		8,—

Auflagen: Bl. 127 = 10.000, Bl. 128 = 8.000 numerierte Blocks

Gültig bis 1.7.2002

2000, 6. Okt. Internationale Briefmarkenausstellung ESPAÑA 2000, Madrid. Odr. (4×4); gez. K 13¾.

cum) Selbstporträt; von Pablo Picasso (1881–1973), spanischer Maler

2775	130 L mehrfarbig	cum	2,80	2,80
		FDC		4,—

Auflage: 8.000 Stück

Gültig bis 5.10.2002

2000, 10. Okt. Heilpflanzen (I). Odr. (1×5 Zd); gez. K 13¼:14.

cun) Gelber Enzian (Gentiana lutea)
cuo) Kreuz-Enzian (Gentiana cruciata)

cun–cuo) Durchgehendes Bildmotiv

2776	50 L mehrfarbig	cun	1,10	1,10
2777	70 L mehrfarbig	cuo	1,40	1,40
		Satzpreis (2 W.)	2,50	2,50
		Paar	2,50	2,50
		FDC		7,—
		Kleinbogen	12,—	12,—

Auflage: 10.000 Sätze

Gültig bis 9.10.2002

2000, 10. Okt. Heilpflanzen (II). Odr.; gez. K 13¼:14.

cun I) Gelber Enzian (Gentiana lutea) cuo I) Kreuz-Enzian (Gentiana cruciata)

cun I–cuo I) Geschlossener Rahmen um Bildmotive

A 2777	50 L mehrfarbig	cun I	–,–	–,–
B 2777	70 L mehrfarbig	cuo I	–,–	–,–
		Satzpreis (2 W.)	–,–	–,–

2000, 28. Nov. Persönlichkeiten. Odr. (2×2 Zd); gez. K 14¼:13¾.

cup) Naim Frasheri (1846–1900), Dichter
cur) Bajram Curri (1862–1925), Politiker

2778	30 L mehrfarbig	cup	0,60	0,60
2779	50 L mehrfarbig	cur	1,10	1,10
		Satzpreis (2 W.)	1,70	1,70
		Paar	2,—	2,—
		FDC		4,—
		Kleinbogen	9,—	9,—

Auflage: 10.000 Sätze

Gültig bis 27.11.2002

2000, 14. Dez. 50 Jahre Hoher Flüchtlingskommissar der Vereinten Nationen (UNHCR). Odr. (4×4 und 5×4); gez. K 13¾:14¼.

cus

cut

cus–cut) Mutter mit Kind (Gemälde)

2780	50 L mehrfarbig	cus	1,20	1,20
2781	90 L mehrfarbig	cut	1,80	1,80
		Satzpreis (2 W.)	3,—	3,—
		FDC		7,—

Auflage: 10.000 Sätze

Gültig bis 13.12.2002

2001, 22. Febr. Persönlichkeiten. Odr. (1 × 2 Zd); gez. K 14¼:13¾.

cuu) Ahmed Myftar Dede (1916–1980)
cuv) Sali Njazi Dede (1876–1941)

2782	90 L mehrfarbig	cuu	2,—	2,—
2783	90 L mehrfarbig	cuv	2,—	2,—
		Satzpreis (2 W.)	4,—	4,—
		Paar	4,50	4,50
		FDC		6,50
		Kleinbogen	9,—	9,—

Auflage: 10.000 Sätze

Gültig bis 21.2.2003

2001, 12. März. Kosovo-Hilfe. MiNr. 2556 und 2557 mit Odr.-Aufdruck der neuen Wertstufe.

2784

2785

2784	**80 L + 10 L** auf 50 L mehrfarbig	(2556)	4,50	4,50
2785	**130 L + 20 L** auf 100 L mehrfarbig	(2557)	7,50	7,50
		Satzpreis (2 W.)	12,—	12,—
		Kleinbogensatz (2 Klb.)	120,—	120,—

Auflage: 35.000 Sätze

Gültig bis 11. 3. 2003

2001, 15. März. Trachten der Regionen (II). Odr. (4 × 3), MiNr. 2790 auch im Einzelbogen; gez. K 13:13½.

cuw) Tropoje
cux) Lume
cuy) Mirdite
cuz) Lume

cva) Zadrime
cvb) Shpati
cvc) Kruje
cvd) Macukulli

cve) Dardhe
cvf) Lushnje
cvg) Dropulli
cvh) Shmli

2786	20 L mehrfarbig	cuw	0,50	0,50
2787	20 L mehrfarbig	cux	0,50	0,50
2788	20 L mehrfarbig	cuy	0,50	0,50
2789	20 L mehrfarbig	cuz	0,50	0,50
2790	20 L mehrfarbig	cva	0,50	0,50
2791	20 L mehrfarbig	cvb	0,50	0,50
2792	20 L mehrfarbig	cvc	0,50	0,50
2793	20 L mehrfarbig	cvd	0,50	0,50
2794	20 L mehrfarbig	cve	0,50	0,50
2795	20 L mehrfarbig	cvf	0,50	0,50
2796	20 L mehrfarbig	cvg	0,50	0,50
2797	20 L mehrfarbig	cvh	0,50	0,50
		Satzpreis (12 W.)	6,—	6,—
		3 FDC		15,—
		Zd-Bogen	8,—	8,—
		Markenheftchen	10,—	10,—

Der Zd-Bogen wurde auch in einen Deckel eingeklebt als Markenheftchen verkauft.

Auflage: 8.000 Sätze

Gültig bis 14.3.2003

2001, 30. März. Blumen. Odr. (2 × 1 Zd); gez. K 14¼:14.

cvi) Magnolia grandiflora
cvk) Rosa virginiana
cvl) Bartnelke (Diantus barbatus)
cvm) Syringa vulgaris

2798	10 L mehrfarbig	cvi	0,30	0,30
2799	20 L mehrfarbig	cvk	0,50	0,50
2800	90 L mehrfarbig	cvl	2,—	2,—
2801	140 L mehrfarbig	cvm	3,20	3,20
		Satzpreis (4 W.)	6,—	6,—
		Viererblock	7,—	7,—
		FDC		8,—
		Zd-Kleinbogen	14,—	14,—

MiNr. 2798–2801 wurden auch im Markenheftchen (MH 7) ausgegeben.

Auflage: 10.000 Sätze

Gültig bis 29.3.2003

2001, 6. April. Zeichentrickfiguren (III): Goofy. Odr. (4×4); gez. K 13:13½.

cvn–cvr) Goofy

2802	20 L mehrfarbig	cvn	0,40	0,40
2803	50 L mehrfarbig	cvo	1,—	1,—
2804	90 L mehrfarbig	cvp	1,80	1,80
2805	140 L mehrfarbig	cvr	2,80	2,80
		Satzpreis (4 W.)	6,—	6,—
		Viererstreifen	6,50	6,50
		FDC		8,—

Markenfolge im Zd-Bogen: 2802–2803–2804–2805, 2803–2804–2805–2802, 2804–2805–2802–2803, 2805–2802–2803–2804

Auflage: 10.000 Sätze

Gültig bis 5.4.2003

2001, 20. April. Italienische Komponisten. Odr. (5×2); gez. K 13¾:13¼.

cvs) Giuseppe Verdi (1813–1901)

cvt) Vincenzo Bellini (1801–1835)

2806	90 L mehrfarbig	cvs	1,90	1,90
2807	90 L mehrfarbig	cvt	1,90	1,90
		Satzpreis (2 W.)	3,80	3,80
		FDC		6,—
		Kleinbogensatz (2 W.)	38,—	38,—

Blockausgabe, gez. Ks 13½

cvv

cvu) Vincenzo Bellini und Giuseppe Verdi

2808	300 L mehrfarbig	cvu	6,—	6,—
Block 129	(90×90 mm)	cvv	6,—	6,—
		FDC		8,—

Auflagen: MiNr. 2806–2807 = 10.000 Sätze, Bl. 126 = 8.000 numerierte Blocks

Gültig bis 19.4.2003

2001, 29. April. Europa: Lebensspender Wasser. Odr. (5×2); gez. K 13¾:14.

cvw) Bergbach

cvx) Wasserfall

cvy) Bergsee

2809	40 L mehrfarbig	cvw	1,—	1,—
2810	110 L mehrfarbig	cvx	2,—	2,—
2811	200 L mehrfarbig	cvy	4,—	4,—
		Satzpreis (3 W.)	7,—	7,—
		FDC		10,—
		Kleinbogensatz (3 Klb.)	70,—	70,—

Blockausgabe, gez. Ks 12¾

cwa

cvz) Konzentrische Wellenbewegung

2812	350 L mehrfarbig	cvz	8,—	8,—
Block 130	(60×80 mm)	cwa	9,—	9,—
		FDC		10,—

Auflagen: MiNr. 2809–2811 = 80.000 Sätze, Bl. 130 = 50.000 numerierte Blocks

Gültig bis 28.4.2003

2001, 17. Mai. Blockausgabe: Haustiere. Odr.; Bl. 131 gez. K 14¼:13¾, Bl. 132 gez. Ks 12¾.

cwf

cwb) Pferd
cwc) Esel
cwd) Katze
cwe) Hund

cwh

cwg) Katze

2813	10 L mehrfarbig	cwb	0,30	0,30
2814	15 L mehrfarbig	cwc	0,30	0,30
2815	80 L mehrfarbig	cwd	1,60	1,60
2816	90 L mehrfarbig	cwe	1,80	1,80
Block 131	(106×74mm)	cwf	5,—	5,—
		FDC		6,—
2817	300 L mehrfarbig	cwg	6,—	6,—
Block 132	(80×61 mm)	cwh	7,—	7,—
		FDC		8,—

Auflagen: Bl. 131 = 10.000, Bl. 132 = 8.000 numerierte Blocks

Gültig bis 16.5.2003

2001, 1. Juni. Sportspiele der Mittelmeerländer, Tunis. Odr.: gez. K 14¼:14.

cwi) Schwimmen

cwk) Laufen

cwl) Radfahren

2818	10 L mehrfarbig	cwi	0,30	0,30
2819	90 L mehrfarbig	cwk	2,—	2,—
2820	140 L mehrfarbig	cwl	3,20	3,20
		Satzpreis (3 W.)	5,50	5,50
		FDC		7,50

Blockausgabe; Bl. 133 gez. K 14¼:14, Bl. 134 gez. Ks 13

cwo

cwn) Diskuswerfen

Block 133	mit 2 × MiNr. 2818–2820 (192×105 mm)	cwm	11,—	11,—
		FDC		12,—
2821	260 L mehrfarbig	cwn	5,50	5,50
Block 134	(60×80 mm)	cwo	5,50	5,50
		FDC		7,50

Bl. 133 enthält zwei senkrechte Dreierstreifen.

Auflagen: Bl. 133 = 5.000, Bl. 134 = 8.000 numerierte Blocks

Gültig bis 30.5.2003

2001, 20. Juni. Geschichte der Luftfahrt. Odr. (2×4); gez. K 13½:13.

cwp) Erstflug des Flugapparates Éole III von Clément Ader (1897)
cwr) Kanalüberquerung zwischen Calais und Dover durch Louis Blériot mit einem Monoplan Blériot Type XI (27.7.1909)

cws) Atlantiküberquerung von New York nach Paris durch Charles A. Lindbergh mit der „Spirit of St. Louis" (20./21.5.1927)
cwt) Aufnahme des Flugverkehrs nach Tirana (30.5.1925)

cwu) Erstflug der Antonow AN-10 (1956)
cwv) Erstflug der Concorde (2.3.1969)

cww) Erstflug der Boeing 747 (22.1.1970)
cwx) Erstflug der Raumfähre Columbia (12.4.1981)

2822	40 L mehrfarbig	cwp	1,—	1,—
2823	40 L mehrfarbig	cwr	1,—	1,—
2824	40 L mehrfarbig	cws	1,—	1,—
2825	40 L mehrfarbig	cwt	1,—	1,—
2826	40 L mehrfarbig	cwu	1,—	1,—
2827	40 L mehrfarbig	cwv	1,—	1,—
2828	40 L mehrfarbig	cww	1,—	1,—
2829	40 L mehrfarbig	cwx	1,—	1,—
		Satzpreis (8 W.)	7,50	7,50
		2 FDC		10,—
		Kleinbogen	8,—	8,—

Auflage: 10.000 Sätze

Gültig bis 19.6.2003

2001, 20. Juli. Blockausgabe: Alte Brücken. Odr.; Bl. 135 gez. K 13¾:13¼, Bl. 136 gez. Ks 13.

cxc

cwy) Gerberbrücke („Ura e Tabakëve", 18. Jh.) über den Fluss Lana, Tirana
cwz) Brücke von Kamares über den Fluss Shkumbin (17. Jh.)
cxa) Brücke von Golik über den Fluss Shkumbin (18. Jh.)
cxb) Brücke von Mes über den Fluss Kir (18. Jh.)

cxd

cwy I) Gerberbrücke („Ura e Tabakëve“, 18. Jh.) über den Fluss Lana, Tirana

2830	10 L	mehrfarbig	cwy	0,30	0,30
2831	20 L	mehrfarbig	cwz	0,30	0,30
2832	40 L	mehrfarbig	cxa	0,80	0,80
2833	90 L	mehrfarbig	cxb	1,80	1,80
Block 135		(118×98 mm)	cxc	3,20	3,20
			FDC		5,50
2834	250 L	mehrfarbig	cwy I	5,50	5,50
Block 136		(81×61 mm)	cxd	6,50	6,50
			FDC		7,50

Auflagen: Bl. 135 = 8.000, Bl. 136 = 7.000 numerierte Blocks

Gültig bis 19.7.2003

2001, 12. Sept. Wappen (I). Odr., Markenheftchen (2×2); gez. K 12¾:13.

cxe) Wappen des Dimitri von Arber

cxf) Wappen von Balsha

cxg) Wappen der Familie Muzaka

cxh) Wappen des George Castriot, genannt Skanderbeg

2835	20 L	mehrfarbig	cxe	0,50	0,50
2836	45 L	mehrfarbig	cxf	1,—	1,—
2837	50 L	mehrfarbig	cxg	1,—	1,—
2838	90 L	mehrfarbig	cxh	2,—	2,—
			Satzpreis (4 W.)	4,50	4,50
			FDC		6,50
			Markenheftchen	18,—	18,—

Auflage: 10.000 Sätze

Gültig bis 1.9.2003

2001, 6. Okt. Internationales Jahr für den Dialog der Zivilisationen. Odr. (2×5); gez. K 13¼:14.

cxi) Emblem

2839	45 L	mehrfarbig	cxi	*6,—*	1,—
2840	50 L	mehrfarbig	cxi	*6,—*	1,—
2841	120 L	mehrfarbig	cxi	*14,—*	2,50
			Satzpreis (3 W.)	*25,—*	4,50
			FDC		6,50
			Kleinbogensatz (3 Klb.)	*250,—*	45,—

Auflage: 10 000 Sätze

Gültig bis 5.10.2003

2001, 1. Dez. 100 Jahre Nobelpreise. Odr. (5×2); gez. K 13¾:13¼.

cxk) Auszeichnungszeremonie

cxl) Wilhelm Conrad Röntgen (1845–1923), deutscher Physiker; Nobelpreis 1901

cxm) Ferid Murad (*1936), amerikanischer Physiologe albanischer Herkunft; Nobelpreis 1998

cxn) Mutter Teresa (1910–1997), indische katholische Ordensgründerin albanischer Herkunft; Friedensnobelpreis 1979

cxk–cxn) Nobel-Medaille

2842	10 L	mehrfarbig	cxk	0,30	0,30
2843	20 L	mehrfarbig	cxl	0,40	0,40
2844	90 L	mehrfarbig	cxm	1,80	1,80
2845	200 L	mehrfarbig	cxn	4,—	4,—
			Satzpreis (4 W.)	6,50	6,50
			FDC		8,50
			Kleinbogensatz (4 Klb.)	65,—	65,—

Auflage: 10.000 Sätze

Gültig bis 30.11.2003

2002, 20. März. Trachten der Regionen (III). Odr. (4×3); gez. K 13:13½.

cxo) Gjakova
cxp) Prizreni
cxr) Shkodra
cxs) Sjkodra

cxt) Berati
cxu) Berati
cxv) Elbasani
cxw) Elbasani

cxx) Vlora
cxy) Vlora
cxz) Gjirokastra
cya) Delvina

2846	30 L	mehrfarbig	cxo	0,60	0,60
2847	30 L	mehrfarbig	cxp	0,60	0,60
2848	30 L	mehrfarbig	cxr	0,60	0,60
2849	30 L	mehrfarbig	cxs	0,60	0,60
2850	30 L	mehrfarbig	cxt	0,60	0,60
2851	30 L	mehrfarbig	cxu	0,60	0,60
2852	30 L	mehrfarbig	cxv	0,60	0,60
2853	30 L	mehrfarbig	cxw	0,60	0,60
2854	30 L	mehrfarbig	cxx	0,60	0,60
2855	30 L	mehrfarbig	cxy	0,60	0,60
2856	30 L	mehrfarbig	cxz	0,60	0,60
2857	30 L	mehrfarbig	cya	0,60	0,60
			Satzpreis (12 W.)	7,—	7,—
			3 FDC		18,—
			Zd-Bogen	10,—	10,—
			Markenheftchen	12,—	12,—

Der Zd-Bogen wurde auch in einen Deckel eingeklebt als Markenheftchen verkauft.

Auflage: 8.000 Sätze

2002, 6. April. Zeichentrickfiguren (IV): Bambi. Odr. (4×4); gez. K 13:13½.

cyb–cye) Bambi

2858	20 L	mehrfarbig	cyb	0,40	0,40
2859	50 L	mehrfarbig	cyc	1,—	1,—
2860	90 L	mehrfarbig	cyd	1,70	1,70
2861	140 L	mehrfarbig	cye	2,50	2,50
			Satzpreis (4 W.)	5,50	5,50
			Viererstreifen	6,—	6,—
			FDC		8,50

Markenfolge im Zd-Bogen: 2858–2859–2860–2861, 2859–2860–2861–2858, 2860–2861–2858–2859, 2861–2858–2859–2860

Auflage: 10.000 Sätze

2002, 15. April. Blockausgabe: Öfen. Odr.; gez. Ks 14.

cyk

cyf–cyi) Öfen

2862	30 L	mehrfarbig	cyf	0,40	0,40
2863	40 L	mehrfarbig	cyg	0,70	0,70
2864	50 L	mehrfarbig	cyh	0,90	0,90
2865	90 L	mehrfarbig	cyi	1,60	1,60
Block 137		(95×130mm)	cyk	4,—	4,—
			FDC (Blockmarken)		5,—

Auflage: 8.000 numerierte Blocks

2002, 1. Mai. Europa: Zirkus. Odr. (5×2); gez. K 13:13¾.

cyl) Drahtseilakt

cym) Jongleure

cyn) Bodenakrobatik

2866	40 L	mehrfarbig	cyl	0,80	0,80
2867	90 L	mehrfarbig	cym	1,70	1,70
2868	220 L	mehrfarbig	cyn	5,—	5,—
			Satzpreis (3 W.)	7,50	7,50
			FDC		8,50
			Kleinbogensatz (3 Klb.)	75,—	75,—

Blockausgabe, gez. Ks 13¾

cyp

cyo) Der Zirkus; Gemälde von Georges Seurat (1859–1891), französischer Maler

2869	350 L	mehrfarbig	cyo	9,—	9,—
Block 138		(60×80 mm)	cyp	10,—	10,—
			FDC		11,—

Auflagen: MiNr. 2866–2868 = 80.000 Sätze, Bl. 138 = 50.000 numerierte Blocks

In ähnlicher Zeichnung wie Bl. 138: Bl. 157

2002, 12. Mai. Wappen (II). Odr., Markenheftchen (2×2); gez. K 12¾:13.

cyr) Wappen der Familie Gropa

cys) Wappen der Familie Skurra

cyt) Wappen der Familie Bua

cyu) Wappen der FamilieTopia

2870	20 L	mehrfarbig	cyr	0,40	0,40
2871	45 L	mehrfarbig	cys	0,90	0,90
2872	50 L	mehrfarbig	cyt	1,—	1,—
2873	90 L	mehrfarbig	cyu	2,—	2,—
			Satzpreis (4 W.)	4,20	4,20
			FDC		6,—
			Markenheftchen	18,—	18,—

Auflage: 36.000 Sätze

2002, 17. Mai. Blockausgabe: Kakteen des Mittelmeerraumes. Odr.; gez. Ks 14.

cza

cyv) Opuntia catingiola
cyw) Neoporteria pseudoreicheana
cyx) Lobivia shaferi
cyy) Hylocereus undatus
cyz) Borzicactus madisoniorum

2874	50 L	mehrfarbig	cyv	0,80	0,80
2875	50 L	mehrfarbig	cyw	0,80	0,80
2876	50 L	mehrfarbig	cyx	0,80	0,80
2877	50 L	mehrfarbig	cyy	0,80	0,80
2878	50 L	mehrfarbig	cyz	0,80	0,80
Block 139		(205×65mm)	cza	5,—	5,—
			FDC (Blockmarken)		6,—

Auflage: 8.000 numerierte Blocks

2002, 1. Juni. Fußball-Weltmeisterschaft, Japan und Südkorea. Odr. (5×2); gez. K 13¾:13¼.

czb

czc czd cze

czb–cze) Stilisierte Spielszenen; Veranstaltungsemblem

2879	20 L	mehrfarbig	czb	0,40	0,40
2880	30 L	mehrfarbig	czc	0,60	0,60
2881	90 L	mehrfarbig	czd	1,80	1,80
2882	120 L	mehrfarbig	cze	2,20	2,20
			Satzpreis (4 W.)	5,—	5,—
			FDC		7,—
			Kleinbogensatz (4 Klb.)	50,—	50,—

Blockausgabe, gez. Ks 12¾

czg

czf) Veranstaltungsemblem

2883	360 L mehrfarbig	czf	7,—	7,—
Block 140	(80×61 mm)	czg	7,—	7,—
		FDC		9,—

Auflagen: MiNr. 2879–2882 = 10.000 Sätze, Bl. 140 = 8.000 numerierte Blocks

2002, 16. Juni. Blutspendedienst. Odr. (5×2); gez. K 13¾:14¼.

czh

czi

czh–czi) Symbolische Darstellung der Blutgruppen A, B und 0

2884	90 L	mehrfarbig	czh	2,—	2,—
2885	90 L	mehrfarbig	czi	2,—	2,—
			Satzpreis (2 W.)	4,—	4,—
			FDC		5,—
			Kleinbogensatz (2 W.)	40,—	40,—

Auflage: 10.000 Sätze

2002, 3. Juli. Bekannte Sportler. Odr. (1×3 Zd); gez. K 14¼:13¾.

czk) Naim Kryeziu (1918–2010), Fußballer
czl) Riza Lushta (1916–1997), Fußballer
czm) Ymer Pampuri (1944–2017), Gewichtheber

2886	50 L	mehrfarbig	czk	1,—	1,—
2887	50 L	mehrfarbig	czl	1,—	1,—
2888	50 L	mehrfarbig	czm	1,—	1,—
			Satzpreis (3 W.)	3,—	3,—
			Dreierstreifen	3,50	3,50
			FDC		4,50
			Kleinbogen	11,—	11,—

Blockausgabe, □

czn) Loro Boriçi (1912–1984), Fußballer

Block 141	300 L mehrfarbig (61×80 mm)	czn	6,—	6,—
		FDC		8,—

Auflagen: MiNr. 2886–2888 = 8.000 Sätze, Bl. 141 = 8.000 numerierte Blocks

2002, 1. Sept. 50 Jahre Internationaler Dachververband der Briefmarkenhändlerorganisationen (IFSDA). Odr. (2×5); gez. K 13¾:13¼.

czo) Albanische Briefmarke im Blick eines Menschen

czp) Rasterpunkte einer Briefmarke in der Vergrößerung

2889	50 L	mehrfarbig	czo	1,—	1,—
2890	100 L	mehrfarbig	czp	2,—	2,—
			Satzpreis (2 W.)	3,—	3,—
			FDC		5,—
			Kleinbogensatz (2 W.)	30,—	30,—

Auflage: 15.000 Sätze

2002, 11. Sept. Gedenken der Opfer der Terroranschläge vom 11. September 2001. Odr. (2×5); gez. K 14:13.

czr) Freiheitsstatue, New York

czs) Brennende Zwillingstürme des World Trade Centers, New York (11.9.2001)

2891	100 L	mehrfarbig	czr	2,—	2,—
2892	150 L	mehrfarbig	czs	3,—	3,—
			Satzpreis (2 W.)	5,—	5,—
			FDC		7,—
			Kleinbogensatz (2 Klb.)	50,—	50,—

Blockausgabe, gez. Ks 12¾

czu

czt) Freiheitsstatue und World Trade Center, New York

2893	350 L mehrfarbig	czt	7,—	7,—
Block 142	(60×81 mm)	czu	7,—	7,—
		FDC		9,—

Auflagen: MiNr. 2891–2892 = 20.000 Sätze, Bl. 142 = 8.000 numerierte Blocks

2002, 12. Sept. Blockausgabe: Tiere des Mittelmeeres. Odr.; gez. K 14¼:14.

dab

czv) Unechte Karettschildkröte (Caretta caretta)
czw) Gemeiner Delphin (Delphinus delphi)
czx) Blauhai (Prionace glauca)
czy) Finnwal (Balaenoptera physalus)
czz) Katzenhai und Zitterrochen
daa) Gemeiner Krake (Octopus vulgaris)

2894	50 L mehrfarbig	czv	1,—	1,—
2895	50 L mehrfarbig	czw	1,—	1,—
2896	50 L mehrfarbig	czx	1,—	1,—
2897	50 L mehrfarbig	czy	1,—	1,—
2898	50 L mehrfarbig	czz	1,—	1,—
2899	50 L mehrfarbig	daa	1,—	1,—
Block 143	(99×107 mm)	dab	6,—	6,—
		FDC		8,—

Auflage: 10.000 numerierte Blocks

2002, 6. Okt. Künstler. Odr. (2×2 Zd); gez. K 13¾.

dac) Tefta Tashko Koço (1919–1947), Sängerin
dad) Naim Frasheri (1923–1975), Schauspieler
dae) Kristaq Antoniu (1909–1979), Sänger
daf) Panajot Kanaçi (1923–1996), Choreograph

2900	50 L mehrfarbig	dac	1,—	1,—
2901	50 L mehrfarbig	dad	1,—	1,—
2902	50 L mehrfarbig	dae	1,—	1,—
2903	50 L mehrfarbig	daf	1,—	1,—
		Satzpreis (4 W.)	4,—	4,—
		Viererblock	4,—	4,—
		FDC		6,—

Auflage: 8.000 Sätze

2002, 28. Nov. 90 Jahre Unabhängigkeit. Odr. (4×4); gez. K 13¼:14.

dag) Albanische Flagge inmitten anderer Flaggen

dah) Proklamation des albanischen Staates am 28.11.1912 in Vlora

2904	20 L mehrfarbig	dag	0,40	0,40
2905	90 L mehrfarbig	dah	1,70	1,70
		Satzpreis (2 W.)	2,—	2,—
		FDC		4,—

Auflage: 8.000 Sätze

2002, 4. Dez. 90. Jahrestag der Gründung der albanischen Post. Odr. (4×4); gez. K 13¼:14.

dai) Parabolantenne

dak) Briefkuvert, Telegraph

2906	20 L mehrfarbig	dai	0,40	0,40
2907	90 L mehrfarbig	dak	1,70	1,70
		Satzpreis (2 W.)	2,—	2,—
		FDC		4,—

Auflage: 8.000 Sätze

2003, 1. April. Trachten der Regionen (IV). Odr. (4×3); gez. K 13¼.

dal) Kelmendi
dam) Zadrime
dan) Zerqani
dao) Pershkopi

dap) Malesia und Tirana (Männer)
dar) Malesia und Tirana (Frauen)
das) Fushe Kruje
dat) Shpati

dau) Myzqe
dav) Labinoti
daw) Korce
dax) Laberi

2908	30 L	mehrfarbig	dal	0,70	0,70
2909	30 L	mehrfarbig	dam	0,70	0,70
2910	30 L	mehrfarbig	dan	0,70	0,70
2911	30 L	mehrfarbig	dao	0,70	0,70
2912	30 L	mehrfarbig	dap	0,70	0,70
2913	30 L	mehrfarbig	dar	0,70	0,70
2914	30 L	mehrfarbig	das	0,70	0,70
2915	30 L	mehrfarbig	dat	0,70	0,70
2916	30 L	mehrfarbig	dau	0,70	0,70
2917	30 L	mehrfarbig	dav	0,70	0,70
2918	30 L	mehrfarbig	daw	0,70	0,70
2919	30 L	mehrfarbig	dax	0,70	0,70
			Satzpreis (12 W.)	8,—	8,—
			3 FDC		14,—
			Zd-Bogen	10,—	10,—
			Markenheftchen	12,—	12,—

Der Zd-Bogen wurde auch in einen Deckel eingeklebt als Markenheftchen verkauft.

Auflage: 8.000 Sätze

2003, 6. April. Zeichentrickfiguren (V): 70 Jahre Popeye. Odr. (4×4); gez. K 13¼.

day–dbb) Popeye; von Elzie Segar (1894–1938), amerikanischer Comicautor

2920	40 L	mehrfarbig	day	0,90	0,90
2921	50 L	mehrfarbig	daz	1,10	1,10
2922	80 L	mehrfarbig	dba	1,80	1,80
2923	150 L	mehrfarbig	dbb	3,20	3,20
			Satzpreis (4 W.)	7,—	7,—
			Viererstreifen	7,—	7,—
			FDC		9,—

Markenfolge im Zd-Bogen: 2920–2921–2922–2923, 2921–2922–2923–2920, 2922–2923–2920–2921, 2923–2920–2921–2922

Auflage: 10.000 Sätze

2003, 15. April. Blockausgabe: Burgen. Odr.; gez. K 13¼.

dbg

dbc) Porto Palermo
dbd) Petrela
dbe) Kruja
dbf) Preza

2924	10 L	mehrfarbig	dbc	0,30	0,30
2925	20 L	mehrfarbig	dbd	0,50	0,50
2926	50 L	mehrfarbig	dbe	1,10	1,10
2927	120 L	mehrfarbig	dbf	2,60	2,60
Block 144		(118×98mm)	dbg	4,50	4,50
			FDC (Blockmarken)		6,50

Auflage: 8.000 Blocks

2003, 30. April. Europa: Plakatkunst. Odr. (5×2); gez. K 14.

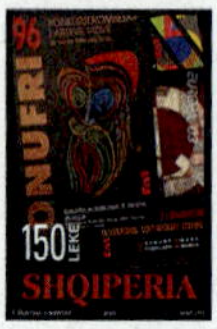

dbh

dbi

dbh–dbk) Plakate für künstlerische Ereignisse der letzten 10 Jahre

2928	150 L	mehrfarbig	dbh	3,50	3,50
2929	200 L	mehrfarbig	dbi	5,—	5,—
			Satzpreis (2 W.)	8,50	8,50
			FDC		9,50
			Kleinbogensatz (2 Klb.)	85,—	85,—

Blockausgabe, gez. Ks 14

dbl

dbk

2930	350 L	mehrfarbig	dbk	7,50	7,50
Block 145		(80×61 mm)	dbl	9,—	9,—
			FDC		11,—

Auflagen: MiNr. 2928–2929 = 80.000 Sätze, Bl. 145 = 50.000 Blocks

2003, 5. Mai. 90 Jahre albanische Briefmarken. Odr. (2×5); gez. K 13¼.

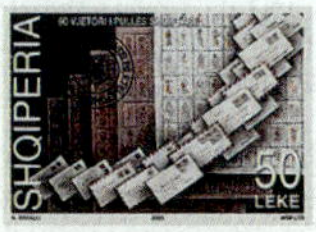

dbm) Schalterbogen, Briefe und Ministeriumsstempel

dbn) Teilumriss von Briefmarken, Signalwellen und Ministeriumsstempel

2931	50 L	mehrfarbig	dbm	1,—	1,—
2932	1000 L	mehrfarbig	dbn	24,—	24,—
		Satzpreis (2 W.)		25,—	25,—
		FDC			30,—
		Kleinbogensatz (2 Klb.)		250,—	250,—

Auflage: 10.000 Sätze

2003, 12. Mai. Wappen (III). Odr., Kleinbogen (5×2) und Markenheftchen (2×2); gez. K 13¼.

dbo) Wappen der Familie Arianitet

dbp) Wappen der Familie Jonimajt

dbr) Wappen der Familie Dukagjini

dbs) Wappen der Familie Kopili

2933	10 L	mehrfarbig	dbo	0,30	0,30
2934	20 L	mehrfarbig	dbp	0,50	0,50
2935	70 L	mehrfarbig	dbr	1,50	1,50
2936	120 L	mehrfarbig	dbs	2,50	2,50
		Satzpreis (4 W.)		4,80	4,80
		FDC			7,—
		Kleinbogensatz (4 Klb.)		50,—	50,—
		Markenheftchen		20,—	20,—

Auflage: 16.000 Sätze, davon 8.000 im Markenheftchen

2003, 17. Mai. Blockausgabe: Früchte des Mittelmeerraumes. Odr.; selbstklebend; gestanzt 6¼.

dbx

dbt) Granatapfel (Punica granatum)
dbu) Zitronatzitrone (Citrum medica)
dbv) Honigmelone (Cucumis melo)
dbw) Echte Feige (Ficus carica)

2937	50 L	mehrfarbig	dbt	1,10	1,10
2938	60 L	mehrfarbig	dbu	1,30	1,30
2939	70 L	mehrfarbig	dbv	1,50	1,50
2940	80 L	mehrfarbig	dbw	1,70	1,70
Block 146		(163×71mm)	dbx	6,50	6,50
		FDC (Blockmarken)			8,50

Block A 146	mit 4 × MiNr. 2937 (163×71mm)	dbx I	–,—	–,—

Auflage: Bl. 146 = 8.000 Blocks

2003, 20. Juni. Römische Herrscher Illyriens und Münzen. Odr. (2×2 Zd); gez. K 13¼.

dby) Diokletian (247–313)
dbz) Justinian I. (482–565)
dca) Claudius II. (219–270)
dcb) Constantin der Große (280–337)

2941	70 L	mehrfarbig	dby	1,50	1,50
2942	70 L	mehrfarbig	dbz	1,50	1,50
2943	70 L	mehrfarbig	dca	1,50	1,50
2944	70 L	mehrfarbig	dcb	1,50	1,50
		Satzpreis (4 W.)		6,—	6,—
		Viererblock		6,—	6,—
		FDC			8,—

Auflage: 8.000 Sätze

2003, 20. Aug. Blockausgabe: Einheimische Vögel. Odr.; gez. Ks 14¼.

dcg

dcc) Weißstorch (Ciconia ciconia)
dcd) Steinadler (Aquila chrysaetos)
dce) Uhu (Bubo bubo)
dcf) Auerhuhn (Tetrao urogallus)

2945	70 L	mehrfarbig	dcc	2,—	2,—
2946	70 L	mehrfarbig	dcd	2,—	2,—
2947	70 L	mehrfarbig	dce	2,—	2,—
2948	70 L	mehrfarbig	dcf	2,—	2,—
Block 147		(100×118 mm)	dcg	8,—	8,—
		FDC (Blockmarken)			8,50

Auflage: 10.000 Blocks

2003, 2. Sept. 90. Jahrestag des ersten offiziellen Fußballspiels in Albanien. Odr. (1×5 Zd); gez. K 14¼.

dch–dci) Gruppenaufnahme der zwei gegnerischen Teams einer österrreich-ungarischen Armeemannschaft und der Mannschaft Indipendenca Shkodra im August 1913

2949	80 L mehrfarbig	dch	1,70	1,70
2950	80 L mehrfarbig	dci	1,70	1,70
		Satzpreis (2 W.)	3,40	3,40
		Paar	3,50	3,50
		FDC		5,50
		Kleinbogen	18,—	18,—

Auflage: 8.000 Sätze

2003, 20. Sept. 120. Todestag von Edouard Manet. Odr. (5×2); gez. K 14¼.

dck) Das Frühstück im Atelier (Detail)

dcl) Der Pfeiffer

dck–dcm) Gemälde von Edouard Manet (1832–1883), französischer Maler

2951	40 L mehrfarbig	dck	0,80	0,80
2952	100 L mehrfarbig	dcl	2,20	2,20
		Satzpreis (2 W.)	3,—	3,—
		FDC		6,—
		Kleinbogensatz (2 Klb.)	30,—	30,—

Blockausgabe, gez. Ks 14¼

dcn

dcm) Edouard Manet

2953	250 L mehrfarbig	dcm	4,50	4,50
Block 148	(80×60 mm)	dcn	5,—	5,—
		FDC		7,50

Auflagen: MiNr. 2951–2952 = 10.000 Sätze, Bl. 148 = 8.000 Blocks

2003, 6. Okt. Künstler. Odr. (2×2 Zd); gez. K 13¼.

dco) Odhise Paskali (1903–1989), Bildhauer
dcp) Janaq Paco (1914–1991), Bildhauer
dcr) Llazar Nikolla (1906–1983), Bildhauer
dcs) Murat Toptani (1868–1919), Bildhauer und Schriftsteller

2954	50 L mehrfarbig	dco	1,—	1,—
2955	50 L mehrfarbig	dcp	1,—	1,—
2956	50 L mehrfarbig	dcr	1,—	1,—
2957	50 L mehrfarbig	dcs	1,—	1,—
		Satzpreis (4 W.)	4,—	4,—
		Viererblock	4,50	4,50
		FDC		6,—

Auflage: 8.000 Sätze

2003, 19. Okt. Seligsprechung von Mutter Teresa. Odr. (5×2); gez. K 13¼.

dct

dcu

dct–dcv) Mutter Teresa (1910–1997), indische katholische Ordensgründerin albanischer Herkunft, Friedensnobelpreis 1979

2958	40 L mehrfarbig	dct	1,—	1,—
2959	250 L mehrfarbig	dcu	5,—	5,—
		Satzpreis (2 W.)	6,—	6,—
		FDC		8,—
		Kleinbogensatz (2 Klb.)	60,—	60,—

Blockausgabe, gez. Ks 14¼

dcw

dcv

2960	350 L mehrfarbig	dcv	7,—	7,—
Block 149	(60×80 mm)	dcw	7,—	7,—
		FDC		9,—

Auflagen: MiNr. 2958–2959 = 50.000 Sätze, Bl. 149 = 20.000 Blocks

2003, 20. Okt. Sehenswürdigkeiten der Natur. Odr. (2×5); gez. K 13¼.

dcx) Nadelwald bei Divjaka

dcy) Kiefernwald am Berg Kokojka

dcz) Kiefernwald bei Drenova

2961	20 L mehrfarbig	dcx	0,70	0,40
2962	30 L mehrfarbig	dcy	0,80	0,60
2963	200 L mehrfarbig	dcz	4,50	4,—
	Satzpreis (3 W.)		6,—	5,—
	FDC			8,—
	Kleinbogensatz (3 Klb.)		60,—	60,—

Auflage: 8.000 Sätze

2003, 1. Nov. 100 Jahre Tour de France. Odr. (2×5); gez. K 14¼.

dda

ddb

dda–ddb) Radrennfahrer

2964	50 L mehrfarbig	dda	1,—	1,—
2965	100 L mehrfarbig	ddb	2,—	2,—
	Satzpreis (2 W.)		3,—	3,—
	FDC			5,—
	Kleinbogensatz (2 Klb.)		30,—	30,—

Auflage: 8.000 Sätze

2004, 23. Juni. Europa: Ferien. Odr., Bogen (B) (5×2) und Markenheftchen (MH) (4×2); A = vierseitig, D = dreiseitig gez. K 13½.

ddc

ddd

ddc–dde) Naturpark Pushimet

2966		200 L mehrfarbig	ddc		
	A	vierseitig gezähnt (B)		4,50	4,50
	Do	oben geschnitten (⊓) (MH)		5,—	5,—
	Du	unten geschnitten (⊔) (MH)		5,—	5,—
2967		200 L mehrfarbig	ddd		
	A	vierseitig gezähnt (B)		4,50	4,50
	Do	oben geschnitten (⊓) (MH)		5,—	5,—
	Du	unten geschnitten (⊔) (MH)		5,—	5,—
		Satzpreis A (2 W.)		9,—	9,—
		FDC A			11,—
		Kleinbogensatz A (2 Klb.)		90,—	90,—

Blockausgabe, gez. Ks 14¼:13½

ddf

dde) Küste

2968	350 L mehrfarbig	dde	8,—	8,—
Block 150	(61×81 mm)	ddf	9,50	9,50
	FDC			11,—

Dreiseitig gezähnte Marken stammen aus MH 8.

Auflagen: MiNr. 2966–2967 = 100.000 Sätze, Bl. 150 = numerierte 30.000 Blocks

2004, 24. Juni. Fußball-Europameisterschaft, Portugal. Odr. (4×4); gez. K 14.

ddg

ddh ddi ddk

ddg–ddk) Spielszenen; Veranstaltungsemblem

2969	20 L mehrfarbig	ddg	0,50	0,50
2970	40 L mehrfarbig	ddh	0,90	0,90
2971	50 L mehrfarbig	ddi	1,10	1,10
2972	200 L mehrfarbig	ddk	4,50	4,50
	Satzpreis (4 W.)		7,—	7,—
	FDC			8,50

Blockausgabe

ddm

ddl) Spielszene

2973	350 L mehrfarbig	ddl	8,—	8,—
Block 151	(80×60 mm)	ddm	8,—	8,—
	FDC			9,50

Auflagen: MiNr. 2969–2972 = 8.000 Sätze, Bl. 151 = 5.000 numerierte Blocks

2004, 12. Aug. Olympische Sommerspiele, Athen. Odr. (5×2); gez. K 13½.

ddn) Statue eines Diskuswerfers

ddo) Kopf einer Athene-Statue

2974	10 L mehrfarbig	ddn	0,30	0,30
2975	200 L mehrfarbig	ddo	4,50	4,50
		Satzpreis (2 W.)	4,80	4,80
		FDC		8,—
		Kleinbogensatz (2 Klb.)	48,—	48,—

Blockausgabe

ddr

ddp) Fackelläufer

2976	350 L mehrfarbig	ddp	8,—	8,—
Block 152	(60×80 mm)	ddr	8,—	8,—
		FDC		10,—

Auflagen: MiNr. 2974–2975 = 8.000 Sätze, Bl. 152 = 6.000 numerierte Blocks

2004, 30. Aug. Wilhelm von Wied. Odr. (5×2); gez. K 13½.

dds

ddt

dds–ddt) Wilhelm zu Wied (1876–1945, reg. 7.3.–3.9.1914), Fürst von Albanien

2977	40 L mehrfarbig	dds	0,90	0,90
2978	150 L mehrfarbig	ddt	3,20	3,20
		Satzpreis (2 W.)	4,—	4,—
		FDC		6,—
		Kleinbogensatz (2 Klb.)	40,—	40,—

Auflage: 10.000 Sätze

2004, 15. Sept. Zeichentrickfiguren (VI): Bugs Bunny. Odr., Zd-Bogen (4×4), MiNr. 2979 auch Bogen; gez. K 13½.

ddu-ddx) Bugs Bunny, kreiert von Tex Avery (1940)

2979	40 L mehrfarbig	ddu	0,90	0,90
2980	50 L mehrfarbig	ddv	1,10	1,10
2981	80 L mehrfarbig	ddw	1,80	1,80
2982	150 L mehrfarbig	ddx	3,20	3,20
		Satzpreis (4 W.)	7,—	7,—
		Viererstreifen	7,—	7,—
		FDC		9,—

Markenfolge im Zd-Bogen: 2979–2980–2981–2982, 2980–2981–2982–2979, 2981–2982–2979–2980, 2982–2979–2980–2981

Auflage: 8.000 Sätze

2004, 3. Okt. Ikonen. Odr. (2×5); gez. K 14.

ddy) Hl. Cyriake von Bithynien

ddz) Hl. Barbara

dea) Hl. Georg

ddy–deb) Ikonen von Nikolla, Sohn und Schüler von Onufri (16. Jh.)

2983	10 L mehrfarbig	ddy	0,30	0,30
2984	20 L mehrfarbig	ddz	0,50	0,50
2985	1000 L mehrfarbig	dea	22,—	22,—
		Satzpreis (3 W.)	22,—	22,—
		FDC		24,—
		Kleinbogensatz (3 Klb.)	220,—	220,—

Blockausgabe, gez. Ks 13½:14¼

dec

deb

2986	400 L mehrfarbig	deb	9,—	9,—
Block 153	(80×65 mm)	dec	9,—	9,—
		FDC		11,—

Auflagen: MiNr. 2983–2985 = 6.000 Sätze, Bl. 153 = 4.000 numerierte Blocks

2004, 10. Okt. Marienkäfer. Odr.; gez. K 14.

ded) Marienkäfer (Coccinellidae)

ded–deg) Marienkäfer (Coccinellidae)

A 2986	80 L mehrfarbig	ded I	–,–	–,–

Blockausgabe

deh

ded dee
def deg

2987	80 L mehrfarbig	ded	1,80	1,80
2988	80 L mehrfarbig	dee	1,80	1,80
2989	80 L mehrfarbig	def	1,80	1,80
2990	80 L mehrfarbig	deg	1,80	1,80
Block 154	(120×96 mm)	deh	7,—	7,—
		FDC		9,—

Die Bogenmarke MiNr. A 2986 unterscheidet sich von MiNr. 2987 durch den weißen Rand um das Markenbild.

Auflage: Bl. 154 = 8000 numerierte Blocks

2004, 12. Okt. Künstler. Odr. (2×2 Zd); gez. K 13½

dei) Ndrek Luca (1924–1993), Schauspieler
dek) Jorgjia Truja (1909–1994), Sängerin
del) Maria Kraja (1911–1999), Sängerin
dem) Zina Andri (1924–1980), Theaterregisseurin

2991	50 L mehrfarbig	dei	1,10	1,10
2992	50 L mehrfarbig	dek	1,10	1,10
2993	50 L mehrfarbig	del	1,10	1,10
2994	50 L mehrfarbig	dem	1,10	1,10
		Satzpreis (4 W.)	4,40	4,40
		Viererblock	4,40	4,40
		FDC		6,50

Auflage: 6.000 Sätze

2004, 25. Okt. Wappen (IV). Odr., Bogen (5×4) und Markenheftchen (2×2); gez. K 14.

den) Wappen der Familie Spani

deo) Wappen der Familie Zahariaj

dep) Wappen der Familie Gjuraj

der) Wappen der Familie Dushmani

2995	20 L mehrfarbig	den	0,50	0,50
2996	40 L mehrfarbig	deo	0,90	0,90
2997	80 L mehrfarbig	dep	1,80	1,80
2998	150 L mehrfarbig	der	3,20	3,20
		Satzpreis (4 W.)	6,40	6,40
		FDC		8,50
		Markenheftchen	35,—	35,—

Auflage: 10.000 Sätze, davon 4.000 im Markenheftchen

2004, 1. Nov. Blockausgabe: Dahlien. Odr.; gez. K 14.

dew

des–dev) Dahlien

2999	80 L mehrfarbig	des	1,80	1,80
3000	80 L mehrfarbig	det	1,80	1,80
3001	80 L mehrfarbig	deu	1,80	1,80
3002	80 L mehrfarbig	dev	1,80	1,80
Block 155	(163×70mm)	dew	7,—	7,—
		FDC (Blockmarken)		9,—

Auflage: 8.000 numerierte Blocks

2004, 20. Nov. 50 Jahre Nationalgalerie: Gemälde. Odr. (5×5); gez. K 14.

dex) Ikone; von unbekanntem Künstler
dey) Heiliger; von Mihal Anagnosti
dez) Christus; von Onufer Qiprioti
dfa) Heiliger; von Çetiret
dfb) Ikone; von Onufri

dfc) Frau mit Kopftuch; von Kel Kodheli (1918–2006)
dfd) Junge Frau; von Vangjush Mio (1891–1957)
dfe) Mädchen; von Abdurrahim Buza (1905–1986)
dff) Akt; von Mustafa Arapi (*1950)
dfg) Mann; von Guri Madhi (1921–1988)

dfh) Skulptur eines Soldaten; von Janaq Paço (1914–1991)
dfi) Stilleben; von Zef Kolombi (1907–1949)
dfk) Blumenvase; von Hasan Reçi (1914–1980)
dfl) Stilleben; von Vladimir Jani (1922–2002)
dfm) Frauenkopf; von Halim Beqiri

dfn) Partisanen; von Edison Gjergo (1939–1989)
dfo) Kämpfer; von Naxhi Bakalli (*1937)
dfp) Familie am Tisch; von Agron Bregu (*1960)
dfr) Aufforstung; von Edi Hila (*1944)
dfs) Künstler; von Artur Muharremi (*1958)

dft) Greisenkopf; von Rembrandt van Rijn (1606–1669)
dfu) Drache; von Gazmend Leka (*1953)
dfv) Farbiger Kreis; von Damien Hirst (*1965)
dfw) Abstrakte Kunst; von Edi Rama (*1964)
dfx) Ritter; von Ibrahim Kodra (1918–2006)

3003	20 L	mehrfarbig	dex	0,50	0,50
3004	20 L	mehrfarbig	dey	0,50	0,50
3005	20 L	mehrfarbig	dez	0,50	0,50
3006	20 L	mehrfarbig	dfa	0,50	0,50
3007	20 L	mehrfarbig	dfb	0,50	0,50
3008	20 L	mehrfarbig	dfc	0,50	0,50
3009	20 L	mehrfarbig	dfd	0,50	0,50
3010	20 L	mehrfarbig	dfe	0,50	0,50
3011	20 L	mehrfarbig	dff	0,50	0,50
3012	20 L	mehrfarbig	dfg	0,50	0,50
3013	20 L	mehrfarbig	dfh	0,50	0,50
3014	20 L	mehrfarbig	dfi	0,50	0,50
3015	20 L	mehrfarbig	dfk	0,50	0,50
3016	20 L	mehrfarbig	dfl	0,50	0,50
3017	20 L	mehrfarbig	dfm	0,50	0,50
3018	20 L	mehrfarbig	dfn	0,50	0,50
3019	20 L	mehrfarbig	dfo	0,50	0,50
3020	20 L	mehrfarbig	dfp	0,50	0,50
3021	20 L	mehrfarbig	dfr	0,50	0,50
3022	20 L	mehrfarbig	dfs	0,50	0,50
3023	20 L	mehrfarbig	dft	0,50	0,50
3024	20 L	mehrfarbig	dfu	0,50	0,50
3025	20 L	mehrfarbig	dfv	0,50	0,50
3026	20 L	mehrfarbig	dfw	0,50	0,50
3027	20 L	mehrfarbig	dfx	0,50	0,50
			Satzpreis (25 W.)	12,50	12,50
			Zd-Bogen	15,—	15,—
			5 FDC		25,—

Auflage: 8.000 Sätze

2004, 28. Nov. 5 Jahre NATO im Kosovo. Odr. (5×2); gez. K 14¼:13½.

dfy) Sterne, Girlanden zwischen Häusern

dfz) UNO-Flagge, Friedenstauben

3028	100 L	mehrfarbig	dfy	2,30	2,30
3029	200 L	mehrfarbig	dfz	4,50	4,50
			Satzpreis (2 W.)	6,80	6,80
			FDC		9,—
			Kleinbogensatz (2 Klb.)	65,—	65,—

Blockausgabe

dgb

dga) Häuser, albanische Flagge

3030	350 L	mehrfarbig	dga	8,—	8,—
Block 156		(80×60 mm)	dgb	8,—	8,—
			FDC		10,—

Auflagen: MiNr. 3028–3029 = 10.000 Sätze, Bl. 156 = 8.000 numerierte Blocks

2004, 29. Nov. 60. Jahrestag der Befreiung im Zweiten Weltkrieg. Odr. (2×5); gez. K 13¾.

dgc) Friedenstauben

dgd) Friedenstaube

3031	50 L	mehrfarbig	dgc	1,30	1,30
3032	200 L	mehrfarbig	dgd	4,70	4,70
			Satzpreis (2 W.)	6,—	6,—
			FDC		8,—
			Kleinbogensatz (2 Klb.)	60,—	60,—

Auflage: 6.000 Sätze

2004, 4. Dez. Trachten der Regionen (V). Odr. (4×3); gez. K 13½.

dge) Gramshi, Umhang
dgf) Gramshi, Kostüm
dgg) Korça, Alltagsgewand
dgh) Kolonja

dgi) Korça, Festtagsgewand
dgk) Librazhdi
dgl) Permeti
dgm) Pogradeci

dgn) Skrapari (Männer)
dgo) Skrapari (Frauen)
dgp) Tepelena
dgr) Vlora

3033	30 L	mehrfarbig	dge	0,70	0,70
3034	30 L	mehrfarbig	dgf	0,70	0,70
3035	30 L	mehrfarbig	dgg	0,70	0,70
3036	30 L	mehrfarbig	dgh	0,70	0,70
3037	30 L	mehrfarbig	dgi	0,70	0,70
3038	30 L	mehrfarbig	dgk	0,70	0,70
3039	30 L	mehrfarbig	dgl	0,70	0,70
3040	30 L	mehrfarbig	dgm	0,70	0,70
3041	30 L	mehrfarbig	dgn	0,70	0,70
3042	30 L	mehrfarbig	dgo	0,70	0,70
3043	30 L	mehrfarbig	dgp	0,70	0,70
3044	30 L	mehrfarbig	dgr	0,70	0,70
			Satzpreis (12 W.)	8,—	8,—
			3 FDC		15,—
			Zd-Bogen	10,—	10,—
			Markenheftchen	12,—	12,—

Der Zd-Bogen wurde auch in einen Deckel eingeklebt als Markenheftchen verkauft.

Auflage: 8.000 Sätze

2005, 1. Okt. 50 Jahre Europamarken (2006). Odr. (4×2, Querformat ~); gez. K 13¾.

coa I) Albanischer Tanz

ckk I) Fortschritt bei der Zivilisation und Demokratisierung

3045	200 L	mehrfarbig	coa I	4,50	4,50
3046	250 L	mehrfarbig	ckk I	5,50	5,50
			Satzpreis (2 W.)	10,—	10,—
			FDC		12,—
			Kleinbogensatz (2 Klb.)	100,—	100,—

Blockausgabe

cyp I

cyo I) Der Zirkus; Gemälde von Georges Seurat (1859–1891), französischer Maler

3047	500 L	mehrfarbig	cyo I	11,—	11,—
Block 157		(61×81 mm)	cyp I	11,—	11,—
			FDC		13,—

Auflagen: MiNr. 3046–3047 = 510.000 Sätze, Bl. 157 = 510.000 Blocks

In ähnlichen Zeichnungen: Bl. 104, Bl. 112, Bl. 138

2005, 22. Sept. Europa: Gastronomie. Odr., Bogen (B) (5×2) und Markenheftchen (MH) (1 + 3×2); A = gez. K 14, D = dreiseitig, E = zweiseitig gez. K 13½:14.

dgs) Fleischtopf

dgt) Gefüllte Teigtaschen

3048	200 L	mehrfarbig	dgs		
A		vierseitig gez. (B)		5,—	5,—
Do		dreiseitig gez. (□) (MH)		5,—	5,—
Du		dreiseitig gez. (□) (MH)		5,—	5,—
E		zweiseitig gez. (□) (MH)		5,—	5,—
3049	200 L	mehrfarbig	dgt		
A		vierseitig gez. (B)		5,—	5,—
Do		dreiseitig gez. (□) (MH)		5,—	5,—
Du		dreiseitig gez. (□) (MH)		5,—	5,—
E		zweiseitig gez. (□) (MH)		5,—	5,—
			Satzpreis A (2 W.)	10,—	10,—
			2 FDC A		11,—
			Kleinbogensatz A (2 Klb.)	100,—	100,—

Blockausgabe, gez. Ks 13

dgv

dgu) Dollma (Kohlroulade mit Innereien vom Rind)

3050	350 L mehrfarbig	dgu	7,—	7,—
Block 158	(60×84 mm)	dgv	8,50	8,50
		FDC		10,—

Bl. 158 ist auch in MH 9 enthalten.

Postpreis von MH 9: 1650 L

Auflagen: MiNr. 3048 A–3049 A = 60.000 Sätze, Bl. 158 = 40.000 numerierte Blocks, MH 9 = 10.000 Markenheftchen, zusätzlich 5.000 lose H-Blätter

2005, 19. Okt. 50 Jahre Mitgliedschaft in den Vereinten Nationen (UNO). Odr. (4×5); gez. K 13.

dgw) Gefaltetes rotes Blatt vor UNO-Emblem

3051	40 L mehrfarbig	dgw	0,80	0,80
		FDC		2,50

Auflage: 10.000 Stück

2005, 20. Okt. Zeichentrickfiguren (VII): Tom und Jerry. Odr. (4×4); gez. K 14.

dgx-dha) Kater Tom und Maus Jerry; von William Hanna (1910–2001) und Joseph Barbera (1911–2006)

3052	40 L mehrfarbig	dgx	0,70	0,70
3053	50 L mehrfarbig	dgy	0,90	0,90
3054	80 L mehrfarbig	dgz	1,40	1,40
3055	150 L mehrfarbig	dha	2,50	2,50
		Satzpreis (4 W.)	5,50	5,50
		Viererstreifen	6,—	6,—
		FDC		8,—

Markenfolge im Zd-Bogen: 3052–3053–3054–3055, 3053–3054–3055–3052, 3054–3055–3052–3053, 3055–3052–3053–3054

Auflage: 8.000 Sätze

2005, 21. Okt. Gemälde mit einheimischen Motiven. Odr. (4×4); gez. K 14.

dhb) Stadt am Fluss

dhc) Landschaft mit Aquädukt und Burg
dhd) Menschenmenge vor Gebäude mit Minarett
dhe) Männer am Fluss, Festung

3056	10 L mehrfarbig	dhb	0,30	0,30
3057	20 L mehrfarbig	dhc	0,30	0,40
3058	30 L mehrfarbig	dhd	0,60	0,60
3059	1000 L mehrfarbig	dhe	17,—	17,—
		Satzpreis (4 W.)	18,—	18,—
		Viererstreifen	18,—	18,—
		FDC		20,—

Markenfolge im Zd-Bogen: 3056–3057–3058–3059, 3058–3056–3057–3059, 3057–3058–3056–3059, 3056–3057–3058–3059

Auflage: 8.000 Sätze

2005, 24. Okt. Trachten der Regionen (VI). Odr. (4×3); gez. K 14.

dhf) Tirana
dhg) Bende Tirane
dhh) Zall Dajt
dhi) Kavaje-Durres

dhk) Has
dhl) Mat
dhm) Liqenas
dhn) Klenje

dho) Maleshove
dhp) German
dhr) Kruje
dhs) Reç

3060	30 L mehrfarbig	dhf	0,70	0,70
3061	30 L mehrfarbig	dhg	0,70	0,70
3062	30 L mehrfarbig	dhh	0,70	0,70
3063	30 L mehrfarbig	dhi	0,70	0,70
3064	30 L mehrfarbig	dhk	0,70	0,70
3065	30 L mehrfarbig	dhl	0,70	0,70
3066	30 L mehrfarbig	dhm	0,70	0,70
3067	30 L mehrfarbig	dhn	0,70	0,70
3068	30 L mehrfarbig	dho	0,70	0,70
3069	30 L mehrfarbig	dhp	0,70	0,70
3070	30 L mehrfarbig	dhr	0,70	0,70
3071	30 L mehrfarbig	dhs	0,70	0,70
		Satzpreis (12 W.)	8,—	8,—
		3 FDC		15,—
		Zd-Bogen	10,—	10,—
		Markenheftchen	13,—	13,—

Der Zd-Bogen wurde auch in einen Deckel eingeklebt als Markenheftchen verkauft.

Postpreis des Markenheftchens: 460 L

Auflage: 9.000 Sätze, davon 1.000 im Markenheftchen

2005, 25. Okt. Mittelmeerspiele, Almería. Odr., Zd-Bogen (3×4), MiNr. 3072 auch Bogen; gez. K 14½:14.

dht) Startblöcke für Kurzstreckenlauf
dhu) Ringe
dhv) Stabübergabe beim Staffellauf

3072	20 L mehrfarbig	dht	0,40	0,40
3073	60 L mehrfarbig	dhu	1,—	1,—
3074	120 L mehrfarbig	dhv	2,—	2,—
		Satzpreis (3 W.)	3,40	3,40
		Dreierstreifen	3,50	3,50
		FDC		5,50

Blockausgabe, gez. Ks 13

dhx

dhw) Schwimmerin

3075	300 L	mehrfarbig	dhw	5,—	5,—
Block 159		(60×80 mm)	dhx	5,—	5,—
			FDC		7,—

Markenfolge im Zd-Bogen: 3072–3073–3074, 3074–3072–3073, 3073–3074–3072, 3072–3073–3074

MiNr. 3072 wurde auch alleine im Bogen gedruckt.

Auflagen: MiNr. 3072–3074 = 8.000 Dreierstreifen, Bl. 159 = 6.000 numerierte Blocks

2005, 11. Nov. 100 Jahre Rotary International. Odr. (5×2, Querformat ~); gez. K 14.

dhy) Globus mit Nordamerika, Emblem

dhz) Emblem

3076	30 L	mehrfarbig	dhy	0,50	0,50
3077	150 L	mehrfarbig	dhz	2,50	2,50
			Satzpreis (2 W.)	3,—	3,—
			FDC		5,—
			Kleinbogensatz (2 Klb.)	30,—	30,—

Auflage: 15.000 Sätze

2005, 14. Nov. Wappen (V). Odr., Bogen (1×4 Zd) und Markenheftchen (2×2); gez. K 13.

dia) Fürst Bua
dib) Fürst Karl Topia
dic) Fürst Dukagjini II.
did) Familie Engjell

3078	10 L	mehrfarbig	dia	0,30	0,30
3079	30 L	mehrfarbig	dib	0,50	0,50
3080	100 L	mehrfarbig	dic	1,50	1,50
3081	150 L	mehrfarbig	did	2,50	2,50
			Satzpreis (4 W.)	4,80	4,80
			Viererstreifen	5,—	5,—
			FDC		7,—
			Markenheftchen	40,—	40,—

MiNr. 3078–3081 wurden waagerecht zusammenhängend gedruckt.

Außerdem erschienen sie in einem Markenheftchen ohne Zusammendrucke mit 4 × MiNr. 3078–3081.

Auflage: 10.000 Sätze, davon 4.000 im Markenheftchen

2005, 17. Nov. Blockausgabe: Portulakröschen. Odr.; gez. K 14.

dik

die–dih) Portulakröschen (Portulaca grandiflora)

3082	70 L	mehrfarbig	die	1,80	1,80
3083	70 L	mehrfarbig	dif	1,80	1,80
3084	70 L	mehrfarbig	dig	1,80	1,80
3085	70 L	mehrfarbig	dih	1,80	1,80
3086	70 L	mehrfarbig	dii	1,80	1,80
Block 160		(220×60 mm)	dik	9,—	9,—
			FDC		11,—

Auflage: 8.000 numerierte Blocks

2005, 20. Nov. 80 Jahre Radsport in Albanien. Odr. (4×3); gez. K 13½.

dil) Radrennfahrer

3087	50 L	mehrfarbig	dil	1,30	1,30
3088	60 L	mehrfarbig	dil	1,70	1,70
3089	120 L	mehrfarbig	dil	3,30	3,30
			Satzpreis (3 W.)	6,30	6,30
			Dreierstreifen	6,30	6,30
			FDC		8,50
			Kleinbogen	18,—	18,—

Markenfolge im Zd-Kleinbogen: 3089–3088–3087–3089, Zf1-Zf2-Zf3-3087, 3088–3089–3087–3088

Auflage: 6.000 Sätze

2005, 28. Nov. 600. Geburtstag von Gjergj Kastriota, genannt Skanderbeg. Odr.; gez. K 13.

A 3089	40 L	mehrfarbig	dim I	–,–	–,–
B 3089	60 L	mehrfarbig	dio I	–,–	–,–

Blockausgabe

dit

dir dim dis
din dio dip

dim–dis) Details eines Schlachtengemäldes von Naxhi Bakalli (*1937)

3090	40 L	mehrfarbig	dim	1,—	1,—
3091	50 L	mehrfarbig	din	1,20	1,20
3092	60 L	mehrfarbig	dio	1,50	1,50
3093	70 L	mehrfarbig	dip	1,80	1,80
3094	80 L	mehrfarbig	dir	2,—	2,—
3095	90 L	mehrfarbig	dis	2,30	2,30
Block 161		(240×81 mm)	dit	10,—	10,—
			FDC		12,—
			Markenheftchen	12,—	12,—

Die Bogenmarken MiNr. A 3089 und B 3089 unterscheiden sich von MiNr. 3090 bzw. 3092 durch den weißen Rand um das Markenbild, den schwarzen statt gelben Druckvermerk und die zwei- statt einzeilige Wertangabe.

Bl. 161 wurde auch in einen Deckel eingeklebt als Markenheftchen verkauft.

Postpreis des Markenheftchens: 490 L

Auflage: Bl. 161 = 8.000 numerierte Blocks, 2.000 Markenheftchen

2005, 29. Nov. 60. Jahrestag der Beendigung des Zweiten Weltkrieges. Odr. (1×5 Zd); gez. K 14.

diu) Rosenstrauß in Wehrmachtshelm, Tauben
div) Soldat und Kriegerdenkmal, Atombombendom in Hiroshima, Flaggen der Alliierten auf dem Berliner Reichstagsgebäude

3096	50 L mehrfarbig	diu	1,20	1,20
3097	200 L mehrfarbig	div	5,—	5,—
		Satzpreis (2 W.)	6,20	6,20
		Paar	6,20	6,20
		FDC		8,—
		Kleinbogen	30,—	30,—

Auflage: 8.000 Sätze

2005, 4. Dez. Photographenfamilie Marubi. Odr. (1×4 Zd); gez. K 14.

diw) Mati Kodheli-Marubi (1862–1881)
dix) Gegë Marubi (1909–1984)

diy) Pjetër Marubi (1834–1905)
diz) Kel Marubi (1870–1940)

3098	10 L mehrfarbig	diw	0,30	0,30
3099	20 L mehrfarbig	dix	0,50	0,50
3100	70 L mehrfarbig	diy	1,70	1,70
3101	200 L mehrfarbig	diz	5,—	5,—
		Satzpreis (4 W.)	7,50	7,50
		Viererstreifen	7,50	7,50
		FDC		9,50

MiNr. 3098–3101 wurden waagerecht zusammenhängend gedruckt.

Auflage: 6.000 Sätze

2006, Nov./Dez. Freimarken. Verschiedene Ausgaben mit Bdr.-Aufdruck der neuen Wertstufe.

3102

3103

3104

3102 40 L	auf 30 Q mehrfarbig	(2506)	2,—	2,—
3103 40 L	auf 10 L orange	(2521)	2,—	2,—
3104 40 L	auf 21 L mehrfarbig	(2533)	2,—	2,—
3105 40 L	auf 25 L mehrfarbig	(2561)	*32,—*	*32,—*
3106 40 L	auf 25 L mehrfarbig	(2562)	*32,—*	*32,—*
3107 40 L	auf 25 L mehrfarbig	(2563)	*32,—*	*32,—*
3108 40 L	auf 25 L mehrfarbig	(2564)	*32,—*	*32,—*
3109 40 L	auf 2 L mehrfarbig	(2565)	2,—	2,—
3110 40 L	auf 18 L mehrfarbig	(2571)	2,—	2,—
3111 40 L	auf 18 L mehrfarbig	(2573)	2,—	2,—
3112 40 L	auf 2 L mehrfarbig	(2576)	2,—	2,—
3113 40 L	auf 3 L mehrfarbig	(2577)	2,—	2,—
3114 40 L	auf 25 L mehrfarbig	(2578)	2,—	2,—
3115 40 L	auf 3 L mehrfarbig	(2583)	2,—	2,—
3116 40 L	auf 25 L mehrfarbig	(2591)	2,—	2,—
		Satzpreis (15 W.)	*150,—*	*150,—*
		11 Marken + Viererblock	*150,—*	*150,—*

MiNr. 3105–3108 wurden in Viererblockanordnung zusammenhängend gedruckt.

2007, 10. Juni. Besuch von George W. Bush. Odr. (3×3 und 1×3 Zd); gez. K 13¼:13½.

dka) George W. Bush (*1946), Präsident der USA

3117	20 L mehrfarbig	dka	0,50	0,50
3118	40 L mehrfarbig	dka	1,—	1,—
3119	80 L mehrfarbig	dka	1,90	1,90
		Satzpreis (3 W.)	3,40	3,40
		Dreierstreifen	3,40	3,40
		FDC		*200,—*
		Kleinbogensatz (3 Klb.)	30,—	30,—
		Zd-Kleinbogen	10,—	10,—

Blockausgabe, gez. K 13½:13¼

dkc

dkb) Freiheitsstatue im Hafen von New York, Flaggen der USA und Albaniens

3120	200 L mehrfarbig	dkb	4,60	4,60
Block 162	(97×73 mm)	dkc	4,60	4,60
		FDC		—,—

MiNr. 3117–3119 wurden auch waagerecht zusammenhängend gedruckt.

Auflagen: MiNr. 3117–3119 = 20.000 Sätze, Bl. 162 = 20.000 Blocks

2007, 15. Sept. 10 Jahre italienische Expertenkommissionen in Albanien. Odr. (3×3); gez. K 13¼:13½.

dkd) Flaggen des italienischen Generalstabes und Albaniens, Umrisskarte Süditaliens und Albaniens

3121	40 L mehrfarbig	dkd	1,20	1,20
		FDC		3,—
		Kleinbogen	8,—	8,—

Auflage: 5.000 Stück

2007, 5. Okt. Freimarken: Staatsflagge. Odr., Bogen (4×5) und Zd-Bogen (4×3); gez. K 13½:13.

dke–dkr) Albanische Staatsflagge (seit 1992)

3122	5 L	mehrfarbig	dke	0,50	0,50
3123	10 L	mehrfarbig	dkf	0,50	0,50
3124	20 L	mehrfarbig	dkg	0,50	0,50
3125	30 L	mehrfarbig	dkh	1,—	1,—
3126	40 L	mehrfarbig	dki	1,—	1,—
3127	50 L	mehrfarbig	dkk	1,50	1,50
3128	60 L	mehrfarbig	dkl	1,50	1,50
3129	70 L	mehrfarbig	dkm	2,—	2,—
3130	80 L	mehrfarbig	dkn	2,50	2,50
3131	100 L	mehrfarbig	dko	3,—	3,—
3132	1000 L	mehrfarbig	dkp	30,—	30,—
3133	2000 L	mehrfarbig	dkr	55,—	55,—
			Satzpreis (12 W.)	95,—	95,—
			Zd-Bogen	100,—	100,—

Auflage: 2.000 Sätze

2007, 15. Okt. Wappen (VI). Odr., Bogen (4×1 Zd) und Markenheftchen (2×2); gez. K 13:13½.

dks) Wappen des Fürsten Andrea II. Muzaka

dkt) Wappen der Familie Matrënga

dku) Wappen des Fürsten Lekë Dukagjini

dkv) Wappen des Bischofs Konstantin Kastrioti

3134	20 L	mehrfarbig	dks	*1,50*	*1,50*
3135	40 L	mehrfarbig	dkt	*3,—*	*3,—*
3136	80 L	mehrfarbig	dku	*5,50*	*5,50*
3137	150 L	mehrfarbig	dkv	*10,—*	*10,—*
			Satzpreis (4 W.)	*20,—*	*20,—*
			FDC		*35,—*
			Viererstreifen	*300,—*	*—,—*
			Markenheftchen	*80,—*	*80,—*

MiNr. 3138–3141 wurden im Bogen senkrecht zusammenhängend gedruckt. An den Handel wurden jedoch nur Markenheftchen mit sortenreinen Viererblocks jeder Marke geliefert.

Postpreis des Markenheftchens: 1900 L

Auflage: 5.000 Sätze, davon 2.000 im Markenheftchen

2007, 17. Okt. Wappen (VII). Odr., Bogen (4×1 Zd) und Markenheftchen (2×2); gez. K 13:13½.

dkw) Wappen der Familie Lança

dkx) Wappen der Familie Riki

dky) Wappen der Familie Kokini

dkz) Wappen der Familie Zako

3138	10 L	mehrfarbig	dkw	*0,50*	*0,50*
3139	20 L	mehrfarbig	dkx	*1,—*	*1,—*
3140	60 L	mehrfarbig	dky	*3,—*	*3,—*
3141	100 L	mehrfarbig	dkz	*5,50*	*5,50*
			Satzpreis (4 W.)	*10,—*	*10,—*
			FDC		*—,—*
			Viererstreifen	*300,—*	*—,—*
			Markenheftchen	*70,—*	*70,—*

MiNr. 3138–3141 wurden im Bogen senkrecht zusammenhängend gedruckt. An den Handel wurden jedoch nur Markenheftchen mit sortenreinen Viererblocks jeder Marke geliefert.

Postpreis des Markenheftchens: 950 L

Auflage: 5.000 Sätze, davon 2.000 im Markenheftchen

2007, 23. Okt. Europa: Integration (2006). Odr. (5×2); gez. K 13:13¼.

dla) Jugendliche, Umrisskarte und Flagge Albaniens

dlb) Jugendliche, Umrisskarte und Flagge Europas

3142	200 L	mehrfarbig	dla	5,—	5,—
3143	200 L	mehrfarbig	dlb	5,—	5,—
			Satzpreis (2 W.)	10,—	10,—
			FDC		12,—
			Kleinbogensatz (2 Klb.)	100,—	100,—

Blockausgabe, gez. Ks 13½:13

dld

dlc) Jugendliche

3144	350 L	mehrfarbig	dlc	8,—	8,—
Block 163		(80×60 mm)	dld	8,50	8,50
			FDC		10,—

Auflagen: MiNr. 3142–3143 = 70.000 Sätze, Bl. 163 = 25.000 numerierte Blocks

2007, 24. Okt. Europa: Pfadfinder. Odr. (5×2); gez. K 13½:13.

dle

dlf

dle–dlf) Pfadfindergruppe im Gebirge

3145	100 L	mehrfarbig	dle	2,50	2,50
3146	150 L	mehrfarbig	dlf	4,—	4,—
			Satzpreis (2 W.)	6,50	6,50
			FDC		8,—
			Kleinbogensatz (2 Klb.)	65,—	65,—

Blockausgabe, gez. Ks 13½:13

dlh

dlg) Kreuzknoten

3147	250 L	mehrfarbig	dlg	6,50	6,50
Block 164		(80×59 mm)	dlh	6,50	6,50
			FDC		8,—

Auflagen: MiNr. 3145–3146 = 70.000 Sätze, Bl. 164 = 30.000 numerierte Blocks

2007, 25. Okt. Zeichentrickfiguren (VIII): Der rosarote Panther. Odr. (4×4); gez. K 13:13¼.

dli–dlm) Der rosarote Panther; Zeichentrickfigur von Friz Freleng (1906–1995) und David H. DePatie (1935–2021)

3148	40 L	mehrfarbig	dli	0,80	1,10
3149	50 L	mehrfarbig	dlk	1,10	1,10
3150	80 L	mehrfarbig	dll	1,60	1,60
3151	150 L	mehrfarbig	dlm	3,30	3,30
			Satzpreis (4 W.)	7,—	7,—
			Viererstreifen	7,—	7,—
			FDC		9,—

Markenfolge im Zd-Bogen: 3148–3149–3150–3151, 3151–3148–3149–3150, 3150–3151–3148–3149, 3149–3150–3151–3148

Auflage: 4.000 Sätze

2007, 29. Okt. Kinderzeichnungen. Odr. (1×4 Zd); gez. K 13:13¼, Querformat ∼.

dln) Postbote
dlo) Landschaft mit Blumen
dlp) Stadt

dlr) Stadt

3152	10 L	mehrfarbig	dln	0,50	0,50
3153	40 L	mehrfarbig	dlo	1,50	1,50
3154	50 L	mehrfarbig	dlp	2,—	2,—
3155	80 L	mehrfarbig	dlr	3,—	3,—
			Satzpreis (4 W.)	7,—	7,—
			FDC		10,—
			Viererstreifen	8,—	8,—

MiNr. 3152–3155 wurden waagerecht zusammenhängend gedruckt.

Auflage: 4.000 Sätze

2007, 30. Okt. Römische Kaiser illyrischer Abstammung (I). Odr. (5×1 Zd); gez. K 13:13¼.

dls) Galerius (250–311)
dlt) Anastasios I. (um 430–518)

3156	30 L	mehrfarbig	dls	2,—	2,—
3157	120 L	mehrfarbig	dlt	6,—	6,—
			Satzpreis (2 W.)	8,—	8,—
			FDC		10,—
			Paar	10,—	10,—
			Kleinbogen	50,—	50,—

Auflage: 4.000 Sätze

2007, 31. Okt. Albanische Kunst. Odr. (5×2); gez. K 13:13¼.

dlu) Sämann; Fresko von David Selenica in der Kirche Shën Kollë, Voskopoja (1726)

dlv) Blüten und Girlanden; Wandmalerei in der Et'hem-Bey-Moschee, Tirana (um 1820)

3158	70 L	mehrfarbig	dlu	2,—	2,—
3159	110 L	mehrfarbig	dlv	4,—	4,—
			Satzpreis (2 W.)	6,—	6,—
			FDC		8,—
			Kleinbogensatz (2 Klb.)	60,—	60,—

Auflage: 4.000 Sätze

2007, 1. Nov. Trachten der Regionen (VII). Odr., Zd-Bogen (4×3), MiNr. 3171 auch Bogen; gez. K 13:13¼.

dlw) German
dlx) Kurbin
dly) Golloborde
dlz) Kerrabe Malesi

dma) Gur i Bardhe
dmb) Martanesh
dmc) Puke
dmd) Serice Labinot

dme) Shen Gjergj
dmf) Tirane Qytet
dmg) Zalle Dajt
dmh) Zaranike Godolesh

3160	40 L	mehrfarbig	dlw	0,90	0,90
3161	40 L	mehrfarbig	dlx	0,90	0,90
3162	40 L	mehrfarbig	dly	0,90	0,90
3163	40 L	mehrfarbig	dlz	0,90	0,90
3164	40 L	mehrfarbig	dma	0,90	0,90
3165	40 L	mehrfarbig	dmb	0,90	0,90
3166	40 L	mehrfarbig	dmc	0,90	0,90
3167	40 L	mehrfarbig	dmd	0,90	0,90
3168	40 L	mehrfarbig	dme	0,90	0,90
3169	40 L	mehrfarbig	dmf	0,90	0,90
3170	40 L	mehrfarbig	dmg	0,90	0,90
3171	40 L	mehrfarbig	dmh	0,90	0,90
			Satzpreis (12 W.)	10,—	10,—
			3 FDC		15,—
			Zd-Bogen	12,—	12,—
			Markenheftchen	15,—	15,—

Der Zd-Bogen wurde auch in einen Deckel eingeklebt als Markenheftchen verkauft.

Postpreis des Markenheftchens: 7300 L

MiNr. 3171 wurde auch alleine im Bogen gedruckt.

Auflage: 4.000 Sätze, davon 500 im Markenheftchen

2007, 2. Nov. Trachten der Regionen (VIII). Odr., Zd-Bogen (4×3), MiNr. 3181 auch Bogen; gez. K 13:13¼.

dmi) Hoti
dmk) Hoti
dml) Reka e Tropojes
dmm) Hoti

dmn) Lezha
dmo) Lezha
dmp) Puka
dmr) Puka

dms) Durresi
dmt) Durresi
dmu) Lini i Pogradecit
dmv) Lini i Pogradecit

3172	20 L	mehrfarbig	dmi	—,—	—,—
3173	20 L	mehrfarbig	dmk	—,—	—,—
3174	20 L	mehrfarbig	dml	—,—	—,—
3175	20 L	mehrfarbig	dmm	—,—	—,—
3176	20 L	mehrfarbig	dmn	—,—	—,—
3177	20 L	mehrfarbig	dmo	—,—	—,—
3178	20 L	mehrfarbig	dmp	—,—	—,—
3179	20 L	mehrfarbig	dmr	—,—	—,—
3180	20 L	mehrfarbig	dms	—,—	—,—
3181	20 L	mehrfarbig	dmt	—,—	—,—
3182	20 L	mehrfarbig	dmu	—,—	—,—
3183	20 L	mehrfarbig	dmv	—,—	—,—
			Satzpreis (12 W.)	—,—	—,—
			3 FDC		*250,—*
			Zd-Bogen	*120,—*	*120,—*
			Markenheftchen	*200,—*	*200,—*

MiNr. 3172–3183 wurden von der Post zunächst zurückgehalten und später in geringer Stückzahl zu erhöhten Preisen direkt an den Handel abgegeben.

MiNr. 3181 wurde auch alleine im Bogen gedruckt.

2007, 5. Nov. Landschaften. Odr. (1×4 Zd); gez. K 13¼:13.

dmn) Theth-Nationalpark
dmo) Lura-Nationalpark

dmp) Burg Kanina bei Vlora
dmr) Lagune von Karavasta

3184	40 L	mehrfarbig	dmn	1,—	1,—
3185	50 L	mehrfarbig	dmo	1,30	1,30
3186	60 L	mehrfarbig	dmp	1,50	1,50

3187 70 L mehrfarbig .... dmr 2,20 2,20
Satzpreis (4 W.) 6,— 6,—
FDC 9,—
Viererstreifen 7,— 7,—

MiNr. 3184–3187 wurden waagerecht zusammenhängend gedruckt.

Auflage: 4.000 Sätze

2007, 8. Nov. Naturdenkmäler. Odr. (4×4); gez. K 13:13½.

dms

dmt

dms–dmt) Platanen in Elbasan

3188 70 L mehrfarbig .... dms 2,— 2,—
3189 90 L mehrfarbig .... dmt 2,50 2,50
Satzpreis (2 W.) 4,50 4,50
FDC 6,50

Auflage: 4.000 Sätze

2007, 9. Nov. Papst Clemens XI. Odr. (5×1 Zd); gez. K 13½:13.

dmu) Papst Clemens XI. (1649–1721, reg. ab 1700)

3190 30 L mehrfarbig .... dmu 1,— 1,—
3191 120 L mehrfarbig .... dmu 3,50 3,50
Satzpreis (2 W.) 4,50 4,50
FDC 6,20
Paar 4,50 4,50
Kleinbogen 24,— 24,—

Minr. 3190–3191 wurden senkrecht zusammenhängend gedruckt.

Auflage: 5.000 Sätze

2007, 10. Nov. 100. Geburtstag von Léopold Sédar Senghor (2006). Odr. (5×2); gez. K 13½:13.

dmv) Léopold Sédar Senghor (1906–2001), senegalesischer Schriftsteller und Dichter

3192 40 L mehrfarbig .... dmv 1,50 1,50
3193 80 L mehrfarbig .... dmv I 2,50 2,50
Satzpreis (2 W.) 4,— 4,—
FDC 6,—
Kleinbogensatz (2 Klb.) 40,— 40,—

Auflage: 4.000 Sätze

2007, 11. Nov. 60. Jahrestag des Sieges bei der Fußball-Balkanmeisterschaft (2006). Odr. (2×5); gez. K 13:13½.

dmw) Albanische Nationalmannschaft (1946)

3194 10 L mehrfarbig .... dmw 1,— 1,—
3195 80 L mehrfarbig .... dmw 9,— 9,—
Satzpreis (2 W.) 10,— 10,—
FDC 12,—
Kleinbogensatz (2 Klb.) 100,— 100,—

Auflage: 4.000 Sätze

2007, 12. Nov. Blockausgabe: UNESCO-Welterbe Gjirokastra. Odr.; gez. K 13:13¼.

dnd

dmx) Kanonen
dmy) Ornament
dmz) Historische Wohngebäude
dna) Aquädukt
dnb) Luftbild der Altstadt
dnc) Festung

3196 10 L mehrfarbig .... dmx 0,30 0,30
3197 20 L mehrfarbig .... dmy 0,50 0,50
3198 30 L mehrfarbig .... dmz 1,— 1,—
3199 60 L mehrfarbig .... dna 1,50 1,50
3200 80 L mehrfarbig .... dnb 2,— 2,—
3201 90 L mehrfarbig .... dnc 2,50 2,50
Block 165 (121×100 mm) .... dnd 9,— 9,—
FDC 10,—

Auflage: 15.000 numerierte Blocks

2007, 13. Nov. 10 Jahre albanische Beteiligung an internationalen Militäraktionen (2006). Odr. (5×2); gez. K 13½:13.

dne) Soldat mit Gasmaske

dnf) Gruppe im Boot

3202 10 L mehrfarbig .... dne 0,50 0,50
3203 100 L mehrfarbig .... dnf 2,50 2,50
Satzpreis (2 W.) 3,— 3,—
FDC 5,30
Kleinbogensatz (2 Klb.) 30,— 30,—

Auflage: 5.000 Sätze

2007, 15. Nov. 10. Todestag von Mutter Teresa. Odr. (5×2); gez. K 13½:13.

dng) Mutter Teresa, eigentlich Agnes Gonxha Bojaxhiu (1910–1997), indische Ordensschwester albanischer Abstammung, Friedensnobelpreis 1979

3204 60 L mehrfarbig .... dng 2,50 2,50
3205 130 L mehrfarbig .... dng 5,— 5,—
Satzpreis (2 W.) 7,50 7,50
FDC 15,—
Kleinbogensatz (2 Klb.) 75,— 75,—

Blockausgabe

3206	200 L mehrfarbig	dng I	20,—	20,—
Block 166	(81×60 mm)	dnh	20,—	20,—
		FDC		40,—

Auflagen: MiNr. 3204–3205 = 5.000 Sätze, Bl. 166 = 3.000 Blocks

2007, 16. Nov. Archäologische Funde. Odr. (5×1 Zd); gez. K 13½:13.

dni–dnl) Griechische Gaia-Statue aus einer archäologischen Ausgrabung in Durrës

3207	30 L mehrfarbig	dni	5,—	5,—
3208	120 L mehrfarbig	dnk	5,—	5,—
		Satzpreis (2 W.)	10,—	10,—
		FDC		12,—
		Paar	10,—	10,—
		Kleinbogen	50,—	50,—

Blockausgabe

dnm

dnl

3209	200 L mehrfarbig	dnl	—,—	—,—
Block 167	(80×60 mm)	dnm	*300,—*	*300,—*

Bl. 167 wurde von der Post zunächst zurückgehalten und anschließend in geringer Stückzahl zu erhöhten Preisen direkt an den Handel abgegeben.

Auflagen: MiNr. 3207–3208 = 5.000 Sätze, Bl. 167 = 2.000 numerierte Blocks

2007, 19. Nov. Prähistorische Höhlenzeichnungen. Odr. (5×2); gez. K 13½:13¼.

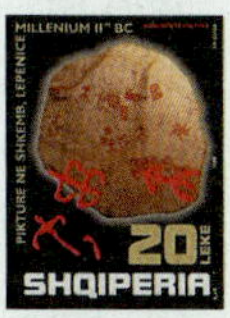

dnn) Höhle von Lepenicë

dno) Höhle von Trenit

3210	20 L mehrfarbig	dnn	0,50	0,50
3211	100 L mehrfarbig	dno	2,50	2,50
		Satzpreis (2 W.)	3,—	3,—
		FDC		5,—
		Kleinbogensatz (2 Klb.)	30,—	30,—

Blockausgabe, gez. Ks 13¼:13½

dnr

dnp) Höhle von Trenit

3212	300 L mehrfarbig	dnp	6,—	6,—
Block 168	(81×61 mm)	dnr	6,—	6,—
		FDC		8,—

Auflagen: MiNr. 3210–3211 = 5.000 Sätze, Bl. 168 = 4.000 numerierte Blocks

2007, 22. Nov. Persönlichkeiten. Odr. (1×4 Zd); gez. K 13:13¼.

dns) Abdurrahim Buza (1905–1986), Maler

dnt) Aleks Buda (1911–1993), Historiker
dnu) Thimi Mitko (1820–1890), Schriftsteller
dnv) Martin Camaj (1925–1992), Schriftsteller

3213	50 L mehrfarbig	dns	1,—	1,—
3214	50 L mehrfarbig	dnt	1,—	1,—
3215	50 L mehrfarbig	dnu	1,—	1,—
3216	50 L mehrfarbig	dnv	1,—	1,—
		Satzpreis (4 W.)	4,—	4,—
		FDC		9,—
		Viererstreifen	4,—	4,—

MiNr. 3213–3216 wurden waagerecht zusammenhängend gedruckt.

Auflage: 4.000 Sätze

2007, 22. Nov. Persönlichkeiten. Odr. (1×4 Zd); gez. K 13¼:13.

dnw) Osman Kazazi (1917–1999), Vorsitzender der Vereinigung ehemaliger politisch Vefolgter
dnx) Pjeter Arbnori (1935–2006), Schriftsteller und Politiker

dny) Lasgush Poradeci, eigentl. Llazar Sotir Gusho (1899–1987), Dichter
dnz) Çesk Zadeja (1927–1997), Komponist

3217	10 L mehrfarbig	dnw	0,30	0,30
3218	20 L mehrfarbig	dnx	0,30	0,30
3219	60 L mehrfarbig	dny	1,20	1,20

3220	100 L mehrfarbig	dnz	2,—	2,—
		Satzpreis (4 W.)	3,80	3,80
		FDC		9,—
		Viererstreifen	4,—	4,—

MiNr. 3217–3220 wurden waagerecht zusammenhängend gedruckt.

Auflage: 4.000 Sätze

2007, 26. Nov. Fußball-Weltmeisterschaft, Deutschland (2006). Odr. (2×5); gez. K 13:13¼.

doa) Spieler aus Kreisen

dob) Spieler aus Dreiecken

doc) Spieler aus Rechtecken

3221	30 L mehrfarbig	doa	1,—	1,—
3222	60 L mehrfarbig	dob	3,—	3,—
3223	120 L mehrfarbig	doc	6,—	6,—
		Satzpreis (3 W.)	10,—	10,—
		FDC		12,—
		Kleinbogensatz (3 Klb.)	100,—	100,—

Blockausgabe

doe

dod) Veranstaltungsemblem

3224	350 L mehrfarbig	dod	12,—	12,—
Block 169	(61×81 mm)	doe	15,—	15,—
		FDC		17,—

Auflagen: MiNr. 3221–3223 = 5.000 Sätze, Bl. 169 = 4.000 numerierte Blocks

2007, 28. Nov. 95 Jahre Unabhängigkeit. Odr. (4×4); gez. K 13¼:13½.

dof) Flagge

dog) Inschrift

dof–dog) Ismail Qemali (1844–1919), erster Regierungschef

3225	50 L mehrfarbig	dof	1,—	1,—
3226	110 L mehrfarbig	dog	2,20	2,20
		Satzpreis (2 W.)	3,20	3,20
		FDC		5,20

Auflage: 5.000 Sätze

2007, 3. Dez. Gemüse. Odr., Kleinbogen (8), MiNr. 3227 auch Bogen; gez. L 13.

doh) Knoblauch

doi) Zwiebel

dok) Paprika

dol) Tomate

3227	80 L mehrfarbig	doh	3,—	3,—
3228	80 L mehrfarbig	doi	3,—	3,—
3229	80 L mehrfarbig	dok	3,—	3,—
3230	80 L mehrfarbig	dol	3,—	3,—
		Satzpreis (4 W.)	12,—	12,—
		FDC		14,—
		Zd-Streifen	12,—	12,—
		Kleinbogen	25,—	25,—

MiNr. 3227–3230 wurden mit dazwischenliegenden Zierfeldern zusammenhängend im Kleinbogen zu 8 Marken gedruckt.

MiNr. 3227 wurde auch alleine im Bogen gedruckt.

Auflage: 4.000 Sätze

2007, 4. Dez. Flora. Odr.; gez. L 13.

dom

don

dom–don) Albanische Wulfenie (Wulfenia baldacci)

3231	70 L mehrfarbig	dom	5,—	5,—
3232	100 L mehrfarbig	don	5,—	5,—
		Satzpreis (2 W.)	10,—	10,—
		FDC		12,—
		Zd-Streifen	10,—	10,—
		Kleinbogen	40,—	40,—

MiNr. 3231–3232 wurden mit dazwischenliegenden Zierfeldern zusammenhängend im Kleinbogen zu 8 Marken gedruckt.

Auflage: 6.000 Sätze

2007, 5. Dez. 95 Jahre Albanische Post. Odr. (5×2); gez. K 13½:13.

doo) Inschrift

3233	80 L mehrfarbig	doo	1,60	1,60
3234	90 L mehrfarbig	doo	1,80	1,80
		Satzpreis (2 W.)	3,40	3,40
		FDC		5,40
		Kleinbogensatz (2 Klb.)	34,—	34,—

Auflage: 5.000 Sätze

2007, 7. Dez. Verbesserung der Infrastruktur. Odr. (2×4); gez. K 13¼:13.

dop) Neuer Straßenbelag
dor) Hafen von Durrës
dos) Neubauviertel in Tirana
dot) Mutter-Teresa-Flughafen
dou) Straße Shkodra–Han i Hotit
dov) Straße Tepelena–Gjirokastra
dow) Straße Fier–Lushnja
dox) Straße Kalimash–Morine

3235	10 L	mehrfarbig	dop	0,30	0,30
3236	20 L	mehrfarbig	dor	0,30	0,30
3237	30 L	mehrfarbig	dos	0,60	0,60
3238	40 L	mehrfarbig	dot	0,80	0,80
3239	50 L	mehrfarbig	dou	1,—	1,—
3240	60 L	mehrfarbig	dov	1,20	1,20
3241	70 L	mehrfarbig	dow	1,40	1,40
3242	80 L	mehrfarbig	dox	1,60	1,60
			Satzpreis (8 W.)	7,20	7,20
			2 FDC		18,—
			Kleinbogen	7,50	7,50

Blockausgabe

doz

doy) Mutter-Teresa-Flughafen

3243	150 L	mehrfarbig	doy	4,—	4,—
Block 170		(80×59 mm)	doz	5,—	5,—
			FDC		7,—

Auflagen: MiNr. 3235–3242 = 5.000 Sätze, Bl. 170 = 3.000 numerierte Blocks

2008, 12. April. NATO-Beitritt. Odr. (2×4 Zd); gez. K 13:13½.

dpa) NATO-Emblem, Flaggen der Mitgliedstaaten
dpb) Albanischer Wappenadler, NATO-Emblem

3244	40 L	mehrfarbig	dpa	0,80	0,80
3245	60 L	mehrfarbig	dpb	1,20	1,20
			Satzpreis (2 W.)	2,—	2,—
			Paar	2,—	2,—
			FDC		5,—

Auflage: 13.000 Sätze

2008, 16. Juni. Fußball-Europameisterschaft. Odr. (2×2 Zd, MiNr. 3247 auch 4×7); gez. K 13:13½.

dpc) Landkarte und Flagge der Schweiz
dpd) Landkarte und Flagge Österreichs

3246	50 L	mehrfarbig	dpc	1,50	1,50
3247	250 L	mehrfarbig	dpd	6,—	6,—
			Satzpreis (2 W.)	7,50	7,50
			Paar	7,50	7,50
			FDC		8,—
			Kleinbogen	30,—	30,—

Blockausgabe, gez. Ks 13½:13

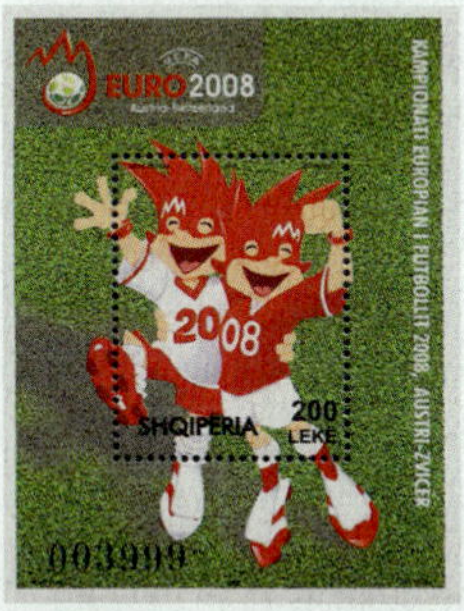

dpf

dpe) Maskottchen Trix und Flix

3248	200 L	mehrfarbig	dpe	4,—	4,—
Block 171		(60×80 mm)	dpf	4,50	4,50
			FDC		8,—

Bl. 171 ist auch ohne Kontrollnummer bekannt (*250,—*).

Auflagen: MiNr. 3246–3247 = 5.700 Sätze, Bl. 171 = 3.700 numerierte Blocks

2008, 27. Juni. 130 Jahre Liga von Prizren. Odr. (5×1 Zd); gez. K 13½:13.

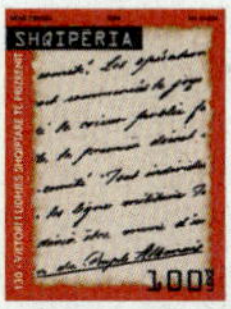

dpg) Handschrift

dph) Gebäude in Prizren

3249	100 L	mehrfarbig	dpg	2,—	2,—
3250	150 L	mehrfarbig	dph	3,—	3,—
			Satzpreis (2 W.)	5,—	5,—
			FDC		8,—
			Paar	5,—	5,—
			Kleinbogen	25,—	25,—

MiNr. 3249–3250 wurden senkrecht zusammenhängend gedruckt.

Auflage: 5.800 Sätze

2008, 30. Juni. 95. Jahrestag der ersten albanischen Briefmarkenausgabe. Odr. (3×4); gez. K 13½:13.

dpi) Marke MiNr. 1

3251	40 L	mehrfarbig	dpi	0,80	0,80
			FDC		4,—

Auflage: 5.800 Stück

2008, 9. Juli. Künstler. Odr. (1×3 Zd); gez. K 13:13½.

dpk) John Belushi (1949–1982), amerikanischer Schauspieler albanischer Abstammung; Filmplakat zu „The Blues Brothers“

dpl) Gjon Mili (1904–1984), amerikanischer Photograph albanischer Abstammung
dpm) Sinan (1489–1588), osmanischer Architekt
dpn) Ibrahim Kodra (1918–2006), albanischer Maler

3252	5 L	mehrfarbig	dpk	0,30	0,30
3253	10 L	mehrfarbig	dpl	0,30	0,30
3254	20 L	mehrfarbig	dpm	0,30	0,30
3255	200 L	mehrfarbig	dpn	3,80	3,80
			Satzpreis (4 W.)	4,70	4,70
			FDC		7,—
			Viererstreifen	5,—	5,—

MiNr. 3252–3255 wurden waagerecht zusammenhängend gedruckt.

Auflage: 3.800 Sätze

2008, 15. Juli. Europa: Der Brief. Odr. (5×2); gez. K 13½:13.

dpo) Hand mit Schreibfeder; Umrisskarte Europas

dpp) Hand mit Schreibfeder; Umrisskarte mit Albanien

3256	100 L	mehrfarbig	dpo	2,50	2,50
3257	150 L	mehrfarbig	dpp	3,50	3,50
			Satzpreis (2 W.)	6,—	6,—
			FDC		8,—
			Kleinbogensatz (2 Klb.)	60,—	60,—

Blockausgabe, gez. Ks 13:13½

dps

dpr) Inschrift, Herz, Europaflagge

3258	250 L	mehrfarbig	dpr	6,—	6,—
Block 172		(81×61 mm)	dps	6,—	6,—
			FDC		8,—

Auflagen: MiNr. 3256–3257 = 49.500 Sätze, Bl. 172 = 25.500 numerierte Blocks

2008, 30. Juli. Klatschmohn. Odr. (5×1 Zd); gez. K 13½:13.

dpt

dpu

dpt–dpu) Klatschmohn (Papaver rhoeas)

3259	50 L	mehrfarbig	dpt	1,—	1,—
3260	150 L	mehrfarbig	dpu	3,—	3,—
			Satzpreis (2 W.)	4,—	4,—
			FDC		7,—
			Paar	4,—	4,—
			Kleinbogen	20,—	20,—

MiNr. 3259–3260 wurden senkrecht zusammenhängend gedruckt.

Auflage: 5.800 Sätze

2008, 1. Juni. Universelle Sprache der Kunst. Odr. (1×5 Zd); gez. K 13¼:13½.

dpv) Tauben
dpw) Gleitschirmspringer und Segelboot

3261	40 L	mehrfarbig	dpv	1,—	1,—
3262	70 L	mehrfarbig	dpw	1,70	1,70
			Satzpreis (2 W.)	2,70	2,70
			Paar	2,70	2,70
			FDC		5,70
			Kleinbogen	14,—	14,—

MiNr. 3261–3262 gelangten nach derzeitigem Kenntnisstand erst in der zweiten Jahreshälfte 2008 in den Verkauf.

Auflage: 9.700 Sätze

2008, 8. Aug. Olympische Sommerspiele, Peking. Odr. (1×4 Zd), MiNr. 3464–3265 auch Einzelbogen; gez. K 13½:13¼.

dpx) Fußball
dpy) Wasserball
dpz) Laufen
dra) Radfahren

3263	20 L	mehrfarbig	dpx	0,60	0,60
3264	30 L	mehrfarbig	dpy	0,80	0,80
3265	40 L	mehrfarbig	dpz	1,—	1,—
3266	50 L	mehrfarbig	dra	1,30	1,30
			Satzpreis (4 W.)	3,70	3,70
			FDC		6,70
			Viererstreifen	4,—	4,—

Auflage: 69.700 Sätze

2008, 25. Aug. Schluchten. Odr. (2×2 Zd); gez. K 13:13¼.

drb) Kanionet e Osumit
drc) Liqeni i Komanit

3267	60 L mehrfarbig	drb	1,50	1,50
3268	250 L mehrfarbig	drc	7,—	7,—
		Satzpreis (2 W.)	8,50	8,50
		Paar	8,50	8,50
		FDC		11,50
		Kleinbogen	34,—	34,—

Auflage: 5.800 Sätze

2008, 1. Sept. 80. Jahrestag der Krönung von Ahmet Zogu zum König von Albanien. Odr., Kleinbogen (2×2 Zd), MiNr. 3270 auch Bogen (7×4); gez. K 13:13¼.

drd drd

drd) Ahmet Zogu (1895–1961), Präsident 1925–1928, König 1928–1939

3269	40 L mehrfarbig	drd	1,—	1,—
3270	100 L mehrfarbig	drd	2,70	5,50
		Satzpreis (2 W.)	3,70	3,70
		Paar	3,70	3,70
		FDC		5,70
		Kleinbogen	15,—	15,—

Auflage: 5.800 Sätze

2008, 12. Sept. Vorkämpfer für Freiheit und Demokratie. Odr. (2×2 Zd); gez. K 13:13¼.

dre) Azem Hajdari (1963–1998), Politiker
drf) Adem Jashari (195–1998), kosovarischer Unabhängigkeitskämpfer

3271	40 L mehrfarbig	dre	1,—	1,—
3272	200 L mehrfarbig	drf	5,50	5,50
		Satzpreis (2 W.)	6,50	6,50
		Paar	6,50	6,50
		FDC		9,50
		Kleinbogen	26,—	26,—

Auflage: 5.800 Sätze

2008, 20. Sept. Unabhängigkeit des Kosovo: Kosovarische Nationalhelden. Odr.; gez. K 13½:13¼.

drg	Zierfeld	drh
Zierfeld	dri	Zierfeld
drk	Zierfeld	drl

drg) Ymer Prizreni (1826–1886), Ministerpräsident der Liga von Prizren
drh) Isa Boletini (1864–1916), Kämpfer gegen Türken und Serben
dri) Ibrahim Rugova (1944–2006), Präsident
drk) Azem Galica (1889–1924), Kämpfer gegen Türken und Serben
drl) Adem Jashari (1955–1998), Unabhängigkeitskämpfer

3273	20 L mehrfarbig	drg	0,50	0,50
3274	30 L mehrfarbig	drh	0,80	0,80
3275	40 L mehrfarbig	dri	1,—	1,—
3276	50 L mehrfarbig	drk	1,30	1,30
3277	70 L mehrfarbig	drl	1,80	1,80
		Satzpreis (5 W.)	5,40	5,40
		FDC		8,50
		Neunerblock	6,—	6,—

MiNr. 3273–3277 wurden mit 4 Zierfeldern zusammenhängend gedruckt und als Neunerblock verkauft.

Auflage: 9.700 Sätze

2008, 3. Okt. Römische Kaiser illyrischer Abstammung (II). Odr. (5×1 Zd); gez. K 13:13¼.

drm) Decius (um 200–251)

drn) Maximinus Thrax (um 173–238)

3278	30 L mehrfarbig	drm	0,80	0,80
3279	200 L mehrfarbig	drn	5,50	5,50
		Satzpreis (2 W.)	6,30	6,30
		FDC		9,30
		Paar	6,30	6,30
		Kleinbogen	31,50	31,50

MiNr. 3278–3279 wurden senkrecht zusammenhängend gedruckt.

Auflage: 5.800 Sätze

2008, 15. Okt. Harry Potter. Odr., Bogen (2×2 Zd) und Markenheftchen (1 Zd), MiNr. 3280 und 3282–3283 auch Einzelbogen (4×7); gez. K 13¼:13½.

dro) mit Professor Dumbledore
drp) mit Hauself Dobby
drr) mit Hermine und seinen Freunden
drs) mit Lord Voldemort

dro–drs) Filmszenen mit Daniel Radcliffe (*1989) als Harry Potter

3280	20 L mehrfarbig	dro	0,50	0,50
3281	30 L mehrfarbig	drp	1,—	1,—
3282	50 L mehrfarbig	drr	1,50	1,50
3283	100 L mehrfarbig	drs	3,50	3,50
		Satzpreis (4 W.)	6,50	6,50
		Viererblock	7,50	7,50
		FDC		11,—
		Markenheftchen	*100,—*	*100,—*

Postpreis des Markenheftchens: 550 L

Auflage: 5.200 Sätze, davon 500 im Markenheftchen

2008, 14. Nov. 100. Jahrestag des Kongresses von Monastir. Odr. (2×2 Zd); gez. K 13.

drt) Gebäude des Kongresses albanischer Intellektueller in Bitola (vormals Monastir), Makedonien
dru) Schreibung albanischer Phoneme mittels des lateinischen Alphabetes

3284	40 L mehrfarbig	drt	1,10	1,10
3285	100 L mehrfarbig	dru	2,70	2,70
		Satzpreis (2. W.)	3,80	3,80
		Paar	3,80	3,80
		FDC		6,80
		Kleinbogen	15,—	15,—

Auflage: 5.800 Sätze

2008, 5. Dez. Archäologische Ausgrabungsstätten. Odr. (1×4 Zd); gez. K 13.

drv) Synagoge, Sarandë
drw) Oricum
drx) Antigonea

3286	10 L mehrfarbig	drv	0,30	0,30
3287	50 L mehrfarbig	drw	1,80	1,80
3288	80 L mehrfarbig	drx	2,20	2,20
		Satzpreis (3 W.)	4,30	4,30
		Dreierstreifen	4,30	4,30
		FDC		7,30

Auflage: 4.800 Sätze

2009, 9. Okt. 135 Jahre Weltpostverein (UPU). Odr., Kleinbogen (2×2 Zd), MiNr. 3289 auch Bogen (4×8); gez. K 13:13½, Hochformat ~.

dry

drz

dry–drz) UPU-Emblem, Weltkarte

3289	100 L mehrfarbig	dry	2,—	2,—
3290	200 L mehrfarbig	drz	4,—	4,—
		Satzpreis (2 W.)	6,—	6,—
		Paar	6,—	6,—
		FDC		9,—
		Kleinbogen	25,—	25,—

MiNr. 3289–3290 wurden waagerecht zusammenhängend gedruckt.

Auflage: 5.800 Sätze

2009, 16. Okt. Laurel und Hardy. Odr. (5×1 Zd); gez. K 13½:13.

dsa) in Smokings

dsb) in Latzhosen

dsa–dsc) Stan Laurel (1890–1965) und Oliver Hardy (1892–1957), englisch-amerikanische Filmkomiker

3291	150 L mehrfarbig	dsa	3,—	3,—
3292	200 L mehrfarbig	dsb	4,—	4,—
		Satzpreis (2 W.)	7,—	7,—
		FDC		10,—
		Paar	7,—	7,—
		Kleinbogen	35,—	35,—

Blockausgabe, gez. Ks 13:13½

dsd

dsc) mit Doktorhüten

3293	300 L mehrfarbig	dsc	6,—	6,—
Block 173	(80×60 mm)	dsd	6,—	6,—
		FDC		9,—

MiNr. 3291–3292 wurden senkrecht zusammenhängend gedruckt.

Auflagen: MiNr. 3291–3292 = 7800 Sätze, Bl. 173 = 4800 numerierte Blocks

2009, 21. Okt. Sport in Albanien. Odr., Kleinbogen (1×2 Zd), MiNr. 3294 auch Bogen (8×4); gez. K 13½:13.

dse–dsh) Gewichtheben

3294	10 L	mehrfarbig	dse	0,30	0,30
3295	60 L	mehrfarbig	dsf	1,20	1,20
3296	120 L	mehrfarbig	dsg	2,30	2,30
3297	150 L	mehrfarbig	dsh	3,—	3,—
			Satzpreis (4 W.)	6,80	6,80
			Viererblock	6,80	6,80
			FDC		10,—
			Kleinbogen	14,—	14,—

Auflage: 6.800 Sätze

2009, 30. Okt. 50 Jahre Europäischer Gerichtshof für Menschenrechte. Odr. (3×3); gez. K 13.

dsi) Gebäude des Gerichtshofes, Straßburg

3298	200 L	mehrfarbig	dsi	4,50	4,50
			FDC		7,50
			Kleinbogen	40,—	40,—

Auflage: 4.800 Stück

2009, 2. Nov. 60 Jahre Europarat. Odr. (3×3); gez. K 13.

dsk) Europakarte mit Flaggen

3299	150 L	mehrfarbig	dsk	3,50	3,50
			FDC		6,50
			Kleinbogen	32,—	32,—

Auflage: 4.800 Stück

2009, 11. Nov. Albanische Maler im Ausland. Odr., Kleinbogen (2×1 Zd), MiNr. 3300 und 3302 auch Bogen (4×8); gez. K 13.

dsl) Abidin Dino (1913–1993), Frankreich
dsm) Lin Delija (1926–1994), Italien
dsn) Lika Janko (1928–2001), Bulgarien
dso) Artur Tashko (1901–1994), Kolumbien

3300	40 L	mehrfarbig	dsl	0,80	0,80
3301	50 L	mehrfarbig	dsm	1,—	1,—
3302	60 L	mehrfarbig	dsn	1,20	1,20
3303	150 L	mehrfarbig	dso	3,—	3,—
			Satzpreis (4 W.)	6,—	6,—
			Viererblock	6,—	6,—
			FDC		9,—
			Kleinbogen	12,—	12,—

Auflage: 5.800 Sätze

2009, 16. Nov. Verkehrspolizei. Odr., Kleinbogen (2×2 Zd), MiNr. 3304 auch Bogen; gez. K 13½:13.

dsp) Verkehrspolizist als Stierkämpfer
dsr) Verkehrspolizist sichert Zebrastreifen

3304	5 L	mehrfarbig	dsp	0,50	0,50
3305	1000 L	mehrfarbig	dsr	19,50	19,50
			Satzpreis (2 W.)	20,—	20,—
			Paar	20,—	20,—
			FDC		23,—
			Kleinbogen	80,—	80,—

Auflage: 3.800 Sätze

2009, 23. Nov. 60 Jahre diplomatische Beziehungen mit der Volksrepublik China. Odr. (3×3); gez. K 13.

dss) Adler, Drache, Flaggenband

3306	20 L	mehrfarbig	dss	0,40	0,40
			FDC		3,50
			Kleinbogen	3,60	3,60

Auflage: 39.700 Stück

2009, 25. Nov. Meisterwerke des mündlichen und immateriellen Erbes der Menschheit. Odr., Kleinbogen (2×2 Zd), MiNr. 3307 auch Bogen; gez. K 13½:13.

dst) Isopolyphonischer Gesang
dsu) Isopolyphonische Instrumentalmusik

3307	40 L	mehrfarbig	dst	0,80	0,80
3308	250 L	mehrfarbig	dsu	5,—	5,—
			Satzpreis (2 W.)	5,80	5,80
			Paar	5,80	5,80
			FDC		9,—
			Kleinbogen	24,—	24,—

Auflage: 5.800 Sätze

2009, 29. Nov. 65. Jahrestag der Befreiung. Odr., Kleinbogen (2×2 Zd), MiNr. 3309 auch Bogen (4×8); gez. K 13:13½.

dsv) Politoffizier Aleksej Jeremenko führt den Angriff (12.7.1942); Photographie von Max Alpert (1899–1980), sowjetischer Photojournalist
dsw) Bombenangriff

dsv–dsw) Wappenadler

3309 70 L mehrfarbig . . . . dsv 1,40 1,40
3310 200 L mehrfarbig . . . . dsw 4,— 4,—
Satzpreis (2 W.) 5,40 5,40
Paar 5,40 5,40
FDC 8,50
Kleinbogen 22,— 22,—

Auflage: 5.800 Sätze

2009, 5. Dez. Folklore. Odr., Kleinbogen (1×4 Zd), MiNr. 3311 auch Bogen; gez. K 13:13½.

dsx) Riesin drückt Mann an ihre Brüste
dsy) Paar auf Pferd

dsx–dsy) Szenen aus der Legende von Muju und Halili

3311 30 L mehrfarbig . . . . dsx 0,60 0,60
3312 200 L mehrfarbig . . . . dsy 4,— 4,—
Satzpreis (2 W.) 4,60 4,60
Paar 4,60 4,60
FDC 8,—
Kleinbogen 20,— 20,—

Auflage: 5.800 Sätze

2009, 9. Dez. Sakralbauten. Odr., Kleinbogen (1×3 Zd), MiNr. 3315 auch Bogen (4×7); gez. K 13½:13.

dsz) Junggesellen-Moschee, Berat

dta) Byzantinische Kirche von Ristozi, Mborje
dtb) Byzantinische Kirche von Pllanë, Lezhë

3313 90 L mehrfarbig . . . . dsz 1,80 1,80
3314 100 L mehrfarbig . . . . dta 2,— 2,—
3315 120 L mehrfarbig . . . . dtb 2,40 2,40
Satzpreis (3 W.) 6,20 6,20
Dreierstreifen 6,20 6,20
FDC 9,50
Kleinbogen 19,— 19,—

MiNr. 3313–3315 wurden waagerecht zusammenhängend gedruckt.

Auflage: 5.800 Sätze

2009, 11. Dez. Europa: Astronomie. Odr. (2×5); gez. K 13:13½.

dtc) Raumsonde, Planeten

dtd) Erforschung des Mars

3316 200 L mehrfarbig . . . . dtc 4,— 4,—
3317 250 L mehrfarbig . . . . dtd 5,— 5,—
Satzpreis (2 W.) 9,— 9,—
FDC 13,—
Kleinbogensatz (2 Klb.) 90,— 90,—

Blockausgabe, gez. Ks 13½:13

dtf

dte) Raumsonde

3318 350 L mehrfarbig . . . . dte 8,— 8,—
Block 174 (80×60 mm) . . . . dtf 8,— 8,—
Markenheftchen 30,— 30,—

Das Markenheftchen enthält ein Heftchenblatt mit MiNr. 3316–3318.

Bl. 174 unterscheidet sich vom ähnlich gestalteten Teil des Heftchenblattes durch die Kontrollnummer am unteren Blockrand.

Postpreis des Markenheftchens: 1200 L

Auflagen: MiNr. 3316–3317 = 25.650 Sätze, Bl. 174 = numerierte 14.650 Blocks sowie 6.000 Markenheftchen

2009, 16. Dez. Archäologische Funde. Odr. (2×2 Zd); gez. K 13.

dtg) Grundmauern der Burg von Tirana
dth) Illyrisches Hügelgrab, Kamenica

3319 30 L mehrfarbig . . . . dtg 0,60 0,60
3320 250 L mehrfarbig . . . . dth 5,— 5,—
Satzpreis (2 W.) 5,60 5,60
Paar 5,60 5,60
FDC 9,—
Kleinbogen 23,— 23,—

Auflage: 5.800 Sätze

2009, 21. Dez. Nationaltheater. Odr., Kleinbogen (1×3 Zd), MiNr. 3322 auch Bogen (4×7); gez. K 13.

dti) Regen am Strand; von Teodor Laço (1936–2016)

dtk) Gebäude 176; von Adelina Balashi
dtl) Die wahre Entschuldigung des Sokrates; von Kostas Varnalis (1884–1974)

3321	20 L mehrfarbig	dti	0,40	0,40
3322	80 L mehrfarbig	dtk	1,60	1,60
3323	200 L mehrfarbig	dtl	4,—	4,—
		Satzpreis (3 W.)	6,—	6,—
		FDC		9,50
		Dreierstreifen	6,—	6,—
		Kleinbogen	18,—	18,—

MiNr. 3321–3323 wurden waagerecht zusammenhängend gedruckt.

Auflage: 5.800 Sätze

2009, 28. Dez. 60 Jahre zentrales Staatsarchiv. Odr. (2×2 Zd); gez. K 13.

dtm) Buch, Handschrift
dtn) Schriftrolle

3324	40 L mehrfarbig	dtm	0,80	0,80
3325	60 L mehrfarbig	dtn	1,20	1,20
		Satzpreis (2 W.)	2,—	2,—
		Paar	2,—	2,—
		FDC		5,50
		Kleinbogen	8,—	8,—

Auflage: 5.800 Sätze

2010, 12. April. Kulturfestival „Italia e Albania 2010“. Odr. (3×3); gez. K 13.

dto) Hände mit Segeln in albanischen Nationalfarben, abwehrende Hände in italienischen Nationalfarben

3326	40 L mehrfarbig	dto	1,80	1,80
		FDC		4,—
		Kleinbogen	17,—	17,—

Auflage: 104.750 Stück

2010, 26. Aug. 100. Geburtstag von Mutter Teresa. Odr. (3×3); gez. K 13.

dtp) Mutter Teresa, eigentlich Agnes Gonxha Bojaxhiu (1910–1997), albanisch-indische katholische Ordensgründerin, Friedensnobelpreis 1979

3327	100 L mehrfarbig	dtp	2,20	2,20
		FDC		12,—
		Kleinbogen	20,—	20,—

Auf dem amtlichen FDC befinden sich auch die Marken Kosovo MiNr. 167 und Nordmazedonien MiNr. 558.

Auflage: 38.500 Stück

Parallelausgabe mit Kosovo MiNr. 167 und Nordmazedonien MiNr. 558

2010, 8. Nov. Einführung der visafreien Einreise für Albaner in die Europäische Union. Odr. (3×3); gez. K 13:13¼.

dtr) EU-Flagge mit albanischem Wappenadler

3328	40 L mehrfarbig	dtr	0,80	0,80
		FDC		5,—
		Kleinbogen	7,50	7,50

Auflage: 149.750 Stück

2011, 18. Febr. 90 Jahre Staatsbibliothek (2010). Odr. (2×2 Zd); gez. K 13:13¼.

dts) Mann liest Buch
dtt) Mann am Computer

3329	10 L mehrfarbig	dts	0,50	0,50
3330	1000 L mehrfarbig	dtt	19,50	19,50
		Satzpreis (2 W.)	20,—	20,—
		Paar	20,—	20,—
		FDC		23,—
		Kleinbogen	80,—	80,—

Auflage: MiNr. 3329–3330 = 3.800 Paare, MiNr. 3330 zusätzlich 80.000 Stück

2011, 20. Febr. 20. Jahrestag der Studentenunruhen. Odr. (2×2 Zd); gez. K 13.

dtu) Demonstranten
dtv) Sturz des Hodscha-Denkmales am 20.2.1991

3331	40 L mehrfarbig	dtu	1,—	1,—
3332	60 L mehrfarbig	dtv	1,50	1,50
		Satzpreis (2 W.)	2,50	2,50
		Paar	2,50	2,50
		FDC		4,50
		Kleinbogen	10,—	10,—

Blockausgabe

dtx

dtw) Demonstranten mit Victory-Zeichen

3333 200 L mehrfarbig . . . . dtw 3,50 3,50
Block 175 (70×89 mm) . . . . dtx 4,— 4,—
FDC 6,50

Auflagen: MiNr. 3331–3332 = 6.750 Paare, MiNr. 3331 zusätzlich 700.000 Stück, Bl. 175 = 3.750 numerierte Blocks

2011, 25. Febr. Europa: Kinderbücher (2010). Odr. (5×1 Zd); gez. K 13¼:13.

dty) Sonne, Esel und Hahn

dtz) Mädchen, Taube, Katze

3334 100 L mehrfarbig . . . . dty 2,— 2,—
3335 150 L mehrfarbig . . . . dtz 3,50 3,50
Satzpreis (2 W.) 5,50 5,50
FDC 7,—
Paar 5,50 5,50
Kleinbogen 28,— 28,—

Blockausgabe, gez. Ks 13:13¼

dub

dua) Mädchen mit Bücherstapel

3336 250 L mehrfarbig . . . . dua 5,— 5,—
Block 176 (80×60 mm) . . . . dub 5,50 5,50
FDC 7,—

MiNr. 3334–3335 wurden senkrecht zusammenhängend gedruckt.

Auflagen: MiNr. 3334–3335 = 19.650 Paare, MiNr. 3335 zusätzlich 100.000 Stück, Bl. 176 = 14.650 numerierte Blocks

2011, 2. März. Unterwasserarchäologie. Odr. (2×2 Zd); gez. K 13¼:12¾.

duc) Stierkopf
dud) Amphoren

3337 50 L mehrfarbig . . . . duc 1,— 1,—
3338 250 L mehrfarbig . . . . dud 5,— 5,—
Satzpreis (2 W.) 6,— 6,—
Paar 6,— 6,—
FDC 8,50
Kleinbogen 24,— 24,—

Auflagen: MiNr. 3337–3338 = 5.800 Paare, MiNr. 3338 zusätzlich 50.000 Stück

2011, 10. März. Fußball-Weltmeisterschaft, Südafrika (2010). Odr. (2×2 Zd); gez. K 13¼:13.

due–duf) Spielszenen, Veranstaltungsemblem

3339 80 L mehrfarbig . . . . due 1,60 1,60
3340 120 L mehrfarbig . . . . duf 2,40 2,40
Satzpreis (2 W.) 4,— 4,—
Paar 4,— 4,—
FDC 6,50
Kleinbogen 16,— 16,—

Blockausgabe

duh

dug) Spielszene, Veranstaltungsemblem

3341 200 L mehrfarbig . . . . dug 4,— 4,—
Block 177 (61×80 mm) . . . . duh 4,— 4,—
FDC 6,50

Auflagen: MiNr. 3339–3340 = 6.750 Paare, MiNr. 3340 zusätzlich 500.000 Stück, Bl. 177 = 5.750 numerierte Blocks

2011, 21. März. Albanische Friedenstruppen. Odr. (2×2 Zd); gez. K 13¼:12¾.

dui) Hubschrauber
duk) Panzer
dui–duk) Soldaten, NATO-Emblem

3342 50 L mehrfarbig . . . . dui 1,— 1,—
3343 200 L mehrfarbig . . . . duk 4,— 4,—
Satzpreis (2 W.) 5,— 5,—
Paar 5,— 5,—
FDC 7,50
Kleinbogen 20,— 20,—

Auflagen: MiNr. 3342–3343 = 4.800 Paare, MiNr. 3343 zusätzlich 200.000 Stück

2011, 23. März. Kongress von Lushnja (1920). Odr. (2×2 Zd); gez. K 13¼:13.

dul) Stempel
dum) Gebäude

3344	70 L	mehrfarbig	dul	1,50	1,50
3345	150 L	mehrfarbig	dum	3,—	3,—
			Satzpreis (2 W.)	4,50	4,50
			Paar	4,50	4,50
			FDC		7,—
			Kleinbogen	18,—	18,—

Auflagen: MiNr. 3344–3345 = 4.800 Paare, MiNr. 3344 zusätzlich 600.000 Stück

2011, 31. März. Nationaler Tag des Kulturerbes. Odr. (1×2 Zd); gez. K 13:13¼.

dun) Haus des Zekats, Gjirokastër

duo) Gewebte Schürze aus Dumre
dup) Burg in Petrela
dur) Laute aus Shkodër

3346	10 L	mehrfarbig	dun	0,50	0,50
3347	70 L	mehrfarbig	duo	1,50	1,50
3348	80 L	mehrfarbig	dup	1,60	1,60
3349	120 L	mehrfarbig	dur	2,50	2,50
			Satzpreis (4 W.)	6,—	6,—
			Viererstreifen	6,—	6,—
			FDC		8,—
			Kleinbogen	12,—	12,—

Blockausgabe

dut

dus) Frau aus Buzdrin, Zadrimë

3350	200 L	mehrfarbig	dus	4,—	4,—
Block 178		(87×65 mm)	dut	4,—	4,—
			FDC		6,50

MiNr. 3346–3349 wurden waagerecht zusammenhängend gedruckt.

Auflagen: MiNr. 3346–3349 = 5.800 Viererstreifen, MiNr. 3346 zusätzlich 200.000, MiNr. 3348 zusätzlich 300.000 Stück, Bl. 178 = 4.800 numerierte Blocks

2011, 6. April. Silberschmiedekunst. Odr., Kleinbogen (2×1 Zd), MiNr. 3351–3352 und 3354 auch Bogen; gez. K 13.

duu) Korb
duv) Schmuckanhänger
duw) Schmetterling
dux) Tabakdose und Zigarettenspitze

3351	20 L	mehrfarbig	duu	0,50	0,50
3352	30 L	mehrfarbig	duv	0,60	0,60
3353	50 L	mehrfarbig	duw	1,—	1,—
3354	100 L	mehrfarbig	dux	2,—	2,—
			Satzpreis (4 W.)	4,—	4,—
			Viererblock	4,—	4,—
			FDC		6,50
			Kleinbogen	8,—	8,—

Blockausgabe

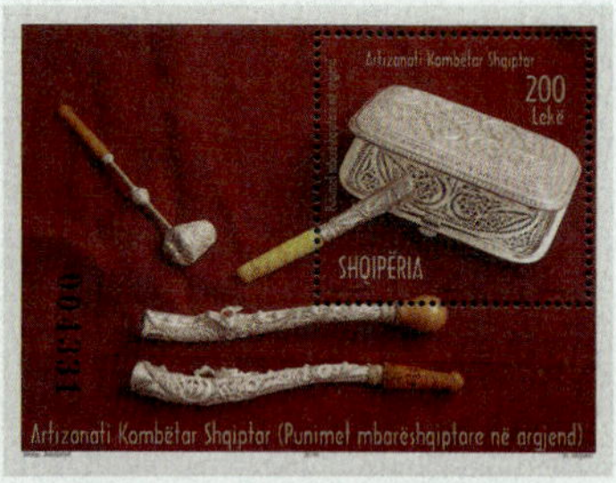

duz

duy) Tabakdose und Zigarettenspitze

3355	200 L	mehrfarbig	duy	4,—	4,—
Block 179		(90×70 mm)	duz	4,—	4,—
			FDC		6,50

Auflagen: MiNr. 3351–3354 = 7.750 Viererblocks, MiNr. 3351 zusätzlich 300.000, MiNr. 3352 zusätzlich 500.000, MiNr. 3354 zusätzlich 175.000 Stück, Bl. 179 = 5.750 numerierte Blocks

2011, 11. April. Ausbau der Straße von Durrës nach Kukës. Odr. (2×1 Zd); gez. K 13:13¼.

dva) Straßentrasse, Plan einer Anschlussstelle
dvb) Baustelle, Plan eines Kreisverkehrs
dvc) Tunnel, Plan einer Anschlussstelle
dvd) Talbrücke, Plan derselben

3356	40 L	mehrfarbig	dva	0,80	0,80
3357	60 L	mehrfarbig	dvb	1,30	1,30
3358	90 L	mehrfarbig	dvc	1,90	1,90

3359	150 L mehrfarbig	dvd	3,—	3,—
		Satzpreis (4 W.)	7,—	7,—
		Viererblock	7,—	7,—
		FDC		9,—
		Kleinbogen	14,—	14,—

Auflagen: MiNr. 3356–3359 = 6.750 Viererblocks, MiNr. 3356 zusätzlich 700.000, MiNr. 3358 zusätzlich 100.000 Stück

2011, 14. April. UNESCO-Welterbe: Berat. Odr. (3×2); gez. K 13:13¼.

dve) Ethnographisches Museum
dvf) Ortsansicht
dvg) Brücke
dvh) Torbogen und Zaun
dvi) Ortsansicht
dvk) Kirche in der Burganlage

3360	10 L mehrfarbig	dve	0,30	0,30
3361	20 L mehrfarbig	dvf	0,30	0,30
3362	30 L mehrfarbig	dvg	0,60	0,60
3363	50 L mehrfarbig	dvh	1,—	1,—
3364	60 L mehrfarbig	dvi	1,20	1,20
3365	80 L mehrfarbig	dvk	1,60	1,60
		Satzpreis (6 W.)	5,—	5,—
		FDC		7,—
		Kleinbogen	5,—	5,—

MiNr. 3360–3365 wurden zusammenhängend im Kleinbogen gedruckt.

Auflagen: MiNr. 3360–3365 = 5.750 Kleinbogen, MiNr. 3363–3364 zusätzlich je 300.000 Stück

2011, 29. Juli. Europa: Der Wald. Odr. (3×3); gez. K 13¼:13.

dvl) Landkarte, Bäume

3366	200 L mehrfarbig	dvl	4,50	4,50
		FDC		6,50
		Kleinbogen	41,—	41,—

Blockausgabe

dvn

dvm) Landkarte, Bäume

3367	250 L mehrfarbig	dvm	5,50	5,50
Block 180	(81×60 mm)	dvn	5,50	5,50

Auflagen: MiNr. 3366 = 219.650 Stück, Bl. 180 = 14.650 numerierte Blocks

2011, 26. Aug. Boxen. Odr. (2×2 Zd); gez. K 13¼:13.

dvo) Linker Haken
dvp) Infight

3368	50 L mehrfarbig	dvo	0,80	0,80
3369	100 L mehrfarbig	dvp	1,70	1,70
		Satzpreis (2 W.)	2,50	2,50
		Paar	2,50	2,50
		FDC		5,50
		Kleinbogen	10,—	10,—

Blockausgabe

dvs

dvr) Schutzhand

3370	250 L mehrfarbig	dvr	4,50	4,50
Block 181	(92×72 mm)	dvs	5,—	5,—

Auflagen: MiNr. 3368–3369 = 6.800 Paare, MiNr. 3368 zusätzlich 300.000 Stück, Bl. 181 = 4.800 numerierte Blocks

2011, 1. Sept. 20. Jahrestag der ersten freien Wahlen. Odr. (3×3); gez. K 13:13¼.

dvt) Wahlurne, zweifarbiger Wappenadler

3371	150 L mehrfarbig	dvt	2,50	2,50
		FDC		5,50
		Kleinbogen	23,—	23,—

Auflage: 205.800 Stück

2011, 12. Sept. 75. Geburtstag von Ismail Kadare. Odr. (3×3); gez. K 13.

dvu) Ismail Kadare (*1936), Schriftsteller

3372	40 L mehrfarbig	dvu	1,—	1,—
		FDC		3,50
		Kleinbogen	9,—	9,—

Auflage: 1.807.500 Stück

2011, 27. Sept. Valbona-Tal. Odr. (2×2 Zd); gez. K 13.

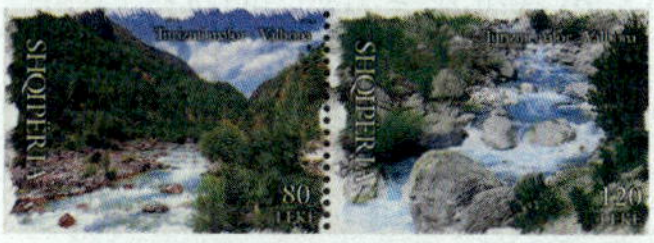

dvv–dvw) Fluss Valbona

3373	80 L mehrfarbig	dvv	1,20	1,20
3374	120 L mehrfarbig	dvw	2,60	2,60
		Satzpreis (2 W.)	3,80	3,80
		Paar	3,80	3,80
		FDC		6,—
		Kleinbogen	15,—	15,—

Auflagen: MiNr. 3373–3374 = 5.800 Paare, MiNr. 3373 zusätzlich 300.000 Stück

2011, 4. Okt. 90 Jahre Albanisches Rotes Kreuz. Odr. (2×2 Zd); gez. K 13.

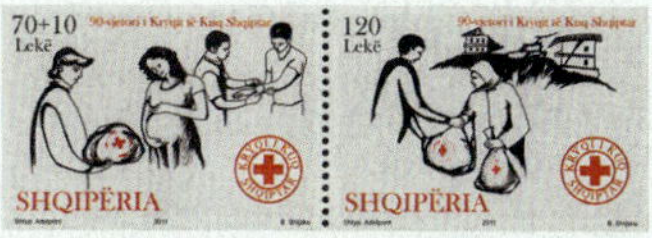

dvx–dvy) Rotkreuzhelfer im Einsatz

3375	70 (L) + 10 L mehrfarbig	dvx	1,20	1,20
3376	120 L mehrfarbig	dvy	2,60	2,60
		Satzpreis (2 W.)	3,80	3,80
		Paar	3,80	3,80
		FDC		6,—
		Kleinbogen	15,—	15,—

Auflagen: MiNr. 3375–3376 = 6.800 Paare, MiNr. 3375 zusätzlich 13.000, MiNr. 3376 zusätzlich 600.000 Stück

2011, 9. Okt. Brieftauben. Odr. (2×2 Zd); gez. K 13.

dvz) Taube mit Pilotenbrille und Tasche; Globus
dwa) Haustaube, Globus

3377	10 L mehrfarbig	dvz	0,30	0,30
3378	1000 L mehrfarbig	dwa	18,—	18,—
		Satzpreis (2 W.)	18,—	18,—
		Paar	18,—	18,—
		FDC		20,—
		Kleinbogen	72,—	72,—

Auflagen: MiNr. 3377–3378 = 5.800 Paare, MiNr. 3378 zusätzlich 80.000 Stück

2011, 14. Okt. Frühchristliche Mosaiken. Odr. (1×3 Zd); gez. K 13:13¼.

dwb) Mosaik in der Michaelsbasilika, Arapej (6. Jh.)
dwc) Mosaik in der Kirche von Antigonia (5.–6. Jh.)
dwd) Mosaik in Mesaplikut (6. Jh.)

3379	20 L mehrfarbig	dwb	0,30	0,30
3380	60 L mehrfarbig	dwc	1,—	1,—
3381	120 L mehrfarbig	dwd	2,20	2,20
		Satzpreis (3 W.)	3,50	3,50
		Dreierstreifen	3,80	3,80
		FDC		6,—
		Kleinbogen	11,—	11,—

Auflagen: MiNr. 3379–3381 = 5.800 Dreierstreifen, MiNr. 3379–3380 je zusätzlich 300.000 Stück

2011, 18. Nov. Forum adriatisch-ionischer Städte. Odr. (3×3); gez. K 13:13¼.

dwe) Umrisskarte des Adriatischen und des Ionischen Meeres, Segelschiffe, Emblem

3382	90 L mehrfarbig	dwe	1,40	1,40
		FDC		4,—
		Kleinbogen	13,—	13,—

Auflage: 154.800 Stück

2011, 5. Dez. Flora. Odr. (1×3 Zd); gez. K 13¼:13.

dwf) Gymnospermium shqipetarum
dwg) Viola kosaninii
dwh) Aster albanicus

3383	30 L mehrfarbig	dwf	0,50	0,50
3384	70 L mehrfarbig	dwg	1,—	1,—
3385	100 L mehrfarbig	dwh	1,50	1,50
		Satzpreis (3 W.)	3,—	3,—
		Dreierstreifen	3,50	3,50
		FDC		6,—
		Kleinbogen	10,—	10,—

Auflagen: MiNr. 3383–3385 = 5.800 Dreierstreifen, MiNr. 3383 zusätzlich 400.000, MiNr. 3384 zusätzlich 787.000 Stück

2011, 15. Dez. 45 Jahre Akademie der Künste. Odr. (3×3); gez. K 13:13¼.

dwi) Bildende Kunst, Tanz, Musik, Schauspiel

3386	250 L mehrfarbig	dwi	5,—	5,—
		FDC		8,—
		Kleinbogen	45,—	45,—

2011, 22. Dez. Akte in der bildenden Kunst. Odr. (1×3 Zd); gez. K 13:13¼.

dwk) Aktgemälde von Vangjush Mio (1891–1957)
dwl) Aktgemälde von Abdurrahim Buza (1905–1987)
dwm) Skulptur von Janaq Paço (1914–1991)

3387	10 L mehrfarbig	dwk	0,30	0,30
3388	90 L mehrfarbig	dwl	1,20	1,20

3389	100 L mehrfarbig	dwm	1,50	1,50
		Satzpreis (3 W.)	3,—	3,—
		Dreierstreifen	3,50	3,50
		FDC		6,—
		Kleinbogen	10,—	10,—

Blockausgabe

dwo

dwn) Skulptur von Janaq Paço (1914–1991)

3390	250 L mehrfarbig	dwn	4,50	4,50
Block 182	(90×68 mm)	dwo	5,—	5,—
		FDC		8,—

Auflagen: MiNr. 3387–3389 = 5.800 Dreierstreifen, MiNr. 3387 zusätzlich 400.000, MiNr. 3388 zusätzlich 300.000 Stück, Bl. 182 = 3.800 numerierte Blocks

2012, 22. März. 20 Jahre Demokratie in Albanien. Odr. (3×3); gez. K 13.

dwp) Feenseeschwalobe (Gygis alba), Zahl „20"

3391	100 L mehrfarbig	dwp	1,80	1,80
		FDC		—,—
		Kleinbogen	16,—	16,—

Auflage: 54.750 Stück

2012, 21. Sept. Europa: Besuche. Odr. (1×5 Zd); gez. K 13:13¼.

dwr) Landschaften mit Türmen
dws) Historische Wohnbebauung

3392	30 L mehrfarbig	dwr	0,50	0,50
3393	250 L mehrfarbig	dws	5,50	5,50
		Satzpreis (2 W.)	6,—	6,—
		Paar	6,—	6,—
		FDC		10,—
		Kleinbogen	30,—	30,—

Auflagen: MiNr. 3392–3393 = 15.600 Paare, MiNr. 3392 zusätzlich 5.000 Stück

2012, 28. Sept. Fußball-Europameisterschaft, Polen und Ukraine. Odr., Kleinbogen (2×2 Zd), MiNr. 3394 auch Bogen (5×4); gez. K 13.

dwt) Flagge Polens
dwu) Flagge der Ukraine
dwt–dwu) Flaggen der UEFA-Mitglieder, Veranstaltungsemblem, Fußball

3394	100 L mehrfarbig	dwt	1,50	1,50
3395	200 L mehrfarbig	dwu	3,—	3,—
		Satzpreis (2 W.)	4,50	4,50
		Paar	4,50	4,50
		FDC		10,—
		Kleinbogen	18,—	18,—

Auflagen: MiNr. 3394–3395 = 7.750 Paare, MiNr. 3394 zusätzlich 300.000 Stück

2012, 3. Okt. 90. Geburtstag von Kin Dushi. Odr. (3×3); gez. K 13:13¼.

dwv) Kin Dushi (1922–1994), Schriftsteller; Gefängniszelle

3396	150 L mehrfarbig	dwv	2,30	2,30
		FDC		6,—
		Kleinbogen	21,—	21,—

Auflage: 54.800 Stück

2012, 9. Okt. 90 Jahre Mitgliedschaft im Weltpostverein (UPU). Odr. (3×4); gez. K 13¼:12¾.

dww) UPU- und Postemblem

3397	250 L mehrfarbig	dww	3,80	3,80
		FDC		10,—

Auflage: 255.800 Stück

2012, 19. Okt. 100. Jahrestag des Aufstandes gegen die osmanische Herrschaft. Odr. (2×2 Zd); gez. K 13:12¾.

dwx) Aufständische
dwy) Aufständische

3398	10 L mehrfarbig	dwx	0,30	0,30
3399	1000 L mehrfarbig	dwy	15,—	15,—
		Satzpreis (2 W.)	15,—	15,—
		Paar	15,—	15,—
		FDC		20,—
		Kleinbogen	60,—	60,—

Auflagen: MiNr. 3398–3399 = 4.800 Paare, MiNr. 3399 zusätzlich 200.000 Stück

2012, 29. Okt. Prähistorische Felsmalereien. Odr. (1×3); gez. K 13¼:12¾.

dwz) Felsmalerei bei Rubik
dxa) Felsmalerei bei Bovilla
dxb) Felsmalerei von Lepenica

3400	20 L mehrfarbig	dwz	0,30	0,30
3401	60 L mehrfarbig	dxa	0,90	0,90
3402	150 L mehrfarbig	dxb	2,30	2,30
	Satzpreis (3 W.)		3,50	3,50
	FDC			7,50
	Kleinbogen		3,50	3,50

MiNr. 3400–3402 wurden zusammenhängend im Kleinbogen gedruckt.

Auflagen: MiNr. 3400–3402 = 5.800 Kleinbogen, MiNr. 3400 zusätzlich 5.000 Stück

2012, 16. Nov. Albanologen (I). Odr. (1×3 Zd); gez. K 13:12¾.

dxc) Eric Hamp (1920–2019), amerikanischer Linguist
dxd) Norbert Jokl (1877–1942), österreichischer Linguist
dxe) Holger Pedersen (1867–1953), dänischer Linguist

3403	50 L mehrfarbig	dxc	0,80	0,80
3404	60 L mehrfarbig	dxd	0,90	0,90
3405	70 L mehrfarbig	dxe	1,10	1,10
	Satzpreis (3 W.)		2,80	2,80
	Dreierstreifen		2,80	2,80
	FDC			6,80
	Kleinbogen		8,50	8,50

Auflagen: MiNr. 3403–3405 = 4.800 Dreierstreifen, MiNr. 3403 zusätzlich 5.000 Stück

2012, 23. Nov. Volkstänze. Odr. (1×3 Zd); gez. K 12¾:13¼.

dxf) Tanz aus Tropoja

dxg) Tanz aus Tirana
dxh) Tanz aus der Çamëria
dxi) Tanz aus Lushnja

3406	20 L mehrfarbig	dxf	0,30	0,30
3407	40 L mehrfarbig	dxg	0,60	0,60
3408	120 L mehrfarbig	dxh	1,80	1,80
3409	150 L mehrfarbig	dxi	2,30	2,30
	Satzpreis (4 W.)		5,—	5,—
	Viererstreifen		5,—	5,—
	FDC			9,—

MiNr. 3406–3409 wurden waagerecht zusammenhängend gedruckt.

Auflagen: MiNr. 3406–3409 = 5.750 Viererstreifen, MiNr. 3407 zusätzlich 1.500.000 Stück

2012, 23. Nov. 100 Jahre Unabhängigkeit (I). Odr. (6×4); gez. K 13¼:13.

dxk) Emblem der Jubiläumsfeier

3410	40 L schwarz/rot	dxk	0,60	0,60
	FDC			4,—

Auflage: 64.750 Stück

2012, 28. Nov. 100 Jahre Unabhängigkeit (II). Odr., Bogen (1×3 Zd) und Markenheftchen (2×2); gez. K 12¾:13¼.

dxl) Ismail Qemali (1844–1919), Führer der Unabhängigkeitsbewegung; Menschenmenge mit Flagge

dxm) Menschenmenge mit Flaggen
dxn) UNO-Hauptquartier, New York; Flaggen der UNO-Mitglieder
dxo) NATO-Emblem, Flaggen der NATO-Mitglieder

3411	50 L mehrfarbig	dxl	1,—	1,—
3412	60 L mehrfarbig	dxm	1,20	1,20
3413	70 L mehrfarbig	dxn	1,50	1,50
3414	100 L mehrfarbig	dxo	1,80	1,80
	Satzpreis (4 W.)		5,50	5,50
	Viererstreifen		6,—	6,—
	FDC			8,50
	Markenheftchen		10,—	10,—

Das Markenheftchen enthält ein Heftchenblatt mit MiNr. 3411–3414 in Viererblockanordnung.

Postpreis des Markenheftchens: 380 L

Auflagen: MiNr. 3411–3414 = 6.600 Viererstreifen und 3.000 Markenheftchen, MiNr. 3412 zusätzlich 5.000 Stück

2012, 4. Dez. 100 Jahre Armee. Odr. (2×2 Zd); gez. K 13:13¼.

dxp) Soldaten im Jahre 1912
dxr) Soldaten im Jahre 2012

3415	90 L	mehrfarbig	dxp	1,40	1,40
3416	150 L	mehrfarbig	dxr	2,30	2,30
			Satzpreis (2 W.)	3,70	3,70
			Paar	3,70	3,70
			FDC		7,70
			Kleinbogen	15,—	15,—

Auflagen: MiNr. 3415–3416 = 5.750 Paare, MiNr. 3416 zusätzlich 50.000 Stück

2012, 5. Dez. 100 Jahre Albanische Post. Odr., Kleinbogen (2×2 Zd) und Markenheftchen (2×2); gez. K 13:12¾.

dxs) Telefon, Telefonleitung, Briefe
dxt) Brief, Telefon, Telefonleitung

3417	80 L	mehrfarbig	dxs	1,20	1,20
3418	200 L	mehrfarbig	dxt	3,—	3,—
			Satzpreis (2 W.)	4,20	4,20
			Paar	4,20	4,20
			FDC		8,50
			Kleinbogen	17,—	17,—
			Markenheftchen	10,—	10,—

Das Markenheftchen enthält ein Heftchenblatt mit MiNr. 3417–3418 und 2 Zierfeldern in Viererblockanordnung.

Postpreis des Markenheftchens: 380 L

Auflagen: MiNr. 3417–3418 = 6.750 Paare und 2.000 Markenheftchen, MiNr. 3417 zusätzlich 5.000 Stück

2012, 14. Dez. Meeresflora. Odr., Kleinbogen (1×4 Zd) und Markenheftchen (2); gez. K 13¼:13.

dxu) Neptungras (Posidonia oceanica), Taucher, Fische
dxv) Neptungras, Fische, Seebälle am Strand

3419	10 L	mehrfarbig	dxu	0,30	0,30
3420	250 L	mehrfarbig	dxv	3,70	3,70
			Satzpreis (2 W.)	4,—	4,—
			Paar	4,—	4,—
			FDC		6,50
			Kleinbogen	16,—	16,—
			Markenheftchen	10,—	10,—

Das Markenheftchen enthält ein Heftchenblatt mit MiNr. 3419–3420 in blockähnlicher Gestaltung.

Postpreis des Markenheftchens: 360 L

Auflagen: MiNr. 3419–3420 = 6.750 Paare und 2.000 Markenheftchen, MiNr. 3419 zusätzlich 5.000 Stück

2013, 5. Mai. 100 Jahre albanische Briefmarken. Odr., Kleinbogen (2×2 Zd) und Markenheftchen (1 Zd); gez. K 12¾:13.

dxw) Brief mit Wertstempel der MiNr. 1
dxx) Wertstempel der MiNr. 1, Briefrückseite

3421	120 L	mehrfarbig	dxw	1,80	1,80
3422	150 L	mehrfarbig	dxx	2,20	2,20
			Satzpreis (2 W.)	4,—	4,—
			Paar	4,—	4,—
			FDC		6,50
			Kleinbogen	16,—	16,—
			Markenheftchen	10,—	10,—

Postpreis des Markenheftchens: 370 L

Auflagen: MiNr. 3421–3422 = 6.350 Paare und 2.250 Markenheftchen, MiNr. 3421 zusätzlich 5.000 Stück

2013, 27. Aug. Leichtathletik-Weltmeisterschaften, Moskau. Odr. (2×2 Zd); gez. K 12¾:13.

dxy) Laufen
dxz) Hochsprung

3423	30 L	mehrfarbig	dxy	0,50	0,50
3424	200 L	mehrfarbig	dxz	3,—	3,—
			Satzpreis (2 W.)	3,50	3,50
			Paar	3,50	3,50
			FDC		9,—
			Kleinbogen	14,—	14,—

Blockausgabe

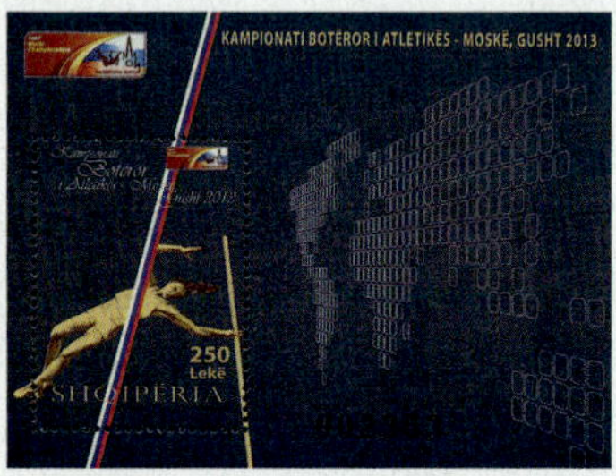

dyb

dya) Stabhochsprung

3425	250 L	mehrfarbig	dya	3,80	3,80
Block 183		(89×68 mm)	dyb	3,80	3,80
			FDC		9,—

Auflagen: MiNr. 3423–3424 = 4.800 Paare, MiNr. 3424 zusätzlich 5.000 Stück, Bl. 183 = 4.800 numerierte Blocks

2013, 30. Aug. 100. Geburtstag von Vedat Kokona. Odr. (3×3); gez. K 13:12¾.

dyc) Vedat Kokona (1913–1998), Schriftsteller

3426 150 L mehrfarbig . . . . dyc 2,20 2,20
FDC 9,—
Kleinbogen 20,— 20,—

Auflage: 54.800 Stück

2013, 4. Okt. Europa: Postfahrzeuge. Odr., Kleinbogen (1×5 Zd) und Markenheftchen (1 Zd); gez. K 13¼:13.

dyd) Kleinlaster, Sattelschlepper
dye) Flugzeug, Eisenbahn, Schiff
dyd–dye) Erdkugel, Briefe und Pakete

3427 80 L mehrfarbig . . . . dyd 1,50 1,50
3428 200 L mehrfarbig . . . . dye 4,— 4,—
Satzpreis (2 W.) 5,50 5,50
Paar 5,50 5,50
FDC 10,—
Kleinbogen 28,— 28,—
Markenheftchen 10,— 10,—

Postpreis des Markenheftchens: 380 L

Auflagen: MiNr. 3427–3428 = 13.750 Paare und 4.000 Markenheftchen, MiNr. 3427 zusätzlich 50.000 Stück

2013, 18. Okt. 100 Jahre Polizei. Odr., Kleinbogen (1×4 Zd), MiNr. 3429 auch Bogen (?×4); gez. K 13¼:13.

dyf) Polizistin
dyg) Polizist

3429 10 L mehrfarbig . . . . dyf 0,30 0,30
3430 250 L mehrfarbig . . . . dyg 3,70 3,70
Satzpreis (2 W.) 4,— 4,—
Paar 4,— 4,—
FDC 7,50
Kleinbogen 16,— 16,—

Auflagen: MiNr. 3429–3430 = 4.800 Paare, MiNr. 3429 zusätzlich 100.000 Stück

2013, 30. Okt. Flora. Odr. (1×3 Zd); gez. K 13:13¼.

dyh) Scilla albanica (Blaustern)
dyi) Gymnospermium maloi (Berberitze)
dyk) Tulipa albanica (Tulpe)

3431 20 L mehrfarbig . . . . dyh 0,30 0,30
3432 90 L mehrfarbig . . . . dyi 1,40 1,40
3433 150 L mehrfarbig . . . . dyk 2,30 2,30
Satzpreis (3 W.) 4,— 4,—
Dreierstreifen 4,— 4,—
FDC 7,50
Kleinbogen 12,— 12,—

Auflagen: MiNr. 3431–3433 = 4.800 Dreierstreifen, MiNr. 3431 zusätzlich 70.000 Stück

2013, 6. Nov. Mittelmeerspiele, Mersin/Türkei. Odr. (1×4 Zd); gez. K 13¼:13.

dyl) Schwimmen, Wasserspringen, Synchronschwimmen
dym) Volleyball, Gewichtheben, Radfahren

3434 90 L mehrfarbig . . . . dyl 1,40 1,40
3435 150 L mehrfarbig . . . . dym 2,30 2,30
Satzpreis (2 W.) 3,70 3,70
Paar 3,70 3,70
FDC 7,—
Kleinbogen 15,— 15,—

Blockausgabe, gez. Ks 13:13¼

dyo

dyn) Rudern

3436 200 L mehrfarbig . . . . dyn 3,— 3,—
Block 184 (81×62 mm) . . . . dyo 3,— 3,—
FDC 6,50

Auflagen: MiNr. 3434–3435 = 4.800 Paare, MiNr. 3434 zusätzlich 20.000 Stück, Bl. 184 = 4.800 numerierte Blocks

2013, 15. Nov. 150 Jahre Rotes Kreuz. Odr. (2×2 Zd); gez. K 13:12¾.

dyp–dys) Rotkreuzhelfer im Einsatz, Flagge

3437 40 L mehrfarbig . . . . dyp 0,60 0,60
3438 150 L mehrfarbig . . . . dyr 2,30 2,30
Satzpreis (2 W.) 2,90 2,90
Paar 3,— 3,—
FDC 7,—
Kleinbogen 12,— 12,—

Blockausgabe

dyt

dys

3439	250 L mehrfarbig	dys	3,80	3,80
Block 185	(82×61 mm)	dyt	3,80	3,80
		FDC		7,20

Auflagen: MiNr. 3437–3438 = 4.800 Paare, MiNr. 3437 zusätzlich 2.500.000 Stück, Bl. 185 = 4.800 numerierte Blocks

2013, 25. Nov. Albanologen (II). Odr. (1×3 Zd); gez. K 13:12¾.

dyu) Milan Šufflay (1879–1931), kroatischer Historiker und Politiker
dyv) Konstantin Jireček (1854–1918), tschechischer Historiker und Politiker
dyw) Lajos Thallóczy (1854–1916), ungarischer Historiker

3440	10 L mehrfarbig	dyu	0,30	0,30
3441	100 L mehrfarbig	dyv	1,50	1,50
3442	150 L mehrfarbig	dyw	2,20	2,20
		Satzpreis (3 W.)	4,—	4,—
		Dreierstreifen	4,—	4,—
		FDC		7,50
		Kleinbogen	12,—	12,—

Auflagen: MiNr. 3440–3442 = 4.800 Dreierstreifen, MiNr. 3440 zusätzlich 100.000 Stück

2013, 6. Dez. Archäologische Funde. Odr. (1×2 Zd); gez. K 13:12¾.

dyx) Fuß einer Bronzestatue, Apollonia (2./3. Jh.)
dyy) Bronzefibel, Lezha (7./8. Jh.)

dyz) Marmorbüste, Apollonia (2. Jh.)
dza) Herakles und Apollo; Knochenschnitzerei (2. Jh.)

3443	20 L mehrfarbig	dyx	0,30	0,30
3444	90 L mehrfarbig	dyy	1,30	1,30
3445	100 L mehrfarbig	dyz	1,50	1,50
3446	120 L mehrfarbig	dza	1,80	1,80
		Satzpreis (4 W.)	4,90	4,90
		FDC		9,—
		Viererstreifen	5,—	5,—
		Kleinbogen	10,—	10,—

MiNr. 3443–3446 wurden waagerecht zusammenhängend gedruckt.

Auflagen: MiNr. 3443–3446 = 4.800 Viererstreifen, MiNr. 3443 zusätzlich 30.000 Stück

2013, 18. Dez. 100. Todestag von Nikolla Naço. Odr. (3×3); gez. K 13¼:13.

dzb) Nikolla Naço (1843–1913), Albanologe, Gründer der ersten albanischen Schule

3447	200 L mehrfarbig	dzb	3,—	3,—
		FDC		6,50
		Kleinbogen	27,—	27,—

Auflage: 8.800 Stück

2014, 9. Juli. Fußball-Weltmeisterschaft, Brasilien. Odr., Kleinbogen (1×3 Zd), MiNr. 3448 auch Bogen (4×7); gez. K 13.

dzc) mit ausgebreiteten Armen
dzd) mit Ball im Stadion
dze) mit Ball in Phantasielandschaft

dzc–dze) Maskottchen „Fuleco“

3448	10 L mehrfarbig	dzc	0,30	0,30
3449	50 L mehrfarbig	dzd	1,50	1,50
3450	100 L mehrfarbig	dze	3,—	3,—
		Satzpreis (3 W.)	4,80	4,80
		Dreierstreifen	4,80	4,80
		FDC		12,—
		Kleinbogen	15,—	15,—

Blockausgabe

dzg

dzf) Veranstaltungsemblem

3451	140 L mehrfarbig	dzf	4,—	4,—
Block 186	(80×60 mm)	dzg	4,—	4,—
		FDC		7,50

MiNr. 3451 trägt keinen Landesnamen.

Auflagen: MiNr. 3448–3450 = 9.750 Dreierstreifen, MiNr. 3448 zusätzlich 100.000 Stück, Bl. 186 = 9.750 numerierte Blocks

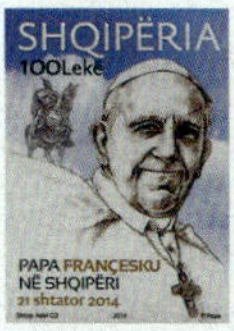

2014, 21. Sept. Besuch von Papst Franziskus. Odr. (3×3); gez. K 13.

dzh) Papst Franziskus (*1936, reg. ab 2013); Skanderbeg-Denkmal

3452	100 L mehrfarbig	dzh	1,50	1,50
		FDC		11,—
		Kleinbogen	13,50	13,50

Auflage: 8.800 Stück

2014, 9. Okt. Europa: Volksmusikinstrumente. Odr., Kleinbogen (2×2 Zd) und Markenheftchen (3×1), MiNr. 3454 auch Bogen (8×4); gez. K 13¼:13.

dzi) Gajdja
dzk) Lodra

3453	100 L mehrfarbig	dzi	1,50	1,50
3454	150 L mehrfarbig	dzk	2,30	2,30
		Satzpreis (2 W.)	3,80	3,80
		Paar	4,—	4,—
		FDC		10,—
		Kleinbogen	16,—	16,—
		Markenheftchen	10,—	10,—

Das Heftchenblatt enthält je eine Marke und 1 Zierfeld.

Postpreis des Markenheftchens: 630 L

Auflagen: MiNr. 3453–3454 = 13.750 Paare, MiNr. 3454 zusätzlich 150.000 Stück, 7.000 Heftchenblätter (davon 5.000 im Markenheftchen)

2014, 14. Okt. 400. Jahrestag der Versammlung von Koći. Odr., Kleinbogen (2×2 Zd); gez. K 13:13¼.

dzl) Männer mit Liste
dzm) Konferenz

3455	80 L mehrfarbig	dzl	1,40	1,40
3456	150 L mehrfarbig	dzm	2,40	2,40
		Satzpreis (2 W.)	3,80	3,80
		Paar	4,—	4,—
		FDC		10,—
		Kleinbogen	16,—	16,—

Blockausgabe

dzo

dzn) Delegierte, Soldaten

3457	200 L mehrfarbig	dzn	3,—	3,—
Block 187	(71×91 mm)	dzo	3,20	3,20
		FDC		9,50

Auflagen: MiNr. 3455–3456 = 3.800 Paare, MiNr. 3455 zusätzlich 350.000 Stück, Bl. 187 = 2.800 numerierte Blocks

2014, 11. Nov. Blockausgabe: Freundschaft mit Kuwait. Odr.; gez. K 13¼:13.

dzs

dzp) Emir Sabah al-Ahmad al-Dschabir as-Sabah (1929–2020)
dzr) Staatsflaggen

3458	100 L mehrfarbig	dzp	4,—	4,—
3459	100 L mehrfarbig	dzr	4,—	4,—
Block 188	(109×55 mm)	dzs	9,—	9,—
		FDC		11,—
		Markenheftchen	–,—	–,—

Bl. 188 wurde auch im Markenheftchen ausgegeben.

Postpreis des Markenheftchens: 680 L

Auflagen: Bl. 188 = 2.650 numerierte Blocks, MiNr. 3459 zusätzlich 2.000 Stück, 1.500 Markenheftchen

2014, 18. Nov. 130. Geburtstag von Sulejman Delvina. Odr. (3×3); gez. K 13¼:13.

dzt) Sulejman Delvina (1884–1933), Politiker

3460	150 L mehrfarbig	dzt	2,50	2,50
		FDC		8,50
		Kleinbogen	22,—	22,—

Auflage: 27.800 Stück

2014, 22. Nov. Fauna. Odr., Kleinbogen (2×2 Zd), MiNr. 3461 auch Bogen; gez. K 13.

dzu) Unechte Karettschildkröte (Caretta caretta)
dzv) Europäischer Laubfrosch (Hyla arborea)

3461	80 L mehrfarbig	dzu	1,30	1,30
3462	170 L mehrfarbig	dzv	2,70	2,70
		Satzpreis (2 W.)	4,—	4,—
		Paar	4,—	4,—
		FDC		10,—
		Kleinbogen	16,—	16,—

Auflagen: MiNr. 3461–3462 = 5.800 Paare, MiNr. 3461 zusätzlich 350.000 Stück

2014, 26. Nov. Blockausgabe: 100. Jahrestag der Thronbesteigung von Wilhelm zu Wied als Fürst von Albanien. Odr.; gez. Ks 13¼:13.

eaa

dzw) Prinzessin Sophie von Schönburg-Waldenburg, Fürstin von Albanien (1885–1936)
dzx) Wappen
dzy) Schwarzer Adler-Orden
dzz) Wilhelm Friedrich Heinrich Prinz zu Wied, Fürst von Albanien (1876–1945)

3463	60 L mehrfarbig	dzw	1,—	1,—
3464	70 L mehrfarbig	dzx	1,10	1,10
3465	80 L mehrfarbig	dzy	1,30	1,30
3466	90 L mehrfarbig	dzz	1,50	1,50
Block 189	(160×98 mm)	eaa	5,—	5,—
		FDC (Blockmarken)		12,50

Auflage: 2.800 numerierte Blocks, MiNr. 3465 zusätzlich 5.000 Stück

2014, 29. Nov. 70. Jahrestag der Befreiung. Odr. (3×3); gez. K 13.

eab) Wappenadler, rote Fahne, Inschrift

3467	40 L mehrfarbig	eab	0,70	0,70
		FDC		8,50
		Kleinbogen	6,50	6,50

Auflage: 14.800 Stück

2014, 5. Dez. Archäologische Funde: Artemisfiguren aus Durrës. Odr. (1×2 Zd); gez. K 13.

eac) Tonfigur (4. Jh. v. Chr.)

ead) Tonbüste (4. Jh. v. Chr.)
eae) Marmorbüste (4. Jh. v. Chr.)
eaf) Bronzefigur (3. Jh. v. Chr.)

3468	50 L mehrfarbig	eac	0,80	0,80
3469	60 L mehrfarbig	ead	1,—	1,—
3470	70 L mehrfarbig	eae	1,10	1,10
3471	90 L mehrfarbig	eaf	1,50	1,50
		Satzpreis (4 W.)	4,40	4,40
		Viererstreifen	4,50	4,50
		FDC		10,50
		Kleinbogen	9,—	9,—

MiNr. 3468–3471 wurden waagerecht zusammenhängend gedruckt.

Auflagen: MiNr. 3468–3471 = 4.800 Viererstreifen, MiNr. 3468 zusätzlich 100.000 Stück

2014, 8. Dez. Offizielle Beitrittskandidatur zur Europäischen Union. Odr. (3×3); gez. K 13:13¼.

eag) Flaggen Albaniens und der EU

3472	40 L mehrfarbig	eag	0,70	0,70
		FDC		8,50
		Kleinbogen	6,50	6,50

Auflage: 9.800 Stück

2014, 12. Dez. 450. Geburtstag von William Shakespeare. Odr. (3×3); gez. K 13.

eah) William Shakespeare (1564–1616), englischer Schriftsteller

3473	150 L mehrfarbig	eah	2,50	2,50
		FDC		8,50
		Kleinbogen	22,—	22,—

Auflage: 30.750 Stück

2014, 19. Dez. Historisches Kunsthandwerk aus Holz. Odr. (2×1 Zd); gez. K 13.

eai) Stuhl aus Mirdita
eak) Kinderbett aus Rrëshen
eal) Hirtenstab aus Labëri
eam) Löffel aus Tirana

3474	40 L mehrfarbig	eai	0,70	0,70
3475	50 L mehrfarbig	eak	0,80	0,80
3476	60 L mehrfarbig	eal	1,—	1,—
3477	70 L mehrfarbig	eam	1,10	1,10
		Satzpreis (4 W.)	3,60	3,60
		Viererblock	3,60	3,60
		FDC		9,50
		Kleinbogen	7,20	7,20

Blockausgabe

eao

ean) Geschnitzte Holzdecke, Përmet

3478	180 L mehrfarbig	ean	3,—	3,—
Block 190	(90×70 mm)	eao	3,20	3,20
		FDC		9,—

Auflagen: MiNr. 3474–3477 = 4.800 Viererblocks, MiNr. 3474 zusätzlich 350.000 Stück, Bl. 190 = 3.800 numerierte Blocks

2014, 24. Dez. Ikonostasen. Odr., Kleinbogen (3×2) und Markenheftchen (2×3); gez. K 13¼:13.

eap) Himarë
ear) Dhërmi
eas) Dhërmi
eat) Vuno
eau) Deme
eav) Vuno

3479	10 L mehrfarbig	eap	0,30	0,30
3480	30 L mehrfarbig	ear	0,50	0,50
3481	40 L mehrfarbig	eas	0,70	0,70
3482	70 L mehrfarbig	eat	1,10	1,10
3483	90 L mehrfarbig	eau	1,50	1,50
3484	100 L mehrfarbig	eav	1,70	1,70
		Satzpreis (6 W.)	5,80	5,80
		FDC		12,—
		Kleinbogen	6,—	6,—
		Heftchenblatt	12,—	12,—
		Markenheftchen	15,—	15,—

MiNr. 3479–3484 wurden zusammenhängend im Kleinbogen und im Heftchenblatt gedruckt. Das Markenheftchen enthält ein Heftchenblatt.

Postpreis Markenheftchen: 735 L

Auflagen: MiNr. 3479–3484 = 4.800 Kleinbogen, MiNr. 3481 zusätzlich 350.000 Stück, 3.000 Markenheftchen und weitere 2.000 Heftchenblätter

2014, 29. Dez. 90. Todestag von Elez Isufi. Odr. (3×3); gez. K 13¼:13.

eaw) Elez Isufi (1861–1924), Untergrundkämpfer

3485	1000 L mehrfarbig	eaw	17,—	17,—
		FDC		23,—
		Kleinbogen	150,—	150,—

Auflage: 12.800 Stück

2015, 2. Sept. Europa: Historisches Spielzeug. Odr., Kleinbogen (3×3) und Bogen (32); gez. K 13¼:13.

eax) Rollpferd und Teddybär aus Plastik

3486	130 L mehrfarbig	eax	2,20	2,20
		FDC		6,—
		Kleinbogen	20,—	20,—

Blockausgabe

3487	250 L mehrfarbig	eax	4,30	4,30
Block 191	(80×60 mm)	eay	4,30	4,30
		FDC		7,50
		Markenheftchen	10,—	10,—

Das Markenheftchen enthält ein Heftchenblatt mit Bl. 191 und MiNr. 3846 (Postpreis: 610 L).

Auflagen: MiNr. 3486 = 368.000 Stück, Bl. 191 = 18.000 numerierte Blocks, 5.000 Markenheftchen

2015, 16. Sept. Nationalparks. Odr., Kleinbogen (1×3 Zd), MiNr. 3488 auch Bogen (28); gez. K 13¼:12¾.

eaz) Nationalpark Shebenik-Jablanica
eba) Nationalpark Hotova-Dangell
ebb) Nationalpark Dajti

3488	50 L mehrfarbig	eaz	0,90	0,90
3489	100 L mehrfarbig	eba	1,70	1,70
3490	150 L mehrfarbig	ebb	2,60	2,60
		Satzpreis (3 W.)	5,20	5,20
		Dreierstreifen	5,20	5,20
		FDC		8,50
		Kleinbogen	16,—	16,—

Auflagen: MiNr. 3488–3490 = 5.800 Dreierstreifen, MiNr. 3488 zusätzlich 500.000 Stück

2015, 27. Sept. 190 Jahre Eisenbahn: Lokomotiven. Odr., Kleinbogen (2×1 Zd), MiNr. 3493 auch Bogen (36); gez. K 13:12¾.

ebc) „New Castle" von Richard Trevithick (1771–1833)
ebd) „Salamanca" von Matthew Murray (1765–1826)
ebe) „Rocket" von Robert Stephenson (1803–1859)
ebf) „Locomotion" von George Stephenson (1781–1848)

3491	50 L mehrfarbig	ebc	0,90	0,90
3492	60 L mehrfarbig	ebd	1,—	1,—
3493	90 L mehrfarbig	ebe	1,50	1,50
3494	100 L mehrfarbig	ebf	1,70	1,70
		Satzpreis (4 W.)	5,10	5,10
		Viererblock	5,10	5,10
		FDC		8,50
		Kleinbogen	10,50	10,50

Auflagen: MiNr. 3491–3494 = 6.000 Viererblocks, MiNr. 3493 zusätzlich 1.900.000 Stück

2015, 28. Sept. Nationale Persönlichkeiten. Odr., Kleinbogen (2×1 Zd), MiNr. 3495 und 3498 auch Bogen (28); gez. K 13¼:12¾.

ebg) Dhimitër Shuteriqi (1915–2003), Schriftsteller
ebh) Zef Skiroi (1865–1927), Schriftsteller
ebi) Mahir Domi (1915–2000), Sprachforscher
ebk) Gaqo Avrazi (1915–1985), Komponist

3495	40 L mehrfarbig	ebg	0,70	0,70
3496	50 L mehrfarbig	ebh	0,80	0,80
3497	60 L mehrfarbig	ebi	1,—	1,—
3498	100 L mehrfarbig	ebk	1,70	1,70
		Satzpreis (4 W.)	4,20	4,20
		Viererblock	4,20	4,20
		FDC		7,50
		Kleinbogen	8,50	8,50

Auflagen: MiNr. 3495–3498 = 4.500 Viererblocks, MiNr. 3495 zusätzlich 700.000, MiNr. 3498 zusätzlich 40.000 Stück

2015, 8. Okt. 85 Jahre albanischer Fußballbund. Odr., Kleinbogen (1×3 Zd), MiNr. 3501 auch Bogen (32); gez. K 13¼:13.

ebl) Torhüter, Ball
ebm) Emblem
ebn) Fallrückzieher, Ball

3499	5 L mehrfarbig	ebl	0,30	0,30
3500	10 L mehrfarbig	ebm	0,30	0,30
3501	1000 L mehrfarbig	ebn	16,—	16,—
		Satzpreis (3 W.)	16,50	16,50
		Dreierstreifen	16,50	16,50
		FDC		20,—
		Kleinbogen	50,—	50,—

Auflagen: MiNr. 3499–3501 = 4.000 Dreierstreifen, MiNr. 3501 zusätzlich 120.000 Stück

2015, 9. Okt. Internationale Persönlichkeiten. Odr., Kleinbogen (1×2 Zd), MiNr. 3502 auch Bogen (28); gez. K 13.

ebo) Joseph Nicéphore Niépce (1765–1833), französischer Erfinder der Photographie
ebp) Carl Ludwig Patsch (1865–1945), österreichischer Balkanforscher, Gründer des albanischen Nationalmuseums
ebr) Boris Pasternak (1890–1960), russischer Schriftsteller, Nobelpreis 1958
ebs) Norman Wisdom (1915–2010), englischer Schauspieler

3502	10 L mehrfarbig	ebo	0,30	0,30
3503	60 L mehrfarbig	ebp	1,—	1,—
3504	80 L mehrfarbig	ebr	1,40	1,40
3505	100 L mehrfarbig	ebs	1,70	1,70
		Satzpreis (4 W.)	4,30	4,30
		Viererstreifen	4,30	4,30
		FDC		7,50
		Kleinbogen	8,50	8,50

Auflagen: MiNr. 3502–3505 = 6.000 Viererstreifen, MiNr. 3502 zusätzlich 40.000 Stück

2015, 24. Okt. 70 Jahre Vereinte Nationen (UNO). Odr., Kleinbogen (3×3) und Bogen (28); gez. K 13.

ebt) Jubiläumsemblem

3506	180 L mehrfarbig	ebt	3,—	3,—
		FDC		6,50
		Kleinbogen	27,—	27,—

Auflage: 105.000 Stück

2015, 6. Nov. Kunsthandwerk: Keramik. Odr., Kleinbogen (2×1 Zd), MiNr. 3509 auch Bogen (20); gez. K 13.

ebu) Krüge; Berg
ebv) Krüge; Landschaft
ebw) Gefäße und Skulpturen; Turm
ebx) Krüge; Torhaus

3507	50 L mehrfarbig	ebu	0,90	0,90
3508	60 L mehrfarbig	ebv	1,—	1,—
3509	70 L mehrfarbig	ebw	1,20	1,20

3510	120 L mehrfarbig	ebx	2,—	2,—
	Satzpreis (4 W.)		5,—	5,—
	Viererblock		5,—	5,—
	FDC			8,50
	Kleinbogen		10,—	10,—

Blockausgabe

ebz

eby) Krüge

3511	200 L mehrfarbig	eby	3,50	3,50
Block 192	(71×91 mm)	ebz	3,50	3,50
	FDC			7,—

Auflagen: MiNr. 3507–3510 = 5.000 Viererblocks, MiNr. 3509 zusätzlich 30.000 Stück

2015, 18. Nov. Archäologische Funde. Odr., Kleinbogen (2×1 Zd), MiNr. 3515 auch Bogen (28); gez. K 13:13¼.

eca) Dorische Elfenbeinschnitzerei
ecb) Römische Marmorstatue
ecc) Dorische Bronzefigur
ecd) Römische Hermesfigur

3512	10 L mehrfarbig	eca	0,30	0,30
3513	30 L mehrfarbig	ecb	0,50	0,50
3514	60 L mehrfarbig	ecc	1,—	1,—
3515	150 L mehrfarbig	ecd	2,60	2,60
	Satzpreis (4 W.)		4,20	4,20
	Viererblock		4,20	4,20
	FDC			7,50
	Kleinbogen		8,50	8,50

Auflagen: MiNr. 3512–3515 = 5.000 Viererblocks, MiNr. 3515 zusätzlich 40.000 Stück

2015, 5. Dez. 150 Jahre Internationale Fernmeldeunion (ITU). Odr., Kleinbogen (3×3) und Bogen (28); gez. K 13.

ece) Auge, Jubiläumsemblem

3516	2500 L mehrfarbig	ece	40,—	40,—
	FDC			45,—
	Kleinbogen		360,—	360,—

Auflage: 14.500 Stück

2015, 23. Dez. Flora und Fauna. Odr., Kleinbogen (2×2 Zd), MiNr. 3517 auch Bogen (32); gez. K 13¼:13.

ecf) Schraubensabelle (Sabella spallanzanii)
ecg) Mittelmeer-Haarstern (Antedon mediterranea)

3517	5 L mehrfarbig	ecf	0,30	0,30
3518	150 L mehrfarbig	ecg	2,20	2,20
	Satzpreis (2 W.)		2,50	2,50
	Paar		2,50	2,50
	FDC			6,—
	Kleinbogen		10,—	10,—

Blockausgabe

eci

ech) Spiegeleiqualle (Cotylorhiza tuberculata)

3519	250 L mehrfarbig	ech	4,—	4,—
Block 193	(60×80 mm)	eci	4,—	4,—
	FDC			7,50

Auflagen: MiNr. 3517–3518 = 6.000 Paare, MiNr. 3517 zusätzlich 20.000 Stück, Bl. 193 = 6.000 numerierte Blocks

2016, 10. Juni. Fußball-Europameisterschaft, Frankreich. Odr., Kleinbogen (1×4 Zd) und Bogen (32); gez. K 13:13¼.

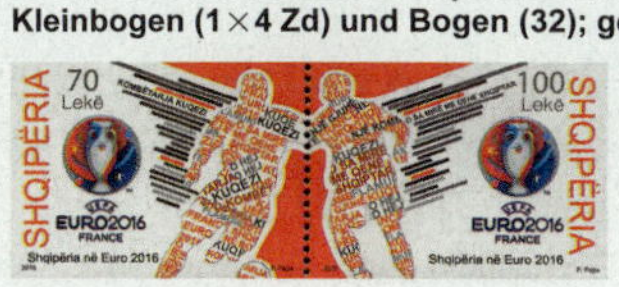

eck–ecl) Veranstaltungsemblem, Silhouette eines Fußballspielers

3520 70 L mehrfarbig . . . . eck 1,20 1,20
3521 100 L mehrfarbig . . . . ecl 1,60 1,60
Satzpreis (2 W.) 2,80 2,80
Paar 2,80 2,80
FDC 6,—
Kleinbogen 11,— 11,—

Auflagen: MiNr. 3520 = 808.500, MiNr. 3521 = 458.500 Stück

2016, 9. Juli. Europa: Umweltbewusst leben. Odr., Kleinbogen (3×3) und Bogen (4×8); gez. K 13:13¼.

ecm) Von Grau zu Grün; Graphik von Doxia Sergidou (Zypern)

3522 200 L mehrfarbig . . . . ecm 3,30 3,30
FDC 6,50
Kleinbogen 30,— 30,—

Auflage: 315.000 Stück

2016, 27. Juli. Einheimische Flora. Odr., Kleinbogen (1×3 Zd) und Bogen (32); gez. K 13¼:13.

ecn) Tulipa kosovarica
eco) Campanula comosiformis
ecp) Solenanthus albanicus

3523 20 L mehrfarbig . . . . ecn 0,30 0,30
3524 30 L mehrfarbig . . . . eco 0,50 0,50
3525 190 L mehrfarbig . . . . ecp 3,20 3,20
Satzpreis (3 W.) 4,— 4,—
Dreierstreifen 4,— 4,—
FDC 7,50
Kleinbogen 12,— 12,—

Auflagen: MiNr. 3523 = 306.000, MiNr. 3524 = 426.000, MiNr. 3525 = 156.000 Stück

2016, 9. Aug. Internationale Briefmarkenausstellung BALKANFILA 2016, Tirana. Odr., Kleinbogen (3×3) und Bogen (28); gez. K 13.

ecr) Albanische Briefmarken; Uhrturm „Kulla e Sahatit“, Tirana

3526 250 L mehrfarbig . . . . ecr 6,— 6,—
FDC 7,50
Kleinbogen 54,— 54,—

Auflage: 75.500 Stück

2016, 17. Aug. Nationale Persönlichkeiten. Odr., Kleinbogen (1×3 Zd) und Bogen (28); gez. K 13.

ecs) Ndre Mjeda (1866–1937), Geistlicher und Dichter
ect) Kolë Jakova (1916–2002), Schriftsteller
ecu) Jusuf Vrioni (1916–2001), Übersetzer und Diplomat

3527 10 L mehrfarbig . . . . ecs 0,40 0,40
3528 50 L mehrfarbig . . . . ect 1,— 1,—
3529 150 L mehrfarbig . . . . ecu 2,80 2,80
Satzpreis (3 W.) 4,— 4,—
Dreierstreifen 4,80 4,80
FDC 7,—
Kleinbogen 15,— 15,—

Auflagen: MiNr. 3527–3528 je 304.500, MiNr. 3529 = 154.500 Stück

2016, 29. Aug. Mitgliedschaft Albaniens im UN-Menschenrechtsrat (UNHRC) 2014 bis 2017. Odr., Kleinbogen (3×3) und Bogen (28); gez. K 13.

ecv) Staatsflagge, Emblem

3530 1000 L mehrfarbig . . . . ecv 22,— 22,—
FDC 24,—
Kleinbogen 200,— 200,—

Auflage: 73.500 Stück

2016, 1. Sept. 100 Jahre Kommission für albanische Literatur. Odr., Kleinbogen (3×3) und Bogen (4×5); gez. K 13.

ecw) Aufgeschlagenes Buch, Lesebrille, Schreibfeder, Kerze, Landkarte, Staatsflagge; Emblem

3531 60 L mehrfarbig . . . . ecw 0,90 0,90
FDC 4,50
Kleinbogen 8,— 8,—

Auflage: 103.500 Stück

2016, 4. Sept. Heiligsprechung von Mutter Teresa. Odr., Kleinbogen (3×3) und Markenheftchen (1); gez. K 13.

ecx) Abgelegte Ordenstracht der „Missionarinnen der Nächstenliebe“

3532 120 L mehrfarbig . . . . ecx 2,— 2,—
FDC 6,—
Kleinbogen 18,— 18,—
Markenheftchen 6,— 6,—

Das Markenheftchen enthält ein Heftchenblatt in blockähnlicher Gestaltung mit 1 × MiNr. 3532.

Postpreis des Markenheftchens: 205 L

Auflagen: MiNr. 3532 = 39.000 Stück und 3.000 Markenheftchen

2016, 27. Sept. Kunsthandwerk: Steinbildhauerei. Odr., Kleinbogen (2×1 Zd), MiNr. 3534–3536 auch Bogen (20); gez.

ecy) Schale
ecz) Schale mit Deckel
eda) Windlicht
edb) Flache Schale

3533	10 L	mehrfarbig	ecy	0,30	0,30
3534	80 L	mehrfarbig	ecz	1,50	1,50
3535	130 L	mehrfarbig	eda	2,40	2,40
3536	180 L	mehrfarbig	edb	3,80	3,80
			Satzpreis (4 W.)	8,—	8,—
			Viererblock	9,—	9,—
			FDC		12,—
			Kleinbogen	18,—	18,—

Blockausgabe, gez. Ks 13

edd

edc) Dose mit Deckel

3537	250 L	mehrfarbig	edc	4,50	4,50
Block 194		(90×70 mm)	edd	4,50	4,50
			FDC		8,—

Auflagen: MiNr. 3533–3536 = 6.000 Viererblocks, MiNr. 3534 zusätzlich 100.000, MiNr. 3535 zusätzlich 30.000, MiNr. 3536 zusätzlich 50.000 Stück, Bl. 194 = 6.000 numerierte Blocks

2016, 9. Okt. 400. Todestag von Miguel de Cervantes. Odr., Kleinbogen (3×3) und Bogen (32); gez. K 13:13¼.

ede) Miguel de Cervantes (1547–1616), spanischer Schriftsteller; Kampf gegen Windmühlen

3538	140 L	mehrfarbig	ede	2,20	2,20
			FDC		5,50
			Kleinbogen	20,—	20,—

Blockausgabe, gez. Ks 13¼:13

edg

edf) Romanfiguren Don Quijote und Sancho Panza

3539	200 L	mehrfarbig	edf	3,20	3,20
Block 195		(80×61 mm)	edg	3,20	3,20
			FDC		6,50

Auflagen: MiNr. 3538 = 155.000 Stück, Bl. 195 = 5.000 numerierte Blocks

2016, 13. Okt. 85. Geburtstag von Dritëro Agolli. Odr., Kleinbogen (3×3) und Bogen (28); gez. K 13.

edh) Dritëro Agolli (1931–2017), Schriftsteller

3540	120 L	mehrfarbig	edh	2,80	2,80
			FDC		5,—
			Kleinbogen	26,—	26,—

Auflage: 34.250 Stück

2016, 10. Dez. 100. Jahrestag der Gründung der autonomen albanischen Republik von Korça (1916–1920). Odr., Kleinbogen (1×4 Zd) und Bogen (28); gez. K 13.

edi) Themistokli Gërmenji (1871–1917), Präfekt
edk) Französische und einheimische Offiziere

3541	5 L	mehrfarbig	edi	0,50	0,50
3542	2500 L	mehrfarbig	edk	50,—	50,—
			Satzpreis (2 W.)	50,—	50,—
			Paar	55,—	55,—
			FDC		60,—
			Kleinbogen	220,—	220,—

Auflagen: MiNr. 3541 = 54.000, MiNr. 3542 = 184.000 Stück

2017, 1. Nov. Einheimische Flora. Odr., Kleinbogen (2×2 Zd) und Bogen (28); gez. K 13¼:13.

edl) Albanischer Günsel (Ajuga piskoi)
edm) Heidelbeere (Vaccinium myrtillus)

3543 150 L mehrfarbig .... edl 4,40 4,40
3544 250 L mehrfarbig .... edm 8,— 8,—
Satzpreis (2 W.) 12,— 12,—
Paar 12,— 12,—
FDC 13,—
Kleinbogen 48,— 48,—

Auflagen: MiNr. 3543 = 153.000, MiNr. 3544 = 103.000 Stück

2017, 18. Nov. Europa: Burgen und Schlösser. Odr., Kleinbogen (3×3) und Bogen (28); gez. K 13:13¼.

edn) Kalaja, Burgfestung von Berat

3545 200 L mehrfarbig .... edn 6,— 6,—
FDC 7,—
Kleinbogen 54,— 54,—

Blockausgabe

3546 250 L mehrfarbig .... edn 4,50 4,50
Block 196 (80×60 mm) .... edo 4,50 4,50
FDC 6,50
Markenheftchen 11,— 11,—

Das Markenheftchen enthält ein Heftchenblatt mit MiNr. 3545 und Bl. 196.

Postpreis des Markenheftchens: 510 L

Auflagen: MiNr. 3545 = 155.500 Stück, Bl. 196 = 5.500 numerierte Blocks, 1.000 Markenheftchen

2017, 24. Nov. Tourismus: Nationalpark Divjaka-Karavasta. Odr., Kleinbogen (2×2 Zd), MiNr. 3548 auch Bogen (24); gez. K 13¼:13.

edp) Krauskopfpelikan (Pelecanus crispus)
edr) Wasserbüffel (Bubalus arnee)
edp–edr) Rosaflamingo (Phoenicopterus roseus)

3547 40 L mehrfarbig .... edp 1,— 1,—
3548 1000 L mehrfarbig .... edr 29,— 29,—
Satzpreis (2 W.) 30,— 30,—
Paar 32,— 32,—
FDC 34,—
Kleinbogen 130,— 130,—

Auflagen: MiNr. 3547–3548 = 4.500 Paare, MiNr. 3548 zusätzlich 100.000 Stück

2017, 5. Dez. Nationale Persönlichkeiten. Odr., Kleinbogen (1×2 Zd), MiNr. 3549 und 3551 auch Bogen (24); gez. K 13:13¼.

eds) Musine Kokalari (1917–1983), Schriftstellerin und Politikerin

edt) Zef Kolombi (1907–1949), Maler
edu) Prenkë Jakova (1917–1969), Komponist
edv) Nikollë Kaçorri (1862–1917), Politiker

3549 10 L mehrfarbig .... eds 0,30 0,30
3550 40 L mehrfarbig .... edt 0,60 0,60
3551 70 L mehrfarbig .... edu 1,20 1,20
3552 90 L mehrfarbig .... edv 1,60 1,60
Satzpreis (4 W.) 3,70 3,70
Viererstreifen 3,70 3,70
FDC 5,50
Kleinbogen 7,40 7,40

MiNr. 3549–3552 wurden waagerecht zusammenhängend gedruckt.

Auflagen: MiNr. 3549–3552 = 2.500 Viererstreifen, MiNr. 3549 zusätzlich 200.000, MiNr. 3551 zusätzlich 500.000 Stück

2017, 12. Dez. Internationale Persönlichkeiten. Odr., Kleinbogen (1×3 Zd), MiNr. 3553 und 3555 auch Bogen (24); gez. K 13.

edw) Ferdinand von Zeppelin (1838–1917), deutscher Luftschiffkonstrukteur
edx) Edgar Degas (1834–1917), französischer Maler
edy) Stefan Zweig (1881–1942), österreichischer Schriftsteller

3553 20 L mehrfarbig .... edw 0,30 0,30
3554 90 L mehrfarbig .... edx 1,50 1,50
3555 140 L mehrfarbig .... edy 2,40 2,40
Satzpreis (3 W.) 4,20 4,20
Dreierstreifen 4,20 4,20
FDC 6,50
Kleinbogen 12,50 12,50

Auflagen: MiNr. 3553–3555 = 3.000 Dreierstreifen, MiNr. 3553 zusätzlich 180.000, MiNr. 3555 zusätzlich 70.000 Stück

2017, 15. Dez. Schwimmweltmeisterschaften, Budapest. Odr., Kleinbogen (2×2 Zd), MiNr. 3556 auch Bogen (36); gez. K 13¼:12¾.

edz) Piktogramme verschiedener Disziplinen
eea) Zeichnungen verschiedener Disziplinen

3556 60 L mehrfarbig .... edz 1,— 1,—
3557 90 L mehrfarbig .... eea 3,— 3,—
Satzpreis (2 W.) 4,— 4,—
Paar 4,50 4,50
FDC 5,—
Kleinbogen 18,— 18,—

Auflagen: MiNr. 3556–3557 = 4.000 Paare, MiNr. 3556 zusätzlich 120.000 Stück

2017, 18. Dez. Internationaler Tag der Migranten: Albanische Emigration und Diaspora. Odr., Kleinbogen (2×2 Zd), MiNr. 3559 auch Bogen (24); gez. K 13:13¼.

eeb) Winkende Männer, Schiffsrumpf, Freiheitsstatue
eec) Jubelnde Männer, Schiffsrumpf, Europakarte

3558	60 L mehrfarbig	eeb	1,80	1,80
3559	250 L mehrfarbig	eec	7,50	7,50
	Satzpreis (2 W.)		9,—	9,—
	Paar		9,50	9,50
	FDC			12,—
	Kleinbogen		38,—	38,—

Auflagen: MiNr. 3558–3559 = 3.500 Paare, MiNr. 3559 zusätzlich 10.000 Stück

eed

2017, 21. Dez. Bedrohte Tierarten. Odr., Kleinbogen (3×3) und Bogen (28); gez. K 13:13¼.

eed–eee) Eurasischer Luchs (Lynx lynx)

3560	120 L mehrfarbig	eed	3,80	3,80
	FDC			4,50
	Kleinbogen		35,—	35,—

Blockausgabe

eef

eee

3561	190 L mehrfarbig	eee	6,—	6,—
Block 197	(81×61 mm)	eef	6,—	6,—
	FDC			7,—

Auflagen: MiNr. 3560 = 303.000 Stück, Bl. 197 = 3.000 numerierte Blocks

2017, 23. Dez. Kunsthandwerk: Glas. Odr., Kleinbogen (1×2 Zd), MiNr. 3562 und 3565 auch Bogen (20); gez. K 13.

eeg–eel) Glasgefäße

3562	5 L mehrfarbig	eeg	0,60	0,60
3563	40 L mehrfarbig	eeh	1,10	1,10
3564	90 L mehrfarbig	eei	2,50	2,50
3565	130 L mehrfarbig	eek	4,—	4,—
	Satzpreis (4 W.)		8,—	8,—
	Viererblock		8,50	8,50
	FDC			9,—
	Kleinbogen		17,—	17,—

Blockausgabe

eem

eel

3566	200 L mehrfarbig	eel	6,—	6,—
Block 198	(90×70 mm)	eem	6,—	6,—
	FDC			7,—

Auflagen: MiNr. 3562–3565 = 3.500 Viererblocks, MiNr. 3562 zusätzlich 70.000, MiNr. 3565 zusätzlich 130.000 Stück, Bl. 198 = 3.500 numerierte Blocks

2017, 27. Dez. Kunst: Grafik. Odr., Kleinbogen (3×3), MiNr. 3567, 3569–3570 und 3572–3574 auch Bogen (24); gez. K 13:13¼, Querformate ~.

een) Skanderbeg; von Simon Rrota (1887–1961)

eeo) Folter; von Kolë Idromeno (1860–1939)

eep) Ritter; von Zef Kolombi (1907–1949)

eer) Leningrad im Regen; von Pandi Mele (1939–2015)

ees) Mädchen; von Andrea Kushi (1884–1959)

eet) Im Schlaf; von Llambi Blido (*1939)

eeu) Beim Schneider; von Dhimitër Theodhori (1946–2013)

eev) Begräbnis; von Zef Shoshi (*1939)

3567	30 L mehrfarbig	een	1,—	1,—
3568	40 L mehrfarbig	eeo	1,30	1,30
3569	50 L mehrfarbig	eep	1,70	1,70
3570	80 L mehrfarbig	eer	2,60	2,60
3571	90 L mehrfarbig	ees	3,—	3,—
3572	100 L mehrfarbig	eet	3,20	3,20
3573	180 L mehrfarbig	eeu	6,—	6,—
3574	190 L mehrfarbig	eev	6,—	6,—
	Satzpreis (8 W.)		24,—	24,—
	2 FDC			25,—
	Kleinbogensatz (8 Klb.)		220,—	220,—

Auflagen: 4.000 Sätze in Kleinbogen, zusätzlich in Bogen: MiNr. 3567 = 250.000, MiNr. 3569 = 400.000, MiNr. 3570 = 220.000, MiNr. 3572 = 330.000, MiNr. 3573 = 100.000, MiNr. 3574 = 80.000 Stück

2017, 28. Dez. Europäischer Datenschutztag. Odr., Kleinbogen (3×3) und Bogen (28); gez. K 13:13.

eew) Vorhängeschloss, Symbole für Kommunikationsmedien

3575	2500 L mehrfarbig	eew	80,—	80,—
		FDC		85,—
		Kleinbogen	720,—	720,—

Auflage: 53.500 Stück

2018, 5. Mai. Nationales Skanderbeg-Jahr. Odr., Kleinbogen (3×3) und Bogen (20); gez. K 13.

eex) Emblem mit Wappenadler

3576	250 L schwarz/rot	eex	8,—	8,—
		FDC		9,—
		Kleinbogen	75,—	75,—

Auflage: 34.500 Stück

2018, 25.Okt. Europa: Brücken. Odr., Kleinbogen (3×3) und Bogen (28); gez. K 13:13¼.

eey) Brücke von Berat (18. Jh.)

3577	200 L mehrfarbig	eey	6,—	6,—
		FDC		7,50
		Kleinbogen	54,—	54,—

Blockausgabe

efa

eey) Brücke von Berat (18. Jh.)

3578	250 L mehrfarbig	eez	7,50	7,50
Block 199	(80×60 mm)	efa	7,50	7,50
		FDC		9,—
		Markenheftchen	14,—	14,—

Das Markenheftchen enthält ein Heftchenblatt mit MiNr. 3577 und Bl. 199.

Postpreis des Markenheftchens: 510 L

Auflagen: MiNr. 3577 = 257.500 Stück, Bl. 199 = 7.500 numerierte Blocks, 2.500 Markenheftchen

2018, 6. Nov. 550. Todestag von Skanderbeg. Odr. (24); gez. K 13:13¼.

efb

efc

efb–efc) Skanderbeg, eigentlich Gjergj Kastrioti (1405–1468), albanischer Nationalheld; in zeitgenössischen Stichen

3579	150 L mehrfarbig	efb	4,—	4,—
3580	250 L mehrfarbig	efc	8,—	8,—
		Satzpreis (2 W.)	12,—	12,—
		FDC		13,—

Blockausgabe mit MiNr. 3579–3580

Block 200	(94×69 mm)	efd	12,—	12,—
		FDC		13,—

Auflagen: MiNr. 3579 = 130.000, MiNr. 3580 = 100.000 Stück, Bl. 200 = 5.000 numerierte Blocks

2018, 16. Nov. Persönlichkeiten. Odr., Kleinbogen (2×2 Zd), MiNr. 3582 auch Bogen (28); gez. K 12¾:13.

efe) Claude Debussy (1862–1918), französischer Komponist
eff) Gustav Klimt (1862–1918), österreichischer Maler

3581	90 L mehrfarbig	efe	4,—	4,—
3582	180 L mehrfarbig	eff	4,—	4,—
		Satzpreis (2 W.)	8,—	8,—
		Paar	8,50	8,50
		FDC		10,—
		Kleinbogen	34,—	34,—

Auflagen: MiNr. 3581–3582 = 3.500 Paare, MiNr. 3582 zusätzlich 100.000 Stück

2018, 7. Dez. Einheimische Flora. Odr., Kleinbogen (2×2 Zd), MiNr. 3584 auch Bogen (32); gez. K 13¼:13.

efg) Okra (Abelmoschus esculentus)
efh) Echtes Johanniskraut (Hypericum perforatum)

3583	40 L mehrfarbig	efg	1,—	1,—
3584	1000 L mehrfarbig	efh	30,—	30,—
		Satzpreis (2 W.)	30,—	30,—
		Paar	32,—	32,—
		FDC		34,—
		Kleinbogen	130,—	130,—

Auflagen: MiNr. 3583–3584 = 3.500 Paare, MiNr. 3584 zusätzlich 80.000 Stück

2018, 14. Dez. Jahrestage. Odr., Kleinbogen (1×3 Zd) und Bogen (28); gez. K 13,25:13.

efi) 400 Jahre Buchdruck in Albanien
efk) Woodrow Wilson (1856–1924); 100. Jahrestag seines 14-Punkte-Planes
efl) Kadri Prishtina (1878–1925); 100 Jahre Komitee für die nationale Verteidigung des Kosovo

3585	50 L	mehrfarbig	efi	1,50	1,50
3586	120 L	mehrfarbig	efk	3,80	3,80
3587	140 L	mehrfarbig	efl	4,40	4,40
			Satzpreis (3 W.)	9,50	9,50
			Dreierstreifen	10,—	10,—
			FDC		11,—
			Kleinbogen	30,—	30,—

Auflagen: MiNr. 3585 = 203.000, MiNr. 3586 = 253.000, MiNr. 3587 = 53.000 Stück, davon jeweils 3.000 im Kleinbogen

2018, 19. Dez. Einheimische Fauna: Fische. Odr., Kleinbogen (2×2 Zd) und Bogen (45); gez. K 13:12¾.

efm) Europäischer Stör (Acipenser sturio)
efn) Forelle (Salmo trutta)

3588	5 L	mehrfarbig	efm	0,50	0,50
3589	190 L	mehrfarbig	efn	5,50	5,50
			Satzpreis (2 W.)	6,—	6,—
			Paar	6,—	6,—
			FDC		9,—
			Kleinbogen	24,—	24,—

Auflagen: MiNr. 3588 = 24.000, MiNr. 3589 = 54.000 Stück, davon jeweils 4.000 im Kleinbogen

2018, 22. Dez. Tourismus: Përmet. Odr., Kleinbogen (2×2 Zd), MiNr. 3589 auch Bogen (28); gez. K 13:13¼.

efo) Thermalquellen von Bënja
efp) Katiut-Brücke über den Fluss Lengarica

3590	40 L	mehrfarbig	efo	1,—	1,—
3591	2500 L	mehrfarbig	efp	75,—	75,—
			Satzpreis (2 W.)	75,—	75,—
			Paar	80,—	80,—
			FDC		85,—
			Kleinbogen	320,—	320,—

Auflagen: MiNr. 3590–3591 = 3.250 Paare, MiNr. 3591 zusätzlich 50.000 Stück

2018, 27. Dez. Kunsthandwerk: Stickerei. Odr., Kleinbogen (2×1 Zd), MiNr. 3593 und 3595 auch Bogen (20); gez. K 13.

efr efs
eft efu

3592	40 L	mehrfarbig	efr	1,20	1,20
3593	80 L	mehrfarbig	efs	2,60	2,60
3594	90 L	mehrfarbig	eft	3,20	3,20
3595	130 L	mehrfarbig	efu	4,40	4,40
			Satzpreis (4 W.)	11,—	11,—
			Viererblock	11,—	11,—
			FDC		12,—
			Kleinbogen	22,—	22,—

Blockausgabe

efw

efv

3596	200 L	mehrfarbig	efv	6,—	6,—
Block 201		(90×70 mm)	efw	6,—	6,—
			FDC		9,50

Auflagen: MiNr. 3592–3595 = 4.000 Viererblocks, MiNr. 3593 zusätzlich 50.000, MiNr. 3595 zusätzlich 40.000 Stück

2018, 29. Dez. Kunst: Graphiken. Odr., Kleinbogen (3×3), MiNr. 3597–3599 und 3601–3602 auch Bogen (28), 3604 auch Bogen (20); verschieden gez.

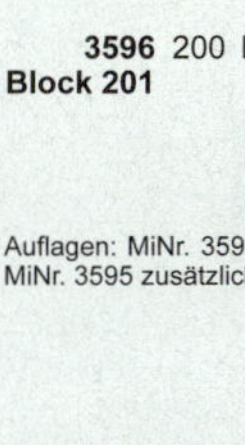

efx) Die Freiheit kam; von Anastas Kostandini (*1954)

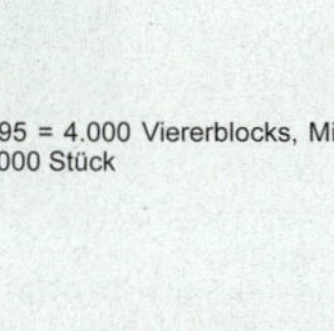

efy) Rustikal; von Lumturi Dhrami (*1936)

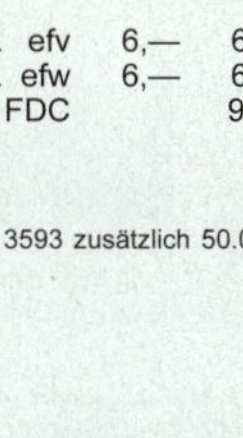

efz) Porträt einer Arbeiterin; von Lumturi Dhrami (*1936)

ega) Land des Wohlstandes; von Musa Qarri (*1943)

egb) Bergmann; von Agim Faja (1939–2017)

egc) Ernte; von Ibrahim Shehu

egd) Bewässerung; von Musa Qarri (*1943)

ege) Tracht; von Pandi Mele (1939–2015)

3597	10 L	mehrfarbig, gez. K 13:13¼	efx	0,60	0,60
3598	20 L	mehrfarbig, gez. K 13	efy	0,80	0,80
3599	30 L	mehrfarbig, gez. K 13	efz	1,—	1,—
3600	40 L	mehrfarbig, gez. K 13:13¼	ega	1,30	1,30
3601	60 L	mehrfarbig, gez. K 13	egb	2,20	2,20
3602	70 L	mehrfarbig, gez. K 13¼:13	egc	2,20	2,20
3603	90 L	mehrfarbig, gez. K 13	egd	2,50	2,50
3604	100 L	mehrfarbig, gez. K 13	ege	3,40	3,40
			Satzpreis (8 W.)	13,—	13,—
			2 FDC		15,—
			Kleinbogensatz (8 Klb.)	120,—	120,—

Auflagen: MiNr. 3597–3604 = 4.000 Sätze in Kleinbogen, zusätzlich in Bogen: MiNr. 3597 = 50.000, MiNr. 3598 = 30.000, MiNr. 3599 = 50.000, MiNr. 3601–3602 je 100.000, MiNr. 3604 = 300.000 Stück

2020, 21. Jan. Blockausgabe: 100 Jahre Parlamentarisches Regierungssystem in Albanien. Odr., Melierfasern fl., Aufdruck fl., gez. Ks 13.

egl

egf) Kongress von Lushnja (1920)
egg) Residenz von Präsident Ahmet Zogu (1895–1961), heute Albanische Akademie der Wissenschaften, Tirana
egh) Jubiläumsemblem, Säule
egi) Ehemaliges Parlamentsgebäude (1924–1939), heute Nationales Puppentheater, Tirana
egk) Heutiges Parlamentsgebäude, Tirana

3605	20 L	mehrfarbig	egf	0,40	0,40
3606	30 L	mehrfarbig	egg	0,60	0,60
3607	40 L	mehrfarbig	egh	0,70	0,70
3608	60 L	mehrfarbig	egi	1,10	1,10
3609	200 L	mehrfarbig	egk	3,70	3,70
Block 202		(174×135 mm)	egl	6,50	6,50
		FDC (Blockmarken)			12,—

MiNr. 3609 wurde zusätzlich im Bogen (28) gedruckt.

Auflagen: MiNr. 3609 = 10.000 Stück, Bl. 202 = 3.000 numerierte Blocks

2020, 10. Febr. Blockausgabe: 75. Jahrestag der Befreiung (2019). Odr.; Melierfasern fl.; gez. Ks 13:13¼.

ego

egm) Kriegerdenkmal „Mutter Albanien“, Tirana
egn) Klatschmohn (Papaver rhoeas)

3610	50 L	mehrfarbig	egm	0,90	0,90
3611	250 L	mehrfarbig	egn	4,70	4,70
Block 203		(101×76 mm)	ego	5,60	5,60
			FDC		11,50

MiNr. 3611 wurde zusätzlich im Bogen (32) gedruckt.

Auflagen: MiNr. 3611 = 10.000 Stück, Bl. 203 = 3.000 numerierte Blocks

2021, 22. Febr. Europa: Historische Postrouten (2020). Odr., Kleinbogen (3×3) und Bogen (4×8); Melierfasern fl.; gez. K 13:13¼.

egp) Bote mit Posthorn auf Via Egnatia, Befestigungsanlage Durrës, venezianisches Handelsschiff

3612	150 L	mehrfarbig	egp	4,—	4,—
			FDC		9,50
			Kleinbogen	36,—	36,—

Blockausgabe, Blockrand mit UV-Zählnummer

egs

egr) Postbote mit Pferde-Gespann auf Via Egnatia, Festungsruine und Uhrturm von Elbasan

3613	250 L	mehrfarbig	egr	6,—	6,—
Block 204		(80×60 mm)	egs	6,—	6,—
			FDC		12,—
			Markenheftchen	12,—	12,—

Das Markenheftchen enthält ein Heftchenblatt mit MiNr. 3612 und Bl. 204.

Postpreis des Markenheftchens: 475 L

Auflagen: MiNr. 3612 = 69.000 Stück, Bl. 204 = 9.000 Blocks, 2.500 Markenheftchen

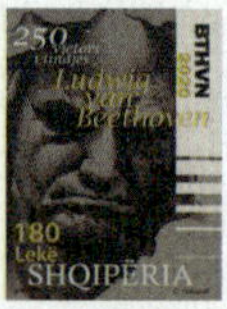

egt

2021, 5. März. 250. Geburtstag von Ludwig van Beethoven (2020). Odr., Kleinbogen (3×3) und Bogen (8×4); Melierfasern fl.; gez. K 13¼:13.

egt–egu) Ludwig van Beethoven (1770–1827), deutscher Komponist und Pianist

3614 180 L mehrfarbig . . . . egt 4,50 4,50
FDC 10,—
Kleinbogen 40,— 40,—

Blockausgabe, Blockrand mit UV-Zählnummer

egv

egu

3615 200 L mehrfarbig . . . . egu 5,— 5,—
Block 205 (58×79 mm) . . . . egv 5,— 5,—
FDC 11,—

Auflagen: MiNr. 3614 = 55.000 Stück, Bl. 205 = 5.000 numerierte Blocks

2021, 15. März. Einheimische Flora. Odr., Kleinbogen (2×2 Zd), MiNr. 3616 auch Bogen (32); Melierfasern fl.; Aufdruck fl.; gez. K 13¼:13.

egw) Echter Lorbeer (Laurus nobilis)
egx) Gewöhnliche Rosskastanie (Aesculus hippocastanum)

3616 60 L mehrfarbig . . . . egw 1,60 1,60
3617 130 L mehrfarbig . . . . egx 3,— 3,—
Satzpreis (2 W.) 4,60 4,60
Paar 4,60 4,60
FDC 10,—
Kleinbogen 18,50 18,50

Auflagen: MiNr. 3616–3617 = 3.000 Paare, MiNr. 3616 zusätzlich 120.000 Stück

2021, 30. März. Euromed Postal: Gastronomie des Mittelmeerraumes (2020). Odr., Kleinbogen (2×1 Zd), MiNr. 3619 auch Bogen; Melierfasern fl.; Aufdruck fl.; gez. K 13.

egy) Lakror-Kuchen in Sač
egz) Tavë Kosi (Gebackenes Lammfleisch mit Reis und Joghurtsoße)
eha) Tavë Krapi (Karpfenauflauf)
ehb) Fasule të kuqe (Bohneneintopf)

3618 10 L mehrfarbig . . . . egy 0,30 0,30
3619 80 L mehrfarbig . . . . egz 2,— 2,—
3620 90 L mehrfarbig . . . . eha 2,20 2,20
3621 120 L mehrfarbig . . . . ehb 3,— 3,—
Satzpreis (4 W.) 7,50 7,50
Viererblock 7,50 7,50
FDC 12,—
Kleinbogen 15,— 15,—

Auflagen: MiNr. 3618–3621 = 4.000 Viererblocks, MiNr. 3619 zusätzlich 130.000 Stück

2021, 12. April. Tourismus: Basare. Odr., Kleinbogen (2×1 Zd), MiNr. 3625 auch Bogen (4×7); Melierfasern fl.; Aufdruck fl.; gez. K 13.

ehc) Zinngießer, Basar von Korça
ehd) Schuhmacher, Basar von Kruja
ehe) Korbflechter, Basar von Shkodra
ehf) Töpfer, Basar von Tirana

3622 10 L mehrfarbig . . . . ehc 0,30 0,30
3623 40 L mehrfarbig . . . . ehd 1,— 1,—
3624 50 L mehrfarbig . . . . ehe 1,20 1,20
3625 200 L mehrfarbig . . . . ehf 5,— 5,—
Satzpreis (4 W.) 7,50 7,50
Viererblock 7,50 7,50
FDC 12,—
Kleinbogen 15,— 15,—

Auflagen: MiNr. 3622–3625 = 3.500 Viererblocks, MiNr. 3625 zusätzlich 60.000 Stück

2021, 19. April. Technologische Entwicklungen: Robotik. Odr., Kleinbogen (2×2 Zd), MiNr. 3626 auch Bogen (7×4); Melierfasern fl.; Aufdruck fl.; gez. K 13.

ehg) Winkender Roboter
ehh) Händedruck zwischen Roboter und Mensch

3626 140 L mehrfarbig . . . . ehg 3,40 3,40
3627 190 L mehrfarbig . . . . ehh 4,60 4,60
Satzpreis (2 W.) 8,— 8,—
Paar 8,— 8,—
FDC 14,—
Kleinbogen 32,— 32,—

Auflagen: MiNr. 3626–3627 = 3.500 Paare, MiNr. 3626 zusätzlich 80.000 Stück

2021, 28. April. Bankenarchitektur in Albanien. Odr., Kleinbogen (2×1 Zd), MiNr. 3631 auch Bogen (4×7); Melierfasern fl.; gez. K 13.

ehi) Büro der Nationalbank, Vlora (1926)
ehk) Ehemalige Zentrale der Nationalbank, Durrës (1926)
ehl) Büro der Nationalbank, Korça (1926)
ehm) Zentrale der Nationalbank, Tirana (1938)

3628	20 L	mehrfarbig	ehi	0,50	0,50
3629	30 L	mehrfarbig	ehk	0,80	0,80
3630	80 L	mehrfarbig	ehl	2,—	2,—
3631	120 L	mehrfarbig	ehm	3,—	3,—
			Satzpreis (4 W.)	6,30	6,30
			Viererblock	6,30	6,30
			FDC		12,—
			Kleinbogen	12,60	12,40

Auflagen: MiNr. 3628–3631 = 3.000 Viererblocks, MiNr. 3631 zusätzlich 150.000 Stück

2021, 10. Mai. Blockausgabe: Nationale Persönlichkeiten. Odr.; Melierfasern fl.; gez. K 13.

eht

ehn) Vexhi Buharaja (1920–1987), Schriftsteller; Bücher, Moschee
eho) Ramadan Sokoli (1920–2008), Ethnomusikologe; Volksmusikinstrumente
ehp) Kristo Frashëri (1920–2016), Historiker; Weltkarte, Globus, Schreibmaschine, Buch, Stifte
ehr) Shaban Demiraj (1920–2014), Albanologe; Bücher, Schreibfeder, Stifte
ehs) Sandër Prosi (1920–1985), Schauspieler; Filmstreifen, Theatermasken

3632	10 L	mehrfarbig	ehn	0,30	0,30
3633	20 L	mehrfarbig	eho	0,50	0,50
3634	40 L	mehrfarbig	ehp	1,—	1,—
3635	90 L	mehrfarbig	ehr	2,30	2,30
3636	100 L	mehrfarbig	ehs		
I		Schriftlänge des Namens 13,4 mm (Blockmarke)		2,50	2,50
II		Schriftlänge des Namens 12,4 mm (Bogenmarke)		2,50	2,50
Block 206		(170×113 mm)	eht	6,60	6,60
		FDC (Blockmarken)			11,—

MiNr. 3636 II wurde im Bogen (4×7) gedruckt.

Auflagen: MiNr. 3636 II = 50.000 Stück, Bl. 206 = 2.500 numerierte Blocks

2021, 24. Mai. Blockausgabe: Tirana – 100 Jahre Hauptstadt Albaniens (2020). Odr.; Melierfasern fl.; gez. Ks 13:13¼.

ehv

ehu) Skanderbeg-Platz mit Uhrturm, Et'hem-Bey-Moschee, Rathaus und Skanderbeg-Statue, Tirana

3637	100 L	mehrfarbig	ehu	2,70	2,70
Block 207		(105×70 mm)	ehv	2,70	2,70
			FDC		7,—

MiNr. 3637 wurde zusätzlich im Bogen (4×8) gedruckt.

Auflagen: MiNr. 3637 = 100.000 Stück, Bl. 207 = 3.000 numerierte Blocks

2021, 2. Juni. Antike Münzen in Albanien. Odr., Kleinbogen (2×1 Zd), MiNr. 3641 auch Bogen (20); Melierfasern fl.; Aufdruck fl.; gez. K 13.

ehw) Silbermünze aus Epirus (234–168 v. Chr.)
ehx) Silbermünze aus Apollonia (44–27 v. Chr.)
ehy) Bronzemünze aus Shkodra (168 v. Chr.)
ehz) Silbermünze aus Durrës (350–250 v. Chr.)

3638	30 L	mehrfarbig	ehw	0,70	0,70
3639	70 L	mehrfarbig	ehx	1,70	1,70
3640	90 L	mehrfarbig	ehy	2,20	2,20
3641	250 L	mehrfarbig	ehz	6,20	6,20
			Satzpreis (4 W.)	10,80	10,80
			Viererblock	10,80	10,80
			FDC		16,80
			Kleinbogen	21,50	21,50

Auflagen: MiNr. 3638–3641 = 3.500 Viererblocks, MiNr. 3641 zusätzlich 60.000 Stück

2021, 11. Juni. Fußball-Europameisterschaft 2020. Odr., Kleinbogen (2×2 Zd), MiNr. 3643 auch Bogen (7×4); Melierfasern fl.; Aufdruck fl.; gez. K 12¾:13.

eia–eib) Spieler kämpfen um Ball, Umrisskarte von Europa

3642	20 L	mehrfarbig	eia	0,50	0,50
3643	200 L	mehrfarbig	eib	4,90	4,90
			Satzpreis (2 W.)	5,40	5,40
			Paar	5,40	5,40
			FDC		11,50
			Kleinbogen	21,50	21,50

Auflagen: MiNr. 3642–3643 = 4.000 Paare, MiNr. 3643 zusätzlich 100.000 Stück

2021, 22. Dez. Blockausgabe: Ökotourismus. Odr.; gez. Ks 14¼.

ego

eic) Insel im Zirknitzer See (Slowenien)
eid) Insel Zvërnec in der Lagune von Narta (Albanien)

eic–eid) Aufnahmen von Grega Žorž, slowenischer Fotograf und Geograf

3644	80 L	mehrfarbig	eic	2,—	2,—
3645	100 L	mehrfarbig	eid	2,50	2,50
Block 208		(120×80 mm)	eie	4,50	4,50
			FDC		9,50

Auflage: 50.000 Blocks

Parallelausgabe mit Slowenien MiNr. 1513–1511/Bl. 139

Jahrgangswerttabelle

Die Aufstellung folgt der numerischen Reihenfolge der Katalogisierung ohne Rücksicht auf die Chronologie eventueller Ergänzungswerte.

Grundsätzlich ist nur die jeweils billigste Sorte pro Marke bzw. Ausgabe angegeben, sofern nichts anderes vermerkt.

Zusammendrucke aus Bogen, Marken mit Zierfeldern usw. sind dann berücksichtigt, wenn sie als normale Ausgabeform anzusehen sind. Einzelmarken aus Blocks und Marken mit der Preisnotierung „—,—“ sind nicht berücksichtigt.

Im neuen MICHEL-Redaktionssystem fließen Einzelwerte anstelle von Satzpreisen in die Berechnung ein. Zusätzlich werden alle Blockvarianten berücksichtigt. Dadurch können sich Änderungen zu früheren Jahrgangswertberechnungen ergeben.

Jahr	MiNr.	**	⊙
1945	359–384	277,20	426,20
1946	385–414	369,50	465,—
1947	415–441, Bl. 4	218,50	315,70
1948	442–458	162,—	121,30
1949	459–481	102,—	81,70
1950	482–499	106,70	110,—
1951	500–520	65,—	73,50
1952	521–522	560,—	370,—
1953	523–532	129,—	91,10
1954	533–538	12,—	12,—
1956	539–542	10,20	7,—
1957	543–556	21,—	16,50
1958	557–571	19,60	12,10
1959	572–590, Bl. 5–6	62,—	63,30
1960	591–618	54,50	35,20
1961	619–641	104,—	42,50
1962	642–714, Bl. 7–16	1253,50	1794,10
1963	715–802, Bl. 17–21	393,70	397,20
1964	803–911, Bl. 22–28	364,40	463,90
1965	912–1022, Bl. 29–30	318,20	206,70
1966	1023–1130	151,20	75,60
1967	1131–1238, Bl. 31	178,80	90,80
1968	1239–1328, Bl. 32–34	222,90	249,70
1969	1329–1400, Bl. 35–37	136,—	116,10
1970	1401–E 1460, Bl. 38–39	1334,80	803,60
1971	1461–1526, Bl. 40–43	104,—	63,60
1972	1527–1603, Bl. 44–46	83,20	49,90
1973	1604–1667, Bl. 47–49	128,30	114,30
1974	1668–1754, Bl. 50–55	149,20	128,80
1975	1755–1833, Bl. 56–58	82,50	49,70
1976	1834–1887, Bl. 59–61	56,50	50,20
1977	1888–1942, Bl. 62–63	95,90	60,—
1978	A 1942–1990, Bl. 64–66	142,80	97,50
1979	1991–2034, Bl. 67–69	81,10	51,10
1980	2035–2069, Bl. 70–71	61,50	55,—
1981	2070–2108, Bl. 72–74	64,70	51,20
1982	2109–2151, Bl. 75–76	333,—	268,60
1983	2152–2192, Bl. 77–79	84,80	60,90
1984	2193–2243, Bl. 80–83	149,—	84,50
1985	2244–2285, Bl. 84–86	350,—	162,50
1986	2286–2322, Bl. 87–88	135,40	84,60
1987	2323–2353, Bl. 89	78,—	60,—
1988	2354–2382, Bl. 90	809,50	734,50
1989	2383–2422	53,50	36,10
1990	2423–2461, Bl. 91–92	42,80	36,60
1991	2462–2488, Bl. 93–94	35,40	29,90
1992	2489–2521, Bl. 95–97	108,70	103,80
1993	2522–2534, Bl. 98–100	39,20	39,20
1994	2535–2542, Bl. 101	17,—	17,—
1995	2543–2588, Bl. 102–106	66,30	65,50
1996	2589–2612, Bl. 107–109	41,10	41,80
1997	2613–2641, Bl. 110–111	35,60	35,60
1998	2642–2673, Bl. 112–115	62,60	59,60
1999	2674–2719, Bl. 116–121	151,40	150,80
2000	2720–2781, Bl. 122–128	116,60	115,60
2001	2782–2845, Bl. 129–136	148,50	127,—
2002	2846–2907, Bl. 137–143	97,80	97,80
2003	2908–2965, Bl. 144–149	125,10	124,10
2004	2966–3044, Bl. 150–156	155,70	155,70
2005	3045–3101, Bl. 157–161	127,60	127,70
2006	3102–3116	150,—	150,—
2007	3117–3243, Bl. 162–170	669,40	669,70
2008	3244–3288, Bl. 171–172	91,90	94,70
2009	3289–3325, Bl. 173–174	112,80	112,80
2010	3326–3328	4,80	4,80
2011	3329–3390, Bl. 175–182	159,—	159,—
2012	3391–3420	63,—	63,—
2013	3421–3447, Bl. 183–185	52,30	52,30
2014	3448–3485, Bl. 186–190	79,50	79,50
2015	3486–3519, Bl. 191–193	104,50	104,50
2016	3520–3542, Bl. 194–195	116,40	116,40
2017	3543–3575, Bl. 196–198	202,90	202,90
2018	3576–3604, Bl. 199–201	195,60	195,60
2020	3605–3611, Bl. 202–203	12,10	12,10
2021	3612–3645, Bl. 204–208	85,90	85,90
Gesamtsumme		**13141,10**	**12134,70**

Blockaufstellung

Block 1 siehe nach MiNr. 263
Block 2 siehe nach MiNr. 273
Block 3 siehe nach MiNr. 283
Block 4 siehe nach MiNr. 417
Block 5 siehe nach MiNr. 589
Block 6 siehe nach MiNr. 590
Block 7 siehe nach MiNr. 653
Block 8 siehe nach MiNr. 662
Block 9 siehe nach MiNr. 667
Block 10 siehe nach MiNr. 672
Block 11 siehe nach MiNr. 676
Block 12 siehe nach MiNr. 681
Block 13 siehe nach MiNr. 688
Block 14 siehe nach MiNr. 694
Block 15 siehe nach MiNr. 702
Block 16 siehe nach MiNr. 707
Block 17 siehe nach MiNr. 729
Block 18 siehe nach MiNr. 733
Block 19 siehe nach MiNr. 752
Block 20 siehe nach MiNr. 797
Block 21 siehe nach MiNr. 802
Block 22 siehe nach MiNr. 827
Block 23 siehe nach MiNr. 832
Block 24 siehe nach MiNr. 843
Block 25 siehe nach MiNr. 848
Block 26 siehe nach MiNr. 869
Block 27 siehe nach MiNr. 901
Block 28 siehe nach MiNr. 911
Block 29 siehe nach MiNr. 945
Block 30 siehe nach MiNr. 946
Block 31 siehe nach MiNr. 1238
Block 32 siehe nach MiNr. 1294
Block 33 siehe nach MiNr. 1314
Block 34 siehe nach MiNr. 1318
Block 35 siehe nach MiNr. 1345
Block 36 siehe nach MiNr. 1350
Block 37 siehe nach MiNr. 1354
Block 38 siehe nach MiNr. 1425
Block 39 siehe nach MiNr. 1447
Block 40 siehe nach MiNr. 1485
Block 41 siehe nach MiNr. 1488
Block 42 siehe nach MiNr. 1506
Block 43 siehe nach MiNr. 1518
Block 44 siehe nach MiNr. 1533
Block 45 siehe nach MiNr. 1563
Block 46 siehe nach MiNr. 1588
Block 47 siehe nach MiNr. 1640
Block 48 siehe nach MiNr. 1647
Block 49 siehe nach MiNr. 1655
Block 50 siehe nach MiNr. 1673
Block 51 siehe nach MiNr. 1695
Block 52 siehe nach MiNr. 1719
Block 53 siehe nach MiNr. 1727
Block 54 siehe nach MiNr. 1746
Block 55 siehe nach MiNr. 1754
Block 56 siehe nach MiNr. 1772
Block 57 siehe nach MiNr. 1799
Block 58 siehe nach MiNr. 1814
Block 59 siehe nach MiNr. 1841
Block 60 siehe nach MiNr. 1862
Block 61 siehe nach MiNr. 1880
Block 62 siehe nach MiNr. 1924
Block 63 siehe nach MiNr. 1942
Block 64 siehe nach MiNr. 1957
Block 65 siehe nach MiNr. 1969
Block 66 siehe nach MiNr. 1986
Block 67 siehe nach MiNr. 2002
Block 68 siehe nach MiNr. 2017
Block 69 siehe nach MiNr. 2026
Block 70 siehe nach MiNr. 2062
Block 71 siehe nach MiNr. 2069
Block 72 siehe nach MiNr. 2086
Block 73 siehe nach MiNr. 2098
Block 74 siehe nach MiNr. 2106
Block 75 siehe nach MiNr. 2134
Block 76 siehe nach MiNr. 2147
Block 77 siehe nach MiNr. 2176
Block 78 siehe nach MiNr. 2183
Block 79 siehe nach MiNr. 2189
Block 80 siehe nach MiNr. 2228
Block 81 siehe nach MiNr. 2232
Block 82 siehe nach MiNr. 2241
Block 83 siehe nach MiNr. 2243
Block 84 siehe nach MiNr. 2257
Block 85 siehe nach MiNr. 2269
Block 86 siehe nach MiNr. 2285
Block 87 siehe nach MiNr. 2295
Block 88 siehe nach MiNr. 2300
Block 89 siehe nach MiNr. 2345
Block 90 siehe nach MiNr. 2364
Block 91 siehe nach MiNr. 2440
Block 92 siehe nach MiNr. 2443
Block 93 siehe nach MiNr. 2469
Block 94 siehe nach MiNr. 2479
Block 95 siehe nach MiNr. 2501
Block 96 siehe nach MiNr. 2504
Block 97 siehe nach MiNr. 2511
Block 98 siehe nach MiNr. 2530
Block 99 siehe nach MiNr. 2533
Block 100 siehe nach MiNr. 2534
Block 101 siehe nach MiNr. 2541
Block 102 siehe nach MiNr. 2552
Block 103 siehe nach MiNr. 2554
Block 104 siehe nach MiNr. 2557
Block 105 siehe nach MiNr. 2572
Block 106 siehe nach MiNr. 2578
Block 107 siehe nach MiNr. 2590
Block 108 siehe nach MiNr. 2597
Block 109 siehe nach MiNr. 2603
Block 110 siehe nach MiNr. 2623
Block 111 siehe nach MiNr. 2625
Block 112 siehe nach MiNr. 2649
Block 113 siehe nach MiNr. 2655
Block 114 siehe nach MiNr. 2665
Block 115 siehe nach MiNr. 2668
Block 116 siehe nach MiNr. 2680
Block 117 siehe nach MiNr. 2685
Block 118 siehe nach MiNr. 2691
Block 119 siehe nach MiNr. 2695
Block 120 siehe nach MiNr. 2705
Block 121 siehe nach MiNr. 2713
Block 122 siehe nach MiNr. 2753
Block 123 siehe nach MiNr. 2755
Block 124 siehe nach MiNr. 2759
Block 125 siehe nach MiNr. 2762
Block 126 siehe nach MiNr. 2766
Block 127 siehe nach MiNr. 2773
Block 128 siehe nach MiNr. 2774
Block 129 siehe nach MiNr. 2808
Block 130 siehe nach MiNr. 2812
Block 131 siehe nach MiNr. 2816
Block 132 siehe nach MiNr. 2817
Block 133 siehe nach MiNr. 2820
Block 134 siehe nach MiNr. 2821
Block 135 siehe nach MiNr. 2833
Block 136 siehe nach MiNr. 2834
Block 137 siehe nach MiNr. 2865
Block 138 siehe nach MiNr. 2869
Block 139 siehe nach MiNr. 2878
Block 140 siehe nach MiNr. 2883
Block 141 siehe nach MiNr. 2888
Block 142 siehe nach MiNr. 2892
Block 143 siehe nach MiNr. 2899
Block 144 siehe nach MiNr. 2927
Block 145 siehe nach MiNr. 2930
Block 146 siehe nach MiNr. 2940
Block 147 siehe nach MiNr. 2948
Block 148 siehe nach MiNr. 2953
Block 149 siehe nach MiNr. 2960
Block 150 siehe nach MiNr. 2968
Block 151 siehe nach MiNr. 2973
Block 152 siehe nach MiNr. 2976
Block 153 siehe nach MiNr. 2986
Block 154 siehe nach MiNr. 2990
Block 155 siehe nach MiNr. 3002
Block 156 siehe nach MiNr. 3030
Block 157 siehe nach MiNr. 3047
Block 158 siehe nach MiNr. 3050
Block 159 siehe nach MiNr. 3075
Block 160 siehe nach MiNr. 3086
Block 161 siehe nach MiNr. 3095
Block 162 siehe nach MiNr. 3120
Block 163 siehe nach MiNr. 3144
Block 164 siehe nach MiNr. 3147
Block 165 siehe nach MiNr. 3201
Block 166 siehe nach MiNr. 3206
Block 167 siehe nach MiNr. 3209
Block 168 siehe nach MiNr. 3212
Block 169 siehe nach MiNr. 3224
Block 170 siehe nach MiNr. 3243
Block 171 siehe nach MiNr. 3248
Block 172 siehe nach MiNr. 3258
Block 173 siehe nach MiNr. 3293
Block 174 siehe nach MiNr. 3318
Block 175 siehe nach MiNr. 3333
Block 176 siehe nach MiNr. 3336
Block 177 siehe nach MiNr. 3341
Block 178 siehe nach MiNr. 3350
Block 179 siehe nach MiNr. 3355
Block 180 siehe nach MiNr. 3367
Block 181 siehe nach MiNr. 3370
Block 182 siehe nach MiNr. 3390
Block 183 siehe nach MiNr. 3425
Block 184 siehe nach MiNr. 3436
Block 185 siehe nach MiNr. 3439
Block 186 siehe nach MiNr. 3451
Block 187 siehe nach MiNr. 3457
Block 188 siehe nach MiNr. 3459
Block 189 siehe nach MiNr. 3466
Block 190 siehe nach MiNr. 3478
Block 191 siehe nach MiNr. 3487
Block 192 siehe nach MiNr. 3511
Block 193 siehe nach MiNr. 3519
Block 194 siehe nach MiNr. 3537
Block 195 siehe nach MiNr. 3539
Block 196 siehe nach MiNr. 3546
Block 197 siehe nach MiNr. 3561
Block 198 siehe nach MiNr. 3566
Block 199 siehe nach MiNr. 3578
Block 200 siehe nach MiNr. 3580
Block 201 siehe nach MiNr. 3596
Block 202 siehe nach MiNr. 3609
Block 203 siehe nach MiNr. 3611
Block 204 siehe nach MiNr. 3613
Block 205 siehe nach MiNr. 3615
Block 206 siehe nach MiNr. 3636
Block 207 siehe nach MiNr. 3637
Block 208 siehe nach MiNr. 3645

Verzeichnis der Markenheftchen mit Zusammendrucken

MH-MiNr.	Bezeichnung	Ausgabe-Datum	Nominale	Enthält H-Blatt	Preise ✱✱
1 A	Pflanzen	20. 3.1986	1.45 L	1 A	15,–
1 B	Pflanzen	20. 3.1986	1.45 L	1 B	35,–
2	Persönlichkeiten	20. 4.1986	4.65 L	2	17,–
3	Pflanzen	20. 5.1988	3.30 L	3	70,–
4	Tag der Befreiung	29.11.1989	3.30 L	4	4,50
5	150 Jahre Briefmarken	6. 5.1990	3.90 L	5	4,50
6	Charlie Chaplin	20. 6.1999	660 L	6	16,–
7	Blumen	30. 3.2001	520 L	7	40,–
8	Europa: Ferien	23. 6.2004	1600 L	8	50,–
9	Europa: Gastronomie	5.10.2005	1550 L	9	60,–

Verzeichnis der Heftchenblätter

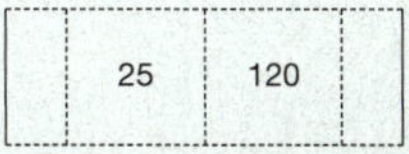

✱✱ ⊙

H-Blatt 1 A mit MiNr. 2290 A–2291 A 12,– 10,–

H-Blatt 1 B mit MiNr. 2290 B–2291 B 40,– 30,–

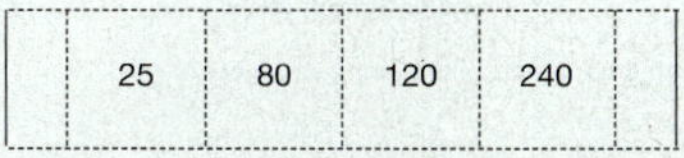

H-Blatt 2 mit MiNr. 2292–2295 14,– 8,50

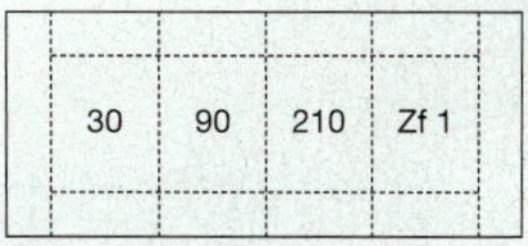

H-Blatt 3 mit MiNr. 2358–2360 65,– 45,–

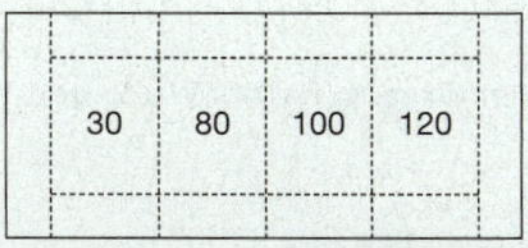

H-Blatt 4 mit MiNr. 2419–2422 4,– 2,80

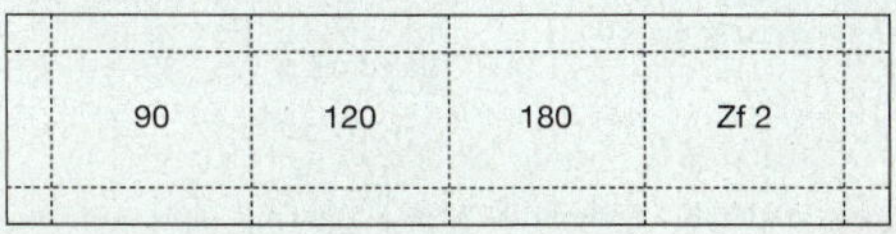

H-Blatt 5 mit MiNr. 2435–2437 4,– 3,50

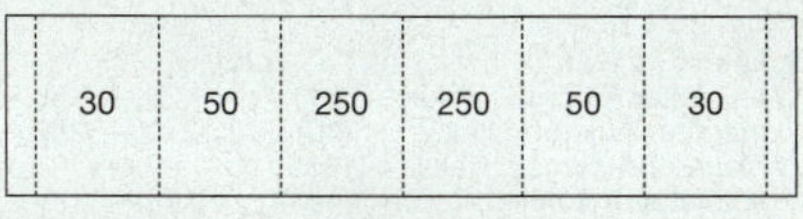

H-Blatt 6 mit 2 × MiNr. 2696–2698 15,– 15,–

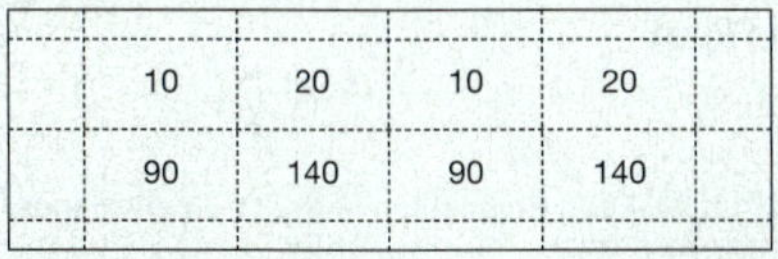

H-Blatt 7 mit 2 × MiNr. 2798–2801 14,–

H-Blatt 8 mit 4 × MiNr. 2966–2967 45,–

H-Blatt 9 mit MiNr. 3048 Do/Du/E, 3049 Do/Du/E und 3050 38,–

Portomarken

1914, 23. Febr. Freimarken MiNr. 29–33 mit Handstempelaufdruck „T“ und „TAKSË“.

1

					✱	⊙
1	2	Q	rotbraun/gelb	(29) Bl	15,—	5,—
2	5	Q	blaugrün/grün	(30) R	12,—	5,—
3	10	Q	rosa/rot	(31) Bl	17,—	5,—
4	25	Q	blau/ultramarin	(32) R	20,—	5,—
5	50	Q	violett/braunrot	(33) S	30,—	16,—
				Satzpreis (5 W.)	90,—	35,—

1 a	Aufdruck violett	40,—	35,—
1 b	Aufdruck schwarz	40,—	40,—
2 a	Aufdruck blau	40,—	40,—
2 b	Aufdruck violett	50,—	50,—
3 a	Aufdruck violett	40,—	35,—

Auflagen: MiNr. 1 = 13.100, MiNr. 2 = 11.700, MiNr. 3 = 12.150, MiNr. 4 = 10.350, MiNr. 5 = 10.250 Stück

1914, 16. April. Freimarken MiNr. 42–45 mit Handstempelaufdruck „TAKSË“.

6

6	10	Pa	auf 5 Q blaugrün/grün	(42)	6,—	5,—
7	20	Pa	auf 10 Q rosa/rot	(43)	6,—	5,—
8	1	Gr	auf 25 Q blau/ultramarin	(44)	6,—	5,—
9	2	Gr	auf 50 Q violett/braunrot	(45)	6,—	5,—
			Satzpreis (4 W.)		24,—	20,—

1919, 10. Febr. Stempelmarken der österreichischen Verwaltung für Albanien mit Aufdruck ähnlich Freimarken MiNr. 47–52, jedoch „qint“ statt „Qint“, ohne Kontrollaufdruck, aber mit weiterem violettem Aufdruck „TAXE“.

10

10		Q	auf 4 H rosa	(g)	15,—	12,—
11		Q	auf 10 Kr rotbraun auf grün	(g)	15,—	12,—
12	20	Q	auf 2 Kr orange auf grünblau	(g)	15,—	12,—
13	50	Q	auf 5 Kr braun auf gelb	(g)	15,—	12,—
			Satzpreis (4 W.)		60,—	48,—

		✱
10 I	Aufdruck rot	75,—
11 I	Aufdruck rot	75,—
12 I	Aufdruck rot	75,—

1920, 1. April. Endgültige Ausgabe. Bdr.; mit Kontrollaufdruck; gez. K 14:13½.

Pa) Ansicht von Skutari

Posthorn-Aufdruck

					✱✱	⊙
14	4	Q	oliv	Pa	2,—	5,—
15	10	Q	rot	Pa	4,—	7,50
16	20	Q	olivbraun	Pa	4,—	7,50
17	50	Q	schwarz	Pa	10,—	20,—
				Satzpreis (4 W.)	20,—	40,—

Probedrucke (ohne Aufdruck)

		✱✱
14 P A-17 P A	gez. K 14:13½	50,—
14 P B-17 P B	☐	60,—

1922, März. Neue Ausgabe, brauner Wellenlinien-Unterdruck. Bdr.; gez. K 12½.

Pb) Doppeladler

					✱✱	⊙
18	4	Q	schwarz auf rot	Pb	2,50	5,—
19	10	Q	schwarz auf rot	Pb	2,50	5,—
20	20	Q	schwarz auf rot	Pb	2,50	5,—
21	50	Q	schwarz auf rot	Pb	2,50	5,—
				Satzpreis (4 W.)	10,—	20,—

Mit Aufdruck: MiNr. 18–21

1925. Portomarken MiNr. 18–21 mit zweizeiligem, senkrechtem weißem Bdr.-Aufdruck „Republika Shqiptare“.

22

22	4	Q	schwarz auf rot	(P 18)	5,—	5,—
23	10	Q	schwarz auf rot	(P 19)	5,—	5,—
24	20	Q	schwarz auf rot	(P 20)	5,—	5,—
25	50	Q	schwarz auf rot	(P 21)	5,—	5,—
				Satzpreis (4 W.)	20,—	20,—

MiNr. 23 mit goldenem Aufdruck wurde amtlich nicht ausgegeben.

1925, 24. Dez. Neue Ausgabe. Kleiner roter Aufdruck „QIND.AR.“ unten; gez. K 13½:13.

Pc) Wappenadler mit Wertziffer

26	10	(Q)	blau	Pc	2,—	4,—
27	20	(Q)	grün	Pc	2,—	4,—
28	30	(Q)	rotbraun	Pc	6,—	8,—
29	50	(Q)	braun	Pc	7,—	15,—
				Satzpreis (4 W.)	17,—	30,—

1930, 1. Sept. Neue Ausgabe. RaTdr.; Wz. 2; gez. K 14.

Pd) Neues Wappen mit Skanderbegs Helm

30	10	Q	dunkelblau	Pd	17,—	25,—
31	20	Q	karmin	Pd	6,—	15,—
32	30	Q	violett	Pd	6,—	15,—
33	50	Q	dunkelgrün	Pd	6,—	15,—
				Satzpreis (4 W.)	35,—	70,—

1936/39. Freimarke MiNr. 220 mit Bdr.-Aufdruck „Taksë“.

34

34	10 Q karmin (220)		
I	halbfetter Aufdruck „Taksë“ (1936)	25,—	80,—
II	magerer Aufdruck „Taksë“ (1936)	220,—	280,—
III	magerer Aufdruck „-Taksë-“ (1939)	—,—	—,—
IV	halbfetter Aufdruck „-Taksë-“ (1939)	250,—	—,—

MiNr. 34 I und 34 II sind zusammenhängend bekannt.

1940, Febr. Wappen. RaTdr.; gez. K 14.

Pe) Berichtigtes Wappen

35	4 Q	orangerot	40,—	*60,—*
36	10 Q	violett	40,—	*60,—*
37	20 Q	dunkelbraun	40,—	*60,—*
38	30 Q	dunkelblau	40,—	*60,—*
39	50 Q	karmin	40,—	*60,—*
		Satzpreis (5 W.)	200,—	*300,—*

Auflage: 20.000 Sätze

Zwangszuschlagsmarken

a

1947. Albanisches Rotes Kreuz. Stdr.; gez. L 11½.

			✱✱	⊙
1	1 L mehrfarbig	a	*300,—*	*500,—*

Lokalausgaben

Sämtliche Lokalausgaben sind den verworrenen Zuständen in Albanien zu verdanken; ihr postalischer Charakter ist nur teilweise belegt.

Berat

1915. Türkischer Rundstempel, □.

a

			✱	⊙
1	schwarz	a	*1200,—*	*2000,—*

Auflage: 150 Stück

Dibër

2

1913, Sept. MiNr. 5 und 6 mit Aufdruck am oberen Markenrand.

			✱	⊙
1	10 Pa blaugrün	(5)	750,—	750,—
2	20 Pa rosa	(6)	750,—	750,—

Durrës

1919, Mai. Kreisförmiger blauer Doppelringstempel des Finanzamtes Durrës mit Inschrift: „ZYRA E FINANCAVETNë DURRËS" und albanischem Adler.

		✱	⊙
1	(1 Gr) blau	*2000,—*	*2500,—*

Die Preise gelten für vollständige Umschläge.

Elbasan

1919, Jan. Kreisförmiger violetter Doppelringstempel des Finanzamts in Elbasan: „ZYRA E FINANCAVET / ELBASAN", mit albanischem Adlerwappen in der Mitte als Kuvert-Wertstempel bzw. Ausschnitt als Briefmarke verwendet; □.

		✱	⊙
1	(1 Gr) Kuvertausschnitt	*2000,—*	*2500,—*
	komplettes Kuvert (U 1)	*3800,—*	*3800,—*

Auflage: ca. 500 Stück

Korça

Albanische Militärpost Korça

a) Doppeladler

1914, 19. März. Metallhandstempel; violett oder schwarz, mit rotem Werteindruck; □.

				✱	⊙
1	10 Pa		a		
	a	violett/rot		300,—	200,—
	b	schwarz/rot		400,—	350,—
2	25 Pa		a		
	a	violett/rot		300,—	200,—
	b	schwarz/rot		500,—	400,—
		Satzpreis (2 W.)		600,—	400,—

Dieser Handstempel wurde zunächst direkt auf Briefumschlägen abgeschlagen, so dass verschiedene Papierfarben vorkommen (= Ganzsachen MiNr. U 2–3). Erst später wurden die Marken MiNr. 1–2 in Bogen hergestellt (obige Preise).

FALSCH

Auflage: 2.500 Sätze

Französische Verwaltung Koritsa

1916, Dez. Marken von Nordepirus mit Aufdruck.

10 C Aufdruck

I	**10 C**	auf 2 L rot	(18 a)	*250,—*	*200,—*
II	**10 C**	auf 2 L rosa	(29)	*1000,—*	*500,—*
III	**25 C**	auf 3 L rot	(31)	*420,—*	*250,—*
IV	**25 C**	auf 25 L ultramarin	(35)	*550,—*	*350,—*
V	**25 C**	auf 50 L graulila	(38)	*6000,—*	*4500,—*
		Satzpreis (5 W.)		*8200,—*	*5800,—*

FALSCH

Republik Korça

1917. Doppeladler im Schriftrahmen. Inschrift „SHQIPËRIË (links) / KORÇË (oben) / VETQEVERITARE (rechts)". Bdr., Unterdruck in Stdr.; gez. 11½.

b) Doppeladler

3	1 CTM	braun/grün	b	22,—	15,—
4	2 CTS	rotbraun/grün	b	22,—	15,—
5	3 CTS	grau/grün	b	22,—	15,—
6	5 CTS	grün/schwarz	b	20,—	10,—
7	10 CTS	rotbraun/schwarz	b	20,—	10,—
8	25 CTS	blau/schwarz	b	20,—	10,—
9	50 CTS	lila/schwarz	b	20,—	13,—
10	1 FRC	braun/schwarz	b	20,—	13,—
		Satzpreis (8 W.)		160,—	100,—

FALSCH

1917. Doppeladler im Schriftrahmen. Inschrift „REPUBLIKA (links) / KORÇË (oben) / SHQIPETARË (rechts)". Bdr., Unterdruck in Stdr.; gez. 11½.

c) Doppeladler

11	1 CTM	braun/grün	c	3,50	3,—
12	2 CTS	rotbraun/grün	c	3,50	3,—
13	3 CTS	grau/grün	c	3,50	3,—
14	5 CTS	grün/schwarz	c	5,—	5,—
15	10 CTS	rotbraun/schwarz	c	5,—	5,—
16	50 CTS	lila/schwarz	c	9,—	8,—
17	1 FRC	rotbraun/schwarz	c	25,—	22,—
		Satzpreis (7 W.)		50,—	45,—

12 I	„CTM" statt „CTS"	90,—	150,—
13 I	„CTM" statt „CTS"	100,—	170,—

FALSCH

1918. MiNr. 14 mit rotem Aufdruck „QARKU I KORÇËS" und neuem Wert.

18 25 (CTS) auf 5 CTS blau/schwarz .... (14) 250,— 350,—

FALSCH

1918. MiNr. 8 mit geänderter Inschrift „QARKU POSTES KORÇES"; gez. 11½.

19 25 CTS blau/schwarz .... (8) 90,— 120,—

Mirditische Republik

1921, Dez. Verschiedene Werte, Frei- und Portomarken.

Diese Ausgabe ist Mache.

Mittelalbanien, Essad-Post

1915, 9. Jan. Freimarken MiNr. 29–33 und 41–46 mit ovalem Aufdruck in Violett, Rot, Blau oder Schwarz.

7

Aufdruck

					✶	⊙
1	2 Q	rotbraun/gelb		(29)	25,—	25,—
2	5 Q	blaugrün/grün		(30)	55,—	55,—
3	10 Q	rosa/rot		(31)	35,—	35,—
A 3	25 Q	blau/ultramarin		(32)	50,—	60,—
B 3	50 Q	violett/braunrot		(33)	50,—	60,—
4	5 Pa	auf 2 Q rotbraun/gelb		(41)	35,—	35,—
5	10 Pa	auf 5 Q blaugrün/grün		(42)	15,—	15,—
6	20 Pa	auf 10 Q rosa/rot		(43)	15,—	15,—
7	1 Gr	auf 25 Q blau/ultramarin		(44)	15,—	15,—
8	2 Gr	auf 50 Q violett/braunrot		(45)	15,—	15,—
9	5 Gr	auf 1 Fr dunkelbraun/ braun		(46)	35,—	50,—
			Satzpreis (11 W.)		340,—	380,—

Mit Goldstempel bekannt, 100% Aufschlag auf ⊙-Preise

Mit weiterem Aufdruck: Portomarken MiNr. 1–7

1915, 10. Febr. Nicht verausgabte Tarabosch-Ausgabe 1913 mit violettem, schwarzem oder rotem Doppel-Kreis-Aufdruck mit türkischem Text; gez. 11½.

b

Aufdruck

10	2 Pa	orange	b	7,50	8,—
11	5 Pa	violett	b	7,50	10,—
12	10 Pa	blaugrün	b	7,50	8,—
13	20 Pa	rot	b	7,50	5,—
14	40 Pa	blau	b	10,—	5,—
15	100 Pa	rosa	b	25,—	10,—
16	5 Pia	schwarz	b	75,—	30,—
		Satzpreis (7 W.)		140,—	75,—

1915, 10. Febr. Desgleichen auf anderer Zeichnung.

c

17	10 Pa	grün	c	9,—	10,—
18	20 Pa	rosa	c	9,—	7,50

19	50 Pa	blau	c	6,—	5,—
20	3 Pia	rot	c	6,—	5,—
21	6 Pia	braun	c	15,—	12,—
		Satzpreis (5 W.)		45,—	38,—

Portomarken

1915, 9. Jan. MiNr. 1, 3, B 3 und 5–8 mit Aufdruck „T“ (= Taxe).

Aufdruck

1	10 Pa	auf 5 Q blaugrün/grün	(5)	25,—	25,—
2	20 Pa	auf 10 Q rosa/rot	(6)	25,—	25,—
3	1 Gr	auf 25 Q blau/ultramarin	(7)	25,—	25,—
4	2 Gr	auf 50 Q violett/braunrot	(8)	25,—	25,—
5	2 Q	rotbraun/gelb	(1)	40,—	40,—
6	10 Q	rosa/rot	(3)	40,—	40,—
7	50 Q	violett/braunrot	(B 3)	50,—	50,—
		Satzpreis (7 W.)		220,—	220,—

Am 23.2.1916 wurden die Postämter in Mittelalbanien geschlossen.

Shkodra

2

1915, 19. März. Freimarken MiNr. 41–46 mit vierzeiligem, schrägem, rotem Aufdruck „19. MARS. 1919 / KUJT. I NGRITJES FLAM. / KOMBETAR NE FONTESË / SHKODRË“.

				✶	⊙
1	5 Pa	auf 2 Q rotbraun/gelb	(41)		
a		Aufdruck rot		110,—	100,—
b		Aufdruck schwarz		130,—	130,—
2	10 Pa	auf 5 Q blaugrün/grün	(42)	110,—	100,—
3	20 Pa	auf 10 Q rosa/rot	(43)	110,—	100,—
4	1 Gr	auf 25 Q blau/ultramarin	(44)	110,—	100,—
5	2 Gr	auf 50 Q violett/braunrot	(45)	110,—	100,—
6	5 Gr	auf 1 Fr dunkelbraun/braun	(46)	750,—	750,—
		Satzpreis (6 W.)		1300,—	1200,—

Das Postamt Shkodra wurde im Mai 1915 kurz nach der Besetzung durch die Montenegriner geschlossen und erst am 15. Jan. 1919 wieder eröffnet.

Auflagen: MiNr. 1 a/b je 1.000, MiNr. 2–4 je 2.000, MiNr. 5 = 1.750, MiNr. 6 = 250 Stück

Gültig nur am 19.3.1915

7

1919. Freimarke MiNr. 44 mit bogenförmigem violettem Aufdruck „SHKODER · 1919“.

7	1 Gr	auf 25 Q mehrfarbig	(44)	40,—	30,—

Portomarken

1915. Freimarken MiNr. 31–33 mit schwarzem bzw. rotem Aufdruck „19. MARS. 1919 / KUJT. I NGRITJES FLAM. / KOMBETAR NE FONTESË / SHKODRË“ und großem „T“.

1	10 Q	mehrfarbig	(31) S	400,—	400,—
2	25 Q	mehrfarbig	(32) R	130,—	130,—
3	50 Q	mehrfarbig	(33) R	120,—	120,—
		Satzpreis (3 W.)		650,—	650,—

Auflagen: MiNr. 1 = 200, MiNr. 2 = 500, MiNr. 3 = 900 Stück

Gültig bis Anfang Mai 1915

Tepelena, Militärpost

a

1914, 30. Mai. Dienststempel mit albanischem Wappen und Überdruck 1 GROSH als Wertstempel für Briefumschläge benutzt bzw. Kuvertausschnitt als Briefmarke; □.

				✶	⊙
I	1 Gr				
a		blau	a	500,—	900,—
b		blau, Wertaufdruck violett		600,—	1000,—
		Satzpreis (2 W.)		1100,—	1900,—

Vlora

5

1914, 15. Okt. Freimarken MiNr. 29–34 und 41–46 mit Aufdruck Doppelkreis mit Inschrift „POSTE D’ALBANIE“ in Französisch und oben in Türkisch, Mitte fünfstrahliger Stern.

				✶	⊙
1	5 Pa	auf 2 Q rotbraun/gelb	(41)	70,—	70,—
2	10 Pa	auf 5 Q blaugrün/grün	(42)	70,—	70,—
3	20 Pa	auf 10 Q rosa/rot	(43)	60,—	60,—
4	1 Gr	auf 25 Q blau/ultramarin	(44)	30,—	30,—
5	2 Gr	auf 50 Q violett/braunrot	(45)	50,—	50,—
6	5 Gr	auf 1 Fr dunkelbraun/braun	(46)	60,—	60,—
7	2 Q	rotbraun/gelb	(29)	300,—	300,—
8	5 Q	blaugrün/grün	(30)	*1200,—*	*1200,—*
9	10 Q	rosa/rot	(31)	40,—	40,—
10	25 Q	blau/ultramarin	(32)	40,—	40,—
11	50 Q	violett/braunrot	(33)	30,—	30,—
12	1 Fr	dunkelbraun/braun	(34)	750,—	750,—

FALSCH

Auflagen: MiNr. 1 = 317, MiNr. 2 = 285, MiNr. 3 = 447, MiNr. 4 = 1.221, MiNr. 5 = 752, MiNr. 6 = 456, MiNr. 7 = 24, MiNr. 8 = 4, MiNr. 9 = 873, MiNr. 10 = 1015, MiNr. 11 = 1.235, MiNr. 12 = 14 Stück

Bulgarien (БЪЛГАРИЯ)

Seit dem Spätmittelalter Teil des Osmanischen Reiches, vom 28. April 1879 bis 1908 tributpflichtiges Fürstentum, 1908 unabhängiges Königreich, ab 15.9.1946 Volksrepublik, ab 15.11.1990 Republik.

Währung: 1 Franc (Fr) = 100 Centimes (C); ab 1881: 1 Lev (L) = 100 Stotinki (St)

Eintritt in den Weltpostverein: 1. Juli 1879, mit der Türkei 1. Juli 1875

In Bulgarien galt bis zum 30.3.1916 der Julianische Kalender, der der um 12 Tage (ab 29.2.1900 um 13 Tage) hinter der Gregorianischen Zeitrechnung zurückblieb. Alle Datumsangaben entsprechen dem jeweils gültigen Kalender.

Bis 1879 wurden türkische Postwertzeichen verwendet. Den auswärtigen Postverkehr besorgten hauptsächlich die in den größeren Städten befindlichen K. u. K. österreichischen Levantepostämter. Solche Postämter bestanden in Burgas (bis 1880), Philippopel (bis 1889), Rustschuk (bis 1884), Sofia (bis 1880), Warna (bis 1884) und Widdin (bis 1880). Außerdem besorgten die Agenturen der K. u. K. privilegierten Donau-Dampfschifffahrtsgesellschaft in den Anlegestellen die Post (eigene Wertzeichen, gültig nur außerhalb Österreich-Ungarns). Während des Krimkrieges waren von Juni bis September 1854 in Warna ein britisches und ein französisches Feldpostamt tätig. Als Frankaturen können die Marken Großbritanniens MiNr. 8–12 und Frankreich MiNr. 8, 9, 12–17 vorkommen. In Warna bestand auch (bis 1876) ein französisches Postamt. Während des russisch-türkischen Krieges war im besetzten bulgarischen Gebiet anfangs Barfrankierung üblich, später kamen auch russische Briefmarken der Ausgabe 1875/79 zur Verwendung. Im Schwarzmeerhafen Burgas befaßte sich in den Jahren ab 1880 die russische Schifffahrtsgesellschaft (ROPIT) ebenfalls mit dem Postdienst und verwendete die Marken der russischen Post in der Levante.

MiNr. 1–27 und 44–46 sind größtenteils (sehr) feuchtigkeitsempfindlich.
Die Bogenkonfiguration bei MiNr. 1–546 bezieht sich auf die Druckbogen.

Ab MiNr. 5353 sind alle Ausgaben, sofern nicht anders angegeben, unbeschränkt frankurgültig.

Preise ungebraucht bis MiNr. 134 ✶, ab MiNr. 135 ✶✶ (MiNr. 135–467 mit Falz ✶ ca. 20–40% der ✶✶-Preise, sofern nichts anderes angegeben).

MiNr. I–III siehe nach MiNr. 209, MiNr. IV–V nach MiNr. 248, MiNr. VI nach MiNr. 730.

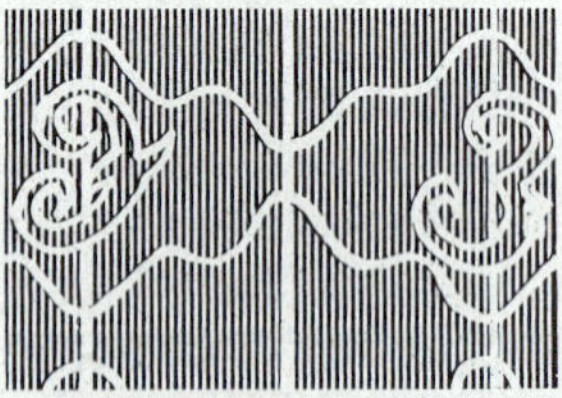
Wz. 1 Wellenlinien und Buchstaben

Bogen-Wz. 2 Gekröntes Wappen und Inschrift

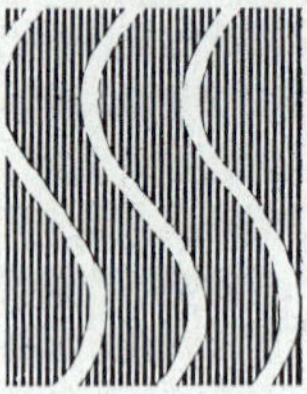
Wz. 3 Wellenlinien (stehend oder liegend)

Wz. 4 Ziergitter

Fürstentum

1879, 1. Mai/Juli. Freimarken: Wappenlöwe (Wertangabe in Centimes bzw. Franc). Bdr. (5×5 + 5×5 + 5×5 + 5×5); gestreiftes Papier; Wz. 1; gez. K 14½:15.

a) Wappenlöwe

b) Wappenlöwe

					✶	⊙
1	5	C	schwarz/orange	a	200,—	50,—
2	10	C	schwarz/grün	a	900,—	200,—
3	25	C	schwarz/lila	a	550,—	50,—
4	50	C	schwarz/blau (Juli 1879)	a	800,—	160,—
5	1	Fr	schwarz/rot	b	180,—	50,—
			Satzpreis (5 W.)		2600,—	500,—

	⊙
3 U ungezähnt	8000,—

Vorsicht vor Nachgummierungen

FALSCH

Auflagen: MiNr. 1 = 250.000, MiNr. 2 = 100.000, MiNr. 3 = 500.000, MiNr. 4 = 150.000, MiNr. 5 = 100.000 Stück

Gültig bis 1896

MiNr. 5 mit Aufdruck: MiNr. 24
In gleicher Zeichnung wie MiNr. 5: MiNr. 27

Neue Währung: 1 Lev = 100 Stotinki

1881, 10. April. Freimarken: Wappenlöwe (Wertangabe in Stotinki). Bdr. (5×5 + 5×5 + 5×5 + 5×5); gestreiftes Papier; Wz. 1; gez. K 14½:15.

c) Wappenlöwe

					✶	⊙
6	3	St	karmin/grau	c	40,—	8,—
7	5	St	schwarz/dunkelgelb	c	40,—	8,—
8	10	St	schwarz/blaugrün	c	220,—	25,—
9	15	St	dunkelrot/gelbgrün	c	280,—	25,—
10	25	St	schwarz/lila	c	900,—	100,—
11	30	St	dunkelblau/gelbbraun	c	40,—	20,—
			Satzpreis (6 W.)		1400,—	180,—

7 K Gelbdruck kopfstehend	—,—	*3000,—*

Vorsicht vor Nachgummierungen

FALSCH

Auflagen: MiNr. 6 = 620.000, MiNr. 7 = 1.010.000, MiNr. 8 = 360.000, MiNr. 9 = 500.000, MiNr. 10 = 260.000, MiNr. 11 = 310.000 Stück

Gültig bis Oktober 1882

MiNr. 11 mit Aufdruck: MiNr. 22
In gleicher Zeichnung: MiNr. 12–20, 25–26
In ähnlicher Zeichnung: MiNr. 201–205

1882, 4. Dez./1885, Mai. Freimarken: Wappenlöwe (Wertangabe in Stotinki). Bdr. (5×5 + 5×5 + 5×5 + 5×5); Wz. 1; gez. K 14½:15.

c) Wappenlöwe

MiNr. 12

MiNr. 13

MiNr. 25

MiNr. 26

Unterschiede der Wertbezeichnung im Schriftoval

12	1 St	lila/grau, Inschrift „ЕДИНЪ"	c	35,—	12,—
13	2 St	grün/grau, Inschrift „ДВА"	c	35,—	8,—
14	3 St	orange/gelb/hellgelb	c	2,—	1,—
15	5 St	grün/graugrün	c	15,—	1,50
16	10 St	rosa/orangerot	c	20,—	1,50
17	15 St	dunkellila/blasslila	c	20,—	1,50
18	25 St	blau/hellblau	c	18,—	2,—
19	30 St	violett/hellgrün	c	18,—	1,50
20	50 St	dunkelblau/orangerot	c	18,—	1,50
		Satzpreis (9 W.)		180,—	30,—

14 K	Gelbdruck kopfstehend	5000,—	3500,—
15 F	rosa/weißorangerot	3600,—	3600,—

FALSCH MiNr. 14 K, 15 F

Auflagen: MiNr. 12–13 je 1 000 000, MiNr. 14 = 1 318 000, MiNr. 15 = 2 515 000, MiNr. 16 = 2 430 000, MiNr. 17 = 5 040 000, MiNr. 18 = 2 125 000, MiNr. 19 = 455 000, MiNr. 20 = 405 000 Stück

Gültig bis Mai 1891

MiNr. 16 und 18 mit Aufdruck: MiNr. 21, 23
In gleichen Zeichnungen: MiNr. 6–11, 25–26
In ähnlichen Zeichnungen: MiNr. 201–205

1884/85. Freimarken: Wappenlöwe. MiNr. 5, 11, 16 und 18 mit farbigem Aufdruck.

I. Bdr.-Aufdruck (1. Mai 1884)

II. Stdr.-Aufdruck (5. April 1885)

Bdr.-Aufdr.: rückseitig meist scharf ausgeprägte Konturen der Zahlen
Stdr.-Aufdr.: rückseitig keine Aufdruckkonturen der Zahlen zu erkennen

Bei MiNr. 22 I und 23 I ist die Aufdruckfarbe Rot, bei MiNr. 22 II Mittelbräunlich oder Schwarz, bei MiNr. 23 II Mittelbräunlichrot

21	**3 (St)**	auf 10 St rosa/weißorangerot	(16) S		
I		Bdr.-Aufdr. (1.5.1884)		300,—	100,—
II		Stdr.-Aufdr. (5.4.1885)		100,—	100,—
22	**5 (St)**	auf 30 St dunkelblau/gelbbraun			
I		Bdr.-Aufdr. (1.5.1884)	(11) R	200,—	130,—
II		Stdr.-Aufdr. (5.4.1885)	(11) R,S	100,—	100,—
23	**15 (St)**	auf 25 St blau/hellblau	(18) R		
I		Bdr.-Aufdr. (1.5.1884)		1200,—	170,—
II		Stdr.-Aufdr. (5.4.1885)		180,—	130,—
24 II	**50 (St)**	auf 1 Fr schwarz/rot Stdr.-Aufdr. (5.4.1885)	(5) S	700,—	450,—
		Satzpreis I (3 W.)		1500,—	400,—
		Satzpreis II (4 W.)		1000,—	750,—

22 I F	Aufdruck schwarz	3500,—	2800,—

FALSCH

Auflagen: MiNr. 21 I-23 I = 10 000 Sätze, MiNr. 21 II-23 II je 20 000, MiNr. 24 II = 5 000 Stück

Gültig bis 30.10.1888

1886, 26. Aug./1887, 1. Jan. Freimarken: Wappenlöwe (Wertangabe in Stotinki). Bdr. (5×5 + 5×5 + 5×5 + 5×5); Wz. 1; gez. K 14½:15.

c) Wappenlöwe

b) Wappenlöwe

25	1 St	grauviolett/grau, Inschrift „ЕДНА"	c	2,50	0,50
26	2 St	dunkelgrün/grau, Inschrift „ДВЪ"	c	2,50	0,50
27	1 L	schwarz/rot, Inschrift „ЕДИНЪ ЛЕВЪ" (1.1.1887)	b	70,—	9,—
		Satzpreis (3 W.)		75,—	10,—

Auflagen: MiNr. 25 = 15 000 000, MiNr. 26 = 10 000 000, MiNr. 27 = 100 000 Stück

Gültig bis 1.10.1901

MiNr. 26 mit Aufdruck: MiNr. 39
In gleichen Zeichnungen: MiNr. 5, 6–11, 12–20
In ähnlicher Zeichnung wie MiNr. 25–26: MiNr. 201–205

1889/1899. Freimarken: Wappenlöwe. Bdr.; A = gez. K 13¼:13½, B = gez. L 10½, C = gez. L 11, D = gez. L 11½, E = gez. K 12¾.

e) Wappenlöwe

A = gez. K 13¼:13½, (12×15 + 12×15) (Staatsdruckerei Paris, 1889–1891)

28 A		1 St	lila (1889)	e	2,—	0,50
29 A		2 St	grau (1889)	e	3,—	1,50
30 A		3 St	braun (1889)	e	1,—	0,50
31 A		5 St	(1889)	e		
	a		grün		15,—	0,40
	b		gelbgrün		25,—	0,50
32 A		10 St	rosa (1889)	e	15,—	1,—
33 A		15 St	orange (1889)	e	120,—	1,—
34 A		25 St	(1891)	e		
	a		hellblau		15,—	1,—
	b		dunkelblau		15,—	1,50
35 A		30 St	braun (1891)	e	17,—	1,—
36 A		50 St	graugrün (1889)	e	1,—	0,50
37 A		1 L	ziegelrot (1891)	e	1,—	1,—
			Satzpreis (10 W.)		170,—	8,—

B = gez. L 10½, (10×10 + 10×10) (Staatsdruckerei Sofia und Wien, 1892–1893)

31 B	5 St	grün (1893)	e	350,—	250,—
33 B	15 St	orange (1892)	e	45,—	2,—
34 B	25 St	hellblau (1892)	e	15,—	1,50

C = gez. L 11 (10×10 + 10×10) (Staatsdruckerei Sofia und Wien, 1892)

33 C	15 St	orange (1892)	e	190,—	17,—
34 C	25 St	hellblau (1892)	e	45,—	1,50

D = gez. L 11½ (10×10 + 10×10) (Staatsdruckerei Sofia und Wien, 1892–1893)

31 D		5 St	(1893)	e		
	a		grün		300,—	17,—
	b		gelbgrün		200,—	17,—
32 D		10 St	rosa (1893)	e	7,50	2,50
33 D		15 St	orange (1892)	e	130,—	2,—
34 D		25 St	blau (1892)	e	15,—	1,50

E = gez. K 12¾ (10×10 + 10×10) (Staatsdruckerei Sofia, 1896–1901)

28 E	1 St	lila	e	0,30	0,30
29 E	2 St	grau	e	1,20	1,—
30 E	3 St	braun	e	0,50	0,50
31 E	5 St	grün	e	0,30	0,30
32 E	10 St	rosa	e	1,50	1,—
33 E	15 St	orange	e	1,—	0,50
34 E	25 St	hellblau	e	1,—	0,50

32 F	ocker statt rosa	—,—	440,—

	✱
28 U-34 U ungezähnt (Sofioter Drucke)	500,—

A = graues bis weißes Papier mittlerer Stärke, meist bräunlicher Gummi, klare und saubere Druckausführung.

B, C und D = dünnes hartes Faserpapier (Sofia) oder dünnes hartes glasiges Papier (Wien).

E = dünnes gelbliches Zellstoffpapier, Druckausführung schlechter, Details nicht so klar und deutlich erkennbar. Marken mit rauhem Papier mittlerer Stärke bedingen Preisaufschläge. Diese Ausgaben kommen (1895–1898) auch in den Zähnungen L 10¾, L 11 und L 11½ vor, sind jedoch sehr selten.

Auflagen: MiNr. 28 = 20 666 680, MiNr. 29 = 2032 080, MiNr. 30 = 2 060 080, MiNr. 31 = 17 676 650, MiNr. 8 108137, MiNr. 33 = 17695 080, MiNr. 34 = 8 020 080, MiNr. 35 = 3 996 360, MiNr. 36 = 2 000 160, MiNr. 37 = 1 000 980 Stück

In gleicher Zeichnung: MiNr. 44–45
MiNr. 28, 30–31, 33, 35–36 mit Aufdruck: MiNr. 38, 46–47, 71–75, 107

1892, 26. Jan. Freimarke: Wappenlöwe. MiNr. 35 A mit Wertaufdruck.

38

			✱	⊙
38	**15 (St)** auf 30 St dunkelbraun	(35 A)	50,—	2,—

FALSCH

Auflage: 1.000.000 Stück

Gültig bis 31.5.1892

1895. Freimarke: Wappenlöwe. MiNr. 26 mit rotem Wertaufdruck.

39

39	**01 (St)** auf 2 St mehrfarbig	(26)	2,—	0,50
39 F	Paar mit und ohne Aufdruck		350,—	300,—
39 I	Aufdruck aufMiNr. 13		550,—	550,—

FALSCH schwarzer Aufdruck, außerdem MiNr. 39 F und 39 I

Auflage: 6.000.000 Stück

Gültig bis 1.2.1897

1896, 2. Febr. Übertritt des Thronfolgers Boris zur orthodoxen Kirche. Stdr. (10×10 + 10×10 + 10×10 + 10×10); rauhes Papier oWz.; später glattes Papier mit Bogen-Wz. 2; gez. K 12¾.

f) Wappen

Bogen-Wz. 2

40	1 St grün	f	0,50	0,30
41	5 St blau	f	0,50	0,30
42	15 St violett, rotviolett	f		
I	Fahne der 5 gerade (rauhes od. glattes Papier)		0,50	0,60
II	Fahne der 5 geschwungen (glattes Papier)		10,—	1,—
43	25 St rot	f	8,50	3,—
	Satzpreis (4 W.)		10,—	4,—

Auflagen: MiNr. 40 = 3 062 000, MiNr. 41 = 1 310 000, MiNr. 42 = 1 422 000, MiNr. 43 = 622 000 Stück

Gültig bis 1.2.1897

1896, 30. April. Freimarke: Wappenlöwe. Bdr. (10×10 + 10×10); Bogen-Wz. 2; A = gez. K 12¾, B = gez. L 11½.

e) Wappenlöwe

A = gez. K 12¾

44 A	2 L rosa/hellbräunlichrot	e	4,—	3,—
45 A	3 L schwarz/sämisch	e	6,—	7,—
	Satzpreis A (2 W.)		10,—	10,—

B = gez. L 11½

44 B	2 L rosa/hellbräunlichrot	e	400,—	—,—
45 B	3 L schwarz/sämisch	e	400,—	—,—
	Satzpreis B (2 W.)		800,—	—,—

		✱
44 U	ungezähnt	400,—
45 U	ungezähnt	400,—

Gestempelt-Notierungen gelten für die üblichen Gefälligkeitsentwertungen. ⊙-Stücke werten höher.

Auflagen: MiNr. 44 = 205 000, MiNr. 45 = 100 000 Stück

Gültig bis 1.10.1901

1901, 24. März. Freimarken: Wappenlöwe. MiNr. 30 C und 36 A mit Aufdruck.

46

			✱	⊙
46	**5 (St)** auf 3 St braun	(30 E)	2,50	2,—
47	**10 (St)** auf 50 St dunkelgrün	(36 A)	2,50	2,—
	Satzpreis (2 W.)		5,—	4,—
46 F	Aufdruck „5“ auf MiNr. 30 A		—,—	—,—

Auflagen: MiNr. 46 = 247.000, MiNr. 47 = 239.000 Stück

Gültig bis 1.10.1901

1901, 20. April. 25. Jahrestag des Aprilaufstands gegen die osmanische Herrschaft. Bdr. (10×10 + 10×10); gez. K 12¾.

g) Kanone aus Kirschbaumholz

48	5 St karminrosa	g	1,50	2,—
49	15 St grün	g	1,50	2,—
	Satzpreis (2 W.)		3,—	4,—

FALSCH Papier bläulichgrau, gez. L 13

Auflagen: MiNr. 48 = 520.000, MiNr. 49 = 535.000 Stück

Gültig bis 5.5.1901

1901, 1. Okt. Freimarken: Fürst Ferdinand I. Bdr. (5×5 + 5×5 + 5×5 + 5×5); gez. K 12½.

h) Fürst Ferdinand I. (1861–1948, reg. 1887–1918)

MiNr. 59 I: „1“ mit Fahne oben rechts

MiNr. 59 II: „1“ ohne Fahne

50	1 St lila/schwarzgrün	h	0,30	0,30
51	2 St dunkeloliv/schwarzblau	h	0,50	0,30
52	3 St orange/blauschwarz	h	0,50	0,30
53	5 St grün/dunkelbraun	h	2,—	0,30
54	10 St lilarosa/schwarzbraun	h	3,—	0,30
55	15 St lilarot/grünschwarz	h	1,50	0,30
56	25 St hellblau/blauschwarz	h	1,50	0,30
57	30 St olivbraun/grünschwarz	h	35,—	0,70
58	50 St dunkelblau/dunkelbraun	h	2,—	0,30
59	1 L rot/olivgrün	h		
I	Type I		5,—	0,40
II	Type II (1905)		90,—	4,—
60	2 L mehrfarbig	h	10,—	1,50
61	3 L grau/braun	h	10,—	7,—
	Satzpreis (12 W.)		70,—	10,—

50 U	ungezähnt	1200,—	
51 U	ungezähnt	—,—	
52 F	orange/schwarzbraun	250,—	250,—
54 F I	lilarosa/grünschwarz	250,—	250,—

54 I lilarosa (ohne Mittelstück) . . . . —,— 1500,—
55 U ungezähnt . . . . 1500,—
56 I hellblau (ohne Mittelstück) . . . . —,—

Auflagen: MiNr. 50 = 69 000 000, MiNr. 51 = 17 500 000, MiNr. 52 = 5 600 000, MiNr. 53 = 54 500 000, MiNr. 54 = 37 900 000, MiNr. 55 = 15 800 000, MiNr. 56 = 14 000 000, MiNr. 57 = 2 500 000, MiNr. 58 = 2 200 000, MiNr. 59 = 850 000, MiNr. 60 = 260 000, MiNr. 61 = 206 000 Stück

Gültig bis 31.12.1911

MiNr. 52, 55 und 57 mit Aufdruck: MiNr. 65, 69–70, 76–77

1902, 29. Aug. 25. Jahrestag der Verteidigung des Schipkapasses. Stdr. (10×10); gez. L 11½.

i) Szene aus den Kämpfen am Schipkapass

62 5 St lilarosa . . . . i 3,— 1,—
63 10 St grün . . . . i 3,— 1,—
64 15 St blau . . . . i 12,— 5,—
Satzpreis (3 W.) 18,— 7,—

✶
62 Ul links ungezähnt (▭) . . . . —,—
62 Us senkrecht ungezähnt (▭) . . . . —,—
63 Ur rechts ungezähnt (▭) . . . . 60,—

Leichte Gummibüge sind bei MiNr. 62–64 üblich.

FALSCH

Auflagen: MiNr. 62 = 600.000, MiNr. 63 = 400.000, MiNr. 64 = 204.000 Stück

Gültig bis 30.9.1902

1903, 1. Okt./1909, 17. Juni. Freimarke: Fürst Ferdinand I. MiNr. 55 mit Aufdruck.

65

✶ ⊙
65 **10 (St)** auf 15 St mehrfarbig . . . . . (55)
a Aufdruck schwarz (1.10.1903) . . . . . 55,— 1,50
b Aufdruck blauschwarz (17.6.1909) . . . 5,— 1,—

65 F auf MiNr. 54 . . . . *1000,— 1000,—*

Auflagen: MiNr. 65 a = 5.943.000, MiNr. 65 b = 900.000 Stück

1907, 15. Aug. 20. Jahrestag des Regierungsantritts von Fürst Ferdinand I. Lichtdr. (16×14); gez. L 11½.

k) Porträts des Fürsten 1887 und 1907

66 5 St grün . . . . k 20,— 2,—
67 10 St braunrot . . . . k 30,— 2,—
68 25 St blau . . . . k 70,— 4,—
Satzpreis (3 W.) 120,— 8,—

✶
66 U ungezähnt . . . . 110,—
66 UMs waagerechtes Paar, Mitte ungezähnt . . . . 100,—
67 U ungezähnt . . . . 150,—
67 UMs waagerechtes Paar, Mitte ungezähnt . . . . 150,—
67 Uw waagerecht ungezähnt . . . . 100,—
68 U ungezähnt . . . . 220,—
68 UMs waagerechtes Paar, Mitte ungezähnt . . . . 200,—

Leichte Gummibüge sind bei MiNr. 66–68 üblich.

Auflagen: MiNr. 66 = 509.376, MiNr. 67 = 498.176, MiNr. 68 = 207.200 Stück

Gültig bis 1.3.1908

Königreich

1909, 17. Juni. Freimarken: Fürst Ferdinand I. MiNr. 55 und 57 mit Aufdruck.

70

✶ ⊙
69 **5 (St)** auf 15 St lilarot/grünschwarz . (55) Bl 2,— 1,—
70 **25 (St)** auf 30 St olivbraun/grünschwarz . . . . . (57)
a Aufdruck rot . . . . 13,— 2,—
b Aufdruck karmin . . . . 25,— 2,50
Satzpreis (2 W.) 15,— 3,—

69 F Aufdruck schwarz statt blau . . . . 300,— 250,—
70 F Aufdruck dunkelblau . . . . 900,— 600,—

Auflage: MiNr. 69 = 1.000.000, MiNr. 70 = 800.000 Stück

1909, 3. Juli/25. Sept. Marken von 1889 mit farbigem Aufdruck 1909, MiNr. 73–75 noch mit Aufdruck des neuen Wertes.

71

71 1 St helllila . . . . (28) S 1,— 0,90
72 5 St hellgrün (30.8.1909) . . . . . (31) S 2,50 0,90
73 **5 (St)** auf 30 St dunkelbraun . . . . . (35) S 2,— 0,60
74 **10 (St)** auf 15 St ocker . . . . . (33) S 2,— 1,20
75 **10 (St)** auf 50 St dunkelgrün (25.9.1909) (36) R 2,50 1,20
Satzpreis (5 W.) 10,— 4,50

Sehr viele Aufdruckfehler sind bekannt.

MiNr. 73 mit rotem Aufdruck ist Probedruck.

FALSCH Aufdruckfälschungen

Auflagen: MiNr. 71 = 2.300.000, MiNr. 72 = 370.000, MiNr. 73 = 408.000, MiNr. 74 = 395.000, MiNr. 75 = 360.000 Stück

Gültig bis 31.12.1911

1910, 1. Okt. Freimarken: Fürst Ferdinand I. MiNr. 52 und 55 mit schwarzblauem Aufdruck des neuen Wertes und 1910.

76

76 **1 (St)** auf 3 St orange/blauschwarz . . . . . (52) 4,— 2,—
77 **5 (St)** auf 15 St lilarot/grünschwarz . . . . . (55) 4,— 1,50
Satzpreis (2 W.) 8,— 3,50

Auflage: 500.000 Sätze

Gültig bis 31.12.1911

1911, 14. Febr./1915. Freimarken. StTdr. (10×10); gez. L 12.

l) Ruine der Burg des Zaren Assen

m) Zar Ferdinand I. in Generalsuniform

n) Tirnowo mit Baldu-ins-Turm

o) Zar Ferdinand I.

p) Zar Ferdinand I. in Admiralsuniform

r) Iskertal

s) Zar Ferdinand I.

t) Hof des Klosters Rila

u) Der Zar mit seinen Söhnen · v) Der Zar im Krönungsornat · w) Kloster zur Hl. Dreieinigkeit, Troica · x) Hafen von Warna

78	1 St	russischgrün		l	0,30	0,30
79	2 St			m		
	a	hellrot/schwarz			0,30	0,30
	b	lilarot/schwarz			75,—	70,—
80	3 St	braunkarmin/schwarz		n	0,50	0,30
81	5 St	grün/schwarz		o	1,50	0,30
82	10 St	rot/schwarz		p	2,50	0,30
83	15 St	gelbbraun		r	7,50	0,30
84	25 St	ultramarin/schwarz		s	0,50	0,30
85	30 St	blau/schwarz		t	7,50	0,30
86	50 St	braunorange/schwarz		u	40,—	0,50
87	1 L	dunkelbraun		v		
	I	Bildbreite 19 mm, gez. L 12			12,—	0,30
	II	Bildbreite 20 mm, gez. L 11½ (1915)			0,50	0,30
88	2 L	dunkelviolett/schwarz		w	3,50	1,20
89	3 L	blauviolett/schwarz		x	20,—	7,50
			Satzpreis (12 W.)		80,—	10,—

78 U	ungezähnt	—,—	
79 a U	ungezähnt	—,—	
81 U	ungezähnt	—,—	
82 U	ungezähnt	—,—	
83 U	ungezähnt	*100,—*	
86 K	Mittelstück kopfstehend	—,—	7500,—
87 U	ungezähnt	*100,—*	

MiNr. 84 mit, MiNr. 105 ohne Stecherzeichen

Auflagen: MiNr. 78 = 50.030.500, MiNr. 79 = 10.000.000, MiNr. 80 = 3.060.000, MiNr. 81 = 45.350.400, MiNr. 82 = 35.010.000, MiNr. 83 = 3.010.000, MiNr. 84 = 15.000.000, MiNr. 85 = 1.020.000, MiNr. 86 = 1.500.000, MiNr. 87 I = 530.000, MiNr. 87 II = 750.000, MiNr. 88 = 210.000, MiNr. 89 = 70.000 Stück

Gültig bis 31.12.1918

MiNr. 78–84 und 87 mit Aufdruck: MiNr. 93–99, 100, 142
In gleichen Zeichnungen: MiNr. 101–106, 159, 163–164, 176

1912, 2. Aug. 25. Jahrestag des Regierungsantritts von Ferdinand I. Bdr. (10×5 und 5×5); gez. L 12½.

y) Zar Ferdinand I. (1861–1948, reg. 1887–1918)

90	5 St	dunkeloliv		y	5,—	2,—
91	10 St	braunrot		y	7,—	3,60
92	25 St	blauschiefer		y	10,—	5,50
			Satzpreis (3 W.)		22,—	11,—

90 F hellgrün .... 1300,— 300,—

Auflagen: MiNr. 90 = 209 500, MiNr. 91 = 160 000, MiNr. 92 = 110 000 Stück

Gültig bis 31.8.1912

1913, 6. Aug. Ende des Balkankrieges. MiNr. 78–84 mit Aufdruck „ОСВОБ. ВОЙНА / 1912–1918“.

93

95

99

93	1 St	russischgrün		(78) R	0,50	0,30
94	2 St	hellrot/schwarz		(79) Bl	1,50	0,30
95	3 St	braunkarmin/schwarz		(80)		
	a	Aufdruck schwarzblau			1,50	0,30
	b	Aufdruck graublau			6,—	5,—
	c	Aufdruck schwarz			50,—	30,—
96	5 St	grün/schwarz		(81) R	0,50	0,30
97	10 St	rot/schwarz		(82) S	0,50	0,30
98	15 St	gelbbraun		(83) Gr	2,—	1,50
99	25 St	blau/schwarz		(84) R	6,—	2,50
			Satzpreis (7 W.)		12,—	5,—

Auflagen: MiNr. 93 und 96–97 je 1.000.000, MiNr. 94–95 und 98–99 je 500.000 Stück

1915, 6. Juli. Freimarke: Ferdinand I. MiNr. 84 mit rotem Aufdruck.

100

100 10 St auf 25 St ultramarin/schwarz ..... (84) 1,20 0,30

100 I Paar mit und ohne Aufdruck .... 220,— 220,—

Auflage: 300.000 Stück

1915, 7. Nov. Freimarken mit Farbänderungen. StTdr. (10×5 und 5×5); MiNr. 101 und 104–105 gez. L 11½, MiNr. 102–103 und 106 gez. L 14, L 11½:14, L 14:11½.

l) Ruine der Burg des Zaren Assen · o) Zar Ferdinand I. · p) Zar Ferdinand I. in Admiralsuniform · r) Iskertal

s) Zar Ferdinand I. · t) Hof des Klosters Rila

101	1 St	dunkelschiefer		l	0,30	0,30
102	5 St	grün/violett		o	4,—	0,30
103	10 St	braunrot/schwarzbraun		p	0,30	0,30
104	15 St	olivgrün		r	0,50	0,30
105	25 St	schwarzblau/schwarz		s	0,30	0,30
106	30 St	oliv/rotbraun		t	0,50	0,30
			Satzpreis (6 W.)		5,50	1,20

101 U	ungezähnt	15,—	
102 U	ungezähnt	25,—	
103 U	ungezähnt	30,—	
104 U	ungezähnt	15,—	
105 U	ungezähnt	25,—	
106 U	ungezähnt	17,—	
106 UI	links ungezähnt		—,—

MiNr. 84 mit, MiNr. 105 ohne Stecherzeichen

Auflagen: MiNr. 101 = 42 890 000, MiNr. 102 = 16 699 800, MiNr. 103 = 21 799 700, MiNr. 104 = 6 000 000, MiNr. 105 = 6 250 000, MiNr. 106 = 2 000 000 Stück

Gültig bis 31.12.1919

MiNr. 101–103 und 105 mit Aufdruck: Bulgarische Besetzung von Rumänien MiNr. 1–4
In gleichen Zeichnungen: MiNr. 78, 81–85, 159, 163–164

1916, 9. März. Balkan-Ansichtskarten-Unternehmen zugunsten des Roten Kreuzes. MiNr. 28 mit grünem Bdr.-Aufdruck der neuen Wertstufe.

107

107 3 St auf 1 St helllila .... (28) 6,— 3,50

107 F mit rotem Aufdruck (Probedruck) .... 200,— —,—

FALSCH

MiNr. 108–111 entfallen.

1917, 14. Juli/1919. Besetzung Makedoniens (I). Bdr.; MiNr. 112, 114 und 116 (10×10) gez. K 12½; MiNr. 113 (8×10) gez. K 12½:12¾, K 11½, K 12¾, K 12¾:12½; MiNr. 115 und 117–118 (8×10) gez. K 13:12½.

z) Bulgarischer Löwe

aa) Bauer mit Büffelgespann

ab) Infanterist am Sonička Glava

ac) Niš

ad) Kirche des Hl. Johannes von Kaneo, Ohrid-See

ae) Engpass von Demir Kap

af) Gevgeli

112	5 St	grün	z	0,50	0,40
113	15 St	grünlichblau	aa	0,30	0,30
114	25 St	blau	ab	0,30	0,30
115	30 St	orange	ac	0,30	0,30
116	50 St	violett	ad	1,—	0,80
117	2 L	gelbbraun (1919)	ae	1,—	0,80
118	3 L	lilarot	af	1,50	1,30
		Satzpreis (7 W.)		4,50	4,—

		*
112 U	ungezähnt	—,—
113 U	ungezähnt	—,—
114 U	ungezähnt	—,—
115 U	ungezähnt	—,—
116 U	ungezähnt	—,—
117 U	ungezähnt	—,—
118 U	ungezähnt	—,—

Auflagen: MiNr. 112 und 114 je 5 000 000, MiNr. 113 = 3 000 000, MiNr. 115 = 1 500 000, MiNr. 116 = 1 025 000, MiNr. 117 = 600 000, MiNr. 118 = 600 000 Stück

Gültig bis 31.12.1919

MiNr. 113, 117–118 mit Aufdruck : MiNr. 370, 143–144

1917/1918. Besetzung Makedoniens (II). Bdr. (10×5 + 10×5, Querformat ~); gez. K 13:13½, Querformat ~.

ag) Veles

ah) Pflügender Invalide

ai) Ohrid

				*	⊙
119	1 St	grau	ag	0,50	0,30
120	1 St	grünlichgrau	ah	0,50	0,30
121	5 St	grün	ai	0,50	0,50
		Satzpreis (3 W.)		1,50	1,—

Auflagen: MiNr. 119–120 je 15 000 000, MiNr. 121 = 10 000 000 Stück

Gültig bis 31.12.1919

1918, 18. Juli. 30. Jahrestag des Regierungsantritts von Ferdinand I. Bdr. (10×8); gez. K 12½:13.

ak) Zar Ferdinand I. (1861–1948, reg. 1887–1918)

122	1 St	grauoliv	ak	1,—	0,30
123	2 St	dunkelbraun	ak	1,—	0,30
124	3 St	dunkelblau	ak	2,—	0,50
125	10 St	rot	ak	1,—	0,50
		Satzpreis (4 W.)		5,—	1,40

		*
122 U	ungezähnt	—,—
123 U	ungezähnt	—,—
124 U	ungezähnt	—,—
125 U	ungezähnt	—,—

Auflagen: MiNr. 122 und 125 je 5 000 000, MiNr. 123 = 2 000 000, MiNr. 124 = 500 000 Stück

Gültig bis 31.12.1919

1919, 3. Okt. Freimarken. Bdr. (5×10 + 5×10); gez. L 11½, K 11½:11¾.

al) Parlamentsgebäude in Sofia

				*	⊙
126	1 St	schwarz	al	0,30	0,30
127	2 St	grauoliv	al	0,30	0,30
		Satzpreis (2 W.)		0,60	0,60

		*
126 C	gezähnt L 10	40,—
126 U	ungezähnt	32,—
126 Ul	links ungezähnt	—,—
126 UMw	senkrechtes Paar, Mitte ungezähnt	—,—
127 U	ungezähnt	60,—
127 Uo	oben ungezähnt	30,—

Auflagen: MiNr. 126 = 37 970 000, MiNr. 127 = 47 085 600 Stück

Gültig bis 30.6.1923

Mit Aufdruck: MiNr. 135, 178

1919, 3. Okt./1920. 1. Jahrestag der Thronbesteigung des Zaren Boris. Bdr. (10×5 + 10×5); verschiedene Papiersorten; mangelhaft gez. K 11¾:11½ .

am) Zar Boris III. (1894–1943)

				*	⊙
128	3 St	braunrot (1920)	am	0,40	0,30
129	5 St	grün, smaragdgrün	am	0,40	0,30
130	10 St	rot	am	0,40	0,30
131	15 St	violett	am	0,40	0,30
132	25 St	blau	am	0,40	0,30
133	30 St	dunkelbraun	am	0,40	0,30
134	50 St	braungelb	am	0,40	0,30
		Satzpreis (7 W.)		2,50	2,—

128 C	gezähnt K 10	22,—	
129 x	graugetöntes dünnes Steuermarkenpapier	100,—	90,—
131 U	ungezähnt	50,—	
131 Ul	links ungezähnt	25,—	
132 U	ungezähnt	50,—	
133 C	gezähnt K 10	60,—	
134 U	ungezähnt	—,—	

Auflagen: MiNr. 128 = 9 898 000, MiNr. 129a = 37 420 600, MiNr. 130 = 36 493 900, MiNr. 131 = 33 746 600, MiNr. 132 = 38 746 600, MiNr. 133 = 9 663 400, MiNr. 134 = 40 411 000 Stück

MiNr. 128 und 130–134 gültig bis 30.6.1923, MiNr. 129 gültig bis 6.10.1931

MiNr. 129–134 mit Aufdruck: MiNr. 136–141, 183

135

1920, 22. Juni. Zurückgekehrte Kriegsgefangene. Freimarken mit Bdr.-Aufdruck „ЗА НАШИТѢ ПЛѢННИЦИ".

136

142

143

144

				**	⊙
135	1 **(St)**	auf 2 St grauoliv	(127)	0,30	0,30
136	2½ **(St)**	auf 5 St grün	(129)	0,30	0,30
137	5 **(St)**	auf 10 St rot	(130)	0,30	0,30
138	7½ **(St)**	auf 15 St violett	(131)	0,30	0,30

139	**12½**	**(St)**	auf 25 St blau	(132)	0,30	0,30
140	**15**	**(St)**	auf 30 St dunkelbraun	(133)	0,30	0,30
141	**25**	**(St)**	auf 50 St braungelb	(134)	0,30	0,30
142	**50**	**(St)**	auf 1 L dunkelbraun	(87)	1,—	0,60
143	**1**	**(L)**	auf 2 L gelbbraun	(117)	1,—	1,—
144	**1½**	**(L)**	auf 3 L lilarot	(118)	3,—	2,—
				Satzpreis (10 W.)	6,—	5,—

		★★
135 U	ungezähnt	7,50
135 U F	ungezähnt, mit blauem Aufdruck	75,—
136 U	ungezähnt	7,50
137 U	ungezähnt	7,50
138 U	ungezähnt	7,50
139 U	ungezähnt	7,50
140 U	ungezähnt	7,50
141 U	ungezähnt	7,50
142 F	mit blauem Aufdruck	100,—

Gestempelt-Notierungen gelten für die üblichen Gefälligkeitsentwertungen. ⊙-Stücke werten höher.

Auflagen: MiNr. 135–141 je 500.000, MiNr. 142–144 je 150.000 Stück

Gültig bis 30.6.1923

1920, 24. Okt. 70. Geburtstag von Iwan Wasow. Odr. (10×10); gez. L 11½.

an) Geburtshaus in Sopot

ao) Der „Bärenringer"

ap) Porträts von Wasow (1870, 1900)

ar) Iwan Wasow (1850–1921) Dichter

as) Wohnhäuser des Dichters in Philippopel und Sofia

at) Païssi von Hilandar (1722–1773), Mönch und Verfasser der Slavo-bulgarischen Geschichte

					★★	⊙
145	30	St	karmin	an	0,30	0,30
146	50	St	schwarzgrün	ao	0,50	0,30
147	1	L	graubraun	ap	1,—	0,50
148	2	L	braun	ar	2,50	1,20
149	3	L	dunkelviolett	as	4,—	1,70
150	5	L	tiefblau	at	5,—	2,20
				Satzpreis (6 W.)	13,—	6,—

		★★
145 U	ungezähnt	25,—
145 UMw	senkrechtes Paar, Mitte ungezähnt	22,—
145 UMs	waagerechtes Paar, Mitte ungezähnt	22,—
146 U	ungezähnt	25,—
146 UMs	waagerechtes Paar, Mitte ungezähnt	30,—
147 U	ungezähnt	25,—
148 U	ungezähnt	25,—
149 U	ungezähnt	25,—
150 U	ungezähnt	50,—

Zähnung ist meist mangelhaft, Gummibüge sind üblich.

FALSCH Vorsicht vor abgeschnittener Zähnung.

Auflagen: MiNr. 145 = 2 000 000, MiNr. 146 = 1 500 000, MiNr. 147 = 500 000, MiNr. 148–150 je 400 000 Stück

Gültig bis 30.6.1923

1921, 11. Juni. Besetzung Makedoniens (1915) (III). Bdr. (5×10 + 5×10, Querformate ~); gez. K 13:13½, Querformate ~.

au) Zar Ferdinand I., Karte von Makedonien und der Dobrudscha

av) Zar Ferdinand I., Löwenskulptur

aw) Šar-Planina (Schar-Gebirge)

ax) Steinbrücke über den Vardar, Skopje

ay) Wache am Ohrid-See

					★★	⊙
151	10	St	lilarot	au	0,50	0,30
152	10	St	lilarot	av	0,50	0,30
153	10	St	lilarot	aw	0,50	0,30
154	10	St	lilarot	ax	0,50	0,30
155	20	St	blau	ay	1,50	0,30
				Satzpreis (5 W.)	3,50	1,20

MiNr. 151–155 wurden bereits 1915 gedruckt, gelangten infolge der Kriegsereignisse aber erst 1921 nach Bulgarien. Echt ⊙ selten.

Auflagen: MiNr. 151–154 je 4 000 000 Stück

Gültig bis 28.6.1921

1921, 23. März/Dez. Freimarken (Londoner Ausgabe). StTdr. (10×10); gez. L 12.

az) Sofia

ba) Denkmal des russischen Zaren Alexander II. in Sofia

n) Tirnowo mit Balduins-Turm

bc) Christi-Geburt-Gedächtniskirche, Schipka

bb) Zar Boris III.

bd) Schnitterin

					★★	⊙
156	10	St	grauviolett (Juli 1921)	az	0,30	0,30
157	20	St	grün (Juli 1921)	ba	0,30	0,30
158	25	St	grünblau (20.12.1921)	bb	0,30	0,30
159	50	St	orange (Dez. 1921)	n	0,30	0,30
160	75	St	braunviolett (Juli 1921)	bc	0,30	0,30
161	1	L	karmin (25.8.1921)	bb	0,50	0,30
162	2	L	braun (Juni 1921)	bd	1,50	0,30
163	3	L	tiefviolett (23.3.1921)	l	1,50	0,30
164	5	L	blau (23.3.1921)	t	8,—	0,40
165	10	L	bräunlichviolett (25.7.1921)	bb	20,—	3,50
				Satzpreis (10 W.)	30,—	6,50

		★★
158 U	ungezähnt	60,—
159 U	ungezähnt	36,—

Auflagen: MiNr. 156–157 je 15 000 000, MiNr. 158 = 40 000 000, MiNr. 159 = 45 000 000, MiNr. 160 = 8 000 000, MiNr. 161 = 6 000 000, MiNr. 162 = 3 000 000, MiNr. 163 = 4 000 000, MiNr. 164 = 1 500 000, MiNr. 165 = 500 000 Stück

Gültig bis 6.10.1931

MiNr. 161 mit Aufdruck: MiNr. 185
In gleichen Zeichnungen: MiNr. 78, 80, 85, 166, 176–177

1921, 20. Dez. Freimarke (Londoner Ausgabe). StTdr. (10×10); gez. L 12.

bb) Zar Boris III.

					★★	⊙
166	1	L	blau	bb	1,—	0,30

Auflage: 4 000 000 Stück

Gültig bis 06.10.1931

In gleicher Zeichnung: MiNr. 158, 161, 165

1921, 30. Dez. 1. Todestag von James David Bourchier. StTdr. (10×10); gez. L 12.

be) Bourchier in Nationaltracht

bf) James David Bourchier (1850–1920), Balkankorrespondent der „Times"

bg) Bourchiers Ruhestätte im Kloster Rila

167	10	St	rotorange	be	0,30	0,30
168	20	St	orange	be	0,30	0,30
169	30	St	graublau	bf	0,30	0,30
170	50	St	violettschiefer	bf	0,30	0,30
171	1	L	violett	bf	0,50	0,30
172	1½	L	olivgrün	bg	0,40	0,40
173	2	L	dunkelblaugrün	bg	0,40	0,30
174	3	L	grünblau	bg	1,20	0,50
175	5	L	braunlila	bg	2,50	1,10
				Satzpreis (9 W.)	6,—	3,—

Auflagen: MiNr. 167–173 je 2 000 400, MiNr. 174 = 1 000 400, MiNr. 175 = 400 000 Stück

MiNr. 167–170 gültig bis 31.12.1923, MiNr. 171–175 bis 15.2.1923

MiNr. 172–175 mit Aufdruck: MiNr. 371–374

1923, 1. Dez. Freimarken (Londoner Ausgabe). StTdr. (10×10); gez. L 12.

n) Tirnowo mit Balduins-Turm

bc) Christi-Geburt-Gedächtniskirche, Schipka

176	50	St	blau	n	8,50	3,40
177	75	St	blau	bc	0,50	0,30
				Satzpreis (2 W.)	9,—	3,50

Auflagen: MiNr. 176 = 5 000 000, MiNr. 177 = 2 000 000 Stück

Gültig bis 6.10.1931

MiNr. 176 mit Aufdruck: MiNr. 184
In gleichen Zeichnungen: MiNr. 80, 159–160

1924, 10. Nov. Frei- und Portomarken mit farbigem Aufdruck.

178

179

183

184

178		**10 St**	auf 1 St schwarz	(126) R	0,30	0,30
179 B		**10 St**	auf 20 St hellorange	(P 23 z) S	0,30	0,30
180		**20 St**	auf 5 St			
	A		smaragdgrün	(P 21 y) S	*100,—*	*100,—*
	B		graugrün	(P 21 z) S	0,30	0,30
181		**20 St**	auf 10 St			
	A		violett	(P 22 y) S	*20,—*	*20,—*
	B		violett	(P 22 z) S	0,30	0,30
182		**20 St**	auf 30 St	(Pe) S		
	A		gez. K 11¾:11½, 12:11½			
	a		hellorangerot		0,30	0,30
	b		ziegelrot		0,30	0,30
	B c		gez. L 11½, orangerot		0,30	0,30
183		**1 L**	auf 5 St grün	(129) Bl	0,30	0,30
184		**3 L**	auf 50 St blau	(176) R	1,—	0,30
185		**6 L**	auf 1 L karmin	(161) Bl	2,—	0,60
				Satzpreis (8 W.)	4,—	1,50

178 C	gez. K 10	50,—	50,—
179 U	ungezähnt	50,—	
181 U	ungezähnt	50,—	
182 U	ungezähnt	—,—	

A = auf Portomarken von 1919 (MiNr. 21 y–25 y); sauber gezähnt
B = auf Portomarken von 1921 (MiNr. 21 z–23 z) und dem nicht ausgegebenen Wert zu 30 St; mangelhaft gezähnt

Von allen Werten sind doppelte und kopfstehende Aufdrucke bekannt.

Auflagen: MiNr. 178 = 1.240.000, MiNr. 179 = 1.335.000, MiNr. 180 = 438.000, MiNr. 181 = 940.000, MiNr. 182 = 998.000, MiNr. 183 = 16.000.000, MiNr. 184 = 4.821.700, MiNr. 185 = 4.928.000 Stück

Gültig bis 6.10.1931

1925, 2. Juni/15. Juli. Freimarken. Bdr. (10×10 + 10×10); gez. K 13 oder L 10¾:11, L 11:11½, L 11½:10¾.

bh) Wappenlöwe

bi) Löwenkopf

186	10	St	karmin/hellblau auf rosa	bh	0,80	0,30
187	15	St	karmin/rot auf blau	bh	0,80	0,30
188	30	St	schwarz/gelbbraun	bh	0,80	0,30
189	50	St	schokoladenbraun auf grün	bi	0,80	0,30
				Satzpreis (4 W.)	3,—	1,—

		★★
186 U	ungezähnt	—,—
187 U	ungezähnt	—,—
187 UMw	senkrechtes Paar, Mitte ungezähnt	—,—
187 F	schwarz/gelbbraun	3000,—
188 F	Untergrund kopfstehend	1800,—
189 Uo	oben ungezähnt	60,—
189 UMw	senkrechtes Paar, Mitte ungezähnt	—,—

MiNr. 187 ist mit MiNr. 188 zusammenhängend bekannt.

Auflagen: MiNr. 186 = 4 960 000, MiNr. 187–188 je 4 890 000, MiNr. 189 = 4 966 000 Stück

Gültig bis 6.10.1931

1925, 15. Juli/1. Okt. Freimarken. Bdr.; MiNr. 190 (10×10 + 10×10) gez. K 11½ und L 11½, MiNr. 191 (10×10) gez. K 11½.

bl) Alexander-Newski-Kathedrale in Sofia

bm) Schnitterinnen

					★★	⊙
190	2	L	dunkelblaugrün/sämisch (15. Juli)	bl	4,—	0,30
191	4	L	karmin/hellgelb (1. Okt.)	bm	4,—	0,30
				Satzpreis (2 W.)	8,—	0,50

190 U	ungezähnt	50,—	
190 UMw	senkrechtes Paar, Mitte ungezähnt	60,—	
191 U	ungezähnt	40,—	
191 Ul	links ungezähnt	—,—	
191 Uu	unten ungezähnt		36,—
191 UMw	senkrechtes Paar, Mitte ungezähnt	60,—	
191 UMs	waagerechtes Paar, Mitte ungezähnt	25,—	

Auflagen: MiNr. 190 = 14 636 500, MiNr. 191 = 8 200 000 Stück

MiNr. 190 gültig bis 6.10.1931, MiNr. 191 bis 15.03.1938

MiNr. 191 mit Aufdruck: MiNr. 208

1925, 1. März. Freimarke: Zar Boris III. Bdr. (10×10); gez. L 11½.

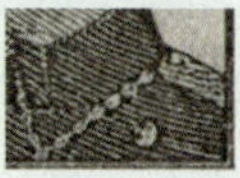
bk) Zar Boris III. ohne Schärpe

192	1	L	grau, oliv	bk	2,—	0,30

			★★
190 Uo	oben ungezähnt		50,—

MiNr. 192 ist auch in der Farbe von MiNr. 193 bekannt.

Auflage: 5 020 000 Stück

Gültig bis 06.10.1931

1926/1928. Freimarken: Zar Boris III. Geänderte Zeichnung, jetzt mit Schärpe. Bdr. (10×10); x = dickes Papier, y = dünnes Papier; gez. L 11½.

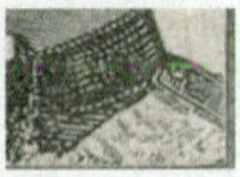

bo) Zar Boris III. mit Schärpe

				★★	⊙
193	1 L	grau, graugrün	bo		
x		dickes Papier (1926)		1,50	0,30
y		dünnes Papier (1928)		60,—	0,50
194	2 L	braungrau	bo		
x		dickes Papier (1926)		1,50	0,30
y		dünnes Papier (1928)		150,—	1,—
		Satzpreis x (2 W.)		3,—	0,50
		Satzpreis y (2 W.)		200,—	1,50

		★★
193 U	ungezähnt	—,—

Auflagen: MiNr. 193–194 je 2 000 000

Gültig bis 6.10.1931

MiNr. 194 mit Aufdruck: MiNr. 207

1926, 15. März. Anschlag auf die Kathedrale in Sofia. Stdr. (10×10); gez. L 11½.

bn) Kathedrale Sveta Nedelja nach dem Anschlag

				★★	⊙
195	50 St	schwarz	bn	1,—	0,30

195 U	ungezähnt	50,—	
195 UMs	waagerechtes Paar, Mitte ungezähnt	60,—	60,—
195 UMw	senkrechtes Paar, Mitte ungezähnt	60,—	60,—

Auflage: 2 600 000 Stück

Gültig bis 6.10.1931

1926, 2. Juni. 50. Todestag von Christo Botev. Stdr. (10×10); gez.11½.

bp) Christo Botev (1848–1876), Dichter, Nationalheld

196	1 L	dunkelgrün	bp	1,20	0,50
197	2 L	grauviolett	bp	2,50	0,50
198	4 L	lilarot	bp	3,50	2,50
		Satzpreis (3 W.)		7,—	3,50

		★★
196 Ul	links ungezähnt	75,—
196 Uo	oben ungezähnt	25,—
196 Uu	unten ungezähnt	25,—
196 Uw	waagerecht ungezähnt	50,—
197 Ur	rechts ungezähnt	75,—
197 Uo	oben ungezähnt	25,—
197 Uu	unten ungezähnt	25,—
198 Uo	oben ungezähnt	25,—
198 Uu	unten ungezähnt	25,—

Auflage: 500 000 Sätze

Gültig bis 6.10.1931

1926, 1. Okt. Freimarken: Wappenlöwe. Komb. Bdr. und Pdr. (10×10 + 10×10); gez L 11½, MiNr. 200 auch K 11½.

br) Wappenlöwe

				★★	⊙
199	6 L	blau/mattgrün	br	4,—	0,30
200	10 L	dunkelbraun/rotbraun	br	11,—	3,80
		Satzpreis (2 W.)		15,—	4,—

		⊙
199 Ul	links ungezähnt	36,—

Auflagen: MiNr. 199 = 6 600 000, MiNr. 200 = 300 000 Stück

Gültig bis 6.10.1931

Mit Aufdruck: MiNr. 206, 209

1927/1929. Freimarken: Wappen. Bdr. (10×10 + 10×10); x = gewöhnliches Papier, y = gestrichenes Papier, z = Papier mit Wz. senkrechte Wellenlinien (Wz. 3); gez. L 11½, K 13, MiNr. 202 und 204 nur gez. K 13.

bs) Wappenlöwe

Wz. 3 (stehend oder liegend)

				★★	⊙
201	10 St	karmin/graugrün	bs		
x		gewöhnliches Papier (1927)		0,50	0,30
y		gestr. Papier (1932)		0,50	0,30
z		mit Wz. 3 (1935)		1,—	0,30
202	15 St	schwarz/gelb	bs		
x		gew. Papier (1929)		0,50	0,30
y		gestr. Papier (1932)		0,50	0,30
203	30 St	schwarzblau/hellbraun	bs		
x		gew. Papier (1927)		0,50	0,30
y		gestr. Papier (1932)		0,50	0,30
204	30 St	blau/ocker	bs		
x		gew. Papier (1928)		0,50	0,30
y		gestr. Papier (1932)		0,50	0,30
205	50 St	schwarz/dunkelrosa	bs		
x		gew. Papier (1928)		0,50	0,30
y		gestr. Papier (1932)		0,50	0,30
		Satzpreis x (5 W.)		2,50	1,—
		Satzpreis y (5 W.)		2,50	1,—

Auflagen: MiNr. 201 x und y = 6 000 000, MiNr. 201 z = 200 000, MiNr. 202 x und y = 6 000 000, MiNr. 203 x und y und MiNr. 205 x und y je 4 000 000 Stück

Gültig bis 15.3.1938

In ähnlicher Zeichnung: MiNr. 6–11, 12–20, 25–26

✈ 1927, 7. Nov./1928, 15. April. Freimarken MiNr. 191, 194 und 199–200 mit Aufdruck eines Flugzeugs; MiNr. 206 zusätzlich mit neuer Wertangabe.

206

207

208

209

206	1 (L)	auf 6 L blau/mattgrün (7.11.1927)	(199) K	2,—	2,—
207	2 L	braungrau (15.4.1928)	(194) R	2,—	2,—
208	4 L	karmin/hellgelb (7.11.1927)	(191) Bl	3,—	2,—
209	10 L	dkl'braun/rotbraun (15.4.1928)	(200) Gr	80,—	20,—
		Satzpreis (4 W.)		85,—	25,—

Auflagen: MiNr. 206 = 50.000, MiNr. 207 = 200.000, MiNr. 208 = 50.000, MiNr. 209 = 100.000 Stück

MiNr. 206 und 208 gültig bis 15.4.1928, MiNr. 207 und 209 bis 31.12.1931

Nicht ausgegeben:

				★★
I	1 (L)	auf 6 L	Aufdruck rotbraun	7,—
II	4 L		Aufdruck dunkelgrün	8,—
III	10 L		Aufdruck dunkelblau	15,—

MiNr. I–III sind gefälligkeitsgestempelt und auf philatelistisch beeinflussten Belegen bekannt.

Auflage: je 100 000 Stück

1928, 3. Okt./1931. Freimarken: Zar Boris III. Bdr.. (10×10 + 10×10); gez. K 12:11½.

bt) Zar Boris III.

					★★	⊙
210	1 L	olivgrün, bräunlicholiv (1931)	bt		3,—	0,30
211	2 L	dunkelbraun (3.10.1928)	bt		4,—	0,30
				Satzpreis (2 W.)	7,—	0,50

Auflagen: MiNr. 210 = 5 000 000, MiNr. 211 = 8 000 000 Stück

MiNr. 210 gültig bis 31.12.1931, MiNr. 211 bis 6.10.1931

1929, 12. Mai. 50 Jahre Unabhängigkeit und 1000 Jahre Bulgarien: Bulgarische Geschichte. Bdr. (10×10); gez. L 11½.

bu) Hl. Kliment von Ohrid (um 840–916)

bv) Konstantin Miladinov (1832–1862)

bw) Georgi Rakovski (1821–1867)

bx) Kloster Drjanovo

by) Païssi von Hilandar (1722–1773), Mönch und Verfasser der Slavo-bulgarischen Geschichte

bz) Zar Simeon I.

ca) Ljuben Karavelov (1837–1879)

cb) Vassil Levski (1837–1873)

cc) Georgi Benkovski (1844–1876)

cd) Zar Alexander II. von Russland (1818–1881)

212	10 St	schwarzviolett	bu		0,30	0,30
213	15 St	lila	bv		0,30	0,30
214	30 St	rot	bw		0,30	0,30
215	50 St	olivgrün	bx		0,70	0,30
216	1 L	rotbraun	by		2,—	0,30
217	2 L	blau	bz		2,—	0,30
218	3 L	hellgrün	ca		5,—	1,—
219	4 L	olivbraun	cb		9,—	0,40
220	5 L	braun	cc		7,—	1,—
221	6 L	blaugrün	cd		9,—	2,50
				Satzpreis (10 W.)	35,—	6,—

Auflagen: MiNr. 212–215 je 800 000, MiNr. 216–217 je 500 000, MiNr. 218 und 220–221 je 300 000, MiNr. 219 = 400 000 Stück

Gültig bis 6.10.1931

1930, 12. Nov. Heirat des Zaren Boris III. mit der Prinzessin Giovanna von Italien. Bdr. (5×5); gez. L 11½.

ce

cf

ce–cf) Zar Boris III. und Giovanna, Prinzessin von Italien

222	1 L	grün	ce		0,50	0,50
223	2 L	braunviolett	cf		0,80	0,50
224	4 L	rosa	ce		0,80	0,50
225	6 L	dunkelblau	cf		1,—	0,50
				Satzpreis (4 W.)	3,—	2,—

		★★
222 U	ungezähnt	17,—
223 U	ungezähnt	17,—
224 U	ungezähnt	75,—

MiNr. 222–225 wurden auch im Viererblock zusammenhängend als Ministerblock (Aufl. 60 Stück) (170×250 mm) ausgegeben.

Auflage: 300 000 Sätze

Gültig bis 25.1.1931

1931, April/1937. Freimarken: Zar Boris III. Bdr.; MiNr. 226–233 (10×10 + 10×10), MiNr. 234 (10×10); gewöhnliches Papier, MiNr. 226 a, 227, 230 und 233 gestrichenes Papier; X = oWz., Y = Wz. 3; gez. K 11½, K 12¾ oder K 13½.

cg) Zar Boris III.

ch) Zar Boris III.

Type I: mit Randlinien oben und unten

Type II: ohne Randlinien oben und unten

X = oWz.

					★★	⊙
226 X II		1 L	Type II	cg		
	a		grün		0,80	0,30
	b		blaugrün (1936)		2,—	0,30
	c		olivgrün		4,—	0,30
227 X II		2 L	rot, Type II	cg	1,20	0,30
228 X		4 L	orange	cg		
	I		Type I (1936)		1,—	0,30
	II		Type II (1933)		1,70	0,30
229 X		6 L	blau	cg		
	I		Type I		1,20	0,30
	II		Type II (1933)		2,60	0,30
230 X I		7 L	blau (1937)	cg	0,40	0,30
231 X I		10 L	dunkelbläulichgrün	cg	40,—	2,50
232 X II		12 L	braun (1932)	cg	1,—	0,30
233 X I		14 L	braun	cg	0,90	0,50
234 X I		20 L	lila/rotbraun	ch	2,50	1,—
				Satzpreis X (9 W.)	45,—	4,50

Y = Wz. 3

226 Y II	1 L	olivgrün (1935)	cg	1,20	0,30
227 Y II	2 L	rot (1935)	cg	75,—	0,40
229 Y II	6 L	blau (1935)	cg	1,30	0,40
			Satzpreis Y (3 W.)	75,—	1,—

Auflagen: MiNr. 226 X = 10.000.000, MiNr. 226 Y = 2.000.000, MiNr. 227 X = 12.000.000, MiNr. 227 Y = 2.000.000, MiNr. 228 X I, 229 X I und 229 Y II je 500.000, MiNr. 228 X II = 1.000.000, MiNr. 230 X I = 400.000, MiNr. 231 X I = 200.000, MiNr. 232 X II = 600.000, MiNr. 233 X I = 300.000, MiNr. 234 X I = 200.000 Stück

In gleicher Zeichnung mit Aufdruck: MiNr. 259

✈ 1931, 28. Okt. Brieftaube. Bdr. (10×10); gez. L 11½.

Fa) Taube überbringt Brief

235	1 L	grün	Fa	0,80	0,30
236	2 L	braunkarmin	Fa	0,80	0,30
237	6 L	blau	Fa	1,—	0,50
238	12 L	rosa	Fa	2,—	0,50
239	20 L	dunkelviolett	Fa	2,—	0,80
240	30 L	orange	Fa	4,—	1,—
241	50 L	rotbraun	Fa	5,50	2,—
			Satzpreis (7 W.)	16,—	5,—

FALSCH

Auflagen: MiNr. 235–236 je 5.000.000, MiNr. 237 = 1.000.000, MiNr. 238 = 500.000, MiNr. 239–241 je 300.000 Stück

In gleicher Zeichnung: MiNr. 350–353

1931, 18. Sept. 2. Balkanspiele, Athen. Bdr.; MiNr. 242–245 (5×4 und 5×5), MiNr. 246 bis 248 (5×5); gez. L 11½.

ci) Kunstturnen

ck) Fußball

cl) Springreiten

cm) Fechten

cn) Radfahren

co) Schwimmen

cp) Sieger

242	1 L	grün	ci	3,—	1,50
243	2 L	weinrot	ck	4,—	2,—
244	4 L	karmin	cl	9,—	2,50
245	6 L	blaugrün	cm	20,—	6,—
246	10 L	orange	cn	40,—	10,—
247	12 L	blau	co	120,—	30,—
248	50 L	braun	cp	130,—	70,—
			Satzpreis (7 W.)	320,—	120,—

Auflagen: MiNr. 242–244 je 150.000, MiNr. 245–247 je 50.000, MiNr. 248 = 30.000 Stück

Gültig bis 15.11.1931

In geänderten Farben: MiNr. 252–258

Nicht ausgegeben:

1931, Nov. Besetzung Makedoniens (1915). Bdr.; MiNr. IV (5×10), MiNr. V (10×10); gez. K 13½:13.

cr) Soldaten am Cerna-Bogen

cs) Bulgaria im Ornat

					★★
IV	50 St	violett		cr	2,50
V	1 L	blaugrün		cs	2,50

✈ 1932, 9. Mai. Internationale Luftpostausstellung, Straßburg. Bdr. (5×5); gez. 11½.

Fb) Flugzeug Junkers G 31 über dem Rilakloster

				★★	⊙
249	18 L	grün	Fb	130,—	30,—
250	24 L	rosa	Fb	90,—	25,—
251	28 L	ultramarin	Fb	50,—	25,—
			Satzpreis (3 W.)	250,—	80,—

	★★
251 U ungezähnt	350,—

FALSCH

Auflage: 30 000 Sätze

Gültig bis 20.5.1932

1933, 5. Jan. 4. Balkanspiele, Athen. Bdr. (5×5); gez. L 11½.

ci) Kunstturnen

ck) Fußball

cl) Springreiten

cm) Fechten

cn) Radfahren

co) Schwimmen

cp) Sieger

				★★	⊙
252	1 L	gelbgrün	ci	4,—	4,—
253	2 L	hellblau	ck	6,—	4,50
254	4 L	dunkellila	cl	10,—	5,50
255	6 L	rosa	cm	20,—	10,—
256	10 L	braun	cn	150,—	65,—
257	12 L	orangerot	co	250,—	100,—
258	50 L	lilabraun	cp	700,—	550,—
			Satzpreis (7 W.)	1100,—	700,—

FALSCH

Auflagen: MiNr. 252–255 je 150 000, MiNr. 256–257 je 50 000, MiNr. 258 = 4500 Stück

In geänderten Farben: MiNr. 242–248

1934, 27. Jan. Nicht ausgegebene Freimarke mit blauem Aufdruck der neuen Wertziffer; Bdr. (10×10 + 10×10); gez. K 12¾.

cg) Zar Boris III.

259	**2 (L)**	auf 3 L olivbraun	(cg)	15,—	0,80

Auflage: 2.000.000 Stück

Gültig bis 15.3.1938

Weitere Werte: MiNr. 226–234

1934, 26. Aug. Schipka-Denkmal (I). Bdr.; MiNr. 260–261 und 264 (10×5), MiNr. 262 und 265 (5×5), MiNr. 263 (5×10); Wz. 3; gez. L 10¾, L 11½, MiNr. 265 auch gez. L 10¾:11½

ct) Verteidigung des Schipkapasses

cu) Erinnerungsdenkmal

cv) Fahnenträger; Gemälde von Jaroslaw Weschin

cw) Veteran vom Schipkapass, im Hintergrund das Denkmal

cx) Mutter zeigt Kindern das Denkmal

260	1 L	grün	ct	2,—	1,—
261	2 L	lachsrot	cu	1,50	0,50
262	3 L	olivbraun	cv	5,—	3,—
263	4 L	karmin	cw	3,50	1,—
264	7 L	dunkelblau	cv	7,—	3,50
265	14 L	dunkellila	cx	26,—	18,—
		Satzpreis (6 W.)		45,—	25,—

MiNr. 260–265 wurden auch im Sechserblock zusammenhängend als Ministerblock (Aufl. 100 Stück; 160×230 mm) ausgegeben.

Auflagen: MiNr. 260 = 100 000, MiNr. 261 = 1 250 000, MiNr. 262 = 50 000, MiNr. 263–264 je 150 000, MiNr. 265 = 30 000 Stück

Gültig bis 25.11.1934

In gleichen Zeichnungen: MiNr. 266–271

1934, 21. Sept. Schipka-Denkmal (II). Bdr.; MiNr. 266–267 und 270 (10×5), MiNr. 268 und 271 (5×5), MiNr. 269 (5×10); Wz. 3; gez. L 10¾ und L 11½.

ct) Verteidigung des Schipkapasses

cu) Erinnerungsdenkmal

cv) Fahnenträger; Gemälde von Jaroslaw Weschin

cw) Veteran vom Schipkapass, im Hintergrund das Denkmal

cx) Mutter zeigt Kindern das Denkmal

266	1 L	gelbgrün	ct	2,—	1,—
267	2 L	ocker	cu	1,50	0,50
268	3 L	gelb	cv	5,—	3,—
269	4 L	rosa	cw	3,50	1,—
270	7 L	hellblau	cv	7,—	3,50
271	14 L	gelbbraun	cx	26,—	18,—
		Satzpreis (6 W.)		45,—	25,—

MiNr. 266–271 wurden auch im Sechserblock zusammenhängend als Ministerblock (Aufl. 100 Stück; 160×230 mm) ausgegeben.

Auflagen: MiNr. 266 = 100.000, MiNr. 267 = 1.250.000, MiNr. 268 = 50.000, MiNr. 269–270 je 150.000, MiNr. 271 = 30.000 Stück

Gültig bis 25.11.1934

In gleichen Zeichnungen: MiNr. 260–265

1935, 5. Mai. 100. Jahrestag der Freiheitskämpfe von 1835 (Aufstände von Tirnowo und Elena). Bdr. (5×5); Wz. 3; gez. L 10¾, L 11½.

cy) Velco Atanasov Džamdžijata (1778–1835), Freiheitskämpfer

cz) Hauptmann der russischen Armee Georg S. Mamartschew (1786–1846)

272	1 L	blau	cy	3,—	0,80
273	2 L	braunviolett	cz	3,—	1,20
		Satzpreis (2 W.)		6,—	2,—

Auflage: 500 000 Sätze

Gültig bis 15.3.1938

1935, 14. Juni. 5. Balkan-Fußball-Meisterschaft. Bdr. (5×5); Wz. 3; gez. L 11½ (MiNr. 274, 276, 278), sonst L 10¾.

da) Stadion „Junak", Sofia

db) Alexander-Newski-Kathedrale, Sofia

dc) Fußballspieler

dd) Fanfarenbläser

de) Mannschaftskapitän des Siegers und Pokal

df) Siegespokal

274	1 L	grün	da	20,—	10,—
275	2 L	blaugrau	db	20,—	10,—
276	4 L	rot	dc	20,—	10,—
277	7 L	hellblau	dd	20,—	10,—
278	14 L	orange	de	20,—	10,—
279	50 L	lilabraun	df	400,—	300,—
		Satzpreis (6 W.)		500,—	350,—

Auflagen: MiNr. 274–278 je 26 000, MiNr. 279 = 7000 Stück

Gültig bis 15.3.1938

1935, 10. Juli. 8. Kongress des Sportverbandes „Junak", Sofia. Bdr. (5×5); Wz. 3; gez. L 11½.

dg) Barrenturnen

dh) Turner in Nationaltracht

di) Turnerin in Nationaltracht

dk) Stabhochsprung

dl) Stadion „Junak", Sofia

dm) Abzeichen des Sportverbandes „Junak"

280	1 L	grün	dg	10,—	10,—
281	2 L	hellblau	dh	10,—	10,—
282	4 L	karmin	di	10,—	10,—
283	7 L	dunkelblau	dk	10,—	10,—

284	14	L	lilabraun	dl	10,—	10,—
285	50	L	rot	dm	300,—	200,—
			Satzpreis (6 W.)		350,—	250,—

Auflagen: MiNr. 280–284 je 36 000, MiNr. 285 = 10 000 Stück

Gültig bis 15.3.1938

1935, 4. Aug. Einweihung des Mausoleums für König Wladislaus III. Jagiello von Polen. Bdr. (5×5); Wz. 3 senkrecht oder waagerecht; gez. L 10¾, L 11½.

dn) Jan Hunyadi

do) König Wladislaus III. Jagiello († 1444)

dp) Mausoleum und Ehrenmal

dr) König Wladislaus III. Jagiello (gef. bei Warna)

ds) König Wladislaus III. im Kampf gegen die Osmanen

286	1	L	orangebraun	dn	4,—	1,50
287	2	L	braunrot	do	4,—	1,50
288	4	L	rot	dp	24,—	6,—
289	7	L	blau	dr	4,—	1,50
290	14	L	grün	ds	4,—	1,50
			Satzpreis (5 W.)		40,—	12,—

		★★
289 U	ungezähnt	100,—

Auflagen: MiNr. 286–287 je 150 000 MiNr. 288–290 je 100 000 Stück

Gültig bis 15.3.1938

1935, 11. Okt. Errichtung des Denkmals für Hadži Dimitar. Bdr. (5×5); gez. L 10¾, L 11½.

dt) Denkmal für Hadži Dimitar in Sliven

du) Hadži Dimitar (1840–1868)

dv) Hadži Dimitar und Stefan Karadza (1840–1868)

dw) Der Eid

dx) H. Dimitars Haus

					★★	⊙
291	1	L	grün	dt	4,—	1,50
292	2	L	dunkelbraun	du	6,—	2,50
293	4	L	karminrosa	dv	16,—	6,—
294	7	L	blau	dw	20,—	10,—
295	14	L	orange	dx	25,—	10,—
			Satzpreis (5 W.)		70,—	30,—

		★★
291 U	ungezähnt	—,—

Auflagen: MiNr. 291 = 90 000, MiNr. 292 = 80 000, MiNr. 293–295 je 30 000 Stück

Gültig bis 15.3.1938

1936, 4. April/1939. Freimarken. Bdr. (10×10 + 10×10); gez. K 12¾.

dy) Zahl umgeben von Landesprodukten

dz) Wappen mit Ähren

					★★	⊙
296	10	St	ziegelrot (1937)	dy	0,50	0,30
297	15	St	grün	dy	0,50	0,30
298	30	St	lilabraun	dz	0,50	0,30
299	30	St	braun (1937)	dz	0,50	0,30
300	30	St	grünlichblau (1938)	dz	0,50	0,30
301	50	St	ultramarin	dz	0,50	0,30
302	50	St	lilakarmin (1938)	dz	0,50	0,30
303	50	St	schwarzgrün (1939)	dz	0,50	0,30
			Satzpreis (8 W.)		4,—	2,—

Auflagen: MiNr. 296–300 je 3 800 000, MiNr. 301–302 je 2 500 000, MiNr. 303 = 5 000 000 Stück

1936, 16. Aug. 4. Kongress der slawischen Geographen und Ethnographen, Sofia. RaTdr. (10×10); gez. L 11½.

ea) Bulgariens höchster Berg Mussala, 2925 m

eb) Winzerin in südbulgarischer Nationaltracht

ec) Hafenstadt Nessebar am Schwarzen Meer

304	1	L	violett	ea	4,—	2,—
305	2	L	ultramarin	eb	4,—	2,—
306	7	L	dunkelblau	ec	8,—	4,—
			Satzpreis (3 W.)		16,—	8,—

Auflagen: MiNr. 304–305 je 200 000, MiNr. 306 = 100 000 Stück

Gültig bis 15.3.1938

1937, 13. Juli. 1000. Jahrestag der Einführung der kyrillischen Schrift und der slawischen Liturgie. Bdr. (10×10); gez. L 11½.

ed) Die Heiligen Kyrillos (827–869) und Methodios (825–885)

ee) Die Heiligen und die Bibel in kyrillischer Schrift

307	1	L	dunkelgrün	ed	0,70	0,30
308	2	L	braunlila	ed	0,70	0,30
309	4	L	orangerot	ee	0,70	0,30
310	7	L	dunkelblau	ed	4,—	2,20
311	14	L	rot	ee	4,—	2,20
			Satzpreis (5 W.)		10,—	5,—

Auflagen: MiNr. 307–309 je 240 000, MiNr. 310–311 je 100 000 Stück

Gültig bis 30.9.1937

1937, 3. Okt. Prinzessin Marie-Luise. RaTdr. (10×10); gez. L 11½.

ef) Prinzessin Marie-Luise (*1933)

312	1	L	grün	ef	0,70	0,30
313	2	L	karminbraun	ef	0,70	0,30
314	4	L	rot	ef	0,70	0,50
			Satzpreis (3 W.)		2,—	1,—

Auflage: 500 000 Sätze

1937, 3. Okt. 19. Jahrestag der Thronbesteigung von Zar Boris III. RaTdr. (10×10); gez. L 11½.

eg) Zar Boris III.

315	2	L	rotbraun	eg	1,—	0,50

Blockausgabe, ☐

316	2	L	dunkelultramarin	eg	—,—	—,—
Block 1			(76×115 mm)	eg I	15,—	40,—

Postpreis: 20 L

MiNr. 315 wurde in abweichenden Farben im Viererblock zusammenhängend als Ministerblock (Format 100×145 mm) ausgegeben.

Bl. 1 gibt es in zwei verschiedenen Typen, die sich durch die Abstände der Schrift unter dem Markenbild unterscheiden.

Ein gleicher Block in rotbrauner Farbe, jedoch ohne Krone, dafür am Unterrand mit der Inschrift „3. ОКТОМВРОКТОМВРИU 1937 Г", kam an hochgestellte Persönlichkeiten zur Verteilung (Format 80×100 mm).

Auflagen: MiNr. 315 = 500 000 Stück, Bl. 1 = 70 000 Blocks

MiNr. 317–319 entfallen.

1938, 22. März/20. Juni. Bulgarische Wirtschaft. RaTdr. (10×10 + 10×10); gez. K 13.

eh) Getreideernte

ei) Sonnenblume (Helianthus annuus)

ek) Getreideähren

el) Hühnerzucht

em) Weintrauben (Vitis vinifera)

en) Rose und Flasche mit Rosenöl

eo) Erdbeeren (Fragaria ananassa)

ep) Winzerin mit Trauben

er) Damaszener Rose (Rosa damascena)

es) Tabak (Nicotiana tabacum)

320	10	St	orange (22. März)	eh	0,30	0,30
321	10	St	rotorange (22. März)	eh	0,30	0,30
322	15	St	karmin (22. März)	ei	0,50	0,30
323	15	St	dunkelrotlila (22. März)	ei	0,50	0,30
324	30	St	gelbbraun (Mai)	ek	0,40	0,30
325	30	St	rotbraun (Mai)	ek	0,40	0,30
326	50	St	schwarz (Mai)	el	1,—	0,30
327	50	St	blauschwarz (Mai)	el	1,—	0,30
328	1	L	gelbgrün (22. März)	em	1,—	0,30
329	1	L	grün (22. März)	em	1,—	0,30
330	2	L	karminrosa (22. März)	en	1,—	0,30
331	2	L	braunkarmin (22. März)	en	1,—	0,30
332	3	L	rotlila (22. März)	eo	2,—	1,—
333	3	L	dunkelkarminbraun (22. März)	eo	2,—	1,—
334	4	L	braun (1. Juni)	ep	1,50	0,50
335	4	L	dunkelpurpur (1. Juni)	ep	1,50	0,50
336	7	L	violettblau (22. März)	er	3,—	1,—
337	7	L	dunkelblau (22. März)	er	3,—	1,—
338	14	L	dunkelbraun (20. Juni)	es	5,—	2,—
339	14	L	karminbraun (20. Juni)	es	5,—	2,—
			Satzpreis (20 W.)		30,—	10,—

		★★
324 U	ungezähnt	15,—
325 U	ungezähnt	15,—
326 U	ungezähnt	15,—
327 U	ungezähnt	15,—
330 U	ungezähnt	20,—
337 U	ungezähnt	50,—

Auflagen: MiNr. 320–323 je 2.500.000, MiNr. 324–327 je 1.000.000, MiNr. 328–329 je 1.500.000, MiNr. 330–331 je 1.000.000, MiNr. 332–333 je 250.000, MiNr. 334 bis 335 je 500.000, MiNr. 336–337 je 250.000, MiNr. 338–339 je 100.000 Stück

1938, 16. Juni. 1. Geburtstag des Kronprinzen. RaTdr. (10×10 + 10×10); gez. K 13.

et

eu

ev

ew

et–ew) Kronprinz Simeon (*1937)

					★★	⊙
340	1	L	grün	et	0,30	0,30
341	2	L	rosakarmin	eu	0,30	0,30
342	4	L	orangerot	ev	0,40	0,30
343	7	L	ultramarin	et	1,50	0,80
344	14	L	braun	ew	1,50	0,80
			Satzpreis (5 W.)		4,—	2,—

		★★
341 U	ungezähnt	17,—

MiNr. 340–344 wurden auch zusammenhängend als Ministerblock (Aufl. 50 Stück; 120×178 mm) ausgegeben.

Auflagen: MiNr. 340–342 je 1 000 000, MiNr. 343–344 je 130 000 Stück

1938, 3. Okt. 20. Jahrestag der Thronbesteigung von Zar Boris III. RaTdr. (10×10 + 10×10); gez. K 13.

ex

ey

ez) Der Zar 1928

fa) Der Zar in Generalsuniform (1938)

fb) Der Zar in Admiralsuniform (1938)

ex–ey) Zar Boris in Generalsuniform (1918)

					★★	⊙
345	1	L	grün	ex	0,30	0,30
346	2	L	braunkarmin	ey	1,20	0,30
347	4	L	braun	ez	0,40	0,30
348	7	L	dunkelultramarin	fa	0,60	0,60
349	14	L	lila	fb	0,60	0,60
			Satzpreis (5 W.)		3,—	2,—

			★★
347 U	ungezähnt		50,—

MiNr. 345–349 wurden auch zusammenhängend als Ministerblock (Aufl. 50 Stück; 120 × 178 mm) ausgegeben.

Auflagen: MiNr. 345–347 je 1 500 000, MiNr. 348–349 je 300 000 Stück

✈ 1938, 27. Dez. Brieftaube. Bdr.; MiNr. 350–352 (10 × 10), MiNr. 353 (10 × 5); gez. L 11½.

Fa) Taube überbringt Brief

				★★	⊙
350	1 (L)	bräunlichlila	Fa	0,40	0,30
351	2 (L)	grün	Fa	0,50	0,30
352	6 (L)	karmin	Fa	1,50	0,60
353	12 (L)	graublau	Fa	1,70	0,70
		Satzpreis (4 W.)		4,—	1,80

Auflagen: MiNr. 350–351 je 300 000, MiNr. 352–353 je 200 000 Stück

In gleicher Zeichnung: MiNr. 235–241

1939, 26. April. 50 Jahre Bulgarische Eisenbahn. RaTdr. (10 × 10 + 10 × 10); gez. K 13.

fc) Erste bulgarische Lokomotive

fd) Schnellzug-Dampflokomotive

fe) Eisenbahnbrücke mit Zug

ff) Zar Boris auf der Lokomotive

354	1 L	gelbgrün	fc	0,50	0,30
355	2 L	rotbraun	fd	0,50	0,30
356	4 L	orangerot	fe	3,—	1,50
357	7 L	dunkelviolettblau	ff	9,—	4,—
		Satzpreis (4 W.)		13,—	6,—

Auflagen: MiNr. 354–355 je 2 000 000, MiNr. 356 = 200 000, MiNr. 357 = 100 000 Stück

1939, 14. Mai. 60 Jahre Bulgarische Post. RaTdr. (10 × 10 + 10 × 10); gez. K 13.

fh) Sinnbild der Post: Posthörner mit Blitzstrahlen

fi) Hauptpostamt in Sofia

358	1 L	hellgrün	fh	0,50	0,30
359	2 L	karmin	fi	0,50	0,30
		Satzpreis (2 W.)		1,—	0,50

Auflage: 2 000 000 Sätze

1939, 7. Juli. 9. Kongress des Sportverbandes „Junak", Sofia. RaTdr. (10 × 10 + 10 × 10); gez. K 13.

fk) Reckturnen

fl) Abzeichen des Sportverbandes „Junak"

fm) Kopie des Diskobol des Myron

fn) Tänzerin

fo) Athlet

360	1 L	gelblichgrün	fk	0,50	0,50
361	2 L	karminrosa	fl	0,50	0,50
362	4 L	braun	fm	1,—	0,50
363	7 L	dunkelultramarin	fn	3,—	1,50
364	14 L	violettpurpur	fo	15,—	12,—
		Satzpreis (5 W.)		20,—	15,—

Auflagen: MiNr. 360–362 je 180 000, MiNr. 363 = 140 000, MiNr. 364 = 90 000 Stück

Gültig bis 10.8.1939

1939, 6. Aug. Eilmarken. RaTdr. (10 × 10 + 10 × 10); gez. K 13.

Ea) Posteilbote

Eb) Postauto

Ec) Postkastenleerer

365	5 L	dunkelultramarin	Ea	1,70	0,30
366	6 L	braun	Eb	0,70	0,30
367	7 L	braun	Ec	1,20	0,30
368	8 L	rotorange	Eb	1,50	0,50
369	20 L	karminrosa	Ea	2,50	1,20
		Satzpreis (5 W.)		7,50	2,50

Auflagen: MiNr. 365–367 je 300 000, MiNr. 368 = 150 000, MiNr. 369 = 100 000 Stück

1939, 22. Sept. Hochwasserhilfe. MiNr. 113 und 172–175 mit Bdr.-Aufdruck „наводнението / 1939" und neuer Wertstufe.

370

371

370	1 (L) + 1 (L)	auf 15 St grünlichblau	(113)	0,30	0,30
371	2 (L) + 1 (L)	auf 1½ L olivgrün	(172)	0,30	0,50
372	4 (L) + 2 (L)	auf 2 L dunkelblaugrün	(173)	0,30	0,50
373	7 (L) + 4 (L)	auf 3 L grünblau	(174)	1,—	1,50
374	14 (L) + 7 (L)	auf 5 L braunlila	(175)	1,20	2,50
		Satzpreis (5 W.)		3,—	5,—

Auflagen: 103.000 Sätze

1940, 10. Febr. Freimarken: Zar Boris III. Bdr. (10 × 10 + 10 × 10); gez. K 12¾.

fp) Zar Boris III.

375	1 L	grün	fp	1,—	0,30
376	2 L	rotkarmin	fp	1,—	0,30
		Satzpreis (2 W.)		2,—	0,50

Auflage: 5 000 000 Sätze

✈ 1940, 15. Jan. Flugzeuge und Landschaften. RaTdr.; MiNr. 377–387 (10 × 10 + 10 × 10), MiNr. 388 (5 × 5 und 10 × 5); gez. K 13,

Fc) Postflugzeug

Fd) Flugzeug über der Ruine der Assenburg

Fe) Kloster Bačkovo

Ff) Flugplatz Božuriste mit Junkers-Flugzeug

Fg) Flugzeug, Lokomotive und Kradfahrer

Fh) Schloss in Sofia

Fi) Pirin-Gebirge

Fk) Rila-Gebirge mit Kloster Rila

Fl) Flugzeug und Schwalbe

Fm) Flugzeug über der Kathedrale in Sofia

Fn) Flugzeug über Denkmal am Schipkapass

Fo) Flugzeug und Monogramm des Zaren

Fh–Fk) Flugzeug Hirtenberg HV 15

377	1	L	schwarzgrün	Fc	0,30	0,30
378	2	L	karmin	Fd	2,50	0,30
379	4	L	orangerot	Fe	0,30	0,30
380	6	L	dunkelgraublau	Ff	0,40	0,30
381	10	L	dunkelbraun	Fg	0,50	0,30
382	12	L	sepia	Fh	1,—	0,50
383	16	L	dunkelviolett	Fi	1,50	0,80
384	19	L	dunkelultramarin	Fk	1,50	1,—
385	30	L	lilakarmin	Fl	2,50	1,50
386	45	L	schwarzviolett	Fm	6,50	3,—
387	70	L	karminrosa	Fn	5,—	4,—
388	100	L	schwarzblau	Fo	15,—	8,—
			Satzpreis (12 W.)		35,—	20,—

Auflagen: MiNr. 377–378 je 5.000.000, MiNr. 379 = 1.000.000, MiNr. 380 = 500.000, MiNr. 381–384 je 300.000, MiNr. 385 = 200.000, MiNr. 386 = 100.000, MiNr. 387 = 75.000, MiNr. 388 = 50.000 Stück

1940, 19. Mai. 100 Jahre Briefmarken. RaTdr. (10×10 + 10×10); gez. K 13.

fr

fs

fr–fs) Marke MiNr. 1 von Bulgarien, Schriftband mit Lorbeerzweig

389	10	L	schwarzgrün	fr	3,—	2,50
390	20	L	schwarzblau	fs	3,—	2,50
			Satzpreis (2 W.)		6,—	5,—

	******
389 U ungezähnt	40,—
390 U ungezähnt	85,—

Auflagen: 300 000 Sätze

1940, 20. Sept. Eingliederung der südlichen Dobrudscha. RaTdr. (10×10 + 10×10); gez. K 13.

ft) Zar Boris und Dobrudscha-Bauern

fu) Zar Boris mit Stahlhelm und bulgarischen Fahnen

fv) Zar Boris und Landkarte

					******	**⊙**
391	1	L	dunkelgrün	ft	0,30	0,30
392	2	L	karminrot	fu	0,30	0,30
393	4	L	dunkelbraun	fv	0,50	0,30
394	7	L	schwarzblau	fv	1,—	0,80
			Satzpreis (4 W.)		2,—	1,40

Auflagen: MiNr. 391–392 je 2 000 000, MiNr. 393 = 500 000, MiNr. 394 = 200 000 Stück

1940, 2. Sept./1944. Freimarken: Zar Boris III. Bdr. (10×10 + 10×10); X = ohne Wz., Y = mit Wz. 3; x = gewöhnliches Papier, y = dünnes Papier; A = gez. K 13, D = gez. L 10¼, E = gez. L 10¼:11½, F = gez. L 11½:10¼, G = gez. L 11½.

fw) Zar Boris III.

X = ohne Wasserzeichen

395	**X**			1	L	grün	fw		
		A				gez. K 13			
			x			gew. Papier (1940)		0,30	0,30
			y			dünnes Papier (1941)		1,50	0,30
		D				gez. L 10¼ (1944)		2,50	0,70
		E				gez. L 10¼:11½ (1944)		0,30	0,30
		F				gez. L 11½:10¼ (1944)		50,—	50,—
		G				gez. L 11½ (1944)		0,30	0,30
396	**X**			2	L	rot	fw		
		A				gez. K 13			
			x			gew. Papier (1940)		0,30	0,30
			y			dünnes Papier (1941)		2,50	0,30
		D				gez. L 10¼ (1944)		1,50	0,30
		E				gez. L 10¼:11½ (1944)		0,30	0,30
		F				gez. L 11½:10¼ (1944)		35,—	35,—
		G				gez. L 11½ (1944)		0,30	0,30
397	**X**			4	L	rotorange	fw		
		A				gez. K 13			
			x			gew. Papier (1940)		0,30	0,30
			y			dünnes Papier (1941)		1,70	0,30
		G				gez. L 11½ (1944)		5,—	4,—
398	**X**	**A**	**x**	6	L	violett, gez. K 13, gew. Papier (1944)	fw	0,50	0,30
399	**X**	**A**	**x**	7	L	dunkelblau, gez. K 13, gew. Papier (1944)	fw	0,30	0,30
400	**X**	**A**	**y**	10	L	blaugrün, gez. K 13, dünnes Papier (1941)	fw	0,50	0,30
						Satzpreis X, billigste Sorte (6 W.)		2,—	1,50

Y = mit Wz. 3

395	**Y**	**A**	1	L	grün, gez. K 13 (1941)	fw	1,50	0,30
396	**Y**	**A**	2	L	rot, gez. K 13 (1941)	fw	0,50	0,30
399	**Y**	**A**	7	L	dunkelblau, gez. K 13 (1941)	fw	0,50	0,30
400	**Y**	**A**	10	L	blaugrün, gez. K 13 (1941)	fw	0,50	0,30
					Satzpreis Y (4 W.)		3,—	1,—

	******
395 U ungezähnt	20,—
396 U ungezähnt	20,—

MiNr. 395–397 mit Aufdruck: MiNr. 468–470, 471–472

1940, 23. Nov. Persönlichkeiten. RaTdr.; MiNr. 401–405 (10×10 + 10×10), MiNr. 406 (5×4); gez. K 13.

fx) Petko Slawejkow (1827–1895), Schriftsteller und Politiker

fy) Erzbischof Sofronij Vratčanski (1729–1815)

fz) Hl. Iwan Rilski (876–946), Nationalheiliger

ga) Marin Stepanovic Drinov (1838–1906), Historiker

gb) Cernorizec Chrabrij († 855), Mönch

gc) Kolju Fičeto (1806–1881), Baumeister

					★★	⊙
401	1	L	dunkelblaugrün	fx	0,30	0,30
402	2	L	karminrot	fy	0,30	0,30
403	3	L	dunkellilabraun	fz	0,30	0,30
404	4	L	orangerot	ga	0,30	0,30
405	7	L	dunkelblau	gb	2,—	2,—
406	10	L	dunkelkarminbraun	gc	3,—	2,—
			Satzpreis (6 W.)		6,—	4,50

Auflagen: MiNr. 401–402 je 5 000 000, MiNr. 403–404 je 1 000 000, MiNr. 405 bis 406 je 100 000 Stück

1940, 22. Nov./1942. Freimarken im Kleinformat. Bdr. (10×10 + 10×10); x = gestrichenes Papier ohne Wz.; y = gestrichenes Papier mit Wz. 3, z = normales Papier ohne Wz; gez. K 13.

gd) Landesprodukte

ge) Bienenkorb

gf) Pflügender Bauer

gg) Schäfer mit Herde

407	x	10	St	orangerot	gd	0,50	0,30
408	x	15	St	hellblau	ge	0,50	0,30
409		30	St	dunkelbraun	gf		
	x			gestr. Papier, ohne Wz. (1941)		0,50	0,30
	z			normales Papier, ohne Wz.		0,50	0,30
410		50	St	blauviolett (1941)	gg		
	x			gestrichenes Papier, ohne Wz.		0,50	0,30
	y			gestrichenes Papier, Wz. 3		0,50	0,30
411	x	50	St	gelblichgrün (1942)	gg	0,50	0,30
				Satzpreis (5 W.)		2,50	1,50

Auflagen: MiNr. 407 x-409 x je 5 000 000, MiNr. 410 x/y = 2 000 000 Stück

1940, 7. Okt./1944. Freimarken: Bulgarische Wirtschaft. RaTdr. (10×10 + 10×10); gez. K 13.

gh) Dreschen durch Hufe von Pferden

gi) Pflügender Bauer

gk) Honigernte

gl) Apfelernte

gm) Hirt mit Schafherde

gn) Rinderzucht

412		10	St	dunkelviolett (7.10.1940)	gh	0,30	0,30
413		10	St	schwarzblau (5.12.1941)	gh	0,30	0,30
414		15	St	schwarzblaugrün (5.12.1941)	gi	0,30	0,30
415		15	St	olivschwarz (1.4.1943)	gi	0,30	0,30
416		30	St	orange (7.12.1940)	gk	0,30	0,30
417		30	St	dunkelgrün (5.12.1941)	gk	0,30	0,30
418		50	St	schwarzviolett (5.12.1941)	gl	0,30	0,30
419		50	St	lilakarmin (12.4.1942)	gl	0,30	0,30
420		3	L		gm		
	a			rotbraun (1.4.1943)		0,50	0,30
	b			rot (1944)		0,80	0,50
421		3	L	dunkelbraun (1944)	gm	1,80	1,—
422		5	L		gn		
	a			sepia (1943)		1,50	0,70
	b			grauschwarz, weißes Papier (1944)		2,—	1,50
423		5	L	dunkelblau (1944)	gn	1,80	1,—
				Satzpreis (12 W.)		6,50	4,50

Auflagen: MiNr. 412–419 je 5 000 000, MiNr. 420 a = 500 000, MiNr. 420 b, 421, 422 b und 423 je 100 000, MiNr. 422 a = 600 000 Stück

1940, 16. Dez. 500 Jahre Buchdruck und 100 Jahre bulgarische Buchdruckerkunst. RaTdr. (10×10 + 10×10); gez. K 13.

go) Johannes Gutenberg (um 1397–1468), Erfinder des Druckes mit beweglichen Lettern

gp) Nikola Karastojanov (1778–1874), Buchdrucker

424	1	L	dunkelgrün	go	0,50	0,30
425	2	L	rotbraun	gp	0,50	0,30
			Satzpreis (2 W.)		1,—	0,50

Auflagen: 500 000 Sätze

1941, 31. Mai. 65. Todestag von Christo Botev. RaTdr. (10×10 + 10×10); gez. K 13.

gr) Christo Botev (1848–1876), Dichter und Nationalheld

gs) Ankunft in Kozloduj

gt) Botev-Denkmal

426	1	L	dunkelbläulichgrün	gr	0,30	0,30
427	2	L	karminrot	gs	0,50	0,30
428	3	L	schwarzgraubraun	gt	1,30	1,—
			Satzpreis (3 W.)		2,—	1,50

Auflagen: MiNr. 426–427 je 1 000 000, MiNr. 428 = 200 000 Stück

1941, 3. Juni/1943, 1. Nov. Freimarken: Öffentliche Gebäude. StTdr. (10×10 + 10×10); gez. L 11½.

gu) Justizpalast

gv) Arbeiterkrankenhaus „Zariza Johanna“

gw) Bulgarische Nationalbank, Sofia

429	14	L	dunkelbraun (1.11.1943)	gu	0,80	0,50
430	20	L	dunkelgrün (1.11.1943)	gv	0,80	0,50
431	50	L	ultramarin (3.6.1941)	gw	3,50	2,—
			Satzpreis (3 W.)		5,—	3,—

Auflagen: MiNr. 429–430 je 200 000, MiNr. 431 = 100 000 Stück

1941, 3. Okt. Eingliederung Makedoniens und Thrakiens. RaTdr. (10×10); gez. 13.

gx) Makedonierin

gy) Insel Thasos

gz) Zar Boris und Karte von Makedonien

ha) Kloster Poganovski

hb) Ohrid

432	1 L	schwarzgrün	gx	0,30	0,30
433	2 L	orangerot	gy	0,30	0,30
434	2 L	karminrot	gz	0,30	0,30
435	4 L	rotbraun	ha	0,30	0,30
436	7 L	schwarzblau	hb	0,90	0,70
		Satzpreis (5 W.)		2,—	1,50

Auflagen: MiNr. 432–434 je 2 000 000, MiNr. 435 = 500 000, MiNr. 436 = 300 000 Stück

1942, 1. Juni. Organisation „Arbeit und Freude". RaTdr. (10×10); gez. K 13.

hc) Musizieren

hd) Lagermusik

he) Flaggenhissung

hf) Lagerweckruf

hg) Tanzgruppe

437	1 L	schwarzgrün	hc	0,30	0,30
438	2 L	karminrot	hd	0,30	0,30
439	4 L	schwarzbraun	he	0,40	0,30
440	7 L	schwarzblau	hf	0,50	0,30
441	14 L	rotbraun	hg	0,60	0,30
		Satzpreis (5 W.)		2,—	1,—

Auflage: 1 000 000 Sätze

1942, 7. Aug./1943, 22. Mai. Bulgarische Geschichte. RaTdr. (10×10); gez. K 13.

hh) Die Sage von Kubrat

hi) Reiterangriff

hk) Zar Krum (802–814)

hl) Taufe von Zar Boris I. (853–889)

hm) Die Schule von St. Naum

hn) Die Krönung des Zaren Simeon durch Zar Boris I.

ho) Das goldene Zeitalter der bulgarischen Literatur

hp) Verurteilung von Bogomil Vasil

hr) Proklamation des zweiten Königreichs

hs) Ivan Assen II. in Trapesica (1218–1241)

ht) Verbannung von Eftimi

hu) Volkssänger

hv) Païssi von Hilandar (1722–1773), Mönch und Verfasser der Slavo-bulgarischen Geschichte

hw) Denkmal am Schipkapass

442	10 St	schwarzblau (22.5.1943)	hh	0,30	0,30
443	15 St	schwarzblaugrün (22.5.1943)	hi	0,30	0,30
444	30 St	purpurviolett (22.5.1943)	hk	0,30	0,30
445	50 St	dunkelblau (22.5.1943)	hl	0,30	0,30
446	1 L	schwarzgrün (7.8.1942)	hm	0,30	0,30
447	2 L	karminrot (7.8.1942)	hn	0,30	0,30
448	3 L	braun (22.5.1943)	ho	0,30	0,30
449	4 L	orangerot (22.5.1943)	hp	0,30	0,30
450	5 L	schwarzoliv (22.5.1943)	hr	0,30	0,30
451	7 L	schwarzultramarin (22.5.1943)	hs	0,30	0,30
452	10 L	schwarzbraun (22.5.1943)	ht	0,30	0,30
453	14 L	dunkelbraunoliv (22.5.1943)	hu	0,40	0,30
454	20 L	dunkelrotbraun (22.5.1943)	hv	1,—	0,70
455	30 L	schwarz (22.5.1943)	hw	2,—	1,—
		Satzpreis (14 W.)		4,50	4,—

Auflagen: MiNr. 442–445 je 5 000 000, MiNr. 446–447 je 3 000 000, MiNr. 448 bis 453 je 800 000, MiNr. 451–452 je 600 000, MiNr. 454–455 je 400 000 Stück

1942, 7. Sept. Invalidenhilfe. RaTdr. (10×10); MiNr. 456 gez. K 12½:13¼, MiNr. 457–461 gez. K 13¼:12¼.

hx) Invalide

hy) Abschied

hz) Samariter

ia) Am Grab des Vaters

ib) Eingang zum Soldatenfriedhof

ic) Besuch der Zariza Giovanna bei Verwundeten Zierfeld

456	1 L	schwarzoliv	hx	0,40	0,30
457	2 L	karmin	hy	0,40	0,30
458	4 L	orange	hz	0,40	0,30
459	7 L	schwarzblau	ia	0,40	0,30
460	14 L	schwarzbraun	ib	0,40	0,30

461	20 L	schwarz	ic	1,—	0,30
			Satzpreis (6 W.)	3,—	1,50
			461 Zf	1,20	0,50

MiNr. 461 wurde im Bogen zu 50 Marken und 50 Zierfeldern gedruckt.

Auflagen: 1 000 000 Sätze

1944, 28. Febr. Tod von Zar Boris III. RaTdr. (10×5); Wz. 4; A = gez. K 13, B = □.

id

ie

if

ig

ih

id–ih) Zar Boris III. (1894–1943) in Militär- und Felduniformen

462 A	1 L	schwarz/schwarzolivgrün	id	0,30	0,50
463 A	2 L	schwarz/hellbraun	ie	0,30	0,50
464 A	4 L	scwarz/braun	if	0,30	0,50
465 A	5 L	schwarz/grauviolett	ig	0,80	1,50
466 A	7 L	schwarz/indigo	ih	0,90	2,—
			Satzpreis A (5 W.)	2,50	5,—
			Satzpreis B (5 W.)	2,50	5,—

Auflagen: MiNr. 462 A–466 A und 462 B–466 B je 500 000 Sätze

1944, 12, Juni. Freimarke: Zar Simeon II. Bdr. (10×10 + 10×10); A = gez. L 11½, B = gez. K 13.

ii) Zar Simeon II. (reg. 1944–1946 und ab 2001 als Ministerpräsident)

467	3 L	rotorange	ii		
A		gez. L 11½		0,50	0,30
B		gez. K 13		0,30	0,30

Auflagen: 500 000 Stück

Gültig bis 12.6.1947

1945, 15. März. Sammlung von Altstoffen. MiNr. 395–397 mit 3 verschiedenen dreizeiligen Aufdrucken; verschieden gezähnt.

I) Sammelt Lumpen aller Art

II) Sammelt Alteisen

III) Sammelt Papierabfälle

I = Aufdruck I

468 I	1 L	grün	(395)		
A		gez. K 13		0,40	0,40
B		gez. L 11½		0,30	0,40
469 I	2 L	rot	(396)		
B		gez. L 11½		1,50	0,30
C		gez. L 10¾		17,—	12,—
D		gez. L 11½:10¾		*40,—*	*25,—*
470 I A	4 L	rotorange, gez. K 13	(397)	1,—	0,40
			Satzpreis I (3 W.)	2,50	1,20

II = Aufdruck II

468 II A	1 L	grün, gez. K 13	(395)	0,30	0,40
469 II	2 L	rot	(396)		
B		gez. L 11½		2,20	0,40
C		gez. L 10¾		10,—	5,—
D		gez. L 11½:10¾		*50,—*	*25,—*
470 II	4 L	rotorange	(397)		
A		gez. K 13		1,—	0,40
B		gez. L 11½		7,50	7,50
			Satzpreis II (3 W.)	3,50	1,20

III = Aufdruck III

468 III	1 L	grün	(395)		
A		gez. K 13		0,30	0,40
B		gez. L 11½		0,40	0,40
469 III	2 L	rot	(396)		
B		gez. L 11½		1,20	0,40
C		gez. L 10¾		17,—	12,—
470 III	4 L	rotorange	(397)		
A		gez. K 13		1,—	0,40
B		gez. L 11½		6,—	4,—
			Satzpreis III (3 W.)	2,50	1,20

Gültig bis 12.6.1948

✈ 1945, 15. Febr. Flugpostmarken. MiNr. 395 und 397 sowie Paketmarke MiNr. 29 in geänderter Farbe mit farbigem Bdr.-Aufdruck eines Flugzeuges. MiNr. 471–472 Flugzeug nach links, gez. 13; MiNr. 473–476 Flugzeug nach rechts, □; MiNr. 473–474 zusätzlich mit neuer Wertstufe.

472

473

471	1 L	grün	(395) S	0,30	0,30
472	4 L	rotorange	(397) S	0,30	0,30
473	**10 (L)**	auf 100 L bräunlichgelb	(Pk 29) Bl	0,30	0,30
474	**45 (L)**	auf 100 L bräunlichgelb	(Pk 29) R	0,40	0,30
475	**75 (L)**	auf 100 L bräunlichgelb	(Pk 29) Gr	1,—	0,60
476	100 L	bräunlichgelb	(Pk 29) V	1,—	0,90
			Satzpreis (6 W.)	3,—	2,—

Auflagen: MiNr. 471–472 je 5.000.000, MiNr 473–476 je 250.000 Stück

Gültig bis 12.6.1948

1945, 8. März/23. April. Allslawischer Kongress, Sofia. RaTdr. (10×10); Wz. 4; A = gez. L 11½, B = □.

ik) Baum

477	4 L	rotorange	ik		
A		gez. L 11½		0,30	0,30
B		□		0,30	0,30
478	10 L	blau	ik		
A		gez. L 11½		0,30	0,30
B		□		0,30	0,30
479 B	50 L	lilakarmin, □	ik	0,50	0,50
			Satzpreis (3 W.)	1,—	1,—

Auflagen: MiNr. 477 A–478 A je 600 000, MiNr. 477 B–478 B je 400 000, MiNr. 479 B = 300 000 Stück

Gültig bis 12.6.1948

1945, 4. Juli. Freiheitsanleihe. Odr. (5×5); rosa getöntes, senkrecht gestreiftes Papier; □.

il) Befreite Hände

im) Geld schafft Arbeit

in) Wasserrad

io) Geld im Wirtschaftsleben

480	50	L	orange auf rosa	il	0,30	0,30
481	50	L	bräunlichkarmin auf rosa	il	0,30	0,30
482	100	L	braun auf rosa	im	0,40	0,30
483	100	L	graublau auf rosa	im	0,50	0,30
484	150	L	grauoliv auf rosa	in	1,—	0,60
485	150	L	karmin auf rosa	in	1,—	0,70
486	200	L	dunkelblau auf rosa	io	1,20	0,80
487	200	L	grünoliv auf rosa	io	1,20	0,80
			Satzpreis (8 W.)		6,—	3,50

Blockausgabe, □

488	50	L	blauviolett	il	—,—	—,—
489	100	L	blauviolett	im	—,—	—,—
490	150	L	blauviolett	in	—,—	—,—
491	200	L	blauviolett	io	—,—	—,—
Block 2			(88×123 mm)	ip	7,—	12,—
492	50	L	bräunlichrot	il	—,—	—,—
493	100	L	bräunlichrot	im	—,—	—,—
494	150	L	bräunlichrot	in	—,—	—,—
495	200	L	bräunlichrot	io	—,—	—,—
Block 3			(88×123 mm)	ip	7,—	12,—

Auflagen: MiNr. 480–487 = 300 000 Sätze, Bl. 2–3 je 75 000 Blocks

Gültig bis 12.10.1948

1945, 1. Sept. Waffenstillstand am 9. Mai 1945. Bdr. (10×10); gez. K 13.

ir) Gedenktafel mit Datum

496	10	L	braun/grün	ir	0,30	0,30
497	50	L	rot/dunkelgrün	ir	0,70	0,30
			Satzpreis (2 W.)		1,—	0,50

Auflagen: MiNr. 496 = 1 000 000, MiNr. 497 = 250 000 Stück

Gültig bis 15.3.1949

1945, 7. Sept. 1. Jahrestag des Staatsstreichs vom 9. September 1944. Bdr. (10×10); gez. K 13.

is) „9“ mit Schriftband

it) „9“ mit gesprengter Kette

498	1	L	grauoliv	is	0,30	0,30
499	4	L	dunkelblau	is	0,30	0,30
500	5	L	lilarosa	is	0,30	0,30
501	10	L	hellblau	it	0,30	0,30
502	20	L	karminrosa	it	0,30	0,30
503	50	L	bläulichgrün	is	1,—	0,60
504	100	L	braun	is	1,20	1,—
			Satzpreis (7 W.)		3,—	2,—

		★★
499 U	ungezähnt	—,—
501 U	ungezähnt	—,—
502 U	ungezähnt	—,—

Auflagen: MiNr. 498–502 je 2 000 000, MiNr. 503–504 je 200 000 Stück

Gültig bis 10.3.1949

1945, 26. April/1946, 21. Jan. Freimarken: Wappen. Bdr. (10×10 + 10×10); gez. K 13.

iu

iv

iw

ix

iy

iz

ka

kb

Type I von MiNr. 508–509

Type II von MiNr. 508–509

						★★	⊙
505		30	St	grün (13.12.1945)	iu	0,30	0,30
506		50	St	grünblau (15.7.1945)	iv	0,30	0,30
507		1	L	olivgrün bis graugrün (26.4.1945)	iw	0,30	0,30
508		2	L	braun, graubraun (26.4.1945)	ix		
	I			Type I = große Krone		0,30	0,30
	II			Type II = kleine Krone		0,30	0,30
509		4	L	blau, dkl'blau (15.5.1945)	ix		
	I			Type I = große Krone		0,30	0,30
	II			Type II = kleine Krone		0,30	0,30
510		5	L	rosalila, dkl'lila (25.5.1945)	iy	0,30	0,30
511		9	L	grauoliv (20.7.1945)	iy	0,30	0,30
512		10	L	blau (4.6.1945)	iz	0,30	0,30
513		15	L	hellbraun bis dkl'braun (4.6.1945)	ka	0,30	0,30
514		20	L	karminrot (21.1.1946)	kb	0,50	0,30
515		20	L	schwarz, grauschwarz (21.1.1946)	kb	0,50	0,30
				Satzpreis (11 W.)		3,—	2,50

Gültig bis 10.3.1949

1946, 4. April. Rotes Kreuz. Bdr. (10×10); gez. K 11½.

kc) Flüchtlingskinder

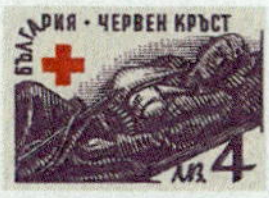

kd) Verwundeter auf Tragbahre

ke) Verwundeter mit Schwester

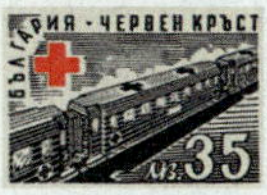

kf) Lazarettzug

516	2	L	dunkeloliv/rot	kc	0,30	0,30
517	4	L	violett/rot	kd	0,30	0,30
518	10	L	purpur/rot	kc	0,30	0,30
519	20	L	blau/rot	kd	0,30	0,30
520	30	L	orangebraun/rot	ke	0,30	0,30
521	35	L	grauschwarz/rot	kf	0,40	0,50
522	50	L	violettbraun/rot	ke	0,60	0,50
523	100	L	graubraun/rot	kf	1,80	2,—
			Satzpreis (8 W.)		3,50	3,50

Auflagen: MiNr. 516–518 je 500 000, MiNr. 519–523 je 150 000 Stück

Gültig bis 12.6.1948

In geänderten Farben: MiNr. 582–589

1946, 12. April. 50 Jahre Bulgarische Postsparkasse. Bdr. (10 × 10); gez. K 11½.

kg) Wahrzeichen der Sparkasse — kh) Erste Postsparkarte — ki) Sparendes Kind — kk) Gebäude der Postsparkasse

524	4 L	braunorange	kg	0,30	0,30
525	10 L	dunkeloliv	kh	0,30	0,30
526	20 L	blau	ki	0,30	0,30
527	50 L	grau	kk	1,50	1,40
		Satzpreis (4 W.)		2,—	1,70

Auflagen: MiNr. 524 = 1 000 000, MiNr. 525–526 je 500 000, MiNr. 527 = 150 000 Stück

Gültig bis 10.3.1949

1946, 26. Mai. Tag der Briefmarke. Bdr. (10 × 10); □.

kl) Bulgarischer Wappenlöwe

528	20 L	blau	kl	0,80	0,40

Auflagen: 450 000 Stück

Gültig bis 12.6.1947

1946, 23. Mai/11. Juli. Russisch-bulgarische Freundschaft. Bdr. (10 × 10); gez. K 11½.

km) Wappen der UdSSR und Bulgariens

529	4 L	orange (11. Juli)	km	0,30	0,30
530	4 L	karmin (23. Mai)	km	10,—	10,—
531	20 L	grün (11. Juli)	km	0,40	0,40
532	20 L	hellblau (23. Mai)	km	10,—	10,—
		Satzpreis (4 W.)		20,—	20,—

FALSCH MiNr. 532

Auflagen: MiNr. 529 und 531 je 450 000, MiNr. 530 und 532 je 40 000 Stück

MiNr. 530 und 532 gültig bis 12.6.1947, MiNr. 529 und 531 bis 12.6.1948

1946, 6. Juli. Balkanspiele, Tirana. Bdr. (10 × 10 + 10 × 10); gez. K 11½.

kn) Fahnen mit den Wappen Albaniens, Rumäniens, Bulgariens und Jugoslawiens

533	100 L	schwarzbraun	kn	1,70	1,70
		Kehrdruckpaar		4,—	4,—

MiNr. 533 wurde im Bogen mit Kehrdruckpaaren gedruckt.

Auflagen: 350 000 Stück

✈ 1946, 15. Juni. Brieftauben und Flugzeuge. Bdr. (10 × 10 + 10 × 10); gez. K 13.

Fp — Fr — Fs — Ft — Fu

Fv — Fw — Fx — Fy

534	1 L	graulila	Fp	0,30	0,30
535	2 L	grau	Fp	0,30	0,30
536	4 L	schiefer	Fr	0,30	0,30
537	6 L	graublau	Fs	0,30	0,30
538	10 L	blaugrün	Ft	0,30	0,30
539	12 L	gelbbraun	Ft	0,30	0,30
540	16 L	purpur	Fu	0,30	0,30
541	19 L	karmin	Ft	0,30	0,30
542	30 L	orange	Fv	0,30	0,30
543	45 L	olivgrün	Fw	0,60	0,30
544	75 L	braun	Fw	0,90	0,30
545	100 L	rosa	Fx	1,60	0,50
546	100 L	graugrün	Fy	1,60	0,50
		Satzpreis (13 W.)		6,—	3,50

540 U	ungezähnt	400,—	360,—

Auflagen: MiNr. 534–544 je 2 000 000, MiNr. 545–546 je 250 000 Stück

1946, 14. Juni. 23. Todestag von Aleksandar Stambolijski. Bdr. (10 × 10); gez. K 11½.

ko) Aleksandar Stambolijski (1879–1923), Politiker und Ministerpräsident

547	100 L	orange	ko	9,—	9,—

Auflage: 60 000 Stück

Gültig bis 12.6.1948

1946, 9. Aug. Gemeinsamer Kampf Bulgariens mit den Alliierten. Bdr. (10 × 10); gez. K 11½.

kp) Infanteristen im Kampf — kr) Handgranatenwerfer — ks) Geschütztransport

kt) Flugzeuge Junkers Ju 87 — ku) Pioniere beim Brückenbau — kv) Kavallerieattacke

kw) Treck — kx) Nachschub — ky) Panzerangriff

548	2 L	dunkellila	kp	0,30	0,30
549	4 L	dunkelgrau	kr	0,30	0,30
550	5 L	orangebraun	ks	0,30	0,30
551	6 L	graubraun	kt	0,30	0,30
552	9 L	lilarosa	ku	0,30	0,30
553	10 L	violett	kv	0,30	0,30
554	20 L	dunkelblau	kp	0,60	0,30
555	30 L	rotorange	kv	0,60	0,30
556	40 L	dunkelgelblicholiv	kw	0,70	0,40
557	50 L	dunkelgrün	kx	0,80	0,70
558	60 L	braun	ky	1,20	0,70
		Satzpreis (11 W.)		5,50	3,50

Auflagen: MiNr. 548–553 je 500 000, MiNr. 554–558 je 250 000 Stück

Gültig bis 10.3.1949

1946, 26. Aug. 1000 Jahre Kloster Rila. Bdr. (10×10); gez. K 11½.

kz) Hl. Iwan Rilski, Gründer des Klosters

la) Kloster Rila

lb) Klosterkirche

lc) Kloster Rila

ld) Klosterhof

559	1 L	rotbraun	kz	0,30	0,30
560	4 L	schwarzbraun	la	0,30	0,30
561	10 L	dunkelgrün	lb	0,30	0,30
562	20 L	blau	lc	0,50	0,30
563	50 L	rot	ld	2,50	1,20
		Satzpreis (5 W.)		3,50	2,—

Auflagen: MiNr. 559–560 je 5 000 000, MiNr. 561 = 1 000 000, MiNr. 562 = 250 000, MiNr. 563 = 150 000 Stück

Gültig bis 10.3.1949

Volksrepublik

1946, 2. Dez. Würdigung der Partisanen. Bdr. (10×10); gez. K 11½.

le

lf

lg

lh

le–lh) Kampfszenen

564	1 L	lilabraun	le	0,30	0,30
565	4 L	bläulichgrün	lf	0,30	0,30
566	5 L	schwarzgraubraun	lg	0,30	0,30
567	10 L	lebhaftrot	lf	0,30	0,30
568	20 L	ultramarin	le	0,50	0,30
569	30 L	olivbraun	lh	0,60	0,30
570	50 L	schwarz	lg	0,80	0,70
		Satzpreis (7 W.)		3,—	2,—

Auflagen: MiNr. 564–567 je 1 000 000, MiNr. 568–570 je 220 000 Stück

Gültig bis 10.3.1949

1946, 15./30. Sept. Proklamation der Volksrepublik. Bdr. (10×10); gez. L 11½.

li) Statue der Republik

571	4 L	dunkellila (15. Sept.)	li	0,30	0,30
572	20 L	grünlichblau (30. Sept.)	li	0,30	0,30
573	50 L	olivbraun (30. Sept.)	li	0,50	0,50
		Satzpreis (3 W.)		0,90	0,90

Auflagen: MiNr. 571 = 5 000 000, MiNr. 572 = 1 000 000, MiNr. 573 = 500 000 Stück

Gültig bis 10.3.1949

1946, 30. Dez. Winterhilfe. Bdr. (10×10); gez. K 11½.

lk) Mutter und Kinder

ll) Kind mit Geschenken

lm) Kind wartet auf Nahrung

ln) Mutter und Kind

574	1 L	braunviolett	lk	0,30	0,30
575	4 L	zinnober	ll	0,30	0,30
576	9 L	braunoliv	ll	0,30	0,30
577	10 L	grau	lk	0,30	0,30
578	20 L	ultramarin	lm	0,30	0,30
579	30 L	rotbraun	ln	0,40	0,30
580	40 L	braunviolett	lm	0,50	0,40
581	50 L	hellbläulichgrün	lk	0,90	0,70
		Satzpreis (8 W.)		3,—	2,50

Auflagen: MiNr. 574–576 je 1 000 000, MiNr. 577–581 je 215 000 Stück

Gültig bis 12.6.1948

1947, 31. Jan. Rotes Kreuz. Bdr. (10×10); gez. K 11½.

kc) Flüchtlingskinder

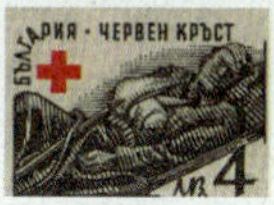

kd) Verwundeter auf Tragbahre

ke) Verwundeter mit Schwester

kf) Lazarettzug

582	2 L	olivbraun/rot	kc	0,30	0,30
583	4 L	olivschwarz/rot	kd	0,30	0,30
584	10 L	blaugrün/rot	kc	0,30	0,30
585	20 L	hellblau/rot	kd	0,50	0,50
586	30 L	gelbgrün/rot	ke	0,60	0,60
587	35 L	grünlichgrau/rot	kf	0,70	0,70
588	50 L	rotbraun/rot	ke	1,—	1,—
589	100 L	dunkelblau/rot	kf	1,60	1,60
		Satzpreis (8 W.)		5,—	5,—

Auflagen: MiNr. 582–584 je 500 000, MiNr. 585–589 je 150 000 Stück

Gültig bis 10.3.1949

In geänderten Farben: MiNr. 516–523

1947, 28. Febr. Friedensschluss. Bdr. (10×10); gez. K 11½.

lo) Lorbeerzweig

lp) Friedenstaube

590	4	L	olivgrün	lo	0,30	0,30
591	10	L	braunrot	lp	0,30	0,30
592	20	L	blau	lp	0,50	0,50
			Satzpreis (3 W.)		1,—	1,—

Auflagen: MiNr. 590 = 5 000 000, MiNr. 591 = 1 000 000, MiNr. 592 = 500 000 Stück

Gültig bis 10.3.1949

1947, 21. Jan. Kampf gegen den Faschismus. Bdr. (10×10); gez. K 11½.

lr) Antifaschistischer Kampf 1941/44

ls) Septemberaufstand 1923

lt) Sieg am 9.9.1944

593	10	L	dunkelbraun/braunorange	lr	0,70	0,70
594	20	L	dunkelblau/blau	ls	0,70	0,70
595	70	L	braunlila/lilarot	lt	40,—	35,—
			Satzpreis (3 W.)		40,—	35,—

Auflagen: MiNr. 593–594 je 400 000 MiNr. 595 = 40 000 Stück

Gültig bis 1.3.1949

✈ 1947, 31. Mai. Philatelistenkongress, Tirnovo; Internationale Briefmarkenausstellung CIPEX, New York. Bdr (10×10).; gez. K 11½.

Fz) Freiheitsstatue in New York, Brücke über die Jankra

596	70 (L) + 30 L	rotbraun	Fz	2,—	2,—

Auflage: 155 000 Stück

Gültig bis 10.3.1949

1947, 16. Juni. 30. Esperanto-Kongress, Sofia. Bdr. (10×10); gez. K 11½.

lu) Landkarte mit Esperantostern

597	20 (L) + 10 L	mehrfarbig	lu	1,—	1,—

Auflage: 316 000 Stück

Gültig bis 10.3.1949

1947, 6. Aug. Wiederaufbau. Bdr. (10×10); gez. K 11½.

lv) Stausee, Wasserkraftwerk

lw) Bergmann

lx) Industriesymbol

ly) Traktor

598	4	L	graugrün	lv	0,30	0,30
599	9	L	braun	lw	0,30	0,30
600	20	L	ultramarin	lx	0,40	0,40
601	40	L	braunoliv	ly	1,20	1,20
			Satzpreis (4 W.)		2,—	2,—

Auflage: 150 000 Sätze

Gültig bis 1.3.1950

1947, 31. Aug. Mustermesse Plovdiv. Bdr (4×5, Hochformate ~); gez. L 11½, L 11 und □.

lz) Eingangshalle zur Mustermesse

ma) Haus von Alphonse de Lamartine auf seiner Orientreise

mb) Messeplakat

Faa) Flugzeug Douglas DC-3 über Landschaft

602	4	L	lebhaftrot	lz	0,30	0,30
603	9	L	lilabraun	ma	0,30	0,30
604	20	L	ultramarin	mb	0,40	0,40

✈ Flugpostmarke, □

605	40	L	dunkelgrün	Faa	1,50	1,50
			Satzpreis (4 W.)		2,—	2,—

Auflagen: MiNr. 602 = 2.000.000, MiNr. 603–604 je 1.000.000, MiNr. 605 = 280.000 Stück

Gültig bis 1.3.1950

1947, 29. Sept. Balkanspiele, Bukarest. Bdr. (10×10); gez. K 11½.

mc) Radrennen

md) Basketball

me) Schach

mf) Fußball

mg) Fanfaren mit Wimpeln

606	2	L	rosalila	mc	0,80	0,50
607	4	L	grauoliv	md	0,80	0,50
608	9	L	orangebraun	me	1,50	0,60
609	20	L	blau	mf	2,—	0,70
610	60	L	lila	mg	4,50	3,20
			Satzpreis (5 W.)		9,50	5,50

Auflage: 172 000 Sätze

Gültig bis 1.3.1950

1947, 5. Nov. Postbeamte. Bdr. (10×10); gez. K 11½.

mh) Postbote

mi) Telegrafenarbeiter

mk) Telefonistinnen

ml) Sendestation

611	4 (L) + 2 L	braunoliv	mh	0,30	0,30
612	10 (L) + 5 L	rot	mi	0,30	0,30

613 20 (L) + 10 L dunkelblau .... mk 0,30 0,30
614 40 (L) + 20 L purpurbraun .... ml 1,50 1,50
Satzpreis (4 W.) 2,— 2,—

Auflage: 250 000 Sätze

Gültig bis 1.3.1950

1947, 19. Okt./1948, 19. Febr. 100. Todestag von Vassil Aprilov. RaTdr. (10×10); MiNr. 615 gez. L 10¾, L 11½, K 11½, MiNr. 616 gez. K 11½.

mm

mn

mm–mn) Vassil Aprilov (1789–1848), Erzieher und Geschichtsschreiber, Gründer des ersten bulgarischen Gymnasiums

615 4 L braunlila/sämisch (19.2.1948) ..... mm 0,30 0,30
616 40 L blau (19.10.1947) .... mn 0,80 0,50
Satzpreis (2 W.) 1,— 0,60

★★
615 UI links ungezähnt .... 60,—

Auflagen: MiNr. 615 = 1 000 000, MiNr. 616 = 300 000 Stück

Gültig bis 1.3.1950

1947, 19. Dez. Handelsschifffahrt. RaTdr. (10×10); gez. L 10¾:11½.

mo) Frachtschiff „Rodina"

★★ ⊙
617 50 L grünlichblau/gelblich .... mo 1,— 0,80

Auflage: 334 000 Stück

Gültig bis 1.3.1950

1947, 8. Dez. 50 Jahre Nationaltheater, Sofia: Schauspieler in ihren Glanzrollen. RaTdr. (10×5); gez. L 10¾.

mp) Geno Kirov (1866–1944)

mr) Slatina Nedeva (1878–1941)

ms) Ivan Popov (1865–1966)

mt) Atanas Kirčev (1879–1912)

mu) Elena Snečina (1882–1944)

mv) Stojan Bačvarov (1878–1949)

mw) Christo Gančev (1876–1942)

mx) Adriana Budevska (1878–1955)

my) Vasil Kirkov (1870–1931)

mz) Sava Ognjanov (1876–1933)

na) Krastju Sarafov (1876–1952)

618 50 St braun .... mp 0,30 0,30
619 1 L graublaugrün .... mr 0,30 0,30
620 2 L dunkelgrün .... ms 0,30 0,30
621 3 L dunkelblau .... mt 0,30 0,30
622 4 L rot .... mu 0,30 0,30
623 5 L lilabraun .... mv 0,30 0,30
624 9 (L) + 5 L grünblau .... mw 0,30 0,30
625 10 (L) + 6 L hellkarmin .... mx 0,30 0,30
626 15 (L) + 7 L violett .... my 0,50 0,30
627 20 (L) + 15 L ultramarin .... mz 0,50 0,30
628 30 (L) + 20 L purpur .... na 1,50 1,—
Satzpreis (11 W.) 4,50 4,—

Auflagen: MiNr. 618–623 je 500.000 MiNr. 624–627 je 300.000, MiNr. 628 = 200.000 Stück

Gültig bis 1.3.1950

1948, 29. Febr. 2. Bulgarischer Gewerkschaftskongress (ORPS). RaTdr. (10×10); gez. K 11¾.

nb) Arbeiter

Fab) Arbeiter

629 4 L blau auf sämisch .... nb 0,30 0,30

Flugpostmarke

630 60 L rotbraun auf sämisch .... Fab 0,80 0,70
Satzpreis (2 W.) 1,— 0,80

Auflagen: MiNr. 629 = 500 000, MiNr. 630 = 320 000 Stück

Gültig bis 1.3.1950

1947, 1. Juli/1948, 9. Jan. Freimarken: Bauwerke. Bdr. (10×10 + 10×10); gez. K 13.

nc) Volkstheater, Sofia

nd) Parlament

ne) Hauptpost, Sofia

nf) Palais des Präsidenten

631 50 St gelbgrün (28.11.1947) .... nc 0,30 0,30
632 50 St gelbgrün (7.11.1947) .... nd 0,30 0,30
633 1 L bläulichgrün,dunkelgrün (1.7.1947) . ne 0,30 0,30
634 1 L bläulichgrün (29.12.1947) .... nf 0,30 0,30
635 2 L karminrosa, lilarosa (19.7.1947) .... nc 0,30 0,30
636 2 L braun (26.9.1947) .... nd 0,30 0,30
637 4 L blau (26.9.1947) .... nc 0,30 0,30
638 4 L blau (9.1.1948) .... nd 0,30 0,30
639 9 L karmin (9.1.1948) .... nc 0,60 0,30
640 20 L blau (9.1.1948) .... nd 1,50 1,—
Satzpreis (10 W.) 4,— 3,—

Auflagen: MiNr. 631–632 je 2.000.000, MiNr. 633 = 1.500.000, MiNr. 634 = 3.400.000, MiNr. 635–638 je 2.000.000, MiNr. 639–640 je 500.000 Stück

MiNr. 641–642 entfallen.

1947, 29. Dez./1948, 9. Jan. Freimarken: Bauwerke. Inschrift „НАРОДНА" (Volksrepublik). Bdr. (10×10 + 10×10); gez. K 13.

nh) Hauptpost, Sofia

643 1 L bläulichgrün (29.12.1947) .... nh 0,40 0,30
644 2 L bräunlichlila (9.1.1948) .... nh 0,40 0,30

645 4 L blau (9.1.1948) .... nh 0,40 0,30
Satzpreis (3 W.) 1,— 0,80

Auflagen: MiNr. 643 = 1 500 000, MiNr. 644 = 3 820 000, MiNr. 645 = 4 000 000 Stück

1948, 31. März. Erholung und Kultur. RaTdr. (10×10); gez. L 10¾, 11½.

ni) Student in Freizeit
nk) Mädchen mit Akkordeon
nl) Werktätige als Zuhörer
nm) Sportlerin mit Medizinball

646 4 L karmin .... ni 0,30 0,30
647 20 L blau .... nk 0,40 0,30
648 40 L grün .... nl 0,70 0,40
649 60 L braun .... nm 1,20 0,80
Satzpreis (4 W.) 2,50 1,50

Auflage: 220 000 Sätze

Gültig bis 1.3.1950

1948, 18. März. Dichter und Schriftsteller. Odr. (10×10); getöntes Papier; gez. L 10¾.

no) Nikola Vapzarov (1909–1942)

np) Pejo Javorov (1879–1914)
nr) Christo Smirnenski (1898–1923)
ns) Ivan Vasov (1850–1921)
nt) Petko Slavejkov (1827–1895)

650 4 L zinnober auf sämisch .... no 0,30 0,30
651 9 L rotbraun auf sämisch .... np 0,30 0,30
652 15 L purpur auf sämisch .... nr 0,30 0,30
653 20 L blau auf sämisch .... ns 0,40 0,40
654 45 L blaugrün auf sämisch .... nt 1,— 1,—
Satzpreis (5 W.) 2,— 2,—

Auflage: 185 000 Sätze

Gültig bis 1.3.1950

✈ 1948, 23. Mai. Tag der Briefmarke; 6. Kongress der bulgarischen philatelistischen Gesellschaft. RaTdr. (10×10); gez. K 11½.

Fac) Flugzeug Petljakow Pe 2 über Balduins-Turm

655 50 L braunoliv auf sämisch .... Fac 2,— 2,—

Auflage: 186 000 Stück

Gültig bis 1.3.1950

1948, 5. Juli. Gedenken der Sowjetarmee. RaTdr. (10×10); getöntes Papier; gez. L 10¾.

nu) Sowjetischer Soldat
nv) Empfang durch die bulgarische Bevölkerung
nw) Sowjetischer Heerführer beim Einmarsch
nx) Jossif Stalin (1879–1953), sowjetischer Revolutionär und Politiker; Spasskij-Turm

656 4 L dunkelorange auf sämisch .... nu 0,30 0,30
657 10 L olivgrün auf sämisch .... nv 0,30 0,30
658 20 L dunkelblau auf sämisch .... nw 0,50 0,40
659 60 L dunkeloliv auf sämisch .... nx 1,20 1,20
Satzpreis (4 W.) 2,— 2,—

Auflage: 180 000 Sätze

Gültig bis 1.3.1950

1948, 6. Sept. 25. Jahrestag des Aufstandes vom September 1923. RaTdr. (10×10); getöntes Papier; gez. L 10¾.

ny) Dimitar Blagoev (1856–1924)
nz) Gavril Genov (1892–1934)
oa) Revolutionäre auf Eisenbahnwagen
ob) Jugendorganisation „Septemvričeta"

660 4 L schwarzbraun auf sämisch .... ny 0,30 0,30
661 9 L dunkelorange auf sämisch .... nz 0,30 0,30
662 20 L dunkelblau auf sämisch .... oa 0,30 0,30
663 60 L dunkelbraun auf sämisch .... ob 1,50 1,20
Satzpreis (4 W.) 2,— 1,70

Auflagen: MiNr. 660–661 je 2 000 000, MiNr. 662–663 je 200 000 Stück

Gültig bis 1.3.1950

1948, 2. Okt. 25. Todestag von Christo Smirnenski. RaTdr. (10×10); getöntes Papier; gez. L 11½.

od) Christo Smirnenski (1898–1923), Dichter

664 4 L graublau auf sämisch .... od 0,30 0,30
665 16 L bräunlichlila auf sämisch .... od 0,50 0,50
Satzpreis (2 W.) 0,70 0,70

Auflagen: MiNr. 664 = 2 000 000, MiNr. 665 = 1 000 000 Stück

Gültig bis 1.3.1950

1948, 1. Nov. Bulgarisch-rumänischer Freundschaftspakt. RaTdr. (10×10); getöntes Papier; gez. L 11½.

oe) Schlacht bei Grivitza (1877)
of) Parlamentsgebäude, Sofia
og) Projektierte Donaubrücke

666 20 L dunkelblau auf sämisch .... oe 0,30 0,30

Flugpostmarken

667	40 L	grau auf sämisch	of	0,50	0,40
668	100 L	dunkelpurpur auf sämisch	og	1,20	1,20
		Satzpreis (3 W.)		2,—	1,80

Auflage: 300 000 Sätze

Gültig bis 1.3.1950

1948, 21. Dez/1949, 2. Juni. 100. Geburtstag von Christo Botev. RaTdr. (10×10); getöntes Papier; gez. L 10¾, L 11½.

oh) Geburtshaus in Kalofer

oi) Christo Botev (1848–1876), Dichter, Nationalheld

ok) Raddampfer „Radetzki“

ol) Heimatort Kalofer

om) Botev in Uniform

on) Die Mutter des Dichters

oo) Schreibfeder, Pistole und Lorbeer

669	1 L	schwarzgrün auf sämisch	oh	0,30	0,30
670	4 L		oi		
a		lilabraun auf sämisch		0,30	0,30
b		rotlila auf sämisch (2.6.1949)		0,30	0,30
671	9 L	hellviolett auf sämisch	ok	0,30	0,30
672	15 L	braun auf sämisch	ol	0,30	0,30
673	20 L		om		
a		blau auf sämisch		0,30	0,30
b		dunkelblau auf sämisch (2.6.1949)		0,40	0,30
674	40 L	rotbraun auf sämisch	on	0,70	0,50
675	50 L	dunkeloliv auf sämisch	oo	1,—	0,70
		Satzpreis (7 W.)		2,50	1,80

Auflage: 240 000 Sätze, MiNr. 670 b und 673 b je 1 000 000 Stück

Gültig bis 1.3.1950

1948, 20. Aug./5. Nov. Freimarken: Neues Staatswappen. Bdr. (10×10 + 10×10); senkrecht gestreiftes Papier; gez. K 13.

op) Neues Staatswappen

676	50 St	orange (5. Nov.)	op	0,30	0,30
677	1 L	blaugrün (20. Aug.)	op	0,30	0,30
678	9 L	grauschwarz (20. Aug.)	op	0,50	0,30
		Satzpreis (3 W.)		1,—	0,80

In gleicher Zeichnung: MiNr. 769

Die Marken MiNr. 676–812 waren bis zum 11.5.1952 frankaturgültig.

1948, 7. Okt. Tag der Bergarbeiter. Odr. (10×10 + 10×10); gez. K 11¾.

oq) Bergarbeiter vor Ort

679	4 L	dunkelblau	oq	0,50	0,50

Auflage: 2 000 000 Stück

1948, 20. Aug./1949, 3. Jan. Freimarken: Bäder. Odr. (10×10 + 10×10); waagerecht gestreiftes Papier; gez. K 13.

or) Gorna Bania (Mineralbad)

os) Mineralbad Bankja

ot) Mineralbad in Sofia

ou) Maljowitza, Berg Rila

ov) Mineralbad Gorna Bania

ow) Mineralbad in Sofia

680	2 L	lilakarmin (11.9.1948)	or	0,30	0,30
681	3 L	orange (7.10.1948)	os	0,30	0,30
682	4 L	blau (20.8.1948)	ot	0,30	0,30
683	5 L	schwarzlila (29.10.1948)	ou	0,30	0,30
684	10 L	rosalila (7.10.1948)	os	0,40	0,30
685	15 L	dunkeloliv (3.1.1949)	ou	0,50	0,30
686	20 L	blau (7.10.1948)	ov	1,80	0,30
687	20 L	blau (5.11.1948)	ow	2,20	0,30
		Satzpreis (8 W.)		6,—	2,—

MiNr. 681 gibt es auch in den Zähnungen L 10¾, L 11½, L 10¾:11½, L 11½:10¾.

Auflagen: MiNr. 680–681 je 10 000 000, MiNr. 682–683 und 685 je 2 000 000, MiNr. 684 = 1 000 000, MiNr. 686–687 je 300 000 Stück

1949, 24. Jan. 25. Todestag von Wladimir Lenin. RaTdr.; MiNr. 688 (10×10), MiNr. 689 (10×5); getöntes Papier; gez. L 10¾, L 11½.

ox) Wladimir Lenin (1870–1924)

oy) Lenin als Redner, nach Bild von I. I. Brodski

688	4 L	braun auf sämisch	ox	0,30	0,30
689	20 L	dunkelkarmin auf sämisch	oy	0,70	0,60
		Satzpreis (2 W.)		1,—	0,80

		★★
689 Ul	links ungezähnt	—,—
689 Ur	rechts ungezähnt	20,—

Auflagen: MiNr. 688 = 2 000 000, MiNr. 689 = 500 000 Stück

1949, 6. April. Demokratische Jugend an der Arbeit. RaTdr. (10×10); getöntes Papier; gez. L 10¾ , L 11½, L 11½:10¾.

oz) Straßenbau am Chajnboac-Pass

pa) Tunnelbau Linie Pernik-Voluek

pb) Schnellzuglokomotive

pc) Mädchen am Webstuhl pd) Traktorfahrerin pe) LKW-Fahrerin

					**	⊙
690	4 L	dunkelrot auf sämisch	oz		0,30	0,30
691	5 L	schwarzgraubraun auf sämisch	pa		0,30	0,30
692	9 L	schwarzgrün auf sämisch	pb		0,70	0,50
693	10 L	violett auf sämisch	pc		0,60	0,50
694	20 L	dunkelblau auf sämisch	pd		1,20	1,—
695	40 L	braun auf sämisch	pe		2,50	1,20
				Satzpreis (6 W.)	5,50	3,50

Auflagen: MiNr. 690 = 1 000 000, MiNr. 691–695 je 182 000 Stück

✈ 1949, 26. Juni. Tag der Briefmarke; 7. Kongress des Bulgarischen Philatelistenverbandes. RaTdr. (10×10); gez. L 11½.

pf) Mausoleum der 1878 gefallenen russischen Soldaten, Pleven

696	50 L	schwarzgraubraun	pf	5,50	5,50

Auflage: 120 000 Stück

1949, 10. Juli. Tod von Georgi Dimitrow. RaTdr.; MiNr. 697 (10×10), MiNr. 698 (10×5); gez. L 10¾, L 11½, L 10¾:11½, L 11½:10¾.

pg

ph

pg–ph) Georgi Dimitrow (1882–1949)

697	4 L	dunkelkarminbraun	pg		0,30	0,30
698	20 L	schwarzblau	ph		1,50	0,60
				Satzpreis (2 W.)	1,80	0,80

Auflagen: MiNr. 697 = 2 000 000, MiNr. 698 = 500 000 Stück

1949, 5. Aug. Fünfjahresplan der Wirtschaft. RaTdr. (10×10); gez. L 10¾, L 11½, L 10¾:11½, L 11½:10¾.

pi) Wasserkraftwerk Rila-Berg pk) Zementfabrik „Gigant", Dimitrowgrad pl) Landmaschinenwerk pm) Traktor

pn) Industrie und Landwirtschaft

699	4 L	schwarzoliv	pi		0,30	0,30
700	9 L	rot	pk		0,30	0,30
701	15 L	violett	pl		0,50	0,30
702	20 L	blau	pm		1,50	0,90
703	50 L	braun	pn		4,20	2,—
				Satzpreis (5 W.)	6,50	3,50

Auflage: 110 000 Sätze

1949, 4. Sept. Körperertüchtigung. RaTdr. (10×10); gez. L 10¾, 11½, 10¾:11½, 11½:10¾.

po) Speer- und Handgranatenwerfer

pp) Hürdenläufer pr) Motorradfahrer, Traktor ps) Marsch im neuen Schritt

704	4 L	rotbraun	po		0,70	0,40
705	9 L	schwarzoliv	pp		2,—	0,80
706	20 L	dunkelblau	pr		3,—	1,60
707	50 L	braunkarmin	ps		7,50	3,20
				Satzpreis (4 W.)	13,—	6,—

		**
704 Ul	links ungezähnt	35,—

Auflagen: MiNr. 704 = 2 000 000, MiNr. 705–707 je 110 000 Stück

✈ 1949, 10. Okt. 75 Jahre Weltpostverein (UPU). RaTdr. (10×10); gez. L 11½.

pt) Weltkugel und Friedenstaube

				**	⊙
708	50 L	dunkelblau	pt	3,—	1,70

Auflage: 150 000 Stück

1949, 31. Okt. Bulgarische Grenzwache. RaTdr. (10×10); gez. L 10¾, 11½, 10¾:11½, 11½:10¾.

pu) Grenzsoldat und Schafhirte pv) Stromwache pw) Gebirgspatrouille mit deutschem Schäferhund

709	4 L	rotbraun	pu	0,50	0,50
710	20 L	graublau	pv	1,50	1,50

✈ Flugpostmarke, gez. L 10¾:11½, 11½

711	60 L	schwarzoliv	pw		4,50	4,50
				Satzpreis (3 W.)	6,50	6,50

Auflagen: MiNr. 709 = 1 000 000, MiNr. 710–711 je 110 000 Stück

1949, 13. Dez. Ein Jahr Vaterländische Front. RaTdr. (10×10); gez. L 11½.

px) Georgi Dimitrow (1882–1949) py) Einigkeit der Kopf- und Handarbeiter pz) Frauenbrigade bei der Arbeit qa) Manifestation der Staatsjugend

712	4 L	braun	px	0,30	0,30
713	9 L	schwarzpurpur	py	1,—	0,60
714	20 L	schwarzblau	pz	1,—	0,60
715	50 L	rosa	qa	1,—	0,60
		Satzpreis (4 W.)		3,—	2,—

Auflagen: MiNr. 712 = 2 000 000, MiNr. 713–715 je 150 000 Stück

1949, 21. Dez. 70. Geburtstag von Jossif Stalin. RaTdr.; MiNr. 716 (10×10); MiNr. 717 (10×5); gez. L 11½.

qb) Jossif Stalin, eigentlich J. Dschugaschwili (1879–1953), sowjetischer Revolutionär und Politiker

qc) Stalin als Redner

716	4 L	rotbraun	qb	0,50	0,30
717	40 L	lilakarmin	qc	1,50	1,30
		Satzpreis (2 W.)		2,—	1,50

Auflagen: MiNr. 716 = 2 000 000, MiNr. 717 = 500 000 Stück

1950, 15. Febr. 32. Jahrestag des Streiks der Post und Eisenbahn 1918. RaTdr. (10×10); gez. L 11½.

qd) Charalambi Stojanov

qe) Aufmarsch der Streikenden

qf) Post- und Bahnarbeiter

718	4 L	dunkelbraun	qd	0,50	0,30
719	20 L	blau	qe	0,50	0,30
720	60 L	schwarzoliv	qf	1,50	1,—
		Satzpreis (3 W.)		2,50	1,50

Auflage: 150 000 Sätze

1950, 6. März. Tod von Vasil Kolarov. RaTdr.; MiNr. 721 (10×10), MiNr. 722 (10×5); gez. L 11½.

qg

qh

qg–gh) Vasil Kolarov (1877–1950), Ministerpräsident

721	4 L	rotbraun	qg	0,30	0,30
722	20 L	blau	qh	0,80	0,80
		Satzpreis (2 W.)		1,—	1,—

		✶✶
722 Ul	links ungezähnt	15,—
722 Ur	rechts ungezähnt	15,—

Auflagen: MiNr. 721 = 1 000 000, MiNr. 722 = 500 000 Stück

1950, 23. Febr./18. Mai. Freimarken: Volkswirtschaft. RaTdr. (10×10); A = gez. L 13, C = gez. L 10¾, D = gez. L 11½, E = gez. L 10¾:11½.

qi) Bergarbeiter

qk) Lokomotive

ql) Schiffbau

qm) Traktor

qn) Traktorenstation

						✶✶	⊙
723	**A**	1 L	schwarzgrün (23. Febr.)		qi	0,30	0,30
724		1 L	tiefviolett (30. April)		qi		
	A		gez. L 13			0,30	0,30
	C		gez. L 10¾			*50,—*	*25,—*
	D		gez. L 11½			*35,—*	*15,—*
725	**A**	2 L	grau (23. Febr.)		qk	1,20	0,30
726		2 L	braun (18. Mai)		qk		
	A		gez. L 13			0,50	0,30
	C		gez. L 10¾			60,—	15,—
	D		gez. L 11½			25,—	10,—
	E		gez. L 10¾:11½			60,—	30,—
727	**A**	3 L	dunkelblau (17. März)		ql	0,50	0,30
728		4 L	dunkelgrün (17. März)		qm		
	A		gez. L 13			0,80	0,30
	C		gez. L 10¾			40,—	12,—
	D		gez. L 11½			*50,—*	*15,—*
729	**A**	4 L	blaugrün (30. April)		qm	3,20	1,20
730	**A**	5 L	braunrot (17. März)		qn	0,60	0,30
				Satzpreis A (8 W.)		7,—	2,—

Auflagen: MiNr. 723, 725, 727 und 729–730 je 5.000.000, MiNr. 724, 726 und 728 je 20.000 000 Stück

Weitere Werte: MiNr. 770–773

Nicht ausgegeben:

✈ **1950. Flugpostmarke. RaTdr.; gez. L 9.**

qq) Flugzeug über Berglandschaft

				✶✶
VI	10 L	schwärzlichgraugrün	qq	*100,—*

1950, 15. April. Gemälde. RaTdr. (10×10); gez. L 11½.

qo) Selbstporträt; von Stanislav Dospevski (1823–1877)

qp) Dessislawa und Zar Kalojan in Bojana

qr) Selbstporträt; von Nikolaj Pavlovič (1835–1894)

qs) Auf dem Felde; von Christo Stanchev (1870–1950)

qt) Skulptur auf Dimcho Debeljanovs Grab von Ivan Lazarov (1890–1952)

qu) Ernte; von Vladimir Dimitrov (1882–1960)

				★★	⊙
731	1 L	dunkelgrün	qo	0,60	0,40
732	4 L	rotbraun	qp	2,—	0,60
733	9 L	dunkelbraun	qr	3,—	0,60
734	15 L	braun	qs	4,20	1,—
735	20 L	blau	qs	6,50	3,—
736	40 L	gelbbraun	qt	8,—	4,—
737	60 L	orangebraun	qu	8,50	6,—
			Satzpreis (7 W.)	32,—	15,—

Auflage: 100 000 Sätze

1950, 26. Juni. 100. Geburtstag von Iwan Wasow. RaTdr (10×10); gez. L 10¾, 11½, 10¾:11½, 11½:10¾.

qv) Iwan Wasow (1850–1921), Dichter

738	4 L	schwarzgrün	qv	0,30	0,30

Auflage: 1 000 000 Stück

1950, 2. Juli. 1. Todestag von Georgi Dimitrow. RaTdr. (10×10); gez. L 10¾, 11½, 10¾:11½, 11½:10¾.

qw) Geburtshaus

qx

qy

qz) Dimitrows Haus in Sofia

ra

rb

rc

rd) Dimitrow unterzeichnet Verfassung

re

rf) Mausoleum

qw–re) Georgi Dimitrow (1882–1949)

739	50 St	schwarzgrün	qw	0,50	0,30
740	50 St	braun	qx	0,50	0,30
741	1 L	dunkelrotbraun	qy	0,50	0,30
742	2 L	schwarzblau	qz	0,50	0,30
743	4 L	weinrot	ra	1,—	0,30
744	9 L	braunrot	rb	1,70	0,90
745	10 L	braunkarmin	rc	2,50	1,20
746	15 L	grauschwarz	rd	2,50	1,20
747	20 L	dunkelblau	re	4,—	2,50

✈ Flugpostmarke, verschieden gez.

748	40 L	schwarzgraubraun	rf	8,—	4,—
			Satzpreis (10 W.)	20,—	10,—

Auflagen: MiNr. 739–742 je 500 000, MiNr. 743 = 1 000 000, MiNr. 744–747 je 120 000 Stück

1950, 21. Aug. Sport. RaTdr. (10×10); A = gez. L 11½, C = gez. L 11½:10¾, D = gez. L 10¾.

rg) Laufen

rh) Radfahren

ri) Kugelstoßen

rk) Volleyball

749 A	4 L	dunkelgrün	rg	1,—	0,50
750	9 L	lilabraun	rh		
A		gez. L 11½		1,—	0,80
D		gez. L 10¾		2,50	2,—
751	20 L	schwarzblau	ri		
A		gez. L 11½		1,50	1,20
C		gez. L 11½:10¾		5,—	4,20
D		gez. L 10¾		3,—	2,50
752	40 L	dunkellila	rk		
A		gez. L 11½		3,—	3,—
D		gez. L 10¾		6,—	5,—
			Satzpreis A (4 W.)	6,50	5,50

Auflage: 150 000 Sätze

1950, 19. Sept. Bulgarischer Friedenskongress. RaTdr. (10×10); gez. MiNr. 753 L 10¾, 11½, 10¾:11½, 11½:10¾, MiNr. 754 gez. L 11½, 10¾:11½.

rl) Arbeiter und Traktor

rm) Köpfe verschiedener Rassen und Fahne mit Stalin

753	4 L	orangebraun	rl	0,30	0,30
754	20 L	ultramarin	rm	0,90	0,60
			Satzpreis (2 W.)	1,—	0,70

Auflagen: MiNr. 753 = 5 000 000, MiNr. 754 = 500 000 Stück

1950, 10. Okt. Unterzeichnung eines Vertrages der Sowjetunion mit den befreundeten Ländern. RaTdr (10×10).; gez. L 11½.

rn) Unterzeichnung durch Molotow, Kolarov, Stalin und Dimitrow

ro) Bulgarische und sowjetische Fahnen

rp) Bulgarische und russische Volkstrachten

rr) Warenlieferungen

755	4 L	dunkelbraun	rn	0,30	0,30
756	9 L	braunlila	ro	0,30	0,30
757	20 L	blau	rp	0,60	0,50
758	50 L	dunkelgrünblau	rr	3,—	1,20
			Satzpreis (4 W.)	4,—	2,—

Auflage: 150 000 Sätze

MiNr. 759–762 entfallen.

1950, 10. Dez. 1. Todestag von Fjodor Tolbuchin. RaTdr. (10×10); gez. L 11½.

rw) Fjodor Tolbuchin (1894–1949), Marschall der Sowjetunion

rx) Bevölkerung begrüßt den Marschall

763	4	L	braunkarmin	rw	0,50	0,30
764	20	L	tiefblau	rx	1,50	0,80
			Satzpreis (2 W.)		2,—	1,—

Auflagen: MiNr. 763 = 5 000 000, MiNr. 764 = 200 000 Stück

1950, 1. Okt. Freimarken: Staatswappen. Bdr. (10×10 + 10×10); gez. K 13.

ry) Wappen zwischen Weizenähren

rz) Wappen

765	2	L	dunkelbraun	ry	0,30	0,30
766	3	L	rot	ry	0,30	0,30
767	5	L	braunkarmin	rz	0,30	0,30
768	9	L	hellblau	rz	0,30	0,30
			Satzpreis (4 W.)		1,—	1,—

MiNr. 765–768 waren bereits 1947 als Dienstmarken gedruckt, wurden aber am 1. Oktober 1950 als Freimarken ausgegeben.

Auflage: 2 000 000 Sätze

1950, 27. Sept. Freimarke: Neues Staatswappen. Bdr. (10×10 + 10×10); gez. L 13.

op) Neues Staatswappen

769	50	St	hellbraun	op	0,30	0,30

Auflage: 7 000 000 Stück

In gleicher Zeichnung: MiNr. 676–678

1950, 1. Dez. Freimarken: Volkswirtschaft. RaTdr. (10×10); gez. L 10¾; 11½, 10¾:11½, 11½:10¾.

sa) M. T. Station

sb) Heizungszentrale

sc) Textilarbeiterin

770	9	L	schwarzgrün	sa	0,40	0,30
771	10	L	dunkellila	sb	1,50	0,30
772	15	L	braunkarmin	sc	1,20	0,30
773	20	L	dunkelblau	sc	1,20	0,30
			Satzpreis (4 W.)		4,30	1,—

		★★
772 U	ungezähnt	—,—

Auflagen: 1.000.000 Sätze

Weitere Werte: MiNr. 723–730

1951, 10. Febr. Aleksandr Popow. RaTdr. (10×10); gez. L 10¾.

sd) Aleksandr Popow (1859–1906), russischer Physiker

					★★	⊙
774	4	L	rotbraun	sd	0,70	0,30
775	20	L	dunkelblau	sd	1,30	0,70
			Satzpreis (2 W.)		2,—	1,—

		★★
775 Uu	unten ungezähnt	15,—

Auflagen: MiNr. 774 = 1 000 000, MiNr. 775 = 500 000 Stück

1951, 25. März. Antifaschisten. RaTdr. (10×10); gez. L 11½.

se) Jordanka Tschankova (1911–1944), Adalbert Antonov (1909–1942), Aleksandar Dimitrov (1910–1944), Liljana Dimitrova (1918–1944)

sf) Stanke Dimitrov (Marek) (1889–1944)

sg) Georgi Kirkov (1867–1919)

sh) Anton Ivanov (1884–1942)

si) Christo Michajlov (1893–1944)

sk) Georgi Dimitrow (1882–1949)

sl) Natscho Ivanov (1904–1944), Avram Stojanov (1892–1942)

					★★	⊙
776	1	L	lilarot	se	0,40	0,30
777	2	L	dunkelrotbraun	sf	0,40	0,30
778	4	L	braunkarmin	sg	0,40	0,30
779	9	L	braunkarmin	sh	1,—	0,60
780	15	L	dunkelbraun	si	2,—	1,10
781	20	L	schwarzblau	sk	2,—	1,50
782	50	L	schwarzoliv	sl	4,80	2,20
			Satzpreis (7 W.)		11,—	6,—

Auflage: 150 000 Sätze

1951, 15. März/25. April. Freimarken: Volkswirtschaft. RaTdr. (10×10); gez. K 13.

sm) Der erste Trakfor Bulgariens

sn) Die erste Dampfwalze Bulgariens

so) Der erste LKW Bulgariens

783	1	L	dunkelviolett auf sämisch (25. April)	sm	0,30	0,30
784	2	L	dunkelgrün auf sämisch (15. April)	sn	0,30	0,30
785	4	L	dunkelrotbraun auf sämisch (15. März)	so	0,30	0,30
			Satzpreis (3 W.)		0,80	0,30

Auflage: 30 000 000 Sätze

MiNr. 783 und 785 mit Aufdruck: MiNr. 943, 1021

1951, 30. März. Freimarken: Volkswirtschaft. RaTdr. (10×10); gez. L 10¾.

sp) Traktor

sr) Dampfwalze

ss) Lastkraftwagen

st) Stickerin

su) Bulgarischer Teppich

sv) Tabak und Damaszener Rosen

sw) Bulgarische Früchte

786	1 L	braunoliv	sp	0,30	0,30
787	2 L	schwarzviolett	sr	0,40	0,40
788	4 L	rotbraun	ss	0,60	0,60
789	9 L	dunkelviolett	st	1,—	0,80
790	15 L	rotlila	su	2,20	1,—
791	20 L	ultramarin	sv	4,50	1,40
792	40 L	dunkelgrün	sw	6,—	2,—
		Satzpreis (7 W.)		15,—	6,50

Auflagen: 100 000 Sätze

1951, 3. Mai. 75. Jahrerstag des Aufstandes gegen die Türken. RaTdr. (5×10); gez. L 10¾.

sx) Kampf zwischen bulgarischen Aufständischen und der türkischen Armee um den Berggipfel Sli Dol

sy) Proklamation des Aufstandes durch den Führer Benkovski

sz) Holzkanone 1876 und russ. Kavalleristen 1945, von der Bevölkerung begrüßt

ta) Aufständischer 1876, Partisan 1944

tb) Führer der Aufständischen Georgi Benkovski und Georgi Dimitrow

793	1 L	braun	sx	0,70	0,40
794	4 L	schwarzgrün	sy	0,80	0,40
795	9 L	lilabraun	sz	1,20	1,—
796	20 L	dunkelblau	ta	1,80	1,50
797	40 L	braunkarmin	tb	2,50	2,—
		Satzpreis (5 W.)		7,—	5,—

Auflagen: MiNr. 793–794 je 1 100 000, MiNr. 795–797 je 100 000 Stück

1951, 2. Aug. 60. Jahrestag des 1. Kongresses der Bulgarischen Sozialdemokratischen Partei. RaTdr. (5×10); gez. L 10¾.

tc) Dimitar Blagoev eröffnet den Kongress auf dem Berge Busludja

798	1 L	dunkelviolett	tc	0,30	0,30
799	4 L	schwarzgrün	tc	1,—	0,40
800	9 L	braunkarmin	tc	1,70	1,20
		Satzpreis (3 W.)		3,—	1,80

Auflagen: 150 000 Sätze

In ähnlicher Zeichnung: MiNr. 1260–1262

1951, 10. Okt. Tag des Kindes. RaTdr. (10×10); gez. L 10¾.

td) Kinderkrippe

te) Kinder im Tagesheim

tf) Kinderspielplatz

tg) Kinderdorf

801	1 L	dunkelrotbraun	td	0,30	0,30
802	4 L	weinrot	te	0,70	0,30
803	9 L	grün	tf	1,50	0,60
804	20 L	dunkelblau	tg	3,—	2,—
		Satzpreis (4 W.)		5,50	3,—

Auflagen: 100 000 Sätze

1951, 29. Dez. Kongress des Bulgarischen Allgemeinen Arbeitergewerbeverbandes (ORPS). RaTdr. (10×10); gez. L 10¾, 11½, 10¾:11½, 11½:10¾.

th) Arbeiter und Arbeiterin, Stadt Dimitrowgrad

ti) Georgi Dimitrow (1882–1949), Valko Tschervenkov (1900–1980); Fahnen

805	1 L	schwarzgrün	th	0,30	0,30
806	4 L	braun	ti	0,70	0,30
		Satzpreis (2 W.)		1,—	0,50

Auflagen: 2 000 000 Sätze

1952, 1. Febr. Orden der Arbeit. RaTdr.; gez. K 13.

tk) Orden der Arbeit, Vorderseite

tl) Orden der Arbeit, Rückseite

tk) Orden der Arbeit, Vorderseite

tl) Orden der Arbeit, Rückseite

tm) Orden der Arbeit, Vorderseite

tl) Orden der Arbeit, Rückseite

807	1 L	karminrot	tk	0,30	0,30
808	1 L	rotbraun	tl	0,30	0,30
809	4 L	dunkelgrün	tk	0,30	0,30
810	4 L	blaugrün	tl	0,30	0,30
811	9 L	violett	tm	0,70	0,30
812	9 L	dunkelblauviolett	tl	0,70	0,30
		Satzpreis (6 W.)		2,50	1,50

Auflagen: MiNr. 807–810 je 5 000 000, MiNr. 811–812 je 500 000 Stück

Die Marken MiNr. 676–812 waren bis zum 11.5.1952 frankaturgültig.

Die Marken MiNr. 813–1281 waren bis zum 31.3.1962 frankaturgültig, vom 1.1.–31.3.1962 zu 1/10 ihres Nominalwertes.

Neue Währung ab 12. Mai 1952:
1 Lev (L) = 100 Stotinki (St)
(100 alte Leva = 1 neuer Lev)

1952, 16./18. Mai. Freimarken: Staudamm „Vassil Kolarov“. RaTdr.; gez. K 13.

tr

ts

813	4 St schwarzgrün	tr	0,30	0,30
814	12 St violett	tr	0,30	0,30
815	16 St lilabraun	tr	0,40	0,30
816	44 St braunkarmin (18. Mai)	tr	1,—	0,30
817	80 St dunkelblau (18. Mai)	ts	4,20	0,50
	Satzpreis (5 W.)		6,—	1,50

		✶✶
813 U	ungezähnt	15,—
813 Ur	rechts ungezähnt	25,—
813 UMs	waagerechtes Paar, Mitte ungezähnt	50,—
814 U	ungezähnt	25,—
814 UMs	waagerechtes Paar, Mitte ungezähnt	50,—
815 U	ungezähnt	25,—
815 UMs	waagerechtes Paar, Mitte ungezähnt	50,—

MiNr. 813–815 sind außerdem mit den Zähnungen L 10¾, 10¾:7½:11½, 11½, 11½:9¼ und 11½:7¾:11½ bekannt.

Auflagen: MiNr. 813 = 15 000 000, MiNr. 814 und 816 je 4 000 000, MiNr. 815 = 10 000 000, MiNr. 817 = 500 000 Stück

1952, 18. Juni. 70. Geburtstag von Georgi Dimitrow. RaTdr.; gez. L 10¾, 11½, 10¾:11½, 11½:10¾.

tt) Georgi Dimitrow, chemische Werke in Dimitrowgrad

tu) Georgi Dimitrow, Valko Tschervenkov

tv) Georgi Dimitrow (1882–1949), Politiker

			✶✶	⊙
818	16 St braun	tt	0,90	0,50
819	44 St braunkarmin	tu	1,50	1,—
820	80 St blau	tv	2,60	1,50
	Satzpreis (3 W.)		5,—	3,—

Auflagen: 160 000 Sätze

1952, 30. Juni/4. Juli. Freimarken: Kraftwerk. RaTdr.; A = gez. L 10¾, B = gez. L 11½, C = gez. K 13.

tw) Kraftwerk „Republika“

821	16 St schwarzgraubraun, braunoliv (30. Juni)	tw		
A	gez. L 10¾		40,—	15,—
B	gez. L 11½		50,—	30,—
C	gez. K 13		0,60	0,30
822	44 St lilarot (4. Juli)	tw		
A	gez. L 10¾		40,—	15,—
B	gez. L 11½		50,—	30,—
C	gez. K 13		2,—	0,30
	Satzpreis A (2 W.)		80,—	30,—
	Satzpreis B (2 W.)		100,—	60,—
	Satzpreis C (2 W.)		2,60	0,50

Auflagen: MiNr. 821 = 10 000 000, MiNr. 822 = 5 000 000 Stück

1952, 23. Juli. 10. Todestag von Nikola J. Vapzarov. RaTdr.; gez. L 10¾, 11½, MiNr. 825 nur L 10¾.

tx) Vapzarov als Fabrikarbeiter und Teiltext seines Gedichtes „Wir bauen ein Werk“

ty) Vapzarov vor dem Erschießen und Verse aus seinem Gedicht „Brief“

tz) N. J. Vapzarov (1909–1942), Dichter

823	16 St weinrot	tx	1,—	0,70
824	44 St lilabraun	ty	2,—	1,80
825	80 St schwarzgraubraun	tz	4,—	2,—
	Satzpreis (3 W.)		7,—	4,50

Auflagen: 100 000 Sätze

1952, 1. Sept. 40. Jahrestag der Gründung des Sozialdemokratischen Jugendverbandes. RaTdr.; gez. L 10¾:11½.

ua) 1. Kongress des Verbandes 1912

ub) Revolutionäre Kampfszene

uc) Karte Bulgariens, Industriewerk und Grenzwacht

ud) G. Dimitrow unter der Jugend

826	2 St braunkarmin	ua	0,30	0,30
827	16 St schwarzviolett	ub	0,40	0,30
828	44 St russischgrün	uc	1,30	0,90
829	80 St schwarzbraun	ud	2,60	2,—
	Satzpreis (4 W.)		4,50	3,20

Auflagen: 100 000 Sätze

1952, 6. Nov. 35. Jahrestag der Oktoberrevolution. RaTdr.; gez. L 10¾, 11½.

ue) Erstürmung des Winterpalais in Petersburg

uf) Wirtschaftsaufbau: Wolga-Don-Kanal mit Schleuse

ug) Erdkugel mit Schriftband „Frieden“ und Taube

uh) Lenin und Stalin, die Führer der Revolution

ui) Elektro-Kraftwerk Zimljansk, Lenin und Stalin

830	4 St	violettbraun	ue	0,50	0,30
831	8 St	russischgrün	uf	0,50	0,30
832	16 St	tiefblau	ug	1,50	0,50
833	44 St	dunkelbraun	uh	1,50	0,50
834	80 St	dunkeloliv	ui	3,—	2,50
		Satzpreis (5 W.)		7,—	4,—

Auflage: 150 000 Sätze

1952, 11. Nov./1953, 31. Jan. Freimarken: Altbulgarische Volkskunst. RaTdr.; gez. K 13.

uk) Altartür der Kirche „Mariä Geburt“ im Kloster Rila

ul) Teil des Altars der Kirche Hl. Maria in Pazardžik

um) Hocker in der Kirche „Mariä Geburt“ im Kloster Rila

un) Hocker in der Kirche „Mariä Geburt“ im Kloster Rila

uo) Kreuzigung; Holzschnitt des Altars in der Kirche Hl. Maria in Pazardžik

up) Decke eines Bürgerhauses in Weliko Tarnowo

ur) Kundschafter vom Bach Eskol, Relief aus der Kirche Hl. Maria in Pazardžik

835	2 St	dunkelbraun (31.1.1953)	uk	0,30	0,30
836	8 St	russischgrün (31.1.1953)	ul	0,30	0,30
837	12 St	rotbraun (24.12.1952)	um	0,40	0,30
838	16 St	braunkarmin (8.12.1952)	un	0,80	0,30
839	28 St	dunkelolivgrün (6.1.1953)	uo	1,10	0,30
840	44 St	schwarzgraubraun (11.11.1952)	up	1,50	0,30
841	80 St	ultramarin (5.1.1953)	ur	1,80	0,30
842	1 L	blauviolett (11.11.1952)	ur	4,—	0,60
843	4 L	weinrot (27.1.1953)	ur	5,—	3,50
		Satzpreis (9 W.)		15,—	5,—

Auflagen: MiNr. 835–836, 840–842 je 2 000 000, MiNr. 837 = 5 000 000, MiNr. 838 = 2 000 000, MiNr. 839 = 4 250 000, MiNr. 843 = 1 050 000 Stück

MiNr. 843 mit Aufdruck: MiNr. 1294

1953, 19. Febr. 80. Todestag von Vasil Levski. RaTdr.; gez. L 10¾.

us) Vasil Levski (1837–1873), Freiheitskämpfer, von den Türken hingerichtet

ut) Levski spricht zu Anhängern

844	16 St	braun	us	0,30	0,30
845	44 St	olivschwarz	ut	0,70	0,30
		Satzpreis (2 W.)		1,—	0,50

		★★
844 Uo	oben ungezähnt	40,—
845 Uo	oben ungezähnt	40,—

Auflagen: 500 000 Sätze

1953, 3. März. 75. Jahrestag der Befreiung von der türkischen Herrschaft. RaTdr.; gez. L 10¾.

uu) Übersetzen der russischen Hilfstruppen über die Donau von Rumänien nach Bulgarien

uv) Verteidigung des Schipkapasses

uw) Empfang der russischen Truppen durch die Bevölkerung 1877

ux) Empfang der Russen 1878 und der Sowjets 1944

uy) Denkmal auf der Bergspitze St. Nikola (Schipkapass) undchemische Werke in Dimitrowgrad

				★★	⊙
846	8 St	blaugrün	uu	0,30	0,30
847	16 St	dunkelbraun	uv	0,40	0,30
848	44 St	russischgrün	uw	1,—	0,30
849	80 St	braunrot	ux	3,—	1,50
850	1 L	grau	uy	3,50	3,—
		Satzpreis (5 W.)		8,—	5,—

		★★
849 Uu	unten ungezähnt	25,—

Auflagen: MiNr. 846–847 je 1 000 000, MiNr. 848 = 150 000, MiNr. 849–850 je 150 000 Stück

1953, 9. März. Muttertag. RaTdr.; gez. L 11¾.

uz) Mutter mit Kindern

				★★	⊙
851	16 St	blau	uz	0,40	0,40
852	16 St	russischgrün	uz	0,40	0,40
		Satzpreis (2 W.)		0,80	0,80

Auflage: 500 000 Sätze

1953, 30. April. 70. Todestag von Karl Marx. RaTdr.; gez. L 11¾.

va) Karl Marx (1818–1883), Sozialideologe

vb) Buch „Das Kapital“ von Karl Marx, Lorbeerzweig

853	16 St	dunkelblau	va	0,50	0,30
854	44 St	dunkelbraun	vb	1,—	0,70
		Satzpreis (2 W.)		1,50	1,—

Auflage: 150 000 Sätze

1953, 30. April. Tag der Arbeit. RaTdr.; gez. K 13.

vc) Aufmarsch zum 1. Mai mit Fahnen und Bildern von Dimitrow und anderen Staatsmännern

855	16 St	bräunlichkarmin	vc	0,40	0,30

Auflage: 500 000 Stück

1953, 23. Mai. Tod von Jossif W. Stalin. RaTdr.; gez. K 13.

vd) Jossif Stalin, eigentlich J. Dschugaschwili (1879–1953), sowjetischer Revolutionär und Politiker; Lorbeerzweig

856	16 St	dunkelbraun	vd	1,40	0,30
857	16 St	dunkelolivgrau	vd	0,60	0,30
		Satzpreis (2 W.)		2,—	0,60

Auflagen: MiNr. 856 = 1 000 000, MiNr. 857 = 4 000 000 Stück

1953, 8. Aug. 50. Jahrestag des Ilinden-Aufstandes. RaTdr.; gez. K 13.

ve) Goce Delčev (1872–1903), Führer der Aufständischen

vf) Aufständische im Angriff

858	16 St	dunkelbraun	ve	0,30	0,30
859	1 L	purpurviolett	vf	1,10	0,70
		Satzpreis (2 W.)		1,30	1,—

Auflagen: MiNr. 858 = 1 000 000, MiNr. 859 = 500 000 Stück

1953, 19. Aug. 50. Jahrestag des Preobraženie-Aufstandes. RaTdr.; gez. K 13.

vg) Aufständische im Angriff

860	44 St	bläulichviolett	vg	0,80	0,50

Auflage: 150 000 Stück

1953, 18. Sept. Tag der Volksarmee. RaTdr.; gez. K 13.

vh) Soldat, stürmende Aufständische

vi) Soldat, Getreidefeld mit Erntemaschinen und Industriewerk

861	16 St	rotlila	vh	0,50	0,30
862	44 St	grünlichblau	vi	1,—	0,30
		Satzpreis (2 W.)		1,50	0,50

Auflagen: MiNr. 861 = 1 000 000, MiNr. 862 = 500 000 Stück

1953, 21. Sept. 50 Jahre Bulgarische Sozialdemokratische Arbeiterpartei. RaTdr.; gez. K 13.

vk) Dimitar Blagoev (genannt Dedoto), Gründer der Partei

vl) Georgi Dimitrow, Dimitar Blagoev

863	16 St	braun	vk	0,50	0,30
864	44 St	dunkelorangebraun	vl	1,50	0,70
		Satzpreis (2 W.)		2,—	1,—

Auflagen: MiNr. 863 = 1 000 000, MiNr. 864 = 500 000 Stück

1953, 22. Sept. 30. Jahrestag des September-Aufstandes von 1923. RaTdr.; gez. K 13.

vm) Georgi Dimitrow und Wassil Kolarow, Führer des Aufstandes

vn) Fahnenträger der Aufständischen

vo) Aufständische im Angriff

865	8 St	schwarzoliv	vm	0,30	0,30
866	16 St	dunkellilabraun	vn	0,40	0,30
867	44 St	karmin	vo	1,30	0,60
		Satzpreis (3 W.)		2,—	1,—

Auflagen: MiNr. 865–866 je 1 000 000, MiNr. 867 = 150 000 Stück

1953, 17. Okt. Bulgarisch-sowjetische Freundschaft. RaTdr.; gez. K 13.

vp) Eisenbahnbrücke der Balkan-Eisenbahnlinie

vr) Arbeiter, chemische Werke in Dimitrowgrad

vs) Eisengießerei „Lenin", Dimitrowo

vt) Mähdrescher

868	8 St	preußischblau	vp	0,30	0,30
869	16 St	grünschwarz	vr	0,30	0,30
870	44 St	braunrot	vs	1,—	0,40
871	80 St	rotorange	vt	1,—	0,70
		Satzpreis (4 W.)		2,50	1,50

Auflagen: MiNr. 868 = 1 000 000, MiNr. 869 = 2 000 000, MiNr. 870–871 je 150 000 Stück

1953, 30 Okt./1954, 23. März. Freimarken: Bergblumen und Heilpflanzen. RaTdr. auf weißem oder gelblichem Papier; gez. L 10¾, L 10¾:11½, L 12¾, L 12¾:10¾, L 13¼:12½, K 13¼.

vu) Tollkirsche (Atropa belladonna)

vv) Stechapfel (Datura stramonium)

vw) Gartensalbei (Salvia officinalis)

vx) Hundsrose (Rosa canina)

vy) Gelber Enzian (Gentiana lutea)

vz) Schlafmohn (Papaver somniferum)

wa) Pfefferminze (Mentha x piperita)

wb) Bärentraube (Arctostaphylos uva-ursi)

wc) Huflattich (Tussilago farfara)

wd) Schlüsselblume (Primula veris)

we) Löwenzahn (Taraxacum officinale)

wf) Wolliger Fingerhut (Digitalis lanata)

872	2 St	dunkelblau (30.10.1953)	vu	0,30	0,30
873	4 St	ziegelrot (2.2.1954)	vv	0,30	0,30
874	8 St	dunkelblaugrün (30.10.1953)	vw	0,30	0,30
875	12 St	braunorange (30.10.1953)	vx	0,30	0,30
876	12 St	schwarzgrün (30.10.1953)	vx	0,30	0,30
877	16 St	violettultramarin (8.12.1953)	vy	0,50	0,30
878	16 St	karminbraun (4.3.1954)	vy	0,50	0,30
879	20 St	karmin (23.3.1954)	vz	1,—	0,30
880	28 St	schwarzgrün (2.12.1953)	wa	0,80	0,30
881	40 St	dunkelultramarin (23.3.1954)	wb	0,70	0,50
882	44 St	olivbraun (23.3.1954)	wc	1,50	0,60
883	80 St	ockerbraun (23.3.1954)	wd	2,—	1,10
884	1 L	dunkelrotbraun (28.4.1954)	we	4,—	2,—
885	2 L	violettpurpur (30.10.1953)	wf	8,—	4,—
		Satzpreis (14 W.)		20,—	10,—

	**
877 U ungezähnt	—,—

Auflagen: MiNr. 872–873 und 875–876 je 5 000 000, MiNr. 874 und 882 je 1 000 000, MiNr. 877 = 10 000 000, MiNr. 878 = 3 000 000, MiNr. 883–885 je 500 000 Stück

1953, 16. Dez. 75 Jahre bulgarische Nationalbibliothek. RaTdr.; gez. K 13.

wg) Nationalbibliothek „Kyrill und Methodios“

				**	⊙
A 885	44 St	dunkelsiena	wg	0,60	0,30

Auflage: 300 000 Stück

1953, 18. Dez. Blockausgabe: Bergblumen und Heilpflanzen. RaTdr., Blockrand Bdr.; □.

wh

vu) Tollkirsche (Atropa belladonna)
vv) Stechapfel (Datura stramonium)
vw) Gartensalbei (Salvia officinalis)
vx) Hundsrose (Rosa canina)

vy) Gelber Enzian (Gentiana lutea)
vz) Schlafmohn (Papaver somniferum)
wa) Pfefferminze (Mentha x piperita)
wb) Bärentraube (Arctostaphylos uva-ursi)

wc) Huflattich (Tussilago farfara)
wd) Schlüsselblume (Primula veris)
we) Löwenzahn (Taraxacum officinale)
wf) Wolliger Fingerhut (Digitalis lanata)

886	2 St	dunkelgrün	vu	—,—	—,—
887	4 St	dunkelgrün	vv	—,—	—,—
888	8 St	dunkelgrün	vw	—,—	—,—
889	12 St	dunkelgrün	vx	—,—	—,—
890	16 St	dunkelgrün	vy	—,—	—,—
891	20 St	dunkelgrün	vz	—,—	—,—
892	28 St	dunkelgrün	wa	—,—	—,—
893	40 St	dunkelgrün	wb	—,—	—,—
894	44 St	dunkelgrün	wc	—,—	—,—
895	80 St	dunkelgrün	wd	—,—	—,—
896	1 L	dunkelgrün	we	—,—	—,—
897	2 L	dunkelgrün	wf	—,—	—,—
Block 4		(161 × 172 mm)	wh	55,—	50,—

Postpreis: 6 L

Auflage: 50.000 Blocks

1953, 26. Dez. Amateurtheater der Gewerkschaft. RaTdr.; gez. L 10¾, K 13.

wi) Mädchen und Junge mit Akkordeon

wj) Tanzpaar (Volkstanz „Ratschenitza“)

898	16 St	karminbraun	wi	0,30	0,30
899	44 St	dunkelgrün	wj	0,70	0,40
		Satzpreis (2 W.)		1,—	0,50

Auflagen: MiNr. 898 = 1 000 000, MiNr. 899 = 300 000 Stück

1954, 13. März. 30. Todestag Lenins. RaTdr.; gez. K 13.

wk) Lenin und Stalin bei Versammlung

wl) Lenin-Statue

wm) Lenin-Mausoleum, Moskau

wn) Wladimir Lenin (1870–1924)

900	16 St	dunkelbraun	wk	0,30	0,30
901	44 St	dunkelkarmin	wl	0,70	0,30
902	80 St	dunkelgrünlichblau	wm	1,—	0,50
903	1 L	schwarzoliv	wn	2,—	2,—
		Satzpreis (4 W.)		4,—	3,—

Auflage: 150 000 Sätze

✈ 1954, 12. Febr./28. April. Landschaften und Bauwerke. RaTdr.; gez. K 13.

wo) Felsen bei Belogradschik

wp) Plovdiver Mustermesse

wr) Strandbad Varna

ws) Ernte mit Mähdrescher

wt) Kloster Rila

wu) Staudamm Studena

wv) Dimitrowgrad

ww) Weliko Tarnowo

wx) Rektoratsgebäude der Universität Sofia

wy) Denkmal der Partisanen von Sredna Gora

wo–wy) Flugzeug Yakowlew Yak-18

904	8 St	grünschwarz (12. Febr.)	wo	0,30	0,30
905	12 St	karminbraun (12. Febr.)	wp	0,30	0,30
906	16 St	braun (12. Febr.)	wr	0,30	0,30
907	20 St	orangebraun (1. April)	ws	0,30	0,30
908	28 St	dunkelgrünlichblau (1. April)	wt	0,40	0,30
909	44 St	schwarzlila (1. April)	wu	0,50	0,30
910	60 St	rotbraun (1. April)	wv	0,90	0,30
911	80 St	dunkelgelbgrün (1. April)	ww	1,—	0,40
912	1 L	schwarzblaugrün (1. April)	wx	3,20	0,90
913	4 L	dunkelblau (12. Febr.)	wy	5,50	2,50
		Satzpreis (10 W.)		12,—	4,50

Auflagen: MiNr. 904 = 2 000 000, MiNr. 905, 907–909 je 1 000 000, MiNr. 906 = 5 500 000, MiNr. 910–912 je 500 000, MiNr. 913 = 300 000 Stück

1954, 28. April. 30. Todestag von Dimitar Blagoev. RaTdr. auf rahmfarbenem Papier; gez. K 13.

wz) Dimitar Blagoev (1856–1924), Schriftsteller, auf einer Kundgebung

xa) Dimitar Blagoev, Gründer der Sozialistischen Partei Bulgariens, an seinem Schreibtisch

914	16 St	karminbraun	wz	0,30	0,30
915	44 St	dunkelbraun	xa	0,80	0,30
		Satzpreis (2 W.)		1,—	0,50

Auflage: 150 000 Sätze

1954, 11. Juni. 5. Todestag von Georgi Dimitrow. RaTdr. auf rahmfarbenem Papier; gez. K 13.

xb) Georgi Dimitrow (1882–1949) am Rednerpult

xc) Georgi Dimitrow, Industriewerk

916	44 St	dunkelkarmin	xb	0,50	0,30
917	80 St	dunkelbraun	xc	1,—	0,70
		Satzpreis (2 W.)		1,50	1,—

Auflage: 150 000 Sätze

1954, 1. Aug. Tag der Eisenbahner. RaTdr. auf rahmfarbenem Papier; gez. K 13.

xd) Güterzug

918	44 St	schwarzgrün	xd	1,80	0,80
919	44 St	braunschwarz	xd	1,80	0,80
		Satzpreis (2 W.)		3,50	1,50

Auflagen: MiNr. 918 = 500 000, MiNr. 919 = 1 000 000 Stück

1954, 29. Aug. Tag des Bergmannes. RaTdr.; gez. K 13.

xe) Bergmann mit Fördermaschine

920	44 St	schwarzgrün	xe	0,60	0,40

Auflagen: 500 000 Stück

1954, 4. Sept. 10. Jahrestag der Befreiung. RaTdr.; gez. K 13.

xf) Aufständische

xg) Bevölkerung begrüßt Soldaten

xh) Thermo-Elektrisches Werk bei Sofia

xi) G. Dimitrow mit Werktätigen

xk) Pioniere

xl) Georgi Dimitrow (1882–1949)

921	12 St	bräunlichkarmin	xf	0,30	0,30
922	16 St	dunkelkarmin	xg	0,30	0,30
923	28 St	schwarzgrünblau	xh	0,30	0,30
924	44 St	rotbraun	xi	0,60	0,30
925	80 St	dunkelblau	xk	1,30	0,50
926	1 L	schwarzgrün	xl	1,50	0,60
		Satzpreis (6 W.)		4,—	1,50

Auflagen: MiNr. 921–923 je 1 000 000, MiNr. 924–926 je 150 000 Stück

1954, 27. Okt. 85 Jahre Akademie der Wissenschaften. RaTdr. auf rahmfarbenem Papier; gez. K 13.

xm) Gebäude der Akademie

927	80 St	schwarz	xm	1,50	0,80

Auflage: 200 000 Stück

1954, 21. Dez. Sportarten. RaTdr. auf rahmfarbenem Papier; gez. L 11.

xn) Turnen – Ringe

xo) Ringen xp) Springreiten xr) Skispringen

928	16 St	schwarzgrün	xn	1,50	0,50
929	44 St	braunrot	xo	1,70	1,—
930	80 St	rotbraun	xp	3,50	2,—
931	2 L	violettultramarin	xr	5,50	4,—
			Satzpreis (4 W.)	12,—	7,50

		★★
928 Uo	oben ungezähnt	75,—
931 Uo	oben ungezähnt	75,—

Auflage: 1 500 000 Sätze

1954, 28. Dez. 50 Jahre Gewerkschaftstätigkeit. RaTdr.; gez. K 13.

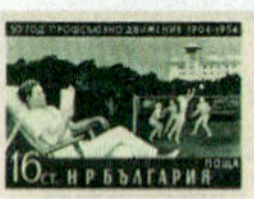

xs) Werktätiger im Liegestuhl in Velingrad, Volleyballspieler, Erholungsheim xt) Stahlgießer vor Hochofen xu) Arbeiterführer Dimitrow, Blagoev und Kirkov

				★★	⊙
932	16 St	dunkelgrün	xs	0,30	0,30
933	44 St	dunkelbraunrot	xt	0,50	0,30
934	80 St	dunkelblau	xu	1,20	1,—
			Satzpreis (3 W.)	2,—	1,50

Auflage: 150 000 Sätze

1955, 19. Febr. Wirtschaftsbereiche. RaTdr.; gez. L 10¾; L 11½, L 10¾:13, L 12¾, K 13½.

xv) Gänse xw) Hahn mit Hühnern xx) Schwein mit Ferkeln

xy) Hausschaf mit Lämmern xz) Hauptfernmeldeamt Sofia ya) Parteigebäude

yb) Wohnblock yc) Zellulosefabrik „St. Kiradžiev"

935	2 St	dunkelblaugrün	xv	0,30	0,30
936	4 St	schwarzoliv	xw	0,30	0,30
937	12 St	lilabraun	xx	0,60	0,30
938	16 St	orangebraun	xy	1,—	0,30
939	28 St	violettultramarin	xz	0,60	0,30
940	44 St	bräunlichkarmin	ya	9,—	3,50
941	80 St	dunkellilabraun	yb	1,50	0,50
942	1 L	dunkelblaugrün	yc	2,—	1,—
			Satzpreis (8 W.)	15,—	6,—

		★★
937 Ul	links ungezähnt	20,—

Auflagen: MiNr. 935–937 je 5 000 000, MiNr. 938 = 20 000 000, MiNr. 939 = 3 000 000, MiNr. 940 = 4 000 000, MiNr. 941–942 je 2 000 000 Stück

In gleicher Zeichnung wie MiNr. 940: MiNr. 989

1955, 8. März. Freimarke. MiNr. 785 mit blauem, verschieden starkem und verschieden hohem (I = 5 mm, II = 4 mm) Aufdruck des neuen Wertes.

943

				★★	⊙
943	16 St	auf 4 L dunkelrotbraun auf sämisch	(785) Bl		
	I	Aufdruck 5 mm hoch, dick		2,—	0,50
	II	Aufdruck 4 mm hoch, dünn		2,—	0,50

		★★
943 II PF I	Aufdruck „61" statt „16"	150,—
943 II F	Paar mit und ohne Aufdruck	250,—

Zahlreiche weitere Aufdruckabarten und -verschiebungen bekannt.

Auflage: 1.000.000 Stück

1955, 5. März. Tag der Frau. RaTdr. gez. K 13.

yd) Textilarbeiterin vor Spinnmaschine ye) Viehzüchterin tränkt Kalb yf) Mutter mit Kleinkind

				★★	⊙
944	12 St	dunkelbraun	yd	0,30	0,30
945	16 St	schwarzblaugrün	ye	0,30	0,30
946	44 St	dunkelultramarin	yf	1,10	0,30
947	44 St	dunkelkarmin	yf	1,10	0,30
			Satzpreis (4 W.)	2,50	0,80

Auflagen: MiNr. 944–945 je 250 000, MiNr. 946–947 je 125 000 Stück

1955, 23. April. Tag der Arbeit. RaTdr.; gez. K 13.

yg) Aufmarschierende Werktätige yh) Drei Werktätige vor Weltkugel

948	16 St	karmin	yg	0,30	0,30
949	44 St	dunkelblau	yh	0,70	0,30
			Satzpreis (2 W.)	1,—	0,50

Auflage: 200 000 Sätze

1955, 21. Mai. 1100 Jahre kyrillisches Alphabet. RaTdr.; gez. K 13.

yi) Kyrillos (827–869) und Methodios (825–885), die Verbreiter der kyrillischen Schrift

yk) Pater Paisij (eigentlich Pjotr Iwanowitsch) Welitschkowskij (1722–1794), Mönch, Verfasser der kirchenslawischen Philokalie (Dobrotoljubie)

yl) Erster Druckabzug in kyrillischer Schrift

ym) Christo Botev (1848–1876), Dichter

yn) Iwan Wasow (1850–1921), Schriftsteller

yo) Dimitar Blagoev (1856–1924)

yp) Polygraphisches Kombinat „Dimatar Blagoev", Sofia

950	4	St	schwarzultramarin auf hellgelborange	yi	0,30	0,30
951	8	St	dunkelbraunoliv auf hellgelborange	yk	0,30	0,30
952	16	St	schwarz auf hellgelborange	yl	0,30	0,30
953	28	St	dunkelbraun rot auf hellgelborange	ym	0,40	0,50
954	44	St	braun auf hellgelborange	yn	0,80	0,50
955	80	St	lilarot auf hellgelborange	yo	1,40	1,—
956	2	L	grünschwarz auf hellgelborange	yp	3,50	2,20
			Satzpreis (7 W.)		7,—	4,50

Auflagen: MiNr. 950 = 1 500 000, MiNr. 951–952 je 1 000 000, MiNr. 953–955 je 150 000, MiNr. 956 = 100 000 Stück

1955, 30. Juni. 30. Todestag der Dichter Sergej Rumjazev, Christo Jassenov und Geo Milev. RaTdr.; gez. K 13.

yr) Sergej Rumjazev (1896–1925)

ys) Christo Jassenov (1890–1925)

yt) Geo Milev (1895–1925)

957	12	St	braunorange	yr	0,50	0,30
958	16	St	dunkelgelbbraun	ys	0,50	0,30
959	44	St	schwarzgrün	yt	1,50	1,—
			Satzpreis (3 W.)		2,50	1,50

Auflage: 150 000 Sätze

1955, 30. Juli. Weltkongress der Mütter, Lausanne. RaTdr. auf gelblichem Papier; gez. K 13.

yu) Mutter mit Kindern

960	44	St	braunkarmin auf gelblich	yu	1,—	1,—

Auflage: 150 000 Stück

1955, 30. Juli. 60. Todestag von Friedrich Engels. RaTdr. auf gelblichem Papier; gez. K 13.

yv) Friedrich Engels (1820–1895), deutscher Philosoph

961	44	St	braun auf gelblich	yv	1,—	1,—

Auflage: 150 000 Stück

1955, 30. Juli. 5. Weltfestspiele der Jugend und Studenten, Warschau. RaTdr. auf gelblichem Papier; gez. K 13.

yw) Studenten verschiedener Kontinente

962	44	St	dunkelblau auf gelblich	yw	1,—	0,50

Auflage: 150 000 Stück

1955, 31. Aug. Internationale Messe, Plovdiv. RaTdr. auf gelblichem Papier; gez. K 13.

yx) Portal der 1. Messe 1892

yy) Bulgarisches Obst

yz) Skulpturengruppe auf dem Messegelände

za) Messeplakat

963	4	St	dunkelsiena auf gelblich	yx	0,30	0,30
964	16	St	lilarot auf gelblich	yy	0,30	0,30
965	44	St	olivschwarz auf gelblich	yz	0,50	0,30
966	80	St	dunkelblau auf gelblich	za	1,20	0,40
			Satzpreis (4 W.)		2,—	1,—

Auflagen: MiNr. 963 = 500 000, MiNr. 964 = 300 000, MiNr. 965–966 je 150 000 Stück

1955, 31. Okt. Kulturserie (I). RaTdr. auf gelblichem Papier; gez. K 13.

zb) Friedr. v. Schiller (1759–1805), deutscher Dichter

zc) Adam B. Mickiewicz (1798–1855), polnischer Dichter

zd) Hans Christian Andersen (1805–1875), dänischer Dichter

ze) Baron Charles de Montesquieu (1689–1755), französischer Schriftsteller

zf) Miguel de Cervantes Saavedra (1547–1616), spanischer Dichter

zg) Walt Whitman (1819–1892) amerikanischer Dichter

967	16	St	rotbraun	zb	0,50	0,30
968	44	St	dunkelbraunrot	zc	1,10	0,30

969	60 St	dunkelgrünblau	zd	1,40	0,30
970	80 St	olivschwarz	ze	1,80	0,60
971	1 L	purpur	zf	3,60	1,50
972	2 L	schwarzoliv	zg	4,60	3,20
		Satzpreis (6 W.)		13,—	6,—
		971 Zf–972 Zf		8,50	5,—

Auflagen: MiNr. 967 = 500.000, MiNr. 968 = 200.000, MiNr. 969–970 je 150.000, MiNr. 971–972 je 100.000 Stück

1955, 1. Dez. Bulgarisch-sowjetische Freundschaft (II). RaTdr.; gez. K 13.

zh) Sodawerk „Karl Marx"

zi) Talsperre Stamboliski

zk) Donaubrücke

zl) Freundschaftsdenkmal

zm) Iwan Mitschurin (1855–1935), russischer Botaniker

zn) Wladimir Majakowskij (1894–1930), russischer Dichter

973	2 St	grauschwarz	zh	0,30	0,30
974	4 St	dunkelblau	zi	0,30	0,30
975	16 St	dunkelblaugrün	zk	0,30	0,30
976	44 St	dunkelrotbraun	zl	0,80	0,30
977	80 St	dunkelgrün	zm	1,20	0,30
978	1 L	schwarzoliv	zn	1,30	0,70
		Satzpreis (6 W.)		4,—	1,50

	★★
973 U ungezähnt	120,—

Auflagen: MiNr. 973–974 je 1 000 000, MiNr. 975 = 500 000, MiNr. 976 = 150 000, MiNr. 977–978 je 100 000 Stück

1956, 10. Febr. 100 Jahre Lesesäle. RaTdr. auf gelblichem Papier; gez. L 11.

zo) Abzeichen der Büchereien

zp) Krastju Pišurka, Schriftsteller

zr) Bačo Kiro, Dichter und Freiheitskämpfer

				★★	⊙
979	12 St	rotlila	zo	0,30	0,30
980	16 St	lilabraun	zp	0,30	0,30
981	44 St	schwarzgrün	zr	1,20	0,50
		Satzpreis (3 W.)		1,50	0,80

Auflagen: MiNr. 979–980 je 500 000, MiNr. 981 = 100 000 Stück

1956, 14. April. Früchte (I). RaTdr.; gez. L 10¾, K 13.

zs) Quitten (Cydonia oblonga)

zt) Birnen (Pyrus domestica)

zu) Äpfel (Malus sylvestris var. domestica)

zv) Weintrauben (Vitis vinitera)

982	4 St	bräunlichrot	zs	2,20	0,30
983	8 St	dunkelbläulichgrün	zt	1,—	0,30
984	16 St	lilarot	zu	1,80	0,30
985	44 St	purpurviolett	zv	2,—	0,60
		Satzpreis (4 W.)		7,—	1,50

Auflagen: MiNr. 982–983 je 2 000 000, MiNr. 984 = 5 000 000, MiNr. 985 = 1 000 000 Stück

In geänderten Farben: MiNr. 1022–1025
Weitere Werte: MiNr. 990–993, 1565–1570

1956, 28. April. 80. Jahrestag des April-Aufstandes gegen die Türken. RaTdr.; gez. L 11.

zw) Historische Holzkanone (aus Kirschbaum), Aufständische

zx) Georgi Benkowski, der Führer des Aufstandes mit seiner „fliegenden Kavallerie"

986	16 St	dunkelkarminbraun	zw	0,50	0,50
987	44 St	schwarzgrün	zx	0,50	0,50
		Satzpreis (2 W.)		1,—	1,—

Auflage: 150 000 Sätze

1956, 30. Mai. 100. Geburtstag von Dimitar Blagoev. RaTdr.; gez. L 11.

zy) Dimitar Blagoev (1856–1924), Politiker, Geburtshaus

988	44 St	dunkelgrünblau	zy	1,50	1,—

Auflage: 200 000 Stück

1956, 20. April. Wirtschaftsbereiche. RaTdr. auf rahmfarbenem Papier; gez. K 10¾:12¾.

ya) Parteigebäude

989	44 St	lilarot	ya	5,—	1,—

Auflage: 6.000.000 Stück

In gleicher Zeichnung: MiNr. 940

1956, 29. Juni. Früchte (II). RaTdr.; gez. L 10¾, K 13.

zz) Süßkirschen (Prunus avlum)

aaa) Pflaumen (Prunus domestica)

aab) Pfirsiche (Prunus persica)

aac) Erdbeeren (Fragaria ananassa)

990	2 St	rotlila	zz	0,30	0,30
991	12 St	preußischblau	aaa	0,30	0,30
992	28 St	orangebraun	aab	0,40	0,30
993	80 St	dunkelrot	aac	1,20	0,60
		Satzpreis (4 W.)		2,—	1,—

	★★
992 UMw senkrechtes Paar, Mitte ungezähnt	50,—

Auflagen: MiNr. 990 und 992 je 8 000 000, MiNr. 991 = 10 000 000, MiNr. 993 = 4 000 000 Stück

Weitere Werte: MiNr. 982–985, 1022–1025, 1565–1570

1956, 1. Sept. Mustermesse, Plovdiv. RaTdr.; gez. K 13.

aad) Tabakstaude, Damaszener Rose, Brennerei

				★★	⊙
994	44 St	dunkelgrün	aad	1,50	0,50
995	44 St	lilarot	aad	1,50	0,50
			Satzpreis (2 W.)	3,—	1,—
			FDC		4,50

Auflage: 150 000 Sätze

1956, 29. Aug. Olympische Sommerspiele, Melbourne. RaTdr.; gez. L 11.

aae) Turnen am Schwebebalken

aaf) Diskuswerfen

aag) Stabhochsprung

aah) Fußball

aai) Basketball

aak) Boxen

996	4 St	ultramarin	aae	0,70	0,30
997	12 St	braunrot	aaf	0,90	0,30
998	16 St	orangebraun	aag	1,—	0,30
999	44 St	schwarzblaugrün	aah	1,80	0,60
1000	80 St	dunkelrötlichbraun	aai	3,—	1,30
1001	1 L	purpur	aak	4,20	1,50
			Satzpreis (6 W.)	11,—	4,—
			FDC		12,—

		⊙
997 Uo	oben ungezähnt	*170,—*
997 Uu	unten ungezähnt	*250,—*
998 Ur	rechts ungezähnt	*170,—*
998 Uu	unten ungezähnt	*250,—*
1000 Ul	links ungezähnt	*170,—*
1000 Uo	oben ungezähnt	*250,—*
1000 Uu	unten ungezähnt	*250,—*
1001 Ul	links ungezähnt	*170,—*

Auflagen: MiNr. 996–998 je 800 000, MiNr. 999–1001 je 400 000 Stück

✈ 1956, 15. Okt. 30 Jahre Segelfliegen in Bulgarien. RaTdr.; gez. K 13.

aal

aam

aan

aal–aan) Segelflugzeuge

				★★	⊙
1002	44 St	dunkelkobalt	aal	0,50	0,30
1003	60 St	purpurviolett	aam	0,50	0,30
1004	80 St	schwarzgrün	aan	1,50	1,—
			Satzpreis (3 W.)	2,50	1,50
			FDC		4,—

Auflagen: MiNr. 1002–1003 je 1 000 000, MiNr. 1004 = 500 000 Stück

1956, 16. Nov. 100 Jahre bulgarisches Nationaltheater. RaTdr.; gez. K 13.

aao) Nationaltheater

aap) Dobri Voinikov (1838–1876) und Sawa Dobroplodni (1820–1894), Dramatiker

1005	16 St	rötlichbraun	aao	0,30	0,30
1006	44 St	schwarzgrün	aap	0,70	0,70
			Satzpreis (2 W.)	1,—	1,—

Auflagen: MiNr. 1005 = 500 000, MiNr. 1006 = 200 000 Stück

1956, 29. Dez. Kulturserie (II). RaTdr.; gez. K 13.

aar) Benjamin Franklin (1706–1790), amerikanischer Staatsmann, Schriftsteller und Physiker

aas) Rembrandt van Rijn (1606–1669), holländischer Maler (Selbstbildnis)

aat) Wolfgang Amadeus Mozart (1756–1791) deutscher Komponist

aau) Heinrich Heine (1797–1856), deutscher Dichter

aav) Bernhard Shaw (1856–1950), irischer Schriftsteller

aaw) Fedor M. Dostojewski (1821–1881), russischer Schriftsteller

aax) Henrik Ibsen (1828–1906), norwegischer Schriftsteller

aay) Pierre Curie (1859–1906), französischer Physiker

1007	16 St	schwarzoliv	aar	0,30	0,30
1008	20 St	braun	aas	0,50	0,30
1009	40 St	rotlila	aat	0,70	0,30
1010	44 St	dunkelkarminbraun	aau	0,80	0,30
1011	60 St	dunkelblaugrau	aav	1,—	0,30
1012	80 St	violettbraun	aaw	1,50	1,—
1013	1 L	dunkelblaugrün	aax	2,50	1,—
1014	2 L	schwarzgrünlichblau	aay	5,—	3,—
			Satzpreis (8 W.)	12,—	6,—

Auflagen: MiNr. 1007–1013 je 200 000, MiNr. 1014 = 150 000 Stück

1957, 8. März. 60 Jahre Zeitschrift „Nowo Wreme“ (Neue Zeit). RaTdr.; gez. L 11.

aaz) Titelblatt der 1. Nummer der „Nowo Wreme“ mit Lorbeerzweig

1015	16 St	lilarot	aaz	0,60	0,40

Auflage: 300 000 Stück

1957, 8. März. Tag der Frau. RaTdr.; gez. L 11.

aba) Frau am Mikroskop

abb) Mutter mit Kindern

abc) Frau beim Hühnerfüttern

1016 12 St dunkelgrünlichblau .... aba 0,30 0,30
1017 16 St dunkelorangebraun .... abb 0,30 0,30
1018 44 St schwarzoliv .... abc 0,60 0,30
Satzpreis (3 W.) 1,— 0,50

Auflagen: MiNr. 1016–1017 je 400 000, MiNr. 1018 = 200 000 Stück

1957, 6. März. Ägypten-Radrundfahrt. RaTdr.; gez. L 11.

abd) Radrennfahrer vor Palmen und Pyramide

1019 80 St orangebraun .... abd 1,50 0,70
1020 80 St schwarzgrün .... abd 1,50 0,70
Satzpreis (2 W.) 3,— 1,40

Auflage: 400 000 Sätze

1957, 8. April. Freimarke: Volkswirtschaft. MiNr. 783 mit rotem Bdr.-Aufdruck der neuen Wertstufe.

1021

1021 **16 St** auf 1 L dunkelviolett auf sämisch (783) 0,60 0,30

1957, 13. April. Früchte (III). RaTdr.; gez. L 10¾, K 13½.

zs) Quitten (Cydonia oblonga) zt) Birnen (Pyrus domestica) zu) Äpfel (Malus sylvestris var. domestica) zv) Weintrauben (Vitis vinitera)

1022 4 St maigrün .... zs 0,30 0,30
1023 8 St orangebraun .... zt 0,30 0,30
1024 16 St rot .... zu 0,60 0,30
1025 44 St braunorange .... zv 1,20 0,30
Satzpreis (4 W.) 2,— 0,80

		★★
1022 UMs	waagerechtes Paar, Mitte ungezähnt	50,—
1024 Uo	oben ungezähnt	25,—
1024 Ul	links ungezähnt	25,—

Auflagen: MiNr. 1022 und 1024 je 10.000.000, MiNr. 1023 und 1025 je 5.000.000 Stück

MiNr. 1025 mit Aufdruck: MiNr. 1486
In geänderten Farben: MiNr. 982–985
Weitere Werte: MiNr. 990–993, 1565–1570

1957, 22. Mai. 100. Jahrestag der Kanonisierung von Kyrillos und Methodios. RaTdr.; gez. L 11.

abe) Hl. Kyrillos (827–869) und hl. Methodios (825–885),die Verbreiter der kyrillischen Schrift

★★ ⊙
1026 44 St mehrfarbig .... abe 1,50 0,50

Auflage: 200 000 Stück

✈ 1957, 21. Mai. 10 Jahre Zivilluftfahrt in Bulgarien. RaTdr.; gez. K 13.

abf) Passagierflugzeug Lisunow Li-2

1027 80 St mehrfarbig .... abf 1,50 0,60

Auflage: 500 000 Stück

1957, 20. Juni. Basketball-Europameisterschaft, Sofia. RaTdr.; gez. L 11.

abg) Spielszene

1028 44 St dunkelgrün .... abg 2,50 0,70
FDC 3,—

Auflagen: 400 000 Stück

1957, 18. Juli. 75. Geburtstag von Georgi Dimitrow. RaTdr.; gez. K 13.

abh) Georgi Dimitrow (1882–1949)

1029 44 St lilarot .... abh 1,50 0,50

Auflage: 200 000 Stück

1957, 18. Juli. 120. Geburtstag von Vasil Levski. RaTdr.; gez. L 11.

abi) Vasil Levski (1837–1873), Freiheitskämpfer

1030 44 St grünschwarz .... abi 1,— 0,30

Auflage: 200 000 Stück

1957, 18. Juli. 6. Weltfestspiele der Jugend und Studenten, Moskau. RaTdr.; gez. K 13.

abk) Bulgarische Volkstänzerin; Spasskij-Turm, Moskau

1031 44 St blau .... abk 0,80 0,30

Auflage: 200 000 Stück

1957, 27. Juli. 70 Jahre Esperanto und 50 Jahre Bulgarische Esperanto-Vereinigung. RaTdr.; gez. K 13.

abl) Teilansicht von Weliko Tarnowo; Ludwig Lazarus Zamenhof (1859–1917), Erfinder des Esperanto

1032 44 St schwarzoliv .... abl 1,50 0,50

Auflage: 200 000 Stück

Mit Aufdruck: MiNr. 1335

1957, 13. Aug. 80. Jahrestag der Befreiung Bulgariens und der Verteidigung des Schipkapasses. RaTdr.; gez. K 13.

abm) Alter Verteidiger des Schipkapasses und junger Sowjetsoldat

abn) Verteidigung des Schipkapasses

1033	16 St schwarzgrün	abm	0,30	0,30
1034	44 St dunkelsiena	abn	0,80	0,30
		Satzpreis (2 W.)	1,—	0,50
		FDC		1,50

Auflagen: MiNr. 1033 = 500 000, MiNr. 1034 = 200 000 Stück

1957, 16. Sept. Woche des Waldes. RaTdr.; gez. L 10¾, K 13.

abo) Bäumchen pflanzende Frau

abp) Röhrender Rothirsch im Hochwald

abr) Landschaft

abs) Sprühflugzeug über Wald

abt) Wald und Getreidefeld

1035	2 St dunkelblaugrün	abo	0,30	0,30
1036	12 St violettbraun	abp	0,30	0,30
1037	16 St dunkelgrünblau	abr	0,30	0,30
1038	44 St schwarzblaugrün	abs	0,70	0,30
1039	80 St dunkelgrün	abt	1,20	0,60
		Satzpreis (5 W.)	2,50	1,50

		★★
1036 Ul	links ungezähnt	25,—
1036 Uo	oben ungezähnt	20,—

Auflagen: MiNr. 1035 = 5 000 000, MiNr. 1036 = 3 000 000, MiNr. 1037 = 2 000 000, MiNr. 1038 = 1 000 000, MiNr. 1039 = 500 000 Stück

1957, 4. Okt. Weltgewerkschaftskongress in Leipzig. RaTdr.; gez. K 13.

abu) Weltkugeln

			★★	⊙
1040	44 St grünlichblau	abu	0,80	0,30
		FDC		1,50

Auflage: 200 000 Stück

1957, 29. Okt. 40. Jahrestag der Oktoberrevolution. RaTdr.; gez. L 11.

abv) Wladimir Lenin (1870–1924)

abw) Kreuzer „Aurora"

abx) Friedenstaube vor Landkarte

aby) Revolutionäre mit Fahnen, Jahreszahlen

abz) Hüttenwerke in Dimitrowo

1041	12 St dunkelkarminbraun	abv	0,50	0,30
1042	16 St schwarzgrünblau	abw	1,—	0,80
1043	44 St grünlichblau	abx	3,—	1,—
1044	60 St dunkelkarmin	aby	3,—	1,50
1045	80 St dunkelblaugrün	abz	11,—	3,50
		Satzpreis (5 W.)	18,—	7,—
		FDC		20,—

Auflagen: MiNr. 1041–1042 je 500 000, MiNr. 1043–1044 je 200 000, MiNr. 1045 = 100 000 Stück

1957, 28. Dez. 10 Jahre Demokratische Jugend an der Arbeit. RaTdr.; gez. L 11.

aca) Jugendliches Paar vor Fahne mit Dimitrow-Bild

1046	16 St rotlila	aca	0,30	0,30

Auflage: 200 000 Stück

1957, 28. Dez. 15 Jahre Vaterländische Front. RaTdr.; gez. L 11.

acb) Grüßende Bevölkerung

1047	16 St dunkelkarminbraun	acb	0,30	0,30

Auflage: 200 000 Stück

1958, 20. Jan. Bulgarische Kurheime und -orte (I). RaTdr.; gez. L 10¾, K 13.

acc) „Vasil Kolarov"

acd) „Momin Prochod"

ace) Nessabar bei Burgas am Schwarzen Meer

acf) Badestrand von Varna am Schwarzen Meer

1048	16 St dunkelgrün	acc	0,30	0,30
1049	44 St dunkelblaugrün	acd	0,50	0,30
1050	60 St dunkelblau	ace	0,80	0,30
1051	80 St braunrot	acf	1,—	0,40
		Satzpreis (4 W.)	2,50	1,—

		★★
1048 Ul	links ungezähnt	15,—
1049 UMs	waagerechtes Paar; Mitte ungezähnt	45,—

Auflagen: MiNr. 1048 = 4 000 000, MiNr. 1049 = 3 000 000, MiNr. 1050 = 2 000 000, MiNr. 1051 = 1 000 000 Stück

MiNr. 1049 mit Aufdruck: MiNr. 1289

1958, 15. Febr. Kulturserie (III). RaTdr.; gez. K 13.

acg) Michail Iwanowitsch Glinka (1804–1857), russ. Komponist

ach) Jan Amos Komenský (Comenius) (1592–1670), tschech. Gelehrter

aci) Carl von Linné (1707–1778), schwed. Naturforscher

ack) William Blake (1757–1827), engl. Dichter

acl) Carlo Goldoni (1707–1793), ital. Lustspieldichter

acm) Auguste Comte (1798–1857), franz. Philosoph

					★★	⊙
1052	12	St	dunkelbraun	acg	0,70	0,30
1053	16	St	russischgrün	ach	0,70	0,30
1054	40	St	grünlichblau	aci	1,80	0,30
1055	44	St	braunkarmin	ack	1,80	0,40
1056	60	St	braunorange	acl	2,—	0,80
1057	80	St	schwarzlila	acm	3,—	3,20
			Satzpreis (6 W.)		10,—	5,—

Auflagen: MiNr. 1052–1056 je 150 000, MiNr. 1057 = 50 000 Stück

1958. Einheimische Waldtiere. RaTdr.; A = gez. L 11, B = ☐.

acn) Feldhase (Lepus europaeus)

aco) Rehbock (Capreolus capreolus)

acp) Rothirsch (Cervus elaphus)

acr) Gämse (Rupicapra rupicapra)

acs) Braunbär (Ursus arctos)

act) Wildschwein (Sus scrofa)

1058	**A**	2	St	grünoliv/schwarzoliv	acn	0,70	0,30
1059	**A**	12	St	russischgrün/orangebraun	aco	1,—	0,30
1060	**A**	16	St	dunkelgraugrün/dunkelsiena	acp	1,50	0,40
1061	**A**	44	St	hellkobalt/braun	acr	1,80	0,60
1062	**A**	80	St	ockerbraun/dunkellilabraun	acs	2,20	0,80
1063	**A**	1	L	graublau/braunschwarz	act	2,80	1,20
				Satzpreis A (6 W.)		10,—	3,50
				FDC A			12,—
				Satzpreis B (6 W.)		12,—	12,—
				FDC B			20,—

		★★
1058 Uo	oben ungezähnt	—,—
1061 Uo	oben ungezähnt	—,—

Auflagen: A: MiNr. 1058 = 2 500 000, MiNr. 1059–1062 je 1 000 000, MiNr. 1063 = 500 000 Stück, B: 50 000 Sätze

1958, 2. Juni. Parteitag der Kommunistischen Partei. RaTdr.; gez. L 11.

acu) Inschrift, Karl Marx und Wladimir Lenin, Lorbeerzweig

acv) Inschrift, Demonstranten mit Fahnen

acw) Inschrift, Hochöfen der „Lenin-Eisenwerke"

					★★	⊙
1064	12	St	dunkellilabraun	acu	0,50	0,30
1065	16	St	bräunlichkarmin	acv	0,80	0,30
1066	44	St	dunkelgrünlichblau	acw	1,70	1,—
			Satzpreis (3 W.)		3,—	1,50
			FDC			4,50

Auflagen: MiNr. 1064–1065 je 150 000, MiNr. 1066 = 100 000 Stück

1958, 20. Juni. Weltmeisterschaften im Freistilringen. RaTdr.; gez. L 11.

acx) Freistilringer

1067	60	St	lilakarmin	acx	2,20	1,50
1068	80	St	schwarzbraun	acx	2,50	2,—
			Satzpreis (2 W.)		4,50	3,50
			FDC			6,—

Auflage: 60 000 Sätze

1958, 5. Juli. Bulgarischen Kurheime und -orte (II). RaTdr.; gez. L 11, K 13.

acy) Ski, Rucksack; Pirin-Gebirge

acz) Kurhaus in Koprivštica

ada) Kurhaus in Velingrad

adb) Kurhaus in Warna

1069	4	St	dunkelblau	acy	0,30	0,30
1070	8	St	orangebraun	acz	0,30	0,30
1071	12	St	dunkelgrün	ada	0,30	0,30
1072	1	L	karminbraun	adb	1,20	0,50
			Satzpreis (4 W.)		1,50	1,—

		★★
1069 Ul	unten ungezähnt	40,—

Auflagen: MiNr. 1069–1070 je 2 000 000, MiNr. 1071 = 3 000 000, MiNr. 1072 = 1 000 000 Stück

MiNr. 1070 mit Aufdruck: MiNr. 1564

1958, 18. Juli. 5. Studenten-Schachweltmeisterschaft, Varna. RaTdr.; gez. L 11.

adc) Weltkugel mit Schachbrettmuster zwischen 2 Schachfiguren

					★★	⊙
1073	80	St	mehrfarbig	adc	10,—	7,50
			FDC			15,—

		★★
1073 UMs	waagerechtes Paar, Mitte ungezähnt	100,—

Auflage: 60 000 Stück

1958, 24. Sept. Internationale Konferenz der arbeitenden Jugend, Prag. RaTdr.; gez. L 11.

add) Emblem der Konferenz

				★★	⊙
1074	44 St	dunkelblau	add	1,—	0,70

Auflage: 100 000 Stück

1958, 14. Sept. Internationale Mustermesse, Plovdiv. RaTdr.; gez. L 11.

ade) Pavillon der UdSSR

1075	44 St	rotlila	ade	1,—	0,70
			FDC		3,—

Auflage: 100 000 Stück

1958, 19. Sept. Studenten-Sportspiele. RaTdr.; gez. L 11.

adf) Schwimmen

adg) Rhythmische Sportgymnastik

adh) Volleyball

1076	16 St	dunkelblau	adf	0,30	0,30
1077	28 St	braunorange	adg	0,60	0,30
1078	44 St	grün	adh	0,90	0,50
			Satzpreis (3 W.)	1,80	0,80
			FDC		3,—

Auflage: 550 000 Sätze

1958, 19. Sept. Freimarken: Gemüse. RaTdr. auf gestrichenem Papier; A = gez. K 13; B = ☐.

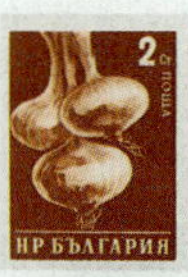

adi) Gartenzwiebel (Allium cepa)

adk) Knoblauch (Allium sativum)

adl) Paprika (Capsicum annuum)

adm) Tomate (Lycopersicon esculentum)

adn) Gurke (Cucumis sativus)

ado) Aubergine (Solanum melongena)

1079 A	2 St	hellbraun	adi	0,30	0,30
1080 A	12 St	dunkelgrünlichblau	adk	0,30	0,30
1081 A	16 St	dunkelgelbgrün	adl	0,30	0,30
1082 A	44 St	karminrot	adm	0,50	0,30
1083 A	80 St	dunkelbläulichgrün	adn	1,20	0,40
1084 A	1 L	bläulichviolett	ado	1,70	0,50
			Satzpreis A (6 W.)	4,—	1,50
			FDC A		7,—
			Satzpreis B (6 W.)	10,—	10,—
			FDC B		14,—

		★★
1082 Ul	links ungezähnt	—,—
1082 UMs	waagerechtes Paar, Mitte ungezähnt	120,—

Auflagen: MiNr. 1079 A = 6.000.000, MiNr. 1080 A = 5.000.000, MiNr. 1081 A = 1.500.000, MiNr. 1082 A = 2.000.000, MiNr. 1083 A = 500.000, MiNr. 1084 A = 350.000 Stück, MiNr. 1079 B–1084 B = 50.000 Sätze

MiNr. 1082 A mit Aufdruck: MiNr. 1115, 1290

1958, 23. Sept. 35. Jahrestag des September-Aufstandes. RaTdr.; gez. L 11.

adp) Aufständische

adr) Aufständische

				★★	⊙
1085	16 St	orangerot	adp	0,50	0,30
1086	44 St	lilapurpur	adr	1,—	0,70
			Satzpreis (2 W.)	1,50	1,—

Auflagen: MiNr. 1085 = 200 000, MiNr. 1086 = 100 000 Stück

1958, 13. Okt. Weltausstellung, Brüssel. RaTdr.; A = gez. L 11, B = ☐.

ads) Emblem der Ausstellung

1087	1 L	schwarz/blau	ads		
A		gez. L 11		8,—	8,—
B		☐		60,—	60,—
			FDC A		17,—
			FDC B		100,—

Auflagen: MiNr. 1087 A = 70 000, MiNr. 1087 B = 17 000 Stück

1958, 29. Nov. Balkanspiele. RaTdr. auf gefärbtem Papier; gez. L 11.

adt) Laufen

adu) Speerwerfen

adv) Hochsprung

adw) Hürdenlauf

adx) Kugelstoßen

1088	16 St	rotbraun auf hellorangerot	adt	0,90	0,40
1089	44 St	grünoliv auf mattgelb	adu	1,—	0,60
1090	60 St	grünlichblau auf hellgrünlichblau	adv	1,60	0,70
1091	80 St	dunkelgrün auf grünlich	adw	2,—	1,—
1092	4 L	dunkelkarmin auf helllilarosa	adx	12,—	7,50
			Satzpreis (5 W.)	17,—	10,—
			FDC		20,—

Auflagen: MiNr. 1088–1091 je 150 000 Stück, MiNr. 1092 = 40 000 Stück

1958, 22. Dez. 60. Geburtstag von Christo Smirnenski. RaTdr.; gez. L 11.

ady) Christo Smirnenski (1898–1923), Dichter

1093	16 St	bräunlichkarmin	ady	0,40	0,30

Auflage: 200 000 Stück

✈ 1958, 18. Nov. Internationales Geophysikalisches Jahr 1957/58. RaTdr.; A = gez. L 11, B = ☐.

adz) „Sputnik 3" über Erdhalbkugel

1094	80 St	grünlichblau	adz		
A		gez. L 11		5,50	5,—
B		☐		15,—	15,—
			FDC A		11,—
			FDC B		28,—

Auflagen: MiNr. 1094 A = 100 000, MiNr. 1094 B = 50 000 Stück

1959, 29. Jan. Kongress der Jungkommunisten. RaTdr.; gez. L 11.

aea) Mädchen bei der Ernte

aeb) Mädchen mit Kälbern

aec) Jugendliche Arbeiter

aed) Junge mit Schubkarren

aee) Gebäude der Jungkommunisten in Sofia

1095	8 St	russischgrün	aea	0,30	0,30
1096	12 St	braun	aeb	0,30	0,30
1097	16 St	dunkelbraunlila	aec	0,30	0,30
1098	40 St	grünlichblau	aed	0,30	0,30
1099	44 St	lilarot	aee	1,—	0,30
			Satzpreis (5 W.)	2,—	1,50

Auflagen: MiNr. 1095, 1096 und 1097 je 200 000, MiNr. 1098 = 500 000, MiNr. 1099 = 150 000 Stück

✈ 1959, 28. Febr. Start der ersten sowjetischen Mondsonde. RaTdr.; MiNr. 1100 gez. L 11, MiNr. A 1100 ☐.

aef) Phantasie-Raumschiff vor Mond und Teil der Erdkugel

1100	2 L	blau/ockerbraun	aef	7,—	7,—
A 1100	2 L	dunkelgrünlichblau/braunocker	aef	14,—	14,—
			Satzpreis (2 W.)	20,—	20,—
			2 FDC		40,—

Auflagen: MiNr. 1100 = 100 000, MiNr. A 1100 = 50 000 Stück

1959, 25. März. Jugend-Fußballturnier. RaTdr.; gez. L 11.

aeg) Fußballspieler

1101	2 L	dunkelrotbraun auf hellgelborange	aeg	3,50	2,50
			FDC		7,—

Auflage: 150 000 Stück

1959, 28. März. 40 Jahre Skisport in Bulgarien. RaTdr.; gez. L 11.

aeh) Abfahrtsläufer

1102	1 L	dunkelblau auf hellgelborange	aeh	2,50	1,—
			FDC		4,—

		✱✱
1102 Ur	rechts ungezähnt	–,–
1102 Uu	unten ungezähnt	–,–
1102 UMw	senkrechtes Paar, Mitte ungezähnt	50,—

Auflage: 300 000 Stück

1959, 28. März. Einweihung des neuen Amtssitzes der UNESCO in Paris (1958). StTdr.; A = gez. L 11, B = ☐.

aei) UNESCO-Gebäude, Paris

				✱✱	⊙
1103	2 L	purpur auf hellgelborange	aei		
A		gez. L 11		3,50	2,50
B		☐		7,50	7,50

Auflagen: MiNr. 1103 A = 150 000, MiNr. 1103 B = 40 000 Stück

1959, 4. Mai. 80 Jahre bulgarisches Post- und Telegraphenwesen. RaTdr.; gez. L 11.

aek) Russische Soldaten bauen Fernsprechleitung

ael) Erster bulgarischer Postwagen M. Plikova

aem) Marke Bulgarien MiNr. 1

aen) Erstes bulgarisches Postauto

aeo) Fernsehturm

aep) Eisenbahn- und Poststreik (1919)

1104	12 St	dunkelgrün/hellgrünlichgelb	aek	0,30	0,30
1105	16 St	violett	ael	0,50	0,30
1106	60 St	violettbraun/hellgelb	aem	1,—	0,50
1107	80 St	lilakarmin	aen	1,—	0,50
1108	1 L	blau	aeo	2,50	0,60

1109	2 L	schwarzlila	aep	5,—	2,50
		Satzpreis (6 W.)		10,—	4,50
		FDC			12,—

Blockausgabe, □ (16. Mai)

1110	60 St	schwarz/orangegelb	aem	—,—	—,—
Block 5		(91×121 mm)	aer	60,—	60,—
1111	12 St	dunkelgelbgrün/gelb	aek	—,—	—,—
1112	16 St	purpur/gelb	ael	—,—	—,—
1113	80 St	lilakarmin/gelb	aen	—,—	—,—
1114	1 L	dunkeloliv/gelb	aeo	—,—	—,—
Block 6		(125×125 mm)	aes	60,—	60,—

		★★
1105 Ul	links ungezähnt	36,—
1107 U	ungezähnt	120,—
1107 Ul	links ungezähnt	36,—
1107 UMs	waagerechtes Paar, Mitte ungezähnt	65,—
1107 UMw	senkrechtes Paar, Mitte ungezähnt	65,—
1108 UMs	waagerechtes Paar, Mitte ungezähnt	65,—

Postpreis von Bl. 5–6: je 5 L

Auflagen: MiNr. 1104–1105 je 300 000, MiNr. 1106–1107 je 200 000, MiNr. 1108 = 150 000, MiNr. 1109 = 100 000 Stück, Bl. 5–6 je 20 000 Blocks

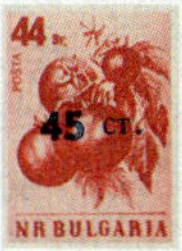

1959, 1. April. Freimarke. Neuauflage der MiNr. 1082 A auf normalem Papier mit blauem Bdr.-Aufdruck.

1115

				★★	⊙
1115	**45 St**	auf 44 St lebhaftrot	(adm)	1,50	0,50

		★★
1115 F	ohne Aufdruck	250,—

Auflagen: MiNr. 1115 = 5.000.000, MiNr. 1115 F = 100 Stück

1959, 30. Juni. Vögel. RaTdr.; gez. L 11.

aet) Kohlmeise (Parus major)

aeu) Wiedehopf (Upupa epops)

aev) Buntspecht (Dendrocopos major)

aew) Rebhuhn (Perdix perdix)

aex) Steinhuhn (Alectoris graeca)

aey) Kuckuck (Cuculus canorus)

				★★	⊙
1116	2 St	mehrfarbig	aet	0,40	0,30
1117	8 St	mehrfarbig	aeu	0,80	0,30
1118	16 St	mehrfarbig	aev	0,80	0,30
1119	45 St	mehrfarbig	aew	1,90	1,—
1120	60 St	mehrfarbig	aex	3,50	1,50
1121	80 St	mehrfarbig	aey	5,—	2,50
		Satzpreis (6 W.)		12,—	5,50
		FDC			15,—

		★★
1116 Ur	rechts ungezähnt	120,—

Auflagen: MiNr. 1116–1118 je 1 500 000, MiNr. 1119–1121 je 400 000 Stück

1959, 8. Aug. 300. Gründungstag des Dorfes Batak. RaTdr.; gez. L 11.

aez) Krieger

				★★	⊙
1122	16 St	karminbraun	aez	0,80	0,30

Auflage: 150 000 Stück

1959, 29. Aug. Festival der bulgarischen Jugend. RaTdr. aufgefärbtem Papier; gez. L 11.

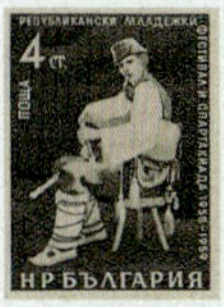

afa) Dudelsackpfeifer

afb) Turnübung

afc) Reifengymnastik

afd) Nationaltanz der Schopen

afe) Ballettszene aus „Drachen und Jana"

aff) Bulgarischer Keramikkrug

1123	4 St	schwarzoliv auf rahmfarben	afa	0,30	0,30
1124	12 St	rot auf mattgelb	afb	0,30	0,30
1125	16 St	braunkarmin auf hellorangerot	afc	0,30	0,30
1126	20 St	preußischblau auf bläulich	afd	0,50	0,30
1127	80 St	dunkelgrün auf hellgrün	afe	1,70	0,60
1128	1 L	rotorange auf gelborange	aff	1,70	1,10
		Satzpreis (6 W.)		4,50	2,50
		FDC			7,—

		★★
1128 Uo	oben ungezähnt	50,—

Auflage: MiNr. 1123–1126 je 1 000 000, MiNr. 1127–1128 je 500 000 Stück

1959, 8. Sept. 15. Jahrestag des bewaffneten Volksaufstandes. RaTdr.; gez. L 11.

afg) Partisanen auf Lastwagen

afh) Treffen von Partisanen und Sowjetsoldaten

afi) Metallwerk „Lenin"

afk) Panzer

afl) Mähdrescher

afm) Kinder mit Fahne

				★★	⊙
1129	12 St	mehrfarbig	afg	0,30	0,30
1130	16 St	mehrfarbig	afh	0,30	0,30
1131	45 St	mehrfarbig	afi	0,40	0,30
1132	60 St	mehrfarbig	afk	0,50	0,30
1133	80 St	mehrfarbig	afl	0,80	0,40

1134	1.25 L	mehrfarbig	afm	1,60	0,70
			Satzpreis (6 W.)	3,50	2,—
			FDC		5,—

		★★
1133 Uo	oben ungezähnt	50,—

Auflagen: MiNr. 1129–1133 je 200 000, MiNr. 1134 = 100 000 Stück

1959, 10. Okt. 50 Jahre Fußball in Bulgarien. RaTdr. auf gefärbtem Papier; MiNr. 1135 gez. L 11, MiNr. 1136 □.

afn) Fußballspieler

				★★	⊙
1135	1.25 L	dunkelgrün auf mattgelb	afn	8,—	8,—
1136	1.25 L	lilakarmin auf mattgelb	afn	17,—	17,—
			Satzpreis 2 (W.)	25,—	25,—
			FDC		30,—

Auflagen: MiNr. 1135 = 70 000, MiNr. 1136 = 30 000 Stück

1959, 23. Nov. Internationale Briefwoche. RaTdr.; gez. L 11.

afo) Briefumschlag, Posthorn mit Weltkugel

afp) Friedenstaube, Brief mit Weltkugel

1137	45 St	gelblichgrünschwarz	afo	0,70	0,30
1138	1.25 L	mehrfarbig	afp	1,30	0,50
			Satzpreis (2 W.)	2,—	0,70
			FDC		3,—

Auflage: 100 000 Sätze

1960, 23. Febr. 50 Jahre Volksoper. RaTdr.; gez. L 11.

afr

afs

afr–afs) Lyra und Inschrift

1139	80 St	mehrfarbig	afr	1,—	0,60
1140	1.25 L	mehrfarbig	afs	1,50	0,90
			Satzpreis (2 W.)	2,50	1,50

Auflage: 100 000 Sätze

✈ 1959, 11. Nov. Besuch Chruschtschows in den Vereinigten Staaten von Amerika. RaTdr. auf gestrichenem Papier; A = gez. L 11, B = □.

aft) Freiheitsstatue, New York, und Flugzeug Tupolew Tu-114

1141	1 L	violettultramarin/hellrosa	aft		
	A	gez. L 11		4,—	4,—
	B	□		12,—	12,—
			FDC A		8,—
			FDC B		16,—

Auflagen: MiNr. 1141 A = 75 000, MiNr. 1141 B = 20 000 Stück

1959, 3. Dez. Kongress der Hilfsorganisation DOSO. RaTdr.; gez. L 11.

afu) Fallschirmspringer und Sendeturm

1142	1.25 L	grünblau/gelborange	afu	3,50	1,70
			FDC		5,—

Auflage: 100 000 Stück

1959, 5. Dez. 50. Geburtstag von Nikola Wapzarow. RaTdr.; gez. L 11.

afv) Nikola Wapzarow (1909–1942), Dichter

1143	80 St	mehrfarbig	afv	1,—	0,50
			FDC		2,—

Auflage: 100 000 Stück

1959, 14. Dez. 100. Geburtstag von Ludwig Lazarus Zamenhof. RaTdr.; gez. L 11.

afw) Ludwig Lazarus Zamenhof (1859–1917), Augenarzt, Erfinder des Esperanto

1144	1.25 L	mehrfarbig	afw	1,50	1,—
			FDC		3,—

Auflage: 100 000 Stück

1959, 3. Juli/1960, 20. Mai. Freimarken: Fünfjahresplan in verkürzten Fristen (I). RaTdr.; gez. K 13, MiNr. 1151 auch gez. L 11.

afx) Baumwollpflückerin

afy) Tabakleserin

afz) Mähdrescher

aga) Künstliches Bestäuben von Sonnenblumen

agb) Talsperre „Kalter Brunnen“

agc) Stahlarbeiter

agd) Arbeiter und Bauer mit Zahnrad und Korngarbe

1145	5 St	dunkelgelbgrün (3.7.1959)	afx	0,30	0,30
1146	12 St	braun (26.9.1959)	afy	0,30	0,30
1147	20 St	rotorange (25.7.1959)	afz	0,30	0,30
1148	28 St	smaragdgrün (25.7.1959)	aga	0,40	0,30
1149	40 St	dunkelgrünblau (20.5.1960)	agb	0,50	0,30
1150	60 St	hellrot (20.5.1960)	agc	1,—	0,40
1151	1 L	karminbraun (16.7.1959)	agd	1,—	0,50
			Satzpreis (7 W.)	3,50	1,50

			★★
1145 Ul	links ungezähnt		22,—
1151 UMs	waagerechtes Paar, Mitte ungezähnt		50,—

Auflagen: MiNr. 1145 und 1147 je 5.000.000, MiNr. 1146 = 13.000.000, MiNr. 1148 = 6.000.000, MiNr. 1149 = 2.500.000, MiNr. 1150 = 3.000.000, MiNr. 1151 = 7.280.000 Stück

MiNr. 1146–1148 und 1151 mit Aufdruck: MiNr. 1283, 1286, 1288, 1292
In ähnlichen Zeichnungen: MiNr. 1187–1193, 1234–1236

1960, 28. März. Sowjetische Mondsonde „Lunik 3". RaTdr.; A = gez. L 11, B = ☐.

age) Mondrückseite und Mondsonde

				★★	⊙
1152	1.25 L	mehrfarbig	age		
A		gez. L 11		5,—	4,50
B		☐		8,—	8,—
			FDC A		11,—
			FDC B		15,—

Auflagen: MiNr. 1152 A = 100 000, MiNr. 1152 B = 50 000 Stück

1960, 15. April. Olympische Winterspiele, Squaw Valley. RaTdr.; A = gez. L 11, B = ☐.

afg) Skilanglauf

1153	2 L	mehrfarbig	afg		
A		gez. L 11		1,50	1,50
B		☐		4,—	4,—
			FDC A		3,—
			FDC B		7,—

Auflagen: MiNr. 1153 A = 370 000, MiNr. 1153 B = 80 000 Stück

1960, 26. April. Internationaler Frauentag. RaTdr.; gez. L 11.

agg) Vela Blagoeva (1858–1921)

agh) Anna Maimunkova (1878–1925)

agi) Vela Piskova (1889–1925)

agk) Rosa Luxemburg (1871–1919)

agl) Clara Zetkin (1857–1933)

agm) Nadeschda Krupskaja (1869–1939)

1154	16 St	mehrfarbig	agg	0,30	0,30
1155	28 St	mehrfarbig	agh	0,30	0,30
1156	45 St	mehrfarbig	agi	0,40	0,30
1157	60 St	mehrfarbig	agk	0,50	0,30
1158	80 St	mehrfarbig	agl	0,80	0,30
1159	1.25 L	mehrfarbig	agm	1,—	0,80
			Satzpreis (6 W.)	3,—	2,—
			FDC		5,—

Auflage: 100 000 Sätze

1960, 10. Mai. 90. Geburtstag von Wladimir Lenin. RaTdr.; gez. L 11.

agn

ago

agn–ago) Wladimir Lenin (1870–1924)

1160	16 St	mehrfarbig	agn	2,—	0,80
1161	45 St	mehrfarbig	ago	3,50	1,70
			Satzpreis (2 W.)	5,50	2,50
			FDC		7,—

Auflage: 150 000 Sätze

1960, 3. Juni. Europameisterschaft im Basketball für Frauen. RaTdr.; gez. L 11.

agp) Basketballspielerinnen

1162	1.25 L	mehrfarbig	agp	2,—	1,—
			FDC		4,—

Auflage: 150 000 Stück

✈ 1960, 23. Juni. 2. Mondsonde der UdSSR. RaTdr.; gez. L 11.

agr) Raketenflugzeug vor Mond

1163	1.25 L	mehrfarbig	agr	7,50	6,—
			FDC		12,—

Auflage: 100 000 Stück

1960, 27. Juli. Naturschutz: Blumen. RaTdr.; gez. L 11.

ags) Gelber Enzian (Gentiana lutea)

agt) Rhodopentulpen (Tulipa rhodopea)

agu) Krainer Lilie (Lilium jankae)

agv) Pontische Alpenrose (Rhododendron ponticum)

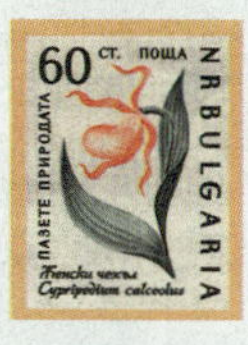

agw) Frauenschuh (Cypripedium calceolus)

agx) Rhodopenveilchen (Haberlea rhodopensis)

1164	2 St	mehrfarbig	ags	0,30	0,30
1165	5 St	mehrfarbig	agt	0,80	0,30
1166	25 St	mehrfarbig	agu	1,—	0,30
1167	45 St	mehrfarbig	agv	1,—	0,30
1168	60 St	mehrfarbig	agw	2,—	0,30
1169	80 St	mehrfarbig	agx	2,—	1,50
			Satzpreis (6 W.)	7,—	3,—
			FDC		10,—

			★★
1166 UMs	waagerechtes Paar, Mitte ungezähnt		85,—

Auflagen: MiNr. 1164 = 5.000.000, MiNr. 1165–1166 je 1.000.000, MiNr. 1167–1169 je 500.000 Stück

1960, 29. Juni. Weltmeisterschaften im Fallschirmspringen. RaTdr.; gez. L 11.

agy) Fallschirmspringer

agz) Fallschirmspringer

				★★	⊙
1170	16 St	mehrfarbig	agy	0,50	0,50
1171	1.25 L	mehrfarbig	agz	3,—	1,20
		Satzpreis (2 W.)		3,50	1,70
		FDC			5,—

Auflagen: MiNr 1170 = 1 000 000, MiNr. 1171 = 150 000 Stück

1960, 29. Aug. Olympische Sommerspiele, Rom (I). RaTdr.; gez. L 11.

aha) Torwart

ahb) Ringer

ahc) Gewichtheber

ahd) Bodenturnerin

ahe) Kanadierfahrer

ahf) Läufer

1172	8 St	braun/hellorangerot	aha	0,30	0,30
1173	12 St	blauviolett/hellorangerot	ahb	0,30	0,30
1174	16 St	dunkelgrünlichblau/hellorangerot	ahc	0,30	0,30
1175	45 St	lebhaftviolett/hellorangerot	ahd	0,50	0,30
1176	80 St	blau/hellorangerot	ahe	1,10	0,70
1177	2 L	dunkelgrün/hellorangerot	ahf	1,50	1,—
		Satzpreis (6 W.)		3,50	2,50
		FDC			6,—

Auflagen: MiNr. 1172–1174 je 1 500 000, MiNr. 1175–1177 je 500 000 Stück

1960, 29. Aug. Olympische Sommerspiele, Rom (II). MiNr. 1172–1177 in geänderten Farben. RaTdr.; ☐.

aha) Torwart

ahb) Ringer

ahc) Gewichtheber

ahd) Bodenturnerin

ahe) Kanadierfahrer

ahf) Läufer

1178	8 St	dunkelbraun/gelb	aha	1,50	1,50
1179	12 St	bläulichviolett/gelb	ahb	1,50	1,50
1180	16 St	dunkelorangebraun/zitronengelb	ahc	1,50	1,50
1181	45 St	dunkelblaugrün/zitronengelb	ahd	2,—	2,—
1182	80 St	blau/zitronengelb	ahe	2,—	2,—
1183	2 L	dunkelbraunoliv/zitronengelb	ahf	2,50	2,50
		Satzpreis (6 W.)		11,—	11,—
		FDC			15,—

Auflage: 50.000 Sätze

1960, 22. Sept. Bulgarien-Radrundfahrt. RaTdr.; gez. L 11.

ahg) Radrennfahrer

1184	1 L	mehrfarbig	ahg	2,—	1,50
		FDC			4,—

Auflage: 100 000 Stück

1960, 12. Okt. 15 Jahre Weltgewerkschaftsbund. RaTdr.; gez. L 11.

ahh) Weltkugeln

1185	1.25 L	mehrfarbig	ahh	1,—	0,60
		FDC			2,—

Auflage: 150 000 Stück

1960, 12. Okt. 100. Geburtstag von Aleksandr Popow. Odr.; gez. L 11.

ahi) Aleksandr Popow (1859–1906), russischer Physiker

1186	90 St	grünblau/schwarz	ahi	1,50	1,—
		FDC			4,—

Auflage: 100 000 Stück

1960, 22. Febr./9. Juli. Freimarken: Fünfjahresplan in verkürzten Fristen (II). RaTdr.; gez. K 13, MiNr. 1193 gez. L 11, MiNr. 1188 auch gez. L 11.

ahk) Spielende Kinder

ahl) Textilarbeiterin

ahm) Hochöfen. Fabrikanlage Dimitrowgrad

ahn) Elektrizitätsarbeiter

aho) Bergarbeiter

ahp) Winzerin

ahr) Arbeiter mit Fahne

1187	2 St	braunorange (15.6.1960)	ahk	0,30	0,30
1188	15 St	lila (9.7.1960)	ahl	0,30	0,30
1189	16 St	blauviolett (12.3.1960)	ahm	0,30	0,30
1190	25 St	blau (16.6.1960)	ahn	0,30	0,30
1191	45 St	dunkelkarminbraun (12.6.1960)	aho	0,50	0,30
1192	80 St	braunoliv (9.6.1960)	ahp	1,80	0,30
1193	2 L	karminrot (22.6.1960)	ahr	1,90	0,60
			Satzpreis (7 W.)	5,—	1,80

Auflagen: MiNr. 1187 = 8.180.000, MiNr. 1188 = 3.040.000, MiNr. 1189 = 36.440.000, MiNr. 1190 = 3.270.000, MiNr. 1191 = 5.080.000, MiNr. 1192 = 3.160.000, MiNr. 1193 = 1.510.000 Stück

MiNr. 1188–1191 und 1193 mit Aufdruck: MiNr. 1284, 1285, 1287, 1291, 1293
In ähnlichen Zeichnungen: MiNr. 1145–1151, 1234–1236

1961, 28. Jan. 700 Jahre Wandmalerei in der Kirche Bojana. RaTdr.; gez. L 11.

ahs) Ostseite der Kirche in Bojana

aht) Hl. Theodor Tiro (Malerei)

ahu) Bildnis der Fürstin Dessislawa (Malerei)

1194	60 St	mehrfarbig	ahs	1,—	0,50
1195	80 St	mehrfarbig	aht	1,50	0,50
1196	1.25 L	mehrfarbig	ahu	2,—	1,—
			Satzpreis (3 W.)	4,50	2,—
			FDC		7,—

Auflage: 100 000 Sätze

1961, 28. Jan. Start des sowjetischen Satelliten „Sputnik 5". RaTdr.; gez. L 11.

ahv) Phantasie-Stufenrakete über Teil der Weltkugel, Hunde „Belka" und „Strelka"

1197	1.25 L	mehrfarbig	ahv	7,—	7,—
			FDC		10,—

Auflage: 150 000 Stück

1961, 14. Jan. 15 Jahre Vereinte Nationen (UNO). RaTdr.; A = gez. L 11, B = □.

ahw) UN-Gebäude, New York

1198	1 L	braun/mattgelb	ahw		
	A	gez. L 11		2,50	2,50
	B	□		9,—	9,—
			FDC A		5,50
			FDC B		14,—

Blockausgabe, □

1199	1 L	dunkeloliv/rosa	ahw	—,—	—,—
Block 7		(74×57 mm)	ahx	9,—	9,—
			FDC		20,—

Postpreis: 2 L

Auflagen: MiNr. 1198 A = 75 000, MiNr. 1198 B = 50 000 Stück, Bl. 7 = 30 000 Blocks

1960, 22. Nov. 100. Geburtstag von Jaroslav Vesin. RaTdr.; gez. L 11.

ahy) Jaroslav Vesin (1860–1915), tschechischer Maler

1200	1 L	gelboliv/olivgrün	ahy	6,—	3,—
			FDC		9,—

Auflagen: 60 000 Stück

1961, 28. Jan. Volkstrachten. RaTdr.; gez. L 11.

ahz) Küstendil

aia) Pleven

aib) Sliwen

aic) Sofia

aid) Rhodopen

aie) Karnobat

1201	12 St	mehrfarbig	ahz	0,30	0,30
1202	16 St	mehrfarbig	aia	0,30	0,30
1203	28 St	mehrfarbig	aib	0,40	0,30
1204	45 St	mehrfarbig	aic	0,80	0,30
1205	60 St	mehrfarbig	aid	1,30	0,30
1206	80 St	mehrfarbig	aie	1,30	0,70
			Satzpreis (6 W.)	4,—	1,50
			2 FDC		8,—

Auflagen: MiNr. 1201–1203 je 2 500 000, MiNr. 1204–1206 je 500 000 Stück

1961, 25. Febr. Kulturdenkmäler. RaTdr.; gez. L 11.

aif) Stadtturm in Wratza

aig) Stadtturm in Bansko

aih) Trinkkrug mit Ornamenten

aii) Türkisches Polizeigefängnis „Agušev" in Mogiliza

aik) Haus von Oslekov in Koprivstitza

ail) Haus des Pascha in Melnik

aim) Relief (thrakisch)

ain) „Der Reiter von Madara“

aio) Wandmalerei im Kloster von Batschkowo

aip) Münze aus den Jahren 1258–1277

1207	8 St	mehrfarbig	aif	0,30	0,30
1208	12 St	mehrfarbig	aig	0,30	0,30
1209	16 St	mehrfarbig	aih	0,30	0,30
1210	20 St	mehrfarbig	aii	0,30	0,30
1211	28 St	mehrfarbig	aik	0,30	0,30
1212	40 St	mehrfarbig	ail	0,40	0,30
1213	45 St	mehrfarbig	aim	0,50	0,30
1214	60 St	mehrfarbig	ain	0,70	0,40
1215	80 St	mehrfarbig	aio	1,20	0,40
1216	1 L	mehrfarbig	aip	2,—	1,—
			Satzpreis (10 W.)	5,50	3,—
			2 FDC		9,—

Auflagen: MiNr. 1207–1215 je 200 000, MiNr. 1216 = 100 000 Stück

1961, 31. März. Vogelschutz. RaTdr.; gez. L 11.

air) Auerhahn (Tetrao urogallus)

ais) Krauskopfpelikan (Pelecanus crispus)

ait) Jagdfasan (Phasianus colchicus)

aiu) Großtrappe (Otis tarda)

aiv) Bartgeier (Gypaetus barbatus)

aiw) Haselhuhn (Tetrastes bonasia)

1217	2 St	mehrfarbig	air	0,30	0,30
1218	4 St	mehrfarbig	ais	0,30	0,30
1219	16 St	mehrfarbig	ait	0,40	0,30
1220	80 St	mehrfarbig	aiu	3,20	1,10
1221	1 L	mehrfarbig	aiv	3,60	1,80
1222	2 L	mehrfarbig	aiw	4,50	2,—
			Satzpreis (6 W.)	12,—	5,50
			FDC		15,—

Auflagen: MiNr. 1217–1219 je 1 000 000, MiNr. 1220 und 1222 je 300 000, MiNr. 1221 = 500 000 Stück

1961, 1. April. 50 Jahre Gewerkschaftsverband der Transport- und Fernmeldearbeiter. RaTdr.; gez. L 11.

aix) Sendeturm und Emblem des Gewerkschaftsverbandes

1223	80 St	mehrfarbig	aix	1,—	0,50
			FDC		2,—

Auflage: 100 000 Stück

1961, 15. Mai. Internationale Studentensportspiele „Universiade 1961“ (I). RaTdr.; gez. L 11.

aiy) Wasserball

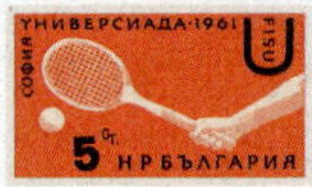

aiz) Tennis

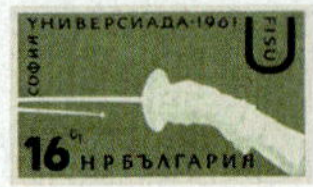

aka) Fechten

akb) Diskuswerfen

akc) Sporthalle

akd) Basketball

1224	4 St	grauultramarin/schwarz	aiy	0,30	0,30
1225	5 St	ziegelrot/schwarz	aiz	0,30	0,30
1226	16 St	dunkelolivgrün/schwarz	aka	0,30	0,30
1227	45 St	graublau/schwarz	akb	0,50	0,30
1228	1.25 L	dunkelgelbbraun/schwarz	akc	2,—	0,40
1229	2 L	lebhaftviolett/schwarz	akd	2,—	1,30
			Satzpreis (6 W.)	5,—	2,50
			FDC		7,—

Blockausgabe, ☐

ake) Sporthalle, Inschrift

Block 8	5 L	mehrfarbig (66×66 mm)	ake	12,—	12,—
			FDC		25,—

Auflagen: MiNr. 1224–1225 je 2 000 000, MiNr. 1226 = 1 000 000, MiNr. 1227–1229 je 300 000 Stück, Bl. 8 = 30 000 Blocks

In geänderten Farben, ☐: MiNr. 1237–1242

MiNr. 1230 entfällt.

✈ 1961, 26. April. Start des bemannten sowjetischen Raumschiffes „Wostok 1“. RaTdr.; gez. L 11.

akf) Rakete über Teil der Erdkugel, Kosmonaut Juri Alexejewitsch Gagarin (1934–1968)

1231	4 L	mehrfarbig	akf	7,—	4,50
			FDC		10,—

Auflage: 150 000 Stück

1961, 27. April. 100. Todestag von Taras Schewtschenko. RaTdr.; gez. L 11.

akg) Taras Schewtschenko (1814–1861), ukrainischer Dichter

1232	1 L	mehrfarbig	akg	6,50	4,50
			FDC		10,—

Auflage: 70 000 Stück

✈ 1961, 28. Juni. Start der sowjetischen Venus-Sonde. RaTdr.; gez. L 11.

akh) Phantasie-Trägerrakete und Venus-Sonde, Erde, Mond und Venus

1233	2 L	mehrfarbig	akh	8,—	5,50
			FDC		15,—

Auflage: 100 000 Stück

1961, Juni. Freimarken: Fünfjahresplan in verkürzten Fristen (III). RaTdr.; gez. K 13, MiNr. 1236 auch L 11.

aki) Ärztin untersucht Kind

akk) Bäuerin mit Melkmaschine beim Melken

akl) Arbeiter am Zahnkranz

1234	4 St	hellbraun	aki	0,30	0,30
1235	10 St	braun	akk	0,30	0,30
1236	1.25 L	graublau	akl	3,—	1,—
			Satzpreis (3 W.)	3,50	1,50

Auflagen: MiNr. 1234 = 5.400.000, MiNr. 1235 = 5.000.000, MiNr. 1236 = 840.000 Stück

MiNr. 1235 mit Aufdruck: MiNr. 1282.
In ähnlichen Zeichnungen: MiNr. 1145–1151, 1187–1193

1961, 15. Mai. Internationale Studentensportspiele „Universiade 1961“ (II). MiNr. 1224–1229 in geänderten Farben. RaTdr.; □.

aiy) Wasserball

aiz) Tennis

aka) Fechten

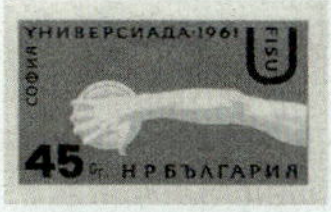

akb) Diskuswerfen

akc) Sporthalle

akd) Basketball

1237	4 St	blauviolett/schwarz	aiy	—,—	—,—
1238	5 St	orangebraun/schwarz	aiz	—,—	—,—
1239	16 St	grün/schwarz	aka	—,—	—,—
1240	45 St	grüngrau/schwarz	akb	—,—	—,—
1241	1.25 L	türkisblau/schwarz	akc	—,—	—,—
1242	2 L	rosalila/schwarz	akd	—,—	—,—
			Satzpreis (6 W.)	11,—	11,—
			FDC		15,—

Auflage: 50 000 Sätze

1961, 19. Juni. Tiere im Schwarzen Meer. RaTdr.; gez. L 11.

akm) Mittelmeer-Mönchsrobbe (Monachus monachus)

akn) Gelbe Lungenqualle (Rhizostoma pulmo)

ako) Gemeiner Delphin (Delphinus delphis)

akp) Seepferdchen (Hippocampus hippocampus)

akr) Sternhausen (Acipenser stellatus)

aks) Nagelrochen (Raja clavata)

1243	2 St	grün/braunschwarz	akm	0,30	0,30
1244	12 St	grünlichblau/rosa	akn	0,30	0,30
1245	16 St	grauultramarin/blauviolett	ako	0,30	0,30
1246	45 St	türkisblau/braun	akp	1,10	0,80
1247	1 L	gelblichgrün/grün	akr	3,—	1,10
1248	1.25 L	violettblau/rotbraun	aks	3,80	1,90
			Satzpreis (6 W.)	8,—	4,—
			FDC		15,—

Auflagen: MiNr. 1243 = 2 400 000, MiNr. 1244 und 1245 je 1 400 000, MiNr. 1246 bis 1248 je 400 000 Stück

✈ 1961, 29. Juni. Sowjetische Kosmonauten-Hunde. RaTdr.; gez. L 11.

akt) Kosmonauten-Hunde „Strelka“, „Tschernuschka“, „Zwezdotschka“ und „Belka“

1249	2 L	mehrfarbig	akt	6,—	4,50
			FDC		10,—

Auflage: 150 000 Stück

1961, 25. Aug. „Lernt Eure Heimat kennen“. RaTdr.; gez. L 11.

aku) Berghütte „Sredez“

akv) Wanderndes Paar

akw) Zelte

akx) Bergsteiger

1250	4 St	mehrfarbig	aku	0,30	0,30
1251	12 St	mehrfarbig	akv	0,30	0,30
1252	16 St	mehrfarbig	akw	0,30	0,30
1253	1.25 L	mehrfarbig	akx	1,20	0,30
			Satzpreis (4 W.)	1,50	0,60
			FDC		2,50

Auflagen: MiNr. 1250 = 2 000 000, MiNr. 1251–1252 je 600 000, MiNr. 1253 = 150 000 Stück

1961, 10. Okt. Volkssagen. RaTdr.; gez. L 11.

aky) „Das goldene Mädchen“

akz) „Lebendiges Wasser“

ala) „Der goldene Apfel“

alb) „Krali-Marko"

alc) „Samovila-Vila"

ald) „Spanne-Mann"

1254	2 St	mehrfarbig	aky	0,30	0,30
1255	8 St	mehrfarbig	akz	0,30	0,30
1256	12 St	mehrfarbig	ala	0,30	0,30
1257	16 St	mehrfarbig	alb	1,—	0,50
1258	45 St	mehrfarbig	alc	2,50	1,—
1259	80 St	mehrfarbig	ald	2,50	1,—
			Satzpreis (6 W.)	6,50	3,—
			FDC		8,—

Auflagen: MiNr. 1254 = 6 000 000, MiNr. 1255–1256 je 1 500 000, MiNr. 1257–1259 je 250 000 Stück

1961, 5. Aug. 70. Jahrestag des 1. Kongresses der Bulgarischen Sozialdemokratischen Partei im Jahre 1891. RaTdr.; gez. L 11.

ale) Dimitar Blagoev eröffnet den Kongress auf dem Berge Busludja

1260	45 St	bräunlichkarmin/gelborange	ale	0,30	0,30
1261	80 St	blau/rosa	ale	0,70	0,50
1262	2 L	graubraun/weißgrün	ale	1,50	1,20
			Satzpreis (3 W.)	2,50	2,—
			FDC		4,50

		✶✶
1262 U	ungezähnt	—,—

Auflage: 200 000 Sätze

In ähnlicher Zeichnung: MiNr. 798–800

1961, 20. Dez. Pilze (I). RaTdr.; gez. L 11.

alf) Kaiserling (Amanita caesarea)

alg) Kleiner Blutchampignon (Agaricus silvaticus)

alh) Goldröhrling (Suillus grevillei)

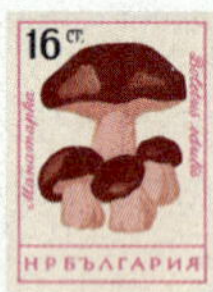

ali) Steinpilz (Boletus edulis)

alk) Edelreizker (Lactarius deliciosus)

all) Großer Schirmling (Macrolepiota procera)

alm) Austernseitling (Pleurotus ostreatus)

aln) Hallimasch (Armillariella mellea)

				✶✶	⊙
1263	2 St	mehrfarbig	alf	0,30	0,30
1264	4 St	mehrfarbig	alg	0,30	0,30
1265	12 St	mehrfarbig	alh	0,30	0,30
1266	16 St	mehrfarbig	ali	0,30	0,30
1267	45 St	mehrfarbig	alk	0,60	0,30
1268	80 St	mehrfarbig	all	0,80	0,60
1269	1.25 L	mehrfarbig	alm	1,60	0,80
1270	2 L	mehrfarbig	aln	2,20	2,—
			Satzpreis (8 W.)	6,—	4,50
			FDC		9,—

1263 C	gez. L 11½	5,—	5,—
1263 U	ungezähnt	—,—	
1263 Ul	links ungezähnt	20,—	

Auflagen: MiNr. 1263 = 8 000 000, MiNr. 1264 = 3 000 000, MiNr. 1265–1266 je 1 500 000, MiNr. 1267–1270 je 300 000 Stück

1961, 20. Dez. Pilze (II). Wie MiNr. 1263–1270, aber in etwas geänderten Farben. RaTdr.; □.

alf) Kaiserling (Amanita caesarea)

1271	2 St	mehrfarbig	alf	1,10	0,60
1272	4 St	mehrfarbig	alg	1,10	0,60
1273	12 St	mehrfarbig	alh	1,10	0,70
1274	16 St	mehrfarbig	ali	1,50	0,90
1275	45 St	mehrfarbig	alk	1,50	0,90
1276	80 St	mehrfarbig	all	2,50	2,—
1277	1.25 L	mehrfarbig	alm	2,50	2,—
1278	2 L	mehrfarbig	aln	4,—	2,50
			Satzpreis (8 W.)	15,—	10,—
			FDC		18,—

		⊙
1275 I	Farbe dunkelgelborange fehlt, Wertziffer unten rechts statt oben rechts	250,—

Auflage: 50 000 Sätze

✈ 1961, 20. Nov. Start des bemannten sowjetischen Raumschiffs „Wostok 2". RaTdr.; gez. L 11.

alo) German Stepanowitsch Titov (1935–2000), vor Orientierungsfenster mit Visier der „Wostok 2"

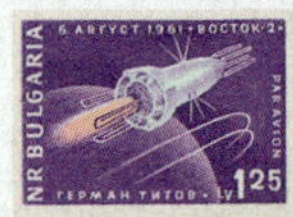

alp) „Wostok 2" über Erdhalbkugel mit Flugbahnen

				✶✶	⊙
1279	75 St	mehrfarbig	alo	4,—	3,—
1280	1.25 L	mehrfarbig	alp	5,—	4,—
			Satzpreis (2 W.)	9,—	7,—
			FDC		11,—

Auflage: 120 000 Sätze

1961, 21. Dez. 100 Jahre Sammlung „Bulgarische Volkslieder". RaTdr.; gez. L 11.

alr) Brüder Dimitar (1810–1862) und Konstantin Miladinov (1830–1862), Autoren des Volkslieder-Sammelwerkes

1281	1.25 L	mehrfarbig	alr	1,50	1,—
			FDC		4,—

Auflage: 87 500 Stück

Die Marken MiNr. 813–1281 waren bis zum 31.3.1962 frankaturgültig, vom 1.1.–31.3.1962 zu 1/10 ihres Nominalwertes.

Die Marken MiNr. 1282–4264 waren bis zum 3.7.1999 frankaturgültig.

Neue Währung ab 1. Januar 1962:
1 Lev (L) = 100 Stotinki (St)
(10 alte Leva = 1 neuer Lev)

1962, 1. Jan. Freimarken. Frühere Ausgaben mit farbigem Bdr.-Aufdruck der neuen Wertstufe

1282

Type I von MiNr. 1286: „2 CT." nebeneinander

Type II von MiNr. 1286: „2 CT." untereinander

1282	**1 St**	auf 10 St braun	(1235) S	0,30	0,30
1283	**1 St**	auf 12 St braun	(1146) S	0,30	0,30
1284	**2 St**	auf 15 St lila	(1188) S	0,30	0,30
1285	**2 St**	auf 16 St blauviolett	(1189) Or	0,30	0,30
1286	**2 St**	auf 20 St rotorange	(1147) S		
I		„2 CT" nebeneinander		0,30	0,30
II		„2 CT" untereinander		0,60	0,50
1287	**3 St**	auf 25 St blau	(1190)		
a		Aufdruck rot		0,30	0,30
b		Aufdruck schwarz		20,—	20,—
1288	**3 St**	auf 28 St smaragdgrün	(1148) Or	0,30	0,30
1289	**5 St**	auf 44 St dkl'blaugrün	(1049) R	0,30	0,30
1290	**5 St**	auf 44 St karminrot	(1082 A) Bl	0,30	0,30
1291	**5 St**	auf 45 St dkl'karminbraun	(1191) S	0,40	0,30
1292	**10 St**	auf 1 L karminbraun	(1151) S	0,60	0,30
1293	**20 St**	auf 2 L karminrot	(1193) S	1,20	0,70
1294	**40 St**	auf 4 L weinrot	(843) Bl	3,—	1,50
		Satzpreis (13 W.)		7,—	3,50

Auflagen: MiNr 1286 II = 90.000, MiNr. 1287 b = 15.000 Stück

1962, 1. März. Schifffahrt. RaTdr.; gez. L 11.

als) Frachtschiff „Varna"

alt) Tanker „Komsomolez"

alu) Passagierschiff „Georgi Dimitrow"

1295	1 St	blaugrün/blau	als	0,30	0,30
1296	5 St	grünblau/blaugrün	alt	0,50	0,30
1297	20 St	grau-/grünlichblau	alu	1,30	0,50
		Satzpreis (3 W.)		2,—	0,70
		FDC			4,—

Auflagen: MiNr. 1295 = 3 200 000, MiNr. 1296–1297 je 200 000 Stück

1962, 19. März. 80 Jahre Staatsdruckerei „Georgi Dimitrow". RaTdr.; gez. L 11.

alv) Georgi Dimitrow (1882–1949) als Schriftsetzer

alw) Emblem der Staatsdruckerei

1298	2 St	mehrfarbig	alv	0,30	0,30
1299	13 St	mehrfarbig	alw	0,80	0,40
		Satzpreis (2 W.)		1,—	0,50
		FDC			2,—

Auflagen: MiNr. 1298 = 1 000 000, MiNr. 1299 = 200 000 Stück

1962, 28. März. Rosen. RaTdr.; gez. L 11.

alx

aly

alz

ama

alx–ama) Edelrosen (Rosa hybrida)

1300	1 St	mehrfarbig	alx	0,30	0,30
1301	2 St	mehrfarbig	aly	0,30	0,30
1302	3 St	mehrfarbig	alz	0,40	0,30
1303	4 St	mehrfarbig	ama	0,60	0,30
1304	5 St	mehrfarbig	alx	1,—	0,30
1305	6 St	mehrfarbig	aly	1,—	0,50
1306	8 St	mehrfarbig	alz	2,50	1,—
1307	13 St	mehrfarbig	ama	4,50	3,50
		Satzpreis (8 W.)		10,—	6,—
		FDC			15,—

1300 U	ungezähnt	45,—	
1300 Uo	oben ungezähnt		36,—
1304 U	ungezähnt	170,—	

Auflagen: MiNr. 1300–1302 je 6 300 000, MiNr. 1303–1305 je 1 300 000, MiNr. 1306–1307 je 300 000 Stück

MiNr. 1301–1302 und 1305 mit Aufdruck: MiNr. 1391–1393

1962, 19. April. Bekämpfung der Malaria. RaTdr.; A = gez. L 11, B = □.

amb) Emblem der Weltgesundheitsorganisation, Stechmücke, Inschrift

amc) Emblem der Weltgesundheitsorganisation, Stechmücke, Inschrift

1308	5 St	mehrfarbig	amb	0,60	0,30
1309	20 St	mehrfarbig	amc	1,90	0,80
		Satzpreis A (2 W.)		2,50	1,—
		FDC A			4,—
		Satzpreis B (2 W.)		6,—	6,—
		FDC B			9,—

Auflagen: MiNr. 1308 A–1309 A = 150 000, MiNr. 1308 B–1309 B = 50 000 Sätze

1962, 5. Mai. 50 Jahre sowjetische Zeitung „Prawda". RaTdr.; gez. L 10¼.

amd) „Prawda", Leninkopf

1310	5 St	mehrfarbig	amd	2,—	1,20
		FDC			4,—

Auflage: 100 000 Stück

1962, 21. Mai. Lehrerkongress. RaTdr.; gez. L 10¼.

ame) Schultafel mit aufgeschlagenem Buch und Hammer, Inschrift

1311	5 St	mehrfarbig	ame	0,70	0,30
		FDC			1,—

Auflage: 150 000 Stück

1962, 26. Juni. Fußball-Weltmeisterschaft, Chile (I). RaTdr.; gez. L 11.

amf) Fußballspieler vor Weltkugel

1312	13 St mehrfarbig	amf	2,—	1,—
		FDC		4,—

Auflage: 250 000 Stück

1962, 26. Juni. Fußball-Weltmeisterschaft, Chile (II). RaTdr.; □.

amf) Fußballspieler vor Weltkugel

1313	13 St mehrfarbig	amf	6,50	6,50

Auflage: 40 000 Stück

1962, 13. März. Freimarken: Landschaften. RaTdr.; gez. L 13, MiNr. 1315 auch gez. L 10½.

amg) Rila-Gebirge

amh) Pirin-Gebirge

ami) Hafen von Nessebar

amk) Schiffe auf der Donau

aml) Widin a. d. Donau

1314	1 St dunkelblaugrün	amg	0,30	0,30
1315	2 St grünlichblau	amh	0,30	0,30
1316	6 St dunkelgrünblau	ami	0,40	0,30
1317	8 St blauviolett	amk	0,60	0,30
1318	13 St dunkelolivgrün	aml	1,20	0,70
		Satzpreis (5 W.)	2,50	1,50
		FDC		5,—

		★★
1314 U	ungezähnt	—,—
1315 U	ungezähnt	50,—
1315 Ul	links ungezähnt	—,—

Auflagen: MiNr. 1314 = 14 000 000, MiNr. 1315 = 10 000 000, MiNr. 1316 = 6 300 000, MiNr. 1317 = 4 000 000, MiNr. 1318 = 2 000 000 Stück

Weitere Werte: MiNr. 1319–1321, 1349–1350, 1368–1373, 1385, 1470–1475, 1802–1809

✈ 1962, 3. Febr. Freimarken: Landschaften. RaTdr. auf gestrichenem Papier; gez. L 13.

amm) Segelboot vor Warna

amn) Ansicht von Melnik

amo) Weliko Tarnowo

			★★	⊙
1319	2 St mehrfarbig	amm	0,30	0,30
1320	3 St mehrfarbig	amn	0,30	0,30
1321	10 St mehrfarbig	amo	0,60	0,30
		Satzpreis (3 W.)	1,—	0,50

1321 F	Inschrift „Tirnovo" sowie schwarzer oberer Rahmen fehlend	60,—
1319 U	ungezähnt	200,—

FDC siehe nach MiNr. 1350.

Auflagen: MiNr. 1319–1320 je 5 000 000, MiNr. 1321 = 11 000 000 Stück

Weitere Werte siehe Fußnote nach MiNr. 1318.

1962, 18. Juni. 80. Geburtstag von Georgi Dimitrow. RaTdr.; gez. L 11.

amp) Georgi Dimitrow (1882–1949)

1322	2 St schwarzolivgrün	amp	0,50	0,30
1323	5 St dunkelgraugrün	amp	1,—	0,30
		Satzpreis (2 W.)	1,50	0,50
		FDC		2,—

Auflage: 200 000 Sätze

1962, 7. Juli. Schacholympiade, Warna (I). RaTdr. (5×5); gez. L 11.

amr) Läufer

ams) Turm

amt) Dame

amu) Springer

amv) Bauer

amr–amv) Schachfiguren

1324	1 St mehrfarbig	amr	0,30	0,30
1325	2 St mehrfarbig	ams	0,30	0,30
1326	3 St mehrfarbig	amt	0,40	0,30
1327	13 St mehrfarbig	amu	2,—	0,80
1328	20 St mehrfarbig	amv	2,60	1,50
		Satzpreis (5 W.)	5,50	2,50
		FDC		10,—

Auflagen: MiNr. 1324–1326 je 1 150 000, MiNr. 1327–1328 je 150 000 Stück

1962, 7. Juli. Schacholympiade, Warna (II). MiNr. 1324–1328 in geänderten Farben. RaTdr. (5×5); □.

amr) Läufer

ams) Turm

amt) Dame

amu) Springer

amv) Bauer

amr–amw) Schachfiguren

1329	1 St mehrfarbig	amr	0,50	0,50
1330	2 St mehrfarbig	ams	0,70	0,70
1331	3 St mehrfarbig	amt	1,30	1,30
1332	13 St mehrfarbig	amu	2,50	2,50

1333 20 St mehrfarbig	amv	4,—	4,—
	Satzpreis (5 W.)	9,—	9,—
	FDC		20,—

Blockausgabe

amx

amw) Läufer, Turm, Dame, Springer, Bauer

1334 20 St mehrfarbig	amw	—,—	—,—
Block 9 (76×66 mm)	amx	12,—	12,—
	FDC		25,—

Postpreis von Bl. 9: 50 St

Auflagen: MiNr. 1329–1333 = 50.000 Sätze, Bl. 9 = 50.000 Blocks

1962, 14. Juli. Esperanto-Kongress, Burgas. MiNr. 1032 mit rotem Aufdruck.

1335

1335 13 (St) auf 44 St schwarzoliv	(1032)	5,—	3,50
	FDC		9,—

Auflage: 55 000 Stück

1962, 18. Aug. 8. Weltfestspiele der Jugend und Studenten, Helsinki. RaTdr.; gez. L 11.

amy) Blumen mit Weltkugel

amz) Kopf, Blume mit Weltkugel

1336 5 St mehrfarbig	amy	0,40	0,30
1337 13 St mehrfarbig	amz	1,10	0,30
	Satzpreis (2 W.)	1,50	0,50
	FDC		2,—

Auflage: 200 000 Sätze

✈ 1962, 18. Aug. 15 Jahre Luftfahrtunternehmen TABSO. RaTdr.; gez. L 11.

ana) Flugzeug Iljuschin Il 18

1338 13 St mehrfarbig	ana	1,50	0,50
	FDC		3,—

Auflage: 300 000 Stück

1962, 13. Sept. Schmetterlinge. RaTdr.; gez. L 11.

anb) Apollofalter (Parnassius apollo)

anc) Balkan-Osterluzeifalter (Zerynthia cerisy)

and) Dunkler Feuerfalter (Lycaena daphnis)

ane) Trauermantel (Nymphalis antiopa)

anf) Ordensband (Catocala dilecta)

ang) Englischer Bär (Arctia hebe)

anh) Orangeroter Heufalter (Colias myrmidone)

ani) Perlmutterfalter (Argynnis pandora)

1339 1 St mehrfarbig	anb	0,30	0,30
1340 2 St mehrfarbig	anc	0,30	0,30
1341 3 St mehrfarbig	and	0,30	0,30
1342 4 St mehrfarbig	ane	0,40	0,30
1343 5 St mehrfarbig	anf	0,50	0,30
1344 6 St mehrfarbig	ang	1,—	0,40
1345 10 St mehrfarbig	anh	3,60	1,30
1346 13 St mehrfarbig	ani	5,—	2,50
	Satzpreis (8 W.)	11,—	5,—
	2 FDC		15,—

1339 U ungezähnt	120,—	
1340 U ungezähnt	120,—	
1341 U ungezähnt	120,—	
1342 U ungezähnt	120,—	
1343 U ungezähnt	120,—	60,—
1344 U ungezähnt	120,—	
1345 U ungezähnt	120,—	
1346 U ungezähnt	120,—	

Auflagen: MiNr. 1339–1341 je 6 300 000, MiNr. 1342–1344 je 1 300 000, MiNr. 1345–1346 je 300 000 Stück

✈ 1962, 24. Sept. Internationaler Kongress für Astronautik, Varna. RaTdr.; gez. L 11.

ank) K. E. Ziolkowski (1857–1935), startende Rakete

anl) Weltkugel, Mond, „Lunik 3“ mit Flugbahn

1347 5 St bläulichgrün/oliv	ank	5,—	2,—
1348 13 St ultramarin/gelb	anl	2,—	1,—
	Satzpreis (2 W.)	7,—	3,—
	FDC		10,—

Auflagen: MiNr. 1347 = 150 000, MiNr. 1348 = 400 000 Stück

✈ 1962, 3. Febr. Freimarken: Landschaften. RaTdr.; gez. L 13.

anm) Flusslandschaft

ann) Pirin-Gebirge

1349	1 St grünblau/ultramaringrau	anm	0,30	0,30
1350	40 St schwarz/blaugrün	ann	2,40	1,10
	Satzpreis (2 W.)		2,50	1,20
	FDC (mit MiNr. 1319–1321)			5,50

Auflagen: MiNr. 1349 = 5 000 000, MiNr. 1350 = 1 000 000 Stück

Weitere Werte siehe Fußnote nach MiNr. 1318.

1962, 1. Nov. 8. Kongress der Bulgarischen Kommunistischen Partei. RaTdr.; gez. L 11½.

ano) Traktor zieht Sämaschinen

anp) Elektrische Lokomotive

anr) Abgiessen einer Pfanne im Eisenwerk

ans) Dimitar Blagoev (1856–1924) und Georgi Dimitrow (1882–1949); Parteifahne

1351	1 St mehrfarbig	ano	0,30	0,30
1352	2 St mehrfarbig	anp	0,30	0,30
1353	3 St mehrfarbig	anr	0,30	0,30
1354	13 St mehrfarbig	ans	1,20	0,60
	Satzpreis (4 W.)		2,—	1,—
	FDC			4,—

Auflagen: MiNr. 1351–1353 je 500 000, MiNr. 1354 = 200 000 Stück

✈ 1962, 9. Dez. Gruppenflug der sowjetischen Raumschiffe „Wostok 3" und „Wostok 4". RaTdr.; gez. L 11.

ant) Kosmonaut A. G. Nikolajew (1929–2004), Erdhalbkugel mit Flugbahn

anu) Kosmonaut P. R. Popowitsch (1930–2009), Erdhalbkugel mit Flugbahn

anv) Raumschiffe „Wostok 3" und „Wostok 4" über Teil der Erdkugel

1355	1 St mehrfarbig	ant	0,30	0,30
1356	2 St mehrfarbig	anu	0,70	0,30
1357	40 St mehrfarbig	anv	4,—	2,20
	Satzpreis (3 W.)		5,—	2,50
	FDC			8,50

		★★
1355 F	ohne schwarze Beschriftung	75,—

Auflagen: MiNr. 1355–1356 je 2 200 000, MiNr. 1357 = 200 000 Stück

1962, 9. Dez. 200 Jahre „Slawisch-Bulgarische Geschichte" von Paisij Chilendarski. RaTdr.; gez. L 11.

anw) Buchdeckel „Slawisch-Bulgarische Geschichte"

anx) Paisij Chilendarski (um 1722 bis 1773), Mönch, Schriftsteller und Historiker

			★★	⊙
1358	2 St braunoliv/schwarz	anw	0,30	0,30
1359	5 St orangebraun/braunschwarz	anx	0,50	0,30
	Satzpreis (2 W.)		0,60	0,50
	FDC			1,50

Auflagen: 150 000 Sätze

1963, 20. Febr. Freimarken. RaTdr.; gez. L 10½, L 11½.

any) Staatswappen

anz) Universität Sofia

aoa) Stadion „Wassil Lewsky", Sofia

aob) Kurort Hissarja

aoc) Fallschirmspringer

1360	1 St lilakarmin	any	0,30	0,30
1361	1 St dunkelorangebraun	anz	0,30	0,30
1362	1 St dunkelblaugrün	aoa	0,30	0,30
1363	1 St schwarzblaugrün	aob	0,30	0,30
1364	1 St blau	aoc	0,30	0,30
	Satzpreis (5 W.)		1,—	0,80
	FDC			2,—

		★★
1360 U	ungezähnt	—,—
1361 U	ungezähnt	—,—
1362 U	ungezähnt	—,—
1363 U	ungezähnt	—,—

Auflagen: 5 000 000 Sätze

1963, 5. März. 100. Geburtstag von Aleko Konstantinov. RaTdr.; gez. L 11½.

aod) Aleko Konstantinov (1863–1897), Schriftsteller
Zierfeld

			★★	⊙
1365	5 St mehrfarbig	aod	0,50	0,30
		1365 Zf	0,70	0,50
		FDC		2,—

MiNr. 1365 wurde zusammenhängend mit Zierfeld gedruckt.

Auflage: 200 000 Stück

✈ 1963, 5. März. Start der sowjetischen Marssonde „Mars 1". RaTdr.; gez. L 11½.

aoe) Mars und Sonde „Mars 1"

aof) Stufen- und Sondentrennung der Trägerrakete der Sonde „Mars 1", Mars, Mond, Teil der Erdkugel

1366	5 St mehrfarbig	aoe	1,—	0,50
1367	13 St mehrfarbig	aof	2,—	1,—
	Satzpreis (2 W.)		3,—	1,50
	FDC			5,50

		★★
1367 Uu	unten ungezähnt	35,—

Auflage: 250 000 Sätze

1963, 12. März/1964. Freimarken: Landschaften. RaTdr.; gez. L 13, MiNr. 1369 b auch gez. L 10½.

aog) Terrasse am Schwarzen Meer (Sonnenstrand)

aoh) Hotel am Schwarzen Meer (Goldener Sand)

aoi) Hochhaus am Schwarzen Meer (Goldener Sand)

aok) „Slantšev Brjag" bei Nessebar (Schwarzes Meer)

aol) Hotel am Schwarzen Meer (Goldener Sand)

aom) Hochhaus am Schwarzen Meer (Sonnenstrand)

					★★	⊙
1368	1	St	blau (Juni)	aog	0,30	0,30
1369	2	St		aoh		
a			orangerot (Juni)		1,—	0,30
b			rotlila (1964)		7,50	1,50
1370	3	St	hellorangebraun (Juni)	aoi	0,30	0,30
1371	5	St	dunkellila (12. März)	aok	0,50	0,30
1372	13	St	dunkelgrünblau (Juni)	aol	2,—	0,30
1373	20	St	smaragdgrün (Juni)	aom	2,—	0,50
			Satzpreis (6 W.)		6,—	1,50

	★★
1371 U ungezähnt	50,—

Auflage: 3 000 000 Sätze

Weitere Werte siehe Fußnote nach MiNr. 1318.

1963, 11. April. 90. Jahrestag der Hinrichtung von Vasil Levski. RaTdr.; gez. L 10½.

aon) Vasil Levski (1837–1873), bulgarischer Freiheitskämpfer

					★★	⊙
1374	13	St	grünlichblau/gelborange	aon	2,—	0,70
			FDC			3,—

Auflage: 100 000 Stück

1963, 25. April. Kongress des Kommunistischen Jugendverbandes „G. Dimitrow". RaTdr.; gez. L 11½.

aoo) Knabe und Mädchen vor Kopf Dimitrows

aop) Mädchen mit Buch und Knabe mit Hammer

1375	2	St	mehrfarbig	aoo	0,30	0,30
1376	13	St	mehrfarbig	aop	0,80	0,30
			Satzpreis (2 W.)		1,—	0,50
			FDC			2,—

Auflagen: MiNr. 1375 = 1 000 000, MiNr. 1376 = 200 000 Stück

1963, 30. April. Tiere. RaTdr. auf gefärbtem Papier; gez. L 11½.

aor) Eichhörnchen (Sciurus vulgaris)

aos) Igel (Erinaceus europaeus) mit Schlange

aot) Iltis (Mustela putorius)

aou) Baummarder (Martes martes)

aov) Dachs (Meles meles)

aow) Fischotter (Lutra lutra) mit Fisch

1377	1	St	mehrfarbig auf hellbläulichgrün	aor	0,30	0,30
1378	2	St	mehrfarbig auf olivgelb	aos	0,30	0,30
1379	3	St	mehrfarbig auf oliv	aot	0,50	0,30
1380	5	St	mehrfarbig auf hellviolettblau	aou	1,—	0,30
1381	13	St	mehrfarbig auf lilarosa	aov	3,50	1,—
1382	20	St	mehrfarbig auf hellkobalt	aow	3,50	2,—
			Satzpreis (6 W.)		9,—	4,—
			FDC			10,—

	★★
1379 U ungezähnt	120,—

Auflagen: MiNr. 1377–1378 je 4 000 000, MiNr. 1379 = 2 000 000, MiNr. 1380 = 500 000, MiNr. 1381–1382 je 300 000 Stück

1963, 31. Mai. Weltmeisterschaften im Freistilringen. RaTdr.; gez. L 11½.

aox

aoy

aox–aoy) Kampfszenen

					★★	⊙
1383	5	St	bräunlicholiv/schwarz	aox	0,50	0,30
1384	20	St	orangebraun/schwarz	aoy	1,50	0,80
			Satzpreis (2 W.)		2,—	1,—
			FDC			4,—

	★★
1384 U ungezähnt	150,—

Auflage: 200 000 Sätze

1963, 16. Juni. Freimarke: Landschaft. RaTdr.; gez. L 13.

aoz) Rhodopen-Gebirge

					★★	⊙
1385	1	L	schwarzblaugrün	aoz	7,—	2,—

Auflage: 350 000 Stück

Weitere Werte siehe Fußnote nach MiNr. 1318.

1963, 24. Juni. Weltfrauenkongress, Moskau. RaTdr.; gez. L 11½.

apa) Frau mit Kind und Friedenstaube, Weltkugel mit Umschrift

1386 20 St türkisblau/schwarz . . . . apa 1,50 0,50
FDC 2,—

Auflage: 200 000 Stück

1963, 29. Juni. Esperanto-Weltkongress. RaTdr.; gez. L 11½.

apb) Weltkugel mit Esperanto-Emblem, Wappen von Sofia

1387 13 St mehrfarbig . . . . apb 1,50 0,50
FDC 2,—

Auflage: 300 000 Stück

1963, 22. Juli. Freimarken: Mondsonden. RaTdr.; gez. L 11½.

apc) Zweistufige Phantasie-Rakete umkreist Erdkugel, Mond

apd) Radar-Antenne, Sonde, Mond

ape) „Lunik 1", „Lunik 2", Sonden, Mond

1388 1 St lebhaftviolettultramarin . . . . apc 0,30 0,30
1389 2 St dunkellila . . . . apd 0,30 0,30
1390 3 St grünlichblau . . . . ape 0,30 0,30
Satzpreis (3 W.) 0,70 0,70
FDC 2,—

Auflage: 5 000 000 Sätze

1963, 31. Aug. Internationale Briefmarkenausstellung, Riccione. MiNr. 1301–1302 und 1305 mit farbigem Bdr.-Aufdruck „MOSTRA / EUROPEISTICA·1963 / RICCIONE" und eines Segelbootes; MiNr. 1392–1393 zusätzlich mit neuer Wetstufe.

1392

1391 2 St mehrfarbig . . . . (1301) Gr 0,50 0,30
1392 **5 (St)** auf 3 St mehrfarbig . . . . . . (1302) Bl 0,70 0,30
1393 **13 (St)** auf 6 St mehrfarbig . . . . . . (1305) S 1,80 0,50
Satzpreis (3 W.) 3,— 1,—
FDC 6,—

Auflagen: 200.000 Sätze

✈ 1963, 26. Aug. Gruppenflug der Raumschiffe „Wostok 5" und „Wostok 6". RaTdr.; gez. L 11½.

apf) Waleri F. Bykowski (*1934)

apg) Valentina V. Tereschkowa (*1937)

aph) Weltkugel

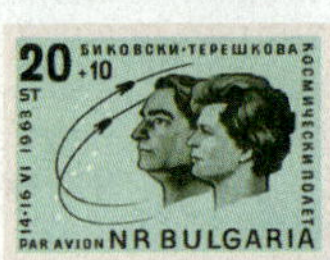

api) Waleri F. Bykowski und Valentina V. Tereschkowa

1394 1 St bläulichviolett/grünlichblau . . . . . . apf 0,30 0,30
1395 2 St gelblichgrün/braun . . . . apg 0,30 0,30
1396 5 St rosa/karminrot . . . . aph 0,50 0,30
1397 20 St + 10 (St) bläulichgrün/gelbgrün . . . api 2,50 1,—
Satzpreis (4 W.) 3,50 1,50
FDC 6,—

Blockausgabe ✈, □

apl

apk) Flugbahnen, Spasskij-Turm, Erdkugel

1398 50 St rötlichlila/braun . . . . apk —,— —,—
Block 10 (79×68 mm) . . . . apl 5,— 4,—
FDC 8,—

★★
1394 U ungezähnt . . . . 120,—

Auflagen: MiNr. 1394–1395 je 3 000 000, MiNr. 1396 = 1 500 000, MiNr. 1397 = 400 000 Stück, Bl. 10 = 100 000 Blocks

MiNr. 1394–1395 mit Aufdruck: MiNr. 1476–1477

1963, 13. Sept. Balkanspiele. RaTdr.; gez. L 11½.

apm) Staffellauf

apn) Hammerwerfen

apo) Weitsprung

app) Hochsprung

apr) Diskuswerfen

★★ ⊙
1399 1 St mehrfarbig . . . . apm 0,30 0,30
1400 2 St mehrfarbig . . . . apn 0,30 0,30
1401 3 St mehrfarbig . . . . apo 0,30 0,30
1402 5 St mehrfarbig . . . . app 1,— 0,30
1403 13 St mehrfarbig . . . . apr 4,— 2,80
Satzpreis (5 W.) 5,50 3,50
FDC 7,—

Blockausgabe, □

aps

Block 11	50 St mehrfarbig (74×69 mm)	aps	6,50	7,50
		FDC		12,—

Auflagen: MiNr. 1399–1401 je 1 200 000, MiNr. 1402 = 500 000, MiNr. 1403 = 200 000 Stück, Bl. 11 = 50 000 Blocks

1963, 19. Sept. Slawistenkongress. RaTdr.; gez. L 10½.

apt) Pergament mit Text aus der slawisch-bulgarischen Geschichte

1404	5 St mehrfarbig	apt	0,50	0,30
		FDC		1,50

Auflage: 200 000 Stück

1963, 21. Sept. 40. Jahrestag des Septemberaufstandes. RaTdr.; gez. L 11½:10½, 11½.

apu) Bewaffnete Volksmenge

1405	2 St rot/schwarz	apu	0,50	0,30
		FDC		1,50

Auflage: 1 000 000 Stück

1963, 28. Okt. 65. Geburtstag von Christo Smirnenski. RaTdr. auf gestrichenem Papier; gez. L 10½.

apv) Christo Smirnenski (1898–1923), Dichter

1406	13 St violett/schwarz	apv	1,—	0,40
		FDC		2,—

Auflage: 200 000 Stück

1963, 9. Okt. Naturschutz: Blumen. RaTdr.; gez. L 10½, MiNr. 1407 gez. L 11½.

apw) Goldakelei (Aquilegia chrysantha)

apx) Edelweiß (Leontopodium alpinum)

apy) Primel (Primula deorum)

apz) Weiße Seerose (Nymphaea alba)

ara) Wild-Tulpen (Tulipa urumovii)

arb) Rittersporn-veilchen (Viola delphinioides)

arc) Alpenwaldrebe (Clematis alpina)

ard) Berghähnlein (Anemone narcissiflora)

1407	1 St mehrfarbig	apw	0,30	0,30
1408	2 St mehrfarbig	apx	0,30	0,30
1409	3 St mehrfarbig	apy	0,30	0,30
1410	5 St mehrfarbig	apz	0,40	0,30
1411	6 St mehrfarbig	ara	0,50	0,30
1412	8 St mehrfarbig	arb	1,—	0,50
1413	10 St mehrfarbig	arc	2,—	1,—
1414	13 St mehrfarbig	ard	3,50	1,80
		Satzpreis (8 W.)	8,—	4,—
		2 FDC		12,—

Auflagen: MiNr. 1407–1408 je 7 300 000, MiNr. 1409 = 2 300 000, MiNr. 1410–1412 je 1 300 000, MiNr. 1413–1414 je 300 000 Stück

1963, 28. Dez. Thrakergruft bei Kazanlăk. RaTdr.; gez. L 10½.

are

arf

arg

arh

ari

ark

are–ark) Wandmalereien aus dem Leben der Thraker

1415	1 St mehrfarbig	are	0,30	0,30
1416	2 St mehrfarbig	arf	0,30	0,30
1417	3 St mehrfarbig	arg	0,30	0,30
1418	5 St mehrfarbig	arh	0,40	0,30
1419	13 St mehrfarbig	ari	1,10	0,50
1420	20 St mehrfarbig	ark	2,—	0,80
		Satzpreis (6 W.)	4,—	2,—
		FDC		7,—

Auflage: 200 000 Sätze

1964, 27. Jan. 100 Jahre Internationales Rotes Kreuz. RaTdr.; gez. L 10½.

arl) Weltkarte, Jubiläumssignet des Roten Kreuzes

arm) Blutspende

arn) Verbinden eines verletzten Armes

aro) Rot-Kreuz-Schwester

arp) Henri Dunant (1828–1910), Begründer des Roten Kreuzes

1421	1 St	mehrfarbig	arl	0,30	0,30
1422	2 St	mehrfarbig	arm	0,30	0,30
1423	3 St	mehrfarbig	arn	0,30	0,30
1424	5 St	mehrfarbig	aro	0,30	0,30
1425	13 St	mehrfarbig	arp	1,30	0,50
			Satzpreis (5 W.)	2,—	1,—
			FDC		3,50

Auflagen: MiNr. 1421 = 2 250 000, MiNr. 1422–1423 je 1 250 000, MiNr. 1424 = 500 000, MiNr. 1425 = 250 000 Stück

1964, 21. Febr. Olympischen Winterspiele, Innsbruck. RaTdr.; gez. L 10¾.

arr) Eisschnelllauf

ars) Eiskunstlauf

art) Skilanglauf

aru) Skispringen

arv) Eishockey, Torwart

arw) Eishockey

1426	1 St	mehrfarbig	arr	0,30	0,30
1427	2 St	mehrfarbig	ars	0,30	0,30
1428	3 St	mehrfarbig	art	0,30	0,30
1429	5 St	mehrfarbig	aru	0,40	0,30
1430	10 St	mehrfarbig	arv	1,—	0,30
1431	13 St	mehrfarbig	arw	1,—	0,30
			Satzpreis (6 W.)	3,—	1,—
			2 FDC		5,—

Blockausgabe, □

arx) Eiskunstlauf

Block 12	50 St mehrfarbig (64×67 mm)	arx	5,—	5,—
		FDC		10,—

1430 I	fast fehlende olympische Ringe im Emblem	35,—	35,—
1426 Ur	rechts ungezähnt	50,—	
1426 Uu	unten ungezähnt	—,—	
1427 Ur	rechts ungezähnt	—,—	
1427 Uu	unten ungezähnt	50,—	50,—
1428 Ur	rechts ungezähnt	—,—	
1428 Uu	unten ungezähnt	—,—	
1431 Ul	links ungezähnt	50,—	

Auflagen: MiNr. 1426–1427 je 3 400 000, MiNr. 1428 = 2 400 000, MiNr. 1429 = 1 400 000, MiNr. 1430–1431 je 400 000 Stück, Block 12 = 80 000 Blocks

1964, 14. März. 2500 Jahre bulgarische Kunst (I). RaTdr. auf gestrichenem Papier; gez. L 10½.

ary) Maske eines Adeligen (2. Jh.)

arz) Steinplatte mit thrakischem Reiter (1.–4. Jh.)

asa) Tongefäß (19. Jh.)

asb) Gürtel mit Agraffe (19. Jh.)

asc) Kupfergefäß (19. Jh.)

asd) Fragment eines Heiligenbildes (17. Jh.)

ase) Löwenrelief (8.–10. Jh.)

asf) Putzfrau; Skulptur von Ivan Lazarov (1890–1952)

1432	1 St	mehrfarbig	ary	0,30	0,30
1433	2 St	mehrfarbig	arz	0,30	0,30
1434	3 St	mehrfarbig	asa	0,30	0,30
1435	5 St	mehrfarbig	asb	0,30	0,30
1436	6 St	mehrfarbig	asc	0,60	0,30
1437	8 St	mehrfarbig	asd	0,90	0,30
1438	10 St	mehrfarbig	ase	1,—	0,30
1439	13 St	mehrfarbig	asf	1,20	0,90
			Satzpreis (8 W.)	4,50	2,—
			2 FDC		8,—

		✶✶
1438 U	ungezähnt	100,—

Auflagen: MiNr. 1432 = 2 200 000, MiNr. 1433–1434 je 1 200 000, MiNr. 1435–1439 je 200 000 Stück

1964, 17. April. Volksmärchen. RaTdr.; gez. L 10½.

asg) „Ungeborenes Mädchen“

ash) „Großvaters Handschuh“

asi) „Die große Rübe“

ask) „Der Wolf und die sieben Geißlein“

asl) „Schlaupeter“

asm) „Das Kornbrötchen“

				✶✶	⊙
1440	1 St	mehrfarbig	asg	0,30	0,30
1441	2 St	mehrfarbig	ash	0,30	0,30
1442	3 St	mehrfarbig	asi	0,30	0,30
1443	5 St	mehrfarbig	ask	0,30	0,30
1444	8 St	mehrfarbig	asl	0,60	0,40

1445	13 St mehrfarbig	asm	1,70	0,70
	Satzpreis (6 W.)		3,—	1,50
	FDC			5,—

		✶✶
1440 U	ungezähnt	120,—

Auflagen: MiNr. 1440 = 2 000 000, MiNr. 1441–1442 je 1 000 000, MiNr. 1443–1445 je 250 000 Stück

1964, 16. Mai. Insekten. RaTdr.; gez. L 11½, MiNr. 1448 auch 10½.

asn) Schmetterlingshaft (Ascalaphus otomanus)

aso) Fadenhaft (Nemoptera coa)

asp) Sägeheuschrecke (Saga natalia)

asr) Alpenbock (Rosalia alpina)

ass) Getreidelaubkäfer (Anisoplia austriaca)

ast) Dolchwespe (Scolia flavifrons)

			✶✶	⊙
1446	1 St mehrfarbig	asn	0,30	0,30
1447	2 St mehrfarbig	aso	0,30	0,30
1448	3 St mehrfarbig	asp	0,30	0,30
1449	5 St mehrfarbig	asr	1,—	0,30
1450	13 St mehrfarbig	ass	2,—	1,—
1451	20 St mehrfarbig	ast	3,50	1,50
	Satzpreis (6 W.)		7,—	3,—
	FDC			8,—

		✶✶
1447 U	ungezähnt	100,—
1451 U	ungezähnt	100,—

Auflagen: MiNr. 1446–1447 je 4 300 000, MiNr. 1448 = 2 300 000, MiNr. 1449 = 1 000 000, MiNr. 1450–1451 je 300 000 Stück

1964, 8. Juni. 50 Jahre Sportverein „Levski"; Europacup im Volleyball der Damen. RaTdr.; gez. L 11½.

asu) Fußball

asv) Volleyball

			✶✶	⊙
1452	2 St mehrfarbig	asu	0,30	0,30
1453	13 St mehrfarbig	asv	1,30	0,50
	Satzpreis (2 W.)		1,50	0,60
	FDC			3,—

Blockausgabe, □

asx) Pokal vor Landkarte, Emblem

Block 13	60 St mehrfarbig (60×69 mm)	asx	4,—	4,—
	FDC			8,—

		✶✶
1453 Uo	oben ungezähnt	50,—
1453 Uzw	zweiseitig ungezähnt	—,—

Auflagen: MiNr. 1452 = 1 000 000, MiNr. 1453 = 200 000 Stück, Block 13 = 100 000 Blocks

MiNr. 1454 entfällt.

1964, 22. Juni. 140. Jahrestag der Ausgabe der ersten bulgarischen Fibel. RaTdr. auf vorderseitig grau getöntem Papier; gez. L 11 ½.

asy) Titelblatt der 1. Fibel mit Jahreszahlen 1824/1964, Peter Beron (1797–1871)

			✶✶	⊙
1455	20 St rötlichbraun/braunschwarz	asy	2,50	2,50
	FDC			5,—

Auflagen: 60 000 Stück

1964, 1. Juli. Eisenbahn. RaTdr.; gez. L 11½.

asz) Dampflokomotive von Stephenson

ata) Dampflokomotive

atb) Diesellokomotive

atc) Elektrolokomotive

atd) Dampflokomotive auf Brücke

ate) Diesellokomotive vor Tunnel

1456	1 St mehrfarbig	asz	0,30	0,30
1457	2 St mehrfarbig	ata	0,30	0,30
1458	3 St mehrfarbig	atb	0,30	0,30
1459	5 St mehrfarbig	atc	0,40	0,30
1460	8 St mehrfarbig	atd	1,50	0,30
1461	13 St mehrfarbig	ate	1,50	1,—
	Satzpreis (6 W.)		4,—	2,—
	2 FDC			7,—

1456 F	fehlender Landesname		50,—
1458 Ul	links ungezähnt		36,—
1459 UMw	senkrechtes Paar, Mitte ungezähnt	—,—	

Auflagen: MiNr. 1456 = 3 300 000, MiNr. 1457–1458 je 2 300 000, MiNr. 1459–1461 je 300 000 Stück

1964, 20. Aug. Hunde. RaTdr.; gez. L 11½.

atf) Deutscher Schäferhund

atg) Englischer Setter

ath) Pudel

ati) Deutscher Spitz

atk) Bernhardiner

atl) Drahthaariger Foxterrier

atm) Pointer

atn) Dackel

1462	1 St	mehrfarbig	atf	0,30	0,30
1463	2 St	mehrfarbig	atg	0,30	0,30
1464	3 St	mehrfarbig	ath	0,40	0,30
1465	4 St	mehrfarbig	ati	0,50	0,30
1466	5 St	mehrfarbig	atk	0,70	0,30
1467	6 St	mehrfarbig	atl	1,—	0,50
1468	10 St	mehrfarbig	atm	4,—	2,—
1469	13 St	mehrfarbig	atn	5,—	3,50
			Satzpreis (8 W.)	12,—	7,—
			2 FDC		15,—

1464 Ur	rechts ungezähnt	—,—	
1464 Uu	unten ungezähnt		15,—
1465 Uo	oben ungezähnt	—,—	
1467 U	ungezähnt		100,—
1467 Uu	unten ungezähnt	36,—	20,—
1468 Us	senkrecht ungezähnt		30,—

Auflagen: MiNr. 1462 = 5.400.000, MiNr. 1463 = 4.900.000, MiNr. 1464 = 2.900.000, MiNr. 1465 = 1.900.000, MiNr. 1466–1467 je 1.400.000, MiNr. 1468 = 400.000, MiNr. 1469 = 250.000 Stück

1964, 26. Okt. Freimarken: Landschaften. RaTdr.; gez. K 12¾:13½.

ato) Vratcata

atp) Ritlite

atr) Malöwiza

ats) Pobitite

att) Erkubria

atu) Rhodopen

1470	1 St	schwarzolivgrau	ato	0,30	0,30
1471	2 St	braun	atp	0,30	0,30
1472	3 St	türkisblau	atr	0,30	0,30
1473	4 St	karminbraun	ats	0,30	0,30
1474	5 St	dunkelblaugrün	att	0,50	0,30
1475	6 St	blauviolett	atu	0,80	0,30
			Satzpreis (6 W.)	2,—	1,—
			2 FDC		3,50

		★★
1470 U	ungezähnt	50,—
1471 U	ungezähnt	50,—
1471 Uu	unten ungezähnt	36,—
1473 Uu	unten ungezähnt	36,—
1475 U	ungezähnt	—,—

Auflagen: MiNr. 1470 = 10 000 000, MiNr. 1471–1472 je 6 000 000, MiNr. 1473 = 5 000 000, MiNr. 1474 = 2 000 000, MiNr. 1475 = 3 000 000 Stück

Weitere Werte siehe Fußnote nach MiNr. 1318.

✈ 1964, 22. Aug. Internationale Briefmarkenausstellung, Riccione. MiNr. 1394–1395 mit farbigem Aufdruck.

1476

1477

				★★	⊙
1476	**10 St**	auf 1 St bläulichviolett/grünlichblau	(1394) K	0,50	0,40
1477	**20 St**	auf 2 St gelblichgrün/braun	(1395) Gr	1,50	0,60
			Satzpreis (2 W.)	2,—	1,—
			FDC		4,—

Auflagen: 140.000 Sätze

1964, 9. Sept. 20 Jahre Volksmacht. RaTdr.; gez. L 11½.

atv) Partisanen

atw) Sowjetarmee

atx) Sowjetische Hilfssendungen

aty) Industrieanlage

atz) Mähdrescher

aua) Friedensdemonstration

aub) Soldat der Volksarmee vor Stauwerk

auc) Dimităr Blagoev (1856–1924) und Georgi Dimitrow (1882–1949)

atv–auc) Fahne, Lorbeerzweige und Jubiläumsdaten

1478	1 St	mehrfarbig	atv	0,30	0,30
1479	2 St	mehrfarbig	atw	0,30	0,30
1480	3 St	mehrfarbig	atx	0,30	0,30
1481	4 St	mehrfarbig	aty	0,30	0,30
1482	5 St	mehrfarbig	atz	0,30	0,30
1483	6 St	mehrfarbig	aua	0,40	0,30
1484	8 St	mehrfarbig	aub	0,80	0,30
1485	13 St	mehrfarbig	auc	1,—	0,50
			Satzpreis (8 W.)	3,—	1,50
			FDC		5,—

		★★
1479 Ur	rechts ungezähnt	50,—
1483 Ur	rechts ungezähnt	50,—

Auflagen: MiNr. 1478–1480 je 2 300 000, MiNr. 1481–1483 je 1 300 000, MiNr. 1484–1485 je 300 000 Stück

1964, 13. Sept. Mustermesse, Plovdiv. MiNr. 1025 mit Aufdruck.

1486

			★★	⊙
1486	**20 St** auf 44 St braunorange	(1025)	2,—	0,70
		FDC		3,—

Auflage: 150.000 Stück

1964, 3. Okt. Nationale Briefmarkenausstellung, Sofia. RaTdr.; gez. L 11½.

aud) Postkutsche, Flugzeug, Rakete
Zierfeld

1487	20 St grünblau	aud	1,50	0,70
		1487 Zf	3,—	1,50
		FDC		4,50
		Bogen	40,—	40,—

MiNr. 1487 wurde mit Zierfeld zusammenhängend gedruckt. Jeder Bogen zu 12 Marken und 12 Zierfeldern enthielt außerdem noch ein weiteres, abweichendes Zierfeld.
Während der Ausstellung wurden 1000 □-Bogen kostenlos verteilt. Die geschnittenen Marken waren nicht frankaturgültig.

Auflage: 360 000 Stück

1964, 10. Okt. Olympische Sommerspiele, Tokio; Odr. auf gefärbtem Papier; gez. L 11½.

aue) Turnen

auf) Weitsprung

aug) Schwimmen

auh) Fußball

aui) Volleyball

auk) Ringen (Freistil)

1488	1 St mehrfarbig	aue	0,30	0,30
1489	2 St mehrfarbig	auf	0,30	0,30
1490	3 St mehrfarbig	aug	0,30	0,30
1491	5 St mehrfarbig	auh	0,40	0,30
1492	13 St mehrfarbig	aui	1,50	0,30
1493	20 St mehrfarbig	auk	1,50	0,70
		Satzpreis (6 W.)	4,—	1,50
		2 FDC		6,—

Blockausgabe, □

aul) Sonne. olympische Ringe, Inschrift und Fudschijama in Sportbahn

Block 14	40 (St) + 20 St mfg. (61×67 mm)	aul	5,—	4,—
		FDC		10,—

1488 Ul	links ungezähnt		50,—
1488 F	fehlender lichtgrüner Untergrund	75,—	50,—
1489 K	Wertziffer und olymp. Ringe kopfstehend	*300,—*	
1489 Ur	rechts ungezähnt	—,—	
1490 Uu	unten ungezähnt	—,—	
1492 U	ungezähnt	200,—	
1493 U	ungezähnt	200,—	
1493 Us	senkrecht ungezähnt	200,—	

Auflagen: MiNr. 1488–1489 je 5 500 000, MiNr. 1490 = 2 500 000, MiNr. 1491 = 1 500 000, MiNr. 1492–1493 je 500 000 Stück, Bl. 14 = 100 000 Blocks

✈ 1964, 7. Dez. Freimarken: Industriewerke. RaTdr.; gez. K 13¼:13.

aum) Zellulose-Papierfabrik in Bukijovtz

aun) Metallfabrik in Plovdiv

auo) Metallwerk in Kremikovtsi

aup) Petroleum-Raffinerie in Burgas

aur) Düngemittelfabrik in Stara-Zagora

1494	8 St grünlichblau	aum	0,50	0,30
1495	10 St lebhaftviolett	aun	0,70	0,30
1496	13 St blauviolett	auo	0,80	0,30
1497	20 St dunkelgraublau	aup	1,50	0,50
1498	40 St dunkelgelbgrün	aur	2,50	0,70
		Satzpreis (5 W.)	6,—	1,50

		★★
1496 U	ungezähnt	120,—
1498 U	ungezähnt	—,—

Auflagen: MiNr. 1494 und 1496 je 3 000 000, MiNr. 1495 = 5 000 000, MiNr. 1497 = 2 000 000, MiNr. 1498 = 500 000 Stück

1964. 30 Jahre Gesellschaft für bulgarisch-sowjetische Freundschaft. RaTdr.; gez. L 11½.

aus) Sowjetischer Soldat und bulgarischer Landwehrmann; Skulptur von T. Zlatarev

			★★	⊙
1499	2 St bräunlichrot/schwarz	aus	0,50	0,30

Auflagen: 1 000 000 Stück

1964, 22. Dez. Französisch-bulgarische Briefmarkenausstellung, Saint-Ouen. RaTdr.; gez. L 11½.

aut) Flugzeug Sud Aviation SE 210 Caravelle über Rila-Kloster

auu) Flugzeug Tupolew Tu-104A über Notre-Dame, Paris

1500	5 St	graubraun/schwarz	aut	0,60	0,30
1501	13 St	kobalt/grünschwarz	auu	1,50	0,60
		Satzpreis (2 W.)		2,—	0,80
		FDC			4,—

Auflage: 120 000 Sätze

1964, 28. Dez. Alte Bäume. RaTdr.; gez. L 11½.

auv) Walnussbaum (Juglans regia) (500 Jahre) im Dorf Golijamo Drjanovo

auw) Bergahorn (Acer pseudo-platanus) (1100 Jahre) im Dorf Belaschtiza

aux) Spitzahorn (Acer platanoides) (600 Jahre) in der Stadt Sandanski

auy) Silberpappel (Populus alba) (800 Jahre) in der Stadt Peschtera

auz) Stieleiche (Quercus robur) (800 Jahre) im Tal bei der Stadt Kazanlak

ava) Schwarze Kiefer (Pinus nigra) (1200 Jahre) im Pirin-Gebirge

1502	1 St	mehrfarbig	auv	0,30	0,30
1503	2 St	mehrfarbig	auw	0,30	0,30
1504	3 St	mehrfarbig	aux	0,30	0,30
1505	4 St	mehrfarbig	auy	0,30	0,30
1506	10 St	mehrfarbig	auz	1,—	0,30
1507	13 St	mehrfarbig	ava	1,50	0,30
		Satzpreis (6 W.)		3,—	1,—
		2 FDC			4,—

	**
1507 F Farbe Mattgrauoliv fehlend	50,—

Auflagen: MiNr. 1502 = 3 300 000, MiNr. 1503–1504 je 2 300 000, MiNr. 1505 = 1 300 000, MiNr. 1506–1507 je 300 000 Stück

1964, 30. Dez. Kongress der Internationalen Studentenunion. RaTdr.; gez. L 11½.

avb) Studenten tragen aufgeschlagenes Buch mit Emblem

				**	⊙
1508	13 St	grünlichblau/schwarz	avb	1,—	0,50
		FDC			2,50

Auflage: 120 000 Stück

1965, 27. Jan. Bulgarische Medaillengewinner bei den Olympischen Sommerspielen 1964, Tokio. RaTdr.; gez. L 11½.

avc) Medaille mit Inschrift

1509	20 St	mehrfarbig	avc	1,50	0,70
		FDC			3,—

Auflage: 150 000 Stück

1965, 16. April. 20. Jahrestag des Sieges 1945. RaTdr.; gez. L 11½.

avd) Schwert durchbohrt Schlange, Weltkugeln

ave) Friedenstaube, Weltkugeln, Inschrift

1510	5 St	mehrfarbig	avd	0,30	0,30
1511	13 St	mehrfarbig	ave	0,80	0,40
		Satzpreis (2 W.)		1,—	0,50
		FDC			2,50

Auflage: 120 000 Sätze

1965, 15. Febr. Start des sowjetischen Weltraumschiffes „Woschod" (I). RaTdr.; gez. L 11½.

avf) Wladimir Komarow (1927–1967), Kommandant

avg) Konstantin Feoktistow (1926–2009), Ingenieur

avh) Boris Jegorow (1937–1994), Arzt

avi) Die drei Kosmonauten

avk) Weltraumschiff „Woschod 1"

1512	1 St	mehrfarbig	avf	0,30	0,30
1513	2 St	mehrfarbig	avg	0,30	0,30
1514	5 St	mehrfarbig	avh	0,30	0,30
1515	13 St	mehrfarbig	avi	1,20	0,30
1516	20 St	mehrfarbig	avk	1,50	0,50
		Satzpreis (5 W.)		3,—	1,30
		FDC			5,—

Auflagen: MiNr. 1512–1513 je 5.300.000, MiNr. 1514 = 2.300.000, MiNr. 1515–1516 je 300.000 Stück

1965, 15. Febr. Start des sowjetischen Weltraumschiffes „Woschod" (II). MiNr. 1512–1516 in geänderten Farben. RaTdr.; ☐.

avf) Wladimir Komarow (1927–1967), Kommandant

1517	1 St	mehrfarbig	avf	0,30	0,30
1518	2 St	mehrfarbig	avg	0,50	0,30
1519	5 St	mehrfarbig	avh	0,70	0,50
1520	13 St	mehrfarbig	avi	1,50	0,60
1521	20 St	mehrfarbig	avk	2,—	2,—
			Satzpreis (5 W.)	5,—	3,50
			Viererblock + Marke	7,—	5,50
			2 FDC		9,—

MiNr. 1517–1520 wurden in Viererblockanordnung zusammenhängend gedruckt.

Auflage: 120 000 Sätze

1965, 1. April. Freimarken: Landwirtschaftliche Produkte. RaTdr.; gez. K 12¾:13½.

avl) Maiskolben (Zea mays)

avm) Weizenähren (Triticum aestivum)

avn) Sonnenblume (Helianthus annuus)

avo) Zuckerrübe (Beta vulgaris var. altissima)

avp) Luzerne (Medicago sativa)

avr) Baumwollstaude (Gossypium sp.)

avs) Tabak (Nicotiana tabacum)

1522	1 St	gelborange	avl	0,30	0,30
1523	2 St	bläulichgrün	avm	0,30	0,30
1524	3 St	rotorange	avn	0,30	0,30
1525	4 St	dunkeloliv	avo	0,40	0,30
1526	5 St	rosakarmin	avp	0,50	0,30
1527	10 St	grünlichblau	avr	0,50	0,30
1528	13 St	dunkelolivgelb	avs	1,50	0,30
			Satzpreis (7 W.)	3,50	1,80
			FDC		5,—

Auflagen: MiNr. 1522 = 10 000 000, 1523 = 15 000 000, MiNr. 1524–1525 je 5 000 000, MiNr. 1526–1528 je 3 000 000 Stück

1965, 20. April. Vögel. RaTdr.; gez. L 11½.

avt) Dompfaff (Pyrrhula pyrrhula)

avu) Pirol (Oriolus oriolus)

avv) Steinrötel (Monticola saxatilis)

avw) Rauchschwalbe (Hirundo rustica)

avx) Blauracke (Caracias garrulus)

avy) Stieglitz (Carduelis carduelis)

avz) Rosenstar (Sturnus roseus)

awa) Nachtigall (Luscinia megarhynchos)

1529	1 St	mehrfarbig	avt	0,30	0,30
1530	2 St	mehrfarbig	avu	0,30	0,30
1531	3 St	mehrfarbig	avv	0,40	0,30
1532	5 St	mehrfarbig	avw	0,70	0,30
1533	8 St	mehrfarbig	avx	0,80	0,50
1534	10 St	mehrfarbig	avy	3,—	0,80
1535	13 St	mehrfarbig	avz	3,—	1,50
1536	20 St	mehrfarbig	awa	4,20	3,20
			Satzpreis (8 W.)	12,—	6,50
			2 FDC		16,—

1531 Uo oben ungezähnt .... —,—
1532 Uu unten ungezähnt .... 15,—

Auflagen: MiNr. 1529 = 2 750 000, MiNr. 1530 = 2 250 000, MiNr. 1531 = 1 750 000, MiNr. 1532 = 450 000, MiNr. 1533 = 425 000, MiNr. 1534–1536 je 250 000 Stück

1965, 17. Mai. 100 Jahre Internationale Fernmeldeunion (ITU). RaTdr.; gez. L 11½.

awb) Emblem der ITU mit Umschrift, verschiedene Antennen

1537	20 St	mehrfarbig	awb	1,50	0,70
			FDC		3,—

Auflage: 120 000 Stück

1965, 15. Mai. 20 Jahre Vereinte Nationen (UNO). RaTdr.; gez. L 11½.

awc) Symb. Darstellung der Zusammenarbeit der UNO

1538	20 St	mehrfarbig	awc	1,50	0,50
			FDC		3,—

**
1538 U ungezähnt .... 100,—

Auflage: 120 000 Stück

1965, 30. April. Internationale Konferenz der Transport-, Hafen- und Fischfangarbeiter. RaTdr.; gez L 11½.

awd) Flugzeug Iljushin Il-18, Omnibus, Elektrozug, Dampfer, Wal, Erdkugel

				******	⊙
1539	13 St	mehrfarbig	awd	1,50	1,—
			FDC		3,50

Auflage: 120 000 Stück

1965, 20. Mai. Weltraumschiff „Woschod 2“. RaTdr;. gez. L 11½.

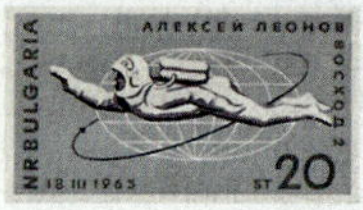

awe) Pawel Beljajew (1925–1970) und Aleksej Leonow (1934–2019), sowjetische Kosmonauten

awf) Kosmonaut im Weltall

awe–awf) Weltkugel und Raketenbahn

1540	2 St mehrfarbig	awe	0,50	0,30
1541	20 St mehrfarbig	awf	4,—	1,30
		Satzpreis (2 W.)	4,50	1,50
		FDC		6,—

	★★
1540 Ul links ungezähnt	20,—

Auflagen: MiNr. 1540 = 1 120 000, MiNr. 1541 = 120 000 Stück

1965, 10. Juni. Fische. RaTdr.; gez. L 11½.

awg) Gewöhnlicher Stechrochen (Dasyatis pastinaca)

awh) Pelamide (Sarda mediterranea)

awi) Kleiner Drachenkopf (Scorpaena porcus)

awk) Roter Knurrhahn (Trigla hirundo)

awl) Mittelmeer-Bastardmakrele (Trachurus mediterraneus)

awm) Schwarzmeer-Butt (Rhombus maeoticus)

			★★	⊙
1542	1 St mehrfarbig	awg	0,30	0,30
1543	2 St mehrfarbig	awh	0,30	0,30
1544	3 St mehrfarbig	awi	0,30	0,30
1545	5 St mehrfarbig	awk	0,50	0,30
1546	10 St mehrfarbig	awl	2,20	0,90
1547	13 St mehrfarbig	awm	2,80	1,20
		Satzpreis (6 W.)	6,—	2,50
		2 FDC		10,—

Auflagen: MiNr. 1542 = 2 750 000, MiNr. 1543 = 2 250 000, MiNr. 1544 = 1 750 000, MiNr. 1545 = 450 000, MiNr. 1546–1547 je 250 000 Stück

1965, 30. Juni. Konferenz der Postminister der sozialistischen Länder. RaTdr.; gez. L 10½.

awn) Karl Marx und Wladimir Lenin

1548	13 St orangerot/braun	awn	2,—	0,50
		FDC		4,—

Auflage: 120 000 Stück

1965, 30. Juni. Balkan-Filmfestspiele, Varna. RaTdr.; gez. K 10 ½.

awo) Festspiel-Emblem und Zeichen der UNESCO

1549	13 St mehrfarbig	awo	1,—	0,30
		FDC		2,50

Auflage: 120 000 Stück

1965, 23. Juli. Briefmarkenausstellung BALKANFILA, Varna. RaTdr.; gez. L 10½.

awp) Karte der Balkanhalbinsel und Taube mit Brief

awr) Segelboot und moderne Bauten

aws) Allegorische Zeichnung der Flora und Fauna des Landes

awt) Elemente des Sonnensystems und Rakete

1550	1 St mehrfarbig	awp	0,30	0,30
1551	2 St mehrfarbig	awr	0,30	0,30
1552	3 St mehrfarbig	aws	0,30	0,30
1553	13 St mehrfarbig	awt	1,50	1,20
		Satzpreis (4 W.)	2,—	1,50
		FDC		5,—

Blockausgabe, □

awu

Block 15	40 St mehrfarbig (71×62 mm)	awu	4,50	3,—
		FDC		8,—

Auflagen: MiNr. 1550–1551 je 150 000, MiNr. 1552–1553 je 120 000 Stück, Bl. 15 = 80 000 Blocks

1965, 10. Juli. Internationale Ballettfestspiele. RaTdr.; gez. L 10½.

awv) Ballettänzerin

1554	5 St lilarot/grünlichschwarz	awv	2,—	1,—
		FDC		5,—

	★★
1554 UMw senkrechtes Paar, Mitte ungezähnt	35,—

Auflage: 100 000 Stück

1965, 7. Aug. Besuch von Pawel Beljajew und Aleksej Leonow auf der Briefmarkenausstellung BALKANFILA. RaTdr.; MiNr. 1555 gez. L 10½, MiNr. 1556 □.

aww) Pawel Beljajew (1925–1970) und Aleksej Leonow (1934–2019), sowjetische Kosmonauten; Weltraumrakete, Segelschiff

			★★	⊙
1555	20 St mehrfarbig	aww	1,50	1,50
1556	20 St mehrfarbig	aww	2,—	1,50
		Satzpreis (2 W.)	3,50	3,—
		2 FDC		7,50

Auflagen: MiNr. 1555 = 150 000, MiNr. 1556 = 120 000 Stück

1965, 23. Juli. Widerstandskämpfer (I). RaTdr.; gez. L 11.

awx) Flucht im Boot

1557	2 St grünlichschwarz	awx	0,50	0,30
		FDC		2,—

Auflage: 1 000 000 Stück

1965, 14. Aug. Internationale Sportveranstaltungen. RaTdr.; gez. L 11:10½.

awy) Internationale Meisterschaften in Rhythmischer Sportgymnastik der Studentinnen, Sofia

awz) Turn-Europameisterschaft der Frauen, Sofia

axa) Gewichtheber-Europameisterschaft, Sofia

axb) Balkan-Automobilrallye

axc) Basketball-Europameisterschaft der Juniorinnen, Sofia

axd) Balkan-Automobilrallye

1558	1 St	mehrfarbig	awy	0,30	0,30
1559	2 St	mehrfarbig	awz	0,30	0,30
1560	3 St	mehrfarbig	axa	0,30	0,30
1561	5 St	mehrfarbig	axb	0,30	0,30
1562	10 St	mehrfarbig	axc	1,20	0,50
1563	13 St	mehrfarbig	axd	1,20	0,50
			Satzpreis (6 W.)	3,—	1,50
			2 FDC		6,—

Auflagen: MiNr. 1558 = 2 700 000, MiNr. 1559 = 1 500 000; MiNr. 1560 = 1 600 000, MiNr. 1561 = 400 000, MiNr. 1562–1563 je 200 000 Stück

1965, 12. Aug. Nationales Fest der Volkskunst. MiNr. 1070 mit fünfzeiligem Aufdruck.

1564

1564	**2 St**	auf 8 St orangebraun	(1070)		
	I	Aufdruckbreite 36 mm		2,—	2,—
	II	Aufdruckbreite 32 mm		8,—	5,—
			FDC I		4,—

Auflage: je 50.000 Stück

1965, 1. Juli. Früchte (IV). RaTdr.; gez. K 13.

axe) Äpfel (Malus sylvestris var. domestica)

axf) Weintrauben (Vitis vinifera)

axg) Birnen (Pyrus domestica)

axh) Pfirsiche (Prunus persica)

axi) Erdbeeren (Fragaria ananassa)

axk) Walnüsse (Juglans regia)

1565	1 St rotorange	axe	0,30	0,30
1566	2 St bräunlicholiv	axf	0,30	0,30
1567	3 St ockergelb	axg	0,30	0,30
1568	4 St rötlichorange	axh	0,30	0,30
1569	5 St karminrot	axi	0,40	0,30
1570	6 St gelblichbraun	axk	0,40	0,30
		Satzpreis (6 W.)	2,—	1,50
		FDC		3,50

Auflagen: MiNr. 1565 = 10 000 000, MiNr. 1566 = 20 000 000, MiNr. 1567 = 5 000 000, MiNr. 1568–1570 je 3 000 000 Stück

Weitere Werte: MiNr. 982–985, 990–993, 1022–1025

1965, 30. Sept. Reitsport. RaTdr.; gez. L 10½.

axl) Dressur

axm) Vielseitigkeitsprüfung

axn) Jagdspringen

axo) Rennen

axp) Hindernisrennen

axr) Hürdenrennen

1571	1 St	mehrfarbig	axl	0,30	0,30
1572	2 St	mehrfarbig	axm	0,30	0,30
1573	3 St	mehrfarbig	axn	0,30	0,30
1574	5 St	mehrfarbig	axo	0,70	0,30
1575	10 St	mehrfarbig	axp	3,—	1,20
1576	13 St	mehrfarbig	axr	3,40	1,50
			Satzpreis (6 W.)	7,50	3,—
			2 FDC		12,—

Blockausgabe, □

axs

Block 16	40 (St) + 20 St mfg. (80×80 mm)	axs	6,50	4,50
		FDC		12,—

			★★
1575 Uo	oben ungezähnt		36,—
1575 Uzw	zweiseitig ungezähnt		50,—

Auflagen: MiNr. 1571 = 2 750 000, MiNr. 1572 = 2 250 000, MiNr. 1573 = 1 750 000, MiNr. 1574 = 450 000, MiNr. 1575–1576 je 250 000 Stück, Block 16 = 100 000 Blocks

1965, 24. Okt. Bulgarische Jugendorganisation SEPTEMVRITSCHE. Odr.; gez. L 10½.

axt) Kinder der Organisation

axu) Aufnahme in die Organisation

axv) Trompeter im Pionierlager

axw) Kind mit Flugzeugmodell

axx) Laienspieler

axy) Kind beim Sport

				★★	⊙
1577	1 St	blau-/graugrün	axt	0,30	0,30
1578	2 St	blauviolett/lila	axu	0,30	0,30
1579	3 St	grauoliv/gelbbraun	axv	0,30	0,30
1580	5 St	blau/gelbbraun	axw	0,30	0,30
1581	8 St	graubraun/rotorange	axx	1,—	0,40
1582	13 St	lilarot/violett	axy	1,50	0,70
			Satzpreis (6 W.)	3,—	1,50
			2 FDC		6,—

			★★
1577 Ul	links ungezähnt		15,—
1579 Ul	links ungezähnt		15,—

Auflagen: MiNr. 1577 = 1 550 000, MiNr. 1578 = 1 250 000, MiNr. 1579 = 850 000, MiNr. 1580 = 350 000, MiNr. 1581–1582 je 150 000 Stück

✈ 1965, 25. Nov. Luftverkehr. Odr.; gez. L 10½.

axz) Flugzeug Ju 52 über Weliko Tarnowo

aya) Flugzeug Il 14 über Plovdiv

ayb) Hubschrauber Mi 4 über Dimitrowgrad

ayc) Flugzeug Tu 104 über Russe

ayd) Flugzeug Il 18 über Varna

aye) Flugzeug Tu 114 über Sofia

				★★	⊙
1583	1 St	mehrfarbig	axz	0,30	0,30
1584	2 St	mehrfarbig	aya	0,30	0,30
1585	3 St	mehrfarbig	ayb	0,30	0,30
1586	5 St	mehrfarbig	ayc	0,40	0,30
1587	13 St	mehrfarbig	ayd	1,20	0,40
1588	20 St	mehrfarbig	aye	2,—	0,70
			Satzpreis (6 W.)	4,—	1,50
			2 FDC		6,—

			★★
1587 Us	senkrecht ungezähnt		100,—

Auflagen: MiNr. 1583 = 2 700 000, MiNr. 1584 = 2 200 000, MiNr. 1585 = 1 700 000, MiNr. 1586 = 400 000, MiNr. 1587–1588 je 200 000 Stück

1965, 15. Dez. Internationale Jahre der ruhigen Sonne (IQSY). RaTdr.; gez. L 10½.

ayf) Erde mit Van-Allen-schen Strahlungszonen

ayg) Sonnen-Protuberanzen

ayh) Sonnen-Korona

ayf–ayh) IQSY-Emblem

				★★	⊙
1589	1 St	mehrfarbig	ayf	0,30	0,30
1590	2 St	mehrfarbig	ayg	0,30	0,30
1591	13 St	mehrfarbig	ayh	1,30	0,40
			Satzpreis (3 W.)	1,50	0,80
			FDC		3,—

Auflagen: MiNr. 1589 = 1 650 000, MiNr. 1590 = 1 150 000, MiNr. 1591 = 150 000 Stück

1965, 6. Dez. 80. Jahrestag der Vereinigung des Nord- und Südteiles von Bulgarien. RaTdr.; gez. L 10½.

ayi) Symb. Darstellung: Nord und Süd mit gemeinsamer Fahne

1592	13 St	gelblichgrün/schwarz	ayi	1,—	0,70
			FDC		2,50

Auflage: 150 000 Stück

1966, 10. Jan. Frühling. Odr.; gez. L 10½.

ayk) Nationaler Schmuck „Marteniza“

azl) Volksmusik-Instrumentalspieler

aym) Vögel

ayn) „Lazarka“ (Lazarustänzerin)

ayo) Blumenvase

ayp) „Gaidor“ (Dudelsackpfeifer)

1593	1 St	mehrfarbig	ayk	0,30	0,30
1594	2 St	mehrfarbig	azl	0,30	0,30
1595	3 St	mehrfarbig	aym	0,30	0,30
1596	5 St	mehrfarbig	ayn	0,30	0,30
1597	8 St	mehrfarbig	ayo	0,60	0,30
1598	13 St	mehrfarbig	ayp	1,20	0,30
			Satzpreis (6 W.)	2,50	1,50
			FDC		5,—

Auflagen: MiNr. 1593–1594 je 2 000 000, MiNr. 1595 = 1 500 000, MiNr. 1596 = 500 000, MiNr. 1597 = 400 000, MiNr. 1598 = 200 000 Stück

1966, 10. Febr. Freimarken: Kulturdenkmäler. RaTdr.; gez. K 13.

ayr) Brücke in Bjalo

ays) Brücke bei Slivengrad

ayt) Brunnen bei Samakov

ayu) Festung Matoschina

ayv) Festung Tscherwen

ayw) Gasthaus in Boschenzi

1599	1 St	dunkelbläulichgrün	ayr	0,30	0,30
1600	1 St	grünlichblau	ays	0,30	0,30
1601	2 St	dunkelolivgrün	ayt	0,30	0,30
1602	2 St	dunkelkarminbraun	ayu	0,30	0,30
1603	8 St	karminbraun	ayv	0,60	0,30
1604	13 St	preußischblau	ayw	1,—	0,40
			Satzpreis (6 W.)	2,—	1,50
			FDC		4,—

Auflagen: MiNr. 1599–1600 je 3 000 000, MiNr. 1601–1602 je 7 000 000, MiNr. 1603 = 4 000 000, MiNr. 1604 = 5 000 000 Stück

1966, 25. Febr. 2500 Jahre bulgarische Kunst (II). Odr.; gez. K 11½.

ayx) Christus lehrend; Fresko aus der Kirche in Bojana (1259)

ayy) Zerstörung der Idole; Fresko aus der Kirche in Bojana (1259)

ayz) Erzengelkirche in Batschkovo (13.–14. Jh.)

aza) Klosterkirche in Zemen (14. Jh.)

azb) Kirche „St. Johannes der Täufer" in Nessebar (10.–11 Jh.)

azc) „Christi Geburt" Ikone aus Arbanassi (18. Jh.)

azd) Mutter-Gottes-Ikone aus Nessebar (1342)

1605	1 St	mehrfarbig	ayx	4,—	2,—
1606	2 St	mehrfarbig	ayy	1,—	1,—
1607	3 St	mehrfarbig	ayz	1,—	1,—
1608	4 St	mehrfarbig	aza	1,—	1,—
1609	5 St	mehrfarbig	azb	1,—	1,—
1610	13 St	mehrfarbig	azc	1,—	1,—
1611	20 St	mehrfarbig	azd	1,—	1,—
			Satzpreis (7 W.)	10,—	8,—
			3 FDC		20,—

Auflagen: MiNr. 1605 = 220 000, MiNr. 1606–1611 je 230 000 Stück

1966, 3. März. 90. Jahrestag des April-Aufstandes gegen die Türken, 1876. RaTdr.; gez. L 10½.

aze) Ausrufung des Aufstandes

azf) Georgi Benkovski und Todor Kableschkov

azg) Fahnenweihe

azh) Wassil Petleschkov und Zanko Djustabanov

azi) Truppe des Christo Botev am Donauufer bei Kozloduj

azk) Panajot Volov und Ilarion Dragostinov

1612	1 St	mehrfarbig	aze	0,30	0,30
1613	2 St	mehrfarbig	azf	0,30	0,30
1614	3 St	mehrfarbig	azg	0,30	0,30
1615	5 St	mehrfarbig	azh	0,30	0,30
1616	10 St	mehrfarbig	azi	0,80	0,30
1617	13 St	mehrfarbig	azk	0,80	0,50
			Satzpreis (6 W.)	2,—	1,50
			2 FDC		4,—

Auflagen: MiNr. 1612–1613 je 1 000 000, MiNr. 1614 = 800 000, MiNr. 1615 = 300 000, MiNr. 1616–1617 je 150 000 Stück

1966, 23. Mai. Zoologischer Garten von Sofia. RaTdr.; gez. L 10½.

azl) Indischer Elefant (Elephas maximus)

azm) Tiger (Panthera tigris)

azn) Schimpanse (Pan troglodytes)

azo) Sibirischer Steinbock (Capra ibex sibirica)

azp) Eisbär (Ursus maritimus)

azr) Löwe (Panthera leo)

azs) Bison (Bison bison)

azt) Graues Riesenkänguruh (Macropus major)

1618	1 St	mehrfarbig	azl	0,30	0,30
1619	2 St	mehrfarbig	azm	0,30	0,30
1620	3 St	mehrfarbig	azn	0,30	0,30
1621	4 St	mehrfarbig	azo	0,30	0,30
1622	5 St	mehrfarbig	azp	1,—	0,30
1623	8 St	mehrfarbig	azr	1,20	1,—
1624	13 St	mehrfarbig	azs	3,50	2,—
1625	20 St	mehrfarbig	azt	4,50	3,—
			Satzpreis (8 W.)	11,—	7,—
			2 FDC		14,—

Auflagen: MiNr. 1618–1619 je 2 600 000, MiNr. 1620 = 2 100 000, MiNr. 1621 = 600 000, MiNr. 1622 = 500 000, MiNr. 1623 = 400 000, MiNr. 1624–1625 je 250 000 Stück

1966, 3. Mai. Einweihung des neuen Amtssitzes der Weltgesundheitsorganisation (WHO) in Genf. RaTdr.; gez. L 10½.

azu) WHO-Gebäude, Genf

1626	13 St	blau/silber	azu	1,20	0,50
			FDC		2,—

Auflage: 150 000 Stück

1966, 9. Mai. Kongress der Gewerkschaften. Odr.; gez. L 10½.

azv) Arbeiter

1627	20 St	grauschwarz/rosa	azv	1,50	0,70
			FDC		3,—

Auflage: 120 000 Stück

1966, 29. April. Blockausgabe: Mondlandung von „Luna 9“ am 3.2.1966. Odr.; □.

azx) Symbolische Darstellung der Inbesitznahme des Mondes durch den Menschen

Block 17	60 St mehrfarbig (68×50 mm)	azx	5,—	5,—
		FDC		8,—

Auflage: 80 000 Blocks

MiNr. 1628 entfällt.

1966, 18. Mai. 90. Jahrestag der Indienststellung des Dampfschiffes „Radetzki“. Odr.; gez. L 10½.

azy) Donau-Raddampfschiff „Radetzki“, Pionier mit Fanfare

1629	2 St	mehrfarbig	azy	0,30	0,30
			FDC		2,—

Auflage: 500 000 Stück

1966, 30. Mai. 90. Jahrestag der Heldentat des Fahnenträgers N. S. Kuruto beim Aufstand gegen die Türken 1876. RaTdr.; gez. L 10½.

azz) Nikola Simoff Kuruto, Fahnenträger der Rebellentruppe Botevs, gefallen 1876

1630	5 St	mehrfarbig	azz	0,50	0,30
			FDC		2,—

Auflage: 120 000 Stück

1966, 6. Juni. Treffen der internationalen Föderation der demokratischen Jugend, Sofia. RaTdr.; gez. L 10½.

baa) Emblem der Vereinigung, Köpfe der weißen, gelben und schwarzen Rasse vor Weltkugel

1631	13 St	mehrfarbig	baa	1,—	0,30
			FDC		2,50

Auflage: 120 000 Stück

1966, 8. Juni. 20 Jahre UNESCO. RaTdr.; gez. L 10½.

bab) UNESCO-Emblem

1632	20 St	mehrfarbig	bab	1,20	0,50
			FDC		2,50

Auflage: 120 000 Stück

1966, 27. Juni. Fußball-Weltmeisterschaft, England. RaTdr.; gez. L 10½.

bac) Spieler am Ball

bad) Kampf um den Ball

bae) „Fallrückzieher“

baf) Kopfstoß

bag) Parade des Torwarts

1633	1 St	mehrfarbig	bac	0,30	0,30
1634	2 St	mehrfarbig	bad	0,30	0,30
1635	5 St	mehrfarbig	bae	0,30	0,30
1636	13 St	mehrfarbig	baf	1,—	0,40
1637	20 St	mehrfarbig	bag	1,—	0,40
			Satzpreis (5 W.)	2,50	1,30
			2 FDC		5,—

Blockausgabe, □

bah) Jules-Rimet-Pokal mit Inschrift „London 1966"

Block 18	50 St mehrfarbig (60×63 mm)	bah	4,50	3,—
		FDC		7,—

1633 Ur	rechts ungezähnt	—,—
1634 UMw	senkrechtes Paar, Mitte ungezähnt	—,—
1634 Ur	rechts ungezähnt	—,—
1635 Uu	unten ungezähnt	—,—

Auflagen: MiNr. 1633 = 2 000 000, MiNr. 1634 = 1 500 000, MiNr. 1635 = 500 000, MiNr. 1636–1637 je 220 000 Stück, Bl. 18 = 80 000 Blocks

1966, 25. Mai. Kongress des bulgarischen Sportverbandes. RaTdr.; gez. L 10½.

bai) Turner und Turnerin mit Fahnen

1638	13 St mehrfarbig	bai	1,—	0,50
		FDC		2,50

Auflage: 150 000 Stück

1966, 29. Juli. Internationale Ringerwettkämpfe. RaTdr.; gez. L 10½.

bak) Freistil-Ringer

1639	13 St mehrfarbig	bak	1,—	0,50
		FDC		2,—

Auflage: 150 000 Stück

1966, 10. Aug. 3. Republikanische Spartakiade (I). RaTdr.; gez. L 10½.

bal) Speerwerfen

bam) Laufen

1640	2 St mehrfarbig	bal	0,30	0,30
1641	13 St mehrfarbig	bam	0,80	0,30
		Satzpreis (2 W.)	1,—	0,50
		FDC		2,—

		★★
1640 Us	senkrecht ungezähnt	50,—

Auflagen: MiNr. 1640 = 1 000 000. MiNr. 1641 = 150 000 Stück

1966, 26. Aug. Internationaler Balkan-Kongress, Sofia. RaTdr.; gez. L 11:11½.

ban) Karte der Balkan-Halbinsel, mit Emblemen Weltkugel und UNESCO

			★★	⊙
1642	13 St mehrfarbig	ban	1,—	0,50
		FDC		2,—

Auflage: 150 000 Stück

1966, 1. Sept. Welt der Kinder. RaTdr.; gez. L 10½.

bao) Spielende Kinder, die zukünftigen Baumeister

bap) Hase und Bär lesen die Kinderzeitchrift „Nachtigall"

bar) Kinder als zukünftige Weltraumfahrer

bas) Kinder gehen zum Sandspielplatz

1643	1 St mehrfarbig	bao	0,30	0,30
1644	2 St mehrfarbig	bap	0,30	0,30
1645	3 St mehrfarbig	bar	0,30	0,30
1646	13 St mehrfarbig	bas	1,60	0,30
		Satzpreis (4 W.)	2,—	1,—
		FDC		3,50

		★★
1643 Ur	rechts ungezähnt	35,—
1644 Uu	unten ungezähnt	35,—

Auflagen: MiNr. 1643 = 2 000 000, MiNr. 1644 = 1 500 000, MiNr. 1645 = 1 000 000, MiNr. 1646 = 200 000 Stück

1966, 29. Sept. Russische Kosmonauten. RaTdr.; gez. L 11½:11.

bat) Jurij Gagarin (1934–1968); Wostok 1 (1961)

bau) German Titow (1935–2000); Wostok 2 (1961)

bav) Andrijan Nikolajew (1929–2004) und Pawel Popowitsch (1930–2009); Gruppenflug von Wostok 3 und Wostok 4 (1962)

baw) Walentina Tereschkowa (*1937) und Walerij Bykowskij (*1934); Wostok 5 und Wostok 6 (1963)

bax) Konstantin Feoktistow (1926–2009), Wladimir Komarow (1927–1967) und Boris Jegorow (1937–1994); Woschod 1 (1964)

bay) Pawel Beljajew (1925–1970) und Aleksej Leonow (1934–2019), erster Mensch außerhalb eines Weltraumschiffes; Woschod 2 (1965)

baz) Jurij Gagarin, Walentina Tereschkowa und Aleksej Leonow, Weltraumkapseln

					★★	⊙
1647	1 St	mehrfarbig	. . . .	bat	0,30	0,30
1648	2 St	mehrfarbig	. . . .	bau	0,30	0,30
1649	3 St	mehrfarbig	. . . .	bav	0,30	0,30
1650	5 St	mehrfarbig	. . . .	baw	0,30	0,30
1651	8 St	mehrfarbig	. . . .	bax	0,40	0,30
1652	13 St	mehrfarbig	. . . .	bay	1,20	0,30
1653	20 (St)	+ 10 St mehrfarbig	. . . .	baz	2,—	0,60
			Satzpreis (7 W.)		4,—	1,80
			2 FDC			6,—

Blockausgabe, □

bba) Weltraumkapsel; Weltraum mit Erde und Mond

Block 19	30 St + 10 St mehrfarbig	. . . .	bba	4,50	3,—
			FDC		6,—

1647 F	Farbe Dunkelgrüngrau fehlend (Kopf Gagarins)	150,—	150,—
1650 Ur	rechts ungezähnt	60,—	

Auflagen: MiNr. 1647–1648 je 3.050.000, MiNr. 1649 = 1.550.000, MiNr. 1650 = 550.000, MiNr. 1651 = 450.000, MiNr. 1652–1653 je 250.000 Stück, Bl. 19 = 80.000 Blocks

1966, 27. Okt. 1050. Todestag von Kliment von Ohrid. Odr.; gez. L 11½.

bbb) Hl. Kliment von Ohrid (um 840–916)

1654	5 St	mehrfarbig	bbb	1,—	0,50
			FDC		3,—

Auflage: 250 000 Stück

1966, 8. Nov. Widerstandskämpfer (II). RaTdr.; gez. L 10¾:11½.

bbc) Metodi Schatorov (1898–1944), Politiker und Führer der Partisanen

bbd) Vlado Josifov Trischkov (1899–1944), Leiter des Befreiungsheeres

bbe) Valtscho Iwanov (1880–1925), Leiter der Lehrer-Organisation

bbf) Raiko Daskalov (1886–1923), Führer der Bauernpartei

bbg) Vladimir Saimov (1888–1942), General

1655	2 St	mehrfarbig	bbc	0,30	0,30
1656	3 St	mehrfarbig	bbd	0,30	0,30
1657	5 St	mehrfarbig	bbe	0,30	0,30
1658	10 St	mehrfarbig	bbf	0,70	0,30
1659	13 St	mehrfarbig	bbg	0,80	0,30
		Satzpreis (5 W.)		2,—	0,70
		FDC			4,50

Auflagen: MiNr. 1655–1656 je 800 000, MiNr. 1657 = 500 000, MiNr. 1658–1659 je 150 000 Stück

1966, 14. Nov. Kongress der Kommunistischen Partei in Bulgarien. RaTdr.; gez. L 11¼:10¾.

bbh) Georgi Dimitrow

bbi) Metallarbeiter und Hochofen

1660	2 St	mehrfarbig	bbh	0,30	0,30
1661	20 St	mehrfarbig	bbi	1,80	0,40
		Satzpreis (2 W.)		2,—	0,50
		FDC			3,—

Auflagen: MiNr. 1660 = 1 000 000, MiNr. 1661 = 150 000 Stück

1966, 28. Nov. Goldschatz von Panagurischte. RaTdr.; gez. L 12:11½.

bbk) Rhyton mit Hirschkopf

bbl) Kanne in Amazonenkopfform

bbm) Rhyton mit Widderkopf

bbn) Flache Trinkschale (Phiale)

bbo) Kanne in Venuskopfform

bbp) Rhyton mit Hirschkopf

bbr) Kanne in Amazonenkopfform

bbs) Amphora mit Hirschgriffen

bbt) Rhyton mit Ziegenbock

1662	1 St	mehrfarbig	bbk	0,30	0,30
1663	2 St	mehrfarbig	bbl	0,30	0,30
1664	3 St	mehrfarbig	bbm	0,30	0,30
1665	5 St	mehrfarbig	bbn	0,50	0,30
1666	6 St	mehrfarbig	bbo	0,50	0,30
1667	8 St	mehrfarbig	bbp	1,20	0,30
1668	10 St	mehrfarbig	bbr	1,20	0,40
1669	13 St	mehrfarbig	bbs	1,50	0,50
1670	20 St	mehrfarbig	bbt	2,50	1,—
			Satzpreis (9 W.)	8,—	3,—
			2 FDC		12,—

Auflagen: MiNr. 1662 und 1663 = 2 200 000, MiNr. 1664 = 1 200 000, MiNr. 1665 = 700 000, MiNr. 1666 = 400 000, MiNr. 1667–1670 je 200 000 Stück

1966, 29. Nov. Freimarken: Touristenheime. RaTdr.; gez. L 11:11½.

bbu) Touristenheim in Bansko (Pirin-Gebirge)

bbv) Touristenheim in Trjavna (Balkan)

bbw) Touristenheim Belogradtschik (Balkan)

bbx) Maljowitza Hotels (Rila-Berge)

1671	1 St	dunkelviolettultramarin	bbu	0,30	0,30
1672	2 St	dunkelbraunrot	bbv	0,30	0,30
1673	2 St	dunkelgrün	bbw	0,30	0,30
1674	20 St	lebhaftviolett	bbx	1,20	0,30
			Satzpreis (4 W.)	1,50	1,—
			FDC		3,—

1671 C	gez. L 11½	5,—	3,—
1674 Uu	unten ungezähnt	40,—	

Auflagen: MiNr. 1671 = 12 000 000, MiNr. 1672–1673 je 6 000 000, MiNr. 1674 = 5 000 000 Stück

1966, 12. Dez. Neujahrsmarken. RaTdr.; gez. L 11:11½.

bby) Neujahrsbaum

bbz) Hölzernes Trinkgefäß (sogenannte Baklitza) des bulgarischen Neujahrsbrauches

1675	2 St	mehrfarbig	bby	0,30	0,30
1676	13 St	mehrfarbig	bbz	0,90	0,40
			Satzpreis (2 W.)	1,—	0,50
			FDC		2,—

Auflagen: MiNr. 1675 = 2 000 000, MiNr. 1676 = 200 000 Stück

1966, 15. Dez. Kulturserie: Persönlichkeiten. RaTdr.; gez. L 11:11½.

bca) Pentscho Slaweikov (1866–1912), Schriftsteller und Dichter

bcb) Dimtscho Debelianov (1887–1916), Schriftsteller und Dichter

bcc) Petko J. Todorov (1879–1916), Schriftsteller

bcd) Dimiter Dobrowitsch (1816–1905), Maler

bce) Iwan Markwitschka (1856–1938), Maler

bcf) Ilija Beškov (1901 bis 1958), Graphiker

1677	1 St	mehrfarbig	bca	0,30	0,30
1678	2 St	mehrfarbig	bcb	0,30	0,30
1679	3 St	mehrfarbig	bcc	0,30	0,30
1680	5 St	mehrfarbig	bcd	0,30	0,30
1681	8 St	mehrfarbig	bce	0,70	0,30
1682	13 St	mehrfarbig	bcf	0,70	0,30
			Satzpreis (6 W.)	2,—	1,50
			2 FDC		5,—

Auflagen: MiNr. 1677–1678 je 1 000 000, MiNr. 1679 = 800 000, MiNr. 1680 = 300 000, MiNr. 1681–1682 je 150 000 Stück

1966, 29. Dez. Gartenblumen. RaTdr.; gez. L 11:11½.

bcg) Dahlie (Dahlia hybr.)

bch) Ganzblättrige Waldrebe (Clematis integrifolia)

bci) Dichternarzisse (Narcissus poeticus)

bck) Roter Fingerhut (Digitalis purpurea)

bcl) Schneeglöckchen (Galanthus nivalis)

bcm) Petunie (Petunia hybrida)

bcn) Tigerlilie (Lilium tigrinum)

bco) Marien-Glockenblume (Campanula medium)

1683	1 St	mehrfarbig	bcg	0,30	0,30
1684	1 St	mehrfarbig	bch	0,30	0,30
1685	2 St	mehrfarbig	bci	0,30	0,30
1686	2 St	mehrfarbig	bck	0,30	0,30
1687	3 St	mehrfarbig	bcl	0,50	0,30
1688	5 St	mehrfarbig	bcm	0,60	0,30
1689	13 St	mehrfarbig	bcn	1,50	0,30
1690	20 St	mehrfarbig	bco	1,50	0,50
			Satzpreis (8 W.)	5,—	2,—
			2 FDC		8,—

		★★
1690 Ur	rechts ungezähnt	60,—

Auflagen: MiNr. 1683–1684 je 3 000 000, MiNr. 1685–1686 je 2 800 000, MiNr. 1687 = 700 000, MiNr. 1688 = 600 000, MiNr. 1689–1690 je 300 000 Stück

1967, 28. Jan. Jagdwild. RaTdr.; gez. L 11½:11.

bcp) Jagdfasan (Phasianus colchicus)

bcr) Chukarhuhn (Alectoris chukar)

bcs) Rebhuhn (Perdix perdix)

bct) Feldhase (Lepus europaeus)

bcu) Reh (Capreolus capreolus)

bcv) Rothirsch (Cervus elaphus)

			★★	⊙
1691	1 St mehrfarbig	bcp	0,30	0,30
1692	2 St mehrfarbig	bcr	0,30	0,30
1693	3 St mehrfarbig	bcs	0,40	0,30
1694	5 St mehrfarbig	bct	1,—	0,50
1695	8 St mehrfarbig	bcu	3,—	1,—
1696	13 St mehrfarbig	bcv	3,50	1,50
		Satzpreis (6 W.)	8,—	3,50
		2 FDC		14,—

	★★
1691 Uu unten ungezähnt	50,—

Auflagen: MiNr. 1691 = 1 500 000, MiNr. 1692 = 1 200 000, MiNr. 1693 = 800 000, MiNr. 1694 = 400 000, MiNr. 1695–1696 je 200 000 Stück

1967, 4. Febr. Philatelistenkongress, Sofia. RaTdr.; gez. L 10½.

bcw) Lupe, Pinzette; Bulgarien MiNr. 1

			★★	⊙
1697	10 St mehrfarbig	bcw	2,50	1,50
		FDC		4,50

Auflage: 100 000 Stück

1967, 30. März. Münzen. RaTdr.; gez. L 11.

bcx) Silbermünze (Wagenlenker) des thrakischen Stammes „Deroni", 6. Jh. v. Chr.

bcy) Tetradrachme (Gottheit) vom 1. Mazedonischen Gebiet, 2. Jh. v. Chr.

bcz) Tetradrachme (Fürst) von Odessos (Varna). Silber, 2. Jh. v. Chr.

bda) Silbermünze (Reiter) aus der Zeit Philipp II. von Mazedonien, 4. Jh. v. Chr.

bdb) Bronzemünze (König Seuthes) aus der Zeit des thrakischen Königs Seuthes, 4.–3. Jh. v. Chr.

bdc) Silbermünze (Sonne und Anker) aus Apolonien am Schwarzen Meer, 5. Jh. v. Chr.

1698	1 St mehrfarbig	bcx	0,30	0,30
1699	2 St mehrfarbig	bcy	0,30	0,30
1700	3 St mehrfarbig	bcz	0,30	0,30
1701	5 St mehrfarbig	bda	0,50	0,30
1702	13 St mehrfarbig	bdb	1,50	0,80
1703	20 St mehrfarbig	bdc	2,50	1,50
		Satzpreis (6 W.)	5,—	3,—
		2 FDC		9,—

Auflagen: MiNr. 1698 = 1 200 000, MiNr. 1699 = 1 000 000, MiNr. 1700 = 700 000, MiNr. 1701 = 350 000, MiNr. 1702–1703 je 150 000 Stück

1967, 20. April. 25 Jahre Vaterländische Front. RaTdr.; gez. L 11:11½.

bdd) Partisanen bei Empfang des Senders „Christo Botev"

bde) Georgi Dimitrow mit bulgarischer Flagge

1704	1 St mehrfarbig	bdd	0,30	0,30
1705	20 St mehrfarbig	bde	1,40	0,40
		Satzpreis (2 W.)	1,50	0,50
		FDC		3,—

Auflagen: MiNr. 1704 = 1 200 000, MiNr. 1705 = 120 000 Stück

1967, 24. April. Widerstandskämpfer (III). RaTdr.; gez. L 11½:11.

bdf) Nikola Kofardjiev (1904–1931)

bdg) Petko Napetov (1880–1933)

bdh) Petko D. Petkov (1891–1924)

bdi) Emil Markov (1905–1943)

bdk) Traitscho Kostov (1897–1949)

1706	1 St mehrfarbig	bdf	0,30	0,30
1707	2 St mehrfarbig	bdg	0,30	0,30
1708	5 St mehrfarbig	bdh	0,30	0,30
1709	10 St mehrfarbig	bdi	0,70	0,30
1710	13 St mehrfarbig	bdk	1,—	0,30
		Satzpreis (5 W.)	2,—	1,30
		2 FDC		4,—

Auflagen: MiNr. 1706 = 1 000 000, MiNr. 1707 = 800 000. MiNr. 1708 = 300 000, MiNr. 1709–1710 je 100 000 Stück

1967, 18. Mai. Kulturkongress. RaTdr.; gez. L 11½:11.

bdl) Symbolische Darstellung der Kulturentwicklung

1711	13 St mehrfarbig	bdl	1,—	0,50
		FDC		3,—

Auflage: 120 000 Stück

1967, 12. Juni. Internationales Jahr des Tourismus. RaTdr.; gez. L 11:11½.

bdm) Slatni Piasazi (= Goldstrand) am Schwarzen Meer

bdn) Pamporovo: Hotelbauten

bdo) Nessebar: Die byzantinische Kirche Pantokrator

1712	13 St	mehrfarbig	bdm	0,50	0,30
1713	20 St	mehrfarbig	bdn	1,—	0,40
1714	40 St	mehrfarbig	bdo	2,50	0,90
			Satzpreis (3 W.)	4,—	1,50
			FDC		6,—

Auflagen: MiNr. 1712 = 500 000, MiNr. 1713 = 300 000, MiNr. 1714 = 200 000 Stück

1967, 18. Juni. Wettbewerb junger Opernsänger. RaTdr.; gez. L 11½:11, Querformat ~.

bdp) Szene aus der bulgarischen Oper „Die Meister von Bojara“

bdr) Symbolische Darstellung der Opern-Kunst

1715	5 St	mehrfarbig	bdp	0,30	0,30
1716	13 St	mehrfarbig	bdr	0,80	0,40
			Satzpreis (2 W.)	1,—	0,50
			FDC		4,—

Auflage: 120 000 Sätze

1967, 27. Mai. Katzen. RaTdr.; gez. L 11½:11, Querformate ~.

bds) Europäische Katze

bdt) Siamesische Katze

bdu) Abessinier-Katze

bdv) Europäische Katze

bdw) Persische Katze

bdx) Europäische Katze

1717	1 St	mehrfarbig	bds	0,30	0,30
1718	2 St	mehrfarbig	bdt	0,30	0,30
1719	3 St	mehrfarbig	bdu	0,50	0,30
1720	5 St	mehrfarbig	bdv	1,60	0,30
1721	13 St	mehrfarbig	bdw	2,—	1,—
1722	20 St	mehrfarbig	bdx	2,50	2,—
			Satzpreis (6 W.)	7,—	3,50
			2 FDC		10,—

Auflagen: MiNr. 1717 = 1 750 000, MiNr. 1718 = 1 250 000, MiNr. 1719 = 1 000 000, MiNr. 1720 = 500 000, MiNr. 1721–1722 je 300 000 Stück

1967, 24. Juni. 100. Geburtstag von Georgi Kirkov. RaTdr.; gez. L 11:11½.

bdy) Georgi Kirkov (1867–1919), Politiker und Journalist

1723	2 St	bräunlichrot/gelborange	bdy	0,30	0,30
			FDC		1,50

Auflage: 250 000 Stück

1967, 15./24. Juli. Wirtschaftliche Erfolge. RaTdr.; gez. L 11:11½.

bdz) Küken, Brutmaschine (Inkubator)

bea) Rosenblüten, Rosenöl-gewinnungsanlage

beb) Gurken, Treibhäuser

bec) Schafzucht, Stallungen aus der Vogelschau

bed) Sonnenblume, Ölpresse

bee) Zuchtschweine, Schweinefarm

bef) Hopfen, Hopfenfeld mit Betonpfeilern

beg) Mais, Bewässerungsanlage

beh) Weintraube, Traktor „Bolgav“

bei) Äpfel, Buschbaum (sog. Palmettenanpflanzung)

bek) Bienen vor Waben, Erzeugnisse der Bienenzucht

bel) Biene auf Blüte, Bienenstöcke

1724	1 St	mehrfarbig (15. Juli)	bdz	0,30	0,30
1725	1 St	mehrfarbig (15. Juli)	bea	0,30	0,30
1726	2 St	mehrfarbig (15. Juli)	beb	0,30	0,30
1727	2 St	mehrfarbig (15. Juli)	bec	0,30	0,30
1728	3 St	mehrfarbig (24. Juli)	bed	0,30	0,30
1729	4 St	mehrfarbig (24. Juli)	bee	0,30	0,30
1730	5 St	mehrfarbig (24. Juli)	bef	0,30	0,30
1731	6 St	mehrfarbig (24. Juli)	beg	0,40	0,30
1732	8 St	mehrfarbig (24. Juli)	beh	0,50	0,30
1733	10 St	mehrfarbig (15. Juli)	bei	0,50	0,30
1734	13 St	mehrfarbig (24. Juli)	bek	1,10	0,40
1735	20 St	mehrfarbig (15. Juli)	bel	1,10	0,50
			Satzpreis (12 W.)	4,50	3,—
			4 FDC		10,—

Auflagen: MiNr.1724–1725 je 2 500 000, MiNr. 1726–1727 je 1 500 000, MiNr. 1728 = 1 000 000, MiNr. 1729 = 500 000, MiNr. 1730–1731 je 400 000, MiNr. 1732–1735 je 250 000 Stück

1967, 28. Juli. DKMS-Kongress, Sofia. Odr.; gez. L 11:11½.

bem) Baum mit Sternen als Laub und Wurzelstock (Emblem der Jugendorganisation DKMS)

1736	13 St mehrfarbig	bem	1,—	0,30
		FDC		2,—

Auflage: 150 000 Stück

1967, 25. Aug. 50. Jahrestag der Oktoberrevolution. RaTdr.; gez. L 11.

ben) Spasskij-Turm vor Karte mit den kommunistisch regierten Ländern

beo) Lenin vor den Revolutionären

bep) Revolutionäre im Gefecht

ber) Karl Marx, Friedrich Engels und Lenin

bes) Ölscheideanlage

bet) Mondsonde auf dem Weg zum Mond

1737	1 St mehrfarbig	ben	0,30	0,30
1738	2 St mehrfarbig	beo	0,30	0,30
1739	3 St mehrfarbig	bep	0,30	0,30
1740	5 St mehrfarbig	ber	0,30	0,30
1741	13 St mehrfarbig	bes	0,70	0,30
1742	20 St mehrfarbig	bet	1,50	0,50
		Satzpreis (6 W.)	2,50	1,20
		FDC		4,50

Auflagen: MiNr. 1737 = 1 500 000, MiNr. 1738 = 1 000 000, MiNr. 1739 = 500 000, MiNr. 1740 = 400 000, MiNr. 1741–1742 je 230 000 Stück

1967, 28. Aug. Weltmeisterschaften im Spinnangeln, Varna. RaTdr.; gez. L 11.

beu) Angel vor Landschaft in Fischform

1743	10 St mehrfarbig	beu	0,80	0,40
		FDC		2,50

		⊙
1743 U	ungezähnt	—,—

Auflage: 160 000 Stück

1967, 20. Sept. Olympische Winterspiele 1968, Grenoble. RaTdr.; gez. L 11.

bev) Skilanglauf

bew) Skispringen

bex) Biathlon

bey) Eishockey

bez) Eiskunstlauf

bfa) Alpiner Skilauf

				✶✶	⊙
1744	1 St	mehrfarbig	bev	0,30	0,30
1745	2 St	mehrfarbig	bew	0,30	0,30
1746	3 St	mehrfarbig	bex	0,30	0,30
1747	5 St	mehrfarbig	bey	0,30	0,30
1748	13 St	mehrfarbig	bez	1,50	0,40
1749	20 (St)	+ 10 St mehrfarbig	bfa	2,60	0,80
			Satzpreis (6 W.)	4,50	1,50
			2 FDC		7,—

Blockausgabe, □

bfb

Block 20	40 (St) + 10 St mfg. (70×70 mm)	bfb	4,—	3,—
		FDC		7,—

		✶✶
Block 20 F	Farbe Gold (Olympische Ringe und Wertangabe) fehlend	—,—

Auflagen: MiNr. 1744 = 2 500 000, MiNr. 1745 = 1 500 000, MiNr. 1746 = 1 200 000, MiNr. 1747 = 700 000, MiNr. 1748–1749 je 260 000 Stück, Bl. 20 = 100 000 Blocks

1967, 25. Sept. Berggipfel. Komb. StTdr. und RaTdr.; gez. K 11½ : 11¼, Hochformate ~.

bfc) Bogdan (1604 m), höchster Gipfel der Svedna Gora-Gruppe

bfd) Tcherni vrah (2290 m), Vitocha-Gruppe

bfe) Rouène (2251 m), Ossogov-Gruppe

bff) Persink (2091 m), Rhodopen-Gebirge

bfg) Botev (2376 m), Stara-planina (Balkan)

bfh) Mussala (2925 m), Rila-Gruppe

bfi) Vichrène (2914 m), Pirine-Gruppe

				✶✶	⊙
1750	1 St	mehrfarbig	bfc	0,30	0,30
1751	2 St	mehrfarbig	bfd	0,30	0,30
1752	3 St	mehrfarbig	bfe	0,30	0,30
1753	5 St	mehrfarbig	bff	0,30	0,30

1754	10 St	mehrfarbig	bfg	0,50	0,30
1755	13 St	mehrfarbig	bfh	0,50	0,30
1756	20 St	mehrfarbig	bfi	1,—	0,60
			Satzpreis (7 W.)	2,50	1,80
			2 FDC		5,—

Auflagen: MiNr. 1750 = 2 500 000, MiNr. 1751 = 2 000 000, MiNr. 1752 = 1 000 000, MiNr. 1753 = 500 000, MiNr. 1754–1756 je 200 000 Stück

1967, 20. Okt. 100. Todestag von Georgi Rakovski. RaTdr.; gez. L 11:10¾.

bfk) Georgi Rakovski (1821–1867), Publizist, Historiker, Philologe, Politiker und Dichter; organisierte revolutionäre Aufstände gegen die Türkenherrschaft

1757	13 St	mehrfarbig	bfk	1,—	0,50
			FDC		2,50

Auflage: 120 000 Stück

1967, 20. Okt. Erforschung und Nutzung des Weltraumes. Odr.; gez. L 11.

bfl) Kosmonauten Juri A. Gagarin (12.4.1961), Valentina V. Tereschkowa (26.6.1963) und A. Leonow (18.3.1965)

bfm) Astronauten John Glenn (20.2.1962) und E. White (3.6.1965)

bfn) Erster sowj. Experimental-Nachrichtensatellit „Nimbus" (23.4.1965), Weltkugel

bfo) US „Gemini 6" und „7" beim Rendezvous-Manöver (15.12.1965)

bfp) Aufgeklappte Mondlandesonde „Luna 13"; weiche Landung einer Mondsonde (24.12.1966), Mondkalotte, Weltkugel

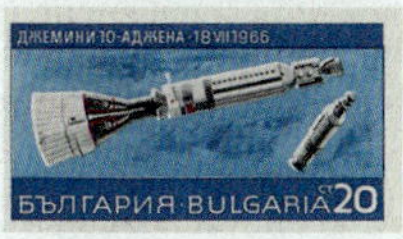

bfr) US „Gemini 10"; Raumkapsel mit Trägerrakete; Docking mit „Agena"-Zielsatelliten (18.7.1966)

1758	1 St	mehrfarbig	bfl	0,30	0,30
1759	2 St	mehrfarbig	bfm	0,30	0,30
1760	5 St	mehrfarbig	bfn	0,30	0,30
1761	10 St	mehrfarbig	bfo	1,—	0,30
1762	13 St	mehrfarbig	bfp	1,20	0,50
1763	20 St	mehrfarbig	bfr	1,20	1,—
			Satzpreis (6 W.)	4,—	2,—
			2 FDC		7,—

		✶✶
1760 Ur	rechts ungezähnt	40,—
1762 Uw	waagerecht ungezähnt	—,—

Auflagen: MiNr. 1758 = 2 000 000, MiNr. 1759 = 1 500 000, MiNr. 1760 = 600 000, MiNr. 1761–1762 je 280 000, MiNr. 1763 = 250 000 Stück

1967, 5. Dez. Weliko Tarnowo (frühere bulg. Hauptstadt). RaTdr.; gez. L 11.

bfs) Eisenbahnbrücke über den Jantra-Fluss mit dem unter der Stadt durchführenden Tunnel

bft) Die „Herberge des Hadschi Nikolaus", 1858 erbaut von N. Fičev

bfu) Die terrassenförmig an die Felshänge gebauten, unter Denkmalschutz stehenden Häuser

bfv) Die alte Hauptstadt Weliko Tarnowo, von den ehem. Zarenpalästen auf dem Carevec-Hügel gesehen

bfw) Das „Haus mit dem Äffchen", 1849 erbaut von Nicola Fičev für den Kaufmann Nicola Kojuv

bfx) Die malerische Gurko-Strasse

				✶✶	⊙
1764	1 St	mehrfarbig	bfs	0,30	0,30
1765	2 St	mehrfarbig	bft	0,30	0,30
1766	3 St	mehrfarbig	bfu	0,30	0,30
1767	5 St	mehrfarbig	bfv	0,30	0,30
1768	13 St	mehrfarbig	bfw	1,—	0,50
1769	20 St	mehrfarbig	bfx	1,—	0,70
			Satzpreis (6 W.)	2,50	1,50
			2 FDC		6,—

		✶✶
1766 U	ungezähnt	75,—
1768 U	ungezähnt	75,—

Auflagen: MiNr. 1764 = 1 200 000, MiNr. 1765 = 1 000 000, MiNr. 1766 = 750 000, MiNr. 1767 = 400 000, MiNr. 1768–1769 je 170 000 Stück

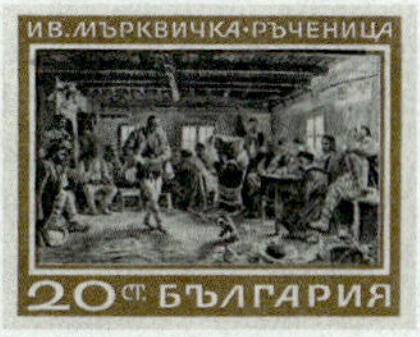

1967, 8. Dez. Belgisch-Bulgarische Briefmarkenausstellung, Brüssel. RaTdr. (4×2); gez. L 11:10¾.

bfy) Bauern tanzen Ratscheniza; Gemälde von Iwan Markwitschka (1856–1938)

				✶✶	⊙
1770	20 St	mehrfarbig	bfy	2,—	1,50
			FDC		5,50
			Kleinbogen	20,—	20,—

Auflage: 160.000 Stück

1967, 25. Dez. Gemälde bulgarischer Maler aus der Nationalgalerie in Sofia. RaTdr.; gez. K 11½, MiNr. 1773 gez. K 12:12¼.

bfz) Schafhirten; von Slatju Bojadschiew (1903–1976)

bga) Hochzeitstanz; von Wladimir Dimitrow-Maistora (1882–1960)

bgb) Singende Freiheitskämpfer; von Ilija Petrow (1903–1975)

bgc) Bildnis der Anastasia Pentschovitsch; von Nikolaj Pawlowitsch (1835–1894)

bgd) Selbstbildnis; von Sacharij Sograf (1810–1853)

bge) Die alte Stadt Plowdiw; von Zanko Lawrenow (1896–1978)

1771	1 St mehrfarbig	bfz	0,30	0,30
1772	2 St mehrfarbig	bga	0,30	0,30
1773	3 St mehrfarbig	bgb	0,50	0,30
1774	5 St mehrfarbig	bgc	0,70	0,30
1775	13 St mehrfarbig	bgd	2,—	0,60
1776	20 St mehrfarbig	bge	2,20	0,70
		Satzpreis (6 W.)	6,—	2,50
		3 FDC		10,—

Blockausgabe, ☐

bgf) Hl. Kliment von Ohrid; Gemälde von Anton Mitow (1862–1930)

Block 21	60 St mehrfarbig (65×85 mm)	bgf	6,—	6,—
		FDC		15,—

Auflagen: MiNr. 1771–1772 je 1.250.000, MiNr. 1773 = 750.000 MiNr. 1774–1776 je 250.000 Stück, Bl. 21 = 100.000 Blocks

1967, 30. Dez. Raumfahrterfolge. RaTdr.; gez. L 11.

bgg) „Kosmos 186" und „Kosmos 188" beim ersten automatischen Raumkopplungsmanöver am 1.11.1967; Planet Erde

bgh) „Venus 4" auf dem Wege zur Venus vom 12. 6.–18.10.1967; schematische Aufzeichnung des Flugweges

1777	20 St mehrfarbig	bgg	1,—	0,50
1778	40 St mehrfarbig	bgh	2,50	1,—
		Satzpreis (2 W.)	3,50	1,50
		FDC		6,—

Auflage: 140 000 Sätze

1968, 21. Jan. 90. Jahrestag der Befreiung von den Türken: Gemälde. RaTdr.; gez. L 11.

bgi) Überquerung der Donau bei Swischtow; von Nikolaj Dmitrijew-Orenburgskij (1837–1898)

bgk) Die Fahne von Samara; von Jaroslav Věšín (1860–1915)

bgl) Schlacht bei Plewen; von Nikolaj Dmitrijew-Orenburgskij (1837–1898)

bgm) Schlacht bei Orlovo Gnezdo; von Aleksej Popow (1858–1917)

bgn) Empfang der russischen Soldaten in Sofia; von Dimitar Gjudschenow (1891–1979)

1779	1 St mehrfarbig	bgi	0,30	0,30
1780	2 St mehrfarbig	bgk	0,30	0,30
1781	3 St mehrfarbig	bgl	0,30	0,30
1782	13 St mehrfarbig	bgm	1,—	0,30
1783	20 St mehrfarbig	bgn	1,10	0,30
		Satzpreis (5 W.)	3,—	1,50
		FDC		6,—

		✱✱
1780 U	ungezähnt	80,—
1780 Ul	links ungezähnt	—,—

Auflagen: MiNr. 1779 = 2.000.000, MiNr. 1780 = 1.132.000, MiNr. 1781 = 800.000, MiNr. 1782 = 250.000, MiNr. 1783 = 200.000 Stück

1968, 20. Febr. 150. Geburtstag von Karl Marx. RaTdr.; gez. L 11.

bgo) Karl Marx (1818–1883), deutscher Sozialideologe

			✱✱	⊙
1784	13 St mehrfarbig	bgo	1,—	0,30
		FDC		3,—

Auflage: 150 000 Stück

1968, 20. Febr. 100. Geburtstag von Maksim Gorki. RaTdr.; gez. L 11.

bgp) Maksim Gorki (1868–1936), russischer Dichter und Schriftsteller

1785	13 St mehrfarbig	bgp	1,—	0,30
		FDC		2,50

Auflage: 150 000 Stück

1968, 20. März. 9. Weltfestspiele der Jugend und Studenten, Sofia. RaTdr.; gez. L 11.

bgr) Volkstänze

bgs) Sportwettkämpfe

bgt) Verbreitung der Festspielidee

bgu) Festspielplakat

bgv) Jugendphilatelie

1786	2 St	mehrfarbig	bgr	0,30	0,30
1787	5 St	mehrfarbig	bgs	0,30	0,30
1788	13 St	mehrfarbig	bgt	1,—	0,30
1789	20 St	mehrfarbig	bgu	1,—	0,50
1790	40 St	mehrfarbig	bgv	1,70	1,20
		Satzpreis (5 W.)		4,—	2,—
		FDC			8,—

		★★
1786 U	ungezähnt	80,—

Auflagen: MiNr. 1786 = 1 500 000, MiNr. 1787 = 400 000, MiNr. 1788–1790 je 180 000 Stück

1968, 25. April. Blumen. RaTdr. (5×5); gez. L 11.

bgw) Alpenglockenblume (Campanula alpina)

bgx) Stengelloser Enzian (Gentiana clusii)

bgy) Wildkrokus (Crocus veluchensis)

bgz) Schwertlilie (Iris sibirica)

bha) Hundszahn (Erythronium dens-canis)

bhb) Weiße Hauswurz (Sempervivum leucanthum)

bhc) Diptam (Dictamnus albus)

				★★	⊙
1791	1 St	mehrfarbig	bgw	0,30	0,30
1792	2 St	mehrfarbig	bgx	0,30	0,30
1793	3 St	mehrfarbig	bgy	0,30	0,30
1794	5 St	mehrfarbig	bgz	0,50	0,30
1795	10 St	mehrfarbig	bha	0,70	0,30
1796	13 St	mehrfarbig	bhb	1,50	0,30
1797	20 St	mehrfarbig	bhc	1,50	0,50
		Satzpreis (7 W.)		4,50	1,80
		2 FDC			6,—

1791 F	Farbe Schwarz fehlend		—,—
1791 U	ungezähnt	80,—	
1793 U	ungezähnt	80,—	

Auflagen: MiNr. 1791 und 1793 je 2 000 000, MiNr. 1792 = 2 500 000, MiNr. 1794 = 700 000, MiNr. 1795 = 500 000, MiNr. 1796–1797 je 300 000 Stück

1968, 25. April. Märchen. RaTdr.; gez. L 10¾.

bhd) „Der unbekannte Schütze", von R. Bosilek

bhe) „Das Feuerzeug" von H. Chr. Andersen

1798	13 St	mehrfarbig	bhd	0,50	0,30
1799	20 St	mehrfarbig	bhe	1,—	0,70
		Satzpreis (2 W.)		1,50	1,—
		FDC			4,50

1798 U	ungezähnt	80,—	60,—

Auflage: 150 000 Sätze

1968, 3. Mai. Bulgarische Briefmarkenausstellung in West-Berlin. RaTdr.; gez. L 10¾.

bhf) Gedächtniskirche auf dem Schipkapass

1800	13 St	mehrfarbig	bhf	1,—	0,50
		1800 Zf		1,50	1,—
		FDC			4,—

MiNr. 1800 wurde mit anhängendem Zierfeld gedruckt.

Auflage: 120 000 Stück

✈ 1968, 6. Mai. Industrieanlagen. RaTdr.; gez. L 13.

bhg) Erzaufbereitungskombinat „Asarel Medet"

1801	1 L	bräunlichkarmin	bhg	3,50	0,50

Auflage: 300 000 Stück

1968, 17. Mai/27. Sept. Freimarken: Landschaften. RaTdr.; gez. K 13.

bhh) Smolijan-See

bhi) Ropotamo-Fluss

bhk) Érma-Fluss und Schdreloto-Schlucht

bhl) Engpass des Isker-Flusses

bhm) Sonnenküste; Schiffshotel „Die Fregatte“

bhn) Kap Kaliakra

bho) Sosopol am Schwarzen Meer

bhp) Die wunderlichen Felsen

1802	1 St	schwarzblaugrün (17.Mai.)	bhh	0,30	0,30
1803	2 St	schwarzgrün (19. Aug.)	bhi	0,30	0,30
1804	3 St	dunkelbraun (26. Aug.)	bhk	0,30	0,30
1805	8 St	dunkelolivgrau (27. Sept.)	bhl	0,40	0,30
1806	10 St	rotbraun (13. Sept.)	bhm	0,50	0,30
1807	13 St	schwarzbraunoliv (27. Sept.)	bhn	0,50	0,30
1808	40 St	grünlichblau (26. Aug.)	bho	1,50	0,30
1809	2 L	sepia (2. Sept.)	bhp	7,—	2,—
			Satzpreis (8 W.)	10,—	3,—

1802 Uu	unten ungezähnt	—,—	
1804 U	ungezähnt		50,—

Auflagen: MiNr. 1802 = 25 000 000, MiNr. 1803 = 18 000 000, MiNr. 1804, 1806 und 1807 je 4 000 000, MiNr. 1805 = 5 000 000, MiNr. 1808 = 1 000 000, MiNr. 1809 = 1 100 000 Stück

Weitere Werte siehe Fußnote nach MiNr. 1318.

1968, 24. Juni. Olympische Sommerspiele, Mexiko-Stadt. RaTdr.; gez. L 10½.

bhr) Reckturnen

bhs) Springreiten

bht) Fechten

bhu) Boxen

bhv) Diskuswerfen

bhw) Rudern (Vierer mit Steuermann)

1810	1 St	rot/grau	bhr	0,30	0,30
1811	2 St	mehrfarbig	bhs	0,30	0,30
1812	3 St	lilapurpur/grau	bht	0,30	0,30
1813	10 St	mehrfarbig	bhu	0,70	0,30
1814	13 St	mehrfarbig	bhv	1,50	0,50
1815	20 (St)	+ 10 St mehrfarbig	bhw	2,—	0,60
			Satzpreis (6 W.)	4,50	1,50
			2 FDC		7,—

Blockausgabe, □

bhx) Olympia-Stadion, Weltraumsatellit

Block 22 50 (St) + 10 St mfg. (74×74 mm)	bhx	4,50	4,—
	FDC		7,—

		✱✱
1810 U	ungezähnt	100,—
1814 U	ungezähnt	80,—

Auflagen: MiNr. 1810 = 2 500 000, MiNr. 1811 = 2 000 000, MiNr. 1812 = 600 000, MiNr. 1813–1815 je 250 000 Stück, Bl. 22 = 100 000 Blocks

1968, 1. Juli. Nationalhelden. RaTdr.; gez. L 10½.

bhy) Kampf am Berg Bouzloudja

bhz) Hadži Dimitar (1837–1868) und Stefan Karadza (1840–1868)

				✱✱	⊙
1816	2 St	mehrfarbig	bhy	0,30	0,30
1817	13 St	mehrfarbig	bhz	0,80	0,40
			Satzpreis (2 W.)	1,—	0,50

Auflagen: MiNr. 1816 = 1 150 000, MiNr. 1817 = 150 000 Stück

1968, 8. Juli. Internationales Jahr der Menschenrechte. Odr.; gez. L 10½.

bia) UN-Emblem der Menschenrechte

1818	20 St	mehrfarbig	bia	1,20	0,50
			FDC		2,50

Auflage: 120 000 Stück

1968, 29. Juli. 80 Jahre Zoologischer Garten, Sofia. RaTdr.; gez. L 10½.

bib) Mönchsgeier (Aegypius monachus)

bic) Kronenkranich (Balearica pavonina)

bid) Steppenzebra (Equus quagga)

bie) Leopard (Panthera pardus)

bif) Tigerpython (Python molurus)

big) Krokodil (Crocodylus sp.)

1819	1 St	mehrfarbig	bib	0,30	0,30
1820	2 St	mehrfarbig	bic	0,30	0,30
1821	3 St	mehrfarbig	bid	0,30	0,30
1822	5 St	mehrfarbig	bie	0,50	0,30
1823	13 St	mehrfarbig	bif	3,—	2,—
1824	20 St	mehrfarbig	big	4,—	2,50
			Satzpreis (6 W.)	8,—	5,—
			2 FDC		12,—

		★★
1821 U	ungezähnt	80,—
1823 U	ungezähnt	80,—

Auflagen: MiNr. 1819 = 2 500 000, MiNr. 1820 = 2 000 000, MiNr. 1821 = 700 000, MiNr. 1822 = 400 000, MiNr. 1823–1824 je 250 000 Stück

1968, 22. Aug. 280. Jahrestag des Aufstandes in Tschiprovtzi. RaTdr.; gez. K 10¾.

bih) Aufständische im Nahkampf mit türkischen Truppen

			★★	⊙
1825	13 St mehrfarbig	bih	1,—	0,30
		FDC		2,—

Auflage: 120 000 Stück

1968, 26. Aug. Freimarken: Insekten. RaTdr.; gez. K 12½:13, Querformate ~.

bii) Puppenräuber (Calosoma szcophanta) bik) Hirschkäfer (Lucanus cervus) bil) Laufkäfer (Procerus-Carabus scabrosus) bim) Nashornkäfer (Oryctes nasicornis)

bin) Perisomena caecigena

1826	1 St schwarzgrün	bii	0,30	0,30
1827	1 St sepia	bik	0,30	0,30
1828	1 St preußischblau	bil	0,30	0,30
1829	1 St hellorangebraun	bim	0,30	0,30
1830	1 St purpur	bin	0,30	0,30
		Satzpreis (5 W.)	1,50	1,20
		FDC		3,—

		★★
1830 Ur	rechts ungezähnt	36,—

Auflage: 5 000 000 Sätze

1968, 12. Sept. Zusammenarbeit mit Skandinavien (I). RaTdr.; gez. L 10¾.

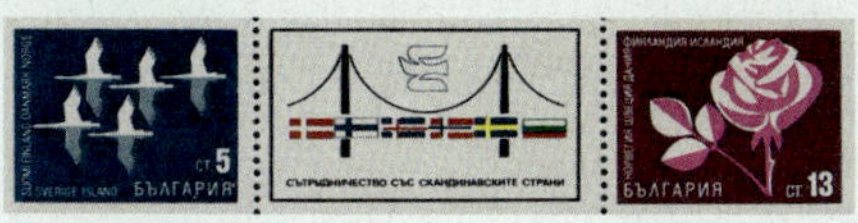

bio Zierfeld bip

bio) 5 Schwäne symbolisieren die skandinavischen Länder
bip) Rose symbolisiert Bulgarien

			★★	⊙
1831	5 St mehrfarbig	bio	1,—	1,—
1832	13 St mehrfarbig	bip	1,—	1,—
		Satzpreis (2 W.)	2,—	2,—
		Dreierstreifen	2,50	2,50
		FDC		5,—

MiNr. 1831–1832 wurden mit 1 Zierfeld waagerecht zusammenhängend im Bogen zu 20 Marken und 10 textlich unterschiedlichen Zierfeldern gedruckt.

Auflage: 200 000 Streifen

1968, 17. Sept. Tagung des Internationalen Stomatologischen Bundes, Varna. RaTdr.; gez. K 10¾.

bir) Kongressgebäude und Emblem

1833	20 St mehrfarbig	bir	1,—	0,30
		FDC		2,—

Auflage: 150 000 Stück

1968, 28. Sept. 70. Geburtstag von Christo Smirnenski. RaTdr.; gez. K 10¾.

bis) Chr. Smirnenski (1898–1923), Dichter; Teil seines Gedichtes „Rote Schwadron"

1834	13 St mehrfarbig	bis	1,—	0,30
		FDC		2,50

Auflage: 120 000 Stück

1968, 19. Okt. Nationale Briefmarkenausstellung, Sofia. Odr.; gez. L 10¾.

bit) Brieftaube
Zierfeld I: Wappen mit Krone
Zierfeld II: Lupe, Pinzette

1835	20 St grün	bit	1,20	1,20
		1835 Zf	1,50	1,50
		FDC		5,—
		Kleinbogen	10,—	10,—

MiNr. 1835 wurde in Kleinbogen zu 4 Marken und 5 Zierfeldern (4 × Zf I, 1 × Zf II) gedruckt.

Ungezähnte Kleinbogen der MiNr. 1835 in geänderten Farben wurden als Beilage zum Ausstellungskatalog abgegeben. Sie waren nicht frankaturgültig (Auflage: 5.000 Stück).

Auflage: 200.000 Stück

1968, 28. Okt. Naturschutzgebiet Sreburna. RaTdr.; gez. L 10½.

biu) Krauskopfpelikan (Pelecanus crispus) biv) Seidenreiher (Egretta garzetta)

biw) Haubentaucher (Podiceps cristatus) bix) Flussseeschwalbe (Sterna hirundo)

biy) Löffler (Platalea leucorodia) biz) Brauner Sichler (Plegadis falcinellus)

1836	1 St	mehrfarbig	biu	0,40	0,30
1837	2 St	mehrfarbig	biv	0,50	0,30
1838	3 St	mehrfarbig	biw	0,60	0,30
1839	5 St	mehrfarbig	bix	1,—	0,40
1840	13 St	mehrfarbig	biy	2,50	2,—
1841	20 St	mehrfarbig	biz	5,—	2,50
			Satzpreis (6 W.)	10,—	5,50
			2 FDC		15,—

Auflagen: MiNr. 1836 = 3 500 000, MiNr. 1837 = 2 000 000, MiNr. 1838 = 700 000, MiNr. 1839 = 400 000, MiNr. 1840–1841 je 220 000 Stück

1968, 20. Nov. Volkstrachten. Odr.; gez. K 13½.

bka) Volkstrachten aus Silistra

bkb) Volkstrachten aus Lovetsch

bkc) Volkstrachten aus Ijambol

bkd) Volkstrachten aus Tschirpan

bke) Volkstrachten aus Razgrad

bkf) Volkstrachten aus Ichtiman

1842	1 St	mehrfarbig	bka	0,30	0,30
1843	2 St	mehrfarbig	bkb	0,30	0,30
1844	3 St	mehrfarbig	bkc	0,30	0,30
1845	13 St	mehrfarbig	bkd	0,80	0,30
1846	20 St	mehrfarbig	bke	1,20	0,60
1847	40 St	mehrfarbig	bkf	2,60	0,80
			Satzpreis (6 W.)	5,—	2,—
			2 FDC		8,—

Auflagen: MiNr. 1842–1843 je 5 000 000, MiNr. 1844 = 700 000, MiNr. 1845–1847 je 180 000 Stück

1968, 22. Nov. Zusammenarbeit mit Skandinavien (II). RaTdr.; gez. L 10¾.

bkg Zierfeld bkh

bkg) „Baklitza" – bulgarisches Gefäß für Getränke
bkh) Fünf Wikingerschiffe symbolisieren die skandinavischen Länder

1848	2 St	mehrfarbig	bkg	1,—	1,—
1849	20 St	mehrfarbig	bkh	1,—	1,—
			Satzpreis (2 W.)	2,—	2,—
			Dreierstreifen	2,50	2,50
			FDC		5,—

MiNr. 1848–1849 wurden in schachbrettartiger Anordnung in Bogen zu 20 Marken und 10 verschiedenen Zierfeldern zusammenhängend gedruckt.

Auflage: 200 000 Streifen

1968, 25. Nov. 1000 Jahre Rila-Kloster. Odr.; gez. K 11½:12¼, Querformat ~.

bki) Ikone, St. Arsenius

bkk) Prozession mit Reliquien von Ivan Rilsky (Wandmalerei)

bkl) St. Michael, Seelenfolterung des reichen Mannes (Wandgemälde)

bkm) Ikone, Ivan Rilsky

bkn) Ikone, Prophet Joel

bko) Ikone, St. Georg

1850	1 St	mehrfarbig	bki	0,30	0,30
1851	2 St	mehrfarbig	bkk	0,30	0,30
1852	3 St	mehrfarbig	bkl	0,30	0,30
1853	13 St	mehrfarbig	bkm	1,20	0,60
1854	20 St	mehrfarbig	bkn	1,80	0,80
1855	40 St	mehrfarbig	bko	3,—	1,30
			Satzpreis (6 W.)	6,50	3,—
			2 FDC		9,—

Blockausgabe, □

bkr

bkp) Empfang der Hl.-Ivan-Rilsky-Reliquien (Wandgemälde)

1856	1 L	mehrfarbig	bkp	—,—	—,—
Block 23		(100×75 mm)	bkr	5,—	5,—
			FDC		10,—

Auflagen: MiNr. 1850 = 3 000 000, MiNr. 1851 = 2 000 000, MiNr. 1852 = 700 000, MiNr. 1853–1855 je 250 000 Stück, Bl. 23 = 100 000 Blocks

1969, 2. Jan. Heilpflanzen. Odr.; gez. L 10½.

bks) Echte Kamille (Matricaria chamomilla)

bkt) Gemeiner Weißdorn (Crataegus oxyacantha)

bku) Maiglöckchen (Convallaria majalis)

bkv) Tollkirsche (Atropa belladonna)

bkw) Wilde Malve (Malva sylvestris)

bkx) Adonisröschen (Adonis vernalis)

bky) Klatschmohn (Papaver rhoeas)

bkz) Quendel (Thymus serpyllum)

1857	1 St	mehrfarbig	bks	0,30	0,30
1858	1 St	mehrfarbig	bkt	0,30	0,30
1859	2 St	mehrfarbig	bku	0,30	0,30
1860	3 St	mehrfarbig	bkv	0,30	0,30
1861	5 St	mehrfarbig	bkw	0,30	0,30
1862	10 St	mehrfarbig	bkx	0,70	0,30
1863	13 St	mehrfarbig	bky	0,80	0,30
1864	20 St	mehrfarbig	bkz	1,20	0,50
			Satzpreis (8 W.)	3,50	1,50
			2 FDC		6,—

		★★
1857 Ul	links ungezähnt	—,—
1858 F	Farbe Rot fehlend	50,—
1859 Ul	links ungezähnt	36,—

Auflagen: MiNr. 1857–1858 je 3 499 000, MiNr. 1859 = 2 000 000, MiNr. 1860 bis 1861 je 600 000, MiNr. 1862–1864 je 250 000 Stück

1969, 30. Jan. Seidenraupenzucht. Odr.; gez. L 11.

bla) Raupen

blb) Raupe, Kokons

blc) Kokons

bld) Geschlossener und geöffneter Kokon mit Puppe

ble) Aus Kokon geschlüpfter Seidenspinner

blf) Seidenspinner mit Eigelege

				★★	⊙
1865	1 St	mehrfarbig	bla	0,30	0,30
1866	2 St	mehrfarbig	blb	0,30	0,30
1867	3 St	mehrfarbig	blc	0,30	0,30
1868	5 St	mehrfarbig	bld	0,30	0,30
1869	13 St	mehrfarbig	ble	0,80	0,30
1870	20 St	mehrfarbig	blf	1,20	0,40
			Satzpreis (6 W.)	2,50	1,50
			2 FDC		4,—

Auflagen: MiNr. 1865 = 3 000 000, MiNr. 1866 = 2 000 000, MiNr. 1867 = 700 000, MiNr. 1868 = 400 000, MiNr. 1869–1870 je 220 000 Stück

1969, 20. März. Chronik von Konstantin Manassie (I). RaTdr.; gez. K 14.

blg) Tod von Ivan Asen

blh) Überfall und Gefangennahme von Kaiser Nikephoros

bli) Festmahl nach dem Sieg von Chan Krum

blk) Einfall von Fürst Svjatoslav in Bulgarien

bll) Feldzug der Russen und Kaiser Tzimiskes auf Drastar (972)

blm) Zar Iwan Alexander, Jesus Christus, Chronist K. Manassie

1871	1 St	mehrfarbig	blg	0,30	0,30
1872	2 St	mehrfarbig	blh	0,30	0,30
1873	3 St	mehrfarbig	bli	0,30	0,30
1874	13 St	mehrfarbig	blk	1,20	0,40
1875	20 St	mehrfarbig	bll	1,70	0,40
1876	40 St	mehrfarbig	blm	2,50	1,—
			Satzpreis (6 W.)	5,50	2,—
			3 FDC		8,—

Auflagen: MiNr. 1871 = 2 500 000, MiNr. 1872 = 1 800 000, MiNr. 1873 = 600 000, MiNr. 1874–1876 je 250 000 Stück

Ab 1969 sind viele Ausgaben Bulgariens in der Reihenfolge des postamtlichen Versands katalogisiert worden, da die entsprechenden Neuheitenmeldungen ohne Ersttags-, vielfach sogar ohne Monatsangabe vorgenommen wurden. Ersttagsfestsetzungen seitens der Markenversandstelle erfolgeten verspätet nach Ablauf eines Halb- bzw. Ganzjahres.
Hierdurch sich zwangsläufig ergebende, nach den eigentlichen Katalogisierungsprinzipien notwendige Umnumerierungen können somit vermieden werden.

1969, 23. März. Wandmalerei. RaTdr.; gez. K 14.

bln) Kyrillos und Methodios; Wandmalerei von Sachari Sograf (um 1810–1853) im Trojan-Kloster

1877	28 St	mehrfarbig	bln	2,—	1,—
			FDC		4,—

Auflagen: 200 000 Stück

1969, 31. März. Verkehrsmittel. Odr.; gez. K 13¼:12¾.

blo) Segelschiff

blp) Kutsche

blr) Lokomotive

bls) Automobil

blt) Freiballon

blu) Flugzeug

blv) Düsenmaschinen versch. Typen

blw) Rakete, Weltraumstation, Kosmos

blo–blw) Emblem der Briefmarkenausstellung SOFIA '69

1878	1 St	mehrfarbig	blo	0,30	0,30
1879	2 St	mehrfarbig	blp	0,30	0,30
1880	3 St	mehrfarbig	blr	0,30	0,30
1881	5 St	mehrfarbig	bls	0,30	0,30
1882	10 St	mehrfarbig	blt	0,40	0,30
1883	13 St	mehrfarbig	blu	0,70	0,30
1884	20 St	mehrfarbig	blv	1,20	0,40
1885	40 St	mehrfarbig	blw	2,20	1,—
			Satzpreis (8 W.)	5,—	2,—
			3 FDC		9,—

Blockausgabe, □

bly

blx) Postreiter des Altertums

1886	1 L mehrfarbig	blx	–,—	–,—
Block 24	(57×54 mm)	bly	4,—	4,—
		FDC		10,—

	★★
Block 24 F fehlende Randbedruckung	100,—

Bl. 24 mit durchbalkter Wertziffer und zusätzlicher schwarzer Numerierung hatte keine Frankaturkraft (Auflage: 10 000 Stück).

Auflagen: MiNr. 1878 = 3 000 000, MiNr. 1879 = 2 000 000, MiNr. 1880 = 800 000, MiNr. 1881 = 700 000, MiNr. 1882 = 250 000, MiNr. 1883–1885 je 180 000 Stück, Bl. 24 = 100 000 Blocks

1969, 30. April. Ikonen. RaTdr.; gez. K 11½:12¼, MiNr. 1894 Ks 12½.

blz) St. Georg (14. Jh.)

bma) Hl. Jungfrau und Hl. Johann der Theologe (14. Jh.)

bmb) Erzengel Michael (17. Jh.)

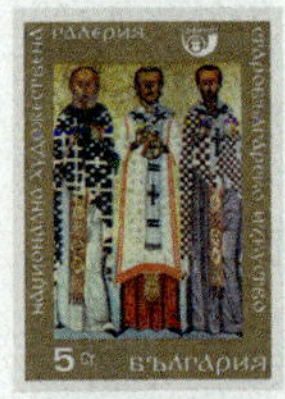

bmc) Hl. Basilius der Große, Hl. Gregor von Nazianz und Nikolaus

bmd) Jesus Christus (17. Jh.)

bme) St. Georg und St. Dimiter (19. Jh.)

bmf) Jesus Christus (19. Jh.)

bmg) St. Dimiter (17. Jh.)

bmh) Die 40 heiligen Märtyrer von Sebiste (19. Jh.)

bmi) Die Verklärung (19. Jh.)

blz–bmi) Emblem der Internationalen Briefmarkenausstellung Sofia '69

				★★	⊙
1887	1 St	mehrfarbig	blz	0,30	0,30
1888	2 St	mehrfarbig	bma	0,30	0,30
1889	3 St	mehrfarbig	bmb	0,30	0,30
1890	5 St	mehrfarbig	bmc	0,40	0,30
1891	8 St	mehrfarbig	bmd	0,40	0,30
1892	13 St	mehrfarbig	bme	0,80	0,30
1893	20 St	mehrfarbig	bmf	0,80	0,40
1894	40 St	mehrfarbig	bmg	1,60	1,30
1895	60 St	mehrfarbig	bmh	2,40	1,70
1896	80 St	mehrfarbig	bmi	3,20	2,20
			Satzpreis (10 W.)	9,50	6,50
			Kleinbogen	7,50	7,50
			3 FDC (ohne MiNr. 1894)		20,—

MiNr. 1894 wurde im Kleinbogen zu 4 Marken gedruckt.

Auflagen: MiNr. 1887 = 3 000 000, MiNr. 1888 = 2 000 010, MiNr. 1889 = 1 500 000, MiNr. 1890 = 800 010, MiNr. 1891 = 600 000, MiNr. 1892–1893, 1895–1896 je 300 000, MiNr. 1894 = 520 000 Stück

1969, 21. April. Woche des Kinderbuches. Odr.; gez. L 10¾:11.

bmk

bml

bmm

bmk–bmm) Bilderbuchillustrationen

1897	1 St	mehrfarbig	bmk	0,30	0,30
1898	2 St	mehrfarbig	bml	0,30	0,30
1899	13 St	mehrfarbig	bmm	0,80	0,30
			Satzpreis (3 W.)	1,—	0,80
			FDC		2,50

		★★
1897 F	grüner Rahmen fehlend	50,—
1897 Uu	unten ungezähnt	—,—

Auflagen: MiNr. 1897 = 3 000 000, MiNr. 1898 = 2 000 000, MiNr. 1899 = 200 000 Stück

1969, 15. April. 90 Jahre bulgarische PTT. Odr.; gez. L 11.

bmn) Posthorn und Blitz

bmo) Marken MiNr. 1 und 571

bmp) Aufstandskämpfe von 1919

				★★	⊙
1900	2 St	mehrfarbig	bmn	0,30	0,30
1901	13 St	mehrfarbig	bmo	0,70	0,30
1902	20 St	mehrfarbig	bmp	1,20	0,50
			Satzpreis (3 W.)	2,—	0,80
			FDC		3,50

Auflagen: MiNr. 1900 = 2 000 000, MiNr. 1901 = 187 000, MiNr. 1902 = 200 000 Stück

1969, 15. April. 50 Jahre Internationale Arbeitsorganisation (ILO). Odr.; gez. L 11.

bmr) ILO-Emblem

1903	13 St	grünblau/schwarz	bmr	0,70	0,30
			FDC		2,—

Auflagen: 120 000 Stück

1969, 25. Mai. Geschichte Sofias. Odr.; gez. K 13¼:12¾.

bms

bmt

bmu

bmv

bmw

bmx

bmy

bmz

bms–bmz) Alte Münzen und Gebäude verschiedener Epochen aus Sofia; Emblem der Internationalen Briefmarkenausstellung SOFIA '69

1904	1 St	mehrfarbig	bms	0,30	0,30
1905	2 St	mehrfarbig	bmt	0,30	0,30
1906	3 St	mehrfarbig	bmu	0,30	0,30
1907	4 St	mehrfarbig	bmv	0,30	0,30
1908	5 St	mehrfarbig	bmw	0,30	0,30
1909	13 St	mehrfarbig	bmx	0,50	0,30
1910	20 St	mehrfarbig	bmy	0,80	0,30
1911	40 St	mehrfarbig	bmz	1,50	0,60
			Satzpreis (8 W.)	3,50	2,—
			3 FDC		6,—

Blockausgabe, ☐

bnb

bna) Wappen

1912	1 L	mehrfarbig	bna	—,—	—,—
Block 25		(80×72 mm)	bnb	4,50	3,—
			FDC		8,—

Auflagen: MiNr. 1904 = 2 500 000, MiNr. 1905 = 2 000 000, MiNr. 1906 = 700 000, MiNr. 1907 = 500 000, MiNr. 1908 = 400 000, MiNr. 1909–1911 je 180 000 Stück, Block 25 = 120 000 Blocks

Bl. 25 mit Aufdruck: Bl. 40–41

1969, 9. Juni. Kongress der FIP. Odr.; gez. L 11.

bnc) St. Georg im Kampf mit dem Drachen; Emblem der Internationalen Briefmarkenausstellung Sofia '69

1913	40 St	mehrfarbig	bnc	2,50	1,—
			FDC		5,—

Auflage: 200 000 Stück

1969, 20. Juni. 1100. Todestag von Kyrillos. RaTdr.; gez. L 11.

bnd

bne

bnd–bne) Konstantin Kyrillos, Philosoph

1914	2 St	mehrfarbig	bnd	0,30	0,30
1915	28 St	mehrfarbig	bne	1,70	0,60
			Satzpreis (2 W.)	1,80	0,70
			1914 Zf–1915 Zf	2,—	0,80
			FDC		5,—

MiNr. 1914–1915 wurden mit Zierfeld am Oberrand gedruckt.

Auflagen: MiNr. 1914 = 1 000 000, MiNr. 1915 = 150 000 Stück

1969, 5. Aug. Chronik von Konstantin Manassie (II). RaTdr.; gez. K 14.

bnf) Gefangene aus Judäa in der Hand der Herrscher

bng) Krieger huldigen den Herrschern

bnh) Prophet David und Zar Iwan Alexander

bni) Verfolgung des byzantinischen Heeres im Jahre 811

bnk) Christianisierung der Bulgaren im Jahre 865

bnl) Zar Simeon vor Konstantinopel im Jahre 913; Überfall der Bulgaren

1916	1 St	mehrfarbig	bnf	0,30	0,30
1917	2 St	mehrfarbig	bng	0,30	0,30
1918	5 St	mehrfarbig	bnh	0,30	0,30
1919	13 St	mehrfarbig	bni	1,—	0,30
1920	20 St	mehrfarbig	bnk	2,—	0,30
1921	60 St	mehrfarbig	bnl	3,—	1,70
			Satzpreis (6 W.)	6,50	2,50
			2 FDC		10,—

Auflagen: MiNr. 1916 = 2 500 000, MiNr. 1917 = 1 800 000, MiNr. 1918 = 600 000, MiNr. 1919–1921 je 250 000 Stück

1969, 28. April. 10 Millionen Dekar neue Wälder. Odr.; gez. L 11.

bnm) Hand mit Setzling

1922	2 St	mehrfarbig	bnm	0,50	0,30
			FDC		1,—

		✶✶
1922 Ur	rechts ungezähnt	—,—

Auflagen: 1 000 000 Stück

1969, 8. Aug. 25 Jahre Volksregierung. Odr.; gez. L 11.

bnn) Partisanen

bno) Mähdrescher

bnp) Talsperre

bnr) Volkskunst

bns) Petroleum-Raffinerie

bnt) Lenin, Dimitrow, Nationalflaggen

				✶✶	⊙
1923	1 St	mehrfarbig	bnn	0,30	0,30
1924	2 St	mehrfarbig	bno	0,30	0,30
1925	3 St	mehrfarbig	bnp	0,30	0,30
1926	5 St	mehrfarbig	bnr	0,30	0,30
1927	13 St	mehrfarbig	bns	0,70	0,30
1928	20 St	mehrfarbig	bnt	1,30	0,50
			Satzpreis (6 W.)	2,50	1,50
			2 FDC		4,—

Auflagen: MiNr. 1923–1924 je 1 000 000, MiNr. 1925 = 700 000, MiNr. 1926 = 500 000, MiNr. 1927–1928 je 150 000 Stück

1969, 1. Sept. 3. Republikanische Spartakiade (II). Odr.; gez. L 11.

bnu) Gymnastik

bnv) Ringen

1929	2 St	mehrfarbig	bnu	0,30	0,30
1930	20 St	mehrfarbig	bnv	1,—	0,60
			Satzpreis (2 W.)	1,20	0,70
			FDC		3,—

Auflagen: MiNr. 1929 = 2 500 000, MiNr. 1930 = 150 000 Stück

1969, 6. Sept. 100. Geburtstag von Zanko Zerkovsky. Odr.; gez. L 11.

bnw) Z. Zerkovsky (1869–1926), Schriftsteller und Politiker

1931	13 St	mehrfarbig	bnw	0,80	0,30
			FDC		2,50

Auflagen: 120 000 Stück

1969, 3. Okt. Gemälde aus der Staatsgalerie, Sofia. RaTdr.; gez. K 11¼:12½, Querformate ~.

bnx) Neofit Rilski; von Sacharij Sograf (1810–1853)

bny) Magd aus dem Dorf German; von Wasil Stoilov (1904–1990)

bnz) Eine Arbeiterfamilie; von Nenko Balkanski (1907–1977)

boa) Toilette; von Iwan Nenow (1902–1997)

bob) Frauenbildnis; von Nikolaj Pawlowitsch (1835–1894)

boc) Krastjo Sarafow in der Rolle von Falstaff; von Detschko Usunow (1899–1986)

bod) Mittagessen; von Stojan Sotirow (1903–1984)

boe) Bildnis seiner Frau; von Nikola Michajlow (1876–1960)

bof) Selbstbildnis; von Zeno Todorow (1877–1953)

1932	1 St	mehrfarbig	bnx	0,30	0,30
1933	2 St	mehrfarbig	bny	0,30	0,30
1934	3 St	mehrfarbig	bnz	0,30	0,30
1935	4 St	mehrfarbig	boa	0,30	0,30
1936	5 St	mehrfarbig	bob	0,30	0,30
1937	13 St	mehrfarbig	boc	1,—	0,30
1938	20 St	mehrfarbig	bod	1,50	0,30
1939	20 St	mehrfarbig	boe	1,50	0,30
1940	40 St	mehrfarbig	bof	2,—	0,30
			Satzpreis (9 W.)	7,50	2,—
			3 FDC		10,—

Auflagen: MiNr. 1932 = 2.000.000, MiNr. 1933 = 1.500.000, MiNr. 1934–1935 je 1.000.000, MiNr. 1936 = 700.000, MiNr. 1937–1940 je 250.000 Stück

1969, 27. Sept. Weltmeisterschaften in der Rhythmischen Sportgymnastik, Varna. Odr.; gez. L 11.

bog) Übung mit dem Seil

boh) Übung mit dem Reifen

boi) Übung mit dem Reifen

bok) Übung mit dem Ball

bol) Übung mit dem Ball

bom) Übung mit der Keule

1941	1 St	mehrfarbig	bog	0,30	0,30
1942	2 St	mehrfarbig	boh	0,30	0,30
1943	3 St	mehrfarbig	boi	0,30	0,30
1944	5 St	mehrfarbig	bok	0,30	0,30
1945	13 St	+ 5 (St) mehrfarbig	bol	1,20	0,50
1946	20 St	+ 10 (St) mehrfarbig	bom	1,50	0,60
			Satzpreis (6 W.)	3,—	1,50
			2 FDC		6,—

Auflagen: 1941 = 3 500 000, MiNr. 1942 = 2 000 000, MiNr. 1943 = 700 000, MiNr. 1944 = 500 000, MiNr. 1945–1946 je 200 000 Stück

1969, 30. Okt. Hochseefischerei. Odr.; gez. L 11.

bon) Hochsee-Trawler Typ „Tropitz“

boo) Kap-Seehecht (Merluccius capensis)

bop) Stöcker (Trachurus trachurus)

bor) Afrikanischer Pilchard (Sardinops ocellata)

bos) Großaugenbrasse (Dentex macrophthalmus)

bot) Blasenmakrele (Scomber colias)

bou) Umberfisch (Otolithes macroganathus)

bov) Lizzafisch (Lichia vadigo)

1947	1 St	kobalt/grau	bon	0,30	0,30
1948	1 St	mehrfarbig	boo	0,30	0,30
1949	2 St	blauviolett/schwarz	bop	0,30	0,30
1950	3 St	violettultramarin/schwarz	bor	0,30	0,30
1951	5 St	mehrfarbig	bos	0,30	0,30
1952	10 St	grau/schwarz	bot	1,60	0,40
1953	13 St	mehrfarbig	bou	2,50	0,70
1954	20 St	mehrfarbig	bov	3,20	1,50
			Satzpreis (8 W.)	8,—	3,—
			2 FDC		11,—

		**
1948 F	Farbe Dunkeloliv fehlend	50,—

Auflagen: MiNr. 1947–1948 je 3 500 000, MiNr. 1949 = 2 000 000, MiNr. 1950 = 820 000, MiNr. 1951 = 500 000, MiNr. 1952–1954 je 220 000 Stück

1969, 5. Sept. 25 Jahre Armee-Bautruppen. RaTdr.; gez. K 13.

bow) Industrieanlage, Bautechniker

			**	⊙
1955	6 St blau/schwarz	bow	0,50	0,30

Auflage: 2 000 000 Stück

1969, 29. Nov. Zirkus. RaTdr.; gez. L 11.

box) Trapezartisten

boy) Jongleurpaar

boz) Artisten mit Reifen

bpa) Jongleur, dressierter Bär

bpb) Artistin mit Dressurpferd

bpc) Musikclowns

			**	⊙
1956	1 St mehrfarbig	box	0,30	0,30
1957	2 St mehrfarbig	boy	0,30	0,30
1958	3 St mehrfarbig	boz	0,30	0,30
1959	5 St mehrfarbig	bpa	0,30	0,30
1960	13 St mehrfarbig	bpb	0,70	0,30
1961	20 St mehrfarbig	bpc	1,50	0,50
		Satzpreis (6 W.)	3,—	1,50
		2 FDC		5,—

		**
1956 Ur	rechts ungezähnt	*50,—*
1956 UMs	waagerechtes Paar, Mitte ungezähnt	*50,—*

Auflagen: MiNr. 1956 = 3 000 000, MiNr. 1957 = 2 000 000, MiNr. 1958 = 700 000, MiNr. 1959 = 500 000, MiNr. 1960–1961 je 250 000 Stück

1969, 22. Sept. 1800 Jahre Stadt Silistra. Odr.; gez. L 11.

bpd) Antike Frauenstatue

bpe) Antike Tierplastik

			**	⊙
1962	2 St mehrfarbig	bpd	0,30	0,30
1963	13 St mehrfarbig	bpe	1,10	0,40
		Satzpreis (2 W.)	1,30	0,50
		FDC		3,50

Auflagen: MiNr. 1962 = 2 000 000, MiNr. 1963 = 150 000 Stück

1969, 1. Okt. 100 Jahre Akademie der Wissenschaften. RaTdr.; gez. L 11.

bpf) Marin Drinow (1838–1906), Historiker und Gründer der Akademie

1964	20 St schwarz/zinnober	bpf	1,—	0,40
		FDC		2,—

Auflagen: 120 000 Stück

1969, 3. Okt./1970, 9. Jan. Freimarken: Kurorte. RaTdr.; verschieden gez. K oder L 10½ bis 13¾.

bpg) Sanatorium in Pavel Banja

bph) Heilanstalt in Hissar

bpi) Kindersanatorium in Kotel

bpk) Poliklinik in Naretschen

1965	2 St grünlichblau (9.1.1970)	bpg	0,30	0,30
1966	5 St lebhaftviolettultramarin (14.10.1969)	bph	0,30	0,30
1967	6 St dunkelblaugrün (3.10.1969)	bpi	0,40	0,30
1968	20 St smaragd (14.10.1969)	bpk	0,80	0,30
		Satzpreis (4 W.)	1,50	1,—

Auflagen: MiNr. 1965 = 10.000.000, MiNr. 1966 = 3.000.000, MiNr. 1967 = 4.000.000, MiNr. 1968 = 1.000.000 Stück

1969, 25. Dez. Gruppenflug von „Sojus 6, 7 und 8“. RaTdr.; gez. L 11.

bpl) „Sojus-6“; Kosmonauten G. Schonin und W. Kubassow

bpm) „Sojus-7“; Kosmonauten A. Filiptschenko, W. Wolkow und W. Gorbatko

bpn) „Sojus-8“; Kosmonauten B. Schatalow und A. Jelissejew

bpo) Gruppenflug der Raumschiffe „Sojus-6, 7, 8“

1969	1 St mehrfarbig	bpl	0,30	0,30
1970	2 St mehrfarbig	bpm	0,30	0,30
1971	3 St mehrfarbig	bpn	0,30	0,30
1972	28 St mehrfarbig	bpo	1,60	0,50
		Satzpreis (4 W.)	2,—	1,—
		FDC		4,—

Auflagen: MiNr. 1969 = 2 000 000, MiNr. 1970 = 1 500 000, MiNr. 1971 = 700 000, MiNr. 1972 = 220 000 Stück

1970, 28. Jan. 1300 Jahre Bulgarien (1981). RaTdr.; gez. L 10½.

bpp) Khan Asparuch (681–701); Übersetzen über die Donau

bpr) Khan Krum (803–814); Sieg über Nikiphor i. J. 811

bps) Fürst Boris I. (852–889) Bekehrung zum Christentum

bpt) Zar Simeon (893–927); Schlacht am Acheloj i. J. 917

bpu) Zar Samuil (976–1014); Sieg über die Byzantiner i. J. 976

bpv) Zar Kalojan (1197–1207); Sieg über Balduin von Flandern i. J. 1205

bpw) Zar Ivan Assen II. (1218 bis 1241); Sieg über Komnin von Epirus i. J. 1230

bpx) Zar Iwajlo (1277–1280); Krönungsfeier

1973	1 St mehrfarbig	bpp	0,30	0,30
1974	2 St mehrfarbig	bpr	0,30	0,30
1975	3 St mehrfarbig	bps	0,30	0,30
1976	5 St mehrfarbig	bpt	0,30	0,30
1977	8 St mehrfarbig	bpu	0,40	0,30
1978	10 St mehrfarbig	bpv	0,60	0,30
1979	13 St mehrfarbig	bpw	1,—	0,30
1980	20 St mehrfarbig	bpx	1,50	0,60
		Satzpreis (8 W.)	4,—	2,—
		3 FDC		7,—

Auflagen: MiNr. 1973 = 3 431 000, MiNr. 1974 = 1 860 000, MiNr. 1975 = 1 000 005, MiNr. 1976 = 400 005, MiNr. 1977 = 338 010, MiNr. 1978–1980 je 200 010 Stück

1970, 20. Febr. Weltausstellung EXPO '70, Osaka (I). RaTdr.; gez L 12½.

bpy) Pavillon Bulgariens, Emblem der EXPO '70

1981	20 St mehrfarbig	bpy	2,—	1,—
		FDC		3,50

Auflage: 180 000 Stück

1970, 4. März. Fußball-Weltmeisterschaft, Mexiko. Odr.; gez. L 12½.

bpz

bra

brb

brc

brd

bre

bpz–bre) Verschiedene Szenen eines Fußballspieles

1982	1 St mehrfarbig	bpz	0,30	0,30
1983	2 St mehrfarbig	bra	0,30	0,30
1984	3 St mehrfarbig	brb	0,30	0,30
1985	5 St mehrfarbig	brc	0,30	0,30
1986	20 St mehrfarbig	brd	1,70	0,30
1987	40 St mehrfarbig	bre	2,20	0,30
		Satzpreis (6 W.)	4,50	1,50
		2 FDC		7,—

Blockausgabe, □

brf) Fußball, Zweckinschrift

Block 26	80 St + 20 St mfg. (55×80 mm)	brf	4,50	3,50
		FDC		8,—

	**
1982 Ur rechts ungezähnt	—,—
1983 Ur rechts ungezähnt	—,—

1984 Ur	rechts ungezähnt		–,–
1985 Ur	rechts ungezähnt		50,–

Auflagen: MiNr. 1982 = 4 000 000, MiNr. 1983 = 1 537 000, MiNr. 1984 = 650 000, MiNr. 1985 = 550 000, MiNr. 1986–1987 je 200 000 Stück, Bl. 26 = 100 000 Blocks

1970, 28. März. 100. Geburtstag von Wladimir Lenin. RaTdr.; gez. L 12½.

brg

brh

bri

brg–bri) Wladimir Lenin (1870–1924), russischer Revolutionär und Politiker

					★★	⊙
1988	2 St	mehrfarbig		brg	0,30	0,30
1989	13 St	mehrfarbig		brh	0,80	0,30
1990	20 St	mehrfarbig		bri	1,70	0,60
			Satzpreis (3 W.)		2,50	1,–
			FDC			4,–

Auflagen: MiNr. 1988 = 1 500 000, MiNr. 1989–1990 je 300 000 Stück

1970, 30. April. Kakteen. Odr.; gez. L 12½.

brk

brl

brm

brn

bro

brp

brr

brs

1991	1 St	mehrfarbig		brk	0,30	0,30
1992	2 St	mehrfarbig		brl	0,30	0,30
1993	3 St	mehrfarbig		brm	0,30	0,30
1994	5 St	mehrfarbig		brn	0,30	0,30
1995	8 St	mehrfarbig		bro	0,50	0,30
1996	10 St	mehrfarbig		brp	2,50	0,80
1997	13 St	mehrfarbig		brr	2,50	1,30
1998	20 St	mehrfarbig		brs	3,–	1,30
			Satzpreis (8 W.)		9,–	4,–
			2 FDC			12,–

			★★
1992 Ul	links ungezähnt		36,–
1993 Uu	unten ungezähnt		25,–

Auflagen: MiNr. 1991 = 4 000 000, MiNr. 1992 = 1 950 000, MiNr. 1993 = 620 000, MiNr. 1994–1995 je 420 000, MiNr. 1996–1998 je 220 000 Stück

1970, 5. Juni. Rosen. Odr.; gez. K 13¼.

brt

bru

brv

brw

brx

bry

brz

bsa

brt–bsa) Edelrosen (Rosa hybrida)

					★★	⊙
1999	1 St	mehrfarbig		brt	0,30	0,30
2000	2 St	mehrfarbig		bru	0,30	0,30
2001	3 St	mehrfarbig		brv	0,30	0,30
2002	4 St	mehrfarbig		brw	0,50	0,30
2003	5 St	mehrfarbig		brx	0,50	0,30
2004	13 St	mehrfarbig		bry	1,–	0,40
2005	20 St	mehrfarbig		brz	2,–	1,20
2006	28 St	mehrfarbig		bsa	3,50	2,–
			Satzpreis (8 W.)		9,–	4,–
			2 FDC			12,–

Auflagen: MiNr. 1999–2000 je 4 000 000, MiNr. 2001 und 2004 je 1 000 000, MiNr. 2002 = 750 000, MiNr. 2003 = 700 000, MiNr. 2005–2006 je 300 000 Stück

1970, 15. Juni. Valči-Goldschatz. RaTdr.; gez L 12½.

bsb) Trinkgefäß

bsc) Kleine Schalen

bsd) Scheibe

bse) Dreiteiliges Gefäß

bsf) Gefäßdeckel

bsg) Großes Schalengefäß

bsb–bsg) Religiöse Kultgegenstände der Thraker 1000 v. Chr.

2007	1 St mehrfarbig	bsb	0,30	0,30
2008	2 St mehrfarbig	bsc	0,30	0,30
2009	3 St mehrfarbig	bsd	0,30	0,30
2010	5 St mehrfarbig	bse	0,30	0,30
2011	13 St mehrfarbig	bsf	1,50	0,50
2012	20 St mehrfarbig	bsg	2,—	1,—
		Satzpreis (6 W.)	4,—	2,—
		FDC		8,—

Auflagen: MiNr. 2007 = 2 500 000, MiNr. 2008 = 2 000 000, MiNr. 2009 = 750 000, MiNr. 2010 = 550 000, MiNr. 2011–2012 je 220 000 Stück

1970, 20. Juni. Weltausstellung EXPO '70, Osaka (II). RaTdr.; gez. L 12½.

bsh) Bulgarin, Rose

bsi) Bulgarinnen in Nationaltrachten

bsk) Bulgarin, Obst

bsl) Trachtentanzpaare

2013	1 St mehrfarbig	bsh	0,30	0,30
2014	2 St mehrfarbig	bsi	0,30	0,30
2015	3 St mehrfarbig	bsk	0,30	0,30
2016	28 St mehrfarbig	bsl	1,80	0,70
		Satzpreis (4 W.)	2,—	1,—
		FDC		4,—

Blockausgabe, □ mit aufgedruckter Zähnung

bsn

bsm) Fuji (3776 m), Ausstellungspavillons

2017	40 St mehrfarbig	bsm	—,—	—,—
Block 27	(75×91 mm)	bsn	2,—	2,—
		FDC		5,—

Auflagen: MiNr. 2013 = 2 330 000, MiNr. 2014 = 2 000 000, MiNr. 2015 = 1 300 000, MiNr. 2016 = 340 000 Stück, Bl. 27 = 130 000 Blocks

1970, 14. Juli. 25 Jahre Vereinte Nationen (UNO). RaTdr.; gez. L 12½.

bso) UN-Emblem, Symbol für Frieden, Fortschritt und Gerechtigkeit

2018	20 St mehrfarbig	bso	1,—	0,50
		FDC		2,50

Auflage: 180 000 Stück

1970, 15. Juli. 120. Geburtstag von Iwan Wasow. RaTdr.; gez. L 12½.

bsp) Iwan Wasow (1850–1921), Schriftsteller

2019	13 St violettblau	bsp	1,—	0,30
		FDC		2,50

Auflage: 150 000 Stück

1970, 8. Juni. 70 Jahre Verband der Landwirtschaft. RaTdr.; gez. L 12½.

bsr) Wappen des Verbandes

2020	20 St mehrfarbig	bsr	1,50	0,40
		FDC		2,50

Auflage: 120 000 Stück

1970, 10. Aug. Hunde. RaTdr.; gez. L 12¾.

bss) Ungarischer Hirtenhund

bst) Pointer

bsu) Dogge

bsv) Boxer

bsw) Cockerspaniel

bsx) Dobermann

bsy) Scotchterrier

bsz) Russischer Windhund

2021	1 St mehrfarbig	bss	0,30	0,30
2022	2 St mehrfarbig	bst	0,30	0,30
2023	3 St mehrfarbig	bsu	0,40	0,30
2024	4 St mehrfarbig	bsv	0,50	0,30
2025	5 St mehrfarbig	bsw	0,50	0,30
2026	13 St mehrfarbig	bsx	1,—	0,50
2027	20 St mehrfarbig	bsy	2,20	0,80
2028	28 St mehrfarbig	bsz	2,50	1,—
		Satzpreis (8 W.)	7,50	3,50
		2 FDC		15,—

Auflagen: MiNr. 2021 = 2 700 000, MiNr. 2022 = 2 000 000, MiNr. 2023 = 1 100 000, MiNr. 2024–2025 je 700 000, MiNr. 2026–2028 je 250 000 Stück

1970, 20./22. Sept. Volleyball-Weltmeisterschaft. RaTdr.; gez. L 12½.

bta

btb

btc

btd

bta–btd) Verschiedene Spielszenen am Netz

2029	2 St	mehrfarbig (22. Sept.)	bta	0,30	0,30
2030	2 St	mehrfarbig (20. Sept.)	btb	0,30	0,30
2031	20 St	mehrfarbig (22. Sept.)	btc	1,30	0,60
2032	20 St	mehrfarbig (20. Sept.)	btd	1,50	0,60
			Satzpreis (4 W.)	3,—	1,50
			FDC		6,—

Auflagen: MiNr. 2029–2030 je 2 000 000, MiNr. 2031–2032 je 150 000 Stück

1970, 14. Sept. Weltkongress für Soziologie, Varna. RaTdr.; gez. L 12½.

bte) Emblem des Kongresses

2033	13 St	mehrfarbig	bte	0,80	0,30
			FDC		2,—

Auflage: 120 000 Stück

1970, 3. Sept. Brandbekämpfung. RaTdr.; gez. L 12½.

btf) Feuerwehrmann vor Fabrikanlage

btg) Feuerwehrauto

2034	1 St	mehrfarbig	btf	0,70	0,50
2035	3 St	schwarz/zinnober	btg	0,80	0,50
			Satzpreis (2 W.)	1,50	1,—
			FDC		2,—

Auflagen: MiNr. 2034 = 3 000 000, MiNr. 2035 = 2 000 000 Stück

1970, 30. Sept. Bulgarien-Rundfahrt. RaTdr.; gez. L 12½.

bth) Radrennfahrergruppe

2036	20 St	mehrfarbig	bth	1,—	0,50
			FDC		2,50

Auflage: 150 000 Stück

1970, 15. Okt. Opernsänger. RaTdr.; gez. K 14.

bti) Enrico Caruso (1873–1921), Szene aus „Bajazzo“

btk) Christina Vassileva Morfova (1889–1936), Szene aus „Die verkaufte Braut“

btl) Peter Reitchev (1887–1960), Szene aus „Tosca“

btm) Svetana Tabakova (1905–1936), Szene aus „Der fliegende Holländer“

btn) Katja Popova (1924–1966), Szene aus „Die Meister“

bto) Fedor J. Schaljapin (1873–1938), Szene aus „Boris Godunow“

2037	1 St	mehrfarbig	bti	0,30	0,30
2038	2 St	mehrfarbig	btk	0,30	0,30
2039	3 St	mehrfarbig	btl	0,30	0,30
2040	10 St	mehrfarbig	btm	0,50	0,30
2041	13 St	mehrfarbig	btn	0,50	0,30
2042	20 St	mehrfarbig	bto	2,50	1,20
			Satzpreis (6 W.)	3,50	2,—
			2 FDC		8,—

Auflagen: MiNr. 2037 = 3 013 000, MiNr. 2038 = 4 013 000, MiNr. 2039 und 2041 je 1 013 000, MiNr. 2040 = 813 000, MiNr. 2042 = 213 000 Stück

1970, 2. Nov. Münzen des 13. und 14. Jh. RaTdr.; gez. L 12½.

btp) Goldmünze Iwan Asen II.

btr) Silbermünze Todor Svetoslav

bts) Silbermünze Michail Sišman

btt) Silbermünze Iwan Aleksandur und Michail Asen

btu) Silbermünze Iwan Sracimir

btv) Kupfermünze Iwan Sišman

2043	1 St mehrfarbig	btp	0,30	0,30
2044	2 St mehrfarbig	btr	0,30	0,30
2045	3 St mehrfarbig	bts	0,30	0,30
2046	13 St mehrfarbig	btt	0,50	0,30
2047	20 St mehrfarbig	btu	1,50	0,40
2048	28 St mehrfarbig	btv	2,—	0,60
		Satzpreis (6 W.)	4,—	1,50
		2 FDC		7,—

Auflagen: MiNr. 2043 = 3 000 000, MiNr. 2044 = 2 000 000, MiNr. 2045 = 900 000, MiNr. 2046 = 400 000, MiNr. 2047–2048 je 200 000 Stück

1970, 14. Nov. Blockausgabe: „Luna 16“. RaTdr.; □.

btw) Sowjetische automatische Rückführungs-Mondsonde „Luna 16“, Sterne und Erde

Block 28	1 L mehrfarbig (49×68 mm)	btw	7,—	6,—
		FDC		12,—

Auflage: 80 000 Blocks

1970, 28. Nov. 150. Geburtstag von Friedrich Engels. RaTdr.; gez. L 12½.

btx) Friedrich Engels (1820–1895), deutscher Philosoph

2049	13 St mehrfarbig	btx	1,—	0,50
		FDC		2,50

Auflage: 100 000 Stück

1970, 15. Okt. 200. Geburtstag von Ludwig van Beethoven. RaTdr.; gez. L 12½.

bty) Ludwig van Beethoven (1770–1827), deutscher Komponist

2050	28 St lila/preußischblau	bty	3,—	2,—
		FDC		8,—

Auflage: 150 000 Stück

1970, 18. Dez. Blockausgabe: „Lunochod 1“. RaTdr.; □.

bua

btz) Sowjetischer Mondrover „Lunochod 1“ auf Mondoberfläche, Erde

2051	80 St mehrfarbig	btz	—,—	—,—
Block 29	(60×72 mm)	bua	6,—	4,—
		FDC		10,—

Auflage: 115 000 Blocks

1970, 15. Dez. Neujahrsmarke. RaTdr.; gez. K 12¾:13¼.

bub) Schneekristall

2052	2 St mehrfarbig	bub	0,30	0,30
		FDC		2,—
2052 U	ungezähnt		50,—	40,—

Auflage: 1 900 000 Stück

1971, 25. Jan. Frühling. RaTdr.; gez. K 12¾:13¼.

buc

bud

bue

buf

bug

buh

buc–buh) Blumen, Vögel und Sonne, nach Arbeiten bulgarischer Volkskunst

2053	1 St mehrfarbig	buc	0,30	0,30
2054	2 St mehrfarbig	bud	0,30	0,30
2055	3 St mehrfarbig	bue	0,30	0,30
2056	5 St mehrfarbig	buf	0,30	0,30
2057	13 St mehrfarbig	bug	0,50	0,30
2058	20 St mehrfarbig	buh	1,10	0,40
		Satzpreis (6 W.)	2,—	1,50
		FDC		5,—

Auflagen: MiNr. 2053 = 2 600 000, MiNr. 2054 = 2 000 000, MiNr. 2055 = 900 000, MiNr. 2056 = 600 000, MiNr. 2057 = 270 000, MiNr. 2058 = 150 000 Stück

1970, 28. Dez. Skulpturen aus der Nationalen Kunstgalerie. RaTdr.; gez. L 12¾.

bui) Samarjanka; von Scheko Spiridonow (1867–1945)

buk) Dritte Klasse; von Iwan Funew (1900–1983)

bul) Kopf von Elin Pelin; von Marko Markow (1889–1966)

bum) Nina; von Andrej Nikolow (1878–1959)

bun) Denkmal des P. K. Jaworow; von Iwan Lasarow (1889–1952)

buo) Der Maschinist; von Iwan Funew (1900–1983)

2059	1 St	mehrfarbig	bui	0,30	0,30
2060	2 St	mehrfarbig	buk	0,30	0,30
2061	3 St	mehrfarbig	bul	0,30	0,30
2062	13 St	mehrfarbig	bum	0,60	0,30
2063	20 St	mehrfarbig	bun	1,—	0,30
2064	28 St	mehrfarbig	buo	1,50	0,30
			Satzpreis (6 W.)	4,—	1,50
			FDC		6,—

Blockausgabe, □

bur

bup) Dem Balkan entgegen; von Sekul Krumow (1922–2003)

2065	1 L	mehrfarbig	bup	–,–	–,–
Block 30		(60×72 mm)	bur	3,—	3,—
			FDC		7,—

Auflagen: MiNr. 2059 = 2.000.000, MiNr. 2060 = 1.900.000, MiNr. 2061 = 900.000, MiNr. 2062 = 250.000, MiNr. 2063–2064 je 200.000 Stück, Bl. 30 = 100.000 Blocks

1970, 30. Juli/9. Dez. Freimarken: Ferienorte. RaTdr.; gez. K 13½.

bus) Edelvajs-Borovec

but) Pamporovo

buu) Albena

buv) Rusalka

buw) Stastliveca

2066	1 St	(mittelbläulich-)grün (2. Okt.)	bus	0,30	0,30
2067	2 St	schwarzbraunoliv (5. Aug.)	but	0,30	0,30
2068	4 St	kobalt (26. Okt.)	buu	0,30	0,30
2069	8 St	grünlichblau (9. Dez.)	buv	0,50	0,30
2070	10 St	dunkelgrünblau (30. Juli)	buw	0,70	0,30
			Satzpreis (5 W.)	2,—	1,50

2067 Ur	rechts ungezähnt	60,—	50,—

Auflagen: MiNr. 2066–2067 je 3 813 000, MiNr. 2068–2070 je 2 113 000 Stück

1971, 18. März. 100 Jahre Pariser Kommune. RaTdr.; gez. K 12¾:13½.

bux) Kampfszene

2071	20 St	braunlila/schwarz	bux	1,—	0,50
			FDC		3,—

Auflage: 140 000 Stück

1971, 11. April. 20 Jahre FIR (Verband der Widerstandskämpfer). RaTdr.; gez. L 12½.

buy) Dimitrow vor dem Reichsgericht (Fotomontage)

2072	2 St	mehrfarbig	buy	0,30	0,30
2073	13 St	mehrfarbig	buy	1,50	0,50
			Satzpreis (2 W.)	1,50	0,70
			FDC		3,—

Auflagen: MiNr. 2072 = 1 400 000, MiNr. 2073 = 150 000 Stück

1971, 14. April. 150. Geburtstag von Georgi Rakovski. RaTdr.; gez. L 12½.

buz) Georgi Rakovski (1821–1867), Publizist, Politiker und Revolutionär

2074	13 St	mehrfarbig	buz	0,80	0,30
			FDC		2,50

Auflage: 120 000 Stück

1971, 14. März. Bulgarische Geschichte. RaTdr.; gez. K 14.

bva) Chan Asparuk überquert die Donau

bvb) Das Volk heißt Fürst Iwailo in Tarnowo willkommen

bvc) Die berühmte Kavallerie-Truppe von Benkowski (1876)

bvd) Die Bevölkerung heißt General Gurko in Sofia willkommen (1878)

bve) Einzug der Roten Armee im Zweiten Weltkrieg (1944)

bva–bve) Gemälde mit historischen Szenen

2075	2 St mehrfarbig	bva	0,30	0,30
2076	3 St mehrfarbig	bvb	0,30	0,30
2077	5 St mehrfarbig	bvc	0,50	0,30
2078	8 St mehrfarbig	bvd	1,—	0,30
2079	28 St mehrfarbig	bve	4,—	1,80
		Satzpreis (5 W.)	5,50	2,—
		2 FDC		9,—

Blockausgabe mit MiNr. 2075–2078

Block 31	(137×131 mm)	bvf	2,—	1,50

Auflagen: MiNr. 2075 = 1 250 000, MiNr. 2076 = 800 000, MiNr. 2077 = 400 000, MiNr. 2078 = 200 000, MiNr. 2079 = 150 000 Stück, Bl. 31 = 650 000 Blocks

MiNr. 2075–2078 mit Aufdruck: MiNr. 2230–2233/Bl. 39

1971, 13. März. Leichtathletik-Europameisterschaften. RaTdr.; gez. K 12¾:13¼.

bvg) Kurzstreckenlauf

bvh) Kugelstoßen

2080	2 St mehrfarbig	bvg	0,30	0,30
2081	20 St mehrfarbig	bvh	2,—	0,50
		Satzpreis (2 W.)	2,—	0,60
		FDC		3,—

		★★
2080 U F	ungezähnt, Farbe Schwarz fehlend	100,—

Auflagen: MiNr. 2080 = 1 900 000, MiNr. 2081 = 160 000 Stück

1971, 16. März. 113 Jahre Bulgarisches Gymnasium, Bolgrad. RaTdr.; gez. L 12½.

bvi) Gymnasium in Bolgrad (Bessarabien)

bvk) Fürst Bogoridi, Dimitur Mutev und Sava Radulov, Gründer des Gymnasiums

			★★	⊙
2082	2 St mehrfarbig	bvi	0,30	0,30
2083	20 St mehrfarbig	bvk	1,40	0,40
		Satzpreis (2 W.)	1,50	0,50
		FDC		3,—

Auflagen: MiNr. 2082 = 1 300 000, MiNr. 2083 = 140 000 Stück

1971, 12. April. Blockausgabe: Tag der Kosmonautik. RaTdr.; ☐.

bvl) Jurij Gagarin, Erde, Mond und Weltraumkapseln

Block 32	40 St + 20 St mfg. (80×53 mm)	bvl	4,—	3,50
		FDC		7,50

Auflage: 100 000 Blocks

1971, 20. April. Kongress der KP Bulgariens. RaTdr.; gez. L 12½.

bvm

bvn

bvo

bvm–bvo) Sinnbilder für Aufstieg und Fortschritt

2084	1 St mehrfarbig	bvm	0,30	0,30
2085	2 St mehrfarbig	bvn	0,30	0,30
2086	13 St mehrfarbig	bvo	1,50	0,40
		Satzpreis (3 W.)	1,50	0,80
		FDC		3,50

Auflagen: MiNr. 2084 = 1 500 000, MiNr. 2085 = 2 000 000, MiNr. 2086 = 200 000 Stück

1971, 20. Mai. 100. Geburtstag von Panaiot Pipkov. RaTdr.; gez. L 12½.

bvp) Panaiot Pipkov (1871–1942), Musiker

2087	13 St mehrfarbig	bvp	1,—	0,50
		FDC		3,—

2087 F	Farbe Dunkelgrün fehlend	60,—	50,—

Auflage: 200 000 Stück

1971, 29. Mai. Prähistorische Tiere. RaTdr.; gez. L 12½.

bvr) Mammut

bvs) Höhlenbär

bvt) Hipparion

bvu) Mastodon

bvv) Dinotherium

bvw) Säbelzahntiger

2088	1 St mehrfarbig	bvr	0,30	0,30
2089	2 St mehrfarbig	bvs	0,30	0,30
2090	3 St mehrfarbig	bvt	0,30	0,30
2091	13 St mehrfarbig	bvu	2,—	0,60
2092	20 St mehrfarbig	bvv	3,—	1,50
2093	28 St mehrfarbig	bvw	3,50	2,—
		Satzpreis (6 W.)	9,—	4,50
		2 FDC		13,—

Auflagen: MiNr. 2088 = 2 600 000, MiNr. 2089 = 2 000 000, MiNr. 2090 = 800 000, MiNr. 2091–2093 je 250 000 Stück

1971, 19. Juni. Europameisterschaften im Gewichtheben. RaTdr.; gez. L 12½.

bvx) Karte Europas, stil. Scheibenhantel

bvy) Zahl XXX stil. als Gewichtheber

2094	2 St mehrfarbig	bvx	0,30	0,30
2095	13 St mehrfarbig	bvy	1,50	0,40
		Satzpreis (2 W.)	1,50	0,50
		FDC		2,50

	★★
2094 U ungezähnt	60,—

Auflagen: MiNr. 2094 = 1 900 000, MiNr. 2095 = 160 000 Stück

1971, 10. Juni. Historische Gebäude in Koprivštica. RaTdr.; gez. L 12½.

bvz

bwa

bwb

bwc

			★★	⊙
2096	1 St mehrfarbig	bvz	0,30	0,30
2097	2 St mehrfarbig	bwa	0,30	0,30
2098	6 St mehrfarbig	bwb	0,40	0,30
2099	13 St mehrfarbig	bwc	1,—	0,40
		Satzpreis (4 W.)	1,50	1,—
		FDC		3,—

Auflagen: MiNr. 2096 = 1 900 000, MiNr. 2097 = 1 300 000, MiNr. 2098 = 750 000, MiNr. 2099 = 200 000 Stück

1971, 20. Mai. Internationales Jahr gegen Rassendiskriminierung. RaTdr.; gez. L 12¾.

bwd) Menschen verschiedener Rassen, Emblem

2100	13 St mehrfarbig	bwd	1,—	0,50
		FDC		3,—

Auflage: 120 000 Stück

1971, 26. Juni. 25 Jahre Grenzschutz-Verbände. RaTdr.; gez. K 13.

bwe) Grenzwächter mit Hund

2101	2 St bläulichgrün/oliv	bwe	0,30	0,30

Auflage: 5 000 000 Stück

1971, 31. Juli. 80. Jahrestag des Kongresses von Buzludja. RaTdr.; gez. L 12½.

bwf) Gedenkstein

2102	2 St gelbgrün/braunrot	bwf	0,50	0,30
		FDC		2,—

Auflage: 500 000 Stück

1971, 10. Juli. Philatelistenkongress, Sofia. RaTdr.; gez. L 12½.

bwg) Lupe, Pinzette und Briefmarke

2103	20 (St) + 10 St mehrfarbig	bwg	2,—	0,70
		FDC		3,50

Auflage: 100 000 Stück

1971, 27. Aug. Weltmeisterschaften im Ringen. RaTdr.; gez. L 12½.

bwh

bwi

bwh–bwi) Ringkampfszenen

2104	2 St mehrfarbig	bwh	0,30	0,30
2105	13 St mehrfarbig	bwi	1,—	0,40
		Satzpreis (2 W.)	1,—	0,50
		FDC		3,—

Auflagen: MiNr. 2104 = 1 900 000, MiNr. 2105 = 160 000 Stück

1971, 2. Aug. Gemälde. RaTdr.; gez. K 14.

bwk) Junge Frau; von Iwan Nenow (1902–1997)

bwl) Porträt von Dona Lasorowa; von Stefan Iwanow (1875–1951)

bwm) Porträt von Julius Chjuter; von Kiril Zonew (1896–1961)

bwn) Porträt einer Dame; von Detschko Usunow (1899–1986)

bwo) Junge Frau aus Kalotina; von Wladimir Dimitrow-Majstora (1882–1960)

bwp) Gorjanin; von Stojan Wenew (1904–1989)

2106	1 St	mehrfarbig	bwk	0,30	0,30
2107	2 St	mehrfarbig	bwl	0,30	0,30
2108	3 St	mehrfarbig	bwm	0,40	0,30
2109	13 St	mehrfarbig	bwn	0,80	0,30
2110	20 St	mehrfarbig	bwo	1,20	0,30
2111	40 St	mehrfarbig	bwp	2,—	1,—
			Satzpreis (6 W.)	5,—	2,50
			2 FDC		10,—

Auflagen: MiNr. 2106 = 2.600.000, MiNr. 2107 = 2.000.000, MiNr. 2108 = 1.000.000, MiNr. 2109–2110 je 250.000 Stück

1971, 20. Sept. 25 Jahre Volksrepublik Bulgarien. RaTdr.; gez. K 13½:12¾.

bwr) Statue

bws) Nationalflagge

2112	2 St	mehrfarbig	bwr	0,30	0,30
2113	13 St	mehrfarbig	bws	1,—	0,40
			Satzpreis (2 W.)	1,—	0,50
			FDC		2,—

Auflagen: MiNr. 2112 = 1 300 000, MiNr. 2113 = 200 000 Stück

1971, 25. Sept. Olympische Winterspiele 1972, Sapporo. RaTdr.; gez. L 12½.

bwt) Skilanglauf

bwu) Abfahrtslauf

bwv) Skispringen

bww) Eiskunstlauf

bwx) Eishockey

bwy) Slalom

2114	1 St	mehrfarbig	bwt	0,30	0,30
2115	2 St	mehrfarbig	bwu	0,30	0,30
2116	3 St	mehrfarbig	bwv	0,30	0,30
2117	4 St	mehrfarbig	bww	0,30	0,30
2118	13 St	mehrfarbig	bwx	1,—	0,60
2119	28 St	mehrfarbig	bwy	2,—	1,—
			Satzpreis (6 W.)	3,50	2,—
			2 FDC		7,—

Blockausgabe, □

bwz) Olymp. Fackel, Emblem und Stadion

Block 33	1 L mehrfarbig (70×81 mm)	bwz	4,50	2,50
		FDC		10,—

		★★
2114 F	Farbe Lila fehlend	—,—

Auflagen: MiNr. 2114 = 3 000 000, MiNr. 2115 = 2 000 000, MiNr. 2116 = 900 000, MiNr. 2117 = 700 000, MiNr. 2118–2119 je 300 000 Stück, Bl. 33 = 100 000 Blocks

1971, 20. Sept. Kongress für Biochemie, Varna. RaTdr.; gez. L 12½.

bxa) Doppelhelix der DNS (Desoxyribonukleinsäure)

				★★	⊙
2120	13 St	mehrfarbig	bxa	1,—	0,50
			FDC		3,—

Auflage: 120 000 Stück

1971, 15. Sept. Tagung der Sozialistischen Postverwaltungen, Varna. RaTdr.; gez. L 12½.

bxb) Posthorn und Blitze

2121	20 St	mehrfarbig	bxb	1,—	0,50
			FDC		3,—

Auflage: 140 000 Stück

1971, 13. Okt. 25 Jahre Schüler- und Studentenbrigaden. RaTdr.; gez. K 13.

bxc) Junge und Mädchen

2122	2 St	dunkelviolettblau	bxc	0,50	0,30

Auflage: 5 000 000 Stück

1971, 25. Aug. Freimarken: Industrieanlagen. RaTdr.; gez. K 13.

bxd) Elektro-Kombinat Botevgrad

bxe) Petrochemisches Kombinat Pleven

bxf) Petrochemisches Kombinat Wraza

bxg) Wärmeenergiezentrum „Mariza Ost“, Dimitrowgrad

bxh) Kombinat „Elektronika“, Sofia

2123	1 St hellblauviolett	bxd	0,30	0,30
2124	2 St ziegelrot	bxe	0,30	0,30
2125	10 St schwarzviolett	bxf	0,40	0,30
2126	13 St dunkelrosalila	bxg	0,60	0,30
2127	40 St dunkelbraun	bxh	2,—	0,40
		Satzpreis (5 W.)	3,—	1,30

Auflagen: MiNr. 2123–2124 je 20 000 000, MiNr. 2125 = 5 000 000, MiNr. 2126 = 6 000 000, MiNr. 2127 = 2 000 000 Stück

1971, 4. Nov. 25 Jahre UNESCO. RaTdr.; gez. L 12½.

bxi) „UNESCO“ in Tempelform, Lorbeerkranz

2128	20 St mehrfarbig	bxi	1,—	0,50
		FDC		2,50

Auflage: 120 000 Stück

1971, 10. Nov. 75. Geburtstag von Kiril Zonew. RaTdr.; gez. K 11¼:12¼, Querformate ~.

bxk) Kleiner Fußballspieler

bxl) Abenddämmerung in Balcik

bxm) Selbstporträt

bxn) Kalla

bxo) Weißmeerlandschaft

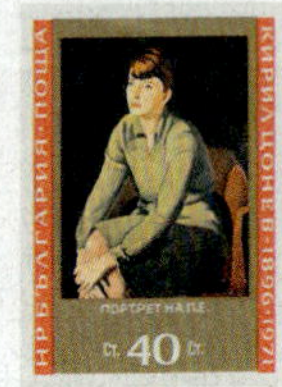

bxp) Porträt der P. E.

bxk–bxp) Gemälde von Kiril Zonew (1896–1961)

2129	1 St mehrfarbig	bxk	0,30	0,30
2130	2 St mehrfarbig	bxl	0,30	0,30
2131	3 St mehrfarbig	bxm	0,30	0,30
2132	13 St mehrfarbig	bxn	0,80	0,30
2133	20 St mehrfarbig	bxo	1,30	0,30
2134	40 St mehrfarbig	bxp	2,—	0,50
		Satzpreis (6 W.)	5,—	2,—
		2 FDC		9,—

Auflagen: MiNr. 2129 = 5.000.000, MiNr. 2130 = 4.000.000, MiNr. 2131 = 1.500.000, MiNr. 2132 = 500.000, MiNr. 2133–2134 je 250.000 Stück

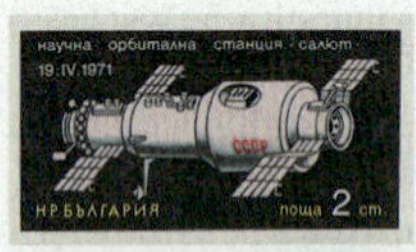

1971, 20. Dez. Erforschung des Weltraumes. RaTdr.; gez. K 12½.

bxr) „Saljut 1“

bxs) „Sojus 11“

bxt) „Sojus 11“ mit „Saljut 1“

2135	2 St mehrfarbig	bxr	0,30	0,30
2136	13 St mehrfarbig	bxs	0,50	0,30
2137	40 St mehrfarbig	bxt	2,50	0,70
		Satzpreis (3 W.)	3,—	1,—
		FDC		5,—

Auflagen: MiNr. 2135 = 2 200 000, MiNr. 2136 = 200 000, MiNr. 2137 = 180 000 Stück

1971, 20. Dez. Blockausgabe: Tod der sowjetischen Kosmonauten von „Sojus 11“. RaTdr.; □.

bxu) Georgij Dobrowolskij (1928–1971), Wladislaw Wolkow (1935–1971) und Wiktor Pazajew (1933–1971), sowjetische Kosmonauten

Block 34	80 St mehrfarbig (70×74 mm)	bxu	3,—	2,50
		FDC		6,—

Auflage: 115.000 Blocks

1972, 8. Jan. Schiffbauindustrie: Fertigstellung von 1 Million Tonnen Schiffsraum. RaTdr.; gez. L 12½.

bxv) Frachtschiff „Wichren"

2138	18 St mehrfarbig	bxv	1,50	0,50
		FDC		3,—

Auflage: 120 000 Stück

1972, 21. Jan. 100. Geburtstage von Freiheitskämpfern. RaTdr.; gez. L 12½.

bxw) Goze Deltschew (1872–1903)

bxx) Jane Sandanski (1872–1915)

bxy) Damjan Gruew (1871–1906)

2139	2 St mehrfarbig	bxw	0,30	0,30
2140	5 St mehrfarbig	bxx	0,30	0,30
2141	13 St mehrfarbig	bxy	0,40	0,30
		Satzpreis (3 W.)	1,—	0,50
		FDC		2,50

Auflagen: MiNr. 2139 = 1.200.000, MiNr. 2140 = 300.000, MiNr. 2141 = 150.000 Stück

1972, 10. Febr. Weltmeisterschaften in Rhythmischer Sportgymnastik, Havanna (1971). RaTdr.; gez. L 12½.

bxz) Übung mit Ball, Medaillen

bya) Übung mit Reifen, Medaillen

2142	13 St mehrfarbig	bxz	1,—	0,30
2143	18 St mehrfarbig	bya	1,50	0,60
		Satzpreis (2 W.)	2,50	0,80
		FDC		3,50

Blockausgabe, □

byb) Gymnastik-Gruppe

Block 35	70 St mehrfarbig (61×74 mm)	byb	4,50	4,—
		FDC		7,—

Auflagen: MiNr. 2142–2143 = 150 000 Sätze, Bl. 35 = 80 000 Blocks

1972, 20. Febr. Gemälde. RaTdr.; gez. K 14.

byc) Melnik; von Petar Mladenow (1887–1978)

byd) Bauer am Pflug; von Pentscho Georgiew (1900–1946)

bye) Am Sterbebett; von Alexandar Schendow (1901–1953)

byf) Familie; von Wladimir Dimitrow-Majstora (1882–1960)

byg) Familie; von Nenko Balkanski (1907–1977)

byh) Pater Paisij; von Koju Dentschew (1920–1984)

2144	1 St mehrfarbig	byc	0,30	0,30
2145	2 St mehrfarbig	byd	0,30	0,30
2146	3 St mehrfarbig	bye	0,30	0,30
2147	13 St mehrfarbig	byf	1,40	0,30
2148	20 St mehrfarbig	byg	1,70	0,30
2149	40 St mehrfarbig	byh	2,—	0,30
		Satzpreis (6 W.)	6,—	1,50
		2 FDC		8,—

Auflagen: MiNr. 2144 = 2.600.000, MiNr. 2145 = 2.000.000, MiNr. 2146 = 1.000.000, MiNr. 2147–2149 je 250.000 Stück

1972, 7. März. Gewerkschaftskongress Bulgariens. RaTdr.; gez. L 12½.

byi) Arbeiter

2150	13 St mehrfarbig	byi	0,70	0,30
		FDC		2,—

Auflage: 130 000 Stück

1972, 29. März. 110. Geburtstag von Wladimir Dimitrow-Majstora. RaTdr.; gez. K 11¼:12¼, Querformate ~.

byk) Singende Schnitterinnen

byl) Schnitter

bym) Landarbeiterinnen mit Hacken

byn) Stoffbleicherinnen

byo) Meine Mutter

byp) Selbstbildnis

byk–byp) Gemälde von Wladimir Dimitrow-Majstora (1882–1960)

2151	1 St mehrfarbig	byk	0,30	0,30
2152	2 St mehrfarbig	byl	0,30	0,30
2153	3 St mehrfarbig	bym	0,30	0,30
2154	13 St mehrfarbig	byn	0,80	0,30
2155	20 St mehrfarbig	byo	1,30	0,50
2156	40 St mehrfarbig	byp	2,—	0,80
		Satzpreis (6 W.)	5,—	2,50
		2 FDC		10,—

Auflagen: MiNr. 2151 = 7.000.000, MiNr. 2152 = 5.000.000, MiNr. 2153 = 2.500.000, MiNr. 2154 = 500.000, MiNr. 2155–2156 je 300.000 Stück

1972, 30. April. Welt-Herzmonat. RaTdr.; gez. L 12½.

byr) Symbolik zum Welt-Herzmonat

2157	13 St mehrfarbig	byr	1,50	0,70
		FDC		4,—

Auflage: 120 000 Stück

1972, 6. Mai. UNESCO-Aktion „Rettet Venedig". RaTdr.; gez. K 13¼:12¾.

bys) San-Marco-Kathedrale

byt) Palast Ca' d'Oro am Canal Grande

2158	2 St mehrfarbig	bys	0,30	0,30
2159	13 St mehrfarbig	byt	1,30	0,50
		Satzpreis (2 W.)	1,50	0,70
		FDC		3,—

Auflagen: MiNr. 2158 = 800 000, MiNr. 2159 = 180 000 Stück

1972, 8. Mai. 90. Geburtstag von Georgi Dimitrow (I). RaTdr.; gez. L 12½.

byu) G. Dimitrow als Schriftsetzer

byv) Als Leiter des Septemberaufstands 1923

byw) Der Held der Leipziger Prozesse

byx) Berühmter Funktionär der Internationalen kommunistischen Arbeiterbewegung

byy) Führer und Lehrer des bulgarischen Volkes

byz) Dimitrow und die Jugend

bza) Mit Jungen Pionieren

bzb) Das Mausoleum von G. Dimitrow

bzc) G. Dimitrow (1882–1949)

2160	1 St mehrfarbig	byu	0,30	0,30
2161	2 St mehrfarbig	byv	0,30	0,30
2162	3 St mehrfarbig	byw	0,30	0,30
2163	5 St mehrfarbig	byx	0,30	0,30
2164	13 St mehrfarbig	byy	0,50	0,30
2165	18 St mehrfarbig	byz	0,50	0,40
2166	28 St mehrfarbig	bza	0,70	0,50
2167	40 St mehrfarbig	bzb	1,40	0,70

2168	80 St mehrfarbig	bzc	4,20	2,—
		Satzpreis (9 W.)	8,50	5,—
		3 FDC		18,—

Blockausgabe, ☐

2169	80 St mehrfarbig	bzc	—,—	—,—
Block 36	(86×88 mm)	bzd	5,—	5,—
		FDC		15,—

Block 36 ohne Wertangabe hatte keine Frankaturgültigkeit (Auflage: 2000 Stück).

Auflagen: MiNr. 2160–2161 je 1 500 000, MiNr. 2162 = 800 000, MiNr 2163 = 562 000, MiNr. 2164 und 2166 je 500 000, MiNr. 2165 = 387 500, MiNr. 2167 = 120 000, MiNr. 2168 = 88 000 Stück, Block 36 = 88 000 Blocks

Weiterer Wert zu 80 St in Zeichnung bzc, aber ☐: MiNr. 2190.

1972, 12. Mai. 250. Geburtstag von Paisij Chilendarski. RaTdr.; gez. L 12½.

bze) Flamme

bzf) Paisij Chilendarski (um 1722–1773), Mönch, Schriftsteller und Historiker

2170	2 St mehrfarbig	bze	0,30	0,30
2171	13 St mehrfarbig	bzf	1,30	0,40
		Satzpreis (2 W.)	1,50	0,50
		FDC		3,—

Auflagen: MiNr. 2170 = 780 000, MiNr. 2171 = 120 000 Stück

1972, 25. Juni. Olympische Sommerspiele, München. RaTdr.; gez. K 12½.

bzg) Zweierkandier

bzh) Turnen

bzi) Schwimmen

bzk) Volleyball

bzl) Hürdenlauf

bzm) Ringen

bzg–bzm) Olympische Ringe und Olympia-Emblem 1972

2172	1 St mehrfarbig	bzg	0,30	0,30
2173	2 St mehrfarbig	bzh	0,30	0,30
2174	3 St mehrfarbig	bzi	0,30	0,30
2175	13 St mehrfarbig	bzk	0,50	0,30
2176	18 St mehrfarbig	bzl	1,—	0,40
2177	40 St mehrfarbig	bzm	2,—	0,70
		Satzpreis (6 W.)	3,50	1,50
		2 FDC		7,—

Blockausgabe, ☐

bzn) Darstellung sportlicher Disziplinen, Stadionfeld mit Emblem

Block 37	80 St mehrfarbig (63×60 mm)	bzn	4,—	4,—
		FDC		7,—

2172 F	Fehlfarbe Silber		36,—
2172 Ur	rechts ungezähnt		—,—

Auflagen: MiNr. 2172 = 5 500 000, MiNr. 2173 = 3 500 000, MiNr. 2174 = 300 000, MiNr. 2175–2177 je 380 000 Stück, Bl. 37 = 138 000 Blocks

1972, 6. Juli. 100. Todestag von Angel Kantschev. RaTdr.; gez. L 12½.

bzo) Angel Kantschev (1850–1872), Revolutionär und Freiheitskämpfer

2178	2 St mehrfarbig	bzo	0,50	0,30
		FDC		2,—

Auflage: 500 000 Stück

1972, 16. Sept. Kurorte am Schwarzen Meer. RaTdr.; gez. L 12½.

bzp) Zlatui Piassatzi

bzr) Druschba

bzs) Slantschev Briag

bzt) Primorsko

bzu) Russalka

bzv) Albena

bzp–bzv) Die Markenbilder zeigen stilisierte Hotelbauten in den verschiedenen Orten und die Sonne

2179	1 St mehrfarbig	bzp	0,30	0,30
2180	2 St mehrfarbig	bzr	0,30	0,30
2181	3 St mehrfarbig	bzs	0,30	0,30
2182	13 St mehrfarbig	bzt	0,70	0,30
2183	28 St mehrfarbig	bzu	1,50	0,50
2184	40 St mehrfarbig	bzv	1,50	0,50
		Satzpreis (6 W.)	4,—	1,50
		2 FDC		6,—

		⊙
2179 Uu	unten ungezähnt	36,—

Auflagen: MiNr. 2179 = 2 600 500, MiNr. 2180 = 1 600 500, MiNr. 2181 = 1 100 500, MiNr. 2182 = 500 500, MiNr. 2183–2184 = je 250 500 Stück

1972, 28. Sept. Medaillengewinne bei den Olympischen Sommerspielen in München. RaTdr.; gez. L 12½.

bzw) Zweier-Kanadier, Bronzemedaille

bzx) Weitsprung der Frauen, Silbermedaille

bzy) Boxen, Goldmedaille

bzz) Ringen, Goldmedaille

caa) Gewichtheben, Goldmedaille

				★★	⊙
2185	1 St	mehrfarbig	bzw	0,30	0,30
2186	2 St	mehrfarbig	bzx	0,30	0,30
2187	3 St	mehrfarbig	bzy	0,30	0,30
2188	18 St	mehrfarbig	bzz	1,80	0,40
2189	40 St	mehrfarbig	caa	1,80	0,80
			Satzpreis (5 W.)	4,—	1,50
			2 FDC		7,—

Auflagen: MiNr. 2185 = 2 000 000, MiNr. 2186 = 1 000 000, MiNr. 2187 = 800 000, MiNr. 2188–2189 je 200 000 Stück

MiNr. 2189 mit Aufdruck: MiNr. 2204

1972, 18. Juni. 90. Geburtstag von Georgi Dimitrow (II). MiNr. 2168 in Farbänderung. RaTdr.; □.

bzc

2190	80 St	mehrfarbig	bzc	10,—	10,—

Unterscheidungsmerkmale für MiNr. 2168, 2169 (Blockmarke) und 2190:

2168: Kopfzeichnung Bräunlichkarmin, Inschrift Gold
2169: Kopfzeichnung und Inschrift Dunkelbraunoliv
2190: Kopfzeichnung und Inschrift Bräunlichrot

Auflage: 38 000 Stück

1972, 30. Okt. Widerstandskämpfer (III). RaTdr.; gez. K 13.

cab) Sabi Dimitrow (1900–1941)

cac) Zwjatko Radoinow (1895–1942)

cad) J. Ljutibrodski (1911–1935)

cae) Mitjo Ganev (1900–1925)

caf) N. Nikolov (1897–1923)

2191	1 St	mehrfarbig	cab	0,30	0,30
2192	2 St	mehrfarbig	cac	0,30	0,30
2193	3 St	mehrfarbig	cad	0,30	0,30
2194	5 St	mehrfarbig	cae	0,30	0,30
2195	13 St	mehrfarbig	caf	1,—	0,30
			Satzpreis (5 W.)	1,50	1,20
			FDC		3,—

Auflagen: MiNr. 2191–2192 je 1 100 000, MiNr. 2193 = 800 000, MiNr. 2194 = 600 000, MiNr. 2195 = 220 000 Stück

1972, 3. Nov. 50 Jahre Sowjetunion. RaTdr.; gez. K 12¾:13¼.

cag) Zierinschriften zum Jubiläum

2196	13 St	mehrfarbig	cag	0,80	0,30
			FDC		2,50

Auflage: 180 000 Stück

1972, 25. Nov. Blumen unter Naturschutz. RaTdr.; gez. L 12½.

cah) Türkenbund (Lilium rhodopaeum)

cai) Lungenenzian (Gentiana pneumonanthe)

cak) Pankrazlilie (Pancratium maritimum)

cal) Trollblume (Trollius europaeus)

cam) Primel (Primula frondosa)

can) Küchenschelle (Pulsatilla vernalis)

cao) Schachblume (Fritillaria stribrnyi)

2197	1 St	mehrfarbig	cah	0,30	0,30
2198	2 St	mehrfarbig	cai	0,30	0,30
2199	3 St	mehrfarbig	cak	0,30	0,30
2200	4 St	mehrfarbig	cal	0,30	0,30
2201	18 St	mehrfarbig	cam	1,—	0,40
2202	23 St	mehrfarbig	can	1,50	0,80
2203	40 St	mehrfarbig	cao	2,—	1,—
			Satzpreis (7 W.)	5,—	2,50
			2 FDC		10,—

Auflagen: MiNr. 2197 = 4 000 000, MiNr. 2198 = 3 500 000, MiNr. 2199 = 1 500 000, MiNr. 2200–2201 je 900 000, MiNr. 2202 = 350 000, MiNr. 2203 = 320 000 Stück

1972, 27. Nov. Weltmeister im Gewichtheben. MiNr. 2189 mit rotem Aufdruck.

MiNr. 2204

2204	40 St	mehrfarbig	(2189)	2,50	1,—
			FDC		5,—

Auflage: 200 000 Stück

1972, 28. Nov. 150. Geburtstag von Dobri Tchintulov. RaTdr.; gez. L 12½.

cap) Dobri Tchintulov (1822–1886), Schriftsteller

2205	2 St	mehrfarbig	cap	0,50	0,30
			FDC		2,—

Auflage: 150 000 Stück

1972, 27. Dez. Volkskunst: Schmuck. StTdr.; gez. K 14.

car) Stirnschmuckanhängsel (19. Jh.)

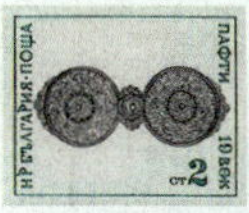
cas) Gürtelschnalle (19. Jh.)

cat) Amulett (18. Jh.)

cau) Brustschmuckanhängsel (18. Jh.)

cav) Ohrenschmuck (14. Jh.)

caw) Halsschmuck (18. Jh.)

2206	1 St	karminbraun/schwarz	car	0,30	0,30
2207	2 St	blaugrün/schwarz	cas	0,30	0,30
2208	3 St	blau/schwarz	cat	0,30	0,30
2209	8 St	braunkarmin/schwarz	cau	0,50	0,30
2210	23 St	bräunlichrot/schwarz	cav	1,30	0,50
2211	40 St	purpurviolett/schwarz	caw	2,—	1,20
			Satzpreis (6 W.)	4,—	2,—
			2 FDC		8,—

Auflagen: MiNr. 2206 = 2 500 000, MiNr. 2207 = 2 000 000, MiNr. 2208 = 800 000, MiNr. 2209 = 500 000, MiNr. 2210 = 130 000, MiNr. 2211 = 120 000 Stück

1973, 24. Jan. Unterseeforschung im Schwarzen Meer. RaTdr.; gez. L 12½.

cax) Taucher

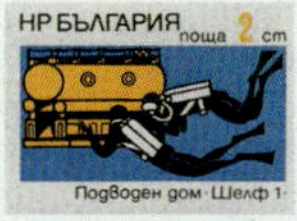

cay) Unterseehaus „Schelf 1“

caz) Kameralift „NJW 100“

cba) Hebeballon

2212	1 St	mehrfarbig	cax	0,30	0,30
2213	2 St	mehrfarbig	cay	0,30	0,30
2214	18 St	mehrfarbig	caz	1,—	0,60
2215	40 St	mehrfarbig	cba	2,—	0,70
			Satzpreis (4 W.)	3,—	1,50
			FDC		6,—

Blockausgabe, □

2216	20 St	mehrfarbig	cax	—,—	—,—
2217	20 St	mehrfarbig	cay	—,—	—,—
2218	20 St	mehrfarbig	caz	—,—	—,—
2219	20 St	mehrfarbig	cba	—,—	—,—
Block 38		(117×99 mm)	cbb	7,50	7,50
			FDC		13,—

Postpreis: 1 L

Auflagen: MiNr. 2212 = 3 500 000, MiNr. 2213 = 2 500 000, MiNr. 2214 = 180 000, MiNr. 2215 = 136 000 Stück, Block 38 = 70 000 Blocks

1973, 19. Febr. 100. Todestag von Wassil Lewski. RaTdr.; gez. K 13½:12¾.

cbc) Die Hinrichtung von Wassil Lewski; Gemälde von Boris Angeluschev

cbd) W. Lewski (1837–1873), Freiheitskämpfer; Gemälde von Georgi Dantschov

2220	2 St	mehrfarbig	cbc	0,30	0,30
2221	20 St	mehrfarbig	cbd	1,80	0,70
			Satzpreis (2 W.)	2,—	0,80
			FDC		4,—

Auflagen: MiNr. 2220 = 1 100 000, MiNr. 2221 = 100 000 Stück

1973, 26. Febr. Volkstümliche Masken der „Koukeris“. RaTdr.; gez. L 12 ½.

cbe) Maske aus der Gegend von Elhovo

cbf) Maske aus der Gegend von Breznik

cbg) Maske aus der Gegend von Hisar

cbh) Maske aus der Gegend von Radomir

cbi) Maske aus der Gegend von Karnobat

cbk) Maske aus der Gegend von Pernik

2222	1 St	mehrfarbig	cbe	0,30	0,30
2223	2 St	mehrfarbig	cbf	0,30	0,30
2224	3 St	mehrfarbig	cbg	0,30	0,30
2225	13 St	mehrfarbig	cbh	0,70	0,30
2226	20 St	mehrfarbig	cbi	1,—	0,60
2227	40 St	mehrfarbig	cbk	5,—	4,—
			Satzpreis (6 W.)	7,—	5,—
			2 FDC		11,—

Auflagen: MiNr. 2222 = 2 500 000, MiNr. 2223 = 2 000 000, MiNr. 2224 = 800 000, MiNr. 2225–2226 je 250 000, MiNr. 2227 = 80 000 Stück

1973, 21. März. 500. Geburtstag von Nikolaus Kopernikus. RaTdr.; gez. L 12½.

cbl) Nikolaus Kopernikus (1473–1543), Astronom, heliozentrisches Weltsystem

2228	28 St	mehrfarbig	cbl	2,50	1,50
			FDC		6,—

Auflage: 150 000 Stück

1973, 16. April. Frieden in Vietnam. RaTdr.; gez. L 12½.

cbm) Symbol friedlicher Arbeit

2229	18 St mehrfarbig	cbm	0,80	0,50
		FDC		3,50

Auflage: 120 000 Stück

1973, 3. April. Blockausgabe: Flug-Touristik. MiNr. 2075 bis 2078/Bl. 31 mit grauen Bdr.-Aufdruck der Embleme verschiedener Luftfahrtgesellschaften.

2230	2 St mehrfarbig	(2075)	–,–	–,–
2231	3 St mehrfarbig	(2076)	–,–	–,–
2232	5 St mehrfarbig	(2077)	–,–	–,–
2233	8 St mehrfarbig	(2078)	–,–	–,–
Block 39 I	(137×131 mm) ohne Heftklammerlochung	(Bl. 31)	65,–	65,–
		FDC		75,–
Block 39 II	(137×131 mm) mit Heftklammerlochung	(Bl. 31)	15,–	15,–
		Markenheftchen	25,–	

Postpreis von Bl. 39 I: 1 L

Bl. 39 II wurde im Markenheftchen ausgegeben.

Auflage: 50 000 numerierte Blocks

1973, 5. Mai. Feldblumen. RaTdr.; gez. K 13:13½.

cbn) Klatschmohn (Papaver rhoeas)

cbo) Margerite (Leucanthemium vulgare)

cbp) Balkan-Pfingstrose (Paeonia peregrina)

cbr) Kornblume (Centaurea cyanus)

cbs) Kornrade (Agrostemma githago)

cbt) Butterblume (Ranunculus acris)

2234	1 St mehrfarbig	cbn	0,30	0,30
2235	2 St mehrfarbig	cbo	0,30	0,30
2236	3 St mehrfarbig	cbp	0,30	0,30
2237	13 St mehrfarbig	cbr	0,50	0,30
2238	18 St mehrfarbig	cbs	5,–	3,–
2239	28 St mehrfarbig	cbt	1,50	1,–
		Satzpreis (6 W.)	7,50	5,–
		2 FDC		14,–

Auflagen: MiNr. 2234 = 7 000 000, MiNr. 2235 = 4 000 000, MiNr. 2336 = 1 500 000, MiNr. 2237 = 250 000, MiNr. 2238 = 100 000, MiNr. 2239 = 150 000 Stück

1973, 4. Mai. Blockausgabe: Internationale Briefmarkenausstellung IBRA ’73, München. MiNr. 1912/Bl. 25 mit grünem oder grauem Bdr.-Aufdruck.

2240	1 L mehrfarbig	(1912) Gr	–,–	–,–
Block 40	(80×72 mm)	(Bl. 25) Gr	*50,–*	*50,–*
2241	1 L mehrfarbig	(1912) Gra	–,–	–,–
Block 41	(80×72 mm)	(Bl. 25) Gra	*180,–*	*180,–*

Auflagen: Bl. 40 = 21 500, Bl. 41 = 8500 Blocks

1973, 2. Juni. 125. Geburtstag von Christo Botev. RaTdr.; gez. K 13¼.

cbu) Christo Botev (1848–1876), Dichter und Revolutionär

2242	2 St mehrfarbig	cbu	0,30	0,30
2243	18 St mehrfarbig	cbu	1,50	1,–
		Satzpreis (2 W.)	1,50	1,20
		FDC		3,50

Auflagen: MiNr. 2242 = 1 000 000, MiNr. 2243 = 100 000 Stück

1973, 6. Juni. 50. Jahrestag des Juni-Aufstandes von 1923. RaTdr.; gez. K 13½:13¼.

cbv) Assen Halatschev, Aufständischenführer – Aufstandsszene

cbw) September; Gemälde von Boris Angeluschev

2244	1 St mehrfarbig	cbv	0,30	0,30
2245	2 St mehrfarbig	cbw	0,30	0,30
		Satzpreis (2 W.)	0,50	0,50
		FDC		2,–

Auflagen: MiNr. 2244 = 1 000 000, MiNr. 2245 = 500 000 Stück

1973, 14. Juni. 50. Todestag von Aleksandar Stambolijski. RaTdr.; gez. K 12½.

cbx) Aleksandar Stambolijski (1879–1923), Politiker

2246	18 St siena/orange	cbx	0,50	0,50
2247	18 St orange	cbx	5,50	4,—
		Satzpreis (2 W.)	6,—	4,50
		FDC		8,—

Auflagen: MiNr. 2246 = 150 000, MiNr. 2247 = 50 000 Stück

1973, 29. Juni. Tiere. RaTdr.; gez. K 12¾:13¼, Hochformate ~.

cby) Bisamratte

cbz) Marderhund

cca) Mufflon

ccb) Damhirsch

ccc) Wisent

ccd) Elch

2248	1 St mehrfarbig	cby	0,30	0,30
2249	2 St mehrfarbig	cbz	0,30	0,30
2250	3 St mehrfarbig	cca	0,30	0,30
2251	12 St mehrfarbig	ccb	0,50	0,30
2252	18 St mehrfarbig	ccc	1,50	0,80
2253	40 St mehrfarbig	ccd	5,—	3,—
		Satzpreis (6 W.)	7,50	4,50
		2 FDC		22,—

Auflagen: MiNr. 2248 = 3 500 000, MiNr. 2249 = 2 500 000, MiNr. 2250 = 1 000 000, MiNr. 2251 = 500 000, MiNr. 2252 = 200 000, MiNr. 2253 = 100 000 Stück

✈ 1973, 30. Juli. Freimarken: Städtebilder. RaTdr.; gez. K 13.

cce) Veliko Tarnovo

ccf) Roussalka

ccg) Plovdiv

cch) Sofia

2254	2 St mehrfarbig	cce	0,30	0,30
2255	13 St mehrfarbig	ccf	0,70	0,30
2256	20 St mehrfarbig	ccg	4,—	3,—
2257	28 St mehrfarbig	cch	1,—	0,80
		Satzpreis (4 W.)	5,50	4,—
		FDC		8,—

Auflagen: MiNr. 2254 = 1 000 000, MiNr. 2255 = 500 000, MiNr. 2256 = 120 000, MiNr. 2257 = 150 000 Stück

1973, 20. Aug. 50. Jahrestag des Septemberaufstandes. RaTdr.; gez. K 12½.

cci) Marschierende Revolutionäre mit Fahne

cck) Revolutionäre auf Eisenbahnwagen

ccl) Revolutionäre mit Fahne

ccm) Revolutionsführer Georgi Dimitrow, Wassil Kolarov

2258	2 St mehrfarbig	cci	0,30	0,30
2259	5 St mehrfarbig	cck	0,30	0,30
2260	13 St mehrfarbig	ccl	0,70	0,30
2261	18 St mehrfarbig	ccm	1,50	1,50
		Satzpreis (4 W.)	2,50	2,—
		FDC		5,50

Auflagen: MiNr. 2258 = 1 000 000, MiNr. 2259–2260 je 150 000, MiNr. 2261 = 120 000 Stück

1973, 27. Aug. Weltkongress der Gewerkschaften, Varna. RaTdr.; gez. K 12½.

ccn) Veranstaltungsemblem

2262	2 St mehrfarbig	ccn	0,50	0,30
		FDC		1,50

Auflage: 250 000 Stück

1973, 29. Aug. Olympischer Kongress, Varna. RaTdr.; gez. K 13.

cco) Sonne, olympische Ringe

ccp) Emblem des Olympischen Komitees

2263	13 St mehrfarbig	cco	2,—	0,50
2264	28 St mehrfarbig	ccp	2,50	1,50
		Satzpreis (2 W.)	4,50	2,—
		FDC		7,—

Blockausgabe mit blauem Rahmen; A = gez. Ks 13, B = ☐

ccs

ccr) Spielszene

2265	80 St mehrfarbig	ccr	4,—	2,—
Block 42 A	(60×76 mm)	ccs	5,—	4,—
Block 42 B	(60×76 mm)	ccs	15,—	15,—
		FDC A		10,—

Blockausgabe mit violettem Rahmen, ☐

2266	80 St mehrfarbig	ccr	—,—	—,—
Block 43	(60×76 mm)	ccs	*100,—*	90,—

Auflagen: MiNr. 2263–2264 = 150 000 Sätze, Bl. 42 A = 100 000 Blocks, Bl. 42 B = 40 000, Bl. 43 = 16 000 numerierte Blocks

1973, 24. Sept. Wandmalereien aus der Kirche von Bojana, 1259. RaTdr.; gez. K 13.

cct) Sevastokrator Kalojan

ccu) Desislawa

ccv) Unbekannter Heiliger

ccw) Hl. Eustratius

ccx) Zar Konstantin

ccy) Diakon Laurentius

ccz) Maria

cda) Hl. Efrem

cdb) Jesus

2267	1 St mehrfarbig	cct	0,30	0,30
2268	2 St mehrfarbig	ccu	0,30	0,30
2269	3 St mehrfarbig	ccv	0,30	0,30
2270	5 St mehrfarbig	ccw	0,60	0,30
2271	10 St mehrfarbig	ccx	1,—	0,50
2272	13 St mehrfarbig	ccy	1,—	0,60
2273	18 St mehrfarbig	ccz	1,50	0,80
2274	20 St mehrfarbig	cda	1,50	1,—
2275	28 St mehrfarbig	cdb	5,—	1,50
		Satzpreis (9 W.)	11,—	5,—
		3 FDC		18,—

Blockausgabe, ☐ mit aufgedruckter Zähnung

cdd

cdc) Die Gruppe der Schriftgelehrten

2276	80 St mehrfarbig	cdc	—,—	—,—
Block 44	(55×75 mm)	cdd	7,—	7,—
		FDC		13,—

Auflagen: MiNr. 2267 = 3 000 000, MiNr. 2268 = 2 000 010, MiNr. 2269 = 1 000 020, MiNr. 270–271 je 700 020 Stück, MiNr. 2272 = 500 010, MiNr. 2273–2274 je 250 020, MiNr. 2275 = 100 020 Stück, Bl. 44 = 60 000 Blocks

1973, 29. Sept. 75. Geburtstag von Christo Smirnenski. RaTdr.; gez. K 12½.

cde) Christo Smirnenski (1898–1923), Dichter; Illustration seines Buches „Tscherwenite eskadroni"

2277	1 St mehrfarbig	cde	0,30	0,30
2278	2 St mehrfarbig	cde	0,50	0,30
		Satzpreis (2 W.)	0,50	0,50
		FDC		3,—

Auflagen: MiNr. 2277 = 5 000 000, MiNr. 2278 = 100 000 Stück

1973, 10. Okt. 25. Jahrestag der Allgemeinen Erklärung der Menschenrechte. RaTdr.; gez. K 12½.

cdf) Jubiläums-Emblem

2279	13 St mehrfarbig	cdf	0,70	0,50
		FDC		3,—

Auflage: 120 000 Stück

1973, 23. Okt. Geschichte Bulgariens. RaTdr.; gez. K 13¼:13.

cdg) Zar Todor Swetoslav empfängt byzantinische Delegierte (1307)

cdh) Schlacht zwischen den Armeen von Zar Michail Schischman und den Byzantinern (1328)

cdi) Zar Iwan Alexander schlägt die Byzantiner bei Rossokastro (1332)

cdk) Patriarch Eftimij; Verteidigung von Weliko Tarnowo (1393)

cdl) Zar Iwan Schischman führt seine Armee gegen die Türken an

cdm) Momtschil greift türkische Schiffe bei Umur an (1344)

cdn) Zar Iwan Strazimir holt die Kreuzritter mit dem ungarischen König Sigismund ab (1396)

cdo) Bojar Balik holt die Gesandten von Anna von Savoyen ab

2280	1 St	mehrfarbig	cdg	0,30	0,30
2281	2 St	mehrfarbig	cdh	0,30	0,30
2282	3 St	mehrfarbig	cdi	0,30	0,30
2283	4 St	mehrfarbig	cdk	0,30	0,30
2284	5 St	mehrfarbig	cdl	0,30	0,30
2285	13 St	mehrfarbig	cdm	0,70	0,30
2286	18 St	mehrfarbig	cdn	1,—	0,30
2287	28 St	mehrfarbig	cdo	2,50	1,50
		Satzpreis (8 W.)		5,—	2,50
		2 FDC			8,—

Auflagen: MiNr. 2280–2282 je 1 000 000, MiNr. 2283–2284 je 500 000, MiNr. 2285 bis 2286 je 200 000, MiNr. 2287 je 120 000 Stück

1973, 29. Okt. Wasserfahrsport: Segeln. Odr.; gez. K 13.

cdp) Finn Dinghy

cdr) Flying Dutchman

cds) Soling

cdt) Tempest

cdu) 470er-Klasse

cdv) Tornado

2288	1 St	mehrfarbig	cdp	0,30	0,30
2289	2 St	mehrfarbig	cdr	0,30	0,30
2290	3 St	mehrfarbig	cds	0,30	0,30
2291	13 St	mehrfarbig	cdt	0,70	0,30
2292	20 St	mehrfarbig	cdu	1,—	0,60
2293	40 St	mehrfarbig	cdv	4,50	4,—
		Satzpreis (6 W.)		6,50	5,—
		2 FDC			14,—

In Farbänderungen, □

2294	1 St	mehrfarbig	cdp	0,40	0,40
2295	2 St	mehrfarbig	cdr	0,60	0,60
2296	3 St	mehrfarbig	cds	1,—	1,—
2297	13 St	mehrfarbig	cdt	3,—	3,—
2298	20 St	mehrfarbig	cdu	5,—	5,—
2299	40 St	mehrfarbig	cdv	10,—	10,—
		Satzpreis (6 W.)		20,—	20,—
		2 FDC			30,—

Auflagen: MiNr. 2288 = 3 960 000, MiNr. 2289 = 2 960 000, MiNr. 2290 = 1 960 000, MiNr. 2291–2292 je 210 000, MiNr. 2293 = 120 000 Stück, MiNr. 2294–2299 = 40 000 Sätze

1973, 10. Nov. 25 Jahre Nationale Gemäldegalerie; 150. Geburtstag von Stanislaw Dospewski. Odr.; gez. K 12¼:12, Hochformate ~.

cdw) Baltschik; von Bentscho Obreschkow (1899–1970)

cdx) Mutter mit Kind; von Stojan Wenew (1904–1989)

cdy) Ruhe; von Zenko Bojadschiew (1902–1972)

cdz) Vase mit Blumen; von Sirak Skitnik (1883–1943)

cea) Meri Kanewa; von Ilija Petrow (1903–1975)

ceb) Winter in Plowdiw; von Slatju Bojadschiew (1903–1976)

2300	1 St	mehrfarbig	cdw	0,30	0,30
2301	2 St	mehrfarbig	cdx	0,30	0,30
2302	3 St	mehrfarbig	cdy	0,30	0,30
2303	13 St	mehrfarbig	cdz	0,80	0,30
2304	18 St	mehrfarbig	cea	1,30	0,30
2305	40 St	mehrfarbig	ceb	3,50	2,50
		Satzpreis (6 W.)		6,50	4,—
		2 FDC			12,—

Blockausgabe

cee

cec) Domnika Lambrewa; von Stanislaw Dospewski (1823–1878)
ced) Selbstbildnis; von Stanislaw Dospewski (1823–1878)

2306	50 St	mehrfarbig	cec	—,—	—,—
2307	50 St	mehrfarbig	ced	—,—	—,—
Block 45		(99×94 mm)	cee	6,50	4,—
		FDC			13,—

Auflagen: MiNr. 2300 = 3.000.000, MiNr. 2301 = 2.000.010, MiNr. 2302 = 1.000.005, MiNr. 2303 = 500.010, MiNr. 2304 = 350.010, MiNr. 2305 = 305.010 Stück, Bl. 45 = 305.000 Blocks

1973, 12. Dez. Blockausgabe: Fußball-Weltmeisterschaft, BR Deutschland (1974) (I). RaTdr.; gez. Ks 13.

ceg

cef) Fußballspielszene

2308	28 St mehrfarbig	cef	—,—	—,—
Block 46	(64×100 mm)	ceg	6,50	6,—
		FDC		12,—

Postpreis: 1 L

Auflage: 220 000 Blocks

Mit Aufdruck: MiNr. 2692/Bl. 76

1974, 15. Jan. Volkskunst: Holzschnitzereien. RaTdr.; gez. K 13.

ceh, cei, cek

cel, cem

cen, ceo

ceh–ceo) Szenen aus dem Alten Testament, Blütenornamente

2309	1 St mehrfarbig	ceh	0,30	0,30
2310	2 St mehrfarbig	cei	0,30	0,30
2311	3 St mehrfarbig	cek	0,30	0,30
2312	5 St mehrfarbig	cel	0,30	0,30
2313	8 St mehrfarbig	cem	0,40	0,30
2314	13 St mehrfarbig	cen	0,60	0,30
2315	28 St mehrfarbig	ceo	1,20	0,60
		Satzpreis (7 W.)	2,80	1,50
		1 Dreierstreifen + 2 Paare	3,20	3,20
		3 FDC		6,—

MiNr. 2309–2311, 2312–2313 und 2314–2315 wurden jeweils zusammenhängend gedruckt.

Auflagen: 2309–2311 je 2 000 000, MiNr. 2312–2315 je 200 000 Stück

1974, 28. Jan. 50. Todestag von Lenin. Odr.; gez. K 12¼:12.

cep) Lenin (1870–1924), Kommunistenführer; Gemälde von N. Mirtchev

cer) Lenin besucht Arbeiter; Gemälde von W. A. Serov

2316	2 St mehrfarbig	cep	0,30	0,30
2317	18 St mehrfarbig	cer	1,—	0,60
		Satzpreis (2 W.)	1,20	0,70
		FDC		3,—

Auflagen: MiNr. 2316 = 2 000 000, MiNr. 2317 = 350 000 Stück

1974, 28. Jan. 50. Todestag von Dimitar Blagoew. Odr.; gez. K 12¼:12.

ces) Dimitar Blagoew bei einer Kundgebung; Gemälde von Georgi Kowatschew (1920–2012)

2318	2 St mehrfarbig	ces	0,50	0,30
		FDC		2,50

Auflage: 1.500.000 Stück

1974, 1. Febr. Haustiere. RaTdr.; gez. K 13½:13.

cet) Schaf

ceu) Ziege

cev) Schwein

cew) Kuh

cex) Büffel

cey) Pferd

2319	1 St mehrfarbig	cet	0,30	0,30
2320	2 St mehrfarbig	ceu	0,30	0,30
2321	3 St mehrfarbig	cev	0,30	0,30
2322	5 St mehrfarbig	cew	0,30	0,30
2323	13 St mehrfarbig	cex	1,20	0,30
2324	20 St mehrfarbig	cey	3,20	1,70
		Satzpreis (6 W.)	5,—	2,50
		2 FDC		8,—

	⊙
2319 F Farbe Gelb fehlend	36,—

Auflagen: MiNr. 2319 = 3 000 000, MiNr. 2320 = 2 000 000, MiNr. 2321 = 1 000 000, MiNr. 2322 = 800 000, MiNr. 2323 = 500 000, MiNr. 2324 = 240 000 Stück

1974, 11. Febr. 25 Jahre Rat für Gegenseitige Wirtschaftshilfe (RGW). RaTdr.; gez. K 13.

cez) Pfeile formen Stern

			★★	⊙
2325	13 St mehrfarbig	cez	0,80	0,50
		FDC		3,—

Auflage: 500 000 Stück

1974, 25. März. Fußball-Weltmeisterschaft, BR Deutschland (II). RaTdr.; gez. K 13¼:13.

cfa

cfb

cfc

cfd

cfe

cff

cfa–cff) Fußballspielszenen, Spielfeld, Emblem

2326	1 St mehrfarbig	cfa	0,30	0,30
2327	2 St mehrfarbig	cfb	0,30	0,30
2328	3 St mehrfarbig	cfc	0,30	0,30
2329	13 St mehrfarbig	cfd	0,60	0,30
2330	28 St mehrfarbig	cfe	1,—	0,50
2331	40 St mehrfarbig	cff	2,50	1,50
		Satzpreis (6 W.)	4,50	2,50
		2 FDC		9,—

Blockausgabe; A = gez. Ks 13¼:13, B = ☐

cfh

cfg) Kopfballduell, Spielfeld, Emblem

2332	1 L mehrfarbig	cfg	3,50	2,50
Block 47 A	(67×78 mm)	cfh	4,—	3,—
		FDC A		9,—
Block 47 B	(67×78 mm)	cfh	*50,—*	*60,—*

Auflagen: MiNr. 2326–2327 je 3 000 000, MiNr. 2328 = 1 000 000, MiNr. 2329–2330 je 500 000, MiNr. 2331 = 250 000 Stück, Bl. 47 A = 240 000 Blocks, Bl. 47 B = 16 000 numerierte Blocks

1974, 20. Mai. Briefmarkenausstellung Jugend '74: Kinderzeichnungen. RaTdr.; gez. K 13.

cfi) Erforschung des Weltraumes für Friedenszwecke; von Penko Bambov

cfk) Salzhütten; von Mariana Bliznakowa

cfl) Feuertänzerinnen; von Detelina Lalowa

cfm) Freundschaft UdSSR-VRB; von Wanja Bojanowa

2333	1 St mehrfarbig	cfi	0,30	0,30
2334	2 St mehrfarbig	cfk	0,30	0,30
2335	3 St mehrfarbig	cfl	0,30	0,30
2336	28 St mehrfarbig	cfm	3,—	2,20
		Satzpreis (4 W.)	3,50	2,50
		FDC		8,—

Blockausgabe, ☐ mit aufgedruckter Zähnung

cfo

cfn) Frühling; von Wladimir Kantschev

2337	60 St mehrfarbig	cfn	—,—	—,—
Block 48	(70×70 mm)	cfo	3,50	3,—
		FDC		8,—

Block 48 in blauer Farbe mit durchbalkter Wertziffer und zusätzlicher Numerierung hatte keine Frankaturgültigkeit (Auflage: 17 000 Stück).

Auflagen: MiNr. 2333 = 5 000 010, MiNr. 2334 = 4 000 020, MiNr. 2335 = 2 000 010, MiNr. 2336 = 230 010 Stück, Block 48 = 190 000 Blocks

1974, 25. April. Laienkunstfestival und 4. Republikanischer Sporttag. RaTdr.; gez. K 13.

cfp) Volksgesang

cfr) Volkstanz

cfs) Volksmusik mit Dudelsack und Trommel

cft) Ringen

cfu) Laufen

cfv) Rhythmische Sportgymnastik

2338	1 St	mehrfarbig	cfp	0,30	0,30
2339	2 St	mehrfarbig	cfr	0,30	0,30
2340	3 St	mehrfarbig	cfs	0,30	0,30
2341	5 St	mehrfarbig	cft	0,30	0,30
2342	13 St	mehrfarbig	cfu	1,20	1,20
2343	18 St	mehrfarbig	cfv	0,80	0,50
			Satzpreis (6 W.)	2,50	2,—
			2 FDC		6,—

Auflagen: MiNr. 2338 = 3 000 000, MiNr. 2339 = 2 000 000, MiNr. 2340 = 1 000 000, MiNr. 2341 = 700 000, MiNr. 2342 = 160 000, MiNr. 2343 = 500 000 Stück

1974, 23. Mai. Blockausgabe: Briefmarkenausstellung Jugend '74. RaTdr.; gez. Ks 13.

cfx

cfw

2344	80 St	mehrfarbig	cfw	—,—	—,—
Block 49		(87×76 mm)	cfx	8,—	7,—

Bl. 49 in Schwarz mit durchbalkter Wertziffer und zusätzlicher Numerierung hatte keine Frankaturgültigkeit (Auflage: 15 000 Stück, davon 2000 mit Aufdruck „PLEVENJJ").

Auflage: 42 000 Blocks

1974, 22. Juni. Gartenblumen. RaTdr.; gez. K 13.

cfy) Aster

cfz) Winde

cga) Orchidee

cgb) Tulpe

cgc) Gartennelke

cgd) Stiefmütterchen

2345	1 St	mehrfarbig	cfy	0,30	0,30
2346	2 St	mehrfarbig	cfz	0,30	0,30
2347	3 St	mehrfarbig	cga	0,30	0,30
2348	18 St	mehrfarbig	cgb	1,—	0,30
2349	20 St	mehrfarbig	cgc	1,20	0,30
2350	28 St	mehrfarbig	cgd	3,—	1,70
			Satzpreis (6 W.)	5,50	2,50
			2 FDC		8,—

Blockausgabe, gez. Ks 13

cgf

cge) Sonnenblume

2351	80 St	mehrfarbig	cge	—,—	—,—
Block 50		(78×60 mm)	cgf	3,50	3,—
			FDC		6,—

Auflagen: MiNr. 2345 = 3 000 000, MiNr. 2346 = 2 000 000, MiNr. 2347 = 1 000 000, MiNr. 2348–2349 je 800 000, MiNr. 2350 = 320 000 Stück, Block 50 = 310 000 Blocks

1974, 15. Mai. Kongress der Internationalen Automobil-Föderation (FIA), Sofia. RaTdr.; gez. K 13.

cgg) Autos, Embleme

2352	13 St	mehrfarbig	cgg	0,70	0,40
			FDC		2,50

Auflage: 200 000 Stück

1974, 20. Juni. UNESCO-Session, Varna. RaTdr.; gez. K 13.

cgh) Gebäude, UNESCO-Emblem

2353	18 St	mehrfarbig	cgh	0,70	0,40
			FDC		2,50

Auflage: 250 000 Stück

1974, 29. Aug. 30 Jahre Volksregierung. RaTdr.; gez. K 13.

cgi) Bewaffnete der Kommunistischen Partei Bulgariens

cgk) Empfang der sowjetischen Soldaten

cgl) Industriearbeiter

cgm) Bauernfamilie

cgn) Wissenschaftler und Techniker

2354	1 St	mehrfarbig	cgi	0,30	0,30
2355	2 St	mehrfarbig	cgk	0,30	0,30
2356	5 St	mehrfarbig	cgl	0,30	0,30
2357	13 St	mehrfarbig	cgm	0,60	0,30

2358	18 St mehrfarbig	cgn	1,10	0,60
		Satzpreis (5 W.)	2,—	1,30
		2 FDC		5,—

Auflagen: MiNr. 2354 = 3 000 000, MiNr. 2355 = 2 000 000, MiNr. 2356 = 700 000, MiNr. 2357 = 500 000, MiNr. 2358 = 150 000 Stück

1974, 12. Aug. 30 Jahre Pionierorganisation „Septemvritsche“. RaTdr.; gez. K 13.

cgo) Jungpionier und Pionierfreundschaftsleiterin

cgp) Tauben, Pionier

2359	1 St mehrfarbig	cgo	0,30	0,30
2360	2 St mehrfarbig	cgp	0,30	0,30
		Satzpreis (2 W.)	0,50	0,50
		FDC		1,50

Blockausgabe, gez. Ks 13

cgs

cgr) Abzeichen der Organisation

2361	60 St mehrfarbig	cgr	—,—	—,—
Block 51	(60×84 mm)	cgs	2,50	2,—
		FDC		4,50

Auflagen: MiNr. 2359–2360 = 1 000 000 Sätze, Bl. 51 = 200 000 Blocks

1974, 5. Aug. 100 Jahre Weltpostverein (UPU). RaTdr.; gez. K 13¼.

cgt) Postreiter (1874)

cgu) Erster bulgarischer Postwagen

2362	2 St mehrfarbig	cgt	0,30	0,30
2363	18 St mehrfarbig	cgu	1,—	0,40
		Satzpreis (2 W.)	1,—	0,50
		FDC		3,—

Blockausgabe; A = gez. Ks 13¼, B = □

cgw

cgv) UPU-Emblem

2364	28 St mehrfarbig	cgv	—,—	—,—
Block 52 A	(79×58 mm)	cgw	3,—	3,—
		FDC A		6,—
Block 52 B	(79×58 mm)	cgw	50,—	60,—

Postpreis: 80 St

Auflagen: MiNr. 2362 = 3.000.000, MiNr. 2363 = 153.000 Stück, Bl. 52 A = 153.000 Blocks, Bl. 52 B = 13.000 numerierte Blocks

1974, 29. Okt. Blockausgabe: Konferenz über europäische Sicherheit und Zusammenarbeit. RaTdr.; A = gez. Ks 13:13¼, B = □.

chb

cgx) Tauben
cgy) Landkarte von Europa
cgz) Palmwedel
cha) Inschrift

2365	13 St mehrfarbig	cgx	—,—	—,—
2366	13 St mehrfarbig	cgy	—,—	—,—
2367	13 St mehrfarbig	cgz	—,—	—,—
2368	13 St mehrfarbig	cha	—,—	—,—
Block 53 A	(96×116 mm)	chb	3,—	3,—
		FDC A		7,50
Block 53 B	(96×116 mm)	chb	80,—	90,—
		FDC B		120,—

Postpreis: 60 St.

Auflagen: Bl. 53 A = 260 000, Bl. 53 B = 150 000 Blocks

Bl. 53 A mit Aufdruck: Bl. 84

1974, 19. Okt. Turn-Weltmeisterschaften, Varna. RaTdr.; gez. K 13.

chc) Turnerin

chd) Turner

2369	2 St	mehrfarbig	chc	0,30	0,30
2370	13 St	mehrfarbig	chd	0,70	0,50
			Satzpreis (2 W.)	0,80	0,70
			FDC		3,—

2369 F Fehlfarbe Gelb .... 50,—
2369 U ungezähnt .... —,—

Auflagen: MiNr. 2369 = 1 500 000, MiNr. 2370 = 200 000 Stück

1974, 5. Dez. Neujahr. RaTdr.; gez. K 13.

che) Blumenmuster

2371	2 St	mehrfarbig	che	0,50	0,30
			FDC		1,50

Auflage: 3 000 000 Stück

1974, 20. Nov. Einführung der Postleitzahlen. RaTdr.; gez. K 13.

chf) Schreibfeder deutet auf Postleitzahlenfeld eines Briefumschlags

2372	2 St	mehrfarbig	chf	0,50	0,30
			FDC		1,50

Auflage: 10 000 000 Stück

1974, 18. Sept. Blockausgabe: Internationale Briefmarkenausstellung STOCKHOLMIA '74. RaTdr.; gez. Ks 13:13¼.

chh

chg) Stockholm, Brieftauben

2373	40 St	mehrfarbig	chg	—,—	—,—
Block 54		(63×71 mm)	chh	5,—	5,—
			FDC		12,—

Auflage: 50 000 Blocks

1975, 3. Febr. Blüten von Obstbäumen. RaTdr.; gez. K 13.

chi) Aprikose

chk) Apfel

chl) Kirsche

chm) Birne

chn) Pfirsich

2374	1 St	mehrfarbig	chi	0,30	0,30
2375	2 St	mehrfarbig	chk	0,30	0,30
2376	3 St	mehrfarbig	chl	0,30	0,30
2377	19 St	mehrfarbig	chm	0,70	0,30
2378	28 St	mehrfarbig	chn	1,70	0,50
			Satzpreis (5 W.)	2,50	1,—
			2 FDC		4,—

Auflagen: MiNr. 2374 = 2.000.000, MiNr. 2375 = 1.500.000, MiNr. 2376 = 1.000.000, MiNr. 2377 = 350.000, MiNr. 2378 = 260.000 Stück

1975, 20. März. 30. Jahrestag des Sieges. RaTdr.; gez. K 13.

cho) Stern mit Pfeil

chp) Taube, Schwert

2379	2 St	mehrfarbig	cho	0,30	0,30
2380	13 St	mehrfarbig	chp	0,80	0,30
			Satzpreis (2 W.)	0,80	0,50
			FDC		2,50

Auflagen: MiNr. 2379 = 1 650 000, MiNr. 2380 = 150 000 Stück

1975, 21. März. 100. Jahrestag der Internationalen Meterkonvention. RaTdr.; gez. K 13.

chr) Standardkilogramm-Gewicht im luftleeren Behälter, Standardmeter

2381	13 St	mehrfarbig	chr	0,50	0,30
			FDC		2,—

Auflage: 250 000 Stück

1975, 25. März. 50 Jahre Höheres forsttechnisches Institut. RaTdr.; gez. K 13.

chs) Baum, aufgeschlagenes Buch

2382	2 St mehrfarbig	chs	0,50	0,30
		FDC		1,50

Auflage: 500 000 Stück

1975, 20. Febr. Blockausgabe: 75 Jahre Bulgarische Landwirtschaftliche Volksunion. RaTdr.; gez. Ks 13.

chx

cht) Bauer
chu) Bewaffnete
chv) Bauernpaar
chw) Bäuerin

2383	2 St mehrfarbig	cht	–,–	–,–
2384	5 St mehrfarbig	chu	–,–	–,–
2385	13 St mehrfarbig	chv	–,–	–,–
2386	18 St mehrfarbig	chw	–,–	–,–
Block 55	(102×95 mm)	chx	1,50	1,50
		FDC		3,50

Auflage: 150 000 Blocks

1975, 28. März 500. Geburtstag von Michelangelo. RaTdr.; gez. K 13.

chy) Selbstporträt

chz) Grabmal des Lorenzo de Medici (Detail)

cia) Grabmal des Lorenzo de Medici (Detail)

chy–cia) Werke von Michelangelo Buonarroti (1475–1564), italienischer Bildhauer, Maler, Baumeister und Dichter

2387	2 St mehrfarbig	chy	0,30	0,30
2388	13 St mehrfarbig	chz	0,60	0,30
2389	18 St mehrfarbig	cia	1,20	0,60
		Satzpreis (3 W.)	2,–	1,–
		FDC		4,–

Blockausgabe

2390	2 St mehrfarbig	chy	2,–	2,–
Block 56	(69×83 mm)	cib	2,–	2,–
		FDC		4,–

Postpreis: 60 St

Auflagen: MiNr. 2387 = 2 000 000, MiNr. 2388 = 800 000, MiNr. 2389 = 310 000 Stück, Bl. 56 = 310 000 Blocks

1975, 24. Febr. Blockausgabe: Internationale Briefmarkenausstellung ESPAÑA ’75. RaTdr.; gez. Ks 13.

cid

cic) Ausstellungsemblem; Marke Spanien MiNr. 1

2391	40 St mehrfarbig	cic	5,–	5,–
Block 57	(67×100 mm)	cid	6,–	6,–
		FDC		10,–

Auflage: 140 000 Blocks

1974, 28. Dez. Nationale Kunstgegenstände. RaTdr.; gez. K 13:13¼.

cie) Hl. Theodor Stratelatus (Keramik-Ikone, 10. Jh.)

cif) Goldenes Medaillon von Veliko Weliko Tarnowo (12. Jh.)

cig) Kapitell einer Säule (9. Jh.)

cih) Mit Ornamenten verzierte Schale (10. Jh.)

cii) Pokal (10. Jh.)

cik) Tierskulptur (10. Jh.)

cil) Goldene Platte (10. Jh.)

cim) Brustharnisch mit Adler (10. Jh.)

2392	1 St mehrfarbig	cie	0,30	0,30
2393	2 St mehrfarbig	cif	0,30	0,30
2394	3 St mehrfarbig	cig	0,30	0,30
2395	5 St mehrfarbig	cih	0,30	0,30
2396	8 St mehrfarbig	cii	0,30	0,30
2397	13 St mehrfarbig	cik	0,50	0,30
2398	18 St mehrfarbig	cil	0,80	0,30
2399	28 St mehrfarbig	cim	2,40	1,–
		Satzpreis (8 W.)	4,50	2,–
		3 FDC		8,–

	★★
2393 Ur rechts ungezähnt	–,–

Auflagen: MiNr. 2392–2393 je 3 000 000, MiNr. 2394 = 1 000 000, MiNr. 2395 = 800 000, MiNr. 2396–2398 je 500 000, MiNr. 2399 = 228 000 Stück

1975, 30. Juni. Regionaltrachten. RaTdr.; gez. K 13.

cin) Gabrovo

cio) Trun

cip) Vidin

cir) Goce Delčev

cis) Russe

				**	⊙
2400	2 St	mehrfarbig	cin	0,30	0,30
2401	3 St	mehrfarbig	cio	0,30	0,30
2402	5 St	mehrfarbig	cip	0,30	0,30
2403	13 St	mehrfarbig	cir	0,80	0,50
2404	18 St	mehrfarbig	cis	1,80	0,80
			Satzpreis (5 W.)	3,—	1,50
			2 FDC		6,—

Auflagen: MiNr. 2400–2401 je 1 000 000, MiNr. 2402 = 400 000, MiNr. 2403 = 255 000, MiNr. 2404 = 350 000 Stück

1975, 15. Mai. Festival für Humor und Satire, Gabrovo. RaTdr.; gez. K 13.

cit) Veranstaltungsemblem, Katze, Globus

2405	2 St	mehrfarbig	cit	0,50	0,30
			FDC		1,50

Auflage: 500 000 Stück

1975, 20. Mai. Internationales Jahr der Frau. RaTdr.; gez. K 13.

ciu) Emblem, Frauenkopf

2406	13 St	mehrfarbig	ciu	0,50	0,30
			FDC		1,50

	**
2406 Ur rechts ungezähnt	—,—

Auflage: 500 000 Stück

1975, 30. Mai. Jugendliche Widerstandskämpfer. RaTdr.; gez. K 13¼:13.

civ) Vassil und Sava Nikolovi Kokarechkovi

ciw) Mitko Triphonov Palaouzov, Ivan Stephanov Vassilev

cix) Nicolas Gueorguiev Nakev, Stephtcho Ivanov Kraitchev

ciy) Ivanka Todorova Pachkoulova, Detelina Mirtcheva Mintcheva

				**	⊙
2407	1 St	mehrfarbig	civ	0,30	0,30
2408	2 St	mehrfarbig	ciw	0,30	0,30
2409	5 St	mehrfarbig	cix	0,30	0,30
2410	13 St	mehrfarbig	ciy	0,60	0,50
			Satzpreis (4 W.)	1,—	0,80
			FDC		4,—

Auflagen: MiNr. 2407 = 2 000 000, MiNr. 2408 = 1 500 000, MiNr. 2409 = 922 000, MiNr. 2410 = 140 000 Stück

1975, 6. Juni. Gemälde. Komb. StTdr. und RaTdr.; gez. K 12:11½, MiNr. 2416 ~.

ciz) Frau ein Kind fütternd; von Jean François Millet (1814–1875), französischer Maler

cka) Tantal; von Francisco José de Goya (1746–1828), spanischer Maler

ckb) Erschießung; von Ilija Beschkov (1905–1958), bulgarischer Maler

ckc) Akt; von Pierre-Auguste Renoir (1841–1919), französischer Maler

ckd) Greisenkopf; von Rembrandt (1606–1669), niederländischer Maler

cke) Erinnerungen; von Honoré Daumier (1808–1879), französischer Maler

2411	1 St	mehrfarbig	ciz	0,30	0,30
2412	2 St	mehrfarbig	cka	0,30	0,30
2413	3 St	mehrfarbig	ckb	0,30	0,30
2414	13 St	mehrfarbig	ckc	0,50	0,30
2415	20 St	mehrfarbig	ckd	0,70	0,50
2416	40 St	mehrfarbig	cke	2,50	1,10
			Satzpreis (6 W.)	4,—	2,—
			2 FDC		7,—

Blockausgabe

ckg

ckf) Albrecht Dürer (1471–1528), deutscher Maler: Holzschnittwerk

2417	1 L mehrfarbig	ckf	3,50	2,60
Block 58	(78×93 mm)	ckg	4,—	3,—
		FDC		6,—

Auflagen: MiNr. 2411 = 3.000.000, MiNr. 2412 = 2.000.000, MiNr. 2413 = 1 000.000, MiNr. 2414–2415 je 800.000, MiNr. 2416 = 348.000 Stück, Block 58 = 308.000 Blocks

✈ **1975, 15. Juli. Amerikanisch-sowjetisches Raumfahrtunternehmen Apollo-Sojus. RaTdr.; gez. K 13.**

ckh) Sojus, Kosmonaut Alexej Leonow

cki) Apollo, Astronaut Thomas Stafford ckk) Apollo, Sojus

2418	13 St mehrfarbig	ckh	0,50	0,30
2419	18 St mehrfarbig	cki	1,—	0,30
2420	28 St mehrfarbig	ckk	2,—	0,60
		Satzpreis (3 W.)	3,50	1,—
		FDC		5,—

Blockausgabe

ckm

ckl) Apollo-Sojus gekoppelt

2421	1 L mehrfarbig	ckl	3,50	2,50
Block 59	(76×83 mm)	ckm	4,50	3,—
		FDC		6,—

Auflagen: MiNr. 2418 = 1 000 000, MiNr. 2419 = 500 000, MiNr. 2420 = 250 000 Stück, Bl. 59 = 225 000 Blocks

1975, 9. Juli. 125. Geburtstag von Ivan Vasov. RaTdr.; gez. K 13.

ckn

cko

ckn–cko) Ivan Vasov (1850–1921), Schriftsteller

2422	2 St mehrfarbig	ckn	0,30	0,30
2423	13 St mehrfarbig	cko	0,60	0,30
		Satzpreis (2 W.)	0,70	0,50
		FDC		2,50

Auflagen: MiNr. 2422 = 500 000, MiNr. 2423 = 150 000 Stück

1975, 8. Juli. Illuminierte Initialen altbulgarischer Handschriften. Odr.; gez. K 11½.

ckp) Protopopinski-Damaskus-Schrift (17. Jh.)

ckr) Etropolski-Altarbuch (17. Jh.)

cks) Buchovsko-Evangelium (16. Jh.)

ckt) Oravoslavov-Sammlung (14. Jh.)

cku) Dobjeschevo-Evangelium (13. Jh.)

ckv) Eminski-Apostolikum (11. Jh.)

2424	1 St mehrfarbig	ckp	0,30	0,30
2425	2 St mehrfarbig	ckr	0,30	0,30
2426	3 St mehrfarbig	cks	0,30	0,30
2427	8 St mehrfarbig	ckt	0,40	0,30
2428	13 St mehrfarbig	cku	0,80	0,30
2429	18 St mehrfarbig	ckv	1,50	0,40
		Satzpreis (6 W.)	3,—	1,—
		2 FDC		6,—

Auflagen: MiNr. 2424 = 3 000 000, MiNr. 2425 = 2 000 000, MiNr. 2426 = 1 000 000, MiNr. 2427 = 800 000, MiNr. 2428 = 500 000, MiNr. 2429 = 250 000 Stück

1975, 5. Aug. Sonderausstellung EXPO '75, Okinawa. RaTdr.; gez. K 13.

ckw) Landkarte des Atlantik, Rettungsboot „DJU IV“; Emblem

2430	13 St mehrfarbig	ckw	0,50	0,30
		FDC		2,50

Auflagen: 500 000 Stück

1975, 21. Aug. Briefmarkenausstellung BALKANFILA V. RaTdr.; gez. K 13.

ckx) Hl. Kyrillos und Methodios cky) Hl. Constantin und Helene

ckx–cky) Ikonen aus der Hl.-Sofia-Kirche, Sofia

2431	2 St mehrfarbig	ckx	0,30	0,30
2432	13 St mehrfarbig	cky	0,60	0,30
		Satzpreis (2 W.)	0,70	0,50
		FDC		3,—

Blockausgabe, gez. Ks 13

cla

ckz) V. Zachariev: St.-Sofia-Kirche, Sofia

2433	50 St mehrfarbig	ckz	—,—	—,—
Block 60	(88×85 mm)	cla	2,—	2,—
		FDC		7,—

	(✱)
Block 60 S	7,50

Zur Briefmarkenausstellung BALKANFILA V wurden numerierte Schwarzdrucke (Bl. 60 S) im Format 110×170 mm mit zusätzlichen Inschriften oben und unten ausgegeben (Auflage: 8000 Stück).

Auflagen: MiNr. 2431 = 1 500 000, MiNr. 2432 = 200 000 Stück, Bl. 60 = 120 000 Blocks

1975, 29. Okt. Konferenz über Sicherheit und Zusammenarbeit in Europa (KSZE). RaTdr. (3×3); gez. K 13.

clb) Landkarte von Europa in Taube

			✱✱	⊙
2434	18 St mehrfarbig	clb	0,80	0,80
		2434 Zf	0,90	0,90
		Kleinbogen	5,—	5,—
		FDC		6,—

	✱✱
2434 Klb F fehlende Farbe Lebhaftviolett auf Zierfeld (Feld 6)	—,—

MiNr. 2434 wurde im Kleinbogen zu 5 Marken und 4 verschiedenen Zierfeldern (Feld 2, 4, 6 und 8) gedruckt.

Auflage: 690 000 Stück

1975, 21. Sept. 8. Fußball-Intertoto-Kongress, Varna. RaTdr.; gez. K 13.

clc) Fußballspieler

			✱✱	⊙
2435	2 St mehrfarbig	clc	0,50	0,30
		FDC		2,—

	✱✱
2435 Ur rechts ungezähnt	—,—

Auflage: 500 000 Stück

1975, 23. Okt. Nachtfalter. RaTdr.; gez. K 13.

cld) Totenkopfschwärmer (Acherontia atropos)

cle) Oleanderschwärmer (Daphnis nerii)

clf) Abendpfauenauge (Smerinthus ocellata)

clg) Deilephila nicaea

clh) Mittlerer Weinschwärmer (Deilephila elpenor)

cli) Macroglossum fuciformis

			✱✱	⊙
2436	1 St mehrfarbig	cld	0,30	0,30
2437	2 St mehrfarbig	cle	0,30	0,30
2438	3 St mehrfarbig	clf	0,30	0,30
2439	10 St mehrfarbig	clg	0,60	0,30
2440	13 St mehrfarbig	clh	1,—	0,40
2441	18 St mehrfarbig	cli	2,—	0,70
		Satzpreis (6 W.)	4,—	1,50
		2 FDC		6,—

Auflagen: MiNr. 2436 = 3 000 000, MiNr. 2437 = 2 000 000, MiNr. 2438 = 1 000 000, MiNr. 2439–2440 je 800 000, MiNr. 2441 = 280 000 Stück

1975, 27. Nov. Bulgarische Geschichte. RaTdr.; gez. K 13¼:13.

clk) Aufstand von Konstantin und Fružin gegen die Türken (1403)

cll) Vladislav III. von Varna in der Schlacht (1443–1444)

clm) Aufstand von Weliko Tarnowo (1598 und 1686)

cln) Aufstand von Liprovsko (1688)

clo) Haiduken (17. Jh.)

clp) Rückkehr der verbannten Bauern (17. Jh.)

2442	1 St mehrfarbig	clk	0,30	0,30
2443	2 St mehrfarbig	cll	0,30	0,30
2444	3 St mehrfarbig	clm	0,30	0,30
2445	10 St mehrfarbig	cln	0,30	0,30
2446	13 St mehrfarbig	clo	0,80	0,30
2447	18 St mehrfarbig	clp	1,10	0,50
		Satzpreis (6 W.)	2,50	1,20
		2 FDC		5,—

Auflagen: MiNr. 2442–2444 je 1 000 000, MiNr. 2445–2446 je 500 000, MiNr. 2448 = 200 000 Stück

1975, 5. Dez. 90 Jahre Bulgarisches Rotes Kreuz. RaTdr.; gez. K 13¼:13.

clr) Verletztenhilfe-Symbolik

cls) Taube

2448	2 St mehrfarbig	clr	0,30	0,30
2449	13 St mehrfarbig	cls	0,70	0,30
		Satzpreis (2 W.)	1,—	0,50
		FDC		2,50

		⊙
2449 U	ungezähnt	80,—

Auflagen: 2448 = 1 000 000, MiNr. 2449 = 250 000 Stück

1975, 25. Dez. Historische Schiffe (I). RaTdr.; gez. K 13.

clt) Ägyptische Galeere mit Segel (15. Jh. v. Chr.)

clu) Phönizische Galeere mit Segel (7. Jh. v. Chr.)

clv) Griechische Trireme mit Segel (5. Jh. v. Chr.)

clw) Römische Galeere mit Segel

clx) Wikingerschiff mit Segel (9. Jh.)

cly) Venezianisches Segelschiff (13. Jh.)

			★★	⊙
2450	1 St mehrfarbig	clt	0,30	0,30
2451	2 St mehrfarbig	clu	0,30	0,30
2452	3 St mehrfarbig	clv	0,30	0,30
2453	5 St mehrfarbig	clw	0,30	0,30
2454	13 St mehrfarbig	clx	0,60	0,30
2455	18 St mehrfarbig	cly	1,20	0,50
		Satzpreis (6 W.)	2,50	1,20
		2 FDC		5,—

Auflagen: MiNr. 2450 = 3 000 000, MiNr. 2451 = 2 000 010, MiNr. 2452 = 1 000 020, MiNr. 2453 = 800 010, MiNr. 2454 = 500 010, MiNr. 2455 = 145 020 Stück

1975, 17. Dez. Europäisches Denkmalschutzjahr. RaTdr. (3×2); gez. K 13.

clz) Ethnographisches Museum, Plovdiv

2456	80 St mehrfarbig	clz	1,50	1,50
		2456 Zf	2,—	2,—
		FDC		3,50
		Kleinbogen	6,—	6,—

MiNr. 2456 wurde im Kleinbogen zu 3 Marken und 3 Zierfeldern (Feld 1, 3 und 5) gedruckt.

Auflagen: 225 000 Kleinbogen

1975, 22. Dez. Neujahr. RaTdr.; gez. K 13.

cma) Christbaumkugeln

cmb) Friedenstaube

2457	2 St mehrfarbig	cma	0,30	0,30
2458	13 St mehrfarbig	cmb	0,50	0,30
		Satzpreis (2 W.)	0,80	0,50
		FDC		2,—

Auflagen: MiNr. 2457 = 1 000 000, MiNr. 2458 = 250 000 Stück

1975, 24. Okt. 30 Jahre Vereinte Nationen. RaTdr.; gez. K 13.

cmc) UNO-Emblem

2459	13 St mehrfarbig	cmc	0,50	0,30
		FDC		2,—

Auflage: 250 000 Stück

1975, 11. Nov. 100. Geburtstag von Dobri Christow. RaTdr.; gez. K 13.

cmd) Dobri Christow (1875–1941), Komponist; Leier, Lorbeerzweige

2460	5 St mehrfarbig	cmd	0,50	0,30
		FDC		1,50

Auflage: 500 000 Stück

1976, 12. Jan. 75 Jahre Straßenbahn in Sofia. RaTdr.; gez. K 13.

cme) Straßenbahn von 1976

cmf) Straßenbahn von 1901

2461	2 St mehrfarbig	cme	0,30	0,30
2462	13 St mehrfarbig	cmf	0,90	0,30
		Satzpreis (2 W.)	1,—	0,50
		FDC		3,—

Auflagen: MiNr. 2461 = 700 000, MiNr. 2462 = 140 000 Stück

1976, 30. Jan. Olympische Winterspiele, Innsbruck. RaTdr.; gez. K 13¼:13, Hochformate ~.

cmg) Alpiner Skilauf, Abfahrt

cmh) Skilanglauf

cmi) Skispringen

cmk) Biathlon

cml) Eishockey

cmm) Eisschnelllauf

2463	1 St	mehrfarbig	cmg	0,30	0,30
2464	2 St	mehrfarbig	cmh	0,30	0,30
2465	3 St	mehrfarbig	cmi	0,30	0,30
2466	13 St	mehrfarbig	cmk	0,50	0,30
2467	18 St	mehrfarbig	cml	0,50	0,30
2468	23 St	mehrfarbig	cmm	2,—	0,30
			Satzpreis (6 W.)	3,50	1,80
			FDC		7,—

Blockausgabe, gez. Ks 13:13¼

cmo

cmn) Eiskunstlauf – Paare

2469	80 St mehrfarbig	cmn	—,—	—,—
Block 61	(70×80 mm)	cmo	3,50	2,50
		FDC		6,—

	★★
2465 F Farbe Schwarz fehlend	—,—

Auflagen: MiNr. 2463 = 2.500.000, MiNr. 2464–2465 je 1.000.000, MiNr. 2466–2467 je 400.000, MiNr. 2468 = 280.000 Stück, Bl. 61 = 25.000 Blocks

1976, 1. März. 11. Kongress der Bulgarischen Kommunistischen Partei (BKP.) RaTdr.; gez. K 13.

cmp) Taube

cmr) Inschrift

cms) Hammer und Sichel

				★★	⊙
2470	2 St	mehrfarbig	cmp	0,30	0,30
2471	5 St	mehrfarbig	cmr	0,30	0,30
2472	13 St	mehrfarbig	cms	0,50	0,30
			Satzpreis (3 W.)	0,70	0,50
			FDC		2,50

Blockausgabe

cmu

cmt) Georgi Dimitrow (1882–1949), erster Ministerpräsident der Volksrepublik Bulgarien

2473 50 St mehrfarbig		cmt	1,20	1,20
Block 62	(56×64 mm)	cmu	2,—	1,50
		FDC		3,—

Auflagen: MiNr. 2470 = 2 000 000, MiNr. 2471 = 400 000, MiNr. 2472 = 300 000 Stück, Bl. 62 = 150 000 Blocks

1976, 27. März. Wasservögel. Odr.; gez. K 11¾.

cmv) Höckerschwan (Cygnus olor)

cmw) Rostgans (Tadorna ferruginea)

cmx) Brandgans (Tadorna tadorna)

cmy) Knäkente (Anas querquedula)

cmz) Stockente (Anas platyrhynchos)

cna) Kolbenente (Netta rufina)

2474	1 St mehrfarbig	cmv	0,30	0,30
2475	2 St mehrfarbig	cmw	0,30	0,30
2476	3 St mehrfarbig	cmx	0,30	0,30
2477	5 St mehrfarbig	cmy	1,50	0,30
2478	13 St mehrfarbig	cmz	1,50	0,80
2479	18 St mehrfarbig	cna	4,—	2,50
		Satzpreis (6 W.)	7,50	4,—
		2 FDC		14,—

Auflagen: MiNr. 2474 = 3 000 000, 2475 = 2 000 010, MiNr. 2476 = 1 000 005, MiNr. 2477–2478 je 860 000, MiNr. 2479 = 310 005 Stück

1976, 10. März. 100 Jahre Telefon. RaTdr.; gez. K 13.

cnb) Erstes Telefon; Alexander Graham Bell (1847–1922), amerikanischer Erfinder des Telefons

2480	18 St mehrfarbig	cnb	0,70	0,30
		FDC		2,—

Auflage: 150 000 Stück

1976, 5. April. 100. Jahrestag des April-Aufstandes gegen die Türken. RaTdr.; gez. K 13.

cnc) Aufständische

cnd) Aufständische

cne) Rajna Krisina mit Pferd

cnf) Aufständische mit Holzkanone

2481	1 St mehrfarbig	cnc	0,30	0,30
2482	2 St mehrfarbig	cnd	0,30	0,30
2483	5 St mehrfarbig	cne	0,30	0,30
2484	13 St mehrfarbig	cnf	0,60	0,30
		Satzpreis (4 W.)	1,—	0,60
		FDC		3,—

Auflagen: MiNr. 2481 = 2 000 000, MiNr. 2482 = 1 500 000, MiNr. 2483 = 800 000, MiNr. 2484 = 150 000 Stück

1976, 28. Mai. 85 Jahrestag des ersten Kongresses der Sozialdemokratischen Partei Bulgariens, Buzludža. RaTdr.; gez. K 13.

cng) Relief des Kongressplatzdenkmals

cnh) Neues Denkmal

2485	2 St mehrfarbig	cng	0,30	0,30
2486	5 St mehrfarbig	cnh	0,30	0,30
		Satzpreis (2 W.)	0,50	0,50
		FDC		1,50

Auflagen: MiNr. 2485 = 2 000 000, MiNr. 2486 = 500 000 Stück

1976, 15. Juni. Kinderfürsorge. RaTdr.; gez. K 13.

cni) Kinder beim Basteln

cnk) Kinder mit Puppenwagen und Schaukelpferd

cnl) Kinder beim Ballspielen

cnm) Kindertheater

2487	1 St mehrfarbig	cni	0,30	0,30
2488	2 St mehrfarbig	cnk	0,30	0,30
2489	5 St mehrfarbig	cnl	0,30	0,30
2490	23 St mehrfarbig	cnm	1,—	0,50
		Satzpreis (4 W.)	1,30	0,80
		2 FDC		4,50

Auflagen: MiNr. 2487 = 2 000 000, MiNr. 2488 = 1 500 000, MiNr. 2489 = 800 000, MiNr. 2490 = 220 000 Stück

1976, 15. Mai. 30 Jahre Grenzschutz. RaTdr.; gez. K 13.

cnn) Grenzer mit Fernglas und Schäferhund

cno) Berittene Grenzer, Wachturm

2491	2 St mehrfarbig	cnn	0,30	0,30
2492	13 St mehrfarbig	cno	0,50	0,30
		Satzpreis (2 W.)	0,60	0,50
		FDC		3,—

Auflagen: MiNr. 2491 = 1 500 000, MiNr. 2492 = 200 000 Stück

1976, 20. Mai. 30 Jahre Freiwillige Arbeiterbewegung. RaTdr.; gez. K 13.

cnp) Jugendbrigademitglied als Bauarbeiter

2493	2 St mehrfarbig	cnp	0,50	0,30
		FDC		2,—

Auflage: 1 500 000 Stück

1976, 28. Mai. 120. Geburtstag von Dimitur Blagoev. RaTdr.; gez. K 13.

cnr) Dimitur Blagoev (1856–1924), Politiker

2494	13 St mehrfarbig	cnr	0,70	0,30
		FDC		2,—

Auflage: 200 000 Stück

1976, 25. Mai. 100. Todestag von Christo Botev. RaTdr. (2×5 Zd); gez. K 13.

cns) Christo Botev (1848–1876), Dichter und Freiheitskämpfer
Zierfeld

2495	13 St	mehrfarbig	cns	0,40	0,30
			2495 Zf	0,50	0,30
			Kleinbogen	5,—	3,—

Auflage: 160.000 Stück

1976, 7. April. Industrieanlagen. RaTdr.; gez. K 13:13¼.

cnt) Atomenergiezentrum „Kozloduj"

cnu) Wärmeenergiezentrum „Bobovdol" cnv) Chemisches Kombinat „Svilo-za" cnw) Chemisches Kombinat „Devnja" cnx) Wasserkraftwerk „Sestrimo"

2496	5 St	schwarzblaugrün	cnt	0,30	0,30
2497	8 St	braunkarmin (Töne)	cnu	0,30	0,30
2498	10 St	schwarzgrün	cnv	0,50	0,30
2499	13 St	blauviolett	cnw	0,80	0,30
2500	20 St	mittelgrün	cnx	0,80	0,30
			Satzpreis (5 W.)	2,50	1,—

1976, 25. Juni. Olympische Sommerspiele, Montreal. RaTdr.; gez. K 13¼:13, Hochformate ~.

cny) Ringen cnz) Boxen coa) Gewichtheben

cob) Kanu, Kanadier-Einer coc) Turnen am Stufenbarren cod) Kunstspringen coe) Laufen

2501	1 St	mehrfarbig	cny	0,30	0,30
2502	2 St	mehrfarbig	cnz	0,30	0,30
2503	3 St	mehrfarbig	coa	0,30	0,30
2504	13 St	mehrfarbig	cob	0,50	0,30
2505	18 St	mehrfarbig	coc	0,70	0,50
2506	28 St	mehrfarbig	cod	1,10	0,50
2507	40 St	mehrfarbig	coe	1,50	1,—
			Satzpreis (7 W.)	4,—	2,50
			FDC		7,—

Blockausgabe

cof

coa) Gewichtheben

2508	1 L	mehrfarbig	coa	2,50	2,50
Block 63		(69×79 mm)	cof	3,—	3,—
			FDC		7,—

Auflagen: MiNr. 2501–2502 je 1 500 000, MiNr. 2503 = 1 000 000, MiNr. 2504–2506 je 500 000, MiNr. 2507 = 320 000 Stück, Bl. 63 = 210 000 Blocks

1976, 30. Juli. Thrakische Kunst. RaTdr.; gez. K 13.

cog) Gürtelschließe (8.–7. Jh. v. Chr.) coh) Brosche (8.–7. Jh. v. Chr.) coi) Spiegelhandgriff (6. Jh. v. Chr.)

cok) Helmseitenteil (5. Jh. v. Chr.) col) Goldbeschlag (5.–4. Jh. v. Chr.) com) Pferdegeschirrdekoration (5.–4. Jh. v. Chr.)

con) Beinschutz (4. Jh. v. Chr.) coo) Schmuckanhänger (4. Jh. v. Chr.)

2509	1 St	mehrfarbig	cog	0,30	0,30
2510	2 St	mehrfarbig	coh	0,30	0,30
2511	3 St	mehrfarbig	coi	0,30	0,30
2512	5 St	mehrfarbig	cok	0,30	0,30
2513	13 St	mehrfarbig	col	0,50	0,30
2514	18 St	mehrfarbig	com	0,70	0,30
2515	20 St	mehrfarbig	con	1,—	0,30
2516	28 St	mehrfarbig	coo	1,—	0,50
			Satzpreis (8 W.)	3,50	2,—
			2 FDC		6,—

		**
2510 U	ungezähnt	—,—
2511 Ur	rechts ungezähnt	—,—

Auflagen: MiNr. 2509–2511 je 1 000 000, MiNr. 2512–2516 je 225 000 Stück

1976, 11. Aug. Gemälde. RaTdr.; gez. K 14.

cop) Partisanenposten; von Ilija Petrow (1903–1975)

cor) Karawanserei; von Zanko Lawrenow (1896–1978)

cos) Ehefrau; von Ilija Petrow (1903–1975)

cot) Sitzender Junge; von Ilija Petrow (1903–1975)

cou) Altstadt von Plowdiw; von Zanko Lawrenow (1896–1978)

				★★	⊙
2517	2 St	mehrfarbig	cop	0,30	0,30
2518	5 St	mehrfarbig	cor	0,30	0,30
2519	13 St	mehrfarbig	cos	0,50	0,30
2520	18 St	mehrfarbig	cot	0,70	0,30
2521	28 St	mehrfarbig	cou	1,20	0,30
			Satzpreis (5 W.)	3,—	1,30
			2 FDC		4,—

Blockausgabe

cow

cov) Selbstporträt; von Ilija Petrow (1903–1975)

2522	80 St	mehrfarbig	cov	2,—	2,—
Block 64		(60×83 mm)	cow	2,50	2,50
			FDC		4,—

Auflagen: MiNr. 2517 = 1.500.000, MiNr. 2518 = 800.000, MiNr. 2519–2520 je 500.000, MiNr. 2521 = 225.000 Stück, Bl. 64 = 213.000 Blocks

1976, 5. Juni. Blockausgabe: 50 Jahre Dachverband der nationalen Briefmarkensammler-Vereinigungen (FIP). RaTdr.; gez. Ks 13.

coy

cox) Marken mit verschiedenen Motiven

2523	50 St	mehrfarbig	cox	2,—	2,—
Block 65		(72×102 mm)	coy	3,50	2,50
			FDC		5,—

	⊙
Block 65 U ungezähnt	—,—

Zum 12. FIP-Kongress wurden Schwarzdrucke im Format 110×171 mm mit zusätzlichen Inschriften oben und unten ausgegeben; Auflage: 3000 Stück; (✱) 10,—.

Auflage: 80 000 Blocks

1976, 6. Sept. Blockausgabe: Olympische Sommerspiele, Montreal – Olympiasieger. RaTdr.; gez. Ks 13:13½.

cpd

coz) Gewichtheben: 2 Gold-, 1 Silber-, 3 Bronzemedaillen
cpa) Rudern: 2 Goldmedaillen
cpb) Leichtathletik: 1 Gold-, 2 Silber-, 1 Bronzemedaille
cpc) Ringen: 1 Gold-, 3 Silber-, 3 Bronzemedaillen

				★★	⊙
2524	25 St	mehrfarbig	coz	0,50	0,50
2525	25 St	mehrfarbig	cpa	0,50	0,50
2526	25 St	mehrfarbig	cpb	0,50	0,50
2527	25 St	mehrfarbig	cpc	0,50	0,50
Block 66		(110×117 mm)	cpd	3,—	3,—
			FDC		5,—

Auflage: 190 000 Blocks

1976, 21. Sept. Weltkongress der Sportfischer in Varna. RaTdr.; gez. K 13¼.

cpe) Angelhaken, Fisch

2528 5 St mehrfarbig . . . . cpe 0,50 0,30
FDC 3,—

Auflage: 125 000 Stück

1976, 4. Okt. Fresken. Odr.; gez. K 12:12¼.

cpf) Hl. Theodor Stratelates

cpg) Apostel Paulus

cph) Hl. Joachim

cpi) Melchisedek

cpk) Hl. Porphyrius

cpl) Ktitorkata Doja

cpf–cpm) Wandmalerei des Klosters von Zemen (14. Jh.)

2529 2 St mehrfarbig . . . . cpf 0,30 0,30
2530 3 St mehrfarbig . . . . cpg 0,30 0,30
2531 5 St mehrfarbig . . . . cph 0,30 0,30
2532 13 St mehrfarbig . . . . cpi 0,60 0,30
2533 19 St mehrfarbig . . . . cpk 0,80 0,30
2534 28 St mehrfarbig . . . . cpl 1,— 0,30
Satzpreis (6 W.) 3,— 1,—
2 FDC 5,—

Blockausgabe

cpn

cpm) Abendmahl (Detail)

2535 1 L mehrfarbig . . . . cpm 2,50 2,50
Block 67 (61×75 mm) . . . . cpn 3,— 3,—
FDC 4,50

Auflagen: MiNr. 2529 = 2 000 000, MiNr. 2530 = 1 000 000, MiNr. 2531 = 800 000, MiNr. 2532–2533 je 500 000, MiNr. 2534 = 250 000 Stück, Bl. 67 = 250 000 Blocks

1976, 5. Okt. 25 Jahre Staatsarchiv. RaTdr.; gez. K 13.

cpo) Urkunde

2536 5 St mehrfarbig . . . . cpo 0,50 0,30
FDC 1,50

Auflage: 125 000 Stück

1976, 30. Sept. 75. Geburtstag von Aleksandr Schendov. RaTdr.; gez. K 13:13½.

cpp

cpr

cps

cpp–cps) Karikaturen von Aleksandr Schendov (1901–1953)

2537 2 St mehrfarbig . . . . cpp 0,30 0,30
2538 5 St mehrfarbig . . . . cpr 0,30 0,30
2539 13 St mehrfarbig . . . . cps 0,50 0,30
Satzpreis (3 W.) 0,80 0,50
FDC 3,—

Auflagen: MiNr. 2537 = 500 000, MiNr. 2538 = 150 000, MiNr. 2539 = 125 000 Stück

1976, 14. Okt. Baum- und Strauchblüten. RaTdr.; gez. K 13.

cpt) Rosskastanie (Aesculus hippocastanum)

cpu) Fingerkraut (Potentilla fruticosa)

cpv) Gemeine Stechpalme (Ilex aquifolium)

cpw) Eibe (Taxus baccata)

cpx) Seidelbast (Daphne pontica)

cpy) Judasbaum (Cercis siliquastrum)

2540 1 St mehrfarbig . . . . cpt 0,30 0,30
2541 2 St mehrfarbig . . . . cpu 0,30 0,30
2542 5 St mehrfarbig . . . . cpv 0,30 0,30
2543 8 St mehrfarbig . . . . cpw 0,30 0,30
2544 13 St mehrfarbig . . . . cpx 0,50 0,30
2545 23 St mehrfarbig . . . . cpy 1,30 1,—
Satzpreis (6 W.) 2,50 1,50
2 FDC 4,50

Auflagen: MiNr. 2540 = 2 000 000, MiNr. 2541 = 1 500 000, MiNr. 2542–2544 je 500 000, MiNr. 2545 = 305 000 Stück

1976, 10. Nov. Umweltschutz. RaTdr.; gez. K 13.

cpz) Giftwolke schädigt Baum

cra) Giftwolke vor Sonne

2546	2 St mehrfarbig	cpz	0,30	0,30
2547	18 St mehrfarbig	cra	0,70	0,30
		Satzpreis (2 W.)	0,80	0,50
		FDC		2,—

Auflagen: MiNr. 2546 = 1 000 000, MiNr. 2547 = 235 000 Stück

1976, 28. Nov. 33. Kongress des Bulgarischen Volksbauernbundes (BSNS). RaTdr.; gez. K 13.

crb) Emblem

crc) Fahnen

2548	2 St mehrfarbig	crb	0,30	0,30
2549	13 St mehrfarbig	crc	0,60	0,30
		Satzpreis (2 W.)	0,70	0,50
		FDC		2,50

Auflagen: MiNr. 2548 = 200 000, MiNr. 2549 = 100 000 Stück

1976, 19. Nov. 100. Geburtstag von Dimitar Poljanov. RaTdr.; gez. K 13.

crd) Dimitar Poljanov (1876–1953), Schriftsteller

2550	2 St bräunlichviolett/orange	crd	0,50	0,30
		FDC		1,50

Auflage: 500 000 Stück

1976, 8. Dez. 100. Jahrestag des April-Aufstandes gegen die Türken: Gemälde. RaTdr.; gez. K 13.

cre) Zlatju Bojadžiev: Christo Botew (1849–1876)

crf) Ilija Petrov (1903–1975): Freiheitskämpfer

crg) Dečko Uzunov: Gefangener

crh) Georgi Popov: April 1876

cri) Stojan Venev: Haiduken

2551	1 St mehrfarbig	cre	0,30	0,30
2552	2 St mehrfarbig	crf	0,30	0,30
2553	3 St mehrfarbig	crg	0,30	0,30
2554	13 St mehrfarbig	crh	0,40	0,30
2555	18 St mehrfarbig	cri	0,70	0,30
		Satzpreis (5 W.)	2,—	1,50
		2 FDC		4,—

Blockausgabe, □

crk) Svetlin Rusev: Dankgebet

Block 68	60 St mehrfarbig (45×81 mm)	crk	2,—	2,—
		FDC		4,—

Auflage: MiNr. 2551–2552 je 1 000 010, MiNr. 2553–2554 je 500 010, MiNr. 2555 = 210 000 Stück, Bl. 68 = 200 000 Blocks

1976, Dez. Blockausgabe: 30 Jahre UNESCO. RaTdr.; gez. Ks 13.

crm

crl) Krieger mit Pferden, Wandmalerei aus dem Thrakergrab von Kazanluk

2556	50 St mehrfarbig	crl	2,—	2,—
Block 69	(70×81 mm)	crm	2,50	2,50
		FDC		4,—

Auflage: 115 000 Blocks

1976, 16. Dez. 70. Geburtstag von Veselin Stajkov. RaTdr.; gez. K 13.

crn) Tabakverarbeitung

cro) Melnik

crp) Bootsbauer

crn–crp) Werke von Veselin Stajkov (1906–1970)

2557	1 St mehrfarbig	crn	0,30	0,30
2558	2 St mehrfarbig	cro	0,30	0,30
2559	13 St mehrfarbig	crp	0,50	0,50
		Satzpreis (3 W.)	1,—	1,—
		FDC		2,50

Auflagen: MiNr. 2557–2558 je 1 000 000, MiNr. 2559 = 150 000 Stück

1976, 20. Dez. Neujahr. RaTdr.; gez. K 13.

crr) Schneekristall

2560	2 St mehrfarbig	crr	0,50	0,30
		FDC		1,50

Auflage: 500 000 Stück

1976, 30. Dez. 125. Geburtstag von Sachari Stojanow. RaTdr.; gez. K 13.

crs) Sachari Stojanow (1851–1889), Schriftsteller und Freiheitskämpfer

2561	2 St mehrfarbig	crs	0,50	0,30
		FDC		1,50

Auflage: 250 000 Stück

1977, 28. Jan. Münzen. RaTdr.; gez. K 13½:13.

crt) Bronzemünze Kaiser Septimius Severus

cru) Bronzemünze Kaiser Caracalla

crv) Bronzemünze Kaiser Caracalla

crw) Bronzemünze Kaiser Caracalla

crx) Kupfermünze Kaiser Diokletian

crt–crx) in Serdika (Sofia) geprägte Münzen

2562	1 St mehrfarbig	crt	0,30	0,30
2563	2 St mehrfarbig	cru	0,30	0,30
2564	13 St mehrfarbig	crv	0,30	0,30
2565	18 St mehrfarbig	crw	0,60	0,30
2566	23 St mehrfarbig	crx	1,—	0,50
		Satzpreis (5 W.)	2,—	1,—
		2 FDC		4,—

Auflage: MiNr. 2562–2563 je 1 000 000, MiNr. 2564–2565 je 300 000, MiNr. 2566 = 250 000 Stück

1977, 14. Febr. Weltmeisterschaft im Ski-Orientierungslauf. RaTdr.; gez. K 13.

cry) Ski mit Kompass

2567	13 St mehrfarbig	cry	0,60	0,30
		FDC		1,50

Auflage: 150 000 Stück

1977, 24. Febr. 5. Kongress des Bulgarischen Tourismusverbandes. RaTdr.; gez. K 13.

crz) Kongressemblem

2568	2 St mehrfarbig	crz	0,50	0,30
		FDC		1,50

Auflage: 500 000 Stück

1977, 2. März. Bergblumen. RaTdr.; gez. K 13.

csa) Symphyandra wanneri

csb) Petcovia orphanidea

csc) Campanula lanata

csd) Campanula scutellata

cse) Campanula trachelium

2569	1 St mehrfarbig	csa	0,30	0,30
2570	2 St mehrfarbig	csb	0,30	0,30
2571	3 St mehrfarbig	csc	0,30	0,30
2572	13 St mehrfarbig	csd	0,60	0,30
2573	43 St mehrfarbig	cse	2,—	1,—
		Satzpreis (5 W.)	3,—	1,50
		2 FDC		5,—

		✶✶
2570 Ul	links ungezähnt	—,—

Auflage: MiNr. 2569–2571 je 1 000 000, MiNr. 2572 = 300 000, MiNr. 2573 = 275 000 Stück

1977, 31. März. Internationales Jahr der Bekämpfung des Rheumatismus. RaTdr.; gez. K 13.

csf) Kniegelenk

			✶✶	⊙
2574	23 St mehrfarbig	csf	1,—	0,50
		FDC		3,—

Auflage: 120 000 Stück

1977, 21. März. 100. Geburtstag von Wassil Kolarow. RaTdr.; gez. K 13.

csg) Wassil Kolarow (1877–1950), Politiker

2575	2 St mehrfarbig	csg	0,50	0,30
		FDC		1,—

Auflage: 300 000 Stück

1977, 25. März. 8. Kongress der Gewerkschaften Bulgariens. RaTdr.; gez. K 13:13¼.

csh) Kongressemblem: Zahl 8 mehrfach

2576	2 St mehrfarbig	csh	0,50	0,30
		FDC		1,50

Auflage: 300 000 Stück

1977, 10. Mai. 1000 Jahre bulgarische Ikonen. RaTdr.; gez. K 13.

csi) St. Nikolaus (13. Jh.), Nessebar

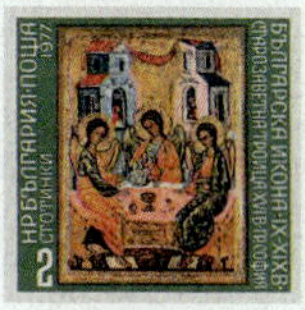
csk) Hl. Dreifaltigkeit (16. Jh.), Sofia

csl) Mariä Verkündigung (16.–17. Jh.), Königspforte, Veliko Turnovo

csm) Deësis (17. Jh.), Nessebar

csn) St. Nikolaus (18. Jh.), Elena

cso) Mariä Gang zum Tempel (18. Jh.), Rila-Kloster

csp) Jungfrau mit Kind (19. Jh.), Varna

csr) Berittener hl. Demetrios (19. Jh.), Provadija

2577	1 St mehrfarbig	csi	0,30	0,30
2578	2 St mehrfarbig	csk	0,30	0,30
2579	3 St mehrfarbig	csl	0,30	0,30
2580	5 St mehrfarbig	csm	0,30	0,30
2581	13 St mehrfarbig	csn	0,50	0,30
2582	23 St mehrfarbig	cso	0,80	0,30
2583	35 St mehrfarbig	csp	1,20	0,70
2584	40 St mehrfarbig	csr	2,60	1,—
		Satzpreis (8 W.)	5,50	2,50
		3 FDC		9,—

Blockausgabe, □

cst

css) Die zwölf Feiertage (18. Jh.), Rila-Kloster

2585	1 L mehrfarbig	css	3,—	2,—
Block 70	(99×100 mm)	cst	4,50	3,—
		FDC		9,—

Auflagen: MiNr. 2577 = 2.000.010, MiNr. 2578–2579 je 1.000.020, MiNr. 2580 = 800.010, MiNr. 2581–2583 je 500.010, MiNr. 2584 = 290.010 Stück, Bl. 70 = 280.000 Blocks

1977, 15. April. Universiade, Sofia (I). RaTdr.; gez. K 13¼:13.

csu) Ringen

csv) Laufen

csw) Basketball

csx) Frauenturnen

2586	2 St mehrfarbig	csu	0,30	0,30
2587	13 St mehrfarbig	csv	0,50	0,30
2588	23 St mehrfarbig	csw	0,90	0,40
2589	43 St mehrfarbig	csx	1,50	0,80
		Satzpreis (4 W.)	3,—	1,50
		2 FDC		5,—

		✶✶
2587 U	ungezähnt	*200,—*

Auflagen: MiNr. 2586 = 1 000 000, MiNr. 2587 = 800 000, MiNr. 2588 = 600 000, MiNr. 2589 = 180 000 Stück

1977, 30. April. Freimarken. Monumentalbauten Sofias. RaTdr.; gez. K 13.

csy) Nationaltheater „Ivan Vasov"

csz) Parteihaus

cta) Haus der Volksarmee

ctb) Universität „Kliment von Ochrid"

ctc) Nationale Kunstgalerie

ctd) Gebäude der Nationalversammlung

					**	⊙
2590	12 St	olivgrau/rot	csy		0,40	0,30
2591	13 St	olivgrau/orangebraun	csz		0,50	0,30
2592	23 St	olivgrau/grünlichblau	cta		0,80	0,30
2593	30 St	olivgrau/grün	ctb		1,20	0,40
2594	80 St	olivgrau/purpurviolett	ctc		2,—	1,10
2595	1 L	olivgrau/karminbraun	ctd		2,60	1,40
				Satzpreis (6 W.)	7,50	3,50

1977, 7. Juni. Blockausgabe: 1150. Geburtstag von Kyrillos. RaTdr.; gez. Ks 13.

ctf

cte) Kyrillos „der Philosoph", eigentl. Konstantin (827–869), Erfinder der glagolitischen Schrift

2596	1 L	mehrfarbig	cte	3,—	3,—
Block 71		(105×86 mm)	ctf	3,50	3,50
			FDC		5,—

Auflage: 190 000 Blocks

1977, 16. Mai. Wildtiere. Odr.; gez. K 12¼:12.

ctg) Wolf (Canis lupus)

cth) Rotfuchs (Vulpes vulpes)

cti) Mauswiesel (Mustela nivalis)

ctk) Wildkatze (Felis silvestris)

ctl) Schakal (Canis aureus)

2597	1 St	mehrfarbig	ctg		0,30	0,30
2598	2 St	mehrfarbig	cth		0,30	0,30
2599	10 St	mehrfarbig	cti		0,50	0,30
2600	13 St	mehrfarbig	ctk		0,70	0,50
2601	23 St	mehrfarbig	ctl		2,—	1,—
				Satzpreis (5 W.)	3,50	2,—
				2 FDC		6,—

Auflagen: MiNr. 2597 = 3 000 000, MiNr. 2598 = 2 500 000, MiNr. 2599 = 1 000 000, MiNr. 2600 = 500 000, MiNr. 2601 = 285 000 Stück

1977, 15. Juni. Weltmeisterschaften der Junioren im Gewichtheben. RaTdr.; gez. K 13.

ctm) Gewichtheber

2602	13 St	mehrfarbig	ctm	0,50	0,30
			FDC		2,50

Auflage: 200 000 Stück

1977, 3. Juni. 100 Jahre Bulgarische Tagespresse. RaTdr.; gez. K 13.

ctn) Zeitungstitelblatt von 1877

2603	2 St	mehrfarbig	ctn	0,50	0,30
			FDC		1,50

Auflage: 250 000 Stück

1977, 15. Juni. Basketball-Europameisterschaft der Juniorinnen. RaTdr.; gez. K 13:13 ¼.

cto) Spielszene

2604	23 St	mehrfarbig	cto	1,—	0,50
			FDC		2,50

2604 U ungezähnt .... 80,— 60,—

Auflage: 200 000 Stück

1977, 17. Juni. 95. Geburtstag von Georgi Dimitrow. RaTdr.; gez. K 13.

ctp) Georgi Dimitrow (1882–1949), 2. Ministerpräsident der VR Bulgarien

2605	13 St	orangerot/lila	ctp	0,70	0,30
			FDC		2,—

Auflage: 150 000 Stück

1977, 10. Juni. 21. Kongress der Europäischen Organisation für Qualitätskontrolle in Varna. RaTdr.; gez. K 13.

ctr) Landkarte von Europa

2606	23 St	mehrfarbig	ctr	1,—	0,40
			FDC		2,50

Auflage: 150 000 Stück

1977, 7. Juni. Internationale Schriftstellerkonferenz, Sofia. RaTdr. (3×4); gez. K 13.

cts) Kongressemblem

2607 23 St mehrfarbig . . . . cts 1,50 1,—
Kleinbogen 12,— 9,—

MiNr. 2607 wurde im Kleinbogen zu 8 Marken und 4 verschiedenen Zierfeldern (mittlere Bogenspalte) gedruckt.

Auflage: 60.000 Kleinbogen

1977, 9. Mai. 13. Kongress des Kommunistischen Dimitrov-Jugend-Verbandes (DKMS), Sofia. RaTdr.; gez. K 13.

ctt) Sternblume

2608 2 St mehrfarbig . . . . ctt 0,50 0,30
FDC 1,50

Auflage: 250 000 Stück

1977, 17. Mai. 3. Bulgarischer Kulturkongress. RaTdr.; gez. K 13.

ctu) Flamme mit Stern

2609 13 St mehrfarbig . . . . ctu 0,50 0,30
FDC 1,50

Auflage: 150 000 Stück

1977, 26. Mai. 8. Kongress der Vaterländischen Front, Sofia. RaTdr.; gez. K 13.

ctv) Fahnen

2610 2 St mehrfarbig . . . . ctv 0,50 0,30
FDC 1,50

Auflage: 250 000 Stück

1977, 19. Mai. 11. Internationales Festival für Humor und Satire, Gabrovo. RaTdr.; gez. K 13.

ctw) Ilija Beškov: Der schlaue Peter

2611 2 St mehrfarbig . . . . ctw 0,50 0,30
FDC 1,50

Auflage: 300 000 Stück

1977, 26. Aug. Schriftsteller und Maler. RaTdr. (2×4 Zd); gez. K 13.

ctx) Elin Pelin, eigentl. D. I. Stojanov (1877–1949), Schriftsteller
Zierfeld

cty) Pejo Kračolov Javorov (1878–1914), Schriftsteller
Zierfeld

ctz) Boris Angelušev (1902–1966), Maler und Graphiker
Zierfeld

cua) Ceno Todorov, eigentl. C. T. Dikov (1877–1953)
Zierfeld

2612	2 St	gold/siena	ctx	0,30	0,30
2613	5 St	gold/oliv	cty	0,30	0,30
2614	13 St	gold/purpur	ctz	0,40	0,30
2615	23 St	gold/violettblau	cua	1,20	0,50
			Satzpreis (4 W.)	2,—	1,40
			2612 Zf–2615 Zf	2,50	1,50
			2 FDC		4,—
			Kleinbogensatz (4 Klb)	20,—	20,—

MiNr. 2612–2615 wurden jeweils mit waagerecht anhängendem Zierfeld gedruckt.

Auflagen: MiNr. 2612 = 1 500 000, MiNr. 2613 = 600 000, MiNr. 2614 = 400 000, MiNr. 2615 = 125 000 Stück

✈ 1977, 29. Juni. 30 Jahre bulgarische Fluggesellschaft Balkanair. RaTdr. (3×3); gez. K 13.

cub) Leitwerk der TU-154, Emblem

2616 35 St mehrfarbig . . . . cub 1,— 0,50
FDC 3,50
Kleinbogen 10,— 7,—

MiNr. 2616 wurde im Kleinbogen zu 6 Marken und 3 Zierfeldern (mittlere Bogenspalte) gedruckt.

Auflage: 300.000 Stück

1977, 12. Aug. Internationale Briefmarkenausstellung SOZPHILEX ’77, Ost-Berlin. RaTdr.; gez. K 13.

cuc) Fernsehtürme von Sofia und Ost-Berlin

2617 25 St blau/violettultramarin . . . . cuc 1,— 0,50
FDC 2,50

Auflage: 120 000 Stück

1977, 10. Aug. Blockausgabe: Universiade, Sofia (II). RaTdr.; gez. Ks 13¼:13.

cue

cud) Embleme

2618	1 L mehrfarbig	cud	2,50	2,—
Block 72	(83×76 mm)	cue	3,—	2,50
		FDC		4,50

Auflage: 160 000 Blocks

1977, 29. Aug. Historische Schiffe (II). RaTdr.; gez. K 13.

cuf) Hansekogge (13.–15. Jh.)

cug) Karavelle „Santa Maria“ (15. Jh.)

cuh) Fregatte „Golden Hind“ (16. Jh.)

cui) Karacke „Santa Caterina“ (16. Jh.)

cuk) Galeone „La Corona“ (17. Jh.)

cul) Mittelmeer-Galeasse (17. Jh.)

2619 1 St mehrfarbig	cuf	0,30	0,30
2620 2 St mehrfarbig	cug	0,30	0,30
2621 3 St mehrfarbig	cuh	0,30	0,30
2622 12 St mehrfarbig	cui	0,40	0,30
2623 13 St mehrfarbig	cuk	0,40	0,30
2624 43 St mehrfarbig	cul	2,—	0,60
	Satzpreis (6 W.)	3,—	2,—
	2 FDC		5,—

Auflagen: MiNr. 2619 = 2 000 010, MiNr. 2620 = 1 500 000, MiNr. 2621 = 1 000 020, MiNr. 622–2623 je 500 010, MiNr. 2624 = 285 000 Stück

1977, 23. Sept. 400. Geburtstag von Rubens. Odr.; gez. K 11¾.

cum) „Der Bund von Erde und Wasser“ (Detail)

cun) „Venus und Adonis“ (Detail)

cuo) „Schäferszene“ (Detail)

cum–cup) Gemälde von Peter Paul Rubens (1577–1640), flämischer Maler

2625 13 St mehrfarbig	cum	0,60	0,30
2626 23 St mehrfarbig	cun	1,20	1,—
2627 40 St mehrfarbig	cuo	2,20	2,40
	Satzpreis (3 W.)	4,—	3,50
	FDC		7,—

Blockausgabe

cur

cup) „Porträt einer Kammerfrau“

2628 1 L mehrfarbig	cup	3,—	2,—
Block 73 (71×88 mm)	cur	4,—	3,—
	FDC		9,—

Auflagen: MiNr. 2625 = 800 004, MiNr. 2626 = 500 004, MiNr. 2627 = 320 004 Stück, Block 78 = 300 000 Blocks

1977, 1. Sept. 13. Kanu-Weltmeisterschaften. RaTdr.; gez. K 13.

cus) Kajak-Zweier

cut) Kanadier-Zweier

2629 2 St blau/grünlichgelb	cus	0,30	0,30
2630 23 St violettblau/blaugrün	cut	1,—	0,40
	Satzpreis (2 W.)	1,—	0,50
	FDC		5,—

Auflagen: MiNr. 2629 = 1 000 000, MiNr. 2630 = 170 000 Stück

1977, 12. Sept. 64. Konferenz der Interparlamentarischen Union (IPU), Sofia. RaTdr.; gez. K 13¼.

cuu) Konferenzgebäude

2631 23 St mehrfarbig	cuu	1,—	0,40
	FDC		3,—

Auflage: 150 000 Stück

✈ 1977, 3. Sept. 85 Jahre Internationale Luftfahrtausstellung PANAIR in Plovdiv. RaTdr.; gez. K 13¼.

cuv) Freiballon über Plovdiv

2632 25 St mehrfarbig . . . . cuv 1,— 0,50
FDC 4,—

Auflage: 250 000 Stück

✈ 1977, 14. Okt. Weltraumforschung: 20 Jahre künstliche Erdsatelliten. RaTdr.; gez. 13½:13.

cuw) Raumfahrer im Weltall, Erdhalbkugel

cux) Amerikanische Raumsonde Mariner-6, Planet Mars

cuy) Sowjetische Raumsonde Venera-4, Planet Venus

2633 12 St mehrfarbig . . . . cuw 0,50 0,30
2634 25 St mehrfarbig . . . . cux 1,— 0,40
2635 35 St mehrfarbig . . . . cuy 1,50 0,50
Satzpreis (3 W.) 3,— 1,—
FDC 5,—

Auflagen: MiNr. 2633–2634 je 250 000, MiNr. 2635 = 145 000 Stück

1977, 30. Sept. 100. Jahrestag der Befreiung von der türkischen Besetzung: Plakate. RaTdr.; gez. K 13:13½.

cuz) Kosak mit bulgarischem Kind

cva) Blasender Hornist, detonierendes Geschoss

cvb) Kriegsgott, russische Soldaten

cvc) Regimentsfahne der kaiserlichen Truppen

2636 2 St mehrfarbig . . . . cuz 0,30 0,30
2637 13 St mehrfarbig . . . . cva 0,50 0,30
2638 23 St mehrfarbig . . . . cvb 1,— 0,40
2639 25 St mehrfarbig . . . . cvc 1,— 0,40
Satzpreis (4 W.) 2,50 1,—
2 FDC 5,—

Auflagen: MiNr. 2636 = 1 000 000, MiNr. 2637 = 300 000, MiNr. 2638–2639 je 145 000 Stück

1977, 21. Okt. 60. Jahrestag der Oktoberrevolution: Plakate. RaTdr.; gez. K 13:13¼.

cvd) Dekret über Friedensschluss und Landverteilung

cve) Wladimir Lenin (1870–1924), russischer Revolutionär und Politiker

cvf) Lodernde Flammen

2640 2 St mehrfarbig . . . . cvd 0,30 0,30
2641 13 St mehrfarbig . . . . cve 0,60 0,30
2642 23 St mehrfarbig . . . . cvf 1,10 0,40
Satzpreis (3 W.) 2,— 1,—
FDC 3,—

Auflagen: MiNr. 2640 = 1 500 000, MiNr. 2641 = 400 000, MiNr. 2642 = 180 000 Stück

1977, 14. Okt. 100. Jahrestag des Besuches von Nikolaj Pirogow in Bulgarien. RaTdr.; gez. K 13.

cvg) Nikolaj Pirogow (1810–1881), russischer Chirurg und Pädagoge

2643 13 St mehrfarbig . . . . cvg 0,50 0,30
FDC 2,—

★★
2643 U ungezähnt . . . . *50,—*

Auflage: 150 000 Stück

1977, 5. Okt. Tourismus. RaTdr. (3×3); gez. K 13.

cvh) Albena, Schwarzmeerküste
cvi) Kloster Rila

★★ ⊙
2644 35 St mehrfarbig . . . . cvh 1,— 0,50
2645 43 St mehrfarbig . . . . cvi 1,— 0,50
Satzpreis (2 W.) 2,— 1,—
2 FDC 5,—
Paar 2,— 1,—
Kleinbogen 9,— 4,50

MiN. 2644–2645 wurden schachbrettartig zusammenhängend im Kleinbogen zu je 4 Marken und 1 Zierfeld (Feld 5) gedruckt.

Auflage: 240.000 Sätze

1977, 7. Sept. Sowjetisch-Bulgarische Freundschaft. RaTdr. (3×2); gez. K 13.

cvk) Treffen zwischen den Präsidenten Todor Živkov und Leonid I. Breschnew
Zierfeld

2646 18 St mehrfarbig . . . . cvk 0,50 0,40
2646 Zf 0,60 0,60
Kleinbogen 2,— 2,—
FDC 4,—

Markenfolge im Kleinbogen: Zf1–2646-Zf1, 2646-Zf2–2646

Auflage: 450 000 Stück

1977, 9. Nov. 50 Jahre Gesellschaft Transstroj. RaTdr.; gez. K 13¼:13.

cvl) Eisenbahn auf Brücke, Emblem

2647 13 St mehrfarbig . . . . cvl 0,80 0,50
FDC 4,—

Auflage: 150 000 Stück

1977, 8. Nov. 150. Geburtstag von Petko Raćev Slavejkov. RaTdr.; gez. K 13.

cvm) Petko Raćev Slavejkov (1828–1895), Schriftsteller
Zierfeld

2648	8 St gold/rötlichbraun	cvm	0,50	0,30
		2648 Zf	0,50	0,30
		FDC		1,50

MiNr. 2648 wurde mit waagerecht anhängendem Zierfeld gedruckt.

Auflage: 300 000 Stück

1977, 12. Sept. Jubiläen der bulgarischen Arbeiterpresse. RaTdr.; gez. K 13.

cvn) Inschrift

2649	2 St mehrfarbig	cvn	0,50	0,30
		FDC		1,—

Auflage: 500 000 Stück

1977, 1. Dez. Neujahr. RaTdr.; gez. K 13.

cvo) Ornament

cvp) Feuerwerk

2650	2 St mehrfarbig	cvo	0,30	0,30
2651	13 St mehrfarbig	cvp	0,50	0,30
		Satzpreis (2 W.)	0,60	0,50
		FDC		1,50

Auflagen: MiNr. 2650 = 1 000 000, MiNr. 2651 = 300 000 Stück

✈ 1978, 9. Febr. Donauschifffahrt (Europäische Donaukommission). RaTdr. (3×4); gez. K 13.

cvr Zierfeld cvs

cvr) Festung Baba Vida in Vidin
cvs) Freundschaftsbrücke zwischen Russe und Giurgiu

2652	25 St mehrfarbig	cvr	0,70	0,70
2653	35 St mehrfarbig	cvs	1,—	1,—
		Satzpreis (2 W.)	1,70	1,70
		Dreierstreifen mit Zf	2,50	2,50
		Kleinbogen	10,—	10,—
		FDC		12,—

		⊙
2652 Uo	oben ungezähnt	—,—
2653 Uo	oben ungezähnt	—,—

Markenfolge im Kleinbogen: 2652-Zf1–2653, 2653–2652–2652, 2652–2653–2653, 2653-Zf2–2652

Auflage: 550 000 Sätze

1978, 30. Jan. Fußball-Weltmeisterschaft, Argentinien (I). RaTdr. (3×4); gez. K 13.

cvt) Fußballspieler beim Dribbeln

cvu) Fußballspieler beim Schuss

			★★	⊙
2654	13 St mehrfarbig	cvt	0,50	0,50
2655	23 St mehrfarbig	cvu	1,50	0,80
		Satzpreis (2 W.)	2,—	1,30
		2 FDC		5,—

Blockausgabe

cvw

cvv) Spielszene

2656	50 St mehrfarbig	cvv	1,50	1,50
Block 74	(77×60 mm)	cvw	2,50	2,—

Auflagen: MiNr. 2654 = 300 000, MiNr. 2655 = 268 000 Stück, Bl. 74 = 162 000 Blocks

1978, 18. März. 30 Jahre Bulgarisch-Sowjetischer Freundschaftsvertrag. RaTdr.; gez. K 13.

cvx) Römische Zahl 30 aus den bulgarischen und sowjetischen Landesfarben

2657	2 St mehrfarbig	cvx	0,50	0,30
		FDC		1,50

Auflage: 300 000 Stück

✈ 1978, 15. März. 100 Jahre Bulgarisches Rotes Kreuz. RaTdr.; gez. K 13.

cvy) Rotes Kreuz im Lorbeerkranz

2658	25 St mehrfarbig	cvy	1,—	0,50
		FDC		3,50

Auflage: 120 000 Stück

1978, 1. März. 20 Jahre Organisation der Postverwaltungen der sozialistischen Länder für Zusammenarbeit im Post- und Fernmeldewesen (OSS). RaTdr.; gez. K 13

cvz) Moskauer Fernsehturm, OSS-Emblem

2659	13 St	mehrfarbig	cvz	0,50	0,30
			FDC		2,—

Auflage: 150 000 Stück

1978, 28. März. 100 Jahrestag der Befreiung von den Türken – Damit verbundene Persönlichkeiten aus Geschichte, Kunst und Literatur. RaTdr.; gez. K 13.

cwa) Lew Tolstoj (1828–1910), russischer Schriftsteller

cwb) Fjodor Dostojewski (1821–1881), russischer Schriftsteller

cwc) Jwan Turgenjew (1818–1883), russischer Schriftsteller

cwd) Wassilij Wereschtschagin (1842–1904), russischer Maler

cwe) Giuseppe Garibaldi (1807 bis 1882), italienischer Freiheitskämpfer

cwf) Victor Hugo (1802–1885), französischer Schriftsteller

2660	2 St	olivgrün/orangegelb	cwa	0,30	0,30
2661	5 St	braun/orangegelb	cwb	0,30	0,30
2662	13 St	blaugrün/rosa	cwc	0,40	0,30
2663	23 St	rotbraun/grau	cwd	0,50	0,30
2664	25 St	graubraun/grünoliv	cwe	0,50	0,30
2665	35 St	blauviolett/grünblau	cwf	1,50	0,50
			Satzpreis (6 W.)	3,—	1,50
			2 FDC		6,—

Blockausgabe (3. März)

cwh

cwg) Freiheitsdenkmal und Bronzelöwe auf dem Stoletov-Berggipfel am Schipkapass (Balkangebirge)

2666	50 St	mehrfarbig	cwg	1,30	1,30
Block 75		(56×75 mm)	cwh	1,50	1,50
			FDC		3,50

		⊙
2660 Ul	links ungezähnt	36,—
2661 Ul	links ungezähnt	36,—

Auflagen: MiNr. 2660 = 2 000 000, MiNr. 2661 = 800 000, MiNr. 2662–2664 je 500 000, MiNr. 2665 = 162 000 Stück, Bl. 75 = 135 000 Blocks

1978, 5. April. Nikolaj-Roerich-Ausstellung in Sofia. RaTdr.; gez. K 13.

cwl) Nikolaj Roerich (1874–1947), russischer Maler

				★★	⊙
2667	8 St	mehrfarbig	cwl	0,50	0,30
			FDC		3,—

Auflage: 150 000 Stück

1978, 26. April. Internationale Briefmarkenausstellung PHILASERDICA ’79, Sofia (I): Antike Keramik. RaTdr.; gez. K 13.

cwk) Göttin (3.–4. Jh.)

cwl) Maske (3.–4. Jh.)

cwm) Vase (3.–4. Jh.)

cwn) Vase (3.–4. Jh.)

cwo) Silenkopf, Teil einer Vase (2.–3. Jh.)

cwp) Hahn (3.–4. Jh.)

2668	2 St	mehrfarbig	cwk	0,30	0,30
2669	5 St	mehrfarbig	cwl	0,30	0,30
2670	13 St	mehrfarbig	cwm	0,50	0,30
2671	23 St	mehrfarbig	cwn	0,80	0,60
2672	35 St	mehrfarbig	cwo	1,20	1,—
2673	53 St	mehrfarbig	cwp	4,20	1,50
			Satzpreis (6 W.)	7,—	3,50
			2 FDC		10,—
			2668 Zf–2673 Zf	18,—	18,—

MiNr. 2668–2673 wurden jeweils im Bogen zu 20 Marken und 5 Zierfeldern gedruckt.

Auflagen: MiNr. 2668 = 1 500 000, MiNr. 2669–2670 je 800 000, MiNr. 2671–2672 je 500 000, MiNr. 2673 = 100 000 Stück

1978, 18. April. Nationale Konferenz der Kommunistischen Partei, Sofia. RaTdr.; gez. K 13.

cwr) Bulgarische Flagge, Roter Stern

2674	2 St	mehrfarbig	cwr	0,50	0,30
			FDC		1,50

Auflage: 300 000 Stück

1978, 29. April. 100. Geburtstag von Andrej Nikolov. RaTdr.; gez. K 13:13½.

cws) Geist und Natur; Skulptur von Andrej Nikolov (1878–1959), Bildhauer

2675	13 St mehrfarbig	cws	0,50	0,30
		FDC		2,50

Auflage: 120 000 Stück

1978, 31. Mai. 11. Weltfestspiele der Jugend und Studenten, Havanna. RaTdr.; gez. K 13¼ :13.

cwt) Vier Friedenstauben

2676	13 St mehrfarbig	cwt	0,50	0,30
		FDC		1,50

Auflage: 200 000 Stück

1978, 19. Juni. Gemälde großer Meister. RaTdr.; gez. K 13.

cwu) Albrecht Dürer (1471–1528): Bernhart van Resten

cwv) Peter Paul Rubens (1577–1640): Bathseba am Springbrunnen

cww) Hans Holbein d. J. (1497–1543): Senor de Moret

cwx) Rembrandt (1606–1669): Selbstbildnis mit Saskia

cwy) Tintoretto (1518–1584): Frau in Trauer

cwz) Rembrandt: Greis mit Bart

cxa) Antonius van Dyck (1599–1641): Porträt eines Ritters

2677	13 St mehrfarbig	cwu	0,30	0,30
2678	23 St mehrfarbig	cwv	0,50	0,30
2679	25 St mehrfarbig	cww	0,60	0,30
2680	35 St mehrfarbig	cwx	0,80	0,40
2681	43 St mehrfarbig	cwy	1,—	0,50
2682	60 St mehrfarbig	cwz	1,30	0,70
2683	80 St mehrfarbig	cxa	3,—	1,70
		Satzpreis (7 W.)	7,50	4,—
		2 FDC		10,—

Auflagen: MiNr. 2677–2682 je 500 010, MiNr. 2683 = 300 000 Stück

1978, 19. Mai. Weltumsegler Georgi Georgiev. RaTdr.; gez. K 13.

cxb) Segeljacht „Kor Karoli“, Weltkarte

2684	23 St mehrfarbig	cxb	2,—	0,80
		FDC		4,—

Auflage: 100 000 Stück

1978, 12. Mai. Kampf gegen den Bluthochdruck. RaTdr. (4×5); gez. K 13.

cxc) Herz, 4 Pfeile, WHO-Emblem

2685	23 St mehrfarbig	cxc	1,—	0,40
		FDC		3,—

Auflagen: 200 000 Stück

1978, 27. Juni. Liliengewächse. RaTdr.; gez. K 13:13½.

cxd) Balkan-Kaiserkrone (Fritillaria stribrunyi)

cxe) Schachblume (Fritillaria drenovsky)

cxf) Rhodopen-Lilie (Lilium rhodopaeum)

cxg) Urumovs Tulpe (Tulipa urumovii)

cxh) Krainer-Lilie (Lilium jankae)

cxi) Rhodopentulpe (Tulipa rhodopaea)

2686	1 St mehrfarbig	cxd	0,30	0,30
2687	2 St mehrfarbig	cxe	0,30	0,30
2688	3 St mehrfarbig	cxf	0,30	0,30
2689	13 St mehrfarbig	cxg	0,60	0,30
2690	23 St mehrfarbig	cxh	0,60	0,30
2691	43 St mehrfarbig	cxi	2,—	1,—
		Satzpreis (6 W.)	3,50	1,50
		2 FDC		7,—

Auflagen: MiNr. 2686–2687 je 1 500 000, MiNr. 2688 = 800 000, MiNr. 2689–2690 je 500 000, MiNr. 2691 = 266 000 Stück

1978, 1. Juni. Blockausgabe: Fußball-Weltmeisterschaft, Argentinien (II). Bl. 46 mit rotem Bdr.-Aufdruck.

2692	28 St mehrfarbig	(2308)	10,—	10,—
Block 76	(64×100 mm)	(Bl. 46)	11,—	11,—

Postpreis: 1 L

Auflage: 50 000 Blocks

1978, 17. Aug. Blockausgabe: Gemälde großer Meister. RaTdr.; ☐.

cxl

cxk) Giorgione (1477–1510): Ruhende Venus

2693	1 L mehrfarbig	cxk	2,—	2,—
Block 77	(71×71 mm)	cxl	2,—	2,—
		FDC		4,50

Auflage: 300 000 Blocks

1978, 28. Aug. Internationle Briefmarkenausstellung PHILASERDICA ’79, Sofia (II): Gemälde von Sofia. Odr.; gez. K 12½:12.

cxm) Die Markthallen; von Najden Petkow (1918–1989)

cxn) Ansicht von Sofia; von Emil Stojtschew (*1935)

cxo) Ansicht von Sofia; von Boris Iwanow (1904–1993)

cxp) Tolbuchin-Boulevard; von Nikola Tanew (1890–1962)

cxr) Nationaltheater; von Nikola Petrow (1881–1916)

cxs) Marktplatz; von Anton Mitow (1862–1930)

2694	2 St mehrfarbig	cxm	0,30	0,30
2695	5 St mehrfarbig	cxn	0,30	0,30
2696	13 St mehrfarbig	cxo	0,30	0,30
2697	23 St mehrfarbig	cxp	0,60	0,30
2698	35 St mehrfarbig	cxr	0,80	0,40
2699	53 St mehrfarbig	cxs	1,20	0,40
		Satzpreis (6 W.)	3,50	2,—
		2 FDC		6,—

Blockausgabe mit MiNr. 2694–2699

Block 78	(187×105 mm)	cxt	6,50	6,50

Auflagen: MiNr. 2694 = 2.600.000, MiNr. 2695 = 1.120.000, MiNr. 2696 = 520.000, MiNr. 2697–2699 je 180.000 Stück, Bl. 78 = 60.000 Blocks

1978, 13. Juli. Internationaler Esperanto-Kongress, Varna. RaTdr.; gez. K 13½:13.

cxu) Stadtansicht von Varna, Emblem

2700	13 St mehrfarbig	cxu	0,80	0,40

Auflage: 120 000 Stück

1978, 1. Sept. Spechte. RaTdr.; gez. K 13:13½.

cxv) Schwarzspecht (Dryocopus martius)

cxw) Blutspecht (Dendrocopos syriacus)

cxx) Dreizehenspecht (Picoides tridactylus)

cxy) Mittelspecht (Dendrocopos medius)

cxz) Kleinspecht (Dendrocopos minor)

cya) Grünspecht (Picus viridis)

2701	1 St mehrfarbig	cxv	0,30	0,30
2702	2 St mehrfarbig	cxw	0,30	0,30
2703	3 St mehrfarbig	cxx	0,30	0,30
2704	13 St mehrfarbig	cxy	1,—	0,50
2705	23 St mehrfarbig	cxz	1,50	0,70
2706	43 St mehrfarbig	cya	4,—	2,20
		Satzpreis (6 W.)	7,—	4,—
		2 FDC		10,—

Auflagen: MiNr. 2701–2703 je 1 000 000, MiNr. 2704–2705 je 500 000, MiNr. 2706 = 320 000 Stück

1978, 1. Sept. Blockausgabe: Internationale Briefmarkenausstellungen PRAGA '78 und PHILASERDICA '79 (III), Komb. StTdr. und RaTdr.; gez. Ks 12:11¼.

cyf

cyb) Nationaltheater „Ivan Vazov“, Sofia
cyc) Festsäle in Sofia
czd) Karlsbrücke und Hradschin, Prag
cye) Schloss Belvedere, Prag

2707	40 St mehrfarbig	cyb	0,80	0,80
2708	40 St mehrfarbig	cyc	0,80	0,80
2709	40 St mehrfarbig	cyd	0,80	0,80
2710	40 St mehrfarbig	cye	0,80	0,80
Block 79	(150×110 mm)	cyf	3,—	3,—

Auflagen: 170 000 Blocks

1978, 1. Aug. 75. Todestag von Goce Delčev. RaTdr.; gez. K 13.

cyg) Goce Delčev (1872–1903), Freiheitskämpfer

2711	13 St mehrfarbig	cyg	0,60	0,30
		FDC		3,50

Auflage: 200 000 Stück

1978, 1. Aug. 75 Jahrestag des Ilinden- und Preobraschenie-Aufstandes. RaTdr.; gez. K 13.

cyh) Aufständische

2712	5 St schwarz/rot	cyh	0,50	0,30
		FDC		3,—

Auflage: 200 000 Stück

1978, 3. Sept. Internationale Mustermesse, Plovdiv. RaTdr.; gez. K 13:13¼.

cyi) Bulgarischer Computer „elka 55“

2713	2 St mehrfarbig	cyi	0,50	0,30
		FDC		3,—

Auflage: 300 000 Stück

1978, 5. Sept. 55. Jahrestag des Septemberaufstandes. RaTdr.; gez. K 13.

cyk) Aufständische

2714	2 St rot/braunkarmin	cyk	0,50	0,30
		FDC		1,50

Auflage: 250 000 Stück

1978, 3. Okt. Internationales Jahr gegen Rassismus. RaTdr.; gez. K 13:13¼.

cyl) Weiße und schwarze Hand

2715	13 St mehrfarbig	cyl	0,50	0,30
		FDC		2,—

Auflage: 200 000 Stück

1978, 3. Okt. Bau der Erdgasleitung von Orenburg zur Westgrenze der UdSSR. RaTdr.; gez. K 13.

cym) Erdgasleitung, Flaggen der am Bau beteiligten Länder

2716	13 St mehrfarbig	cym	0,50	0,30
		FDC		2,—

Auflage: 300 000 Stück

1978, 4. Okt. Sportakrobatik-Weltmeisterschaften, Sofia. RaTdr.; gez. K 13:13¼.

cyn) Menschenpyramide

2717	13 St mehrfarbig	cyn	0,50	0,30
		FDC		2,—

Auflage: 150 000 Stück

1978, 11. Okt. 70 Geburtstag von Salvador Allende. RaTdr. (5×4); gez. K 13.

cyo) Salvador Allende (1908–1973), chilenischer Staatspräsident

2718	13 St braun/orangerot	cyo	0,50	0,30
		FDC		2,50

Auflage: 150 000 Stück

1978, 18. Okt. 30. Jahrestag der Allgemeinen Erklärung der Menschenrechte. RaTdr.; gez. K 13.

cyp) Flamme der Freiheit

2719	23 St mehrfarbig	cyp	1,—	0,50
		FDC		3,—

Auflage: 150 000 Stück

1978, 25. Okt. Bulgarische Geschichte: Gemälde. Odr.; gez. K 12:12¼, Querformat ∼.

cyr) Levski und Mitkaloto; von Kalina Taseva (*1927)

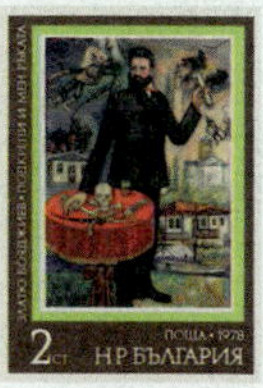

cys) Schütze auch meine Hand; von Slatju Bojadschiev (1903–1976)

cyt) Heerführerin Rumena; von Nikola Mirtschev (1921–1973)

cyu) Kolju Fitscheto; von Elsa Goeva (*1928)

cyv) Familie aus der Epoche der nationalen Wiedergeburt; von Najden Petkov (1918–1989)

2720	1 St mehrfarbig	cyr	0,30	0,30
2721	2 St mehrfarbig	cys	0,30	0,30
2722	3 St mehrfarbig	cyt	0,30	0,30
2723	13 St mehrfarbig	cyu	0,50	0,30
2724	23 St mehrfarbig	cyv	1,10	0,60
		Satzpreis (5 W.)	2,—	1,20
		2 FDC		4,—

Auflagen: MiNr. 2720 = 2 000 000, MiNr. 2721 = 1 500 000, MiNr. 2722 = 1 000 000, MiNr. 2723 = 800 000, MiNr. 2724 = 310 000 Stück

1978, 1. Nov. Blockausgabe: Bewahrung des architektonischen Erbes in Europa. RaTdr.; gez. K 13:13½.

cyy

cyw) Haus des Tourismus in Plovdiv
cyx) Chreljo-Turm im Rila-Kloster (1335)

2725	43 St mehrfarbig	cyw	0,80	0,50
2726	43 St mehrfarbig	cyx	0,80	0,50
Block 80	mit 3 × MiNr. 2725 und 2 × MiNr. 2726 (115×106 mm)	cyy	4,—	4,—

		★★
2725 Ur	rechts ungezähnt	—,—
2726 Ur	rechts ungezähnt	—,—
Block 80 Ur	fehlende senkrechte rechte Zähnungsreihe	—,—
Block 80 F	Farbe Hellgraulila fehlend	—,—

Auflage: 80 000 Blocks

1978, 5. Nov. Blockausgabe: Internationale Briefmarkenmesse, Essen 1978; Europatag. Bl. 80 mit zusätzlicher violetter Inschrift am Blockrand.

			★★	⊙
Block 81	(115×106 mm)	(Bl. 80)	18,—	18,—

Auflage: 20 000 Blocks

1978, 1. Nov. Eröffnung der Eisenbahn-Fährverbindung zwischen Varna (Bulgarien) und Iljitschowsk (UdSSR). RaTdr.; gez. K 13.

cyz) Fährschiff „Geroi Plevny"; Landkarte mit Schwarzmeerküste

2727	13 St mehrfarbig	cyz	1,—	0,30
		FDC		2,—

Auflage: 200 000 Stück

Parallelausgabe mit Sowjetunion MiNr. 4787

1978, 18. Sept. 150. Geburtstag von Christo Danov. RaTdr. (2×4 Zd); gez. K 13.

cza) Christo Danov (1828–1911), erster bulgarischer Buchverleger
Zierfeld

2728	2 St purpur/braunocker	cza	0,30	0,30
		2728 Zf	0,50	0,40
		FDC		2,—
		Kleinbogen	4,—	3,50

Auflage: 200.000 Stück

1978, 20. Sept. 60. Jahrestag des Aufstands von Vladaja. RaTdr.; gez. K 13.

czb) Todor Panajotov: Aufständische

2729	2 St mehrfarbig	czb	0,50	0,30
		FDC		1,50

Auflage: 200 000 Stück

1978, 20. Nov. Nationale Briefmarkenausstellung BULGARIA '78. RaTdr. (2×4 Zd); gez. K 13.

czc) Mosaik eines Vogels
Zierfeld

2730	5 St mehrfarbig	czc	0,50	0,30
		2730 Zf	0,60	0,30
		FDC		2,—
		Kleinbogen	5,—	2,50

Auflage: 150.000 Stück

1978, 15. Dez. 100 Jahre Nationalbibliothek „Kyrillos und Methodios". RaTdr.; gez. K 13.

czd) Initiale aus einem Evangelienbuch (13. Jh.)

cze) Miniatur aus einem Evangelienbuch (1567)

czf) Evangelienbuch (16. Jh.)

2731	2 St	mehrfarbig	czd	0,30	0,30
2732	13 St	mehrfarbig	cze	0,50	0,30
2733	23 St	mehrfarbig	czf	0,90	0,40
			Satzpreis (3 W.)	1,50	0,70
			2731 Zf–2733 Zf	2,—	1,—
			FDC		6,—

Blockausgabe

czh

czg) Miniatur aus einem Evangelienbuch (13. Jh.)

2734	80 St	mehrfarbig	czg	1,70	1,50
Block 82		(63×93 mm)	czh	2,—	2,—
			FDC		7,—

MiNr. 2731–2733 wurden jeweils mit waagerecht anhängendem Zierfeld gedruckt.

Auflagen: MiNr. 2731 = 500 010, MiNr. 2732 = 400 005, MiNr. 2733 = 220 005 Stück, Bl. 82 = 130 000 Blocks

1978, 30. Dez. Internationale Briefmarkenausstellung PHILASERDICA '79 (IV): 100 Jahre bulgarische Briefmarken. RaTdr.; gez. K 13.

czi) Marke MiNr. 48

czk) Marke MiNr. 571

czl) Marke MiNr. 1026

czm) Marke MiNr. 1262

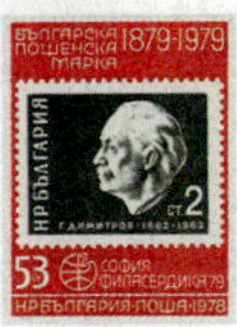
czn) Marke MiNr. 1322

2735	2 St	graugrün/karminrot	czi	0,30	0,30
2736	13 St	violettultramarin/lilapurpur	czk	0,30	0,30
2737	23 St	lila/oliv	czl	0,30	0,30
2738	35 St	cyanblau/schwarz	czm	1,—	0,40
2739	53 St	rot/oliv	czn	1,50	0,60
			Satzpreis (5 W.)	3,—	1,50
			2 FDC		6,—

		⊙
2738 F	bräunlichkarmin/schwarz (wie MiNr. 2750) statt cyanblau/schwarz	—,—

MiNr. 2735–2739 tragen die Jahreszahl „1978".

Auflagen: MiNr. 2735 = 1.000.000, MiNr. 2736 und 2738 je 2.300.000, MiNr. 2737 = 300.000, MiNr. 2739 = 180.000 Stück

In ähnlichen Zeichnungen und geänderten Farben: MiNr. 2747–2751

1978, 8. Dez. 90 Jahre Universität „Kliment von Ohrid", Sofia. RaTdr.; gez. K 13.

czo) Statue des Hl. Kliment von Ohrid von Ljubomir Dalčev (1902–2002)

				★★	⊙
2740	2 St	mehrfarbig	czo	0,50	0,30
			FDC		2,50

Auflage: 500 000 Stück

1978, 22. Dez. 50 Jahre Bulgarisches Ballett. RaTdr.; gez. K 13.

czp) Ballettänzerinnen

2741	13 St	mehrfarbig	czp	0,50	0,30
			FDC		3,—

Auflage: 150 000 Stück

1978, 12. Dez. 200. Geburtstag von Nikola Karastojanov. RaTdr.; gez. K 13.

czr) Nikola Karastojanov (1778–1874), erster bulgarischer Drucker
Zierfeld

2742	2 St	mehrfarbig	czr	0,30	0,30
			2742 Zf	0,40	0,30
			FDC		2,50

Auflage: 150 000 Stück

1978, 22. Dez. Neujahr. RaTdr.; gez. K 13.

czs) Aus Vögeln gebildeter Baum

czt) Füllhorn

2743 2 St mehrfarbig .... czs 0,30 0,30
2744 13 St mehrfarbig .... czt 0,30 0,30
Satzpreis (2 W.) 0,50 0,50
FDC 2,—

Auflagen: MiNr. 2743 = 500 000, MiNr. 2744 = 250 000 Stück

1978, 30. Dez./1979, 18. Mai. Blockausgabe: Internationale Briefmarkenausstellung PHILASERDICA ’79 (V): 100 Jahre bulgarische Briefmarken. RaTdr.; A = gez. Ks 13, B = □.

czv

czu) Marke MiNr. 1

2745 1 L mehrfarbig .... czu 2,— 2,—
Block 83 A (61 × 86 mm) .... czv 2,— 2,—
FDC A 4,50
Block 83 B (61 × 86 mm) .... czv 15,— 15,—

Bl. 83 B konnte auf der Ausstellung am Erstausgabetag zusammen mit dem „Katalog der bulg. Briefmarken 1879–1979“ und dem „Katalog der bulg. Ganzsachen 1879–1979“ käuflich erworben werden.

Auflagen: Bl. 83 A = 90 000, Bl. 83 B = 30 000 Blocks

1979, 25. Jan. 30 Jahre Rat für Gegenseitige Wirtschaftshilfe (RGW). RaTdr.; gez. K 13½:13.

czw) RGW-Gebäude in Moskau, Flaggen

2746 13 St mehrfarbig .... czw 0,50 0,30
FDC 2,—

Auflage: 150 000 Stück

1979, 30. Jan. Internationale Briefmarkenausstellung PHILASERDICA ’79 (VI): 100 Jahre bulgarische Briefmarken. RaTdr.; gez. K 13.

czi I) Marke MiNr. 48

2747 2 St cyanblau/karminrot .... czi I 0,30 0,30
2748 13 St grün/lilapurpur .... czk I 0,50 0,30
2749 23 St mehrfarbig .... czl I 0,60 0,30
2750 35 St bräunlichkarmin/schwarz ...... czm I 1,— 0,40
2751 53 St purpurviolett/oliv .... czn I 1,30 0,60
Satzpreis (5 W.) 3,50 1,50
2 FDC 6,—

MiNr. 2747–2751 tragen die Jahreszahl „1979“.

Auflagen: MiNr. 2747 = 3.000.000, MiNr. 2748 und 2750 je 2.300.000, MiNr. 2749 = 300.000, MiNr. 2751 = 100.000 Stück

In ähnlichen Zeichnungen und geänderten Farben: MiNr. 2735–2739

1979, 13. Febr. 100 Jahre Bulgarische Nationalbank, Sofia. RaTdr.; gez. K 13.

czx) Bankgebäude, Gedenkmünze

2752 2 St mehrfarbig .... czx 0,50 0,30
FDC 1,50

Auflage: 500 000 Stück

1979, 28. Febr. 100. Geburtstag von Aleksandar Stambolijski. RaTdr.; gez. K 13.

czy) Aleksandar Stambolijski (1879–1923), Politiker

2753 2 St braun/gelblichorange .... czy 0,50 0,30
FDC 1,50

Auflage: 300 000 Stück

1979, 2. März. Blockausgabe: Zusammenarbeit in Europa. Bl. 53 A mit schwarzem Bdr.-Aufdruck.

2754 13 St mehrfarbig .... (2365 A) 10,— 10,—
2755 13 St mehrfarbig .... (2366 A) 10,— 10,—
2756 13 St mehrfarbig .... (2367 A) 10,— 10,—
2757 13 St mehrfarbig .... (2368 A) 10,— 10,—
Block 84 (96 × 116 mm) .... (Bl. 53 A) 40,— 40,—
FDC 60,—

Postpreis: 60 St

FALSCH Aufdruckfälschungen bekannt

Auflage: 35 000 Blocks

1979, 8. März. Internationales Jahr des Kindes. RaTdr.; gez. K 13.

czz) Blume mit Kindergesicht

2758 23 St mehrfarbig .... czz 1,— 0,40
FDC 2,50

Auflage: 300 000 Stück

1979, 20. März. Weltkongress der Gehörlosen, Varna. RaTdr.; gez. K 13.

daa) Menschenköpfe

2759	13 St kobalt/schwarz	daa	0,50	0,30
		FDC		1,50

Auflage: 150 000 Stück

1979, 20. März. 75 Jahre Gewerkschaftsbund. RaTdr.; gez. K 13.

dab) Zahl 75, Emblem

2760	2 St grün/orange	dab	0,50	0,30
		FDC		1,50

Auflage: 500 000 Stück

1979, 2. April. Blockausgabe: Sofia – 100 Jahre Hauptstadt von Bulgarien. RaTdr.; gez. K 13:13¼.

dah

dac) Denkmal der Sowjet-Armee
Zierfeld
dad) Denkmal am Sportstadion
dae–dag) Sockelrelief des Freiheitsdenkmals

2761	2 St mehrfarbig	dac	0,30	0,30
2762	5 St mehrfarbig	dad	0,30	0,30
2763	13 St mehrfarbig	dae	0,30	0,30
2764	23 St mehrfarbig	daf	0,60	0,60
2765	25 St mehrfarbig	dag	0,70	0,70
Block 85	(106×103 mm)	dah	2,—	2,—

Auflage: 100 000 Blocks

1979, 11. April. Interkosmosprogramm: Gemeinsamer Weltraumflug UdSSR – Bulgarien. RaTdr., Bogen (5×4, Querformat ~) und Kleinbogen (3×3); gez. K 13.

dai) Trägerrakete am Start

dak) Koppelung mit dem Orbitalkomplex

dal) Landung der Raumkapsel

2766	12 St mehrfarbig	dai	0,40	0,30
2767	25 St mehrfarbig	dak	1,—	0,40
2768	35 St mehrfarbig	dal	1,20	0,40
		Satzpreis (3 W.)	2,50	1,—
		FDC		4,—
		Kleinbogensatz (3 Klb.)	*500,—*	

Blockausgabe; Bl. 86 gez. Ks 13, Bl. 87 □

dan

dam) Raumkapsel umfliegt Erdkugel, Staatswappen beider Länder

dan I

dam

2769 A	1 L mehrfarbig	dam	1,50	1,20
Block 86	(68×86 mm)	dan	2,—	1,80
		FDC A		5,—

2769 B	1 L mehrfarbig	dam	75,—	80,—
Block 87	(81×87 mm)	dan I	100,—	120,—

MiNr. 2766–2768 wurden jeweils auch im Kleinbogen mit 1 Marke und 8 umgebenden Leerfeldern gedruckt.

Auflagen: MiNr. 2766–2768 = 210.000 Sätze, Bl. 86 = 100.000 Blocks, Bl. 87 = 10.000 numerierte Blocks

1979, 8. Mai. 100 Jahre bulgarisches Postwesen. RaTdr.; gez. K 13.

dao) Brieftaube, Flugzeug Tupolew Tu-154

dap) Alter Fernsprecher, Tastentelefon

dar) Morseapparat, Fernschreiber

das) Alter Rundfunksender, Sendeanlage

dat) Fernsehturm, Fernmeldesatellit

2770	2 St	mehrfarbig	dao	0,30	0,30
2771	5 St	mehrfarbig	dap	0,30	0,30
2772	13 St	mehrfarbig	dar	0,50	0,30
2773	23 St	mehrfarbig	das	0,70	0,30
2774	35 St	mehrfarbig	dat	1,—	0,40
			Satzpreis (5 W.)	2,50	1,—
			2 FDC		5,—

Blockausgabe; A = gez. Ks 13, B = ☐ (18. Mai)

dav

dau) Erdfunkstelle

2775	50 St	mehrfarbig	dau	2,—	2,—
Block 88 A		(75×79 mm)	dav	2,50	2,50
			FDC A		5,—
Block 88 B		(75×79 mm)	dav	9,—	9,—

Bl. 88 B konnte auf der Ausstellung PHILASERDICA 1979 zusammen mit dem Ausstellungskatalog käuflich erworben werden.

Auflagen: MiNr. 2770 = 2.000.000, MiNr. 2771 = 1.000.000, MiNr. 2772–2773 je 500.000, MiNr. 2774 = 210.000 Stück, Bl. 88 A = 130.000 Blocks, Bl. 88 B = 30.000 numerierte Blocks

1979, 14. Mai. Interkosmosprogramm: Gemeinsamer Weltraumflug UdSSR – Bulgarien. RaTdr.; gez. K 13.

daw) Georgi Ivanov (*1940), erster bulgarischer Kosmonaut

dax) Nikolaj Rukawischnikow (1932–2002) und Georgi Ivanov

2776	2 St	mehrfarbig	daw	0,30	0,30
2777	13 St	mehrfarbig	dax	0,80	0,30
			Satzpreis (2 W.)	1,—	0,50
			FDC		3,—

Auflagen: MiNr. 2776 = 500 000, MiNr. 2777 = 300 000 Stück

1979, 16. Mai. Blockausgabe: FIP-Kongress. RaTdr.; gez. Ks 13.

daz

day) „Goldener Kranz“ aus dem Thrakerschatz von Vraca (4. Jh. v. Chr.)

2778	1 L	mehrfarbig	day	3,50	3,50
Block 89		(78×86 mm)	daz	4,—	4,—

Auflage: 60 000 Blocks

1979, 18. Mai. Blockausgabe: Internationale Briefmarkenausstellung PHILASERDICA ’79 (VII). RaTdr.; gez. Ks 13.

dbb

dba) Marken MiNr. 2434 und MiNr. 1

2779	1 L	mehrfarbig	dba	5,—	5,—
Block 90		(63×61 mm)	dbb	7,—	7,—
			Bogen mit 4×Block 90	50,—	60,—

Bl. 90 gedruckt in Bogen zu 4 Blocks (Format 140×151 mm, Auflage: 7500 Bogen).

Auflage: insgesamt 60 000 Blocks

1979, 20. Mai. Internationale Briefmarkenausstellung PHILASERDICA ’79, Sofia (VIII): Nationalfeiertag. RaTdr.; gez. K 13.

dbc) Hotel Vitosha New Otani, Sofia

2780	2 St	violettultramarin/lilarosa	dbc	0,50	0,30
			FDC		2,—

Auflage: 500 000 Stück

1979, 23. Mai. Internationale Briefmarkenausstellung PHILASERDICA '79, Sofia (IX): Tag der UdSSR. RaTdr.; gez. K 13.

dbd) Kalerija und Boris Kukuliev: „Guten Tag, Brüderchen", Szene aus einem Volksmärchen

2781	2 St mehrfarbig	dbd	0,50	0,30
		FDC		2,50

Auflage: 200 000 Stück

1979, 23. Mai. Blockausgabe: Internationale Briefmarkenausstellung PHILASERDICA '79, Sofia (X): Tag der Briefmarke. RaTdr.; gez. Ks 13.

dbf

dbe) Marke MiNr. 1

2782	5 L mehrfarbig	dbe	30,—	30,—
Block 91	(92×123 mm)	dbf	35,—	35,—
		Bogen mit 4 × Bl. 91	200,—	250,—

	★★
Block 91 I ohne Zählnummer	150,—

Bl. 91 wurde in Bogen zu 4 Blocks (Format 185×245 mm) gedruckt.

Auflage: 24.000 Blocks, davon 2.000 ohne Zählnummer

1979, 23. Mai. Internationales Festival für Humor und Satire, Gabrovo. RaTdr.; gez. K 14:13¾.

dbg) Boris Angelušev (1902–1966): Der schlaue Peter

			★★	⊙
2783	2 St mehrfarbig	dbg	0,50	0,30
		FDC		1,50

Auflage: 500 000 Stück

1979, 31. Mai. Graphiken von Albrecht Dürer. Komb. StTdr. und RaTdr.; gez. K 14:13¾.

dbh) Die vier Frauen

dbi) Drei Bauern im Gespräch

dbk) Der Koch und seine Frau

dbl) Helius Eobanus Hessus (1488–1540), Dichter

2784	13 St mehrfarbig	dbh	0,40	0,30
2785	23 St mehrfarbig	dbi	0,60	0,30
2786	25 St mehrfarbig	dbk	0,80	0,40
2787	35 St mehrfarbig	dbl	1,20	0,60
		Satzpreis (4 W.)	3,—	1,50
		2 FDC		6,—

Blockausgabe, □ mit aufgedruckter Zähnung

dbn

dbm) Rhinozeros

2788	80 St mehrfarbig	dbm	2,—	2,—
Block 92	(80×91 mm)	dbn	2,—	2,—
		FDC		5,—

Auflagen: MiNr. 2784–2786 je 800 000, MiNr. 2787 = 180 000 Stück, Bl. 92 = 100 000 Blocks

✈ **1979, 5. Juni. Uhrtürme. Odr.; gez. K 12:12½.**

dbo) Uhrturm in Bjala Čerkva

dbp) Uhrturm in Botevgrad

dbr) Uhrturm in Pazardžik

dbs) Uhrturm in Gabrovo

dbt) Uhrturm in Trjavna

2789	13 St mehrfarbig	dbo	0,70	0,30
2790	23 St mehrfarbig	dbp	0,70	0,30
2791	25 St mehrfarbig	dbr	0,70	0,40
2792	35 St mehrfarbig	dbs	0,70	0,60
2793	53 St mehrfarbig	dbt	1,50	1,—
		Satzpreis (5 W.)	4,—	2,50
		2 FDC		6,—

Auflagen: MiNr. 2789–2792 je 800 000, MiNr. 2793 = 210 000 Stück

In ähnlichen Zeichnungen: MiNr. 2941–2945

1979, 26. Juni. Schriftsteller. RaTdr. (2×4 Zd); gez. K 13.

dbu) Petko Todorow (1879–1916)
Zierfeld

dbv) Stefan Kostow (1879–1939)
Zierfeld

dbw) Dimitar Dimow (1906–1966)
Zierfeld

2794	2 St mehrfarbig	dbu	0,30	0,30
2795	2 St purpur/chromgelb	dbv	0,30	0,30
2796	2 St blaugrün/grüngelb	dbw	0,30	0,30
		Satzpreis (3 W.)	0,60	0,30
		2794 Zf–2796 Zf	1,—	0,80
		FDC		2,50
		Kleinbogensatz (3 Klb.)	8,—	6,50

Auflage: 250.000 Sätze

1979, 8. Juli. Kongress des Internationalen Instituts für Theaterwissenschaft, Sofia. RaTdr.; gez. K 13.

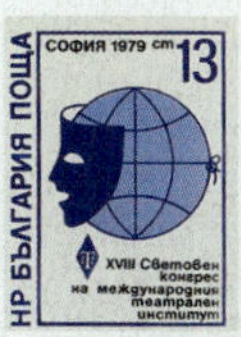

dbx) Weltkugel mit Theatermaske

2797	13 St mehrfarbig	dbx	0,50	0,30
		FDC		1,50

Auflage: 150 000 Stück

1979, 17. Juli. Internationales Kindertreffen. RaTdr.; gez. K 13.

dby) „Die Kinder unseres Planeten“ (Mosaik)

2798	2 St mehrfarbig	dby	0,50	0,30
		FDC		1,50

Auflage: 300 000 Stück

1979, 17. Juli. 20 Jahre Internationales Journalistenheim, Varna. RaTdr.; gez. K 13.

dbz) Internationales Ferienheim für Journalisten

2799	8 St mehrfarbig	dbz	0,50	0,30
		FDC		1,50

Auflage: 300 000 Stück

1979, 31. Juli. Olympische Sommerspiele 1980, Moskau (I): Kunstturnen. RaTdr.; gez. K 13.

dca) Barren

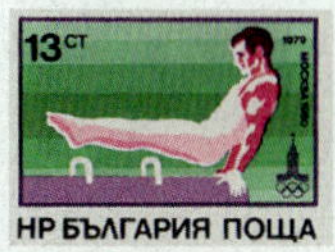

dcb) Seitpferd

dcc) Ringe

dcd) Schwebebalken

dce) Stufenbarren

dcf) Bodenturnen

2800	2 St mehrfarbig	dca	0,30	0,30
2801	13 St mehrfarbig	dcb	0,30	0,30
2802	25 St mehrfarbig	dcc	0,50	0,30
2803	35 St mehrfarbig	dcd	1,—	0,30
2804	43 St mehrfarbig	dce	1,—	1,—
2805	1 L mehrfarbig	dcf	3,—	2,—
		Satzpreis (6 W.)	6,—	4,—
		6 FDC		12,—
		6 Neunerblocks	100,—	100,—

Blockausgabe

dch

dcg) Reck

2806	2 L mehrfarbig	dcg	6,—	5,—
Block 93	(89×64 mm)	dch	7,—	6,—
		FDC		14,—
		Bogen mit 6 × Bl. 93	220,—	220,—

		**
2800 Ur	rechts ungezähnt	—,—

MiNr. 2800–2805 gedruckt in Bogen zu je 16 Marken und 4 Textfeldern in Viererblockanordnung mit durchlaufendem Text, so dass sich Neunerblocks mit 5 Marken und 4 Zierfeldern ergeben.

Bl. 93 wurde im Bogen zu 6 Blocks (Format 180×195 mm) gedruckt.

Auflagen: MiNr. 2800–2805 = 80 000 Sätze, Bl. 93 = 60 000 numerierte Blocks

1979, 7. Aug. Ikonen. Odr.; gez. K 12¼.

dci) Madonna (16. Jh.), Nessebar

dck) „Madonna, die Wegweiserin“ (16. Jh.), Nessebar

dcl) „Madonna, die Wegweiserin“ (16. Jh.), Sozopol

dcm) „Madonna, die Wegweiserin“ (16. Jh.), Sozopol

dcn) „Madonna, die Wegweiserin“ (19. Jh.), Samokov

			**	⊙
2807	13 St mehrfarbig	dci	0,80	0,30
2808	23 St mehrfarbig	dck	0,80	0,30
2809	35 St mehrfarbig	dcl	0,80	0,40
2810	43 St mehrfarbig	dcm	0,80	0,60
2811	53 St mehrfarbig	dcn	1,50	1,50
		Satzpreis (5 W.)	4,50	3,—
		2 FDC		8,—

Auflagen: MiNr. 2807–2810 je 800 000, MiNr. 2811 = 150 000 Stück

1979, 9. Aug. 100 Jahre bulgarische Stenografie. RaTdr.; gez. K 13:13½.

dco) Anton Bezenšek (1854–1915), Erfinder der bulgarischen Kurzschrift

2812	2 St oliv/gelborange	dco	0,50	0,30
		FDC		1,50

Auflage: 300 000 Stück

1979, Aug. Freimarken. RaTdr.; gez. K 14:14¼.

dcp

dcr

2813	2 St lebhaftviolettultramarin	dcp	0,30	0,30
2814	5 St rotlila	dcr	0,30	0,30
		Satzpreis (2 W.)	0,50	0,50

MiNr. 2813–2814 gedruckt in Rollen, jede 5. Marke weist auf der Rückseite eine Zählnummer auf.

Auflagen: MiNr. 2813 = 10 000 000, MiNr. 2814 = 5 000 000 Stück

1979, 29. Aug. 50 Jahre Bergsteigervereine. RaTdr.; gez. K 13.

dcs) Kletterer in der Steilwand

2815	2 St mehrfarbig	dcs	0,50	0,30
		FDC		1,50

Auflage: 300 000 Stück

1979, 31. Aug. 100 Jahre staatliche Gesundheitsbehörde. RaTdr. (3×4 Zd); gez. K 13½:13¾.

Zierfeld
dct) Titel der Verordnung über das Gesundheitswesen

2816	2 St mehrfarbig	dct	0,50	0,30
		2816 Zf	0,60	0,30
		FDC		2,—

Auflage: 200.000 Stück

1979, 4. Sept. 35 Jahre Volksregierung und Volksarmee. RaTdr.; gez. K 13.

dcu) Rakete, Blumen

dcv) Sowjetische und bulgarische Landesflagge

dcw) Zahl „35“ in den Landesfarben

2817	2 St	mehrfarbig	dcu	0,30	0,30
2818	5 St	mehrfarbig	dcv	0,30	0,30
2819	13 St	mehrfarbig	dcw	0,40	0,30
		Satzpreis (3 W.)		0,60	0,50
		FDC			3,—

Auflagen: MiNr. 2817 = 1 500 000, MiNr. 2818 = 500 000, MiNr. 2819 = 130 000 Stück

1979, 8. Sept. Internationale Mustermesse, Plovdiv. RaTdr.; gez. K 13½:13.

dcx) Rechner IZOT-0250

2820	2 St	mehrfarbig	dcx	0,50	0,30
		FDC			1,50

Auflage: 300 000 Stück

1979, 20. Sept. Universiade 1979, Mexiko. RaTdr.; gez. K 13.

dcy) Universiade-Emblem

2821	5 St	mehrfarbig	dcy	0,50	0,30
		FDC			1,50

Auflage: 300 000 Stück

1979, 2. Okt. 50 Jahre Sportklub „Lokomotive" Sofia. RaTdr.; gez. K 13.

dcz) Fußballspieler

2822	2 St	schwarz/orangerot	dcz	0,50	0,30
		FDC			2,—

Auflage: 300 000 Stück

1979, 4. Okt. 100. Todestag von Ljuben Karavelov. RaTdr.; gez. K 13.

dda) Ljuben Karavelov (1837–1879), Dichter und Freiheitskämpfer

2823	2 St	blau/oliv	dda	0,50	0,30
		FDC			1,—

Auflage: 300 000 Stück

1979, 25. Okt. Olympische Winterspiele 1980, Lake Placid. RaTdr.; gez. K 13.

ddb) Biathlon ddc) Eisschnelllauf ddd) Abfahrtslauf dde) Rennrodeln

2824	2 St	mehrfarbig	ddb	0,30	0,30
2825	13 St	mehrfarbig	ddc	0,40	0,30
2826	23 St	mehrfarbig	ddd	0,70	0,30
2827	43 St	mehrfarbig	dde	1,80	0,50
		Satzpreis (4 W.)		3,—	1,30
		2 FDC			5,—

Blockausgabe, □

ddg

ddf) Spezialslalom

2828	1 L	mehrfarbig	ddf	1,50	1,50
Block 94		(70×77 mm)	ddg	2,—	2,—
		FDC			6,—

Auflagen: MiNr. 2824 = 1.000.000, MiNr. 2825–2826 je 800.000, MiNr. 2827 = 250.000 Stück, Block 94 = 130.000 Blocks

1979, 25. Okt. Blockausgabe: Fernsehübertragung der Olympischen Winterspiele Lake Placid 1980 via Satellit. Bl. 94 mit zusätzlicher Inschrift „LAKE PLACID 1980" und den Satelliten Molnija I und Intelsat auf dem Blockrand.

Block 95	(70×77 mm)	ddg I	100,—	110,—

Auflage: 10.000 numerierte Blocks

1979, 31. Okt. 80. Geburtstag von Detschko Uzunov. RaTdr.; gez. K 14.

ddh) Gestalt in Rot ddi) Südbulgarin aus Thrakien ddk) Komposition

ddh–ddk) Gemälde von Detschko Uzunov (1899–1986)

2829	12 St	mehrfarbig	ddh	0,40	0,30
2830	13 St	mehrfarbig	ddi	0,40	0,30

2831 23 St mehrfarbig	ddk	1,20	0,60
	Satzpreis (3 W.)	2,—	1,—
	FDC		4,—

Auflage: 130 000 Sätze

1979, 15. Mai. Olympische Sommerspiele 1980, Moskau (II): Leichtathletik. RaTdr.; gez. K 13.

ddl) Laufen

ddm) Stabhochsprung

ddn) Diskuswerfen

ddo) Hindernislauf

ddp) Hochsprung

ddr) Weitsprung

2832	2 St mehrfarbig	ddl	0,30	0,30
2833	13 St mehrfarbig	ddm	0,50	0,50
2834	25 St mehrfarbig	ddn	1,50	0,70
2835	35 St mehrfarbig	ddo	1,50	1,—
2836	43 St mehrfarbig	ddp	2,—	1,20
2837	1 L mehrfarbig	ddr	3,—	2,—
		Satzpreis (6 W.)	8,50	5,50
		6 FDC		12,—
		6 Neunerblocks	110,—	110,—

Blockausgabe

ddt

dds) Kugelstoßen

2838 2 L mehrfarbig		dds	6,—	5,—
Block 96	(66 × 89 mm)	ddt	7,—	6,—
		FDC		14,—
		Bogen mit 6 × Bl. 96	160,—	160,—

		✶✶
2836 Uo	oben ungezähnt	—,—
2836 Ur	rechts ungezähnt	*120,—*

MiNr. 2832–2837 gedruckt in Bogen zu je 16 Marken und 4 Textfeldern in Viererblockanordnung mit durchlaufendem Text. Neunerblocks (5 Marken, 4 Textfelder): 2832 Zf–2837 Zf.

Bl. 96 wurde im Bogen zu 6 Blocks (Format 180×195 mm) gedruckt.

Auflagen: MiNr. 2832–2837 = 80 000 Sätze, Block 96 = 60 000 numerierte Blocks

1979, 28. Nov. Blockausgabe: Fußball-Weltmeisterschaft 1982, Spanien (I). RaTdr.; gez. Ks 13.

ddv

ddu) Marken MiNr. 1987 und 2329, Emblem

			✶✶	⊙
2839 1 L mehrfarbig		ddu	25,—	25,—
Block 97	(72×90 mm)	ddv	30,—	35,—

Auflagen: 25 000 numerierte Blocks

1979, 30. Nov. Olympische Sommerspiele 1980, Moskau (III): Wassersport. RaTdr.; gez. K 13.

ddw) Zweier-Kanadier

ddx) Kraulschwimmen

ddy) Rückenschwimmen

ddz) Einer-Kajak

dea) Kunstspringen

deb) Kunstspringen

2840	2 St mehrfarbig	ddw	0,30	0,30
2841	13 St mehrfarbig	ddx	0,50	0,50
2842	25 St mehrfarbig	ddy	1,50	0,70
2843	35 St mehrfarbig	ddz	1,50	1,—
2844	43 St mehrfarbig	dea	2,—	1,20
2845	1 L mehrfarbig	deb	3,—	2,—
		Satzpreis (6 W.)	8,50	5,50
		6 FDC		12,—
		6 Neunerblocks	110,—	110,—

Blockausgabe

ded

dec) Wasserball

2846	2 L mehrfarbig	dec	6,—	5,—
Block 98	(64 × 89 mm)	ded	7,—	6,—
		FDC		14,—
		Bogen mit 6 × Bl. 98	160,—	160,—

MiNr. 2840–2845 gedruckt in Bogen zu je 16 Marken und 4 Textfeldern in Viererblockanordnung mit durchlaufendem Text. Neunerblocks 2840 Zf–2845 Zf.

Bl. 98 wurde im Bogen zu 6 Blocks (Format 180 × 195 mm) gedruckt.

Auflagen: MiNr. 2840–2845 = 180 000 Sätze, Block 98 = 60 000 numerierte Blocks

1979, 7. Dez. 70. Geburtstag von Nikola Vapcarov. RaTdr.; gez. K 13.

dee) Nikola Vapcarov (1909–1942), Dichter und Freiheitskämpfer
Zierfeld

2847	2 St karmin/karminrot	dee	0,50	0,30
		2847 Zf	0,60	0,30
		FDC		2,—

MiNr. 2847 wurde mit waagerecht anhängendem Zierfeld gedruckt.

Auflage: 500.000 Stück

1979, 10. Dez. 1300 Jahre Bulgarien: Gemälde. Odr.; gez. K 12¼:12, Hochformat ∼.

def) Die ersten Sozialisten; von Bojan Petrow (1902–1971)

deg) Dimitar Blagoew als Redakteur der Zeitung „Der Arbeiter"; von Dimitar Gjudschenow (1891–1979)

deh) Maikundgebung der Bulgarischen Arbeiterpartei 1917; von Stojan Sotirow (1903–1984)

dei) Morgenröte über Plowdiw; von Joan Lewiew (1934–1994)

2848	2 St mehrfarbig	def	0,30	0,30
2849	13 St mehrfarbig	deg	0,30	0,30
2850	25 St mehrfarbig	deh	0,70	0,30
2851	35 St mehrfarbig	dei	1,20	0,60
		Satzpreis (4 W.)	2,50	1,50
		2 FDC		5,—

Auflagen: MiNr. 2848 = 1.000.000, MiNr. 2849 = 800.000, MiNr. 2850 = 500.000, MiNr. 2851 = 110.000 Stück

1979, 14. Dez. Neujahr. RaTdr.; gez. K 13.

dek) Mädchenkopf, Tauben

2852	13 St mehrfarbig	dek	0,50	0,30
		FDC		2,—

Auflage: 250 000 Stück

1979, 22. Dez. Olympische Sommerspiele 1980, Moskau (IV): Schießsport, Kraftsport, Fechten. RaTdr.; gez. K 13.

del) Skeetschießen

dem) Judo

den) Freistilringen

deo) Bogenschießen

dep) Florettfechten

der) Degenfechten

2853	2 St mehrfarbig	del	0,30	0,30
2854	13 St mehrfarbig	dem	0,50	0,50
2855	25 St mehrfarbig	den	1,50	0,80
2856	35 St mehrfarbig	deo	1,50	1,—
2857	43 St mehrfarbig	dep	2,—	1,10
2858	1 L mehrfarbig	der	3,—	2,—
		Satzpreis (6 W.)	8,50	5,50
		6 FDC		12,—
		6 Neunerblocks	110,—	110,—

Blockausgabe

det

des) Boxen

2859	2 L mehrfarbig	des	6,—	5,—
Block 99	(63×89 mm)	det	7,—	6,—
		FDC		14,—
		Bogen mit 6 × Bl. 99	160,—	160,—

MiNr. 2853–2858 gedruckt in Bogen zu je 16 Marken und 4 Textfeldern in Viererblockanordnung mit durchlaufendem Text. Neunerblocks 2853 Zf–2858 Zf.

Bl. 99 wurde im Bogen zu 6 Blocks (Format 180×195 mm) gedruckt.

Auflagen: MiNr. 2853–2858 = 180 000 Sätze, Block 99 = 60 000 numerierte Blocks

1979, 25. Dez. Wandmalereien in der Basilika San Clemente, Rom. RaTdr.; gez. K 13.

deu) Prozession mit den Reliquien des hl. Klemens

dev) Papst Adrian II. empfängt Kyrillos und Methodios

dew) Die Beisetzung von Kyrillos

dex) Kyrillos

dey) Methodios

2860	2 St mehrfarbig	deu	0,30	0,30
2861	13 St mehrfarbig	dev	0,30	0,30
2862	23 St mehrfarbig	dew	0,60	0,30
2863	25 St mehrfarbig	dex	0,80	0,40
2864	35 St mehrfarbig	dey	1,20	0,60
		Satzpreis (5 W.)	3,—	1,50
		2 FDC		6,—

Auflagen: MiNr. 2860 = 1 000 000, MiNr. 2861–2863 je 750 000, MiNr. 2864 = 250 000 Stück

1979, 29. Dez. 25 Jahre Fernsehen in Bulgarien. RaTdr. (3×4 Zd); gez. K 13½:13¾.

dez) Bildschirm mit Emblem des bulgarischen Fernsehens
Zierfeld

2865	5 St violettblau/cyanblau	dez	0,50	0,30
		2865 Zf	0,60	0,40
		FDC		4,—

Auflage: 120.000 Stück

1980, 22. Jan. 50 Jahre Internationaler Bund der Puppentheater (UNIMA). RaTdr.; gez. K 13.

dfa) Altbulgarischer Nationalheld Krali Marko

2866	2 St mehrfarbig	dfa	0,30	0,30
		FDC		3,50

Auflage: 1 500 000 Stück

1980, 29. Jan. 100 Jahre Nationales Archäologisches Museum, Sofia. RaTdr.; gez. K 13.

dfb) Opferplatte des thrakischen Gottes Heros (3. Jh. v. Chr.)

dfc) Grabsteinplatte von Dejnes (6.–5. Jh. v. Chr.)

2867	2 St mehrfarbig	dfb	0,30	0,30
2868	13 St mehrfarbig	dfc	0,40	0,30
		Satzpreis (2 W.)	0,50	0,50
		FDC		2,—

Auflagen: MiNr. 2867 = 500 000, MiNr. 2868 = 150 000 Stück

1980, 27. März. Blockausgabe: Konferenz über Sicherheit und Zusammenarbeit in Europa (KSZE), Madrid (I). RaTdr.; gez. K 13.

dfk

dfd dfe dff
dfg dfh dfi

dfd–dfi) Flaggen der teilnehmenden Länder, Buchstaben EUROPA

2869	13 St mehrfarbig	dfd	2,—	2,—
2870	13 St mehrfarbig	dfe	2,—	2,—
2871	13 St mehrfarbig	dff	2,—	2,—
2872	13 St mehrfarbig	dfg	2,—	2,—
2873	13 St mehrfarbig	dfh	2,—	2,—
2874	13 St mehrfarbig	dfi	2,—	2,—
Block 100	(130×118 mm)	dfk	13,—	13,—
		FDC		20,—

	★★
Block 100 I Numerierung kopfstehend am Oberrand	*200,—*

Auflage: 55 000 numerierte Blocks

1980, 28. März. 110. Geburtstag von Lenin. Odr.; gez. K 12:12¼.

dfl) Treffen von Wladimir Lenin und Georgi Dimitrow; Gemälde von Aleksandar Poplilow (1916–2001)

			★★	⊙
2875	13 St mehrfarbig	dfl	0,40	0,30
		FDC		1,50

Auflage: 400.000 Stück

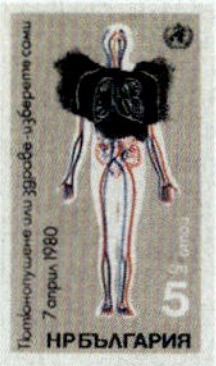

1980, 7. April. Welt-Gesundheitstag: Anti-Raucher-Kampagne. RaTdr.; gez. K 13.

dfm) Schädigung des menschlichen Organismus durch das Rauchen

2876	5 St mehrfarbig	dfm	0,30	0,30
		FDC		3,50

Auflage: 500 000 Stück

1980, 10. April. Olympische Sommerspiele, Moskau (V): Ballsport, Radsport, Kraftsport. RaTdr. (5×4); gez. K 13.

dfn) Basketball

dfo) Fußball

dfp) Hockey

dfr) Radrennfahren

dfs) Handball

dft) Volleyball

2877	2 St mehrfarbig	dfn	0,30	0,30
2878	13 St mehrfarbig	dfo	0,50	0,50
2879	25 St mehrfarbig	dfp	1,50	0,70
2880	35 St mehrfarbig	dfr	1,50	1,—
2881	43 St mehrfarbig	dfs	2,—	1,20
2882	1 L mehrfarbig	dft	3,—	2,—
		Satzpreis (6 W.)	8,50	5,50
		6 FDC		12,—
		6 Neunerblocks	110,—	110,—

Blockausgabe

dfv

dfu) Gewichtheben

2883	2 L mehrfarbig	dfu	8,—	8,—
Block 101	(64×92 mm)	dfv	10,—	10,—
		FDC		14,—
		Bogen mit 6 × Bl. 101	*200,—*	*200,—*

MiNr. 2877–2882 wurden jeweils im Bogen zu 16 Marken und 4 verschiedenen Zierfeldern (Feld 1, 2, 6 und 7) gedruckt. Es lassen sich Neunerblocks mit 5 Marken und 4 Zierfeldern heraustrennen.

Bl. 101 wurde im Bogen zu 6 Blocks (Format 180×195 mm) gedruckt.

Auflagen: MiNr. 2877–2882 = 180 000 Sätze, Block 101 = 60 000 numerierte Blocks

1980, 22. April. Blockausgabe: Interkosmosprogramm – Gemeinsame bemannte Weltraumflüge. Odr.; gez. Ks 11¾

dfx

dfw) Kosmonauten, Orbitalkomplex, Emblem

2884	50 St mehrfarbig	dfw	1,50	1,50
Block 102	(112×102 mm)	dfx	2,—	2,—
		FDC		4,—

Auflage: 100 000 Blocks

Parallelausgabe mit DDR MiNr. 2502/Bl. 58, Polen MiNr. 2680/Bl. 82, Sowjetunion MiNr. 4943/Bl. 146 und Tschechoslowakei MiNr. 2563/Bl. 40

1980, 22. April. 50. Geburtstag von Penio Penev. RaTdr. (5×3 Zd); gez. K 13¾:13½.

dfy) Penio Penev (1930–1959), Dichter
Zierfeld

2885	5 St mehrfarbig	dfy	0,30	0,30
		2885 Zf	0,40	0,40
		FDC		1,50

Auflage: 200.000 Stück

1980, 24. April/16. Juni. Internationale Briefmarkenausstellung LONDON 1980. RaTdr. (3×3); gez. K 13.

dfz) Großbritannien MiNr. 1

2886	25 St braunrot/schwarz	dfz	1,20	1,—
		Kleinbogen I (24.4.1980)	7,50	7,50
		FDC		10,—
		Kleinbogen II (16.6.1980)	25,—	25,—

MiNr. 2886 wurde im Kleinbogen zu 6 Marken und 3 Zierfeldern (mittlere Bogenspalte) gedruckt. Kleinbogen II unterscheidet sich von Kleinbogen I durch zusätzliche Randinschriften und Numerierung. Formatschwankungen sind bekannt.

Auflage: 870.000 Stück

Mit Aufdruck: MiNr. 3133

1980, 29. April. 90. Geburtstag von Chudomir. RaTdr.; gez. K 13.

dga) Selbstporträt

dgb) Unsere Leute (Illustration zu Kurzgeschichtensammlung Chudomirs)

dga–dgb) Gemälde von Chudomir, eigentlich Dimitar Christov Chorbadjiew (1890–1967), Maler und Schriftsteller

2887	5 St mehrfarbig	dga	0,30	0,30
2888	13 St mehrfarbig	dgb	0,40	0,30
		Satzpreis (2 W.)	0,60	0,50
		FDC		2,50

Auflagen: MiNr. 2887 = 300 000, MiNr. 2888 = 150 000 Stück

1980, 30. April. 50. Geburtstag von Nikolaj Ghiaurov. RaTdr.; gez. K 13.

dgc) Nikolaj Ghiaurov (1929–2004), Opernsänger
Zierfeld

2889	5 St mehrfarbig	dgc	0,30	0,30
		2889 Zf	0,40	0,40
		FDC		2,—

MiNr. 2889 wurde mit waagerecht anhängendem Zierfeld gedruckt.

Auflage: 200.000 Stück

1980, 6. Mai. 35. Jahrestag der Befreiung. RaTdr.; gez. K 13:13¼.

dgd) Hissen der sowjetischen Fahne auf dem Brandenburger Tor, Berlin

dge) Ehrendenkmal der Sowjetarmee, Berlin

dgd–dge) Photographien von Jewgenij Chaldej (1917–1997), sowjetischer Kriegsberichterstatter

2890	5 St mehrfarbig	dgd	0,30	0,30
2891	13 St mehrfarbig	dge	0,40	0,30
		Satzpreis (2 W.)	0,60	0,50
		FDC		3,—

Auflagen: MiNr. 2890 = 500 000, MiNr. 2891 = 150 000 Stück

1980, 12. Mai. 75 Jahre Lehrerverband. RaTdr.; gez. K 13.

dgf) Aufgeschlagenes Buch, Sonne

2892	5 St purpur/gelborange	dgf	0,30	0,30
		FDC		1,50

Auflage: 500 000 Stück

1980, 14. Mai. 25 Jahre Warschauer Pakt. RaTdr.; gez. K 13.

dgg) Sterne mit Flaggen der Paktstaaten

2893	13 St mehrfarbig	dgg	0,50	0,30
		FDC		1,50

Auflage: 200 000 Stück

1980, 10. Juni. Olympische Sommerspiele, Moskau (VI): Überbringung des olympischen Feuers. RaTdr.; gez. K 13.

dgh) Griechisches Mädchen mit olympischem Feuer

dgi) Spartakus-Denkmal, Sandanski

dgk) Denkmal der Befreier, Sofia (Detail)

dgl) Denkmal der Befreier, Plovdiv

dgm) Denkmal der Befreier auf dem Stoletov-Gipfel, Balkan

dgn) Freiheitsdenkmal, Ruse

2894	2 St mehrfarbig	dgh	0,30	0,30
2895	13 St mehrfarbig	dgi	0,50	0,50
2896	25 St mehrfarbig	dgk	1,50	0,80
2897	35 St mehrfarbig	dgl	1,50	0,90
2898	43 St mehrfarbig	dgm	2,—	1,20
2899	1 L mehrfarbig	dgn	3,—	2,—
		Satzpreis (6 W.)	8,50	5,50
		6 FDC		12,—
		6 Neunerblocks	120,—	120,—

Blockausgabe (11. Juni)

dgp

dgo) Mädchen mit olympischem Feuer; Spasskij-Turm, Moskau

2900	2 L mehrfarbig	dgo	6,—	6,—
Block 103	(66×91 mm)	dgp	7,—	7,—
		FDC		14,—
		Bogen mit 6 × Bl. 103	*150,—*	*150,—*

MiNr. 2894–2899 gedruckt in Bogen zu je 16 Marken und 4 Textfeldern in Viererblockanordnung mit durchlaufendem Text, so dass sich Neunerblocks mit 5 Marken und 4 verschiedenen Zierfeldern ergeben.

Bl. 103 wurde im Bogen zu 6 Blocks (Format 180×195 mm) gedruckt.

Auflagen: MiNr. 2894–2899 = 180 000 Sätze, Block 103 = 60 000 numerierte Blocks

1980, 25. Juni. Blockausgabe: Fußball-Weltmeisterschaft 1982, Spanien (II). RaTdr.; gez. Ks 13.

dgs

dgr) Spielszene, WM-Pokal, Emblem

2901	50 St mehrfarbig	dgr	15,—	20,—
Block 104	(86×103 mm)	dgs	20,—	25,—

Auflage: 42 000 numerierte Blocks

1980, 1. Juli. Internationaler Ballettwettbewerb, Varna. RaTdr.; gez. K 13.

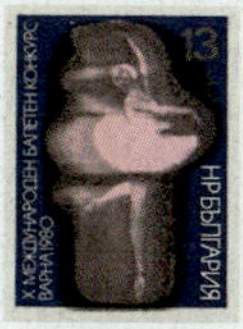

dgt) Raliza Stanoeva und Aleksandur Sertev, Tänzer

2902	13 St mehrfarbig	dgt	0,50	0,30
		FDC		3,—

Auflage: 200 000 Stück

1980, 11. Juli. Interhotels (I). RaTdr.; gez. K 13.

dgu) Hotel „Bulgarija“, Burgas

dgv) Novotel „Europa“, Sofia

dgw) Hotel „Riga“, Russe

dgx) Novotel „Plovdiv“, Plovdiv

dgy) Grand Hotel „Varna“, Družba

2903	23 St mehrfarbig	dgu	0,60	0,30
2904	23 St mehrfarbig	dgv	0,60	0,30
2905	23 St mehrfarbig	dgw	0,60	0,30
2906	23 St mehrfarbig	dgx	0,60	0,30
2907	23 St mehrfarbig	dgy	0,60	0,30
		Satzpreis (5 W.)	3,—	1,50
		2 FDC		6,—

Auflage: 370 000 Sätze

1980, 14. Juli. Historische Schiffe (III). RaTdr.; gez. K 13.

dgz) Hansekogge „Christ aus Lübeck“ (16. Jh.)

dha) Römische Galeere (17. Jh.)

dhb) Russische Galeone „Orel“ (17. Jh.)

dhc) Englische Galeone „Mayflower“ (17. Jh.)

dhd) Maltesische Galeere (17. Jh.)

dhe) Galeone „Royal Louis“ (17. Jh.)

2908	5 St mehrfarbig	dgz	0,30	0,30
2909	8 St mehrfarbig	dha	0,30	0,30
2910	13 St mehrfarbig	dhb	0,40	0,30
2911	23 St mehrfarbig	dhc	0,60	0,30
2912	35 St mehrfarbig	dhd	1,10	0,40
2913	53 St mehrfarbig	dhe	1,60	1,—
		Satzpreis (6 W.)	4,—	2,—
		2 FDC		7,—

Auflagen: MiNr. 2908 = 2 000 010, MiNr. 2909 = 1 000 020, MiNr. 2910 = 800 010, MiNr. 2911–2912 je 500 010, MiNr. 2913 = 150 000 Stück

✈ 1980, 6. Aug. Weltmeisterschaft im Fallschirmspringen, Kasanluk. RaTdr.; gez. K 13.

dhf) Springer mit Lenkfallschirm

dhg) Springer im freien Fall

2914	13 St	mehrfarbig	dhf	0,40	0,30
2915	25 St	mehrfarbig	dhg	0,80	0,30
			Satzpreis (2 W.)	1,20	0,50
			FDC		3,—

Auflage: 230 000 Sätze

1980, 28. Aug. Blockausgabe: Europäisches Naturschutzjahr; FIP-Kongress, Essen. RaTdr.; gez. Ks 13.

dhn

dhh) Steinkauz (Athene noctua)
Zierfeld
dhi) Habicht (Accipiter gentilis)
dhk) Turmfalke (Falco tinnunculus)
dhl) Steinadler (Aquila chrysaetos)
dhm) Uhu (Bubo bubo)

2916	5 St	mehrfarbig	dhh	7,—	7,—
2917	13 St	mehrfarbig	dhi	7,—	7,—
2918	25 St	mehrfarbig	dhk	7,—	7,—
2919	35 St	mehrfarbig	dhl	7,—	7,—
2920	43 St	mehrfarbig	dhm	7,—	7,—
Block 105		(115×135 mm)	dhn	50,—	50,—
			FDC		55,—

Formatschwankungen sind bekannt.

Auflage: 40 000 numerierte Blocks

1980, 1. Sept. 1. Jahrestag des Kindertreffens „Fahne des Friedens“: Kinderzeichnungen. Odr.; gez. K 12¼:12, Hochformate ~.

dho) Clown, Kinder

dhp) Kosmonauten in einer Rakete

dhr) Kinderpicknick im Grünen

dhs) Zwei Mädchen beim Eisessen

dht) Mädchen und Junge, Tiere

dhu) Kinder fahren mit einer Kleinbahn

dhv) Monument „Fahne des Friedens“

2921	3 St	mehrfarbig	dho	0,30	0,30
2922	5 St	mehrfarbig	dhp	0,30	0,30
2923	8 St	mehrfarbig	dhr	0,30	0,30
2924	13 St	mehrfarbig	dhs	0,30	0,30
2925	25 St	mehrfarbig	dht	0,50	0,30
2926	35 St	mehrfarbig	dhu	0,80	0,40
2927	43 St	mehrfarbig	dhv	1,60	0,60
			Satzpreis (7 W.)	3,50	1,80
			3 FDC		7,—

Auflagen: MiNr. 2921–2923 je 1 000 000, MiNr. 2924–2926 je 800 000, MiNr. 2927 = 200 000 Stück

1980, 4. Sept. Versammlung des Weltfriedensparlaments, Sofia. RaTdr.; gez. K 13.

dhw) Friedenstaube

2928	25 St	mehrfarbig	dhw	0,60	0,40
			FDC		2,—

Auflage: 300 000 Stück

1980, 19. Sept. 100. Geburtstag von Jordan Jowkov. RaTdr. (3×5 Zd); gez. K 13½:13¾.

dhx) Jordan Jowkov (1880–1937), Dichter
Zierfeld

2929	5 St	mehrfarbig	dhx	0,30	0,30
			2929 Zf	0,40	0,40
			FDC		1,50

Auflage: 400.000 Stück

1980, 23. Sept. Bulgarische Volksarmee. RaTdr.; gez. K 13.

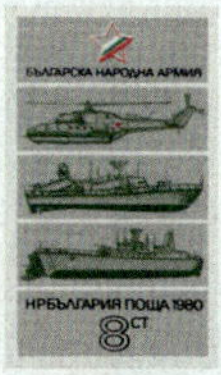

dhy) Hubschrauber, Raketenwerfer, Panzer

dhz) Jagdbomber, Radarantennen, Mittelstreckenrakete

dia) Hubschrauber, Raketenschnellboot Typ „Osa“, Panzerlandungsschiff Typ „Ropucha“

2930	3 St mehrfarbig	dhy	0,30	0,30
2931	5 St mehrfarbig	dhz	0,30	0,30
2932	8 St mehrfarbig	dia	0,40	0,30
		Satzpreis (3 W.)	0,70	0,50
		FDC		3,—

		★★
2930 F	Inschriften sehr schwach, Wertziffer völlig fehlend	—,—

Auflage: 500 000 Sätze

1980, 24. Sept. Internationale Mustermesse, Plovdiv. RaTdr.; gez. K 13½:13.

dib) Fernbearbeitungssystem „ESTEL“

			★★	⊙
2933	5 St mehrfarbig	dib	0,30	0,30
		FDC		1,50

Auflage: 300 000 Stück

1980, 1. Okt. Blockausgabe: Konferenz über Sicherheit und Zusammenarbeit in Europa (KSZE), Madrid (II). RaTdr.; gez. Ks 13.

did

dic) Friedenstaube, Landkarte von Europa

2934	50 St mehrfarbig	dic	10,—	10,—
Block 106	(80×80 mm)	did	12,—	12,—
		FDC		30,—

		★★
Block 106 F	ohne Zählnummer	—,—

Auflage: 55 000 numerierte Blocks

1980, 10. Okt. Gemälde von Leonardo da Vinci. RaTdr.; gez. K 13.

die) Hl. Anna selbdritt

dif) Verkündigung an Maria (Detail)

dig) Verkündigung an Maria (Detail)

dih) Anbetung der Könige (Detail)

dii) Dame mit dem Hermelin

			★★	⊙
2935	5 St mehrfarbig	die	0,30	0,30
2936	8 St mehrfarbig	dif	0,30	0,30
2937	13 St mehrfarbig	dig	0,40	0,30
2938	25 St mehrfarbig	dih	0,70	0,40
2939	35 St mehrfarbig	dii	1,20	0,50
		Satzpreis (5 W.)	2,50	1,20
		2 FDC		5,—

Blockausgabe, □

dil

dik) Mona Lisa

2940	50 St mehrfarbig	dik	1,40	1,20
Block 107	(57×80 mm)	dil	1,50	1,50
		FDC		5,—

Auflagen: MiNr. 2935 = 2 500 020, MiNr. 2936 = 2 000 010, MiNr. 2937 = 1 000 020, MiNr. 2938 = 800 010, MiNr. 2939 = 310 000 Stück, Bl. 107 = 100 000 Blocks

✈ 1980, 22. Okt. Uhrtürme. Odr.; gez. K 12:12½.

dim) Uhrturm in Bjala

din) Uhrturm in Rasgrad | dio) Uhrturm in Karnobat | dip) Uhrturm in Serlievo | dir) Uhrturm in Berkovitza

2941	13 St	mehrfarbig	dim	0,40	0,30
2942	23 St	mehrfarbig	din	0,50	0,30
2943	25 St	mehrfarbig	dio	0,60	0,40
2944	35 St	mehrfarbig	dip	1,—	0,50
2945	53 St	mehrfarbig	dir	2,—	0,80
			Satzpreis (5 W.)	4,50	2,—
			2 FDC		7,—

Auflagen: MiNr. 2941 = 1 000 000, MiNr. 2942–2944 je 500 000, MiNr. 2945 = 120 000 Stück

In ähnlichen Zeichnungen: MiNr. 2789–2793

1980, 4. Nov. Kakteen. RaTdr.; gez. K 13.

dis) Igelkaktus (Parodia saint-pieana) | dit) Kugelkaktus (Echinopsis bridgesi) | diu) Igelsäulenkaktus (Echinocereus purpureus)

div) Feigenkaktus (Opuntia bisponosa) | diw) Mamillopsis senilis

2946	5 St	mehrfarbig	dis	0,30	0,30
2947	13 St	mehrfarbig	dit	0,40	0,30
2948	25 St	mehrfarbig	diu	0,80	0,40
2949	35 St	mehrfarbig	div	1,20	0,80
2950	53 St	mehrfarbig	diw	2,50	1,—
			Satzpreis (5 W.)	5,—	2,50
			2 FDC		7,—

		★★
2949 Ur	rechts ungezähnt	*100,—*
2949 F	Farbe Gelb fehlend	100,—

Auflagen: MiNr. 2946 = 1 500 000, MiNr. 2947 = 1 000 000, MiNr. 2948 = 800 000, MiNr. 2949 = 500 000, MiNr. 2950 = 260 000 Stück

1980, 25. Nov. Blockausgabe: 25. Jahrestag der Aufnahme Bulgariens in die UNO. RaTdr.; gez. Ks 13.

diy

dix) UNO-Gebäude in New York, Landeswappen

				★★	⊙
2951	60 St	mehrfarbig	dix	2,50	2,50
Block 108		(62×86 mm)	diy	3,—	3,—

Auflage: 60 000 numerierte Blocks

1980, 27. Nov. Pferderassen. Odr.; gez. K 12½:12.

diz) Przewalski-Pferd | dka) Tarpan | dkb) Araber

dkc) Anglo-arabisches Vollblutpferd | dkd) Kaltblüter

2952	3 St	mehrfarbig	diz	0,30	0,30
2953	5 St	mehrfarbig	dka	0,30	0,30
2954	13 St	mehrfarbig	dkb	0,60	0,50
2955	23 St	mehrfarbig	dkc	1,60	1,—
2956	35 St	mehrfarbig	dkd	3,50	2,50
			Satzpreis (5 W.)	6,—	4,50
			2 FDC		8,—

Auflagen: MiNr. 2952 = 3 500 000, MiNr. 2953 = 2 500 000, MiNr. 2954 = 1 000 000, MiNr. 2955 = 800 000, MiNr. 2956 = 305 000 Stück

1980, 5. Dez. 100. Geburtstag von Wassil Stoin. RaTdr.; gez. K 13¼:13.

dke) Wassil Stoin (1880–1938), Volkskundler

2957	5 St	mehrfarbig	dke	0,30	0,30
			FDC		1,50

Auflage: 150 000 Stück

1980, 8. Dez. Neujahr. RaTdr.; gez. K 13.

dkf) Wappenlöwe im Stern, Ornamente | dkg) Kelch, Jahreszahlen

2958 5 St mehrfarbig	dkf	0,30	0,30
2959 13 St mehrfarbig	dkg	0,40	0,30
	Satzpreis (2 W.)	0,50	0,50
	FDC		1,50

Auflagen: MiNr. 2958 = 2 000 000, MiNr. 2959 = 800 000 Stück

1980, 26. Dez. Kongress der Kommunistischen Partei Bulgariens. RaTdr.; gez. K 13.

dkh) Roter Stern mit Hammer und Sichel

2960 5 St orangerot/gelborange	dkh	0,30	0,30

	★★
2960 F Farbe Gelborange fehlend	150,—

Auflage: 2 000 000 Stück

1981, 9. Jan. Blockausgabe: Ehrung der Medaillengewinner bei den Olympischen Sommerspielen, Moskau 1980. RaTdr. gez. Ks 13.

dkk

dki) Goldmedaille, Wappenlöwe

		★★	⊙
2961 50 St mehrfarbig	dki	12,—	12,—
Block 109 (100×105 mm)	dkk	15,—	15,—

Auflage: 42 000 numerierte Blocks

1981, 15. Jan. Nordische Skiweltmeisterschaften der Junioren, Velingrad. RaTdr.; gez. K 13.

dkl) Skilangläufer

2962 43 St mehrfarbig	dkl	1,20	0,60
	FDC		3,—

Auflage: 200 000 Stück

1981, 22. Jan. Heilpflanzen. RaTdr.; gez. K 13.

dkm) Weißdorn (Crataegus oxyacantha)

dkn) Johanniskraut (Hypericum perforatum)

dko) Schwarzer Holunder (Sambucus nigra)

dkp) Brombeere (Rubus caesius)

dkr) Silberlinde (Tilia argentea)

dks) Hundsrose (Rosa canina)

2963 3 St mehrfarbig	dkm	0,30	0,30
2964 5 St mehrfarbig	dkn	0,30	0,30
2965 13 St mehrfarbig	dko	0,50	0,30
2966 25 St mehrfarbig	dkp	0,90	0,30
2967 35 St mehrfarbig	dkr	1,10	0,50
2968 43 St mehrfarbig	dks	1,70	1,—
	Satzpreis (6 W.)	4,50	2,—
	3 FDC		8,—

	⊙
2964 Ur rechts ungezähnt	36,—

Auflagen: MiNr. 2963 und 2965 je 1 000 000, MiNr. 2964 = 2 500 000, MiNr. 2966 bis 2967 je 800 000, MiNr. 2968 = 250 000 Stück

1981, 27. Febr. Weltcup-Skirennen, Borovec. RaTdr.; gez. K 13.

dkt) Spezialslalom

		★★	⊙
2969 43 St mehrfarbig	dkt	1,20	0,60
	FDC		3,—

Auflage: 200 000 Stück

1981, 10. März. 25 Jahre Vereinigtes Institut für Kernforschung, Dubna (UdSSR). RaTdr.; gez. K 13¼:13.

dku) Blasenkammer-Aufnahme

2970 13 St silber/schwarz	dku	0,40	0,30
	FDC		2,—

Auflage: 250 000 Stück

1981, 12. März. Kongress der Bulgarischen Kommunistischen Partei. RaTdr.; gez. K 13½:13¾.

dkv) Römische Zahl „XII"
Zierfeld

dkw) Rote Sterne, Jahreszahlen
Zierfeld

dkx) Lochstreifen als Zahl „8“
Zierfeld

2971	5 St violettblau/rot	dkv	0,30	0,30
2972	13 St violettblau/rot	dkw	0,40	0,30
2973	23 St violettblau/rot	dkx	0,70	0,50
		Satzpreis (3 W.)	1,20	0,70
		2971 Zf–2973 Zf	1,50	0,70
		FDC		3,—

Blockausgabe, gez. Ks 13

dkz

dky) Georgi Dimitrow (1882–1949), Politiker, und Dimitur Blagoev (1856–1924), Gründer der BKP

2974	50 St violettblau/rot	dky	1,40	1,40
Block 110	(66×89 mm)	dkz	1,50	1,50
		FDC		4,—

MiNr. 2971–2973 wurden jeweils waagerecht mit Zierfeld zusammenhängend gedruckt.

Auflagen: MiNr. 2971 = 2 500 000, MiNr. 2972 = 800 000, MiNr. 2973 = 250 000 Stück, Bl. 110 = 80 000 Blocks

1981, 13. März. Eröffnung des Kulturpalastes, Sofia. RaTdr.; gez. K 13.

dla) Kulturpalast, Witoscha-Gebirge

2975	5 St mehrfarbig	dla	0,30	0,30
		FDC		1,50

Auflage: 500 000 Stück

1981, 23. März. Gemälde von Sacharij Sograf (1810–1853). Odr.; gez. K 12:12¼, Querformate ~.

dlb) Selbstporträt (Fresko)

dlc) Christiania Zografska

dld) Verklärung Christi (Ikone)

dle) Jüngstes Gericht (Fresko, Detail)

dlf) Jüngstes Gericht (Fresko, Detail)

2976	5 St mehrfarbig	dlb	0,30	0,30
2977	13 St mehrfarbig	dlc	0,40	0,30
2978	23 St mehrfarbig	dld	0,80	0,30
2979	25 St mehrfarbig	dle	1,—	0,40
2980	35 St mehrfarbig	dlf	1,50	0,70
		Satzpreis (5 W.)	4,—	2,—
		3 FDC		7,—

Auflagen: MiNr. 2976 = 2.000.000, MiNr. 2977 = 1.500.000, MiNr. 2978–2979 je 800.000, MiNr. 2980 = 200.000 Stück

1981, 27. März. Blockausgabe: Fußball-Weltmeisterschaft 1982, Spanien (III). RaTdr.; gez. Ks 13.

dlh

dlg) Bulgarische Münzen zur Fußball-WM

2981	50 St grün/silber	dlg	12,—	12,—
Block 111	(95×100 mm)	dlh	15,—	15,—

	★★
Block 111 UI ungezähnt, ohne Kontrollnummer	—,—

Auflage: 42 000 numerierte Blocks

1981, 7. April. Internationale Jagdausstellung EXPO '81, Plovdiv: Stelzvögel. Odr. (5×5); gez. K 12:12¼.

dli) Rallenreiher (Ardeola ralloides)

dlk) Rohrdommel (Botaurus stellaris)

dll) Kuhreiher (Bubulcus ibis)

dlm) Silberreiher (Casmerodius albus)

dln) Schwarzstorch (Ciconia nigra)

				✱✱	⊙
2982	5 St	mehrfarbig	dli	0,30	0,30
2983	8 St	mehrfarbig	dlk	0,50	0,30
2984	13 St	mehrfarbig	dll	0,70	0,30
2985	25 St	mehrfarbig	dlm	1,60	0,60
2986	53 St	mehrfarbig	dln	3,—	2,—
			Satzpreis (5 W.)	6,—	3,—
			3 FDC		9,—

Auflagen: MiNr. 2982 = 3.000.000, MiNr. 2983 = 2.500.000, MiNr. 2984 = 1.500.000, MiNr. 2985 = 800.000, MiNr. 2986 = 250.000 Stück

1981, 15. April. 100 Jahre Schiffsbau in Bulgarien. Ratdr.; gez. K 13.

dlo) Passagierschiff „Georgi Dimitrow"

dlp) Massengutfrachter „Petimata ot RMS"

dlr) Tankschiff „Khan Asparuch"

2987	35 St	mehrfarbig	dlo	1,—	0,30
2988	43 St	mehrfarbig	dlp	1,50	0,30
2989	53 St	mehrfarbig	dlr	2,—	0,50
			Satzpreis (3 W.)	4,50	1,—
			FDC		6,—

Auflagen: MiNr. 2987–2988 je 250 000, MiNr. 2989 = 170 000 Stück

1981, 15. Mai. Blockausgabe: 125 Jahre Europäische Donaukommission. RaTdr.; gez. Ks 13½:13.

dlu

dls) Raddampfer „Pordim"
dlt) Passagierschiff „Georgi Dimitrow"

2990	25 St	mehrfarbig	dls	5,—	5,—
2991	25 St	mehrfarbig	dlt	5,—	5,—
Block 112		(90×124 mm)	dlu	11,—	11,—
			FDC		30,—

Auflage: 48 500 numerierte Blocks

1981, 15. Mai. Internationale Briefmarkenausstellung WIPA '81, Wien. RaTdr.; gez. K 13.

dlv) Wiener Hofburg, Ausstellungsemblem

2992	35 St	mehrfarbig	dlv	1,—	0,60
			FDC		3,—

Auflage: 130 000 Stück

1981, 18. Mai. Kongress der Bulgarischen Bauernunion (BSNC). RaTdr.; gez. K 13¾.

dlw) Römische Zahl „XXXIV"

dlx) Kongressemblem

dly) Fahnen der BKP und BSNC

2993	5 St	mehrfarbig	dlw	0,30	0,30
2994	8 St	violettultramarin/orange	dlx	0,30	0,30
2995	13 St	mehrfarbig	dly	0,60	0,30
			Satzpreis (3 W.)	1,—	0,50
			FDC		2,50

Auflagen: MiNr. 2993–2994 je 150 000, MiNr. 2995 = 100 000 Stück

1981, 27. Mai. Internationale Jagdausstellung, Plovdiv. RaTdr.; gez. K 13¼:13¾.

dlz) Wildkatze (Felis silvestris)
Zierfeld

dma) Wildschwein (Sus scrofa)
Zierfeld

dmb) Mufflon (Ovis musimon)
Zierfeld

dmc) Gämse (Rupicapra rupicapra)
Zierfeld

dmd) Rehbock (Capreolus capreolus)
Zierfeld

dme) Damhirsch (Dama dama)
Zierfeld

2996	5 St mehrfarbig	dlz	0,30	0,30
2997	13 St mehrfarbig	dma	0,50	0,30
2998	23 St mehrfarbig	dmb	1,—	0,40
2999	25 St mehrfarbig	dmc	1,20	0,50
3000	35 St mehrfarbig	dmd	1,60	0,60
3001	53 St mehrfarbig	dme	2,50	1,—
		Satzpreis (6 W.)	7,—	2,80
		2996 Zf–3001 Zf	7,50	4,—
		2 FDC		12,—

Blockausgabe, gez. Ks 13

dmg

dmf) Rothirsch (Cervus elaphus)

3002	1 L mehrfarbig	dmf	2,80	2,80
Block 113	(78 × 103 mm)	dmg	3,—	3,—
		FDC		10,—

MiNr. 2996–3001 wurden jeweils waagerecht mit 1 Zierfeld zusammenhängend gedruckt.

Auflagen: MiNr. 2996 = 1 500 000, MiNr. 2997 = 1 000 000, MiNr. 2998–3000 je 500 000, MiNr. 3001 = 260 000 Stück, Bl. 113 = 80 000 Blocks

1981, 28. Mai. Internationales Festival für Humor und Satire, Gabrovo. RaTdr.; gez. K 13.

dmh) Der schlaue Peter; Skulptur von Georg Tschapkanov

3003	5 St mehrfarbig	dmh	0,30	0,30
		FDC		1,50

Auflage: 250 000 Stück

1981, 11. Juni. 25 Jahre Mitgliedschaft Bulgariens in der UNESCO. RaTdr.; gez. K 13.

dmi) Staatswappen, UNESCO-Emblem

3004	13 St mehrfarbig	dmi	0,40	0,30
		FDC		2,—

Auflage: 120 000 Stück

✈ 1981, 24. Juni. Geschichte des Flugzeugbaus. Odr.; gez. K 12½:12.

dmk) Doppeldecker „DWV-U-1“

dml) Sportflugzeug „LAS-7“

dmm) Sportflugzeug „LAS-8“

dmn) Doppeldecker „DAR-1“

dmo) Doppeldecker „DAR-3“

dmp) Doppeldecker „DAR-9“

3005	5 St	mehrfarbig	dmk	0,30	0,30
3006	12 St	mehrfarbig	dml	0,30	0,30
3007	25 St	mehrfarbig	dmm	0,80	0,50
3008	35 St	mehrfarbig	dmn	1,20	0,50
3009	45 St	mehrfarbig	dmo	1,20	1,—
3010	55 St	mehrfarbig	dmp	1,50	1,—
			Satzpreis (6 W.)	5,—	3,—
			3 FDC		9,—

Auflagen: MiNr. 3005 = 2 600 000, MiNr. 3006 = 1 500 000, MiNr. 3007–3009 je 500 000, MiNr. 3010 = 150 000 Stück

1981, 9. Juli. 100 Jahre bulgarische Staatsstatistik. RaTdr.; gez. K 13.

dmr) Lochstreifen, Landesflagge, internationales Informationszeichen

3011	5 St	mehrfarbig	dmr	0,30	0,30
			FDC		1,—

Auflage: 300 000 Stück

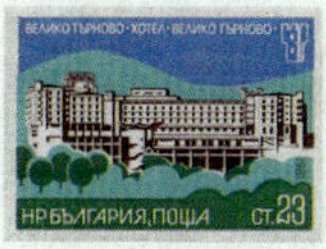

1981, 13. Juli. Interhotels (II). RaTdr.; gez. K 13.

dms) Hotel „Weliko Tarnowo“

3012	23 St	mehrfarbig	dms	0,60	0,30
			FDC		3,—

Auflage: 300 000 Stück

1981, 16. Juli. 90. Jahrestag des ersten Kongresses der Kommunistischen Partei Bulgariens, Busludscha. RaTdr.; gez. K 13¼:13.

dmt) Parteifortschritt

dmu) Parteikraft

dmt–dmu) Basreliefs von Welitschko Minekow (*1928)

3013	5 St	mehrfarbig	dmt	0,30	0,30
3014	13 St	mehrfarbig	dmu	0,30	0,30
			Satzpreis (2 W.)	0,50	0,50
			FDC		3,—

Auflage: MiNr. 3013 = 1.500.000, MiNr. 3014 = 100.000 Stück

1981, 21. Juli. Goldschatz von Nagyszentmiklós (Groß-Sankt-Nikolaus). RaTdr.; gez. K 13.

dmv

dmw

dmx

dmy

dmz

dna

dmv–dna) Teile des Goldschatzes von Nagyszentmiklós

3015	5 St	mehrfarbig	dmv	0,30	0,30
3016	13 St	mehrfarbig	dmw	0,40	0,30
3017	23 St	mehrfarbig	dmx	0,60	0,40
3018	25 St	mehrfarbig	dmy	0,70	0,50
3019	35 St	mehrfarbig	dmz	0,70	0,70
3020	53 St	mehrfarbig	dna	2,—	1,20
			Satzpreis (6 W.)	4,50	3,—
			2 FDC		7,50

Auflage: MiNr. 3015 = 1 500 000, MiNr. 3016 = 800 000, MiNr. 3017–3019 je 500 000, MiNr. 3020 = 115 000 Stück

1981, 28. Juli. 35 Jahre Grenzwachttruppen. RaTdr.; gez. K 13¼:13.

dnb) Landkarte, Emblem des Grenzschutzes

3021	5 St	mehrfarbig	dnb	0,30	0,30
			FDC		1,50

Auflage: 300 000 Stück

1981, 10. Aug./3. Sept. Gründung des ersten Bulgarenreiches vor 1300 Jahren. RaTdr.; gez. K 13¼:13.

dnc) Reiter von Madara, Felsenrelief (8. Jh.)

dnd) Kyrillos und Methodios, Fresko im Kloster von Trojan

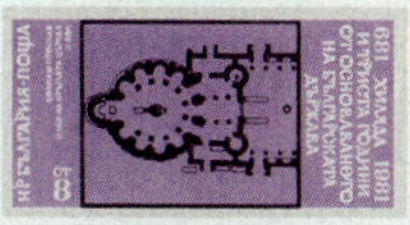

dne) Grundriss der Rundkirche von Preslav (10. Jh.)

dnf) Zar Ivan Alexander mit Familie, Miniatur aus seinem Evangeliar (1356)

dng) Gedenksäule (13. Jh.) des Zaren Ivan Asen II., Weliko Tarnowo

dnh) Kampfszene, Miniatur aus der Chronik von Konstantinos Manassios (14. Jh.)

dni) April-Aufstand von 1876, Aufständische

dnk) Russisches Befreiungsheer in Weliko Tarnowo (1877)

dnl) Gründung der Bulgarischen Sozialdemokratischen Partei (1891), Denkmal auf dem Buzludža

dnm) September-Aufstand von 1923, Aufständische

dnn) Staatsstreich der Vaterländischen Front (9.9.1944)

dno) 5. Kongress der BKP (1948), Georgi Dimitrow

dnp) 10. Kongress der BKP (1971), Sitzungssaal

dnr) Metallurgisches Kombinat Kremikovzi

3022	5 St	olivgrau/oliv	dnc	0,30	0,30
3023	5 St	chromgelb/oliv	dnd	0,30	0,30
3024	8 St	purpur-/braunviolett	dne	0,30	0,30
3025	12 St	lila/rötlichlila	dnf	0,30	0,30
3026	13 St	violettbraun/dunkelviolettbraun	dng	0,40	0,30
3027	13 St	gelbgrün/oliv	dnh	0,40	0,30
3028	16 St	grün/gelbgrün	dni	0,50	0,30
3029	23 St	graublau/schwarz	dnk	0,70	0,30
3030	25 St	grünblau/blaugrün	dnl	0,80	0,40
3031	35 St	mattbraun/dunkelbraun	dnm	1,10	0,50
3032	41 St	braun/lilarot	dnn	1,30	0,60
3033	43 St	lilarosa/rotlila	dno	1,50	0,70
3034	53 St	braun/siena	dnp	1,50	0,70
3035	55 St	bläulichgrün/gelbgrün	dnr	1,50	0,70
		Satzpreis (14 W.)		10,—	4,50
		4 FDC			15,—

Blockausgabe

dnt

dns) Löwenrelief (10. Jh.), Stara Zagora

dnv

dnu) Todor Schiwkow und Leonid Breschnew

3036	50 St	mattgrüngrau/dkl'grüngrau (10. Aug.)	dns	1,40	1,40
Block 114		(84×75 mm)	dnt	1,50	1,50
			FDC		5,—
3037	1 L	braun/braunschwarz (3. Sept.)	dnu	2,80	2,80
Block 115		(84×75 mm)	dnv	3,—	3,—
			FDC		5,—

Auflagen: MiNr. 3022–3023 je 2.000.000, MiNr. 3024–3027 je 1.000.000, MiNr. 3028 = 700.000, MiNr. 3029–3030 je 500.000, MiNr. 3031–3033 je 350.000, MiNr. 3034 = 300.000, MiNr. 3035 = 200.000 Stück, Bl. 114–115 je 80.000 Blocks

1981, 16. Sept. Volleyball-Europameisterschaft. RaTdr.; gez. K 13.

dnw) Volleyballspieler (Piktogramm), Emblem

3038	13 St	mehrfarbig	dnw	0,40	0,30
			FDC		2,—

Auflage: 200 000 Stück

1981, 25. Sept. Blockausgabe: 125 Jahre Europäische Donaukommission – Donauschiffe. RaTdr.; gez. K 13.

dof

dnx dny
dnz doa
dob doc
dod doe

dnx–doe) Passagierschiffe aus Deutschland, Österreich, Tschechoslowakei, Ungarn, Jugoslawien, Bulgarien, Rumänien und der Sowjetunion

3039	35 St	mehrfarbig	dnx	2,—	2,—
3040	35 St	mehrfarbig	dny	2,—	2,—
3041	35 St	mehrfarbig	dnz	2,—	2,—
3042	35 St	mehrfarbig	doa	2,—	2,—
3043	35 St	mehrfarbig	dob	2,—	2,—

3044	35 St mehrfarbig	doc	2,—	2,—
3045	35 St mehrfarbig	dod	2,—	2,—
3046	35 St mehrfarbig	doe	2,—	2,—
Block 116	(109×176 mm)	dof	16,—	16,—
		FDC		30,—

Auflage: 42 000 numerierte Blocks

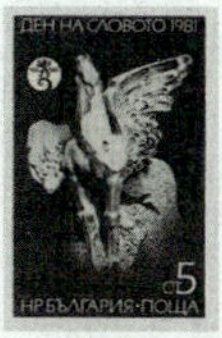

1981, 2. Okt. Tag des Wortes 1981. RaTdr.; gez. K 13.

dog) Pegasus (Bronzeskulptur)

3047	5 St schwarzoliv	dog	0,30	0,30
		FDC		1,50

Auflage: 300 000 Stück

1981, 6. Okt. Blockausgabe: Konferenz über Sicherheit und Zusammenarbeit in Europa (KSZE), Madrid, RaTdr.; gez. Ks 13.

dok

doh) Ineinandergreifende Zahnräder
doi) Europakarte, Bücher

3048	35 St mehrfarbig	doh	8,—	8,—
3049	35 St mehrfarbig	doi	8,—	8,—
Block 117	(90×142 mm)	dok	20,—	20,—
		FDC		24,—

Auflage: 45.000 numerierte Blocks

1981, 16. Okt. Welternährungstag. RaTdr.; gez. K 13.

dol) Brotlaib als Weltkugel mit FAO-Emblem

3050	13 St mehrfarbig	dol	0,40	0,30
		FDC		2,—

Auflage: 200 000 Stück

1981, 30. Okt. 100 Jahre bulgarische Berufstheatergruppe. RaTdr.; gez. K 13.

dom) Theatermaske

3051	5 St mehrfarbig	dom	0,30	0,30
		FDC		1,50

Auflage: 300 000 Stück

1981, 21. Nov. Tag des kulturellen Erbes. RaTdr.; gez. K 13.

don) Beispiele bulgarischer Kunst seit dem 9. Jh.

3052	13 St grünoliv/bräunlichrot	don	0,40	0,30
		FDC		2,—

Auflage: 540 000 Stück

In gleicher Zeichnung: MiNr. 3058

1981, 25. Nov. Fußball-Weltmeisterschaft 1982, Spanien (IV). RaTdr.; gez. K 13.

doo

dop

dor

dos

doo–dos) Fußballspielszenen

3053	5 St mehrfarbig	doo	0,30	0,30
3054	13 St mehrfarbig	dop	0,30	0,30
3055	43 St mehrfarbig	dor	1,—	0,60
3056	53 St mehrfarbig	dos	1,20	0,90
		Satzpreis (4 W.)	2,50	1,80
		2 FDC		6,—

		★★
3053 U	ungezähnt	—,—

Auflagen: MiNr. 3053 = 1 500 000, MiNr. 3054 = 1 472 000, MiNr. 3055 = 350 000, MiNr. 3056 = 220 000 Stück

1981, 2. Dez. Kampf gegen Rassismus. RaTdr.; gez. K 13.

dot) Taube im Stacheldrahtkranz

			★★	⊙
3057	5 St mehrfarbig	dot	0,30	0,30
		FDC		1,—

Auflage: 500 000 Stück

1981, 11. Dez. Blockausgabe: 13. Kongress des Bulgarischen Philatelistenverbandes, Sofia. RaTdr.; gez. Ks 13.

dou

don) Beispiele bulgarischer Kunst seit dem 9. Jh.

3058	60 St ultramarin/lila	don	6,50	5,—
Block 118	(51×70 mm)	dou	8,—	6,—
		FDC		15,—

Auflage: 45 000 numerierte Blocks

In gleicher Zeichnung wie MiNr. 3058: MiNr. 3052

1981, 16. Dez. 25 Jahre Internationaler Kinderhilfsfonds der Vereinten Nationen (UNICEF): Gemälde. Odr.; gez. K 14.

dov) Mutter (Detail); von Wladimir Dimitrow-Majstora (1882–1960)

dow) Madonna in Nationaltracht (Detail); von Wasil Stoilow (1904–1990)

dox) Madonna in Bauerngewand (Detail); von Iwan Milew (1897–1927)

doy) Mutter (Detail); von Liljana Rusewa (1932–2009)

3059	53 St mehrfarbig	dov	1,50	0,50
3060	53 St mehrfarbig	dow	1,50	0,50
3061	53 St mehrfarbig	dox	1,50	0,50
3062	53 St mehrfarbig	doy	1,50	0,50
		Satzpreis (4 W.)	6,—	2,—
		2 FDC		9,—

Auflage: 250.000 Sätze

1981, 22. Dez. Neujahr. RaTdr.; gez. K 13.

doz) Wappenlöwe, Ornamente

dpa) Altbulgarische Keramik (8. Jh.) aus Pliska

3063	5 St mehrfarbig	doz	0,30	0,30
3064	13 St mehrfarbig	dpa	0,40	0,30
		Satzpreis (2 W.)	0,50	0,50
		FDC		1,50

Auflage: 1 000 000 Sätze

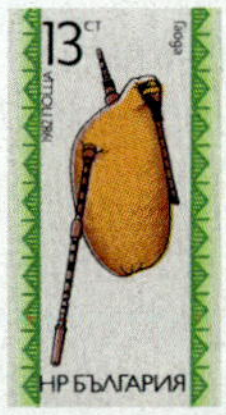

1982, 14. Jan. Volksmusikinstrumente. RaTdr.; gez. K 13.

dpb) Dudelsack

dpc) Duduk und Dwojanka

dpd) Gadulka

dpe) Kawal und Pfeife

dpf) Tambura

3065	13 St mehrfarbig	dpb	0,30	0,30
3066	25 St mehrfarbig	dpc	0,60	0,30
3067	30 St mehrfarbig	dpd	0,70	0,30
3068	35 St mehrfarbig	dpe	0,80	0,30
3069	44 St mehrfarbig	dpf	1,60	0,30
		Satzpreis (5 W.)	4,—	1,50
		2 FDC		6,—

Auflagen: MiNr. 3065 = 1 500 000, MiNr. 3066–3067 je 1 000 000, MiNr. 3068 = 500 000, MiNr. 3069 = 250 000 Stück

1982, 20. Jan. 125 Jahre bulgarische Volksbüchereien. RaTdr.; gez. K 13.

dpg) Buch

3070	5 St dunkelgrün/graugrün	dpg	0,30	0,30
		FDC		1,50

Auflage: 500 000 Stück

1982, 10. Febr. 100. Geburtstag von Nikola Petrov. Odr.; gez. K 12¼.

dph) Sofioter Ebene

dpi) Mädchen mit Stickrahmen dpk) Wiesen bei Peštera

dph–dpk) Gemälde von Nikola Petrov (1881–1916)

3071	5 St	mehrfarbig	dph	0,30	0,30
3072	13 St	mehrfarbig	dpi	0,40	0,30
3073	30 St	mehrfarbig	dpk	1,10	0,50
			Satzpreis (3 W.)	1,50	0,80
			3 FDC		5,—

Auflage: MiNr. 3071–3072 je 1 500 000, MiNr. 3073 = 150 000 Stück

1982, 8. März. Blockausgabe: Internationales Jahrzehnt der Frau. RaTdr.; gez. Ks 13.

dpm

dpl) Frauengesicht, Friedenstaube

3074	1 L	mehrfarbig	dpl	2,—	2,—
Block 119		(66×75 mm)	dpm	2,50	2,50
			FDC		4,50

Auflage: 100 000 Blocks

1982, 5. März. 100. Geburtstag von Wladimir Dimitrow. Odr.; gez. K 14.

dpn) Figuren

dpo) Landschaft dpp) Landschaft

dpr) Mäher dps) Frauenfigur dpt) Bäuerin

dpn–dpu) Gemälde von Wladimir Dimitrow (1882–1960)

3075	5 St	mehrfarbig	dpn	0,30	0,30
3076	8 St	mehrfarbig	dpo	0,30	0,30
3077	13 St	mehrfarbig	dpp	0,50	0,30
3078	25 St	mehrfarbig	dpr	0,60	0,30
3079	30 St	mehrfarbig	dps	0,60	0,40
3080	35 St	mehrfarbig	dpt	1,—	0,40
			Satzpreis (6 W.)	3,—	1,50
			3 FDC		6,—

Blockausgabe

dpv

dpu) Selbstporträt

3081	50 St	mehrfarbig	dpu	1,40	1,40
Block 120		(65×58 mm)	dpv	1,50	1,50
			FDC		4,—

Auflagen: MiNr. 3075–3076 je 5 000 000, MiNr. 3077 = 4 000 000, MiNr. 3078–3079 je 3 500 000, MiNr. 3080 = 200 000 Stück, Bl. 120 = 100 000 Blocks

1982, 5. April. Kongress der bulgarischen Gewerkschaften, Sofia. RaTdr.; gez. K 13¼:13¾.

dpw) Georgi Dimitrow (1882–1949), Politiker
Zierfeld

dpx) Kulturpalast, Sofia
Zierfeld

3082	5 St	mehrfarbig	dpw	0,30	0,30
3083	5 St	kobalt/orangebraun	dpx	0,30	0,30
			Satzpreis (2 W.)	0,50	0,50
			3082 Zf–3083 Zf	0,60	0,50
			FDC		2,50

	★★
3082 Zf U ungezähnt	—,—

MiNr. 3082–3083 wurden jeweils mit waagerecht anhängendem Zierfeld gedruckt.

Auflage: 300 000 Sätze

1982, 10. April. Heilpflanzen. RaTdr.; gez. K 13.

dpy) Märzenbecher (Leucojum aestivum) dpz) Wegwarte (Cichorium intybus) dra) Schmalblättriges Weidenröschen (Chamaenerion angustifolium) drb) Weißwurz (Polygonatum officinale)

drc) Wohlriechendes Veilchen (Viola odorata)

drd) Feigwurz (Ficaria verna)

				★★	⊙
3084	3 St	mehrfarbig	dpy	0,30	0,30
3085	5 St	mehrfarbig	dpz	0,30	0,30
3086	8 St	mehrfarbig	dra	0,30	0,30
3087	13 St	mehrfarbig	drb	0,50	0,30
3088	25 St	mehrfarbig	drc	0,90	0,30
3089	35 St	mehrfarbig	drd	1,50	0,50
			Satzpreis (6 W.)	3,50	1,50
			2 FDC		5,—

Auflagen: MiNr. 3084–3086 je 1 500 000, MiNr. 3087–3088 je 300 000, MiNr. 3089 = 270 000 Stück

1982, 12. April. Tag der Kosmonautik. RaTdr. (3 × 4 Zd); gez. K 13¼:13¾.

dre) Orbitalkomplex
Zierfeld

3090	13 St	mehrfarbig	dre	0,30	0,30
			3090 Zf	0,50	0,50
			FDC		2,50

Auflage: 300 000 Stück

1982, 7. Mai. Blockausgabe: Internationale Briefmarkenausstellung SOZPHILEX '82, Veliko Târnovo. RaTdr.; gez. Ks 13.

drg

drf) Georgi Dimitrow (1882–1949), Politiker

3091	50 St	mehrfarbig	drf	1,50	1,50
Block 121		(62 × 83 mm)	drg	3,50	3,—
			FDC		6,—

Bl. 121 mit Stern statt Wertziffer, ungezähnt und in größerem Format (69 × 94 mm; breiterer Unterrand mit schwarzer Kontrollnummer) bekannt; nicht frankaturgültig.

Auflage: 58 000 Blocks

1982, 25. Mai. Kongress des Dimitrovschen Kommunistischen Jugendverbandes (DKMS). RaTdr.; gez. K 13.

drh) Kongressemblem, Georgi Dimitrow

3092	5 St	mehrfarbig	drh	0,30	0,30
			FDC		1,50

Auflage: 300 000 Stück

1982, 28. Mai. Internationale Briefmarkenausstellung PHILEXFRANCE '82 Paris. RaTdr.; gez. K 13¼:13.

dri) Marken Frankreich MiNr. 1 und Bulgarien MiNr. 1, Emblem

3093	42 St	mehrfarbig	dri	1,—	0,50
			FDC		2,50

Auflage: 200 000 Stück

1982, 8. Juni. Wandzierornamente aus bulgarischen Renaissance-Häusern. Odr.; gez. K 11½.

drk

drl

drm

drn

dro

drp

drk–drp) Verschiedene Wandzierornamente

3094	5 St	mehrfarbig	drk	0,30	0,30
3095	13 St	mehrfarbig	drl	0,30	0,30
3096	25 St	mehrfarbig	drm	0,50	0,30
3097	30 St	mehrfarbig	drn	0,60	0,40
3098	42 St	mehrfarbig	dro	1,—	0,50
3099	60 St	mehrfarbig	drp	2,—	0,60
			Satzpreis (6 W.)	4,50	2,—
			3 FDC		8,—

Auflagen: MiNr. 3094 = 5 000 000, MiNr. 3095 = 2 000 000, MiNr. 3096–3098 je 800 000, MiNr. 3099 = 200 000 Stück

1982, 10. Juni. Fußball-Weltmeisterschaft, Spanien (V). RaTdr. (2 × 5); gez. K 13.

drr

drs

drt

drr–drt) Spielszenen

3100	5 St	mehrfarbig	drr	3,—	3,—
3101	13 St	mehrfarbig	drs	5,50	5,50

3102 30 St mehrfarbig . . . . drt 8,50 8,50
Satzpreis (3 W.) 17,— 17,—
Kleinbogensatz (3 Klb.) 180,— 180,—

Blockausgabe

drw

dru Zierfeld drv

dru–drv) Spielszenen

3103 50 St mehrfarbig . . . . dru 6,— 7,—
3104 50 St mehrfarbig . . . . drv 6,— 7,—
Block 122 (95×70 mm) . . . . drw 13,— 15,—

Auflagen: MiNr. 3100–3102 = 50 000 Sätze, Bl. 122 = 50 000 numerierte Blocks

1982, 15. Juni. Blockausgabe: 100. Geburtstag von Georgi Dimitrow. RaTdr.; gez. Ks 13.

dry

drx) Georgi Dimitrow (1882–1949), Politiker

3105 50 St mehrfarbig . . . . drx 1,40 1,40
Block 123 (76×52 mm) . . . . dry 1,50 1,50
FDC 4,—

Auflage: 150 000 Blocks

1982, 21. Juni. Kongress der Vaterländischen Front. RaTdr.; gez. K 13.

drz) Georgi Dimitrow (1882–1949), Politiker

3106 5 St mehrfarbig . . . . drz 0,30 0,30
FDC 1,—

Auflage: 300 000 Stück

1982, 29. Juni. 35 Jahre bulgarische Fluggesellschaft Balkan. RaTdr. (3×3); gez. K 13.

dsa) Flugzeug, Emblem

3107 42 St mehrfarbig . . . . dsa 1,— 0,60
3107 Zf 1,10 1,—
FDC 4,—
Kleinbogen 6,50 4,—

MiNr. 3107 wurde im Kleinbogen zu 6 Marken und 3 Zierfeldern (mittlere Bogenspalte) gedruckt.

Auflage: 300 000 Stück

1982, 15. Juli. Kampagne gegen Kernwaffen. RaTdr.; gez. K 13.

dsb) Weltkugel, Atompilz

3108 13 St mehrfarbig . . . . dsb 0,50 0,30
FDC 2,50

Auflage: 500 000 Stück

1982, 26. Juli. Blockausgabe: 40. Geburtstag von Ljudmila Shivkova; Internationale Kinderversammlung „Banner des Friedens“. RaTdr.; gez. Ks 13.

dsd

dsc) Ljudmila Shivkova (1942–1981), Politikerin, Gründerin der Kinderversammlung

3109 1 L mehrfarbig . . . . dsc 1,50 1,50
Block 124 (62×67 mm) . . . . dsd 2,— 2,—
FDC 4,—

Auflage: 100 000 Blocks

In ähnlicher Zeichnung wie MiNr. 3109: MiNr. 3112–3113

1982, 27. Juli. 10 Jahre UNO-Programm für Umweltschutz (UNEP). RaTdr.; gez. K 13.

dse) UNEP-Emblem

3110 13 St mehrfarbig . . . . dse 0,40 0,30
FDC 2,—

Auflage: 300 000 Stück

1982, 27. Juli. Kongress des bulgarischen Malerverbandes RaTdr.; gez. K 13.

dsf) Emblem, Flagge
Zierfeld

3111 5 St mehrfarbig . . . . dsf 0,30 0,30
3111 Zf 0,40 0,40
FDC 1,50

MiNr. 3111 wurde waagerecht mit Zierfeld zusammenhängend gedruckt.

Auflage: 150 000 Stück

1982, 4. Aug. 40. Geburtstag von Ljudmila Shivkova. RaTdr.; gez. K 13.

dsg

dsh

dsg–dsh) Ljudmila Shivkova (1942–1981), Politikerin

3112	5 St mehrfarbig	dsg	0,30	0,30
3113	13 St mehrfarbig	dsh	0,40	0,30
		Satzpreis (2 W.)	0,50	0,50
		FDC		2,—

Auflage: 500 000 Sätze

In ähnlicher Zeichnung: MiNr. 3109

1982, 10. Aug. Internationale Kinderversammlung „Banner des Friedens", Sofia (I). RaTdr.; gez. K 14.

dsi

dsk

dsl

dsm

dsi–dsm) Kinderzeichnungen

3114	3 St mehrfarbig	dsi	0,30	0,30
3115	5 St mehrfarbig	dsk	0,30	0,30
3116	8 St mehrfarbig	dsl	0,30	0,30
3117	13 St mehrfarbig	dsm	0,40	0,30
		Satzpreis (4 W.)	1,—	0,50
		FDC		4,—

Blockausgabe; A = gez. Ks 14, B = ☐

dso

dsn) Kinderzeichnung

3118	50 St mehrfarbig	dsn	1,50	1,50
Block 125 A	(70×110 mm)	dso	2,—	2,—
		FDC A		4,50
Block 125 B	(70×110 mm)	dso	3,—	3,—
		FDC B		6,—

Auflagen: MiNr. 3114–3117 = 3 000 000 Sätze, Bl. 125 A = 100 000 Blocks, Bl. 125 B = 60 000 numerierte Blocks

1982, 31. Aug. 10 Jahre Konferenz über Sicherheit und Zusammenarbeit in Europa (KSZE). RaTdr. (2×5); gez. K 13.

dsp) Marken MiNr. 2365 und 2434

dsr) Marken MiNr. 2366 und 2434

dss) Marken MiNr. 2367 und 2434

dst) Marken MiNr. 2368 und 2434

3119	5 St mehrfarbig	dsp	1,10	1,10
3120	13 St mehrfarbig	dsr	1,80	1,80
3121	25 St mehrfarbig	dss	3,40	3,40
3122	30 St mehrfarbig	dst	4,—	4,—
		Satzpreis (4 W.)	10,—	10,—
		FDC		17,—
		Kleinbogensatz (4 Klb.)	110,—	110,—

Blockausgabe

dsv

dsu) Marken MiNr. 2434 und 2934

3123	1 L mehrfarbig	dsu	5,—	6,—
Block 126	(89×87 mm)	dsv	6,—	7,—
		FDC		15,—

Auflagen: MiNr. 3119–3122 = 50 000 Sätze, Block 126 = 50 000 numerierte Blocks

1982, 20. Okt. Interhotels (III). RaTdr.; gez. K 13.

dsw) Park-Hotel „Moskwa", Sofia

dsx) Hotel „Tscherno More" (Schwarzes Meer), Varna

3124	32 St mehrfarbig	dsw	0,90	0,40
3125	32 St mehrfarbig	dsx	0,90	0,40
		Satzpreis (2 W.)	1,80	0,80
		FDC		3,—

Auflage: 1 000 000 Sätze

1982, 4. Nov. 65. Jahrestag der Oktoberrevolution. RaTdr.; gez. K 13.

dsy) Weltraumschiff „Wostok 1“, Kreuzer „Aurora“

3126	13 St violettultramarin/orangerot	dsy	0,40	0,30
		FDC		1,50

Auflage: 500 000 Stück

1982, 17. Nov. Ergebnisse der Fußball-Weltmeisterschaft in Spanien. RaTdr. (5×2); gez. K 13:13¼.

dsz

dta

dtb

dsz–dtb) Fußballspieler

3127	5 St mehrfarbig	dsz	1,50	1,50
3128	13 St mehrfarbig	dta	4,—	4,—
3129	30 St mehrfarbig	dtb	9,50	9,50
		Satzpreis (3 W.)	15,—	15,—
		Kleinbogensatz (3 Klb.)	180,—	180,—

Blockausgabe

dte

dtc–dtd) Fußballspieler

3130	50 St mehrfarbig	dtc	7,—	7,—
3131	50 St mehrfarbig	dtd	7,—	7,—
Block 127	(137×105 mm)	dte	15,—	15,—

	✶✶
Block 127 Ul mit MiNr. 3130 U	—,—

Auflagen: MiNr. 3127–3129 = 50 000 Sätze, Bl. 127 = 50 000 numerierte Blocks

1982, 9. Dez. 60 Jahre UdSSR. RaTdr.; gez. K 13.

dtf) Wappen der UdSSR

			✶✶	⊙
3132	13 St mehrfarbig	dtf	0,40	0,30
		FDC		1,50

Auflage: 500 000 Stück

1982, 10. Dez. UPU-Kongress, Hamburg 1984. MiNr. 2886 mit schwarzem und goldenem Bdr.-Aufdruck.

3133

3133	25 St braunrot/schwarz	(2886)	2,50	2,50
		3133 Zf	3,—	3,—
		Kleinbogen	24,—	24,—

MiNr. 3133 wurde mit zusätzlichem Aufdruck über der Randinschrift des Kleinbogens und neuer Numerierung gedruckt (Postpreis: 2 L).

Auflage: 168 000 Stück

1982, 23. Dez. 100. Geburtstag von Pablo Picasso. Odr.; gez. K 11¼:12¼.

dtg) Klavierspiel

dth) Porträt von Jacqueline

dti) Maternité

dtg–dtk) Gemälde von Pablo Picasso (1881–1973), spanischer Maler

3134	13 St mehrfarbig	dtg	0,50	0,30
3135	30 St mehrfarbig	dth	0,50	0,50
3136	42 St mehrfarbig	dti	1,50	0,80
		Satzpreis (3 W.)	2,50	1,50
		FDC		6,—

Blockausgabe

dtl

dtk) Selbstporträt

3137	1 L mehrfarbig	dtk	2,—	2,—
Block 128	(61×79 mm)	dtl	2,50	2,50
		FDC		7,—

Auflagen: MiNr. 3134 = 6 000 000, MiNr. 3135 = 2 850 000, MiNr. 3136 = 150 000 Stück, Block 128 = 150 000 Blocks

1982, 27. Dez. 10 Jahre Konferenz über Sicherheit und Zusammenarbeit in Europa (KSZE). RaTdr. (5×2); gez. K 13:13¼.

dtm

dtn

dto

dtp

dtm–dtp) Flaggen der teilnehmenden Länder

3138	5 St mehrfarbig	dtm	1,10	1,10
3139	13 St mehrfarbig	dtn	1,90	1,90
3140	25 St mehrfarbig	dto	3,80	3,80
3141	30 St mehrfarbig	dtp	4,40	4,40
		Satzpreis (4 W.)	11,—	11,—
		FDC		25,—
		Kleinbogensatz (4 Klb.)	120,—	120,—

Blockausgabe, gez. Ks 13

dts

dtr) Flaggen

3142	1 L mehrfarbig	dtr	8,—	8,—
Block 129	(94×130 mm)	dts	9,—	9,—
		FDC		15,—

Auflagen: MiNr. 3138–3141 = 50 000 Sätze, Bl. 129 = 50 000 numerierte Blocks

dtt

1982, 28. Dez. Internationale Kinderversammlung „Banner des Friedens", Sofia (II). Odr.; gez. K 14.

dtu

dtv

dtw

dtx

dty

3143	3 St mehrfarbig	dtt	0,30	0,30
3144	5 St mehrfarbig	dtu	0,30	0,30
3145	8 St mehrfarbig	dtv	0,30	0,30
3146	13 St mehrfarbig	dtw	0,40	0,30
3147	25 St mehrfarbig	dtx	0,80	0,30
3148	30 St mehrfarbig	dty	0,90	0,40
		Satzpreis (6 W.)	2,50	1,—
		2 FDC		5,—

Blockausgabe; A = gez. Ks 14, B = ☐

dua

dtz) Kinderzeichnung

3149	50 St mehrfarbig	dtz	1,50	1,50
Block 130 A	(70×110 mm)	dua	2,—	2,—
		FDC A		5,—
Block 130 B	(70×110 mm)	dua	3,—	3,—
		FDC B		6,—

Auflagen: MiNr. 3143–3148 = 3 000 000 Sätze, Bl. 130 A = 100 000 Blocks, Bl. 130 B = 60 000 numerierte Blocks

1982, 28. Dez. Neujahr. RaTdr.; gez. K 13.

dub) Wappenlöwen

duc) Ornament

3150	5 St mehrfarbig	dub	0,30	0,30
3151	13 St mehrfarbig	duc	0,40	0,30
		Satzpreis (2 W.)	0,60	0,50
		FDC		1,50

Auflage: 1 000 000 Sätze

1982, 30. Dez. 60 Jahre Fachschule für das Post- und Fernmeldewesen „Avram Stojanov“. RaTdr.; gez. K 13.

dud) Fernsehturm, Funkwellen

3152	5 St dunkelviolettultramarin	dud	0,30	0,30
		FDC		1,50

Auflage: 300 000 Stück

1982, 30. Dez. 100. Jahrestag der Entdeckung des Tuberkulose-Erregers durch Robert Koch. RaTdr.; gez. K 13.

due) Robert Koch (1843–1910), deutscher Bakteriologe, Nobelpreisträger

3153	25 St braunoliv/orangegelb	due	0,70	0,30
		FDC		2,—

Auflage: 500 000 Stück

1982, 30. Dez. 200. Geburtstag von Simón Bolívar. RaTdr.; gez. K 13.

duf) Simon Bolívar (1783–1830), südamerikanischer Freiheitskämpfer

3154	30 St gelboliv/schwarzoliv	duf	0,80	0,40
		FDC		2,—

Auflage: 150 000 Stück

1982, 30. Dez. 120. Geburtstag von Rabindranath Tagore. RaTdr.; gez. K 13.

dug) Rabindranath Tagore (1861–1941), indischer Dichter und Philosoph, Nobelpreisträger

3155	30 St gelbbraun/gelb	dug	0,80	0,40
		FDC		2,—

Auflage: 150 000 Stück

1983, 10. Febr. 110. Todestag von Wassil I. Lewski. RaTdr.; gez. K 13:13¼.

duh) W. I. Lewski (1837–1873), Freiheitskämpfer

3156	5 St oliv/braun	duh	0,30	0,30
		FDC		1,50

Auflage: 500 000 Stück

1983, 15. Febr. Winteruniversiade, Sofia. RaTdr.; gez. K 13.

dui) Skiläufer

3157	30 St mehrfarbig	dui	0,80	0,40
		FDC		2,50

Auflage: 200 000 Stück

1983, 24. März. Süßwasserfische. RaTdr.; gez. K 13¼:13.

duk) Hecht (Esox lucius)

dul) Europäischer Hausen (Huso huso)

dum) Döbel (Leuciscus cephalus)

dun) Zander (Lucioperca lucioperca)

duo) Flusswels (Silurus glanis)

dup) Bachforelle (Salmo trutta fario)

3158	3 St mehrfarbig	duk	0,30	0,30
3159	5 St mehrfarbig	dul	0,30	0,30
3160	13 St mehrfarbig	dum	0,40	0,30
3161	25 St mehrfarbig	dun	0,80	0,30
3162	30 St mehrfarbig	duo	0,90	0,40
3163	42 St mehrfarbig	dup	2,60	1,—
		Satzpreis (6 W.)	5,—	2,—
		2 FDC		7,—

Auflagen: MiNr. 3158–3160 je 1 000 000, MiNr. 3161–3162 je 500 000, MiNr. 3163 = 250 000 Stück

1983, 5. April. 100. Todestag von Karl Marx. RaTdr.; gez. K 13:13¼.

dur) Karl Marx (1818–1883), deutscher Philosoph und Nationalökonom

3164	13 St mehrfarbig	dur	0,40	0,30
		FDC		1,50

Auflage: 1 500 000 Stück

1983, 20. April. 100. Geburtstag von Jaroslav Hašek. RaTdr.; gez. K 13.

dus) Jaroslav Hašek (1883–1923), tschechischer Schriftsteller

3165	13 St mehrfarbig	dus	0,40	0,30
		FDC		1,50

Auflage: 300 000 Stück

1983, 10. Mai. 500. Geburtstag von Martin Luther. RaTdr.; gez. K 13¼:13.

dut) Martin Luther (1483–1546), Reformator

3166	13 St mehrfarbig	dut	0,60	0,30
		FDC		3,50

Auflage: 150 000 Stück

1983, 13. Mai. 55 Jahre Verband der Jungkommunisten (RMS). RaTdr.; gez. K 13¼:13.

duu) Menschen bilden Buchstaben

3167	5 St mehrfarbig	duu	0,30	0,30
		FDC		1,50

Auflage: 1 000 000 Stück

1983, 17. Mai. Volkstrachten. Odr.; gez. K 14.

duv) Tracht aus Haskovo

duw) Tracht aus Pernik

dux) Tracht aus Burgas

duy) Tracht aus Tolbuchin

duz) Tracht aus Blagoevgrad

dva) Tracht aus Topolovgrad

3168	5 St mehrfarbig	duv	0,30	0,30
3169	8 St mehrfarbig	duw	0,30	0,30
3170	13 St mehrfarbig	dux	0,40	0,30
3171	25 St mehrfarbig	duy	0,80	0,30
3172	30 St mehrfarbig	duz	0,90	0,40
3173	42 St mehrfarbig	dva	2,60	1,—
	Satzpreis (6 W.)		5,—	2,—
	3 FDC			7,—

Auflagen: MiNr. 3168 = 3 500 000, MiNr. 3169 = 3 000 000, MiNr. 3170 = 1 500 000, MiNr. 3171–3172 je 500 000, MiNr. 3173 = 280 000 Stück

1983, 20. Mai. 5. Interparlamentarische Konferenz über Sicherheit und Zusammenarbeit in Europa, Budapest. RaTdr. (2×3); gez. K 13¼:13.

dvb

dvc

dvd

dve

dvb–dve) Wappen der teilnehmenden Länder

3174	5 St mehrfarbig	dvb	1,—	1,—
3175	13 St mehrfarbig	dvc	2,—	2,—
3176	25 St mehrfarbig	dvd	3,—	3,—
3177	30 St mehrfarbig	dve	4,—	4,—
	Satzpreis (4 W.)		10,—	10,—
	Kleinbogensatz (4 Klb.)		60,—	60,—

Blockausgabe

dvg

dvf) Wappen

3178	1 L mehrfarbig	dvf	8,—	9,—
Block 131	(105×134 mm)	dvg	9,—	10,—
	FDC (Blockmarke)			15,—

Auflagen: MiNr. 3174–3177 = 45 000 Sätze, Bl. 131 = 40 500 numerierte Blocks

1983, 20. Mai. Internationale Biennale für Humor und Satire, Gabrovo. RaTdr.; gez. K 13.

dvh) Illustration im Buch „Friedenstaube“ von Boris Angeluschev

3179	5 St mehrfarbig	dvh	0,30	0,30
		FDC		1,50

Auflage: 300 000 Stück

1983, 25. Mai. 85. Geburtstag von Christo Smirnenski. RaTdr.; gez. K 13.

dvi) Christo Smirnenski (1898–1923), Dichter

3180	5 St mehrfarbig	dvi	0,30	0,30
		FDC		3,—

Auflage: 150 000 Stück

1983, 27. Mai. Kongress der Internationalen Föderation der Geodäten. RaTdr.; gez. K 13.

dvk) Emblem

3181	30 St mehrfarbig	dvk	0,70	0,40
		FDC		2,—

Auflage: 300 000 Stück

1983, 6. Juni. Weltbiennale für Architektur INTERARCH '83, Sofia. RaTdr.; gez. K 13.

dvl) Emblem

3182	30 St mehrfarbig	dvl	0,80	0,40
		FDC		2,—

Auflage: 200 000 Stück

1983, 10. Juni. Olympische Sommerspiele 1984, Los Angeles. RaTdr.; gez. K 13.

dvm) Rhythmische Gymnastik (Keulen)

dvn) Boxen

dvo) Ringen

dvp) Hürdenlauf

3183	5 St mehrfarbig	dvm	1,—	1,—
3184	13 St mehrfarbig	dvn	2,50	2,50
3185	30 St mehrfarbig	dvo	4,50	4,50
3186	42 St mehrfarbig	dvp	7,—	7,—
		Satzpreis (4 W.)	15,—	15,—
		FDC		20,—
		Kleinbogensatz (4 Klb.)	100,—	100,—

Blockausgabe

dvt

dvr) Gewichtheben
dvs) Dressurreiten

3187	50 St mehrfarbig	dvr	7,—	7,—
3188	50 St mehrfarbig	dvs	7,—	7,—
Block 132	(105×95 mm)	dvt	15,—	15,—
		FDC		20,—

MiNr. 3183–3186 wurden jeweils auch im Kleinbogen zu 6 Marken gedruckt

Auflagen: MiNr. 3183–3186 = 40 002 Sätze, Bl. 132 = 40 000 numerierte Blocks

1983, 20. Juni. Schach-Europameisterschaft, Plovdiv. RaTdr.; gez. K 13.

dvu) Schachfiguren, Landkarte Europas mit Schachbrettmuster

3189	13 St mehrfarbig	dvu	0,50	0,30
		FDC		2,50

Auflage: 400 000 Stück

1983, 24. Juni. Blockausgabe: Internationale Briefmarkenausstellung BRASILIANA '83, Rio de Janeiro. RaTdr.; gez. Ks 13.

dvw

dvv) Brasilien MiNr. 1874, Bulgarien MiNr. 3100

3190	1 L mehrfarbig	dvv	2,20	2,20
Block 133	(73×106 mm)	dvw	2,50	2,50
		FDC		5,—

Auflage: 200 000 Blocks

✈ 1983, 28. Juni. Blockausgabe: 20. Jahrestag des ersten Weltraumfluges einer Frau. RaTdr.; gez. Ks 13.

dvz

dvx) Walentina Tereschkowa, Flug mit Wostok-6 (1963)
dvy) Swetlana Sawizkaja, Flug mit Sojus T-7 (1982)

3191	50 St mehrfarbig	dvx	1,40	1,40
3192	50 St mehrfarbig	dvy	1,40	1,40
Block 134	(122×75 mm)	dvz	3,—	3,—
		FDC		6,—

Auflage: 160 000 Blocks

✈ 1983, 20. Juli. Weltkommunikationsjahr. RaTdr.; gez. K 13.

dwc dwb dwa

dwa) Fernsehturm in Tolbuchin
dwb) Postbotin, Flugzeug
dwc) Radiosender auf dem Botew

3193	5 St mehrfarbig	dwa	0,30	0,30
3194	13 St mehrfarbig	dwb	0,40	0,30
3195	30 St mehrfarbig	dwc	0,60	0,30
		Satzpreis (3 W.)	1,20	0,70
		Dreierstreifen	1,50	0,80
		FDC		4,—

MiNr. 3193–3195 wurden waagerecht zusammenhängend gedruckt.

Auflage: 120 000 Sätze

1983, 29. Juli. 80. Jahrestag des 2. Parteitages der Russischen Sozialdemokratischen Arbeiterpartei (RSDRP). RaTdr.; gez. K 13.

dwd) Lenin spricht vor den Delegierten; Gemälde von Winogradow

3196	5 St mehrfarbig	dwd	0,30	0,30
		FDC		1,50

Auflage: 300 000 Stück

1983, 29. Juli. 80. Jahrestag des Ilinden- und Preobraschenie-Aufstandes. RaTdr.; gez. K 13.

dwe) Revolver, Stilett, Buch

3197	5 St gelb/graublau	dwe	0,30	0,30
		FDC		1,50

Auflage: 500 000 Stück

1983, 10. Aug. 30 Jahre Hochschule für Geologie und Bergbau, Sofia. RaTdr.; gez. K 13.

dwf) Schaufelrad, Kristalle, Bergbauemblem

3198	5 St mehrfarbig	dwf	0,30	0,30
		FDC		1,50

Auflage: 200 000 Stück

1983, 18. Aug. 60. Jahrestag des Septemberaufstandes. RaTdr.; gez. K 13.

dwg) Revolutionsführer Georgi Dimitrow, Aufständische

dwh) Aufständische, Kranz

3199	5 St mehrfarbig	dwg	0,30	0,30
3200	13 St mehrfarbig	dwh	0,40	0,30
		Satzpreis (2 W.)	0,50	0,50
		FDC		1,50

Auflagen: MiNr. 3199 = 2 000 000, MiNr. 3200 = 500 000 Stück

1983, 12. Sept. Olympische Winterspiele 1984, Sarajevo (I). RaTdr.; gez. K 13½:13.

dwi) Slalom

dwk) Abfahrtslauf

dwl) Skilanglauf

dwm) Skispringen

3201	5 St mehrfarbig	dwi	1,—	1,—
3202	13 St mehrfarbig	dwk	2,—	2,—
3203	30 St mehrfarbig	dwl	5,—	5,—
3204	42 St mehrfarbig	dwm	7,—	7,—
		Satzpreis (4 W.)	15,—	15,—
		FDC		25,—
		Kleinbogensatz (4 Klb.)	90,—	90,—

Blockausgabe

dwo

dwn) Rennrodeln

3205	1 L mehrfarbig	dwn	13,—	13,—
Block 135	(93×126 mm)	dwo	15,—	15,—
		FDC		20,—

MiNr. 3201–3204 wurden jeweils auch im Kleinbogen zu 6 Marken gedruckt.

Auflagen: MiNr. 3201–3204 = 40 002 Sätze, Bl. 135 = 40 000 numerierte Blocks

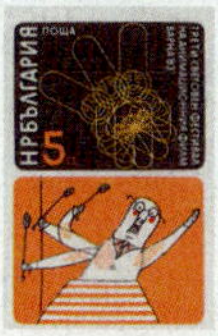

1983, 15. Sept. Internationales Zeichentrickfilm-Festival, Varna. RaTdr.; gez. K 13¾.

dwp) Phasenzeichnung, Trickfilmfigur

3206	5 St mehrfarbig	dwp	0,30	0,30
		FDC		1,50

Auflage: 500 000 Stück

1983, 26. Sept. Katzen. RaTdr.; gez. K 13.

dwr) Angorakatze

dws) Siamkatze

dwt) Abessinische Katze

dwu) Europäische Katze

dwv) Persische Katze

dww) Khmerkatze

3207	5 St mehrfarbig	dwr	0,30	0,30
3208	13 St mehrfarbig	dws	0,50	0,30
3209	20 St mehrfarbig	dwt	0,70	0,30
3210	25 St mehrfarbig	dwu	1,—	0,80
3211	30 St mehrfarbig	dwv	1,20	0,80
3212	42 St mehrfarbig	dww	2,—	1,—
		Satzpreis (6 W.)	5,50	3,—
		2 FDC		9,—

Auflagen: MiNr. 3207 = 800 000, MiNr. 3208–3209 je 500 000, MiNr. 3210–3211 je 300 000, MiNr. 3212 = 270 000 Stück

1983, 20. Okt. Historische Dampflokomotiven (I). RaTdr.; gez. K 13.

dwx) Lokomotive von Richard Trevithick (1803)

dwy) Lokomotive „Prince Royal" von Murray und Blankinsop

dwz) Lokomotive „Puffing Billy" von William Hedley (1812)

dxa) Lokomotive „Adler" von George Stephenson (1835)

3213	5 St mehrfarbig	dwx	0,30	0,30
3214	13 St mehrfarbig	dwy	0,50	0,40
3215	42 St mehrfarbig	dwz	2,20	1,—
3216	60 St mehrfarbig	dxa	3,60	1,50
		Satzpreis (4 W.)	6,50	3,—
		2 FDC		10,—

Auflagen: MiNr. 3213 = 1 500 000, MiNr. 3214 = 1 000 000, MiNr. 3215 = 200 000, MiNr. 3216 = 100 000 Stück

1983, 4. Nov. Blockausgabe: Nationale Briefmarkenausstellung „90 Jahre Bulgarischer Philatelistenverband", Plovdiv. RaTdr.; gez. Ks 13.

dxc

dxb) Denkmal der Befreier, Plovdiv

3217	50 St mehrfarbig	dxb	1,40	1,40
Block 136	(64×79 mm)	dxc	1,50	1,50
		FDC		3,50

Bl. 136 mit durchbalkter Wertziffer, ungezähnt und in größerem Format (65×84 mm; breiterer Unterrand mit schwarzer Kontrollnummer) bekannt, nicht frankaturgültig (Auflage: 5000 Stück).

Auflage: 75 000 Blocks

1983, 21. Nov. Konferenz über Sicherheit und Zusammenarbeit in Europa (KSZE), Madrid. RaTdr. (2×3); gez. K 13.

dxd

dxe

dxf

dxg

dxd–dxg) Landkarte Europas, verschiedene Friedenssymbole

3218	5 St mehrfarbig	dxd	1,—	1,—
3219	13 St mehrfarbig	dxe	2,—	2,—
3220	30 St mehrfarbig	dxf	5,—	5,—
3221	42 St mehrfarbig	dxg	7,—	7,—
	Satzpreis (4 W.)		15,—	15,—
	FDC			20,—
	Kleinbogensatz (4 Klb.)		100,—	100,—

Blockausgabe

dxi

dxh) Landkarte Europas, Friedenstaube

3222	1 L mehrfarbig	dxh	8,—	9,—
Block 137	(123×131 mm)	dxi	9,—	10,—
	FDC			15,—

Auflagen: MiNr. 3218–3221 = 45 000 Sätze, Bl. 137 = 40 500 numerierte Blocks

1983, 2. Dez. 75 Jahre Nationaloper, Sofia. RaTdr.; gez. K 13:13½.

dxk) Symbol für Musiktheater

3223	5 St mehrfarbig	dxk	0,30	0,30
	FDC			1,50

Auflage: 200 000 Stück

1983, 5. Dez. 50 Jahre Bulgarischer Komponistenverband. RaTdr. (2×5 Zd); gez. K 13:13½.

dxl) Joan Kukusel (1280–1360)
Zierfeld

dxm) Georgi Atanasov (1882–1931)
Zierfeld

dxn) Petko Stajnov (1896–1977)
Zierfeld

dxo) Veselin Stojanov (1902–1969)
Zierfeld

dxp) Ljubomir Pipkov (1904–1974)
Zierfeld

dxr) Pantscho Wladigerov (1899–1978)
Zierfeld

3224	5 St mehrfarbig	dxl	0,30	0,30
3225	8 St mehrfarbig	dxm	0,30	0,30
3226	13 St mehrfarbig	dxn	0,30	0,30
3227	20 St mehrfarbig	dxo	0,40	0,30
3228	25 St mehrfarbig	dxp	0,50	0,30
3229	30 St mehrfarbig	dxr	0,60	0,40
	Satzpreis (6 W.)		2,—	1,20
	3224 Zf–3229 Zf		2,50	1,50
	3 FDC			6,—
	Kleinbogensatz (6 Klb.)		25,—	25,—

Auflagen: MiNr. 3224–3225 je 500 000, MiNr. 3226–3228 je 200 000, MiNr. 3229 = 105 000 Stück

1983, 10. Dez. Neujahr. RaTdr.; gez. K 13.

dxs) Ornament

3230	5 St mehrfarbig	dxs	0,30	0,30
	FDC			1,50

Auflage: 1 000 000 Stück

1983, 22. Dez. 500. Geburtstag von Raffael. RaTdr.; gez. K 14.

dxt) Angelo Doni

dxu) Der Kardinal

dxv) Baldassare Castiglione

dxw) Dame mit Schleier

dxt–dxx) Gemälde von Raffael (1483–1520), italienischer Maler und Architekt

3231	5 St mehrfarbig	dxt	0,30	0,30
3232	13 St mehrfarbig	dxu	0,40	0,30
3233	30 St mehrfarbig	dxv	0,50	0,40

3234	42 St mehrfarbig	dxw	1,—	0,50
	Satzpreis (4 W.)		2,—	1,20
	2 FDC			6,—

Blockausgabe

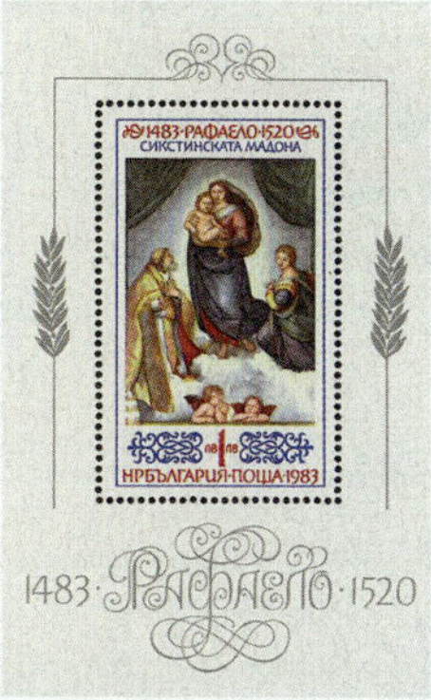

dxy

dxx) Sixtinische Madonna

3235	1 L mehrfarbig	dxx	1,50	1,50
Block 138	(60×98 mm)	dxy	2,20	2,20
		FDC		5,—

Auflagen: MiNr. 3231 = 2 500 000, MiNr. 3232 = 1 500 000, MiNr. 3233 = 300 000, MiNr. 3234 = 220 000 Stück, Bl. 138 = 220 000 Blocks

1983, 30. Dez. Weltweiter Naturschutz: Kleinsäuger. RaTdr. (4×5); gez. K 13.

dxz) Waldspitzmaus (Sorex araneus)

dya) Große Hufeisennase (Rhinolophus ferrumequinum)

dyb) Braunes Langohr (Plecotus auritus)

dyc) Baumschläfer (Dryomys nitedula)

dyd) Siebenschläfer (Glis glis)

3236	12 St mehrfarbig	dxz	0,50	0,30
3237	13 St mehrfarbig	dya	0,70	0,30
3238	20 St mehrfarbig	dyb	1,10	0,30
3239	30 St mehrfarbig	dyc	1,70	0,30
3240	42 St mehrfarbig	dyd	3,50	0,80
	Satzpreis (5 W.)		7,50	2,—
	2 FDC			12,—

Auflagen: MiNr 3236–3238 je 500 000, MiNr. 3239 = 300 000, MiNr. 3240 = 220 000 Stück

1984, 31. Jan. Konferenz über vertrauens- und sicherheitbildende Maßnahmen und Abrüstung in Europa (KVAE), Stockholm. RaTdr. (2×3); gez. K 13.

dye) Friedenstauben

dyf) Friedenstauben mit Lorbeerzweig

dyg) Friedenstaube mit Lorbeerzweig

dyh) Friedenstauben

3241	5 St mehrfarbig	dye	1,—	1,—
3242	13 St mehrfarbig	dyf	2,—	2,—
3243	30 St mehrfarbig	dyg	3,—	3,—
3244	42 St mehrfarbig	dyh	4,—	4,—
	Satzpreis (4 W.)		10,—	10,—
	Kleinbogensatz (4 Klb.)		70,—	70,—

Blockausgabe

dyk

dyi) Landkarte Europas, Friedenstaube mit Lorbeerzweig

3245	1 L mehrfarbig	dyi	8,—	9,—
Block 139	(105×120 mm)	dyk	9,—	10,—

Bei der Konferenz in Stockholm, zu der diese Ausgabe erschien, handelt es sich nicht um eine KSZE-Konferenz, wie auf Marken und Block angegeben, sondern um eine KVAE-Konferenz.

Auflagen: MiNr. 3241–3244 = 45 000 Sätze, Bl. 139 = 40 500 numerierte Blocks

1984, 31. Jan. 150. Geburtstag von Ljuben Karawelov. RaTdr.; gez. K 13:13¼.

dyl) Ljuben Karawelov (1834–1879), Schriftsteller

3246	5 St mehrfarbig	dyl	0,30	0,30
		FDC		1,50

Auflage: 1 000 000 Stück

1984, 29. Febr. Olympische Winterspiele, Sarajevo (II). RaTdr. (3×2); gez. K 13.

dym) Slalom

dyn) Biathlon

dyo) Eistanz

dyp) Skispringen

3247	5 St	mehrfarbig	dym	1,—	1,—
3248	13 St	mehrfarbig	dyn	2,50	2,50
3249	30 St	mehrfarbig	dyo	5,—	5,—
3250	42 St	mehrfarbig	dyp	8,—	8,—
			Satzpreis (4 W.)	16,—	16,—
			Kleinbogensatz (4 Klb.)	100,—	100,—

Blockausgabe

dys

dyr) Eishockey

3251	1 L	mehrfarbig	dyr	13,—	13,—
Block 140		(78×115 mm)	dys	15,—	15,—

Auflagen: MiNr. 3247–3250 = 40 002 Sätze, Bl. 140 = 40 000 numerierte Blocks

1984, 14. März. 150 Geburtstag von Dmitrij Mendelejew. RaTdr.; gez. K 13.

dyt) Dmitrij Mendelejew (1834–1907), russischer Chemiker; Periodensystem der Elemente

3252	13 St	mehrfarbig	dyt	0,40	0,30
			FDC		1,50

Auflage: 500 000 Stück

1984, 21. März. Schiffe. RaTdr.; gez. K 13¾.

dyu) Frachtschiff „General Vladimir Zaimov“

dyv) Tanker „Mesta“

dyw) Tanker „Veleka“

dyx) Fährschiff „Geroite na Odessa“

dyy) Massengutfrachter „Rozhen“

3253	5 St	mehrfarbig	dyu	0,30	0,30
3254	13 St	mehrfarbig	dyv	0,40	0,30
3255	25 St	mehrfarbig	dyw	0,80	0,30
3256	32 St	mehrfarbig	dyx	0,80	0,40
3257	42 St	mehrfarbig	dyy	1,50	0,50
			Satzpreis (5 W.)	3,50	1,50
			2 FDC		6,—

Auflagen: MiNr. 3253 = 1 000 000, MiNr. 3254 = 500 000, MiNr. 3255–3256 je 200 000, MiNr. 3257 = 120 000 Stück

1984, 18. April. Blockausgabe: Internationale Briefmarkenausstellung ESPAÑA ’84, Madrid. RaTdr.; gez. Ks 13.

dza

dyz) Marken Bulgarien MiNr. 3130 und Spanien MiNr. 2533

3258	2 L	mehrfarbig	dyz	6,—	6,—
Block 141		(89×107 mm)	dza	7,50	7,50
			FDC		11,—

Auflage: 60 000 numerierte Blocks

1984, 24. April. Internationale Jugend-Briefmarkenausstellung MLADOST ’84, Pleven (I). RaTdr.; gez. K 13.

dzb) Brieftaube, Weltkugel, Emblem

3259	5 St	mehrfarbig	dzb	0,30	0,30
			FDC		1,50

Auflage: 500 000 Stück

1984, 5. Mai. Früchte. RaTdr. (5×4); gez. K 13.

dzc) Süßkirsche (Prunus avium)

dzd) Walderdbeere (Fragaria vesca)

dze) Brombeere (Rubus caesius)

dzf) Himbeere (Rubus idaeus)

dzg) Echte Mispel (Mespilus germanica)

3260	5 St mehrfarbig	dzc	0,30	0,30
3261	8 St mehrfarbig	dzd	0,30	0,30
3262	13 St mehrfarbig	dze	0,40	0,30
3263	20 St mehrfarbig	dzf	0,60	0,30
3264	42 St mehrfarbig	dzg	1,80	0,40
		Satzpreis (5 W.)	3,—	1,—
		FDC		5,—

Auflagen: MiNr. 3260–3261 je 1 000 000, MiNr. 3262–3263 je 500 000, MiNr. 3264 = 235 000 Stück

1984, 18. Mai. 60. Jahrestag der illegalen Konferenz der Bulgarischen Kommunistischen Partei (BKP) auf dem Berg Witoscha. RaTdr.; gez. K 13.

dzh) Witoscha-Konferenz (17.–18.5.1924); Gemälde von K. Bujuklijski und P. Petrov

3265	5 St mehrfarbig	dzh	0,30	0,30
		FDC		1,50

Auflage: 1 000 000 Stück

1984, 22. Mai. Blockausgabe: Internationale Briefmarkenmesse, Essen. RaTdr.; gez. Ks 13.

dzl

dzi) Marke Bulgarien MiNr. 3049
dzk) Marke Bulgarien MiNr. 2869

3266	1.50 L mehrfarbig	dzi	3,—	3,—
3267	1.50 L mehrfarbig	dzk	3,—	3,—
Block 142	(94×147 mm)	dzl	8,—	8,—
		FDC		15,—

Auflage: 54 300 numerierte Blocks

1984, 23. Mai. 6. Republikanische Spartakiade. RaTdr.; gez. K 13.

dzm) Sportler, Tauben

3268	13 St mehrfarbig	dzm	0,40	0,30
		FDC		1,50

Auflage: 500 000 Stück

1984, 31. Mai. Erste bulgarische Mount-Everest-Besteigung. RaTdr.; gez. K 13.

dzn) Mount Everest (8850 m)

3269	5 St mehrfarbig	dzn	0,30	0,30
		FDC		1,50

Auflage: 1 000 000 Stück

1984, 11. Juni. Blockausgabe: Weltpostkongress (UPU), Hamburg. RaTdr.; gez. Ks 13.

dzp

dzo) Kogge

3270	3 L mehrfarbig	dzo	5,—	5,—
Block 143	(100×107 mm)	dzp	7,—	7,—
		FDC		14,—

Auflage: 57 000 numerierte Blocks

1984, 12. Juni. Nationales Festival der Laienkünstler. RaTdr.; gez. K 13.

dzr) Trommler in Landestracht

3271	5 St mehrfarbig	dzr	0,30	0,30
		FDC		1,50

Auflage: 2 000 000 Stück

1984, 27. Juni. 50 Jahre diplomatische Beziehungen zwischen Bulgarien und der Sowjetunion. RaTdr.; gez. K 13:12¾.

dzs) Siegel

3272	13 St mehrfarbig	dzs	0,40	0,30
		FDC		1,50

Auflage: 500 000 Stück

1984, Juli. Tauben. Odr.; gez. K 14.

dzt) Felsentaube (Columba livia)

dzu) Hohltaube (Columba oenas)

dzv) Ringeltaube (Columba palumbus)

dzw) Turteltaube (Streptopelia turtur)

dzx) Haustaube (Columba livia domestica)

3273	5 St mehrfarbig	dzt	0,30	0,30
3274	13 St mehrfarbig	dzu	0,40	0,30
3275	20 St mehrfarbig	dzv	0,60	0,30
3276	30 St mehrfarbig	dzw	1,—	0,40
3277	42 St mehrfarbig	dzx	1,30	0,50
		Satzpreis (5 W.)	3,50	1,50
		2 FDC		6,—

Auflagen: MiNr. 3273 = 1 500 000, MiNr. 3274 = 1 200 000, MiNr. 3275 = 1 100 000, MiNr. 3276 = 850 000, MiNr. 3277 = 285 000 Stück

1984, 31. Juli. Historische Dampflokomotiven (II). RaTdr.; gez. K 13.

dzy) Lokomotive „Bester Freund“ (1830)

dzz) Lokomotive „Saxonia“ (1836)

eaa) Lokomotive „Lafayette“ (1837)

eab) Lokomotive „Borsig“ (1841)

eac) Lokomotive „Philadelphia“ (1843)

3278	13 St mehrfarbig	dzy	0,40	0,30
3279	25 St mehrfarbig	dzz	0,70	0,30
3280	30 St mehrfarbig	eaa	0,90	0,40
3281	42 St mehrfarbig	eab	1,30	0,50
3282	60 St mehrfarbig	eac	2,20	0,80
		Satzpreis (5 W.)	5,50	2,—
		2 FDC		8,—

Auflagen: MiNr. 3278 = 1 000 000, MiNr. 3279 = 750 000, MiNr. 3280 = 500 000, MiNr. 3281 = 320 000, MiNr. 3282 = 240 000 Stück

1984, 10. Aug. 40 Jahre Volksregierung. RaTdr.; gez. K 13.

ead) Buchstabe „K“ aus Flaggenband und Lochstreifen

eae) Denkmal der Sowjetarmee, Sofia

eaf) Ziffer „9“ mit fünfzackigem Stern

3283	5 St mehrfarbig	ead	0,30	0,30
3284	20 St mehrfarbig	eae	0,60	0,30
3285	30 St mehrfarbig	eaf	0,90	0,40
		Satzpreis (3 W.)	1,50	0,70
		FDC		2,50

Auflagen: MiNr. 3283 = 1 000 000, MiNr. 3284 = 750 000, MiNr. 3285 = 400 000 Stück

1984, 7. Sept. Gemälde von Nenko Balkanski (1907–1977). RaTdr.; gez. K 14.

eag) Junge mit Mundharmonika eah) Fenster in Paris eai) Porträt zweier Frauen

3286 5 St mehrfarbig . . . . eag 0,30 0,30
3287 30 St mehrfarbig . . . . eah 0,90 0,40
3288 42 St mehrfarbig . . . . eai 1,70 0,50
Satzpreis (3 W.) 2,50 1,—
FDC 4,—

Blockausgabe, Odr.

eal

eak) Selbstporträt

3289 1 L mehrfarbig . . . . eak 2,— 2,—
Block 144 (65×110 mm) . . . . eal 2,50 2,50
FDC 6,—

Auflagen: MiNr. 3286 = 1 200 000, MiNr. 3287 = 400 000, MiNr. 3288 = 235 000 Stück, Block 144 = 235 000 Blocks

1984, 20. Sept. Internationale Briefmarkenausstellung der Jugend MLADOST '84, Pleven (II). RaTdr.; gez. K 12¾:13.

eam) Grabkirche für die russischen Gefallenen im Russisch-Türkischen Krieg ean) Gebäude für das Panorama-Gemälde „Die Schlacht bei Pleven 1877"

3290 5 St mehrfarbig . . . . eam 0,30 0,30
3291 13 St mehrfarbig . . . . ean 0,40 0,30
Satzpreis (2 W.) 0,50 0,50
FDC 2,—

Auflagen: MiNr. 3290 = 1 000 000, MiNr. 3291 = 460 000 Stück

1984, 21. Sept. 40 Jahre Kinderorganisation „Septemwrijtsche". RaTdr.; gez. K 13:12¾.

eao) Junge und Mädchen in Uniform

3292 5 St mehrfarbig . . . . eao 0,30 0,30
FDC 1,50

Auflage: 386 000 Stück

1984, 2. Okt. 75. Geburtstag von Nikola Wapzarow. RaTdr.; gez. K 13:12¾.

eap) Nikola Wapzarow (1909–1942), Dichter und Revolutionär

3293 5 St karmin/orangegelb . . . . eap 0,30 0,30
FDC 1,50

Auflage: 500.000 Stück

1984, 3. Okt. 75 Jahre Bulgarischer Fußballverband. RaTdr. (4×5); gez. K 13:12¾.

ear) Torwart

3294 42 St mehrfarbig . . . . ear 1,— 0,50
FDC 3,50

Auflage: 300 000 Stück

1984, 5. Okt. Blockausgabe: Internationale Briefmarkenausstellung der Jugend MLADOST '84, Pleven (III). RaTdr.; gez. Ks 12¾:13.

eat

eas) Ausstellungsplakat

3295 50 St mehrfarbig . . . . eas 1,40 1,40
Block 145 (50×76 mm) . . . . eat 1,50 1,50
FDC 4,—

Bl. 145 mit durchbalkter Wertziffer und zusätzlicher Numerierung hatte keine Frankaturgültigkeit (Auflage: 5000 Stück).

Auflage: 90 000 Blocks

1984, 5. Okt. Bulgarische Brücken. RaTdr. (2×3); gez. K 13¼:13.

eau) Teufelsbrücke über die Arda eav) Koljo-Fitscheto-Brücke, Bjala

eaw) Asparuchow-Brücke, Varna

eax) AutobahnbrücKe „Bebresch". Botevgrad

3296	5 St	mehrfarbig	eau	0,30	0,30
3297	13 St	mehrfarbig	eav	0,60	0,40
3298	30 St	mehrfarbig	eaw	0,90	0,80
3299	42 St	mehrfarbig	eax	2,20	1,40
			Satzpreis (4 W.)	4,—	2,50
			Kleinbogensatz (4 Klb.)	26,—	26,—

Blockausgabe

eaz

eay) Brücke der Freundschaft in Russe

3300	1 L	mehrfarbig	eay	6,—	6,—
Block 146		(74×76 mm)	eaz	8,50	8,50

Auflagen: MiNr. 3296–3299 = 45 000 Sätze, Bl. 146 = 40 000 numerierte Blocks

✈ **1984, 24. Okt. Blockausgabe: 25. Jahrestag des Starts der ersten Mondsonde. RaTdr.; gez. Ks 13:12¾.**

ebb

eba) Mond; Mondsonden Luna 1, 2 und 3

3301	1 L	mehrfarbig	eba	2,60	2,60
Block 147		(79×57 mm)	ebb	3,—	3,—
			FDC		5,—

Auflage: 90 000 Blocks

1984, 24. Okt. 90 Jahre Internationales Olympisches Komitee (IOC). RaTdr.; gez. K 13:12¾.

ebc) Olympische Ringe, NOK-Emblem

3302	13 St	mehrfarbig	ebc	0,40	0,30
			FDC		1,50

Auflage: 460 000 Stück

1984, 2. Nov. Weltweiter Naturschutz: Krauskopfpelikan. RaTdr. (5×4); gez. K 12¾:13.

ebd

ebe

ebf

ebg

ebd–ebg) Krauskopfpelikan (Pelecanus crispus)

3303	5 St	mehrfarbig	ebd	0,50	0,30
3304	13 St	mehrfarbig	ebe	1,—	0,40
3305	20 St	mehrfarbig	ebf	1,50	1,—
3306	32 St	mehrfarbig	ebg	3,50	1,50
			Satzpreis (4 W.)	6,50	3,—
			2 FDC		12,—

Auflagen: MiNr. 3303 = 1 500 000, MiNr. 3304 = 1 000 000, MiNr. 3305 = 700 000, MiNr. 3306 = 350 000 Stück

1984, 2. Nov. 100. Geburtstag von Anton Ivanov. RaTdr.; gez. K 12¾:13.

ebh) Anton Ivanov (1884–1942), Funktionär der Arbeiterbewegung

3307	5 St	mehrfarbig	ebh	0,30	0,30
			FDC		1,50

Auflage: 1 000 000 Stück

1984, 9. Nov. 70 Jahre sozialistische Frauenbewegung. RaTdr.; gez. K 13.

ebi) Gesichtsprofil, Inschrift

3308	5 St	mehrfarbig	ebi	0,30	0,30
			FDC		1,50

Auflage: 550 000 Stück

1984, 23. Nov. Fernsehtürme. RaTdr.; gez. K 12¾:13.

ebk) Fernsehturm auf dem Sneschanka ebl) Fernsehturm auf dem Orelek

3309	5 St	mehrfarbig	ebk	0,30	0,30
3310	1 L	mehrfarbig	ebl	2,50	1,—
			Satzpreis (2 W.)	2,50	1,20
			FDC		4,—

Auflagen: MiNr. 3309 = 800 000, MiNr. 3310 = 200 000 Stück

1984, 5. Dez. Neujahr. RaTdr.; gez. K 13.

ebm) Brieftauben und Posthörner ebn) Ornament mit Friedenstauben

3311	5 St	mehrfarbig	ebm	0,30	0,30
3312	13 St	mehrfarbig	ebn	0,40	0,30
		Satzpreis (2 W.)		0,50	0,50
		FDC			1,50

Auflagen: MiNr. 3311 = 1 500 000, MiNr. 3312 = 500 000 Stück

1984, 10. Dez. 80. Geburtstag von Stojan Wenew. Odr.; gez. K 12¾.

ebo) Septembernächte ebp) Mann mit drei Orden ebr) Der Beste

ebo–ebr) Gemälde von Stojan Wenew (1904–1989)

3313	5 St	mehrfarbig	ebo	0,30	0,30
3314	30 St	mehrfarbig	ebp	0,90	0,40
3315	42 St	mehrfarbig	ebr	1,50	0,50
		Satzpreis (3 W.)		2,50	1,—
		FDC			3,50

Auflagen: MiNr. 3313 = 1 500 000, MiNr. 3314 = 500 000, MiNr. 3315 = 250 000 Stück

1984, 14. Dez. Schmetterlinge. Odr.; gez. K 11½.

ebs) Tagpfauenauge (Aglais io) ebt) Schwalbenschwanz (Papiliomachaon) ebu) Weißer Waldportier (Brintesia circe)

ebv) Aurorafalter (Anthocaris cardamines) ebw) Admiral (Vanessa atalanta)

3316	13 St	mehrfarbig	ebs	0,40	0,30
3317	25 St	mehrfarbig	ebt	0,70	0,30
3318	30 St	mehrfarbig	ebu	0,90	0,40
3319	42 St	mehrfarbig	ebv	1,30	0,50
3320	60 St	mehrfarbig	ebw	2,20	0,70
		Satzpreis (5 W.)		5,50	2,—
		FDC			8,—

Blockausgabe

eby

ebx) Großer Eisvogel (Limenitis populi)

3321	1 L	mehrfarbig	ebx	2,—	2,—
Block 148		(75×60 mm)	eby	2,50	2,50
		FDC			6,—

Auflagen: MiNr. 3316 = 1 214 025, MiNr. 3317 = 1 012 500, MiNr. 3318 = 850 000, MiNr. 3319 = 536 775, MiNr. 3320 = 232 175 Stück, Bl. 148 = 243 000 Blocks

1984, 18. Dez. 50. Todestag von Augusto César Sandino. RaTdr.; gez. K 13:13¼.

ebz) Augusto César Sandino (1895–1934), nicaraguanischer Freiheitskämpfer

3322	13 St	mehrfarbig	ebz	0,40	0,30
		FDC			1,50

Auflage: 250 000 Stück

✈ 1984, 21. Dez. 40 Jahre Internationale Organisation für Zivilluftfahrt (ICAO). RaTdr.; gez. K 13¼:13.

eca) Flugzeug Tupolew Tu-154, ICAO-Emblem

3323	42 St	mehrfarbig	eca	1,—	0,50
		FDC			2,50

Auflage: 250 000 Stück

1984, 28. Dez. 500. Geburtstag von Raffael. Odr., Kleinbogen (3×2) und Zd-Kleinbogen (2×2); gez. K 14:13¾.

ecb) Die drei Grazien (Detail)

ecc) Cupido und die drei Grazien (Detail) ecd) Der Sündenfall (Detail) ece) La Fornarina

ecb–ecf) Gemälde von Raffael (1483–1520), italienischer Maler und Architekt

3324	5 St	mehrfarbig	ecb	0,30	0,30
3325	13 St	mehrfarbig	ecc	0,30	0,30

3326	30 St mehrfarbig	ecd	0,70	0,40
3327	42 St mehrfarbig	ece	1,40	0,40
	Satzpreis (4 W.)		2,50	1,—
	2 FDC			6,—
	Kleinbogensatz (4 Klb.)		16,—	16,—
	Zd-Kleinbogen		*6,—*	*6,—*

Blockausgabe

ecg

ecf) Triumph der Galatea (Detail)

3328	1 L mehrfarbig	ecf	1,50	1,50
Block 149	(107×95 mm)	ecg	2,20	2,20
	FDC			8,—

MiNr. 3324–3327 wurden sowohl jeweils im Kleinbogen zu 6 Marken als auch zusammenhängend im Kleinbogen gedruckt.

Auflagen: MiNr. 3324–3326 je 800 000, MiNr. 3327 = 430 000 Stück, davon jeweils 150 000 im Zd-Kleinbogen, Bl. 149 = 230 000 numerierte Blocks

1984, 29. Dez. Jungfernfahrt des Motorschiffs „Sofia". RaTdr.; gez. K 13.

ech) Motorschiff „Sofia"

3329	13 St mehrfarbig	ech	0,40	0,30
	FDC			1,50

Auflage: 250 000 Stück

1985, 2. Jan. Blockausgabe: Jubiläumskonferenz zum 10. Jahrestag der Unterzeichnung der KSZE-Schlussakte, Helsinki. RaTdr.; gez. Ks 13, MiNr. 3331 nur senkrecht gez.

ecm

eci) Flaggen der teilnehmenden Länder
eck) Landkarte von Europa, Friedenstaube
ecl) Flaggen der teilnehmenden Länder

3330	50 St mehrfarbig	eci	7,—	7,—
3331	50 St mehrfarbig	eck	7,—	7,—
3332	50 St mehrfarbig	ecl	7,—	7,—
Block 150	(172×125 mm)	ecm	22,—	22,—
	FDC			35,—

Auflage: 32 000 numerierte Blocks

1985, 17. Jan. Exotische Raubtiere. RaTdr.; gez. K 13:12¾.

ecn) Ferkelskunk (Conepatus leuconotus)

eco) Bänderlinsang (Prionodon linsang)

ecp) Zorilla (Ictonyxstriatus)

ecr) Bänderroller (Hemigalus derbyanus)

ecs) Bändermungo (Galidictis fasciata)

3333	13 St mehrfarbig	ecn	0,30	0,30
3334	25 St mehrfarbig	eco	0,70	0,30
3335	30 St mehrfarbig	ecp	0,80	0,30
3336	42 St mehrfarbig	ecr	1,20	0,50
3337	60 St mehrfarbig	ecs	2,—	0,80
	Satzpreis (5 W.)		5,—	2,—
	2 FDC			8,—

Auflagen: MiNr. 3333 = 1 200 000, MiNr. 3334 = 1 100 000, MiNr. 3335 = 500 000, MiNr. 3336 = 400 000, MiNr. 3337 = 330 000 Stück

1985, 25. Jan. 100. Geburtstag von Nikolaj Liliew. RaTdr.; gez. K 13.

ect) Nikolaj Liliew (1885–1960), Lyriker

3338	30 St mehrfarbig	ect	0,70	0,40
	FDC			2,—

Auflage: 145 000 Stück

1985, 29. Jan. 90. Geburtstag von Zwjatko Radojnov. RaTdr.; gez. K 13:12¾.

ecu) Z. Radojnov (1895–1942), Funktionär der Arbeiterbewegung

3339	5 St mehrfarbig	ecu	0,30	0,30
	FDC			1,50

Auflage: 300 000 Stück

1985, 14. Febr. 100. Geburtstag von Assen Slatarow. RaTdr.; gez. K 12¾:13.

ecv) Assen Slatarow (1885–1936), Chemiker

3340	5 St mehrfarbig	ecv	0,30	0,30
		FDC		1,50

Auflage: 600 000 Stück

1985, 1. März. Blockausgabe: 25 Jahre Internationale Regierungskommission für Ozeanografie. RaTdr.; gez. Ks 13.

ecx

ecw) Forschungsschiff „Akademik“

3341	80 St mehrfarbig	ecw	1,50	1,50
Block 151	(90×60 mm)	ecx	2,—	2,—
		FDC		5,—

	✶✶
Block 151 F Farbe Blaugrün fehlend	–,–

Auflage: 100 000 Blocks

1985, 12. März. Blockausgabe: 115. Geburtstag von Wladimir Lenin. RaTdr.; gez. Ks 13.

ecz

ecy) Wladimir Lenin (1870–1924), russischer Revolutionär und Politiker

			✶✶	⊙
3342	50 St mehrfarbig	ecy	1,—	1,—
Block 152	(55×98 mm)	ecz	1,20	1,20
		FDC		6,—

Auflage: 136 000 Blocks

1985, 19. März. 30 Jahre Warschauer Pakt. RaTdr.; gez. K 12¾:13.

eda) Schwert mit Ölzweig

3343	13 St mehrfarbig	eda	0,30	0,30
		FDC		1,50

Auflage: 1 000 000 Stück

1985, 25. März. Europäisches Jahr der Musik: Komponisten. RaTdr.; gez. K 12¾:13.

edb) Johann Sebastian Bach (1685–1750), deutscher Komponist

edc) Wolfgang Amadeus Mozart (1756–1791), österreichischer Komponist

edd) Pjotr Tschaikowskij (1840–1893), russischer Komponist

ede) Modest Mussorgskij (1839–1881), russischer Komponist

edf) Giuseppe Verdi (1813–1901), italienischer Komponist

edg) Filip Kutev Tenev (1903–1982), bulgarischer Komponist

3344	42 St mehrfarbig	edb	1,40	0,60
3345	42 St mehrfarbig	edc	1,40	0,60
3346	42 St mehrfarbig	edd	1,40	0,60
3347	42 St mehrfarbig	ede	1,40	0,60
3348	42 St mehrfarbig	edf	1,40	0,60
3349	42 St mehrfarbig	edg	1,40	0,60
		Satzpreis (6 W.)	8,—	3,50
		3 FDC		10,—

Auflage: 180 000 Sätze

1985, 26. März. Internationale Kinderversammlung „Banner des Friedens“, Sofia (III). Odr., Bogen (5×5) und Kleinbogen (2×3); gez. K 14.

edh

edi

edk

edl

edm

edn

edh–edn) Kinderzeichnungen

3350	5 St mehrfarbig	edh	0,30	0,30
3351	8 St mehrfarbig	edi	0,30	0,30
3352	13 St mehrfarbig	edk	0,30	0,30
3353	20 St mehrfarbig	edl	0,50	0,30
3354	25 St mehrfarbig	edm	0,60	0,30
3355	30 St mehrfarbig	edn	0,70	0,40
		Satzpreis (6 W.)	2,40	1,30
		2 FDC		4,—
		Kleinbogen	2,50	2,50

Blockausgabe; A = gez. Ks 14, B = □

edp

edo) Kinderzeichnung

3356	50 St mehrfarbig	edo	1,50	1,50
Block 153 A	(70×110 mm)	edp	2,—	2,—
		FDC A		6,—
Block 153 B	(70×110 mm)	edp	3,—	3,—
		FDC B		7,—

MiNr. 3350–3355 wurden auch zusammenhängend im Kleinbogen gedruckt.

Auflagen: MiNr. 3350–3351 je 1 440 000, MiNr. 3352 = 960 000, MiNr. 3353 = 690 000, MiNr. 3354 = 440 000, MiNr. 3355 = 240 000 Stück, davon jeweils 90 000 im Kleinbogen, Bl. 153 A = 90 000 Blocks, Bl. 153 B = 50 000 numerierte Blocks

1985, 6. April. 1100. Todestag des hl. Methodios. RaTdr.; gez. K 13.

edr) Hl. Methodios (ca. 820–885), „Slawenapostel", Schutzpatron Europas

3357	13 St mehrfarbig	edr	0,70	0,30
		FDC		3,50

Auflage: 800 000 Stück

1985, 30. April 40. Jahrestag des Sieges. RaTdr.; gez. K 13¼:13½.

eds) Siegesparade, Moskau
Zierfeld

edt) Empfang der 11. Infanteriedivision, Sofia
Zierfeld

edu) Sowjetischer Soldat mit obdachlosem Kind
Zierfeld

3358	5 St mehrfarbig	eds	0,30	0,30
3359	13 St mehrfarbig	edt	0,30	0,30
3360	30 St mehrfarbig	edu	0,80	0,30
		Satzpreis (3 W.)	1,20	0,50
		3358 Zf–3360 Zf	1,50	1,—
		2 FDC		5,—
		Kleinbogen	3,—	3,—

Blockausgabe, gez. Ks 13:13¼

edw

edv) Soldat hisst sowjetische Flagge auf dem Reichstagsgebäude, Berlin

3361	50 St mehrfarbig	edv	1,20	1,20
Block 154	(90×124 mm)	edw	1,50	1,50
		FDC		4,—

MiNr. 3358–3360 wurden waagerecht mit Zierfeld zusammenhängend, auch im Kleinbogen zu 6 Marken und 6 Zierfeldern gedruckt.

Auflagen: 3358–3359 je 1 690 000, MiNr. 3360 = 1 390 000 Stück, davon jeweils 190 000 im Kleinbogen, Bl. 154 = 100 000 Blocks

1985, 30. April. Internationale Biennale für Humor und Satire, Gabrovo. RaTdr.; gez. K 13¼:13½.

edx) Karikatur von Stojan Wenev
Zierfeld

3362	13 St mehrfarbig	edx	0,30	0,30
		3362 Zf	0,40	0,40
		FDC		2,—

MiNr. 3362 wurde waagerecht mit Zierfeld zusammenhängend gedruckt.

Auflage: 1 000 000 Stück

1985, 21. Mai. Internationales Jahr der Jugend. RaTdr.; gez. K 13.

edy) Jugendliche, Blumen

3363 13 St mehrfarbig . . . . edy 0,30 0,30
FDC 1,50

Auflage: 1 000 000 Stück

1985, 30. Mai. 135. Geburtstag von Iwan Mintschov Wasov. RaTdr.; gez. K 13½:13¼.

edz) Iwan Mintschov Wasov (1850–1921), Dichter
Zierfeld

3364 5 St orangegelb/violettbraun . . . . edz 0,30 0,30
3364 Zf 0,40 0,40
FDC 1,50

MiNr. 3364 wurde senkrecht mit Zierfeld zusammenhängend gedruckt.

Auflage: 1 000 000 Stück

1985, 1. Juni. 1000 Jahre Stadt Haskovo. RaTdr.; gez. K 13.

eea) Denkmal des unbekannten Soldaten, Stadtwappen

3365 5 St mehrfarbig . . . . eea 0,30 0,30
FDC 1,50

Auflage: 900 000 Stück

1985, 25. Juni. 12. Weltfestspiele der Jugend und Studenten, Moskau. RaTdr.; gez. K 13.

eeb) Festivalemblem

3366 13 St mehrfarbig . . . . eeb 0,30 0,30
FDC 1,50

Auflage: 1 000 000 Stück

1985, 26. Juni. 1. Todestag von Indira Gandhi. RaTdr.; gez. K 13.

eec) Indira Gandhi (1917–1984), indische Politikerin

3367 30 St mehrfarbig . . . . eec 0,70 0,30
FDC 2,50

Auflage: 1 500 000 Stück

1985, 30. Juni. 150. Jahrestag der Gründung der ersten nichtkirchlichen Schule, Gabrovo. RaTdr.; gez. K 13.

eed) Wasil Aprilov (1789–1847), Arzt und Gründer der Schule

3368 5 St mehrfarbig . . . . eed 0,30 0,30
FDC 1,50

Auflage: 1 000 000 Stück

1985, 30. Juni. Kongress des Internationalen Verbandes für Stenografie und Maschinenschreiben INTERSTENO ’85, Sofia. RaTdr.; gez. K 13.

eee) Kongressemblem

3369 13 St mehrfarbig . . . . eee 0,30 0,30
FDC 1,50

Auflage: 200 000 Stück

1985, 9. Juli. Generalversammlung der Weltorganisation für Tourismus, Sofia. RaTdr.; gez. K 13.

eef) Alexander-Newski-Kathedrale, Sofia

3370 42 St mehrfarbig . . . . eef 1,— 0,50
FDC 2,50

Auflage: 300 000 Stück

1985, 16. Juli. 40 Jahre Vereinte Nationen (UNO). RaTdr.; gez. K 13.

eeg) UNO-Emblem, Friedenstauben

3371 13 St mehrfarbig . . . . eeg 0,30 0,30
FDC 1,50

Auflage: 200 000 Stück

1985, 16. Juli. Volksrepublik Bulgarien – 30 Jahre Mitglied der Vereinten Nationen (UNO). RaTdr.; gez. K 13.

eeh) Landeswappen, UNO-Flagge

3372 13 St mehrfarbig . . . . eeh 0,30 0,30
FDC 1,50

Auflage: 200 000 Stück

1985, 20. Juli. Flora: Rosen. RaTdr.; gez. K 12¾.

eei) Rosa Damascena

eek) Rosa Trakijka

eel) Rosa Radiman

eem) Rosa Marista

een) Rosa Valentina

eeo) Rosa Maria

3373	5 St mehrfarbig	eei	0,30	0,30
3374	13 St mehrfarbig	eek	0,30	0,30
3375	20 St mehrfarbig	eel	0,50	0,30
3376	30 St mehrfarbig	eem	0,60	0,30
3377	42 St mehrfarbig	een	1,—	0,40
3378	60 St mehrfarbig	eeo	1,50	0,50
		Satzpreis (6 W.)	4,—	1,50
		Kleinbogen	4,50	3,—
		2 FDC		8,—

MiNr. 3373–3378 wurden auch zusammenhängend im Kleinbogen gedruckt.

Auflagen: MiNr. 3373 = 6 300 000, MiNr. 3374 und 3376 je 2 900 000, MiNr. 3375 = 5 700 000, MiNr. 3377 = 1 900 000, MiNr. 3378 = 650 000 Stück, davon je 300 000 im Kleinbogen

1985, 1. Aug. 10. Jahrestag der Unterzeichnung der KSZE-Schlussakte, Helsinki. RaTdr.; gez. K 13.

eep) Friedenstaube

3379	13 St mehrfarbig	eep	0,50	0,30
		FDC		2,—

Auflage: 1 000 000 Stück

1985, 2. Aug. Schwimm-Europameisterschaften, Sofia. Odr.; gez. K 12½:12¼. Hochformate ~.

eer) Schwimmen - Delphin

ees) Wasserball

eet) Kunstspringen

eeu) Synchronschwimmen

3380	5 St mehrfarbig	eer	0,30	0,30
3381	13 St mehrfarbig	ees	0,30	0,30
3382	42 St mehrfarbig	eet	1,20	0,50
3383	60 St mehrfarbig	eeu	2,—	0,50
		Satzpreis (4 W.)	3,50	1,—
		2 FDC		6,—

3383 K Inschrift (Text und Wertziffer) kopfstehend .... *25,—* *25,—*

Auflagen: MiNr. 3380 = 2 000 000, MiNr. 3381 = 1 500 000, MiNr. 3382 = 500 000, MiNr. 3383 = 190 000 Stück

1985, 15. Aug. 90 Jahre Bulgarischer Fremdenverkehrsverein. RaTdr.; gez. K 13.

eev) Edelweiß

3384	5 St mehrfarbig	eev	0,30	0,30
		FDC		1,50

Auflage: 500 000 Stück

1985, 29. Aug. Fußball-Weltmeisterschaft 1986, Mexiko (I). RaTdr.; gez. K 13.

eew

eex

eey

eez

eew–eez) Spielszenen

3385	5 St mehrfarbig	eew	0,30	0,30
3386	13 St mehrfarbig	eex	0,30	0,30
3387	30 St mehrfarbig	eey	0,70	0,40
3388	42 St mehrfarbig	eez	1,50	0,40
		Satzpreis (4 W.)	2,50	1,—
		2 FDC		6,—

Blockausgabe

efb

efa) Spielszene

3389	1 L mehrfarbig	efa	2,—	1,—
Block 155	(54×77 mm)	efb	2,50	1,80
		FDC		5,—

		✶✶
3386 Ul	links ungezähnt	—,—
Block 155 F	Farbe Hellgrün fehlend	—,—

Auflagen: MiNr. 3385 = 1 500 000, MiNr. 3386 = 750 000, MiNr. 3387 = 350 000, MiNr. 3388 = 230 000 Stück, Bl. 155 = 170 000 Blocks

1985, 29. Aug. 100. Jahrestag der Vereinigung des Fürstentums Bulgarien mit Ostrumelien. RaTdr.; gez. K 13¾.

efc) Staatswappen

			✱✱	⊙
3390	5 St mehrfarbig	efc	0,30	0,30
		FDC		1,50

Auflage: 1 000 000 Stück

1985, 23. Sept. Internationale Ausstellung der Werke junger Erfinder, Plovdiv. RaTdr.; gez. K 13.

efd) Computerbild eines Jungen

efe) Computerbild eines Jugendlichen

eff) Computerbild eines Kosmonauten

3391	5 St mehrfarbig	efd	0,30	0,30
3392	13 St mehrfarbig	efe	0,30	0,30
3393	30 St mehrfarbig	eff	0,80	0,30
		Satzpreis (3 W.)	1,20	0,60
		FDC		3,—

Auflagen: MiNr. 3391 = 750 000, MiNr. 3392 = 600 000, MiNr. 3393 = 200 000 Stück

1985, 24. Sept. 40 Jahre Organisation der Vereinten Nationen für Erziehung, Wissenschaft und Kultur (UNESCO): Geschützte Kulturdenkmäler Bulgariens. Odr.; gez. K 12¼:12½.

efg) Kirche „St. Johannes d. T.“, Nessebar (10.–11. Jh.)

efh) Rila-Kloster (10. Jh.), Chreljo-Turm (1335)

efi) Soldat; Fresko in der Felskirche bei Iwanowo (14. Jh.)

efk) Thrakerin; Fresko in der Grabstätte von Kasanlak (3. Jh. v. Chr.)

efl) Thrakerin; Fresko in der Grabstätte von Kasanlak (3. Jh. v. Chr.)

3394	5 St mehrfarbig	efg	0,30	0,30
3395	13 St mehrfarbig	efh	0,30	0,30
3396	35 St mehrfarbig	efi	1,—	0,40
3397	42 St mehrfarbig	efk	1,20	0,50
3398	60 St mehrfarbig	efl	2,—	0,50
		Satzpreis (5 W.)	4,50	1,50
		2 FDC		8,—

Blockausgabe, □ (8. Okt.)

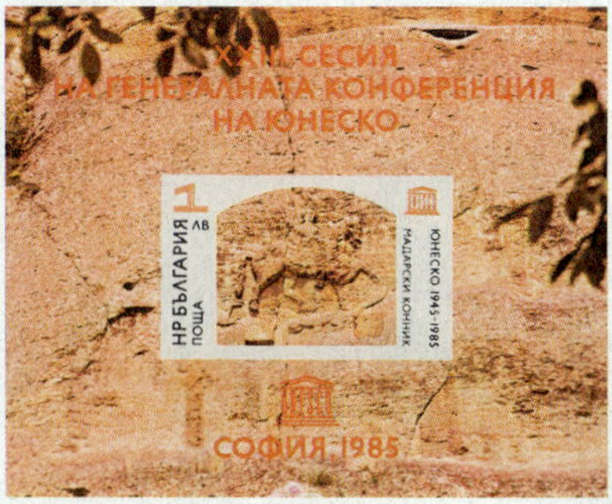

efn

efm) Der Reiter von Madara; Felsenrelief

3399	1 L mehrfarbig	efm	1,50	1,50
Block 156	(110×83 mm)	efn	2,—	2,—
		FDC		5,—

Auflagen: MiNr. 3394 = 2 000 000, MiNr. 3395 = 1 600 000, MiNr. 3396–3397 je 550 000, MiNr. 3398 = 180 000 Stück, Bl. 156 = 100 000 Blocks

1985, 8. Okt. Blockausgabe: Generalversammlung der UNESCO, Sofia. Odr.; gez. Ks 13.

efp

efo) Nationaler Kulturpalast „Ljudmila Schivkova“, Sofia

3400	1 L mehrfarbig	efo	1,50	1,50
Block 157	(62×96 mm)	efp	2,—	2,—
		FDC		4,—

Auflage: 200 000 Blocks

1985, 15. Okt. Internationale Briefmarkenausstellung ITALIA '85, Rom. RaTdr.; gez. K 13¼:13½.

efr) Kolosseum, Rom
Zierfeld

3401	42 St mehrfarbig	efr	0,70	0,30
		3401 Zf	1,—	0,50
		FDC		3,—

MiNr. 3401 wurde waagerecht mit Zierfeld zusammenhängend gedruckt.

Auflage: 200 000 Stück

1985, 22. Okt. Blockausgabe: Kulturforum der Konferenz über Sicherheit und Zusammenarbeit in Europa (KSZE), Budapest. RaTdr.; A = gez. K 12¾:13, MiNr. 3403 nur senkrecht gez., B = □.

efv

efs) Hl. Kyrillos (ca. 826–869), Geistlicher und Lehrer, Schutzpatron Europas
eft) Landkarte von Europa, Friedenstaube
efu) Hl. Methodios (ca. 820–885), Slawenapostel, Schutzpatron Europas

3402	**A**	50 St	mehrfarbig	efs	0,90	0,90
3403	**A**	50 St	mehrfarbig	eft	0,90	0,90
3404	**A**	50 St	mehrfarbig	efu	0,90	0,90
Block 158 A			(105×93 mm)	efv	4,—	4,—
				FDC A		10,—
Block 158 B			(105×93 mm)	efv	35,—	40,—
				FDC B		50,—

Auflagen: Bl. 158 A = 55 000 Blocks, Bl. 158 B = 10 000 numerierte Blocks

1985, 22. Okt./1987. Freimarken: Gartenblumen. RaTdr.; gez. K 13:13¼.

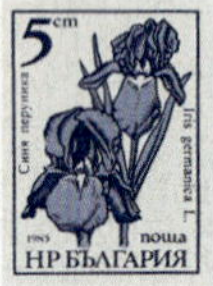

efw) Deutsche Schwertlilie (Iris germanica)
efx) Gladiole (Gladiolus sp.)
efy) Winde (Convolvulus tricolor)

3405		5 St		efw		
	a		dunkelviolettultramarin/hellgrauultramarin (22.10.1985)		0,30	0,30
	b		dunkelblau/hellblau (1987)		0,30	0,30
3406		5 St	karminrot/mattrot	efx	0,30	0,30
3407		5 St		efy		
	a		blauviolett/mattpurpurviolett (22.10.1985)		0,30	0,30
	b		preußischblau/hellgrauviolett (1987)		0,30	0,30
			Satzpreis (3 W.)		0,50	0,50

Auflagen: MiNr. 3405 a–3407 a = 5 000 000 Sätze

Weitere Werte: MiNr. 3489–3491

1985, 28. Okt. Historische Schiffe (IV). RaTdr.; gez. K 13.

efz) Holländische Fleute (17. Jh.)
ega) Britisches Linienschiff „Sovereign of the Seas" (17. Jh.)
egb) Polacker (17. Jh.)

egc) Britisches Linienschiff „Prince Royal" (17. Jh.)
egd) Schebecke (17. Jh.)
ege) Britische Kriegsgaleone (17. Jh.)

3408	5 St	mehrfarbig		efz	0,30	0,30
3409	12 St	mehrfarbig		ega	0,30	0,30
3410	20 St	mehrfarbig		egb	0,50	0,30
3411	25 St	mehrfarbig		egc	0,60	0,30
3412	42 St	mehrfarbig		egd	1,10	0,60
3413	60 St	mehrfarbig		ege	2,—	0,70
			Satzpreis (6 W.)		4,50	2,—
			2 FDC			8,—

Auflagen: MiNr. 3408 = 1 800 000, MiNr. 3409 = 1 500 000, MiNr. 3410 = 1 300 000, MiNr. 3411–3412 je 500 000, MiNr. 3413 = 170 000 Stück

1985, 4. Nov. Blockausgabe: Internationale Briefmarkenmesse PHILATELIA '85, Köln. RaTdr.; □.

egh

egf) Kölner Dom
egg) Alexander-Newski-Kathedrale, Sofia

3414	30 St	mehrfarbig	egf	0,70	0,70
3415	30 St	mehrfarbig	egg	0,70	0,70
Block 159		(110×57 mm)	egh	1,50	1,50
			FDC		5,—

Auflage: 90 000 Blocks

1985, 6. Nov. Freiheitskämpfer. RaTdr.; gez. K 12¾:13.

egi) Georgi Rakowski (1821–1867)
egk) Batscho Kiro, eigentlich Kiro Petrow Sanew (1835–1876)

3416	5 St	mehrfarbig		egi	0,30	0,30
3417	5 St	mehrfarbig		egk	0,30	0,30
			Satzpreis (2 W.)		0,50	0,50
			FDC			1,50

Auflage: 1.000.000 Sätze

1985, 6. Nov. 150. Jahrestag des Aufstandes gegen die Türken in Tirnovo. RaTdr.; gez. K 12¾:13.

egl) Schwert, Bibel, Hände

3418 13 St mehrfarbig . . . . egl 0,30 0,30
FDC 1,50

Auflage: 500 000 Stück

1985, 15. Nov. 800. Jahrestag der Erringung der staatlichen Selbständigkeit gegenüber Byzanz. Odr.; gez. K 12¾.

egm) Aufstand von Assen und Petar 1185; Gemälde von Georgi Bogdanow (1910–1974)

egn) Aufstand von Assen und Petar 1185; Gemälde von Aleksandar Tersiew (1934–2011)

ego) Schlacht von Klokotniza 1230; Gemälde von Bojtscho Grigorow (1916–1997) und Mito Ganowski (*1925)

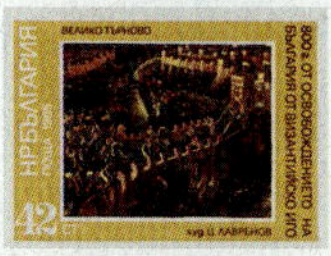

egp) Stadtmauern von Weliko Tarnowo; Gemälde von Zanko Lawrenow (1896–1978)

3419 5 St mehrfarbig . . . . egm 0,30 0,30
3420 13 St mehrfarbig . . . . egn 0,40 0,30
3421 30 St mehrfarbig . . . . ego 0,60 0,30
3422 42 St mehrfarbig . . . . egp 1,20 0,30
Satzpreis (4 W.) 2,50 1,—
2 FDC 5,—

Blockausgabe, RaTdr., □

egs

egr) St.-Demetriuskirche, Weliko Tarnowo

3423 1 L mehrfarbig . . . . egr 1,50 1,50
Block 160 (73×80 mm) . . . . egs 2,— 2,—
FDC 5,—

Auflagen: MiNr. 3419–3420 je 1.500.000, MiNr. 3421 = 500.000, MiNr. 3422 = 250.000 Stück, Bl. 160 = 180.000 Blocks

1985, 29. Nov. Blockausgabe: Internationale Briefmarkenausstellung BALKANPHILA '85, Wraza. RaTdr.; gez. Ks 12¾:13.

egu

egt) Brieftaube, Posthorn

3424 40 St mehrfarbig . . . . egt 0,80 0,80
Block 161 (55×80 mm) . . . . egu 1,— 1,—
FDC 4,—

Auflage: 65 000 Blocks

1985, 2. Dez. Internationales Entwicklungsprogramm für das Post- und Fernmeldewesen. RaTdr.; gez. K 13:12¾.

egv) Postemblem, Weltkugel

3425 13 St mehrfarbig . . . . egv 0,30 0,30
FDC 1,50

Auflage: 500 000 Stück

1985, 11. Dez. 70. Geburtstag von Anton Popow. RaTdr.; gez. K 13:12¾.

egw) Anton Popow (1915–1942), Freiheitskämpfer

3426 5 St lebhaftpurpur . . . . egw 0,30 0,30
FDC 1,50

Auflage: 1.000.000 Stück

1985, 11. Dez. Neujahr. RaTdr.; gez. K 13:12¾.

egx) Schneekristall, Friedenstauben

egy) Friedenstauben bilden Ornament

3427 5 St mehrfarbig . . . . egx 0,30 0,30
3428 13 St mehrfarbig . . . . egy 0,30 0,30
Satzpreis (2 W.) 0,50 0,50
FDC 1,50

Auflagen: MiNr. 3427 = 1 800 000, MiNr. 3428 = 1 200 000 Stück

1985, 27. Dez. Jagdhunde. Odr. (5×5); gez. K 12¾:12½.

egz) Pointer; Chukarhuhn

eha) Irischer Setter; Tafelente

ehb) Englischer Setter; Stockente

ehc) Cocker-Spaniel; Waldschnepfe

ehd) Deutscher Vorstehhund; Kaninchen

ehe) Bulgarischer Schweißhund; Wildschwein

ehf) Kurzhaardackel; Fuchs

3429	5 St mehrfarbig	egz	0,30	0,30
3430	8 St mehrfarbig	eha	0,30	0,30
3431	13 St mehrfarbig	ehb	0,30	0,30
3432	20 St mehrfarbig	ehc	0,40	0,30
3433	25 St mehrfarbig	ehd	0,60	0,30
3434	30 St mehrfarbig	ehe	0,80	0,30
3435	42 St mehrfarbig	ehf	1,60	0,50
		Satzpreis (7 W.)	4,—	1,50
		3 FDC		7,—

Auflagen: MiNr. 3429–3430 je 4 400 000, MiNr. 3431 = 2 500 00, MiNr. 3432 = 3 000 000, MiNr. 3433–3434 je 2 000 000, MiNr. 3435 = 350 000 Stück

1985, 30. Dez. Internationales Jahr der Behinderten. RaTdr.; gez. K 13:12¾.

ehg) Rollstuhlfahrer zwischen Läufern

3436	5 St mehrfarbig	ehg	0,30	0,30
		FDC		3,—

Auflage: 150 000 Stück

1985, 30. Dez. 50. Jahrestag des 7. Kongresses der Kommunistischen Internationale, Moskau. RaTdr.; gez. K 13:12¾.

ehh) Georgi Dimitrow (1882–1949), Politiker

3437	13 St rotkarmin	ehh	0,40	0,30
		FDC		2,—

Auflage: 150 000 Stück

1986, 21. Jan. 40 Jahre Kinderhilfswerk der Vereinten Nationen (UNICEF). RaTdr.; gez. K 13.

ehi) UNICEF-Emblem

3438	13 St mehrfarbig	ehi	0,40	0,30
		FDC		1,50

Auflage: 300 000 Stück

1986, 28. Jan. 130. Geburtstag von Dimităr Blagoev. RaTdr.; gez. K 13.

ehk) Dimităr Blagoev (1856–1924), Politiker

3439	5 St mehrfarbig	ehk	0,30	0,30
		FDC		1,50

Auflage: 1 000 000 Stück

1986, 31. Jan. Internationales Jahr des Friedens. RaTdr.; gez. K 13¼:13.

ehl) Symbole des Friedens

3440	5 St mehrfarbig	ehl	0,30	0,30
		FDC		1,50

Auflage: 500 000 Stück

1986, 12. Febr. Orchideen. Odr.; A = gez. K 12¾:12½, B = □.

ehm) Dactylorhiza romana

ehn) Epipactis palustris

eho) Ophrys cornula

ehp) Limodorum abortivum

ehr) Cypripedium calceolus

ehs) Orchis papilionacea

3441	5 St	mehrfarbig	ehm	0,30	0,30
3442	13 St	mehrfarbig	ehn	0,30	0,30
3443	30 St	mehrfarbig	eho	0,40	0,30
3444	32 St	mehrfarbig	ehp	0,50	0,30
3445	42 St	mehrfarbig	ehr	0,80	0,30
3446	60 St	mehrfarbig	ehs	1,50	0,30
			Satzpreis A (6 W.)	3,80	1,50
			6 FDC A		8,—
			Kleinbogen A	4,—	4,—
			Satzpreis B (6 W.)	12,—	12,—

MiNr. 3441 A–3446 A wurden auch zusammenhängend im Kleinbogen gedruckt.

Auflagen: MiNr. 3441 A = 3 720 000, MiNr. 3442 A–3445 A je 2 720 000, MiNr. 3446 A = 570 000 Stück, davon je 220 000 im Kleinbogen, B = 12 500 Sätze

1986, 24. Febr. Hasen und Kaninchen. Odr. (5×5); A = gez. K 12½:12, B = ☐.

eht) Französisches Silberkaninchen

ehu) Angorakaninchen

ehv) Englischer Widder

ehw) Belgischer Riese

ehx) Englisches Scheckenkaninchen

ehy) Holländerkaninchen

3447	5 St	mehrfarbig	eht	0,30	0,30
3448	25 St	mehrfarbig	ehu	0,60	0,30
3449	30 St	mehrfarbig	ehv	0,70	0,30
3450	32 St	mehrfarbig	ehw	0,80	0,30
3451	42 St	mehrfarbig	ehx	1,—	0,30
3452	60 St	mehrfarbig	ehy	1,80	0,30
			Satzpreis A (6 W.)	5,—	1,—
			FDC A		7,—
			Satzpreis B (6 W.)	12,—	12,—

Auflagen: MiNr. 3447 A–3449 A je 2 400 000, MiNr. 3450 A = 1 800 000, MiNr. 3451 A = 1 600 000, MiNr. 3452 A = 315 000 Stück, B = 12 500 Sätze

1986, 28. Febr. 140 Jahre Zeitung „Bulgarski Orel“ (Bulgarischer Adler). RaTdr.; gez. K 13.

ehz) Titelseite der ersten Ausgabe; Iwan Bogorov (1818–1892), Journalist

3453	5 St	mehrfarbig	ehz	0,30	0,30
			FDC		1,50

Auflage: 1 100 000 Stück

1986, 7. März. Blockausgabe: Halleyscher Komet. RaTdr.; A = gez. Ks 13¼:13, B = ☐.

eie

eia–eid) Bahn des Halleyschen Kometen

3454 A	25 St	mehrfarbig	eia	0,40	0,30
3455 A	25 St	mehrfarbig	eib	0,40	0,30
3456 A	25 St	mehrfarbig	eic	0,40	0,30
3457 A	25 St	mehrfarbig	eid	0,40	0,30
Block 162 A		(120×114 mm)	eie	2,—	1,50
			FDC A		8,—
Block 162 B		(120×114 mm)	eie	17,—	17,—
			FDC B		25,—

Auflagen: Bl. 162 A = 180 000 Blocks, Bl. 162 B = 12 0000 numerierte Blocks

1986, 12. März. 50. Geburtstag von Wladimir Baschev. RaTdr.; gez. K 13:13 ¼.

eif) W. Baschev (1935–1967), Dichter

3458	5 St	violettultramarin/cyanblau	eif	0,30	0,30
			FDC		1,50

Auflage: 1 100 000 Stück

1986, 17. März. XIII. Parteitag der Bulgarischen Kommunistischen Partei. RaTdr.; gez. K 12¾.

eig) Wellenlinien

eih) Komet

eii) Arbeiter

3459	5 St	mehrfarbig	eig	0,30	0,30
3460	8 St	rot/violettultramarin	eih	0,30	0,30
3461	13 St	mehrfarbig	eii	0,30	0,30
			Satzpreis (3 W.)	0,60	0,50
			FDC		2,—

Blockausgabe, □

eil

eik) Gerüst, Flaggen

3462	50 St mehrfarbig	eik	0,70	0,70
Block 163	(60×77 mm)	eil	1,—	1,—
		FDC		2,50

Auflagen: MiNr. 3459–3460 je 1 500 000, MiNr. 3461 = 1 200 000 Stück, Bl. 163 = 100 000 Blocks

1986, 28. März. Blockausgabe: 25 Jahre bemannte Raumfahrt. RaTdr.; A = gez. Ks 13¼:13, B = □.

eio

eim) Raumschiff Wostok 1
ein) Jurij Gagarin (1934–1968), sowjetischer Kosmonaut

3463 A	50 St preußischblau/grünblau	eim	1,—	1,—
3464 A	50 St preußischblau/grünblau	ein	1,—	1,—
Block 164 A	(105×100 mm)	eio	2,—	2,—
		FDC A		7,50
Block 164 B	(105×100 mm)	eio	20,—	20,—
		FDC B		35,—

Auflagen: B. 164 A = 160 000 Blocks, Bl. 164 B = 11 000 numerierte Blocks

1986, 30. März. 110. Jahrestag des April-Aufstandes gegen die Türken. RaTdr.; gez. K 13:13¼.

eip) Denkmal „Aufstand 1876“, Panagjurischte
eir) Christo-Botev-Denkmal, Wratza

3465	5 St mehrfarbig	eip	0,30	0,30
3466	13 St mehrfarbig	eir	0,30	0,30
		Satzpreis (2 W.)	0,50	0,50
		FDC		1,50

Auflagen: MiNr. 3465 = 1 500 000, MiNr. 3466 = 1 200 000 Stück

1986, 12. Mai. Blockausgabe: 75 Jahre Sportverein „Levski-Spartak“ (I). RaTdr.; □.

eit

eis) Rhythmische Sportgymnastik: Übung mit Ball

3467	50 St mehrfarbig	eis	0,70	0,70
Block 165	(80×65 mm)	eit	1,—	1,—
		FDC		3,—

Auflage: 190 000 Blocks

1986, 19. Mai. Kongress des Bulgarischen Volksbauernbundes (BSNS), Sofia. RaTdr.; gez. K 12¾:13.

eiu) Kongressemblem eiv) Kornähre, Weltkugel eiw) Flaggen

3468	5 St mehrfarbig	eiu	0,30	0,30
3469	8 St mehrfarbig	eiv	0,30	0,30
3470	13 St mehrfarbig	eiw	0,30	0,30
		Satzpreis (3 W.)	0,60	0,50
		FDC		1,50

Auflagen: MiNr. 3468–3469 je 500 000, MiNr. 3470 = 300 000 Stück

1986, 27. Mai. Kongress der Verkehrsminister der sozialistischen Länder (OSS). RaTdr. (5×5); gez. K 13.

eix) Brücke, Elektrolokomotive, Autobahnkreuz, Lastkraftwagen

3471	13 St mehrfarbig	eix	0,30	0,30
		FDC		1,50

Auflage: 1 000 000 Stück

1986, 28. Mai. Internationale Buchmesse, Sofia. RaTdr.; gez. K 13.

eiy) Messeemblem

3472	13 St schwarz/rot	eiy	0,30	0,30
		FDC		1,50

Auflage: 1 100 000 Stück

1986, 30. Mai. Fußball-Weltmeisterschaft, Mexiko (II). RaTdr.; A = gez. K 13½:13¼, B = □.

eiz) Einwurf
Zierfeld

eka) Dribbling
Zierfeld

ekb) Kopfballduell
Zierfeld

ekc) Fallrückzieher
Zierfeld

ekd) Torwartparade
Zierfeld

eke) Spieler mit FIFA-Pokal
Zierfeld

3473	5 St mehrfarbig	eiz	0,30	0,30
3474	13 St mehrfarbig	eka	0,30	0,30
3475	20 St mehrfarbig	ekb	0,40	0,30
3476	30 St mehrfarbig	ekc	0,70	0,30
3477	42 St mehrfarbig	ekd	1,—	0,30
3478	60 St mehrfarbig	eke	2,—	0,30
		Satzpreis A (6 W.)	4,50	1,50
		3473 A Zf–3478 A Zf	4,50	1,50
		3 FDC A		8,—
		Satzpreis B (6 W.)	8,—	8,—
		Kleinbogen B	10,—	10,—

Blockausgabe; A = gez. Ks 13:12¾, B = □

ekg

ekf) Aztekenstadion, Mexiko-Stadt

3479 A	1 L mehrfarbig	ekf	1,70	1,70
Block 166 A	(95×75 mm)	ekg	2,—	2,—
		FDC A		6,—
Block 166 B	(95×75 mm)	ekg	17,—	17,—

	✱✱
Block 166 B F Farbe Gelb fehlend	—,—

MiNr. 3473 A–3478 A wurden jeweils mit anhängenden Zierfeldern gedruckt.

MiNr. 3473 B–3478 B wurden zusammenhängend im Kleinbogen mit je 1 Zierfeld gedruckt.

Auflagen: MiNr. 3473 A = 285.000, MiNr. 3474 A = 315.000, MiNr. 3475 A = 699.950, MiNr. 3476 A–3478 A je 315.000 Stück, MiNr. 3473 B–3478 B = 30.000 Sätze, Bl. 166 A = 140.000 Blocks, Bl. 166 B = 13.000 numerierte Blocks

1986, 7. Juli. Der Goldschatz von Preslav (9.–10. Jh.). Odr.; gez. K 13¼:13, Hochformate ∼.

ekh) Knopf mit Ornamenten

eki) Ohrschmuck mit Perlenkreuz

ekk) Anhänger mit Edelsteinen und Perlen

ekl) Platte mit Vogelrelief

ekm) Anhänger mit Edelsteinen und Christusbild

ekn) Platte mit emailliertem Vogelmotiv

			✱✱	⊙
3480	5 St mehrfarbig	ekh	0,30	0,30
3481	13 St mehrfarbig	eki	0,30	0,30
3482	20 St mehrfarbig	ekk	0,40	0,30
3483	30 St mehrfarbig	ekl	0,70	0,30
3484	42 St mehrfarbig	ekm	1,—	0,40
3485	60 St mehrfarbig	ekn	1,—	0,40
		Satzpreis (6 W.)	3,50	1,50
		6 FDC		8,—

Auflagen: MiNr. 3480 = 3.400.000, MiNr. 3481 = 2.900.000, MiNr. 3482 = 2.500.000, MiNr. 3483 = 2.000.000, MiNr. 3948 = 1.500.000, MiNr. 3485 = 295.000 Stück

1986, 25. Juli. Fecht-Weltmeisterschaften, Sofia. RaTdr. (4×5); gez. K 13.

eko) Säbelfechten

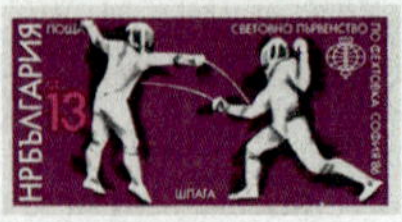

ekp) Degenfechten

ekr) Florettfechten

3486	5 St mehrfarbig	eko	0,30	0,30
3487	13 St mehrfarbig	ekp	0,30	0,30
3488	25 St mehrfarbig	ekr	0,60	0,30
		Satzpreis (3 W.)	1,—	0,50
		FDC		3,—

Auflagen: MiNr. 3486 = 500 000, MiNr. 3487–3488 je 400 000 Stück

1986, 29. Juli. Freimarken: Gartenblumen. Odr.; gez. L 13:13¼.

eks) Dreifarbige Winde (Ipomoea tricolor)

ekt) Kronen-Anemone (Anemone coronaria)

eku) Goldlilie (Lilium auratum)

3489	8 St mehrfarbig	eks	0,30	0,30
3490	8 St mehrfarbig	ekt	0,30	0,30
3491	32 St mehrfarbig	eku	0,70	0,30
		Satzpreis (3 W.)	1,—	0,50

3490 U	ungezähnt	100,—	100,—
3490 Ul	links ungezähnt	150,—	150,—

Auflage: 500 000 Sätze

Weitere Werte: MiNr. 3405–3407

1986, 25. Aug. Internationale Briefmarkenausstellung STOCKHOLMIA '86, Stockholm. RaTdr. (3×2); gez. K 13.

Zierfeld
ekv) Kirchturm in Stockholm, Ausstellungsemblem

3492	42 St mehrfarbig	ekv	0,60	0,40
		3492 Zf	0,70	0,70
		FDC		2,50
		Kleinbogen	2,20	2,20

MiNr. 3492 wurde im Kleinbogen zu 3 Marken und 3 verschiedenen Zierfeldern (Feld 1, 3 und 5) gedruckt.

Auflage: 600 000 Stück

1986, 29. Aug. Blockausgabe: Natur- und Umweltschutz. Odr.; A = gez. Ks 14, B = ☐.

ela

ekw) Weißstorch (Ciconia ciconia)
ekx) Gelbe Teichrose (Nuphar lutea)
eky) Feuersalamander (Salamandra salamandra)
ekz) Weiße Seerose (Nymphaea alba)

3493 A	30 St mehrfarbig	ekw	0,80	0,80
3494 A	30 St mehrfarbig	ekx	0,80	0,80
3495 A	30 St mehrfarbig	eky	0,80	0,80
3496 A	30 St mehrfarbig	ekz	0,80	0,80
Block 167 A	(136×90 mm)	ela	4,—	4,—
		FDC A		12,—
Block 167 B	(136×90 mm)	ela	20,—	20,—
		FDC B		30,—

Auflagen: Bl. 167 A = 55.000, Bl. 167 B = 12.500 Blocks

1986, 13. Sept. 40 Jahre Volksrepublik Bulgarien. RaTdr.; gez. K 13.

elb) Parlamentsgebäude, Sofia; Staatswappen

3497	5 St mehrfarbig	elb	0,30	0,30
		FDC		1,50

Auflage: 250 000 Stück

1986, 24. Sept. Konferenz der Postminister der sozialistischen Länder (OSS), Sofia. RaTdr.; gez. K 13.

elc) Konferenzemblem

3498	13 St mehrfarbig	elc	0,30	0,30
		FDC		1,50

Auflage: 200 000 Stück

1986, 4. Okt. 40 Jahre Freiwillige Arbeiterbewegung. RaTdr.; gez. K 13.

eld) Brigademitglieder bei der Arbeit; Emblem

3499	5 St mehrfarbig	eld	0,30	0,30
		FDC		1,50

Auflage: 200 000 Stück

1986, 13. Okt. Kongress der Internationalen Journalistenorganisation. RaTdr.; gez. K 13.

ele) Friedenstaube, Kongressemblem

3500	13 St grünlichblau/lila	ele	0,30	0,30
		FDC		1,50

Auflage: 300 000 Stück

1986, 28. Okt. 1100. Jahrestag der Ankunft der Schüler von Kyrillos und Methodios in Bulgarien. RaTdr. (3×5 Zd); gez. K 13½.

elf) Schüler der Slawenapostel Kyrillos und Methodios
Zierfeld

3501	13 St rotbraun/chromgelb	elf	0,30	0,30
		3501 Zf	0,40	0,40
		FDC		2,50

Auflage: 200 000 Stück

1986, 5. Nov. 100 Jahre Telefon in Bulgarien. RaTdr.; gez. K 13.

elg) Fernsprechgeräte (1886 und 1986)

3502	5 St mehrfarbig	elg	0,30	0,30
		FDC		2,50

Auflage: 200 000 Stück

1986, 6. Nov. Weltmeisterschaften im Gewichtheben, Sofia. RaTdr.; gez. K 13.

elh) Stoßen, WM-Emblem

3503	13 St mehrfarbig	elh	0,30	0,30
		FDC		1,50

Auflage: 2 600 000 Stück

1986, 20. Nov. Historische Schiffe (V). RaTdr.; gez. K 13.

eli) Fregatte „König von Preußen“

elk) Ostindienschiff (18. Jh.)

ell) Schebecke (18. Jh.)

elm) Linienschiff „St. Paul“

eln) Toppsegelschoner (18. Jh.)

elo) Linienschiff „Pobeda“

3504	5 St mehrfarbig	eli	0,30	0,30
3505	13 St mehrfarbig	elk	0,30	0,30
3506	25 St mehrfarbig	ell	0,50	0,30
3507	30 St mehrfarbig	elm	0,50	0,30
3508	32 St mehrfarbig	eln	0,70	0,40
3509	42 St mehrfarbig	elo	1,50	1,—
		Satzpreis (6 W.)	3,50	2,—
		3 FDC		6,—

Auflagen: MiNr. 3504 = 3 400 000, MiNr. 3505 = 3 500 000, MiNr. 3506–3508 = je 2 000 000, MiNr. 3509 = 245 000 Stück

1986, 27. Nov. Blockausgabe: Konferenz über Sicherheit und Zusammenarbeit in Europa (KSZE), Wien. RaTdr.; A = gez. Ks 12¾:13, MiNr. 3511 nur senkrecht gez, B = □.

elt

elp) Wiener Hofburg
elr) Rathaus, Wien
els) UNO-Gebäude im Donaupark, Wien

3510 A	50 St mehrfarbig	elp	1,—	1,—
3511 A	50 St mehrfarbig	elr	1,—	1,—
3512 A	50 St mehrfarbig	els	1,—	1,—
Block 168 A	(106×90 mm)	elt	4,—	4,—
		FDC A		20,—
Block 168 B	(106×90 mm)	elt	25,—	25,—

Auflagen: Bl. 168 A = 50 000 Blocks, Bl. 168 B = 11 000 numerierte Blocks

1986, 5. Dez. Kongress des Bulgarischen Philatelistenverbandes; 60 Jahre Internationaler Philatelistenverband (FIP). RaTdr. (2×2 Zd); A = gez. K 12¾:13, B = ☐.

elu) Thrakische Vase
Zierfeld
Zierfeld
elv) Thrakische Vase

3513	10 St mehrfarbig	elu	0,30	0,30
3514	10 St mehrfarbig	elv	0,30	0,30
		Satzpreis A (2 W.)	0,50	0,50
		Viererblock A	0,50	0,50
		FDC A		2,—
		Kleinbogen A	3,—	3,—
		Satzpreis B (2 W.)	1,50	1,50
		Viererblock B	1,50	1,50
		Kleinbogen B	6,50	6,50

Auflagen: MiNr. 3513 A–3514 A = 600.000, MiNr. 3513 B–3514 B = 120.000 Sätze

1986, 9. Dez. Neujahr. RaTdr. (5×5); gez. K 13.

elw) Schneekristall

elx) Schneekristalle, Feuerwerk

3515	5 St mehrfarbig	elw	0,30	0,30
3516	13 St mehrfarbig	elx	0,30	0,30
		Satzpreis (2 W.)	0,50	0,50
		FDC		2,—

	★★
3516 F Farbe Blau fehlend	150,—

Auflagen: MiNr. 3515 = 1 400 000, MiNr. 3516 = 1 100 000 Stück

1986, 10. Dez. 60 Jahre Verein der Funkamateure. RaTdr. (4×5); gez. K 13.

ely) Weltkugel mit Kopfhörer

			★★	⊙
3517	13 St mehrfarbig	ely	0,30	0,30
		FDC		1,50

Auflage: 300 000 Stück

1986, 10. Dez. Blockausgabe: 90 Jahre Kunstakademie, Sofia – Gemälde bulgarischer Künstler. Odr.; gez. Ks 14.

emd

elz) Alter Walnussbaum; von Daniel Detschev (1891–1962)
ema) Aufrührer und Soldaten; von Ilija Beschkov (1901–1958)
emb) Stadtansicht von Melnik; von Vesselin Stajkov (1906–1970)
emc) Olivenhain; von Kiril Zonev (1896–1961)

3518	25 St mehrfarbig	elz	0,60	0,40
3519	25 St mehrfarbig	ema	0,60	0,40
3520	30 St mehrfarbig	emb	0,70	0,50
3521	30 St mehrfarbig	emc	0,70	0,50
Block 169	(146×102 mm)	emd	3,—	2,—

Auflage: 235 000 Blocks

1986, Dez. 75 Jahre Sportverein „Levski-Spartak“ (II). RaTdr.; gez. K 13:12¾.

eme) Ringen

3522	5 St mehrfarbig	eme	0,30	0,30
		FDC		1,50

Auflage: 500 000 Stück

1986, 16. Dez. 25 Jahre Sandinistische Befreiungsfront in Nicaragua (FSLN). RaTdr.; gez. K 13.

emf) Carlos Fonseca Amador (1936–1976), Freiheitskämpfer und Gründer der FSLN, FSLN-Fahne

3523	13 St mehrfarbig	emf	0,30	0,30
		FDC		1,50

Auflage: 200 000 Stück

1986, 17. Dez. Bedeutende Persönlichkeiten. RaTdr.; gez. K 12¾:13.

emg) Pentscho Slawejkov (1866–1912), Dichter

emh) Stojan Michajlowski (1856–1927), Schriftsteller

emi) Nikola Atanassow (1886–1969), Komponist

3524	5 St mehrfarbig	emg	0,30	0,30
3525	5 St mehrfarbig	emh	0,30	0,30
3526	8 St mehrfarbig	emi	0,40	0,40
		Satzpreis (3 W.)	1,—	1,—

FDC siehe nach MiNr. 3528.

Auflage: 1 300 000 Sätze

1986, 17. Dez. 100. Geburtstag von Ran Bossilek. RaTdr.; gez. K 12¾:13.

emk) Ran Bossilek (1886–1958), Kinderbuchautor

3527	8 St mehrfarbig	emk	0,30	0,30

FDC siehe nach MiNr. 3528.

Auflage: 1 300 000 Stück

1986, 17. Dez. 125. Jahrestag der Veröffentlichung der „Sammlung bulgarischer Volkslieder" der Brüder Miladinovči. RaTdr.; gez. K 13.

eml) Die Brüder Miladinovči, Titelseite des Werkes

3528	10 St mehrfarbig	eml	0,30	0,30
	2 FDC (MiNr. 3524–3528)			4,—

Auflage: 1 300 000 Stück

1986, 23. Dez. 100. Geburtstag von Rajko Daskalov. RaTdr.; gez. K 12¾:13.

emm) Rajko Daskalov (1886–1923), Anführer der Bauernbewegung

3529	5 St mehrfarbig	emm	0,30	0,30
		FDC		1,50

Auflage: 1 300 000 Stück

1986, 23. Dez. 500. Geburtstag von Tizian. Odr.; gez. K 14.

emn) Lavinia mit Fruchtschale

emo) Flora

emp) Tarquinius und Lucretia

emr) Hl. Maria Magdalena

ems) Venus vor dem Spiegel

emt) Selbstporträt

emn–emu) Gemälde von Tizian (um 1477–1576), italienischer Maler

3530	5 St mehrfarbig	emn	0,30	0,30
3531	13 St mehrfarbig	emo	0,30	0,30
3532	20 St mehrfarbig	emp	0,40	0,30
3533	30 St mehrfarbig	emr	0,50	0,30
3534	32 St mehrfarbig	ems	0,60	0,30
3535	42 St mehrfarbig	emt	1,20	0,40
		Satzpreis (6 W.)	3,—	1,30
		Kleinbogen	3,50	2,50
		2 FDC		8,50

Blockausgabe

emv

emu) Danae

3536	1 L mehrfarbig	emu	2,50	2,—
Block 170	(106×76 mm)	emv	3,—	2,50

MiNr. 3530–3535 wurden auch zusammenhängend im Kleinbogen gedruckt.

Auflagen: MiNr. 3530 = 3 620 000, MiNr. 3531 = 2 720 000, MiNr. 3532–3534 je 2 220 000, MiNr. 3535 = 520 000 Stück, davon jeweils 220 000 im numerierten Kleinbogen, Bl. 170 = 270 000 numerierte Blocks

1986, 30. Dez. Rennwagen. Odr.; gez. K 13¼.

emw) Fiat (1905)

emx) Bugatti (1928)

emy) Mercedes (1936)

emz) Ferrari (1952)

ena) Lotus (1985)

enb) MacLaren (1986)

3537	5 St mehrfarbig	emw	0,30	0,30
3538	10 St mehrfarbig	emx	0,30	0,30
3539	25 St mehrfarbig	emy	0,50	0,30
3540	32 St mehrfarbig	emz	0,60	0,30
3541	40 St mehrfarbig	ena	0,80	0,40
3542	42 St mehrfarbig	enb	1,30	0,40
		Satzpreis (6 W.)	3,50	1,50
		2 FDC		6,—

Auflagen: MiNr. 3537 = 2.478.000, MiNr. 3538 = 2.486.376, MiNr. 3539 = 1.483.776, MiNr. 3540 = 1.475.736, MiNr. 3541 = 2.483.496, MiNr. 3542 = 299.976 Stück

1987, 19. Jan. 120. Jahrestag der Eröffnung der ersten Eisenbahnlinie Russe–Varna. Odr.; A = gez. K 13¼, C = gez. K 11.

enc) Erste bulgarische Dampflokomotive

3543	5 St	mehrfarbig	enc		
	A	gez. K 13¼		0,50	0,30
	C	gez. K 11		1,50	1,—
			FDC		3,—

Auflage: MiNr. 3543 A etwa 700 000, MiNr. 3543 C etwa 300 000 Stück

1987, 20. Jan. 100. Geburtstag von Dimtscho Debeljanow. RaTdr.; gez. K 13:12¾.

end) Dimtscho Debeljanow (1887–1916), Dichter

3544	5 St	mehrfarbig	end	0,30	0,30
			FDC		1,50

Auflage: 1 000 000 Stück

1987, 12. Febr. 100 Jahre Esperanto. RaTdr. (5×5); gez. K 13:12¾.

ene) Ludwig Lazarus Zamenhof (1859–1917), polnischer Augenarzt, Erfinder der Welthilfssprache Esperanto

3545	13 St	mehrfarbig	ene	0,30	0,30
			FDC		1,50

Auflage: 1 100 000 Stück

1987, 26. Febr. Speisepilze. Odr., Bogen (6×5) und Kleinbogen (3×2); gez. K 11½.

enf) Perlpilz (Amanita rubescens)

eng) Königsröhrling (Boletus regius)

enh) Rotkappe (Leccinum aurantiacum)

eni) Schopftintling (Coprinus comatus)

enk) Speise-Täubling (Russula vesca)

enl) Pfifferling (Cantharellus cibarius)

3546	5 St	mehrfarbig	enf	0,30	0,30
3547	20 St	mehrfarbig	eng	0,30	0,30
3548	30 St	mehrfarbig	enh	0,40	0,30
3549	32 St	mehrfarbig	eni	0,50	0,30
3550	40 St	mehrfarbig	enk	0,70	0,30
3551	60 St	mehrfarbig	enl	0,80	0,50
			Satzpreis (6 W.)	3,—	2,—
			2 FDC		6,—
			Kleinbogen I	3,50	3,50
			Kleinbogen II	220,—	220,—

MiNr. 3546–3551 wurden auch zusammenhängend im Kleinbogen gedruckt. Der Kleinbogen existiert bei unterschiedlichem Format ohne (I) und mit Inschrift (II) am unteren Kleinbogenrand.

Auflagen: MiNr. 3546 = 2 799 800, MiNr. 3547 = 2 199 860, MiNr. 3548 = 1 229 000, MiNr. 3549 = 1 214 210, MiNr. 3550 = 2 999 840, MiNr. 3551 = 530 000 Stück, davon jeweils 200 000 im Kleinbogen

1987, 20. März. Gewerkschaftskongress, Sofia. RaTdr.; gez. K 13.

enm) Arbeiter

3552	5 St	karminrot/blauviolett	enm	0,30	0,30
			FDC		1,50

Auflage: 1 000 000 Stück

1987, 31. März. Gegenstände aus dem „Schatz der Thraker" (5.–4. Jh. v. Chr.). RaTdr.; gez. K 13.

enn) Teller

eno) Kanne

enp) Teller

enr) Kanne

ens) Vase

ent) Kanne

3553	5 St	mehrfarbig	enn	0,30	0,30
3554	8 St	mehrfarbig	eno	0,30	0,30
3555	20 St	mehrfarbig	enp	0,30	0,30
3556	30 St	mehrfarbig	enr	0,40	0,30
3557	32 St	mehrfarbig	ens	0,50	0,30
3558	42 St	mehrfarbig	ent	0,60	0,30
			Satzpreis (6 W.)	2,—	1,—
			FDC		4,—

Auflage: MiNr. 3553–3554 je 2 400 000, MiNr. 3555 = 1 800 000, MiNr. 3556 = 700 000, MiNr. 3557 = 1 000 000, MiNr. 3558 = 170 000 Stück

1987, 7. April. Blockausgabe: Moderne Architektur. RaTdr.; A = gez. Ks 13¼:13, B = □.

eny

enu) Festivalkomplex „Ljudmila Schivkova", Sofia
env) Außenministerium, Sofia
enw) Gebäude „Interpred", Sofia
enx) Hotel „Sandanski", Sandanski

3559	**A**	30 St	mehrfarbig	enu	0,50	0,50
3560	**A**	30 St	mehrfarbig	env	0,50	0,50
3561	**A**	30 St	mehrfarbig	enw	0,50	0,50

3562 A	30 St mehrfarbig	. . . .	enx	0,50	0,50
Block 171 A	(108×100 mm)	. . . . . .	eny	2,—	2,—
Block 171 B	(108×100 mm)	. . . . . .	eny	15,—	15,—

Auflagen: Bl. 171 A = 60 000 Blocks, Bl. 171 B = 13 000 numerierte Blocks

1987, 22. April. Europameisterschaften im Freistilringen, Ta˘rnovo. RaTdr. (5×5); gez. K 12¾:13.

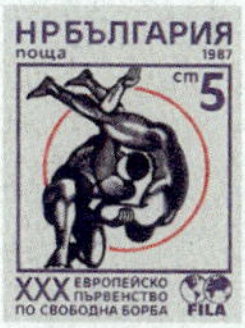
enz

eoa

enz–eoa) Kampfszenen

3563	5 St mehrfarbig	enz	0,30	0,30
3564	13 St mehrfarbig	eoa	0,30	0,30
		Satzpreis (2 W.)	0,50	0,50
		FDC		2,—

Auflagen: MiNr. 3563 = 2 800 000, MiNr. 3564 = 1 400 000 Stück

1987, 24. April. Internationale Briefmarkenausstellung CAPEX ’87, Toronto. RaTdr. (5×5); gez. K 13:12¾.

eob) Totempfahl

3565	42 St mehrfarbig	eob	0,80	0,40
		FDC		2,50

Auflage: 300 000 Stück

1987, 11. Mai. Kongress der Vaterländischen Front. RaTdr.; gez. K 12¾:13.

eoc) Zahl „X“, Flaggen

3566	5 St mehrfarbig	eoc	0,30	0,30

Auflage: 1 100 000 Stück

1987, 13. Mai. Kongress des Dimitrow-Jungkommunisten-Verbandes (DKMS). RaTdr.; gez. K 13:12¾.

eod) Georgi Dimitrow (1882–1949), Politiker

3567	5 St mehrfarbig	eod	0,30	0,30
		FDC		1,50

Auflage: 1 100 000 Stück

1987, 15. Mai. Internationale Biennale für Humor und Satire, Gabrovo. RaTdr. (5×5); gez. K 13:13¼.

eoe) Maske

3568	13 St mehrfarbig	eoe	0,30	0,30
		FDC		1,50

Auflage: 600 000 Stück

1987, 28. Mai. 60 Jahre Zeitung „Rabotnitschesko Delo“. RaTdr.; gez. K 13.

eof) Titelzeile

3569	5 St schwarz/magenta	eof	0,30	0,30
		FDC		1,50

Auflage: 2 000 000 Stück

1987, 3. Juni. 110. Geburtstag von Wassil Kolarov. RaTdr.; gez. K 13.

eog) Wassil Kolarov (1877–1950), Politiker; Mann zerschlägt Ketten um Erdkugel

3570	5 St mehrfarbig	eog	0,30	0,30

Auflage: 1 000 000 Stück

1987, 4. Juni. 100. Geburtstag von Stella Blagoeva. RaTdr.; gez. K 12¾:13.

eoh) Stella Blagoeva (1887–1954), Revolutionskämpferin

3571	5 St karmin/siena	eoh	0,30	0,30
		FDC		1,50

Auflage: 2 000 000 Stück

1987, 19. Juni. 150. Geburtstag von Wassil Lewski. RaTdr.; gez. K 13:12¾.

eoi

eok

eoi–eok) Wassil Lewski (1837–1873), Freiheitskämpfer

3572	5 St braunrot/gelbgrün	eoi	0,30	0,30
3573	13 St gelbgrün/braunrot	eok	0,30	0,30
		Satzpreis (2 W.)	0,50	0,50
		FDC		1,50

Auflagen: MiNr. 3572 = 2 000 000, MiNr. 3573 = 1 100 000 Stück

1987, 23. Juni. Hirsche. Odr.; A = gez. K 12¾, B = ☐.

eol) Europäisches Reh (Capreolus capreolus capreolus)

eom) Elch (Alces alces)

eon) Europäischer Damhirsch (Dama dama)

eoo) Sikahirsch (Cervus nippon)

eop) Rothirsch (Cervus elaphus)

eor) Ren (Rangifer tarandus tarandus)

3574 A	5 St	mehrfarbig	eol	0,30	0,30
3575 A	10 St	mehrfarbig	eom	0,30	0,30
3576 A	32 St	mehrfarbig	eon	0,60	0,30
3577 A	40 St	mehrfarbig	eoo	0,70	0,30
3578 A	42 St	mehrfarbig	eop	0,80	0,40
3579 A	60 St	mehrfarbig	eor	1,10	0,50
			Satzpreis A (6 W.)	3,50	1,50
			2 FDC		6,—

Blockausgabe mit MiNr. 3574 B–3579 B

Block 172 (144×131 mm) .... eos 3,50 3,50

**

Block 172 F Rahmen der Marken von MiNr. 3577–3578 fehlt .... —,—

Auflagen: MiNr 3574 A = 2.500.000, MiNr. 3575 A = 3.200.000, MiNr. 3576 A = 1.000.000, MiNr. 3577 A = 2.700.000, MiNr. 3578 A = 900.000, MiNr. 3579 A = 300.000 Stück, Bl. 172 = 198.000 Blocks

1987, 8. Juli. Namibia-Tag. RaTdr.; gez. K 13:12¾.

eot) Friedenstaube, Stacheldraht

				**	⊙
3580	13 St mehrfarbig	eot		0,30	0,30
		FDC			1,50

Auflage: 500 000 Stück

1987, 17. Juli. 120. Geburtstag von Georgi Kirkov. RaTdr.; gez. K 13:13¼.

eou) Georgi Kirkov (1867–1919), Politiker

3581 5 St hell-/braunkarmin .... eou 0,30 0,30

Auflage: 1 000 000 Stück

1987, 29. Juli. Bienen und Pflanzen. Odr., Bogen (8×5) und Kleinbogen (3×2); gez. K 12¾.

eov) Rainfarnblättriges Büschelschön (Phacelia tanacetifolia)

eow) Sonnenblume (Helianthus annuus)

eox) Scheinakazie (Robina pseudoacacia)

eoy) Lavendel (Lavandula vera)

eoz) Winterlinde (Tilia parvifolia)

epa) Esparsette (Onobrychis sativa)

3582	5 St	mehrfarbig	eov	0,30	0,30
3583	10 St	mehrfarbig	eow	0,30	0,30
3584	30 St	mehrfarbig	eox	0,50	0,30
3585	32 St	mehrfarbig	eoy	0,50	0,30
3586	42 St	mehrfarbig	eoz	0,70	0,40
3587	60 St	mehrfarbig	epa	1,—	0,50
			Satzpreis (6 W.)	3,—	1,50
			Kleinbogen	3,—	3,—
			2 FDC		6,—

MiNr. 3582–3587 wurden auch zusammenhängend im Kleinbogen gedruckt.

Auflagen: MiNr. 3582 = 2 980 000, MiNr. 3583 = 3 480 000, MiNr. 3584 = 1 380 000, MiNr. 3585 = 1 280 000, MiNr. 3586 = 1 880 000, MiNr. 3587 = 460 000 Stück, davon jeweils 182 000 im Kleinbogen

1987, 5. Aug. Weltmeisterschaften in der Rhythmischen Sportgymnastik, Varna. RaTdr.; gez. K 13.

epb) Maria Gigova

epc) Iliana Raeva

epd) Anelija Ralenkova

epe) Diljana Georgieva

epf) Lilija Ignatova

epg) Bianca Panova

3588	5 St	violettultramarin/gelb	epb	0,30	0,30
3589	8 St	karminrot/gelb	epc	0,30	0,30
3590	13 St	grünlichblau/gelb	epd	0,30	0,30
3591	25 St	rotkarmin/gelb	epe	0,50	0,30
3592	30 St	kobalt/gelb	epf	0,60	0,30
3593	42 St	lila/gelb	epg	0,80	0,30
			Satzpreis (6 W.)	2,50	1,—

Blockausgabe; A = gez. Ks 13:13¼, B = ☐

epi

eph) Neschka Robeva, Trainerin

3594	1 L blauviolett/gelb	. . . . eph	1,50	1,50
Block 173 A	(78×87 mm)	. . . . epi	2,—	2,—
Block 173 B	(78×87 mm)	. . . . epi	10,—	10,—

Auflagen: MiNr. 3588–3589 je 1 900 000, MiNr. 3590 = 1 400 000, MiNr. 3591 = 1 000 000, MiNr. 3592 = 1 100 000, MiNr. 3593 = 220 000 Stück, Bl. 173 A = 235 000 Blocks, Bl. 173 B = 12 500 numerierte Blocks

✈ 1987, 25. Aug. 25 Jahre Fluggesellschaft Balkan. RaTdr. (4×5); gez. K 13.

epk) Hubschrauber MI-8, Flugzeuge TU-154 und AN-12

3595	25 St mehrfarbig	epk	0,50	0,30

Auflage: 1 000 000 Stück

1987, 3. Sept. Internationale Briefmarkenausstellung BULGARIA '89, Sofia. RaTdr.; gez. K 13.

epl) Marke Bulgarien MiNr. 1, Ausstellungsemblem

3596	13 St mehrfarbig	epl	0,30	0,30
		FDC		1,50

Auflage: 1 000 000 Stück

1987, 8. Sept. Internationale Briefmarkenausstellung HAFNIA '87, Kopenhagen. RaTdr. (3×2); gez. K 12¾:13.

Zierfeld
epm) Parlamentsgebäude, Kopenhagen

3597	42 St mehrfarbig	epm	0,60	0,30
		3597 Zf	0,70	0,70
		FDC		3,—
		Kleinbogen	2,20	2,20

MiNr. 3597 wurde im Kleinbogen zu 3 Marken und 3 (zwei verschiedenen) Zierfeldern (Feld 2, 4 und 6) gedruckt.

Auflage: 360 000 Stück

1987, 15. Sept. Gemälde aus der Stadtgalerie Sofia. Odr.; gez. K 14.

epn) Porträt eines Mädchens; von Stefan Iwanow (1875–1951)

epo) Weinleserin; von Bentscho Obreschkow (1899–1970)

epp) Damenporträt mit Hut; von Dawid Perez (1906–1982)

epr) Frauen, der Marimba lauschend; von Kiril Zonew (1896–1961)

eps) Junge mit Mundharmonika; von Nenko Balkanski (1907–1977)

ept) Rumjana; von Wasil Stoilow (1904–1990)

3598	5 St mehrfarbig	epn	0,30	0,30
3599	8 St mehrfarbig	epo	0,30	0,30
3600	20 St mehrfarbig	epp	0,30	0,30
3601	25 St mehrfarbig	epr	0,30	0,30
3602	32 St mehrfarbig	eps	0,30	0,30
3603	60 St mehrfarbig	ept	1,—	0,30
		Satzpreis (6 W.)	2,50	1,50
		2 FDC		5,—

Auflagen: MiNr. 3598–3599 je 2.500.000, MiNr. 3600 = 1.100.000, MiNr. 3601–3602 je 1.000.000, MiNr. 3603 = 260.000 Stück

1987, 15. Sept. 30 Jahre Internationale Agentur für Atomenergie (MAGATE/IAEA). RaTdr.; gez. K 13¼:13.

epu) Atommodell

3604	13 St mehrfarbig	epu	0,30	0,30
		FDC		1,50

Auflage: 1 200 000 Stück

1987, 15. Sept. 75. Jahrestag des Balkankrieges. RaTdr.; gez. K 13¼:13.

epv) Soldaten

3605	5 St mehrfarbig	epv	0,30	0,30

Auflage: 1 000 000 Stück

1987, 24. Sept. 95 Jahre Zeitung „Rabotnik" (Arbeiter), 90 Jahre „Arbeiterzeitung", 60 Jahre Zeitung „Arbeitertat". RaTdr.; gez. K 13.

epw) Zeitungen

3606	5 St mehrfarbig	epw	0,30	0,30

Auflage: 1 200 000 Stück

1987, 12. Okt. Singvögel. Odr., Bogen (7×3) und Kleinbogen (3×2); gez. K 12¼.

epx) Zaunkönig (Troglodytes troglodytes)

epy) Goldammer (Emberiza citrinella)

epz) Kleiber (Sitta europaea)

era) Amsel (Turdus merula)

erb) Kernbeißer (Coccothraustes coccothraustes)

erc) Wasseramsel (Cinclus cinclus)

3607	5	St	mehrfarbig	epx	0,30	0,30
3608	13	St	mehrfarbig	epy	0,30	0,30
3609	20	St	mehrfarbig	epz	0,40	0,30
3610	30	St	mehrfarbig	era	0,60	0,30
3611	42	St	mehrfarbig	erb	0,90	0,40
3612	60	St	mehrfarbig	erc	1,30	0,50
				Satzpreis (6 W.)	3,50	1,50
				2 FDC		6,—
				Kleinbogen	3,50	3,50

MiNr. 3607–3612 wurden auch zusammenhängend im Kleinbogen gedruckt.

Auflagen: MiNr. 3607 = 3.200.900, MiNr. 3608 = 1.800.200, MiNr. 3609 = 1.499.900, MiNr. 3610–3611 je 1.401.200, MiNr. 3612 = 500.300 Stück, davon jeweils 200.000 im Kleinbogen

1987, 16. Okt./24. Dez. Blockausgabe: 30 Jahre sowjetische Weltraumforschung. RaTdr.; A = gez. Ks 13¼:13, B = ☐.

erf I

erd) Raumsonde „Wega“
ere) Raumstation „Mir“

Block 174 I

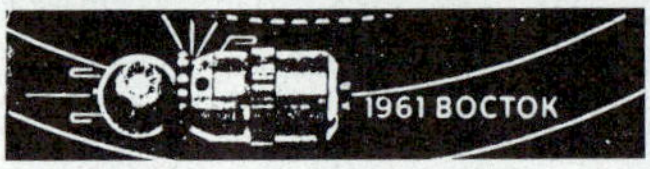

Block 174 II

3613 a	50	St	blauviolett/schwarzblau/orange	erd	–,—	–,—
3614 a	50	St	blauviolett/schwarzblau/hellultramarin	ere	–,—	–,—

Block 174 I A	(97×98 mm) (16. Okt.)	erf	*600,—*	*600,—*
Block 174 I B	(97×98 mm) (16. Okt.)	erf	*1300,—*	*1300,—*

3613 b	50	St	violettschwarz/schwarzblauviolett/orange	erd	1,—	1,—
3614 b	50	St	blauviolett/schwarzblau/hellultramarin	ere	1,—	1,—

Block 174 II A	(97×98 mm) (24. Dez.)	erf I	2,50	2,50
Block 174 II B	(97×98 mm) (24. Dez.)	erf I	15,—	15,—

Bl. 174 I weist am oberen Blockrand die Inschrift „1957 SPUTNIK 1“ und am unteren Blockrand die Inschrift „1964 WOSTOK 1“ auf (s. Abb.), die Farbe des Blockrandes ist blauviolett. Nachdem bereits ein kleiner Teil der Auflage dieses Blocks verkauft war, wurde die fehlerhafte Beschriftung entdeckt, der Rest der Auflage zurückgezogen und durch Bl. 174 II ersetzt. Bl. 174 II weist jetzt am oberen Blockrand die Inschrift „1957 SPUTNIK“ und am unteren Blockrand die Inschrift „1961 WOSTOK“ auf, die Farbe des Blockrandes ist violettschwarz.

Auflagen: Bl. 174 I A = 1018 Blocks, Bl. 174 I B = 550 numerierte Blocks, Bl. 174 II A = 180 000 Blocks, Bl. 174 II B = 12 000 numerierte Blocks

1987, 22. Okt. 70. Jahrestag der Oktoberrevolution. RaTdr. (5×5); gez. K 13:12¾.

erg) Wladimir Iljitsch Lenin; Freiheitskämpfer

erh) W. I. Lenin; Kosmonaut

3615	5	St	braunkarmin/orange	erg	0,30	0,30
3616	13	St	violettblau/orange	erh	0,30	0,30
				Satzpreis (2 W.)	0,50	0,50

Auflagen: MiNr. 3615 = 1 000 000, MiNr. 3616 = 500 000 Stück

1987, 27. Okt. Olympische Winterspiele 1988, Calgary. Odr. (5×5); gez. K 13:13¼.

eri) Biathlon

erk) Slalom

erl) Eiskunstlauf

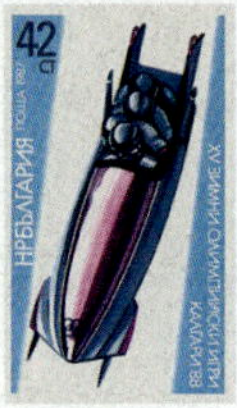

erm) Viererbob

3617	5	St	mehrfarbig	eri	0,30	0,30
3618	13	St	mehrfarbig	erk	0,30	0,30
3619	30	St	mehrfarbig	erl	0,50	0,30
3620	42	St	mehrfarbig	erm	0,80	0,50
				Satzpreis (4 W.)	1,50	1,—
				2 FDC		5,—

Blockausgabe; A = gez. Ks 13:13¼, B = □

ero

ern) Eishockey

3621 A	1 L mehrfarbig	ern	1,50	1,50
Block 175 A	(65×87 mm)	ero	2,—	2,—
		FDC A		5,—
Block 175 B	(65×87 mm)	ero	10,—	10,—
		FDC B		15,—

Auflagen: MiNr. 3617 = 2 800 000, MiNr. 3618 = 1 500 000, MiNr. 3619 = 1 200 000, MiNr. 3620 = 280 000 Stück, Bl. 175 A = 220 000, Bl. 175 B = 12 500 Blocks.

1987, 25. Dez. Neujahr. RaTdr. (5×5); gez. K 13:12¾.

erp

err

erp–err) Friedenstaube

3622	5 St mehrfarbig	erp	0,30	0,30
3623	13 St mehrfarbig	err	0,30	0,30
		Satzpreis (2 W.)	0,50	0,50
		FDC		1,50

Auflagen: MiNr. 3622 = 2 200 000, MiNr. 3623 = 1 200 000 Stück

1987, 30. Dez. Blockausgabe: Konferenz über Sicherheit und Zusammenarbeit in Europa (KSZE), Wien. RaTdr.; A = gez. Ks 13, MiNr. 3625 nur senkrecht gez., B = □.

erv

ers) Konferenzgebäude (Finlandia-Haulle), Helsinki
ert) Landkarte Europas
eru) „Austria Center Vienna", Wien

3624 A	50 St mehrfarbig	ers	1,50	1,50
3625 A	50 St mehrfarbig	ert	1,50	1,50
3626 A	50 St mehrfarbig	eru	1,50	1,50
Block 176 A	(65×87 mm)	erv	4,50	4,50
		FDC A		10,—
Block 176 B	(65×87 mm)	erv	20,—	20,—
		FDC B		30,—

Auflagen: Bl. 176 A = 55 000 Blocks, Bl. 176 B = 13 000 numerierte Blocks

1988, 25. Jan. 110. Geburtstag von Christo Kabaktschiev. RaTdr.; gez. K 13:13¼.

erw) Chr. Kabaktschiev (1878–1940), Parteifunktionär

3627	5 St mehrfarbig	erw	0,30	0,30
		FDC		1,50

Auflage: 500 000 Stück

1988, 25. Jan. Geschützte Wasserpflanzen. Odr., Bogen (7×3) und Kleinbogen (3×2); gez. K 12¼.

erx) Blaustern (Scilla bythynica)

ery) Nelkenwurz (Geum rhodopaeum)

erz) Sumpfdotterblume (Caltha polypetagela)

esa) Seekanne (Nymphoides peltata)

esb) Alpenheilglöckchen (Primula matthioli)

esc) Krebsschere (Stratiotes aloides)

3628	5 St mehrfarbig	erx	0,30	0,20
3629	10 St mehrfarbig	ery	0,30	0,20
3630	13 St mehrfarbig	erz	0,30	0,20
3631	25 St mehrfarbig	esa	0,40	0,20
3632	30 St mehrfarbig	esb	0,50	0,20
3633	42 St mehrfarbig	esc	0,60	0,20
		Satzpreis (6 W.)	2,—	1,—
		2 FDC		5,—
		Kleinbogen	2,50	2,50

MiNr. 3628–3633 wurden auch zusammenhängend im Kleinbogen gedruckt.

Auflagen: MiNr. 3628–3629 je 2 880 600, MiNr. 3630 = 1 580 700, MiNr. 3631–3632 je 1 170 000, MiNr. 3633 = 461 440 Stück, davon jeweils 180 000 im Kleinbogen

1988, 15. Febr. 110. Jahrestag der Befreiung von den Türken. RaTdr.; gez. K 13:12¾.

esd) Kommandeur auf Pferd

ese) Soldaten

3634	5 St mehrfarbig	esd	0,30	0,30
3635	13 St mehrfarbig	ese	0,30	0,30
		Satzpreis (2 W.)	0,50	0,50
		FDC		1,50

Auflagen: MiNr. 3634 = 1 200 000, MiNr. 3635 = 900 000 Stück

1988, 22. März. Internationaler Kongress der Gewerkschaften der Beschäftigten im öffentlichen Dienst, Sofia. RaTdr.; gez. K 13.

esf) Kongressemblem

3636	13 St mehrfarbig	esf	0,30	0,30
		FDC		1,50

Auflage: 200 000 Stück

1988, 25. März. 100 Jahre Bulgarische Staatseisenbahn. Odr., Bogen (3×7) und Kleinbogen (2×3); gez. K 11.

esg) Schlepptenderlokomotive „Jantra“ (1888)

esh) Schlepptenderlokomotive „Christo Botev“ (1905)

esi) Schlepptenderlokomotive (1918)

esk) Tenderlokomotive (1943)

esl) Diesellokomotive (1964)

esm) Elektrolokomotive (1979)

3637	5 St mehrfarbig	esg	0,30	0,30
3638	13 St mehrfarbig	esh	0,30	0,30
3639	25 St mehrfarbig	esi	0,50	0,30
3640	32 St mehrfarbig	esk	0,60	0,30
3641	42 St mehrfarbig	esl	0,80	0,40
3642	60 St mehrfarbig	esm	1,30	0,50
		Satzpreis (6 W.)	3,50	1,50
		2 FDC		6,—
		Kleinbogen	3,50	3,—

		⊙
3638 I	Farbe Schwarzpurpur (Wertziffer, Zeichnung) fehlend	—,—

MiNr. 3637–3642 wurden auch zusammenhängend im Kleinbogen gedruckt.

Auflagen: MiNr. 3637 = 1.790.000, MiNr. 3638 = 1.691.500, MiNr. 3639 = 1.489.900, MiNr. 3640 = 1.391.200, MiNr. 3641 = 990.100, MiNr. 3642 = 410.500 Stück, davon jeweils 190.000 im Kleinbogen

1988, 31. März. Gefallene antifaschistische Postangestellte. RaTdr.; gez. K 13¼:13.

esn) Iwan Nedjalkov „Schablin“ (1880–1925)

eso) Deltscho Spasov (1918–1943)

esp) Nikola Gantschev „Gudscho“ (1915–1943)

esr) Ganka Paschewa „Bojka“ (1921–1944)

			★★	⊙
3643	5 St braunkarmin/weißbraun	esn	0,30	0,30
3644	8 St rotkarmin/weißrot	eso	0,30	0,30
3645	10 St oliv/weißoliv	esp	0,30	0,30
3646	13 St violettblau/weißblau	esr	0,30	0,30
		Satzpreis (4 W.)	0,80	0,80
		2 FDC		2,50

Auflagen: MiNr. 3643 = 1 200 000, MiNr. 3644 = 1 000 000, MiNr. 3645–3646 je 800 000 Stück

1988, 8. April. 90 Geburtstag von Georgi Trajkov. Odr.; gez. K 13:13¼.

ess) Georgi Trajkov (1898–1975), Politiker

3647	5 St gelblichorange/braun	ess	0,30	0,30
		FDC		1,50

Auflage: 600 000 Stück

1988, 26. April. 125 Jahre Internationales Rotes Kreuz. RaTdr. (5×5); gez. K 13.

est) Weltkugel, Rotes Kreuz, Roter Halbmond

3648	13 St mehrfarbig	est	0,30	0,30
		FDC		1,50

Auflage: 300 000 Stück

1988, 28. April. Internationale Kinderversammlung „Banner des Friedens“, Sofia (IV). Odr.; gez. K 14.

esu) Frau in Tracht

esv) Maler im Atelier

esw) Kinder als Artisten in Manege

esx) Kinder läuten Glocken

esy) Musikant

esz) Kosmonaut

3649	5 St mehrfarbig	esu	0,30	0,30
3650	8 St mehrfarbig	esv	0,30	0,30
3651	13 St mehrfarbig	esw	0,30	0,30
3652	20 St mehrfarbig	esx	0,40	0,30
3653	32 St mehrfarbig	esy	0,50	0,30
3654	42 St mehrfarbig	esz	0,60	0,30
		Satzpreis (6 W.)	2,—	1,—
		2 FDC		5,—

Blockausgabe; A = gez. Ks 14, B = □

etb

eta) Emblem

3655 A	50 St mehrfarbig	....	eta	1,—	1,—
Block 177 A	(87×90 mm)	....	etb	1,—	1,—
			FDC A		1,50
Block 177 B	(87×90 mm)	....	etb	4,—	4,—

Auflagen: MiNr 3649–3650 je 1 500 000, MiNr. 3651 = 1 100 000, MiNr. 3652 = 1 200 000, MiNr. 3653 = 800 000, MiNr. 3654 = 270 000 Stück, Bl. 177 A = 240 000Blocks, Bl. 177 B = 60 000 numerierte Blocks

1988, 5. Mai. 170. Geburtstag von Karl Marx. Odr.; gez. K 13¼:13.

etc) Karl Marx (1818–1883), deutscher Philosoph und Nationalökonom

3656 13 St mehrfarbig	....	etc	0,30	0,30
		FDC		3,—

Auflage: 200 000 Stück

1988, 20. Mai. 100 Jahre Zoologischer Garten, Sofia. Odr., Bogen (5×8) und Kleinbogen (2×3); gez. K 12¾.

etd) Afrikanischer Elefant (Loxodonta africana)

ete) Breitmaulnashorn (Ceratotherium simum)

etf) Afrikanischer Wildhund (Lycaon pictus)

etg) Rosapelikan (Pelecanus onocrotalus)

eth) Sudanhornrabe (Bucorvus abyssinicus)

eti) Schnee-Eule (Bubo scandiacus)

3657 5 St mehrfarbig	....	etd	0,30	0,30
3658 13 St mehrfarbig	....	ete	0,30	0,30
3659 25 St mehrfarbig	....	etf	0,50	0,30
3660 30 St mehrfarbig	....	etg	0,60	0,30
3661 32 St mehrfarbig	....	eth	0,70	0,30
3662 42 St mehrfarbig	....	eti	0,90	0,30
		Satzpreis (6 W.)	3,—	1,—
		2 FDC		5,—
		Kleinbogen	3,—	3,—

MiNr. 3657–3662 wurden auch zusammenhängend im Kleinbogen gedruckt.

Auflagen: MiNr. 3657 = 2 250 000, MiNr. 3658–3659 je 1 750 000, MiNr. 3660 = 1 350 000, MiNr. 3661 = 1 250 000, MiNr. 3662 = 500 000 Stück, davon jeweils 250 000 im Kleinbogen

1988, 7. Juni. Weltausstellung EXPO '91, Plovdiv. Odr.; gez. K 13¼:13.

etk) Symbolische Darstellung

3663 13 (St) mehrfarbig	....	etk	0,30	0,30
		FDC		1,50

		⊙
3663 U ungezähnt	....	150,—

Auflage: 500 000 Stück

In ähnlicher Zeichnung: MiNr. 3748

1988, 7. Juni. Internationale Briefmarkenausstellung FINLANDIA '88, Helsinki. Odr., Kleinbogen (3×2) und Markenheftchen (2×2); A = gez. K 13:12¾.

etl) Marke Finnland MiNr. 1
Zierfeld

			★★	⊙
3664 A 30 St rot/kobalt	....	etl	0,40	0,30
		3664 A Zf	0,50	0,50
		FDC		2,50
		Kleinbogen	1,60	1,60

MiNr. 3664 A wurde sowohl im Kleinbogen zu 3 Marken und 3 Zierfeldern (Feld 2, 4 und 6) als auch im Markenheftchen (siehe nach MiNr. 3713) gedruckt.

Auflage: MiNr. 3664 A = 600 000 Stück

MiNr. 3664 B siehe bei Block 184

1988, 7. Juni. Gemeinsamer Weltraumflug UdSSR – Bulgarien. RaTdr.; gez. K 13.

etm) Raumstation „MIR", Flaggenband, Weltkugel

etn) Rakete, Weltkugel

3665 5 St mehrfarbig	....	etm	0,30	0,30
3666 13 St mehrfarbig	....	etn	0,30	0,30
		Satzpreis (2 W.)	0,50	0,50
		FDC		1,50

Auflagen: MiNr. 3665 = 1 000 000, MiNr. 3666 = 500 000 Stück

1988, 10. Juni. Fußball-Europameisterschaft, Bundesrepublik Deutschland. Odr.; gez. K 12¾:13.

eto) Eckstoß

etp) Kopfballduell

etr) Schiedsrichter, Spieler

ets) Spieler mit Pokal

3667	5 St mehrfarbig	eto	0,30	0,30
3668	13 St mehrfarbig	etp	0,30	0,30
3669	30 St mehrfarbig	etr	0,60	0,30
3670	42 St mehrfarbig	ets	0,80	0,40
		Satzpreis (4 W.)	1,70	1,—
		2 FDC		4,50

Blockausgabe; A = gez. Ks 13:12 ¾, B = ☐

etu

ett) Stadion

3671 A 1 L mehrfarbig	ett	1,50	1,50
Block 178 A (90×69 mm)	etu	2,—	1,50
	FDC A		4,50
Block 178 B (90×69 mm)	etu	18,—	18,—
	FDC B		25,—

		★★
Block 178 A F I	Farben Rotkarmin (Wertangabe) und Mattgrau (Blockrand) fehlend	—,—
Block 178 A F II	Farbe Rotkarmin fehlend	—,—

Auflagen: MiNr. 3667 = 1 900 000, MiNr. 3668 = 1 400 000, MiNr. 3669 = 1 200 000, MiNr. 3670 = 250 000 Stück, Bl. 178 A = 210 000 Blocks, Bl. 178 B = 12 500 numerierte Blocks

1988, 14. Juni. Gemälde von Detschko Usunow (1899–1986). Odr.; gez. K 13:13¼.

etv) Porträt eines Kindes

etw) Porträt von Maria Wassilewa

etx) Selbstporträt

			★★	⊙
3672	5 St mehrfarbig	etv	0,30	0,30
3673	13 St mehrfarbig	etw	0,30	0,30
3674	30 St schwarz/braunrot	etx	0,40	0,30
		Satzpreis (3 W.)	1,—	0,50
		FDC		2,50

Auflagen: MiNr. 3672 = 1.500.000, MiNr. 3673 = 1.100.000, MiNr. 3674 = 280.000 Stück

1988, 16. Juni. Blockausgabe: 25. Jahrestag des ersten Weltraumfluges einer Frau. Odr.; A = gez. Ks 13¼:13, B = ☐.

etz

ety) Valentina Tereschkowa, Flug mit Wostok-6

3675 A 1 L mehrfarbig	ety	1,70	1,70
Block 179 A (87×57 mm)	etz	2,—	2,—
	FDC A		4,50
Block 179 B (87×57 mm)	etz	18,—	18,—
	FDC B		25,—

Auflagen: Bl. 179 A = 200 000 Blocks, Bl. 179 B = 12 500 numerierte Blocks

1988, 27. Juni. Ikonen aus der Region Kardschali. Odr. (5×5); gez. K 13:13¼.

eua) Hl. Johannes der Täufer; Ikone aus Bjala Poljana (1592)

eub) Hl. Georg tötet den Drachen; Ikone aus Drabischna (1841)

3676	5 St mehrfarbig	eua	0,30	0,30
3677	8 St mehrfarbig	eub	0,30	0,30
		Satzpreis (2 W.)	0,50	0,50
		Kehrdruckpaar	0,60	0,60
		FDC		2,50

MiNr. 3676–3677 wurden jeweils in senkrechten Kehrdruckpaaren gedruckt.

Auflage: 2 000 000 Sätze

1988, 25. Juli. 120. Todestag von Hadschi Dimitar und Stefan Karadscha. Odr.; gez. K 13:12¾.

euc) H. Dimitar (1840–1868) und S. Karadscha (1840–1868), Freiheitskämpfer

3678	5 St mehrfarbig	euc	0,30	0,30
		FDC		1,50

Auflage: 1 000 000 Stück

1988, 25. Juli. Olympische Sommerspiele, Seoul. Odr.; gez. K 12¾:13.

eud) Hochsprung

eue) Gewichtheben

euf) Ringen

eug) Rhythmische Sportgymnastik

3679	5 St	mehrfarbig	eud	0,30	0,30
3680	13 St	mehrfarbig	eue	0,30	0,30
3681	30 St	mehrfarbig	euf	0,50	0,30
3682	42 St	mehrfarbig	eug	0,80	0,30
			Satzpreis (4 W.)	1,50	0,80
			2 FDC		4,—

Blockausgabe; A = gez. Ks 12¾:13, B = □

eui

euh) Volleyball

3683 A	1 L	mehrfarbig	euh	1,50	1,50
Block 180 A		(115×75mm)	eui	2,—	2,—
			FDC A		1,50
Block 180 B		(115×75mm)	eui	18,—	18,—
			FDC B		25,—

Auflagen: MiNr 3679 = 1 900 000, MiNr. 3680–3681 je 1 200 000, MiNr. 3682 = 250 000 Stück, Bl. 180 A = 210 000 Blocks, Bl. 180 B = 12 500 numerierte Blocks

1988, 26. Juli. 30 Jahre Zeitschrift „Probleme des Friedens und des Sozialismus". Odr.; gez. K 13:12¾.

euk) Titelseiten der Zeitschrift

3684	13 St	mehrfarbig	euk	0,30	0,30
			FDC		1,50

Auflage: 1 000 000 Stück

1988, 27. Juli. Gemälde aus der Galerie der Stiftung „Ljudmila Schiwkowa". Odr.; gez. K 14.

eul) Hafen von Algier; von Albert Marquet (1875–1947), französischer Maler

eum) Porträt von Hermine David; von Jules Pascin (1885–1930), bulgarischer Maler

eun) Madonna mit Kind und zwei Heiligen; von Giovanni Rosso (1480–1549), italienischer Maler

euo) Der dürre Baum; von Roland Oudot (1897–1981), französischer Maler

3685	30 St	mehrfarbig	eul	0,50	0,30
3686	30 St	mehrfarbig	eum	0,50	0,30
3687	30 St	mehrfarbig	eun	0,50	0,30
3688	30 St	mehrfarbig	euo	0,50	0,30
			Satzpreis (4 W.)	2,—	1,—
			FDC		4,50

Auflagen: MiNr. 3685–3687 je 900.000, MiNr. 3688 = 210.000 Stück

1988, 6. Mai. Vögel. Odr. (10×5); gez. K 13:13¼.

eup) Silbermöwe (Larus argentatus)

eur) Weißstorch (Ciconia ciconia)

eus) Nebelkrähe (Corvus corone cornix)

eut) Graureiher (Ardea cinerea)

euu) Habicht (Accipiter gentilis)

euv) Uhu (Bubo bubo)

3689	5 St	mehrfarbig	eup	0,30	0,30
3690	5 St	mehrfarbig	eur	0,30	0,30
3691	8 St	mehrfarbig	eus	0,30	0,30
3692	8 St	mehrfarbig	eut	0,30	0,30
3693	10 St	mehrfarbig	euu	0,50	0,30
3694	42 St	mehrfarbig	euv	1,50	0,40
			Satzpreis (6 W.)	3,—	0,80

Auflage: 5 000 000 Sätze

1988, 22. Aug. 100 Jahre St.-Kliment-von-Ohrid-Universität, Sofia. Odr.; gez. K 13.

euw) Universitätsgebäude

3695	5 St	mehrfarbig	euw	0,30	0,30

Auflage: 1 000 000 Stück

1988, 22. Aug. Internationale Briefmarkenausstellung PRAGA '88, Prag. Odr., Kleinbogen (3×2) und Markenheftchen (2×2); A = gez. K 13:12¾.

eux) Marke Tschechoslowakei MiNr. 2 in Rot
Zierfeld

3696 A	25 St violettultramarin/rot	eux	0,30	0,30
		3696 A Zf	0,40	0,40
		FDC		2,50
		Kleinbogen	1,50	1,50

MiNr. 3696 A wurde sowohl im Kleinbogen zu 3 Marken und 3 Zierfeldern (Feld 1, 3 und 5) als auch im Markenheftchen (siehe nach MiNr. 3713) gedruckt.

Auflage: MiNr. 3696 A = 600 000 Stück

MiNr. 3696 B siehe bei Block 185

1988, 1. Sept. Internationale Briefmarkenausstellung OLYMPHILEX '88, Seoul. Odr., Kleinbogen (3×2) und Markenheftchen (2×2); A = gez. K 13:12¾.

euy) Marke Korea MiNr. 1
Zierfeld

3697 A	62 St smaragdgrün/karminrot	euy	1,—	1,—
		3697 A Zf	1,20	1,20
		FDC		2,50
		Kleinbogen	3,50	3,50

MiNr. 3697 A wurde sowohl im Kleinbogen zu 3 Marken und 3 Zierfeldern (Feld 1, 3 und 5) als auch im Markenheftchen (siehe nach MiNr. 3713) gedruckt.

Auflage: MiNr. 3697 A = 600 000 Stück

MiNr. 3697 B siehe bei Block 186

1988, 15. Sept. 25 Jahre Metallurgisches Kombinat Kremikovtzi. Odr.; gez. K 12¾:13.

euz) Symbolische Darstellung

3698	5 St mehrfarbig	euz	0,30	0,30

Auflage: 500 000 Stück

1988, 16. Sept. Interparlamentarische Konferenz, Sofia. Odr.; gez. K 13.

eva) Parlamentsgebäude, Sofia, Weltkarte

3699	13 St karminrot/kobalt	eva	0,30	0,30

Auflage: 400 000 Stück

1988, 20. Sept. Kulturhistorisches Erbe aus der Region Kardschali. Odr.; gez. K 13:12¾, Hochformat ∼.

evb) Tongefäß (13.–14. Jh.)

evc) Ruine der mittelalterlichen Festung Perperikon

3700	5 St mehrfarbig	evb	0,30	0,30
3701	8 St mehrfarbig	evc	0,30	0,30
		Satzpreis (2 W.)	0,50	0,50

Auflage: 1 000 000 Sätze

1988, 23. Sept. 300. Jahrestag des Aufstandes von Čiprovci. Odr.; gez. K 13.

evd) Soldaten

3702	5 St mehrfarbig	evd	0,30	0,30
		FDC		1,50

Auflage: 1 000 000 Stück

1988, 26. Sept. Bären. Odr., Bogen (5×8) und Kleinbogen (3×2); gez. K 12½.

eve) Braunbär (Ursus arctos)
evf) Eisbär (Ursus maritimus)
evg) Lippenbär (Melursus ursinius)
evh) Malaienbär (Helarctos malayanus)
evi) Himalayabär (Selenarctos thibetanus)
evk) Brillenbär (Tremarctos ornatus)

3703	5 St mehrfarbig	eve	0,30	0,30
3704	8 St mehrfarbig	evf	0,30	0,30
3705	13 St mehrfarbig	evg	0,30	0,30
3706	20 St mehrfarbig	evh	0,40	0,30
3707	32 St mehrfarbig	evi	0,60	0,30
3708	42 St mehrfarbig	evk	1,—	0,30
		Satzpreis (6 W.)	2,50	1,—
		Kleinbogen	2,50	2,50

MiNr. 3703–3708 wurden einzeln im Bogen und zusammenhängend im Kleinbogen gedruckt.

Auflagen: MiNr. 3703 = 2.200.000, MiNr. 3704 = 1.970.000, MiNr. 3705 = 1.720.000, MiNr. 3706 = 1.470.000 MiNr. 3708 = 470.000 Stück, davon jeweils 220.000 im Kleinbogen

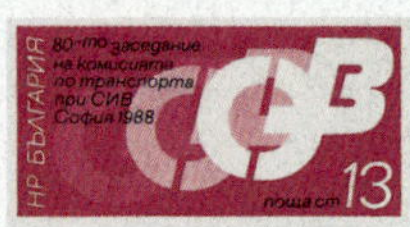

1988, 17. Okt. Sitzung der Transportkommission des Rates für gegenseitige Wirtschaftshilfe (SEW), Sofia. RaTdr.; gez. K 13¼:13.

evl) SEW-Emblem

3709	13 St magenta/schwarz	evl	0,30	0,30

Auflage: 600 000 Stück

1988, 29. Okt. Öko-Forum für den Frieden (EFF). Odr.; gez. K 13.

evm) EFF-Emblem

3710 20 St mehrfarbig . . . . evm 0,40 0,30

Auflage: 1 000 000 Stück

1988, 2. Nov. Nationale Briefmarkenausstellung PLOVDIV '88. Odr.; A = gez. K 13.

evn) Römisches Amphitheater, Plovdiv, Ausstellungsembleme

3711 A 5 St mehrfarbig . . . . evn 0,30 0,30

Auflage: 500 000 Stück

MiNr. 3711 B siehe bei Block 187

1988, 17. Nov. 25 Jahre bulgarisches Radio- und Fernsehkombinat. Odr.; gez. K 12¾:13.

evo) Sendetürme

3712 5 St mehrfarbig . . . . evo 0,30 0,30

Auflage: 1 000 000 Stück

1988, 22. Nov. Internationale Briefmarkenausstellung BULGARIA '89, Sofia (I). Odr., Kleinbogen (3×2) und Markenheftchen (2×2); A = gez. K 13:12¾.

evp) Marke Bulgarien MiNr. 1
Zierfeld

3713 A 42 St mehrfarbig . . . . evp 0,50 0,50
3713 A Zf 0,60 0,60
Kleinbogen 2,— 2,—
Markenheftchen 15,— 15,—

MiNr. 3713 A wurde sowohl im Kleinbogen zu 3 Marken und 3 Zierfeldern (Feld 1, 3 und 5) als auch im Markenheftchen gedruckt. Das Markenheftchen enthält 4 H-Blätter mit 4 × MiNr. 3664 A, 3696 A–3697 A und 3713 A.

Auflagen: MiNr. 3713 A = 600 000 Stück und 22 860 Markenheftchen

MiNr. 3713 B siehe bei Block 188

1988, 25. Nov. Blockausgabe: 40 Jahre Donauschifffahrtskonvention. Odr.; A = gez. Ks 13¼:13, B = □.

evt

evr) Motorschiff „Russe"
evs) Motorschiff „Aleksandur Stambolijski"

3714 A 1 L mehrfarbig . . . . evr 2,— 2,—
3715 A 1 L mehrfarbig . . . . evs 2,— 2,—
Block 181 A (105×124 mm) . . . . evt 4,— 4,—
Block 181 B (105×124 mm) . . . . evt 25,— 25,—

Auflagen: Bl. 181 A = 60 000 Blocks, Bl. 181 B = 12 000 numerierte Blocks

1988, 28. Nov. Sicherheit im Straßenverkehr. Odr.; gez. K 13¼:13.

evu) Kinder, Autos

3716 5 St mehrfarbig . . . . evu 0,30 0,30

Auflage: 1 000 000 Stück

1988, 19. Dez. Tourismus. Odr.; gez. K 13.

evv) Hotel „Rila", Borowetz

evw) Hotel „Pirin", Bansko

evx) Hotel „Der Glückliche" am Berg Witoscha bei Sofia

evy) Hotel „Perelik", Pamporovo

3717 5 St mehrfarbig . . . . evv 0,30 0,30
3718 8 St mehrfarbig . . . . evw 0,30 0,30
3719 13 St mehrfarbig . . . . evx 0,30 0,30
3720 30 St mehrfarbig . . . . evy 0,50 0,30
Satzpreis (4 W.) 1,— 0,50
2 FDC 3,50

Auflagen: MiNr. 3717–3718 je 1 300 000, MiNr. 3719–3720 je 600 000 Stück

1988, 20. Dez. Neujahr. Odr. (5×5); gez. K 12¾:13.

evz) Vase mit Hirsch und Schneekristall

ewa) Weihnachtsbaum, Reh

3721	5 St	mehrfarbig	evz	0,30	0,30
3722	13 St	mehrfarbig	ewa	0,30	0,30
			Satzpreis (2 W.)	0,50	0,50

Auflage: 1 000 000 Sätze

1988, 28. Dez. Blockausgabe: Unbemannter Probeflug der sowjetischen Raumfähre „Buran“. Odr.; gez. Ks 13¼:13.

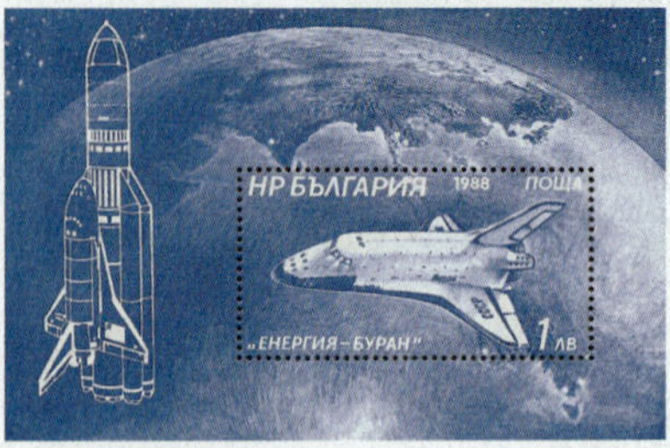

ewc

ewb) Raumfähre „Buran“

3723 A	1 L	blau	ewb	1,50	1,50
Block 182 A		(102×67 mm)	ewc	2,—	1,80
Block 182 B		(102×67 mm)	ewc	18,—	18,—

Auflagen: Bl. 182 A = 200 000 Blocks, Bl. 182 B = 12 500 numerierte Blocks

1988, 29. Dez. Geschichte des Postverkehrs; Internationale Briefmarkenausstellung BULGARIA ’89, Sofia (II). Odr.; A = gez. K 13¼:13.

ewd) Postkutsche

ewe) Postflugzeug DAR-1

ewf) Postlastwagen

ewg) Postschiff

3724 A	25 St	mehrfarbig	ewd	0,50	0,30
3725 A	25 St	mehrfarbig	ewe	0,50	0,30
3726 A	25 St	mehrfarbig	ewf	0,50	0,30
3727 A	25 St	mehrfarbig	ewg	0,50	0,30
			Satzpreis (4 W.)	2,—	0,80
			2 FDC		4,50

Auflage: 480 000 Sätze

MiNr. 3724 B–3727 B siehe bei Block 189–193

1989, 14. Jan. Internationale Briefmarkenausstellung INDIA ’89, Neu Delhi. Odr., Kleinbogen (3×2) und Markenheftchen (2×2); A = gez. K 13:12¾.

ewh) Marke Indien MiNr. 183
Zierfeld

3728 A	62 St	rotorange/oliv	ewh	0,80	0,80
			3728 A Zf	1,—	1,—
			FDC		3,—
			Kleinbogen	3,—	3,—

MiNr. 3728 A wurde sowohl im Kleinbogen zu 3 Marken und 3 Zierfeldern (Feld 1, 3 und 5) als auch im Markenheftchen (siehe nach MiNr. 3754) gedruckt.

Auflage: MiNr. 3728 A = 600 000 Stück

MiNr. 3728 B siehe bei Block 195

1989, 23. Jan. Internationale Briefmarkenausstellung PHILEX-FRANCE ’89, Paris. Odr., Kleinbogen (3×2) und Markenheftchen (2×2); A = gez. K 13:12¾.

ewi) Marke Frankreich MiNr. 1
Zierfeld

3729 A	42 St	violettultramarin/ockerbraun	ewi	0,50	0,50
			3729 A Zf	0,60	0,60
			FDC		2,50
			Kleinbogen	2,—	2,—

MiNr. 3729 A wurde sowohl im Kleinbogen zu 3 Marken und 3 Zierfeldern (Feld 1, 3 und 5) als auch im Markenheftchen (siehe nach MiNr. 3754) gedruckt.

Auflage: MiNr. 3729 A = 600 000 Stück

MiNr. 3729 B siehe bei Block 196

1989, 30. Jan. Blockausgabe: Winter-Universiade, Sofia. Odr.; I = mit aufgedruckter Zähnung, II = ohne aufgedruckte Zähnung; □.

ewo

ewk) Slalom
ewl) Eishockey
ewm) Biathlon
ewn) Eisschnelllauf

3730	25 St	mehrfarbig	ewk	0,40	0,40
3731	25 St	mehrfarbig	ewl	0,40	0,40
3732	25 St	mehrfarbig	ewm	0,40	0,40
3733	25 St	mehrfarbig	ewn	0,40	0,40
Block 183 I		(86×142 mm)	ewo	2,—	2,—
Block 183 II		(86×142 mm)	ewo	17,—	17,—

Auflagen: Bl. 183 I = 190 000 Blocks, Bl. 183 II = 12 500 numerierte Blocks

1989, 7. Febr. Festival für Humor und Satire, Gabrovo. Odr.; gez. K 13¼:13.

ewp) Don Quichotte auf Rosinante, Sancho Pansa; Skulptur vor dem Haus für Humor und Satire, Gabrovo

3734	13 St	mehrfarbig	ewp	0,30	0,30

Auflage: 1 200 000 Stück

1989, 22. Febr. Gefährdete Pflanzen. Odr.; gez. K 13:13¼.

ewr) Gesneria (Ramonda serbica)

ews) Pfingstrose (Paeonia maskula)

ewt) Veilchen (Viola perinensis)

ewu) Dracunculus vulgaris

ewv) Tulpe (Tulipa splendens)

eww) Rindera umbellata

3735	5 St	mehrfarbig	ewr	0,30	0,30
3736	10 St	mehrfarbig	ews	0,30	0,30
3737	25 St	mehrfarbig	ewt	0,40	0,30
3738	30 St	mehrfarbig	ewu	0,50	0,30
3739	42 St	mehrfarbig	ewv	0,80	0,40
3740	60 St	mehrfarbig	eww	1,—	0,50
		Satzpreis (6 W.)		3,—	1,50
		Kleinbogen		3,—	3,—

MiNr. 3735–3740 wurden auch zusammenhängend im Kleinbogen gedruckt.

Auflagen: MiNr. 3735–3736 je 2 300 000, MiNr. 3737–3738 je 1 900 000, MiNr. 3739 = 1 300 000, MiNr. 3740 = 420 000 Stück, davon je 200 000 im Kleinbogen

1989, 27. Febr. Weltweiter Naturschutz: Fledermäuse. Odr., Bogen (5×10) und Kleinbogen (2×2); gez. K 13:12¾.

ewx) Großer Abendsegler (Nyctalus noctula)

ewy) Große Hufeisennase (Rhinolophus ferrumequinum)

ewz) Mausohr (Myotis myotis)

exa) Zweifarbige Fledermaus (Vespertilio murinus)

3741	5 St	mehrfarbig	ewx	0,30	0,30
3742	13 St	mehrfarbig	ewy	0,30	0,30
3743	30 St	mehrfarbig	ewz	1,—	0,40
3744	42 St	mehrfarbig	exa	1,50	1,20
		Satzpreis (4 W.)		3,—	2,—
		Kleinbogen		4,—	4,—

MiNr. 3741–3744 wurden auch zusammenhängend im Kleinbogen gedruckt.

Auflagen: MiNr. 3741 = 2 850 000, MiNr. 3742 = 2 450 000, MiNr. 3743 = 1 950 000, MiNr. 3744 = 770 000 Stück, davon jeweils 350 000 im Kleinbogen

1989, 1. März. 110. Geburtstag von Aleksandur Stambolijski. Odr.; gez. K 13.

exb) A. Stambolijski (1879–1923), Politiker

3745	5 St	gelblichorange/schwarz	exb	0,30	0,30

Auflage: 800 000 Stück

1989, 31. März. Blockausgabe: Internationale Briefmarkenausstellung BULGARIA '89, Sofia (III). Odr.; B = □.

3664 B	30 St	rot/kobalt	etl	–,–	–,–
Block 184		mit 3×MiNr. 3664 B (170×115 mm)	exc	7,—	7,—
3696 B	25 St	violettultramarin/rot	eux	–,–	–,–
Block 185		mit 3×MiNr. 3696 B (170×115 mm)	exd	7,—	7,—

3697 B	62 St smaragdgrün/karminrot	euy	—,—	—,—
Block 186	mit 3×MiNr. 3697 B (170×115 mm)	exe	7,—	7,—
3711 B	5 St mehrfarbig	evn	—,—	—,—
Block 187	mit 6×MiNr. 3711 B (170×115 mm)	exf	7,—	7,—
3713 B	42 St mehrfarbig	evp	—,—	—,—
Block 188	mit 3×MiNr. 3713 B (170×115 mm)	exg	7,—	7,—
3724 B	25 St mehrfarbig	ewd	—,—	—,—
3725 B	25 St mehrfarbig	ewe	—,—	—,—
3726 B	25 St mehrfarbig	ewf	—,—	—,—
3727 B	25 St mehrfarbig	ewg	—,—	—,—
Block 189	mit 4×MiNr. 3724 B (118×128 mm)	exh	7,—	7,—
Block 190	mit 4×MiNr. 3725 B (118×128 mm)	exi	7,—	7,—
Block 191	mit 4×MiNr. 3726 B (118×128 mm)	exk	7,—	7,—
Block 192	mit 4×MiNr. 3727 B (118×128 mm)	exl	7,—	7,—
Block 193	mit MiNr. 3724 B–3727 B (118×128 mm)	exm	7,—	7,—
	Gesamtpreis (10 Blocks)		70,—	70,—

Auflagen: Bl. 184–193 je 22 860 Blocks

1989, 10. April. Blockausgabe: 10. Jahrestag des ersten gemeinsamen Weltraumfluges UdSSR–Bulgarien. Odr.; A = gez. Ks 12¾:13, B = ☐.

exp

exn) Trägerrakete mit Raumsonde „SOJUS 33“ beim Start
exo) Kosmonauten Nikolaj Rukawischnikow (1932–2002) und Georgi Ivanov (*1940)

3746 A	50 St mehrfarbig	exn	1,—	1,—
3747 A	50 St mehrfarbig	exo	1,—	1,—
Block 194 A	(130×90 mm)	exp	2,—	2,—
Block 194 B	(130×90 mm)	exp	18,—	18,—

Auflagen: Bl. 194 A = 180 000 Blocks, Bl. 194 B = 12 500 numerierte Blocks

1989, 20. April. Erfindermesse, Plovdiv; Weltausstellung EXPO '91, Plovdiv. Odr.; gez. K 13 ¼:13.

exr) Symbolische Darstellung, EXPO-Emblem

3748	5 St mehrfarbig	exr	0,30	0,30

Auflage: 800 000 Stück

In ähnlicher Zeichnung: MiNr. 3663

1989, 28. April. 110. Geburtstag von Petko Enev und Stanke Dimitrow. Odr.; gez. K 13.

exs) Petko Enev (1889–1925), Führer des Aufstandes in Vova Zagora 1923

ext) Stanke Dimitrow (1889–1944), Politiker

3749	5 St rosa/schwarz	exs	0,30	0,30
3750	5 St magenta/schwarz	ext	0,30	0,30
	Satzpreis (2 W.)		0,50	0,50

Auflage: 800 000 Sätze

1989, 28. April. Ikonen der Bansko-Schule; Internationale Briefmarkenausstellung BULGARIA '89, Sofia (IV). Odr., Bogen (10×4) und Markenheftchen (2×2); A = gez. K 13:13¼.

exu) Erzengel Michael; von Dimitar Molerov (19. Jh.)

exv) Hl. Dimitar; von Ivan Tersiev (19. Jh.)

exw) Johannes der Täufer; von T. Wischanov (18./19. Jh.)

exx) Madonna mit Kind; von Toma Wischanov (19. Jh.)

3751 A	30 St mehrfarbig	exu	0,50	0,30
3752 A	30 St mehrfarbig	exv	0,50	0,30
3753 A	30 St mehrfarbig	exw	0,50	0,30
3754 A	30 St mehrfarbig	exx	0,50	0,30
	Satzpreis (4 W.)		2,—	0,80
	Markenheftchen		15,—	10,—

Das Markenheftchen enthält 4 H-Blätter mit 4 × MiNr. 3728 A–3729 A und 3752 A–3753 A.

Auflagen: MiNr. 3751 A–3754 A = 370 000 Sätze und 24 615 Markenheftchen

MiNr. 3751 B–3754 B siehe bei Block 197–201

1989, 5. Mai. 110 Jahre bulgarisches Fernmeldewesen. Odr.; A = gez. K 13:13¼.

exy) Telekopiergerät; Frau mit Brief

exz) Fernschreiber; Mann mit Morseapparat

eya) Tastentelefon; Mann mit Telefon

eyb) Parabolantenne; Mädchen mit Radiogerät

3755 A	5 St mehrfarbig	exy	0,30	0,30
3756 A	8 St mehrfarbig	exz	0,30	0,30
3757 A	35 St mehrfarbig	eya	0,60	0,40
3758 A	42 St mehrfarbig	eyb	0,80	0,50
	Satzpreis (4 W.)		1,70	1,—

MiNr. 3755 B–3757 B siehe bei Block 202–204

1989, 22. Mai. Blockausgabe: Internationale Briefmarkenausstellung BULGARIA ’89, Sofia (V). Odr.; B = ☐.

3728 B	62 St rotorange/oliv	ewh	—,—	—,—
Block 195	mit 3×MiNr. 3728 B (170×115 mm)	eyc	8,—	8,—
3729 B	42 St violettultramarin/ockerbraun	ewl	—,—	—,—
Block 196	mit 3×MiNr. 3729 B (170×115 mm)	eyd	8,—	8,—
3751 B	30 St mehrfarbig	exu	—,—	—,—
3752 B	30 St mehrfarbig	exv	—,—	—,—
3753 B	30 St mehrfarbig	exw	—,—	—,—
3754 B	30 St mehrfarbig	exx	—,—	—,—
Block 197	mit 4×MiNr. 3751 B (87×162 mm)	eye	8,—	8,—
Block 198	mit 4×MiNr. 3752 B (87×162 mm)	eyf	8,—	8,—
Block 199	mit 4×MiNr. 3753 B (87×162 mm)	eyg	8,—	8,—
Block 200	mit 4×MiNr. 3754 B (87×162 mm)	eyh	8,—	8,—
Block 201	mit MiNr. 3751 B–3754 B (87×162 mm)	eyi	8,—	8,—
3755 B	5 St mehrfarbig	exy	—,—	—,—
3756 B	8 St mehrfarbig	exz	—,—	—,—
3757 B	35 St mehrfarbig	eya	—,—	—,—
Block 202	mit 6×MiNr. 3755 B (116×135 mm)	eyk	8,—	8,—
Block 203	mit 6×MiNr. 3756 B (116×135 mm)	eyl	8,—	8,—
Block 204	mit 6×MiNr. 3757 B (116×135 mm)	eyl	8,—	8,—
	Gesamtpreis (10 Blocks)		80,—	80,—

Auflagen: Bl. 195–204 je 24 615 Blocks

1989, 22. Mai. Blockausgabe: Kongress des Internationalen Philatelistenverbandes (FIP), Sofia; Internationale Briefmarkenausstellung BULGARIA ’89, Sofia (VI). Odr.; A = gez. Ks 13, B = ☐.

eyo

eyn) Nike in Quadriga; Thrakische Silberapplikation (5. Jh. v. Chr.)

3759 A	1 L mehrfarbig	eyn	1,50	1,50
Block 205 A	(87×120 mm)	eyo	2,—	2,—
Block 205 B	(87×120 mm)	eyo	18,—	18,—

Auflagen: Bl. 205 A = 180 000 Blocks, Bl. 205 B = 12 500 numerierte Blocks

1989, 7. Juni. 1. Jahrestag des zweiten gemeinsamen Weltraumfluges UdSSR-Bulgarien. Odr.; gez. K 13¼:13.

eyp) Kosmonauten A. P. Aleksandrov. A. J. Solowjow und W. P. Sawinich

3760	13 St mehrfarbig	eyp	0,30	0,30

Auflage: 800 000 Stück

1989, 15. Juni. 70. Jahrestag des ersten Kongresses der Bulgarischen Kommunistischen Partei (BKP). Odr.; gez. K 13:13¼.

eyr) Parteiprogramm

3761	5 St mehrfarbig	eyr	0,30	0,30

Auflage: 1 200 000 Stück

1989, 15. Juni. 250. Geburtstag von Sofronij Wratschanski. Odr.; gez. K 13.

eys) S. Wratschanski (1739–1813), Schriftsteller

3762	5 St mehrfarbig	eys	0,30	0,30

Auflage: 1 200 000 Stück

1989, 15. Juni. 150. Geburtstag von Ilija Blaskov. Odr.; gez. K 13.

eyt) I. Blaskov (1839–1913), Schriftsteller

3763	5 St mehrfarbig	eyt	0,30	0,30

Auflage: 1 200 000 Stück

1989, 26. Juni. 200. Jahrestag der Französischen Revolution. Odr.; gez. K 13.

eyu) Friedenstauben

eyv) Jean Paul Marat (1744–1793), französischer Revolutionär

eyw) Maximilien de Robespierre (1758–1794), französischer Politiker

3764	13 St mehrfarbig	eyu	0,30	0,30
3765	30 St mehrfarbig	eyv	0,50	0,30
3766	42 St mehrfarbig	eyw	0,70	0,30
	Satzpreis (3 W.)		1,50	0,60

Auflagen: MiNr. 3764–3765 je 800 000, MiNr. 3766 = 200 000 Stück

1989, 30. Juni. 7. Sommerspartakiade der befreundeten Armeen. Odr.; gez. K 13.

eyx) Kunstturnen – Seitpferd

eyy) Springreiten

eyz) Leichtathletik – Weitsprung

eza) Schießen

3767 5 St mehrfarbig .... eyx 0,30 0,30
3768 13 St mehrfarbig .... eyy 0,30 0,30
3769 30 St mehrfarbig .... eyz 0,50 0,30
3770 42 St mehrfarbig .... eza 0,70 0,40
Satzpreis (4 W.) 1,50 0,80

Auflagen: MiNr. 3767 = 2 100 000, MiNr. 3768 = 1 600 000, MiNr. 3769 = 1 300 000, MiNr. 3770 = 220 000 Stück

1989, 1. Aug. 200. Geburtstag von Wassil Aprilov. Odr.; gez. K 13.

ezb) W. Aprilov (1789–1847), Schriftsteller

3771 8 St mehrfarbig .... ezb 0,30 0,30

Auflage: 1 200 000 Stück

1989, 5. Aug. 100. Geburtstag von Stoyan Zagortchinov. Odr.; gez. K 13.

A ezb) St. Zagortchinov (1889–1969), Schriftsteller

A 3771 10 St graublau/schwarz .... A ezb 0,30 0,30

Auflage: 1 000 000 Stück

1989, 11. Aug. Kanu-Weltmeisterschaften, Plovdiv. Odr.; gez. K 13.

ezc) Kajak

ezd) Kanadier

3772 13 St mehrfarbig .... ezc 0,30 0,30
3773 30 St mehrfarbig .... ezd 0,70 0,30
Satzpreis (2 W.) 1,— 0,50

Auflagen: MiNr. 3772 = 1 600 000, MiNr. 3773 = 1 200 000 Stück

1989, 29. Aug. 150 Jahre Fotografie. Odr.; gez. K 13.

eze) Félix Tournachon, genannt Nadar (1820–1919), französischer Fotograf, in Ballonkorb; Luftschiff LZ 127 „Graf Zeppelin" über Alexander-Newskij-Kathedrale, Sofia

3774 42 St mehrfarbig .... eze 1,— 0,40

Auflage: 800 000 Stück

1989, 30. Aug. 45 Jahre Volksregierung. Odr.; gez. K 13.

ezf) Soldaten

ezg) Frau begrüßt Soldaten

ezh) Jugendliche

3775 5 St mehrfarbig .... ezf 0,30 0,30
3776 8 St mehrfarbig .... ezg 0,30 0,30
3777 13 St mehrfarbig .... ezh 0,30 0,30
Satzpreis (3 W.) 0,50 0,50

Auflagen: MiNr. 3775–3776 je 1 200 000, MiNr. 3777 = 800 000 Stück

1989, 31. Aug. 100 Jahre Naturwissenschaftliches Museum. Odr.; gez. K 13:12¾.

ezi) Bartgeier (Gypaetus barbatus), Eurasischer Luchs (Lynx lynx)

3778 13 St mehrfarbig .... ezi 0,30 0,30

Auflage: 2 000 000 Stück

1989, 22. Sept. Gefallene antifaschistische Postangestellte. Odr.; gez. K 12¾:13.

A ezi) Ljubomir D. Dardjikov (1919–1943)

B ezi) Ivan Bankov „Dobrev" (1919–1943)

C ezi) Nestor P. Antonov (1916–1943)

A 3778 5 St mehrfarbig .... A ezi 0,30 0,30
B 3778 8 St mehrfarbig .... B ezi 0,30 0,30
C 3778 13 St mehrfarbig .... C ezi 0,30 0,30
Satzpreis (3 W.) 0,60 0,50

Auflagen: MiNr. A 3778-B 3778 je 600 000, MiNr. C 3778 = 500 000 Stück

1989, 25. Sept. 100. Geburtstag von Christo Jassenov (1890). Odr.; gez. K 13.

ezk) Christo Jassenov (1890–1925), Dichter

3779 8 St mehrfarbig .... ezk 0,30 0,30

Auflage: 1 200 000 Stück

1989, 25. Sept. Kongress des Internationalen Verbandes der Spediteure (FIATA), Sofia. Odr.; gez. K 13.

ezl) Sattelschlepper, FIATA-Emblem

3780 42 St kobalt/violettultramarin . . . . ezl 1,— 0,60

Auflage: 800 000 Stück

1989, 10. Okt. 100. Geburtstag von Jawaharlal Nehru. Odr.; gez. K 13.

ezm) Jawaharlal Nehru (1889–1964), indischer Politiker und Premierminister

3781 13 St mehrfarbig . . . . ezm 0,30 0,30

Auflage: 400 000 Stück

1989, 12. Okt. Blockausgabe: Umweltschutz-Treffen der Konferenz über Sicherheit und Zusammenarbeit in Europa (KSZE), Sofia. Odr.; A = gez. Ks 13, B = □.

ezp

ezn–ezo) Weißnackenkranich (Grus vipio)

3782 A	50 St	mehrfarbig	. . . .	ezn	1,—	1,—
3783 A	1 L	mehrfarbig	. . . .	ezo	2,—	2,—
Block 206 A		(130×86 mm)	. . . .	ezp	4,—	4,—
Block 206 B		(130×86 mm)	. . . .	ezp	20,—	20,—

Auflagen: Bl. 206 A = 60 000 Blocks, Bl. 206 B = 15 000 numerierte Blocks

1989, 20. Okt. Schlangen. Odr., Bogen (5×10) und Kleinbogen (3×2); gez. K 13:12¾.

ezr) Türkische Sanaboa (Eryx jaculus turcicus)

ezs) Äskulapnatter (Elaphe longissima)

ezt) Leopardnatter (Elaphe situla)

ezu) Vierstreifennatter (Elaphe quatuorlineata)

ezv) Katzennatter (Telescopus fallax)

ezw) Schwarzhalsnatter (Coluber rubriceps)

3784	5 St	mehrfarbig	ezr	0,30	0,30
3785	10 St	mehrfarbig	ezs	0,30	0,30
3786	25 St	mehrfarbig	ezt	0,50	0,30
3787	30 St	mehrfarbig	ezu	0,60	0,40
3788	42 St	mehrfarbig	ezv	0,90	0,50
3789	60 St	mehrfarbig	ezw	1,20	0,60
			Satzpreis (6 W.)	3,50	2,—
			Kleinbogen	3,50	3,50

MiNr. 3784–3789 wurden auch zusammenhängend im Kleinbogen gedruckt.

Auflagen: MiNr. 3784–3785 = 2 550 000, MiNr. 3786 = 1 850 000, MiNr. 3787 = 1 650 000, MiNr. 3788 = 1 450 000, MiNr. 3789 = 520 000 Stück, davon jeweils 250 000 im Kleinbogen

1989, 4. Nov. Verkaufsausstellung für technisch-wissenschaftliche Erfindungen der Jugend, Plovdiv. Odr.; gez. K 12¾:13.

ezx) Löwe in Ballon

3790 13 St mehrfarbig . . . . ezx 0,30 0,30

Auflage: 800 000 Stück

1989, 10. Nov. Blockausgabe: Kinderspiele. Odr.; A = gez. Ks 13:13¼, B = □.

fac

ezy) Junge auf Skatebord
ezz) Mädchen mit Ball und Puppe
faa) Mädchen bei einem Hüpfspiel
fab) Junge spielt mit Modelleisenbahn

3791 A	30	(St)	+ 15 St mehrfarbig . . .	ezy	0,70	0,70
3792 A	30	(St)	+ 15 St mehrfarbig . . .	ezz	0,70	0,70
3793 A	30	(St)	+ 15 St mehrfarbig . . .	faa	0,70	0,70
3794 A	30	(St)	+ 15 St mehrfarbig . . .	fab	0,70	0,70
Block 207 A			(100×120 mm)	fac	3,50	3,50
Block 207 B			(100×120 mm)	fac	18,—	18,—

Auflagen: Bl. 207 A = 60 000 Blocks, Bl. 207 B = 15 000 numerierte Blocks

1989, 1. Dez. Fußball-Weltmeisterschaft 1990, Italien (I). Odr.; gez. K 12¾:13.

fad

fae

faf

fag

fad–fag) Spielszenen

3795	5 St mehrfarbig	fad	0,30	0,30
3796	13 St mehrfarbig	fae	0,30	0,30
3797	30 St mehrfarbig	faf	0,50	0,30
3798	42 St mehrfarbig	fag	1,20	0,50
	Satzpreis (4 W.)		2,—	1,—

Blockausgabe; A = gez. Ks 12¾:13, B = □

fak

fah–fai) Spielszenen

3799 A	50 St mehrfarbig	fah	0,80	0,50
3800 A	50 St mehrfarbig	fai	0,80	0,50
Block 208 A	(109×54 mm)	fak	2,—	1,50
Block 208 B	(109×54 mm)	fak	18,—	18,—

Auflagen: MiNr. 3795 = 2 100 000, MiNr. 3796 = 1 600 000, MiNr. 3797 = 1 200 000, MiNr. 3798 = 240 000 Stück, Bl. 208 A = 235 000 Blocks, Bl. 208 B = 15 000 numerierte Blocks

1989, 8. Dez. Hauptversammlung des Internationalen Luftsportverbandes (FAI), Varna. Odr.; gez. K 13:12¾.

fal) Segelflugzeuge

fam) Drachenflieger

fan) Gelandeter Fallschirmspringer

fao) Fallschirmspringer im Fall

3801	5 St mehrfarbig	fal	0,30	0,30
3802	13 St mehrfarbig	fam	0,30	0,30
3803	30 St mehrfarbig	fan	0,80	0,40
3804	42 St mehrfarbig	fao	0,80	0,40
	Satzpreis (4 W.)		2,—	1,—

Auflagen: MiNr. 3801 = 2 100 000, MiNr. 3802 = 1 700 000, MiNr. 3803 = 1 300 000, MiNr. 3804 = 220 000 Stück

1989, 12. Dez. Sicherheit im Straßenverkehr. Odr.; gez. K 13:12¾.

fap) Kinder mit Tieren überqueren Straße am Zebrastreifen

3805	5 St mehrfarbig	fap	0,30	0,30

Auflage: 1 200 000 Stück

1989, 25. Dez. Neujahr. Odr. (5×5); gez. K 12¾:13.

far) Rentierschlitten mit Weihnachtsmann in Winterlandschaft

fas) Schneemann

3806	5 St mehrfarbig	far	0,30	0,30
3807	13 St mehrfarbig	fas	0,30	0,30
	Satzpreis (2 W.)		0,50	0,50

Auflagen: MiNr. 3806 = 1 700 000, MiNr. 3807 = 1 200 000 Stück

1989, 26. Dez. Freimarken: Katzen. Odr.; gez. K 13:13¼, Querformate ~.

fat) Europäische Hauskatze

fau) Perserkatze

fav) Europäische Hauskatze

faw) Perserkatze

fax) Perserkatze

fay) Siamkatze

3808	5 St gelb/schwarz	fat	0,30	0,30
3809	5 St grau/schwarz	fau	0,30	0,30
3810	8 St orangegelb/schwarz	fav	0,30	0,30
3811	10 St gelbbraun/schwarz	faw	0,30	0,30
3812	10 St kobalt/schwarz	fax	0,30	0,30
3813	13 St bräunlichrot/schwarz	fay	0,40	0,30
	Satzpreis (6 W.)		1,50	0,70

Auflagen: MiNr. 3808–3812 je 6 700 000, MiNr. 3813 = 5 700 000 Stück

1990, 17. Jan. Seefahrer. Odr., Bogen (5×8) und Kleinbogen (2×3); gez. K 13:12¾.

faz) Christoph Kolumbus (1451–1506), spanisch-italienischer Seefahrer; Karacke „Santa Maria"

fba) Vasco da Gama (1468–1524), portugiesischer Seefahrer; Karavelle „São Gabriel"

fbb) Fernão de Magellan (um 1480–1521), portugiesischer Seefahrer; Karacke „Victoria"

fbc) Sir Francis Drake (um 1540–1596), englischer Seeheld; Galeone „Golden Hind"

fbd) Henry Hudson (um 1550–1611), englischer Seefahrer; Segelschiff „Discovery"

fbe) James Cook (1728–1779), englischer Weltumsegler; Segelschiff HMS „Endeavour"

3814	5 St mehrfarbig	faz	0,30	0,30
3815	8 St mehrfarbig	fba	0,30	0,30
3816	13 St mehrfarbig	fbb	0,30	0,30
3817	32 St mehrfarbig	fbc	0,60	0,40
3818	42 St mehrfarbig	fbd	0,90	0,60
3819	60 St mehrfarbig	fbe	1,20	0,60
	Satzpreis (6 W.)		3,20	2,—
	Kleinbogen		3,50	2,50

MiNr. 3814–3819 wurden auch zusammenhängend im Kleinbogen gedruckt.

Auflagen: MiNr. 3814–1815 je 2 300 000, MiNr. 3816 = 1 800 000, MiNr. 3817–3818 je 1 400 000, MiNr. 3819 = 420 000 Stück, davon jeweils 200 000 im Kleinbogen

1990, 23. Febr. 100 Jahre Esperanto-Bewegung in Bulgarien. Odr.; gez. K 13.

fbf) Logogramm, Flaggenband der Bewegung

3820	10 St mehrfarbig	fbf	0,30	0,30

Auflage: 600 000 Stück

1990, 23. März. Gemälde ausländischer Maler. Odr.; gez. K 14.

fbg) Porträt der Madelaine R.; Gemälde von Maurice Brianchon (1899–1978)

fbh) Frauenporträt; Gemälde von Moise Kisling (1891–1953)

fbi) Frauenporträt; Gemälde von Giovanni Boltraffio (1467–1516)

fbk) Stilleben; Gemälde von Suzanne Valadon (1867–1938)

3821	30 St mehrfarbig	fbg	0,70	0,40
3822	30 St mehrfarbig	fbh	0,70	0,40
3823	30 St mehrfarbig	fbi	0,70	0,40
3824	30 St mehrfarbig	fbk	0,70	0,40
	Satzpreis (4 W.)		2,50	1,50

Auflagen: MiNr. 3821–3823 je 800 000, MiNr. 3824 = 280 000 Stück

1990, 26. März. Fußball-Weltmeisterschaft, Italien (II). Odr.; gez. K 13.

fbl

fbm

fbn

fbo

fbl–fbo) Spielszenen

3825	5 St mehrfarbig	fbl	0,30	0,30
3826	13 St mehrfarbig	fbm	0,30	0,30
3827	30 St mehrfarbig	fbn	0,60	0,30
3828	42 St mehrfarbig	fbo	1,—	0,40
	Satzpreis (4 W.)		2,—	1,—

Blockausgabe; A = gez. Ks 13, B = □

fbs

fbp–fbr) Spielszenen

3829 A	50 St mehrfarbig	fbp	0,80	0,70
3830 A	50 St mehrfarbig	fbr	0,80	0,70

Block 209 A	(80×125 mm)	fbs	2,50	1,50
Block 209 B	(80×125 mm)	fbs	15,—	15,—

Auflagen: MiNr. 3825 = 2 000 000, MiNr. 3826–3827 je 1 000 000, MiNr. 3828 = 240 000 Stück, Bl. 209 A = 230 000 Blocks, Bl. 209 B = 17 500 numerierte Blocks

1990, 6. April. Internationale Briefmarkenmesse ESSEN '90. Odr. (3×2); gez. K 13:12¾.

fbt) Marke Bayern MiNr. 1
Zierfeld

3831	42 St rot/schwarz	fbt	0,70	0,70
		3831 Zf	0,80	0,80
		Kleinbogen	2,50	2,50

MiNr. 3831 wurde im Kleinbogen zu 3 Marken und 3 verschiedenen Zierfeldern (Feld 1, 3 und 5) gedruckt.

Auflage: 399 000 Stück

1990, 10. April. Blockausgabe: Internationale Briefmarkenausstellung STAMP WORLD LONDON '90, Odr.; gez. Ks 13.

fbw

fbu) Marke Großbritannien MiNr. 1
fbv) Rowland Hill (1795–1879), britischer Postfachmann

3832	50 St violettultramarin/schwarz	fbu	0,80	0,70
3833	50 St rot/schwarz	fbv	0,80	0,70
Block 210	(90×140 mm)	fbw	2,—	2,—

Auflage: 90 000 Blocks

1990, 17. April. 100 Jahre Kooperativen-Bewegung in Bulgarien. Odr.; gez. K 13.

fbx) Regenbogen, Zahl 100

3834	5 St mehrfarbig	fbx	0,30	0,30

Auflage: 1 500 000 Stück

1990, 24. April. 100. Geburtstag von Dimiter Tschorbadjiiski-Tschudomir (1890–1967), Dichter. Odr.; gez. K 13.

fby) Alter und Alte bei der Rast (Szene aus seinem Werk)

3835	5 St mehrfarbig	fby	0,30	0,30

Auflage: 1 100 000 Stück

1990, 1. Mai. 100 Jahre Tag der Arbeit (1. Mai). Odr.; gez. K 13.

fbz) Die Erdteile Amerika, Europa, Afrika; Datumsangabe

3836	10 St mehrfarbig	fbz	0,30	0,30

Auflage: 800 000 Stück

1990, 13. Mai. 125 Jahre Internationale Fernmeldeunion (ITU). Odr.; gez. K 13.

fca) ITU-Emblem, Strömungslinien

3837	20 St mehrfarbig	fca	0,50	0,30

Auflage: 800 000 Stück

1990, 23. Mai. Internationale Briefmarkenausstellung BELGICA '90. Odr. (3×2); gez. K 13:12¾.

fcb) Marke Belgien MiNr. 1
Zierfeld

3838	30 St smaragdgrün/braunoliv	fcb	0,50	0,50
		3838 Zf	0,60	0,60
		Kleinbogen	2,—	2,—

MiNr. 3838 wurde im Kleinbogen zu 3 Marken und 3 verschiedenen Zierfeldern (Feld 1, 3 und 5) gedruckt.

Auflage: 300 000 Stück

1990, 15. Juni. 200. Geburtstag von Alphonse de Lamartine. Odr.; gez. K 13¼.

fcc) Alphonse de Lamartine (1790–1869), französischer Dichter; Wohnhaus Lamartines in Plowdiw

3839	20 St mehrfarbig	fcc	0,50	0,30

Auflage: 1 200 000 Stück

1990, 19. Juni. Prähistorische Tiere. Odr., Bogen (5×8) und Kleinbogen (2×3); gez. K 12½:12¼.

fcd) Brontosaurus

fce) Stegosaurus

fcf) Edaphosaurus

fcg) Rhamphorhynchus

fch) Protoceratops

fci) Triceratops

3840	5 St	mehrfarbig	fcd	0,30	0,30
3841	8 St	mehrfarbig	fce	0,30	0,30
3842	13 St	mehrfarbig	fcf	0,30	0,30
3843	25 St	mehrfarbig	fcg	0,60	0,40
3844	32 St	mehrfarbig	fch	0,80	0,50
3845	42 St	mehrfarbig	fci	1,20	0,60
			Satzpreis (6 W.)	3,20	1,80
			Kleinbogen	3,50	3,—

MiNr. 3840–3845 wurden auch zusammenhängend im Kleinbogen gedruckt.

Auflagen: MiNr. 3840–3841 je 2 550 000, MiNr. 3842 = 2 150 000, MiNr. 3843–3844 je 1 650 000, MiNr. 3845 = 520 000 Stück, davon jeweils 250 000 im Kleinbogen

1990, 13. Juli. Olympische Sommerspiele 1992, Barcelona (I). Odr.; gez. K 13.

fck) Schwimmen

fcl) Handball

fcm) Hürdenlauf

fcn) Radfahren

3846	5 St	mehrfarbig	fck	0,30	0,30
3847	13 St	mehrfarbig	fcl	0,30	0,30
3848	30 St	mehrfarbig	fcm	0,60	0,40
3849	42 St	mehrfarbig	fcn	1,—	0,40
			Satzpreis (4 W.)	2,—	1,—

Blockausgabe; A = gez. Ks 13, B = ☐

fcr

fco–fcp) Tennis

3850 A	50 St	mehrfarbig	fco	0,80	0,70
3851 A	50 St	mehrfarbig	fcp	0,80	0,70
Block 211 A		(77 × 117 mm)	fcr	2,50	1,50
Block 211 B		(77 × 117 mm)	fcr	10,—	10,—

Auflagen: MiNr. 3846 = 2 200 000, MiNr. 3847–3848 je 1 200 000, MiNr. 3849 = 310 000 Stück, Bl. 211 A = 250 000, Bl. 211 B = 19 500 Blocks

1990, 8. Aug. Schmetterlinge. Odr., Bogen (8 × 5) und Kleinbogen (3 × 2); gez. K 12¾.

fcs) Osterluzeifalter (Zerynthia polyxena)

fct) Russischer Bär (Euplagia quadripunctaria)

fcu) Nachtkerzenschwärmer (Proserpinus proserpina)

fcv) Linienschwärmer (Hyles lineata)

fcw) Nierenfleck (Thecla betulae)

fcx) Veilchen-Scheckenfalter (Euphydryas cynthia)

3852	5 St	mehrfarbig	fcs	0,30	0,30
3853	10 St	mehrfarbig	fct	0,30	0,30
3854	20 St	mehrfarbig	fcu	0,40	0,30
3855	30 St	mehrfarbig	fcv	0,60	0,40
3856	42 St	mehrfarbig	fcw	0,70	0,60
3857	60 St	mehrfarbig	fcx	1,20	0,80
			Satzpreis (6 W.)	3,20	2,—
			Kleinbogen	3,50	3,—

MiNr. 3852–3857 wurden auch zusammenhängend im Kleinbogen gedruckt.

Auflagen: MiNr. 3852 = 3 170 000, MiNr. 3853 = 3 670 000, MiNr. 3854 = 2 970 000, MiNr. 3855 = 1 270 000, MiNr. 3856 = 1 170 000, MiNr. 3857 = 550 000 Stück, davon jeweils 270 000 im Kleinbogen

1990, 30. Aug. Flugzeuge. Odr., Bogen (4×10) und Kleinbogen (3×2); gez. K 13.

fcy) Airbus A310 (Inschrift falsch)

fcz) Tupolew TU-204

fda) Concorde

fdb) McDonnell Douglas DC-9

fdc) Iljuschin Il-86

fdd) Boeing 747

3858	5	St	mehrfarbig	fcy	0,30	0,30
3859	10	St	mehrfarbig	fcz	0,30	0,30
3860	25	St	mehrfarbig	fda	0,50	0,30
3861	30	St	mehrfarbig	fdb	0,50	0,40
3862	42	St	mehrfarbig	fdc	0,70	0,50
3863	60	St	mehrfarbig	fdd	1,20	0,80
				Satzpreis (6 W.)	3,20	2,—
				Kleinbogen	3,50	2,50

MiNr. 3858–3863 wurden auch zusammenhängend im Kleinbogen gedruckt.

Auflagen: MiNr. 3858 = 3.030.000, MiNr. 3859 = 3.530.000, MiNr. 3860 = 1.530.000, MiNr. 3861 = 1.130.000, MiNr. 3862 = 1.030.000, MiNr. 3863 = 470.000 Stück, davon jeweils 230.000 im Kleinbogen

1990, 27. Sept. 150. Geburtstag von Exarch Josif I. Odr.; gez. K 13.

fde) Josif I. (1840–1915)

3864	5	St	mehrfarbig	fde	0,30	0,30

Auflage: 1 300 000 Stück

1990, 9. Okt. Internationales Jahr für Verkehrssicherheit. Odr.; gez. K 13:12¾.

fdf) Straße, Verkehrszeichen, UNO-Emblem

3865	5	St	mehrfarbig	fdf	0,30	0,30

Auflagen: 1 000 000 Stück

1990, 16. Okt. Internationale Briefmarkenausstellung OLYMPHILEX '90, Varna. Odr.; A = gez. K 13:13¼, B = ☐.

fdg) Kugelstoßen

fdh) Diskuswerfen

fdi) Hammerwerfen

fdk) Speerwerfen

3866	**A**	5	St	mehrfarbig	fdg	0,30	0,30
3867	**A**	13	St	mehrfarbig	fdh	0,30	0,30
3868	**A**	42	St	mehrfarbig	fdi	0,70	0,50
3869	**A**	60	St	mehrfarbig	fdk	1,—	0,80
					Satzpreis (4 W.)	2,—	1,50

Blockausgabe mit MiNr. 3866 B–3869 B

Block 212	(80×112 mm)	fdl	10,—	10,—

Postpreis: 6 L

Auflagen: MiNr. 3866 A = 3 000 000, MiNr. 3867 A = 1 200 000, MiNr. 3868 A = 1 300 000, MiNr. 3869 A = 250 000 Stück, Bl. 212 = 35 000 numerierte Blocks

1990, 22. Okt. Erforschung des Weltraums. Odr.; gez. K 13¼:13.

fdm) Satellit „Sputnik" (1957)

fdn) Kosmonaut Jurij Gagarin, Raumschiff „Wostok" (1961)

fdo) Kosmonaut A. Leonow bei Weltraumspaziergang (Raumschiff Woschod 2, 1965)

fdp) Kopplungsmanöver der Raumschiffe Apollo 18 und Sojus 19 (1975)

fdr) Raumfähre „Columbia" (1981)

fds) Raumsonde „Galileo" (1989)

3870	5	St	mehrfarbig	fdm	0,30	0,30
3871	8	St	mehrfarbig	fdn	0,30	0,30
3872	10	St	mehrfarbig	fdo	0,30	0,30
3873	20	St	mehrfarbig	fdp	0,40	0,30
3874	42	St	mehrfarbig	fdr	1,—	0,50
3875	60	St	mehrfarbig	fds	1,20	0,80
				Satzpreis (6 W.)	3,—	2,—

Blockausgabe; A = gez. Ks 13:13¼, B = ☐

fdu

fdt) Astronaut Neil Armstrong auf dem Mond (Apollo 11, 1969)

3876 A	1 L	mehrfarbig	fdt	1,80	1,50
Block 213 A		(90×71 mm)	fdu	2,—	2,—
Block 213 B		(90×71 mm)	fdu	10,—	10,—

Auflagen: MiNr. 3870–3872 je 3 500 000, MiNr. 3873 = 3 000 000, MiNr. 3874 = 1 000 000, MiNr. 3875 = 230 000 Stück, Bl. 213 A = 220 000 Blocks, Bl. 212 B = 19 500 numerierte Blocks

Republik

1990, 29. Nov. 1150. Geburtstag des hl. Kliment von Ohrid. Odr.; gez. K 13.

fdv) Hl. Kliment von Ohrid (um 840–916), Missionar und Bischof

3877 5 St mehrfarbig . . . . fdv 0,30 0,30

Auflagen: 1 000 000 Stück

1990, 25. Dez. Weihnachten. Odr. (10×5); gez. K 13.

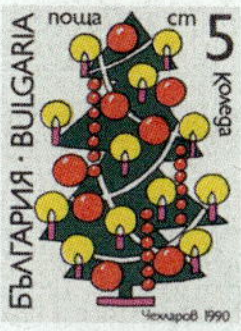

fdw) Weihnachtsbaum

fdx) Weihnachtsmann

3878 5 St mehrfarbig . . . . fdw 0,30 0,30
3879 20 St mehrfarbig . . . . fdx 0,40 0,30
Satzpreis (2 W.) 0,50 0,50

Auflage: 1 500 000 Sätze

1991, 18. Jan. Europameisterschaft im Eiskunstlaufen, Sofia. Odr.; gez. K 13.

fdy) Paarlaufen

3880 15 St mehrfarbig . . . . fdy 0,30 0,30

Auflage: 1 000 000 Stück

1991, 11. Febr. Freimarken: Haustiere. Odr. (10×10); A = gez. K 14:13¾, C = gez. K 13¼:13¾.

fdz) Henne, Küken

fea) Ziegenbock

feb) Bulle

fec) Puter

3881 **A** 30 St grau/braunorange . . . . fdz 0,30 0,30
3882 **A** 62 St grau/blaugrün . . . . fea 0,50 0,40
3883 2 L grau/graugrün . . . . feb
A gez. K 14:13¾ . . . . 1,50 1,—
C gez. K 13¼:13¾ . . . . 1,50 1,—
3884 5 L grau/blauviolett . . . . fec
A gez. K 14:13¾ 2,50 1,50
C gez. K 13¼:13¾ 2,50 1,50
Satzpreis A (4 W.) 4,50 3,—

✶✶
3881 U ungezähnt . . . . —,—

Auflagen: MiNr. 3881 A = 9 000 000, MiNr. 3882 A = 7 000 000, MiNr. 3883 A/C = 12 000 000, MiNr. 3884 A/C = 11 700 000 Stück

Weitere Werte: MiNr. 3885, 3923–3927, 3984

1991, 22. Febr. Freimarken: Haustiere. Odr. (10×10); gez. K 14:13¾.

fed) Kuh

✶✶ ⊙
3885 10 L grau/graublau . . . . fed 4,50 2,80

✶✶
3885 U ungezähnt . . . . —,—

Auflage: 14 000 000 Stück

Weitere Werte: MiNr. 3881–3884, 3923–3927, 3984

1991, 19. März. Giftpilze. Odr., Bogen (8×5) und Kleinbogen (3×2); gez. K 12½:12¾.

fee) Grüner Knollenblätterpilz (Amanita phalloides)

fef) Frühlingsknollenblätterpilz (Amanita verna)

feg) Pantherpilz (Amanita pantherina)

feh) Fliegenpilz (Amanita muscaria)

fei) Frühjahrslorchel (Gyromitra esculenta)

fek) Satanspilz (Boletus satanas)

✶✶ ⊙
3886 5 St mehrfarbig . . . . fee 0,30 0,30
3887 10 St mehrfarbig . . . . fef 0,30 0,30
3888 20 St mehrfarbig . . . . feg 0,30 0,30
3889 32 St mehrfarbig . . . . feh 0,30 0,30
3890 42 St mehrfarbig . . . . fei 0,40 0,30
3891 60 St mehrfarbig . . . . fek 1,— 0,30
Satzpreis (6 W.) 2,— 1,—
Kleinbogen 2,50 2,—

MiNr. 3886–3891 wurden auch zusammenhängend im Kleinbogen gedruckt.

Auflagen: MiNr. 3886 = 3 270 000, MiNr. 3887 = 3 770 000, MiNr. 3888 = 2 770 000, MiNr. 3889 = 1 270 000, MiNr. 3890 = 1 170 000, MiNr. 3891 = 550 000 Stück, davon jeweils 270 000 im Kleinbogen

1991, 1. April. Gemälde von Künstlern des Impressionismus. Odr.; gez. K 13.

fel) Guten Tag; von Paul Gauguin (1848–1903)

fem) Madame Dobini; von Edgar Degas (1834–1917)

fen) Bäuerin; von Camille Pissarro (1830–1903)

feo) Frau mit schwarzem Haar; von Édouard Manet (1832–1883)

fep) Blaue Vase; von Paul Cézanne (1839–1906)

fer) Jeanny Samari; von Pierre-Auguste Renoir (1841–1919)

3892	20 St	mehrfarbig	fel	1,50	0,50
3893	43 St	mehrfarbig	fem	0,30	0,30
3894	62 St	mehrfarbig	fen	0,30	0,30
3895	67 St	mehrfarbig	feo	0,30	0,30
3896	80 St	mehrfarbig	fep	0,50	0,50
3897	2 L	mehrfarbig	fer	1,50	0,50
			Satzpreis (6 W.)	4,—	2,—

Blockausgabe

fet

fes) Selbstporträt; von Vincent van Gogh (1853–1890)

3898	3 L	mehrfarbig	fes	2,—	2,—
Block 214		(65×90 mm)	fet	2,50	2,50

Auflagen: MiNr. 3892 = 200 000, MiNr. 3893–3895 je 1 500 000, MiNr. 3896 = 1 000 000, MiNr. 3897 = 1 500 000 Stück, Block 214 = 200 000 Blocks

1991, 11. April. 700 Jahre Schweizerische Eidgenossenschaft. Odr.; gez. K 13.

feu) Landkarte, Wappenmotiv

3899	62 St	mehrfarbig	feu	0,60	0,40
			FDC		2,—

Auflage: 1 000 000 Stück

1991, 7. Mai. 100 Jahre philatelistische Publikationen in Bulgarien. Odr.; gez. K 13.

fev) Postbote, Zeitschrift

3900	30 St	mehrfarbig	fev	0,30	0,30

Auflage: 1 000 000 Stück

1991, 10. Mai. Europa: Europäische Weltraumfahrt. Odr. (10×4); gez. K 13.

few) Wettersatellit „Meteosat“

fex) Trägerrakete „Ariane“

3901	43 St	mehrfarbig	few	1,—	0,50
3902	62 St	mehrfarbig	fex	1,50	0,70
			Satzpreis (2 W.)	2,50	1,20
			FDC		2,50

Markenheftchen mit MiNr. 3901–3902 ist privaten Ursprungs.

Auflage: 1 000 000 Sätze

1991, 21. Mai. Pferde. Odr., Bogen (5×8) und Kleinbogen (2×3); gez. K 12¾:12½.

fey) Przewalski-Pferd

fez) Tarpan

ffa) Araber

ffb) Araber

ffc) Shetlandpony

ffd) Schweres Zugpferd

3903	5 St	mehrfarbig	fey	0,30	0,30
3904	10 St	mehrfarbig	fez	0,30	0,30
3905	25 St	mehrfarbig	ffa	0,30	0,30
3906	35 St	mehrfarbig	ffb	0,30	0,30
3907	42 St	mehrfarbig	ffc	0,40	0,30
3908	60 St	mehrfarbig	ffd	1,—	0,50
			Satzpreis (6 W.)	2,—	1,20
			Kleinbogen	2,50	1,50

MiNr. 3903–3908 wurden auch zusammenhängend im Kleinbogen gedruckt

Auflagen: MiNr. 3903 = 3 270 000, MiNr. 3904 = 3 770 000, MiNr. 3905 = 1 870 000, MiNr. 3906–3907 je 1 270 000, MiNr. 3908 = 650 000 Stück, davon jeweils 270 000 im Kleinbogen

1991, 6. Juni. Internationale Ausstellung EXPO ’91, Plovdiv. Odr.; gez. K 13.

ffe) Austellungsemblem

3909	30 St	mehrfarbig	ffe	0,30	0,30

Auflage: 1 000 000 Stück

1991, 2. Juli. 200. Todestag von Wolfgang Amadeus Mozart. Odr.; gez. K 13.

fff) Wolfgang Amadeus Mozart (1756–1791), österreichischer Komponist

3910	62 St	mehrfarbig	fff	0,60	0,40
			FDC		1,50

Auflage: 1 000 000 Stück

1991, 23. Juli. 10 Jahre Raumfähren. Odr.; gez. K 13:12¾.

ffg) Columbia

ffh) Challenger

ffi) Discovery

ffk) Atlantis

ffl) Buran

ffm) Atlantis

3911	12 St	mehrfarbig	ffg	0,30	0,30
3912	32 St	mehrfarbig	ffh	0,30	0,30
3913	50 St	mehrfarbig	ffi	0,50	0,30
3914	86 St	mehrfarbig	ffk	0,50	0,30
3915	1.50 L	mehrfarbig	ffl	1,50	0,40
3916	2 L	mehrfarbig	ffm	1,50	0,50
			Satzpreis (6 W.)	4,—	1,50
			2 FDC		6,—

Blockausgabe; A = gez. Ks 13:12¾, B = □

ffo

ffn) Atlantis

3917 A	3 L	mehrfarbig	ffn	2,—	2,—
Block 215 A		(87×74 mm)	ffo	2,50	2,50
			FDC A		5,—
3917 B	3 L	mehrfarbig	ffn	—,—	—,—
Block 215 B		(87×74 mm)	ffo	8,—	8,—
			FDC B		15,—

Auflagen: MiNr. 3911–1912 = 400 000, MiNr. 3913 = 1 300 000, MiNr. 3914 = 500 000, MiNr. 3915 = 200 000, MiNr. 3916 = 1 300 000 Stück, Bl. 215 A = 200 000, Bl. 215 B = 19 500 Blocks

1991, 7. Aug. Olympische Winterspiele 1992, Albertville. Odr.; gez. K 13:13¼.

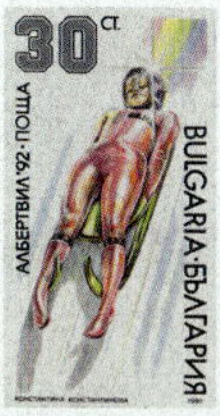

ffp) Rennschlitten-sport

ffr) Alpiner Skilauf

ffs) Skispringen

fft) Biathlon

3918	30 St	mehrfarbig	ffp	0,30	0,30
3919	43 St	mehrfarbig	ffr	0,40	0,30
3920	67 St	mehrfarbig	ffs	0,60	0,40
3921	2 L	mehrfarbig	fft	2,—	1,20
			Satzpreis (4 W.)	3,—	2,—
			2 FDC		5,—

Blockausgabe; A = gez. Ks 13:13¼, B = □

ffv

ffu) Bobsport

3922 A	3 L	mehrfarbig	ffu	2,—	2,—
Block 216 A		(128×86 mm)	ffv	2,50	2,50
			FDC A		5,—
Block 216 B		(128×86 mm)	ffv	8,—	8,—
			FDC B		15,—

Auflagen: MiNr. 3918 = 1 500 000, MiNr. 3919–3920 je 500 000, MiNr. 3921 = 200 000 Stück, Bl. 216 A = 200 000 Blocks, Bl. 216 B = 19 500 numerierte Blocks

1991, 21. Aug. Freimarken: Haustiere. Odr. (10×10); A = gez. K 14:13¾, C = gez. K 13¼:13¾.

ffw) Schaf

ffx) Gans

ffy) Pferd

ffz) Schwein

fga) Esel

3923 A	20 St	grau/graubraun	ffw	0,30	0,30
3924 A	25 St	grau/blau	ffx	0,30	0,30
3925 A	40 St	grau/violettbraun	ffy	0,30	0,30
3926 A	86 St	grau/lilapurpur	ffz	0,70	0,40
3927	1 L	grau/siena	fga		
A		gez. K 14:13¾		0,70	0,50
C		gez. K 13¼:13¾		0,70	0,50
			Satzpreis A (5 W.)	2,—	1,30

	★★
3926 U ungezähnt	—,—

Auflagen: MiNr. 3923 A = 8 000 000, MiNr. 3924 A = 7 500 000, MiNr. 3925 A = 5 000 000, MiNr. 3926 A = 6 000 000, MiNr. 3927 A/C = 13 000 000 Stück

Weitere Werte: MiNr. 3881–3884, 3885, 3984

1991, 6. Sept. Sheraton-Hotel „Balkan“, Sofia. Odr., Bogen (5×10) und Kleinbogen (3×2); gez. K 13.

fgb) Hotel „Balkan“

			**	⊙
3928	62 St mehrfarbig	fgb	0,40	0,40
		3928 Zf	0,50	0,50
		Kleinbogen	2,—	2,—

MiNr. 3928 wurde auch im Kleinbogen zu 3 Marken und 3 Zierfeldern (Feld 2, 4 und 6) gedruckt.

Auflagen: MiNr. 3328 = 1 100 000 Stück, davon 100 000 im Kleinbogen

1991, 11. Okt. Hunde. Odr., Bogen (10×5) und Kleinbogen (3×2); gez. K 13.

fgc) Pekinese

fgd) Chihuahua

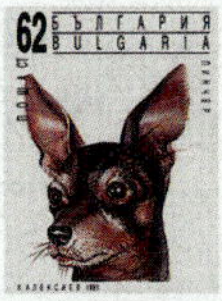
fge) Pinscher

fgf) Yorkshire-Terrier

fgg) Mischling

fgh) Mops

3929	30 St mehrfarbig	fgc	0,30	0,30
3930	43 St mehrfarbig	fgd	0,30	0,30
3931	62 St mehrfarbig	fge	0,50	0,30
3932	80 St mehrfarbig	fgf	0,50	0,30
3933	1 L mehrfarbig	fgg	0,70	0,50
3934	3 L mehrfarbig	fgh	2,—	1,—
		Satzpreis (6 W.)	4,—	2,—
		FDC		7,—
		Kleinbogen	5,—	4,50

MiNr. 3929–3934 wurden auch zusammenhängend im Kleinbogen gedruckt.

Auflagen: MiNr. 3929 = 2 800 000, MiNr. 3930–3932 je 900 000, MiNr. 3933 = 1 600 000, MiNr. 3934 = 400 000 Stück, davon jeweils 200 000 im Kleinbogen

1991, 21. Okt. Internationale Briefmarkenausstellung PHILATELIA '91, Köln. Odr. (3×2); gez. K 13.

Zierfeld
fgi) Stadtwappen von Köln

3935	86 St mehrfarbig	fgi	0,50	0,50
		3935 Zf	0,60	0,60
		FDC		2,50
		Kleinbogen	2,—	2,—

MiNr. 3935 wurde im Kleinbogen zu 3 Marken und 3 verschiedenen Zierfeldern (Feld 1, 3 und 5) gedruckt.

Auflage: 600 000 Stück

1991, 23. Okt. Blockausgabe: 200 Jahre Brandenburger Tor. Odr.; A = gez. Ks 13, B = ☐.

fgl

fgk) Brandenburger Tor

3936 A	4 L graugrün/preußischblau	fgk	2,20	1,50
Block 217 A	(90×70 mm)	fgl	2,50	2,50
		FDC A		6,—
3936 B	4 L graugrün/preußischblau	fgk	—,—	—,—
Block 217 B	(90×70 mm)	fgl	12,—	12,—
		FDC B		20,—

Auflagen: Bl. 217 A = 60 000 Blocks, Bl. 217 B = 14 000 numerierte Blocks

1991, 11. Nov. Internationale Briefmarkenausstellung PHILANIPPON '91, Tokio. Odr. (3×2); gez. K 13.

fgm) Marke Japan MiNr. 1
Zierfeld

3937	62 St mehrfarbig	fgm	0,30	0,30
		3937 Zf	0,50	0,50
		FDC		1,50
		Kleinbogen	2,—	2,—

MiNr. 3937 wurden im Kleinbogen zu 3 Marken und 3 verschiedenen Zierfeldern (Feld 1, 3 und 5) gedruckt.

Auflage: 600 000 Stück

1991, 30. Nov. 125 Jahre Bulgarische Eisenbahn. Odr. (4×10); gez. K 13.

fgn) Lokomotive

fgo) Personenwaggon

3938	30 St mehrfarbig	fgn	0,30	0,30
3939	30 St mehrfarbig	fgo	0,30	0,30
		Satzpreis (2 W.)	0,60	0,50
		FDC		3,—

Auflage: 1 000 000 Sätze

1991, 6. Dez. 100 Jahre Basketball. Odr. (5×10); gez. K 13¼.

fgp

fgr fgs fgt

fgp–fgt) Flugbahn des Balls beim Korbwurf

3940	43 St	mehrfarbig	fgp	0,30	0,30
3941	62 St	mehrfarbig	fgr	0,40	0,30
3942	90 St	mehrfarbig	fgs	0,50	0,30
3943	1 L	mehrfarbig	fgt	0,60	0,40
			Satzpreis (4 W.)	1,80	1,—
			2 FDC		4,—

Auflagen: MiNr. 3940–3942 je 520 000, MiNr. 3943 = 120 000 Stück

1991, 13. Dez. 450. Geburtstag von Domenikos Theotokopoulos, genannt El Greco. Odr. (10×4); gez. K 13¼.

fgu) Christus auf dem Weg zur Kreuzigung

fgv) Die hl. Familie und die hl. Anna

fgw) Die Heiligen Johannes d. E. und Johannes d. T.

fgx) Die Heiligen Andreas und Franziskus

fgy) Die hl. Familie und die hl. Magdalena

fgz) Kardinalinquisitor Don Fernando Niño de Guevara

fgu–fha) Gemälde von El Greco (1541–1614)

3944	43 St	mehrfarbig	fgu	0,30	0,30
3945	50 St	mehrfarbig	fgv	0,30	0,30
3946	60 St	mehrfarbig	fgw	0,40	0,30
3947	62 St	mehrfarbig	fgx	0,50	0,30
3948	1 L	mehrfarbig	fgy	0,60	0,30
3949	2 L	mehrfarbig	fgz	1,—	0,30
			Satzpreis (6 W.)	3,—	1,—
			2 FDC		5,—

Blockausgabe

fhb

fha) Die hl. Familie und die hl. Anna (Detail)

3950	3 L	mehrfarbig	fha	1,50	0,80
Block 218		(67×86 mm)	fhb	1,80	1,—
			FDC		3,50

Auflagen: MiNr. 3944–3948 je 1 300 000, MiNr. 3949 = 200 000 Stück, Bl. 218 = 200 000 Blocks

1991, 18. Dez. Weihnachten. Odr. (5×10); gez. K 13¼.

fhc

fhd

fhc–fhd) Folkloristische Weihnachtsmotive

3951	30 St	mehrfarbig	fhc	0,30	0,30
3952	62 St	mehrfarbig	fhd	0,40	0,30
			Satzpreis (2 W.)	0,60	0,50

Auflage: 1 200 000 Sätze

1991, 20. Dez. Umweltschutz: Heilpflanzen. Odr., Bogen (5×10) und Kleinbogen (2×3); gez. K 13.

fhe) Pulsatilla vernalis

Zierfeld

fhf) Pulsatilla pratensis

fhg) Pulsatilla halleri

fhh) Aquilegia nigricans

fhi) Hippophae rhamnoides

fhk) Schwarze Johannisbeere (Ribes nigrum)

3953	30 St	mehrfarbig	fhe	0,30	0,30
3954	40 St	mehrfarbig	fhf	0,30	0,30
3955	55 St	mehrfarbig	fhg	0,30	0,30
3956	60 St	mehrfarbig	fhh	0,30	0,30
3957	1 L	mehrfarbig	fhi	0,50	0,30
3958	2 L	mehrfarbig	fhk	1,—	0,40
			Satzpreis (6 W.)	2,20	1,—
			2 FDC		5,—
			3953 Zf	0,30	0,30
			Kleinbogen	2,50	1,50

MiNr. 3953 wurde mit einem Zierfeld mit Zuschlag 15 St zusammenhängend gedruckt.

MiNr. 3953–3958 wurden auch zusammenhängend im Kleinbogen gedruckt.

Postpreis: 5 L

Auflagen: MiNr. 3953 = 2.500.000, MiNr. 3954 = 1.500.000, MiNr. 3955–3956 je 700.000, MiNr. 3957 = 1.500.000, MiNr. 3958 = 300.000 Stück, davon jeweils 100.000 im Kleinbogen

1991, 24. Dez. Meeressäugetiere. Odr., Bogen (4×10) und Kleinbogen (2×3); gez. K 13.

fhl) Sattelrobbe (Pagophilus groenlandicus)

fhm) Schwertwal (Orcinus orca)

fhn) Walross (Odobenus rosmarus)

fho) Großer Tümmler (Tursiops truncatus)

fhp) Mittelmeer-Mönchsrobbe (Monachus monachus)

fhr) Schweinswal (Phocaena phocaena)

3959	30 St	mehrfarbig	fhl	0,30	0,30
3960	43 St	mehrfarbig	fhm	0,30	0,30
3961	62 St	mehrfarbig	fhn	0,30	0,30
3962	68 St	mehrfarbig	fho	0,30	0,30
3963	1 L	mehrfarbig	fhp	0,50	0,30
3964	2 L	mehrfarbig	fhr	1,—	0,40
			Satzpreis (6 W.)	2,40	1,20
			2 FDC		5,—
			Kleinbogen	2,50	1,50

MiNr. 3959–3964 wurden auch zusammenhängend im Kleinbogen gedruckt.

MiNr. 3959 trägt die fehlerhafte Inschrift „Phogophoca groenlandica" statt richtig „Pagophilus groenlandicus".

Auflage: MiNr. 3959 = 1.800.000, MiNr. 3960–3963 je 800.000, MiNr. 396 = 400.000 Stück, davon jeweils 200.000 im Kleinbogen

1992, 15. März. 500 Jahre jüdische Siedlungen in Bulgarien. Odr.; gez. K 12¾.

fhs) Synagoge, Sofia

3965	1 L	mehrfarbig	fhs	0,50	0,30
			FDC		1,50

Auflage: 1.500.000 Stück

1992, 11. März. 200. Geburtstag von Gioachino Rossini. Odr.; gez. K 13.

fht) Gioachino Rossini (1792–1868), italienischer Komponist; „Figaro"

3966	50 St	mehrfarbig	fht	0,30	0,30
			FDC		1,50

Auflage: 1 000 000 Stück

1992, 25. März. 100 Jahre Plovdiver Messe. Odr.; gez. K 13.

fhu) Messegelände 1892

3967	1 L	schwarz/graugelb	fhu	0,50	0,30
			FDC		1,50

Auflage: 1 500 000 Stück

1992, 26. März. Geschichte des Automobilbaus. Odr.; gez. K 13.

fhv) „Volvo 740"

fhw) Ford „Escort"

fhx) Fiat „Croma"

fhy) „Mercedes 600"

fhz) „Peugeot 605"

fia) „BMW 316"

3968	30 St	mehrfarbig	fhv	0,30	0,30
3969	45 St	mehrfarbig	fhw	0,30	0,30
3970	50 St	mehrfarbig	fhx	0,30	0,30
3971	50 St	mehrfarbig	fhy	0,30	0,30
3972	1 L	mehrfarbig	fhz	0,70	0,30
3973	2 L	mehrfarbig	fia	1,20	0,40
			Satzpreis (6 W.)	3,—	1,—
			2 FDC		5,—

Auflagen: MiNr. 3968 = 500 000, MiNr. 3969 = 1 500 000, MiNr. 3970–3971 je 700 000, MiNr. 3972 = 1 400 000, MiNr. 3973 = 200 000 Stück

1992, 22. April. Entdecker. Odr.; gez. K 13.

fib) Francisco de Orellana (1511–1546)

fic) Amerigo Vespucci (1451–1512)

fid) Fernao de Magalhaes (1480–1521)

fie) G. Jiménez de Quesada (1500–1579)

fif) Francis Drake (1540–1596)

fig) Pedro de Valdivia (1500–1553)

3974	50 St	mehrfarbig	fib	0,30	0,30
3975	50 St	mehrfarbig	fic	0,30	0,30
3976	1 L	mehrfarbig	fid	0,50	0,30
3977	1 L	mehrfarbig	fie	0,60	0,30
3978	2 L	mehrfarbig	fif	1,—	0,50
3979	3 L	mehrfarbig	fig	1,50	0,50
			Satzpreis (6 W.)	4,—	1,50
			2 FDC		6,—

Blockausgabe

fii

fih) Christoph Kolumbus (1451–1506)

3980	4 L mehrfarbig	....	fih	2,—	1,—
Block 219	(123×83 mm)	....	fii	2,50	1,50
			FDC		3,50

Auflagen: MiNr. 3974–3977 je 1 000 000, MiNr. 3978 = 600 000, MiNr. 3979 = 200 000 Stück, Bl. 219 = 200 000 Blocks

1992, 23. April. Internationale Briefmarkenausstellung GRANADA '92, Granada. Odr. (3×2); gez. K 13.

fik) Stadtansicht
Zierfeld

3981	62 St mehrfarbig	....	fik	0,30	0,30
			3981 Zf	0,40	0,40
			FDC		1,20
			Kleinbogen	2,—	2,—

MiNr. 3981 wurden im Kleinbogen zu 3 Marken und 3 verschiedenen Zierfeldern (Feld 1, 3 und 5) gedruckt.

Auflage: 600 000 Stück

1992, 24. April. Europa: 500. Jahrestag der Entdeckung von Amerika. Odr. (2×10 Zd); gez. K 13.

fil) Karavellen
fim) Christoph Kolumbus (1451–1506)

3982	1 L mehrfarbig	....	fil	1,50	0,50
3983	2 L mehrfarbig	....	fim	2,50	0,50
			Satzpreis (2 W.)	4,—	1,50
			Paar	4,—	1,50
			FDC		4,—

Markenheftchen mit MiNr. 3982–3983 ist privaten Ursprungs.

Auflage: 1 000 000 Sätze

1992, 5. Mai. Freimarken: Haustiere. Odr.; gez. K 13¼:13½.

fea) Ziegenbock

3984	95 St grau/rotviolett	....	fea	0,50	0,30

Auflage: 2 000 000 Stück

Weitere Werte: MiNr. 3881–3884, 3885, 3923–3927

1992, 15. Juni. SOS-Kinderdörfer. Odr.; gez. K 13:12¾.

fin) Kinderheim

3985	1 L mehrfarbig	....	fin	0,60	0,30
			FDC		1,50

Auflage: 1 200 000 Stück

1992, 15. Juli. Olympische Sommerspiele, Barcelona (II). Odr.; gez. K 13.

fio) Weitsprung

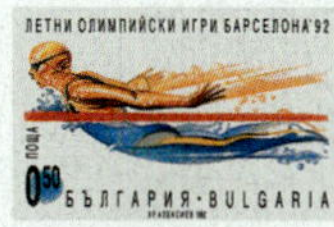

fip) Schwimmen

fir) Hochsprung

fis) Kunstturnen

3986	0.50 L mehrfarbig	....	fio	0,30	0,30
3987	0.50 L mehrfarbig	....	fip	0,30	0,30
3988	1.00 L mehrfarbig	....	fir	0,50	0,30
3989	3.00 L mehrfarbig	....	fis	1,60	0,50
			Satzpreis (4 W.)	2,50	1,—
			2 FDC		4,50

Blockausgabe

fiu

fit) Olympische Flamme

3990	4.00 L mehrfarbig	....	fit	1,90	1,—
Block 220	(52×75 mm)	....	fiu	2,—	1,50
			FDC		3,—

Von Bl. 220 sind geschnittene Musterexemplare bekannt.

Auflagen: MiNr. 3986–3988 je 500 000, MiNr. 3989 = 100 000 Stück, Bl. 220 = 100 000 Blocks

1992, 30. Juli. Geschichte des Motorradbaus. Odr.; gez. K 13.

fiv) „Laurin & Klement“ (1902)

fiw) „Puch 200-Luxus“ (1928)

fix) „Norton CS 1“ (1931)

fiy) „Harley-Davidson“ (1950)

fiz) „Gilera SP 01“ (1986)

fka) „BMW K 1“ (1990)

3991	30 St	mehrfarbig	fiv	0,30	0,30
3992	50 St	mehrfarbig	fiw	0,30	0,30
3993	50 St	mehrfarbig	fix	0,30	0,30
3994	70 St	mehrfarbig	fiy	0,60	0,30
3995	1 L	mehrfarbig	fiz	0,40	0,30
3996	2 L	mehrfarbig	fka	1,20	0,40
			Satzpreis (6 W.)	3,—	1,—
			2 FDC		5,—

Auflagen: MiNr. 3991–3993 je 800 000, MiNr. 3994–3995 je 1 300 000, MiNr. 3996 = 200 000 Stück

1992, 18. Sept. Internationale Briefmarkenausstellung GENOVA ’92, Genua. Odr.; gez. K 13.

fkb) Ansicht Genuas

3997	1.00 L	mehrfarbig	fkb	0,60	0,30
			FDC		1,50

Auflage: 1 000 000 Stück

1992, 25. Sept. Freimarken: Insekten. Odr. (10×10); gez. K 13½.

fkc) Rote Waldameise (Formica rufa)

fkd) Schwebfliege (Scaeva pyrastri)

3998	7.00 L	mehrfarbig	fkc	2,—	1,—
3999	20.00 L	mehrfarbig	fkd	5,—	1,—
			Satzpreis (2 W.)	7,—	2,—

Auflage: 4 000 000 Sätze

Weitere Werte: MiNr. 4016–4017, 4093–4096

1992, 30. Sept. 50 Jahre Institut für Architektur und Bauwesen. Odr.; gez. K 12¾.

fke) Stadtplan, menschliches Profil

4000	1.00 L	schwarz/rötlichkarmin	fke	0,60	0,30
			FDC		1,50

Auflage: 1 000 000 Stück

1992, 16. Okt. Seltene Bäume. Odr.; gez. K 13.

fkf) Quercus mestensis

fkg) Aesculus hippocastanum

fkh) Pinus peuce

fki) Quercus thracica

fkk) Acer heldreichii

fkl) Pyrus bulgarica

4001	0.50 L	mehrfarbig	fkf	0,30	0,30
4002	0.50 L	mehrfarbig	fkg	0,30	0,30
4003	1.00 L	mehrfarbig	fkh	0,50	0,30
4004	1.00 L	mehrfarbig	fki	0,50	0,30
4005	2.00 L	mehrfarbig	fkk	1,20	0,30
4006	3.00 L	mehrfarbig	fkl	1,50	0,40
			Satzpreis (6 W.)	4,—	1,—
			2 FDC		6,—

Auflage: 100 000 Sätze

1992, 23. Okt. 100 Jahre Völkerkundemuseum. Odr.; gez. K 13.

fkm) Stickerei

4007	1.00 L	mehrfarbig	fkm	0,60	0,30
			FDC		1,50

Auflage: 800 000 Stück

1992, 30. Okt. 100 Jahre Handelsflotte. Odr.; gez. K 13.

fkn) Dampfschiff „Bulgaria“

fko) Entsorgungsschiff „Kastor“

fkp) Seefähre „Geroite na Sevastopol“

fkr) Massengutfrachter „Bulgaria“

fks) Mehrzweckfrachtschiff „Aleko Konstantinov“

fkt) Containerschiff „Varna“

4008	0.30 L	mehrfarbig	fkn	0,30	0,30
4009	0.50 L	mehrfarbig	fko	0,30	0,30
4010	1.00 L	mehrfarbig	fkp	0,60	0,30
4011	2.00 L	mehrfarbig	fkr	1,—	0,30
4012	2.00 L	mehrfarbig	fks	1,—	0,30

4013	3.00 L	mehrfarbig	fkt	1,60	0,60
			Satzpreis (6 W.)	4,50	1,50
			2 FDC		6,—

Auflage: 100 000 Sätze

1992, 6. Nov. Aufnahme Bulgariens in den Europarat. Odr.; gez. K 13.

fku) Europa-Emblem

4014	7.00 L	mehrfarbig	fku	3,80	2,50
			FDC		6,—

Markenheftchen mit MiNr. 4014 ist privaten Ursprungs.

Auflage: 1 200 000 Stück

1992, 17. Nov. Blockausgabe: Weltsportkongress, Varna. Odr.; gez. Ks 13.

fkw

fkv) Familie beim Freizeitsport

4015	4.00 L	mehrfarbig	fkv	1,80	1,80
Block 221		(58×75 mm)	fkw	2,—	2,—
			FDC		3,50

Auflage: 60 000 Blocks

1992, 30. Nov. Freimarken: Insekten. Odr. (10×10); gez. K 13¾.

fkx) Heuschrecke (Orthopteroidea)

fky) Gottesanbeterin (Mantis religiosa)

4016	3.00 L	mehrfarbig	fkx	1,—	0,30
4017	50.00 L	mehrfarbig	fky	12,—	2,20
			Satzpreis (2 W.)	13,—	2,50

Auflagen: MiNr. 4016 = 10 500 000, MiNr. 4017 = 5 500 000 Stück

Weitere Werte: MiNr. 3998–3999, 4093–4096

1992, 1. Dez. Weihnachten. Odr. (5×10); gez. K 13½:13¼.

fkz) Weihnachtsmann

fla) Hl. Maria mit kind

4018	1.00 L	mehrfarbig	fkz	0,50	0,30
4019	7.00 L	mehrfarbig	fla	3,20	1,30
			Satzpreis (2 W.)	3,50	1,50

Auflagen: MiNr. 4018 = 850 000, MiNr. 4019 = 550 000 Stück

1992, 18. Dez. Raubtiere. Odr.; gez. K 12¾.

flb) Leopard (Panthera pardus)

flc) Gepard (Acinonyx jubatus)

fld) Jaguar (Panthera onca)

fle) Puma (Felis concolor)

flf) Tiger (Panthera tigris)

flg) Löwe (Panthera leo)

4020	0.50 L	mehrfarbig	flb	0,30	0,30
4021	0.50 L	mehrfarbig	flc	0,30	0,30
4022	1.00 L	mehrfarbig	fld	0,60	0,30
4023	2.00 L	mehrfarbig	fle	1,20	0,50
4024	2.00 L	mehrfarbig	flf	1,20	0,50
4025	3.00 L	mehrfarbig	flg	1,50	0,60
			Satzpreis (6 W.)	5,—	2,—
			2 FDC		6,—

Auflagen: MiNr. 4020–4024 je 500 000, MiNr. 4025 = 100 000 Stück

1992, 18. Dez. Sport. Odr.; gez. K 13.

flh) Baseball

fli) Kricket

flk) Polo

fll) Trabrennen

flm) Hockey

fln) American Football

4026	0.50 L	mehrfarbig	flh	0,30	0,30
4027	0.50 L	mehrfarbig	fli	0,30	0,30
4028	1.00 L	mehrfarbig	flk	0,60	0,30
4029	1.00 L	mehrfarbig	fll	0,60	0,30
4030	2.00 L	mehrfarbig	flm	1,—	0,60
4031	3.00 L	mehrfarbig	fln	1,50	0,80
			Satzpreis (6 W.)	4,—	2,—
			2 FDC		6,—

		★★
4028 F	Farbe Schwarz (Rahmen und Inschriften) fehlend	*200,—*

Auflagen: MiNr. 4026–4030 je 500 000, MiNr. 4031 = 100 000 Stück

1992, 23. Dez. Eulen. Odr.; gez. K 13.

flo) Rauhfußkauz (Aegolius funereus)

flp) Waldkauz (Strix aluco)

flr) Waldohreule (Asio otus)

fls) Sumpfohreule (Asio flammeus)

flt) Zwergohreule (Otus scops)

flu) Schleiereule (Tyto alba)

			★★	⊙
4032	0.30 L mehrfarbig	flo	0,30	0,30
4033	0.50 L mehrfarbig	flp	0,30	0,30
4034	1.00 L mehrfarbig	flr	0,60	0,30
4035	2.00 L mehrfarbig	fls	1,20	0,50
4036	2.00 L mehrfarbig	flt	1,20	0,50
4037	3.00 L mehrfarbig	flu	1,80	0,60
		Satzpreis (6 W.)	5,—	2,—
		2 FDC		6,—

Auflagen: MiNr. 4032–4036 je 480 000, MiNr. 4037 = 100 000 Stück

1992, 28. Dez. Gemälde: Die Geschichte Bulgariens. Odr.; gez. K 13.

flv) Khan Kubrat mit seinen Söhnen; von Dimitar Gjudschenow (1891–1979)

flw) Khan Asparuch mit seiner Frau auf dem Weg zur Donau; von Nikolaj Pawlowitsch (1835–1894)

flx) Khan Terwel in Konstantinopel; von Dimitar Pantschew

fly) Fürst Boris besiegt die aufständischen Bojaren; von Nikolaj Pawlowitsch (1835–1894)

4038	0.50 L mehrfarbig	flv	0,30	0,30
4039	1.00 L mehrfarbig	flw	0,60	0,30
4040	2.00 L mehrfarbig	flx	1,—	0,40
4041	3.00 L mehrfarbig	fly	1,60	0,50
		Satzpreis (4 W.)	3,50	1,50
		2 FDC		5,—

Blockausgabe

fma

flz) Der Krieger Krumow; von Mito Ganowski (*1925)

4042	4.00 L mehrfarbig	flz	1,80	1,80
Block 222	(75×91 mm)	fma	2,—	2,—
		FDC		3,50

Auflagen: MiNr. 4038 = 3.000.000, MiNr. 4039 = 400.000, MiNr. 4040 = 300.000, MiNr. 4041 = 100.000 Stück, Bl. 222 = 100.000 Blocks

1993, 1. Jan. 100 Jahre Archäologisches Museum. Odr.; gez. K 13.

fmb) Kopf einer antiken steinernen Skulptur

4043	1.00 L mehrfarbig	fmb	0,60	0,30
		FDC		2,—

Auflage: 700 000 Stück

1993, 5. Febr. Biathlon-Weltmeisterschaften, Borovetz. Odr.; gez. K 13.

fmc) Athletin beim Schießen

fmd) Athlet beim Lauf

4044	1.00 L mehrfarbig	fmc	0,50	0,30
4045	7.00 L mehrfarbig	fmd	4,—	1,70
		Satzpreis (2 W.)	4,50	2,—
		FDC		6,—

Auflagen: MiNr. 4044 = 1 750 000, MiNr. 4045 = 750 000 Stück

1993, 22. April. 200. Geburtstag von Neofit Rilski. Odr.; gez. K 13¼.

fme) Neofit Rilski (1793–1881), Geistlicher

4046	1.00 L olivbraun/braunorange	fme	0,60	0,30
		FDC		1,50

Auflage: 1 300 000 Stück

1993, 29. April. Europa: Zeitgenössische Kunst. Odr. (10×5); gez. K 13.

fmf) Morgen; Skulptur von Georgi Tschapkanov (*1943)

fmg) Komposition; Gemälde von Dimitar Bujukliiski (*1943)

4047	3.00 L	mehrfarbig	fmf	1,50	0,50
4048	8.00 L	mehrfarbig	fmg	2,50	1,50
			Satzpreis (2 W.)	4,—	2,—
			FDC		4,50

Markenheftchen mit MiNr. 4047 ist privaten Ursprungs.

Auflage: 1 000 000 Sätze

1993, 29. Juni. Zierfische. Odr.; gez. K 13.

fmh) Goldfisch (Carassius auratus j. bicaudatus)

fmi) Segelkärpfling (Mollienesia velifera)

fmk) Gebänderter Prachtkärpfling (Aphyosemion bivittatum)

fml) Segelflosser (Pterophyllum eimekei)

fmm) Echter Diskus (Symphysodon discus)

fmn) Mosaikfadenfisch (Trichogaster leeri)

4049	1.00 L	mehrfarbig	fmh	0,30	0,30
4050	2.00 L	mehrfarbig	fmi	0,40	0,30
4051	3.00 L	mehrfarbig	fmk	0,60	0,30
4052	3.00 L	mehrfarbig	fml	0,60	0,30
4053	4.00 L	mehrfarbig	fmm	0,90	0,30
4054	8.00 L	mehrfarbig	fmn	1,80	0,60
			Satzpreis (6 W.)	4,50	1,50
			2 FDC		6,50

Auflagen: MiNr. 4049 = 1 000 000, MiNr. 4050 = 700 000, MiNr. 4051–4052 je 650 000, MiNr. 4053 = 120 000, MiNr. 4054 = 620 000 Stück

1993, 8. Juli. Früchte. Odr.; gez. K 13:13¼.

fmo) Apfel (Malus sylvestris)

fmp) Pfirsich (Prunus persica)

fmr) Birne (Pyrus communis)

fms) Quitte (Cydonia oblonga)

fmt) Granatapfel (Punica granatum)

fmu) Feige (Ficus carica)

4055	1.00 L	mehrfarbig	fmo	0,30	0,30
4056	2.00 L	mehrfarbig	fmp	0,40	0,30
4057	2.00 L	mehrfarbig	fmr	0,40	0,30
4058	3.00 L	mehrfarbig	fms	0,60	0,30
4059	5.00 L	mehrfarbig	fmt	1,20	0,30
4060	7.00 L	mehrfarbig	fmu	1,80	0,50
			Satzpreis (6 W.)	4,50	1,30
			2 FDC		6,—

Auflage: MiNr. 4055 = 900 000, MiNr. 4056–4059 je 550 000, MiNr. 4060 = 130 000 Stück

1993, 20. Juli. 350. Todestag von Claudio Monteverdi. Odr.; gez. K 13¼:13.

fmv) Claudio Monteverdi (1567–1643), italienischer Komponist

4061	1.00 L	mehrfarbig	fmv	0,30	0,30
			FDC		1,—

Auflage: 1 000 000 Stück

1993, 20. Juli. Weltspiele der Gehörlosen, Sofia. Odr.; gez. K 13.

fmw) Leichtathletik

fmx) Schwimmen

fmy) Radsport

fmz) Tennis

4062	1.00 L	mehrfarbig	fmw	0,30	0,30
4063	2.00 L	mehrfarbig	fmx	0,40	0,30
4064	3.00 L	mehrfarbig	fmy	0,70	0,30
4065	4.00 L	mehrfarbig	fmz	0,70	0,30
			Satzpreis (4 W.)	2,—	0,80
			FDC		4,—

Blockausgabe

fnb

fna) Fußball

4066	5.00 L mehrfarbig	fna	0,70	0,70
Block 223	(85×75 mm)	fnb	1,—	1,—
		FDC		3,—

Auflagen: MiNr. 4062 = 1 000 000, MiNr. 4063 = 600 000, MiNr. 4064 = 500 000, MiNr. 4065 = 100 000 Stück, Bl. 223 = 100 000 Blocks

1993, 16. Sept. Blockausgabe: 1100 Jahre Preslav-Volksfest und Einführung der kyrillischen Schrift. Odr.; gez. Ks 13¼.

fng

fnc) Taufszene aus der Manassiew-Chronik
fnd) Zar Boris (852–889)
fne) Zar Simeon (893–927)
fnf) Schlachtenbild aus der Manassiew-Chronik

4067	5.00 L mehrfarbig	fnc	0,90	0,90
4068	5.00 L mehrfarbig	fnd	0,90	0,90
4069	5.00 L mehrfarbig	fne	0,90	0,90
4070	5.00 L mehrfarbig	fnf	0,90	0,90
Block 224	(113×110 mm)	fng	4,—	4,—
		FDC		6,—

Auflage: 100 000 Blocks

1993, 23. Sept. 100. Todestag von Alexander Battenberg. Odr.; gez. K 13:13¼.

fnh) Alexander Battenberg (1857–1893), reg. ab 1879 als Alexander I., Fürst von Bulgarien

4071	3.00 L mehrfarbig	fnh	0,60	0,30
		FDC		1,50

Auflage: 1 000 000 Stück

1993, 30. Sept. 100. Todestag von Pjotr Tschaikowsky. Odr.; gez. K 13¼:13.

fni) Pjotr Tschaikowsky (1840–1893), russischer Komponist

4072	3.00 L mehrfarbig	fni	0,60	0,30
		FDC		1,50

Auflage: 500 000 Stück

1993, 22. Okt. Entwicklung der Schusswaffen. Odr.; gez. K 13¾:14.

fnk) Armbrust (16. Jh.)

fnl) Steinschlosspistole (18. Jh.)

fnm) Revolver (1873)

fnn) Selbstladepistole (1908)

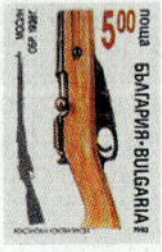
fno) Gewehr (1938)

fnp) Maschinenpistole (1947)

4073	1.00 L mehrfarbig	fnk	0,30	0,30
4074	2.00 L mehrfarbig	fnl	0,40	0,30
4075	3.00 L mehrfarbig	fnm	0,60	0,30
4076	3.00 L mehrfarbig	fnn	0,60	0,30
4077	5.00 L mehrfarbig	fno	1,10	0,30
4078	7.00 L mehrfarbig	fnp	1,60	0,60
		Satzpreis (6 W.)	4,50	1,50
		2 FDC		6,—

Auflagen: MiNr. 4073 = 1 600 000, MiNr. 4074–4076 je 600 000, MiNr. 4077 = 1 700 000, MiNr. 4078 = 100 000 Stück

1993, 29. Okt. 350. Geburtstag von Isaac Newton. Odr. (5×10); gez. K 13¼:13.

fnr) Isaac Newton (1643–1727), englischer Mathematiker, Physiker und Astronom; Medaille

4079	3.00 L mehrfarbig	fnr	0,30	0,30
		FDC		1,—

Auflage: 1 000 000 Stück

1993, 16. Nov. 100 Jahre organisierte Philatelie. Odr.; gez. K 13¼:13.

fns) Jubiläumszahl, Briefmarken

4080	1.00 L mehrfarbig	fns	0,30	0,30
		FDC		1,50

Auflage: 1 000 000 Stück

1993, 17. Nov. Ökologie. Odr.; gez. K 13½:13.

fnt

fnu

fnt–fnu) Wort „Ökologie" in Symbolen sowie lateinischen und kyrillischen Buchstaben

4081	1.00 L mehrfarbig	fnt	0,30	0,30
4082	7.00 L mehrfarbig	fnu	1,60	0,50
		Satzpreis (2 W.)	1,80	0,60
		FDC		2,50

Auflagen: MiNr. 4081 = 1 100 000, MiNr. 4082 = 600 000 Stück

1993, 25. Nov. Jagdwild. Odr.; gez. K 13¼:13.

fnv) Stockente (Anas platyrhynchos)

fnw) Jagdfasan (Pasianus colchicus)

fnx) Rotfuchs (Vulpes vulpes)

fny) Reh (Capreolus capreolus)
fnz) Feldhase (Lepus europaeus)
foa) Wildschwein (Sus scrofa)

4083	1.00 L	mehrfarbig	fnv	0,30	0,30
4084	1.00 L	mehrfarbig	fnw	0,30	0,30
4085	2.00 L	mehrfarbig	fnx	0,30	0,30
4086	3.00 L	mehrfarbig	fny	0,50	0,30
4087	6.00 L	mehrfarbig	fnz	1,—	0,40
4088	8.00 L	mehrfarbig	foa	1,50	0,60
			Satzpreis (6 W.)	3,50	1,50
			FDC		5,—

Auflagen: MiNr. 4083–4085 je 600 000, MiNr. 4086–4087 je 400 000, MiNr. 4088 = 100 000 Stück

1993, 1. Dez. Weihnachten. Odr. (5×5 Zd); gez. K 13¼:13.

fob–foe) Astrologischer Kalender

4089	1.00 L	mehrfarbig	fob	0,30	0,30
4090	1.00 L	mehrfarbig	foc	0,30	0,30
4091	7.00 L	mehrfarbig	fod	1,—	0,30
4092	7.00 L	mehrfarbig	foe	1,—	0,30
			Satzpreis (4 W.)	2,50	1,—
			2 Paare	2,50	1,—
			FDC		3,—

Nominalgleiche Marken wurden senkrecht zusammenhängend gedruckt.

Auflagen: MiNr. 4089–4090 je 600.000, MiNr. 4091–4092 je 225.000 Stück

1993, 15. Dez. Freimarken: Insekten. Odr. (10×10); gez. K 13 ¾.

fof) Vierfleck (Libellula quadrimaculata)

fog) Kamelhalsfliege (Raphidia notata)
foh) Hirschkäfer (Lucanus cervus)
foi) Feuerwanze (Pyrrhocoris apterus)

4093	1.00 L	mehrfarbig	fof	0,30	0,30
4094	2.00 L	mehrfarbig	fog	0,30	0,30
4095	4.00 L	mehrfarbig	foh	0,60	0,30
4096	5.00 L	mehrfarbig	foi	0,80	0,30
			Satzpreis (4 W.)	2,—	1,—
			FDC		3,—

Auflagen: MiNr. 4093 = 11 000 000, MiNr. 4094 = 10 200 000, MiNr. 4095 = 5 500 000, MiNr. 4096 = 10 000 000 Stück

Weitere Werte: MiNr. 3998–3999, 4016–4017

1993, 16. Dez. Volkstrachten der Regionen. Odr.; gez. K 13½:14.

fok) Sofia

fol) Plovdiv
fom) Belograd
fon) Šumen
foo) Oryakhovitsa
fop) Kŭrdzhali

4097	1.00 L	mehrfarbig	fok	0,30	0,30
4098	1.00 L	mehrfarbig	fol	0,30	0,30
4099	2.00 L	mehrfarbig	fom	0,30	0,30
4100	3.00 L	mehrfarbig	fon	0,40	0,30
4101	3.00 L	mehrfarbig	foo	0,40	0,30
4102	8.00 L	mehrfarbig	fop	1,20	0,50
			Satzpreis (6 W.)	2,50	1,—
			FDC		3,50

		★★
4098 F	Fehlende Farbe Blau	150,—

Auflagen: MiNr. 4097–4099 je 700 000, MiNr. 4100–4101 je 900 000, MiNr. 4102 = 100 000 Stück

1994, 8. Febr. Olympische Winterspiele, Lillehammer. Odr.; gez. K 13:13¼.

for) Trickski
fos) Eisschnelllauf
fot) Rodeln
fou) Eishockey

				★★	⊙
4103	1.00 L	mehrfarbig	for	0,30	0,30
4104	2.00 L	mehrfarbig	fos	0,30	0,30
4105	3.00 L	mehrfarbig	fot	0,50	0,30
4106	4.00 L	mehrfarbig	fou	0,80	0,30
			Satzpreis (4 W.)	1,70	0,60
			FDC		2,50

Blockausgabe

fow

fov) Abfahrtslauf

4107	5.00 L	mehrfarbig	fov	0,70	0,70
Block 225		(59×91 mm)	fow	0,80	0,80
			FDC		2,—

Auflagen: MiNr. 4103 und 4105 je 500 000, MiNr. 4104 = 400 000, MiNr. 4106 = 100 000 Stück, Block 225 = 100 000 Blocks

1994, 16. Febr. 100. Todestag von Nikolai Pawlowitsch. Odr.; gez. K 13¼:13.

fox) Selbstporträt von Nikolai Pawlowitsch (1835–1894), Maler; Simeon. d. Große trifft 924 in Konstantinopel ein, Lithographie von Henrik Dembitzki (1830–1906), polnischer Maler

4108	3.00 L	mehrfarbig	fox	0,50	0,30
			FDC		1,20

Auflage: 500 000 Stück

1994, 27. April. Prähistorische Tiere. Odr. (5×10); gez. K 13¼:13.

foy) Plesiosaurus

foz) Iguanodon

fpa) Archaeopteryx

fpb) Edmontonia

fpc) Styracosaurus

fpd) Tyrannosaurus

4109	2.00 L	mehrfarbig	foy	0,30	0,30
4110	3.00 L	mehrfarbig	foz	0,50	0,30
4111	3.00 L	mehrfarbig	fpa	0,50	0,30
4112	4.00 L	mehrfarbig	fpb	0,70	0,40
4113	5.00 L	mehrfarbig	fpc	0,80	0,40
4114	7.00 L	mehrfarbig	fpd	1,20	0,60
			Satzpreis (6 W.)	4,—	2,—
			2 FDC		6,—

Auflagen: MiNr. 4109 = 500 000, MiNr. 4110–4111 je 700 000, MiNr. 4112–4113 je 400 000, MiNr. 4114 = 170 000 Stück

1994, 28. April. Fußball-Weltmeisterschaft, USA. Odr.; gez. K 13¼:13.

fpe

fpf

fpg

fph

fpe–fph) Spielszenen

4115	3.00 L	mehrfarbig	fpe	0,50	0,30
4116	6.00 L	mehrfarbig	fpf	1,—	0,30
4117	7.00 L	mehrfarbig	fpg	1,10	0,40
4118	9.00 L	mehrfarbig	fph	1,40	0,60
			Satzpreis (4 W.)	4,—	1,50
			FDC		6,—

Blockausgabe

fpl

fpi–fpk) Spielszenen

4119	5.00 L	mehrfarbig	fpi	0,80	0,80
4120	5.00 L	mehrfarbig	fpk	0,80	0,80
Block 226		(90×123 mm)	fpl	2,—	2,—
			FDC		4,—

Auflagen: MiNr. 4115 = 1 000 000, MiNr. 4116–4117 je 300 000, MiNr. 4118 = 120 000 Stück, Bl. 226 = 120 000 Blocks

Mit Aufdruck: Bl. 227

1994, 29. April. Europa: Entdeckungen und Erfindungen. Odr.; gez. K 14:13¾.

fpm) Analyse des photoelektrischen Zustandes durch Georgi Nadjakow (1896–1981), Physiker

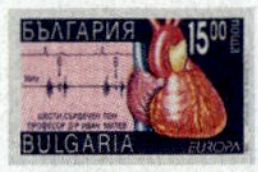

fpn) Entdeckung des sechsten Herztones durch Iwan Mitew (1924–2006), Kinderarzt und Kardiologe

4121	3.00 L	mehrfarbig	fpm	1,—	0,50
4122	15.00 L	mehrfarbig	fpn	3,50	1,50
			Satzpreis (2 W.)	4,50	2,—
			FDC		6,—

Auflage: 1 000 000 Sätze

1994, 18. Mai. Freimarke: Boris Christoff. Odr.; gez. K 13.

fpo) Boris Christoff (1919–1993), Sänger

4123	3.00 L	mehrfarbig	fpo	0,50	0,30
			FDC		1,—

Auflage: 1 000 000 Stück

1994, 23. Sept. Weltweiter Naturschutz: Feldhamster. Odr.; gez. K 13.

fpp

fpr

fps

fpt

fpp–fpt) Feldhamster (Cricetus cricetus)

4124	3.00 L mehrfarbig	fpp	0,40	0,30
4125	7.00 L mehrfarbig	fpr	0,90	0,50
4126	10.00 L mehrfarbig	fps	1,50	0,70
4127	15.00 L mehrfarbig	fpt	2,20	1,10
	Satzpreis (4 W.)		5,—	2,50
	FDC			5,—

Auflagen: MiNr. 4124–4125 je 250 000, MiNr. 4126 = 1 085 000, MiNr. 4127 = 150 000 Stück

1994, 4. Nov. Atlantischer Klub. Odr.; gez. K 13:13¼.

fpu) Raumgleiter, Raumstation, Parabolantenne

4128	3.00 L mehrfarbig	fpu	0,50	0,30
	FDC			1,—

Auflage: 500 000 Stück

1994, 7. Nov. 100 Jahre Internationales Olympisches Komitee (IOC). Odr.; gez. K 13¼.

fpv) Pierre de Coubertin (1863–1937), Gründer des IOC

4129	3.00 L mehrfarbig	fpv	0,50	0,30
	FDC			1,—

Auflage: 1 000 000 Stück

1994, 24. Nov. Ikonen. Odr.; gez. K 13¼.

fpw) Christus Pantokrator (15. Jh.)

fpx) Auferweckung des Lazarus (16. Jh.)

fpy) Der gekreuzigte Christus (15./16. Jh.)

fpz) Erzengel Michael (19. Jh.)

fra) Kyrillos und Methodios (19. Jh.)

frb) Madonna auf dem Thron (19. Jh.)

4130	2.00 L mehrfarbig	fpw	0,30	0,30
4131	3.00 L mehrfarbig	fpx	0,50	0,30
4132	5.00 L mehrfarbig	fpy	0,50	0,30
4133	7.00 L mehrfarbig	fpz	1,—	0,40
4134	8.00 L mehrfarbig	fra	1,20	0,50
4135	15.00 L mehrfarbig	frb	2,50	0,50
	Satzpreis (6 W.)		6,—	2,—
	2 FDC			9,—

Auflagen: MiNr. 4130–4134 je 300 000, MiNr. 4135 = 120 000 Stück

1994, 1. Dez. Weihnachten. Odr.; gez. K 13:13 ¼.

frc

frd

frc–frd) Weihnachsbrote

4136	3.00 L mehrfarbig	frc	0,50	0,30
4137	15.00 L mehrfarbig	frd	2,60	1,30
	Satzpreis (2 W.)		3,—	1,50
	2 FDC			4,50

Auflagen: MiNr. 4136 = 600 000, MiNr. 4137 = 150 000 Stück

1994, 12. Dez. Rosen. Odr.; gez. K 13.

fre) „Goldener Regen“

frf) „Friedensmonument von Caen“

frg) „Theresia von Lisieux“

frh) „Sambra ´93“

fri) „Gustave Courbet“

frk) „Honoré de Balzac“

4138	2.00 L mehrfarbig	fre	0,30	0,30
4139	3.00 L mehrfarbig	frf	0,50	0,30
4140	5.00 L mehrfarbig	frg	0,80	0,30
4141	7.00 L mehrfarbig	frh	1,20	0,50
4142	10.00 L mehrfarbig	fri	1,70	0,50
4143	15.00 L mehrfarbig	frk	2,60	0,50
	Satzpreis (6 W.)		7,—	2,—
	2 FDC			8,50

Auflage: 150 000 Sätze

1994, 15. Dez. Blockausgabe: Vierter Platz der bulgarischen Nationalmannschaft bei der Fußball-Weltmeisterschaft in den USA. Bl. 226 mit Odr.-Aufdruck „БЪЛГАРИЯ - С БРОНЗОВИ МЕДАЛИ“.

Block 227 mit MiNr. 4119–4120 (90×123 mm)		(Bl. 226)	18,—	18,—

Auflagen: 20.000 numerierte Blocks

1994, 29. Dez. Straßenbahntriebwagen. Odr.; gez. K 13.

frl) AM/ASES (1912)

frm) AM/ASES (1928)

frn) MAN/AEG (1931)

fro) DTO (1942)

frp) Republika (1951)

frr) Kosmonaut (1961)

4144	1.00 L mehrfarbig	frl	0,30	0,30
4145	2.00 L mehrfarbig	frm	0,30	0,30
4146	3.00 L mehrfarbig	frn	0,50	0,30
4147	5.00 L mehrfarbig	fro	0,80	0,30
4148	8.00 L mehrfarbig	frp	1,50	0,60
4149	10.00 L mehrfarbig	frr	1,80	0,70
		Satzpreis (6 W.)	5,—	2,—
		2 FDC		6,50

Auflagen: MiNr. 4144–4148 je 500 000, MiNr. 4149 = 180 000 Stück

1995, 27. Febr. 150. Geburtstag von Wassil Petleschkov. Odr.; gez. K 13 ¼.

frs) Wassil Petleschkov (1845–1876), Führer des Aprilaufstandes 1876 gegen die türkische Besatzungsmacht

4150	3.00 L mehrfarbig	frs	0,50	0,30
		FDC		1,—

Auflage: 500 000 Stück

1995, 3. Mai. Europa: Frieden und Freiheit. Odr. (10×5); gez. K 13¼.

frt) Geborstener Stahlhelm mit Blume

fru) Friedenstaube auf Gewehrlauf

4151	3.00 L mehrfarbig	frt	1,—	0,50
4152	15.00 L mehrfarbig	fru	3,50	1,50
		Satzpreis (2 W.)	4,50	2,—
		FDC		6,—

Auflagen: MiNr. 4151 = 3 000 000, MiNr. 4152 = 600 000 Stück

1995, 25. Mai. Blockausgabe: 100 Jahre Volleyball; Volleyball-Weltliga. Odr.; gez. Ks 12 ¾.

frx

frw frv

frv–frw) Spielszenen

4153	10.00 L mehrfarbig	frv	1,50	1,50
4154	15.00 L mehrfarbig	frw	2,—	2,—
Block 228	(92×75 mm)	frx	3,50	3,50
		FDC		4,50

Auflage: 80 000 Blocks

1995, 23. Juni. Blockausgabe: Naturschutzkonferenz. Odr.; gez. Ks 13.

fsa

frz) Östlicher Kaiseradler (Aquila heliaca heliaca)
fry) Pankrazlilie (Pancratium maritimum)

4155	10.00 L	mehrfarbig	fry	1,50	1,50
4156	15.00 L	mehrfarbig	frz	2,—	2,—
Block 229		(70×100 mm)	fsa	4,50	4,50
			FDC		9,—

Auflage: 60 000 Blocks

1995, 29. Juni. Tiere der Antarktis. Odr.; gez. K 13.

fsb) Leuchtkrebs („Krill") (Euphausia superba)

fsc) Eisfisch (Chaenocephalus sp.)

fsd) Pottwal (Physeter macrocephalus)

fse) Weddellrobbe (Leptonychotes weddelli)

fsf) Große Raubmöwe (Stercorarius skua)

fsg) Kaiserpinguin (Aptenodytes forsteri)

4157	1.00 L	mehrfarbig	fsb	0,30	0,30
4158	2.00 L	mehrfarbig	fsc	0,30	0,30
4159	3.00 L	mehrfarbig	fsd	0,40	0,30
4160	5.00 L	mehrfarbig	fse	0,70	0,30
4161	8.00 L	mehrfarbig	fsf	1,20	0,60
4162	10.00 L	mehrfarbig	fsg	1,50	0,70
			Satzpreis (6 W.)	4,—	2,—
			2 FDC		7,—

Auflagen: MiNr. 4157–4160 je 1 300 000, MiNr. 4161 = 900 000, MiNr. 4162 = 150 000 Stück

1995, 6. Juli. 100. Todestag von Stephan Stambolov. Odr.; gez. K 13.

fsh) Stephan Stambolov (1854–1895), Politiker

4163	3.00 L	mehrfarbig	fsh	0,50	0,30
			FDC		1,—

Auflage: 1 000 000 Stück

1995, 17. Juli. Olympische Sommerspiele 1996, Atlanta (I). Odr.; gez. K 13.

fsi) Stabhochsprung

fsk) Hochsprung

fsl) Weitsprung

fsm) Dreisprung

4164	3.00 L	mehrfarbig	fsi	0,40	0,30
4165	7.00 L	mehrfarbig	fsk	1,—	0,50
4166	10.00 L	mehrfarbig	fsl	1,50	0,50
4167	15.00 L	mehrfarbig	fsm	2,20	0,50
			Satzpreis (4 W.)	5,—	1,50
			2 FDC		7,—

Auflagen: MiNr. 4164–4166 je 600 000, MiNr. 4167 = 160 000 Stück

1995, 31. Juli. Nutzpflanzen. Odr.; gez. K 13.

fsn) Erbse (Pisum sativum)

fso) Kichererbse (Cicer arietinum)

fsp) Sojabohne (Glycine max)

fsr) Spinat (Spinacia oleracea)

fss) Erdnuss (Arachis hypogaea)

fst) Linse (Lens esculenta)

4168	2.00 L	mehrfarbig	fsn	0,70	0,50
4169	3.00 L	mehrfarbig	fso	0,30	0,30
4170	3.00 L	mehrfarbig	fsp	0,30	0,30
4171	4.00 L	mehrfarbig	fsr	0,70	0,40
4172	5.00 L	mehrfarbig	fss	0,70	0,40
4173	15.00 L	mehrfarbig	fst	2,—	0,50
			Satzpreis (6 W.)	4,50	2,—
			2 FDC		7,—

Auflagen: MiNr. 4168 = 200 000, MiNr. 4169–4170 je 1 300 000, MiNr. 4171–4173 je 800 000 Stück

1995, 21. Aug. 100 Jahre organisierter Tourismus. Odr.; gez. K 13¼.

fsu) Zahl „100", Edelweiß, Männerporträt

4174	3.00 L	mehrfarbig	fsu	0,50	0,30
			FDC		1,50

Auflage: 600 000 Stück

1995, 4. Sept. 100. Geburtstag von Wassil Sachariev. Odr.; gez. K 13.

fsv) Ikonenmaler Iwan Nikolov fsw) Rilakloster fsx) Selbstporträt fsy) Himbeersammlerinnen

fsv–fsy) Gemälde von Wassil Sachariev (1895–1971), Maler

4175	2.00 L	mehrfarbig	fsv	0,30	0,30
4176	3.00 L	mehrfarbig	fsw	0,50	0,30
4177	5.00 L	mehrfarbig	fsx	0,80	0,40
4178	10.00 L	mehrfarbig	fsy	1,50	0,80
			Satzpreis (4 W.)	3,—	1,50
			FDC		5,—

Auflagen: MiNr. 4175 = 150 000, MiNr. 4176–4178 je 700 000 Stück

1995, 12. Sept. 50 Jahre Vereinte Nationen (UNO). Odr.; gez. K 13.

fsz) Friedenstaube bildende Hände halten Erdkugel

4179	3.00 L	mehrfarbig	fsz	0,50	0,30
			FDC		1,50

Auflage: 700 000 Stück

1995, 26. Sept. Transportflugzeuge. Odr.; gez. K 13.

fta) Polikarpow Po–2

ftb) Lisunov Li–2

ftc) Junkers Ju–52

ftd) Focke-Wulf Fw–58

4180	3.00 L	mehrfarbig	fta	0,40	0,30
4181	5.00 L	mehrfarbig	ftb	0,70	0,30
4182	7.00 L	mehrfarbig	ftc	1,—	0,50
4183	10.00 L	mehrfarbig	ftd	1,50	0,50
			Satzpreis (4 W.)	3,50	1,50
			2 FDC		5,—

Auflagen: MiNr. 4180–4182 je 800 000, MiNr. 4183 = 150 000 Stück

1995, 16. Okt. 100 Jahre Kino. Odr.; gez. K 13.

fte) Charlie Chaplin (1889–1977), Micky Maus ftf) Marilyn Monroe (1926–1962), Marlene Dietrich (1901–1992) ftg) Nikolaj Tscherkassow (1903–1966), Humphrey Bogart (1899–1957) fth) Sophia Loren (*1934), Liza Minnelli (*1946)

fti) Gérard Philipe (1922–1959), Toshiro Mifune (1920–1997) ftk) Katja Paskalewa (1945–2002), Newena Kokanowa (1938–2000)

4184	2.00 L	mehrfarbig	fte	0,30	0,30
4185	3.00 L	mehrfarbig	ftf	0,40	0,30
4186	5.00 L	mehrfarbig	ftg	0,50	0,30
4187	8.00 L	mehrfarbig	fth	1,30	0,30
4188	10.00 L	mehrfarbig	fti	1,50	0,30
4189	15.00 L	mehrfarbig	ftk	2,—	0,50
			Satzpreis (6 W.)	6,—	2,—
			2 FDC		8,—

Auflage: MiNr. 4184–4187 je 600.000, MiNr. 4188 = 800.000, MiNr. 4189 = 200.000 Stück

1995, 20. Nov. Mineralien. Odr.; gez. K 13¼:13.

ftl) Achat

ftm) Zinkblende (Sphalerit)

ftn) Steinsalz (Calcit)

fto) Quarz

ftp) Buntbleierz (Pyromorphit)

ftr) Almandin

4190	1.00 L	mehrfarbig	ftl	0,30	0,30
4191	2.00 L	mehrfarbig	ftm	0,30	0,30
4192	5.00 L	mehrfarbig	ftn	0,80	0,30
4193	7.00 L	mehrfarbig	fto	1,—	0,30
4194	8.00 L	mehrfarbig	ftp	1,20	0,30
4195	10.00 L	mehrfarbig	ftr	1,60	0,50
			Satzpreis (6 W.)	5,—	1,50
			2 FDC		7,—

Auflagen: MiNr. 4190–4194 je 600 000, MiNr. 4195 = 200 000 Stück

1995, 8. Dez. Weihnachten. Odr.; gez. K 13¼:13.

fts) Maria und Elisabeth

ftt) Die Hl. Drei Könige

4196	3.00 L mehrfarbig	fts	0,50	0,30
4197	15.00 L mehrfarbig	ftt	2,—	1,10
	Satzpreis (2 W.)		2,50	1,30
	FDC			4,—

Auflagen: MiNr. 4196 = 900 000, MiNr. 4197 = 300 000 Stück

1996, 25. Jan. 100. Geburtstag von Kyrill Tsonev. Odr.; gez. K 13¼:13.

ftu) Südfrüchte; Gemälde von Kyrill Tsonev (1896–1961), Maler

4198	3.00 L mehrfarbig	ftu	0,50	0,30
	FDC			1,—

Auflage: 1 100 000 Stück

1996, 5. Febr. 450. Todestag von Martin Luther. Odr.; gez. K 13.

ftv) Martin Luther (1483–1546), Reformator; Porträt von Lucas Cranach d. Ä.

4199	3.00 L mehrfarbig	ftv	0,50	0,30
	FDC			2,—

Auflage: 1 000 000 Stück

1996, 28. Febr. Freimarken: Klöster. Odr.; gez. K 14:13¾.

ftw) Kloster der Verklärung Christi

ftx) Arapovski-Kloster

fty) Drjanovski-Kloster

ftz) Batschkovski-Kloster

fua) Trojanski-Kloster

fub) Sografski-Kloster

4200	3.00 L dunkelopalgrün	ftw	0,30	0,30
4201	5.00 L lilarot	ftx	0,30	0,30
4202	10.00 L dunkellilaultramarin	fty	0,40	0,30
4203	20.00 L gelblichorange	ftz	1,—	0,40
4204	25.00 L braunorange	fua	1,20	0,60
4205	40.00 L purpur	fub	2,—	1,—
	Satzpreis (6 W.)		5,—	2,50
	2 FDC			6,—

Auflagen: MiNr. 4200, 4204–4205 je 1 000 000, MiNr. 4201–4203 je 2 000 000 Stück

1996, 15. April. 5. Jahrestagung der Gouverneure der Europäischen Bank für Wiederaufbau und Entwicklung. Odr.; gez. K 13.

fuc) Nationalbank, Sofia

fud) Kulturpalast, Sofia

fuc–fud) Veranstaltungsemblem

4206	7.00 L mehrfarbig	fuc	0,50	0,50
4207	30.00 L mehrfarbig	fud	2,—	0,70
	Satzpreis (2 W.)		2,50	1,20
	FDC			2,50

Auflage: MiNr. 4206 = 1 000 000, MiNr. 4207 = 800 000 Stück

1996, 23. April. Nadelbäume. Odr.; gez. K 13¼:13.

fue) Eibe (Taxus baccata)

fuf) Weißtanne (Abies alba)

fug) Gemeine Fichte (Picea abies)

fuh) Gemeine Kiefer (Pinus silvestris)

fui) Panzerkiefer (Pinus heldreichii)

fuk) Wacholder (Juniperus excelsa)

4208	5.00 L mehrfarbig	fue	0,30	0,30
4209	8.00 L mehrfarbig	fuf	0,40	0,30
4210	10.00 L mehrfarbig	fug	0,50	0,30
4211	20.00 L mehrfarbig	fuh	1,—	0,30
4212	25.00 L mehrfarbig	fui	1,20	0,30
4213	40.00 L mehrfarbig	fuk	2,20	1,20
	Satzpreis (6 W.)		5,50	2,50
	2 FDC			6,50

Auflagen: MiNr. 4208–4212 je 800 000, MiNr. 4213 = 100 000 Stück

1996, 1. Mai. 120. Jahrestag des Aprilaufstandes; 120. Todestag von Christo Botev. Odr.; gez. K 13:13¼, Querformat ~.

ful) Trauernde Frauen

fum) Christo Botev (1849–1876), Dichter und Freiheitskämpfer

4214	10.00 L mehrfarbig	ful	0,50	0,30
4215	40.00 L mehrfarbig	fum	2,—	1,20
	Satzpreis (2 W.)		2,50	1,50
	FDC			3,50

Auflage: MiNr. 4214 = 800 000, MiNr. 4215 = 1 000 000 Stück

1996, 6. Mai. Uniformen. Odr.; gez. K 13:13¼.

fun) Moderne Offiziers-Ausgangsuniform

fuo) Felduniform eines Offiziers im 2. Weltkrieg

fup) Felduniform eines Soldaten im Balkankrieg

fur) Offiziersuniform der Leibstandarte

fus) Uniform eines Offiziers im serbisch-bulgarischen Krieg

fut) Uniform eines Soldaten im russisch-türkischen Krieg

4216	5.00 L	mehrfarbig	fun	1,20	0,30
4217	8.00 L	mehrfarbig	fuo	0,30	0,30
4218	10.00 L	mehrfarbig	fup	0,30	0,30
4219	20.00 L	mehrfarbig	fur	0,80	0,40
4220	25.00 L	mehrfarbig	fus	1,—	0,50
4221	40.00 L	mehrfarbig	fut	1,50	0,70
			Satzpreis (6 W.)	5,—	2,—
			2 FDC		6,50

Auflagen: MiNr. 4216 = 120 000, MiNr. 4217 = 1 100 000, MiNr. 4218–4221 = 900 000 Stück

1996, 13. Mai. 50 Jahre Republik. Odr.; gez. K 13:13¼.

fuu) Denkmal

4222	10.00 L	mehrfarbig	fuu	0,50	0,30

Auflage: 1 500 000 Stück

1996, 29. Mai. Europa: Berühmte Frauen. Odr. (5×10); gez. K 13¼:13.

fuv) Elisaveta Bagrjana (1893–1991), Dichterin

fuw) Katja Popova (1924–1966), Opernsängerin

4223	10.00 L	mehrfarbig	fuv	2,—	1,—
4224	40.00 L	mehrfarbig	fuw	2,50	1,50
			Satzpreis (2 W.)	4,50	2,50
			FDC		6,—

Markenheftchen mit MiNr. 4223–4224 sind privaten Ursprungs.

Auflagen: MiNr. 4223 = 200 000, MiNr. 4224 = 1 000 000 Stück

1996, 4. Juni. Blockausgabe: Fußball-Europameisterschaft, England. Odr.; gez. Ks 13¼:13.

fuz

fuy fux

fux–fuy) Spielszenen

4225	10.00 L	mehrfarbig	fux	0,80	0,50
4226	15.00 L	mehrfarbig	fuy	1,20	0,70
Block 230		(71×86 mm)	fuz	2,—	1,20
			FDC		4,—

	★★
Block 230 U ungezähnt	–,–

Auflage: 70 000 Blocks

1996, 4. Juli. Olympische Sommerspiele, Atlanta (II). Odr.; gez. K 13:13¼.

fva) Ringen

fvb) Boxen

fvc) Kugelstoßen

fvd) Rudern

				★★	⊙
4227	5.00 L	mehrfarbig	fva	0,30	0,30
4228	8.00 L	mehrfarbig	fvb	0,40	0,30
4229	10.00 L	mehrfarbig	fvc	0,60	0,30
4230	25.00 L	mehrfarbig	fvd	1,30	0,50
			Satzpreis (4 W.)	2,50	1,—
			FDC		4,—

Blockausgabe

fvf

fve) Olympiastadion, Athen (1896)

4231	15.00 L	mehrfarbig	fve	1,—	1,—
Block 231		(88×69 mm)	fvf	1,50	1,—
			FDC		4,—

MiNr. 4227–4230 wurden auch im Markenheftchen (MH 1) gedruckt.

Auflagen: MiNr. 4227 = 130 000, MiNr. 4228–4230 je 710 000 Stück, Bl. 231 = 60 000 Blocks

1996, 9. Juli. 250. Geburtstag von Francisco de Goya. Odr. (10×5); gez. K 13.

fvg) Wandmalerei

fvh) Mädchen mit Sonnenschirm

fvi) Erschießung der Aufständischen am 3. Mai 1808 in Madrid

fvk) Nachbarinnen auf dem Balkon

fvg–fvm) Gemälde von Francisco de Goya (1746–1828), spanischer Maler

4232	5.00 L	mehrfarbig	fvg	0,30	0,30
4233	8.00 L	mehrfarbig	fvh	0,50	0,30
4234	26.00 L	mehrfarbig	fvi	1,30	0,60
4235	40.00 L	mehrfarbig	fvk	2,—	1,—
		Satzpreis (4 W.)		4,—	2,—
		2 FDC			5,50

Blockausgabe

fvn

fvm) Die nackte Maja
fvl) Die bekleidete Maja

4236	10.00 L mehrfarbig	fvl	0,50	0,50
4237	15.00 L mehrfarbig	fvm	0,70	0,70
Block 232	(98×72 mm)	fvn	1,50	1,50
	FDC			2,50

Auflagen: MiNr. 4232 = 1 200 000, MiNr. 4233 = 1 100 000, MiNr. 4234 = 700 000, MiNr. 4235 = 120 000 Stück, Bl. 232 = 120 000 Blocks

1996, 30. Juli. Krebstiere. Odr.; gez. K 13¼:13.

fvo) Flohkrebs (Gammarus arduus)

fvp) Gemeine Wasserassel (Asellus aquaticus)

fvr) Europäischer Flusskrebs (Astacus astacus)

fvs) Garnele (Palaemon serratus)

fvt) Cumella limicola

fvu) Mittelmeer-Strandkrabbe (Carcinus mediterraneus)

4238	5.00 L	mehrfarbig	fvo	2,50	1,—
4239	10.00 L	mehrfarbig	fvp	0,50	0,30
4240	12.00 L	mehrfarbig	fvr	0,50	0,30
4241	25.00 L	mehrfarbig	fvs	0,50	0,30
4242	30.00 L	mehrfarbig	fvt	0,50	0,30
4243	40.00 L	mehrfarbig	fvu	0,50	0,30
		Satzpreis (6 W.)		5,—	2,—
		2 FDC			7,50

Auflagen: MiNr. 4238 = 120 000, MiNr. 4239–4243 je 1 100 000 Stück

1996, 3. Sept. Blockausgabe: 1050. Todestag des hl. Ivan Rilski. Odr.; gez. Ks 13.

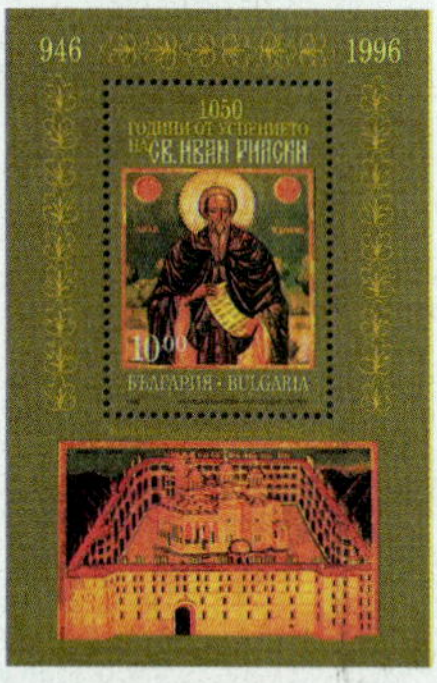

fvw

fvv) Hl. Ivan Rilski (876–946), Gründer des Rila-Klosters

4244	10.00 L mehrfarbig	fvv	0,60	0,60
Block 233	(55×87 mm)	fvw	1,—	1,—
	FDC			3,—

Auflage: 80 000 Blocks

1996, 12. Sept. Freimarken: Historische Gebäude. Odr.; gez. K 14:13¾.

fvx) Haus in Tryavna

fvy) Haus in Nessebar

fvz) Haus in Tryavna

fwa) Haus in Koprivschitza

fwb) Haus in Plovdiv

fwc) Haus in Koprivschitza

4245	10.00 L	mehrfarbig	fvx	0,30	0,30
4246	15.00 L	mehrfarbig	fvy	0,40	0,30
4247	30.00 L	mehrfarbig	fvz	0,80	0,40
4248	50.00 L	mehrfarbig	fwa	1,40	0,70
4249	60.00 L	mehrfarbig	fwb	1,80	1,—
4250	100.00 L	mehrfarbig	fwc	2,80	1,50
		Satzpreis (6 W.)		7,50	4,—

Auflage: 500 000 Sätze

1996, 24. Sept. Alte Dampflokomotiven. Odr.; gez. K 13:12¾.

fwd) Lok von 1836

fwe) Lok von 1847

fwf) Lok von 1848

fwg) Lok von 1876

4251	5.00 L mehrfarbig	fwd	0,30	0,30
4252	10.00 L mehrfarbig	fwe	0,50	0,30
4253	12.00 L mehrfarbig	fwf	0,60	0,30
4254	26.00 L mehrfarbig	fwg	1,30	0,60
		Satzpreis (4 W.)	2,50	1,20
		2 FDC		4,—

Auflagen: MiNr. 4251 = 900 000, MiNr. 4252–4253 je 1 100 000, MiNr. 4254 = 120 000 Stück

1996, 14. Okt. 100 Jahre Nationale Kunstakademie. Odr.; gez. K 13¼:13.

fwh) Karikatur mit Zahl „100“, Kunstakademie

4255	15.00 L mehrfarbig	fwh	0,80	0,30
		FDC		1,50

Auflage: 1 000 000 Stück

1996, 21. Okt. 1100. Jahrestag des Sieges von Zar Simeon über die Byzantiner. Odr.; gez. K 13.

fwi fwk

fwi–fwk) Schlachtenszene, Schwerter

4256	10.00 L mehrfarbig	fwi	0,50	0,30
4257	40.00 L mehrfarbig	fwk	2,—	1,—
		Satzpreis (2 W.)	2,50	1,20
		Paar	2,50	1,20
		FDC		3,50

MiNr. 4256–4257 wurden waagerecht zusammenhängend gedruckt.

Auflage: 500 000 Sätze

1996, 18. Nov. 50 Jahre Kinderhilfswerk der Vereinten Nationen (UNICEF): Kindergemälde. Odr.; gez. K 13.

fwl) Taucher, Fische

fwm) Zirkus

fwn) Figur, Malutensilien

fwo) Familie am Tisch

4258	7.00 L mehrfarbig	fwl	0,40	0,30
4259	15.00 L mehrfarbig	fwm	0,80	0,40
4260	20.00 L mehrfarbig	fwn	1,10	0,50
4261	60.00 L mehrfarbig	fwo	3,20	1,60
		Satzpreis (4 W.)	5,50	2,50
		FDC		6,50

Auflagen: MiNr. 4258–4260 je 500 000, MiNr. 4261 = 100 000 Stück

1996, 26. Nov. Weihnachten. Odr.; gez. K 13¼.

fwp) Weihnachtsbaum

fwr) Basilika

4262	15.00 L mehrfarbig	fwp	0,70	0,30
4263	60.00 L mehrfarbig	fwr	3,—	1,50
		Satzpreis (2 W.)	3,50	1,80
		FDC		4,—

Auflage: MiNr. 4262 = 650 000, MiNr. 4263 = 350 000 Stück

1996, 11. Dez. 100. Geburtstag von Zanko Lawrenov. Odr.; gez. K 13.

fws) Heilige Bäume vor dem Rilakloster; Gemälde von Zanko Lawrenov (1896–1978), Maler

4264	15.00 L mehrfarbig	fws	0,70	0,30
		FDC		1,20

Auflage: 750 000 Stück

Die Marken MiNr. 1282–4264 waren bis zum 3.7.1999, MiNr. 4265–4402 bis zum 31.12.1999 frankaturgültig.

1997, 25. Febr. Rassehunde. Odr.; gez. K 13¼:13.

fwt) Pointer

fwu) Chow-Chow

fwv) Carakachan

fww) Basset

4265	5.00 L mehrfarbig	fwt	0,30	0,30
4266	7.00 L mehrfarbig	fwu	0,30	0,30
4267	25.00 L mehrfarbig	fwv	1,—	0,50
4268	50.00 L mehrfarbig	fww	2,—	1,—
		Satzpreis (4 W.)	3,50	1,70
		FDC		4,50

Auflagen: MiNr. 4265 und 4267 = 450 000, MiNr. 4266 = 750 000, MiNr. 4268 = 120 000 Stück

1997, 10. April. 150. Geburtstag von Alexander Graham Bell. Odr.; gez. K 13.

fwx) Alexander Graham Bell (1847–1922), amerikanischer Physiker

4269 30.00 L mehrfarbig .... fwx 1,— 0,50
FDC 1,50

Auflage: 1 000 000 Stück

1997, 20. März. 100. Geburtstag von Ivan Milev. Odr.; gez. K 13.

fwy) Schäfer

fwz) Brot

fxa) Schnitterin

fxb) Mutter

fwy–fxb) Gemälde von Ivan Milev (1897–1927), Maler

4270 5.00 L mehrfarbig .... fwy 0,30 0,30
4271 15.00 L mehrfarbig .... fwz 0,40 0,30
4272 30.00 L mehrfarbig .... fxa 0,50 0,40
4273 60.00 L mehrfarbig .... fxb 1,50 0,80
Satzpreis (4 W.) 2,50 1,50
FDC 4,—

Auflagen: MiNr. 4270–4272 je 400 000, MiNr. 4273 = 100 000 Stück

1997, 14. April. Europa: Sagen und Legenden. Odr. (10×5); gez. K 13:13¼.

fxc) Frau März, Symbol des Frühlings

fxd) Hl. Georg, Staatssymbol

4274 120 L mehrfarbig .... fxc 2,50 1,—
4275 600 L mehrfarbig .... fxd 2,— 1,—
Satzpreis (2 W.) 4,50 2,—
FDC 4,—

Markenheftchen mit MiNr. 4274–4275 sind privaten Ursprungs.

Auflage: MiNr. 4274 = 320 000, MiNr. 4275 = 720 000 Stück

1997, 16. April. 100. Geburtstag von Konstantin Kissimov. Odr.; gez. K 13¼:13.

fxe) Konstantin Kissimov (1897–1965), Schauspieler

4276 120.00 L mehrfarbig .... fxe 0,30 0,30
FDC 1,50

Auflage: 1 000 000 Stück

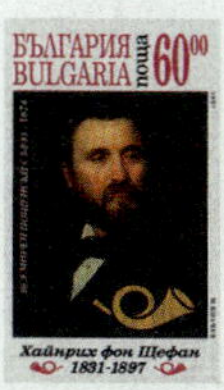

1997, 24. April. 100. Todestag von Heinrich von Stephan. Odr.; gez. K 13.

fxf) Heinrich von Stephan (1831–1897), deutscher Mitbegründer des Weltpostvereins

4277 60.00 L mehrfarbig .... fxf 0,30 0,30
FDC 1,—

Auflage: 200 000 Stück

1997, 2. Mai. Freimarken: Historische Sehenswürdigkeiten. Odr.; gez. K 13¾:14.

fxg) Altstadt von Nessebar

fxh) Skulptur, Ivanowsky-Kirche

fxi) Wandmalerei, Kirche von Bojana

fxk) Steinerner Reiter von Madara

fxl) Sarkophag-Figur aus Sveshary

fxm) Thrakische Grabstätte in Kasanlak

4278 80 L mehrfarbig .... fxg 0,30 0,30
4279 200 L mehrfarbig .... fxh 0,30 0,30
4280 300 L mehrfarbig .... fxi 0,30 0,30
4281 500 L mehrfarbig .... fxk 0,50 0,30
4282 600 L mehrfarbig .... fxl 0,70 0,40
4283 1000 L mehrfarbig .... fxm 1,20 0,70
Satzpreis (6 W.) 3,— 1,80

Auflage: 1 000 000 Sätze

1997, 29. Mai. Komponisten. Odr. (2×2); gez. K 13.

fxn) Gaetano Donizetti (1797–1848)
fxo) Franz Schubert (1797–1828)
fxp) Felix Mendelssohn-Bartholdy (1809–1847)
fxr) Johannes Brahms (1833–1897)

4284 120 L mehrfarbig .... fxn 0,40 0,30
4285 120 L mehrfarbig .... fxo 0,40 0,30
4286 120 L mehrfarbig .... fxp 0,40 0,30
4287 120 L mehrfarbig .... fxr 0,40 0,30
Satzpreis (4 W.) 1,50 1,20
Kleinbogen 1,50 1,50
FDC 2,50

Auflage: 120 000 Sätze

1997, 24. Juni. Das Rote Buch gefährdeter Tier- und Pflanzenarten: Blühende Pflanzen. Odr.; gez. K 13¼:13.

fxs) Klee (Trifolium rubens)

fxt) Tulpe (Tulipa hageri)

fxu) Inula spiraeifolia

fxv) Päonie (Paeonia tenuifolia)

4288	80 L	mehrfarbig	fxs	0,30	0,30
4289	100 L	mehrfarbig	fxt	0,30	0,30
4290	120 L	mehrfarbig	fxu	0,30	0,30
4291	200 L	mehrfarbig	fxv	0,70	0,30
		Satzpreis (4 W.)		1,50	0,70
		FDC			2,50

Auflagen: MiNr. 4288–4290 je 370 000, MiNr. 4291 = 100 000 Stück

1997, 29. Juni. 50 Jahre zivile Luftfahrt in Bulgarien. Odr.; gez. K 13:13¼.

fxw) Zahl „50“, Flugzeuge

4292	120 L	mehrfarbig	fxw	0,30	0,30
		FDC			1,—

Auflage: 200 000 Stück

1997, 3. Juli. 100. Todestag von Ewlogi Georgiev. Odr.; gez. K 13.

fxx) Ewlogi Georgiev (1819–1897), Bankier

4293	120 L	mehrfarbig	fxx	0,30	0,30
		FDC			1,—

Auflage: 250 000 Stück

1997, 25. Juli. Fünfkampf-Weltmeisterschaften, Sofia. Odr.; gez. K 13.

fxy) Reiten

fxz) Fechten

fya) Laufen

fyb) Schwimmen

fyc) Schießen

4294	60 L	mehrfarbig	fxy	0,30	0,30
4295	80 L	mehrfarbig	fxz	0,30	0,30
4296	100 L	mehrfarbig	fya	0,40	0,30
4297	120 L	mehrfarbig	fyb	0,50	0,30
4298	200 L	mehrfarbig	fyc	0,60	0,40
		Satzpreis (5 W.)		2,—	1,20
		2 FDC			4,—

Auflagen: MiNr. 4294 = 100 000, MiNr. 4295–4298 je 270 000 Stück

1997, 30. Juli. Internationale Briefmarkenausstellung MOSKAU ’97. Odr. (2×1); gez. K 13.

fyd) Türme der Pokrowskij-(Basilius-)Kathedrale, Moskau
Zierfeld

4299	120 L	mehrfarbig	fyd	0,70	0,30
		FDC			1,20
		Kleinbogen		2,—	2,—

MiNr. 4299 wurde mit einem Zierfeld im Kleinbogen gedruckt.

Auflage: 190 000 Stück

1997, 8. Sept. 100 Jahre Dieselmotor. Odr.; gez. K 13¼:13.

fye) Schiffsdiesel

fyf) Traktorenmotor

fyg) LKW-Motor

fyh) Gabelstaplermotor

4300	80 L	mehrfarbig	fye	0,30	0,30
4301	100 L	mehrfarbig	fyf	0,40	0,30
4302	120 L	mehrfarbig	fyg	0,50	0,30
4303	200 L	mehrfarbig	fyh	0,80	0,40
		Satzpreis (4 W.)		2,—	1,—
		FDC			3,—

Auflagen: MiNr. 4300–4302 je 320 000, MiNr. 4303 = 100 000 Stück

1997, 2. Okt. 43. Generalversammlung des Nordatlantischen Kooperationsrates. Odr. (2×2); gez. K 13.

fyi) Göttin
fyk) Adler auf Weltkugel
fyl) Tagungsgebäude
fym) Tagungsgebäude

4304	120 L	mehrfarbig	fyi	0,40	0,30
4305	120 L	mehrfarbig	fyk	0,40	0,30
4306	120 L	mehrfarbig	fyl	0,40	0,30
4307	120 L	mehrfarbig	fym	0,40	0,30
		Satzpreis (4 W.)		1,60	1,20
		Kleinbogen		1,70	1,20
		FDC			2,—

Auflage: 120 000 Sätze

1997, 15. Okt. 450. Geburtstag von Miguel de Cervantes Saavedra. Odr. (5×10); gez. K 13¼:13.

fyn) Miguel de Cervantes Saavedra (1547–1616), spanischer Schriftsteller; Don Quichote und Sancho Pansa

4308	120 L	mehrfarbig	fyn	0,50	0,30
			FDC		1,50

Auflage: 200 000 Stück

1997, 5. Nov. 100. Geburtstag von Assen Raszwetnikov. Odr.; gez. K 13¼:13.

fyo) Assen Raszwetnikov (1897–1951), Schriftsteller und Übersetzer

4309	120 L	mehrfarbig	fyo	0,30	0,30
			FDC		1,—

Auflage: 200 000 Stück

1997, 18. Nov. 1000. Jahrestag der Krönung des Zaren Samuil. Odr.; gez. K 13½:13¼.

fyp) Grabstein
fyr) Zar Samuil mit Gefolgsleuten

4310	120 L	mehrfarbig	fyp	0,30	0,30
4311	600 L	mehrfarbig	fyr	1,90	0,90
			Satzpreis (2 W.)	2,20	1,20
			Paar	2,20	1,20
			FDC		3,20

MiNr. 4310–4311 wurden waagerecht zusammenhängend gedruckt.

Auflage: 300 000 Sätze

1997, 8. Dez. Weihnachten. Odr.; gez. K 13:13¼.

fys) Stern von Bethlehem

fyt) Maria mit Kind im Stall

4312	120 L	mehrfarbig	fys	0,40	0,30
4313	600 L	mehrfarbig	fyt	1,80	1,—
			Satzpreis (2 W.)	2,20	1,20
			FDC		3,20

Auflagen: MiNr. 4312 = 600 000, MiNr. 4313 = 300 000 Stück

1997, 17. Dez. Olympische Winterspiele '98, Nagano. Odr.; gez. K 13¼:13.

fyu) Eisschnelllauf

fyv) Ski-alpin

fyw) Biathlon

fyx) Eiskunstlauf

4314	60 L	mehrfarbig	fyu	0,30	0,30
4315	80 L	mehrfarbig	fyv	0,30	0,30
4316	120 L	mehrfarbig	fyw	0,30	0,30
4317	600 L	mehrfarbig	fyx	2,40	1,50
			Satzpreis (4 W.)	3,—	2,—
			FDC		3,50

Auflagen: MiNr. 4314–4315 je 600 000, MiNr. 4316 = 800 000, MiNr. 4317 = 120 000 Stück

MiNr. 4316 mit Aufdruck: MiNr. 4334

1997, 22. Dez. Blockausgabe: 25 Jahre Aktivitäten im Kosmos. Odr.; gez. Ks 13:12¾.

fyz

fyy) Radiometrisches System R-400

4318	120 L	mehrfarbig	fyy	0,80	0,80
Block 234		(88×69 mm)	fyz	1,—	1,—
			FDC		2,—

Auflage: 300 000 Blocks

1997, 22. Dez. Wappen der Republik. Odr.; gez. K 13¼:13.

fza) Staatswappen

4319	120 L	mehrfarbig	fza	0,30	0,30
			FDC		1,—

Auflagen: 1 000 000 Stück

1998, 6. Jan. 150. Geburtstag von Christo Botev. Odr.; gez. K 13.

fzb) Christo Botev (1848–1876), Dichter und Freiheitskämpfer

4320	120 L	mehrfarbig	fzb	0,30	0,30

Auflage: 1 000 000 Stück

1998, 10. Febr. 100. Geburtstag von Bertolt Brecht. Odr.; gez. K 13:13¼.

fzc) Bertolt Brecht (1898–1956), deutscher Schriftsteller und Regisseur (Karikatur)

4321	120 L	mehrfarbig	fzc	0,30	0,30
			FDC		1,—

Auflage: 1 000 000 Stück

1998, 13. Febr. 100 Jahre Nachrichtenagentur BTA. Odr.; gez. K 13.

fzd) Farbraster

4322	120 L mehrfarbig	fzd	0,30	0,30
		FDC		1,—

Auflage: 1 500 000 Stück

1998, 24. Febr. 30. Todestag von Aleksandr Boschinov. Odr. (2×2); gez. K 13¼:13.

fze) Schwalbe am Fenster
fzf) Star mit Reisegepäck
fzg) Väterchen Frost
fzh) Die Regenmacherin

fze–fzh) Kinderbuchilllustrationen von Aleksandr Boschinov (1878–1968), Karikaturist

4323	120 L mehrfarbig	fze	0,30	0,30
4324	120 L mehrfarbig	fzf	0,30	0,30
4325	120 L mehrfarbig	fzg	0,30	0,30
4326	120 L mehrfarbig	fzh	0,30	0,30
		Satzpreis (4 W.)	1,20	0,40
		Kleinbogen	1,20	1,—
		FDC		2,—

Auflage: 200 000 Sätze

1998, 3. März. 120. Jahrestag der Befreiung von den Türken. Odr.; gez. K 13:13¼.

fzi) Zar Alexander II.
fzk) Freiheitsdenkmal, Russe

4327	120 L mehrfarbig	fzi	0,30	0,30
4328	600 L mehrfarbig	fzk	1,50	0,50
		Satzpreis (2 W.)	1,80	0,80
		Paar	1,80	0,80
		FDC		2,50

Auflage: 150 000 Sätze

1998, 27. März. Ostern. Odr.; gez. K 13:13¼.

fzl) Christi Himmelfahrt, Osterhase, Wagen mit Ostereiern

4329	120 L mehrfarbig	fzl	0,30	0,30
		FDC		1,—

Auflage: 300 000 Stück

1998, 30. März. 75 Jahre Nationales Olympisches Komitee. Odr.; gez. K 13¾:13.

fzm) Fackelläufer

4330	120 L mehrfarbig	fzm	0,30	0,30
		FDC		1,—

Auflage: 500 000 Stück

1998, 24. April. Internationales Programm für Post und Telekommunikation PHARE. Odr.; gez. K 13.

fzn) Organisationsemblem, Karte der Teilnehmerstaaten

4331	120 L mehrfarbig	fzn	0,30	0,30
		FDC		0,70

Auflage: 1 000 000 Stück

1998, 27. April. Europa: Nationale Feste und Feiertage. Odr. (5×10); gez. K 13.

fzo) Mädchen in Tracht mit Sträußen

fzp) Burschen mit Tanzmasken

4332	120 L mehrfarbig	fzo	1,—	0,50
4333	600 L mehrfarbig	fzp	2,50	2,—
		Satzpreis (2 W.)	3,50	3,—
		FDC		4,—

Markenheftchen mit MiNr. 4332–4333 sind privaten Ursprungs.

Auflagen: MiNr. 4332 = 600 000, MiNr. 4333 = 450 000 Stück

1998, 29. April. Gewinn der Goldmedaille im Biathlon durch Ekaterina Dafovska in Nagano. MiNr. 4316 mit Odr.-Aufdruck „ПЪРВИ / ЗЛАТЕН МЕДАЛ / ЗА БЪЛГАРИЯ / Е. ДАФОВСКА“.

4334

4334	120 L mehrfarbig	(4316)	4,—	3,—
		FDC		5,—

Auflage: 30.000 Stück

1998, 30. April. 200. Geburtstag von Eugène Delacroix. Odr.; gez. K 13.

fzr) Dante und Vergil in der Hölle; Gemälde von Eugène Delacroix (1798–1863), französischer Maler

4335	120 L mehrfarbig	fzr	0,30	0,30
		FDC		1,—

Auflage: 800 000 Stück

1998, 25. Mai. 50 Jahre Fußballverein ZSKA Sofia. Odr.; gez. K 13.

fzs) Spieler, Vereinsemblem

4336 120 L mehrfarbig . . . . fzs 0,30 0,30
FDC 1,—

Auflage: 600 000 Stück

1998, 25. Mai. Katzen. Odr.; gez. K 13.

fzt) Europäisch Tabby fzu) Siamkatze fzv) Exotisch Kurzhaar fzw) Birmakatze

4337 60 L mehrfarbig . . . . fzt 0,30 0,30
4338 80 L mehrfarbig . . . . fzu 0,30 0,30
4339 120 L mehrfarbig . . . . fzv 0,30 0,30
4340 600 L mehrfarbig . . . . fzw 1,60 0,80
Satzpreis (4 W.) 2,20 1,20
FDC 3,50

Auflagen: MiNr. 4337–4339 je 500 000, MiNr. 4340 = 120 000 Stück

1998, 4. Juni. 150. Geburtstag von Paul Gauguin. Odr. (5×10); gez. K 13.

fzx) Gemälde „Bist du eifersüchtig?" von Paul Gauguin (1848–1903), französischer Maler

4341 120 L mehrfarbig . . . . fzx 0,30 0,30
FDC 1,—

Auflage: 280 000 Stück

1998, 4. Juni. 150. Geburtstag von Neophit Hilendarsky-Bozvely. Odr.; gez. K 13.

fzy) Neophit Hilendarsky-Bozvely (1785–1848), Geistlicher und Verfasser von Schulbüchern

4342 120 L mehrfarbig . . . . fzy 0,30 0,30
FDC 1,—

Auflage: 130 000 Stück

1998, 10. Juni. Fußball-Weltmeisterschaft, Frankreich. Odr.; gez. K 13¼:13.

fzz

gaa gab gac

fzz–gac) Spielszenen

4343 60 L mehrfarbig . . . . fzz 0,30 0,30
4344 80 L mehrfarbig . . . . gaa 0,30 0,30
4345 120 L mehrfarbig . . . . gab 0,30 0,30
4346 600 L mehrfarbig . . . . gac 1,60 0,80
Satzpreis (4 W.) 2,20 1,20
FDC 3,50

Blockausgabe

gae

gad) Löwe, Fußball, Eiffelturm

4347 120 L mehrfarbig . . . . gad 0,90 0,90
Block 235 (68×91 mm) . . . . gae 1,20 1,20
FDC 2,50

Auflagen: MiNr. 4343–4345 je 350 000, MiNr. 4346 = 120 000 Stück, Bl. 235 = 80 000 Blocks

1998, 17. Juni. 10. Jahrestag des Weltraumaufenthaltes von Aleksandar Aleksandrow im Orbitalkomplex Mir. Odr.; gez. K 13¼:13.

gaf) Aleksandar Aleksandrow (*1951), Kosmonaut

4348 120 L mehrfarbig . . . . gaf 0,40 0,30
FDC 1,—

Auflage: 60 000 Stück

1998, 23. Juni. Weltausstellung EXPO '98, Lissabon. Odr. (2×2); gez. K 13¼:13.

Zierfeld gag
gah Zierfeld

gag) Vasco da Gama (1469–1524), portugiesischer Seefahrer
gah) Karavelle „São Gabriel"

4349 600 L mehrfarbig . . . . gag 1,70 0,50
4350 600 L mehrfarbig . . . . gah 1,70 0,50
Satzpreis (2 W.) 3,40 1,—
Kleinbogen 3,50 2,—
FDC 5,—

Auflage: 60 000 Sätze

1998, 7. Juli. Hubschrauber. Odr.; gez. K 13.

gai) Focke Wulf FW 61 (1937) gak) Sikorsky R-4 (1943)

gal) Mil Mi-12 (1970)

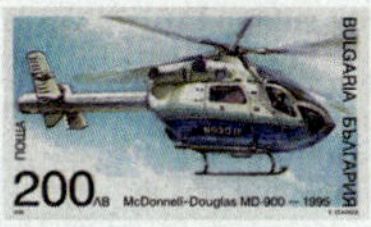

gam) McDonnell Douglas MD-900 (1995)

4351	80 L	mehrfarbig	gai	0,30	0,30
4352	100 L	mehrfarbig	gak	0,30	0,30
4353	120 L	mehrfarbig	gal	0,40	0,30
4354	200 L	mehrfarbig	gam	0,60	0,30
			Satzpreis (4 W.)	1,50	0,80
			2 FDC		3,—

Auflagen: MiNr. 4351 = 500 000, MiNr. 4352–4353 je 400 000, MiNr. 4354 = 120 000 Stück

1998, 14. Juli. Blockausgabe: Internationales Jahr des Ozeans. Odr.; gez. K 13.

gao

gan) Mittelmeer-Mönchsrobbe (Monachus monachus)

4355	120 L mehrfarbig	gan	3,—	3,—
Block 236	(67 × 88 mm)	gao	3,50	3,50
		FDC		6,—

Auflage: 60 000 Blocks

1998, 14. Sept. 100. Geburtstag von Dimitar Talev. Odr.; gez. K 13.

gap) Dimitar Talev (1898–1966), Schriftsteller

4356	180 L mehrfarbig	gap	0,50	0,30
		FDC		1,50

Auflage: 150 000 Stück

1998, 22. Sept. 90. Jahrestag der Unabhängigkeitserklärung. Odr.; gez. K 13.

gar) Alexander Malinov (1867–1938), erster Ministerpräsident Bulgariens

4357	180 L mehrfarbig	gar	0,50	0,30
		FDC		1,50

Auflage: 250 000 Stück

1998, 24. Sept. Schmetterlinge und Blumen. Odr.; gez. K 13:13¼.

gas) Limenitis redukta, Ligularia sibirica

gat) Vanessa cardui, Anthemis macrantha

gau) Vanessa atalanta, Trachelium jacquinii

gav) Anthocharis gruneri, Geranium tuberosum

4358	60 L	mehrfarbig	gas	0,30	0,30
4359	180 L	mehrfarbig	gat	0,50	0,30
4360	200 L	mehrfarbig	gau	0,60	0,30
4361	600 L	mehrfarbig	gav	1,60	0,90
			Satzpreis (4 W.)	2,80	1,50
			FDC		4,—

Auflagen: MiNr. 4358–4360 je 550 000, MiNr. 4361 = 120 000 Stück

1998, 29. Sept. 100. Geburtstag von Christo Smirnensky. Odr.; gez. K 13.

gaw) Christo Smirnensky (1898–1923), Dichter

4362	180 L mehrfarbig	gaw	0,50	0,30
		FDC		1,50

Auflage: 150 000 Stück

1998, 26. Okt. 450. Geburtstag von Giordano Bruno. Odr.; gez. K 13.

gax) Giordano Bruno (1548–1600), italienischer Philosoph

4363	180 L mehrfarbig	gax	0,50	0,30
		FDC		1,50

Auflage: 200 000 Stück

1998, 26. Okt. 50. Jahrestag der Allgemeinen Erklärung der Menschenrechte. Odr.; gez. K 13¼:13.

gay) Fliegender Mensch

4364	180 L mehrfarbig	gay	0,50	0,30
		FDC		1,50

Auflage: 200 000 Stück

1998, 11. Nov. Grußmarken. Odr.; gez. K 13¼:13, Hochformate ∼.

gaz) Ich liebe Dich!

gba) Herzliche Geburtstagsgrüße!

gbb) Glückwünsche zum Namenstag!

gbc) Glückwünsche zum Feiertag!

4365	180 L	mehrfarbig	gaz	0,50	0,30
4366	180 L	mehrfarbig	gba	0,50	0,30
4367	180 L	mehrfarbig	gbb	0,50	0,30
4368	180 L	mehrfarbig	gbc	0,50	0,30
			Satzpreis (4 W.)	2,—	1,20
			FDC		3,—

Auflage: 400.000 Sätze

In gleicher Zeichnung wie MiNr. 4368: MiNr. 5080, 5554

1998, 2. Dez. Weihnachten. Odr.; gez. K 13¼:13.

gbd) Märchengestalten

4369	180 L	mehrfarbig	gbd	0,50	0,30
			FDC		1,50

Auflage: 700 000 Stück

1999, 8. Febr. 150. Geburtstag von Ivan Evstatiev Geschov. Odr. (10×5); gez. K 13:13¼.

gbe) Ivan Evstatiev Geschov (1849–1924), Politiker

4370	180 L	mehrfarbig	gbe	0,40	0,30
			FDC		1,—

Auflage: 550 000 Stück

1999, 10. Febr. 120 Jahre Bulgarischer Staat. Odr. (3×2); gez. K 13.

gbf) Parlament
gbg) Ministerrat
gbh) Oberstes Gericht
gbi) Nationalbank
gbk) Armee
gbl) Wahrzeichen Sofias

4371	180 L	mehrfarbig	gbf	0,40	0,30
4372	180 L	mehrfarbig	gbg	0,40	0,30
4373	180 L	mehrfarbig	gbh	0,40	0,30
4374	180 L	mehrfarbig	gbi	0,40	0,30
4375	180 L	mehrfarbig	gbk	0,40	0,30
4376	180 L	mehrfarbig	gbl	0,40	0,30
			Satzpreis (6 W.)	2,40	1,20
			Kleinbogen	2,50	1,20
			FDC		3,50

Auflage: 80 000 Sätze

1999, 12. März. Jahrestage von Kultur- und Kunstschaffenden. Odr.; gez. K 13.

gbm) Georgi Karakaschev (1899–1970), Bühnenbildner

gbn) Bentscho Obreschkov (1899–1970), Kunstmaler

gbo) Assen Naidenov (1899–1995), Dirigent

gbp) Pantscho Wladigerov (1899–1978), Komponist

4377	180 L	mehrfarbig	gbm	0,40	0,30
4378	200 L	mehrfarbig	gbn	0,40	0,30
4379	300 L	mehrfarbig	gbo	0,60	0,30
4380	600 L	mehrfarbig	gbp	1,40	0,70
			Satzpreis (4 W.)	2,80	1,40
			FDC		4,—

Auflagen: MiNr. 4377 = 700 000, MiNr. 4378–4379 je 200 000, MiNr. 4380 = 100 000 Stück

1999, 15. März. Blockausgabe: Internationale Briefmarkenausstellung BULGARIA '99, Sofia (I). Odr.; gez. Ks 13.

gbv

gbr) Allfarblori (Trichoglossus haematodus)
gbs) Prachtrosella (Platycercus eximius)
gbt) Wellensittich (Melopsittacus undulatus)
gbu) Grünflügelara (Ara chloroptera)

4381	600 L	mehrfarbig	gbr	2,—	2,—
4382	600 L	mehrfarbig	gbs	2,—	2,—
4383	600 L	mehrfarbig	gbt	2,—	2,—
4384	600 L	mehrfarbig	gbu	2,—	2,—
Block 237		(100×110 mm)	gbv	11,—	11,—
			FDC		15,—

Auflage: 20 000 Blocks

1999, 29. März. 50 Jahre NATO. Odr. (4×4); gez. K 13.

gbw) NATO-Emblem, Zahl „50“, Sonne

4385	180 L mehrfarbig	gbw	0,40	0,30
		FDC		1,50

Auflage: 600 000 Stück

1999, 1. April. Ostern. Odr. (5×10); gez. K 13.

gbx) Bemalte Ostereier mit blumengeschmückten Mützen

4386	180 L mehrfarbig	gbx	0,40	0,30

Auflage: 700 000 Stück

1999, 13. April. Europa: Natur- und Nationalparks. Odr. (5×10); gez. K 13.

gby) Naturreservat Ropotamo

gbz) Nationalpark Zentralbalkan

4387	180 L mehrfarbig	gby	0,70	0,70
4388	600 L mehrfarbig	gbz	1,80	1,80
		Satzpreis (2 W.)	2,50	2,50
		FDC		3,—

Markenheftchen mit MiNr. 4387–4388 sind privaten Ursprungs.

Auflage: 350 000 Sätze

1999, 15. April. Internationale Briefmarkenausstellung IBRA '99, Nürnberg. Odr. (3×2); gez. K 13:12¾.

gca) Albrecht Dürer, Stadtsilhouette Nürnbergs Zierfeld

4389	600 L mehrfarbig	gca	1,50	0,70
		4389 Zf	1,60	0,80
		FDC		2,50
		Kleinbogen	5,—	2,50

MiNr. 4389 wurde im Kleinbogen zu 3 Marken und 3 verschiedenen Zierfeldern (Feld 2, 4 und 6) gedruckt.

Auflage: 150 000 Stück

1999, 5. Mai. 50 Jahre Europarat. Odr.; gez. K 13.

gcb) Europaemblem

4390	180 L mehrfarbig	gcb	1,—	0,50
		FDC		1,50

Auflage: 600 000 Stück

1999, 18. Mai. Persönlichkeiten aus Kunst und Kultur. Odr.; gez. K 13

gcc) Honoré de Balzac (1799–1850), französischer Schriftsteller

gcd) Johann Wolfgang von Goethe (1749–1832), deutscher Dichter

gce) Aleksandr Puschkin (1799–1837), russischer Dichter

gcf) Diego R. de Silva y Velázquez (1599–1660), spanischer Maler

4391	180 L mehrfarbig	gcc	0,40	0,30
4392	200 L mehrfarbig	gcd	0,80	0,30
4393	300 L mehrfarbig	gce	0,80	0,40
4394	600 L mehrfarbig	gcf	1,50	0,70
		Satzpreis (4 W.)	3,50	1,50
		4 FDC		5,—

Auflagen: MiNr. 4391 = 500 000, MiNr. 4392 - 4393 je 200 000, MiNr. 4394 = 100 000 Stück

1999, 1. Juni. Fahrräder. Odr.; gez. K 13.

gcg) Hochrad

gch) Straßenrennrad

gci) Bahnrennrad

gck) Mountainbike

4395	180 L mehrfarbig	gcg	0,40	0,30
4396	200 L mehrfarbig	gch	0,50	0,30
4397	300 L mehrfarbig	gci	0,80	0,30
4398	600 L mehrfarbig	gck	1,50	0,50
		Satzpreis (4 W.)	3,—	1,—
		2 FDC		5,—

Auflagen: MiNr. 4395 = 750 000, MiNr. 4396–4397 je 450 000, MiNr. 4398 = 120 000 Stück

1999, 15. Juni. Blockausgabe: Internationale Briefmarkenausstellung BULGARIA '99, Sofia (II): Hl. Kyrillos und Methodios, Schutzpatrone Europas. Odr.; gez. Ks 13.

gcp

gcl–gco) Ikonen mit den Bildnissen von Kyrillos und Methodios aus dem 19. Jh.

4399	600 L	mehrfarbig	gcl	2,—	2,—
4400	600 L	mehrfarbig	gcm	2,—	2,—
4401	600 L	mehrfarbig	gcn	2,—	2,—
4402	600 L	mehrfarbig	gco	2,—	2,—
Block 238		(100×110 mm)	gcp	8,—	8,—
			FDC		15,—

Auflage: 20 000 Blocks

Die Marken MiNr. 4265–4402 waren bis zum 31.12.1999 frankaturgültig.

Neue Währung ab 5. Juli 1999:
1 Lev (L) = 100 Stotinki (St)
(1000 alte Leva = 1 neuer Lev)

1999, 5. Juli/2002, 15. Nov. Freimarken: Brunnen. Odr.; A = gez. K 13¾, CS = Sicherheitszähnung 12¾.

gcr) Brunnen im Kloster bei Sopot

gcs) Peew-Brunnen, Kopriwstiza

gct) Brunnen in Sandanski

A = gez. K 13¾ (5.7.1999)

4403 A	0.01 L	mehrfarbig	gcr	0,30	0,30
4404 A	0.10 L	mehrfarbig	gcs	0,30	0,30
4405 A	0.18 L	mehrfarbig	gct	0,40	0,30
			Satzpreis A (3 W.)	0,80	0,50
			FDC A		1,80

CS = Sicherheitszähnung 12¾ (15.11.2002)

4403 CS	0.01 L	mehrfarbig	gcr	0,30	0,30
4404 CS	0.10 L	mehrfarbig	gcs	0,30	0,30
4405 CS	0.18 L	mehrfarbig	gct	0,40	0,40
			Satzpreis CS (3 W.)	0,80	0,80

Auflagen: MiNr. 4403 A = 300 000, MiNr. 4404 A = 500 000 und MiNr. 4405 A = 200 000 Stück

Weitere Werte: MiNr. 4414, 4439–4440

1999, 20. Juli. Blockausgabe: Internationale Briefmarkenausstellung BULGARIA '99, Sofia (III): Blumen aus dem Nationalpark Pirin-Gebirge. Odr.; gez. Ks 13¼:13.

gcy

gcu) Spitzkiel (Oxytropis urumovii)
gcv) Glockenblume (Campanula transsilvanica)
gcw) Schwertlilie (Iris reichenbachii)
gcx) Enzian (Gentiana punctata)

4406	0.60 L	mehrfarbig	gcu	3,—	3,—
4407	0.60 L	mehrfarbig	gcv	3,—	3,—
4408	0.60 L	mehrfarbig	gcw	3,—	3,—
4409	0.60 L	mehrfarbig	gcx	3,—	3,—
Block 239		(109×100 mm)	gcy	13,—	13,—
			FDC		18,—

Auflage: 20000 Blocks

Gültig bis 31.7.2002

1999, 27. Juli. Speisepilze. Odr. (2×2); gez. K 13¼:13.

gcz) Gefelderter Grüntäubling (Russula virescens)
gda) Wiesenchampignon (Agaricus campestris)
gdb) Purpurschneckling (Hygrophorus russula)
gdc) Violetter Rötel-Ritterling (Lepista nuda)

4410	0.10 L	mehrfarbig	gcz	0,30	0,30
4411	0.18 L	mehrfarbig	gda	0,40	0,40
4412	0.20 L	mehrfarbig	gdb	0,60	0,40
4413	0.60 L	mehrfarbig	gdc	1,60	0,40
			Satzpreis (4 W.)	2,80	1,50
			Kleinbogen	3,—	3,—
			FDC		4,—

Auflage: 80000 Kleinbogen

Gültig bis 31.7.2002

1999, 3. Aug./2002, 15. Nov. Freimarke: Brunnen. Odr.; A = gez. K 13½:14, CS = Sicherheitszähnung 12¾.

gdd) Uhu-Brunnen, Karlowo

4414	0.20 L	mehrfarbig	gdd		
A		gez. K 13½:14 (3.8.1999)		0,40	0,30
CS		Sicherheitszähnung 12¾ (15.11.2002)		0,40	0,40

Auflage: MiNr. 4414 A = 1 000 000 Stück

Weitere Werte: MiNr. 4403–4405, 4439–4440

1999, 10. Aug. Blockausgabe: Totale Sonnenfinsternis. Odr.; gez. Ks 13.

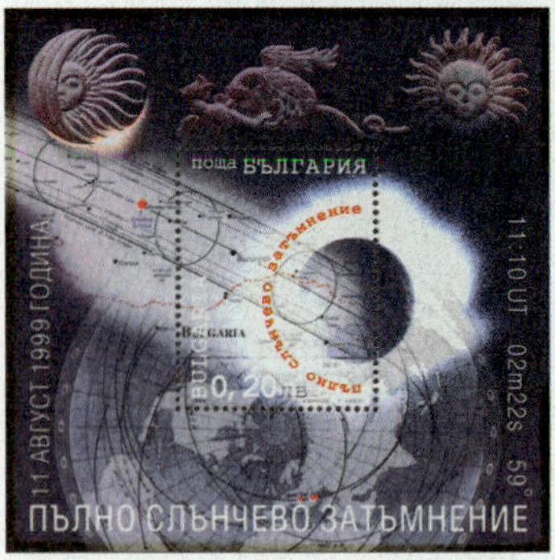

gdf

gde) Erdkugel, Karte Bulgariens mit eingezeichnetem Korridor der totalen Sonnenfinsternis am 11. August 1999

4415	0.20 L	mehrfarbig	gde	1,20	1,20
Block 240		(90×89 mm)	gdf	1,50	1,50
			FDC		2,50

Auflage: 60 000 Blocks

Gültig bis 31.7.2002

1999, 23. Sept. 100 Jahre organisierte Bauernbewegung. Odr.; gez. K 13.

gdg) Vierblättriges Kleeblatt

4416	0.18 L	mehrfarbig	gdg	0,30	0,30
			FDC		1,—

Auflage: 500 000 Stück

Gültig bis 31.7.2002

1999, 5. Okt. Blockausgabe: Internationale Briefmarkenausstellung BULGARIA '99, Sofia (IV): 125 Jahre Weltpostverein (UPU). Odr.; gez. Ks 13.

gdm

gdh) Portomarke MiNr. 2
gdi) Brieftaube
gdk) Erdkugel
gdl) Erdkugel

gdh–gdl) Wappenlöwe

4417	0.60 L	mehrfarbig	gdh	2,—	2,—
4418	0.60 L	mehrfarbig	gdi	2,—	2,—
4419	0.60 L	mehrfarbig	gdk	2,—	2,—
4420	0.60 L	mehrfarbig	gdl	2,—	2,—
Block 241		(110×102 mm)	gdm	11,—	11,—
			FDC		12,—

Auflage: 20 000 Blocks

Gültig bis 31.7.2002

1999, 6. Okt. Singvögel. Odr.; gez. K 13.

gdn) Schwarzstirnwürger (Lanius minor)

gdo) Misteldrossel (Turdus viscivorus)

gdp) Heckenbraunelle (Prunella modularis)

gdr) Ortolan (Emberiza hortulana)

4421	0.08 L	mehrfarbig	gdn	0,30	0,30
4422	0.18 L	mehrfarbig	gdo	0,40	0,30
4423	0.20 L	mehrfarbig	gdp	0,50	0,30
4424	0.60 L	mehrfarbig	gdr	1,40	0,60
			Satzpreis (4 W.)	2,50	1,—
			2 FDC		4,—

Auflagen: MiNr. 4421–4423 je 250 000, MiNr. 4424 = 90 000 Stück

Gültig bis 31.7.2002

1999, 8. Okt. Schildkröten. Odr.; gez. K 13.

gds) Maurische Landschildkröte (Testudo graeca)

gdt) Europäische Sumpfschildkröte (Emys orbicularis)

gdu) Griechische Landschildkröte (Testudo hermanni)

gdv) Kaspische Wasserschildkröte (Mauremys caspica)

4425	0.10 L mehrfarbig	gds	0,30	0,30
4426	0.18 L mehrfarbig	gdt	0,40	0,30
4427	0.30 L mehrfarbig	gdu	0,70	0,40
4428	0.60 L mehrfarbig	gdv	1,40	0,70
		Satzpreis (4 W.)	2,80	1,50
		2 FDC		4,—

Auflagen: MiNr. 4425–4427 je 200 000, MiNr. 4428 = 90 000 Stück

Gültig bis 31.7.2002

1999, 10. Okt. Medaillengewinne bei Olympischen Sommerspielen. Odr.; gez. K 13.

gdw) Boxen

gdx) Leichtathletik

gdy) Gewichtheben

gdz) Ringen

4429	0.10 L mehrfarbig	gdw	0,30	0,30
4430	0.20 L mehrfarbig	gdx	0,50	0,30
4431	0.30 L mehrfarbig	gdy	0,70	0,30
4432	0.60 L mehrfarbig	gdz	1,40	0,60
		Satzpreis (4 W.)	2,80	1,20
		FDC		4,—

Auflagen: MiNr. 4429–4431 je 200 000, MiNr. 4432 = 90 000 Stück

Gültig bis 31.7.2002

1999, 8. Nov. 10 Jahre Europäischer Rat der Polizeigewerkschaften. Odr.; gez. K 13.

gea) Blaulicht, Organisationsemblem

4433	0.18 L mehrfarbig	gea	0,30	0,30
		FDC		1,50

Auflage: 200 000 Stück

Gültig bis 31.7.2002

1999, 15. Nov./2003, März. Freimarken: Goldschatz von Panagjuriste. Odr. (10×10); A = gez. K 13¾:14, CS = Sicherheitszähnung 12¾.

geb) Verzierter Bauch einer Kanne

gec) Verzierte Tülle

ged) Gämse als Teil eines Trinkhorns

gee) Griff und Tülle einer Kanne

gef) Kopf als Bauch einer Kanne

A = gez. K 13¾:14 (15.11.1999)

4434	**A** 0.02 L mehrfarbig	geb	0,30	0,30
4435	**A** 0.03 L mehrfarbig	gec	0,30	0,30
4436	**A** 0.05 L mehrfarbig	ged	0,30	0,30
4437	**A** 0.30 L mehrfarbig	gee	0,50	0,30
4438	**A** 1.00 L mehrfarbig	gef	1,80	1,—
		Satzpreis A (5 W.)	3,—	2,—
		FDC A		4,—

CS = Sicherheitszähnung 12¾

4434	**CS** 0.02 L mehrfarbig (15.11.2002)	geb	0,30	0,30
4435	**CS** 0.03 L mehrfarbig (15.11.2002)	gec	0,30	0,30
4436	**CS** 0.05 L mehrfarbig (14.12.2002)	ged	0,30	0,30
4437	**CS** 0.30 L mehrfarbig (15.11.2002)	gee	0,50	0,50
4438	**CS** 1.00 L mehrfarbig (März 2003)	gef	1,80	1,80
		Satzpreis CS (5 W.)	3,—	3,—

Eine Nachauflage (10 000 Stück) von MiNr. 4434 CS auf Papier ohne optischen Aufheller und ohne Gummi wurde im Dezember 2009 ausgegeben, von MiNr. 4435 CS im Dezember 2010.

Auflagen: MiNr. 4434 A = 4.300.000, MiNr. 4435 A–4435 A je 1.000.000, MiNr. 4437 A = 2.500.000, MiNr. 4438 A = 600.000 Stück, MiNr. 4434 CS–4435 CS je 10.000, MiNr. 4436 CS = 5.000, MiNr. 4437 CS–4438 CS je 3.200 Stück

1999, 22. Nov/2003, März. Freimarken: Brunnen. Odr.; A = gez. K 13¾, CS = Sicherheitszähnung 12¾.

geg) Pfauen-Brunnen, Karlowo

geh) Brunnen im Sokolski-Kloster

A = gez. K 13¾ (22.11.1999)

4439	**A** 0.08 L mehrfarbig	geg	0,30	0,30
4440	**A** 0.60 L mehrfarbig	geh	1,20	0,50
		Satzpreis A (2 W.)	1,30	0,60
		FDC A		2,20

CS = Sicherheitszähnung 12¾ (März 2003)

4439	**CS** 0.08 L mehrfarbig	geg	0,30	0,30
4440	**CS** 0.60 L mehrfarbig	geh	1,20	1,20
		Satzpreis CS (2 W.)	1,30	1,30

Auflagen: MiNr. 4439 A = 200 000, MiNr. 4440 A = 100 000 Stück

Weitere Werte: MiNr. 4403–4405, 4414

1999, 22. Nov. Weihnachten: Ikonen. Odr.; gez. K 13.

gei) Maria mit Kind

gek) Christus

4441	0.18 L mehrfarbig	gei	0,30	0,30
4442	0.60 L mehrfarbig	gek	1,30	0,60
		Satzpreis (2 W.)	1,60	0,80
		FDC		3,—

Auflagen: MiNr. 4441 = 1 000 000, MiNr. 4442 = 320 000 Stück

Gültig bis 31.7.2002

1999, 6. Dez. Pfadfinder. Odr.; gez. K 13.

gel) Am Lagerfeuer

gem) Unfallhilfe

gen) Schwur

geo) Christliche Ideale

4443	0.10 L mehrfarbig	gel	0,30	0,30
4444	0.18 L mehrfarbig	gem	0,40	0,30
4445	0.30 L mehrfarbig	gen	0,60	0,30
4446	0.60 L mehrfarbig	geo	1,20	0,60
		Satzpreis (4 W.)	2,50	1,—
		2 FDC		4,—

Auflagen: MiNr. 4443–4445 je 450 000, MiNr. 4446 = 80 000 Stück

Gültig bis 31.7.2002

1999, 21. Dez. Weltausstellung EXPO 2005, Aichi (Japan). Odr.; gez. K 13.

gep) Blüte in japanischen Landesfarben

4447	0.18 L mehrfarbig	gep	0,40	0,30
		FDC		1,40

Auflage: 500 000 Stück

Gültig bis 31.7.2002

2000, 15. Febr. Beitrittsverhandlungen zur Europäischen Union im Jahr 2000. Odr.; gez. K 13.

ger) Europaemblem, Staatsflagge

4448	0.18 L mehrfarbig	ger	1,—	0,70
		FDC		1,50

Auflage: 200 000 Stück

Gültig bis 17.2.2003

2000, 22. März. Blockausgabe: Naturschutz – Störche. Odr.; gez. Ks 13.

get

ges) Horst mit Weißstörchen (Ciconia ciconia)

4449	0.60 L mehrfarbig	ges	1,50	1,50
Block 242	(80×60 mm)	get	2,—	2,—
		FDC		4,—

Auflage: 80 000 Blocks

Gültig bis 17.2.2003

2000, 30. März. Jahrestage von Persönlichkeiten. Odr.; gez. K 13¼:13.

geu) Petar Beron (1800–1871), Pädagoge, Arzt und Naturforscher

gev) Zachari Stojanov (1850–1889), Schriftsteller und Freiheitskämpfer

gew) Kolju Fitscheto (1800–1881), Baumeister

4450	0.10 L mehrfarbig	geu	0,30	0,30
4451	0.20 L mehrfarbig	gev	0,50	0,30
4452	0.50 L mehrfarbig	gew	1,—	0,30
		Satzpreis (3 W.)	1,80	0,60
		FDC		2,80

Auflagen: MiNr. 4450 = 40 000, MiNr. 4451 = 200 000, MiNr. 4452 = 500 000 Stück

Gültig bis 17.2.2003

2000, 26. April. Europa. Odr. (5×10); gez. K 13.

gex) Hl. Jungfau mit Kind (Detail); von unbekanntem Künstler (14. Jh.)

gey) Madonna Lita (Detail); von Leonardo da Vinci (1452–1519), italienischer Maler

gex–gey) Leiterplatten

4453	0.18 L mehrfarbig	gex	1,—	0,50
4454	0.60 L mehrfarbig	gey	2,—	2,—
		Satzpreis (2 W.)	3,—	2,50
		FDC		3,—

Markenheftchen mit MiNr. 4453–4454 sind privaten Ursprungs.

Auflagen: MiNr. 4453 = 450 000, MiNr. 4454 = 350 000 Stück

Gültig bis 17.2.2003

2000, 28. April. Olympische Sommerspiele, Sydney. Odr.; gez. K 13¼:13.

gez) Judo

gfa) Tennis

gfb) Pistolenschießen

gfc) Dreisprung

4455	0.10 L mehrfarbig	gez	0,30	0,30
4456	0.18 L mehrfarbig	gfa	0,30	0,30
4457	0.20 L mehrfarbig	gfb	0,40	0,30

4458	0.60 L mehrfarbig	gfc	1,20	0,60
		Satzpreis (4 W.)	2,—	1,—
		2 FDC		3,50

Auflagen: MiNr. 4455–4457 je 400 000, MiNr. 4458 = 80 000 Stück

Gültig bis 17.2.2003

2000, 23. Mai. 100. Geburtstage von bulgarischen Künstlern. Odr.; gez. K 13.

gfd) Totensonntag; Gemälde von Pentscho Georgiev (1900–1940)

gfe) Am Brunnen; Skulptur von Ivan Funev (1900–1983)

gff) Weliko Tarnowo; Gemälde von Ivan Christov (1900–1987)

gfg) Freundinnen; Gemälde von Assen Vassiliev (1909–1987)

4459	0.18 L mehrfarbig	gfd	0,40	0,30
4460	0.18 L mehrfarbig	gfe	0,40	0,30
4461	0.18 L mehrfarbig	gff	0,40	0,30
4462	0.18 L mehrfarbig	gfg	0,40	0,30
		Satzpreis (4 W.)	1,60	0,80
		FDC		3,—

Auflagen: MiNr. 4449–4461 je 300 000, MiNr. 4462 = 40 000 Stück

Gültig bis 17.2.2003

2000, 23. Mai. Blockausgabe: Märchen. Odr.; gez. K 13¼.

gfl

gfh Zierfeld
Zierfeld gfi
gfk Zierfeld

gfh) Der gestiefelte Kater; von Charles Perrault
gfi) Rotkäppchen; von den Brüdern Grimm
gfk) Däumelinchen; von Hans Christian Andersen

4463	0.18 L mehrfarbig	gfh	0,40	0,30
4464	0.18 L mehrfarbig	gfi	0,40	0,30
4465	0.18 L mehrfarbig	gfk	0,40	0,30
Block 243	(113×113 mm)	gfl	1,50	1,20

Auflage: 70 000 Blocks

Gültig bis 17.2.2003

2000, 31. Mai. Weltausstellung EXPO 2000, Hannover. Odr. (2×10 Zd); gez. K 13.

gfm) Teil eines römischen Mosaiks aus der Nähe von Stara Zagora (4. Jh. v. Chr.) Zierfeld

4466	0.60 L mehrfarbig	gfm	1,30	0,40
		4466 Zf	1,40	0,70

Auflage: 60 000 Stück

Gültig bis 17.2.2003

2000, 20. Juni. Jahrestage von Persönlichkeiten. Odr.; gez. K 13.

gfn) Johannes Gutenberg (um 1400–1468), deutscher Erfinder der Buchdruckerkunst mit beweglichen gegossenen Lettern

gfo) Johann Sebastian Bach (1685–1750), deutscher Komponist

gfp) Guy de Maupassant (1850 bis 1893), französischer Schriftsteller

gfr) Antoine de Saint-Exupéry (1900 bis 1944), französischer Schriftsteller

4467	0.10 L mehrfarbig	gfn	0,30	0,30
4468	0.18 L mehrfarbig	gfo	0,30	0,30
4469	0.20 L mehrfarbig	gfp	0,50	0,30
4470	0.60 L mehrfarbig	gfr	1,50	0,40
		Satzpreis (4 W.)	2,50	1,—
		FDC		3,50

Auflagen: MiNr. 4467–4469 = 200 000, MiNr. 4470 = 40 000 Stück

Gültig bis 17.2.2003

2000, 3. Juli. 100 Jahre Luftschiffe. Odr.; gez. K 13.

gfs) Luftschiff Lebaudy-Julliot No. 1 „Le Jaune" über Paris (1903)

gft) Luftschiff LZ-13 „Hansa" über Köln (1912)

gfu) Luftschiff Nobile N 1 „Norge" über Rom (1926)

gfv) Luftschiff LZ-127 „Graf Zeppelin" über Sofia (1929)

4471	0.10 L mehrfarbig	gfs	0,30	0,30
4472	0.18 L mehrfarbig	gft	0,30	0,30
4473	0.20 L mehrfarbig	gfu	0,50	0,30
4474	0.60 L mehrfarbig	gfv	1,50	0,60
		Satzpreis (4 W.)	2,50	1,—
		2 FDC		3,50

Auflagen: MiNr. 4471–4473 je 300 000, MiNr. 4474 = 80 000 Stück

Gültig bis 17.2.2003

2000, 9. Juli. 150. Geburtstag von Iwan Wasow. Odr.; gez. K 13¼:13.

gfw) Iwan Wasow (1850–1921), Schriftsteller und Politiker

4475	0.18	L	mehrfarbig	gfw	0,40	0,30
				FDC		1,50

Auflage: 200 000 Stück

Gültig bis 17.2.2003

2000, 19. Juli. Blockausgabe: 25. Jahrestag der Konferenz über Sicherheit und Zusammenarbeit in Europa (KSZE), Helsinki. Odr.; gez. Ks 13.

gfz

gfx) Buchstabe „e“ mit Händen
gfy) Personifizierte Buchstaben „e“

4476	0.20	(L)	mehrfarbig	gfx	1,—	0,80
4477	0.20	(L)	mehrfarbig	gfy	1,—	0,80
Block 244			(68×91 mm)	gfz	2,50	2,—
				FDC		3,—

Auflage: 40 000 Blocks

Gültig bis 17.2.2003

2000, 1. Sept./2005, Nov. Freimarken: Neue Kirchen. Odr.; A = gez. K 14:13¾, CS = Sicherheitszähnung 12¾.

gga) St.-Atanasius-Kirche, Starzewo

ggb) St.-Kliment-Ochridski-Kirche, Sofia

ggc) Mariä-Himmelfahrts-Kirche, Sofia

ggd) St.-Nedelja-Kirche, Nedelino

gge) Mariä-Himmelfahrts-Kirche, Sofia

ggf) Mariä-Himmelfahrts-Kirche, Pamporovo

A = gez. K 14:13¾ (1.9.2000)

4478 A	0.22	L	schwarz/cyanblau	gga	0,40	0,30
4479 A	0.24	L	schwarz/purpur	ggb	0,50	0,30
4480 A	0.50	L	schwarz/gelbocker	ggc	1,—	0,30
4481 A	0.65	L	schwarz/gelbgrün	ggd	1,30	0,50
4482 A	3.00	L	schwarz/ocker	gge	5,—	2,—
4483 A	5.00	L	schwarz/lilarosa	ggf	8,—	3,50
				Satzpreis A (6 W.)	16,—	6,50
				3 FDC A*		19,—

CS = Sicherheitszähnung 12¾

4478 CS	0.22	L	schwarz/cyanblau (18.11.2002)	gga	0,40	0,30
4479 CS	0.24	L	schwarz/purpur (18.11.2002)	ggb	0,50	0,30
4480 CS	0.50	L	schwarz/gelbocker (18.11.2002)	ggc	1,—	0,30
4481 CS	0.65	L	schwarz/gelbgrün (Jan. 2003)	ggd	1,30	0,50
4482 CS	3.00	L	schwarz/ocker (Nov. 2005)	gge	5,—	2,—
4483 CS	5.00	L	schwarz/lilarosa (Dez. 2004)	ggf	8,—	3,50
				Satzpreis CS (6 W.)	16,—	6,50

Auflagen: MiNr. 4478 A = 3.000.000, MiNr. 4478 CS = 100.000, MiNr. 4479 A = 1.500.000, MiNr. 4479 CS = 600.000, MiNr. 4480 A = 1.200.000, MiNr. 4480 CS = 10.900.000, MiNr. 4481 A = 1.500.000, MiNr. 4481 CS = 2.400.000, MiNr. 4482 A = 1.200.000, MiNr. 4482 CS = 400.000, MiNr. 4483 A = 100.000, MiNr. 4483 CS = 500.000 Stück

Gültig bis 31.8.2009

2000, 25. Sept. Adaptierte Tiere. Odr.; gez. K 13.

ggg) Steinbock (Capra ibex)

ggh) Wildschaf (Ovis ammon)

ggi) Wisent (Bison bonasus)

ggk) Yak (Bos grunniens)

4484	0.10	L	mehrfarbig	ggg	0,30	0,30
4485	0.22	L	mehrfarbig	ggh	0,40	0,30
4486	0.30	L	mehrfarbig	ggi	0,60	0,30
4487	0.65	L	mehrfarbig	ggk	1,40	0,40
				Satzpreis (4 W.)	2,50	1,—
				2 FDC		4,—

Auflagen: MiNr. 4484–4486 je 310 000, MiNr. 4487 = 50 000 Stück

Gültig bis 24.9.2003

2000, 17. Okt. Frühlingsblumen. Odr.; gez. K 13:13¼.

ggl) Gladiolus segetum

ggm) Hepatica nobilis

ggn) Adonisröschen (Adonis vernalis)

ggo) Anemone pavonia

4488	0.10	L	mehrfarbig	ggl	0,30	0,30
4489	0.22	L	mehrfarbig	ggm	0,40	0,30
4490	0.30	L	mehrfarbig	ggn	0,60	0,30
4491	0.65	L	mehrfarbig	ggo	1,40	0,40
				Satzpreis (4 W.)	2,50	1,—
				2 FDC		4,—

Auflagen: MiNr. 4488–4490 je 260 000, MiNr. 4491 = 50 000 Stück

Gültig bis 24.9.2003

2000, 3. Nov. 50 Jahre Europäische Menschenrechtskonvention. Odr.; gez. K 13¼:13.

ggp) Demonstrierende Menschenmenge (Stilis. Darstellung)

4492	0.65 L mehrfarbig	ggp	2,—	1,—
		FDC		2,50

Auflage: 60 000 Stück

Gültig bis 24.9.2003

2000, 28. Nov. Orden der Zeit 1878–1944. Odr.; gez. K 13.

ggr) Tapferkeitsorden

ggs) Alexander-Orden

ggt) Ziviler Verdienstorden

ggu) Kyrillos- und Methodios-Orden

4493	0.12 L mehrfarbig	ggr	0,30	0,30
4494	0.22 L mehrfarbig	ggs	0,50	0,30
4495	0.30 L mehrfarbig	ggt	0,60	0,30
4496	0.65 L mehrfarbig	ggu	1,50	0,40
		Satzpreis (4 W.)	2,80	1,—
		FDC		4,—

Auflagen: MiNr. 4493 = 600 000, MiNr. 4494–4495 = 70 000, MiNr. 4496 = 50 000 Stück

Gültig bis 24.9.2003

2000, 28. Nov. Blockausgabe: 2000 Jahre Christentum – Gemäldedetails. Odr.; gez. K 13¼.

ggz

ggx) Mutter Gottes (1799)
ggv) Fürst Boris I.
ggw) Sofroni Wratschanski
ggy) Antim I., Exarch Bulgariens

4497	0.22 L mehrfarbig	ggv	0,50	0,50
4498	0.22 L mehrfarbig	ggw	0,50	0,50
4499	0.65 L mehrfarbig	ggx	1,40	1,40
4500	0.65 L mehrfarbig	ggy	1,40	1,40
Block 245	(105×83 mm)	ggz	3,80	3,80
		FDC		5,—

Auflage: 50 000 Blocks

Gültig bis 24.9.2003

2000, 8. Dez. 120 Jahre Gesetz über die Einrichtung des Obersten Rechnungshofes. Odr.; gez. K 13:13¼.

gha) Siegel des Obersten Rechnungshofes

4501	0.22 L mehrfarbig	gha	0,50	0,30
		FDC		1,50

Auflage: 100 000 Stück

Gültig bis 24.9.2003

2001, 8. Jan. Das neue Jahrtausend. Odr.; gez. K 13.

ghb) Abbildung nach einer Illustration von Leonardo da Vinci zu Luca Paciolis Buch „De divina proportione" (1496)

4502	0.22 L mehrfarbig	ghb	0,50	0,30
		FDC		1,50

Auflage: 100 000 Stück

Gültig bis 14.4.2004

2001, 12. Jan. 100 Jahre elektrifizierter Personentransport in Bulgarien. Odr. (2×2); gez. K 13¼:13.

ghc) Straßenbahn

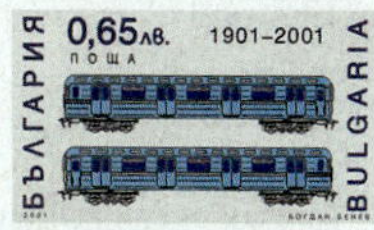

ghd) Stadtbahn-Waggon

4503	0.22 L mehrfarbig	ghc	0,50	0,50
4504	0.65 L mehrfarbig	ghd	1,50	1,50
		Satzpreis (2 W.)	2,—	2,—
		Kleinbogen	4,—	4,—
		FDC		5,—

MiNr. 4503–4504 wurden schachbrettartig zusammenhängend im Kleinbogen zu je 2 Marken gedruckt.

Auflage: 50 000 Kleinbogen

Gültig bis 14.4.2004

2001, 17. Febr. Weine und Weinbaugebiete. Odr.; gez. K 13.

ghe) Misket; Schloss Evsinograd

ghf) Gamza; Burg Baba Vida

ghg) Melniker Rebe, Melnik

ghh) Mavrud; Burg Assenov bei Assenovgrad

4505	0.12 L mehrfarbig	ghe	0,30	0,30
4506	0.22 L mehrfarbig	ghf	0,50	0,30
4507	0.30 L mehrfarbig	ghg	0,60	0,30
4508	0.65 L mehrfarbig	ghh	1,50	0,40
		Satzpreis (4 W.)	2,80	1,—
		2 FDC		4,80

Auflagen: MiNr. 4505 = 750 000, MiNr. 4506 = 260 000, MiNr. 4507 = 200 000, MiNr. 4508 = 50 000 Stück

Gültig bis 14.4.2004

2001, 1. März. Blockausgabe: Bulgarien und die Informationsgesellschaft. Odr.; Papier fl.; gez. Ks 13.

ghl

ghk) John Atanassow (1903–1995), Informatiker
ghi) Display mit Zeichen „@“

4509	0.22 L	mehrfarbig	ghi	*8,—*	*7,—*
4510	0.65 L	mehrfarbig	ghk	*12,—*	*10,—*
Block 246		(82×96 mm)	ghl	*25,—*	*20,—*

Auflage: 25 000 Blocks

Gültig bis 31.07.2002

2001, 4. April. Blockausgabe: 10 Jahre Atlantischer Klub in Bulgarien. Odr.; Papier fl.; gez. Ks 13.

ghn

ghm) Karte Südosteuropas, Emblem der Atlantischen Verteidigungsgemeinschaft

4511	0.65 L	mehrfarbig	ghm	3,50	2,50
Block 247		(87×67 mm)	ghn	4,50	3,50
			FDC		4,50

Auflage: 30 000 Blocks

Gültig bis 14.4.2004

2001, 18. April. Europa: Lebensspender Wasser. Odr., Bogen (10×5) und Markenheftchen (2×2); Papier fl.; gez. K 12¾:13.

gho) Steinadler (Aquila chrysaetos), Seenplatte im Rila-Gebirge

ghp) Wasserfall in den Rhodopen

4512	0.22 L	mehrfarbig	gho	1,—	1,—
4513	0.65 L	mehrfarbig	ghp	19,—	19,—
		Satzpreis (2 W.)		20,—	20,—
		FDC			22,—
		Markenheftchen		*80,—*	*80,—*

MiNr. 4512–4513 wurden auch zusammen im Markenheftchen mit je einem Viererblock ausgegeben.

Auflagen: MiNr. 4512 = 550 000, MiNr. 4513 = 55 000 Stück, davon jeweils 20 000 im Markenheftchen

Gültig bis 31.07.2002

2001, 1. Mai. 125. Jahrestag des Aprilaufstandes; 150. Geburtstag von Todor Kableschkov. Odr.; gez. K 13.

ghr) Todor Kableschkov (1851–1876); Gebäude und Brückenzug

4514	0.22 L	mehrfarbig	ghr	0,50	0,30

Auflage: 150 000 Stück

Gültig bis 14.4.2004

2001, 24. Mai. Das Rote Buch gefährdeter Tier- und Pflanzenarten: Schmutzgeier. Odr.; Papier fl.; gez. K 13.

ghs

ght

ghu

ghv

ghs–ghv) Schmutzgeier (Neophron percnopterus)

4515	0.12 L	mehrfarbig	ghs	0,30	0,30
4516	0.22 L	mehrfarbig	ght	0,50	0,30
4517	0.30 L	mehrfarbig	ghu	0,60	0,30
4518	0.65 L	mehrfarbig	ghv	1,40	0,50
		Satzpreis (4 W.)		2,80	1,20
		2 FDC			4,—

Auflagen: MiNr. 4515 = 350 000, MiNr. 4516–4517 = 295 000, MiNr. 4518 = 45 000 Stück

Gültig bis 14.4.2004

2001, 29. Juni. Blockausgabe: Bekannte Sportler des 20. Jahrhunderts. Odr.; Papier fl.; gez. K 13¼.

ghz

ghw	Zierfeld
Zierfeld	ghx
ghy	Zierfeld

ghw) Georgi Asparuchov (1943–1971) Fußballspieler
ghx) Dantscho Kolev (1892–1940), Freistilringer
ghy) General Krum Lekarski (1898–1981), Pferdesportler

4519	0.22 L mehrfarbig	ghw	0,50	0,50
4520	0.30 L mehrfarbig	ghx	0,60	0,60
4521	0.65 L mehrfarbig	ghy	1,40	1,40
Block 248	(123×113 mm)	ghz	2,50	2,50
	3 FDC (Blockmarken)			5,—

Auflage: 35 000 Blocks

Gültig bis 14.4.2004

2001, 11. Juli. 50 Jahre Hoher Flüchtlingskommissar der Vereinten Nationen (UNHCR). Odr.; gez. K 13.

gia) Flüchtlinge, Regenbogen

4522	0.65 L mehrfarbig	gia	1,40	0,60

Auflage: 100 000 Stück

Gültig bis 11.7.2004

2001, 24. Juli. 100. Geburtstage von Alexandr Zendov und Ilja Beschkov. Odr.; Papier fl.; gez. K 13.

gib) Alexandr Zendov (1901–1953), Maler

gic) Ilja Beschkov (1901–1958), Maler

4523	0.22 L mehrfarbig	gib	0,50	0,30
4524	0.65 L mehrfarbig	gic	1,50	1,20
		Satzpreis (2 W.)	2,—	1,50

Auflagen: MiNr. 4523 = 145 000, MiNr. 4524 = 75 000 Stück

Gültig bis 11.7.2004

2001, 3. Okt. 10 Jahre Verfassungsgericht. Odr.; Papier fl.; gez. K 13.

gid) Siegel des Gerichts

4525	0.25 L mehrfarbig	gid	0,50	0,30

Auflage: 800 000 Stück

Gültig bis 11.7.2004

2001, 5. Okt. Blockausgabe: Gipfeltreffen des Nordatlantischen Kooperationsrates, Sofia. Odr.; Papier fl.; gez. Ks 13¼.

gii

gie	gif
gig	gih

gie–gih) NATO-Emblem, Flaggenbänder der NATO-Staaten und der Aufnahmekandidaten

4526	0.12 L mehrfarbig	gie	0,50	0,50
4527	0.24 L mehrfarbig	gif	1,—	1,—
4528	0.25 L mehrfarbig	gig	1,—	1,—
4529	0.65 L mehrfarbig	gih	1,50	1,50
Block 249	(115×111 mm)	gii	5,—	5,—
		FDC		7,—

Auflage: 15 000 Blocks

Gültig bis 11.7.2004

2001, 9. Okt. Internationales Jahr für den Dialog der Zivilisationen. Odr. (10×5); Papier fl.; gez. K 13.

gik) Emblem

4530	0.65 L mehrfarbig	gik	1,30	0,60

Auflage: 550 000 Stück

Gültig bis 11.7.2004

2001, 31. Okt. Blockausgabe: Internationaler Tag des Schutzes des Schwarzen Meeres. Odr.; Papier fl.; gez. Ks 13.

gim

gil) Krimbutt (Scophthalmus maeoticus)

4531	0.65 L	mehrfarbig	gil	1,50	1,50
Block 250		(72×90 mm)	gim	2,—	2,—

Auflage: 40 000 Blocks

Gültig bis 11.7.2004

2001, 19. Nov. Weihnachten. Odr.; Papier fl.; gez. K 13.

gin) Die Hl. Familie, die Hl. Drei Könige

4532	0.25 L	mehrfarbig	gin	0,50	0,30
			FDC		1,50

Auflage: 1 200 000 Stück

Gültig bis 11.7.2004

2001, 19. Nov/2003, März. Freimarken: Leuchttürme an der bulgarischen Schwarzmeerküste. Odr.; x = normales Papier, y = Papier fl.; A = gez. K 14:13¾, CS = Sicherheitszähnung 12¾.

gio) Leuchtturm bei Kap Schabla

gip) Leuchtturm bei Kap Kaliakra

A y = gez. K 14:13¾, Papier fl. (19.11.2001)

4533 A y	0.25 L	mehrfarbig	gio	0,50	0,30
4534 A y	0.32 L	mehrfarbig	gip	0,60	0,30
		Satzpreis A y (2 W.)		1,—	0,50
		FDC A y			2,—

CS x = Sicherheitszähnung 12¾, normales Papier (März 2003)

4533 CS x	0.25 L	mehrfarbig	gio	0,50	0,50
4534 CS x	0.32 L	mehrfarbig	gip	0,60	0,60
		Satzpreis y A (2 W.)		1,—	1,—

MiNr. 4533 CS x–4534 CS x sind auch in Bl. 376 enthalten; siehe nach MiNr. 5108.

Auflagen: MiNr. 4533 A y = 2 000 000, MiNr. 4534 A y = 500 000 Stück

2001, 27. Nov. Blockausgabe: Kloster Zographu. Odr.; Papier fl.; gez. Ks 12¾.

git

gir) Kloster Zographu in der Mönchsrepublik Athos (Griechenland)
gis) Der hl. Georgi Zograph, Schutzpatron des gleichnamigen Klosters; Ikone (12. Jh.)

4535	0.25 L	mehrfarbig	gir	1,—	1,—
4536	0.65 L	mehrfarbig	gis	1,50	1,50
Block 251		(85×104 mm)	git	2,50	2,50

Auflage: 30 000 Blocks

Gültig bis 11.7.2004

2001, 12. Dez. Blockausgabe: Bulgarischer Zeichentrickfilm. Odr.; Papier fl.; gez. K 13¼.

giv

giu) Figuren aus dem Film „Weihnachtsmärchen“ von Alexander Zachariev

4537	0.25 L	mehrfarbig	giu	0,60	0,60
Block 252		mit 3 × MiNr. 4537 (117×116 mm)	giv	1,80	1,80

Auflage: 55.000 Blocks

Gültig bis 11.7.2004

2001, 17. Dez. 200. Geburtstag von Vincenzo Bellini. Odr.; Papier fl.; gez. K 13.

giw) Vincenzo Bellini (1801–1835), italienischer Komponist; Partitur zur Oper „Norma“

4538	0.25 L	mehrfarbig	giw	0,60	0,30

Auflage: 250 000 Stück

Gültig bis 11.7.2004

2001, 21. Dez. Erbauer des bulgarischen Staates (I). Odr.; Papier fl.; gez. K 13.

gix) Altbulgarischer Kalender

giy) Khan Kubrat (reg. 632–651) und Khan Asparuch (reg. 681–700), Begründer des bulgarischen Staates

giz) Khan Omurtag (reg. 814–831), Erbauer neuer Wege und Festungen

gka) Fürst Boris (reg. 852–889) und Zar Simeon (reg. 893–927), Förderer der Sprache und Landeskultur

4539 0.10 L mehrfarbig	gix	0,30	0,30
4540 0.25 L mehrfarbig	giy	0,60	0,30
4541 0.30 L mehrfarbig	giz	0,70	0,30
4542 0.65 L mehrfarbig	gka	1,50	0,50
	Satzpreis (4 W.)	3,—	1,20

Auflagen: MiNr. 4539 = 100 000, MiNr. 4540 = 850 000, MiNr. 4541 = 100 000, MiNr. 4542 = 25 000 Stück

Gültig bis 11.7.2004

2002, 3. Jan. Der Euro – Die einheitliche europäische Währung. Odr.; Papier fl.; gez. K 13.

gkb) Euro-Emblem

4543 0.65 L mehrfarbig	gkb	1,50	1,50
	FDC		2,50

Auflage: 220 000 Stück

Gültig bis 2.1.2005

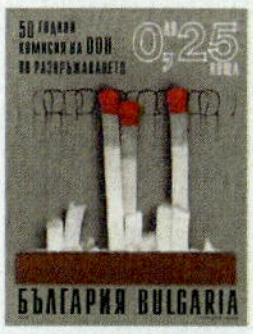

2002, 21. Jan. 50 Jahre Abrüstungskommission der Vereinten Nationen. Odr.; Papier fl.; gez. K 13.

gkc) Entfernte Streichhölzer an einer Reibfläche

4544 0.25 L mehrfarbig	gkc	0,60	0,60

Auflage: 150 000 Stück

Gültig bis 2.1.2005

2002, 29. Jan. Blockausgabe: Internationale Briefmarkenausstellung BALKANMAX '02. Odr.; Papier fl.; gez. Ks 12¾.

gkf

gke) Adlerbussard (Buteo rufinus)
gkd) Kalksteinformation

4545 0.25 L mehrfarbig	gkd	10,—	10,—
4546 0.65 L mehrfarbig	gke	12,—	12,—
Block 253 (95×86 mm)	gkf	26,—	26,—
	FDC		28,—

Auflage: 20 000 Blocks

Gültig bis 31.07.2002

2002, 5. Febr. Olympische Winterspiele, Salt Lake City. Odr. (2×4); Papier fl.; gez. K 13¼:13.

gkg) Eiskunstlauf

gkh) Short Track

4547 0.25 L mehrfarbig	gkg	0,60	0,60
4548 0.65 L mehrfarbig	gkh	1,50	1,50
	Satzpreis (2 W.)	2,—	2,—
	FDC		3,—
	Kleinbogensatz (2 Klb.)	18,—	18,—

Auflage: 42 000 Sätze

Gültig bis 2.1.2005

2002, 20. März. Blockausgabe: 10. Nationale Antarktisexpedition. Odr.; Papier fl.; gez. K 13¼.

gkk

gki) Zügelpinguin (Pygoscelis antarctica) vor der Basisstation

4549	0.25 L	mehrfarbig	gki	0,60	0,60
Block 254		mit 3 × MiNr. 4549 (112×112 mm)	gkk	2,—	2,—
			FDC		3,—

Auflage: 40 500 Blocks

Gültig bis 2.1.2005

2002, 22. März. Europa: Zirkus. Odr.; Bogen (5×10) und Markenheftchen (5×1); Papier fl.; gez. K 13.

gkl) Elefantendressur

gkm) Clown

4550	0.25 L	mehrfarbig	gkl	0,70	0,60
4551	0.65 L	mehrfarbig	gkm	1,80	1,50
			Satzpreis (2 W.)	2,50	2,—
			FDC		3,20
			Markenheftchen	15,—	12,—

Die Markenheftbögen weisen eine Bogenrandbedruckung auf.

Auflage: 250 000 Sätze, davon 40 000 im Markenheftchen

Gültig bis 2.1.2005

In ähnlicher Zeichnung wie MiNr. 4551: MiNr. 5081, 5164

2002, 27. März. 100. Geburtstage von Veselin Stojanov und Angel Karalijtschev. Odr.; Papier fl.; gez. K 13¼:13.

gkn) Veselin Stojanov (1902–1969), Komponist

gko) Angel Karalijtschev (1902–1972), Schriftsteller

4552	0.25 L	mehrfarbig	gkn	0,60	0,60
4553	0.34 L	mehrfarbig	gko	0,70	0,70
			Satzpreis (2 W.)	1,30	1,30

Auflagen: MiNr. 4552 = 23 000, MiNr. 4553 = 300 000 Stück

Gültig bis 2.1.2005

2002, 17. April. Gemälde. Odr.; Papier fl.; gez. K 13.

gkp) Industrielandschaft; von Vasil Barakov (1902–1991)

gkr) Illustration zu dem Roman „Unter dem Joch" von Boris Angeluschev (1902–1966)

gks) Balkon mit Kanarienvogel; von Ivan Nenov (1902–1997)

4554	0.10 L	mehrfarbig	gkp	0,30	0,30
4555	0.25 L	mehrfarbig	gkr	0,60	0,60
4556	0.65 L	mehrfarbig	gks	1,50	1,50
			Satzpreis (3 W.)	2,20	2,20

Auflage: 25 000 Sätze

Gültig bis 2.1.2005

2002, 26. April. 1. Todestag von Stefan Kantschev und Alexander Popilov. Odr.; Papier fl.; gez. K 13¼:13.

gkt) Stefan Kantschev (1915–2001), Maler

gku) Alexander Popilov (1916–2001), Maler

4557	0.25 L	mehrfarbig	gkt	0,60	0,60
4558	0.65 L	mehrfarbig	gku	1,50	1,50
			Satzpreis (2 W.)	2,—	2,—

Auflagen: MiNr. 4557 = 25 000, MiNr. 4558 = 85 000 Stück

Gültig bis 2.1.2005

2002, 8. Mai. Kürbisgewächse. Odr.; gez. K 13¼:13.

gkv) Zuckermelone (Cucumis melo)

gkw) Wassermelone (Citrullus lanatus)

gkx) Kürbis (Cucurbita pepo)

gky) Flaschenkürbis (Lagenaria siceraria)

4559	0.10 L	mehrfarbig	gkv	0,30	0,30
4560	0.25 L	mehrfarbig	gkw	0,60	0,60
4561	0.27 L	mehrfarbig	gkx	0,60	0,60
4562	0.65 L	mehrfarbig	gky	1,50	1,50
			Satzpreis (4 W.)	3,—	3,—
			2 FDC		5,—

Auflagen: MiNr. 4559–4560 je 300 000, MiNr. 4561 = 500 000, MiNr. 4562 = 45 000 Stück

Gültig bis 2.1.2005

2002, 10. Mai. Hühnerrassen. Odr.; gez. K 13:13¼, Querformate ~.

gkz) Bankivahahn (Gallus gallus)

gla) Leghorn

glb) Bergisch Crower, Ancona

glc) Plymouth Rock

gla–glc) Haushuhn (Gallus gallus domesticus)

4563	0.10 L	mehrfarbig	gkz	0,30	0,30
4564	0.20 L	mehrfarbig	gla	0,50	0,50
4565	0.25 L	mehrfarbig	glb	0,60	0,60
4566	0.65 L	mehrfarbig	glc	1,50	1,50
			Satzpreis (4 W.)	2,80	2,80
			2 FDC		4,50

Auflagen: MiNr. 4563–4565 je 350 000, MiNr. 4566 = 55 000 Stück

Gültig bis 2.1.2005

2002, 24. Mai. Papstbesuch. Odr. (4×2); Papier fl.; gez. K 13.

gld) Papst Johannes Paul II. bei seinem Besuch 23.-26. Mai 2002, Kyrillos und Methodios

4567 0.65 L mehrfarbig	gld	1,50	1,50
	FDC		2,20
	Kleinbogen	12,—	12,—

Auflage: 100 000 Stück

Gültig bis 2.1.2005

2002, 27. Mai. Blockausgabe: Schach. Odr.; Papier fl.; gez. Ks 13.

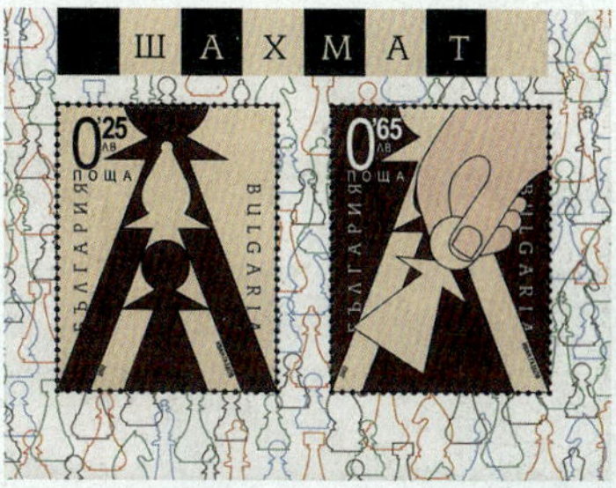

glg

gle) Schachfiguren
glf) Hand führt Bauern

4568 0.25 L mehrfarbig	gle	0,50	0,50
4569 0.65 L mehrfarbig	glf	1,30	1,30
Block 255 (91×71 mm)	glg	2,—	2,—
	FDC		3,—

Auflage: 38 500 Blocks

Gültig bis 2.1.2005

2002, 29. Mai. 10 Jahre Mitgliedschaft im Europarat. Odr.; Papier fl.; gez. K 13.

glh) Jubiläumsemblem

4570 0.25 L mehrfarbig	glh	0,60	0,60
	FDC		1,30

Auflage: 100 000 Stück

Gültig bis 2.1.2005

2002, 12. Aug/2008, März. Freimarken: Holzschnitzereien von Peter Kuschlew. Odr.

gli) Hasen

glk) Rotwild

gll) Vogel

glm) Wildschwein

A y = gez. K 13¾:13½, Papier fl. (12. 8. 2002)

4571 A y 0.06 L schwarz/olivbraun	gli	0,30	0,30
4572 A y 0.12 L schwarz/orange	glk	0,30	0,30
4573 A y 0.36 L schwarz/oliv	gll	0,80	0,80
4574 A y 0.44 L schwarz/rotkarmin	glm	1,—	1,—
	Satzpreis A y (4 W.)	2,20	2,20
	FDC A y		3,—

CS x = Sicherheitszähnung 12¾, normales Papier (18. 11. 2002)

4571 CS x 0.06 L schwarz/olivbraun	gli	0,30	0,30
4572 CS x 0.12 L schwarz/orange	glk	0,30	0,30
4573 CS x 0.36 L schwarz/oliv	gll	0,80	0,80
4574 CS x 0.44 L schwarz/rotkarmin	glm	1,—	1,—
	Satzpreis CS x (4 W.)	2,20	2,20

D x = senkrecht gez. 13, normales Papier (März 2008)

4571 D x 0.06 L schwarz/olivbraun	gli	0,30	0,30
4572 D x 0.12 L schwarz/orange	glk	0,30	0,30
4573 D x 0.36 L schwarz/oliv	gll	0,80	0,80
4574 D x 0.44 L schwarz/rotkarmin	glm	1,—	1,—
	Satzpreis D x (4 W.)	2,20	2,20
	4 senkrechte Paare	4,50	4,50

Auflagen: MiNr. 4571 A y = 300 000, MiNr. 4572 A y und 4574 A y je 200 000, MiNr. 4573 A y = 2 000 000 Stück, MiNr. 4571 D x–4574 D x = 7000 Sätze

2002, 18. Okt. 110 Jahre bulgarische Handelsschifffahrt. Odr.; Papier fl.; gez. K 13¼:13.

gln) Erstes hochseetüchtiges Handelsschiff „Maria Luisa“

glo) Schüttgutfrachter „Persenk“

glp) Segelschulschiff „Kaliakra“

glr) Containerschiff „Sofia“

4575 0.12 L mehrfarbig	gln	0,30	0,30
4576 0.36 L mehrfarbig	glo	0,80	0,80
4577 0.49 L mehrfarbig	glp	1,20	1,20
4578 0.65 L mehrfarbig	glr	1,50	1,50
	Satzpreis (4 W.)	3,—	3,—
	2 FDC		4,50

Auflagen: MiNr. 4575–4576 = 240 000, MiNr. 4577 = 310 000, MiNr. 4578 = 40 000 Stück

Gültig bis 17.10.2005

2002, 20. Nov. Weihnachten. Odr.; Papier fl.; gez. K 13.

gls) Weihnachtsmann, Stern von Bethlehem

4579 0.36 L mehrfarbig	gls	0,80	0,80

Auflage: 250 000 Stück

Gültig bis 17.10.2005

2002, 21. Nov. Blockausgabe: Teilnahme Bulgariens an der NATO-Gipfelkonferenz, Prag. Odr.; Papier fl.; gez. Ks 13.

glu

glt) Staatsflagge, NATO-Emblem

4580 0.65 L mehrfarbig . . . . glt 3,— 3,—
Block 256 (86×67 mm) . . . . glu 4,— 4,—
FDC 5,—

Auflage: 20 000 Blocks

Gültig bis 17.10.2005

2002, 22. Nov. Blockausgabe: 30. Jahrestag der Konferenz für Sicherheit und Zusammenarbeit in Europa (KSZE), Helsinki. Odr.; Papier fl.; gez. Ks 13.

glw

glv) Papiertaube

4581 0.65 L mehrfarbig . . . . glv 2,— 2,—
Block 257 (86×59 mm) . . . . glw 2,50 2,50
FDC 3,50

Auflage: 30 000 Blocks

Gültig bis 17.10.2005

2002, 6. Dez. Erbauer des bulgarischen Staates (II). Odr.; Papier fl.; gez. K 13¼.

glx) Zar Samuil (reg. 996–1014)

gly) Zar Peter II. (reg. 1186–1190 und 1196–1197); Zar Assen I. (reg. 1190–1196)

glz) Zar Kalojan (reg. 1197–1207)

gma) Zar Ivan Assen II. (reg. 1218–1241)

4582 0.18 L mehrfarbig . . . . glx 0,40 0,40
4583 0.36 L mehrfarbig . . . . gly 0,80 0,80
4584 0.49 L mehrfarbig . . . . glz 1,— 1,—
4585 0.65 L mehrfarbig . . . . gma 1,40 1,40
Satzpreis (4 W.) 3,50 3,50

Auflagen: MiNr. 4582–4583 und 4585 je 25 000, MiNr. 4584 = 100 000 Stück

Gültig bis 17.10.2005

2003, 10. Jan. Europäisches Kulturfestival „Europalia 2003 Italien“, Brüssel. Odr.; gez. K 13.

gmb) Europa-Symbol, Regenbogenfarben, Veranstaltungsemblem

4586 0.65 L mehrfarbig . . . . gmb 1,50 1,50
FDC 2,50

Auflage: 60 000 Stück

Gültig bis 9.1.2006

2003, 28. Jan. 100. Geburtstag verschiedener Maler: Gemälde. Odr.; gez. K 13¼.

gmc) Rosenpflückerinnen; von Stojan Sotirov (1903–1984)

gmd) Der blinde Fiedler; von Ilija Petrov (1903–1975)

gme) Schweinehirtin; von Zlatju Bojadjiev (1903–1976)

4587 0.18 L mehrfarbig . . . . gmc 0,40 0,40
4588 0.36 L mehrfarbig . . . . gmd 0,80 0,80
4589 0.65 L mehrfarbig . . . . gme 1,40 1,40
Satzpreis (3 W.) 2,50 2,50

Auflagen: MiNr. 4587–4588 je 100 000, MiNr. 4589 = 25 000 Stück

Gültig bis 9.1.2006

2003, 7. Febr. Blockausgabe: Die Zukunft im Weltall. Odr.; Papier fl.; gez. Ks 13.

gmg

gmf) Von einer Raumkonstruktion umgebene Erde

4590 0.65 L mehrfarbig . . . . gmf 1,50 1,50
Block 258 (104×85 mm) . . . . gmg 2,— 2,—
FDC 2,20

Auflage: 22 000 Blocks

Gültig bis 9.1.2006

2003, 28. Febr. 125. Jahrestag der Befreiung und Wiedererstehung des bulgarischen Staates. Odr.; gez. K 13¼.

gmh) Russischer und bulgarischer Soldat, Denkmal auf dem Schipka-Pass

4591 0.36 L mehrfarbig . . . . gmh 0,80 0,80

Auflage: 100 000 Stück

Gültig bis 9.1.2006

2003, 10. März. 60. Jahrestag der Rettung der bulgarischen Juden. Odr.; gez. K 13¼.

gmi) Exarch Stefan I., Dimiter Peschev

4592	0.36 L mehrfarbig	gmi	0,80	0,80

Auflage: 100 000 Stück

Gültig bis 9.1.2006

2003, 17. März. Europa: Plakatkunst. Odr., Bogen (5×2 Zd) und Markenheftchen (5×1 Zd); gez. K 13.

gmk–gml) Durch Scherenschnitte entstandene Silhouetten

4593	0.36 L mehrfarbig	gmk	0,80	0,80
4594	0.65 L mehrfarbig	gml	1,40	1,40
	Satzpreis (2 W.)		2,20	2,20
	FDC			3,—
	Paar		2,50	2,50
	Markenheftchen		15,—	15,—

Auflage: 150.000 Sätze, davon 50.000 im Markenheftchen

Gültig bis 9.1.2006

2003, 19. März. Blockausgabe: 150. Geburtstag von Vincent van Gogh. Odr.; gez. Ks 13.

gmn

gmm) Vierzehn Sonnenblumen in einer Vase; Gemälde von Vincent van Gogh (1853–1890), niederländischer Maler

4595	0.65 L mehrfarbig	gmm	1,40	1,40
Block 259	(71×91 mm)	gmn	1,40	1,40
	FDC			2,20

Auflage: 26 000 Blocks

Gültig bis 9.1.2006

2003, 24. April. Prähistorische Tiere. Odr. Bogen (1×4 Zd) und Markenheftchen (1×1 Zd); gez. K 13.

gmo) Pterodactylus
gmp) Gorgosaurus

gmr) Mesosaurus
gms) Monoclonius

4596	0.30 L mehrfarbig	gmo	0,60	0,60
4597	0.36 L mehrfarbig	gmp	0,80	0,80
4598	0.49 L mehrfarbig	gmr	1,10	1,10
4599	0.65 L mehrfarbig	gms	1,40	1,40
	Satzpreis (4 W.)		3,80	3,80
	Viererstreifen		4,—	4,—
	2 FDC			5,—
	Markenheftchen		10,—	10,—

MiNr. 4596–4599 wurden waagerecht zusammenhängend gedruckt.

Auflage: 45 000 Sätze

Gültig bis 9.1.2006

2003, 15. Mai. 110 Jahre Philatelie in Bulgarien; nationale Philatelieausstellung BULGARIA '03. Odr.; gez. K 13.

gmt) Heimische Seekanne (Nymphoides peltata)

4600	0.36 L mehrfarbig	gmt	0,80	0,80
	FDC			1,50

Auflage: 100 000 Stück

Gültig bis 9.1.2006

2003, 17. Juni. Bienen. Odr.; gez. K 13¼:13.

gmu) Honigbiene (Apis mellifera)

gmv) Große Wollbiene (Anthidium manicatum)

gmw) Erdhummel (Bombus subterraneus)

gmx) Blaue Holzbiene (Xylocopa violacea)

4601	0.20 L mehrfarbig	gmu	0,40	0,40
4602	0.30 L mehrfarbig	gmv	0,60	0,60
4603	0.36 L mehrfarbig	gmw	0,70	0,70
4604	0.65 L mehrfarbig	gmx	1,30	1,30
	Satzpreis (4 W.)		3,—	3,—
	2 FDC			4,50

Auflagen: MiNr. 4601–4603 je 100 000, MiNr. 4604 = 30 000 Stück

Gültig bis 9.1.2006

2003, 25. Juli. Pflanzen der Feuchtgebiete. Odr.; gez. K 13¼:13.

gmy) Blumenbinse (Butomus umbellatus)

gmz) Pfeilkraut (Sagittaria sagittaria)

gna) Bitterklee (Menyanthes trifoliata)

gnb) Schwertlilie (Iris pseudacorus)

4605	0.20 L mehrfarbig	gmy	0,40	0,40
4606	0.36 L mehrfarbig	gmz	0,80	0,80
4607	0.50 L mehrfarbig	gna	1,10	1,10
4608	0.65 L mehrfarbig	gnb	1,40	1,40
		Satzpreis (4 W.)	3,50	3,50
		2 FDC		5,—

Auflagen: MiNr. 4605–4606 und 4608 je 100 000, MiNr. 4507 = 30 000 Stück

Gültig bis 24.7.2006

2003, 1. Aug. 100. Jahrestag des Ilinden-Aufstandes; 100. Todestag von Goze Deltschew. Odr.; gez. K 13.

gnc) Goze Deltschew (1872–1903), Organisator des Ilinden-Aufstandes gegen die Türken

4609	0.36 L mehrfarbig	gnc	0,80	0,80

Auflage: 65 000 Stück

Gültig bis 24.7.2006

2003, 15. Sept. Blockausgabe: Internationales Jahr der Gewässer, der Berge und des Ökotourismus. Odr.; gez. K 13¼.

gne

gnd) Teil einer Landkarte, Berglandschaft

4610	0.65 L mehrfarbig	gnd	1,50	1,50
Block 260	mit 3 × MiNr. 4610 (128×112 mm)	gne	4,50	4,50
	FDC (Marke und Zierfeld)			2,50

Auflage: 65 000 Blocks

Gültig bis 24.7.2006

2003, 19. Sept. 100 Jahre diplomatische Beziehungen mit den USA. Odr.; gez. K 13.

gnf) Papierfliege mit bulgarischen und amerikanischen Landesfarben

4611	0.65 L mehrfarbig	gnf	1,40	1,40
		FDC		2,20

Auflage: 65 000 Stück

Gültig bis 24.7.2006

2003, 3. Okt. 100. Geburtstag von John Atanassow. Odr.; gez. K 13.

gng) John Atanassow (1903–1995), Informatiker
Zierfeld

4612	0.65 L mehrfarbig	gng	1,40	1,40
		4612 Zf	1,40	1,40
		FDC		2,20

Auflage: 75 000 Stück

Gültig bis 24.7.2006

2003, 10. Okt. Mannschafts-Europameisterschaft im Schach, Plovdiv. Odr. (10×5); gez. K 13:13¼.

gnh) Schachfiguren, Stadtbild Plovdivs

4613	0.65 L mehrfarbig	gnh	1,40	1,40
		FDC		2,20

Auflage: 50 000 Stück

Gültig bis 24.7.2006

2003, 18. Okt. Erbauer des bulgarischen Staates (III). Odr.; gez. K 13¼.

gni) Zar Iwan III. Schischman (reg. 1371–1395)

4614	0.65 L mehrfarbig	gni	1,40	1,40

Auflage: 45 000 Stück

Gültig bis 24.7.2006

2003, 27. Okt. 80 Jahre Nationales Olympisches Komitee: Neue olympische Sportarten. Odr.; gez. K 13.

gnk) Taekwondo

gnl) Mountainbiking

gnm) Softball

gnn) Kanuslalom

4615	0.20 L mehrfarbig	gnk	0,40	0,40
4616	0.36 L mehrfarbig	gnl	0,80	0,80
4617	0.50 L mehrfarbig	gnm	1,10	1,10

4618 0.65 L mehrfarbig . . . . gnn 1,40 1,40
Satzpreis (4 W.) 3,50 3,50
2 FDC 5,—

Auflagen: MiNr. 4615 = 65 000, MiNr. 4616 = 80 000, MiNr. 4617 = 75 000, MiNr. 4618 = 35 000 Stück

Gültig bis 24.7.2006

2003, 24. Nov. Weihnachten. Odr.; gez. K 13:13¼.

gno) Weihnachtsmann

4619 0.65 L mehrfarbig . . . . gno 1,40 1,40
FDC 2,40

Auflage: 80 000 Stück

Gültig bis 24.7.2006

2003, 28. Nov. Kutschen. Odr.; gez. K 13.

gnp) Hannoversche Kalesche

gnr) Droschke

gns) Kutsche für Stadtfahrten

gnt) Reisekutsche

4620 0.30 L mehrfarbig . . . . gnp 0,60 0,60
4621 0.36 L mehrfarbig . . . . gnr 0,80 0,80
4622 0.50 L mehrfarbig . . . . gns 1,10 1,10
4623 0.65 L mehrfarbig . . . . gnt 1,40 1,40
Satzpreis (4 W.) 3,80 3,80
2 FDC 5,—

Auflagen: MiNr. 4620 = 30 000, MiNr. 4621 = 40 000, MiNr. 4622 = 60 000, MiNr. 4623 = 45 000 Stück

Gültig bis 24.7.2006

2003, 12. Dez. 100 Jahre Internationaler Fußballverband (FIFA). Odr.; gez. K 13¼.

gnu) Jubiläumsemblem

gnv) Spielszene

gnw) Spielszene, Regelwerk

gnx) Fair-Play-Pokal der FIFA

gny) FIFA-Pokal für den Weltfußballer

4624 0.20 L mehrfarbig . . . . gnu 0,40 0,40
4625 0.25 L mehrfarbig . . . . gnv 0,50 0,50
4626 0.36 L mehrfarbig . . . . gnw 0,80 0,80
4627 0.50 L mehrfarbig . . . . gnx 1,— 1,—
4628 0.65 L mehrfarbig . . . . gny 1,40 1,40
Satzpreis (5 W.) 4,— 4,—

Auflagen: MiNr. 4624 = 30 000, MiNr. 4625 und 4628 je 45 000, MiNr. 4626 = 35 000, MiNr. 4627 = 40 000 Stück

Gültig bis 24.7.2006

2003, 22. Dez. 10 Jahre Wiederherstellung der Freimaurerräumlichkeiten in Sofia. Odr. (5×5); gez. K 13:13¼.

gnz) Freimaurer- und Architektursymbole

4629 0.80 L mehrfarbig . . . . gnz 1,60 1,60
FDC 2,20

Auflage: 60 000 Stück

Gültig bis 24.7.2006

2003, 23. Dez. Erbauer des bulgarischen Staates (IV). Odr.; gez. K 13¼.

goa) Zar Iwan Aleksandr (1331–1371)

gob) Despot Dosrotiza (1360–1385)

goc) Zar Iwan Srazimir (1371–1396)

4630 0.30 L mehrfarbig . . . . goa 0,60 0,60
4631 0.45 L mehrfarbig . . . . gob 0,90 0,90
4632 0.80 L mehrfarbig . . . . goc 1,60 1,60
Satzpreis (3 W.) 3,— 3,—

Auflagen: MiNr. 4630 = 25 000, MiNr. 4631 = 200 000, MiNr. 4632 = 100 000 Stück

Gültig bis 24.7.2006

2004, 15. Jan./2012, 17. Aug. Freimarken: Schmetterlinge. Odr.; x = normales Papier, y = Papier mit fl. Fasern; A = Sicherheitszähnung K 12¾, C = gez. K 14:13¾; C y = o.G.

god) Janthe-Bandeule (Noctua tertia)

goe) Rethera komarovi

gof) Symtomis marjana

gog) Brauner Bär (Arctia caja)

A x = Sicherheitszähnung K 12¾, normales Papier (15.1.2004)

4633 A x 0.40 L mehrfarbig . . . . god 0,80 0,80
4634 A x 0.45 L mehrfarbig . . . . goe 0,90 0,90
4635 A x 0.55 L mehrfarbig . . . . gof 1,10 1,10
4636 A x 0.80 L mehrfarbig . . . . gog 1,60 1,60
Satzpreis A x (4 W.) 4,40 4,40
FDC A x* 5,—

A y = Sicherheitszähnung K 12¾, Papier mit fl. Fasern (17.8.2012)

4633 A y 0.40 L mehrfarbig . . . . god —,— —,—
4634 A y 0.45 L mehrfarbig . . . . goe —,— —,—
4635 A y 0.55 L mehrfarbig . . . . gof —,— —,—
4636 A y 0.80 L mehrfarbig . . . . gog —,— —,—

C y = gez. K 14:13¾, Papier mit fl. Fasern, o.G. (Okt. 2004)

4633 C y	0.40 L mehrfarbig	god	13,—	13,—
4634 C y	0.45 L mehrfarbig	goe	13,—	13,—
4635 C y	0.55 L mehrfarbig	gof	13,—	13,—
4636 C y	0.80 L mehrfarbig	gog	13,—	13,—
	Satzpreis C y (4 W.)		50,—	50,—

MiNr. 4633 A y–4636 A y stammen aus Bl. 361; siehe nach MiNr. 5053.

Auflagen: MiNr. 4633 A x und 4635 A x je 1 000 000, MiNr. 4634 A x und 4636 A x je 1 500 000 Stück, MiNr. 4633 A y–4636 A y = 2100 Sätze, MiNr. 4633 C y bis 4636 C y = 3000 Sätze

2004, 23. Jan. Blockausgabe: Internationales Festival der Maskerade „Surva", Pernik. Odr.; gez. K 13.

goi

goh) Teufelsmaske
Zierfeld

4637	0.80 L mehrfarbig	goh	1,60	1,60
Block 261	mit 3 × MiNr. 4637 (126×127 mm)	goi	4,80	4,80
	FDC (Marke und Zierfeld)			2,40

Auflage: 20 000 Blocks

Gültig bis 22.1.2007

2004, 30. Jan. Vorsitz Bulgariens in der Organisation für Sicherheit und Zusammenarbeit in Europa (OSZE). Odr.; gez. K 13.

gok) Brücke als Symbol für politischen Brückenschlag

4638	0.80 L mehrfarbig	gok	1,70	1,70
	FDC			2,50

Auflage: 40 000 Stück

Gültig bis 22.1.2007

2004, 19. Febr. 100 Jahre Volkstheater Iwan Wasow. Odr.; gez. K 13.

gol) Volkstheater Iwan Wasow, Sofia
Zierfeld

4639	0.45 L mehrfarbig	gol	0,90	0,90
	4639 Zf		1,—	1,—
	FDC			1,80

Auflage: 45 000 Stück

Gültig bis 22.1.2007

2004, 25. März. 100. Geburtstag von Atanas Daltschew und Ljubomir Pipkow. Odr.; gez. K 13¼:13.

gom) Atanas Daltschew (1904 bis 1978), Dichter und Übersetzer

gon) Ljubomir Pipkow (1904–1974), Komponist und Musikpädagoge

4640	0.45 L mehrfarbig	gom	0,90	0,90
4641	0.80 L mehrfarbig	gon	1,60	1,60
	Satzpreis (2 W.)		2,50	2,50

Auflage: 20 000 Sätze

Gültig bis 22.1.2007

2004, 2. April. Beitritt Bulgariens zur NATO (29.3.2004). Odr.; gez. K 13.

goo) NATO-Emblem, bulgarische Landesfarben

4642	0.80 L mehrfarbig	goo	2,—	2,—
	FDC			2,50

Auflage: 25 000 Stück

Gültig bis 17.10.2005

2004, 15. April. Blockausgabe: 25. Jahrestag des ersten gemeinsamen Raumfluges Sowjetunion-Bulgarien. Odr.; gez. Ks 13.

gor

gop) Georgi Ivanov (*1940), erster bulgarischer Kosmonaut

4643	0.80 L mehrfarbig	gop	1,60	1,60
Block 262	(84×67 mm)	gor	1,60	1,60
	FDC			2,40

Auflage: 20 000 Blocks

Gültig bis 22.1.2007

2004, 16. April. Blockausgabe: 125 Jahre Verfassung des Fürstentums Bulgarien. Odr.; gez. Ks 13.

got

gos) Verfassungsdokument

4644	0.45 L mehrfarbig	gos	5,50	5,50
Block 263	(86×67 mm)	got	6,50	6,50
		FDC		8,—

Auflage: 12 000 Blocks

Gültig bis 17.10.2005

2004, 3. Mai. Jugendentwicklungsprogramm „Bulgarischer Traum“. Odr.; gez. K 13.

gou) Erdkugel, Doktorhut

4645	0.45 L mehrfarbig	gou	1,—	1,—
		FDC		1,60

Auflage: 25 000 Stück

Gültig bis 22.1.2007

2004, 12. Mai. Blockausgabe: 100. Geburtstag von Salvador Dali. Odr.; gez. Ks 13.

gow

gov) Büste von Salvador Dali (1904–1989), spanischer Maler und Graphiker

4646	0.80 L mehrfarbig	gov	2,50	2,50
Block 264	(85×65 mm)	gow	3,—	3,—
		FDC		4,—

Auflage: 13 000 Blocks

Gültig bis 22.1.2007

2004, 21. Mai. 100. Geburtstag von Persönlichkeiten. Odr.; gez. K 13.

gox) Boris Iwanow (1904–1993), Ljuben Dimitrow (1904–2000)

goy) Wasil Stoilow (1904–1990), Stojan Wenew (1904–1989)

4647	0.45 L mehrfarbig	gox	1,—	1,—
4648	0.80 L mehrfarbig	goy	1,60	1,60
		Satzpreis (2 W.)	2,60	2,60

Auflagen: MiNr. 4647 = 50 000, MiNr. 4648 = 12 500 Stück

Gültig bis 22.1.2007

2004, 27. Mai. Europa: Ferien. Odr., Kleinbogen (2×5) und Markenheftchen (2×2); gez. K 13.

goz) Skifahren im Rila-Gebirge

gpa) Baden an der Schwarzmeerküste

4649	0.45 L mehrfarbig	goz	1,—	1,—
4650	0.80 L mehrfarbig	gpa	1,60	1,60
		Satzpreis (2 W.)	2,60	2,60
		FDC		3,40
		Kleinbogensatz (2 Klb.)	26,—	26,—

MiNr. 4649–4650 wurden auch im Markenheftchen (MH 2) ausgegeben.

Auflagen: MiNr. 4649 = 150 000, MiNr. 4650 = 180 000 Stück, davon jeweils 56 000 im Markenheftchen

Gültig bis 22.1.2007

2004, 2. Juni. Fußballspieler. Odr. (2×1 Zd); gez. K 13.

gpb) Christo Stoitschkow (*1956)
gpc) Georgi Asparuchow (*1943)
gpd) Krassimir Balakow (*1966)
gpe) Nikola Kotkow (1938–1971)

4651	0.45 L mehrfarbig	gpb	1,—	1,—
4652	0.45 L mehrfarbig	gpc	1,—	1,—
4653	0.45 L mehrfarbig	gpd	1,—	1,—
4654	0.45 L mehrfarbig	gpe	1,—	1,—
		Satzpreis (4 W.)	4,—	4,—
		Viererblock	4,—	4,—
		FDC		5,—
		Kleinbogen	8,—	8,—

Auflage: 40 000 Sätze

Gültig bis 22.1.2007

2004, 11. Juni. Blockausgabe: Fußball-Europameisterschaft, Portugal. Odr.; gez. Ks 13.

gpg

gpf) Fallrückzieher

4655	0.80 L	mehrfarbig	gpf	1,80	1,80
Block 265		(85×67 mm)	gpg	1,80	1,80
			FDC		2,50

Auflage: 17 000 Blocks

Gültig bis 22.1.2007

2004, 23. Juni. 125 Jahre diplomatische Beziehungen mit Österreich. Odr.; gez. K 13.

gph) Jubiläumssiegel

4656	0.80 L	mehrfarbig	gph	1,60	1,60
			FDC		2,40

Auflage: 40 000 Stück

Gültig bis 22.1.2007

2004, 26. Juni. 125 Jahre Ministerium für Innere Angelegenheiten. Odr.; gez. K 13.

gpi) Löwenstatue, die sich vor dem Ministerium befindet; Gründungserlass

4657	0.45 L	mehrfarbig	gpi	1,—	1,—

Auflage: 40 000 Stück

Gültig bis 27.6.2007

2004, 16. Juli. Blockausgabe: 125 Jahre bulgarisches Postwesen. Odr.; gez. K 13.

gpl

Zierfeld

gpk) Postamt, Marke MiNr. 6, Postauto (1905)

4658	0.45 L	mehrfarbig	gpk	5,50	5,50
Block 266		(93×80 mm)	gpl	6,50	6,50
			FDC		8,—

Auflage: 15 000 Blocks

Gültig bis 27.6.2007

2004, 28. Juli. Blockausgabe: Tierschutz. Odr.; gez. Ks 12¾.

gpo

gpm) Rotmilan (Milvus milvus)
gpn) Seeschmetterling (Blennius ocellaris)

4659	0.45 L	mehrfarbig	gpm	1,—	1,—
4660	0.80 L	mehrfarbig	gpn	2,—	2,—
Block 267		(86×86 mm)	gpo	3,—	3,—
			FDC		4,—

Auflage: 16 000 Blocks

Gültig bis 27.6.2007

2004, 5. Aug. Olympische Sommerspiele, Athen. Odr.; gez. K 13:13¼.

gpp) Berlin 1936

gpr) München 1972

gps) Moskau 1980

gpt) Athen 2004

gpp–gpt) Olympische Ringe und Route des olympischen Feuers

4661	0.10 L	mehrfarbig	gpp	0,30	0,30
4662	0.20 L	mehrfarbig	gpr	0,40	0,40
4663	0.45 L	mehrfarbig	gps	1,—	1,—
4664	0.80 L	mehrfarbig	gpt	1,60	1,60
			Satzpreis (4 W.)	3,20	3,20
			2 FDC		4,60

Auflagen: MiNr. 4661 = 41 500, MiNr. 4662 = 26 500, MiNr. 4663= 71 500, MiNr. 4664 = 81 500 Stück

Gültig bis 27.6.2007

2004, 6. Aug. 125 Jahre Seestreitkräfte Bulgariens. Odr.; gez. K 13¼.

gpu) Raddampfer „Krum“

gpv) Torpedoboot „Drazki“

gpw) Minenräumboot „Christo Botev“

gpx) Fregatte „Smeli“

4665	0.10 L	mehrfarbig	gpu	0,30	0,30
4666	0.25 L	mehrfarbig	gpv	0,50	0,50
4667	0.45 L	mehrfarbig	gpw	1,—	1,—
4668	0.80 L	mehrfarbig	gpx	1,60	1,60
			Satzpreis (4 W.)	3,20	3,20
			2 FDC		4,60

Auflagen: MiNr. 4665 = 20 000, MiNr. 4666 = 30 000, MiNr. 4667= 50 000, MiNr. 4668 = 60 000 Stück

Gültig bis 27.6.2007

2004, 20. Sept. 125 Jahre Freimaurerbewegung in Bulgarien. Odr.; gez. K 13.

gpy) Mauerwerk, Organisationsemblem

4669	0.45 L	mehrfarbig	gpy	*5,—*	*5,—*

Auflage: 20 000 Stück

Gültig bis 27.6.2007

2004, 15. Nov. Erbauer des bulgarischen Staates (V). Odr.; gez. K 13¼.

gpz) Patriarch Evtimij Tarnowski (1327–1402)

gra) Fürst Frujin (1393–1460), Fürst Konstantin (1396–1422)

grb) Georgi Pejatschewitsch (1655–1725), Peter Partschewitsch (1612–1674)

grc) Paisij Hilendarsky (1722–1773)

4670	0.10 L	mehrfarbig	gpz	0,30	0,30
4671	0.20 L	mehrfarbig	gra	0,50	0,50
4672	0.45 L	mehrfarbig	grb	1,—	1,—
4673	0.80 L	mehrfarbig	grc	1,80	1,80
			Satzpreis (4 W.)	3,50	3,50

Auflagen: MiNr. 4670 = 40 000, MiNr. 4671 = 70 000, MiNr. 4672 = 80 000, MiNr. 4673 = 17 000 Stück

Gültig bis 27.6.2007

2004, 17. Nov. Blockausgabe: Pilze. Odr.; gez. K 13.

grh

grd) Schuppiger Porling (Polyporus squamosus)
gre) Zunderschwamm (Fomes fomentarius)
grf) Birkenporling (Piptoporus betulinus)
grg) Schwefelporling (Laetiporus sulfureus)

4674	0.10 L	mehrfarbig	grd	0,30	0,30
4675	0.20 L	mehrfarbig	gre	0,50	0,50
4676	0.45 L	mehrfarbig	grf	1,—	1,—
4677	0.80 L	mehrfarbig	grg	1,80	1,80
Block 268		(125×94 mm)	grh	3,50	3,50
			FDC		4,50

Auflage: 15 000 Blocks

Gültig bis 27.6.2007

2004, 18. Nov. Weltweiter Naturschutz: Hausen. Odr., Bogen (1×4 Zd) und Markenheftchen (1×2 Zd); gez. K 13¼.

gri, grk

grl, grm

gri–grm) Hausen (Huso huso)

4678	0.80 L	mehrfarbig	gri	1,80	1,80
4679	0.80 L	mehrfarbig	grk	1,80	1,80
4680	0.80 L	mehrfarbig	grl	1,80	1,80
4681	0.80 L	mehrfarbig	grm	1,80	1,80
			Satzpreis (4 W.)	7,—	7,—
			2 FDC		8,50
			Viererstreifen	7,—	7,—

MiNr. 4678–4681 wurden waagerecht zusammenhängend gedruckt.

MiNr. 4649–4650 wurden auch im Markenheftchen (MH 3) ausgegeben.

Auflage: 80 000 Sätze

Gültig bis 27.6.2007

2004, 24. Nov. Weihnachten. Odr.; gez. K 13.

grn) Weihnachtsmann mit Gabenschlitten

4682	0.45 L	mehrfarbig	grn	1,—	1,—
			FDC		1,80

Auflage: 80 000 Stück

Gültig bis 27.6.2007

2004, 6. Dez. Blockausgabe: 12. Konferenz der Außenminister der OSZE-Staaten, Sofia. Odr.; gez. Ks 13.

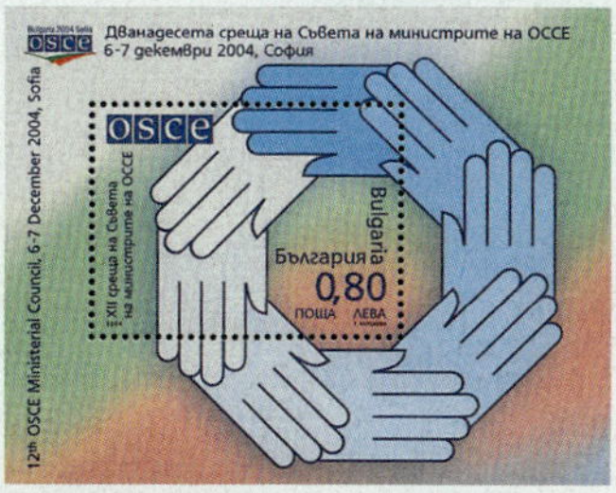

grp

gro) Hände als Symbol der Zusammenarbeit

4683 0.80 L mehrfarbig . . . . gro 1,70 1,70
Block 269 (84×67 mm) . . . . grp 2,— 2,—
FDC 2,50

Auflage: 14 000 Blocks

Gültig bis 27.6.2007

2005, 17. Jan. 110. Geburtstag von Geo Milev. Odr.; gez. K 13¼:13.

grr) Geo Milev (1895–1925), Dichter

4684 0.45 L mehrfarbig . . . . grr 1,— 1,—
FDC 1,80

Auflage: 20 000 Stück

Gültig bis 16.1.2008

2005, 23. Febr. 100 Jahre Rotary International. Odr.; gez. K 13.

grs) Rotary-Emblem

4685 0.80 L mehrfarbig . . . . grs 1,60 1,60
FDC 2,40

Auflage: 20 000 Stück

Gültig bis 16.1.2008

2005, 25. Febr. Blockausgabe: Geschichte des Kinos. Odr.; gez. Ks 13.

grx

grt) Charlie Chaplin (1889–1977) in „Goldfieber“
gru) „Panzerkreuzer Potjomkin“
grv) Marlene Dietrich (1901–1992) in „Der blaue Engel“
grw) Wassil Gendow (1891–1970) in „Der Bulgare ist galant“

4686 0.10 L mehrfarbig . . . . grt 0,30 0,30
4687 0.20 L mehrfarbig . . . . gru 0,40 0,40
4688 0.45 L mehrfarbig . . . . grv 1,— 1,—
4689 0.80 L mehrfarbig . . . . grw 1,60 1,60
Block 270 (87×117 mm) . . . . grx 3,20 3,20
FDC 4,—

Auflage: 16.000 Blocks

Gültig bis 16.1.2008

2005, 11. März. Blockausgabe: 135 Jahre Bulgarisches Exarchat. Odr.; gez. Ks 13.

grz

gry) Patriarch Antim I. bei der Amtseinführung 1870

4690 0.45 L mehrfarbig . . . . gry 1,50 1,50
Block 271 (68×87 mm) . . . . grz 2,— 2,—
FDC 3,—

Auflage: 13 000 Blocks

Gültig bis 16.1.2008

2005, 16. März. Freiwillige für Europa – das Austauschprogramm des YMCA. Odr.; gez. K 13.

gsa) Teil des Europa-Emblems, bulgarische Landesfarben

4691 0.80 L mehrfarbig . . . . gsa 1,60 1,60

Auflage: 25 000 Stück

Gültig bis 16.1.2008

2005, 21. März. 175. Geburtstag von Persönlichkeiten. Odr.; gez. K 13.

gsb) Panajot Hitov (1830–1911), Freiheitskämpfer; Philip Totju (1830–1907), Freiheitskämpfer

4692 0.45 L mehrfarbig . . . . gsb 1,— 1,—

Auflage: 35 000 Stück

Gültig bis 16.1.2008

2005, 23. März. Blockausgabe: Polarforscher. Odr.; gez. Ks 13.

gse

gsc) Robert Peary (1856–1920), erreichte den Nordpol am 6.4.1909
gsd) Roald Amundsen (1872–1928), erreichte den Südpol am 14.12.1911

4693	0.45 L	mehrfarbig	gsc	1,—	1,—
4694	0.80 L	mehrfarbig	gsd	1,60	1,60
Block 272		(64×95 mm)	gse	2,60	2,60
			FDC		3,50

Auflage: 16 000 Blocks

Gültig bis 16.1.2008

In gleicher Zeichnung: MiNr. 5234–5235/Bl. 408

2005, 20. April. Blockausgabe: Feuerwehrautos. Odr.; gez. K 13.

gsk

gsf) Peugeot 1936
gsg) Mercedes 1935
gsh) Magirus 1934
gsi) Renault 1925

4695	0.10 L	mehrfarbig	gsf	0,30	0,30
4696	0.20 L	mehrfarbig	gsg	0,40	0,40
4697	0.45 L	mehrfarbig	gsh	1,—	1,—
4698	0.80 L	mehrfarbig	gsi	1,60	1,60
Block 273		(136×77 mm)	gsk	3,50	3,50
			FDC		4,—

Auflage: 17 000 Blocks

Gültig bis 16.1.2008

2005, 20. Mai. Blockausgabe: 200. Geburtstag von Hans Christian Andersen. Odr.; gez. Ks 13.

gsm

gsl) Hans Christian Andersen (1805 bis 1875), dänischer Märchendichter

4699	0.80 L	mehrfarbig	gsl	1,60	1,60
Block 274		(87×78 mm)	gsm	2,—	2,—
			FDC		2,50

Auflage: 17 000 Blocks

Gültig bis 16.1.2008

2005, 24. Mai. Blockausgabe: Einführung der kyrillischen Schrift in der offiziellen EU-Berichterstattung. Odr.; gez. Ks 13.

gso

gsn) Schriftrolle mit kyrillischen Buchstaben

4700	0.80 L	mehrfarbig	gsn	1,60	1,60
Block 275		(88×59 mm)	gso	1,60	1,60
			FDC		2,40

Auflage: 20 000 Blocks

Gültig bis 16.1.2008

2005, 26. Mai. Blockausgabe: Triebfahrzeuge der bulgarischen Eisenbahn. Odr.; gez. K 13.

gss

gsp) Elektrolokomotive Klasse 46
gsr) Dieseltriebwagen Klasse 10

4701	0.45 L	mehrfarbig	gsp	1,—	1,—
4702	0.80 L	mehrfarbig	gsr	1,50	1,50
Block 276		mit 2 × MiNr. 4701–4702 (125×95 mm)	gss	5,—	5,—
			FDC		6,—

Auflage: 15 000 Blocks

Gültig bis 16.1.2008

2005, 27. Mai. Das historische Schiff „Radetzki". Odr.; gez. K 13.

gst) Die „Radetzki": Zeichnung von Georgi Dimow (6 J.)

4703	0.45 L mehrfarbig	gst	1,—	1,—
		FDC		1,80

Auflage: 30.000 Stück

Gültig bis 16.1.2008

2005, 28. Mai. Europa: Gastronomie. Odr., Kleinbogen (1×5 Zd); A = gez. K 13.

gsu) Traditionelles bulgarisches Frühstück
gsv) Traditionelles bulgarisches Mittag- oder Abendessen

4704 A	0.45 L mehrfarbig	gsu	1,—	1,—
4705 A	0.80 L mehrfarbig	gsv	1,60	1,60
		Satzpreis A (2 W.)	2,60	2,60
		Paar A	2,60	2,60
		FDC A		3,40
		Kleinbogen A	15,—	15,—

Markenheftchen (1×2 Zd), C = gez. L 13

4704 C	0.45 L mehrfarbig	gsu	1,20	1,20
4705 C	0.80 L mehrfarbig	gsv	2,30	2,30
		Satzpreis C (2 W.)	3,50	3,50

MiNr. 4704 C–4705 C stammen aus MH 4.

Auflagen: MiNr. 4704 A–4705 A = 94 000 Sätze, MiNr. 4704 C–4705 C = 112 000 Sätze

Gültig bis 16.1.2008

2005, 28. Mai. 50 Jahre Europamarken (2006). Odr.; gez. K 13.

gsw) Menschliches Paar

gsx) Menschengruppe

4706	0.45 L mehrfarbig	gsw	1,—	1,—
4707	0.80 L mehrfarbig	gsx	1,60	1,60
		Satzpreis (2 W.)	2,60	2,60

Auflage: 530 000 Sätze

Gültig bis 16.1.2008

2005, 29. Juni. Libellen. Odr.; gez. K 13.

gsy) Gestreifte Quelljungfer (Cordulegaster bidentata)

gsz) Großes Granatauge (Erythromma najas)

gta) Gebänderte Heidelibelle (Sympetrum pedemontanum)

gtb) Früher Schilfjäger (Brachytron pratense)

4708	0.10 L mehrfarbig	gsy	0,30	0,30
4709	0.20 L mehrfarbig	gsz	0,40	0,40
4710	0.45 L mehrfarbig	gta	0,90	0,90
4711	0.80 L mehrfarbig	gtb	1,70	1,70
		Satzpreis (4 W.)	3,20	3,20
		2 FDC		4,60

Auflage: MiNr. 4708 = 40 000, MiNr. 4709 = 50 000, MiNr. 4710 = 70 000, MiNr. 4711 = 20 000 Stück

Gültig bis 16.1.2008

2005, 25. Juli. 100. Geburtstag von Elias Canetti. Odr.; gez. K 13.

gtc) Elias Canetti (1905–1994), Schriftsteller; Nobelpreis 1981

4712	0.80 L mehrfarbig	gtc	1,70	1,70
		FDC		2,50

Auflage: 20 000 Stück

Gültig bis 24.7.2008

2005, 29. Juli. Spinnen. Odr. (3×2); gez. K 13.

gtd) Krabbenspinne (Synema globosum)

gte) Zebraspinne (Argiope bruennechi)

gtf) Rote Röhrenspinne (Eresus cinnaberinus)

gtg) Kreuzspinne (Araneus diadematus)

4713	0.10 L mehrfarbig	gtd	0,30	0,30
4714	0.20 L mehrfarbig	gte	0,40	0,40
4715	0.45 L mehrfarbig	gtf	0,90	0,90
4716	0.80 L mehrfarbig	gtg	1,70	1,70
		Satzpreis (4 W.)	3,20	3,20
		2 FDC		4,60
		Kleinbogensatz (4 Klb.)	20,—	20,—

Auflagen: MiNr. 4713–4715 je 30 000, MiNr. 4616 = 20 000 Stück

Gültig bis 24.7.2008

2005, 26. Aug. 110 Jahre organisierter Fremdenverkehr in Bulgarien. Odr.; gez. K 13¼.

gth) Baumrinde mit Farbstreifen in den bulgarischen Nationalfarben

4717	0.45 L mehrfarbig	gth	1,—	1,—
		FDC		1,50

Auflage: 20 000 Stück

Gültig bis 24.7.2008

2005, 6. Sept. 120. Jahrestag der Vereinigung Ostrumeliens mit Bulgarien. Odr.; gez. K 13¼.

gti) Landkarte mit historischen Grenzverläufen

4718 0.45 L mehrfarbig . . . . gti 1,— 1,—
FDC 1,50

Auflage: 20 000 Stück

Gültig bis 24.7.2008

2005, 5. Okt. Frauentrachten. Odr.; gez. K 13¼.

gtk) Sofia gtl) Pleven gtm) Sliven gtn) Stara Zagora

4719 0.20 L mehrfarbig . . . . gtk 0,40 0,40
4720 0.25 L mehrfarbig . . . . gtl 0,50 0,50
4721 0.45 L mehrfarbig . . . . gtm 0,90 0,90
4722 0.80 L mehrfarbig . . . . gtn 1,70 1,70
Satzpreis (4 W.) 3,50 3,50
2 FDC 4,50

Auflagen: MiNr. 4719–4721 je 30 000, MiNr. 4722 = 20 000 Stück

Gültig bis 24.7.2008

2005, 31. Okt./2. Dez. Blockausgabe: 100. Jahrestag der Entdeckung des Lactobacillus bulgaricus. Odr.; MiNr. 4723 gez. K 13, MiNr. 4724 □ mit aufgedruckter Zähnung.

gtp

gto) Stamen Grigorow (1878–1945), Arzt und Entdecker des Joghurt-Milchsäurebakteriums (Lactobacillus bulgaricus); Mikroskop

4723 0.80 L mehrfarbig (31. Okt.) . . . . . . gto 1,20 1,20
Block 277 (94×81 mm) (31. Okt.) . . . . gtp 1,50 1,50
FDC 2,—

4724 0.80 L mehrfarbig (2. Dez.) . . . . . . gto I 12,— 12,—
Block 278 (94×81 mm) (2. Dez.) . . . . gtp I 15,— 15,—
FDC 18,—

MiNr. 4724 unterscheidet sich von MiNr. 4723 auch durch eine hinzugefügte Eule rechts oben im Markenbild.

Auflagen: Bl. 277 = 30 000, Bl. 278 = 8000 Blocks

Gültig bis 24.7.2008

2005, 10. Nov. Antoaneta Stefanowa. Odr.; gez. K 13.

gtr) Antoaneta Stefanowa (*1979), Schachweltmeisterin; Schachbrett

4725 0.80 L mehrfarbig . . . . gtr 1,20 1,20
FDC 2,—

Auflage: 25 000 Stück

Gültig bis 24.7.2008

2005, 30. Nov. Weihnachten. Odr.; gez. K 13¼.

gts) Maria mit Kind

4726 0.45 L mehrfarbig . . . . gts 1,— 1,—
FDC 1,50

Auflage: 80 000 Stück

Gültig bis 24.7.2008

2005, 20. Dez. Blockausgabe: 50 Jahre Mitgliedschaft in den Vereinten Nationen (UNO). Odr.; gez. Ks 13.

gtu

gtt) Traditionelle Puppen

4727 0.80 L mehrfarbig . . . . gtt 1,20 1,20
Block 279 (86×89 mm) . . . . gtu 1,50 1,50
FDC 2,—

Auflage: 23 000 Blocks

Gültig bis 24.7.2008

2005, 20. Dez. Erbauer des bulgarischen Staates. Odr.; gez. K 13¼.

gtv) Illarion Makariopolski (1812 bis 1875), Antim I. (1816–1888)

gtw) Georgi Rakowski (1821–1867), Wassil Lewski (1837–1873)

gtx) Ljuben Karawelow (1834–1879), Christo Botew (1848–1867)

gty) Panajot Wolow (1850–1876), Pawel Bobekow (1852–1877)

4728 0.10 L mehrfarbig . . . . gtv 0,30 0,30
4729 0.20 L mehrfarbig . . . . gtw 0,40 0,40

4730	0.45 L	mehrfarbig	gtx	0,80	0,80
4731	0.80 L	mehrfarbig	gty	1,50	1,50
			Satzpreis (4 W.)	3,—	3,—
			FDC		3,50

Auflage: 17 000 Sätze

Gültig bis 24.7.2008

2006, 23. Jan. Freimarken: Wildrosen. Odr.; Sicherheitszähnung K 12¾.

gtz) Alpenheckenrose (Rosa pendulina)

gua) Essigrose (Rosa gallica)

gub) Dünenrose (Rosa spinosissima)

guc) Kriechrose (Rosa arvensis)

4732	0.54 L	schwarz/orangerot	gtz	0,80	0,50
4733	1.50 L	schwarz/rötlichlila	gua	2,20	1,50
4734	2.00 L	schwarz/dunkelrötlichgelb	gub	3,—	2,—
4735	10.00 L	schwarz/dunkelviolett	guc	14,—	12,—
			Satzpreis (4 W.)	20,—	16,—
			FDC		21,—

Auflage: 100 000 Sätze

2006, 27. Jan. 250. Geburtstag von Wolfgang Amadeus Mozart. Odr.; gez. K 13.

gud) Wolfgang Amadeus Mozart (1756–1791), österreichischer Komponist
Zierfeld

4736	1 L	mehrfarbig	gud	5,—	5,—
			4736 Zf	8,—	7,—
			FDC		8,—

Auflage: 15 000 Stück

Gültig bis 3.3.2009

2006, 31. Jan. 115 Jahre philatelistische Presse in Bulgarien. Odr.; gez. K 13¼.

gue) Elin Pelin (1877–1949), Schriftsteller; Titel seines Buches „Gerazite"
Zierfeld

guf) Lazar Dobritsch (1881–1970), Jongleur
Zierfeld

gug) Boris Christov (1914–1993), Opernsänger
Zierfeld

guh) Bogomil Nonev (1920–2002), Schriftsteller; Literaturpreis „Sirak Skitnik"
Zierfeld

4737	0.35 L	mehrfarbig	gue	0,60	0,60
4738	0.55 L	mehrfarbig	guf	0,90	0,90
4739	0.60 L	mehrfarbig	gug	1,—	1,—
4740	1.00 L	mehrfarbig	guh	1,70	1,70
			Satzpreis (4 W.)	4,20	4,20
			4737 Zf–4740 Zf	4,50	4,50
			2 FDC		5,—

Auflage: 15 000 Sätze

Gültig bis 3.3.2009

2006, 10. Febr. Blockausgabe: Olympische Winterspiele, Turin. Odr.; gez. K 13¼:13½.

gul

gui
Zierfeld

Zierfeld
guk

gui) Snowboarding
guk) Eistanzen

4741	0.55 L	mehrfarbig	gui	1,—	1,—
4742	1.00 L	mehrfarbig	guk	1,50	1,50
Block 280		(87 × 116 mm)	gul	2,50	2,50
		FDC (Marken + Zierfelder)			3,—

Auflage: 20 000 Blocks

Gültig bis 3.3.2009

2006, 28. Febr. Blockausgabe: 10 Jahre bulgarische antarktische Kartographie. Odr.; gez. Ks 13¼.

gun

gum) Sextant (19. Jh.); Ausschnitt einer Landkarte der Insel Livingston

4743 1 L mehrfarbig . . . . gum 1,50 1,50
Block 281 (86×69 mm) . . . . gun 2,— 2,—
FDC 2,50

Auflage: 16 000 Blocks

Gültig bis 3.3.2009

2006, 14. März. 610. Jahrestag der Schlacht bei Nikopolis. Odr.; gez. K 13¼.

guo) Schiff mit Johannitern unter Philibert de Nayak kommt der anti-osmanischen Allianz zu Hilfe

4744 1.50 L mehrfarbig . . . . guo 2,50 2,50
FDC 3,—

Auflage: 20 000 Stück

Gültig bis 3.3.2009

2006, 28. März. Blockausgabe: Umweltschutz. Odr.; gez. Ks 13¼.

gus

gup) Baummarder (Martes martes)
gur) Braunbär (Ursus arctos)

4745 0.55 L mehrfarbig . . . . gup 1,— 1,—
4746 1.50 L mehrfarbig . . . . gur 2,— 2,—
Block 282 (87×86 mm) . . . . gus 3,50 3,50
FDC 4,50

Auflage: 16 000 Blocks

Gültig bis 3.3.2009

2006, 25. April. Europa: Integration. Odr., Kleinbogen (3×3); A = Sicherheitszähnung K 12¾:13¼.

gut) Mann greift nach Stern

guu) Mann hält Stern

4747 A 0.55 L mehrfarbig . . . . gut 1,— 1,—
4748 A 1.00 L mehrfarbig . . . . guu 2,20 2,20
Satzpreis A (2 W.) 3,20 3,20
FDC A 4,—
Kleinbogensatz (2 Klb.) 28,— 28,—

Markenheftchen (4×2), C = gez. K 13¼

4747 C 0.55 L mehrfarbig . . . . gut 7,— 7,—
4748 C 1.00 L mehrfarbig . . . . guu 7,— 7,—
Satzpreis C (2 W.) 14,— 14,—

MiNr. 4747 A–4748 A wurden jeweils im Kleinbogen zu 8 Marken und 1 Zierfeld (Feld 5) gedruckt.

MiNr. 4747 C–4748 C stammen aus MH 5.

Auflagen: MiNr. 4747 A = 120 000, MiNr. 4748 A = 92 000 Stück, MH 5 = 7000 Markenheftchen

Gültig bis 3.3.2009

2006, 27. April. Blockausgabe: Außenministertreffen der NATO, Sofia. Odr.; gez. Ks 13¼:13.

guw

guv) Löwe aus bulgarischem Staatswappen, Flammen in Landesfarben

4749 1.50 L mehrfarbig . . . . guv 2,— 2,—
Block 283 (86×70 mm) . . . . guw 2,50 2,50
FDC 3,50

Auflage: 15 000 Blocks

Gültig bis 3.3.2009

2006, 28. April. 70 Jahre Tageszeitung „Trud“. Odr. (10×5); gez. K 13:13¼.

gux) Titelseiten von 1994 und 2006

4750 0.55 L mehrfarbig . . . . gux 1,50 1,50
FDC 3,50

Auflage: 20 000 Stück

Gültig bis 3.3.2009

2006, 4. Mai. Blockausgabe: Gewinn der FIDE-Schachweltmeisterschaft durch Wesselin Topalow (2005). Odr.; A = gez. Ks 13¼:13, B = ☐.

guz

guy) Wesselin Topalow (*1975), Schachgroßmeister; Schachfiguren

4751 A 1.50 L mehrfarbig . . . . guy 2,— 2,—
Block 284 A (87×71 mm) . . . . guz 2,50 2,50
FDC 3,50

4751 B 1.50 L mehrfarbig . . . . guy —,— —,—
Block 284 B (87×71 mm) . . . . guz 20,— 20,—
FDC —,—

Auflagen: Bl. 284 A = 24.000, Bl. 284 B = 8.000 Blocks

Gültig bis 3.3.2009

2006, 5. Mai. 25 Jahre Kulturpalast, Sofia. Odr. (2×10 Zd); gez. K 13½:13¼.

gva) Kulturpalast; von Dimitar Boykov
Zierfeld

4752	0.55 L mehrfarbig	gva	1,—	1,—
		4752 Zf	1,50	1,50
		FDC		2,50

Auflage: 14 000 Stück

Gültig bis 3.3.2009

2006, 9. Mai. Vögel: Weihen. Odr. (3×2); gez. K 13¼:13.

gvb) Rohrweihe (Circus aeruginosus)

gvc) Kornweihe (Circus cyaneus)

gvd) Steppenweihe (Circus macrourus)

gve) Wiesenweihe (Circus pygargus)

4753	0.10 L mehrfarbig	gvb	0,30	0,30
4754	0.35 L mehrfarbig	gvc	0,60	0,60
4755	0.55 L mehrfarbig	gvd	0,90	0,90
4756	1.00 L mehrfarbig	gve	1,60	1,60
		Satzpreis (4 W.)	3,40	3,40
		FDC		4,50
		Kleinbogensatz (4 Klb.)	20,—	20,—

Auflagen: MiNr. 4753–4755 je 25 000, MiNr. 4756 = 20 000 Stück

Gültig bis 3.3.2009

2006, 20. Mai. 125 Jahre Marinehochschule Nikola Wapzarov, Varna. Odr. (5×10); gez. K 13¼.

gvf) Offizier, Kreuzer „Nadejhda“, Marineflagge, Hochschulgebäude

4757	0.55 L mehrfarbig	gvf	1,—	1,—
		FDC		2,50

Auflage: 20 000 Stück

Gültig bis 3.3.2009

2006, 9. Juni. Blockausgabe: Fußball-Weltmeisterschaft, Deutschland. Odr.; gez. Ks 13¼.

gvh

gvg) Spielszene mit Michael Ballack, FIFA-Pokal

4758	1.00 L mehrfarbig	gvg	1,60	1,60
Block 285	(87×87 mm)	gvh	1,80	1,80
		FDC		3,—

Auflage: 15 000 Blocks

Gültig bis 3.3.2009

2006, 29. Juni. 50 Jahre Mitgliedschaft in der UNESCO. Odr.; gez. K 13¼.

gvi) Inschrift

4759	1.00 L mehrfarbig	gvi	1,30	1,30
		FDC		2,80

Auflage: 20 000 Stück

Gültig bis 3.3.2009

2006, 18. Juli. 65. Geburtstag von Gena Dimitrowa. Odr.; gez. K 13:13¼.

gvk) Gena Dimitrowa (1941–2005), Opernsängerin

4760	1.00 L mehrfarbig	gvk	1,80	1,80
		FDC		2,80

Auflage: 20 000 Stück

Gültig bis 3.3.2009

2006, 28. Juli. Flora: Blumen des Srandjha-Gebirges. Odr. (1×2 Zd); gez. K 13.

gvl) Seifenkraut (Saponaria stranjensis)
gvm) Östliches Rauhblatt (Trachystemon orientalis)
gvn) Großblütiges Johanniskraut (Hypericum calycinum)
gvo) Pontischer Rhododendron (Rhododendron ponticum)

4761	0.10 L mehrfarbig	gvl	0,30	0,30
4762	0.35 L mehrfarbig	gvm	0,60	0,60
4763	0.55 L mehrfarbig	gvn	0,90	0,90

4764	1.00 L	mehrfarbig	gvo	1,60	1,60
		Satzpreis (4 W.)		3,40	3,40
		Viererstreifen		3,50	3,50
		FDC			4,50
		Kleinbogen		7,—	7,—

MiNr. 4761–4764 wurden waagerecht zusammenhängend im Kleinbogen zu 8 Marken, im Kehrdruck angeordnet, gedruckt.

Auflage: 25 000 Sätze

Gültig bis 3.3.2009

2006, 29. Sept. Einheimische Automobilproduktion. Odr.; gez. K 13.

gvp) Rover Maestro (1995)

gvr) Moskwitsch (1967)

gvs) Bulgaralpine (1967)

gvt) Bulgarrenault (1967)

4765	0.10 L	mehrfarbig	gvp	0,30	0,30
4766	0.35 L	mehrfarbig	gvr	0,60	0,60
4767	0.55 L	mehrfarbig	gvs	0,90	0,90
4768	1.00 L	mehrfarbig	gvt	1,70	1,70
		Satzpreis (4 W.)		3,50	3,50
		2 FDC			6,—

Auflagen: MiNr. 4765–4767 je 20 000, MiNr. 4768 = 17 000 Stück

Gültig bis 3.3.2009

2006, 25. Okt. Blockausgabe: 400. Geburtstag von Rembrandt. Odr.; gez. Ks 13.

gvv

gvu) Die Heimkehr des verlorenen Sohnes; Detail eines Gemäldes von Rembrandt Harmensz. van Rijn (1606–1669), niederländischer Maler

4769	1 L	mehrfarbig	gvu	1,80	1,80
Block 286		(66×84 mm)	gvv	2,—	2,—
		FDC			3,—

Auflage: 19 000 Blocks

Gültig bis 3.3.2009

2006, 27. Okt. Geburtstage einheimischer Künstler: Gemälde. Odr.; gez. K 13¼.

gvw) Totengedenken; von Iwan Markwitschka (1856–1938)

gvx) Sozopol - Häuser; von Wesselin Staikow (1906–1970)

gvy) Sofia im Winter; von Nikola Petrow (1881–1916)

gvz) Bildnis von T. Popowa; von Georgi Popow (1906–1961)

4770	0.10 L	mehrfarbig	gvw	0,30	0,30
4771	0.35 L	mehrfarbig	gvx	0,60	0,60
4772	0.55 L	mehrfarbig	gvy	0,90	0,90
4773	1.00 L	mehrfarbig	gvz	1,60	1,60
		Satzpreis (4 W.)		3,30	3,30
		2 FDC			6,—

Auflagen: MiNr. 4770–4772 je 20 000, MiNr. 4773 = 15 000 Stück

Gültig bis 3.3.2009

2006, 3. Nov. Weltmeisterschaften im Sambo, Sofia. Odr.; gez. K 13¼:13.

gwa) Sambo-Kämpfer

4774	0.55 L	mehrfarbig	gwa	1,20	1,20
		FDC			2,40

Auflage: 20 000 Stück

Gültig bis 3.3.2009

2006, 17. Nov. Blockausgabe: Internationale Briefmarkenausstellung BELGICA 2006. Odr.; gez. K 13¼.

gwc

gwb) Postauto

4775	1 L	mehrfarbig	gwb	10,—	10,—
Block 287		(85×75 mm)	gwc	12,—	12,—
		FDC			13,—

Auflage: 10 000 Blocks

Gültig bis 3.3.2009

2006, 24. Nov. Weihnachten. Odr.; gez. K 13¼.

gwd) Engel mit Leuchtkugel über verschneitem Dorf

4776	0.55 L	mehrfarbig	gwd	1,20	1,20
		FDC			2,40

Auflage: 80 000 Stück

Gültig bis 3.3.2009

2006, 29. Nov. Beitritt Bulgariens und Rumäniens zur Europäischen Union. Odr. (5×10); gez. K 13¼.

gwe) Flaggen über Wahlurne, Landkarte Europas

gwf) Inschrift „EU" in den Nationalfarben der Beitrittsländer

4777	0.55 L mehrfarbig	gwe	1,—	1,—
4778	1.50 L mehrfarbig	gwf	2,50	2,50
		Satzpreis (2 W.)	3,50	3,50
		FDC		4,80

Blockausgabe mit MiNr. 4777–4778, gez. L 13¼

Block 288	(97×86 mm)	gwg	3,50	3,50
		FDC		4,80

Auflagen: MiNr. 4777–4778 = 69 000 Sätze, Bl. 288 = 46 000 Blocks

Gültig bis 3.3.2009

Parallelausgabe mit Rumänien MiNr. 6149–6150

2006, 20. Dez. 120. Geburtstag von Peter Dimkov. Odr.; gez. K 13.

gwh) Peter Dimkov (1886–1981), Naturheilkundiger

4779	0.55 L mehrfarbig	gwh	1,20	1,20
		FDC		2,20

Auflage: 25 000 Stück

Gültig bis 3.3.2009

2006, 21. Dez. Erbauer des bulgarischen Staates. Odr.; gez. K 13¼:13.

gwi) Danail Nikolaev (1852–1942) und Ratscho Petrov (1861–1942), Generäle

gwk) Petko Karavelov (1843–1903) und Marin Drinov (1838–1906)

gwl) Konstantin Stoilov (1853–1901) und Stephan Stambolov (1854–1895)

gwm) Fürst Alexander I. (1857–1893)

4780	0.10 L mehrfarbig	gwi	0,30	0,30
4781	0.35 L mehrfarbig	gwk	0,60	0,60
4782	0.55 L mehrfarbig	gwl	0,90	0,90
4783	1.00 L mehrfarbig	gwm	1,60	1,60
		Satzpreis (4 W.)	3,30	3,30
		FDC		4,80

Auflage: 17 000 Sätze

Gültig bis 3.3.2009

2006, 27. Dez. Blockausgabe: Neues Flughafenterminal, Sofia. Odr.; A = gez. Ks 13, B = ☐.

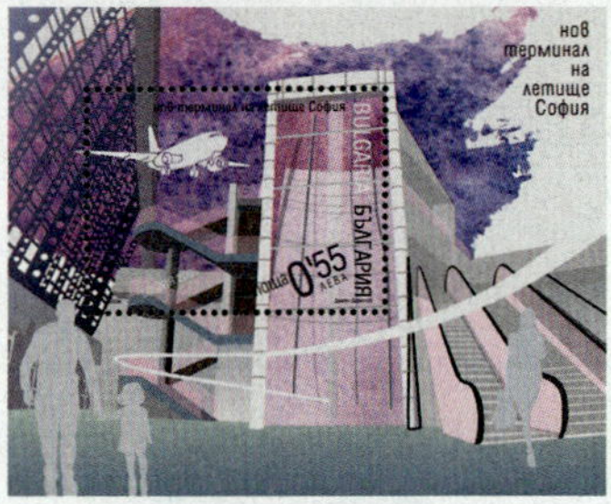

gwo

gwn) Terminalgebäude, Flugzeug

4784 A	0.55 L mehrfarbig	gwn	1,50	1,50
Block 289 A	(87×72 mm)	gwo	2,—	2,—
		FDC		3,—
4784 B	0.55 L mehrfarbig	gwn	6,—	6,—
Block 289 B	(87×72 mm), mit ausgestanzter Kontrollnummer im Blockrand.	gwo	17,—	17,—
		FDC		20,—

Auflagen: Bl. 289 A = 13 000, Bl. 289 B = 7 000 Blocks

Gültig bis 3.3.2009

2007, 31. Jan. Blockausgabe: Beitritt zur Europäischen Union. Odr.; gez. Ks 13¼.

gwr

gwp) Frau und Mann in Trachten, Europakarte, Sternenkranz, Stern mit bulgarischer Flagge

4785	1.50 L mehrfarbig	gwp	2,20	2,20
Block 290	(86×85 mm)	gwr	2,50	2,50
		FDC		4,—

Auflage: 20 000 Blocks

Gültig bis 28.2.2010

2007, 28. Febr. 100. Geburtstag von Emilijan Stanew. Odr. (2×10 Zd); gez. K 13¼.

gws) Emilijan Stanew (1907–1949), Schriftsteller; Manuskripte Zierfeld

4786	0.55 L mehrfarbig	gws	0,90	0,90
		4786 Zf	1,—	1,—
		FDC		2,50

Auflage: 15 000 Stück

Gültig bis 28.2.2010

2007, 23. März. 50 Jahre Römische Verträge. Odr. (5×10); gez. K 13½:13¼.

gwt) Sterne der Europaflagge in den Nationalfarben der Gründungsmitglieder, Landkarte der EU

4787	1 L mehrfarbig	gwt	1,80	1,80
		FDC		3,—

Auflage: 25 000 Stück

Gültig bis 28.2.2010

2007, 27. März. Theaterschauspieler. Odr. (5×10); gez. K 13¼.

gwu) Iwan Dimow (1897–1965)

gwv) Sawa Ognjanow (1876–1933)

gww) Krastju Sarafow (1876–1952)

4788	0.10 L mehrfarbig	gwu	0,30	0,30
4789	0.55 L mehrfarbig	gwv	0,90	0,90
4790	1.00 L mehrfarbig	gww	1,80	1,80
		Satzpreis (3 W.)	3,—	3,—
		FDC		4,—

Auflagen: MiNr. 4788–4789 je 20 000, MiNr. 4790 = 15 000 Stück

Gültig bis 28.2.2010

2007, 25. April. Blockausgabe: 50 Jahre künstliche Erdsatelliten; 35. Konferenz der internationalen Satellitenorganisation Intersputnik. Odr.; gez. Ks 13¼.

gwy

gwx) Sputnik 1 (1957)

4791	1.00 L mehrfarbig	gwx	1,50	1,50
Block 291	(87×55 mm)	gwy	1,50	1,50
		FDC		3,—

Auflage: 15 000 Blocks

Gültig bis 28.2.2010

2007, 26. April. Europa: Pfadfinder. Odr., Kleinbogen (2×5); Bildformat 39×28 mm; Sicherheitszähnung K 13.

gwz) Pfadfinderinnen mit Gitarre am Lagerfeuer
gxa) Pfadfinder mit Karte, Kompass und Marschgepäck

4792	0.55 L mehrfarbig	gwz	1,—	1,—
4793	1.50 L mehrfarbig	gxa	2,50	2,50
		Satzpreis (2 W.)	3,50	3,50
		Paar	3,50	3,50
		FDC		5,—
		Kleinbogen	14,—	14,—

Markenheftchen (4×2), Bildformat 31×22 mm, gez. L 13

4794	0.55 L mehrfarbig	gwz I	1,50	1,50
4795	1.50 L mehrfarbig	gxa I	4,50	4,50
		Satzpreis (2 W.)	6,—	6,—

MiNr. 4792–4793 wurden schachbrettartig zusammenhängend im Kleinbogen zu je 4 Marken und 2 Zierfeldern (Feld 5 und 6) gedruckt.

MiNr. 4794–4795 stammen aus MH 6.

Auflagen: MiNr. 4792–4793 je 50 000, MiNr. 4794–4795 je 40 000 Stück

Gültig bis 28.2.2010

2007, 27. April. Geschichte der bulgarischen Militärluftfahrt. Odr. (5×10); gez. K 13¼.

gxb) DAR-3 Garwan (Rabe) (1937)

gxc) DAR-9 Siniger (Blaumeise) (1939)

gxd) KB-309 Papagal (Papagei) (1939)

gxe) KB-11A Fasan (1940)

4796	0.10 L mehrfarbig	gxb	0,30	0,30
4797	0.35 L mehrfarbig	gxc	0,60	0,60
4798	0.55 L mehrfarbig	gxd	0,80	0,80
4799	1.00 L mehrfarbig	gxe	1,80	1,80
		Satzpreis (4 W.)	3,50	3,50
		FDC		4,50

Auflage: 16 000 Sätze

Gültig bis 28.2.2010

2007, 2. Mai. 1100. Todestag von Fürst Boris I. Odr. (5×10); gez. K 13¼.

gxf) Boris I., erster christlicher Herrscher Bulgariens; Darstellung seiner Taufe, Ikone

4800	0.55 L mehrfarbig	gxf	1,10	1,10
		FDC		2,50

Auflage: 25 000 Stück

Gültig bis 28.2.2010

2007, 21. Mai. 150. Jahrestag des Beginns der Ausgrabungen in der Kirche San Clemente al Laterano, Rom. Odr. (10×5); gez. K 13¼.

gxg) Heiliger Kyrill von Saloniki (um 826–869); Mosaik in der Kirche San Clemente; Skizze der Kirche mit Markierung der Fundstelle des Grabes des Heiligen

4801	1 L mehrfarbig	gxg	1,60	1,60
		FDC		3,—

Auflage: 25 000 Stück

Gültig bis 28.2.2010

2007, 23. Mai. Geburtstage von Künstlern. Odr. (10×5); gez. K 13:13¼.

gxh) Dimtscho Debeljanov (1887–1916), Dichter

gxi) Nenko Balkanski (1907–1977), Maler

gxk) Vera Lukova (1907–1974), Malerin

gxl) Theodor Trajanov (1882–1945), Dichter

4802	0.10 L	mehrfarbig	gxh	0,30	0,30
4803	0.35 L	mehrfarbig	gxi	0,60	0,60
4804	0.55 L	mehrfarbig	gxk	0,80	0,80
4805	1.00 L	mehrfarbig	gxl	1,80	1,80
			Satzpreis (4 W.)	3,50	3,50
			FDC		4,50

Auflage: 14 000 Sätze

Gültig bis 28.2.2010

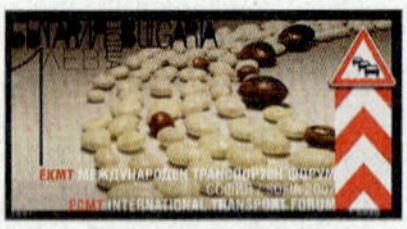

2007, 30. Mai. Internationales Transportforum der Europäischen Verkehrsministerkonferenz (CEMT), Sofia. Odr.; gez. K 13:13¼.

gxm) Bohnen, Verkehrsschild Stauwarnung

4806	1 L	mehrfarbig	gxm	1,80	1,80
			FDC		3,—

Auflage: 25 000 Stück

Gültig bis 28.2.2010

2007, 30. Mai. Freimarken: Klöster. Odr. (10×10); Sicherheitszähnung K 12¾.

gxn) Lozenski-Kloster (17. Jh.)

gxo) Obradovski-Kloster (1957)

gxp) Kremikovski-Kloster (15. Jh.)

gxr) Tschepinski-Kloster

4807	0.63 L	schwarz/orangegelb	gxn	1,—	0,70
4808	0.75 L	schwarz/gelbgrün	gxo	1,20	1,—
4809	1.20 L	schwarz/zinnober	gxp	1,80	1,80
4810	2.20 L	schwarz/cyanblau	gxr	3,50	2,50
			Satzpreis (4 W.)	7,50	6,—
			FDC		9,—

Auflage: 100 000 Sätze

2007, 1. Juni. Blockausgabe: 15 Jahre diplomatische Beziehungen mit Aserbaidschan. Odr.; gez. Ks 13¼:13.

gxt

gxs) Ilham Alijew (*1961) und Georgi Parwanow (*1957), Staatspräsidenten von Aserbaidschan und Bulgarien; Nationalflaggen

4811	1.00 L	mehrfarbig	gxs	1,80	1,80
Block 292		(86×64 mm)	gxt	1,80	1,80
			FDC		3,—

Auflage: 12 000 Blocks

Gültig bis 28.2.2010

2007, 6. Juli. Gebirgspflanzen. Odr. (10×5); Sicherheitszähnung K 13¼:12¾.

gxu) Thrakische Lotwurz (Onosma thracica)

gxv) Astracantha aitosensis

gxw) Veronica krumovii

gxx) Königskerze (Verbascum adrianopolitanum)

4812	0.10 L	mehrfarbig	gxu	0,30	0,30
4813	0.45 L	mehrfarbig	gxv	0,70	0,70
4814	0.55 L	mehrfarbig	gxw	0,90	0,90
4815	1.00 L	mehrfarbig	gxx	1,60	1,60
			Satzpreis (4 W.)	3,50	3,50
			FDC		4,80

Auflagen: MiNr. 4812–4814 je 25 000, MiNr. 4815 = 17 000 Stück

Gültig bis 31.8.2010

2007, 18. Juli. 170. Geburtstag von Wassil Lewski. Odr. (10×5); gez. K 13¼:13.

gxy) Wassil Lewski (1837–1873), Freiheitskämpfer

4816	0.55 L	mehrfarbig	gxy	1,10	1,10
			FDC		2,50

Auflage: 20 000 Stück

Gültig bis 31.8.2010

2007, 21. Juli. Junioren-Segelweltmeisterschaften in der 470er-Klasse, Burgas. Odr. (10×5); gez. K 13¼.

gxz) Segler bei der Gewichtstrimmung

4817 1 L mehrfarbig .... gxz 1,80 1,80
FDC 3,—

Auflage: 20 000 Stück

Gültig bis 31.8.2010

2007, 31. Juli. 130. Jahrestag der Schlacht bei Stara Sagora. Odr. (5×10); gez. K 13¼.

gya) Pawel Kalitin (1846–1877), bulgarischer Freiwilliger im Kampf gegen die osmanischen Truppen; Schlachtengemälde

4818 0.55 L mehrfarbig .... gya 1,10 1,10
FDC 2,50

Auflage: 20 000 Stück

Gültig bis 31.8.2010

2007, 5. Sept. Rugby-Weltmeisterschaft, Frankreich. Odr.; gez. K 13½:13¼.

gyb) Spielszene

4819 0.55 L mehrfarbig .... gyb 1,10 1,10
FDC 2,50

Auflage: 25 000 Stück

Gültig bis 31.8.2010

2007, 10. Sept. Blockausgabe: 15 Jahre Naturschutzgebiet Ropotamo-Mündung. Odr.; gez. Ks 13¼.

gye

gyd) Seeadler (Haliaeetus albicilla)
gyc) Fischotter (Lutra lutra)

4820	0.55 L	mehrfarbig	gyc	0,90	0,90
4821	1.00 L	mehrfarbig	gyd	1,60	1,60
Block 293		(85×85 mm)	gye	2,50	2,50
			FDC		4,—

Auflage: 15 000 Blocks

Gültig bis 31.8.2010

2007, 11. Sept. Blockausgabe: Geschützte Vögel. Odr.; gez. K 13.

gyk

gyf) Eisvogel (Alcedo atthis)
gyg) Mauerläufer (Tichodroma muraria)
gyh) Seidenschwanz (Bombycilla garrulus)
gyi) Rosaflamingo (Phoenicopterus ruber)

4822	0.10 L	mehrfarbig	gyf	0,30	0,30
4823	0.35 L	mehrfarbig	gyg	0,50	0,50
4824	0.55 L	mehrfarbig	gyh	0,90	0,90
4825	1.00 L	mehrfarbig	gyi	1,60	1,60
Block 294		(97×130 mm)	gyk	3,50	3,50
		2 FDC (Blockmarken)			4,50

Auflage: 16 000 Blocks

Gültig bis 31.8.2010

2007, 21. Sept. 10 Jahre Großloge der Freimaurer Bulgariens. Odr. (10×5); gez. K 13.

gyl) Emblem

4826 0.55 L mehrfarbig .... gyl 1,10 1,10
FDC 2,50

Auflage: 20 000 Stück

Gültig bis 31.8.2010

2007, 9. Okt. Blockausgabe: Postverteilungs- und -sortierzentrum, Sofia. Odr.; gez. Ks 13½:13¼.

gyn

gym) Postverteilungs- und -sortierzentrum

4827 0.55 L mehrfarbig . . . . gym 1,10 1,10
Block 295 (87×62 mm) . . . . gyn 1,20 1,20
FDC 2,50

Auflage: 11 000 Blocks

Gültig bis 31.8.2010

2007, 12. Okt. 100. Geburtstag von Ivan Hadjisky. Odr.; gez. K 13¼.

gyo) Ivan Hadjisky (1907–1944), Soziologe und Publizist

4828 0.55 L mehrfarbig . . . . gyo 1,10 1,10
FDC 2,50

Auflage: 20 000 Stück

Gültig bis 31.8.2010

2007, 27. Nov. Weihnachten. Odr.; gez. K 13:13¼.

gyp) Frauengestalt mit Früchten und Flaggenband

4829 0.55 L mehrfarbig . . . . gyp 1,10 1,10
FDC 2,50

Auflage: 100 000 Stück

Gültig bis 31.8.2010

2007, 19. Dez. Erfolge bulgarischer Sportler 2007. Odr.; gez. K 13½:13¼.

gyr) Rumjana Nejkova, Europameisterin im Rudern, Einer, 2000 m

gys) Stanka Zlateva, Weltmeisterin im Freistilringen

gyt) Stephka Kostadinova, Weltrekord im Hochsprung

4830 0.10 L mehrfarbig . . . . gyr 0,30 0,30
4831 0.35 L mehrfarbig . . . . gys 0,60 0,60
4832 1.00 L mehrfarbig . . . . gyt 1,60 1,60
Satzpreis (3 W.) 2,50 2,50
FDC 4,—

Auflage: 18 000 Sätze

Gültig bis 31.8.2010

2007, 20. Dez. 100 Jahre bulgarische Militäraufklärung. Odr.; gez. K 13¼.

gyu) Soldat, Ziffern als Fernglas

4833 0.55 L mehrfarbig . . . . gyu 1,10 1,10
FDC 2,50

Auflage: 20 000 Stück

Gültig bis 31.8.2010

2008, 6. Jan. 160. Geburtstag von Christo Botew. Odr. (5×10); gez. K 13¼.

gyv) Christo Botew (1848–1876), Dichter und Unabhängigkeitskämpfer

4834 0.55 L mehrfarbig . . . . gyv 1,10 1,10
FDC 2,50

Auflage: 20 000 Stück

Gültig bis 31.5.2011

2008, 30. Jan. Blockausgabe: Internationales Polarjahr (2007 bis 2008). Odr.; gez. K 13¼.

gyy

gyw) Eisbär (Ursus maritimus)
gyx) Antarktis-Skua (Stercorarius antarctica) raubt ein Pinguinküken

4835 0.55 L mehrfarbig GA . . . . gyw 0,90 0,90
4836 1.00 L mehrfarbig . . . . gyx 1,60 1,60
Block 296 (115×85 mm) . . . . gyy 2,50 2,50
FDC 3,90

Auflage: 19 000 Blocks

Gültig bis 31.5.2011

2008, 25. Febr. Blockausgabe: Olympische Sommerspiele, Peking. Odr.; gez. K 13¼.

gzb

gyz–gza) Volleyball-Spielszene

4837 0.55 L mehrfarbig . . . . gyz 0,90 0,90
4838 1.00 L mehrfarbig . . . . gza 1,60 1,60
Block 297 (86×108 mm) . . . . gzb 2,50 2,50
FDC 3,90

Auflage: 84 000 Blocks

Gültig bis 31.5.2011

2008, 29. Febr. 130 Jahre Unabhängigkeit. Odr. (10×5); gez. K 13¼.

gzc) Historisches Staatswappen

4839 0.55 L mehrfarbig . . . . gzc 1,10 1,10
FDC 2,50

Auflage: 20 000 Stück

Gültig bis 31.5.2011

2008, 22. April. Europa: Der Brief. Odr., Kleinbogen (2×5); gez. K 13¼.

gzd) Briefträger, Brief mit Marke Russland MiNr. 26

gze) Taube, Brief mit Marke Bulgarien MiNr. 378

4840 0.55 L mehrfarbig/Hintergrund grün . . . . gzd 1,— 1,—
4841 1.00 L mehrfarbig/Hintergrund blau . . . . gze 2,— 2,—
Satzpreis (2 W.) 3,— 3,—
FDC 4,20
Kleinbogen 15,— 15,—

Markenheftchen

4842 0.55 L mfg./Hintergrund violett . . . . gzd 1,50 1,50
4843 1.00 L mfg./Hintergrund orangegelb . . . . gze 3,— 3,—
Satzpreis (2 W.) 4,50 4,50

H-Blatt 8 mit 4 × MiNr. 4842 . . . . 6,— 6,—
H-Blatt 9 mit 4 × MiNr. 4843 . . . . 12,— 12,—
MH 7 mit 1 × H-Blatt 8–9 . . . . 20,— 20,—

MiNr. 4840–4841 wurden jeweils in Kehrdruckanordnung zusammen im Kleinbogen zu je 4 Marken und 2 verschiedenen Zierfeldern (Feld 5 und 6) gedruckt.

Die Heftchenblätter enthalten jeweils 4 verschiedene Kehrdruckkombinationen.

Auflagen: MiNr. 4840–4841 je 50 000 Stück, MH 7 = 10 000 Heftchen

Gültig bis 31.5.2011

2008, 25. April. Militärische Luftfahrtgeschichte. Odr. (2×10 Zd); gez. K 13¼.

gzf) Dimitar Spissarevski (1918–1943); Kampfflugzeug
gzg) Stojan Stojanov (1913–1997); Kampfflugzeug

4844 0.55 L mehrfarbig . . . . gzf 0,90 0,90
4845 1.00 L mehrfarbig . . . . gzg 1,90 1,90
Satzpreis (2 W.) 2,80 2,80
Paar 2,80 2,80
FDC 4,20

Auflage: 15 000 Sätze

Gültig bis 31.5.2011

2008, 7. Mai. Blockausgabe: 60 Jahre Armeesportverein ZSKA Sofia. Odr.; gez. Ks 13½:13¼.

gzi

gzh) Historische Photographie der Fußballmannschaft mit Pokal; Jubiläumsemblem

4846 0.55 L mehrfarbig . . . . gzh 1,10 1,10
Block 298 (90×58 mm) . . . . gzi 1,20 1,20
FDC 2,50

Auflage: 12 000 Blocks

Gültig bis 31.5.2011

2008, 7. Mai. 100. Geburtstage verschiedener Künstler. Odr.; gez. K 13½.

gzk) Frauen aus den Rhodopen; Gemälde von Boris Kotzev (1908–1959)

gzl) Weiblicher Akt; Gemälde von Eliezer Alschech (1908–1978)

gzm) Weiblicher Akt; Gemälde von Vera Nedkova (1908–1966)

gzn) Mariza; Skulptur von Assen Peykov (1908–1973)

4847 0.10 L mehrfarbig . . . . gzk 0,30 0,30
4848 0.35 L mehrfarbig . . . . gzl 0,70 0,70
4849 0.55 L mehrfarbig . . . . gzm 1,— 1,—
4850 1.00 L mehrfarbig . . . . gzn 2,— 2,—
Satzpreis (4 W.) 4,— 4,—
FDC 5,—

Auflage: 13 000 Sätze

Gültig bis 31.5.2011

2008, 14. Mai. Blockausgabe: 120 Jahre Zoologischer Garten, Sofia. Odr.; A = gez. K 13, B = □ mit aufgedruckter Zähnung.

gzv

gzo) Weißgesicht-Seidenaffe (Callithrix geoffroyi)
gzp) Flusspferd (Hippopotamus amphibius)
gzr) Trampeltier (Camelus bactrianus)
gzs) Erdmännchen (Suricata suricatta)
gzt) Ararauna (Ara ararauna)
gzu) Eurasischer Luchs (Lynx lynx)

4851 A	0.10 L	mehrfarbig	gzo	0,30	0,30
4852 A	0.20 L	mehrfarbig	gzp	0,40	0,40
4853 A	0.35 L	mehrfarbig	gzr	0,70	0,70
4854 A	0.55 L	mehrfarbig	gzs	0,90	0,90
4855 A	0.60 L	mehrfarbig	gzt	1,—	1,—
4856 A	1.00 L	mehrfarbig	gzu	1,90	1,90
Block 299		(126×130 mm)	gzv	5,—	5,—
		FDC (Blockmarken)			6,50

4854 B	0.55 L	mehrfarbig	gzs	—,—	—,—
Block 300		(66×85 mm)	gzw	25,—	25,—

Auflagen: Bl. 299 = 22 000, Bl. 300 = 6900 Blocks

Gültig bis 31.5.2011

2008, 9. Juni. Blockausgabe: 20. Jahrestag des Weltraumfluges von Alexander Alexandrov. Odr.; gez. Ks 13.

gzy

gzx) Alexander Alexandrov (*1951), Kosmonaut

4857	1 L	mehrfarbig	gzx	1,90	1,90
Block 301		(85×61 mm)	gzy	2,—	2,—
		FDC			3,50

Auflage: 14 000 Blocks

Gültig bis 31.5.2011

2008, 16. Juni. 70 Jahre Bulgarischer Philatelistenverband. Odr.; gez. K 13:13¼.

gzz) Motorrad BMW R 12 Single Carb (1935)

4858	0.60 L	mehrfarbig, weißer Rand	gzz	1,20	1,20
			FDC		2,50

Blockausgabe, □ mit aufgedruckter Zähnung

4859	0.60 L	mfg., bräunlicher Rand	gzz	—,—	—,—
Block 302		(105×92 mm)	haa	25,—	25,—

Auflagen: MiNr. 485 = 21 000 Stück, Bl. 302 = 6 900 Blocks

Gültig bis 31.5.2011

2008, 21. Juli. Blockausgabe: Naturpark Strandjha. Odr.; gez. Ks 13¼.

had

hab) Goldschakal (Canis aureus)
hac) Schreiadler (Aquila pomarina)

4860	0.60 L	mehrfarbig	hab	1,—	1,—
4861	1.50 L	mehrfarbig	hac	2,50	2,50
Block 303		(104×78 mm)	had	3,50	3,50
			FDC		5,—

Auflage: 16 000 Blocks

Gültig bis 29.2.2012

2008, 30. Juli. 20. Jahrestag der Aufnahme diplomatischer Beziehungen mit der Europäischen Wirtschaftsgemeinschaft (EWG). Odr.; gez. K 13¼:13.

hae) Amphore/Schreibfeder

4862	1 L	mehrfarbig	hae	1,90	1,90
			FDC		3,30

Auflage: 20 000 Stück

Gültig bis 29.2.2012

2008, 11. Sept. 120 Jahre Orientexpress. Odr. (3×3); gez. K 13:13¼.

haf) Personenwagen; Wappen von Paris, München und Wien
hag) Dampflokomotive; Wappen von Belgrad, Sofia und Istanbul

4863	0.60 L mehrfarbig	haf	1,—	1,—
4864	1.50 L mehrfarbig	hag	2,50	2,50
		Satzpreis (2 W.)	3,50	3,50
		Paar	3,50	3,50
		FDC		4,90
		Kleinbogen	14,—	14,—

MiNr. 4863–4864 wurden schachbrettartig zusammenhängend im Kleinbogen zu 8 Marken und 1 Zierfeld (Feld 1) gedruckt.

Auflage: 20 000 Sätze

Gültig bis 29.2.2012

2008, 18. Sept. 150. Geburtstag von Dimitar Petkov und 115. Geburtstag seines Sohnes Nikola Petkov. Odr. (5×10); gez. K 13:13¼.

hah) Nikola Petkov (1893–1947), Dimitar Petkov (1858–1907), Politiker

4865	0.60 L mehrfarbig	hah	1,20	1,20
		FDC		2,50

Auflage: 20 000 Stück

Gültig bis 29.2.2012

2008, 22. Sept. Blockausgabe: 100. Jahrestag der Unabhängigkeitserklärung. Odr.; gez. Ks 13¼:13½.

hak

hai) Zar Ferdinand I. (1861–1948)

4866	0.60 L mehrfarbig	hai	1,20	1,20
Block 304	(49×87 mm)	hak	1,20	1,20
		FDC		2,40

Auflage: 15 000 Blocks

Gültig bis 29.2.2012

2008, 30. Sept. 700. Jahrestag der Vernichtung des Templerordens (2007). Odr. (10×5); gez. K 13:13¼.

hal) Wappen der bulgarischen Neutempler

4867	1 L mehrfarbig	hal	1,70	1,70
		FDC		3,—

Auflage: 25 000 Stück

Gültig bis 29.2.2012

2008, 16. Okt. Ferrari-Automobile. Odr. (1×4 Zd); gez. K 13:13¼.

ham) Rennwagen von 2008
han) Rennwagen von 1952

4868	0.60 L mehrfarbig	ham	1,—	1,—
4869	1.00 L mehrfarbig	han	1,70	1,70
		Satzpreis (2 W.)	2,70	2,70
		Paar	2,70	2,70
		FDC		4,—
		Kleinbogen	12,—	12,—

Blockausgabe, □ mit aufgedruckter Zähnung

4870	0.60 L mehrfarbig	ham I	18,—	18,—
Block 305	(94×56 mm)	hao	20,—	20,—

Auflage: MiNr. 4868–4869 = 30 000 Sätze, Bl. 305 = 6900 Blocks

Gültig bis 29.2.2012

2008, 24. Okt. 130 Jahre Rotes Kreuz in Bulgarien. Odr.; gez. K 13:13¼.

hap) Ehrenzeichen des Bulgarischen Roten Kreuzes, Rotes Kreuz

4871	0.60 L mehrfarbig GA	hap	1,20	1,20
		FDC		2,50

Auflage: 20 000 Stück

Gültig bis 29.2.2012

2008, 21. Nov. Weihnachten. Odr.; gez. K 13¼:13.

har) Muttergottes, Engel

4872	0.60 L mehrfarbig	har	1,20	1,20
		FDC		2,50

Auflage: 100 000 Stück

Gültig bis 29.2.2012

2008, 21. Nov. Wundertätige Ikonen. Odr. (3×3); A = gez. K 13:13¼.

has) Gottesmutter, Rila-Kloster
hat) Gottesmutter, Trojansky-Kloster
hau) Gottesmutter, Batschkovo-Kloster

4873 A	0.50 L mehrfarbig	has	0,80	0,80
4874 A	0.60 L mehrfarbig	hat	1,—	1,—
4875 A	1.00 L mehrfarbig	hau	1,60	1,60
		Satzpreis (3 W.)	3,40	3,40
		Dreierstreifen	3,50	3,50
		FDC		4,80
		Kleinbogen	10,—	10,—

Blockausgabe, B = ☐ mit aufgedruckter Zähnung

4874 B 0.60 L mehrfarbig . . . . hat —,— —,—
Block 306 (112×73 mm) . . . . hav 20,— 20,—

Markenfolge im Kleinbogen: 4873–4874–4875, 4875–4874–4873, 4873–4874 und 4875

Auflage: MiNr. 4873–4875 = 21 000 Sätze, Bl. 306 = 6900 Blocks

Gültig bis 29.2.2012

2008, 25. Nov. 120 Jahre Universität Hl. Kliment von Ohrid, Sofia. Odr.; gez. K 13¼:13.

haw) Hl. Kliment von Ohrid (um 840–916), Kirchenlehrer, Schöpfer der kyrillischen Schrift

4876 0.60 L mehrfarbig . . . . haw 1,20 1,20
FDC 2,50

Gültig bis 29.2.2012

2008, 10. Dez. Helden des armenischen und bulgarischen Freiheitskampfes. Odr. (1×5 Zd); gez. K 13:13¼.

hax) Andranik Ozanjan (1865–1927), armenischer General
hay) Pejo Javorov (1878–1914), bulgarischer Dichter

4877 0.60 L mehrfarbig . . . . hax 1,— 1,—
4878 1.50 L mehrfarbig . . . . hay 2,40 2,40
Satzpreis (2 W.) 3,40 3,40
Paar 3,40 3,40
FDC 4,80
Kleinbogen 18,— 18,—

Gültig bis 29.2.2012

Parallelausgabe mit Armenien MiNr. 649–650

2009, 23. Jan. Internationale Briefmarkenausstellung BULGARIA 2009, Sofia. Odr. (5×10); gez. K 13.

haz) Briefmarkenrand als Brücke, Lupe

4879 0.60 L mehrfarbig . . . . haz 1,20 1,20
FDC 2,50

Auflage: 1 000 000 Stück

Gültig bis 31.10.2012

2009, 6. Febr. 200. Geburtstage berühmter Personen. Odr. (5×10); gez. K 13.

hba) Abraham Lincoln (1809–1865), amerikanischer Präsident

hbb) Nikolai Gogol (1809–1852), russischer Schriftsteller

hbc) Charles Darwin (1809–1882), englischer Naturforscher

hbd) Edgar Allan Poe (1809–1849), amerikanischer Schriftsteller

4880 0.10 L mehrfarbig . . . . hba 0,30 0,30
4881 0.50 L mehrfarbig . . . . hbb 0,80 0,80
4882 0.60 L mehrfarbig . . . . hbc 1,— 1,—
4883 1.00 L mehrfarbig . . . . hbd 1,60 1,60
Satzpreis (4 W.) 3,60 3,60
2 FDC 6,40

Blockausgabe, ☐

hbf

hbe) Charles Darwin

4884 0.60 L mehrfarbig . . . . hbe —,— —,—
Block 307 (55×105 mm) . . . . hbf 16,— 16,—

Auflagen: MiNr. 4880–4883 = 15.000 Sätze, Bl. 307 = 6.900 Blocks

Gültig bis 31.10.2012

2009, 2. März. Vögel im Balkangebirge. Odr. (2×5); A = gez. K 13.

hbg) Waldschnepfe (Scolopax rusticola)
hbh) Steinrötel (Monticola saxatilis)

4885 A 0.60 L mehrfarbig GA . . . . hbg 1,20 1,20
4886 A 1.00 L mehrfarbig . . . . hbh 1,80 1,80
Satzpreis (2 W.) 3,— 3,—
Paar 3,— 3,—
FDC 4,—
Kleinbogen 15,— 15,—

Blockausgabe, B = ☐

4885 B 0.60 L mehrfarbig . . . . hbg —,— —,—
4886 B 1.00 L mehrfarbig . . . . hbh —,— —,—
Block 308 (106×85 mm) . . . . hbi 3,— 3,—

MiNr. 4885–4886 wurden schachbrettartig zusammenhängend gedruckt.

Auflagen: MiNr. 4885 A–4886 A = 20 000 Sätze, Bl. 308 = 19 000 Blocks

Gültig bis 31.10.2012

Parallelausgabe mit Serbien MiNr. 283–284/Bl. 6

2009, 24. März. 120 Jahre Naturwissenschaftliches Museum, Sofia. Odr.; A = gez. K 13:13¼.

hbk) Amethyst

4887 A 0.60 L mehrfarbig GA	hbk	1,20	1,20
	FDC		2,50

Blockausgabe, B = ☐

4887 B 0.60 L mehrfarbig		hbk	—,—	—,—
Block 309	(87×61 mm)	hbl	20,—	20,—

Auflagen: MiNr. 4887 A = 20 000 Stück, Bl. 309 = 6 900 Blocks

Gültig bis 31.10.2012

2009, 25. März. 130 Jahre Sofia Hauptstadt Bulgariens. Odr.; gez. K 13¼:13.

hbm) Sophienkirche (6. Jh.), Alexander-Newski-Kathedrale (erbaut 1896–1912)

4888 0.60 L mehrfarbig	hbm	1,20	1,20
	FDC		2,50

Auflage: 16 000 Stück

Gültig bis 31.10.2012

2009, 27. März. Blockausgabe: Internationale Kampagne zum Schutz der Polargebiete und Gletscher. Odr.; gez. K 13.

hbp

hbn) Pinguine, Narwal
hbo) Eisbär, Klappmütze, Seeadler

4889 0.60 L mehrfarbig		hbn	1,—	1,—
4890 1.50 L mehrfarbig		hbo	2,50	2,50
Block 310	(127×64 mm)	hbp	3,50	3,50
		FDC		4,50

Auflage: 20 000 Blocks

Gültig bis 31.10.2012

2009, 30. März. 60 Jahre NATO; 5 Jahre Mitgliedschaft Bulgariens in der NATO. Odr. (2×3); gez. K 13¼:13.

hbr) Zahl „60" mit Flaggen der Mitgliedstaaten
hbs) Ziffer „5" mit Flaggen Bulgariens und der NATO

4891 0.60 L mehrfarbig GA	hbr	0,90	0,90
4892 1.50 L mehrfarbig	hbs	2,30	2,30
	Satzpreis (2 W.)	3,20	3,20
	Paar	3,20	3,20
	FDC		4,50
	Kleinbogen	7,—	7,—

MiNr. 4891–4892 wurden waagerecht zusammenhängend im Kleinbogen zu je 2 Marken und 2 verschiedenen Zierfeldern (Feld 3 und 4) gedruckt.

Auflage: 16 000 Sätze

Gültig bis 31.10.2012

2009, 31. März. Fahrräder. Odr. (1×4 Zd); A = gez. K 13.

hbt hbu hbv hbw

4893 A 0.10 L mehrfarbig	hbt	0,30	0,30
4894 A 0.50 L mehrfarbig	hbu	0,80	0,80
4895 A 0.60 L mehrfarbig	hbv	0,90	0,90
4896 A 1.00 L mehrfarbig	hbw	1,50	1,50
	Satzpreis (4 W.)	3,50	3,50
	Viererstreifen	3,50	3,50
	FDC		4,60

Blockausgabe, B = ☐

4895 B 0.60 L mehrfarbig		hbv	—,—	—,—
Block 311	(130×80 mm)	hbw	20,—	20,—

Die erste und dritte Reihe des Bogens stehen kopf, so dass es je zwei verschiedene senkrechte Kehrdruckpaare 4893/4896 und 4894/4895 gibt (6,50).

Auflage: 16 000 Sätze

Gültig bis 31.10.2012

2009, 9. April. Blockausgabe: 30. Jahrestag des ersten bulgarischen Weltraumfluges durch Georgi Iwanow. Odr.; gez. Ks 13¼:13.

hby

hbx) Georgi Iwanow (*1940), Kosmonaut und Politiker

4897 0.60 L mehrfarbig GA		hbx	1,20	1,20
Block 312	(93×93 mm)	hby	1,20	1,20
		FDC		2,50

Auflage: 14 000 Blocks

Gültig bis 31.10.2012

2009, 15. April. Blockausgabe: 130. Jahrestag der Wiedererrichtung des bulgarischen Staates. Odr.; gez. Ks 13¼:13.

hcb

hbz) Wappen des Fürstentums Bulgarien (1879)
hca) Wappen der Republik Bulgarien (1997)

4898	0.60 L	mehrfarbig GA	hbz	1,—	1,—
4899	1.00 L	mehrfarbig	hca	1,60	1,60
Block 313		(105×84 mm)	hcb	2,60	2,60
			FDC		4,—

Auflage: 14 000 Blocks

Gültig bis 31.10.2012

2009, 24. April. Kakteen. Odr. (4×2); A = gez. K 13.

hcc) Rathbunia alamosensis
hcd) Mammillaria pseudoperbella
hce) Obregonia degenerii
hcf) Astrophytum mayas

4900 A	0.10 L	mehrfarbig	hcc	0,30	0,30
4901 A	0.50 L	mehrfarbig	hcd	0,80	0,80
4902 A	0.60 L	mehrfarbig	hce	0,90	0,90
4903 A	1.50 L	mehrfarbig	hcf	2,20	2,20
			Satzpreis (4 W.)	4,—	4,—
			Viererstreifen	4,—	4,—
			FDC		5,30
			Kleinbogen	8,—	8,—

Blockausgabe, B = ☐

4902 B	0.60 L	mehrfarbig	hce	15,—	15,—
Block 314		(70×108 mm)	hcg	20,—	20,—

MiNr. 4900 A–4903 A wurden in senkrechten Kehrdrucken waagerecht zusammenhängend gedruckt.

Auflagen: MiNr. 4900 A–4903 A = 16 000 Sätze, Bl. 314 = 6900 Blocks

Gültig bis 31.10.2012

2009, 28. April. Europa: Astronomie. Rahmenformat 28½×39 mm; Odr., Kleinbogen (3×2); Sicherheitszähnung K 13.

hch) Spiralgalaxie IC 342

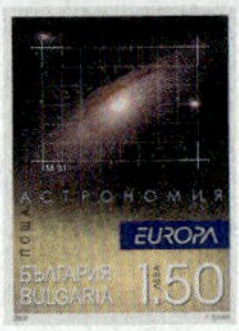

hci) Spiralgalaxie M 31 („Andromedanebel")

4904	0.60 L	mehrfarbig GA	hch	1,—	1,—
4905	1.50 L	mehrfarbig	hci	2,50	2,50
			Satzpreis (2 W.)	3,50	3,50
			FDC		4,50
			Kleinbogensatz (2 Klb.)	18,—	18,—

Blockausgabe, Rahmen 25×35 mm, Odr. (4×1), gez. Ks 13¼

4906	0.60 L	mehrfarbig	hch I	1,—	1,—
4907	1.50 L	mehrfarbig	hci I	2,50	2,50
Block 315		mit 2 × MiNr. 4906–4907 (111×90 mm)	hcj	7,—	7,—
			FDC		8,—

Markenheftchen

H-Blatt 10	mit 3 × MiNr. 4906 und 1 × MiNr. 4907	8,—	8,—
H-Blatt 11	mit 3 × MiNr. 4907 und 1 × MiNr. 4906	12,—	12,—
MH 8	mit 1 × H-Blatt 10–11	20,—	20,—

MiNr. 4904–4905 wurden jeweils im Kleinbogen zu 5 Marken und 1 Zierfeld (Feld 2) gedruckt.

Auflagen: MiNr. 4904–4905 = 50 000 Sätze, Bl. 315 = 25 000 Blocks, MH 8 = 7000 Markenheftchen

Gültig bis 31.10.2012

2009, 20. Mai. 10 Jahre Euro-Währung. Odr. (5×10); gez. K 13.

hck) Flaggen der Gründungsmitglieder der europäischen Währungsgemeinschaft, 1-Euro-Münze, Karte der EU und der Staaten, die den Euro als gesetzliches Zahlungsmittel verwenden

4908	1.00 L	mehrfarbig	hck	1,60	1,60
			FDC		3,—

Auflage: 13 000 Stück

Gültig bis 31.10.2012

2009, 27. Mai. Gemälde. Odr. (5×10); gez. K 13.

hcl) Landschaft; von Wassil Ivanov (1909–1975)

hcm) Drei Vasen; von Georgi Kolarov (1909–1996)

hcn) Schwarzes Meer; von Alexander Mutafov (1879–1957)

hco) Geworfene Schatten; von Konstantin Stukelov (1889–1961)

4909	0.10 L	mehrfarbig	hcl	0,30	0,30
4910	0.50 L	mehrfarbig	hcm	0,70	0,70
4911	0.60 L	mehrfarbig	hcn	0,90	0,90
4912	1.00 L	mehrfarbig	hco	1,60	1,60
			Satzpreis (4 W.)	3,50	3,50
			FDC		4,50

Auflage: 13 000 Sätze

Gültig bis 31.10.2012

2009, 28. Mai. 80 Jahre Sportverein Lokomotive Sofia. Odr. (5×10); gez. K 13¼.

hcp) Fußballfan, Jubiläumsemblem

4913	0.60 L	mehrfarbig	hcp	1,20	1,20
			FDC		2,50

Auflage: 13 000 Stück

Gültig bis 31.10.2012

2009, 30. Mai. Eulen. Odr. (4×2); gez. K 13:13¼.

hcr) Uhu (Bubo bubo)
hcs) Steinkauz (Athene noctua)
hct) Habichtskauz (Strix uralensis)
hcu) Sperlingskauz (Glaucidium passerinum)

4914	0.10 L mehrfarbig	hcr	0,30	0,30
4915	0.50 L mehrfarbig	hcs	0,70	0,70
4916	0.60 L mehrfarbig	hct	1,—	1,—
4917	1.50 L mehrfarbig	hcu	2,50	2,50
		Satzpreis (4 W.)	4,50	4,50
		Viererstreifen bzw. -block	4,50	4,50
		FDC		5,50
		Kleinbogen	9,—	9,—

Markenfolge im Kleinbogen: 4914–4915–4916–4917, 4917–4916–4915–4914.

Auflage: 16 000 Sätze

Gültig bis 31.10.2012

2009, 16. Juni. Blockausgabe: Europapokal im Supermoto, Pleven. Odr.; gez. Ks 13.

hcw

hcv) Supermoto

4918	0.60 L mehrfarbig	hcv	1,—	1,—
Block 316	(97×85 mm)	hcw	1,20	1,20
		FDC		2,50

Auflage: 14 000 Blocks

Gültig bis 31.10.2012

2009, 17. Juni. 165. Geburtstag von Petko Wojwoda. Odr. (10×5); gez. K 13.

hcx) Petko Wojwoda (1844–1900), Hauptmann im Kampf gegen die Türken

4919	0.60 L mehrfarbig	hcx	1,20	1,20
		FDC		2,50

Auflage: 13 000 Stück

Gültig bis 31.10.2012

2009, 26. Juni. 130 Jahre Innenministerium. Odr. (5×10); gez. K 12¾:13.

hcy) Todor Burmow (1834–1906), erster Innenminister und Ministerpräsident Bulgariens

4920	0.60 L mehrfarbig	hcy	1,20	1,20
		FDC		2,50

Auflage: 13 000 Stück

Gültig bis 31.10.2012

2009, 29. Juni. Blockausgabe: 130 Jahre bulgarisches Post- und Fernmeldewesen. Odr.; gez. Ks 13¼:13.

hdb

hcz) Luftpostbrief als Filmklappe
hda) Telefon als Photoapparat

4921	0.60 L mehrfarbig	hcz	0,90	0,90
4922	1.00 L mehrfarbig	hda	1,60	1,60
Block 317	(96×117 mm)	hdb	2,50	2,50
		FDC		3,50

Auflage: 12 000 Blocks

Gültig bis 31.10.2012

2009, 20. Juli. Blockausgabe: 40. Jahrestag der ersten bemannten Mondlandung. Odr.; A = gez. K 13¼:13, B = □.

hdd

hdc) Neil Armstrong (1930–2012), amerikanischer Astronaut; Mondlandefähre „Eagle“

4923 A	0.60 L mehrfarbig	hdc	1,—	1,—
Block 318 A	(101×83 mm)	hdd	1,20	1,20
		FDC		2,50

4923 B 0.60 L mehrfarbig .... hdc —,— —,—
Block 318 B (101×83 mm) ..... hdd I 20,— 20,—

Bl. 318 B trägt auf dem Blockrand eine weitere Inschrift zur Internationalen Briefmarkenausstellung BULGARIA 2009.

Auflagen: Bl. 318 A = 15 000, Bl. 318 B = 6900 Blocks

Bl. 318 A gültig bis 28.2.2014, Bl. 318 B bis 30.6.2013

2009, 9. Okt. 140 Jahre Bulgarische Akademie der Wissenschaften. Odr. (5×10); gez. K 13.

hde) Gebäude, Pflanze, Atommodell, Raumkörper, historische Gefäße

4924 0.60 L mehrfarbig .... hde 1,20 1,20
FDC 2,50

Auflage: 13 000 Stück

Gültig bis 30.6.2013

2009, 15. Okt. Blockausgabe: 130 Jahre diplomatische Beziehungen mit Italien. Odr.; gez. Ks 13:13¼.

hdg

hdf) Dokument, Schreibfeder, Flaggenbänder Italiens und Bulgariens

4925 1.00 L mehrfarbig .... hdf 2,50 2,50
Block 319 (100×70 mm) .... hdg 3,— 3,—
FDC 4,—

Auflage: 45 000 Blocks

Gültig bis 31.8.2010

Parallelausgabe mit Italien MiNr. 3339/Bl. 45

2009, 1. Nov. Blockausgabe: 130 Jahre diplomatische Beziehungen. Odr.; gez. Ks 13:13¼, Blockrand mit zusätzlicher Lochung.

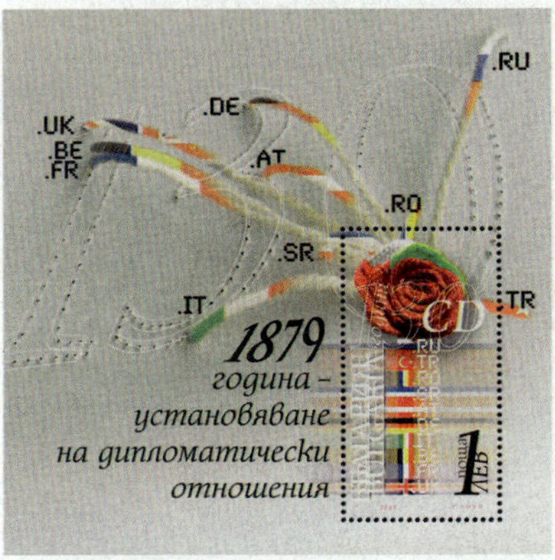

hdi

hdh) Knoten in den bulgarischen Landesfarben, Flaggen der ersten Staaten, mit denen Bulgarien diplomatische Beziehungen aufgenommen hat: Russland, Türkei, Rumänien, Serbien, Österreich, Deutschland, Italien, Belgien, Frankreich, Vereinigtes Königreich

4926 1 L mehrfarbig .... hdh 1,40 1,40
Block 320 (102×102 mm) .... hdi 1,50 1,50
FDC 3,—

Auflage: 13 000 Blocks

Gültig bis 30.6.2013

2009, 14. Nov. 50 Jahre staatliches Fernsehprogramm in Bulgarien. Odr.; gez. K 13¼:13.

hdk) Fernsehgerät mit Geburtstagstorte, Emblem

4927 0.60 L mehrfarbig .... hdk 1,20 1,20
FDC 2,50

Auflage: 13 000 Stück

Gültig bis 30.6.2013

2009, 18. Nov. Geschichte der bulgarischen Luftwaffe. Odr.; gez. K 13:13¼.

hdl) Marko Parwanow (1892–1962), Kampfpilot im Ersten Weltkrieg; Flugzeug Fokker E.III
hdm) Assen Jordanow (1896–1967), Flugzeugkonstrukteur; Flugzeug Jordanov-1

4928 0.60 L mehrfarbig .... hdl 0,90 0,90
4929 1.00 L mehrfarbig .... hdm 1,60 1,60
Satzpreis (2 W.) 2,50 2,50
Paar 2,50 2,50
FDC 3,50

MiNr. 4928–4929 wurden waagerecht zusammenhängend gedruckt.

Auflage: 15 000 Sätze

Gültig bis 30.6.2013

2009, 20. Nov. Weihnachten. Odr. (10×5); gez. K 13.

hdn) Heilige Jungfrau mit Kind

4930 0.60 L mehrfarbig GA .... hdn 1,20 1,20
FDC 2,50

Auflage: 100 000 Stück

Gültig bis 30.6.2013

2009, 7. Dez. 100. Geburtstag von Nikola Wapzarow. Odr. (5×10); gez. K 13.

hdo) Nikola Wapzarow (1909–1942), Dichter

4931 0.60 L mehrfarbig .... hdo 1,20 1,20
FDC 2,50

Auflage: 13 000 Stück

Gültig bis 30.6.2013

2010, 7. Jan. 200. Geburtstag von Dimitar Miladinow. Odr. (10×5); gez. K 13.

hdp) Dimitar Miladinow (1810–1862), Schriftsteller und Volkskundler

4932	0.60 L	mehrfarbig	hdp	1,20	1,20
			FDC		2,50

Auflage: 30.000 Stück

Gültig bis 28.2.2014

2010, 25. Jan. 75 Jahre Radio Bulgarien (BNR). Odr.; gez. K 13¼.

hdr) Mikrophon und Kopfhörer

4933	0.60 L	mehrfarbig	hdr	1,20	1,20
			FDC		2,50

Auflage: 30.000 Stück

Gültig bis 28.2.2014

2010, 5. Febr. Blockausgabe: Olympische Winterspiele, Vancouver. Odr.; gez. Ks 13¼.

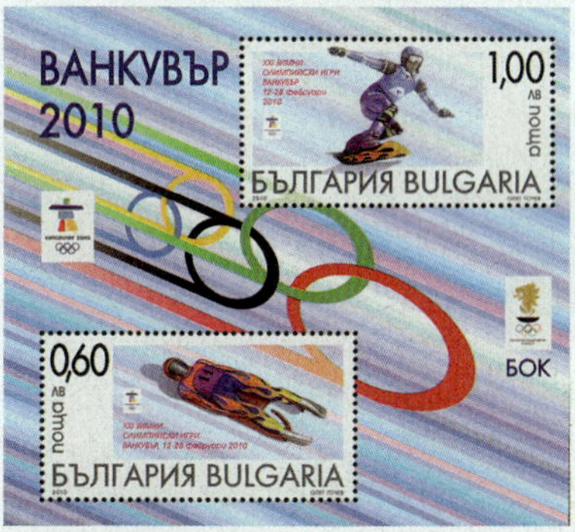

hdu

hdt) Snowboarding
hds) Rodeln

4934	0.60 L	mehrfarbig GA	hds	1,—	1,—
4935	1.00 L	mehrfarbig	hdt	1,50	1,50
Block 321		(98×91 mm)	hdu	2,80	2,80
			FDC		3,50

Auflage: 16.000 Blocks

Gültig bis 28.2.2014

2010, 1. März. Blockausgabe: 200. Geburtstag von Fryderyk Chopin. Odr.; gez. K 13.

hdw

hdv) Fryderyk Chopin (1810–1849), polnischer Komponist und Pianist
Zierfeld

4936	1 L	mehrfarbig	hdv	1,60	1,60
Block 322		mit 2 × MiNr. 4936 (129×131 mm)	hdw	3,50	3,50
			FDC		4,50

Die beiden Marken des Blocks unterscheiden sich geringfügig, da die Blockrandbedruckung in die Markenränder hineinreicht.

Auflage: 15.000 Blocks

Gültig bis 28.2.2014

2010, 23. März. Blockausgabe: Pfingstrosen. Odr.; gez. Ks 13.

hdz

hdx) Strauchpfingstrose (Paeonia suffruticosa)
hdy) Gemeine Pfingstrose (Paeonia officinalis)

4937	0.60 L	mehrfarbig	hdx	1,—	1,—
4938	0.60 L	mehrfarbig GA	hdy	1,—	1,—
Block 323		(80×86 mm)	hdz	2,—	2,—
			FDC		3,—

Auflage: 35.000 Blocks

Gültig bis 28.2.2014

2010, 26. März. Blockausgabe: 150. Geburtstage militärischer Führer. Odr.; gez. K 13.

hef

hea) General Georgi Vazov (1860–1934)
heb) General Ivan Fichev (1860–1931)
hec) General Stilian Kovachev (1860–1939)
hed) Oberst Vladimir Serafimov (1860–1934)
hee) General Dimitar Geshev (1860–1922)

4939	0.60 L mehrfarbig	hea	0,90	0,90
4940	0.60 L mehrfarbig	heb	0,90	0,90
4941	0.60 L mehrfarbig	hec	0,90	0,90
4942	0.60 L mehrfarbig	hed	0,90	0,90
4943	0.60 L mehrfarbig	hee	0,90	0,90
Block 324	(113×102 mm)	hef	4,50	4,50
		FDC		5,50

Auflage: 30.000 Blocks

Gültig bis 28.2.2014

2010, 22. April. Blockausgabe: Endspiel um die Schachweltmeisterschaft zwischen Viswanathan Anand und Wesselin Topalow. Odr.; gez. Ks 13.

heh

heg) Springer und König

4944	1 L mehrfarbig GA	heg	1,60	1,60
Block 325	(69×85 mm)	heh	1,80	1,80
		FDC		2,50

Auflage: 16.000 Blocks

Gültig bis 28.2.2014

2010, 23. April. Europa: Kinderbücher. Odr., Kleinbogen (2×2 Zd); Markenformat 32½×43 mm; gez. K 13.

hei) Illustration zu den „Bulgarischen Volksmärchen" von Angel Karalijchev (1902–1972)
hek) Illustrationen zu Kinderbüchern von Waleri Petrow (1920–2004) und Leda Mileva (1920–2013)

4945	0.60 L mehrfarbig, weißer Rahmen	hei	1,—	1,—
4946	1.50 L mehrfarbig, weißer Rahmen	hek	2,80	2,80
		Satzpreis (2 W.)	3,80	3,80
		Paar	3,80	3,80
		FDC		4,50
		Kleinbogen	15,—	15,—

Blockausgabe

4947	0.60 L mehrfarbig, ohne Rahmen.	hei I	1,—	1,—
4948	1.50 L mehrfarbig, ohne Rahmen.	hek I	2,80	2,80
Block 326	(106×85 mm)	hel	4,—	4,—
		FDC		4,50

Markenheftchen, Markenformat 29×39 mm, gez. K 13¼

4949	0.60 L mehrfarbig, weißer Rahmen	hei II	1,30	1,30
4950	1.50 L mehrfarbig, weißer Rahmen	hek II	3,20	3,20
		Satzpreis (2 W.)	4,50	3,80

H-Blatt 12 – 15	jeweils mit 1 × MiNr. 4949, Zierfeld und MiNr. 4950 je	5,—	5,—
MH 9	mit 1 × H-Blatt 12–15	20,—	20,—

Die Heftchenblätter unterscheiden sich durch die Zierfelder. H-Bl. 12: Lesendes Kind im Schaukelstuhl, H-Bl. 13: Zwei Männer mit Säcken auf dem Rücken, H-Bl. 14: Bärin mit Kochtopf, H-Bl. 15: Schlafendes Kind unter Ast mit Vögeln

Auflagen: MiNr. 4945–4946 = 50.000 Sätze, Bl. 326 = 20.000 Blocks, MH 9 = 7.000 Markenheftchen

Gültig bis 28.2.2014

2010, 30. April. Weltausstellung EXPO 2010, Schanghai. Odr. (2×2); gez. K 13¼.

hem) Drache, Stadtansicht von Schanghai

4951	1.40 L mehrfarbig	hem	2,—	2,—
		FDC		3,50
		Kleinbogen	9,—	9,—

Auflage: 20.000 Stück

Gültig bis 28.2.2014

2010, 4. Mai. 100 Jahre diplomatische Beziehungen mit Spanien. Odr. (5×10); gez. K 13¼.

hen) Flaggenbänder, Zahl „100"

4952	1 L mehrfarbig	hen	1,60	1,60
		FDC		3,—

Auflage: 30.000 Stück

Gültig bis 28.2.2014

2010, 22. Mai. Blockausgabe: Internationaler Tag der biologischen Vielfalt. Odr.; gez. Ks 13¼.

her

hep) Blatt, Wal, Vogel, Maus

4953	1.50 L	mehrfarbig GA	hep	2,40	2,40
Block 327		(78×60 mm)	her	2,50	2,50
			FDC		3,50

Auflage: 15.000 Blocks

Gültig bis 28.2.2014

2010, 9. Juni. Blockausgabe: 150. Geburtstag von Emanuil Manolow. Odr.; gez. K 13¼.

het

hes) Emanuil Manolow (1860–1902), bulgarischer Komponist
Zierfeld

4954	1 L	mehrfarbig	hes	1,60	1,60
Block 328		mit 2 × MiNr. 4954 (129×130 mm)	het	3,50	3,50
			FDC		4,50

Die beiden Marken des Blocks unterscheiden sich geringfügig, da die Blockrandbedruckung in die Markenränder hineinreicht.

Auflage: 13.000 Blocks

Gültig bis 28.2.2014

2010, 9. Juni. Blockausgabe: 200. Geburtstag von Robert Schumann. Odr.; gez. K 13¼.

hev

heu) Robert Schumann (1810–1856), deutscher Komponist und Pianist
Zierfeld

4955	1 L	mehrfarbig	heu	1,60	1,60
Block 329		mit 2 × MiNr. 4955 (129×130 mm)	hev	3,50	3,50
			FDC		4,50

Die beiden Marken des Blocks unterscheiden sich geringfügig, da die Blockrandbedruckung in die Markenränder hineinreicht.

Auflage: 13.000 Blocks

Gültig bis 28.2.2014

2010, 9. Juni. Blockausgabe: Internationale Briefmarkenausstellung BALKANFILA, Plowdiw – Hunderassen. Odr.; □ mit aufgedruckter Zähnung.

hex

hew) Karakatschan

4956	0.60 L	mehrfarbig	hew	–,–	–,–
Block 330		(86×77 mm)	hex	20,–	20,–

Auflage: 6.500 Blocks

Gültig bis 28.2.2014

2010, 10. Juni. Blockausgabe: Fußball-Weltmeisterschaft, Südafrika. Odr.; gez. Ks 13¼:13.

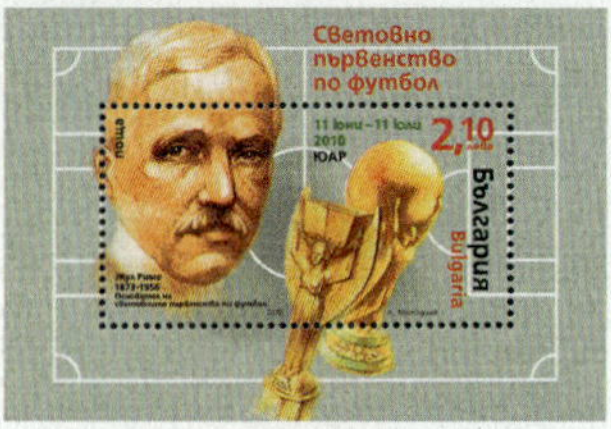

hez

hey) Jules Rimet (1873–1956), Präsident des Weltfußballverbandes (FIFA); Jules-Rimet-Pokal und FIFA-Pokal

4957	2.10 L	mehrfarbig	hey	3,20	3,20
Block 331		(80×55 mm)	hez	3,50	3,50
			FDC		4,50

Auflage: 15.000 Blocks

Gültig bis 28.2.2014

2010, 16. Juni. 200. Todestag des Hl. Prokopios von Varna. Odr. (10×5); gez. K 13.

hfa) Hl. Prokopios († 1810), hingerichtet wegen Rückkonversion vom Islam zum Christentum; Ikone

4958	0.60 L	mehrfarbig	hfa	1,20	1,20
			FDC		2,50

Auflage: 30.000 Stück

Gültig bis 28.2.2014

2010, 23. Juli. 150. Geburtstag von Jaroslav Věšin. Odr. (5×3 Zd); gez. K 13¼:13.

hfb) Manöver
Zierfeld
hfc) Rückkehr vom Markt

hfb–hfc) Gemälde von Jaroslav Věšin (1860–1915), tschechischer Maler

4959	1.00 L	mehrfarbig	hfb	1,50	1,50
4960	1.00 L	mehrfarbig	hfc	1,50	1,50
			Satzpreis (2 W.)	3,—	3,—
			Dreierstreifen	3,—	3,—

Auflage: 20.000 Sätze

Gültig bis 28.2.2014

2010, 23. Juli. Blockausgabe: 150. Geburtstag von Alfons Mucha. Odr.; gez. K 13:13¼.

hff

hfd) Sommer und Herbst
Zierfeld
hfe) Winter und Frühling

hfd–hfe) Die vier Jahreszeiten; von Alfons Mucha (1860–1939), tschechischer Graphiker und Maler

4961	1.00 L	mehrfarbig	hfd	1,50	1,50
4962	1.00 L	mehrfarbig	hfe	1,50	1,50
Block 332		(116×108 mm)	hff	3,—	3,—

Auflage: 20.000 Blocks

Gültig bis 28.2.2014

2010, 30. Juli. Olympische Jugendspiele, Singapur. Odr. (2×2); gez. K 13.

hfg) Läufer (antike Darstellung), Veranstaltungslogo

4963	1.40 L	mehrfarbig GA	hfg	4,50	4,50
			FDC		5,—
			Kleinbogen	18,—	18,—

Auflage: 15.000 Stück

Gültig bis 28.2.2014

2010, 3. Sept. 125. Jahrestag der Angliederung von Ostrumelien. Odr. (10×5); gez. K 13.

hfh) Zusammengedrehter Baumstamm, Landesfarben

4964	0.60 L	mehrfarbig GA	hfh	1,20	1,20
			FDC		2,50

Auflage: 20.000 Stück

Gültig bis 28.2.2014

2010, 21. Okt. Blockausgabe: Internationale Briefmarkenausstellung BALKANFILA, Plowdiw. Odr.; ☐ mit aufgedruckter Zähnung.

hfk

hfi) Magirus-Drehleiter (1920er Jahre)

4965	0.65 L mehrfarbig	hfi	–,–	–,–
Block 333	(102×70 mm)	hfk	15,—	15,—

Auflage: 6.500 Blocks

Gültig bis 28.2.2014

2010, 28. Okt. Blockausgabe: Pandabären. Odr.; gez. K 13.

hfp

hfl–hfm) Großer Panda (Ailuropoda melanoleuca)
hfn–hfo) Kleiner Panda (Ailurus fulgens)

4966	0.10 L mehrfarbig	hfl	0,30	0,30
4967	0.60 L mehrfarbig	hfm	0,80	0,80
4968	1.00 L mehrfarbig	hfn	1,50	1,50
4969	1.50 L mehrfarbig	hfo	2,40	2,40
Block 334	(95×126 mm)	hfp	5,—	5,—
	2 FDC (Blockmarken)			7,50

Auflage: 17.000 Blocks

Gültig bis 28.2.2014

2010, 12. Nov. 60 Jahre Düsen-Jagdflugzeuge in Bulgarien. Odr. (5×10); gez. K 13.

hfr) Jakowlew Jak-23

hfs) Mikojan-Gurewitsch MiG-15

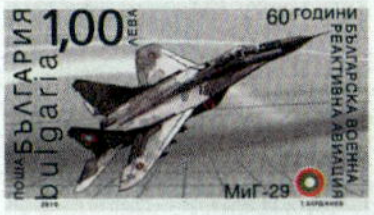

hft) Mikojan-Gurewitsch MiG-29

4970	0.50 L mehrfarbig	hfr	0,70	0,70
4971	0.65 L mehrfarbig GA	hfs	1,—	1,—
4972	1.00 L mehrfarbig	hft	1,80	1,80
	Satzpreis (3 W.)		3,50	3,50
	FDC			4,50

Auflage: 20.000 Sätze

Gültig bis 28.2.2014

2010, 19. Nov. Weihnachten. Odr. (10×6); gez. K 13.

hfu) Weihnachtsmann

4973	0.65 L mehrfarbig GA	hfu	1,20	1,20
	FDC			2,50

Auflage: 100.000 Stück

Gültig bis 28.2.2014

2010, 24. Nov. Blockausgabe: Bulgarische Regionen (I) – Nordosten. Odr.; gez. K 13¼.

hfz

hfv) Figurenschmuck eines thrakischen Grabmales, Swestari
hfw) Schloss Baltschik
hfx) Srebarna-See
hfy) Versteinerter Wald bei Warna

4974	0.10 L mehrfarbig	hfv	0,30	0,30
4975	0.50 L mehrfarbig	hfw	0,70	0,70
4976	0.65 L mehrfarbig	hfx	1,—	1,—
4977	1.00 L mehrfarbig	hfy	1,50	1,50
Block 335	(85×113 mm)	hfz	3,50	3,50

Auflage: 30.000 Blocks

Gültig bis 28.2.2014

2010, 26. Nov. Blockausgabe: 200. Geburtstag von Zachari Zograf. Odr.; gez. K 13.

hgb

hga) Selbstbildnis (Detail); von Zachari Zograf (1810–1853), Maler

4978	1.50 L mehrfarbig	hga	2,40	2,40
Block 336	(61×70 mm)	hgb	2,50	2,50

Auflage: 11.000 Blocks

Gültig bis 28.2.2014

2010, 10. Dez. 50 Jahre diplomatische Beziehungen mit Kuba. Odr. (1×3 Zd); gez. K 13.

hgd hgc

hgc) Kathedrale San Cristóbal, Havanna; kubanische Staatsflagge
hgd) Alexander-Newski-Kathedrale, Sofia; bulgarische Staatsflagge

4979	0.65 L mehrfarbig	hgc	1,—	1,—
4980	1.40 L mehrfarbig	hgd	2,50	2,50
		Satzpreis (2 W.)	3,50	3,50
		Paar	3,50	3,50
		Kleinbogen	11,—	11,—

Auflage: 15.000 Sätze

Gültig bis 28.2.2014

Parallelausgabe mit Kuba MiNr. 5471–5472

2010, 22. Dez. Blockausgabe: Internationale Briefmarkenausstellung Balkanfila, Plowdiw – Schutz der Geier. Odr.; ☐ mit aufgedruckter Zähnung.

hgf

hge) Gänsegeier (Gyps fulvus)

4981	0.65 L mehrfarbig	hge	—,—	—,—
Block 337	(89×79 mm)	hgf	15,—	15,—

Auflage: 6.500 Blocks

Gültig bis 28.2.2014

2011, 7. Jan. Freimarke: Fauna der Antarktis. Odr. (10×10); Sicherheitszähnung K 12¾.

hgg) Seeleopard (Hydrurga leptonyx)

4982	0.58 L schwarz/rot	hgg	1,—	1,—

MiNr. 4982 ist auch in Bl. 366 enthalten; siehe nach MiNr. 5076.

Auflage: 200.000 Stück

2011, 24. Jan. 125 Jahre Neuntes Plowdiwer Infanterieregiment. Odr. (4×2); Sicherheitszähnung K 13.

hgh) Clémentine von Orléans (1817–1907), Mutter von Zar Ferdinand; Marschkolonne
Zierfeld

4983	0.65 L mehrfarbig	hgh	1,20	1,20
		4983 Zf	1,20	1,20
		Kleinbogen	5,—	5,—

Markenfolge im Kleinbogen: 4983-Zf-Zf-4983, Zf-4983–4983-Zf

Auflage: 12.000 Stück

Gültig bis 28.2.2015

2011, 31. Jan. 100. Geburtstag von Wanga. Odr. (10×5); gez. K 13.

hgi) Wanga, eigentl. Ewangelia Pandewa Guschterowa (1911–1996), Seherin von Petritsch

4984	0.65 L mehrfarbig	hgi	1,20	1,20

Auflage: 10.000 Stück

Gültig bis 28.2.2015

2011, 1. April. Tag des Humors: 35. Jahrestag der Entdeckung des Asteroiden Gabrovo. Odr. (1×4 Zd); gez. K 13.

hgk) Bohne im Weltraum
Zierfeld

4985	0.65 L mehrfarbig	hgk	1,20	1,20
		4985 Zf	1,20	1,20
		Kehrdruck-Viererblock	2,40	2,40
		Kleinbogen	5,—	5,—

Die zweite und vierte Bogenzeile stehen kopf.

Auflage: 12.000 Stück

Gültig bis 28.2.2015

2011, 11. April. Blockausgabe: 20 Jahre Atlantischer Club in Bulgarien. Odr.; gez. Ks 13.

hgm

hgl) Solomon Pasi (*1956), bulgarischer Außenminister; Colin Powell (*1937), amerikanischer Außenminister; Dmitri Medwedew (*1965), russischer Präsident

4986	1 L mehrfarbig	hgl	1,30	1,30
Block 338	(87×78 mm)	hgm	1,50	1,50
		FDC		3,—

Auflage: 13.000 Blocks

Gültig bis 28.2.2015

2011, 12. April. Blockausgabe: 50 Jahre bemannte Weltraumfahrt, 50. Jahrestag des Starts der ersten Venussonde. Odr.; gez. K 13:13¼.

hgp

hgn) Jurij Gagarin (1934–1968), russischer Kosmonaut
hgo) Venussonde Venera 1

4987	0.65 L mehrfarbig GA	hgn	1,—	1,—
4988	1.50 L mehrfarbig	hgo	2,50	2,50
Block 339	(83×103 mm)	hgp	3,50	3,50
		FDC		4,50

Auflage: 15.000 Blocks

Gültig bis 28.2.2015

2011, 28. April. Europa: Der Wald. Odr., Kleinbogen (4×1); A = gez. K 13.

hgr) Reh (Capreolus capreolus) in verschneitem Wald

hgs) Waldschnepfe (Scolopax rusticola) am Rande einer Waldlichtung

4989 A	0.65 L mehrfarbig GA	hgr	1,20	1,20
4990 A	1.50 L mehrfarbig	hgs	2,80	2,80
		Satzpreis (2 W.)	4,—	4,—
		Paar	4,—	4,—
		FDC		4,50
		Kleinbogensatz (2 Klb.)	16,—	16,—

Blockausgabe, C = gez. K 13:13¼

4989 C	0.65 L mehrfarbig	hgr	1,20	1,20
4990 C	1.50 L mehrfarbig	hgs	2,80	2,80
Block 340	(106×85 mm)	hgt	4,—	4,—
		FDC		4,50

Markenheftchen, gez. L 13

4991	0.65 L mehrfarbig	hgr l	1,50	1,50
4992	1.50 L mehrfarbig	hgs l	3,—	3,—
		Satzpreis (2 W.)	4,50	4,50

H-Blatt 16	mit 2 × MiNr. 4991–4992	9,—	9,—
MH 10	mit 2 × H-Blatt 16	18,—	18,—

MiNr. 4989–4990 haben das Format 29×54 mm, MiNr. 4991–4992 das Format 24×44 mm.

Postpreis von MH 10: 9.30 L

Auflagen: MiNr. 4989 A–4990 A = 20.000 Sätze, Bl. 340 = 20.000 Blocks, MH 10 = 7.000 Markenheftchen

Gültig bis 28.2.2015

2011, 30. April. Blockausgabe: 1700. Jahrestag des kaiserlichen Ediktes über religiöse Toleranz. Odr.; gez. Ks 13¼:13.

hgv

hgu) Kaiser Galerius (um 250–311); Serdica, das nachmalige Sofia

4993	0.65 L mehrfarbig	hgu	1,—	1,—
Block 341	(102×66 mm)	hgv	1,20	1,20
		FDC		2,50

Auflage: 11.000 Blocks

Gültig bis 28.2.2015

2011, 2. Mai. 20 Jahre Kartellamt. Odr.; gez. K 13.

hgw) Symbolik

4994 0.65 L mehrfarbig GA .... hgw 1,20 1,20
FDC 2,50

Auflage: 30.000 Stück

Gültig bis 28.2.2015

2011, 27. Mai. Blockausgabe: 120 Jahre philatelistische Literatur in Bulgarien – Jahr des Hasen. Odr.; ☐ mit aufgedruckter Zähnung.

hgy

hgx) Hase als Briefträger

4995	0.65 L	mehrfarbig	hgx	–,–	–,–
Block 342		(91×81 mm)	hgy	20,–	20,–

Auflage: 5.100 Blocks

Gültig bis 28.2.2015

In ähnlicher Zeichnung wie MiNr. 4995: MiNr. 5082

2011, 10. Juni. Blockausgabe: Bulgarische Regionen (II) – Nord-Mitte. Odr.; gez. K 13:13¼.

hhd

hgz hhb
hhc hha

hgz) Naturreservat Boatin: Braunbär, Buntspecht
hha) Kirche von Veliko Tamovo, Goldmünze
hhb) Kloster bei Glojene
hhc) Freilichtmuseum „Etar" bei Gabrovo

4996	0.65 L	mehrfarbig	hgz	1,–	1,–
4997	0.65 L	mehrfarbig	hha	1,–	1,–
4998	1.00 L	mehrfarbig	hhb	1,50	1,50
4999	1.00 L	mehrfarbig	hhc	1,50	1,50
Block 343		(85×114 mm)	hhd	5,–	5,–

Auflage: 15.000 Blocks

Gültig bis 28.2.2015

2011, 29. Juni. Blockausgabe: Fische der Donau. Odr.; gez. K 13¼:13.

hhi

hhg hhe
hhf hhh

hhe) Zander (Sander lucioperca), Hecht (Esox lucius), Huchen (Hucho hucho), Rapfen (Aspius aspius)
hhf) Brachse (Abramis brama), Barbe (Barbus barbus), Graskarpfen (Ctenopharyngodon idella), Karpfen (Cyprinus carpio), Karausche (Carassius carassius)
hhg) Europäischer Hausen (Huso huso), Sterlet (Acipenser ruthenus)
hhh) Europäischer Wels (Silurus glanis), Quappe (Lota lota)

5000	0.65 L	mehrfarbig	hhe	1,–	1,–
5001	0.65 L	mehrfarbig GA	hhf	1,–	1,–
5002	1.00 L	mehrfarbig	hhg	1,50	1,50
5003	1.00 L	mehrfarbig	hhh	1,50	1,50
Block 344		(157×84 mm)	hhi	5,–	5,–
		FDC (Viererblock)			6,–

Auflage: 15.000 Blocks

Gültig bis 28.2.2015

2011, 26. Juli. 1200. Jahrestag der Schlacht am Warbiza-Pass. Odr. (5×10); gez. K 13¼:13.

hhk) Reitertruppen

5004 0.65 L mehrfarbig .... hhk 1,20 1,20
FDC 2,50

Auflage: 20.000 Stück

Gültig bis 28.2.2015

2011, 29. Juli. Blockausgabe: Giftpilze. Odr.; gez. K 13.

hhp

hhl hhn
hho hhm

hhl) Riesenrötling (Rhodophyllus sinuatus)
hhm) Ziegelroter Risspilz (Inocybe erubescens)
hhn) Kirschroter Speitäubling (Russula emetica)
hho) Leuchtender Ölbaumpilz (Omphalotus olearius)

5005	0.65 L	mehrfarbig GA	hhl	1,–	1,–
5006	0.65 L	mehrfarbig	hhm	1,–	1,–
5007	1.00 L	mehrfarbig	hhn	1,50	1,50
5008	1.00 L	mehrfarbig	hho	1,50	1,50

Block 345 (124×93 mm) . . . . hhp 5,— 5,—
FDC 6,—

Auflage: 15.000 Blocks

Gültig bis 28.2.2015

2011, 25. Aug. Blockausgabe: Großsegler-Regatta von Waterford (Irland) nach Halmstad (Schweden). Odr.; gez. Ks 13:13¼.

hhs

hhr) Brigg

5009 1.00 L mehrfarbig GA . . . . hhr 1,60 1,60
Block 346 (90×66 mm) . . . . hhs 1,80 1,80
FDC 5,50

Auflage: 11.000 Blocks

Gültig bis 28.2.2015

2011, 10. Okt. Blockausgabe: 150. Geburtstag von Fridtjof Nansen. Odr.; gez. Ks 13:13¼.

hhu

hht) Fridtjof Nansen (1861–1930), norwegischer Polarforscher, Zoologe, Ozeanograph und Diplomat, Friedensnobelpreis 1922

5010 1.00 L mehrfarbig . . . . hht 1,60 1,60
Block 347 (103×77 mm) . . . . hhu 1,80 1,80
FDC 5,50

Auflage: 13.000 Blocks

Gültig bis 28.2.2015

2011, 21. Okt. Blockausgabe: 200. Geburtstag von Franz Liszt. Odr.; gez. K 13.

hhw

hhv) Franz Liszt (1811–1886), deutsch-ungarischer Pianist und Komponist
Zierfeld

5011 1 L mehrfarbig . . . . hhv 1,50 1,50
Block 348 mit 2 × MiNr. 5011
(98×128 mm) . . . . hhw 3,— 3,—
FDC 6,80

Auflage: 15.000 Blocks

Gültig bis 28.2.2015

2011, 27. Okt. Blockausgabe: 145 Jahre Eisenbahn in Bulgarien. Odr.; gez. K 13¼:13.

hia

hhx) William Gladstone (1809–1898), britischer Premierminister, Förderer der bulgarischen Unabhängigkeit
Zierfeld
hhy) Eisenbahnwagen
hhz) Dampflokomotive

5012 0.65 L mehrfarbig . . . . hhx 1,— 1,—
5013 1.00 L mehrfarbig . . . . hhy 1,50 1,50
5014 1.50 L mehrfarbig . . . . hhz 2,50 2,50
Block 349 (112×83 mm) . . . . hia 5,— 5,—
FDC 8,—

Auflage: 20.000 Blocks

Gültig bis 28.2.2015

2011, 28. Okt. Blockausgabe: Hunde im Weltraum. Odr.; A = gez. Ks 13¼:13, B = ☐.

hif

hib) Laika (1957)
hic) Belka und Strelka (1960)
hid) Tschernuschka (1961)
hie) Swjosdotschka (1961)

5015 A	0.65 L	mehrfarbig GA	hib	1,20	1,20
5016 A	0.65 L	mehrfarbig	hic	1,20	1,20
5017 A	1.00 L	mehrfarbig	hid	1,50	1,50
5018 A	1.00 L	mehrfarbig	hie	1,50	1,50
Block 350		(98×98 mm)	hif	5,50	5,50
			FDC		8,50

5015 B	0.65 L	mehrfarbig	hib	—,—	—,—
Block 351		(85×96 mm)	hig	20,—	20,—

Auflagen: Bl. 350 = 19.000, Bl. 351 = 5.100 Blocks

Gültig bis 28.2.2015

2011, 29. Okt. Blockausgabe: Erste bulgarische Teilnahme an der Rallye Dakar. Odr.; gez. K 13:13¼.

hii

hih) Quad
Zierfeld

5019	1.50 L	mehrfarbig	hih	2,50	2,50
Block 352		mit 2 × MiNr. 5019			
		(87×135 mm)	hii	5,—	5,—
		FDC (Blockmarke)			6,—

Auflage: 15.000 Blocks

Gültig bis 28.2.2015

2011, 31. Okt. Blockausgabe: Internationaler Tag des Schwarzen Meeres. Odr.; gez. Ks 13:13¼.

him

hik) Makrele (Scomber scombrus)
hil) Mittelmeer-Miesmuschel (Mytilus galloprovincialis)

5020	1.00 L	mehrfarbig	hik	1,60	1,60
5021	1.00 L	mehrfarbig	hil	1,60	1,60
Block 353		(137×86 mm)	him	3,50	3,50
			FDC		4,50

Auflage: 14.000 Blocks

Gültig bis 28.2.2015

2011, 7. Nov. 100. Geburtstag von Josif Zankow. Odr.; gez. K 13¼.

Zierfeld
hin) Josif Zankow (1911–1971), Komponist

5022	0.65 L	mehrfarbig	hin	1,20	1,20
			5022 Zf	1,20	1,20
			FDC		2,90

MiNr. 5022 wurde mit Zierfeld waagerecht zusammenhängend gedruckt.

Auflage: 13.000 Stück

Gültig bis 28.2.2015

2011, 17. Nov. Weihnachten. Odr. (10×5); gez. K 13¼.

hio) Schneemann

5023	0.65 L	mehrfarbig GA	hio	1,20	1,20
			FDC		3,—

Auflage: 100.000 Stück

Gültig bis 28.2.2015

2011, 1. Dez. 120 Jahre Medizinische Akademie des Militärs. Odr. (5×10); gez. K 13¼.

hip) Krankenhaus, Arzttasche

5024	0.65 L	mehrfarbig	hip	1,20	1,20
			FDC		3,—

Auflage: 13.000 Stück

Gültig bis 28.2.2015

2012, 16. März. Freimarken: Blumen. Odr. (5×10, Hochformat ~; 2×6 Zd); Sicherheitszähnung K 13.

hir

his

5025 0.65 L mehrfarbig	hir	1,—	1,—
5026 1.00 L mehrfarbig	his	1,50	1,50
	Satzpreis (2 W.)	2,50	2,50
	FDC		4,50
	5025 Zf–5026 Zf	4,50	4,50

MiNr. 5025–5026 wurden jeweils auch mit personalisierbarem Zierfeld waagerecht zusammenhängend ausgegeben.

Auflagen: MiNr. 5025 = 80.000, MiNr. 5026 = 60.000 Stück in normalen Bogen

2012, 22. März. 700. Jahrestag der Auflösung des Templerordens. Odr. (3×2); gez. K 13.

hit) Tatzenkreuz, verwischte Handschrift

5027 0.65 L mehrfarbig GA	hit	1,20	1,20
	FDC		3,—
	Kleinbogen	6,—	6,—

MiNr. 5027 wurde im Kleinbogen zu 5 Marken und 1 Zierfeld (Feld 2) gedruckt.

Auflage: 27.000 Stück

Gültig bis 29.2.2016

2012, 28. März. Geburtstage von Künstlern. Odr. (5×10); gez. K 13.

hiu) Anton Mitov (1862–1930), Maler; Gemälde

hiv) Dimtscho Debeljanov (1887–1916), Dichter; Gedichtband

hiw) Jana Jasova (1912–1974), Schriftstellerin; Buchtitel „Benkowski“

hix) Petja Dubarova (1962–1979), Dichterin; Gedichtband

5028 0.65 L mehrfarbig	hiu	1,—	1,—
5029 0.65 L mehrfarbig	hiv	1,—	1,—
5030 1.00 L mehrfarbig	hiw	1,50	1,50
5031 1.00 L mehrfarbig	hix	1,50	1,50
	Satzpreis (4 W.)	5,—	5,—
	FDC		6,50

Auflage: 12.000 Sätze

Gültig bis 29.2.2016

2012, 4. April. Europa: Besuche. Odr., Kleinbogen (3×2); AS = Sicherheitszähnung K 13.

hiy) Balduin-Turm, Weliko Tarnowo

hiz) Patriarchenkirche, Weliko Tarnowo

5032 AS 0.65 L mehrfarbig GA	hiy	1,20	1,20
5033 AS 1.50 L mehrfarbig	hiz	2,80	2,80
	Satzpreis (2 W.)	4,—	4,—
	FDC		5,—
	Kleinbogensatz (2 Klb.)	20,—	20,—

Blockausgabe, A = gez. K 13

5032 A 0.65 L mehrfarbig	hiy	1,20	1,20
5033 A 1.50 L mehrfarbig	hiz	2,80	2,80
Block 354 (85×118 mm)	hka	4,—	4,—

Markenheftchen (2×2), D = dreiseitig gez. L 13

5032 0.65 L mehrfarbig	hiy		
Do oben geschnitten		2,—	2,—
Du unten geschnitten		2,—	2,—
5033 1.50 L mehrfarbig	hiz		
Do oben geschnitten		4,—	4,—
Du unten geschnitten		4,—	4,—
	Satzpreis (2 W.)	6,—	6,—

H-Blatt 17 mit 2 × MiNr. 5032 Do/Du	9,—	9,—
H-Blatt 18 mit 2 × MiNr. 5033 Do/Du	17,—	17,—
MH 11 mit 1 × H-Blatt 17–18	26,—	26,—

MiNr. 5032 AS–5033 AS wurden jeweils im Kleinbogen zu 5 Marken und 1 Zierfeld (Feld 2) gedruckt.

Auflagen: MiNr. 5032 AS–5033 AS = 26.000 Sätze, Bl. 354 = 17.000 Blocks, MH 11 = 6.500 Markenheftchen

Gültig bis 29.2.2016

2012, 7. April. 20. bulgarische Antarktisexpedition. Odr. (2×2); gez. K 13¼.

hkb) Eselspinguin (Pygoscelis papua), bulgarische Flagge
Zierfeld

5034 1.40 L mehrfarbig	hkb	2,50	2,50
	FDC		4,—
	Kleinbogen	5,—	5,—

Blockausgabe, ☐

hkd

hkc) St.-Kliment-Ochridski-Station, Flagge, Eselspinguin

5035 0.65 L mehrfarbig		hkc	—,—	—,—
Block 355	(100×88 mm)	hkd	14,—	14,—

MiNr. 5034 wurde im Kleinbogen zu 2 Marken und 2 Zierfeldern (Feld 2 und 3) gedruckt.

Auflagen: MiNr. 5034 = 18.000 Stück, Bl. 355 = 5.100 Blocks

Gültig bis 29.2.2016

2012, 10. April. Blockausgabe: 100. Jahrestag des Untergangs der „Titanic". Odr.; gez. K 13¼.

hkf

hke) „Titanic" im Abendlicht

5036 1.40 L mehrfarbig		hke	2,—	2,—
Block 356	(99×50 mm)	hkf	2,—	2,—
		FDC		4,—

Auflage: 15.000 Blocks

Gültig bis 29.2.2016

2012, 12. April. 100. Jahrestag des ersten Kampfeinsatzes eines Flugzeuges in Europa. Odr.; gez. K 13¼.

hkg) Flugzeug Albatros F-2

5037 0.65 L mehrfarbig	hkg	1,50	1,50
	FDC		3,—

Auflage: 130.000 Stück

Gültig bis 29.2.2016

2012, 27. April. 100. Geburtstag von Paraschkew Hadijew. Odr.; gez. K 13¼:13.

Zierfeld
hkl) Paraschkew Hadijew (1912–1992), Komponist

5038 0.65 L mehrfarbig	hkl	1,20	1,20
	5038 Zf	1,20	1,20
	FDC		3,—

MiNr. 5038 wurde mit Zierfeld waagerecht zusammenhängend gedruckt.

Auflage: 12.000 Stück

Gültig bis 29.2.2016

2012, 7. Mai. 20 Jahre Mitgliedschaft im Europarat. Odr. (5×10); gez. K 13.

hkm) Umrisskarte Europas, Inschrift „Bg"

5039 1.00 L mehrfarbig GA	hkm	1,50	1,50
	FDC		3,20

Auflage: 14.000 Stück

Gültig bis 29.2.2016

2012, 16. Mai. Löwenrelief aus Stara Zagora. Odr. (5×10 und 2×6 Zd); gez. K 13.

hkn) Löwenrelief aus Stara Zagora (9.–11. Jh.)

5040 0.65 L mehrfarbig	hkn	1,20	1,20
	FDC		3,—
	5040 Zf	2,—	2,—

MiNr. 5040 wurde auch mit personalisierbarem Zierfeld waagerecht zusammenhängend ausgegeben.

Auflage: 80.000 Stück im normalen Bogen

2012, 30. Mai. Blockausgabe: 50 Jahre Bulgarischer Verband international tätiger Spediteure (AEBTRI). Odr.; gez. Ks 13½:13.

hkp

hko) Mercedes-Benz LP 333

5041 2.10 L mehrfarbig		hko	3,20	3,20
Block 357	(100×71 mm)	hkp	3,50	3,50
		FDC		5,—

Auflage: 11.000 Blocks

Gültig bis 29.2.2016

2012, 8. Juni. Blockausgabe: Fußball-Europameisterschaft, Polen und Ukraine. Odr.; gez. Ks 13¼:13.

hks

hkr) Ball, Wabenmuster

5042 1 L mehrfarbig . . . . hkr 1,60 1,60
Block 358 (100×102 mm) . . . . hks 1,60 1,60
FDC 3,50

Auflage: 13.000 Blocks

Gültig bis 29.2.2016

2012, 14. Juni. Flora: Stachelige Pflanzen. Odr. (1×4); gez. K 13.

hkv) Sonnenwend-Flockenblume (Centaurea solstitialis)
hkt) Mariendistel (Silybum marianum)
hkw) Schlitzblattkarde (Dipsacus laciniatus)
hku) Wegdistel (Carduus acanthoides)

5043 0.65 L mehrfarbig GA . . . . hkt 1,— 1,—
5044 0.65 L mehrfarbig . . . . hku 1,— 1,—
5045 1.00 L mehrfarbig . . . . hkv 1,50 1,50
5046 1.00 L mehrfarbig . . . . hkw 1,50 1,50
Satzpreis (4 W.) 5,— 5,—
FDC 6,90
Kleinbogen 5,— 5,—

Auflage: 14.000 Sätze

Gültig bis 29.2.2016

2012, 22. Juni. 250. Jahrestag der Fertigstellung der „Slawisch-bulgarischen Geschichte". Odr.; gez. K 13.

hkx) Païssi von Hilandar (1722–1773), Mönch und Geschichtsschreiber

5047 0.65 L mehrfarbig . . . . hkx 1,20 1,20
FDC 3,—

Auflage: 12.000 Stück

Gültig bis 29.2.2016

2012, 12. Juli. Blockausgabe: Bulgarische Regionen (III) – Nordwesten. Odr.; gez. K 13:13¼.

hlc

hky hla
hlb hkz

hky) Thrakischer Silberschatz aus Rogozen
hkz) Bronzezeitliche Malerei, Magurahöhle
hla) Meschtschiite-Turm, Wratza
hlb) Festung Widin

5048 0.65 L mehrfarbig . . . . hky 1,— 1,—
5049 0.65 L mehrfarbig . . . . hkz 1,— 1,—
5050 1.00 L mehrfarbig . . . . hla 1,50 1,50
5051 1.00 L mehrfarbig . . . . hlb 1,50 1,50
Block 359 (84×114 mm) . . . . hlc 5,— 5,—

Auflage: 11.000 Blocks

Gültig bis 29.2.2016

2012, 16. Juli. Blockausgabe: Olympische Sommerspiele, London. Odr.; gez. Ks 13¼.

hle

hld) Rhythmische Sportgymnastik

5052 1.50 L mehrfarbig GA . . . . hld 2,40 2,40
Block 360 (81×67 mm) . . . . hle 2,50 2,50
FDC 4,—

Auflage: 15.000 Blocks

Gültig bis 29.2.2016

2012, 18. Juli. 175. Geburtstag von Wassil Lewski. Odr. (5×10); gez. K 13¼:13.

hlf) Wassil Lewski (1837–1873), Unabhängigkeitskämpfer

5053 0.65 L mehrfarbig . . . . hlf 1,20 1,20

Auflage: 12.000 Stück

Gültig bis 29.2.2016

2012, 17. Aug. Blockausgabe: Internationale Briefmarkenausstellungen AUSTRALIA 2013, Melbourne, und THAILAND 2013, Bangkok – Schmetterlinge. Odr.; Papier mit fl. Fasern; Sicherheitszähnung K 12¾.

hlg

god) Janthe-Bandeule (Noctua tertia)
goe) Rethera komarovi
gof) Symtomis marjana
gog) Brauner Bär (Arctia caja)

Block 361 mit MiNr. 4633 A y–4636 A y (98×66 mm) . . . . . hlg 38,— 38,—

Auflage: 2.100 Blocks

2012, 4. Sept. 150. Geburtstag von Claude Debussy. Odr. (2×2 Zd); gez. K 13.

Zierfeld
hlg) Claude Debussy (1862–1918), französischer Komponist

5054 1 L mehrfarbig . . . . . hlg 1,50 1,50
5054 Zf 1,50 1,50
Kleinbogen 6,— 6,—

Auflage: 15.000 Stück

Gültig bis 29.2.2016

2012, 24. Sept. 120 Jahre Messe Plowdiw. Odr. (10×5); gez. K 13.

hlh) Emblem in historisierendem Rahmen

5055 0.65 L mehrfarbig . . . . . hlh 1,20 1,20

Auflage: 15.000 Stück

Gültig bis 29.2.2016

2012, 25. Sept. 150. Geburtstag von Iwan Stojanowitsch. Odr. (10×5); gez. K 13.

hli) Iwan Stojanowitsch (1862–1947), Schriftsteller

5056 0.65 L mehrfarbig . . . . . hli 1,20 1,20

Auflage: 15.000 Stück

Gültig bis 29.2.2016

2012, 10. Okt. 150. Geburtstag von Arnoldo Zocchi. RaTdr. (10×5); gez. K 13¼.

hlk) Freiheitsdenkmal in Russe; von Arnoldo Zocchi (1862–1940), italienischer Bildhauer

5057 1.00 L dunkelblau . . . . . hlk 1,50 1,50
FDC 3,50

Auflage: 15.000 Stück

Gültig bis 29.2.2016

2012, 18. Okt. Blockausgabe: Naturschutzgebiet Parangalica, Rilagebirge. Odr.; gez. Ks 13.

hln

hlm hll

hll) Rila-Primel (Primula deorum)
hlm) Europäische Wildkatze (Felis silvestris silvestris)

5058 0.65 L mehrfarbig . . . . . hll 1,— 1,—
5059 1.50 L mehrfarbig . . . . . hlm 2,20 2,20
Block 362 (96×83 mm) . . . . . hln 3,20 3,20

Auflage: 15.000 Blocks

Gültig bis 29.2.2016

2012, 22. Okt. Blockausgabe: Bahnpostwagen. Odr.; gez. K 13.

hlt

hlo hlr
hlp hls

hlo) Postwagen der Linie Russe-Warna (1867–1920); Schiffe auf der Donau
hlp) Bahnpostwagen (1889–1925); Ansichtskarte
hlr) Bahnpostwagen (1895–1930); Ansichtskarte
hls) Bahnpostwagen (1909–1935); Landkarte

5060 0.65 L mehrfarbig . . . . . hlo 1,— 1,—
5061 0.65 L mehrfarbig GA . . . . . hlp 1,— 1,—
5062 1.00 L mehrfarbig . . . . . hlr 1,50 1,50
5063 1.00 L mehrfarbig . . . . . hls 1,50 1,50
Block 363 (168×95 mm) . . . . . hlt 5,— 5,—
FDC (mit beschnittenem Block) 7,—

Auflage: 16.000 Blocks

Gültig bis 29.2.2016

2012, 27. Okt. Blockausgabe: Militärhubschrauber. Odr.; □ mit aufgedruckter Zähnung.

hlv

hlu) Transporthubschrauber Eurocopter EC725 Cougar

5064 0.65 L mehrfarbig	hlu	–,–	–,–
Block 364 (82×67 mm)	hlv	14,–	14,–

Auflage: 5.100 Blocks

Gültig bis 29.2.2016

2012, 28. Okt. Pferderassen. Odr. (3×2); gez. K 13.

hlw) Andalusier
hlx) Araber

hly) Tinker
hlz) Haflinger

5065 0.65 L mehrfarbig	hlw	1,–	1,–
5066 1.00 L mehrfarbig	hlx	1,50	1,50
	Kleinbogen I	8,–	8,–
5067 0.65 L mehrfarbig	hly	1,–	1,–
5068 1.00 L mehrfarbig	hlz	1,50	1,50
	Kleinbogen II	8,–	8,–
	Satzpreis (4 W.)	5,–	5,–
	2 Paare	5,–	5,–
	2 FDC		9,–

Markenfolge in Kleinbogen I: 5065–5066-Zf1, Zf2–5065–5066
Markenfolge in Kleinbogen II: 5067–5068-Zf3, Zf4–5067–5068

Auflage: 18.000 Sätze

Gültig bis 29.2.2016

2012, 30. Okt. 100 Jahre Ministerium für Eisenbahn, Post und Telegraphie. Odr.; gez. K 13.

hma) Zahl 100, Rad, Posthorn

5069 0.65 L mehrfarbig	hma	1,20	1,20

Auflage: 12.000 Stück

Gültig bis 29.2.2016

2012, 7. Nov. 100. Jahrestag der Entdeckung des Grabes von Khan Kubrat bei Poltawa, Ukraine. Odr. (10×5 und 2×6 Zd); gez. K 13.

hmb) Goldene Gegenstände aus dem Grab von Khan Kubrat (7. Jh.), Herrscher der Protobulgaren

5070 1.00 L mehrfarbig	hmb	1,60	1,60
	5070 Zf	2,50	2,50

MiNr. 5070 wurde auch mit personalisierbarem Zierfeld waagerecht zusammenhängend ausgegeben.

Auflage: 60.000 Stück im normalen Bogen

2012, 20. Nov. Weihnachten. Odr. (10×5); gez. K 13.

hmc) Weihnachtsbaum

5071 0.65 L mehrfarbig	hmc	1,20	1,20
	FDC		3,–

Auflage: 100.000 Stück

Gültig bis 29.2.2016

2012, 28. Nov. Internationales Jahr der Chemie. Odr. (5×10); gez. K 13.

hmd) Korb mit Rosenblüten, Staatsflagge und Umrisskarte, Gefäße aus der Parfümherstellung

5072 0.65 L mehrfarbig	hmd	1,20	1,20

Auflage: 12.000 Stück

Gültig bis 29.2.2016

2012, 12. Dez. 20 Jahre diplomatische Beziehungen mit Kasachstan. Odr. (3×2); gez. K 13.

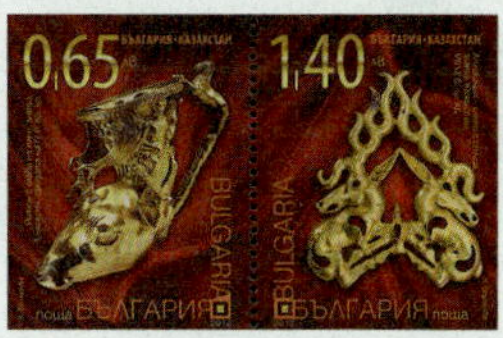

hme) Goldenes Rhyton (4. Jh. v. Chr.) aus Panagjurischte, Bulgarien
hmf) Goldene Brosche mit Hirschen (8.–7. Jh. v. Chr.), Kasachstan

5073 0.65 L mehrfarbig GA	hme	1,–	1,–
5074 1.40 L mehrfarbig	hmf	2,–	2,–
	Satzpreis (2 W.)	3,–	3,–
	Paar	3,–	3,–
	FDC		5,–
	Kleinbogen	9,–	9,–

MiNr. 5073–5074 wurden schachbrettartig zusammenhängend gedruckt.

Auflage: 20.000 Sätze

Gültig bis 29.2.2016

Parallelausgabe mit Kasachstan MiNr. 767–768

2012, 21. Dez. Blockausgabe: Planetenkonstellation am 21. Dezember 2012. Odr.; gez. Ks 13¼.

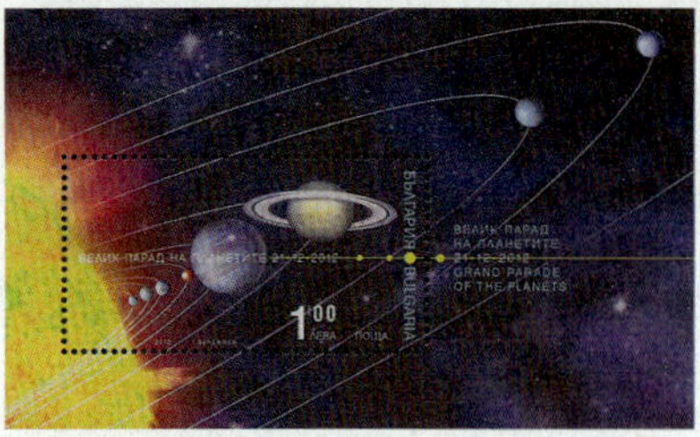

hmh

hmg) Merkur, Venus, Erde, Mars, Jupiter und Saturn

5075 1.00 L mehrfarbig . . . . hmg 1,60 1,60
Block 365 (103×63 mm) . . . . hmh 1,60 1,60
FDC 3,50

Auflage: 13.000 Blocks

Gültig bis 29.2.2016

2013, 4. Jan. Fremdenverkehrswerbung. Odr. (5×10 und 2×6 Zd); gez. K 13.

hmi) Landschaft mit historischem Gebäude

5076 1 L mehrfarbig . . . . hmi 1,60 1,60
FDC 3,50
5076 Zf 2,50 2,50

MiNr. 5076 wurde auch mit personalisierbarem Zierfeld waagerecht zusammenhängend ausgegeben.

Auflage: 60.000 Stück im normalen Bogen

2013, 4. Febr. Blockausgabe: 25 Jahre bulgarische Antarktisstation. Odr.; Sicherheitszähnung K 12¾.

hmk

hgg) Seeleopard (Hydrurga leptonyx)

Block 366 mit 2 × MiNr. 4982
(98×66 mm) . . . . hmk 38,— 38,—

Auflage: 2.100 Blocks

2013, 28. Febr. 130 Jahre Verwaltung der Küstengewässer. Odr. (2×10 Zd); gez. K 13¼.

Zierfeld
hml) Schiff, Anker, Fadenkreuz

5077 0.65 L mehrfarbig . . . . hml 1,20 1,20
5077 Zf 1,20 1,20
FDC 3,—

Auflage: 12.000 Stück

Gültig bis 28.2.2017

2013, 5. März. Blockausgabe: 135. Jahrestag des Endes des Russisch-Türkischen Krieges. Odr.; gez. Ks 13¼.

hmn

hmm) General Skobelew zu Pferde (Detail); Gemälde von Nikolaj Dmitrijew-Orenburgskij (1837–1898)

5078 1.40 L mehrfarbig . . . . hmm 2,40 2,40
Block 367 (70×86 mm) . . . . hmn 2,50 2,50
FDC 4,—

Auflage: 29.000 Blocks

Gültig bis 28.2.2017

In ähnlicher Zeichnung: MiNr. 5112/Bl. 378

Parallelausgabe mit Russland MiNr. 1918/Bl. 182

2013, 10. März. 70. Jahrestag der Rettung der bulgarischen Juden. Odr. (2×2); gez. K 13¼.

hmo) Davidstern mit Umriss eines Vogels
Zierfeld

5079 1.40 L mehrfarbig . . . . hmo 2,50 2,50
FDC 4,—
Kleinbogen 5,— 5,—

MiNr. 5079 wurde im Kleinbogen zu 2 Marken und 2 Zierfeldern (Feld 2 und 3) gedruckt.

Auflage: 20.000 Stück

Gültig bis 28.2.2017

2013, 29. März. Grußmarken. Odr. (10×5, Querformat ~; 2×6 Zd); Sicherheitszähnung K 13.

gbc) Weinkiepe mit Zapfhahn

gkm I) Clown

hgx I) Hase als Briefträger

hmp) Glocken (Motiv der Zierfelder in Bl. 261)

5080	0.65 L	mehrfarbig	gbc	1,40	1,40
5081	0.65 L	mehrfarbig	gkm I	1,40	1,40
5082	0.65 L	mehrfarbig	hgx I	1,40	1,40
5083	1 L	mehrfarbig	hmp	2,—	2,—
			Satzpreis (4 W.)	6,20	6,20
			5080 Zf–5083 Zf	10,—	10,—

MiNr. 5080–5083 wurden jeweils auch mit personalisierbarem Zierfeld waagerecht zusammenhängend ausgegeben.

Auflagen: MiNr. 5080–5082 je 80.000, MiNr. 5083 = 60.000 Stück in normalen Bogen

In gleichen bzw. ähnlichen Zeichnungen: MiNr. 4368, 4551, 4995, 5164, 5401, 5554

2013, 29. März. 100 Jahre Fußballverein PFK Tscherno More. Odr., Bogen (4×10) und Kleinbogen (2×2); gez. K 13¼:13.

hmr) Historisches Mannschaftsphoto

5084	0.65 L	mehrfarbig	hmr	1,40	1,40
			Kleinbogen	4,20	4,20

Der Kleinbogen enthält 3 Marken und 1 Zierfeld (Feld 2).

Auflage: 20.000 Stück, davon 9.000 im Kleinbogen

Gültig bis 28.2.2017

2013, 5. April. 100 Jahre Fußballverein PFK Slawia. Odr., Bogen (4×10) und Kleinbogen (2×2); gez. K 13¼:13.

hms) Historisches Mannschaftsphoto

5085	0.65 L	mehrfarbig	hms	1,40	1,40
			Kleinbogen	4,20	4,20

Der Kleinbogen enthält 3 Marken und 1 Zierfeld (Feld 2).

Auflage: 20.000 Stück, davon 9.000 im Kleinbogen

Gültig bis 28.2.2017

2013, 12. April. Blockausgabe: 50. Jahrestag des ersten Weltraumfluges einer Frau. Odr.; □ mit aufgedruckter Zähnung.

hmu

hmt) Walentina Tereschkowa (*1937), russische Kosmonautin

5086	0.65 L	mehrfarbig	hmt	—,—	—,—
Block 368		(82×66 mm)	hmu	15,—	15,—

Auflage: 5.100 Blocks

Gültig bis 28.2.2017

2013, 16. April. Blockausgabe: 100. Jahrestag der siegreichen Beendigung des Balkankrieges. Odr.; gez. Ks 13¼:13.

hmz

hmx hmv
hmw hmy

hmv) Angriff der bulgarischen Armee
hmw) Triumphbogen
hmx) Kapitulation der Festung Edirne
hmy) Zar Ferdinand I. zu Pferde

5087	0.65 L	mehrfarbig	hmv	1,40	1,40
5088	0.65 L	mehrfarbig	hmw	1,40	1,40
5089	1.00 L	mehrfarbig	hmx	2,—	2,—
5090	1.00 L	mehrfarbig	hmy	2,—	2,—
Block 369		(120×105 mm)	hmz	7,—	7,—
			FDC		9,—

Auflage: 10.000 Blocks

Gültig bis 28.2.2017

2013, 23. April. 65 Jahre Fußballverein PFK ZSKA. Odr., Bogen (4×10) und Kleinbogen (2×2); gez. K 13¼:13.

hna) Historisches Mannschaftsphoto

5091	0.65 L	mehrfarbig	hna	1,40	1,40
			Kleinbogen	4,20	4,20

Der Kleinbogen enthält 3 Marken und 1 Zierfeld (Feld 2).

Auflage: 20.000 Stück, davon 9.000 im Kleinbogen

Gültig bis 28.2.2017

2013, 24. April. Europa: Postfahrzeuge. Odr., Kleinbogen (3×2); gez. K 13¼:13.

hnb) Lieferwagen Peugeot Boxer

hnc) Lieferwagen Peugeot Partner

5092	0.65 L	mfg./rot; mit weißem Rahmen	hnb	1,40	1,40
5093	1.50 L	mfg./rot/gelb; mit weißem Rahmen	hnc	3,—	3,—
			Satzpreis (2 W.)	4,40	4,40
			FDC		6,50
			Kleinbogen	22,—	22,—

Blockausgabe

5094	0.65 L	mfg./rot; ohne Rahmen	hnb	1,40	1,40
5095	1.50 L	mfg./rot/gelb; ohne Rahmen	hnc	3,—	3,—
Block 370		(74×86 mm)	hnd	4,50	4,50
			FDC		6,50

Markenheftchen (2×2), dreiseitig gez. L 13

5096	0.65 L	mehrfarbig/gelb; mit weißem Rahmen	hnb		
Dl		links geschnitten (⌑)		2,—	2,—
Dr		rechts geschnitten (⌑)		2,—	2,—
5097	1.50 L	mehrfarbig/blau/gelb; mit weißem Rahmen	hnc		
Dl		links geschnitten (⌑)		4,—	4,—
Dr		rechts geschnitten (⌑)		4,—	4,—
		Satzpreis (2 W.)		6,—	6,—

H-Blatt 19	mit 2 × MiNr. 5096 Dl/Dr	8,—	8,—
H-Blatt 20	mit 2 × MiNr. 5097 Dl/Dr	16,—	16,—
MH 12	mit 1 × H-Blatt 19–20	24,—	24,—

Die zusätzlichen Farbangaben beziehen sich auf den Hintergrund der Wertziffern.

MiNr. 5092–5093 wurden jeweils im Kleinbogen zu 5 Marken und 1 Zierfeld (Feld 2) gedruckt.

Auflagen: MiNr. 5092–5093 = 24.000 Sätze, Bl. 370 = 17.000 Blocks, MH 12 = 6.500 Markenheftchen

Gültig bis 28.2.2017

2013, 14. Mai. Blockausgabe: 125 Jahre Bulgarische Staatseisenbahn (BDŽ). Odr.; gez. K 13.

hnf

hne) Dampflokomotive, königlicher Erlass zur Gründung der Eisenbahngesellschaft

5098	1.40 L	mehrfarbig	hne	2,80	2,80
Block 371		(137×61 mm)	hnf	2,80	2,80
			FDC		4,80

Auflage: 16.000 Blocks

Gültig bis 28.2.2017

2013, 22. Mai. Blockausgabe: Biosphärenreservat Mantaritza. Odr.; gez. Ks 13¼:13.

hnh

hng) Auerhuhn (Tetrao urogallus)

5099	1.50 L	mehrfarbig	hng	3,—	3,—
Block 372		(103×104 mm)	hnh	3,—	3,—
			FDC		5,—

Auflage: 12.000 Blocks

Gültig bis 28.2.2017

2013, 22. Mai. 200. Geburtstag von Richard Wagner. Odr. (2×10 Zd); gez. K 13¼:13.

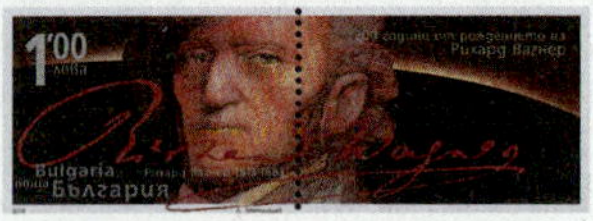

hni) Richard Wagner (1813–1883), deutscher Komponist
Zierfeld

5100	1.00 L	mehrfarbig	hni	2,—	2,—
			5100 Zf	2,—	2,—
			FDC		4,—

Auflage: 12.000 Stück

Gültig bis 28.2.2017

2013, 28. Mai. 60 Jahre Iwan-Rilski-Hochschule für Bergbau und Geologie, Sofia. Odr.; gez. K 13:13¼.

hnk) Grubenlampe

5101	0.65 L	mehrfarbig	hnk	1,30	1,30
			FDC		3,30

Auflage: 15.000 Stück

Gültig bis 28.2.2017

2013, 30. Mai. Blockausgabe: 25. Jahrestag des Weltraumfluges von Alexandar Alexandrow. Odr.; gez. Ks 13¼.

hnm

hnl) Raumschiff Sojus 33

5102	1.50 L	mehrfarbig	hnl	3,—	3,—
Block 373		(86×87 mm)	hnm	3,—	3,—
			FDC		5,—

Auflage: 11.000 Blocks

Gültig bis 28.2.2017

2013, 30. Mai. SOS-Kinderdörfer. Odr. (5×10); gez. K 13.

hnn) Kinderzeichnung

5103 0.65 L mehrfarbig .... hnn 1,20 1,20
FDC 3,20

Auflage: 150.000 Stück

Gültig bis 28.2.2017

2013, 12. Juni. Blockausgabe: 1150. Jahrestag der Ankunft von Kyrill und Method in Großmähren. Odr.; gez. Ks 13:13¼.

hnp

hno) Christus mit zwei Engeln und den Slawenaposteln Kyrill und Method; Mosaik in der Kirche San Clemente, Rom

5104 3.20 L mehrfarbig .... hno 6,— 6,—
Block 374 (96×123 mm) .... hnp 6,— 6,—
FDC 8,—

Auflage: 40.000 Blocks

Gültig bis 28.2.2017

Parallelausgabe mit Slowakei MiNr. 712/Bl. 42, Tschechische Republik MiNr. 767/Bl. 50 und Vatikanstadt MiNr. 1779/Bl. 42

2013, 17. Juni. Blockausgabe: Bulgarische Regionen (IV) – Südwesten. Odr.; gez. K 13:13¼.

hnv

hnr hnt
hnu hns

hnr) Kowachewitza
hns) Skakawitza
hnt) Semenski-Kloster
hnu) Kirche St. Petka Samardschijska

5105 0.65 L mehrfarbig .... hnr 1,20 1,20
5106 0.65 L mehrfarbig .... hns 1,20 1,20
5107 1.00 L mehrfarbig .... hnt 1,80 1,80
5108 1.00 L mehrfarbig .... hnu 1,80 1,80
Block 375 (85×115 mm) .... hnv 6,— 6,—

Auflage: 15.000 Blocks

Gültig bis 28.2.2017

2013, 15. Aug. Blockausgabe: Internationaler philatelistischer Salon SOFIA 2013. Odr.; Shz. 12¾.

hnw

gio) Leuchtturm bei Kap Schabla
gip) Leuchtturm bei Kap Kaliakra

Block 376 mit MiNr. 4533 CS x–4534 CS x
(99×66 mm) .... hnw 38,— 38,—

Auflage: 2.100 Blocks

2013, 30. Aug. Blockausgabe: 70. Todestag von Zar Boris III. Odr.; gez. Ks 13¼.

hny

hnx) Zar Boris III. (1894–1943, reg. ab 1918)

5109 1.50 L mehrfarbig . . . . hnx 2,60 2,60
Block 377 (86×79 mm) . . . . hny 2,60 2,60

Auflage: 13.000 Blocks

Gültig bis 28.2.2017

2013, 12. Sept. 110 Jahre diplomatische Beziehungen mit den USA. Odr. (4×10); gez. K 13¼.

hnz) Sterne in den Farben Bulgariens und der USA

5110 1.40 L mehrfarbig . . . . hnz 2,50 2,50
FDC 4,50

Auflage: 11.000 Stück

Gültig bis 28.2.2017

2013, 25. Okt. 100 Jahre Fußballverein PFK Botev, Plowdiw. Odr.; A = Bogen (B) (4×10), gez. K 13; C = Kleinbogen (Klb.) (2×2), gez. K 13¼:13.

hoa) Mannschaftsphoto von 1929

5111 0.65 L mehrfarbig . . . . hoa
A gez. K 13 (B) 1,40 1,40
C gez. K 13¼:13 (Klb.) 1,40 1,40
Kleinbogen C 4,20 4,20

Der Kleinbogen enthält 3 Marken und 1 Zierfeld (Feld 2).

Auflage: 20.000 Stück, davon 9.000 im Kleinbogen

Gültig bis 28.2.2017

2013, 25. Okt. Blockausgabe: Russisch-bulgarische Briefmarkenausstellung – 135. Jahrestag des Endes des Russisch-Türkischen Krieges. Odr.; □.

hmn I

hmm) General Skobelew zu Pferde (Detail); Gemälde von Nikolaj Dmitrijew-Orenburgskij (1837–1898)

5112 0.65 L mehrfarbig . . . . hmm —,— —,—
Block 378 (69×86 mm) . . . . hmn I 14,— 14,—
FDC 15,—

Auflage: 5.100 Blocks

Gültig bis 28.2.2017

In ähnlicher Zeichnung: MiNr. 5078/Bl. 367

2013, 26. Okt. Blockausgabe: Orchideen. Odr.; gez. K 13.

hof

hob hod
hoe hoc

hob) Cymbidium iridioides
hoc) Dendrobium fimbriatum
hod) Epidendrum radicans
hoe) Dendrobium nobile

5113 0.65 L mehrfarbig . . . . hob 1,20 1,20
5114 0.65 L mehrfarbig . . . . hoc 1,20 1,20
5115 1.00 L mehrfarbig . . . . hod 1,80 1,80
5116 1.00 L mehrfarbig . . . . hoe 1,80 1,80
Block 379 (128×98 mm) . . . . hof 6,— 6,—
FDC 8,—

Auflage: 20.000 Blocks

Gültig bis 28.2.2017

2013, 27. Okt. Junge Katzen. Odr. (2×2); gez. K 13.

hog) Siamese
hoh) Birmakatze
hoi) Scottish Fold
hok) Somali

5117	0.65 L mehrfarbig	hog	1,20	1,20
5118	1.00 L mehrfarbig	hoh	1,80	1,80
		Kleinbogen I	6,—	6,—
5119	0.65 L mehrfarbig	hoi	1,20	1,20
5120	1.00 L mehrfarbig	hok	1,80	1,80
		Kleinbogen II	6,—	6,—
		Satzpreis (4 W.)	6,—	6,—
		2 Paare	6,—	6,—
		2 FDC		10,—

Nominalverschiedene Marken wurden jeweils schachbrettartig zusammenhängend gedruckt.

Auflage: 14.000 Sätze

Gültig bis 28.2.2017

2013, 27. Okt. Blockausgabe: 25 Jahre Umweltschutzorganisation „Grüner Balkan". Odr.; gez. Ks 13¼:13.

hom

hol) Neugepflanzte Kastanie

5121	1.00 L mehrfarbig	hol	1,80	1,80
Block 380	(87×102 mm)	hom	1,80	1,80
		FDC		3,80

Auflage: 14.000 Blocks

Gültig bis 28.2.2017

2013, 22. Nov. 15 Jahre Metro Sofia. Odr., Markenheftchen (4×1); gez. K 13.

hon) Festung Serdika, U-Bahnzug, Wappen
hoo) U-Bahnstation Lavov Most (Löwenbrücke)

Zierfeld
hop) Oberirdische Station, U-Bahnzug, Wappen

5122	0.65 L mehrfarbig	hon	1,20	1,20
5123	1.00 L mehrfarbig	hoo	1,80	1,80
5124	1.50 L mehrfarbig	hop	3,—	3,—
		Satzpreis (3 W.)	6,—	6,—
		FDC		8,—
H-Blatt 21	mit MiNr. 5122–5124 und 1 Zf		6,—	6,—
MH 13	mit H-Blatt 21		6,—	6,—

Auflage: 50.000 Sätze

Gültig bis 28.2.2017

2013, 22. Nov. Weihnachten. Odr.; gez. K 13.

hor) Koledari (slawische Weihnachtssänger)

5125	0.65 L mehrfarbig	hor	1,20	1,20
		FDC		3,20

Auflage: 50.000 Stück

Gültig bis 28.2.2017

2013, 18. Dez. Freimarken: Kulturelles und historisches Erbe. Odr. (5×10 und 2×6 Zd); Sicherheitszähnung 13.

hos) Trinkhorn in Pferdegestalt (4. Jh. v. Chr.)
hot) Silberschmuck (4. Jh. v. Chr.)

5126	1.00 L mehrfarbig	hos	1,80	1,80
5127	1.00 L mehrfarbig	hot	1,80	1,80
		Satzpreis (2 W.)	3,60	3,60
		5126 Zf–5127 Zf	7,—	7,—

MiNr. 5126–5127 wurden jeweils auch mit personalisierbarem Zierfeld waagerecht zusammenhängend ausgegeben.

Auflage: 60.000 Sätze in normalen Bogen

2014, 31. Jan. Blockausgabe: Olympische Winterspiele, Sotschi. Odr.; gez. Ks 13½:13.

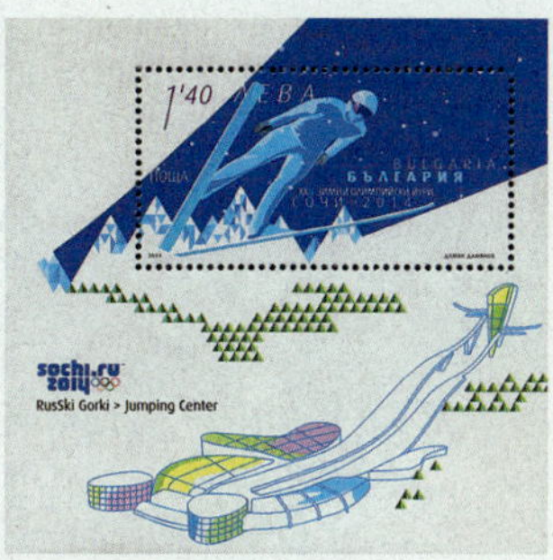

hov

hou) Skispringen

5128	1.40 L	mehrfarbig	hou	2,50	2,50
Block 381		(79×79 mm)	hov	2,50	2,50
			FDC		4,50

Auflage: 14.000 Blocks

Gültig bis 30.4.2018

2014, 10. Febr. Freimarken: Pilze. Odr. (10×10); Shz. 12¾.

how) Kiefern-Steinpilz (Boletus pinophilus)

hox) Specht-Tintling (Coprinopsis picacea)

hoy) Gelber Knollenblätterpilz (Amanita citrina)

hoz) Grüngefelderter Täubling (Russula virescens)

5129	0.10 L	mehrfarbig	how	0,30	0,30
5130	0.20 L	mehrfarbig	hox	0,40	0,40
5131	0.50 L	mehrfarbig	hoy	0,90	0,90
5132	1.00 L	mehrfarbig	hoz	1,80	1,80
			Satzpreis (4 W.)	3,30	3,30

MiNr. 5129–5132 weisen einen feinen Druckraster auf und wurden auf Papier mit optischem Aufheller gedruckt.

Auflagen: MiNr. 5129 = 113.000, MiNr. 5130 = 95.000, MiNr. 5131 = 104.000, MiNr. 5132 = 488.000 Stück

In gleichen Zeichnungen: MiNr. 5135–5138

2014, 21. Febr. 100 Jahre Fußballverein PFK Lewski. Odr.; I = Jahreszahl 2013, Kleinbogen (Klb.) (2×2); II = Jahreszahl 2014, Bogen (B) (4×10); gez. K 13¼:13.

hpa) Historisches Mannschaftsphoto

5133	0.65 L	mehrfarbig	hpa		
I		mit Jahreszahl 2013 (Klb.)		1,20	1,20
II		mit Jahreszahl 2014 (B)		1,20	1,20
			Kleinbogen	3,60	3,60

Der Kleinbogen enthält 3 Marken und 1 Zierfeld (Feld 2).

Auflagen: MiNr. 5133 I = 11.000, MiNr. 5133 II = 9.000 Stück

Gültig bis 30.4.2018

2014, 21. Febr. 450. Geburtstag von Galileo Galilei. Odr. (2×2); gez. K 13½:13.

hpb) Galileo Galilei (1564–1642), italienischer Mathematiker, Physiker und Philosoph

5134	1.00 L	mehrfarbig	hpb	1,80	1,80
			Kleinbogen	7,50	7,50

Auflage: 17.000 Stück

Gültig bis 30.4.2018

2014, 28. Febr. Blockausgabe: Internationale Briefmarkenausstellung, Essen, und PHILAKOREA 2014, Seoul – Pilze. Odr.; gez. K 14:13½.

hpc

how) Kiefern-Steinpilz (Boletus pinophilus)
hoy) Gelber Knollenblätterpilz (Amanita citrina)

hpd

hoz hox

hox) Specht-Tintling (Coprinopsis picacea)
hoz) Grüngefelderter Täubling (Russula virescens)

5135	0.10 L	mehrfarbig	how	–,–	–,–
5136	0.50 L	mehrfarbig	hoy	–,–	–,–
Block 382		(99×66 mm)	hpc	20,—	20,—
5137	0.20 L	mehrfarbig	hox	–,–	–,–
5138	1.00 L	mehrfarbig	hoz	–,–	–,–
Block 383		(99×66 mm)	hpd	20,—	20,—

MiNr. 5135–5138 weisen einen groben Druckraster auf und wurden auf Papier ohne optischen Aufheller gedruckt.

Auflage: je 3.000 Blocks

In gleichen Zeichnungen: MiNr. 5129–5132

2014, 7. März. 135 Jahre diplomatische Beziehungen mit Rumänien. Odr. (3×2); gez. K 13.

hpe) Boote mit Flaggen auf dem Grenzfluss Donau (stil.) als Konferenztisch mit Stühlen

5139	0.80 L	mehrfarbig	hpe	1,50	1,50
			Kleinbogen	9,—	9,—

Auflage: 14.000 Stück

Gültig bis 30.4.2018

2014, 14. März. Blockausgabe: 65 Jahre diplomatische Beziehungen mit der Volksrepublik China – Chinesisches Neujahr: Jahr des Pferdes. Odr.; gez. Ks 13.

hpg

hpf) Fliegendes Pferd aus Gansu; Bronzeskulptur aus der Zeit der Östlichen Han-Dynastie (25–220)

5140	2.10 L	mehrfarbig	hpf	3,80	3,80
Block 384		(86×84 mm)	hpg	3,80	3,80
			FDC		6,—

Auflage: 17.000 Blocks

Gültig bis 30.4.2018

2014, 17. März. 275. Geburtstag von Sophronius von Wraza. Odr.; gez. K 13.

hph) Sophronius von Wraza (1739–1813), Bischof, Historiker und Schriftsteller

5141	0.65 L	mehrfarbig	hph	1,20	1,20

Auflage: 12.000 Stück

Gültig bis 30.4.2018

2014, 3. April. 135 Jahre Parlamentarismus in Bulgarien. Odr. (2×2); gez. K 13¼.

hpi) Verfassung von 1879
hpk) Anthim I. (1816–1888), Exarch und erster Vorsitzender des Parlaments
hpl) Glocke, Sitzungsprotokolle
hpm) Glocke, Verfassung von 1991

5142	0.10 L	mehrfarbig	hpi	0,30	0,30
5143	0.20 L	mehrfarbig	hpk	0,40	0,40
5144	0.30 L	mehrfarbig	hpl	0,50	0,50
5145	0.65 L	mehrfarbig	hpm	1,20	1,20
			Satzpreis (4 W.)	2,40	2,40
			Kleinbogen	2,40	2,40

Blockausgabe

hpo

hpn) Anthim I.

5146	1.00 L	mehrfarbig	hpn	1,80	1,80
Block 385		(102×73 mm)	hpo	1,80	1,80
			FDC		3,80

Auflagen: MiNr. 5142–5145 = 11.000 Sätze, Bl. 385 = 11.000 Blocks

Gültig bis 30.4.2018

2014, 5. April. Internationale Briefmarkenausstellung BALKANFILA 2014, Widin: Geburtstage von Künstlern. Odr. (2×2); gez. K 13.

hps hpp
hpr hpt

hpp) Taras Schewtschenko (1814–1861), ukrainischer Dichter und Maler
hpr) Richard Strauss (1864–1949), deutscher Komponist
hps) William Shakespeare (1564–1616), englischer Dramatiker, Schauspieler und Dichter
hpt) Michail Lermontow (1814–1841), russischer Dichter

5147	0.65 L	mehrfarbig	hpp	1,20	1,20
5148	0.65 L	mehrfarbig	hpr	1,20	1,20
5149	1.00 L	mehrfarbig	hps	1,80	1,80
5150	1.00 L	mehrfarbig	hpt	1,80	1,80
			Satzpreis (4 W.)	6,—	6,—
			Kleinbogen	6,—	6,—

Auflage: 15.000 Sätze

Gültig bis 30.4.2018

2014, 15. April. 100 Jahre Freimaurerloge Zarja. Odr., Bogen (4×10) und Kleinbogen (2×2); gez. K 13¼:13.

hpu) Emblem, Freimaurersymbole

5151	0.65 L	mehrfarbig GA	hpu	1,20	1,20
			FDC		3,20
			Kleinbogen	4,80	4,80

Auflage: 17.000 Stück, davon 10.000 im Kleinbogen

Gültig bis 30.4.2018

2014, 17. April. 30. Jahrestag des Stapellaufs des Segelschulschiffs „Kaliakra“. Odr. (2×2); gez. K 13¼:13.

hpv) Segelschulschiff „Kaliakra“
Zierfeld

5152 0.65 L mehrfarbig	hpv	1,20	1,20
	5152 Zf	1,20	1,20
	Kleinbogen	2,40	2,40

MiNr. 5152 wurde im Kleinbogen zu 2 Marken und 2 Zierfeldern (Feld 2 und 3) gedruckt.

Auflage: 11.000 Stück

Gültig bis 30.4.2018

2014, 29. April. Europa: Volksmusikinstrumente. Odr., Kleinbogen (2×3); Sicherheitszähnung K 13.

hpw) Trommler und Tänzer in Trachten

hpx) Flötenspieler und Tänzer in Trachten

5153 0.65 L mehrfarbig; mit weißem Rahmen	hpw	1,20	1,20
5154 1.50 L mehrfarbig; mit weißem Rahmen	hpx	2,80	2,80
	Satzpreis (2 W.)	4,—	4,—
	FDC		6,—
	Kleinbogensatz (2 Klb.)	24,—	24,—

Blockausgabe, gez. Ks 13

5155 0.65 L mehrfarbig; ohne Rahmen	hpw I	1,20	1,20
5156 1.50 L mehrfarbig; ohne Rahmen	hpx I	2,80	2,80
Block 386 (126×86 mm)	hpy	4,—	4,—
	FDC		6,—

Markenheftchen (1×2 + 2×2); B = □, D = einseitig gez. 13

5157 0.65 L mehrfarbig	hpw II		
B □		1,50	1,50
Dl links gez. ( )		1,50	1,50
Dr rechts gez. ( )		1,50	1,50
5158 1.50 L mehrfarbig	hpx II		
B □		3,50	3,50
Dl links gez. ( )		3,50	3,50
Dr rechts gez. ( )		3,50	3,50
	Satzpreis B/D (2 W.)	5,—	5,—

H-Blatt 22 mit 1 × MiNr. 5157 B/Dl/Dr bis 5158 B/Dl/Dr	15,—	15,—
MH 14 mit H-Blatt 22	16,—	16,—

In den Kleinbogen steht jeweils die unterste Markenzeile kopf.

Die Heftchenmarken unterscheiden sich auch durch das kleinere Format von Bogen- und Blockmarken. Das Heftchenblatt enthält jede Zähnungsvariante (B, Dl, Dr) je einmal.

Auflagen: MiNr. 5153–5154 = 22.000 Sätze, Bl. 386 = 15.000 Blocks, MH 14 = 6.300 Markenheftchen

Gültig bis 30.4.2018

2014, 12. Mai. Blockausgabe: Europäischer Baum des Jahres. Odr.; gez. Ks 13¼.

hra

hpz) Feldulme (Ulmus minor)

5159 1.00 L mehrfarbig	hpz	1,90	1,90
Block 387 (86×100 mm)	hra	1,90	1,90
	FDC		3,90

Auflage: 11.000 Blocks

Gültig bis 30.4.2018

2014, 14. Mai. Blockausgabe: 135 Jahre Bulgarische Post. Odr.; gez. Ks 13.

hrc

hrb) Stefan Paruschew, erster Direktor; Postbote auf Fahrrad

5160 1 L mehrfarbig	hrb	2,—	2,—
Block 388 (58×50 mm)	hrc	2,—	2,—
	FDC		4,—

Auflage: 11.000 Blocks

Gültig bis 30.4.2018

2014, 20. Mai. 40 Jahre Atomkraftwerk Kosloduj. Odr.; gez. K 13¼:13.

hrd) Atomkraftwerk Kosloduj, Klatschmohn

5161 0.65 L mehrfarbig	hrd	1,20	1,20
	FDC		3,20

Auflage: 11.000 Stück

Gültig bis 30.4.2018

2014, 12. Juni. Blockausgabe: Fußball-Weltmeisterschaft, Brasilien. Odr.; gez. Ks 13¼:13.

hrf

hre) Spieler mit Ball

5162	2.10 L	mehrfarbig	hre	3,50	3,50
Block 389		(85×55 mm)	hrf	3,50	3,50
			FDC		5,50

Auflage: 13.000 Blocks

Gültig bis 30.4.2018

2014, 17. Juni. 170 Jahre Journalismus in Bulgarien. Odr. (4×10); gez. K 13¼:13.

hrg) Schreibgeräte, Mikrophon, Titelseiten der ersten bulgarischen Zeitschrift „Ljuboslovie“ (1844) und Zeitung „Bulgarski orel“ (1846)

5163	0.65 L	mehrfarbig	hrg	1,—	1,—

Auflage: 11.000 Stück

Gültig bis 30.4.2018

2014, 4. Juli. Blockausgabe: Zirkus. Odr.; dreiseitig gez. L 13.

hrh

gkm I) Clown
Zierfeld

5164	0.65 L	mehrfarbig	gkm I		
Dl		dreiseitig gez. (⌖)		9,—	9,—
Dr		dreiseitig gez. (⌖)		9,—	9,—
Block 390		(129×99 mm)	hrh	18,—	18,—

MiNr. 5164 unterscheidet sich von MiNr. 5081 auch durch die geänderte Jahreszahl.

Auflage: 2.100 Blocks

In gleicher Zeichnung: MiNr. 5081
In ähnlicher Zeichnung: MiNr. 4551

2014, 7. Juli. 135 Jahre diplomatische Beziehungen mit Russland. Odr. (3×5); gez. L 13.

hri) Russische und bulgarische Flagge

5165	1.40 L	mehrfarbig	hri	2,40	2,40
			FDC		4,50

Auflage: 22.000 Stück

Gültig bis 30.4.2018

Parallelausgabe mit Russland MiNr. 2060

2014, 10. Juli. 135 Jahre Nationales Garderegiment. Odr. (5×10); gez. K 13.

hrk) Gardisten, Fürst Alexander I. (1857–1893)

5166	0.65 L	mehrfarbig	hrk	1,20	1,20

Auflage: 11.000 Stück

Gültig bis 30.4.2018

2014, 11. Juli. Blockausgabe: 150. Geburtstag von Petar Danow. Odr.; gez. Ks 13:13¼.

hrm

hrl) Petar Danow (1864–1944), Gründer der esoterischen Universellen Weißen Bruderschaft

5167	1.50 L	mehrfarbig	hrl	2,50	2,50
Block 391		(132×81 mm)	hrm	2,50	2,50

Auflage: 11.000 Blocks

Gültig bis 30.4.2018

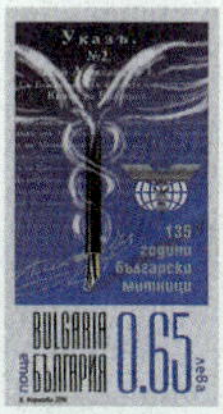

2014, 6. Aug. 135 Jahre bulgarische Zollbehörde. Odr.; gez. K 13:13¼.

hrn) Füllfederhalter, Emblem

5168	0.65 L	mehrfarbig	hrn	1,20	1,20

Auflage: 11.000 Stück

Gültig bis 30.4.2018

2014, 24. Okt. 25 Jahre Bund der europäischen philatelistischen Verbände (FEPA): Geschichte der Straßenbahn. Odr. (5×10); gez. K 13.

hro) Berlin (1900)

hrp) Glasgow (1930)

hrr) Melbourne (1945)

hrs) Sofia (2014)

5169	0.30 L	mehrfarbig	hro	0,60	0,60
5170	0.65 L	mehrfarbig	hrp	1,20	1,20
5171	0.80 L	mehrfarbig	hrr	1,40	1,40
5172	1.00 L	mehrfarbig	hrs	1,80	1,80
		Satzpreis (4 W.)		5,—	5,—

Blockausgabe mit MiNr. 5169–5172

Block 392	(125×94 mm)	hrt	5,—	5,—
		FDC		6,50

Auflagen: MiNr. 5169 = 45.000, MiNr. 5170 = 65.000, MiNr. 5171 = 25.000, MiNr. 5172 = 15.000 Stück, Bl. 392 = 8.000 Blocks

Gültig bis 30.4.2018

2014, 25. Okt. Blockausgabe: Bulgarisch-portugiesische Briefmarkenausstellung, Plowdiw. Odr.; □ mit aufgedruckter Zähnung.

hru

hru) Fernão de Magalhães (1480–1521), portugiesischer Seefahrer

5173	0.65 L	mehrfarbig	hru	—,—	—,—
Block 393		(70×85 mm)	hrv	16,—	16,—

Auflage: 3.100 Blocks

Gültig bis 30.4.2018

2014, 25. Okt. Blockausgabe: Bulgarische Regionen (V) – Südliches Zentrum. Odr.; gez. K 13:13¼.

hsa

hrw hry
hrz hrx

hrw) Goldmünze aus Perperikon
hrx) Ethnographisches Museum, Plowdiw
hry) Observatorium in Roschen
hrz) Gämse im Biospärenreservat Kupena

5174	0.65 L	mehrfarbig	hrw	1,20	1,20
5175	0.65 L	mehrfarbig	hrx	1,20	1,20
5176	1.00 L	mehrfarbig	hry	1,80	1,80
5177	1.00 L	mehrfarbig	hrz	1,80	1,80
Block 394		(83×115 mm)	hsa	6,—	6,—

Auflage: 15.000 Blocks

Gültig bis 30.4.2018

2014, 25. Okt. Internationale Briefmarkenmesse BULCOLLECTO 2014, Plowdiw: Singvögel. Odr. (4×10); gez. K 13:13¼.

hsb) Seidenschwanz (Bombycilla garrulus)

hsc) Heckensänger (Cercotrichas galactotes)

hsd) Mohrenlerche (Melanocorypha yeltoniensis)

hse) Gelbspötter (Hippolais icterina)

5178	0.30 L	mehrfarbig	hsb	0,50	0,50
5179	0.50 L	mehrfarbig	hsc	0,80	0,80
5180	1.00 L	mehrfarbig	hsd	1,50	1,50
5181	1.50 L	mehrfarbig	hse	2,30	2,30
		Satzpreis (4 W.)		5,—	5,—

Blockausgabe mit MiNr. 5178–5181

Block 395	(127×87 mm)	hsf	5,—	5,—
		FDC		8,—

Auflagen: MiNr. 5178 = 31.000, MiNr. 5179 = 41.000, MiNr. 5180 = 61.000, MiNr. 5181 = 14.000 Stück, Bl. 395 = 8.000 Blocks

Gültig bis 30.4.2018

2014, 31. Okt. 135 Jahre Alexandrowska-Krankenhaus. Odr. (4×10); gez. K 13¼:13.

hsg) Alexandrowska-Krankenhaus, Sofia

5182 0.65 L mehrfarbig .... hsg 1,20 1,20

Auflage: 11.000 Stück

Gültig bis 30.4.2018

2014, 10. Nov. Blockausgabe: 570. Jahrestag der Schlacht von Warna. Odr.; gez. Ks 13.

hsi

hsh) König Władysław III. von Polen und Ungarn (1424–1444)

5183 1.50 L mehrfarbig GA .... hsh 2,80 2,80
Block 396 (108×75 mm) .... hsi 3,— 3,—
FDC 5,50

Auflage: 11.000 Blocks

Gültig bis 30.4.2018

2014, 11. Nov. 20 Jahre diplomatische Beziehungen mit dem Souveränen Malteserorden. Odr. (2×2); gez. K 13.

hsk) Flaggen und Wappen von Bulgarien und dem Souveränen Malteserorden

5184 1.50 L mehrfarbig .... hsk 2,80 2,80
FDC 6,—
Kleinbogen 12,— 12,—

Auflage: 13.000 Stück

Gültig bis 30.4.2018

2014, 20. Nov. Weihnachten. Odr.; gez. K 13:13¼.

hsl) Weihnachtspyramide aus Weihnachtsmann, Schneemännern, Engeln und Maus

5185 0.65 L mehrfarbig .... hsl 1,20 1,20
FDC 3,—

Auflage: 61.000 Stück

Gültig bis 30.4.2018

2014, 25. Nov. Blockausgabe: 1000. Jahrestag der Schlacht von Belasiza. Odr.; gez. Ks 13:13¼.

hsn

hsm) Zar Samuil (958–1014)

5186 0.65 L mehrfarbig .... hsm 1,20 1,20
Block 397 (102×79 mm) .... hsn 1,20 1,20

Auflage: 11.000 Blocks

Gültig bis 30.4.2018

2014, 5. Dez. 100 Jahre St. Nikolaikirche, Sofia. Odr.; gez. K 13:13¼.

hso) Russisch-orthodoxe St. Nikolaikirche, Sofia

5187 0.65 L mehrfarbig .... hso 1,20 1,20
FDC 4,—

Auflage: 11.000 Stück

Gültig bis 30.4.2018

2014, 5. Dez. 125. Geburtstage von Künstlern. Odr.; gez. K 13¼:13.

hsp) Konstantin Starkelow (1889–1961), Maler

hsr) Nikolaj Rajnow (1889–1954), Schriftsteller

hss) Michail Katz (1889–1964), Bildhauer

hst) Iwan Lazarow (1889–1952), Bildhauer

5188 0.30 L mehrfarbig .... hsp 0,60 0,60
5189 0.65 L mehrfarbig .... hsr 1,20 1,20
5190 0.80 L mehrfarbig .... hss 1,40 1,40
5191 1.00 L mehrfarbig .... hst 1,80 1,80
Satzpreis (4 W.) 5,— 5,—

Auflagen: MiNr. 5188 und 5190 je 31.000, MiNr. 5189 = 61.000, MiNr. 5191 = 11.000 Stück

Gültig bis 30.4.2018

2015, 12. Jan. 100. Geburtstag von Petar Uwaliew. Odr.; gez. K 13.

hsu) Petar Uwaliew (1915–1998), Schriftsteller und Journalist; Radio und Mikrophon

5192 0.65 L mehrfarbig . . . . hsu 1,20 1,20

Auflage: 11.000 Stück

Gültig bis 28.2.2019

2015, 13. Jan. 100 Jahre bulgarisches Kino. Odr.; gez. K 13.

hsv) Kamera

5193 0.65 L mehrfarbig . . . . hsv 1,20 1,20

Auflage: 11.000 Stück

Gültig bis 28.2.2019

2015, 20. Febr. Freimarken: Historische Uhren. Odr. (10×10); Sicherheitszähnung K 12¾.

hsw) Uhr mit Anzeige des Sternzeichens

hsx) Rokokouhr

hsy) Taschenuhr

5194 0.05 L mehrfarbig . . . . hsw 0,30 0,30
5195 0.30 L mehrfarbig . . . . hsx 0,50 0,50
5196 0.80 L mehrfarbig . . . . hsy 1,40 1,40
Satzpreis (3 W.) 2,— 2,—

Auflagen: MiNr. 5194 = 38.000, MiNr. 5195 = 28.000, MiNr. 5196 = 18.000 Stück

In ähnlicher bzw. gleicher Zeichnung wie MiNr. 5194–5195: MiNr. 5325–5326

2015, 20. Febr. Blockausgabe: 40. Jahrestag des Apollo-Sojus-Kopplungsmanövers. Odr.; A = gez. K 13, B = □, Zähnung aufgedruckt.

hta

hsz) Gekoppelte Raumschiffe

5197 A 0.65 L mehrfarbig . . . . hsz 1,20 1,20
Block 398 A (87×72 mm) . . . . hta 1,20 1,20
FDC 3,—

5197 B 0.65 L mehrfarbig . . . . hsz —,— —,—
Block 398 B (87×72 mm) . . . . hta 15,— 15,—

Auflagen: Bl. 398 A = 11.000, Bl. 398 B = 3.100 Blocks

Gültig bis 28.2.2019

2015, 27. März. 100 Jahre Veteranenverband. Odr. (5×10); gez. K 13.

htb) Salutierender Soldat, Emblem

5198 0.65 L mehrfarbig . . . . htb 1,20 1,20

★★
5198 I Wappenlöwe mit großem Fuß (Feld 2) . . . . —,—

Auflage: 11.000 Stück

Gültig bis 28.2.2019

2015, 20. April. Europa: Historisches Spielzeug. Odr., Kleinbogen (2×3); Bildformat 28×39 mm; AS = Sicherheitszähnung 13.

htc) Hölzerner Soldat auf Schaukelpferd

htd) Puppe

			★★	⊙
5199 AS	0.65 L mehrfarbig	htc	1,—	1,—
5200 AS	1.50 L mehrfarbig	htd	2,20	2,20
	Satzpreis AS (2 W.)		3,20	3,20
	FDC AS			5,—
	Kleinbogensatz AS (2 Klb.)		13,—	13,—

Blockausgabe, A = gez. Ks 13

5199 A	0.65 L mehrfarbig	htc	1,20	1,20
5200 A	1.50 L mehrfarbig	htd	2,80	2,80
Block 399	(108×86 mm)	hte	4,—	4,—
	FDC			5,—

Markenheftchen (2×2), Bildformat 25×35 mm, einseitig gez. 13

5201	0.65 L mehrfarbig	htc I		
Do	oben gez. (⊓)		1,50	1,50
Du	unten gez. (⊔)		1,50	1,50
5202	1.50 L mehrfarbig	htd I		
Do	oben gez. (⊓)		3,50	3,50
Du	unten gez. (⊔)		3,50	3,50
	Satzpreis D (2 W.)		5,—	5,—

H-Blatt 23 mit 2 × MiNr. 5201 Do/Du . . . . 6,— 6,—
H-Blatt 24 mit 2 × MiNr. 5202 Do/Du . . . . 14,— 14,—
MH 15 mit H-Blatt 23–24 . . . . 20,— 20,—

Die Kleinbogen enthalten jeweils 2 richtigstehende Marken (erste Zeile), 2 Zierfelder (zweite Zeile) und 2 kopfstehende Marken (dritte Zeile).

Auflagen: MiNr. 5199 AS–5200 AS = 15.800 Sätze, Bl. 399 = 15.000 Blocks, MH 15 = 6.300 Markenheftchen

Gültig bis 28.2.2019

2015, 28. April. Blockausgabe: Thematische Briefmarkenausstellung – Haustiere. Odr.; ☐ mit aufgedruckter Zähnung.

htg

htf) Dackel

5203	0.65 L	mehrfarbig	htf	–,–	–,–
Block 400		(86×70 mm)	htg	16,–	16,–

Auflage: 3.100 Blocks

Gültig bis 28.2.2019

2015, 7. Mai. Blockausgabe: Ökologie und Forstwirtschaft. Odr.; gez. Ks 13.

hti

hth) Förster, Bäume

5204	1.00 L	mehrfarbig	hth	1,60	1,60
Block 401		(85×64 mm)	hti	1,60	1,60
			FDC		3,50

Auflage: 11.000 Blocks

Gültig bis 28.2.2019

2015, 14. Mai. 70 Jahre Medizinische Universität, Plowdiw. Odr. (4×10); gez. K 13¼:13.

htk) Gebäude, Relief, rote Kreuze

5205	0.65 L	mehrfarbig	htk	1,20	1,20

Auflage: 12.000 Stück

Gültig bis 28.2.2019

2015, 18. Mai. 150 Jahre Internationale Fernmeldeunion (ITU). Odr.; gez. K 13¼:13.

htl) Morsegerät, Computertastatur

5206	1.00 L	mehrfarbig	htl	1,60	1,60

Auflage: 12.000 Stück

Gültig bis 28.2.2019

2015, 25. Mai. 100 Jahre Fußballverein Marek, Dupnitza. Odr., Bogen (4×10) und Kleinbogen (2×2); gez. K 13.

htm) Mannschaft, Vereinswappen

5207	0.65 L	mehrfarbig	htm	1,20	1,20
			FDC		3,–
			Kleinbogen	3,80	3,80

Der Kleinbogen enthält 3 Marken und 1 Zierfeld (Feld 2).

Auflage: 11.000 Stück, davon 9.000 im Kleinbogen

Gültig bis 28.2.2019

2015, 29. Mai. Blockausgabe: Europäische Sportspiele, Baku. Odr.; gez. Ks 13¼:13.

hto

htn) Ringkampf

5208	1.40 L	mehrfarbig	htn	2,50	2,50
Block 402		(96×96 mm)	hto	2,50	2,50
			FDC		4,50

Auflage: 11.000 Blocks

Gültig bis 28.2.2019

2015, 17. Juni. 65 Jahre onkologisches Krankenhaus, Sofia. Odr. (4×10); gez. K 13¼:13.

htp) Gebäude, Schleifen, rote Kreuze

5209	0.65 L	mehrfarbig	htp	1,20	1,20

Auflage: 12.000 Stück

Gültig bis 28.2.2019

2015, 6. Aug. Blockausgabe: 100. Geburtstag von Stefan Kanchew. Odr.; Bl. 403 gez. Ks 13, Bl. 404 ☐.

hts

htr) Stefan Kanchew (1915–2001), Graphiker und Briefmarkenentwerfer

5210 1.50 L mehrfarbig . . . . htr 2,50 2,50
Block 403 (99×73 mm) . . . . hts 2,50 2,50
FDC 4,50

5211 0.65 L mehrfarbig . . . . htr —,— —,—
Block 404 (99×80 mm) . . . . hts I 16,— 16,—

Bl. 403–404 wurden auf Papier mit optischem Aufheller gedruckt, eine Teilauflage von Bl. 404 außerdem auf normalem Papier mit fluoreszierenden Fasern (1.000 Blocks).

Auflagen: Bl. 403 = 10.500, Bl. 404 = 3.100 Blocks

Gültig bis 28.2.2019

2015, 6. Aug. Volkskunst. Odr. (4×10); gez. K 13¼:13.

htt) Trachtengruppe

htu) Musikanten

htv) Frauenchor

5212	0.50 L	mehrfarbig	htt	1,—	1,—
5213	0.65 L	mehrfarbig	htu	1,20	1,20
5214	1.00 L	mehrfarbig	htv	1,80	1,80
			Satzpreis (3 W.)	4,—	4,—
			FDC		5,50

Blockausgabe mit MiNr. 5212–5214

Block 405 (161×116 mm) . . . . htw 4,— 4,—

Auflagen: MiNr. 5212–5213 je 54.000, MiNr. 5214 = 51.000 Stück, Bl. 405 = 4.000 Blocks

Gültig bis 28.2.2019

2015, 6. Aug. 111 Jahre Krankenhaus für Gynäkologie und Geburtsheilkunde, Sofia. Odr. (10×4); gez. K 13:13¼.

htx) Prinzessin Marie Louise von Bourbon-Parma (1870–1899); Fötus; Krankenhausgebäude; rote Kreuze

5215 0.65 L mehrfarbig . . . . htx 1,20 1,20

Auflage: 12.000 Stück

Gültig bis 28.2.2019

2015, 15. Aug. Blockausgabe: Bulgarische Regionen (VI) – Südosten. Odr.; gez. K 13:13¼.

huc

hty hua
hub htz

hty) Inselkloster Sweta Anastasia, Burgas
htz) Prähistorisches anthropomorphes Gefäß, Kabile
hua) Feuertänzerin
hub) Weintrauben und Weinglas

5216	0.65 L	mehrfarbig	hty	1,20	1,20
5217	0.65 L	mehrfarbig	htz	1,20	1,20
5218	1.00 L	mehrfarbig	hua	1,80	1,80
5219	1.00 L	mehrfarbig	hub	1,80	1,80
Block 406		(85×115 mm)	huc	6,—	6,—

Auflage: 15.000 Blocks

Gültig bis 28.2.2019

2015, 16. Sept. Grußmarken. Odr. (5×10, Hochformat ~; 2×6 Zd); Sicherheitszähnung K 13.

hud) Wissenschaft und Ausbildung: Buch, Sonne, Mauszeiger

hue) Hoffnung und Genesung: Schwalbe, Blatt

huf) Familienfeier: Riesenrad

hug) Sportlicher Erfolg: Pokal

huh) Märzbrauchtum: Marteniza an einem Zweig, Singvogel

5220	0.65 L	mehrfarbig	hud	1,20	1,20
5221	0.65 L	mehrfarbig	hue	1,20	1,20
5222	0.65 L	mehrfarbig	huf	1,20	1,20
5223	1.00 L	mehrfarbig	hug	1,80	1,80
5224	1.00 L	mehrfarbig	huh	1,80	1,80
			Satzpreis (5 W.)	7,—	7,—
			5220 Zf–5224 Zf	10,—	10,—

MiNr. 5220–5224 wurden jeweils auch mit personalisierbarem Zierfeld waagerecht zusammenhängend ausgegeben.

Auflagen: MiNr. 5220–5223 je 64.000, MiNr. 5224 = 44.000 Stück in normalen Bogen

In gleichen Zeichnungen wie MiNr. 5220 und 5223: MiNr. 5333, 5548

2015, 21. Okt. 225. Geburtstag von Alphonse de Lamartine. Odr. (3×2); gez. K 13:13¼.

hui) Alphonse de Lamartine (1790–1869), französischer Schriftsteller und Orientreisender

5225	1.50 L	mehrfarbig	hui	2,50	2,50
			Kleinbogen	10,—	10,—

MiNr. 5225 wurde im Kleinbogen zu 4 Marken und 2 Zierfeldern (Feld 3 und 4) gedruckt.

Auflage: 12.000 Stück

Gültig bis 28.2.2019

2015, 23. Okt. Weltweiter Naturschutz: Eurasischer Wolf. Odr., Bogen (5×5) und Zd-Kleinbogen (4×2); Markenformat 43×33 mm; gez. K 13:13¼.

huk

hul

hum

hun

huk–hun) Eurasischer Wolf (Canis lupus lupus)

5226	0.65 L	mehrfarbig	huk	1,20	1,20
5227	0.80 L	mehrfarbig	hul	1,40	1,40
5228	1.40 L	mehrfarbig	hum	2,40	2,40
5229	3.00 L	mehrfarbig	hun	5,—	5,—
			Satzpreis (4 W.)	10,—	10,—
			FDC		12,—
			Zd-Kleinbogen	20,—	20,—

Blockausgabe, Markenformat 39×29 mm, gez. Ks 13¾:13½

5230	0.65 L	mehrfarbig	huk I	1,20	1,20
5231	0.80 L	mehrfarbig	hul I	1,40	1,40
5232	1.40 L	mehrfarbig	hum I	2,40	2,40
5233	3.00 L	mehrfarbig	hun I	5,—	5,—
Block 407		(117×97 mm)	huo	10,—	10,—
			FDC		12,—

Die Bogen enthalten jeweils 20 Marken und 5 verschiedene Zierfelder (mittlere Bogenzeile).

Markenfolge im Zd-Kleinbogen: 5226–5227–5228–5229, 5229–5228–5227–5226

Auflagen: MiNr. 5226–5229 = 42.000 Sätze, davon 12.000 im Kleinbogen, Bl. 407 = 11.000 Blocks

Gültig bis 28.2.2019

2015, 23. Okt. Blockausgabe: Internationale Briefmarkenausstellung BULCOLLECTO, Plowdiw – Polarforscher. Odr.; □.

gse

gsd
gsc

gsc) Robert Peary (1856–1920), erreichte den Nordpol am 6.4.1909
gsd) Roald Amundsen (1872–1928), erreichte den Südpol am 14.12.1911

5234	0.30 L	mehrfarbig	gsc	—,—	—,—
5235	0.40 L	mehrfarbig	gsd	—,—	—,—
Block 408		(66×95 mm)	gse I	16,—	16,—

Auflage: 3.100 Blocks

Gültig bis 28.2.2019

In gleicher Zeichnung: MiNr. 4693–4694/Bl. 272

2015, 6. Nov. Bergblumen. Odr. (10×4); gez. K 13:13¼.

hup) Viola rhodopeia

hur) Veronica kellererii

hus) Pirin-Mohn (Papaver degenii)

hut) Colchicum borisii

5236	0.10 L	mehrfarbig	hup	0,30	0,30
5237	0.50 L	mehrfarbig	hur	0,80	0,80
5238	0.65 L	mehrfarbig	hus	1,20	1,20
5239	1.00 L	mehrfarbig	hut	1,80	1,80
			Satzpreis (4 W.)	4,—	4,—
			FDC		4,50

Blockausgabe mit MiNr. 5236–5239

Block 409	(145×83 mm)	huu	4,—	4,—

Auflagen: MiNr. 5236–5237 je 35.000, MiNr. 5238–5239 je 97.000 Stück, Bl. 409 = 3.000 Blocks

Gültig bis 28.2.2019

2015, 8. Nov. Blockausgabe: 830. Jahrestag des Bojarenaufstandes gegen die byzantinische Herrschaft. Odr.; gez. Ks 13¼:13.

huw

huv) Bojarenbrüder Assen und Petar

5240	1.50 L	mehrfarbig	huv	2,50	2,50
Block 410		(51×60 mm)	huw	2,50	2,50
			FDC		3,—

Auflage: 10.500 Blocks

Gültig bis 28.2.2019

2015, 18. Nov. Blockausgabe: Alte Bahnhöfe und Dampflokomotiven. Odr.; gez. K 13.

hvb

hux) Bahnhof von Russe und Kaspitschan, Lokomotive von 1891
huy) Bahnhof von Kaspitschan und Varna, Lokomotive von 1897
huz) Bahnhof von Zaribrod und Sofia, Lokomotive von 1887
hva) Bahnhof von Sofia und Saranbej, Lokomotive von 1890

5241	0.65 L	mehrfarbig	hux	1,20	1,20
5242	1.00 L	mehrfarbig	huy	1,80	1,80
5243	1.50 L	mehrfarbig	huz	2,50	2,50
5244	2.00 L	mehrfarbig	hva	3,40	3,50
Block 411		(125×94 mm)	hvb	9,—	9,—
			FDC		10,—

Auflage: 12.000 Blocks

Gültig bis 28.2.2019

2015, 1. Dez. Eröffnung des wissenschaftlich-technologischen Zentrums „Sofia Tech Park“. Odr. (10×4); gez. K 13:14¼.

hvc) Linien und Kreise

5245	1.00 L	mehrfarbig	hvc	1,80	1,80

Auflage: 12.000 Stück

Gültig bis 28.2.2019

2015, 2. Dez. Weihnachten. Odr. (5×10); gez. K 13.

hvd) Geschmückter Baum, Tiere des Waldes

5246	1.00 L	mehrfarbig	hvd	1,80	1,80
			FDC		2,50

Auflage: 50.000 Stück

Gültig bis 28.2.2019

2015, 21. Dez. Blockausgabe: Wahl von Plowdiw zur Kulturhauptstadt Europas 2019. Odr.; gez. Ks 13¼.

hvf

hve) Römisches Theater

5247	1 L	mehrfarbig	hve	1,80	1,80
Block 412		(87×73 mm)	hvf	1,80	1,80

Auflage: 10.500 Blocks

Gültig bis 28.2.2019

2015, 23. Dez. 75. Geburtstag von Emil Dimitrow. Odr. (5×10); gez. K 13:13¼.

hvg) Emil Dimitrow (1940–2005), Sänger

5248	0.65 L	mehrfarbig	hvg	1,20	1,20

		★★
5248 U	ungezähnt	—,—

Auflage: 12.000 Stück

Gültig bis 28.2.2019

2015, 23. Dez. Postkartennetzwerk „Postcrossing“. Odr. (4×10); gez. K 13:13¼.

hvh) Briefträger, Brief mit Marke MiNr. 5123

				★★	⊙
5249	1.00 L	mehrfarbig	hvh	2,—	2,—
			FDC		2,50

Auflage: 38.000 Stück

Gültig bis 28.2.2019

2016, 28. Jan. Blockausgabe: Surova-Maskenfestival in Pernik – immaterielles UNESCO-Welterbe. Odr.; gez. Ks 13¼:13.

hvk

hvi) Maske

5250	1.50 L	mehrfarbig	hvi	2,50	2,50
Block 413		(101×71 mm)	hvk	2,50	2,50
			FDC		4,—

Auflage: 10.500 Blocks

Gültig bis 2.3.2020

2016, 26. Febr. Blockausgabe: Thrakische Münzen (I). Odr.; □ mit aufgedruckter Zähnung.

hvm

hvl) Bronzekopf des Fürsten Seuthes III. aus dem thrakischen Grab bei Kasanlak (4. Jh. v. Chr.); Münzen aus seiner Regierungszeit

5251	0.65 L mehrfarbig	hvl	–,–	–,–
Block 414	(62×100 mm)	hvm	18,—	18,—

Eine Teilauflage von Bl. 414 wurde auf Papier mit fluoreszierenden Fasern gedruckt (1.000 Blocks).

Auflage: 3.100 Blocks

Gültig bis 28.2.2019

2016, 30. März. 80. Geburtstag von Assen Stareischinski. Odr. (5×10); gez. K 13.

hvn) Assen Stareischinski (1936–1991), Graphiker

5252	0.65 L mehrfarbig	hvn	1,20	1,20

Auflage: 12.000 Stück

Gültig bis 2.3.2020

2016, 26. April. Europa: Umweltbewusst leben. Odr., Kleinbogen (3×2); Bildformat 39×28 mm; AS = Shz. 13.

hvo) Von Grau zu Grün; Graphik von Doxia Sergidou (Zypern)

hvp) Von Grau zu Grün; Graphik von Wiliam Kitanow (Bulgarien)

5253 AS	1 L mehrfarbig	hvo	1,60	1,60
5254 AS	2 L mehrfarbig GA	hvp	3,40	3,40
	Satzpreis AS (2 W.)		5,—	5,—
	FDC AS			6,—
	Kleinbogensatz AS (2 Klb.)		25,—	25,—

Blockausgabe, A = gez. Ks 13

5253 A	1 L mehrfarbig	hvo	1,60	1,60
5254 A	2 L mehrfarbig GA	hvp	3,40	3,40
Block 415	(71×103 mm)	hvr	5,—	5,—
		FDC		6,—

Markenheftchen (2×2), Bildformat 25×35 mm, zweiseitig gez. L 13¼

5255		1 L mehrfarbig	hvo I		
	Eol	zweiseitig gez. (□)		2,50	2,50
	Eor	zweiseitig gez. (□)		2,50	2,50
	Eur	zweiseitig gez. (□)		2,50	2,50
5256		2 L mehrfarbig GA	hvp I		
	Eol	zweiseitig gez. (□)		4,50	4,50
	Eor	zweiseitig gez. (□)		4,50	4,50
	Eul	zweiseitig gez. (□)		4,50	4,50
		Satzpreis (2 W.)		7,—	7,—

H-Blatt 25	mit 1 × MiNr. 5255 Eol/Eur und 2 × MiNr. 5255 Eor	10,—	10,—
H-Blatt 26	mit 2 × MiNr. 5256 Eol und 1 × MiNr. 5256 Eor/Eul	18,—	18,—
MH 16	mit H-Blatt 25–26	28,—	28,—

MiNr. 5253 AS–5254 AS wurden jeweils in Kleinbogen mit 5 Marken und 1 Zierfeld (Feld 5) gedruckt.

Eine Marke jedes Heftchenblattes steht kopf.

Die Heftchenblätter sind im Heftchendeckel mittels Fotoecken befestigt.

Auflagen: MiNr. 5253 AS–5254 AS = 20.000 Sätze, Bl. 415 = 11.000 Blocks, MH 16 = 5.300 Markenheftchen

Gültig bis 2.3.2020

2016, 27. April. 150. Geburtstag von Pentscho Slawejkow. Odr. (5×10); gez. K 13¼.

hvs) Pentscho Slawejkow (1866–1912), Dichter; Slawejkow-Museum, Trjawna

5257	0.65 L mehrfarbig	hvs	1,20	1,20

Auflage: 12.000 Stück

Gültig bis 2.3.2020

2016, 28. April. Blockausgabe: 55. Jahrestag des Weltraumfluges eines Schimpansen. Odr.; Bl. 416 gez. Ks 13, Bl. 417 □.

hvu

hvt) Schimpanse „Ham“ mit Rakete

5258 2.00 L	mehrfarbig	hvt	3,50	3,50
Block 416	(85×74 mm)	hvu	3,50	3,50
		FDC		4,50
5259 0.65 L	mehrfarbig	hvt	—,—	—,—
Block 417	(85×74 mm)	hvu I	18,—	18,—

Bl. 416–417 wurden auf Papier mit optischem Aufheller gedruckt, eine Teilauflage von Bl. 417 außerdem auf normalem Papier mit fluoreszierenden Fasern (1.600 Blocks).

Auflagen: Bl. 416 = 10.500, Bl. 417 = 4.300 Blocks

Gültig bis 2.3.2020

2016, 5. Mai. 180 Jahre St.-Georgs-Kirche, Kawarna. Odr. (10×10); Shz. 12¾.

hvv) St.-Georgs-Kirche, Kawarna

5260 0.65 L	kobalt/zinnoberrot	hvv	1,20	1,20

Auflage: 12.000 Stück

2016, 10. Mai. Thrakische Münzen (II). Odr., Bogen (10×5), Zd-Bogen (5×4 Zd), Zd-Kleinbogen (4×2); gez. K 13.

Zierfeld	hvw	hvy	Zierfeld
Zierfeld	hvx	hvz	Zierfeld

hvw) König Sitalkes (444–424 v. Chr.)
hvx) König Amadokos (407–386 v. Chr.)
hvy) König Hebryzelmis (405–383 v. Chr.)
hvz) König Kotys (383–359 v. Chr.)

5261 0.65 L	mehrfarbig	hvw	1,20	1,20
5262 1.00 L	mehrfarbig	hvx	1,80	1,80
5263 1.50 L	mehrfarbig	hvy	2,50	2,50
5264 2.00 L	mehrfarbig	hvz	3,50	3,50
		Satzpreis (4 W.)	9,—	9,—
		5261 Zf–5246 Zf	9,—	9,—
		Zd-Kleinbogen	9,—	9,—

MiNr. 5261–5264 wurden jeweils auch mit Zierfeld waagerecht zusammenhängend ausgegeben

Markenfolge im Zd-Kleinbogen: Zf-5261–5263-Zf, Zf-5262–5264-Zf

Auflagen: MiNr. 5261–5263 je 64.000, MiNr. 5264 = 14.000 Stück, davon jeweils 5.000 in Zd-Bogen und 4.000 im Kleinbogen

Gültig bis 2.3.2020

2016, 12. Mai. 100. Geburtstag von Alexander Poplilow. Odr. (4×10); gez. K 13.

hwa) Alexander Poplilow (1916–2001), Maler und Graphiker

5265 0.65 L	mehrfarbig	hwa	1,20	1,20

Auflage: 12.000 Stück

Gültig bis 2.3.2020

2016, 16. Mai. 100 Jahre Fußballverein Beroe Stara Sagora. Odr., Bogen (4×10) und Kleinbogen (2×2); gez. K 13.

hwb) Mannschaft im Jahre 1986

5266 0.65 L	mehrfarbig	hwb	1,20	1,20
		Kleinbogen	5,—	5,—

Auflage: 11.000 Stück, davon 6.000 im Kleinbogen

Gültig bis 28.2.2019

2016, 18. Mai. 140. Jahrestag der Landung von Christo Botew am Strand von Kosloduj. Odr. (4×10); gez. K 13.

hwc) Christo Botew (1848–1876), Dichter und Freiheitskämpfer; österreichischer Donau-Raddampfer „Radetzki“

5267 0.65 L	mehrfarbig	hwc	1,20	1,20

Auflage: 12.000 Stück

Gültig bis 2.3.2020

2016, 26. Mai. 150 Jahre Hafen von Russe. Odr. (5×10); gez. K 13:13¼.

hwd) Segelschiffe vor Russe (19. Jh.)

5268 1 L	mehrfarbig	hwd	1,80	1,80

Auflage: 11.000 Stück

Gültig bis 2.3.2020

2016, 12. Juli. Blockausgabe: Schach. Odr.; gez. Ks 13:13¼.

hwf

hwe) Schachfiguren

5269	3.00 L mehrfarbig	hwe	4,—	4,—
Block 418	(82×93 mm)	hwf	4,—	4,—

Auflage: 10.100 Blocks

Gültig bis 2.3.2020

2016, 13. Sept. Freundschaft mit Israel: Vogelzug. Odr. (5×3); gez. K 13.

hwg) Weißstörche mit Peilsendern, Landkarte des östlichen Mittelmeerraums, Flaggen von Bulgarien und Israel

5270	2.20 L mehrfarbig	hwg	4,—	3,50
		FDC		4,—

MiNr. 5270 wurde auf Papier mit optischem Aufheller gedruckt, eine Teilauflage außerdem auf normalem Papier mit fluoreszierenden Fasern und o.G. (6.000 Stück).

Auflage: 60.000 Stück

Gültig bis 2.3.2020

Parallelausgabe mit Israel MiNr. 2529

2016, 15. Sept. 200. Geburtstag von Anthim I. Odr. (5×10); gez. K 13.

hwh) Anthim I. (1816–1888), Oberhaupt der bulgarisch-orthodoxen Kirche und Führer der Unabhängigkeitsbewegung

5271	0.65 L mehrfarbig	hwh	2,—	1,50

Auflage: 11.000 Stück

Gültig bis 2.3.2020

2016, 22. Sept. Blockausgabe: Förderung des Architekturmuseums Trapesiza durch die aserbaidschanische Heydər-Əliyev-Stiftung. Odr.; gez. Ks 13¼:13.

hwk

hwi) Festung Zarewez, Weliko Tarnowo

5272	1.50 L mehrfarbig	hwi	2,50	2,50
Block 419	(86×75 mm)	hwk	2,50	2,50
		FDC		3,50

Auflage: 10.500 Blocks

Gültig bis 2.3.2020

Parallelausgabe mit Aserbaidschan MiNr. 1180/Bl. 172

2016, 7. Okt. Blockausgabe: 100 Jahre Militärmarsch „Groß ist unser Soldat“ von Michail Schekerdschiew. Odr.; gez. Ks 13¼:13.

hwm

hwl) Soldat mit Trompete, Notenblatt

5273	2 L mehrfarbig	hwl	3,50	3,50
Block 420	(79×108 mm)	hwm	3,50	3,50

Auflage: 10.100 Blocks

Gültig bis 2.3.2020

2016, 7. Okt. Wikipedia-Photowettbewerb „Wiki Loves Earth“. Odr., Bogen (5×10) und Kleinbogen (2×2); gez. K 13.

hwn) Gänsegeier (Gyps fulvus); Foto von Emilija Tontschewa

5274	2.00 L mehrfarbig	hwn	3,50	3,50
		Kleinbogen	14,—	14,—

Auflage: 11.000 Stück, davon 4.000 im Kleinbogen

Gültig bis 28.2.2019

2016, 21. Okt. Weltweiter Naturschutz: Maurische Landschildkröte. Odr., Bogen (5×2 + 5×2); Markenformat 43×32½ mm; A = gez. K 13.

hwo

hwp

hwr

hws

hwo–hws) Maurische Landschildkröte (Testudo graeca)

5275 A	0.65 L	mehrfarbig	hwo	1,—	1,—
5276 A	0.80 L	mehrfarbig	hwp	1,50	1,50
5277 A	1.40 L	mehrfarbig	hwr	2,50	2,50
5278 A	3.00 L	mehrfarbig	hws	5,—	5,—
		Satzpreis A (4 W.)		10,—	10,—
		FDC			11,—

Zd-Kleinbogen (4×2), AS = Shz. 13

5275 AS	0.65 L	mehrfarbig	hwo	1,—	1,—
5276 AS	0.80 L	mehrfarbig	hwp	1,50	1,50
5277 AS	1.40 L	mehrfarbig	hwr	2,50	2,50
5278 AS	3.00 L	mehrfarbig	hws	5,—	5,—
		Satzpreis AS (4 W.)		10,—	10,—
		Zd-Kleinbogen		20,—	20,—

Blockausgabe, Markenformat 39×29 mm, gez. Ks 13¼:13

5279	0.65 L	mehrfarbig	hwo I	1,—	1,—
5280	0.80 L	mehrfarbig	hwp I	1,50	1,50
5281	1.40 L	mehrfarbig	hwr I	2,50	2,50
5282	3.00 L	mehrfarbig	hws I	5,—	5,—
Block 421		(106×87 mm)	hwt	10,—	10,—
		FDC			11,—

MiNr. 5275 A–5278 A wurden auf Papier mit optischem Aufheller gedruckt, eine Teilauflage außerdem auf normalem Papier mit fluoreszierenden Fasern und o.G. (4.000 Sätze).

Markenfolge im Zd-Kleinbogen: 5275–5276–5277–5278, 5278–5277–5276–5275

Auflagen: MiNr. 5275 A–5278 A = 22.000, MiNr. 5275 AS–5278 AS = 11.500 Sätze, Bl. 421 = 10.500 Blocks

Gültig bis 2.3.2020

2016, 22. Okt. Motorräder. Odr. (4×10); A = gez. K 13.

hwu) BMW R 1200 GS

hwv) Suzuki V-Strom 1000

hww) Honda VFR800X Crossrunner

hwx) Ducati Multistrada 1200S

5283 A	0.65 L	mehrfarbig	hwu	1,—	1,—
5284 A	1.50 L	mehrfarbig	hwv	2,50	2,50
5285 A	2.00 L	mehrfarbig	hww	3,50	3,50
5286 A	3.00 L	mehrfarbig	hwx	5,—	5,—
		Satzpreis A (4 W.)		12,—	12,—
		FDC			11,50

Blockausgabe; C = gez. K 13¼:13, Bl. 423 □, o.G.

5283 C	0.65 L	mehrfarbig	hwu	1,—	1,—
5284 C	1.50 L	mehrfarbig	hwv	2,50	2,20
5285 C	2.00 L	mehrfarbig	hww	3,50	3,50
5286 C	3.00 L	mehrfarbig	hwx	5,—	5,—
Block 422		(158×83 mm)	hwy	12,—	12,—
5287	0.65 L	mehrfarbig	hwv	—,—	—,—
Block 423		(86×95 mm)	hwz	16,—	16,—

Auflagen: MiNr. 5283 A–5285 A je 20.000, MiNr. 5286 A = 13.000 Stück, Bl. 422 = 7.000, Bl. 423 = 3.100 Blocks

Gültig bis 2.3.2020

2016, 22. Okt. Blockausgabe: Briefmarkenausstellung BULCOLLECTO, Plowdiw. Odr.; □ mit aufgedruckter Zähnung.

hxb

hxa) Britische Kurzhaar

5288	0.65 L	mehrfarbig	hxa	—,—	—,—
Block 424		(92×102 mm)	hxb	16,—	16,—

Auflage: 3.100 Blocks

Gültig bis 2.3.2020

2016, 14. Nov. 25. Bulgarische Antarktisexpedition. Odr. (10×5); gez. K 13.

hxc) Anlandung mit Schlauchboot

5289	0.65 L	mehrfarbig GA	hxc	2,80	2,—
		FDC			2,50

Auflage: 11.000 Stück

Gültig bis 2.3.2020

2016, 16. Nov. Weihnachten. Odr. (10×4); gez. K 13:13¼.

hxd) Kamin in Form einer schwarzen Katze, Schneekristalle

5290 1 L mehrfarbig . . . . hxd 1,80 1,80

Auflage: 50.000 Stück

Gültig bis 2.3.2020

2016, 16. Nov. 100 Jahre diplomatische Beziehungen mit der Schweiz. Odr. (5×10); gez. K 13.

hxe) Louis-Emil Eyer (1865–1916), schweizerischer Sportpädagoge in Bulgarien; Flaggen

5291 1 L mehrfarbig . . . . hxe 1,80 1,80

Auflage: 11.000 Stück

Gültig bis 2.3.2020

2016, 17. Nov. Blockausgabe: 200. Geburtstag von Dimityr Dobrowitsch. Odr.; gez. K 13:13¼.

hxh

hxf) Selbstbildnis
hxg) Die Spinnerin

hxf–hxg) Gemälde von Dimityr Dobrowitsch (1816–1905), Maler

5292	0.65 L	mehrfarbig	hxf	1,20	1,20
5293	2.00 L	mehrfarbig	hxg	3,20	3,20
Block 425		(139×79 mm)	hxh	4,50	4,50

Auflage: 11.000 Blocks

Gültig bis 2.3.2020

2016, 22. Nov. 120 Jahre Nationale Kunstakademie. Odr. (4×10); gez. K 13¼:13.

hxi) Konstantin Welitschkow (1855–1907), Schriftsteller und Gründer der Akademie; Gemälde von Boris Mitov (1892–1963)

5294 0.65 L mehrfarbig . . . . hxi 1,70 1,50

Auflage: 12.000 Stück

Gültig bis 2.3.2020

2016, 22. Nov. 100. Geburtstag von Wassil Jontschew. Odr. (4×10); gez. K 13¼:13.

hxk) Wassil Jontschew (1916–1985), Graphiker und Typograph; Bücher und Buchstaben

5295 0.65 L mehrfarbig . . . . hxk 1,70 1,50

Auflage: 10.100 Stück

Gültig bis 2.3.2020

2016, 7. Dez. 150. Geburtstag von Georgi Bontschew. Odr. (10×4); gez. K 13:13¼.

hxl) Georgi Bontschew (1866–1955), Geologe; Kristallstufe

5296 0.65 L mehrfarbig . . . . hxl 1,20 1,20

Auflage: 10.500 Stück

Gültig bis 2.3.2020

2016, 9. Dez. 35 Jahre Nationaler Kulturpalast, Sofia. Odr. (2×10 Zd); gez. K 13¼:13.

hxm) Kulturpalast bei Nacht
Zierfeld

5297	1.50 L	mehrfarbig	hxm	2,50	2,50
			5297 Zf	2,80	2,80

Auflage: 14.000 Stück

Gültig bis 2.3.2020

2017, 24. Febr. Blockausgabe: 125. Geburtstag von Wladimir Stojtschew. Odr.; gez. Ks 12¾:13.

hxm

hxl) Wladimir Stojtschew (1892–1990), Offizier, Diplomat und Sportfunktionär, Teilnehmer an den Reitwettbewerben der Olympischen Spiele 1924 und 1928

5298	2 L	mehrfarbig	hxl	3,50	3,50
Block 426		(81×61 mm)	hxm	3,50	3,50

Auflage: 10.100 Blocks

Gültig bis 2.3.2021

2017, 28. Febr. Blockausgabe: Chinesisches Neujahr: Jahr des Hahnes. Odr.; □, mit zusätzlicher Lochstanzung einer Zählnummer im Blockrand.

hxo

hxn) Hahn

5299 0.65 L mehrfarbig . . . . hxn —,— —,—
Block 427 (80×85 mm) . . . . hxo 16,— 16,—

Bl. 427 gibt es auf Papier mit optischem Aufheller (1850 Blocks) und auf normalem Papier mit fluoreszierenden Fasern (1.250 Blocks).

Auflage: 3.100 numerierte Blocks

Gültig bis 28.2.2019

2017, 22. März. 70 Jahre Zivilluftfahrt in Bulgarien. Odr. (5×3 Zd); gez. K 13¼:13.

hxp) Verkehrsflugzeug über Landebahn
Zierfeld

5300 0.65 L mehrfarbig . . . . hxp 1,50 1,50
5300 Zf 1,70 1,70

Auflage: 11.000 Stück

Gültig bis 2.3.2021

2017, 4. April. 100 Jahre Rotary International. Odr. (4×10); gez. K 13¼:13.

hxr) Inschrift, Emblem

5301 2 L mehrfarbig . . . . hxr 3,50 3,50

Auflage: 11.000 Stück

Gültig bis 2.3.2021

2017, 7. April. Warna – Europäische Jugendhauptstadt 2017. Odr. (5×10); gez. K 13.

hxs) Jugendliche, Windrose, Umrisskarte von Warna

5302 1 L mehrfarbig . . . . hxs 1,80 1,80

Auflage: 11.000 Stück

Gültig bis 2.3.2021

2017, 11. April. Blockausgabe: Plowdiw – Kulturhauptstadt Europas 2019. Odr.; gez. K 13.

hxv

hxt) Mosaik mit Birnenmotiv (4./5. Jh.)
Zierfeld
hxu) Mosaik mit Reihermotiv (4./5. Jh.)
Zierfeld

5303 1.00 L mehrfarbig . . . . hxt 1,80 1,80
5304 1.50 L mehrfarbig . . . . hxu 2,60 2,60
Block 428 (120×80 mm) . . . . hxv 4,50 4,50

Bl. 428 gibt es auf Papier mit optischem Aufheller (9.000 Blocks) und auf normalem Papier mit fluoreszierenden Fasern, o.G. (2.000 Blocks).

Auflage: 11.000 Blocks

Gültig bis 2.3.2021

2017, 28. April. Blockausgabe: 100. Geburtstag von Ella Fitzgerald. Odr.; Bl. 429 gez. Ks 13¼:13, Bl. 430 □ mit aufgedruckter Zähnung.

hxx

hxw) Ella Fitzgerald (1917–1996), amerikanische Sängerin

5305 2.00 L mehrfarbig . . . . hxw —,— —,—
Block 429 (95×96 mm) . . . . hxx 3,50 3,50

5306 0.65 L mehrfarbig . . . . hxw —,— —,—
Block 430 (95×95 mm) . . . . hxx I 15,— 15,—

Bl. 430 trägt auf dem Blockrand das Emblem der internationalen Briefmarkenausstellung FINLANDIA 2017 und eine ausgestanzte Kontrollnummer.

Bl. 430 gibt es auf Papier mit optischem Aufheller (2.050 Blocks) und auf normalem Papier mit fluoreszierenden Fasern, o.G. (1.650 Blocks).

Auflagen: Bl. 429 = 10.100 Blocks, Bl. 430 = 3.700 numerierte Blocks

Gültig bis 2.3.2021

2017, 29. April. 100 Jahre Marineluftstreitkräfte. Odr. (4×10); gez. K 13:13¼.

hxy) Hubschrauber AS 565 MB Panther

5307	0.65 L	mehrfarbig	hxy	1,70	1,50

Auflage: 11.000 Stück

Gültig bis 2.3.2021

2017, 4. Mai. Europa: Burgen und Schlösser. Odr., Kleinbogen (2×3); Bildformat 39×28 mm; A = Shz. 13.

hxz) Zarenresidenz Euxinograd bei Warna (19. Jh.)

hya) Muttergotteskirche in der Assenowa-Festung (12./13. Jh.)

5308 A	0.65 L	mehrfarbig GA	hxz	1,50	1,50
5309 A	2.10 L	mehrfarbig	hya	3,50	3,50
		Satzpreis A (2 W.)		5,—	5,—
		FDC A			6,—
		Kleinbogensatz A (2 Klb.)		25,—	25,—

Markenheftchen (2×2); D = dreiseitig, E = zweiseitig gez. L 13¼

5308	0.65 L mehrfarbig	hxz		
Do	dreiseitig gez.		2,50	2,50
Du	dreiseitig gez.		2,50	2,50
Eor	zweiseitig gez.		2,50	2,50
Eur	zweiseitig gez.		2,50	2,50
5309	2.10 L mehrfarbig	hya		
Do	dreiseitig gez.		4,50	4,50
Du	dreiseitig gez.		4,50	4,50
Eor	zweiseitig gez.		4,50	4,50
Eur	zweiseitig gez.		4,50	4,50

H-Blatt 27	mit 1 × MiNr. 5308 Do/Du/Eor/Eur	10,—	10,—
H-Blatt 28	mit 1 × MiNr. 5309 Do/Du/Eor/Eur	18,—	18,—
MH 17	mit 1 × H-Blatt 27–28	28,—	28,—

Blockausgabe, Bildformat 35×25 mm, gez. Ks 13¼:13

5310	0.65 L	mehrfarbig	hxz I	1,50	1,50
5311	2.10 L	mehrfarbig	hya I	3,50	3,50
Block 431		(87×107 mm)	hyb	5,—	5,—
		FDC			6,—

MiNr. 5308 A–5309 A wurden jeweils in Kleinbogen mit 5 Marken und 1 Zierfeld (Feld 2) gedruckt.

Auflagen: MiNr. 5308 A–5309 A = 20.000 Sätze, MH 17 = 5.300 Markenheftchen, Bl. 431 = 11.000 Blocks

Gültig bis 2.3.2021

2017, 4. Mai. 150. Geburtstag von Arturo Toscanini. Odr. (2×2 Zd); gez. K 13.

Zierfeld
hyc) Arturo Toscanini (1867–1957), italienischer Dirigent

5312	1.00 L	mehrfarbig	hyc	1,80	1,80
			5312 Zf	1,80	1,80
			Kleinbogen	7,50	7,50

Auflage: 12.000 Stück

Gültig bis 2.3.2021

2017, 9. Mai. Blockausgabe: 100. Jahrestag der Verteidigung von Doiran. Odr.; gez. Ks 13:13¼.

hye

hyd) Britischer und bulgarischer Soldat

5313	1.50 L	mehrfarbig	hyd	2,50	2,50
Block 432		(58×82 mm)	hye	2,50	2,50

Auflage: 10.100 Blocks

Gültig bis 2.3.2021

2017, 22. Mai. Blockausgabe: Fauna des Schwarzen Meeres. Odr.; gez. Ks 13.

hyh

hyf) Schwarzmeer-Delphin (Delphinus delphis ponticus)
hyg) Weiße Bohrmuschel (Barnea candida)

5314	0.65 L	mehrfarbig	hyf	1,50	1,50
5315	2.00 L	mehrfarbig	hyg	3,50	3,50
Block 433		(87×95 mm)	hyh	5,—	5,—

Auflage: 14.000 Blocks

Gültig bis 2.3.2021

Parallelausgabe mit Ukraine MiNr. 1606–1607/Bl. 140

2017, 26. Mai. 85. Geburtstag von Grigor Watschkow. Odr.; gez. K 13.

hyi) Grigor Watschkow (1932–1980), Schauspieler; in verschiedenen Rollen

5316	0.65 L	mehrfarbig	hyi	1,50	1,50

Auflage: 11.000 Stück

Gültig bis 2.3.2021

2017, 2. Juni. Rosenfestival, Kasanlak. Odr.; gez. K 13:13¼.

hyk) Stickmuster mit Rosenmotiv

5317 0.65 L mehrfarbig . . . . hyk 1,50 1,50
FDC 2,50

Auflage: 11.000 Stück

Gültig bis 2.3.2021

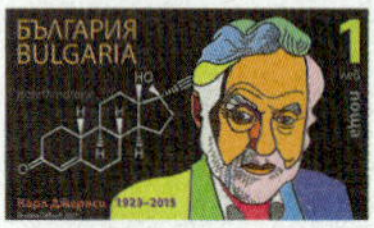

2017, 8. Juni. Carl Djerassi. Odr.; gez. K 13.

hyl) Carl Djerassi (1923–2015), Chemiker und Schriftsteller, Entwickler der Antibabypille; Strukturformel von Norethisteron

5318 1 L mehrfarbig . . . . hyl 1,80 1,80

Auflage: 11.000 Stück

Gültig bis 2.3.2021

2017, 16. Juni. Bekannte Philatelisten: Simeon Sakskoburggotski. Odr. (2×10 Zd); gez. K 13.

hym) Simeon Sakskoburggotski (*1937), bis 1946 als Simeon II. Zar von Bulgarien
Zierfeld

5319 1.50 L mehrfarbig . . . . hym 2,50 2,50
5319 Zf 2,50 2,50

Blockausgabe mit 2 × MiNr. 5319

Block 434 (118×78 mm) . . . . hyn 5,— 5,—

Auflagen: MiNr. 5319 = 6.100 Stück, Bl. 434 = 2.200 Blocks

Gültig bis 2.3.2021

2017, 22. Juni. Leuchttürme. Odr. (10×5); gez. K 12¾:13.

hyo) Achtopol (1932)

hyp) Schabla (1857)

hyr) Burgas (1899)

hys) Warna-Galata (1913)

5320 0.65 L mehrfarbig . . . . hyo 1,20 1,20
5321 1.00 L mehrfarbig . . . . hyp 1,80 1,80
5322 1.50 L mehrfarbig . . . . hyr 2,50 2,50
5323 2.00 L mehrfarbig . . . . hys 3,50 3,50
Satzpreis (4 W.) 9,— 9,—

Blockausgabe mit MiNr. 5320–5323

Block 435 (94×126 mm) . . . . hyt 9,— 9,—

Auflagen: MiNr. 5320–5322 je 16.000, MiNr. 5323 = 6.500 Stück, Bl. 435 = 4.000 Blocks

Gültig bis 2.3.2021

2017, 26. Juli. 200. Geburtstag von Iwan Ajwasowskij. Odr., Bogen (5×10) und Kleinbogen (2×2); gez. K 13.

hyu) Iwan Ajwasowskij (1817–1900), russischer Maler; Gemälde „Der Regenbogen (Schiffbruch)"

5324 1.00 L mehrfarbig . . . . hyu 2,50 2,50
Kleinbogen 10,— 10,—

Auflage: 12.000 Stück, davon 8.000 im Kleinbogen

Gültig bis 2.3.2021

2017, 27. Juli. Blockausgabe: Internationale Briefmarkenausstellung BANDUNG 2017, Indonesien – Uhren. Odr.; waagerecht gez. 13.

hyw

hyv) Uhr mit Anzeige des Sternzeichens
hsx) Rokokouhr

5325 0.05 L mehrfarbig . . . . hyv —,— —,—
5326 0.30 L mehrfarbig . . . . hsx —,— —,—
Block 436 mit 2 × MiNr. 5325–5326
(72×72 mm) . . . . hyw 12,— 12,—

Bl. 436 gibt es auf Papier mit optischem Aufheller (1.550 Blocks) und auf normalem Papier mit fluoreszierenden Fasern, o.G. (1.150 Blocks).

Auflage: 2.700 Blocks

In ähnlicher bzw. gleicher Zeichnung: MiNr. 5194–5195

2017, 28. Juli. 100. Todestag von Rajna Knjaginja. Odr. (10×5); gez. K 13.

hyx) Rajna Knjaginja (1856–1917), Lehrerin und Schöpferin der Flagge für den antitürkischen Aprilaufstand von 1876

5327 1 L mehrfarbig . . . . hyx 2,60 2,—

Auflage: 11.000 Stück

Gültig bis 2.3.2021

2017, 8. Aug. 100. Geburtstag von Rajko Rajtschew. Odr. (4×10); gez. K 13.

hyy) Rajko Rajtschew (1917–1997), Onkologe; Mikroskop, Zellpräparat

5328 0.65 L mehrfarbig . . . . hyy 1,20 1,20
FDC 2,50

Auflage: 11.000 Stück

Gültig bis 2.3.2021

2017, 28. Aug. Blockausgabe: Internationales Jahr für nachhaltigen Tourismus. Odr.; gez. Ks 13¼:13.

hza

hyz) Fresko aus dem Thrakergrab von Kasanlak

5329 2.10 L mehrfarbig . . . . hyz 5,— 5,—
Block 437 (98×72 mm) . . . . hza 5,— 5,—

Auflage: 10.500 Blocks

Gültig bis 2.3.2021

2017, 13. Sept. 80 Jahre Flughafen Sofia. Odr. (4×10); gez. K 13.

hzb) Tower, Flughafengebäude, Verkehrsflugzeug

5330 0.65 L mehrfarbig . . . . hzb 1,50 1,50

Auflage: 11.000 Stück

Gültig bis 2.3.2021

2017, 9. Okt. Blockausgabe: 60 Jahre bulgarische Gesellschaft für Weltraumfahrt. Odr.; gez. Ks 13:13¼.

hzd

hzc) Sputnik

5331 0.65 L mehrfarbig . . . . hzc 1,20 1,20
Block 438 (48×80 mm) . . . . hzd 1,20 1,20

Auflage: 11.000 Blocks

Gültig bis 2.3.2021

2017, 11. Okt. 80. Geburtstag von Dimitar Trendafilow. Odr. (5×5 Zd); gez. K 13:13¼.

hze) Dimitar Trendafilow (1937–2016), Maler, Graphiker und Kalligraph
Zierfeld

5332 0.65 L mehrfarbig . . . . hze 1,50 1,50
5332 Zf 1,70 1,70

Blockausgabe mit 2 × MiNr. 5332

Block 439 (84×105 mm) . . . . hzf 3,— 3,—

Auflagen: MiNr. 5332 = 73.000 Stück, Bl. 439 = 4.000 Blocks

Gültig bis 2.3.2021

2017, 20. Okt. Blockausgabe: Internationale Briefmarkenausstellung BRASILIA 2017. Odr.; waagerecht gez. 13¼, mit zusätzlicher Lochstanzung einer Zählnummer im Blockrand.

hzg

hug) Pokal

5333 1.00 L mehrfarbig . . . . hug —,— —,—
Block 440 (96×85 mm) . . . . hzg 12,— 12,—

Bl. 440 gibt es auf Papier mit optischem Aufheller (1.550 Blocks) und auf normalem Papier mit fluoreszierenden Fasern, o.G. (1.550 Blocks).

Postpreis: 7 L

Auflage: 3.100 Blocks

In gleicher Zeichnung: MiNr. 5223

2017, 21. Okt. Sperlinge. Odr. (10×5); grauer Markenrand; gez. K 13.

hzh) Weidensperling (Passer hispaniolensis)

hzi) Feldsperling (Passer montanus)

hzk) Haussperling (Passer domesticus)

hzl) Steinsperling (Petronia petronia)

5334 0.65 L mehrfarbig . . . . hzh 1,60 1,60
5335 1.00 L mehrfarbig . . . . hzi 2,40 2,40
5336 1.50 L mehrfarbig . . . . hzk 3,50 3,50
5337 2.00 L mehrfarbig . . . . hzl 5,50 5,50
Satzpreis (4 W.) 13,— 13,—
FDC 14,—

Blockausgabe, weißer Markenrand, A = gez. K 13, AS = Shz. 13, Bl. 442 o.G.

5338 A	0.65 L mehrfarbig	hzh	1,80	1,80
5339 A	1.00 L mehrfarbig	hzi	2,60	2,60
5340 A	1.50 L mehrfarbig	hzk	4,—	4,—
5341 A	2.00 L mehrfarbig	hzl	6,—	6,—
Block 441	(97×118 mm)	hzm	18,—	18,—
		FDC		19,—

5338 AS	0.65 L mehrfarbig	hzh	1,80	1,80
5339 AS	1.00 L mehrfarbig	hzi	2,60	2,60
5340 AS	1.50 L mehrfarbig	hzk	4,—	4,—
5341 AS	2.00 L mehrfarbig	hzl	6,—	6,—
Block 442	(97×118 mm)	hzm I	18,—	18,—

Bl. 442 unterscheidet sich von Bl. 441 auch durch die geänderte Blockrandbeschriftung und die zusätzliche Lochstanzung einer Zählnummer im Blockrand.

Auflagen: MiNr. 5334–5336 je 16.000, MiNr. 5337 = 6.500 Stück, Bl. 441 = 2.800, Bl. 442 = 1.200 Blocks

Gültig bis 2.3.2020

2017, 21. Okt. Alternative Verkehrsmittel im Ortsverkehr. Odr. (5×10); gez. K 13¼:13.

hzn) Inlineskates

hzo) E-Board

hzp) Skateboard

hzr) Roller

5342	0.65 L mehrfarbig	hzn	2,—	2,—
5343	1.40 L mehrfarbig	hzo	3,40	3,40
5344	1.50 L mehrfarbig	hzp	3,60	3,60
5345	2.00 L mehrfarbig	hzr	5,—	5,—
		Satzpreis (4 W.)	14,—	14,—

Blockausgabe mit MiNr. 5342–5345

Block 443	(112×83 mm)	hzs	14,—	14,—

Auflagen: MiNr. 5342–5344 je 16.000, MiNr. 5345 = 6.500 Stück, Bl. 443 = 4.000 Blocks

Gültig bis 2.3.2021

2017, 1. Nov. Vorsitz Bulgariens im Rat der Europäischen Union (2018). Odr.; gez. K 13.

hzt) Emblem

5346	1.00 L mehrfarbig	hzt	1,60	1,60
		FDC		3,—

Auflage: 62.000 Stück

2017, 2. Nov. 20 Jahre Regulierungskommission im Fernmeldewesen. Odr.; gez. K 13¼:13.

hzu) Kreise

5347	0.65 L mehrfarbig	hzu	1,50	1,50

Auflage: 11.000 Stück

Gültig bis 2.3.2021

2017, 16. Nov. Weihnachten. Odr.; gez. K 13.

hzv) Kirchenfenster mit Weihnachtsszene

5348	1.00 L mehrfarbig	hzv	2,60	2,—

Auflage: 50.000 Stück

Gültig bis 2.3.2021

2017, 28. Nov. 65. Todestag von Julio Palencia y Tubau. Odr. (2×2); gez. K 13.

hzw) Julio Palencia y Tubau (1884–1952), spanischer Diplomat, Retter zahlreicher Juden vor dem Holocaust

5349	1.50 L mehrfarbig	hzw	4,—	4,—
		Kleinbogen	16,—	16,—

Auflage: 12.000 Stück

Gültig bis 2.3.2021

2017, 14. Dez. Blockausgabe: 100. Jahrestag der Afrikafahrt des Luftschiffes LZ 104. Odr.; gez. Ks 13¼:13, mit zusätzlicher Lochstanzung einer Zählnummer im Blockrand.

hzy

hzx) Luftschiff LZ 104 (L 59)

5350	0.65 L mehrfarbig	hzx	—,—	—,—
Block 444	(101×101 mm)	hzy	25,—	25,—

Bl. 444 gibt es auf gummiertem Papier ohne (1.800 Blocks) und auf Papier mit fluoreszierenden Fasern, o.G. (1.800 Blocks).

Auflage: 3.600 Blocks

Gültig bis 2.3.2021

2017, 14. Dez. 400. Geburtstag von Bartolomé Esteban Murillo. Odr. (5×10); gez. K 13.

hzz) Die Trauben- und Melonenesser (Detail); Gemälde von Bartolomé Esteban Murillo (1618–1682), spanischer Maler

5351 1 L mehrfarbig . . . . hzz 2,50 2,50

Auflage: 11.000 Stück

Gültig bis 2.3.2021

2017, 19. Dez. 125. Geburtstag von Dan Kolow. Odr. (5×10); gez. K 13.

iaa) Dan Kolow, eigentlich Dontscho Kolew Danew (1892–1940), Ringkämpfer

5352 0.65 L mehrfarbig . . . . iaa 1,70 1,70

Auflage: 11.000 Stück

Gültig bis 2.3.2021

2018, 20. Febr. Europäische Sporthauptstadt 2018 Sofia. Odr. (2×10 Zd); gez. K 13¼.

Zierfeld
iab) Bronzestatue der hl. Sofia, Sofia

5353 1.50 L mehrfarbig . . . . iab 3,80 3,80
5353 Zf 3,80 3,80

Auflage: 11.000 Stück

Ab MiNr. 5353 sind alle Ausgaben, sofern nicht anders angegeben, unbeschränkt frankaturgültig.

2018, 23. Febr. Blockausgabe: Chinesisches Neujahr – Jahr des Hundes. Odr.; gez. Ks 13¼:13, mit zusätzlicher Lochstanzung einer Zählnummer im Blockrand.

iad

iac) Hund

I = Druckvermerk mit Jahreszahl links und Entwerfername rechts

5354 I 0.65 L mehrfarbig . . . . iac 16,— 16,—
Block 445 I (86×84 mm) . . . . iad 16,— 16,—

II = Druckvermerk mit Entwerfername links und Jahreszahl rechts

5354 II 0.65 L mehrfarbig . . . . iac 16,— 16,—
Block 445 II (86×84 mm) . . . . iad 16,— 16,—

Bl. 445 I wurde auf gummiertem Papier ohne und Bl. 445 II auf Papier mit fluoreszierenden Fasern, o.G. gedruckt.

Auflage: je 1.800 numerierte Blocks

Gültig bis 2.3.2020

2018, 7. März. Blockausgabe: 70 Jahre Fußballklub ZSKA Sofia. Odr.; gez. Ks 13¼:13.

iaf

iae) Einlaufende Mannschaft

I = Druckvermerk mit Entwerfername links und Jahreszahl rechts

5355 I 1.50 L mehrfarbig . . . . iae 3,80 3,80
Block 446 I (86×66 mm) . . . . iaf 3,80 3,80

II = Druckvermerk mit Jahreszahl links und Entwerfername rechts

5355 II 1.50 L mehrfarbig . . . . iae 3,80 3,80
Block 446 II (86×66 mm) . . . . iaf 3,80 3,80

Bl. 446 I wurde auf gummiertem Papier ohne und Bl. 446 II auf Papier mit fluoreszierenden Fasern und zusätzlicher Lochstanzung einer Zählnummer im Blockrand, o.G. gedruckt.

Auflagen: Bl. 446 I = 6.000 Blocks, Bl. 446 II = 5.000 numerierte Blocks

2018, 20. März. Blockausgabe: 140. Jahrestag des Russisch-türkischen Krieges. Odr.; gez. Ks 13:13¼.

iai

iag) General Eduard von Totleben (1818–1884)
iah) General Nikolai Stoletow (1831–1912)

5356 1.00 L mehrfarbig . . . . iag 2,50 2,50
5357 1.80 L mehrfarbig . . . . iah 4,50 4,50
Block 447 (168×96 mm) . . . . iai 7,50 7,50
FDC 8,—

Bl. 447 gibt es auf gummiertem Papier ohne (16.500 Blocks) und auf Papier mit fluoreszierenden Fasern und zusätzlicher Lochstanzung einer Zählnummer im Blockrand, o.G. (5.500 Blocks).

Auflage: 22.000 Blocks

Parallelausgabe mit Russland MiNr. 2543–2545/Bl. 254

2018, 17. April. Blockausgabe: 900. Jahrestag der Gründung des Templerordens. Odr.; gez. Ks 13:13¼.

ial

iak) Tempelritter

5358	2.50 L mehrfarbig	iak	3,80	3,80
Block 448	(92×62 mm)	ial	3,80	3,80
		FDC		4,80

Bl. 448 gibt es auf gummiertem Papier ohne (6.100 Blocks) und auf Papier mit fluoreszierenden Fasern und zusätzlicher Lochstanzung einer Zählnummer im Blockrand, o.G. (4.000 Blocks).

Auflage: 10.100 Blocks

2018, 20. April. Blockausgabe: 125 Jahre Philatelistische Gesellschaft von Plowdiw. Odr.; gez. Ks 13:13¼.

ian

iam) Auge, Amphitheater

5359	1.50 L mehrfarbig	iam	2,30	2,30
Block 449	(70×86 mm)	ian	2,30	2,30

Auflage: 10.100 Blocks

2018, 25. April. Europa: Brücken. Odr., Kleinbogen (2×5); gez. K 13¼:13.

iao) Gedeckte Brücke in Lowetsch
iap) Mittelalterliche Steinbrücke in Newestino

5360	0.95 L mehrfarbig GA	iao	2,50	2,50
5361	2.00 L mehrfarbig	iap	5,—	5,—
		Satzpreis (2 W.)	7,50	7,50
		FDC		8,50
		Paar	7,50	7,50
		Kleinbogen	38,—	38,—

Blockausgabe mit MiNr. 5360–5361

Block 450	(83×118 mm)	iar	7,50	7,50
		FDC		8,50

Markenheftchen (2×2), waagerecht gez. 13

5362	0.95 L orangebraun/schwarz	iao	3,—	3,—
5363	2.00 L schwärzlicholivgrün/schwarz	iap	6,—	6,—
		Satzpreis (2 W.)	9,—	9,—

H-Blatt 29	mit 4 × MiNr. 5362	12,—	12,—
H-Blatt 30	mit 4 × MiNr. 5363	24,—	24,—
MH 18	mit 1 × H-Blatt 29–30	36,—	36,—

Markenfolge im Kleinbogen: 5360–5360, 5361–5361, Zf1-Zf2, 5361–5361, 5360–5360

Auflagen: MiNr. 5360–5361 = 18.000 Sätze, Bl. 450 = 10.100 Blocks, MH 18 = 5.000 Markenheftchen

2018, 4. Mai. Blockausgabe: 75. Geburtstag von Georgi Asparuchow. Odr.; gez. Ks 13¼:13.

iat

ias) Georgi Asparuchow (1943–1971), Fußballspieler

5364	2.00 L mehrfarbig	ias	5,—	5,—
Block 451	(89×116 mm)	iat	5,—	5,—

Auflage: 10.100 Blocks

2018, 16. Mai. Vorsitz Bulgariens im Rat der Europäischen Union. Odr. (10×5); gez. K 13:13¼.

iau) Schwalbe mit einem Flügel in den bulgarischen Nationalfarben

5365	1.50 L mehrfarbig	iau	3,80	3,80

Auflage: 20.000 Stück

2018, 19. Mai. 25 Jahre Großloge der Freimaurer Bulgariens. Odr.; gez. K 13.

iav) Allmächtiger Baumeister aller Welten

5366	0.65 L mehrfarbig	iav	1,—	1,—

Blockausgabe, gez. Ks 13:13¼

5367	2.50 L mehrfarbig	iav	3,80	3,80
Block 452	(86×105 mm)	iaw	3,80	3,80

Auflagen: MiNr. 5366 = 11.000 Stück, Bl. 452 = 10.100 Blocks

2018, 5. Juni. Blockausgabe: 30. Jahrestag des Raumfluges von Alexander Alexandrow. Odr.; gez. Ks 13:13¼.

iay

iax) Raumstation Mir

5368	2.00 L mehrfarbig	iax	5,—	5,—
Block 453	(101×100 mm)	iay	5,—	5,—
		FDC		6,—

Auflage: 10.100 Blocks

2018, 14. Juni. Fußball-Weltmeisterschaft, Russland. Odr. (2×2); gez. K 13.

iaz) Spielszene

iba) Fußball im Weltall

5369	1 L mehrfarbig	iaz	2,50	2,50
5370	2 L mehrfarbig	iba	5,—	5,—
		Satzpreis (2 W.)	7,50	7,50
		Kleinbogensatz (2 Klb.)	30,—	30,—

Blockausgabe mit MiNr. 5369–5370

Block 454	(132×56 mm)	ibb	7,50	7,50

Auflagen: MiNr. 5369–5370 = 8.000 Sätze, Bl. 454 = 6.000 Blocks

2018, 20. Juli. Blockausgabe: 80 Jahre Union der bulgarischen Philatelisten. Odr.; gez. Ks 13:13¼, mit zusätzlicher Lochstanzung einer Zählnummer im Blockrand.

ibd

ibc) Öffentliche Verkehrsmittel, Wahrzeichen des Landes

5371	0.65 L mehrfarbig	ibc	22,—	22,—
Block 455	(155×96 mm)	ibd	22,—	22,—

Bl. 455 gibt es auf gummiertem Papier ohne (1.800 Blocks) und auf Papier mit fluoreszierenden Fasern, o.G. (1.800 Blocks).

Auflage: 3.600 numerierte Blocks

Gültig bis 2.3.2020

2018, 20. Juli. Blockausgabe: 140 Jahre bulgarische Armee. Odr.; gez. Ks 13¼:13.

ibf

ibe) Soldaten in historischer und moderner Uniform

5372	1.50 L mehrfarbig	ibe	3,80	3,80
Block 456	(75×55 mm)	ibf	3,80	3,80

Auflage: 10.100 Blocks

2018, 15. Aug. Blockausgabe: 1300. Jahrestag des Sieges über die arabischen Belagerer Konstantinopels durch den bulgarischen Fürsten Terwel. Odr.; gez. Ks 13¼:13.

ibh

ibg) Reiter mit Lanzen, Landkarte, Teil der Theodosianischen Mauer

5373	2 L mehrfarbig	ibg	3,—	3,—
Block 457	(75×55 mm)	ibh	3,—	3,—

Auflage: 8.000 Blocks

2018, 26. Sept. 130 Jahre Bulgarische Staatseisenbahn (БДЖ). Odr.; gez. K 13.

ibi

ibk

ibl

ibm

ibi–ibk) Eisenbahnzüge, Brücken und Tunnel
ibl–ibm) Szenen am Bahnsteig

5374	0.65 L mehrfarbig	ibi	1,50	1,50
5375	1.20 L mehrfarbig	ibk	3,—	3,—
5376	1.50 L mehrfarbig	ibl	4,—	4,—

5377 2.00 L mehrfarbig . . . . ibm 4,50 4,50
Satzpreis (4 W.) 13,— 13,—
FDC 14,—

Blockausgabe

5378 0.65 L mehrfarbig . . . . ibi I 1,50 1,50
5379 1.20 L mehrfarbig . . . . ibk I 3,— 3,—
5380 1.50 L mehrfarbig . . . . ibl I 4,— 4,—
5381 2.00 L mehrfarbig . . . . ibm I 4,50 4,50
Block 458 (127×96 mm) . . . . ibn 13,— 13,—
FDC 14,—

Die Bogenmarken haben einen weißen Rand, während bei den Blockmarken das Markenbild bis zur Zähnung reicht.

Auflagen: MiNr. 5374–5376 je 7.000, MiNr. 5377 = 5.000 Stück, Bl. 458 = 6.000 Blocks

2018, 18. Okt. 180 Jahre Donauhafen von Lom. Odr.; gez. K 13.

ibo) Donauhafen von Lom, Landkarte mit den paneuropäischen Verkehrskorridoren

5382 0.95 L mehrfarbig . . . . ibo 2,20 2,20

Auflage: 6.500 Stück

2018, 19. Okt. Ausgestorbene Tierarten. Odr. (4×10); farbiger Markenhintergrund; gez. K 13.

ibp) Auerochse (Bos primigenius)

ibr) Stellers Sehkuh (Hydrodamalis gigas)

ibs) Beutelwolf (Thylacinus cynocephalus)

ibt) Riesenalk (Pinguinus impennis)

5383 0.65 L mehrfarbig . . . . ibp 1,50 1,50
5384 1.20 L mehrfarbig . . . . ibr 3,— 3,—
5385 1.50 L mehrfarbig . . . . ibs 4,— 4,—
5386 2.00 L mehrfarbig . . . . ibt 4,50 4,50
Satzpreis (4 W.) 13,— 13,—
FDC 14,—

Blockausgabe; weißer Markenhintergrund; A = gez. K 13, C = gez. K 13¼:13

5387 A 0.65 L mehrfarbig . . . . ibp 1,50 1,50
5388 A 1.20 L mehrfarbig . . . . ibr 3,— 3,—
5389 A 1.50 L mehrfarbig . . . . ibs 4,— 4,—
5390 A 2.00 L mehrfarbig . . . . ibt 4,50 4,50
Block 459 „IFP" – Markenfolge 5387–5388, 5390–5389 (137×87 mm) . . . . ibu 13,— 13,—
Block 460 „BULCOLLECTO" – Markenfolge 5390–5389, 5387–5388 (137×87 mm) ibv 13,— 13,—

5387 C 0.65 L mehrfarbig . . . . ibp 16,— 16,—
Block 461 (101×71 mm) . . . . ibw 16,— 16,—

Die Bogenmarken haben einen im Farbton der Wertangabe eingefärbten Hintergrund.

Bl. 459 wurde auf gummiertem Papier ohne, Bl. 460 auf Papier mit fluoreszierenden Fasern, o.G. gedruckt. Bl. 461 gibt es auf beiden Papiersorten.

Postpreis von Bl. 461: 7 L

Auflagen: MiNr. 5383–5385 je 8.000, MiNr. 5386 = 6.000 Stück, Bl. 459 = 3.000, Bl. 460 = 1.500 Blocks, Bl. 461 je Papiersorte 1.800 numerierte Blocks

2018, 19. Okt. Künstler. Odr. (5×10); a = weißblauer Markenrand; gez. K 13.

ibx) Charles Gounod (1818–1893), französischer Komponist; Paris

iby) Thomas Mayne Reid (1818–1883), britischer Schriftsteller; Ballyroney

ibz) Jacopo Tintoretto (1518–1594), italienischer Maler; Venedig

ica) Ingmar Bergman (1918–2007), schwedischer Regisseur; Uppsala

5391 A a 0.65 L mehrfarbig . . . . ibx 1,50 1,50
5392 A a 0.65 L mehrfarbig . . . . iby 1,50 1,50
5393 A a 1.50 L mehrfarbig . . . . ibz 3,50 3,50
5394 A a 1.50 L mehrfarbig . . . . ica 3,50 3,50
Satzpreis (4 W.) 10,— 10,—

Blockausgabe, b = weißer Markenhintergrund, C = Shz. 12¾:13

5391 A b 0.65 L mehrfarbig . . . . ibx I 2,— 2,—
5392 A b 0.65 L mehrfarbig . . . . iby I 2,— 2,—
5393 A b 1.50 L mehrfarbig . . . . ibz I 5,— 5,—
5394 A b 1.50 L mehrfarbig . . . . ica I 5,— 5,—
Block 462 „BULCOLLECTO" (108×87 mm) . . . . . . icb 14,— 14,—

5391 C b 0.65 L mehrfarbig . . . . ibx I 2,— 2,—
5392 C b 0.65 L mehrfarbig . . . . iby I 2,— 2,—
5393 C b 1.50 L mehrfarbig . . . . ibz I 5,— 5,—
5394 C b 1.50 L mehrfarbig . . . . ica I 5,— 5,—
Block 463 „IFP" (108×87 mm) . icc 14,— 14,—

Auflagen: MiNr. 5391 a–5394 a = 5.000 Sätze, Bl. 462 = 1.200, Bl. 463 = 1.800 Blocks

2018, 20. Okt. Blockausgabe: Nestinarstwo – thrakischer Feuertanz. Odr.; gez. K 13:13¼.

ice

icd) Ikone des hl. Konstantin und der hl. Helena; Feuertänzer

5395 2 L mehrfarbig . . . . icd 3,— 3,—
Block 464 (86×81 mm) . . . . ice 3,— 3,—

Auflage: 6.000 Blocks, zusätzlich 1.000 unzerteilte Blockpaare

2018, 20. Nov. Blockausgabe: 100. Jahrestag der Thronbesteigung von Zar Boris III. Odr.; gez. Ks 13¼:13.

icg

icf) Zar Boris III. (1894–1943, reg. ab 1918); ehemaliger Königspalast, Sofia

5396 2 L mehrfarbig . . . . icf 3,— 3,—
Block 465 (70×51 mm) . . . . icg 3,— 3,—

Auflage: 4.000 Blocks, zusätzlich 1.000 unzerteilte Blockpaare

Gültig bis 2.3.2020

2018, 28. Nov. Weihnachten. Odr.; gez. K 13.

ich) Schüssel mit drei Kerzen

5397 1.50 L mehrfarbig . . . . ich 3,80 3,80
FDC 4,50

Auflage: 20.000 Stück

2018, 5. Dez. 140 Jahre Nationalbibliothek. Odr. (2×10 Zd); gez. K 13.

ici) Denkmal der Heiligen Kyrill und Method vor dem Gebäude der Nationalbibliothek, Sofia
Zierfeld

5398 1.50 L mehrfarbig . . . . ici 3,80 3,80
5398 Zf 3,80 3,80

Auflage: 6.000 Stück

2018, 5. Dez. 70 Jahre Nationalgalerie. Odr. (10×5); gez. K 13.

ick) Augen

5399 1.50 L mehrfarbig . . . . ick 3,80 3,80

Auflage: 7.000 Stück

2018, 8. Dez. 130 Jahre Universität von Sofia. Odr. (5×5 Zd); gez. K 13.

Zierfeld
icl) Detail des Hauptgebäudes der Universität

5400 1 L schwarz/hellopalgrün . . . . icl 2,20 2,20
5400 Zf 2,20 2,20

Auflage: 9.000 Stück

2018, 12. Dez. Blockausgabe: 100. Geburtstag von Nelson Mandela. Odr.; A = gez. Shz. 13, C = waagerecht gez. K 13¼; mit zusätzlicher Lochstanzung einer Zählnummer im Blockrand.

icm

hmp) Glocken, Jahreszahl 2018

5401 A 1 L mehrfarbig . . . . hmp 3,— 3,—
Block 466 A (95×125 mm) . . . . icm 3,— 3,—

5401 C 1 L mehrfarbig ⌑ . . . . hmp 22,— 22,—
Block 466 C (95×125 mm) . . . . icm 22,— 22,—

Bl. 466 A wurde auf gummiertem Papier ohne, Bl. 466 C auf Papier mit fluoreszierenden Fasern, o.G. gedruckt.

Auflage: je 1.750 numerierte Blocks

In gleicher Zeichnung wie MiNr. 5401: MiNr. 5083

2018, 21. Dez. Raumfahrt. Odr. (5×10); gez. K 13¼:13.

icn) Raumfahrer, Weltraumstation

5402 1 L mehrfarbig . . . . icn 2,50 2,50

Auflage: 6.000 Stück

2019, 17. Jan. Freimarke: Glagolitische Schrift. Odr. (10×5 und 2×6 Zd); Shz. 13.

ico) Glagolitische Buchstaben

5403 1.50 L mehrfarbig . . . . ico 3,40 3,40
5403 Zf 4,— 4,—

MiNr. 5403 wurde auch mit personalisierbarem Zierfeld waagerecht zusammenhängend ausgegeben.

Auflage: 16.000 Stück im normalen Bogen

2019, 17. Jan. Freimarke: Stickerei. Odr. (5×10 und 2×6 Zd); Shz. 13.

icp) Blumenmotiv

5404 1.50 L mehrfarbig . . . . icp 2,— 2,—
5404 Zf 3,— 3,—

MiNr. 5404 wurde auch mit personalisierbarem Zierfeld waagerecht zusammenhängend ausgegeben.

Auflage: 26.000 Stück im normalen Bogen

2019, 1. Febr. Vogelzugroute „Via Pontica". Odr. (5×10); AS = Shz. 13.

icr) Haubentaucher (Podiceps cristatus)

ics) Seidenreiher (Egretta garzetta)

ict) Rosapelikan (Pelecanus onocrotalus)

icu) Zwergscharbe (Microcarbo pygmeus)

5405 AS 0.65 L mehrfarbig . . . . icr 1,50 1,50
5406 AS 1.00 L mehrfarbig . . . . ics 2,50 2,50
5407 AS 1.50 L mehrfarbig . . . . ict 3,— 3,—
5408 AS 2.00 L mehrfarbig . . . . icu 5,— 5,—
Satzpreis AS (4 W.) 12,— 12,—
FDC 13,—

Blockausgabe mit MiNr. 5405 AS–5408 AS

Block 467 (116×85 mm) . . . . icv 12,— 12,—
FDC 13,—

Zd-Kleinbogen (4×2), A = gez. K 13, o.G.

5405 A 0.65 L mehrfarbig . . . . icr —,— —,—
5406 A 1.00 L mehrfarbig . . . . ics —,— —,—
5407 A 1.50 L mehrfarbig . . . . ict —,— —,—
5408 A 2.00 L mehrfarbig . . . . icu —,— —,—
Satzpreis A (4 W.) —,— —,—
Viererstreifen *15,— 15,—*
Kleinbogen *30,— 30,—*

Markenfolge im Zd-Kleinbogen: 5405–5406–5407–5408, 5408–5407–5406–5405

Auflagen: MiNr. 5405 AS–5407 AS je 6.500, MiNr. 5408 AS = 4.500 Stück, Bl. 467 = 3.000 Blocks, MiNr. 5405 A–5408 A = 2.400 Sätze

2019, 8. Febr. Blockausgabe: 140. Jahrestag der Verfassung von Trnowo. Odr.; gez. Ks 13¼:13.

icx

icw) Verfassungstext (1879), historische Stadtansicht von Trnowo

5409 2.00 L mehrfarbig . . . . icw 4,80 4,80
Block 468 (101×71 mm) . . . . icx 4,80 4,80

Auflage: 5.100 Blocks

2019, 15. Febr. Blockausgabe: 50 Jahre bulgarische Luftfahrtbehörde. Odr.; gez. Ks 13¼:13.

icz

icy) Emblem

5410 2 L mehrfarbig . . . . icy 4,80 4,80
Block 469 (65×55 mm) . . . . icz 4,80 4,80

Auflage: 7.000 Blocks

2019, 20. Febr. 15 Jahre NATO-Mitgliedschaft. Odr. (4×5); gez. K 13¼:13.

ida) NATO-Emblem als Friedenstaube, NATO-Flagge

5411 2 L mehrfarbig . . . . ida 4,60 4,60
FDC 5,—

Blockausgabe mit 2 × MiNr. 5411

Block 470 (74×111 mm) . . . . idb 9,50 9,50

Auflagen: MiNr. 5411 = 6.500 Stück, Bl. 470 = 2.500 Blocks

2019, 28. Febr. Blockausgabe: Südpolexpedition von Robert Falcon Scott. Odr.; gez. Ks 13¼:13, mit zusätzlicher Lochstanzung einer Zählnummer im Blockrand.

idd

idc) Robert Falcon Scott (1868–1912), englischer Polarforscher; Landkarte mit seiner Marschroute in der Antarktis

I = Druckvermerk mit Jahreszahl links und Entwerfername rechts

5412 I 0.65 L mehrfarbig .... idc 10,— 10,—
Block 471 I (86×81 mm) .... idd 10,— 10,—

II = Druckvermerk mit Entwerfername links und Jahreszahl rechts

5412 II 0.65 L mehrfarbig .... idc 10,— 10,—
Block 471 II (86×81 mm) .... idd 10,— 10,—

Bl. 471 I wurde auf gummiertem Papier ohne, Bl. 471 II auf Papier mit fluoreszierenden Fasern, o.G. gedruckt.

Postpreis: je 7 L

Auflage: je 1.800 numerierte Blocks

2019, 1. März. 140. Geburtstag von Aleksandar Stambolijski. Odr. (5×10); gez. K 13.

ide) Aleksandar Stambolijski (1879–1923), Ministerpräsident; Denkmal in Sofia; Staatsflagge

5413 0.65 L mehrfarbig .... ide 1,60 1,60

Auflage: 13.000 Stück

2019, 20. März. Blockausgabe: 140. Geburtstag von Albert Einstein. Odr.; gez. K 13, mit zusätzlicher Lochstanzung einer Zählnummer im Blockrand.

idg

idf) Albert Einstein (1879–1955), deutscher Physiker, Nobelpreis 1921
Zierfeld
idf

5414 1.50 L mehrfarbig .... idf 2,— 2,—
Block 472 mit 2 × MiNr. 5414 (69×111 mm) .... idg 4,— 4,—

Auflage: 6.000 numerierte Blocks

2019, 21. März. 120. Geburtstag von Pantscho Wladigerow. Odr. (4×10); gez. K 13.

idh) Pantscho Wladigerow (1899–1978), Komponist

5415 0.65 L mehrfarbig .... idh 1,60 1,60

Auflage: 6.000 Stück

2019, 2. April. Blockausgabe: 140 Jahre Hauptstadt Sofia. Odr.; gez. Ks 12¾.

idk

idi) Ikone „Die heilige Weisheit Gottes“

5416 1.50 L mehrfarbig .... idi 3,60 3,60
Block 473 (63×85 mm) .... idk 3,60 3,60

Auflage: 5.100 Blocks

2019, 10. April. 40. Jahrestag der Weltraumfahrt von Georgi Iwanow. Odr. (10×5); gez. K 13:13¼.

idl) Georgi Iwanow (*1940), Kosmonaut

5417 1.50 L mehrfarbig .... idl 3,40 3,40

Auflage: 7.000 Stück

2019, 22. April. Blockausgabe: Achal-Tekkiner. Odr.; gez. Ks 13, mit zusätzlicher Lochstanzung einer Zählnummer im Blockrand.

idn

idm) Achal-Tekkiner, turkmenische Pferderasse

I = Druckvermerk mit Entwerfername links und Jahreszahl rechts

5418 I	0.65 L	mehrfarbig	idm	13,—	13,—
Block 474 I		(75×74 mm)	idn	13,—	13,—

II = Druckvermerk mit Jahreszahl links und Entwerfername rechts

5418 II	0.65 L	mehrfarbig	idm	13,—	13,—
Block 474 II		(75×74 mm)	idn	13,—	13,—

Bl. 474 I wurde auf gummiertem Papier ohne, Bl. 474 II auf Papier mit fluoreszierenden Fasern, o.G. gedruckt.

Postpreis: je 7 L

Auflage: je 1.900 numerierte Blocks

2019, 24. April. Europa: Einheimische Vögel. Odr. (3×2); Markenformat 44×29 mm; gez. K 13¼.

ido) Lannerfalke (Falco biarmicus)

idp) Haselhuhn (Bonasa bonasia)

5419	0.95 L	mehrfarbig	ido	2,50	2,50
5420	2.00 L	mehrfarbig	idp	4,50	4,50
		Satzpreis (2 W.)		7,—	7,—
		FDC			8,—
		Kleinbogensatz (2 Klb.)		42,—	42,—

Blockausgabe mit MiNr. 5419–5420

Block 475	(76×106 mm)	idr	7,—	7,—
		FDC		8,—

Markenheftchen (2×2); Markenformat 39×26 mm; B = ☐, D = nur links gez. 13¼

5421	0.95 L	mehrfarbig	ido I		
B		☐		2,80	2,80
D		☐		2,80	2,80
5422	2.00 L	mehrfarbig	idp I		
B		☐		5,50	5,50
D		☐		5,50	5,50

H-Blatt 31	mit 2 × MiNr. 5421 B–5421 D	12,—	12,—
H-Blatt 32	mit 2 × MiNr. 5422 B–5422 D	22,—	22,—
MH 19	mit 1 × H-Blatt 31–32	35,—	35,—

MiNr. 5419–5420 wurden jeweils im Kleinbogen zu 5 Marken und 1 Zierfeld (Feld 5) gedruckt.

Auflagen: MiNr. 5419–5420 = 17.000 Sätze, Bl. 475 = 9.500 Blocks, MH 19 = 4.500 Markenheftchen

2019, 3. Mai. Papstbesuch. Odr. (2×2); gez. K 13.

ids) Papst Franziskus (*1936, reg. ab 2013)

5423	2.00 L	mehrfarbig	ids	4,80	4,80
		Kleinbogen		20,—	20,—

MiNr. 5423 wurde im Kleinbogen zu 3 Marken und 1 Zierfeld (Feld 4) gedruckt.

Auflage: 16.500 Stück

2019, 16. Mai. Blockausgabe: 140 Jahre Bulgarische Post. Odr.; gez. Ks 13¼:13.

idu

idt) Briefträger mit Fahrrad, Frau liest Brief

5424	1.50 L	mehrfarbig	idt	3,60	3,60
Block 476		(95×71 mm)	idu	3,60	3,60

Auflage: 5.100 Blocks

2019, 21. Mai. 75. Geburtstag von Stefan Gruew. Odr. (5×5 Zd); gez. K 13.

Zierfeld
idv) Selbstbildnis; von Stefan Gruew (1944–2017), Maler und Graphiker

5425	1 L	mehrfarbig	idv	2,40	2,40
			5425 Zf	2,40	2,40

Auflage: 5.500 Stück

2019, 29. Mai. 140 Jahre diplomatischer Dienst. Odr. (4×10); gez. K 13.

idw) Siegel und Flaggenband

5426	1.50 L	mehrfarbig	idw	3,40	3,40

Auflage: 6.000 Stück

2019, 31. Mai. Blockausgabe: 70 Jahre Europarat; 60 Jahre Europäischer Gerichtshof für Menschenrechte. Odr.; gez. Ks 13¼:13.

idy

idx) Zahlen „70“ und „60“ an Balkenwaage

5427	2 L	mehrfarbig	idx	3,—	3,—
Block 477		(85×80 mm)	idy	3,—	3,—

Auflage: 5.100 Blocks

2019, 10. Juni. Blockausgabe: 140 Jahre Innenministerium. Odr.; gez. Ks 13:13¼.

iea

idz) Löwenstatue, Emblem, Flaggenband

5428	1.50 L	mehrfarbig	idz	2,30	2,30
Block 478		(70×86 mm)	iea	2,30	2,30

Auflage: 5.100 Blocks

2019, 14. Juni. 100 Jahre Zonta International. Odr. (10×4); gez. K 13.

ieb) Jubiläumsemblem, Blüte

5429	1.00 L	mehrfarbig	ieb	2,40	2,40

Blockausgabe mit 2 × MiNr. 5429

Block 479	(116×84 mm)	iec	4,80	4,80

Auflage: MiNr. 5429 = 5.500 Stück, Bl. 479 = 2.500 Blocks

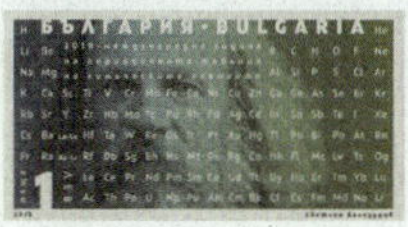

2019, 24. Juni. Internationales Jahr des Periodensystems der chemischen Elemente. Odr. (4×10); gez. K 13.

ied) Dmitrij Mendelejew (1834–1907), russischer Chemiker; Periodensystem der Elemente

5430	1 L	mehrfarbig	ied	1,50	1,50

Auflage: 5.500 Stück

2019, 28. Juni. Blockausgabe: 30 Jahre MiG-29 in Bulgarien. Odr.; □.

ief

iee) Kampfflugzeug MiG-29

5431	2 L	mehrfarbig	iee	3,—	3,—
Block 480		(150×105 mm)	ief	3,—	3,—

Auflage: 5.500 Blocks

2019, 9. Juli. 140 Jahre diplomatische Beziehungen mit Russland. Odr.; gez. K 13:13¼.

ieg) Geflecht aus Flaggenbändern

5432	1.50 L	mehrfarbig	ieg	2,30	2,30

Auflage: 10.000 Stück

2019, 12. Juli. 140 Jahre Finanzministerium. Odr. (10×4); gez. K 13.

ieh) Krug und Goldmünzen (Glasmalerei)

5433	1 L	mehrfarbig	ieh	1,50	1,50

Auflage: 7.500 Stück

2019, 15. Juli. Weinbau. Odr. (1×4 Zd); gez. K 13.

iei) Weinernte in Russland, Rebsorte Zwelochnyj
iek) Weinernte in Bulgarien, Rebsorte Kajtyschki rubin

5434	1.50 L	mehrfarbig	iei	2,30	2,30
5435	1.50 L	mehrfarbig	iek	2,30	2,30
			Paar	4,60	4,60
			Satzpreis (2 W.)	4,60	4,60
			FDC		6,—
			Kleinbogen	18,50	18,50

MiNr. 5434–5435 wurde auf gummiertem Papier ohne (13.400 Sätze) und auf Papier mit fluoreszierenden Fasern, o.G. (8.400 Sätze) gedruckt.

Auflage: 21.800 Sätze

Parallelausgabe mit Russland MiNr. 2714–2715

2019, 19. Juli. Blockausgabe: 50. Jahrestag der ersten bemannten Mondlandung. Odr.; gez. Ks 13:13¼.

iem

iel) Fußabdrücke auf der Mondoberfläche, Erde

5436 2 L mehrfarbig . . . . iel 3,— 3,—
Block 481 (100×70 mm) . . . . iem 3,— 3,—
FDC 4,50

Auflage: 9.000 Blocks

2019, 24. Juli. 140 Jahre Zoll. Odr. (5×10); gez. K 13.

ien) Emblem

5437 0.65 L mehrfarbig . . . . ien 1,— 1,—

Auflage: 7.500 Stück

2019, 8. Aug. 140 Jahre Marine. Odr. (5×10); gez. K 13.

ieo) Steuerrad

5438 0.65 L mehrfarbig . . . . ieo 1,60 1,60
FDC 2,50

Auflage: 7.500 Stück

2019, 23. Aug. Blockausgabe: Salomon August Andrée. Odr.; □, mit Lochstanzung einer Zählnummer im Blockrand.

ier

iep) Salomon August Andrée (1854–1897), schwedischer Ingenieur und Abenteurer; Wasserstoffballon, mit dem er 1897 den Nordpol zu erreichen hoffte

I = Druckvermerk mit Jahreszahl links und Entwerfername rechts

5439 I 0.65 L mehrfarbig . . . . iep —,— —,—
Block 482 I (89×55 mm) . . . . ier 10,— 10,—

II = Druckvermerk mit Entwerfername links und Jahreszahl rechts

5439 II 0.65 L mehrfarbig . . . . iep —,— —,—
Block 482 II (89×55 mm) . . . . ier 10,— 10,—

Bl. 482 I wurde auf gummiertem Papier ohne, Bl. 482 II auf Papier mit fluoreszierenden Fasern, o.G. gedruckt.

Postpreis: je 7 L

Auflage: je 1.800 nummerierte Blocks

2019, 5. Sept. Blockausgabe: Weltkongress der Herz-, Gefäß- und Thoraxchirurgen, Sofia. Odr.; gez. Ks 13¼:13.

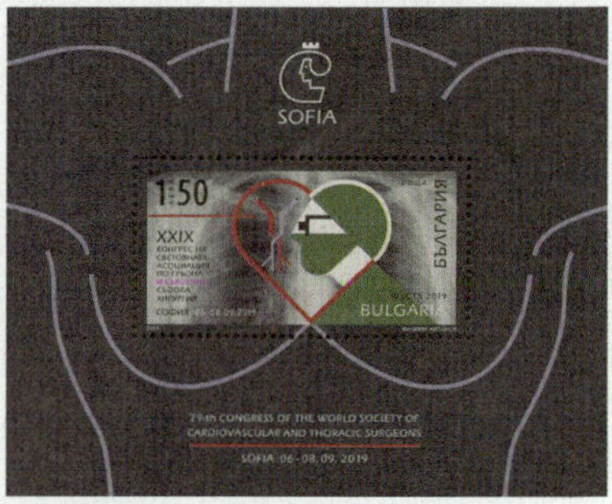

iet

ies) Chirurg, Herz mit Adern, Röntgenbild eines Brustkorbs

5440 1.50 L mehrfarbig . . . . ies 2,— 2,—
Block 483 (98×80 mm) . . . . iet 2,— 2,—

Auflage: 5.500 Blocks

2019, 10. Sept. 20 Jahre Nationale Kommission für Energie- und Wasserversorgung. Odr.; gez. K 13¼:13.

ieu) Hochspannungsleitung

5441 1 L mehrfarbig . . . . ieu 2,40 2,40

Auflage: 7.000 Stück

2019, 30. Sept. 150. Geburtstag von Mahatma Gandhi. Odr. (4×10); gez. K 13.

iev) Mohandas Karamchand Gandhi, genannt Mahatma (1869–1948), Führer der indischen Unabhängigkeitsbewegung

5442 1.50 L mehrfarbig . . . . iev 4,50 4,50
FDC 6,—

Auflage: 7.000 Stück

In ähnlicher Zeichnung: MiNr. 5486

2019, 7. Okt. 150 Jahre Bulgarische Akademie der Wissenschaften. Odr. (4×10); gez. K 13.

iew) Akademiegebäude, Sofia; Symbole für verschiedene Wissenschaften

5443 0.65 L mehrfarbig . . . . iew 2,— 2,—

Auflage: 6.500 Stück

2019, 15. Okt. 140 Jahre Iwan-Wasow-Nationalbibliothek, Plowdiw. Odr. (2×10 Zd); gez. K 13.

iex) Bibliotheksgebäude, aufgeschlagene Bücher
Zierfeld

5444	1.50 L mehrfarbig	iex	2,—	2,—
		5444 Zf	2,—	2,—

Auflage: 6.000 Stück

2019, 17. Okt. Europäische Briefmarkenausstellung PLOVDIV 2019 (I): Segelschiffe. Odr. (2×2 Zd); y = Papier fl.; A = gez. K 13.

iey iez
ifb ifa

iey) Chinesische Dschunke
iez) Griechische Bireme
ifa) Byzantinische Dromone
ifb) Englische Galeone

5445 y A 0.65 L mehrfarbig	iey	1,50	1,50
5446 y A 1.00 L mehrfarbig	iez	2,—	2,—
5447 y A 1.50 L mehrfarbig	ifa	2,50	2,50
5448 y A 2.00 L mehrfarbig	ifb	3,—	3,—
Satzpreis y A (4 W.)		9,—	9,—
Viererblock y A		9,—	9,—

Blockausgabe, x = normales Papier, AS = Shz. 13

5445 x A 0.65 L mehrfarbig	iey	1,60	1,60
5447 x A 1.50 L mehrfarbig	ifa	3,40	3,40
Block 484 (115×94 mm)	ifc	5,—	5,—
FDC			6,—
5446 x A 1.00 L mehrfarbig	iez	2,50	2,50
5448 x A 2.00 L mehrfarbig	ifb	4,20	4,20
Block 485 (115×94 mm)	ifd	7,—	7,—
FDC			8,—
5445 x AS 0.65 L mehrfarbig	iey	1,60	1,60
5446 x AS 1.00 L mehrfarbig	iez	2,50	2,50
5447 x AS 1.50 L mehrfarbig	ifa	3,40	3,40
5448 x AS 2.00 L mehrfarbig	ifb	4,20	4,20
Block 486 (115×94 mm)	ife	12,—	12,—
FDC			13,—

Auflagen: MiNr. 5445 y A–5448 y A = 4.800 Sätze, Bl. 484–485 je 4.000, Bl. 486 = 8.000 Blocks

2019, 17. Okt. Blockausgabe: 500. Geburtstag von Leonardo da Vinci. Odr.; gez. Ks 13¼:13.

ifg

iff) Kupferstiche

5449 1.50 L mehrfarbig	iff	3,50	3,50
Block 487 (94×63 mm)	ifg	3,50	3,50

Auflage: 6.000 Blocks

2019, 18. Okt. 100. Geburtstag von Nikolai Chaitow. Odr.; Bogen (B) (5×10) und Kleinbogen (Klb.) (2×2); A = gez. K 13¼:13, AS = Shz. 13¼:13.

ifh) Nikolai Chaitow (1919–2002), Schriftsteller

5450 1.50 L mehrfarbig	ifh		
A gez. K 13¼:13 (B)		3,40	3,40
AS Shz. 13¼:13 (Klb.)		5,—	5,—
Kleinbogen		20,—	20,—

Auflagen: MiNr. 5450 A = 5.500, MiNr. 5450 AS = 4.800 Stück

2019, 19. Okt. Blockausgabe: Europäische Briefmarkenausstellung PLOVDIV 2019 (II) – Fischotter. Odr.; gez. Ks 13, mit zusätzlicher Lochstanzung einer Zählnummer im Blockrand.

ifk

ifi) Fischotter (Lutra lutra)

I = Druckvermerk mit Entwerfername links und Jahreszahl rechts

5451 I 0.65 L mehrfarbig	ifi	–,–	–,–
Block 488 I (80×70 mm)	ifk	13,—	13,—

II = Druckvermerk mit Jahreszahl links und Entwerfername rechts

5451 II 0.65 L mehrfarbig	ifi	–,–	–,–
Block 488 II (80×70 mm)	ifk	13,—	13,—

Bl. 488 I wurde auf gummiertem Papier ohne, Bl. 488 II auf Papier mit fluoreszierenden Fasern, o.G. gedruckt.

Postpreis: je 7 L

Auflage: je 1.800 numerierte Blocks

2019, 20. Okt. Blockausgabe: Europäische Briefmarkenausstellung PLOVDIV 2019 (III) – Trachten. Odr.; gez. Ks 13¼:13.

ifm

ifl) Menschen in Trachten

5452 2.00 L mehrfarbig	ifl	5,—	5,—
Block 489 (100×78 mm)	ifm	5,—	5,—
Blockpaar (100×156 mm)		12,—	12,—

Auflage: 5.000 Blocks, zusätzlich 1.000 unzerteilte Blockpaare

2019, 7. Nov. 140 Jahre Aleksandrowska-Universitätskrankenhaus, Sofia. Odr. (4×10); gez. K 13.

ifn) Krankenhauspforte

5453 0.65 L mehrfarbig . . . . ifn 0,90 0,90

Auflage: 6.500 Stück

2019, 11. Nov. 130. Geburtstag von Georgi Owtscharow. Odr. (4×10); gez. K 13.

ifo) Georgi Owtscharow (1889–1953), Architekt; biologische Fakultät der Universität Sofia

5454 0.65 L hellkarminbraun . . . . ifo 0,90 0,90

Auflage: 5.100 Stück

2019, 11. Nov. 130. Geburtstag von Nikola Ganuschew; 140. Geburtstag von Nikola Marinow. Odr. (4×10); gez. K 13¼:13.

ifp) Nikola Ganuschew (1889–1958), Maler; Nikola Marinow (1879–1948), Maler

5455 1.50 L mehrfarbig . . . . ifp 2,— 2,—

Auflage: 5.500 Stück

2019, 18. Nov. Blockausgabe: 30 Jahre UN-Kinderrechtskonvention. Odr.; gez. Ks 13:13¼.

ifs

ifr) Kind steigt auf Leiter zum Mond

5456 2.30 L mehrfarbig . . . . ifr 3,50 3,50
Block 490 (72×101 mm) . . . . ifs 3,50 3,50

Auflage: 5.500 Blocks

2019, 22. Nov. Weihnachten. Odr. (10×4); gez. K 13.

ift) Inschrift, Schaukelpferd, Christbaum

5457 1.50 L mehrfarbig . . . . ift 2,30 2,30
FDC 3,60

Auflage: 20.000 Stück

2019, 12. Dez. 25 Jahre diplomatische Beziehungen mit dem Souveränen Malteserorden. Odr. (4×10); gez. K 13¼:13.

ifu) Wappen von Bulgarien und dem Souveränen Malteserorden

5458 2.30 L mehrfarbig . . . . ifu 3,50 3,50

Blockausgabe mit 2 × MiNr. 5458

Block 491 (84×117 mm) . . . . ifv 7,— 7,—

Auflagen: MiNr. 5458 = 5.500 Stück, Bl. 491 = 2.500 Blocks

2019, 17. Dez. 70 Jahre diplomatische Beziehungen mit der Volksrepublik China. Odr. (5×10); gez. K 13.

ifw) Bulgarische und chinesische Flagge bilden Zahl „70“

5459 2 L mehrfarbig . . . . ifw 3,— 3,—
FDC 4,—

Auflage: 7.000 Stück

2020, 29. Jan. Blockausgabe: Chinesisches Neujahr – Jahr der Ratte. Odr.; Bl. 492 gez. Ks 13:13¼, Bl. 493 □ mit aufgedruckter Zähnung und zusätzlicher Lochstanzung einer Zählnummer im Blockrand.

ify

ifx) Ratte

5460 3.00 L mehrfarbig . . . . ifx 4,60 4,60
Block 492 (90×100 mm) . . . . ify 4,60 4,60
FDC 5,80

5461	0.65 L mehrfarbig	ifx	—,—	—,—
Block 493 I	(90×100 mm)	ify I	20,—	20,—
Block 493 II	(90×100 mm)	ify II	20,—	20,—

Bei Bl. 493 I befindet sich die Inschrift „Забраненият град в Пекин" am linken und die Jahreszahl mit Entwerfernamen am rechten Blockrand, bei Bl. 493 II umgekehrt.

Bl. 493 I wurde auf gummiertem Papier ohne und Bl. 493 II auf Papier mit fluoreszierenden Fasern, o.G. gedruckt.

Postpreis von Bl. 493 I und II: je 7 L

Auflagen: Bl. 492 = 7.500 Blocks, Bl. 493 I–493 II je 1.800 numerierte Blocks

2020, 5. Febr. 100. Geburtstag von Leda Milewa. Odr. (5×10); A = gez. K 13.

ifz) Leda Milewa (1920–2013), Schriftstellerin; Illustrationen zum Kinderlied „Weißes Häschen"

5462 A 2.30 L mehrfarbig	ifz	3,50	3,50
	FDC		4,—

Blockausgabe, AS = Shz. 13

5462 AS	2.30 L mehrfarbig	ifz	3,50	3,50
Block 494	(86×65 mm)	iga	3,50	3,50

Auflagen: MiNr. 5462 A = 5.500 Stück, Bl. 494 = 4.500 Blocks

2020, 28. Febr. 150 Jahre Bulgarisches Exarchat. Odr. (4×10); gez. K 13¼:13.

igb) Bischofsstab und -krone, Siegel von 1872

5463 1.70 L mehrfarbig	igb	2,60	2,60

Auflage: 10.000 Stück

2020, 20. Mai. Blockausgabe: 250. Geburtstag von Ludwig van Beethoven. Odr.; gez. Ks 13:13¼.

igd

igc) Ludwig van Beethoven (1770–1827), deutscher Komponist

5464	3.00 L mehrfarbig	igc	4,10	4,10
Block 495	(98×99 mm)	igd	4,10	4,10
		FDC		5,50

Auflage: 9.500 Blocks

2020, 20. Mai. Löwenstatuen in Sofia. Odr. (10×10); AS = Shz. 12¾.

ige) Am Grabmal des unbekannten Soldaten

igf) Am Eingang zum Innenministerium

igg) Auf der Löwenbrücke

5465 AS 1.10 L mehrfarbig	ige	1,50	1,50
5466 AS 1.70 L mehrfarbig	igf	2,30	2,30
5467 AS 2.30 L mehrfarbig	igg	3,20	3,20
	Satzpreis (3 W.)	7,—	7,—

Blockausgabe, C = gez. K 13¾:13½

5465 C	1.10 L mehrfarbig	ige	1,50	1,50
5466 C	1.70 L mehrfarbig	igf	2,30	2,30
5467 C	2.30 L mehrfarbig	igg	3,20	3,20
Block 496	(66×99 mm)	igh	7,—	7,—

Auflagen: MiNr. 5465 AS–5467 AS = 7.000 Sätze, Bl. 496 = 4.000 Blocks

2020, 24. Juni. Blockausgabe: Stadtwappen. Odr.; gez. K 13:13¼.

igl

igi Zierfeld igk

igi) Burgas
igk) Chaskowo

5468	2.30 L mehrfarbig	igi	3,10	3,10
5469	2.30 L mehrfarbig	igk	3,10	3,10
Block 497	(107×84 mm)	igl	6,20	6,20
		FDC		8,50

Auflage: 7.000 Blocks

2020, 26. Juni. 75 Jahre Vereinte Nationen (UNO); 65 Jahre UNO-Mitgliedschaft Bulgariens. Odr. (10×4); gez. K 13:13¼.

igm) Zahlen „75" und „65", Flaggen der Vereinten Nationen und Bulgariens

5470 2.30 L mehrfarbig	igm	3,20	3,20
	FDC		4,50

Auflage: 8.000 Stück

2020, 27. Juni. 170. Geburtstag von Iwan Wasow. Odr. (10×5); gez. K 13.

ign) Iwan Wasow (1850–1921), Historiker, Dichter, Schriftsteller und Politiker

5471	1.10 L mehrfarbig	ign	1,50	1,50

Auflage: 6.000 Stück

2020, 29. Juni. Europa: Historische Postrouten. Odr., Kleinbogen (3×3); Markenformat 33×43 mm; AS = Shz. 13.

igo) Fahrt in die Unterwelt; römisches Grabsteinrelief aus Virunum (heute: Maria Saal/Österreich)
igp) Mauern der antiken Stadt Philippopolis (heute: Plowdiw)

5472 AS	1.10 L mehrfarbig GA	igo	1,50	1,50
5473 AS	2.30 L mehrfarbig	igp	3,20	3,20
		Satzpreis (2 W.)	4,70	4,70
		Paar	4,70	4,70
		FDC		6,50
		Kleinbogen	19,—	19,—

Blockausgabe mit MiNr. 5472 A–5473 A, A = gez. Ks 13

5472 A	1.10 L mehrfarbig GA	igo	1,50	1,50
5473 A	2.30 L mehrfarbig	igp	3,20	3,20
Block 498	(97×68 mm)	igr	4,70	4,70
		FDC		6,50

Markenheftchen (4×1 Zd); Markenformat 28×39 mm; B = ☐, C = senkrecht, Dl = nur links, Dr = nur rechts gez. 13¼

5474	1.10 L mehrfarbig	igo		
B	geschnitten (☐)		1,50	1,50
C	senkrecht gez.		1,50	1,50
Dl	links gez.		1,50	1,50
Dr	rechts gez.		1,50	1,50
5475	2.30 L mehrfarbig	igp		
B	geschnitten (☐)		3,20	3,20
C	senkrecht gez.		3,20	3,20
Dl	links gez.		3,20	3,20
Dr	rechts gez.		3,20	3,20
H-Blatt 33	mit 1 × MiNr. 5474 B/C/Dl/Dr bis 5475 B/C/Dl/Dr		19,—	19,—
MH 20	mit 1 × H-Blatt 33		19,—	19,—

MiNr. 5472 AS–5473 AS wurden schachbrettartig zusammenhängend im Kleinbogen zu 8 Marken und 1 Zierfeld (Feld 5) gedruckt.

Auflagen: MiNr. 5472 AS–5473 AS = 16.000 Sätze, Bl. 498 = 8.000 Blocks, MH 20 = 4.000 Markenheftchen

2020, 16. Juli. Internationaler Tag der Heimatüberweisungen. Odr. (3×3); gez. K 13.

igs) Menschenkette, Emblem

5476	2.30 L mehrfarbig	igs	3,20	3,20
		Kleinbogen	26,—	26,—

MiNr. 5476 wurde im Kleinbogen zu 8 Marken und 1 Zierfeld (Feld 2) gedruckt.

Auflage: 14.000 Stück

2020, 21. Juli. Blockausgabe: 200. Jahrestag der Entdeckung der Antarktis; 50 Jahre bulgarische Antarktisforschung. Odr.; gez. K 13¼:13.

igv

igt) Fernrohr, Eisberg
igu) Zügelpinguin (Pygoscelis antarctica), Karte der Antarktis, Forschungsstation St.-Kliment-Ohridski

5477	1.70 L mehrfarbig	igt	2,30	2,30
5478	2.30 L mehrfarbig	igu	3,20	3,20
Block 499	(74×87 mm)	igv	5,50	5,50
		FDC		7,—

Auflage: 8.000 Blocks

2020, 25. Aug. Blockausgabe: Vorsitz Bulgariens in der Gemeinsamen Maritimen Agenda für das Schwarze Meer. Odr.; gez. Ks 13¼:13.

igx

igw) Wellen, Trikolore

5479	3 L mehrfarbig	igw	4,10	4,10
Block 500	(100×76 mm)	igx	4,10	4,10

Auflage: 6.000 Blocks

2020, 2. Sept. Blockausgabe: Große Entdecker – Vitus Bering. Odr.; ☐ mit aufgedruckter Zähnung, mit zusätzlicher Lochstanzung einer Zählnummer im Blockrand.

igz

igy) Vitus Bering (1681–1741), dänischer Marineoffizier und Kartograph in russischen Diensten

I = Druckvermerk mit Jahreszahl links und Entwerfername rechts

5480 I 0.65 L mehrfarbig . . . . igy —,— —,—
Block 501 I (88×63 mm) . . . . igz *20,— 20,—*

II = Druckvermerk mit Entwerfername links und Jahreszahl rechts

5480 II 0.65 L mehrfarbig . . . . igy —,— —,—
Block 501 II (88×63 mm) . . . . igz *20,— 20,—*

Bl. 501 I wurde auf gummiertem Papier ohne, Bl. 501 II auf Papier mit fluoreszierenden Fasern, o.G. gedruckt.

Auflage: je 1.800 numerierte Blocks

2020, 2. Sept. Blockausgabe: 500. Todestag von Raffael. Odr.; gez. Ks 13¼:13.

ihb

iha) Madonna mit dem Stieglitz (Detail); Gemälde von Raffael, eigentlich Raffaello Sanzio (1483–1520), italienischer Maler und Architekt

5481 3 L mehrfarbig GA . . . . iha 4,10 4,10
Block 502 (70×85 mm) . . . . ihb 4,10 4,10
FDC 6,—

Der FDC trägt das Stempeldatum 6–4-2020.

Auflage: 6.000 Blocks

2020, 14. Sept. 100 Jahre Universität für National- und Weltwirtschaft, Sofia. Odr. (10×5); gez. K 13.

ihc) Jubiläumsemblem

5482 0.65 L mehrfarbig . . . . ihc 0,90 0,90

Auflage: 6.500 Stück

2020, 28. Sept. 100. Todestag von James David Bourchier. Odr. (5×10); gez. K 13.

ihd) James David Bourchier (1850–1920), irischer Journalist und Balkankorrespondent der „Times“

5483 1.70 L mehrfarbig . . . . ihd 2,30 2,30

Auflage: 5.500 Stück

2020, 9. Okt. Blockausgabe: 20 Jahre Zirkus Balkanski; 200 Jahre weltweite Zirkusaufführungen. Odr.; gez. Ks 13:13¼.

ihg

ihe) Artist im Todesrad
ihf) Artisten bilden Pyramide auf Pferd

5484 1.70 L mehrfarbig . . . . ihe 2,30 2,30
5485 2.30 L mehrfarbig . . . . ihf 3,20 3,20
Block 503 (117×87 mm) . . . . ihg 5,50 5,50
FDC 7,—

Auflage: 6.100 Blocks

2020, 15. Okt. Blockausgabe: Geistige Werte der Menschheit – Mahatma Gandhi. Odr.; gez. Ks 13¼:13.

ihi

ihh) Mohandas Karamchand Gandhi, genannt Mahatma (1869–1948), Führer der indischen Unabhängigkeitsbewegung

5486 3.00 L mehrfarbig . . . . ihh 4,10 4,10
Block 504 (101×56 mm) . . . . ihi 4,10 4,10
FDC 5,60

Auflage: 8.000 Blocks

In ähnlicher Zeichnung: MiNr. 5442

2020, 10. Nov. Blockausgabe: 100. Geburtstage von Schriftstellern. Odr.; gez. Ks 13:13¼.

iho

ihk) Ray Bradbury (1920–2012), amerikanischer Schriftsteller und Drehbuchautor
ihl) Isaac Asimov (1920–1992), amerikanischer Biochemiker und Schriftsteller
ihm) Arthur Hailey (1920–2004), britisch-kanadischer Schriftsteller
ihn) Gianni Rodari (1920–1980), italienischer Kinderbuchautor

5487	0.65 L	schwarz	ihk	0,90	0,90
5488	1.10 L	schwarz	ihl	1,50	1,50
5489	1.70 L	schwarz	ihm	2,40	2,40
5490	2.30 L	schwarz	ihn	3,20	3,20
Block 505		(78×155 mm)	iho	8,—	8,—

Auflage: 5.500 Blocks

2020, 10. Nov. Blockausgabe: 100. Geburtstag von Waleri Petrow. Odr.; gez. Ks 12¾:13.

ihr

ihp) Waleri Petrow (1920–2014), Schriftsteller, Drehbuchautor und Übersetzer; bei Signierstunde; Herbstblätter, Krähe

5491	3 L	mehrfarbig	ihp	4,10	4,10
Block 506		(126×87 mm)	ihr	4,10	4,10

Auflage: 5.500 Blocks

2020, 10. Nov. Blockausgabe: 85. Geburtstag von Christo. Odr.; gez. Ks 13¼.

iht

ihs) Christo, eigentlich Christo Jawaschew (1935–2020), amerikanischer Künstler bulgarischer Herkunft

5492	2.80 L	mehrfarbig	ihs	3,80	3,80
Block 507		(87×89 mm)	iht	3,80	3,80

Auflage: 5.100 Blocks

2020, 11. Nov. 25 Jahre Nationales Versicherungsinstitut. Odr. (10×4); gez. K 13¼.

ihu) Baum mit Apfel

5493	0.65 L	schwarz/bronzefarben	ihu	0,90	0,90
			FDC		1,60

Auflage: 11.000 Stück

2020, 11. Nov. Blockausgabe: Karneval von Gabrowo. Odr.; A = gez. Ks 13:13¼, B = □.

ihw

ihv) Kostümierte Karnevalteilnehmer, schwarze Katze

5494 A	3.00 L	mehrfarbig	ihv	4,10	4,10
Block 508 A		(95×70 mm)	ihw	4,10	4,10
5494 B	3.00 L	mehrfarbig	ihv	4,10	4,10
Block 508 B		(95×70 mm)	ihw	4,10	4,10

Auflagen: Bl. 508 A = 3.500, Bl. 508 B = 2.500 Blocks

2020, 16. Nov. 75 Jahre Landwirtschaftliche Universität Plowdiw. Odr. (5×10); gez. K 13.

ihx) Universitätsgebäude, Emblem

5495 0.65 L mehrfarbig .... ihx 0,90 0,90

Auflage: 6.500 Stück

2020, 19. Nov. Blockausgabe: Freundschaft mit Kasachstan – 1150. Geburtstag von Abū Nasr al-Fārābī; 175. Geburtstag von Abai Qunanbajuly. Odr.; gez. Ks 13:13¼, mit zusätzlicher Lochstanzung einer Zählnummer im Blockrand.

iia

ihy) Abū Nasr al-Fārābī (um 872–950), islamischer Philosoph und Gelehrter
ihz) Abai Qunanbajuly (1845–1904), kasachischer Dichter und Philosoph

I = Druckvermerk mit Entwerfername links und Jahreszahl rechts

5496 I 0.65 L mehrfarbig .... ihy —,— —,—
5497 I 0.65 L mehrfarbig .... ihz —,— —,—
Block 509 I (130×60 mm) .... iia 13,— 13,—

II = Druckvermerk mit Jahreszahl links und Entwerfername rechts

5496 II 0.65 L mehrfarbig .... ihy —,— —,—
5497 II 0.65 L mehrfarbig .... ihz —,— —,—
Block 509 II (130×60 mm) .... iia 13,— 13,—

Bl. 509 I wurde auf gummiertem Papier ohne, Bl. 509 II auf Papier mit fluoreszierenden Fasern, o.G. gedruckt.

Auflage: je 1.900 numerierte Blocks

2020, 20. Nov. Weihnachten. Odr. (10×5); gez. K 13.

iib) Weihnachtsbaum aus bunten Socken und Stern

5498 1.70 L mehrfarbig .... iib 2,30 2,30

Auflage: 7.000 Stück

2020, 25. Nov. 125 Jahre Bulgarische Industrie- und Handelskammer. Odr. (5×10); gez. K 13.

iic) Iwan Grozew (1847–1916), Unternehmer; ehemaliges und heutiges Gebäude der Handelskammer

5499 0.65 L mehrfarbig .... iic 0,90 0,90
FDC 1,60

Auflage: 7.000 Stück

2020, 1. Dez. Blockausgabe: 140 Jahre Lew-Währung; 135 Jahre Lew-Banknoten. Odr.; gez. Ks 13¼:13, mit zusätzlicher Lochstanzung einer Zählnummer im Blockrand.

iie

iid) Wappenlöwen auf fiktiver Banknote

I = Druckvermerk mit Entwerfername links und Jahreszahl rechts

5500 I 1 L mehrfarbig .... iid —,— —,—
Block 510 I (106×76 mm) .... iie 22,— 22,—

II = Druckvermerk mit Jahreszahl links und Entwerfername rechts

5500 II 1 L mehrfarbig .... iid —,— —,—
Block 510 II (106×76 mm) .... iie 22,— 22,—

Bl. 510 I wurde auf gummiertem Papier ohne, Bl. 510 II auf Papier mit fluoreszierenden Fasern, o.G. gedruckt.

Auflage: je 1.800 numerierte Blocks

2020, 10. Dez. 85 Jahre Notfallhilfe in Sofia. Odr. (4×10); gez. K 13:13¼.

iif) Mercedes-Benz-Rettungswagen (1935)

5501 0.65 L mehrfarbig .... iif 0,90 0,90

Auflage: 6.500 Stück

2020, 11. Dez. Bekannte Philatelisten: 80. Geburtstag von Iwan Slawkow. Odr. (2×10 Zd); gez. K 13¼.

iig) Iwan Slawkow (1940–2011), Sportfunktionär
Zierfeld

5502 2 L mehrfarbig .... iig 2,70 2,70
5502 Zf 2,70 2,70

Auflage: 7.000 Stück

2020, 11. Dez. Blockausgabe: Schachvarianten. Odr.; gez. Ks 13¼:13.

iii

iih) Spielsteine und Figuren von Janggi (Korea), Shōgi (Japan), Xiangqi (China), Sittuyin (Birma), Shatar (Mongolei) und Makruk (Thailand)

5503	3.00 L	mehrfarbig	iih	4,—	4,—
Block 511		(96×89 mm)	iii	4,—	4,—
			FDC		6,—

Auflage: 5.500 Blocks

2020, 11. Dez. Geschützte Insekten – Käfer. Odr. (1 Zd + 1 Zd); AS = Shz. 12¾:13.

iik) Trauerbock (Morimus asper funereus)
iil) Heiliger Pillendreher (Scarabaeus sacer)
iim) Eremit (Osmoderma eremita)
iin) Alpenbock (Rosalia alpina)

5504 AS	0.65 L	mehrfarbig GA	iik	1,—	1,—
5505 AS	1.10 L	mehrfarbig	iil	1,50	1,50
5506 AS	1.70 L	mehrfarbig	iim	2,30	2,30
5507 AS	2.30 L	mehrfarbig	iin	3,20	3,20
			Satzpreis AS (4 W.)	8,—	8,—
			Viererblock AS	8,—	8,—
			Kleinbogen AS	16,—	16,—

Blockausgabe, C = gez. K 13¼:13

5504 C	0.65 L	mehrfarbig GA	iik	1,—	1,—
5505 C	1.10 L	mehrfarbig	iil	1,50	1,50
5506 C	1.70 L	mehrfarbig	iim	2,30	2,30
5507 C	2.30 L	mehrfarbig	iin	3,20	3,20
Block 512		(118×87 mm)	iio	8,—	8,—
			FDC		10,50

MiNr. 5504 AS–5507 AS wurden auf Papier mit fluoreszierenden Fasern, o.G., MiNr. 5504 C–5507 C wurden auf gummiertem Papier ohne fluoreszierenden Fasern gedruckt.

Auflagen: MiNr. 5504 AS–5507 AS = 5.000 Sätze, Bl. 512 = 6.500 Blocks

2020, 23. Dez. Blockausgabe: Weltraum. Odr.; gez. Ks 13¼.

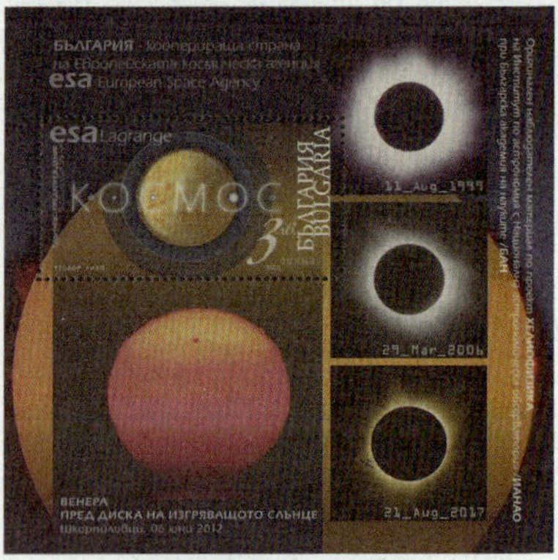

iir

iip) Geplante Lagrange-Mission zur Sonne

5508	3 L	mehrfarbig GA	iip	4,—	4,—
Block 513		(99×99 mm)	iir	4,—	4,—
			FDC		6,—

Auflage: 6.000 Blocks

2020, 23. Dez. Karikaturen berühmter Persönlichkeiten. Odr. (5×10); gez. K 13.

iis) Georgi Partsalew (1925–1989), Schauspieler

iit) Selbstporträt

iis–iit) Karikaturen von Boris Dimowski (1925–2007), Graphiker

5509	1.00 L	mehrfarbig	iis	1,40	1,40
5510	1.50 L	mehrfarbig	iit	2,—	2,—
			Satzpreis (2 W.)	3,40	3,40

Auflage: 6.000 Sätze

2020, 23. Dez. Gemälde bulgarischer Maler. Odr. (4×10); gez. K 13¼.

iiu) „Auf dem Feld“ von Christo Stantschew (1870–1950); „Roter Hinterhof“ von Nikola Tanew (1890–1962)

iiv) „Mann mit Zigarette“ von Peter Michailow (1920–1992); „Maler Iwan Christow (1900–1987)“ von Plamen Waltschew (*1951)

5511	0.65 L	mehrfarbig	iiu	0,90	0,90
5512	1.00 L	mehrfarbig	iiv	1,40	1,40
			Satzpreis (2 W.)	2,30	2,30

Auflage: 5.500 Sätze

2021, 11. Febr. 120. Geburtstag von Patriarch Kiril. Odr. (2×2); gez. K 13:13¼.

Zierfeld

iiw) Kiril (1901–1971), Patriarch von Bulgarien

5513	2.30 L mehrfarbig	iiw	3,20	3,20
		5513 Zf	3,20	3,20
		FDC		4,70
		Kleinbogen	6,50	6,50

MiNr. 5513 wurde mit 1 Zierfeld schachbrettartig zusammenhängend gedruckt.

Auflage: 6.000 Stück

2021, 12. Febr. Blockausgabe: Chinesisches Neujahr – Jahr des Ochsen. Odr.; Bl. 514 gez. Ks 13¼:13, Bl. 515 ☐ mit aufgedruckter Zähnung und zusätzlicher Lochstanzung einer Zählnummer im Blockrand.

iiy

iix) Chinesischer Tänzer, Ochse

5514	3.00 L mehrfarbig	iix	4,—	4,—
Block 514	(94×94 mm)	iiy	4,—	4,—
		FDC		5,80

I = Druckvermerk mit Jahreszahl links und Entwerfername rechts

5515 I	0.65 L mehrfarbig	iix	—,—	—,—
Block 515 I	(94×94 mm)	iiy I	10,—	10,—

II = Druckvermerk mit Entwerfername links und Jahreszahl rechts

5515 II	0.65 L mehrfarbig	iix	—,—	—,—
Block 515 II	(94×94 mm)	iiy I	10,—	10,—

Bl. 515 I wurde auf gummiertem Papier ohne, Bl. 515 II auf Papier mit fluoreszierenden Fasern, o.G. gedruckt.

Auflagen: Bl. 514 = 7.000 Blocks, Bl. 515 I–515 II je 1.800 numerierte Blocks

2021, 16. April. Blockausgabe: 100. Geburtstag von John Glenn; 50. Jahrestag des Mondfluges von „Apollo 14“. Odr.; gez. Ks 13.

ika

iiz) John Glenn (1921–2016), amerikanischer Astronaut und Politiker

5516	3.00 L mehrfarbig	iiz	4,—	4,—
Block 516	(111×78 mm)	ika	4,—	4,—
		FDC		6,—

Auflage: 5.000 Blocks

2021, 16. April. Blockausgabe: 550. Geburtstag von Albrecht Dürer. Odr.; gez. Ks 13.

ikc

ikb) Selbstbildnis im Pelzrock; Gemälde von Albrecht Dürer (1471–1528), deutscher Maler, Graphiker, Zeichner und Kunstschriftsteller

5517	3.00 L mehrfarbig	ikb	4,—	4,—
Block 517	(136×95 mm)	ikc	4,—	4,—
		FDC		6,—

Auflage: 5.500 Blocks

2021, 16. April. 150. Geburtstag von Damjan Gruew. Odr. (4×10); gez. K 13.

ikd) Damjan Gruew (1871–1906), bulgarisch-makedonischer Lehrer und Revolutionär

5518	1 L mehrfarbig	ikd	1,40	1,40

Auflage: 5.500 Stück

2021, 26. April. 100. Jahrestag der Ernennung von Warna zum Kurort. Odr. (10×4); gez. K 13.

ike) Kolonnade am Eingang zum Meeresgarten, Warna; Möwen

5519	0.65 L mehrfarbig	ike	0,90	0,90
		Kehrdruckpaar	1,80	1,80

MiNr. 5519 wurde im senkrechten Kehrdruck gedruckt.

Auflage: 5.100 Stück

2021, 12. Mai. 200. Geburtstag von Georgi Rakowski. Digitaldruck (5×8); gez. K 13¼:13.

ikf) Georgi Rakowski (1821–1867), Revolutionär und Schriftsteller

5520	0.65 L mehrfarbig	ikf	0,90	0,90

Auflage: 5.100 Stück

2021, 19. Mai. 50 Jahre Institut für Luftverkehr, Sofia. Odr. (4×10); gez. K 13.

ikg) Emblem

5521	1.50 L mehrfarbig	ikg	2,—	2,—
		FDC		3,30

Auflage: 6.000 Stück

2021, 31. Mai. Europa: Gefährdete Tierarten. Odr. (3×2); Markenformat 33×43 mm; A = gez. K 13.

ikh) Baummarder (Martes martes)

iki) Tigeriltis (Vormela peregusna)

5522 A	1.10 L mehrfarbig GA	ikh	1,50	1,50
5523 A	2.30 L mehrfarbig	iki	3,20	3,20
	Satzpreis (2 W.)		4,70	4,70
	FDC			6,20
	Kleinbogensatz (2 Klb.)		24,—	24,—

Blockausgabe, B = □ mit aufgedruckter Zähnung

5522 B	1.10 L mehrfarbig GA	ikh	1,50	1,50
5523 B	2.30 L mehrfarbig	iki	3,20	3,20
Block 518	(85×95 mm)	ikk	4,70	4,70
		FDC		6,20

Markenheftchen (3); Markenformat 29×39 mm; D = dreiseitig, E = zweiseitig gez. L 13

5524	1.10 L mehrfarbig	ikh		
D	dreiseitig gez. (□)		1,60	1,60
Eo	zweiseitig gez. (□)		1,60	1,60
Eu	zweiseitig gez. (□)		1,60	1,60
5525	2.30 L mehrfarbig	iki		
D	dreiseitig gez. (□)		3,30	3,30
Eo	zweiseitig gez. (□)		3,30	3,30
Eu	zweiseitig gez. (□)		3,30	3,30
H-Blatt 34	mit 1 × MiNr. 5524 D/Eo/Eu		4,80	4,80
H-Blatt 35	mit 1 × MiNr. 5525 D/Eo/Eu		9,90	9,90
MH 21	mit 1 × H-Blatt 34–35		14,70	14,70

MiNr. 5522 A–5523 A wurden jeweils im Kleinbogen zu 5 Marken und 1 Zierfeld (Feld 4) gedruckt.

MiNr. 5522 A–5523 A und 5524–5525 wurden auf Papier mit, Bl. 518 auf Papier ohne optischen Aufheller gedruckt.

Auflagen: MiNr. 5522 A–5523 A = 14.000 Sätze, Bl. 518 = 7.000 Blocks, MH 21 = 4.000 Markenheftchen

2021, 11. Juni. Blockausgabe: 60. Jahrestag des ersten bemannten Weltraumfluges. Odr.; A = gez. Ks 13¼:13, B = □ mit zusätzlichem Ausstellungsemblem „BULCOLLECTO“ auf dem Blockrand.

ikm

ikl) Jurij Gagarin (1934–1968), sowjetischer Kosmonaut, mit Friedenstaube; Wostok 1

5526 A	0.65 L mehrfarbig	ikl	—,—	—,—
Block 519 A	(81×51 mm)	ikm	11,50	11,50
5526 B	0.65 L mehrfarbig	ikl	—,—	—,—
Block 519 B	(81×51 mm)	ikm I	11,50	11,50

Bl. 519 A wurde auf gummiertem Papier ohne, Bl. 519 B auf Papier mit fluoreszierenden Fasern, o.G. gedruckt.

Auflage: je 1.800 Blocks

2021, 25. Juni. 100 Jahre Nationale Musikakademie „Prof. Pantscho Wladigerow“, Sofia. Digitaldruck (5×10); gez. K 13.

ikn) Klaviertasten bilden Zahl „100“, Emblem

5527	1 L mehrfarbig	ikn	1,40	1,40

Auflage: 5.500 Stück

2021, 7. Juli. 800 Jahre Felskirchen von Iwanowo. Digitaldruck (10×5); gez. K 13:13¼.

iko) Heilige und Engel

ikp) Zar Iwan Alexander (reg. 1331–1371)

iko–ikp) Wandfresken im Felskloster von Iwanowo

5528	0.65 L mehrfarbig	iko	0,90	0,90
5529	1.00 L mehrfarbig	ikp	1,40	1,40
	Satzpreis (2 W.)		2,30	2,30

Auflage: 5.500 Sätze

2021, 9. Juli. Blockausgabe: Gipfelkonferenz der Drei-Meere-Initiative, Sofia. Digitaldruck; gez. Ks 13.

iks

ikr) Meereswellen, bulgarische Trikolore

5530	3 L mehrfarbig	ikr	4,10	4,10
Block 520	(86×58 mm)	iks	4,10	4,10

Auflage: 5.100 Blocks

2021, 20. Aug. Blockausgabe: 30 Jahre Bund der Kultur- und Bildungsverbände der Sarakatsanen in Bulgarien. Digitaldruck; gez. K 13.

iku

ikt) Sarakatsanin in Volkstracht

5531	2 L	mehrfarbig	ikt	2,70	2,70
Block 521		(84×88 mm)	iku	2,70	2,70

Auflage: 6.500 Blocks

2021, 30. Aug. 90 Jahre diplomatische Beziehungen mit Argentinien. Odr. (4×2); Shz. 13.

ikv) Korallenbaum (Erythrina crista-galli)
ikw) Damaszener-Rose (Rosa × damascena)

5532	1 L	mehrfarbig	ikv	1,40	1,40
5533	3 L	mehrfarbig	ikw	4,10	4,10
			Satzpreis (2 W.)	5,50	5,50
			Paar	5,50	5,50
			FDC		7,70
			Kleinbogen	22,—	22,—

MiNr. 5532–5533 wurden schachbrettartig zusammenhängend gedruckt.

Auflage: 10.000 Sätze

Parallelausgabe mit Argentinien

2021, 8. Sept. 140 Jahre Marineakademie „Nikola Jonkow Wapzarow", Warna. Digitaldruck; gez. K 13:12¾.

ikx) Aufgeschlagenes Buch mit Seiten aus Wellen, Wappen der Akademie, Anker

5534	0.65 L	mehrfarbig	ikx	0,90	0,90

Auflage: 5.500 Stück

2021, 16. Sept. Blockausgabe: Europäisches Jahr der Schiene; 100 Jahre Rhodopenbahn. Odr.; gez. Ks 13:13¼.

ila

iky) Dampflokomotive 609.76 der Rhodopenschmalspurbahn
ikz) Siemens Smartron Lokomotive 80–044 „Zar Kalojan"

5535	1.50 L	mehrfarbig	iky	2,10	2,10
5536	1.50 L	mehrfarbig	ikz	2,10	2,10
Block 522		(85×66 mm)	ila	4,20	4,20

Auflage: 5.500 Blocks

2021, 21. Sept. 30 Jahre Neue Bulgarische Universität, Sofia. Digitaldruck (5×8); gez. K 13¼:13.

ilb) Campus mit Studenten

5537	1 L	mehrfarbig	ilb	1,40	1,40

Auflage: 6.000 Stück

2021, 23. Sept. Blockausgabe: Große Entdecker – Umberto Nobile. Odr.; A = gez. Ks 13, B = □ mit zusätzlichem Ausstellungsemblem „BULCOLLECTO" auf dem Blockrand.

ild

ilc) Umberto Nobile (1885–1978), italienischer Luftschiffpionier und General; Doppeldecker Fokker C.V mit Kufen, Luftschiff „Italia", Eisbär (Ursus maritimus)

5538 A	0.65 L	mehrfarbig	ilc	—,—	—,—
Block 523 A		(96×95 mm)	ild	12,—	12,—
5538 B	0.65 L	mehrfarbig	ilc	—,—	—,—
Block 523 B		(96×95 mm)	ild I	12,—	12,—

Bl. 523 A wurde auf gummiertem Papier ohne, Bl. 523 B auf Papier mit fluoreszierenden Fasern, o.G. gedruckt.

Auflage: je 1.800 Blocks

2021, 23. Sept. Blockausgabe: 400. Geburtstag von Jean de La Fontaine. Digitaldruck; gez. Ks 13:13¼.

ilf

ile) Jean de La Fontaine (1621–1695), französischer Schriftsteller; Handschrift

5539	3 L	mehrfarbig	ile	4,10	4,10
Block 524		(90×64 mm)	ilf	4,10	4,10

Auflage: 5.500 Blocks

2021, 25. Sept. Blockausgabe: 160. Geburtstag von Iwan Kolew (2023). Odr.; gez. Ks 13.

ilh

ilg) Iwan Kolew (1863–1917), General und Kavalleriekommandant

5540	3.00 L	mehrfarbig	ilg	4,10	4,10
Block 525		(106×95 mm)	ilh	4,10	4,10

Auflage: 5.100 Blocks

2021, 8. Okt. 70 Jahre Bulgarisches Staatsarchiv, Sofia. Digitaldruck (5×8); gez. K 13¼:13.

ili) Manifest der Unabhängigkeitserklärung (1908)

5541	0.65 L	mehrfarbig	ili	0,90	0,90

Auflage: 5.500 Stück

2021, 14. Okt. Blockausgabe: 100 Jahre Bulgarisches Jugendrotkreuz. Odr.; gez. Ks 13¼:13.

ill

ilk) Jugendliche verbindet Arm eines verletzten Kindes, Emblem

5542	3.00 L	mehrfarbig	ilk	4,10	4,10
Block 526		(101×56 mm)	ill	4,10	4,10

Auflage: 5.000 Blocks

2021, 14. Okt. Blockausgabe: 70 Jahre Luftwaffenstützpunkt Graf Ignatiewo. Odr.; gez. K 13¼:13.

ilr

ilm ilo
iln ilp

ilm) Ilija Elenski (1926–2004), Kampfpilot; Jagdflugzeug MiG-15bis
iln) Todor Todorow (1929–2016); Kampfflugzeug MiG-17PF
ilo) Georgi Razsolkow (*1929); Jagdflugzeug MiG-19S
ilp) Iwan Bedrosow (*1930), Major; Abfangjäger MiG-21F-13

5543	0.65 L	mehrfarbig	ilm	0,90	0,90
5544	1.00 L	mehrfarbig	iln	1,40	1,40
5545	1.50 L	mehrfarbig	ilo	2,10	2,10
5546	2.00 L	mehrfarbig	ilp	2,70	2,70
Block 527		(162×87 mm)	ilr	7,10	7,10

Auflage: 6.000 Blocks

2021, 25. Okt. 200. Geburtstag von Fjodor Dostojewskij. Digitaldruck (8×5); gez. K 13:13¼.

ils) Fjodor Dostojewskij (1821–1881), russischer Schriftsteller

5547	1.00 L	mehrfarbig	ils	1,40	1,40

Auflage: 6.000 Stück

2021, 1. Nov. Blockausgabe: Grußmarke – 50 Jahre Konstantin-Preslawski-Universität Schumen. Odr.; gez. K 13.

ilt

hud) Wissenschaft und Ausbildung: Buch, Sonne, Mauszeiger

5548 0.65 L mehrfarbig .... hud 1,30 1,30
Block 528 mit 4 × MiNr. 5548
(122×91 mm) .... ilt 5,20 5,20

MiNr. 5548 unterscheidet sich von MiNr. 5220 durch Jahreszahl und Zähnung.

Auflage: 3.000 Blocks

In gleicher Zeichnung: MiNr. 5220

2021, 15. Nov. Weihnachten. Digitaldruck (5×8); gez. K 13.

ilu) Geschenkesack und Zuckerstangen als Schneemann auf Skiern

5549 0.65 L mehrfarbig .... ilu 0,90 0,90
FDC 1,90

Auflage: 15.500 Stück

2021, 24. Nov. Blockausgabe: 450. Geburtstag von Caravaggio. Digitaldruck; gez. Ks 13.

ilw

ilv) Früchtekorb; Gemälde von Caravaggio, eigentlich Michelangelo Merisi (1571–1610), italienischer Maler

5550 3 L mehrfarbig .... ilv 4,10 4,10
Block 529 (89×89 mm) .... ilw 4,10 4,10

Auflage: 5.100 Blocks

2021, 24. Nov. Blockausgabe: Flora – Fleischfressende Pflanzen. Odr.; gez. Ks 13:13¼.

ily

ilx) Rundblättriger Sonnentau (Drosera rotundifolia)

5551 3.00 L mehrfarbig .... ilx 4,10 4,10
Block 530 (101×69 mm) .... ily 4,10 4,10

Auflage: 5.100 Blocks

2021, 30. Nov. 130 Jahre Militärmedizinische Akademie, Sofia. Digitaldruck (8×5); gez. K 13.

ilz) Wappen der Akademie

5552 0.65 L schwärzlichviolettblau/lebhaftlilarot ilz 0,90 0,90

Auflage: 6.000 Stück

2021, 1. Dez. 25. Jahrestag der Wiedererrichtung des Obersten Verwaltungsgerichts. Digitaldruck (5×8); gez. K 13.

ima) Wappen des Obersten Verwaltungsgerichts

5553 0.65 L mehrfarbig .... ima 0,90 0,90

Auflage: 7.100 Stück

2021, 11. Dez. Blockausgabe: Grußmarke – Jahr des Tigers; Internationale Briefmarkenausstellung BULCOLLECTO 2021, Plowdiw. Odr.; gez. K 13.

imb

gbc) Weinkiepe mit Zapfhahn

5554 0.65 L mehrfarbig .... gbc 0,90 0,90
Block 531 mit 4 × MiNr. 5554
(98×126 mm) .... imb 3,60 3,60

MiNr. 5554 unterscheidet sich von MiNr. 5080 durch Jahreszahl und Zähnung.

Bl. 531 wurde auf gummiertem Papier ohne (2.500 Blocks) und auf Papier mit fluoreszierenden Fasern, o. G. (1.000 Blocks) gedruckt.

Auflage: 3.500 Blocks

In gleicher Zeichnung: MiNr. 4268, 5080

2021, 13. Dez. 125 Jahre Nationale Kunstakademie, Sofia. Digitaldruck (4×5 Zd); gez. K 13:13¼.

imc) Erkerturm der Kunstakademie
Zierfeld

5555 1 L mehrfarbig .... imc 1,40 1,40
5555 Zf 1,40 1,40

Auflage: 5.100 Stück

2021, 14. Dez. 40 Jahre Nationaler Stiftungsfonds „13 Jahrhunderte Bulgarien“. Digitaldruck (8×5); gez. K 13:13¼.

imd) Wappenlöwe, Jubiläumsemblem

5556 0.65 L mehrfarbig .... imd 0,90 0,90

Auflage: 10.000 Stück

2021, 16. Dez. 125. Geburtstag von Nikola Obreschkow und Georgi Nadschakow. Odr. (5×8); gez. K 13¼:13.

ime) Nikola Obreschkow (1896–1963), Mathematiker; mathematische Formel, Titelseite seines Lehrbuchs für Höhere Algebra

imf) Georgi Nadschakow (1896–1981), Physiker; Diagramm, Europakarte, Emblem der Europäischen Physikalischen Gesellschaft

ime–imf) Lorbeerzweig, Bulgarische Akademie der Wissenschaften

5557 0.65 L mehrfarbig .... ime 0,90 0,90
5558 1.00 L mehrfarbig .... imf 1,40 1,40
Satzpreis (2 W.) 2,30 2,30
2 Kehrdruckpaare 4,60 4,60

MiNr. 5557–5558 wurden jeweils im senkrechten Kehrdruck gedruckt.

Auflage: 5.500 Sätze

2021, 17. Dez. Blockausgabe: 30 Jahre Atlantischer Klub von Bulgarien. Odr.; A = gez. K 13¼, B = □ mit aufgedruckter Zähnung.

imi

img) Englische Inschrift, bulgarisches Jubiläumsemblem
imh) Bulgarische Inschrift, englisches Jubiläumsemblem

img–imh) Planet Erde im Weltraum

5559 A 1.50 L mehrfarbig .... img 2,10 2,10
5560 A 1.50 L mehrfarbig .... imh 2,10 2,10
Block 532 A (109×87 mm) .... imi 4,20 4,20

5559 B 1.50 L mehrfarbig .... img 2,10 2,10
5560 B 1.50 L mehrfarbig .... imh 2,10 2,10
Block 532 B (109×87 mm) .... imi 4,20 4,20

Auflagen: Bl. 532 A = 6.000, Bl. 532 B = 3.000 Blocks

2021, 30. Dez. Blockausgabe: 120 Jahre Straßenbahn in Sofia. Digitaldruck; gez. Ks 13.

imm

imk) Beiwagen „Kardalew“ (1931)
iml) Triebwagen „Komsomolets“ (1959)

5561 1.70 L mehrfarbig .... imk 2,30 2,30
5562 2.30 L mehrfarbig .... iml 3,20 3,20
Block 533 (83×89 mm) .... imm 5,50 5,50

Auflage: 5.500 Blocks

2021, 30. Dez. Fauna: Jagdbares Federwild in Bulgarien. Odr. (3×3); ohne grauen Markenrand; gez. K 13.

imn) Rebhuhn (Perdix perdix)

imo) Wachtel (Coturnix coturnix)

imp) Ringeltaube (Columba palumbus)

imr) Stockente (Anas platyrhynchos)

5563 1.00 L mehrfarbig .... imn 2,— 2,—
5564 1.00 L mehrfarbig .... imo 2,— 2,—
5565 1.50 L mehrfarbig .... imp 3,— 3,—
5566 1.50 L mehrfarbig .... imr 3,— 3,—
Satzpreis (4 W.) 10,— 10,—
Kleinbogensatz (4 Klb.) 80,— 80,—

Blockausgabe; Bl. 535 Marken mit grauem Markenrand, □ mit zusätzlicher Lochstanzung einer Zählnummer im Blockrand

Block 534 mit MiNr. 5563–5566 (147×84 mm) ims 10,— 10,—
FDC 14,—

5567 1.00 L mehrfarbig .... imn I 2,— 2,—
5568 1.00 L mehrfarbig .... imo I 2,— 2,—
5569 1.50 L mehrfarbig .... imp I 3,— 3,—

5570	1.50 L	mehrfarbig	imr I	3,—	3,—
Block 535		(147×87 mm)	imt	10,—	10,—

MiNr. 5563–5566 wurden jeweils im Kleinbogen zu 8 Marken und 1 Zierfeld (Feld 3) gedruckt.

Auflagen: MiNr. 5563–5566 = 6.000 Sätze, Bl. 534 = 3.500 Blocks, Bl. 535 = 2.000 numerierte Blocks

2021, 30. Dez. 100. Geburtstag von Tanya Masalitinowa und Margarita Duparinowa; 150. Geburtstag von Panajot Pipkow; 125. Geburtstag von Petko Stajnow. Digitaldruck (8×5); gez. K 13¼.

imu) Tanya Masalitinowa (1921–2014) und Margarita Duparinowa (1921–2005), Schauspielerinnen

imv) Panajot Pipkow (1871–1942) und Petko Stajnow (1896–1977), Komponisten

5571	1.00 L	schwarz	imu	1,40	1,40
5572	1.00 L	schwarz	imv	1,40	1,40
			Satzpreis (2 W.)	2,80	2,80

Auflage: 5.500 Sätze

Ab MiNr. 5353 sind alle Ausgaben, sofern nicht anders angegeben, unbeschränkt frankaturgültig.

Neuheiten

Ein Abonnement der MICHEL-Rundschau sichert Ihnen ein immer vollständiges Nachschlagewerk, zeigt Ihnen Preisänderungen an und bereichert Ihre philatelistischen Kenntnisse durch gut recherchierte Fachbeiträge.

Jahrgangswerttabelle

Die Aufstellung folgt der numerischen Reihenfolge der Katalogisierung ohne Rücksicht auf die Chronologie eventueller Ergänzungswerte.

Grundsätzlich ist nur die jeweils billigste Sorte pro Marke bzw. Ausgabe angegeben, sofern nichts anderes vermerkt.

Zusammendrucke aus Bogen, Marken mit Zierfeldern usw. sind dann berücksichtigt, wenn sie als normale Ausgabeform anzusehen sind. Einzelmarken aus Blocks und Marken mit der Preisnotierung „—,—" sind nicht berücksichtigt.

Im neuen MICHEL-Redaktionssystem fließen Einzelwerte anstelle von Satzpreisen in die Berechnung ein. Zusätzlich werden alle Blockvarianten berücksichtigt. Dadurch können sich Änderungen zu früheren Jahrgangswertberechnungen ergeben.

Jahr	MiNr.	**	⊙
1945	468–515, Bl. 3 (mit I+II+III)	35,20	40,—
1946	516–581	63,40	56,—
1947	582–628	80,20	68,60
1948	629–687	26,40	20,60
1949	688–717	48,70	32,80
1950	718–773	185,50	45,70
1951	774–806	45,40	25,70
1952	807–843	50,20	25,40
1953	844–899, Bl. 4	101,30	76,60
1954	900–934	43,50	24,80
1955	935–978	53,10	27,70
1956	979–1014	48,90	21,50
1957	1015–1047	41,90	18,—
1958	1048–1094	83,40	53,30
1959	1095–1151, Bl. 5–6	229,70	202,—
1960	1152–1193	66,30	44,90
1961	1194–1281, Bl. 7–8	148,—	102,80
1962	1282–1359, Bl. 9	104,50	71,10
1963	1360–1420, Bl. 10–11	74,90	42,60
1964	1421–1508, Bl. 12–14	85,50	53,40
1965	1509–1592, Bl. 15–16	92,20	54,10
1966	1593–1690, Bl. 17–19	89,—	54,90
1967	1691–1778, Bl. 20–21	83,70	49,90
1968	1779–1856, Bl. 22–23	88,60	50,90
1969	1857–1972, Bl. 24–25	97,—	54,50
1970	1973–2052, Bl. 26–28	100,20	59,10
1971	2053–2137, Bl. 30–34	77,30	41,70
1972	2138–2211, Bl. 35–37	83,80	53,50
1973	2212–2308, Bl. 38–46	564,40	520,—
1974	2309–2373, Bl. 47–54	255,40	267,10
1975	2374–2460, Bl. 55–60	63,70	43,90
1976	2461–2561, Bl. 61–69	75,90	54,60
1977	2562–2651, Bl. 70–73	80,70	49,90
1978	2652–2745, Bl. 74–83	129,20	103,20
1979	2746–2865, Bl. 84–99	443,10	443,20
1980	2866–2960, Bl. 100–108	177,30	161,90
1981	2961–3064, Bl. 109–118	162,20	130,40
1982	3065–3155, Bl. 119–130	158,50	146,50
1983	3156–3240, Bl. 131–138	156,40	138,40
1984	3241–3329, Bl. 139–149	146,90	122,80
1985	3330–3437, Bl. 150–161	140,—	118,50
1986	3438–3542, Bl. 162–170	163,10	145,70
1987	3543–3626, Bl. 171–176	2019,30	2009,80
1988	3627–3727, Bl. 177–182	153,90	142,30
1989	3728–3813, Bl. 183–208	309,90	300,30
1990	3814–3879, Bl. 209–213	86,10	75,40
1991	3880–3964, Bl. 214–218	90,60	72,20
1992	3965–4042, Bl. 219–222	85,—	39,80
1993	4043–4102, Bl. 223–224	46,10	25,90
1994	4103–4149, Bl. 225–227	63,60	40,50
1995	4150–4197, Bl. 228–229	49,10	26,70
1996	4198–4264, Bl. 230–233	68,—	37,20
1997	4265–4319, Bl. 234	35,70	23,50
1998	4320–4369, Bl. 235–236	36,60	25,90
1999	4370–4447, Bl. 237–241	85,—	69,30
2000	4448–4501, Bl. 242–245	53,30	31,40
2001	4502–4542, Bl. 246–252	82,50	68,20
2002	4543–4585, Bl. 253–257	67,60	67,20
2003	4586–4632, Bl. 258–260	51,40	51,40
2004	4633–4683, Bl. 261–269	76,10	76,10
2005	4684–4731, Bl. 270–279	68,30	68,30
2006	4732–4784, Bl. 280–289	137,—	133,—
2007	4785–4833, Bl. 290–295	62,70	61,20
2008	4834–4878, Bl. 296–306	147,—	147,—
2009	4879–4931, Bl. 307–320	167,90	167,90
2010	4932–4981, Bl. 321–337	128,—	128,—
2011	4982–5024, Bl. 338–353	109,90	109,90
2012	5025–5075, Bl. 354–365	141,—	141,—
2013	5076–5127, Bl. 366–380	201,50	201,50
2014	5128–5191, Bl. 381–397	173,60	173,60
2015	5192–5249, Bl. 398–412	167,10	167,10
2016	5250–5297, Bl. 413–425	190,50	188,30
2017	5298–5352, Bl. 426–444	259,—	257,60
2018	5353–5402, Bl. 445–466	329,50	329,50
2019	5403–5459, Bl. 467–491	301,20	301,20
2020	5460–5512, Bl. 492–513	299,40	299,40
2021	5513–5572, Bl. 514–535	221,10	221,10
Gesamtsumme		**11609,10**	**10196,90**

Blockaufstellung

Block 1 siehe nach MiNr. 316
Block 2 siehe nach MiNr. 491
Block 3 siehe nach MiNr. 495
Block 4 siehe nach MiNr. 897
Block 5 siehe nach MiNr. 1110
Block 6 siehe nach MiNr. 1114
Block 7 siehe nach MiNr. 1199
Block 8 siehe nach MiNr. 1229
Block 9 siehe nach MiNr. 1334
Block 10 siehe nach MiNr. 1398
Block 11 siehe nach MiNr. 1403
Block 12 siehe nach MiNr. 1431
Block 13 siehe nach MiNr. 1454
Block 14 siehe nach MiNr. 1493
Block 15 siehe nach MiNr. 1553
Block 16 siehe nach MiNr. 1576
Block 17 siehe nach MiNr. 1627
Block 18 siehe nach MiNr. 1637
Block 19 siehe nach MiNr. 1653
Block 20 siehe nach MiNr. 1749
Block 21 siehe nach MiNr. 1776
Block 22 siehe nach MiNr. 1815
Block 23 siehe nach MiNr. 1856
Block 24 siehe nach MiNr. 1886
Block 25 siehe nach MiNr. 1912
Block 26 siehe nach MiNr. 1987
Block 27 siehe nach MiNr. 2017
Block 28 siehe nach MiNr. 2048
Block 29 siehe nach MiNr. 2051
Block 30 siehe nach MiNr. 2065
Block 31 siehe nach MiNr. 2079
Block 32 siehe nach MiNr. 2083
Block 33 siehe nach MiNr. 2119
Block 34 siehe nach MiNr. 2137
Block 35 siehe nach MiNr. 2143
Block 36 siehe nach MiNr. 2169
Block 37 siehe nach MiNr. 2177
Block 38 siehe nach MiNr. 2219
Block 39 siehe nach MiNr. 2233
Block 40 siehe nach MiNr. 2240
Block 41 siehe nach MiNr. 2241
Block 42 siehe nach MiNr. 2265
Block 43 siehe nach MiNr. 2266
Block 44 siehe nach MiNr. 2276
Block 45 siehe nach MiNr. 2307
Block 46 siehe nach MiNr. 2308
Block 47 siehe nach MiNr. 2332
Block 48 siehe nach MiNr. 2337
Block 49 siehe nach MiNr. 2344
Block 50 siehe nach MiNr. 2350
Block 51 siehe nach MiNr. 2361
Block 52 siehe nach MiNr. 2364
Block 53 siehe nach MiNr. 2368
Block 54 siehe nach MiNr. 2373
Block 55 siehe nach MiNr. 2386
Block 56 siehe nach MiNr. 2390
Block 57 siehe nach MiNr. 2391
Block 58 siehe nach MiNr. 2417
Block 59 siehe nach MiNr. 2421
Block 60 siehe nach MiNr. 2433
Block 61 siehe nach MiNr. 2469
Block 62 siehe nach MiNr. 2473
Block 63 siehe nach MiNr. 2508
Block 64 siehe nach MiNr. 2522
Block 65 siehe nach MiNr. 2523
Block 66 siehe nach MiNr. 2527
Block 67 siehe nach MiNr. 2535
Block 68 siehe nach MiNr. 2555
Block 69 siehe nach MiNr. 2556
Block 70 siehe nach MiNr. 2585
Block 71 siehe nach MiNr. 2596
Block 72 siehe nach MiNr. 2618
Block 73 siehe nach MiNr. 2628
Block 74 siehe nach MiNr. 2656
Block 75 siehe nach MiNr. 2666
Block 76 siehe nach MiNr. 2692
Block 77 siehe nach MiNr. 2693
Block 78 siehe nach MiNr. 2699
Block 79 siehe nach MiNr. 2710
Block 80 siehe nach MiNr. 2726
Block 81 siehe nach MiNr. 2726
Block 82 siehe nach MiNr. 2734
Block 83 siehe nach MiNr. 2745
Block 84 siehe nach MiNr. 2757
Block 85 siehe nach MiNr. 2765
Block 86 siehe nach MiNr. 2769
Block 87 siehe nach MiNr. 2769
Block 88 siehe nach MiNr. 2775
Block 89 siehe nach MiNr. 2778
Block 90 siehe nach MiNr. 2779
Block 91 siehe nach MiNr. 2782
Block 92 siehe nach MiNr. 2788
Block 93 siehe nach MiNr. 2806
Block 94 siehe nach MiNr. 2828
Block 95 siehe nach MiNr. 2828
Block 96 siehe nach MiNr. 2838
Block 97 siehe nach MiNr. 2839
Block 98 siehe nach MiNr. 2846
Block 99 siehe nach MiNr. 2859
Block 100 siehe nach MiNr. 2874
Block 101 siehe nach MiNr. 2883
Block 102 siehe nach MiNr. 2884
Block 103 siehe nach MiNr. 2900
Block 104 siehe nach MiNr. 2901
Block 105 siehe nach MiNr. 2920
Block 106 siehe nach MiNr. 2934
Block 107 siehe nach MiNr. 2940
Block 108 siehe nach MiNr. 2951
Block 109 siehe nach MiNr. 2961
Block 110 siehe nach MiNr. 2974
Block 111 siehe nach MiNr. 2981
Block 112 siehe nach MiNr. 2991
Block 113 siehe nach MiNr. 3002
Block 114 siehe nach MiNr. 3036
Block 115 siehe nach MiNr. 3037
Block 116 siehe nach MiNr. 3046
Block 117 siehe nach MiNr. 3049
Block 118 siehe nach MiNr. 3058
Block 119 siehe nach MiNr. 3074
Block 120 siehe nach MiNr. 3081
Block 121 siehe nach MiNr. 3091
Block 122 siehe nach MiNr. 3104
Block 123 siehe nach MiNr. 3105
Block 124 siehe nach MiNr. 3109
Block 125 siehe nach MiNr. 3118
Block 126 siehe nach MiNr. 3123
Block 127 siehe nach MiNr. 3131
Block 128 siehe nach MiNr. 3137
Block 129 siehe nach MiNr. 3142
Block 130 siehe nach MiNr. 3149
Block 131 siehe nach MiNr. 3178
Block 132 siehe nach MiNr. 3188
Block 133 siehe nach MiNr. 3190
Block 134 siehe nach MiNr. 3192
Block 135 siehe nach MiNr. 3205
Block 136 siehe nach MiNr. 3217
Block 137 siehe nach MiNr. 3222
Block 138 siehe nach MiNr. 3235
Block 139 siehe nach MiNr. 3245
Block 140 siehe nach MiNr. 3251
Block 141 siehe nach MiNr. 3258
Block 142 siehe nach MiNr. 3267
Block 143 siehe nach MiNr. 3270
Block 144 siehe nach MiNr. 3289
Block 145 siehe nach MiNr. 3295
Block 146 siehe nach MiNr. 3300
Block 147 siehe nach MiNr. 3301
Block 148 siehe nach MiNr. 3321
Block 149 siehe nach MiNr. 3328
Block 150 siehe nach MiNr. 3332
Block 151 siehe nach MiNr. 3341
Block 152 siehe nach MiNr. 3342
Block 153 siehe nach MiNr. 3356
Block 154 siehe nach MiNr. 3361
Block 155 siehe nach MiNr. 3389
Block 156 siehe nach MiNr. 3399
Block 157 siehe nach MiNr. 3400
Block 158 siehe nach MiNr. 3404
Block 159 siehe nach MiNr. 3415
Block 160 siehe nach MiNr. 3423
Block 161 siehe nach MiNr. 3424
Block 162 siehe nach MiNr. 3457
Block 163 siehe nach MiNr. 3462
Block 164 siehe nach MiNr. 3464
Block 165 siehe nach MiNr. 3467
Block 166 siehe nach MiNr. 3479
Block 167 siehe nach MiNr. 3496
Block 168 siehe nach MiNr. 3512
Block 169 siehe nach MiNr. 3521
Block 170 siehe nach MiNr. 3536
Block 171 siehe nach MiNr. 3562
Block 172 siehe nach MiNr. 3579
Block 173 siehe nach MiNr. 3594
Block 174 siehe nach MiNr. 3614
Block 175 siehe nach MiNr. 3621
Block 176 siehe nach MiNr. 3626
Block 177 siehe nach MiNr. 3655
Block 188 siehe nach MiNr. 3671

Block 199 siehe nach MiNr. 3675
Block 180 siehe nach MiNr. 3683
Block 181 siehe nach MiNr. 3715
Block 182 siehe nach MiNr. 3723
Block 183 siehe nach MiNr. 3733
Block 184 siehe nach MiNr. 3745
Block 185 siehe nach MiNr. 3745
Block 186 siehe nach MiNr. 3745
Block 187 siehe nach MiNr. 3745
Block 188 siehe nach MiNr. 3745
Block 189 siehe nach MiNr. 3745
Block 190 siehe nach MiNr. 3745
Block 191 siehe nach MiNr. 3745
Block 192 siehe nach MiNr. 3745
Block 193 siehe nach MiNr. 3745
Block 194 siehe nach MiNr. 3747
Block 195 siehe nach MiNr. 3758
Block 196 siehe nach MiNr. 3758
Block 197 siehe nach MiNr. 3758
Block 198 siehe nach MiNr. 3758
Block 199 siehe nach MiNr. 3758
Block 200 siehe nach MiNr. 3758
Block 201 siehe nach MiNr. 3758
Block 202 siehe nach MiNr. 3758
Block 203 siehe nach MiNr. 3758
Block 204 siehe nach MiNr. 3758
Block 205 siehe nach MiNr. 3759
Block 206 siehe nach MiNr. 3783
Block 207 siehe nach MiNr. 3794
Block 208 siehe nach MiNr. 3800
Block 209 siehe nach MiNr. 3830
Block 210 siehe nach MiNr. 3833
Block 211 siehe nach MiNr. 3851
Block 212 siehe nach MiNr. 3869
Block 213 siehe nach MiNr. 3876
Block 214 siehe nach MiNr. 3898
Block 215 siehe nach MiNr. 3917
Block 216 siehe nach MiNr. 3922
Block 217 siehe nach MiNr. 3936
Block 218 siehe nach MiNr. 3950
Block 219 siehe nach MiNr. 3980
Block 220 siehe nach MiNr. 3990
Block 221 siehe nach MiNr. 4015
Block 222 siehe nach MiNr. 4042
Block 223 siehe nach MiNr. 4065
Block 224 siehe nach MiNr. 4065
Block 225 siehe nach MiNr. 4106
Block 226 siehe nach MiNr. 4118
Block 227 siehe nach MiNr. 4143
Block 228 siehe nach MiNr. 4152
Block 229 siehe nach MiNr. 4152
Block 230 siehe nach MiNr. 4226
Block 231 siehe nach MiNr. 4231
Block 232 siehe nach MiNr. 4237
Block 233 siehe nach MiNr. 4244
Block 234 siehe nach MiNr. 4318
Block 235 siehe nach MiNr. 4347
Block 236 siehe nach MiNr. 4355
Block 237 siehe nach MiNr. 4384
Block 238 siehe nach MiNr. 4402
Block 239 siehe nach MiNr. 4409
Block 240 siehe nach MiNr. 4415
Block 241 siehe nach MiNr. 4420
Block 242 siehe nach MiNr. 4449
Block 243 siehe nach MiNr. 4465
Block 244 siehe nach MiNr. 4477
Block 245 siehe nach MiNr. 4500
Block 246 siehe nach MiNr. 4510
Block 247 siehe nach MiNr. 4511
Block 248 siehe nach MiNr. 4521
Block 249 siehe nach MiNr. 4529
Block 250 siehe nach MiNr. 4531
Block 251 siehe nach MiNr. 4536
Block 252 siehe nach MiNr. 4537
Block 253 siehe nach MiNr. 4546
Block 254 siehe nach MiNr. 4549
Block 255 siehe nach MiNr. 4569
Block 256 siehe nach MiNr. 4580
Block 257 siehe nach MiNr. 4581
Block 258 siehe nach MiNr. 4590
Block 259 siehe nach MiNr. 4595
Block 260 siehe nach MiNr. 4610
Block 261 siehe nach MiNr. 4637
Block 262 siehe nach MiNr. 4643
Block 263 siehe nach MiNr. 4644
Block 264 siehe nach MiNr. 4646
Block 265 siehe nach MiNr. 4655
Block 266 siehe nach MiNr. 4658
Block 267 siehe nach MiNr. 4660
Block 268 siehe nach MiNr. 4677
Block 269 siehe nach MiNr. 4683
Block 270 siehe nach MiNr. 4689
Block 271 siehe nach MiNr. 4690
Block 272 siehe nach MiNr. 4694
Block 273 siehe nach MiNr. 4698
Block 274 siehe nach MiNr. 4699
Block 275 siehe nach MiNr. 4700
Block 276 siehe nach MiNr. 4702
Block 277 siehe nach MiNr. 4723
Block 278 siehe nach MiNr. 4724
Block 279 siehe nach MiNr. 4727
Block 280 siehe nach MiNr. 4742
Block 281 siehe nach MiNr. 4743
Block 282 siehe nach MiNr. 4746
Block 283 siehe nach MiNr. 4749
Block 284 siehe nach MiNr. 4751
Block 285 siehe nach MiNr. 4758
Block 286 siehe nach MiNr. 4769
Block 287 siehe nach MiNr. 4775
Block 288 siehe nach MiNr. 4778
Block 289 siehe nach MiNr. 4784
Block 290 siehe nach MiNr. 4785
Block 291 siehe nach MiNr. 4791
Block 292 siehe nach MiNr. 4811
Block 293 siehe nach MiNr. 4821
Block 294 siehe nach MiNr. 4825
Block 295 siehe nach MiNr. 4827
Block 296 siehe nach MiNr. 4836
Block 297 siehe nach MiNr. 4838
Block 298 siehe nach MiNr. 4846
Block 299 siehe nach MiNr. 4856
Block 300 siehe nach MiNr. 4856
Block 301 siehe nach MiNr. 4857
Block 302 siehe nach MiNr. 4859
Block 303 siehe nach MiNr. 4861
Block 304 siehe nach MiNr. 4866
Block 305 siehe nach MiNr. 4870
Block 306 siehe nach MiNr. 4875
Block 307 siehe nach MiNr. 4884
Block 308 siehe nach MiNr. 4886
Block 309 siehe nach MiNr. 4887
Block 310 siehe nach MiNr. 4890
Block 311 siehe nach MiNr. 4896
Block 312 siehe nach MiNr. 4897
Block 313 siehe nach MiNr. 4899
Block 314 siehe nach MiNr. 4903
Block 315 siehe nach MiNr. 4907
Block 316 siehe nach MiNr. 4918
Block 317 siehe nach MiNr. 4922
Block 318 siehe nach MiNr. 4923
Block 319 siehe nach MiNr. 4925
Block 320 siehe nach MiNr. 4926
Block 321 siehe nach MiNr. 4935
Block 322 siehe nach MiNr. 4936
Block 323 siehe nach MiNr. 4938
Block 324 siehe nach MiNr. 4943
Block 325 siehe nach MiNr. 4944
Block 326 siehe nach MiNr. 4948
Block 327 siehe nach MiNr. 4953
Block 328 siehe nach MiNr. 4954
Block 329 siehe nach MiNr. 4955
Block 330 siehe nach MiNr. 4956
Block 331 siehe nach MiNr. 4957
Block 332 siehe nach MiNr. 4962
Block 333 siehe nach MiNr. 4965
Block 334 siehe nach MiNr. 4969
Block 335 siehe nach MiNr. 4977
Block 336 siehe nach MiNr. 4978
Block 337 siehe nach MiNr. 4981
Block 338 siehe nach MiNr. 4986
Block 339 siehe nach MiNr. 4988
Block 340 siehe nach MiNr. 4990
Block 341 siehe nach MiNr. 4993
Block 342 siehe nach MiNr. 4995
Block 343 siehe nach MiNr. 4999
Block 344 siehe nach MiNr. 5003
Block 345 siehe nach MiNr. 5008
Block 346 siehe nach MiNr. 5009
Block 347 siehe nach MiNr. 5010
Block 348 siehe nach MiNr. 5011
Block 349 siehe nach MiNr. 5014
Block 350 siehe nach MiNr. 5018
Block 351 siehe nach MiNr. 5018
Block 352 siehe nach MiNr. 5019
Block 353 siehe nach MiNr. 5021
Block 354 siehe nach MiNr. 5033
Block 355 siehe nach MiNr. 5035
Block 356 siehe nach MiNr. 5036
Block 357 siehe nach MiNr. 5041
Block 358 siehe nach MiNr. 5042
Block 359 siehe nach MiNr. 5051
Block 360 siehe nach MiNr. 5052
Block 361 siehe nach MiNr. 5053
Block 362 siehe nach MiNr. 5059
Block 363 siehe nach MiNr. 5063
Block 364 siehe nach MiNr. 5064
Block 365 siehe nach MiNr. 5075
Block 366 siehe nach MiNr. 5076
Block 367 siehe nach MiNr. 5078
Block 368 siehe nach MiNr. 5086
Block 369 siehe nach MiNr. 5090
Block 370 siehe nach MiNr. 5095
Block 371 siehe nach MiNr. 5098
Block 372 siehe nach MiNr. 5099
Block 373 siehe nach MiNr. 5102
Block 374 siehe nach MiNr. 5104
Block 375 siehe nach MiNr. 5108
Block 376 siehe nach MiNr. 5108
Block 377 siehe nach MiNr. 5109
Block 378 siehe nach MiNr. 5112
Block 379 siehe nach MiNr. 5116
Block 380 siehe nach MiNr. 5121
Block 381 siehe nach MiNr. 5128
Block 382 siehe nach MiNr. 5136
Block 383 siehe nach MiNr. 5138
Block 384 siehe nach MiNr. 5140
Block 385 siehe nach MiNr. 5146
Block 386 siehe nach MiNr. 5156
Block 387 siehe nach MiNr. 5159
Block 388 siehe nach MiNr. 5160
Block 389 siehe nach MiNr. 5162
Block 390 siehe nach MiNr. 5164
Block 391 siehe nach MiNr. 5167
Block 392 siehe nach MiNr. 5172
Block 393 siehe nach MiNr. 5173
Block 394 siehe nach MiNr. 5174
Block 395 siehe nach MiNr. 5181
Block 396 siehe nach MiNr. 5183
Block 397 siehe nach MiNr. 5186
Block 398 siehe nach MiNr. 5197
Block 399 siehe nach MiNr. 5200
Block 400 siehe nach MiNr. 5203
Block 401 siehe nach MiNr. 5204
Block 402 siehe nach MiNr. 5208
Block 403 siehe nach MiNr. 5210
Block 404 siehe nach MiNr. 5210
Block 405 siehe nach MiNr. 5214
Block 406 siehe nach MiNr. 5219
Block 407 siehe nach MiNr. 5233
Block 408 siehe nach MiNr. 5235
Block 409 siehe nach MiNr. 5239
Block 410 siehe nach MiNr. 5240
Block 411 siehe nach MiNr. 5244
Block 412 siehe nach MiNr. 5247
Block 413 siehe nach MiNr. 5250
Block 414 siehe nach MiNr. 5251
Block 415 siehe nach MiNr. 5254
Block 416 siehe nach MiNr. 5258
Block 417 siehe nach MiNr. 5259
Block 418 siehe nach MiNr. 5269
Block 419 siehe nach MiNr. 5272
Block 420 siehe nach MiNr. 5273
Block 421 siehe nach MiNr. 5282
Block 422 siehe nach MiNr. 5286
Block 423 siehe nach MiNr. 5287
Block 424 siehe nach MiNr. 5288
Block 425 siehe nach MiNr. 5293
Block 426 siehe nach MiNr. 5298
Block 427 siehe nach MiNr. 5299
Block 428 siehe nach MiNr. 5304
Block 429 siehe nach MiNr. 5305
Block 430 siehe nach MiNr. 5306
Block 431 siehe nach MiNr. 5311
Block 432 siehe nach MiNr. 5313
Block 433 siehe nach MiNr. 5315
Block 434 siehe nach MiNr. 5319
Block 435 siehe nach MiNr. 5323
Block 436 siehe nach MiNr. 5326
Block 437 siehe nach MiNr. 5329
Block 438 siehe nach MiNr. 5331
Block 439 siehe nach MiNr. 5332
Block 440 siehe nach MiNr. 5333
Block 441 siehe nach MiNr. 5341
Block 442 siehe nach MiNr. 5341
Block 443 siehe nach MiNr. 5345
Block 444 siehe nach MiNr. 5350
Block 445 siehe nach MiNr. 5354
Block 446 siehe nach MiNr. 5355
Block 447 siehe nach MiNr. 5357
Block 448 siehe nach MiNr. 5358
Block 449 siehe nach MiNr. 5359
Block 450 siehe nach MiNr. 5361
Block 451 siehe nach MiNr. 5364
Block 452 siehe nach MiNr. 5367
Block 453 siehe nach MiNr. 5368
Block 454 siehe nach MiNr. 5370
Block 455 siehe nach MiNr. 5371
Block 456 siehe nach MiNr. 5372
Block 457 siehe nach MiNr. 5373
Block 458 siehe nach MiNr. 5381
Block 459 siehe nach MiNr. 5390
Block 460 siehe nach MiNr. 5390
Block 461 siehe nach MiNr. 5390
Block 462 siehe nach MiNr. 5394
Block 463 siehe nach MiNr. 5394
Block 464 siehe nach MiNr. 5395
Block 465 siehe nach MiNr. 5396
Block 466 siehe nach MiNr. 5401
Block 467 siehe nach MiNr. 5408
Block 468 siehe nach MiNr. 5409
Block 469 siehe nach MiNr. 5410
Block 470 siehe nach MiNr. 5411
Block 471 siehe nach MiNr. 5412
Block 472 siehe nach MiNr. 5414
Block 473 siehe nach MiNr. 5416
Block 474 siehe nach MiNr. 5418
Block 475 siehe nach MiNr. 5420
Block 476 siehe nach MiNr. 5424
Block 477 siehe nach MiNr. 5427
Block 478 siehe nach MiNr. 5428
Block 479 siehe nach MiNr. 5429
Block 480 siehe nach MiNr. 5431
Block 481 siehe nach MiNr. 5436
Block 482 siehe nach MiNr. 5439
Block 483 siehe nach MiNr. 5440
Block 484 siehe nach MiNr. 5448
Block 485 siehe nach MiNr. 5448
Block 486 siehe nach MiNr. 5448
Block 487 siehe nach MiNr. 5449
Block 488 siehe nach MiNr. 5451
Block 489 siehe nach MiNr. 5452
Block 490 siehe nach MiNr. 5456
Block 491 siehe nach MiNr. 5458
Block 492 siehe nach MiNr. 5460
Block 493 siehe nach MiNr. 5461
Block 494 siehe nach MiNr. 5462
Block 495 siehe nach MiNr. 5464
Block 496 siehe nach MiNr. 5467
Block 497 siehe nach MiNr. 5469
Block 498 siehe nach MiNr. 5473
Block 499 siehe nach MiNr. 5478
Block 500 siehe nach MiNr. 5479
Block 501 siehe nach MiNr. 5480
Block 502 siehe nach MiNr. 5481
Block 503 siehe nach MiNr. 5485
Block 504 siehe nach MiNr. 5486
Block 505 siehe nach MiNr. 5490
Block 506 siehe nach MiNr. 5491
Block 507 siehe nach MiNr. 5492
Block 508 siehe nach MiNr. 5494
Block 509 siehe nach MiNr. 5497
Block 510 siehe nach MiNr. 5500
Block 511 siehe nach MiNr. 5503
Block 512 siehe nach MiNr. 5507
Block 513 siehe nach MiNr. 5508
Block 514 siehe nach MiNr. 5514
Block 515 siehe nach MiNr. 5515
Block 516 siehe nach MiNr. 5516
Block 517 siehe nach MiNr. 5517
Block 518 siehe nach MiNr. 5523
Block 519 siehe nach MiNr. 5526
Block 520 siehe nach MiNr. 5530
Block 521 siehe nach MiNr. 5531
Block 522 siehe nach MiNr. 5536
Block 523 siehe nach MiNr. 5538
Block 524 siehe nach MiNr. 5539
Block 525 siehe nach MiNr. 5540
Block 526 siehe nach MiNr. 5542
Block 527 siehe nach MiNr. 5546
Block 528 siehe nach MiNr. 5548
Block 529 siehe nach MiNr. 5550
Block 530 siehe nach MiNr. 5551
Block 531 siehe nach MiNr. 5554
Block 532 siehe nach MiNr. 5560
Block 533 siehe nach MiNr. 5562
Block 534 siehe nach MiNr. 5566
Block 535 siehe nach MiNr. 5570

Verzeichnis der Markenheftchen mit Zusammendrucken

MH-MiNr.	Bezeichnung	Ausgabe-Datum	Nominale	Enthält H-Blatt	Preise
1	Olympische Sommerspiele	4.7.1996	48 L.	1	12,–
2	Europa: Ferien	27.5.2004	5 L*	2–3	15,–
3	WWF: Hausen	18.11.2004	6.40 L	4	16,–
4	Europa: Gastronomie	28.5.2005	5 L	5 (2)	16,–
5	Europa	25.4.2006	6.20 L	6	60,–
6	Europa	26.4.2007	8.20 L	7	25,–

*) Postpreis: 5.60 L

Verzeichnis der Heftchenblätter

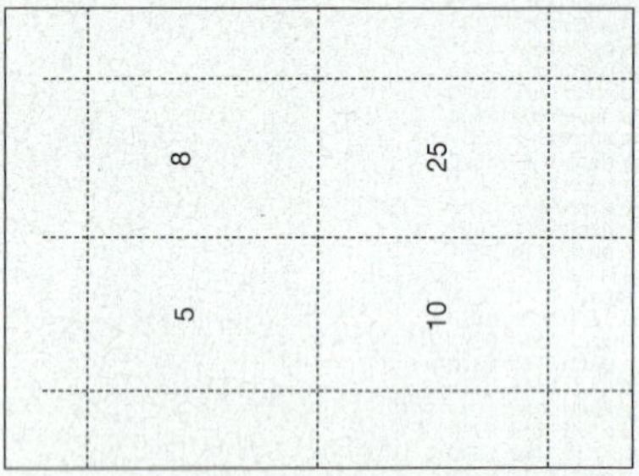

H-Blatt 1 mit MiNr. 4227–4230 9,—

H-Blatt 2 mit 2 × MiNr. 4649–4650 7,—

H-Blatt 3 mit 2 × MiNr. 4649–4650 7,—

H-Blatt 4 mit 2 × MiNr. 4678–4681 15,—

H-Blatt 5 mit 2 × MiNr. 4704 C–4705 C 8,—

H-Blatt 6 mit 4 × MiNr. 4747–4748 56,—

H-Blatt 7 mit 4 × MiNr. 4794–4795 24,—

Neuheiten

Ein Abonnement der MICHEL-Rundschau sichert Ihnen ein immer vollständiges Nachschlagewerk, zeigt Ihnen Preisänderungen an und bereichert Ihre philatelistischen Kenntnisse durch gut recherchierte Fachbeiträge.

Dienstmarken

1942, 1. Juni. Dienstmarken für die Gemeindebehörden. Bdr. (10×10); gez. K 13.

Da

Db

Da–Db) Großes Staatswappen

					★★	⊙
1	10	St	gelbgrün	Da	0,30	0,30
2	30	St	braunrot	Da	0,30	0,30
3	50	St	gelbbraun	Da	0,30	0,30
4	1	L	blau	Db	0,30	0,30
5	2	L	dunkelgrün	Db	0,30	0,30
6	3	L	purpur	Db	0,30	0,30
7	4	L	rosakarmin	Db	0,30	0,30
8	5	L	bräunlichkarmin	Db	0,50	0,30
				Satzpreis (8 W.)	1,50	1,50

Auflagen: MiNr. 1–5 je 10 000 000, MiNr. 6 = 2 000 000, MiNr. 7 = 5 000 000, MiNr. 8 = 1 000 000 Stück

Db

1944. Farbänderungen. Bdr. (10×10); gez. L 10½, 11½.

9	1	L	dunkelblau	Db	1,30	0,50
10	2	L	zinnober	Db	1,30	0,50
				Satzpreis (2 W.)	2,50	1,—

1945, 30. Okt./1946, 1. Okt. Wappenzeichnungen. Bdr. (10×10); A = gez. K 13, B = □.

Dd

De

Dc

11 B	1	L	lilarosa (1.10.1946)	Dc	0,30	0,30
12	2	L	bläulichgrün	Dd		
A			gez. K 13 (18.6.1945)		0,30	0,30
B			□ (1.10.1946)		0,30	0,30
13	3	L	orangebraun	De		
A			gez. K 13 (11.8.1945)		0,30	0,30
B			□ (1.10.1946)		0,30	0,30
14	4	L	blau	De		
A			gez. K 13 (11.6.1945)		0,30	0,30
B			□ (1.10.1946)		0,30	0,30
15 B	5	L	dunkelkarmin (1.10.1946)	Dc	0,30	0,30
				Satzpreis A (3 W.)	0,50	0,50
				Satzpreis B (5 W.)	1,—	1,—

Auflage: MiNr. 12 A-14 A = 5 000 000 Sätze

Dc

1950, 10. Okt. Farbänderung. Bdr.; gez. L 10¾, 11½, 10¾:11½, 11½:10¾.

16	5	L	dunkelbraunrot	Dc	0,60	0,30

MiNr. 1–16 wurden früher als 7–22 katalogisiert.

Alle Dienstmarken konnten auch als Freimarken verwendet werden.

Paketmarken

1941, 1. Juli. Paketpostdienst. RaTdr. (10×10); gestrichenes Papier; gez. 13¼:12½, Querformate ~.

Pka) Paketwaage

Pkb) Bahnpostwagen

Pkc) Postauto von Krupp

Pkd) Postmotorrad

					★★	⊙
1	1	L	schwarzgrün	Pka	0,30	0,30
2	2	L	karminrot	Pkb	0,30	0,30
3	3	L	dunkelolivbraun	Pkc	0,30	0,30
4	4	L	orangerot	Pkd	0,30	0,30
5	5	L	violettblau	Pka	0,50	0,30
6	6	L	purpur	Pkd	0,50	0,30
7	7	L	schwarzblau	Pka	0,50	0,30
8	8	L	blaugrün	Pkc	0,50	0,30
9	9	L	sepia	Pkb	0,50	0,30
10	10	L	orange	Pkd	1,—	0,30
11	20	L	blauviolett	Pkc	1,—	0,30
12	30	L	schwarz	Pkb	2,—	0,30
				Satzpreis (12 W.)	7,—	2,—

Auflagen: MiNr. 1 = 4.000.000, MiNr. 2–6 je 3.000.000, MiNr. 7 = 5.000.000, MiNr. 8–10 je 500.000, MiNr. 11–12 je 300.000 Stück

Gültig bis 10.9.1947

MiNr. 5–12 in geänderten Farben: MiNr. 13–20

1942, 7. Jan. Paketpostdienst. RaTdr. (10×10); MiNr. 13, 15 und 19–20 gewöhnliches, MiNr. 14 und 16–18 gestrichenes Papier; gez. 13¼:12½, Querformate ~.

Pka) Paketwaage

Pkd) Postmotorrad

Pkc) Postauto von Krupp

Pkb) Bahnpostwagen

13	5	L	dunkelgrün	Pka	0,30	0,30
14	6	L	rotbraun	Pkd	0,30	0,30
15	7	L	dunkelbraun	Pka	0,30	0,30
16	8	L	dunkelgrün	Pkc	0,30	0,30
17	9	L	schwarzgrün	Pkb	0,50	0,30
18	10	L	rotorange	Pkd	0,50	0,30
19	20	L	dunkellila	Pkc	1,20	0,30
20	30	L	grauschwarz	Pkb	1,20	0,30
				Satzpreis (8 W.)	4,—	1,50

Auflage: 300.000 Sätze

Gültig bis 10.9.1947

In geänderten Farben: MiNr. 5–12

1944, 21. März. Wappen. Bdr. (10×10); □.

Pke) Neues Wappen

21	1	L	dunkelkarmin	Pke	0,30	0,30
22	3	L	blaugrün	Pke	0,30	0,30
23	5	L	dunkelblaugrün	Pke	0,30	0,30

24	7 L	lilarosa	Pke	0,30	0,30
25	10 L	dunkelblau	Pke	0,30	0,30
26	20 L	orangebraun	Pke	0,30	0,30
27	30 L	braunkarmin	Pke	0,40	0,30
28	50 L	rotorange	Pke	0,70	0,50
29	100 L	blau	Pke	1,30	0,80
			Satzpreis (9 W.)	3,50	2,—

28 F Schwarz statt Rotorange .... —,— 600,—

Auflage: 500.000 Sätze

Gültig bis 10.9.1947

MiNr. 21, 24 und 26–29 mit Aufdruck: MiNr. 30–36; Freimarken MiNr. 473–476

1945, 25. Jan. Alles für die Front. MiNr. 21, 24 und 26–29 mit Bdr.-Aufdruck „ВСИЧКО ЗА ФРОНТА". MiNr. 31 außerdem mit neuer Werstufe; (mangelhaft) gez. L 11½.

30

31

30	1 L	dunkelkarmin	(21)	0,30	0,30
31	**4 L**	auf 1 L dunkelkarmin	(21)	0,30	0,30
32	7 L	lilarosa	(24)	0,50	0,30
33	20 L	orangebraun	(26)	0,50	0,30
34	30 L	braunkarmin	(27)	1,—	0,30
35	50 L	rotorange	(28)	1,—	0,50
36	100 L	blau	(29) R	3,50	1,—
			Satzpreis (7 W.)	7,—	2,—

★★
35 U ungezähnt .... —,—

MiNr. 30–36 wurden als Freimarken verwendet.

Auflagen: MiNr. 30–32 je 1.000.000, MiNr. 33–36 je 250.000 Stück

Portomarken

1879–1884 wurden Freimarken der Ausgaben 1879–1882 mit schwarzem oder blauem Aufdruck eines T im Kreis zur Nachgebühreneinziehung verwendet.

MiNr. I–VI siehe nach MiNr. 15.

Pa

1884, 1. Juli. Ziffernzeichnung. Stdr.; glattes Papier; A = gez. L 4¾–L 7½ mit großen rautenförmigen Löchern; C = ein- oder zweiseitig gez. 11½.

				★	⊙
1	5 St	orange, gelb (1884)	Pa		
A		gez. L 4¾–7½		800,—	80,—
C		ein- oder zweiseitig gez. 11½		500,—	
2	25 St	lilarot, karmin (1884)	Pa		
A		gez. L 4¾–7½		420,—	65,—
C		ein- oder zweiseitig gez. 11½		500,—	
3 A	50 St		Pa		
a		hellblau		60,—	40,—
b		dunkelblau		65,—	50,—

FALSCH Falsche Zähnung aus MiNr. 4–6.

Gültig bis 1896

Pa

1885/1886, 15. Aug. Ziffernzeichnung. Stdr.; x = rauhes Papier, y = glattes Papier; □.

4	5 St	orange	Pa		
x		rauhes Papier (1885)		550,—	26,—
y		glattes Papier (1886)		500,—	25,—
5	25 St	lilarot	Pa		
x		rauhes Papier (1885)		800,—	25,—
y		glattes Papier (1886)		750,—	22,—
6	50 St		Pa		
a y		hellblau, glattes Papier (1886)		25,—	22,—
b x		dunkelblau, rauhes Papier (1885)		30,—	25,—

FALSCH Von allen Werten Ganzfälschungen bekannt, die sich durch Farbe und Gummi von den Originalen unterscheiden.

Gültig bis 1896

MiNr. 6 mit Aufdruck: MiNr. 11

1887, 10. Okt./1892, 15. April. Ziffernzeichnung. Stdr.; A = gez. L 11½, C = gez. L 11, D = gez. L 10½.

Pa

Type 1: kleiner Halbkreis

Type 2: großer Halbkreis

7	5 St	orange, gelb	Pa		
I A		Type I, gez. L 11½ (10.10.1887)		75,—	12,—
II		Type II			
A		gez. L 11½ (15.4.1892)		50,—	7,50
C		gez. L 11 (15.4.1892)		*500,—*	25,—
D		gez. L 10½ (15.4.1892)		60,—	7,50
8	25 St	lilarot	Pa		
I A		Type I		25,—	7,50
II		Type II			
A		gez. L 11½ (15.4.1892)		25,—	7,50
C		gez. L 11 (15.4.1892)		*500,—*	32,—
D		gez. L 10½ (15.4.1892)		65,—	10,—
9 I A	50 St		Pa		
a x		hellblau, rauhes Papier		30,—	20,—
b y		dunkelblau, glattes Papier		25,—	20,—

Auflagen: MiNr. 7 I = 199.000, MiNr. 8 I = 200.640, MiNr. 9 = 98.820, MiNr. 7 II–8 II je 300.000 Stück

Gültig bis 1896

MiNr. 9 mit Aufdruck: MiNr. 12

Pb

1893, 3. März. Geänderte Ziffernzeichnung, größere Schrift und Wertziffer mit Doppellinie eingefasst; dünnes, transparentes Papier; Stdr.; gez. L 11½, L 11 oder L 10½.

10 5 St orange .... Pb 60,— 20,—

★
10 U ungezähnt .... 400,—

Auflage: 500.000 Stück

Gültig bis 1896

11

1895, 18. Nov. MiNr. 6 und 9 mit rotem Wertaufdruck, alter Wert durchbalkt. MiNr. 11 □, MiNr. 12 gez. 11½.

				★	⊙
11	**30 (St)**	auf 50 St	(6)		
a		hellblau		45,—	12,—
b		dunkelblau		75,—	12,—
12	**30 (St)**	auf 50 St	(9)		
a		hellblau		50,—	12,—
b		dunkelblau		40,—	12,—

Auflagen: MiNr. 11 = 13.950, MiNr. 12 = 10.020 Stück

Gültig bis 1896

1896, 13. März/1899. Kleineres Format. Stdr.; X = oWz., Y = Bogen-Wz. 2; gez. K 13.

Pc

13	5 St	orange	Pc		
X		oWz.		25,—	4,—
Y		Bogen-Wz. 2		35,—	4,50
14 X	10 St	violett	Pc	15,—	3,50
15 X	30 St	grün	Pc	12,—	3,—

		✶
13 X U	ungezähnt	250,—
14 X U	ungezähnt	250,—
15 X U	ungezähnt	250,—

Auflagen: MiNr. 13 = 504.000, MiNr. 14 = 313.000, MiNr. 15 = 711.000 Stück

Gültig bis 1902

1901, 22. Dez. Mangels Portomarken wurden in Russe (Pyce) vom 22. bis 25. Dezember (alter Zeitrechnung) die Freimarken MiNr. 53–58 mit einem großen „T" im Kreise überdruckt als Portomarken verwendet.

				⊙	✉
I	5 St	mehrfarbig	(53)	75,—	—,—
II	10 St	mehrfarbig	(54)	75,—	—,—
III	15 St	mehrfarbig	(55)	110,—	—,—
IV	25 St	mehrfarbig	(56)	350,—	—,—
V	30 St	mehrfarbig	(57)	110,—	—,—
VI	50 St	mehrfarbig	(58)	110,—	—,—

Es sind viele Aufdruckfehler bekannt.

Ungebrauchte Stücke sind bekannt. Prüfung ratsam.

FALSCH Echte Aufdrucke immer in Schwarzbraun.

1901/1913. Wappen. Bdr. auf dickem oder dünnem Papier; gez. 11½.

Pd) Wappen

16	5 St	rotkarmin	Pd	1,—	0,60
17	10 St	gelbgrün, blaugrün (1902)	Pd	2,—	0,60
18	20 St	blau (1904)	Pd	15,—	0,60
19	30 St	rotlila	Pd	5,—	0,60
20	50 St	orange (1902)	Pd	12,—	13,—
		Satzpreis (5 W.)		35,—	15,—

		⊙
16 U	ungezähnt	110,—
17 U	ungezähnt	110,—
18 U	ungezähnt	220,—
19 U	ungezähnt	110,—
20 U	ungezähnt	180,—

FALSCH MiNr.17 in Blau ist verfälscht.

Auflagen: MiNr. 16 = 1.726.000, MiNr. 17 = 2.665.000, MiNr. 18 = 2.000.000, MiNr. 19 = 675.000, MiNr. 20 = 520.000 Stück

Gültig bis 1921

1915, 12. April. Ziffernzeichnung. Gelbliches Zellstoffpapier, gelber Gummi; Bdr.; gez. L 11½.

Pe

				⊙	✉
21 x	5 St	gelbgrün	Pe	0,60	0,30
22 x	10 St	violett	Pe	0,60	0,30
23 x	20 St	karmin	Pe	0,60	0,30
24 x	30 St	rotorange	Pe	3,50	1,—
25 x	50 St	dunkelpreußischblau	Pe	1,20	0,60
		Satzpreis (5 W.)		6,50	2,40

		⊙
25 x U	ungezähnt	30,—

Auflagen: MiNr. 21 x–23 x je 500.000, MiNr. 24 x = 50.000, MiNr. 25 x = 100.000 Stück

Gültig bis 1922

1919, 19. Juni. Zeichnung wie Portomarken 1915, jedoch weißes, dickeres Papier; sauber gez. K 11¾:11½, 12:11½.

					⊙	✉
21 y	5 St	smaragdgrün		Pe	1,—	0,30
22 y	10 St	violett		Pe	1,—	0,30
23 y	20 St	rot		Pe	1,—	0,30
24 y	30 St			Pe		
	a	(hell)rotorange			8,—	4,—
	b	ziegelrot			1,—	0,30
25 y	50 St	dunkelultramarin, graublau		Pe	2,—	0,80

		⊙
21 y U	ungezähnt	15,—
22 y U	ungezähnt	15,—
23 y U	ungezähnt	22,—
24 y b U	ungezähnt	17,—
25 y U	ungezähnt	17,—

Auflagen: MiNr. 21 y = 380.000, MiNr. 22 y = 930.000, MiNr. 23 y = 440.000, MiNr. 24 y = 980.000, MiNr. 25 y = 960.000 Stück

Gültig bis 1922

1921, 12. Mai. Farbänderungen und Ergänzungswerte in Zeichnung wie 1915. Dickes, graustichiges Papier; mangelhaft gez. L 11½.

				✶✶	⊙
21 z	5 St	graugrün	Pe	1,—	0,50
22 z	10 St	(hell)violett	Pe	0,30	0,30
23 z	20 St	hellorange	Pe	0,30	0,30
25 z	50 St	hell(preußisch)blau	Pe	0,30	0,30
26	1 L	hellgrün	Pe	0,50	0,30
27	2 L	lilarosa	Pe	0,50	0,30
28	3 L	orangebraun	Pe	1,—	0,40
		Satzpreis (7 W.)		3,60	1,60

Auflagen: MiNr. 21 z = 530.000, MiNr. 22 z = 1.025.800, MiNr. 23 z = 1.500.000, MiNr. 25 z = 1.000.000, MiNr. 26 = 4.966.000, MiNr. 27 = 1.006.500, MiNr. 28 = 2.000.000 Stück

MiNr. 21–23 mit Aufdruck: Freimarken MiNr. 179–181

1932, 15. Aug. Löwenzeichnung. Bdr.; gez. L 11½.

Pf) Löwe

29	1 L	gelbbraun	Pf	2,—	1,30
30	2 L	braunkarmin	Pf	2,—	1,30
31	6 L	braunviolett	Pf	4,50	1,50
		Satzpreis (3 W.)		8,50	4,—

		✶✶
30 Uu	ungezähnt	250,—

Auflage: 200.000 Sätze

Gültig bis 15.3.1938

1933, 10. April/1943. Löwe und Wappen. Bdr.; x = gewöhnliches, y = dünnes Zellstoffpapier; gez. L 11½.

Pg) Löwe

Ph) Wappen

				✶✶	⊙
32 x	20 St	olivbraun	Pg	0,30	0,30
33 x	40 St	blau	Pg	0,30	0,30
34 x	80 St	karmin	Pg	0,30	0,30

35	1 L	rotbraun	Ph		
x		gewöhnliches Papier		2,—	0,60
y		dünnes Papier (1943)		3,50	1,50
36	2 L	olivbraun	Ph		
x		gewöhnliches Papier		2,—	0,90
y		dünnes Papier (1943)		3,50	1,50
37 x	6 L	dunkelviolett	Ph	1,—	0,40
38 x	14 L	ultramarin	Ph	1,50	0,60
			Satzpreis (7 W.)	7,—	2,80

Auflagen: MiNr. 32–34 je 500.000, MiNr. 35–37 je 1.000.000, MiNr. 38 = 100.000 Stück

1947, 10. Febr. Wappenzeichnung ähnlich der MiNr. 35–38, jedoch in größerem Format. Bdr., gez. L 10½ und L 11¼.

Pi) Wappen

39	1 L	braun	Pi	0,30	0,30
40	2 L	braunviolett	Pi	0,30	0,30
41	8 L	orange	Pi	0,40	0,30
42	20 L	blau	Pi	1,20	0,30
			Satzpreis (4 W.)	2,—	0,80

		★★
39 Uo	oben ungezähnt	—,—
40 U	ungezähnt	—,—
40 Uu	unten ungezähnt	—,—
40 Ul	links ungezähnt	—,—

1951, 15. Okt. Neue Wappenzeichnung in kleinerem Format. Bdr.; gez. L 11 (MiNr. 43 und 46), L 11½ (MiNr. 44 und 45).

Pk

				★★	⊙
43	1 L	dunkelbraun	Pk	0,30	0,30
44	2 L	braunkarmin	Pk	0,30	0,30
45	8 L	rotorange	Pk	0,60	0,50
46	20 L	dunkelblau	Pk	1,60	1,30
			Satzpreis (4 W.)	2,50	2,—

		★★
44 U	ungezähnt	—,—

Auflage: 500.000 Sätze

Die Portomarken MiNr. 21–46 waren auch als Freimarken im Inland (ausnahmsweise auch im Auslandsverkehr) zur Verwendung zugelassen.

Zwangszuschlagsmarken

Diese sog. Sonntagsmarken sind Zwangszuschlagsmarken zugunsten der Sanatorien für Post- und Telegraphenbeamte (vgl. Inschrift der Marken). Sonntags zu bestellende Postsachen mussten diese Marken tragen. Außerdem wurden sie zur Entrichtung anderer Nebengebühren verwendet, zum Beispiel für postlagernde Briefe und aushilfsweise auch als Freimarken.

1925, 1. Sept. Ferienheime. Stdr.; gez. L 11½.

Za

Zb

Za–Zb) Sanatorien der Postbeamten

				★★	⊙
1	1 L	schwarz auf blaugrün	Za	20,—	0,40
2	2 L	blaugrün	Zb	3,—	0,40
3	5 L	blau	Zb	20,—	1,20
			Satzpreis (3 W.)	40,—	2,—

Auflagen: MiNr. 1 = 100.000, MiNr. 2 = 500.000, MiNr. 3 = 300.000 Stück

1926, 1. Mai. Ferienheime. Stdr.; gez. L 11½.

Za

4	1 L	violettbraun	Za	15,—	0,50

Auflage: 100.000 Stück

1927, 1. Juni. Ferienheime. Stdr.; gez. L 11½.

Za

Zb

5	1 L	orange	Za	20,—	0,50
6	2 L	violett	Zb	2,—	0,30
7	5 L	lilarosa	Zb	20,—	1,20
			Satzpreis (3 W.)	40,—	2,—

Auflagen: MiNr. 5 = 100.000, MiNr. 6 = 1.500.000, MiNr. 7 = 300.000 Stück

1928, 1. Mai. Ferienheime. Stdr.; gez. L 11½.

Za

8	1 L	rosa	Za	20,—	0,50

Auflage: 100.000 Stück

1929, 1. Mai. Ferienheime. Stdr.; gez. L 11½.

Za

9	1 L	violettbraun auf rosa	Za	20,—	0,50

Auflage: 100.000 Stück

1930, 1. Juni. Ferienheim. Stdr.; gez. L 11½.

Zc) Ferienheim für Postbeamte bei Sweti Konstantin

10	1 L	braunkarmin/grün	Zc	20,—	0,50

Auflage: 1.000.000 Stück

In gleicher Zeichnung: MiNr. 11, 12

1931, 1. Sept. Ferienheim. Stdr.; gez. L 11½.

Zc) Ferienheim für Postbeamte bei Sweti Konstantin

11	1 L	oliv/ocker	Zc	2,—	0,30

Auflage: 1.000.000 Stück

In gleicher Zeichnung: MiNr. 10, 12

1933, 1. Juli. Ferienheim. Stdr.; gez. L 11½.

Zc) Ferienheim für Postbeamte bei Sweti Konstantin

12	1 L graulila/gelbbraun	Zc	2,—	0,30

Auflage: 1.000.000 Stück

In gleicher Zeichnung: MiNr. 10, 11

1935, 9. Febr. Ferienheime. Stdr.; Wz. 3; gez. 10¾ und 11½.

Zd

Ze

Zd–Ze) Sanatorien der Postbeamten

13	1 L braun/hellrot	Zd	2,—	0,30
14	1 L grün/ultramarin	Zd	2,—	0,30
15	5 L braunviolett/ultramarin	Ze	6,50	1,50
		Satzpreis (3 W.)	10,—	2,—

Auflage: 200.000 Sätze

1941, 15. Okt. Ferieneinrichtungen. RaTdr.; gez. K 13.

Zf) Ferienheim der Postbeamten

Zg) Ferienkinder am Strande

Zh) Terrasse eines Ferienheimes

16	1 L schwarzgrün	Zf	0,30	0,30
17	2 L orangerot	Zg	0,30	0,30
18	5 L schwarzblau	Zh	1,50	0,30
		Satzpreis (3 W.)	2,—	0,60

Auflagen: MiNr. 16 = 2.000.000, MiNr. 17 = 1.000.000, MiNr. 18 = 200.000 Stück

1950, 1. Okt. Ferieneinrichtungen, Kleinformat. Odr.; gez. L 13 (MiNr. 19–20), L 11 ½ (MiNr. 21), L 10¾ (MiNr. 22).

Zi

Zk

Zl

19	1 L schwarzgrün	Zi	0,30	0,30
20	2 L braunkarmin	Zk	0,30	0,30
21	5 L orangerot	Zl	0,60	0,30
22	10 L dunkelblau	Zk	1,50	0,60
		Satzpreis (4 W.)	2,50	1,—

Auflagen: MiNr. 19–20 je 2.000.000, MiNr. 21 = 200.000, MiNr. 22 = 100.000 Stück

Bulgarische Besetzung von Rumänien

3

1917, März. MiNr. 101–103 und 105 mit farbigem, zweizeiligem, senkrechtem Aufdruck „Поща въ Ромѫния / 1916–1917“; gez. 11½, MiNr. 3–4 gez. 14.

			✱	⊙
1	1 St dunkelschiefer	(101) R	0,30	0,30
2	5 St grün/violett	(102) R	2,—	1,—
3	10 St braunrot/schwarzbraun	(103) Bl	0,40	0,30
4	25 St schwarzblau/schwarz	(105) Bl	0,40	0,30
		Satzpreis (4 W.)	3,—	1,80

		✱
2 F	Aufdruck blau statt rot	150,—
4 F	Aufdruck rot statt blau	75,—

Viele Aufdruckfehler im Text und bei den Jahreszahlen.

Auflagen: MiNr. 1 = 3.600.000, MiNr. 2 = 300.000, MiNr. 3–4 je 1.300.000 Stück

Marken von Bulgarien mit Aufdruck

THRACE INTERALLIEE oder THRACE OCCIDENTALE

siehe Thrakien.

Aufdruck: Bulgarischer Löwe auf Marken von Ost-Rumelien

siehe Ostrumelien.

Epirus (ΗΠΕΙΡΟΣ)

In dem südlichsten, teils von Albanern, meist jedoch von Griechen bewohnten Stück Albaniens wurde die Herrschaft des Fürsten Wilhelm von Wied nicht anerkannt. In der Küstenstadt Chimarra und der Hauptstadt Argyrokastron riss der griechische Bevölkerungsteil die Macht an sich und rief die Republik „Selbständiges Epirus" aus.

Währung: 1 Drachme (Dr) = 100 Lepta (L)

Preise ungebraucht ✶

Selbständige Republik Epirus

ΑΥΤΟΝΟΜΟΣ ΗΠΕΙΡΟΣ

1914, 5. März. Freimarken. Stdr.; schräg ▢.

a) Epirote mit Gewehr im Anschlag, Inschrift „ΗΠΕΙΡΟΣ"

					✶	⊙
1	10	L	rot	a	0,50	0,50
2	25	L	blau	a	0,50	0,50
				Satzpreis (2 W.)	1,—	1,—

Auflage: 1.000.000 Sätze

1914, 26. März. Freimarken. StTdr.; schräg ▢.

b) Epirote mit Gewehr im Anschlag, Inschrift „ΑΥΤΟΝΟΜΟΣ ΗΠΕΙΡΟΣ"

3	1	L	orange	b	0,50	0,50
4	5	L	grün	b	0,50	0,50
5	50	L	braun	b	0,50	0,50
6	1	Dr	violett	b	1,50	1,50
7	2	Dr	grau	b	14,—	14,—
8	5	Dr	graugrün	b	18,—	18,—
				Satzpreis (6 W.)	35,—	35,—

Auflagen: MiNr. 3–4 je 500.000, MiNr. 5 = 100.000, MiNr. 6 = 50.000, MiNr. 7 = 25.000, MiNr. 8 = 30.000 Stück

1914, 28. Aug. Freimarken: Staatswappen. Stdr.; schräg ▢.

c) Staatswappen (Doppeladler von Byzanz)

9	1	L	rotbraun/blau	c	0,70	1,—
10	5	L	grün/blau	c	0,70	1,—
11	10	L	rosa/blau	c	0,70	1,—
12	25	L	dunkelblau/blau	c	0,70	1,—
13	50	L	violett/blau	c	0,70	2,—
14	1	Dr	rot/blau	c	5,—	8,—
15	2	Dr	orange/blau	c	1,50	5,—
16	5	Dr	dunkelgrün/blau	c	10,—	11,—
				Satzpreis (8 W.)	20,—	30,—

Auflagen: MiNr. 9–10 je 1.000.000, MiNr. 11–12 je 500.000, MiNr. 13–15 je 250.000, MiNr. 16 = 100.000 Stück

MiNr. 12–13 mit Aufdruck: Lokalausgabe Koriza MiNr. 1–2

Ende 1914 rückten griechische Truppen ein und nannten das Land, weil der Südteil von Epirus schon zu Griechenland gehörte, Nordepirus.

Nordepirus (Griechische Besetzung)

ΒΟΡΕΙΟΣ ΗΠΕΙΡΟΣ

17

1914, 8. Dez./1915. Freimarken. Griechenland MiNr. 174–184 mit waagerechtem Aufdruck „Β. ΗΠΕΙΡΟΣ".

17	1	L	braun	(174)	1,—	1,—
18	2	L				
a			ziegelrot	(175 a)	1,50	1,50
b			karmin (1915)	(175 b)	2,50	2,50
19	3	L	orange	(176)	1,—	1,—
20	5	L	grün	(177)	1,50	1,50
21	10	L	rosa	(178)	2,50	2,50
22	20	L	violett	(179)	8,50	10,—
23	25	L	blau	(180)	3,—	3,—
24	30	L	grün	(181)	12,—	15,—
25	40	L	schwarzblau	(182)	15,—	30,—
26	50	L	dunkelblau	(183)	15,—	30,—
27	1	Dr	braunlila	(184)	90,—	90,—
				Satzpreis (11 W.)	150,—	180,—

MiNr. 17–20 mit rotem Aufdruck wurden amtlich nicht ausgegeben (je 10,—). Gestempelt immer falsch.

FALSCH

28

1915. Freimarken. Griechenland MiNr. 158–160, 165–166, 168–171, 190–194 und 196–200 mit senkrechtem Aufdruck „Β. ΗΠΕΙΡΟΣ", MiNr. A 28–41 aufwärts, MiNr. 42 abwärts.

A 28	1	L	grün	(158)	—,—	—,—
28	1	L	grün	(190)	1,—	1,—
A 29	2	L	rosa	(159)	—,—	—,—
29	2	L	rosa	(191)	1,—	1,—
30	3	L	rot	(160)	7,50	7,50
31	3	L	rot	(192)	1,50	1,50
32	5	L	grün	(193)	1,—	1,—
33	10	L	rosa	(194)	2,—	2,—
34	20	L	lilagrau	(196 a)	3,—	3,—
35	25	L	ultramarin	(197 a)	3,—	3,—
A 36	30	L	karmin	(165)	—,—	—,—
36	30	L	karmin	(198)	7,50	7,50
A 37	40	L	dunkelblau	(166)	—,—	—,—
37	40	L	dunkelblau	(199)	7,50	7,50
38	50	L	graulila	(200)	10,—	10,—
39	1	Dr	ultramarin	(168)	45,—	45,—
40	2	Dr	zinnober	(169)	70,—	80,—
41	3	Dr	karmin	(170)	90,—	100,—
42	5	Dr	ultramarin	(171)	350,—	370,—

FALSCH Preise für geprüfte Stücke

MiNr. 42 gibt es nur mit Aufdruck abwärts (Preis wie angegeben) oder doppeltem Aufdruck aufwärts (100 % Aufschlag). Marken mit normalem Aufdruck sind nicht bekannt.

Aufdruckfehler (kopfstehende und doppelte Aufdrucke) bei MiNr. 28–29, 31–33 bekannt.

Im Herbst 1916 mussten die griechischen Truppen das Land verlassen. In den Ostteil zogen von Saloniki her französische Truppen und errichteten Anfang 1917 die Republik Koriza (siehe Albanien, Koriza-Ausgaben): den Westteil des Landes besetzten von Valona aus italienische Truppen und liessen am 3. Juni 1917 in Argyrokastron die unter italienischem Schutz stehende Republik Albanien ausrufen. Damit fand das Postgebiet Epirus sein Ende

Die Ausgaben 1940/41 für dieses Gebiet (Griechische Marken mit Aufdruck „ΕΛΛΗΝΙΚΗ ΔΙΟΙΚΗΣΙΣ“) siehe Griechenland, Griechische Besetzungsgebiete, Ausgaben 1940/41 für Südalbanien

Lokalausgaben

Argyrokastron

1914, 2. März. Freimarken. Restbestände türkischer Marken, mit senkrechtem (aufwärts oder abwärts) braunrotem bzw. schwarzem Aufdruck „ΑΥΤΟΝΟ-ΜΟΣ / ΗΠΕΙΡΟΣ“ und Wert in verschiedenen Typen.

1

					✱	⊙
1	**5 L**	auf 10 Pa blaugrün	(160)	R	2,—	4,—
2	**10 L**	auf 20 Pa rosa	(161)	S	2,—	4,—
3	**20 L**	auf 1 Pia blau	(162 b)	R	2,—	4,—
4	**25 L**	auf 1 Pia blau	(162 b)	R	2,—	4,—
5	**30 L**	auf 2 Pa oliv	(180)	S	2,—	4,—
6	**40 L**	auf 2 Pia schwarzblau	(163)	R	2,—	4,—
7	**50 L**	auf 2 Pa oliv	(180)	S	2,—	4,—
8	**80 L**	auf 2 Pia schwarzblau	(163)	R	2,—	4,—
9	**1 Dr**	auf 2½ Pia dunkelsepia	(139)	R	8,—	10,—
10	**1 Dr**	auf 5 Pia dunkellila	(165)	S	8,—	10,—
11	**2 Dr**	auf 2½ Pia dunkelsepia	(139)	R	10,—	12,—
12	**2 Dr**	auf 5 Pia dunkellila	(165)	S	10,—	12,—
13	**5 Dr**	auf 10 Pia ziegelrot	(166)	S	65,—	70,—
14	**5 Dr**	auf 25 Pia russischgrün	(142)	S	65,—	70,—
15	**5 Dr**	auf 50 Pia orangebraun	(168)	S	120,—	120,—
15 a	**5 Dr**	auf 50 Pia orangebraun	(143)	S	120,—	120,—

Gleicher Aufdruck auf Auslandsmarken von 1908 (Türkei MiNr. 153):

16	**40 L**	auf 2 Pia schwarzschiefer	R	75,—	75,—
17	**80 L**	auf 2 Pia schwarzschiefer	R	75,—	75,—

FALSCH

Chimarra

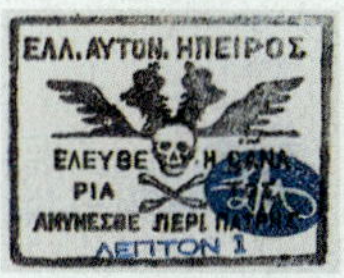

1914, 10. Febr. Freimarken. Handstempel, Großformat, Wert unten andersfarbig eingestempelt; □; o.G.

a) Byzantinischer Adler, Totenkopf

				(✱)	⊙
1	1 L	schwarz/blau	a	300,—	180,—
2	5 L	blau/rot	a	300,—	180,—
3	10 L	dunkelrot/schwarz	a	300,—	180,—
4	25 L	blau/rot	a	300,—	180,—
		Satzpreis (4 W.)		1200,—	700,—

FALSCH

Die Marken tragen den ovalen, blauen Siegelstempel „ΣΠ“ (Spiro Spiromilios, Befehlshaber von Chimarra) in Schreibschrift als Schutzaufdruck. Sie wurden auch in Santi Quarranta gebraucht.

1914. 24. Aug. Freimarken. Griechische Marken, 2 und 3 Lepta in StTdr., die übrigen Werte in Stdr., mit dreizeiligem Aufdruck und handschriftlichem Namenszug S. S. (= S. Spiromilios).

5

				✱	⊙
5	1 L	grün	(190)	25,—	25,—
6	2 L	rosa	(159)	25,—	25,—
7	3 L	rot	(160)	25,—	25,—
8	5 L	grün	(193)	25,—	25,—
9	10 L	rosa	(194)	25,—	25,—
10	20 L	lilagrau	(196 a)	50,—	50,—
11	25 L	hellblau	(197 b)	80,—	80,—
12	50 L	graulila	(200)	100,—	100,—
		Satzpreis (8 W.)		350,—	350,—

FALSCH ©

1914, 29. Okt. Freimarken: König Konstantin. Stdr.; gez. 11½.

b) König Konstantin von Griechenland

13	1 L	gelbgrün	b	150,—	80,—
14	2 L	orangebraun	b	100,—	60,—
15	5 L	graublau	b	120,—	80,—
16	10 L	orangebraun	b	100,—	50,—
17	20 L	karmin	b	80,—	50,—
18	25 L	graublau	b	100,—	80,—
19	50 L	gelbgrün	b	100,—	80,—
20	1 Dr	karmin	b	150,—	80,—
21	2 Dr	gelbgrün	b	200,—	120,—
22	5 Dr	orangebraun	b	400,—	350,—
		Satzpreis (10 W.)		1500,—	1000,—

Gleichfarbige Wertstufen wurden im Bogen zusammenhängend gedruckt.

Koriza

1914, 25. Dez. Freimarken. Epirus MiNr. 12–13 mit waagerechtem Stdr.-Aufdruck „ΚΟΡΥΤΣΑ“; gez. 14.

1

				✱	⊙
1	25 L	dunkelblau/blau	(12)	5,—	5,—
2	50 L	violett/blau	(13)	15,—	15,—
		Satzpreis (2 W.)		20,—	20,—

©

Die Marken tragen den ovalen, blauen Siegelstempel „ΣΠ“ (Spiro Spiromilios, Befehlshaber von Chimarra) in Schreibschrift als Schutzaufdruck. Sie wurden auch in Santi Quarranta gebraucht.

Griechenland (ΕΛΛΑΣ)

Königreich, 1924–1935 und seit 1. Juni 1973 Republik in Südosteuropa

Währung: 1 Drachme (Dr) = 100 Lepta (L); ab 1.1.2002: 1 Euro (€) = 100 Cent

Eintritt in den Weltpostverein: 1. Juli 1875

In Griechenland galt bis zum 15.2.1923 der Julianische Kalender, der um 12 Tage (ab 29.2.1900 um 13 Tage) hinter der Gregorianischen Zeitrechnung zurückblieb. Alle Datumsangaben entsprechen dem jeweils gültigen Kalender.

MiNr. 1023–2061 gültig bis 31.12.2002, sofern nichts anderes angegeben; ab MiNr. 2062 sind alle Ausgaben frankaturgültig.

Preise ungebraucht bis MiNr. 237 ✶, ab MiNr. 239 ✶✶ (MiNr. 239–498 mit Falz ✶ ca. 20–40% der ✶✶-Preise, sofern nichts anderes angegeben).

MiNr. I siehe nach MiNr. 226, MiNr. II siehe nach MiNr. 248, MiNr. III a–b siehe nach MiNr. 269, MiNr. III c siehe nach MiNr. 279, MiNr. IV siehe nach MiNr. 317.

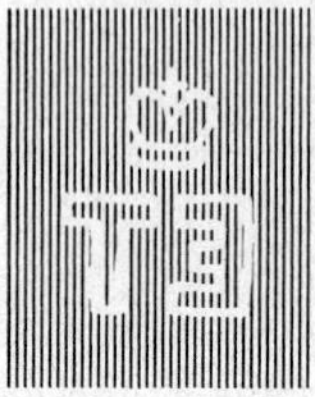

Wz. 1 Krone und ET

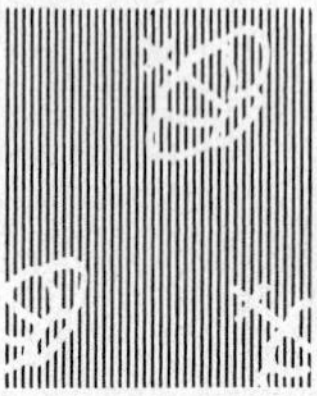

Wz. 2 Kronen schräg stehend (vier verschiedene Stellungen möglich)

Alle Preise der MiNr. 1–61 gelten für allseits vollrandige Stücke, für angeschnittene Marken starke Preisnachlässe.

Königreich (1833–1924)

1861, 1. (13.) Okt. Freimarken: Hermeskopf. Sehr feiner Bdr. von Ernest Meyer, Paris; Hals- und Backenschatten fein punktiert; farbiges Papier guter Qualität. MiNr. 4 rückseitig mit 8 mm hohen Kontrollziffern, die übrigen Werte ohne Kontrollziffern; □.

a) Hermeskopf

MiNr. 4

					✶	⊙
1		1 L		a		
	a		dunkelbraun auf bräunlich		550,—	450,—
	b		lilabraun auf bräunlich		750,—	500,—
2		2 L		a		
	a		gelblicholiv auf gelblich		65,—	75,—
	b		gelbbraun auf bräunlich		65,—	75,—
3		5 L	grün auf grünlich	a	750,—	150,—
4		10 L	orange auf bläulich	a	900,—	700,—
5		20 L		a		
	a		hellblau auf bläulich		750,—	120,—
	b		dunkelblau auf bläulich		1000,—	300,—
6		40 L	lila auf blau	a	300,—	150,—
7		80 L	karmin auf rosa	a	220,—	150,—

(✶) ca. 40% Nachlaß.
Probedrucke o.G. in oft nur geringen Farbabweichungen werten ca. 20% der ✶-Preise.

MiNr. 2 und die meisten der 2 L.-Werte der folgenden Ausgaben.

1861, Okt. Freimarken: Hermeskopf. Erster Athener Bdr., getöntes Papier, noch ohne rückseitige Kontrollziffern; □.

				✶
8	20 L	dunkelblau auf graubläulich Grund des Medaillons grob kariert	a	13500,—
8 x		Grund des Medaillons glatt		14500,—

Ungebrauchte Stücke der MiNr. 8 und 8 x sind nicht bekannt.

1861, Nov. Freimarken: Hermeskopf. Erster Athener Bdr. in grober (I) Ausführung; □; getöntes Papier mit Kontrollziffern außer 2 L (wie stets). Hals- und Backenschatten meist noch punktiert, aber bei weitem nicht so fein wie bei den Pariser Drucken. Der Druck zeigt deutliche Mängel, die Striche der Schattenlinien fließen meist zusammen. Kontrollziffern 6¾ mm hoch, links sehr fein, rechts stark schattiert.

MiNr. 11

MiNr. 12

					✶	⊙
10 I		2 L		a		
	a		dunkelgraubraun auf bräunlich		6000,—	—,—
	b		dunkel(rötlich)gelbbraun auf creme		80,—	120,—
11 I		5 L		a		
	a		dunkelgrün auf grünlich		300,—	150,—
	b		grau(oliv)grün bis smaragd auf grünlich		280,—	160,—
	c		gelbgrün auf grünlich		280,—	150,—
12 I		10 L		a		
	a		ockerorange auf bläulich		650,—	180,—
	b		zinnober auf bläulich		1000,—	300,—
13 I		20 L		a		
	a		dunkelblau auf bläulich		6000,—	300,—
	b		ultramarin auf bläulich		8000,—	500,—
	c		indigo, schwarzblau auf grau		8000,—	500,—
	d		graublau auf grau		5500,—	300,—
14 I		40 L		a		
	a		lilapurpur auf hellblau		6000,—	550,—
	b		mattlila auf hellblau		6000,—	550,—

(✶) MiNr. 10–14 ca. 20% Nachlass

Marken dieser und der folgenden Ausgabe mit typischer Gelbfärbung einer Markenseite ca. 50% Aufschlag.

1861. Freimarken: Hermeskopf. Erster Athener Bdr. in feiner (II) Ausführung; □; getöntes Papier mit Kontrollziffern außer 1 und 2 L (wie stets). Hals- und Backenschatten fein und durchlaufend, jedoch nicht mehr punktiert. Der Druck zeigt kleine, freistehende Punkte zwischen den Wellenlinien.

9 II		1 L		a		
	a		dkl'schokoladenbraun bis kupferrotbraun a. bräunlich		1100,—	1400,—
	b		hellschokoladenbraun auf bräunlich		750,—	750,—
10 II		2 L		a		
	a		dkl'(rötlich)gelbbraun auf creme		50,—	80,—
	b		blassgelblichbraun auf creme		100,—	90,—
11 II		5 L		a		
	a		grau(oliv)grün auf grünlich		250,—	150,—
	b		grasgrün, smaragd auf grünlich		300,—	170,—

12 II	10 L		a		
a		ockerorange auf bläulich		650,—	130,—
b		rotorange auf bläulich		800,—	300,—
13 II	20 L	blau auf bläulichgrau	a	3000,—	150,—
14 II	40 L	lilapurpur auf hellblau	a	3500,—	400,—
15 II	80 L	karminrosa auf rosaweiß (Mai 1862, Kontrollziffer orange)	a	1000,—	175,—

(✱) MiNr. 9–15 ca. 20% Nachlaß.

Über die Zuordnung einzelner Marken zu den verschiedenen Ausgaben bestehen unterschiedliche Ansichten. Die Preise gelten für Stücke, die die jeweiligen Ausgaben typisch vertreten.

1862/1868. Freimarken: Hermeskopf. Athener Bdr.; □. Die Erstauflage dieser Ausgabe (I) ist kenntlich an dem Reliefdruck, der die Halspartie des Hermeskopfes deutlich zur Rückseite durchprägt. Die Kontrollziffern sind noch dünn und ziemlich hell. Die weiteren Drucke dieser Ausgabe unterscheiden sich von allen vorausgehenden durch die stumpfauslaufenden Backenschatten und die zunehmend unklarer und dunkler werdenden Ecken um das Medaillon.

MiNr. 18

16	1 L		a		
I		schokoladenbraun auf bräunlichweiß		75,—	100,—
a		schokoladenbraun auf mattbraun		45,—	80,—
b		dunkelrötlichbraun auf mattbraun		100,—	120,—
c		purpurbraun, dunkellilabraun auf mattbraun		80,—	100,—
17	2 L		a		
I		graubraun auf creme		75,—	130,—
a		gelblichgraubraun auf gelblichcreme		15,—	20,—
b		dunkelgelbbraun auf gelblichcreme		15,—	20,—
18	5 L		a		
I		lebhaftbläulichgrün auf grünlich		300,—	90,—
a		gelbgrün auf grünlich		220,—	17,—
b		mattolivgrün auf grünlich		300,—	30,—
19	10 L		a		
I		orange auf grünlich		300,—	100,—
a		orange auf bläulich		300,—	40,—
b		dunkelorangerot auf blau		600,—	20,—
20	20 L		a		
I		hellblau auf bläulich		550,—	120,—
a		blau auf bläulich		300,—	15,—
b		blau auf grünlich		1200,—	20,—
21	40 L		a		
I		rotviolett auf hellblau		2000,—	200,—
a		purpurviolett auf hellblau		500,—	25,—
b		lila(wein)rot auf lilagrau		1000,—	20,—
22	80 L		a		
I		karminrosa auf rosa		100,—	120,—
a		rosa auf mattrosa		75,—	20,—
b		dunkelkarmin auf mattrosa		75,—	17,—

1868/1869. Freimarken: Hermeskopf. Athener Bdr. von gereinigten Platten; □. Kennzeichen dieser Ausgabe sind die dunklen und mangelhaften Kontrollziffern, besonders die „0“ ist zunehmend plumper.

23	1 L		a		
a		rötlichbraun auf mattbraun		50,—	90,—
b		fahlkastanienbraun auf mattbraun		150,—	150,—
c		graubraun auf mattbraun		50,—	80,—
24	2 L	graubraun auf creme	a	20,—	40,—
25	5 L	mattgrün auf grünlich	a	1800,—	90,—
26	10 L	rötlichorange auf bläulich	a	1200,—	25,—
27	20 L	hellblau auf bläulich	a	1100,—	12,—
28	40 L	lila auf blau	a	260,—	25,—
29	80 L		a		
a		rosa auf mattrosa		180,—	180,—
b		dunkelkarmin auf mattrosa		180,—	180,—

1870. Freimarken: Hermeskopf. Athener Bdr. in neuer Zurichtung; □. Kennzeichen sind bei 1 L die kurzen, spitzauslaufenden Schattenlinien („schmale“ Backenschatten), bei 20 L die auffallend weißen Ecken.

30	1 L	kastanienbraun auf bräunlich	a	120,—	280,—
31	20 L		a		
a		himmelblau auf graublau		1500,—	20,—
b		königsblau auf graublau		2000,—	40,—

1871/1872. Freimarken: Hermeskopf. Athener Bdr. auf verschiedenen Papiersorten minderer Qualität; □. Schattenlinien zunehmend verschmierter, Kontrollziffern plump und dunkel; Papier getönt und meist porös.

32	1 L		a		
a		rotbraun auf bräunlichweiß		*220,—*	*260,—*
b		dkl'schokoladenbraun auf bräunlich		220,—	260,—
c		dkl'lilabraun auf bräunlich		*250,—*	280,—
33	2 L	orangegelbbraun auf dkl'creme	a	15,—	50,—
34	5 L	graugrün auf lebhaftgrün	a	2500,—	120,—
35	10 L	orange auf grünlich	a	1400,—	70,—
36	20 L		a		
a		hellblau auf bläulich		1100,—	17,—
b		dkl'(lila)blau auf bläulich		1400,—	15,—
37	40 L		a		
a		rosalachsfarben auf grünlich		500,—	100,—
b		gelblichlachsfarben auf grünlich		750,—	120,—

37 F 40 L rotlila (Farbe d. Kontr.-Ziffer) auf mattgrünlich . . —,— *100000,—*

1872/1876. Freimarken: Hermeskopf. Athener Bdr. auf dünnem, gemaschtem Transparentpapier; □. Schattenlinien schwer und ineinanderlaufend, die Randinschriften oft verschmiert, Kontrollziffern plump. Kennzeichen dieser Ausgabe ist das wasserzeichenähnliche Papier mit waagerechter, bei durchscheinendem Licht erkennbarer Punktierung („gemascht“).

38	1 L		a		
a		grau(oliv)braun auf bräunlich		70,—	100,—
b		rotbraun auf bräunlich		75,—	140,—
39	5 L		a		
a		gelb(grau)grün auf grünlich		600,—	25,—
b		smaragd auf grün		1200,—	60,—
40	10 L		a		
a		orange auf grünlich		900,—	20,—
b		ziegelrot auf lila		3500,—	160,—
41	20 L		a		
a		blau auf bläulichgrau		1200,—	16,—
b		schwärzlichblau auf bläulichgrau		1200,—	40,—
c		dunkelblau auf blau		1500,—	40,—
42	40 L		a		
a		graugrünlicholiv auf blau		40,—	60,—
b		gelblich(grau)braun auf blau		50,—	120,—
c		graulila auf blau		*900,—*	60,—
d		tiefdunkelrotlila auf blau		—,—	800,—
e		lilakarmin auf blau		750,—	80,—

MiNr. 42 mit Aufdruck: MiNr. 123

1876. Freimarken: Hermeskopf. Feiner Pariser Bdr. ohne Kontrollziffern; □.

43	30 L		a		
a		olivbraun auf cremefarbig		200,—	40,—
b		gelbbraun auf cremefarbig		400,—	100,—
44	60 L	dunkelgrün auf grün	a	45,—	130,—

Markenabstände dieser beiden Wertstufen knapp 2½ mm senkrecht und waagerecht.

MiNr. 44

1876/1877. Freimarken: Hermeskopf. Athener Bdr. ohne Kontrollziffern; □.

45	30 L		a		
a		olivbraun auf creme		55,—	12,—
b		dunkelolivbraun auf bräunlich		55,—	12,—
c		dunkelrotbraun auf sämisch		55,—	12,—
46	60 L	russischgrün auf sämisch	a	500,—	70,—

1875/1880. Freimarken: Hermeskopf. Athener Bdr. auf cremefarbenem Papier unter Beibehaltung der Kontrollziffern; □.

47	1 L		a		
a		schwarzbraun		50,—	80,—
b		dunkelrotbraun		60,—	65,—
48	2 L	graubraun auf gelblich	a	32,—	40,—
49	5 L		a		
a		gelblichgrün		130,—	25,—
b		dunkel(blau)grün		360,—	55,—
50	10 L		a		
a		rotorange		180,—	15,—
b		rötlichorange auf gelb		200,—	20,—
51	20 L		a		
a		preußischblau auf weiß		2000,—	45,—
b		ultramarin		120,—	10,—
c		dunkelblau		260,—	22,—
d		lilablau		260,—	20,—
52	40 L	lachsfarben, olivrosa	a	25,—	80,—

1880/1886. Freimarken: Hermeskopf. Athener Bdr. auf gelblichweißem Papier, alle Werte ohne Kontrollziffern; □. 1882 Farbänderungen der 20 L und 30 L entsprechend dem Farbschema des Weltpostvereins.

a) Hermeskopf

53	1 L		a		
a		fahlkastanienbraun/purpurbraun		10,—	6,—
b		rotbraun auf gelb		90,—	100,—
c		graubraun		10,—	6,—
54	2 L	graubraun, olivgrau	a	12,—	45,—
55	5 L		a		
a		grün bis dunkelgrün		30,—	8,—
b		dunkelgrün auf gelb		75,—	40,—
c		gelblichgrün, olivgrün		20,—	5,—
56	10 L		a		
a		ziegelrot		3000,—	80,—
b		orange		17,—	5,—
c		orange auf gelb		120,—	100,—
57	20 L	ultramarin	a	360,—	180,—
58	20 L	karmin (1882)	a	220,—	10,—
59	20 L	(1882)	a		
a		blassrosa		10,—	3,—
b		anilinrot		10,—	4,—
60	30 L	(1882)	a		
a		ultramarin		220,—	20,—
b		grau(schiefer)blau		200,—	15,—
61	40 L		a		
a		dunkelpurpurviolett		85,—	30,—
b		grauviolett		75,—	15,—

Bei allen Werten mit Kontrollziffern kommen diese mit Fehlern vor und werden von Spezialsammlern besonders beachtet. Von vielen Marken der Ausgaben 1863 bis 1886 gibt es auch gezähnte oder durchstochene Stücke, die teils Postmeisterzähnungen darstellen, teils auf philatelistische Initiative zurückzuführen sind. Prüfung erforderlich.

MiNr. 55 mit Aufdruck: MiNr. 124

MiNr. 62–66 entfallen.

b

1886, 1. März/1888. Freimarken: Kleiner Hermeskopf im Kreis. Belgischer Druck, feine, saubere Ausführung, Bdr. Regierungsdruckerei Mecheln; A = gez. 11½, B = gez. 13½ (A und B Athener Zähnungen), C = □.

67	1 L	braun (1888)	b		
A		gez. 11½		5,—	20,—
B		gez. 13½		10,—	30,—
C		□		3,50	2,—
68 C	2 L	hellbraun (1888)	b	12,—	*150,—*
69 C	5 L	hellgrün (1888)	b	18,—	3,—
70 C	10 L	gelb (1888)	b	22,—	3,—
71 C	20 L	karminrosa (1888)	b	30,—	1,50
72 C	25 L	hellblau (1.3.1886)	b	120,—	3,50
73	40 L	violett (1888)	b		
A		gez. 11½		140,—	140,—
C		□		100,—	30,—
74	50 L	graugrün (1.3.1886)	b		
A		gez. 11½		15,—	8,—
C		□		6,—	3,50
75	1 Dr	grau (1.3.1886)	b		
A		gez. 11½		160,—	5,—
C		□		140,—	4,50
		Satzpreis C (9 W.)		430,—	*200,—*

	✶
67 A Ums waagerechtes Paar, Mitte ungezähnt	—,—

(Feiner, vollfarbiger Druck, glattes, senkrecht gemaschtes Papier, alle Schraffierungslinien fein und gleichmäßig.)

Die belgischen Drucke unterscheiden sich von den Athener Drucken durch ihr senkrecht gemaschtes Papier, das stark satiniert ist, und durch die große Klarheit ihres Druckes. Weniger Farbtönungen.

⊜ MiNr. 68 C

MiNr. 72–73 mit Aufdruck: MiNr. 115 II, 116–117

b

1889/1892. Freimarken: Kleiner Hermeskopf im Kreis. Athener Druck; unklarer Bdr. und rauheres Papier verschiedener Struktur; A = gez. L 11½, B = gez. K 13½, C = □.

Die Athener Drucke sind auf Papieren verschiedener Herkunft und Qualität, niemals auf senkrecht gemaschtem Papier gedruckt. Zumeist sind die Drucke unklar, das Medaillon weist kleine weiße Flecken oder sonstige Unregelmäßigkeiten auf, die Farbtönungen variieren stark, die Schraffen im Wertschild sind zumeist verschmiert, ebenso die Schattierungen des Kopfes.

					✶	⊙
76		1 L	(20.3./1.4.1889)	b		
a			braun, dunkelbraun			
	A		gez. L 11½		4,—	2,—
	B		gez. K 13½		25,—	25,—
	C		□		4,—	1,50
b			schwarzbraun			
	A		gez. L 11½		7,50	2,—
	C		□		6,—	1,—
c	C		olivbraun, □		2,50	1,—
77		2 L		b		
a			fahlgelbbraun (18./30.3.1891)			
	A		gez. L 11½		1,80	1,50
	B		gez. K 13½		2,50	4,—
	C		□		2,20	1,50
b			steingrau (15./27.1.1892)			
	A		gez. L 11½		6,—	3,—
	C		□		6,—	2,—
78		5 L		b		
a			hellgrün, grün (15./27.1.1892)			
	A		gez. L 11½		13,—	3,—
	C		□		13,—	2,—
b			dunkelgrün (18./30.3.1891)			
	A		gez. L 11½		20,—	4,50
	C		□		20,—	3,—
79		10 L		b		
a			orange (20.6./2.7.1889)			
	A		gez. L 11½		25,—	5,—
	C		□		15,—	5,—
b			trübgelb (18./30.3.1891)			
	A		gez. L 11½		15,—	1,50
	C		□		15,—	1,50
80		20 L		b		
a			karmin (März 1889)			
	A		gez. L 11½		15,—	0,70
	B		gez. K 13½		30,—	12,—
	C		□		8,—	0,70
b	C		anilinrosa (löslich), □		8,50	1,50
81		25 L		b		
a			blau (10./22.5.1889)			
	A		gez. L 11½		120,—	3,—
	C		□		65,—	2,20
b	C		ultramarin, □ (April 1889)		150,—	5,50
82		40 L	lila (1./13.6.1891)	b		
	A		gez. L 11½		120,—	50,—
	B		gez. K 13½		120,—	60,—
	C		□		85,—	40,—
			Satzpreis A (7 W.)		260,—	60,—
			Satzpreis C (7 W.)		160,—	48,—

	✶
80 a Ums waagerechtes Paar, Mitte ungezähnt	—,—

FA MiNr. 80 und 81

MiNr. 67–92: Marken mit anderen als den hier katalogisierten Zähnungen sind Postmeisterzähnungen.

MiNr. 82 mit Aufdruck: MiNr. 114, 115 I

Neuauflage 1898/99 auf weißem Papier siehe nachstehend.

1898/1899. Freimarken: Neuauflage der Ausgabe 1889 (kleine Hermesköpfe). Hellere Farben, sehr weißes, glattes Papier, weißer Gummi; Bdr.; A = gez. L 11½, B = □.

					✶	⊙
76 I		1 L	hellbraun	b		
	A		gez. L 11½		3,—	2,—
	B		□		2,50	1,50
77 I		2 L	braungelb	b		
	A		gez. L 11½		3,—	4,—
	B		□		2,50	2,50
78 I		5 L	mattgrün	b		
	A		gez. L 11½		2,50	1,—
	B		□		4,—	1,—
79 I		10 L	gelb	b		
	A		gez. L 11½		15,—	2,—
	B		□		12,—	1,—
80 I		20 L	rosa	b		
	A		gez. L 11½		3,50	2,—
	B		□		3,—	1,—
90 I		25 L	hellrotlila	b		
	A		gez. L 11½		5,—	2,—
	B		□		5,—	2,—
			Satzpreis A (6 W.)		32,—	13,—
			Satzpreis B (6 W.)		28,—	8,—

MiNr. 83–89 entfallen.

b

1893, 1. (13.) Jan./1895, 28. Febr. (12. März). Freimarken: Kleiner Hermeskopf im Kreis. Athener Bdr.; A = gez. L 11½, B = □.

90		25 L	dunkelrotlila (1./13.1.1893)	b		
	A		gez. L 11½		8,—	2,20
	B		□		6,—	2,20
91		40 L	blau (20.1./1.2.1893)	b		
	A		gez. L 11½		20,—	4,—
	B		□		12,—	3,20
92		1 Dr	grau (28.2./12.3.1895)	b		
	A		gez. L 11½		350,—	12,—
	B		□		300,—	9,—
			Satzpreis A (3 W.)		360,—	18,—
			Satzpreis B (3 W.)		300,—	14,—

FFU MiNr. 90 und 92

MiNr. 93–95 entfallen.

1896, 25. März (6. April). Wiedereinführung der Olympischen Spiele. Bdr., MiNr. 96–99 Bogen (5×5), MiNr. 100–107 Kleinbogen (2×5); MiNr. 96–99, 101, 103–104 und 107 gez. K 14:13½, MiNr. 100, 102 und 105–106 gez. K 13½:14.

c) Faustkampf

d) Diskuswerfer nach Myron

e) Amphora

f) Viergespann mit Siegesgöttin

g) Averoff-Stadion und Akropolis

h) Hermes mit dem Dionysosknaben (Praxiteles)

i) Nike des Paíonios

k) Akropolis mit Parthenon

96		1 L	braun	c	2,—	0,50
97		2 L	rosa	c		
	I		mit Stecherzeichen		3,—	1,—
	II		ohne Stecherzeichen		30,—	25,—
98		5 L	lila	d	5,—	1,—
99		10 L	grau	d	6,—	1,50
100		20 L	lilabraun	e	25,—	1,—
101		25 L	rot	f	40,—	1,50
102		40 L	violett	e	18,—	7,—
103		60 L	schwarz	f	30,—	20,—
104		1 Dr	blau	g	100,—	17,—
105		2 Dr	olivbraun	h	270,—	80,—
106		5 Dr	dunkelgrün	i	500,—	450,—
107		10 Dr	dunkelbraun	k	600,—	550,—
			Satzpreis (12 W.)		1500,—	1100,—
			Kleinbogensatz (8 Klb.)		—,—	—,—

FALSCH MiNr. 102–103, 105–107

Auflagen: MiNr. 96 = 3.993.750, MiNr. 97 = 2.949.150, MiNr. 98 = 2.992.500, MiNr. 99 = 1.981.440, MiNr. 100 = 3.999.950, MiNr. 101 = 1.929.700, MiNr. 102 = 70.620, MiNr. 103 = 86.380, MiNr. 104 = 120.550, MiNr. 105 = 82.060, MiNr. 106 = 56.050, MiNr. 107 = 16.060 Stück

MiNr. 102 und 104–107 mit Aufdruck: MiNr. 118–122

108

1900, Sept./Okt. Freimarken. Marken von 1861/82 mit neuem Wertaufdruck; A = gez. L 11½, B = □.

108		30 L	auf 40 L violett	(a)		
	A		gez. L 11½		10,—	15,—
	B		□		8,—	6,—
109		40 L	auf 2 L graubraun	(a)		
	A		gez. L 11½		10,—	12,—
	B		□		7,50	6,—
110		50 L	auf 40 L fleischfarben	(a)		
	A		gez. L 11½		10,—	10,—
	B		□		7,50	8,—
111		3 Dr	auf 10 L orange	(a)		
	A		gez. L 11½		70,—	70,—
	B		□		60,—	50,—
112		5 Dr	auf 40 L lila, violett auf blau	(a)		
	A		gez. L 11½		160,—	300,—
	B		□		130,—	160,—
			Satzpreis A (5 W.)		250,—	400,—
			Satzpreis B (5 W.)		200,—	230,—

112 c dünnes Papier (42 c) .... 250,— 250,—

MiNr. 109 A und B sind echt nur auf MiNr. 54 bekannt; alle Aufdrucke auf anderen Ausgaben sind Fälschungen FALSCH.

MiNr. 112 A und B kommt auf den Urmarken MiNr. 21 und 28 vor.

Auflagen: MiNr. 108 = 131.101, MiNr. 109 = 139.650, MiNr. 110 = 167.581, MiNr. 111 = 12.152, MiNr. 112 = 13.230 Stück

1900, Sept. Freimarken: Marken mit kleinem Hermeskopf, Athener Bdr. mit gleichem Aufdruck.

113			20 L	auf 25 L	(b)		
	a			stumpfblau			
		A		gez. L 11½		4,—	4,—
		C		□		2,50	2,—
	b			dunkelblau			
		A		gez. L 11½		*60,—*	*30,—*
		C		□		*40,—*	*20,—*
	c			ultramarin			
		A		gez. L 11½		100,—	100,—
		C		□		90,—	70,—
114			1 Dr	auf 40 L lila	(82)		
	A			gez. L 11½		30,—	20,—
	B			gez. K 13½		42,—	42,—
	C			□		25,—	7,—

115	**2 Dr**	auf 40 L lila			
I		Athener Druck	(82)		
A		gez. L 11½		300,—	
B		gez. K 13½		15,—	15,—
C		☐		280,—	
II		belgischer Druck	(73)		
A		gez. L 11½		550,—	
C		☐		550,—	

⋀⋀, ⋀⋀⋀, ¥ Preise 5–10 fach FALSCH.

Der amtliche Charakter des Aufdruckes MiNr. 115 A und C ist umstritten.

Auflagen: MiNr. 113 = 864 300, MiNr. 114 = 121 100, MiNr. 115 = 103 500 Stück

117

1900, Okt. Freimarken für den Auslandsverkehr. MiNr. 72–73 mit Bdr.-Aufdruck „A M" und neuer Wertstufe.

116	**25 L**	auf 40 L violett	(73)		
A		gez. L 11½		15,—	15,—
B		☐		7,50	7,50
117	**50 L**	auf 25 L blau	(72)		
A		gez. L 11½		50,—	70,—
B		☐		30,—	30,—
		Satzpreis A (2 W.)		65,—	85,—
		Satzpreis B (2 W.)		36,—	36,—

Auflagen: MiNr. 116 = 36.000, MiNr. 117 = 16.500 Stück

118

1900. Freimarken. MiNr. 102 und 104–107 mit rotem Bdr.-Aufdruck „A M" und neuer Wertstufe.

118	**5 L**	auf 1 Dr blau	(104)	20,—	30,—
119	**25 L**	auf 40 L violett	(102)	100,—	90,—
120	**50 L**	auf 2 Dr olivbraun	(105)		
I		schmale 0		100,—	100,—
II		breite O		120,—	110,—
121	**1 Dr**	auf 5 Dr dunkelgrün	(106)	320,—	260,—
122	**2 Dr**	auf 10 Dr dunkelbraun	(107)	130,—	180,—
		Satzpreis (5 W.)		650,—	650,—

121 I	„ΔΡΔΧΜΗ" statt „ΔΡΑΧΜΗ"	900,—	550,—
122 I	„ΔΡΔΧΜΑΙ" statt „ΔΡΑΧΜΑΙ"	440,—	400,—

FALSCH MiNr. 119–122 Urmarken und Aufdruck; doppelter Aufdruck bei MiNr. 119

Auflagen: MiNr. 118 = 98.432, MiNr. 119 = 11.720, MiNr. 120 = 53.880, MiNr. 121 = 23.939, MiNr. 122 = 24.561 Stück

124

1900, Okt. Freimarken. MiNr. 42 und 55 mit gleichem Aufdruck „A M" und neuem Wert.

123	**1 Dr**	auf 40 L gelblich(grau)braun auf blau	(42 b)		
A		gez. L 11½		190,—	220,—
B		☐		160,—	180,—
124	**2 Dr**	auf 5 L grün	(55)		
A		gez. L 11½		40,—	40,—
B		☐		30,—	30,—
		Satzpreis A (2 W.)		230,—	260,—
		Satzpreis B (2 W.)		190,—	200,—

Auflagen: MiNr. 123 = 17 550, MiNr. 124 = 13 050 Stück

1901, 1. (14.) Juli. Freimarken: Hermes. MiNr. 125–135 StTdr., MiNr. 136–138 Stdr.; dickes oder dünnes Papier; Wz. 1; MiNr. 125–134 gez. K 13½, MiNr. 125 auch gez. 11½, MiNr. 135–138 gez. L 12½.

l

m

n

Wz. 1

l–n) Giovanni da Bologna: Hermes

125	1 L	braun	l	0,50	0,30
126	2 L	grau	l	0,70	0,30
127	3 L	orange	l	0,80	0,30
128	5 L	grün	m	1,—	0,30
129	10 L	rosa	m	3,60	0,30
130	20 L	lila	l	7,50	0,30
131	25 L	blau	m	7,50	0,30
132	30 L	violett	l	11,—	2,20
133	40 L	tiefbraun	l	25,—	3,60
134	50 L	rotbraun	l	20,—	1,50
135	1 Dr	schwarz	n	55,—	2,50
136	2 Dr	kupfer	n	10,—	10,—
137	3 Dr	silber	n	10,—	12,—
138	5 Dr	golden	n	10,—	20,—
		Satzpreis (14 W.)		160,—	50,—

		✶
125 U-132 U	ungezähnt je	–,–
134 U	ungezähnt	–,–
135 U	ungezähnt	–,–
137 U	ungezähnt	–,–

Mit Aufdruck: Zwangszuschlagsmarken MiNr. 3–12

MiNr. 130–446 mit Aufdruck siehe Griechische Besetzungsgebiete und Thrakien.

o) Hermeskopf

1902, 1. (14.) Jan. Freimarken: Hermeskopf. In Metallwährung (Silber) für den Auslandsverkehr. Stdr.; Wz. 1; gez. 13½.

				✶	⊙
139	5 L	orange	o	2,50	1,—
140	25 L	grün	o	30,—	2,50
141	50 L	blau	o	30,—	2,50
142	1 Dr	rot	o	40,—	10,—
143	2 Dr	braun	o	70,—	55,—
		Satzpreis (5 W.)		170,—	70,—

		✶
139 U	ungezähnt	–,–
141 U	ungezähnt	–,–

1906, 25. März (7. April). „Zwischenolympiade" in Athen (10 Jahre Olympische Spiele der Neuzeit). StTdr.; Wz. 1; gez. K 14.

p) Diskuswerfer

r) Weitspringer

s) Siegesgöttin

u) Kampf zwischen Herakles und Antaios

v) Ringer

w) Siegesgöttin mit Hahn

t) Atlas und Herakles

x) Läufer

y) Heiliges Opfer für die Spiele

					✶	⊙
144	1	L	braun	p	0,70	0,30
145	2	L	grauschiefer	p	0,70	0,30
146	3	L	orange	r	0,70	0,30
147	5	L	grün	r	1,50	0,30
148	10	L	rot	s	3,—	0,30
149	20	L	lila	t	5,—	0,30
150	25	L	ultramarin	u	6,50	0,50
151	30	L	violett	v	5,—	3,—
152	40	L	tiefbraun	w	5,—	3,—
153	50	L	rotbraun	t	12,—	3,—
154	1	Dr	grauschwarz	x	80,—	15,—
155	2	Dr	rosa	x	120,—	45,—
156	3	Dr	grünlichgelb	x	180,—	170,—
157	5	Dr	schieferblau	y	200,—	170,—
			Satzpreis (14 W.)		600,—	400,—

		✶
144 U–150 U	ungezähnt je	–,–
154 U	ungezähnt	–,–

MiNr. 152, 154–157 mit Aufdrucken wie oben abgebildet sind Stempelmarken.

1911/1921. Freimarken: Hermes und Iris. StTdr.; schräg durchstochen.

z) Hermes, Götterbote

aa) Iris, die Götterbotin

ab) Hermes bindet seine Sandalen

ac) Hermes trägt den Knaben Arkas

ad) Hermes

					✶	⊙
158	1	L	grün	z	0,80	0,40
159	2	L	rosa	aa	0,80	0,40
160	3	L	rot	z	1,20	0,40
161	5	L	grün	ab	2,50	0,40
162	10	L	rosa	z	12,—	0,40
163	20	L	dunkellila	aa	3,50	1,—
164	25	L		aa		
a			ultramarin		17,—	1,—
b			blau		*170,—*	*80,—*
165	30	L	karmin	ab	4,50	2,—
166	40	L	dunkelblau	aa	10,—	5,—
167	50	L	braunlila	ab	17,—	3,80
168	1	Dr		ac		
a			ultramarin		20,—	1,—
b			graublau		*150,—*	*90,—*
169	2	Dr	zinnober	ac	28,—	1,20
170	3	Dr	karmin	ac		
I			Bildgröße 20:26½		28,—	1,70
II			Bildgröße 20½:25½ (1921)		130,—	60,—
171	5	Dr	ultramarin	ac		
I			Bildgröße 20:26½		45,—	5,—
II			Bildgröße 20½:25½ (1921)		250,—	30,—
172	10	Dr	dunkelblau	ac		
I			Bildgröße 20:26½		60,—	50,—
II			Bildgröße 20½:25½ (1921)		60,—	50,—
173	25	Dr	dunkelblau	ad	70,—	55,—
			Satzpreis (16 W.)		320,—	120,—

□ alle Werte außer 2 und 30 Lepta.

MiNr. 164 mit schwarzem Durchstich ist Probedruck.

MiNr. 160, 165 und 168–172 mit Aufdruck: MiNr. 213, 218, 222–226
In gleichen Zeichnungen z–ac: MiNr. 190–207 (Stdr.)

1913, 16. (29.) April/1915. Freimarken für Neugriechenland. Stdr. Aspiotis; rauhes graustichiges oder glattes weißes Papier; schräg durchstochen.

af) Konstantinskreuz über Akropolis

ae) Adler mit Schlange im Schnabel über dem Olymp

174	1	L	braun	af	0,50	0,30
175	2	L		ae		
a			ziegelrot		0,50	0,30
b			karmin (1915)		1,—	0,50
176	3	L	orange	ae	0,50	0,30
177	5	L	grün	af	2,—	0,30
178	10	L	rosa	af	5,—	0,30
179	20	L	violett	af	20,—	2,50
180	25	L	blau	ae	3,50	1,—
181	30	L	grün	af	70,—	2,—
182	40	L	schwarzblau	ae	10,—	5,—
183	50	L	dunkelblau	af	5,—	4,—
184	1	Dr	braunlila	ae	15,—	3,—
185	2	Dr	dunkelbraun	af	70,—	8,—
186	3	Dr	blauschiefer	ae	280,—	30,—
187	5	Dr	graubraun	af	280,—	50,—
188	10	Dr	rosa	ae	*350,—*	*500,—*
189	25	Dr	grauschwarz	af	*350,—*	*500,—*
			Satzpreis (16 W.)		*1400,—*	*1000,—*

		✶
174 U–180 U	ungezähnt je	–,–
182 U	ungezähnt	–,–
186 U	ungezähnt	–,–

FALSCH MiNr. 188–189

MiNr. 176 und 179–187 mit Aufdruck: MiNr. 239–248; Zwangszuschlagsmarken MiNr. 13–15

1913/1924. Freimarken: Hermes und Iris. Stdr. auf dickem bis dünnem Papier Aspiotis, oder (ab 1926) MiNr. 197, 199 und 202 von Elbemühl; verschieden sägezahnartig durchstochen.

aa) Iris, die Götterbotin

z) Hermes, Götterbote

					✶	⊙
190	1	L	grün	z	0,30	0,30
191	2	L	rosa	aa	0,30	0,30
192	3	L	rot	z	0,30	0,30
193	5	L	grün	ab	0,30	0,30
194	10	L	rosa	z	0,30	0,30
195	15	L	blau (März 1918)	aa	0,50	0,30
196	20	L		aa		
a			lilagrau		0,50	0,30
b			grauschwarz (1924)		*15,—*	0,30
197	25	L		aa		
a			ultramarin		5,—	0,70
b			hellblau		0,50	0,30
198	30	L	karmin (April 1914)	ab	0,70	0,50
199	40	L	dunkelblau (Jan. 1914)	aa	2,50	0,70
200	50	L	graulila (Jan. 1914)	ab	4,—	0,30
201	80	L	lilabraun (Juni 1923)	ab	5,—	1,50
202	1	Dr	ultramarin (Okt. 1919)	ac	15,—	0,50

203	2 Dr	zinnober (Okt. 1919)	ac	15,—	0,70
204	3 Dr	karmin (Juni 1920)	ac	15,—	0,70
205	5 Dr	ultramarin (1922)	ac	15,—	0,70
206	10 Dr	graublau (1922)	ac	15,—	1,50
207	25 Dr	blau (Mai 1922)	ad	20,—	6,—
		Satzpreis (18 W.)		110,—	14,—

		✶
190 U-198 U	ungezähnt je	—,—
200 U-201 U	ungezähnt je	—,—
203 U-205 U	ungezähnt je	—,—

Die Steindruckmarken sind im Druck unklarer und in den Farbrändern unschärfer, das Papier glatter und weißer als die Kupferdruckmarken und auf der Bildseite völlig glatt.

MiNr. 190–194 und 196–200 mit Aufdruck: MiNr. 210–212, 214–217, 219–221
In gleichen Zeichnungen: MiNr. 158–172 (StTdr.)
Weiterer Wert: MiNr. 173

1913, 1. (14.) Dez. Vereinigung Kretas mit Griechenland. StTdr.; gez. K 14½.

ag) Flaggenhissung auf Fort Suda am 1.5.1913

				✶	⊙
208	25 L	blau/schwarz	ag	12,—	5,—

		✶
208 U	ungezähnt	—,—

Auflage: 300 000 Stück

Gültig nur auf Kreta

MiNr. 209 entfällt.

1916, 1. (14.) Nov. Freimarken: Marken der Ausgaben von 1911 und 1913/14 mit rotem oder schwarzem Aufdruck des Monogramms E. T. (Ellinikon Tachydromeion) und darüber Krone; sägezahnartig durchstochen.

210

					✶	⊙
210	1 L	grün	(190) R	0,30	0,30
211	2 L	rosa	(191)	0,30	0,30
212	3 L	rot	(192)	0,30	0,30
213	3 L	rot	(160)	1,—	1,50
214	5 L	grün	(193) R	0,50	0,30
215	10 L	rosa	(194)	1,—	0,30
216	20 L	lilagrau, grauschwarz	(196) R	1,50	0,30
217	25 L	hellblau	(197 b) R	1,50	0,30
218	30 L	karmin	(165)	1,50	1,50
219	30 L	karmin	(198)	1,50	0,30
220	40 L	dunkelblau	(199) R	12,—	3,50
221	50 L	graulila	(200) R	45,—	1,50
222	1 Dr	ultramarin	(168) R	50,—	1,—
223	2 Dr	zinnober	(169)	25,—	3,50
224	3 Dr	karmin	(170)	14,—	4,—
225	5 Dr	ultramarin	(171) R	100,—	25,—
226	10 Dr	dunkelblau	(172) R	30,—	28,—
		Satzpreis (17 W.)		280,—	70,—

Nicht ausgegeben:

				✶
I	25 L	ultramarin mit gleichem Aufdruck	(164)	60,—

1917, 5. (18.) Febr. Freimarken: Iris. Ausgabe der Venizelos-Regierung in Saloniki. Stdr.; mit Bogen-Wz.; gez. K 14½:14.

ah) Iris

				✶	⊙
227	1 L	graugrün	ah	0,50	0,30
228	5 L	gelbgrün	ah	0,50	0,30
229	10 L	rosa	ah	1,—	0,30
230	25 L	hellblau	ah	1,—	0,50
231	50 L	lilabraun	ah	7,50	2,—
232	1 Dr	ultramarin	ah	2,—	0,50
233	2 Dr	ziegelrot	ah	3,50	1,50
234	3 Dr	braunrot	ah	30,—	7,50
235	5 Dr	blauschiefer	ah	5,—	2,50
236	10 Dr	tiefblau	ah	100,—	30,—
237	25 Dr	schwarzblau	ah	180,—	220,—
		Satzpreis (11 W.)		330,—	250,—

		✶
227 U	ungezähnt (Paar)	17,—
233 U	ungezähnt (Paar)	50,—
234 U	ungezähnt (Paar)	100,—
235 U	ungezähnt (Paar)	100,—
236 U	ungezähnt (Paar)	170,—
237 U	ungezähnt (Paar)	170,—

Ein Wert zu 4 Drachmen wurde als Freimarke nicht ausgegeben, sondern lediglich mit dem Aufdruck ΧΑΡΤΟΗΜΟΝ für fiskalische Zwecke verwendet. Er kommt ohne Aufdruck im Handel vor. Es gibt auch andere Werte mit diesem Aufdruck.

MiNr. 229, 231–235 und 237 mit Aufdruck: MiNr. 249–255

MiNr. 238 entfällt.

1923, Juni. Revolution von 1922. Marken von Griechenland und Kreta mit Aufdruck „ΕΠΑΝΑΣ-ΤΑΣΙΣ / 1922" und neuer Wertstufe.

246

Aufdruck auf Griechenland, Ausgabe 1913/15:

				✶✶	◍
239	**5 L**	auf 3 L orange	(176)	1,—	1,—
240	**10 L**	auf 20 L violett	(179)	3,50	2,50
241	**10 L**	auf 25 L blau	(180)	1,50	1,—
242	**10 L**	auf 30 L grün	(181)	2,—	1,—
243	**10 L**	auf 40 L schwarzblau	(182)	3,—	2,—
244	**50 L**	auf 50 L dunkelblau	(183)	1,—	1,—
245	**2 Dr**	auf 2 Dr dunkelbraun	(185)	*150,—*	*130,—*
246	**3 Dr**	auf 3 Dr blauschiefer	(186)	10,—	10,—
247	**5 Dr**	auf 5 Dr graubraun	(187)	10,—	10,—
248	**10 Dr**	auf 1 Dr braunlila	(184)	25,—	25,—
		Satzpreis (10 W.)		*200,—*	*180,—*

		✶✶
242 U	ungezähnt	—,—
246 U	ungezähnt	—,—

Nicht ausgegeben:

II	**10 Dr**	auf 10 Dr rosa	ae	1800,—

Aufdruck auf Marken der Venizelos-Ausgabe von Griechenland 1917:

249

				✶✶	◍
249	**5 L**	auf 10 L rosa	(229)	1,50	1,—
250	**50 L**	auf 50 L lilabraun	(231)	1,50	1,—
251	**1 Dr**	auf 1 Dr ultramarin	(232)	1,50	1,—
252	**2 Dr**	auf 2 Dr ziegelrot	(233)	1,50	1,—
253	**3 Dr**	auf 3 Dr braunrot	(234)	6,50	4,—
254	**5 Dr**	auf 5 Dr blauschiefer	(235)	7,—	4,—
255	**25 Dr**	auf 25 Dr schwarzblau	(237)	85,—	70,—
		Satzpreis (7 W.)		100,—	80,—

Aufdruck auf Freimarken von Kreta ohne Aufdruck „ΕΛΛΑΣ“:

256

256	**10 L**	auf 10 L rot	(3)	1,—	2,—
257	**10 L**	auf 10 L rot	(41 F)	1,—	2,—
258	**10 L**	auf 20 L blaugrün	(22)	*380,—*	*250,—*
259	**10 L**	auf 25 L dunkelblau	(13)	1,—	2,—
260	**10 L**	auf 25 L ultramarin	(23)	1,—	2,—
261	**10 L**	auf 25 L blau/schwarz	(28)	4,—	4,—
262	**50 L**	auf 50 L ultramarin	(12)	20,—	10,—
263	**50 L**	auf 50 L lila	(14)	1,—	2,—
264	**50 L**	auf 50 L braun	(24)	1,—	2,—
265	**50 L**	auf 1 Dr violett	(15)	10,—	5,—
266	**50 L**	auf 1 Dr rosa/schwarzbraun	(25)	10,—	12,—
267	**50 L**	auf 1 Dr grün/schwarz	(29)	10,—	12,—
268	**3 Dr**	auf 3 Dr orange/schwarz	(26)	35,—	40,—
269	**5 Dr**	auf 5 Dr olivgrün/schwarz	(27)	25,—	40,—
			Satzpreis (14 W.)	*500,—*	*380,—*

★★
259 F **10 L** auf Urmarke Kreta MiNr. 5 b (mit) „ΠΡΟΣΩΡΙΝΟΝ“ (5 b) . . . *350,—*

Nicht ausgegeben:

III a	**50 L**	auf 5 Dr grün/schwarz	(17)	110,—
III b	**5 L**	auf 1 L rotbraun	(1)	100,—

Aufdruck auf Freimarken von Kreta mit Aufdruck „ΕΛΛΑΣ“:

271

272

				★★	⊙
270	**5 L**	auf 1 L rotbraun	(55)	1,—	1,—
271	**5 L**	auf 5 L grün	(57)	1,—	1,—
272	**10 L**	auf 10 L rot	(58)	1,—	1,—
273	**10 L**	auf 20 L blaugrün	(59)	1,—	1,—
274	**10 L**	auf 25 L ultramarin	(60)	1,—	1,—
275	**50 L**	auf 50 L braun	(61)	1,50	1,—
276	**50 L**	auf 1 Dr karminrosa/schwarzbraun	(62)	11,—	10,—
277	**3 Dr**	auf 3 Dr orange/schwarz	(53)	50,—	45,—
278	**3 Dr**	auf 3 Dr orange/schwarz	(63)	35,—	45,—
279	**5 Dr**	auf 5 Dr olivgrün/schwarz	(64)	700,—	500,—
			Satzpreis (10 W.)	800,—	600,—

Nicht ausgegeben:

				★★
III c	**50 L**	auf 50 L braun	(36)	*1500,—*

Aufdruck auf Portomarken von Kreta ohne Aufdruck „ΕΛΛΑΣ“:

280

				★★	⊙
280	**5 L**	auf 5 L rot	(P 2)	1,—	1,—
281	**5 L**	auf 10 L rot	(P 3)	1,—	1,—
282	**10 L**	auf 20 L rot	(P 4)	80,—	80,—
283	**10 L**	auf 40 L rot	(P 5)	1,—	1,—
284	**50 L**	auf 50 L rot	(P 6)	1,—	1,—
285	**50 L**	auf 1 Dr rot	(P 7)	3,—	3,—
286	**50 L**	auf 1 Dr auf 1 Dr rot	(P 9)	25,—	25,—
287	**2 Dr**	auf 2 Dr rot	(P 8)	3,—	3,—
			Satzpreis (8 W.)	115,—	115,—

Aufdruck auf Portomarken von Kreta mit Aufdruck „ΕΛΛΑΣ“:

288

288	**5 L**	auf 5 L rot	(P 11)	10,—	8,—
289	**5 L**	auf 10 L rot	(P 12)	3,—	2,—
290	**5 L**	auf 5 L rot	(P 19)	1,—	1,—
291	**5 L**	auf 10 L rot	(P 20)	1,—	1,—
292	**10 L**	auf 20 L rot	(P 13)	140,—	110,—
293	**10 L**	auf 20 L rot	(P 21)	1,—	1,—
294	**50 L**	auf 50 L rot	(P 23)	1,—	1,—
295	**50 L**	auf 1 Dr rot	(P 24)	10,—	4,—
296	**2 Dr**	auf 2 Dr rot	(P 25)	25,—	20,—
			Satzpreis (9 W.)	190,—	140,—

Satzpreis MiNr. 239–296 (58 W.) 1800,— 1100,—

MiNr. 280–296 wurden nur als Freimarken verwendet.

MiNr. 239–296 mit Bedarfsstempeln mindestens 50% Aufschlag.

FALSCH (FALSCH)

Republik

1924, 16. April. 100. Todestag von Lord Byron. StTdr.; gez. K 12.

ai) George Gordon Noel, genannt Lord Byron (1788–1824), Dichter

ak) Landung von Lord Byron in Messolongi

					★★	⊙
297	80 L	blau		ai	1,—	0,30
298	2 Dr	violett/schwarz		ak	3,—	1,—
			Satzpreis (2 W.)		4,—	1,20

1926, 24. April. 100. Jahrestag des Falles der Festung von Messolongi. Stdr.; schräg ⬚ 13½.

al) Grab des Markos Botsaris

299	25 L	hellviolett	al	2,—	0,60

✈ 1926, 21. Okt. Halbamtliche Flugpostmarken. Stdr.; gez. 11½.

Fa) Akropolis

Fb) Akropolis

Fc) Karte des östlichen Mittelmeergebietes

Fd) Säulen

Fa–Fd) Wasserflugzeug Savoia-Marchetti S-55

300	2 Dr	mehrfarbig	Fa	6,—	5,—
301	3 Dr	mehrfarbig	Fb	60,—	15,—
302	5 Dr	mehrfarbig	Fc	6,—	2,—

303	10 Dr	mehrfarbig	Fd	70,—	20,—
		Satzpreis (4 W.)		140,—	40,—

		★★
300 U	ungezähnt	—,—

Gedruckt in Bögen zu 25 Marken und (MiNr. 300 und 302) auch in Bogen zu 15 Marken; MiNr. 301 auch in Bögen zu 15 Marken und 1 Leerfeld. (Sog. Kleinbögen zu 3 Marken und 1 Leerfeld sind durch Beschnitt privat fabriziert worden.)

FALSCH

Auflagen: MiNr. 300 und 302 je 350 000, MiNr. 301 = 250 000, MiNr. 303 = 200 000 Stück

1927, 1. April. Freimarken. StTdr.; gez. L und K 12½:13½ und gemischt.

am) Kanal von Korinth

an) Griechin aus dem Dodekanes

ao) Makedonierin

ap) Kloster Simonos Petras auf dem Berg Athos

ar) Weißer Turm von Saloniki

as) Hephaistostempel

at) Akropolis

au) Kreuzer „Averoff"

av) Akademie der Wissenschaften

aw) Hephaistostempel

ax) Akropolis

				★★	⊙
304	5 L	dunkelgrün	am	0,30	0,30
305	10 L	zinnober	an	0,50	0,30
306	20 L	violett	ao	0,70	0,30
307	25 L	grünblau	ap	0,70	0,30
308	40 L	grünschiefer	ar	1,—	0,30
309	50 L	violett	am	3,—	0,30
310	80 L	blau/schwarz	am	2,—	0,30
311 I	1 Dr	blau/braunorange	as	3,—	0,30
312	2 Dr	grün/schwarz	at	20,—	0,30
313 I	3 Dr	violett/schwarz	au	30,—	0,30
314	5 Dr	gelb/schwarz	av	40,—	1,—
315 I	10 Dr	braunkarmin/schwarz	aw	160,—	5,—
316 I	15 Dr	gelbgrün/schwarz	av	200,—	11,—
317 I	25 Dr	grün/schwarz	ax	300,—	12,—
		Satzpreis (14 W.)		750,—	30,—

		⊙
311 I K	kopfstehendes Mittelstück	—,—
313 I K	kopfstehendes Mittelstück	—,—
314 K	kopfstehendes Mittelstück	*10000,—*

Zähnungsabarten:

		★★	⊙
304 UM	Paar, Mitte ungezähnt	—,—	—,—
305 UM	Paar, Mitte ungezähnt	—,—	—,—
306 U	ungezähnt	—,—	—,—
307 UM	Paar, Mitte ungezähnt	—,—	—,—
311 I U	ungezähnt	—,—	—,—
311 I UM	Paar, Mitte ungezähnt	—,—	—,—
312 U	ungezähnt	—,—	—,—
312 UM	Paar, Mitte ungezähnt	—,—	—,—
313 I UM	Paar, Mitte ungezähnt	—,—	—,—
314 U	ungezähnt	—,—	—,—
314 UM	Paar, Mitte ungezähnt	—,—	—,—

MiNr. 304, 306–307 und 309 mit Aufdruck: Zwangszuschlagsmarken MiNr. 58, 61, 67, 70, 71

Nicht ausgegeben:

				★★
IV	1 L	sepia		an 450,—

Die Auflage von MiNr. IV wurde bis auf wenige Bogen vernichtet.

Drachmen-Werte in Neuauflagen, teilweise von neuen bzw. von retuschierten Platten; StTdr. Perkins, Bacon & Co.

MiNr. 311 I Aspiotis-Druck (1927)

MiNr. 311 II Perkins-Druck, gez. 14 (1931)

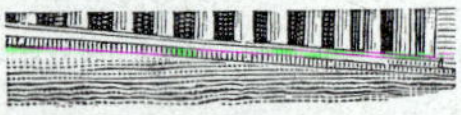
MiNr. 315 I (Aspiotis-Druck 1927)

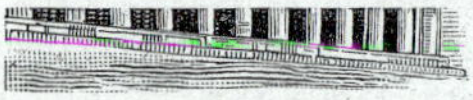
MiNr. 315 II (Perkins-Druck) gez. 13:12¼

MiNr. 317 I

MiNr. 317 II

				★★	⊙
311 II	1 Dr	blau/braunorange (1931)	as	15,—	0,50
315 II	10 Dr	karmin/schwarz (1935)	aw	160,—	2,50
317 II	25 Dr	dunkelgrün/schwarz (1935)	ax	170,—	15,—
		Satzpreis (3 W.)		340,—	18,—

StTdr. der PWPW; etwas geänderte Farben; MiNr. 313 II gez. 11½:12½, MiNr. 316 II gez. 12½:10½.

313 II	3 Dr	dunkellila/grauschwarz (1934)	au	10,—	0,50
316 II	15 Dr	gelbgrün/grauschwarz	av	360,—	15,—
		Satzpreis (2 W.)		350,—	12,—

Gültig bis 31.8.1939

1927, 1. Aug. 100. Jahrestag der Belagerung der Akropolis. StTdr.; gez. K 12.

ay) Charles Nicolas Fabvier (1783–1855), französischer General und Verteidiger der Akropolis

318	1 Dr	rot	ay	1,20	0,50
319	3 Dr	dunkelblau	ay	13,—	1,—
320	6 Dr	grün	ay	45,—	14,—
		Satzpreis (3 W.)		55,—	15,—

MiNr. 319–320 mit Aufdruck: MiNr. 348–349

1927/1928. 100. Jahrestag der Seeschlacht von Navarino. Stdr.; MiNr. 321–322 gez. 13½:13, MiNr. 323–326 gez. 12½:13.

az) Navarino

ba) Seeschlacht bei Navarino

bb) Codrington

bc) van der Heyden

bd) de Rigny

321	1.50 Dr	graugrün (20.10.1927)	az	6,50	0,50
322	4 Dr	blau	ba	25,—	1,—
323	5 Dr	braun/grau (20.10.1927)	bb	20,—	4,—
324	5 Dr	braun/grau	bb I	90,—	18,—
325	5 Dr	karmin/grau	bc	80,—	12,—
326	5 Dr	blau/grau	bd	50,—	12,—
		Satzpreis (6 W.)		270,—	45,—

			★★
321 U	ungezähnt		—,—

MiNr. 323 trägt die Inschrift „Sir Codrington", MiNr. 324 die berichtigte Inschrift „Sir Edward Codrington".

MiNr. 323–326 mit Aufdruck: MiNr. 346–347, 350–351

1930, 1. April. 100 Jahre Unabhängigkeit. StTdr. A = gez. K 13½, 14, B = gez. K 12, K 14.

be) Rhigas Ferraios (1753–1798), Freiheitssänger

bf) Gregor V. (1740–1821), Patriarch von Konstantinopel

bg) Fürst Alexander Ypsilantis (1792–1828)

bh) Athanasios Diakos (1788–1820), Freiheitskämpfer

bi) Laskarina Bouboulina (1783–1825), Befehlshaberin der Flotte

bk) Theodoros Kolokotronis (1770–1843), General

bl) Konstantin Kanaris (1790–1877), Admiral

bm) Markos Botsaris (1789–1823), General

bn) Georgios Karaiskakis (1782–1827), General

bo) Andreas Miaoulis (1772–1835), Admiral

bp) Lazarus Kondouriotis (1769–1852)

br) Karte von Griechenland 1830 und 1930

bs) Ioannis Kapodistrias (1776–1831), erstes Staatsoberhaupt

bt) Petros Mavromichalis (1775–1848), General

bu) Dionysios Solomos (1798–1857), Dichter

bv) Adamantios Korais (1748–1833), Arzt und Altphilologe

bw) Unabhängigkeitserklärung im Kloster Hagia Laura

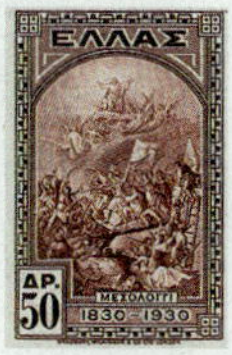
bx) Übergabe von Missolonghi; Gemälde von Theodoros Vryzakis (1814–1878)

					★★	⊙
327 A	10 L	braun		be	0,30	0,30
328 B	20 L	schwarz		bf	0,30	0,30
329 B	40 L	blaugrün		bg	0,30	0,30
330 B	50 L	blau		bh	0,30	0,30
331 A	50 L	rot		bi	0,30	0,30
332 A	1 Dr	karmin		bk	0,60	0,30
333 B	1 Dr	gelbbraun		bl	0,60	0,30
334 B	1.50 Dr	dunkelrot		bm	0,70	0,30
335 A	1.50 Dr	hellblau		bn	0,70	0,30
336 A	2 Dr	dunkelorange		bo	0,80	0,30
337 B	3 Dr	dunkelbraun		bp	7,—	0,70
338 B	4 Dr	blau		br	10,—	0,70
339 A	5 Dr	dunkelviolett		bs	4,—	1,50
340 A	10 Dr	dunkelgrau		bt	20,—	7,50
341 A	15 Dr	gelbgrün		bu	35,—	9,—
342 A	20 Dr	dunkelblaugrau		bv	60,—	12,—
343 B	25 Dr	grau		bw	60,—	25,—
344 B	50 Dr	lilabraun/rotbraun		bx	120,—	55,—
			Satzpreis (18 W.)		300,—	110,—

☐ = Probedrucke

1930, 8. Nov. Verteidigung des Klosters Arkadhi durch Abt Gabriel gegen die Türken. StTdr.; gez. K 12.

by) Kloster Arkadhi auf Kreta und Abt Gabriel, im Hintergrund Berg Ida

345	8 Dr	violett	by	75,—	1,50

1932, 24. April. Freimarken. MiNr. 325–326 und 320 mit rotem Bdr.-Aufdruck der neuen Wertstufe.

346

347

348

346	**1.50 Dr**	auf 5 Dr karmin/grau	(325)	6,—	0,30
347	**1.50 Dr**	auf 5 Dr blau/grau	(326)	6,—	0,30
348	**4 Dr**	auf 6 Dr grün	(320)	8,—	1,—

1932, 7. Aug. Freimarken. MiNr. 319 und 323–324 mit rotem Bdr.-Aufdruck der neuen Wertstufe.

349

350

351

349	**2 Dr**	auf 3 Dr dunkelblau	(319)	6,—	0,50
350	**2 Dr**	auf 5 Dr braun/grau	(323)	12,—	0,30
351	**2 Dr**	auf 5 Dr braun/grau	(324)	22,—	0,30
		MiNr. 346–351 Satzpreis (6 W.)		60,—	2,20

✈ 1933, 2. Mai. Italienfahrt des Luftschiffes Graf Zeppelin. Stdr.; gez. 13¼:12¾.

Fe) Luftschiff Graf Zeppelin LZ-127 über der Akropolis

352	30 Dr	rosa	Fe	60,—	30,—
353	100 Dr	blau	Fe	160,—	60,—
354	120 Dr	braun	Fe	160,—	60,—
		Satzpreis (3 W.)		380,—	150,—

Auflagen: MiNr. 352 = 30 000, MiNr. 353–354 je 25 000 Stück

✈ 1933, 10. Okt. Flugpostmarken für die Linien der Aeroespresso. StTdr.; gez. K 12.

Ff) Flieger wirft Propeller an

Fg) Ruinen des Apollotempels in Korinth

Fh) Wasserflugzeug Dornier Wal 8 t über Hermopolis (Syra)

Fi) Ikarus

Fk) Karte der Fluglinie Brindisi-Athen-Rhodos-Istanbul

Fl) Hermes und Wasserflugzeug Dornier Wal 8 t

Fm) Allegorische Gestalt und Wasserflugzeug Dornier Wal 8 t

355	50 L	olivgrün/orange	Ff	0,50	0,50
356	1 Dr	blau/bräunlichorange	Fg	1,—	0,50
357	3 Dr	lila/braunrot	Fh	2,—	1,—
358	5 Dr	bräunlichorange/blau	Fi	20,—	8,—
359	10 Dr	dunkelrosa/schwarz	Fk	2,50	2,50
360	20 Dr	schwarz/blaugrün	Fl	40,—	12,—
361	50 Dr	dunkelbraun/blau	Fm	160,—	110,—
		Satzpreis (7 W.)		220,—	130,—

☐ = Probedrucke

Auflagen: MiNr. 355 = 500 000, MiNr. 356 = 350 000, MiNr. 357 = 150 000, MiNr. 358 und 359 je 125 000, MiNr. 360 = 70 000, MiNr. 361 = 30 000 Stück.

Gültig bis 31.8.1935

✈ 1933, 2. Nov. Flugpostmarken. StTdr. (10×5, Querformate ~); gez. L 13½:13, Querformate ~.

Fn) Flugzeug Junkers G 23/24, Landkarte von Griechenland

Fp) Gleiches Flugzeug über Akropolis

Fo) Gleiches Flugzeug, Karte des Ikarischen Meeres

362	50 L	grün	Fn	1,—	0,50
363	1 Dr	braunkarmin	Fn	2,—	0,50
364	2 Dr	violett	Fo	3,—	1,—
365	5 Dr	blau	Fp	20,—	5,—
366	10 Dr	karminrosa	Fo	35,—	8,—
367	25 Dr	blau	Fn	100,—	30,—
368	50 Dr	dunkelbraun	Fp	150,—	70,—
		Satzpreis (7 W.)		300,—	110,—

		★★
365 U	ungezähnt	—,—
368 U	ungezähnt	—,—

Auflagen: MiNr. 362 = 1 283 489, MiNr. 363 = 699 945, MiNr. 364 = 399 974, MiNr. 365 = 299 995, MiNr. 366 = 299 998, MiNr. 367 = 56 869, MiNr. 368 = 30 974 Stück

Gültig bis 30.11.1938

1933, 2. Nov./16. Dez. Freimarken. StTdr.; gez. 13½:13, Hochformate ~.

bz) Admiral Kunduriotis (1854–1935) und Kreuzer „Averoff"

ca) Sinnbild der Republik

cb) Knabe von Marathon

				★★	⊙
369	50 Dr	schwarz/blau (16. Dez.)	bz	150,—	5,—
370	75 Dr	lilabraun/schwarz (2. Nov.)	ca	350,—	200,—
371	100 Dr	rotbraun/oliv (16. Dez.)	cb	1500,—	35,—
		Satzpreis (3 W.)		2000,—	240,—

		★★
370 U	ungezähnt	—,—

Auflagen: MiNr. 369 = 1 200 000, MiNr. 370 = 361 000, MiNr. 371 = 280 000 Stück

MiNr. 369–370 gültig bis 31.10.1935, MiNr. 371 gültig bis 10.11.1935

MiNr. 370–371 mit Aufdruck: MiNr. 386–387

1934, 10. Dez. Freimarke. StTdr.; versch. gez. 10½–13, teils gemischt gez. 11½:10½, 10½ :12½, 13:12½.

cc) Stadion in Athen mit Standbild eines Diskuswerfers

				★★	⊙
372	8 Dr	dunkelblau	cc	240,—	1,50

Gültig bis 31.8.1939

1935, 1. Nov. Freimarke. StTdr.; gez. 13¼:12¾.

cd) Ruinen der byzantinischen Kirche zu Pantanassa

373	4 Dr	braun	cd	60,—	1,—

		★★
373 U	ungezähnt (Paar)	2200,—

Gültig bis 31.8.1939

✈ 1935, 10. Nov./1937. Flugpostmarken: Altgriechische Sagenwelt. StTdr.; x = grauweißes, durchlässiges Papier, Bildgröße 34×23½ mm; y = reinweißes Papier, Bildgröße 34¼×24 mm; gez. 12½, 13, 13½.

Fr) Sonnenwagen

Fs) Götterbotin Iris

Ft) Dädalus und Ikarus

Fu) Athene mit Pegasus

Fv) Götterbote Hermes

Fw) Zeus raubt den Ganymed

Fx) Triptolemos mit dem Drachengespann

Fy) Bellerophon auf dem wütenden Pegasus

Fz) Phrixos und Helle fliegen auf dem Widder über das Meer

					★★	⊙
374	1 Dr	rot		Fr		
		x	grauweißes Papier		2,—	0,80
		y	weißes Papier (3.8.1937)		0,50	0,30
375	2 Dr	grünblau		Fs		
		x	grauweißes Papier		4,—	1,20
		y	weißes Papier (3.8.1937)		0,50	0,30
376	5 Dr	violett		Ft		
		x	grauweißes Papier		60,—	5,—
		y	weißes Papier (3.8.1937)		0,50	0,30

377		7 Dr	blau	Fu		
	x		grauweißes Papier		75,—	9,—
	y		weißes Papier (3.8.1937)		0,50	0,30
378	x	10 Dr	braun	Fv	7,50	5,—
379	x	25 Dr	lilakarmin	Fw	8,50	7,50
380	x	30 Dr	grün	Fx	2,50	2,—
381	x	50 Dr	violett	Fy	10,—	8,—
382	x	100 Dr	rotbraun	Fz	4,—	3,—
			Satzpreis (9 W.)		34,—	25,—

In gleicher Zeichnung wie MiNr. 378: MiNr. 415

Königreich

1935, 24. Nov. Volksabstimmung für Wiedererrichtung des Königtums. Portomarken MiNr. 47, 51 und 59 mit Aufdruck 3. November 1935 / Krone / neuem Wert; Freimarken MiNr. 371 und 370 mit Aufdruck 3. November 1935 / Krone, Wappen / neuem Wert.

383

386

383	50 L	auf 40 L stahlblau	(P. 47) R	0,50	0,30
384	3 Dr	auf 3 Dr karmin	(P. 51) Bl	2,—	1,—
385	3 Dr	auf 3 Dr karmin	(P. 59) Bl	6,—	1,50
386	5 Dr	auf 100 Dr rotbraun/oliv	(371) R	3,50	1,—
387	15 Dr	auf 75 Dr lilabraun/schwarz	(370) Bl	22,—	7,50
		Satzpreis (5 W.)		34,—	11,—

Gültig bis 30.9.1938

1936, 18. Nov. Überführung der Gebeine König Konstantins und seiner Gattin Königin Sophie nach Schloss Tatoi. StTdr., schwarzer Rahmen Bdr.; Wz. 2; gez. K 12¼:14.

ce) König Konstantin (1868–1923)

Wz. 2 (in vier verschiedenen Stellungen möglich)

388	3 Dr	schwarz/dunkelbraun (Tönungen)	ce	2,—	0,30
389	8 Dr	schwarz/dunkelblau	ce	4,—	1,70
		Satzpreis (2 W.)		6,—	2,—

1937, 24. Jan. Freimarken: König Georg II. StTdr.; Wz. 2; gez. 13:12½.

cf) König Georg II. (1890–1947)

390	1 Dr	dunkelgrün	cf	0,50	0,30
391	3 Dr	rotbraun	cf	0,50	0,30
392	8 Dr	dunkelblau	cf	4,—	0,70
393	100 Dr	dunkelkarmin	cf	30,—	14,—
		Satzpreis (4 W.)		35,—	15,—

Gültig bis 20.6.1941

MiNr. 390–393 mit Aufdruck: MiNr. 532–535, 538–540; Zwangszuschlagsmarken MiNr. 86 und 87

1937, 17. April. 100 Jahre Universität Athen. StTdr.; gez. K 11½.

cg) Pallas Athene

394	3 Dr	braun	cg	1,—	0,50

Auflage: 5 000 000 Stück

Gültig bis 26.5.1937

1937, 1. Nov./1938. Freimarken: Darstellungen alter Bildwerke oder Geschichtsereignisse. MiNr. 395–400 Stdr., MiNr. 401–407 StTdr.; Wz. 2; gez. 13:12¼, Hochformate ~.

ch) Stiersprung; Fresko in Knossos (1600–1450 v. Chr.)

ci) Hofdame; Fresko in Tiryns (1600–1000 v. Chr.)

ck) Zeus Keraunios (niederschmetternder Zeus)

cl) Münze der Delphischen Amphiktyonie (336 v. Chr.)

cm) Diagoras von Rhodos († 448 v. Chr.), Olympiasieger

cn) Aphrodite von Melos (2. Jh. v. Chr.)

co) Schlacht bei Salamis (480 v. Chr.)

cp) Prunkwagen vom panathenäischen Fest; Relief von Phidias (500–430 v. Chr.)

cr) Alexander der Große in der Schlacht bei Issos (333 v. Chr.)

cs) Apostel Paulus predigt in Athen

ct) Kirche Hagios Demetrios, Thessalonoki (7. Jh.)

cu) Sieg von Leo III. über die Araber vor Konstantinopel (718)

cv) Der Ruhm; Gemälde von Nikolaus Gysis (1842–1901)

395	5 L	rotbraun/dunkelblau	ch	0,30	0,30
396	10 L	hellblau/braun (Inschrift „ΤΥΡΙΝΘΟΣ“)	ci	0,30	0,30
A 396	10 L	hellblau/braun (1938) (Inschrift „ΤΙΡΥΝΘΟΣ“)	ci I	0,70	0,70
397	20 L	schwarz/dunkelgrün	ck	0,30	0,30
398	40 L	schwarz/schwarzgrün	cl	0,30	0,30
399	50 L	dunkelbraun/schwarz	cm	0,30	0,30
400	80 L	schwarzviolett/orangebraun	cn	0,30	0,30
401	2 Dr	ultramarin	co	0,30	0,30
402	5 Dr	rot	cp	0,30	0,30
403	6 Dr	olivbraun	cr	0,30	0,30
404	7 Dr	violettbraun	cs	1,—	1,—
405	10 Dr	karminbraun	ct	0,30	0,30

406	15 Dr	dunkelgrün	cu	0,30	0,30
407	25 Dr	schwarzblau	cv	0,30	0,30
			Satzpreis (14 W.)	4,—	4,—

MiNr. 395–403 und 405–406 mit Aufdruck: MiNr. 495–498, 512–514; Zwangszuschlagsmarken MiNr. 75–76, 77–78, 83–85; Ägäische Inseln – Griechische Ausgabe für den Dodekanes MiNr. 7–8
In Zeichnung wie MiNr. 407: MiNr. 499–506 (Odr.)

1938, 9. Jan./8. Febr. Hochzeit des Kronprinzen Paul mit der Prinzessin Friederike von Braunschweig. StTdr.; Wz. 2; gez. 13½:12¼.

cw) Prinzessin Friederike (1917–1981) und Kronprinz Paul (1901–1964)

408	1 Dr	dunkelgrün (8. Febr.)	cw	0,30	0,30
409	3 Dr	orangebraun (9. Jan.)	cw	0,50	0,30
410	8 Dr	dunkelblau (24. Jan.)	cw	2,20	1,50
			Satzpreis (3 W.)	3,—	2,—

1938, 8. Febr. Balkanentente (I). Stdr.; gez. 12¼:12¾.

cx) Wappen von Griechenland, Rumänien, Türkei und Jugoslawien

411	6 Dr	blau	cx	14,—	2,50

Parallelausgabe mit Jugoslawien MiNr. 348–349, Rumänien MiNr. 547–548 und Türkei MiNr. 1014–1015

✈ 1938, 8. Aug./1939, 26. Juni. Flugpostmarken. Portomarken MiNr. 48 und 56 mit rotem Aufdruck eines Flugzeuges; A = schräg ⌗, B = gez 13½.

412

412	50 L				
A		braunviolett, ⌗ (8.8.1938)	(P 48)	0,30	0,30
B		lilabraun, gez. 13½ (26.6.1939)	(P 56)	0,30	0,30

Auflagen: MiNr. 412 A = 1 056 100, MiNr. 412 B = 900 000 Stück

Weitere Werte: MiNr. 447–451

1938, 8. Okt. Freimarken: 15. Todestag von König Konstantin. StTdr.; gez. 12¼:14.

cy) König Konstantin I. (1868–1923) zu Pferd

413	1.50 Dr	dunkelgrün	cy	1,—	0,30
414	30 Dr	rotbraun	cy	6,—	4,20
			Satzpreis (2 W.)	7,—	4,50

Auflagen: MiNr. 413 = 9 636 414, MiNr. 414 = 260 975 Stück

✈ 1939, 1. März. Flugpostmarke. MiNr. 378 in Farbänderung. Bildgröße 24×34 (1/4) mm, reinweißes Papier, StTdr.; gez. L 13.

Fv) Götterbote Hermes

415	10 Dr	orange	Fv	6,—	6,—

Auflage: 500 000 Stück

1939, 21. Mai. 75. Jahrestag der Wiedervereinigung der Ionischen Inseln mit Griechenland. StTdr.; gez. 13¾:12¼, MiNr. 416 gez. 12¾:12¼.

cz) Wappen der sieben Ionischen Inseln

da) Festung auf Kerkyra

db) König Georg I. (1845–1913) und Königin Viktoria v. Großbritannien

416	1 Dr	dunkelviolettblau	cz	1,50	0,50
417	4 Dr	dunkelgrün	da	5,—	2,—
418	20 Dr	orange	db	45,—	26,—
419	20 Dr	blau	db	45,—	26,—
420	20 Dr	karmin	db	45,—	26,—
			Satzpreis (5 W.)	140,—	80,—

1939, 1. Okt. 10. Balkanspiele, Athen. Stdr. (10×5); gefärbtes Papier; gez. 12¼:13¾.

dc) Läufer

dd) Speerwerfer

de) Diskuswerfer

df) Weitspringer

421	50 L	schwarz auf grün	dc	0,50	0,50
422	3 Dr	karmin auf graurosa	dd	0,50	0,50
423	6 Dr	dunkelbraun auf bräunlichorange	de	10,—	4,—
424	8 Dr	blau auf grau	df	10,—	4,—
			Satzpreis (4 W.)	20,—	9,—

Auflagen: MiNr. 421 = 720 421, MiNr. 422 = 988 000, MiNr. 423 = 185 592, MiNr. 424 = 309 698 Stück

1940, 27. Mai. Balkanentente (II). Bdr.; Wz. 2; gez. 13½:13.

dg) Wappen von Griechenland, Rumänien, Jugoslawien und der Türkei

425	6 Dr	blau	dg	25,—	2,50
426	8 Dr	dunkelblaugrau	dg	25,—	2,50
			Satzpreis (2 W.)	50,—	5,—

Auflagen: MiNr. 425 = 500 000, MiNr. 426 = 1 000 000 Stück

Parallelausgabe mit Jugoslawien MiNr. 422–425, Rumänien MiNr. 615–616 und Türkei MiNr. 1076–1077

1940, 3. Aug. Nationale Jugendorganisation. Odr.; Wz. 2; MiNr. 427 und 436 gez. 13¾:13½, MiNr. 428–435 gez. 12½.

dh) Abzeichen der Jugendorganisation

di) Falangist

dk) Falangistin

dl) Speerwerfer

dm) Parade der Falanga

dn) Aufmarsch der Falanga

do) Führer der Falangisten

dp) Angetretene Falanga

dr) Abzeichen der Falanga

ds) Abzeichen der Falanga

427	3	Dr	mehrfarbig	dh	3,—	1,—
428	5	Dr	dunkelblau/schwarz	di	12,—	7,50
429	10	Dr	rotorange/schwarz	dk	15,—	10,—
430	15	Dr	dunkelgrün/schwarz	dl	110,—	90,—
431	20	Dr	dunkelkarmin/schwarz	dm	80,—	60,—
432	25	Dr	dunkelblau/schwarz	dn	80,—	80,—
433	30	Dr	lila/schwarz	do	90,—	80,—
434	50	Dr	dunkelkarmin/schwarz	dp	140,—	90,—
435	75	Dr	mehrfarbig	dr	140,—	90,—
436	100	Dr	mehrfarbig	ds	230,—	120,—
				Satzpreis (10 W.)	900,—	620,—

Auflagen: MiNr. 427 = 179 200, MiNr. 428 = 14 100, MiNr. 429 = 12 330, MiNr. 430 = 10 000, MiNr. 431 = 9270, MiNr. 432 = 9340, MiNr. 433 = 8980, MiNr. 434 = 8675, MiNr. 435 = 8570, MiNr. 436 = 8630 Stück

Gültig bis 5.8.1940

✈ 1940, 3. Aug. Nationale Jugendorganisation. Odr. (10×5); Wz. 2; gez. 12½.

Faa) Meteoraklöster bei Kalambaka in Thessalien

Fab) Athosberg mit dem Kloster „Simonos Petras“

Fac) Die vulkanische Insel Santorin

Fad) Die Kirche Pantanassa in Mistra

Fae) Kloster Santorin auf der Insel Santorin

Faf) Pontikonisi bei Kerkyra

Fag) Akropolis, Athen

Fah) Erechtheion, Athen

Fai) Niketempel, Athen

Fak) Zeustempel, Athen

437	2	Dr	orange/schwarz	Faa	5,—	1,—
438	4	Dr	dunkelgrün/schwarz	Fab	20,—	5,—
439	6	Dr	dunkelkarmin/schwarz	Fac	25,—	8,—
440	8	Dr	dunkelblau/schwarz	Fad	50,—	12,—
441	16	Dr	lila/schwarz	Fae	80,—	30,—
442	32	Dr	rötlichorange/schwarz	Faf	120,—	120,—
443	45	Dr	dunkelgrün/schwarz	Fag	160,—	120,—
444	55	Dr	dunkelkarmin/schwarz	Fah	170,—	140,—
445	65	Dr	dunkelblau/schwarz	Fai	170,—	140,—
446	100	Dr	lila/schwarz	Fak	200,—	140,—
				Satzpreis (10 W.)	1000,—	700,—

Auflagen: MiNr. 437 = 58 020, MiNr. 438 = 12 550, MiNr. 439 = 11 935, MiNr. 440 = 11 110, MiNr. 441 = 10 390, MiNr. 442 = 9 930, MiNr. 443 = 9485, MiNr. 444 = 9445, MiNr. 445 = 9425, MiNr. 446 = 9475 Stück

Gültig bis 5.8.1940

MiNr. 130–446 mit Aufdruck siehe Griechische Besetzungsgebiete und Thrakien.

✈ 1941, 1. Juli/1942, 15. März. Portomarken mit rotem Aufdruck eines Flugzeuges; MiNr. 447 zusätzlich mit neuer Wertstufe.

447

449

447		1	**Dr**	auf 2 Dr ziegelrot			
	A			gez. (1.7.1941)	(P 58)	0,30	0,30
	B			▢ (15.3.1942)	(P 50 II)	0,30	0,30
448		5	Dr	graublau (15.3.1942)	(P 60)	0,30	0,30
449		10	Dr	blaugrün (1.7.1941)	(P 61)	0,30	0,30
450		25	Dr	rosa (1.7.1941)	(P 63)	1,80	3,—
451		50	Dr	orange (1.7.1941)	(P 64)	1,80	3,—
					Satzpreis (5 W.)	4,—	7,—

448 I	Paar mit und ohne Aufdruck	65,—	75,—
449 U	ungezähnt	—,—	

MiNr. 448 durchstochen (▢) hat sich als nicht amtliche Ausgabe erwiesen.

Auflagen: MiNr. 447 A = 697 593, MiNr. 447 B = 498 700, MiNr. 448 = 299 500, MiNr. 449 = 399 550, MiNr. 450 = 99 750, MiNr. 451 = 99 700 Stück

✈ 1942, 15. Aug. Die Winde nach dem „Turm der Winde“, Athen (I). Stdr.; Wz. 2; gez. 12½.

Fal) „Boreas“, der Nordwind

Fam) „Notos“, der Südwind

Fan) „Apeliotes“, der Ostwind

Fao) „Lips“, der Südwestwind

Fap) „Zephyros“, der Westwind

Far) „Kekias“, der Nordostwind

452	2	Dr	grün	Fal	0,30	0,50
453	5	Dr	orangerot	Fam	0,30	0,50
454	10	Dr	dunkelkarminbraun	Fan	0,50	0,50
455	20	Dr	blau	Fao	1,20	1,—
456	25	Dr	bräunlichrot	Fap	0,30	0,50
457	50	Dr	grauschwarz	Far	1,80	2,—
				Satzpreis (6 W.)	4,—	5,—

		★★
452 Y	oWz.	60,—
453 U	ungezähnt	—,—

Auflagen: MiNr. 452 = 1 099 881, MiNr. 453 = 893 469, MiNr. 454 = 546 497, MiNr. 455 = 417 555, MiNr. 456 = 819 110. MiNr. 457 = 384 111 Stück

✈ 1943, 15. Sept. Die Winde nach dem „Turm der Winde“, Athen (II). Stdr.; Wz. 2; gez. 12½.

Fan) „Apeliotes“, der Ostwind

Fap) „Zephyros“, der Westwind

Far) „Kekias“, der Nordostwind

Fal) „Boreas“, der Nordwind

Fas) „Euros“, der Südostwind

Fat) „Skiron“, der Nordwestwind

					★★	⊙
458	10	Dr	karminrot/bräunlichrot	Fan	0,30	0,30
459	25	Dr	dunkelblaugrün	Fap	0,30	0,30
460	50	Dr	violettblau	Far	0,30	0,30
461	100	Dr	schwarzgrau	Fal	0,30	0,30
462	200	Dr	dunkelrötlichlila	Fas	0,30	0,30

463	400 Dr	bläulichgrau	Fat	0,30	0,30
		Satzpreis (6 W.)		1,—	1,—

458 U-463 U Paare ungezähnt je .... 120,— 120,—

Auflagen: MiNr. 458 = 1 454 150, MiNr. 459 = 1 794 150, MiNr. 460 = 1 714 150, MiNr. 461 = 1 874 150, MiNr. 462 = 1 794 150, MiNr. 463 = 1 754 150 Stück

MiNr. 458–462 mit Aufdruck: MiNr. F 484-K 484, 490–494, 515–516

1942, 1. Sept./1944, 15. Sept. Freimarken: Landschaften. Odr.; Wz. 2; gez. 12½.

dt) Mühlen auf der Insel Mykonos

du) Inselfestung Burzi vor Nafplion

dv) Katochi am Acheloos

dw) Iraklion (Kandia) auf Kreta

dx) Insel Hydra

dy) Meteora-Kloster Triada Hagia

dz) Edessa

ea) Kloster Pantokrator auf dem Berg Athos

ef) Brücke bei Konitsa (Epirus)

eg) Ekatontapyliani-Kirche auf der Insel Paros

eh) Pontikonisi bei Kerkyra

464	2 Dr	braun (1.12.1942)	dt	0,30	0,30
465	5 Dr	hellbläunlichgrün (1.9.1942)	du	0,30	0,30
466	10 Dr	hellblau (1.9.1942)	dv	0,30	0,30
467	15 Dr	purpur (1.9.1942)	dw	0,30	0,30
468	25 Dr	orangebraun (1.9.1942)	dx	0,30	0,30
469	50 Dr	blau (1.9.1942)	dy	0,30	0,30
470	75 Dr	karmin, lilarosa (1.12.1942)	dz	0,30	0,30
471	100 Dr	grauschwarz (1.12.1942)	ea	0,30	0,30
472	200 Dr	blau (1.12.1942)	ea	0,30	0,30
473	500 Dr	sepia (15.3.1944)	ef	0,30	0,30
474	1000 Dr	rotbraun (15.3.1944)	eg	0,30	0,30
475	2000 Dr	ultramarin (15.3.1944)	eh	0,30	0,30
476	5000 Dr	karmin (1.7.1944)	ef	0,30	0,30
477	15000 Dr	lebhaftviolett (1.7.1944)	eg	0,30	0,30
478	25000 Dr	graugrün (1.7.1944)	eh	0,30	0,30
479	500000 Dr	dunkelblau (15.9.1944)	dv	0,30	0,40
480	2000000 Dr	blaugrün (15.9.1944)	dt	0,30	1,80
481	5000000 Dr	braunkarmin (15.9.1944)	du	0,30	2,50
		Satzpreis (18 W.)		2,50	9,20

472 F ohne Stecherzeichen .... 7,50 6,—

		★★
467 U	ungezähnt (Paar)	170,—
468 U	ungezähnt (Paar)	170,—
469 U	ungezähnt (Paar)	170,—
473 U	ungezähnt (Paar)	170,—
479 U	ungezähnt (Paar)	170,—
480 U	ungezähnt (Paar)	*1500,—*
481 U	ungezähnt (Paar)	170,—

Verschiedene Marken dieser Serie wurden 1944 lokal überdruckt (Lesvos, Agrinion, Lefkas, Evros, Preveza).

Mit Aufdruck: MiNr. A 484–E 484, 485–489, 517–529; Ägäische Inseln – Griechische Ausgabe für den Dodekanes MiNr. 6, 9
MiNr. 464 und 470–471 mit Aufdruck: Zwangszuschlagsmarken MiNr. 72, 73, 74

1943, 1. Okt. Für das Kind. Odr.; Wz. 2; gez. 12:13½.

eb) Kinderbild

ec) Mutter und Kind

ed) Madonna mit Kind; Ikone von Emmanuel Lamprados (um 1593–1647)

					★★	⊙
482	25 Dr	+ 25 Dr grün	eb		0,40	0,40
483	100 Dr	+ 50 Dr rotlila	ec		0,40	0,40
484	200 Dr	+ 100 Dr braun	ed		0,40	0,40
		Satzpreis (3 W.)			1,20	1,20

★★
482 U-484 U ungezähnt (Paar) je .... 300,—

Auflagen: MiNr. 482 = 593.643, MiNr. 483 = 1.020.000, MiNr. 484 = 958.982 Stück

A 484

1944, 11. Juni. Für die Bombengeschädigten von Piräus. MiNr. 458–462 und 467–471 mit blauem Aufdruck.

				★★	⊙
A 484	**100000 Dr**	auf 15 Dr purpur	(467)	—,—	—,—
B 484	**100000 Dr**	auf 25 Dr rotbraun	(468)	—,—	—,—
C 484	**100000 Dr**	auf 50 Dr blau	(469)	—,—	—,—
D 484	**100000 Dr**	auf 75 Dr rot	(470)	—,—	—,—
E 484	**100000 Dr**	auf 100 Dr grauschwarz	(471)	—,—	—,—
		Flugpostmarken			
F 484	**100000 Dr**	auf 10 Dr karminrot/bräunlichrot	(458)	—,—	—,—
G 484	**100000 Dr**	auf 25 Dr dunkelblaugrau/graugrün	(459)	—,—	—,—
H 484	**100000 Dr**	auf 50 Dr violettblau	(460)	—,—	—,—
I 484	**100000 Dr**	auf 100 Dr schwarzgrau	(461)	—,—	—,—
K 484	**100000 Dr**	auf 200 Dr dunkelrötlichlila	(462)	—,—	—,—
		Satzpreis (10 W.)		25,—	50,—

FALSCH

Auflage: 97 850 Sätze

485

1944, 20. Juli. Kinder-Ferien-Erholungslager. MiNr. 458–462 und 464–468 mit violettem Aufdruck.

485	**50000 Dr**	**+ 450000 Dr** auf 2 Dr karminbraun	(464)	1,50	2,50
486	**50000 Dr**	**+ 450000 Dr** auf 5 Dr hellbläulichgrün	(465)	1,50	2,50
487	**50000 Dr**	**+ 450000 Dr** auf 10 Dr hellblau	(466)	1,50	2,50
488	**50000 Dr**	**+ 450000 Dr** auf 15 Dr purpur.	(467)	1,50	2,50
489	**50000 Dr**	**+ 450000 Dr** auf 25 Dr orangebraun	(468)	1,50	2,50
		Flugpostmarken			
490	**50000 Dr**	**+ 450000 Dr** auf 10 Dr karminrot/bräunlichrot	(458)	1,50	2,50
491	**50000 Dr**	**+ 450000 Dr** auf 25 Dr dunkelblaugrün/graugrün	(459)	1,50	2,50
492	**50000 Dr**	**+ 450000 Dr** auf 50 Dr violettblau	(460)	1,50	2,50
493	**50000 Dr**	**+ 450000 Dr** auf 100 Dr schwarzgrau	(461)	1,50	2,50
494	**50000 Dr**	**+ 450000 Dr** auf 200 Dr dunkelrötlichlila	(462)	1,50	2,50
		Satzpreis (10 W.)		15,—	25,—

Auflagen: MiNr. 485 = 132.294, MiNr. 486 = 141.198, MiNr. 487 = 137.646, MiNr. 488 = 132.151, MiNr. 489 = 138.006, MiNr. 490 = 132.232, MiNr. 491 = 132.867, MiNr. 492 = 138.206, MiNr. 493 = 138.154, MiNr. 494 = 133.780 Stück

Neue Währung ab 11. November 1944:
1 Drachme (Dr) = 100 Lepta
(50 000 000 000 alte Drachmen = 1 neue Drachme)

497

1944, 11. Nov./1945, 15. Mai. Währungsreform. MiNr. 399 und 401–403 mit blauem Aufdruck „ΔΡΑΧΜΑΙ ΝΕΑΙ“ (neue Währung).

495	50 L	dkl'braun/schwarz (11.11.1944)	(399)	0,30	0,50
496	2 Dr	ultramarin (11.11.1944)	(401)	0,30	0,50
497	5 Dr	rot (11.11.1944)	(402)	0,30	0,50
498	6 Dr	olivbraun (15.5.1945)	(403)	0,30	0,50
			Satzpreis (4 W.)	1,—	2,—

		★★
496 I	Paar mit und ohne Aufdruck	25,—
497 I	Paar mit und ohne Aufdruck	25,—

Auflagen: MiNr. 495 = 1 639 700, MiNr. 496 = 5 232 250, MiNr. 497 = 5 249 307, MiNr. 498 = 966 267 Stück

Gültig bis 20.12.1946

1945, 1. März/10. Aug. Freimarken. Darstellungen alter Bildwerke oder Geschichtsereignisse. Odr.; Wz. 2; gez. 12¼:13½.

cv) Der Ruhm; Gemälde von Nikolaus Gysis (1842–1901)

				★★	⊙
499	1 Dr	rotviolett (1. März)	cv	0,50	0,30
500	3 Dr	karminrot (1. März)	cv	0,50	0,30
501	5 Dr	ultramarin (1. März)	cv	0,50	0,30
502	10 Dr	braun (1. März)	cv	0,50	0,30
503	20 Dr	mattviolett (1. März)	cv	1,—	0,30
504	50 Dr	graugrün (10. Aug.)	cv	2,—	0,50
505	100 Dr	hellblau (10. Aug.)	cv	18,—	12,—
506	200 Dr	dunkelgrau (10. Aug.)	cv	12,—	3,—
			Satzpreis (8 W.)	35,—	15,—
			2 FDC		30,—

		★★
505 U	ungezähnt	170,—

Auflagen: MiNr. 499 = 5.137.350, MiNr. 500 = 3.782.862, MiNr. 501 = 19.471.339, MiNr. 502 = 9.149.637, MiNr. 503 = 4.848.454, MiNr. 504 = 1.969.799, MiNr. 505 = 478.230, MiNr. 506 = 498.417 Stück

Gültig bis 20.12.1946

In gleicher Zeichnung: MiNr. 407 (StTdr.)
Weitere Werte: MiNr. 395–406

1945, 28. Okt. Ablehnung des italienischen Ultimatums am 28. Oktober 1940. Odr.; gez. 12¼:13½.

ei) Dorische Säule und griechische Fahne, Inschrift OXI (= NEIN)

				★★	⊙
507	20 Dr	bräunlichorange	ei	0,30	0,30
508	40 Dr	blau	ei	0,30	0,30
			Satzpreis (2 W.)	0,50	0,50
			FDC		2,—

		★★
507 U	ungezähnt (Paar)	150,—
508 U	ungezähnt (Paar)	150,—

Auflagen: MiNr. 507 = 3 746 000, MiNr. 508 = 2 001 000 Stück

Gültig bis 28.4.1946

1945, 21. Dez. Tod von Franklin D. Roosevelt. Odr.; gez. 12½:14.

ek) Franklin D. Roosevelt (1882–1945), Präsident der USA

				★★	⊙
509	30 Dr	schwarz/rotbraun	ek	0,50	0,30
510	60 Dr	schwarz/grauschwarz	ek	0,50	0,30
511	200 Dr	schwarz/bräunlichviolett	ek	0,50	0,40
			Satzpreis (3 W.)	1,50	1,—
			FDC		3,—

		★★
509 U–511 U	ungezähnt (Paare) je	75,—
509 K–511 K	kopfstehendes Mittelstück je	100,—

Auflagen: MiNr. 509 = 2 719 482, MiNr. 510 = 1 897 290, MiNr. 511 = 1 792 497 Stück

Gültig bis 21.6.1946

1946/1947. Freimarken und Flugpostmarken mit farbigem Aufdruck des neuen Wertes im Zierrahmen.

Auf Freimarken der Ausgabe 1937:

513

514

				★★	⊙
512	**130 Dr**	auf 20 L schwarz/dunkelgrün (10.2.1946)	(397) R	0,70	0,30
513	**250 Dr**	auf 20 L schwarz/dunkelgrün (8.7.1946)	(397) K	1,50	0,30
514	**300 Dr**	auf 80 L schwarzviolett/orangebraun (10.2.1946)	(400)		
a		Aufdruck schwarz bis schwarzgrün		1,50	0,50
b		Aufdruck rotbraun		25,—	25,—

Auf Flugpostmarken der Ausgabe 1943:

516

515	**10 Dr**	auf 10 Dr karmin-/bräunlichrot (6.3.1946)	(458) S	0,50	0,30
516	**20 Dr**	auf 50 Dr violettblau (6.3.1946)	(460) K	0,50	0,30

Auf Freimarken der Ausgaben 1942 und 1944:

518

521

526

517	**10 Dr**	auf 2000 Dr ultramarin (20.7.1946)	(475) R	0,30	0,30
518	**20 Dr**	auf 500 Dr sepia (1947)	(473) R	0,30	0,30
519	**20 Dr**	auf 1000 Dr rotbraun (8.7.1946)	(474) S	0,30	0,30
520	**30 Dr**	auf 5 Dr hellblaugrün (1947)	(465) R	0,30	0,30
521	**50 Dr**	auf 50 Dr blau (22.9.1947)	(469) R	0,30	0,30
522	**50 Dr**	auf 25000 Dr graugrün (6.3.1946)	(478) R	0,30	0,30
523	**100 Dr**	auf 10 Dr blau (20.12.1947)	(466) R	1,70	0,30

524	100 Dr auf 2000000 Dr blaugrün	(480) R	1,20	0,30
525	450 Dr auf 75 Dr rot (20.12.1947)	(470) S	2,20	0,50
526	500 Dr auf 5000000 Dr braunkarmin	(481) S	5,—	0,60
527	1000 Dr auf 500000 Dr dunkelblau (6.3.1946)	(479) R	17,—	2,—
528	2000 Dr auf 5000 Dr karmin (28.3.1946)	(476) S	60,—	5,50
529	5000 Dr auf 15000 Dr lebhaftviolett (28.3.1946)	(477)		
a	Aufdruck schwarz		230,—	45,—
b	Aufdruck blau		300,—	250,—
	Satzpreis MiNr. 512–529 (18 W.)		320,—	55,—

Aufdrucke in verschiedenen Tönungen

FALSCH 150 Dr auf 20 L (397)

MiNr. 528, 529 a und 529 b

Auflagen: MiNr. 512 = 16.800.000, MiNr. 513 = 7.400.000, MiNr. 514 b, 518 und 521 je 10.000.000, MiNr. 515–516 und 523 je 4.000.000, MiNr. 524 und 529 je 3.000.000, MiNr. 526 = 9.000.000, MiNr. 527 = 6.000.000, MiNr. 528 = 5.000.000 Stück

Gültig bis 31.1.1950

MiNr. 517–518 und 520 mit weiterem Aufdruck „Σ.Δ.Δ.": Ägäische Inseln – Griechische Ausgabe für den Dodekanes MiNr. 1, 4–5

1946, 25. März. 10. Todestag von Eleftherios Venizelos. Odr.; Wz. 2; gez. 12½:13½.

el) Eleftherios Venizelos (1864–1936), Politiker und Ministerpräsident

530	130 Dr braunoliv/oliv	el	0,50	0,30
531	300 Dr rot-/hellbraun	el	0,50	0,30
	Satzpreis (2 W.)		1,—	0,50
	FDC			3,—

530 U–531 U ungezähnt (Paare) je ... 150,— —,—

Auflagen: MiNr. 530 = 4 370 000, MiNr. 531 = 2 200 000 Stück

Gültig bis 25.9.1946

532

1946, 28. Sept. Freimarken: Rückkehr von König Georg II. MiNr. 390–393 mit Aufdruck „1 - 9 - 1946" (= Datum der Abstimmung über die Rückkehr von König Georg) und neuer Wertstufe.

532	50 (Dr) auf 1 Dr dunkelgrün	(390)		
a	Aufdruck blau		0,50	0,30
b	Aufdruck schwarz		0,50	0,30
533	250 (Dr) auf 3 Dr rotbraun	(391)		
a	Aufdruck blau		1,—	0,40
b	Aufdruck schwarz		5,50	1,—
534	600 (Dr) auf 8 Dr dunkelblau	(392)		
a	Aufdruck dunkelblau		12,—	—,—
b	Aufdruck rot		260,—	—,—
535	3000 (Dr) auf 100 Dr dunkelkarmin	(393) Bl	30,—	2,50
	Satzpreis (4 W.)		42,—	4,50
	FDC			30,—

Auflagen: MiNr. 532 = 17.453.840, MiNr. 533 = 13.640.368, MiNr. 534 = 4.797.695, MiNr. 535 = 1.732.269 Stück

Gültig bis 15.7.1950

MiNr. 532–533 mit weiterem Aufdruck „Σ.Δ.Δ.": Ägäische Inseln – Griechische Ausgabe für den Dodekanes MiNr. 2–3

1946, 15. Nov. 10. Todestag von Panagis Tsaldaris. Odr.; gez. 12½:14.

em) Panagis Tsaldaris (1867–1936), Politiker und Ministerpräsident

536	250 Dr rotbraun/braun	em	6,—	1,—
537	600 Dr dunkelblau/hellblau	em	6,—	1,50
	Satzpreis (2 W.)		12,—	2,50
	FDC			15,—

536 U–537 U ungezähnt (Paare) je ... 150,— —,—

Auflagen: MiNr. 536 = 4 000 000, MiNr. 537 = 2 030 000 Stück

Gültig bis 16.5.1947

540

1947, 6./15. April. Tod von König Georg II. MiNr. 390–392 mit Aufdruck eines Trauerrandes und des neuen Wertes.

538	50 (Dr) auf 1 Dr dunkelgrün (15. Apr.)	(390)	1,—	0,30
539	250 (Dr) auf 3 Dr rotbraun (6. Apr.)	(391)	2,—	0,30
540	600 (Dr) auf 8 Dr dunkelblau (15. Apr.)	(392)	7,—	1,—
	Satzpreis (3 W.)		10,—	1,50
	2 FDC			3,—

**

539 I Paar mit und ohne Aufdruck ... 75,—

Auflagen: MiNr. 538 = 7 377 277, MiNr. 539 = 7 116 382, MiNr. 540 = 3 000 941 Stück

Gültig bis 31.12.1947

1947, 1. Mai/28. Okt. Befreiung (I). StTdr.; gez. K 12½.

en) Geleitzug

eo) Torpedierung des Kreuzers „Elli"

ep) Munitionstransport durch Frauen im Pindosgebirge

er) Griechische Truppen auf dem Vormarsch in Albanien

es) Griechische Infanterie im Angriff, Frontkämpferabzeichen und Karte

et) Flugzeugführer und Flugzeug Vickers-Supermarine „Spitfire"

eu) H.M.S. „Hyazinth" und U-Boot „Perla"

ev) Denkmal für die Gefallenen in El Alamein

			**	⊙
541	50 Dr blaugrün	en	0,30	0,30
542	100 Dr dunkelultramarin	eo	0,70	0,30
543	250 Dr gelbgrün (28. Okt.)	ep	0,70	0,30
544	500 Dr rotbraun	er	1,—	0,40
545	600 Dr dunkelbraun	es	1,50	1,—
546	1000 Dr grauviolett	et	8,—	0,50
547	2000 Dr ultramarin	eu	40,—	3,—
548	5000 Dr karminrot	ev	60,—	2,20
	Satzpreis (8 W.)		110,—	7,50
	2 FDC			100,—

**

548 U ungezähnt ... 1200,—

Auflagen: MiNr. 541–542, 544–546 je 3 000 000, MiNr. 543 = 8 000 000, MiNr. 547 bis 548 je 1 100 000 Stück

Gültig bis 15.12.1953

1947, 20. Nov./1948, 1. Juli. Freimarken: Rückgewinnung der Inseln des Dodekanes. Odr.; Wz. 2; gez. 12:13½, Hochformate ~.

ew) Kastellorizon (Megisti)

ex) Ägäische Vase

ey) Mädchen in Dodekanesischer Nationaltracht

ez) Johanneskloster auf Patmos

fa) Emanuel Xanthos, Freiheitskämpfer

fb) Segelschiff und Landkarte der Insel Kasos

fc) Sonnengott Apollo (Motiv der Marken Bund der Ägäischen Inseln MiNr. I–III)

fd) Statue des Hippokrates von Kos (460–377 v. Chr.), Begründer der klass. Medizin

fe) Koloss von Rhodos

					✱✱	⊙
549	20	Dr	ultramarin/blau	ew	1,—	0,30
550	30	Dr	graubraun/gelbbraun	ex	1,—	0,30
551	50	Dr	blau	ey	1,—	0,30
552	100	Dr	schwarzgrün/hellgrün	ez	0,50	0,30
553	250	Dr	grauoliv/grüngrau	fa	0,50	0,30
554	450	Dr	dunkelblau/blau (1.7.1948)	fb	2,—	0,30
555	450	Dr	dunkelblau (12.4.1948)	fc	1,50	0,30
556	500	Dr	ziegelrot	fc	1,50	0,30
557	600	Dr	bräunlichlila/rosa	fd	3,—	0,40
558	1000	Dr	olivbraun/gelbbraun	fe	4,—	0,40
			Satzpreis (10 W.)		16,—	2,—

		✱✱
549 U	ungezähnt (Paar)	360,—
550 U	ungezähnt (Paar)	360,—
552 U	ungezähnt (Paar)	360,—
553 U	ungezähnt (Paar)	360,—
554 U	ungezähnt (Paar)	360,—
557 U	ungezähnt (Paar)	360,—
558 U	ungezähnt (Paar)	360,—

Auflagen: MiNr. 549 und 553 je 10.000.000, MiNr. 550 = 7.000.000, MiNr. 551 = 30.000.000, MiNr. 552 = 150.000.000, MiNr. 554 und 555 je 25.000.000, MiNr. 556 = 28.000.000, MiNr. 557 = 16.000.000, MiNr. 558 = 58.000.000 Stück

Gültig bis 5.11.1950

In gleichen Zeichnungen: MiNr. 563–575

1948, 15. Sept. Befreiung (II). StTdr.; Wz. 2; gez. 13:13½.

ff) Deutsche Fallschirmspringer in der Schlacht auf Kreta, im Vordergrund Verteidiger

					✱✱	⊙
559	1000	Dr	dunkelblaugrün	ff	7,—	0,60
			FDC			12,—

Auflage: 5 000 000 Stück

Gültig bis 15.12.1955

1949, 1. Febr. Verschleppte griechische Kinder. Odr.; Wz. 2; Hochformate gez. 12:13½, Querformat ~.

fg) Kolonne verschleppter Kinder

fh) Junge und Mädchen hinter Stacheldraht

fi) Hand greift nach Kind, das von Mutter beschützt wird

560	450	Dr	violett/lila	fg	10,—	1,—
561	1000	Dr	graubraun/braun	fh	15,—	0,50
562	1800	Dr	bräunlichrot/orange	fi	10,—	0,50
			Satzpreis (3 W.)		35,—	2,—
			FDC			30,—

Auflagen: MiNr. 560 = 3 000 000, MiNr. 561 = 4 000 000, MiNr. 562 = 7 800 000 Stück

Gültig bis 15.12.1955

1950, 5. April/1951, 10. April. Freimarken: Rückgewinnung der Inseln des Dodekanes. Odr.; Wz. 2; gez. 12¼:13¾.

fa) Emanuel Xanthos, Freiheitskämpfer

ey) Mädchen in Dodekanesischer Nationaltracht

ez) Johanneskloster auf Patmos

fd) Statue des Hippokrates von Kos (460–377 v. Chr.), Begründer der klass. Medizin

fb) Segelschiff und Landkarte der Insel Kasos

fc) Sonnengott Apollo (Motiv der Marken Bund der Ägäischen Inseln MiNr. I–III)

ew) Kastellorizon (Megisti)

ex) Ägäische Vase

fe) Koloss von Rhodos

563	200	Dr	orangebraun/braunorange (5.11.1950)	fa	1,—	0,30
564	300	Dr	gelborange (15.9.1950)	ey	1,50	0,30
565	400	Dr	hellblau/blau (5.11.1950)	ez	1,50	0,30
566	700	Dr	lilarosa (20.8.1950)	fd	4,—	0,30
567	700	Dr	grün/hellgrün (10.4.1951)	fd	35,—	0,30
568	800	Dr	violett/grün (5.11.1950)	fb	1,50	0,30
569	1300	Dr	karmin (5.9.1950)	fc	20,—	0,30
570	1500	Dr	gelbbraun/hellbraun (1.12.1950)	ew	120,—	0,50
571	1600	Dr	ultramarin/blau (5.9.1950)	ex	8,—	0,30
572	2000	Dr	orangebraun/braunorange (5.4.1950)	ex	80,—	0,30
573	2600	Dr	hellgrün (5.9.1950)	fe	15,—	1,50
574	5000	Dr	purpur (5.4.1950)	fd	90,—	0,70
575	10000	Dr	ultramarin (5.4.1950)	fe	130,—	0,70
			Satzpreis (13 W.)		500,—	5,—

		✶✶
567 U	ungezähnt (Paar)	360,—
572 U	ungezähnt (Paar)	200,—

Auflagen: MiNr. 563 = 35.000.000, MiNr. 564 = 43.000.000, MiNr. 565 = 25.000.000, MiNr. 566 = 26.000.000, MiNr. 567 = 19.000.000, MiNr. 568 = 16.000.000, MiNr. 569 und 572–574 je 6.000.000, MiNr. 570 und 575 je 3.000.000 Stück

Gültig bis 16.2.1958

In gleichen Zeichnungen: MiNr. 549–558

1950, 28. April. Kampf um die Insel Kreta. StTdr.; Wz. 2; gez. 13½:13.

fk) Landkarte von Kreta und Kopf König Georgs II. (1890–1947), Flaggen von Griechenland, Großbritannien, Australien und Neuseeland

			✶✶	⊙
576	1000 Dr blau	fk	22,—	0,50
		FDC		10,—

		✶✶
576 U	ungezähnt (Paar)	1700,—

Auflage: 4 800 000 Stück

Gültig bis 15.12.1955

1950, 21. Mai. 75 Jahre Weltpostverein (UPU). StTdr.; Wz. 2; gez. 13:13½.

fl) Knabe von Marathon

			✶✶	⊙
577	1000 Dr dunkelgrün auf sämisch	fl	3,—	0,50
		FDC		8,—

		✶✶
577 U	ungezähnt (Paar)	1500,—

Verschiedene Druckunregelmäßigkeiten bekannt, wie z. B. Jahreszahlen doppelt, kopfstehend, 1874 ganz fehlend.

Auflage: 2 672 049 Stück

Gültig bis 20.11.1950

1951, 15. Juni. Besuch des Apostels Paulus in Griechenland vor 1900 Jahren. StTdr. (5×10, Hochformate ~); gez. 13:12½, Hochformate ~.

fm) Antiker Altar „Dem unbekannten Gott“ in Athen

fn) Hl. Paulus, nach einem Fresko (14. Jh.)

fo) Hl. Paulus, nach einem Gemälde von El Greco

fp) Hl. Paulus predigt auf der Agora

			✶✶	⊙
578	700 Dr rotlila	fm	2,—	1,—
579	1600 Dr blaugrün	fn	20,—	3,—
580	2600 Dr gelbbraun	fo	20,—	6,—
581	10000 Dr rotbraun	fp	190,—	100,—
		Satzpreis (4 W.)	230,—	110,—
		FDC		220,—

Auflagen: MiNr. 578 = 2 608 572, MiNr. 579 = 509 158, MiNr. 580 = 663 419, MiNr. 581 = 103 568 Stück

Gültig bis 15.2.1952

1951, 20. Sept. Freimarken: Wiederaufbau der Industrie und Landwirtschaft mit Hilfe des Marshall-Planes. StTdr. Wz. 2; gez. 13:13½.

fr) Industriewerk und Gott Hephaistos

fs) Delphin und Dreizack

ft) Restaurierung eines antiken Tempels

fu) Traktor und Demeter, Göttin der Fruchtbarkeit

fv) Heimarbeiterinnen beim Weben

fw) Landkarte mit Lage der elektr. Kraftanlagen

582	700 Dr orangegelb	fr	3,60	0,50
583	800 Dr blaugrün	fs	5,50	0,50
584	1300 Dr grünblau	ft	7,50	0,50
585	1600 Dr oliv	fu	25,—	0,50
586	2600 Dr violettgrau	fv	80,—	2,50
587	5000 Dr purpur	fw	100,—	0,50
		Satzpreis (6 W.)	220,—	5,—
		FDC		*1500,—*

Auflagen: MiNr. 582 = 24 362 185, MiNr. 583 = 4 253 943, MiNr. 584 = 5 001 932, MiNr. 585 = 4 860 608, MiNr. 586 = 2 788 298, MiNr. 587 = 3 799 435 Stück

Gültig bis 16.2.1958

✈ 1952, 29. Aug. Kampf der Armee gegen die Aufständischen im Jahre 1949. StTdr.; gez. 12½:13½.

fx) Priester segnet am Mont Grammos Soldaten vor dem Einsatz

fy) Nike (Sieg) im Flug über dem Mont Vitsi

fz) Soldaten im Angriff

ga) Soldaten vor dem Angriff, Siegesgötlin

588	1000 Dr schwarzblau	fx	1,50	0,50
589	1700 Dr blaugrün	fy	5,—	1,50
590	2700 Dr braun	fz	15,—	4,50
591	7000 Dr olivgrün	ga	55,—	24,—
		Satzpreis (4 W.)	75,—	30,—
		FDC		250,—

Auflagen: MiNr. 588 = 3 173 290, MiNr. 589 = 824 410, MiNr. 590 = 730 680, MiNr. 591 = 225 000 Stück

Gültig bis 30.6.1953

1952, 14. Dez. Freimarken: 50. Geburtstag von König Paul I. StTdr. (10×5); Wz. 2; gez. 12¾:12¼.

gb) König Paul I. (1901–1964)

gc) Göttin des Ruhmes kündigt mit Trompete den Geburtstag an

592	200 Dr dunkelgrün	gb	1,50	0,50
593	1000 Dr blutrot	gb	6,—	0,50

594	1400 Dr	hellblau	gc	20,—	2,—
595	10000 Dr	violett	gb	60,—	12,—
			Satzpreis (4 W.)	85,—	15,—
			FDC		120,—

Auflagen: MiNr. 592 = 3 824 366, MiNr. 593 = 3 928 791, MiNr. 594 = 2 598 660, MiNr. 595 = 211 521 Stück

Gültig bis 16.2.1958

1953, 1. Juli. Freimarken: Landesprodukte. StTdr.; Wz. 2; gez. 14:13, Hochformate ~.

gd) Apfelsine

ge) Tabakpflanze

gf) Olivenöl, Pallas Athene

gg) Wein

gh) Feigen

gi) Weintrauben

gk) Weintrauben, Satyr

596	500 Dr	lilarot/orange	gd	1,50	0,30
597	700 Dr	lilabraun/chromgelb	ge	2,50	0,30
598	1000 Dr	blau/olivgrün	gf	5,—	0,30
599	1300 Dr	purpur/ockerbraun	gg	10,—	0,30
600	2000 Dr	braun/bläulichgrün	gh	25,—	0,30
601	2600 Dr	violett/gelb	gi	35,—	1,50
602	5000 Dr	braun/gelbgrün	gk	50,—	0,80
			Satzpreis (7 W.)	120,—	3,—
			FDC		160,—

Auflagen: MiNr. 596 und 598 je 5 000 000, MiNr. 597 = 7 500 000, MiNr. 599 = 5 500 000, MiNr. 600–602 je 4 000 000 Stück

Gültig bis 16.2.1958

1954, 15. Jan. Freimarken: Antike griechische Kunst. Odr.; Wz. 2; MiNr. 603–604, 609–612 und 614 gez. K = gez. K 13½:13, Querformat ~, MiNr. 605–608 und 613 gez. K 12¾:12½.

gl) Büste des Perikles

gm) Minoische Stierkopfvase aus Knossos (16. Jh. v. Chr.)

gn) Büste des Homer

go) Zeus vom Kap Artemision auf Euböa

gp) Jünglingskopf

gr) Mazedonische Dekadrachme: Kopf Alexanders III. des Großen

gs) Kopf des Wagenlenkers von Delphi

gt) Vase mit Dipylon

gu) Wildschweinjagd

gv) Kalbträger

gw) Dionysos-Fahrt (Augenschale des Exekias)

gx) Krugträger

603	100 Dr	orangebraun	gl	0,50	0,30
604	200 Dr	schwarz	gm	0,50	0,30
605	300 Dr	violettultramarin	gn	1,—	0,30
606	500 Dr	dunkelgelbgrün	go	1,—	0,30
607	600 Dr	rot	gp	1,50	0,30
608	1000 Dr	preußischblau/schwarz	gr	2,20	0,30
609	1200 Dr	grauoliv/strohgelb	gs	2,50	0,30
610	2000 Dr	rotbraun	gt	10,—	0,30
611	2400 Dr	türkisblau	gu	10,—	0,50
612	2500 Dr	dunkelgrün	gv	15,—	0,30
613	4000 Dr	lilarot	gw	40,—	0,50
614	20000 Dr	purpur	gx	250,—	1,50
			Satzpreis (12 W.)	320,—	4,—

Auflagen: MiNr. 603 und 608 je 8 000 000, MiNr. 604 = 14 000 000, MiNr. 605 = 10 000 000, MiNr. 606 = 15 000 000, MiNr. 607 = 6 000 000, MiNr. 609 = 60.000.000, MiNr. 610 und 613 je 5 000 000, MiNr. 611–612 je 4 000 000, MiNr. 614 = 1.000.000 Stück

Gültig bis 19.5.1977

In gleichen Zeichnungen: MiNr. 624–631, 689–695, 745

✈ 1954, 15. Mai. 5 Jahre Nordatlantikpakt (NATO). StTdr. (10×5); Wz. 2; gez. K 13:13½.

gy) Fackelträger, Flugzeug

gz) Münze des Amphiktyonenbundes, Flugzeug Douglas DC-6 „Liftmaster“

ha) Göttin Athene, Flugzeug

615	1200 Dr	rotorange	gy	5,—	0,50
616	2400 Dr	dunkelgrün	gz	40,—	4,50
617	4000 Dr	dunkelviolettblau	ha	75,—	5,—
			Satzpreis (3 W.)	120,—	10,—
			FDC		220,—

Auflagen: MiNr. 615 = 10 219 000, MiNr. 616 = 656 000, MiNr. 617 = 1 229 000 Stück

Gültig bis 31.1.1955

Neue Währung ab 1. Mai 1954:
1 Drachme (Dr) = 100 Lepta (L)
(1000 alte Drachmen = 1 neue Drachme)

1954, 22./24. Sept. Vorsprache Griechenlands vor der UNO zum Anschluss Zyperns. Odr.; Wz. 2; gez. K 12½.

hb) Textauszug der Zypern-Debatte im britischen Unterhaus

618	1.20 Dr	gelborange/schwarz (24.9.)	hb	3,—	0,50
619	2 Dr	braunorange/schwarz	hb	20,—	5,—
620	2 Dr	hellblau/schwarz	hb	20,—	5,—
621	2.40 Dr	grauviolett/schwarz	hb	20,—	3,—
622	2.50 Dr	rosa/schwarz	hb	20,—	3,—
623	4 Dr	gelbgrün/schwarz	hb	60,—	5,50
			Satzpreis (6 W.)	140,—	22,—
			2 FDC		110,—

Der Auszug der Debatte ist auf MiNr. 618 in griechischer, auf MiNr. 619, 622, 623 in englischer und auf MiNr. 620 und 621 in französischer Sprache abgedruckt.

Auflagen: MiNr. 618 = 4 000 000, MiNr. 619–620 je 500 000, MiNr. 621 = 800.000, MiNr. 622 = 700 000, MiNr. 623 = 1 500 000 Stück

Gültig bis 31.3.1955

1955, 14. April/10. Juli. Freimarken: Antike griechische Kunst. Odr.; Wz. 2; MiNr. 624–625 und 629 gez. K 13½:13, Querformat ~, MiNr. 626–628 und 630–631 gez. 12¾:12½.

gm) Minoische Stierkopfvase aus Knossos (16. Jh. v. Chr.)

gl) Büste des Perikles

go) Zeus vom Kap Artemision auf Euböa

gp) Jünglingskopf

gr) Mazedonische Dekadrachme: Kopf Alexanders III. des Großen

gu) Wildschweinjagd

gn) Büste des Homer

gw) Dionysos-Fahrt (Augenschale des Exekias)

624	20 L	dunkelblaugrün (10. Juli)	gm	0,50	0,30
625	30 L	braun (10. Juli)	gl	1,—	0,30
626	50 L	lilarot (14. April)	go	1,50	0,30
627	1 Dr	blaugrün (10. Juli)	gp	1,50	0,30
628	2 Dr	olivbraun/schwarz (10. Juli)	gr	6,—	0,30
629	3 Dr	orangerot (10. Juli)	gu	10,—	0,30
630	3.50 Dr	karmin (10. Juli)	gn	20,—	0,70
631	4 Dr	ultramarinblau (10. Juli)	gw	90,—	0,50
		Satzpreis (8 W.)		130,—	2,20
		2 FDC			250,—

Auflagen: MiNr. 624 = 5 200 000, MiNr. 625 = 10 330 000, MiNr. 626 = 12.590.000, MiNr. 627 = 20 255 000, MiNr. 628 = 35 608 000, MiNr. 629 = 5 014 000, MiNr. 630 = 5 100 000, MiNr. 631 = 5 170 000 Stück

Gültig bis 19.5.1977

In gleichen Zeichnungen: MiNr. 603–614, 689–695, 745

1955, 20. Aug. Pythagoreer-Kongress. Odr.; Wz. 2; gez. K 12½:3¾, Querformat ~.

hc) Antike Münze aus Samos mit Bild des Pythagoras

hd) Darstellung des Pythagoreischen Lehrsatzes

hc) Antike Münze aus Samos mit Bild des Pythagoras

he) Karte der Insel Samos mit eingezeichnetem Geburtsort des Pythagoras

632	2 Dr	dunkelbläulichgrün	hc	4,—	0,50
633	3.50 Dr	schwarz	hd	12,—	4,—
634	5 Dr	purpur	hc	75,—	3,—
635	6 Dr	blau	he	80,—	45,—
		Satzpreis (4 W.)		170,—	50,—
		FDC			140,—

Auflagen: MiNr. 632 = 7 000 000, MiNr. 633–634 je 1 500 000, MiNr. 635 = 100 000 Stück

Gültig bis 1.1.1956

1956, 15. Mai. 50 Jahre Rotary International. Odr.; Wz. 2; gez. K 12¼:13¾.

hf) Rotary-Emblem und Erdkugel

636	2 Dr	kornblumenblau	hf	20,—	1,—
		FDC			45,—

Auflage: 10 000 000 Stück

Gültig bis 1.11.1956

1956, 21. Mai. Freimarken: Griechische Königinnen und Könige. StTdr.; Wz. 2; gez. K 13¾:12½, Hochformate ~.

hg) König Alexander (1893–1920)

hh) Kronprinz Konstantin (*1940)

hi) König Georg I. (1845–1913)

hk) Königin Olga (1851–1926)

hl) König Otto (1815–1867)

hm) Königin Amalia (1818–1875)

hn) König Konstantin I. (1868–1923)

ho) König Paul I. (1901–1964)

hp) König Georg II. (1890–1947)

hr) Königin Sophia (1870–1932)

hs) Königin Friederike (1917–1981)

ht) König Paul I. und Königin Friederike

hu) König Paul I.

hv) König Paul I., Königin Friederike und Kronprinz Konstantin

637	10 L	schwarzviolett	hg	0,30	0,30
638	20 L	violettpurpur	hh	0,30	0,30
639	30 L	dunkelbraun	hi	0,30	0,30
640	50 L	rotbraun	hk	0,30	0,30
641	70 L	ultramarin	hl	0,50	0,30
642	1 Dr	türkisblau	hm	0,50	0,30
643	1.50 Dr	dunkelgraublau	hn	3,—	0,30
644	2 Dr	schwarz	ho	4,—	0,30
645	3 Dr	siena	hp	3,—	0,30
646	3.50 Dr	orangebraun	hr	15,—	0,30
647	4 Dr	dunkelgrün	hs	15,—	0,30
648	5 Dr	karmin	ht	10,—	0,30
649	7.50 Dr	kornblumenblau	hu	10,—	2,—
650	10 Dr	dunkelblau	hv	60,—	1,—
		Satzpreis (14 W.)		120,—	5,—
		FDC			120,—

Auflagen: MiNr. 637 = 7 000 000, MiNr. 638 und 648 je 10 000 000, MiNr. 639 und 640 je 15 000 000, MiNr. 641 und 646–647 je 5 000 000, MiNr. 642 = 18.000.000, MiNr. 643 und 645 je 4 000 000, MiNr. 644 = 50 000 000, MiNr. 649–650 je 1.000.000 Stück

Gültig bis 19.5.1977

In gleichen Zeichnungen: MiNr. 654–667

1957, 26. März. 100. Todestag von Dionysos Solomos. Odr. (5×10, Hochformat ~); Wz. 2; gez. K 13¾:12½, Hochformat ~.

hw) D. Solomos und N. Mantzaros (1795–1872) (Komponist der griech. Nationalhymne)

hx) Dionysios Solomos (1798–1857), griech. Nationaldichter

hy) Landschaft auf der Insel Zakynthos, Solomos im Medaillon

651	2	Dr	karminbraun/gelbbraun	hw	5,—	0,50
652	3.50	Dr	hellblau/olivgrau	hx	5,—	3,50
653	5	Dr	schwarzblaugrün/braunoliv	hy	15,—	18,—
			Satzpreis (3 W.)		25,—	22,—
			FDC			40,—

Auflagen: MiNr. 651 = 3 326 533, MiNr. 652 = 472 410, MiNr. 653 = 101 169 Stück

Gültig bis 30.9.1957

1957, 15. Nov. Freimarken: Griechische Königinnen und Könige. StTdr.; Wz. 2; gez. K 13¾:12½, Hochformate ~.

hg) König Alexander (1893–1920)

hh) Kronprinz Konstantin (*1940)

hi) König Georg I. (1845–1913)

hk) Königin Olga (1851–1926)

hl) König Otto (1815–1867)

hm) Königin Amalia (1818–1875)

hn) König Konstantin I. (1868–1923)

ho) König Paul I. (1901–1964)

hp) König Georg II. (1890–1947)

hr) Königin Sophia (1870–1932)

hs) Königin Friederike (1917–1981)

ht) König Paul I. und Königin Friederike

hu) König Paul I.

hv) König Paul I., Königin Friederike und Kronprinz Konstantin

654	10	L	purpur	hg	0,30	0,30
655	20	L	rotorange	hh	0,30	0,30
656	30	L	schwarz	hi	0,30	0,30
657	50	L	dunkelgrüngrau	hk	0,30	0,30
658	70	L	dunkelkarmin	hl	0,70	0,50
659	1	Dr	rot	hm	0,70	0,30
660	1.50	Dr	grünoliv	hn	2,—	0,30
661	2	Dr	karminrot	ho	4,—	0,30
662	3	Dr	dunkelblau	hp	5,—	0,30
663	3.50	Dr	schwarzviolett	hr	15,—	0,30
664	4	Dr	rotbraun	hs	15,—	0,30
665	5	Dr	schwarzblau	ht	15,—	0,30
666	7.50	Dr	orange	hu	3,—	1,50
667	10	Dr	dunkelgrün	hv	75,—	1,—
			Satzpreis (14 W.)		130,—	4,50
			FDC			180,—

Auflagen: MiNr. 654 = 5 323 000, MiNr. 655 = 7 083 000, MiNr. 656 = 8 567 000, MiNr. 657 = 26 580 000, MiNr. 658 = 1 027 000, MiNr. 659 = 18 190 000, MiNr. 660 = 5 271 000, MiNr. 661 = 60 468 500, MiNr. 662 = 5 367 000, MiNr. 663 = 5.317.500, MiNr. 664 = 4 275 000, MiNr. 665 = 5 333 000, MiNr. 666 = 1 020 000, MiNr. 667 = 1 050 000 Stück

Gültig bis 19.5.1977

In gleichen Zeichnungen: MiNr. 637–650

1958, 30. Jan. Griechische Handelsmarine. Odr. (5×10); Wz. 2; gez. K 14:12¼.

hz) Tanker „World Harmony“

ia) Transatlantikdampfer „Queen Frederika“

ib) Dreimaster „Achilles“

ic) Byzanthin. Segelschiff Typ „Chelandion“ (9./10. Jh.)

id) Handelsschiff, 6. Jh. v. Chr.

ie) Schiff „Argo“

668	50	L	mehrfarbig	hz	0,50	0,30
669	1	Dr	mehrfarbig	ia	0,50	0,30
670	1.50	Dr	mehrfarbig	ib	1,50	1,—
671	2	Dr	mehrfarbig	ic	0,50	0,30
672	3.50	Dr	mehrfarbig	id	2,—	1,20
673	5	Dr	mehrfarbig	ie	13,—	17,—
			Satzpreis (6 W.)		18,—	20,—
			FDC			35,—

Auflagen: MiNr. 668 = 6 926 438, MiNr. 669 = 5 226 183, MiNr. 670 = 502 646, MiNr. 671 = 4 107 733, MiNr. 672 = 748 378, MiNr. 673 = 115 999 Stück

Gültig bis 30.10.1958

✈ 1958, 1. Juli. Häfen. Odr.; Wz. 2; gez. K 13¼:13.

if) Hafen von Piräus

ig) Hafen von Thessaloniki

ih) Hafen von Patras

ii) Hafen von Syra

ik) Hafen von Volos

il) Hafen von Kavalla

im) Hafen von Iraklion

674	10	Dr	mehrfarbig	if	15,—	0,30
675	15	Dr	mehrfarbig	ig	2,50	0,50
676	20	Dr	mehrfarbig	ih	15,—	0,30
677	25	Dr	mehrfarbig	ii	2,50	1,—
678	30	Dr	mehrfarbig	ik	2,50	1,—
679	50	Dr	mehrfarbig	il	10,—	1,—

680	100 Dr	mehrfarbig	im	60,—	3,50
			Satzpreis (7 W.)	100,—	7,50
			FDC		320,—

Auflagen: MiNr. 674 = 9 000 000, MiNr. 675 = 1 500 000, MiNr. 676, 678 und 679 je 2 000 000, MiNr. 677 = 3 000 000, MiNr. 680 = 500 000 Stück

Gültig bis 19.5.1977

1958, 15. Sept. Naturschutzkongress, Athen. Odr.; Wz. 2; MiNr. 681–684 gez. K 13:13¼, MiNr. 685 gez. K 12¾:12½, MiNr. 686 bis 688 gez. K 12½:13¾.

in) Narziss und Dichternarzisse (Narcissus poeticus)

io) Apollon und Lorbeerbaum (Daphne) (Laurus nobilis)

ip) Aphrodite und Rosen-Eibisch (Hibiscus rosa-sinensis)

ir) Pan und Strandkiefer (Pinus sp.)

is) Wildkrokusse (Crocus atticus)

it) Schwertlilien (Iris cretensis)

iu) Wildtulpen (Tulipa boeotica)

iv) Alpenveilchen (Cyclamen graecum)

681	20 L	mehrfarbig	in	0,30	0,30
682	30 L	mehrfarbig	io	0,30	0,30
683	50 L	mehrfarbig	ip	0,30	0,30
684	70 L	mehrfarbig	ir	0,30	0,30
685	1 Dr	mehrfarbig	is	0,30	0,30
686	2 Dr	mehrfarbig	it	0,70	0,70
687	3.50 Dr	mehrfarbig	iu	0,50	0,50
688	5 Dr	mehrfarbig	iv	6,—	8,—
			Satzpreis (8 W.)	8,—	9,—
			FDC		55,—

	★★
687 U ungezähnt (Paar)	360,—

Auflagen: MiNr. 681 = 3 009 332, MiNr. 682 = 1 992 354, MiNr. 683 = 3 261 766, MiNr. 684 = 3 127 851, MiNr. 685 = 2 196 998, MiNr. 686 = 3 984 481, MiNr. 687 = 1 535 880, MiNr. 688 = 316 363 Stück

Gültig bis 15.3.1959

1958, 27. Dez./1959, 14. März. Freimarken: Antike griechische Kunst. Odr.; Wz. 2; gez. K 13:12½ und K 13.

gl) Büste des Perikles

gm) Minoische Stierkopfvase aus Knossos (16. Jh. v. Chr.)

go) Zeus vom Kap Artemision auf Euböa

gs) Kopf des Wagenlenkers von Delphi

gp) Jünglingskopf

gx) Krugträger

gr) Mazedonische Dekadrachme: Kopf Alexanders III. des Großen

				★★	⊙
689	10 L	gelblichgrün (12.1.1959)	gl	1,—	0,30
690	20 L	purpur (29.12.1958)	gm	1,—	0,30
691	50 L	blaugrün (12.1.1959)	go	1,—	0,30
692	70 L	rotorange (2.1.1959)	gs	0,50	0,30
693	1 Dr	lilabraun (27.12.1958)	gp	2,50	0,30
694	1.50 Dr	hellblau (3.1.1959)	gx	25,—	0,30
695	2.50 Dr	dunkelkarmin/schwarz (14.3.1959)	gr	30,—	0,30
			Satzpreis (7 W.)	60,—	1,50

Auflagen: MiNr. 689 = 3.000.000, MiNr. 690 und 692 je 6.000.000, MiNr. 691 = 20.000.000, MiNr. 693 = 10.000.000, MiNr. 694 = 5.000.000, MiNr. 695 = 50.000.000 Stück

Gültig bis 19.5.1977

In gleichen Zeichnungen: MiNr. 603–614, 624–631
Weiterer Wert: MiNr. 745

1959, 24. März. Freimarken: Altgriechische Münzen. Odr.; Wz. 2; gez. K 14½:14, Hochformate ~.

iw) Olympia, Kopf des Zeus/Adler (4. Jh. v. Chr.)

ix) Athen, Kopf der Athene/Eule (5. Jh. v. Chr.)

iy) Syrakus-Sizilien, Nymphe Arethusa/Quadriga (5. Jh. v. Chr.)

iz) Alexander der Große, Herakles/Zeus (4. Jh. v. Chr.)

ka) Rhodos, Helioskopf/Rose (4. Jh. v. Chr.)

kb) Abdera-Thrakien Greif/Quadrat (5. Jh. v. Chr.)

kc) Chalkidike-Makedonien, Apollo/Lyra (4. Jh. v. Chr.)

kd) Kreta, Apollo/Labyrinth (3. Jh. v. Chr.)

ke) Paphos-Zypern, Aphrodite/Apollo (4. Jh. v. Chr.)

kf) Delphi, Widder-köpfe/Quadrata Incusa (5. Jh. v. Chr.)

696	10 L	mehrfarbig	iw	0,50	0,30
697	20 L	mehrfarbig	ix	0,50	0,30
698	50 L	mehrfarbig/dunkelpurpur	iy	0,50	0,30
699	70 L	mehrfarbig	iz	0,50	0,30
700	1 Dr	mehrfarbig/karmin	ka	1,50	0,30
701	1.50 Dr	mehrfarbig/dunkelocker	kb	3,—	0,30
702	2.50 Dr	mehrfarbig	kc	4,—	0,30
703	4.50 Dr	mehrfarbig/dunkelbläulichgrün	kd	8,—	0,50
704	6 Dr	mehrfarbig/dunkelgrünoliv	ke	32,—	0,30
705	8.50 Dr	mehrfarbig/rot	kf	15,—	2,—
			Satzpreis (10 W.)	65,—	3,50
			FDC		220,—

Die zweite Farbangabe bezeichnet den Bildrahmen.

Auflagen: MiNr. 696 = 3 000 000, MiNr. 697 und 700 je 10 000 000, MiNr. 698–699 und 703 je 5 000 000, MiNr. 701 = 19 000 000, MiNr. 702 = 35 000 000, MiNr. 704 = 7 000 000, MiNr. 705 = 1 000 000 Stück

Gültig bis 19.5.1977

In gleichen Zeichnungen: MiNr. 807–815

1959, 20. Juni. Altgriechisches Theater. Odr.; Wz. 2; gez. K 13:13½, Querformate ~.

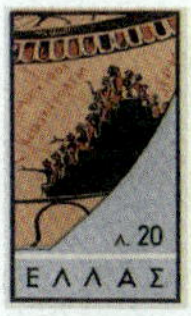
kg) Zuschauer in antikem Theater

kh) Maske (3. Jh. v. Chr.)

ki) Flöte, Trommel und Leier

kk) Irdene Statuette eines Schauspielers (3. Jh. v. Chr.)

kl) Theater in Delphi

km) Szene aus „Andromeda" von Euripides (4. Jh. v. Chr.)

kn) Schauspieler (410 v. Chr.)

706	20 L	mehrfarbig	kg	0,50	0,30
707	50 L	mehrfarbig	kh	0,50	0,30
708	1 Dr	mehrfarbig	ki	0,50	0,30
709	2.50 Dr	mehrfarbig	kk	1,—	0,70
710	3.50 Dr	mehrfarbig	kl	18,—	18,—
711	4.50 Dr	schwarz/orangebraun	km	1,50	1,50
712	6 Dr	mehrfarbig	kn	3,—	2,—
			Satzpreis (7 W.)	25,—	20,—
			FDC		120,—

Auflagen: MiNr. 706 = 1 451 153, MiNr. 707 = 1 916 331, MiNr. 708 = 2 112 655, MiNr. 709 = 9 630 218, MiNr. 710 = 105 534, MiNr. 711 = 1 492 222, MiNr. 712 = 1 375 203 Stück

Gültig bis 30.11.1959

1959, 29. Aug. 10. Jahrestag des Sieges über die Aufständischen. Odr.; Wz. 2; gez. K 13:13½.

ko) Griechische Soldaten aus dem Altertum, der byzantinischen Zeit, dem Freiheitskrieg von 1821 und 1959 vor Siegesfigur

713	2.50 Dr	mehrfarbig	ko	5,—	0,50
			FDC		60,—

Auflage: 3 055 000 Stück

Gültig bis 31.12.1959

1959, 21. Sept. 25. Internationaler Kongress des Roten Kreuzes. Odr.; Wz. 2; MiNr. 714, 718 und 720 gez. K 13¾:12½, MiNr. 715–717 und 719 ~.

kp) Platane (Platanus orientalis) des Hippokrates

kr) Asklepios

ks) Hl. Basilius, Kirchenlehrer

kt) Achilles und Patroklos

ku) Kranke, Hilfsbedürftige, Verwundeter und Rot-Kreuz-Schwester; Weltkugel

kv) Henri Dunant (1828–1910), Gründer des Roten Kreuzes

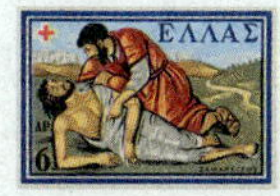
kw) Verwundeter und Samariter

714	20 L	mehrfarbig	kp	0,30	0,30
715	50 L	mehrfarbig	kr	0,30	0,30
716	70 L	mehrfarbig	ks	0,50	0,50
717	2.50 Dr	mehrfarbig	kt	1,—	1,—
718	3 Dr	mehrfarbig	ku	12,—	20,—
719	4.50 Dr	mehrfarbig	kv	1,70	1,70
720	6 Dr	mehrfarbig	kw	1,50	1,50
			Satzpreis (7 W.)	17,—	25,—
			FDC		75,—

Auflagen: MiNr. 714 = 1 531 672, MiNr. 715 = 1 989 543, MiNr. 716 = 942 706, MiNr. 717 = 8 513 077, MiNr. 718 = 129 142, MiNr. 719 = 936 248, MiNr. 720 = 1.665.397 Stück

Gültig bis 20.3.1960

1959, 8. Dez. Volksaufstand in Ungarn. Odr. (10×5 und 10×4); Wz. 2; gez. K 13:13½.

kx) Imre Nagy (1896–1958), ungarischer Ministerpräsident

721	4.50 Dr	mehrfarbig	kx	2,—	3,50
722	6 Dr	mehrfarbig	kx	2,—	3,50
			Satzpreis (2 W.)	4,—	7,—
			FDC		75,—

Auflagen: MiNr. 721 = 229 941, MiNr. 722 = 210 177 Stück

Gültig bis 17.12.1959

1960, 25. Jan. 100. Geburtstag von Kostis Palamas. Odr.; Wz. 2; gez. K 12¼:14.

ky) Kostis Palamas (1859–1943), Dichter

723	2.50 Dr	mehrfarbig	ky	7,—	0,50
			FDC		60,—

Auflage: 2 887 669 Stück

Gültig bis 31.7.1960

1960, 7. April. Weltflüchtlingsjahr 1959/60. Odr.; Wz. 2; gez. K 13½:13.

kz) Segelschiff im Sturm, Leuchtturm, Emblem

la) Segelschiff im Hafen, Emblem

724	2.50 Dr	mehrfarbig	kz	0,50	0,30
725	4.50 Dr	mehrfarbig	la	2,—	1,—
			Satzpreis (2 W.)	2,50	1,20
			FDC		3,60

Auflagen: MiNr. 724 = 2 482 364, MiNr. 725 = 721 085 Stück

Gültig bis 31.8.1960

1960, 23. April. 50 Jahre griechische Pfadfinderbewegung. Odr.; Wz. 2; gez. K 13:13½, Querformate ~.

lb) Pfadfinder zu Pferd vor Silhouette St. Georg tötet Drachen

lc) Versprechender Pfadfinder vor antiker Statue „Athener Jüngling beim Eid"

ld) Pfadfinder bei Katastropheneinsatz

le) Pfadfinder bei Aufforstung

lf) Pfadfinder vor Zelt

lg) Pfadfinder, Marinepfadfinder, Luftpfadfinder vor Landschaft

lh) Oberpfadfinder Kronprinz Konstantin

li) Fahne der Pfadfinder und Medaille

726	20 L	mehrfarbig	lb	0,30	0,30
727	30 L	mehrfarbig	lc	0,30	0,30
728	40 L	mehrfarbig	ld	0,30	0,30
729	50 L	mehrfarbig	le	0,30	0,30
730	70 L	mehrfarbig	lf	0,30	0,30
731	1 Dr	mehrfarbig	lg	1,—	0,50
732	2.50 Dr	mehrfarbig	lh	2,—	1,50
733	6 Dr	mehrfarbig	li	4,—	3,—
			Satzpreis (8 W.)	8,50	5,—
			FDC		12,—

Auflagen: MiNr. 726 = 1 387 204, MiNr. 727 = 813 043, MiNr. 728 = 1 663 202, MiNr. 729 = 2 616 036, MiNr. 730 = 468 723, MiNr. 731 = 3 247 047, MiNr. 732 = 2 544 469, MiNr. 733 = 377 944 Stück

Gültig bis 22.10.1960

1960, 12. Aug. Olympische Sommerspiele, Rom. Odr.; Wz. 2; gez. K 13:13½, Querformate ~.

lk) „Waffenstillstand"

ll) Olympische Flamme

lm) Eid des Wettkämpfers

ln) Schneiden von Zweigen des Kallistephanos-Ölbaumes

lo) Hellanodiken-Einzug in das Stadion

lp) Weitspringer

lr) Diskuswerfer

ls) Läufer

lt) Speerwerfer

lu) Siegerehrung

lv) Einzug des Siegers

734	20 L	mehrfarbig	lk	0,30	0,30
735	50 L	mehrfarbig	ll	0,30	0,30
736	70 L	mehrfarbig	lm	0,30	0,30
737	80 L	mehrfarbig	ln	0,30	0,30
738	1 Dr	mehrfarbig	lo	0,50	0,50
739	1.50 Dr	mehrfarbig	lp	0,50	0,50
740	2.50 Dr	mehrfarbig	lr	1,—	1,—
741	4.50 Dr	mehrfarbig	ls	1,—	1,—
742	5 Dr	mehrfarbig	lt	3,—	2,—
743	6 Dr	mehrfarbig	lu	3,—	2,—
744	12.50 Dr	mehrfarbig	lv	20,—	18,—
			Satzpreis (11 W.)	30,—	22,—
			FDC		35,—

Auflagen: MiNr. 734 = 986 177, MiNr. 735 = 1 510 616, MiNr. 736 = 830 977, MiNr. 737 = 850 649, MiNr. 738 = 2 118 852, MiNr. 739 = 1 677 465, MiNr. 740 = 2 403 830, MiNr. 741 = 1 145 513, MiNr. 742 = 625 418, MiNr. 743 = 1 071 063, MiNr. 744 = 225 458 Stück

Gültig bis 31.12.1960

1960, 1. Sept. Freimarke: Antike griechische Kunst. Odr.; Wz. 2; gez. K 13½:13.

gv) Kalbträger

745	3 Dr	lebhaftultramarin	gv	4,—	0,50
			FDC		4,—

Auflage: 5 000 000 Stück

Gültig bis 19.5.1977

Weitere Werte: MiNr. 603–614, 624–631, 689–695

1960, 19. Sept. Europa. Odr.; Wz. 2; gez. K 13¾:12¼.

lw) „O" in „EUROPA" als Wagenrad mit 19 Speichen

746	4.50 Dr	kornblumenblau	lw	5,—	2,50
			FDC		12,—

Auflage: 999 376 Stück

Gültig bis 31.1.1961

1961, 18. Jan. Olympiasieg von Kronprinz Konstantin im Segeln. Odr.; gez. K 13½:13.

lx) Kronprinz Konstantin, Segelboot „Nerifs"

747	2.50 Dr	mehrfarbig	lx	1,—	0,70
			FDC		4,50

Auflage: 1 798 113 Stück

Gültig bis 1.6.1961

1961, 15. Febr. Freimarken: Tourismus. StTdr.; gez. K 14:12½, Hochformate ~.

ly) Kastoria mit See „Orestias“

lz) Metéora-Klöster

ma) Hydra, Saronischer Golf

mb) Parthenontempel auf dem Akropolisfelsen

mc) Mykonos (Chora)

md) St.-Katharina-Kirche (Thessaloniki)

me) Heraion in Olympia, auf dem Peloponnes

mf) Minos-Palast, Knossos (Kreta)

mg) Altes Johanniterhospital, Rhodos

mh) Theater in Epidauros

mi) Marmortempel des Poseidon auf Kap Sounion

mk) Tempel des Zeus, Athen

ml) Apollo-Tempel, Delphi

mm) Aslan-Pascha-Moschee bei Joannina

mn) Kloster St. Dionysios, Berg Athos

mo) Santorin

mp) Marmorne Löwenallee auf Delos

748	10 L	dunkelblau	ly	0,30	0,30
749	20 L	grauviolett	lz	0,30	0,30
750	50 L	türkisblau	ma	0,30	0,30
751	70 L	grauviolett	mb	0,30	0,30
752	80 L	violettblau	mc	0,50	0,30
753	1 Dr	rotbraun	md	0,50	0,30
754	1.50 Dr	grün	me	1,—	0,30
755	2.50 Dr	rot	mf	3,—	0,30
756	3.50 Dr	bläulichviolett	mg	1,50	0,30
757	4 Dr	dunkelgrün	mh	12,—	0,30
758	4.50 Dr	dunkelviolettblau	mi	1,—	0,30
759	5 Dr	purpur	mk	12,—	0,30
760	6 Dr	dunkelgelbgrün	ml	2,—	0,30
761	7.50 Dr	schwarz	mm	0,50	0,30
762	8 Dr	preußischblau	mn	6,—	0,30
763	8.50 Dr	orangerot	mo	7,—	0,50
764	12.50 Dr	violettbraun	mp	3,—	1,50
		Satzpreis (17 W.)		50,—	5,—
		FDC			180,—

Auflagen: MiNr. 748 = 6 000 000, MiNr. 749–750 je 20 000 000, MiNr. 751 und 757 je 8 000 000, MiNr. 752, 756, 761 und 764 je 2 000 000, MiNr. 753 = 15.000.000, MiNr. 754 = 35 000 000, MiNr. 755 = 120 000 000, MiNr. 758 = 18 000 000, MiNr. 759 = 12 000 000, MiNr. 760 = 24 000 000, MiNr. 762–763 je 3 000 000 Stück

Gültig bis 19.5.1977

1961, 30. Juni. Minoische Kunst. Odr.; Wz. 2; gez. K 13:13½, Querformate ~.

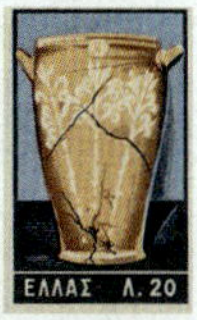
mr) Gefäß mit Lilienverzierung (1600 v. Chr.)

ms) Steinhuhn und Pirol; Friesmalerei aus Gästezimmer des Palastes von Knossos (1500 v. Chr.)

mt) Fruchtschale; farbige Malerei im Kamaraisstil (um 1800 v. Chr.)

mu) Gefäßträger (Rytopheros); Wandmalerei aus Palast von Knossos (um 1500 v. Chr.)

mv) Festliche Gesellschaft; Wandmalerei im Palast von Knossos (um 1600 v. Chr.)

mw) Teil eines Sarkophags; Malerei, Fundort Aghia Trias (um 1400 v. Chr.)

mx) Tänzerin; Malerei aus dem Palast von Knossos (um 1500 v. Chr.)

my) Kanne und Fass mit Tülle aus Phaistos; Malerei im Kamaraisstil (um 1800 v. Chr.)

765	20 L	mehrfarbig	mr	0,50	0,30
766	50 L	mehrfarbig	ms	0,50	0,30
767	1 Dr	mehrfarbig	mt	0,50	0,30
768	1.50 Dr	mehrfarbig	mu	1,—	0,30
769	2.50 Dr	mehrfarbig	mv	7,—	0,30
770	4.50 Dr	mehrfarbig	mw	3,—	3,—
771	6 Dr	mehrfarbig	mx	15,—	2,—
772	10 Dr	mehrfarbig	my	15,—	14,—
		Satzpreis (8 W.)		42,—	20,—
		FDC			35,—

Auflagen: MiNr. 765–768 und 770 je 1 000 000, MiNr. 769 = 2 000 000, MiNr. 771 = 800 000, MiNr. 772 = 200 000 Stück

Gültig bis 1.1.1962

1961, 31. Juli. Kernforschungsinstitut „Demokrit“. Odr.; Wz. 2; gez. K 13½:13.

mz) Kernforschungsinstitut „Demokrit“, Atommodell

na) Demokrit (Demokritos von Abdera) (um 460 v. Chr.), Philosoph: Atommodell mit Olivenzweigen

773	2.50 Dr	dunkelrosalila/rosalila	mz	0,50	0,50
774	4.50 Dr	preußischblau/ ultramaringrau	na	1,50	1,—
		Satzpreis (2 W.)		2,—	1,50
		FDC			5,—

Auflagen: MiNr. 773 = 1 450 310, MiNr. 774 = 557 197 Stück

Gültig bis 1.2.1962

1961, 18. Sept. Europa. Odr.; Wz. 2; gez. K 13¾:12¼.

nb) Stilisierte Taube aus 19 Einzeltauben

775	2.50 Dr	orangerot/rosa	nb	0,50	0,50
776	4.50 Dr	violettultramarin/ grauultramarin	nb	0,50	0,50
		Satzpreis (2 W.)		1,—	1,—
		FDC			1,50

775 F	Farbe Rosa fehlend	15,—	25,—

Auflagen: MiNr. 775 = 2 491 571, MiNr. 776 = 1 682 435 Stück

Gültig bis 19.3.1962

1961, 22. Sept. 1000. Jahrestag der Befreiung Kretas. Odr.; Wz. 2; gez. K 14:12¼.

nc) Nikiphoros Phokas (913–969), byzantinischer Kaiser (Manuskript-Miniatur, 15. Jh.)

777	2.50 Dr	mehrfarbig	nc	1,20	0,70
		FDC			3,—

Auflage: 963 375 Stück

Gültig bis 1.4.1962

1961, 20. Dez. 100 Jahre Briefmarken von Griechenland. Odr.; Wz. 2; gez. K 13:14.

nd) Marke Griechenland MiNr. 1 (Hermeskopf)

778	20 L	mehrfarbig	nd	0,30	0,40
779	50 L	mehrfarbig	nd	0,30	0,40
780	1.50 Dr	mehrfarbig	nd	0,30	0,40
781	2.50 Dr	mehrfarbig	nd	0,30	0,40
782	4.50 Dr	mehrfarbig	nd	0,30	0,40
783	6 Dr	mehrfarbig	nd	1,—	0,80
784	10 Dr	mehrfarbig	nd	3,50	5,—
		Satzpreis (7 W.)		5,50	7,50
		FDC			5,—

Auf MiNr. 778–784 sind in der Reihenfolge der Nominalwerte die Marken MiNr. 1–7 (Hermeskopf) von Griechenland abgebildet.

Auflagen: MiNr. 778 = 1 415 545, MiNr. 779 = 1 968 767, MiNr. 780 = 2 631 914, MiNr. 781 = 3 398 314, MiNr. 782 = 996 580, MiNr. 783 = 807 581, MiNr. 784 = 258 609 Stück

Gültig bis 20.6.1962

1962, 14. April. Elektrifizierung Griechenlands. Odr.; Wz. 2; gez. K 13.

ne) Stausee des Flusses Tavropos

nf) Wasserkraftwerk am Fluss Ladon

ng) Dampfkraftwerk Ptolemaïs

nh) Sperrmauer im Fluss Luros

ni) Dampfkraftwerk Aliverion

nk) Nebenkraftwerk Thessaloniki

nl) Turbinen im Wasserkraftwerk des Flusses Agras

785	20 L	mehrfarbig	ne	0,30	0,30
786	50 L	mehrfarbig	nf	0,30	0,30
787	1 Dr	mehrfarbig	ng	0,30	0,30
788	1.50 Dr	mehrfarbig	nh	0,30	0,30
789	2.50 Dr	mehrfarbig	ni	0,80	0,30
790	4.50 Dr	mehrfarbig	nk	2,—	1,50
791	6 Dr	mehrfarbig	nl	5,—	3,—
		Satzpreis (7 W.)		9,—	6,—
		FDC			10,—

Blocks mit Abbildung einer Griechenland MiNr. 1, Statue und Beschriftung innerhalb eines Mäanders (Größe 112×82 mm), sind private Ausgaben ohne Frankaturkraft, ausgegeben zur Briefmarkenausstellung vom 17.–26. April 1962 in Piräus.

Auflagen: MiNr. 785 = 1 397 194, MiNr. 786 = 1 995 101, MiNr. 787 = 1 062 923, MiNr. 788 = 2 100 711, MiNr. 789 = 2 018 641, MiNr. 790 = 757 098, MiNr. 791 = 329 812 Stück

Gültig bis 1.11.1962

1962, 3. Mai. Ministerkonferenz der Mitgliedstaaten der NATO. Odr.; Wz. 2; MiNr. 792 gez. K 14:12½, MiNr. 793–794 gez. K 12½:14, MiNr. 795 gez. K 13½:14.

nm) Ausstellungsgebäude Zappeion in Athen

nn) Krieger mit Schild (aus einer antiken Lykithos)

no) Hoplit (= schwerbewaffneter Krieger) (vom Aphäatempel in Ägina)

np) Hoplit (= schwerbewaffneter Krieger) (aus der Grabsäule von Marathon)

792	2.50 Dr	mehrfarbig	nm	0,30	0,30
793	3 Dr	mehrfarbig	nn	0,30	0,30
794	4.50 Dr	mehrfarbig	no	0,50	0,50
795	6 Dr	mehrfarbig	np	0,50	0,50
		Satzpreis (4 W.)		1,50	1,50
		FDC			2,50

Auflagen: MiNr. 792 = 2 551 913, MiNr. 793 = 2 261 906, MiNr. 794 = 1 318 706, MiNr. 795 = 1 259 939 Stück

Gültig bis 1.12.1962

1962, 17. Sept. Europa. Odr.; Wz. 2; gez. K 14:12½.

nr) Stilisierter Baum mit 19 Blättern

796	2.50 Dr	rot/schwarz	nr	0,50	0,50
797	4.50 Dr	blau/schwarz	nr	1,50	1,50
		Satzpreis (2 W.)		2,—	2,—
		FDC			2,50

Auflagen: MiNr. 796 = 2 447 713, MiNr. 797 = 1 848 818 Stück

Gültig bis 17.9.1964

1962, 30. Okt. Rentenversicherung der griechischen Landarbeiter. Odr.; Wz. 2; gez. K 13:13½.

ns) Zwei Hände mit Kornähre

798	1.50 Dr mehrfarbig	ns	0,50	0,30
799	2.50 Dr mehrfarbig	ns	0,70	0,30
	Satzpreis (2 W.)		1,20	0,50
	FDC			4,20

Auflagen: MiNr. 798 = 5 123 402, MiNr. 799 = 3 109 454 Stück

Gültig bis 30.10.1963

1963, 25. April. Kampf gegen den Hunger. Odr.; Wz. 2; gez. K 12½:13¾.

nt) 10-Silber-Drachmen (1930): Kopf der Göttin der Fruchtbarkeit, Demeter

nu) Weltkugel zwischen zwei Weizenähren

800	2.50 Dr mehrfarbig	nt	0,50	0,30
801	4.50 Dr mehrfarbig	nu	1,—	0,80
	Satzpreis (2 W.)		1,50	1,—
	FDC			2,50

Auflagen: MiNr. 800 = 2 107 313, MiNr. 801 = 1 543 656 Stück

Gültig bis 25.4.1964

1963, 29. Juni. 100. Jahrestag der griechischen Dynastie. StTdr.; Wz. 2; gez. K 14:13.

nv) Könige Georg I. (1845–1913), Konstantin I. (1868–1923), Alexander I. (1893–1920), Georg II. (1890–1947), Paul I. (1901–1964)

802	50 L lilarot	nv	0,30	0,30
803	1.50 Dr dunkelgrün	nv	0,70	0,30
804	2.50 Dr lilabraun	nv	1,20	0,30
805	4.50 Dr preußischblau	nv	2,50	1,—
806	6 Dr purpurviolett	nv	3,—	0,60
	Satzpreis (5 W.)		7,50	2,—
	FDC			8,50

Auflagen: MiNr. 802 = 2 422 159, MiNr. 803 = 2 080 575, MiNr. 804 = 3 675 718, MiNr. 805 = 1 934 865, MiNr. 806 = 1 567 832 Stück

Gültig bis 29.3.1965

1963, 5. Juli. Freimarken: Altgriechische Münzen. Odr.; Wz. 2; gez. K 13½:13, Hochformate ~.

iy) Syrakus-Sizilien, Nymphe Arethusa/Quadriga (5. Jh. v. Chr.)

iz) Alexander der Große, Herakles/Zeus (4. Jh. v. Chr.)

ka) Rhodos, Helioskopf/Rose (4. Jh. v. Chr.)

kb) Abdera-Thrakien Greif/Quadrat (5. Jh. v. Chr.)

iw) Olympia, Kopf des Zeus/Adler (4. Jh. v. Chr.)

ix) Athen, Kopf der Athene/Eule (5. Jh. v. Chr.)

kd) Kreta, Apollo/Labyrinth (3. Jh. v. Chr.)

ke) Paphos-Zypern, Aphrodite/Apollo (4. Jh. v. Chr.)

kf) Delphi, Widderköpfe/Quadrata Incusa (5. Jh. v. Chr.)

807	50 L mehrfarbig/dunkelviolettblau	iy	0,30	0,30
808	80 L mehrfarbig	iz	0,30	0,30
809	1 Dr mehrfarbig/smaragdgrün	ka	0,30	0,30
810	1.50 Dr mehrfarbig/karminlila	kb	1,50	0,30
811	3 Dr mehrfarbig	iw	1,—	0,30
812	3.50 L mehrfarbig	ix	1,—	0,40
813	4.50 Dr mehrfarbig/braunrot	kd	1,—	0,30
814	6 Dr mehrfarbig/blaugrün	ke	1,—	0,30
815	8.50 Dr mehrfarbig/kobalt	kf	2,—	0,80
	Satzpreis (9 W.)		8,—	2,50
	FDC			100,—

Die zweite Farbangabe bezeichnet den Bildrahmen.

Auflagen: MiNr. 807 und 809–810 je 15 000 000, MiNr. 808 und 812 je 3 000 000, MiNr. 811 und 814 je 10 000 000, MiNr. 813 = 12 000 000, MiNr. 815 = 2 000 000 Stück

Gültig bis 19.5.1977

In gleichen Zeichnungen: MiNr. 696–705

1963, 1. Aug. Pfadfinder-Weltjamboree, Marathon. Odr.; Wz. 2; gez. K 13½:13, Hochformate ~.

nw) Athen in der Morgendämmerung nach Aquarell von Lord Baden-Powell

nx) Abzeichen des 11. Jamborees (Böotischer Schild)

ny) Kronprinz Konstantin, „Chief Scout" der griechischen Pfadfinder

nz) Lord Baden-Powell (1857–1941), Gründer der Pfadfinderbewegung und Athanassios Lefkaditis, 1. griechischer Pfadfinder

oa) Muschelblasender Pfadfinder vor griechischer Fahne

816	1 Dr mehrfarbig	nw	0,30	0,30
817	1.50 Dr mehrfarbig	nx	0,30	0,30
818	2.50 Dr mehrfarbig	ny	1,20	0,30
819	3 Dr mehrfarbig	nz	0,50	0,90
820	4.50 Dr mehrfarbig	oa	2,—	1,—
	Satzpreis (5 W.)		4,—	2,50
	FDC			4,—

Auflagen: MiNr. 816 = 2 408 932, MiNr. 817 = 2 984 683, MiNr. 818 = 2 051 986, MiNr. 819 = 2 366 606, MiNr. 820 = 1 167 064 Stück

Gültig bis 1.8.1965

1963, 16. Sept. Europa. Odr.; Wz. 2; gez. K 13¾:12½.

ob) Buchstaben „CEPT" in Ornament

821	2.50 Dr dunkelgelbgrün	ob	1,50	0,50
822	4.50 Dr dunkellila	ob	3,50	3,50
	Satzpreis (2 W.)		5,—	4,—
	FDC			9,—

Auflagen: MiNr. 821 = 2 360 097, MiNr. 822 = 1 197 570 Stück

Gültig bis 16.6.1965

1963, 16. Sept. 100 Jahre Internationales Rotes Kreuz. Odr.; Wz. 2; gez. K 12½:13¾.

oc) Schatzhaus der Athener in Delphi

od) Jubiläumssignet des Roten Kreuzes

oe) Königin Olga von Griechenland (1851–1926), Stifterin des Griech. Roten Kreuzes

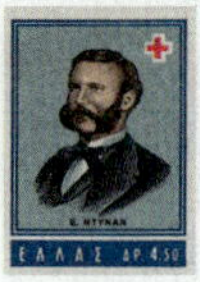
of) Henri Dunant (1828–1910), Gründer des Roten Kreuzes

823	1 Dr	mehrfarbig	oc	0,50	0,50
824	2 Dr	mehrfarbig	od	0,30	0,30
825	2.50 Dr	mehrfarbig	oe	0,30	0,30
826	4.50 Dr	mehrfarbig	of	1,—	1,—
		Satzpreis (4 W.)		2,—	2,—
		FDC			5,—

Auflagen: MiNr. 823 = 1 528 858, MiNr. 824 = 3 154 209, MiNr. 825 = 2 592 283, MiNr. 826 = 1 064 498 Stück

Gültig bis 16.6.1965

1963, 5. Dez. 1000 Jahre Klöster auf dem Berg Athos. Odr.; Wz. 2; gez. K 13.

og) Kloster Vatopedi

oh) Kloster Dionysiu

oi) Kloster des Protatos

ok) Kloster Stavronikita

ol) Deckel der Heiligen Schrift „Nikiphoros Phokas“ aus dem Kloster Megisti Lavra

om) Hl. Athanasios vom Berge Athos; Gemälde von Manuel Panselinos

on) Handschrift auf Pergament aus dem 11. Jahrhundert

oo) Hauptgebäude des Klosters Megisti Lavra

827	30 L	mehrfarbig	og	0,30	0,30
828	80 L	mehrfarbig	oh	0,30	0,30
829	1 Dr	mehrfarbig	oi	0,50	0,30
830	2 Dr	mehrfarbig	ok	1,50	0,30
831	2.50 Dr	mehrfarbig	ol	3,—	0,30
832	3.50 Dr	mehrfarbig	om	1,50	2,—
833	4.50 Dr	mehrfarbig	on	1,50	0,50
834	6 Dr	mehrfarbig	oo	1,50	0,50
		Satzpreis (8 W.)		10,—	4,50
		FDC			8,—

Auflagen: MiNr. 827 = 1 939 220, MiNr. 828 = 976 788, MiNr. 829 = 2 080 919, MiNr. 830 = 2 196 299, MiNr. 831 = 2 483 411, MiNr. 832 = 464 414, MiNr. 833 = 1 080 183, MiNr. 834 = 1 499 355 Stück

Gültig bis 5.9.1965

1964, 6. Mai. Freimarken: König Paul I. Odr.; Wz. 2; gez. K 12½:13¾.

op) König Paul I. (1901–1964)

835	30 L	dunkelsiena	op	0,30	0,30
836	50 L	bläulichviolett	op	0,30	0,30
837	1 Dr	schwarzoliv	op	1,—	0,30
838	1.50 Dr	lachs	op	0,50	0,30
839	2 Dr	hellblau	op	1,—	0,30
840	2.50 Dr	braunviolett	op	1,—	0,30
841	3.50 Dr	braunlila	op	1,—	0,30
842	4 Dr	violettblau	op	2,—	0,30
843	4.50 Dr	blauschwarz	op	2,—	1,—
844	6 Dr	rosakarmin	op	3,—	0,30
		Satzpreis (10 W.)		12,—	2,50
		FDC			75,—

Auflagen: MiNr. 835 = 5 000 000, MiNr. 836 = 6 000 000, MiNr. 837 = 12 000 000, MiNr. 838 = 14 000 000, MiNr. 839 = 15 000 000, MiNr. 840 = 50 000 000, MiNr. 841–844 je 2 000 000 Stück

Gültig bis 19.5.1977

1964, 10. Juni. Byzantinische Kunst. Odr.; Wz. 2; gez. K 12½:13¾.

or) Goldmünze Kaiser Basilios II. (976–1025)

os) Hl. Theodor Tiro und hl. Theodor Stratelates (Militärheilige) aus Triptychon von Harville (Elfenbeinschnitzerei, 10. Jh.)

ot) Erzengel Michael, tragbare Ikone (14. Jh.)

ou) Junges Mädchen aus Fresko „Die Geburt Mariae“ von Manuel Panselinos (14. Jh.)

ov) Engel aus Mosaik „Die Himmelfahrt Mariae“ im Kloster Daphni (11. Jh.)

845	1 Dr	mehrfarbig	or	0,30	0,30
846	1.50 Dr	mehrfarbig	os	0,30	0,30
847	2 Dr	mehrfarbig	ot	0,30	0,30
848	2.50 Dr	mehrfarbig	ou	0,30	0,30
849	4.50 Dr	mehrfarbig	ov	0,80	0,60
		Satzpreis (5 W.)		2,—	1,80
		FDC			2,50

	★★
845 U–849 U ungezähnt (Paare) je	220,—

Auflagen: MiNr. 845 = 2.251.466, MiNr. 846 = 1.718.354, MiNr. 847 = 2.720.720, MiNr. 848 = 4.298.508, MiNr. 849 = 1.039.029 Stück

Gültig bis 10.3.1966

1964, 20. Juli. 100. Jahrestag der Vereinigung der Ionischen Inseln mit Griechenland. Odr.; Wz. 2; gez. K 13¾:12½.

ow) Wappen der Insel Paxos; Dreizack

ox) Wappen der Insel Kythera; Aphrodite

oy) Wappen der Insel Ithaka; Odysseus

oz) Wappen der Insel Leukas; Hl. Georg

pa) Wappen der Insel Zakynthos; Zakynthos

pb) Wappen der Insel Kephallenia; Kephalos

pc) Wappen der Insel Korfu; Segelruderschiff

					✱✱	⊙
850	20 L	mehrfarbig	ow		0,30	0,30
851	30 L	mehrfarbig	ox		0,30	0,30
852	1 Dr	mehrfarbig	oy		0,30	0,30
853	2 Dr	mehrfarbig	oz		0,30	0,30
854	2.50 Dr	oliv/grüngrau	pa		0,30	0,30
855	4.50 Dr	mehrfarbig	pb		1,—	0,30
856	6 Dr	mehrfarbig	pc		1,—	0,70
				Satzpreis (7 W.)	3,50	2,50
				FDC		7,50

Auflagen: MiNr. 850 = 2 412 764, MiNr. 851 = 2 684 400, MiNr. 852 = 2 026 492, MiNr. 853 = 2 120 270, MiNr. 854 = 3 832 420, MiNr. 855 = 1 005 648, MiNr. 856 = 940 207 Stück

Gültig bis 20.4.1966

1964, 10. Sept. 50 Jahre Vaterländische Stiftung für Soziale Fürsorge und Betreuung (PIKPA). Odr.; Wz. 2; gez. K 13¾:12½.

pd) Kleinkind vor Sonne

857	2.50 Dr	mehrfarbig	pd		1,—	0,50
				FDC		6,50

Auflage: 3 092 809 Stück

Gültig bis 10.6.1966

1964, 14. Sept. Europa. Odr.; Wz. 2; gez. K 13:13½.

pe) Stilisierte Blume mit 22 Blütenblättern um CEPT-Emblem

858	2.50 Dr	blaugrün/bräunlichkarmin	pe		1,—	1,—
859	4.50 Dr	grauoliv/siena	pe		2,—	1,50
				Satzpreis (2 W.)	3,—	2,50
				FDC		3,50

Auflagen: MiNr. 858 = 2 421 877, MiNr. 859 = 1 473 601 Stück

Gültig bis 14.6.1966

1964, 18. Sept. Hochzeit von König Konstantin II. und Prinzessin Anne-Marie von Dänemark. StTdr.; Wz. 2; gez. K 13½:14.

pf) König Konstantin II. (*1940, reg. 1964–1973) und Prinzessin Anne-Marie von Dänemark (*1946)

860	1.50 Dr	schwarzblaugrün	pf		0,30	0,30
861	2.50 Dr	karmin	pf		0,30	0,30
862	4.50 Dr	kornblumenblau	pf		0,40	0,30
				Satzpreis (3 W.)	1,—	0,70
				FDC		2,—

Auflagen: MiNr. 860 = 1.483.757, MiNr. 861 = 3.658.557, MiNr. 862 = 1.442.716 Stück

Gültig bis 18.6.1966

1964, 24. Okt. Olympische Sommerspiele, Tokio. Odr.; Wz. 2; gez. K 13¾:12¼, Hochformate ~.

pg) Amphore (6. Jh. v. Chr.) mit Darstellung des Ringkampfes Peleus mit Atalante

ph) Amphore mit Darstellung von Wettläufern und Hellenodiken

pi) Napf (5. Jh. v. Chr.) mit Darstellung eines springenden Jünglings mit Sprunggewichten in den Händen

pk) Diskuswerfer mit Kampfbeobachter, Teil einer Darstellung auf Mischkrug (5. Jh. v. Chr.)

pl) Rennwagen mit Lenker und Jüngling; Weiherelief für einen Wagensieg (5. Jh. v. Chr.)

pm) Faustkämpfer, Fragment einer Schale

pn) Apollo; Ausschnitt aus dem Giebel des Zeustempels in Olympia (um 460 v. Chr.)

863	10 L	mehrfarbig	pg		0,30	0,30
864	1 Dr	mehrfarbig	ph		0,30	0,30
865	2 Dr	mehrfarbig	pi		0,30	0,30
866	2.50 Dr	mehrfarbig	pk		0,30	0,30
867	4.50 Dr	mehrfarbig	pl		0,30	0,30
868	6 Dr	mehrfarbig	pm		0,30	0,30
869	10 Dr	mehrfarbig	pn		1,—	2,—
				Satzpreis (7 W.)	2,50	3,50
				FDC		3,—

Auflagen: MiNr. 863 = 5 473 580, MiNr. 864 = 1 998 993, MiNr. 865 = 1 960 711, MiNr. 866 = 3 107 582, MiNr. 867 = 925 972, MiNr. 868 = 924 991, MiNr. 869 = 602 578 Stück

Gültig bis 24.7.1966

1965, 6. März. 350. Todestag von El Greco. Odr.; Wz. 2; gez. K 12¼:13¾, Querformat ~.

po) Jesus wird seiner Kleider beraubt (Espolio, Detail)

pp) Das Konzert der Engel (Detail)

pr) Pergament mit Unterschrift El Grecos

ps) Selbstbildnis

pt) Toledo im Unwetter

po–pp, ps–pt) Werke von El Greco, eigentlich Dominikos Theotokopulos (1541–1614), spanischer Maler griechischer Herkunft

870	50 L	mehrfarbig	po		0,30	0,30
871	1 Dr	mehrfarbig	pp		0,30	0,30
872	1.50 Dr	mehrfarbig	pr		0,30	0,30
873	2.50 Dr	mehrfarbig	ps		0,30	0,30
874	4.50 Dr	mehrfarbig	pt		0,30	0,30
				Satzpreis (5 W.)	1,50	1,50
				FDC		2,—

Auflagen: MiNr. 870 = 1 037 721, MiNr. 871 = 1 059 205, MiNr. 872 = 1 531 975, MiNr. 873 = 2 519 582, MiNr. 874 = 1 037 817 Stück

Gültig bis 5.12.1966

1965, 30. April. 100 Jahre Internationale Fernmeldeunion (ITU). Odr.; Wz. 2; gez. K 13¾:12¼.

pu) Telegraphenmast, ITU-Emblem, Antennensystem

875 2.50 Dr mehrfarbig .... pu 0,50 0,30
FDC 2,—

Auflage: 2 423 792 Stück

Gültig bis 29.1.1967

1965, 30. April. Theater-Festwochen. Odr.; Wz. 2; gez. K 12¼:13¾.

pv) Tanzaufführung im Epidaurus-Theater

pw) Theater des Herodes Attikus, Athen

876 1.50 Dr mehrfarbig .... pv 0,50 0,50
877 4.50 Dr mehrfarbig .... pw 0,50 0,50
Satzpreis (2 W.) 1,— 1,—
FDC 4,—

Auflagen: MiNr. 876 = 4 330 771, MiNr. 877 = 1 098 988 Stück

Gültig bis 29.1.1967

1965, 31. Mai. 150. Jahrestag der Aufstandsbewegung „Filiki Etaireia". Odr.; Wz. 2; gez. K 13¾:12¼.

px) Schwur einer Aufständischen; Gemälde von Dionysios Tsokos (1814–1862)

py) Flagge der Aufstandsbewegung (Vorder- und Rückseite) und umkränztes Kreuz

878 1.50 Dr mehrfarbig .... px 0,30 0,30
879 4.50 Dr mehrfarbig .... py 0,30 0,30
Satzpreis (2 W.) 0,50 0,50
FDC 1,20

Auflagen: MiNr. 878 = 4 198 150, MiNr. 879 = 1 013 174 Stück

Gültig bis 30.2.1967

1965, 30. Juni. 100. Geburtstag von Eleftherios Venizelos. StTdr.; Wz. 2; gez. K 12½:13¾.

pz) E. Venizelos als Freiheitskämpfer

ra) E. Venizelos bei Unterzeichnung des Vertrages von Sèvres

rb) Eleftherios Venizelos (1864–1936), Ministerpräsident

880 1.50 Dr dunkelgrün .... pz 0,30 0,30
881 2 Dr schwarzblau .... ra 0,60 0,60
882 2.50 Dr dunkelbraun .... rb 0,30 0,30
Satzpreis (3 W.) 1,— 1,—
FDC 1,50

Auflagen: MiNr. 880 = 2 550 419, MiNr. 881 = 1 510 956, MiNr. 882 = 4 038 071 Stück

Gültig bis 30.12.1966

1965, 30. Juni. Kongress der „AHEPA" in Athen. Odr.; Wz. 2; gez. K 12½ :13¾.

rc) Abzeichen der Organisation AHEPA

883 6 Dr mehrfarbig .... rc 0,50 0,50
FDC 1,—

Auflage: 977 027 Stück

Gültig bis 30.12.1966

1965, 11. Sept. 16. Internationaler Kongress für Weltraumforschung, Athen. Odr.; Wz. 2; gez. K 12½:13¾.

rd) Astrologische Planetensymbole

re) Kosmonaut im Weltraum

rf) Begegnung zweier Raumschiffe im Orbit

884 50 L mehrfarbig .... rd 0,30 0,30
885 2.50 Dr mehrfarbig .... re 0,30 0,30
886 6 Dr mehrfarbig .... rf 0,30 0,30
Satzpreis (3 W.) 0,70 0,70
FDC 1,20

Auflagen: MiNr. 884 = 3 225 001, MiNr. 885 = 2 199 392, MiNr. 886 = 1 090 806 Stück

Gültig bis 11.6.1967

1965, 11. Sept. 24. Balkanwettkämpfe, Athen. Odr.; Wz. 2; gez. K 13½:13, Hochformat ~.

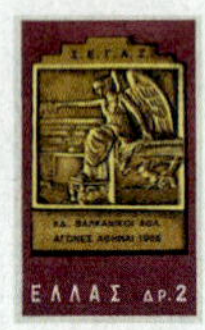

rg) Flagge der Wettkämpfe

rh) Medaille für die Sieger der Sportspiele

ri) Stadion in Neu-Faleron, Schauplatz der Wettkämpfe

887 1 Dr mehrfarbig .... rg 0,30 0,30
888 2 Dr mehrfarbig .... rh 0,30 0,30
889 6 Dr mehrfarbig .... ri 0,30 1,—
Satzpreis (3 W.) 0,70 1,50
FDC 1,50

Auflagen: MiNr. 887 = 5 001 347, MiNr. 888 = 3 126 566, MiNr. 889 = 762 283 Stück

Gültig bis 11.6.1967

1965, 21. Okt. Europa. Odr.; Wz. 2: gez. K 13½:12½.

rk) Zweig mit aus den Buchstaben „CEPT" gebildeter Frucht

890 2.50 Dr mehrfarbig .... rk 2,— 0,50
891 4.50 Dr mehrfarbig .... rk 2,— 0,50
Satzpreis (2 W.) 4,— 1,—
FDC 2,—

Auflagen: MiNr. 890 = 2 514 147, MiNr. 891 = 1 305 946 Stück

Gültig bis 21.7.1967

1965, 21. Okt. Eugenides-Stiftung. Odr.; Wz. 2; gez. K 13¾:12¼.

rl) Hipparchos (190–120 v. Chr.) Astronom der Antike, und das von ihm gebaute Messgerät (Astrolabium) zur Beobachtung der Sterne

892	2.50 Dr mehrfarbig	rl	0,50	0,30
		FDC		0,70

Auflage: 3 204 736 Stück

Gültig bis 21.7.1967

1965, 30. Nov. 50 Jahre Postsparkasse. Odr.; Wz. 2; gez. K 12½:13¾.

rm) Ameisen als Symbol der Sparsamkeit

rn) Postsparbüchse und Postsparbuch

893	10 L mehrfarbig	rm	0,30	0,30
894	2.50 Dr mehrfarbig	rn	0,50	0,30
		Satzpreis (2 W.)	0,70	0,50
		FDC		3,—

Auflagen: MiNr. 893 = 4 496 977, MiNr. 894 = 2 332 907 Stück

Gültig bis 30.8.1967

1965, 30. Nov. Hl. Andreas. Odr.; Wz. 2; gez. K 12½:13¾.

ro) Kirche St. Andreas zu Patras

rp) Hl. Andreas; Mosaik (11. Jh.)

895	1 Dr mehrfarbig	ro	0,70	0,70
896	5 Dr mehrfarbig	rp	0,30	0,30
		Satzpreis 25 W.)	1,—	1,—
		FDC		4,50

Auflagen: MiNr. 895 = 530 119, MiNr. 896 = 1 695 970 Stück

Gültig bis 30.8.1967

1966, 28. Febr. Neugriechische Maler. Odr.; Wz. 2; gez. K 12½:13¾.

rr) Theodor Vrysakis (1814–1878)

rs) Nikiforos Lytras (1832–1904)

rt) Konstantin Volonaki (1837–1907)

ru) Nikolaos Gysis (1842–1901)

rv) Georg Jakovidis (1853–1932)

897	80 L mehrfarbig	rr	0,30	0,30
898	1 Dr mehrfarbig	rs	0,30	0,30
899	2.50 Dr mehrfarbig	rt	0,30	0,30
900	4 Dr mehrfarbig	ru	0,30	0,30
901	5 Dr mehrfarbig	rv	0,30	0,30
		Satzpreis (5 W.)	1,—	1,—
		FDC		1,50

Auflagen: MiNr. 897 = 753 652, MiNr. 898 = 5 046 521, MiNr. 899 = 2 385 963, MiNr. 900 = 1 875 606, MiNr. 901 = 2 040 774 Stück

Gültig bis 28.11.1967

1966, 30. März. 125 Jahre Nationalbank von Griechenland. StTdr.; Wz. 2; gez. K 12½:13¾.

rw) Jean-Gabriel Eynard (1775–1863), Finanzberater, Mitbegründer und Finanzier

rx) Georg Stavros (1788–1869), Bankdirektor und Mitbegründer

ry) Hauptgeschäftsgebäude der Bank in Athen aus dem Jahre 1902, nach einem Kupferstich von J. Kefallinos

rz) 25-Drachmen-Banknote aus dem Jahre 1867 mit Bildnis und Unterschrift von G. Stavros, Allegorie für Landwirtschaft, Industrie und Kunst; königl. Wappen

902	1.50 Dr dunkelgelbgrün	rw	0,30	0,30
903	2.50 Dr siena	rx	0,30	0,30
904	4 Dr violettultramarin	ry	0,30	0,30
905	6 Dr blauschwarz	rz	0,30	0,30
		Satzpreis (4 W.)	1,—	1,—
		FDC		1,50

Auflagen: MiNr. 902 = 3 127 441, MiNr. 903 = 2 052 921, MiNr. 904 = 1 516 807, MiNr. 905 = 1 048 650 Stück

Gültig bis 30.12.1967

1966, 18. April. 100. Jahrestag des Beginns des Aufstandes der Kreter gegen die Türken. Odr.; Wz. 2; gez. K 12½:13¾, Querformate ∼.

sa) Hatzimichalis Jannaris (1831–1916), Führer des Aufstandes

sb) Sprengung des Klosters Arkadhi auf Kreta

sc) Karte der Insel Kreta

906	2 Dr mehrfarbig	sa	0,30	0,30
907	2.50 Dr mehrfarbig	sb	0,30	0,30
908	4.50 Dr mehrfarbig	sc	0,30	0,30
		Satzpreis (3 W.)	0,60	0,60
		FDC		1,20

Auflagen: MiNr. 906 = 3 926 078, MiNr. 907 = 5 015 188, MiNr. 908 = 1 097 000 Stück

Gültig bis 18.1.1968

1966, 18. April. Organisationen der UNO. Odr.; Wz. 2; gez. K 12½:13¾, Querformat ~.

sd) Wasserzyklus

se) Abzeichen der UNESCO

sf) Neues Verwaltungsgebäude der Weltgesundheitsorganisation in Genf

909	1 Dr mehrfarbig	sd	0,30	0,30
910	3 Dr mehrfarbig	se	0,30	0,30
911	5 Dr mehrfarbig	sf	0,30	0,30
	Satzpreis (3 W.)		0,60	0,60
	FDC			1,20

Auflagen: MiNr. 909 = 2 163 291, MiNr. 910 = 3 788 387, MiNr. 911 = 1 479 250 Stück

Gültig bis 18.1.1968

1966, 26. Mai. Transatlantikdienst der griechischen Luftverkehrsgesellschaft OLYMPIC AIRWAYS. Odr.; Wz. 2; gez. K 13¾:13.

sg) Boeing 707 zwischen Athen und New York

912	6 Dr dunkelblau/blau	sg	1,—	1,—
	FDC			7,50

Auflage: 961 769 Stück

Gültig bis 26.2.1968

1966, 26. Mai. 2500 Jahre Griechisches Theater. Odr.; Wz. 2; gez. K 12¼:13¾, Querformate ~.

sh) Kupferne Tragödienmaske aus Piräus (4. Jh. v. Chr.)

si) Dionysos auf einem Thespiskarren; Malerei auf attischer Vase (500–480 v. Chr.)

sk) Dionysos-Theater am Fuße der Akropolis, Athen

sl) Dionysos in einer Tanzszene; Vasenmalerei des Kleophades (um 500 v. Chr.)

913	1 Dr mehrfarbig	sh	0,30	0,30
914	1.50 Dr mehrfarbig	si	0,30	0,30
915	2.50 Dr mehrfarbig	sk	0,30	0,30
916	4.50 Dr mehrfarbig	sl	0,30	0,30
	Satzpreis (4 W.)		0,80	0,80
	FDC			1,20

Auflagen: MiNr. 913 = 1 813 370, MiNr. 914 = 3 655 070, MiNr. 915 = 6 270 502, MiNr. 916 = 1 010 281 Stück

Gültig bis 26.2.1968

1966, 19. Sept. 4. Internationaler Tabak-Kongress, Athen. Odr.; Wz. 2; gez. K 12¼:13¾.

sm) Tabakernte

sn) Verarbeitung des Tabaks

917	1 Dr mehrfarbig	sm	0,30	0,30
918	5 Dr mehrfarbig	sn	0,60	0,50
	Satzpreis (2 W.)		0,70	0,60
	FDC			1,20

Auflagen: MiNr. 917 = 5 773 775, MiNr. 918 = 2 648 179 Stück

Gültig bis 19.6.1968

1966, 19. Sept. Europa. Odr.; Wz. 2; gez. K 12½:13¾.

so) Stilisiertes Boot mit geblähtem Segel und Inschrift „CEPT"

919	1.50 Dr braun-/schwarzoliv	so	1,—	0,50
920	4.50 Dr orange-/rotbraun	so	2,—	0,50
	Satzpreis (2 W.)		3,—	1,—
	FDC			2,—

Auflagen: MiNr. 919 = 7 566 997, MiNr. 920 = 1 319 086 Stück

Gültig bis 19.6.1968

1966, 21. Nov. Freimarken: Griechische Volkskunst. Odr.; Wz. 2; gez. K 12¼:13¾, Querformate ~.

sp) Hölzerne Nadelkästchen

sr) Reiter; Stickerei aus Ioannina (18. Jh.)

ss) Kretische Lyra (18. Jh.)

st) Massa (Rhythmusinstrument) aus Thrakien

su) Relief aus dem Kloster St. Athanasios in Leukas (Ende des 18. Jh.)

sv) Ikone mit hl. Konstantin und hl. Helena

sw) Verkündigung; Holzschnitzerei aus der St.-Nikolaus-Kirche in Galaxidion (19. Jh.)

sx) Schiff; Stickerei von Insel Skyros (19. Jh.)

sy) Hochzeitszug; Stickerei von der Insel Anafi (18. Jh.)

sz) Spinnrocken mit hl. Georg und hl. Barbara

ta) Ohrringe und Halskette (18. Jh.)

tb) Webmuster von der Insel Zypern

921	10 L	mehrfarbig	sp	0,30	0,30
922	30 L	mehrfarbig	sr	0,30	0,30
923	50 L	mehrfarbig	ss	0,30	0,30
924	1 Dr	mehrfarbig	st	0,30	0,30
925	1.50 Dr	mehrfarbig	su	0,30	0,30
926	2 Dr	mehrfarbig	sv	2,—	0,30
927	2.50 Dr	mehrfarbig	sw	0,30	0,30
928	3 Dr	mehrfarbig	sx	0,30	0,30
929	4 Dr	mehrfarbig	sy	1,—	0,30
930	4.50 Dr	mehrfarbig	sz	0,30	0,30
931	5 Dr	mehrfarbig	ta	0,70	0,30
932	20 Dr	mehrfarbig	tb	2,50	0,50
			Satzpreis (12 W.)	7,50	2,50
			FDC		50,—

Auflagen: MiNr. 921 = 12 000 000, MiNr. 922 und 929 je 6 000 000, MiNr. 923 = 22 000 000, MiNr. 924 = 26 000 000, MiNr. 925 = 32 000 000, MiNr. 926 = 19.000.000, MiNr. 927 = 72 000 000, MiNr. 928 = 8 000 000, MiNr. 930 = 14.000.000, MiNr. 931 = 7 000 000, MiNr. 932 1 000 000 Stück

Gültig bis 19.5.1977

1966, 19. Dez. Thronfolgerin Alexia von Griechenland. StTdr.; Wz. 2; gez. K 13¾:14¼.

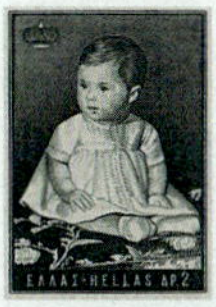
tc) Thronfolgerin Alexia von Griechenland (*1965)

td) König Konstantin II., Königin Anne-Marie und Thronfolgerin Alexia

te) Thronfolgerin Alexia und Königin Anne-Marie

933	2 Dr	dunkelgelbgrün	tc	0,30	0,30
934	2.50 Dr	schwarzlila	td	0,30	0,30
935	3.50 Dr	dunkelultramarin	te	0,50	0,30
			Satzpreis (3 W.)	1,—	0,70
			FDC		1,10

Auflagen: MiNr. 933 = 3 414 321, MiNr. 934 = 11 035 036, MiNr. 935 = 1 670 193 Stück

Gültig bis 19.6.1968

1967, 28. Febr. Neugriechische Bildhauer. Odr.; Wz. 2; gez. K 12¼:13¾, Querformate ~.

tf) Nacht; Büste von Johannes Kossos (1830–1873)

tg) Penelope; Sitzstatue von Leonidas Drosses (1836–1882)

th) Schafhirte; von Georg Fytales (tätig von 1847–1868)

ti) Frauentorso; von Konstantin Demetriades (1881–1943)

tk) Kolokotrones; Reiterstandbild von Lazarus Sochos (1862–1911)

tl) Die Schlafende; Grabstein von Johannes Halepas (1851–1938)

tm) Der Holzhacker; von Demetrios Filippotes (1839–1919)

936	20 L	mehrfarbig	tf	0,30	0,30
937	50 L	mehrfarbig	tg	0,30	0,30
938	80 L	mehrfarbig	th	0,30	0,30
939	2 Dr	mehrfarbig	ti	0,30	0,30
940	2.50 Dr	mehrfarbig	tk	0,30	0,30
941	3 Dr	mehrfarbig	tl	0,70	0,30
942	10 Dr	mehrfarbig	tm	0,50	0,30
			Satzpreis (7 W.)	2,—	1,10
			FDC		2,—

Auflagen: MiNr. 936 = 2 914 154, MiNr. 937 = 2 104 170, MiNr. 938 = 1 520 230, MiNr. 939 = 1 516 642, MiNr. 940 = 4 754 895, MiNr. 941 = 1 856 739, MiNr. 942 = 1 355 910 Stück

Gültig bis 28.11.1968

1967, 6. April. Sportereignisse: Welt-Olympiatag; 7. Athen-Marathon; Vorrunde zum Leichtathletik-Europacup, Athen; Leichtathletik-Europameisterschaft, Athen (1969) (I); Einweihung des Amtsitzes der Internationalen Olympischen Akademie (IOA), Olympia. Odr.; Wz. 2; gez. K 12½:13¾, Hochformat ~.

tn) Olympische Ringe, Weltkarte

to) Antikes Gefäß mit Läufern

tp) Hürdenlauf, Europakarte

tr) Der Diskuswerfer; Skulptur von Konstantinos Dimitriadis (1881–1943)

ts) Hera-Tempel, Olympia

943	1 Dr	mehrfarbig	tn	0,30	0,30
944	1.50 Dr	mehrfarbig	to	0,30	0,30
945	2.50 Dr	mehrfarbig	tp	0,30	0,30
946	5 Dr	mehrfarbig	tr	0,40	0,30
947	6 Dr	mehrfarbig	ts	0,70	0,30
			Satzpreis (5 W.)	2,—	1,20
			FDC		2,20

Auflagen: MiNr. 943 = 2.183.835, MiNr. 944 = 2.465.697, MiNr. 945 = 4.747.256, MiNr. 946 = 2.526.639, MiNr. 947 = 1.501.445 Stück

Gültig bis 6.1.1969

In ähnlicher Zeichnung wie MiNr. 946: MiNr. 970

1967, 2. Mai. Europa. Odr.; Wz. 2; gez. K 12½:13¾.

tt) Ineinandergreifende Zahnräder, Antriebsrad mit CEPT-Emblem

948	2.50 Dr	mehrfarbig	tt	0,70	0,30
949	4.50 Dr	mehrfarbig	tt	1,80	1,30
			Satzpreis (2 W.)	2,50	1,50
			FDC		2,—

Auflagen: MiNr. 948 = 3 953 019, MiNr. 949 = 1 357 245 Stück

Gültig bis 2.2.1969

1967, 26. Juni. Nautische Woche. Odr.; Wz. 2; gez. K 13¾:12¼, Hochformat ~

tu) Zerstörer „Lonchi“ der „Aspis“-Klasse, Bauj. 1942

tv) Segelschulschiff Schoner „Eugen Eugenides“ der griechischen Handelsmarine

tw) Schule der Handelsmarine in Aspropyrgos

tx) Panzerkreuzer „Averoff“ vor der Schiffsjungenschule auf Poros

ty) Galionsfigur eines alten Seglers vor S.S. „Australis“

950	20 L	mehrfarbig	tu	0,30	0,30
951	1 Dr	mehrfarbig	tv	0,30	0,30
952	2.50 Dr	mehrfarbig	tw	0,30	0,30
953	3 Dr	mehrfarbig	tx	0,50	0,50
954	6 Dr	mehrfarbig	ty	0,50	0,50
			Satzpreis (5 W.)	1,50	1,50
			FDC		2,—

Auflagen: MiNr. 950 = 2 525 197, MiNr. 951 = 2 264 458, MiNr. 952 = 2 694 777, MiNr. 953 = 1 662 676, MiNr. 954 = 1 635 120 Stück

Gültig bis 26.3.1969

1967, 26. Juni. Internationales Jahr des Tourismus. Odr.; Wz. 2; gez. K 13¾:12¼, Hochformat ~.

tz) Blick auf die Insel Skopelos (Sporaden-Gruppe im Ägäischen Meer), vorn neubyzantinische Kapelle

ua) Apollo-Tempel in Bassai bei Adritsaina (Peloponnes), 430 v. Chr. erbaut von Iktinus, dorisch

ub) Plaka: Malerisches Treppengassenviertel Alt-Athens am Fuße der Akropolis

955	2.50 Dr	mehrfarbig	tz	0,30	0,30
956	4.50 Dr	mehrfarbig	ua	0,50	0,30
957	6 Dr	mehrfarbig	ub	0,50	0,30
			Satzpreis (3 W.)	1,20	0,60
			FDC		1,50

Auflagen: MiNr. 955 = 2 228 491, MiNr. 956 = 2 172 322, MiNr. 957 = 2 080 842 Stück

Gültig bis 26.3.1969

1967, 30. Aug. Nationalrevolution des 21. April 1967. Odr.; Wz. 2; gez. K 12¼:13¾.

uc) Soldat vor einem aus den Flammen emporsteigenden Phönix

958	2.50 Dr	mehrfarbig	uc	0,30	0,30
959	3 Dr	mehrfarbig	uc	0,30	0,30
960	4.50 Dr	mehrfarbig	uc	0,50	0,50
			Satzpreis (3 W.)	0,80	0,80
			FDC		1,50

Auflagen: MiNr. 958 = 6 102 112, MiNr. 959 = 5 268 398, MiNr. 960 = 1 595 437 Stück

Gültig bis 30.5.1969

1967, 29. Nov. 1. Kongress für industrielle Entwicklung durch die Vereinten Nationen (UNIDO), Athen. Wz. 2; gez. K 13:14.

ud) Industrieanlage

961	4.50 Dr	mehrfarbig	ud	0,50	0,50
			FDC		7,50

Auflage: 1 289 278 Stück

Gültig bis 29.8.1969

1967, 20. Dez. Internationaler Tag des Kindes. Odr.; Wz. 2; gez. K 13¾:12¼.

ue) „Landschaft mit Segelschiffen“ von Amalia Pilalitou aus Agia Marina-Mytilene, 6. Klasse

uf) „Dampfer vor einer Insel“ von Lampros Tsirikas aus Mauranäa-Grewena, 4. Klasse

ug) „Bauerngehöft“ von Kleoniki Ampelikiotou aus Ano Chalika, 5. Klasse

uh) „Hügellandschaft mit Kirche“ von Nikolaos Frankos aus Vasilitsi-Pylos, 4. Klasse

962	20 L	mehrfarbig	ue	0,30	0,30
963	1.50 Dr	mehrfarbig	uf	0,30	0,30
964	3.50 Dr	mehrfarbig	ug	0,50	0,50
965	6 Dr	mehrfarbig	uh	0,50	0,30
			Satzpreis (4 W.)	1,30	1,—
			FDC		1,50

Auflagen: MiNr. 962 = 2 338 810, MiNr. 963 = 6 661 105, MiNr. 964 = 1 046 858, MiNr. 965 = 4 146 595 Stück

Gültig bis 20.9.1969

1968, 28. Febr. Sportereignisse: 28. Balkanspiele, Athen; 8. Konferenz der Internationalen Olympischen Akademie (IOA), Olympia; Entzündung des olympischen Feuers, Olympia; Welt-Olympiatag; Leichtathletik-Europameisterschaft, Athen (1969) (II). Odr.; Wz. 2; gez. K 12¾.

ui) Speerwerfen

uk) Weitsprung

ul) Kopf des Apollon vom Westgiebel des Zeustempels (460 v. Chr.)

um) Fackelläufer; Vasenbild einer attischen Pelike (5. Jh. v. Chr.)

un) Olympische Ringe, Weltkarte

uo) Der Diskuswerfer; Skulptur von Konstantinos Dimitriadis (1881–1943)

up) Langstreckenlauf

966	50 L	mehrfarbig	ui	0,30	0,30
967	1 Dr	mehrfarbig	uk	0,30	0,30
968	1.50 Dr	mehrfarbig	ul	0,30	0,30
969	2.50 Dr	mehrfarbig	um	0,30	0,30
970	4 Dr	mehrfarbig	un	0,30	0,30
971	4.50 Dr	mehrfarbig	uo	0,50	0,30
972	6 Dr	mehrfarbig	up	0,50	0,30
			Satzpreis (7 W.)	2,50	1,60
			FDC		2,—

Auflagen: MiNr. 966 = 2.264.036, MiNr. 967 = 4.452.742, MiNr. 968 = 1.904.921, MiNr. 969 = 4.448.385, MiNr. 970 = 1.004.364, MiNr. 971 = 678.793, MiNr. 972 = 3.096.075 Stück

Gültig bis 28.11.1969

In ähnlicher Zeichnung wie MiNr. 970: MiNr. 946

1968, 29. März. Kongress der Internationalen Automobil-Föderation (FIA), Athen. Odr.; Wz. 2; gez. K 13¼:14.

ur) Embleme der Internationalen Automobil-Föderation (FIA) und des Griechischen Touringclubs (ELKA) über Personenwagen

973	5 Dr mehrfarbig	ur	1,50	1,—
		FDC		4,50

Auflage: 781 138 Stück

Gültig bis 29.12.1969

1968, 29. März. Europa. Odr.; Wz. 2; gez. K 13¾:12¼.

us) Kreuzbartschlüssel mit CEPT-Emblem

974	2.50 Dr mehrfarbig	us	1,—	0,50
975	4.50 Dr mehrfarbig	us	2,—	1,50
		Satzpreis (2 W.)	3,—	2,—
		FDC		2,50

Auflagen: MiNr. 974 = 4 155 099, MiNr. 975 = 975 171 Stück

Gültig bis 29.12.1969

1968, 27. April. Ausstellung „Kämpfe der Hellenen für die Zivilisation". Odr.; Wz. 2; MiNr. 976 und MiNr. 979 gez. K 13¾:13, MiNr. 977–978, 980 gez. K 13¾:14, MiNr. 981–983 gez. K 13:13¾.

ut) Athene überwältigt den Giganten Alkyoneos; aus dem Ostfries des Zeusaltars (um 180 v. Chr.)

uu) Athene in Rüstung; Teil einer Bronzestatue (2. Jh. v. Chr.)

uv) Alexander der Große; Teilrelief vom Marmor-Sarkophag des Alexander von Sidon (um 310 v. Chr.)

uw) Die Imperatoren Konstantin und Justinian bieten der Gottesmutter die Stadt Konstantinopel und den Tempel Hagia Sophia dar; byzantinisches Mosaik (um 1000 n. Chr.)

ux) Der Imperator Konstantin Palaiologos; Gemälde von Dionysios Tsokos (1814–1862)

uy) Hellas auf den Ruinen von Mesolongion; Gemälde von Eugène Delacroix (1798–1863)

uz) Evzone; Gemälde von Georges Scott (1873–1943)

va) Nike von Samothrake; hellenistische Marmorstatue (um 190 v. Chr.)

976	10 L mehrfarbig	ut	0,30	0,30
977	20 L mehrfarbig	uu	0,30	0,30
978	50 L mehrfarbig	uv	0,30	0,30
979	1.50 Dr mehrfarbig	uw	0,30	0,30
980	2.50 Dr mehrfarbig	ux	0,30	0,30
981	3 Dr mehrfarbig	uy	0,30	0,30
982	4.50 Dr mehrfarbig	uz	0,30	0,30
983	6 Dr mehrfarbig	va	0,40	2,50
		Satzpreis (8 W.)	2,50	4,—
		FDC		3,50

Auflagen: MiNr. 976 = 2 112 577, MiNr. 977 = 2 863 300, MiNr. 978 = 3 934 002, MiNr. 979 = 4 928 676, MiNr. 980 = 7 616 450, MiNr. 981 = 2 707 724, MiNr. 982 = 1 074 744, MiNr. 983 = 672 381 Stück

Gültig bis 2.1.1970

1968, 11. Juli. 20. Jahrestag der Vereinigung des Dodekanes mit Griechenland. Odr.; Wz. 2; gez. K 14:13¼, Hochformat ~.

vb) Monument des Unbekannten Lehrers und Pfarrers in Rhodos

vc) Symbol der Eingliederung: Flagge Griechenlands über Karte des Gesamtgebiets

984	2 Dr mehrfarbig	vb	0,30	0,30
985	5 Dr mehrfarbig	vc	1,—	1,50
		Satzpreis (2 W.)	1,20	1,80
		FDC		2,50

Auflagen: MiNr. 984 = 4 458 950, MiNr. 985 = 669 198 Stück

Gültig bis 11.4.1970

1968, 11. Juli. Nationalkongress des Vereins amerikanischer Griechen (GAPA), Athen. Odr.; Wz. 2; gez. K 14:13½.

vd) Flammenschale, Sinnbild des Bundes

986	6 Dr mehrfarbig	vd	1,20	1,50
		FDC		2,50

Auflage: 609 053 Stück

Gültig bis 11.11.1970

1968, 11. Juli. 19. Priester- und Laienkongress der griechisch-orthodoxen Erzdiözese Amerikas, Athen. Odr.; Wz. 2; gez. K 13½:14.

ve) Kreuz über Erdkugel, Emblem der Erzdiözese

987	6 Dr mehrfarbig	ve	1,20	1,50
		FDC		2,50

Auflage: 604 268 Stück

Gültig bis 11.11.1970

1968, 8. Sept. 5. Europäischer kardiologischer Kongress, Athen. Odr.; Wz. 2; gez. K 13½:14.

vf) Fragment eines Reliefs des Asklepiostempels, Athen

988	4.50 Dr mehrfarbig	vf	1,50	1,50
		FDC		5,—

Auflage: 737 576 Stück

Gültig bis 8.6.1970

1968, 25. Sept. Olympische Sommerspiele, Mexiko-Stadt. Odr.; Wz. 2; gez. K 14:13½, Hochformat ~.

vg) „Panathenisches Stadion“, Stätte der Olympiade 1896, Athen

vh) Teilansicht von Olympia, Stätte der Olympischen Spiele des Altertums

vi) Pindar (500 v. Chr.), Lyriker; Schriftrolle mit Teil einer Ode über die Olympischen Spiele

989	2.50 Dr mehrfarbig	vg	0,40	0,30
990	5 Dr mehrfarbig	vh	0,60	0,30
991	10 Dr mehrfarbig	vi	2,—	1,40
	Satzpreis (3 W.)		3,—	2,—
	FDC			2,50

Auflagen: MiNr. 989 = 7 008 585, MiNr. 990 = 3 611 156, MiNr. 991 = 709 314 Stück

Gültig bis 25.6.1970

1968, 8. Nov. Königlich Griechische Luftwaffe. Odr.; Wz. 2; gez. K 14:13½, Hochformat ~.

vk) Luftkampf 1940; griech. Jagdflugzeug rammt ital. Bomber

vl) Flugzeug „Breguet 19“ und Karte des Mittelmeerrundfluges von 1928

vm) Erstes griech. Flugzeug „H. Farman“ und Düsenjagdmaschine F-104 G

992	2.50 Dr mehrfarbig	vk	0,30	0,30
993	3.50 Dr mehrfarbig	vl	0,50	0,30
994	8 Dr mehrfarbig	vm	1,20	1,50
	Satzpreis (3 W.)		2,—	2,—
	FDC			2,80

Auflagen: MiNr. 992 = 5 495 292, MiNr. 993 = 2 413 079, MiNr. 994 = 561 786 Stück

Gültig bis 8.8.1970

1968, 8. Nov. 20 Jahre Weltgesundheitsorganisation (WHO). Odr.; Wz. 2; gez. K 13½:14.

vn) Kopf der Göttin Hygieia, Tochter des Asklepios; Statue des Bildhauers Skopas (4. Jh. v. Chr.)

995	5 Dr mehrfarbig	vn	1,20	1,50
	FDC			2,—

Auflage: 710 324 Stück

Gültig bis 8.8.1970

1969, 10. Febr. Heiliger Zenon. Odr.; Wz. 2; gez. K 13¼:14.

vo) Hl. Zenon († 417), persönlicher Briefbote des römischen Kaisers Flavius Valens

996	2.50 Dr mehrfarbig	vo	0,50	0,50
	FDC			4,50

Auflage: 2 835 624 Stück

Gültig bis 10.11.1970

1969, 10. Febr. 50 Jahre Internationale Arbeitsorganisation (ILO). Odr.; Wz. 2; gez. K 13¾:12¼.

vp) Hephaistos, der Gott des Feuers und der Kunst, und Zyklopen am Amboss (Detail eines antiken Reliefs)

vr) Arbeiter-Festzug (Detail einer minoischen Specksteinvase, ca. 1500 v. Chr.)

997	1.50 Dr mehrfarbig	vp	0,30	0,30
998	10 Dr mehrfarbig	vr	1,30	1,50
	Satzpreis (2 W.)		1,50	1,80
	FDC			2,50

Auflagen: MiNr. 997 = 7 063 110, MiNr. 998 = 711 044 Stück

Gültig bis 10.11.1970

1969, 12. März. Tourismus. Odr.; Wz. 2; gez. K 14:13, Hochformat ~.

vs) Jachthafen von Wouliagméni bei Athen

vt) „Chor der Alten“, Szene einer antiken Tragödie (Athener Festspiele)

vu) Teilansicht der Insel Astypàläa (Dodekanes)

999	1 Dr mehrfarbig	vs	0,30	0,30
1000	5 Dr mehrfarbig	vt	1,10	1,—
1001	6 Dr mehrfarbig	vu	0,30	0,30
	Satzpreis (3 W.)		1,50	1,20
	FDC			2,—

Auflagen: MiNr. 999 = 8 828 737, MiNr. 1000 = 713 015, MiNr. 1001 = 3 706 222 Stück

Gültig bis 12.12.1970

1969, 4. April. 20 Jahre Nordatlantikpakt (NATO). Odr.; Wz. 2; gez. K 12¼:13¾, Querformat ~.

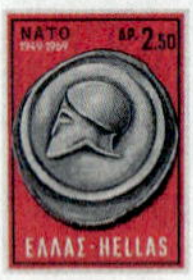

vv) Didrachmon (Silber) aus Kamarina: Korinthischer Helm auf attischem Schild, ca. 450 v. Chr.

vw) Waffenträger (Detail eines frühkorinthischen Wasserkruges, ca. 630 v. Chr.)

1002	2.50 Dr mehrfarbig	vv	0,30	0,30
1003	4.50 Dr mehrfarbig	vw	1,50	1,20
	Satzpreis (2 W.)		1,80	1,50
	FDC			2,—

Auflagen: MiNr. 1002 = 5 628 056, MiNr. 1003 = 731 082 Stück

Gültig bis 4.1.1971

1969, 5. Mai. Europa. Odr.; Wz. 2; gez. K 14:12¼.

vx) „EUROPA“ und „CEPT“ in Tempelform

1004	2.50 Dr	mehrfarbig	vx	1,—	0,50
1005	4.50 Dr	mehrfarbig	vx	5,—	1,50
		Satzpreis (2 W.)		6,—	2,—
		FDC			4,—

Auflagen: MiNr. 1002 = 5 628 056, MiNr. 1003 = 731 082 Stück

Gültig bis 4.1.1971

1969, 5. Mai. 9. Leichtathletik-Europameisterschaft, Athen (III). Odr.; Wz. 2; gez. K 13¾:12¼, Querformat ∼.

vy) Goldmedaille der Meisterschaftskämpfe

vz) Stabhochspringer; Athleten einer panathenischen Amphore (500 v. Chr.)

wa) Staffelläufer; Läufer auf Amphore, archaische Darstellung (525 v. Chr.)

wb) Diskuswerfer; Athlet einer panathenischen Amphore (480 v. Chr.)

1006	20 L	mehrfarbig	vy	0,30	0,30
1007	3 Dr	mehrfarbig	vz	0,30	0,30
1008	5 Dr	mehrfarbig	wa	0,40	0,30
1009	8 Dr	mehrfarbig	wb	2,—	1,80
		Satzpreis (4 W.)		3,—	2,50
		FDC			3,50

Auflagen: MiNr. 1006 = 4 065 574, MiNr. 1007 = 2 927 188, MiNr. 1008 = 4.252.590, MiNr. 1009 = 495 135 Stück

Gültig bis 5.2.1971

1969, 28. Juni. Griechenland und das Meer. Odr.; Wz. 2; MiNr. 1010 gez. K 12½:14, MiNr. 1011 und 1013 gez. K 14:12½, MiNr. 1012 und 1014 gez. K 14:13.

wc) Brigg und Dampfschiff (19. Jh.)

wd) Großtanker „Olympic Garland“ (1965)

we) Kriegsschiffe „Themistokles“ und „Karteria“ (1821)

wf) Zerstörer „Velos“ (1942/1958)

wg) Seeschlacht bei Salamis (480 v. Chr.)

1010	80 L	mehrfarbig	wc	0,30	0,30
1011	2 Dr	mehrfarbig	wd	0,30	0,30
1012	2.50 Dr	mehrfarbig	we	0,30	0,30
1013	4.50 Dr	mehrfarbig	wf	0,80	0,30
1014	6 Dr	mehrfarbig	wg	2,—	2,50
		Satzpreis (5 W.)		3,50	3,50
		FDC			3,50

Auflagen: MiNr. 1010 = 1 041 637, MiNr. 1011 = 4 756 092, MiNr. 1012 = 5.101.598, MiNr. 1013 = 1 114 042, MiNr. 1014 = 587 709 Stück

Gültig bis 28.3.1971

1969, 31. Aug. 20. Jahrestag des Sieges bei Vitsi-Grammos. Odr.; Wz. 2; gez. K 13:14.

wh) Flaggenhissung auf dem Bergmassiv Grammos durch nationalgriechische Truppen

1015	2.50 Dr	mehrfarbig	wh	0,80	0,50
		FDC			0,70

Auflage: 1 993 832 Stück

Gültig bis 31.5.1971

1969, 12. Okt. 25. Jahrestag der Befreiung. Odr.; Wz. 2; MiNr. 1016 und 1018 gez. K 13:14, MiNr. 1017 gez. K 13½:14.

wi) Schlachtenlenkerin Athene, archaische Statue; Landkarte Griechenlands

wk) „Widerstand“, symbolische Darstellung

wl) Grafik der Kämpfe griechischer Streitkräfte

1016	4 Dr	mehrfarbig	wi	0,30	0,30
1017	5 Dr	mehrfarbig	wk	2,—	1,50
1018	6 Dr	mehrfarbig	wl	0,30	0,30
		Satzpreis (3 W.)		2,50	2,—
		FDC			2,—

		★★
1017 U	ungezähnt (Paar)	360,—

Auflagen: MiNr. 1016 = 3 950 115, MiNr. 1017 = 538 130, MiNr. 1018 = 2 500 332 Stück

Gültig bis 12.7.1971

1969, 12. Nov. Befreiungskampf von Makedonien. Odr.; Wz. 2; gez. K 12¼:13¾.

wm) Denkmal von Dimitrios Karatasos (1798–1861), Freiheitskämpfer

wn) Denkmal von Emmanuel Pappas (1772–1821), Truppenführer

wo) Pavlos Melas (1870–1904), Offizier

wp) Kapetan Kotas, eigentlich Konstantinos Christou (1863–1905), Führer der Freiheitskämpfer

				★★	⊙
1019	1.50 Dr	mehrfarbig	wm	0,30	0,30
1020	2.50 Dr	mehrfarbig	wn	0,30	0,30
1021	3.50 Dr	mehrfarbig	wo	0,30	0,40
1022	4.50 Dr	mehrfarbig	wp	1,20	1,50
		Satzpreis (4 W.)		2,—	2,50
		FDC			2,50

Auflagen: MiNr. 1019 = 4 174 316, MiNr. 1020 = 3 014 361, MiNr. 1021 = 2.459.228, MiNr. 1022 = 617 311 Stück

Gültig bis 12.8.1971

1970, 16. Jan. Mosaikkunst. Odr.; Wz. 2; MiNr. 1023 und 1025–1027 gez. K 12¼:13¾, MiNr. 1024 gez. K 14:13, MiNr. 1028 gez. K 13:14.

wr) „Engel der Verkündigung" aus d. Kloster Daphni (9. Jh.)

ws) Delphine, Bodenmosaik (110 v. Chr.)

wt) Hl. Geist; Detail (11. Jh.)

wu) Jäger (4. Jh. v. Chr.)

wv) Vogel (5. Jh.)

ww) Christus (11. Jh.)

1023	20	L	mehrfarbig	wr	0,30	0,30
1024	1	Dr	mehrfarbig	ws	0,30	0,30
1025	1.50	Dr	mehrfarbig	wt	0,30	0,30
1026	2	Dr	mehrfarbig	wu	0,40	0,40
1027	5	Dr	mehrfarbig	wv	0,60	0,60
1028	6	Dr	mehrfarbig	ww	1,50	1,20
				Satzpreis (6 W.)	3,—	3,—
				FDC		3,20

Auflagen: MiNr. 1023–1026 je 3 000 000, MiNr. 1027 = 2 400 000, MiNr. 1028 = 600 000 Stück

MiNr. 1023–2061 waren, mit Ausnahme von MiNr. 1103–1105, bis 31.12.2002 frankaturgültig.

1970, 16. März. Freimarken: Die Taten des Herakles. Odr.; Wz. 2; gez. K 14:12¼, Hochformate ~.

wx) Herakles besiegt den kertischen Stier; Metopenrelief vom Zeustempel in Olympia (5. Jh. v. Chr.)

wy) Herakles und der Zerberus; griechischer Wasserkrug (um 520 v. Chr.)

wz) Herakles und die goldenen Äpfel der Hesperiden; Metopenrelief vom Zeustempel in Olympia (5. Jh. v. Chr.)

xa) Herakles und die lernäische Schlange; griechisches Wassergefäß aus rotem Ton

xb) Herakles und der Riese Geryoneus; antike Amphore

xc) Herakles und der erymanthische Eber,; archaische Amphore (5. Jh. v. Chr.)

xd) Herakles und der Zentaur Nessos; Athener Vase (Ende des 7. Jh. v. Chr.)

xe) Herakles im Kampf mit dem Flussgott Acheloos; griechischer Wasserkrug aus rotem Ton (5. Jh. v. Chr.)

xf) Herakles besiegt den Löwen von Neme; Amphore von Psyakos (etwa 520 v. Chr.)

xg) Herakles und die stymphalischen Raubvögel; Athener Vase (Mitte des 6. Jh. v. Chr.)

xh) Herakles im Kampf mit dem Riesen Antaios; Athener Schale (Ende des 6. Jh. v. Chr.)

1029	20	L	mehrfarbig	wx	0,30	0,30
1030	30	L	mehrfarbig	wy	0,30	0,30
1031	1	Dr	mehrfarbig	wz	0,50	0,30
1032	1.50	Dr	mehrfarbig	xa	0,50	0,30
1033	2	Dr	mehrfarbig	xb	3,—	0,30
1034	2.50	Dr	mehrfarbig	xc	0,30	0,30
1035	3	Dr	mehrfarbig	xd	3,—	0,30
1036	4.50	Dr	mehrfarbig	xe	0,30	0,30
1037	5	Dr	mehrfarbig	xf	0,50	0,30
1038	6	Dr	mehrfarbig	xg	0,50	0,30
1039	20	Dr	mehrfarbig	xh	1,20	0,70
				Satzpreis (11 W.)	10,—	2,—
				FDC		55,—

Auflagen: MiNr. 1029 = 8 000 000, MiNr. 1030 = 4 000 000, MiNr. 1031 = 27 000 000, MiNr. 1032 = 29 000 000, MiNr. 1033 = 18 000 000, MiNr. 1034 = 69 000 000, MiNr. 1035 = 12 000 000, MiNr. 1036 = 16 000 000, MiNr. 1037 = 13 000 000, MiNr. 1038 = 15 000 000, MiNr. 1039 = 1 000 000 Stück

1970, 21. April. Europa. Odr.; Wz. 2; gez. K 13¾:12¼, Hochformat ~.

xi) Flechtwerk als Sonnensymbol

xk) Eule, Sinnbild der Weisheit – aus den Symbolelementen der CEPT

1040	2.50	Dr	mehrfarbig	xi	1,50	0,50
1041	3	Dr	mehrfarbig	xk	1,50	0,50
1042	4.50	Dr	mehrfarbig	xi	5,—	2,50
				Satzpreis (3 W.)	8,—	3,50
				FDC		8,—

Auflagen: MiNr. 1040 = 3 000 000, MiNr. 1041 = 2 200 000, MiNr. 1042 = 800 000 Stück

1970, 21. April. Fernmeldeverkehr durch Satelliten. Odr.; Wz. 2; gez. K 13¾:12½.

xl) Bodenstation für Fernverbindungen in den Thermopylen, Satellit

1043	2.50	Dr	mehrfarbig	xl	0,50	0,30
1044	4.50	Dr	mehrfarbig	xl	1,50	1,20
				Satzpreis (2 W.)	2,—	1,50
				FDC		2,—

Auflagen: MiNr. 1043 = 3 900 000, MiNr. 1044 = 600 000 Stück

1970, 17. Mai. Missionare Kyrillos und Methodios. Odr.; Wz. 2; MiNr. 1045 gez. K 13¼:14, MiNr. 1046 und 1048 gez. K 12¼:14, MiNr. 1047 gez. K 13:14.

xm) Hl. Dimitrios mit zwei Kindern; Kirchenmosaik aus Thessaloniki

xn, xp) Die Missionare übersetzen die heilige Schrift; russische Miniatur (9. Jh.)

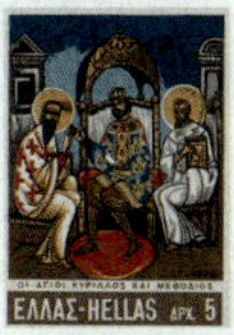

xo) Kaiser Michael III. und die Missionare; Wandgemälde (12. Jh.)

1045	0.50 Dr	mehrfarbig	xm	0,30	0,30
1046	2 Dr	mehrfarbig	xn	0,60	0,80
1047	5 Dr	mehrfarbig	xo	0,60	0,80
1048	10 Dr	mehrfarbig	xp	0,70	0,80
			Satzpreis (4 W.)	2,20	2,70
			2 Marken + Paar	2,50	3,—
			FDC		3,50

MiNr. 1046 und 1048 wurden waagerecht zusammenhängend gedruckt.

Auflagen: MiNr. 1045 = 5.000.000, MiNr. 1046 und 1048 je 600.000, MiNr. 1047 = 1.300.000 Stück

1970, 16. Juni. Europäisches Naturschutzjahr. Odr.; Wz. 2; MiNr. 1049 und 1052 gez. K 13:14, MiNr. 1050 gez. K 12¼:13, MiNr. 1051 gez. K 14:13.

xr) Griechische Tanne

xs) Jankaea heldreichii

xt) Steinhuhn (Alectoris graeca)

xu) Kretische Wildziege

1049	0.80 Dr	mehrfarbig	xr	0,30	0,50
1050	2.50 Dr	mehrfarbig	xs	1,—	0,50
1051	6 Dr	mehrfarbig	xt	2,20	0,50
1052	8 Dr	mehrfarbig	xu	4,—	2,50
			Satzpreis (4 W.)	7,50	4,—
			FDC		7,50

Auflagen: MiNr. 1049 = 1 100 000, MiNr. 1050 = 4 600 000, MiNr. 1051 = 2 200 000, MiNr. 1052 = 600 000 Stück

1970, 1. Aug. Kongress der Organisation der Auslandsgriechen (AIERA), Athen. Odr.; Wz. 2; gez. K 14:13.

xv) Verbundenheit mit Griechenland, Emblem, Vögel

1053	6 Dr	mehrfarbig	xv	1,20	0,50
			FDC		3,60

Auflage: 1 000 000 Stück

1970, 7. Okt. Einweihung des neuen Amtssitzes des Weltpostvereins (UPU) in Bern. Odr.; Wz. 2; gez. K 13¾:12¼.

xw) UPU-Gebäude, Bern

1054	0.50 Dr	mehrfarbig	xw	0,40	0,30

FDC siehe nach MiNr. 1058.

Auflage: 4 000 000 Stück

1970, 7. Okt. Internationales Jahr für Erziehungs- und Bildungswesen – UNESCO. Odr.; Wz. 2; gez. K 13:14.

xx) Emblem des Erziehungsjahres (entworfen von Victor Vasarhely)

1055	2.50 Dr	mehrfarbig	xx	0,50	0,30

FDC siehe nach MiNr. 1058.

Auflage: 5 000 000 Stück

1970, 7. Okt. 100. Geburtstag von Mahatma Gandhi. Odr.; Wz. 2; gez. K 12¼:13¾.

xy) Mohandas Karamchand Gandhi, genannt Mahatma (1869–1948), Führer der indischen Unabhängigkeitsbewegung

1056	3.50 Dr	mehrfarbig	xy	0,40	0,30

FDC siehe nach MiNr. 1058.

Auflage: 2 300 000 Stück

1970, 7. Okt. 25 Jahre Vereinte Nationen (UNO). Odr.; Wz. 2; gez. K 12¼:13¾.

xz) UN-Emblem mit Jubiläumszahl

1057	4 Dr	mehrfarbig	xz	0,50	0,30

FDC siehe nach MiNr. 1058.

Auflage: 4 000 000 Stück

1970, 7. Okt. 200. Geburtstag von Ludwig van Beethoven. Odr.; Wz. 2; gez. K 13:14.

ya) Ludwig van Beethoven (1770–1827), deutscher Komponist

1058	4.50 Dr	mehrfarbig	ya	1,70	1,50
			Satzpreis MiNr. 1054–1058 (5 W.)	3,—	2,—
			FDC		40,—

Auflage: 700 000 Stück

1970, 5. Dez. Weihnachten. Odr.; Wz. 2; gez. 13:14, Querformat ~.

yb) „Die Hirten“

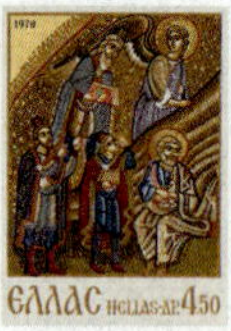

yc) „Die Weisen aus dem Morgenlande“

yd) „Die Geburt Christi“

yb–yd) Details aus dem Mosaik „Christi Geburt“ in der Klosterkirche Hosios Lukas, Böotien (11. Jh.)

1059	2 Dr	mehrfarbig	yb	0,30	0,30
1060	4.50 Dr	mehrfarbig	yc	0,40	0,30
1061	6 Dr	mehrfarbig	yd	1,50	1,50
			Satzpreis (3 W.)	2,—	2,—
			FDC		2,50

Auflagen: MiNr. 1059 = 2 700 000, MiNr. 1060 = 1 700 000, MiNr. 1061 = 600 000 Stück

1971, 8. Febr. 150. Jahrestag des Aufstandes der Nation (I) – Die Kirche im Freiheitskampf. Odr.; Wz. 2; MiNr. 1062–1063 gez. K 13¼:14, MiNr. 1064–1065 gez. K 12½:14.

ye) Eidesleistung eines Geistlichen; Erinnerungsmedaille von 1821

yf) Grigorios V. (1739–1821), Patriarch; Skulptur von Lazaros Phytalis (1831–1909)

yg) Isaias Tod (Bischof von Salon, 1780–1821) in der Schlacht von Alamana; Lithographie

yh) Segnung der Revolutionsfahne durch Bischof Germanós (1771–1826); Gemälde von Theodoros Vryzakis (1814–1878)

1062	0.50 Dr	mehrfarbig	ye	0,30	0,30
1063	2 Dr	mehrfarbig	yf	0,30	0,30
1064	4 Dr	mehrfarbig	yg	0,40	0,30
1065	10 Dr	mehrfarbig	yh	1,—	1,30
			Satzpreis (4 W.)	2,—	2,20
			FDC		2,—

Auflagen: MiNr. 1062–1063 je 5 000 000, MiNr. 1064 = 4 400 000, MiNr. 1065 = 628 377 Stück

1971, 15. März. 150. Jahrestag des Aufstandes der Nation (II) – Der Kampf zur See. Odr.; Wz. 2; gez. K 14:13½, MiNr. 1070–1071 gez. K 14:13.

yi) Die „Leonidas“ vor der Insel Psarà

yk) Die „Perikles“ vor der Insel Spétses

yl) Die „Terpsychore“ vor der Insel Hydra

ym) Die „Karteria“ - griechisches Dampfschiff

yn) Die Seeschlacht bei Samos 1824

yo) Die Seeschlacht von Ghéron 1824

1066	0.20 Dr	mehrfarbig	yi	0,30	0,30
1067	1 Dr	mehrfarbig	yk	0,30	0,30
1068	1.50 Dr	mehrfarbig	yl	0,30	0,30
1069	2.50 Dr	mehrfarbig	ym	0,30	0,30
1070	3 Dr	mehrfarbig	yn	0,80	0,30
1071	6 Dr	mehrfarbig	yo	2,—	2,50
			Satzpreis (6 W.)	4,—	4,—
			FDC		4,—

Auflagen: MiNr. 1066 = 2 400 000, MiNr. 1067–1068 je 5 000 000, MiNr. 1069 = 4 600 000, MiNr. 1070 = 1 400 000, MiNr. 1071 = 629 997 Stück

1971, 10. April. 75 Jahre Olympische Spiele der Neuzeit. Odr.; Wz. 2; gez. K 14:13½, Hochformat ~.

yp) Athener Stadion 1896; Marathonlauf

yr) Pierre de Coubertin (1863–1937); Gedenksäule in Olympia

1072	3 Dr	mehrfarbig	yp	0,50	0,30
1073	8 Dr	mehrfarbig	yr	2,—	2,50
			Satzpreis (2 W.)	2,50	2,80
			FDC		2,50

Auflagen: MiNr. 1072 = 5 400 000, MiNr. 1073 = 623 796 Stück

1971, 18. Mai. Europa. Odr.; Wz. 2; gez. K 14:12½.

ys) Brüderlichkeit und Zusammenarbeit durch Kette symbolisiert

1074	2.50 Dr	mehrfarbig	ys	2,—	0,30
1075	5 Dr	mehrfarbig	ys	4,—	2,20
			Satzpreis (2 W.)	6,—	2,50
			FDC		3,50

Auflagen: MiNr. 1074 = 9 200 000, MiNr. 1075 = 845 297 Stück

1971, 21. Juni. 150. Jahrestag des Aufstandes der Nation (III) – Die Lehrerschaft im Freiheitskampf. Odr.; Wz. 2; gez. K 12¼:13¾.

yt) Evgenios Woulgaris (1716–1806), Theologe, Physiker und Pädagoge – Kupferstich

yu) Adamantios Koraïs (1748–1833), Arzt und Lehrmeister der Nation – Gemälde

yv) „Die geheime Schule“, Gemälde von N. Ghyzis (1842–1901)

1076	0.50 Dr	mehrfarbig	yt	0,30	0,30
1077	2.50 Dr	mehrfarbig	yu	0,30	0,30
1078	15 Dr	mehrfarbig	yv	2,—	2,50
			Satzpreis (3 W.)	2,50	3,—
			FDC		2,50

Auflagen: MiNr. 1076 = 4 400 000, MiNr. 1077 = 3 000 000, MiNr. 1078 = 534 872 Stück

1971, 21. Sept. 150. Jahrestag des Aufstandes der Nation (IV) – Der Freiheitskampf 1821 zu Lande. Odr.; Wz. 2; MiNr. 1079–1080 und 1082 gez. K 13:14, MiNr. 1081 gez. K 14:13, MiNr. 1083–1084 gez. K 12¼:13¾.

yw) Die Schlacht bei Korinth; von Karl Kratzeisen (1794–1878)

yx) Opfertod des Kapsalis bei der Belagerung von Messolonghion; von P. Wryssàkis

yy) Die Frauen von Souli im Kampf; von Alphonse de Neuville (1835–1885)

yz) Der Kampf in Athen; von Zografou

za) Der Kampf bei Maniaki; von unbekanntem Künstler

zb) Tod des Botsaris bei Karpenission; Gemälde von Theodoros Vryzakis (1814–1878)

1079	0.50	Dr mehrfarbig	yw	0,30	0,30
1080	1	Dr mehrfarbig	yx	0,30	0,30
1081	2	Dr mehrfarbig	yy	0,30	0,30
1082	5	Dr mehrfarbig	yz	0,30	0,30
1083	6.50	Dr mehrfarbig	za	0,30	0,30
1084	9	Dr mehrfarbig	zb	2,—	3,—
		Satzpreis (6 W.)		3,—	4,—
		FDC			3,50

Auflagen: MiNr. 1079 = 7 000 000, MiNr. 1080 = 10 000 000, MiNr. 1081 = 6 000 000, MiNr. 1082 = 1 000 000, MiNr. 1083 = 3 400 000, MiNr. 1084 = 600 594 Stück

1971, 19. Okt. 150. Jahrestag des Aufstandes der Nation (V) – Organisation der Staatsverwaltung. Odr.; Wz. 2; gez. K 14 (13¾):13.

zc) Kloster Kaltezon, Siegel des „Senats des Peleponnes“

zd) Gedenksäule in Epidavros, Siegel der provisorischen Regierung

ze) Unterschrift und Siegel von Joanis Kapodistrias, 1. Regent Griechenlands

1085	2	Dr mehrfarbig	zc	0,30	0,30
1086	2.50	Dr mehrfarbig	zd	0,30	0,30
1087	20	Dr mehrfarbig	ze	2,—	2,50
		Satzpreis (3 W.)		2,50	3,—
		FDC			2,70

Auflagen: MiNr. 1085 = 3 700 000, MiNr. 1086 = 4 400 000, MiNr. 1087 = 588 925 Stück

1972, 17. Jan. Klöster und Kirchen. Odr.; Wz. 2; gez. K 14:13½.

zf) Kloster Hosios Lukas, Böotien

zg) Kirche von Daphni (Attika)

zh) Kloster Hagios Ioannes Theologos (Insel Patmos)

zi) Kirche Panhagia Ikoumbelidiki, Kastoria

zk) Kirche Panhagia Chalkeon, Thessaloniki

zl) Kirche Panhagia Parighoritissa, Arta

zm) Kloster Hagiu Paulu, Berg Athos

1088	0.50	Dr mehrfarbig	zf	0,30	0,30
1089	1	Dr mehrfarbig	zg	0,30	0,30
1090	2	Dr mehrfarbig	zh	0,30	0,30
1091	2.50	Dr mehrfarbig	zi	0,30	0,30
1092	4.50	Dr mehrfarbig	zk	0,30	0,40
1093	6.50	Dr mehrfarbig	zl	0,30	0,40
1094	8.50	Dr mehrfarbig	zm	2,—	2,50
		Satzpreis (7 W.)		4,—	4,50
		FDC			4,50

Auflagen: MiNr. 1088 = 2 400 000, MiNr. 1089 = 4 000 000, MiNr. 1090 = 5 000 000, MiNr. 1091 = 6 000 000, MiNr. 1092 = 4 500 000, MiNr. 1093 = 3 000 000, MiNr. 1094 = 627 911 Stück

1972, 1. März. Freimarken: Nationaltrachten. Odr.; Wz. 2; gez. K 12½:13¾.

zn) Stadtbevölkerung von Kreta

zo) Nomaden des Pindosgebirges

zp) Messolongion

zr) Sarakatsani, Attika

zs) Insel Nissyros

zt) Festkleidung in Megara

zu) Volkstracht in Trikeri

zv) Pyläa, Mazedonien

1095	0.50	Dr mehrfarbig	zn	0,30	0,30
1096	1	Dr mehrfarbig	zo	0,30	0,30
1097	2	Dr mehrfarbig	zp	0,30	0,30
1098	2.50	Dr mehrfarbig	zr	0,30	0,30
1099	3	Dr mehrfarbig	zs	0,30	0,30
1100	4.50	Dr mehrfarbig	zt	0,30	0,30
1101	6.50	Dr mehrfarbig	zu	0,30	0,30
1102	10	Dr mehrfarbig	zv	2,—	0,30
		Satzpreis (8 W.)		4,—	2,—
		FDC			5,50

1098 I ohne Jahreszahl „1972“ (Feld 5, Teilauflage) .... 10,— 3,—

Auflagen: MiNr. 1095 und 1101 je 21.000.000, MiNr. 1096 = 42.000.000, MiNr. 1097 = 50.000.000, MiNr. 1098 = 125.000.000, MiNr. 1099 = 36.000.000, MiNr. 1100 = 30.000.000, MiNr. 1102 = 1.000.000 Stück

Weitere Werte: MiNr. 1130–1146, 1180–1194

1972, 21. April. 5. Jahrestag des Militärputsches von 1967. Odr.; Wz. 2; gez. K 14:13, Hochformate ~.

zw) Gedenkmedaille, Industriesymbole

zx) Landkarte und Flagge Griechenlands

zy) Symbole des Aufbaues

1103	2.50 Dr mehrfarbig	zw	0,30	0,30
1104	4.50 Dr mehrfarbig	zx	0,30	0,30
1105	5 Dr mehrfarbig	zy	1,50	2,50
	Satzpreis (3 W.)		2,—	3,—
	FDC			3,—

Auflagen: MiNr. 1103 = 11 000 000, MiNr. 1104 = 700 000, MiNr. 1105 = 525 799 Stück

Gültig bis 19.5.1977

1972, 2. Mai. Europa. Odr.; Wz. 2; gez. K 12¼:13¾.

zz) Sterne

1106	3 Dr mehrfarbig	zz	1,—	0,50
1107	4.50 Dr mehrfarbig	zz	3,—	1,50
	Satzpreis (2 W.)		4,—	2,—
	FDC			3,50

Auflagen: MiNr. 1106 = 11 200 000, MiNr. 1107 = 833 195 Stück

1972, 2. Mai. 20 Jahre Akropolis-Rallye. Odr.; gez. K 14:12½.

aaa) Die Akropolis

aab) Karte mit Streckeneinzeichnung

1108	4.50 Dr mehrfarbig	aaa	0,70	0,80
1109	5 Dr mehrfarbig	aab	1,30	2,50
	Satzpreis (2 W.)		2,—	3,20
	FDC			2,50

Auflagen: MiNr. 1108 = 500 000, MiNr. 1109 = 529 170 Stück

1972, 26. Juni. Griechische Mythen. Odr.; Wz. 2; gez. K 14:13½.

aac) „Gaia übergibt Erichthonios an Athene"

aad) „Uranus", Zeusaltar in Pergamon

aae) „Titanenschlacht", Schatzhaus der Siphnier

aaf) „Zeus", Bronzestatue aus Dodona

1110	1.50 Dr mehrfarbig	aac	0,50	0,50
1111	2 Dr mehrfarbig	aad	0,50	0,50
1112	2.50 Dr mehrfarbig	aae	0,80	0,80
1113	5 Dr mehrfarbig	aaf	0,80	0,80
	Satzpreis (4 W.)		2,50	2,50
	Viererstreifen		4,—	4,—
	FDC			4,—

MiNr. 1110–1113 wurden zusammenhängend im Bogen gedruckt, Bogen zu 40 Marken = 10 Sätze. Auflage 600 000 Sätze.

MiNr. 1110–1112 wurden zusätzlich in Bogen zu je 50 Marken hergestellt.

Auflagen (einschließlich Zusammendruckbogen): MiNr. 1110 = 6 100 000, MiNr. 1111–1112 je 4 600 000, MiNr. 1113 = 633 383 Stück

1972, 28. Juli. Olympische Sommerspiele, München. Odr.; Wz. 2; gez. K 14 (14¼):13½, Hochformat ~.

aag) „Athlet mit Siegerkranz", Statue (4. Jh.)

aah) „Ringerpaar", Relief

aai) „Athletin aus Sparta", Bronzestatuette

aak) „Ballspiel Episkyros Sphaira", Relief (6. Jh.)

aal) „Jugendliche beim Wettlauf", panathenäisch

1114	0.50 Dr mehrfarbig	aag	0,30	0,30
1115	1.50 Dr mehrfarbig	aah	0,30	0,30
1116	3.50 Dr mehrfarbig	aai	0,50	0,50
1117	4.50 Dr mehrfarbig	aak	0,60	0,60
1118	10 Dr mehrfarbig	aal	1,50	2,50
	Satzpreis (5 W.)		3,—	4,—
	FDC			3,50

Auflagen: MiNr. 1114 = 5 500 000, MiNr. 1115 = 8 000 000, MiNr. 1116 = 1 500 000, MiNr. 1117 = 3 500 000, MiNr. 1118 = 529 048 Stück

1972, 15. Nov. Weihnachten. Odr. (5×5 Zd); Wz. 2; gez. K 13:14.

aam–aan) Die Geburt Christi und seine Anbetung durch die drei Weisen aus dem Morgenlande

1119	2.50 Dr mehrfarbig	aam	0,30	0,30
1120	4.50 Dr mehrfarbig	aan	0,30	0,30
	Satzpreis (2 W.)		0,60	0,60
	Paar		0,60	0,60
	FDC			1,—

Auflage: 1.000.000 Sätze

1972, 15. Nov. Philatelie. Odr.; Wz. 2; gez. K 13:14.

aao) Junger Briefmarkensammler

1121	2.50 Dr mehrfarbig	aao	0,40	0,30
	FDC			0,70

Auflage: 1 079 746 Stück

1973, 30. März. Archäologische Funde aus Thera. Odr.; Wz. 2; gez. K 14:13, Hochformate ~.

aap) Frühling; Wandgemälde

aar) Tongefäß mit Ähren

aas) Kyanopitheken; Wandgemälde

aat) Tongefäß mit Vogelschnäbeln

aau) Frühling (Liebesspiel der Schwalben); Wandgemälde

aav) Antilopen; Wandgemälde

aaw) Faustkampf; Wandgemälde

1122	0.10 Dr	mehrfarbig	aap	0,30	0,30
1123	0.20 Dr	mehrfarbig	aar	0,30	0,30
1124	0.30 Dr	mehrfarbig	aas	0,30	0,30
1125	1.50 Dr	mehrfarbig	aat	0,30	0,30
1126	2.50 Dr	mehrfarbig	aau	0,30	0,30
1127	5 Dr	mehrfarbig	aav	0,30	0,30
1128	6.50 Dr	mehrfarbig	aaw	3,—	3,—
			Satzpreis (7 W.)	4,—	4,—
			FDC		3,—

Auflagen: MiNr. 1122 = 1 500 000, MiNr. 1123 und 1126 je 4 000 000, MiNr. 1124 = 2 000 000, MiNr. 1125 = 6 500 000, MiNr. 1127 = 3 000 000, MiNr. 1128 = 528 952 Stück

1973, 30. Mai. 100 Jahre Nationale Technische Metsowo-Hochschule. Odr.; Wz. 2; gez. K 14:13.

aax) Altes Gebäude der Nationalen Technischen Metsowo-Hochschule; Gemälde von Luigi Lanza (1860–1913)

1129	2.50 Dr	mehrfarbig	aax	0,50	0,30
			FDC		0,70

Auflage: 1 106 600 Stück

1973, 18. April. Freimarken: Nationaltrachten. Odr.; Wz. 2; gez. K 12½:14.

aay) Peloponnes

aaz) Mittelgriechenland

aba) Livanates (Lokris)

abb) Insel Skyros

abc) Insel Spetse

abd) Almyros

abe) Alexandria (Makedonien)

abf) Salamis

abg) Souli (Epirus)

abh) Insel Leukas

abi) Insel Skyros

abk) Korinth

abl) Garitsa (Korfu)

abm) Epirus

abn) Thessalien

abo) Episkopi (Makedonien)

abp) Makra Gephyra (Thrakien)

1130	0.10 Dr	mehrfarbig	aay	0,30	0,30
1131	0.20 Dr	mehrfarbig	aaz	0,30	0,30
1132	0.30 Dr	mehrfarbig	aba	0,30	0,30
1133	0.50 Dr	mehrfarbig	abb	0,30	0,30
1134	1 Dr	mehrfarbig	abc	0,30	0,30
1135	1.50 Dr	mehrfarbig	abd	0,30	0,30
1136	2.50 Dr	mehrfarbig	abe	0,30	0,30
1137	3.50 Dr	mehrfarbig	abf	0,30	0,30
1138	4.50 Dr	mehrfarbig	abg	0,30	0,30
1139	5 Dr	mehrfarbig	abh	0,30	0,30
1140	6.50 Dr	mehrfarbig	abi	0,30	0,30
1141	8.50 Dr	mehrfarbig	abk	0,50	0,30
1142	10 Dr	mehrfarbig	abl	0,50	0,30
1143	15 Dr	mehrfarbig	abm	0,50	0,30
1144	20 Dr	mehrfarbig	abn	1,20	0,30
1145	30 Dr	mehrfarbig	abo	2,—	0,30
1146	50 Dr	mehrfarbig	abp	3,—	0,30
			Satzpreis (17 W.)	11,—	5,—
			FDC		17,—

Auflagen: MiNr. 1130 = 4 000 000, MiNr. 1131, 1138 und 1140 je 10 000 000, MiNr. 1132 und 1137 je 3 000 000, MiNr. 1133 = 22 000 000, MiNr. 1134 = 20 000 000, MiNr. 1135 = 18 000 000, MiNr. 1136 = 40 000 000, MiNr. 1139 = 17 000 000, MiNr. 1141 = 5 000 000, MiNr. 1142 = 9 000 000, MiNr. 1143 = 7 000 000, MiNr. 1144–1145 je 2 000 000, MiNr. 1146 = 1 000 000 Stück

Weitere Werte: MiNr. 1095–1102, 1180–1194

1973, 2. Mai. Europa. Odr.; Wz. 2; gez. K 13¾:12½.

abr) Stilisiertes Posthorn

1147	2.50 Dr	preußisch-/türkisblau	abr	0,50	0,30
1148	3 Dr	karmin/bräunlichrot	abr	0,50	0,30
1149	4.50 Dr	olivgrün/gelborange	abr	3,—	1,—
			Satzpreis (3 W.)	4,—	1,50
			FDC		2,—

Auflagen: MiNr. 1147 = 6 000 000, MiNr. 1148 = 5 200 000, MiNr. 1149 = 839 144 Stück

Republik

1973, 25. Juni. Griechische Mythologie. Odr.; Wz. 2; gez. K 14:13½.

abs) „Der Olymp“, Sitz der Götter

abt) „Kampf zwischen Zeus und Typhaon“

abu) „Zeus beim Kampf mit den Riesen“

abv) „Die Bestrafung von Atlas und Prometheus“

1150	1 Dr mehrfarbig	abs	0,30	0,30
1151	2 Dr mehrfarbig	abt	0,30	0,30
1152	2.50 Dr mehrfarbig	abu	0,30	0,30
1153	4.50 Dr mehrfarbig	abv	0,30	0,30
		Satzpreis (4 W.)	1,20	1,20
		Viererstreifen	2,—	2,—
		FDC		3,—

MiNr. 1150–1153 wurden zusammenhängend im Bogen gedruckt.

Auflage: 1 125 647 Sätze

1973, 10. Aug. 150. Jahrestag der Auffindung der Ikone der Evangelistria von Tinos. Odr.; Wz. 2; gez. K 13:14.

abw) Ikone der hl. Jungfrau Evangelistria von Tinos

1154	2.50 Dr mehrfarbig	abw	0,50	0,50
		FDC		1,—

Auflage: 1 099 384 Stück

1973, 10. Aug. 90. Geburtstag von Georgios Papanikolaou. Odr.; Wz. 2; gez. K 13:14.

abx) Georgios Papanikolaou (1883–1962), Krebsforscher

1155	2.50 Dr mehrfarbig	abx	0,30	0,50
1156	6.50 Dr mehrfarbig	abx	1,70	2,—
		Satzpreis (2 W.)	2,—	2,50
		FDC		2,50

Auflagen: MiNr. 1155 = 4 400 000, MiNr. 1156 = 629 253 Stück

1973, 22. Okt. 5. Symposium der europäischen Transportminister, Athen. Odr.; Wz. 2; gez. K 13:14.

aby) Triptolemos, der auf dem Wagen Weizen befördert

1157	4.50 Dr schwarz/rot auf sämisch	aby	0,50	0,50
		FDC		1,—

Auflage: 1 098 575 Stück

1973, 15. Nov. Tag der Briefmarke. Odr.; Wz. 2; gez. K 14:13.

abz) Jungsammler betrachtet Briefmarke

1158	2.50 Dr mehrfarbig	abz	0,40	0,30
		FDC		1,—

Auflage: 1 024 147 Stück

1973, 15. Nov. Nationale Wohltäter. StTdr.; Wz. 2; gez. K 13:14.

aca) Georgios Averof (1818–1899)

acb) Apostolos Arsakis (1792–1874)

acc) Konstantinos Zappas (1813–1892)

acd) Andreas Syngros (1830–1899)

ace) Ioannis Varvakis (1745–1825)

1159	1.50 Dr schwarzlila	aca	0,30	0,30
1160	2 Dr dunkelkarmin	acb	0,30	0,30
1161	2.50 Dr schwarzgrün	acc	0,30	0,30
1162	4 Dr purpurviolett	acd	0,30	0,30
1163	6.50 Dr schwarz	ace	1,—	2,—
		Satzpreis (5 W.)	2,—	3,—
		FDC		2,50

Auflagen: MiNr. 1159–1161 je 4 000 000, MiNr. 1162 = 1 500 000, MiNr. 1163 = 529 992 Stück

1974, 4. April. 150. Todestag von Lord Byron. Odr.; Wz. 2; gez. K 13:14.

acf) Lord Byron (1788–1824), englischer Dichter, mit Souliotentracht

acg) Lord Byron am Grab von Markos Botsaris

1164	2.50 Dr mehrfarbig	acf	0,30	0,40
1165	4.50 Dr mehrfarbig	acg	1,20	1,60
		Satzpreis (2 W.)	1,50	2,—
		FDC		2,—

Auflagen: MiNr. 1164 = 4 400 000, MiNr. 1165 = 630 492 Stück

1974, 10. Mai. Europa: Skulpturen. Odr.; Wz. 2; gez. K 13:14.

ach) Kykladisches kleines Idol – Harfenspieler von Keros (2400–2200 v. Chr.)

aci) Archaische Kore aus Ionien (510 v. Chr.)

ack) Wagenlenker von Delphi (480–450 v. Chr.)

1166	3 Dr mehrfarbig	ach	0,50	0,30
1167	4.50 Dr mehrfarbig	aci	0,50	0,30
1168	6.50 Dr mehrfarbig	ack	2,—	1,—
		Satzpreis (3 W.)	3,—	1,50
		FDC		2,—

Auflagen: MiNr. 1166 = 6 000 000, MiNr. 1167 = 5 200 000, MiNr. 1168 = 845 398 Stück

1974, 25. Juni. Griechische Mythen. Odr.; Wz. 2; gez. K 13:14, Querformate ~.

acl) Zeus und Hera auf dem Thron

acm) Geburt der Athene

acn) Artemis, Apollo, Leto

aco) Bote Hermes

1169	1.50 Dr mehrfarbig	acl	0,30	0,30
1170	2 Dr mehrfarbig	acm	0,30	0,30
1171	2.50 Dr mehrfarbig	acn	0,30	0,40
1172	10 Dr mehrfarbig	aco	1,20	2,—
		Satzpreis (4 W.)	2,—	3,—
		FDC		2,50

Auflagen: MiNr. 1169 = 5 400 000, MiNr. 1170 = 6 000 000, MiNr. 1171 = 3 000 000, MiNr. 1172 = 621 114 Stück

1974, 14. Sept. 100 Jahre Weltpostverein (UPU). Odr.; Wz. 2; gez. K 12¼:13¾.

acp) UPU-Emblem mit Motiv aus mykenischem Gefäß

acr) Eilender Hermes

acs) Brieflesende Frau

1173	2 Dr mehrfarbig	acp	0,30	0,30
1174	4.50 Dr mehrfarbig	acr	0,30	0,30
1175	6.50 Dr mehrfarbig	acs	0,30	0,90
		Satzpreis (3 W.)	0,80	1,50
		FDC		1,60

Auflagen: MiNr. 1173 = 10 000 000, MiNr. 1174 = 3 400 000, MiNr. 1175 = 635 238 Stück

1974, 15. Nov. Tag der Briefmarke. Odr.; Wz. 2; gez. K 14:13.

act) Marke Kreta MiNr. 25

1176	2.50 Dr mehrfarbig	act	0,40	0,30
		FDC		0,70

Auflage: 1 058 812 Stück

1974, 15. Nov. Weihnachten. Odr. (3×4 Zd); Wz. 2; gez. K 13¼:14.

acu–acw) Die Flucht nach Ägypten (Miniatur, 11. Jh.)

1177	2 Dr mehrfarbig	acu	0,30	0,30
1178	4.50 Dr mehrfarbig	acv	0,30	0,30
1179	8.50 Dr mehrfarbig	acw	0,30	0,30
		Satzpreis (3 W.)	0,60	0,60
		Dreierstreifen	1,—	1,—
		FDC		1,20

Auflage: 1.047.989 Sätze

1974, 5. Dez. Freimarken: Nationaltrachten. Odr.; Wz. 2; gez. K 12¼:13¾.

acx) Megara

acy) Salamis

acz) Aidipsos

ada) Kymi

adb) Festlandstracht

adc) Desfini

add) Joannina (Epirus)

ade) Naousa

adf) Chasia

adg) Insel Thasos

adh) Skopelos

adi) Grammos (Epirus)

adk) Pilion

adl) Lefkimmi (Korfu)

adm) Tanagra (Böotien)

1180	0.20 Dr	mehrfarbig	acx	0,30	0,30
1181	0.30 Dr	mehrfarbig	acy	0,30	0,30
1182	0.50 Dr	mehrfarbig	acz	0,30	0,30
1183	1 Dr	mehrfarbig	ada	0,30	0,30
1184	1.50 Dr	mehrfarbig	adb	0,30	0,30
1185	2 Dr	mehrfarbig	adc	0,30	0,30
1186	3 Dr	mehrfarbig	add	0,30	0,30
1187	3.50 Dr	mehrfarbig	ade	0,30	0,30
1188	4 Dr	mehrfarbig	adf	0,30	0,30
1189	4.50 Dr	mehrfarbig	adg	0,30	0,30
1190	5 Dr	mehrfarbig	adh	0,30	0,30
1191	6.50 Dr	mehrfarbig	adi	0,30	0,30
1192	10 Dr	mehrfarbig	adk	0,30	0,30
1193	25 Dr	mehrfarbig	adl	0,30	0,30
1194	30 Dr	mehrfarbig	adm	0,30	0,30
			Satzpreis (15 W.)	4,50	4,—
			FDC		5,50

Auflagen: MiNr. 1180 und 1082 je 11 000 000, MiNr. 1181 und 1193 je 5 000 000, MiNr. 1183 = 10 000 000, MiNr. 1184 = 19 000 000, MiNr. 1185–1186 je 23 000 000, MiNr. 1187 und 1189 je 12 000 000, MiNr. 1188 = 4 000 000, MiNr. 1190–1192 je 13 000 000, MiNr. 1194 = 1 000 000 Stück

Weitere Werte: MiNr. 1095–1102, 1130–1146

1975, 24. März. 150. Todestag von Gregorios Dikaios-Papaflessas. Odr.; Wz. 2; gez. K 13¾: 12¼, Hochformat ~.

adn) Geheime Zusammenkunft in Vostitsa

ado) G. Dikaios-Papaflessas (1788–1825), Befreiungskämpfer

adp) Hl.-Apostel-Kirche in Kalamata

1195	4 Dr	mehrfarbig	adn	0,30	0,30
1196	7 Dr	mehrfarbig	ado	0,30	0,30
1197	11 Dr	mehrfarbig	adp	1,50	2,50
			Satzpreis (3 W.)	2,—	3,—
			FDC		3,—

Auflagen: MiNr. 1195 = 8 000 000, MiNr. 1196 = 5 400 000, MiNr. 1197 = 594 671 Stück

1975, 10. Mai. Europa: Gemälde. Odr.; Wz. 2; gez. K 13:14.

adr) Blumentopf; Detail aus dem Triptychon Erotokritos und Arethusa

ads) Erotokritos und Arethusa

adt) Mädchen mit Hut

1198	4 Dr	mehrfarbig	adr	0,50	0,30
1199	7 Dr	mehrfarbig	ads	1,—	0,50
1200	11 Dr	mehrfarbig	adt	2,—	1,20
			Satzpreis (3 W.)	3,50	2,—
			FDC		3,—

Auflagen: MiNr. 1198 = 4 000 000, MiNr. 1199 = 3 200 000, MiNr. 1200 = 791 187 Stück

1975, 26. Juni. Griechische Volksarchitektur. Odr.; Wz. 2; gez. K 14:13.

adu) Patrizierhaus in Kastoria

adv) Haus in Arnäa; Chalkidiki

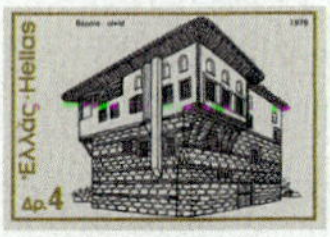

adw) Haus in Veria

adx) Inneres eines Patrizierhauses in Siatista

ady) Patrizierhaus in Ambelakia; Thessalien

1201	0.10 Dr	blau/schwarz	adu	0,30	0,30
1202	0.40 Dr	braunrot/schwarz	adv	0,30	0,30
1203	4 Dr	olivbraun/schwarz	adw	0,30	0,30
1204	6 Dr	violettblau/schwarz	adx	0,30	0,30
1205	11 Dr	rotorange/schwarz	ady	1,—	2,50
			Satzpreis (5 W.)	2,—	3,50
			FDC		3,50

Auflagen: MiNr. 1201 = 5 000 000, MiNr. 1202 = 2 000 000, MiNr. 1203 = 3 000 000, MiNr. 1204 = 1 400 000, MiNr. 1205 = 596 928 Stück

1975, 29. Sept. 50 Jahre Aristoteles-Universität Thessaloniki. Odr.; Wz. 2; gez. K 14:13¼.

adz) Alexander Papanastasiou (1876–1936), Politiker und Gründer der Universität; Universitätsgebäude

aea) Universitätsgebäude

aeb) Grundriss der Universitätsstadt Saloniki

1206	1.50 Dr	mehrfarbig	adz	0,30	0,30
1207	4 Dr	mehrfarbig	aea	0,30	0,30
1208	11 Dr	mehrfarbig	aeb	0,40	2,—
			Satzpreis (3 W.)	1,—	2,50
			FDC		2,50

Auflagen: MiNr. 1206 = 12.000.000, MiNr. 1207 = 1.400.000, MiNr. 1208 = 590.147 Stück

1975, 29. Sept. Internationales Jahr der Frau. Odr.; Wz. 2; gez. K 13:14.

aec) Neolithische Göttin

aed) Antigone und Kreon

aee) Frauengesichter

1209	1.50 Dr	mehrfarbig	aec	0,30	0,30
1210	8.50 Dr	mehrfarbig	aed	0,30	0,30

1211	11 Dr mehrfarbig	aee	0,40	1,40
	Satzpreis (3 W.)		1,—	2,—
	FDC			2,20

Auflagen: MiNr. 1209 = 9 000 000, MiNr. 1210 = 2 400 000, MiNr. 1211 = 588 279 Stück

1975, 15. Nov. Nationale Wohltäter. Odr.; Wz. 2; gez. K 14:13.

aef) Evangelos Zappas (1800–1865); Zappiongebäude

aeg) Georg Risaris (1769–1841); Risarios–Kirchenschule

aeh) Michael Tositsas (1787–1856); Metsovische Technische Hochschule

aei) Nikolaus Sossimas (1758–1842); Sossimäische Akademie

1212	1 Dr mehrfarbig	aef	0,30	0,30
1213	4 Dr mehrfarbig	aeg	0,30	0,30
1214	6 Dr mehrfarbig	aeh	0,30	0,30
1215	11 Dr mehrfarbig	aei	0,30	1,60
	Satzpreis (4 W.)		1,20	2,50
	FDC			2,50

Auflagen: MiNr. 1212 und 1214 je 4 000 000, MiNr. 1213 = 8 400 000, MiNr. 1215 = 592 695 Stück

1975, 15. Nov. Tag der Briefmarke. Odr.; Wz. 2; gez. K 13:14.

aek) Marke Griechenland MiNr. 371

1216	11 Dr grün/braun	aek	0,50	0,50
	FDC			0,70

Auflage: 989 921 Stück

1975, 15. Dez. Freimarken: Griechische Volksmusikinstrumente. Odr.; Wz. 2; gez. K 12¼:13¾, Querformate ~.

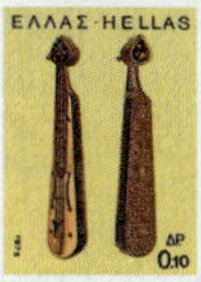

ael) Pontische Lyra

aem) Musizierende Engel (byzantin. Wandgemälde)

aen) Kretische Lyra

aeo) Defi

aep) Kitharode (von einer Amphora)

aer) Gaïda (Sackpfeife)

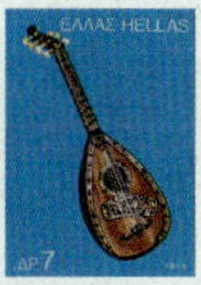

aes) Laute

aet) Laterna (Leierkasten)

aeu) Flöten, Schalmeien

aev) „Lobet den Herrn" (byzantin. Wandgemälde)

aew) Dauli (Trommeln)

aex) Kanonaki (kleines Psalterium)

1217	0.10 Dr mehrfarbig	ael	0,30	0,30
1218	0.20 Dr mehrfarbig	aem	0,40	0,30
1219	1 Dr mehrfarbig	aen	0,30	0,30
1220	1.50 Dr mehrfarbig	aeo	0,30	0,30
1221	4 Dr mehrfarbig	aep	0,30	0,30
1222	6 Dr mehrfarbig	aer	0,30	0,30
1223	7 Dr mehrfarbig	aes	0,30	0,30
1224	10 Dr mehrfarbig	aet	0,30	0,30
1225	11 Dr mehrfarbig	aeu	0,30	0,30
1226	20 Dr mehrfarbig	aev	0,40	0,30
1227	25 Dr mehrfarbig	aew	0,40	0,30
1228	30 Dr mehrfarbig	aex	0,90	0,30
	Satzpreis (12 W.)		4,50	3,—
	FDC			8,50

Auflagen: MiNr. 1217 = 15 000 000, MiNr. 1218 und 1226 je 3 000 000, MiNr. 1219 = 16 000 000, MiNr. 1220 = 22 000 000, MiNr. 1221 = 40 000 000, MiNr. 1222 = 10 000 000, MiNr. 1223 = 14 000 000, MiNr. 1224 = 6 000 000, MiNr. 1225 = 13 000 000, MiNr. 1227 = 4 000 000, MiNr. 1228 = 1 000 000 Stück

1976, 23. März. 100 Jahre Telefon. Odr. (5×5 Zd); Wz. 2; gez. K 14:12¼.

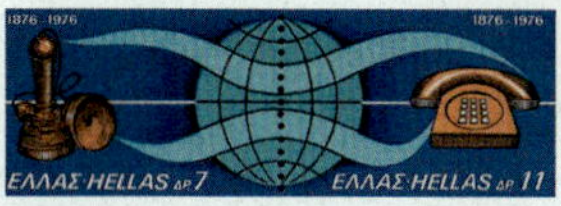

aey–aez) Telefon von 1876, Globus, modernes Tischtelefon mit Tastenwahl

1229	7 Dr mehrfarbig	aey	0,30	0,30
1230	11 Dr mehrfarbig	aez	0,30	0,30
	Satzpreis (2 W.)		0,50	0,50
	Paar		0,60	0,60
	FDC			1,20

Auflage: 1.017.260 Sätze

1976, 23. März. 150. Jahrestag der Übergabe von Missolonghi. Odr.; Wz. 2; gez. K 14:13.

afa) Ausbruchsversuch der belagerten Garnison

1231	4 Dr mehrfarbig	afa	0,40	0,30
	FDC			0,70

Auflage: 1 048 185 Stück

1976, 10. Mai. Europa: Kunsthandwerk. Odr.; Wz. 2; MiNr. 1232 und 1234 gez. K 13½:14¼, MiNr. 1233 gez. K 12¾:12¼.

afb) Keramikkrug aus Florina

afc) Keramikzierteller

afd) Keramikkrug aus Ägina

1232	7 (Dr)	mehrfarbig	afb	0,30	0,30
1233	8.50 (Dr)	mehrfarbig	afc	0,30	0,30
1234	11 (Dr)	mehrfarbig	afd	1,40	0,90
			Satzpreis (3 W.)	2,—	1,50
			FDC		2,—

Auflagen: MiNr. 1232 = 3 200 000, MiNr. 1233 = 4 000 000, MiNr. 1234 = 815 322 Stück

1976, 10. Mai. Siegelsteine. Odr.; Wz. 2; MiNr. 1235–1237 gez. K 12¾:12¼, MiNr. 1238 gez. K 13½:14¼, MiNr. 1239 gez. K 14¼:13½

afe) Löwe, einen Stier angreifend

aff) Flügelschlagende Seevögel

afg) Verwundeter Stier

afh) Silenkopf

afi) Kuh, ihr Kälbchen stillend

1235	2 Dr	mehrfarbig	afe	0,30	0,30
1236	4.50 Dr	mehrfarbig	aff	0,30	0,30
1237	7 Dr	mehrfarbig	afg	0,30	0,30
1238	8.50 Dr	mehrfarbig	afh	0,30	0,30
1239	11 Dr	mehrfarbig	afi	0,50	1,80
			Satzpreis (5 W.)	1,50	3,—
			FDC		2,50

Auflagen: MiNr. 1235–1236 je 3 000 000, MiNr. 1237 = 2 000 000, MiNr. 1238 = 2 400 000, MiNr. 1239 = 600 321 Stück

1976, 25. Juni. Olympische Sommerspiele, Montreal. Odr.; Wz. 2; gez. K 14¼:13½, MiNr. 1244 gez. K 12¼:14.

afk) Weitsprung

afl) Handball

afm) Ringen

afn) Schwimmen, Startsprung

afo) Olympiastadien von Athen und Montreal

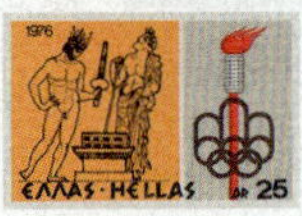

afp) Olympische Fackel

1240	0.50 Dr	mehrfarbig	afk	0,30	0,30
1241	2 Dr	mehrfarbig	afl	0,30	0,30
1242	3.50 Dr	mehrfarbig	afm	0,30	0,30
1243	4 Dr	mehrfarbig	afn	0,30	0,30
1244	11 Dr	mehrfarbig	afo	0,30	0,30
1245	25 Dr	mehrfarbig	afp	0,50	0,50
			Satzpreis (6 W.)	2,—	2,—
			FDC		2,50

Auflagen: MiNr. 1240 = 2 000 000, MiNr. 1241 = 3 000 000, MiNr. 1242 = 1 600 000, MiNr. 1243–1244 je 1 400 000, MiNr. 1245 = 797 844 Stück

1976, 26. Juli. Freimarken: Griechische Inseln der Ägäis. Odr.; Wz. 2; gez. K 13½:14¼, Querformate ~.

afr) Lemnos

afs) Lesbos

aft) Chios

afu) Samos

1246	30 Dr	mehrfarbig	afr	0,30	0,30
1247	50 Dr	mehrfarbig	afs	0,70	0,30
1248	75 Dr	mehrfarbig	aft	1,—	0,30
1249	100 Dr	mehrfarbig	afu	2,50	1,60
			Satzpreis (4 W.)	4,50	2,50
			FDC		10,—

Auflagen: MiNr. 1246 = 3 000 000, MiNr. 1247 = 2 000 000, MiNr. 1248 = 1 000 000, MiNr. 1249 = 600 000 Stück

1976, 8. Dez. Weihnachten. Odr.; Wz. 2; gez. K 13½:14¼.

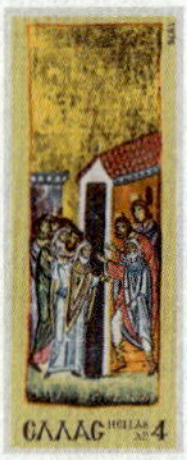

afv) „Die Weisen sprechen mit den Judäern“

afw) „Bewunderung Jesu“

1250	4 Dr	mehrfarbig	afv	0,30	0,30
1251	7 Dr	mehrfarbig	afw	0,30	0,70
			Satzpreis (2 W.)	0,60	1,—
			FDC		1,—

Auflagen: MiNr. 1250 = 2 300 000, MiNr. 1251 = 741 951 Stück

1976, 8. Dez. 500 Jahre gedruckte griechische Bücher. Odr.; Wz. 2; gez. K 14:13.

afx) Buch von Konstantin Laskaris, gedruckt 1476 in Mailand

1252	4 Dr	mehrfarbig	afx	0,40	0,30
			FDC		0,70

Auflage: 1 024 800 Stück

1976, 8. Dez. Heinrich Schliemann. Odr.; Wz. 2; gez. K 13:14, Querformate ~.

afy) Heinrich Schliemann (1822–1890), Altertumsforscher

afz) Goldenes Armband

aga) Göttin darstellende Brosche

agb) Goldenes Kopfdiadem

agc) Goldmaske des Agamemnon (?)

afz–agc) Funde aus den königlichen Schachtgräbern der Akropolis von Mykene

1253	2 Dr mehrfarbig	afy	0,30	0,30
1254	4 Dr mehrfarbig	afz	0,30	0,30
1255	5 Dr mehrfarbig	aga	0,30	0,30
1256	7 Dr mehrfarbig	agb	0,30	0,30
1257	11 Dr mehrfarbig	agc	0,60	2,50
		Satzpreis (5 W.)	1,80	3,50
		FDC		2,50

Auflagen: MiNr. 1253 = 2 500 000, MiNr. 1254 = 2 000 000, MiNr. 1255–1256 je 1 500 000, MiNr. 1257 = 633 693 Stück

1977, 15. März. Internationales Jahr der Rheumabekämpfung. Odr.; MiNr. 1258 und 1262 gez. K 12¼:14, MiNr. 1259–1261 gez. K 13:12¼.

agd) Kranke suchen Asklepios auf

age) Antike Klinik

agf) Asklepios heilt einen jungen Mann

agg) Der junge Herakles mit greiser Amme

agh) Mann weiht riesiges Ebenbild seines geheilten Beines

1258	0.50 Dr mehrfarbig	agd	0,30	0,30
1259	1 Dr mehrfarbig	age	0,30	0,30
1260	1.50 Dr mehrfarbig	agf	0,30	0,30
1261	2 Dr mehrfarbig	agg	0,30	0,30
1262	20 Dr mehrfarbig	agh	0,30	2,50
		Satzpreis (5 W.)	1,20	3,50
		FDC		2,50

Auflagen: MiNr. 1258 = 2 000 000, MiNr. 1259 und 1261 je 7 000 000, MiNr. 1260 = 4 400 000, MiNr. 1262 = 561 221 Stück

1977, 16. Mai. Europa: Landschaften. Odr.; gez. K 14¼:13½, Hochformat ~.

agi) Burgen von Batheia, Mani

agk) Fira, Insel Santorin

agl) Lasithi-Hochebene, Insel Kreta

1263	5 Dr mehrfarbig	agi	0,50	0,30
1264	7 Dr mehrfarbig	agk	0,50	0,30
1265	15 Dr mehrfarbig	agl	2,—	0,40
		Satzpreis (3 W.)	3,—	1,—
		FDC		1,50

Auflagen: MiNr. 1263 = 5 000 000, MiNr. 1264 = 4 200 000, MiNr. 1265 = 837 073 Stück

1977, 16. Mai. 45. Europäische Transportminister-Konferenz. Odr.; gez. K 14¼:13½.

agm) Geflügeltes Rad, moderne Transportmittel

1266	7 (Dr) mehrfarbig	agm	0,40	0,40
		FDC		0,70

Auflage: 1 036 860 Stück

1977, 23. Juli. 2300. Todestag von Alexander dem Großen. Odr.; gez. K 14:13.

agn) Römische Münze mit Leuchtturm von Alexandrien

ago) „Alexander der Große legt Werke Homers beim Grabmal von Achill nieder"; Fresko von Raffael

agp) „Alexander der Große taucht in die Tiefe des Meeres"; flämische Miniatur

agr) „Alexander der Große sucht das Lebenswasser"; indischer Teller

ags) „Alexander der Große zu Pferde"; koptischer Teppich

agt) „Alexander der Große erhält den Orakelspruch seines baldigen Todes"; byzantinische Handschrift

agu) „Der Tod von Alexander dem Großen"; persische Miniatur

agn–agu) Münze des Lysimachus mit Kopfbild von Alexander dem Großen

1267	0.50 (Dr) mehrfarbig	agn	0,30	0,30
1268	1 (Dr) mehrfarbig	ago	0,30	0,30
1269	1.50 (Dr) mehrfarbig	agp	0,30	0,30
1270	3 (Dr) mehrfarbig	agr	0,30	0,30
1271	7 (Dr) mehrfarbig	ags	0,30	0,30
1272	11 (Dr) mehrfarbig	agt	0,50	0,50
1273	30 (Dr) mehrfarbig	agu	1,—	1,—
		Satzpreis (7 W.)	2,50	2,50
		FDC		2,80

Auflagen: MiNr. 1267 = 5 000 000, MiNr. 1268 = 4 700 000, MiNr. 1269 = 6 000 000, MiNr. 1270 = 3 000 000, MiNr. 1271 = 2 000 000, MiNr. 1272 = 1 500 000, MiNr. 1273 = 778 364 Stück

1977, 23. Juli. Wiederherstellung der Demokratie in Griechenland. Odr.; MiNr. 1274 gez. K 14:12¼, MiNr. 1275 gez. K 12¼:12¾, MiNr. 1276 gez. K 12¾:12¼.

agv) Siegeskranz, Stacheldrahtbarriere vor Altem Schloss

agw) Menschenansammlung vor Altem Schloss

agx) Staatsflagge, Arm, Altes Schloss

1274	4 Dr mehrfarbig	agv	0,30	0,30
1275	7 Dr mehrfarbig	agw	0,30	0,30
1276	20 Dr mehrfarbig	agx	0,30	0,30
	Satzpreis (3 W.)		0,70	0,70
	FDC			1,20

Auflagen: MiNr. 1274 = 18 000 000, MiNr. 1275 = 3 000 000, MiNr. 1276 = 998 795 Stück

1977, 10. Sept. Erzbischof Makarios. Odr.; gez. K 13:14, Querformat ~.

agy) Erzbischof Makarios III. früher Michael Muskos (1913–1977), Präsident der Republik Zypern

agz) Makarios, Landkarte von Zypern

1277	4 Dr schwarz/violettbraun	agy	0,30	0,30
1278	7 Dr mehrfarbig	agz	0,30	0,30
	Satzpreis (2 W.)		0,50	0,50
	FDC			0,80

Auflagen: MiNr. 1277 = 3 800 000, MiNr. 1278 = 1 226 194 Stück

1977, 22. Sept. Griechische Architektur des 19. Jh. Odr.; gez. K 14:13.

aha) Alte Hauptpost, Athen

ahb) Blindenheim, Thessaloniki

ahc) Rathaus, Syros

ahd) Griechische Nationalbank, Piräus

ahe) Byzantinisches Museum, Athen

ahf) Volkstheater, Patras

1279	0.50 Dr mehrfarbig	aha	0,30	0,30
1280	1 Dr mehrfarbig	ahb	0,30	0,30
1281	1.50 Dr mehrfarbig	ahc	0,30	0,30
1282	2 Dr mehrfarbig	ahd	0,30	0,30
1283	5 Dr mehrfarbig	ahe	0,30	0,30
1284	50 Dr mehrfarbig	ahf	0,30	0,30
	Satzpreis (6 W.)		1,30	1,30
	FDC			2,50

Auflagen: MiNr. 1279 und 1283 je 10 000 000, MiNr. 1280 = 9 000 000, MiNr. 1281 = 13 000 000, MiNr. 1282 = 9 500 000, MiNr. 1284 = 1 000 000 Stück

1977, 20. Okt. 150. Jahrestag der Seeschlacht bei Navarino. Odr.; gez. K 14:13.

ahg) Seeschlacht bei Navarino (1827)

ahh) Admiräle Graf von Heyden, Edward Codrington, Comte de Rigny

1285	4 Dr mehrfarbig	ahg	0,30	0,30
1286	7 Dr mehrfarbig	ahh	0,30	0,30
	Satzpreis (2 W.)		0,60	0,60
	FDC			1,—

Auflagen: MiNr. 1285 = 2 600 000, MiNr. 1286 = 739 594 Stück

1977, 20. Okt. Umweltschutz. Odr.; gez. K 13¼:14, Querformate ~.

ahi) Industrieanlage, Parthenon

ahk) Gefährdete Vögel und Fische

ahl) Grüne und kahle Bäume

ahm) Industrieschornsteine, Skulptur, Kapitell

1287	3 Dr mehrfarbig	ahi	0,30	0,30
1288	4 Dr mehrfarbig	ahk	0,30	0,30
1289	7 Dr mehrfarbig	ahl	0,30	0,30
1290	30 Dr mehrfarbig	ahm	0,30	0,60
	Satzpreis (4 W.)		1,20	1,50
	FDC			1,80

Auflagen: MiNr. 1287 = 5 300 000, MiNr. 1288 = 6 000 000, MiNr. 1289 = 2 000 000, MiNr. 1290 = 703 550 Stück

1977, 15. Dez. Gemälde. Odr.; gez. K 14:13, Hochformate ~.

ahn) Hafen von Kalamata; von Konstantin Parthenis (1878–1967)

aho) Arsanas; von Spyros Papaloukas (1892–1957)

ahp) Santorin; von Konstantin Maleas (1879–1928)

ahr) Die Verlobung; von Nikolaos Gysis (1842–1901)

ahs) Der Strohhut; von Nikolaos Lytras (1883–1927)

aht) Der Frühling; von Georgios Jakobides (1853–1932)

1291	1.50 (Dr) mehrfarbig	ahn	0,30	0,30
1292	2.50 (Dr) mehrfarbig	aho	0,30	0,30
1293	4 (Dr) mehrfarbig	ahp	0,30	0,30
1294	7 (Dr) mehrfarbig	ahr	0,30	0,30
1295	11 (Dr) mehrfarbig	ahs	0,30	0,30
1296	15 (Dr) mehrfarbig	aht	0,30	0,50
		Satzpreis (6 W.)	1,50	2,—
		FDC		2,50

Auflagen: MiNr. 1291 = 3 000 000, MiNr. 1292 = 5 000 000, MiNr. 1293 = 4 000 000, MiNr. 1294 = 2 000 000, MiNr. 1295 = 2 300 000, MiNr. 1296 = 655 408 Stück

1977, 15. Dez. Griechen im Ausland. Odr.; gez. K 14:12½.

ahu) Antike Segelschiffe verlassen Griechenland

ahv) Erdkugel mit Landesflagge und Schriftband

ahw) Erdkugel, Möwen

ahx) Luftpostbrief an die Ausgewanderten

ahy) Weltkarte mit griechischen Ansiedlungen

1297	4 Dr mehrfarbig	ahu	0,30	0,30
1298	5 Dr mehrfarbig	ahv	0,30	0,30
1299	7 Dr mehrfarbig	ahw	0,30	0,30
1300	11 Dr mehrfarbig	ahx	0,30	0,30
1301	13 Dr mehrfarbig	ahy	0,30	0,80
		Satzpreis (5 W.)	1,—	2,—
		FDC		2,20

Auflagen: MiNr. 1297 = 4 000 000, MiNr. 1298 = 5 200 000, MiNr. 1299–1300 je 2 000 000, MiNr. 1301 = 829 587 Stück

1978, 30. März. Griechische Flora. Odr.; gez. K 13:14.

ahz) Ebenus cretica

aia) Fritillaria rhodokanakis

aib) Campanula oreadum

aic) Lilium heldreichii

aid) Viola delphinantha

aie) Paeonia rhodia

1302	1.50 (Dr) mehrfarbig	ahz	0,30	0,30
1303	2.50 (Dr) mehrfarbig	aia	0,30	0,30
1304	3 (Dr) mehrfarbig	aib	0,30	0,30
1305	4 (Dr) mehrfarbig	aic	0,30	0,30
1306	7 (Dr) mehrfarbig	aid	0,30	0,30
1307	25 (Dr) mehrfarbig	aie	0,60	1,—
		Satzpreis (6 W.)	1,50	2,—
		FDC		2,20

Auflagen: MiNr. 1302 = 5 000 000, MiNr. 1303–1304 je 8 000 000, MiNr. 1305 = 2 300 000, MiNr. 1306 = 2 000 000, MiNr. 1307 = 730 454 Stück

1978, 15. Mai. 150 Jahre Griechische Post. Odr.; gez. K 14:12¼.

aif) Postreiter übergibt Brief, vorphilatelistischer Stempel

aig) Raddampfer „Maximilian", Marke MiNr. 7

aih) Dampfeisenbahn, Marke MiNr. 101

aii) Postboten auf Motorrädern, Marke MiNr. 1121

1308 a	4 (Dr) mehrfarbig	aif	0,30	0,30
1309 a	5 (Dr) mehrfarbig	aig	0,30	0,30
1310 a	7 (Dr) mehrfarbig	aih	0,30	0,30
1311 a	30 (Dr) mehrfarbig	aii	0,70	0,70
		Satzpreis (4 W.)	1,—	1,—
		FDC		1,50

Blockausgabe (25. Sept.)

1308 b	4 (Dr) mehrfarbig	aif	0,30	0,30
1309 b	5 (Dr) mehrfarbig	aig	0,30	0,30
1310 b	7 (Dr) mehrfarbig	aih	0,30	0,30
1311 b	30 (Dr) mehrfarbig	aii	0,30	0,30
Block 1	(101×92 mm)	aii I	1,20	1,20
		FDC		1,70

Postpreis: 60 Dr

Die Marken aus dem Block unterscheiden sich von den Einzelmarken hauptsächlich durch die Farbe des Hintergrundes: a = mattgelborange, b = mattbraunocker

Auflagen: MiNr. 1308 a = 3 300 000, MiNr. 1309 a = 5 000 000, MiNr. 1310 a = 2 000 000, MiNr. 1311 a = 730 454 Stück, Bl. 1 = 734 021 Blocks

1978, 15. Mai. 80. Session des Internationalen Olympischen Komitees, Athen. Odr.; gez. K 13½:14.

aik) Entzünden des olympischen Feuers (1896), Fahne mit den olympischen Ringen

ail) Start zum 100-Meter-Lauf bei den 1. Olympischen Spielen in Athen (1896), olympisches Emblem

1312	7 (Dr) mehrfarbig	aik	1,—	0,50
1313	13 (Dr) mehrfarbig	ail	1,50	1,—
		Satzpreis (2 W.)	2,50	1,50
		FDC		2,—

Auflagen: MiNr. 1312 = 3 250 000, MiNr. 1313 = 779 510 Stück

1978, 15. Mai. Europa: Baudenkmäler. Odr.; gez. K 14:13½, Hochformat ~.

aim) Byzantinischer Dom Hagia Sophia in Thessaloniki

ain) Denkmal des Lysikrates in Athen

1314	4 (Dr) mehrfarbig	aim	1,—	0,30
1315	7 (Dr) mehrfarbig	ain	2,50	0,70
		Satzpreis (2 W.)	3,50	1,—
		FDC		1,50

Auflagen: MiNr. 1314 = 3 000 000, MiNr. 1315 = 992 335 Stück

1978, 10. Juli. 2300. Todestag von Aristoteles. Odr.; MiNr. 1316–1318 gez. K 13:14, MiNr. 1319 gez. K 13½:14¼.

aio) Aristoteles (384–322 v. Chr.) Philosoph (Büste)

aip) Athenische Schule; Fresko von Raffael

air) Karte von Chalkidiki, Statuensockel

ais) Der weise Aristoteles; Fresko

1316	2 Dr mehrfarbig	aio	0,30	0,30
1317	4 Dr mehrfarbig	aip	0,30	0,30
1318	7 Dr mehrfarbig	air	0,30	0,30
1319	20 Dr mehrfarbig	ais	0,60	0,60
		Satzpreis (4 W.)	1,50	1,50
		FDC		2,—

Auflagen: MiNr. 1316 = 5 000 000, MiNr. 1317 = 3 000 000, MiNr. 1318 = 2 300 000, MiNr. 1319 = 732 489 Stück

1978, 21. Sept. 50 Jahre griechischer Rotary-Club. Odr.; gez. K 12½:12¾.

ait) Emblem des Rotary-Clubs, Zahl 50

1320	1 Dr mehrfarbig	ait	0,40	0,30

FDC siehe nach MiNr. 1325.

Auflage: 5 000 000 Stück

1978, 21. Sept. Griechischer Chirurgenkongress. Odr.; gez. K 12¾:12½.

aiu) Chirurgen bei der Operation

1321	1.50 Dr mehrfarbig	aiu	0,40	0,30

FDC siehe nach MiNr. 1325.

Auflage: 4 000 000 Stück

1978, 21. Sept. 200. Geburtstag von Udo Foscolo. Odr.; gez. 12½:12¾.

aiv) Ugo Foscolo (1778–1827), Dichter; Teilansicht der Insel Zakynthos

1322	2.50 Dr mehrfarbig	aiv	0,40	0,30

FDC siehe nach MiNr. 1325.

Auflage: 6 000 000 Stück

1978, 21. Sept. 25 Jahre Europäische Konvention zum Schutz der Menschenrechte. Odr.; gez. K 12½:12¾.

aiw) Bronzener Männerkopf aus dem Archäologischen Museum, Athen

1323	5 Dr mehrfarbig	aiw	0,40	0,30

FDC siehe nach MiNr. 1325.

Auflage: 7 000 000 Stück

1978, 21. Sept. Kultusministerkonferenz der Mitgliedstaaten des Europarates. Odr.; gez. K 12¾:12½.

aix) Hand des Wagenlenkers, Skulptur aus dem Museum in Delphi

1324	7 Dr mehrfarbig	aix	0,40	0,30

FDC siehe nach MiNr. 1325.

Auflage: 3 000 000 Stück

1978, 21. Sept. 75. Jahrestag des ersten Motorfluges der Brüder Wright. Odr.; gez. K 12¾:12½.

aiy) Flugzeug der Brüder Wright; Dädalus und Ikarus

1325	13 Dr mehrfarbig	aiy	0,60	0,60
		Satzpreis MiNr. 1320–1325 (6 W.)	2,20	2,—
		FDC		2,20

Auflage: 697 431 Stück

1978, 6. Nov. Märchen. Odr.; gez. K 14:13.

aiz

aka

akb

akc

aiz–akc) Illustrationen zu dem Märchen „Die zwölf Monate“ von Konstantin Kourampas

1326	2 Dr mehrfarbig	aiz	0,30	0,30
1327	3 Dr mehrfarbig	aka	0,30	0,30
1328	4 Dr mehrfarbig	akb	0,30	0,30
1329	20 Dr mehrfarbig	akc	0,30	0,30
		Satzpreis (4 W.)	1,20	1,20
		FDC		1,40

Auflagen: MiNr. 1326–1327 je 6 000 000, MiNr. 1328 = 2 300 000, MiNr. 1329 = 687 539 Stück

1978, 6. Nov. Transplantationen. Odr.; gez. K 12½:14.

akd) Stilis. Menschen, Baumveredelung (symbolisch für Transplantation)

ake) Kosmas und Damianos bei der Verpflanzung eines Beines; Gemälde von Alonso de Sedano (1486–1530)

1330	4 Dr mehrfarbig	akd	0,30	0,30
1331	10 Dr mehrfarbig	ake	0,30	0,30
		Satzpreis (2 W.)	0,50	0,50
		FDC		1,—

Auflagen: MiNr. 1330 = 11 300 000, MiNr. 1331 = 781 499 Stück

1978, 15. Dez. Freimarken: Griechische Marine. Odr.; gez. K 14:12¼.

akf) Raketenschnellboot

akg) Torpedoschnellboot

akh) U-Boot „Papanikolis"

aki) Panzerschiff „Psara"

akk) Segelschiff „Muttergottes von Hydra"

akl) Byzantinischer Dromones

akm) Archaische Triere

1332	0.50 Dr mehrfarbig	akf	0,40	0,30
1333	1 Dr mehrfarbig	akg	0,40	0,30
1334	2.50 Dr mehrfarbig	akh	0,40	0,30
1335	4 Dr mehrfarbig	aki	0,40	0,30
1336	5 Dr mehrfarbig	akk	0,40	0,30
1337	7 Dr mehrfarbig	akl	0,40	0,30
1338	50 Dr mehrfarbig	akm	0,40	0,30
		Satzpreis (7 W.)	2,50	1,20
		FDC		2,—

Auflagen: MiNr. 1332–1334 je 20 000 000, MiNr. 1335 = 40 000 000, MiNr. 1336 bis 1337 je 15 000 000, MiNr. 1338 = 1 000 000 Stück

1978, 15. Dez. Weihnachten: Altarbilder. Odr.; gez. K 13:13¼.

akn) Muttergottes mit dem Kind (1574)

ako) Die Taufe Christi (1546)

akn–ako) Altarbilder im Kloster Stavronikita

1339	4 Dr mehrfarbig	akn	0,30	0,30
1340	7 Dr mehrfarbig	ako	0,30	0,30
		Satzpreis (2 W.)	0,50	0,50
		FDC		1,—

Auflagen: MiNr. 1339 = 3 000 000, MiNr. 1340 = 1 018 720 Stück

1978, 15. Dez. 150 Jahre Kadettenschule. Odr.; gez. K 14:12¼, Hochformat ~.

akp) Kadettenschule in Nauplion, Kadett in Paradeuniform (1828)

akr) Emblem der Kadettenschule

aks) Kadettenschule in Athen, Kadett in Paradeuniform (1978)

1341	1.50 (Dr) mehrfarbig	akp	0,30	0,30
1342	2 (Dr) mehrfarbig	akr	0,30	0,30
1343	10 (Dr) mehrfarbig	aks	0,30	0,30
		Satzpreis (3 W.)	0,70	0,70
		FDC		1,20

Auflagen: MiNr. 1341 = 5 000 000, MiNr. 1342 = 4 200 000, MiNr. 1343 = 827 868 Stück

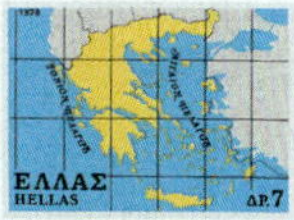

1978, 28. Dez. Freimarken: Der griechische Staat. Odr.; gez. K 14:13½.

akt) Landkarte von Griechenland

1344	7 Dr mehrfarbig	akt	0,30	0,30
1345	11 Dr mehrfarbig	akt	0,30	0,30
1346	13 Dr mehrfarbig	akt	0,30	0,30
		Satzpreis (3 W.)	0,70	0,70
		FDC		1,20

Auflagen: MiNr. 1344 = 15 000 000, MiNr. 1345 = 7 500 000, MiNr. 1346 = 1 500 000 Stück

1979, 12. März. Die Kämpfe der Sulioten. Odr.; gez. K 12¼:13¾, Querformate ~.

aku) Kitsos Tsavellas

akv) Kastell von Suli

akw) Kämpfende Sulioten

akx) Tanz von Salongos

1347	1.50 (Dr) mehrfarbig	aku	0,30	0,30
1348	3 (Dr) mehrfarbig	akv	0,30	0,30
1349	10 (Dr) mehrfarbig	akw	0,30	0,30
1350	20 (Dr) mehrfarbig	akx	0,30	0,60
		Satzpreis (4 W.)	0,80	1,50
		FDC		1,80

Auflagen: MiNr. 1347 = 6 300 000, MiNr. 1348 = 5 000 000, MiNr. 1349 = 3 000 000, MiNr. 1350 = 696 331 Stück

1979, 26. April. Ausstellung „Kunst der Ägäis", Paris. Odr.; gez. K 13¼:14.

aky) Idol von Amorgos

1351	20 Dr mehrfarbig	aky	0,50	0,50
		FDC		0,70

Auflage: 957 028 Stück

1979, 12. Mai. Europa: Geschichte des Post- und Fernmeldewesens. Odr. (5×5 Zd); gez. K 13¼:14.

akz) Briefträger, Postbote mit Rad
ala) Postreiter

1352	4 (Dr) mehrfarbig	akz	0,50	0,30
1353	7 (Dr) mehrfarbig	ala	0,50	0,30
		Satzpreis (2 W.)	1,—	0,50
		Paar	1,50	0,50
		FDC		1,—

Auflage: 1 031 242 Sätze

1979, 12. Mai. 200. Geburtstag von Nikolaos Skoufas. Odr.; gez. K 13¼:14.

alb) Nikolaos Skoufas (1779–1818), Gründer der „Philiki Etäria"

1354 1.50 (Dr) mehrfarbig . . . . alb 0,40 0,30

FDC siehe nach MiNr. 1359.

Auflage: 6 000 000 Stück

1979, 12. Mai. 75 Jahre Eisenbahnlinie Piräus – Athen – Grenze. Odr.; gez. K 14:13¼.

alc) Dampf- und Diesellokomotive

1355 2 (Dr) mehrfarbig . . . . alc 0,60 0,40

FDC siehe nach MiNr. 1359.

Auflage: 6 000 000 Stück

1979, 12. Mai. Basketball-Europameisterschaft. Odr.; gez. K 13¼:14.

ald) Spieler beim Korbwurf

1356 3 (Dr) mehrfarbig . . . . ald 0,40 0,30

FDC siehe nach MiNr. 1359.

Auflage: 5 000 000 Stück

1979, 12. Mai. Internationale Konferenz über die Jungtertiärzeit im Mittelmeerraum. Odr.; gez. K 14:13¼.

ale) Mene psarianosi symeonidis, fossiler Fisch aus der Jungtertiärzeit

1357 4 (Dr) mehrfarbig . . . . ale *3,—* 0,40

FDC siehe nach MiNr. 1359.

Auflage: 7 000 000 Stück

1979, 12. Mai. Balkan-Tourismusjahr. Odr.; gez. K 13¼:14.

alf) Apostelkirche, Athen

1358 10 (Dr) mehrfarbig . . . . alf 0,40 0,30

FDC siehe nach MiNr. 1359.

Auflage: 3 000 000 Stück

1979, 12. Mai. Leichtathletik-Wettkämpfe der Balkanländer. Odr.; gez. K 13¼:14.

alg) Altgriechische Statue, Flaggen

1359 20 (Dr) mehrfarbig . . . . alg 0,50 0,50
Satzpreis MiNr. 1354–1359 (6 W.) *5,—* 2,—
FDC 2,20

Auflage: 781 955 Stück

1979, 28. Mai. Beitritt Griechenlands zur Europäischen Gemeinschaft. Odr., gez. K 13:14, Querformat ∼.

alh) Ähre mit Flaggen der Mitgliedstaaten, Münzen

ali) Europaparlament in Straßburg, Münze

1360 7 (Dr) mehrfarbig . . . . alh 0,30 0,30
1361 30 (Dr) mehrfarbig . . . . ali 0,50 0,50
Satzpreis (2 W.) 0,70 0,70
FDC 1,20

Gedruckt in Bogen zu 40 und in Bogen zu 20 Marken.

Auflagen: MiNr. 1360 = 6 000 000, MiNr. 1361 = 1 202 848 Stück

1979, 27. Juni. Internationales Jahr des Kindes. Odr.; gez. K 13:14.

alk) Das Mädchen mit der Taube; Statue in Vravron

all) Mädchen mit Tauben

alm) Die ersten Schritte; Gemälde von Georgios Jakobides (1853–1932)

1362 5 (Dr) mehrfarbig . . . . alk 0,30 0,30
1363 8 (Dr) mehrfarbig . . . . all 0,30 0,30
1364 20 (Dr) mehrfarbig . . . . alm 0,30 0,30
Satzpreis (3 W.) 0,70 0,70
FDC 1,20

Auflagen: MiNr. 1362 = 6 200 000, MiNr. 1363 = 16 000 000, MiNr. 1364 = 775 044 Stück

1979, 15. Sept. Archäologische Funde von Vergina (Makedonien). Odr.; gez. K 13½:14, Querformat ∼.

aln) Kopf des Philippos (Elfenbein)

alo) Goldener Kranz

alp) Kupfergefäß

alr) Die große goldene Urne

als) Silberne Kanne

alt) Goldener Köcher (Detail)

alu) Eiserne Rüstung mit Goldverzierung

1365	6 (Dr) mehrfarbig	aln	0,30	0,30
1366	8 (Dr) mehrfarbig	alo	0,30	0,30
1367	10 (Dr) mehrfarbig	alp	0,30	0,30
1368	14 (Dr) mehrfarbig	alr	0,30	0,30
1369	18 (Dr) mehrfarbig	als	0,30	0,30
1370	20 (Dr) mehrfarbig	alt	0,30	0,30
1371	30 (Dr) mehrfarbig	alu	0,30	0,30
		Satzpreis (7 W.)	1,70	2,—
		FDC		2,20

Auflagen: MiNr. 1365–1367 je 5 000 000, MiNr. 1368 = 4 000 000, MiNr. 1369 = 2 500 000, MiNr. 1370 = 3 200 000, MiNr. 1371 = 828 402 Stück

1979, 15. Okt. Naturschutz: Seltene Vögel. Odr.; gez. K 12½:13¾, Querformate ~.

alv) Purpurreiher (Ardea purpurea)

alw) Korallenmöwe (Larus audouinii)

alx) Eleonorenfalke (Falco eleonorae)

aly) Eisvogel (Alcedo atthis)

alz) Rosapelikan (Pelecanus onocrotalus)

ama) Seeadler (Haliaeetus albicilla)

1372	6 (Dr) mehrfarbig	alv	0,30	0,30
1373	8 (Dr) mehrfarbig	alw	0,30	0,30
1374	10 (Dr) mehrfarbig	alx	0,30	0,30
1375	14 (Dr) mehrfarbig	aly	0,30	0,30
1376	20 (Dr) mehrfarbig	alz	0,30	0,30
1377	25 (Dr) mehrfarbig	ama	1,—	1,20
		Satzpreis (6 W.)	2,50	2,—
		FDC		3,50

Auflagen: MiNr. 1372–1373 und 1375 je 7 000 000, MiNr. 1374 = 3 000 000, MiNr. 1376 = 3 200 000, MiNr. 1377 = 710 017 Stück

1979, 24. Nov. 50 Jahre Agrarbank Griechenlands. Odr.; gez. K 14:13½.

amb) Agrarbank, Münze

1378	3 (Dr) mehrfarbig	amb	0,40	0,30

FDC siehe nach MiNr. 1386.

Auflage: 3 000 000 Stück

1979, 24. Nov. 200. Todestag von Kosmas dem Aetoler. Odr.; gez. K 13½:14.

amc) Kosmas der Aetoler (1714–1779), hl. Mönch des Berges Athos

1379	4 (Dr) mehrfarbig	amc	0,40	0,30

FDC siehe nach MiNr. 1386.

Auflage: 3 000 000 Stück

1979, 24. Nov. 1600. Todestag von Basilius dem Großen. Odr.; gez. K 13½:14.

amd) Basilius der Große (330–379), Kirchenlehrer und Erzbischof von Cäsarea im Pontus

1380	6 (Dr) mehrfarbig	amd	0,40	0,30

FDC siehe nach MiNr. 1386.

Auflage: 4 000 000 Stück

1979, 24. Nov. Internationale Briefmarkenausstellung der Balkanländer BALKANFILA ’79, Athen. Odr.; gez. K 13½:14, Querformat ~.

ame) Lupe über Briefmarke mit Karte der Balkanländer

amf) Ionisches Kapitell, Karte der Balkanländer

1381	8 (Dr) mehrfarbig	ame	0,40	0,30
1382	10 (Dr) mehrfarbig	amf	0,40	0,30

FDC siehe nach MiNr. 1386.

Auflagen: MiNr. 1381 = 5 000 000, MiNr. 1382 = 3 000 000 Stück

1979, 24. Nov. 100. Todestag von Aristoteles Valaoritis. Odr.; gez. K 14:13½.

amg) Aristoteles Valaoritis (1824–1879), Dichter

1383	12 (Dr) mehrfarbig	amg	0,40	0,30

FDC siehe nach MiNr. 1386.

Auflage: 2 000 000 Stück

1979, 24. Nov. Internationale Golfwettspiele, Glyfáda. Odr.; gez. K 13½:14.

amh) Golfspieler

1384	14 (Dr) mehrfarbig	amh	0,50	0,30

FDC siehe nach MiNr. 1386.

Auflage: 3 000 000 Stück

1979, 24. Nov. Internationales Hippokrates-Institut, Insel Kos. Odr.; gez. K 13½:14.

ami) Hippokrates (460–375 v. Chr.), Arzt; Büste von Ioannis Kossos (1832–1875)

1385	18 (Dr)	mehrfarbig	ami	0,50	0,30

FDC siehe nach MiNr. 1386.

Auflage: 2 200 000 Stück

1979, 24. Nov. 104 Jahre griechisches Parlament. Odr.; gez. K 14:13½.

amk) Plenardebatte (1875)

1386	25 (Dr)	mehrfarbig	amk	0,60	0,60
		Satzpreis MiNr. 1378–1386 (9 W.)		3,50	2,80
		2 FDC			3,—

Auflage: 821 136 Stück

1979, 15. Dez. Freimarken: Landschaften. Odr.; gez. K 12½:13¾, Querformate ~.

aml) Parnassos

amm) Tempi

amn) Milos „Glaronisia“

amo) Schlucht von Vikou

amp) Mesolonghi-See

amr) Wasserleitung von Louros

ams) Samothraki

amt) Sithonia (Chalkidiki)

amu) Schlucht von Samaria

amv) Siphnos

amw) Kymi

amx) Ios

amy) Thassos

amz) Paros „Kolybithres“

ana) Kefalonia

1387	0.50 Dr	mehrfarbig	aml	0,30	0,30
1388	1 Dr	mehrfarbig	amm	0,30	0,30
1389	2 Dr	mehrfarbig	amn	0,30	0,30
1390	4 Dr	mehrfarbig	amo	0,30	0,30
1391	5 Dr	mehrfarbig	amp	0,30	0,30
1392	6 Dr	mehrfarbig	amr	0,30	0,30
1393	7 Dr	mehrfarbig	ams	0,30	0,30
1394	8 Dr	mehrfarbig	amt	0,30	0,30
1395	10 Dr	mehrfarbig	amu	0,30	0,30
1396	12 Dr	mehrfarbig	amv	0,30	0,30
1397	14 Dr	mehrfarbig	amw	0,30	0,30
1398	18 Dr	mehrfarbig	amx	0,30	0,30
1399	20 Dr	mehrfarbig	amy	0,30	0,30
1400	30 Dr	mehrfarbig	amz	0,60	0,30
1401	50 Dr	mehrfarbig	ana	1,—	0,30
		Satzpreis (15 W.)		5,50	4,—
		FDC			5,—

Auflagen: MiNr. 1387 = 18 000 000, MiNr. 1388, 1391 und 1399 je 15 000 000, MiNr. 1389, 1393 und 1398 je 10 000 000, MiNr. 1390 = 30 000 000, MiNr. 1392 = 25 000 000, MiNr. 1394 = 43 000 000, MiNr. 1395 = 26 000 000, MiNr. 1396 = 8 000 000, MiNr. 1397 = 20 000 000, MiNr. 1400 = 5 000 000, MiNr. 1401 = 1 000 000 Stück

1980, 15. März. Erster griechischer Kongress für Nierenheilkunde, Thessaloniki. Odr.; gez. K 13¾:12½.

anb) Triumphbogen des Kaisers Galerius, Thessaloniki

1402	8 (Dr)	mehrfarbig	anb	0,40	0,30
		FDC			1,—

Auflage: 960 108 Stück

1980, 15. März. Burgen, Höhlen und Brücken. Odr.; gez. K 12½:13¾, Querformate ~.

anc) Antike Burg, Aigosthenon

and) Byzantinische Stadtmauer, Thessaloniki

ane) Perama-Höhle, Ioannina

anf) Dyros-Höhle, Mani

ang) Brücke von Arta

anh) Kalogiros-Brücke, Epirus

1403	4 (Dr)	mehrfarbig	anc	0,30	0,30
1404	6 (Dr)	mehrfarbig	and	0,30	0,30
1405	8 (Dr)	mehrfarbig	ane	0,30	0,30
1406	10 (Dr)	mehrfarbig	anf	0,30	0,30
1407	14 (Dr)	mehrfarbig	ang	0,30	0,30
1408	20 (Dr)	mehrfarbig	anh	0,30	0,30
		Satzpreis (6 W.)		1,50	1,20
		FDC			1,60

Auflagen: MiNr. 1403 = 4 000 000, MiNr. 1404 und 1406 je 5 000 000, MiNr. 1405 = 7 000 000, MiNr. 1407 = 6 200 000, MiNr. 1408 = 799 932 Stück

1980, 5. Mai. 2300. Geburtstag des Astronomen Aristarchos von Samos (310–230 v. Chr.). Odr.; gez. K 12¾:12¼.

ani) Tempel der Hera, Aristarchischer Lehrsatz

ank) Heliozentrisches System

1409	10 (Dr) mehrfarbig	ani	0,50	0,50
1410	20 (Dr) mehrfarbig	ank	0,70	0,70
	Satzpreis (2 W.)		1,20	1,20
	FDC			1,50

Auflagen: MiNr. 1409 = 8 000 000, MiNr. 1410 = 977 336 Stück

1980, 5. Mai. Europa: Bedeutende Persönlichkeiten. Odr.; gez. K 13¾:12¼.

anl) Giorgos Seferis (1900–1971), Schriftsteller und Diplomat, Nobelpreis 1963

anm) Maria Callas (1923–1977), Opernsängerin

1411	8 (Dr) mehrfarbig	anl	0,50	0,30
1412	14 (Dr) mehrfarbig	anm	1,50	0,60
	Satzpreis (2 W.)		2,—	0,80
	FDC			1,—

Auflagen: MiNr. 1411 = 4 000 000, MiNr. 1412 = 1 048 405 Stück

1980, 5. Mai. Energiesparen. Odr.; gez. K 13¾:12¼, Hochformat ~.

ann) Buch mit Tips zum Energiesparen

ano) Glühbirne, Kerze

1413	8 (Dr) mehrfarbig	ann	0,30	0,30
1414	20 (Dr) mehrfarbig	ano	0,30	0,30
	Satzpreis (2 W.)		0,60	0,60
	FDC			1,20

Auflagen: MiNr. 1413 = 3 200 000, MiNr. 1414 = 812 307 Stück

1980, 14. Juli. 50 Jahre Feuerwehrcorps. Odr.; gez. K 12½.

anp) Feuerwehrleute bei Löscharbeit

1415 4 (Dr) mehrfarbig . . . . anp 0,60 0,40

FDC siehe nach MiNr. 1420.

Auflage: 5 000 000 Stück

1980, 14. Juli. 1700. Geburtstag des hl. Demetrius. Odr.; gez. K 12½.

anr) Hl. Demetrius (280–306), Märtyrer (Mosaik)

1416 6 (Dr) mehrfarbig . . . . anr 0,40 0,30

FDC siehe nach MiNr. 1420.

Auflage: 2 200 000 Stück

1980, 14. Juli. 75. Jahrestag des Aufstandes von Therissos. Odr.; gez. K 12½.

ans) Aufständische

1417 8 (Dr) mehrfarbig . . . . ans 0,40 0,30

FDC siehe nach MiNr. 1420.

Auflage: 10 000 000 Stück

1980, 14. Juli. Internationales Jahr des Olivenanbaus. Odr.; gez. K 12½.

ant) Antiker Ölkrug mit Zeichnung einer Olivenernte, Olivenzweig

1418 10 (Dr) mehrfarbig . . . . ant 0,40 0,30

FDC siehe nach MiNr. 1420.

Auflage: 6 000 000 Stück

1980, 14. Juli. Kongress des Internationalen Journalistenverbandes. Odr.; gez. K 12½.

anu) Internationales Presseemblem

1419 14 (Dr) mehrfarbig . . . . anu 0,40 0,30

FDC siehe nach MiNr. 1420.

Auflage: 2 000 000 Stück

1980, 14. Juli. 200. Geburtstag von Konstantinos Ikonomos. Odr.; gez. K 12½.

anv) Konstantinos Ikonomos (1780–1857), Kleriker und Gelehrter

1420	20 (Dr) mehrfarbig	anv	0,50	0,50
	Satzpreis MiNr. 1415–1420 (6 W.)		2,20	2,—
	FDC			2,20

Auflage: 826 574 Stück

1980, 11. Aug. Olympische Sommerspiele, Moskau. Odr.; gez. K 13¼:13.

anw) Antikes Stadion von Olympia, Münze von Elis

anx) Antikes Stadion von Delphi, Münze von Delphi

any) Antikes Stadion von Epidaurus, Münze von Olympia

anz) Antikes Stadion von Rhodos, Münze von Kos

aoa) Olympiastadion von Athen, Medaille der 1. Olympischen Spiele (1896) der Neuzeit

1421	8 (Dr) mehrfarbig	anw	0,30	0,30
1422	14 (Dr) mehrfarbig	anx	0,50	0,40
1423	18 (Dr) mehrfarbig	any	0,30	0,30
1424	20 (Dr) mehrfarbig	anz	0,30	0,30
1425	50 (Dr) mehrfarbig	aoa	0,60	0,50
		Satzpreis (5 W.)	2,—	1,80
		FDC		2,50

Auflagen: MiNr. 1421 = 6 000 000, MiNr. 1422 = 5 000 000, MiNr. 1423 = 3 000 000, MiNr. 1424 = 4 000 000, MiNr. 1425 = 1 018 799 Stück

1980, 22. Sept. Mineralien. Odr.; gez. K 13¾:12½, Hochformate ~.

aob) Amphibule

aoc) Gips

aod) Kupferminerale

aoe) Baryt

aof) Chromeisenstein

aog) Gemischte Sulfide

aoh) Bauxit

1426	6 (Dr) mehrfarbig	aob	0,30	0,30
1427	8 (Dr) mehrfarbig	aoc	0,30	0,30
1428	10 (Dr) mehrfarbig	aod	0,30	0,30
1429	14 (Dr) mehrfarbig	aoe	0,30	0,30
1430	18 (Dr) mehrfarbig	aof	0,30	0,30
1431	20 (Dr) mehrfarbig	aog	0,30	0,30
1432	30 (Dr) mehrfarbig	aoh	0,30	0,30
		Satzpreis (7 W.)	2,—	2,—
		FDC		2,50

Auflagen: MiNr. 1426 = 6 000 000, MiNr. 1427–1428 je 8 000 000, MiNr. 1429 = 4 000 000, MiNr. 1430 = 2 200 000, MiNr. 1431 = 2 000 000, MiNr. 1432 = 810 874 Stück

1980, 31. Okt. 20 Jahre Straßenwacht des Griechischen Automobil- und Touringclubs (OBELPA). Odr.; gez. K 12½.

aoi) Abschleppwagen

1433	6 (Dr) mehrfarbig	aoi	0,40	0,30

FDC siehe nach MiNr. 1437.

Auflage: 3 000 000 Stück

1980, 31. Okt. 50 Jahre Luftwaffe. Odr.; gez. K 12½.

aok) Jagdbomber, Hoheitszeichen der Griechischen Luftwaffe

1434	8 (Dr) mehrfarbig	aok	0,40	0,30

FDC siehe nach MiNr. 1437.

Auflage: 6 000 000 Stück

1980, 31. Okt. 50 Jahre Aeroclub von Thessaloniki. Odr.; gez. K 12½.

aol) Sportflugzeug, Hangar

1435	12 (Dr) mehrfarbig	aol	0,40	0,30

FDC siehe nach MiNr. 1437.

Auflage: 2 200 000 Stück

1980, 31. Okt. 50 Jahre Hafenmeisterei von Piräus (OLP). Odr.; gez. K 12½.

aom) Hafenanlage

1436	20 (Dr) mehrfarbig	aom	0,60	0,50

FDC siehe nach 1437.

Auflage: 2 000 000 Stück

1980, 31. Okt. 40 Jahre Gesellschaft für Makedonische Studien. Odr.; gez. K 12½.

aon) Gebäude der Gesellschaft

1437	25 (Dr) mehrfarbig	aon	0,60	0,60
		Satzpreis MiNr. 1433–1437 (5 W.)	2,—	1,80
		FDC		2,20

Auflage: 817 215 Stück

1980, 10. Dez. Weihnachten. Odr. (2×2 Zd); gez. K 13¼:14.

aoo–aor) Du bist der Grund, dass er sich freut; Ikone von Theodoros Poulakis (1622–1692)

1438	6 (Dr) mehrfarbig	aoo	0,30	0,30
1439	14 (Dr) mehrfarbig	aop	0,30	0,30
1440	20 (Dr) mehrfarbig	aor	0,30	0,30
		Satzpreis (3 W.)	0,70	0,70
		Dreierstreifen	0,80	0,80
		FDC		1,50

Auflage: 1.010.425 Sätze

1981, 16. März. Griechische Ausfuhrprodukte. Odr.; gez. K 12½.

aos) Gemüse

aot) Obst

aou) Baumwolle

aov) Marmor

1441	9 (Dr) mehrfarbig	aos	0,30	0,30
1442	17 (Dr) mehrfarbig	aot	0,30	0,30

1443 20 (Dr) mehrfarbig .... aou 0,30 0,30
1444 25 (Dr) mehrfarbig .... aov 0,30 0,30
Satzpreis (4 W.) 1,20 1,—
FDC 1,70

Auflagen: MiNr. 1441 = 8 000 000, MiNr. 1442 = 3 200 000, MiNr. 1443 = 3 000 000, MiNr. 1444 = 832 819 Stück

1981, 4. Mai. Europa: Folklore. Odr.; gez. K 14:13.

aow) Volkstanz „Kyra Maria“

aox) Volkstanz Kretische „Sousta“

1445 12 (Dr) mehrfarbig .... aow 0,50 0,30
1446 17 (Dr) mehrfarbig .... aox 1,— 0,60
Satzpreis (2 W.) 1,50 0,70
FDC 1,50

Auflagen: MiNr. 1445 = 10 000 000, MiNr. 1446 = 1 039 394 Stück

1981, 4. Mai. Leichtathletik-Europameisterschaften, Athen (1982) (I). Odr.; gez. K 14:13¼.

aoy) Neues Olympiastadion, Kalogreza

aoz) Europakarte, Sportler kommen nach Griechenland

1447 12 (Dr) mehrfarbig .... aoy 0,30 0,30
1448 17 (Dr) mehrfarbig .... aoz 0,40 0,40
Satzpreis (2 W.) 0,70 0,70
FDC 1,20

Auflagen: MiNr. 1447 = 10 200 000, MiNr. 1448 = 834 736 Stück

1981, 22. Mai. Weltkongress der Gesellschaft für Nephrologie. Odr.; gez. K 13¼:14.

apa) Nierenfunktion im menschlichen Körper

1449 2 (Dr) mehrfarbig .... apa 0,40 0,30

FDC siehe nach MiNr. 1455.

Auflage: 5 000 000 Stück

1981, 22. Mai. 50 Jahre Nationaler Fliegerclub. Odr.; gez. K 13¼:14.

apb) Fallschirmspringer, Motor- und Segelflugzeug, Junge mit Modellflugzeug

1450 3 (Dr) mehrfarbig .... apb 0,40 0,30

FDC siehe nach MiNr. 1455.

Auflage: 4 200 000 Stück

1981, 22. Mai. Internationales historisches Kollegium, Volos. Odr.; gez. K 13¼:14.

apc) Meteora-Klöster in Thessalien, Brücke bei Konitsa (Epirus)

1451 6 (Dr) mehrfarbig .... apc 0,40 0,30

FDC siehe nach MiNr. 1455.

Auflage: 3 000 000 Stück

1981, 22. Mai. 50 Jahre Ophthalmologische Gesellschaft. Odr.; gez. K 14:13¼.

apd) Archaische Schale

1452 9 (Dr) mehrfarbig .... apd 0,40 0,30

FDC siehe nach MiNr. 1455.

Auflage: 5 000 000 000 Stück

1981, 22. Mai. Beginn der 1. Erdölbohrung in Griechenland. Odr.; gez. K 13¼:14.

ape) Bohrturm, Landkarte

1453 12 (Dr) mehrfarbig .... ape 0,50 0,30

FDC siehe nach MiNr. 1455.

Auflage: 7 000 000 Stück

1981, 22. Mai. Gründung der Weltorganisation für internationale Beziehungen, Athen. Odr.; gez. K 14:13¼.

apf) Weltkugel (stilis.), Palmzweig, alte griechische Münze

1454 21 (Dr) mehrfarbig .... apf 0,50 0,50

FDC siehe nach MiNr. 1455.

Auflage: 2 000 000 Stück

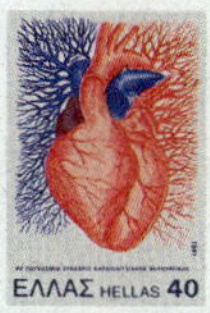

1981, 22. Mai. Weltkongress für Herzgefäßoperationen. Odr.; gez. K 13¼:14.

apg) Herz

1455 40 (Dr) mehrfarbig .... apg 0,80 0,80
Satzpreis MiNr. 1449–1455 (7 W.) 3,— 2,60
2 FDC 2,80

Auflage: 837 913 Stück

1981, 30. Juni. Europäische Kampagne zum Schutz des Wildlebens und der natürlichen Umgebung. Odr.; gez. K 14:13½.

aph) Bunte Kamm-Muschel (Chlamys varia)

api) Schriftbarsch (Serranus scriba)

apk) Nördlicher Papageifisch (Sparisoma cretensis)

apl) Zahnbrasse (Dentex vulgaris)

apm) Roter Apollo (Parnassius apollo)

apn) Gelber Heufalter (Colias hyale)

1456	4 (Dr) mehrfarbig	aph	0,30	0,30
1457	5 (Dr) mehrfarbig	api	0,30	0,30
1458	12 (Dr) mehrfarbig	apk	0,30	0,30
1459	15 (Dr) mehrfarbig	apl	0,30	0,30
1460	17 (Dr) mehrfarbig	apm	0,50	0,50
1461	50 (Dr) mehrfarbig	apn	0,80	0,80
		Satzpreis (6 W.)	2,50	2,50
		FDC (2 × MiNr. 1456–1461)		3,20

Auflagen: MiNr. 1456 und 1460 je 3 000 000, MiNr. 1457 = 3 200 000, MiNr. 1458 = 4 000 000, MiNr. 1459 = 2 000 000, MiNr. 1461 = 838 343 Stück

1981, 30. Sept. Glockentürme und holzgeschnitzte Altartrennwände (Ikonostasen). Odr.; gez. K 12½:13¾, Querformate ~.

apo) Typischer Glockenturm der Ägäischen Inseln

app) Altartrennwand-Türe aus der St.-Paraskevi-Kirche, Metsovon

apr) Altartrennwand-Türe aus einer Kirche im Pilion

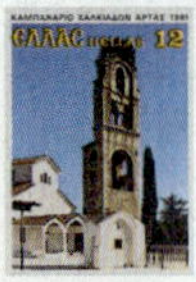

aps) Glockenturm der Kirche St. Konstantin und St. Helena, Chalkiadon-Epirus

apt) Altartrennwand aus der St.-Nikolaos-Kirche, Velvendos

apu) Ikone des St. Jakob aus dem Kirchenmuseum, Alexandrupolis

apv) Altartrennwand-Türe aus der St.-Nikolaos-Kirche, Makrynitsa

1462	4 (Dr) mehrfarbig	apo	0,30	0,30
1463	6 (Dr) mehrfarbig	app	0,30	0,30
1464	9 (Dr) mehrfarbig	apr	0,30	0,30
1465	12 (Dr) mehrfarbig	aps	0,30	0,30
1466	17 (Dr) mehrfarbig	apt	0,30	0,30
1467	30 (Dr) mehrfarbig	apu	0,30	0,30
1468	40 (Dr) mehrfarbig	apv	0,40	0,30
		Satzpreis (7 W.)	2,20	2,—
		FDC		2,50

Auflagen: MiNr. 1462–1464 und 1466 je 3 000 000, MiNr. 1465 = 6 000 000, MiNr. 1467 = 1 200 000, MiNr. 1468 = 833 358 Stück

1981, 20. Nov. Europäische Denkmalschutzkampagne „Renaissance der Städte". Odr.; gez. K 14:13¼.

apw) Stadtansicht

1469 3 (Dr) mehrfarbig	apw	0,40	0,30

FDC siehe nach MiNr. 1474.

Auflage: 3 000 000 Stück

1981, 20. Nov. Heiligsprechung des Erzbischofs Simeon. Odr.; gez. K 13¼:14.

apx) Hl. Simeon († 1429), Erzbischof von Thessaloniki (Miniatur aus dem Kodex Vatopediou)

1470 9 (Dr) mehrfarbig	apx	0,50	0,30

FDC siehe nach MiNr. 1474.

Auflage: 3 000 000 Stück

1981, 20. Nov. Kampagne für das Stillen. Odr.; gez. K 13¼:14.

apy) Maria mit Kind (Byzantinische Ikone)

1471 12 (Dr) mehrfarbig	apy	0,50	0,30

FDC siehe nach MiNr. 1474.

Auflage: 8 000 000 Stück

1981, 20. Nov. 5. Todestag von Gina Bachauer. Odr.; gez. K 13¼:14.

apz) Gina Bachauer (1913–1976), Pianistin

1472 17 (Dr) mehrfarbig	apz	0,50	0,50

FDC siehe nach MiNr. 1474.

Auflage: 3 700 000 Stück

1981, 20. Nov. 175. Geburtstag von Constantino Brumidi. Odr.; gez. K 13¼:14.

ara) Constantino Brumidi (1806–1880), Maler und Bildhauer

1473 21 (Dr) mehrfarbig	ara	0,50	0,50

FDC siehe nach MiNr. 1474.

Auflage: 1 500 000 Stück

1981, 20. Nov. 150 Jahre Banknotendruck. Odr.; gez. K 14:13¼.

arb) „Phönix"-Noten (1831)

1474 50 (Dr) mehrfarbig .... arb 1,10 1,10
Satzpreis MiNr. 1469–1474 (6 W.) 3,— 3,—
FDC 3,50

Auflage: 833 340 Stück

1982, 15. März. 100 Jahre Historische und Ethnologische Gesellschaft Griechenlands, Athen. Odr.; gez. K 13¾:12½.

arc) Altes Parlamentsgebäude, Athen

1475 2 (Dr) mehrfarbig .... arc 0,40 0,30

FDC siehe nach MiNr. 1480.

Auflage: 5 000 000 Stück

1982, 15. März. 98. Geburtstag von Angelos Sikelianos. Odr.; gez. K 12½:13¾.

ard) Angelos Sikelianos (1884–1951), Dichter und Dramatiker

1476 9 (Dr) mehrfarbig .... ard 0,40 0,30

FDC siehe nach MiNr. 1480.

Auflage: 3 000 000 Stück

1982, 15. März. 150. Geburtstag von Charilaos Trikoupis. Odr.; gez. K 12½:13¾.

are) Charilaos Trikoupis (1832–1896), Politiker

1477 15 (Dr) mehrfarbig .... are 0,40 0,30

FDC siehe nach MiNr. 1480.

Auflage: 5 000 000 Stück

1982, 15. März. Ausstellung „Ägäische Inseln“, Rhodos. Odr.; gez. K 12½:13¾.

arf) Nixe

1478 21 (Dr) mehrfarbig .... arf 0,50 0,50

FDC siehe nach MiNr. 1480.

Auflage: 5 000 000 Stück

1982, 15. März. 25 Jahre Fluggesellschaft „Olympic Airways“. Odr.; gez. K 13¾:12½.

arg) Flugzeug

1479 30 (Dr) mehrfarbig .... arg 0,70 0,70

FDC siehe nach MiNr. 1480.

Auflage: 2 000 000 Stück

1982, 15. März. Europäischer Kongress für Anthropologie, Petralona. Odr.; gez. K 12½:13¾.

arh) Schädel des Homo petralona (ca. 700 000 Jahre alt)

1480 50 (Dr) mehrfarbig .... arh 3,— 1,—
Satzpreis MiNr. 1475–1480 (6 W.) 5,— 3,—
2 FDC 3,50

Auflage: 830 233 Stück

1982, 10. Mai. Europa: Historische Ereignisse. Odr.; gez. K 13½:14.

ari) Schlacht bei Marathon (490 v. Chr.) ark) Ausfall aus Mesolongion (1826)

1481 21 (Dr) mehrfarbig .... ari 1,— 0,50
1482 30 (Dr) mehrfarbig .... ark 2,— 1,—
Satzpreis (2 W.) 3,— 1,50
FDC 2,50

Auflagen: MiNr. 1481 = 3 200 000, MiNr. 1482 = 831 949 Stück

1982, 10. Mai. Leichtathletik-Europameisterschaften, Athen (II). Odr.; gez. K 14:13½, Hochformat ~.

arl) Stabhochsprung; Lorbeerkranz
arm) Mittelstreckenlauf; Lorbeerzweig
arn) Kugelstoßen, Sprint, Hochsprung, Hürdenlauf

1483 21 (Dr) mehrfarbig .... arl 0,30 0,30
1484 25 (Dr) mehrfarbig .... arm 0,50 0,30
1485 40 (Dr) mehrfarbig .... arn 1,— 1,—
Satzpreis (3 W.) 1,80 1,40
FDC 2,—

Auflagen: MiNr. 1483 = 3 200 000, MiNr. 1484 = 3 000 000, MiNr. 1485 = 836 307 Stück

1982, 28. Juni. Byzantinische Buchmalerei. Odr.; gez. K 13¾:12½, Hochformate ~.

aro) Titel eines Evangeliars

arp) Initiale „E“ arr) Initiale „T“ ars) Konkordanz art) Titel eines zoologischen Buches

1486 4 (Dr) mehrfarbig .... aro 0,30 0,30
1487 6 (Dr) mehrfarbig .... arp 0,30 0,30
1488 12 (Dr) mehrfarbig .... arr 0,30 0,30
1489 15 (Dr) mehrfarbig .... ars 0,30 0,30

1490	80 (Dr) mehrfarbig	art	1,30	0,80
	Satzpreis (5 W.)		2,50	2,—
	FDC			2,50

Auflagen: MiNr. 1486 = 5 200 000, MiNr. 1487 = 6 000 000, MiNr. 1488 = 8 000 000, MiNr. 1489 = 15 000 000, MiNr. 1490 = 817 830 Stück

1982, 20. Sept. 200. Geburtstag von Georgis Karaiskakis. Odr.; gez. K 13¼:14.

aru

arv

aru–arv) Georgis Karaiskakis (1782–1827), Freiheitskämpfer gegen die Türken

1491	12 (Dr) mehrfarbig	aru	0,50	0,30
1492	50 (Dr) mehrfarbig	arv	1,—	1,—
	Satzpreis (2 W.)		1,50	1,20
	FDC			1,70

Auflagen: MiNr. 1491 = 8 200 000, MiNr. 1492 = 839 444 Stück

1982, 20. Sept. „Amnesty International“: Jahr der Verschollenen. Odr.; gez. K 13¼:14.

arw) Frauen mit Bildern verschollener Zyprioten

arx) Politische Gefangene, Kerze mit Stacheldraht

1493	15 (Dr) mehrfarbig	arw	0,30	0,30
1494	75 (Dr) mehrfarbig	arx	1,50	1,50
	Satzpreis (2 W.)		1,80	1,80
	FDC			2,50

Auflagen: MiNr. 1493 = 12 200 000, MiNr. 1494 = 839 659 Stück

1982, 8. Nov. Nationaler Widerstand 1941–1944. Odr.; gez. K 12¾.

ary) Demonstration in Athen (1942)

arz) Das Opfer von Kalawrita

asa) Partisanenaktion in Thrakien

asb) Kampf auf Kreta

asc) Partisan und Partisanin

asd) Schlacht am Gorgopotamos

ase) Partisanen in Käsariani/Athen

asf) Kampf in Nordgriechenland

1495	1 (Dr) mehrfarbig	ary	0,30	0,30
1496	2 (Dr) mehrfarbig	arz	0,30	0,30
1497	5 (Dr) mehrfarbig	asa	0,30	0,30
1498	9 (Dr) mehrfarbig	asb	0,30	0,30
1499	12 (Dr) mehrfarbig	asc	0,30	0,30
1500	21 (Dr) mehrfarbig	asd	0,30	0,30
1501	30 (Dr) mehrfarbig	ase	0,50	0,30
1502	50 (Dr) mehrfarbig	asf	1,50	0,90
	Satzpreis (8 W.)		3,50	3,—
	FDC			3,50

Blockausgabe

Block 2	mit MiNr. 1497–1500 (81×90 mm)	asg	2,—	2,—
	FDC			2,50
Block 3	mit MiNr. 1495–1496 und 1501–1502 (90×81 mm)	ash	2,—	2,—
	FDC			2,50

Auflagen: MiNr. 1495 = 6 000 000, MiNr. 1496 und 1500 je 5 000 000, MiNr. 1497 = 4 000 000, MiNr. 1498 = 7 000 000, MiNr. 1499 = 9 000 000, MiNr. 1501 = 7 200 000, MiNr. 1502 = 837 967 Stück, Bl. 2 = 523 101, Bl. 3 = 524 116 Blocks

1982, 6. Dez. Weihnachten. Odr. (3×10 Zd); gez. K 13¾:12¼.

asi–ask) Die Geburt Christi; Reliefs altchristlicher Kunst

1503	9 (Dr) mehrfarbig	asi	0,30	0,30
1504	21 (Dr) mehrfarbig	ask	0,30	0,30
	Satzpreis (2 W.)		0,50	0,50
	Paar		0,70	0,70
	FDC			1,20

Auflage: 974.853 Sätze

1983, 14. März. 25 Jahre Internationale Organisation für Seeschifffahrt (OMI): Galionsfiguren. Odr.; gez. K 14:13¼, Hochformate ∼.

asl) Galionsfigur des Schiffes „Ares“ unter Kapitän Tsamados

asm) Galionsfigur des Schiffes „Ares“ unter Kapitän Miauli

asn) Galionsfigur eines Schiffes von Sfakia

aso) Galionsfigur des Schiffes „Spetses“

asp) Galionsfigur des Schiffes „Epameinondas“

asr) Galionsfigur des Schiffes „Karteria“

1505	11 (Dr) mehrfarbig	asl	0,30	0,30
1506	15 (Dr) mehrfarbig	asm	0,30	0,30
1507	18 (Dr) mehrfarbig	asn	0,30	0,30
1508	25 (Dr) mehrfarbig	aso	0,50	0,40
1509	40 (Dr) mehrfarbig	asp	0,80	0,70
1510	50 (Dr) mehrfarbig	asr	1,30	1,—
	Satzpreis (6 W.)		3,50	3,—
	FDC			4,—

Auflagen: MiNr. 1505 und 1508 je 8 000 000, MiNr. 1506 = 5 000 000, MiNr. 1507 = 7 000 000, MiNr. 1509 = 2 200 000, MiNr. 1510 = 839 471 Stück

1983, 14. März. Einführung der Postleitzahlen. Odr.; gez. K 12½:12¾, Hochformat ~.

ass) Brief, Landkarte

ast) Posthorn, Hermeskopf

1511	15 (Dr) mehrfarbig	ass	0,30	0,30
1512	25 (Dr) mehrfarbig	ast	0,50	0,40
		Satzpreis (2 W.)	0,80	0,70
		FDC		1,20

Auflagen: MiNr. 1511 = 6 000 000, MiNr. 1512 = 2 099 700 Stück

1983, 28. April. Europa: Große Werke des menschlichen Geistes. Odr.; MiNr. 1513 gez. K 12¼:14, MiNr. 1514 gez. K 13:14.

asu) Akropolis von Athen

asv) Archimedes (287 bis 212 v. Chr.), Mathematiker und Physiker

1513	25 (Dr) mehrfarbig	asu	1,—	0,50
1514	80 (Dr) mehrfarbig	asv	3,—	1,50
		Satzpreis (2 W.)	4,—	2,—
		FDC		3,50

Auflagen: MiNr. 1513 = 2 200 000, MiNr. 1514 = 839 500 Stück

1983, 28. April. Sport. Odr.; gez. K 14:13½, Hochformate ~.

asw) Rudern

asx) Wasserskifahren

asy) Windsurfen

asz) Sessellift

ata) Skifahren

1515	15 (Dr) mehrfarbig	asw	0,30	0,30
1516	18 (Dr) mehrfarbig	asx	0,30	0,30
1517	27 (Dr) mehrfarbig	asy	0,70	0,60
1518	50 (Dr) mehrfarbig	asz	0,70	0,60
1519	80 (Dr) mehrfarbig	ata	2,—	1,70
		Satzpreis (5 W.)	4,—	3,50
		FDC		4,50

Auflagen: MiNr. 1515 = 2 000 000, MiNr. 1516 = 10 000 000, MiNr. 1517 = 3 000 000, MiNr. 1518 = 2 200 000, MiNr. 1519 = 839 500 Stück

1983, 11. Juli. Persönlichkeiten. Odr.; gez. K 13¼:14.

atb) Marinos Antypas (1873–1907), Bauernführer

atc) Nikolaos Plastiras (1883–1953), Offizier, Politiker

atd) Georgios Papandreou (1888–1968), Politiker

ate) Konstantino Kavaphis (1863–1933), Dichter

atf) Nikos Kasantsakis (1883–1957), Dichter und Schriftsteller

atg) Manolis Kalomoiris (1883–1962), Komponist und Pianist

ath) Georgios Papanikolaou (1883–1962), Zytologe

ati) Dame von Ro, eigentl. Despoina Achladiotou (1890–1982), Patriotin

1520	6 (Dr) mehrfarbig	atb	0,30	0,30
1521	9 (Dr) mehrfarbig	atc	0,30	0,30
1522	15 (Dr) mehrfarbig	atd	0,30	0,30
1523	20 (Dr) mehrfarbig	ate	0,30	0,30
1524	27 (Dr) mehrfarbig	atf	0,40	0,30
1525	32 (Dr) mehrfarbig	atg	0,40	0,30
1526	40 (Dr) mehrfarbig	ath	0,50	0,30
1527	50 (Dr) mehrfarbig	ati	1,—	0,50
		Satzpreis (8 W.)	3,50	2,60
		FDC		3,60

Auflagen: MiNr. 1520–1522 und 1525 je 5 000 000, MiNr. 1523 = 18 000 000, MiNr. 1524 = 10 000 000, MiNr. 1526 = 2 200 000, MiNr. 1527 = 839 500 Stück

1983, 26. Sept. Internationale Konferenz über Demokrit und seine Werke. Odr.; gez. K 13¼:13.

atk) Demokrit (ca. 460–370 v. Chr.), Philosoph

1528	50 (Dr) mehrfarbig	atk	1,10	0,70
		FDC		1,20

Auflage: 732 500 Stück

1983, 17. Nov. 10. Jahrestag des Aufstandes der Studenten der Technischen Hochschule Athen gegen die Militärregierung. Odr.; gez. K 13¼:13.

atl) Symbolische Darstellung

atm) Auszug aus der Technischen Hochschule

1529	15 (Dr) mehrfarbig	atl	0,30	0,30
1530	30 (Dr) mehrfarbig	atm	0,50	0,30
		Satzpreis (2 W.)	0,80	0,60
		FDC		1,10

Auflagen: MiNr. 1529 = 6 200 000, MiNr. 1530 = 772 000 Stück

1983, 19. Dez. Freimarken: Die epischen Dichtungen Homers. Odr., Bogen (10×5, Querformate ~) und Markenheftchen (1×10); gez. K 13¼:13, Querformate ~.

atn) Apotheose Homers

ato) Helenas Entführung durch Paris

atp) Das Trojanische Pferd

atr) Achilles und Ajax bei einem Brettspiel

ats) Achilles

att) Hektor erhält seine Rüstung

atu) Hektors Kampf mit Ajax

atv) Priamos bittet um den Leichnam Hektors

atw) Odysseus blendet Polyphem

atx) Odysseus flieht aus der Höhle des Polyphem

aty) Odysseus und Nausikaa

atz) Odysseus bei den Sirenen

aua) Odysseus tötet die Freier

aub) Die Helden der Ilias

auc) Homer (8. Jh. v. Chr.), Dichter

1531	2 (Dr) mehrfarbig	atn	0,30	0,30
1532	3 (Dr) mehrfarbig	ato	0,30	0,30
1533	4 (Dr) mehrfarbig	atp	0,30	0,30
1534	5 (Dr) mehrfarbig	atr	0,30	0,30
1535	6 (Dr) mehrfarbig	ats	0,30	0,30
1536	10 (Dr) mehrfarbig	att	0,30	0,30
1537	14 (Dr) mehrfarbig	atu	0,30	0,30
1538	15 (Dr) mehrfarbig	atv	0,30	0,30
1539	20 (Dr) mehrfarbig	atw	0,30	0,30
1540	27 (Dr) mehrfarbig	atx	0,30	0,30
1541	30 (Dr) mehrfarbig	aty	0,50	0,30
1542	32 (Dr) mehrfarbig	atz	0,50	0,30
1543	50 (Dr) mehrfarbig	aua	1,—	0,30
1544	75 (Dr) mehrfarbig	aub	1,20	0,30
1545	100 (Dr) mehrfarbig	auc	3,—	0,60
	Satzpreis (15 W.)		8,50	3,—
	3 FDC			10,—
	MH mit 10× MiNr. 1538		*20,—*	

MiNr. 1538 wurde auch im Markenheftchen ausgegeben.

Auflagen: MiNr. 1531, 1534, 1539 und 1541 je 15 000 000, MiNr. 1532–1533 und 1543 je 10 000 000, MiNr. 1535 = 25 000 000, MiNr. 1536 und 1540 je 20 000 000, MiNr. 1537 = 17 000 000, MiNr. 1538 = 30 000 000, MiNr. 1542 = 18 000 000, MiNr. 1544 = 4 000 000, MiNr. 1545 = 1 000 000 Stück

1984, 15. März. Marmorskulpturen und -reliefs vom Parthenon, Athen. Odr.; gez. K 14¼:14.

aud) Pferd aus der Quadriga der Selene

aue) Dionysos

auf) Hestia, Dione und Aphrodite

aug) Ilissos

auh) Lapith und Zentaur

1546	14 (Dr) mehrfarbig	aud	1,—	0,30
1547	15 (Dr) mehrfarbig	aue	0,40	0,30
1548	20 (Dr) mehrfarbig	auf	0,50	0,50
1549	27 (Dr) mehrfarbig	aug	0,70	0,50
1550	32 (Dr) mehrfarbig	auh	2,—	1,20
	Satzpreis (5 W.)		4,50	2,60
	FDC			3,60

Blockausgabe, gez. K 13¼

aun

aui–aum) Darstellungen aus dem Panathenäenzug

1551	15 (Dr) mehrfarbig	aui	1,20	1,20
1552	21 (Dr) mehrfarbig	auk	1,20	1,20
1553	27 (Dr) mehrfarbig	aul	1,20	1,20
1554	32 (Dr) mehrfarbig	aum	1,20	1,20
Block 4	(105×81 mm)	aun	6,—	6,—
	FDC			7,—

Auflagen: MiNr. 1546 = 1.300.000, MiNr. 1547 und 1549 je 5.000.000, MiNr. 1548 = 8.000.000, MiNr. 1550 = 700.000 Stück, Bl. 4 = 400.000 Blocks

1984, 30. April. Europa: 25 Jahre Europäische Konferenz der Verwaltungen für das Post- und Fernmeldewesen (CEPT). Odr., Bogen (4×10), Zd-Bogen (2×10 Zd) und Markenheftchen (2×1 Zd); gez. K 14¼:14.

auo) Brücke

1555	15 (Dr) mehrfarbig	auo	0,50	0,30
1556	27 (Dr) mehrfarbig	auo	1,50	1,20
	Satzpreis (2 W.)		2,—	1,50
	Paar		2,—	2,—
	FDC			3,—

MiNr. 1555–1556 wurden sowohl einzeln im Bogen als auch zusammenhängend im Bogen und Markenheftchen (MH 1) gedruckt.

Auflagen: MiNr. 1555 = 4 200 000, MiNr. 1556 = 1 200 000 Stück, davon jeweils 500 000 im Zusammendruckbogen und je 200 000 im Markenheftchen

1984, 30. April. Olympischen Sommerspiele, Los Angeles. Odr.; gez. K 14:14¼.

aup) Krypta des antiken Stadions in Olympia

aur) Trainingsvorbereitungen

aus) Diskuswerfer beim Training

aut) Athleten beim Training

auu) Antikes Stadion, Athen; Demetrios Vikela

1557	14 (Dr) mehrfarbig	aup	0,30	0,30
1558	15 (Dr) mehrfarbig	aur	0,30	0,30
1559	20 (Dr) mehrfarbig	aus	0,50	0,30
1560	32 (Dr) mehrfarbig	aut	0,70	0,70
1561	80 (Dr) mehrfarbig	auu	2,60	2,20
		Satzpreis (5 W.)	4,20	3,50
		Fünferstreifen	6,—	6,—
		FDC		5,—

MiNr. 1557–1561 wurden auch zusammenhängend in Bogen zu vier Fünferstreifen und im Markenheftchen (MH 2) gedruckt.

Auflagen: MiNr. 1557 = 3 300 000, MiNr. 1558 = 7 100 000, MiNr. 1559 = 10 100 000, MiNr. 1560 = 3 100 000, MiNr. 1561 = 900 000 Stück, davon jeweils 300 000 im Zusammendruckbogen und jeweils 100 000 im Markenheftchen

1984, 10. Juli. 10. Jahrestag der türkischen Intervention auf Zypern. Odr.; gez. K 13¼:13, Querformat ~.

auv) Panzer, Landkarte von Zypern

auw) Hand am Stacheldraht, Landkarte von Zypern

1562	20 (Dr) mehrfarbig	auv	0,50	0,30
1563	32 (Dr) mehrfarbig	auw	0,80	0,80
		Satzpreis (2 W.)	1,30	1,10
		FDC		1,70
		MH mit 2 × MiNr. 1562–1563	5,50	

MiNr. 1562–1563 wurden auch im Markenheftchen ausgegeben.

Auflagen: MiNr. 1562 = 3 000 000, MiNr. 1563 = 2 000 000 Stück, davon jeweils 400 000 im Markenheftchen

1984, 20. Juli. 100 Jahre Eisenbahn in Griechenland. Odr.; gez. K 13:13¼, Hochformate ~.

aux) Schmalspurbahn im Pelion-Gebirge

auy) Zug über die Papadias-Brücke

auz) Eisenbahn Piräus-Peloponnes

ava) Zahnradbahn nach Kalawrita

1564	15 (Dr) mehrfarbig	aux	1,—	0,50
1565	20 (Dr) mehrfarbig	auy	1,50	1,—
1566	30 (Dr) mehrfarbig	auz	1,50	1,—
1567	50 (Dr) mehrfarbig	ava	3,—	1,50
		Satzpreis (4 W.)	7,—	4,—
		FDC		5,—

Auflagen: MiNr. 1564 = 4 000 000, MiNr. 1565 = 3 200 000, MiNr. 1566 = 2 000 000, MiNr. 1567 = 800 000 Stück

1984, 12. Okt. 150 Jahre Athen als Hauptstadt Griechenlands. Odr.; gez. K 13¼:13, Querformat ~.

avb) 4-Dr.-Silbermünze (5. Jh. v. Chr.); Stadtplan

avc) Symbole für das alte und neue Athen

1568	15 (Dr) mehrfarbig	avb	0,30	0,30
1569	100 (Dr) mehrfarbig	avc	2,20	1,70
		Satzpreis (2 W.)	2,50	2,—
		FDC		2,50

Auflagen: MiNr. 1568 = 4 200 000, MiNr. 1569 = 800 000 Stück

1984, 12. Okt. 10 Jahre Demokratie in Griechenland. Odr.; gez. K 13:13¼.

avd) Zahl 10 mit Staatswappen, Landesflagge

1570	95 (Dr) mehrfarbig	avd	1,80	1,—
		FDC		2,—

Auflage: 2 000 000 Stück

1984, 6. Dez. Weihnachten. Odr., Bogen (5×2 Zd und 2×2 Zd) und Markenheftchen (1 Zd); gez. K 13¼.

ave) Mariä Verkündigung
avf) Christi Geburt
avg) Darstellung im Tempel
avh) Taufe Christi

ave–avh) Szenen aus der Allerheiligen-Ikone (18. Jh.) von Athanasios Toundas

1571	14 (Dr) mehrfarbig	ave	0,50	0,50
1572	20 (Dr) mehrfarbig	avf	0,70	0,70
1573	25 (Dr) mehrfarbig	avg	0,70	0,70
1574	32 (Dr) mehrfarbig	avh	1,20	1,20
		Satzpreis (4 W.)	3,—	3,—
		Viererblock	3,50	3,50
		FDC		4,—

MiNr. 1571–1574 wurden zusammenhängend im Bogen zu 40 Marken, im Bogen zu 16 Marken und im Markenheftchen (MH 3) gedruckt.

Auflage: 1 100 000 Sätze, davon 100 000 im Markenheftchen

1985, 1. März. Hallenleichtathletik-Europameisterschaften, Athen. Odr.; gez. K 13:13¼.

avi) Laufen

avk) Kugelstoßen

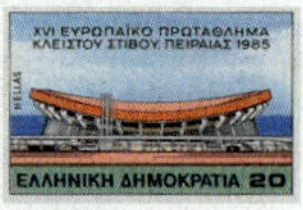

avl) Mehrzweckhalle

avm) Hürdenlauf

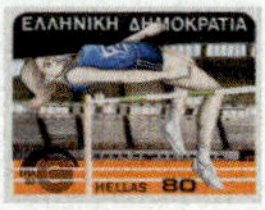

avn) Hochsprung

1575	12 (Dr) mehrfarbig	avi	0,30	0,30
1576	15 (Dr) mehrfarbig	avk	0,30	0,30
1577	20 (Dr) mehrfarbig	avl	0,30	0,30
1578	25 (Dr) mehrfarbig	avm	0,60	0,30
1579	80 (Dr) mehrfarbig	avn	1,30	1,30
	Satzpreis (5 W.)		3,—	2,20
	FDC			3,20

Auflagen: MiNr. 1575 = 2 200 000, MiNr. 1576 = 14 000 000, MiNr. 1577 = 8 000 000, MiNr. 1578 = 3 000 000, MiNr. 1579 = 800 000 Stück

1985, 29. April. Europa: Europäisches Jahr der Musik. Odr., Bogen (5×10), Zd-Bogen (2×5 Zd) und Markenheftchen (3×1); gez. K 14:14¼.

avo) Musikwettstreit zwischen dem Gott Apollo und dem phrygischen Satyr Marsyas

avp) Nikos Skalkotas (1904–1949), Komponist; Dimitris Mitropoulos (1896–1960), Dirigent

1580	27 (Dr) mehrfarbig	avo	0,50	0,50
1581	80 (Dr) mehrfarbig	avp	1,50	1,50
	Satzpreis (2 W.)		2,—	2,—
	FDC			2,50
	Paar		2,—	2,—

MiNr. 1580–1581 wurden auch zusammenhängend im Bogen und Markenheftchen (MH 4) gedruckt.

Auflagen: MiNr. 1580 = 4 200 000, MiNr. 1581 = 1 100 000 Stück, davon jeweils 500 000 im Zusammendruckbogen (2×5 Zd) und 200 000 bzw. 100 000 im Markenheftchen

1985, 29. April. Die Katakomben von Milos. Odr.; gez. K 14¼:14.

avr) Arkosolien (Nischengräber)

avs) Märtyrergrab im Mittelgang

avt) Arkosolien

1582	15 (Dr) mehrfarbig	avr	0,30	0,30
1583	20 (Dr) mehrfarbig	avs	0,30	0,30
1584	100 (Dr) mehrfarbig	avt	2,—	1,60
	Satzpreis (3 W.)		2,50	2,—
	FDC			2,50

Auflagen: MiNr. 1582 = 9 200 000, MiNr. 1583 = 15 000 000, MiNr. 1584 = 800 000 Stück

1985, 24. Juni. 2300. Jahrestag der Gründung von Thessaloniki. Odr.; gez. K 14¼:14, Hochformate ~.

avu) Münze von König Kassandros (315 v. Chr.), Münze mit Personifizierung Thessalonikis (4. Jh.)

avv) Hl. Demetrios († 306), Märtyrer; hl. Methodios (820–885), „Slavenapostel"

avw) Relief am Galerius-Bogen, Thessaloniki (Römische Epoche)

avx) Östliche Stadtmauern (Byzentinische Epoche)

avy) Ansicht der Oberen Stadt

avz) Befreiung der Stadt durch die griechische Armee (1912)

awa) Besetzung Thessalonikis (1941–1944)

awb) Aristotelion-Universität, Ausstellungsgelände, Befestigungsturm

1585	1 (Dr) mehrfarbig	avu	0,30	0,30
1586	5 (Dr) mehrfarbig	avv	0,50	0,30
1587	15 (Dr) mehrfarbig	avw	0,50	0,30
1588	20 (Dr) mehrfarbig	avx	0,50	0,30
1589	32 (Dr) mehrfarbig	avy	0,50	0,30
1590	50 (Dr) mehrfarbig	avz	1,—	0,30
1591	80 (Dr) mehrfarbig	awa	2,—	0,50
1592	95 (Dr) mehrfarbig	awb	3,—	2,50
	Satzpreis (8 W.)		8,—	4,20
	FDC			5,50

Auflagen: MiNr. 1585–1586 und 1589 je 3 000 000, MiNr. 1587 = 9 000 000, MiNr. 1588 = 10 000 000, MiNr. 1590 = 4 000 000, MiNr. 1591 = 2 200 000, MiNr. 1592 = 800 000 Stück

1985, 24. Juni. 25 Jahre Unabhängigkeit Zyperns. Odr.; gez. K 13:13¼.

awc) Landkarte von Zypern, antikes Gefäß

1593	32 (Dr) mehrfarbig	awc	0,70	0,60
	FDC			0,70

Auflage: 1 000 000 Stück

1985, 7. Okt. Athen – Kulturhauptstadt Europas 1985. Odr.; gez. K 13¼:13, Querformate ~.

awd) Demokratia und Volk; Relief auf einer Säule auf der antiken Agora von Athen

awe) Triton und Nymphe; Römischer Mosaikboden in Isthmia (2. Jh.)

awf) Engel; Fresko in einer Höhlenkirche im Pentelikon (13. Jh.)

awg) Kapodistrische Universität, Athen

1594	15 (Dr) mehrfarbig	awd	0,30	0,30
1595	20 (Dr) mehrfarbig	awe	0,30	0,30
1596	32 (Dr) mehrfarbig	awf	0,40	0,30

1597	80 (Dr) mehrfarbig	awg	2,—	1,60
		Satzpreis (4 W.)	3,—	2,50
		FDC		3,50

Auflagen: MiNr. 1594 = 4 000 000, MiNr. 1595 = 3 000 000, MiNr. 1596 = 2 200 000, MiNr. 1597 = 800 000 Stück

1985, 7. Okt. Internationales Jahr der Jugend; 40 Jahre Vereinte Nationen (UNO). Odr.; gez. K 14:14¼.

awh) Jugendliche, Emblem — awi) Jugendliche, Friedenstauben — awk) Plenarsaal, Friedenstaube — awl) UNO-Gebäude, New York, UNO-Emblem

1598	15 (Dr) mehrfarbig	awh	0,30	0,30
1599	25 (Dr) mehrfarbig	awi	0,30	0,30
1600	27 (Dr) mehrfarbig	awk	0,50	0,30
1601	100 (Dr) mehrfarbig	awl	2,—	1,70
		Satzpreis (4 W.)	3,—	2,20
		FDC		3,—

Auflagen: MiNr. 1598 = 3 200 000, MiNr. 1599–1600 je 3 000 000, MiNr. 1601 = 800 000 Stück

1985, 22. Nov. Blockausgabe: Internationales Jahr der Jugend; Nationale Briefmarkenausstellung PIRÄUS '85. Odr.; gez. K 14:13.

awn

awm) Blumenmädchen; Stadion des Friedens und der Freundschaft, Piräus

1602	100 (Dr) mehrfarbig	awm	2,—	2,—
Block 5	(87×62 mm)	awn	4,—	4,—
		FDC		4,50

Auflage: 350 000 Blocks

1985, 9. Dez. Geschichte des Pontischen Reiches. Odr.; gez. K 13¾:12¼, Hochformat ~.

awo) Pontischer Volkstanz — awp) Kloster Panhagia Soumela — awr) Pontische Frauentrachten

aws) Schule von Trapezunt (Trabzon) — awt) Kloster von Sinope

1603	12 (Dr) mehrfarbig	awo	0,30	0,30
1604	15 (Dr) mehrfarbig	awp	0,30	0,30
1605	27 (Dr) mehrfarbig	awr	0,50	0,30
1606	32 (Dr) mehrfarbig	aws	0,50	0,30
1607	80 (Dr) mehrfarbig	awt	1,20	1,20
		Satzpreis (5 W.)	2,60	2,—
		FDC		3,—

Auflagen: MiNr. 1603 und 1606 je 2 000 000, MiNr. 1604 = 2 200 000, MiNr. 1605 = 3 000 000, MiNr. 1607 = 800 000 Stück

1986, 17. Febr. Freimarken: Die Götter des Olymp. Odr., Bogen (5×10); A = vierseitig gez. K 12¾.

awu) Hestia — awv) Hermes — aww) Aphrodite — awx) Ares

awy) Athene — awz) Hephaistos — axa) Artemis — axb) Apollo

axc) Demeter — axd) Poseidon — axe) Hera — axf) Zeus

1608 A	5 (Dr) mehrfarbig	awu	0,30	0,30
1609 A	18 (Dr) mehrfarbig	awv	0,30	0,30
1610 A	27 (Dr) mehrfarbig	aww	0,50	0,30
1611 A	32 (Dr) mehrfarbig	awx	0,50	0,30
1612 A	35 (Dr) mehrfarbig	awy	0,50	0,30
1613 A	40 (Dr) mehrfarbig	awz	0,50	0,30
1614 A	50 (Dr) mehrfarbig	axa	0,70	0,30
1615 A	110 (Dr) mehrfarbig	axb	1,50	0,30
1616 A	150 (Dr) mehrfarbig	axc	3,—	0,30
1617 A	200 (Dr) mehrfarbig	axd	3,—	0,30
1618 A	300 (Dr) mehrfarbig	axe	5,—	1,—
1619 A	500 (Dr) mehrfarbig	axf	12,—	3,—
		Satzpreis A (12 W.)	27,—	6,—
		FDC A		30,—

Streifen (1×5), C = waagerecht gez. 12¾

1608 C	5 (Dr) mehrfarbig	awu	0,30	0,30
1609 C	18 (Dr) mehrfarbig	awv	0,30	0,30
1610 C	27 (Dr) mehrfarbig	aww	0,50	0,30
1611 C	32 (Dr) mehrfarbig	awx	0,50	0,30
1612 C	35 (Dr) mehrfarbig	awy	0,50	0,30
1613 C	40 (Dr) mehrfarbig	awz	0,50	0,30
1614 C	50 (Dr) mehrfarbig	axa	0,70	0,30
1615 C	110 (Dr) mehrfarbig	axb	1,50	0,30
1616 C	150 (Dr) mehrfarbig	axc	4,—	0,30
1617 C	200 (Dr) mehrfarbig	axd	4,—	0,30
1618 C	300 (Dr) mehrfarbig	axe	7,—	0,30
1619 C	500 (Dr) mehrfarbig	axf	16,—	4,—
		Satzpreis C (12 W.)	34,—	6,—

MiNr. 1608 C–1619 C wurden jeweils in Verkaufspackungen zu 100 Marken (20 Fünferstreifen) ausgegeben.

Auflagen: MiNr. 1608 A–1619 A = 1 000 000 Sätze, MiNr. 1608 C und 1611 C je 9 000 000, MiNr. 1609 C = 49 000 000, MiNr. 1610 C = 44 000 000, MiNr. 1612 C und 1615 C je 14 000 000, MiNr. 1613 C und 1616 C je 11 000 000, MiNr. 1614 C = 16 000 000, MiNr. 1617 C = 5 000 000, MiNr. 1618 C = 4 000 000, MiNr. 1619 C = 2 000 000 Stück

1986, 3. März. Sport: Odr.; gez. K 12½.

axg) Jüngling von Antikythira; Skulptur — axh) Leichtathletik-Weltmeisterschaften der Junioren — axi) Finale der Fußball-Europameisterschaft der Junioren — axk) Europameisterschaften im Ringen

axl) Volleyball-Weltmeisterschaft der Männer

axm) Internationale Griechenland-Radrundfahrt

axn) 90 Jahre Olympische Spiele der Neuzeit

1620	18 (Dr) mehrfarbig	axg	0,50	0,30
1621	27 (Dr) mehrfarbig	axh	1,50	0,70
1622	32 (Dr) mehrfarbig	axi	1,50	1,—
1623	35 (Dr) mehrfarbig	axk	1,50	1,—
1624	40 (Dr) mehrfarbig	axl	1,50	1,—
1625	50 (Dr) mehrfarbig	axm	1,50	0,50
1626	110 (Dr) mehrfarbig	axn	12,—	3,—
	Satzpreis (7 W.)		20,—	7,50
	FDC			8,—

Auflagen: MiNr. 1620 = 2 300 000, MiNr. 1621–1625 je 1 000 000, MiNr. 1626 = 700 000 Stück

1986, 3. März. Europäisches Jahr der Verkehrssicherheit. Odr.; gez. K 12½:13¾.

axo) Sicherheitsgurt, Lenkrad

axp) Motorradfahrer zwischen Lastkraftwagen

axr) Geschwindigkeitsbegrenzungsschilder, Personenwagen

1627	18 (Dr) mehrfarbig	axo	0,30	0,30
1628	27 (Dr) mehrfarbig	axp	0,70	0,30
1629	110 (Dr) mehrfarbig	axr	2,—	1,40
	Satzpreis (3 W.)		3,—	2,—
	FDC			3,—

Auflagen: MiNr. 1627 = 3 000 000, MiNr. 1628 = 2 300 000, MiNr. 1629 = 700 000 Stück

1986, 23. April. Europa: Natur- und Umweltschutz. Odr., Bogen (2×4 Zd); A = gez. K 14:13¼.

axs) Waldbrand; Hände mit jungem Trieb
axt) Krauskopfpelikane auf dem Prespasee; Hände

1630 A	35 (Dr) mehrfarbig	axs	3,—	2,—
1631 A	110 (Dr) mehrfarbig	axt	5,—	2,50
	Satzpreis A (2 W.)		8,—	5,50
	Paar A		8,—	5,50
	FDC A			6,—

Markenheftchen (2×1 Zd), C = senkrecht gez. 13¼

1630 C	35 (Dr) mehrfarbig	axs	4,—	4,—
1631 C	110 (Dr) mehrfarbig	axt	10,—	10,—
	Satzpreis C (2 W.)		14,—	14,—
	Paar C		14,—	14,—

MiNr. 1630 C–1631 C stammen aus MH 5.

Auflagen: MiNr. 1630 A–1631 A = 1 000 000, MiNr. 1630 C–1631 C = 200 000 Sätze

1986, 23. April. Neue Dienstleistungen der Post. Odr.; gez. K 13¼:14, Querformat ~.

axu) Telebriefe

axv) Postkurierdienst

1632	18 (Dr) mehrfarbig	axu	0,30	0,30
1633	110 (Dr) mehrfarbig	axv	1,70	1,50
	Satzpreis (2 W.)		2,—	1,70
	FDC			2,50

Auflagen: MiNr. 1632 = 1 300 000, MiNr. 1633 = 700 000 Stück

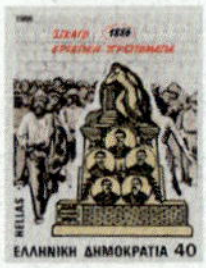

1986, 23. April. 100. Jahrestag des Streiks am 1. Mai 1886 in den Vereinigten Staaten von Amerika. Odr.; gez. K 12½.

axw) Denkmal für die Opfer des Streiks, Chicago

1634	40 (Dr) mehrfarbig	axw	0,70	0,70
	FDC			1,20

Auflage: 1 000 000 Stück

1986, 30. Juni. Kretologischer Kongress, Chania; 50. Todestag von Eleftherios Venizelos. Odr.; gez. K 13¾:12¼.

axx) Eleftherios Venizelos (1864–1936), Politiker

axy) Hafen von Chania

1635	18 (Dr) mehrfarbig	axx	0,30	0,30
1636	110 (Dr) mehrfarbig	axy	1,70	1,20
	Satzpreis (2 W.)		2,—	1,50
	FDC			2,50

Auflagen: MiNr. 1635 = 1 300 000, MiNr. 1636 = 700 000 Stück

1986, 6. Okt. Internationales Jahr des Friedens. Odr.; gez. K 12½.

axz) Friedenstaube, Sonne

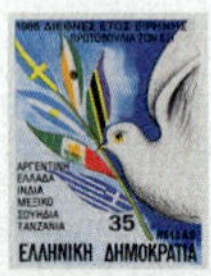

aya) Friedenstaube, Zweig mit Flaggen

ayb) Friedenstaube, Weltkugel

1637	18 (Dr) mehrfarbig	axz	0,30	0,30
1638	35 (Dr) mehrfarbig	aya	0,50	0,50
1639	110 (Dr) mehrfarbig	ayb	1,70	1,20
	Satzpreis (3 W.)		2,50	2,—
	FDC			3,—

Auflagen: MiNr. 1637 = 1 300 000, MiNr. 1638 = 4 000 000, MiNr. 1639 = 700 000 Stück

1986, 1. Dez. Weihnachten. Odr.; MiNr. 1640 und 1642 gez. K 13¼:14, MiNr. 1641 gez. K 12½.

ayc) Madonna mit Kind; Mitteltafel einer Flügelikone (15. Jh.)

ayd) Anbetung der Hl. Drei Könige; Ikone (15. Jh.)

aye) Christus und hl. Johannes d. E.; Seitentafel einer Flügelikone (15. Jh.)

1640	22 (Dr)	mehrfarbig	ayc	0,30	0,30
1641	46 (Dr)	mehrfarbig	ayd	0,80	0,70
1642	130 (Dr)	mehrfarbig	aye	3,—	1,—
			Satzpreis (3 W.)	4,—	1,70
			FDC		2,60

Auflagen: MiNr. 1640 = 13 000 000, MiNr. 1641 = 3 000 000, MiNr. 1642 = 2 000 000 Stück

1987, 5. März. Die Fabeln Äsops. Odr., Bogen (5×10); A = vierseitig gez. 12¼:12¾.

ayf) Der Fuchs und die Trauben

ayg) Der Nordwind und die Sonne

ayh) Der Hirsch an der Quelle und der Löwe

ayi) Zeus und die Schlange

ayk) Der Rabe und der Fuchs

ayl) Der Holzfäller und Hermes

aym) Der Esel mit dem Löwenfell und der Fuchs

ayn) Die Schildkröte und der Hase

1643 A	2 (Dr)	mehrfarbig	ayf	0,30	0,30
1644 A	5 (Dr)	mehrfarbig	ayg	0,30	0,30
1645 A	10 (Dr)	mehrfarbig	ayh	0,40	0,30
1646 A	22 (Dr)	mehrfarbig	ayi	1,—	0,30
1647 A	32 (Dr)	mehrfarbig	ayk	1,50	0,30
1648 A	40 (Dr)	mehrfarbig	ayl	1,50	0,30
1649 A	46 (Dr)	mehrfarbig	aym	1,50	0,30
1650 A	130 (Dr)	mehrfarbig	ayn	6,50	1,—
			Satzpreis A (8 W.)	13,—	4,—
			FDC A		7,50

Streifen (1×5), C = waagerecht gez. 13¾

1643 C	2 (Dr)	mehrfarbig	ayf	0,30	0,30
1644 C	5 (Dr)	mehrfarbig	ayg	0,30	0,30
1645 C	10 (Dr)	mehrfarbig	ayh	0,50	0,30
1646 C	22 (Dr)	mehrfarbig	ayi	1,—	0,30
1647 C	32 (Dr)	mehrfarbig	ayk	2,—	0,30
1648 C	40 (Dr)	mehrfarbig	ayl	2,50	0,30
1649 C	46 (Dr)	mehrfarbig	aym	5,—	0,30
1650 C	130 (Dr)	mehrfarbig	ayn	25,—	1,—
			Satzpreis C (8 W.)	35,—	2,50

MiNr. 1643 C–1650 C wurden jeweils in Verkaufspackungen zu 100 Marken (20 Fünferstreifen) ausgegeben.

Auflagen: MiNr. 1643 A–1650 A = 1 000 000 Sätze, MiNr. 1643 C–1645 C je 2 000 000, MiNr. 1646 C = 15 000 000, MiNr. 1647 C = 10 000 000, MiNr. 1648 C = 7 000 000, MiNr. 1649 C = 3 000 000, MiNr. 1650 C = 1 000 000 Stück

1987, 4. Mai. Europa: Moderne Architektur. Odr., Bogen (2×4 Zd); A = vierseitig gez. K 12½.

ayp ayo

ayo) Plastik von Achilleas Apergis (1909–1986)
ayp) Delphisches Licht; Thermoskulptur von Gerassimos Sklavos (1927–1967)

1651 A	40 (Dr)	mehrfarbig	ayo	2,50	2,—
1652 A	130 (Dr)	mehrfarbig	ayp	4,50	3,—
			Satzpreis A (2 W.)	7,—	5,—
			Paar A	7,—	5,—
			FDC A		5,50

Markenheftchen (2×1 Zd), C = senkrecht gez. 12¾

1651 C	40 (Dr)	mehrfarbig	ayo	2,50	2,—
1652 C	130 (Dr)	mehrfarbig	ayp	4,50	3,—
			Satzpreis C (2 W.)	7,—	5,—
			Paar C	7,—	5,—

MiNr. 1651 C–1652 C stammen aus MH 6.

Auflagen: MiNr. 1651 A–1652 A = 1 500 000, MiNr. 1651 C–1652 C = 300 000 Sätze

1987, 4. Mai. Basketball-Europameisterschaft, Athen (I). Odr.; MiNr. 1653 und 1655 gez. K 13¼:14, MiNr. 1654 gez. K 12½.

ayr) Spieler, Stadion

ays) Korb, Zuschauer

ayt) Spielszene

1653	22 (Dr)	mehrfarbig	ayr	0,50	0,50
1654	25 (Dr)	mehrfarbig	ays	0,30	0,30
1655	130 (Dr)	mehrfarbig	ayt	2,20	2,20
			Satzpreis (3 W.)	3,—	3,—
			FDC		4,—

Auflagen: MiNr. 1653 = 10 000 000, MiNr. 1654 = 8 000 000, MiNr. 1655 = 2 000 000 Stück

1987, 4. Mai. 150 Jahre Hochschulausbildung in Griechenland. Odr.; gez. K 14:13¼, Hochformate ∼.

ayu) Fahne der Kapodistria-Universität, Athen; Studenten

ayv) Siegel der Kapodistria-Universität; Eule

ayw) Technische Metsovio-Universität, Athen; Werkzeuge

ayx) Technische Metsovio-Universität; Studenten

1656	3 (Dr)	mehrfarbig	ayu	0,30	0,30
1657	23 (Dr)	mehrfarbig	ayv	0,30	0,30
1658	40 (Dr)	mehrfarbig	ayw	0,70	0,70
1659	60 (Dr)	mehrfarbig	ayx	1,50	1,50
			Satzpreis (4 W.)	2,80	2,80
			FDC		3,—
			MH mit 10 × MiNr. 1657	5,—	

MiNr. 1657 wurde auch im Markenheftchen ausgegeben.

Auflagen: MiNr. 1656 = 3 000 000, MiNr. 1657 = 30 700 000, davon 15 000 000 im Markenheftchen, MiNr. 1658 = 10 600 000, MiNr. 1659 = 700 000 Stück

1987, 3. Juni. Blockausgabe: Basketball-Europameisterschaft, Athen (II). Odr.; gez. Ks 13:14.

azb

ayy–aza) Spielszenen

1660	40 (Dr) mehrfarbig	ayy	2,—	2,—
1661	60 (Dr) mehrfarbig	ayz	2,—	2,—
1662	100 (Dr) mehrfarbig	aza	2,—	2,—
Block 6	(114×64 mm)	azb	7,—	7,—
		FDC		8,—

Auflage: 250.000 Blocks

1987, 1. Juli. Säulenkapitelle. Odr.; gez. K 13¾:12½.

azc) Ionisches und korinthisches Kapitell vom Apollotempel in Phigalia-Bassä

azd) Dorisches Kapitell; Parthenon, Athen

aze) Ionisches Kapitell; Erechtheion, Athen

azf) Korinthisches Kapitell; Gewölbe in Epidaurus

1663	2 (Dr) mehrfarbig	azc	0,30	0,30
1664	26 (Dr) mehrfarbig	azd	0,50	0,30
1665	40 (Dr) mehrfarbig	aze	0,70	0,50
1666	60 (Dr) mehrfarbig	azf	1,10	1,—
	Satzpreis (4 W.)		2,50	2,—
	FDC			3,—

Auflagen: MiNr. 1663 = 4 000 000, MiNr. 1664 = 13 300 000, MiNr. 1665 = 12 000 000, MiNr. 1666 = 700 000 Stück

1987, 1. Okt. 150 Jahre Akademie der Bildenden Künste Athen; 60 Jahre Panteios-Hochschule für Politikwissenschaft. Odr.; gez. K 12¼:13¾, Querformat ~.

azg) Diplomurkunde der Akademie; Stich von Jannis Kefallinos (1894–1957)

azh) Panteios-Hochschule

1667	26 (Dr) mehrfarbig	azg	0,50	0,30
1668	60 (Dr) mehrfarbig	azh	1,10	1,10
	Satzpreis (2 W.)		1,60	1,30
	FDC			2,—

Auflagen: MiNr. 1667 = 15 000 000, MiNr. 1668 = 2 000 000 Stück

1987, 1. Okt. Gewinn der Basketball-Europameisterschaft in Athen durch die griechische Nationalmannschaft, Athen. Odr.; A = gez. K 13:13¾, C = gez. L 13:12¼.

azi) Hände mit Pokal, Emblem

1669	40 (Dr) mehrfarbig	azi		
A	gez. K 13:13¾		1,—	1,—
C	gez. L 13:12¼		1,—	1,—
		FDC A		1,50

Auflage: 3 000 000 Stück

1987, 2. Dez. Das griechische Theater: Schauspieler und Regisseure. Odr.; gez. K 14:13¼.

azk) Eleni Papadaki (1903–1944), Bühnenschauspielerin; Theater von Philippi

azl) Christophoros Nezer (1887–1970), Schauspieler; Theater von Dodoni

azm) Emilios Veakis (1884–1951), Schauspieler; Theater von Delphi

azn) Marika Kotopouli (1887–1954), Schauspielerin; Szene aus „Der Geliebte Hirtenmädchens“

azo) Katina Paxinou (1900–1973), Schauspielerin; Szene aus „Das Opfer des Abraham“

azp) Kyveli, eigentlich Cybele Adrianou (1888–1978), Schauspielerin; Szene aus „Das Geheimmis der Komtesse Valeriana“

azr) Karolos Kuhn (1908–1987), Regisseur; Theaterkulisse

azs) Dimitris Rondiris (1899–1981), Regisseur; Schauspieler

1670	2 (Dr) mehrfarbig	azk	0,30	0,30
1671	4 (Dr) mehrfarbig	azl	0,30	0,30
1672	7 (Dr) mehrfarbig	azm	0,40	0,30
1673	26 (Dr) mehrfarbig	azn	0,50	0,30
1674	40 (Dr) mehrfarbig	azo	0,70	0,40
1675	50 (Dr) mehrfarbig	azp	0,80	0,40
1676	60 (Dr) mehrfarbig	azr	1,—	1,—
1677	100 (Dr) mehrfarbig	azs	2,—	1,—
	Satzpreis (8 W.)		6,—	4,—
	FDC			5,—

Auflagen: MiNr. 1670 und 1677 je 2 000 000, MiNr. 1671–1672 und 1676 je 3 000 000, MiNr. 1673 = 4 000 000, MiNr. 1674 = 6 000 000, MiNr. 1675 = 10 000 000 Stück

1987, 2. Dez. Weihnachten. Odr., Bogen (5×5 Zd) und Markenheftchen (1×5 Zd); gez. K 12¾:12½.

azt–azu) Engel, Weihnachtsbaum

1678	26 (Dr)	mehrfarbig	azt	0,60	0,60
1679	26 (Dr)	mehrfarbig	azu	0,60	0,60
			Satzpreis (2 W.)	1,20	1,20
			Paar	1,20	1,20
			FDC		2,—

MiNr. 1678–1679 wurden waagerecht zusammenhängend gedruckt. MiNr. 1678–1679 wurden auch zusammenhängend im Markenheftchen (MH 7) ausgegeben.

Auflage: 3.700.000 Sätze, davon 1.500.000 im Markenheftchen

1988, 2. März. Kleinstlebewesen im Mittelmeer. Odr.; A = vierseitig gez. K 14:12½, C = senkrecht gez. 12½.

azv) Codonellina s. p.

azw) Diaperoecia major

azx) Salzkrebschen (Artemia salina)

azy) Neptungras (Posidonia oceanica)

azz) Padina pavonica

1680	30 (Dr)	mehrfarbig	azv		
A		gez. K 14:12½		1,—	0,50
C		senkrecht gez. 12½		5,—	0,50
1681	40 (Dr)	mehrfarbig	azw		
A		gez. K 14:12½		1,—	0,50
C		senkrecht gez. 12½		5,—	0,50
1682	50 (Dr)	mehrfarbig	azx		
A		gez. K 14:12½		1,—	0,50
C		senkrecht gez. 12½		6,—	0,50
1683	60 (Dr)	mehrfarbig	azy		
A		gez. K 14:12½		2,50	1,—
C		senkrecht gez. 12½		14,—	2,—
1684	100 (Dr)	mehrfarbig	azz		
A		gez. K 14:12½		5,50	1,50
C		senkrecht gez. 12½		18,—	1,50
			Satzpreis A (5 W.)	11,—	5,—
			FDC A		8,—
			Satzpreis C (5 W.)	40,—	5,—
			FDC C		30,—

MiNr. 1680 C–1684 C wurden jeweils in Verkaufspackungen zu 100 Marken (20 Fünferstreifen) ausgegeben.

Auflagen: MiNr. 1680 A–1684 A = 500 000 Sätze, MiNr. 1680 C = 1 500 000, MiNr. 1681 C = 9 500 000, MiNr. 1682 C-1683 C je 2 500 000, MiNr. 1684 C = 500 000 Stück

1988, 6. Mai. Europa: Transport- und Kommunikationsmittel. Odr., Bogen (2×4 Zd); A = vierseitig gez. K 12½.

baa) Satellit, Telekopierer, Telefon
bab) Eisenbahn, Straße, U-Bahn

1685 A	60 (Dr)	mehrfarbig	baa	6,—	2,50
1686 A	150 (Dr)	mehrfarbig	bab	10,—	5,50
			Satzpreis A (2 W.)	16,—	8,—
			Paar A	16,—	8,—
			FDC A		12,—

Streifen (5×1) und Markenheftchen (2×1 Zd), C = senkrecht gez. 14

1685 C	60 (Dr)	mehrfarbig	baa	6,—	3,—
1686 C	150 (Dr)	mehrfarbig	bab	14,—	7,—
			Satzpreis C (2 W.)	20,—	10,—
			FDC C		14,—
			Paar C	18,—	10,—

MiNr. 1685 C–1686 C wurden jeweils in Verkaufspackungen zu 100 Marken (20 Fünferstreifen) ausgegeben. MiNr. 1685 C–1686 C wurden außerdem zusammenhängend im Markenheftchen (MH 8) ausgegeben.

Auflagen: MiNr. 1685 A–1686 A = 1 000 000 Sätze, MiNr. 1685 C = 5 300 000, MiNr. 1686 C = 1 300 000 Stück, davon jeweils 300 000 im Markenheftchen

1988, 6. Mai. Olympische Sommerspiele, Seoul; Bewerbung von Athen um die Austragung der Olympischen Sommerspiele 1996 (I). Odr.; A = vierseitig gez. K 14:12¼.

bac) Alt-Olympia mit Zeus-Tempel
bad) Athleten im Gymnastirion
bae) Lorbeerzweige, olympische Ringe

baf) Athleten im Gymnastirion
bag) Olympischer Fackellauf

1687 A	4 (Dr)	mehrfarbig	bac	2,—	0,50
1688 A	20 (Dr)	mehrfarbig	bad	2,50	1,—
1689 A	30 (Dr)	mehrfarbig	bae	3,—	1,50
1690 A	60 (Dr)	mehrfarbig	baf	3,50	2,—
1691 A	170 (Dr)	mehrfarbig	bag	4,—	4,—
			Satzpreis A (5 W.)	15,—	9,—
			Fünferstreifen A	20,—	20,—
			FDC A		15,—

Markenheftchen (5×1 Zd), C = senkrecht gez. 12½

1687 C	4 (Dr)	mehrfarbig	bac	0,50	0,30
1688 C	20 (Dr)	mehrfarbig	bad	0,50	0,50
1689 C	30 (Dr)	mehrfarbig	bae	3,—	2,—
1690 C	60 (Dr)	mehrfarbig	baf	5,—	4,—
1691 C	170 (Dr)	mehrfarbig	bag	11,—	5,50
			Satzpreis C (5 W.)	20,—	12,—
			FDC C		13,—

Streifen (5×1), D = senkrecht gez. 14

1687 D	4 (Dr)	mehrfarbig	bac	*5,—*	—,—
1688 D	20 (Dr)	mehrfarbig	bad	*8,—*	—,—
1689 D	30 (Dr)	mehrfarbig	bae	*12,—*	—,—
1690 D	60 (Dr)	mehrfarbig	baf	*14,—*	—,—
1691 D	170 (Dr)	mehrfarbig	bag	*20,—*	—,—
			Satzpreis D (5 W.)	*60,—*	—,—

MiNr. 1687 A–1691 A wurden waagerecht zusammenhängend im Bogen zu 20 Marken (1×4 Zd) gedruckt.

MiNr. 1687 C–1691 C wurden zusammenhängend im Markenheftchen (MH 9) ausgegeben.

MiNr. 1687 D–1691 D wurden jeweils in Verkaufspackungen zu 100 Marken (20 Fünferstreifen) ausgegeben.

Auflagen: MiNr. 1687 A–1691 A = 1 000 000 Sätze, MiNr. 1687 C–1691 C je 120 000, 1687 D = 6 000 000, MiNr. 1688 D = 4 000 000, MiNr. 1689 D–1690 D je 3 000 000, MiNr. 1691 D = 1 000 000 Stück

Parallelausgabe mit Südkorea MiNr. 1559–1560, Block 544–545

1988, 4. Juli. Europäische Kampagne für den ländlichen Raum: Wasserfälle. Odr.; A = vierseitig gez. 12¼, C = senkrecht gez. 14.

bah) Wasserfall bei Kataraktis

bai) Wasserfälle von Edessa

bak) Stufenwasserfall des Flusses Edessäos

1692	10 (Dr)	mehrfarbig	bah		
A		gez. K 12¼		2,—	0,50
C		senkrecht gez. 14		8,—	1,50
1693	60 (Dr)	mehrfarbig	bai		
A		gez. K 12¼		8,—	2,—
C		senkrecht gez. 14		20,—	1,50
1694	100 (Dr)	mehrfarbig	bak		
A		gez. K 12¼		10,—	2,50
C		senkrecht gez. 14		30,—	7,—
		Satzpreis A (3 W.)		20,—	5,—
		FDC A			7,—
		Satzpreis C (3 W.)		58,—	10,—
		FDC C			30,—

MiNr. 1692 C–1694 C wurden jeweils in Verkaufspackungen zu 100 Marken (20 Fünferstreifen) ausgegeben.

Auflagen: MiNr. 1692 A–1694 A = 700 000 Sätze, MiNr. 1692 C = 3 300 000, MiNr. 1693 C = 9 300 000, MiNr. 1694 C = 2 300 000 Stück

1988, 4. Juli. Europäischer Kongress der Internationalen Vereinigung der Post- und Fernmeldedienste (IPTT), Athen. Odr.; A = vierseitig gez. K 12½, C = senkrecht gez. 14.

bal) Kongressemblem

1695	60 (Dr)	mehrfarbig	bal		
A		gez. K 12½		10,—	2,50
C		senkrecht gez. 14		20,—	1,50
		FDC A			5,—
		FDC C			15,—

MiNr. 1695 C wurde in Verkaufspackungen zu 100 Marken (20 Fünferstreifen) ausgegeben.

Auflagen: MiNr. 1695 A = 700 000, MiNr. 1695 C = 14 300 000 Stück

1988, 7. Okt. 75. Jahrestag der Angliederung Kretas an Griechenland und der Befreiung von Epirus und Makedonien. Odr.; A = vierseitig gez. K 12¼:12¾, C = waagerecht gez. 14.

bam) Elevtherios Venizelos (1864–1936), Politiker; Landkarte

ban) Frau mit griechischer Landesflagge, Landkarte

1696	30 (Dr)	mehrfarbig	bam		
A		gez. K 12¼:12¾		1,—	0,50
C		waagerecht gez. 14		4,—	0,50
1697	70 (Dr)	mehrfarbig	ban		
A		gez. K 12¼:12¾		1,80	1,50
C		waagerecht gez. 14		6,—	1,50
		Satzpreis A (2 W.)		2,80	2,—
		FDC A			2,50
		Satzpreis C (2 W.)		10,—	2,—
		FDC C			4,—

MiNr. 1696 C–1697 C wurden jeweils in Verkaufspackungen zu 100 Marken (20 Fünferstreifen) ausgegeben.

Auflagen: 1696 A–1697 A = 700 000 Sätze, MiNr. 1696 C = 5 300 000, MiNr. 1697 C = 2 300 000 Stück

1988, 7. Okt. Freimarken: Provinzhauptstädte. Odr., Bogen (5×10, Hochformate ~); A = vierseitig gez. 12¾.

bao) Hafen von Mytilini

bap) Leuchtturm von Alexandroupolis

bar) St.-Nikolaus-Turm, Kosani

bas) Arbeiterzentrum, Ermoupoli

bat) Rathaus, Sparta

bau) Pegasus, Leykada

bav) Hafen mit Marinetor, Rhodos

baw) Akropolis, Athen

bax) Aquädukt, Kavalla

bay) Diakos-Denkmal, Lamia

baz) Domturm, Prevesa

bba) Liston, Korfu

bbb) Hafen von St. Nikolaus

bbc) Brunnen, Polyjyros

bbd) Apostel-Paulus-Kirche, Korinth

1698 A	2 (Dr)	mehrfarbig	bao	0,30	0,30
1699 A	3 (Dr)	mehrfarbig	bap	0,30	0,30
1700 A	4 (Dr)	mehrfarbig	bar	0,30	0,30
1701 A	5 (Dr)	mehrfarbig	bas	0,30	0,30
1702 A	7 (Dr)	mehrfarbig	bat	0,30	0,30
1703 A	8 (Dr)	mehrfarbig	bau	0,30	0,30
1704 A	10 (Dr)	mehrfarbig	bav	0,30	0,30
1705 A	20 (Dr)	mehrfarbig	baw	0,30	0,30
1706 A	25 (Dr)	mehrfarbig	bax	0,30	0,30
1707 A	30 (Dr)	mehrfarbig	bay	0,30	0,30
1708 A	50 (Dr)	mehrfarbig	baz	1,—	0,30
1709 A	60 (Dr)	mehrfarbig	bba	1,—	0,30
1710 A	70 (Dr)	mehrfarbig	bbb	2,—	0,30
1711 A	100 (Dr)	mehrfarbig	bbc	3,—	0,50
1712 A	200 (Dr)	mehrfarbig	bbd	5,—	0,60
		Satzpreis A (15 W.)		15,—	5,—
		3 FDC A			12,—

Streifen (1×5, Hochformate ~), C = waagerecht, Hochformate senkrecht gez. 12¾

1698 C	2 (Dr)	mehrfarbig	bao	0,30	0,30
1699 C	3 (Dr)	mehrfarbig	bap	0,30	0,30
1700 C	4 (Dr)	mehrfarbig	bar	0,30	0,30
1701 C	5 (Dr)	mehrfarbig	bas	0,30	0,30
1702 C	7 (Dr)	mehrfarbig	bat	0,30	0,30
1703 C	8 (Dr)	mehrfarbig	bau	0,30	0,30
1704 C	10 (Dr)	mehrfarbig	bav	0,30	0,30
1705 C	20 (Dr)	mehrfarbig	baw	0,30	0,30
1706 C	25 (Dr)	mehrfarbig	bax	0,30	0,30
1707 C	30 (Dr)	mehrfarbig	bay	0,30	0,30
1708 C	50 (Dr)	mehrfarbig	baz	1,—	0,30
1709 C	60 (Dr)	mehrfarbig	bba	2,—	0,30
1710 C	70 (Dr)	mehrfarbig	bbb	3,—	0,30
1711 C	100 (Dr)	mehrfarbig	bbc	5,—	0,30
1712 C	200 (Dr)	mehrfarbig	bbd	6,—	0,30
		Satzpreis C (15 W.)		20,—	4,—

Markenheftchen (1 × 4 Zd), D = dreiseitig gez. 12¾

1699 D	3 (Dr)	mehrfarbig	bap	0,30	0,30
1701 D	5 (Dr)	mehrfarbig	bas	0,30	0,30
1704 D	10 (Dr)	mehrfarbig	bav	0,30	0,30
1705 D	20 (Dr)	mehrfarbig	baw	0,30	0,30
			Satzpreis D (4 W.)	1,—	1,—
			Viererblock D	1,20	1,20

MiNr. 1698 C–1712 C wurden jeweils in Verkaufspackungen zu 100 Marken (20 Fünferstreifen) ausgegeben.

Dreiseitig gezähnte Werte stammen aus MH 10.

Auflagen: MiNr. 1698 A–1712 A = 1 000 000 Sätze, MiNr. 1698 C, 1702 C und 1703 C je 7 000 000, MiNr. 1699 C = 14 000 000, MiNr. 1700 C und 1706 C je 9 000 000, MiNr. 1701 C = 17 000 000, MiNr. 1704 C = 19 000 000, MiNr. 1705 C = 22 000 000, MiNr. 1707 C und 1709 C je 29 000 000, MiNr. 1708 C und 1710 C je 4 000 000, MiNr. 1711 C = 5 000 000, MiNr. 1712 C = 3 000 000, MiNr. 1699 D, 1701 D, 1704 D und 1705 D je 8 000 000 Stück

Weitere Werte: MiNr. 1749–1763, 1812–1823, 1856–1865

1988, 2. Dez. Weihnachten. Odr.; A = vierseitig gez. K 12½.

bbe) Die Anbetung der Könige; Gemälde von El Greco (1541–1614)

bbf) Mariä Verkündigung; Gemälde von Kostas Parthenis (1878–1967)

1713		30 (Dr)	mehrfarbig	bbe		
	A		vierseitig gez. K 12½		1,—	0,80
	Dl		dreiseitig gez. K 12½ (⊐)		5,—	0,30
	Dr		dreiseitig gez. K 12½ (⊏)		5,—	0,30
1714		70 (Dr)	mehrfarbig	bbf		
	A		vierseitig gez. K 12½		1,50	1,20
	C		senkrecht gez. 14		10,—	2,—
				Satzpreis A (2 W.)	2,50	2,—
				FDC		3,—
				Paar (mit 1713 Dl/Dr)	10,—	6,—
				MH mit 10 × MiNr. 1713 D	30,—	30,—

MiNr. 1713 D stammt aus Markenheftchen.

MiNr. 1714 C wurde in Verkaufspackungen zu 100 Marken (20 Fünferstreifen) ausgegeben.

Auflagen: MiNr. 1713 A und 1714 A je 600 000, MiNr. 1713 D = 3 000 000, MiNr. 1714 C = 2 800 000 Stück

1988, 2. Dez. Konferenz der Ministerpräsidenten der Europäischen Gemeinschaft, Rhodos. Odr.; A = vierseitig gez. K 12½, C = waagerecht gez. 14.

bbg) Landkarte der EG; Johanniterburg auf Rhodos

bbh) Rhodische Münze mit dem Emblem der EG-Länder

1715		60 (Dr)	mehrfarbig	bbg		
	A		gez. K 12½		3,—	2,—
	C		waagerecht gez. 14		3,—	2,50
1716		100 (Dr)	mehrfarbig	bbh		
	A		gez. K 12½		4,—	3,—
	C		waagerecht gez. 14		5,50	4,—
				Satzpreis A (2 W.)	7,—	5,—
				FDC A		6,—
				Satzpreis C (2 W.)	8,50	6,50
				FDC C		7,—

MiNr. 1715 C–1716 C wurden in Verkaufspackungen zu 100 Marken (20 Fünferstreifen) ausgegeben.

Auflagen: MiNr. 1715 A–1716 A = 600 000 Sätze, MiNr. 1715 C = 2 400 000, MiNr. 1716 C = 1 400 000 Stück

1989, 17. März. Bewerbung von Athen um die Austragung der Olympischen Sommerspiele 1996 (II). Odr.; A = vierseitig gez. K 13½:14, C = senkrecht gez. 13½.

bbi) Hochsprung, Alt-Olympia
bbk) Ringen, Delphi
bbl) Schwimmen, Athen
bbm) Olympische Sportstätten, Athen

1717		30 (Dr)	mehrfarbig	bbi		
	A		gez. K 13½:14		0,70	0,50
	C		senkrecht gez. 13½		1,—	0,50
1718		60 (Dr)	mehrfarbig	bbk		
	A		gez. K 13½:14		1,20	1,—
	C		senkrecht gez. 13½		1,50	1,20
1719		70 (Dr)	mehrfarbig	bbl		
	A		gez. K 13½:14		2,—	1,50
	C		senkrecht gez. 13½		2,—	1,50
1720		170 (Dr)	mehrfarbig	bbm		
	A		gez. K 13½:14		3,50	2,—
	C		senkrecht gez. 13½		3,50	1,30
				Satzpreis A (4 W.)	7,—	5,—
				Viererstreifen A	7,—	7,—
				FDC A		7,—
				Satzpreis C (4 W.)	8,—	4,50
				FDC C		7,—

MiNr. 1717 A–1720 A wurden waagerecht zusammenhängend im Bogen zu 16 Marken gedruckt.

MiNr. 1717 C–1720 C wurden jeweils in Verkaufspackungen zu 100 Marken (20 Fünferstreifen) ausgegeben.

MiNr. 1717 C–1720 C wurden außerdem zusammenhängend im Markenheftchen (MH 11) ausgegeben.

Auflagen: MiNr. 1717 A–1720 A = 600.000 Sätze, MiNr. 1717 C–1719 C je 900.000, MiNr. 1720 C = 700.000 Stück, davon jeweils 100.000 im Markenheftchen

1989, 22. Mai. Europa: Kinderspiele. Odr., Bogen (2 × 4 Zd); A = vierseitig gez. K 12½:13¾.

bbn) Vogel
bbo) Schmetterling

1721 A	60 (Dr)	mehrfarbig	bbn	3,—	1,—
1722 A	170 (Dr)	mehrfarbig	bbo	5,—	2,—
			Satzpreis A (2 W.)	8,—	3,—
			Paar A	8,—	3,—
			FDC A		5,—

Markenheftchen (2 × 1 Zd), C = senkrecht gez. 13¾

1721 C	60 (Dr)	mehrfarbig	bbn	2,50	1,50
1722 C	170 (Dr)	mehrfarbig	bbo	5,50	3,50
			Satzpreis C (2 W.)	8,—	5,—
			Paar C	8,—	5,—

Streifen (5 × 1), D = senkrecht gez. 13½

1721 D	60 (Dr)	mehrfarbig	bbn	1,50	1,—
1722 D	170 (Dr)	mehrfarbig	bbo	3,50	2,—
			Satzpreis D (2 W.)	5,—	3,—

MiNr. 1721 C–1722 C wurden zusammenhängend im Markenheftchen (MH 12) ausgegeben.

MiNr. 1721 D–1722 D wurden jeweils in Verkaufspackungen zu 100 Marken (20 Fünferstreifen) ausgegeben.

Auflagen: MiNr. 1721 A–1722 A = 800.000, MiNr. 1721 C–1722 C = 200.000, MiNr. 1721 D–1722 D = 500.000 Sätze

1989, 22. Mai. Politische Gedenktage: 5 Jahre „Initiative der Sechs“; 200. Jahrestag der Französischen Revolution; 10 Jahre Direktwahlen zum Europäischen Parlament; 100 Jahre Interparlamentarische Union; 40 Jahre Europarat. Odr.; A = vierseitig gez. K 14:13¼, C = waagerecht gez. 13.

bbp) Staatsflaggen von Argentinien, Griechenland, Indien, Mexiko, Schweden und Tansania

bbr) Französische Staatsflagge, Kopf der „Liberté“

bbs) Hand, Wahlurne

bbt) Antike Münzen, Lorbeerkranz, Tempel

bbu) Flagge des Europarats, Zahl „40“

1723	30 (Dr)	mehrfarbig	bbp		
A		gez. K 14:13¼		0,50	0,50
C		waagerecht gez. 13		3,—	0,50
1724	50 (Dr)	mehrfarbig	bbr		
A		gez. K 14:13¼		1,—	1,—
C		waagerecht gez. 13		10,—	4,—
1725	60 (Dr)	mehrfarbig	bbs		
A		gez. K 14:13¼		1,50	1,—
C		waagerecht gez. 13		12,—	4,—
1726	70 (Dr)	mehrfarbig	bbt		
A		gez. K 14:13¼		3,—	1,—
C		waagerecht gez. 13		15,—	4,—
1727	200 (Dr)	mehrfarbig	bbu		
A		gez. K 14:13¼		5,—	3,—
C		waagerecht gez. 13		20,—	8,—
		Satzpreis A (5 W.)		11,—	6,50
		FDC A			12,—
		Satzpreis C (5 W.)		60,—	20,—
		FDC C			35,—

MiNr. 1723 C–1727 C wurden jeweils in Verkaufspackungen zu 100 Marken (20 Fünferstreifen) ausgegeben.

Auflagen: MiNr. 1723 A–1727 A = 600 000 Sätze, MiNr. 1723 C = 1 400 000, MiNr. 1724 C–1727 C je 400 000 Stück

1989, 25. Sept. Internationale Briefmarkenausstellung BALKANFILA ’89, Thessaloniki. Odr.; gez. K 13¾:12¼.

bbv) Lupe, Vogel

bbw) Lupe, Auge

1728	60 (Dr)	mehrfarbig	bbv	0,90	0,50
1729	70 (Dr)	mehrfarbig	bbw	1,10	1,—
		Satzpreis (2 W.)		2,—	1,50
		FDC			2,60

Blockausgabe, gez. K 13¾:12¾

bbx) Briefmarkensammler bby

1730	200 (Dr)	mehrfarbig	bbx	4,—	4,—
Block 7		(87×62 mm)	bby	7,—	7,—
			FDC		7,50

Auflagen: MiNr. 1728–1729 = 3 500 000 Sätze, Bl. 7 = 150 000 Blocks

1989, 8. Dez. Feldblumen. Odr.; gez. K 13¾:12¼.

bbz) Heckenrose (Rosa canina)

bca) Echte Myrte (Myrtus communis)

bcb) Klatschmohn (Papaver rhoeas)

bcc) Windröschen (Anemone blanda)

bcd) Löwenzahn (Taraxacum officinalis), Wegwarte (Cichorium intybus)

bce) Wilde Malve (Malva silvestris)

bcf) Mariendistel (Silybum marianum)

1731	8 (Dr)	mehrfarbig	bbz	0,30	0,30
1732	10 (Dr)	mehrfarbig	bca	0,30	0,30
1733	20 (Dr)	mehrfarbig	bcb	0,30	0,30
1734	30 (Dr)	mehrfarbig	bcc	0,50	0,30
1735	60 (Dr)	mehrfarbig	bcd	0,90	0,50
1736	70 (Dr)	mehrfarbig	bce	1,30	0,50
1737	200 (Dr)	mehrfarbig	bcf	3,—	2,—
		Satzpreis (7 W.)		6,50	3,50
		FDC			6,—

Auflagen: MiNr. 1731–1733 und 1736 je 3.000.000, MiNr. 1734 = 3.300.000, MiNr. 1735 = 7.000.000, MiNr. 1737 = 700.000 Stück

1990, 16. März. Seltene Tiere. Odr.; gez. K 13¾:12¼.

bcg) Braunbär (Ursus arctos)

bch) Unechte Karettschildkröte (Caretta caretta)

bci) Mönchsrobbe (Monachus monachus)

bck) Luchs (Lynx lynx)

1738	40 (Dr)	mehrfarbig	bcg	0,50	0,30
1739	70 (Dr)	mehrfarbig	bch	1,50	0,70
1740	90 (Dr)	mehrfarbig	bci	2,—	1,—
1741	100 (Dr)	mehrfarbig	bck	5,—	2,—
		Satzpreis (4 W.)		9,—	4,—
		FDC			5,—

Auflagen: MiNr. 1738–1739 je 12.500.000, MiNr. 1740 = 4.400.000, MiNr. 1741 = 600.000 Stück

1990, 11. Mai. Europa: Postalische Einrichtungen. Odr., Bogen (2×4 Zd); A = vierseitig gez. K 13¾:12½.

bcl) Altes Zentralpostamt, Athen
bcm) Modernes Zentralpostamt, Athen

1742 A	70 (Dr)	mehrfarbig	bcl	3,—	1,—
1743 A	210 (Dr)	mehrfarbig	bcm	5,—	2,50
			Satzpreis A (2 W.)	8,—	3,50
			Paar A	8,—	3,50
			FDC A		4,50

Markenheftchen (2×1 Zd), C = senkrecht gez. 12½

1742 C	70 (Dr)	mehrfarbig	bcl	2,50	1,—
1743 C	210 (Dr)	mehrfarbig	bcm	5,50	4,—
			Satzpreis C (2 W.)	8,—	5,—
			Paar C	8,—	5,—

MiNr. 1742 C–1743 C stammen aus MH 13.

Auflagen: MiNr. 1742 A–1743 A = 800 000, MiNr. 1742 C–1743 C = 200 000 Sätze

1990, 11. Mai. Nationale Versöhnung. Odr.; gez. K 12¼:13¾.

bcn) Staatsflagge, Blumenstrauß, Händedruck

bco) Friedenstaube über dem Land mit Spruchband

bcp) Umrisskarte Griechenlands, Blumenübergabe

1744	40 (Dr)	mehrfarbig	bcn	0,50	0,30
1745	70 (Dr)	mehrfarbig	bco	0,80	0,70
1746	100 (Dr)	mehrfarbig	bcp	1,30	1,30
			Satzpreis (3 W.)	2,60	2,20
			FDC		3,20

Auflagen: MiNr. 1744 = 2 400 000, MiNr. 1745 = 13 000 000, MiNr. 1746 = 600 000 Stück

1990, 11. Mai. Grigoris Lambrakis und Pavlos Bakojannis. Odr.; gez. K 12¼:13¾.

bcr) Grigoris Lambrakis (1912–1963), Politiker

bcs) Pavlos Bakojannis (1935–1989), Politiker

1747	40 (Dr)	mehrfarbig	bcr	0,60	0,50
1748	40 (Dr)	mehrfarbig	bcs	0,60	0,50
			Satzpreis (2 W.)	1,20	1,—
			FDC		1,50

Auflage: 4 000 000 Sätze

1990, 20. Juli. Freimarken: Provinzhauptstädte. Odr., Bogen (10×5, Querformate ~); A = vierseitig gez. K 12¾:12¼, Querformate ~.

bct) Karditsa

bcu) Trikala

bcv) Veria

bcw) Mesalongion

bcx) Chios

bcy) Tripolis

bcz) Volos

bda) Kalamata

bdb) Pyrgos

bdc) Ioannina

bdd) Rethymnon

bde) Argostolion

bdf) Nauplion

bdg) Patras

bdh) Florina

1749 A	2 (Dr)	mehrfarbig	bct	0,50	0,30
1750 A	5 (Dr)	mehrfarbig	bcu	0,50	0,30
1751 A	8 (Dr)	mehrfarbig	bcv	0,50	0,30
1752 A	10 (Dr)	mehrfarbig	bcw	0,50	0,30
1753 A	15 (Dr)	mehrfarbig	bcx	0,50	0,30
1754 A	20 (Dr)	mehrfarbig	bcy	0,50	0,30
1755 A	25 (Dr)	mehrfarbig	bcz	1,—	0,50
1756 A	40 (Dr)	mehrfarbig	bda	1,—	0,50
1757 A	50 (Dr)	mehrfarbig	bdb	1,—	0,50
1758 A	70 (Dr)	mehrfarbig	bdc	1,—	0,50
1759 A	80 (Dr)	mehrfarbig	bdd	2,—	0,50
1760 A	90 (Dr)	mehrfarbig	bde	2,—	0,50
1761 A	100 (Dr)	mehrfarbig	bdf	2,—	0,50
1762 A	200 (Dr)	mehrfarbig	bdg	4,—	0,50
1763 A	250 (Dr)	mehrfarbig	bdh	5,—	0,50
			Satzpreis A (15 W.)	22,—	5,50
			3 FDC A		12,—

Streifen (5×1, Querformate ~); C = senkrecht, Querformate waagerecht gez. 13¼, D = senkrecht, Querformate waagerecht gez. 12¼, E = waagerecht gez. 12½

1749		2 (Dr)	mehrfarbig	bct		
	C		senkrecht gez. 13¼		0,30	0,30
	D		senkrecht gez. 12¼		0,30	0,30
1750	C	5 (Dr)	mehrfarbig	bcu	0,30	0,30
1751	C	8 (Dr)	mehrfarbig	bcv	0,30	0,30
1752		10 (Dr)	mehrfarbig	bcw		
	C		waagerecht gez. 13¼		0,30	0,30
	D		waagerecht gez. 12¼		0,30	0,30
1753		15 (Dr)	mehrfarbig	bcx		
	C		waagerecht gez. 13¼		0,30	0,30
	D		waagerecht gez. 12¼		0,30	0,30
1754	C	20 (Dr)	mehrfarbig	bcy	0,30	0,30
1755	C	25 (Dr)	mehrfarbig	bcz	0,50	0,50
1756	C	40 (Dr)	mehrfarbig	bda	0,50	0,50
1757	C	50 (Dr)	mehrfarbig	bdb	0,50	0,50
1758		70 (Dr)	mehrfarbig	bdc		
	C		waagerecht gez. 13¼		0,50	0,50
	D		waagerecht gez. 12¼		0,50	0,50
1759		80 (Dr)	mehrfarbig	bdd		
	C		senkrecht gez. 13¼		1,—	0,50
	D		senkrecht gez. 12¼		1,—	0,50
1760		90 (Dr)	mehrfarbig	bde		
	C		waagerecht gez. 13¼		1,—	0,50
	E		waagerecht gez. 12½		1,—	0,50
1761		100 (Dr)	mehrfarbig	bdf		
	C		waagerecht gez. 13¼		1,—	0,50
	D		waagerecht gez. 12¼		1,—	0,50
1762		200 (Dr)	mehrfarbig	bdg		
	C		senkrecht gez. 13¼		4,—	0,50
	D		senkrecht gez. 12¼		4,—	0,50
1763		250 (Dr)	mehrfarbig	bdh		
	C		waagerecht gez. 13¼		5,—	0,50
	D		waagerecht gez. 12¼		5,—	0,50
			Satzpreis C/D/E (15. W.)		15,—	5,50

Teilgezähnte Werte wurden jeweils in Verkaufspackungen zu 100 Marken (20 Fünferstreifen) ausgegeben.

Auflagen: MiNr. 1749 A–1763 A = 600 000 Sätze, MiNr. 1749 C/D, 1751 C, 1753 C/D, 1756 C, 1758 C/D, 1760 C/E und 1763 C/D je 4 400 000, MiNr. 1750 C und 1755 C je 7 400 000, MiNr. 1752 C/D und 1754 C je 24 400 000, MiNr. 1757 C = 29 400 000, MiNr. 1759 C = 39 400 000, MiNr. 1761 C/D = 18 400 000, MiNr. 1762 C/D = 9 400 000 Stück

Weitere Werte: MiNr. 1698–1712, 1812–1823, 1856–1865

1990, 13. Juni. Bewerbung von Athen um die Austragung der Olympischen Sommerspiele 1996 (III). Odr., Bogen (10×5) und Zd-Bogen (1×4 Zd); gez. K 12¼:13¾.

bdi) Segeln

bdk) Ringen
bdl) Laufen
bdm) Handball
bdn) Fußball

bdi–bdn) Lorbeerzweig und vorgesehenes Olympia-Emblem

1764	20 (Dr) mehrfarbig	bdi	0,40	0,40
1765	50 (Dr) mehrfarbig	bdk	1,—	0,60
1766	80 (Dr) mehrfarbig	bdl	1,40	0,80
1767	100 (Dr) mehrfarbig	bdm	1,60	0,80
1768	250 (Dr) mehrfarbig	bdn	4,—	2,40
		Satzpreis (5 W.)	8,—	4,50
		Fünferstreifen	11,—	11,—
		FDC		12,—

MiNr. 1764–1768 wurden auch waagerecht zusammenhängend gedruckt.

Auflagen: MiNr. 1764–1765 und 1767 je 1 500 000, MiNr. 1766 = 2 900 000, MiNr. 1768 = 1 100 000 Stück, davon jeweils 500 000 im Zd-Bogen

1990, 11. Okt. 50. Jahrestag der Ablehnung des italienischen Ultimatums an Griechenland. Odr.; gez. K 12½.

bdo) Frau strickt für die Soldaten; Lithographie von Vasso Katraki (1914–1988)

bdp) Schutz des Heeres durch die hl. Maria; Lithographie von Georg Gounaropoulos (1889–1977)

bdr) Hilfe durch die Frauen im Krieg; Lithographie von Kostas Grammatopoulos (1916–2003)

1769	50 (Dr) mehrfarbig	bdo	0,60	0,60
1770	80 (Dr) mehrfarbig	bdp	0,80	0,80
1771	100 (Dr) mehrfarbig	bdr	1,40	1,40
		Satzpreis (3 W.)	2,80	2,80
		FDC		3,50

Auflagen: MiNr. 1769–1770 je 700 000, MiNr. 1771 = 600 000 Stück

1990, 11. Okt. 100. Todestag von Heinrich Schliemann. Odr.; gez. K 14:13¼.

bds) Heinrich Schliemann (1822–1890), deutscher Altertumsforscher; Löwentor von Mykene

1772	80 (Dr) mehrfarbig	bds	*7,50*	*7,50*
		FDC		*8,50*

Auflage: 1 500 000 Stück

Parallelausgabe mit BR Deutschland MiNr. 1480

1990, 14. Dez. Blockausgabe: Tag der Briefmarke. Odr.; gez. K 13¾:12¾.

bdu

bdt) Hermesköpfe

1773	300 (Dr) mehrfarbig	bdt	10,—	10,—
Block 8	(86×62 mm)	bdu	13,—	12,—
		FDC		13,—

Auflage: 110 000 rückseitig numerierte Blocks

1991, 11. März. Die neun Musen. Odr.; gez. K 12½.

bdv) Kalliope, Euterpe, Erato

bdw) Terpsichore, Polymnia, Melpomene

bdx) Thalia, Kleio, Urania

1774	50 (Dr) mehrfarbig	bdv	0,60	0,50
1775	80 (Dr) mehrfarbig	bdw	1,40	1,—
1776	250 (Dr) mehrfarbig	bdx	3,—	2,—
		Satzpreis (3 W.)	5,—	3,50
		FDC		4,50

Auflagen: MiNr. 1774 = 1 500 000, MiNr. 1775 = 1 000 000, MiNr. 1776 = 500 000 Stück

1991, 20. Mai. Europa: Europäische Weltraumfahrt. Odr., Bogen (2×4 Zd); A = vierseitig gez. K 12½.

bdy) Ikarus, erster Satellit „Sputnik"
bdz) Gott Helios auf Sonnenwagen

1777 A	80 (Dr) mehrfarbig	bdy	2,50	2,—
1778 A	300 (Dr) mehrfarbig	bdz	5,50	4,—
		Satzpreis A (2 W.)	8,—	6,—
		Paar A	8,—	6,—
		FDC A		7,50

Markenheftchen (2×1 Zd), C = senkrecht gez. 12½

1777 C	80 (Dr) mehrfarbig	bdy	2,—	1,50
1778 C	300 (Dr) mehrfarbig	bdz	7,—	5,50
		Satzpreis C (2 W.)	9,—	7,—
		Paar C	9,—	7,—

MiNr. 1777 C–1778 C stammen aus MH 14.

Auflagen: MiNr. 1777 A–1778 A = 800 000, MiNr. 1777 C–1778 C = 200 000 Sätze

1991, 20. Mai. 50. Jahrestag der deutschen Invasion auf Kreta. Odr.; MiNr. 1779 gez. K 12¼:13¾, MiNr. 1780 gez. K 12½.

bea) Kampf um Kreta, Gemälde von Ioannis Anoussakis (1896–1981)

beb) Flaggen der Alliierten (Griechenland, Großbritannien, Australien, Neuseeland), Landkarte von Griechenland, Lorbeerzweig

1779 60 (Dr) mehrfarbig . . . . bea 2,— 0,50
1780 300 (Dr) mehrfarbig . . . . beb 4,— 3,—
Satzpreis (2 W.) 6,— 3,50
FDC 5,—

Auflagen: MiNr. 1779 = 2 000 000, MiNr. 1780 = 450 000 Stück

1991, 25. Juni. Sportspiele der Mittelmeerländer, Athen. Odr.; gez. K 13¼:14.

bec) Schwimmen

bed) Basketball bee) Kunstturnen bef) Gewichtheben beg) Hammerwerfen

1781 10 (Dr) mehrfarbig . . . . bec 0,30 0,30
1782 60 (Dr) mehrfarbig . . . . bed 0,60 0,50
1783 90 (Dr) mehrfarbig . . . . bee 1,— 0,50
1784 130 (Dr) mehrfarbig . . . . bef 2,— 0,80
1785 300 (Dr) mehrfarbig . . . . beg 4,— 3,—
Satzpreis (5 W.) 7,50 5,—
FDC 7,—

Auflagen: MiNr. 1781 = 1 500 000, MiNr. 1782 = 8 000 000, MiNr. 1783 = 18 000 000, MiNr. 1784 = 2 000 000, MiNr. 1785 = 500 000 Stück

1991, 20. Sept. Blockausgabe: Vorsitz Griechenlands in der Europäischen Post- und Fernmeldeministerkonferenz (CEPT). Odr.; gez. K 14:12¾.

bei

beh) Zeus als Stier und Europa; Dekoration eines attischen Keramikgefäßes (um 500 v. Chr.)

1786 300 (Dr) mehrfarbig . . . . beh 18,— 18,—
Block 9 (81×62 mm) . . . . bei 20,— 20,—
FDC 25,—

Auflage: 120 000 numerierte Blocks

1991, 20. Sept. Entwicklung der Demokratie in Athen vor 2500 Jahren. Odr.; gez. K 13¼:14.

bek) Stele der Demokratie

1787 100 (Dr) mehrfarbig . . . . bek 2,50 1,—
FDC 1,50

Auflage: 800 000 Stück

1991, 9. Dez. Olympische Winterspiele 1992, Albertville. Odr. (2×5 Zd); gez. K 12¼:13¾.

bel) Eisschnelllauf, Emblem
bem) Riesenslalom

1788 80 (Dr) mehrfarbig . . . . bel 1,50 0,70
1789 300 (Dr) mehrfarbig . . . . bem 4,50 1,50
Satzpreis (2 W.) 6,— 2,20
Paar 6,— 3,50
FDC 4,50

Auflage: 800 000 Sätze

1991, 9. Dez. 10 Jahre Mitgliedschaft Griechenlands in der Europäischen Gemeinschaft. Odr.; gez. K 12¾:14.

ben) Unterzeichnung des Beitrittsvertrages beo) Karte der EG-Länder

ben–beo) Konstantinos Karamanlis (1907–1998), Staatspräsident

1790 50 (Dr) mehrfarbig . . . . ben 1,— 0,40
1791 80 (Dr) mehrfarbig . . . . beo 1,50 0,80
Satzpreis (2 W.) 2,50 1,20
FDC 2,—

Auflagen: MiNr. 1790 = 8 000 000, MiNr. 1791 = 3 000 000 Stück

1992, 3. April. Olympische Sommerspiele, Barcelona. Odr.; MiNr. 1792, 1793 und 1795 gez. K 12½, MiNr. 1794 und 1796 gez. K 14:13¼.

bep) Speerwerfen ber) Vielseitigkeitsreiten – Geländeritt bes) Laufen

bet) Kunstturnen – Pauschenpferd

beu) Läufer in den Farben der fünf Kontinente

1792	10 (Dr) mehrfarbig	bep	1,—	0,30
1793	60 (Dr) mehrfarbig	ber	1,—	0,70
1794	90 (Dr) mehrfarbig	bes	2,—	0,80
1795	120 (Dr) mehrfarbig	bet	3,—	1,—
1796	340 (Dr) mehrfarbig	beu	7,—	3,—
		Satzpreis (5 W.)	14,—	5,50
		FDC		7,—

Auflagen: MiNr. 1792 = 1 200 000, MiNr. 1793 = 6 000 000, MiNr. 1794 = 3 000 000, MiNr. 1795 = 2 000 000, MiNr. 1796 = 800 000 Stück

Parallelausgabe mit Frankreich MiNr. 2890

1992, 22. Mai. Gesundheit. Odr.; gez. K 12½.

bev) Aids

bew) Römische Grabstele eines Arztes (2. Jh. n. Chr.) Kongressemblem

bex) Krebskrankheit

bey) Arbeitsschutzsymbol nach einem Vasenbild (6. Jh. v. Chr.)

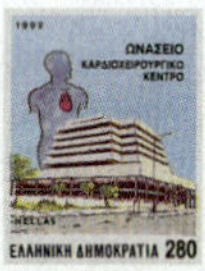

bez) Herzzentrum „Onassis“

1797	60 (Dr) mehrfarbig	bev	0,50	0,30
1798	80 (Dr) mehrfarbig	bew	1,—	0,50
1799	90 (Dr) mehrfarbig	bex	1,—	0,70
1800	120 (Dr) mehrfarbig	bey	2,—	1,50
1801	280 (Dr) mehrfarbig	bez	5,50	3,—
		Satzpreis (5 W.)	10,—	6,—
		FDC		7,—

Auflagen: MiNr. 1797 = 7 000 000, MiNr. 1798 = 2 000 000, MiNr. 1799 = 15 000 000, MiNr. 1800 = 2 500 000, MiNr. 1801 = 500 000 Stück

1992, 22. Mai. Europa: 500. Jahrestag der Entdeckung von Amerika. Odr., Bogen (2×4 Zd); A = vierseitig gez. K 13¾:12¼.

bfa) Christoph Kolumbus (1451–1506), spanisch-italienischer Seefahrer; Karavelle, Landkarte
bfb) Christoph Kolumbus, Hafenanlage

1802 A	90 (Dr) mehrfarbig	bfa	2,50	1,—
1803 A	340 (Dr) mehrfarbig	bfb	5,50	4,—
		Satzpreis A (2 W.)	8,—	5,—
		Paar A	8,—	5,—
		FDC A		10,—

Markenheftchen (2×1 Zd), C = senkrecht gez. 12¼

1802 C	90 (Dr) mehrfarbig	bfa	2,—	1,50
1803 C	340 (Dr) mehrfarbig	bfb	7,—	4,50
		Satzpreis C (2 W.)	9,—	6,—
		Paar C	9,—	6,—

MiNr. 1802 C–1803 C stammen aus MH 15.

Auflagen: MiNr. 1802 A–1803 A = 800 000, MiNr. 1802 C–1803 C = 200 000 Sätze

1992, 8. Juni. Blockausgabe: Konferenz der Europäischen Verkehrsminister (CEMT), Athen. Odr.; gez. K 13¾:12¾.

bfd

bfc) Proitos von Tiryns gibt Bellerophon ein Schreiben an Iobates, Bellerophons Flügelross Pegasus

1804	300 (Dr) mehrfarbig	bfc	10,—	10,—
Block 10	(85×60 mm)	bfd	12,—	13,—
		FDC		18,—

Auflage: 130 000 numerierte Blocks

1992, 17. Juli. Makedonien war und ist griechisch. Odr.; gez. K 12½.

bfe) Kopf des Herakles mit Löwenhaut; Relief aus den Funden von Vergina

bff) Büste des Aristoteles von Stageira; Landkarte von Mazedonien

bfg) Alexander der Große in der Schlacht bei Issos

bfh) Manolis Andronikos (1919–1992), Archäologe; Grab des Philippus, Vergina

bfi) Hirschjagd; Mosaik aus Alt-Pella

bfk) Tetradrachme der ersten mazedonischen Münzprägung

bfl) Apostel Paulus; Basilika bei Philippi (4. Jh.)

1805	10 (Dr) mehrfarbig	bfe	0,50	0,30
1806	20 (Dr) mehrfarbig	bff	0,50	0,30
1807	60 (Dr) mehrfarbig	bfg	0,50	0,30
1808	80 (Dr) mehrfarbig	bfh	0,50	0,50
1809	90 (Dr) mehrfarbig	bfi	1,—	0,50
1810	120 (Dr) mehrfarbig	bfk	2,—	0,70
1811	340 (Dr) mehrfarbig	bfl	13,—	3,—
		Satzpreis (7 W.)	18,—	5,—
		FDC		7,50

Auflagen: MiNr. 1805–1806 und 1808 je 2 000 000, MiNr. 1807 = 7 000 000, MiNr. 1809 = 27 500 000, MiNr. 1810 = 4 000 000, MiNr. 1811 = 1 500 000 Stück

1992, 12. Okt. Freimarken: Provinzhauptstädte. Odr., Bogen (5×10, Hochformate ~); A = vierseitig gez. K 12¾.

bfm) Alter Uhrturm, Piräus

bfn) Stadtansicht von Amphissa

bfo) Heraion, Samos

bfp) Gebäude in Chania

bfr) Stadtansicht von Zakynthos

bfs) Stadtansicht von Karpenision

bft) Höhle von Kilkis

bfu) Rathaustor, Xanthi

bfv) Museum des mazedonischen Krieges, Thessaloniki

bfw) Tsanakleios-Schule, Komotini

bfx) Quelle, Drama

bfy) Brücke über den Pinios, Larissa

1812 A	10 (Dr) mehrfarbig	bfm	0,30	0,30
1813 A	20 (Dr) mehrfarbig	bfn	0,30	0,30
1814 A	30 (Dr) mehrfarbig	bfo	0,30	0,30
1815 A	40 (Dr) mehrfarbig	bfp	0,30	0,30
1816 A	50 (Dr) mehrfarbig	bfr	0,30	0,30
1817 A	60 (Dr) mehrfarbig	bfs	0,50	0,30
1818 A	70 (Dr) mehrfarbig	bft	0,50	0,30
1819 A	80 (Dr) mehrfarbig	bfu	1,50	0,50
1820 A	90 (Dr) mehrfarbig	bfv	1,50	0,50
1821 A	120 (Dr) mehrfarbig	bfw	2,50	0,80
1822 A	340 (Dr) mehrfarbig	bfx	4,—	1,60
1823 A	400 (Dr) mehrfarbig	bfy	6,—	2,50
		Satzpreis A (12 W.)	18,—	8,—
		2 FDC A		15,—

Streifen (1×5, Hochformate ~), C = waagerecht, Hochformate senkrecht gez. 10½

1812 C	10 (Dr) mehrfarbig	bfm	0,30	0,30
1813 C	20 (Dr) mehrfarbig	bfn	0,30	0,30
1814 C	30 (Dr) mehrfarbig	bfo	0,30	0,30
1815 C	40 (Dr) mehrfarbig	bfp	0,30	0,30
1816 C	50 (Dr) mehrfarbig	bfr	0,30	0,30
1817 C	60 (Dr) mehrfarbig	bfs	0,50	0,30
1818 C	70 (Dr) mehrfarbig	bft	0,50	0,30
1819 C	80 (Dr) mehrfarbig	bfu	2,—	0,30
1820 C	90 (Dr) mehrfarbig	bfv	2,—	0,30
1821 C	120 (Dr) mehrfarbig	bfw	3,—	0,50
1822 C	340 (Dr) mehrfarbig	bfx	6,—	1,—
1823 C	400 (Dr) mehrfarbig	bfy	8,—	1,80
		Satzpreis C (12 W.)	22,—	6,—

MiNr. 1812 C–1823 C wurden jeweils in Verkaufspackungen zu 100 Marken (20 Fünferstreifen) ausgegeben.

Auflagen: MiNr. 1812 A–1823 A = 600 000 Sätze, MiNr. 1812 C und 1821 C–1822 C je 14 400 000, MiNr. 1813 C, 1817 C und 1820 C je 24 400 000, MiNr. 1814 C = 17 400 000, MiNr. 1815 C = 11 400 000, MiNr. 1816 C und 1818 C–1819 C je 9 400 000, MiNr. 1823 C = 19 400 000 Stück

Weitere Werte: MiNr. 1698–1712, 1749–1763, 1856–1865

1992, 12. Okt. Europäischer Binnenmarkt. Odr.; gez. K 13¾:12¾.

bfz) Quader mit Flaggen der EG-Mitgliedstaaten, Landkarte Europas, Europa-Emblem

1824	90 (Dr) mehrfarbig	bfz	1,50	1,—
		FDC		1,50

Auflage: 2 000 000 Stück

1993, 26. Febr. 2400 Jahre Stadt Rhodos. Odr.; gez. K 13:13¾.

bga) Grabstele (4. Jh. v. Chr.)

bgb) Badende Venus von Rhodos (Skulptur, 1. Jh. v. Chr.)

bgc) Hl. Irene; Fresko (14. Jh.) aus der Kirche St. Katharina

bgd) Apostel-Paulus-Tor (15. Jh.) der mittelalterlichen Stadtbefestigung

1825	60 (Dr) mehrfarbig	bga	1,—	0,50
1826	90 (Dr) mehrfarbig	bgb	1,50	1,—
1827	120 (Dr) mehrfarbig	bgc	1,—	1,—
1828	250 (Dr) mehrfarbig	bgd	4,—	2,50
		Satzpreis (4 W.)	7,50	5,—
		FDC		6,—

Auflagen: MiNr. 1825 und 1827 je 800 000, MiNr. 1826 = 900 000, MiNr. 1828 = 500 000 Stück

1993, 25. Mai. Europa: Zeitgenössische Kunst. Odr., Bogen (2×4 Zd); A = vierseitig gez. K 13:13¾.

bge–bgf) Die Annehmlichkeiten der Verkehrsmittel; Gemälde von Konstantinos Parthenis (1878–1967)

1829 A	90 (Dr) mehrfarbig	bge	3,—	1,—
1830 A	350 (Dr) mehrfarbig	bgf	5,50	4,—
		Satzpreis A (2 W.)	8,50	5,—
		Paar A	8,50	5,—
		FDC A		7,—

Markenheftchen (2×1 Zd), C = senkrecht gez. 13½

1829 C	90 (Dr) mehrfarbig	bge	3,—	1,50
1830 C	350 (Dr) mehrfarbig	bgf	6,—	4,50
		Satzpreis C (2 W.)	9,—	6,—
		Paar C	9,—	6,—

MiNr. 1829 C–1830 C stammen aus MH 16.

Auflagen: MiNr. 1829 A–1830 A = 800.000, MiNr. 1829 C–1830 C = 200.000 Sätze

1993, 25. Mai. Gedenktage der griechischen Streitkräfte. Odr.; gez. K 13:13¾, Querformate ~.

bgg) Tod von Georgakis Olympios im Kloster Sekkou (1821)

bgh) Theodoros Kolokotronis führt den Aufstand am Peloponnes an (1821–1822)

bgi) Pavlos Melas, Freiheitskämpfer im mazedonischen Unabhängigkeitskrieg

bgk) Ruhmesgöttin am Grab der Gefallenen (Balkankriege 1912–1913)

bgl) Die Brigade „Ieros Lochos“ in der Schlacht um El Alamein (1942)

bgm) Die Brigade „Ieros Lochos“ in der Ägäis (1943–1945)

bgn) Denkmal für die Opfer der Vergeltungsaktion in Kalavryta (1943)

1831	10 (Dr) mehrfarbig	bgg	0,50	0,30
1832	30 (Dr) mehrfarbig	bgh	2,—	0,30
1833	60 (Dr) mehrfarbig	bgi	0,50	0,50
1834	90 (Dr) mehrfarbig	bgk	1,—	0,70
1835	120 (Dr) mehrfarbig	bgl	3,—	1,—
1836	150 (Dr) mehrfarbig	bgm	3,—	2,—
1837	200 (Dr) mehrfarbig	bgn	10,—	2,50
		Satzpreis (7 W.)	20,—	7,—
		FDC		7,50

Auflagen: MiNr. 1831 und 1833 je 2 000 000, MiNr. 1832 und 1835–836 je 1 000 000, MiNr. 1834 = 2 500 000, MiNr. 1837 = 500 000 Stück

1993, 4. Okt. Neoklassische und moderne Gebäude in Athen. Odr.; gez. K 13¾:14.

bgo) Musikhalle

bgp) Palais Ilion

bgr) Nationalbibliothek

bgs) Augenklinik

1838	30 (Dr) mehrfarbig	bgo	2,—	0,30
1839	60 (Dr) mehrfarbig	bgp	1,—	0,30
1840	90 (Dr) mehrfarbig	bgr	1,—	0,50
1841	200 (Dr) mehrfarbig	bgs	6,—	2,—
		Satzpreis (4 W.)	10,—	3,—
		FDC		4,—

Auflagen: MiNr. 1838 = 1 000 000, MiNr. 1839 = 13 000 000, MiNr. 1840 = 7 500 000, MiNr. 1841 = 500 000 Stück

1993, 20. Dez. Blockausgabe: Vorsitz Griechenlands im Rat der Europäischen Union (1994). Odr.; gez. K 13¾:14.

bgu

bgt) Emblem mit Europafahne, Karte von Griechenland

1842	400 (Dr) mehrfarbig	bgt	5,—	5,—
Block 11	(84×60 mm)	bgu	7,—	7,—
		FDC		8,—

Auflage: 150 000 numerierte Blocks

1994, 7. März. Gesamteuropäische Verkehrskonferenz. Odr.; gez. K 13¼.

bgv) Hermes führt den mit geflügelten Rossen bespannten Wagen der Göttin Selene; bemaltes böotisches Gefäß (4. Jh. v. Chr.)

1843	200 (Dr) mehrfarbig	bgv	3,50	1,50
		FDC		2,—

Auflage: 1 000 000 Stück

1994, 8. April. Ostern: Passionsdarstellungen. Odr.; gez. K 14:13¾, Querformate ~.

bgw) Das letzte Abendmahl; Ikone (16. Jh.) von Michael Damaskinos, Heraklion

bgx) Kreuzigung (Detail); Fresko (1552), Meteora

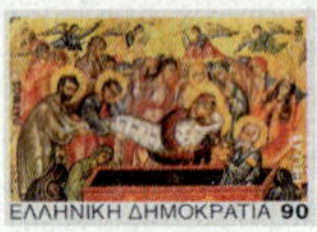

bgy) Grablegung; Ikone (1620–1645), Patmos

bgz) Auferstehung; Buchmalerei (11. Jh.), Berg Athos

1844	30 (Dr) mehrfarbig	bgw	0,50	0,50
1845	60 (Dr) mehrfarbig	bgx	0,50	0,50
1846	90 (Dr) mehrfarbig	bgy	0,50	0,50
1847	150 (Dr) mehrfarbig	bgz	2,50	2,50
		Satzpreis (4 W.)	4,—	4,—
		FDC		5,—

Auflagen: MiNr. 1844 = 2 000 000, MiNr. 1845 = 7 500 000, MiNr. 1846 = 7 000 000, MiNr. 1847 = 500 000 Stück

1994, 9. Mai. Europa: Entdeckungen und Erfindungen. Odr., Bogen (2×4 Zd); A = vierseitig gez. K 14¼:14.

bhb bha

bha) Thales von Milet (um 625–547 v. Chr.), Naturphilosoph; Darstellung der statischen Elektrizität
bhb) Konstantin Karatheodoris (1873–1950), Mathematiker; Formeln

1848 A	90 (Dr) mehrfarbig	bha	2,—	1,50
1849 A	350 (Dr) mehrfarbig	bhb	6,—	4,50
		Satzpreis A (2 W.)	8,—	6,—
		Paar A	8,—	6,—
		FDC A		7,—

Markenheftchen (2×1 Zd), C = senkrecht gez. 13¾

1848 C	90 (Dr) mehrfarbig	bha	2,—	1,50
1849 C	350 (Dr) mehrfarbig	bhb	6,—	4,50
		Satzpreis C (2 W.)	8,—	6,—
		Paar C	8,—	6,—

MiNr. 1848 C–1849 C stammen aus MH 17.

Auflagen: MiNr. 1848 A–1849 A = 800 000, MiNr. 1848 C–1849 C = 180 000 Sätze

1994, 6. Juni. Blockausgabe: Fußball-Weltmeisterschaft, USA. Odr.; gez. K 14¼:14.

bhd

bhc) Spielszene; Freiheitsstatue, New York; antikes Relief eines Fußballspielers (4. Jh. v. Chr.)

1850	400 (Dr) mehrfarbig	bhc	5,—	5,—
Block 12	(68×70 mm)	bhd	7,—	7,—
		FDC		8,—

Auflage: 200 000 numerierte Blocks

1994, 6. Juni. Sportereignisse: 100. Jahrestag des Beschlusses der Wiedereinführung der Olympischen Spiele; Teilnahme der griechischen Nationalmannschaft an der Fußball-Weltmeisterschaft, USA; Volleyball-Weltmeisterschaft, Piräus und Thessaloniki. Odr.; gez. K 14:14¼, Querformat ~.

bhe) Dimitris Vikelas (1835–1908), erster IOC-Präsident

bhf) Fußballspieler

bhg) Emblem der Volleyball-WM

1851	60 (Dr) mehrfarbig	bhe	1,—	0,40
1852	90 (Dr) mehrfarbig	bhf	1,—	0,60
1853	120 (Dr) mehrfarbig	bhg	3,—	1,—
		Satzpreis (3 W.)	5,—	2,—
		FDC		2,50

Auflagen: MiNr. 1851–1852 je 10 000 000, MiNr. 1853 = 5 000 000 Stück

1994, 21. Juni. Vorsitz Griechenlands im Rat der Europäischen Union. Odr.; gez. K 13¼.

bhh) Flügelrosse vor von Hellas geführtem Wagen, Europaflagge

bhi) Dorische Säulen, Europaflagge

1854	90 (Dr) mehrfarbig	bhh	1,50	1,50
1855	120 (Dr) mehrfarbig	bhi	1,50	1,50
		Satzpreis (2 W.)	3,—	3,—
		FDC		3,50

Auflagen: MiNr. 1854 = 5 000 000, MiNr. 1855 = 13 000 000 Stück

1994, 5. Okt. Freimarken: Provinzhauptstädte. Odr., Bogen (10×5, Querformate ~); A = vierseitig gez. K 12¾:13, Querformate ~.

bhk) Vornehmes Bürgerhaus, Katerini

bhl) Byzantinische Kirche, Arta

bhm) Burgturm und Brücke an den Kryas-Quellen, Livadia

bhn) Marienkirche, Kastoria

bho) Antikes Theater, Grevena

bhp) Großer Wasserfall, Edessa

bhr) Rotes Haus, Chalkida

bhs) Verwaltungsgebäude, Serres

bht) Rathaus, Iraklion

bhu) Kirche Mariä Verkündigung, Igoumenitsa

1856 A	10 (Dr) mehrfarbig	bhk	0,30	0,30
1857 A	20 (Dr) mehrfarbig	bhl	0,30	0,30
1858 A	30 (Dr) mehrfarbig	bhm	0,30	0,30
1859 A	40 (Dr) mehrfarbig	bhn	0,30	0,30
1860 A	50 (Dr) mehrfarbig	bho	0,50	0,50
1861 A	60 (Dr) mehrfarbig	bhp	0,50	0,50
1862 A	80 (Dr) mehrfarbig	bhr	0,50	0,50
1863 A	90 (Dr) mehrfarbig	bhs	1,—	1,—
1864 A	120 (Dr) mehrfarbig	bht	1,30	1,30
1865 A	150 (Dr) mehrfarbig	bhu	3,—	3,—
		Satzpreis A (10 W.)	8,—	8,—
		2 FDC A		9,—

Streifen (5×1, Querformate ~), C = senkrecht, Querformate waagerecht gez. 10½, D = senkrecht gez. 13¼

1856	10 (Dr) mehrfarbig	bhk		
C	senkrecht gez. 10½		0,30	0,30
D	senkrecht gez. 13¼		2,—	2,—
1857 C	20 (Dr) mehrfarbig	bhl	0,30	0,30
1858 C	30 (Dr) mehrfarbig	bhm	0,30	0,30
1859 C	40 (Dr) mehrfarbig	bhn	0,30	0,30
1860 C	50 (Dr) mehrfarbig	bho	0,50	0,50
1861 C	60 (Dr) mehrfarbig	bhp	0,50	0,50
1862 C	80 (Dr) mehrfarbig	bhr	0,50	0,50
1863 C	90 (Dr) mehrfarbig	bhs	2,—	2,—
1864 C	120 (Dr) mehrfarbig	bht	2,30	2,30
1865 C	150 (Dr) mehrfarbig	bhu	3,—	3,—
		Satzpreis C/D (10 W.)	10,—	10,—

Teilgezähnte Werte wurden jeweils in Verkaufspackungen zu 100 Marken (20 Fünferstreifen) ausgegeben.

Auflagen: MiNr. 1856 A–1865 A = 600 000 Sätze, MiNr. 1856 C/D und 1857 C bis 1858 C je 14 400 000, MiNr. 1859 C–1860 C und 1862 C je 9 400 000, MiNr. 1861 C = 19 400 000, MiNr. 1863 C–1864 C je 24 400 000, MiNr. 1865 C = 4 400 000 Stück

Weitere Werte: MiNr. 1698–1712, 1749–1763, 1812–1823

1994, 21. Nov. 150 Jahre Verfassung. Odr.; gez. K 13:13¾, Querformate ~.

bhv) Ausrufung der Verfassung; Lithographie von Karl Haupt

bhw) Joannis Makryjannis, Andreas Metaxas und Dimitrios Kallergis

bhx) Volks- und Militärerhebung am 3.9.1843; Gemälde eines unbekannten Künstlers

bhy) Artikel 107 der Verfassung, Parlamentsstempel, Pergamentrolle

1866	60 (Dr)	mehrfarbig	bhv	0,50	0,50
1867	150 (Dr)	mehrfarbig	bhw	1,50	1,50
1868	200 (Dr)	mehrfarbig	bhx	2,—	2,—
1869	340 (Dr)	mehrfarbig	bhy	6,—	6,—
			Satzpreis (4 W.)	10,—	10,—
			FDC		11,—

Auflagen: MiNr. 1866 = 6 000 000, MiNr. 1867–1868 je 3 000 000, MiNr. 1869 = 1 000 000 Stück

1995, 7. März. 1. Todestag von Melina Mercouri. Odr.; gez. K 13¾:13, Hochformat ~.

bhz

bia

bib

bic

bhz–bic) Melina Mercouri (1925–1994), Schauspielerin und Politikerin

1870	60 (Dr) mehrfarbig	bhz	0,50	0,30
1871	90 (Dr) mehrfarbig	bia	0,50	0,50
1872	100 (Dr) mehrfarbig	bib	7,—	4,20
1873	340 (Dr) mehrfarbig	bic	7,—	5,—
		Satzpreis (4 W.)	15,—	10,—
		FDC		11,—

Auflagen: MiNr. 1870 = 9 000 000, MiNr. 1871 = 10 500 000, MiNr. 1872 = 500 000, MiNr. 1873 = 2 000 000 Stück

1995, 3. Mai. Europa: Frieden und Freiheit. Odr., Bogen (2×4 Zd); A = vierseitig gez. K 14¼:14.

bid) Gefangene hinter Stacheldrahtzaun
bie) Friedenstauben, zerstörter Stacheldrahtzaun

1874 A 90 (Dr) mehrfarbig	bid	3,—	1,—
1875 A 340 (Dr) mehrfarbig	bie	5,50	4,—
	Satzpreis A (2 W.)	8,50	5,—
	Paar A	8,50	5,—
	FDC A		6,—

Markenheftchen (2×1 Zd), C = senkrecht gez. 13¼

1874 C 90 (Dr) mehrfarbig	bid	2,—	1,50
1875 C 340 (Dr) mehrfarbig	bie	6,—	4,50
	Satzpreis C (2 W.)	8,—	6,—
	Paar C	8,—	6,—

MiNr. 1874 C–1875 C stammen aus MH 18.

Auflagen: MiNr. 1874 A–1875 A = 800 000, MiNr. 1874 C–1875 C = 160 000 Sätze

1995, 21. Juni. Jahrestage und Ereignisse: Basketball-Weltmeisterschaft der Junioren; 75 Jahre Hochschule für Landwirtschaft, Athen; 50 Jahre Vereinte Nationen (UNO); 50. Jahrestag der Beendigung des Zweiten Weltkrieges; Europäisches Naturschutzjahr; 100 Jahre Telefon in Griechenland; Basketball-Europameisterschaft der Männer. Odr.; gez. K 13¼:13, Querformate ~.

bif) WM-Emblem

big) Hochschulgebäude

bih) Heiligtum der Athene Pronaia, Delphi

bii) Heimkehrender Soldat, Staatsflagge

bik) Friedensstatue des Kifissodotos (4. Jh. v. Chr.)

bil) Delphine

bim) Alter Telefonapparat, Tastatur

bin) EM-Emblem

1876	10 (Dr) mehrfarbig	bif	1,—	0,30
1877	70 (Dr) mehrfarbig	big	1,—	0,30
1878	90 (Dr) mehrfarbig	bih	1,—	0,30
1879	100 (Dr) mehrfarbig	bii	1,—	0,50
1880	120 (Dr) mehrfarbig	bik	1,—	1,—
1881	150 (Dr) mehrfarbig	bil	3,—	1,70
1882	200 (Dr) mehrfarbig	bim	5,—	2,—
1883	300 (Dr) mehrfarbig	bin	10,—	4,—
		Satzpreis (8 W.)	22,—	9,—
		FDC		10,—

Auflagen: MiNr. 1876 und 1880–1882 je 2 000 000, MiNr. 1877 = 4 000 000, MiNr. 1878–1879 je 5 000 000, MiNr. 1883 = 500 000 Stück

1995, 18. Sept. Jahr der Johannes-Apokalypse. Odr.; gez. K 14¼:13¾, Querformat ~.

bio) Erste Vision des Johannes; Ikone von Thomas Bathas (um 1596)

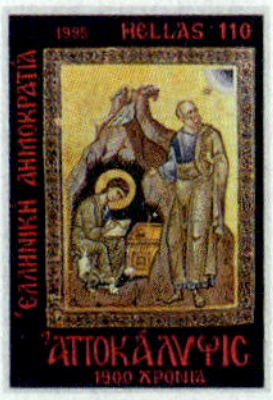

bip) Johannes diktiert die Apokalypse; Miniatur aus Codex (1334/35)

bir) Die Posaune des ersten Engels; vergoldetes Silberrelief aus Bucheinband (1787)

1884	80 (Dr) mehrfarbig	bio	2,—	1,—
1885	110 (Dr) mehrfarbig	bip	2,—	1,50
1886	300 (Dr) mehrfarbig	bir	6,—	4,—
	Satzpreis (3 W.)		10,—	6,50
	FDC			7,—

Auflagen: MiNr. 1884 = 4 500 000, MiNr. 1485 = 5 000 000, MiNr. 1886 = 500 000 Stück

1995, 6. Nov. Griechische Mythologie: Die Argonauten-Sage. Odr.; gez. K 13¼.

bis) Abfahrt nach Kolchis

bit) Verjagung der Harpyien

biu) Iason zähmt den Stier

biv) Iason ergreift das Vlies

biw) Iason übergibt das Vlies an König Pelias

1887	80 (Dr) mehrfarbig	bis	1,—	0,50
1888	120 (Dr) mehrfarbig	bit	1,—	0,50
1889	150 (Dr) mehrfarbig	biu	2,—	1,—
1890	200 (Dr) mehrfarbig	biv	3,—	2,—
1891	300 (Dr) mehrfarbig	biw	6,—	4,50
	Satzpreis (5 W.)		13,—	8,50
	FDC			9,—

Auflagen: MiNr. 1887 = 16 000 000, MiNr. 1888 = 10 000 000, MiNr. 1889 = 8 000 000, MiNr. 1890 = 5 500 000, MiNr. 1891 = 500 000 Stück

1995, 18. Dez. Leuchttürme. Odr.; gez. K 13¾:14¼.

bix) Psittalia

biy) Sapienza

biz) Kastri (Othonoi)

bka) Zourva (Idra)

1892	80 (Dr) mehrfarbig	bix	1,—	0,30
1893	120 (Dr) mehrfarbig	biy	2,—	1,50
1894	150 (Dr) mehrfarbig	biz	3,—	2,50
1895	500 (Dr) mehrfarbig	bka	9,—	6,—
	Satzpreis (4 W.)		15,—	10,—
	FDC			11,—

Auflagen: MiNr. 1892 = 8 000 000, MiNr. 1893 = 5 000 000, MiNr. 1894 = 500 000, MiNr. 1895 = 2 000 000 Stück

1996, 25. März. Blockausgabe: 100 Jahre Olympische Spiele der Neuzeit (I). Odr.; gez. K 13¼:13.

bkf

bkb) Marke MiNr. 96
bkc) Marke MiNr. 97
bkd) Marke MiNr. 98
bke) Marke MiNr. 99

bkl

bkg) Marke MiNr. 101
bkh) Marke MiNr. 103
bki) Marke MiNr. 104
bkk) Marke MiNr. 107

bkr

bkm) Marke MiNr. 100
bkn) Marke MiNr. 102
bko) Marke MiNr. 105
bkp) Marke MiNr. 106

1896	80 (Dr) mehrfarbig	bkb	3,—	3,—
1897	120 (Dr) mehrfarbig	bkc	3,—	3,—
1898	150 (Dr) mehrfarbig	bkd	3,—	3,—
1899	650 (Dr) mehrfarbig	bke	3,—	3,—
Block 13	(88×88 mm)	bkf	14,—	12,—
		FDC		15,—

1900	80 (Dr) mehrfarbig	bkg	3,—	3,—
1901	120 (Dr) mehrfarbig	bkh	3,—	3,—
1902	150 (Dr) mehrfarbig	bki	3,—	3,—
1903	650 (Dr) mehrfarbig	bkk	3,—	3,—
Block 14	(88×88 mm)	bkl	14,—	12,—
		FDC		15,—

1904	80 (Dr) mehrfarbig	bkm	3,—	3,—
1905	120 (Dr) mehrfarbig	bkn	3,—	3,—
1906	150 (Dr) mehrfarbig	bko	3,—	3,—
1907	650 (Dr) mehrfarbig	bkp	3,—	3,—
Block 15	(88×88 mm)	bkr	14,—	12,—
		FDC		15,—

Auflage: 250 000 numerierte Blocksätze

1996, 22. April. Europa: Berühmte Frauen. Odr., Bogen (2×4 Zd); A = vierseitig gez. K 14:14¼.

bks) Sappho (um 600 v. Chr.), Lyrikerin
bkt) Amalia Fleming (1912–1986), Ärztin und Politikerin

1908 A	120 (Dr) mehrfarbig	bks	2,—	1,50
1909 A	430 (Dr) mehrfarbig	bkt	8,—	4,50
		Satzpreis A (2 W.)	10,—	6,—
		Paar A	10,—	6,50
		FDC A		10,—

Markenheftchen (2×1 Zd), C = senkrecht gez. 14¼

1908 C	120 (Dr) mehrfarbig	bks	3,—	3,—
1909 C	430 (Dr) mehrfarbig	bkt	8,—	8,—
		Satzpreis C (2 W.)	11,—	11,—
		Paar C	11,—	11,—

MiNr. 1908 C–1909 C stammen aus MH 19.

Auflagen: MiNr. 1908 A–1909 A = 800.000, MiNr. 1908 C–1909 C = 160.000 Sätze

1996, 4. Juni. 100 Jahre Olympischen Spiele der Neuzeit (II). Odr.; gez. K 13¼:13¾, Querformat ~.

bku) Laufen

bkv) Diskuswerfen

bkw) Gewichtheben

bkx) Ringen

1910	10 (Dr) mehrfarbig	bku	2,—	0,50
1911	80 (Dr) mehrfarbig	bkv	1,—	1,—
1912	120 (Dr) mehrfarbig	bkw	3,—	1,50
1913	200 (Dr) mehrfarbig	bkx	5,—	3,50
		Satzpreis (4 W.)	11,—	6,50
		FDC		7,—

Auflagen: MiNr. 1910 = 1 000 000, MiNr. 1911 = 17 500 000, MiNr. 1912 = 8 000 000, MiNr. 1913 = 500 000 Stück

1996, 8. Juli. Erste internationale medizinische Olympiade. Odr.; gez. K 13¼:13.

bky) Hippokrates (um 460–370 v. Chr.), Arzt

bkz) Galen (um 129 bis 199), röm. Arzt griech. Herkunft

1914	80 (Dr) mehrfarbig	bky	2,50	1,50
1915	120 (Dr) mehrfarbig	bkz	3,—	2,—
		Satzpreis (2 W.)	5,50	3,50
		FDC		4,—

Auflagen: MiNr. 1914 = 1 500 000, 1915 = 500 000 Stück

1996, 7. Okt. Freimarken: Burgen. Odr., Bogen (5×10); A = vierseitig gez. K 13:13¼.

bla) Mytilini

blb) Lindos

blc) Rethymnos

bld) Assos, Kephalonia

ble) Servia

blf) Monemvasia

blg) Didimoteichon

blh) Vonitsa

bli) Nikopolis

1916 A	10 (Dr) mehrfarbig	bla	0,30	0,30
1917 A	20 (Dr) mehrfarbig	blb	0,30	0,30
1918 A	30 (Dr) mehrfarbig	blc	0,30	0,30
1919 A	70 (Dr) mehrfarbig	bld	0,30	0,30
1920 A	80 (Dr) mehrfarbig	ble	0,30	0,30
1921 A	120 (Dr) mehrfarbig	blf	1,—	1,—
1922 A	200 (Dr) mehrfarbig	blg	2,50	1,50
1923 A	430 (Dr) mehrfarbig	blh	10,—	3,—
1924 A	1000 (Dr) mehrfarbig	bli	15,—	8,—
		Satzpreis A (9 W.)	30,—	15,—
		2 FDC A		18,—

Streifen (5×1), C = senkrecht gez. 13¼, D = senkrecht gez. 13

1916 C	10 (Dr) mehrfarbig	bla	0,30	0,30
1917 C	20 (Dr) mehrfarbig	blb	0,30	0,30
1918	30 (Dr) mehrfarbig	blc		
C	senkrecht gez. 13¼		0,30	0,30
D	senkrecht gez. 13		0,30	0,30
1919	70 (Dr) mehrfarbig	bld		
C	senkrecht gez. 13¼		0,30	0,30
D	senkrecht gez. 13		0,30	0,30
1920	80 (Dr) mehrfarbig	ble		
C	senkrecht gez. 13¼		1,—	0,30
D	senkrecht gez. 13		1,—	0,30
1921	120 (Dr) mehrfarbig	blf		
C	senkrecht gez. 13¼		2,—	1,—
D	senkrecht gez. 13		2,—	1,—
1922	200 (Dr) mehrfarbig	blg		
C	senkrecht gez. 13¼		3,—	1,—
D	senkrecht gez. 13		3,—	1,—
1923	430 (Dr) mehrfarbig	blh		
C	senkrecht gez. 13¼		9,—	2,50
D	senkrecht gez. 13		9,—	2,50
1924	1000 (Dr) mehrfarbig	bli		
C	senkrecht gez. 13¼		14,—	6,—
D	senkrecht gez. 13		14,—	6,—
		Satzpreis C/D (9 W.)	30,—	12,—

		★★
1922 U	ungezähnt (aus Streifen)	25,—

Teilgezähnte Werte wurden jeweils in Verkaufspackungen zu 100 Marken (20 Fünferstreifen) ausgegeben.

Auflagen: MiNr. 1916 A–1924 A = 600 000 Sätze, MiNr. 1916 C–1917 C je 9 400 000, MiNr. 1918 C/D = 6 400 000, MiNr. 1919 C und 1922 C/D je 5 400 000, MiNr. 1920 C = 15 400 000, MiNr. 1921 C/D = 17 400 000, MiNr. 1923 C/D = 4 400 000, MiNr. 1924 C/D = 1 400 000 Stück

Weitere Werte: MiNr. 1981–1990

1996, 15. Nov. Schattenspiel. Odr.; gez. K 13¾:14¼.

blk

bll

blm

bln

blk–bln) Figuren des traditionellen griechische Schattenspiels

				★★	⊙
1925	80 (Dr)	mehrfarbig	blk	1,—	1,—
1926	100 (Dr)	mehrfarbig	bll	1,—	1,—
1927	120 (Dr)	mehrfarbig	blm	2,—	1,—
1928	200 (Dr)	mehrfarbig	bln	4,—	1,50
			Satzpreis (4 W.)	8,—	4,50
			FDC		5,50

Auflagen: MiNr. 1925 = 1 000 000, MiNr. 1926 = 2 000 000, MiNr. 1927 = 1 500 000, MiNr. 1928 = 500 000 Stück

1996, 18. Dez. Die griechische Sprache. Odr.; gez. K 13¼.

blo) Älteste griechische Inschrift auf Weinkrug (um 720. v. Ch.)

blp) Verse 9, 436–445 der Ilias von Homer auf Papyrus (1.–2. Jh.)

blr) Psalm der Apostel; Handschrift von Romanus dem Meloden (6. Jh.)

bls) Dionysios Solomos (1798–1857), Dichter, Vers (1824)

1929	80 (Dr)	mehrfarbig	blo	0,50	1,—
1930	120 (Dr)	mehrfarbig	blp	1,50	1,—
1931	150 (Dr)	mehrfarbig	blr	2,—	1,—
1932	350 (Dr)	mehrfarbig	bls	8,—	3,—
			Satzpreis (4 W.)	12,—	6,—
			FDC		7,—

Auflagen: MiNr. 1929 = 4 000 000, MiNr. 1930 = 1 000 000, MiNr. 1931 = 1 500 000, MiNr. 1932 = 500 000 Stück

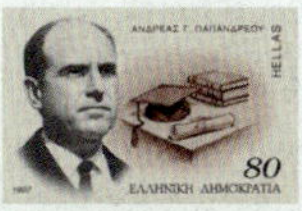

1997, 12. Febr. Tod von Andreas Papandreou. Odr.; gez. K 13:13¼.

blt) Doktorhut, Bücher, Pergamentrolle

blu) Papandreou verlässt Flugzeug

blv) Regierungsgebäude

blw) Staatsflagge, Friedenstaube

blt–blw) Andreas Papandreou (1919–1996), Ministerpräsident

1933	80 (Dr)	mehrfarbig	blt	1,—	0,50
1934	120 (Dr)	mehrfarbig	blu	1,—	0,70
1935	150 (Dr)	mehrfarbig	blv	2,—	0,90
1936	500 (Dr)	mehrfarbig	blw	8,—	3,40
			Satzpreis (4 W.)	12,—	5,50
			FDC		6,—

Auflagen: MiNr. 1933–1934 je 4 000 000, MiNr. 1935 = 1 500 000, MiNr. 1936 = 500 000 Stück

1997, 26. März. Saloniki – Kulturhauptstadt Europas 1997. Odr.; gez. K 13¼:13¾, Querformate ~.

blx) Hl. Demetrios († Anfang 4. Jh.), Fresko (14. Jh.)

bly) Fassade des Hippokrates-Krankenhauses

blz) Statuensockel mit Inschrift, rundes Frauenkopf-Relief

bma) Kuppelmosaik in der St.-Georgios-Kirche (5.–6. Jh.)

bmb) Messkelch (14. Jh.) aus dem Watopediu-Kloster

1937	80 (Dr)	mehrfarbig	blx	0,50	0,80
1938	100 (Dr)	mehrfarbig	bly	1,50	1,—
1939	120 (Dr)	mehrfarbig	blz	2,—	1,20
1940	150 (Dr)	mehrfarbig	bma	2,—	1,50
1941	300 (Dr)	mehrfarbig	bmb	9,—	3,—
			Satzpreis (5 W.)	15,—	7,50
			FDC		8,—

Auflagen: MiNr. 1937 = 4 000 000, MiNr. 1938–1939 je 2 000 000, MiNr. 1940 = 2 500 000, MiNr. 1941 = 500 000 Stück

1997, 24. April. Brücken in Makedonien. Odr.; gez. K 14¼:13¾.

bmc) Brücke in Trikomo

bmd) Brücke in Portitsa

bme) Brücke in Ziakas

bmf) Brücke in Kastro

1942	80 (Dr)	mehrfarbig	bmc	1,—	0,50
1943	120 (Dr)	mehrfarbig	bmd	1,—	0,70
1944	150 (Dr)	mehrfarbig	bme	2,—	0,90
1945	350 (Dr)	mehrfarbig	bmf	6,—	2,40
			Satzpreis (4 W.)	10,—	4,50
			FDC		5,—

Auflagen: MiNr. 1942 = 2 000 000, MiNr. 1943 = 2 500 000, MiNr. 1944 = 1 000 000, MiNr. 1945 = 500 000 Stück

1997, 19. Mai. Europa: Sagen und Legenden. Odr., Bogen (2×4 Zd); A = vierseitig gez. K 14¼:13¾.

bmg) Prometheus als Feuerträger (Mythologie)
bmh) Digenis Akritas (mittelalterliche Sage)

1946 A	120 (Dr)	mehrfarbig	bmg	2,50	1,—
1947 A	430 (Dr)	mehrfarbig	bmh	5,50	5,—
			Satzpreis A (2 W.)	8,—	6,—
			Paar A	8,—	6,—
			FDC A		10,—

Markenheftchen (2×1 Zd), C = senkrecht gez. 13¼

1946 C	120	(Dr)	mehrfarbig	bmg	2,—	2,—
1947 C	430	(Dr)	mehrfarbig	bmh	6,—	6,—
				Satzpreis C (2 W.)	8,—	8,—
				Paar C	8,—	8,—

MiNr. 1946 C–1947 C stammen aus MH 20.

Auflagen: MiNr. 1946 A–1947 A = 800 000, MiNr. 1946 C–1947 C = 160 000 Sätze

1997, 11. Juli. Leichtathletik-Weltmeisterschaften, Athen. Odr.; gez. K 13:13¼.

bmi) Laufen

bmk) Statue der Siegesgöttin Nike

bml) Hochsprung, Lorbeerkranz

bmm) Hürdenlauf

bmn) Olympiastadion, Athen

1948	20	(Dr)	mehrfarbig	bmi	0,50	0,30
1949	100	(Dr)	mehrfarbig	bmk	1,50	0,80
1950	140	(Dr)	mehrfarbig	bml	2,—	1,—
1951	170	(Dr)	mehrfarbig	bmm	3,—	1,50
1952	500	(Dr)	mehrfarbig	bmn	8,—	4,—
				Satzpreis (5 W.)	15,—	7,50
				FDC		8,50

Auflagen: MiNr. 1948 = 3 000 000, MiNr. 1949 = 10 000 000, MiNr. 1950 = 24 000 000, MiNr. 1951 = 2 500 000, MiNr. 1952 = 500 000 Stück

1997, 31. Okt. Bedeutende Persönlichkeiten. Odr.; gez. K 13¼.

bmo) Alekos Panagoulis (1939–1976), Widerstandskämpfer

bmp) Grigorios Xenopoulos (1867–1951), Schriftsteller und Literaturkritiker

bmr) Odysseas Elytis (1911–1996), Dichter, Nobelpreis 1979

bms) Panayotis Kanellopulos (1902–1986), Politiker und Soziologe

bmt) Charilaos Trikoupis (1832–1896), Politiker

bmu) Maria Callas (1923–1977), Opernsängerin

bmv) Rigas Velestinlis-Feraios (1757–1798), Schriftsteller

1953	20	(Dr)	mehrfarbig	bmo	0,50	0,50
1954	30	(Dr)	mehrfarbig	bmp	0,50	0,50
1955	40	(Dr)	mehrfarbig	bmr	0,50	0,50
1956	50	(Dr)	mehrfarbig	bms	1,—	0,50
1957	100	(Dr)	mehrfarbig	bmt	2,—	1,—
1958	170	(Dr)	mehrfarbig	bmu	3,50	1,50
1959	200	(Dr)	mehrfarbig	bmv	5,—	2,50
				Satzpreis (7 W.)	13,—	7,—
				FDC		7,50

Auflagen: MiNr. 1953–1956 je 1 000 000, MiNr. 1957 = 4 500 000, MiNr. 1958 = 3 000 000, MiNr. 1959 = 500 000 Stück

1997, 17. Dez. Griechische Filmkomiker. Odr.; gez. K 13:13¼.

bmw) Vassilis Avlonitis (1904–1970)

bmx) Vassilis Argyropoulos (1894–1953)

bmy) Georgia Vassiliadou (1897–1980)

bmz) Lambros Konstandaras (1913–1985)

bna) Vassilis Logothetidis (1900–1960)

bnb) Dionysis Papagiannopoulos (1912–1984)

bnc) Nikos Stavridis (1910–1987)

bnd) Mimis Fotopoulos (1913–1986)

1960	20	(Dr)	mehrfarbig	bmw	0,50	0,30
1961	30	(Dr)	mehrfarbig	bmx	0,50	0,30
1962	50	(Dr)	mehrfarbig	bmy	0,50	0,30
1963	70	(Dr)	mehrfarbig	bmz	0,50	0,40
1964	100	(Dr)	mehrfarbig	bna	1,50	1,—
1965	140	(Dr)	mehrfarbig	bnb	2,50	1,50
1966	170	(Dr)	mehrfarbig	bnc	3,—	2,20
1967	200	(Dr)	mehrfarbig	bnd	7,—	5,—
				Satzpreis (8 W.)	16,—	11,—
				FDC		15,—

Auflagen: MiNr. 1960 = 2 000 000, MiNr. 1961–1963 je 1 000 000, MiNr. 1964 = 12 500 000, MiNr. 1965 = 4 000 000, MiNr. 1966 = 2 150 000, MiNr. 1967 = 350 000 Stück

1998, 27. Febr. 50. Jahrestag der Eingliederung des Dodekanes in den griechischen Staat. Odr. (10×5); gez. K 13¼.

bne) Unterzeichnung der Übergabeurkunde (1945)

bnf) Hellas mit Staatsflagge, Koloss von Rhodos

bng) Übergabe des Dodekanes (1947)

bnh) Hissen der griechischen Staatsflagge

1968	100	(Dr)	mehrfarbig	bne	1,—	1,—
1969	140	(Dr)	mehrfarbig	bnf	2,—	1,—
1970	170	(Dr)	mehrfarbig	bng	3,—	1,50
1971	500	(Dr)	mehrfarbig	bnh	7,—	4,—
				Satzpreis (4 W.)	13,—	7,50
				FDC		8,—

Auflagen: MiNr. 1968 = 8 000 000, MiNr. 1969 = 10 600 000, MiNr. 1970 = 400 000, MiNr. 1971 = 4 000 000 Stück

1998, 30. April. Jahrestage und Ereignisse: 100 Jahre Kinderklinik „Hagia Sofia", Athen; 1000 Jahre St.-Xenophon-Kloster; 4. Internationaler Thrakierkongress, Nea Orestiada; Internationaler Kongress für Forschungskardiologie, Rhodos; 50 Jahre Europäische Bewegung. Odr. (5×10, Hochformate ~); gez. K 13:13¼, Hochformate ~.

bni) Bezirks-Kinderklinik „Hagia Sofia", Emblem

bnk) Hl. Georg (Mosaik), Klosteranlage

bnl) Frau in thrakischer Tracht, Iphigenie

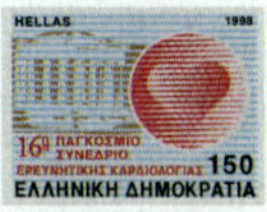

bnm) Parthenon-Tempel, Kongressemblem

bnn) Arzt untersucht Jungen, römisches Relief (2. Jh. n. Chr.); Kongressemblem

bno) Emblem der Europäischen Bewegung

1972	20	(Dr)	mehrfarbig	bni	0,30	0,30
1973	100	(Dr)	mehrfarbig	bnk	1,—	0,60
1974	140	(Dr)	mehrfarbig	bnl	1,20	0,80
1975	150	(Dr)	mehrfarbig	bnm	3,—	3,—
1976	170	(Dr)	mehrfarbig	bnn	3,—	1,30
1977	500	(Dr)	mehrfarbig	bno	7,—	3,50
				Satzpreis (6 W.)	15,—	9,—
				2 FDC		10,—

Auflagen: MiNr. 1972 = 4 500 000, MiNr. 1973–1974 je 10 000 000, MiNr. 1975 = 500 000, MiNr. 1276 = 6 000 000, MiNr. 1977 = 4 000 000 Stück

1998, 29. Mai. Europa: Nationale Feste und Feiertage. Odr., Bogen (2×4 Zd); A = vierseitig gez. K 14¼:13¾.

bnr

bnp

bnp) Kulturfestival im griechischen Theater, Epidauros
bnr) Kulturfestival im Odeon des Herodes Atticus, Athen

1978	**A**	140	(Dr)	mehrfarbig	bnp	2,50	2,—
1979	**A**	500	(Dr)	mehrfarbig	bnr	7,50	6,—
					Satzpreis A (2 W.)	10,—	8,—
					Paar A	10,—	8,—
					FDC A		12,—

Markenheftchen (2×1 Zd), C = senkrecht gez. 13¼

1978	**C**	140	(Dr)	mehrfarbig	bnp	2,50	2,50
1979	**C**	500	(Dr)	mehrfarbig	bnr	7,50	7,50
					Satzpreis C (2 W.)	10,—	10,—
					Paar C	10,—	10,—

MiNr. 1978 C–1979 C stammen aus MH 21.

Auflagen: MiNr. 1978 A–1979 A = 800 000, MiNr. 1978 C–1979 C = 160 000 Sätze

1998, 15. Juni. Blockausgabe: Basketball-Weltmeisterschaft, Athen. Odr.; gez. K 14:14¼.

bnt

bns) Spielszene

1980	300	(Dr)	mehrfarbig	bns	5,—	5,—
Block 16			(70×68 mm)	bnt	8,—	6,50
				FDC		7,50

Auflage: 300 000 numerierte Blocks

1998, 15. Juli. Freimarken: Burgen. Odr., Bogen (5×10, Hochformate ~); A = vierseitig gez. K 13:13¼, Hochformate ~.

bnu) Ierapetra

bnv) Korfu

bnw) Limnos

bnx) Argolis

bny) Iraklion

bnz) Naupaktos

boa) Ioannina

bob) Platamona

boc) Karitainas

bod) Fragkokastello, Kreta

1981	**A**	30	(Dr)	mehrfarbig	bnu	0,30	0,30
1982	**A**	50	(Dr)	mehrfarbig	bnv	0,30	0,30
1983	**A**	70	(Dr)	mehrfarbig	bnw	0,40	0,30
1984	**A**	100	(Dr)	mehrfarbig	bnx	0,50	0,40
1985	**A**	150	(Dr)	mehrfarbig	bny	1,—	0,50
1986	**A**	170	(Dr)	mehrfarbig	bnz	2,—	1,—
1987	**A**	200	(Dr)	mehrfarbig	boa	2,50	1,20
1988	**A**	400	(Dr)	mehrfarbig	bob	5,—	2,—
1989	**A**	550	(Dr)	mehrfarbig	boc	6,—	3,—
1990	**A**	600	(Dr)	mehrfarbig	bod	10,—	4,—
					Satzpreis A (10 W.)	28,—	13,—
					2 FDC A		25,—

Streifen (5×1, Hochformate ~); C = senkrecht, Hochformate waagerecht gez. 13¼, D = senkrecht, Hochformate waagerecht gez. 13

1981	**C**	30	(Dr)	mehrfarbig	bnu	0,30	0,30
1982		50	(Dr)	mehrfarbig	bnv		
	C			senkrecht gez. 13¼		0,30	0,30
	D			senkrecht gez. 13		0,30	0,30
1983		70	(Dr)	mehrfarbig	bnw		
	C			senkrecht gez. 13¼		0,40	0,30
	D			senkrecht gez. 13		0,40	0,30
1984		100	(Dr)	mehrfarbig	bnx		
	C			senkrecht gez. 13¼		0,50	0,40
	D			senkrecht gez. 13		0,50	0,40
1985		150	(Dr)	mehrfarbig	bny		
	C			senkrecht gez. 13¼		1,—	0,50
	D			senkrecht gez. 13		1,—	0,50
1986		170	(Dr)	mehrfarbig	bnz		
	C			waagerecht gez. 13¼		2,—	1,—
	D			waagerecht gez. 13		2,—	1,—
1987	**C**	200	(Dr)	mehrfarbig	boa	2,50	1,20
1988		400	(Dr)	mehrfarbig	bob		
	C			senkrecht gez. 13¼		5,—	2,—
	D			senkrecht gez. 13		5,—	2,—
1989		550	(Dr)	mehrfarbig	boc		
	C			senkrecht gez. 13¼		6,—	3,—
	D			senkrecht gez. 13		6,—	3,—
1990		600	(Dr)	mehrfarbig	bod		
	C			senkrecht gez. 13¼		10,—	4,—
	D			senkrecht gez. 13		10,—	4,—
					Satzpreis C/D (10 W.)	28,—	13,—

Teilgezähnte Werte wurden jeweils in Verkaufspackungen zu 100 Marken (20 Fünferstreifen) ausgegeben.

Auflagen: MiNr. 1981 A–1990 A = 400 000 Sätze, MiNr. 1981 C, 1982 C/D–1983 C/D, 1987 C und 1988 C/D–1990 C/D je 6 600 000, MiNr. 1984 C = 19 600 000, MiNr. 1985 C = 5 600 000, MiNr. 1986 C/D = 24 600 000 Stück

Weitere Werte: MiNr. 1916–1924

1998, 26. Okt. 500 Jahre griechisch-orthodoxe Gemeinde in Venetien. Odr. (4×5, Hochformate ~); gez. K 13¾:14¼, Hochformate ~.

boe) Historische Ansicht des Markusplatzes in Venedig

bof) Ikone

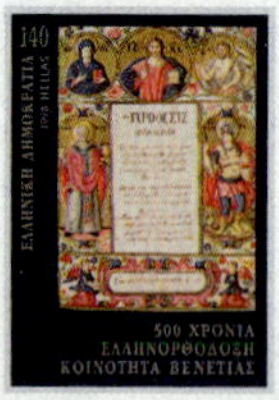

bog) Buchminiaturen

boh) Gemälde

1991	30 (Dr) mehrfarbig	boe	0,30	0,30
1992	40 (Dr) mehrfarbig	bof	0,50	0,50
1993	140 (Dr) mehrfarbig	bog	1,50	1,50
1994	230 (Dr) mehrfarbig	boh	4,—	2,50
		Satzpreis (4 W.)	6,—	4,50
		FDC		5,50

Auflagen: MiNr. 1991 und 1993 je 2 000 000, MiNr. 1992 = 1 500 000, MiNr. 1994 = 500 000 Stück

1998, 18. Dez. Altgriechische Schriftsteller. Odr. (10×5); gez. K 13¼:13.

boi) Homer (8. Jh. v. Chr.), Dichter

bok) Sophokles (497/496–406/405 v. Chr.), Tragiker

bol) Thukydides (um 460–nach 400 v. Chr.), Geschichtsschreiber

bom) Platon (427–348/347 v. Chr.), Philosoph

bon) Demosthenes (384–322 v. Chr.), Redner

1995	20 (Dr) braunrot/gold	boi	0,30	0,30
1996	100 (Dr) braunkarmin/gold	bok	1,50	1,50
1997	140 (Dr) karminrot/gold	bol	2,—	2,—
1998	200 (Dr) schwarzoliv/gold	bom	3,—	3,—
1999	250 (Dr) siena/gold	bon	3,50	3,50
		Satzpreis (5 W.)	10,—	10,—
		FDC		11,—

Auflagen: MiNr. 1995 und 1997–1998 je 2 000 000, MiNr. 1996 = 8 000 000, MiNr. 1999 = 500 000 Stück

1999, 19. Febr. Internationales Jahr des Ozeans. Odr. (5×10); gez. K 13:13¼.

boo) Klimatologische Karte des Mittelmeeres mit Meeresströmungen, antike griechische Triere

bop) Segelschiff und Poseidon; Ikone (Detail) von I. Komaros aus dem Kloster Toplou, Kreta (1770)

bor) Ozeanographisches Forschungsschiff „Aegaeo“, Astrolabium, seismographische Bodenaufnahmen

bos) Apollo auf Schiffsbug; 4-Drachmen-Silbermünze (229–221 v. Chr.), Athen

2000	40 (Dr) mehrfarbig	boo	0,50	0,30
2001	100 (Dr) mehrfarbig	bop	1,—	1,—
2002	200 (Dr) mehrfarbig	bor	2,—	2,—
2003	500 (Dr) mehrfarbig	bos	5,50	4,—
		Satzpreis (4 W.)	9,—	7,—
		FDC		8,—

Auflagen: MiNr. 2000 und 2002 je 1 000 000, MiNr. 2001 = 8 000 000, MiNr. 2003 = 500 000 Stück

1999, 19. April. 1. Todestag von Konstantinos Karamanlis. Odr. (5×10, Hochformat ~); gez. K 13¾:14, Hochformat ~.

bot

bou

bov

bow

bot–bow) Konstantinos Karamanlis (1907–1998), Politiker

2004	100 (Dr) mehrfarbig	bot	0,80	0,80
2005	170 (Dr) mehrfarbig	bou	1,20	1,20
2006	200 (Dr) mehrfarbig	bov	3,—	1,50
2007	500 (Dr) mehrfarbig	bow	4,—	3,50
		Satzpreis (4 W.)	9,—	7,—
		FDC		8,—

Auflagen: MiNr. 2004 = 20 500 000, MiNr. 2005 = 20 000 000, MiNr. 2006 = 5 000 000, MiNr. 2007 = 500 000 Stück

1999, 24. Mai. Europa: Natur- und Nationalparks. Odr., Bogen (2×4 Zd); A = vierseitig gez. K 14¼:13¾.

box–boy) Naturschutzgebiet Berg Olymp

2008 A	170 (Dr) mehrfarbig	box	1,50	1,50
2009 A	550 (Dr) mehrfarbig	boy	5,50	5,50
		Satzpreis A (2 W.)	7,—	7,—
		Paar A	8,—	8,—
		FDC A		9,—

Markenheftchen (2× Zd), C = senkrecht gez. 13¼

2008 C	170 (Dr) mehrfarbig	box	2,—	2,—
2009 C	550 (Dr) mehrfarbig	boy	6,—	6,—
		Satzpreis C (2 W.)	8,—	8,—
		Paar C	8,—	8,—

MiNr. 2008 C–2009 C stammen aus MH 22.

Auflagen: MiNr. 2008 A–2009 A = 800.000, MiNr. 2008 C–2009 C = 160.000 Sätze

1999, 28. Juni. 4000 Jahre griechische Kultur. Odr. (2×2 Zd); gez. K 13¼:13.

boz) Apollo-Hylatis-Tempel, Kourion (2. Jh. n. Chr.)
bpa) Gefäß der Krieger aus Mykene, Athen (12. Jh. v. Chr.)
bpb) Amphorischer Krater aus Mykene, Lefkoşa (Nikosia) (14. Jh. v. Chr.)
bpc) Apollotempel, Delphi (4. Jh. v. Chr.)

2010	120 (Dr) mehrfarbig	boz	1,—	1,—
2011	120 (Dr) mehrfarbig	bpa	1,—	1,—
2012	120 (Dr) mehrfarbig	bpb	1,—	1,—
2013	120 (Dr) mehrfarbig	bpc	1,—	1,—
		Satzpreis (4 W.)	4,—	4,—
		Viererblock	5,—	5,—
		FDC		6,—

Auflage: 650 000 Sätze

Parallelausgabe mit Zypern MiNr. 930–933

1999, 28. Juni. 100 Jahre kulturelle Beziehungen mit Japan. Odr. (5×8); gez. K 13¾:14.

bpd) Maske des antiken griechischen Theaters, Maske des traditionellen Tanztheaters „No"

2014	120 (Dr) mehrfarbig	bpd	2,—	2,—
		FDC		2,50

Auflage: 600 000 Sätze

Parallelausgabe mit Japan MiNr. 2692

1999, 8. Nov. 5 Jahre Gemeinschaftliches Förderkonzept. Odr. (5×10); gez. K 13:13½.

bpe) Modernisierung der Griechischen Eisenbahngesellschaft (OSE)

bpf) Brückenverbindung von Rio-Antirrio

bpg) Modernisierung der Griechischen Postgesellschaft (ELTA)

bph) Athener Untergrundbahn

bpi) Flughafen „Eleftherios Venizelos", Athen

2015	20 (Dr) mehrfarbig	bpe	0,30	0,30
2016	120 (Dr) mehrfarbig	bpf	0,80	0,80
2017	140 (Dr) mehrfarbig	bpg	1,—	1,—
2018	250 (Dr) mehrfarbig	bph	2,—	2,—
2019	500 (Dr) mehrfarbig	bpi	3,50	3,50
		Satzpreis (5 W.)	7,50	7,50
		FDC		8,—

Auflagen: MiNr. 2015 = 1 000 000, MiNr. 2016 = 10 500 000, MiNr. 2017 = 5 000 000, MiNr. 2018 = 500 000, MiNr. 2019 = 4 000 000, Stück

1999, 13. Dez. Streitkräfte. Odr. (5×10); gez. K 13¾:13¼.

bpk) Landemanöver

bpl) FK-Schnellboot der La-Combattante-III-Klasse

bpm) Kampfflugzeug Lockheed Martin F-16 Fighting Fakon

bpn) Feuerlöschflugzeug Canadair CL-215

bpo) Zerstörer bei Seemanöver

bpp) Verteilung von Hilfsgütern in Bosnien durch ELDYB

bpr) Kampfflugzeug Dassault Mirage 2000 EG

bps) Kampf verbundener Waffengattungen

bpt) Unterseeboot „Okeanos"

2020	20 (Dr) mehrfarbig	bpk	0,50	0,30
2021	30 (Dr) mehrfarbig	bpl	1,—	0,30
2022	40 (Dr) mehrfarbig	bpm	0,50	0,30
2023	50 (Dr) mehrfarbig	bpn	0,50	0,50
2024	70 (Dr) mehrfarbig	bpo	1,—	0,50
2025	120 (Dr) mehrfarbig	bpp	1,—	1,—
2026	170 (Dr) mehrfarbig	bpr	1,50	1,50
2027	250 (Dr) mehrfarbig	bps	5,—	2,—
2028	600 (Dr) mehrfarbig	bpt	4,—	4,—
		Satzpreis (9 W.)	15,—	10,—
		3 FDC		12,—

Auflagen: MiNr. 2020 und 2023 je 3 000 000, MiNr. 2021 und 2024 je 1 000 000, MiNr. 2022 = 2 000 000, MiNr. 2025 = 10 000 000, MiNr. 2026 = 3 0500 000, MiNr. 2027 = 500 000, MiNr. 2028 = 4 000 000 Stück

2000, 1. Jan. Ökumenisches Patriarchat – 2000. Geburtstag von Jesus Christus. Odr.; MiNr. 2029–2032 gez. K 14¼:14, Querformat ~, MiNr. 2033 gez. K 13¾, MiNr. 2034 gez. K 13½:14.

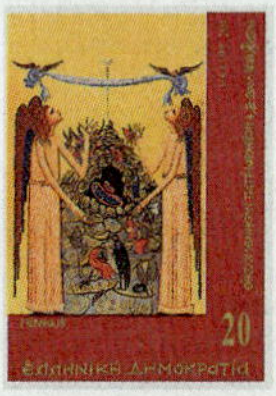

bpu) Christi Geburt

bpv) Interreligiöser Dialog

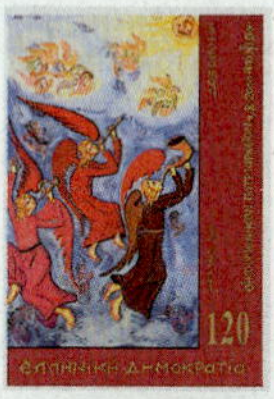

bpw) Doxologie

bpx) Epiphanie

bpy) Kommunion

bpz) Göttliche Vorsehung

2029	20 (Dr) mehrfarbig	bpu	0,30	0,30
2030	50 (Dr) mehrfarbig	bpv	0,50	0,30
2031	120 (Dr) mehrfarbig	bpw	1,—	0,70
2032	170 (Dr) mehrfarbig	bpx	1,50	1,—

2033 200 (Dr) mehrfarbig . . . . bpy 2,20 1,20
2034 500 (Dr) mehrfarbig . . . . bpz 5,50 3,—
Satzpreis (6 W.) 11,— 6,50
2 FDC 7,50

Auflagen: MiNr. 2029 = 2 000 000, MiNr. 2030 = 3 000 000, MiNr. 2031 = 8 000 000, MiNr. 2032 = 4 000 000, MiNr. 2033 = 2 500 000, MiNr. 2034 = 500 000 Stück

2000, 9. Mai. Europa. Odr., Kleinbogen (Klb.) (4×2) und Markenheftchen (MH) (4×1); A = vierseitig gez. K 13¼:13, C = senkrecht gez. 13.

bra) Kinder bauen Sternenturm

2035 170 (Dr) mehrfarbig . . . . bra
A vierseitig gez. (Klb.) . . . . 3,— 3,—
C senkrecht gez. (MH) . . . . 4,— 4,—
FDC 4,—
Kleinbogen 25,— 25,—
Markenheftchen 16,— 16,—

Auflagen: MiNr. 2035 A = 1 100 000, MiNr. 2035 C = 280 000 Stück

2000, 26. Juni. Griechische Marine. Odr. (5×5 und 2×2 Zd); gez. K 14¼:14.

brb) Dampfer „Ilissos"

brc) Fregatte „Adrias"

brd) Dampfer „Ia II"

bre) Zerstörer „Königin Olga"

2036 10 (Dr) mehrfarbig . . . . brb 0,30 0,30
2037 120 (Dr) mehrfarbig . . . . brc 0,70 0,70
2038 170 (Dr) mehrfarbig . . . . brd 1,50 1,50
2039 400 (Dr) mehrfarbig . . . . bre 4,— 4,—
Satzpreis (4 W.) 6,50 6,50
Viererblock 8,50 8,50
FDC 9,—

MiNr. 2036–2039 wurden auch in Viererblockanordnung zusammenhängend gedruckt.

Auflagen: MiNr. 2036 = 2 000 000, MiNr. 2037 = 16 500 000, MiNr. 2038 = 7 000 000, MiNr. 2039 = 500 000 Stück

2000, 26. Juni. Internationaler Malwettbewerb für Kinder „Zukunft auf Briefmarken". Odr. (5×5); gez. K 14¼:14.

brf

brg

brh

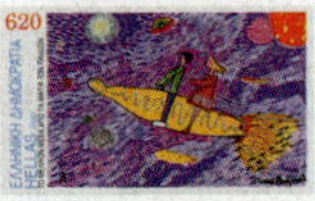

bri

brf–bri) Verschiedene Zeichnungen 8- bis 12jähriger Kinder

2040 130 (Dr) mehrfarbig . . . . brf 1,— 0,70
2041 180 (Dr) mehrfarbig . . . . brg 1,50 1,—
2042 200 (Dr) mehrfarbig . . . . brh 2,— 1,80
2043 620 (Dr) mehrfarbig . . . . bri 5,50 4,50
Satzpreis (4 W.) 10,— 8,—
FDC 10,—

Auflagen: MiNr. 2040 = 16 500 000, MiNr. 2041 = 25 000 000, MiNr. 2042 = 4 000 000, MiNr. 2043 = 500 000 Stück

2000, 15. Sept. Olympische Sommerspiele, Sydney. Odr. (5×5); gez. K 13¼:13¾.

brk) Akropolis, Athen; olympische Fahne, olympische Fackel

brl) Opernhaus, Sydney; olympische Fahne, olympische Fackel

2044 200 (Dr) mehrfarbig . . . . brk 1,50 1,50
2045 650 (Dr) mehrfarbig . . . . brl 4,50 4,50
Satzpreis (2 W.) 6,— 6,—
FDC 7,—

Auflagen: MiNr. 2044 = 1 500 000, MiNr. 2045 = 500 000 Stück

Parallelausgabe mit Australien MiNr. 1971–1972

2000, 7. Nov. Olympische Sommerspiele 2004, Athen (I). Odr. (5×5); gez. K 13¾:14¼.

brm

brn

bro

brp

brr

brs

brm–brs) Emblem der Olympischen Spiele 2004

2046 10 (Dr) mehrfarbig . . . . brm 0,30 0,30
2047 50 (Dr) mehrfarbig . . . . brn 0,30 0,30
2048 130 (Dr) mehrfarbig . . . . bro 0,40 0,40
2049 180 (Dr) mehrfarbig . . . . brp 3,— 3,—
2050 200 (Dr) mehrfarbig . . . . brr 3,— 3,—
2051 650 (Dr) mehrfarbig . . . . brs 4,— 4,—
Satzpreis (6 W.) 11,— 11,—
FDC 11,—

Auflagen: MiNr. 2046 = 10 000 000, MiNr. 2047 und 2050 je 8 000 000, MiNr. 2048 = 20 000 000, MiNr. 2049 = 500 000, MiNr. 2051 = 7 500 000 Stück

2000, 18. Dez. 2000. Jahrestag der Geburt Jesu Christi. Odr. (5×5); gez. K 13¾:14¼, Querformate ~.

brt) Christus als Orpheus (Skulptur)

bru) Christus als Guter Hirte (Marmorfigur)

brv) Christus Pantokrator (Mosaik)

brw) Christus Anapeson (ruhendes Christkind) (Fresko)

brx) Christus (tragbare Ikone)

bry) Christus, die Weisheit Gottes (tragbare Ikone)

brz) Christus Pantokrator (enkaustische Ikone)

bsa) Christus Pantokrator (byzantinische Münze)

2052	20 (Dr) mehrfarbig	brt	0,30	0,30
2053	30 (Dr) mehrfarbig	bru	0,30	0,30
2054	40 (Dr) mehrfarbig	brv	0,30	0,30
2055	100 (Dr) mehrfarbig	brw	0,50	0,50
2056	130 (Dr) mehrfarbig	brx	0,70	0,70
2057	150 (Dr) mehrfarbig	bry	0,80	0,80
2058	180 (Dr) mehrfarbig	brz	1,—	1,—
2059	1000 (Dr) mehrfarbig	bsa	7,50	7,50
		Satzpreis (8 W.)	11,—	11,—
		FDC		13,—

Auflagen: MiNr. 2052 und 2055 je 3 000 000, MiNr. 2053–2054 je 1 500 000, MiNr. 2056–2057 je 2 500 000, MiNr. 2058 = 7 000 000, MiNr. 2059 = 500 000 Stück

2000, 18. Dez. Blockausgabe: 100. Jahrestag der ersten Briefmarkenausgabe von Kreta. Odr.; gez. Ks 14:14¼.

bsd

bsb) Marke Kreta MiNr. 15
bsc) Marke Kreta MiNr. 17

2060	200 (Dr) mehrfarbig	bsb	7,—	7,—
2061	650 (Dr) mehrfarbig	bsc	7,—	7,—
Block 17	(104×73 mm)	bsd	18,—	18,—
		FDC		20,—

Auflage: 100 000 numerierte Blocks

MiNr. 1023–2061 waren, mit Ausnahme von MiNr. 1103–1105, bis 31.12.2002 frankaturgültig. Ab MiNr. 2062 sind alle Ausgaben frankaturgültig.

2001, 15. Mai. Jahrestage und Ereignisse: 100 Jahre Postsparkasse; 50 Jahre Hoher Flüchtlingskommissar der Vereinten Nationen (UNHCR); 75 Jahre Internationale Messe, Thessaloniki; 75 Jahre Aristoteles-Universität, Thessaloniki; 75 Jahre Akademie, Athen; Ioannis Zigdis. Odr. (5×5); gez. K 13¼:13¾, Querformate ~.

bse) Mutter und Kind mit Sparbüchse

bsf) 2-Euro-Münze, Sparbüchse, Emblem der Postsparkasse

bsg) Flüchtlinge, Stacheldraht

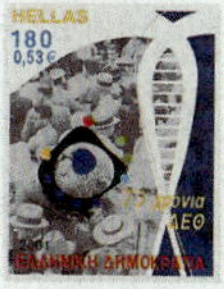

bsh) Besuchermenge, Messeemblem

bsi) Aristoteles-Universität

bsk) Akademie, Athen

bsl) Ioannis Zigdis (1913–1997), Politiker

2062	20 (Dr) / 0.06 € mehrfarbig	bse	0,30	0,30
2063	130 (Dr) / 0.38 € mehrfarbig	bsf	1,—	1,—
2064	140 (Dr) / 0.41 € mehrfarbig	bsg	1,30	1,30
2065	180 (Dr) / 0.53 € mehrfarbig	bsh	1,50	1,50
2066	200 (Dr) / 0.59 € mehrfarbig	bsi	1,50	1,50
2067	500 (Dr) / 1.47 € mehrfarbig	bsk	3,50	3,50
2068	700 (Dr) / 2.05 € mehrfarbig	bsl	6,—	6,—
		Satzpreis (7 W.)	15,—	15,—
		2 FDC		17,—

Auflagen: MiNr. 2062 = 3 817 795, MiNr. 2063 = 681 097, MiNr. 2064 = 3 975 168, MiNr. 2065 = 1 915 526, MiNr. 2066 = 5 981 398, MiNr. 2067 = 1 978 117, MiNr. 2068 = 497 757 Stück

2001, 15. Mai. Europa: Lebensspender Wasser. Odr., Bogen (2×4 Zd); A = vierseitig gez. K 14¼:13¾.

bsm–bsn) Übergang von Trocken- und Feuchtgebiet

2069 A	180 (Dr) / 0.53 € mehrfarbig	bsm	1,50	1,50
2070 A	650 (Dr) / 1.91 € mehrfarbig	bsn	5,50	5,50
		Satzpreis A (2 W.)	7,—	7,—
		Paar A	7,—	7,—
		FDC A		9,—

Markenheftchen (2×1 Zd), C = senkrecht gez. 13¼

2069 C	180 (Dr) / 0.53 € mehrfarbig	bsm	2,—	2,—
2070 C	650 (Dr) / 1.91 € mehrfarbig	bsn	6,—	6,—
		Satzpreis C (2 W.)	8,—	8,—
		Paar C	8,—	8,—

MiNr. 2069 C–2070 C stammen aus MH 23.

Auflagen: MiNr. 2069 A–2070 A = 573.061, MiNr. 2069 C–2070 C = 98.020 Sätze

2001, 27. Juni. Einheimische Fauna und Flora. Odr. (5×5); gez. K 13¾:13¼, Hochformate ~.

bso) Seidenreiher (Egretta garzetta)

bsp) Weißstorch (Ciconia ciconia)

bsr) Bartgeier (Gypaetus barbatus)

bss) Orchidee

bst) Krauskopfpelikan (Pelecanus crispus)

bsu) Feuerlilie (Lilium martagon)

bsv) Schmutzgeier (Neophron percnopterus)

bsw) Mönchsgeier (Aegypius monachus)

2071	20 (Dr) / 0.06 € mehrfarbig	bso	0,30	0,30
2072	50 (Dr) / 0.15 € mehrfarbig	bsp	0,30	0,30

2073	100 (Dr) / 0.29 € mehrfarbig	bsr	0,60	0,60
2074	140 (Dr) / 0.41 € mehrfarbig	bss	0,80	0,80
2075	150 (Dr) / 0.44 € mehrfarbig	bst	0,90	0,90
2076	200 (Dr) / 0.59 € mehrfarbig	bsu	1,20	1,20
2077	700 (Dr) / 2.05 € mehrfarbig	bsv	4,10	4,10
2078	850 (Dr) / 2.49 € mehrfarbig	bsw	10,—	10,—
	Satzpreis (8 W.)		18,—	18,—
	2 FDC			20,—

Auflagen: MiNr. 2071 = 2 615 212, MiNr. 2072 = 2 903 493, MiNr. 2073 = 2 893 204, MiNr. 2074 = 7 028 731, MiNr. 2075 = 2 005 470, MiNr. 2076 = 22 156 089, MiNr. 2077 = 4 857 496, MiNr. 2078 = 484 588 Stück

2001, 8. Sept. Privatisierung der Post. Odr. (1×5 Zd); gez. K 12¾.

bsx) Stilisierter Hermeskopf
Zierfeld

2079	140 (Dr) / 0.41 € kobalt/rötlichgelb	bsx	1,—	1,—
2080	200 (Dr) / 0.59 € kobalt	bsx	2,—	2,—
	Satzpreis (2 W.)		3,—	3,—
	Viererstreifen (2079 Zf–2080 Zf)		4,50	4,50
	FDC			7,—
	Kleinbogen		23,—	23,—

MiNr. 2079–2080 wurden, jeweils mit anhängendem Zierfeld, waagerecht zusammenhängend im Kleinbogen gedruckt.

Der Kleinbogen wurde auf der Internationalen Messe Thessaloniki am Ausstellungsstand der griechischen Post auch mit persönlich (nach Fotos) gestaltbaren Zierfeldern zum Preis von 3400 Dr/9.98 € verkauft.

Auflage: 500 000 Sätze

2001, 5. Dez. Blockausgabe: 1700 Jahre Christentum in Armenien. Odr.; gez. Ks 12¾.

bsz

bsy) Mariä Verkündigung; Miniatur aus einem Evangeliar der Toros-Roslin-Schule (13. Jh.)

2081	850 (Dr) / 2.49 € mehrfarbig	bsy	8,—	8,—
Block 18	(63×85 mm)	bsz	12,—	12,—
	FDC			13,—

Auflage: 99 996 numerierte Blocks

2001, 5. Dez. Blockausgabe: Olympische Sommerspiele 2004, Athen (II). Odr.; gez. Ks 13¾.

btb

bta) Schwimmathletinnen; Zeichnung einer rotfigurischen attischen Amphore (um 510 v. Chr.)

2082	1200 (Dr) / 3.52 € mehrfarbig	bta	8,—	8,—
Block 19	(80×70 mm)	btb	12,—	11,—
	FDC			12,—

Auflage: 97 935 numerierte Blocks

Neue Währung ab 1. Januar 2002:
1 Euro (€) = 100 Cent
(340 750 Griechische Drachmen = 1 Euro)

2002, 2. Jan. Freimarken: Griechische Tänze. Odr., Bogen (5×5); A = vierseitig gez. K 13:13¼, Hochformate ∼.

btc) Kamakaki, Salamis

btd) Mitgift der Braut, Drama

bte) Sagorissios, Epirus

btf) Balos, Ägäis

btg) Sygathistos, Thrakien

bth) Tsakonikos, Peleponnes

bti) Pyrrichios, Pontos

btk) Fourles, Kythnos

btl) Apokriatikos, Skyros

btm) Kotsari, Pontos

btn) Pentosalis, Kreta

bto) Karagouna, Thessalien

btp) Hassapiko, Smyrnaikos

btr) Salistos, Naoussa

bts) Pogonissios, Epirus

btt) Kalamatianos, Peleponnes

btu) Malevisiotis, Kreta

btv) Tsamikos, Zentral-Griechenland

btw) Seybekikos

btx) Nyfiatikos, Korfu

bty) Paskaliatikos, Kappadokien

2083	A	0.02 €	mehrfarbig	btc	0,30	0,30
2084	A	0.03 €	mehrfarbig	btd	0,30	0,30
2085	A	0.05 €	mehrfarbig	bte	0,30	0,30
2086	A	0.10 €	mehrfarbig	btf	0,30	0,30
2087	A	0.15 €	mehrfarbig	btg	0,30	0,30
2088	A	0.20 €	mehrfarbig	bth	0,40	0,40
2089	A	0.30 €	mehrfarbig	bti	0,50	0,50
2090	A	0.35 €	mehrfarbig	btk	0,60	0,60
2091	A	0.40 €	mehrfarbig	btl	0,70	0,70
2092	A	0.45 €	mehrfarbig	btm	0,80	0,80
2093	A	0.50 €	mehrfarbig	btn	1,—	1,—
2094	A	0.55 €	mehrfarbig	bto	1,20	1,10
2095	A	0.60 €	mehrfarbig	btp	1,30	1,20
2096	A	0.65 €	mehrfarbig	btr	1,50	1,30
2097	A	0.85 €	mehrfarbig	bts	2,—	1,40
2098	A	1.00 €	mehrfarbig	btt	2,50	2,—
2099	A	2.00 €	mehrfarbig	btu	4,50	4,—
2100	A	2.15 €	mehrfarbig	btv	5,—	4,50
2101	A	2.60 €	mehrfarbig	btw	6,50	6,—
2102	A	3.00 €	mehrfarbig	btx	8,—	7,—
2103	A	4.00 €	mehrfarbig	bty	12,—	11,—
			Satzpreis A (21 W.)		50,—	45,—
			4 FDC A			45,—

Streifen (5×1, Hochformate ~); C = senkrecht, Hochformate waagerecht gez. 13¼, D = senkrecht, Hochformate waagerecht gez. 13, E = senkrecht, Hochformate waagerecht gez. 13¾

2083		0.02 €	mehrfarbig	btc		
	C		senkrecht gez. 13¼		0,30	0,30
	D		senkrecht gez. 13		0,30	0,30
2084		0.03 €	mehrfarbig	btd		
	C		senkrecht gez. 13¼		0,30	0,30
	D		senkrecht gez. 13		0,30	0,30
2085		0.05 €	mehrfarbig	bte		
	C		waagerecht gez. 13¼		0,30	0,30
	D		waagerecht gez. 13		0,30	0,30
2086		0.10 €	mehrfarbig	btf		
	C		senkrecht gez. 13¼		0,30	0,30
	E		senkrecht gez. 13¾		0,30	0,30
2087		0.15 €	mehrfarbig	btg		
	C		senkrecht gez. 13¼		0,30	0,30
	D		senkrecht gez. 13		0,30	0,30
	E		senkrecht gez. 13¾		0,30	0,30
2088		0.20 €	mehrfarbig	bth		
	C		waagerecht gez. 13¼		0,40	0,40
	D		waagerecht gez. 13		0,40	0,40
2089		0.30 €	mehrfarbig	bti		
	C		senkrecht gez. 13¼		0,50	0,50
	E		senkrecht gez. 13¾		0,50	0,50
2090		0.35 €	mehrfarbig	btk		
	C		waagerecht gez. 13¼		0,60	0,60
	D		waagerecht gez. 13		0,60	0,60
2091		0.40 €	mehrfarbig	btl		
	C		senkrecht gez. 13¼		0,70	0,70
	D		senkrecht gez. 13		0,70	0,70
	E		senkrecht gez. 13¾		0,70	0,70
2092		0.45 €	mehrfarbig	btm		
	C		senkrecht gez. 13¼		0,80	0,80
	D		senkrecht gez. 13		0,80	0,80
2093		0.50 €	mehrfarbig	btn		
	C		waagerecht gez. 13¼		1,—	0,90
	D		waagerecht gez. 13		1,—	0,90
	E		waagerecht gez. 13¾		1,—	0,90
2094		0.55 €	mehrfarbig	bto		
	C		senkrecht gez. 13¼		1,20	1,—
	E		senkrecht gez. 13¾		1,20	1,—
2095		0.60 €	mehrfarbig	btp		
	C		senkrecht gez. 13¼		1,30	1,10
	D		senkrecht gez. 13		1,30	1,10
2096		0.65 €	mehrfarbig	btr		
	C		senkrecht gez. 13¼		1,50	1,30
	D		senkrecht gez. 13		1,50	1,30
	E		senkrecht gez. 13¾		1,50	1,30
2097		0.85 €	mehrfarbig	bts		
	C		senkrecht gez. 13¼		2,—	1,70
	D		senkrecht gez. 13		2,—	1,70
	E		senkrecht gez. 13¾		2,—	1,70
2098		1.00 €	mehrfarbig	btt		
	C		senkrecht gez. 13¼		2,50	2,—
	D		senkrecht gez. 13		2,50	2,—
2099		2.00 €	mehrfarbig	btu		
	C		senkrecht gez. 13¼		4,50	4,—
	D		senkrecht gez. 13		4,50	4,—
2100		2.15 €	mehrfarbig	btv		
	C		senkrecht gez. 13¼		5,—	4,30
	D		senkrecht gez. 13		5,—	4,30
2101		2.60 €	mehrfarbig	btw		
	C		waagerecht gez. 13¼		6,50	5,20
	D		waagerecht gez. 13		6,50	5,20
2102		3.00 €	mehrfarbig	btx		
	C		senkrecht gez. 13¼		8,—	6,—
	D		senkrecht gez. 13		8,—	6,—
2103	C	4.00 €	mehrfarbig	bty	12,—	8,—
			Satzpreis C/D/E (21 W.)		50,—	40,—

Teilgezähnte Marken wurden jeweils in Verkaufspackungen zu 100 Marken (20 Fünferstreifen) ausgegeben.

Auflagen: MiNr. 2083 A–2103 A = 600.000 Sätze, MiNr. 2083 C/D–2084 C/D je 3.000.000, MiNr. 2085 C/D = 8.000.000, MiNr. 2086 C/E, 2087 C/D/E, 2089 C/E, 2090 C/D, 2091 C/E, 2093 C/D/E, 2094 C/E, 2096 C/D/E–2097 C/D/E und 2101 C/D–2102 C/D je 5.000.000, MiNr. 2088 C/D und 2098 C/D–2100 C/D je 10.000.000, MiNr. 2092 C/D und 2095 C/D je 50.000.000, MiNr. 2103 C = 1.000.000 Stück

2002, 15. März. Olympische Sommerspiele 2004, Athen (III): Antike Kunst. Odr. (5×5); gez. K 13¾:13¼, Hochformate ~.

btz) Läufer (Vasenzeichnung)

bua) Wagenlenker (Skulptur)

bub) Speerwerfer (Vasenzeichnung)

buc) Doryphoros; Bronzestatue von Polyklet (um 440 v. Chr.)

bud) Gewichtheber (Vasenzeichnung)

2104	0.41 €	mehrfarbig	btz	1,—	1,—
2105	0.59 €	mehrfarbig	bua	1,50	1,50
2106	0.80 €	mehrfarbig	bub	1,50	1,50
2107	2.05 €	mehrfarbig	buc	5,—	4,—
2108	2.35 €	mehrfarbig	bud	7,—	5,—
		Satzpreis (5 W.)		16,—	13,—
		FDC			14,—

Blockausgabe, gez. Ks 12¾

buf

bue) Krypta des Stadions von Alt-Olympia

2109	5 € mehrfarbig	bue	13,—	13,—
Block 20	(120×80 mm)	buf	15,—	15,—
		FDC		16,—

Auflagen: MiNr. 2104 = 4 296 333, MiNr. 2105 = 12 290 407, MiNr. 2106 = 619 842, MiNr. 2107 = 329 328, MiNr. 2108 = 437 445 Stück, Bl. 20 = 179 324 numerierte Blocks

2002, 9. Mai. Europa: Zirkus. Odr., Bogen (2×4 Zd); A = vierseitig gez. K 13¼:13¾.

bug) Elefantendressur
buh) Kunstreiter

2110 A	0.60 € mehrfarbig	bug	2,—	1,50
2111 A	2.60 € mehrfarbig	buh	7,—	5,50
		Satzpreis A (2 W.)	9,—	7,—
		Paar A	9,—	7,—
		FDC A		8,—

Markenheftchen (2×1 Zd), C = senkrecht gez. 13¼

2110 C	0.60 € mehrfarbig	bug	2,50	2,50
2111 C	2.60 € mehrfarbig	buh	7,50	7,50
		Satzpreis C (2 W.)	10,—	10,—
		Paar C	10,—	10,—

MiNr. 2110 C–2111 C stammen aus MH 24.

Auflagen: MiNr. 2110 A = 505 096, MiNr. 2111 A = 504 004 Stück, MiNr. 2110 C–2111 C = 119 276 Sätze

2002, 26. Juni. Internationaler Pfadfinderkongress. Odr., Bogen (5×5) und Kleinbogen (3×4); gez. K 13:13¼.

bui) Pfadfinderin, Segelboote

buk) Pfadfinder, Kongresemblem

bul) Pfadfinder, Pflanzen eines Baumes

bum) Pfadfinder und Pfadfinderin, Berglandschaft

2112	0.45 € mehrfarbig	bui	1,—	0,90
2113	0.60 € mehrfarbig	buk	1,50	1,20
2114	0.70 € mehrfarbig	bul	3,—	1,40
2115	2.15 € mehrfarbig	bum	4,50	4,50
		Satzpreis (4 W.)	10,—	8,—
		FDC		9,—
		Kleinbogen	36,—	36,—

Markenfolge im Kleinbogen: 2112–2115–2114, Zf1–2113-Zf2, 2114–2115–2112, Zf2–2113-Zf3

Auflagen: MiNr. 2112 = 5 069 925, MiNr. 2113 = 8 047 125, MiNr. 2114 = 567 350, MiNr. 2115 = 1 995 200 Stück, zusätzlich jeweils 90 000 im Kleinbogen

2002, 23. Sept. Die griechische Sprache. Odr. (5×5); gez. K 13¾:13¼, Hochformate ~.

bun) Altgriechische Schrift (5. Jh. v. Chr.); Gesetzestafel, Akropolis

buo) Linear-B-Schrift (13. Jh. v. Chr.); Steintafel, Pylos

bup) Handschrift von General Ioannis Makrygiannis (1797–1864) aus seinem Buch „Visionen und Wunder“

bur) Byzantinische Schrift (11. Jh.); Buchmalerei, Berg Athos

2116	0.45 € mehrfarbig	bun	1,—	0,90
2117	0.60 € mehrfarbig	buo	1,50	1,20
2118	0.90 € mehrfarbig	bup	3,—	2,—
2119	2.15 € mehrfarbig	bur	5,50	4,40
		Satzpreis (4 W.)	11,—	8,50
		FDC		9,50

Auflagen: MiNr. 2116 = 3 976 178, MiNr. 2117 = 2 967 778, MiNr. 2118 = 457 160, MiNr. 2119 = 483 551 Stück

bus

2002, 30. Okt. Olympische Sommerspiele 2004, Athen (IV): Die Sieger. Odr., Bogen (5×5) und Kleinbogen (4×1 + 4×1); gez. K 13¼:13¾.

but

buu

buv

bus–buv) Sportler mit Siegerkranz

2120	0.45 € mehrfarbig	bus	1,—	0,90
2121	0.60 € mehrfarbig	but	1,50	1,20
2122	2.15 € mehrfarbig	buu	4,50	4,30
2123	2.60 € mehrfarbig	buv	6,—	5,20
		Satzpreis (4 W.)	13,—	11,50
		FDC		13,—
		Kleinbogen	35,—	35,—

Blockausgabe, gez. Ks 12¾

bux

buw) Olympiastadion, Athen

2124	6.00 € mehrfarbig	buw	12,—	12,—
Block 21	(120×75 mm)	bux	15,—	15,—
		FDC		16,—

Markenfolge im Kleinbogen: 2123–2122–2121–2120, 2121–2120–2122–2123

Auflagen: MiNr. 2120 = 4 028 925, MiNr. 2121 = 2 578 651, MiNr. 2122 = 944 974, MiNr. 2123 = 478 040 Stück, davon jeweils 65 028 im Kleinbogen, Bl. 21 = 120 361 numerierte Blocks

2002, 10. Dez. Erzbischöfe von Athen und Griechenland. Odr. (5×5); gez. K 13¼:13¾.

buy) Chrysostomos I. (1868–1938, reg. ab 1923)

buz) Chrysanthus (1881–1949, reg. 1938–1941)

bva) Damaskinos (1891–1949, reg. ab 1941)

bvb) Seraphim (1913–1998, reg. ab 1974)

2125	0.10 € mehrfarbig	buy	0,30	0,30
2126	0.45 € mehrfarbig	buz	1,—	1,—
2127	2.15 € mehrfarbig	bva	6,—	6,—
2128	2.60 € mehrfarbig	bvb	10,—	10,—
		Satzpreis (4 W.)	17,—	17,—
		FDC		18,—

Auflagen: MiNr. 2125 = 3 876 179, MiNr. 2126 = 3 954 386, MiNr. 2127 = 307 781, MiNr. 2128 = 275 176 Stück

2003, 11. Febr. Olympische Sommerspiele 2004, Athen (V). Odr. (5×5); gez. K 13¾:14¼.

bvc) Diskuswerfen

bvd) Hammerwerfen

bve) Speerwerfen

bvf) Stabhochsprung

bvg) Hürdenlauf

bvh) Gewichtheben

2129	0.02 € mehrfarbig	bvc	0,30	0,30
2130	0.05 € mehrfarbig	bvd	0,30	0,30
2131	0.47 € mehrfarbig	bve	1,—	1,—
2132	0.65 € mehrfarbig	bvf	1,30	1,30
2133	2.17 € mehrfarbig	bvg	5,—	4,40
2134	2.85 € mehrfarbig	bvh	6,50	5,70
		Satzpreis (6 W.)	14,—	12,50
		FDC		14,—

Blockausgabe; Bl. 22 gez. Ks 13¾:14¼, Bl. 23 gez. Ks 13:13¼

bvm

bvk) Athena
bvl) Phevos

bvk–bvl) Maskottchen der Olympischen Spiele

Block 22	mit MiNr. 2129–2134 (130×146 mm)	bvi	16,—	18,—
		FDC		18,—
2135	2.50 € mehrfarbig	bvk	5,—	5,—
2136	2.85 € mehrfarbig	bvl	6,—	6,—
Block 23	(128×81 mm)	bvm	15,—	15,—
		FDC		16,—

Postpreis Bl. 22: 7.68 €

Auflagen: MiNr. 2129 = 9 980 467, MiNr. 2130 = 4 944 133, MiNr. 2131 = 4 940 619, MiNr. 2132 = 3 926 398, MiNr. 2133 = 1 905 031, MiNr. 2134 = 245 110 Stück, Bl. 22 = 27 372, Bl. 23 = 106 885 numerierte Blocks

2003, 18. März/2004, Aug. Grußmarken. Odr., Bogen (3×5 Zd) und Kleinbogen (3×3 oder 2×5 Zd); gez. K 14:13¾.

bvn) Rosenstrauß, Blütenkranz

bvo) Kindereisenbahn

bvp) Sportler mit Siegerkranz

bvr) Liebespaar

bvs) Erdkugel, Satelliten

bvt) Gitternetz, Satelliten

bvu) Emblem der Olympischen Spiele 2004

bvv) Akropolis, Athen

bvw) Göttin Athene (Relief)

2137	0.47 €	mehrfarbig	bvn	1,—	1,—
2138	0.47 €	mehrfarbig	bvo	1,—	1,—
2139	0.47 €	mehrfarbig	bvp	1,—	1,—
2140	0.47 €	mehrfarbig	bvr	1,—	1,—
2141	0.47 €	mehrfarbig	bvs	1,—	1,—
2142	0.47 €	mehrfarbig	bvt	1,—	1,—
2143	0.47 €	mehrfarbig	bvu	1,—	1,—
2144	0.65 €	mehrfarbig	bvv	1,30	1,30
2145	0.65 €	mehrfarbig	bvw		
	I	mit Jahreszahl 2003		1,30	1,30
	II	mit Jahresz. 2004 (Aug. 2004)		4,—	4,—
			Satzpreis (9 W.)	9,50	9,50
			2137 Zf–2145 I Zf	10,—	10,—
			Kleinbogen (3×3)	18,—	18,—
			FDC		20,—
			Kleinbogen mit MiNr. 2145 II Zf	*35,—*	*35,—*

MiNr. 2137–2145 I wurden sowohl jeweils mit rechts anhängendem persönlich gestaltbarem Zierfeld im Bogen als auch ohne Zierfeld zusammenhängend im Kleinbogen gedruckt.

MiNr. 2145 II wurde im Kleinbogen zu 10 Marken und 10 personalisierbaren Zierfeldern gedruckt (Postpreis des Kleinbogens: 4 €).

Auflagen: MiNr. 2137 und 2145 I je 150 000, MiNr. 2138–2140 je 225 000, MiNr. 2141 und 2143–2144 je 450 000, MiNr. 2142 = 75 000 Stück aus Bogen, zusätzlich jeweils 91 940 Stück aus Kleinbogen (3×3)

2003, 16. April. Vorsitz Griechenlands im Rat der Europäischen Union. Odr., Bogen (5×5) und Kleinbogen (2×4); gez. K 14:13¾.

bvx) Jubiläumsemblem

bvy) Weißer Turm, Thessaloniki (Graphik)

bvz) Frühling (Wandmalerei aus Thira)

bwa) Symbolik der EU-Erweiterung (Puzzle)

2146	0.47 € mehrfarbig	bvx	1,—	1,—
2147	0.65 € mehrfarbig	bvy	1,50	1,50
2148	2.17 € mehrfarbig	bvz	4,50	4,50
2149	2.85 € mehrfarbig	bwa	10,—	10,—
	Satzpreis (4 W.)		17,—	17,—
	FDC			20,—
	Kleinbogen		35,—	35,—

MiNr. 2146–149 wurden auch zusammenhängend im Kleinbogen zu 8 Marken gedruckt, der zum Preis von 13.45 € verkauft wurde.

Auflagen: MiNr. 2146 = 12 987 382, MiNr. 2147 = 7 971 261, MiNr. 2148 = 3 418 154, MiNr. 2149 = 265 625 Stück, davon jeweils 34 246 Stück im Kleinbogen

2003, 9. Mai. Europa: Plakatkunst. Odr., Bogen (2×4 Zd); A = vierseitig gez. K 13¼:13¾.

bwb–bwc) Arbeiten von Yannis Moralis (1916–2009), Maler

2150 A	0.65 € mehrfarbig	bwb	2,—	2,—
2151 A	2.85 € mehrfarbig	bwc	6,—	6,—
	Satzpreis A (2 W.)		8,—	8,—
	Paar A		8,—	8,—
	FDC A			9,—

Markenheftchen (2×1 Zd), C = senkrecht gez. 13¼

2150 C	0.65 € mehrfarbig	bwb	2,—	2,—
2151 C	2.85 € mehrfarbig	bwc	6,—	6,—
	Satzpreis C (2 W.)		8,—	8,—
	Paar C		8,—	8,—

MiNr. 2150 C–2151 C stammen aus MH 25.

Auflagen: MiNr. 2150 A = 534.066, MiNr. 2151 A = 533.424 Stück, MiNr. 2150 C–2151 C = 90.380 Sätze

2003, 9. Mai. Olympische Sommerspiele 2004, Athen (VI): Maskottchen. Odr., Markenheftchen; gez. Ks 13¼:13, Querformate ~.

bwd) Trampolinspringen

bwe) Badminton

bwf) Baseball

bwg) Wasserball

bwh) Wasserspringen

bwi) Schwimmen

bwk) Tischtennis

bwl) Basketball

bwm) Fußball

bwn) Handball

bwo) Wildwasserkanu

bwp) Windsurfen

bwr) Rhythmische Sportgymnastik – Band

bws) Judo

bwt) Bogenschießen

bwu) Kanu

bwv) Rudern

bww) Rudern

bwx) Fechten

bwy) Tennis

bwz) Karate

bxa) Radfahren

bxb) Radcross

bxc) Volleyball

bxd) Hockey

bxe) Boxen

bxf) Gewichtheben

bxg) Gewichtheben

2152	0.30 € mehrfarbig	bwd	0,80	0,80
2153	0.30 € mehrfarbig	bwe	0,80	0,80
2154	0.35 € mehrfarbig	bwf	1,—	1,—
2155	0.47 € mehrfarbig	bwg	1,10	1,10
2156	0.47 € mehrfarbig	bwh	1,10	1,10
2157	0.47 € mehrfarbig	bwi	1,10	1,10
2158	0.47 € mehrfarbig	bwk	1,10	1,10
2159	0.47 € mehrfarbig	bwl	1,10	1,10
2160	0.47 € mehrfarbig	bwm	1,10	1,10
2161	0.47 € mehrfarbig	bwn	1,10	1,10
2162	0.47 € mehrfarbig	bwo	1,10	1,10
2163	0.47 € mehrfarbig	bwp	1,10	1,10
2164	0.47 € mehrfarbig	bwr	1,10	1,10
2165	0.47 € mehrfarbig	bws	1,10	1,10
2166	0.47 € mehrfarbig	bwt	1,10	1,10
2167	0.47 € mehrfarbig	bwu	1,10	1,10
2168	0.47 € mehrfarbig	bwv	1,10	1,10
2169	0.47 € mehrfarbig	bww	1,10	1,10
2170	0.47 € mehrfarbig	bwx	1,10	1,10
2171	0.47 € mehrfarbig	bwy	1,10	1,10
2172	0.47 € mehrfarbig	bwz	1,10	1,10

2173	0.47 € mehrfarbig	bxa	1,10	1,10
2174	0.47 € mehrfarbig	bxb	1,10	1,10
2175	0.47 € mehrfarbig	bxc	1,10	1,10
2176	0.47 € mehrfarbig	bxd	1,10	1,10
2177	0.47 € mehrfarbig	bxe	1,10	1,10
2178	0.47 € mehrfarbig	bxf	1,10	1,10
2179	0.47 € mehrfarbig	bxg	1,10	1,10
	Satzpreis (28 W.)		30,—	30,—
	FDC			—,—

MiNr. 2152–2179 stammen aus MH 26.

Auflage: 61 704 Sätze

2003, 5. Juni. Umweltschutz. Odr. (5×5); gez. K 13¼:13¾.

bxh

bxi

bxk

bxl

bxh–bxl) Symbolik

2180	0.15 € mehrfarbig	bxh	0,30	0,30
2181	0.47 € mehrfarbig	bxi	1,—	1,—
2182	0.65 € mehrfarbig	bxk	1,70	1,40
2183	2.85 € mehrfarbig	bxl	7,—	5,80
	Satzpreis (4 W.)		10,—	8,50
	FDC			9,50

Auflagen: MiNr. 2180 = 1 303 110, MiNr. 2181 = 5 914 352, MiNr. 2182 = 24 529 044, MiNr. 2183 = 175 842 Stück

2003, 9. Sept. Olympische Sommerspiele 2004, Athen (VII): Körper und Geist. Odr. (5×5); gez. K 13¾:13¼, Hochformate ~.

bxm) Hochsprung

bxn) Ringen

bxo) Laufen

bxp) Radfahren

bxr) Windsurfen

2184	0.05 € mehrfarbig	bxm	0,30	0,30
2185	0.47 € mehrfarbig	bxn	1,—	1,—
2186	0.65 € mehrfarbig	bxo	1,50	1,30
2187	0.80 € mehrfarbig	bxp	2,50	1,60
2188	4.00 € mehrfarbig	bxr	12,—	8,—
	Satzpreis (5 W.)		17,—	12,—
	FDC			15,—

Blockausgabe mit MiNr. 2184–2188

Block 24	(120×155 mm)	bxs	18,—	18,—
	FDC			20,—

Postpreis: 7.25 €

Auflagen: MiNr. 2184 = 1 679 910, MiNr. 2185 = 2 941 957, MiNr. 2186 = 4 927 172, MiNr. 2187 = 447 018, MiNr. 2188 = 241 886 Stück, Bl. 24 = 21 491 numerierte Blocks

2003, 9. Sept. Blockausgabe: Olympische Sommerspiele 2004, Athen (VIII): Maskottchen. Odr.; gez. Ks 13¼.

bxv

bxt) Athena
bxu) Phevos

bxt–bxu) Wasserspringen

2189	2.50 € mehrfarbig	bxt	5,—	5,—
2190	2.85 € mehrfarbig	bxu	6,—	6,—
Block 25	(128×80 mm)	bxv	14,—	14,—
	FDC			15,—

Auflage: 99 643 numerierte Blocks

2003, 17. Okt. Aussterbende Berufe. Odr. (5×5); gez. K 13¾:13¼.

bxw) Treppenbauer

bxx) Schuster

bxy) Schmied

bxz) Buchdrucker

bya) Schwammtaucher

byb) Weberin

2191	0.03 € mehrfarbig	bxw	0,30	0,30
2192	0.10 € mehrfarbig	bxx	0,30	0,30
2193	0.50 € mehrfarbig	bxy	1,—	1,—
2194	1.00 € mehrfarbig	bxz	2,—	2,—
2195	1.40 € mehrfarbig	bya	2,80	2,80
2196	4.00 € mehrfarbig	byb	10,—	8,—
	Satzpreis (6 W.)		16,—	14,—
	FDC			15,—

Blockausgabe mit MiNr. 2191–2196

Block 26	(115×149 mm)	byc	26,—	24,—
	FDC			25,—

Postpreis: 8.40 €

Auflagen: MiNr. 2191 = 1 822 788, MiNr. 2192 = 1 891 005, MiNr. 2193 = 1 886 827, MiNr. 2194 = 2 894 702, MiNr. 2195 = 546 569, MiNr. 2196 = 201 454 Stück, Bl. 26 = 16 604 numerierte Blocks

2003, 28. Nov. Olympische Sommerspiele 2004, Athen (IX): Die Athleten. Odr. (5×5); gez. K 13¼:13¾.

byd) Weitsprung

bye) Speerwerfen

byf) Wagenrennen

byg) Waffenlauf

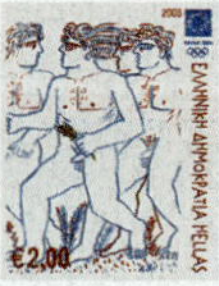
byh) Laufen

byi) Diskuswerfen

2197	0.20 € mehrfarbig	byd	0,40	0,40
2198	0.30 € mehrfarbig	bye	0,60	0,60
2199	0.40 € mehrfarbig	byf	0,80	0,80
2200	0.47 € mehrfarbig	byg	1,20	1,—
2201	2.00 € mehrfarbig	byh	4,50	4,—
2202	2.85 € mehrfarbig	byi	7,—	5,70
		Satzpreis (6 W.)	14,—	12,50
		FDC		15,50

Blockausgabe mit MiNr. 2197–2202

Block 27	(118×148 mm)	byk	24,—	22,—
		FDC		25,—

Postpreis: 7.55 €

Auflagen: MiNr. 2197 = 937 222, MiNr. 2198 = 750 424, MiNr. 2199 = 443 732, MiNr. 2200 = 1 932 787, MiNr. 2201 = 956 590, MiNr. 2202 = 201 454 Stück, Bl. 27 = 34 772 numerierte Blocks

2004, 15. Jan. Olympische Sommerspiele, Athen (X): Griechische Olympiasieger 1896–1912. Komb. Odr. und Hfdr. (5×5); gez. K 13¼:13½.

byl) Spiridon Louis, Sieger im Marathonlauf (1896)

bym) Aristides Konstantinidis, Sieger im Straßenradfahren (1896)

byn) Ioannis Fokianos, Präsident des Olympischen Komitees für Gymnastik und Leichtathletik (1896)

byo) Ioannis Mitropoulos, Sieger im Ringeturnen (1896)

byp) Konstantinos Tsiklitiras, Sieger im Standweitsprung (1912)

2203	0.03 € mehrfarbig	byl	0,30	0,30
2204	0.10 € mehrfarbig	bym	0,30	0,30
2205	2.00 € mehrfarbig	byn	4,50	4,—
2206	2.17 € mehrfarbig	byo	5,—	4,40
2207	3.60 € mehrfarbig	byp	8,50	7,40
		Satzpreis (5 W.)	18,—	16,—
		FDC		19,—

Auflagen: MiNr. 2203 =1 561 371, MiNr. 2204 =735 203, MiNr. 2205 = 520 323, MiNr. 2206 = 505 897, MiNr. 2207 = 207 551 Stück

2004, 15. Jan. Olympische Sommerspiele, Athen (XI): Austragungsorte olympischer Wettbewerbe. Odr. (5×5); gez. K 13:13¼.

byr) Volos

bys) Patra

byt) Iraklion

byu) Athen

byv) Thessaloniki

byw) Athen

2208	0.01 € mehrfarbig	byr	0,30	0,30
2209	0.02 € mehrfarbig	bys	0,30	0,30
2210	0.05 € mehrfarbig	byt	0,30	0,30
2211	0.47 € mehrfarbig	byu	1,—	1,—
2212	1.40 € mehrfarbig	byv	2,80	2,80
2213	4.00 € mehrfarbig	byw	10,—	8,—
		Satzpreis (6 W.)	14,—	12,—
		FDC		15,—

Blockausgabe mit MiNr. 2208–2213

Block 28	(120×135 mm)	byx	18,—	18,—
		FDC		20,—

Auflagen: MiNr. 2208 = 3 365 591, MiNr. 2209 = 4 450 020, MiNr. 2210 = 1 105 682, MiNr. 2211 = 3 420 127, MiNr. 2212 = 464 099, MiNr. 2213 = 222 098 Stück, Bl. 28 = 17 420 numerierte Blocks

2004, 24. März. Olympische Sommerspiele, Athen (XII): Olympische Disziplinen. Odr. (5×5); gez. K 13¼:13½, Hochformate ∼.

byy) Schwimmen – Freistil Damen

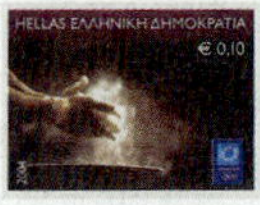
byz) Kunstturnen – Hände werden mit Magnesia eingerieben

bza) Kanusport – Einerkajak

bzb) Staffellauf – Stabwechsel

bzc) Rhythmische Sportgymnastik – Band

bzd) Kunstturnen – Ringe

2214	0.05 € mehrfarbig	byy	0,30	0,30
2215	0.10 € mehrfarbig	byz	0,30	0,30
2216	0.20 € mehrfarbig	bza	0,40	0,40
2217	0.47 € mehrfarbig	bzb	1,—	1,—
2218	2.00 € mehrfarbig	bzc	4,—	4,—
2219	5.00 € mehrfarbig	bzd	11,—	11,—
		Satzpreis (6 W.)	17,—	17,—
		FDC		19,—

Blockausgabe mit MiNr. 2214–2219

Block 29	(162×140 mm)	bze	22,—	22,—
		FDC		23,—

Auflagen: MiNr. 2214 = 1 936 573, MiNr. 2215 = 1 974 597, MiNr. 2216 = 1 968 559, MiNr. 2217 = 7 805 762, MiNr. 2218 = 955 576, MiNr. 2219 = 230 741 Stück, Bl. 29 = 30 786 numerierte Blocks

2004, 4. Mai/Aug. Olympische Sommerspiele, Athen (XIII): Olympisches Feuer. Odr.; A = gez. K 14:13¾.

bzf) Siegesgöttin Nike mit olympischer Fackel
Zierfeld

2220 A	0.47 € mehrfarbig (Aug.)	bzf	3,—	3,—
		2220 A Zf	4,—	4,—
		Kleinbogen	22,—	22,—

Blockausgabe, C = gez. K 13¾:14 (4. Mai)

bzh

bzf–bzg) Siegesgöttin Nike mit olympischer Fackel

2220 C	0.47 € mehrfarbig	bzf	2,—	2,—
2221 C	2.50 € mehrfarbig	bzg	10,—	10,—
Block 30	(90×75 mm)	bzh	13,—	13,—
		FDC		15,—

MiNr. 2220 A wurde im Kleinbogen zu 5 Marken und 5 personalisierbaren Zierfeldern gedruckt (Postpreis des Kleinbogens: 4 €).

Auflagen: MiNr. 2220 A = 50 000 Stück, Bl. 30 = 107 755 numerierte Blocks

2004, 4. Mai. Blockausgabe: Olympische Sommerspiele, Athen (XIV): Olympische Waffenruhe. Odr.; gez. K 13.

bzl

bzi) Friedenstauben
bzk) Friedenstaube, Jugendliche

2222 0.47 € mehrfarbig	bzi	4,—	4,—
2223 2.50 € mehrfarbig	bzk	10,—	10,—
Block 31 (128×81 mm)	bzl	15,—	15,—
	FDC		16,—

Auflage: 87 705 numerierte Blocks

2004, 4. Mai. Europa: Ferien. Odr., Bogen (2×4 Zd); A = vierseitig gez. K 13¼:13¾.

bzm) Segelschiff
bzn) Heißluftballon

2224 A 0.65 € mehrfarbig	bzm	2,—	2,—
2225 A 2.85 € mehrfarbig	bzn	6,—	6,—
Satzpreis A (2 W.)		8,—	8,—
Paar A		9,—	9,—
FDC A			10,—

Markenheftchen (2×1 Zd), C = senkrecht gez. 13¼

2224 C 0.65 € mehrfarbig	bzm	2,30	2,30
2225 C 2.85 € mehrfarbig	bzn	6,70	6,70
Satzpreis C (2 W.)		9,—	9,—
Paar C		9,—	9,—

MiNr. 2224 C–2225 C stammen aus MH 27.

Auflagen: MiNr. 2224 A = 757 260, MiNr. 2225 A = 756 091 Stück, MiNr. 2224 C–2225 C = 114 534 Sätze

2004, 15. Juni. Olympische Sommerspiele, Athen (XV): Olympioniken auf antiken Münzen. Odr. (5×5); gez. K 13¼.

bzo) 3-Drachmen-Silbermünze (480–450 v. Chr.), Kos

bzp) Goldstater Philipps II. von Makedonien (4. Jh. v. Chr.)

bzr) 4-Drachmen-Silbermünze Philipps II. von Makedonien

bzs) 2-Drachmen-Silbermünze (460 v. Chr.), Elis

2226 0.47 € mehrfarbig	bzo	1,10	1,10
2227 0.65 € mehrfarbig	bzp	1,50	1,50
2228 2.00 € mehrfarbig	bzr	4,40	4,40
2229 2.17 € mehrfarbig	bzs	5,—	5,—
Satzpreis (4 W.)		12,—	12,—
FDC			19,—

Blockausgabe mit MiNr. 2226–2229

Block 32 (140×120 mm)	bzt	15,—	15,—
FDC			19,—

Auflagen: MiNr. 2226 = 9 559 299, MiNr. 2227 = 14 876 290, MiNr. 2228 = 2 440 161, MiNr. 2229 = 363 067 Stück, Bl. 32 = 24 000 numerierte Blocks

2004, 16. Juli. Gewinn der Fußball-Europameisterschaft in Portugal durch die griechische Nationalmannschaft (I). Odr. (5×5); gez. K 13:13½.

bzu) EM-Pokal, Nationalflagge

bzv) Jubelnde Nationalmannschaft, Theodoris Zagorakis mit EM-Pokal

bzw) Jubelnde Nationalmannschaft mit Trainer Otto Rehhagel

bzx) Hände von Zuschauern, EM-Pokal

2230 0.47 € mehrfarbig	bzu	1,—	1,—
2231 0.65 € mehrfarbig	bzv	1,30	1,30
2232 1.00 € mehrfarbig	bzw	2,—	2,—
2233 2.88 € mehrfarbig	bzx	5,80	5,80
Satzpreis (4 W.)		10,—	10,—
FDC			11,—

Blockausgabe mit MiNr. 2230–2233

Block 33 (160×135 mm)	bzy	15,—	15,—
FDC			16,—

Auflagen: MiNr. 2230 = 898 225, MiNr. 2231 = 932 373, MiNr. 2232 = 2 908 797, MiNr. 2233 = 373 153 Stück, Bl. 32 = 56 604 Blocks

In ähnlicher Zeichnung wie MiNr. 2230: MiNr. 2234

2004, Juli. Gewinn der Fußball-Europameisterschaft in Portugal durch die griechische Nationalmannschaft (II). Odr. (3×5 Zd); gez. K 14.

bzu I) EM-Pokal, Nationalflagge
Zierfeld

2234	0.47 € mehrfarbig	bzu I	2,—	2,—
		2234 Zf	3,—	2,50
		Zd-Bogen	55,—	

MiNr. 2234 wurde im Bogen zu 15 Marken und 15 personalisierbaren Zierfeldern gedruckt (Postpreis des Kleinbogens: 15 €).

Auflage: 750 000 Stück

In ähnlicher Zeichnung: MiNr. 2230

2004, 23. Juli. Blockausgabe: Olympische Sommerspiele, Athen (XVI): Moderne Kunst. Odr.; gez. K 13.

cab

bzz) Flachpinsel und Weinglas in den olympischen Farben
caa) Farbrolle und Anstrich in den olympischen Farben, Anstrich wie Nationalflagge

cae

cac) Wasseroberfläche
cad) Regenbogen in den olympischen Farben

2235	1.00 € mehrfarbig	bzz	2,—	2,—
2236	2.00 € mehrfarbig	caa	4,—	4,—
Block 34	(120×80 mm)	cab	7,50	7,50
		FDC		9,—
2237	0.50 € mehrfarbig	cac	1,—	1,—
2238	2.50 € mehrfarbig	cad	5,—	5,—
Block 35	(120×80 mm)	cae	7,50	7,50
		FDC		9,—
Block 36	mit MiNr. 2235–2238 (135×162 mm)	caf	20,—	20,—
		FDC		22,—

Auflagen: Bl. 34 = 106 101, Bl. 35 = 106 298, Bl. 36 = 24 762 numerierte Blocks

2004, 13. Aug. Blockausgabe: Olympische Sommerspiele, Athen (XVII): Briefmarkenausstellung OLYMPHILEX '04, Athen. Odr.; gez. K 13.

cah

cag) Maskottchen mit Olympia-Emblem

2239	6.00 € mehrfarbig	cag	15,—	15,—
Block 37	(81×70 mm)	cah	18,—	18,—
		FDC		22,—

Auflage: 46 886 numerierte Blocks

2004, 13. Aug. Olympische Sommerspiele, Athen (XVIII): Von Athen nach Peking. Odr. (5×5, MiNr. 2241 auch 3×5 Zd); gez. K 13.

cai) Himmelstempel in Peking

cak) Parthenon auf der Akropolis von Athen

2240	0.50 € mehrfarbig	cai	1,—	1,—
2241	0.65 € mehrfarbig	cak	1,30	1,30
		Satzpreis (2 W.)	2,30	2,30
		FDC		6,50
		2241 Zf	2,50	2,50

Blockausgabe mit MiNr. 2240–2241

Block 38	(90×120 mm)	cal	18,—	18,—
		FDC		20,—

MiNr. 2241 wurde auch im Bogen zu 15 Marken und 15 personalisierbaren Zierfeldern gedruckt (Postpreis des Bogens: 19.50 €).

Auflagen: MiNr. 2240 = 2 942 821, MiNr. 2241 = 5 924 955 Stück, Bl. 38 = 139 978 numerierte Blocks

Parallelausgabe mit VR China MiNr. 3552–3553

2004, 17. Aug./Sept. Olympische Sommerspiele, Athen (XIX): Medaillengewinner. I = Laserdr., II = Odr.; Kleinbogen (Klb.) (2×5) und Zd-Bogen (Zd-Bg.) (4×4); gez. K 13.

cam) Thomas Bimis und Nikolaos Siranidis, Synchronspringen – 3-m-Brett

can) Leonidas Sampanis, Gewichtheben

cao) Ilias Iliadis, Judo

cap) Aimilia Tsoulfa und Sofia Bekatorou, Segeln – 470er

car) Pyrros Dimas, Gewichtheben

cas) Dimosthenis Tampakos, Kunstturnen – Ringe

cat) Anastasia Kelesidou, Diskuswerfen

cau) Vasileios Polymeros und Nikolaos Skiathitis, Rudern – Leichtgewichts-Doppelzweier

cav) Athanasia Tsoumeleka, 20 km Gehen

caw) Hrysopiyi Devetzi, Dreisprung

cax) Fani Halkia, 400 m Hürden

cay) Nikolaos Kaklamanakis, Segeln – Mistral

caz) Artiom Kiouregkian, Ringen – griechisch-römisch

cba) Frauennationalmannschaft im Wasserball

cbb) Mirela Manjani, Speerwerfen

cbc) Elisavet Mystakidou, Taekwondo

cbd) Alexandros Nikolaidis, Taekwondo

I = Laserdruck (Klb.)

2242 I	0.65 € mehrfarbig (17. Aug.)	cam	–,–	–,–
2243 I	0.65 € mehrfarbig (17. Aug.)	can	–,–	–,–
2244 I	0.65 € mehrfarbig (18. Aug.)	cao	–,–	–,–
2245 I	0.65 € mehrfarbig (22. Aug.)	cap	–,–	–,–
2246 I	0.65 € mehrfarbig (22. Aug.)	car	–,–	–,–
2247 I	0.65 € mehrfarbig (23. Aug.)	cas	–,–	–,–
2248 I	0.65 € mehrfarbig (23. Aug.)	cat	–,–	–,–
2249 I	0.65 € mehrfarbig (23. Aug.)	cau	–,–	–,–
2250 I	0.65 € mehrfarbig (24. Aug.)	cav	–,–	–,–
2251 I	0.65 € mehrfarbig (24. Aug.)	caw	–,–	–,–
2252 I	0.65 € mehrfarbig (26. Aug.)	cax	–,–	–,–
2253 I	0.65 € mehrfarbig (26. Aug.)	cay	–,–	–,–
2254 I	0.65 € mehrfarbig (26. Aug.)	caz	–,–	–,–
2255 I	0.65 € mehrfarbig (27. Aug.)	cba	–,–	–,–
2256 I	0.65 € mehrfarbig (28. Aug.)	cbb	–,–	–,–
2257 I	0.65 € mehrfarbig (29. Aug.)	cbc	–,–	–,–
2258 I	0.65 € mehrfarbig (30. Aug.)	cbd	–,–	–,–
	Satzpreis I (17 W.)		–,–	*200,–*
	Kleinbogensatz I (17 Klb.)		*1200,–*	*1500,–*

II = Odr.

2242 II	0.65 € mfg. (Klb.) (Zd-Bg.) (Aug.)	cam	1,30	1,30
2243 II	0.65 € mfg. (Klb.) (Aug.)	can	20,—	20,—
2244 II	0.65 € mfg. (Klb.) (Zd-Bg.) (Aug.)	cao	1,30	1,30
2245 II	0.65 € mfg. (Klb.) (Zd-Bg.) (Aug.)	cap	1,30	1,30
2246 II	0.65 € mfg. (Klb.) (Zd-Bg.) (Aug.)	car	1,30	1,30
2247 II	0.65 € mfg. (Klb.) (Zd-Bg.) (Aug.)	cas	1,30	1,30
2248 II	0.65 € mfg. (Klb.) (Zd-Bg.) (Aug.)	cat	1,30	1,30
2249 II	0.65 € mfg. (Klb.) (Zd-Bg.) (Aug.)	cau	1,30	1,30
2250 II	0.65 € mfg. (Klb.) (Zd-Bg.) (Aug.)	cav	1,30	1,30
2251 II	0.65 € mfg. (Klb.) (Zd-Bg.) (Aug.)	caw	1,30	1,30
2252 II	0.65 € mfg. (Klb.) (Zd-Bg.) (Aug.)	cax	1,30	1,30
2253 II	0.65 € mfg. (Klb.) (Zd-Bg.) (Aug.)	cay	1,30	1,30
2254 II	0.65 € mfg. (Klb.) (Zd-Bg.) (Aug.)	caz	1,30	1,30
2255 II	0.65 € mfg. (Klb.) (Zd-Bg.) (Aug.)	cba	1,30	1,30
2256 II	0.65 € mfg. (Klb.) (Zd-Bg.) (Sept.)	cbb	1,30	1,30
2257 II	0.65 € mfg. (Klb.) (Zd-Bg.) (Sept.)	cbc	1,30	1,30
2258 II	0.65 € mfg. (Klb.) (Zd-Bg.) (Sept.)	cbd	1,30	1,30
	Satzpreis II (17 W.)		40,—	40,—
	Kleinbogensatz II (17 Klb.)		400,—	400,—
	Zd-Bogen II (ohne MiNr. 2243 II)		32,—	32,—

Von MiNr. 2242 I–2258 I gibt es Kleinbogen mit Angabe des Druckortes (Athen, Thessaloniki, Heraklion, Patras oder Volos).

Leonidas Sampanis wurde die Bronzemedaille wegen Dopings nachträglich aberkannt. MiNr. 2243 wurde daraufhin am 24. August vom Verkauf zurückgezogen und nicht in den Zd-Bogen aufgenommen.

Auflage: 37 860 Zd-Bogen II

2004, 22. Sept. Paralympische Sommerspiele, Athen. Odr. (5×5); gez. K 13.

cbe) Reiten

cbf) Laufen

cbg) Rollstuhl-Basketball

cbh) Bogenschießen

2259	0.20 € mehrfarbig	cbe	0,40	0,40
2260	0.49 € mehrfarbig	cbf	1,—	1,—
2261	2.00 € mehrfarbig	cbg	4,—	4,—
2262	2.24 € mehrfarbig	cbh	4,60	4,60
	Satzpreis (4 W.)		10,—	10,—
	FDC			11,—

Auflagen: MiNr. 2259 = 4 928 006, MiNr. 2260 = 9 969 400, MiNr. 2261 = 4 492 146, MiNr. 2262 = 264 650 Stück

2004, 27. Dez. Freimarken: Griechische Inseln. Odr., Bogen (5×5); A = vierseitig gez. K 14:13¾.

cbi) Santorin

cbk) Karpathos

cbl) Kreta, Vai

cbm) Mykonos

cbn) Kreta, Chania

cbo) Kastellorizo

cbp) Astipaläa

cbr) Serifos

cbs) Milos

cbt) Skiathos

2263	**A**	0.02 €	mehrfarbig	cbi	0,30	0,30
2264	**A**	0.03 €	mehrfarbig	cbk	0,30	0,30
2265	**A**	0.05 €	mehrfarbig	cbl	0,30	0,30
2266	**A**	0.10 €	mehrfarbig	cbm	0,30	0,30
2267	**A**	0.49 €	mehrfarbig	cbn	1,—	1,—
2268	**A**	0.50 €	mehrfarbig	cbo	1,—	1,—
2269	**A**	1.00 €	mehrfarbig	cbp	2,—	2,—
2270	**A**	2.00 €	mehrfarbig	cbr	4,—	4,—
2271	**A**	2.24 €	mehrfarbig	cbs	4,50	4,50
2272	**A**	4.00 €	mehrfarbig	cbt	12,—	8,—
				Satzpreis A (10 W.)	25,—	21,—
				3 FDC		26,—

Streifen (1×5); C = waagerecht gez. 13¼, D = waagerecht gez. 13

2263	**C**	0.02 €	mehrfarbig	cbi	0,30	0,30
2264	**C**	0.03 €	mehrfarbig	cbk	0,30	0,30
2265	**C**	0.05 €	mehrfarbig	cbl	0,30	0,30
2266	**C**	0.10 €	mehrfarbig	cbm	0,30	0,30
2267	**C**	0.49 €	mehrfarbig	cbn	1,—	1,—
2268	**C**	0.50 €	mehrfarbig	cbo	1,—	1,—
2269	**C**	1.00 €	mehrfarbig	cbp	2,—	2,—
2270	**C**	2.00 €	mehrfarbig	cbr	4,—	4,—
2271		2.24 €	mehrfarbig	cbs		
	C		waagerecht gez. 13¼		4,50	4,50
	D		waagerecht gez. 13		4,50	4,50
2272	**C**	4.00 €	mehrfarbig	cbt	12,—	8,—
				Satzpreis C/D (10 W.)	25,—	21,—

Teilgezähnte Marken wurden jeweils in Verkaufspackungen zu 100 Marken (20 Fünferstreifen) ausgegeben.

Auflagen: MiNr. 2263 A–2272 A = 600 000 Sätze, MiNr. 2263 C = 14 400 000, MiNr. 2264 C und 2271 C/D je 2 400 000, MiNr. 2265 C, 2268 C und 2270 C je 5 400 000, MiNr. 2266 C–2267 C und 2269 C je 9 400 000, MiNr. 2272 C = 400 000 Stück

Weitere Werte: MiNr. 2372–2381, 2382–2383, 2447–2456, 2572 bis 2581

2005, 25. Febr. Antiker Goldschmuck. Odr. (5×5); gez. K 13¾:13¼, Hochformate ~.

cbu) Halsband mit zylindrischen Anhängern (um 730 v. Chr.)

cbv) Armband in Schlangenform (3.–2. Jh. v. Chr.)

cbw) Halsband mit Stierkopf und Eicheln (5. Jh. v. Chr.)

cbx) Mittelstück eines Diadems mit herakleischem Knoten (2. Jh. v. Chr.)

cby) Ohrring in Omega-Form mit konischen Enden (8. Jh. v. Chr.)

2273	0.01 €	mehrfarbig	cbu	0,30	0,30
2274	0.15 €	mehrfarbig	cbv	0,30	0,30
2275	0.30 €	mehrfarbig	cbw	0,60	0,60
2276	0.49 €	mehrfarbig	cbx	1,—	1,—
2277	4.00 €	mehrfarbig	cby	8,—	8,—
			Satzpreis (5 W.)	10,—	10,—
			FDC		12,50

Auflagen: MiNr. 2273 = 4 778 528, MiNr. 2274 = 1 408 977, MiNr. 2275 = 1 857 847, MiNr. 2276 = 9 686 834, MiNr. 2277 = 216 313 Stück

2005, 5. April. Jahrestage und Ereignisse: 75 Jahre Allgemeines Chemisches Staatslabor; Konferenz der Europäischen Vereinigung für Diabetesforschung (EASD), Athen; Kongress der Europäischen Vereinigung für Herz- und Gefäßchirurgie (ESCVS), Athen; 90 Jahre Vereinigung der Redakteure Athener Tageszeitungen (ESIEA); Jahr der ökonomischen Konkurrenz; 25 Jahre Griechische Mastologische Gesellschaft; 100. Geburtstag von Alekos Kontopoulos. Odr. (5×5); gez. K 13¼:13, Querformate ~.

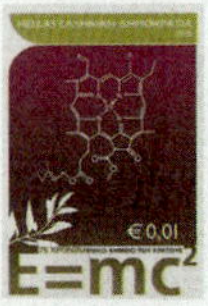

cbz) Strukturformel des Chlorophylls, Formel der allgemeinen Relativitätstheorie

cca) Verbotszeichen über Zuckerwürfel, Akropolis

ccb) Herz, Kardiogramm, ESCVS-Emblem

ccc) Ioannis Kondilakis (1862–1920), Journalist und Schriftsteller, 1. ESIEA-Präsident

ccd) Symbolik

cce) Frau tastet Brust ab

ccf) Engel; Gemälde von Alekos Kontopoulos (1904–1975)

2278	0.01 €	mehrfarbig	cbz	0,30	0,30
2279	0.04 €	mehrfarbig	cca	0,30	0,30
2280	0.05 €	mehrfarbig	ccb	0,30	0,30
2281	0.40 €	mehrfarbig	ccc	0,80	0,80
2282	0.49 €	mehrfarbig	ccd	1,—	1,—
2283	1.40 €	mehrfarbig	cce	3,—	2,80
2284	3.50 €	mehrfarbig	ccf	7,50	7,20
			Satzpreis (7 W.)	13,—	12,—
			FDC		15,—

Auflagen: MiNr. 2278 = 1 795 821, MiNr. 2279 = 2 522 662, MiNr. 2280 = 939 082, MiNr. 2281 = 763 792, MiNr. 2282 = 1 927 652, MiNr. 2283 = 1 233 717, MiNr. 2284 = 199 269 Stück

2005, 5. April. Einheimische Flora. Odr. (5×5); gez. K 13¼:13¾.

ccg) Illyrische Siegwurz (Gladiolus illyricus)

cch) Weißer Gartenkrokus (Crocus sieberi)

cci) Tazette (Narcissus tazetta)

cck) Pontische Azalee (Rhododendron luteum)

ccl) Böotische Tulpe (Tulipa boeotica)

2285	0.20 €	mehrfarbig	ccg	0,40	0,40
2286	0.40 €	mehrfarbig	cch	0,80	0,80
2287	0.49 €	mehrfarbig	cci	1,—	1,—
2288	1.40 €	mehrfarbig	cck	3,—	2,80

2289 3.00 € mehrfarbig	ccl	6,80	6,—
	Satzpreis (5 W.)	12,—	11,—
	FDC		14,—

Auflagen: MiNr. 2285 = 2 922 166, MiNr. 2286 = 2 170 939, MiNr. 2287 = 2 877 150, MiNr. 2288 = 1 748 018, MiNr. 2289 = 228 846 Stück

2005, 19. Mai. Europa: Gastronomie. Odr., Bogen (2×4 Zd); A = vierseitig gez. K 14¼:13¾.

ccm) Dakos (Tomatenbrot mit Feta und Knoblauch)
ccn) Geröstetes Gerstenbrot, Tomaten, Salz, Oregano, Feta, Olivenöl

2290 A 0.65 € mehrfarbig	ccm	1,50	1,50
2291 A 2.35 € mehrfarbig	ccn	5,50	5,50
	Satzpreis A (2 W.)	7,—	7,—
	Paar A	7,—	7,—
	FDC A		8,—

Markenheftchen (2×1 Zd), C = senkrecht gez. 13¼

2290 C 0.65 € mehrfarbig	ccm	1,50	1,50
2291 C 2.35 € mehrfarbig	ccn	5,50	5,50
	Satzpreis C (2 W.)	7,—	7,—
	Paar C	7,—	7,—

MiNr. 2290 C–2291 C stammen aus MH 28.

Auflagen: MiNr. 2290 A = 437 391, MiNr. 2291 A = 437 194 Stück, MiNr. 2290 C–2290 C = 89 750 Sätze

2005, 19. Mai. Weinanbau: Rebsorten. Odr. (5×5); gez. K 13¾:14.

cco) Agiorgitiko, Peloponnes

ccp) Assirtiko, Santorin

ccr) Xinomavro, Makedonien

ccs) Robola, Kephallonia

cct) Moschofilero, Peloponnes

2292 0.20 € mehrfarbig	cco	0,40	0,40
2293 0.49 € mehrfarbig	ccp	1,—	1,—
2294 0.65 € mehrfarbig	ccr	1,30	1,30
2295 2.24 € mehrfarbig	ccs	4,50	4,50
2296 2.40 € mehrfarbig	cct	4,80	4,80
	Satzpreis (5 W.)	12,—	12,—
	FDC		15,—

Auflagen: MiNr. 2292 = 956 077, MiNr. 2293 = 900 628, MiNr. 2294 = 7 985 055, MiNr. 2295 = 730 943, MiNr. 2296 = 227 081 Stück

2005, 15. Juli. Grußmarken. Odr., Bogen (5×5) und Zd-(Klein)bogen (2×5 Zd bzw. 3×5 Zd); gez. K 14:13¾.

ccu) Schultafel

ccv) Schule

ccw) Briefumschläge

ccx) Menschliche Beziehungen

ccy) Technologie

ccz) Weltreisen

cda) Blumen

cdb) Kirche

2297 0.49 € mehrfarbig	ccu	1,20	1,20
2298 0.49 € mehrfarbig	ccv	1,20	1,20
2299 0.49 € mehrfarbig	ccw	1,20	1,20
2300 0.49 € mehrfarbig	ccx	1,20	1,20
2301 0.49 € mehrfarbig	ccy	1,20	1,20
2302 0.49 € mehrfarbig	ccz	1,20	1,20
2303 0.49 € mehrfarbig	cda	1,20	1,20
2304 0.65 € mehrfarbig	cdb	2,60	2,60
	Satzpreis (8 W.)	11,—	11,—
	2 FDC		12,—
	2297 Zf–2304 Zf	–,–	–,–
	Zd-(Klein)bogensatz	–,–	–,–

MiNr. 2297–2304 wurden auch jeweils mit anhängendem personalisierbarem Zierfeld gedruckt. MiNr. 2297–2299 und 2304 in Kleinbogen zu 10 Marken und 10 Zierfeldern (Postpreis: je 10 bzw. 13 €), MiNr. 2300–2303 in Bogen zu 15 Marken und 15 Zierfeldern (Postpreis: je 15 €).

Auflagen: MiNr. 2297 = 338 638, MiNr. 2298 = 347 339, MiNr. 2299 = 331 416, MiNr. 2300 = 307 334, MiNr. 2301 = 288 352, MiNr. 2302 = 291 350, MiNr. 2303 = 318 919, MiNr. 2304 = 4 280 662 Stück

2005, 16. Sept. Karikaturen. Odr. (5×5); gez. K 13¼:13¾.

cdc) Zeichnung von Phokion Dimitriadis (1894–1977)

cdd) Zeichnung von Archelaos Antonaros (1921–1998)

cde) Zeichnung von Themos Anninos (1878–1916)

cdf) Zeichnung von Dimitris Galanis (1879–1966)

cdg) Zeichnung von Kostas Mitropoulos (*1925)

cdh) Vasenzeichnung von Asteas (tätig 350–320 v. Chr.)

2305 0.15 € mehrfarbig	cdc	0,30	0,30
2306 0.20 € mehrfarbig	cdd	0,40	0,40
2307 0.30 € mehrfarbig	cde	0,60	0,60
2308 0.50 € mehrfarbig	cdf	1,—	1,—
2309 0.65 € mehrfarbig	cdg	1,30	1,30
2310 4.00 € mehrfarbig	cdh	9,50	8,—
	Satzpreis (6 W.)	13,—	11,50
	FDC		14,50

Auflagen: MiNr. 2305 = 475 556, MiNr. 2306 = 978 952, MiNr. 2307 = 478 266, MiNr. 2308 = 4 978 068, MiNr. 2309 = 2 979 566, MiNr. 2310 = 238 628 Stück

2005, 16. Sept. Karikaturen. Odr., Markenheftchen; selbstklebend; gestanzt 12.

cdc) Zeichnung von Phokion Dimitriadis (1894–1977)

cdd) Zeichnung von Archelaos Antonaros (1921–1998)

cde) Zeichnung von Themos Anninos (1878–1916)

cdf) Zeichnung von Dimitris Galanis (1879–1966)

cdg) Zeichnung von Kostas Mitropoulos (*1925)

cdh) Vasenzeichnung von Asteas (tätig 350–320 v. Chr.)

cdc) Zeichnung von Phokion Dimitriadis (1894–1977)

2311	0.15 € mehrfarbig	cdc	0,50	0,50
2312	0.20 € mehrfarbig	cdd	0,60	0,60
2313	0.30 € mehrfarbig	cde	0,90	0,90
2314	0.50 € mehrfarbig	cdf	1,50	1,50
2315	0.65 € mehrfarbig	cdg	1,90	1,90
2316	4.00 € mehrfarbig	cdh	11,80	11,80
		Satzpreis (6 W.)	17,—	17,—
		Markenheftchen	23,—	23,—

Auflage: 35 000 Sätze

cdi) Spielszene

2005, 7. Okt. Gewinn der Basketball-Europameisterschaft durch die griechische Nationalmannschaft (I). Odr., Bogen (B) (5×5) und Kleinbogen (Klb.) (2×5); gez. K 13:13¼.

cdk) EM-Pokal

cdl) Mannschaftsphoto

cdm) Mannschaft mit Pokal

2317	0.30 € mehrfarbig (B)	cdi	0,60	0,60
2318	0.50 € mehrfarbig (B) (Klb.)	cdk	1,—	1,—
2319	0.65 € mehrfarbig (B)	cdl	1,30	1,30
2320	3.55 € mehrfarbig (B)	cdm	7,10	7,10
		Satzpreis (4 W.)	10,—	10,—
		FDC		15,—
		2318 Zf	2,—	2,—
		Kleinbogen	20,—	20,—

Blockausgabe mit MiNr. 2317–2320

Block 39	(160×135 mm)	cdn	11,—	11,—
		FDC		20,—

Auflagen: MiNr. 2317 = 961 372, MiNr. 2318 = 1 971 473, MiNr. 2319 = 2 954 974, MiNr. 2320 = 210 279 Stück, Bl. 39 = 26 869 numerierte Blocks

cdo) EM-Pokal Zierfeld

2005, 7. Okt. Gewinn der Basketball-Europameisterschaft durch die griechische Nationalmannschaft (II). Odr. (2×5 Zd); gez. K 14:13¾.

2321	0.50 € mehrfarbig	cdo	3,50	3,50
		2321 Zf	4,—	4,—
		Kleinbogen	50,—	50,—

MiNr. 2321 wurde im Kleinbogen zu 10 Marken und 10 personalisierbaren Zierfeldern gedruckt (Postpreis des Kleinbogens: 10 €).

Auflage: 20 000 Stück

2005, 4. Nov. Klassische Automobile. Odr., Bogen (B) (5×5) und Markenheftchen (MH); gez. K 13:13¼.

cdp) Mini Cooper (1959)

cdr) Fiat 500 Nuova (1955)

cds) Citroën 2CV (1948)

cdt) Volkswagen Käfer (1939)

cdu) Ford Modell T (1908)

2322		0.01 € mehrfarbig (B) (MH)	cdp	0,30	0,30
2323		0.30 € mehrfarbig (B) (MH)	cdr	0,60	0,60
2324		0.50 € mehrfarbig (B) (MH)	cds	1,—	1,—
2325		2.25 € mehrfarbig (B) (MH)	cdt	4,50	4,50
2326		2.85 € mehrfarbig	cdu		
	I	mit Inschrift „Ford Model T" (B)		5,80	5,80
	II	ohne Inschrift „Ford Model T" (MH)		11,50	11,50
			Satzpreis (5 W.)	12,—	12,—
			FDC		15,—

MiNr. 2322–2326 wurden auch zusammenhängend im Markenheftchen (MH 29) ausgegeben.

Auflagen (aus Bogen): MiNr. 2322 = 980 053, MiNr. 2323 = 901 848, MiNr. 2324 = 2 969 352, MiNr. 2325 = 970 948, MiNr. 2326 I = 268 551 Stück

cdv) Ethnikos SV

2005, 30. Nov. Historische Fußball- und Sportvereine (I). Odr., Bogen (B) (5×5) und Kleinbogen (Klb.) (2×5 Zd); gez. K 14:13¾.

cdw) Panathinaikos SV

cdx) Panionios SV

cdy) Iraklis SV

cdz) Paok SV

cea) Panellinios SV

ceb) Omilios Ereton

2327	0.30 € mehrfarbig (B)	cdv	0,60	0,60
2328	0.50 € mehrfarbig (B) (Klb.)	cdw	1,—	1,—
2329	0.50 € mehrfarbig (B) (Klb.)	cdx	1,—	1,—
2330	0.50 € mehrfarbig (B) (Klb.)	cdy	1,—	1,—
2331	0.65 € mehrfarbig (B) (Klb.)	cdz	1,30	1,30
2332	0.65 € mehrfarbig (B) (Klb.)	cea	1,30	1,30
2333	4.00 € mehrfarbig (B)	ceb	9,—	8,—
		Satzpreis (7 W.)	15,—	14,—
		2 FDC		19,—
		2328 Zf–2333 Zf	5,60	5,60
		Kleinbogensatz (5 Klb.)	56,—	56,—

MiNr. 2328–2332 wurden auch jeweils im Kleinbogen zu 10 Marken und 10 personalisierbaren Zierfeldern gedruckt.

Auflagen (aus Bogen): MiNr. 2327 = 602 301, MiNr. 2328 = 977 555, MiNr. 2329 = 969 868, MiNr. 2330 = 981 548, MiNr. 2331 = 980 060, MiNr. 2332 = 971 720, MiNr. 2333 = 262 076 Stück

2005, 20. Dez. Weihnachten: Ikonen. Odr. (5×5); gez. K 13¾:14.

cec) Hl. Maria Hodigetria

ced) Hl. Maria Kardiotissa

cee) Hl. Maria Glykophiloussa

cef) Passionsmadonna

2334	0.01 € mehrfarbig	cec	0,30	0,30
2335	0.20 € mehrfarbig	ced	0,40	0,40
2336	0.70 € mehrfarbig	cee	1,50	1,40
2337	3.20 € mehrfarbig	cef	9,—	6,50
	Satzpreis (4 W.)		11,—	8,50
	FDC			11,—

Auflagen: MiNr. 2334 = 2 926 647, MiNr. 2335 = 969 113, MiNr. 2336 = 463 540, MiNr. 2337 = 235 682 Stück

2006, 10. Jan. Blockausgabe: 50 Jahre Europamarken. Odr.; gez. Ks 13.

cei

ceg) Marke MiNr. 1314
ceh) Marke MiNr. 1513

2338	1.50 € mehrfarbig	ceg	8,—	8,—
2339	2.50 € mehrfarbig	ceh	12,—	12,—
Block 40	(105×81 mm)	cei	25,—	25,—
	FDC			30,—

Auflage: 593 309 numerierte Blocks

2006, 28. Febr. Patras – Kulturhauptstadt Europas 2006 (I). Odr. (5×5); gez. K 13¼:13½, Hochformate ~.

cek) Klassische Tragödie

cel) Reisen

cem) Kind und Kunst

cen) Karneval

ceo) Emblem

cep) Dichtung und Musik

cer) Religion und Kunst

2340	0.01 € mehrfarbig	cek	0,30	0,30
2341	0.15 € mehrfarbig	cel	0,40	0,40
2342	0.20 € mehrfarbig	cem	0,50	0,50
2343	0.50 € mehrfarbig	cen	1,—	1,—
2344	0.65 € mehrfarbig	ceo	1,80	1,80
2345	2.25 € mehrfarbig	cep	5,—	5,—
2346	2.30 € mehrfarbig	cer	6,—	6,—
	Satzpreis (7 W.)		15,—	15,—
	2 FDC			18,—

Auflagen: MiNr. 2340 = 2 116 062, MiNr. 2341 = 481 215, MiNr. 2342 = 790 710, MiNr. 2343 = 991 287, MiNr. 2344 = 784 556, MiNr. 2345 = 585 410, MiNr. 2346 = 261 941 Stück

2006, 28. Febr. Patras – Kulturhauptstadt Europas 2006 (II). Odr. (2×5 Zd); gez. K 14:13¾.

ces) Karneval
Zierfeld

cet) Emblem
Zierfeld

2347	0.50 € mehrfarbig	ces	3,—	2,50
2348	0.65 € mehrfarbig	cet	4,—	3,50
	Satzpreis (2 W.)		7,—	6,—
	2347 Zf–2348 Zf		7,—	6,—
	Kleinbogensatz (2 Klb.)		70,—	70,—

MiNr. 2347–2348 wurden jeweils im Kleinbogen zu 10 Marken und 10 personalisierbaren Zierfeldern gedruckt (Postpreis der Kleinbogen: 10 bzw. 13 €).

Auflage: MiNr. 2347 = 100 000, MiNr. 2348 = 50 000 Stück

2006, 7. April. Blockausgabe: 100. Jahrestag der Olympischen Zwischenspiele, Athen. Odr.; gez. Ks 13¼:13½.

cey

ceu) Marke MiNr. 147
cev) Marke MiNr. 151
cew) Marke MiNr. 148
cex) Marke MiNr. 152

cfd

cez) Marke MiNr. 149
cfa) Marke MiNr. 154
cfb) Marke MiNr. 157
cfc) Marke MiNr. 150

2349	0.20 € mehrfarbig	ceu	0,40	0,40
2350	0.30 € mehrfarbig	cev	0,60	0,60
2351	0.50 € mehrfarbig	cew	1,—	1,—
2352	2.00 € mehrfarbig	cex	4,—	4,—
Block 41	(105×81 mm)	cey	7,—	7,—

2353	0.50 € mehrfarbig	cez	1,—	1,—
2354	0.65 € mehrfarbig	cfa	1,30	1,30
2355	0.85 € mehrfarbig	cfb	1,70	1,70
2356	1.00 € mehrfarbig	cfc	2,—	2,—
Block 42	(105×81 mm)	cfd	7,—	7,—
		2 FDC		17,—

Auflage: je 99 455 numerierte Blocks

2006, 7. April. Museen in Athen (I). Komb. Odr. und Hfdr., MiNr. 2359 nur Odr., Bogen (B) (5×5) und Kleinbogen (Klb) (2×5 Zd); gez. K 14¼:14, Querformate ∼.

cfe) Kroissos, der Kouros von Anavyssos (530 v. Chr.); Nationales Archäologisches Museum

cff) Sitzende Figur, 2. Kykladische Periode (um 2800–2300 v. Chr.); Museum für kykladische Kunst

cfg) Spirale

cfh) Figurengruppe vom Giebel des Parthenon; Akropolis-Museum

cfi) Bildnis eines Ägypters (4. Jh. n. Chr.); Benaki-Museum

cfk) Das Konzert der Engel; Gemälde von El Greco (1541–1614); Nationale Pinakothek

2357	0.05 € mehrfarbig (B)	cfe	0,30	0,30
2358	0.20 € mehrfarbig (B)	cff	0,40	0,40
2359	0.50 € mehrfarbig (B) (Klb.)	cfg	1,—	1,—
2360	0.65 € mehrfarbig (B)	cfh	1,50	1,50
2361	1.40 € mehrfarbig (B)	cfi	4,—	3,50
2362	2.25 € mehrfarbig (B)	cfk	6,—	5,50
		Satzpreis (6 W.)	13,—	12,—
		FDC		14,—
		2359 Zf	2,50	2,50
		Kleinbogen	25,—	25,—

MiNr. 2359 wurden auch im Kleinbogen zu 10 Marken und 10 personalisierbaren Zierfeldern gedruckt (Postpreis des Kleinbogens: 10 €).

Auflagen: MiNr. 2357 = 488 931, MiNr. 2358 = 685 693, MiNr. 2359 = 2 984 769, davon 200 000 im Kleinbogen, MiNr. 2360 = 1 490 546, MiNr. 2361 = 481 387, MiNr. 2362 = 290 219 Stück

2006, 7. April. Museen in Athen (II). Odr. (2×5 Zd); gez. K 14:13¾.

cfl) Figurengruppe vom Giebel des Parthenon; Akropolis-Museum
Zierfeld

2363	0.65 € mehrfarbig	cfl	3,50	2,60
		2363 Zf	3,50	2,60
		Kleinbogen	35,—	35,—

MiNr. 2363 wurde im Kleinbogen zu 10 Marken und 10 personalisierbaren Zierfeldern gedruckt (Postpreis des Kleinbogens: 13 €).

Auflage: 200 000 Stück

2006, 15. Mai. Europa: Integration. Odr., Bogen (4×2 Zd); A = vierseitig gez. K 13¾:14¼.

cfm) Kabelstrang, Mond
cfn) Kabelstrang, Sonne

2364 A	0.65 € mehrfarbig	cfm	2,—	2,—
2365 A	3.00 € mehrfarbig	cfn	7,—	7,—
		Satzpreis A (2 W.)	9,—	9,—
		Paar A	9,—	9,—
		FDC A		10,—

Markenheftchen (2×1 Zd), C = senkrecht gez. 13¼

2364 C	0.65 € mehrfarbig	cfm	2,—	2,—
2365 C	3.00 € mehrfarbig	cfn	7,—	7,—
		Satzpreis C (2 W.)	9,—	9,—
		Paar C	9,—	9,—

MiNr. 2364 C–2365 C stammen aus MH 30.

Auflagen: MiNr. 2364 A = 513 809, MiNr. 2365 A = 513 420 Stück, MiNr. 2364 C–2365 C = 88 510 Sätze

2006, 15. Mai. Jahrestage und Ereignisse: 90 Jahre Generalstaatsarchiv Griechenlands; 25 Jahre Mitgliedschaft Griechenlands in der Europäischen Union; Eurovision Song Contest, Athen; Oliven- und Olivenöl-Jahr; 111. Jahrestag der panhellenischen Sportspiele „Tinia", Tinos; Wahl Griechenlands als nichtständiges Mitglied im Sicherheitsrat der Vereinten Nationen 2005–2006. Odr., Bogen (B) (5×5) und Kleinbogen (Klb.) (2×5 Zd); gez. K 14:13¾.

cfo) Chronik

cfp) Nationalflagge, Europa-Sterne

cfr) Symbolik

cfs) Echter Ölbaum (Olea europaea)

cft) Antiker Krieger

cfu) Kongresssaal, Nationalflagge

2366	0.15 € mehrfarbig (B)	cfo	0,50	0,50
2367	0.20 € mehrfarbig (B)	cfp	0,50	0,50

2368	0.50 € mehrfarbig (B) (Klb.)	cfr	1,50	1,50
2369	0.65 € mehrfarbig (B) (Klb.)	cfs	1,50	1,50
2370	1.40 € mehrfarbig (B)	cft	3,—	3,—
2371	3.00 € mehrfarbig (B)	cfu	8,—	7,—
	Satzpreis (6 W.)		15,—	14,—
	2 FDC			17,—
	2368 Zf–2369 Zf		5,—	5,—
	Kleinbogensatz (2 Klb.)		50,—	50,—

MiNr. 2368–2369 wurden auch jeweils im Kleinbogen zu 10 Marken und 10 personalisierbaren Zierfeldern gedruckt (Postpreis des Kleinbogens: 10 bzw. 13 €).

Auflagen: MiNr. 2366 = 487 908, MiNr. 2367 = 973 135, MiNr. 2368 = 1 988 939, davon 40 000 im Kleinbogen, MiNr. 2369 = 3 489 665, davon 120 000 im Kleinbogen, MiNr. 2370 = 487 514, MiNr. 2371 = 281 359 Stück

2006, 16. Juni. Freimarken: Griechische Inseln. Odr., Bogen (5×5); A = vierseitig gez. K 14:13¾.

cfv) Lesbos

cfw) Hydra

cfx) Sifnos

cfy) Lefkada

cfz) Samothraki

cga) Syros

cgb) Rhodos

cgc) Kefalonia

cgd) Korfu

cge) Naxos

2372 A	0.01 € mehrfarbig	cfv	0,30	0,30
2373 A	0.03 € mehrfarbig	cfw	0,30	0,30
2374 A	0.10 € mehrfarbig	cfx	0,30	0,30
2375 A	0.20 € mehrfarbig	cfy	0,30	0,30
2376 A	0.40 € mehrfarbig	cfz	1,—	1,—
2377 A	0.50 € mehrfarbig	cga	1,30	1,30
2378 A	0.65 € mehrfarbig	cgb	2,—	2,—
2379 A	0.85 € mehrfarbig	cgc	2,—	2,—
2380 A	2.25 € mehrfarbig	cgd	5,50	5,50
2381 A	5.00 € mehrfarbig	cge	11,—	11,—
	Satzpreis A (10 W.)		24,—	24,—
	3 FDC A			26,—

Streifen (5×1); C = senkrecht gez. 13¼, D = senkrecht gez. 13¾

2372 C	0.01 € mehrfarbig	cfv	0,30	0,30
2373 C	0.03 € mehrfarbig	cfw	0,30	0,30
2374 C	0.10 € mehrfarbig	cfx	0,30	0,30
2375 C	0.20 € mehrfarbig	cfy	0,30	0,30
2376 C	0.40 € mehrfarbig	cfz	1,—	1,—
2377	0.50 € mehrfarbig	cga		
C	senkrecht gez. 13¼		1,30	1,30
D	senkrecht gez. 13¾		1,30	1,30
2378 C	0.65 € mehrfarbig	cgb	2,—	2,—
2379 C	0.85 € mehrfarbig	cgc	2,—	2,—
2380 C	2.25 € mehrfarbig	cgd	5,50	5,50
2381 C	5.00 € mehrfarbig	cge	11,—	11,—
	Satzpreis C/D (10 W.)		24,—	24,—

Teilgezähnte Marken wurden jeweils in Verkaufspackungen zu 100 Marken (20 Fünferstreifen) ausgegeben.

Auflagen: MiNr. 2372–2381 A = 160 000 Sätze, MiNr. 2372 C und 2375 C je 4 840 000, MiNr. 2373 C–2324 C je 2 840 000, MiNr. 2376 C und 2380 C je 1 840 000, MiNr. 2377 C/D = 9 840 000, MiNr. 2378 C = 34 840 000, MiNr. 2379 C = 1 340 000, MiNr. 2381 C = 340 000 Stück

Weitere Werte: MiNr. 2263–2272, 2382–2383, 2447–2456, 2572 bis 2581

2006, 16. Juni. Freimarken: Griechische Inseln. Odr. (2×5 Zd); gez. K 14:13¾.

cgf) Syros Zierfeld

cgg) Rhodos Zierfeld

2382	0.50 € mehrfarbig	cgf	3,—	2,—
2383	0.65 € mehrfarbig	cgg	4,—	2,60
	Satzpreis (2 W.)		7,—	4,60
	2382 Zf–2383 Zf		7,—	4,60
	Kleinbogensatz (2 Klb.)		70,—	46,—

MiNr. 2382–2383 wurden jeweils im Kleinbogen zu 10 Marken und 10 personalisierbaren Zierfeldern gedrucktt (Postpreis des Kleinbogens: 10 bzw. 13 €).

Auflagen: MiNr. 2382 = 25 000, MiNr. 2383 = 50 000 Stück

Weitere Werte: MiNr. 2263–2272, 2372–2381, 2447–2456, 2572 bis 2581

2006, 14. Sept. Altgriechische Technologie. Komb. Odr. und Hfdr. (5×5); gez. K 13¾:13¼, Hochformate ~.

cgh) Trireme „Olympias“

cgi) Wegmesser des Hiron von Alexandria (1. Jh. v. Chr.)

cgk) Wasserpumpe des Ktesibios (3. Jh. v. Chr.)

cgl) Antikythera-Mechanismus (80 v. Chr.)

cgm) Automatisches Tempeltor des Hiron von Alexandria (1. Jh. v. Chr.)

2384	0.03 € mehrfarbig	cgh	0,30	0,30
2385	0.05 € mehrfarbig	cgi	0,30	0,30
2386	0.50 € mehrfarbig	cgk	1,—	1,—
2387	0.65 € mehrfarbig	cgl	1,30	1,30
2388	3.80 € mehrfarbig	cgm	7,60	7,60
	Satzpreis (5 W.)		10,—	10,—
	FDC			13,—

Auflagen: MiNr. 2384 = 1 945 918, MiNr. 2385 = 1 940 553, MiNr. 2386 = 2 980 801, MiNr. 2387 = 4 934 615, MiNr. 2388 = 228 775 Stück

2006, 16. Okt. Blockausgabe: Gewinn der Silbermedaille bei der Basketball-Weltmeisterschaft durch die griechische Nationalmannschaft (I). MiNr. 2389 komb. Odr. und Hfdr., MiNr. 2390 bis 2391 Odr.; gez. Ks 13:13¼.

cgq

cgo–cgp) Nationalmannschaft
cgn) Silbermedaille

2389	0.50 € mehrfarbig	cgn	1,—	1,—
2390	2.00 € mehrfarbig	cgo	4,—	4,—
2391	3.00 € mehrfarbig	cgp	6,—	6,—
Block 43	(105×81 mm)	cgq	12,—	12,—
		FDC		13,50

Auflage: 71 483 numerierte Blocks

2006, 16. Okt. Gewinn der Silbermedaille bei der Basketball-Weltmeisterschaft durch die griechische Nationalmannschaft (II). Odr. (1×5 Zd); gez. K 14:13¾.

cgr) Silbermedaille
Zierfeld

A 2391	0.50 € mehrfarbig	cgr	2,50	2,—
		A 2391 Zf	2,50	2,—
		Kleinbogen	13,—	13,—

MiNr. A 2391 wurde im Kleinbogen zu 5 Marken und 5 personalisierbaren Zierfeldern gedruckt.

Auflage: 200 000 Stück

2006, 29. Nov. Historische Fußball- und Sportvereine (II). Odr., Bogen (B) (5×5) und Kleinbogen (Klb.) (2×5 Zd); gez. K 14:13¾.

cgs) Apollon Kalamarias

cgt) Atromitos Athinion
cgu) Aris Thessalonikis
cgv) Ethnikos Peiraios
cgw) Apollon Smyrnis

2392	0.02 € mehrfarbig (B)	cgs	0,30	0,30
2393	0.03 € mehrfarbig (B)	cgt	0,30	0,30
2394	0.52 € mehrfarbig (B) (Klb.)	cgu	1,—	1,—
2395	2.27 € mehrfarbig (B)	cgv	4,50	4,50
2396	3.20 € mehrfarbig (B)	cgw	7,—	6,40
		Satzpreis (5 W.)	13,—	12,—
		FDC		16,—
		2394 Zf	2,—	2,—
		Kleinbogen	20,—	20,—

MiNr. 2394 wurde auch im Kleinbogen zu 10 Marken und 10 personalisierbaren Zierfeldern gedruckt (Postpreis des Kleinbogens: 10 €).

Auflagen: MiNr. 2392 = 1 491 274, MiNr. 2393 = 2 839 468, MiNr. 2394 = 5 989 525, davon 20 000 im Kleinbogen, MiNr. 2395 = 987 710, MiNr. 2396 = 205 158 Stück

2006, 22. Dez. Altes Kinderspielzeug aus dem Benaki-Museum, Athen. Odr. (5×5); gez. K 13¾:13¼, Hochformate ~.

cgx) Modepuppe „Bleuette" aus Biskuitporzellan, mit Wäschetruhe, Frankreich (um 1905)
cgy) Militärflugzeuge aus Holz (1940/45)
cgz) Puppen aus Papiermaché und Stoff von Skonouchi Karopoulou (1925/30)

cha) Nachziehpferde aus Papiermaché und Holz sowie Stoffkatze von Anestis Romaiopoulos (1920/90)
chb) Nachziehente aus Blech und gestiefelter Kater aus Blech und Kunststoff (1930/60)
chc) Fallschirmspringer aus Papiermaché und Garn (um 1950)

chd) Flugzeugkarussell zum Aufziehen aus Blech (1950/60)
che) Puppentheater des Widerstands von N. Akiloglou (1941/45)

2397	0.05 € mehrfarbig	cgx	0,30	0,30
2398	0.15 € mehrfarbig	cgy	0,30	0,30
2399	0.30 € mehrfarbig	cgz	0,60	0,60
2400	0.40 € mehrfarbig	cha	0,80	0,80
2401	0.52 € mehrfarbig	chb	1,10	1,10
2402	0.72 € mehrfarbig	chc	1,50	1,50
2403	2.27 € mehrfarbig	chd	5,60	5,60
2404	4.00 € mehrfarbig	che	8,—	8,—
		Satzpreis (8 W.)	18,—	18,—
		2 FDC		22,50

Auflagen: MiNr. 2397 = 3 623 159, MiNr. 2398 = 1 700 484, MiNr. 2399 = 1 749 282, MiNr. 2400 = 1 605 885, MiNr. 2401 = 4 988 959, MiNr. 2402 = 1 263 057, MiNr. 2403 = 1 942 634, MiNr. 2404 = 273 230 Stück

2007, 12. März. Grußmarken. Odr., Bogen (B) (I = 5×5, II = 3×5 Zf) und Kleinbogen (Klb.) (I = 7, II = 2×5 Zf); gez. K 14.

chf) Gesichter
chg) Menschliche Beziehungen
chh) Göttin Artemis
chi) Weltkugel

chk) Erde im Weltall
chl) Akropolis, Athen
chm) Kore Phrassikleia

2405	0.52 € mehrfarbig (B I) (Klb. I+II)	chf	1,10	1,10
2406	0.52 € mehrfarbig (B I) (Klb. I+II)	chg	1,10	1,10

2407	0.52 € mehrfarbig (B I) (Klb. I+II)	chh	1,10	1,10
2408	0.52 € mehrfarbig (B I+II) (Klb. I)	chi	1,10	1,10
2409	0.52 € mehrfarbig (B I+II) (Klb. I)	chk	1,10	1,10
2410	0.65 € mehrfarbig (B I) (Klb. I+II)	chl	1,50	1,50
2411	0.65 € mehrfarbig (B I) (Klb. I+II)	chm	1,50	1,50
	Satzpreis (7 W.)		8,50	8,50
	2 FDC			12,—
	Zd-Kleinbogen (I)		9,—	9,—
	2405 Zf–2411 Zf		16,—	16,—
	Kleinbogen-/Bogensatz (II)		160,—	160,—

MiNr. 2405–2407 und 2410–2411 wurden auch jeweils im Kleinbogen (II) zu 10 Marken und 10 personalisierbaren Zierfeldern, MiNr. 2408–2409 auch jeweils im Bogen (II) zu 15 Marken und 15 personalisierbaren Zierfeldern gedruckt. Postpreis: Kleinbogen (II) je 10 €, Bogen (II) je 15 €.

Auflagen (aus Bogen): MiNr. 2405 = 963 256, MiNr. 2406 = 951 387, MiNr. 2407 = 954 004, MiNr. 2408 = 952 569, MiNr. 2409 = 1 954 532, MiNr. 2410 = 357 393, MiNr. 2411 = 253 697 Stück

2007, 25. April. Jahrestage und Ereignisse (I): Kostis Palamas; Griechisches Kulturjahr in China; 1. Symposium der sieben Weisen für Herz- und Gefäßchirurgie, Athen; 2. Regionalkonferenz der UNI-Europa-Post, Athen; 50 Jahre Römische Verträge; 30. Todestag von Georgios Kotzias; 250. Geburtstag von Rigas Velestinlis; 2007 – Jahr der Erneuerung; 125 Jahre nationaler Gerichtshof. Odr.; gez. K 13¼:13¾, Querformate ~.

chn) Kostis Palamas (1859–1943), Schriftsteller; Stich von Giannis Gourzis

cho) Zeus von Artemision (um 460 v. Chr.); Bronzekopf mit Goldmaske, Shang-Dynastie (1557–1030 v. Chr.)

chp) Emblem des Symposiums

chr) Menschen mit Transparenten

chs) Regenbogen, Europasterne

cht) Georgios Kotzias (1918–1977)

chu) Rigas Velestinlis (Feraios) (1757–1798), Revolutionär und Schriftsteller; Stich von Giannis Gourzis

chv) Glühbirne und Heißluftballone

chw) Justitia-Statue, Richter

2412	0.02 € mehrfarbig	chn	0,30	0,30
2413	0.10 € mehrfarbig	cho	0,30	0,30
2414	0.20 € mehrfarbig	chp	0,40	0,40
2415	0.52 € mehrfarbig	chr	1,—	1,—
2416	0.65 € mehrfarbig	chs	1,50	1,50
2417	0.85 € mehrfarbig	cht	2,—	2,—
2418	1.00 € mehrfarbig	chu	2,30	2,30
2419	2.27 € mehrfarbig	chv	5,20	5,20
2420	3.00 € mehrfarbig	chw	7,—	7,—
	Satzpreis (9 W.)		20,—	20,—
	2 FDC			23,—

Auflagen: MiNr. 2412 = 1 916 160, MiNr. 2413 = 1 940 963, MiNr. 2414 = 3 687 391, MiNr. 2415 = 4 934 795, MiNr. 2416 = 561 390, MiNr. 2417 = 888 549, MiNr. 2418 = 1 967 747, MiNr. 2419 = 1 792 867, MiNr. 2420 = 213 341 Stück

2007, 25. Mai. Europa: Pfadfinder. Odr., Bogen (4×2 Zd); A = vierseitig gez. K 14¼:13¾.

chx) Pfadfinderlilie
chy) Pfadfinder

2421 A	0.65 € mehrfarbig	chx	1,50	1,50
2422 A	3.15 € mehrfarbig	chy	7,50	7,50
	Satzpreis A (2 W.)		9,—	9,—
	Paar A		9,—	9,—
	FDC A			11,—

Markenheftchen (2×1 Zd), C = senkrecht gez. 13¾

2421 C	0.65 € mehrfarbig	chx	1,50	1,50
2422 C	3.15 € mehrfarbig	chy	7,50	7,50
	Satzpreis C (2 W.)		9,—	9,—
	Paar C		9,—	9,—

MiNr. 2421 C–2422 C stammen aus MH 31.

Auflagen: MiNr. 2421 A–2422 A = 246 702, MiNr. 2421 C–2422 C = 80 000 Sätze

2007, 25. Mai. Tierkreiszeichen. Komb. Odr. und Bdr. (5×5); gez. K 13¾:13¼, Hochformate ~.

chz) Skorpion

cia) Krebs

cib) Steinbock

cic) Stier

cid) Schütze

cie) Löwe

cif) Jungfrau

cig) Widder

cih) Wassermann

cii) Waage

cik) Fische

cil) Zwillinge

2423	0.02 € mehrfarbig	chz	0,30	0,30
2424	0.03 € mehrfarbig	cia	0,30	0,30
2425	0.05 € mehrfarbig	cib	0,30	0,30
2426	0.10 € mehrfarbig	cic	0,30	0,30
2427	0.20 € mehrfarbig	cid	0,40	0,40
2428	0.40 € mehrfarbig	cie	0,80	0,80
2429	0.52 € mehrfarbig	cif	1,10	1,10
2430	0.65 € mehrfarbig	cig	1,30	1,30
2431	0.85 € mehrfarbig	cih	1,70	1,70
2432	1.00 € mehrfarbig	cii	2,—	2,—
2433	2.27 € mehrfarbig	cik	4,60	4,60
2434	2.80 € mehrfarbig	cil	5,60	5,60
	Satzpreis (12 W.)		18,—	18,—
	3 FDC			25,—

Auflagen: MiNr. 2423 = 963 142, MiNr. 2424 = 451 873, MiNr. 2425 = 942 117, MiNr. 2426 = 928 312, MiNr. 2427 = 1 596 483, MiNr. 2428 = 441 614, MiNr. 2429 = 3 466 068, MiNr. 2430 = 447 108, MiNr. 2431 = 237 470, MiNr. 2432 = 1 955 077, MiNr. 2433 = 839 775, MiNr. 2434 = 194 791 Stück

2007, 28. Juni. Blockausgabe: Historische Verbindung zwischen Griechenland und Spanien. Odr.; gez. Ks 13¾.

cio

cim) Äskulap-Statue im Museum von Ampuria, Spanien
cin) Äskulap-Büste im Archäologischen Museum, Athen

2435	2.50 € mehrfarbig	cim	5,—	5,—
2436	2.50 € mehrfarbig	cin	5,—	5,—
Block 44	(120×76 mm)	cio	10,—	10,—
		FDC		12,50

Auflage: 90 627 numerierte Blocks

Parallelausgabe mit Spanien MiNr. 4256–4257/Bl. 162

2007, 28. Sept. Jahrestage und Ereignisse (II): 150. Jahrestag der Entdeckung des Grabes des hl. Kyrill, 50 Jahre Universität von Makedonien, 20. Todestag von Konstantinos Tsatsos. MiNr. 2437 und 2439 Odr., MiNr. 2438 komb. Odr. und Bdr. (5×5); gez. K 13¾:14, Hochformate ~.

cip) Fresko des Jüngsten Gerichts (10. Jh.) im Narthex der Basilika San Clemente di Laterano, Rom

cir) Universitätssiegel

cis) Konstantinos Tsatsos (1899–1987), Jurist, Autor und Politiker

2437	0.02 € mehrfarbig	cip	0,30	0,30
2438	0.03 € mehrfarbig	cir	0,30	0,30
2439	4.00 € mehrfarbig	cis	8,50	8,—
		Satzpreis (3 W.)	9,—	8,20
		FDC		11,—

Auflagen: MiNr. 2437 = 3 542 225, MiNr. 2438 = 704 381, MiNr. 2439 = 190 607 Stück

2007, 2. Nov. Historische Fußball- und Sportvereine (III). Odr., Bogen (B) (5×5) und Kleinbogen (Klb.) (2×5 Zd); gez. K 14:13¾.

cit) PAE Ergotelis

ciu) OFI Kreta

civ) Olympiakos Piräus

ciw) Doxa Dramas

cix) Nautikklub von Mytilini

2440	0.02 € mehrfarbig (B)	cit	0,30	0,30
2441	0.04 € mehrfarbig (B)	ciu	0,30	0,30
2442	0.54 € mehrfarbig (B) (Klb.)	civ	1,10	1,10
2443	2.29 € mehrfarbig (B)	ciw	4,70	4,70
2444	5.00 € mehrfarbig (B)	cix	11,—	10,—
		Satzpreis (5 W.)	17,—	16,—
		FDC		20,—
		2442 Zf	2,—	2,—
		Kleinbogen	20,—	20,—

MiNr. 2442 wurde auch im Kleinbogen zu 10 Marken und 10 personalisierbaren Zierfeldern gedruckt (Postpreis des Kleinbogens: 10 €).

Auflagen: MiNr. 2440 = 11 057 689, MiNr. 2441 = 1 802 101, MiNr. 2442 = 4 009 028, davon 150 000 im Kleinbogen, MiNr. 2443 = 675 769, MiNr. 2444 = 184 927 Stück

2007, 14. Dez. Freundschaftliche Beziehungen mit Armenien. Odr. (5×5); gez. K 13¾:14¼.

ciy) Aphrodite; Teil der Skulpturengruppe „Aphrodite, Pan und Eros (um 100 v. Chr.), Fundort Delos

ciz) Göttin Anahit; Kupferkopf (4.–3. Jh. v. Chr.), Fundort Satagh

2445	0.54 € mehrfarbig	ciy	1,10	1,10
2446	2.40 € mehrfarbig	ciz	6,—	4,80
		Satzpreis (2 W.)	7,—	5,80
		FDC		8,—

Auflagen: MiNr. 2445 = 4 940 729, MiNr. 2446 = 205 603 Stück

Parallelausgabe mit Armenien MiNr. 633–634

2008, 27. Febr. Freimarken: Griechische Inseln. Odr., Bogen (5×5); A = vierseitig gez. K 14:13¾.

cka) Chios

ckb) Amorgos

ckc) Nissiros

ckd) Paxi

cke) Leros

ckf) Kalymnos

ckg) Kos

ckh) Simi

cki) Zakynthos

ckk) Inousses

2447	**A**	0.02 € mehrfarbig	cka	0,30	0,30
2448	**A**	0.05 € mehrfarbig	ckb	0,30	0,30
2449	**A**	0.10 € mehrfarbig	ckc	0,30	0,30
2450	**A**	0.20 € mehrfarbig	ckd	0,40	0,40
2451	**A**	0.40 € mehrfarbig	cke	0,80	0,80
2452	**A**	0.54 € mehrfarbig	ckf	1,10	1,10
2453	**A**	0.67 € mehrfarbig	ckg	1,40	1,40
2454	**A**	1.00 € mehrfarbig	ckh	2,—	2,—
2455	**A**	2.29 € mehrfarbig	cki	4,70	4,60
2456	**A**	4.00 € mehrfarbig	ckk	9,50	8,—
			Satzpreis A (10 W.)	20,—	18,50
			2 FDC A		25,—

Streifen (5×1), C = senkrecht gez. 13¼

2447 C	0.02 € mehrfarbig	cka	0,30	0,30
2448 C	0.05 € mehrfarbig	ckb	0,30	0,30
2449 C	0.10 € mehrfarbig	ckc	0,30	0,30
2450 C	0.20 € mehrfarbig	ckd	0,40	0,40
2451 C	0.40 € mehrfarbig	cke	0,80	0,80
2452 C	0.54 € mehrfarbig	ckf	1,10	1,10
2453 C	0.67 € mehrfarbig	ckg	1,40	1,40
2454 C	1.00 € mehrfarbig	ckh	2,—	2,—
2455 C	2.29 € mehrfarbig	cki	4,60	4,60
2456 C	4.00 € mehrfarbig	ckk	9,50	8,—
		Satzpreis C (10 W.)	20,—	18,50

MiNr. 2447 C–2456 C wurden jeweils in Verkaufspackungen zu 100 Marken (20 Fünferstreifen) ausgegeben.

Auflagen: MiNr. 2447 A–2456 A = 400 000 Sätze, MiNr. 2447 C, 2452 C und 2454 C je 4 600 000, MiNr. 2448 C–2451 C und 2455 C je 1 600 000, MiNr. 2453 C = 19 600 000, MiNr. 2456 C = 100 000 Stück

Weitere Werte: MiNr. 2263–2272, 2372–2381, 2382–2383, 2572 bis 2581

2008, 14. März. Olympische Sommerspiele, Peking. Odr. (5×5); gez. K 13¼:13, Querformat ~.

ckl) Diskuswerfen

ckm) Entzündung des olympischen Feuers

ckn) Fackellauf

cko) Radfahren

2457	0.03 € mehrfarbig	ckl	0,30	0,30
2458	0.35 € mehrfarbig	ckm	0,70	0,70
2459	0.67 € mehrfarbig	ckn	1,40	1,40
2460	0.67 € mehrfarbig	cko	1,40	1,40
		Satzpreis (4 W.)	3,50	3,50
		FDC		5,50

Auflagen: MiNr. 2457 = 1 942 938, MiNr. 2458 = 198 848, MiNr. 2459 = 1 962 374, MiNr. 2460 = 963 270 Stück

2008, 21. April. Grußmarken. Odr., Bogen (5×5) und Kleinbogen (2×5 Zd); gez. K 14:13¾.

ckp) Drachen

ckr) Herz

cks) Brief

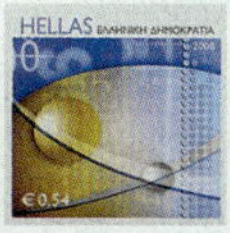

ckt) Digitale Welt

cku) Nationalflagge

ckv) Säulenkapitell

2461	0.54 € mehrfarbig	ckp	1,10	1,10
2462	0.54 € mehrfarbig	ckr	1,10	1,10
2463	0.54 € mehrfarbig	cks	1,10	1,10
2464	0.54 € mehrfarbig	ckt	1,10	1,10
2465	0.67 € mehrfarbig	cku	1,40	1,40
2466	0.67 € mehrfarbig	ckv	1,40	1,40
		Satzpreis (6 W.)	7,—	7,—
		FDC		9,50
		2461 Zf–2466 Zf	13,—	13,—
		Kleinbogensatz (6 Klb.)	130,—	130,—

Blockausgabe mit MiNr. 2461–2466

Block 45	(120×122 mm)	ckw	7,50	7,50
		FDC		9,50

MiNr. 2461–2466 wurden auch jeweils im Kleinbogen zu 10 Marken und 10 personalisierbaren Zierfeldern gedruckt (Postpreis der Kleinbogen: MiNr. 2461–2464 je 10 €, MiNr. 2465–2466 je 13 €).

Auflagen (aus Bogen): MiNr. 2461 = 945 333, MiNr. 2462 = 887 684, MiNr. 2463 = 932 228, MiNr. 2464 = 922 130, MiNr. 2465 = 925 350, 2466 = 149 894 Stück, zusätzlich jeweils 200 000 im Kleinbogen, Bl. 45 = 10 652 Blocks

2008, 26. Mai. Europa: Der Brief. Odr., Bogen (2×4 Zd); A = vierseitig gez. K 14¼:14.

ckx) Manuskriptblätter, Schreibfeder
cky) Brief, Füllfederhalter

2467 A	0.67 € mehrfarbig	ckx	1,50	1,50
2468 A	3.17 € mehrfarbig	cky	7,50	7,50
		Satzpreis A (2 W.)	9,—	9,—
		Paar A	9,—	9,—
		FDC A		11,—

Markenheftchen (2×1 Zd), C = senkrecht gez. 13¼

2467 C	0.67 € mehrfarbig	ckx	1,50	1,50
2468 C	3.17 € mehrfarbig	cky	7,50	7,50
		Satzpreis C (2 W.)	9,—	9,—
		Paar C	9,—	9,—

MiNr. 2467 C–2468 C stammen aus MH 32.

Auflagen: MiNr. 2467 A–2468 A = 188 396, MiNr. 2467 C–2468 C = 70 000 Sätze

2008, 20. Juni. Jahrestage und Ereignisse: 180 Jahre Hellenische Post, 180. Jahrestag des Amtsantritts von Ioannis Kapodistrias, 100. Geburtstag von M. Karagatsis, internationales Jahr des Planeten Erde, 50 Jahre Nationale Hellenische Forschungsstiftung, 100 Jahre Nationaler Frauenrat. Odr. (5×5); gez. K 14:13¾.

ckz) Schalterhalle eines Postamts, neues Postemblem

cla) Historische Postverteilung, altes Postemblem

clb) Ioannis Kapodistrias (1776–1831), Staatspräsident

clc) M. Karagatsis, eigentlich Dimitris Rodopoulos (1908–1960), Schriftsteller

cld) Leben unter Wasser

cle) Emblem der Stiftung

clf) Emblem des Frauenrats

2469	0.03 € mehrfarbig	ckz	0,30	0,30
2470	0.05 € mehrfarbig	cla	0,30	0,30
2471	0.10 € mehrfarbig	clb	0,30	0,30
2472	0.57 € mehrfarbig	clc	1,20	1,20
2473	0.70 € mehrfarbig	cld	1,40	1,40
2474	1.85 € mehrfarbig	cle	3,50	3,50
2475	3.00 € mehrfarbig	clf	6,—	6,—
		Satzpreis (7 W.)	13,—	13,—
		2 FDC		17,50

Auflagen: MiNr. 2469 = 8 456 188, MiNr. 2470 = 1 866 259, MiNr. 2471 = 1 978 281, MiNr. 2472 = 1 931 448, MiNr. 2473 = 9 957 311, MiNr. 2474 = 1 845 161, MiNr. 2475 = 220 581 Stück.

2008, 19. Sept. Traditionelle griechische Produkte. Odr. (5×5); gez. K 13¼:13¾, Querformat ∼.

clg) Feta-Käse

clh) Mastika aus Chios

cli) Olivenöl

clk) Ouzo

cll) Pistazien

clm) Honig

2476	0.03 € mehrfarbig	clg	0,30	0,30
2477	0.05 € mehrfarbig	clh	0,30	0,30
2478	0.20 € mehrfarbig	cli	0,40	0,40
2479	0.57 € mehrfarbig	clk	1,20	1,20
2480	1.00 € mehrfarbig	cll	2,—	2,—
2481	4.00 € mehrfarbig	clm	9,50	8,—
		Satzpreis (6 W.)	13,—	11,50
		2 FDC		15,—

Auflagen: MiNr. 2476 = 1 616 081, MiNr. 2477 = 4 049 959, MiNr. 2478 = 1 937 691, MiNr. 2479 = 3 966 505,MiNr. 2480 = 1 964 612, MiNr. 2481 = 213 895 Stück.

2008, 20. Okt. Historische Fußball- und Sportvereine (IV). Odr., Bogen (B) (5×5) und Kleinbogen (Klb.) (2×5 Zd); gez. K 14:13¾.

cln) Diagoras Athen

clo) AEK Athen

clp) Asteras Tripolis

clr) Panserraikos

cls) Kerkiraikos

2482	0.40 € mehrfarbig (B)	cln	0,80	0,80
2483	0.57 € mehrfarbig (B) (Klb.)	clo	1,20	1,20
2484	0.70 € mehrfarbig (B) (Klb.)	clp	1,40	1,40
2485	2.00 € mehrfarbig (B)	clr	4,—	4,—
2486	3.00 € mehrfarbig (B)	cls	6,—	6,—
		Satzpreis (5 W.)	13,—	13,—
		FDC		17,50
		2483 Zf–2484 Zf	4,60	4,60
		Kleinbogensatz (2 Klb.)	46,—	46,—

MiNr. 2483–2484 wurden auch jeweils im Kleinbogen zu 10 Marken und 10 personalisierbaren Zierfeldern gedruckt (Postpreis des Kleinbogens: 10 bzw. 13 €).

Auflagen (aus Bogen): MiNr. 2482 = 1 927 310, MiNr. 2483 = 3 971 182, MiNr. 2484 = 1 986 486, MiNr. 2485 =1 953 884, MiNr. 2486 = 233 688 Stück, MiNr. 2483 zusätzlich 50 000 und MiNr. 2484 zusätzlich 20 000 im Kleinbogen

2008, 15. Dez. Märchen aus aller Welt. Odr. (5×5); gez. K 13¾:14.

clt) Die Gorgone und Alexander der Große

clu) Rotkäppchen

clv) Die Elfen

clw) Das Mädchen mit den Schwefelhölzchen

clx) Arion mit der Lyra

2487	0.10 € mehrfarbig	clt	0,30	0,30
2488	0.57 € mehrfarbig	clu	1,20	1,20
2489	1.00 € mehrfarbig	clv	2,—	2,—
2490	1.85 € mehrfarbig	clw	3,70	3,70
2491	3.00 € mehrfarbig	clx	6,—	6,—
		Satzpreis (5 W.)	13,—	13,—
		FDC		17,—

Auflagen: MiNr. 2487 = 2 884 788, MiNr. 2488 = 2 979 692, MiNr. 2489 = 4 942 796, MiNr. 2490 = 863 256, MiNr. 2491 = 224 150 Stück.

2009, 8. Febr. Griechische Theater- und Filmschauspieler. Odr., Bogen (5×5) und Zd-Kleinbogen (3×3); gez. K 13¾:13¼.

cly) Manos Katrakis (1908–1984)

clz) Dinos Iliopoulos (1915–2001)

cma) Elli Lambeti (1926–1983)

cmb) Alekos Alexandrakis (1928–2005)

cmc) Aliki Vougiouklaki (1934–1996)

cmd) Tzeni Karezi (1932–1992)

cme) Dimitris Horn (1921–1998)

cmf) Nikos Kourkoulos (1934–2007)

cmg) Thanos Kotsopoulos (1911–1994)

2492	0.01 € mehrfarbig	cly	0,30	0,30
2493	0.20 € mehrfarbig	clz	0,40	0,40
2494	0.35 € mehrfarbig	cma	0,70	0,70
2495	0.40 € mehrfarbig	cmb	0,80	0,80
2496	0.50 € mehrfarbig	cmc	1,—	1,—
2497	0.57 € mehrfarbig	cmd	1,20	1,20
2498	1.00 € mehrfarbig	cme	2,—	2,—
2499	2.42 € mehrfarbig	cmf	4,80	4,80
2500	3.50 € mehrfarbig	cmg	7,—	7,—
		Satzpreis (9 W.)	18,—	18,—
		2 FDC		24,—
		Zd-Kleinbogen	18,—	18,—

Auflagen: MiNr. 2492 = 1 496 086, MiNr. 2493 = 2 887 438, MiNr. 2494 = 616 431, MiNr. 2495 = 1 845 018, MiNr. 2496 = 1 923 325, MiNr. 2497 = 2 995 030, MiNr. 2498 = 1 943 357, MiNr. 2499 = 1 842 971, MiNr. 2500 = 231 015 Stück, davon jeweils 11 729 im Kleinbogen

2009, 30. März. Blockausgabe: Internationale Kampagne zum Schutz der Polargebiete und Gletscher. Odr.; gez. Ks 13¾.

cmk

cmh) Polarregion
cmi) Schmelzwasser

2501	1.00 € mehrfarbig	cmh	2,—	2,—
2502	1.00 € mehrfarbig	cmi	2,—	2,—
Block 46	(80×100 mm)	cmk	5,—	5,—
		FDC		7,50

Auflage: 49 823 numerierte Blocks

2009, 30. März. Jahrestage und Ereignisse: 80 Jahre Sivitanidios-Schule, 70 Jahre Universität von Piräus; 180 Jahre Nationales Archäologisches Museum, Athen; Vorsitz Griechenlands im Rat für Postbetrieb (2008–2012); 200. Geburtstag von Louis Braille (1809–1852), franz. Blindenlehrer; 10 Jahre Euro-Währung; Tag des Philhellenismus und der internationalen Solidarität; Nationales Grundbuch. MiNr. 2503, 2505 und 2508–2510 Odr., MiNr. 2504 und 2506 komb. Odr. und Hfdr., MiNr. 2507 komb. Odr. und Pdr. (5×5); gez. K 13¾:13¼, Hochformate ~.

cml) Schulgebäude

cmm) Wappen, Universitätsgebäude

cmn) Museum, Statue, Vase

cmo) Brieftaube

cmp) Hand ertastet Blindenschrift, Auge

cmr) Stilisierte Stadt, Eurozeichen

cms) Lord Byron (1788–1824), englischer Dichter, Unterstützer des griech. Freiheitskampfes

cmt) Gebäude

2503	0.05 € mehrfarbig	cml	0,30	0,30
2504	0.10 € mehrfarbig	cmm	0,30	0,30
2505	0.20 € mehrfarbig	cmn	0,40	0,40
2506	0.50 € mehrfarbig	cmo	1,—	1,—
2507	0.57 € mehrfarbig	cmp	1,20	1,20
2508	0.70 € mehrfarbig	cmr	1,40	1,40
2509	2.42 € mehrfarbig	cms	4,80	4,80
2510	3.00 € mehrfarbig	cmt	6,—	6,—
		Satzpreis (8 W.)	15,—	15,—
		2 FDC		19,—

Auflagen: MiNr. 2503 = 948 396, MiNr. 2504 = 1 889 876, MiNr. 2505 = 1 426 209, MiNr. 2506 = 1 423 520, MiNr. 2507 = 2 975 000, MiNr. 2508 = 4 982 624, MiNr. 2509 = 876 273, MiNr. 2510 = 231 404 Stück

2009, 11. Mai. Europa: Astronomie. Odr., Bogen (2×4 Zd); A = vierseitig gez. K 14¼:14.

cmu) Neutronenstern
cmv) Teleskop „Aristarchos"

2511 A	0.70 € mehrfarbig	cmu	1,50	1,50
2512 A	3.20 € mehrfarbig	cmv	7,50	7,50
		Satzpreis A (2 W.)	9,—	9,—
		Paar A	9,—	9,—
		FDC A		11,—

Markenheftchen (2×1 Zd), C = senkrecht gez. 13¾

2511 C	0.70 € mehrfarbig	cmu	1,50	1,50
2512 C	3.20 € mehrfarbig	cmv	7,50	7,50
		Satzpreis C (2 W.)	9,—	9,—
		Paar C	9,—	9,—

MiNr. 2511 C–2512 C stammen aus MH 33.

Auflagen: MiNr. 2511 A–2512 A = 102 885, MiNr. 2511 C–2512 C = 31 502 Sätze

2009, 20. Juni. UNESCO-Welterbe. Komb. Odr. und Hfdr. (5×5); gez. K 14.

cmw) Akropolis von Athen

cmx) Meteora-Klöster

cmy) Delphi (Apollonheiligtum)

cmz) Archäologische Stätten von Mykene und Tiryns

cna) Mystras

cnb) Insel Delos

2513	0.57 € mehrfarbig	cmw	1,20	1,20
2514	0.57 € mehrfarbig	cmx	1,20	1,20
2515	0.70 € mehrfarbig	cmy	1,40	1,40
2516	0.70 € mehrfarbig	cmz	1,40	1,40
2517	2.00 € mehrfarbig	cna	4,—	4,—
2518	3.00 € mehrfarbig	cnb	6,—	6,—
		Satzpreis (6 W.)	15,—	15,—
		FDC		19,—

Blockausgabe mit MiNr. 2513–2518

Block 47	(145×135 mm)	cnc	15,—	15,—
		FDC		19,—

Auflagen: MiNr. 2513 = 2 966 887, MiNr. 2514 = 1 471 284, MiNr. 2515 = 2 982 235, MiNr. 2516 = 2 979 565, MiNr. 2517 = 1 470 519, MiNr. 2518 = 179 155 Stück, Bl. 47 = 9985 numerierte Blocks

2009, 20. Juni. UNESCO-Welterbe. Odr. (2×5 Zd); gez. K 14.

cnd) Akropolis von Athen
Zierfeld

cne) Meteora-Klöster
Zierfeld

cnf) Delphi (Apollonheiligtum)
Zierfeld

cng) Archäologische Stätten von Mykene und Tiryns
Zierfeld

2519	0.57 € mehrfarbig	cnd	2,—	2,—
2520	0.57 € mehrfarbig	cne	2,—	2,—
2521	0.70 € mehrfarbig	cnf	2,60	2,60
2522	0.70 € mehrfarbig	cng	2,60	2,60
		Satzpreis (4 W.)	9,20	9,20
		2519 Zf–2522 Zf	9,20	9,20
		Kleinbogensatz (4 Klb.)	92,—	92,—

MiNr. 2513–2516 wurden jeweils im Kleinbogen zu 10 Marken und 10 personalisierbaren Zierfeldern gedruckt (Postpreis der Kleinbogen: MiNr. 2519–2520 je 10 €, MiNr. 2521–2522 je 13 €).

Auflagen: MiNr. 2519 = 200 000, MiNr. 2520 = 20 000, MiNr. 2521–2522 je 50 000 Stück

2009, 21. Aug. Leuchttürme. Komb. Odr. und Hfdr. (5×5); gez. K 13¾:13¼, Querformate ~.

cnh) Gaidouronisi Syros (1834)

cni) Tourlitis Andros (1897)

cnk) Chania (1864)

cnl) Korakas Paros (1887)

cnm) Strongyli Kastelorizo (1910)

2523	0.01 € mehrfarbig	cnh	0,30	0,30
2524	0.57 € mehrfarbig	cni	1,20	1,20
2525	0.70 € mehrfarbig	cnk	1,50	1,50
2526	1.00 € mehrfarbig	cnl	2,50	2,50
2527	4.20 € mehrfarbig	cnm	8,50	8,50
		Satzpreis (5 W.)	14,—	14,—
		FDC		17,—

Blockausgabe mit MiNr. 2523–2527

Block 48	(150×133 mm)	cnn	14,—	14,—
		FDC		17,—

Auflagen: MiNr. 2523 = 5 977 938, MiNr. 2524 = 2 980 160, MiNr. 2525 = 2 986 011 Stück, MiNr. 2526 = 1 487 671, MiNr. 2527 = 168 944 Stück, Bl. 48 = 11 237 numerierte Blocks

2009, 20. Okt. Griechische Sagen. Odr. (5×5); gez. K 13¾:14, Hochformate ~.

cno) Theseus im Kampf gegen den Minotauros

cnp) Herakles und Triton

cnr) Odysseus und die Sirenen

cns) Talos und die Dioskuren

cnt) Bellerophon auf dem Rücken des Pegasus

2528	0.01 € mehrfarbig	cno	0,30	0,30
2529	0.05 € mehrfarbig	cnp	0,30	0,30
2530	0.57 € mehrfarbig	cnr	1,20	1,20
2531	0.70 € mehrfarbig	cns	1,40	1,40
2532	5.00 € mehrfarbig	cnt	10,—	10,—
		Satzpreis (5 W.)	12,80	12,80
		FDC		17,—

Auflagen: MiNr. 2528 = 4 872 992, 2529 = 4 650 243, MiNr. 2530 = 3 241 730, MiNr. 2531 = 1 829 030, MiNr. 2532 = 184 015 Stück

2009, 7. Dez. Die Rechte des Kindes: Photographien. Odr. (5×5); gez. K 13¼:13, Querformate ~.

cnu) von Giacomo Pirozzi

cnv) von Kate Brooks

cnw) von Giacomo Pirozzi

cnx) von Shehzad Noorani

cny) von Iyad El Baba

2533	0.20 € mehrfarbig	cnu	0,40	0,40
2534	0.58 € mehrfarbig	cnv	1,20	1,20
2535	0.72 € mehrfarbig	cnw	1,50	1,50
2536	1.00 € mehrfarbig	cnx	2,—	2,—
2537	4.00 € mehrfarbig	cny	8,—	8,—
		Satzpreis (5 W.)	13,—	13,—
		FDC		17,—

Auflagen: MiNr. 2533 = 4 781 918, MiNr. 2534 = 2 490 129, MiNr. 2535 = 2 448 421, MiNr. 2536 = 2 441 547, MiNr. 2537 = 187 412 Stück

2009, 15. Dez. Blockausgabe: Medaillengewinne der Basketball-Nationalmannschaften bei internationalen Meisterschaften. Komb. Odr. und Hfdr.; gez. Ks 13:13¼.

coa

cnz) Goldmedaille bei der U-20-Europameisterschaft 2009

coc

cob) Silbermedaille bei der U-19-Weltmeisterschaft 2009

coe

cod) Bronzemedaille bei der Europameisterschaft der Männer 2009

2538	2.00 € mehrfarbig	cnz	4,—	4,—
Block 49	(105×81 mm)	coa	4,—	4,—
		FDC		6,50
2539	2.00 € mehrfarbig	cob	4,—	4,—
Block 50	(105×81 mm)	coc	4,—	4,—
		FDC		6,50
2540	2.00 € mehrfarbig	cod	4,—	4,—
Block 51	(105×81 mm)	coe	4,—	4,—
		FDC		6,50

Auflage: 47 495 numerierte Blocksätze

2010, 11. Febr. Griechische Kunst: Gemälde. Odr. (5×5); gez. K 14:13¾.

cof) Gefüllter Kopf/Mehrfachporträt; von Giannis Gaitis (1923–1984)

cog) Orpheus, Hermes und Eurydike; von Nikos Engonopoulos (1910–1985)

coh) Erotik; von Yannis Moralis (1916–2009)

coi) Matrose an Tisch; von Yannis Tsarouchis (1910–1989)

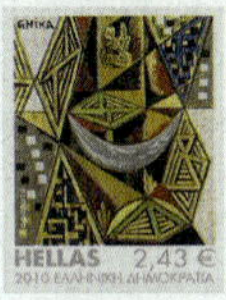

cok) Flechtwerke; von Nikos Hadjikyriakos Ghikas (1906–1994)

col) Die Zeichnung; von Diamantis Diamantopoulos (1914–1995)

2541	0.01 € mehrfarbig	cof	0,30	0,30
2542	0.05 € mehrfarbig	cog	0,30	0,30
2543	0.50 € mehrfarbig	coh	1,—	1,—
2544	0.58 € mehrfarbig	coi	1,60	1,60
2545	2.43 € mehrfarbig	cok	4,80	4,80
2546	3.00 € mehrfarbig	col	6,—	6,—
		Satzpreis (6 W.)	14,—	14,—
		FDC		17,—

Blockausgabe mit MiNr. 2537–2542

Block 52	(147×135 mm)	com	14,—	14,—
		FDC		17,—

Auflagen: MiNr. 2541 = 4.846.721, MiNr. 2542 = 2.404.529, MiNr. 2543 = 2.439.030, MiNr. 2544 = 2.987.092, MiNr. 2545 = 1.435.385, MiNr. 2546 = 190.460 Stück, Bl. 52 = 8.384 Blocks

2010, 26. April. Grüne Entwicklung: Erneuerbare Energie. Odr. (5×5); gez. K 13¼:13¾, Querformat ~.

con) Solarenergie

coo) Wasserkraft

cop) Windenergie

cor) Menschenkraft

cos) Wellenkraft

cot) Bioenergie

2547	0.01 € mehrfarbig	con	0,30	0,30
2548	0.40 € mehrfarbig	coo	0,80	0,80
2549	0.58 € mehrfarbig	cop	1,20	1,20
2550	0.72 € mehrfarbig	cor	1,50	1,50
2551	2.43 € mehrfarbig	cos	4,90	4,90
2552	2.50 € mehrfarbig	cot	5,—	5,—
		Satzpreis (6 W.)	13,50	13,50
		FDC		17,—

Auflagen: MiNr. 2547 = 3.259.095, MiNr. 2548 = 1.954.562, MiNr. 2549 = 2.987.858, MiNr. 2550 = 2.990.138, MiNr. 2551 = 1.939.290, MiNr. 2552 = 189.727 Stück

2010, 26. Mai. Europa: Kinderbücher. Odr., Bogen (2×4 Zd); A = vierseitig gez. K 14¼:14.

cou) Junge in Ballon mit Buch, gestiefelter Kater
cov) Mädchen auf Buchstapel, Buch als Haus

2553	**A**	0.72 € mehrfarbig	cou	2,—	2,—
2554	**A**	3.22 € mehrfarbig	cov	6,50	6,50
		Satzpreis A (2 W.)		8,50	8,50
		Paar A		8,50	8,50
		FDC			11,—

Markenheftchen (2×1 Zd), C = senkrecht gez. 13¾

2553	**C**	0.72 € mehrfarbig	cou	2,—	2,—
2554	**C**	3.22 € mehrfarbig	cov	6,50	6,50
		Satzpreis C (2 W.)		8,50	8,50
		Paar C		8,50	8,50

MiNr. 2553 C–2554 C stammen aus MH 34.

Auflagen: MiNr. 2553 A–2554 A = 100.515, MiNr. 2553 C–2554 C = 28.515 Sätze

2010, 21. Juni. Eröffnung des Neuen Akropolismuseums, Athen (I). Odr. (5×5); gez. K 13½.

cow) Statue eines Mädchens im Peplos

cox) Parthenongalerie

coy) Parthenonfries

coz) Museumseingang

cpa) Marmorstatue eines Hundes

2555	0.05 € mehrfarbig	cow	0,30	0,30
2556	0.58 € mehrfarbig	cox	1,20	1,20
2557	0.72 € mehrfarbig	coy	1,50	1,50
2558	1.00 € mehrfarbig	coz	2,—	2,—
2559	4.00 € mehrfarbig	cpa	8,—	8,—
	Satzpreis (5 W.)		13,—	13,—
	FDC			15,—

Blockausgabe mit MiNr. 2555–2559

Block 53 (135×147 mm)	cpb	13,—	13,—
FDC			15,—

Auflagen: MiNr. 2555 = 1.955.564, MiNr. 2556 = 4.469.672, MiNr. 2557 = 11.665.193, MiNr. 2558 = 1.477.249, MiNr. 2559 = 178.137 Stück, Bl. 53 = 8.034 Blocks

2010, 21. Juni. Eröffnung des Neuen Akropolismuseums, Athen (II). Odr. (2×5 Zd); gez. K 14:13¾.

cpc) Parthenongalerie Zierfeld

cpd) Parthenonfries Zierfeld

2560	0.58 € mehrfarbig	cpc	2,—	2,—
2561	0.72 € mehrfarbig	cpd	2,60	2,60
	Satzpreis (2 W.)		4,60	4,60
	2560 Zf–2561 Zf		4,60	4,60
	Kleinbogensatz (2 Klb.)		46,—	46,—

MiNr. 2560–2561 wurden jeweils im Kleinbogen zu 10 Marken und 10 personalisierbaren Zierfeldern gedruckt (Postpreis des Kleinbogens: 10 bzw. 13 €).

Auflagen: MiNr. 2560 = 150.000, MiNr. 2561 = 50.000 Stück

2010, 23. Juli. 2500. Jahrestag der Schlacht bei Marathon. Komb. Odr. und Hfdr. (5×5); gez. K 13¾.

cpe) Zweikampf zwischen Athener und Perser; rotfigurige attische Kylix (480 v. Chr.)

cpf) Vorrücken der Phalanx in der Schlacht; korinthische Oinochoe (640 v. Chr.)

cpg) Schlachtenszene; schwarzfigurige Lekythos (490–480 v. Chr.)

cph) Korinthischer Bronzehelm des Miltiades (um 550–489 v. Chr.), Feldherr

2562	0.50 € mehrfarbig	cpe	1,—	1,—
2563	0.58 € mehrfarbig	cpf	1,20	1,20
2564	0.72 € mehrfarbig	cpg	1,50	1,50
2565	3.00 € mehrfarbig	cph	6,—	6,—
	Satzpreis (4 W.)		9,60	9,60
	FDC			10,50

Auflagen: MiNr. 2562 = 1.980.495, MiNr. 2563 = 1.981.649, MiNr. 2564 = 290.463, MiNr. 2565 = 189.643 Stück

2010, 16. Sept. Volksmusikinterpreten. Odr. (5×5); gez. K 13½.

cpi) Vasilis Tsitsanis (1915–1984)

cpk) Giorgios Zampetas (1925–1992)

cpl) Stelios Kazantzidis (1931–2001)

cpm) Grigoris Bithikotsis (1922–2005)

cpn) Vicky Moscholiou (1945–2005)

cpo) Sotiria Bellou (1921–1997)

2566	0.10 € mehrfarbig	cpi	0,30	0,30
2567	0.20 € mehrfarbig	cpk	0,40	0,40
2568	0.58 € mehrfarbig	cpl	1,20	1,20
2569	0.72 € mehrfarbig	cpm	1,50	1,50
2570	1.00 € mehrfarbig	cpn	2,—	2,—
2571	4.80 € mehrfarbig	cpo	9,70	9,70
	Satzpreis (6 W.)		15,—	15,—
	FDC			19,50

Blockausgabe mit MiNr. 2566–2571

Block 54 (135×147 mm)	cpp	15,—	15,—
FDC			19,50

Auflagen: MiNr. 2566 = 1.974.974, MiNr. 2567 = 1.965.434, MiNr. 2568 = 2.900.121, MiNr. 2569 = 105.126, MiNr. 2570 = 1.987.320, MiNr. 2571 = 169.921 Stück, Bl. 54 = 9.693 Blocks

2010, 14. Okt. Freimarken: Griechische Inseln. Odr., Bogen (B) (5×5) und Kleinbogen (Klb.) (2×5 Zd) und Streifen (5×1); MiNr. 2572 A–2576 A und 2579 A–2580 A vierseitig gez. K 14¼:14, MiNr. 2577 A–2578 A vierseitig gez. K 14, MiNr. 2572 C–2576 C und 2579 C–2580 C = senkrecht gez. 14, MiNr. 2577 C–2578 C senkrecht gez. 12¾.

cpr) Limnos

cps) Paros

cpt) Ithaka

cpu) Tinos

cpv) Skyros

cpw) Papierschiffchen

cpx) Treppe und Tür

cpy) Euböa

cpz) Samos

cra) Kasos

A = vierseitig gez.

2572	**A**	0.02 €	mehrfarbig (B)	cpr	0,30	0,30
2573	**A**	0.05 €	mehrfarbig (B)	cps	0,30	0,30
2574	**A**	0.20 €	mehrfarbig (B)	cpt	0,40	0,40
2575	**A**	0.40 €	mehrfarbig (B)	cpu	0,80	0,80
2576	**A**	0.50 €	mehrfarbig (B)	cpv	1,—	1,—
2577	**A**	—	mehrfarbig (B) (Klb.)	cpw	1,20	1,20
2578	**A**	—	mehrfarbig (B) (Klb.)	cpx	1,50	1,50
2579	**A**	1.00 €	mehrfarbig (B)	cpy	2,—	2,—
2580	**A**	2.00 €	mehrfarbig (B)	cpz	4,—	4,—
2581	**A**	4.00 €	mehrfarbig (B)	cra	8,—	8,—
			Satzpreis A (10 W.)		19,—	19,—
			3 FDC A			28,—
			2577 A Zf–2578 A Zf		4,60	4,60
			Kleinbogensatz (2 Klb.)		46,—	46,—

Streifen (5×1), C = senkrecht gez.

2572	**C**	0.02 €	mehrfarbig	cpr	0,30	0,30
2573	**C**	0.05 €	mehrfarbig	cps	0,30	0,30
2574	**C**	0.20 €	mehrfarbig	cpt	0,40	0,40
2575	**C**	0.40 €	mehrfarbig	cpu	0,80	0,80
2576	**C**	0.50 €	mehrfarbig	cpv	1,—	1,—
2577	**C**	—	mehrfarbig	cpw	1,20	1,20
2578	**C**	—	mehrfarbig	cpx	1,50	1,50
2579	**C**	1.00 €	mehrfarbig	cpy	2,—	2,—
2580	**C**	2.00 €	mehrfarbig	cpz	4,—	4,—
2581	**C**	4.00 €	mehrfarbig	cra	8,—	8,—
			Satzpreis C (10 W.)		19,—	19,—

Nominalen zur Zeit der Ausgabe: MiNr. 2577 = 0.58 €, MiNr. 2578 = 0.72 €

MiNr. 2577 A–2578 A wurden auch jeweils im Kleinbogen zu 10 Marken und 10 personalisierbaren Zierfeldern gedruckt (Postpreise der Kleinbogen: 10 und 13 €).

MiNr. 2572 C–2581 C wurden jeweils in Verkaufspackungen zu 100 Marken (20 Fünferstreifen) ausgegeben.

Auflagen: MiNr. 2572 A, 2574 A und 2579 A–2580 A je 2.900.000, MiNr. 2573 A und 2576 A je 4.900.000, MiNr. 2575 A = 2.400.000, MiNr. 2577 A–2578 A je 9.950.000 Stück, davon 50.000 im Kleinbogen, MiNr. 2581 A = 400.000 Stück, MiNr. 2572 C–2581 C = 100.000 Sätze

Weitere Werte: MiNr. 2263–2272, 2372–2381, 2382–2383, 2447 bis 2456

2010, 16. Nov. Baudenkmäler der Neuzeit. Komb. Odr. und Hfdr. (5×5); gez. K 13¾:14.

crb) Stadttheater, Piräus

crc) Benaki-Museum, Athen

crd) Nationaltheater, Athen

cre) Nationalgalerie, Nafplio

2582	0.20 €	mehrfarbig	crb	0,40	0,40
2583	0.58 €	mehrfarbig	crc	1,20	1,20
2584	2.43 €	mehrfarbig	crd	4,90	4,90
2585	2.50 €	mehrfarbig	cre	5,—	5,—
		Satzpreis (4 W.)		11,50	11,50
		FDC			12,50

Auflagen: MiNr. 2582 = 1.468.295, MiNr. 2583 = 45.568, MiNr. 2584 = 1.392.549, MiNr. 2585 = 182.821 Stück

2010, 10. Dez. Weihnachten. Odr. (5×5); gez. K 13¾:14.

crf) Weiße Tauben

crg) Posaunenengel

crh) Weihnachtlich geschmücktes Segelschiff

cri) Weihnachtsbaum, Taubenpaar

2586	0.50 €	mehrfarbig	crf	1,—	1,—
2587	0.58 €	mehrfarbig	crg	1,20	1,20
2588	1.00 €	mehrfarbig	crh	2,—	2,—
2589	3.50 €	mehrfarbig	cri	7,—	7,—
		Satzpreis (4 W.)		11,—	11,—
		FDC			12,—

Auflagen: MiNr. 2586 = 722.786, MiNr. 2587 = 955.305, MiNr. 2588 = 1.483.736, MiNr. 2589 = 141.187 Stück

2010, 10. Dez. Weihnachten. Odr., Folienblatt (1×4); selbstklebend; gestanzt 13½.

crf) Weiße Tauben

crg) Posaunenengel

crh) Weihnachtlich geschmücktes Segelschiff

cri) Weihnachtsbaum, Taubenpaar

2590	0.50 €	mehrfarbig	crf	1,—	1,—
2591	0.58 €	mehrfarbig	crg	1,20	1,20
2592	1.00 €	mehrfarbig	crh	2,—	2,—

2593	3.50 € mehrfarbig	cri	7,—	7,—
		Satzpreis (4 W.)	11,—	11,—
		FDC		12,—
		Folienblatt	11,—	

Auflage: 10.661 Sätze

2011, 20. Jan. Griechische Graveure des 20. Jahrhunderts. Komb. Odr. und Hfdr. (5×5); gez. K 14.

crk) Aigaion V.; Holzschnitt von Kostas Grammatopoulos (1916–2003)

crl) Der Pfau; Holzschnitt von Jannis Kefallinos (1894–1957)

crm) Maria; Holzschnitt von Alevizos Tassos (1914–1985)

crn) Plastikes Rimes; Holzschnitt von Dimitris Galanis (1879–1966)

cro) Mikros Kavaloris; Steinschnitt von Vaso Katraki (1914–1988)

2594	0.03 € mehrfarbig	crk	0,30	0,30
2595	0.30 € mehrfarbig	crl	0,60	0,60
2596	0.60 € mehrfarbig	crm	1,20	1,20
2597	1.00 € mehrfarbig	crn	2,—	2,—
2598	4.00 € mehrfarbig	cro	8,—	8,—
		Satzpreis (5 W.)	11,80	11,80
		FDC		16,—

Auflagen: MiNr. 2594–2495 und 2497 je 1.500.000, MiNr. 2596 = 350.000, MiNr. 2598 = 150.000 Stück

2011, 23. Febr. Jahrestage und Ereignisse: Europäisches Jahr der Freiwilligentätigkeit, 85 Jahre Akademie von Athen, 100. Todestag von Alexandros Papadiamantis, 70. Jahrestag der Luftschlacht um Kreta, 50 Jahre Organisation für wirtschaftliche Zusammenarbeit und Entwicklung (OECD), 150. Geburtstag von Spyros Samaras. Odr. (5×5); gez. K 14.

crp) Europafahne, Emblem

crr) Gebäudedetail

crs) Alexandros Papadiamantis (1851–1911), Schriftsteller

crt) Flugzeuge über Kreta

cru) Jubiläumsemblem

crv) Spyros Samaras (1861–1917), Komponist

2599	0.03 € mehrfarbig	crp	0,30	0,30
2600	0.10 € mehrfarbig	crr	0,30	0,30
2601	0.20 € mehrfarbig	crs	0,40	0,40
2602	0.60 € mehrfarbig	crt	1,20	1,20
2603	1.50 € mehrfarbig	cru	3,30	3,30
2604	3.00 € mehrfarbig	crv	6,50	6,50
		Satzpreis (6 W.)	12,—	12,—
		FDC		14,50

Auflagen: MiNr. 2599 = 2.000.000, MiNr. 2600–2601 je 1.000.000, MiNr. 2602–2603 je 750.000, MiNr. 2604 = 150.000 Stück

2011, 18. März. Special Olympics, Athen. Odr. (5×5); gez. K 14.

crw) Freiwilligentätigkeit

crx) Stadt Amphitryon

cry) Emblem der Special Olympics

crz) Maskottchen Apollo

csa) Special-Olympics-Bewegung

2605	0.02 € mehrfarbig	crw	0,30	0,30
2606	0.04 € mehrfarbig	crx	0,30	0,30
2607	0.60 € mehrfarbig	cry	1,20	1,20
2608	0.75 € mehrfarbig	crz	1,50	1,50
2609	4.20 € mehrfarbig	csa	8,40	8,40
		Satzpreis (5 W.)	11,—	11,—
		FDC		15,—

Auflagen: MiNr. 2605 und 2608 je 1.500.000, MiNr. 2606 = 1.000.000, MiNr. 2607 = 750.000, MiNr. 2609 = 150.000 Stück

2011, 18. März. Special Olympics, Athen. Odr., Kleinbogen (2×5 Zd) und Markenheftchen; gez. K 14:13¾.

csb) Emblem

Zierfeld

2610	0.60 € mehrfarbig	csb	2,—	2,—
		2610 Zf	2,50	2,50
		Kleinbogen	25,—	25,—
		Markenheftchen	60,—	60,—

MiNr. 2610 wurde im Kleinbogen zu 10 Marken und 10 personalisierbaren Zierfeldern gedruckt (Postpreis des Kleinbogens: 13 €). MiNr. 2610 wurde auch im Markenheftchen zu 24 Marken mit anhängendem Zierfeld, jeweils auf eigenem Heftchenblatt, gedruckt. Postpreis des Markenheftchens: 18 €.

Auflage: 222.000 Stück, davon 192.000 im Markenheftchen

2011, 18. April. Geschichte der griechischen Seefahrt (I). Komb. Odr. und Hfdr. (5×5); gez. K 13¾.

csc) Schiff auf einem Fresko von Thera (Akrotiri), Insel Santorin (um 1500 v. Chr.)

csd) Polyere (4.–2. Jh. v. Chr.)

cse) Triakonter (15.–4. Jh. v. Chr.)

csf) Griechische Triere (7.–4. Jh. v. Chr.)

csg) Makedonische Hexere (4.–3. Jh. v. Chr.)

csh) Byzantinische Dromone (5.–11. Jh.)

2611	0.01 € mehrfarbig	csc	0,30	0,30
2612	0.20 € mehrfarbig	csd	0,40	0,40
2613	0.60 € mehrfarbig	cse	1,20	1,20
2614	0.75 € mehrfarbig	csf	1,50	1,50
2615	2.47 € mehrfarbig	csg	5,—	5,—
2616	2.50 € mehrfarbig	csh	5,—	5,—
	Satzpreis (6 W.)		13,—	13,—
	2 FDC			17,—

Blockausgabe mit MiNr. 2611–2616

Block 55	(175×116 mm)	csi	13,—	13,—

Auflagen: MiNr. 2611–2612 je 1.000.000, MiNr. 2613 = 300.000, MiNr. 2614 = 2.000.000, MiNr. 2615 = 1.500.000, MiNr. 2616 = 150.000 Stück

2011, 17. Mai. Europa: Der Wald. Komb. Odr. und Hfdr., Bogen (2×4 Zd); A = vierseitig gez. K 13½.

csk) Tiere des Waldes
csl) Bäume

2617 A	0.75 € mehrfarbig	csk	1,50	1,50
2618 A	3.25 € mehrfarbig	csl	7,50	7,50
	Satzpreis A (2 W.)		9,—	9,—
	Paar A		9,—	9,—
	FDC A			11,—

Markenheftchen (2×1 Zd), C = senkrecht gez. 12¾

2617 C	0.75 € mehrfarbig	csk	1,50	1,50
2618 C	3.25 € mehrfarbig	csl	7,50	7,50
	Satzpreis C (2 W.)		9,—	9,—
	Paar C		9,—	9,—

MiNr. 2617 C–2618 C stammen aus MH 35.

Auflagen: MiNr. 2617 A–2618 A = 150.000, MiNr. 2617 C–2618 C = 30.000 Sätze

2011, 22. Juni. Tourismus. Odr. (5×5); gez. K 13¾.

csm) Wind und Wellen

csn) Kultur: Maske

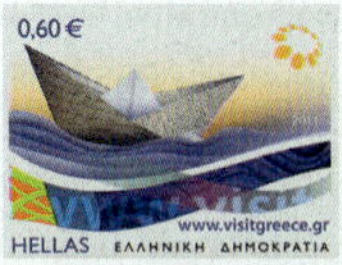

cso) Sonne und Meer: Papierschiffchen

csp) Geschichte: Säulen

csq) Religion: Athos-Klöster

2619	0.01 € mehrfarbig	csm	0,30	0,30
2620	0.03 € mehrfarbig	csn	0,30	0,30
2621	0.60 € mehrfarbig	cso	1,20	1,20
2622	0.75 € mehrfarbig	csp	1,50	1,50
2623	4.00 € mehrfarbig	csq	8,—	8,—
	Satzpreis (5 W.)		11,—	11,—
	2 FDC			15,—

Auflagen: MiNr. 2619 = 1.000.000, MiNr. 2620 = 1.500.000, MiNr. 2621 = 500.000, MiNr. 2622 = 7.900.000, MiNr. 2623 = 150.000 Stück

2011, 22. Juni. Tourismus. Odr., Markenheftchen (5×2); selbstklebend; gestanzt 12:11½.

csp) Geschichte: Säulen

2624	0.75 € mehrfarbig	csp	1,50	1,50
	Markenheftchen		15,—	15,—

Auflage: 100.000 Stück

2011, 5. Sept. Schullesebücher. Odr. (5×5); gez. K 14:14¼.

csr) 3. Klasse (1954)

css) 1. Klasse (1939)

cst) 1. Klasse (1955)

csu) 2. Klasse (1955)

csv) 2. Klasse (1939)

csw) 5. Klasse (1955)

csr–csw) Titelbilder ehemaliger Lesebücher verschiedener Grundschulklassen

2625	0.02 € mehrfarbig	csr	0,30	0,30
2626	0.20 € mehrfarbig	css	0,40	0,40
2627	0.60 € mehrfarbig	cst	1,20	1,20
2628	0.75 € mehrfarbig	csu	1,50	1,50
2629	1.00 € mehrfarbig	csv	2,—	2,—
2630	3.50 € mehrfarbig	csw	7,—	7,—
	Satzpreis (6 W.)		12,—	12,—
	2 FDC			16,50

Blockausgabe mit MiNr. 2625–2630

Block 56	(135×147 mm)	csx	12,—	12,—

Auflagen: MiNr. 2625–2626 und 2629 je 1.000.000, MiNr. 2627 = 900.000, MiNr. 2628 = 3.000.000, MiNr. 2630 = 150.000 Stück, Bl. 56 = 8.000 numerierte Blocks

2011, 5. Sept. Schullesebücher. Odr. (2×5 Zd); gez. K 14:13¾.

csy) 1. Klasse (1955)
Zierfeld

2631	0.60 € mehrfarbig	csy	2,—	2,—
		2631 Zf	2,20	2,20
		Kleinbogen	22,—	22,—

MiNr. 2631 wurde im Kleinbogen zu 10 Marken und 10 personalisierbaren Zierfeldern gedruckt (Postpreis des Kleinbogens: 10 €).

Auflage: 30.000 Stück

2011, 5. Sept. Schullesebücher. Odr., Markenheftchen (5×2); selbstklebend; gestanzt 13½.

cst) 1. Klasse (1955)

2632	0.60 € mehrfarbig	cst	1,20	1,20
		Markenheftchen	12,—	12,—

Auflage: 100.000 Stück

2011, 1. Okt. 150 Jahre griechische Briefmarken. Komb. StTdr. und Odr. (5×5); gez. K 13¼:13¾.

csz) Marke in Zeichnung der MiNr. 1–7 ohne Wertangabe

2633	0.15 € mehrfarbig/lilabraun	csz	0,30	0,30
2634	0.50 € mehrfarbig/braunorange	csz	1,—	1,—
2635	0.60 € mehrfarbig/graugrün	csz	1,20	1,20
2636	0.75 € mehrfarbig/rotorange	csz	1,50	1,50
2637	1.00 € mehrfarbig/dunkelblau	csz	2,—	2,—
2638	2.00 € mehrfarbig/dunkellila	csz	4,—	4,—
2639	5.00 € mehrfarbig/rot	csz	10,—	10,—
		Satzpreis (7 W.)	20,—	20,—
		2 FDC		26,50

Blockausgabe mit MiNr. 2639, Blockrand komb. Odr. und Hfdr.

Block 57	(70×90 mm)	cta	10,—	10,—
		FDC		13,50

Die zusätzliche Farbangabe bezieht sich auf die abgebildete Marke.

Auflagen: MiNr. 2633–2634 und 2636–2638 je 1.000.000, MiNr. 2635 = 800.000, MiNr. 2639 = 150.000 Stück, Bl. 57 = 100.000 numerierte Blocks

2011, 22. Nov. Schauspieler. StTdr. (5×5); gez. K 13¾:13¼.

ctb) Vasilis Diamantopoulos (1920–1999)

ctc) Rena Vlahopoulou (1923–2004)

ctd) Orestis Makris (1898–1975)

cte) Thanasis Vengos (1927–2011)

ctf) Mary Aroni (1914–1992)

ctg) Sapfo Notara (1907–1985)

2640	0.01 € mehrfarbig	ctb	0,30	0,30
2641	0.05 € mehrfarbig	ctc	0,30	0,30
2642	0.50 € mehrfarbig	ctd	1,—	1,—
2643	0.60 € mehrfarbig	cte	1,20	1,20
2644	2.47 € mehrfarbig	ctf	5,—	5,—
2645	2.50 € mehrfarbig	ctg	5,—	5,—
		Satzpreis (6 W.)	12,50	12,50
		FDC		16,—

Blockausgabe mit MiNr. 2640–2645

Block 58	(135×147 mm)	cth	12,50	12,50

Auflagen: MiNr. 2640 = 1.000.000, MiNr. 2641–2642 je 2.000.000, MiNr. 2643 = 500.000, MiNr. 2644 = 1.500.000, MiNr. 2645 = 150.000 Stück, Bl. 58 = 10.000 numerierte Blocks

2011, 15. Dez. Blockausgabe: Griechische Goldmedaillengewinner bei den Schwimm-Weltmeisterschaften, Schanghai. Odr.; gez. Ks 13¾:13¼.

ctk

cti) Frauen-Wasserball-Nationalmannschaft

ctm

ctl) Spyros Gianniotis – 10 km Schwimmen

2646	3.00 € mehrfarbig	cti	6,—	6,—
Block 59	(90×70 mm)	ctk	6,—	6,—
		FDC		8,—
2647	3.00 € mehrfarbig	ctl	6,—	6,—
Block 60	(90×70 mm)	ctm	6,—	6,—
		FDC		8,—

Auflage: 30.000 numerierte Blockpaare

2012, 21. Febr. Freimarken: Reichtum des griechischen Meeres. Odr., Bogen (5×5); A = vierseitig gez. K 14¼:14.

ctm) Europäische Languste (Palinurus elephas)

ctn) Krake (Octopus vulgaris)

cto) Wachsrose (Anemonia viridis)

ctp) Unechte Karettschildkröte (Caretta caretta)

ctr) Brauner Zackenbarsch (Epinephelus marginatus)

cts) Zahnbrasse (Dentex dentex)

ctt) Langschnauziges Seepferdchen (Hippocampus guttulatus)

ctu) Ohrenqualle (Aurelia aurita)

ctv) Stachelrochen (Dasyatis pastinaca)

ctw) Sandtigerhai (Carcharias taurus)

2648 A	0.02 €	mehrfarbig	ctm	0,30	0,30
2649 A	0.03 €	mehrfarbig	ctn	0,30	0,30
2650 A	0.05 €	mehrfarbig	cto	0,30	0,30
2651 A	0.20 €	mehrfarbig	ctp	0,30	0,30
2652 A	0.35 €	mehrfarbig	ctr	0,40	0,40
2653 A	0.50 €	mehrfarbig	cts	0,80	0,80
2654 A	—	mehrfarbig	ctt	1,10	1,10
2655 A	1.00 €	mehrfarbig	ctu	2,—	2,—
2656 A	—	mehrfarbig	ctv	5,—	5,—
2657 A	3.00 €	mehrfarbig	ctw	6,—	6,—
			Satzpreis A (10 W.)	16,50	16,50
			3 FDC A		23,—

Streifen (5×1), C = senkrecht gez. 12¾

2648 C	0.02 €	mehrfarbig	ctm	0,30	0,30
2649 C	0.03 €	mehrfarbig	ctn	0,30	0,30
2650 C	0.05 €	mehrfarbig	cto	0,30	0,30
2651 C	0.20 €	mehrfarbig	ctp	0,30	0,30
2652 C	0.35 €	mehrfarbig	ctr	0,40	0,40
2653 C	0.50 €	mehrfarbig	cts	0,80	0,80
2654 C	—	mehrfarbig	ctt	1,10	1,10
2655 C	1.00 €	mehrfarbig	ctu	2,—	2,—
2656 C	—	mehrfarbig	ctv	5,—	5,—
2657 C	3.00 €	mehrfarbig	ctw	6,—	6,—
			Satzpreis C (10 W.)	16,50	16,50

Nominalen zur Zeit der Ausgabe: MiNr. 2654 = 0.60 €, MiNr. 2656 = 2.47 €

MiNr. 2648 C–2657 C wurden jeweils in Verkaufspackungen zu 100 Marken (20 Fünferstreifen) ausgegeben.

Auflagen: MiNr. 2648 A und 2653 A = 4.900.000, MiNr. 2649 A = 2.400.000, MiNr. 2650 A–2651 A und 2655 A je 5.900.000, MiNr. 2652 A und 2656 A = 2.900.000, MiNr. 2654 A = 1.500.000 Stück, MiNr. 2648 C–2657 C = 100.000 Sätze

2012, 21. Febr. Reichtum des griechischen Meeres. Odr. (2×5 Zd); gez. K 14:13¾.

ctx) Langschnauziges Seepferdchen (Hippocampus guttulatus)
Zierfeld

2658	—	mehrfarbig	ctx	2,—	2,—
			2658 Zf	2,40	2,40
			Kleinbogen	24,—	24,—

Nominale zur Zeit der Ausgabe: 0.60 €

MiNr. 2658 wurde im Kleinbogen zu 10 Marken und 10 personalisierbaren Zierfeldern gedruckt (Postpreis des Kleinbogens: 10 €).

Auflage: 30.000 Stück

2012, 18. April. Traditionelle Kinderspiele. Odr. (5×5); gez. K 14¼:14.

cty) Fußballspielen

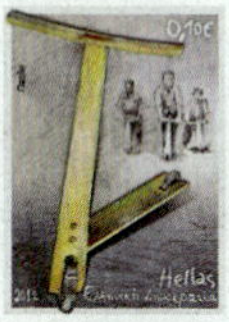

ctz) Rollerfahren

cua) Seilspringen

cub) Schussern

cuc) Kreisel

cud) Hüpfkästchen

2659	0.02 €	mehrfarbig	cty	0,30	0,30
2660	0.10 €	mehrfarbig	ctz	0,30	0,30
2661	0.35 €	mehrfarbig	cua	0,70	0,70
2662	—	mehrfarbig	cub	1,20	1,20
2663	2.00 €	mehrfarbig	cuc	4,—	4,—
2664	3.00 €	mehrfarbig	cud	6,—	6,—
			Satzpreis (6 W.)	12,20	12,20
			2 FDC		16,50

Nominale zur Zeit der Ausgabe: MiNr. 2662 = 0.60 €

Auflagen: MiNr. 2659–2661 und 2663 je 2.000.000, MiNr. 2662 = 1.500.000, MiNr. 2664 = 120.000 Stück

2012, 18. April. Traditionelle Kinderspiele. Odr.; Folienblatt (Fbl.) und Markenheftchen (MH) (5×2); selbstklebend; gestanzt 13½.

cty) Fußball

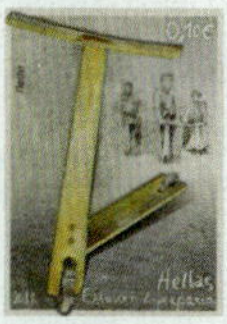

ctz) Rollerfahren

cua) Seilspringen

cub) Schussern

cuc) Kreisel

cud) Hüpfkästchen

2665	0.02 €	mehrfarbig (Fbl.)	cty	0,30	0,30
2666	0.10 €	mehrfarbig (Fbl.)	ctz	0,30	0,30
2667	0.35 €	mehrfarbig (Fbl.)	cua	0,70	0,70

2668	—	mehrfarbig (Fbl.) (MH)	cub	1,20	1,20
2669	2.00 €	mehrfarbig (Fbl.)	cuc	4,—	4,—
2670	3.00 €	mehrfarbig (Fbl.)	cud	6,—	6,—
		Satzpreis A (6 W.)		12,20	12,20
		Folienblatt		14,—	14,—
		Markenheftchen		12,—	12,—

Nominale von MiNr. 2668 zur Zeit der Ausgabe: 0.60 €

Auflagen: MiNr. 2665–2670 = 7.000 Sätze, 20.000 Markenheftchen

2012, 10. Mai. Europa: Besuche. Komb. Odr. und Hfdr., Bogen (2×4 Zd); A = vierseitig gez. K 13¾:13¼.

cue) Landzunge, Insel, Sonne
cuf) Insel, untergehende Sonne

2671 A	0.75 €	mehrfarbig	cue	1,70	1,70
2672 A	3.25 €	mehrfarbig	cuf	7,30	7,30
		Satzpreis A (2 W.)		9,—	9,—
		Paar A		9,—	9,—
		FDC A			11,—

Markenheftchen (2×1 Zd), C = senkrecht gez. 12¾

2671 C	0.75 €	mehrfarbig	cue	1,70	1,70
2672 C	3.25 €	mehrfarbig	cuf	7,30	7,30
		Satzpreis C (2 W.)		9,—	9,—
		Paar C		9,—	9,—

MiNr. 2671 C–2672 C stammen aus MH 36.

Auflagen: MiNr. 2671 A–2672 A = 100.000, MiNr. 2671 C–2672 C = 24.000 Sätze

2012, 25. Juni. Tourismus. Odr. (5×5); gez. K 13¾.

cug) Bergmassiv Tzoumerka (Athamaniko), Epirus; Kletterer

cuh) Hängebrücke über den Fluss Evinos, Westgriechenland; Wanderer

cui) Samaria-Schlucht, Kreta; Bergwanderer

cuk) Fluss Acheron, Epirus; Kajakfahrer

cul) Berglandschaft in den Rodopen, Thrakien; Wanderer

cum) Landschaft bei Xanthi, Westthrakien; Wanderer

2673	0.01 €	mehrfarbig	cug	0,30	0,30
2674	0.10 €	mehrfarbig	cuh	0,30	0,30
2675	0.62 €	mehrfarbig	cui	1,30	1,30
2676	0.78 €	mehrfarbig	cuk	1,60	1,60
2677	2.00 €	mehrfarbig	cul	4,—	4,—
2678	2.50 €	mehrfarbig	cum	5,—	5,—
		Satzpreis (6 W.)		12,—	12,—
		2 FDC			13,50

Auflagen: MiNr. 2673 und 2677 je 1.500.000, MiNr. 2674 = 2.000.000, MiNr. 2675 = 500.000, MiNr. 2676 = 11.500.000, MiNr. 2678 = 120.000 Stück

2012, 25. Juni. Tourismus. Odr., Markenheftchen (5×2); selbstklebend; gestanzt 12¼:11½.

cui) Samaria-Schlucht, Kreta; Bergwanderer

cuk) Fluss Acheron, Epirus; Kajakfahrer

2679	0.62 €	mehrfarbig	cui	1,30	1,30
2680	0.78 €	mehrfarbig	cuk	1,60	1,60
		Satzpreis (2 W.)		2,80	2,80
		FDC			4,—
		2 Markenheftchen		28,—	28,—

Auflagen: MiNr. 2679 = 100.000, MiNr. 2680 = 400.000 Stück

2012, 2. Juli. Olympische Sommerspiele, London. Odr. (4×2); gez. K 13¾.

cun) Emblem, Gebäude in London

cuo) Wasserspringen, Fußball, Laufen, Tennis, Radfahren, Gymnastik, Emblem

2681	0.78 €	mehrfarbig	cun	1,60	1,60
2682	1.70 €	mehrfarbig	cuo	3,40	3,40
		Satzpreis (2 W.)		5,—	5,—
		FDC			6,—
		Kleinbogensatz (2 Klb.)		40,—	40,—

Auflage: 120.000 Sätze

2012, 16. Juli. Blockausgabe: Griechische Goldmedaillengewinner bei internationalen Sportveranstaltungen. Odr.; gez. Ks 13¾:13¼.

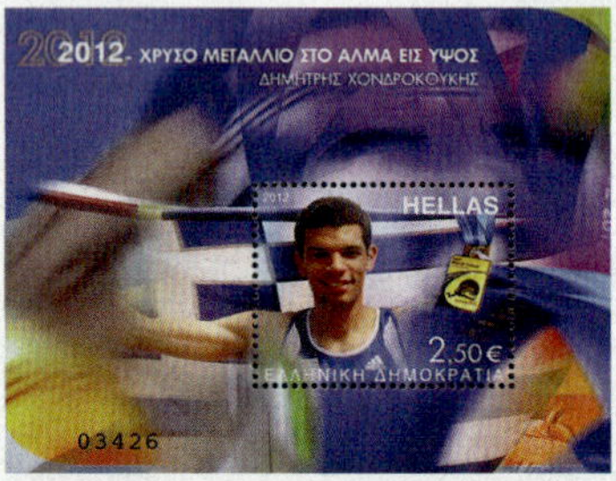

cur

cup) Dimitrios Chondrokoukis (*1988), Hochsprung

cut

cus) Vlásis Máras (*1983), Turnen – Barren

2683 2.50 € mehrfarbig . . . . cup 5,— 5,—
Block 61 (90×70 mm) . . . . cur 5,— 5,—
FDC 7,—

2684 2.50 € mehrfarbig . . . . cus 5,— 5,—
Block 62 (90×70 mm) . . . . cut 5,— 5,—
FDC 7,—

Auflage: 25.000 numerierte Blockpaare

2012, 12. Sept. Geschichte der griechischen Seefahrt (II). Komb. Odr. und Hfdr. (5×5); gez. K 13¾.

cuu) Brigg (1821)

cuv) Galiot (17. Jh.)

cuw) Segelkorvette (18. Jh.)

cux) Ionisch-kretische Galeere (16. Jh.)

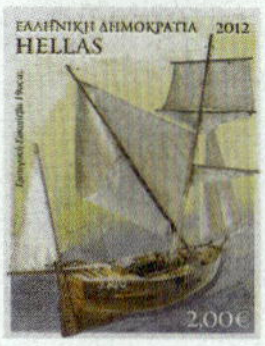

cuy) Sakoleva (19. Jh.)

cuz) Latinadiko im Bau (18. Jh.)

2685 0.01 € mehrfarbig . . . . cuu 0,30 0,30
2686 0.15 € mehrfarbig . . . . cuv 0,40 0,40
2687 0.62 € mehrfarbig . . . . cuw 1,50 1,50
2688 0.78 € mehrfarbig . . . . cux 1,80 1,80
2689 2.00 € mehrfarbig . . . . cuy 4,— 4,—
2690 2.40 € mehrfarbig . . . . cuz 5,— 5,—
Satzpreis (6 W.) 13,— 13,—
3 FDC 16,—

Blockausgabe mit MiNr. 2685–2690

Block 63 (176×116 mm) . . . . cva 15,— 15,—
FDC 17,—

Auflagen: MiNr. 2685 und 2688 je 500.000, MiNr. 2686 = 1.500.000, MiNr. 2687 und 2689 je 1.000.000, MiNr. 2690 = 120.000 Stück, Bl. 63 = 10.000 numerierte Blocks

2012, 26. Okt. 100. Jahrestag der Befreiung von Thessaloniki. Komb. Odr. und Hfdr. (4×5); MiNr. 2691 und 2693–2694 gez. K 14:13¾, MiNr. 2692 gez. K 13½:13¼.

cvb) Schlacht von Deskati

cvc) Einzug der griechischen Truppen in Thessaloniki

cvd) Panzerkreuzer „Georgios Averoff“ in der Seeschlacht von Elli

cve) Schlacht von Sarantaporo

2691 0.40 € mehrfarbig . . . . cvb 0,80 0,80
2692 0.62 € mehrfarbig . . . . cvc 1,30 1,30
2693 0.85 € mehrfarbig . . . . cvd 1,70 1,70
2694 2.50 € mehrfarbig . . . . cve 5,— 5,—
Satzpreis (4 W.) 8,80 8,80
FDC 12,—

Auflagen: MiNr. 2691 = 1.000.000, MiNr. 2692 = 2.000.000, MiNr. 2693 = 500.000, MiNr. 2694 = 120.000 Stück

2012, 12. Dez. Weihnachten. Komb. Odr. und Hfdr. (5×5); gez. K 14:14¼.

cvf) Christbaumkugel

cvg) Tannenbaum

cvh) Weihnachtsstrumpf

cvi) Geschenkpaket

cvf–cvi) Weihnachtsschmuck, Triangel

2695 0.10 € mehrfarbig . . . . cvf 0,30 0,30
2696 0.62 € mehrfarbig . . . . cvg 1,30 1,30
2697 0.78 € mehrfarbig . . . . cvh 1,60 1,60
2698 3.00 € mehrfarbig . . . . cvi 6,— 6,—
Satzpreis (4 W.) 9,— 9,—
2 FDC 12,50

Auflagen: MiNr. 2695 und 2697 je 500.000, MiNr. 2696 = 1.500.000, MiNr. 2698 = 120.000 Stück

2012, 12. Dez. Weihnachten. Komb. Odr. und Hfdr., Markenheftchen (4×2); selbstklebend; gestanzt 13½.

cvg) Tannenbaum

cvh) Weihnachtsstrumpf

cvg–cvh) Weihnachtsschmuck, Triangel

2699 0.62 € mehrfarbig . . . . cvg 1,50 1,50
2700 0.78 € mehrfarbig . . . . cvh 1,90 1,90
Satzpreis (2 W.) 3,40 3,40
2 Markenheftchen 28,— 28,—

Auflagen: MiNr. 2699 = 80.000, MiNr. 2700 = 40.000 Stück

2013, 21. Febr. Historische Ereignisse von 1913 (I): Befreiung von Ioannina. Komb. Odr. und Hfdr. (5×5); gez. K 13¾.

cvk) Helfende Frauen von Epirus

cvl) Kämpfende Frauen im Einsatz

cvm) Granateneinschlag

cvk–cvm) Gemälde von Kenan Messare (1889–1965), Maler

2701 0.03 € mehrfarbig . . . . cvk 0,30 0,30
2702 0.55 € mehrfarbig . . . . cvl 1,10 1,10
2703 0.62 € mehrfarbig . . . . cvm 1,30 1,30
Satzpreis (3 W.) 2,50 2,50
FDC 3,80

Auflagen: MiNr. 2701–2702 je 750.000, MiNr. 2703 = 1.500.000 Stück

2013, 28. März. Blockausgabe: 2400. Jahrestag der Gründung der Platonischen Akademie, Athen. Odr.; gez. Ks 13¼:13¾.

cvp

cvn) Geometrische Figuren
cvo) Buchstabe „N"

2704	1.00 € mehrfarbig	cvn	2,—	2,—
2705	2.00 € mehrfarbig	cvo	4,—	4,—
Block 64	(91×70 mm)	cvp	7,—	7,—
		FDC		9,—

Auflage: 30.000 numerierte Blocks

2013, 22. April. Preisgekrönte griechische Kinofilme. Komb. Odr. und Hfdr. (5×5); gez. K 13¾.

cvr) Reise nach Kythera (1984); von Theo Angelopoulos

cvs) Elektra (2005); von Michael Cacoyannis

cvt) Die Wanderschauspieler (1975); von Theo Angelopoulos

cvu) Der Unhold von Athen (1956); von Nikos Koundouros

cvr–cvu) Filmplakate

2706	0.20 € mehrfarbig	cvr	0,40	0,40
2707	0.30 € mehrfarbig	cvs	0,60	0,60
2708	0.62 € mehrfarbig	cvt	1,30	1,30
2709	2.80 € mehrfarbig	cvu	5,70	5,70
		Satzpreis (4 W.)	8,—	8,—
		2 FDC		11,50

Auflagen: MiNr. 2706–2708 je 500.000, MiNr. 2709 = 100.000 Stück

2013, 9. Mai. Europa: Postfahrzeuge. Odr., Bogen (2×4 Zd); A = vierseitig gez. K 13¾.

cvw cvv

cvv) Kleintransporter
cvw) Fahrrad

2710 A	0.78 € mehrfarbig	cvv	1,70	1,70
2711 A	3.28 € mehrfarbig	cvw	7,30	7,30
		Satzpreis A (2 W.)	9,—	9,—
		Paar A	9,—	9,—
		FDC A		11,—

Markenheftchen (2×1 Zd), C = senkrecht gez. 12¾

2710 C	0.78 € mehrfarbig	cvv	1,70	1,70
2711 C	3.28 € mehrfarbig	cvw	7,30	7,30
		Satzpreis C (2 W.)	9,—	9,—
		Paar C	9,—	9,—

MiNr. 2710 C–2711 C stammen aus MH 37.

Auflagen: MiNr. 2710 A–2711 A = 100.000, MiNr. 2710 C–2711 C = 24.000 Sätze

2013, 4. Juni. Tourismus: Segeln. Odr. (4×5); gez. K 13¼:13.

cvx

cvy

cvz

cwa

cwb

cwc

cvx–cwc) Segeljachten

2712	0.05 € mehrfarbig	cvx	0,30	0,30
2713	0.30 € mehrfarbig	cvy	0,60	0,60
2714	0.47 € mehrfarbig	cvz	1,—	1,—
2715	— mehrfarbig	cwa	1,30	1,30
2716	— mehrfarbig	cwb	1,60	1,60
2717	3.00 € mehrfarbig	cwc	6,—	6,—
		Satzpreis (6 W.)	10,50	10,50
		2 FDC		14,50

Blockausgabe

Block 65	mit MiNr. 2712–2714 (100×150 mm)	cwd	3,—	3,—
Block 66	mit MiNr. 2715–2717 (100×150 mm)	cwe	12,—	12,—

Nominalen zur Zeit der Ausgabe: MiNr. 2715 = 0.62 €, MiNr. 2716 = 0.78 €

Auflagen: MiNr. 2712–2715 je 1.000.000, MiNr. 2716 = 5.000.000, MiNr. 2717 = 100.000 Stück, Bl. 65–66 je 7.000 numerierte Blocks

2013, 4. Juni. Tourismus: Segeln. Odr., Markenheftchen (5×2); selbstklebend; gestanzt 13:13¼.

cwa

cwb

cwa–cwb) Segeljachten

2718	— mehrfarbig	cwa	1,30	1,30
2719	— mehrfarbig	cwb	1,60	1,60
		Satzpreis (2 W.)	2,80	2,80
		2 Markenheftchen	28,—	28,—

Nominalen zur Zeit der Ausgabe: MiNr. 2718 = 0.62 €, MiNr. 2719 = 0.78 €

Auflagen: MiNr. 2718 = 150.000, MiNr. 2719 = 500.000 Stück

2013, 4. Juni. Tourismus: Segeln. Odr. (2×5 Zd); gez. K 14:13¾.

cwf) Segeljacht
Zierfeld

2720	— mehrfarbig	cwf	2,—	2,—
		2720 Zf	2,—	2,—
		Kleinbogen	26,—	26,—

Nominale zur Zeit der Ausgabe: 0.78 €

MiNr. 2720 wurde im Kleinbogen zu 10 Marken und 10 personalisierbaren Zierfeldern gedruckt (Postpreis des Kleinbogens: 13 €).

Auflage: 20.000 Stück

2013, 19. Juli. 100. Jahrestag der Erstbesteigung des Olymp. Komb. Odr. und Hfdr. (4×5); gez. K 13¼:13.

cwg

cwh

cwi

cwj

cwg–cwj) Olymp (2918 m); Erstbesteigung durch Christos Kakalos (1879–1976), Frédéric Boissonnas (1858–1946) und Daniel Baud-Bovy (1870–1958)

2721	0.05 € mehrfarbig	cwg	0,30	0,30
2722	0.10 € mehrfarbig	cwh	0,30	0,30
2723	— mehrfarbig	cwi	1,40	1,40
2724	3.50 € mehrfarbig	cwj	7,—	7,—
		Satzpreis (4 W.)	9,—	9,—
		2 FDC		12,50

Blockausgabe

Block 67	mit MiNr. 2721 (118×77 mm)	cwk	0,30	0,30
Block 68	mit MiNr. 2722 (118×77 mm)	cwl	0,30	0,30
Block 69	mit MiNr. 2723 (118×77 mm)	cwm	1,40	1,40
Block 70	mit MiNr. 2724 (118×77 mm)	cwn	7,—	7,—
		Blocksatz (4 Bl.)	9,—	9,—

Nominale von MiNr. 2723 zur Zeit der Ausgabe: 0.78 €

Bl. 67–70 stammen aus einer numerierten Verkaufspackung.

Auflagen: MiNr. 2721 = 1.000.000, MiNr. 2722 = 1.500.000, MiNr. 2723 = 5.000.000, MiNr. 2724 = 100.000 Stück, Bl. 67–70 je 7.000 numerierte Blocks

2013, 16. Sept. International Foundation for Greece (I). Odr. (5×5); gez. K 14:14¼.

cwo) Andrew N. Liveris (*1954), Präsident und Vorsitzender des Chemieunternehmens „Dow"

cwp) Aristides Patrinos (*1947), Molekularbiologe

cwr) Jim Giannopoulos (*1963), Vorsitzender der Fox Entertainment Group

cws) Stavros Niarchos (1909–1996), Reeder und Kunstsammler

cwt) Vangelis (*1943), Komponist, Pionier der elektronischen Musik

cwu) Nikos Aliagas (*1969), Journalist, Moderator, Schauspieler und Sänger

2725	0.05 € mehrfarbig	cwo	0,30	0,30
2726	0.10 € mehrfarbig	cwp	0,30	0,30
2727	0.20 € mehrfarbig	cwr	0,30	0,30
2728	0.72 € mehrfarbig	cws	1,30	1,30
2729	0.80 € mehrfarbig	cwt	1,60	1,60
2730	3.00 € mehrfarbig	cwu	6,—	6,—
		Satzpreis (6 W.)	9,80	9,80
		6 FDC		14,—

Auflagen: MiNr. 2725–2727 je 250.000, MiNr. 2728–2729 je 750.000, MiNr. 2730 = 100.000 Stück

2013, 3. Okt. Die vier Elemente. Odr. (5×5); gez. K 13¼.

cwv) Erde

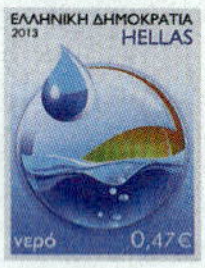

cww) Wasser

cwx) Luft

cwy) Feuer

2731	0.05 € mehrfarbig	cwv	0,30	0,30
2732	0.47 € mehrfarbig	cww	1,—	1,—
2733	1.00 € mehrfarbig	cwx	2,—	2,—
2734	2.50 € mehrfarbig	cwy	5,—	5,—
		Satzpreis (4 W.)	8,30	8,30
		FDC		10,50

Blockausgabe mit MiNr. 2731–2734

Block 71	(100×150 mm)	cwz	8,30	8,30
		FDC		10,50

Auflagen: MiNr. 2731–2732 je 500.000, MiNr. 2733 = 1.000.000, MiNr. 2734 = 100.000 Stück , Bl. 71 = 7.000 numerierte Blocks

2013, 3. Okt. Historische Ereignisse von 1913 (II): 100 Jahre Autonomie des Heiligen Berges Athos unter griechischer Oberhoheit. Komb. Odr. und Hfdr. (5×5); gez. K 13¾.

cxa) Abtretung des Berges Athos an die griechische Flotte (Gemälde)

2735	2.40 € mehrfarbig	cxa	4,80	4,80
		FDC		7,—

Auflage: 100.000 Stück

2013, 2. Dez. 185 Jahre griechische Postverwaltung. Odr. (5×5); gez. K 13¾.

cxb) Server

cxc) Wort „Post", USB-Stick, Datenübertragungskabel

cxd) QR-Code

cxe) Elektronischer Schlüssel

cxb–cxe) Elektronische Post

2736	0.01 € mehrfarbig	cxb	0,30	0,30
2737	0.10 € mehrfarbig	cxc	0,30	0,30
2738	0.72 € mehrfarbig	cxd	1,50	1,50
2739	2.62 € mehrfarbig	cxe	5,30	5,30
	Satzpreis (4 W.)		7,40	7,40
	FDC			10,—

Auflagen: MiNr. 2736 und 2738 je 750.000, MiNr. 2737 = 1.000.000, MiNr. 2739 = 100.000 Stück

2013, 2. Dez. 185 Jahre griechische Postverwaltung. Odr., Markenheftchen (5×2); selbstklebend; gestanzt 12¼.

cxd) QR-Code

2740	0.72 € mehrfarbig	cxd	2,50	2,50
	Markenheftchen		25,—	25,—

2013, 2. Dez. Historische Ereignisse von 1913 (III): 100. Jahrestag der Angliederung Kretas an Griechenland. Komb. Odr. und Hfdr. (5×5); gez. K 13¾.

cxf) Venezianischer Hafen und Leuchtturm von Chania (Gemälde)

cxg) Historische Landkarte von Kreta (Gemälde)

2741	0.72 € mehrfarbig	cxf	1,50	1,50
2742	1.00 € mehrfarbig	cxg	2,—	2,—
	Satzpreis (2 W.)		3,50	3,50
	FDC			5,—

Auflagen: MiNr. 2741 = 2.000.000, MiNr. 2742 = 500.000 Stück

2014, 15. Jan. Vorsitz Griechenland im Rat der Europäischen Union. Odr. (5×4); gez. K 14:13¼.

cxh) Minoische Keramik

cxi) Ode an das Ägäische Meer (Detail); Holzschnitt von Mary Schina (*1948)

cxk) Emblem der Ratspräsidentschaft

cxl) Kleinboot von Iklaina; mykenische Zeichnung

2743	0.03 € mehrfarbig	cxh	0,30	0,30
2744	0.72 € mehrfarbig	cxi	1,50	1,50
2745	2.00 € mehrfarbig	cxk	4,50	4,50
2746	2.15 € mehrfarbig	cxl	4,70	4,70
	Satzpreis (4 W.)		11,—	11,—
	FDC			15,—

Blockausgabe

Block 72	mit MiNr. 2743 und 2746 (120×80 mm)	cxm	5,—	5,—
Block 73	mit MiNr. 2744–2745 (120×80 mm)	cxn	6,—	6,—

Auflagen: MiNr. 2743–2744 je 500.000, MiNr. 2745 = 1.500.000, MiNr. 2746 = 100.000 Stück, Bl. 72–73 je 7.000 numerierte Blocks

2014, 17. Febr. Jahrestage und Ereignisse: 120. Jahrestag der Eröffnung des Kanals von Korinth, 200. Jahrestag der Gründung von „Filiki Eteria – Gesellschaft der Freunde", 150. Jahrestag der Vereinigung der Ionischen Inseln mit Griechenland, Thessaloniki – Europäische Jugendhauptstadt 2014, 50 Jahre Universität von Ioannina, 300. Geburtstag des hl. Kosmas von Aitolien. Odr. (5×5); gez. K 13¼:13¾, Hochformate ~.

cxo) Kanal am Isthmus von Korinth (Gemälde)

cxp) Emmanuel Xanthos (1772–1852), Gründer der Filiki Eteria; Athanasios Tsakalov (1790–1851) und Nikolaos Skoufas (1779–1818), Mitglieder der Filiki Eteria

cxr) Jubiläumsemblem

cxs) Veranstaltungsemblem

cxt) Universitätswappen und -gebäude

cxu) Hl. Kosmas von Aitolien (1714–1779), griechisch-orthodoxer Mönch vom Berg Athos

2747	0.05 € mehrfarbig	cxo	0,30	0,30
2748	0.38 € mehrfarbig	cxp	0,80	0,80
2749	0.72 € mehrfarbig	cxr	1,70	1,70
2750	0.90 € mehrfarbig	cxs	2,—	2,—
2751	1.50 € mehrfarbig	cxt	3,20	3,20
2752	1.95 € mehrfarbig	cxu	4,50	4,50
	Satzpreis (6 W.)		12,50	12,50
	2 FDC			18,—

Auflagen: MiNr. 2747 = 1.000.000, MiNr. 2748–2750 je 500.000, MiNr. 2751 = 2.000.000, MiNr. 2752 = 100.000 Stück

In gleicher Zeichnung wie MiNr. 2750: MiNr. 2761 (selbstklebend)

2014, 20. März. Singvögel. Odr. Bogen (5×5) und Markenheftchen (1); gez. K 13½:13.

cxv) Nachtigall (Luscinia megarhynchos)

cxw) Grünling (Carduelis chloris)

cxx) Bluthänfling (Carduelis cannabina)

cxy) Erlenzeisig (Carduelis spinus)

cxz) Stieglitz (Carduelis carduelis)

2753	0.72 € mehrfarbig	cxv	1,70	1,70
2754	0.72 € mehrfarbig	cxw	1,70	1,70
2755	1.00 € mehrfarbig	cxx	2,20	2,20
2756	1.62 € mehrfarbig	cxy	3,60	3,60
2757	2.62 € mehrfarbig	cxz	5,80	5,80
		Satzpreis (5 W.)	15,—	15,—
		2 FDC		21,—
		Markenheftchen	30,—	30,—

Blockausgabe

Block 74	mit MiNr. 2753 (117×77 mm)	cya	1,70	1,70
Block 75	mit MiNr. 2754 (117×77 mm)	cyb	1,70	1,70
Block 76	mit MiNr. 2755 (117×77 mm)	cyc	2,20	2,20
Block 77	mit MiNr. 2756 (117×77 mm)	cyd	3,60	3,60
Block 78	mit MiNr. 2757 (117×77 mm)	cye	5,80	5,80
		Blocksatz (5 Bl.)	15,—	15,—

MiNr. 2753–2757 wurden auch im numerierten Markenheftchen ausgegeben (Postpreis des Markenheftchens: 12 €).

Bl. 74–78 stammen aus einer numerierten Verkaufspackung.

Auflagen: MiNr. 2753–2754 je 250.000, MiNr. 2755 = 1.500.000, MiNr. 2756 = 1.000.000, MiNr. 2757 = 100.000 Stück, Bl. 74–78 je 7.000 numerierte Blocks und 3.500 Markenheftchen

2014, 20. März. Singvögel. Odr., Markenheftchen (5×2); selbstklebend; gestanzt 13¾.

cxv) Nachtigall (Luscinia megarhynchos)

cxw) Grünling (Carduelis chloris)

2758	0.72 € mehrfarbig	cxv	1,70	1,70
2759	0.72 € mehrfarbig	cxw	1,70	1,70
		Satzpreis (2 W.)	3,40	3,40
		FDC		4,—
		2 Markenheftchen	34,—	34,—

Auflage: 100.000 Sätze

2014, 12. April. Thessaloniki – Europäische Jugendhauptstadt 2014. Odr. (2×5 Zd); gez. K 14:13¾.

cyf) Veranstaltungsemblem
Zierfeld

2760	0.90 € mehrfarbig	cyf	2,—	2,—
		2760 Zf	2,—	2,—
		Kleinbogen	30,—	30,—

MiNr. 2760 wurde im Kleinbogen zu 10 Marken und 10 personalisierbaren Zierfeldern gedruckt (Postpreis des Kleinbogens: 12.50 €).

Auflage: 50.000 Stück

2014, 12. April. Thessaloniki – Europäische Jugendhauptstadt 2014. Odr., Markenheftchen (5×2); selbstklebend; gestanzt 13½.

cxs) Veranstaltungsemblem

2761	0.90 € mehrfarbig	cxs	2,—	2,—
		Markenheftchen	20,—	20,—

Auflage: 150 000 Stück

In gleicher Zeichnung: MiNr. 2750 (nassklebend)

2014, 24. April. Freimarken: Die zwölf Monate in der Volkskunst. Odr., Bogen (5×5); A = vierseitig gez. K 13¼:13¾, Hochformate ~.

cyg) April: Ostereier in Blumenwiese, Schmetterlinge

cyh) Juli: Brotschaufeln, Brotschieber

cyi) Dezember: Kobolde fällen einen Baum

cyk) Januar: Granatapfel, Winterlandschaft

cyl) März: Ankunft der Schwalben

cym) August: Wassermelone, Feigen, Zuckermelone

cyn) Juni: Getreidegarbe

cyo) November: Göttin Demeter, Hülsenfrüchte und Kerze

cyp) September: Weiße Trauben in einem Weidenkorb, rote Trauben an einem Ast hängend

cyr) Mai: Bunter Blumenkranz

cys) Februar: Karnevalsmaske

cyt) Oktober: Bauer beim Pflügen

2762	**A**	0.02 € mehrfarbig	cyg	0,30	0,30
2763	**A**	0.20 € mehrfarbig	cyh	0,50	0,50
2764	**A**	0.40 € mehrfarbig	cyi	0,90	0,90
2765	**A**	0.50 € mehrfarbig	cyk	1,10	1,10
2766	**A**	0.72 € mehrfarbig	cyl	1,70	1,70
2767	**A**	0.80 € mehrfarbig	cym	1,80	1,80
2768	**A**	0.85 € mehrfarbig	cyn	1,90	1,90
2769	**A**	0.90 € mehrfarbig	cyo	2,—	2,—

2770	**A**	1.00 € mehrfarbig	cyp	2,30	2,30
2771	**A**	2.62 € mehrfarbig	cyr	6,—	6,—
2772	**A**	3.00 € mehrfarbig	cys	6,50	6,50
2773	**A**	3.10 € mehrfarbig	cyt	7,—	7,—
			Satzpreis (12 W.)	32,—	32,—
			4 FDC		37,—

Streifen (5×1, Hochformate ∼); C = senkrecht, Hochformate waagerecht gez. 14

2762	**C**	0.02 € mehrfarbig	cyg	0,30	0,30
2763	**C**	0.20 € mehrfarbig	cyh	0,50	0,50
2764	**C**	0.40 € mehrfarbig	cyi	0,90	0,90
2765	**C**	0.50 € mehrfarbig	cyk	1,10	1,10
2766	**C**	0.72 € mehrfarbig	cyl	1,70	1,70
2767	**C**	0.80 € mehrfarbig	cym	1,80	1,80
2768	**C**	0.85 € mehrfarbig	cyn	1,90	1,90
2769	**C**	0.90 € mehrfarbig	cyo	2,—	2,—
2770	**C**	1.00 € mehrfarbig	cyp	2,30	2,30
2771	**C**	2.62 € mehrfarbig	cyr	6,—	6,—
2772	**C**	3.00 € mehrfarbig	cys	6,50	6,50
2773	**C**	3.10 € mehrfarbig	cyt	7,—	7,—
			Satzpreis (12 W.)	32,—	32,—

MiNr. 2762 C–2773 C wurden jeweils in Verkaufspackungen zu 100 Marken (20 Fünferstreifen) ausgegeben.

Auflagen: MiNr. 2762 A–2763 A, 2765 A und 2769 A je 2.000.000, 2764 A = 500.000, MiNr. 2766 A–2767 A und 2771 A je 3.000.000, MiNr. 2768 A = 1.000.000, MiNr. 2770 A und 2772 A je 5.000.000, MiNr. 2773 A = 200.000 Stück, MiNr. 2761 C–2772 C = 100.000 Sätze

2014, 24. April. Freimarken: Die zwölf Monate in der Volkskunst. Odr., Markenheftchen (5×2); selbstklebend; gestanzt 12¼:11½.

cyl) März: Ankunft der Schwalben

cym) August: Wassermelone, Feigen, Zuckermelone

2774	0.72 € mehrfarbig	cyl	1,70	1,70
2775	0.80 € mehrfarbig	cym	1,80	1,80
		Satzpreis (2 W.)	3,50	3,50
		FDC		4,—
		2 Markenheftchen	35,—	35,—

Auflage: 200.000 Sätze

2014, 19. Mai. Europa: Volksmusikinstrumente. Odr., Bogen (2×4 Zd); A = vierseitig gez. K 13¼:13¾.

cyv cyu

cyu) Laute (Zupfinstrument)
cyv) Kithara (Saiteninstrument)

2776	**A**	0.90 € mehrfarbig	cyu	2,—	2,—
2777	**A**	3.40 € mehrfarbig	cyv	7,80	7,80
			Satzpreis A (2 W.)	9,80	9,80
			Paar A	10,—	10,—
			FDC A		13,50

Markenheftchen (2×1 Zd), C = senkrecht gez. 13¾

2776	**C**	0.90 € mehrfarbig	cyu	2,—	2,—
2777	**C**	3.40 € mehrfarbig	cyv	7,80	7,80
			Satzpreis C (2 W.)	9,80	9,80
			Paar C	10,—	10,—

MiNr. 2776 C–2777 C stammen aus MH 38.

Auflagen: MiNr. 2776 A–2777 A = 100.000, MiNr. 2776 C–2777 C = 10.000 Sätze

2014, 12. Juni. Ökologische Transportmittel: Das Fahrrad. Odr. Bogen (5×5) und Markenheftchen (1); gez. K 13¾:13¼.

cyw) Trekkingrad

cyx) Kinderfahrrad mit Stützen

cyy) Damenfahrrad mit Korb

cyz) Klapprad

2778	0.72 € mehrfarbig	cyw	1,70	1,70
2779	0.72 € mehrfarbig	cyx	1,70	1,70
2780	0.80 € mehrfarbig	cyy	1,80	1,80
2781	2.00 € mehrfarbig	cyz	4,80	4,80
		Satzpreis (4 W.)	10,—	10,—
		2 FDC		14,—
		Markenheftchen	27,—	27,—

Blockausgabe

Block 79	mit MiNr. 2778 (117×77 mm)	cza	3,—	3,—
Block 80	mit MiNr. 2779 (117×77 mm)	czb	3,—	3,—
Block 81	mit MiNr. 2780 (117×77 mm)	czc	3,—	3,—
Block 82	mit MiNr. 2781 (117×77 mm)	czd	9,—	9,—
		Blocksatz (4 Bl.)	18,—	18,—

MiNr. 2778–2781 wurden auch im numerierten Markenheftchen ausgegeben (Postpreis des Markenheftchens: 12 €).

Bl. 79–82 stammen aus einer numerierten Verkaufspackung.

Auflagen: MiNr. 2778–2779 je 500.000, MiNr. 2780 = 5.000.000, MiNr. 2781 = 100.000 Stück, Bl. 79–82 je 8.000 numerierte Blocks und 5.000 Markenheftchen

2014, 12. Juni. Ökologische Transportmittel: Das Fahrrad. Odr., Markenheftchen (5×2); selbstklebend; gestanzt 13½.

cyw) Trekkingrad

cyy) Damenfahrrad mit Korb

2782	0.72 € mehrfarbig	cyw	2,80	2,80
2783	0.80 € mehrfarbig	cyy	3,20	3,20
		Satzpreis (2 W.)	6,—	6,—
		2 Markenheftchen	60,—	60,—

Auflagen: MiNr. 2782 = 10.000, MiNr. 2783 = 20.000 Stück

2014, 12. Juni. Fußball-Weltmeisterschaft, Brasilien. Odr. (2×4); gez. K 13¼:14.

cze) WM-Maskottchen Fuleco mit Ball
czf) Spielersilhouette

2784	0.90 € mehrfarbig	cze	2,—	2,—
2785	1.30 € mehrfarbig	czf	3,—	3,—
		Satzpreis (2 W.)	5,—	5,—
		Paar	5,—	5,—
		FDC		8,—
		Kleinbogen	20,—	20,—

Blockausgabe

Block 83	mit MiNr. 2784 (87×80 mm)	czg	4,—	4,—
Block 84	mit MiNr. 2785 (87×80 mm)	czh	5,—	5,—

MiNr. 2784–2785 wurden schachbrettartig zusammenhängend gedruckt.

Auflagen: MiNr. 2784–2785 = 450.000 Sätze, Bl. 83–84 je 8.000 numerierte Blocks

2014, 9. Juli. Vereinigung von Postverwaltungen im Großraum des Mittelmeeres „Euromed Postal". Odr. (2×4); A = vierseitig gez. K 13¼:13¾.

czi) Mittelmeerraum, Emblem

2786 A	3.00 € mehrfarbig	czi	6,80	6,80
		FDC A		10,—
		Kleinbogen	54,—	54,—

Markenheftchen (2×1), C = senkrecht gez. 13¾

2786 C	3.00 € mehrfarbig	czi	6,80	6,80
		Markenheftchen	14,—	14,—

Auflagen: MiNr. 2786 A = 120.000, MiNr. 2786 C = 14.000 Stück

2014, 8. Aug. Tourismus (I). Odr., Markenheftchen (5×2); selbstklebend; gestanzt 13¾.

czk) Ortschaft auf Santorin

czl) Rhodos: Statuen Elafos und Elafina, Hafen, Schiffe

czm) Kutter

2787	— mehrfarbig	czk	1,80	1,80
2788	— mehrfarbig	czl	1,80	1,80
2789	— mehrfarbig	czm	1,80	1,80
		Satzpreis (3 W.)	5,40	5,40
		FDC		7,—
		3 Markenheftchen	54,—	54,—

Nominale zur Zeit der Ausgabe: je 0.80 €

Auflagen: MiNr. 2787 = 600.000, MiNr. 2788 = 1.000.000, MiNr. 2789 = 400.000 Stück

2014, 8. Aug. Tourismus (II). Odr. (2×5 Zd); gez. K 14:13¾.

czn) Ortschaft auf Santorin
Zierfeld

czo) Rhodos: Statuen Elafos und Elafina, Hafen, Schiffe
Zierfeld

czp) Kutter
Zierfeld

2790	— mehrfarbig	czn	3,—	3,—
2791	— mehrfarbig	czo	3,—	3,—
2792	— mehrfarbig	czp	3,—	3,—
		Satzpreis (3 W.)	9,—	9,—
		2790 Zf–2792 Zf	9,—	9,—
		Kleinbogensatz (3 Klb.)	90,—	90,—

Nominale zur Zeit der Ausgabe: je 0.80 €

MiNr. 2790–2792 wurden jeweils im Kleinbogen zu 10 Marken und 10 personalisierbaren Zierfeldern gedruckt (Postpreis je Kleinbogen: 13 €).

Auflagen: MiNr. 2790 = 30.000, MiNr. 2791 = 50.000, MiNr. 2792 = 20.000 Stück

2014, 10. Sept. Blockausgabe: 400. Todestag von El Greco. Komb. Odr. und Hfdr.; gez. Ks 13¾.

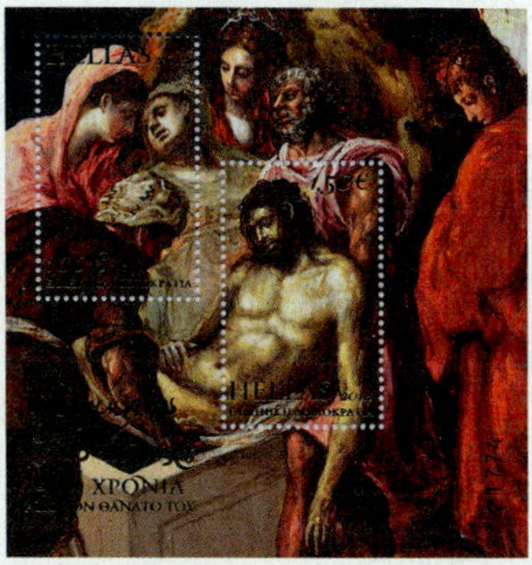

czt

czr czs

czr–czt) Grablegung Christi; Gemälde von El Greco, eigentl. Dominikos Theotokopulos (1541–1614), spanischer Maler griechischer Herkunft

	2793	1.00 € mehrfarbig	czr	2,30	2,30
	2794	1.50 € mehrfarbig	czs	3,50	3,50
Block 85		(85×90 mm)	czt	5,80	5,80
			FDC		8,50

Auflage: 30.000 numerierte Blocks

2014, 23. Okt. Schriftsteller des 20. Jahrhunderts. Odr. (5×5); gez. K 13¼:13¾.

czu) Kostas Varnalis (1884–1974), Dichter und Publizist

czv) Dido Sotiriou (1909–2004)

czw) Antonis Samarakis (1919–2003)

czx) Stratis Tsirkas (1911–1980)

2795	0.10 € mehrfarbig	czu	0,30	0,30
2796	0.40 € mehrfarbig	czv	0,90	0,90
2797	2.00 € mehrfarbig	czw	4,60	4,60
2798	2.10 € mehrfarbig	czx	4,80	4,80
		Satzpreis (4 W.)	10,50	10,50
		FDC		14,50

Auflagen: MiNr. 2795–2796 je 1.000.000, MiNr. 2797 = 1.500.000, MiNr. 2798 = 100.000 Stück

2014, 12. Dez. Weihnachten für Kinder. Odr., Markenheftchen (10); selbstklebend; MiNr. 2799 und 2801 = gestanzt 13½; MiNr. 2800 und 2802 = gestanzt 12¼.

czy) Weihnachtsbaum, Weihnachtselfe, Schneemann

czz) Weihnachtself, Spielzeugeisenbahnen

daa) Rentier, Schneemann, Geschenke

dab) Geschenkesack mit Spielzeugen

czy–dab) QR-Code

2799	0.72 € mehrfarbig	czy	1,70	1,70
2800	0.72 € mehrfarbig	czz	1,70	1,70
2801	0.90 € mehrfarbig	daa	2,10	2,10
2802	0.90 € mehrfarbig	dab	2,10	2,10
	Satzpreis (4 W.)		7,60	7,60
	2 FDC			—,—
	2 Markenheftchen		38,—	38,—

Nominalgleiche Marken wurden jeweils zusammen im Markenheftchen zu je 5 Marken herausgegeben.

Auflagen: MiNr. 2799–2800 je 150.000, MiNr. 2801–2802 je 75.000 Stück

2014, 18. Dez. Historische Werbeplakate. Odr. (5×5); gez. K 13¾:13¼.

dac) Nudeln der Firma Misko (1927)

dad) Butterkekse der Firma Papadopoulos (1928)

2803	0.72 € mehrfarbig	dac	1,70	1,70
2804	0.72 € mehrfarbig	dad	1,70	1,70
	Satzpreis (2 W.)		3,40	3,40
	FDC			4,50

Auflage: 1.000.000 Sätze

2014, 18. Dez. Historische Werbeplakate. Odr., Markenheftchen (5×2); selbstklebend; gestanzt 11½:12.

dac) Nudeln der Firma Misko (1927)

dad) Butterkekse der Firma Papadopoulos (1928)

2805	0.72 € mehrfarbig	dac	1,70	1,70
2806	0.72 € mehrfarbig	dad	1,70	1,70
	Satzpreis (2 W.)		3,40	3,40
	2 Markenheftchen		34,—	34,—

MiNr. 2805–2806 sollen erst 2015 erhältlich gewesen sein.

Auflage: MiNr. 2805 = 200.000 Stück

2015, 21. Jan. 100 Jahre Journalistenverband der Athener Tageszeitungen (ESIEA). Odr. (5×5); gez. K 13¼:13¾.

dae) Paulos Palaiologos (1895–1984), Journalist und Schriftsteller; Dimitris Psathas (1907–1979), Journalist, Satiriker und Dramatiker

daf) Johann Jakob Meyer (1798–1826), schweizerischer Redakteur und Philhellene; Vlassis Gabrielides (1848–1920), Politsatiriker und Journalist

dag) Maria Rezan (1921–2004), Radiomoderatorin und Journalistin; Nikos Karantinos (1920–2008), Journalist und Widerstandskämpfer

dah) Aimilios Chourmouzios (1904–1973), Essayist, Theaterkritiker, Übersetzer und Journalist; Marios Ploritis (1919–2006), Theater- und Filmkritiker

dai) Verbandsemblem; Zeitungsausschnitt mit Zitat von Johann Jakob Meyer

2807	0.01 € mehrfarbig	dae	0,30	0,30
2808	0.20 € mehrfarbig	daf	0,50	0,50
2809	0.50 € mehrfarbig	dag	1,10	1,10
2810	0.72 € mehrfarbig	dah	1,60	1,60
2811	2.62 € mehrfarbig	dai	6,—	6,—
	Satzpreis (5 W.)		9,50	9,50
	2 FDC			14,—

Auflagen: MiNr. 2807–2808 je 500.000, MiNr. 2809–2810 je 1.000.000, MiNr. 2811 = 100.000 Stück

2015, 26. Febr. Thermalquellen in Griechenland. Odr. (5×5); gez. K 14:13¾.

dak) Heilbad „Agios Nikolaos“, Methana

dal) Thermalbrunnen, Loutraki-Perachora

dam) Thermalquellen von Ikaria, Lefkada

dan) Therme Sylla Spa & Wellness Hotel, Aidipsos

dao) Thermalquellen von Loutra-Loutrakiou

dap) Seebad Vouliagmeni

dag–dam) Antike Badeszene

2812	0.05 € mehrfarbig	dak	0,30	0,30
2813	0.10 € mehrfarbig	dal	0,30	0,30
2814	0.23 € mehrfarbig	dam	0,50	0,50
2815	0.72 € mehrfarbig	dan	1,60	1,60
2816	0.90 € mehrfarbig	dao	2,—	2,—
2817	2.00 € mehrfarbig	dap	4,50	4,50
	Satzpreis (6 W.)		9,20	9,20
	2 FDC			14,—

Auflagen: MiNr. 2812–2813 und 2816 je 500.000, MiNr. 2814 = 750.000, MiNr. 2815 = 1.750.000, MiNr. 2817 = 100.000 Stück

2015, 30. März. 95 Jahre Griechische Staatsbahn (I). Odr. (5×5); gez. K 13¾:13¼.

dar) Bayerische 40–45

das) Österreichische La901–940

dat) Amerikanische G401–420

dau) Französische Z501–517

dar–dau) Historische Dampflokomotiven

2818	0.20 € mehrfarbig	dar	0,50	0,50
2819	0.72 € mehrfarbig	das	1,70	1,70
2820	0.80 € mehrfarbig	dat	1,80	1,80
2821	2.50 € mehrfarbig	dau	6,—	6,—
	Satzpreis (4 W.)		10,—	10,—
	2 FDC			14,—

Blockausgabe

Block 86	mit MiNr. 2818 (120×70 mm)	dav	1,20	1,20
Block 87	mit MiNr. 2819 (120×70 mm)	daw	4,20	4,20
Block 88	mit MiNr. 2820 (120×70 mm)	dax	4,20	4,20
Block 89	mit MiNr. 2821 (120×70 mm)	day	15,—	15,—
	Gesamtpreis (4 Blocks)		24,—	24,—

Bl. 86–89 stammen aus einer numerierten Verkaufspackung.

Auflagen: MiNr. 2818 und 2820 je 500.000, MiNr. 2819 = 2.500.000, MiNr. 2821 = 100.000 Stück, Bl. 86–89 je 8.000 numerierte Blocks

2015, 30. März. 95 Jahre Griechische Staatsbahn (II). Odr., Markenheftchen (5×2); selbstklebend; gestanzt 13¼:12½.

das) Österreichische La901–940

dat) Amerikanische G401–420

das–dat) Historische Dampflokomotiven

2822	0.72 € mehrfarbig	das	1,70	1,70
2823	0.80 € mehrfarbig	dat	1,80	1,80
	Satzpreis (2 W.)		3,50	3,50
	2 Markenheftchen		35,—	35,—

Auflagen: 100.000 Sätze

2015, 21. April. Widerstandskämpfer gegen die griechische Militärdiktatur. Komb. Odr. und Hfdr. (5×5); gez. K 13¼:13¾.

daz) Dimitros Opropoulos (1921–1987), Oberst; Spyros Moustaklis (1926–1986), Offizier

dba) Nikiforos Mandilaras (1928–1967), Anwalt, Journalist und Zeitungsverleger; Panagiotis Elis (1922–1967)

dbb) Sakis Karagiorgas (1930–1985), Zeitungsredakteur und Wirtschaftswissenschaftler; Kostas Georgakis (1948–1970), Geologiestudent, starb durch Selbstverbrennung als Protest

dbc) Giorgos Tsarouhas (1912–1968), Mitglied der EDA-Partei; Giannis Halkidis (1940–1967), Mitglied der Widerstandsgruppe „Patriotische Front"

2824	0.72 € mehrfarbig	daz	1,70	1,70
2825	0.72 € mehrfarbig	dba	1,70	1,70
2826	0.72 € mehrfarbig	dbb	1,70	1,70
2827	0.90 € mehrfarbig	dbc	2,10	2,10
	Satzpreis (4 W.)		7,20	7,20
	2 FDC			11,50

Auflagen: MiNr. 2824 und 2826 je 1.500.000, MiNr. 2825 = 500.000, MiNr. 2827 = 250.000 Stück

2015, 11. Mai. Europa: Historisches Spielzeug. Odr., Bogen (2×4 Zd); A = vierseitig gez. K 13¾.

dbe dbd

dbd) Flugzeug, Kreisel, Glasmurmeln; Außerirdischer, Mond
dbe) Steinschleuder, Auto, Glasmurmeln

2828 A	0.90 € mehrfarbig	dbd	2,—	2,—
2829 A	3.40 € mehrfarbig	dbe	7,80	7,80
	Satzpreis A (2 W.)		9,80	9,80
	Paar A		10,—	10,—
	FDC A			13,50

Markenheftchen (2×1 Zd), C = senkrecht gez. 13¾

2828 C	0.90 € mehrfarbig	dbd	2,—	2,—
2829 C	3.40 € mehrfarbig	dbe	7,80	7,80
	Satzpreis C (2 W.)		9,80	9,80
	Paar C		10,—	10,—

MiNr. 2828 C–2829 C stammen aus MH 39.

Auflagen: MiNr. 2828 A–2829 A = 80.000, MiNr. 2828 C–2829 C = 14.000 Sätze

2015, 20. Mai. Jahrestage und Ereignisse (I): Konferenz der Europäischen Seehäfen ESPO 2015, Athen; Europäischer Tag der Meere, Piräus. Odr. (5×5); gez. K 13¼:13¾.

dbf

dbg) Silhouette eines Frachtschiffes, Poller mit Festmacherleine

dbh) Wasserwellen, Schriftzug, Hafenplan von Piräus, Athen

dbf–dbg) Silhouetten von Hafenkränen, Kreuzfahrtschiffe, Veranstaltungsemblem

2830	0.72 € mehrfarbig	dbf	1,70	1,70
2831	0.80 € mehrfarbig	dbg	1,80	1,80
2832	0.80 € mehrfarbig	dbh	1,80	1,80
	Satzpreis (3 W.)		5,30	5,30
	2 FDC			9,—

Blockausgabe mit MiNr. 2830–2831

Block 90	(116×87 mm)	dbi	*10,—*	*10,—*

Bl. 90 stammt aus einer numerierten Verkaufspackung.

Auflagen: MiNr. 2830 = 2.000.000, MiNr. 2831 = 1.500.000, MiNr. 2832 = 500.000 Stück, Bl. 90 = 7.000 numerierte Blocks

2015, 20. Mai. Konferenz der Europäischen Seehäfen ESPO 2015, Athen. Odr. (2×5 Zd); gez. K 14:13¾.

dbk) Silhouetten von Hafenkränen und Frachtschiff, Poller mit Festmacherleine, Bug eines Schiffes, Veranstaltungsemblem
Zierfeld

2833	0.80 € mehrfarbig	dbk	1,80	1,80
		2833 Zf	1,80	1,80
		Kleinbogen	20,—	20,—

MiNr. 2833 wurde im Kleinbogen zu 10 Marken und 10 personalisierbaren Zierfeldern gedruckt.

2015, 11. Juni. Blockausgabe: Grußmarken. Odr., Kleinbogen (1×5 Zd) und Blocks, gez. Ks 14:13¼.

dbp

dbl) Akademiker-Eule, Bücher
dbm) Sonne, Vögel, Briefe, Herzen
dbn) Händeschütteln, Zahnräder
dbo) Briefe, Flugzeug, Zahnrad, Sehenswürdigkeiten aus aller Welt

dbv

dbr) Kinderwagen, Vögel
dbs) Vogelfamilie, Herzen, Blumen
dbt) Baby fliegt mit Luftballons
dbu) Hochzeitspaar auf Hochrädern

dca

dbw) Nationalflagge
dbx) Ionisches Kapitell
dby) Illuminierte Miniatur aus alter Klosterhandschrift
dbz) Pferdegespann (Antike Vasenmalerei)

2834	0.72 € mehrfarbig	dbl	1,70	1,70
2835	0.72 € mehrfarbig	dbm	1,70	1,70
2836	0.72 € mehrfarbig	dbn	1,70	1,70
2837	0.90 € mehrfarbig	dbo	2,—	2,—
Block 91	(100×100 mm)	dbp	7,50	7,50
		FDC		9,—
2838	0.72 € mehrfarbig	dbr	1,70	1,70
2839	0.72 € mehrfarbig	dbs	1,70	1,70
2840	0.72 € mehrfarbig	dbt	1,70	1,70
2841	0.90 € mehrfarbig	dbu	2,—	2,—
Block 92	(100×100 mm)	dbv	7,50	7,50
		FDC		9,—
2842	0.72 € mehrfarbig	dbw	1,70	1,70
2843	0.72 € mehrfarbig	dbx	1,70	1,70
2844	0.90 € mehrfarbig	dby	2,—	2,—
2845	0.90 € mehrfarbig	dbz	2,—	2,—
Block 93	(100×100 mm)	dca	8,—	8,—
		FDC		10,—
		Gesamtpreis (3 Blocks)	23,—	23,—
		2834 Zf–2841 Zf	35,—	35,—
		Kleinbogensatz (12 Klb.)	*180,—*	*180,—*

MiNr. 2834–2845 wurden auch jeweils im Kleinbogen zu 5 Marken und 5 personalisierbaren Zierfeldern gedruckt. Postpreis je Kleinbogen: 6 € (mit 0.72-€-Marken) bzw. 8 € (mit 0.90-€-Marken)

Auflagen: MiNr. 2834–2845 = 50.000 Sätze, Bl. 91–93 je 10.000 numerierte Blocks

2015, 9. Juli. Euromed Postal: Schiffe. Odr., Kleinbogen (2×4); A = vierseitig gez. K 13¼:13¾.

dcb) Fischerboot, Emblem

2846 A	3.00 € mehrfarbig	dcb	6,80	6,80
		FDC A		10,—
		Kleinbogen	54,—	54,—

Markenheftchen (2×1), C = senkrecht gez. 13¾

2846 C	3.00 € mehrfarbig	dcb	6,80	6,80
		Markenheftchen	14,—	14,—

Auflagen: MiNr. 2846 A = 80.000, MiNr. 2846 C = 12.000 Stück

2015, 4. Aug. Tourismus: Sporttauchen. Odr. (5×5); gez. K 13¼:13¾.

dcc) Schiffswrack (5.–7. Jh. v. Chr.) bei Skantzoura, Nördliche Sporaden

dcd) Antikes Gefäß (1. Jh. v. Chr.) aus Schiffswrack vor Antikythera

dce) Byzantinisches Schiffswrack bei Rhodos

dcf) Meeresschwämme bei Achaia

dcg) Sarkophag bei Sapientza

dch) Fächerkorallen bei Pilion

dcc–dch) Sporttaucher mit Drucklufttauchgerät

2847	0.10 € mehrfarbig	dcc	0,30	0,30
2848	0.50 € mehrfarbig	dcd	1,20	1,20
2849	0.80 € mehrfarbig	dce	1,80	1,80
2850	0.80 € mehrfarbig	dcf	1,80	1,80
2851	1.62 € mehrfarbig	dcg	3,70	3,70
2852	2.00 € mehrfarbig	dch	4,70	4,70
		Satzpreis (6 W.)	13,50	13,50
		2 FDC		16,—

FDC tragen das Stempeldatum 20.7.2015.

Auflagen: MiNr. 2847 = 1.000.000, MiNr. 2848 und 2851 je 750.000, MiNr. 2849–2850 je 4.000.000, MiNr. 2852 = 100.000 Stück

2015, 31. Aug. Tourismus: Sporttauchen. Odr., Markenheftchen (5×2); selbstklebend; gestanzt 13¾.

dcf) Meeresschwämme bei Achaia

dce) Byzantinisches Schiffswrack bei Rhodos

2853	0.80 € mehrfarbig	dcf	1,80	1,80
2854	0.80 € mehrfarbig	dce	1,80	1,80
		Satzpreis (2 W.)	3,60	3,60
		Markenheftchen	18,—	18,—

2015, 8. Sept. Vulkane Griechenlands. Odr. (5×5); gez. K 13¼:13¾.

dci) Vulkanausbruch auf Nea Kameni, Santorin

dck) Fumarolen, Insel Nisyros

dcl) Vulkanausbruch auf Nea Kameni, Santorin

dcm) Stefanos-Krater, Insel Nisyros

2855	0.01 € mehrfarbig	dci	0,30	0,30
2856	0.20 € mehrfarbig	dck	0,40	0,40
2857	1.00 € mehrfarbig	dcl	2,20	2,20
2858	2.00 € mehrfarbig	dcm	4,60	4,60
		Satzpreis (4 W.)	7,50	7,50
		FDC		11,—

Auflagen: MiNr. 2855 = 500.000, MiNr. 2856–2857 je 1.000.000, MiNr. 2858 = 100.000 Stück

2015, 9. Okt. 350. Jahrestag der Gründung des Collegio Flanginiano, Venedig. Komb. Odr. und Hfdr. (5×5); gez. K 13¾:13¼.

dcn) Thomas Flanginis (1578–1648), Jurist, Kaufmann und Schulgründer

dco) Unsere Liebe Frau von Collegio Flanginiano; Kupferstich (18. Jh.)

dcp) Collegio Flanginiano; Kupferstich von Domenico Lovisa (um 1690–um 1750)

dcr) Wappen des Griechischen Instituts für byzantinische und postbyzantinische Studien, Venedig

2859	0.03 € mehrfarbig	dcn	0,30	0,30
2860	0.72 € mehrfarbig	dco	1,60	1,60
2861	1.50 € mehrfarbig	dcp	3,50	3,50
2862	2.00 € mehrfarbig	dcr	4,60	4,60
		Satzpreis (4 W.)	10,—	10,—
		2 FDC		15,—

Auflagen: MiNr. 2859 = 500.000, MiNr. 2860–2861 je 1.000.000, MiNr. 2862 = 100.000 Stück

2015, 30. Okt. Blockausgabe: 115 Jahre Postbank. Komb. Odr. und Hfdr.; gez. Ks 13¾.

dct

dcs) Ameise, Sparbüchse mit Bankemblem

2863	1.00 € mehrfarbig	dcs	2,30	2,30
Block 94	(68×90 mm)	dct	2,30	2,30
		FDC		4,60

Auflage: 30.000 numerierte Blocks

2015, 4. Nov. Jahrestage und Ereignisse (II): Internationale Briefmarkenausstellung NOTOS 2015, Athen; 70 Jahre Vereinte Nationen (UNO). Odr. (5×5); gez. K 13¾.

dcu) Ausstellungsemblem

dcv) Ausstellungsemblem, Origami-Vogel

dcw) Jubiläumsemblem

2864	0.72 € mehrfarbig	dcu	1,60	1,60
2865	0.90 € mehrfarbig	dcv	2,10	2,10

2866	1.00 €	mehrfarbig	dcw	2,30	2,30
		Satzpreis (3 W.)		6,—	6,—
		FDC			10,—

Blockausgabe mit MiNr. 2864–2865

Block 95	(78×90 mm)	dcx	4,—	4,—
	FDC			6,—

Auflagen: MiNr. 2864 = 500.000, MiNr. 2865 = 1.000.000, MiNr. 2866 = 100.000 Stück, Bl. 94 = 10.000 numerierte Blocks

2015, 4. Nov. Blockausgabe: 2015 – Jahr der maritimen Zusammenarbeit mit China. Odr., gez. Ks 13¾.

dcz

dcy) Chinesisches Schatzschiff, griechische Bireme, Gebirge

2867	3.00 €	mehrfarbig	dcy	6,90	6,90
Block 96		(68×90 mm)	dcz	7,—	7,—
		FDC			10,—

Auflage: 80.000 numerierte Blocks

2015, 14. Dez. Markenzeichen und Spitzenprodukte. MiNr. 2868 komb. Odr. und Hfdr., MiNr. 2869–2872 Odr.; (5×5); gez. K 13¾.

dda) Kaffee „Loumidis Papagalos“

ddb) Honig „Attiki“

ddc) Gewürze „Helios“

ddd) 150 Jahre Haushaltsgeräte „PITSOS“ (2015)

dde) 85 Jahre Verpackungen „Hatzopoulos“

2868	0.72 €	mehrfarbig	dda	1,60	1,60
2869	0.72 €	mehrfarbig	ddb	1,60	1,60
2870	0.72 €	mehrfarbig	ddc	1,60	1,60
2871	0.72 €	mehrfarbig	ddd	1,60	1,60
2872	0.90 €	mehrfarbig	dde	2,10	2,10
		Satzpreis (5 W.)		8,50	8,50
		5 FDC			16,—

Auflage: 700.000 Sätze

2016, 9. Febr. 25 Jahre diplomatische Beziehungen mit Israel. Odr. (5×3); gez. K 14.

ddd) Weißer Turm, Thessaloniki; Schrein des Bab, Haifa; Hafenkräne, Kreuzfahrtschiff, Containerschiff

2873	0.90 €	mehrfarbig	ddd	2,50	2,50
			2873 Zf	3,—	3,—
			FDC		4,—

Blockausgabe mit MiNr. 2873 Zf

Block 97	(68×90 mm)	dde	3,50	3,50

Auflagen: MiNr. 2873 = 500.000 Stück, Bl. 96 = 7.000 numerierte Blocks

Parallelausgabe mit Israel MiNr. 2508

2016, 23. Febr. 75. Jahrestag der Gründung der Nationalen Befreiungsfront (EAM). Odr. (5×5); gez. K 14¼:14.

ddf) Kostas Maragkoudakis (1925–2020)

ddg) Apostolos (Lakis) Santas (1922–2011)

ddh) Manolis Glezos (1922–2020), Politiker und Schriftsteller

ddi) Vardis Vardinogiannis (1921–2018), Schriftsteller

ddk) Stelios Zamanos (1921–2019)

ddf–ddk) Veteranen des griechischen Widerstands gegen die deutsche Besatzung während des Zweiten Weltkriegs

2874	0.20 €	mehrfarbig	ddf	0,50	0,50
2875	0.50 €	mehrfarbig	ddg	1,20	1,20
2876	1.00 €	mehrfarbig	ddh	2,30	2,30
2877	2.00 €	mehrfarbig	ddi	4,60	4,60
2878	2.10 €	mehrfarbig	ddk	4,90	4,90
		Satzpreis (5 W.)		13,50	13,50
		2 FDC			18,50

Auflagen: MiNr. 2874–2875 je 1.000.000, MiNr. 2876–2877 je 1.500.000, MiNr. 2878 = 100.000 Stück

2016, 30. März. 175 Jahre Nationalbank von Griechenland. Komb. Odr. und Hfdr. (5×5); gez. K 13¾.

ddl) Altes Nationalbankgebäudes, Athen (1898–1900); Entwurf von Eugène Troump (1847–?), französischer Architekt

ddm) Ludwigsplatz, Athen (1847); Gemälde von Johannes Rabe (1827–um 1890)

ddn) Gedenkmedaille mit den ersten Bankdirektoren: Georg Stavros (1788–1869), Markos Renieris (1815–1897), Pavlos Kalligas (1814–1896), Stefanos Streit (1837–1920)

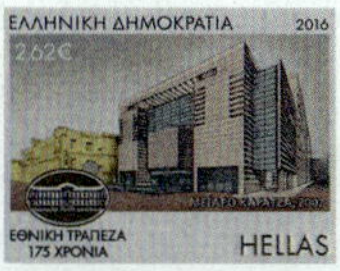

ddo) Neues Verwaltungsgebäude „Megaro Karatza"; Entwurf von Irene Sakellaridou (*1955) und Morpho Papanikolaou (*1955)

2879	0.05 € mehrfarbig	ddl	0,30	0,30
2880	0.10 € mehrfarbig	ddm	0,40	0,40
2881	0.50 € mehrfarbig	ddn	1,10	1,10
2882	2.62 € mehrfarbig	ddo	6,—	6,—
	Satzpreis (4 W.)		7,80	7,80
	FDC			11,—

Blockausgaben

Block 98	mit MiNr. 2879 (90×70 mm)	ddp	0,40	0,40
Block 99	mit MiNr. 2880 (90×70 mm)	ddr	0,50	0,50
Block 100	mit MiNr. 2881 (90×70 mm)	dds	1,10	1,10
Block 101	mit MiNr. 2882 (90×70 mm)	ddt	6,—	6,—
	Gesamtpreis (4 Blocks)		8,—	8,—

Bl. 98–101 stammen aus einer numerierten Verkaufspackung.

Auflagen: MiNr. 2879 und 2882 je 1.500.000, MiNr. 2880 = 1.000.000, MiNr. 2881 = 100.000 Stück, Bl. 98–101 je 10.000 numerierte Blocks

2016, 18. April. Russisches Jahr in Griechenland und Griechisches Jahr in Russland. Odr. (5×5); gez. K 13¾.

ddu) Kultur: Bunte Mosaikschnecke

ddv) Emblem

ddw) Tourismus: ionisches Kapitell, Zwiebeltürme der russisch-orthodoxen Kirche

ddx) Kommunikation: offizielle Webseite www.elru2016.gr

2883	0.80 € mehrfarbig	ddu	1,80	1,80
2884	0.80 € mehrfarbig	ddv	1,80	1,80
2885	0.80 € mehrfarbig	ddw	1,80	1,80
2886	0.90 € mehrfarbig	ddx	2,10	2,10
	Satzpreis (4 W.)		7,50	7,50
	2 FDC			12,—

Blockausgabe mit MiNr. 2883–2886

Block 102	(156×117 mm)	ddy	7,50	7,50

Auflagen: MiNr. 2883–2884 und 2886 je 500.000, MiNr. 2885 = 100.000 Stück, Bl. 102 = 7.000 numerierte Blocks

2016, 18. April. Russisches Jahr in Griechenland und Griechisches Jahr in Russland. Odr., Markenheftchen (5×2); selbstklebend; gestanzt 13¾.

ddw) Tourismus: ionisches Kapitell, Zwiebeltürme der russisch-orthodoxen Kirche

2887	0.80 € mehrfarbig	ddw	1,80	1,80
	Markenheftchen		18,—	18,—

2016, 21. April. Arbeiterbewegung in Griechenland. Odr. (5×5); gez. K 13¾.

ddz) Napoleon Soukatzidis (1909–1944), Kommunist und Gewerkschafter, hingerichtet am Schießstand von Kesariani

dea) Tassos Toussis (1906–1936), Chauffeur in Thessaloniki, erschossen von Polizisten während eines Streiks

deb) Kostas Theos (1896–1958), Mitglied des Gewerkschaftsbundes griechischer Arbeiter der Kommunistischen Partei Griechenlands, ab 1936 im Exil in Rumänien

dec) Sotiris Paraskevidis († 1924), Kämpfer der Arbeiterbewegung, getötet während der Kundgebung zum 1. Mai

2888	0.05 € mehrfarbig	ddz	0,30	0,30
2889	0.50 € mehrfarbig	dea	1,10	1,10
2890	1.00 € mehrfarbig	deb	2,30	2,30
2891	2.00 € mehrfarbig	dec	4,60	4,60
	Satzpreis (4 W.)		8,—	8,—
	FDC			11,—

Auflagen: MiNr. 2888 und 2891 je 1.500.000, MiNr. 2889 = 1.000.000, MiNr. 2890 = 100.000 Stück

2016, 11. Mai. Europa: Umweltbewusst leben. Odr., Bogen (2×4 Zd); A = vierseitig gez. K 14¼:14.

ded) Von Grau zu Grün; Graphik von Doxia Sergidou (Zypern)
dee) Grüne Wiese mit Baum, Umschlag; Graphik von Myrsini Vardopoulou (Griechenland)

2892 A	0.90 € mehrfarbig	ded	2,—	2,—
2893 A	3.40 € mehrfarbig	dee	7,80	7,80
	Satzpreis A (2 W.)		9,80	9,80
	Paar A		10,—	10,—
	FDC A			13,50

Markenheftchen (2×1 Zd), C = senkrecht gez. 14

2892 C	0.90 € mehrfarbig	ded	2,—	2,—
2893 C	3.40 € mehrfarbig	dee	7,80	7,80
	Satzpreis C (2 W.)		9,80	9,80
	Paar C		10,—	10,—

MiNr. 2892 C–2893 C stammen aus MH 40.

Auflagen: MiNr. 2892 A = 800.000, MiNr. 2893 A = 500.000 Stück, MiNr. 2892 C–2893 C = 16.000 Sätze

2016, 23. Mai. 2400. Geburtstag von Aristoteles. Odr. (5×5); gez. K 13¾.

def

deg) Alexander der Große (356–323 v. Chr.)

deh) Platon (427–348/347 v. Chr.), Philosoph

def–deh) Aristoteles (384–322 v. Chr.), Philosoph

2894	0.72 € mehrfarbig	def	1,60	1,60
2895	0.80 € mehrfarbig	deg	1,80	1,80
2896	1.00 € mehrfarbig	deh	2,30	2,30
		Satzpreis (3 W.)	5,70	5,70
		FDC		8,50

Blockausgabe, Blockrand komb. Odr. und Hfdr.

Block 103	mit MiNr. 2894 (64×74 mm)	dei	1,60	1,60
Block 104	mit MiNr. 2895 (64×74 mm)	dek	1,80	1,80
Block 105	mit MiNr. 2896 (64×74 mm)	del	2,30	2,30
		Gesamtpreis (3 Blocks)	5,70	5,70

Bl. 103–105 stammen aus einer Verkaufspackung.

Auflagen: MiNr. 2894 = 1.500.000, MiNr. 2895 = 1.000.000, MiNr. 2896 = 500.000 Stück, Bl. 103–105 je 20.000 numerierte Blocks

2016, 23. Mai. 2400. Geburtstag von Aristoteles. Odr., Markenheftchen (5×2); selbstklebend; gestanzt 11½:12.

def

deg) Alexander der Große (356–323 v. Chr.)

def–deg) Aristoteles (384–322 v. Chr.), Philosoph

2897	0.72 € mehrfarbig	def	1,60	1,60
2898	0.80 € mehrfarbig	deg	1,80	1,80
		Satzpreis (2 W.)	3,40	3,40
		2 Markenheftchen	34,—	34,—

Auflagen: MiNr. 2897 = 50.000, MiNr. 2898 = 150.000 Stück

2016, 23. Mai. 2400. Geburtstag von Aristoteles. Odr. (1×5 Zd); gez. K 14:13¾.

dem) Aristoteles (384–322 v. Chr.), Philosoph
Zierfeld

den) Aristoteles, Alexander der Große (356–323 v. Chr.)
Zierfeld

2899	0.72 € mehrfarbig	dem	3,—	3,—
2900	0.80 € mehrfarbig	den	3,30	3,30
		Satzpreis (2 W.)	6,30	6,30
		2899 Zf–2900 Zf	6,50	6,50
		Kleinbogensatz (2 Klb.)	35,—	35,—

MiNr. 2899–2900 wurden jeweils im Kleinbogen zu 5 Marken und 5 personalisierbaren Zierfeldern gedruckt (Postpreis des Kleinbogens: 6 bzw. 8 €).

2016, 10. Juni. Blockausgabe: Bartholomeos I. – 25 Jahre Ökumenischer Patriarch von Konstantinopel. Odr., Blockrand komb. Odr. und Hfdr.; gez. K 13¾.

der

deo) Patriarch Bartholomeos I. (*1940)
dep) Wappen

2901	0.90 € mehrfarbig	deo	2,10	2,10
2902	1.00 € mehrfarbig	dep	2,30	2,30
Block 106	(90×81 mm)	der	4,50	4,50
		FDC		7,—

Auflage: 30.000 numerierte Blocks

2016, 15. Juni. Russisches Jahr in Griechenland und Griechisches Jahr in Russland. Odr. (1×5 Zd); gez. K 14:13¾.

des) Emblem
Zierfeld

det) Tourismus: ionisches Kapitell, Zwiebeltürme der russisch-orthodoxen Kirche
Zierfeld

2903	0.80 € mehrfarbig	des	3,30	3,30
2904	0.80 € mehrfarbig	det	3,30	3,30
		Satzpreis (2 W.)	6,60	6,60
		2903 Zf–2904 Zf	8,—	8,—
		Kleinbogensatz (2 Klb.)	40,—	40,—

MiNr. 2903–2904 wurden jeweils im Kleinbogen zu 5 Marken und 5 personalisierbaren Zierfeldern gedruckt.

2016, 16. Juni. Blockausgabe: Gemeinsames Konzil der Orthodoxen Kirchen, Heraklion. Odr., Blockrand komb. Odr. und Hfdr.; gez. Ks 13¾.

dev

deu) Veranstaltungsemblem

2905	0.90 € mehrfarbig	deu	2,10	2,10
Block 107	(90×81 mm)	dev	2,50	2,50
		FDC		4,—

Auflage: 30.000 numerierte Blocks

2016, 16. Juni. Gemeinsames Konzil der Orthodoxen Kirchen, Heraklion. Odr. (1×5 Zd); gez. K 14:13¾.

dew) Veranstaltungsemblem
Zierfeld

2906	0.90 € mehrfarbig	dew	3,70	3,70
		2906 Zf	3,70	3,70
		Kleinbogen	18,50	8,50

MiNr. 2906 wurde im Kleinbogen zu 5 Marken und 5 personalisierbaren Zierfeldern gedruckt (Postpreis des Kleinbogens: 8 €).

Auflage: 5.000 Stück

2016, 8. Juli. Demokratische Lambrakis-Jugend. Odr. (5×5); gez. K 13¾.

dex) Sotiris Petroulas (1943–1965), Student

dey) Andreas Lentakis (1935–1997), Politiker, Schriftsteller und Journalist

dez) Mikis Theodorakis (1925–2021), Komponist, Schriftsteller und Politiker

dfa) Christos Rekleitis (1937–2014), Widerstandskämpfer gegen die griechische Militärdiktatur

2907	0.20 € mehrfarbig	dex	0,50	0,50
2908	0.72 € mehrfarbig	dey	1,60	1,60
2909	0.80 € mehrfarbig	dez	1,80	1,80
2910	2.00 € mehrfarbig	dfa	4,60	4,60
		Satzpreis (4 W.)	8,50	8,50
		FDC		11,—

Auflagen: MiNr. 2907 = 1.000.000, MiNr. 2908 = 500.000, MiNr. 2909 = 1.500.000, MiNr. 2910 = 100.000 Stück

2016, 8. Juli. Euromed Postal: Fische des Mittelmeeres. Odr., Kleinbogen (2×4); A = vierseitig gez. K 13¾.

dfb) Fische, Emblem

2911 A	3.00 € mehrfarbig	dfb	6,80	6,80
		FDC		10,—
		Kleinbogen	54,—	54,—

Markenheftchen (2×1), C = senkrecht gez. 12¾

2911 C	3.00 € mehrfarbig	dfb	6,80	6,80
		Markenheftchen	14,—	14,—

Auflagen: MiNr. 2907 A = 80.000, MiNr. 2907 C = 10.000 Stück

2016, 8. Juli. Olympische Sommerspiele, Rio de Janeiro. Odr. (4×2); gez. K 13¾.

dfc) Ringeturnen, Poseidon vom Kap Artemision (Statue)

dfd) Jubelnder Athlet, Nike von Samothrake (Skulptur)

dfc–dfd) Silhouette der Christusstatue auf dem Corcovado; Emblem der griechischen Olympiamannschaft

2912	0.80 € mehrfarbig	dfc	1,90	1,90
2913	0.90 € mehrfarbig	dfd	2,10	2,10
		Satzpreis (2 W.)	4,—	4,—
		FDC		6,50
		Kleinbogensatz (2 Klb.)	32,—	32,—

Auflage: 120.000 Sätze

2016, 1. Sept. International Foundation for Greece (II). Odr. (5×5); gez. K 14:14¼.

dfe) Rita Wilson (*1956), amerikanische Schauspielerin und Filmproduzentin

dff) Costa-Gavras (*1933), griechisch-französischer Filmregisseur und Drehbuchautor

dfg) John A. Catsimatidis (*1948), amerikanischer Geschäftsmann, Milliardär und Radiomoderator

dfh) George Stephanopoulos (*1961), amerikanischer Journalist und Politikberater

dfi) Peter Diamandis (*1961), amerikanischer Luftfahrtingenieur

2914	0.72 € mehrfarbig	dfe	1,80	1,80
2915	0.80 € mehrfarbig	dff	2,—	2,—
2916	0.90 € mehrfarbig	dfg	2,40	2,40
2917	1.00 € mehrfarbig	dfh	2,60	2,60
2918	1.20 € mehrfarbig	dfi	3,20	3,20
		Satzpreis (5 W.)	12,—	12,—
		5 FDC		18,—

Auflagen: MiNr. 2914 = 250.000, MiNr. 2915 = 2.500.000, MiNr. 2916–2917 je 500.000, MiNr. 2918 = 100.000 Stück

2016, 20. Okt. 300. Jahrestag der Belagerung von Korfu. Komb. Odr., Pdr. und Hfdr. (4×5); gez. K 13¼:13.

dfk) Historische Karte von Korfu, Stadtpanorama mit Alter Festung

2919	2.00 € mehrfarbig	....	dfk	4,60	4,60
			FDC		5,70

Auflage: 2.000.000 Stück

2016, 10. Nov. Blockausgabe: 120 Jahre Athen-Marathon. Odr., Blockrand komb. Odr., Pdr. und Hfdr.; gez. Ks 13¾.

dfn

dfl) Läufer (schwarzfigurige Vasenmalerei)
dfm) Läufer, Olympiastadion von 1896

2920	0.90 € mehrfarbig	....	dfl	2,10	2,10
2921	2.10 € mehrfarbig	....	dfm	4,80	4,80
Block 108	(96×71 mm)	....	dfn	7,—	7,—
			FDC		8,—

Auflage: 55.000 numerierte Blocks

2016, 10. Nov. 120 Jahre Athen-Marathon. Odr. (1×5 Zd); gez. K 14:13¾.

dfo) Läufer (schwarzfigurige Vasenmalerei)
Zierfeld

2922	0.90 € mehrfarbig	....	dfo	3,70	3,70
			2922 Zf	3,70	3,70
			Kleinbogen	18,50	8,50

MiNr. 2922 wurde im Kleinbogen zu 5 Marken und 5 personalisierbaren Zierfeldern gedruckt (Postpreis des Kleinbogens: 8 €).

Auflage: 50.000 Stück

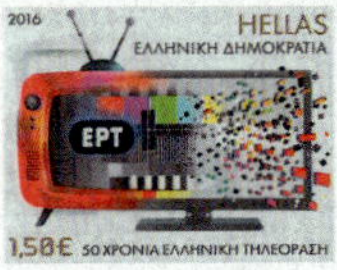

2016, 24. Nov. 50 Jahre griechisches Fernsehen. Komb. Odr. und Hfdr. (5×5); gez. K 13¾:13½.

dfp) Fernsehgerät von 1966 und 2016, Senderemblem

2923	1.50 € mehrfarbig	....	dfp	3,40	3,40
			FDC		5,70

Auflage: 1.500.000 Stück

2016, 15. Dez. Einheimische Kräuter. Odr. (5×5); gez. K 13¾:14¼.

dfr) Kretische Zistrose (Cistus creticus)

dfs) Diptam-Dost (Origanum dictamnus)

dft) Krähenbeerenblättriges Johanniskraut (Hypericum empetrifolium)

dfu) Taygetischer Bergtee (Sideritis clandestina)

dfv) Oregano (Origanum vulgare)

dfw) Griechischer Salbei (Salvia fruticosa)

2924	0.20 € mehrfarbig	....	dfr	0,50	0,50
2925	0.40 € mehrfarbig	....	dfs	0,90	0,90
2926	0.50 € mehrfarbig	....	dft	1,20	1,20
2927	0.72 € mehrfarbig	....	dfu	1,70	1,70
2928	1.00 € mehrfarbig	....	dfv	2,30	2,30
2929	2.62 € mehrfarbig	....	dfw	6,—	6,—
			Satzpreis (6 W.)	12,60	12,60
			2 FDC		18,50

MiNr. 2929 riecht nach Salbei.

Auflagen: MiNr. 2924 und 2928 je 1.500.000, MiNr. 2925 und 2927 je 750.000, MiNr. 2926 = 100.000, MiNr. 2929 = 1.000.000 Stück

2017, 15. März. 150 Jahre Archäologisches Nationalmuseum, Athen. Komb. Odr. und Hfdr. (5×5); gez. K 13¾.

dfx) Kuss-Darstellung auf einer rotfigurigen Kylix (600 v. Chr.)

dfy) Odysseus-Marmorstatue (100 v. Chr.)

dfz) Diadumenos-Statue; römische Kopie aus Delos (100 v. Chr.)

dga) Poseidon von der Bai von Livadostra; Bronzestatue (um 480 v. Chr.)

dgb) Athene auf einer Lekythos; attische Vasenmalerei (440 v. Chr.)

dgc) Dame aus Mykene; Fresko (13. Jh. v. Chr.)

2930	0.10 € mehrfarbig	....	dfx	0,30	0,30
2931	0.50 € mehrfarbig	....	dfy	1,10	1,10
2932	0.72 € mehrfarbig	....	dfz	1,70	1,70
2933	0.90 € mehrfarbig	....	dga	2,10	2,10
2934	1.50 € mehrfarbig	....	dgb	3,40	3,40
2935	2.00 € mehrfarbig	....	dgc	4,60	4,60
			Satzpreis (6 W.)	13,—	13,—
			2 FDC		18,50

Blockausgaben

Block 109	mit MiNr. 2930 (90×70 mm)	dgd	0,40	0,40
Block 110	mit MiNr. 2931 (70×90 mm)	dge	1,20	1,20
Block 111	mit MiNr. 2932 (70×90 mm)	dgf	1,80	1,80
Block 112	mit MiNr. 2933 (70×90 mm)	dgg	2,10	2,10
Block 113	mit MiNr. 2934 (70×90 mm)	dgh	3,40	3,40
Block 114	mit MiNr. 2935 (90×70 mm)	dgi	4,60	4,60
	Gesamtpreis (6 Blocks)		13,50	13,50

Bl. 109–114 stammen aus einer numerierten Verkaufspackung.

Auflagen: MiNr. 2930–2931 und 2933 je 500.000, MiNr. 2932 = 1.000.000, MiNr. 2934 = 2.000.000, MiNr. 2935 = 100.000 Stück, Bl. 109–114 je 7.000 numerierte Blocks

2017, 15. März. 150 Jahre Archäologisches Nationalmuseum, Athen. Odr., Markenheftchen (5×2); selbstklebend; gestanzt 11½:12.

dfz) Diadumenos-Statue; römische Kopie aus Delos (100 v. Chr.)

2936	0.72 € mehrfarbig	dfz	1,70	1,70
	Markenheftchen		17,—	17,—

Auflage: 150.000 Stück

2017, 7. April. Grußmarken. Odr. (5×5); gez. K 13½.

dga) Kunst: Theatermasken

dgb) Musik: Musiker mit Streichinstrumenten, Klavier

dgc) Literatur: Hand mit Feder und Tinte

dgd) Athletik: Tennis, Handball, Radsport

dge) Tourismus: Bunte Häuser, Kirche, Fahrrad

dgf) Weingüter: Weinflaschen und Gläser

2937	0.72 € mehrfarbig	dga	1,60	1,60
2938	0.72 € mehrfarbig	dgb	1,60	1,60
2939	0.72 € mehrfarbig	dgc	1,60	1,60
2940	0.72 € mehrfarbig	dgd	1,60	1,60
2941	0.80 € mehrfarbig	dge	1,80	1,80
2942	0.90 € mehrfarbig	dgf	2,10	2,10
	Satzpreis (6 W.)		10,30	10,30
	2 FDC			16,50

Auflagen: MiNr. 2937–2938 je 1.000.000, MiNr. 2939–2941 je 500.000, MiNr. 2942 = 100.000 Stück

2017, 7. April. Grußmarke: Tourismus. Odr., Markenheftchen (5×2); selbstklebend; gestanzt 13¾.

dge) Bunte Häuser, Kirche, Fahrrad

2943	0.80 € mehrfarbig	dge	1,80	1,80
	Markenheftchen		18,—	18,—

Auflage: 150.000 Stück

2017, 7. April. Grußmarken. Odr. (1×5 Zd); gez. K 13¼.

dga I) Kunst: Theatermasken
Zierfeld

dgb I) Musik: Musikanten spielen Geige, Flügel
Zierfeld

dgc I) Literatur: Hand mit Tinte und Feder
Zierfeld

dgd I) Athletik: Tennis, Handball, Radsport
Zierfeld

dge I) Tourismus: Bunte Häuser, Kirche, Fahrrad
Zierfeld

dgf I) Weingut: Rotweinflasche mit Glas
Zierfeld

2944	0.72 € mehrfarbig	dga I	2,80	2,80
2945	0.72 € mehrfarbig	dgb I	2,80	2,80
2946	0.72 € mehrfarbig	dgc I	2,80	2,80
2947	0.72 € mehrfarbig	dgd I	2,80	2,80
2948	0.80 € mehrfarbig	dge I	3,70	3,70
2949	0.90 € mehrfarbig	dgf I	3,70	3,70
	Satzpreis (6 W.)		18,50	18,50
	2944 Zf–2949 Zf		18,50	18,50
	Kleinbogensatz (6 Klb.)		92,—	92,—

MiNr. 2944–2949 wurden jeweils im Kleinbogen zu 5 Marken und 5 personalisierbaren Zierfeldern gedruckt (Postpreis des Kleinbogens: 6 bzw. 8 €).

Auflagen: MiNr. 2944 und 2948 je 50.000, MiNr. 2945–2947 und 2949 je 25.000 Stück

2017, 24. April. Blockausgabe: Forum Antiker Kulturen, Athen. Odr., gez. Ks 12¾.

dgh

dgg) Weltkugel

2950	2.00 €	mehrfarbig	dgg	4,60	4,60
Block 115		(110×80 mm)	dgh	4,60	4,60
			FDC		7,—

Bl. 115 stammt aus einer numerierten Verkaufspackung.

Auflage: 30.000 numerierte Blocks

2017, 11. Mai. 80 Jahre apostolische Diakonie der Kirche von Griechenland. Komb. Odr. und Hfdr. (5×5); gez. K 13¾:13½.

dgi) Emblem

2951	0.72 €	mehrfarbig	dgi	1,70	1,70
			FDC		3,40

Blockausgabe, Odr., Blockrand komb. Odr. und Hfdr.; gez. Ks 13½:13¾.

dgl

dgk) Hl. Helena (248/250–330), Mutter Konstantins des Großen

2952	2.00 €	mehrfarbig	dgk	4,60	4,60
Block 116		(70×90 mm)	dgl	4,60	4,60
			FDC		7,—

Bl. 116 stammt aus einer numerierten Verkaufspackung.

Auflagen: MiNr. 2951 = 2.000.000 Stück, Bl. 116 = 80.000 numerierte Blocks

2017, 18. Mai. Europa: Burgen und Schlösser. Odr., Bogen (2×4 Zd) und Kleinbogen (4×2); A = vierseitig gez. K 14¼:13¾.

dgn dgm

dgm) Palamidi-Festung, Nafplio
dgn) Burg von Methoni

2953 A	0.90 €	mehrfarbig	dgm	2,—	2,—
2954 A	3.40 €	mehrfarbig	dgn	7,80	7,80
			Satzpreis A (2 W.)	9,80	9,80
			Paar A	10,—	10,—
			FDC A		13,50
			Kleinbogensatz A (2 Klb.)	78,—	78,—

Markenheftchen (2×1 Zd), C = senkrecht gez. 13¾

2953 C	0.90 €	mehrfarbig	dgm	2,—	2,—
2954 C	3.40 €	mehrfarbig	dgn	7,80	7,80
			Satzpreis C (2 W.)	9,80	9,80
			Paar C	10,—	10,—

MiNr. 2953 C–2954 C stammen aus MH 41.

Auflagen: MiNr. 2953 A = 340.000, MiNr. 2954 A = 540.000 Stück, MiNr. 2953 C–2954 C = 16.000 Sätze

2017, 27. Juni. Euromed Postal: Bäume des Mittelmeerraumes. Odr., Kleinbogen (4×2); A = vierseitig gez. K 13½.

dgo) Mastixstrauch (Pistacia lentiscus), Harztropfen

2955 A	2.62 €	mehrfarbig	dgo	6,—	6,—
			FDC		9,—
			Kleinbogen	48,—	48,—

Blockausgabe mit MiNr. 2955 A

Block 117	(70×90 mm)	dgp	6,—	6,—

Markenheftchen (1×2), C = waagerecht gez. 13½

2955 C	2.62 €	mehrfarbig	dgo	6,—	6,—
			Markenheftchen	12,—	12,—

Bl. 117 stammt aus einer numerierten Verkaufspackung.

Auflagen: MiNr. 2955 A = 2.000.000, MiNr. 2955 C = 10.000 Stück, Bl. 117 = 7.000 numerierte Blocks

2017, 27. Juli. Sieben Weise von Griechenland. Odr. (5×5); gez. K 13¾:14¼.

dgr) Chilon von Sparta (ca. 550 v. Chr.), Ephor und Verfassungsreformer

dgs) Kleobulos von Lindos (ca. 550 v. Chr.), Tyrann von Lindos, Dichter

dgt) Periander der Korinther (ca. 650–587 v. Chr.), Tyrann von Korinth

dgu) Pittakos von Mytilene (um 651–570 v. Chr.), Aisymnet und Philosoph

dgv) Solon von Athen (um 640–560 v. Chr.), Staatsmann und Lyriker

dgw) Thales von Milet (um 624–548 v. Chr.), Naturphilosoph, Geometer und Astronom

dgx) Bias von Priene (um 590–530 v. Chr.), Philosoph und Redekünstler

2956	0.05 € mehrfarbig	dgr	0,30	0,30
2957	0.10 € mehrfarbig	dgs	0,30	0,30
2958	0.20 € mehrfarbig	dgt	0,50	0,50
2959	0.50 € mehrfarbig	dgu	1,10	1,10
2960	0.80 € mehrfarbig	dgv	1,80	1,80
2961	1.00 € mehrfarbig	dgw	2,30	2,30
2962	2.00 € mehrfarbig	dgx	4,60	4,60
	Satzpreis (7 W.)		11,—	11,—
	2 FDC			16,—

Auflagen: MiNr. 2956–2957 je 750.000, MiNr. 2958–2959 und 2961 je 1.000.000, MiNr. 2960 = 4.000.000, MiNr. 2962 = 100.000 Stück

2017, 8. Sept. Griechenland–China: Jahr des kulturellen Austausches und der Zusammenarbeit der kreativen Industrie. Odr. (5×5); gez. K 13¾.

dgy) Antikes Theaterkostüm

dgz) Emblem aus Bambus und Olivenzweig

dha) Chinesisches Theaterkostüm mit Maske

2963	0.50 € mehrfarbig	dgy	1,20	1,20
2964	0.90 € mehrfarbig	dgz	2,10	2,10
2965	2.00 € mehrfarbig	dha	4,60	4,60
	Satzpreis (3 W.)		7,90	7,90
	2 FDC			12,60

Blockausgabe

Block 118	mit MiNr. 2964 (105×70 mm)	dhb	2,10	2,10
Block 119	mit MiNr. 2963 und 2965 (105×70 mm)	dhc	5,80	5,80
	Gesamtpreis (2 Blocks)		7,90	7,90

Bl. 118–119 stammen aus einer Verkaufspackung.

Auflagen: MiNr. 2963 = 100.000, MiNr. 2964 = 500.000, MiNr. 2965 = 1.500.000 Stück, Bl. 118–119 je 7.000 numerierte Blocks

2017, 11. Okt. 73. Jahrestag Kampf um das Elektrizitätswerk von Keratsini. Odr. (5×5); gez. K 13¾.

dhd) Kämferdenkmal; von Christos Kapralos (1909–1993), Bildhauer

dhi) Kampf um das Elektrizitätswerk; Gravur von Thomas Molos (1921–2009), Maler

2966	0.50 € mehrfarbig	dhd	1,20	1,20
2967	1.00 € mehrfarbig	dhi	2,30	2,30
	Satzpreis (2 W.)		3,50	3,50
	FDC			5,50

Blockausgabe

Block 120	mit MiNr. 2966 (70×105 mm)	dhk	1,20	1,20
Block 121	mit MiNr. 2967 (105×70 mm)	dhl	2,30	2,30
	Gesamtpreis (2 Blocks)		3,50	3,50

Bl. 120–121 stammen aus einer Verkaufspackung.

Auflagen: MiNr. 2966–2967 = 1.500.000 Sätze, Bl. 120–121 je 7.000 numerierte Blocks

2017, 16. Nov. Berühmte griechische Philatelisten. Komb. Odr. und Hfdr. (5×5); gez. K 13¾.

dhm) Alexander Argyropoulos (1883–1962), Agronom und philatelistischer Redakteur

dhn) Charilis Binos (1909–1978), philatelistischer Forscher und Schriftsteller

dho) Moisis Konstantinis (1932–2018), philatelistischer Sonderberater der griechischen Post, Schriftsteller

dhp) Georgios Papastephanou-Provatakis (1890–1978), Gründer der Athener Philatelistengesellschaft

dhr) Stephanos Makrymichalos (1902–1983), Versicherungsmakler und Underwriter

dhs) Nikolaos Atzaritis (1900–1976), Bildhauer, Stecher und Maler

2968	0.05 € mehrfarbig	dhm	0,30	0,30
2969	0.20 € mehrfarbig	dhn	0,50	0,50
2970	0.72 € mehrfarbig	dho	1,70	1,70
2971	0.90 € mehrfarbig	dhp	2,10	2,10
2972	1.50 € mehrfarbig	dhr	3,40	3,40
2973	2.50 € mehrfarbig	dhs	5,80	5,80
	Satzpreis (6 W.)		13,80	13,80
	3 FDC			21,—

Auflagen: MiNr. 2968–2971 je 750.000, MiNr. 2972 = 1.500.000, MiNr. 2973 = 100.000 Stück

2017, 24. Nov. Heiligtum „Artemis Amarynthia“. Komb. Odr. und Hfdr. (5×5); gez. K 13½.

dht) Drachme: Jagdgöttin Artemis (700 v. Chr.)

2974	1.00 € mehrfarbig	dht	2,30	2,30
	FDC			4,40

Blockausgabe mit MiNr. 2974

Block 122	(70×90 mm)	dhu	2,50	2,50
	FDC			5,30

Auflagen: MiNr. 2974 = 500.000 Stück, Bl. 122 = 25.000 numerierte Blocks

2017, 5. Dez. Weihnachten. Odr., Bogen (5×5) und Kleinbogen (1×2 Zd); gez. K 13¾.

dhr) Pinguin

dhs) Hirsch dht) Eichhörnchen dhu) Bär

2975	0.72 € mehrfarbig	dhr	1,90	1,90
2976	0.72 € mehrfarbig	dhs	1,90	1,90
2977	0.72 € mehrfarbig	dht	1,90	1,90
2978	0.90 € mehrfarbig	dhu	2,40	2,40
		Satzpreis (4 W.)	8,—	8,—
		2 FDC		11,50
		Viererstreifen	8,—	8,—
		Kleinbogen	16,—	16,—

Auflagen: MiNr. 2975–2977 je 510.000, MiNr. 2978 = 260.000 Stück, davon jeweils 10.000 im numerierten Kleinbogen

2017, 5. Dez. Weihnachten. Odr., Markenheftchen (5×2); selbstklebend; gest. 12.

dhs) Hirsch

dhu) Bär

2979	0.72 € mehrfarbig	dhs	1,70	1,70
2980	0.90 € mehrfarbig	dhu	2,10	2,10
		Satzpreis (2 W.)	3,80	3,80
		Markenheftchen mit MiNr. 2979	17,—	17,—
		Markenheftchen mit MiNr. 2980	21,—	21,—

Auflagen: MiNr. 2979 = 250.000, MiNr. 2980 = 50.000 Stück

2017, 8. Dez. 150 Jahre Beamtenaktienfonds. Komb. Odr. und Hfdr. (5×5); gez. K 13¾.

dhv) Verwaltungsgebäude des Aktienfonds, Athen

dhw) Dimitrios N. Levidis (1806–1893), Politiker

2981	0.72 € mehrfarbig	dhv	1,70	1,70
2982	2.50 € mehrfarbig	dhw	5,80	5,80
		Satzpreis (2 W.)	7,50	7,50
		FDC		10,50

Auflage: 500.000 Sätze

2017, 8. Dez. 150 Jahre Beamtenaktienfonds. Odr. (2×5 Zd); gez. K 14¼.

dhx) Verwaltungsgebäude des Aktienfonds, Athen

Zierfeld

2983	0.72 € mehrfarbig	dhx	2,—	2,—
		2983 Zf	2,20	2,20
		Kleinbogen	22,—	22,—

MiNr. 2983 wurde im Kleinbogen zu 10 Marken und 10 personalisierbaren Zierfeldern gedruckt (Postpreis des Kleinbogens: 10 €).

Auflage: 20.000 Stück

2018, 15. Febr. Blockausgabe: Myrtis. Odr., Blockrand komb. Odr. und Hfdr.; gez. Ks 13¾.

dhz

dhy) Myrtis, rekonstruierter Kopf eines Mädchens aus dem 5. Jh. v. Chr.

2984	1.50 € mehrfarbig	dhy	3,50	3,50
Block 123	(70×90 mm)	dhz	3,50	3,50
		FDC		5,80

Auflage: 25.000 numerierte Blocks

2018, 8. März. Internationaler Frauentag. MiNr. 2985 Odr., MiNr. 2986 komb. Odr. und Hfdr.; (5×5); gez. K 14¼.

dia) Emblem des griechischen Generealsekretariats für die Gleichstellung der Geschlechter

dib) Zahl „8", Frauenkopf und Rose

2985	0.72 € mehrfarbig	dia	1,70	1,70
2986	0.90 € mehrfarbig	dib	2,10	2,10
		Satzpreis (2 W.)	3,80	3,80
		FDC		6,—

Auflagen: MiNr. 2985 = 1.000.000, MiNr. 2986 = 500.000 Stück

2018, 19. März. Wissenschaft und Kunst unter dem Mikroskop. Odr. (5×5); gez. K 13½.

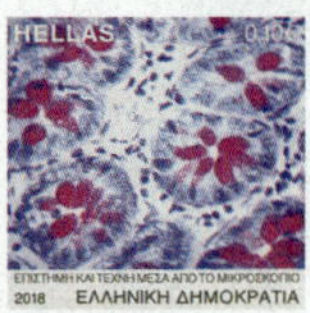

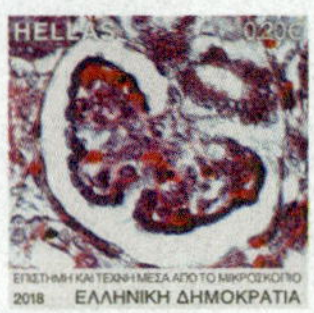

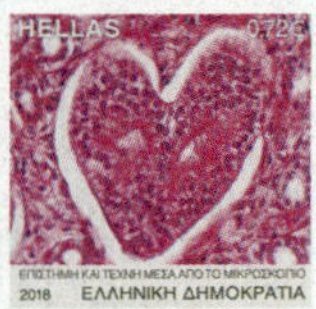

dic) Blumen did) Schmetterling die) Herz

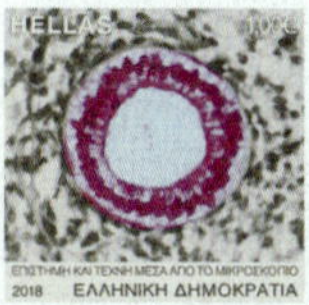

dif) Kranz

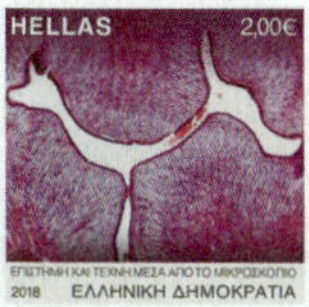

dig) Reh

dic–dig) Mikroskopische Präparate ähneln realen Dingen

2987	0.10 € mehrfarbig	dic	0,30	0,30
2988	0.20 € mehrfarbig	did	0,50	0,50
2989	0.72 € mehrfarbig	die	1,70	1,70
2990	1.00 € mehrfarbig	dif	2,30	2,30
2991	2.00 € mehrfarbig	dig	4,60	4,60
		Satzpreis (5 W.)	9,40	9,40
		2 FDC		14,50

Auflagen: MiNr. 2987 = 500.000, MiNr. 2988–2990 je 750.000, MiNr. 2991 = 100.000 Stück

2018, 30. März. 50. Jahrestag des Gewinns des Basketball-Europapokals durch AEK Athen. Odr. (5×5); gez. K 13½.

dih) Wurf auf Korb, Wappen von AEK Athen

dii) Altes Olympiastadion Athen mit Basketballfeld, Ergebnis des Endspiels (1968)

2992	0.72 € mehrfarbig	dih	1,70	1,70
2993	0.90 € mehrfarbig	dii	2,10	2,10
		Satzpreis (2 W.)	3,80	3,80
		2 FDC		10,—

Blockausgabe

Block 124	mit MiNr. 2992 (109×75 mm)	dik	3,70	3,70
Block 125	mit MiNr. 2993 (109×75 mm)	dil	3,70	3,70

Postpreis: Bl. 124–125 je 1.62 €

Auflagen: MiNr. 2992 = 1.500.000, MiNr. 2993 = 500.000 Stück, Bl. 124–125 je 8.000 Blocks

2018, 24. April. Blockausgabe: Juan de Fuca. Odr., Blockrand komb. Odr. und Hfdr.; gez. Ks 13¾.

din

dim) Juan de Fuca (1536–1602), Seefahrer

2994	1.50 € mehrfarbig	dim	5,80	5,80
Block 126	(90×70 mm)	din	5,80	5,80
		FDC		8,50

Auflage: 25.000 numerierte Blocks

2018, 26. April. 50. Jahrestag des Gewinns des Basketball-Europapokals durch AEK Athen. Odr. (1×5 Zd); gez. K 13½.

dio) Wurf auf Korb, Wappen von AEK Athen
Zierfeld

2995	0.72 € mehrfarbig	dio	1,70	1,70
		2995 Zf	2,—	2,—
		Kleinbogen	10,—	10,—

MiNr. 2995 wurde im Kleinbogen zu 5 Marken und 5 personalisierbaren Zierfeldern gedruckt.

Auflage: 25.000 Stück

2018, 16. Mai. Blockausgabe: 75. Jahrestag der Ermordung der griechischen Juden während des Holocaust. Odr.; gez. Ks 13½:13¾, Querformate ~.

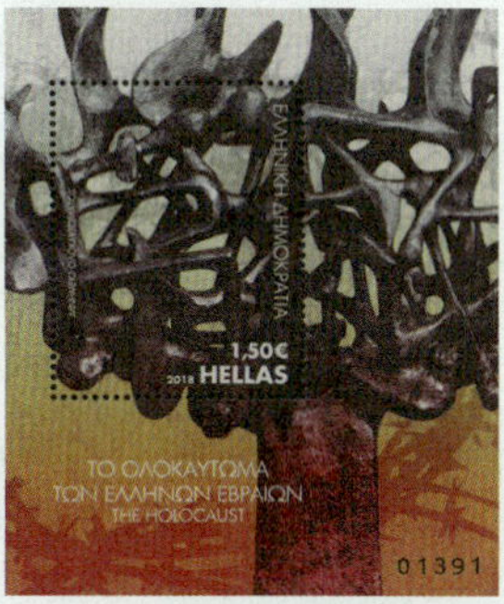

dir

dip) Holocaust-Mahnmal, Thessaloniki

dit

dis) Monastir-Synagoge, Thessaloniki

div

diu) Nationales Holocaust-Museum, Thessaloniki

2996	1.50 € mehrfarbig	dip	3,50	3,50
Block 127	(70×85 mm)	dir	3,50	3,50
2997	1.50 € mehrfarbig	dis	3,50	3,50
Block 128	(85×70 mm)	dit	3,50	3,50

2998	1.50 € mehrfarbig	diu	3,50	3,50
Block 129	(85×70 mm)	div	3,50	3,50
	Gesamtpreis (3 Blocks)		10,50	10,50
	3 FDC			17,—

Bl. 127–129 stammen aus einer Verkaufspackung.

Auflage: je 25.000 numerierte Blocks

2018, 20. Mai. Weltbienentag. Odr. (5×5); gez. K 13½:13¼.

diw

dix diy diz

diw–diz) Westliche Honigbiene (Apis mellifera)

2999 0.50 € mehrfarbig	diw	1,10	1,10
3000 0.72 € mehrfarbig	dix	1,70	1,70
3001 0.80 € mehrfarbig	diy	1,80	1,80
3002 2.00 € mehrfarbig	diz	4,60	4,60
Satzpreis (4 W.)		9,20	9,20
FDC			12,50

Blockausgabe, Blockrand komb. Odr. und Hfdr.

Block 130 mit MiNr. 2999 (90×70 mm)	dka	1,10	1,10
Block 131 mit MiNr. 3000 (90×70 mm)	dkb	1,70	1,70
Block 132 mit MiNr. 3001 (90×70 mm)	dkc	1,80	1,80
Block 133 mit MiNr. 3002 (90×70 mm)	dkd	4,60	4,60
Gesamtpreis (4 Blocks)		9,20	9,20

Bl. 130–133 stammen aus einer Verkaufspackung.

Auflagen: MiNr. 2999 = 100.000, MiNr. 3000 = 750.000, MiNr. 3001 = 1.500.000, MiNr. 3002 = 1.000.000 Stück, Bl. 130–133 je 7.000 numerierte Blocks

2018, 21. Mai. Blockausgabe: 100 Jahre Allgemeiner Griechischer Arbeiterbund (GSEE). Odr.; gez. Ks 13¾:13½.

dkg

dke) Jubiläumsemblem
dkf) Gründungsmitglieder (1918)

3003	1.00 € mehrfarbig	dke	2,30	2,30
3004	1.00 € mehrfarbig	dkf	2,30	2,30
Block 134	(90×80 mm)	dkg	4,60	4,60
	FDC			10,30

Auflage: 30.000 numerierte Blocks

2018, 24. Mai. Europa: Brücken. Odr., Bogen (2×4 Zd) und Kleinbogen (4×2); A = gez. K 14¼:13½.

dkh) Charilaos-Trikoupis-Brücke, Andirrio und Rio
dki) Plaka-Brücke, Ioannina

3005 A 0.90 € mehrfarbig	dkh	2,—	2,—
3006 A 3.40 € mehrfarbig	dki	7,80	7,80
Satzpreis A (2 W.)		9,80	9,80
Paar A		10,—	10,—
FDC A			13,50
Kleinbogensatz A (2 Klb.)		78,—	78,—

Markenheftchen (2×1 Zd), C = senkrecht gez. 13½

3005 C 0.90 € mehrfarbig	dkh	2,—	2,—
3006 C 3.40 € mehrfarbig	dki	7,80	7,80
Satzpreis C (2 W.)		9,80	9,80
Paar C		10,—	10,—

MiNr. 3005 C–3006 C stammen aus MH 42.

Auflagen: MiNr. 3005 A = 352.000, MiNr. 3006 A = 552.000 Stück, MiNr. 3005 C bis 3006 C = 16.000 Sätze

2018, 15. Juni. 190 Jahre Griechische Militärakademie. Komb. Odr. und Hfdr. (5×5); gez. K 13½.

dkk) Emblem

dkl) Ioannis Kapodistrias (1776–1831), erstes Staatsoberhaupt Griechenlands; Medaillenverleihung an Kadett

dkm) Griechische Militärakademie, Soldaten, Flagge

dkn) Kadett

3007 0.72 € mehrfarbig	dkk	1,70	1,70
3008 0.80 € mehrfarbig	dkl	1,80	1,80
3009 1.00 € mehrfarbig	dkm	2,30	2,30
3010 2.62 € mehrfarbig	dkn	6,—	6,—
Satzpreis (4 W.)		11,80	11,80
2 FDC			17,50

Auflagen: MiNr. 3007 und 3009–3010 je 500.000, MiNr. 3008 = 2.500.000 Stück

2018, 19. Juni. Jahrestage und Ereignisse: 100. Geburtstag von Nikolaos Psaroudakis, 100 Jahre Griechische Mathematische Gesellschaft, 25 Jahre Interparlamentarische Versammlung für Orthodoxie. MiNr. 3011–3012 Odr., MiNr. 3013 komb. Odr. und Hfdr.; (5×5); gez. K 14:14¼.

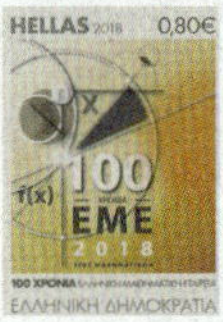

dko) Nikolaos Psaroudakis (1917–2006), Lehrer und Anwalt

dkp) Geometrie

dkr) Emblem

3011	0.72 € mehrfarbig	dko	1,70	1,70
3012	0.80 € mehrfarbig	dkp	1,80	1,80
3013	0.90 € mehrfarbig	dkr	2,—	2,—
		Satzpreis (3 W.)	5,50	5,50
		FDC		8,30

Auflagen: MiNr. 3011 = 1.000.000, MiNr. 3012 = 1.500.000, MiNr. 3013 = 250.000 Stück

2018, 20. Juli. Euromed Postal: Mediterrane Häuser. Odr., Bogen (5×5) und Kleinbogen (4×2); A = gez. K 13¼:13½.

dks) Turm in Mani dkt) Villa in Pelion dku) Haus auf den Kykladen dkv) Häuser auf dem Dodekanes

3014 A	0.72 € mehrfarbig	dks	1,70	1,70
3015 A	0.72 € mehrfarbig	dkt	1,70	1,70
3016 A	0.80 € mehrfarbig	dku	1,80	1,80
3017 A	0.90 € mehrfarbig	dkv	2,—	2,—
		Satzpreis A (4 W.)	7,20	7,20
		Kleinbogensatz A (4 Klb.)	57,60	57,60
		FDC A		10,30

Blockausgabe

Block 135	mit MiNr. 3014 A (100×80 mm)	dkw	2,—	2,—
Block 136	mit MiNr. 3015 A (100×80 mm)	dkx	2,—	2,—
Block 137	mit MiNr. 3016 A (100×80 mm)	dky	2,—	2,—
Block 138	mit MiNr. 3017 A (100×80 mm)	dkz	2,20	2,20
		Gesamtpreis (4 Blocks)	8,—	8,—

Markenheftchen (1×1 Zd), C = senkrecht gez. L 13½

3014 C	0.72 € mehrfarbig	dks	1,70	1,70
3015 C	0.72 € mehrfarbig	dkt	1,70	1,70
3016 C	0.80 € mehrfarbig	dku	1,80	1,80
3017 C	0.90 € mehrfarbig	dkv	2,—	2,—
		Satzpreis C (4 W.)	7,20	7,20
		Viererstreifen C	7,20	7,20

Bl. 135–138 stammen aus einer Verkaufspackung (Postpreis: 3.14 €), MiNr. 3014 C–3017 C aus MH 43.

Auflagen: MiNr. 3014 A–3015 A und 3017 A je 500.000, MiNr. 3016 A = 2.500.000 Stück, Bl. 135–138 je 7.000 numerierte Blocks, MiNr. 3014 C–3017 C = 7.000 Sätze

2018, 25. Juli. Blockausgabe: 100 Jahre Museum der Modernen Griechischen Kultur. Odr.; Blockrand komb. Odr. und Hfdr.; gez. Ks 14:13¾.

dlb

dla) Alexander der Große (Detail)

dld

dlc) Erotokritos and Aretousa (Detail)

dla–dlc) Gemälde von Theophilos Hatzimihail (1870–1934), Maler

3018	1.00 € mehrfarbig	dla	2,30	2,30
Block 139	(70×85 mm)	dlb	2,30	2,30
3019	1.00 € mehrfarbig	dlc	2,30	2,30
Block 140	(70×85 mm)	dld	2,30	2,30
		2 FDC		8,70
		Gesamtpreis (2 Blocks)	4,60	4,60

Bl. 139–140 sind nur im Set erhältlich (Postpreis des Sets: 2 €).

Auflage: je 25.000 numerierte Blocks

2018, 5. Sept. Jahrestage und Ereignisse: 30 Jahre Spezialeinheit der Katastrophenabwehr (EMAK), 83. Internationale Messe Thessaloniki, 50 Jahre Orthodoxe Akademie von Kreta (OAC). Odr. (5×5); gez. K 13¾:14¼, Querformate ~.

dle) Feuerwehrmänner, Hubschrauber, Silhouette eines Wolfes, Trümmer dlf) Jubiläumsemblem, Inschrift dlg) Außenansichten der Orthodoxen Akademie von Kreta

3020	0.72 € mehrfarbig	dle	1,70	1,70
3021	0.80 € mehrfarbig	dlf	1,80	1,80
3022	1.00 € mehrfarbig	dlg	2,30	2,30
		Satzpreis (3 W.)	7,50	7,50
		FDC		8,70

Auflagen: MiNr. 3020 = 750.000, MiNr. 3021–3022 je 1.000.000 Stück

2018, 5. Sept. 83. Internationale Messe Thessaloniki. Odr. (1×5 Zd); gez. K 13¼.

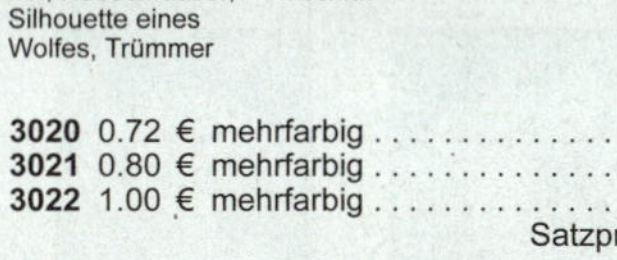

dlh) Jubiläumsemblem, Inschrift Zierfeld

3023	0.80 € mehrfarbig	dlh	1,80	1,80
		3023 Zf	1,80	1,80
		Kleinbogen	8,80	8,80

MiNr. 3023 wurde im numerierten Kleinbogen zu 5 Marken und 5 personalisierbaren Zierfeldern gedruckt (Postpreis des Kleinbogens: 8 €).

Auflage: 2.000 Stück

2018, 9. Okt./15. Nov. 190 Jahre Griechische Post. Komb. Odr., Pdr. und Hfdr.

dli

dlk

dll

dlm

dli–dlm) Briefkästen

I = Bogen (5×5), gez. K 13¾ (9. Okt.)

3024 I	0.10 € mehrfarbig	dli	0,30	0,30
3025 I	0.50 € mehrfarbig	dlk	1,10	1,10
3026 I	0.72 € mehrfarbig	dll	1,70	1,70
3027 I	2.62 € mehrfarbig	dlm	6,—	6,—
		Satzpreis (4 W.)	9,10	9,10
		2 FDC I		14,—

II = Kleinbogen (1×2 Zd), gez. K 13¼ (15. Nov.)

3024 II	0.10 € mehrfarbig	dli	0,30	0,30
3025 II	0.50 € mehrfarbig	dlk	1,10	1,10
3026 II	0.72 € mehrfarbig	dll	1,70	1,70
3027 II	2.62 € mehrfarbig	dlm	6,—	6,—
		Satzpreis II (4 W.)	9,10	9,10
		Viererstreifen II	9,10	9,10
		Kleinbogen II	18,20	18,20

Bei MiNr. 3024 I–3027 I wurden Landesname und Ausgabeanlass in komb. Pdr. und Hfdr. gedruckt, bei MiNr. 3024 II–3027 II im Odr. Dagegen wurden die Briefkästen bei MiNr. 3024 I–3027 I im Odr. gedruckt und bei MiNr. 3024 II–3027 II im komb. Pdr. und Hfdr.

Auflagen: MiNr. 3024 I und 3026 I je 500.000, MiNr. 3025 I und 3027 I je 1.000.000 Stück, MiNr. 3024 II–3027 II = 20.000 Sätze

2018, 23. Nov. Weihnachten. Odr. (5×5); gez. K 13½.

dln) Mädchen schreibt einen Brief

dlo) Weihnachtsmann liest einen Brief, Rentier

dlp) Kinder am Briefkasten

dlr) Junge packt sein Geschenk aus, Spielzeuglokomotive

dln–dlr) Christbaumkugeln

3028	0.72 € mehrfarbig	dln	1,70	1,70
3029	0.72 € mehrfarbig	dlo	1,70	1,70
3030	0.80 € mehrfarbig	dlp	1,80	1,80
3031	0.90 € mehrfarbig	dlr	2,10	2,10
		Satzpreis (4 W.)	7,30	7,30
		2 FDC		11,50

Auflagen: MiNr. 3028–3029 je 350.000, MiNr. 3030–3031 je 250.000 Stück

2018, 23. Nov. Weihnachten. Odr., Markenheftchen (5×2); selbstklebend; gest. 11½:12.

dlo) Weihnachtsmann liest einen Brief, Rentier

dlp) Kinder am Briefkasten

dlo–dlp) Christbaumkugeln

3032	0.72 € mehrfarbig	dlo	1,70	1,70
3033	0.80 € mehrfarbig	dlp	1,80	1,80
		Satzpreis (2 W.)	3,50	3,50
		Markenheftchen mit MiNr. 3032	17,—	17,—
		Markenheftchen mit MiNr. 3033	18,—	18,—

Auflagen: MiNr. 3032 = 25.000, MiNr. 3033 = 5.000 Stück

2018, 23. Nov. Weihnachten. Odr. (1×5 Zd); gez. K 13¼.

dls) Weihnachtsmann liest einen Brief, Rentier, Christbaumkugeln
Zierfeld

3034	0.72 € mehrfarbig	dls	2,80	2,80
		3034 Zf	2,80	2,80
		Kleinbogen	14,—	14,—

MiNr. 3034 wurde im numerierten Kleinbogen zu 5 Marken und 5 personalisierbaren Zierfeldern gedruckt (Postpreis des Kleinbogens: 6 €).

Auflage: 2.000 Stück

2018, 30. Nov. Blockausgabe: Griechische Weltraumorganisation. Odr.; gez. Ks 13½.

dlu

dlt) HellasSat 3 / Inmarsat-S-EAN

3035	2.50 € mehrfarbig	dlt	5,80	5,80
Block 141	(90×70 mm)	dlu	5,80	5,80
		FDC		8,80

Auflage: 15.000 numerierte Blocks

2018, 12. Dez. 150 Jahre Präsidialgarde. Komb. Odr. und Hfdr. (5×5); gez. K 13¾:14¼, Querformate ∼.

dlv) Inschrift

dlw) Patrouille vor dem Grab des Unbekannten Soldaten, Athen

dlx) Parthenon

dly) Winteruniform

dlz) Flagge

dlv–dlz) Evzonen

3036	0.05 € mehrfarbig	dlv	0,30	0,30
3037	0.10 € mehrfarbig	dlw	0,30	0,30
3038	0.20 € mehrfarbig	dlx	0,50	0,50
3039	1.00 € mehrfarbig	dly	2,30	2,30
3040	2.00 € mehrfarbig	dlz	4,60	4,60
	Satzpreis (5 W.)		8,—	8,—
	2 FDC			12,—

Auflagen: MiNr. 3036–3038 je 750.000, MiNr. 3039–3040 je 1.000.000 Stück

2019, 15. März. Antike griechische Literatur. Odr. (5×5); A = vierseitig gez. K 13¾:14¼.

dma) Epikur

dmb) Xenophon

dmc) Sokrates

dmd) Herodot

dme) Euripides

3041 A	0.05 €	mehrfarbig	dma	0,30	0,30
3042 A	0.20 €	mehrfarbig	dmb	0,50	0,50
3043 A	0.50 €	mehrfarbig	dmc	1,20	1,20
3044 A	1.00 €	mehrfarbig	dmd	2,30	2,30
3045 A	—	mehrfarbig	dme	6,—	6,—
		Satzpreis A (5 W.)		10,30	10,30
		3 FDC A			18,—

Blockausgabe mit MiNr. 3041 A–3045 A

Block 142	(180×84 mm)	dmf	10,30	10,30

Streifen (5×1), C = senkrecht gez. 14¼

3041 C	0.05 €	mehrfarbig	dma	0,30	0,30
3042 C	0.20 €	mehrfarbig	dmb	0,50	0,50
3043 C	0.50 €	mehrfarbig	dmc	1,20	1,20
3044 C	1.00 €	mehrfarbig	dmd	2,30	2,30
3045 C	—	mehrfarbig	dme	6,—	6,—
		Satzpreis C (5 W.)		10,30	10,30

Nominale von MiNr. 3045 zur Zeit der Ausgabe (Einschreiben Inlandsbrief bis 20 g): 2.62 €

Bl. 142 stammt aus einer numerierten Verkaufspackung (Postpreis: 4.37 €).

MiNr. 3041 C–3045 C wurden jeweils in Verkaufspackungen zu 100 Marken (20 Fünferstreifen) ausgegeben.

Auflagen: MiNr. 3041 A–3042 A je 1.900.000, MiNr. 3043 A = 3.900.000, MiNr. 3044 A = 5.900.000, MiNr. 3045 A = 2.900.000 Stück, Bl. 142 = 7.000 Blocks, MiNr. 3041 C–3045 C = 100.000 Sätze

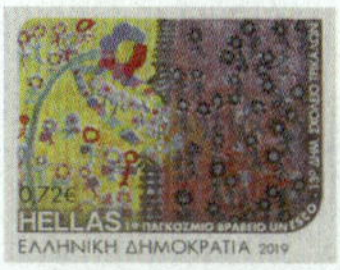

2019, 9. April. Kindermarken: 1. Platz des UNESCO-Schul-Malwettbewerbs „Herz und Gedanken für Flüchtlinge öffnen“, Kampagne „Rauchfreies Griechenland“, Weltkinderbuchtag. Odr. (5×5); gez. K 13½.

dmg) Bunte und schwarzgraue Blumen, eingerissener Zaun

dmh) Inschrift, Logo

dmi) Kinder in einem Heißluftballon, Logo

dmk) Hexe und Zauberer, Bücher, Zug

3046	0.72 € mehrfarbig	dmg	1,70	1,70
3047	0.72 € mehrfarbig	dmh	1,70	1,70
3048	0.90 € mehrfarbig	dmi	2,10	2,10
3049	2.50 € mehrfarbig	dmk	5,80	5,80
	Satzpreis (4 W.)		11,30	11,30
	3 FDC			18,—

Auflagen: MiNr. 3046 = 250.000, MiNr. 3047–3048 je 500.000, MiNr. 3049 = 3.000.000 Stück

Weitere Werte: Marke auf Privatbestellung MiNr. 6

2019, 9. Mai. Europa: Einheimische Vögel. Odr., Bogen (2×4 Zd) und Kleinbogen (4×2); A = gez. K 13½.

dml) Felsenkleiber (Sitta neumayer)
dmm) Eleonorenfalke (Falco eleonorae)

3050 A	0.90 €	mehrfarbig	dml	2,—	2,—
3051 A	3.40 €	mehrfarbig	dmm	7,80	7,80
		Satzpreis A (2 W.)		9,80	9,80
		Paar A		10,—	10,—
		FDC A			13,50
		Kleinbogensatz A (2 Klb.)		78,—	78,—

Markenheftchen (2×1 Zd), C = senkrecht gez. 13½

3050 C	0.90 €	mehrfarbig	dml	2,—	2,—
3051 C	3.40 €	mehrfarbig	dmm	7,80	7,80
		Satzpreis C (2 W.)		9,80	9,80
		Paar C		10,—	10,—

MiNr. 3050 C–3051 C stammen aus MH 44.

Auflagen: MiNr. 3050 A = 352.000, MiNr. 3051 A = 552.000 Stück, MiNr. 3050 C bis 3051 C = 16.000 Sätze

2019, 15. Juli. Euromed Postal: Trachten des Mittelmeerraumes. Odr., Bogen (5×5) und Kleinbogen (4×2); A = vierseitig gez. K 14:14¼.

dmn) Brautkleid aus Lefkada (19.–20. Jh.)

dmo) Brautkleid aus Kastelorizo (19. Jh.)

dmp) Tracht aus Anogia (20. Jh.)

dmr) Flüchtlingstracht aus Xanthi (19. Jh.)

3052 A	— mehrfarbig	dmn	1,70	1,70
3053 A	— mehrfarbig	dmo	1,80	1,80
3054 A	— mehrfarbig	dmp	1,80	1,80
3055 A	— mehrfarbig	dmr	6,—	6,—
		Satzpreis A (4 W.)	11,30	11,30
		2 FDC A		17,—
		Kleinbogensatz A (4 Klb.)	90,—	90,—

Blockausgabe mit MiNr. 3052 A–3055 A

Block 143	(90×120 mm)	dms	11,30	11,30

Markenheftchen (1 Zd), C = senkrecht gez. 14¼

3052 C	— mehrfarbig	dmn	1,70	1,70
3053 C	— mehrfarbig	dmo	1,80	1,80
3054 C	— mehrfarbig	dmp	1,80	1,80
3055 C	— mehrfarbig	dmr	6,—	6,—
		Satzpreis C (4 W.)	11,30	11,30

Nominalen zur Zeit der Ausgabe: MiNr. 3052 (Inlandsbrief bis 20 g) = 0.72 €, MiNr. 3053–3054 (Internationale Postkarte) je 0.80 €, MiNr. 3055 (Einschreiben Inlandsbrief bis 20 g) = 2.62 €

Bl. 143 stammt aus einer Verkaufspackung (Postpreis: 4.94 €).

MiNr. 3052 C–3055 C stammen aus MH 45.

Auflagen: MiNr. 3052 A = 2.000.000, MiNr. 3053 A–3054 A je 3.000.000, MiNr. 3055 A = 1.000.000 Stück, Bl. 143 = 7.000 numerierte Blocks, MiNr. 3052 C–3055 C = 7.000 Sätze

2019, 16. Sept. 100 Jahre Nationale Küstenwache Griechenlands. MiNr. 3056 und 3058–3059 Odr., MiNr. 3057 komb. Odr. und Hfdr.; (5×5); gez. K 13¾:13½, Hochformat ~.

dmt) Patrouillenschiff ΛΣ 050, Hubschrauber Westland Lynx

dmu) Emblem in Lorbeerkranz

dmv) Zahl „100“, Emblem

dmw) Patrouillenschiff

3056	0.20 €	mehrfarbig	dmt	0,50	0,50
3057	—	mehrfarbig	dmu	1,70	1,70
3058	0.90 €	mehrfarbig	dmv	2,—	2,—
3059	—	mehrfarbig	dmw	7,80	7,80
			Satzpreis (4 W.)	12,—	12,—
			2 FDC		18,—

Nominalen zur Zeit der Ausgabe: MiNr. 3057 (Inlandsbrief bis 20 g) = 0.72 €, MiNr. 3058 (Einschreiben International bis 20 g) = 3.40 €

Auflagen: MiNr. 3056 und 3059 je 1.000.000, MiNr. 3057–3058 je 2.000.000 Stück

2019, 7. Okt. International Foundation for Greece (III). Odr. (5×5); gez. K 14:14¼.

dmx) Charles Dean Metropoulos (*1946), amerikanischer Unternehmer griechischer Herkunft

dmy) Corinne Mentzelopoulos (*1953), griechisch-französische Unternehmerin

dmz) Dimitri Nanopoulos (*1948), Physiker

dna) Alexandre Desplat (*1961), französisch-griechischer Komponist

dnb) George Behrakis (*1934), amerikanischer Unternehmer und Philanthrop griechischer Herkunft

3060	0.05 €	mehrfarbig	dmx	0,30	0,30
3061	0.10 €	mehrfarbig	dmy	0,30	0,30
3062	—	mehrfarbig	dmz	1,70	1,70
3063	1.50 €	mehrfarbig	dna	3,50	3,50
3064	2.00 €	mehrfarbig	dnb	4,60	4,60
			Satzpreis (5 W.)	10,40	10,40
			5 FDC		18,—

Nominale von MiNr. 3062 zur Zeit der Ausgabe (Inlandsbrief bis 20 g): 0.72 €

Auflagen: MiNr. 3060 = 650.000, MiNr. 3061–3063–2917 je 1.000.000, MiNr. 3064 = 200.000 Stück

2019, 20. Okt. 200 Jahre neues Katholikon des Klosters Xenofontos. Komb. Odr. und Hfdr. (5×5); gez. K 13½:13¾.

dnc) Tamboure und Kuppeln des Katholikons

3065	2.50 € mehrfarbig	dnc	5,80	5,80
		FDC		8,50

Blockausgabe mit 1 × MiNr. 3065

Block 144	(85×71 mm)	dnd	6,—	6,—
		FDC		9,—

Bl. 144 stammt aus einer numerierten Verkaufspackung.

Auflagen: MiNr. 3065 = 1.000.000 Stück, Bl. 144 = 25.000 numerierte Blocks

2019, 25. Nov. Weihnachten. MiNr. 3066 und 3069 komb. Odr. und Hfdr., MiNr. 3067–3068 Odr. mit Lacküberzug (5×5); gez. K 13½:13¾.

dne) Einhorn

dnf) Flamingo

dng) Faultier

dnh) Lama

3066	— mehrfarbig	dne	1,70	1,70
3067	— mehrfarbig	dnf	1,70	1,70
3068	— mehrfarbig	dng	1,70	1,70
3069	— mehrfarbig	dnh	2,10	2,10
		Satzpreis (4 W.)	7,20	7,20
		2 FDC		11,50

Blockausgabe mit MiNr. 3066–3069

Block 145 (180×90 mm)	dni	7,50	7,50

Nominalen zur Zeit der Ausgabe: MiNr. 3066–3068 (Inlandsbrief bis 20 g) = 0.72 €, MiNr. 3069 (Auslandsbrief bis 20 g) = 0.90 €

Auflagen: MiNr. 3066–3068 je 500.000, MiNr. 3069 = 200.000 Stück, Bl. 145 = 5.000 numerierte Blocks

In gleichen Zeichnungen wie MiNr. 3066 und 3069: MiNr. 3070–3071 (selbstklebend)

2019, 25. Nov. Weihnachten. Odr., Markenheftchen (5×2); selbstklebend; gest. 11½:12.

dne) Einhorn

dnh) Lama

3070	— mehrfarbig	dne	1,70	1,70
3071	— mehrfarbig	dnh	2,10	2,10
	Satzpreis (2 W.)		3,80	3,80
	Markenheftchen mit MiNr. 3070		17,—	17,—
	Markenheftchen mit MiNr. 3071		21,—	21,—

Nominalen zur Zeit der Ausgabe: MiNr. 3070 (Inlandsbrief bis 20 g) = 0.72 €, MiNr. 3071 (Auslandsbrief bis 20 g) = 0.90 €

Auflage: MiNr. 3070 = 260.000, MiNr. 3071 = 35.000 Stück

In gleichen Zeichnungen: MiNr. 3066, 3069 (nassklebend)

2020, 8. April. Antike Theater in Epirus. Odr. (5×5); gez. K 13¾:13½.

dnk) Gitana

dnl) Kassope

dnm) Dodona

dnn) Nikopolis

dno) Ambrakia

3072	0.10 € mehrfarbig	dnk	0,30	0,30
3073	0.50 € mehrfarbig	dnl	1,20	1,20
3074	1.00 € mehrfarbig	dnm	2,30	2,30
3075	2.00 € mehrfarbig	dnn	4,60	4,60
3076	2.50 € mehrfarbig	dno	5,80	5,80
	Satzpreis (5 W.)		14,20	14,20
	2 FDC			18,50

Auflagen: MiNr. 3072–3075 je 1.000.000, MiNr. 3076 = 1.500.000 Stück

2020, 8. Mai. Europa: Historische Postrouten. Odr., Bogen (2×4 Zd) und Kleinbogen (4×2); A = gez. K 14¼:13¾.

dnp) Segeldampfschiff „Prinz Maximilian“ (19. Jh.)
dnr) Segeldampfschiff „Erzherzog Ludwig“ (19. Jh.)

3077 A	2.00 € mehrfarbig	dnp	4,60	4,60
3078 A	4.50 € mehrfarbig	dnr	10,40	10,40
	Satzpreis A (2 W.)		15,—	15,—
	Paar A		15,—	15,—
	FDC A			21,—
	Kleinbogensatz A (2 Klb.)		120,—	120,—

Markenheftchen (2×1 Zd), C = senkrecht gez. K 13¾

3077 C	2.00 € mehrfarbig	dnp	4,60	4,60
3078 C	4.50 € mehrfarbig	dnr	10,40	10,40
	Satzpreis C (2 W.)		15,—	15,—
	Paar C		15,—	15,—

MiNr. 3077 C–3078 C stammen aus MH 46.

Auflagen: MiNr. 3077 A = 352.000, MiNr. 3078 A = 552.000 Stück, MiNr. 3077 C bis 3078 C = 16.000 Sätze

2020, 21. Mai. Jahrestage und Ereignisse: 100 Jahre Historisches Archiv von Kreta, Chania; 100 Jahre Landwirtschaftliche Universität Athen; 100 Jahre Wirtschaftsuniversität Athen; 50 Jahre Militärakademie für Offiziere, Thessaloniki. Odr. (5×5); gez. K 14¼:14, Hochformat ∼.

dns) Archivgebäude, Wappen

dnt) Universitätsgebäude, Wappen, Weizenähre

dnu) Hermeskopf (Universitätsemblem)

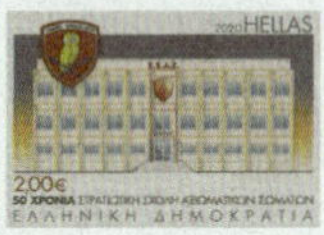

dnv) Akademiegebäude, Wappen

3079	0.10 € mehrfarbig	dns	0,30	0,30
3080	0.90 € mehrfarbig	dnt	2,10	2,10
3081	1.00 € mehrfarbig	dnu	2,30	2,30
3082	2.00 € mehrfarbig	dnv	4,60	4,60
	Satzpreis (4 W.)		9,30	9,30
	2 FDC			14,—

Auflagen: MiNr. 3079 = 1.500.000, MiNr. 3080–3082 je 2.000.000 Stück

2020, 20. Juli. Euromed Postal: Gastronomie des Mittelmeerraumes. Odr. (5×5); A = vierseitig gez. K 14¼:14.

dnw) Chortopita (Blätterteig mit Spinat und Kräutern)

dnx) Oktopus

dny) Lammrippchen mit Rosmarinkartoffeln

dnz) Moussaka (Auberginen-Hackfleisch-Auflauf)

3083 A 0.40 € mehrfarbig . . . . dnw 0,90 0,90
3084 A 0.50 € mehrfarbig . . . . dnx 1,20 1,20
3085 A 2.50 € mehrfarbig . . . . dny 5,80 5,80
3086 A 3.00 € mehrfarbig . . . . dnz 6,90 6,90
Satzpreis A (4 W.) 14,80 14,80
2 FDC A 22,—

Blockausgabe mit MiNr. 3083 A–3086 A

Block 146 (200×85 mm) . . . . doa 15,— 15,—

Markenheftchen (4×1), C = senkrecht gez. 14

3083 C 0.40 € mehrfarbig . . . . dnw 0,90 0,90
3084 C 0.50 € mehrfarbig . . . . dnx 1,20 1,20
3085 C 2.50 € mehrfarbig . . . . dny 5,80 5,80
3086 C 3.00 € mehrfarbig . . . . dnz 6,90 6,90
Satzpreis C (4 W.) 14,80 14,80

Bl. 146 stammt aus einer Verkaufspackung.

MiNr. 3083 C–3086 C stammen aus MH 47.

Auflagen: 3083 A–3084 A je 1.250.000, MiNr. 3085 A = 1.500.000, MiNr. 3086 A = 1.000.000 Stück, Bl. 146 = 5.000 numerierte Blocks, MiNr. 3083 C–3086 C = 5.000 Sätze

2020, 31. Juli. 100. Todestag von Ion Dragoumis. Komb. Odr. und Hfdr. (5×5); gez. K 14:14¼.

dob) Ion Dragoumis (1878–1920), Diplomat, Schriftsteller und Politiker

3087 2.00 € mehrfarbig . . . . dob 4,60 4,60
FDC 7,50

Blockausgabe mit MiNr. 3087

Block 147 (70×85 mm) . . . . doc 4,60 4,60
FDC 7,50

Auflagen: MiNr. 3087 = 500.000 Stück, Bl. 147 = 20.000 numerierte Blocks

2020, 22. Sept. 2500. Jahrestag der Seeschlacht von Salamis. Komb. Odr. und Hfdr. (5×5); gez. K 13¾.

dod) Offene Triere (Kriegsschiff, Blick von oben)

doe) Geschlossene Triere

dof) Themistokles (um 524–um 459 v. Chr.), Staatsmann und Feldherr Athens

dog) Triere rammt persisches Schiff

3088 0.90 € mehrfarbig . . . . dod 2,10 2,10
3089 1.00 € mehrfarbig . . . . doe 2,30 2,30
3090 1.00 € mehrfarbig . . . . dof 2,30 2,30
3091 2.00 € mehrfarbig . . . . dog 4,60 4,60
Satzpreis (4 W.) 11,50 11,50
2 FDC 17,—

Blockausgabe

Block 148 mit MiNr. 3089–3090 (90×75 mm) . doh 4,70 4,70
Block 149 mit MiNr. 3088 und 3091 (90×75 mm) . . . . doi 6,80 6,80
Gesamtpreis (2 Blocks) 11,50 11,50
2 FDC 17,50

Auflagen: MiNr. 3088 = 750.000, MiNr. 3089–3090 je 500.000, MiNr. 3091 = 1.250.000 Stück, Bl. 148–149 je 25.000 numerierte Blocks

2020, 3. Nov. 2500. Jahrestag der Schlacht bei den Thermopylen. Komb. Odr. und Hfdr. (5×5); gez. K 13¾.

dok

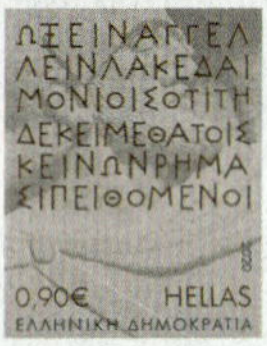

dol) Epigramm von Simonides von Keos (um 557–468 v. Chr.), Dichter

dom) Leonidas I. (um 540–480 v. Chr.), König von Sparta

don

dok–dol, don) Spartaner während der Schlacht; Steinreliefs am Thermopylen-Denkmal von Vasos Falireas (1905–1979), Bildhauer

3092 0.50 € mehrfarbig . . . . dok 1,20 1,20
3093 0.90 € mehrfarbig . . . . dol 2,10 2,10
3094 1.00 € mehrfarbig . . . . dom 2,30 2,30
3095 2.50 € mehrfarbig . . . . don 5,80 5,80
Satzpreis (4 W.) 11,50 11,50
2 FDC 17,—

Blockausgabe

Block 150 mit MiNr. 3093–3094 (90×75 mm) . doo 4,50 4,50
Block 151 mit MiNr. 3092 und 3095 (90×75 mm) . . . . dop 7,— 7,—
Gesamtpreis (2 Blocks) 11,50 11,50
2 FDC 17,50

Bl. 152–153 stammen aus einer Verkaufspackung.

Auflagen: MiNr. 3092 und 3095 je 1.000.000, MiNr. 3093–3094 je 500.000 Stück, Bl. 150–151 je 25.000 numerierte Blocks

2020, 23. Nov. Weihnachten. Odr. (5×5); gez. K 13¾.

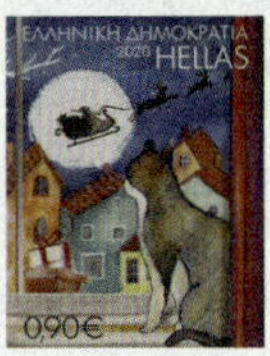

dor) Katze auf Fensterbank beobachtet vorbeifliegenden Weihnachtsmann im Rentierschlitten

dos) Hund am Fenster eines weihnachtlich geschmückten Zimmers

3096 0.90 € mehrfarbig . . . . dor 2,10 2,10
3097 1.00 € mehrfarbig . . . . dos 2,30 2,30
Satzpreis (2 W.) 4,40 4,40
2 FDC 8,50

Blockausgabe mit MiNr. 3096–3097

Block 152 (120×75 mm)	dot	4,50	4,50
	FDC		6,50

Bl. 152 stammt aus einer Verkaufspackung.

Auflagen: MiNr. 3096 = 1.000.000, MiNr. 3097 = 500.000 Stück, Bl. 152 = 5.000 numerierte Blocks

In gleichen Zeichnungen: MiNr. 3098–3099 (selbstklebend)

2020, 23. Nov. Weihnachten. Odr., Markenheftchen (5×2); selbstklebend; gest. 11½:12.

dor) Katze auf Fensterbank beobachtet vorbeifliegenden Weihnachtsmann im Rentierschlitten

dos) Hund am Fenster eines weihnachtlich geschmückten Zimmers

3098 0.90 € mehrfarbig	dor	2,10	2,10
3099 1.00 € mehrfarbig	dos	2,30	2,30
	Satzpreis (2 W.)	4,40	4,40
	Markenheftchen mit MiNr. 3098	21,—	21,—
	Markenheftchen mit MiNr. 3099	23,—	23,—

Auflagen: MiNr. 3098 = 150.000, MiNr. 3099 = 50.000 Stück

In gleichen Zeichnungen: MiNr. 3096–3097 (nassklebend)

2020, 3. Dez. Kindermarken: Gegen Mobbing. Odr. (5×5); gez. K 13¾.

dou) Nein zu Einschüchterung

dov) Nein zu Isolation

dow) Stoppt Mobbing

dox) Stoppt Cyber-Mobbing

3100 0.10 € mehrfarbig	dou	0,30	0,30
3101 0.90 € mehrfarbig	dov	2,10	2,10
3102 1.00 € mehrfarbig	dow	2,30	2,30
3103 2.00 € mehrfarbig	dox	4,60	4,60
	Satzpreis (4 W.)	9,50	9,50
	2 FDC		15,—

Auflagen: MiNr. 3100 und 3103 je 1.500.000, MiNr. 3101 = 2.000.000, MiNr. 3102 = 3.000.000 Stück

2021, 28. Jan. 200. Jahrestag der Griechischen Revolution. Komb. Odr. und Hfdr. (5×5); gez. K 13¾.

doy) Beige Zahl „1"

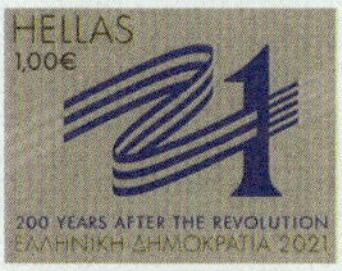

doy I) Blaue Zahl „1"

doy, doy I) Emblem der Gedenkfeier

3104 0.90 € mehrfarbig	doy	2,10	2,10
3105 1.00 € mehrfarbig	doy I	2,30	2,30
	2 FDC		9,—

Blockausgabe mit MiNr. 3104–3105

Block 153 (90×82 mm)	doz	4,50	4,50

Auflagen: MiNr. 3104 = 300.000, MiNr. 3105 = 100.000 Stück, Bl. 153 = 3.500 numerierte Blocks

2021, 25. März. 200. Jahrestag des Beginns des Griechischen Unabhängigkeitskrieges: Eide und Opfer für die Freiheit. Komb. Odr. und Hfdr. (5×5); gez. K 13¾.

dpa) Der patriotische Eid der Griechen; Gemälde von Alphonse de Neuville (1836–1875), französischer Maler

dpb) Der Mut der Frauen von Souli; Gemälde von Alphonse de Neuville

dpc) Der Tod von Markos Botsaris; Gemälde von Jean-Charles Langlois (1789–1870), französischer Soldat und Maler

dpd) Der Eid der Philhellenen; Gemälde von Dionysios Tsokos (1820–1862), Maler

3106 0.20 € mehrfarbig	dpa	0,50	0,50
3107 1.00 € mehrfarbig	dpb	2,30	2,30
3108 3.00 € mehrfarbig	dpc	7,—	7,—
3109 4.00 € mehrfarbig	dpd	9,20	9,20
	Satzpreis (4 W.)	19,—	19,—
	4 FDC		30,—

MiNr. 3106–3109 stammen auch aus MH 48 (Postpreis: 12 €).

Auflagen: MiNr. 3106 = 421.000, MiNr. 3107 = 100.000, MiNr. 3108–3109 je 150.000 Stück, MH 48 = 5.000 numerierte Markenheftchen

2021, 6. Mai. Europa: Gefährdete Wildtiere. Komb. Odr. und Hfdr.; Bogen (2×4 Zd) und Kleinbogen (4×2); A = gez. K 13¾.

dpf) Rothirsch (Cervus elaphus)
dpg) Gemeiner Delfin (Delphinus delphis)

3110 A 2.00 € mehrfarbig	dpe	4,60	4,60
3111 A 4.50 € mehrfarbig	dpf	10,40	10,40
	Satzpreis A (2 W.)	15,—	15,—
	Paar A	15,—	15,—
	FDC A		20,50
	Kleinbogensatz A (2 Klb.)	120,—	120,—

Markenheftchen (2×1 Zd), C = senkrecht gez. 13¾

3110 C 2.00 € mehrfarbig	dpe	4,60	4,60
3111 C 4.50 € mehrfarbig	dpf	10,40	10,40
	Satzpreis C (2 W.)	15,—	15,—
	Paar C	15,—	15,—

MiNr. 3110 C–3111 C stammen aus MH 49.

Auflagen: MiNr. 3110 A–3111 A = 147.000 Sätze, davon 100.000 in Kleinbogen, MH 49 = 6.000 numerierte Markenheftchen

2021, 3. Juni. Blockausgabe: Olympische Sommerspiele 2020, Tokio. Odr.; gez. Ks 13¾.

dpi

dph) Tokio Tower, Feuerwerk über Hochhäusern

dpl

dpk) Hanetsuki-Federball, Spielfeld

dpg, dpi) Emblem des Hellenischen Olympischen Komitees

3112	2.40 € mehrfarbig	dpg	5,50	5,50
Block 154	(120×85 mm)	dph	5,50	5,50
	FDC			8,—
3113	2.40 € mehrfarbig	dpi	5,50	5,50
Block 155	(120×85 mm)	dpk	5,50	5,50
	FDC			8,—

Auflagen: je 20.000 Blocks

2021, 13. Juli. Euromed Postal: Schmuck des Mittelmeerraumes. Komb. Odr. und Hfdr. (5×5); A = vierseitig gez. K 14¼:14.

dpl) Goldene Ohrringe mit Tauben (2. Jh. v. Chr.)

dpm) Goldene Gürtelschnalle (6.–7. Jh.) aus dem Mytilene-Schatzfund

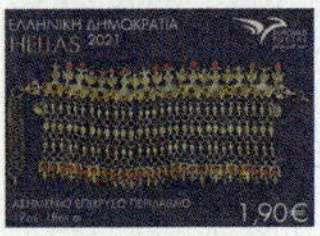

dpn) Halskette aus vergoldetem Silber (17.–18. Jh)

dpo) Silberner Brautschmuck (19. Jh.)

3114 A	0.90 € mehrfarbig	dpl	2,—	2,—
3115 A	1.00 € mehrfarbig	dpm	2,30	2,30
3116 A	1.90 € mehrfarbig	dpn	4,40	4,40
3117 A	2.00 € mehrfarbig	dpo	4,60	4,60
	Satzpreis A (4 W.)		13,30	13,30
	2 FDC A			19,50

Blockausgabe mit MiNr. 3083 A–3086 A

Block 156	(180×90 mm)	dpp	13,30	13,30

Markenheftchen (4×1), C = senkrecht gez. 14

3114 C	0.90 € mehrfarbig	dpl	2,—	2,—
3115 C	1.00 € mehrfarbig	dpm	2,30	2,30
3116 C	1.90 € mehrfarbig	dpn	4,40	4,40
3117 C	2.00 € mehrfarbig	dpo	4,60	4,60
	Satzpreis C (4 W.)		13,30	13,30

MiNr. 3114 C–3117 C stammen aus MH 50.

Auflagen: MiNr. 3114 A = 150.000, MiNr. 3115 A = 125.000, MiNr. 3116 A = 100.000 Stück, MiNr. 3117 = 75.000 Stück, Bl. 156 = 5.000 numerierte Blocks, MiNr. 3114 C–3117 C = 5.000 Sätze

2021, 23. Sept. Philhellenismus. Odr. (1×4 Zd); gez. K 14¼:14½.

dpr) Alexander Puschkin (1799–1837), russischer Schriftsteller

dps) Eugène Delacroix (1798–1863), französischer Maler

dpt) Percy Bysshe Shelley (1792–1822), britischer Schriftsteller

dpu) Samuel Gridley Howe (1801–1876), amerikanischer Arzt und Gründer der ersten Blindenschule der Vereinigten Staaten

dpv) Karl August Krazeisen (1794–1878), bayerischer Offizier und Maler

3118	1.00 € mehrfarbig	dpr	2,30	2,30
3119	1.00 € mehrfarbig	dps	2,30	2,30
3120	1.00 € mehrfarbig	dpt	2,30	2,30
3121	1.00 € mehrfarbig	dpu	2,30	2,30
3122	1.00 € mehrfarbig	dpv	2,30	2,30
	Satzpreis (5 W.)		11,50	11,50
	FDC			18,50
	Fünferstreifen		11,50	11,50

MiNr. 3118–3122 wurden waagerecht zusammenhängend gedruckt.

Auflage: 50.000 Sätze

2021, 7. Okt. Kindermarken: Die Griechische Revolution von 1821 durch die Augen von Kindern. Odr. (5×5); gez. K 13¾.

dpw) Frauen in der Revolution

dpx) Exodos der Verteidiger Messolongis

dpy) Geheimer Schulunterricht

dpz) Helden

3123	1.00 € mehrfarbig	dpw	2,30	2,30
3124	1.00 € mehrfarbig	dpx	2,30	2,30
3125	1.00 € mehrfarbig	dpy	2,30	2,30
3126	1.00 € mehrfarbig	dpz	2,30	2,30
	Satzpreis (4 W.)		9,20	9,20
	2 FDC			16,—

Auflage: 100.000 Sätze

2021, 4. Nov. Weihnachten. Odr. (5×5); gez. K 13¾.

dra) Mädchen mit Modellschiff, Junge mit Trommel

drb) Mädchen mit Triangel, Junge mit Trompete

dra–drb) Kinder bieten traditionelle Weihnachtslieder dar

3127	0.90 € mehrfarbig	dra	2,10	2,10
3128	1.00 € mehrfarbig	drb	2,30	2,30
		Satzpreis (2 W.)	4,40	4,40
		2 FDC		11,50

Blockausgabe mit 2 × MiNr. 3127–3128

Block 157	(100×150 mm)	drc	8,80	8,80
		FDC		6,50

Bl. 157 stammt aus einer Verkaufspackung.

Auflagen: MiNr. 3127–3128 = 500.000 Stück, Bl. 157 = 5.000 numerierte Blocks

In gleichen Zeichnungen: MiNr. 3129–3130 (selbstklebend)

2021, 4. Nov. Weihnachten. Odr., Markenheftchen (5×2); selbstklebend; gest. 11½:12.

dra) Mädchen mit Modellschiff, Junge mit Trommel

drb) Mädchen mit Triangel, Junge mit Trompete

dra–drb) Kinder bieten traditionelle Weihnachtslieder dar

3129	0.90 € mehrfarbig	dra	2,10	2,10
3130	1.00 € mehrfarbig	drb	2,30	2,30
		Satzpreis (2 W.)	4,40	4,40
		Markenheftchen mit MiNr. 3129	21,—	21,—
		Markenheftchen mit MiNr. 3130	23,—	23,—

Auflagen: MiNr. 3129 = 150.000, MiNr. 3099 = 50.000 Stück

In gleichen Zeichnungen: MiNr. 3127–3128 (nassklebend)

2021, 19. Nov. Blockausgabe: Internationale Briefmarkenausstellung NOTOS 2021, Athen. Komb. Odr. und Hfdr.; gez. Ks 13¾.

drf

drd) Druckmatrix der Hermeskopf-Freimarken (1861)
dre) Abzug von der Druckmatrix (2011)

3131	2.40 € mehrfarbig	drd	5,50	5,50
3132	2.40 € mehrfarbig	dre	5,50	5,50
Block 158	(125×88 mm)	drf	11,—	11,—
		FDC		16,—

Auflage: 20.000 numerierte Blocks

2021, 16. Dez. 200. Jahrestag der Griechischen Revolution: Gemälde aus der Nationalgallerie. Komb. Odr. und Hfdr. (5×5); gez. K 13¾.

drg) Zwei Krieger (1855); von Theodoros Vryzakis (1814–1878), Maler

drh) Georgios Karaiskakis reitet auf die Akropolis; von Filippos Margaritis (1810–1892), Maler und erster griechischer Fotograph

dri) Das Armeelager von Karaiskakis (1855); von Theodoros Vryzakis

drk) Kriegsszene; von Theodoros Vryzakis

3133	0.90 € mehrfarbig	drg	2,10	2,10
3134	0.90 € mehrfarbig	drh	2,10	2,10
3135	1.00 € mehrfarbig	dri	2,30	2,30
3136	1.00 € mehrfarbig	drk	2,30	2,30
		Satzpreis (4 W.)	8,80	8,80
		2 FDC		16,—

Blockausgabe, gez. Ks 13¼:13½

drm

drl) Dankbare Hellas (1858); von Theodoros Vryzakis

3137	4.00 € mehrfarbig	drl	9,20	9,20
Block 159	(55×79 mm)	drm	9,30	9,30
		FDC		15,—

Auflagen: MiNr. 3133–3136 = 50.000 Sätze, Bl. = 10.000 numerierte Blocks

Ab MiNr. 2062 sind alle Ausgaben frankaturgültig.

Jahrgangswerttabelle

Die Aufstellung folgt der numerischen Reihenfolge der Katalogisierung ohne Rücksicht auf die Chronologie eventueller Ergänzungswerte.

Grundsätzlich ist nur die jeweils billigste Sorte pro Marke bzw. Ausgabe angegeben, sofern nichts anderes vermerkt.

Zusammendrucke aus Bogen, Marken mit Zierfeldern usw. sind dann berücksichtigt, wenn sie als normale Ausgabeform anzusehen sind. Einzelmarken aus Blocks und Marken mit der Preisnotierung „—,—" sind nicht berücksichtigt.

Im neuen MICHEL-Redaktionssystem fließen Einzelwerte anstelle von Satzpreisen in die Berechnung ein. Zusätzlich werden alle Blockvarianten berücksichtigt. Dadurch können sich Änderungen zu früheren Jahrgangswertberechnungen ergeben.

Jahr	MiNr.	**	⊙
1945	499–511	37,10	18,60
1946	512–537	63,90	8,50
1947	538–558	138,20	12,80
1948	559	7,—	0,60
1949	560–562	35,—	2,—
1950	563–577	532,50	7,10
1951	578–587	453,60	115,—
1952	588–595	164,—	45,50
1953	596–602	129,—	3,80
1954	603–623	597,20	37,20
1955	624–635	301,50	55,50
1956	636–650	142,20	7,60
1957	651–667	161,60	28,30
1958	668–695	195,20	40,50
1959	696–722	116,80	60,80
1960	723–746	57,20	37,50
1961	747–784	104,90	38,70
1962	785–799	13,80	10,20
1963	800–834	39,10	20,30
1964	835–869	25,40	15,70
1965	870–896	13,40	10,50
1966	897–935	20,30	13,20
1967	936–965	13,60	11,—
1968	966–995	20,90	21,60
1969	996–1022	23,80	18,90
1970	1023–1061	40,40	23,80
1971	1062–1087	23,20	22,20
1972	1088–1121	22,80	23,—
1973	1122–1163	27,10	20,—
1974	1164–1194	13,30	13,80
1975	1195–1228	16,—	20,—
1976	1229–1257	14,—	14,90
1977	1258–1301	16,30	17,50
1978	1302–1346, Bl. 1	22,—	17,70
1979	1347–1401	23,80	18,80
1980	1402–1440	16,10	13,70
1981	1441–1474	15,—	13,20
1982	1475–1504, Bl. 2–3	24,40	18,90
1983	1505–1545	26,90	17,90
1984	1546–1574, Bl. 4	32,70	25,30
1985	1575–1607, Bl. 5	29,30	23,60
1986	1608–1642	70,10	28,30
1987	1643–1679, Bl. 6	45,20	30,60
1988	1680–1716	95,80	31,—
1989	1717–1737, Bl. 7	39,—	26,50
1990	1738–1773, Bl. 8	67,80	44,40
1991	1774–1791, Bl. 9	57,40	42,—
1992	1792–1824, Bl. 10	81,—	42,40
1993	1825–1842, Bl. 11	53,—	27,40
1994	1843–1869, Bl. 12	48,50	41,50
1995	1870–1895	83,50	50,40
1996	1896–1932, Bl. 13–15	116,50	74,50
1997	1933–1967	88,50	49,10
1998	1968–1999, Bl. 16	91,10	59,60
1999	2000–2028	53,60	45,30
2000	2029–2061, Bl. 17	76,90	70,40
2001	2062–2082, Bl. 18–19	67,30	66,30
2002	2083–2128, Bl. 20–21	156,30	135,10
2003	2129–2202, Bl. 22–27	250,30	236,30
2004	2203–2272, Bl. 28–38	292,40	284,20
2005	2273–2337, Bl. 39	158,80	152,20
2006	2338–2404, Bl. 40–43	189,—	181,60
2007	2405–2446, Bl. 44	99,80	97,10
2008	2447–2491, Bl. 45	101,50	98,50
2009	2492–2540, Bl. 46–51	153,30	153,30
2010	2541–2593, Bl. 52–54	174,—	174,—
2011	2594–2647, Bl. 55–60	180,90	180,90
2012	2648–2700, Bl. 61–63	132,30	132,30
2013	2701–2742, Bl. 64–71	120,—	120,—
2014	2743–2806, Bl. 72–85	217,20	217,20
2015	2807–2872, Bl. 86–96	183,10	183,10
2016	2873–2929, Bl. 97–108	171,20	171,20
2017	2930–2974, Bl. 109–122	165,50	165,50
2018	2984–3040, Bl. 123–141	147,10	147,10
2019	3041–3071, Bl. 142–145	104,—	104,—
2020	3072–3103, Bl. 146–152	141,20	141,20
2021	3104–3137, Bl. 153–159	143,50	143,50
Gesamtsumme		**8187,10**	**4893,70**

Blockaufstellung

Block 1 siehe nach MiNr. 1311
Block 2 siehe nach MiNr. 1502
Block 3 siehe nach MiNr. 1502
Block 4 siehe nach MiNr. 1554
Block 5 siehe nach MiNr. 1602
Block 6 siehe nach MiNr. 1662
Block 7 siehe nach MiNr. 1730
Block 8 siehe nach MiNr. 1773
Block 9 siehe nach MiNr. 1786
Block 10 siehe nach MiNr. 1804
Block 11 siehe nach MiNr. 1842
Block 12 siehe nach MiNr. 1850
Block 13 siehe nach MiNr. 1899
Block 14 siehe nach MiNr. 1903
Block 15 siehe nach MiNr. 1907
Block 16 siehe nach MiNr. 1980
Block 17 siehe nach MiNr. 2061
Block 18 siehe nach MiNr. 2081
Block 19 siehe nach MiNr. 2082
Block 20 siehe nach MiNr. 2109
Block 21 siehe nach MiNr. 2124
Block 22 siehe nach MiNr. 2134
Block 23 siehe nach MiNr. 2136
Block 24 siehe nach MiNr. 2188
Block 25 siehe nach MiNr. 2190
Block 26 siehe nach MiNr. 2196
Block 27 siehe nach MiNr. 2202
Block 28 siehe nach MiNr. 2213
Block 29 siehe nach MiNr. 2219
Block 30 siehe nach MiNr. 2220
Block 31 siehe nach MiNr. 2223
Block 32 siehe nach MiNr. 2229
Block 33 siehe nach MiNr. 2233
Block 34 siehe nach MiNr. 2236
Block 35 siehe nach MiNr. 2238
Block 36 siehe nach MiNr. 2238
Block 37 siehe nach MiNr. 2239
Block 38 siehe nach MiNr. 2241
Block 39 siehe nach MiNr. 2320
Block 40 siehe nach MiNr. 2339
Block 41 siehe nach MiNr. 2352
Block 42 siehe nach MiNr. 2356
Block 43 siehe nach MiNr. 2391
Block 44 siehe nach MiNr. 2436
Block 45 siehe nach MiNr. 2466
Block 46 siehe nach MiNr. 2502
Block 47 siehe nach MiNr. 2518
Block 48 siehe nach MiNr. 2527
Block 49 siehe nach MiNr. 2538
Block 50 siehe nach MiNr. 2539
Block 51 siehe nach MiNr. 2540
Block 52 siehe nach MiNr. 2546
Block 53 siehe nach MiNr. 2559
Block 54 siehe nach MiNr. 2571
Block 55 siehe nach MiNr. 2616
Block 56 siehe nach MiNr. 2630
Block 57 siehe nach MiNr. 2639
Block 58 siehe nach MiNr. 2645
Block 59 siehe nach MiNr. 2646
Block 60 siehe nach MiNr. 2647
Block 61 siehe nach MiNr. 2683
Block 62 siehe nach MiNr. 2684
Block 63 siehe nach MiNr. 2690
Block 64 siehe nach MiNr. 2705
Block 65 siehe nach MiNr. 2717
Block 66 siehe nach MiNr. 2717
Block 67 siehe nach MiNr. 2724
Block 68 siehe nach MiNr. 2724
Block 69 siehe nach MiNr. 2724
Block 70 siehe nach MiNr. 2724
Block 71 siehe nach MiNr. 2734
Block 72 siehe nach MiNr. 2746
Block 73 siehe nach MiNr. 2746
Block 74 siehe nach MiNr. 2757
Block 75 siehe nach MiNr. 2757
Block 76 siehe nach MiNr. 2757
Block 77 siehe nach MiNr. 2757
Block 78 siehe nach MiNr. 2757
Block 79 siehe nach MiNr. 2781
Block 80 siehe nach MiNr. 2781
Block 81 siehe nach MiNr. 2781
Block 82 siehe nach MiNr. 2781
Block 83 siehe nach MiNr. 2785
Block 84 siehe nach MiNr. 2785
Block 85 siehe nach MiNr. 2794
Block 86 siehe nach MiNr. 2821
Block 87 siehe nach MiNr. 2821
Block 88 siehe nach MiNr. 2821
Block 89 siehe nach MiNr. 2821
Block 90 siehe nach MiNr. 2832
Block 91 siehe nach MiNr. 2837
Block 92 siehe nach MiNr. 2841
Block 93 siehe nach MiNr. 2845
Block 94 siehe nach MiNr. 2863
Block 95 siehe nach MiNr. 2866
Block 96 siehe nach MiNr. 2867
Block 97 siehe nach MiNr. 2873
Block 98 siehe nach MiNr. 2882
Block 99 siehe nach MiNr. 2882
Block 100 siehe nach MiNr. 2882
Block 101 siehe nach MiNr. 2882
Block 102 siehe nach MiNr. 2886
Block 103 siehe nach MiNr. 2896
Block 104 siehe nach MiNr. 2896
Block 105 siehe nach MiNr. 2896
Block 106 siehe nach MiNr. 2902
Block 107 siehe nach MiNr. 2905
Block 108 siehe nach MiNr. 2921
Block 109 siehe nach MiNr. 2935
Block 110 siehe nach MiNr. 2935
Block 111 siehe nach MiNr. 2935
Block 112 siehe nach MiNr. 2935
Block 113 siehe nach MiNr. 2935
Block 114 siehe nach MiNr. 2935
Block 115 siehe nach MiNr. 2950
Block 116 siehe nach MiNr. 2952
Block 117 siehe nach MiNr. 2955
Block 118 siehe nach MiNr. 2965
Block 119 siehe nach MiNr. 2965
Block 120 siehe nach MiNr. 2967
Block 121 siehe nach MiNr. 2967
Block 122 siehe nach MiNr. 2974
Block 123 siehe nach MiNr. 2984
Block 124 siehe nach MiNr. 2993
Block 125 siehe nach MiNr. 2923
Block 126 siehe nach MiNr. 2994
Block 127 siehe nach MiNr. 2996
Block 128 siehe nach MiNr. 2997
Block 129 siehe nach MiNr. 2998
Block 130 siehe nach MiNr. 3002
Block 131 siehe nach MiNr. 3002
Block 132 siehe nach MiNr. 3002
Block 133 siehe nach MiNr. 3002
Block 134 siehe nach MiNr. 3004
Block 135 siehe nach MiNr. 3017
Block 136 siehe nach MiNr. 3017
Block 137 siehe nach MiNr. 3017
Block 138 siehe nach MiNr. 3017
Block 139 siehe nach MiNr. 3018
Block 140 siehe nach MiNr. 3019
Block 141 siehe nach MiNr. 3035
Block 142 siehe nach MiNr. 3045
Block 143 siehe nach MiNr. 3055
Block 144 siehe nach MiNr. 3065
Block 145 siehe nach MiNr. 3069
Block 146 siehe nach MiNr. 3086
Block 147 siehe nach MiNr. 3087
Block 148 siehe nach MiNr. 3091
Block 149 siehe nach MiNr. 3091
Block 150 siehe nach MiNr. 3095
Block 151 siehe nach MiNr. 3095
Block 152 siehe nach MiNr. 3097
Block 153 siehe nach MiNr. 3105
Block 154 siehe nach MiNr. 3112
Block 155 siehe nach MiNr. 3113
Block 156 siehe nach MiNr. 3117
Block 157 siehe nach MiNr. 3128
Block 158 siehe nach MiNr. 3128
Block 159 siehe nach MiNr. 3137

Automatenmarken

Im MICHEL-Europa werden in aller Regel nur die billigste Sorte einer Automatenmarkenausgabe sowie wesentliche Unterschiede des Vordruckpapiers berücksichtigt. Eine ausführliche Katalogisierung nach Unterarten wie Automatennummern, Typen, Papiersorten, Fehlverwendungen und anderen Unterschieden ist im MICHEL-Automatenmarken-Spezial zu finden.

Allgemeine Bewertung: 10 Dr Nominale = 0,20 €, ab 1.1.2002: 1 € Nominale = 2,— €, soweit nicht bereits ein höherer Wert angegeben ist.

1984, 26. März. Freimarke mit Automatennummern-Eindruck. Typendruck über Farbband; ☐.

a

			★★	⊙	FDC
1	1 (Dr) – 999 (Dr) (in Stufen von 1 Dr) bräunlichrot, rotlila	a	1,50	2,—	4,50

Laufzeit: 26.3.1984–28.1.1988

1985, 22. Nov. Briefmarkenausstellung PIRÄUS '85. Typendruck über Farbband; ☐.

b

2 1 (Dr) – 999 (Dr) (in Stufen von 1 Dr) bräunlichrot . . . . b 3,— 4,— 5,—

Laufzeit: 22.11.–1.12.1985

1986, 6. Juni. Nationale Literaturausstellung TYPOY '86, Athen. Typendruck über Farbband; ☐.

c

3 1 (Dr) – 999 (Dr) (in Stufen von 1 Dr) bräunlichrot . . . . c 2,50 2,50 5,—

Laufzeit: 6.–15.6.1986

1986, 25. Okt. Briefmarkenausstellung der griechischen Inseln IRAKLION '86, Heraklion. Typendruck über Farbband; ☐.

d

4 1 (Dr) – 999 (Dr) (in Stufen von 1 Dr) bräunlichrot . . . . d 2,50 3,— 6,—

Laufzeit: 25.10.–2.11.1986

1987, 7. Nov. Briefmarkenausstellung der griechischen Inseln IRAKLION '87, Heraklion. Typendruck über Farbband; ☐.

e

5 1 (Dr) – 999 (Dr) (in Stufen von 1 Dr) bräunlichrot, rotlila . . . . e 2,50 3,— 6,—

Laufzeit: 7.–15.11.1987

1987, 27. Nov. Nationale Briefmarkenausstellung ATHEN '87. Typendruck über Farbband; ☐.

f

6 1 (Dr) – 999 (Dr) (in Stufen von 1 Dr) bräunlichrot, rotlila . . . . f 2,20 2,50 5,—

Laufzeit: 27.11.–6.12. 1987

1988, 27. März.. Briefmarkenausstellung IOANNINA '88. Typendruck über Farbband; ☐.

g

7 1 (Dr) – 999 (Dr) (in Stufen von 1 Dr) bräunlichrot, rotlila . . . . g 2,— 2,50 5,—

Laufzeit: 27.3.–3.4.1988

1988, 4. Nov. Briefmarkenausstellung MAX-HELLAS '88, Athen. Typendruck über Farbband; ☐.

h

8 1 (Dr) – 999 (Dr) (in Stufen von 1 Dr) bräunlichrot, rotlila . . . . h 2,20 3,— 4,—

Laufzeit: 4.–11.11.1988

1991, 29. April. Freimarke mit Automatennummern-Eindruck. Typendruck über Farbband; ☐.

i

9 5 (Dr) – 1000 (Dr) (in Stufen von 5 Dr) rotlila . . . . i 1,50 1,50 3,50

Laufzeit: 29.4.1991–April 1998

1991, 15. Juni. Briefmarkenausstellung HELLAS-KYPROS '91, Heraklion. Typendruck über Farbband; ☐.

k

10 5 (Dr) – 1000 (Dr) (in Stufen von 5 Dr) rotlila . . . . k 1,50 2,50 3,50

Laufzeit: 15.–23.6.1991

1991, 26. Okt. Briefmarkenausstellung MYTILINI '91, Mytilene. Typendruck über Farbband; ☐.

l

11 5 (Dr) – 1000 (Dr) (in Stufen
von 5 Dr) rotlila . . . . l 1,50 2,— 3,—

Laufzeit: 26.10.–3.11.1991

1992, 20. Mai. Nationale Briefmarkenausstellung FILOTHEK '92, Athen. Typendruck über Farbband; ☐.

m

12 5 (Dr) – 1000 (Dr) (in Stufen
von 5 Dr) rotlila . . . . m 1,50 1,50 3,—

Laufzeit: 20.–27.5.1992

1993, 23. Okt. Briefmarkenausstellung RHODOS '93. Typendruck über Farbband; ☐.

n

13 5 (Dr) – 1000 (Dr) (in Stufen
von 5 Dr) rotlila . . . . n 1,50 1,50 5,—

Laufzeit: 23.–31.10.1993

1994, 5. Nov. Nationale Briefmarkenausstellung PANHELLENIC '94, Kifisia. Typendruck über Farbband; ☐.

o

14 5 (Dr) – 1000 (Dr) (in Stufen
von 5 Dr) rotlila . . . . o 1,50 2,— 4,50

Laufzeit: 5.–9.11.1994

1995, 22. Nov. Nationale Briefmarkenausstellung ATHEN-PIRÄUS '95. Typendruck über Farbband; ☐.

p

15 5 (Dr) – 1000 (Dr) (in Stufen
von 5 Dr) rotlila . . . . p 1,50 2,— 4,50

Laufzeit: 22.–28.11.1995

1996, 25. März. 100 Jahre Olympische Spiele der Neuzeit. Typendruck über Farbband; ☐.

r

16 5 (Dr) – 1000 (Dr) (in Stufen
von 5 Dr) rotlila . . . . r 1,50 1,50 4,50

Laufzeit: 25.3.–6.4.1996

1997, 3. Nov. Nationale Briefmarkenausstellung ATHEN '97. Typendruck über Farbband; ☐.

s

17 5 (Dr) – 1000 (Dr) (in Stufen
von 5 Dr) rotlila . . . . s 1,50 1,50 4,—

Laufzeit: 3.–9.11.1997

1998, 3. April. Nationale Briefmarkenausstellung KIFISSIA '98. Typendruck über Farbband; ☐.

t

18 5 (Dr) – 1000 (Dr) (in Stufen
von 5 Dr) rotlila . . . . t 1,50 1,50 4,—

Laufzeit: 3.–8.4.1998

1998, 13. Juli. Freimarke mit Automatennummern-Eindruck: Galeere. RaTdr.; Typendruck über Farbband; ☐.

u) Galeere; Werteindruck in Drachmen

19 5 (Dr) – 1000 (Dr) (in Stufen von 5 Dr)
schwarz; Unterdruck: mfg. . . . . u 1,50 1,50 4,50

Laufzeit: 13.7.1998–Dezember 2001

MiNr. 1–19 gültig bis 31.12.2002

2002, 2. Jan. Freimarke mit Automatennummern-Eindruck: Galeere. RaTdr.; Typendruck über Farbband; ☐.

u I) Galeere; Werteindruck in Euro

20 0.01 € – 5.00 € (in Stufen von 0.01
€) schwarz; Unterdruck: mfg.. u I 1,50 1,50 8,—

Laufzeit: seit 2.1.2002

2002, 30. Sept./2003, Juni. Freimarke. Bdr.; selbstklebendes Papier; Nadeldruck; ☐.

v) Faustkampf (antikes griechisches Wandgemälde)

21 0.01 € bis 3.60 € (bis 1.99 € in
Stufen von 0.01 €) schwarz;
Unterdruck: mehrfarbig v
I Type I (30.9.2002) . . . . *45,— 40,— —,—*
II Type II (Juni 2003) . . . . *20,— 18,—*

MiNr. 21 I Feld für den Werteindruck 22×14 mm, MiNr. 22 II Feld für den Werteindruck 22×12 mm.

Bestimmte Wertstufen immer mit rotem Zudruck „EXPRESS".

Laufzeit: seit 30.9.2002

2004, Mai. Freimarke. Bdr.; selbstklebendes Papier; Nadeldruck; □.

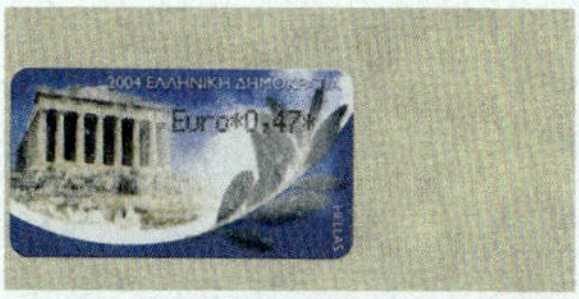

w) Akropolis, Athen

			**	⊙
22	0.01 € bis 3.60 € (bis 1.99 € in Stufen von 0.01 €) schwarz; Unterdruck: mehrfarbig . .	w	4,—	4,—

Bestimmte Wertstufen immer mit rotem Zudruck „EXPRESS".

Laufzeit: seit Mai 2004

2007. Freimarke. Bdr.; selbstklebendes Papier; Nadeldruck; senkrecht gestanzt 14.

x) Tempelsäulen

23	0.62 € bis 4.08 € (in bestimmten Portostufen) schwarz; Unterdruck: mehrfarbig	x	*35,—*	*35,—*

Bei MiNr. 23 führte der geringe Markenabstand auf der Rolle meist zu fehlerhafter Ausgabe oder zu ständigen Betriebsstörungen bei den Automaten.

Bestimmte Wertstufen tragen immer den roten Zudruck „EXPRESS".

Laufzeit: seit 2007

2011, Nov. Freimarke. Bdr.; selbstklebendes Papier; Nadeldruck; senkrecht gestanzt 14.

y) Briefschreiben

24	0.62 € bis 4.08 € (in bestimmten Portostufen) schwarz; Unterdruck: mehrfarbig	y	5,—	5,—

Bestimmte Wertstufen immer mit Zudruck „EXPRESS".

Laufzeit: seit Nov. 2011

Verzeichnis der Markenheftchen

MH-MiNr.	Bezeichnung	Ausgabe-Datum	Nominale	Enthält H-Blatt	Preis **
1	Europa	30.4.1984	84 Dr	1	4,50
2	Olympische Spiele	30.4.1984	161 Dr	2	9,—
3	Weihnachten	6.12.1984	91 Dr	3	4,50
4	Europa	29.4.1985	134 Dr	4	6,—
5	Europa	23.4.1986	290 Dr	5	35,—
6	Europa	4.5.1987	340 Dr	6	17,—
7	Weihnachten	2.12.1987	260 Dr	7	12,—
8	Europa	6.5.1988	420 Dr	8	38,—
9	Olympische Spiele	6.5.1988	284 Dr	9	22,—
10	Provinzhauptstädte	7.10.1988	152 Dr	10	6,—
11	Olympische Spiele	17.3.1989	330 Dr	11	10,—
12	Europa	22.5.1989	460 Dr	12	17,—
13	Europa	11.5.1990	560 Dr	13	17,—
14	Europa	20.5.1991	760 Dr	14	20,—
15	Europa	22.5.1992	860 Dr	15	20,—
16	Europa	25.5.1993	880 Dr	16	20,—
17	Europa	9.5.1994	880 Dr	17	17,—
18	Europa	3.5.1995	860 Dr	18	17,—
19	Europa	22.4.1996	1100 Dr	19	22,—
20	Europa	19.5.1997	1100 Dr	20	17,—
21	Europa	29.5.1998	1280 Dr	21	22,—
22	Europa	24.5.1999	1440 Dr	22	17,—
23	Europa	15.5.2001	1660 Dr	23	17,—
24	Europa	9.5.2002	6.40 €	24	22,—
25	Europa	9.5.2003	7 €	25	17,—
26	Olympische Spiele	9.5.2003	12.70 €	26–34	35,—
27	Europa	4.5.2004	7 €	35	18,—
28	Europa	12.5.2005	6 €	36	14,—
29	Automobile	4.11.2005	12 €	37	25,—
30	Europa	15.5.2006	7.30 €	38	18,—
31	Europa	25.5.2007	7.60 €	39	18,—
32	Europa	26.5.2008	7.68 €	40	18,—
33	Europa	11.5.2009	7.80 €	41	18,—
34	Europa	26.5.2010	7.88 €	42	17,—
35	Europa	17.5.2011	8 €	43	18,—
36	Europa	10.5.2012	8 €	44	18,—
37	Europa	9.5.2013	8.12 €	45	18,—
38	Europa	19.5.2014	8.60 €	46	20,—
39	Europa	11.5.2015	8.60 €	47	20,—
40	Europa	11.5.2016	8.60 €	48	20,—
41	Europa	18.5.2017	8.60 €	49	20,—
42	Europa	24.5.2018	8.60 €	50	20,—
43	Euromed Postal	20.7.2018	3.14 €	51	7,30
44	Europa	09.5.2019	8.60 €	52	20,—
45	Euromed Postal	15.7.2019	4.94 €	53	11,30
46	Europa	8.5.2020	13 €	54	30,—
47	Euromed Postal	20.7.2020	6.40 €	55	15,—
48	200. Jahrestag des Beginns des Griechischen Unabhängigkeitskrieges	25.3.2021	8.20 €*	56	28,—
49	Europa	6.5.2021	13 €	57	30,—
50	Euromed Postal	13.7.2021	5.80 €	58	13,50

*) Verkaufspreis 12 €

Verzeichnis der Heftchenblätter

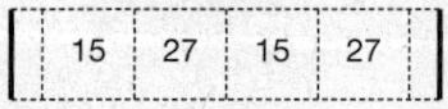

H-Blatt 1 mit MiNr. 1555–1556 4,—

H-Blatt 2 mit MiNr. 1557–1561 7,—

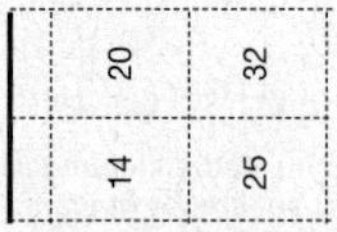

H-Blatt 3 mit MiNr. 1571–1574 4,—

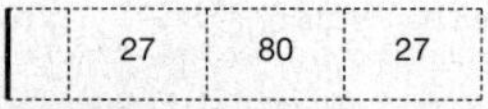

H-Blatt 4 mit MiNr. 1580–1581 5,—

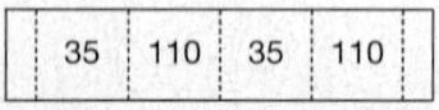

H-Blatt 5 mit MiNr. 1630 C–1631 C 30,—

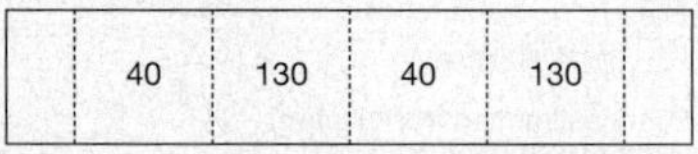

H-Blatt 6 mit MiNr. 1651 C–1652 C 15,—

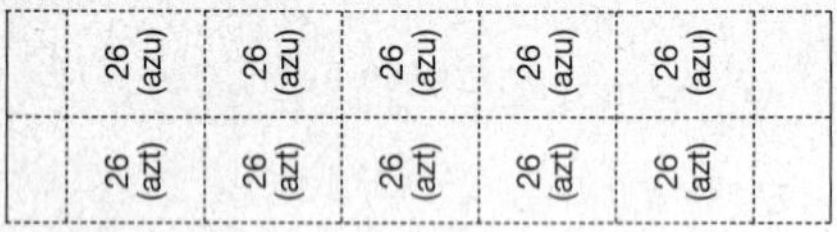

H-Blatt 7 mit MiNr. 1678–1679 10,—

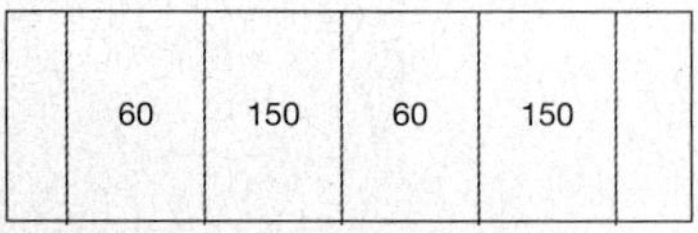

H-Blatt 8 mit MiNr. 1685 C–1686 C 36,—

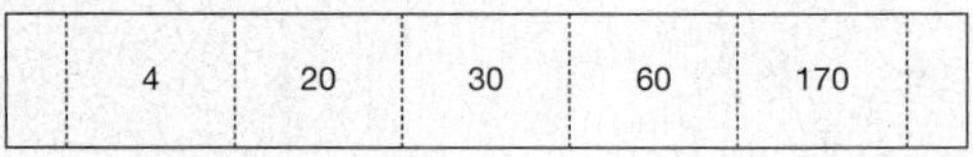

H-Blatt 9 mit MiNr. 1687 C–1691 C 20,—

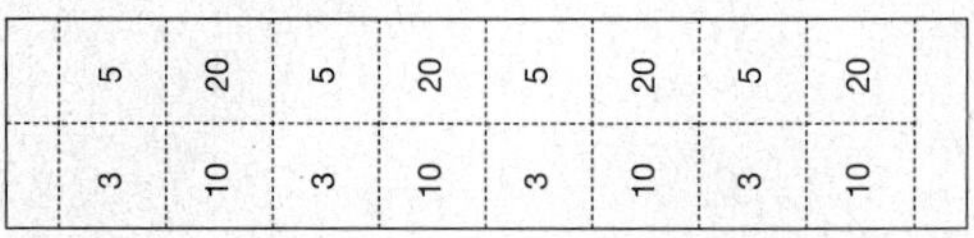

H-Blatt 10 mit MiNr. 1699 D, 1701 D, 1704 D, 1705 D 5,50

	30	60	70	170	

H-Blatt 11 mit MiNr. 1717 C–1720 C 9,—

	60	170	60	170	

H-Blatt 12 mit MiNr. 1721 C–1722 C 16,—

	70	210	70	210	

H-Blatt 13 mit MiNr. 1742 C–1743 C 16,—

	80	300	80	300	

H-Blatt 14 mit MiNr. 1777 C–1778 C 18,—

	90	340	90	340	

H-Blatt 15 mit MiNr. 1802 C–1803 C 18,—

	90	350	90	350	

H-Blatt 16 mit MiNr. 1829 C–1830 C 18,—

	350	90	350	90	

H-Blatt 17 mit 2 × MiNr. 1848 C–1849 C 16,—

	90	340	90	340	

H-Blatt 18 mit MiNr. 1874 C–1875 C 16,—

	120	430	120	430	

H-Blatt 19 mit MiNr. 1908 C–1909 C 20,—

	120	430	120	430	

H-Blatt 20 mit MiNr. 1946 C–1947 C 16,—

	500	140	500	140	

H-Blatt 21 mit MiNr. 1978 C–1979 C 20,—

	170	550	170	550	

H-Blatt 22 mit MiNr. 2008 C–2009 C 16,—

	180	650	180	650	

H-Blatt 23 mit MiNr. 2069 C–2070 C 16,—

H-Blatt 24 mit 2 × MiNr. 2110 C–2111 C 20,—

H-Blatt 25 mit 2 × MiNr. 2150 C–2151 C 16,—

H-Blatt 26 mit MiNr. 2155–2157 3,30

H-Blatt 27 mit MiNr. 2158–2161 4,40

H-Blatt 28 mit MiNr. 2162–2163 2,20

H-Blatt 29 mit MiNr. 2152, 2164–2166 4,10

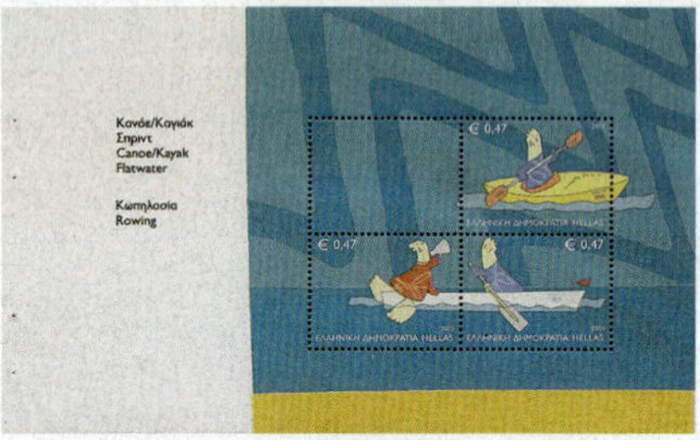

H-Blatt 30 mit MiNr. 2167–2169 3,30

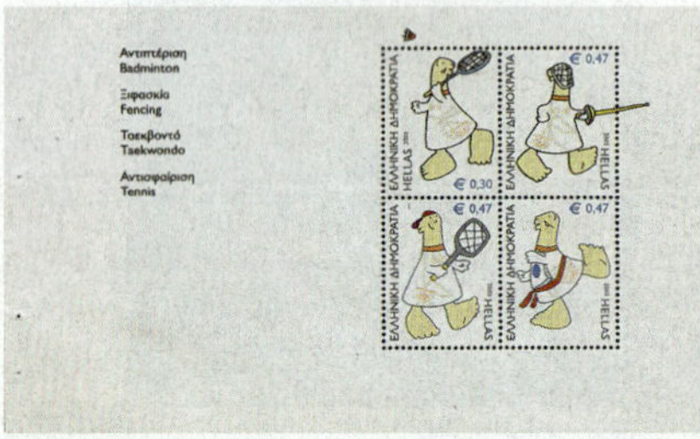

H-Blatt 31 mit MiNr. 2153, 2170–2172 4,10

H-Blatt 32 mit MiNr. 2173–2174 2,20

H-Blatt 33 mit MiNr. 2154, 2175–2177 4,30

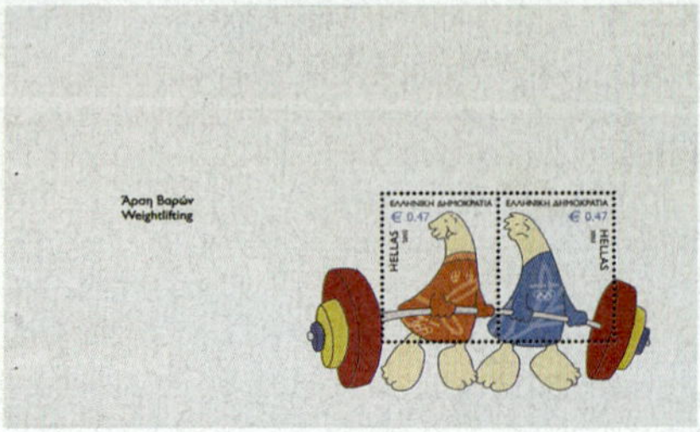

H-Blatt 34 mit MiNr. 2178–2179 2,20

H-Blatt 35 mit 2 × MiNr. 2224 C–2225 C 18,–

H-Blatt 36 mit 2 × MiNr. 2290 C–2291 C 14,–

H-Blatt 37 mit MiNr. 2321–2325 24,–

H-Blatt 38 mit 2 × MiNr. 2364 C–2365 C 18,–

H-Blatt 39 mit 2 × MiNr. 2421 C–2422 C 18,–

H-Blatt 40 mit 2 × MiNr. 2467 C–2468 C 18,–

H-Blatt 41 mit 2 × MiNr. 2511 C–2512 C 18,–

H-Blatt 42 mit 2 × MiNr. 2553 C–2554 C 17,–

H-Blatt 43 mit 2 × MiNr. 2617 C–2618 C 18,—

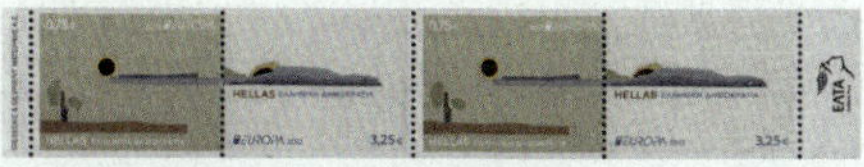

H-Blatt 44 mit 2 × MiNr. 2671 C–2672 C 18,—

H-Blatt 45 mit 2 × MiNr. 2710 C–2711 C 18,—

H-Blatt 46 mit 2 × MiNr. 2776 C–2777 C 20,—

H-Blatt 47 mit 2 × MiNr. 2828 C–2829 C 20,—

H-Blatt 48 mit 2 × MiNr. 2892 C–2893 C 20,—

H-Blatt 49 mit 2 × MiNr. 2953 C–2954 C 20,—

H-Blatt 50 mit 2 × MiNr. 3005 C–3006 C 20,—

H-Blatt 51 mit MiNr. 3014 C–3017 C 7,30

H-Blatt 52 mit 2 × MiNr. 3050 C–3051 C 20,—

H-Blatt 53 mit MiNr. 3052 C–3055 C 11,30

H-Blatt 54 mit 2 × MiNr. 3077 C–3078 C 30,—

H-Blatt 55 mit MiNr. 3083 C–3086 C 15,—

H-Blatt 56 mit MiNr. 3106–3109 28,—

H-Blatt 57 mit 2 × MiNr. 3110 C–3111 C 30,—

H-Blatt 58 mit MiNr. 3114 C–3117 C 13,50

Neuheiten

Ein Abonnement der MICHEL-Rundschau sichert Ihnen ein immer vollständiges Nachschlagewerk, zeigt Ihnen Preisänderungen an und bereichert Ihre philatelistischen Kenntnisse durch gut recherchierte Fachbeiträge.

Marken auf Privatbestellung

2018, 25. Aug./2019, 29. März. Personalisierbare Grußmarke: 125. Jahrestag der Eröffnung des Kanals von Korinth; 100 Jahre griechische Hinterlegungs- und Darlehenskasse. Odr. mit Hologrammfolie, Markenheftchen (5×2); selbstklebend; gest. 11½:12.

a) Ruder mit Anker, Wellen

			✱✱	⊙
1	— mehrfarbig	a		
I	Jahreszahl „2018" (25.8.2018)		2,20	2,20
II	Jahreszahl „2019" (29.3.2019)		2,20	2,20
		FDC II		8,—
		Markenheftchen I	22,—	22,—
		Markenheftchen II	22,—	22,—

Nominale zur Zeit der Ausgabe (20 γρ. ΕΣΩΤΕΡΙΚΟΥ = Inlandsbrief bis 20 g): 0.72 €

Die griechische Landesbezeichnung neben der Hologrammfolie zeigt nach außen.

MiNr. 1 I wurde auch zum Anlass „190 Jahre griechische Militärakademie" (21.12.2018) ausgegeben.

Auflagen: MiNr. 1 I = 10.000, MiNr. 1 II = 2.500 Markenheftchen

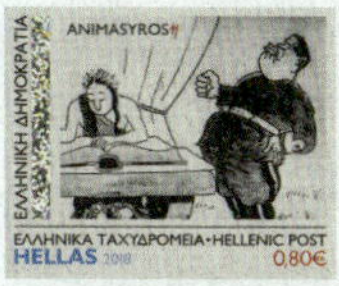

2018, 27. Sept. Personalisierbare Grußmarke: Internationales Animationsfestival „Animasyros 11". Odr. mit Hologrammfolie, Markenheftchen (2×5); selbstklebend; Sicherheitstanzung 11.

b) Benito Mussolini diktiert Italia; Spielszene aus Animationsfilm „Duce erzählt..." (1945), von Stamatis Polenakis (1908–1997), Karikaturist

2	0.80 € mehrfarbig	b	2,40	2,40
		Markenheftchen	24,—	24,—

Auflage: 5.000 Markenheftchen

2018, 1. Okt./2020, 19. März. Personalisierbare Grußmarke: 100 Jahre diplomatische Beziehungen mit Äthiopien; 150 Jahre griechische Eisenbahn; Winterreiseziele. Odr. mit Hologrammfolie, Markenheftchen (5×2); selbstklebend; gest. 12:11½.

c) Sokrates-Statue vor Akademie von Athen

3	— mehrfarbig	c		
I	Jahreszahl „2018" (1.10.2018)		2,20	2,20
II	Jahreszahl „2019" (12.4.2019)		2,20	2,20
III	Jahreszahl „2020" (19.3.2020)		2,20	2,20
		4 FDC II (mit 12 Briefmarkenmotiven)		30,—
		5 FDC III (mit 5 Briefmarkenmotiven)		30,—
		Markenheftchen I	22,—	22,—
		Markenheftchen II	22,—	22,—
		Markenheftchen III	22,—	22,—

Nominale zur Zeit der Erstausgabe (20 γρ. ΕΣΩΤΕΡΙΚΟΥ = Inlandsbrief bis 20 g): 0.72 €

Die griechische Landesbezeichnung neben der Hologrammfolie zeigt nach innen.

Auflagen: MiNr. 3 I und II je 2.500 Markenheftchen

2018, 10. Okt./2019, 30. April. Personalisierbare Grußmarke: 60 Jahre Nationales Hellenisches Forschungszentrum; 100 Jahre diplomatische Beziehungen mit Polen. Odr. mit Hologrammfolie, Markenheftchen (5×2); selbstklebend; gest. 12:11½.

d) Emblem

4	— mehrfarbig	d		
I	Jahreszahl „2018" (10.10.2018)		2,70	2,70
II	Jahreszahl „2019" (30.4.2019)		2,70	2,70
		FDC I		8,—
		FDC II		8,—
		Markenheftchen I	27,—	27,—
		Markenheftchen II	27,—	27,—

Nominale zur Zeit der Ausgabe (20 γρ. ΕΞΩΤΕΡΙΚΟΥ = Auslandsbrief bis 20 g): 0.90 €

Die griechische Landesbezeichnung neben der Hologrammfolie zeigt nach innen.

MiNr. 4 gibt es in verschiedenen Farbvarianten der Landesbezeichnung und des Ausgabejahres.

MiNr. 4 I wurde auch zu folgenden Anlässen ausgegeben: „70 Jahre Vereinigung mit Dodekanes" (16.11.2018) und „190 Jahre diplomatische Beziehungen mit Russland" (7.12.2018).

MiNr. 4 II wurde auch zu folgenden Anlässen ausgegeben: „Alter Venezianischer Hafen von Chania" (29.5.2019), „150. Geburtstag von Mahatma Gandhi" (7.9.2019) und „120 Jahre diplomatische Beziehungen mit Japan" (22.10.2019).

Auflagen: MiNr. 4 I = 10.000, MiNr. 4 II = 16.500 Markenheftchen

Parallelausgabe mit Polen MiNr. 5106

2019, 2. April. Personalisierbare Grußmarke: Internationale Briefmarkenausstellung MILANOFIL 2019. Odr. (2×2); gez. K 13¾.

e) Stadtansicht von Firá, Santorin

5	0.72 € mehrfarbig	e	2,60	2,60
		FDC		3,50
		Viererblock	10,—	10,—

Auflage: 19.600 Stück, davon 2.000 Viererblocks in Verkaufspackung (Postpreis: 3.50 €)

2019, 9. April. Personalisierbare Grußmarke: Kindermarken – Kampagne „Rauchfreies Griechenland". Odr. mit Hologrammfolie, Markenheftchen (5×2); selbstklebend; gest. 12:11½.

f) Kinder fliegen im Wind

6	— mehrfarbig	f	2,70	2,70
		Markenheftchen	27,—	27,—

Nominale zur Zeit der Ausgabe (20 γρ. ΕΞΩΤΕΡΙΚΟΥ = Auslandsbrief bis 20 g): 0.90 €

Die griechische Landesbezeichnung neben der Hologrammfolie zeigt nach außen.

MiNr. 6 wurde auch zum Anlass „15 Jahre Medienunternehmen Athens Voice" (10.10.2019) ausgegeben.

Auflage: 7.500 Markenheftchen

Weitere Werte: MiNr. 3046–3049

2019, 20. Juni. Personalisierbare Grußmarke: Tourismus – Insel Rhodos. Odr. mit Hologrammfolie, Markenheftchen (5×2); selbstklebend; gest. 12:11½.

g) Windmühlen

7	— mehrfarbig	g	2,40	2,40
		Markenheftchen	24,—	24,—

Nominale zur Zeit der Ausgabe (PostCardsWorldwide = Auslandspostkarte): 0.80 €

MiNr. 7 gibt es in verschiedenen Farbvarianten der Landesbezeichnung und des Ausgabejahres.

MiNr. 7 wurde auch zu folgenden Anlässen ausgegeben: „Akropolis bei Tag und Nacht", „Knossos", „Mykene" (jeweils 22.7.2019), „Insel Mykonos" und „Delphi" (19.8.2019).

Auflage: 119.500 Markenheftchen

2019, 25. Okt/2021, 6.Mai. Personalisierbare Grußmarke: 90 Jahre Staudamm von Marathon. Odr. mit Hologrammfolie, I = Jahreszahl „2019“; Markenheftchen (5×2); selbstklebend; gest. 12:11½.

h) Staudamm am Marathon-See

8 I 1.00 € mehrfarbig . . . . h 2,30 2,30
FDC I 8,—
Markenheftchen I 24,— 24,—

2020, 16. Juni/15. Dez. Kampf gegen Covid-19. II = Jahreszahl „2020“, Folienblatt (2×2) und Markenheftchen (5×2)

8 II 1.00 € mehrfarbig . . . . h 2,30 2,30
2 FDC II 23,—
2 Folienblätter II 18,50 18,50
Markenheftchen II 24,— 24,—

2021, 6. Mai. 40. Jahrestag des Beitritts Griechenlands zur Europäischen Union. III = Jahreszahl „2021“, Folienblatt (2×2) und Markenheftchen (5×2)

8 III 1.00 € mehrfarbig . . . . h 2,30 2,30
FDC III 9,—
Folienblatt III (10.6.2021) 9,20 9,20
Markenheftchen III 23,— 23,—

MiNr. 8 gibt es in verschiedenen Farbvarianten der Landesbezeichnung und des Ausgabejahres.

MiNr. 8 II wurde auch zu folgenden Anlässen ausgegeben: „70 Jahre Griechische Nationale Tourismusorganisation“ (23.7.2020), „25 Jahre Generalsekretariat für Katastrophenschutz“ (17.12.2020, 8 verschiedene Markenheftchen) und „25 Jahre Jugendschutzorganisation „Kinderlächeln“ (22.12.2020).

MiNr. 8 III wurde auch zu folgenden Anlässen ausgegeben: „Reisen in Griechenland: Insel Kreta“ (19.5.2021, Auflage: 6.600 Markenheftchen) und „Unterstützung für LSBTIQ-Bewegung“ (10.06.2021, Auflage: 4.100 Folienblätter).

Auflagen: MiNr. 8 I = 1.000 Markenheftchen, MiNr. 8 II (zwei Motive) je 5.000 Folienblätter und 31.250 Markenheftchen, MiNr. 8 III = 2.400 Markenheftchen

2021, 7. Febr. Personalisierbare Grußmarke: 60 Jahre Luftfahrtschule der Armee Griechenlands. Odr. mit Hologrammfolie (1×4); gez. K 13¾.

i) Militärkrankenhaus 401, Athen (30.12.2021)

9 1.00 € mehrfarbig . . . . i *12,—* *12,—*
FDC *20,—*
Kleinbogen *50,—* *50,—*

MiNr. 9 wurde auch zum folgenden Anlass ausgegeben: „50 Jahre Militärkrankenhaus 401, Athen“ (30.12.2021, Auflage: 500 numerierte Kleinbogen).

Auflage: 400 numerierte Kleinbogen

2021, 19. März/2022, 15. Febr. Personalisierbare Grußmarke: Frauenbewegung „#metoogreece“; Griechischer Amateurfunkverband. Odr. mit Hologrammfolie, I = Jahreszahl „2021“; Markenheftchen (5×2) und Folienblätter (1×2 und 2×2); II = Jahreszahl „2022“; Folienblatt (2×2); selbstklebend; gest. 12:11½.

k) Inschrift

10 0.90 € mehrfarbig . . . . k
I Jahreszahl „2021“ (19.3.2021) 2,10 2,10
II Jahreszahl „2022“ (15.2.2022) 2,10 2,10
3 FDC I (mit 12 Briefmarkenmotiven) *30,—*
FDC II 4,—
Markenheftchen I 21,— 21,—
2er-Folienblatt I (21.6.2021) 4,20 4,20
4er-Folienblatt I (22.7.2021) 8,40 8,40
Folienblatt II 8,40 8,40

Die griechische Landesbezeichnung neben der Hologrammfolie zeigt nach innen.

MiNr. 10 gibt es in verschiedenen Farbvarianten der Landesbezeichnung und des Ausgabejahres.

MiNr. 10 I wurde auch zu folgenden Anlässen ausgegeben: „Reisen in Griechenland: Zentralmakedonien“ (6.4.2021, Auflage: 4.100 Markenheftchen), „200. Jahrestag der Griechischen Revolution“ (20.4.2021, Auflage: 4.100 Markenheftchen), „Reisen in Griechenland: Ionische Inseln“ (19.5.2021, Auflage: 4.100 Markenheftchen), „Reisen in Griechenland: Höchste Berge“ (7.6.2021), „Schlacht von Kilkis von 1913“ (21.6.2021, Auflage: 4.100 zweier Folienblätter) und „Nationaler Aktionsplan für die Gleichstellung der Geschlechter“ (22.7.2021)

Auflage: MiNr. 10 I = 4.000 Markenheftchen, MiNr. 10 II = 5.000 Folienblätter

2021, 23. Sept. Personalisierbare Grußmarke: 200. Jahrestag der Eroberung von Tripoli. Odr. mit Hologrammfolie, Folienblatt (2×2); selbstklebend; gest. 11½:12.

l) Panagiotis Kefalas hisst die Fahne der Aufständischen in Tripoli; Gemälde von Peter von Hess (1792–1871), deutscher Maler

11 0.90 € mehrfarbig . . . . l 2,10 2,10
FDC (mit 2 Briefmarkenmotiven) *4,—*
Folienblatt 8,40 8,40

Die griechische Landesbezeichnung neben der Hologrammfolie zeigt nach außen.

Auflage: 8.200 Folienblätter

Portomarken

Vor der Einführung der Portomarken wurden bei Briefen aus dem Ausland, die nur bis an die griechische Grenze frankiert werden konnten, Freimarken zur Erhebung des griechischen Portoanteils benutzt.

1875, 1./13. März. Ziffernzeichnung. Stdr.; Wertangaben schwarz eingedruckt; Münzbezeichnung in schmalen Buchstaben; A = gez. 10½, B = gez. 12¾, C = gez. 9¼, D = gez. 10½:12¾, E = gez. 9¼:10½, F = gez. 9¼:12¾.

Pa

schmale Buchstaben

				*	⊙
1	1 L	grün/schwarz	Pa		
A		gez. 10½		2,50	2,—
B		gez. 12¾		2,50	2,50
C		gez. 9¼		3,50	4,50
D		gez. 10½:12¾		2,50	2,50
E		gez. 9¼:10½		25,—	25,—
2	2 L	grün/schwarz	Pa		
A		gez. 10½		2,50	2,—
B		gez. 12¾		2,50	2,50
C		gez. 9¼		3,50	4,50
D		gez. 10½:12¾		10,—	9,—
E		gez. 9¼:10½		25,—	25,—
F		gez. 9¼:12¾		100,—	100,—
3	5 L	grün/schwarz	Pa		
A		gez. 10½		2,50	1,50
B		gez. 12¾		13,—	13,—
C		gez. 9¼		10,—	6,—
D		gez. 10½:12¾		3,50	3,—
E		gez. 9¼:10½		22,—	15,—
F		gez. 9¼:12¾		100,—	100,—
4	10 L	grün/schwarz	Pa		
A		gez. 10½		2,50	1,50
B		gez. 12¾		12,—	7,50
C		gez. 9¼		12,—	7,50
D		gez. 10½:12¾		3,50	3,—
E		gez. 9¼:10½		22,—	15,—
5	20 L	grün/schwarz	Pa		
A		gez. 10½		70,—	42,—
B		gez. 12¾		70,—	36,—
C		gez. 9¼		50,—	55,—
D		gez. 10½:12¾		50,—	30,—
E		gez. 9¼:10½		70,—	30,—
F		gez. 9¼:12¾		—,—	300,—
6	40 L	grün/schwarz	Pa		
A		gez. 10½		15,—	15,—
B		gez. 12¾		50,—	25,—
C		gez. 9¼		22,—	20,—
D		gez. 10½:12¾		15,—	20,—
E		gez. 9¼:10½		18,—	15,—
7	60 L	grün/schwarz	Pa		
A		gez. 10½		70,—	30,—
B		gez. 12¾		70,—	30,—
C		gez. 9¼		70,—	60,—
D		gez. 10½:12¾		70,—	30,—
E		gez. 9¼:10½		50,—	30,—
8	70 L	grün/schwarz	Pa		
A		gez. 10½		15,—	15,—
B		gez. 12¾		25,—	25,—
C		gez. 9¼		20,—	20,—
D		gez. 10½:12¾		20,—	20,—
E		gez. 9¼:10½		20,—	15,—
9	80 L	grün/schwarz	Pa		
A		gez. 10½		20,—	17,—
B		gez. 12¾		15,—	15,—
C		gez. 9¼		25,—	25,—
D		gez. 10½:12¾		20,—	25,—
E		gez. 9¼:10½		40,—	20,—
10	90 L	grün/schwarz	Pa		
A		gez. 10½		15,—	15,—
B		gez. 12¾		26,—	26,—
C		gez. 9¼		20,—	20,—
D		gez. 10½:12¾		17,—	20,—
E		gez. 9¼:10½		20,—	15,—
F		gez. K 9¼:12¾		100,—	100,—
11	1 Dr	grün/schwarz	Pa		
A		gez. 10½		15,—	15,—
B		gez. 12¾		20,—	40,—
C		gez. 9¼		25,—	25,—
D		gez. 10½:12¾		17,—	20,—
E		gez. 9¼:10½		25,—	25,—
12	2 Dr	grün/schwarz	Pa		
A		gez. 10½		20,—	20,—
B		gez. 12¾		30,—	30,—
C		gez. 9¼		30,—	30,—
D		gez. 10½:12¾		30,—	30,—
E		gez. 9¼:10½		70,—	70,—
		Satzpreis A (12 W.)		250,—	200,—
		Satzpreis B (12 W.)		330,—	230,—
		Satzpreis C (12 W.)		290,—	270,—
		Satzpreis D (12 W.)		250,—	210,—
		Satzpreis E (12 W.)		400,—	300,—

		*
6 U	ungezähnt	—,—
11 U	ungezähnt	—,—

1876, Juni/1890. Geänderte Ziffernzeichnung. Stdr.; alle Wertangaben in Lepta in breiteren Buchstaben; A = gez. 10½–11, B = gez. 12–13, C = gez. 9¼, D = gez. 10½–11½ (Markenfarbe gelbgrün oder graugrün/schwarz, 1890).

Pb

breite Buchstaben

				*	⊙
13	1 L	grün/schwarz	Pb		
A		spitz gez. 10½–11		150,—	150,—
B		gez. 12–13		2,20	1,50
D		stumpf gez. 10½–11½ (1890)		1,50	1,10
14	2 L	grün/schwarz	Pb		
A		spitz gez. 10½–11		150,—	150,—
B		gez. 12–13		2,20	1,50
D		stumpf gez. 10½–11½ (1890)		1,50	1,10
15	5 L	grün/schwarz	Pb		
A		spitz gez. 10½–11		400,—	350,—
B		gez. 12–13		2,50	2,50
D		stumpf gez. 10½–11½ (1890)		4,—	2,50
16	10 L	grün/schwarz	Pb		
A		spitz gez. 10½–11		3,60	3,—
B		gez. 12–13		2,20	2,20
17	20 L	grün/schwarz	Pb		
A		spitz gez. 10½–11		5,—	5,—
B		gez. 12–13		2,20	2,20
C		gez. 9¼		8,—	7,50
18	40 L	grün/schwarz	Pb		
A		spitz gez. 10½–11		60,—	60,—
B		gez. 12–13		30,—	25,—
D		stumpf gez. 10½–11½ (1890)		9,—	5,50
19	60 L	grün/schwarz	Pb		
A		spitz gez. 10½–11		22,—	22,—
B		gez. 12–13		8,50	7,50
C		gez. 9¼		30,—	25,—
D		stumpf gez. 10½–11½ (1890)		15,—	12,—
20	70 L	grün/schwarz	Pb		
A		spitz gez. 10½–11		25,—	25,—
C		gez. 9¼		36,—	30,—
21	80 L	grün/schwarz	Pb		
A		spitz gez. 10½–11		30,—	20,—
C		gez. 9¼		36,—	30,—
22 A	90 L	grün/schwarz	Pb	30,—	20,—
23	100 L	grün/schwarz	Pb		
A		spitz gez. 10½–11		30,—	25,—
B		gez. 12–13		15,—	15,—
24	200 L	grün/schwarz	Pb		
A		spitz gez. 10½–11		30,—	25,—
B		gez. 12–13		18,—	15,—
		Satzpreis A (12 W.)		900,—	750,—
		Satzpreis B (9 W.)		80,—	70,—
		Satzpreis C (4 W.)		110,—	90,—
		Satzpreis D (5 W.)		30,—	20,—

MiNr. 15 B: Die angegebenen Preise beziehen sich auf die billigste Sorte im angegebenen Zähnungsbereich. Seltene Zähnungsvarianten sind bekannt, Prüfung ratsam.

MiNr. 15 A und B nur in Graugrün/Schwarz bekannt.

1902, März. Ziffernzeichnung. MiNr. 25–35 StTdr., MiNr. 36–38 Stdr. Perkins, Bacon & Co.; Wz. 1; gez. 13½.

Pc

25	1 L	braun	Pc	0,40	0,30
26	2 L	grau	Pc	0,40	0,30
27	3 L	orange	Pc	0,40	0,30
28	5 L	grün	Pc	0,40	0,30
29	10 L	rot	Pc	0,50	0,30
30	20 L	lila	Pc	0,60	0,30
31	25 L	blau	Pc	6,—	3,60
32	30 L	violett	Pc	0,70	0,30
33	40 L	braun	Pc	1,—	0,70
34	50 L	braunrot	Pc	0,70	0,50
35	1 Dr	grauschwarz	Pc	2,—	1,10
36	2 Dr	kupfer	Pc	2,50	2,—
37	3 Dr	silber	Pc	4,—	6,—
38	5 Dr	golden	Pc	6,—	19,—
		Satzpreis (14 W.)		25,—	35,—

		✶
26 U	ungezähnt	—,—
27 U	ungezähnt	—,—
28 U	ungezähnt	—,—
31 U	ungezähnt	—,—
32 U	ungezähnt	—,—
34 U	ungezähnt	—,—
35 U	ungezähnt	—,—

1913, Dez./1926. Ziffernzeichnung. Stdr. Aspiotis; glattes Papier; schräg ⬚.

Pd

Type I: mit Akzent

Type II: ohne Akzent

Type I = mit Akzent auf erstem „O" von „ΓΡΑΜΜΑΤΟΣΗΜΟΝ" (Dez. 1913)

				✶	⊙
39 I	1 L	hellgrün	Pd	0,30	0,30
40 I	2 L	karmin	Pd	0,30	0,30
41 I	3 L	orangerot	Pd	0,30	0,30
42 I	5 L	grün (⬚)	Pd	0,30	0,30
43 I	10 L	karmin	Pd	0,30	0,30
44 I	20 L	grau	Pd	0,30	0,30
45 I	25 L	ultramarin	Pd	0,30	0,30
46 I	30 L	rot	Pd	0,30	0,30
47 I	40 L	stahlblau	Pd	0,30	0,30
48 I	50 L	braunviolett	Pd	0,30	0,30
49 I	1 Dr	ultramarin	Pd	10,—	1,50
50 I	2 Dr	ziegelrot	Pd	3,—	1,—
51 I	3 Dr	karmin	Pd	7,—	2,50
52 I	5 Dr	ultramarin	Pd	22,—	6,—
		Satzpreis I (14 W.)		45,—	14,—

Type II = ohne Akzent auf erstem „O" von „ΓΡΑΜΜΑΤΟΣΗΜΟΝ" (1926)

42 II	5 L	grün (⬚)	Pd	1,—	0,70
43 II	10 L	karmin	Pd	1,—	0,70
44 II	20 L	grau	Pd	1,—	0,80
50 II	2 Dr	ziegelrot	Pd	3,—	1,80
51 II	3 Dr	karmin	Pd	9,—	6,—
		Satzpreis II (5 W.)		15,—	10,—

Portomarken (MiNr. 28 und MiNr. 39–50) mit Aufdruck „I. Κοινότης / Αγ. Ορος" (Heilige Gemeinschaft von Berg Athos) wurden 1916 vorbereitet, kamen aber amtlich nicht zur Ausgabe.

Einige dieser Werte (MiNr. 28, 42, 43, 45, 49) wurden als Portomarken 1916 aufgebraucht. Der Restbestand wurde 1932 vernichtet.

MiNr. 46 mit Aufdruck: MiNr. 66

MiNr. 47, 48 und 50–51 mit Aufdruck: Sondermarken MiNr. 383–384, 412 A, 447 B
MiNr. 42–44 mit Aufdruck: Zwangszuschlagsmarken MiNr. 57, 59–60

1924/ 26. Ziffernzeichnung. Erg.-Wert und MiNr. 49 und 52 in Farbänderung; Stdr.; MiNr. 53 und 55 mit, MiNr. 54 ohne Akzent in dem O; schräg ⬚.

				✶✶	⊙
53	80 L	dunkellila	Pd	1,—	0,50
54	1 Dr	hellblau	Pd	7,50	1,—
55	5 Dr	dunkelblau	Pd	12,—	9,—
		Satzpreis (3 W.)		20,—	10,—

1930. Ziffernzeichnung mit geänderter Trennungsart; Stdr.; MiNr. 56–60 gez. 13½:12¾, MiNr. 61–63 gez. 13.

Pd

56	50 L	lilabraun	Pd	0,50	0,50
57	1 Dr	hellblau	Pd	0,50	0,50
58	2 Dr	ziegelrot	Pd	0,50	0,50
59	3 Dr	karmin	Pd	60,—	40,—
60	5 Dr	graublau	Pd	0,50	0,50
61	10 Dr	blaugrün	Pd	0,50	2,50
62	15 Dr	rotbraun	Pd	0,50	2,50
63	25 Dr	rosa	Pd	1,—	3,—
		Satzpreis (8 W.)		60,—	50,—

MiNr. 56, 58–61 und 63 mit Aufdruck: Sondermarken MiNr. 385, 412 B, 447 A–450

1935, 1. Nov. Ziffernzeichnung. StTdr.; gez. 12½:13.

Pd

64	50 Dr	orange	Pd	0,80	5,—
65	100 Dr	grün	Pd	0,80	5,—
		Satzpreis (2 W.)		1,50	10,—

MiNr. 64 mit Aufdruck: Flugpostmarke MiNr. 451

1942, 1. Jan. Ziffernzeichnung. Portomarke MiNr. 46 mit Aufdruck der neuen Wertziffer.

66

66	**50 L**	auf 30 L rot	(46)	7,—	12,—

Auflage: 90.783 Stück

1943, 11. Okt. Ziffernzeichnung. Stdr.; Wz. 2; gez. 12½.

Pd

67	10 Dr	rotorange	Pd	0,30	4,—
68	25 Dr	ultramarin	Pd	0,30	4,—
69	100 Dr	schwarzbraun	Pd	0,30	4,—
70	200 Dr	lila	Pd	0,30	4,—
		Satzpreis (4 W.)		1,—	16,—

Auflagen: MiNr. 67 = 803.287, MiNr. 68 = 725.000, MiNr. 69 = 742.438, MiNr. 70 = 740.745 Stück

Zwangszuschlagsmarken

Die meisten Zwangszuschlagsmarken mussten während der griechischen Weihnachts-, Neujahrs- und Osterfeier neben den Freimarken verwendet werden.

Nicht katalogisierte höhere Wertstufen (über 30 L) sind Fiskalmarken.

MiNr. I–II siehe nach MiNr. 2, MiNr. III–IX nach MiNr 48.

1914, 31. März (13. April)/1923. Wohltätigkeit. Stdr. (10×5); schräg durchstochen.

Za) „Die Tragödie des Krieges"

				✶	⊙
1	2 L		Za		
a		karmin (31.3.1914)		0,50	0,50
b		rot (1923)		0,50	0,50
2	5 L		Za		
a		ultramarin (31.3.1914)		0,70	0,70
b		hellblau (1923)		0,70	0,70
		Satzpreis (2 W.)		1,20	1,20

Nicht ausgegeben:

1915. Vaterländischer Verein der Griechinnen. Stdr. (5×5 und 6×5); gez. 11½.

Zb) Vereinswappen

I	(5 L) blau/rot	Zb	1,50	1,50

1915. Rotes Kreuz. Stdr. (5×10); schräg durchstochen.

Zc) Versorgung von Verwundeten, Rotes Kreuz

II	(5 L) blau/rot	Zc	20,—	3,—

1917, April. Kriegshilfe. Freimarken mit Aufdruck „K. Π." und neuer Wertstufe.

Κ. Π.
λεπτοῦ
1

Aufdruck

4

5

3	1 L	auf 1 L braun	(125)		
a		Aufdruck schwarz		3,—	3,—
b		Aufdruck braun		30,—	*25,—*
4	1 L	auf 3 L orange	(127)	0,50	0,50
5	5 L	auf 1 L braun	(125)	2,50	3,50
6	5 L	auf 20 L lila	(130)	1,—	1,50
7	10 L	auf 30 L violett	(132)	1,—	1,50
8	30 L	auf 30 L violett	(132)	1,—	2,—
			Satzpreis (6 W.)	9,—	12,—

Κ. Π.
λεπτοῦ
1

Aufdruck

1917. Kriegshilfe. Aufdruck in höheren, dünneren Buchstaben.

9	1 L	auf 3 L orange	(127)	0,50	0,50
10	5 L	auf 40 L braun	(133)	0,70	1,20
11	5 L	auf 50 L rotbraun	(134)	0,70	1,20
12	5 L	auf 1 Dr schwarz	(135)	1,20	2,20
			Satzpreis (4 W.)	3,—	5,—
9 F		*K. M.* statt K. Π.		50,—	50,—

13

1917. Kriegshilfe. Feiner Aufdruck auf Freimarken der Kriegsmarkenausgabe 1913/15; schräg ⬚.

13	5 L	auf 25 L blau	(180)	0,70	0,50
14	5 L	auf 40 L schwarzblau	(182)	0,70	0,60
15	5 L	auf 50 L dunkelblau	(183)	0,70	0,50
			Satzpreis (3 W.)	2,—	1,50

1917. Kriegshilfe. Stempelmarken mit dreizeiligem, braunrotem Bdr.-Aufdruck „K. Π." und neuer Wertstufe; schräg ⬚.

ag I) Siegesengel

16	1 L	auf 10 L blau	(ag I)	1,—	2,—
17	1 L	auf 80 L blau	(ag I)	1,—	2,—
18	5 L	auf 60 L blau	(ag I)	7,—	8,—
19	5 L	auf 80 L blau	(ag I)	4,—	4,—
20	10 L	auf 70 L blau	(ag I)	30,—	100,—
21	10 L	auf 90 L blau	(ag I)	22,—	40,—
22	20 L	auf 20 L blau	(ag I)	—,—	*4000,—*
23	20 L	auf 30 L blau	(ag I)	10,—	7,—
24	20 L	auf 40 L blau	(ag I)	30,—	12,—
25	20 L	auf 50 L blau	(ag I)	15,—	12,—
26	20 L	auf 60 L blau	(ag I)	*650,—*	—,—
27	20 L	auf 80 L blau	(ag I)	100,—	140,—
28	20 L	auf 90 L blau	(ag I)	8,—	10,—
			Satzpreis (13 W.)	—,—	—,—

FALSCH

1917. Kriegshilfe. Stempelmarken mit dreizeiligem, braunrotem Bdr.-Aufdruck „K. Π." und neuer Wertstufe; schräg ⬚, durch zusätzliche senkrechte Perforation in der Mitte geteilt.

ag I) Siegesengel

29	5 L	auf 10 L blau	(ag I)	25,—	40,—
30	5 L	auf 60 L blau	(ag I)	12,—	30,—
31	5 L	auf 80 L blau	(ag I)	15,—	20,—
32	10 L	auf 70 L blau	(ag I)	15,—	15,—
33	10 L	auf 90 L blau	(ag I)	40,—	50,—
			Satzpreis (5 W.)	100,—	150,—

1917. Kriegshilfe. Stempelmarken mit zweizeiligem, braunrotem Bdr.-Aufdruck „K. Π." und neuer Wertstufe; schräg ⬚.

ag I) Siegesengel

34	5 L	auf 10 L blau	(ag I)	1,50	1,—
35	5 L	auf 10 L lila	(ag I)	1,50	1,—
36	10 L	auf 50 L lila	(ag I)	7,—	13,—
			Satzpreis (3 W.)	10,—	15,—

1917. Kriegshilfe. Stempelmarken mit zweizeiligem, schwarzem bzw. rotem Bdr.-Aufdruck „K. Π." und neuer Wertstufe; schräg ⛶.

ag I) Siegesengel

37	1 L	auf 50 L lila	(ag I) S	1,—	2,—
38	10 L	auf 50 L lila	(ag I) S	30,—	10,—
39	20 L	auf 2 Dr blau	(ag I) R	10,—	10,—
			Satzpreis (3 W.)	40,—	24,—

1917. Kriegshilfe. Stempelmarken mit zweizeiligem, schwarzem Bdr.-Aufdruck „K. Π." und neuer Wertstufe, früherer Wert zusätzlich mit zwei dünnen Linien durchstrichen; schräg ⛶.

40

40	1 L	auf 10 L blau	(ag I)	2,—	4,—
41	5 L	auf 50 L blau	(ag I)	50,—	100,—
42	10 L	auf 50 L blau	(ag I)	800,—	500,—
43	20 L	auf 50 L blau	(ag I)	2200,—	1000,—
			Satzpreis (4 W.)	3000,—	1600,—

Der Aufdruck von MiNr. 40–43 wurde auf Korfu hergestellt. Die Marken wurden auf den Ionischen Inseln verwendet.

1917. Kriegshilfe. Stempelmarken mit zweizeiligem, schwarzem Bdr.-Aufdruck „K. Π." und neuer Wertstufe, früherer Wert zusätzlich mit einem dicken Strich durchbalkt; schräg ⛶.

Aufdruck

44	10 L	auf 50 L blau	(ag I)	20,—	20,—
45	20 L	auf 50 L blau	(ag I)	30,—	50,—
46	30 L	auf 50 L blau	(ag I)	20,—	20,—
			Satzpreis (3 W.)	70,—	90,—

Der Aufdruck von MiNr. 44–46 wurde auf Korfu hergestellt. Die Marken wurden auf den Ionischen Inseln verwendet.

1917. Kriegshilfe. Stempelmarke mit zweizeiligem, schwarzem Bdr.-Aufdruck „K. Π." und neuer Wertstufe, früherer Wert zusätzlich mit einem dicken Strich durchbalkt; schräg ⛶.

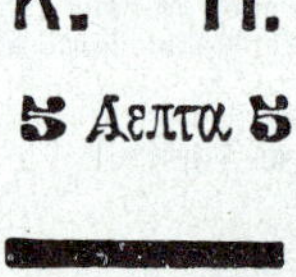

ag I) Siegesengel

47	5 L	auf 10 L lila/rot	(ag I)		
I		„K" ohne Serifen (1.–3. Bogenzeile)		12,—	*16,—*
II		„K" mit Serifen (4.–5. Bogenzeile)		18,—	*25,—*

⊜ MiNr. 16–47

Der Aufdruck von MiNr. 47 wurde auf Korfu hergestellt. Die Marke wurde auf den Ionischen Inseln verwendet.

1918. Rotes Kreuz. Stdr.; schräg ⛶.

Zd

48	5 L	mehrfarbig	Zd	10,—	2,60
48 I		mit Aufdruck „Π. Ι. Π."		12,—	2,60

FALSCH

1919, Sept. Vaterländischer Verein der Griechinnen. Zeichnung ähnlich der Zuschlagsmarke MiNr. I, aber mit Wertangabe rechts unten. Stdr. (6×5 und 6×6); gez. 11½.

Ze

				✶
III	10 L	blau/rot	Ze	1,50
IV	20 L	blau/rot	Ze	1,50
V	50 L	blau/rot	Ze	1,50

MiNr. III–V wurden nicht am Schalter ausgegeben und können daher ⊙ nicht vorkommen.

MiNr. III–V wurden früher als III a–III c katalogisiert.

1922. Werte in gleicher Zeichnung mit dunkelrotem Wertaufdruck „gültig für 5 Lepta" in Griechisch. Stdr.; gez. 11½.

				✶	⊙
VI	5 L	auf 10 L blau/rot	Ze	250,—	*20,—*
VII	5 L	auf 20 L blau/rot	Ze	80,—	*60,—*
VIII	5 L	auf 50 L blau/rot	Ze	250,—	*200,—*
IX	5 L	auf 1 Dr blau/rot	Ze	8,—	*60,—*

FALSCH MiNr. VI–VIII

MiNr. VI–IX wurden früher als IV a–d katalogisiert.

1924, 12. Juni. Rotes Kreuz. Wertangabe im Schriftband unten; Stdr.; schräg ⛶ oder gez. 13½:12½ oder 11½.

Zf) Das Rote Kreuz hilft Soldaten und Zivilisten

				✶✶	⊙
49	10 L	mehrfarbig	Zf	0,50	0,30
				✶✶	
49 U		ungezähnt		—,—	

1934, 22. Sept. Mustermesse, Saloniki. Stdr.; gez. 11½.

Zg) Hl. Demetrios zu Pferd, Schutzheiliger von Saloniki

				✶✶	⊙
50	20 L	braun	Zg	0,50	0,30
				✶✶	
50 U		ungezähnt		—,—	

Obligatorische Zwangszuschlagsmarke für alle von Saloniki abgehenden Inlandssendungen.

Mit Aufdruck: MiNr. 69

1934, 28. Dez. Hilfe für tuberkulöse Postbeamte. Ohne Landesnamen „ΕΛΛΑΣ"; Stdr.; verschieden gez. (13, 13½:12½, 13½).

Zh) „Die Gesundheit" (Hygieia)

				✶✶	⊙
51	10 L	grün/ocker	Zh	0,30	0,30
52	20 L	blau/ocker	Zh	0,70	0,30

53 50 L dunkelgrün/ocker . . . . Zh 2,50 0,60
Satzpreis (3 W.) 3,50 1,—

Obligatorische Zwangszuschlagsmarken für alle Inlandssendungen während eines Monats im Jahre (2 Wochen zu Weihnachten/Neujahr und 2 Wochen zu Ostern).

MiNr. 51 mit Aufdruck: MiNr. 68 I

1935, 13. Dez. Hilfe für tuberkulöse Postbeamte. Mit Landesnamen „ΕΛΛΑΣ“; Stdr.; gez. 13½:13.

Zi) „Die Gesundheit“ (Hygieia)

54 10 L grün/ocker . . . . Zi 0,50 0,40
55 20 L blau/ocker . . . . Zi 0,50 0,40
56 50 L dunkelgrün/ocker . . . . Zi 2,50 2,50
Satzpreis (3 W.) 3,50 3,—

MiNr. 54 mit Aufdruck: MiNr. 68 II
In gleicher Zeoichnung: MiNr. 65

1937, 20. Jan./16. Juni. Soziale Fürsorge. Portomarke MiNr. 43 und Freimarke MiNr. 309 mit Bdr.-Aufdruck eines Kreuzes und „ΠΡΟΝΟΙΑ“ (= Sozialfürsorge).

57

58

57 10 L karmin (20. Jan.) . . . . (P 43) Bl
I auf MiNr. 43 I . . . . 1,— 0,30
II auf MiNr. 43 II 3,50 1,50
58 50 L violett . . . . (309)
a Aufdruck rot (20. Jan.) 2,50 0,30
b Aufdruck grün (16. Juni) 1,50 0,30
Satzpreis (2 W.) 2,50 0,60

58 a K kopfstehender Aufdruck . . . . 4,— 4,—

Zwangszuschlagsmarken ab MiNr. 57 sind obligatorische Zuschlagsmarken zugunsten der sozialen Fürsorge auf allen Inlandssendungen während des ganzen Jahres.

59

1938, 1. Juni/9. Juli. Soziale Fürsorge. Portomarken MiNr. 42 und 44 mit demselben Aufdruck und neuem Wert.

59 50 L auf 5 L grün (1. Juni) . . . . (P 42) Bl
I auf MiNr. 42 I . . . . 10,— 5,—
II auf MiNr. 42 II (□) . . . . —,— 0,50
60 50 L auf 20 L grau (9. Juli) . . . . (P 44) Bl
I auf MiNr. 44 I . . . . *400,— 100,—*
II auf MiNr. 44 II . . . . *6,—* 1,—
Satzpreis (2 W.) *15,—* 1,50

61

1938, 13. Sept. Soziale Fürsorge. Freimarke MiNr. 306 in Neuauflage, mit demselben Aufdruck.

61 **50 L** auf 20 L violett . . . . (306) S 1,50 0,30

1939, 1. Febr. Soziale Fürsorge. Stdr. (5×5); gefärbtes Papier; gez. 13¾:12¼.

Zk) Königin Olga und Königinmutter Sophie

62 10 L lilakarmin auf rosa . . . . Zk 0,30 0,30
63 50 L dunkelgrün auf mattgrün . . . . Zk 0,30 0,30
64 1 Dr dunkelblau auf hellblau . . . . Zk 0,50 0,30
Satzpreis (3 W.) 1,— 0,60

MiNr. 63–64 mit Aufdruck: MiNr. 66, 79, 80, A 81

1939, 2. Dez. Hilfe für tuberkulöse Postbeamte. Stdr.; gez. 13:13½.

Zi

65 50 L dunkelbraun/braun . . . . Zi 1,— 0,30

Auflage: 97.850 Sätze

In gleicher Zeichnung: MiNr. 54–56

66

1940, 1. Dez. Hilfe für tuberkulöse Postbeamte. MiNr. 63 mit rotem Aufdruck.

66 50 L dunkelgrün auf mattgrün . . . . (63) 0,30 0,30

Mit weiterem Aufdruck: MiNr. 81

67

1941, 1. Nov. Soziale Fürsorge. Freimarke MiNr. 304 mit rotem Aufdruck „K. Π.“ und neuem Wert.

67 **50 L** auf 5 L dunkelgrün . . . . (304) 0,30 0,30

68

1941, 15. Nov. Hilfe für tuberkulöse Postbeamte. MiNr. 51 und 54 mit Aufdruck der neuen Wertziffer.

68 **50 (L)** auf 10 L grün/ocker
I ohne „ΕΛΛΑΣ“ . . . . (51) 3,— 10,—
II mit „ΕΛΛΑΣ“ . . . . (54) 0,30 0,30

69

1942, 2. Sept. Mustermesse, Saloniki. MiNr. 50 mit grünem Aufdruck des neuen Wertes.

69 1 Dr auf 20 L braun (□) . . . . (50) 0,30 0,30

Obligatorische Zwangszuschlagsmarke für alle von Saloniki abgehenden Inlandssendungen.

70

1942, 1. Dez. Hilfe für tuberkulöse Postbeamte. Freimarke MiNr. 307 mit rotem Aufdruck.

70 10 Dr auf 25 L grünblau . . . . (307) 0,30 0,30

Obligatorische Zwangszuschlagsmarke für alle von Inlandssendungen vom 1. Dezember bis 31. Januar und einen Monat zur Osterzeit jedes Jahres.

71

1943, 1. Dez. Hilfe für tuberkulöse Postbeamte. Freimarke MiNr. 304 mit rotem Aufdruck.

71 10 Dr auf 5 L dunkelgrün . . . . (304) 0,30 0,30

72

1944, 1. April. Hilfe für tuberkulöse Postbeamte. Freimarke MiNr. 471 mit rotem Aufdruck.

72 100 Dr schwarzgrau . . . . (471) 0,30 0,30

73

1944, 1. Juli. Hilfe für tuberkulöse Postbeamte. Freimarke MiNr. 470 mit dunkelblauem Aufdruck wie MiNr. 72 und neuem Wertaufdruck.

73 5000 Dr auf 75 Dr rot . . . . (470) 0,30 1,—

74

1944, 1. Aug. Hilfe für tuberkulöse Postbeamte. Freimarke MiNr. 464 mit blauem Aufdruck und neuem Wertaufdruck.

74 25000 Dr auf 2 Dr karminbraun . . . . (464) 0,30 1,—

75

1945, 1. März/8. Nov. Hilfe für tuberkulöse Postbeamte. Freimarke MiNr. 398 mit blauem bzw. rotem Aufdruck.

75 1 Dr auf 40 L schwarz/schwarzgrün
(1. März) . . . . (398) Bl 0,30 0,30
76 2 Dr auf 40 L schwarz/schwarzgrün
(8. Nov.) . . . . (398) R 0,30 0,30
Satzpreis (2 W.) 0,50 0,50

Gültig bis 20.12.1946

77

1946, 11. März. Hilfe für tuberkulöse Postbeamte. Freimarken MiNr. 395 und 398 mit rotem Stdr.-Aufdruck „ΠΡΟΝΟΙΑ / ΠΡΟΣΩΠΙΚΟΥ T.T.T." und neuer Wertstufe.

77 20 Dr auf 5 L rotbraun/dunkelblau . . . . . . (395) 1,— 0,50
78 20 Dr auf 40 L schwarz/schwarzgrün . . . (398) 0,50 0,30
Satzpreis (2 W.) 1,50 0,70

Gültig bis 1.5.1947

79

1946, 30. April. Soziale Fürsorge. MiNr. 64 mit Stdr.-Aufdruck „ΠΡΟΝΟΙΑ / ΠΡΟΣΩΠΙΚΟΥ T.T.T." und neuer Wertstufe.

79 50 Dr auf 1 Dr dunkelblau auf hellblau . (64)
a Aufdruck rot 0,50 0,30
b Aufdruck schwarzviolett . . . . 20,— 4,—

80

1946, 20. Juni. Rotes Kreuz. MiNr. 63 mit rotem Stdr.-Aufdruck „ΠΡΟΝΟΙΑ / ΠΡΟΣΩΠΙΚΟΥ T.T.T." und neuer Wertstufe.

80 50 Dr auf 50 L dunkelgrün auf mattgrün . . (63) 0,30 0,30

1947, 11. Aug. Hilfe für tuberkulöse Postbeamte. MiNr. 63 und MiNr. 66 mit zusätzlichem Aufdruck in Dunkelrosalila.

81

A 81

81 50 Dr auf 50 L dunkelgrün auf mattgrün . (66) 2,— 0,30
A 81 50 Dr auf 50 L dunkelgrün auf mattgrün . (63) 70,— 55,—
Satzpreis (2 W.) 70,— 55,—

Zl) Altes Bild des St. Demetrius

1948, 25. Jan. Wiederaufbau von Kirchen und Gebäuden. Stdr. (10×5); gez. 12:13½.

82 50 Dr hellbraun . . . . Zl 0,30 0,30

Obligatorische Verwendung während des Jahres 1948 auf Inland-Poststücken.

83

1950, 1. März. Hilfe für tuberkulöse Postbeamte. Freimarken MiNr. 396 und A 396 mit blauem senkrechtem Aufdruck.

83 50 Dr auf 10 L hellblau/braun . . . . . . (396)
I Aufdruck von unten nach oben 0,50 0,30
II Aufdruck von oben nach unten . . . . 35,— 40,—
84 50 Dr auf 10 L hellblau/braun . . . . . . (A 396)
I Aufdruck von unten nach oben . . . . 1,— 0,30
II Aufdruck von oben nach unten . . . . 35,— 40,—

85

1951, 5. März. Sozialfonds für die PTT (Postbeamtenbund). Freimarke MiNr. 395 mit dreizeiligem, waagerechtem, rotem Aufdruck.

85 50 Dr auf 5 L rotbraun/dunkelblau . . . . . . (395) 3,50 0,30

1951, 20. Okt. Hilfe für tuberkulöse Postbeamte. Freimarke MiNr. 391 mit Aufdruck eines Lothringer Kreuzes und neuem Wert.

86

86	**50 (Dr)**	auf 3 Dr rotbraun	(391)	1,50	0,30

1952, 15. Dez. Soziale Fürsorge. Freimarke MiNr. 392 mit karminrotem Stdr.-Aufdruck „ΠΡΟΣΘΕΤΟΝ“ und neuer Wertstufe.

87

87	**100 Dr**	auf 8 Dr dunkelblau	(392)	2,—	0,30

Obligatorische Verwendung je 1 Monat zu Weihnachten, Neujahr und Ostern.

1953, 15. Nov. Erdbebengeschädigte der Ionischen Inseln. Odr. (10×5); Wz. 2; gez. 12½.

Zm) Zerstörte Stadt Zakynthos, einstürzende Faneromeni-Kirche

Zn) Zerstörte Stadt Argostoli, Karte von Kefalonia

88 300 Dr dunkelgrünblau/bläulichgrün	Zm	2,—	0,30
89 500 Dr schwarzbraun/strohgelb	Zn	2,50	1,—
Satzpreis (2 W.)		4,50	1,10

Obligatorischer Zuschlag: MiNr. 88 für sämtliche Inlandsbriefe, MiNr. 89 für Geldanweisungen und Postpakete.

1956, 6. Sept./1958, Aug. Kulturelle Zwecke in Makedonien. Odr. (10×5); Wz. 2; A = gez. K 14, C = gez. K 12½:14.

Zo) Zeus, mazedonische Münze von Philipp II. (382–336 v. Chr.)

Zp) Aristoteles (384–322 v. Chr.), griechischer Philosoph

A = gez. K 14

90 A 50 L dunkelkarmin (6.9.1956)	Zo	3,—	0,30
91 A 1 Dr dunkelultramarin (26.9.1956)	Zp	9,—	1,50
Satzpreis A (2 W.)		12,—	1,70

C = gez. K 12½:14 (Aug. 1958)

90 C 50 L dunkelkarmin	Zo	*25,—*	*2,—*
91 C 1 Dr dunkelultramarin	Zp	*60,—*	*8,—*
Satzpreis C (2 W.)		*85,—*	*10,—*

Obligatorischer Zuschlag für ein Jahr für alle in Makedonien aufgegebenen Sendungen: MiNr. 90 für Inlandsbriefe, MiNr. 91 für Geldanweisungen und Postpakete.

Auflagen: MiNr. 90 = 18.176.743, MiNr. 91 = 958.371 Stück

Athos (Agion Oros Athoc)

Autonome Mönchsrepublik Heiliger Berg

Währung: 1 Euro (€) = 100 Cent

2008, 16. Mai. Heiliger Berg Athos – Der geschichtliche Beginn. Komb. Odr. und Hfdr. (4×4 Zd); gez. K 13.

a) Kaiser Nikiforos Fokas

b) Kaiser Ioannis Tsimiskis

c) Karte der Athos-Region aus der Charta des Rigas Fereos

d) Kirche des Protaton, Karyes; Stich von G. Moschos

e) Stab des Oberhauptes (1856)

				★★	⊙
1	0.40 €	mehrfarbig	a	1,50	1,50
2	0.60 €	mehrfarbig	b	2,50	2,50
3	0.70 €	mehrfarbig	c	3,—	3,—
4	2.00 €	mehrfarbig	d	8,—	8,—
5	4.00 €	mehrfarbig	e	16,—	16,—
		Satzpreis (5 W.)		30,—	30,—
		1 Zf–5 Zf		30,—	30,—
		FDC			—,—

Auflagen: MiNr. 1–4 je 100.000, MiNr. 5 = 50.000 Stück

2008, 13. Juni. Heiliger Berg Athos – Die Klöster (I). Komb. Odr. und Hfdr. (4×4 Zd); gez. K 13.

f) Megisti Lavra

g) Vatopedi

h) Koutloumousiou

i) Iviron

k) Chilandar

6	0.57 €	mehrfarbig	f	2,50	2,50
7	0.70 €	mehrfarbig	g	3,—	3,—
8	1.00 €	mehrfarbig	h	4,—	4,—
9	1.85 €	mehrfarbig	i	7,50	7,50
10	3.00 €	mehrfarbig	k	12,—	12,—
		Satzpreis (5 W.)		28,—	28,—
		6 Zf–10 Zf		28,—	28,—
		FDC			—,—

Auflagen: MiNr. 6–9 je 100.000, MiNr. 10 = 50.000 Stück

2008, 4. Juli. Heiliger Berg Athos – Die Klöster (II). Komb. Odr. und Hfdr. (4×4 Zd); gez. K 13.

l) Pantokrator

m) Xiropotamou

n) Karakallou

o) Zografou

p) Dochiariou

11	0.57 €	mehrfarbig	l	2,—	2,—
12	0.70 €	mehrfarbig	m	3,—	3,—
13	0.80 €	mehrfarbig	n	3,50	3,50
14	1.50 €	mehrfarbig	o	6,—	6,—
15	3.50 €	mehrfarbig	p	14,—	14,—
		Satzpreis (5 W.)		28,—	28,—
		11 Zf–15 Zf		28,—	28,—
		FDC			—,—

Auflagen: MiNr. 11–14 je 100.000, MiNr. 15 = 50.000 Stück

2008, 22. Aug. Heiliger Berg Athos – Die Klöster (III). Komb. Odr. und Hfdr. (4×4 Zd); gez. K 13.

r) Agiou Pavlou

s) Agiou Dionysiou

t) Stavronikita

u) Simonos Petras

v) Filotheou

16	0.57 €	mehrfarbig	r	2,—	2,—
17	0.70 €	mehrfarbig	s	3,—	3,—
18	1.20 €	mehrfarbig	t	5,—	5,—
19	1.80 €	mehrfarbig	u	7,—	7,—
20	3.00 €	mehrfarbig	v	12,—	12,—
		Satzpreis (5 W.)		28,—	28,—
		16 Zf–20 Zf		28,—	28,—
		FDC			—,—

Auflagen: MiNr. 16–19 je 100.000, MiNr. 20 = 50.000 Stück

2008, 7. Nov. Heiliger Berg Athos – Die Klöster (IV). Komb. Odr. und Hfdr. (4×4 Zd); gez. K 13.

w) Xenofontos

x) Osiou Grigoriou

y) Esfigmenou

z) Konstamonitou

aa) Agiou Panteleimonos

21	0.57 € mehrfarbig	w	2,—	2,—
22	0.70 € mehrfarbig	x	3,—	3,—
23	0.85 € mehrfarbig	y	3,50	3,50
24	2.42 € mehrfarbig	z	9,50	9,50
25	3.00 € mehrfarbig	aa	12,—	12,—
	Satzpreis (5 W.)		30,—	30,—
	21 Zf–25 Zf		30,—	30,—
	FDC			—,—

Auflagen: MiNr. 21–24 je 100.000, MiNr. 25 = 50.000 Stück

2009, 11. Mai. Heiliger Berg Athos – Das tägliche Klosterleben (I). Komb. Odr. und Hfdr. (4×4 Zd); gez. K 13¼:13.

ab) Talanton

ac) Bibliothekar

ad) Protaton

ae) Holzschnitzer

af) Lasttier

26	0.57 € mehrfarbig	ab	2,—	2,—
27	0.70 € mehrfarbig	ac	3,—	3,—
28	0.85 € mehrfarbig	ad	5,—	5,—
29	2.42 € mehrfarbig	ae	10,—	10,—
30	3.00 € mehrfarbig	af	12,—	12,—
	Satzpreis (5 W.)		32,—	32,—
	26 Zf–30 Zf		32,—	32,—
	FDC			—,—

Auflagen: MiNr. 26–29 je 70.000, MiNr. 30 = 50.000 Stück

2009, 12. Juni. Heiliger Berg Athos – Das tägliche Klosterleben (II). Komb. Odr. und Hfdr. (4×4 Zd); gez. K 13.

ag) Schneider

ah) Buchbinder

ai) Koch

ak) Gärtner

al) Beim Fußmarsch

31	0.57 € mehrfarbig	ag	2,—	2,—
32	0.70 € mehrfarbig	ah	3,—	3,—
33	1.00 € mehrfarbig	ai	4,—	4,—
34	1.85 € mehrfarbig	ak	7,—	7,—
35	3.30 € mehrfarbig	al	13,—	13,—
	Satzpreis (5 W.)		29,—	29,—
	31 Zf–35 Zf		29,—	29,—
	FDC			—,—

Auflagen: MiNr. 31–34 je 70.000, MiNr. 35 = 50.000 Stück

2009, 18. Sept. Heiliger Berg Athos – Das tägliche Klosterleben (III). Komb. Odr. und Hfdr. (4×4 Zd); gez. K 13.

am) Oliven pflücken

an) Alter Mönch mit Schnur

ao) Bootsbauer

ap) Kunsthandwerker

ar) Beim Studium

36	0.57 € mehrfarbig	am	2,—	2,—
37	0.70 € mehrfarbig	an	3,—	3,—
38	0.80 € mehrfarbig	ao	3,—	3,—
39	1.00 € mehrfarbig	ap	4,—	4,—
40	4.50 € mehrfarbig	ar	18,—	18,—
	Satzpreis (5 W.)		30,—	30,—
	36 Zf–40 Zf		30,—	30,—
	FDC			—,—

Auflagen: MiNr. 36–39 je 70.000, MiNr. 40 = 50.000 Stück

2009, 17. Dez. Heiliger Berg Athos – Das tägliche Klosterleben (IV). Komb. Odr. und Hfdr. (4×4 Zd); gez. K 13.

ax) Gruppenbild

ay) Schule

az) Abt

ba) Gruppenbild

bb) Chorsänger

41	0.58 € mehrfarbig	ax	2,50	2,50
42	0.70 € mehrfarbig	ay	3,—	3,—
43	1,20 € mehrfarbig	az	5,—	5,—
44	1.85 € mehrfarbig	ba	7,50	7,50

45	3.00 € mehrfarbig	bb	*12,—*	*12,—*
	Satzpreis (5 W.)		*30,—*	*30,—*
	41 Zf–45 Zf		*30,—*	*30,—*
	FDC			—,—

Auflagen: MiNr. 41–44 je 70.000, MiNr. 45 = 50.000 Stück

2010, 11. Mai. Naturschutz: Fauna und Flora (I). Komb. Odr. und Hfdr. (4×4 Zd); gez. K 13.

bc) Athos-Stiefmütterchen (Viola athois)

bd) Judasbaum (Cercis siliquastrum)

be) Westlicher Erdbeerbaum (Arbutus unedo)

bf) Europäischer Laubfrosch (Hyla arborea)

bg) Baumheide (Erica arborea)

46	0.58 € mehrfarbig	bc	1,20	1,20
47	0.72 € mehrfarbig	bd	1,50	1,50
48	1.00 € mehrfarbig	be	2,10	2,10
49	2.43 € mehrfarbig	bf	5,—	5,—
50	3.00 € mehrfarbig	bg	6,20	6,20
	Satzpreis (5 W.)		16,—	16,—
	46 Zf–50 Zf		16,—	16,—
	FDC			20,—

Auflagen: MiNr. 46–49 je 70.000, MiNr. 50 = 50.000 Stück

2010, 21. Juni. Naturschutz: Fauna und Flora (II). Komb. Odr. und Hfdr. (4×4 Zd); gez. K 13.

bh) Silene orphanidis (Leimkraut)

bi) Nachtigall (Luscinia megarhynchos)

bk) Reh (Capreolus capreolus)

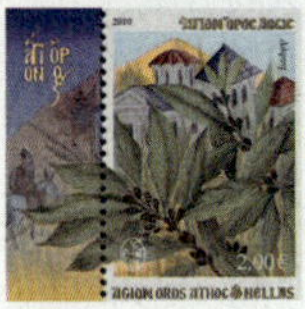
bl) Echter Lorbeer (Laurus nobilis)

bm) Östliche Smaragdeidechse (Lacerta viridis)

51	0.50 € mehrfarbig	bh	1,—	1,—
52	0.58 € mehrfarbig	bi	1,30	1,30
53	0.72 € mehrfarbig	bk	1,60	1,60
54	2.00 € mehrfarbig	bl	4,40	4,40
55	3.50 € mehrfarbig	bm	7,70	7,70
	Satzpreis (5 W.)		16,—	16,—
	51 Zf–55 Zf		16,—	16,—
	FDC			20,—

Auflagen: MiNr. 51–54 je 70.000, MiNr. 55 = 50.000 Stück

2010, 16. Sept. Naturschutz: Fauna und Flora (III). Komb. Odr. und Hfdr. (4×4 Zd); gez. K 13.

bn) Erdbeerbaumfalter (Charaxes jasius)

bo) Steinadler (Aquila chrysaetos)

bp) Griechischer Bergtee (Sideritis athoa)

br) Athos-Strohblume (Helichrysum sibthorpii)

bs) Mittelmeer-Mönchsrobbe (Monachus monachus)

56	0.58 € mehrfarbig	bn	1,30	1,30
57	0.72 € mehrfarbig	bo	1,70	1,70
58	1.00 € mehrfarbig	bp	2,30	2,30
59	2.43 € mehrfarbig	br	5,70	5,70
60	3.00 € mehrfarbig	bs	7,—	7,—
	Satzpreis (5 W.)		18,—	18,—
	56 Zf–60 Zf		18,—	18,—
	FDC			20,—

Auflagen: MiNr. 56–59 je 70.000, MiNr. 60 = 50.000 Stück

2010, 16. Nov. Naturschutz: Fauna und Flora (IV). Komb. Odr. und Hfdr. (4×4 Zd); gez. K 13.

bt) Edelkastanie (Castanea sativa)

bu) Griechische Tanne (Abies cephalonica)

bv) Wilder Salbei (Gmelina philippensis)

bw) Wildschwein (Sus scrofa)

bx) Igelstäubling (Lycoperdon echinatum)

61	0.50 € mehrfarbig	bt	1,—	1,—
62	0.58 € mehrfarbig	bu	1,30	1,30
63	0.72 € mehrfarbig	bv	1,60	1,60
64	2.00 € mehrfarbig	bw	4,40	4,40
65	3.50 € mehrfarbig	bx	7,70	7,70
	Satzpreis (5 W.)		16,—	16,—
	61 Zf–65 Zf		16,—	16,—
	FDC			20,—

Auflagen: MiNr. 61–64 je 70.000, MiNr. 65 = 50.000 Stück

2011, 18. März. Buchmalerei: Illuminierte Initialen aus Messbüchern der Klöster (I). Komb. Odr. und Hfdr. (4×4 Zd); gez. K 13.

by) Alpha, Kloster Agiou Dionysiou

bz) Beta, Kloster Agiou Panteleimonos

ca) Gamma, Kloster Vatopedi

cb) Delta, Kloster Dochiariou

cc) Epsilon, Kloster Filotheou

cd) Zeta, Kloster Vatopedi

66 0.50 € mehrfarbig	by	1,—	1,—
67 0.60 € mehrfarbig	bz	1,20	1,20
68 0.75 € mehrfarbig	ca	1,50	1,50
69 1.00 € mehrfarbig	cb	2,—	2,—
70 1.50 € mehrfarbig	cc	3,—	3,—
71 2.15 € mehrfarbig	cd	4,30	4,30
	Satzpreis (6 W.)	13,—	13,—
	66 Zf–71 Zf	13,—	13,—
	2 FDC		18,50

2011, 17. Mai. Buchmalerei: Illuminierte Initialen aus Messbüchern der Klöster (II). Komb. Odr. und Hfdr. (4×4 Zd); gez. K 13.

ce) Eta, Kloster Xeropotamou

cf) Theta, Kloster Simonos Petras

cg) Iota, Kloster Koutloumousiou

ch) Kappa, Kloster Pantokrator

ci) Lambda, Kloster Iveron

ck) My, Kloster Zografou

72 0.50 € mehrfarbig	ce	1,—	1,—
73 0.60 € mehrfarbig	cf	1,20	1,20
74 0.75 € mehrfarbig	cg	1,50	1,50
75 1.00 € mehrfarbig	ch	2,—	2,—
76 1.47 € mehrfarbig	ci	3,—	3,—
77 2.00 € mehrfarbig	ck	4,—	4,—
	Satzpreis (6 W.)	12,70	12,70
	72 Zf–77 Zf	12,70	12,70
	2 FDC		18,—

2011, 18. Juli. Buchmalerei: Illuminierte Initialen aus Messbüchern der Klöster (III). Komb. Odr. und Hfdr. (4×4 Zd); gez. K 13.

cl) Ny, Kloster Gregoriou

cm) Xi, Kloster Konstamonitou

cn) Omikron, Kloster Xenofontos

co) Pi, Kloster Stavronikita

cp) Rho, Kloster Iveron

cr) Sigma, Kloster Megiste Lavra

78 0.50 € mehrfarbig	cl	1,—	1,—
79 0.60 € mehrfarbig	cm	1,20	1,20
80 0.75 € mehrfarbig	cn	1,50	1,50
81 0.85 € mehrfarbig	co	1,70	1,70
82 1.47 € mehrfarbig	cp	3,—	3,—
83 2.00 € mehrfarbig	cr	4,—	4,—
	Satzpreis (6 W.)	12,40	12,40
	78 Zf–83 Zf	12,40	12,40
	2 FDC		17,50

2011, 15. Dez. Buchmalerei: Illuminierte Initialen aus Messbüchern der Klöster (IV). Komb. Odr. und Hfdr. (4×4 Zd); gez. K 13.

cs) Tau, Kloster Chilandar

ct) Ypsilon, Kloster Karakallou

cu) Phi, Kirche des Protaton

cv) Chi, Kloster Agiou Pavlou

cw) Psi, Kloster Iviron

cx) Omega, Kloster Esfigmenou

84 0.50 € mehrfarbig	cs	1,—	1,—
85 0.60 € mehrfarbig	ct	1,20	1,20
86 0.85 € mehrfarbig	cu	1,70	1,70
87 1.00 € mehrfarbig	cv	2,—	2,—
88 1.47 € mehrfarbig	cw	3,—	3,—
89 2.00 € mehrfarbig	cx	4,—	4,—
	Satzpreis (6 W.)	12,80	12,80
	84 Zf–89 Zf	13,—	13,—
	2 FDC		18,50

2012, 26. Jan. Die Hauptkirchen der Klöster (I). Komb. Odr. und Hfdr. (4×4 Zd); gez. K 13.

cy) Kloster Megiste Lavra

cz) Kloster Chilandar

da) Kloster Iviron

db) Kloster Agiou Dionysiou

dc) Kloster Vatopedi

dd) Kirche des Protaton

90	0.50 € mehrfarbig	cy	1,—	1,—
91	0.60 € mehrfarbig	cz	1,20	1,20
92	0.75 € mehrfarbig	da	1,50	1,50
93	0.85 € mehrfarbig	db	1,70	1,70
94	1.00 € mehrfarbig	dc	2,—	2,—
95	2.20 € mehrfarbig	dd	4,40	4,40
	Satzpreis (6 W.)		11,80	11,80
	90 Zf–95 Zf		12,—	12,—
	2 FDC			17,—

Auflagen: MiNr. 90–94 je 50.000, MiNr. 95 = 40.000 Stück

2012, 20. März. Die Hauptkirchen der Klöster (II). Komb. Odr. und Hfdr. (4×4 Zd); gez. K 13.

de) Kloster Koutloumousiou

df) Kloster Pantokrator

dg) Kloster Xeropotamou

dh) Kloster Zografou

di) Kloster Dochiariou

96	0.50 € mehrfarbig	de	1,—	1,—
97	0.60 € mehrfarbig	df	1,20	1,20
98	1.00 € mehrfarbig	dg	2,—	2,—
99	1.50 € mehrfarbig	dh	3,—	3,—
100	2.00 € mehrfarbig	di	4,—	4,—
	Satzpreis (5 W.)		11,20	11,20
	96 Zf–100 Zf		11,50	11,50
	FDC			16,—

Auflagen: MiNr. 96–99 je 50.000, MiNr. 100 = 40.000 Stück

2012, 12. Sept. Die Hauptkirchen der Klöster (III). Komb. Odr. und Hfdr. (4×4 Zd); gez. K 13.

dk) Karakallou

dl) Filotheou

dm) Simonos Petras

dn) Agiou Pavlou

do) Stavronikita

101	0.62 € mehrfarbig	dk	1,30	1,30
102	0.78 € mehrfarbig	dl	1,60	1,60
103	0.85 € mehrfarbig	dm	1,70	1,70
104	1.00 € mehrfarbig	dn	2,—	2,—
105	2.10 € mehrfarbig	do	4,20	4,20
	Satzpreis (5 W.)		10,80	10,80
	101 Zf–105 Zf		11,—	11,—
	FDC			15,50

Auflagen: MiNr. 101–104 je 50.000, MiNr. 105 = 40.000 Stück

2012, 20. Nov. Die Hauptkirchen der Klöster (IV). Komb. Odr. und Hfdr. (4×4 Zd); gez. K 13.

dp) Xenofontos

dr) Grigoriou

ds) Esfigmenou

dt) Panteleimonos

du) Konstamonitou

106	0.50 € mehrfarbig	dp	1,—	1,—
107	0.62 € mehrfarbig	dr	1,30	1,30
108	1.00 € mehrfarbig	ds	2,—	2,—
109	1.50 € mehrfarbig	dt	3,—	3,—
110	2.10 € mehrfarbig	du	4,20	4,20
	Satzpreis (5 W.)		11,50	11,50
	106 Zf–110 Zf		11,50	11,50
	FDC			16,50

Auflagen: MiNr. 106–109 je 50.000, MiNr. 110 = 40.000 Stück

2013, 22. April. Illuminierte Miniaturen aus alten Handschriften der Klöster (I). Komb. Odr. und Hfdr. (4×4 Zd); gez. K 13.

dv) Tetra-Evangelium (17. Jh.), Kloster Chilandar

dw) Erzählung von Varlaam und Joasaph (13. Jh.), Kloster Iviron

dx) Sticharion (17. Jh.), Kloster Megisti Lavra

dy) Oktateuch (13. Jh.), Kloster Vatopedi

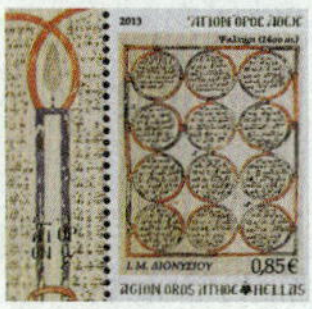

dz) Psalter (14. Jh.), Kloster Dionysiou

ea) Tetra-Evangelium (10. Jh.), Kirche des Protaton

111	0.40 € mehrfarbig	dv	0,90	0,90
112	0.50 € mehrfarbig	dw	1,10	1,10
113	0.62 € mehrfarbig	dx	1,40	1,40
114	0.78 € mehrfarbig	dy	1,70	1,70
115	0.85 € mehrfarbig	dz	1,90	1,90
116	2.00 € mehrfarbig	ea	4,50	4,50
		Satzpreis (6 W.)	11,50	11,50
		111 Zf–116 Zf	11,50	11,50
		FDC		15,—

2013, 9. Mai. Illuminierte Miniaturen aus alten Handschriften der Klöster (II). Komb. Odr. und Hfdr. (4×4 Zd); gez. K 13.

eb) Göttliche Liturgie (17. Jh.), Kloster Koutloumousiou

ec) Psalter (9. Jh.), Kloster Pantokrator

ed) Evangeliar (17. Jh.), Kloster Xeropotamou

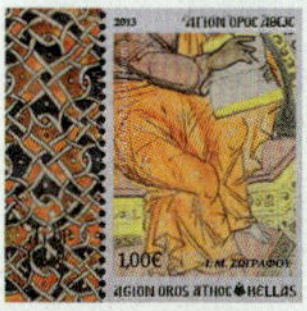

ee) Tetra-Evangelium (16. Jh.), Kloster Zografou

ef) Pilgerführer zum Hl. Land (17. Jh.), Kloster Dochiariou

117	0.50 € mehrfarbig	eb	1,10	1,10
118	0.62 € mehrfarbig	ec	1,40	1,40
119	0.78 € mehrfarbig	ed	1,80	1,80
120	1.00 € mehrfarbig	ee	2,20	2,20
121	2.20 € mehrfarbig	ef	5,—	5,—
		Satzpreis (5 W.)	11,50	11,50
		117 Zf–121 Zf	11,50	11,50
		FDC		15,—

2013, 9. Sept. Illuminierte Miniaturen aus alten Handschriften der Klöster (III). Komb. Odr. und Hfdr. (4×4 Zd); gez. K 13.

eg) Evangeliar (18. Jh.), Kloster Karakalou

eh) Buch der Evangelien (12. Jh.), Kloster Filotheou

ei) Evangeliar (17. Jh.), Kloster Simonos Petras

ek) Jakobsleiter (14. Jh.), Kloster Stavronikita

el) Evangeliar (16. Jh.), Kloster Agiou Pavlou

122	0.40 € mehrfarbig	eg	1,—	1,—
123	0.62 € mehrfarbig	eh	1,40	1,40
124	0.78 € mehrfarbig	ei	1,80	1,80
125	1.00 € mehrfarbig	ek	2,20	2,20
126	2.50 € mehrfarbig	el	5,60	5,60
		Satzpreis (5 W.)	12,—	12,—
		122 Zf–126 Zf	12,—	12,—
		2 FDC		15,—

2013, 5. Nov. Illuminierte Miniaturen aus alten Handschriften der Klöster (IV). Komb. Odr. und Hfdr. (4×4 Zd); gez. K 13.

em) Pilgerführer zum Heiligen Land (17. Jh.), Kloster Grigoriou

en) Predigt des hl. Stephanus (17. Jh.), Kloster Konstamonitou

eo) Menologium (11. Jh.), Kloster Esfigmenou

ep) Hl. Gregor von Nazianz (12. Jh.), Kloster Agiou Panteleimonos

er) Psalter (17. Jh.), Kloster Xenofontos

127	0.62 € mehrfarbig	em	1,40	1,40
128	0.72 € mehrfarbig	en	1,60	1,60
129	0.80 € mehrfarbig	eo	1,80	1,80
130	0.90 € mehrfarbig	ep	2,—	2,—
131	2.10 € mehrfarbig	er	4,70	4,70
		Satzpreis (5 W.)	11,50	11,50
		127 Zf–131 Zf	11,50	11,50
		2 FDC		15,—

2014, 9. Juli. Stickereien (I). Komb. Odr. und Hfdr. (4×4 Zd); gez. K 13¾:13¼.

es) Goldbestickte Priesterstola (16.–17. Jh.), Kloster Agiou Dionysiou

et) Epitaph (17. Jh.), Kloster Iviron

eu) Liturgisches Gewand (Detail, 20. Jh.), Kirche des Protaton

ev) Liturgisches Gewand (Detail, 20. Jh.), Kirche des Protaton

ew) Priesterstola (17. Jh.), Kloster Chilandar

ex) Priesterstola von Grigorios Vellas (1813), Kloster Vatopedi

132	0.40 € mehrfarbig	es	0,90	0,90
133	0.50 € mehrfarbig	et	1,20	1,20
134	0.72 € mehrfarbig	eu	1,60	1,60
135	0.90 € mehrfarbig	ev	2,—	2,—
136	1.00 € mehrfarbig	ew	2,30	2,30
137	1.50 € mehrfarbig	ex	3,40	3,40
		Satzpreis (6 W.)	11,40	11,40
		132 Zf–137 Zf	11,50	11,50
		2 FDC		17,—

2014, 9. Juli. Stickereien (II). Komb. Odr. und Hfdr. (4×4 Zd); gez. K 13¼:13¾.

ey) Parament (16. Jh.), Kloster Iviron

ez) Parament (18. Jh.), Kloster Pantokrator

fa) Aer (Velum) (ca. 20. Jh.), Kloster Xeropotamou

fb) Parament mit abstrakter Kunst (17. Jh.), Kloster Dochiariou

fc) Parament (17. Jh.), Kloster Zografou

138	0.50 € mehrfarbig	ey	1,20	1,20
139	0.72 € mehrfarbig	ez	1,60	1,60
140	0.80 € mehrfarbig	fa	1,80	1,80
141	0.85 € mehrfarbig	fb	1,90	1,90
142	1.62 € mehrfarbig	fc	3,70	3,70
		Satzpreis (5 W.)	10,20	10,20
		138 Zf–142 Zf	10,50	10,50
		2 FDC		16,—

2014, 10. Sept. Stickereien (III). Komb. Odr. und Hfdr. (4×4 Zd); gez. K 13¼:13¾.

fd) Epigonation (Element) des liturgischen Gewandes (18. Jh.), Kloster Agiou Pavlou

fe) Liturgisches Gewand mit Personen der hl. Dreifaltigkeit (16. Jh.), Kloster Stavronikita

ff) Parament von Kallinikos (1627), Kloster Simonos Petras

fg) Liturgical Cuffs (18. Jh.), Kloster Karakalou

fh) Aer (Exapteriga) (19. Jh.), Kloster Filotheou

143	0.30 € mehrfarbig	fd	0,80	0,80
144	0.40 € mehrfarbig	fe	1,—	1,—
145	0.72 € mehrfarbig	ff	1,70	1,70
146	1.00 € mehrfarbig	fg	2,50	2,50
147	1.50 € mehrfarbig	fh	3,60	3,60
		Satzpreis (5 W.)	9,50	9,50
		143 Zf–147 Zf	10,—	10,—
		2 FDC		14,—

2014, 19. Nov. Stickereien (IV). Komb. Odr. und Hfdr. (4×4 Zd); gez. K 13¼:13¾.

fi) Leineneinband (120 v. Chr.), Kloster Konstamonitou

fk) Liturgisches Gewand (Detail), Kloster Agiou Panteleimonos

fl) Napoleons Kommandozelt (Detail), Kloster Esfigmenou

fm) Aer (Exapteriga) (19. Jh.), Kloster Grigoriou

fn) Goldbestickte Priesterstola (19. Jh.), Kloster Xenofontos

148	0.50 € mehrfarbig	fi	1,20	1,20
149	0.72 € mehrfarbig	fk	1,60	1,60
150	0.85 € mehrfarbig	fl	1,90	1,90
151	0.90 € mehrfarbig	fm	2,—	2,—
152	1.20 € mehrfarbig	fn	2,70	2,70
		Satzpreis (5 W.)	9,40	9,40
		148 Zf–152 Zf	9,50	9,50
		2 FDC		15,—

2015, 20. Mai. Holzschnitzereien (I). Komb. Odr. und Hfdr. (4×4 Zd); gez. K 13¼:13¾.

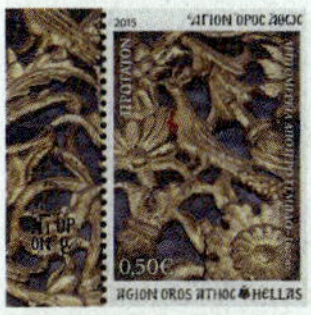
fo) Ikonostase (Detail) (16. Jh.), Kirche des Protaton, Karyes

fp) Ikonostase (Detail) (15. Jh.), Kloster Vatopedi

fr) Schreinverzierungen (Detail) (18. Jh.), Kloster Hilandar

fs) Ikonostase (Detail) (18. Jh.), Kloster Iviron

ft) Verzierungen im Speisesaal (Detail) (1615), Kloster Dionysiou

153	0.50 € mehrfarbig	fo	1,20	1,20
154	0.72 € mehrfarbig	fp	1,60	1,60
155	0.90 € mehrfarbig	fr	2,—	2,—
156	1.00 € mehrfarbig	fs	2,30	2,30
157	1.50 € mehrfarbig	ft	3,50	3,50
		Satzpreis (5 W.)	10,60	10,60
		153 Zf–157 Zf	11,—	11,—
		2 FDC		16,—

Auflage: 30.000 Sätze

2015, 9. Juli. Holzschnitzereien (II). Komb. Odr. und Hfdr. (4×4 Zd); gez. K 13¼:13¾.

fu) Ikonostase (Detail) (19. Jh.), Kloster Pantokratoros

fv) Ikonostase (Detail) (18. Jh.), Kloster Zografou

fw) Ikonostase (Detail) (18. Jh.), Kloster Xeropotamou

fx) Ikonostase (Detail) (18. Jh.), Kloster Dochiariou

fy) Ikonostase (Detail) (18. Jh.), Kloster Koutloumousiou

158	0.40 € mehrfarbig	fu	0,90	0,90
159	0.72 € mehrfarbig	fv	1,60	1,60
160	0.80 € mehrfarbig	fw	1,80	1,80
161	0.85 € mehrfarbig	fx	1,90	1,90
162	1.50 € mehrfarbig	fy	3,50	3,50
		Satzpreis (5 W.)	9,70	9,70
		158 Zf–162 Zf	10,—	10,—
		2 FDC		15,—

Auflage: 30.000 Sätze

2015, 8. Sept. Holzschnitzereien (III). Komb. Odr. und Hfdr. (4×4 Zd); gez. K 13¼:13¾.

fz) Verzierungen am Flügelaltar (Detail), Kloster Simonos Petras

ga) Ikonostase (Detail), (14. Jh.), Kloster Filotheou

gb) Ikonostase (Detail) (18. Jh.), Kloster Agiou Pavlou

gc) Schreinverzierungen (Detail) (16. Jh.), Kloster Stavronikita

gd) Schreinverzierungen (Detail) (18. Jh.), Kloster Karakallou

163	0.30 € mehrfarbig	fz	0,70	0,70
164	0.50 € mehrfarbig	ga	1,10	1,10
165	0.72 € mehrfarbig	gb	1,60	1,60
166	1.00 € mehrfarbig	gc	2,30	2,30
167	1.62 € mehrfarbig	gd	3,70	3,70
		Satzpreis (5 W.)	9,40	9,40
		163 Zf–167 Zf	9,80	9,80
		2 FDC		14,—

2015, 5. Nov. Holzschnitzereien (IV). Komb. Odr. und Hfdr. (4×4 Zd); gez. K 13¼:13¾.

ge) Verzierungen an Brüstung (Detail), Kloster Gregoriou

gf) Ikonostase (Detail), Kloster Xenofontos

gg) Ikonostase (Detail) (18. Jh.), Kloster St. Panteleon

gh) Kapitell (Detail) (19. Jh.), Kloster Kostamonitou

gi) Verzierungen am Flügelaltar (Detail) (16. Jh.), Kloster Esphigmenou

168	0.20 € mehrfarbig	ge	0,50	0,50
169	0.50 € mehrfarbig	gf	1,10	1,10
170	0.85 € mehrfarbig	gg	1,90	1,90
171	0.90 € mehrfarbig	gh	2,20	2,20
172	1.20 € mehrfarbig	gi	2,80	2,80
		Satzpreis (5 W.)	8,50	8,50
		168 Zf–172 Zf	8,50	8,50
		2 FDC		13,—

2016, 26. Jan. Marmorreliefs (I). Komb. Odr. und Hfdr. (4×4 Zd); gez. K 13¼:13.

gk) Ikonostase (Detail) (12. Jh.), Protaton-Kirche

gl) Kloster Megisti Lavra

gm) Kloster Vatopedi

gn) Kloster Iviron

go) Kloster Chiliandariou (12. Jh.)

gp) Kloster Dionysiou

gl–gp) Verzierungen an Brüstung (Detail)

173	0.20 € mehrfarbig	gk	0,50	0,50
174	0.72 € mehrfarbig	gl	1,60	1,60
175	0.80 € mehrfarbig	gm	1,80	1,80
176	0.90 € mehrfarbig	gn	2,—	2,—
177	1.00 € mehrfarbig	go	2,30	2,30
178	1.20 € mehrfarbig	gp	2,80	2,80
		Satzpreis (6 W.)	11,—	11,—
		173 Zf–178 Zf	11,—	11,—
		2 FDC		17,—

2016, 30. März. Marmorreliefs (II). Komb. Odr. und Hfdr. (4×4 Zd); gez. K 13¼:13.

gr) Verzierungen an Sarkophag (Detail, 14. Jh.), Kloster Pantokrator

gs) Verzierungen am Außentor (Detail, 10. Jh.), Kloster Xeropotamou

gt) Katholische Brüstung (Detail, 18. Jh.), Kloster Zografou

gu) Wandbrüstung (Detail), Kloster Koutloumousiou

gv) Katholische Brüstung (Detail, 10. Jh.), Kloster Dochiariou

179	0.50 € mehrfarbig	gr	1,10	1,10
180	0.72 € mehrfarbig	gs	1,60	1,60
181	0.80 € mehrfarbig	gt	1,80	1,80
182	0.85 € mehrfarbig	gu	1,90	1,90
183	1.20 € mehrfarbig	gv	2,80	2,80
		Satzpreis (5 W.)	9,20	9,20
		179 Zf–183 Zf	9,20	9,20
		2 FDC		12,—

2016, 6. Okt. Marmorreliefs (III). Komb. Odr., Pdr. und Hfdr. (4×4 Zd); gez. K 13¼:13.

gw) Kapitell, Kloster Stavronikita

gx) Verzierungen am Springbrunnen, Kloster Karakallou

gy) Brüstung, Kloster Filotheou

gz) Pronaostor, Kloster Agiou Pavlou

ha) Kapitell, Kloster Simonos Petras

184	0.30 € mehrfarbig	gw	0,70	0,70
185	0.50 € mehrfarbig	gx	1,10	1,10
186	0.72 € mehrfarbig	gy	1,60	1,60
187	1.00 € mehrfarbig	gz	2,30	2,30
188	1.62 € mehrfarbig	ha	3,70	3,70
		Satzpreis (5 W.)	9,40	9,40
		184 Zf–188 Zf	9,40	9,40
		2 FDC		12,—

2016, 10. Nov. Marmorreliefs (IV). Komb. Odr., Pdr. und Hfdr. (4×4 Zd); gez. K 13¼:13.

hb) Kapitell des Reliquienschreins, Kloster Konstamonitou

hc) Kapitell, Kloster St. Pantaleon

hd) Katholische Ikonostasenbrüstung, Kloster Xenofontos

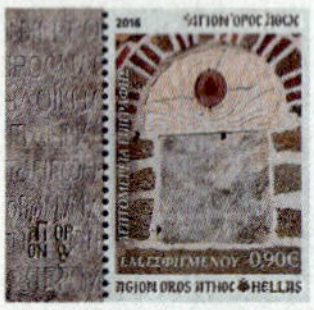
he) Aufschrift, Kloster Esfigmenou

hf) Kleiner Plattenrelief, Kloster Gregoriou

189	0.20 € mehrfarbig	hb	0,50	0,50
190	0.50 € mehrfarbig	hc	1,10	1,10
191	0.85 € mehrfarbig	hd	2,—	2,—
192	0.90 € mehrfarbig	he	2,10	2,10
193	1.20 € mehrfarbig	hf	2,80	2,80
		Satzpreis (5 W.)	8,50	8,50
		189 Zf–193 Zf	8,50	8,50
		2 FDC		11,—

2017, 27. Juli. Stecher und Maler des 18.–20. Jh. (I). Komb. Odr., Pdr. und Hfdr. (4×4 Zd); gez. K 13¼:13.

hg) Kloster Xeropotamou

hh) Kloster Zografou

hi) Kloster Filotheou

hk) Kloster Xenofontos

hl) Kloster Konstamonitou
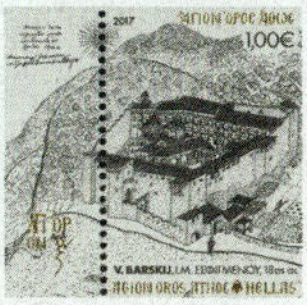
hm) Kloster Esfigmenou
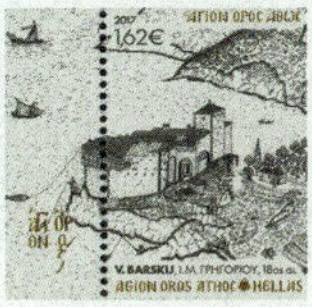
hn) Kloster Gregoriou

hg–hn) Kupferstiche (18 Jh.) von Wassilij Barskij (1701–1747), russischer Pilger, Reisender und Schriftsteller

194	0.20 €	schwarz/goldfarben	hg	0,50	0,50
195	0.50 €	schwarz/goldfarben	hh	1,10	1,10
196	0.72 €	schwarz/goldfarben	hi	1,70	1,70
197	0.80 €	schwarz/goldfarben	hk	1,80	1,80
198	0.80 €	schwarz/goldfarben	hl	1,80	1,80
199	1.00 €	schwarz/goldfarben	hm	2,30	2,30
200	1.62 €	schwarz/goldfarben	hn	3,70	3,70
		Satzpreis (7 W.)		12,90	12,90
		194 Zf–200 Zf		13,—	13,—
		3 FDC			20,—

Auflage: 30.000 Sätze

2017, 25. Sept. Stecher und Maler des 18.–20. Jh. (II). Komb. Odr., Pdr. und Hfdr. (4×4 Zd); gez. K 13¼:13.

ho) Kloster Megisti Lavra

hp) Kloster Vatopedi

hr) Kloster Iviron

hs) Kloster Dochiariou

ht) Kloster Agiou Pavlou

hu) Kloster des Hl. Pantaleon

ho–hu) Gemälde (19 Jh.) von Wladimir Dawydow, russischer Maler

201	0.72 €	mehrfarbig	ho	1,70	1,70
202	0.80 €	mehrfarbig	hp	1,80	1,80
203	0.90 €	mehrfarbig	hr	2,10	2,10
204	1.00 €	mehrfarbig	hs	2,30	2,30
205	1.50 €	mehrfarbig	ht	3,50	3,50
206	2.62 €	mehrfarbig	hu	6,—	6,—
		Satzpreis (6 W.)		17,40	17,40
		201 Zf–206 Zf		18,—	18,—
		2 FDC			24,—

Auflage: 30 000 Sätze

2017, 8. Nov. Stecher und Maler des 18.–20. Jh. (III). Komb. Odr., Pdr. und Hfdr. (4×4 Zd); gez. K 13¼:13.

hv) Karyes

hw) Kloster Hilandar

hx) Kloster Dionysiou

hy) Kloster Pantokrator

hz) Kloster Koutloumousiou

ia) Kloster Stavronikita

ib) Kloster Karakallou

ic) Kloster Simonos Petras

hv–ic) Gemälde (20 Jh.) von Spyros Papaloukas (1892–1957), Maler

207	0.20 €	mehrfarbig	hv	0,50	0,50
208	0.72 €	mehrfarbig	hw	1,70	1,70
209	0.80 €	mehrfarbig	hx	1,80	1,80
210	0.85 €	mehrfarbig	hy	2,—	2,—
211	0.90 €	mehrfarbig	hz	2,10	2,10
212	1.00 €	mehrfarbig	ia	2,30	2,30
213	1.50 €	mehrfarbig	ib	3,50	3,50
214	1.62 €	mehrfarbig	ic	3,70	3,70
		Satzpreis (8 W.)		17,60	17,60
		207 Zf–214 Zf		17,60	17,60
		3 FDC			25,—

Weitere Neuheiten sind bisher nicht erschienen.

Neuheiten

Jahrgangswerttabelle

Die Aufstellung folgt der numerischen Reihenfolge der Katalogisierung ohne Rücksicht auf die Chronologie eventueller Ergänzungswerte.

Grundsätzlich ist nur die jeweils billigste Sorte pro Marke bzw. Ausgabe angegeben, sofern nichts anderes vermerkt.

Zusammendrucke aus Bogen, Marken mit Zierfeldern usw. sind dann berücksichtigt, wenn sie als normale Ausgabeform anzusehen sind. Einzelmarken aus Blocks und Marken mit der Preisnotierung „—,—" sind nicht berücksichtigt.

Im neuen MICHEL-Redaktionssystem fließen Einzelwerte anstelle von Satzpreisen in die Berechnung ein. Zusätzlich werden alle Blockvarianten berücksichtigt. Dadurch können sich Änderungen zu früheren Jahrgangswertberechnungen ergeben.

Jahr	MiNr.	✱✱	⊙
2008	1–25	147,50	147,50
2009	26–45	121,—	121,—
2010	46–65	66,—	66,—
2011	66–89	51,—	51,—
2012	90–110	45,30	45,30
2013	111–131	46,50	46,50
2014	132–152	40,60	40,60
2015	153–172	38,20	38,20
2016	173–193	38,10	38,10
2017	194–214	47,90	47,90
Gesamtsumme		**642,10**	**642,10**

Griechische Post im Ausland

Griechische Postämter bestanden in nachfolgenden Orten und wurden anfangs von den griechischen Konsulaten versorgt (in Klammern die bekanntgewordenen frühesten Daten des Bestehens; genaue Angaben sind noch nicht bekannt):

Konstantinopel (1834)
Smyrna (1834)
Alexandria (1834)
Saloniki (1835)
Joannina (1852)
Braila (Ibraila) (1857)
Bukarest (1843)
Galatz (1859)
Larissa (1835)
Preveza (1853)
Arta (1852)
Volos (1861)
Chania (1881, März–Nov.)
Rethymnon (1881–1885)
Iraklion (1881–1882)
Sulina (1871–1875)

Der Hauptsammelort für die mit Schiff einlaufende ausländische Post war Syra (67).
Bis 1863 geschah die Entwertung durch Nummern-Rautenstempel, später Entwertung sowohl durch Nummern-Rauten- als auch durch Ortsstempel.
Die griechische Post in der Türkei wurde am 28. April 1881 geschlossen. Dadurch kam es zu dem sog. türkisch-griechischen Postkrieg, einer Zeit, in der andere Staaten die Beförderung der Sendungen zwischen Griechenland und der Türkei übernahmen. Briefe aus dieser Zeit tragen auf den Marken Stempel von Geschäftsleuten, welche die Sendungen den Schiffen übergaben. Solche Briefschaften tragen den Vermerk Via di Mare, coi Postali Francesi u. a. m.

Die Abstempelungen der griechischen Auslandspostämter sind oft wesentlich höher als die entsprechenden Marken mit griechischen Stempeln zu bewerten.

Aufstellung der griechischen Auslandspostämter und ihrer Stempel:

Konstantinopel
Nummernstempel 95
ΚΩΝΣΤΑΝΤΙΝΟΥΠΟΛΙΣ (ΤΟΥΡΚΙΑ)[3]
ΚΩΝΣΤΑΝΤΙΝ (ΤΟΥΡΚΙΑ)

Smyrna
Nummernstempel 96
ΣΜΥΡΝΑ (ΤΟΥΡΚΙΑ)

Alexandrien
Nummernstempel 97
ΑΛΕΞΑΝΔΡΕΙΑ (ΤΟΥΡΚΙΑ)
ΑΛΕΣΑΝΔΡΕΙΑ (ΤΟΥΡΚΙΑ)
ΑΛΕΞΑΝΔΡΕΙΑ (97)

Saloniki
Nummernstempel 98
ΘΕΣΣΑΛΟΝΙΚΗ (ΤΟΥΡΚΙΑ)[1, 2]

Joannina
Nummernstempel 99
ΙΩΑΝΝΙΝΑ (ΤΟΥΡΚΙΑ)[2]

Galatz
Nummernstempel 100
ΓΑΛΑΖΙΟΝ (ΜΟΛΔΑΒΙΑ)

Braila
Nummernstempel 101
ΙΒΡΑΙΛΑ (ΒΛΑΧΙΑ)

Bukarest
Nummernstempel
ΒΟΥΚΟΡΕΣΤΗ[4]
ΒΟΥΚΟΡΕΣΤΙ (ΒΛΑΧΙΑ)

Larissa[5]
Nummernstempel 103
ΛΑΡΙΣΣΑ (ΤΟΥΡΚΙΑ)[1]

Preveza[5]
Nummernstempel 104
ΠΡΕΒΕΖΑ (ΤΟΥΡΚΙΑ)[1]

Arta[5]
Nummernstempel 105
ΑΡΤΑ (ΤΟΥΡΚΙΑ)

Sulina
Nummernstempel 133
ΣΟΥΛΙΝΑ (ΤΟΥΡΚΙΑ)

Volos[5]
Nummernstempel 135
ΒΩΛΟΣ (ΤΟΥΡΚΙΑ)

Chania
ΧΑΝΙΑ (162)

Rethymnon
ΡΕΘΥΜΝΟΝ (163)

Iraklion (Kandia)
ΗΡΑΚΛΕΙΟΝ (164)

[1] Auch im Kleinformat ohne ΤΟΥΡΚΙΑ und ohne Daten.
[2] Auch im Großformat und mit Zierat statt ΤΟΥΡΚΙΑ.
[3] Klein- und Großformat.
[4] Nur im Kleinformat ohne Daten.
[5] Diese Postämter bestanden nach der Angliederung Thessaliens und Epirus an Griechenland 1881 als Inlandspostämter weiter.

Griechische Besetzungsgebiete

Allgemeine Ausgabe für die besetzten Gebiete in der Türkei

1912/1914. Freimarken. Marken von Griechenland mit senkrechtem Aufdruck „ΕΛΛΗΝΙΚΗ / ΔΙΟΙΚΗΣΙΣ".

2 II

9 I

I = von unten nach oben, II = von oben nach unten

Aufdruck in Schwarz:

Auf Ausgabe 1901:

					*	⊙
1		20 L	lila	(130)		
	I		Aufdruck von unten nach oben		3,—	2,20
	II		Aufdruck von oben nach unten		10,—	7,50

Auf Ausgabe 1911 (StTdr.):

2		1 L	grün	(158)		
	I		Aufdruck von unten nach oben		1,—	1,—
	II		Aufdruck von oben nach unten		15,—	15,—
3		2 L	rosa	(159)		
	I		Aufdruck von unten nach oben		1,—	1,—
	II		Aufdruck von oben nach unten		1,50	1,50
4		3 L	rot	(160)		
	I		Aufdruck von unten nach oben		1,—	1,—
	II		Aufdruck von oben nach unten		1,60	2,—
5		5 L	grün	(161)		
	I		Aufdruck von unten nach oben		1,70	1,70
	II		Aufdruck von oben nach unten		5,50	4,50
6		10 L	rosa	(162)		
	I		Aufdruck von unten nach oben		2,60	2,60
	II		Aufdruck von oben nach unten		80,—	80,—
7		20 L	dunkellila	(163)		
	I		Aufdruck von unten nach oben		4,20	2,20
	II		Aufdruck von oben nach unten		7,50	6,50
8		25 L	ultramarin	(164)		
	I		Aufdruck von unten nach oben		15,—	10,—
	II		Aufdruck von oben nach unten		90,—	90,—
9		30 L	karmin	(165)		
	I		Aufdruck von unten nach oben		6,—	3,—
	II		Aufdruck von oben nach unten		150,—	150,—
10		40 L	dunkelblau	(166)		
	I		Aufdruck von unten nach oben		20,—	10,—
	II		Aufdruck von oben nach unten		130,—	100,—
11		50 L	braunlila	(167)		
	I		Aufdruck von unten nach oben		22,—	10,—
	II		Aufdruck von oben nach unten		250,—	250,—
12		1 Dr	ultramarin	(168)		
	I		Aufdruck von unten nach oben		20,—	3,—
	II		Aufdruck von oben nach unten		75,—	75,—
13		2 Dr	zinnober	(169)		
	I		Aufdruck von unten nach oben		75,—	50,—
	II		Aufdruck von oben nach unten		140,—	140,—
14		3 Dr	karmin	(170)		
	I		Aufdruck von unten nach oben		70,—	45,—
	II		Aufdruck von oben nach unten		110,—	100,—
15		5 Dr	ultramarin	(171)		
	I		Aufdruck von unten nach oben		75,—	45,—
	II		Aufdruck von oben nach unten		450,—	450,—
16	I	10 Dr	dunkelblau	(172)	260,—	260,—

Derselbe Aufdruck, jedoch waagerecht:

17	25 Dr	dunkelblau	(173)	250,—	250,—

Auf Ausgabe 1913 (Stdr.):

18		1 L	grün	(190)		
	I		Aufdruck von unten nach oben		1,—	1,—
	II		Aufdruck von oben nach unten		*8,—*	*8,—*
19		5 L	grün	(193)		
	I		Aufdruck von unten nach oben		1,—	1,—
	II		Aufdruck von oben nach unten		2,—	2,—
20		10 L	rosa	(194)		
	I		Aufdruck von unten nach oben		1,20	1,10
	II		Aufdruck von oben nach unten		3,—	3,—
21		25 L	ultramarin	(197)		
	I		Aufdruck von unten nach oben		12,—	9,—
	II		Aufdruck von oben nach unten		50,—	50,—

Aufdruck in Rot (R) oder Karmin (K):
Auf Ausgabe 1911 (StTdr.):

22 I		1 L	grün	(158) R	1,50	1,50
23 I		2 L	grün	(159) K	6,50	6,50
24 I		3 L	rot	(160) K	6,50	6,50
25 I		5 L	grün	(161) R	1,20	1,20
26 I		20 L	dunkellila			
	a		Aufdr. von unten nach oben	(163) R	6,50	6,50
	b		Aufdr. von unten nach oben	(163) K	30,—	30,—
27 I		25 L	ultramarin	(164) K	60,—	60,—
28 I		30 L	karmin	(165) K	30,—	30,—
29 I		40 L	dunkelblau	(166) R	4,50	4,50
30 I		50 L	braunlila	(167) R	6,50	6,50
31 I		1 Dr	ultramarin	(168) R	20,—	20,—
32		2 Dr	zinnober			
	I		Aufdr. von unten nach oben			
	a		Aufdruck rot	(169) R	80,—	80,—
	b		Aufdruck karmin	(169) K	100,—	100,—
	II a		Aufdr. von oben nach unten, Aufdruck rot	(169) R	—,—	—,—
33		3 Dr	karmin			
	I		Aufdr. von unten nach oben			
	a		Aufdruck rot	(170) R	50,—	50,—
	b		Aufdruck karmin	(170) K	50,—	50,—
	II a		Aufdr. von oben nach unten, Aufdruck rot	(170) R	—,—	—,—
34 I		5 Dr	ultramarin, Aufdr. von unten nach oben			
	a		Aufdruck rot	(171) R	400,—	350,—
	b		Aufdruck karmin	(171) K	400,—	280,—
35 I		10 Dr	dunkelblau, Aufdr. von unten nach oben			
	a		Aufdruck rot	(172) R	55,—	55,—
	b		Aufdruck karmin	(172) K	65,—	65,—
36		25 Dr	dunkelblau			
	I		Aufdr. von unten nach oben			
	a		Aufdruck rot	(173) R	*600,—*	*600,—*
	b		Aufdruck karmin	(173) K	—,—	—,—
	II b		Aufdr. von oben nach unten, Aufdruck karmin	(173) K	*700,—*	—,—

Derselbe Aufdruck, jedoch waagerecht:

37	25 Dr	dunkelblau	(ad) R	110,—	110,—

Auf Ausgabe 1913/1914 (Stdr.):

38 I		1 L	grün	(190) K	4,—	4,—
39 I		5 L	grün	(193) R	2,—	2,—
40 I		10 L	rosa	(194) K	50,—	50,—
41		25 L	ultramarin	(197) R		
	I		Aufdruck von unten nach oben		4,—	4,—
	II		Aufdruck von oben nach unten		*100,—*	*100,—*

FALSCH MiNr. 1–41

Portomarken

1912, 15. (28.) Dez. Portomarken von Griechenland MiNr. 25–30 und 32–38 mit schwarzem Bdr.-Aufdruck „ΕΛΛΗΝΙΚΗ / ΔΙΟΙΚΗΣΙΣ“. I = Aufdruck von unten nach oben; II = Aufdruck von oben nach unten.

5

					*	⊙
1		1 L	braun	(P 25)		
	I		Aufdruck von unten nach oben		1,—	1,—
	II		Aufdruck von oben nach unten		*15,—*	*15,—*
2		2 L	grau	(P 26)		
	I		Aufdruck von unten nach oben		1,—	1,—
	II		Aufdruck von oben nach unten		*15,—*	*15,—*
3	I	3 L	braunorange	(P 27)	1,20	1,50
4	I	5 L	grün	(P 28)	1,70	1,70
5	I	10 L	rot	(P 29)	1,50	1,50
6	I	20 L	lila	(P 30)	1,50	1,50
7	I	30 L	violett	(P 32)	4,50	5,—
8	I	40 L	braun	(P 33)	4,50	5,—
9	I	50 L	braunrot	(P 34)	6,50	6,50
10	I	1 Dr	grauschwarz	(P 35)	30,—	30,—
11		2 Dr	kupfer	(P 36)		
	I		Aufdruck von unten nach oben		32,—	32,—
	II		Aufdruck von oben nach unten		50,—	50,—
12		3 Dr	silber	(P 37)		
	I		Aufdruck von unten nach oben		55,—	55,—
	II		Aufdruck von oben nach unten		80,—	80,—
13		5 Dr	golden	(P 38)		
	I		Aufdruck von unten nach oben		150,—	150,—
	II		Aufdruck von oben nach unten		140,—	170,—

FALSCH

1913, Jan. Portomarken von Griechenland MiNr. 25–30 und 32–38 mit Bdr.-Aufdruck „ΕΛΛΗΝΙΚΗ / ΔΙΟΙΚΗΣΙΣ“ in Rot (R) oder Karmin (K). I = Aufdruck von unten nach oben, II = Aufdruck von oben nach unten.

15

14	I	1 L	braun, Aufdr. von unten nach oben			
	a		Aufdruck rot	(P 25) R	1,10	1,10
	b		Aufdruck karmin	(P 25) K	—,—	—,—
15		2 L	grau			
	I		Aufdr. von unten nach oben			
	a		Aufdruck rot	(P 26) R	1,20	1,20
	b		Aufdruck karmin	(P 26) K	6,—	6,—
	II b		Aufdr. von oben nach unten, Aufdruck karmin	(P 26) K	5,—	5,—
16		3 L	braunorange	(P 27) K		
	I		Aufdr. von unten nach oben		*80,—*	*80,—*
	II		Aufdr. von oben nach unten		6,—	6,—
17		5 L	grün			
	I		Aufdr. von unten nach oben	(P 28) R	1,70	1,70
	II		Aufdr. von oben nach unten	(P 28) K	4,50	4,50
18	II	10 L	rot	(P 29) K	12,—	12,—
19	I	20 L	lila	(P 30) R	1,70	1,70
20		30 L	violett	(P 32) R		
	I		Aufdr. von unten nach oben		2,50	2,50
	II		Aufdr. von oben nach unten		10,—	10,—
21	I	40 L	braun	(P 33) R	4,20	4,20
22	I	50 L	braunrot	(P 34) R	1,70	1,70
23		1 Dr	grauschwarz			
	I		Aufdr. von unten nach oben			
	a		Aufdruck rot	(P 35) R	8,50	8,50
	b		Aufdruck karmin	(P 35) K	50,—	60,—
	II b		Aufdr. von oben nach unten, Aufdruck karmin	(P 35) K	60,—	60,—
24		2 Dr	kupfer			
	I		Aufdr. von unten nach oben			
	a		Aufdruck rot	(P 36) R	17,—	17,—
	b		Aufdruck karmin	(P 36) K	200,—	100,—
	II b		Aufdr. von oben nach unten, Aufdruck karmin	(P 36) K	100,—	100,—
25		3 Dr	silber			
	I a		Aufdr. von unten nach oben, Aufdruck rot	(P 37) R	25,—	25,—
	II b		Aufdr. von oben nach unten, Aufdruck karmin	(P 37) K	*250,—*	*250,—*
26		5 Dr	golden			
	I a		Aufdr. von unten nach oben, Aufdruck rot	(P 38) R	60,—	60,—
	II b		Aufdr. von oben nach unten, Aufdruck karmin	(P 38) K	*500,—*	*500,—*

FALSCH

Ausgabe für die Insel Lemnos

Vom 18.–26. Oktober 1912 wurden türkische Marken mit dem Handstempelaufdruck „ΕΛΛΑΣ ΛΗΜΝΟΣ“ entwertet.

1912, 10. (13.) Nov. Freimarke. Griechenland MiNr. 130 mit waagerechtem Bdr.-Aufdruck „ΛΗΜΝΟΣ“.

1

				*	⊙
1	20 L	lila	(130)	9,—	6,50

1912. Freimarken von Griechenland in StTdr. mit waagerechtem Bdr.-Aufdruck „ΛΗΜΝΟΣ“.

3

6

2	1 L	grün	(158)	1,—	1,—
3	2 L	rosa	(159)	1,—	1,—
4	3 L	rot	(160)	1,—	1,—
5	5 L	grün	(161)	2,20	2,20
6	10 L	rosa	(162)	3,20	3,20
7	20 L	dunkellila	(163)	2,20	2,20
8	25 L	ultramarin	(164)	8,—	8,—
9	30 L	karmin	(165)	8,—	8,—
10	40 L	dunkelblau	(166)	11,—	11,—
11	50 L	braunlila	(167)	15,—	15,—
12	1 Dr	ultramarin	(168)	22,—	22,—
13	2 Dr	zinnober	(169)	30,—	30,—
14	3 Dr	karmin	(170)	40,—	40,—
15	5 Dr	ultramarin	(171)	50,—	50,—
16	10 Dr	dunkelblau	(172)	150,—	150,—
17	25 Dr	dunkelblau	(173)	130,—	130,—
			Satzpreis (16 W.)	460,—	460,—

Zahlreiche Aufdruckfehler bekannt.

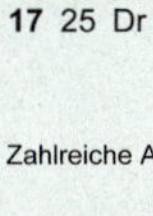

1912. Freimarken von Griechenland in StTdr. mit waagerechtem Bdr.-Aufdruck „ΛΗΜΝΟΣ“; a = Aufdruck rot, b = Aufdruck karmin.

22

18	b	2 L	rosa	(159) K	2,60	2,60
19	b	3 L	rot	(160) K	3,60	3,60
20	b	20 L	dunkellila	(163) K	8,—	8,—

21	b	30 L	karmin	(165) K	10,—	10,—
22	a	40 L	dunkelblau	(166) R	10,—	10,—
23	a	50 L	braunlila	(167) R	10,—	10,—
24	a	1 Dr	ultramarin	(168) R	10,—	10,—
25	b	2 Dr	zinnober	(169) K	180,—	180,—
26		3 Dr	karmin	(170)		
	a		Aufdruck rot		30,—	30,—
	b		Aufdruck karmin		80,—	80,—
27		5 Dr	ultramarin	(171)		
	a		Aufdruck rot		80,—	80,—
	b		Aufdruck karmin		80,—	80,—
28	a	10 Dr	dunkelblau	(172) R	200,—	200,—
29		25 Dr	dunkelblau	(173)		
	a		Aufdruck rot		*140,—*	*130,—*
	b		Aufdruck karmin		*800,—*	*400,—*
			Satzpreis, billigste Sorte (12 W.)		650,—	650,—

31

1913. Freimarken von Griechenland in StTdr. mit waagerechtem Bdr.-Aufdruck „ΛΗΜΝΟΣ“ in Schwarz.

30	1 L	grün	(190)	0,70	0,70
31	5 L	grün	(193)	1,10	1,10
32	10 L	rosa	(194)	2,20	2,20
33	25 L	ultramarin	(197)	8,—	8,—
		Satzpreis (4 W.)		12,—	12,—

30 a	1 L	zusätzlich mit schwarzem Aufdruck „ΕΛΛΗΝΙΚΗ ΔΙΟΙΚΗΣΙΣ“		35,—	35,—

34

1913. Freimarken von Griechenland in StTdr. mit waagerechtem Bdr.-Aufdruck „ΛΗΜΝΟΣ“ in Karmin oder Rot.

34	1 L	grün	(190) K	2,50	2,50
35	5 L	grün	(193) R	1,50	1,50
36	10 L	rosa	(194) K	5,—	5,—
37	25 L	ultramarin	(197) R	5,—	5,—
		Satzpreis (4 W.)		14,—	14,—

FALSCH MiNr. 1–37

Ausgaben für Nord-Epirus (Südalbanien)

Während des Krieges zwischen Griechenland und Italien besetzten griechische Truppen einige Teile von Südalbanien, darunter die Stadt Koritza. Für diese Besetzungsgebiete wurden ebenfalls Marken mit dem Aufdruck Elliniki Dioikisis ausgegeben.

Frühere Ausgaben für dieses Gebiet siehe Epirus.

1

1940, 10. Dez. Freimarken. Kursierende Marken von Griechenland mit Aufdruck „ΕΛΛΗΝΙΚΗ / ΔΙΟΙΚΗΣΙΣ“.

2

7

9

17

					★★	⊙
1	5 L		rotbraun/dunkelblau	(395)	0,30	0,50
2	10 L		hellblau/braun	(A 396)	0,30	0,50
3	20 L		schwarz/dunkelgrün	(397)	0,30	0,50
4	40 L		schwarz/schwarzgrün	(398)	0,30	0,50
5	50 L		dunkelbraun/schwarz	(399)	0,30	0,50
6	80 L		schwarzviolett/orangebraun	(400)	0,50	1,—
7	1 Dr		dunkelgrün	(390)	0,50	1,—
8	2 Dr		ultramarin	(401)	0,50	1,—
9	3 Dr		rotbraun	(391)	1,50	2,—
10	5 Dr		rot	(402)	1,50	2,—
11	6 Dr		olivbraun	(403)	1,50	3,—
12	7 Dr		violettbraun	(404)	1,50	3,—
13	8 Dr		dunkelblau	(392)	1,50	3,—
14	10 Dr		karminbraun	(405)	2,50	4,—
15	15 Dr		dunkelgrün	(406)	2,50	4,—
16	25 Dr		schwarzblau	(407)	7,—	8,—
17	30 Dr		rotbraun	(414)	14,—	16,—
			Satzpreis (17 W.)		35,—	50,—

Bei einigen Werten sind kopfstehende Aufdrucke bekannt.

1941, 1. März. Gründung der nationalen Jugendorganisation. Griechenland MiNr. 427–446 mit Aufdruck „ΕΛΛΗΝΙΚΗ / ΔΙΟΙΚΗΣΙΣ“ in Karmin.

18

19

22

28

18	3 Dr	mehrfarbig	(427)	1,—	1,—
19	5 Dr	dunkelblau/schwarz	(428)	5,—	5,—
20	10 Dr	rotorange/schwarz	(429)	7,50	7,50
21	15 Dr	dunkelgrün/schwarz	(430)	30,—	30,—
22	20 Dr	dunkelkarmin/schwarz	(431)	30,—	35,—
23	25 Dr	dunkelblau/schwarz	(432)	30,—	35,—
24	30 Dr	lila/schwarz	(433)	30,—	35,—
25	50 Dr	dunkelkarmin/schwarz	(434)	30,—	35,—
26	75 Dr	mehrfarbig	(435)	40,—	40,—
27	100 Dr	mehrfarbig	(436)	40,—	40,—

Flugpostmarken

28	2 Dr	orange/schwarz	(437)	1,50	1,50
29	4 Dr	dunkelgrün/schwarz	(438)	6,—	6,—

30	6 Dr	dunkelkarmin/schwarz	(439)	8,—	8,—
31	8 Dr	dunkelblau/schwarz	(440)	8,—	8,—
32	16 Dr	lila/schwarz	(441)	14,—	20,—
33	32 Dr	rötlichorange/schwarz	(442)	30,—	30,—
34	45 Dr	dunkelgrün/schwarz	(443)	30,—	30,—
35	55 Dr	dunkelkarmin/schwarz	(444)	30,—	30,—
36	65 Dr	dunkelblau/schwarz	(445)	30,—	30,—
37	100 Dr	lila/schwarz	(446)	40,—	40,—
			Satzpreis (20 W.)	400,—	450,—

Auflagen: MiNr. 18 = 68.667, MiNr. 19 = 14.330, MiNr. 20 = 14.230, MiNr. 21 = 13.575, MiNr. 22 = 13.570, MiNr. 23 = 13.570, MiNr. 24 = 13.560, MiNr. 25 = 13.560, MiNr. 26 = 13.560, MiNr. 27 = 13.560, MiNr. 28 = 65.325, MiNr. 29 = 14.325, MiNr. 30 = 13.975, MiNr. 31 = 14.160, MiNr. 32 = 13.570, MiNr. 33 = 13.567, MiNr. 34 = 13.564, MiNr. 35 = 13.563, MiNr. 36 = 14.580, MiNr. 37 = 13.560 Stück

Portomarken

1940, 10. Dez. Kursierende Portomarken von Griechenland mit Aufdruck „ΕΛΛΗΝΙΚΗ / ΔΙΟΙΚΗΣΙΣ“, MiNr. 1 außerdem mit neuem Wert.

1

4

					★★	⊙
1	**50 L**	auf 25 Dr rosa	(63)		1,—	1,—
2	2 Dr	ziegelrot	(58)		1,—	1,—
3	5 Dr	graublau	(60)		1,—	1,—
4	10 Dr	blaugrün	(61)		1,—	1,—
5	15 Dr	rotbraun	(62)		1,—	1,—
			Satzpreis (5 W.)		5,—	5,—

Zwangszuschlagsmarken

1

1940, 10. Dez. Griechische Zwangszuschlagsmarken MiNr. 62–64 mit Aufdruck „ΕΛΛΗΝΙΚΗ / ΔΙΟΙΚΗΣΙΣ“.

				★★	⊙
1	10 L	lilakarmin auf rosa	(Z 62)	0,40	0,40
2	50 L	dunkelgrün auf mattgrün	(Z 63)	0,40	0,40
3	1 Dr	dunkelblau auf hellblau	(Z 64)	1,—	1,—
			Satzpreis (3 W.)	1,80	1,80

Ausgaben für den Dodekanes

siehe Ägäische Inseln.

Lokalausgaben

während des Balkankrieges

Chios

1

1913, 14. (27.) April. Freimarke. Griechenland MiNr. 197 mit rotem Aufdruck „Ε.Δ“.

				★	⊙
1	25 L	ultramarin		80,—	80,—

		★
1 I	Aufdruckfehler „Ε.Λ“ statt „Ε.Δ“	200,—
1 I K	kopfstehender Aufdruckfehler „Ε.Λ“ statt „Ε.Δ“	500,—
1 K	kopfstehender Aufdruck	200,—

FALSCH

Dedeagatsch

(Alexandroupolis)

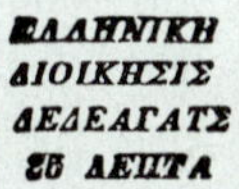
Aufdruck

1913, 18. (31.) Juli. Freimarken. Viereckige weiße Zettel mit Inschrift „ΕΛΛΗΝΙΚΗ ΔΙΟΙΚΗΣΙΣ ΔΕΔΕΑΓΑΤΣ“ und rotem Schutzstempel; gez. 11½ (□); o.G.

				(★)	⊙
1	5 L	schwarz	a	50,—	35,—
2	10 L	schwarz	a	5,—	5,—
3	25 L	schwarz	a	7,50	7,50
			Satzpreis (3 W.)	60,—	45,—
			Kleinbogen	180,—	120,—

1 U	ungezähnt	100,—	
2 U	ungezähnt	20,—	
2 K	Kehrdruckpaar	45,—	30,—
3 U	ungezähnt	30,—	
1 U–3 U	Kleinbogen, ungezähnt	250,—	

MiNr. 1–3 wurden zusammenhängend im Kleinbogen zu 8 Werten mit 1 × MiNr. 1, 4 × MiNr. 2 und 3 × MiNr. 3 gedruckt.

Auflage: 1.140 Kleinbogen

Aufdruck

1913, 24. Juli (6. Aug.). Freimarken. Marken von Bulgarien 1911 mit fünfzeiligem, rotem bzw. schwarzem Aufdruck.

4	**5 L**	auf 1 St dunkelgrün	(78) R	90,—	55,—
5	**10 L**	auf 10 St rot/schwarz	(82) S	35,—	30,—

6	**25 L**	auf 5 St grün/schwarz	(81) S	50,—	30,—
7	**50 L**	auf 2 St hellrot/schwarz	(79) S	100,—	70,—
8	**1 Dr**	auf 25 St blau/schwarz	(84) R	130,—	90,—
		Satzpreis (5 W.)		400,—	270,—

		(✱)
5 F	Fehldruck 25 L auf 25 St	1000,—

FALSCH

Auflagen: MiNr. 4 = 322, MiNr. 5 = 2.496, MiNr. 6 = 1.743, MiNr. 7 = 322, MiNr. 8 = 366 Stück

Aufdruck

1913, 15. (28.) Sept. Freimarken. Neue Ausgabe mit Zusatz des Wortes „ΠΡΟΣΩΡΙΝΟΝ". Typendruck (2×4); fünfzeilige Inschrift, ohne Einfassungslinie; weißes Papier; gez. 11½; o.G.

				(✱)	⊙
9	1 L	blau	b	200,—	90,—
10	2 L	blau	b	200,—	90,—
11	3 L	blau	b	200,—	90,—
12	5 L	blau	b	200,—	90,—
13	10 L	blau	b	200,—	90,—
14	25 L	blau	b	200,—	90,—
15	40 L	blau	b	200,—	90,—
16	50 L	blau	b	200,—	90,—
		Satzpreis (8 W.)		1600,—	720,—

MiNr. 9–16 tragen einen blauen, über vier Marken reichenden Schutzstempel. Die Abstempelung erfolgte durch einen roten Langstempel „ΔΕΔΕΑΓΑΤΣ".

FALSCH

1913, 25. Sept. (8. Okt.) Freimarken. Typendruck (3×2); fünfzeilige Inschrift, mit Einfassungslinie; hellultramarines oder (seltener) himmelblaues Papier; gez. 11½; o.G.

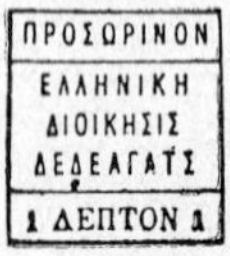

Aufdruck MiNr. 17

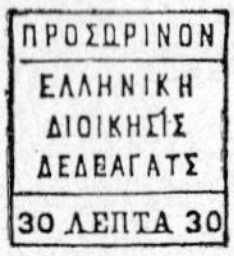

Aufdruck MiNr. 21

17	1 L	blau auf bläulich	c	200,—	80,—
18	5 L	blau auf bläulich	c	200,—	80,—
19	10 L	blau auf bläulich	c	200,—	80,—
20	25 L	blau auf bläulich	c	200,—	80,—
21	30 L	blau auf bläulich	c	200,—	80,—
22	50 L	blau auf bläulich	c	200,—	80,—
		Satzpreis (6 W.)		1200,—	480,—

MiNr. 17–22 tragen einen blauen, über zwei Marken reichenden Schutzaufdruck. Die Abstempelung erfolgte durch einen roten Langstempel „ΔΕΔΕΑΓΑΤΣ".

FALSCH

Dedeagatsch wurde am 1. Oktober 1913 von den Griechen wieder geräumt und an Bulgarien übergeben, kam aber später wieder zu Griechenland.

Kawala

Ausgabe von Kawala (bulgarische Marken mit nebenstehendem Aufdruck) haben sich als illegal erwiesen.

Mytilene

1912, 9. (22.) Nov. Freimarken. Türkische Freimarken mit schwarzem Aufdruck „Ελληνική / Κατοχή / Μυτιλήνηζ" aufwärts oder abwärts (gleiche Preise).

1

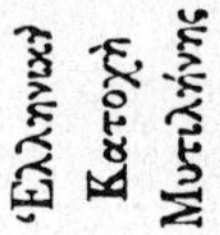

Aufdruck

					✱	⊙
1	2 Pa	oliv		(180)	2,50	2,50
2	5 Pa	ockergelb		(159)	2,50	2,50
3	10 Pa	blaugrün		(160)	2,50	2,50
4	20 Pa	rosa		(161)	2,50	2,50
5	1 Pia	blau		(162)	5,—	5,—
6	2 Pia	schwarzblau		(163)	30,—	30,—
7	2½ Pia	dunkelsepia		(139)	15,—	25,—
8	5 Pia	dunkellila		(165)	35,—	40,—
9	10 Pia	ziegelrot		(166)		
	I		Aufdruck schwarz		150,—	150,—
	II		Aufdruck blau		150,—	150,—
		Satzpreis (9 W.)			240,—	260,—

FALSCH

1912. Freimarke. Türkische Freimarken für Auslandspost (Behié-Aufdruck) mit schwarzem bzw. blauem Aufdruck „Ελληνική / Κατοχή / Μυτιλήνηζ".

10	10 Pa	blaugrün		(175) S	8,—	8,—
11	20 Pa	rosa		(176)		
	a		Aufdruck schwarz		8,—	8,—
	b		Aufdruck blau		40,—	40,—
12	1 Pia	blau		(177) S	8,—	8,—
13	2 Pia	schwarzschiefer		(153) S	60,—	60,—
		Satzpreis (4 W.)			80,—	80,—

FALSCH

1912. Freimarken. MiNr. 1, 4–5 und 11 mit zusätzlichem Aufdruck der neuen Wertstufe in griechischer Währung.

14	**25 L**	auf 2 Pa oliv	(1) Bl	12,—	12,—
15	**50 L**	auf 20 Pa rosa	(4) Bl	15,—	15,—
16	**1 Dr**	auf 20 Pa rosa	(11) S	18,—	18,—
17	**2 Dr**	auf 1 Pia blau	(5) S	30,—	30,—
		Satzpreis (4 W.)		75,—	75,—

FALSCH

1912. Freimarke. Türkische Portomarke MiNr. 29 mit schwarzem Aufdruck „Ελληνική / Κατοχή / Μυτιλήνηζ".

18	1 Pia	schwarz auf rosa	(29)	75,—	75,—

FALSCH

Ikarien

Insel im Ägäischen Meer westlich von Samos. Zunächst türkisch, von Juli bis November 1912 unabhängig, danach in griechischem Besitz.

Währung: 1 Drachme (Dr) = 100 Lepta (L)

Preise ungebraucht ✱

MiNr. I–VI siehe nach MiNr. 8.

1912, August. Bis zum Eintreffen der eigenen Marken wurden die auf der Insel vorhandenen Bestände türkischer Marken weiter verwendet. Zur Entwertung wurde ein Gummistempel (Durchmesser 40 mm), im Mittelstück ein Kreuz und mit der Umschrift „ΤΑΧΥΔΡΟΜΕΙΟΝ ΕΛΕΥΘΕΡΑΣ ΠΟΛΙΤΕΙΑΣ ΙΚΑΡΙΑΣ" (Post des Freistaates Ikarien) verwendet (Wert 50,— bis 75,—).

1912, 8. Okt. Freimarken: Münze. Stdr.; gez. L 11½.

a) Penelope (Münze aus Cenos, 3. Jh. v. Chr.)

					✱	⊙
1	2 L	orange		a	2,—	2,—
2	5 L	blaugrün		a	2,—	2,—
3	10 L	rosa		a	2,—	2,—
4	25 L	ultramarin		a	2,—	2,50
5	50 L	violett		a	3,—	4,50
6	1 Dr	schwarzbraun		a	4,—	12,—
7	2 Dr	dunkelrosa		a	5,—	15,—
8	5 Dr	schwarzschiefer		a	10,—	30,—
			Satzpreis (8 W.)		30,—	70,—

Marken von Griechenland mit Aufdruck „ΣΙΚΑΡΙΑΣ" sind Mache.

FALSCH abweichende Farben, gelbliches Papier

Im November 1912 wurde die Insel Ikarien von griechischen Truppen besetzt.

1913. Freimarken der Aufständischen. Griechenland MiNr. 159–160, 190 und 192–194 mit senkrechtem Handstempelaufdruck „ΕΛΛΗΝΙΚΗ ΔΙΟΙΚΗΣΙΣ".

I	1 L	grün		(190)	70,—	50,—
II	2 L	rosa		(159)	70,—	50,—
III	3 L	rot		(160)	70,—	50,—
IV	3 L	rot		(192)	70,—	50,—
V	5 L	grün		(193)	70,—	50,—
VI	10 L	rosa		(194)	70,—	50,—
			Satzpreis (6 W.)		420,—	300,—

Preise gelten für geprüfte Marken.

MiNr. I–VI wurden früher als I a–f katalogisiert.

Griechenland MiNr. 191 mit gleichem Handstempelaufdruck wurde amtlich nicht ausgegeben.

FALSCH Aufdruck von oben nach unten

Seit Februar 1913 wurden die griechischen Marken für die besetzten Gebiete der Türkei verwendet, später griechische Marken ohne Aufdruck.

Ionische Inseln (ΙΟΝΙΟΙ ΝΗΣΟΙ, ΕΠΤΑΝΗΣΟΣ)

Inselgruppe westlich von Griechenland im Ionischen Meer, bestehend aus den sieben Inseln:
Korfu (Kerkyra), Paxos (Paxi), Leukas (Santa Maura), Ithaka (Ithaki), Kefalonia (Kephalinia), Zante (Zakynthos), Cerigo (Kythera).
1815–1864: Vereinigte Staaten der Ionischen Inseln (englische Schutzherrschaft), ab 2. Juni 1864 mit Griechenland vereint.

Währung: MiNr. 1–3: 1 Shilling = 12 Pence (P), MiNr. 4–14: 1 Lira (L) = 100 Centesimi (C) oder 1 Drachme (Dr) = 100 Lepta (L), ab MiNr. 15: 1 Lira (L) = 100 Centesimi (C) = 8 Drachmen (Dr)

Ab Oktober 1864 hat der Österreichische Lloyd in einem österreichischen Postamt in Korfu, das aber keine eigene Briefannahmebefugnis hatte, bis ungefähr Ende 1864 Marken der Lombardei-Venetien, Ausgabe 1863 (MiNr. 14, 17 und 18) verwendet. Das Postamt beschäftigte sich nur mit Transitpost von den österr. levant. Postämtern in Albanien usw.

Preise ungebraucht bis MiNr. 3 ✶, ab MiNr. 4 ✶✶ (MiNr. 4–23 mit Falz ✶ ca. 20–40% der ✶✶-Preise, sofern nichts anderes angegeben).

MiNr. I–III siehe nach MiNr. 14.

Wz. 1 Ziffer „2“

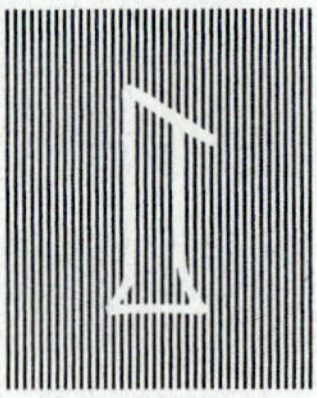

Wz. 2 Ziffer „1“

Englische Schutzherrschaft

1 Shilling = 12 Pence

1859, 15. Juni. Freimarken: Königin Viktoria. StTdr.; MiNr. 1 oWz., MiNr. 2 Wz. 1, MiNr. 3 Wz. 2; ☐.

a) Königin Victoria im Oval des Hosenbandordens

		✶	⊙
1	(½ P) orange	100,—	750,—
2	(1 P) blau	25,—	250,—
3	(2 P) karmin	25,—	250,—
	Satzpreis (3 W.)	150,—	1200,—

FALSCH

Auflage: 50.000 Sätze

Gültig bis 31.5.1864

Italienische Besetzung von Korfu 1923

Ende August 1923 besetzte Italien als politische Repressalie bis Ende September die Insel Korfu.

1 Lira (L) = 100 Centesimi (C) oder 1 Drachme (Dr) = 100 Lepta (L)

1923, 20. Sept. Freimarken. Marken von Italien mit Aufdruck „CORFÙ“.

4

				✶✶	⊙
4	5 C	grün	(88)	7,50	6,50
5	10 C	braunrosa	(89)	7,50	6,50
6	15 C	schiefer	(130)	7,50	6,50
7	20 C	braunorange	(129)	7,50	6,50
8	30 C	orangebraun	(133)	7,50	6,50
9	50 C	hellviolett	(92)	7,50	6,50
10	60 C	blau	(186)	7,50	6,50
11	1 L	braun/dunkelgrün	(83 b)	7,50	6,50
			Satzpreis (8 W.)	60,—	50,—

Auflage: ca. 10.000 Sätze

1923, 24. Sept. Freimarken: Marken von Italien mit Aufdruck „CORFÙ“ und Zusatz des Wertes in griechischer Währung.

12

12	25 L	auf 10 C braunrosa	(89)	90,—	25,—
13	1.20 Dr	auf 50 C hellviolett	(92)	50,—	25,—
14	2.40 Dr	auf 1 L braun/olivgrün	(83 b)	50,—	25,—
		Satzpreis (3 W.)		190,—	75,—

Auflage: ca. 5.000 Sätze

Nicht ausgegeben:

Mit gleichem Aufdruck.

				✶✶
I	60 L	auf 25 C blau	(90)	15,—
II	70 L	auf 30 C orangebraun	(133)	15,—
III	4.75 Dr	auf 2 L dunkelgrün/orange	(187)	15,—

Italienische Besetzung 1941

(Allgemeine Ausgabe)

1 Lira (L) = 100 Centesimi (C) = 8 Drachmen (Dr)

Ende April 1941 wurden die Ionischen Inseln erneut von Italien besetzt.

1941, 1. Sept. Freimarken: Freimarken von Italien mit einzeiligem rotem bzw. schwarzem Aufdruck „ISOLE JONIE“.

15

16

18

19

					✶✶	⊙
15	5 C	sepia	(299)	R	0,70	1,20
16	10 C	dunkelbraun	(301)	R	0,70	1,20
17	20 C	karmin	(303)	S	0,70	1,20
18	25 C	grün	(304)	S	0,70	1,20
19	30 C	dunkelbraun	(305)	R	0,70	1,20
20	50 C	hellviolett	(307)	R	0,70	1,20
21	75 C	karmin	(308)	S	0,70	1,20
22	1.25 L	blau	(309)	R	0,70	1,20

✈ Flugpostmarke

23	50 C	dunkelbraun	(328)	R	1,—	1,50
			Satzpreis (9 W.)		6,50	11,—

Diese Marken wurden auf den Inseln Kefalonia, Korfu, Leukas, Paxos und Zante in Verkehr gesetzt. Auf Cerigo wurden auch während der italienischen Besetzung 1941/43 nur griechische Marken verwendet.

Portomarken

2

1941, 1. Sept. Portomarken von Italien mit Bdr.-Aufdruck „ISOLE JONIE".

				**	⊙
1	10 C	blau	(P 25)	1,50	2,—
2	20 C	karmin	(P 26)	1,50	2,—
3	30 C	orangerot	(P 28)	1,50	2,—
4	1 L	orange	(P 32)	1,50	2,—
			Satzpreis (4 W.)	6,—	7,50

Nach Besetzung der Inseln durch deutsche Truppen im Oktober 1943 wurden die griechischen Marken wieder eingeführt, ausgenommen für die Insel Zante (Zakynthos), siehe Deutsche Besetzungsausgaben in DK bzw. DSK.

Lokalausgaben

Kefalonia und Ithaka

Die Entwertung geschah nur mit den griechischen Poststempeln, die vor 1941 in Gebrauch waren.

1941, 20. Mai/Aug. Freimarken von Griechenland mit Bdr.-Aufdruck „ITALIA / Occupazione Militare / Italiana isole / Cefalonia e Itaca" über je 2 Marken, bei hochformatigen Marken waagerecht (I), bei querformatigen Marken senkrecht aufwärts oder abwärts (II).

Die Aufdruckart (I oder II) ist jeweils hinter der Markenfarbe in Klammern angegeben, die Preise bei senkrechten Aufdrucken gelten für Aufdrucke abwärts.

Die Preise gelten für **-Paare mit vollständigem Aufdruck (* ca. 60% der **-Preise. Einzelmarken (mit halbem Aufdruck) werten ** ⅓ ⊙ ½ dieser Preise.

Ausgabe Argostolion

Auf Marken Georg II. (1937):

1

4

				**	⊙
1	1 Dr	dunkelgrün (I)	(390)	300,—	110,—
2	8 Dr	dunkelblau (I)	(392)	220,—	70,—

Auf Freimarken 1937:

3	5 L	rotbraun/ dunkelblau (II)	(395)	10,—	6,—
4	10 L	hellblau/braun (I)	(A 396)	10,—	6,—
A 4	10 L	hellblau/braun (I)	(396)	60,—	40,—
5	20 L	schwarz/ dunkelgrün (I)	(397)	10,—	6,—
6	40 L	schwarz/ schwarzgrün (II)	(398)	10,—	6,—
7	50 L	dunkelbraun/ schwarz (II)	(399)	10,—	6,—
8	80 L	schwarzviolett/ orangebraun (I)	(400)	35,—	11,—
9	2 Dr	ultramarin (II)	(401)	17,—	7,50
10	5 Dr	rot (II)	(402)	85,—	22,—
11	6 Dr	olivbraun (II)	(403)	85,—	22,—
12	7 Dr	violettbraun (II)	(404)	85,—	22,—
13	10 Dr	karminbraun (II)	(405)	100,—	25,—
14	15 Dr	dunkelgrün (II)	(406)	150,—	45,—
15	25 Dr	schwarzblau (I)	(407)	220,—	70,—

Auf Marken Konstantin zu Pferde (1938):

16	1.50 Dr	dunkelgrün (I)	(413)	170,—	55,—
17	30 Dr	rotbraun (I)	(414)	750,—	260,—

FALSCH Viele Aufdruckfälschungen von MiNr. A 4 bekannt.

Auflagen: MiNr. 1 = 5.266, MiNr. 2 = 973, MiNr. 3 = 5.700, MiNr. 4 = 7.780, MiNr. 5 = 4.900, MiNr. 6 = 3.750, MiNr. 7 = 21.468, MiNr. 8 = 3.300, MiNr. 9 = 13.758, MiNr. 10 = 1.897, MiNr. 11 = 1.498, MiNr. 12 = 2.208, MiNr. 13 = 1.039, MiNr. 14 = 876, MiNr. 15 = 700, MiNr. 16 = 1.199, MiNr. 17 = 364 Stück

18

✈ Auf Flugpostausgaben 1935, 1937:

18		50 L	lilabraun (I)	(412 A)	90,—	120,—
19		1 Dr	rot (II)			
a			grauweißes Papier	(374 x)	120,—	100,—
b			weißes Papier	(374 y)	90,—	50,—
20		2 Dr	grünblau			
a			grauweißes Papier (II)	(375 x)	50,—	40,—
b			weißes Papier	(375 y)		
	I		Aufdruck waagerecht		*1000,—*	*600,—*
	II		Aufdruck senkrecht		35,—	17,—
21		5 Dr	violett (I)	(376 y)	90,—	35,—
22		7 Dr	blau (I)			
a			grauweißes Papier	(377 x)	300,—	260,—
b			weißes Papier	(377 y)	120,—	50,—
23		25 Dr	lilakarmin (I)	(379)	500,—	200,—
24		30 Dr	grün (II)	(380)	500,—	250,—
25		50 Dr	violett (I)	(381)	*3000,—*	*1400,—*
26		100 Dr	rotbraun (II)	(382)	*1400,—*	*650,—*

Auflagen: MiNr. 19 = 523, MiNr. 20 = 1.175, MiNr. 21 = 853, MiNr. 22 = 461, MiNr. 23 = 319, MiNr. 24 = 360, MiNr. 25 = 115, MiNr. 26 = 245 Stück

Auf Zwangszuschlagsmarken 1937, 1939, 1940:

27

A 27

27		10 L	karmin (I)	(Z 57)	15,—	10,—
A 27		10 L	lilakarmin auf rosa	(Z 62)		
	I		Aufdruck waagerecht		30,—	15,—
	II		Aufdruck senkrecht		*160,—*	*120,—*
28		50 L	dunkelgrün auf mattgrün	(Z 63)		
	I		Aufdruck waagerecht		45,—	45,—
	II		Aufdruck senkrecht		10,—	6,—
29		50 L	dunkelgrün auf mattgrün (II)	(Z 66)	*750,—*	*360,—*
30		1 Dr	dunkelblau auf hellblau (II)	(Z 64)	60,—	30,—

Auflagen: MiNr. 27 = 1.500, MiNr. 28–29 je 10.191, MiNr. 30 = 250 Stück

Desgl. Aufdruck wie vorher, aber nur über eine Marke gehend:

✈ Auf Flugpost 1935:

31	2 Dr	grünblau (I)	(375 y)	*1200,—*	*900,—*
32	5 Dr	violett (II)	(376 y)	*1200,—*	*900,—*
33	30 Dr	grün (I)	(380)	*1200,—*	*900,—*

Auf Zwangszuschlagsmarken 1939:

35

34	10 L	lilakarmin auf rosa	(Z 62)	*1200,—*	*—,—*
35	50 L	grün auf mattgrün	(Z 63)	*1200,—*	*—,—*

Zahlreiche Aufdruckfehler bekannt. FALSCH

MiNr. 36–37 entfallen.

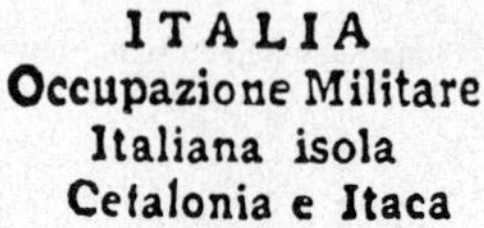

Vierzeiliger Handstempel-Aufdruck auf einer Marke (I) oder über zwei Marken (II); in der 3. Aufdruckzeile „isola" statt „isole"

Aufdruck

Auf Marken Georg II. (1937):

38	1 Dr	dunkelgrün	(390)		
I		Aufdruck I		*550,—*	*300,—*
II		Aufdruck II		*170,—*	*110,—*
39	3 Dr	rotbraun	(391)		
I		Aufdruck I		*3000,—*	*2000,—*
II		Aufdruck II		*25,—*	*20,—*
40	8 Dr	dunkelblau	(392)		
I		Aufdruck I		*900,—*	*600,—*
II		Aufdruck II		*600,—*	*260,—*

Auf Freimarken (1937):

41	5 L	hellblau/braun	(395)		
I		Aufdruck I		*350,—*	*200,—*
II		Aufdruck II		*100,—*	*60,—*
42	10 L	hellblau/braun	(A 396)		
I		Aufdruck I		*1700,—*	*—,—*
II		Aufdruck II		*150,—*	*80,—*
43	20 L	schwarzblau/dunkelblau	(397)		
I		Aufdruck I		*350,—*	*200,—*
II		Aufdruck II		*260,—*	*150,—*
44	50 L	dunkelbraun/schwarz	(399)		
I		Aufdruck I		*400,—*	*220,—*
II		Aufdruck II		*30,—*	*30,—*
45	80 L	schw´violett/orangebraun	(400)		
I		Aufdruck I		*600,—*	*300,—*
II		Aufdruck II		*550,—*	*300,—*
46	2 Dr	ultramarin	(401)		
I		Aufdruck I		*320,—*	*150,—*
II		Aufdruck II		*22,—*	*17,—*
47	5 Dr	rot	(402)		
I		Aufdruck I		*350,—*	*150,—*
II		Aufdruck II		*450,—*	*220,—*
48	6 Dr	olivbraun	(403)		
I		Aufdruck I		*350,—*	*150,—*
II		Aufdruck II		*500,—*	*220,—*
49	7 Dr	violettbraun	(404)		
I		Aufdruck I		*500,—*	*220,—*
II		Aufdruck II		*600,—*	*260,—*
50	10 Dr	karminbraun	(405)		
I		Aufdruck I		*500,—*	*200,—*
II		Aufdruck II		*2000,—*	*700,—*
51	15 Dr	dunkelgrün	(406)		
I		Aufdruck I		*600,—*	*220,—*
II		Aufdruck II		*3200,—*	*1400,—*
52	25 Dr	schwarzblau	(407)		
I		Aufdruck I		*1500,—*	*450,—*
II		Aufdruck II		*3200,—*	*1400,—*

Auf Marken Konstantin zu Pferde (1938):

53	1.50 Dr	dunkelgrün	(413)		
I		Aufdruck I		*120,—*	*80,—*
II		Aufdruck II		*350,—*	*150,—*
54	30 Dr	rotbraun	(414)		
I		Aufdruck I		*1200,—*	*700,—*
II		Aufdruck II		*1200,—*	*700,—*

✈ Auf Flugpostausgaben 1935, 1938:

55	50 L	lilabraun	(412 B)		
I		Aufdruck I			*2500,—*
II		Aufdruck II		*1200,—*	*550,—*
56	1 Dr	rot	(374 y)		
I		Aufdruck I		*170,—*	*85,—*
II		Aufdruck II		*1400,—*	*700,—*
57	2 Dr	grünblau	(375 y)		
I		Aufdruck I		*120,—*	*75,—*
II		Aufdruck II		*1400,—*	*700,—*
58	5 Dr	violett	(376 y)		
I		Aufdruck I		*700,—*	*300,—*
II		Aufdruck II		*600,—*	*250,—*
59	7 Dr	blau	(377 y)		
I		Aufdruck I		*300,—*	*150,—*
II		Aufdruck II		*900,—*	*350,—*
60	25 Dr	lilakarmin	(379)		
I		Aufdruck I		*1000,—*	*250,—*
II		Aufdruck II		*2200,—*	*1100,—*
61	30 Dr	grün	(380)		
I		Aufdruck I		*900,—*	*250,—*
II		Aufdruck II		*4200,—*	*2500,—*
62 I	50 Dr	violett	(381)	*6000,—*	*2500,—*
63 I	100 Dr	rotbraun	(382)	*6000,—*	*1100,—*

✈ Auf Zwangszuschlagsmarken 1935, 1937, 1939:

64	10 L	karmin	(Z 57)		
I		Aufdruck I		*320,—*	*200,—*
II		Aufdruck II		*9,—*	*7,—*
65 II	10 L	grün/ocker	(Z 54)	*360,—*	*220,—*
66	10 L	lilakarmin auf rosa	(Z 62)		
I		Aufdruck I		*600,—*	*360,—*
II		Aufdruck II		*1400,—*	*900,—*
67 II	20 L	blau/ocker	(Z 55)	*2600,—*	*1400,—*
68	50 L	dunkelgrün auf mattgrün	(Z 63)		
I		Aufdruck I		*250,—*	*100,—*
II		Aufdruck II		*17,—*	*10,—*
69	1 Dr	dunkelblau auf hellblau	(Z 64)		
I		Aufdruck I		*1200,—*	*500,—*
II		Aufdruck II		*1200,—*	*500,—*

Griechenland Portomarken verschiedener Ausgaben mit gleichen Handstempelaufdrucken sind amtlich nicht ausgegeben worden. Im übrigen ist es heute kaum noch möglich festzustellen, welche Werte der Handstempelausgabe am Postschalter ausgegeben worden sind.

Ausgabe Sami

Vierzeiliger Aufdruck wie bisher aber mit höherem, schmälerem „M" in „Militare"; 2. Wort der 3. Zeile wieder „isole". Aufdruck mit Ausnahme von MiNr. 70 auf einer Marke.

Auf Marke Georg II. (1937):

				⊙
70	8 Dr	dunkelblau	(392)	—,—

Auf Freimarken 1937:

				★★	⊙
71	5 L	rotbraun/dunkelblau	(395)		—,—
72	50 L	dunkelbraun/schwarz	(399)		—,—
73	2 Dr	ultramarin	(401)		—,—
74	5 Dr	rot	(402)		—,—
75	6 Dr	olivbraun	(403)	—,—	—,—
76	7 Dr	violettbraun	(404)		—,—
77	10 Dr	karminbraun	(405)		—,—

Auf Marken Konstantin zu Pferde (1938):

				⊙
78	1.50 Dr	dunkelgrün	(413)	—,—

Auf Gedenkmarke Nationale Jugend 1940:

79	3 Dr	mehrfarbig	(427)	—,—

✈ Auf Flugpost-Ausg. 1935:

				**	⊙
80	1 Dr	rot	(374y)	—,—	—,—
81	2 Dr	grünblau	(375y)	—,—	—,—
82	5 Dr	violett	(376y)	—,—	—,—
83	25 Dr	lilakarmin	(379)		—,—
84	50 Dr	violett	(381)		—,—

Auf Zwangszuschlagsmarken 1939, 1940:

85	10 L	lilakarmin auf rosa	(Z 62)	—,—	—,—
86	50 L	dunkelgrün auf mattgrün	(Z 63)		—,—
87	50 L	dunkelgrün auf mattgrün	(Z 66)		—,—
88	1 Dr	dunkelblau auf hellblau	(Z 64)		—,—

Der Aufdruck auf MiNr. 70 geht über zwei Marken.

Ausgabe Ithaka

89

Mit Aufdruck „occupazione / Militare Italiana / Isole / Cefalonia e Itaca". Kleines „o" in „occupazione":

Auf Freimarken 1937:

89	5 L	rotbraun/dunkelblau	(395)	*9000,—*	*6000,—*
90	10 L	hellblau/braun	(A 396)	*100,—*	*40,—*
91	20 L	schwarz/dunkelgrün	(397)	*17,—*	*15,—*
92	40 L	schwarz/schwarzgrün	(398)	*17,—*	*15,—*
93	50 L	dunkelbraun/schwarz	(399)	*35,—*	*25,—*
94	80 L	schwarzviolett/orangebraun	(400)	*80,—*	*50,—*
95	2 Dr	ultramarin	(401)	*120,—*	*70,—*
96	5 Dr	rot	(402)	*500,—*	*150,—*
97	6 Dr	olivbraun	(403)	*1000,—*	*200,—*
98	7 Dr	violettbraun	(404)	*1200,—*	*250,—*
99	10 Dr	karminbraun	(405)	*2000,—*	*400,—*
100	15 Dr	dunkelgrün	(406)	*3500,—*	*700,—*
101	25 Dr	schwarzblau	(407)	*4500,—*	*1100,—*

✈ Auf Flugpostausgabe 1935, 1938:

102	50 L	lilabraun	(412 B)	*120,—*	*120,—*
103	1 Dr	rot	(374 y)	*450,—*	*220,—*
104	2 Dr	grünblau	(375 y)	*450,—*	*220,—*
105	5 Dr	violett	(376 y)	*1700,—*	*500,—*
106	7 Dr	blau	(377 y)	*2000,—*	*700,—*
107	25 Dr	lilakarmin	(379)	*3000,—*	*850,—*
108	30 Dr	grün	(380)	*4500,—*	*1000,—*
109	50 Dr	violett	(381)	*5000,—*	*1200,—*
110	100 Dr	rotbraun	(382)	*5000,—*	*2000,—*

Mit gleichem Aufdruck, aber großem „O" in „Occupazione":

Auf Freimarken Georg II. (1937):

111	1 Dr	dunkelgrün	(390)	*3600,—*	*220,—*
112	3 Dr	rotbraun	(391)	*3600,—*	*220,—*
113	8 Dr	dunkelblau	(392)	—,—	*4500,—*
114	100 Dr	dunkelkarmin	(393)	—,—	—,—

Auf Freimarken (1937):

115	5 L	rotbraun/dunkelblau	(395)	*12,—*	*7,50*
116	10 L	hellblau/braun	(A 396)	*14,—*	*9,—*
117	20 L	schwarz/dunkelgrün	(397)	*1700,—*	*420,—*
118	40 L	schwarz/schwarzgrün	(398)	*1700,—*	*420,—*
119	50 L	dunkelbraun/schwarz	(399)	*220,—*	*120,—*
120	6 Dr	olivbraun	(403)	*2500,—*	*450,—*
121	7 Dr	violettbraun	(404)	*3200,—*	*600,—*
122	10 Dr	karminbraun	(405)	*3600,—*	*1000,—*

Auf Konstantin zu Pferde (1938):

123	1.50 Dr	dunkelgrün	(413)	*3000,—*	*800,—*
124	30 Dr	rotbraun	(414)	—,—	*7500,—*

✈ Auf Flugpostausgabe 1935, 1938:

125	2 Dr	grünblau	(375y)	*500,—*	*350,—*
126	5 Dr	violett	(376y)	*3000,—*	*950,—*
127	7 Dr	blau	(377y)	*3000,—*	*950,—*
128	10 Dr	braun	(378)	—,—	—,—

Auf Zwangszuschlagsmarken 1939:

129	10 L	lilakarmin auf rosa	(Z 62)	*14,—*	*9,—*
130	50 L	dunkelgrün auf mattgrün	(Z 63)	*55,—*	*26,—*
131	1 Dr	dunkelblau auf mattblau	(Z 64)	*350,—*	*200,—*

Auf Zwangszuschlagsmarke 1940:

132	50 L	dunkelgrün auf mattgrün	(Z 66)	*700,—*	*320,—*

MiNr. 1–132 gültig bis 1.9.1941; danach nur noch gültig: Italienische Besetzung MiNr. 15–23 und Porto MiNr. 1–4 mit Aufdruck „ISOLE JONIE". Der amtliche Charakter von MiNr. 38–132 ist umstritten.

Korfu und Paxos

2

1941, 5. Juni. Freimarken. Marken von Griechenland mit waagerechtem Bdr.-Aufdruck „CORFU".

Auf Marken Georg II. (1937):

				**	⊙
1	1 Dr	dunkelgrün	(390)	3,60	2,—
2	3 Dr	rotbraun	(391)	3,60	2,—
3	8 Dr	dunkelblau	(392)	12,—	4,—
4	100 Dr	dunkelkarmin	(393)	300,—	100,—

Auf Freimarken (1937):

5	5 L	rotbraun/dunkelblau	(395)	3,—	1,50
6	10 L	hellblau/braun	(396)	1,50	1,—
7	10 L	hellblau/braun	(A 396)	600,—	350,—
8	20 L	schwarz/dunkelgrün	(397)	1,50	1,—
9	40 L	schwarz/schwarzgrün	(398)	2,—	1,20
10	50 L	dunkelbraun/schwarz	(399)	1,50	1,—
11	80 L	schwarzviolett/orangebraun	(400)	2,—	1,20
12	2 Dr	ultramarin	(401)	3,60	1,50
13	5 Dr	rot	(402)	3,60	2,—
14	6 Dr	olivbraun	(403)	3,60	2,20
15	7 Dr	violettbraun	(404)	5,—	2,20
16	10 Dr	karminbraun	(405)	600,—	120,—
17	15 Dr	dunkelgrün	(406)	12,—	7,50
18	25 Dr	schwarzblau	(407)	10,—	7,50

Auf Marken Konstantin zu Pferde (1938):

19	1.50 Dr	dunkelgrün	(413)	7,50	2,50
20	30 Dr	rotbraun	(414)	85,—	36,—

✈ Auf Flugpostausgabe (1935, 1938):

21	50 L	lilabraun			
A		☐	(412 A)	45,—	6,—
B		gez.	(412 B)	4,—	1,50
22	1 Dr	rot	(374x, y)	600,—	100,—
23	2 Dr	grünblau	(375 y)	4,—	1,50
24	5 Dr	violett	(376 y)	5,—	2,50
25	7 Dr	blau	(377 y)	5,—	2,50
26	10 Dr	braun	(378)	750,—	200,—
27	10 Dr	orange	(415)	50,—	20,—
28	25 Dr	lilakarmin	(379)	75,—	22,—
29	30 Dr	grün	(380)	100,—	32,—
30	50 Dr	violett (DD)	(381)	75,—	30,—
31	100 Dr	rotbraun	(382)	850,—	360,—

Auflagen: MiNr. 1 = 13.696, MiNr. 2 = 26.907, MiNr. 3 = 24.599, MiNr. 4 = 401, MiNr. 5 = 4.285, MiNr. 6–7 je 19.146, MiNr. 8 = 36.231, MiNr. 9 = 8.048, MiNr. 10 = 12.730, MiNr. 11 = 9.674, MiNr. 12 = 7.630, MiNr. 13 = 4.437, MiNr. 14 = 5.500, MiNr. 15 = 4.959, MiNr. 16 = 786. MiNr. 17 = 2.312, MiNr. 18 = 3.530, MiNr. 19 = 4.050, MiNr. 20 = 967, MiNr. 21 A und B = 21.900, MiNr. 23 = 10.634, MiNr. 24 = 3.132 MiNr. 25 = 2.050, MiNr. 26–27 je 3.870, MiNr. 28 = 893, MiNr. 29 = 660, MiNr. 30 = 795, MiNr. 31 = 62 Stück

Portomarken

1

1941, 5. Juni. Portomarken von Griechenland mit waagerechtem Aufdruck „CORFU".

1	10 L	karmin	(43)	2,—	1,—
2	25 L	ultramarin	(45)	3,—	1,50
3	80 L	dunkellila	(53)	1100,—	170,—
4	1 Dr	hellblau	(54)	1700,—	400,—
5	2 Dr	ziegelrot	(58)	5,—	2,50
6	5 Dr	graublau	(60)	22,—	7,50
7	10 Dr	blaugrün	(61)	15,—	6,—
8	15 Dr	rotbraun	(62)	17,—	6,—
9	25 Dr	rosa	(63)	17,—	6,—
10	50 Dr	orange	(64)	17,—	6,—
11	100 Dr	grün	(65)	600,—	250,—

Auflagen: MiNr. 1 = 8.802, MiNr. 2 = 12.082, MiNr. 3 = 300, MiNr. 4 = 80, MiNr. 5 = 3.871, MiNr. 6 = 755, MiNr. 7 = 1.120, MiNr. 8 = 908, MiNr. 9 = 860, MiNr. 10 = 966, MiNr. 11 = 135 Stück

Zwangszuschlagsmarken

1

1941, 5. Juni. Zwangszuschlagsmarken von Griechenland mit waagerechtem Aufdruck „CORFU".

1	10 L	lilakarmin auf rosa	(Z 62)	1,70	1,—
2	50 L	dunkelgrün auf mattgrün	(Z 63)	2,20	1,—
3	1 Dr	dunkelblau auf hellblau	(Z 64)	17,—	8,—

FALSCH

Auflagen: MiNr. 1 = 52.950, MiNr. 2 = 61.522, MiNr. 3 = 27.030 Stück

Zakynthos (Zante)

1941. Freimarken. Marken von Griechenland mit blauem, violettem, grünem oder schwarzviolettem Handstempelaufdruck „OCCUPAZIONE / MILITARE DI / ZANTE / 1–5–XIX".

Der Aufdruck kommt waagerecht, senkrecht schräg und kopfstehend über eine oder zwei Marken gehend vor. Der amtliche Charakter des Aufdruckes ist umstritten.

Auf Marken Georg II. (1937):

					**	⊙
1	1 Dr	dunkelgrün	(390)	22,—	10,—
2	3 Dr	rotbraun	(391)	10,—	6,—
3	8 Dr	dunkelblau	(392)	220,—	110,—
4	100 Dr	dunkelkarmin	(393)	3500,—	2000,—

Auf Freimarken (1937):

5	5 L	rotbraun/dunkelblau	(395)	15,—	7,50
6	10 L	hellblau/braun	(396)	15,—	7,50
7	20 L	schwarz/dunkelgrün	(397)	15,—	7,50
8	40 L	schwarz/schwarzgrün	(398)	25,—	12,—
9	50 L	dunkelbraun/schwarz	(399)	15,—	7,50
10	80 L	schwarzviolett/orangebraun	(400)	350,—	120,—
11	2 Dr	ultramarin	(401)	40,—	25,—
12	5 Dr	rot	(402)	150,—	55,—
13	6 Dr	olivbraun	(403)	260,—	90,—
14	7 Dr	violettbraun	(404)	150,—	65,—
15	10 Dr	karminbraun	(405)	300,—	90,—
16	15 Dr	dunkelgrün	(406)	350,—	200,—
17	25 Dr	schwarzblau	(407)	420,—	250,—

Auf Marken Konstantin zu Pferde (1938):

18	1.50 Dr	dunkelgrün	(413)	60,—	40,—
19	30 Dr	rotbraun	(414)	3600,—	2200,—

Auf Balkanbund-Ausgabe (1940):

20	8 Dr	dunkelblaugrau	(426)	17000,—	10000,—

✈ Auf Flugpostmarken (1935, 1938, 1939):

21	50 L	lilabraun			
A		☐	(412 A)	500,—	250,—
B		gez.	(412 B)	300,—	150,—
22	2 Dr	grünblau	(375 y)	350,—	200,—
23	5 Dr	violett	(376 y)	550,—	250,—
24	7 Dr	blau	(377 y)	900,—	320,—
25	10 Dr	orange	(415)	1700,—	1100,—
26	25 Dr	lilakarmin	(379)	12000,—	10000,—
27	30 Dr	grün	(380)	1700,—	750,—
28	50 Dr	violett	(381)	2600,—	1100,—
29	100 Dr	rotbraun	(382)	*6500,—*	*2200,—*

Portomarken

1941. Portomarken von Griechenland mit blauem, violettem oder schwarzviolettem Handstempelaufdruck „OCCUPAZIONE / MILITARE DI / ZANTE / 1–5–XIX".

1	50 L	lilabraun	(P 56)	—,—	3600,—
2	1 Dr	hellblau	(P 57)	12000,—	3600,—
3	2 Dr	ziegelrot	(P 58)	12000,—	3600,—
4	5 Dr	graublau	(P 60)	12000,—	3600,—
5	10 Dr	blaugrün	(P 61)	12000,—	3600,—
6	15 Dr	rotbraun	(P 62)	—,—	3600,—
7	25 Dr	rosa	(P 63)	—,—	3600,—

Zwangszuschlagsmarken

1941. Zwangszuschlagsmarken von Griechenland, mit blauem, violettem oder schwarzviolettem Handstempelaufdruck „OCCUPAZIONE / MILITARE DI / ZANTE / 1–5–XIX".

Auf Zwangszuschlagsmarken 1934 und 1935:

1	10 L	grün/ocker	(Z 54)	3500,—	7000,—
2	20 L	blau/ocker	(Z 52)	12000,—	7500,—
3	50 L	dunkelgrün/ocker	(Z 56)	170,—	150,—

Auf Zwangszuschlagsmarken 1937:

4	10 L	karmin	(Z 57)	70,—	40,—

Auf Zwangszuschlagsmarken 1939:

5	10 L	lilakarmin auf rosa (▲ ▲)	(Z 62)	22,—	15,—
6	50 L	dunkelgrün auf grün	(Z 63)	17,—	10,—
7	1 Dr	dunkelblau auf hellblau	(Z 64)	500,—	300,—

Auf Zwangszuschlagsmarken 1939 und 1940:

8	50 L	dunkelbraun/braun	(Z 65)	22,—	12,—
9	50 L	dunkelgrün auf mattgrün	(Z 66)	1000,—	500,—

MiNr. 1–29, Porto MiNr. 1–7 und Zuschlag MiNr. 1–9 gültig bis 1.9.1941; danach nur noch gültig: Italienische Besetzung MiNr. 15–23 und Porto MiNr. 1–4 mit Aufdruck „ISOLE JONIE".

Deutsche Besetzung siehe DK, Deutsche Besetzungsausgaben 1939/45 (2. Weltkrieg).
Griechische Marken mit Aufdrucken „CERIGO/Occupazione Militare Italiana", „PAXO/ANNO XIXO", „ITALIA/SANTA MAURA" sind Mache.

Kreta (ΚΡΗΤΗ)

Die unter türkischer Herrschaft stehende Insel Kreta, die die Vereinigung mit Griechenland erstrebte, wurde 1897 unter die Verwaltung von Frankreich, Italien, Großbritannien und Russland gestellt; die beiden letzten gaben für ihr Verwaltungsgebiet eigene Marken heraus (nach den Landesmarken). Im Oktober 1908 stimmte die Nationalversammlung in Kreta für den Zusammenschluss mit Griechenland.
Seit 30.5.1913 gehört Kreta zu Griechenland.

Währung: 1 Drachme (Dr) = 100 Lepta (L)

In Kreta bestanden Auslandspostämter von Österreich (Canea, Candia [Postamt zusammen mit Frankreich], Rettimo) Frankreich (La Canée, Rhetymno, Candie, San Nicolo, Sitia, Hierapetra, die drei letzten 1899 geschlossen) und von Italien (Canea). Die griechischen Auslandspostämter (Canea Stempel-MiNr. 162, Rethymnon, 163, und Iraklion 164) waren schon 1881 bzw. 1885 geschlossen worden.

Auf Kreta galt der Julianische Kalender, der um 12 Tage (ab 29.2.1900 um 13 Tage) hinter der Gregorianischen Zeitrechnung zurückblieb. Alle Datumsangaben entsprechen dem Julianischen Kalender mit Ausnahme der ausländischen Postämter von Frankreich, Großbritannien, Italien und Österreich.

Preise ungebraucht ✶

1900, 1. März. Freimarken. MiNr. 5–9 mit a = rotem, b = tiefschwarzem oder c = grauschwarzem (lokalem) Aufdruck „ΠΡΟΣΩΡΙΝΟΝ". StTdr. (10×10); gez. 14¼.

a) Hermes; Didrachme (2–Drachmen-Stück) von Sybrita

b) Hera, Gemahlin des Zeus, Hauptgöttin der Insel; Didrachme von Knossos

c) Prinz Georg von Griechenland (1869–1957), Hochkommissar Kretas 1898–1906

d) Talos, Wächter der Insel, Münze von Phaistos

e) König Minos, Münze von Knossos

f) St. Georg mit dem Drachen, Patron des Prinzen Georg (Motiv der englischen Sovereign-Münze)

ΠΡΟΣΩΡΙΝΟΝ
Aufdruck b (1/1 Größe)

ΠΡΟΣΩΡΙΝΟΝ Aufdruck c (1/1 Größe)

					✶	⊙
1	1 L	rotbraun	a		0,30	0,30
2	5 L	grün	b		1,50	0,30
3	10 L	rot	c		2,—	0,30
4	20 L	karmin	b		7,50	1,50
5	25 L	dunkelblau	(c)			
a		Aufdruck rot			3,50	1,—
b		Aufdruck tief- bis grauschwarz			3,50	1,—
6	50 L	lila	(a)			
a		Aufdruck rot			3,50	1,50
b		Aufdruck tief- bis grauschwarz			3,50	2,20
7	1 Dr	violett	(d)			
a		Aufdruck rot			12,—	5,—
b		Aufdruck tief- bis grauschwarz			12,—	5,—
c		Aufdruck schwarz bis grau			25,—	15,—
8	2 Dr	braun	(e)			
a		Aufdruck rot			35,—	25,—
b		Aufdruck tief- bis grauschwarz			25,—	17,—
c		Aufdruck schwarz bis grau			50,—	30,—
9	5 Dr	grün/schwarz	(f)			
a		Aufdruck rot			150,—	150,—
b		Aufdruck tief- bis grauschwarz			100,—	100,—
c		Aufdruck schwarz bis grau			120,—	100,—
				Satzpreis a (9 W.)	200,—	180,—
				Satzpreis b (9 W.)	150,—	120,—

Der Aufdruck „ΠΡΟΣΩΡΙΝΟΝ" (= provisorisch) erfolgte auf den höheren Wertstufen, da diese in Konkurrenz mit den ausländischen Postverwaltungen unter Nennwert verkauft wurden.

MiNr. 1–7 □ = Makulatur

Marken in Zeichnung a–e in Gelbocker und f in Gelbocker/Schwarz sind Stempelmarken, die gelegentlich als Freimarken verwendet wurden. Ebenso die Freimarken mit eingelochtem „X" oder mit den Aufdrucken „X. E. T.", „ΧΑΡΤΟΣΗΜΟΝ", „ΕΛΛΗΝΙΚΟΝ / ΒΑΣΙΛΕΙΟΝ", „ΦΟΡΟΣ / ΕΠΙΤΗΔΕΥΜΑΤΟΣ", „ΔΙΚΑΣΤΙ ΚΟΝ / ΕΝΣΗΜΟΝ".

Auflagen: MiNr. 1 = 1.500.000, MiNr. 2 = 1.000.000, MiNr. 3 = 2.000.000, MiNr. 4 = 1.000.000, MiNr. 5 a = 100.000, MiNr. 5 b = 100.000, MiNr. 6 a = 25.000, MiNr. 6 b = 25.000, MiNr. 7 a = 7.500, MiNr. 7 b = 7.500, MiNr. 7 c = 7.500, MiNr. 8 a = 5.000, MiNr. 8 b = 5.000, MiNr. 8 c = 5.000, MiNr. 9 a = 2.500, MiNr. 9 b = 2.500, MiNr. 9 c = 2.500 Stück

MiNr. 5–9 ohne Aufdruck: MiNr. 13–17
MiNr. 1 und 3 mit Aufdruck: MiNr. 30, 33, 55
MiNr. 1, 3 und 5 b mit Aufdruck „ΕΠΑΝΑΣΤΑΣΙΣ (Revolution) / 1922" und neuem Wert: Griechenland MiNr. 256, 259 F und III b

10

1901, Dez. Freimarke. MiNr. 5 mit größerem lokalem Aufdruck „ΠΡΟΣΩΡΙΝΟΝ" (17½×3 mm).

ΠΡΟΣΩΡΙΝΟΝ Aufdruck

10	25 L dunkelblau	(13)			
a		Aufdruck grauschwarz (1. Auflage)		30,—	2,—
b		Aufdruck tiefschwarz (2. Auflage)		30,—	2,—

10 a K I	gesamter Aufdruck kopfstehend	650,—	400,—
10 a K II	„Π" im Aufdruck kopfstehend	360,—	360,—
10 b F	„Σ" fehlend	150,—	120,—

1901, Jan. Freimarken. Wie MiNr. 4 und 6, jedoch Farbänderung, ohne Aufdruck. StTdr. (10×10); gez. 14¼.

a) Hermes; Didrachme (2–Drachmen-Stück) von Sybrita

11	20 L	orange	b	5,—	1,—
12	50 L	ultramarin	a	15,—	14,—
		Satzpreis (2 W.)		20,—	15,—

MiNr. 11 mit Aufdruck: MiNr. 18, 46

1900, 1. März. Freimarken. MiNr. 5–9 ohne Aufdruck. StTdr.; gez. 14¼.

c) Prinz Georg von Griechenland (1869–1957), Hochkommissar Kretas 1898–1906

f) St. Georg mit dem Drachen, Patron des Prinzen Georg (Motiv der englischen Sovereign-Münze)

13	25 L	dunkelblau	c	12,—	0,50
14	50 L	lila	a	30,—	22,—
15	1 Dr	violett	d	38,—	32,—

16	2 Dr	braun	e	15,—	22,—
17	5 Dr	grün/schwarz	f	30,—	35,—
		Satzpreis (5 W.)		125,—	110,—

Federzug und violette Zollstempel werten 1/10 der ⊙-Preise.

Mit Aufdruck: MiNr. 5–9, 10, 38, 52
MiNr. 12–15 und 17 mit Aufdruck „ΕΠΑΝΑΣΤΑΣΙΣ (Revolution) / 1922“ und neuem Wert: Griechenland MiNr. 259, 262, 263, 265 und III a

1904, 18. Nov. Freimarke. MiNr. 11 mit Bdr.-Aufdruck der neuen Wertstufe.

18

18	**5 (L)** auf 20 L orange	(11)	5,—	1,10

1905, 2. Febr. Freimarken. StTdr.; MiNr. 19–26 (10×10), MiNr. 27 (5×10); gez. 14¼.

g) Göttermutter Kybele; Abdruck eines Siegelringes aus Knossos

h) Britomaris; Didrachme von Gortyna

i) Prinz Georg von Griechenland, Hochkommissar Kretas

k) Telephos wird von einer Hündin gesäugt; Didrachme von Kydonia

l) Triton; Münze von Itanos

m) Ariadne, Tochter des Minos; Didrachme von Knossos

n) Zeus als Stier mit Europa: Didrachme von Gortyna

o) Ruinen des Palastes des Minos in Knossos

p) Ruinen des Klosters Arkadion, Psiloritis-Gebirge (Berg Ida)

19	2 L	dunkelviolett	g	2,—	0,30
20	5 L	grün	h	6,—	0,30
21	10 L	rot	i	6,—	0,50
22	20 L	blaugrün	k	6,—	1,20
23	25 L	ultramarin	l	6,—	1,—
24	50 L	braun	m	6,—	5,—
25	1 Dr	rosa/schwarzbraun	n	70,—	60,—
26	3 Dr	orange/schwarz	o	35,—	45,—
27	5 Dr	olivgrün/schwarz	p	40,—	50,—
		Satzpreis (9 W.)		170,—	160,—

MiNr. 19–20 und 22–27 mit Aufdruck: MiNr. 31–32, 34, 36–37, 39–40, 48, 50, 53–54, 56–57, 59–64
MiNr. 22–27 mit Aufdruck „ΕΠΑΝΑΣΤΑΣΙΣ (Revolution) / 1922“ und neuem Wert: Griechenland MiNr. 258, 260, 264, 266, 268–269

1907, 15. Aug. Freimarken. StTdr. (10×10); gez. 14¼.

r) Alexandros Zaimis (1855–1936), Hochkommissar Kretas 1906–1911

s) Ankunft von Prinz Georg bei Fort Venezia (Sudabucht) am 9.12.1898

28	25 L	blau/schwarz	r	33,—	1,50
29	1 Dr	grün/schwarz	s	12,—	10,—
		Satzpreis (2 W.)		45,—	11,—

Mit Aufdruck: MiNr. 35, 49, 51
Mit Aufdruck „ΕΠΑΝΑΣΤΑΣΙΣ (Revolution) / 1922“ und neuem Wert: Griechenland MiNr. 261, 267

1908, 6. Okt. Freimarken. Vorherige Ausgaben mit schmalem lokalem Bdr.-Aufdruck „ΕΛΛΑΣ“.

30

30	1 L	rotbraun	(1)	0,60	0,30
31	2 L	dunkelviolett	(19)	0,70	0,50
32	5 L	grün	(20)	0,80	0,50
33	10 L	rot	(3)	1,—	0,70
34	20 L	blaugrün	(22)	2,50	1,—
35	25 L	blau/schwarz	(28)	7,—	1,50
36	50 L	braun	(24)	8,—	5,—
37	1 Dr	rosa/schwarzbraun	(25)	100,—	65,—
38	2 Dr	braun	(16)	10,—	10,—
39	3 Dr	orange/schwarz	(26)	50,—	40,—
40	5 Dr	olivgrün/schwarz	(27)	50,—	50,—
		Satzpreis (11 W.)		230,—	170,—

Zahlreiche Aufdruckfehler bekannt.

Auflagen: MiNr. 33 = 30.000, MiNr. 34 = 50.000, MiNr. 35 = 100.000, MiNr. 36 = 50.000, MiNr. 37–39 je 10.000, MiNr. 40 = 5.000 Stück

MiNr. 36 mit weiterem Aufdruck „ΕΠΑΝΑΣΤΑΣΙΣ (Revolution) / 1922“ und neuem Wert: Griechenland MiNr. III c

1908, 15. Okt. Freimarke mit Bdr.-Aufdruck „ΕΛΛΑΣ“. StTdr.; gez. 14.

t) Hermes des Praxiteles

41	10 L	rot	(t)	3,60	1,—

		✶
41 F	ohne Aufdruck	5,—

Auflage: 100.000 Stück

MiNr. 41 F mit Aufdruck: MiNr. 47, 58
MiNr. 41 F mit Aufdruck „ΕΠΑΝΑΣΤΑΣΙΣ (Revolution) / 1922“ und neuem Wert: Griechenland MiNr. 257

1909, 7. Jan. Freimarke. Portomarke MiNr. 4 mit Bdr.-Aufdruck „ΕΛΛΑΣ / ΠΡΟΣΩΡΙΝΟΝ“ und neuer Wertstufe.

42

			✶	⊙
42	**2 (L)** auf 20 L rot	(P 4)	1,50	1,50
42 I	„D“ statt „P“ als 2. Buchstabe in „ΠΡΟΣΩΡΙΝΟΝ“		50,—	50,—

1909, 19. Jan./Febr. Freimarken. Stempelmarke MiNr. 1, Portomarken MiNr. 1 und 4 sowie Freimarke MiNr. 11 mit Bdr.-Aufdruck „ΕΛΛΑΣ / ΠΡΟΣΩΡΙΝΟΝ“, MiNr. 45–46 außerdem mit neuer Wertstufe.

43

44

45

46

43	1 L	olivgelb (Febr.)	(St 1)	1,50	1,50
44	1 L	rot (19. Jan.)	(P 1)	1,50	1,50

45	**2 (L)** auf 20 L rot (◪) (19. Jan.)	(P 4)	1,50	1,50
46	**5 (L)** auf 20 L orange (Febr.)	(11)	2,—	2,—
		Satzpreis (4 W.)	6,50	6,50

46 F **5 (L)** auf 20 L karminrosa (MiNr. 4) . . . . 250,— 270,—

FALSCH MiNr. 46 F

Auflage: MiNr. 46 F = 1.400 Stück

51

1909, März. Freimarken. Vorherige Ausgaben mit Stdr.-Aufdruck „ΕΛΛΑΣ" in 3 Größen.

47	10 L	rot	(41 F)	4,—	0,70
48	20 L	blaugrün	(22)	5,—	1,—
49	25 L	blau/schwarz	(28)	8,—	3,—
50	50 L	braun	(24)	8,—	6,—
51	1 Dr	grün/schwarz	(29)	15,—	15,—
52	2 Dr	braun	(16)	20,—	18,—
53	3 Dr	orange/schwarz	(26)	130,—	110,—
54	5 Dr	olivgrün/schwarz	(27)	75,—	75,—
			Satzpreis (8 W.)	240,—	210,—

MiNr. 53 mit weiterem Aufdruck „ΕΠΑΝΑΣΤΑΣΙΣ (Revolution) / 1922" und neuem Wert: Griechenland MiNr. 277

55

1909, März/1910, 18. Febr. Freimarken. Vorherige Ausgaben mit breitem, rotem bzw. schwarzem Londoner Bdr.-Aufdruck „ΕΛΛΑΣ".

55	1 L	rotbraun (März 1909)	(1) R	0,50	0,30
56	2 L	dunkelviolett (März 1909)	(19) R	0,50	0,30
57	5 L	grün (März 1909)	(20) R	0,50	0,30
58	10 L	rot (16.1.1910)	(41 F) S	0,50	0,30
59	20 L	blaugrün (16.1.1910)	(22) R	1,50	0,80
60	25 L	ultramarin (16.1.1910)	(23) R	2,50	0,80
61	50 L	braun (16.1.1910)	(24) R	8,—	1,—
62	1 Dr	rosa/schwarzbraun (18.2.1910)	(25) S	100,—	100,—
63	3 Dr	orange/schwarz (18.2.1910)	(26) R	80,—	80,—
64	5 Dr	olivgrün/schwarz (18.2.1910)	(27) R	70,—	100,—
			Satzpreis (10 W.)	260,—	280,—

Aufdruck bei MiNr. 55–57 in zwei Typen (Preise gleich).

MiNr. 55 und 57–64 mit weiterem Aufdruck „ΕΠΑΝΑΣΤΑΣΙΣ (Revolution) / 1922" und neuem Wert: Griechenland MiNr. 270–276, 278–279

Dienstmarken

1908, 1. Jan. Dienstmarken der Gerichtsbehörden. StTdr. (10×10); gez. 14¼.

Da

Db

					✶	⊙
1	10 L	rotbraun (□)	Da	22,—	3,—
2	30 L	blau (□)	Db	50,—	3,—
			Satzpreis (2 W.)	70,—	6,—

3

1908, 6. Okt. MiNr. 1–2 mit schmalem lokalem Bdr.-Aufdruck „ΕΛΛΑΣ".

3	10 L	rotbraun	(D 1)	25,—	3,—
4	30 L	blau	(D 2)	50,—	3,—
			Satzpreis (2 W.)	75,—	6,—

5

1910, 18. Febr. MiNr. 1–2 mit breitem Londoner Bdr.-Aufdruck „ΕΛΛΑΣ".

5	10 L	rotbraun	(D 1)	3,—	2,—
6	30 L	blau	(D 2)	3,—	2,—
			Satzpreis (2 W.)	6,—	4,—

MiNr. 5–6 waren nach der Vereinigung Kretas mit Griechenland noch bis 1922 in Gebrauch.

Portomarken

Pa

1901, 1. Febr. Posthorn, Krone und Wertziffer. Stdr. (10×10); gez. 14¼.

				✶	⊙
1	1 L	rot	Pa	0,30	0,30
2	5 L	rot	Pa	1,10	0,70
3	10 L	rot	Pa	1,80	0,70
4	20 L	rot	Pa	2,20	1,80
5	40 L	rot	Pa	15,—	12,—
6	50 L	rot	Pa	15,—	12,—
7	1 Dr	rot	Pa	25,—	26,—
8	2 Dr	rot	Pa	15,—	12,—
			Satzpreis (8 W.)	75,—	65,—

MiNr. 1 und 4 mit Aufdruck: Freimarken MiNr. 42, 44–45
MiNr. 2–8 mit Aufdruck „ΕΠΑΝΑΣΤΑΣΙΣ (Revolution) / 1922" und neuem Wert: Griechenland MiNr. 280–285, 287

9

1901, 1. Febr. Portomarke MiNr. 7 mit Bdr.-Aufdruck der neuen Wertstufe.

9 1 Dr auf 1 Dr rot . . . . (P 7) 15,— 18,—

Mit weiterem Aufdruck „ΕΠΑΝΑΣΤΑΣΙΣ (Revolution) / 1922" und neuem Wert: Griechenland MiNr. 286

10

1908, 6. Okt. Portomarken MiNr. 1–6 und 8–9 mit schmalem lokalem Bdr.-Aufdruck „ΕΛΛΑΣ".

10	1 L	rot	(P 1)	0,70	0,60
11	5 L	rot	(P 2)	1,30	1,—
12	10 L	rot	(P 3)	1,50	1,10
13	20 L	rot	(P 4)	3,60	2,50
14	40 L	rot	(P 5)	12,—	10,—
15	50 L	rot	(P 6)	12,—	10,—
16	1 Dr	rot	(P 9)	15,—	15,—

17	2 Dr	rot	(P 8)	25,—	20,—
			Satzpreis (8 W.)	70,—	60,—

16 F Aufdruck auf MiNr. P 7 .... *500,—* *500,—*

Zahlreiche Aufdruckfehler bekannt.

MiNr. 11–13 mit weiterem Aufdruck „ΕΠΑΝΑΣΤΑΣΙΣ (Revolution) / 1922“ und neuem Wert: Griechenland MiNr. 288–89, 292

18

1910, 18. Febr. Portomarken MiNr. 1–8 mit breitem Londoner Bdr.-Aufdruck „ΕΛΛΑΣ“.

18	1 L	rot	(P 1)	0,70	0,30
19	5 L	rot	(P 2)	1,50	0,30
20	10 L	rot	(P 3)	1,—	0,70
21	20 L	rot	(P 4)	5,—	2,20
22	40 L	rot	(P 5)	10,—	7,50
23	50 L	rot	(P 6)	12,—	10,—
24	1 Dr	rot	(P 7)	32,—	32,—
25	2 Dr	rot	(P 8)	32,—	32,—
			Satzpreis (8 W.)	95,—	85,—

MiNr. 19–21 und 23–25 mit weiterem Aufdruck „ΕΠΑΝΑΣΤΑΣΙΣ (Revolution) / 1922“ und neuem Wert: Griechenland MiNr. 290–291, 293–296

Stempelmarken

als Freimarken amtlich verwendet.

1901, Febr. Stempelmarke in Zeichnung der Freimarke MiNr. 1 als Freimarke gebraucht. StTdr.; gez. 14¼.

				✶	⊙
1	1 L	olivgelb	a	2,—	1,50

Mit Aufdruck: Freimarke MiNr. 43

Schon vor der Vereinigung Kretas mit Griechenland (30.5.1913) kommen griechische Marken für die besetzten Gebiete in der Türkei in Kreta verwendet vor. Die Restbestände der Kretamarken wurden 1923 in Griechenland mit dem Aufdruck ΕΠΑΝΑΣΤΑΣ|Σ 1922 aufgebraucht (siehe Griechenland ab MiNr. 256)
Während der italienischen Besetzung des östlichen Teils Kretas (1941–1943) wurden auf Kreta 1941 die Marken der Ägäischen Inseln (Rodi) verwendet, kenntlich an den griechischen Poststempeln.

Britisches Verwaltungsgebiet in der Provinz Heraklion

1 Piaster (Pia) (türk.) = 40 Parades (Pa)

Die Marken der britischen Post wurden in Herakleion von dem österreichisch-französischen Postamt Candia ausgegeben, das auch das Hauptpostamt der britischen Post war; im Innern des Bezirkes waren Poststationen errichtet. MiNr. 1 bis 5 erforderten für Auslandssendungen Zukleben von Marken der österreichischen Post in der Levante.

a

1898, 28. Nov. Freimarke. Lokaler Metallhandstempel von Berinda, mit weißer Inschrift „Prosorinon Tachidrom Irakliou“ und Wertangabe auf farbigem Grund. Papier dünn, graustichig oder dicker, weiß; ☐.

				✶	⊙
1	20 Pa	violett	a	400,—	280,—

FALSCH

Auflage: 3.000 Stück

b

1898, 3. Dez./1899. Freimarken. Stdr.; gez. 11½.

2	10 Pa	blau (3.12.1898)	b	10,—	2,50
3	20 Pa	grün (3.12.1898)	b	10,—	2,50
4	10 Pa	hellbraun (1899)	b	10,—	2,50
5	20 Pa	rosa (1899)	b	10,—	2,50
		Satzpreis (4 W.)		40,—	10,—

	✶
2 U ungezähnt	75,—
4 U ungezähnt	75,—
5 U ungezähnt	75,—

⊙-Preise für Marken mit dem Balkenstempel „ΗΡΑΚΛΕΙΟΝ“, für Stempel anderer Orte erhebliche Aufschläge.

FALSCH

Die britische Besetzungspost im Gebiet von Herakleion bestand vom 25. November 1898 bis Ende 1899

Russisches Verwaltungsgebiet in der Provinz Rethymnon

1 Grosion (Gr) (= türk. Piaster) = 4 Metalik (Met)

a) Russischer Doppeladler

1899, 1. Mai. Freimarke. Russischer Doppeladler mit französischer Inschrift „RETYMNO TIMBRE POSTE PROVISOIR I METALIK I“. Handstempeldruck mit violettem Kontrollstempel; ☐.

				✶	⊙
1	1 Met	ultramarin	a	80,—	40,—

Die abgebildete Marke trägt einen violetten Kontrollstempel.

FALSCH

Auflage: 4.800 Stück

1899, 1. Mai. Freimarke. Ähnliche Zeichnung, jedoch mit griechischer Inschrift „Rethymnis Prosor. Tachydr. 2 Metallik 2“, Handstempeldruck mit blauem Kontrollstempel; ☐.

2	2 Met	rosa bis ziegelrot	b		
a		blassrosa		120,—	100,—
b		rosa bis rot		280,—	200,—

FALSCH

Auflage: 1.200 Stück

b) Russischer Doppeladler

1899, 1. Mai. Freimarken. Zeichnung und Inschriften wie MiNr. 2. Handstempeldruck mit blauem Kontrollstempel; ☐.

3	1 Met grün	b	10,—	7,50
4	2 Met schwarz (⊔⊓)	b	10,—	7,50
	Satzpreis (2 W.)		20,—	15,—

FALSCH

Auflagen: MiNr. 3 = 9.222, MiNr. 4 = 11.675 Stück

1899, 27. Mai. Freimarken. Oval ohne Sterne, untere Wertziffern weiß. Stdr.; kleiner Kontrollstempel eines russischen Doppeladlers violett oder blau; gez. 11½.

c) Dreizack Poseidons

5	1 Met		c		
a		rosa		150,—	120,—
b		blau		150,—	120,—
c		grün		150,—	120,—
d		lilarot		150,—	120,—
e		orange		150,—	120,—
f		gelb		150,—	120,—
6	2 Met		c		
a		rosa		150,—	120,—
b		blau		150,—	120,—
c		grün		150,—	120,—
d		lilarot		150,—	120,—
e		orange		150,—	120,—
f		gelb		150,—	120,—
7	1 Gr		c		
a		rosa		150,—	120,—
b		blau		150,—	120,—
c		grün		150,—	120,—
d		lilarot		150,—	120,—
e		orange		150,—	120,—
f		gelb		150,—	120,—

5 P	schwarz	900,—	850,—
6 P	schwarz	900,—	850,—
7 P	schwarz	900,—	900,—

Preise für geprüfte Stücke.

MiNr. 5 P–7 P in Schwarz sind amtliche Probedrucke, die ausgegeben wurden.

FALSCH

Auflagen: MiNr. 5–7 in jeder Farbe je 960, MiNr. 5 P–7 P je 96 Stück

1899, 8. Juni. Freimarken. Oval mit zwei fünfstrahligen Sternen, untere Wertziffern farbig. Stdr.; kleiner Kontrollstempel eines russischen Doppeladlers violett oder blau; gez. 11½.

d) Dreizack Poseidons

8	1 Met		d		
a		rosa		60,—	50,—
b		blau		35,—	20,—
c		grün		35,—	20,—
d		lilarot		35,—	20,—
9	2 Met		d		
a		rosa		12,—	10,—
b		blau		12,—	10,—
c		grün		12,—	10,—
d		lilarot		12,—	10,—
10	1 Gr		d		
a		rosa		15,—	12,—
b		blau		15,—	12,—
c		grün		15,—	12,—
d		lilarot		15,—	12,—

Preise für geprüfte Stücke

FALSCH

Auflagen: MiNr. 8 a = 6.393, MiNr. 8 b = 6.960, MiNr. 8 c = 6.399, MiNr. 8 d = 6.400, MiNr. 9 a = 4.200, MiNr. 9 b = 4.864, MiNr. 9 c = 3.378, MiNr. 9 d = 3.200, MiNr. 10 a = 1.556, MiNr. 10 b = 1.440, MiNr. 10 c = 1.825, MiNr. 10 d = 2.942 Stück

Die russische Besetzungspost in Kreta bestand vom 13. Mai bis 29. Juli 1899 im Postverkehr im russischen Verwaltungsgebiet und nach Griechenland und Russland.

Post der Aufständischen der Venizelos-Regierung in Therison

1 Drachme (Dr) = 100 Lepta (L)

MiNr. I–III siehe nach MiNr. 5.

1905, 1. Sept. Freimarken. Griechische Inschrift; Handstempeldruck; □.

a) Nike des Paionios (Sinnbild des Sieges)

				✶	⊙
1	5 L	blaugrün/kirschrot	a	15,—	10,—
2	10 L	karminrot/blaugrün	a	15,—	10,—
3	20 L	karminrot/ultramarin	a	15,—	10,—
4	50 L	violett/blaugrün	a	15,—	10,—
5	1 Dr	ultramarin/rot	a	15,—	10,—
		Satzpreis (5 W.)		75,—	50,—

FALSCH

Auflage: 5.400 Sätze

Nicht ausgegeben:

Marken in der Ausführung wie MiNr. 1–3, jedoch mit Landkarte statt der Siegesgöttin.

			✶
I	5 L	grün	15,—
II	10 L	rot	15,—
III	20 L	blau	30,—
		Satzpreis (3 W.)	60,—

1905, 5. Okt. Freimarken. Stdr.; gez. 11½.

b) Kreta als Sklavin

c) König Georg von Griechenland

				✶	⊙
6	5 L	orange	b	0,80	1,10
7	10 L	grauoliv	b	0,80	1,10
8	20 L	violett	b	0,80	1,10
9	50 L	blau	b	0,80	1,10
10	1 Dr	rot/violett	c	8,—	8,—
11	2 Dr	blaugrün/braun	c	8,—	8,—
		Satzpreis (6 W.)		19,—	20,—

FALSCH

Auflagen: MiNr. 6–8 je 50.000, MiNr. 9–11 je 10.000 Stück

Ostrumelien (ЮЖНА БЪЛГАРИЯ)

Früher türkische Provinz mit überwiegend christlicher Bevölkerung, ab dem Berliner Kongress von 1878 autonome Provinz, im September 1885 von Bulgarien besetzt und in bulgarische Verwaltung übernommen, jedoch erst 1908 formell eingegliedert.

Währung: 1 Piaster (Pia) = 40 Para (Pa)

FALSCH alle Werte, Prüfung ratsam.

Katalogpreise: Preise ungebraucht ✶

MiNr. I siehe nach MiNr. 4, MiNr. II siehe nach MiNr. 5, MiNr. III–V siehe nach MiNr. 12.

Autonome Verwaltung

1880, Dez. Freimarken: Marken der Türkei mit großem blauem Handstempel-Aufdruck „RO“ (12 mm hoch) in verschiedenen Stellungen; breites oder schmales „O“.

1

				✶	⊙
1	½ **Pre**	auf 20 Pa grün	(23)	60,—	50,—
2	20 Pa	mehrfarbig	(31)	75,—	60,—
3	2 Pia	mehrfarbig	(33)	150,—	90,—
4	5 Pia	mehrfarbig	(34)	380,—	450,—
			Satzpreis (4 W.)	650,—	650,—

Die „RO“-Aufdrucke wurden ab Dezember 1880 ausgegeben und parallel zur neuen Freimarkenserie MiNr. 6 A–10 A aufgebraucht.

Nicht ausgegeben:

				✶
I	10 Pa	mehrfarbig	(30)	—,—

1880, Dez. Freimarke. Nicht ausgegebene Marke MiNr. I mit weiterem, blauem Handstempelaufdruck des Landesnamens in Französisch „ROUMÉLIE / ORIENTALE“ in verschiedenen Stellungen.

5

				✶	⊙
5	10 Pa	mehrfarbig	(I)	120,—	85,—

Nicht ausgegeben:

Wie MiNr. 5, jedoch ohne den Aufdruck „RO“:

				✶
II	10 Pa	mehrfarbig	(30) Bl	50,—

1880, Dez./1884. Freimarken. Zeichnung ähnlich den türkischen Freimarken von 1880, jedoch mit zusätzlicher Inschrift des Landesnamens in vier Sprachen. Bdr.; A = gez. 13½, B = gez. 11½.

a) Großer Halbmond

				✶	⊙
6	5 Pa	schwarz/oliv	a		
A		gez. 13½ (Dez. 1880)		20,—	1,20
B		gez. 11½ (1884)		40,—	
7	10 Pa	schwarz/grün			
A		gez. 13½ (Dez. 1880)	a	80,—	1,20
B		gez. 11½ (1884)	a	40,—	
8	20 Pa	schwarz/rosa	a		
A		gez. 13½ (1881)		1,50	1,—
B		gez. 11½ (1884)		40,—	
9	1 Pia	schwarz/blau	a		
A		gez. 13½ (1881)		5,—	4,—
B		gez. 11½ (1884)		40,—	
10	5 Pia	rot/hellblau	a		
A		gez. 13½ (1881)		50,—	75,—
B		gez. 11½ (1884)		60,—	
		Satzpreis A (5 W.)		150,—	80,—
		Satzpreis B (5 W.)		220,—	

6 U	ungezähnt	40,—	
7 F	schwarz/rosa	550,—	—,—
7 U	ungezähnt	40,—	
8/7 F/8	Dreierstreifen	1200,—	—,—
8 U	ungezähnt	40,—	
9 F	schwarz/gelb		300,—
9 U	ungezähnt	40,—	
10 F	rot/oliv	—,—	
10 U	ungezähnt	75,—	

MiNr. 6 B–10 B kamen nicht mehr zur Verwendung.

MiNr. 10.

Mit Aufdruck: MiNr. 13, 15, 17, 19–20

Markenfarben

Der Unterdruck der Freimarken in Zeichnung a (Großer Halbmond) neigt zur Oxidation. Bei veränderten Markenfarben handelt es sich also nicht um neue beabsichtigte Farben oder Abarten. Dies gilt für die Marken MiNr. 6–10, 11–12, II–V, 13–20 und 21–28.

1884. Freimarken. Farbänderung von MiNr. 6 und 7. Bdr.; A = gez. 13½, B = gez. 11½.

a) Großer Halbmond

11	5 Pa	lila auf blasslila	a		
A		gez. 13½		1,—	
B		gez. 11½		15,—	0,50
12	10 Pa	grün auf hellgrün	a		
A		gez. 13½		40,—	
B		gez. 11½		0,30	0,50
		Satzpreis A (2 W.)		40,—	
		Satzpreis B (2 W.)		0,70	1,—

11 C	gez. 11½:13½	—,—	
11 U	ungezähnt	40,—	—,—
12 C	gez. 11½:13½	—,—	
12 U	ungezähnt	40,—	—,—

MiNr. 11 A und 12 A kamen nicht mehr zur Verwendung.

Mit Aufdruck: MiNr. 14, 16

Nicht ausgegeben:

a) Großer Halbmond

				✶
III	20 Pa	rosa auf blassrosa	a	
A		gez. 13½		—,—
B		gez. 11½		0,50
C		gez. 11½:13½		—,—
D		gez. 13½:11½		—,—
IV	1 Pia	blau auf bläulich	a	
A		gez. 13½		250,—
B		gez. 11½		1,—
C		gez. 11½:13½		50,—
V	5 Pia	braun auf hellbraun	a	
A		gez. 13½		400,—
B		gez. 11½		350,—

Südbulgarien
Bulgarisches Besetzungsgebiet

1885, 8. Sept. Freimarken: Erste Löwenaufdruckausgabe. MiNr. 6–12 und III mit Aufdruck des bulgarischen Wappentieres. Type I = Löwe mit vier Zehen, Type II = Löwe mit drei Zehen; A = gez. 13½, B = gez. 11½.; a = Aufdruck blau, b = Aufdruck schwarz.

14

Aufdruck-Type I

Aufdruck-Type II

Type I

				✶	⊙
13 I A a	5 Pa	schwarz/oliv	(6 A) Bl	400,—	450,—
14 I B a	5 Pa	lila auf blasslila	(11 B) Bl	30,—	75,—
15 I A b	10 Pa	schwarz/grün	(7 A) S	—,—	—,—
16 I B	10 Pa	grün auf hellgrün			
a		Aufdruck blau	(12 B) Bl	30,—	75,—
b		Aufdruck schwarz	(12 B) S	60,—	120,—
17 I A	20 Pa	schwarz/rosa			
a		Aufdruck blau	(8 A) Bl	300,—	400,—
b		Aufdruck schwarz	(8 A) S	600,—	—,—
18 I B	20 Pa	rosa auf blassrosa			
a		Aufdruck blau	(III B) Bl	250,—	400,—
b		Aufdruck schwarz	(III B) S	100,—	150,—
19 I A	1 Pia	rosa auf schwarz/blau			
a		Aufdruck blau	(9 A) Bl	250,—	400,—
b		Aufdruck schwarz	(9 A) S	30,—	75,—
20 I A	5 Pia	rot/hellblau			
a		Aufdruck blau	(10 A) Bl	2000,—	—,—
b		Aufdruck schwarz	(10 A) S	—,—	—,—

Type II

14 II	5 Pa	lila auf blasslila			
A		gez. 13½			
a		Aufdruck blau	(11 A) Bl	75,—	100,—
b		Aufdruck schwarz	(11 A) S	40,—	60,—
B a		gez. 11½	(11 B) Bl	40,—	60,—
15 II A b	10 Pa	schwarz/grün	(7 A) S	—,—	—,—
16 II B	10 Pa	grün auf hellgrün			
a		Aufdruck blau	(12 B) Bl	75,—	100,—
b		Aufdruck schwarz	(12 B) S	—,—	—,—
17 II A b	20 Pa	schwarz/rosa	(8 A) Bl	500,—	—,—
18 II B	20 Pa	rosa auf blassrosa			
a		Aufdruck blau	(III B) Bl	250,—	300,—
b		Aufdruck schwarz	(III B) S	50,—	60,—
19 II A	1 Pia	rosa auf schwarz/blau			
a		Aufdruck blau	(9 A) Bl	150,—	250,—
b		Aufdruck schwarz	(9 A) S	60,—	75,—
20 II A	5 Pia	rot/hellblau			
a		Aufdruck blau	(10 A) Bl	800,—	—,—
b		Aufdruck schwarz	(10 A) S	800,—	—,—

	✶
19 II B b gez. 11½	—,—

⊙-Preise gelten nur für prüfbare Datumstempel, sonst ✶ = ⊙.

Von manchen Werten sind auch Mischzähnungen bekannt.

Rote Aufdrucke sind Probedrucke. In den meisten Fällen erfolgte ein weiterer Aufdruck in Blau oder Schwarz.

MiNr. 13–20 mit handschriftlichem Vermerk „Обр." sind Mustermarken (Образец = Probe).

FALSCH

1885, 11. Sept. Freimarken: Zweite Löwenaufdruckausgabe. MiNr. 6–12 und III mit schwarzem Aufdruck des bulgarischen Wappentieres im Rahmen. Type I = rundes „O" in „ЮЖНА", Type II = ovales „O" in „ЮЖНА"; A = gez. 13½, B = gez. 11½.

24

Aufdruck-Type I

Aufdruck-Type I

Type I

				✶	⊙
21 I A	5 Pa	schwarz/oliv	(6 A)	600,—	600,—
22 I	5 Pa	lila auf blasslila			
A		gez. 13½	(11 A)	150,—	200,—
B		gez. 11½	(11 B)	20,—	30,—
23 I A	10 Pa	schwarz/grün	(7 A)	—,—	—,—
24 I B	10 Pa	grün auf hellgrün	(12 B)	50,—	60,—
25 I A	20 Pa	schwarz/rosa	(8 A)	—,—	—,—
26 I B	20 Pa	rosa auf blassrosa	(III B)	50,—	60,—
27 I A	1 Pia	rosa auf schwarz/blau	(9 A)	75,—	100,—
28 I A	5 Pia	rot/hellblau	(10 A)	1000,—	—,—

Type II

21 II A	5 Pa	schwarz/oliv	(6 A)	800,—	800,—
22 II	5 Pa	lila auf blasslila			
A		gez. 13½	(11 A)	20,—	25,—
B		gez. 11½	(11 B)	350,—	400,—
23 II A	10 Pa	schwarz/grün	(7 A)	—,—	—,—
24 II B	10 Pa	grün auf hellgrün	(12 B)	50,—	75,—
25 II A	20 Pa	schwarz/rosa	(8 A)	100,—	150,—
26 II B	20 Pa	rosa auf blassrosa	(III B)	40,—	60,—
27 II A	1 Pia	rosa auf schwarz/blau	(9 A)	150,—	250,—
28 II A	5 Pia	rot/hellblau	(10 A)	2000,—	—,—

⊙-Preise gelten nur für prüfbare Datumstempel, sonst ✶ = ⊙.

Von manchen Werten sind auch Mischzähnungen bekannt.

Es sind auch blaue Aufdrucke sowie zahlreiche Aufdruckabarten bekannt.

Rote Aufdrucke sind Probedrucke. In den meisten Fällen erfolgte ein weiterer Aufdruck in Blau oder Schwarz.

MiNr. 21–28 mit handschriftlichem Vermerk „Обр." sind Mustermarken (Образец = Probe).

FALSCH

Ab 1.10.1885 wurden die Briefmarken Bulgariens verwendet.

Samos (ΣΑΜΟΣ)

Ab 10.12.1832 selbständiges Fürstentum unter türkischer Oberhoheit mit England, Frankreich und Russland als Schutzmächten.
Am 11.11.1912 erklärte die Nationalversammlung von Samos die Vereinigung mit Griechenland, am 10.8.1913 wurde im Frieden von Bukarest Samos dem Königreich Griechenland zugesprochen. Der endgültige Vollzug der Vereinigung erfolgte erst 1922 mit der Abschaffung der griechischen Oberverwaltung von Samos.

Währung: 1 Piaster (Pia) = 1 Grosion (Gr) = 40 Paras (Pa), ab 1912 1 Drachme = 100 Lepta.

Die fürstliche Post besorgte den Verkehr im Bereich der Insel sowie mit den samischen Ämtern in Smyrna, Konstantinopel, Ephesos und Sokia. Die sonstigen für das Ausland bestimmten Postsachen wurden über das türkische Postamt (1879–Okt. 1912), das österreichische Postamt (März 1881–Dez. 1914) oder das französische Postamt (1893–Aug. 1914, siehe Ausgaben der frz. Postdampfer-Agentur Vathy) geleitet.

Auf Samos galt der Julianische Kalender, der um 12 Tage (ab 29.2.1900 um 13 Tage) hinter der Gregorianischen Zeitrechnung zurückblieb. Alle Datumsangaben entsprechen dem Julianischen Kalender.

Preise ungebraucht ✶

Fürstentum

1878. Freimarke: Wappen. Bdr. (5×4); gez. 13, Randstücke teilgez.

a) Landeswappen

			✶	⊙
I	(1 Pia) blau	a	2500,—	—,—

Die Bogenränder sind geschnitten, der Katalogpreis gilt für dreiseitig gezähnte Stücke, zwei- oder vierseitig gezähnte Exemplare sind teurer.

⊙ nur ein Stück bekannt

Nach neuen Forschungsergebnissen handelt es sich bei MiNr. I um eine reguläre Ausgabe, die frühere Einstufung als „privates Essay" hat sich als falsch erwiesen.

1899. Freimarken: Wappen mit Umschrift. Bdr.; □.

b) Landeswappen

II	5 Pa schwarz auf graugrün	b	25,—	—,—
III	10 Pa schwarz auf graugrün	b	25,—	—,—
IV	20 Pa schwarz auf gelblichweiß	b	25,—	—,—
V	1 Gr schwarz auf gelblichweiß	b	25,—	—,—
	Satzpreis (4 W.)		100,—	
	Paar (MiNr. II und III)		75,—	
	Paar (MiNr. IV und V)		75,—	

Von MiNr. II–V sind nur wenige gestempelte Exemplare bekannt.

MiNr. II–III und IV–V wurden waagerecht zusammenhängend gedruckt.

Nicht ausgegeben:

1900. Freimarken für das Ausland; Sinnbildliche Darstellung, Landesname französisch. Bdr.; sägezahnartig □.

c

			✶
VI	5 Pa hellgrün auf gelblichweiß	c	900,—
VII	10 Pa braun auf grünlichweiß	c	300,—
VIII	20 Pa rot auf grünlichweiß	c	450,—
IX	1 Pia dunkelblau auf bräunlichweiß	c	350,—
	Satzpreis (4 W.)		2000,—

1903, 1./14. Jan. Ovaler Wertstempel mit Wappen und griechischer Umschrift. Ausschnitte aus Ganzsachen als Marken verwendet; □.

d) Landeswappen

			✶	⊙
X	5/10 Pa blau	d	25,—	50,—
XI	1 Pia rosa	d	170,—	250,—

Marken für Samos in Zeichnung der gleichzeitigen Türkei-Marken sind Mache.

Provisorische Regierung

1912. 14./27. Nov. Freimarken: Landkarte. Handstempeldruck; □.

e) Landkarte der Insel

1	5 L graugrün/blaugrün	e	20,—	7,—
2	10 L rot/rosakarmin	e	20,—	7,—
3	25 L blau/ultramarin	e	40,—	15,—
	Satzpreis (3 W.)		80,—	28,—
3 F	25 L graugrün e		600,—	500,—

Kehrdruckpaare (⊔⊓):

1 K	500,—	—,—
2 K	500,—	—,—
3 K	1700,—	—,—

Probedrucke: 5 L rot, 5 L blau, 10 L graugrün, 10 L blau, 25 L rot, Aufl. je 36 Stück

FALSCH

Auflagen: MiNr. 1 = 7.200, MiNr. 2 = 5.850, MiNr. 3 = 6.300, MiNr. 3 F = 36 Stück

1912, 26. Nov./8. Dez. Freimarken: Hermeskopf. Stdr.; A = gez. 11½, B = □.

f) Hermeskopf

4	1 L grau	f		
A	gez. 11½		3,50	1,50
B	□		50,—	40,—
5	5 L gelbgrün	f		
A	gez. 11½		4,—	1,50
B	□		50,—	40,—
6	10 L karmin	f		
A	gez. 11½		5,—	1,50
B	□		50,—	40,—
7	25 L hellblau	f		
A	gez. 11½		5,—	1,50
B	□		50,—	40,—

8	50 L	lilabraun	f		
A		gez. 11½		17,—	9,—
B		□		50,—	40,—
			Satzpreis A (5 W.)	34,—	15,—
			Satzpreis B (5 W.)	250,—	200,—

⊙ MiNr. 6 halbiert als 5 L verwendet.

Die gez. Marken gibt es in dunkler und matter Farbtönung, erstere ca. 100% Aufschlag. FALSCH

Auflagen: MiNr. 4 A–8 A = 10.000, MiNr. 4 B–8 B = 1.000 Sätze

Mit Aufdruck: MiNr. 9–13, 20–24

9

1912, 22. Dez./1913, 4. Jan. Freimarken. MiNr. 4–8 in etwas anderer Farbtönung und weiterer Wert mit Athener Bdr.-Aufdruck „ΕΛΛΑΣ".

9	1 L	grau	(4)	1,50	1,50
10	5 L	grün	(5)	1,50	1,50
11	10 L	rosa	(6)	2,—	1,50
12	25 L	blau	(7)	2,50	2,—
13	50 L	lilabraun	(8)	15,—	7,50
14	1 Dr	orange	(f)	12,—	11,—
			Satzpreis (6 W.)	34,—	25,—

9 U	ungezähnt, Paar	120,—	120,—
10 U	ungezähnt, Paar	120,—	120,—
11 U	ungezähnt, Paar	120,—	120,—
13 U	ungezähnt, Paar	120,—	120,—

Von MiNr. 11 sind Halbierungen bekannt.

FALSCH

Auflagen: MiNr. 9 = 100.000, MiNr. 10 = 79.500, MiNr. 11 = 84.900, MiNr. 12 = 43.200, MiNr. 13 = 25.200, MiNr. 14 = 23.100 Stück

Mit weiterem Aufdruck: MiNr. 25–30

1913. Jan. Befreiung von der türkischen Herrschaft 1824 und 1912. Stdr.; gez. 11¾.

g) Kirche der Metamorphosis und Festung Logothetis, Tigani (heute: Pythagorio)

Meistens mit handschriftlichen Initialen „ΘΣ" für den Präsidenten der vorläufigen Regierung Themistoklis Sofoulis (MiNr. 15–18 in roter, MiNr. 19 in schwarzer Tinte).

15	1 Dr	braun	g	17,—	12,—
16	2 Dr	blau	g	17,—	12,—
17	5 Dr	grauoliv	g	35,—	30,—
18	10 Dr	gelbgrün	g	140,—	120,—
19	25 Dr	hellrot	g	120,—	120,—
			Satzpreis (5 W.)	320,—	280,—

FALSCH Von MiNr. 15–19 gibt es neben Ganzfälschungen auch private bzw. nichtautorisierte Drucke von den Originalplatten. Kennzeichen sind die fehlenden oder gefälschten Initialen. Es existieren aber auch amtliche Drucke ohne Initialen. Prüfung ratsam.

Mit Aufdruck: MiNr. 32–36

20

1914, Febr. Freimarken. MiNr. 4–8 mit feinem, lokalem Bdr.-Aufdruck „ΕΛΛΑΣ".

20	1 L	grau	(4)	5,—	5,—
21	5 L	gelbgrün	(5)	5,—	5,—
22	10 L	karmin	(6)	5,—	5,—
23	25 L	blau	(7)	15,—	15,—
24	50 L	lilabraun	(8)	10,—	10,—
			Satzpreis (5 W.)	40,—	40,—

Doppelte und kopfstehende Aufdrucke bei MiNr. 22 und 24 bekannt.

FALSCH

Auflage: 4.000 Sätze

25 b

1914, Dez. MiNr. 9–14 mit Bdr.-Aufdruck „Γενική Διοίκησιζ / Σάμου" in Schwarz oder Rot und rückseitigem Kontroll-Trockenstempel in Prägedruck.

25	1 L	grau	(9)		
a		Aufdruck schwarz		160,—	150,—
b		Aufdruck rot		15,—	15,—
26	5 L	grün	(10)		
a		Aufdruck schwarz		1,70	1,70
b		Aufdruck rot		160,—	140,—
27	10 L	rosa	(11)		
a		Aufdruck schwarz		1,70	1,70
b		Aufdruck rot		160,—	160,—
28	25 L	blau	(12) f		
a		Aufdruck schwarz		1,70	1,70
b		Aufdruck rot		160,—	160,—
29	50 L	lilabraun	(13)		
a		Aufdruck schwarz		1,70	1,70
b		Aufdruck rot		160,—	140,—
30	1 Dr	orange	(14)		
a		Aufdruck schwarz		140,—	150,—
b		Aufdruck rot		3,—	3,—
			Satzpreis (6 W.)	24,—	24,—

25 b I	ohne Trockenstempel		120,—
25 b II	Trockenstempel doppelt		120,—
25 b III	mit Trockenstempel, aber ohne Aufdruck	120,—	
26 a I	Trockenstempel doppelt	120,—	
27 a I	Paar mit und ohne Aufdruck	120,—	
28 a I	ohne Trockenstempel	120,—	
28 a II	Trockenstempel doppelt	120,—	
29 a I	Trockenstempel doppelt	120,—	

Aufdruckfehler (Doppelaufdrucke, kopfstehende Aufdrucke) bekannt.

Auflagen: MiNr. 25 a = 174, MiNr. 25 b = 7.538, MiNr. 26 a = 22.095, MiNr. 26 b = 250, MiNr. 27 a = 21.972, MiNr. 27 b = 200, MiNr. 28 a = 14.377, MiNr. 28 b = 200, MiNr. 29 a = 22.057, MiNr. 29 b = 250, MiNr. 30 a = 100, MiNr. 30 b = 17.861 Stück

MiNr. 30 b mit weiterem Aufdruck: MiNr. 31

31

1915. Freimarke. MiNr. 30 b mit Aufdruck einer neuen Wertstufe.

31	L auf 1 Dr orange	(30 b)	10,—	10,—

32

1915, Jan. MiNr. 15–19 mit diagonalem Aufdruck „Γενική Διοίκησιζ / Σάμου" und rückseitigem rundem Kontrollstempel in Prägedr., ohne Initialen „ΘΣ".

32	1 Dr	braun	(15) R	15,—	15,—
33	2 Dr	blau	(16) R	30,—	30,—
34	5 Dr	grauoliv			
a		roter Aufdruck	(17) R	40,—	35,—
b		schwarzer Aufdruck	(17) S	1500,—	
35	10 Dr	gelbgrün	(18) S	80,—	80,—
36	25 Dr	hellrot	(19) S	700,—	650,—
			Satzpreis (5 W.)	850,—	800,—

MiNr. 32–34 und 36 auch mit Initialen bekannt (Preise + 100%). FALSCH

Auflagen: MiNr. 32 = 2.741, MiNr. 33 = 3.758, MiNr. 34 = 3.491, MiNr. 35 = 831, MiNr. 36 = 388 Stück

Ab März 1913 waren auch, Sept.–Dez. 1914 und ab Mitte 1915 nur noch die Marken von Griechenland ohne Aufdruck im Verkehr, wenngleich beim Publikum vorhandene Bestände der Samosmarken weiterhin von der griechischen Post unbeanstandet zur Frankatur zugelassen wurden.

Restbestände aus dem Bereich der Finanzverwaltung von MiNr. 29, 32–34 und 36 wurden Dez. 1922 bis April 1923 an Post- und Paketschaltern von Samos und Ikarien amtlich aufgebraucht.

Thrakien (Θςάκη)

Bis 1912 Teil des Osmanischen Reiches. Im 1. Balkankrieg (8.10.1912–1.5.1913) eroberte Bulgarien ganz Thrakien. Im 2. Balkankrieg (29.6.–10.8.1913) wurden Teile Westthrakiens von Griechenland besetzt. Im Frieden von Bukarest am 10.8.1913 wurde Westthrakien Bulgarien zugesprochen. Um den Übergang an Bulgarien zu verhindern, bildeten einheimische Türken, Pomaken und Griechen am 31.8. eine provisorische und ab 25.9.1913 eine unabhängige Regierung Westthrakiens. Sie wurde aber weder vom Osmanischen Reich noch von Griechenland anerkannt. Am 25.10.1913 musste sich Westthrakien Bulgarien unterwerfen.

Der Vertrag von Neuilly-sur-Seine vom 27.11.1919 verpflichtete Bulgarien die westthrakischen Gebiete von Komotini und Xanthi an die Entente abzutreten, die dann im Vertrag von Sèvres vom 10.8.1920 Griechenland zugesprochen wurden. Bereits im Juli 1920 besetzten griechische Truppen auch das türkische Ostthrakien.

Die Ausgaben aller vier Zeitabschnitte sind unter dem Sammelnamen Thrakien zusammengefasst.

Preise ungebraucht bis Ausgabejahr 1919 ✶, ab 1920 ✶✶.

Griechische Besetzung von Komotini/Gümülcine

1 Drachme (Dr) = 100 Lepta (L)

1

1913, 7. Aug. Freimarken. Türkei MiNr. 160–162 mit Bdr.-Aufdruck Wappen, Stadtname und Wertangabe in griechischer Währung.

				✶	⊘
1	**10 L**	auf 20 Pa rosa	(161) Bl	45,—	45,—
2	**25 L**	auf 10 Pa blaugrün	(160) R	60,—	60,—
3	**25 L**	auf 20 Pa rosa	(161) Bl	75,—	75,—
4	**25 L**	auf 1 Pia blau	(162 b) R	100,—	100,—
			Satzpreis (4 W.)	280,—	280,—

FALSCH

Post der autonomen Regierung

1 Piaster (Pia) = 1 Ghrusch (Gh) = 40 Paras (Pa)

I

1913, 10. Okt. Freimarken. Türkische Inschriften, Ausschnitte aus Ganzsachen als Marken verwendet. Stdr.; o.G.; ☐.

		⊙
I	١ (1) Pia blau	—,—
II	٢ (2) Pia violett	—,—

MiNr. I und II wurden wegen der Inschrift „Provisorische" sofort zurückgezogen. Nur wenige Stücke ⊙ bekannt.

1

1913. 11. Okt. Freimarken. Geänderte türkische Inschriften mit rotem oder ohne Kontrollaufdruck. Format 23×27 mm. Stdr. auf gestreiftem Papier; o.G.; ☐.

		(✶)	⊙
1	١ (1) Pia blau	20,—	20,—
2	٢ (2) Pia violett	20,—	20,—
	Satzpreis (2 W.)	40,—	40,—

Die Entwertung von MiNr. I, II, 1 und 2 erfolgte mit petschaftartigen Stempeln mit negativer türkischer Inschrift, Name des Postortes (Dedeagatsch, Gumülcine, Soufli und Xanthi).

3

1913, Okt. Freimarken. Ähnliche Zeichnung, kleineres Format 19,5×29,5 mm, Stdr. auf weichem Papier; o.G.; ☐.

3	١٠ (10) Pa orange bis zinnober	35,—	35,—
4	٢٠ (20) Pa blau	35,—	25,—
5	١ (1) Pia violett	35,—	25,—
3 F	١٠ (10) Pa blau	75,—	75,—

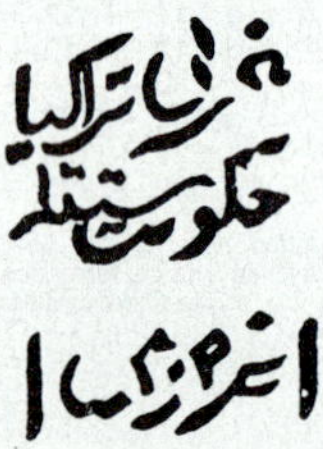

1913, Okt. Freimarken. Marken von Bulgarien, Griechenland und der Türkei mit dreizeiligem Handstempelaufdruck in türkischer Schrift, unten Wertangabe.

6

Auf Marken von Bulgarien (nur in Komotini/Gümülcine verwendet)

				✶	⊙
6	١٠ **(10) Pa**	auf 1 Stotinki russischgrün	(78) R	25,—	20,—
7	٢٠ **(20) Pa**	auf 2 St hellrot/schwarz	(79 a) Bl	25,—	25,—
8	١ **(1) Gh**	auf 5 St grün/schwarz	(81) R	25,—	25,—
9	٢ **(2) Gh**	auf 3 St braunkarmin/schwarz	(80) Bl	30,—	30,—
10	٢½ **(2½) Gh**	auf 10 St rot/ schwarz	(82) Bl	35,—	35,—
11	٥ **(5) Gh**	auf 15 St gelbbraun	(83) Bl	60,—	60,—

7 F	٢٠ (20) Pa auf 10 St rot/schwarz (82) Bl		—,—	170,—

FALSCH

Auf Marken von Griechenland (nur in Alexandrupolis/Dedeagatsch verwendet)

12

12	١٠ **(10) Pa**	auf 1 L grün	(158)			
a		Aufdruck blau			25,—	25,—
b		Aufdruck rot			25,—	25,—
13	١٠ **(10) Pa**	auf 5 L grün	(161)	R	100,—	100,—
14	١٠ **(10) Pa**	auf 25 L ultramarin	(164)	R	35,—	35,—
15	٢٠ **(20) Pa**	auf 2 L rosa	(159)	Bl	25,—	25,—
16	١ **(1) Gh**	**(Ghrusch)** auf 3 L rot	(160)			
a		Aufdruck blau			25,—	25,—
b		Aufdruck rot			25,—	25,—
17	٢ **(2) Gh**	auf 5 L grün	(161)	R	50,—	50,—
18	٢½ **(2½) Gh**	auf 10 L rosa	(162)	Bl	50,—	50,—
19	٥ **(5) Gh**	auf 40 L dunkelblau	(166)	R	90,—	90,—

Auf Marken Griechenland MiNr. 174

20	١٠ **(10) Pa**	auf 1 L braun	Bl	15,—	15,—
21	٢٠ **(20) Pa**	auf 1 L braun	Bl	15,—	15,—
22	١ **(1) Gh**	auf 1 L braun	Bl	15,—	15,—

FALSCH

Auf Marken der Türkei

23

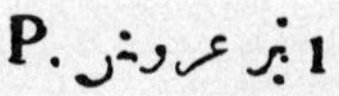

Aufdruck

23	**P. 1**	auf 2 Pa oliv	(212 A)			
a		Aufdruck blau			15,—	15,—
b		Aufdruck rot			15,—	15,—
24	**P. 1**	auf 5 Pa braungelb	(213 A)			
a		Aufdruck blau			15,—	15,—
b		Aufdruck rot			15,—	15,—
25	**P. 1**	auf 20 Pa karmin	(215 A)	Bl	20,—	20,—
26	**P. 1**	auf 5 Pia dunkelviolett	(218 A)			
a		Aufdruck schwarz			60,—	60,—
b		Aufdruck rot			70,—	70,—
27	**P. 1**	auf 10 Pia ziegelrot	(219 A)	Bl	90,—	90,—
28	**P. 1**	auf 25 Pia dunkelgrün	(220 A)	R	550,—	550,—

FALSCH

Der amtliche Charakter von MiNr. 23–28 ist umstritten.

Interalliierte Verwaltung 1919/20

Nach der Niederlage Bulgariens 1918 wurde Westthrakien von britischen und französischen Truppen besetzt.

1 Lew (L) = 100 Stotinki (St)

1919. Freimarken. Marken von Bulgarien mit zweizeiligem rotem bzw. schwarzem, waagerechtem (MiNr. 1–2 und 8–9) bzw. senkrechtem (MiNr. 3–7) Aufdruck „THRACE / INTERALLIÉE“.

1

3

					✶	⊙
1	1 St	schwarz	(126)	R	0,30	0,30
2	2 St	grauoliv	(127)	S	0,30	0,30
3	5 St	grün	(129)	S	0,30	0,30
4	10 St	rot	(130)	S	0,30	0,30
5	15 St	violett	(131)	S	0,30	0,30
6	25 St	schwarzblau/schwarz	(105)	S	0,30	0,30
7	1 L	dunkelbraun	(87)	S	4,—	3,—
8	2 L	gelbbraun	(117)	S	7,50	5,50
9	3 L	lilarot	(118)	S	12,—	10,—
			Satzpreis (9 W.)		25,—	20,—

Verschiedene Aufdruckfehler (z. B. „L“ kopfstehend, „V“ statt „A“ usw.) sind bekannt.

FALSCH

1920. Freimarken. Marken von Bulgarien mit schwarzviolettem schrägem Handstempelaufdruck „THRACE INTERALLIÉE“.

12

				✶✶	⊙
10	1 St	schwarz	(126)	7,50	4,50
11	2 St	grauoliv	(127)	7,50	4,50
12	5 St	grün	(129)	0,50	0,30
13	10 St	rot	(130)	0,50	0,30
14	15 St	violett	(131)	0,50	0,30
15	25 St	blau/schwarz	(105)	0,50	0,30
			Satzpreis (6 W.)	17,—	10,—

¥, ⅌, ⅌ bekannt.

1920. Freimarken. Marken von Bulgarien mit kleinerem zweizeiligem senkrechtem Bdr.-Aufdruck „Thrace / Interalliée“.

16

16	5 St	grün	(129)	1,—	1,—
17	10 St	rot	(130)	1,—	1,—
18	15 St	violett	(131)	1,—	1,—
19	50 St	braungelb	(134)	1,—	1,—
			Satzpreis (4 W.)	4,—	4,—

	✶✶
19 U ungezähnt	10,—

MiNr. 16–19 Aufdruck auch von oben nach unten verlaufend und ungezähnt.

Fehldrucke „Irter...“ oder „...llié“

1920. Freimarken. Marken von Bulgarien mit Bdr.-Aufdruck „THRACE / OCCIDENTALE“.

20

				✶✶	⊙
20	5 St	grün	(129)	0,70	0,70
21	10 St	rot	(130)	0,70	0,70
22	15 St	violett	(131)	0,70	0,70
23	25 St	blau	(132)	0,70	0,70
24	30 St	dunkelbraun, nur □	(133)	0,70	0,70
25	50 St	braungelb	(134)	0,70	0,70
			Satzpreis (6 W.)	4,20	4,20

Zahlreiche Aufdruckfehler bekannt.

Portomarken

1

1919. Portomarken von Bulgarien mit zweizeiligem senkrechtem Aufdruck wie Freimarken MiNr. 1–9.

				*	⊙
1	5 St	smaragdgrün	(P 21 y)	0,30	0,30
2	10 St	violett	(P 22 y)	0,40	0,40
3	50 St	graublau	(P 25 y)	1,50	1,50
			Satzpreis (3 W.)	2,20	2,20

Zahlreiche Aufdruckfehler bekannt.

4

1920. Portomarken von Bulgarien mit ähnlichem Aufdruck wie Freimarken MiNr. 20–25, □, MiNr. 5 A gez. 12½.

				**	⊙
4	5 St	smaragdgrün	(P 21 y)	0,30	0,30
5	10 St	violett	(P 22 y)		
A		gez. 12½		0,50	0,50
B		□		2,50	2,50
6	20 St	rot	(P 23 y)	0,30	0,30
7	50 St	graublau	(P 25 y)	1,40	1,40
			Satzpreis (5 W.)	5,—	5,—

Griechisches Besetzungsgebiet

1 Drachme (Dr) = 100 Lepta (L)

FALSCH alle Werte.

1920, Mai. Freimarken. Marken von Griechenland mit dreizeiligem Bdr.-Aufdruck „Διοίκησις / Δυτικης / Θράκης" (= Verwaltung Westthrakiens); bei MiNr. 8 in Versalien.

2

8

Auf StTdr.-Ausgabe 1911:

				**	⊙
1	2 L	rosa	(159)	1,50	0,70
2	3 L	rot	(160)	1,50	0,70
3	1 Dr	ultramarin	(168)	50,—	50,—
4	2 Dr	zinnober	(169)	17,—	15,—
5	3 Dr	karmin (1921)	(170)	80,—	55,—
6	5 Dr	ultramarin (1921)	(171)	80,—	35,—
7	10 Dr	dunkelblau (1921)	(172)	50,—	28,—
8	25 Dr	dunkelblau	(173)	120,—	65,—
			Satzpreis (8 W.)	400,—	240,—

Griechenland MiNr. 165 (30 L) wurde versehentlich überdruckt.

Auf Stdr.-Ausgabe 1913/19:

9

9	1 L	grün	(190)	0,50	0,50
10	2 L	rosa	(191)	0,50	0,50
11	3 L	rot	(192)	0,50	0,50
12	5 L	grün	(193)	0,50	0,50
13	10 L	rosa	(194)	0,50	0,50
14	15 L	blau	(195)	0,50	0,50
15	20 L	lilagrau	(196 a)	40,—	—,—
16	25 L	ultramarinn	(197 a)	1,—	1,—
17	30 L	karmin	(198)	50,—	40,—
18	40 L	dunkelblau	(199)	4,—	5,—
19	50 L	graulila	(200)	5,—	8,—
20	1 Dr	ultramarin	(202)	20,—	15,—
21	2 Dr	zinnober	(203)	45,—	30,—
			Satzpreis (12 W., ohne MiNr. 15)	110,—	100,—

Zahlreiche Aufdruckfehler bekannt.

Auf Ausgabe 1916 mit Aufdruck Krone und ET:

26

22	1 L	grün	(210)	3,—	1,50
23	2 L	rosa	(211)	0,50	0,50
24	10 L	rosa	(215)	0,70	0,70
25	20 L	lilagrau	(216)	1,50	1,50
26	30 L	karmin	(219)	2,—	2,—
27	2 Dr	zinnober	(223)	45,—	35,—
28	3 Dr	karmin	(224)	45,—	22,—
29	5 Dr	ultramarin	(225)	60,—	40,—
30	10 Dr	dunkelblau	(226)	50,—	35,—
			Satzpreis (9 W.)	200,—	130,—

Zahlreiche Aufdruckfehler bekannt.

Griechenland MiNr. 214 (5 L) wurde versehentlich überdruckt.

1920. Freimarken. Marken von Griechenland mit zweizeiligem Bdr.-Aufdruck „Διοίκησις / Θράκης" (= Verwaltung Thrakiens).

31

32

Auf StTdr.-Ausgabe 1911:

31	2 L	rosa	(159)	2,50	5,—
32	3 L	rot	(160)	3,50	5,—
33	20 L	dunkellila	(163)	19,—	20,—
34	25 Dr	dunkelblau	(173)	120,—	100,—
			Satzpreis (4 W.)	140,—	130,—

Auf Stdr.-Ausgabe 1913/24

38

35	1 L	grün	(190)	0,30	0,50
36	2 L	rosa	(191)	0,30	0,50
37	3 L	rot	(192)	0,30	0,50
38	5 L	grün	(193)	0,30	0,50
39	10 L	rosa	(194)	1,20	1,20
40	20 L	lilagrau	(196 a)	1,20	1,20
41	25 L	ultramarin	(197 a)	2,50	2,50
42	40 L	dunkelblau	(199)	6,—	6,—
43	50 L	graulila	(200)	8,—	8,—
44	1 Dr	ultramarin	(202)	40,—	25,—
45	2 Dr	zinnober	(203)	50,—	35,—
			Satzpreis (11 W.)	110,—	80,—

MiNr. 35 in Paaren mit und ohne Aufdruck. Kopfstehende Aufdrucke bei MiNr. 35 und 37 bekannt.

Auf Ausgabe 1916 mit Aufdruck Krone und ET:

47

46	1 L	grün	(210)	8,—	1,—
47	2 L	rosa	(211)	1,—	1,—
48	5 L	grün	(214)	6,—	2,—
49	20 L	lilagrau	(216)	1,—	1,—
50	30 L	karmin	(219)	1,—	1,—
51	3 Dr	karmin	(224)	15,—	9,—
52	5 Dr	ultramarin	(225)	40,—	25,—
53	10 Dr	dunkelblau	(226)	80,—	60,—
			Satzpreis (8 W.)	150,—	100,—

Aufdruckfehler ♆, ⩓⩓ bekannt.

1920, Juli. Freimarken für den Bezirk Adrianopel/Edirne. Marken der Türkei mit dreizeiligem, waagerechtem, bei MiNr. 59 und 61 senkrechtem, farbigem Bdr.-Aufdruck „Υπάτη Αρμοστεία Θράκης“ (= Hohe Kommission Thrakiens) und der neuen Wertstufe.

55

54	**1 L**	auf 5 Pa orange	(630) Bl	0,70	1,—
55	**5 L**	auf 3 Pia graublau	(680) S	0,70	1,—
56	**20 L**	auf 1 Pia grünblau	(679) S	0,70	1,—
57	**25 L**	auf 5 Pia auf 2 Pa grünblau	(628) R	1,50	1,—
58	**50 L**	auf 5 Gh grünblau/schwarz	(636) R	6,50	5,—
59	**1 Dr**	auf 20 Pa karmin	(662) Bl	2,—	2,—
60	**2 Dr**	auf 10 Pa auf 2 Pa oliv	(661) R	6,—	4,—
61	**3 Dr**	auf 1 Pia blau	(654) R	25,—	18,—
62	**5 Dr**	auf 20 Pa rot	(227) S	27,—	18,—
			Satzpreis (9 W.)	70,—	50,—

Aufdruckfehler (♆, ⩓ ♆) von MiNr. 54–57 kamen nicht in Verkehr.

Nach der griechischen Besitzergreifung wurden die Bestände der Aufdruckausgaben zunächst aufgebraucht, danach griechische Marken ohne Aufdruck verwendet.

Fälschungsschutz und Echtheitsprüfung

Mit Täuschungsabsicht angefertigte falsche oder verfälschte philatelistische Objekte werden unter dem Begriff „Fälschungen" zusammengefasst. Neben Fälschungen als Kriegsmaßnahme und Fälschungen zum Schaden der Post sind dies Teil- oder Ganzfälschungen zum Schaden der Sammler und Händler, z.B. entfernte Zähnung und angesetzte Zähne, chemische Farbveränderungen, Nachgummierungen, Falschaufdrucke und -stempel oder Komplettfälschungen von Postwertzeichen und Ganzstücken.

Betroffen sind in erster Linie Raritäten und gehobene Standardware, doch auch preiswertere Objekte sind nicht ungefährdet. Wie schützt man sich am effektivsten davor, Fälschungen zu erwerben?

1. **Informationen** sammeln. Im MICHEL verweist das Zeichen [FALSCH] auf die Existenz von Fälschungen zum Schaden der Sammler und das Zeichen [PFä] auf Fälschungen zum Schaden der Post bzw. Kriegs- und Propagandafälschungen.
2. Briefmarken nur in **seriösen Fachgeschäften** kaufen
3. Bei fälschungsgefährdeten Stücken nur **geprüfte Ware** kaufen. Im MICHEL finden sich neben den Zeichen [FALSCH] und [PFä] vielfach Hinweise auf Marken, deren Preisnotierungen nur für geprüfte Stücke gelten. In diesen Fällen ist eine Echtheitsprüfung dringend zu empfehlen.

Die Prüfung der Echtheit und Unverfälschtheit sowie des Erhaltungszustandes eines philatelistischen Objektes erfolgt durch philatelistische Experten, die entweder frei prüfen oder in nationalen und internationalen Prüforganisationen zusammengeschlossen sind.

Zum Schutz der Sammler legt der Schwaneberger Verlag großen Wert auf Kompetenz, Zuverlässigkeit und Neutralität zuarbeitender philatelistischer Experten. Dabei spielt unter anderem eine hohe Marktdurchdringung, die Belastbarkeit von Prüfergebnissen und ein ausreichend vorhandenes, umfangreiches Belegmaterial in Vergleichssammlungen eine Rolle.

Zur Orientierung der Sammler sind auf den folgenden Seiten die Prüfordnung, die Prüfgebiete und die Kontaktdaten der im Bund Philatelistischer Prüfer e.V. (BPP) zusammengeschlossenen Experten abgedruckt. Für einen ersten Überblick über den Ablauf einer BPP-Prüfung empfiehlt sich besonders die Lektüre folgender Abschnitte der Prüfordnung: Punkte 3.1. und 3.2. zu den Aufgaben und Pflichten des Prüfers, Punkt 5 zu der Erstellung von Kurzbefunden, Befunden und Attesten, Punkte 6 und 7 zur Signierung echter und Kennzeichnung gefälschter Stücke, Punkt 10 zur Vergütung einer Prüfung.

Der Schwaneberger Verlag beachtet auch Referenzen anderer Prüfverbände, soweit sie den oben genannten Kriterien entsprechen.

SCHWANEBERGER VERLAG GMBH

Prüfordnung des Bundes Philatelistischer Prüfer e.V.

Die Prüfordnung gilt in der jeweils für den Tag der Beauftragung gültigen Fassung. Der abgedruckte Text (Stand 2.5.2022) kann sich nach Redaktionsschluss dieses Kataloges zum Teil geändert haben. Die zum Prüfungszeitpunkt aktuelle und rechtlich verbindliche Fassung der Prüfordnung ist unter www.bpp.de oder www.bpp.eu einzusehen.

1. Allgemeines

Die Mitglieder des Bundes Philatelistischer Prüfer e.V. („Prüfer") stehen als philatelistische Experten in ihren jeweiligen Spezialgebieten zur Vornahme von philatelistischen Prüfungen zur Verfügung. Ihre Tätigkeit dient der Feststellung der Echtheit und Erhaltung von Briefmarken, Abstempelungen oder anderen philatelistischen Belegen sowie der Erkennung von Fälschungen und Manipulationen an solchen Prüfgegenständen. Die Prüfer des BPP orientieren sich bei allen Prüfungen und Gutachten an den philatelistischen Begriffsbestimmungen, die in der jeweils aktuellen Fassung im Internet unter www.bpp.eu oder www.bpp.de veröffentlicht sind.

2. Rechtsnatur der Geschäftsbeziehungen

2.1. Die rechtlichen Beziehungen zwischen dem Prüfer und seinem Auftraggeber richten sich nach dieser Prüfordnung. Ergänzend zu dieser Prüfordnung finden die Vorschriften des Bürgerlichen Gesetzbuches über die entgeltliche Geschäftsbesorgung (§ 675 BGB) und das Recht des Werkvertrages (§ 631 ff. BGB) Anwendung, soweit nicht aus der Natur des Prüfauftrages die Anwendung einzelner Vorschriften auszuschließen ist.

2.2. Der Auftraggeber bestätigt vor Zustandekommen des ersten Prüfvertrages schriftlich sein Einverständnis mit der Geltung der Prüfordnung und der für einige Gebiete bestehenden Sonderregelungen. Diese Sonderregelungen können bei den jeweiligen Prüfern angefordert werden. Die erstmalige Einverständniserklärung hat sich darauf zu erstrecken, dass die Prüfordnung bis auf schriftlichen Widerruf auch für alle zukünftigen Prüfverträge zwischen dem Prüfer und dem Auftraggeber gilt. Wird die Erklärung ganz oder teilweise verweigert, so hat der Prüfer den Prüfauftrag abzulehnen.

3. Aufgaben und Pflichten des Prüfers

3.1. Aufgabe des Prüfers ist die Erstellung eines Gutachtens durch Signierung, Kurzbefund, Befund oder Attest. Ergebnis der Begutachtung kann auch die Feststellung des Prüfers sein, dass ein Prüfurteil für den Prüfgegenstand im Ganzen oder in Teilen nicht mit hinreichender Sicherheit abgegeben werden kann. Das Gutachten ist unparteiisch und nach bestem Wissen und Gewissen zu erstellen. Der Prüfer darf – ggf. auch abweichend von einer vom Auftraggeber gewünschten Form der Bestätigung des Prüfergebnisses – eigenverantwortlich entscheiden, ob die Prüfung durch Signierung, Kurzbefund, Befund oder Attest abgeschlossen wird. Lehnt der Auftraggeber die eigenverantwortliche Entscheidung des Prüfers über die Form der Bestätigung des Prüfergebnisses ausdrücklich ab, so ist der Prüfer berechtigt, die Annahme des Auftrages zu verweigern oder von einem bereits angenommenen Auftrag aus wichtigem Grund zurückzutreten. Ein bestimmtes vom Auftraggeber gewünschtes Prüfergebnis wird nicht geschuldet.

3.2. Der Prüfer kann den Prüfauftrag nach Überprüfung des Auftragsinhaltes und -umfanges ohne Angabe von Gründen ganz oder teilweise ablehnen. In diesem Fall ist er verpflichtet, die Ablehnung dem Auftraggeber unverzüglich mitzuteilen. Auf Verlangen des Auftraggebers ist der Prüfer ferner verpflichtet, dem Vorstand des Bundes Philatelistischer Prüfer e.V. die Gründe für die Ablehnung des Prüfauftrages mitzuteilen.

3.3. Kann der Prüfer den Prüfauftrag nicht innerhalb von zwei Monaten (bei Typ-Prüfungen nicht innerhalb von drei Monaten) nach Zugang des Prüfauftrages inhaltlich überprüfen und ausführen, soll der Prüfer dem Auftraggeber einen Zwischenbescheid mit der Angabe der ungefähren Erledigungszeit erteilen. Dieser Zwischenbescheid erfolgt ohne Überprüfung des Auftragsinhaltes und stellt keine Auftragsannahme dar.
Der Prüfauftrag soll innerhalb von vier Monaten (bei Typ-Prüfungen innerhalb von sechs Monaten) angenommen und erledigt oder abgelehnt werden, wenn nichts anderes vereinbart ist oder wird. Verzugsbegründende Mahnungen des Auftraggebers müssen schriftlich erfolgen.

3.4. Der Prüfer erstellt sein Gutachten persönlich. Soweit es notwendig und zweckmäßig ist und die Eigenverantwortung des Prüfers erhalten bleibt, kann sich der Prüfer bei der Prüfung der Hilfe sachverständiger Dritter bedienen.

4. Umfang der Prüfung

4.1. Prüfgegenstände sind Postwertzeichen und Entstehungs-, Herstellungs- und Verwendungsbelege sowie Kriegs- und Propagandamarken und -fälschungen. Andere Vorlagen dürfen nicht signiert oder attestiert werden.

4.2. Die Prüfung erstreckt sich auf die Echtheit des Prüfgegenstandes in allen Teilen (z. B. Trennungsarten, Gummi, Aufdruck, Entwertung) und auf dessen Erhaltung/Qualität (etwaige Mängel, Reparaturen, Verschönerungen und sonstige Veränderungen). Die Tätigkeit des Prüfers kann die Einordnung des Prüfgegenstandes nach Druckart, Type, Wasserzeichen, Trennungsart, Farbe, Lochung und Papier gegen besondere Berechnung gemäß Ziffer 10.4. einschließen, soweit diese in den für das Prüfgebiet maßgeblichen Katalogen aufgeführt sind. Die Farbbezeichnung eines Prüfgegenstandes im Katalog kann mehrere Farbtönungsunterschiede enthalten. Solche entstehen in der Regel durch abweichende Mischungen der Druckfarbe. Sie können außerdem durch chemische oder physikalische Einflüsse entstanden sein (z.B. sog. Farbschwankungen durch unterschiedliche Sättigung einer Druckfarbe, die hellere oder dunklere Farbeindrücke hervorrufen). In Übergangs- und Grenzbereichen von Farbbezeichnungen können Prüfgegenstände nicht eindeutig einer Farbbezeichnung zuzuordnen sein. Auch unterliegt die Zuordnung eines Prüfgegenstandes zu einer bestimmten Farbbezeichnung im Katalog immer subjektiven Einschätzungen. Der Prüfer wird in der Regel die Bestimmung der Farbe visuell vornehmen. Die Anwendung aufwendiger oder besonders kostenintensiver Verfahren, wie z.B. Spektralanalyse, Spektralphotometrie, Fluoreszenzmikroskopie, chemische Methoden, ist zum Zweck der Farbzuordnung nicht geschuldet.

4.3. Weitergehende Feststellungen, wie Plattenfehler, nicht katalogisierte Unterarten und Abarten, Feldmerkmale, sowie Bewertungen sind nicht Aufgabe des Prüfers. Soweit er sie übernehmen will, ist er berechtigt, hierfür nach vorheriger Vereinbarung einen Zuschlag zur Prüfvergütung zu erheben.

4.4. Der Prüfer ist berechtigt, die zur Erreichung des Prüfzweckes notwendigen und üblichen Untersuchungen vorzunehmen, insbesondere lose Marken in kaltes oder warmes Wasser bzw. unempfindliche Stücke in ein Benzinbad zu legen. Bei Ganz- oder Briefstücken ist der Prüfer zur Ablösung der Marken nicht verpflichtet.

5. Attest, Kurzbefund und Befund

5.1. Ein Attest, Befund oder Kurzbefund – jeweils mit farbiger Abbildung des Prüfgegenstandes – kann dem Auftraggeber gegen gesonderte Berechnung erstellt werden (Ziffer 10.5.). Bei deren Ausstellung wird der Prüfgegenstand nur dann signiert, wenn dies zu seiner Identifizierung notwendig ist. Die Abbildungen sind zum Schutz vor Manipulationen durch ein Prägesiegel gesichert. Attest, Befund und Kurzbefund werden in der Regel in deutscher, auf besonderen Wunsch des Auftraggebers mit Zustimmung des Prüfers auch in englischer Sprache verfasst. Auf Wunsch des Auftraggebers darf der Prüfer zusätzlich auch eine anderssprachige Übersetzung liefern. Für Prüfgebiete, die zu den Sammelgebieten Deutschland, Österreich, Schweiz und Liechtenstein mit ihren sämtlichen Nebengebieten gehören, ist immer eine deutschsprachige Version zu erstellen und nur die deutschsprachige Fassung maßgeblich im Rechtsverkehr. Für alle übrigen Prüfgebiete kann dies auch eine englischsprachige Fassung sein. Der Prüfer ist in jedem Fall berechtigt, für die Anfertigung des Attestes, Befundes oder Kurzbefundes in englischer Sprache oder eine Übersetzung derselben in eine andere Sprache eine angemessene Vergütung zu verlangen.

5.2. Attest und Befund enthalten eine Bestätigung der Echtheit sowie die erforderliche Beschreibung des Prüfgegenstandes und seiner Erhaltung/Qualität. Ein Befund wird in der Regel ab einem MICHEL-Katalogwert von € 250,— und ein Attest ab einem MICHEL-Katalogwert von € 500,— ausgestellt.

5.3. Der Kurzbefund stellt entsprechend Ziffer 5.2. in standardisierter Form den Prüfgegenstand dar. Er wird in der Regel ab einem MICHEL-Katalogwert von € 150,— ausgestellt. Der Auftraggeber kann den Prüfer bei echten Prüfgegenständen beauftragen, auch wenn der MICHEL-Katalogwert unter € 150,— liegt, einen Kurzbefund gegen gesonderte Berechnung (Ziffer 10.5) auszustellen und von einer Signierung abzusehen.

5.4. Marken mit Aufdruck „Specimen“, Probedrucke, Essais und Vergleichbares erhalten ein Attest, einen Befund oder Kurzbefund. (Die frühere Praxis, diese Prüfgegenstände in der Mitte des Unterrandes zu signieren, entfällt.)

5.5. Der Prüfer ist berechtigt, mit dem Prüfauftrag zusammen vorgelegte, frühere Atteste, Befunde oder Kurzbefunde mit einem Hinweis auf die Vornahme seiner Prüfung zu versehen, wenn diese unzutreffend sind.

6. Signierung echter Prüfgegenstände

6.1. Für echt befundene Prüfgegenstände können durch rückseitige Anbringung des Prüfzeichens (Signum des Prüfers) in der in Ziffer 6.5. erläuterten Stellung gekennzeichnet (signiert) werden. Das Prüfzeichen enthält den Namen des Prüfers und den Zusatz „BPP“.

6.2. Bei Einheiten von Briefmarken kann der Prüfer im Falle der Signierung auf jeder Briefmarke sein Prüfzeichen anbringen. Zusammendrucke werden über die Marken bzw. über Marken und Leerfelder, Reklamefelder, Diagonalkreuze usw. signiert. Zusätzlich wird die linke Marke (bei waagerechten Zusammendrucken) bzw. die untere Marke (bei senkrechten Zusammendrucken) wie in Abb. 1A und 1B sowie 2A und 2B (Ziffer 6.5.) signiert mit der Maßgabe, dass die Stellung des Prüfzeichens zur Grundlinie die Qualität des gesamten Zusammendrucks zum Ausdruck bringen muss.

6.3. Aufgeklebte Marken (Briefstücke) werden auf der Rückseite des Papiers, auf welchem sie aufgeklebt sind, signiert.

6.4. Ganzstücke werden in der Regel nicht signiert, sondern nach Ziffer 5 behandelt, es sei denn, sie sind geringwertig. Nicht postalisch beförderte sowie nicht portogerecht frankierte Ganzstücke können auch wie Briefstücke signiert werden. Der Prüfer ist berechtigt, das Ganzstück zur Anbringung des Prüfzeichens zu öffnen.

6.5. Die Prüfzeichen werden grundsätzlich wie folgt mit schwarzer dokumentenechter Farbe gesetzt:

Abbildungen 1 A und B

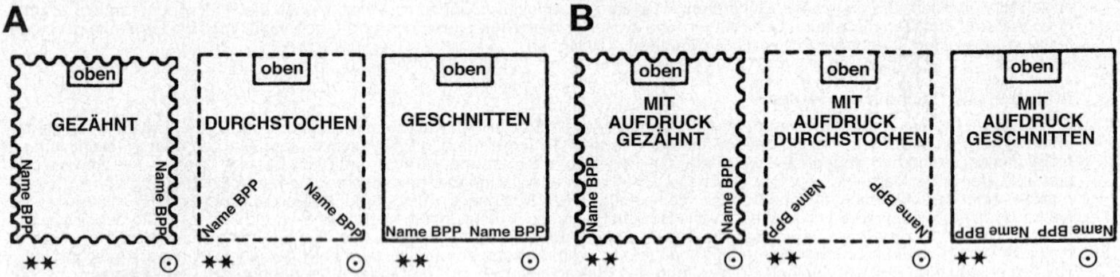

Abbildungen 2 A und B

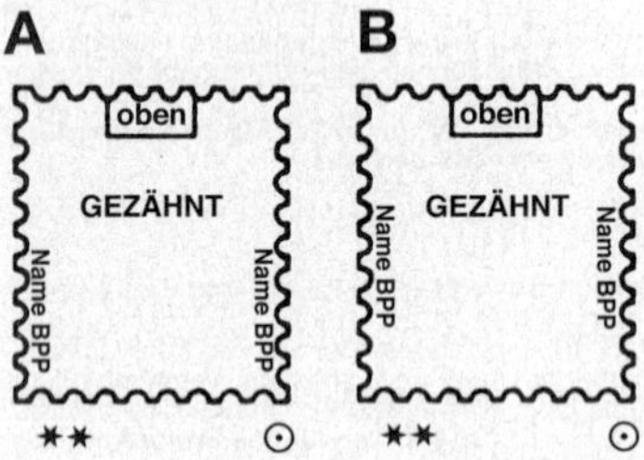

Ungezähnt gebliebene Marken werden wie geschnittene Marken signiert.

Beschädigte, reparierte oder verschönte Prüfgegenstände und ungebrauchte Marken ohne oder mit verändertem Gummi erhalten das Prüfzeichen, je nach Grad des Mangels, höhergesetzt (Abbildung 2 A). Stark beschädigte oder reparierte Prüfgegenstände werden bis zur Markenmitte erhöht signiert (Abbildung 2 B).

Prüfgegenstände ab einem Michelwert von 500 € oder einem Marktwert ab 150 €, den der Prüfer nach billigem Ermessen schätzt, werden in keinem Fall, insbesondere auch nicht bei Qualitätsbeeinträchtigungen, signiert. Solche Prüfgegenstände erhalten einen Kurzbefund, Befund oder ein Attest. Der Prüfer nimmt eine Signierung solcher Prüfgegenstände – auch auf Verlangen des Auftraggebers – nicht vor.

6.6. Geringwertige Prüfstücke erhalten in der Regel kein Prüfzeichen. Ein Prüfzeichen wird keinesfalls angebracht, wenn das geringwertige Prüfstück mit höherwertigen Marken verwechselt werden kann. Solche Prüfstücke können durch Typen-Stempel ohne namentliches Signum des Prüfers klassifiziert werden.

6.7. Prüfgegenstände mit zeitgerechten Abstempelungen zu philatelistischen Zwecken werden wie sonstige echt gestempelte Prüfgegenstände behandelt.

6.8. Amtliche Neudrucke oder Nachdrucke erhalten rückseitig das Signum „Neudruck“ bzw. „Nachdruck“ und das Prüfzeichen in der Mitte des Unterrandes. Private Neudrucke oder Nachdrucke werden nicht signiert. Auf unerlaubte Art oder in betrügerischer Absicht von echten oder nachgemachten Druckformen hergestellte Erzeugnisse sind wie Fälschungen zu behandeln.

6.9. Für das Prüfgebiet „Deutsche Inflation“ besteht aus historischen Gründen folgende Sonderregelung in der Signierungspraxis: Die Signierung in allen Teilen echter gebrauchter Prüfgegenstände erfolgt zusätzlich durch den Rundstempel „Echt – INFLA-Berlin“ oder den Quadratstempel „Echt – im Block geprüft – INFLA-Berlin“ zur Bestätigung der echten und zeitgerechten Entwertung.

7. Kennzeichnung falscher Prüfgegenstände, Prüfungen ohne eindeutiges Ergebnis

7.1. Falsche und verfälschte Prüfgegenstände erhalten den Stempel „falsch“ und das dazu quergestellte Prüfzeichen, und zwar Marken in der Mitte der Rückseite und Briefstücke sowie Ganzstücke zusätzlich vorderseitig neben der Marke bzw. dem Wertstempel oder Stempel.

7.2. Echte, aber falsch entwertete Prüfgegenstände (Stempelfälschungen und Stempelverfälschungen) erhalten den Vermerk „Stempel falsch“ und das dazu quergestellte Prüfzeichen, und zwar Marken in der Mitte der Rückseite und Briefstücke sowie Ganzstücke zusätzlich vorderseitig neben der Marke bzw. dem Wertstempel oder Stempel. Falsch gummierte Marken erhalten rückseitig in der Markenmitte den Vermerk „Gummi falsch“ und das dazu quergestellte Prüfzeichen.

7.3. Fälschungen zum Schaden der Post, Spionagefälschungen und ähnliche zur Freimachung von Postsendungen bestimmte Erzeugnisse erhalten kein Prüfzeichen, sondern werden gemäß Ziffer 5 behandelt.

7.4. Der Prüfer ist zur gut sichtbaren und untilgbaren Kennzeichnung von Fälschungen berechtigt und verpflichtet. Auch vorhandene unzutreffende Atteste, Befunde oder Kurzbefunde werden entsprechend gekennzeichnet. Ausnahmen hiervon sind nur im Rahmen vom BPP veröffentlichter Sonderprüfungen zulässig.
Der Auftraggeber erklärt sich hiermit ausdrücklich einverstanden.

7.5. Kann der Prüfer auch unter Anwendung aller ihm zumutbarer Prüfmethoden und bei Berücksichtigung des für sein Prüfgebiet maßgeblichen Standes der philatelistischen Forschung nicht mit Sicherheit die Echtheit des Prüfgegenstandes oder das Vorliegen einer Fälschung bestätigen, so kann er den Prüfgegenstand mit dem Bemerken, dass ein eindeutiges Prüfergebnis nicht feststellbar sei, ohne jede Kennzeichnung zurückgeben.

8. Abwicklung des Prüfauftrages, Pflichten des Auftraggebers

8.1. Die Prüfgegenstände sind geordnet in sauberem, lose gestempelte Marken in papier- und falzfreiem Zustand, mit einer Aufstellung bzw. Kopie der eingelieferten Prüfgegenstände vorzulegen.

8.2. Der Auftraggeber ist verpflichtet, den Prüfer auf alle ihm bekannten Umstände aufmerksam zu machen, die zu einer Fehlbeurteilung führen können. Insbesondere sind dem Prüfer bereits bekannte Prüfungsurteile, Ergebnisse von Vorprüfungen, Fehler, Reparaturen, Nachzähnungen oder Nachgummierungen an dem Prüfgegenstand bei der Vorlage mitzuteilen und bereits vorhandene Befunde und/oder Atteste vorzulegen. Der Auftraggeber ist weiterhin verpflichtet, den Prüfer zu informieren, wenn ihm von dem Prüfgegenstand weitere gleiche Exemplare aus einer zerteilten oder noch ungeteilten Einheit, wie z. B. einem Briefmarkenbogen oder -teilbogen, vorliegen. Infolge der schuldhaften Verletzung der dem Auftraggeber gegenüber dem Prüfer obliegenden Verpflichtungen ist der Auftraggeber gegenüber dem Prüfer zum Ersatz des sich daraus ergebenden Schadens verpflichtet. Darüber hinaus ist der Auftraggeber verpflichtet, den Prüfer unverzüglich auf etwaige Fehler oder Mängel des Gutachtens hinzuweisen, um ihm die Möglichkeit einer etwaigen Berichtigung des Gutachtens zu geben.

8.3. Die Gefahr für die Versendung des Prüfgegenstandes an den und vom Prüfer trägt der Auftraggeber. Hierbei hat der Auftraggeber eine Versandform zu wählen, die den Zugang der Prüfsendung gegen Unterschriftsleistung des Prüfers oder seines Empfangsbevollmächtigten sicherstellt (z. B. Übergabe-Einschreiben, Paket, Expressbrief gegen Übergabe etc.). Eine Versandform hingegen, bei der der Postdienstleister den Einwurf in einen Briefkasten bescheinigt (z. B. Einwurf-Einschreiben, normaler Expressbrief etc.) erbringt den Zugangsnachweis nicht. Dem Auftraggeber ist es freigestellt, seinerseits eine Versicherung der Prüfsendung vorzunehmen.

9. Haftung des Prüfers und Haftungsumfang

9.1. Der Prüfer haftet nach Maßgabe dieser Prüfordnung und der gesetzlichen Bestimmungen für eine zum Zeitpunkt der Prüfung fachgerechte, dem Stand der philatelistischen Kenntnisse und Erfahrungen entsprechende Prüfung.

9.2. Der Prüfer haftet bezüglich der Feststellung der seiner Prüfung zugrunde liegenden Tatsachen und des jeweiligen Standes der philatelistischen Kenntnisse dem Auftraggeber auch für einfache Fahrlässigkeit.
Die Einordnung eines Prüfgegenstandes zu einer bestimmten Farbbezeichnung im Katalog wird der Prüfer nach bestem Wissen und Gewissen vornehmen. Eine Haftung des Prüfers begründet die Einordnung in Übergangs- und Grenzbereichen von Farbbezeichnungen (vgl. Ziffer 4.2 der Prüfordnung) nicht, zumal diese subjektven Kriterien unterliegt.
Für die Verletzung unwesentlicher Vertragspflichten haftet der Prüfer im Falle einfacher Fahrlässigkeit nicht. Die vorstehende Haftungsbegrenzung gilt für Ansprüche aus jeglichem Rechtsgrund, die vom Auftraggeber oder auf der Grundlage des Prüfauftrages von Dritten gegenüber dem Prüfer geltend gemacht werden.
Hat der Auftraggeber oder Dritte einen Schaden und haftet der Prüfer dem Auftraggeber oder Dritten für einfache Fahrlässigkeit, so beschränkt sich seine Haftung auf den Wert des Prüfgegenstandes zum Zeitpunkt der Prüfung, wenn dieser fälschlicherweise als falsch oder schlecht erhalten beurteilt wurde. Wurde der Prüfgegenstand fälschlicherweise als echt oder gut erhalten beurteilt, beschränkt sich die Haftung des Prüfers auf den Wert, den eine dem Prüfgegenstand entsprechende echte oder gut erhaltene Prüfvorlage im Zeitpunkt der Prüfung hatte. Entgangener Gewinn, auch nach Durchführung der Prüfung eingetretene Wertsteigerungen werden nicht ersetzt. Liegen die Voraussetzungen des § 310 Abs. 1 BGB vor, so gilt die vorstehende Haftungsbegrenzung auch bei grob fahrlässigem Verhalten des Prüfers oder seiner Erfüllungsgehilfen.
Soweit in einem solchen Fall der Prüfer gegenüber einem Dritten haftet, entfällt diese Haftung gegenüber demjenigen Dritten, dem gegenüber in der Veräußerungskette zwischen Auftraggeber und Drittem bzw. zwischen Dritten untereinander die Gewährleistung ausgeschlossen oder beschränkt wurde, es sei denn, er hätte sich die Gewährleistungsansprüche abtreten lassen.
Für eine vorgenommene zutreffende Signierung ohne Zustimmung des Auftraggebers haftet der Prüfer nicht. Eine versehentlich in der Stellung des Prüfzeichens unzutreffende Signierung führt nicht zu einer Haftung des Prüfers. In diesem Fall wird der Prüfer kostenlos einen Kurzbefund, einen Befund oder ein Attest erstellen, in dem die unzutreffende Signierung richtig gestellt wird.

9.3. Die in Ziffer 9.2 aufgeführten Haftungsbeschränkungen gelten nicht bei dem Prüfer zurechenbaren Verletzungen des Lebens, Körpers oder der Gesundheit des Auftraggebers.

9.4. Soweit der Prüfer gegenüber Dritten aus dem Prüfvertrag haftet, reichen die gegen ihn gerichteten Ansprüche nicht weiter als die dem Auftraggeber selbst zustehenden Ansprüche. Auch für den Dritten gelten die in der Prüfordnung festgelegten Haftungsbeschränkungen.

9.5 Kommt der Prüfer nach Abschluss der Prüfung zu der Erkenntnis, dass das zunächst festgestellte Ergebnis seiner Prüfung unzutreffend ist, ist der Auftraggeber verpflichtet, dem Prüfer durch Vorlage des Prüfgegenstandes bzw. Attestes, Befundes oder Kurzbefundes am Sitz des Prüfers eine Korrektur zu ermöglichen. Das gleiche gilt im Falle der Geltendmachung eines Schadensersatzanspruches. Diese Verpflichtung entfällt, wenn der Auftraggeber weder Eigentümer noch Besitzer des Prüfgegenstandes ist. Das ursprüngliche Prüfergebnis muss erkennbar bleiben.

9.6. Eine Haftung des Bundes Philatelistischer Prüfer e.V. für seine als Prüfer tätigen Mitglieder ist ausgeschlossen.

9.7. Sind die Voraussetzungen für die Leistung von Schadensersatz durch den Prüfer gegeben, dann kann der Prüfer nach seiner Wahl entweder ein gleichwertiges Ersatzstück liefern oder den entstandenen Schaden in bar ersetzen.

9.8. Der Auftraggeber ist verpflichtet, alles zu tun, um den Eintritt und die Höhe des Schadens zu mindern (§ 254 BGB). Für den Fall seiner Inanspruchnahme durch Dritte hat der Auftraggeber dem Prüfer unverzüglich Anzeige zu machen.

10. Anspruch des Prüfers auf Vergütung

10.1. Der Prüfer berechnet für seine Tätigkeit, auch Neu- oder Nachprüfung, eine Vergütung.

10.2. Die Vergütung beträgt, wenn nichts anderes vereinbart ist, bis zu 4% vom jeweiligen MICHEL-Katalogwert oder, wenn ein solcher nicht feststellbar ist, bis zu 10% vom Handelswert, den der Prüfer nach billigem Ermessen schätzen darf. In einem solchen Fall können die Parteien die Prüfvergütung auch auf Grundlage einer individuellen Absprache vor Abschluss der Prüftätigkeit einvernehmlich festlegen.
In der Regel beträgt die Mindestvergütung für jede Prüfsendung € 25,—. Die Mindestvergütung für jede einzelne vorgelegte Marke beträgt € 3,—, für jedes Briefstück oder Ganzstück € 5,—, auch wenn keine Signatur angebracht wird.
Bei Briefstücken oder Ganzstücken mit mehr als drei verschiedenen Marken kann für die Typisierung eine zusätzliche Vergütung von € 1,— pro Marke berechnet werden.

10.3. Die Vergütung für als falsch oder verfälscht zu kennzeichnende Prüfgegenstände beträgt jeweils bezogen auf einen echten, gleichartigen Prüfgegenstand entweder bis zu 1% des MICHEL-Katalogwertes gemäß Ziffer 10.2. oder, wenn ein solcher nicht feststellbar ist, bis zu 2,5% des Handelswertes, den der Prüfer nach billigem Ermessen schätzen darf. Die Höhe der Mindestvergütung für jede Prüfsendung und jeden einzelnen Prüfgegenstand gemäß Ziffer 10.2 bleibt unverändert.
Ist die Feststellung eines eindeutigen Prüfergebnisses für einen Prüfgegenstand nicht möglich, darf nur die Mindestvergütung gemäß Ziffer 10.2 in Anrechnung gebracht werden, es sei denn, der Prüfer macht höheren Aufwand geltend, dann gilt die Vergütungsregelung gemäß dem ersten Absatz der Ziffer 10.3.

10.4. Für besonders zeitintensive und schwierige Prüfungen kann der Prüfer einen vorher schriftlich zu vereinbarenden Aufschlag verlangen. Dies gilt auch für das Einordnen von Prüfgegenständen nach Druckart, Type, Wasserzeichen, Trennungsart, Farbe, Lochung und Papier.

10.5. Die zusätzliche Vergütung für die Ausstellung eines Attestes beträgt € 20,–, für einen Befund € 10,–, für einen Kurzbefund in Großformat € 8,– und für einen Kurzbefund in Kleinformat € 5,–.
Die zusätzliche Vergütung entfällt bei einzelnen Prüfgegenständen, für die die abgerechnete Prüfvergütung ohne die Vergütung für die Ausstellung des Attestes über 150 Euro (ohne Mehrwertsteuer) beträgt.

10.6. Die Vergütung wird mit Zugang der Prüfrechnung beim Auftraggeber fällig. Sie kann durch Nachnahme erhoben werden.

10.7. Neben der Vergütung berechnet der Prüfer seine Versand-, Versicherungs- und Verpackungskosten sowie gegebenenfalls, soweit er der Steuerpflicht unterliegt, die gesetzliche Mehrwertsteuer.

10.8. Der Prüfer kann eine Vorauszahlung in Höhe der zu erwartenden Vergütung einschließlich Versandkosten verlangen. Soweit nicht Vorauszahlung der Vergütung erfolgt oder diese nicht durch Nachnahme erhoben wird, kann der Prüfer die Prüfgegenstände bis zur Zahlung seiner Rechnung zurückbehalten.

10.9. Gegen Ansprüche des Prüfers auf Zahlung der Vergütung kann der Auftraggeber nur aufrechnen, wenn seine geltend gemachte Gegenforderung unbestritten oder rechtskräftig festgestellt ist.

11. Verjährung

Ansprüche des Auftraggebers wegen mangelhafter Vertragserfüllung sowie Schadensersatzansprüche gegen den Prüfer, gleich aus welchem Rechtsgrund, verjähren im Falle einfacher Fahrlässigkeit des Prüfers oder seiner Erfüllungsgehilfen spätestens nach einem Jahr, sofern sich aus den gesetzlichen Bestimmungen nicht eine kürzere Verjährungsfrist ergibt. Der Verjährungsbeginn richtet sich nach den gesetzlichen Vorschriften.
Die vorstehende Begrenzung der Verjährungsfrist gilt nicht im Falle von dem Prüfer zurechenbaren Verletzungen des Lebens, Körpers oder der Gesundheit des Auftraggebers.

12. Erfüllungsort und Gerichtsstand

12.1. Hat der Auftraggeber keinen allgemeinen Gerichtsstand im Inland oder verlegt er seinen Wohnsitz oder gewöhnlichen Aufenthaltsort aus dem Inland oder ist sein Wohnsitz oder gewöhnlicher Aufenthaltsort zum Zeitpunkt der Klageerhebung nicht bekannt, so ist der Wohnsitz des Prüfers ausschließlicher Gerichtsstand.
Hat der Prüfer keinen allgemeinen Gerichtsstand im Inland oder verlegt er seinen Wohnsitz oder gewöhnlichen Aufenthaltsort aus dem Inland oder ist ein solcher nicht bekannt, so ist der Sitz des Bundes Philatelistischer Prüfer e.V. ausschließlicher Gerichtsstand.

12.2. Ist der Auftraggeber Kaufmann, juristische Person des öffentlichen Rechts oder öffentlich rechtliches Sondervermögen, so ist der Wohnsitz des Prüfers ausschließlicher Gerichtsstand, sofern dieser zum Zeitpunkt der Klageerhebung in der Bundesrepublik Deutschland besteht.

12.3. Vorbehaltlich der Ziffern 12.1 und 12.2 ist der Erfüllungsort für alle Beteiligten der Wohnsitz des Prüfers.

12.4. Auf die Rechtsbeziehungen zwischen dem Prüfer und seinem Auftraggeber findet das Recht der Bundesrepublik Deutschland Anwendung.

13. Ergänzungen der Prüfordnung

Für einzelne Prüfgebiete bestehen aufgrund historischer Gegebenheiten und Besonderheiten des Prüfgebietes Sonderregeln, welche die Prüfordnung ergänzen. Auch diese sind entsprechend Ziffer 2.2 der Prüfordnung anzuerkennen.
Sämtliche Sonderregeln sind in jeweils gültiger Form im Internet (www.bpp.eu oder www.bpp.de) veröffentlicht und können vom jeweiligen Prüfer angefordert werden.

14. Schlussbestimmungen

Sollten einzelne Bestimmungen dieser Prüfordnung unwirksam sein oder werden, so wird hierdurch die Wirksamkeit der übrigen Bestimmungen nicht berührt.

Diese Prüfordnung tritt mit ihrer Veröffentlichung im Internet **(www.bpp.eu oder www.bpp.de)** zum 01. Juli 2003 in Kraft.
Änderungen wurden am 1.5.2004, 30.4.2005, 29.4.2006, 21.4.2007, 2.5.2009, 29.5.2010, 21.5.2011, 5.5.2012, 20.4.2013, 17.5.2014, 30.4.2016 und 29.4.2017 beschlossen. Letztere treten zum 1.7.2017 in Kraft. Die vorhergehenden Änderungen sind bereits jeweils zum 1.7. der betreffenden Jahre 2004 bis 2016 bzw. zum 1.8. der Jahre 2010 und 2011 in Kraft getreten.

Prüferliste des Bundes Philatelistischer Prüfer e.V.

(Stand 2.5.2022)

Prüfgebiete

(In der Regel incl. Ganzsachen, Barfrankaturen und Notentwertungen)

Europa

Weltraumpost: Hopferwieser

Estland: Löbbering
Färöer: Møller
Finnland (mit Aunus, Karelien, Nordingermanland): Schwenson
Gibraltar: Hamilton-Bowen
Grönland: Møller
Großbritannien:
MiNr. 1–101 (ohne Dienst): Louis
Irland: Hamilton-Bowen
Island: Møller
Jugoslawien:
MiNr. 1–450, Porto MiNr. 1–73: Huzanic
Kroatien
sogen. NDH Kroatien 1941–45: Huzanic
Lokalausgabe Banja Luka: Huzanic
Liechtenstein: Dr. Hoffner (ab 1912 inkl. Mitläufer, ohne Flug- und Zeppelinpost)
Litauen:
1918–1940: Huylmans
Lokalausgaben 1919/1920: Huylmans
Luxemburg: Böttger (ohne Dienstmarken und Vorausentwertungen), Nosbaum
Malta: Hamilton-Bowen
Norwegen: Enger
Österreich:
1850–67: Goller
ab MiNr. 44 (ohne Lokalausgaben und Nebengebiete): Soecknick
ab MiNr. 660: Dr. Glavanovitz
Bosnien und Herzegowina: Goller, Soecknick
DDSG: Goller
Levante und Kreta: Goller
Lombardei und Venetien: Goller
Polen:
Port Gdansk: Gruber
Polnische Besetzung von Warwiszki: Huylmans
Portugal:
1853–1937: Ehrig
Schweden:
1855–1900: Dr. Obermüller Wilén
Schweiz:
Kantonalmarken und MiNr. 1–4: Neumann
Industrielle Kriegswirtschaft: Dr. Hoffner
Dienstmarken 1938–1959 (MiNr. 28–74): Dr. Hoffner
Internationale Organisationen: Dr. Hoffner
Spanien mit Kolonien: Baschwitz
Tschechoslowakei: Darmietzel
Türkei:
ab 1901 (ab MiNr. 86): Unger
Westukraine: Huylmans

Anschriften der Prüfer im BPP (Stand 2.5.2022)

Jeweils aktuellster Stand der Prüferliste: www.bpp.de und www.bpp.eu

Geschäftsstelle: Gunnar Gruber, Fritz-Reichle-Ring 4, 78315 Radolfzell, Tel. (0 77 32) 5 24 12, Fax (0 77 32) 92 97 41 E-Mail: gruber@bpp.de. Anfragen nach Möglichkeit bitte per E-Mail.

Die angegebenen Vorwahlnummern gelten von Deutschland aus.

Die mit unterstrichenem Nachnamen aufgeführten Prüfer sind auch als öffentlich bestellte und vereidigte Sachverständige tätig.

Bärsch, Jürgen, Buschungstr. 76, 65205 Wiesbaden, Tel. (06 11) 4 04 66 66, E-Mail: juergen.baersch@allianz.de

Barth, Norbert, Echter Str. 20, 41844 Wegberg, Tel. (0 24 34) 2 46 64, E-Mail: nori.barth@t-online.de

Baschwitz, German, Avda. Alfonso XIII, 111 Semisotano, 28016 Madrid, SPANIEN, Tel. (00 34) 65 68 10 74, Fax (00 34 91) 3 64 50 18, E-Mail: german@basch.e.telefonica.net

Bauer, Josef, Clemensstr. 50, 80803 München, Tel. (0 89) 1 29 21 03, E-Mail: Josef.g.bauer@t-online.de

Berger, Stefan, Wehrgasse 4, 07749 Jena, Tel. (0 36 41) 7 95 89 38, E-Mail: s.c.berger@gmail.com

Bock, Matthias, Schlangenkoppel 18, 22117 Hamburg, Tel. (0 40) 27 86 66 86, E-Mail: mbock@cimw.de

Böheim, Dr. Julius, Fließhornstr. 8, 78465 Konstanz, Tel. (0 75 33) 57 96, Fax (0 75 33) 45 84, E-Mail: dr.boeheim@gmx.de

Böttger, Lars, 10, rue de Grundhof, 6315 Beaufort, LUXEMBURG, Tel. (0 03 52) 67 71, E-Mail: lars.boettger@bdph.de

Brekenfeld, Carsten, Kadettenweg 74, 12205 Berlin, Tel. (0 30) 8 84 30 80, Fax (0 30) 88 43 08 15, E-Mail: CBrekenfeld@t-online.de

Brett, Marcell, Burgerstr. 22, 39288 Burg OT Detershagen, Tel. (0 39 21) 4 59 99 05, E-Mail: marcellbrett@gmx.de

Darmietzel, Peter, Obere Leite 16, 97453 Marktsteinach, Tel. (0 97 27) 17 66, E-Mail: peter@darmietzel.de

Ehrig, Michael, Kurt-Schumacher-Str. 51, 15827 Blankenfelde-Mahlow, Tel. (0 33 79) 37 16 94, Fax (0 33 79) 37 16 96, E-Mail: m.ehrig@gmx.de

Eichhorn, Florian, Adolfsallee 17, 65185 Wiesbaden, Tel. (06 11) 37 26 05, Fax (06 11) 30 62 68, E-Mail: minatobay@yahoo.de

Enger, Hans, Klundbyvn 103, Redalen, 2836 Biri, NORWEGEN, Tel. (0047 6 11) 8 15 55, Fax (0047 6 11) 8 17 37, E-Mail: post@engers-frimerker.no

Estelmann, Oliver, Klarastr. 26, 16540 Hohen Neuendorf, Tel. (0 33 03) 40 97 93, E-Mail: helgola@gmx.net

Fleiner, Udo, Emma-Herwegh-Str. 22, 79114 Freiburg, Tel. (07 61) 61 05 05 50, E-Mail: udo.fleiner@t-online.de

Fullgraf, Heinrich, Im Wirrwinkel 35, 23879 Mölln, Tel. (0 45 42) 36 06, E-Mail: Heinrich.Fullgraf@t-online.de

Gärtner, Sebastian, Rubensweg 4, 01217 Dresden, Tel. (03 51) 56 37 71 89, E-Mail: gaertner@bpp.de

Geigle, Christian E., Postfach 1222, 82026 Grünwald, Almrauschstr. 5, 82031 Grünwald, Tel. (0 89) 69 39 51 81, Fax (0 89) 69 39 51 82, E-Mail: chrgeigle@yahoo.com

Glavanovitz, Dr. Werner, Vorgartenstr. 63/38, 1200 Wien, ÖSTERREICH, Tel. (00 43) 66 42 54 83 70, E-Mail: werner.glavanovitz@chello.at

Goller, Arnold, 9640 Kötschach 283, ÖSTERREICH, Tel. (00 43) 66 49 11 01 74, E-Mail: info@arnoldgoller.com

Gruber, Gunnar, Fritz-Reichle-Ring 4, 78315 Radolfzell, Tel. (0 77 32) 5 24 12, Fax (0 77 32) 92 97 41, E-Mail: GunnarGruber@t-online.de

Hamilton-Bowen, Roy, Postfach 11 24, 63083 Rodgau, Eisenbahnstr. 8, 63110 Rodgau, Tel. (0 61 06) 30 23, Fax (0 61 06) 30 24, E-Mail: roy.hb@online.de

Harder, Dr. Philipp, Saluferstr. 11, 7000 Chur, SCHWEIZ, Tel. (0041 81) 3 53 60 61, E-Mail: philipp.harder@t-online.de

Harlos, Peter, Postfach 61 64, 31509 Wunstorf, Maxstr. 20, 31515 Wunstorf, Tel. (0 50 31) 91 37 70, Fax (0 50 31) 91 37 71, E-Mail: info@harlos-auktion.de

Haslau, Michael, Parkstr. 11, 13086 Berlin, Tel. (0 30) 92 40 89 58, E-Mail: michael-haslau@t-online.de

Haveman, B. Walter, Saarstr. 17, 73431 Aalen, Tel. (0 73 61) 3 71 07, E-Mail: haveman@gmx.de

Heinrich, Thomas, Eschenweg 66, 71364 Winnenden, Tel. und Fax (0 71 95) 17 88 85, E-Mail: heinrich.winnenden@gmx.de

Heitmann, Claus, Dachauer Str. 111, 80335 München, Tel. (0 89) 54 35 67 74, E-Mail: claus.heitmann@t-online.de

Hoffner, Dr. Johannes, Hintermatt 9, 4417 Ziefen, SCHWEIZ, Tel. (0041 61) 9 31 14 52, E-Mail: johanneshoffner@bluewin.ch

Hopferwieser, Walter Michael, Akazienweg 7, 7537 Neuberg im Burgenland, ÖSTERREICH, Tel. (0043 6 64) 5 02 29 98, Fax (0043 6 62) 8 22 04 65, E-Mail: walterhopferwieser@gmail.com

Huylmans, Tobias, Spiegelbergstr. 33, 55283 Nierstein, Tel. (0 61 33) 9 24 67 48 , Fax (0 61 33) 9 24 67 49 E-Mail: huylmans@bpp.de

Huzanic, Mario, Schwandenrain 6b, 8910 Affoltern am Albis, SCHWEIZ, Tel. (0041 79) 5 02 86 85, E-Mail: mario.huzanic@madebynet.ch

Irtenkauf, Klaus, Ekkehardstr. 3, 88046 Friedrichshafen, Tel. (0 75 41) 3 52 86, E-Mail: k.irtenkauf@kabelbw.de

Jäschke-Lantelme, Michael, Ahlener Weg 13 c, 12207 Berlin Tel. (0 30) 75 51 90 16, Fax (0 30) 75 51 90 18, E-Mail: info@jaeschke-lantelme.com

Jasch, Dr. Michael, Ritterfelddamm 121, 14089 Berlin, Tel. (0 30) 2 13 41 15, Fax (0 30) 2 13 46 23, E-Mail: DrJasch@t-online.de

Kalb, Dr. Klaus, Germanenstr. 73, 58509 Lüdenscheid, Tel. (0 23 51) 2 44 74, E-Mail: kaelbchens@t-online.de

Klinkhammer, Marc, Hirschstr. 12, 71254 Ditzingen, Tel. (0 71 56) 96 69 22, E-Mail: marcinstruktion@t-online.de

König, Heiko, Haselnussweg 11, 06849 Dessau, Tel. (03 40) 87 01 90 90, Fax (03 40) 87 01 90 91, E-Mail: info@hettinger-auktionen.de

Kramp, Hans-Ludwig, Am Anger 7A, 19217 Wendorf bei Rieps, Tel. (03 88 73) 3 34 24, E-Mail: hans-ludwig.kramp@t-online.de

Krug, Hansmichael, Postfach 94 01 03, 60459 Frankfurt/Main, Burgfriedenstr. 42, 60489 Frankfurt/Main, Tel. (0 69) 78 80 09 83, Fax (0 69) 78 80 09 82, E-Mail: hansmichael.krug@gmx.de

Kunz, Jens, Am Hellenberg 15, 54579 Üxheim, Tel. (0 26 96) 12 73 E-Mail: jk.online@gmx.de

Löbbering, Thomas, Rudolf-Dietz-Str. 9, 56379 Holzappel, Tel. (0 64 39) 65 01, Fax (0 64 39) 92 97 23 E-Mail: thomas_loebbering@hotmail.com

Louis, Karl-Albert, c/o Fa. Heinrich Köhler, Wilhelmstr. 48, 65183 Wiesbaden, Tel. (06 11) 3 93 81, E-Mail: karl.louis@t-online.de

Mehlmann, Volker, Norfer Str. 18, 41539 Dormagen, Tel. (0 21 33) 21 41 99, E-Mail: volker.mehlmann@web.de

Møller, Carl Aage, Röschkamp 11, 23774 Heiligenhafen, Tel. (0172) 1 71 20 33, E-Mail: camoller@icloud.com

Mozek, Dr. Christian, Hermann-Brangs-Straße 47, 47877 Willich, Tel. (0 44 21) 7 55 19 70, E-Mail: mozek@bpp.de

Neumann, Till, Postfach 10 29 40, 28029 Bremen, Osterdeich 32, 28203 Bremen, Tel. (04 21) 7 94 02 60, Fax (04 21) 7 94 02 61, E-Mail: tn@klassische-philatelie.de

Nosbaum, Oliver, 135, rue de Bettembourg, 5811 Fentange, LUXEMBURG, Tel. (0 03 52) 49 12 10, E-Mail: o_nosbaum@hotmail.com

Obermüller Wilén, Dr. Helena, Observationsvägen 20, 14138 Huddinge, SCHWEDEN, Tel. (0046 8) 6 41 09 11, Fax (0046 8) 6 43 22 38, E-Mail: obermuller.wilen.helena@telia.com

Petry, Claus, Wilstedter Weg 35b, 22851 Norderstedt, Tel. (0 40) 5 37 22 42, E-Mail: clauspetry@web.de

Pfeiffer, Detlef, Marksuhler Ring 9, 71126 Gäufelden-Öschelbronn, Tel. (0 70 32) 95 42 21, Fax (0 70 32) 91 90 77, E-Mail: pfeiffer-detlef@t-online.de

Pieles, Roland, Indernbucher Str. 17, 91790 Burgsalach, Tel. (0 91 47) 94 03 30, Fax (0 91 47) 94 58 66, E-Mail: psywarstamps@gmail.com

Provinsky, Dr. Peter, Gardeschützenweg 127, 12203 Berlin, Tel. (0 30) 8 43 90 30, E-Mail: P.Provinsky@t-online.de

Rolle, Andreas, Immecker Weg 14 a, 58840 Plettenberg, Tel. 0171 7 00 33 63, E-Mail: rolle@bpp.de

Ruscher, Dr. Karsten, Schulzestraße 6, 13187 Berlin, Tel. (030) 4 86 97 14, E-Mail: k.ruscher@web.de

Scheibert, Roman, c/o ROSCH COMPUTER GMBH, Ostring 13, 65205 Wiesbaden, Tel. 01 60 - 8 81 00 03, E-Mail: scheibert@rosch-computer.de

Schlegel, Andreas, Kurfürstendamm 200, 10719 Berlin, Tel. (0 30) 88 55 09 35, Fax (0 30) 88 55 09 37, E-Mail: info@briefmarken-schlegel.de

Schlegel, Hans-Dieter, Berkaer Str. 44, 14199 Berlin, Tel. (0 30) 8 81 34 18, Fax (0 30) 88 55 09 75, E-Mail: hd@schlegel-philatelie.de

Schulz, Dirk, Wasserkunststr. 28, 39124 Magdeburg, Tel. (03 91) 25 54 81 06, Fax (03 91) 25 54 81 20, E-Mail: post@wehama.de

Schweizer, Michael, Moltkestr. 19/1, 73257 Köngen, Tel. (0 70 24) 98 98 10, E-Mail: MichaelSchweizer@t-online.de

Schwenson, Cyril, Lindenstr. 13, 29549 Bad Bevensen, Tel. (0 58 21) 4 11 19, E-Mail: c.schwenson@t-online.de

Sem, Peter, Kellerstr. 3, 96163 Gundelsheim, Tel. (09 51) 4 26 20, Fax (09 51) 4 30 48, E-Mail: peter@peter-sem.de

Soecknick, Rüdiger, Sebastianplatz 4/3/25, 1030 Wien, ÖSTERREICH, Tel. (00 43 1) 2 08 35 46, E-Mail: ruediger.soecknick@chello.at

Stegmüller, Franz, Traunreuter Str. 38, 81549 München, Tel. (0 89) 68 09 37 90, Fax (0 89) 68 09 37 91, E-Mail: franz.stegmueller@t-online.de

Steuer, Ronald F., Löwengasse 38/14, 1030 Wien, ÖSTERREICH, Tel. und Fax (0043 1) 9 69 90 14, E-Mail: ronald.steuer@chello.at

Straub, Wolfgang, Wasserweg 1, 61137 Schöneck, Tel. (0 61 87) 44 45, Fax (0 61 87) 9 92 80 54, E-Mail: W.R.Straub@web.de

Tworek, Rolf, Hamburger Str. 15, 59494 Soest, Tel. (0 29 21) 7 98 94, Fax (0 29 21) 7 98 12, E-Mail: Rolf.Tworek@t-online.de

Unger, Arthur, Rodauer Str. 64, 1230 Wien, ÖSTERREICH, Tel. (00 43 1) 9 04 89 13, E-Mail: ab.unger@drei.at

Vaatz, Arnold, Grenzstraße 2, 01156 Dresden, Tel. (03 51) 4 53 94 22, Fax (03 51) 4 53 94 21, E-Mail: vaatz@bpp.de

Wagner, Günter, Grüner Weg 10, 98527 Suhl, Tel. (0 36 81) 41 65 00, E-Mail: assahun@web.de

Wasels, Heinrich, Rauhut Kruschel GmbH, Werdener Weg 44, 45470 Mülheim an der Ruhr, Tel. (00 44 77 71) 51 27 34, E-Mail: hwasels@yahoo.co.uk

Wehner, Andreas, Göttengrün 8, 07926 Gefell, Tel. (03 66 49) 79 00 53, E-Mail: awehner@web.de

Weinbuch, Dieter, Rothenburger Str. 4, 90613 Großhabersdorf, Tel. (0 91 05) 9 93 19 23, Fax (0 91 05) 9 93 19 22, E-Mail: dieter.weinbuch@t-online.de

Wiegand, Manfred, Max-Born-Ring 31, 37077 Göttingen, Tel. (05 51) 37 90 98, Fax (05 51) 3 07 01 91, E-Mail: wiegand.manfred@web.de

Wilderbeek, Dr. Hans, Holstraat 129, 5654 BN Eindhoven, NIEDERLANDE; c/o MEP Europe GmbH, Willstätterstraße 30, 40549 Düsseldorf, Tel. (00 31) 6 23 30 55 98, E-Mail: wilderbeek@gmail.com

Windel, Wolfgang, Glashütter Kirchenweg 21, 22851 Norderstedt, Tel. (0 40) 5 24 13 43

Winkler, Hartmut, Laubenweg 2, 71093 Weil im Schönbuch, Tel. (0 71 57) 52 79 81, Fax (0 71 57) 52 79 83, E-Mail: hartmutwinkler@t-online.de

Zill, Dr. Alexander, Waldluststr. 54, 85540 Haar, Tel. (0 89) 46 98 51, E-Mail: zill.alexander@web.de

Zirath, Walter, Giselaweg 7, 22335 Hamburg, Tel. (0 40) 50 64 49, Fax (0 40) 50 63 87, E-Mail: BriefmarkenZirath@web.de

Anschriften der öffentlich bestellten und vereidigten Sachverständigen im BPP (Stand 2.5.2022)

Die mit unterstrichenem Nachnamen aufgeführten öffentlich bestellten und vereidigten Sachverständigen sind auch als BPP-Prüfer tätig.

12207 Berlin

Jäschke-Lantelme, Michael, Ahlener Weg 13c, 12207 Berlin, Tel. (0 30) 75 51 90 16, Fax (0 30) 75 51 90 18, E-Mail: info@jaeschke-lantelme.com

22459 Hamburg

Buhr, Carl, Gandersheimer Weg 2, 22459 Hamburg, Tel. (0 40) 5 51 14 84, Fax (0 40) 5 55 33 87, E-Mail: carl.buhr@gmx.de

50735 Köln

Binder, Gerhard, Niehler Str. 336, 50735 Köln, Tel. (02 21) 25 91 25 31, E-Mail: infla@gmx.net

63110 Rodgau

Hamilton-Bowen, Roy, Eisenbahnstr. 8, 63110 Rodgau, Tel. (0 61 06) 30 23, Fax (0 61 06) 30 24, E-Mail: roy.hb@online.de

65375 Oestrich-Winkel

Rott, Klaus Peter, Schwarzgasse 4, 65375 Oestrich-Winkel, Tel. und Fax (0 67 23) 17 53, E-Mail: klaus-rott@gmx.de

71254 Ditzingen

Fuchs, Wilfried, Boelckestr. 15, 71254 Ditzingen, Tel. (07 11) 29 09 68, E-Mail: rauss-fuchs@t-online.de

96163 Gundelsheim

Sem, Peter, Kellerstr. 3, 96163 Gundelsheim, Tel. (09 51) 4 26 20, Fax (09 51) 4 30 48, E-Mail: peter@peter-sem.de

Inhalts- und Stichwortverzeichnis

MICHEL-Korrekturvorschlag

Über entdeckte Fehler können Sie uns mit Hilfe dieses MICHEL-Korrekturvorschlags informieren. Bitte verwenden Sie für Ihre Fehlermitteilungen ausschließlich die Seite MICHEL-Korrekturvorschlag.

Anders eingehende Vorschläge können leider nicht berücksichtigt werden. Eine gesonderte Eingangsbestätigung oder Antwort erhalten Sie nur in besonderen Fällen oder bei erforderlichen Rückfragen. Bitte teilen Sie uns hierfür Ihre Anschrift und auch Ihre E-Mail-Adresse, Fax- und Telefonnummer mit. Vielen Dank für Ihre Mühe.

Korrekturen im MICHEL-Online erfolgen u.U. erst mit der nächsten Printausgabe des entsprechenden Sammelgebiets.

Ich habe folgenden Korrekturvorschlag für die nächste Ausgabe des MICHEL für
(bitte geben Sie den genauen Buchtitel mit Jahreszahl an)

____

Sammelgebiet ______________________________

Untergebiet ______________________________

Seite ______________________________

Einzelmarke MiNr. __________ Satz MiNr. __________ bis MiNr. __________

Mein Korrekturvorschlag bezieht sich auf

das Ausgabedatum ______________________________

die Abbildung ______________________________

den Ausgabeanlass ______________________________

das Wasserzeichen ______________________________

die Farbangabe ______________________________

die Zähnung ______________________________

die Papiersorte ______________________________

das Druckverfahren ______________________________

die Gummierung ______________________________

anderes und zwar ______________________________

Meine Kontaktdaten

____

Vorname Name

____

Straße, Hausnummer

____

PLZ, Ort Land

____

E-Mail-Adresse Telefon

Wir bedanken uns vielmals für Ihren Korrekturvorschlag und Ihre Mühe und wünschen Ihnen weiterhin viel Spaß mit Ihrem wundervollen Hobby

Ihre MICHEL-Redaktion

Bitte schicken Sie Ihren Korrekturvorschlag an:

Schwaneberger Verlag, Industriestraße 1, 82110 Germering
Fax: +49 89 32393 248
E-Mail: korrektur@michel.de

MICHEL-Korrekturvorschlag

Über entdeckte Fehler können Sie uns mit Hilfe dieses MICHEL-Korrekturvorschlags informieren. Bitte verwenden Sie für Ihre Fehlermitteilungen ausschließlich die Seite MICHEL-Korrekturvorschlag.

Anders eingehende Vorschläge können leider nicht berücksichtigt werden. Eine gesonderte Eingangsbestätigung oder Antwort erhalten Sie nur in besonderen Fällen oder bei erforderlichen Rückfragen. Bitte teilen Sie uns hierfür Ihre Anschrift und auch Ihre E-Mail-Adresse, Fax- und Telefonnummer mit. Vielen Dank für Ihre Mühe.

Korrekturen im MICHEL-Online erfolgen u.U. erst mit der nächsten Printausgabe des entsprechenden Sammelgebiets.

Ich habe folgenden Korrekturvorschlag für die nächste Ausgabe des MICHEL für
(bitte geben Sie den genauen Buchtitel mit Jahreszahl an)

____

Sammelgebiet ______________________________

Untergebiet ______________________________

Seite ______________________________

Einzelmarke MiNr. __________ Satz MiNr. __________ bis MiNr. __________

Mein Korrekturvorschlag bezieht sich auf

das Ausgabedatum ______________________________

die Abbildung ______________________________

den Ausgabeanlass ______________________________

das Wasserzeichen ______________________________

die Farbangabe ______________________________

die Zähnung ______________________________

die Papiersorte ______________________________

das Druckverfahren ______________________________

die Gummierung ______________________________

anderes und zwar ______________________________

Meine Kontaktdaten

____
Vorname Name

____
Straße, Hausnummer

____
PLZ, Ort Land

____
E-Mail-Adresse Telefon

Wir bedanken uns vielmals für Ihren Korrekturvorschlag und Ihre Mühe und wünschen Ihnen weiterhin viel Spaß mit Ihrem wundervollen Hobby

Ihre MICHEL-Redaktion

Bitte schicken Sie Ihren Korrekturvorschlag an:

Schwaneberger Verlag, Industriestraße 1, 82110 Germering
Fax: +49 89 32393 248
E-Mail: korrektur@michel.de

MICHEL® neutral · kompetent · zuverlässig

MICHEL®

Wie entstehen die MICHEL-Preise?

1. Auflage

Wie entstehen die MICHEL-Preise?

Zunächst bedanken wir uns bei Ihnen für den Kauf dieses hochwertigen MICHEL-Produktes.

Immer wieder werden wir gefragt, wie die MICHEL-Preise zustande kommen. Auch gibt es manchmal Kritiken an den Bewertungen in den MICHEL-Nachschlagewerken. Die eine lautet: Die MICHEL-Preise sind viel zu hoch. Niemand zahlt mir das für meine Marken, die doch viel mehr wert sein müssten. Und die andere besagt: Die MICHEL-Preise sind viel zu niedrig, ich bekomme die mich interessierenden Marken nicht für diese Preise.

Diese beiden gegensätzlichen Aussagen unter einen Hut zu bringen, ist eine der Aufgaben der MICHEL-Redaktion.

Was sind MICHEL-Preise?

Vorab einige Definitionen

Alle Bewertungen basieren auf den im obersten Preissegment des Fachhandels üblichen Verkaufspreisen und beinhalten die deutschen Steuern und Abgaben. Sie gelten für Marken in der am Beginn der jeweiligen Kapitel bzw. bei einzelnen Ausgaben angegebenen Qualität. Bei fälschungsgefährdeten Marken gelten die Katalogwerte nur für (BPP-)geprüfte Stücke. Bitte berücksichtigen Sie bei Katalogwerten bis zu 5,– €, dass diese Bewertungen einen hohen Anteil für die Dienstleistung des Handels enthalten. Im Falle eines Verkaufs ist der auf die Dienstleistung entfallende Anteil nicht zu erlösen. Mängel bewirken in der Regel Abschläge.

Angebote BRD MiNr. 111–112

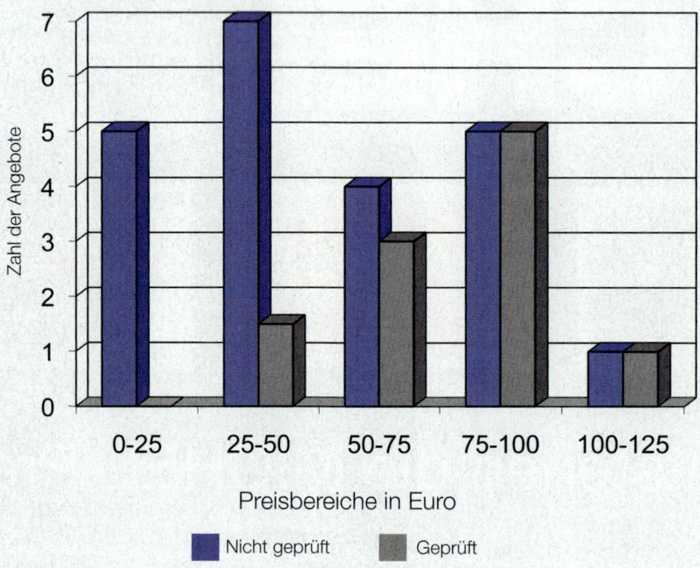

Es gibt keine Festpreise im Briefmarkenhandel.

Was bedeutet das?

Grundlage für die Ermittlung der Preisnotierungen sind Verkaufspreislisten des Briefmarkenhandels, Zuschlagspreise auf Auktionen, Vorschläge von Experten wie Prüfern und Arbeitsvorlagen von Sammlern sowie Arbeitsgemeinschaften im In- und Ausland. Auf diese Art erhalten wir eine ganze Anzahl von Preisinformationen, aus denen wir dann die Bewertung ermitteln. Idealerweise würden diese Vorschläge alle nur einwandfreie Marken umfassen und die Vorschläge lägen nahe beisammen. Die Wirklichkeit sieht aber eher so aus wie im Diagramm auf der vorigen Seite. Man sieht, die Angebote differieren stark, sowohl hinsichtlich Preis wie Qualität. Wir setzen für die Bewertung aber einwandfreie Qualität voraus, die erforderlichenfalls auch geprüft ist. In diesem Beispiel stellte sich heraus, dass die beiden unteren Preisgruppen diese Qualitätsansprüche nicht erfüllen, insbesondere waren die Marken nicht geprüft. Diese Angebote werden also nicht berücksichtigt.

„Alle Bewertungen basieren auf den im obersten Preissegment des Fachhandels üblichen Verkaufspreisen", schreiben wir oben. Das war im Beispiel ein Angebot mit 100 € und einige, die wenig darunter lagen. Entschieden haben wir uns damals für die Bewertung 100,– €. Warum?

Es gibt eben keine Festpreise im Briefmarkenhandel, und das bewirkt, dass wohl seit dem Entstehen der ersten Briefmarkenkataloge im 19. Jahrhundert eine gewisse Rabattierung im Briefmarkenhandel üblich ist. Für uns und dieses Beispiel bedeutet das, dass eine Bewertung so gestaltet wird, das üblicherweise ein Preis von 80 bis 90 % des Katalogwertes verlangt wird. In dieser Preisregion befindet sich tatsächlich die Mehrheit der Angebote, die auch die geforderte Qualität haben. Es gibt, wie gesagt, auch Angebote zu 100 Euro, also dem vollen Katalogpreis, und man kann auch Angebote finden, die noch unter 80 Euro liegen, ohne Einschränkung des Qualitätsanspruchs. **Wenn der geforderte Preis aber stark vom MICHEL-Wert abweicht, sollte man sich das Stück hinsichtlich seiner Qualität genau ansehen. Denn, was den Wert und den Preis einer Briefmarke ausmacht, ist 1. die Qualität, 2. die Qualität und 3. die Qualität.**

Um also die eingangs gestellte Frage zu beantworten.

MICHEL-Preise sind die Preise, zu denen Sie eine Marke in angemessener Qualität im obersten Preissegment des Fachhandels normalerweise erwerben können.

In vielen Fällen werden sie weniger zahlen müssen, in etlichen Fällen manchmal sogar viel weniger. Dann ist aber ein genaues Betrachten der Briefmarke sinnvoll, denn niemand hat etwas zu verschenken. Achten Sie also darauf, dass die Marke, die Sie erwerben, auch tatsächlich die **beschriebenen** Qualitätsmerkmale hat.
Es kann aber auch sein, dass Sie mehr bezahlen müssen, als im MICHEL steht. Denn der Katalogwert gibt maximal den Stand vom Termin der Druckreifzeichnung eines Buches an. Danach steht der Markt aber nicht still, sondern entwickelt sich weiter. Bei Bänden oder Gebieten, die oft nur im Abstand von mehreren Jahren erscheinen, kann dies durchaus dazu führen, dass die im Handel geforderten Preise oberhalb der MICHEL-Bewertungen liegen.
Ein gutes Beispiel dafür war in den letzten 25 Jahren die Volksrepublik China, wo sich viele Preise in diesem Zeitraum mehr als verzehnfacht haben. Diese Entwicklung war aber keineswegs kontinuierlich, vielmehr wechselten sich Epochen starker Preisanstiege mit Zeiträumen deutlicher Preisreduzierungen ab.

Bitte beachten: Die 5-Euro-Grenze.

Bitte berücksichtigen Sie bei Werten bis zu 5,– €, dass diese Bewertungen einen hohen Anteil für die Dienstleistung des Handels enthalten. Im Falle eines Verkaufs ist der auf die Dienstleistung entfallende Anteil nicht zu erlösen.

Was bedeutet das?

Wenn Sie im MICHEL blättern, sehen Sie, dass die meisten Briefmarken, als Einzelmarken betrachtet, unterhalb dieser Grenze sind. Das heißt, sie haben keinen eigentlichen materiellen Wert, beim Erwerb bezahlt man vielmehr die Dienstleistung eines Händlers, der solche Marken nach der Katalognummer bestimmt, ihre Qualität prüft, die Marke in ein Lagerbuch steckt, aus dem er sie bei Nachfrage hervorholt und sie am Ende vielleicht wieder zurückstecken muss, wenn sie dem Kunden nicht gefällt.

Das alles soll er gegebenenfalls für die derzeitige Mindestbewertung einer Briefmarke von 30 Cent machen, die wir 2014 nach 20 Cent in den Vorjahren festgelegt haben. Aber auch für diesen Betrag lassen sich die oben genannten Tätigkeiten nicht gewinnbringend ausführen. Es gibt durchaus Preislisten, bei denen der Mindestpreis für eine Briefmarke 1 Euro beträgt. Für die Bewertung bleibt dies aber unberücksichtigt.

In Katalogen aus den 1950er-Jahren betrug diese Mindestbewertung übrigens 1 Pfennig. Das bedeutet aber nicht, dass solche Briefmarken seither das 60fache an Wert gewonnen haben. Es besagt nur, dass die Lebenshaltungskosten und auch die Ansprüche seither gestiegen sind.

Schließlich, wenn solche geringpreisigen Marken auch keinen oder nur einen geringen materiellen Wert haben, der Sammlerwert kann durchaus beträchtlich sein. Er wird aber weniger in Geld gemessen als in der Schwierigkeit der Beschaffung oder dem Schmerz, den eine solche Lücke in der Sammlung bei dem Sammler hervorruft.

Die Bewertung entsteht.

Grundlage für eine neue Auflage eines Bandes ist die Vorauflage, wenn es sich nicht um einen neuen Titel handelt. Sobald eine Ausgabe „druckreif“ gegeben ist, kann prinzipiell die Arbeit an der Folgeauflage beginnen. Das geschieht zunächst durch das Sammeln neuer Informationen, für die Bewertung handelt es sich dabei um neue Preislisten, Auktionsergebnisse, Vorschläge der Arbeitsgemeinschaften und anderen Experten.

Vor der Neuauflage werden unsere Mitarbeiter gebeten, für ihre Gebiete Textvorschläge und Bewertungsvorschläge zu machen, und schließlich erreichen uns täglich Hinweise und Anregungen zur Verbesserung des Buches. Somit liegen bei Beginn der Bearbeitung viele Informationen vor. Weltweit arbeiten wir mit etwa 600 Mitarbeitern zusammen.

Ein wesentlicher Teil der gesammelten Informationen besteht aus Preisunterlagen, die für den neuen Band durchgearbeitet werden müssen. Das sind Preislisten, auf die gegebenenfalls noch ein Aufschlag gemacht werden muss, wegen des oben erwähnten Brauchs der Rabattgewährung. Das sind Preisvorschläge, die bereits den gewünschten Katalogpreis angeben. Und das sind auch die Zuschläge bei Auktionen.

Auktionen sind bei der Preisfindung eine schwierige Materie. Viele Auktionslose sind Stücke, die in dieser Form im MICHEL gar nicht bewertet werden, z.B. Marken mit seltenen Stempeln oder in größeren Einheiten. Die Erhaltung spielt eine wichtige Rolle, kann von uns aber nur auf Grund der Beschreibung und der Abbildung beurteilt werden. Und schließlich spielt die Stimmung im Saal, wenn es sich um eine klassische Auktion handelt, eine große Rolle. Auf diese Weise können Marken unerwartet hohe Zuschläge erreichen, die so leicht nicht zu wiederholen sind, oder auch deutlich unterhalb des zu erwartenden Preises bleiben oder gar nicht zugeschlagen werden. Auf die Zuschlagspreise werden Aufschläge von 30 % für das Aufgeld des Auktionators, die Steuern und anderen Nebenkosten gemacht, sowie weitere 30% für den Aufschlag des Händlers, der das ersteigerte Los weiterverkauft.

Am einfachsten ist es, wenn es sich um ein Unikat handelt, also ein nur einmal vorhandenes Stück. Als Beispiel die teuerste Briefmarke der Welt, Guyana MiNr. 9, 1 Cent Magenta. Am 17. Juni 2014 in New York für 9,48 Millionen US-Dollar (einschließlich Aufgeld) zugeschlagen, waren das zum damaligen Kurs ca. 6,97 Millionen Euro. Wir setzten als Katalogwert 7 Millionen Euro an. Es gibt ja nur dieses eine anerkannte Stück, und bis es das nächste Mal versteigert wird, gilt dieser Preis. Wirklich? Wäre die Marke zum Beispiel, Mitte April 2015 erneut für 9,48 Millionen US-Dollar verkauft worden, ergäbe sich umgerechnet ein Betrag von 8,85 Millionen Euro und damit ein MICHEL-Preis von ca. 9 Millionen Euro, nicht weil die Marke teurer oder wertvoller wurde, sondern weil sich der Wechselkurs zu Ungunsten des Euro verändert hat.

Damit ist auch gleich eine weitere Schwierigkeit angesprochen, die Wechselkurse. Unsere Bewertungsunterlagen sind nicht nur in Euro, sie können grundsätzlich in jeder Währung der Welt sein, besonders natürlich in US-Dollar, britischen Pfund und Schweizer Franken. Alle Währungen können sich aber unabhängig voneinander verändern, und wie das Beispiel zeigt, sind die Auswirkungen manchmal beträchtlich. All dies ist bei der Preisbearbeitung zu berücksichtigen.

Neue Bewertungen werden gemacht.

Wenn alle Unterlagen gesammelt und aufbereitet sind, beginnt die eigentliche Preisbearbeitung. Dabei wird Ausgabe für Ausgabe und erforderlichenfalls auch Marke für Marke in allen bewerteten Erhaltungen überprüft. Das führt entweder zu einer Bestätigung der bisherigen Bewertungen, man erlebt aber jedes Jahr Überraschungen, denn es sind nicht nur die „üblichen Verdächtigen", die mit Preisänderungen aufwarten. Im folgenden erklären wir das anhand einiger Tabellen, die aus der Bearbeitung verschiedener Bände im Frühjahr 2015 entstanden sind.

MICHEL-Deutschland-Spezial-Katalog, Bsp. verschiedener Gebiete

	MICHEL	Händler 1 (Spitze)	Händler 2 (Spitze)	Händler 3 (Abschläge)	Ergebnis
DR MiNr. 588–597 (Trachten)	** 200,—	** 180,—	** 120,—	** 100,—	MICHEL-Preissenkung auf ** 180,—
BERL MiNr. 115 (Dr. E. Reuter)	** 10,—	** 15,80		** 7,20	MICHEL-Preisanhebung auf ** 14,—
BRD MiNr. 116 (Weltpostverein)	** 65,—	** 69,—	** 65,—	** 39,—	MICHEL-Preisanhebung auf ** 68,—
BRD MiNr. 123–138 (Posthorn)	** 2200,—	** 2200,—	** 2190,—	** 1290,—	MICHEL-Preis bleibt
BRD MiNr. 561–565 (Olympia)	** 3,50	** 4,85	** 3,40	** 2,10	MICHEL-Preisanhebung auf 4,—

Deutsches Reich MiNr. 588–597

Der postfrische Satzpreis der Dt. Reich MiNr. 588–597 betrug bisher im MICHEL 200 €. Die Marktanalyse 2014/2015 ergab, dass auch das oberste Marktsegment maximal bei 180 € liegt. Daher wurde für die Katalogausgabe 2015 der Preis gesenkt.

Berlin MiNr. 115

Der postfrische Satzpreis der Berlin MiNr. 115 lag bisher bei 10 €. Ein Spitzenhändler mit großem Kundenstamm verlangt 15,80 (Beobachtung über mehrere Jahre). Ein Händler der teils im Spitzenbereich liegt, teils Abschläge bis 50 % macht, liegt deutlich tiefer. Eine Preisanhebung erfolgt, allerdings eine vorsichtige.

Bundesrepublik Deutschland MiNr. 116

Der Postfrisch-Preis der BRD MiNr. 116 lag bisher bei 65 €. Eine Marktanalyse sowohl der Spitze als auch des „abschlagenden" Handels zeigt, dass eine Preisanhebung gerechtfertigt ist.

Bundesrepublik Deutschland MiNr. 123–138

Der postfrische Satzpreis der BRD MiNr. 123–138 beträgt im MICHEL 2200 €. 2015 wurde der Preisansatz überprüft; die im obersten Marktsegment üblichen Verkaufspreise bestätigen den bisherigen MICHEL-Preis.

Bundesrepublik Deutschland MiNr. 561–565

Der postfrische Satzpreis der BRD MiNr. 561–565 betrug bisher im MICHEL 3,50. Ein Spitzenhändler mit großem Kundenstamm verlangt 4,85 (Beobachtung über mehrere Jahre). Ein anderer Spitzenhändler liegt mit 3,40 deutlich tiefer. Eine Preisanhebung erfolgt, allerdings eine vorsichtige.

Zwei Beispiele für Auktionen:

	MICHEL	Auktion 1	Auktion 2	Auktion 3	Ergebnis
BAD MiNr. 3 x (Landpostporto)	o 17.000,—	Zuschlag o 19.000,—	Zuschlag o 13.500,—		MICHEL-Preisanhebung o 25.000,—
BAY MiNr. 1 II a (Schw. Einser)	o 3.200,—	Zuschlag o 2.700,—	Zuschlag o 2.300,—	Zuschlag o 1.900,—	MICHEL-Preisanhebung o 3.500,—

Baden Landpostportomarke MiNr. 3 x

Der Gestempelt-Preis der Baden Landpost-Porto MiNr. 3 x betrug bisher im MICHEL kursiv 17 000 €. Eine Analyse von Auktions-Zuschlagspreisen 2014/2015 zeigt recht unterschiedliche Ergebnisse. Der MICHEL-Preis wurde also vorsichtig nach oben korrigiert. (Ausgangspunkt: Niedrigerer Zuschlag + 30% Gebühren + 30% Aufschlag durch den ersteigernden Händler beim Verkauf + Aufschlag, weil auch höhere Zuschlagsergebnisse vorliegen = MICHEL-Preis.)

Bayern MiNr. 1 II a

dito

MICHEL-Europa, Beispiel Frankreich

Händlerpreislisten

	MICHEL	Händler 1 (Spitze)	Händler 2 (Spitze)	Händler 3 (Abschläge)	Ergebnis
F MiNr. 1015–1020 (Persönlichkeiten)	** 130,—	** 120,—		** 65,—	MICHEL-Preisanhebung auf ** 140,—
F MiNr. 2214 (Rochambeau)	** 1,10	** 1,20	** 1,10		MICHEL-Preisanhebung auf ** 1,30
F MiNr. 4519 (Spiegelsaal, selbstklebend)	** 15,—	** 14,50	** 15,—	** 9,—	MICHEL-Preisanhebung auf ** 18,—

Frankreich MiNr. 1015–1020
Der postfrische Satzpreis der Frankreich MiNr. 1015–1020 betrug bisher im MICHEL 130 €. Die Marktanalyse 2014/2015 ergab, dass die Preise im obersten Marktsegment sich diesem Wert stark angenähert haben. Eine vorsichtige Preiserhöhung war gerechtfertigt.

Frankreich MiNr. 2214
Frankreich MiNr. 2214, eine billige Marke, lag bisher bei 1,10 €. Die Verkaufspreise liegen bei oder über diesem Wert, der zugleich auch oberhalb der Mindestbewertung von 0,30 € liegt. Eine Preisanhebung erfolgt.

Frankreich MiNr. 4519
Der Wert für die postfrische Marke Frankreich MiNr. 4519 beträgt im MICHEL 15 €. Die Bewertung war in kursiver Schrift gedruckt zum Zeichen, dass Angebote hier stark auseinandergehen. Bei der Überprüfung 2015 hatte die Mehrheit der Angebote den MICHEL-Wert fast oder ganz erreicht, bei einem stark abweichenden Angebot. Es wurde eine Höherbewertung vorgenommen, die weiterhin in kursiver Schrift gedruckt ist.

MICHEL-Übersee Nordamerika, Beispiel USA

Händlerpreislisten

	MICHEL	Händler 1 (Spitze)	Händler 2 (Spitze)	Händler 3 (Spitze)	Ergebnis
USA MiNr. 441 A (Calvin Coolidge)	** 100,—	** 70,—		** 72,—	MICHEL-Preissenkung auf ** 90,—
USA Block 37 (Geschichte des Zweiten Weltkriegs)	** 9,—	** 10,—	** 13,50	** 10,—	MICHEL-Preisanhebung auf ** 12,—
USA MiNr. 2627–2636 (10er-Block) (Jazz-Musiker)	** 14,—	** 13,50	** 13,—	** 15,—	MICHEL-Preisanhebung auf ** 16,—

USA MiNr. 441 A

Die postfrische Marke USA MiNr. 441 A betrug bisher im MICHEL 100 €. Die Marktanalyse 2014/2015 ergab, dass die Preise im obersten Marktsegment deutlich darunterliegen. Eine vorsichtige Preissenkung wurde vorgenommen.

USA Block 37

USA Block 37 war bisher mit 9,– € bewertet. Die Angebote lagen zum Teil deutlich darüber. Eine Preisanhebung um 33% erfolgte.

USA MiNr. 2627–2636

Der Wert für den Zusammendruck dieser Marken betrug im MICHEL 14,– €. Angebote lagen um diesen Wert. Es erfolgte eine vorsichtige Preiserhöhung.

Zusammenfassung:

Diese Beispiele geben eine Vorstellung, wie wir die Bewertungen im MICHEL überprüfen und aus welchen Gründen Bewertungen geändert werden. Man sieht auch, dass wirklich jede Marke unabhängig von ihrem Katalogwert überprüft wird. Die meisten Briefmarken haben ja keinen vierstelligen Wert, sondern einen, der meist noch deutlich unter 50,– € liegt.

Das ist ja auch das Schöne am Briefmarkensammeln. Man kann ein Vermögen für Briefmarken ausgeben, aber man muss es nicht, um eine ansprechende Sammlung zusammenzutragen. Man sollte sich aber regelmäßig über die aktuellen Bewertungen informieren. Denn es gilt nicht nur „Es gibt keine Festpreise im Briefmarkenhandel". Verschiedene Händler bieten die gleiche Briefmarke zu unterschiedlichen Preisen an, die ihrerseits auch keineswegs fest sind, sondern sich im Lauf der Zeit verändern.

Darüber sollten Sie informiert sein. Sonst kann es Ihnen leicht passieren, dass Sie für eine Briefmarke oder einen philatelistischen Beleg zu viel bezahlen oder im Verkaufsfall zu wenig erzielen. Oder in der Zwischenzeit wurden neue Erkenntnisse zu einzelnen Marken gewonnen, die Sie kennen sollten, um Schaden zu vermeiden. Solche Beispiele erleben wir ständig. Also: Achten Sie darauf, dass Sie stets eine aktuelle Ausgabe Ihres MICHEL-Nachschlagewerkes vorliegen haben, denn sicher ist sicher.

Händlerverzeichnis

Händler	Ladengeschäft	Versandgeschäft	Auktionen	Benelux	Frankreich	Griechenland	Großbritannien/Irland	Italien	Jugoslawien u. Nachfolgest.	Österreich	Russland/Sowjetunion	Schweiz/Liechtenstein	Skandinavien/Baltikum	Spanien/Portugal	Türkei	UNO	weitere Informationen
01127 Dresden, Dresdner Briefmarken-Auktion, Oschatzer Str. 32, Tel. 0351/8 48 93 67 **info@dresdner-briefmarkenauktion.de** **www.dresdner-briefmarkenauktion.de**			●														
10719 Berlin, Briefmarkenfachgeschäft, Andreas Schlegel GmbH, Kurfürstendamm 200, Tel. 030/88 55 09 35 **info@briefmarken-schlegel.de** **www.briefmarken-schlegel.de**	●	●	●														
16348 Wandlitz, Reinhard Heinemann, Ruhlsdorfer Weg 4, Tel. 033396/ 87 52 78 **Philatelie.Heinemann@web.de** **Philatelie-Heinemann.de**		●									●						**Deutschland und Russland**
20095 Hamburg, Wilhelm Sellschopp GmbH, Rosenstr. 11, Tel. 040/32 45 12 **bm@sellschopp.de** **www.sellschopp.de**	●	●		●	●	●	●	●		●		●	●	●		●	**Ps, Deutschland mit allen Gebieten**
21502 Geesthacht, Leuchtturm Gruppe GmbH & Co. KG, Am Spakenberg 45, Tel. 04152/801-200 **info@leuchtturm.com** **www.leuchtturm.com**		●															**For the collector in you**
22967 Tremsbüttel, Ralf Krenz, Wiesengrund 1, Tel. 04531/12 70 14 **buero@stamp.de** **www.bribest.de**		●		●	●	●	●	●	●	●	●	●	●	●	●	●	**www.bribest.de**
23611 Sereetz, Lutz Grözinger, Sereetzer Tannen 24, Tel. 0451/39 19 10 **lutz.groezinger@web.de** **www.briefmarken-groezinger.de**		●		●	●		●	●		●	●	●	●			●	**Ankauf Briefmarken Preisliste gratis Belege Website**
24214 Lindhöft, Nordphila E.K., Eichenweg 2, Tel. 04346/36 69 00 **info@nordphila.de** **www.nordphila.de**		●	●														**Über 10 000 Artikel im Online-Shop www.stamps123.com**
28307 Bremen, Holger Tietz, Osterholzer Dorfstr. 77A, Tel. 0421/45 60 00 **info@briefmarken-tietz.de** **www.briefmarken-tietz.de**		●		●	●	●	●	●	●	●	●	●	●	●	●	●	**Preislisten gratis Motive + Übersee Deutschland**
31135 Hildesheim, Veuskens, Auktions- und Handelshaus, Max-Planck-Str. 10, Tel. 05121/99 90 09-0 **info@veuskens.de** **www.veuskens.de**		●	●	●	●	●	●	●	●	●	●	●	●	●	●	●	**Großes Webshop-Angebot zu Festpreisen. 4 Auktionen jährlich**
34117 Kassel, Dr. Rohde + Kornatz GbR, Treppenstr. 13, Tel. 0561/1 62 17 **info@briefmarken-muenzen-shop.de** **www.briefmarken-muenzen-shop.de**	●	●		●	●	●	●	●	●	●	●	●	●	●	●	●	**Ankauf Briefmarken Münzen, Schätzung Gratis-Preislisten**
41564 Kaarst, Aix-Phila-Shop, Friedensstr. 10, Tel. 02131/3 68 71 30 **jopke@aol.com** **www.aixphilashop.de**	●	●	●	●	●				●	●	●	●				●	
42489 Wülfrath, Briefmarkenversand Dirk Wingen, Magdeburger Str. 14, Tel. 02058/7 15 42 **dirk.wingen@t-online.de** **www.wingen-briefmarken.de**		●		●	●	●	●	●	●	●	●	●	●	●	●	●	**Fehllisten-Bearbeitung auch von Übersee, nur ✶✶**
45481 Mülheim a. d. Ruhr, Peter Briefs, Solinger Str. 12, Tel. 0208/89 86 13 **philapeter@aol.com** **www.briefs-briefmarken.de**		●		●	●	●	●	●	●	●	●	●	●	●	●	●	**Ankauf von Sammlungen und Nachlässen**
47799 Krefeld, Thomas von Loeper, Albrechtplatz 16, Tel. 02151/4 46 15 66 Postfach 102337, 47723 Krefeld **thvl@gmx.de**		●		●	●	●	●			●			●	●			**ATM-Automatenmarken der ganzen Welt. Preislisten, Fehllisten, Neuheiten-Abos**

Händlerverzeichnis

Händler	Ladengeschäft	Versandgeschäft	Auktionen	Benelux	Frankreich	Griechenland	Großbritannien/Irland	Italien	Jugoslawien u. Nachfolgest.	Österreich	Russland/Sowjetunion	Schweiz/Liechtenstein	Skandinavien/Baltikum	Spanien/Portugal	Türkei	UNO	weitere Informationen
47906 Kempen, Philahandel GmbH, Vorster Str. 9, Tel. 02152/5 30 85 **info@philahandel.de** **www.philahandel.de**	●	●								●			●			●	**Erledigung Ihrer Fehlliste, Spezial: UNO**
50354 Hürth, Laribum Leusch & Schulz GbR, Bachstr. 56–58, Tel. 02233/9 79 95 50 **info@laribum.de**	●	●		●	●	●	●	●	●	●	●	●	●	●	●		**www.laribum.de**
50733 Köln, Briefmarken Jürgen Scheele, Neusser Str. 328, Tel. 0221/5 50 27 12 **j_scheele@gmx.de**	●	●		●	●	●	●	●	●	●		●	●	●	●	●	**ebay-Name: torrry**
50937 Köln, Frank Böhm, Berrenrather Str. 482, Tel. 0221/46 13 22 **boehmkoeln@t-online.de** **www.boehm-philatelie.de**		●		●	●	●	●	●		●		●	●	●			**Großes Angebot an Sammlungen+Posten Katalog auf Anfrage**
53111 Bonn, Bfm. Jansen, Sven Klauke, Friedrichstr. 23, Tel. 0228/63 89 10 **info@briefmarkenjansen.de** **www.briefmarken.sk**	●	●		●	●	●	●	●	●	●	●	●	●	●	●	●	**Über 120.000 Artikel im Onlineshop www.briefmarken.sk**
54587 Lissendorf, Bfm. Andreas Vetter, Am Dümpelbach 23, Tel. 06597/38 10 **kontakt@briefmarken-vetter.de** **www.briefmarken-vetter.de**		●		●	●			●		●		●		●		●	**Bis zu 17% Rabatt Preislisten Sonderaktionen**
55026 Mainz, Phileurope GmbH & Co, Postfach 3645, Tel. 06131/23 73 41 **info@phileurope.com**		●													●		**Türkei / T-Zypern Neuheiten + Jahrgänge**
60311 Frankfurt/Main, BBA-Therese Weiser Nachf. Battonnstr. 23, Tel. 069/67 51 48 **kontakt@stampmaster.de** **www.auktionshaus-weiser.de**			●	●	●	●	●	●	●	●	●	●	●	●	●	●	**Int. Auktionshaus Komp. Beratung und Nachlassverwertung**
63110 Rodgau, Rodgau Philatelie, Inh. R. Hamilton-Bowen, Eisenbahnstr. 8, Tel.06106/30 23 **roy.hb@online.de** **www.hibernian-news.eu**	●	●					●										**Schwerpunkt: Irland, Malta, Gibraltar**
63128 Dietzenbach, Versandhandel Björn Maschinsky, Ulmenweg 8, **maschinkskybmv@aol.de**		●															
63739 Aschaffenburg, Briefmarken – Münzen Thomas Fischer, Treibgasse 9, Tel.06021/2 64 77 **thofifee@web.de**	●	●		●	●	●	●	●		●	●	●	●	●	●	●	**Preisliste Skandinavien**
67547 Worms, Philatelistisches Büro Burkhard Magin, Am Römischen Kaiser 24, Tel.06241/98 72 61-0 **info@philatelie-magin.de** **www.philatelie-magin.de**	●			●	●	●	●	●	●	●	●	●	●	●	●	●	**Briefe-Spezialist**
70469 Stuttgart (Feuerb.), Bfm. Lindner KG, Grazer Str. 16, Tel. 0711/8 10 60 81 **auktion@briefmarken-lindner.de** **www.briefmarken-lindner.de**		●	●														**Nachlässe, Sammlungsauflösungen, Ankauf, Beratung, Zubehör**
72622 Nürtingen, KOBRA – Rudi Schlattner GmbH, Siemensstr. 4, Tel. 07022/6 12 12 **info@kobra.de** **www.kobra.de**		●															**Hersteller von Sammlerzubehör**
74321 Bietigheim-Bissingen, Auktionshaus Gärtner GmbH & Co KG, Steinbeisstr. 6–8 Tel. 07142/7 89-400 **info@auktionen-gaertner.de** **www.auktionen-gaertner.de**		●	●	●	●			●		●		●		●	●	●	

Händlerverzeichnis

	Ladengeschäft	Versandgeschäft	Auktionen	Benelux	Frankreich	Griechenland	Großbritannien/Irland	Italien	Jugoslawien u. Nachfolgest.	Österreich	Russland/Sowjetunion	Schweiz/Liechtenstein	Skandinavien/Baltikum	Spanien/Portugal	Türkei	UNO	weitere Informationen
78224 Singen, Axel Lenz, Thurgauer Str. 1, Tel. 07731/6 49 82 info@briefmarken.com www.briefmarken.com	●		●							●		●					2 x jährlich internationale Auktionen Briefmarken und Münzen weltweit
78564 Wehingen, Winfried Fiebig, Rubäckerstr. 2, Tel. 07426/75 84 wfiebig@gmx.net		●								●		●					
79098 Freiburg, Thomas Groß, Auf der Zinnen 4, Tel. 0761/3 73 73 info@briefmarken-thomas-gross.de www.briefmarken-thomas-gross.de	●	●		●	●	●	●	●	●	●		●	●	●		●	Jugoslawien, Russland/Sowjetunion und Türkei nur Zeitraum bis ca. 1920/1970
79639 Grenzach, Stade Auktionen ek., Markgrafenstr. 5, Tel. 07624/9 89 58 70 info@stade-auktionen.de www.stade-auktionen.de			●														Ansichtskarten und Philatelie-Ankauf und Versteigerung
80339 München, Adolf Sedlmeier, Alter Messeplatz 10, Tel. 089/5 02 27 42 Briefmarkenfachgeschäft Ankauf, Verkauf, Beratung	●	●		●	●	●	●	●	●	●	●	●	●	●	●	●	Von fast allen Ländern auch Briefe und Ganzsachen auf Lager
89275 Elchingen, Ralf Schumann, Hauptstr. 41, Tel. 07308/4 24 52 briefmarkenschumann@t-online.de www.briefmarken-schumann.de		●		●	●	●	●	●	●	●	●	●	●	●	●	●	Neu: Onlineshop
90702 Fürth, Briefmarken-Weichardt, Postfach 1247, Tel. 0911/9 73 35 73 Fax 0911/9 73 35 74		●		●	●	●	●	●	●	●	●	●	●	●	●	●	Reinhard Stenzel vereid. Sachverst., tel. Terminvereinb.
91126 Schwabach, FünfsternVersand GmbH, Postfach 1528, Tel. 0911/96 26 98 48 briefmarken-huebl@t-online.de		●															Ankauf Sammlungen Ankauf Frankaturware.
94249 Bodenmais, Jürgen Geier, Klause 31, Tel. 09924/9 05 87 90 info@briefmarkenwelt-geier.de www.briefmarkenwelt-geier.de		●		●	●	●	●	●	●	●	●	●	●	●	●	●	Lagerhaltung ganze Welt, Privatpost, Onlineshop, Abo
96231 Bad Staffelstein, Herbert Geier, Bärengasse 4a, Tel. 09573/18 70, PF 1308 Fax 09573/23 94 27 info@geier-auktionen.de www.geier-auktionen.de	●		●														Auktionen mit Spezial Altdeutschland bis Reich, Heimat, Motive, Nebengebiete
A-1030 Wien, Active Intermedia – Steyrer Geusaugasse 33, Tel. 0043-17 15 80 00, 0043-66 41 01 88 88, office@active-intermedia.at www.ank.at		●								●		●				●	Austria Nettokatalog,
A-1090 Wien, Adolf Kosel Inh. Gabriele Sander e.U., Hebragasse 7, Tel. 0043-14 06 43 03 info@kosel.com www.kosel.com	●	●		●	●	●	●	●	●	●	●	●	●	●	●	●	Neuheiten-Service Spezialist für FDC, Österreich ab 1945
A-8044 Weinitzen, Manfred Bürscher, www.buerscher.com, Tel. 0043-316/ 81 63 28 office@buerscher.com www.buerscher.com		●								●		●					Österreich Spezial, Online-Shop, Preislisten auf Wunsch
CH-4051 Basel, Briefmarken Probst, (Alexander Probst) Steinentorstr. 18, Tel. 0041-61/281 62 60 phila-probst@bluewin.ch	●			●	●	●	●	●	●	●	●	●	●	●	●	●	Schweiz-Raritäten: Zeppelin-, Raketen, Flug-, Ballonpost
CH-6003 Luzern, ATM Seitz AG, Murbacherstr. 37, Tel. 0041-41/2 10 28 25 22atms@atms.ch www.atms.ch		●		●	●	●	●			●		●	●	●	●		ATM weltweit, aktuelle Liste auf www.atms.ch

Händlerverzeichnis

Händler	Ladengeschäft	Versandgeschäft	Auktionen	Benelux	Frankreich	Griechenland	Großbritannien/Irland	Italien	Jugoslawien u. Nachfolgest.	Österreich	Russland/Sowjetunion	Schweiz/Liechtenstein	Skandinavien/Baltikum	Spanien/Portugal	Türkei	UNO	weitere Informationen
CH-8032 Zürich, Schwarzenbach Auktion, Merkurstr. 64, Tel. 0041-43/2 44 89 00 **info@schwarzenbach-auktion.ch** **www.schwarzenbach-auktion.ch**			●	●	●	●	●	●	●	●	●	●	●	●	●		**laufend Barankauf, Gratis-Bewertung in unserem Büro**
CH-9500 Wil, Peter Rapp, Toggenburgerstr. 139, Tel. 0041-71/9 23 77 44 **info@rapp-auktionen.ch** **www.rapp-auktionen.ch**			●									●					**Auktionshaus Peter Rapp AG**
F-57604 Forbach Cedex France, Martins Philatelie, BP. 10222 **martins@martins.fr** **www.martins.fr**		●			●												**Frankreich und die dt.-fr. Philatelie auf www.martins.fr**
TR-34420 Beyoglu-Istanbul, Arikan Kamer, Inh. Arman Arikan, Galip dede Cad. No. 43, Tel. 0090-212/ 2 44 09 36 **arman_arikan@hotmail.com** **www.kamerstamps.com**	●	●													●		**Türkisch-Zypern**

Notizen: